es 1500

edition suhrkamp

Neue Folge Band 500

W0342206

Einen Tag umfaßt der *Ulysses* von James Joyce – 365 Tage mißt die äußere Zeitstrecke von Uwe Johnsons *Jahrestagen*. Beginnend mit dem 21. August 1967 in New York, werden 365 Tage »aus dem Leben von Gesine Cresspahl« und deren über Generationen zurückgreifende Erinnerungen erzählt. Eine private Geschichte, die nicht zufällig am 20. August 1968 endet, an einem historischen »Jahrestag«. In die Familiensaga eingewoben sind Ereignisse und Verstrickungen einer schon zur Geschichte gewordenen Epoche. Nachkriegsdeutschland und Berliner Mauer; der Golf von Tonking und die Brandt/Kiesinger-Koalition; Heuss und Kennedy, Dubček, Adenauer, Ulbricht, Che Guevara und Martin Luther King, McCarthy, Lyndon B. Johnson und die *New York Times*, das »Bewußtsein des Tages«. Namen, Orte und Stationen wie diese charakterisieren diese »Lese-Weltreise« (Reinhard Baumgart). In einer Chronik erscheint deutsche und Welt-Geschichte in Form von Erzählungen. Uwe Johnsons große Fähigkeit ist, deutsche Geschichte darzustellen als Familiengeschichte.
Uwe Johnson, geb. am 20. April 1934 in Cammin (Pommern), starb am 23. Februar 1984 in Sheerness-on-Sea (Kent/England).

Uwe Johnson
Jahrestage

1

Aus dem Leben von Gesine Cresspahl

Suhrkamp

PETER SUHRKAMP
HELEN WOLFF
SOLLEN BEDANKT SEIN

edition suhrkamp 1500
Neue Folge Band 500
Erste Auflage 1988
© Suhrkamp Verlag Frankfurt am Main 1970
Alle Rechte vorbehalten, insbesondere das der Übersetzung,
des öffentlichen Vortrags
sowie der Übertragung durch Rundfunk und Fernsehen,
auch einzelner Teile.
Druck: Ebner Ulm
Umschlagentwurf: Willy Fleckhaus
Printed in Germany

1 2 3 4 5 6 – 93 92 91 90 89 88

Jahrestage

August 1967 - Dezember 1967

Lange Wellen treiben schräg gegen den Strand, wölben Buckel mit Muskelsträngen, heben zitternde Kämme, die im grünsten Stand kippen. Der straffe Überschlag, schon weißlich gestriemt, umwickelt einen runden Hohlraum Luft, der von der klaren Masse zerdrückt wird, als sei da ein Geheimnis gemacht und zerstört worden. Die zerplatzende Woge stößt Kinder von den Füßen, wirbelt sie rundum, zerrt sie flach über den graupligen Grund. Jenseits der Brandung ziehen die Wellen die Schwimmende an ausgestreckten Händen über ihren Rücken. Der Wind ist flatterig, bei solchem drucklosen Wind ist die Ostsee in ein Plätschern ausgelaufen. Das Wort für die kurzen Wellen der Ostsee ist kabbelig gewesen.

Das Dorf liegt auf einer schmalen Nehrung vor der Küste New Jerseys, zwei Eisenbahnstunden südlich von New York. Die Gemeinde hat den breiten Sandstrand abgezäunt und verkauft Fremden den Zutritt für vierzig Dollar je Saison, an den Eingängen lümmeln uniformierte Rentner und suchen die Kleidung der Badegäste nach den Erlaubnisplaketten ab. Offen ist der Atlantik für die Bewohner der Strandvillen, die behäbig unter vielflächigen Schrägdächern sitzen, mit Veranden, doppelstöckigen Galerien, bunten Markisen, auf dem Felsdamm oberhalb der Hurrikangrenze. Die dunkelhäutige Dienerschaft des Ortes füllt eine eigene Kirche, aber Neger sollen hier nicht Häuser kaufen oder Wohnungen mieten oder liegen in dem weißen grobkörnigen Sand. Auch Juden sind hier nicht erwünscht. Sie ist nicht sicher, ob Juden vor 1933 noch mieten durften in dem Fischerdorf vor Jerichow, sie kann sich nicht erinnern an ein Verbotsschild aus den Jahren danach. Sie hat hier einen Bungalow auf der Buchtseite von Freunden auf zehn Tage geliehen. Die Leute im Nachbarhaus nehmen die Post an und lesen die Ansichtenkarten, die das Kind aus dem Ferienlager an »dear Miss C.« schreibt, aber sie beharren auf der Anrede »Mrs. Cresspahl«, und mögen auch sie für eine Katholikin irischer Abstammung ansehen.

Ge-sine Cress-pål
ick peer di dine Hackn dål

Der Himmel ist lange hell gewesen, blau und weißwolkig, die Horizontlinie dunstig. Das Licht drückt die Lider nieder. Zwischen den kostspieligen Liegestühlen und Decken ist viel Strand unbelegen, aus den benachbarten Gesprächen dringen Worte wie aus einer Vergangenheit in den Schlaf. Der Sand ist noch schwer vom gestrigen Regen und läßt sich zu festen weichen Kissen zusammenschieben. Quer über den Himmel ziehen winzige Flugzeuge Spruchbänder, die Getränke und Läden und Restaurants anpreisen. Weiter draußen, über der gedrängten Herde der Sportfischerboote, üben zwei Düsenjäger Orientierung. Die Brandung stürzt in den Einschlag eines schweren Geschosses und zerspritzt in den prasselnden Geräuschen, die das Dorfkino abends in Weltkriegsfilmen vorführt. Sie wacht auf von einzelnen Regentropfen und sieht wieder das bläuliche Schindelfeld einer Dachneigung im verdüsterten Licht als ein pelziges Strohdach in einer mecklenburgischen Gegend, an einer anderen Küste.
An die Gemeindeverwaltung von Rande bei Jerichow. Als ehemalige Bürgerin von Jerichow, und als ehemals regelmäßige Besucherin von Rande, bitte ich Sie höflichst um Auskunft, wie viele Sommergäste jüdischen Glaubens vor dem Jahr 1933 in Rande gezählt wurden. Mit Dank für Ihre Mühe.
Abends ist der Strand hart von der Nässe, mit Poren gelöchert, und drückt den Muschelsplitt schärfer gegen die Sohlen. Die auslaufenden Wellen schlagen ihr so hart gegen die Knöchel, daß sie sich oft vertritt. Im Stillstehen holt das Wasser ihr in zwei Anläufen den Grund unter den Füßen hervor, spült sie zu. Nach solchem Regen hat die Ostsee einen gelinden, fast gleichmäßigen Saum ans Land gewischt. Beim Strandlaufen an der Ostsee gab es ein Spiel, bei dem die Kinder dem Vordermann jenen Fuß, der eben nach vorn anheben wollte, mit einem raschen Kantenschlag hinter die Ferse des stehenden Beins hakten, dem Kind das sie war, und der erste Fall war unbegreiflich. Sie geht auf den Leuchtturm zu, dessen wiederkehrender Blitz zunehmende Schnitze aus dem blauen Schatten hackt. Alle paar Schritte versucht sie, sich von den Wellen aus dem

Stand schubsen zu lassen, aber sie kann das Gefühl zwischen Stolpern und Aufprall nicht wieder finden.

Can you teach me the trick, Miss C.? It might not be known in this country.

An der israelisch-jordanischen Front ist wieder geschossen worden. In New Haven sollen Bürger afrikanischer Abstammung Schaufenster einschlagen und Brandbomben werfen.
Am nächsten Morgen ist der früheste Küstenzug nach New York auf dem freien Feld vor der Bucht aufgefahren, invalides Gerät mit Pfandplaketten unter dem Firmennamen. Jakob hätte so verwahrloste Wagen nicht vom Abstellgleis gelassen. Die verstriemten Fenster rahmen Bilder, weißgetünchte Holzhäuser in grauem Licht, Privathäfen in Lagunen, halbwache Frühstücksterrassen unter schweren Laubschatten, Flußmündungen, letzte Durchblicke zum Meer hinter Molen, die Ansichten vergangener Ferien. Waren es Ferien? Im Sommer 1942 setzte Cresspahl sie in Gneez in einen Zug nach Ribnitz und erklärte ihr, wie sie da vom Bahnhof zum Hafen gehen sollte. Sie war so verstört von der Trennung, ihr fiel nicht Angst vor der Reise ein. Der Fischlanddampfer im Hafen von Ribnitz war ihr vorgekommen wie eine fette schwarze Ente. Auf der Ausfahrt in den Saaler Bodden hatte sie den ribnitzer Kirchturm im Blick behalten, den von Körkwitz dazugezählt, dann die Düne von Neuhaus auswendig gelernt, die ganze Fahrt bis Althagen rückwärts gewandt, um den Rückweg zur Eisenbahn, nach Jerichow später nicht zu verfehlen. 1942 im Sommer wollte Cresspahl das Kind eher aus dem Weg haben. Aus seinem Weg hatte er sie 1951 geschickt, in den Südosten Mecklenburgs, fünf Stunden von Jerichow. Der Bahnhof von Wendisch Burg lag höher als die Stadt, vom Ende des blausandigen Bahnsteigs war der Ostrand des Untersees zu sehen, stumpf im Nachmittag. Sie merkte erst an der Sperre, daß Klaus Niebuhr sie die ganze Zeit in ihrem unschlüssigen Dastehen beobachtet hatte, wortlos, bequem auf das Stangengeländer gestützt, neun Jahre älter als das Kind, das sie erinnerte. Er hatte ein Mädchen namens Babendererde mitgebracht. Sie war eine von denen mit dem unbedachten Lächeln, und Gesine

nickte vorsichtig, als Klaus ihren Namen nannte. Sie fürchtete auch, daß er wußte, warum Cresspahl sie vorläufig nicht in Jerichow haben wollte. Ferien waren es kaum. Der Zug rollt gemächlich auf kleinstädtische Vorplätze, Fahrgäste in Büroanzügen treten aus der Dämmerung unter den Dächern hervor, jeder allein mit seinem Aktenkoffer, und legen sich im Zug auf den niedergestellten Sitzen schlafen. Jetzt züngelt die Sonne über den Hausfirsten, wirft Fäuste voll Licht über tiefliegendes Feld. Die Stichbahn von Gneez nach Jerichow war in weitem Abstand an den Dörfern vorbeigeführt, die Stationen waren rote Bauklötze mit giebligen Teerdächern, vor denen wenige Leute mit Einkaufstaschen warteten. Die Fahrschüler stellten sich auf den Bahnsteigen so auf, daß sie vor Gneez alle im dritten und vierten Abteil hinter dem Gepäckwagen versammelt waren. An dieser Strecke lernte Jakob die Eisenbahn. Jakob in dem schwarzen Kittel sah aus seiner Bremserkabine so geduldig auf die Gruppe der Oberschüler herunter, als wollte er Cresspahls Tochter nicht erkennen. Mit neunzehn Jahren mag er die Leute noch nach Ständen unterschieden haben. Von den rostbrandigen Sümpfen New Jerseys über stelzige Brücken schwankt der Zug in die Palisaden und abwärts in den Tunnel unter dem Hudson nach New York, und sie steht schon lange in der Reihe der Wochenendurlauber und Tagesurlauber im Mittelgang, gelegentlich um einen halben Fuß vortretend, angetreten zum Rennen auf die Wagentür, die Rolltreppe, die verwinkelten Bauverschalungen des Pennsylvania Bahnhofs, in die Westseitenlinie der Ubahn, in die Linie nach Flushing, auf die Rolltreppe aus dem blauen Gewölbe auf die Ecke der Zweiundvierzigsten Straße am Bahnhof Grand Central. Später als eine Stunde darf sie nicht an ihren Arbeitstisch kommen, und eine Stunde zu spät nur heute, nach dem Urlaub.

21. August, 1967 Montag

Aufklarendes Wetter in Nordvietnam erlaubte der Luftwaffe Angriffe nördlich von Hanoi. Die Marine bombardierte die Küste mit Flugzeugen und feuerte Achtzollgranaten in die entmilitarisierte Zone. Im Süden wurden vier Hubschrauber abge-

schossen. Die Unruhen in New Haven gingen gestern weiter mit Bränden, eingeschlagenen Schaufenstern, Plünderung; weitere 112 Personen sind festgenommen worden.
Neben dem Zeitungenstapel wartet eine kleine gußeiserne Schale, über die die gekrümmte Hand des Händlers vorstößt, ehe sie noch die Münze hat abwerfen können. Der Mann blickt feindselig, dem haben sie sein Geld einmal zu oft weggerafft im Vorübergehen auf der offenen Straße.

Dafür hab ich mir also den Hals zerschießen lassen, meine Dame.

Die Leiche jenes Amerikaners, der am vorigen Mittwochabend in Prag nicht in sein Hotel zurückkam, ist gestern nachmittag in der Vltava gefunden worden. Mr. Jordan, 59 Jahre, war Mitarbeiter des jüdischen Hilfswerks JOINT. Er hatte sich eine Zeitung kaufen wollen.
Die Sohle der Lexington Avenue ist noch verschattet. Sie erinnert sich an die Taxis, die einander am Morgen auf dem Damm drängen, im Einbiegen aufgehalten von einem Verkehrslicht, dessen Rot die Fußgänger zum Gang über die östliche Einbahnstraße ausnutzen können, in dessen Grün sie die wartenden Wagen behindern dürfen. Sie hat nicht gezögert, auf die Verbotsschrift zuzutreten. Sie kommt hier seit vordenklicher Zeit, mit angelegten Ellenbogen, auf den Takt der Nachbarn bedacht. Sie weicht dem blinden Bettler aus, der mit vorgehaltenem Becher klimpert, der unwillig grunzt. Sie hat ihn wieder nicht verstanden. Sie geht noch zu langsam, ihr Blick wandert, sie ist mit der Rückkehr beschäftigt. Seit sie aus der Stadt war, hat zwischen den hohen Fenstertürmen das Sirenengejaul gehangen, das schwillt, verkümmert, hinter ferneren Blocks wild aufbricht. Aus den Seitenstraßen schlägt hitziges Gegenlicht quer. Mit den Augen gegen den blendenden Zement geht sie neben einer Fußfassade aus schwarzem Marmor, deren Spiegel die Farben der Gesichter, Blechlacke, Baldachine, Hemden, Schaufenster, Kleider schwächer tönt. Sie tritt beiseite in einen weißlichtigen Gang, aus dem Ammoniak ins Offene dampft, Biß für Biß abgetrennt von der federnden schmalen Tür. Diesen Eingang kennen nur die Angestellten.

Sie ist jetzt vierunddreißig Jahre. Ihr Kind ist fast zehn Jahre alt. Sie lebt seit sechs Jahren in New York. In dieser Bank arbeitet sie seit 1964.
Ich stelle mir vor: Unter ihren Augen die winzigen Kerben waren heller als die gebräunte Gesichtshaut. Ihre fast schwarzen Haare, rundum kurz geschnitten, sind bleicher geworden. Sie sah verschlafen aus, sie hat seit langem mit Niemandem groß gesprochen. Sie nahm die Sonnenbrille erst ab hinter dem aufblitzenden Türflügel. Sie trägt die Sonnenbrille nie in die Haare geschoben.
Sie hatte kaum Spaß an der Wut der Autofahrer, die auf der Lexington Avenue von einer Ampel Tag für Tag benachteiligt werden. Sie kam hier an mit einem Auto, einem schwedischen Tourenwagen, der zwei Jahre lang am Schneesalz verrottete, am Fuß der 96. Straße, gegenüber den drei Garagen. Zur Arbeit ist sie immer mit der Ubahn gefahren.
Ich stelle mir vor: In der Mittagspause liest sie noch einmal, daß gestern nachmittag ein Mann in einem Kahn auf der Moldau in Prag spazierenfuhr, bis er zur Brücke des Ersten Mai kam. An einem Wasserbrecher hing ein Jude aus New York, der aus seinem Hotel gegangen war, um eine Zeitung zu kaufen. (Sie hat gehört, daß englischsprachige Zeitungen in Prag nur in Hotels verkauft werden.)
Bis vor fünf Jahren kannte sie von Prag nur die Straßen bei Nacht, durch die ein Taxi vom Hauptbahnhof zum Bahnhof Střed fährt.

You American? Hlavní nádraží dříve, this station, earlier, Wilsonovo nádraží. Sta-shun. Woodrow Wilson!

Sie hätte ja sagen müssen, weil sie einen amerikanischen Paß in der Tasche hatte. Den Namen in dem Paß hat sie vergessen. Das war 1962.
Ich stelle mir vor: Sie kommt am Abend, bei schon abgedecktem Himmel, aus der Ubahnstation 96. Straße auf den Broadway und sieht im Brückenausschnitt unter dem Riverside Drive eine grüne Lichtung, hinter dem fransigen Parklaub den ebenen Fluß, dessen verdecktes Ufer ihn auslaufen läßt in einen Binnensee in einem Augustwald in trockener verbrannter Stille.

Sie wohnt am Riverside Drive in drei Zimmern, unterhalb der Baumspitzen. Das Innenlicht ist grün gestochen. Im Süden sieht sie neben dichten Blattwolken die Laternen auf der Brücke, dahinter die Lichter auf der Schnellstraße. Die Dämmerung schärft die Lichter. Das Motorengeräusch läuft ineinander in der Entfernung und schlägt in ebenmäßigen Wellen ins Fenster, Meeresbrandung vergleichbar. Von Jerichow zum Strand war es eine Stunde zu gehen, am Bruch entlang und dann zwischen den Feldern.

22. August, 1967 Dienstag

Über Festland-China sind gestern zwei Düsenjäger der U. S. Marine abgeschossen worden. Das Kriegsministerium erklärt 32 Mann für amtlich tot in Viet Nam. Das Marinekorps hat 109 tote Vietnamesen aus dem Norden gezählt. Die Bande im Süden verspricht ganz ehrliche Wahlen.
Gestern in New Haven sind abermals Schaufenster eingeschlagen und Brände gelegt worden. Die Polizei trug blaue Helme, Gewehre in der Hand, schoß Tränengas ab. Inzwischen sind 284 Bürger verhaftet, zumeist Afrikaner und Puertorikaner.
Der Zeitungsstand auf dem Broadway, an der Südwestecke der 96. Straße, ist ein grünes Zelt, herumgebaut um einen Kern aus Aluminiumkästen. Links sind die hiesigen Zeitschriften in Bahnen überlappt ausgelegt, rechts neben dem Eingang die Stapel der Tageszeitungen, rechts außen die Einfuhren aus Europa, gesichert mit verkrusteten Gewichten. Der Stand zeigt den Leuten, die um die Straßenecke leben, das Wetter an; wenn er mit Stangen und Tuch mehr Dach ansetzt, ist bald Regen zu erwarten. Der alte Mann mit der speckigen Schirmmütze, der die Morgenschicht arbeitet, nimmt sich das Recht auf seine Laune. Seine rechte Hand ist verstümmelt; er besteht aber darauf, daß die Kunden ihm das Geld zwischen die krummen Finger stecken, und jeden Morgen übt er, Münzen mit dickem Daumen aus der krüppligen Handgrube zu drücken. An diesem Morgen grüßt er nicht zurück.
Er kennt diese Kundin: sie kommt an allen Arbeitstagen um zehn Minuten nach acht aus der sechsundneunzigsten Straße, sie

bringt immer die passende Münze, sie versucht die Titelzeilen der New York Times zu lesen, wenn sie die Zeitung unter dem Gewicht hervorzupft. Sie geht meist mit leeren Händen zur Arbeit, mit der Zeitung unterm Ellenbogen läuft sie in die Ubahnstation hinunter zu immer dem selben Zug (den er gleich darauf durch die Gitter in der Mitte des Broadway einfahren hört). Sie sagt guten Morgen, als hätte sie es auf einer Schule im Norden gelernt; sie ist aber nicht im Land geboren. Der Händler kennt auch das Kind dieser Kundin vom Sonnabend, wenn beide mit dem Einkaufswagen die Straße abfahren; das Kind, ein zehnjähriges Mädchen mit einem ähnlich kugeligen Kopf, aber sandblonden, ausländischen Zöpfen, sagt guten Morgen, als hätte es das auf der 75. Schule einen Block weiter gelernt, und kommt heimlich an Sonntagmorgen, sich eine Zeitung zu holen, die ganz und gar aus gezeichneten Bilderstreifen besteht. Davon weiß die Kundin nichts, noch daß das Kind selten bezahlen muß. Die Kundin kauft keine Zeitung als die New York Times.

Morgen werden Sie mal nicht grüßen, meine Dame. Alle diese Fisimatenten.

Gesine Cresspahl kauft die New York Times wochentags am Stand, der Bote könnte ihre Frühstückszeit doch verfehlen. Am Bahnsteig faltet sie das Blatt einmal und noch einmal längs, damit sie es im Gedränge durch die Ubahntür behält und in der Enge zwischen Ellbogen und Schultern die erste Seite des achtspaltigen Stabs von oben bis unten lesen kann, fünfzehn Minuten unter der Straße dahingerissen, bis sie zu Fuß weitergehen kann. Wenn sie nach Europa fliegt, läßt sie den Nachbarn seine Exemplare aufheben, zurückgekehrt holt sie die versäumte new yorker Zeit Wochenenden lang nach aus fußhohen Stapeln. In der Mittagspause räumt sie ihren Arbeitstisch frei und liest in den Seiten hinter dem Titelblatt, die Ellenbogen gegen die Tischkante gestemmt, nach der europäischen Manier. Bei einem Besuch in Chicago lief sie drei Kilometer durch eine schneewindige Straße aus blinden Wohnkästen, bis sie in einer prochinesischen Buchhandlung noch die überalterte Stadtausgabe aus New York auftrieb, als sei nur dem auswärtigen Druck zu glauben. Auf dem Rückweg von der Arbeit sind die drei Längsfalten so kräftig eingekerbt, daß die Spalten sich gefügig aufklappen, nach rechts umlegen, nach links schwenken lassen, wie die Tasten eines Instruments, unter den Fingern einer Hand; die andere Hand braucht sie für den Haltegriff in den überfüllten, schwankenden Wagen. Einmal nach Mitternacht ging sie, vorsichtig und den Blick geradeaus, durch die heißen Nebenstraßen, vorbei an flüsternden Gruppen und einer Schlägerei um eine betrunkene oder bewußtlose Frau, auf den Broadway, der jetzt dicht mit Polizisten, Prostituierten, Rauschkranken bestanden war, und kaufte die früheste Ausgabe der New York Times und schlug sie auf unter der Acetylenlampe am Giebel des Kiosks und fand die Nachricht, die nun wahrer war als die reißerische Überschrift, die sie den Nachmittagsblättern nicht hatte glauben mögen (das war, als Frau Enzensberger in Berlin den Stellvertreter des Präsidenten mit Bomben aus Puddingpulver erledigen wollte). Sie behält das geknickte, flappige Blatt unter dem Arm bis hinter ihre Wohnungstür und liest beim Essen noch einmal die Berichte aus der Finanz; allerdings aus dienstlichen Gründen. Wenn sie an einem Tag am Strand die Zeitung verpaßt hat, hält sie abends ein Auge auf den Fußboden der Ubahn und auf alle Abfallkörbe unterwegs, auf der Suche nach einer weggeworfenen, angerissenen, bekleckerten New York Times vom Tage, als sei nur mit ihr der Tag zu beweisen. Sie ist mit der New York Times zu Gange und zu Hause wie mit einer Person, und das Gefühl beim Studium des großen grauen Konvoluts ist die Anwesenheit von Jemand, ein Gespräch mit Jemand, dem sie zuhört und antwortet mit der Höflichkeit, dem verhohlenen Zweifel, der verborgenen Grimasse, dem verzeihenden Lächeln und solchen Gesten, die sie heutzutage einer Tante erweisen würde, einer allgemeinen, nicht verwandten, ausgedachten: ihrem Begriff von einer Tante.

23. August, 1967 Mittwoch

Die Luftwaffe flog gestern 132 Angriffe auf Nordvietnam. Die Zeitung setzt unter ein Bild von den Trümmern eines Flugzeugs in Hanoi, daß die Kommunisten dies für ein abgeschossenes Flugzeug erklären. Das Foto war wichtig genug für die erste Seite, aber erst auf der sechsten, verstellt von Neuigkeiten aus Jerusalem, finden wir die amtlichen Todeserklärungen für vierzig Soldaten, nur die Toten aus New York und Umgebung namentlich genannt, fünfzehn Zeilen Lokales.

In der Nacht in New Haven gingen fünfhundert Polizisten Patrouille in den Negervierteln, durchsuchten Autos, hielten Scheinwerfer gegen die Fenster, verhafteten hundert Leute. Und wäre sie gestern nachmittag am Foley Square gewesen, hätte sie einen Führer der radikalen Afrikaner rufen hören können, daß Krieg sei mit den Weißen und Gewehre vonnöten, als sie die 95. Straße West hinunterging, entgegen dem immer noch feucht verwischten Parkbild mit dem Fluß inmitten. Sie stellt sich vor, daß sie die Gesichter der Polizisten beobachtet hätte, deren eines zu sehen ist unter der erhobenen schwarzen Faust in der Zeitung, mit einem ungläubigen Ausdruck fast altersweiser Art, noch im Nachgeschmack der vorangegangenen Prügelei.

Im August 1931 saß Cresspahl in einem schattigen Garten an der Travemündung, mit dem Rücken zur Ostsee, und las in einer englischen Zeitung, die fünf Tage alt war.

Er war damals in seinen Vierzigen, mit schweren Knochen und einem festen Bauch über dem Gürtel, breit in den Schultern. In seinem graugrünen Manchesteranzug mit Knickerbockers sah er ländlicher aus als die Badegäste um ihn, er betrug sich vorsichtig und seine Hände waren klobig, aber der Kellner sah es, wenn er die Hand hob, und setzte ihm das Bier bald neben die Hand, nicht ohne Redensarten. Darauf antwortete Cresspahl mit leisem, vergeßlichem Knurren. Er sah an seiner zerknitterten Zeitung vorbei auf einen Tisch in der sonnigen Mitte des Gartens, an dem eine Familie aus Mecklenburg saß, jedoch in einer zerstreuten Art, als habe er seine veralteten Nachrichten satt. Er war damals füllig im Gesicht, mit trockener schon harter Haut. In der Stirn war sein langer Kopf schmaler. Sein Haar war noch hell, kurz in kleinen wirbligen Knäueln. Er hatte einen aufmerksamen, nicht deutbaren Blick, und die Lippen waren leicht vorgeschoben, wie auf dem Bild in seinem Reisepaß, den ich ihm zwanzig Jahre später gestohlen habe.

Er war vor fünf Tagen aus England abgefahren. Er hatte in Mecklenburg seine Schwester verheiratet an einen Vorarbeiter beim Wasserstraßenamt, Martin Niebuhr. Er hatte das Essen im Ratskeller von Waren gestiftet. Er hatte sich Niebuhr zwei Tage lang angesehen, ehe er ihm tausend Mark gab, als Darlehen. Er hatte das Grab seines Vaters auf dem Friedhof von Malchow auf zwanzig Jahre im voraus bezahlt. Er hatte seiner Mutter eine Rente hinterlassen. Hatte er sich nicht losgekauft? Er hatte einen Vetter im Holsteinischen besucht und ihm einen Tag Korn einfahren helfen. Er hatte seinen Paß um fünf Jahre verlängern lassen, nach den Vorschriften für die Einbürgerung. Er hatte noch fünfundzwanzig Pfund in der Tasche und wollte nur wenig davon ausgeben, bis er zurück war in Richmond, in seiner Werkstatt voll teuren Werkzeugs, bei verläßlicher Kundschaft, in seinen zwei Zimmern am Manor Grove, in dem Haus, auf das er ein Gebot gemacht hatte. Er hatte auf der Reise noch einmal gesehen, wo er ein Kind gewesen war, wo er das Handwerk gelernt hatte, wo er zum Krieg eingezogen wurde, wo die Kapp-Putschisten ihn in einen Kartoffelkeller gesperrt hatten, wo jetzt die Nazis sich mit den Kommunisten schlugen. Er hatte nicht vor, noch einmal zu kommen.

Die Luft war trocken und ging schnell. Die warmen Schatten flackerten. Der Seewind schlug Fetzen von Kurkonzert in den Garten. Es war Friede. Das Bild ist chamois getönt, vergilbend. Was fand Cresspahl an meiner Mutter?

Meine Mutter war 1931 fünfundzwanzig Jahre alt, die zweitjüngste von den Töchtern Papenbrocks. Auf Familienbildern steht sie hinten, die Hände verschränkt, den Kopf leicht schräg geneigt, nicht lächelnd. Man sah ihr an, daß sie noch nie anders denn aus freien Stücken gearbeitet hatte. Sie war so mittel groß wie ich, trug unser Haar in einem Nackenknoten, dunkles, locker fallendes Haar um ihr kleines, gehorsames, ein bißchen gelbliches Gesicht. Sie sah jetzt besorgt aus. Sie hob selten den Blick vom Tischtuch und knetete ihre Finger, als wäre sie gleich ratlos. Sie allein hatte gemerkt, daß der Mann, der sie ebenmäßig ohne ein Nicken beobachtete, ihnen nachgegangen war von der Priwallfähre bis an den nächsten freien Gartentisch. Der alte Papenbrock lag mit seinem ganzen Gewicht gegen seine Lehne und quengelte mit dem Kellner, oder mit seiner Frau, wenn die Bedienung an anderen Tischen stand. Meine Großmutter, das Schaf, sagte wie in der Kirche: Ja, Albert. Gewiß, Albert. Der Kellner stand an Cresspahls Seite und sagte: Nich daß ich weiß. Wochenende. Kommen viel vom Land rüber. Gute Familien. Mein Herr.

Ich war hübsch, Gesine.
Und er sah doch eher aus wie ein Arbeiter.
Dafür hatten wir einen Blick, Gesine.

Cresspahl stand an der Fähre zum Priwall, als die Papenbrocks in die Vorderreihe kamen, auf der Fähre stand er gegen den Schlagbaum gestützt, den Rücken zu ihnen. Auf der anderen Seite ließ er sie an sich vorbeigehen zu Alberts Lieferwagen und verlor sich bald unter den Spaziergängern in der dick überlaubten Villenstraße. Am Abend fuhr Cresspahl mit einem gemieteten Auto zurück nach Mecklenburg, über den Priwall, entlang der Pötenitzer Wiek, entlang der Küste nach Jerichow. Mein Vater, als sein Boot nach England in Hamburg ablegte, nahm sich ein Zimmer im Lübecker Hof in Jerichow.
Gesine Cresspahl wird an manchen Mittagen eingeladen in ein italienisches Restaurant an der Dritten Avenue. Hinter dem Haus ist ein Garten zwischen efeubewachsenen Ziegelwänden. Die Tische unter den bunten Sonnenschirmen sind mit rotweiß karierten Decken belegt, der Straßenlärm fällt nur dumpf übers Dach, und das Gespräch befaßt sich mit den Chinesen. Was machen die Chinesen?
Die Chinesen stecken die britische Botschaft in Peking an und verprügeln den Geschäftsträger. Das machen die Chinesen.

24. August, 1967 Donnerstag

Über Nordvietnam sind fünf Kriegsflugzeuge abgeschossen worden. Siebzehn Mann sind amtlich tot im Süden, und einer von ihnen war Anthony M. Galeno aus der Bronx.
In der Bronx hat die Polizei ein Waffenlager ausgehoben, Panzerfaust, Maschinenpistole, Dynamit, Sprengpulver, Handgranaten, Gewehre, Flinten, Pistolen, Zündkapseln. Die vier

Sammler, private Patrioten, wollten zunächst den Kommunisten Herbert Aptheker umbringen und dann die Nation vor ihren übrigen Feinden schützen.
Als Gesine Cresspahl im Frühjahr 1961 in diese Stadt kam, sollte es für zwei Jahre sein. Der Gepäckträger hatte das Kind auf seinen Karren gestellt und fuhr es mit Schwung durch die vergammelte Halle der Französischen Linie; das Kind nahm beide Hände auf den Rücken, als er seine ausstreckte und die Kappe abnahm. Marie war fast vier Jahre alt. Sie hatte nach sechs Tagen auf See den Mut verloren, in dem neuen Land auf den Rhein, auf den Kindergarten in Düsseldorf, auf die Großmutter zu hoffen. Gesine dachte an Marie immer noch als an »das Kind«, das Kind konnte sich kaum gegen sie wehren. Sie war besorgt, dieser Umzug könne vereitelt werden durch das Kind, das unter seinem weißen Kapotthut finster und verschüchtert gegen das Schmutzlicht der 48. Straße West blinzelte.
Sie hatte zwanzig Tage Zeit, eine Wohnung zu finden, und an jedem wehrte sich das Kind gegen New York. Das Hotel fand eine deutschsprachige Aufpasserin für sie, eine steifnackige betagte Schwarzwälderin in einem teerschwarzen Kleid voller Rüschen und Knopfleisten, die mit dünnem Sopran Lieder von Uhland singen konnte, aber die Emigrantin hatte mehr von ihrem Dialekt behalten als von dem Hochdeutsch, das vor fünfundzwanzig Jahren in Freudenstadt gesprochen wurde; das Kind antwortete ihr nicht. Das Kind zog mit Gesine durch die Stadt, ließ sie nicht von der Hand, stand dicht an sie gedrückt in den Bussen und Ubahnen, wachsam bis zum Mißtrauen, und ließ sich erst im späten Nachmittag von eintönigen Fahrtbewegungen in den Schlaf tölpeln. Sie zog den Kopf zwischen die Schultern, wenn Gesine ihr aus den Wohnunganzeigen der New York Times vorlas, ihr lag nicht an den bewachten Fahrstühlen, nicht an der Klimamaschine; sie fragte nach Schiffen. Sie sah mit einer Art Befriedigung umher in den Wohnungen, die Gesine erschwingen konnte, knausrig geschnittenen und schäbig möblierten Zimmern, drei Fenster zum nachtdunklen Hof und eins auf die kahle harte Gegenfront, teuer weil frei von Negern als Nachbarn; sie kamen den Gartenfenstern in Düsseldorf nicht gleich, die mußte sie sich nicht

bieten lassen. Das Kind nahm sich kein englisches Wort an, sie ließ sich die Grüße und Zurufe und Schmeicheleien in Imbiß-Stuben im Bus in der Hotelhalle gefallen als sei ihr das Gehör ausgegangen, Antwort gab sie nur mit einem verzögerten wütenden Kopfschütteln bei niedergeschlagenen Lidern. Sie war so still versessen auf die Rückkehr, sie wurde wieder und wieder wohlerzogen genannt. Sie fing an, das Essen zu verweigern, weil das Brot, das Obst, das Fleisch anders schmeckten. Gesine überwand sich zu Bestechung und erlaubte ihr Trickfilmprogramme im Bildfunk anzusehen; das Kind kehrte sich ab vom Schirm, nicht trotzig. Das Kind stand am Fenster und sah hinunter in die von hochstöckigen Fassaden verdunkelte Straße, in der alles anders war: die knallbunten Taxirudel, die uniformierten, trillernden Portiers unter ihren Baldachinen, die amerikanische Fahne auf dem Harvardklub, mit Knüppeln spielende Polizisten, der weiße Dampf aus den Schächten der Fernheizung, leuchtend in der fremden Nacht. Sie fragte nach Flugzeugen. Gesine war erleichtert, wenn das Kind nach vieltägigem Betrachten fragte, warum manche Leute hier eine dunkle Hautfarbe haben, oder warum alte Frauen aus dem Schwarzwald Juden sind; das meiste Gespräch war stumm, blickweise, in Gedanken:

gäbst du überhaupt auf, mir zuliebe?
Gib mir diese zwei Jahre. Dann gehen wir nach Westdeutschland für so lange du willst.
Denkst du denn aufzugeben

Dem Kind zuliebe ließ Gesine am zwölften Tag das Suchen in Manhattan sein und verlegte sich auf die Villenviertel in Queens. Der Zug kletterte aus dem Tunnel unter dem East River auf die hohen Stelzen gegenüber den Vereinten Nationen, und das Kind sah entmutigt und rechthaberisch auf die übermenschlich hohe Zackenlinie des anderen Ufers und dann auf die ärmlichen niedrigen Kästen, die einstöckige Wüstenei (wie ein Dichter sagt) rechts und links der Bahn. Aber in Flushing fanden sie Parkstraßen, breit zwischen Rasenhängen, von alten Bäumen beschattet, locker eingefaßt von abständigen Häusern aus weißem Holz und schiefrigen Dächern nach dem

Muster der Bauern, und Gesine bat dem Kind nicht mehr heimlich ab. Das Kind sagte: Wollen wir nicht lieber an einem Strand suchen gehen?
Der Makler in der Hauptstraße war ein gesetzter, leise sprechender Mann über die Fünfzig, ein Weißer. Wenn er die Brille abnahm, sah er erfahren aus. Alter ließ ihn verläßlich scheinen. Er hatte möblierte Wohnungen in den Baumgebieten vorrätig, mit Treppen zu Gärten, mit Schwimmbädern um die Ecke. Gesine konnte hier bezahlen. Der Mann lächelte dem Kind zu, das steif vor Empörung die Ansiedlung für geschehen hielt. Er sprach über die Gegend, nannte sie anständig und jüdisch und sagte: Haben Sie keine Sorge, wir halten die shwartzes schon draußen. Gesine nahm in einem Griff das Kind vom Stuhl, die Tasche vom Tisch und war auf dem Bürgersteig, auch sorgfältig bedacht, die Glastür mit einem Knall gegen den Rahmen zu werfen.
Abends saßen sie in einem Restaurant auf dem Flughafen Idlewild und sahen die Maschinen auf das Feld hinausziehen, vor dem schwärzlichen Himmel aufs Meer hinaus starten. Sie versuchte dem Kind zu erklären, daß der Makler sie für eine Jüdin gehalten hatte, für einen besseren Menschen als eine Negerin. Das Kind wollte wissen was das heißt: You bastard of a Jew, und verstand, daß Wunder möglich sind, sah den Koffer mit dem Spielzeug aus dem Hotel angefahren kommen, wußte sich schon im Flugzeug, morgens zu Hause. Gesine war bereit, aufzugeben. Unter solchen Leuten ist nicht zu leben.
Die westdeutsche Regierung will die Verjährung für Morde und Massenausrottung in der Nazizeit ganz und gar aufheben, vielleicht.
Die leichte Artillerie kann man mit der Post bestellen, aber für eine Pistole braucht man einen Waffenschein, und sie traut sich nicht zur Polizei.

25. August, 1967 Freitag

Seit gestern abend fiel Regen in die Stadt, dämpfte das Trampeln der Wagen auf der Schnellstraße am Hudson zu flachem Rauschen. Morgens ist sie aufgewacht vom Schlürfen der Autoreifen auf dem triefenden Damm unterm Fenster. Das Regenlicht hat Dämmerung zwischen die Bürokästen an der Dritten Avenue gehängt. Die kleinen Läden im Fuß der Hochhäuser schicken geringes, dörfliches Licht in die Nässe. Als sie die Neonbatterie in der Decke ihres Arbeitsraums einschaltete, malte das vom Dunklen zusammengedrückte Licht einen Blick lang Wohnlichkeit in die kantige Zelle. An diesem Tag soll das Kind aus dem Ferienlager zurückkommen.

Abends sind die Stirnen der Bank, wenig oberhalb ihres Stockwerks, mit Nebel verhängt. Von der Straße gesehen blinken die Fenster der Direktion wässerig, untergehende Schiffe.

Auf das Kind wartet sie am Abend im Imbiß-Saal des Busbahnhofs an der George Washington-Brücke, rauchend, in fauler Unterhaltung mit der Serviererin, die Zeitung unterm Ellenbogen. Die Zeitung liegt im selben Knick, in dem sie das Papier unterm Regendach des Kiosks herausgefischt hat, aufgespart für die Stunde Wartens. Sie erlaubt sich, nicht auf der ersten Seite anzufangen, sondern aus dem Inhaltsverzeichnis Meldungen auszusuchen.

Ein Bundesgericht hat Anklage erhoben gegen fünfundzwanzig Personen wegen der 407 000 Dollar in Reiseschecks, die im vorigen Sommer vom Flughafen J. F. Kennedy verschwunden sind. Sie haben den Mann, der die Schecks zum Viertel ihres Wertes weiterverkaufte, auch den, der sie für die Hälfte absetzte, und die Einwechsler, aber sie haben nicht den, der sie tatsächlich vom Gepäckkarren geschubst hat; der ihnen vermutlich Bescheid gegeben hat, ist am 11. Juli erschossen in einem Graben bei Monticello gefunden worden. Die Mafia telefoniert.

Das Kind hat ihr eine Postkarte mit der Zeit der Ankunft geschickt, es ist eine Fotografie, auf der sie zu sehen ist mit anderen Kindern in einem Ruderboot. Marie hat ein Bein im Wasser hängen, und um das Schienbein hat sie einen breiten, schwärzlichen Verband. Sie blickt angstlos, still zwischen den Grimassen der anderen. Sie ist mit dem Schienbein gegen die Bindung des Wasserskis geknallt. Sie mißt vier Fuß zehn Zoll. Ihre Schrift hat die Bogen und Schleifen der amerikanischen Vorlage. Beim Malnehmen schreibt sie den Multiplikator unter, nicht neben den Multiplikanden. Sie denkt in Fahrenheitgraden, in Gallonen, in Meilen. Ihr Englisch ist dem Gesines überlegen in der Artikulation, der Satzmelodie, dem Akzent. Deutsch ist für sie eine fremde Sprache, die sie aus Höflichkeit gegen die Mutter benutzt, in flachem Ton, mit amerikanisch gebildeten Vokalen, oft verlegen um ein Wort. Wenn sie achtlos Englisch spricht, versteht Gesine sie nicht immer. Wenn sie fünfzehn ist, will sie sich taufen lassen, und sie hat die Nonnen in der Privatschule am oberen Riverside Drive dazu gebracht, sie M'ri zu nennen statt Mary. Allerdings sollte sie von dieser Schule verwiesen werden, weil sie die Plakette GEHT RAUS AUS VIET NAM nicht im Unterricht abnehmen wollte. Sie steigt aus der blauen Schuluniform mit dem Wappen auf dem Herzen, sobald sie nach Hause kommt; sie hat eine Vorliebe für enge Hosen aus weißem Popelin, deren Saum sie mit einem Schälmesser abtrennt, und für Turnschuhe. Sie hat kaum eine Freundschaft aus den sechs hiesigen Jahren aufgegeben, sie spricht noch von Edmondo aus dem spanischen Harlem, der seine Gefühle schon im Kindergarten bloß mit Schlägen ausdrücken konnte und 1963 fürs Leben in eine Klinik kam. In vielen Wohnungen entlang des Riverside Drive und der West End Avenue ist sie über Nacht geblieben. Sie ist begehrt als Aufpasserin für kleine Kinder, sie ist aber streng gegen kleine Kinder, bisweilen derb. Sie hat das Ubahnsystem Manhattans im Kopf, sie könnte als Auskunftperson gehen. Was sie in ihrem Zimmer auf der Maschine schreibt, bewahrt sie auf in einer Mappe, die sie mit unfälschbaren Schleifen zubindet. Sie geht heimlich an den Kasten mit Gesines Fotografien, sie hat sich von ihrem Taschengeld ein Bild kopieren lassen, auf dem Jakob und Jöche zu sehen sind, vor der Lokomotivführerschule in Güstrow. Sie hat ihre Freunde in Düsseldorf vergessen. Westberlin kennt sie aus der Zeitung. Viele Geschäfte auf dem Broadway sind ihr tributpflichtig, Maxies mit Pfirsichen, Schustek mit Scheibenwurst, der Schnapsladen mit Kaugummi. Sie wippt in den Knien, wenn sie sich versprochen hat und gesagt, daß Neger eben Neger sind, sie wippt in den Knien und bewegt die aufgestellten Handflächen wie schiebend gegen Gesine und sagt: O.K.! O.K.!

Auf der zweiten Seite der Zeitung ist ein Bild, das einen amerikanischen Piloten zeigt, der auf einer Karte erklärt, wo er zwei nordvietnamesische Piloten abgeschossen hat; man sieht ihn im Profil, seine Lippen von den Zähnen gezogen, er scheint schlapp und befriedigt zu lächeln. Die amtlichen Toten der Amerikaner stehen heute auf der zwölften Seite, sieben Zeilen ohne Zusammenhang mit den Nachrichten darüber. »Ein Mann aus Long Island unter den Toten« sagt die Überschrift. In der Meldung sind es dann achtundzwanzig.

Marie sagt:
– Meine Zöpfe sind nicht deine Zöpfe, und ich schneide sie ab, wann ich will.
– Mein Großvater war wohlhabend.
– Mrs. Kellogg rasiert sich.
– Ich kann Blut sehen. Ich will Ärztin werden.
– Meine Mutter denkt, daß die Neger gleiche Rechte haben, und da hört sie auf zu denken.
– Neger haben auch einen anderen Körperbau als wir.
– Präsident Johnson ist in der Hand des Pentagons.
– James Fenimore Cooper ist der Größte.
– Mein Vater war Delegierter bei der Internationalen Fahrplankonferenz in Lissabon. Er vertrat die Deutsche Demokratische Republik.
– Düsseldorf-Lohausen ist eine Drehscheibe des internationalen Luftverkehrs.
– Meine Freunde in England schreiben mir zwölfmal im Jahr.
– Meine Mutter ist im Bankfach.
– Meine Mutter ist aus einer Kleinstadt an der Baltischen See, man muß sie das nicht fühlen lassen.
– Meine Mutter hat die schönsten Beine auf dem ganzen Fünferbus, oberhalb der 72. Straße.
– Väter haben so einen verhungernden Blick.
– Bring our boys home!
– Schwester Magdalena ist eine Sau.
– John Vliet Lindsay ist der Größte.
– Meine Mutter fliegt immer mit mir in derselben Maschine, damit wir zusammen sterben.
– Wenn John Kennedy lebte, wäre alles besser.
– Meine besten Freunde sind Pamela, Edmondo, Rebecca, Paul und Michelle, Stephen, Annie, Kathy, Ivan, Martha Johnson,

David W., Paul-Erik, Bürgermeister Lindsay, Mary-Anne, Claire und Richard, Mr. Robinson, Esmeralda und Bill, Mr. Maxie Fruitmarket, Mr. Schustek, Timothy Shuldiner, Dmytri Weiszand, Jonas, D. E. und Senator Robert F. Kennedy.
– Meine Mutter kennt den schwedischen Botschafter.
– Heirate doch, aber ich will keinen Vater.
– Ich kann Spanisch besser als meine Mutter.
– Nach zwei Jahren wollte meine Mutter zurück nach Deutschland, und ich habe gesagt: Wir bleiben.

Unter den nationalen Nachrichten verweist die New York Times nun noch auf den Tod eines Großindustriellen, der 1895 als Laufjunge mit anderthalb Dollar pro Woche angefangen hat und mit einem Vermögen von zweieinhalb Milliarden Dollar starb, und die Zeitung widmet seinem Andenken über zweihundert Zeilen.
Das Kind geht an der gläsernen Wand des Restaurants vorbei. Sie hat den Kopf nicht gewandt, geht weiter inmitten des Gedränges aus Eltern und Abschiedsverhandlungen. Sie ist mager geworden, ihre Haut ist trockengebrannt. Sie sieht älter aus als zehn Jahre. Sie trägt die Vietnamplakette am Kragen ihrer Windjacke. Ihre Zöpfe schwenken ein wenig zu den Seiten, wenn sie in den Glasscheiben des Ausgangs hinter sich zu sehen versucht. Sie bleibt stehen und wendet sich um, ohne daß ihre linke Schulter unter Gesines ausgestreckter Hand weggleitet.
Ich habe dich gesehen: sagt sie, alle Silben betonend, alle Worte gleich langsam. Sie wiederholt: I saw you, und diesmal liegt ein einzelner, triumphierender Sopranton auf dem Wort für gesehen. Sie sieht ihrem Vater nicht ähnlich.

26. August, 1967 Sonnabend

Zwei Unteroffiziere der Armee sind verhaftet, weil sie Herrn Popov von der Sowjetischen Botschaft und Herrn Krejew von den Vereinten Nationen geheime Dokumente übergeben haben, in Supermärkten, in Restaurants, ganz wie in den Filmen, und die Herren sind zu Luft außer Landes.
Bei Bombenangriffen in Nordvietnam kamen die U. S. A.

China bis auf 29 Kilometer nahe, und sie verloren das 660. Flugzeug, und der Kriegsminister sagt den erstaunten Senatoren: Mit Bomben kriegen wir die nicht an unseren Tisch.
Die Preise sind so gestiegen, im Juli mußten wir 4,6 Prozent mehr für Obst und Gemüse bezahlen als im Juni, und ein Mitglied der amerikanischen Nazipartei hat seinen Führer erschossen, als der seine Wäsche in einen Münzsalon brachte, in Arlington in Virginia, und Seifenflocken flatterten um den Toten.
Wäre sie hier geblieben, wenn nicht in der Wohnung an der Straße am Fluß? Sie wäre kaum geblieben, hätte sie nicht, ohne noch zu suchen, die schmale Anzeige gefunden, die drei Zimmer am Riverside Drive versprach, »alle mit Blick auf den Hudson«, zu haben auf ein Jahr für 124 Dollar im Monat. Die Stimme am Telefon klang erstaunt über Gesines Fragen. Gewiß war die Wohnung überlaufen mit Anwärtern, »aber wir warten auf jemand, den wir mögen«. Kinder waren zugelassen in dem Haus. »Sollten Sie farbig sein, kommen Sie unbesorgt«. Gesine war auf ihrem ersten Besuch in New York im Fünferbus den Riverside Drive hinuntergefahren, dem inneren Rand einer ausgedehnten Kunstlandschaft, die mit einer Promenade am Fluß beginnt, landeinwärts geht mit einer Schnellstraße aus getrennten Fahrbahnen und nahezu gärtnerischen Zufahrtschleifen, mit einem geräumigen, hügeligen Park fünfzig Blocks lang, mit Denkmälern, Spielplätzen, Sportplätzen, Liegewiesen und bankgesäumten Spazierwegen. Erst dann rahmt den Park die eigentliche Straße, die an vielen Stellen gekrümmt ist, über zierliche Bodenbuckel schwingt, schmale Abfahrtfinger hinter wiederum Grüninseln zu den Häusern ausstreckt, ein Unikum in Manhattan, eine Veranstaltung von Gartenkunst, eine Straße mit Aussicht auf Bäume, auf Wasser, auf Landschaft. Gesine hatte sich damals gewünscht, jemals zu wohnen in einer der hohen Burgen des Wohlstands, reich geschmückt im orientalischen, italienischen, ägyptischen, immer prächtigen Stil, eher ehrwürdiger durch Verwitterung, und sie hatte die Straße für nicht erschwinglich gehalten.
Der Broadway, wo er die 96. Straße kreuzt, ist ein Marktplatz aus meist kleinen Häusern, mit viel Laufkundschaft unterwegs in der irischen Bar, dem Drugstore an der Südwestecke, dem Eßgeschäft gegenüber, am Zeitungskiosk, und damals und heute

standen abgerissene Männer an den Hauswänden, Hehler wie Diebe, Betrunkene, Irre, viele afrikanischer Abstammung, arbeitslos, krank, manche bettelnd. Die Sprachen auf diesem Broadway sind vielfältig, verwirrend arbeiten Akzente aller Kontinente an Versionen des Amerikanischen, im Vorbeigehen zu hören sind das Spanisch aus Puertoriko und Cuba, das westindische Französisch, Japanisch, Chinesisch, Jiddisch, Russisch, die Jargons der Illegalen und immer wieder das Deutsche, wie es vor dreißig Jahren in Ostpreußen, Berlin, Franken, Sachsen, Hessen gesprochen wurde. Das Kind hörte eine hochbusige Matrone, altmodisch in einem großblumigen Kleid mit Schleifen, auf deutsch einreden auf den kleinen Mann, der bekümmert unter seinem schwarzen Hut neben ihr schlich, und das Kind blieb vergeßlich stehen, merkte Gesines Hand erst nach einer Weile ziehen. Es war ein weißlicher Vormittag, mit vielen Leuten auf der Straße, die sich vorsichtig gegen die von Feuchtigkeit verdickte Luft bewegten, und die Kreuzung versprach die Erinnerung an Italien für viele Morgende. Die 97. Straße, abfallend nach Westen, war düster zwischen den alterskranken schmächtigen Hotels, schmutzig mit verschleimtem Abfall im Rinnstein, fleckigen Säcken und verbeulten Mülltonnen auf dem Bürgersteig, und öffnete sich an ihrem Ende auf ein weites schwingendes Feld aus dem fließenden Damm des Riverside Drive, Wiesenhängen, dem walddichten Sommerpark. In dem Spielplatz sprangen Kinder unter glitzernden Wasserstrahlen umher. Im Schatten am Parkgitter lagen und saßen Familienrunden auf dem kühlen Gras. Hinter den fülligen Blattwolken hielt sich das blaugraue Bild des jenseitigen Ufers, des meilenbreiten Flusses. Sie standen eine Weile gegenüber dem Haus aus gelben Steinen, um dessen Fuß ein Band exotischer Stiermuster geschlungen war. Zu wohnen an dieser Stelle schien so weit vom Griff, Gesine begann Teile ihres Geldes in Bestechungssummen aufzuteilen, sah sich in umständlichen, gefährlichen Verhandlungen

Wenn ich jetzt dich vorschicken könnte

Du sagst: Es soll Ihr Schade nicht sein, mein Herr. Du sagst: Die Vorzüge dieser Wohnlage bewegen mich, mein Herr, Ihnen meine Erkenntlichkeit zu versprechen.

So hast du nie reden können.

Die Wohnung beginnt mit einem winzigen Flur, dessen linke Seite eine Küche in der Wand hat und mit dem wuchtigen Kühlschrank endet. Der Flur öffnet sich nach rechts in ein großes Zimmer, in dem zwei Mädchen Taschenbücher in Kartons packten, in Gesines Alter, eine mit einem dänischen, eine mit einem schweizerischen Akzent, die beide zuerst das Kind begrüßten, ernsthaft und höflich, wie eine Person. Dies Zimmer geht mit zwei Fenstern in den hellen freien Raum über der Straße, auf den Park. Nach rechts ist die Wohnung fortgesetzt mit einem kleineren Zimmer hinter Flügeltüren mit verhängten Glasscheiben, und es hat ein Fenster gegen den Park. Hier hatte die Dänin ihr Bett. Auf der anderen Seite des Flurs, neben dem Bad, das ein Fenster auf den Park hat, ist hinter einer festen Tür das frühere Zimmer der Schweizerin, mit einem Fenster auf den Park. Im Winter ist durch das kahle Geäst das Steilufer New Jerseys zu sehen, und die Breite des Flusses, dunstige Luft können die architektonische Wüste auf der anderen Seite verwischen in das Trugbild unverdorbener Landschaft, in die Einbildung von Offenheit und Ferne. Die beiden Mädchen waren Stewardessen, die nach Europa versetzt werden sollten. Sie wollten ihre Möbel zurücklassen können auf ein Jahr. Sie wollten die Wohnung gleich übergeben. Sie sollte nichts kosten als die Miete. Sie fragten Marie, ob sie hier bleiben wolle, und Marie sagte: »Yes«. Der Hausverwalter, ein schwerer förmlicher Neger mit einem strahlenden britischen Akzent, gab auf den Cent genau auf Gesines Anzahlung heraus. Die Mädchen luden zum Mittagessen ein und ließen sich beim Packen helfen und halfen die Koffer aus dem Hotel holen, und das Kind schien betrübt, als sie nachts zum Flugplatz fuhren. Die kamen nicht wieder nach einem Jahr, aber wir besuchen die Dänin in den Ferien. Wir hatten eine Wohnung, und fragten nicht weiter. An die Stelle der Fabrikmöbel sind in den sieben Jahren viele handgemachte gekommen, zuerst in Maries Zimmer, dem schweizerischen, dann auch im mittleren, schwarzbraunes Holz, ein lindgrünes verglastes Bücherregal, blaue Rupfenvorhänge, ein flauschiger Teppich, auf dem das Kind bäuchlings aus der Zeitung vorliest, das Kinn auf den Händen, pendelnd mit den Beinen. Den ganzen Tag sitzt um die Wohnung ein ebenmäßiges Feld aus Regenrauschen. Hier wird es keine Überschwemmungen geben.

Marie sammelt Bilder aus der Zeitung, und an diesem Tag schneidet sie das aus, das im Vordergrund die auf die Seite geworfene Leiche des Naziführers neben seinem Wagen zeigt, im Hintergrund auf dem Dach des Waschsalons einen Polizisten an der Stelle, von der der andere Nazi schoß. »Der Rabbi Lelyveld« liest sie vor: »sagt, der Naziführer sei eher ein Ärgernis als eine Gefahr gewesen«. Das Kind sagt auf englisch, in einem belehrenden Ton: Ich verstehe am Unterschied des Rabbis, was er nicht ausspricht.

27. August, 1967 Sonntag

Die Ostdeutschen an der Macht sagen: Soeben führen wir die Fünftagewoche zu 43³/4 Stunden ein, eine einzigartige sozialistische Errungenschaft. Die amerikanische Nazipartei sagt: Die Leiche unseres Führers gehört der Partei. Die Frau des verhafteten Unteroffiziers sagt: Das kann doch nicht wahr sein, mein Mann ist kein Spion. Die New York Times sagt: In den U. S. A. wurde die Vierzigstundenwoche 1938 eingeführt.
Und das Wetter in Nordvietnam war wieder gut genug für Bombenangriffe, und das Pentagon läßt durchblicken, daß die ja ihre eigenen Maschinen in China verstecken, und gestern morgen überfielen drei Männer das Schuyler Arms Hotel in der 98. Straße, schossen den Nachtportier an und entkamen mit 68 Dollar. Das war gegen drei Uhr, zwei Blocks von hier.
Und die New York Times widmet der Tochter Stalins, beginnend auf der ersten Seite, mehr als acht volle Spalten, 184 Zoll. Diese ungeratene Tochter Etzels saß demnach bei den Goten auf Long Island, in einem Garten unter einer Schwarzeiche, und sagte: Sie sei im allgemeinen für die Freiheit.
Sie sagt: übermittelt die New York Times: Ich glaube, daß Leute, wenn sie frei sind, zu tun, was immer sie wollen, und auszudrücken, was immer sie wollen, und sogar frei sind, Aufstände zu machen, – sie tun es.
Sie meint die Aufstände der Neger in Detroit.
Sie trug also ein einfaches weißes Kleid und beige Schuhe, als sie im Kreis von Freunden und Journalisten auf eine gelöste und muntere Weise Gedanken äußerte. Die New York Times hält für nötig, daß wir dies wissen.

Die Hoffnung des Heils sagt: Ich mag Hunde lieber als Katzen. Ich hatte mal einen Hund – aber jetzt nicht mehr.
Auf die Frage, ob sie ein Bankkonto besitze, antwortet die Tochter des Führers des sozialistischen Lagers mit ja. Dann kichert sie, und fragt zurück: Sie auch?
Die New York Times bringt in unsere Erfahrung, daß der Flüchtling aus Neigung hat lernen müssen, wie man Schecks ausstellt.
Die Tochter des größten sozialistischen Staatsmannes sagt: Obwohl ich immer eine persönliche Bindung an meinen Vater fühlte, war ich niemals ein Bewunderer dessen, was als System »Stalinismus« genannt wurde.
Sie hat da um ein Glas Wasser gebeten, »mit Eis, bitte«.
Über ihre Kinder sprach sie also mit gesenkter Stimme, aufs Gehölz am Rande des Gartens hinausblickend.
Sie sagt: Der wichtigste schlimme Einfluß in meines Vaters Leben war, was ihn die Priesterschaft aufgeben und zum Marxisten werden ließ.
Sie sagt: Ich glaube, ein religiöses Gefühl ist angeboren, so wie man zum Dichter geboren ist.
Die New York Times: sagt die New York Times: wird am 10. September beginnen, Auszüge aus dem Buch der Tochter Stalins zu drucken. Sie sagt es weder am Anfang noch am Ende, sie sagt es beiläufig und am Rande. Die New York Times hat Vertrauen auf ihre Leser.

28. August, 1967 Montag

In einem Bericht über abgestimmte Feuerüberfälle des Vietcong im ganzen Süden des Landes nennt die New York Times für diese Seite an Verlusten (Toten oder Verwundeten) aus Cantho 268 (später 248), aus Hoian 79, aus Hue 1, aus Quangda und Dienban 53 oder mehr, nahe Pleiku mäßige, aus Banmethuot 13, nahe Saigon leichte, und gibt als Endsumme 355.
Jerichow zu Anfang der dreißiger Jahre war eine der kleinsten Städte in Mecklenburg-Schwerin, ein Marktort mit zweitausendeinhunderteinundfünfzig Einwohnern, einwärts der Ostsee zwischen Lübeck und Wismar gelegen, ein Nest aus niedrigen

Ziegelbauten entlang einer Straße aus Kopfsteinen, ausgespannt zwischen einem zweistöckigen Rathaus mit falschen Klassikrillen und einer Kirche aus der romanischen Zeit, deren Turm mit einer Bischofsmütze verglichen wird; lang und spitz läuft er zu, und wie die Mütze eines Bischofs hat er Schildgiebel an allen vier Stirnen. Um den Marktplatz im Norden, zur See hin, standen ein Hotel, die Bürgermeisterei, eine Bank, die Raiffeisenkasse, Wollenbergs Eisenwarenlager, Papenbrocks Haus und Handlung, die alte Stadt, hier gingen Nebenstraßen ab, Kattrepel, Kurze Straße, die Bäk, Schulstraße, Bahnhofstraße. Am südlichen Ende, um Kirche und Friedhof herum, war die erste Stadt gewesen, fünf Gänge zwischen Fachwerkhäusern, bis sie abbrannte, 1732, erst im neunzehnten Jahrhundert wieder zugestellt mit gedrungenen Backsteinhäusern, Schulter an Schulter unter sparsamen Dächern, da steht heute das Postamt, das Konsumkaufhaus, die Ziegelei hinter dem Friedhof, die Ziegeleivilla. Um die Stadt herum waren viele Scheunen übrig, die Nebenstraßen waren bald Feldwege, und neben Schaufenstern in der Hauptstraße standen hölzerne Hoftore. Da, auf hundertzwanzig Hektar, wohnten Ackerbürger, Kaufleute, Handwerker. Cresspahl kam von Süden, auf der Gneezer Chaussee, und fuhr über die Hauptstraße am Marktplatz vorbei heraus aus Jerichow, denn er fing nun an, die Stadt zu erwarten. Da war die Stadt zu Ende, bis zur See lagen Felder.

Jerichow war keine Stadt. Es hatte ein Stadtrecht von 1240, es hatte einen Gemeinderat, es bezog Elektrizität vom Kraftwerk Herrenwyk, es hatte ein Telefonnetz mit Selbstanschluß, einen Bahnhof, aber Jerichow gehörte der Ritterschaft, deren Güter es umgaben. Das war nicht mit dem Brand gekommen. Die Ritterschaft hatte den Bauern, die das Land urbar gemacht hatten, ihre Höfe genommen, ihre Felder den eigenen zugeschlagen, sie leibeigen gemacht, und das schwächliche, über die Ohren verschuldete Fürstenhaus hatte ihnen das Recht dazu im grundgesetzlichen Erbvergleich von 1755 bestätigt. Von den Dörfern, die Jerichow stark gemacht hatten, gab es noch drei, winzige, ärmliche Siedlungen. In diesem Winkel regierte der Adel, Arbeitgeber, Bürgermeister, Gerichtsherr über seine Tagelöhner, als Raubritter berühmt geworden, als Unternehmer wohlhabend. Jerichow war wiederum nicht weit von dem Rodedorf,

als das es angefangen hatte. Von der Schiffahrt war es ausgeschlossen durch die großen Häfen, seine Entfernung vom Meer. Wo ein Hafen für Jerichow hätte sein können, saß das Fischerdorf Rande, schon am Anfang des Jahrhunderts reich genug für Grand Hotels, Erbgroßherzog, Stadt Hamburg. Jerichow war eine Station geblieben auf dem Weg nach Rande, früher die Diligencen wie jetzt die Omnibusse gaben die zahlkräftigen Badegäste nicht ab. Der Handel kam nicht über die schmalen Chausseen, die großen Straßen zogen tief im Süden an ihm vorbei. Der Ritterschaft war Jerichow so recht, als ein Kontor, ein Lagerplatz, ein Handelsort, eine Verladestelle für den Weizen und die Zuckerrüben. Die Ritterschaft brauchte keine Stadt. Jerichow bekam seine Bahnlinie nach Gneez, zur Hauptstrecke zwischen Hamburg und Stettin, weil die Ritterschaft das Transportmittel brauchte. Jerichow war zu arm, sich eine Kanalisation zu bauen; die Ritterschaft brauchte sie nicht. Es gab kein Kino in Jerichow; die Ritterschaft war nicht für die Erfindung. Jerichows Industrie, die Ziegelei, war ritterschaftlich. Ihnen gehörte die Bank, die meisten der Häuser, der Lübecker Hof. Der Lübecker Hof hatte eine Klärgrube. Die Ritterschaft kaufte in Jerichow Ersatzteile für ihre Maschinen, sie benutzte die Verwaltung, die Polizei, die Rechtsanwälte, Papenbrocks Speicher, aber ihre großen Geschäfte machte sie in Lübeck ab, ihre Kinder schickte sie auf Internate in Preußen, den Gottesdienst hielten sie in ihren eigenen Kapellen und begraben ließen sie sich hinter ihren Schlössern. In der Erntezeit, wenn der Weg nach Ratzeburg oder Schwerin zu weit war, fuhren die Herren abends zum Lübecker Hof und spielten Karten an ihrem eigenen Tisch, gewichtige, leutselige, dröhnende Männer, die sich in ihrem Plattdeutsch suhlten. Cresspahl bei seinem Bier hielten sie, wegen des großstädtischen Kennzeichens an seinem Auto, für einen Handelsreisenden.
Seine Hauptstraße, die schmale Schneise aus der Rodezeit, nannte Jerichow die Stadtstraße.
Cresspahl erkundigte sich beim Frühstück nach dem Wetter. Er ging in die kleinen Läden, kaufte Schreibpapier oder Hemden von der besseren Sorte und fragte nebenbei. Er stand eine Weile auf dem Weg hinter dem Hof von Heinz Zoll, der hier die besseren Tischlerarbeiten machte, und besah sich das Holzlager

im offenen Schuppen. Er fing an, sein Bier im Krug zu trinken, bei Peter Wulff. Peter Wulff war in seinem Alter, weniger prall damals, ein nicht beflissener, maulfauler Wirt, der Cresspahls geduldiges Warten beobachtete wie der ihn. Cresspahl schrieb eine offene Postkarte nach Richmond und gab sie dem Hoteldiener zum Einwerfen. Er besuchte den Rechtsanwalt Jansen. Er ging nach Rande und aß im Hotel Stadt Hamburg zu Abend. Er las alle Anzeigen im Gneezer Tageblatt auf der Seite für Jerichow und Umgebung. Er ging nicht langsamer, wenn er an Papenbrocks Einfahrt vorbeikam, aber seine Gänge brachten ihn da vorbei, und er wußte nach einer Weile, daß der junge Mann, der im Hof beim Sackabladen die Aufsicht führte, Horst Papenbrock war, der Erbe, damals 31 Jahre. Zwischen fliehendem Kinn und fliehender Stirn war Horsts Gesicht so spitz wie ein Fisch. Cresspahl sah den alten Papenbrock durchs offene Fenster am Schreibtisch, schwitzend über seinem behaglichen zarten Bauch, so heftig nickend vor Höflichkeit, als dienerte er im Sitzen. Offenbar handelte er mit der vornehmen Kundschaft nicht gern, oder nicht lange, Papenbrock, der so knausrig war, daß er sich einen Personenwagen nicht leistete und die Familie im Lieferauto zum Kaffeetrinken nach Travemünde fuhr. Meine Mutter sah Cresspahl nicht. Er sah meine Großmutter in der Bäckerei verkaufen helfen, eine ergebene flinke Alte mit einer etwas süßlichen Redeweise, besonders zu Kindern. Hier grüßte Cresspahl im Vorbeigehen, durch die offene Tür.

und ich war nie ein Schaf, Gesine.

Dich haben sie auf die Seite geschmissen, dir haben sie die Pfoten zusammengebunden, dir haben sie den Hals mit Knien gegen die Tenne gedrückt, dir haben sie mit einer stumpfen Schere die Wolle abgerissen, und du hast das Maul nicht aufgemacht, Louise geborene Utecht aus der Hageböcker Straße in Güstrow, du Schaf.

Cresspahl wußte, daß Horst Papenbrock und der Ackerbürger Griem Nazis waren und zu ihren Schlägereien nach Gneez mußten, weil die Sozialdemokraten in Jerichow ihre Nachbarn, Verwandten, Stadtverordneten waren. Er wußte, daß

Papenbrock mit seiner Getreidehandlung, seiner Bäckerei, seinen Lieferungen aufs Land der reichste Mann in Jerichow war, und daß er außerdem noch Geld verlieh. Er wußte, daß die Geschichte hier lediglich eine Franzosenschanze hinterlassen hatte, an der Küste, acht Kilometer entfernt. Er wußte, daß noch ein Tischler sich in Jerichow nicht halten konnte.
Jerichow ist umgeben von Weizenfeldern, im Süden hinter dem Bruch ist der Gräfinnenwald, dann fassen übermannshohe Hecken Wiesen ein. Das Wetter ist das der See. Der meiste Wind ist westlich, vornehmlich im hohen Sommer und Winter. Hier ist es kühl. Hier sind die meisten trüben Tage im Land. Hier regnet es seltener als anderswo in Mecklenburg, und Gewitter kommt nicht oft vorbei. Die Apfelblüte ist spät, Mitte Mai, der Winterroggen ist reif am 25. Juli. Der Frost setzt später ein und verschwindet früher als im übrigen Land, aber er dringt kaum in den Boden, denn die Luft ist immer bewegt vom Wind, hier.

29. August, 1967 Dienstag

An der Dritten Avenue, nördlich der Zweiundvierzigsten Straße, sind noch Bürgerhäuser aus dem vorigen Jahrhundert stehengelassen, vier und fünf Stockwerke mit einstmals vornehmen Fronten aus braunem Sandstein oder teuren Ziegeln, aber im Stein sitzt fetter Ruß, die Fenster sind schmierig und verstaubt, und nur noch im Erdgeschoß leben kleine Geschäfte, Imbißhallen, Bars, die den toten Baukörper über sich mit ihren Leuchtschriften und Markisen verstellen. Die Geschäfte haben genug für Laufkundschaft, Ansässige können sie kaum bedienen. Die Zukunft der Straße sollen die Bürohäuser aus Stahl und Glas sein, die auf blockbreiten zehnstöckigen Gesäßen Stufen ansetzen, vom zwanzigsten Stockwerk an in immer gleichen Schichten hochgestapelt sind, noch zwanzig Meter breit in der fünfzigsten Etage. Das Mattglas und Metall zwischen den Fensterbändern kann dunkelblaue, graue, grüne, gelbe Farben zeigen, bei einigen Gebäuden sind auch Mauersteinsäulen an die tragenden Streben geklebt, einen Unterschied machen noch die Namen auf der ebenerdigen Verkleidung aus Marmor. Die

Häuser sind leicht demontierbar, und ihre Namen sind nicht eingemeißelt und nicht eingemauert, sondern aufgekittet oder angeschraubt, bequem abzunehmen.
Das Haus, in dem Miss Cresspahl ihr Geld verdient, besteht aus einem zwölfstöckigen Sockel, der von einer Straße bis zur anderen reicht, und darüber einer gestaffelten Terrasse, auf die ein glatter Turm aufsetzt. Das Glas zwischen den blanken Rippen ist mit blaugrauen Bändern umwickelt. Die meisten Fenster sind von Jalousiestäben blind, noch schimmert wenig Neonlicht zwischen den Ritzen. Von der gegenüberliegenden Straßenseite, den Kopf im Nacken, sollte sie ihre beiden Fenstereinheiten ausmachen können, aber sie verzählt sich regelmäßig. Auf der Ebene der Straße ist die äußere Schicht des Hauses zur Hälfte eingerichtet als eine gewöhnliche Bank hinter übermannshohen Schaufenstern, die weder getönt noch gerillt noch verhängt sind und den Blick hineinziehen zu den kunstledernen Sitzmöbeln, Rauchertischen, Schreibtischen auf Teppichinseln, Schreibpulten, Schalterreihen unter dem Auge automatischer Kameras, der hochpolierten Pfannentür des Tresorraums. Die Bank, ein Wohnzimmer so groß wie ein Wartesaal, ist noch leer. In der anderen Hälfte des Hauses sitzt zu ebener Erde ein Restaurant, das seine Kunden mit lindgrünen Vorhängen vor dem Licht des Tages schützt. Der Haupteingang mit seinen vier Schwingtüren zieht so viele Leute vom Bürgersteig, daß der Trott der Passanten an dieser Stelle aus dem Schritt kommt. Hinter einer Wand aus hellem Marmor mündet das Foyer nach links in drei Fahrstuhlgassen, im Hintergrund geht der Trakt der Hausmeisterei ab, die rechte Wand nimmt ein langer Stand mit Zeitungen, Süßigkeiten und Rauchwaren ein. Jede Fahrstuhlgasse wird einzeln vom Aufseher gesteuert, dessen blaugraue Uniform über dem Herzen in gestickter Schreibschrift den Namen des Unternehmens trägt. Es gelingt ihr, ihm zuzunicken. Beim Eintreten in eine Kabine, über der Grünlicht eine Aufwärtsfahrt anzeigt, sieht sie die in den Fußboden eingelassene Nummer des Hauses, die dem Benutzer anzeigen soll, ob er es verwechselt hat. Unter den etwa fünfundzwanzig Insassen sieht sie heute kein bekanntes Gesicht. Als die stählernen Doppeltüren vor ihr zusammenklappen, ist es neun Minuten vor neun Uhr.

Die Nachrichtentoten dieses Tages sind zwanzig Amerikaner, fünfzehn Südvietnamesen, achtundneunzig Nordvietnamesen, die letzteren geschätzt. Aus der Liste der amtlichen Toten führt die Zeitung nur zwei an, die zufällig aus dem Staat New York waren, als verschlüge die genaue Gesamtzahl ja doch nichts gegen einhundertfünfundneunzig Millionen Landesbürger. Der erschossene Nazi darf auf einem militärischen Ehrenfriedhof begraben werden, denn ihm ist lediglich Mordhetze gegen Neger und Juden nachzuweisen. Eine Mrs. Hart ist dagegen, dies Grab neben denen derer zu wissen, die im Krieg gegen die Nazis gefallen sind. In Westfalen hat ein Prozeß begonnen gegen vier Deutsche, die im Konzentrationslager Mauthausen Häftlinge in eiskaltem Wasser ertränkt haben sollen. Mindestens eine Million amerikanischer Hausfrauen sind alkoholsüchtig. Und diesmal ist die Tochter Stalins in der Zeitung, weil sie für ein Fernsehinterview nicht 250000 Dollar haben will. Sie macht es für umsonst. Sie scheint erheblichere Einkünfte vorauszusehen.

– Und wie war es im Büro, Gesine?

Mrs. Williams ist wieder da, und sie war nun nicht in Griechenland, aus Angst vor dem Militär. Die Angestellten wurden in einem dritten Rundschreiben aufgefordert, in der Mittagspause die Tische abzuschließen und Taschen bei jedem Gang mitzunehmen, wegen neuer Diebstähle auf dem neunten Stockwerk. Das neueste Gerücht ist, wir hätten Xerox gekauft. Mein Chef mußte am Nachmittag nach Hawaii, sein Sohn kommt dahin von Südvietnam zur Erholung.

– Und was stand in der Zeitung?

Mahalia Jackson liegt in Westberlin in einem Krankenhaus.

30. August, 1967 Mittwoch

Der Vietcong brach in ein Gefängnis in Quangngai und befreite 800 Gefangene. Die Zeitung nennt die Namen von vier amt-

lichen Kriegstoten aus der näheren Umgebung, nicht aber die Zahl aller. Dem toten Nazi wurde der Weg zum Grab im Nationalfriedhof von Culpeper, Virginia, von einer Einheit Soldaten versperrt, weil die Partei nicht das Hakenkreuz vom Leichenwagen nehmen wollte; jetzt liegt er wieder beim Bestatter.
»Liebe Gesine.
Ich habe bis acht auf dich gewartet, dann hat Pamela Blumenroth mich zum Übernachten eingeladen. Bitte ruf nicht an.
Keine Post, außer für mich.
Was du brauchst ist im Eisschrank.
Mrs. Ferwalter ist sauer auf dich oder mich. Sie hat seit einer Woche nicht angerufen.
Wir müssen was mit D. E. machen. Er glaubt nicht, daß du allein in New Jersey warst.
Der Telefonverwechsler hat wieder zugeschlagen. Diesmal nannte er sich George und wollte mit einer Luise sprechen. Der Anruf kam aus Rhode Island.
Warst du allein in New Jersey?
Wenn du etwas Neues über den Zustand von Mahalia Jackson liest, bring es mir mit.
Diesen Griem in Jerichow, hast du den gekannt? Lebt der noch?
Ich habe in Wahrheit nur bis halb acht gewartet. Was ist das eigentlich für ein Büro, wo Leute behalten werden bis acht in der Nacht? Lohnt sich das für uns?
Mit affektioniertem Gruß,
Mary Fenimore Cressp. Cooper.«
Für »Eisschrank« benutzt sie ein britisches Slangwort, aus Treue zu London-Südost.
Was machen die Chinesen? In London fangen sie Streit an mit der Polizei und gehen mit Baseballschlägern, Eisenstäben und Äxten auf sie los. Der die Axt hält, ist ein schmächtiger Junge mit einer Brille, ein Schulkind.
Wie haben die Chinesen in England einen Baseballschläger gefunden?

Die Vietcong setzen ihre Überfälle im Süden des Landes fort. Die Sowjets machen drei Schriftstellern einen geheimen Prozeß. Die Chinesen ziehen dem britischen Geschäftsträger in Peking den Kopf an den Haaren herunter; sie sagen: aus Rache. Weitere sechs Friedhöfe haben die Leiche des Naziführers zurückgewiesen, nun hat die Partei ihn verbrannt und steht Wache neben der Asche.

Was für eine Person stellt Gesine sich vor, wenn sie an die New York Times denkt wie an eine Tante?

Eine ältere Person. Auf der Oberschule in Gneez wurden so Lehrerinnen bezeichnet, vorgeschrittenen Alters, humanistisch gebildet, die in gutem Willen den Lauf der Dinge mißbilligten, in Gesprächen unter vier Augen, wehrlos. Sie hatten einmal den Lauf der Dinge ändern wollen durch ein Studium an den wilhelminischen Universitäten, durch Zelten und Wasserwandern mit Männern ohne Trauschein, durch eigene Arbeit zum Kummer ihrer bürgerlichen Familien, deren Glaubenssätze sie im eigenen Alter, grauhaarig, auf derben Sohlen und womöglich in Hosen wandernd, gegen den Wandel der Zeiten verteidigten: Es schickt sich nicht, eine Revolution in den Sattel zu heben, vielleicht hat sie nicht genug Reitstunden gehabt. Man muß doch auch ans Pferd denken. Es ist wahr, eine solche Äußerung im Unterricht hätte ihnen Entlassung aus dem Schuldienst eingetragen. Sie wurden Tanten mit Nachsicht genannt, nicht unfreundlich, nicht ohne Mitleid. (Der Name Tante für Kindergärtnerinnen, Heldinnen der Bevormundung, war gehässig. Sportscheue Jungen, überängstliche Mädchen wurden Tanten genannt, mit Verachtung.) Jedoch die New York Times kommt Gesine vor wie eine Tante aus vornehmer Familie. Die Familie hat sich ein Vermögen erarbeiten lassen, jedoch nicht in brutaler Art, schlicht zeitgemäß. Die Familie hat sich verdient gemacht um alle Regierungen, und alle Regierungen stehen im Geschichtsbuch. Die Tradition der Familie setzt sich in dieser überlebenden Tante fort. Gesine stellt sich Alter vor, eine hagere Figur, harte Falten im Gesicht, bittere Mundschwünge, allerdings dunkle und elegante Kleidung, Beharren auf hochgesteckten Frisuren, eine verkratzte Stimme, Lächeln nur in den Augenwinkeln. Nie Jähzorn. In ihrer Haltung, wie sie die

Beine hält, kokettiert sie mit ihrem Alter, es ist der Beweis für ihre Erfahrungen. Sie ist in der Welt unterwegs gewesen, sie hat dem Leben ins schmallippige Antlitz geblickt; ihr kann man nichts vormachen. Sie hat ihre Affairen gehabt, aber sie war beileibe keine Abenteurerin, es ist alles standesgemäß zugegangen in den besten Hotels in Europa; das liegt hinter ihr. Sie erwartet Respekt so deutlich, fast lädt sie seine Verweigerung ein. Sie ist ein bißchen hartnäckig, fast aufdringlich, wenn sie sich von Jüngeren ausgeschlossen fühlt. Sie gönnt den jungen Leuten ihren Spaß, solange sie es ist, die den Spaß zumißt. Gesine stellt sich ein Wohnzimmer vor, einen Salon, ausgestattet im Stil des Empire, in dem die Tante Hof hält. Es geht manierlich zu, die Älteren werden zuerst gehört. Es gibt Tee, es gibt Whiskey. Danach gibt es Tee. Die alten Liebhaber kommen wegen der Erinnerung, der Nachwuchs zur Belehrung. Das Personal ist von fanatischer Diskretion. Die Tante raucht (Zigarillos), sie trinkt auch von den harten Sachen; sie versteht einen Witz, solange sie im festen Interesse der Allgemeinheit ihn unzulässig zu nennen nicht umhinkann. Sie geht mit der Zeit. Sie kann kochen, sie kann backen. Die Tante ist ledig geblieben, es deutet ihre Ansprüche an. Sie gibt Ratschläge in Ehefragen, sie kann sich vorstellen wie es in der Ehe ist (immerhin soll ein Musikkritiker Musik kritisieren, nicht Sinfonien schreiben. Nicht einmal Sonaten). Sie ist modern. (In ihrer Familie hat Gesine eine solche Tante nicht.) Wir haben es hier mit einer Person zu tun, mit der man die Pferde stehlen gehen kann an allen Tagen, da die Gesetzgebung den Diebstahl der Pferde vorschreibt.

Jedoch ist diese Person nicht nur angenehm.

Ihre Manieren sind nützlich, sind bildend.

Sie brüllt nicht, sie hält Vortrag.

Auf fünfzehn mal dreiundzwanzig Zoll, acht Spalten, bietet sie über zwanzig Geschichten zur freien Auswahl.

Sie nennt einen Angeklagten noch nicht schuldig. Von den täglichen zwei Morden in der Stadt erwähnt sie nur die lehrreichen.

Sie nennt den Präsidenten nicht bei seinem Vornamen, allenfalls das Opfer eines Mordes.

Sie erwähnt Hörensagen als Hörensagen.

Sie läßt noch zu Wort kommen, wen sie verachtet.
Sie spricht mit den Sportlern in der Sprache der Sportler.
Noch auf die Veränderung der Natur weist sie hin.
Sie hilft den Armen durch milde Spenden, und sie untersucht die Armut nach der Wissenschaft.
Sie schilt das unverhältnismäßige Urteil.
Sie hat wenigstens Mitleid.
Sie ist unparteiisch gegen alle Arten der Religion.
Sie bewahrt die Reinheit der Sprache, noch in den Anzeigen ihrer Kunden verbessert sie.
Sie bietet dem Leser höchstens zwei Seiten Reklame ohne eine Nachricht an (außer am Sonntag).
Sie flucht nicht, noch daß sie den Namen Gottes fälschlich gebraucht.
Sie gesteht gelegentlich Irrtümer ein.
Sie kann sich mäßigen und einen Mörder einen umstrittenen Charakter nennen, vom Brigadegeneral aufwärts.
Sie hat die guten Formen mit dem Löffel gegessen. Warum sollten wir ihr nicht vertrauen?

1. September, 1967 Freitag

Der amerikanische Befehlshaber in Südvietnam sagt: Die Nordvietnamesen lügen. Radio Hanoi gibt die amerikanischen Verluste (Tote, Verwundete, Vermißte) für die ersten sechs Monate dieses Jahres mit 110 000 an. Er sagt: Es sind 37 038.
An diesem Tag wird das Gesetz über Ehescheidung von 1787 ungültig. Wer jetzt heiratet, muß zwei Jahre warten, bis er wieder frei ist.
Du mußt nicht mich heiraten: sagt D. E.: du sollst bei mir leben.
D. E. schickt Blumen, Telegramme, Theaterkarten, Bücher. Er führt Marie zum Essen aus, er hat sich mit Esther angefreundet, er hört Mr. Robinsons Erzählung von seiner Militärdienstzeit in Westdeutschland zu. D. E. wohnt in New Jersey, aber er verbringt viele Zeit in den Bars um die 96. Straße am Broadway, zwei Blocks vom Riverside Drive. Am Telefon kann er fast immer sagen: Ich bin in der Nähe. D. E. ist ein Mann von

fast vierzig Jahren, ein langer Kerl in irischen und italienischen Jacken, mit einem langen, fleischigen, geduldigen Gesicht, über dem er sein graues Haar lang und gescheitelt trägt, als wollte er sein Alter verstecken. D. E. ist zweihundert Pfund schwer und bewegt sich auf kleinen Füßen flink. D. E. fährt einen großen englischen Wagen, seine Anzüge sind in ausgesuchten Farben gehalten, D. E. fehlt es an wenig. D. E. arbeitet in der Rüstung.

D. E. sagt: Ich arbeite für die Verteidigung.

Gesine hat D. E.s Namen zum ersten Mal in Wendisch Burg gehört, 1953. Er hatte die selbe Schule besucht, von der Klaus Niebuhr und die Babendererde in jenem Frühjahr vorzeitig abgingen, und er sollte von seinem Physikstudium in Ostberlin ausgeschlossen werden, nachdem er in einer Fakultätsversammlung den Fall Babendererde als ein Beispiel für Verfassungsbruch in der Deutschen Demokratischen Republik (durch die Regierung der Deutschen Demokratischen Republik) dargestellt hatte. Da noch nicht, aber nach dem Juniaufstand verließ er das Land. Er wird sich entschieden haben mit einer solchen Liste von positiven und negativen Faktoren, wie er sie heute anlegt, wenn er sich zwischen Autos oder Häusern oder politischen Meinungen nicht entscheiden kann. Damals hatte auf der einen Seite Wendisch Burg gestanden, der Sozialismus in der ostdeutschen Manier und eine verschleppte Liebschaft mit Eva Mau; auf der anderen Seite seiner Rechnung war herausgekommen: Die Aussichten für meine Ausbildung sind hier nicht günstig. So hatte er sich nicht selbst entschließen müssen.

Gesine hatte ihn im Flüchtlingslager Marienfelde in Westberlin zum ersten Mal gesehen, einen hageren, steilköpfigen Jungen mit damals blondem Haar, der sich in einer zerstreuten Art um sie bemühte, indem er sie nach Jerichow ausfragte und ihr politische Theorie mit viel physikalischem Vokabular vortrug. Mühelos wußten sie sich nur über den Fall Babendererde zu unterhalten. Er machte sich nicht die Mühe, sich in die selbe Stadt wie sie weisen zu lassen. Sie traf ihn nur zwei Tage, bevor er nach Westdeutschland ausgeflogen wurde. Vor der Aufnahmekommission sollte er gesagt haben: Ich habe mich für das kleinere Übel entschieden. Sie ließen ihn dafür nach Stuttgart, er schrieb seine Doktorarbeit in Hannover, von

Westdeutschland ging er nach England, in die U. S. A. gekauft wurde er 1960. Er schickte zwar Ansichtspostkarten, manchmal Briefe, in denen vornehmlich von den Taten und Erlebnissen Eva Maus die Rede war, und aus Stuttgart schrieb die junge Frau Niebuhr Berichte über D. E.s rasche Liebschaften in einem bewundernden, fast ergebenen Ton. Die Babendererde spricht von D. E. noch heute wie von einem älteren Verwandten, als hätte sie ihm etwas zu verdanken. Gesine war elf Monate in New York, ehe er sie fand, beim Blättern im Telefonbuch, und sie zum ersten Abendessen einlud, ein massiger, maulfauler, fast feierlicher Patron, und ihr die Ehe antrug, nachdem er Marie kennengelernt hatte.

D. E. arbeitet für eine Firma in einem Industrial Park, New Jersey, die an der DEW LINE beteiligt ist. D E W sind die Anfangsbuchstaben von Distant Early Warning, einer Linie aus Radarstationen rund um die Territorien des nordatlantischen Vertrages, die sowjetische Raketen so rechtzeitig anzeigen sollen, daß noch Zeit ist für einen amerikanischen Gegenschlag. Er wird den Militärs mehr versprochen haben als eine Entschiedenheit für das geringere Übel, ehe sie ihn an diese Arbeit ließen und ihre Geheimnisse bei ihm sicher glaubten. Er arbeitet kaum noch in der Wissenschaft, er ist ein Techniker. Er verdient inzwischen fünfundzwanzigtausend Dollar im Jahr, und ein Teil seiner Arbeit sind nun Inspektionsreisen nach England, Italien, Frankreich, Dänemark, Norwegen, und ein Vertreter der Gesandtschaft wartet an der Paßkontrolle. Nach D. E.s Darstellung sitzt sein Kollege bei den Sowjets eingesperrt in einem Militärflughafen und treibt Schwarzhandel mit Fachliteratur. Seine Firma kann sich verlassen auf die Regierungsaufträge für die verbesserten Systeme der siebziger Jahre, und D. E. kann sich verlassen auf das Vertrauen, das die Firma in seine Fähigkeiten setzt. D. E. läßt sich daran gelegen sein, diese Fähigkeiten durch die regelmäßige Einnahme von Alkohol herabzumindern.

Das Haus, das D. E. uns anbietet, sitzt an einem breiten Bach in einer waldigen Gegend von New Jersey. Es ist ein altes Kolonistenhaus aus Holz, mit weißen Klinkerschindeln, blauschiefrigem Dach. Es gehört ihm jetzt fast zur Hälfte. Das Haus wird besorgt von D. E.s Mutter, einer knochigen, schüchternen, arbeitsseligen Dame, die ihr Englisch von ihren Dienstmädchen gelernt hat. D. E. war einer von den wenigen, die ihre Leute aus Ostdeutschland zu holen wußten, bevor die offene Grenze in Berlin gesperrt wurde. Der Ort besteht aus wenigen, verstreut liegenden Wohnhäusern, und ihr Bild von den U. S. A. hat D. E.s Mutter sich aus einer Ähnlichkeit der Landschaft bei Wendisch Burg gemacht, und bei weitem von den Fernsehprogrammen. Sie ist so stolz auf ihren Sohn, sie will begraben werden, wo er zu Erfolg kam. Zu Gesine beträgt sie sich vorsichtig, fast förmlich, als müsse sie Ängste ausräumen. Sie seufzt über D. E., wenn er sich abends in sein Schreibzimmer begibt mit dem französischen Rotwein, den er kastenweise von einem Importeur bezieht, aber sie schweigt, und sie stellt ihm jeden Morgen zwei Flaschen bereit. D. E. sitzt an seinem stählernen Trumm von einem Schreibtisch, eine gewichtige, betrübte Figur in der Nacht, und telefoniert mit der Insel Manhattan. Er sagt: Dear Miss Mary, quite contrary, besuch mich doch, das Wochenende ist so lang. Ich mache dir im Garten eine Braterei, ich fahre dich an die See. Er sagt: Wenn sie nicht will, laß mich euch besuchen.

Du willst nur nicht allein sein, wenn du stirbst.
Bei mir wäre aber das Kind versorgt.

Leider hat D. E. das Kind herumgekriegt. Marie lacht über seine Grimassen, besonders die der verletzten Würde, über seine Vorführung von nölendem Mecklenburgisch, in der er ihr zuliebe jeden zweiten Satz mit einem quietschenden »Nich?« abschließt, über seine Übungen im Dialekt der Südstaaten oder Neu-Englands, und sie beneidet ihn um sein Englisch, denn D. E. ist in Sprachen ein Papagei. Marie glaubt seine Geschichten voll rascher Kehrtwendungen, von jener Dame, die einen Polizisten vor der St. Patrick-Kathedrale mit ihrem Schuh über den Kopf schlug, von seinen Katzen, die zählen können, von Vizedirektoren seiner Firma, die auf dem siebenten Stockwerk Krieg gegen einander führen. Marie entwirft Kodes, seit er ihr Verschlüsselungssysteme beigebracht hat. Marie bewundert sein Benehmen in Restaurants, und daß er Geld hat für Restaurants im 51. Stock. Marie schiebt ihre Tür nachts einen

Spalt auf, wenn D. E. am Tisch sitzt bei seinen Flaschen und redet, über Laser, über die staatliche Entwicklungsgeschichte Mecklenburgs, über Toms Bar. Marie hält die beiden Gästezimmer oben in D. E.s Haus für ihr eingetragenes, unabänderliches Eigentum. Sogar diesen Namen hat D. E. von ihr, weil sie den geringen Schluckauf zwischen »Di« und »I« genießt. Ihm nimmt sie das Trinken nicht übel (er liegt nicht auf den Stufen vor den Notausgängen des Kinos in der 97. Straße, zerlumpt, verschuppt in Schmutz und Bart, heiser schnarchend, die Hand noch an der Flasche in brauner Tüte, er ist kein Broadwaybettler, er ist ein Professor). Einmal hatte D. E. seinen Besuch angesagt, und Marie ging ans Telefon und bestellte einen Vorrat Rotwein und Zigaretten Gauloise und bezahlte mit Haushaltsgeld. Aber D. E. kommt mit Tüten unter beiden Armen, unter der Achsel hat er Blumen, zwischen den Fingern klemmt er Schokolade, und schon vom Flur her ist seine dröhnende frotzelnde Stimme im Gespräch mit Mr. Robinson zu hören, und Mr. Robinson bleibt in der offenen Fahrstuhltür stehen und sieht zu, wie D. E. die Cresspahlsche Wohnung betritt, den Kopf schnuppernd erhoben, ehrfürchtig ausrufend: Die gu-te mecklenbur-gische Küche! Und Marie lacht.

2. September, 1967 Sonnabend

In der Nacht, bis in den frühen Morgen, krochen die Autos dicht an dicht am Fluß in das lange Wochenende und schickten kurze Wellen dumpfen Lärms in die offenen Fenster am Riverside Drive. D. E. war nicht abzubringen von einem Vergleich mit näherkommendem Artilleriefeuer. Jetzt haben die Ausflügler Stille hinterlassen, und bis zu 660 von ihnen, wird vorhergesagt, werden am Abend des Tages der Arbeit in Verkehrsunfällen gestorben sein.

Der Morgen ist kühl, hell, trocken im Park. Dieser Spielplatz, besprenkelt mit weißem Licht, gehört zu Gesines Anfang von New York; hier hat Marie ihr die ersten Nachbarn zugeführt. An diesem Morgen sitzt sie auf einer der Bänke am Rande der Arena und sieht hinunter auf die halbnackten Kinder, die in

den straffen, sich kreuzenden Wasserstrahlen aus drei Düsen umherlaufen. Sie wartet auf Mrs. Ferwalter, die im Sommer hier die Sabbatvormittage zubringt. Wenn sie sich halb umwendet, kann sie zwischen den Blättern das Fenster mit dem blauen Vorhang sehen, hinter dem D. E. seinen Wein ausschläft, nackt über das ganze Bett gebreitet, die Arme lang an den Seiten, flach atmend mit böse vorgeschobenen Lippen, allein in der Wohnung.
Mrs. Ferwalter ist eine kleine, zu beleibte Frau, die Mutter von Rebecca, eine stämmige Person, die gern Hängekleider in roten Farben trägt. Ihre Backenknochen stehen breit, die Stirn ist schmal über fast schwarzen Augen und Brauen, und der Schwung, in dem ihr Kopf zu einem engen Untergesicht verjüngt ist, erinnert an ihr Mädchengesicht. Jetzt ist es zugepackt mit Alter, festgehalten in einem starren Ausdruck von Abscheu, den sie nicht ahnt. Sie ist vom Jahrgang 1922, sie sieht aus wie eine Sechzigjährige. Vor sechs Jahren auf diesem Spielplatz hörte Mrs. Ferwalter Gesine deutsch sprechen mit ihrem Kind, und stand auf von der benachbarten Bank, kam heran auf ihren dicklichen Beinen, schwer auftretend, und setzte sich neben Gesine. – Mag sein mein Kind kann spielen mit yours: sagte sie gutmütig, in einem Akzent, der fast russisch klang. Sie sah aus wie nach einer gefährlichen Krankheit. Ihr starkes braunes Haar war uneben kurz geschnitten, wie nach einer Schädeloperation. Sie trug ein Kleid ohne Ärmel, und als sie sich beim Hinsetzen aufstützte, sah Gesine die Nummer, die innen in ihren linken Unterarm tätowiert war. Sie wandte den Blick ab auf die umfänglichen Beine der Frau, in denen aber Krampfadern hervortraten.

Du bleib sitzen. Du weißt nicht, warum ich Gronberg wegschicken mußte. Du weißt nichts.

Wenn ich gewußt hätte wie gut die Toten reden haben. Die Toten sollen das Maul halten.

– Ich bin aus Deutschland: hatte Gesine gesagt, und Mrs. Ferwalter hatte geantwortet, seufzend über die trockene Wärme oder sehnsüchtig: Hab ich geheert. Europa …
Sie hatte längst Rebecca herangerufen, damals fünf Jahre, ein

sittsames Kind mit den Haaren der Mutter, einer Puppe ähnlich mit ihrem kleinen mißtrauischen Mund, ihren schwärzlichen Augenbrauen, dem großen steifen Kragen, dem gebügelten Jackenkleid, und wie eine Puppe eckig machte sie ihren Knicks vor Gesine. Marie kam vorsichtig, mit gegeneinander versetzten Schritten, wandte sich mitunter halb weg, wurde aber mit der Neugier nicht fertig. Beide Kinder hielten die Hände auf dem Rücken und betrachteten einander geringschätzig, aber Mrs. Ferwalter befahl streng: Go and play nicely! und ergeben nahm Rebecca das fremde Kind mit zu den Schaukeln. Mrs. Ferwalter begann Marie zu loben: Ihr Kind ist so ruhig. Es rast nicht umher. Es schreit die Mutter nicht an. Es ist nicht amerikanisch. Es ist europäisch. Es ist eine gute Erziehung, die europäische: hatte sie gesagt in ihrem gebrochenen Englisch, gebrochenen Deutsch und den beiden Kindern hinterhergesehen aus ihren immer verengerten, fast blinzelnden Augen, die kleinen Lippen flach in angewiderter Spannung.
Mrs. Ferwalter ist aus einem ruthenischen Dorf, dem Osten der Slowakei, »wo die Juden saßen wie in einem Nest«. Sie betont, daß es ein »gutes« Dorf war. Die Christen duldeten die Andersgläubigen, und das fünfzehnjährige Mädchen wurde im christlichen Ende nicht einmal abends von den halbwüchsigen Jungen belästigt. Nach ihren Eltern können wir sie nicht fragen. »Ich war nicht hübsch. Man nannte mich apart.« »Das Haar ging mir bis ans Kreuz.« 1944 wurde sie, wahrscheinlich von den Ungarn (danach können wir sie nicht fragen) ausgeliefert an die Deutschen. Die Deutschen brachten sie in das Konzentrationslager Mauthausen. »Eine von den Aufseherinnen, die war so gut, sie hatte fünf Kinder und mußte das alles ja.« Sie meint eine SS-Wächterin. Danach können wir sie nicht fragen. Auf einem Foto von 1946 hat sie das Gesicht einer Fünfunddreißigjährigen, mit glatter Haut. Sie versuchte in der Tschechoslowakei zu bleiben und heiratete 1947 einen Sattler, der in Budweis ein kleines Geschäft mit Lederwaren betrieb. Der Putsch der Kommunisten machte das Land unsicher, in dem sie aufgewachsen war, und über die Türkei, Israel, Canada kam sie 1958 in die U. S. A. Die Ärzte nennen das Fett in ihren Schultern, ihrem Nacken, am ganzen Leibe einen Ausdruck des KZ-Syndroms. Zu diesem Syndrom gehören ihre Unruhe,

ihre Schlaflosigkeit und eine dauernde Entzündung der Atemwege, gegen die sie sich nur zu helfen weiß, indem sie den Schleim in den Hals zieht, mit einem harten, kratzenden Geräusch. Wir haben sie hiernach nicht gefragt. Sie hat dies in sechs Jahren erwähnt, achtlos und nebenher, wie man unter Freunden Stücke aus seinem Leben erzählt.
Mrs. Ferwalter war die erste von den europäischen Emigrantinnen am Riverside Drive, die Gesine in der Nachbarschaft beriet, ihr einen Kindergarten für Marie vorschlug, ihr Geschäfte mit importierten Lebensmitteln zeigte, sie vor Läden von »schlechten Juden« warnte und immer von neuem auf alles »Europäische« auf der Oberen Westseite von Manhattan hinwies. Sie hat Heimweh nach dem Geschmack des Brotes in Budweis, und vielleicht hat sie in diesen sechs Jahren an Gesine festgehalten mit Telefonanrufen und Spaziergängen und Gesprächen im Riverside Park, weil diese Deutsche den Geschmack des Brotes kennt, den sie entbehrt.
Im Park an den Sonnabendvormittagen wartet sie auf ihren Mann und ihren Sohn, die zum Gottesdienst gegangen sind. Sie selbst nimmt sich Freiheiten mit ihrem Gott, aber sie achtet darauf, daß Rebecca den Sabbat nicht entheiligt und etwa anfängt, mit anderen Kindern zu laufen oder zu nahe an den Mann mit dem Eis herangeht. Wenn sie nach ihrer Tochter ruft, ist ihre Stimme über den ganzen Spielplatz zu hören, ein gellendes Gekreisch, und Rebecca wandert mürrisch im Kreis um die Bank, auf der Mrs. Ferwalter regiert. Wenn Mrs. Ferwalter aber sich unbeobachtet glaubt, beugt sie sich vor zu Gesine und sagt, mit zwinkerndem Blick zu Rebecca hin, verschwörerisch lächelnd: Es flaniert, das Kind. Es hat lange Beine, das Kind. Sie läßt sich von Gesine aus der Zeitung vorlesen, sie würde für eine Zeitung kein Geld ausgeben. Rebeccas Schule ist teuer, und ihr Mann verdient nicht viel als Geschäftsführer eines kleinen Schuhgeschäfts am Broadway. Sie stellt ihre Beine hin und her, schlägt die Knöchel übereinander, rutscht auf der Bank. Sie kann nicht ruhig sitzen. Sie nickt mit ihrem fetten Kinn, angewidert, angeekelt, über die Nachricht, daß die Sowjets zwei Diplomaten der U. S. A. ausgesperrt haben, weil die U. S. A. zwei Diplomaten der Sowjets ausgesperrt haben. Sie nickt, als wüßte sie alles über Spionage.

Die neusten Nachrichten von der Mafia. Offenbar haben alle fünf Familien der Mafia im Gebiet von New York sich endgültig vom Rauschgifthandel zurückgezogen. Sie ziehen es nun vor, ihre Barreserven auf die Machtergreifung in legitimen Unternehmen zu verwenden. Die Zuchthausstrafen für einige Familienangehörige, bis zu vierzig Jahren, waren abschreckend genug. Zum anderen sind die korsischen und französischen Zulieferer von Heroin verärgert, weil die Mafia sich weigert, für eine Sendung im Wert von 2,8 Millionen Dollar (100 Millionen im Einzelhandel) zu bezahlen, denn nicht sie, sondern die Bundespolizei hat den Stoff in Empfang genommen. Der Handel mit Heroin scheint nun über kubanische und südamerikanische Mittelsmänner zu laufen. Die Leute in Frankreich verpacken das Zeug gern in Oszilloskopen.
Mrs. Ferwalter ist aufgestanden und zum Eingang des Spielplatzes gegangen, wo zwischen ihrem Mann und ihrem Sohn, beide feierlich in schwarzen Anzügen und unter stummeligen schwarzen Filzhüten, Marie den Karren mit den Vorräten für die nächste Woche heranfährt, angestrengt und mit eingezogenen Lippen vor Verantwortung, und Mrs. Ferwalter führt Marie auf den Spielplatz, einen Arm zärtlich um ihre Schultern gelegt, und stellt sie auf vor Gesine und ruft: Sie ist eine Sport! Wie eine rechte Tschech!
Jetzt ist ihr Mund locker, und ihre Augen sind weit offen.

3. September, 1967 Sonntag

An einem Tag wie diesem, vor 36 Jahren. An einem weißen Tag wie diesem, kühl unter hartem Blau, in sauberer, laufender Luft. Auf dem Strandweg in Rande, neben der grau und grünen See, gegenüber dem scharfen und finsteren Umriß der holsteinischen Küste. Unter flackrigem Laub sich auf der Sonnenseite halten. Cresspahls Stimme muß damals ein schwerer Baß gewesen sein, mit heiseren Vokalansätzen, im malchower Platt; die meiner Mutter klein, biegsam, ein hoher Alt. Manchmal unterläuft ihr eine hochdeutsche Redewendung, »wenn Gott will«, oder »meiner Mutter wegen«. Sie ist hinter ihren Eltern zurückgeblieben, und Louise Papenbrock dreht wieder und wieder den Kopf über die Schulter nach dem Fremden, der ihre Tochter womöglich nach der Uhrzeit fragt.

Was soll aber daraus werden?
Wollen wir das nicht abwarten?
Sie haben sich aber etwas vorgenommen.
Darauf muß ich warten.

Seite 1. Vom Korrespondenten der New York Times in Bonn. Gestern wurde Ilse Koch, »die Bestie von Buchenwald«, tot in ihrer Zelle aufgefunden. Ihr Hals hing in einer Schlinge aus Bettuch, die an der Türklinke befestigt war. Sie war sechzig Jahre alt.

Mein Name ist Cresspahl. Ich bin dreiundvierzig Jahre alt. Mein Vater war Stellmacher auf dem Gut Bobzin bei Malchow und ist tot. Meine Mutter hat ein Auskommen in Malchow. Ich bin Tischler.
Ein Kunsttischler.
Ich kann auch Wagenräder machen.
Ich bin fünfundzwanzig Jahre alt und soll nach Lübeck heiraten.

Ilse Koch, eine dickliche Person mit lebhaften grünen Augen und flammendem rotem Haar (nach der Beschreibung der New York Times), geboren in Dresden, heiratete 1937 einen Freund Hitlers, den Kommandanten des Konzentrationslagers Buchenwald, in einer spektakulären heidnischen Zeremonie, die nachts im Freien stattfand. Die Kochs lebten dann in einer Villa in der Nähe des Lagers.

Would you care to be my wife?
Ja mein Englisch ist aus dem Pensionat, rostocksch.

In Buchenwald starben 51 572 Gegner der Nazis und Juden und Zwangsarbeiter aus ganz Europa. Ilse Koch auf ihren morgendlichen Ausritten schlug Häftlinge mit der Reitpeitsche, sie ordnete Prügelstrafen und Hinrichtungen an und zwang Häftlinge zu Orgien mit sadistischen und perversen Handlungen. Sie bestellte sich den Tod tätowierter Lagerinsassen und machte aus ihrer Haut und ihren Knochen Lampenschirme, Handschuhe und Buchhüllen.

Werden wir unseren Namen ändern, wenn wir britische Bürger sind?

Wenn du es willst.

Ich will deinen Namen gern behalten.

Bei dem Prozeß gegen Ilse Koch 1947 wurde ein Dr. Konrad Morgen vernommen, ein Inspektor, Ankläger und Richter für die SS. Im Auftrag der SS hatte er 1943 den Fall Koch zu prüfen. Nach seinem Befund war sie moralisch unheilbar degeneriert, eine pervertierte, nymphomane, hysterische, machtbesessene Teufelin. Ihre Handarbeiten verschwanden nach dieser Untersuchung. Karl Koch wurde noch von den Nazis erschossen.

Mein älterer Bruder hat nicht gut getan, der ist in Südamerika. Meine Schwester ist verheiratet in Krakow

mit einem Rechtsanwalt, der Geld veruntreut.

Und Horst ist verzickt. Nun bin ich leider das liebste Kind, und soll in die Stadt. Du mußt sagen, du hast viertausend Mark im Jahr.

Ich kann sagen sechs.

Und daß Hitler ein Österreicher ist.

Zu Horst?

Zu meinem Vater.

Wenn du es willst.

Während ihrer Haft wurde Ilse Koch schwanger, und die Alliierten verurteilten sie nur zu lebenslänglicher Einsperrung. Später wurde die Strafe auf vier Jahre verkürzt (nach der Meinung eines Zeugen: weil sie den Alliierten geholfen hatte, belastendes Material für den Nürnberger Prozeß zu beschaffen). Die Westdeutschen verhafteten sie 1949, als sie in Landsberg freigelassen wurde, und verurteilten sie in einem neuen Verfahren zu lebenslänglicher Haft.

Schläfst du mit einem Kopfkissen? Glaubst du an Gott? Ist es von Richmond weit zur See?

Im Oktober 1966 lehnte die bayerische Regierung einen Antrag Ilse Kochs auf eine Pension ab. 1962 hatte Ilse Koch sich noch an die Europäische Kommission für Menschenrechte gewandt.

Wünschst du dir Kinder, Heinrich Cresspahl?

4. September, 1967 Montag, Tag der Arbeit

Das sollen wir glauben? Daß mehr als 300 tschechoslowakische Intellektuelle in der Welt um Hilfe bitten gegen die eigene Zensurbehörde, und in aller Welt den Schriftsteller John Steinbeck? Das glauben wir lieber nicht. Steinbeck hat den Krieg in Vietnam besucht, und es hat ihm dort nicht übel gefallen. Jedoch scheint die New York Times die Nachricht zu glauben und bringt sie auf Seite Eins.
Die Viet Cong haben den Wahltag in Südvietnam mit Angriffen und Attentaten gegen die Wähler in 21 Provinzen begangen. Mindestens 26 zivile Menschen sind tot. Die Amerikaner bombardierten bei Hanoi.
Die New York Times weist auf das Wetter hin. Zum Beweis bringt sie ein Foto von der Ecke der 89. Straße mit dem Riverside Drive, klumpige Baumkronen um ein im Licht blitzendes Denkmal, kaum Passanten unterwegs, stehende Autos. Näher, Arkadien, zu dir.
Die Stadt ist ganz still. Dem Ohr fehlt das Geräusch von Automotoren, Helikoptern, Sirenen. Das Licht ist weiß wie gestern. Über der Stadt hat Wind von den großen Seen die verschmutzten Wolken alle auf den Atlantik gedrückt, seit zwei Tagen rauchen die Schornsteine nicht, und die Luft ist klar, kühl und rasch. Es ist das erste Wochenende in diesem Sommer, an dem es nicht geregnet hat. Vom Riverside Drive aus, über die ganze Breite des Hudson, sind auf dem Ufer New Jerseys scharf und unleugbar die bräunlichen Kästen und Zylinder zu sehen, moderne Baukunst, die zerstörte Aus-

sicht, die in den achtziger Jahren des vorigen Jahrhunderts beschlagnahmt werden sollte für den Riverside Drive.
Die Häuser an dieser Straße, kaum eines unter zehn Stockwerken, wurden gebaut für die neue Aristokratie des neunzehnten Jahrhunderts, für das junge Geld, Eisenbahngeld, Minengeld, Erdgasgeld, Ölgeld, Spekulationsgeld, das Geld der industriellen Explosion. Riverside Drive, die Straße am Fluß, sollte die Fifth Avenue als Wohngegend übertreffen, mit seinen herrschaftlichen Eingängen, feierlichen Foyers, den Achtzimmerfluchten, den Dienstbotenkammern, versteckten Lieferantenfluren, den Angestellten in der Uniform, mit der reservierten Aussicht auf den Fluß, die wüsten Wolken Wald auf dem jenseitigen Steilufer, auf Natur. Am ganzen Riverside Drive gibt es nicht ein Geschäft, keinen Laden, nur zwei, drei Hotels, allerdings Residenzen für Dauergäste. Wo der Kommerz wohnte, wollte er von Adel sein. Hier wohnten solche Figuren wie William Randolph Hearst, und zwar wohnte er gleich auf drei Stockwerken, die er später zu einer dreistöckigen Halle ausbaute, der seinen privaten Fahrstuhl hatte, dann noch mehr Stockwerke, bis er sich alle zwölf kaufte, 1913. Eine Adresse am Riverside Drive bedeutete damals Vermögen und Kredit, Macht und fürstlichen Rang. Es war eine Straße für Weiße, Angelsachsen, Protestanten. Zu ihnen stießen nach dem ersten Weltkrieg jene Juden aus Harlem, denen die ehemals exklusiven Quartiere nicht mehr standesgemäß schienen, und die Immigranten von der unteren Ostseite der Stadt, deren Einnahmen inzwischen ausreichten für das Prestige dieser Adresse, Emigranten, die es geschafft hatten. In den dreißiger Jahren kamen die Juden aus Deutschland, anfangs mit dem Haushalt in Kisten, dann ohne Gepäck, dann aus den von Deutschland besetzten Ländern Europas, und nach dem Krieg kamen die Überlebenden der Konzentrationslager und schließlich die Bürger des Staates Israel, unveränderliche Europäer, die mit der Belagerung und dem Klima Israels nicht zurechtgekommen waren, so daß am Riverside Drive und an der West End Avenue dahinter eine jüdische Kolonie versammelt war, zusammen in der Religion, zusammen in der Verwandtschaft, zusammen in der Erinnerung an Europa.

Die Belgier haben mich Madame *genannt, und die Amerikaner sagen mir* Liebling. *In Europa verbeugen sich die Kinder beim Gruß vor den Erwachsenen. Meine Familie war seit fünf Jahrhunderten in Deutschland. Mit dem langen französischen Brot unterm Arm kam mein Vater nach Hause. Mein Vater ist –.*

Ihr Vater ist von den Deutschen umgebracht worden, Mrs. Blumenroth.

Mein Vater ist früh gestorben, Mrs. Cresspahl.

Der Riverside Drive hat die Fifth Avenue nicht überflügelt als Residenz, hier wohnt nicht die Witwe des Präsidenten Kennedy. Hier wohnen die Pensionäre, die Leute mittleren Einkommens, die angestellte Klasse, Studentengemeinschaften. Hier wohnt die Gräfin Seydlitz. Hier wohnt der Schriftsteller Ellison. (Der Geselle beim Schlachter Schustek lehnt es ab, hierher zu ziehen, er glaubt an den eigenen Rasen vor dem eigenen Haus.) Die meisten Häuser sind sich noch zu fein für dunkelhäutige Bürger als Mieter; Neger dürfen sie verwalten, in Stand halten, den Lift führen, das Messing putzen. Und in den Denkmälern des Wohlstands sitzt das Alter wie eine vernachlässigte Krankheit. Manche der vornehmen Wohnflächen sind aufgeteilt in sparsame Kleinappartements, und viele Nachbarn klagen über leckende Heizungen, Geklapper in der Klempnerei, Ketten von Defekten an den Fahrstühlen und in den Foyers jene sanfte Haut aus Schmutz über dem Marmorpaneel und dem ältlichen Mobiliar, gegen die Wasser und Besen nichts mehr vermögen. In einigen Häusern sind die Mieten durch ein Gesetz seit dem Kriege eingefroren. Die Türsteher, die nicht nur den Mieter begrüßen, sondern auch den Einbrecher und Kindesentführer abschrecken sollten, sind heutzutage selten zu sehen, und oftmals sind die bemannten Aufzüge ausgewechselt gegen automatische, in denen die Fahrgäste einen Fremden mit Vorsicht besehen. Immer noch sind hier Wohnungen gesucht und gehen weg unter der Hand. Die Decken sind hoch, der Zimmerplan ist altmodisch, die Wände dämmen den Schall; die Verwaltungen besorgen den Müll und die Reparaturen. Die Straße gilt als beinahe sicher. (Auf den Parkbänken ist jetzt oft die Rede von den Homosexuellen, die einander sommers am Denkmal der Soldaten und Seeleute abpassen und es den Hochzeitskuchen nennen.) Und die Straße gehört zu den stillen. Wenn es hoch kommt, sieht sie im Jahr zwei Paraden. In den Fugen des Bürgersteigs hält sich langes Gras. Das Motorengeräusch von der Schnellstraße am Hudson wird zwei Jahreszeiten lang durch das Parklaub gefiltert, und außerhalb der Stoßzeiten ist der Riverside Drive eine Straße mit Nahverkehr, in der Nacht leer und lautlos, bis sechs Uhr morgens, wenn die ersten zur Arbeit fahren und die hohlen Pfiffe der Eisenbahn unter den Parkwülsten in den dünneren Schlaf dringen, morgen früh. Hier wohnen wir.

5. September, 1967 Dienstag

Gestern abend um halb sieben kamen vier Polizisten in einem der Ghettos von Brooklyn dazu, wie vier oder fünf junge Neger einen alten Weißen angriffen. Sie konnten einen Jungen festnehmen und schossen einen anderen in den Hinterkopf. Eine Menge lief zusammen und bewarf die Polizei mit Flaschen und Steinen und schrie: Bringt sie um! Ein Schnapsladen wurde von Halbwüchsigen geplündert, andere Schaufenster eingeschlagen. Die Polizei räumte ihre Barrikaden um das Gebiet gegen 10 Uhr weg, aber kurz nach elf knallten 15 Molotow-Cocktails in die Straße. Da war der erschossene Junge schon zwei Stunden tot. Richard Ross, 14 Jahre alt.
Die Sowjetunion hat seit 1955 wahrscheinlich 500 Millionen Dollar in Waffen an Entwicklungsländer geliefert.
Mitunter sacken die Fahrstühle in der Bank im Anfahren ab, als gingen die Maschinen in die Knie. Fast zwanzig Leute in dem fahrenden Kasten hören zwei Mädchen zu, die hartnäckig, aber nicht ärgerlich, auf den Laden an der Ecke schimpfen. Zwar hat die Firma nicht den Preis des Kaffees erhöht, aber sie verwendet neuerdings kleinere Becher. Gesine trifft in den belustigten Blick der Nachbarn, die einander zuzunicken beginnen. Die kleinen Bewegungen aus dem Nacken lassen sie wie Aufwachende aussehen. Alle Knöpfe in der Tastatur neben der Tür sind mit gelbem Licht gefüllt, der Fahrstuhl wird in jedem Stockwerk halten. Ja, ein Bummelzug: sagt sie

zustimmend, lächelnd, vergeßlich. In den leuchtenden Fächern über den Türen steht zwölfmal der Name des Unternehmens, zwölfmal die selben drei Worte mit dem roten Fünfstrichsymbol, ohne die Abteilungen zu nennen, ausgenommen für den zweiten Stock: Empfang. Im zweiten Stock werden die Besucher gefiltert und die Bankgeschäfte der Laufkundschaft aufbewahrt. Im dritten Stock steigen die beiden Mädchen mit ihren Kaffeetüten aus, und wieder lächeln einige Passagiere, als sei etwas Wahrscheinliches eingetreten. Im dritten Stock ist die Maschinenbuchung. In einer Maschinenbuchung war ihr erster Arbeitsplatz in diesem Land, eine meterbreite Arbeitsplatte, die dritte links in einer Reihe von zwölf, vor einem Rechengerät, dessen Rasseln ihr sonderbar einzeln aus der Geräuschwolke im weiten Saal ans Ohr drang. Im vierten Stock ist die Materialausgabe und die zentrale Poststelle. Im vierten Stock ist sie nicht mehr gewesen, seit Mrs. Williams sie mit Papier, Bleistiften, Farbbändern versorgt. Anfangs hatte sie sich dagegen gewehrt, bedient zu werden; dann hatte sie begriffen, daß Mrs. Williams an solchen über den Tag verteilten Gängen gelegen war. Im fünften Stock, der nach den Küsten Ost und West heißt, hat sie in diesem Haus angefangen, an einer Blechkommode im offenen Büroraum, von vier Seiten sichtbar, an einer Schreibmaschine und dem Vorschalttelefon eines Sachbearbeiters. Im sechsten Stock sind Cafeteria und Konferenzräume. In der Cafeteria werden noch die größeren Kaffeebehälter verwendet, und viele steigen hier noch einmal aus. Im siebenten Stock sitzen die Abteilungen Technik und Personal; im achten das Gedächtnis der Bank; im neunten die Abteilungen Recht und Bücherei. Aus dem Milchglashimmel des Fahrstuhls, in dem eine wacklige Röhre kleine, gewitterähnliche Finsternis flackern läßt, dringt verwaschene Barmusik und mischt sich mit dem Klacken der aufscherenden Tür und dem Klingeln des Signals im Gang. Im zehnten Stock steigt Gesine aus und wendet sich nach Westen. Das Gebäude ist durch die Fahrstuhlschächte und die Versorgungsleitungen in zwei Hälften geteilt, und diese Etage hat im östlichen Teil die Abteilung Südamerika, im westlichen einen Teil von Westeuropa. Sie nennt aber den zehnten Stock auch in Gedanken den elften, nach der amerikanischen Zählung. Hinter ihr fällt die Tür mit einem schweren Schmatzen zu.

Guten Morgen, Dschi-sain.
Guten Morgen.

6. September, 1967 Mittwoch

In Gefechten im Queson-Tal sind seit gestern morgen 54 Amerikaner und 160 Nordvietnamesen gefallen, 136 Nordvietnamesen bei Tamky, 3 Amerikaner am Nuibaden-Gebirge, 16 Vietnamesen bei Cantho, 5 Amerikaner und 37 Vietnamesen bei Conthien, 34 Vietnamesen in der Provinz Quangngai.
In Brownsville in Brooklyn warfen die Neger gestern nacht wiederum Steine, Flaschen und Molotow-Cocktails auf Polizei und Feuerwehr. Die Luft war dick vom Rauch der angezündeten Mülltonnen und Abfallhaufen. Bürgermeister Lindsay traf sich mit Sprechern des Ghettos in einem Polizeirevier. Die New York Times erwähnt, daß er einen blauen Anzug und ein blaues Strickhemd trug.
Gestern in den frühen Morgenstunden stürzte ein Mann in die Kneipe »Bluebird« in der Bronx, gab acht Gewehrschüsse ab und verließ das Lokal, ohne ein Wort gesagt zu haben. 1 Toter, 2 Verwundete.
1920, während des Kapp-Putsches, beschoß Baron Stephan le Fort, Rittmeister a. D., Besitzer von Boek (2622 Hektar), die Stadt Waren an der Müritz mit einer Kanone, weil die Arbeiter die Stadt übernommen hatten. Der Einschuß am Rathaus ist heute noch zu sehen. Als die Landarbeiter der Gegend von fünf Toten in Waren hörten, gingen sie mit Jagdflinten und Sensen los und suchten auf den Gütern nach den Gewehren, Maschinengewehren und Munition, die die güstrower Reichswehr den Besitzern geschickt hatte. Der Gutspächter Papenbrock auf Vietsen, der sich in seinem Haus fünf Baltikumer als Hauslehrer, Eleven und Sekretär hielt, schickte die Soldaten durch den Hintergarten weg, als der Gärtner angelaufen kam und den Anmarsch des Feindes meldete. Papen-

brock, damals 52 Jahre alt, stellte sich auf der Freitreppe auf, mit zurückgedrückten Schultern, Bauch im Gürtel aufgehängt, in Breeches und Stiefeln und sagte: Meine Herren. Ich gebe Ihnen mein Wort als Offizier. Bei mir sind keine Waffen. (Wenn Sie trotzdem suchen wollen, seien Sie bitte im Kinderzimmer leise und lassen die Mädchen schlafen.)
Meine Mutter, ein vierzehnjähriges Kind, stand in ihrem knöchellangen weißen Hemd auf den Dielen und wand sich ihr Haar ums Handgelenk und sah hin und her zwischen Papenbrock, ihrer Schwester Hilde und den Arbeitern, die sie auf Platt ausfragten. Papenbrocks Gesicht schaukelte zwischen einem drohenden und einem zärtlichen Ausdruck. Sie sagte endlich, tief Atem holend und mit niedergeschlagenen Augen: Inne Döe. Hinter dem eichenen Schrank im Kinderzimmer, der von Wäsche zentnerschwer war, in einer zugestellten Tür, hingen neun Infanteriegewehre und zweihundertzehn Schuß Munition in Gurten. Meine Mutter wurde für zwei Wochen auf Wasser und Brot gesetzt. Papenbrock sprach von Verrat durch sein eigen Fleisch und Blut. Seine Frau sprach von der Liebe des Christen zur Wahrheit. Papenbrock rutschte die Hand aus an ihre Schläfe, und er ging den Sommer über nicht in die Kirche. Auf den umliegenden Gütern wurde von Papenbrocks Offiziersehre gesprochen. 1922 gab Papenbrock die Pacht auf.

In Vietsen hatten wir Mädchen jedes für sich ein Dienstmädchen.

Dann gab es noch die von der Plättstube, der Küche, der Waschküche, die zum Saubermachen, und die Mamsell.

Eine Zeit lang hatte Louise Papenbrock einen Hausgeistlichen.

Einmal bestellte Hilde sich Strümpfe aus dem Schrank, weil ihr die vier Schritte auf den Flur zu weit waren, und Papenbrock ließ sie hart an. Sie mußte dem Mädchen fünfzig Pfennig geben.

Wenn Papenbrock verreisen wollte, telefonierte er mit dem Vorstand des Dorfbahnhofs und ließ ihn den gewünschten Zug auf freiem Feld beim Gut anhalten. Der Mann sagte: Ja, Herr. Für zwei Weihnachtshühner.

Und wenn Papenbrock zurückkam, zog er beim Gut die Notbremse und zahlte die zweihundert Mark Strafe und stieg in den Kutschwagen, mit dem Fritz nach dem Fahrplan auf dem Feldweg angefahren kam.

Fritz ist mitgekommen nach Jerichow. Er ist da gestorben.

Als Robert siebzehn war, mußte Hilde ihn immer zwei Stunden vor Schulanfang wecken, damit Louise Papenbrock nicht das Dienstmädchen in seinem Bett fand.

Das Mädchen hieß Gerda, und war so alt wie ich. Sie hat ins Dorf geheiratet, denn schwanger war sie.

Und Papenbrock zahlte die Aussteuer.

Und Louise Papenbrock konnte ihren Mann wieder einmal nicht verstehen.

Robert hat ein Pferd in einem Wettrennen mit einem Auto totgeritten.

Als Robert in einer Stunde nach Teterow reiten wollte, faßte ich das Pferd am Halfter und führte es zum Stall. Er neben mir her sagte wieder und wieder, leise wegen der Knechte: Giv mi dat Pier. Im Stall war es düster, es war ein verhangener Abend kurz vor einem Regen, und ich konnte nicht sehen, daß er seinen Revolver aus der Tasche gezogen hatte. Er sagte: Giv mi dat Pier, orre ick scheit.

Scheit doch.

Ich habe mich im Unernst gebückt, und nicht mehr ist mir abgefallen als ein Haar.

Und das Pferd stand auf den Hinterbeinen. Das war zum Reiten verdorben.

Sech dat man nich Mudding: sagte er.

Mudding hett nüms nich wüßt.

Dein Onkel Robert kam betrunken zur Schule, machte Schulden in Restaurants, schoß auf Spatzen in der Stadt und traf Fensterscheiben. Als er die Tochter eines Lehrers geschwängert hatte, mußte er nach Parchim getan werden. In Parchim

nahm er sich ein Zimmer im Hotel Graf Moltke.

Und flanierte durch die Stadt mit einem silbernen Handstöckchen.

Er saß in der Goldenen Traube in der Langen Straße bei

Ente und Rotwein und sah vor dem Fenster den Rektor mit seiner Frau und lud das bestürzte Paar ein zu Ente und Rotwein. Das war sein Ende in Parchim.

Von Parchim an weiß ich nicht mehr.

Von Parchim ging er nach Hamburg.

Mit drei Mark in Silber von Parchim nach Hamburg?

Robert hat erst einmal zwei geliehene Pferde verprölt, und dann noch dem Teufel ein Bein abgesoffen.

In Vietsen wurde gesagt: Er lernt Import und Export in Rio de Janeiro.

In Vietsen hieß es: Mach die Tür auf, die Kornjuden kommen.

In Vietsen lebte deine Urgroßmutter noch. Sie hat immer die Gänse geschlachtet.

Henriette hieß sie. Sie war aus einer adligen Familie. Sie hatte solche Ausdrücke: Perron, Dependance. Oder: Wasch-Lavoir.

Bei der Haussuchung hat einer der Arbeiter zu mir gesagt: Treck di doch wat up din Föt, Kind.

Papenbrock hat Vietsen aufgegeben, weil die Adligen ihn seit März 1920 schnitten.

Papenbrock wurde die Pacht von Vietsen nicht verlängert, weil er nicht nach Vertrag drainiert hatte.

Weil alle über sein Kinderzimmer lachten.

Weil er nicht drainiert hat.

Wir wissen es nicht, Gesine.

Warum willst du das wissen, Gesine.

Wegen Cresspahl. Was wollte Cresspahl in einer solchen Familie.

7. September, 1967 Donnerstag

Der Zeitungenverkäufer auf dem Broadway, an der Südwestecke der 96. Straße, zieht vor, daß die Kundin die zehn Cents nicht neben den Stapel sondern in seine Hand legt, als könnten seine verstümmelten Finger so arbeiten wie heile. Auf den Stufen des Niedergangs, deren stählerner Belag links stärker abgetreten sind, müssen die Schritte kurz treten. Es ist zweck-

mäßig, die Ubahnmünze schon fünf Schritte vor den Drehkreuzen zwischen Daumen und Zeigefinger zu halten. Nach dem Weg unter dem Bummelzuggleis hindurch auf den Südbahnsteig hält die erste Tür des letzten Wagens anderthalb Schritt vom Treppengeländer. Der Zug ist durch Harlem passiert, die Bänke sind stramm besetzt mit Schlafenden von dunkler Haut. Die New York Times muß gefaltet werden in den verbliebenen Sekunden vor dem Ruck der Abfahrt, bevor der Fahrgast sich an dem Haltegriff oberhalb jeden Sitzplatzes gegen das Schlingern des Zuges sichert. Die Regierung findet ihre Voraussage von einer starken ökonomischen Expansion bestätigt; die Regierung meldet überzeugende Beweise für eine Zunahme inflationärer Tendenzen. Morgens sind die Gänge und Treppen unterhalb des Times Square mit Ketten und von Bahnpolizei in Kanäle aufgeteilt für die Gehströme zwischen den vier Linien; unter den drei Bahnsteigen des automatischen Pendelzuges zum Bahnhof Grand Central gilt der mittlere als der günstigste. Zu dieser Zeit sind Berührungen unter den Passagieren kaum noch zu vermeiden. In Detroit streiken die Automobilarbeiter gegen Ford. In der großen Halle von Grand Central, unter dem blaugoldenen Sternenhimmel in der Tonnenkuppel, wurde vor Jahren ein Fernzug nach Chicago ausgerufen; keinen Tag wieder hat sie diese Minute abpassen können. Aus dem Untergrund der Halle fädeln sich verschlafene Pendler in Richtung Osten zur Lexington Avenue, noch nicht munter genug für den Kampf um die Taxis. Inzwischen sind von den siebenhundert Gesichtern, die sie an diesem Morgen gesehen hat, fast alle vergessen. Jetzt beginnt das Lächeln.
Sie hat es gelernt. Selten noch erschrickt sie vor dem Lächeln, das jeden Morgen gleich auf dem Gesicht des Mädchens am Empfang der Abteilung aufzieht, verrutscht, abstürzt. Sie fühlt sich zu langsam für den ausführlichen, unveränderbaren Austausch der Begrüßung, der Frage nach dem Ergehen, der Antwort, der Gegenfrage, der Gegenantwort, der Verabschiedung; sie hat Mühe, damit in den vier Schritten einer Begegnung auf den Korridoren zu Ende zu kommen. Das hat sie nicht gelernt. Jedoch von diesem Lächeln fühlt sie sich gedeckt und putzt es auf bis ins Ausgelassene.

Das ist unsere Deutsche; Deutsche sind aber anders.

Die Abteilung besteht aus einem inneren Kern von Räumen aus Milchglasscheiben, einem offenen Raum mit Schreibtischgruppen, einem äußeren Rand von Büros, die Fenster zur Außenseite haben. Nach der stählernen Tür, die in ihrem Rücken zuschnappt, passiert sie den Schreibtisch des Empfangs, vier Tische auf der linken Seite, drei Innenbüros auf der rechten Seite. An den Maschinen von Mrs. Agnolo geht sie wie vergeßlich vorbei, ein Gespräch mit dem nächsten Tisch vortäuschend; Mrs. Agnolo hat einen Sohn in Vietnam. Bei Danang starben gestern 36 Amerikaner, 142 Vietnamesen. Sie fürchtet sich vor dem Morgen, an dem die Todesnachricht hierher mitgebracht wird; der Junge hat noch vier Monate abzuleisten. Die meisten Innenbüros sind schon weißlich von Neonlicht, die Stühle im offenen Raum sind sämtlich besetzt, aber noch packen die Mädchen Arbeit aus, kramen in den Handtaschen, zeigen sich Inserate in der Zeitung. In Brownsville, Brooklyn, haben die Neger Polizisten mit Flaschen und Steinen beworfen. Plünderung, Brandstiftung; auf der anderen Seite des East River. Im Central Park ist ein fünfzehnjähriges Mädchen vergewaltigt worden von zwei Männern, die ihren Freund so zertrampelten, daß er vielleicht sterben wird. In zwei Minuten wird verflochtener Tastenlärm in der Luft hängen, plötzlich wie angeschaltet. Neben ihrer Zelle ist ein Schild aus braunem Kunststoff angebracht, auswechselbar in einer Schiene, mit dem Namen »Miss Cresspahl« in weißer Einprägung. Die Zelle mißt dreieinhalb mal drei Meter, ist mit Teppichboden ausgelegt, versehen mit einem Stahlschrank, Schreibtisch, dem Maschinenbock, Tonbandgerät, Telefon, fahrbarem Sessel, Ablagedecks, Besucherstuhl. Um elf kommt der Kaffeewagen, um zwölf ist Tischzeit, um fünf dürfen die Schreibkräfte gehen, um sechs schaltet die Telefonzentrale ab, um acht werden die Fahrstühle angehalten. Während die Angestellte Cresspahl die Post aus der Eingangsschale auf dem Schreibtisch von Mrs. Williams nimmt, sieht sie durch ihre offene Tür auf die von blauem Mattglas eingefaßten Jalousiestreifen des Gebäudes gegenüber, auf den Spiegel, in dem dieser Tag bis zum Dunkelwerden einstürzen wird ohne eine Spur.

Der Kriegsminister erläutert die Mauer, die er bauen will an der Nordgrenze Südvietnams. Er spricht von Stacheldraht, Landminen und eleganter Elektronik; er schweigt sich rein aus.
In den vier Tagen der Kämpfe um Danang sind 114 Marine-Infanteristen getötet und 283 verwundet worden. Auf der anderen Seite fielen 376, aber bei denen zählt die New York Times die Verletzten nicht eigens.
Dienstfertig beschreibt das Blatt die künftigen Ausfälle bei Fabriken, die Ford beliefern: es geht um jährliche 5 Milliarden Dollar in Ausrüstung, die nicht hergestellt werden dürfte. Die Streikposten werden nicht belästigt. Vor dreißig Jahren gab es in den Rouge-Werken in Dearborn, Michigan, Aufruhr, Straßenkämpfe und Schießereien. Vor dreißig Jahren fiel ein Kind von Cresspahl in die Regentonne hinter seinem Haus.
Sie haben ein Gedächtnis wie ein Mann, Mrs. Cresspahl! sagt James Shuldiner zerstreut. Es ist am hellichten Tage, in einer skandinavischen Sandwichstube an der Zweiten Avenue, an schmalen Beistelltischchen, Ellenbogen an Ellenbogen mit Zuhörern, und Mr. Shuldiner hat Mrs. Cresspahl noch kein Mal eingeladen am Abend, in eins der sammetdunklen Restaurants in den östlichen fünfziger Straßen, an ein Tischtuch, zu verdeckten Rechnungen und zu Heimlichkeiten. James Shuldiner ist ein schmächtiger Herr, feuchtäugig, vergrübelt, von ungelenken Bewegungen, steif, unter schwärzlichem Schopf noch dem Oberschüler ähnlich, der er vor elf Jahren war, ein Junge aus Union City, den keine Bande brauchen konnte, der von beiden Banden Prügel bekam und aus den letzten Ferien stracks in die Armee ging, Mr. Shuldiner, ein versorgter Steuerfachmann, der bereit wäre, stolz zu sein auf ein männliches Gedächtnis. Er hat keine Hand auf ihre gelegt, er betrachtet nicht die Dame sondern seinen Eiersalat, er ist sich einer neuen Sorge bewußt geworden. Dennoch wartet er.

– Schönen Dank, mein Herr: sagt sie.

Mrs. Cresspahl ist nicht stolz auf ihr Gedächtnis. Mr. Shuldiner ist verblüfft über ihre Berufung auf das Gesetz über

Cash and Carry von 1937, das den U. S. A. die Lieferung von Waffen an kriegführende Nationen freigab; Mr. Shuldiner besteht nicht darauf, sie beim Vornamen zu nennen, er stellt ihr nicht seine Schwierigkeiten dar sondern die der internationalen Politik. Sie hatte nach dem Jahr 1937 gesucht und wieder nichts bekommen als ein statisches, isoliertes Bruchstück, wie es ihr der Speicher des Gedächtnisses willkürlich aussucht, aufbewahrt in unkontrollierbarer Menge, nur mitunter empfindlich gegen Befehl und Absicht:
1937 ließ Stalin einen großen Teil seines Generalstabs hinrichten,
1937 hatte Hitler seine Kriegspläne fertig ausgearbeitet,
von Pete Seeger muß man mindestens eine Schallplatte kaufen, weil die Fernsehanstalten ihn für ein antimilitaristisches Lied auf die schwarze Liste gesetzt haben,
(meint Marie),
die heutige Ausgabe der New York Times ist die 40 039.,
seit vorgestern steht auf einem Reklameplakat im Ubahnhof 96. Straße/Broadway handschriftlich: Fickt die Juden:
das Gedächtnis hat ihr geholfen durch Schulprüfungen, Tests, Verhöre, es bringt sie durch die tägliche Arbeit, es wird von einem Mann für ein Schmuckstück angesehen; ihr kam es an auf eine Funktion des Gedächtnisses, die Erinnerung, nicht auf den Speicher, auf die Wiedergabe, auf das Zurückgehen in die Vergangenheit, die Wiederholung des Gewesenen: darinnen noch einmal zu sein, dort noch einmal einzutreten. Das gibt es nicht.
Daß das Gedächtnis das Vergangene doch fassen könnte in die Formen, mit denen wir die Wirklichkeit einteilen! Aber der vielbödige Raster aus Erdzeit und Kausalität und Chronologie und Logik, zum Denken benutzt, wird nicht bedient vom Hirn, wo es des Gewesenen gedenkt. (Die Begriffe des Denkens gelten nicht einmal an seinem Ort; damit sollen wir ein Leben führen.) Das Depot des Gedächtnisses ist gerade auf Reproduktion nicht angelegt. Eben dem Abruf eines Vorgangs widersetzt es sich. Auf Anstoß, auf bloß partielle Kongruenz, aus dem blauen Absurden liefert es freiwillig Fakten, Zahlen, Fremdsprache, abgetrennte Gesten; halte ihm hin einen teerigen, fauligen, dennoch windfrischen Geruch, den

Nebenhauch aus Gustafssons berühmtem Fischsalat, und bitte um Inhalt für die Leere, die einmal Wirklichkeit, Lebensgefühl, Handlung war; es wird die Ausfüllung verweigern. Die Blockade läßt Fetzen, Splitter, Scherben, Späne durchsickern, damit sie das ausgeraubte und raumlose Bild sinnlos überstreuen, die Spur der gesuchten Szene zertreten, so daß wir blind sind mit offenen Augen. Das Stück Vergangenheit, Eigentum durch Anwesenheit, bleibt versteckt in einem Geheimnis, verschlossen gegen Ali Babas Parole, abweisend, unnahbar, stumm und verlockend wie eine mächtige graue Katze hinter Fensterscheiben, sehr tief von unten gesehen wie mit Kinderaugen.

Dor kann se ruich sittn gån.

Mr. Shuldiner hat sich unterbrochen in seiner Darlegung der neuesten Verstöße gegen das Völkerrecht, als Mrs. Cresspahl ihre Handtasche aufnahm, die Hand im Rücken des fetten schwarzen Beutels wie im Nacken einer Katze, sich die Tasche über die Hand setzte und dazu etwas aussprach in einem deutschen Dialekt. Er läßt es sich erklären, unbeleidigt, vorgebeugt wie ein aufmerksamer Zuhörer:
Das sagte mein Vater, als ich Angst hatte vor einer Katze unter dem Tisch. Sie legte sich über das Leder seiner Holzpantoffeln zum Schlafen. Das muß auch 1937 gewesen sein. An dem Tag war ich in die Regentonne gefallen.
Und Ihre Mutter, Ihre Mutter stand dabei? sagt Mr. Shuldiner eifrig.

Lisbeth ick schlå di dot.

Meine Mutter stand nicht dabei. Entschuldigen Sie. Es war ein Tagtraum, Mr. Shuldiner.
James Shuldiner begleitet Mrs. Cresspahl pflichtbewußt entlang der Zweiten Avenue in einen Laden nach dem anderen und beobachtet geniert ihre Versuche, einen Apfel zu kaufen. Äpfel verkaufen die Läden für vornehme Feinkost in Pakkungen, auch pfundweise, einzeln nicht. Nachdem es Mrs. Cresspahl gelungen ist, einen Apfel in einem Supermarkt

wenigstens zu stehlen, versucht er sich zu verabschieden. Er sieht ihr beim Zubeißen zu und sagt: Mir gefällt Ihr Kleid, Mrs. Cresspahl. Er wird auch diesmal nicht sagen, warum er angerufen hat. Er geht die aufsteigende Straße hinan, eine magere, etwas krumme Person, schwarz und weiß in einem Büroanzug. Vielleicht schüttelt er den Kopf.
Wenn da eine Katze innen am Küchenfenster lag, bin ich auf einen umgestülpten Eimer gestiegen und von da auf die Regentonne. Wenn auf der Tonne der Deckel fehlte, war meine Mutter in der Nähe. Wenn Cresspahl mich herauszog, hat sie zugesehen. Was soll ich dagegen tun!

9. September, 1967 Sonnabend

Fast herrscht Gerechtigkeit in New York an diesem Morgen. Die Luft steht still. Die Luft kann sich nicht rühren unter unbeweglichen Wärmemassen in der oberen Atmosphäre, sie kann seit gestern nicht mehr in die Kälte steigen und den Schmutz loswerden, den die Stadt in sie pumpt aus Kraftwerken, Gasanstalten, Heizschornsteinen, Automotoren, Düsenaggregaten und Dampfern: die Inversion hat eine undurchlässige Kuppel über die Stadt gestülpt. Der versammelte Dreck aus Ruß, Flugasche, Kohlenwasserstoff, Kohlenmonoxyd, Schwefeldioxyd, Stickstoffoxyd dringt ohne Ansehen der Einwohner durch Fensterritzen, in die Augen, in Hautfalten, legt Kehlen trocken, macht die Schleimhäute verdorren, drückt aufs Herz, schwärzt den Tee und würzt das Essen, schafft zusätzlich Arbeit für Lungenheilpraktiker, Schuhputzer, Wagenwäscher, Fensterreiniger und für Mr. Fang Liu in seinem Kellerladen nahe des Broadway, der jetzt mit kurzen begeisterten Gesten die Cresspahlsche Wäsche von Marie entgegennimmt. Wenige können sich verstecken hinter versiegeltem Doppelglas und hochtourigen Klimamaschinen: eingesperrt in ihre kahlen, verspakten Türme auf der Ostseite versäumen sie die buntbrandigen Wolken, die die Luftfeuchtigkeit hinter den Riverside Park malt, verpassen sie die dumpfgetönten Lumpen aus Dunst, mit denen der Hudson verhängt ist. In all den Läden am Broadway, in denen jetzt

Marie mit der Einkaufskarre umherzieht, kann sie Gespräche ernten mit dem bloßen Wort *pollution,* auch den Stolz der New Yorker auf das unvergleichbar schwierige Leben der New Yorker, das gegenseitige Mitleid, kann sie Seufzer tauschen und Lächeln einhandeln, wenn sie das Haar mit dem Unterarm von der verschwitzten Stirn zurückschiebt. Draußen, auf dem heißen, verdüsterten Damm, wird ihr sein als stieße sie mit dem Gesicht gegen stehendes hitziges Wasser.
Denn Marie geht einkaufen auf dem Broadway an manchen Sonnabenden. Früh morgens schleicht sie auf blanken Füßen an Gesines Bett, stiehlt ihr den Wecker und tapst auf Zehenspitzen zur Tür, die sie gegen behutsam federnde Fingerspitzen einschnappen läßt, wenngleich sie ahnt, daß Gesine den Atem anhielt wie ein wacher Mensch und längst auf dem Rücken liegt, die Arme im Nacken verschränkt, horchend.
Denn vor sechs Jahren die Vierjährige klammerte sich fest an Gesine vor den Schwingtüren zum Kindergarten, trommelte schreiend vor Wut gegen die Türen des Fahrstuhls, in dem die Mutter verschwunden war, legte sich während der Spielstunden oft schweigend und traurig, Zureden nicht zugänglich, auf den Fußboden des Klassenzimmers, das Gesicht zur Tür gewandt. Die Erste Erzieherin am Telefon machte Gesine Vorhaltungen, und nach drei Wochen brachte sie eine Liste der nötigsten Worte, die das Kind nicht hatte lernen wollen. Darunter waren solche wie Hand und Fuß, aufstehen, anfassen, suchen, und Gesine fing an, westdeutsche Zeitungen zu kaufen, wegen Stellenangeboten. Auf das Englisch, das sie sprach, hörte das Kind mit höflich verkniffenen Blicken, die sie nicht aus dem Auge ließen, und sie verstand, daß für Marie das Englisch die äußere Welt bedeutete, das Fremde, das nicht auch noch in diese Wohnung kommen sollte. Sie mochte dem Kind aber keine Belohnung fürs Lernen versprechen. Sie untersagte sich Mitleid, wenn sie das Kind allein zu dem Eisauto am Eingang des Parks schickte und ansehen mußte, wie Marie, die Hände mit dem Vierteldollar im Rücken verkrampft, für jeden Schritt voran einen halben zurück tat, abgedrängt von den anderen Kindern, vom Eishändler erst bemerkt, wenn er sich schon zum Weiterfahren gewandt hatte. Marie verleugnete sogar das Englisch, das sie wußte. Sie ließ

die Verkäuferin im Supermarkt einen Papierdollar vor sie hinlegen mit der Frage: wer der in der Mitte dargestellte feiste würdige Herr sei, und obwohl die Kundinnen hinter ihr laut oder zischelnd einsagten, wartete Marie finster und schweigend ab, ob diese Leute endlich nachgäben und Deutsch sprächen. (Auf der Straße sagte sie empört: George Washington! als ob ich das nicht wüßte! ich kannte doch keine einzige von den Damen!) Für sie war das eine Probe auf ihr Selbstbewußtsein gewesen. Erst auf einem Ausflug hudsonaufwärts, als sie sich von zwei Jungen hineinziehen ließ in Fangspiele auf den Gängen und Treppen des mehrstöckigen, hausähnlichen Dampfers, verriet sie sich und rannte blicklos zwischen den Stuhlreihen hindurch vorbei an Gesine und sagte zu ihr wie zu einer Fremden: *Excuse me!* und ließ sich später finden auf den Stufen zur Brücke, wo sie den verblüfften Jungen erzählte von Düsseldorf und dem Rhein in einem sprudelnden Gemisch aus deutschen Wortstummeln und akustischen Kurven, in die sie die Satzmelodie der Rundfunksprecher übersetzt hatte. Aber die Jungen flogen am Abend zurück in ihre flußlose Stadt in Ohio, und Marie wurde von Kindern auf dem Spielplatz angerempelt und gebufft wegen der dicklippigen, brummenden Laute, die sie für amerikanische Währung hielt. Die Kinder hatten aus Fernsehfilmen gelernt, wie man den steifen Arm gegen die Wand stützt und eine Ecke für ein Opfer macht, und Gesine ging hinein in das Gerangel und griff ihr Kind heraus, weil es sich nicht wehrte.
Aber die Marie, die jetzt die Vorräte für eine ganze Woche zwischen den klirrenden Türgittern des Fahrstuhlschachts herausführt, ist verstrickt in ein lauthalsiges Gespräch mit Mr. Robinson, und wieder läßt Mr. Robinson die Kabine offen stehen und prägt sich ein, wie das Kind in die Cresspahlsche Wohnung dringt und noch einmal erzählt von dem Stadtstreicher, der ihr auf dem Broadway die Einkaufskarre auszuräumen versuchte. *And I did not bother with being a lady!* Das Kind ist bei Schustek nicht von den Gehilfen, sondern von Herrn Schustek in Person bedient worden, und sie kostete drei Sorten von seiner Wurst, bevor sie kaufte. Gesine hält sich lange auf zwischen den Regalen eines Supermarkts, läßt sich täuschen von neu verpackten Waren, kauft aus Neu-

gier, aus Appetit; das Kind geht hindurch zwischen den Lockfallen, blind gegen Plakate, taub gegen Durchsagen, mit unverändert langsamem Lidschlag, und tut keine Unze, keine Packung mehr in den Korb als auf ihrer Liste steht. Heute hat das Kind jene Verkäuferin, an deren Kasse sie einmal die Auskunft über George Washington verweigerte, ertappt bei zuviel gedrückten 21 Cent, und die Kassiererin hat sich ohne Geschrei entschuldigt vor dem Kind und den Kundinnen in Hörweite. Das Kind versucht Gesine anzudeuten, welches Gesicht eine Kundin in Hörweite zog, die bisher nur sich den Mund fußlig redete über die Schummelei an den Kassen und nun aufgebracht ist über eine Zehnjährige, die den Schwindel nachweist; der säuerliche Ekel der Matrone verzieht dem Kind das Gesicht bis unter die Haare. Und das Kind hat die heutige New York Times nicht vergessen, einen säuberlichen Ballen, unverrückt im Maschinenknick, das Bewußtsein des Tages. Sie legt das Papier neben Gesines Frühstück wie ein Geschenk.

Der Kriegsminister will nicht ausschließen, daß Rotchina in den Südostasienkrieg eintritt. Jedoch würde er das für einen sehr schlecht beratenen Entschluß halten.

Und erst auf Seite 48, zwischen Finanzen und Immobilien, meldet das besonnene Medium, daß in der ersten Jahreshälfte über 500 Zivilisten in Nordvietnam durch amerikanische Angriffe getötet wurden, durch 77 000 Tonnen Sprengstoffe allein im März.

– Und die 21 Cent: sagt das Kind nach einer Weile Abrechnens, mit seiner rauhen, katarrhalischen Stimme, die sechs Jahre in der verdorbenen Luft New Yorks ihm eingetragen haben: die 21 Cent habe ich den Bettlern gegeben, dem mit den blauen Haaren sechzehn, und dem an der 98. Straße fünf.

10. September, 1967 Sonntag

Die Landwirtschaft braucht Steuererleichterungen! Überhaupt muß der Fiskus die Abgaben in Naturalien annehmen! Das Tarifrecht muß geändert werden! Der Staat soll lieber was

gegen die Zwischenhandelsspannen tun! Wenn Berlin wenigstens die Einfuhren drosseln würde!
So: klagte Papenbrock senior: könne der Mecklenburgischen Ritterschaft vielleicht noch einmal über das Jahr 1931 geholfen werden!
Der Alte schrie nicht einmal, vertuschte auch nicht sein Asthma in den Pausen, zu denen die Zigarre ihn zwang, lag schlaff bei halbgeschlossenen Augen, gegen sein Sesselpolster in den schiefen rötlichen Sonnenstrahlen, die seine Kontorfenster blind machten. Er wollte nur Zeit gewinnen gegen seinen Besucher, einen Menschen namens Cresspahl, der ihn auf dem Briefpapier des Lübecker Hofs um eine Unterredung angegangen war. Der Besucher gab sich zudem, als läge ihm ernstlich an den Sorgen des ostelbischen Adels.
– Die Steuerschulden der Herrschaften, die sind wohl zum Tapezieren: sagte Cresspahl ernst, im selben förmlichen Platt, gehörig steif auf dem Besuchssofa, den Blick auf Papenbrocks abendlich spiegelnder Glatze haltend. Der Vater der Braut erkannte beim besten Zwinkern nichts Unehrerbietiges.
Papenbrock wußte gegen den Mann nichts zu tun. Der Mann war kräftig, nicht verspeckt, nicht kleinzureden. Der Mann konnte sich das Zimmer im Lübecker Hof schon acht Tage leisten. In dem Telegramm, das er aus England bekommen hatte, war von Aufträgen die Rede, wenngleich Frieda Klütz, Telegrafistin von Jerichow, nicht imstande gewesen war, für Papenbrock eine genaue Übersetzung dieser Geschäfte anzufertigen. Die Tochter erzählte von dreitausend Pfund auf einem Konto bei der Surrey Bank of Richmond, und Papenbrock hatte sein verächtliches Pusten versteckt, denn er hielt was vom Baren. Der Mann hatte darauf verzichtet, dem künftigen Schwiegervater mit einem Konto in Jerichow zu imponieren, der hatte aus dem deutschen Bankenkrach vom Juli gelernt. Der Mann hatte gedient, den hatten Papenbrocks Kameraden an der Russenfront zum Unteroffizier gemacht. Der Mann war Mecklenburger. Aber Papenbrock konnte sich nicht zu dem Mann entschließen.
– Wenn Sie als ein geriebener Kaufmann für das Programm der Ritterschaft eintreten . . .: sagte Cresspahl auffordernd und nahm die Schultern ein wenig vor, als sei er neugierig auf

Papenbrocks Absprachen in den Ministerien von Mecklenburg-Schwerin.
Papenbrock zögerte noch, diesem Cresspahl seine Freunde zu offenbaren. Der kam aus einer Gegend im Südosten, in der Papenbrock einmal eine Gutspachtung verloren hatte. Dieser Cresspahl hatte womöglich im warener Rathaus hinter einem Schreibtisch gesessen, als Papenbrock seine Gewehre an eine Arbeiterkontrolle herausrücken mußte. Dieser Cresspahl hatte inzwischen zehn Jahre außer Landes gelebt, in den Niederlanden, in England, bei den Gewinnern des Krieges, und selbst der Hauptmann a. D. Papenbrock konnte einen solchen Schwiegersohn nicht leicht beim Stahlhelm annehmlich machen. Der Mensch benahm sich nicht einmal, als hätte Papenbrock vor wenig Jahren sein Vorgesetzter sein können. Dieser Mann, so bürgerlich ihm seine Sparsamkeit in den Geschäften Jerichows anzurechnen war, er saß doch bei Peter Wulff in der Hinterstube, über die Polizeistunde hinaus, und redete mit Leuten, die mit Fahrrädern aus Wismar kamen und von denen nicht einmal der Landjäger wußte, wo sie über Nacht abblieben.

Das war in Itzehoe vor paar Wochen. Die Nazis hatten am Oesauer Berg eine Versammlung, und als die Kommunisten über sie herfielen, was hatten sie mitgebracht? Ja, Stielrungen, Mistgabeln, Fahrradketten, Stacheldrahtkeulen, Nägelstöcke, Gummiknüppel. Lies du mal den Lübecker Generalanzeiger!

Der eine Tote war nämlich ein Kommunist, verstehst du.

Ich hab gelesen: bloß die Nazis schießen. Wo mögen die Nazis ihre Schußwunden herkriegen?

Du erzähl mal lieber von England.

Papenbrock mochte nicht sich anfreunden mit einem Mann, der trug keinen Hut. Der ließ sich sehen auf der Terrasse des Hotels Erbgroßherzog in Rande mit einem Dr. Semig. Mochte Dr. Semig doch zwei Diplome an der Wand haben und zu Kaisers Geburtstag seine Kriegsauszeichnungen durch die Stadtstraße tragen. Papenbrock hielt es für ausreichend, Semig seine Rechnungen zu bezahlen, und zwar postwendend. Aber

Semig saß vor einem christlichen Hotel unterm Sonnenschirm und trank den Kurgästen Cognac vor und erklärte Fremden die Welt.

Mein lieber Herr Cresspahl, wollen Sie was wissen? Auf eine Domäne in Schönberg ist neulich ein einziges Gebot abgegeben worden, und wollen Sie wissen wie hoch? Achthundert Zentner. Nein. Mein lieber Herr Cresspahl, wenn Sie es wissen wollen, Gastwirt müßte ich sein, nich Tierarzt. Sie haben gesehen, die Stammtische platzen, in den Gaststuben stehen die Leute schon am Nachmittag. Wissen Sie das, das Liter Milch bringt siebeneinhalb Pfennig. Nein. Wenn ein Pferd Koliken hat, warten die Bauern, wahrhaftigen Gottes, erst mal ab. Bei einem mittleren Schwein geht der Adel noch lange nich ans Telefon. Und wer läßt denn heute noch die ganze Herde gegen Rotlauf impfen? Wenn aber sie anrufen, machen sie vorher einen Preis mit mir aus. Früher hätte ich abgeklingelt. Aber in solcher Notzeit, und als Jude ...

Was Sie nich sagn.

Aber mein lieber Herr Cresspahl, sehen Sie das nich? Sie wissen doch, man sieht es. Sehen Sie mich mal an, Herr Cresspahl! Nu weiten Se dat, nich?

Und Papenbrock wußte nichts gegen diesen Cresspahl zu tun. Dieser Mensch ließ sich auf eine Zeit nach dem Abendessen bestellen, dieser Mensch ließ Papenbrock allein seine Zigarre rauchen, er bestand nicht auf dem fälligen Rotspon, der Mensch war nicht zu kränken. Der Mensch hatte Geld, fast wie die lübecker Partie. Er würde ja vielleicht nicht geradezu Dr. Semig zur Hochzeit einladen. Und Papenbrock rutschte aus seinem Sessel, tappte in dem nahezu nachtfinsteren Zimmer umher, bückte sich mit seinen 63 Jahren unter den Schreibtisch, stellte die Flasche offen hin, goß ein und sagte, unverhofft in Hochdeutsch: Herr Cresspahl ..., winkte meinem über alle Worte verblüfften Vater zum Aufstehen und fing an: Herr Cresspahl, denn wollen wir also verwandt sein. Sag mir mal, was sie dir für einen Vornamen gegeben haben.
Lisbeth Papenbrock hatte sich meinen Großvater gut gezogen.

Gesine Cresspahl verbringt diesen Sonntag auf Staten Island, in Tottenville, später auf der Uferpromenade der Midland Beach. Das Kind hat darauf bestanden, hier den Regen abzuwarten. Im Nordosten, jenseits der Atlantikbucht, sind die vom Wetter verschmierten Türme von Brooklyn zu sehen, manchmal weiß aufleuchtend unter Spalten in der Bewölkung. Hinter jenen Schlössern des Meeres, in den zweistöckigen Slums, bringen sie einander um.
Über dem Ausflug hat sie die New York Times verpaßt. In einem Abfallkorb sieht sie einen Rest der heutigen Ausgabe mit einem großen Foto nach oben. Es zeigt, nicht deutlich, ein feistes dunkelhaariges Kind von etwa vierzehn Jahren, das in den Armen eines bäuerlich gekleideten Mannes liegt und gerade geküßt wird. Der Mann trägt einen Schnurrbart, sein Hemdkragen ist nicht amerikanisch. Er hat Ähnlichkeit mit Stalin in seinen besten Jahren.

– Und dann? fragt das Kind. Dann war deine Mutter nach der europäischen Sitte verlobt?

Dann war sie mit Heinrich Cresspahl, Kunsttischler aus Richmond, verlobt. Louise Papenbrock hatte den Tisch im Eßzimmer heimlich neu gedeckt und war beim Polieren der Gläser, als die Herren aus dem Kontor kamen. Mit dem Tuch in der Hand griff sie sich Cresspahls, versuchte ihm in die Augen zu sehen und sprach vom nötigen Wohlwollen Gottes. Cresspahl hielt das für harmlos, und Papenbrock, abgewandt zwinkernd, verzog sich zu seinem Weinkeller. Meine Mutter zeigte sich Papenbrock noch einmal als seine Vorzugstochter, ging bedienend um den Tisch, leise, nicht übermütig, zufrieden. Louise Papenbrock weinte, wenn es sich zu ergeben schien. Papenbrock trank Cognac und Mosel durcheinander und sprach über die hübschen Kinder, die seine Tochter mit Cresspahl in die Welt setzen würden,

aber nicht mit deinen Knochen die Mädchen, Heinrich Cresspahl, prost!

und sprach über Heinz Zoll, Tischlermeister zu Jerichow, den er auskaufen würde. Und meine Mutter setzte sich neben ihn und sah Cresspahl an, als bitte sie ihn um etwas, aber Cresspahl bewegte ernsthaft seinen Kopf, und sie sagte, ein wenig ängstlich, doch verschmitzt: Vadding wi bliewn nich. Und Papenbrock fuhr an sein Herz, wo ihre Hand schon war, und er grinste etwas geniert, weil er sein Erschrecken gezeigt hatte und eben daran gewesen war, es zu übertreiben.

– Und Horst Papenbrock? fragt das Kind.

Horst Papenbrock war nicht dabei. Darauf hatte meine Mutter geachtet. Der hatte Kameradschaftsabend bei den Gneezer Nazis.

11. September, 1967 Montag

In der gestrigen Ausgabe der New York Times beschrieb die Tochter Stalins den »Tod meines Vaters«, in der heutigen »Mein Leben mit Vater und Mutter«. Die beste Zeitung der Welt versieht die Memoiren der Überläuferin mit Fotografien in eigener Verantwortung, heute mit einer Aufnahme von 1935, in der Stalin der Kamera seines Oberleibwächters eine Nase macht.
Und wir sind der Zeitung treu seit sechs Jahren! Einmal waren wir ausgeliefert an den Kettenhund der ostdeutschen Militärbasis, der innerhalb der äußeren Umzäunung wiederum in einen Maschendrahtkraal gesperrt war, so daß er sich mit keinem Zivilisten anfreunden konnte und sich entwickeln mußte zu einem hypochondrischen, introvertierten, schwer irritierten Typ, der noch wenn es junge Hunde regnete vor seiner Hütte stand und geiferte, und machte nicht Eifer ihm die Stimme überschlagen, so war es der Stimmbruch des »Neuen Deutschland«; einmal waren wir angewiesen auf die demokratischen Tugenden ältlicher Mädchen, die Beflissenheit, die Zanksucht, die Heuchelei, das abstrakte Gewissen, die Selbstgerechtigkeit von Jungfern, die so lange nicht berührt wurden, daß sie den Geschlechtsverkehr dann lieber gleich und überhaupt bestritten, die großbürgerliche Presse im Bereich des westdeutschen militärischen Stützpunkts; und wir waren

gewiß: nie könnten wir eine ehrliche alte Tante wie die New York Times ganz und gar verachten. Und wir hatten 1961 die Wahl zwischen ihr und der Herald Tribune! zwischen konservativ dunklem Aufzug von Tagwerk und Pflichterfüllung, andererseits dem mehr appetitlichen Druckbild, den flotteren Fotos, einer auch ältlichen Figur, die dennoch auftrat mit Seide um die bleichen Haare, Schleifchen am Hals, Modefarben um die Lenden und Stiefeletten aus der Via Condotti; uns blieb keine Wahl. Nicht wie ein blindes Huhn ein vergessenes Korn findet, sondern wie die wache Elster Silber stiehlt, zuverlässig hörte die New York Times auch 1961 das Gras wachsen und die Mauer um Westberlin und beschrieb uns beides in Sätzen zweiter Ordnung, Zitaten aus erster Hand, mit Glossen, Fotografien, vorläufigen Summarien, in den kleineren Formen der Erzählung, und als der rhapsodische Gegenstand in allen Strängen zusammengesetzt war und die erste Schicht der Trennwand verlegt, versammelte sie alle Mittel der Beschreibung im epischen Fluß und lieferte in täglichen Berichten vom Bauplatz in Fortsetzung die Geschichte, die ihr gleich Historie gewesen war. Wie hätten wir an ihr zweifeln können. Damals kostete sie nur 5 Cent. Für 5 Cent nicht nur abwechselnd bedrucktes Papier, sondern die begründete Erwartung, daß Nachrichten bei dieser Hausfrau nicht unter den Teppich gekehrt werden, daß schmutzige Wäsche ihr ein Anlaß zum Waschen ist, daß jeder Schrank geöffnet werden kann, und in keinem hängt ein Skelett am Kleiderbügel! Diese Person des Vertrauens, sie hat uns ausgerüstet mit Gründen für ein Leben in New York! hier zum ersten Mal konnten wir unsere Anwesenheit zusätzlich mit Vernunft auslegen und sagen, daß eine hiesige Zeitung die Nachrichten aus Deutschland mit denen aus der Welt in ein richtiges Verhältnis setzt: in ein kleines, so daß sie uns half und dazu erzog, Wirklichkeit entgegenzunehmen mit Erwartungen und Urteilen, auf die Eltern uns ohnehin gestimmt hatten! Es war nicht nur Bequemlichkeit. Wir haben uns an sie gewöhnt wie an eine Person, die im Haushalt einen Sitz hat, und nicht am Tisch des Gnadenbrots, und nicht auf einem Altenteil. Wir wollten sie nicht ändern: ihr ist das Wohl und der Gewinn ihres Landes das Höchste vor der Welt, mit diesem Raster zogen wir ihr Vorurteile ab; oft kümmert der Egoismus ihres Landes sich nicht um ihren Anstand und Tadel, und wir fühlten uns gemahnt an die tragische Theorie des klassischen Jahrhunderts in der Literatur von Deutschland. Wir sind mit ihr verfahren streng nach dem Vorschlag eines Literaten der Gegenwart und haben sie behandelt mit Rücksicht und hilfsbereit: es sollte vor allem uns ankommen auf ihre Erfahrungen. Wir haben angesehen, daß sie dem griechischen König riet, sein Land mit einem Putsch zu verbessern, und daß nicht der König sondern seine Generale das Orakel vom Times Square verstanden, doch ist Gerissenheit das Mindeste, was wir alten Tanten zubilligen werden. Und danken wir ihr nicht die beschleunigte Erkenntnis, daß der westliche Block auch in Griechenland mit Faschisten zu Tafel saß? Sie blieb sich treu, und zeigte unvermittelt Abscheu vor der Folterung politisch mißliebiger Griechen. Und nicht die Besitzer der Zeitung, und nicht im Auftrag der Monopole und Parteien, entwerfen das Bild der Gegenwart nach Plan und Absicht,

sie schreiben was die Bezieher des Blattes erwarten; Sie aber Gesine sind naiv:

wie die Gräfin Seydlitz sagt. Mrs. Albert Seydlitz meint: daß Gesine in ihrem Mißtrauen gegen bürgerliche Traditionen versehentlich auch bloß mißbrauchte, im Grunde menschennötige schwarz malt. Wir müssen unser Leben nicht nur mit Brot ernähren; auch mit Beweisen, Kind.
Wir sind des Umgangs mit der Tante Times bedürftig, wir geben die Ehrung des Alters drein. Sie deckt uns den Tisch mit neuester Veränderung, wir stocken das Honorar auf und bewundern die Kultur ihrer Gesten. Fast rührt uns die Mühsal, mit der sie uns auf einem mindesten Maß der Kenntnisse hält, wenn sie aus Cobh berichtet und vor die Neuigkeit noch setzt, Cobh liege im Südosten Irlands, in der Nähe von Cork, im County Cork, und sei ehemals berühmt gewesen als Anlegeplatz der Transatlantikdampfer. Wir achten ihre Objektivität und lassen sie sich selbst bezeichnen als »eine Zeitung von New York«. Eine Umstandskrämerin, ja, eine Konfusionsrätin, nein. Besorgt, jedoch nicht ohne Zärtlichkeit beobach-

ten wir ihre Versuche, die Wandlungen des populären Geschmacks wenigstens anzuerkennen, wenn sie, plötzlich am 3. Juli 1966, ihre Drucktypen gegen größere auswechselt oder, unverhofft am 21. Februar 1967, das Datum im Kopf der Seiten kursiv statt recte setzen läßt; es steht ihr, und wir vertrauen auf ihren Sinn für Proportion, und für Proprietät. Eines, das träumen wir, tut sie uns nicht an: nicht für das modernste und zeitfernste Schneiderkostüm aus der Madison Avenue wird sie ihre strengen acht Frontspalten hergeben, nicht für eine noch so britische Antiqua nimmt sie die Unzio-Fraktur aus der Stirn, die Zierde des Alters, das Denkmal der Vergangenheit, so schwer entbehrlich wie die Ornamente des Jugendstils oberhalb der glasgeputzten Schuhe der Häuser von Manhattan. Solche Häuser halten den Brechkugeln unvermischten Profitrechnens nicht stand, sie noch hält die beiden Jahrhunderte zusammen. Inzwischen, konservativ genug, nimmt sie 10 Cent für ihre Dienste, und dreißig gäben wir aus freien Stücken.

Was geht's sie an, daß wir sie ... goutieren? Deswegen erst recht lädt sie sich die Tochter Stalins ins Haus, ein mit 41 Jahren nicht erwachsenes, apperzeptiv defektes Kind, das vom zwanzigsten Jahrhundert nichts deutlicher begriffen hat als seine privaten Lebensumstände, eine nicht heilbare Tochter, die wie nur je ein abhängiges Kind den Vater entlasten will von den gefühllosen Feststellungen der Geschichtsbücher, ihn freisprechen möchte mit den Tugenden seiner Freizeit, in der ihr er Neigung zeigte, jedoch nicht ausreichend, um sie aufzuklären, etwa dahingehend, daß Politik und Revolution nicht aus dem Himmel der Religion gesandt sind, wohin gleichwohl sie den teuren Toten denkt. Jedoch ist es nicht allein Schadenfreude, wenn die Tante Times ihre Familie zusammenruft zu täglichen Fortsetzungen über das Ergebnis, das fünfundzwanzig Jahre Unterricht im dialektischen und historischen Materialismus an einer bevorzugten Schülerin gezeitigt haben. Es ist nicht allein mokant, wenn Tante Times der Swetlana Stalina den Mädchennamen ihrer Mutter zubilligt, die Bezeichnung einer Schriftstellerin; zumal ja die allgemeine Kenntnis des Sachverhalts geschäftlichen Schaden verhütet. Es ist nicht nur tückisch, wenn die Times der Infantin die Behauptung durchgehen läßt, die Geschichte der Sowjetunion und des internationalen Kommunismus sei in den entscheidenden Momenten von einem Menschen namens Lavrentij P. Beria bestimmt worden, jedoch in einem redaktionellen Kasten das Jahr 1938 als Beginn seiner Amtszeit hinzufügt (so daß erst einmal die elf Millionen Toten der sowjetischen Landreform von 1928-1932 Herrn Trotzki zugesprochen werden müßten, wäre er nicht außer Landes gewesen, oder Seiner Ehren Winston S. Churchill, mit dem der Vater der Unglückseligen immerhin darüber Worte wechselte (»das Schlimmste was ich hab machen müssen«), lieber als mit seinem armen Kinde. Es ist der Times nicht bloß Gelegenheit zum Hochmut, wenn sie der eigenen Nation Steuern vorenthält und das Honorar der Überläuferin an ein liechtensteinisches Institut überweist. Alle diese Antriebe dürfen wir vermuten; für gewiß nehmen müssen wir ein zarteres Gefühl. Denn die gestrige Ausgabe zeigte am Anfang der Auszüge aus dem Leben der Stalintochter die Autorin in ernster Münzenpose über schwarzem Kragen, zwar nicht der Tante Times ebenbürtig als Zeugin der Geschichte, jedoch in ihrer Nähe als Anwesende, immerhin zugegen bei Hasenjagden und Familienfesten, allerdings eines von den Kindern, die Josef Wissarionowitsch Stalin verwöhnte. Den historischen Anspruch vorsorglich festgestellt, kann die Times die erste Fortsetzung der Plauderei beginnen mit einer anderen Aufnahme, in der die Verfasserin erscheint mit einer weicheren Frisur, gutmütig lächelnd, über weißem Kragen: ein einnehmendes Bild. Größer ist es auch. Hier geht Fürsorge aus von der New York Times, Sympathie und Beschützensdrang, ein Verhalten wie es sich schickt gegenüber einer jüngeren Nichte, zwar vom Lande und aus kleinen Verhältnissen, jedenfalls einer Verwandten.

Unser Respekt gilt heute Mr. William S. Greenawalt aus Brooklyn. Er hat der New York Times vor gut zwei Wochen einen Leserbrief geschrieben, in dem er fragt: Wenn die Müllabfuhr es schafft, ihre weißen Wagen weiß zu halten, warum bringt die Verkehrsbehörde das nicht mit ihren roten Ubahnwagen fertig?

Und die New York Times hat auch das für eine von den

Sachen gehalten, die wert und/oder geeignet sind, gedruckt zu werden: fit to print.

12. September, 1967 Dienstag

Wenn: gibt Swetlana Stalina zu verstehen in einer Zeitung für die Welt: wenn Beria nicht die mysteriöse Rückendeckung von seiten meines Vaters besessen hätte, wäre ihm nicht möglich gewesen, Stalins alte Mitkämpfer und seine halbe Familie umzubringen.
Das sowjetische Parlamentspräsidium hat nach 23 Jahren für Recht erkannt, daß die Nation der Krimtartaren zu Unrecht wegen Kollaboration mit der deutschen Wehrmacht nach Zentralasien deportiert wurde. Weiterhin, die halbe Million rehabilitierter Staatsbürger darf nicht in ihre Heimat zurück. Wenn ...
Die Angestellte Cresspahl wird gebeten, sich nachmittags für eine Fahrt zum Flughafen Kennedy verfügbar zu halten; es wird dort ein Brief zu übersetzen sein. Eine Stunde vor Dienstschluß wird die Angestellte Cresspahl abgeholt von einem Mann in Livree, einem schweren alten Menschen von dunkler Haut, der ernst wie ein Börsendiener sich vorstellt als der Fahrer des Vizedirektors de Rosny, sie zu dessen Dolmetscherin ernennt und hinzufügt: Ich bin Arthur. In seinen kurzen krummen Haaren sind weiße Stränge, und er hält beim Sprechen die Uniformmütze in der Gegend des Herzens. Es gelingt der Angestellten Cresspahl nicht, ihm die Hand zu geben, er ist ihr schon aus dem Weg getreten. Sie sagt ihm, überrumpelt, halbherzig, ihren Vornamen, und er antwortet ernst, nachsichtig: Das ist ganz in Ordnung, Mrs. Cresspahl.
Mrs. Cresspahl muß hinter ihm gehen wie hinter einem Diener. Seine Uniform, seine gemessenen Schritte, seine blicklose Miene stören die lässigen Feierabendgespräche zwischen den Maschinenkonsolen des offenen Büroraums, er läßt ihr nicht Zeit zu Abschieden, schon hält er ihr die Tür zum Hauptkorridor auf und läßt sie hindurchgehen wie etwas, das er

nicht sieht. Vor dem Fahrstuhl besteht er darauf, ihr die Mappe abzunehmen. Während der Niederfahrt, allein mit ihr, macht er eine Bemerkung übers Wetter, das Gesicht gegen den Stockwerksanzeiger gerichtet, überhört ihre Antworten und wiederholt: Sehr wohl, *madam*, bis er im Keller sich vor ihr und de Rosnys Wagen verbeugen kann, den Schlag zudrückt und die Mütze aufsetzt. Sie fühlt sich angeliefert, befördert und eingeschlossen wie ein bestelltes Paket.
Der Wagen des Vizedirektors, von außen ein schwarzes Schlachtschiff von fünf Metern Länge, ist die Schale für ein Privatabteil erster Klasse, eine rundum gepolsterte Kabine mit vier Sitzen, Telefon, Leselicht, Schreibplatte. Von der äußeren Welt ist die Kabine geschieden durch dunkel getöntes Glas und eine dicke Trennscheibe zur Fahrerkanzel hin, offenbar auch durch eine schwingfreie Aufhängung, denn das Innere verrät nicht den Satz, den das Gefährt aus der tiefen Auffahrt auf die 46. Straße macht, und nicht die Sprünge, in denen es den Abfall der Zweiten Avenue hinuntersetzt, der breiten Mulde vor den Fliesenröhren des Osttunnels entgegen. Es ist eine der bevorzugten Strecken von Mrs. Cresspahl, seit sie an das bleiche Licht und die Enge der Gewölbe unter dem East River sich gewöhnt hat, es ist der Weg zum Verreisen. Es ist ein Weg aus der Stadt, denn die Straße weitet sich zunehmend aus zwischen den Industriebauten Brooklyns, weiträumig abgesetzten Wohnhäusern und endlich den Schnellstraßen Long Islands, bis in der Gegend der Friedhöfe der Himmel fast unverstellt den Horizont verhängt. Die Steine der Begräbniskolonien bilden in Feldern gruppiert die Schwünge und Täler der ursprünglichen Landschaft nach, flackern niedrig unter verstaubten Nadelbäumen. Die Grabäcker sind Städte, von Mauern gesichert, durchzogen von anmutigen Straßenkurven, dicht bebaut mit schmalen Totensteinen, ähnlich den alten Einfamilienhäusern Manhattans, dann wieder geöffnet mit grünen Parks, in denen einsame Leichenpaläste an die Verhältnisse irdischen Besitzes gemahnen. Am Flugplatz La Guardia vorbei läuft die Straße in der Nähe des Sundes, neben Bootsstegen und windführenden Segeln her, bis endlich die verschorften Narben industrieller Ausbeutung und Bodenspekulation ganz verdrängt sind durch luxuriöse

Landschaft zu beiden Seiten des Ausfallwegs, von Rasenwiesen und gepflanzten Gehölzen, bis dicht an die zementenen Koppeln im Ring der Passagierterminals, in denen Autos in gedrängten Reihen aufgetrieben sind, eine starre funkelnde Herde. Aber Mrs. Cresspahl war die Reise verdorben. Sie hätte gewünscht, der Mann am Steuer würde seinen fleischigen Nacken nicht so unbewegt halten, die Trennscheibe versenken, einmal sich umwenden, einen Familiennamen zugeben. Aber vor der Halle der internationalen Ankunft ist Arthur schneller als sie vor der Tür, verabschiedet sie mit seiner Verbeugung, deutlich der Fahrer reicher Leute, der noch einmal die Mütze abnimmt, den Blick nur für einen Moment auf ihrem Gesicht hält, ohne Miene, und wiederholt in seinem ergebenen, kehlig holpernden Ton: Jawohl, *madam*. Sicherlich, *madam*.

Gefällt dir das Land nicht? Such dir ein anderes.

Im Innern des Gebäudes ist ein verglaster Wandelgang über die Halle der Gepäckausgabe gehängt, der einen vollen Blick auf die Förderbänder der Zollgänge erlaubt, einen viertel Blick auf die gefächerten Koffertrommeln, einen achtel Blick auf die Ausgänge der Paßkontrollen, so daß die Passagiere von unten aufwärts zu erraten sind. Der dicke Teakbalken vor dem Glas ist eng besetzt mit den aufgestützten Ellenbogen der Abholer, links neben Gesine einer italienischen Familie, an ihrer anderen Schulter eines indischen Ehepaars, die alle behaglich hinunterblicken auf die erschöpften, zerdrückten, verwirrten Passagiere und auf den Inhalt ihrer offenen Koffer, in denen die Zollbeamten mit festen, gewitzten Griffen umhertasten. Gesine erwartet einen Weißen, etwa sechzig Jahre alt, ein schwammiggraues, hängendes, undeutliches Gesicht, einen Mann in grauen schlotternden Stoffen, einen Bankdirektor, der dennoch seine Lederkoffer neben den Registrierkassen des Zolls offen auslegen wird. Sie kennt ihren Vorgesetzten aus dem Anstellungsgespräch vor drei Jahren, von Nickbegegnungen in den Fahrstuhlgassen, am deutlichsten als Paßbild in den Werbedrucksachen des Unternehmens. Nur nach dem Paßbild erkennt sie den Mann, der

jetzt weit seitlich des Prüfgebietes erscheint, seine ungeöffneten Koffer auf dem Karren eines Dienstmanns neben sich, von einem Beamten in Uniform durch eine Klapptür geleitet und mit Polizeigruß verabschiedet, offenbar doch nicht französischer Abstammung, sondern einer von den Iren. Der Mann, den Mrs. Cresspahl am Fuß der Treppe abfängt, ist ein beweglicher Herr in einem Anzug von sehr blauem Leinen, eine hagere bückichte Figur, dem feste Muskeln sein Backenfleisch in Falten aufhängen, ein Sprecher von langen vielförmigen Sätzen, der in einem Mrs. Cresspahl für ihr Kommen dankt, leutselig den Dienstmann gängelt und Mrs. Cresspahl mit altmodischer Förmlichkeit durch die automatischen Tore weist, dem Träger ausgerechnete elf Prozent Lohn aufschlägt und ohne Verblüffung Arthur entgegentritt. Denn Arthur hat seit fünfzig Minuten die Ringstraße des Flughafens mit seinem schwarzen Schlitten patrouilliert und hält auf die Minute am Rinnstein neben den Segeltuchkoffern seines Chefs. Mensch Arthur! sagt dieser Chef, und Arthur sagt, die Mütze auf dem Kopf, lächelnd unter seinen dunkelbraunen Stirnwülsten, mit weißen Zähnen: Na, Häuptling.
Auf der Rückfahrt ist die Trennscheibe der Limousine hinter Arthurs Bank versenkt, er hat nur eine Hand am Rad, den anderen Arm auf der Lehne zum bequemeren Umwenden, de Rosny sitzt in der passenden Diagonale, und beide erzählen einander aus ihrem neueren Leben.
Mr. de Rosny kommt keineswegs stracks von Honolulu. Er ist in Kalifornien ausgestiegen, er hat sich in Italien diesen Anzug machen lassen, er hat zwei Tage unter der pariser Küche gelitten, er hat noch einen Platz bei einer amerikanischen Fluggesellschaft gefunden, er sieht New York mit Vorfreude entgegen. Und du, Arthur?
Arthur hat seiner Frau eine neue Waschmaschine gekauft. Sein zweitjüngster Sohn hat sein medizinisches Examen bestanden, nicht ausgezeichnet, aber gut. Arthur hat das Wochenende in Connecticut verbracht, er lobt sich jetzt den Rasen hinter seinem Haus. Die Frau ist nervös wegen des Lehrerstreiks, die kleineren Kinder verpassen Unterricht, wenngleich die Forderungen der Lehrer, insbesondere nach kleineren Klassen und höherem Gehalt . . .

– Und wie bist du mit ihr ausgekommen? sagt der Chef, mit einem Kopfschwenken auf Mrs. Cresspahl. Sie war in Ordnung: sagt Arthur, und Mrs. Cresspahl erwischt einen Blick lang seine Augen im Rückspiegel. Er zeigt ihr kein Zwinkern, nur einen winzigen, beruhigenden Aufschlag der Lider.

Ich hätte wissen sollen, daß der Chef dir den Arm um die Schultern legt, dir die Tür aufhält, dich einen Platz aussuchen läßt. Gesine, oder wie immer du heißt.

In Ordnung, Arthur. Und fahr zur Hölle, Arthur.

13. September, 1967 Mittwoch

Die New York Times illustriert die Erinnerungen der Swetlana Stalina mit einer Fotografie von 1941, die zeigt das Kind, zu schwer für seine 15 Jahre, in einer weißen Bluse mit zwei verschlungenen S, vor der Kühlerhaube einer imposanten SIS-Limousine, des »Familienwagens«. 1942, berichtet die ungeratene Tochter: wurden eine Menge Leute in Lagern erschossen ... habe keine Ahnung warum dies geschah ...

Und noch eine Nachricht aus der unterhaltenden Industrie: Sonntagnacht wurde Frank Sinatra frech gegen einen Arbeitgeber und wurde zu Boden geschlagen und verlor auch zwei Zähne ...

Der Bundesrichter Dudley B. Bonsal hat der Ubahn auferlegt, auch kriegsfeindliche Plakate als Anschlag zu dulden; wegen des 14. Verfassungszusatzes.

Gesines zehn Tage am Atlantik sind jetzt zugedeckt von drei Wochen in der Stadt, und die Verhaltensweisen der Angestellten sitzen ihr wiederum dicht auf der Haut. Wiederum rückt sie die Zeit ihrer Uhren um fünf Minuten vor, um einer Verspätung im Büro vorzubeugen. Diese fünf Minuten verschweigt sie sich beim Einschlafen wie beim Aufstehen, erst bei Verspätungen der Ubahn vertraut sie wissentlich auf die Reserve. Aus den einzelnen Betriebsstörungen der Bahn macht sie eine negative Regel, um den Weg zur Arbeit von Grund auf zu schützen gegen Einbußen an Zeit, und im Gedächtnis spart sie weiterhin solche Minuten unter fünf, die bei einem vorzeitigen Ende des Frühstücks abfallen, oder sie zweifelt am Gang der Uhr. Sie überwacht die deponierte Zeit nach den Ansagen der Rundfunksender, verheimlicht sie sich gleichzeitig in einem Mißtrauen gegen die Lässigkeit der Sprecher:

Leute, wenn ihr um halb aus dem Haus sein wolltet, seid ihr jetzt erst sieben Minuten verspätet!

Außer dem versucht sie, ihren Erfahrungswert von fünfunddreißig Minuten zwischen Wohnung und Schreibmaschine durch eiliges Umsteigen und durch waghalsige Ausdeutung der Ampelzeichen zu vermindern, ohne allerdings den Gewinn zu ihren eigenen Gunsten auf dem Zifferblatt anzulegen. Die angesammelte Rücklage schickt sie gelegentlich schon um zehn nach acht weg von der Oberen Westseite, bringt sie oft um halb neun vorbei unter der ungefügen Uhr im Bahnhof Grand Central

Dies ist die Uhr, die Amerika aufweckt!

und nicht selten war sie um dreiviertel neun an der elektrischen Normaluhr im Büro, deren spinnenbeiniger Sekundenzeiger am Spielraum hobelt. In der gewonnenen Viertelstunde könnte sie die Zeitung auffalten, aber es käme ihr kleinlich vor, pünktlich um neun Uhr null Sekunden anzufangen, und sie greift doch in den Eingangskasten. Auf das Tempo der Arbeit wirkt die hamsterische Zeitmessung nicht, denn ihr werden Vorgänge nach Vorrat und Anfall zugeteilt; es gibt auch halbe Stunden, in denen die Angestellte Cresspahl Lexika liest, arbeitsam vorgebeugt, bei offener Tür ... Erst zehn Minuten vor fünf beginnt sie ihre gehorteten Minuten an die gewöhnliche Zeit zu erstatten. Dabei verliert sie leicht eine oder zwei von den wirklichen Zeiteinheiten, so daß sie meist erst vierzig Minuten nach fünf Uhr vor der Tür ihrer Wohnung steht. Diesen Unterschied von einem Zwölftel Stunde hält sie aber für echten Verlust, da muß Marie noch gar nicht gewartet haben.

Die Geschäftsführung hat keine Stechuhren aufgestellt, und in den regelmäßigen Mitteilungen an das Personal kommt das Wort Pünktlichkeit nicht vor. Gesine ist dieser besonderen Firma nicht mehr ergeben als früheren Arbeitgebern. Es reicht ihr nicht zu einem schlechten Gewissen, wenn sie sich morgens um zwei Minuten verspätet. Die verfrühte Ankunft kann ihr als Beflissenheit, ja als Streberei ausgelegt werden, und doch nicht vermag sie das Jonglieren mit der erfundenen Zeit aufzugeben. Sie kann sich auf sonst nichts verlassen. Sie läßt sich aufziehen von Mrs. Williams mit der teutonischen Tugend der Promptheit, sie läßt D. E. schwafeln von traumatischen Schulstrafen für Verspätung. Sie hat nur diesen Scheck, der zu Ende und zu Mitte des Monats in einem verschlossenen Umschlag mit der Hauspost kommt, achttausend Dollar im Jahr, Steuernachzahlungen noch nicht gerechnet; der Scheck ist nichts gegen eine Gewerkschaft der Angestellten, die streiken könnte wie die Arbeiter gegen Ford, die Eisenbahner gegen die Long Island Railroad, die Lehrer gegen die Stadt. Ihr kann alle vierzehn Tage gekündigt werden, und sie hat nur fünf Monatsgehälter auf einem Sparkonto, damit sie Maries Schule bis zur nächsten Anstellung bezahlen kann. Sie will keine Versicherung versäumen, nicht einmal die rechtzeitige Anwesenheit am Arbeitsplatz, die optische Präsenz.

Und vertrauliche Überstunden in den Waldorf Astoria Towers ... dreißig Meter hoch über der abendlichen, verlassenen Lexington Avenue, dreißig Meter im Freien über den angetrunkenen Herren, verirrten Touristen, königlich patrouillierenden Taxis im stinkenden Kanal der Straße ... in der stockigen Luft der Klimamaschinen, Luft aus Großmutterschubladen, Schubladen voll Kuriosa und Preziosen ... Überstunden für den Vizepräsidenten de Rosny der in seine Suite geleitet wird als ein geliebter Fürst auf Durchreise, dem das Hotel eine Bar mit frischem Eis auffährt, einen zweiten Fernsehapparat, eine elektrische Schreibmaschine in einer Art fahrbaren Wiege ... Überstunden für die Übersetzung eines Briefes aus Prag, in polnischem Französisch, über Nachtlokale, Schmalfilm, ein Mädchen namens Maria-Sofia, über Staatskredite auf Dollarbasis ... Überstunden mit Cocktails ...

Überstunden mit Heimreise in einer schwarzen Kutsche, durch das rötliche Gegenlicht der westlichen vierziger Straßen, unter den Bogengüssen offener Hydranten, über die Schnellstraße der Westseite, hoch neben dem grauen dampfenden Hudson, dem in Dunst gewickelten Gegenufer, voran am gefegten geharkten Riverside Park, über der Erde ... Stunden über die Arbeitszeit, über den Bedingungen gewöhnlicher Arbeit ...?

Es war ein Ausflug. Es war lustig. Es war sonderbar. Es waren Überstunden, ohne Bezahlung.

14. September, 1967 Donnerstag

Lieut. Col. William Rockety, in einem Interview über die gestrigen Kämpfe bei Dongson, erwähnt einen Nordvietnamesen, der bis zu den amerikanischen Mörserstellungen vordrang und zwei Marineinfanteristen umbrachte, bevor er umgebracht wurde. »Ein Nordvietnamese«: sagt Lieut. Col. Rockety der New York Times: »war wirklich voller Mut – oder verrückt.«

Die Verschärfung des Krieges in Viet Nam hat in den letzten beiden Jahren in den U.S.A. mehr als eine Million Arbeitsplätze geschaffen, in fast allen Industriezweigen (ausgenommen Schiffswerften und Neubauten), fast ein Viertel des natürlichen Zuwachses an Arbeitsmöglichkeiten.

Wie weit war Cresspahl vom Ekel, als er Tag nach Tag im August 1931 in Jerichow vertat, ein gesunder Mensch als Müßiggänger mitten in der Ernte, blind vor Verstrickung in sein Bild von der jüngsten Tochter Papenbrocks, als sei sie für sein Leben die einzig Nötige?

Cresspahl muß sich geekelt haben vor der Wiederholung. Mit sechzehn Jahren ja, da konnte die Welt noch zugestellt werden von der Nähe, dem Atem, dem Blick, dem Hautgefühl, der Stimme eines Mädchens; mit sechzehn Jahren, ja da mögen ihm einmal die Absicht und der Plan und die Zukunft verhängt worden sein vom geduldigen, zuversichtlichen Verlangen nach einer Fünfzehnjährigen, die so sehr Ziel wurde, daß er in ihr nicht mehr die Enkelin des Meisters wahrnahm, nur noch die unausweichliche Notwendigkeit, das Vertrauen auf einen abgeblendeten Entwurf für das ganze kommende Leben: mit sechzehn Jahren, als Tischlerlehrling in Malchow am See, zu Anfang des Jahrhunderts; aber 1931, in Jerichow bei Gneez, mit 43 Jahren?

Ist nicht die Wiederholung unerträglich: daß immer wieder das Bedürfnis nach einer Person das Bewußtsein wie zum ersten Mal nach dem alten Raster preßt, daß längst ausgedachte Empfindung wiederkehrt wie frisch, daß die Vorstellung unermüdet von neuem die bloße Außenseite einer Person ausdeutet und ausbaut zu allen denkbaren Entsprechungen zwischen ihr und ihm, daß die Leerstellen in der wirklichen Person ungewarnt verdeckt werden von dem Bild der Person, daß der Herzschlag anzieht nur bei ihrem Anblick so lebensängstlich wie nur beim Anblick einer anderen Person schon vor fünf, vor zwölf, vor achtundzwanzig Jahren, als wäre hier unerhörte Wirklichkeit zu entdecken, noch nie Berührtes, noch nie Gefühltes? er muß sich vergessen haben.

Stand, ein kräftiger Mann mit heilen Armen, verschlafen und freundlich auf dem Marktplatz neben der Stadtwaage, auf die Gutswagen nach Gutswagen zufuhr, ging an den heißen müden Pferden entlang, ließ die krumm im Schweiß hockenden Gespannführer hinter sich, als sei Arbeit zum Besichtigen da. Neben der Stadtwaage stand er nicht so nahe an Papenbrocks Haus, daß er wartend aussah, aber nahe genug, um einen Fensterflügel aufklappen zu sehen.

Fuhr, harmlos wie ein Badegast, spazieren im Kutschwagen des Tierarztes, vorbei an den im Sommerweg mahlenden Erntewagen, ein Landschaftsbetrachter, ein Sommerfrischler, der unverdrossen beiläufig die Rede auf den hiesigen Kornhandel brachte und aus allen Äußerungen Dr. Semigs über Papenbrocks Geschäftssinn nur hörte: Sie werden Glück haben mit dem Mädchen, Cresspahl. Glück werden Sie haben.

Ging, ein Nichtstuer in Schlips und Kragen, vorbei an den Schnitterkolonnen auf den hitzigen Kornfeldern, weg vom schwer pulsierenden Lärm der Dreschautomaten, wie zur Erholung unter dem harten gespannten Himmel auf den Wegen um Jerichow, von Schloß zu Schloß, von der Steilküste bis zum Gräfinnenwald, rund um das Bruch, in allen Straßen

der Stadt, nur weil Papenbrocks Tochter hier aufgewachsen war: hier wollte er kennen, was sie aufgeben mußte.
Setzte sich, ein Forschungsreisender, in die Bahnhofswirtschaft, das Lokal der Nazis, und trank das saure Bier und wartete auf Horst Papenbrock bis zum dritten Abend und ließ ihn lärmen über den Dawes-Plan und die Reichstagswahl vom vorigen September und trank ihm vor, halbe Liter Kniesenack und großen Weizenkorn, und trug den taumelnden, fröhlichen, weinerlichen Erben Papenbrock über den Marktplatz um Mitternacht und lehnte ihn gegen das Tor seines Vaters und ging in Peter Wulfs Hinterzimmer zum Erzählen, wenig betrunken, sehr vergnügt, ganz zufrieden.
Reiste nach Hamburg auf einen Tag und kam zurück und zeigte sich bescheiden in einem englischen Hemd von Ladage & Oelke, in dunklem Anzug und ohne Hut auf dem Weg zu Papenbrocks Haus und Kontor; hatte den Leuten in Jerichow Wochen lang Spaß gemacht mit seiner Liebschaft und hatte den Kopf voll von dem Geheimnis, das zwischen ihm und Lisbeth Papenbrock eingerichtet war, für niemand zu sehen als für sie und ihn.

Ein Protestant. Protestanten.

Muß einer auch Geld haben, wenn er soviel Zeit aufbringt für sein Gemüt.

Mit Nazis. Säuft mit einem Nazi.

Ja gesundstoßen will er sich nicht.

Du hast den Mut nicht. Du machst dich nicht lächerlich vor zweitausend Leuten.

Das stellt er sich vom Leben vor: ein frommes Mädchen.

Ja dich hat sie nicht genommen, Stoffregen.

Die kommt nicht wieder. Die geht mit ihm wohin er sagt. Sie hat ihn schon an der Hand gefaßt, wenn sie eben vom Markt in die Feldstraße kamen.

Die lagen im Wald. Er hat mich auf dem Rad nich vorbeifahren hören, und sie hatte die Augen offen.

Auf den Rehbergen. Wo du einen Streifen See siehst, zum Steilufer hin.

Eine hat ihn gewarnt. Meta Wulff setzte sich nach der Polizeistunde zu Peter und Cresspahl und fing an zu reden von Pastor Methling und von Lisbeth, die an jedem Kirchtag in der zweiten Reihe unter der Kanzel saß. Wulff versuchte sie mit Knurren aufzuhalten, aber Meta, Fischerstochter von der Dievenow, gab ihm einen Schlag unter die Schulterblätter und rieb ihm den Rücken und sprach weiter von den Bibelstunden für Kinder, die Papenbrocks Tochter über die Christenpflicht hinaus im Gemeindehaus abhielt. Cresspahl hat nicht mehr verstanden als: sie kann auch noch gut mit Kindern.

Unter dem weiten Rock der Tante Times sitzt Stalins Tochter und erklärt den Selbstmord ihrer Mutter im Jahr 1932: »In jener Zeit waren die Menschen ein Stück ehrlicher und gefühlstreuer. Wenn ihnen das Leben nicht gefiel wie es war, erschossen sie sich. Wer tut dergleichen heutzutage?«

Er hat sich vergessen.

15. September, 1967 Freitag

Dieser Sommer ist vorüber.

In der letzten Woche sind in Viet Nam 2376 Menschen beruflich am Krieg gestorben. Gestern bestritten die Sowjets, daß sie einen ihrer Schriftsteller im Arbeitslager mißhandeln. Die Lehrer der öffentlichen Schulen streiken weiter. Südkorea will einen Zaun aus Draht und Elektronik an seiner Nordgrenze errichten. Jan Szymczak aus Brooklyn ist die Frau weggelaufen, die erst im Februar aus Polen zu ihm zog; nun wird er auch nicht ihre Schulden bezahlen, und zwar ab heute.

Dieser Sommer ist vorüber. In diesem Sommer ist der milliardenfache Revolutionsgewinner Tschombe nach Algerien entführt worden, und seine ehemaligen Freunde schärfen das Fallbeil. In diesem Sommer begann der 33. militärische Konflikt seit dem Ende des zweiten Weltkrieges, die oberen Bürozellen der Bank waren überbevölkert von den Transistorsprechern, die aus Israel berichteten, die seit Errichtung des Hauses nie geschlossenen Zimmertüren waren angelehnt, und Mr. Shuldiner sprach ein ganzes Mittagessen über den jüdischen Imperialimus; auf dem Broadway die schmächtigen

Herren mit ihren runden Bärten, ihren Schläfenlocken, ihren trüben Blicken zuckten zusammen, wenn ihre Nachbarn ihnen Anerkennung auf die Schultern schlugen, und fanden sich mühsam in das realpolitische Gespräch auf dem Bürgersteig, einer auf dem Reißaus in die Ubahn 86. Straße rannte gegen Mrs. Cresspahl, die der Diskussion aus fünf Schritt Abstand zugehört hatte, – ich bin kein Held, ich bin Theologe: sagte er. Bei der Siegesparade auf dem Riverside Drive ging Marie neben Rebecca Ferwalter am Rande einer Reihe, als gehörte sie hinein, nicht im blauweißen Aufzug, aber winkend mit einem Fähnchen, dem Davidsstern. Kossygin fuhr in schwarzem Trauerauto die Dritte Avenue nordwärts, und die Zuschauer in den modernen maschinentemperierten Bürotürmen konnten die Fenster nicht öffnen, ihm zu winken. Dann reiste er doch die Niagara-Fälle besichtigen. Noch einmal war Nikita Sergejewitsch Chruschtschow auf dem Fernsehschirm zu sehen, ein alter, erschöpfter Mann, der von abgetanen Taten schwätzt. An der Wand zwischen unseren Fenstern hängt die Aufnahme einer kalifornischen Hausfrau, die durch ein Telegramm erfuhr von dem Tod ihres Sohnes in Viet Nam; für die Fotografen setzt sie sich noch einmal und spielt vor wie sie es liest. In sechs Monaten sind die privaten Verbrechen um 17 % angestiegen. Bei täglich zwei Morden in New York, wann muß einer Mrs. Cresspahl treffen? in welcher Nacht wird die Scheibe splittern, ein Schatten unter der Straßenbrücke mit einem Messer aufwachen, ein Arm um ihren Hals sie von der Straße in einen Kellergang ziehen? Dreifinger-Brown, ein Familienoberhaupt der Mafia, ist in seinem Bett gestorben, und die Polizei fotografierte die Trauergäste am Grabe. In 22 Städten sind die Neger aufgestanden, vorläufig sind 86 ihrer Toten gezählt, und die Polizei in New York zählt mittlerweile 32 365 Mann. Wir saßen auf der Hudsonpromenade, inmitten von Anglern, Familienausflügen, Tennisspiel, und sahen über den dreckdick sich wälzenden Fluß gegen das abendliche erstickte Rotlicht und horchten auf den Bürgerkrieg in New Jersey, der in den Bahnen, den Straßen unter dem Fluß freien Weg hatte nach Manhattan. Spät in einer Nacht kam ein Anruf aus Westberlin, von der Anita mit der Kneipe, und sie hatte fragen wollen: Lebste noch, Gesine?

Wenn wir nur wüßten, ob John Kennedy umgebracht wurde von einem Irren oder auf Bestellung. Die Luftwaffe verliert Kleinstminen am Strand von Florida und weiß nicht wie. Eisenbahnen, Telefongesellschaften, Autofabriken, Schulen wurden bestreikt. Es geht uns nicht an, wir sind hier Gäste, wir sind nicht schuldig. Wir sind noch nicht schuldig. In Viet Nam fallen mehr Amerikaner als Südstaatsoldaten, und General Westmoreland hat mehr davon bestellt. Die Gesetzgeber lachen sich krumm über ein Gesetz gegen die Rattenplage in den Slums. De Gaulle verspricht Quebec die Freiheit. Immer wieder fotografieren die Großmächte die Rückseite des Mondes. Krupp ist gestorben, und Ilse Koch hat sich umgebracht. Einer der Erfinder der Gaskammer, ein deutscher fetter Mittfünfziger, war beim Betreten des Anklagepodiums in Stuttgart zu sehen. Dieser Sommer ist vorüber, das ist unsere zukünftige Vergangenheit, das sind unsere Lebenserwartungen. Aber noch unter dem Broadway, auf dem Bahnhof 86. Straße, auf dessen Mittelgleisen ein Expreß donnernd nach Norden durchfährt, sehen wir auf die erstarrten, blicklosen Leute in den ruckenden Fenstern des Zuges und ängstigen uns davor, einmal nicht mehr zu ihnen zu gehören, vor einer Zukunft, da wir nur noch mit dem Heimweh leben könnten in New York.

16. September, 1967 Sonnabend

Sonnabend ist der Tag der South Ferry. Der Tag der South Ferry gilt als wahrgenommen, wenn Marie mittags die Abfahrt zur Battery ankündigt.

Die Fähren zwischen der Südspitze von Manhattan und Staten Island sah sie zum ersten Mal vom Touristendeck der »France« aus, da mußte sie noch über die Reeling gehoben werden. Sie starrte feindselig auf den Hochhauskaktus Manhattans, der zu Riesenmaßen wuchs, statt zu menschlichen abzunehmen; mit Neugier betrachtete sie die Fährboote, die neben dem Überseeschiff das new yorker Hafenbecken ausmaßen, mehrstöckige Häuser von blau abgesetztem Orange, rasch laufend wie die Feuerwehr. Sie nickte benommen, als Gesine

ihr die Fahrzeuge nicht erklären konnte; bei einem Ausflug erkannte sie den Typ auf den zweiten Blick, obwohl die Fährportale ihr das Äußere mit Scheuklappen zugehängt hatten.
Die South Ferry war ihr erster Wunsch an New York, dringend genug, wieder und wieder seine Wirklichkeit ohne Nörgelei abzuwarten: die Fahrt mit dem Brooklyn-Expreß bis zur Chambers Street, die Bummelei auf der Lokalstrecke bis zur kreischenden Schleife der Ubahn um die Station South Ferry, der Aufstieg aus dem Untergrund in den weiträumigen Wartesaal, alles ohne Eifer und Eile. Wenn aber die großen Türen hinter die Wände gerollt wurden, begann sie an Gesines Hand zu ziehen über die Gänge und Brücken zum Schiff, als hätte sie da in all dem Platz für dreitausend Leute einen einzigen und eigenen zu verfehlen. Damals beschrieb sie New York in Zeichnungen für düsseldorfer Freunde als einen bloßen Hafen für orange vielfenstrige Schwimmhöhlen, in denen neben reichlich Autos ein Kindergarten versammelt war. Damals ließ sie sich noch fragen, warum sie Gesines arbeitsfreie Zeit aufgab für Ausfahrten mit der South Ferry: weil es ein Haus ist, das fährt; weil es eine Straße zwischen den Inseln ist, die sich selbst übersetzt; weil es ein Restaurant ist, in dem man reisen kann, ohne sich einen Abschied einzuhandeln.
Und an den Drehkreuzen der South Ferry durfte sie zum ersten Mal in der Stadt selbst eine Fahrt bezahlen; hier war sie unter die Bürger aufgenommen worden.
Inzwischen regelmäßig beginnt sie die Benutzung des Schiffes auf dem Fahrzeugdeck und überwacht die Fährleute beim Lösen der Kabel und dem Aufziehen der Scherengitter, bis die Männer die Handschuhe ausziehen und durch den Fahrzeugtunnel zum andern Bug schlendern. In den Rauchsalons unten und auf dem Hauptdeck sucht sie nach dem Schuhputzer, auf den sie ihre Sonntagsschuhe abonniert hat und mit dem sie ein durchlaufendes, mißtrauisches Gespräch unterhält über seine Konzession und sein Leben auf der Fähre. Sie findet auch am Imbiß-Stand, bei den Touristen auf dem Vordeck, unter den Familienausflüglern und Rentnern und Kindern zwischen den verschrammten braunen Bankreihen genug Leute, die sie beobachten muß mit Blicken so vorsichtig und höflich, daß sie sich

vor Anreden wie zufällig verziehen kann. Sie verzieht sich den Gang hinunter, ein in Blicke verlorenes, ein schlaksiges Kind, das zu seinen Zöpfen eine verwaschene Windjacke trägt und zu seinen abgestoßenen weißen Hosen hochglänzende braune Besuchsschuhe. Sie erzählt nicht was sie gefunden hat an dem Negermädchen, so alt wie sie, das ein zweijähriges Kind auf der Hüfte mitschleppte, eine Hand mit dem Eiszapfen neckend vor dem ruckenden zuckenden Babymund; sie erzählt nichts von dem alten Mann mit dem Kreuzworträtsel, der sie nach dem französischen Wort für Flur fragte (sie hat es ihm gesagt). Erst wenn sie sich nicht mehr beobachtet fühlt, wendet sie den Kopf seitwärts und tut ein paar beiläufige Schritte hinter dem Kind her, das Mutter spielt. Vor Polizisten tritt sie weg wie vor jeder amtlichen Uniform, seit sie 1965 Filmaufnahmen von amerikanischen Soldaten in der Dominikanischen Republik gesehen hat; Polizisten sind die einzigen, denen sie nur ein schiefes, unsicheres Lächeln zurückgeben kann. Um jene Bank, auf der ihre Mutter die Zeitungsseiten wendet, streicht sie nur gelegentlich, in rücksichtvollem Abstand. Sie weist mit fremdem Nicken darauf hin, daß sie nicht stört. In den fünfundvierzig Minuten der Fahrt nach Staten Island und zurück nach Manhattan hat sie die neunzig Meter von Bug zu Bug mehrere Male unter ihren Sohlen gehabt.

Einem schwarzen Moslem, vor dem obersten Staatsgericht New Yorks unter Anklage wegen Polizistenmords, wurde der Mund mit einem Handtuch gestopft, als seine Proteste gegen die Verhandlung die Verhandlung störten. Zwei von den streikenden Lehrern hat das Wehramt unverhofft für einberufbar erklärt. Einem gemeinen Soldaten in Kalifornien drohen elf Jahre Zwangsarbeit, weil er an einer Verschickung nach Vietnam nicht teilnahm (sein Krieg werde in den Ghettos von Philadelphia geführt). Der Befehlshaber der ägyptischen Truppen im Israelkrieg hat sich vergiftet. Der deutsche Chemiker Albert Widmann, beteiligt an Bau und Erprobung fahrbarer Gaskammern, ist in Stuttgart freigelassen worden. Zum ersten Mal seit sechs Tagen erspart uns die New York Times das bittende Gejaul von Swetlana Dshugashwili.

Erst auf der Rückfahrt, wenn die Fähre schon wieder auf der

Höhe von South Brooklyn ist, holt Marie Gesine auf das oberste Deck und erklärt ihr die Schiffe, die im düsteren Nebel vor den Narrows liegen, den Pulverturm auf Governor's Island und die Baracken, die die Armee neben die klassischen rotweißen Bauten aus dem vorigen Jahrhundert gesetzt hat; unbekümmert läßt sie sich das Gesicht scheuern von dem raschen nassen Wind, mit dem die Ausläufer des Hurrikans Doria auf die Hängenetze der drei Brücken über dem abendlichen East River zuziehen. Sie sagt: Thank you very much for taking me, ernsthaft und mit glatter Miene, als hätte sie für die South Ferry der Aufsicht bedurft. Allein mit der South Ferry zu fahren ist ihr noch nie eingefallen.

Wir sind dann nach Rande gefahren und haben den Bäderdampfer nach Travemünde genommen. Sie ist noch mitgekommen bis Hamburg. Sie war nicht traurig.

We were very tired, we were very merry.
We had gone back and forth all night on the ferry.

17. September, 1967 Sonntag

Gestern mittag war in der londoner Bayswater Road anzusehen, wie ein Mann von vier anderen gegen seinen Willen in ein Auto gestopft wurde. Er rief vernehmlich nach der Polizei. Nachmittags schickte Scotland Yard Einsatzwagen nach Heathrow, die ein Flugzeug der Aeroflot auf der Startbahn blockierten. Aus der umstellten Maschine holte die Polizei, nach einem Handgemenge mit Kapitän und Mannschaft, einen jungen sowjetischen Physiker, der acht Monate in Birmingham studiert hatte. Beim Verhör durch die Briten schien er nicht ganz bei sich. Die sowjetische Vertretung in London ließ erklären, Mr. Tkatschenko habe England, angegriffener Nerven wegen, vorzeitig verlassen wollen, und der Botschaftsarzt habe ihm eine Injektion verabreicht. (Darauf rief Mr. Tkatschenko nach der Polizei.)
Cresspahl, zurück in London zu Beginn der 36. Steuerwoche 1931, richtete sich allen Ernstes auf ein Leben mit Papen-

brocks jüngster Tochter ein. Die beiden Gesellen, mit denen er für gewöhnlich die Tischlerei unterhielt, sahen ihn nun öfters auf dem mit Hinterhöfen umbauten Hof stehen, den Blick gegen das Ziegelpflaster oder gegen den Schornstein des Gaswerks von Richmond, die Hand im Nacken, tief im Überlegen, ohne je den Kopf über sich zu schütteln. Da sie aber beide länger als ein Jahr für ihn und meistens neben ihm gearbeitet hatten, wiesen sie einander nur mit Lächeln hin auf den Alten, der in der Hitze stand wie ein Blinder, Minuten lang, bis er wieder hörte, daß innen gar kein Hobel mehr ging. Der jüngere, genannt Perceval, ging an einem späten Abend kundschaften und konnte doch nur erzählen, daß der Alte noch bis Mitternacht in der Werkstatt zu Gange gewesen war. Darauf boten sie ihm an, Überstunden zu arbeiten. Aber Cresspahl hatte gar keinen von ihnen entlassen wollen.

Die Firma gehörte Cresspahl nicht. Die Firma, Pascal und Sohn, gehörte Albert A. Gosling, Esq. Albert A. Gosling war ein drahtiges, ängstliches Männchen, Teilbesitzer eines Textiliengeschäftes in Uxbridge, und war durch das Gesetz der Erbe Pascals geworden. Reggie Pascal, ohne Nachkommen und selbst schon der Sohn im Firmennamen, hatte das Geschäft der Tischlerinnung von Richmond zugedacht. Gosling focht die Verfügung als entfernter Neffe an, und als Einzelhändler sah er die Werkstatt an für einen Grundbesitz, zu verkaufen. Die Anwälte, Burse, Dunaway & Salomon, die nicht freudig für den wechselhaft kriegerischen und kriecherischen Mandanten aufgetreten waren, überwanden sich und erklärten ihm die Firma Pascal und Sohn, seit einer Generation eingeführt bei bürgerlichen und fürstlichen Dauerkunden, als ein Kapital. Als Albert A. Gosling zu erkennen gab, daß er vom Kapital die Zinsen verstanden hatte, annoncierten Burse, Dunaway und Salomon in der Richmond and Twickenham Times nach einem Meister, der bereit war, einen Tischlereibetrieb im Auftrag zu verwalten. Cresspahl bemerkte das Inserat, als er mit Mrs. Trowbridge von einem Ausflug nach Dorking zurückkam und sie zu einem Abendessen in Short's »Greyhound« in der George Street von Richmond einlud. Oder war ihr die Anzeige aufgefallen? Das ganze Frühjahr 1928 über erschien Albert Gosling, einen neuen Bowlerhut auf dem Kopf, in der

Werkstatt und versuchte Cresspahl auf die Finger zu sehen. Da er aber nicht wußte, was eine Zwinge war und was ein Raspel, sprach er von seiner kindhaften Verehrung für Reggie Pascal, dem er gleichwohl nichts auf die Knochen im Friedhof Sheen gelegt hatte, und bat sich Abschlagszahlungen aus. Seine weinerlichen Verdächtigungen machten Cresspahl die Arbeiter scheu, und er bedang sich aus, daß die Abrechnung über die Anwälte ging. Burse, Dunaway und Salomon alle zusammen beschworen Gosling, die Werkstatt in Ruhe zu lassen; Dunaway, in seinem Jähzorn, schob einmal die Akte so über die Tischkante, daß sie fast gefallen wäre. Gosling legte seine Gewinne in neuen Maßanzügen an und stand mit einem neuerdings frisierten Bärtchen öfter mit jungen Herren umher am Bahnhof Paddington als im Laden bei seiner Frau in Uxbridge; wenn er nach Richmond kam, so um in bürgerlichen Trinkstuben über die Deutschen herzuziehen, gegen die er sein Leben eingesetzt habe. Davon erzählten Cresspahl nicht nur Kellner, auch Perceval, damals Lehrling. (Perceval hätte den Meister gern einmal zuschlagen sehen.) Mr. Smith setzte hinzu, daß Gosling während des Kriegs im Marineversorgungsamt in Dartmouth Mützen gezählt habe. Salomon, dem als jüngerem Partner von Burse und Dunaway die Akte Pascal allein aufgenötigt war, hatte Gefallen gefunden an dem hartnäckigen Handwerker aus »Michelinberg«, der nicht auf Gesprächen über die Wirtschaftskrise oder die Juden bestand, und er hätte ihm gern zu einer Rückgabe des Auftrags geraten, wäre nicht seine Treue gegen den Mandanten, angesichts Cresspahls hübscher Erträge, doch kräftiger geblieben. Cresspahl kannte Angehörige des jüdischen Glaubens nicht nur als Händler auf den Dörfern um Malchow, sondern auch als Unteroffiziere an der Westfront, und er konnte sich ohne Schmerzen gewöhnen an Arthur Salomon, der so schamlos stolz war auf seinen Oberschulakzent, sein konservatives Schwarz, sein rothölzern eingerichtetes Büro, die juristischen Schwarten hinter seinem kleinen, wachsamen, verbitterten Kopf. Cresspahl beauftragte ihn, ein Kaufangebot für Pascals Grundstück vorzutäuschen, jedoch zu einem niedrigeren Preis. Dann ließ er sich von ihm einen Abfindungsvertrag für Mrs. Elizabeth Trowbridge entwerfen.

Es mag drei Wochen gedauert haben, daß er den Anblick eines etwas kleinstädtischen Mädchens, winkend auf den Landungsbrücken von Sankt Pauli, im Gedächtnis fest behielt, die ganze Fahrt von Hamburg nach Kingston-on-Hull bis zum Bahnhof von King's Cross, einen vollen Tag und zehn Stunden, und dann noch zwanzig Tage bei der Arbeit, noch bei dem letzten Abendessen mit Elizabeth Trowbridge. Dann schickte Lisbeth Papenbrock ihm ein Werk des gneezer Lichtbildners Horst Stellmann, Porträts seine Spezialität: ein nicht auffälliges Mädchen, das seine Haare mit einem Mittelscheitel geteilt hat und seitlich über die Ohren gelegt hat, Lisbeth Papenbrock mit den Händen vor dem Bauch aufgebaut vor Stellmanns eigenartig gerafften Vorhängen. Sie blickt vorsichtig und belustigt auf die Plattenkamera, an der Stellmann sich windet unter seinem schwarzen Tuch, und ihre Lippen waren ein wenig offen. Alle früheren Bilder vergaß Cresspahl sogleich.

Betn scheef
hett de leeve Gott leev.

18. September, 1967 Montag

Wo wir wohnen ist der Broadway alt. Wir sind weit von seinem legendären Stück oberhalb des Times Square, wo der rasche Umsatz den verwitterten Turm der New York Times mit Sandstrahlgebläsen weiß poliert hat, wo alte Häuser klammheimlich niedergemacht werden hinter mattenbehängten Gerüsten, wo die soliden Türgriffe und Schlösser und Treppengeländer des Astor Hotels versteigert werden, damit Platz wird für Glas und Kunststoff und eloxiertes Aluminium, wo die Straße ausgehängt ist mit ungeheuren Tüchern aus Licht, flackernd unter Kinobaldachinen, den unreinen Farben des Neongases, laufenden Schriftbändern, unter Punktstrahlern, unter Scheinwerfern und den kreisenden, springenden, platzenden Leuchtreklamen. Bei uns, auf der Oberen Westseite von Manhattan, sind die Lichter geringer, und hängen tiefer.

Unser Broadway beginnt an der 72. Straße, wo er auf die Amsterdam Avenue trifft und ihr den Verdipark abschneidet. Hier teilt ein geräumiger Mittelstreifen, an den Kreuzungen mit Querbänken und gelegentlich mit Gebüsch besetzt, ihn in zwei breite Fahrbahnen. Zu beiden Seiten der Straße sind Muster der Renaissance in elefantischen Baumassen aufgetürmt, und weit in den Norden hinein zeugen die vielfenstrigen Kästen unter ihren gefühlvollen Gesimsen von dem fiebrigen Vertrauen in den Baumarkt, der um 1900 zu galoppieren anfing, als die Ubahn unter den Broadway gelegt wurde. Es sind Hotels, Lichtspieltheater, Appartementhäuser einer Zeit, in der Gewinne angelegt wurden, als Jugendstil oder italienisches Gerank um Knie und Stirn der Häuser noch ihren Wert anzeigen sollte. Der Auftrieb hat nicht gereicht für eine geschlossene Kolonne dieser dekorierten Ungetüme, zwischen ihnen hocken ärmlich und vierstöckig die zaghafter kalkulierten Miethäuser, die sich weniger Mühe machten mit dem Verbergen ihrer Feuerleitern, nun stellt ihr Alter sie bloß. Wenige Hotels haben die vermögende Kundschaft halten und die Reputation wahren können, die die Fassade verspricht; vornehmlich beherbergen sie jetzt Dauergäste, verarmte Pensionäre, kaum Leute mit Kindern. Die Appartementhäuser müssen ihre Wohnungen nicht lange ausbieten, zwar hilft ihre Adresse nicht dem Ansehen, aber sie sind versorgt mit Ubahnstationen, Buslinien in alle vier Richtungen, und ihre unteren Geschosse sind in dichter, nicht gebrochener Kette vollgestopft mit Geschäften, mit Feinkostläden und Superhandlungen, mit Waschsalons, Friseurstuben, Imbißhallen, Gemüsemärkten, Bars, Ladenkirchen, Schuhbesohlanstalten, Reinigungsfilialen, Steuerberaterfirmen und Fahrschulen und Reisebüros, wenngleich die Auslagen mitunter verstaubt sind, die Textilien Ramsch und die Theken nicht so blitzblank wie auf der Ostseite. Aber seit vierzig Jahren ist an dieser Straße nichts Neues gebaut worden, und trotz des Lichtergewimmels am Fuß der Fassaden erinnert der Broadway an Ansichten aus jener Zeit, als hier noch Pferde vor den Wagen liefen und die Anwohner vom »Boulevard« sprachen.

Und alte Leute verhalten sich still auf den Inseln der Überwege im Broadway, treten behutsam voran in den rasch über-

schnittenen Gängen der Passanten, stehen am Rande eines Gedränges um einen Hausierer, vertrinken Stunden an einer Tasse Kaffee in Cafeterias, aufgegebene Leute. Ihnen ist nicht gelungen, Besitz aus Europa vor den Nazis zu retten, sie sind nicht hoch abgefunden worden, sie können nicht bürgerliche Vergangenheit verlängern in den polierten Wohnungen am Riverside Drive, sie leben für sich. Aufgegeben von ihren Kindern, übriggeblieben aus langen Ehen, allein leben sie die letzten warmen Tage ab auf dem Broadway, doch in der Nähe von Bewegung, Verkehr, Umsatz, bis sie zurückmüssen in ihre möblierten Zimmer, in die Altersheime an der West End Avenue. Das sind nicht alte Herren, die von einem geplanten Spaziergang ausruhen, nicht alte Damen, die den Genuß beliebigen Einkaufs auskosten auf der Bank im Broadway, sie sind Mündel der staatlichen Fürsorge, und wenig mehr als ihre saubere Kleidung und angestrengte Haltung trennt sie von dem verlumpten Mann schwarzer Hautfarbe, der hinter ihnen auf den dröhnenden Ubahngittern einen gefährlichen Schnaps ausschwitzt. Und ihre redebereite Nachbarschaft ist widerwillig. Das Novoje Slovo reicht nicht aus, aus dem zwei gemeinsam den Zustand der Welt lesen, es ist nicht genug für Solidarität, daß ihre Mütter benachbart waren in ruthenischen Dörfern, und was für Intimität soll zusammenkommen aus gegenseitigen Erzählungen von den Ehesachen und dem Berufsleben ihrer Kinder, wenn die Kinder nicht kommen, nicht zu Besuch und nicht in die billigen Imbißhallen, wo das Wasser umsonst ist, auch Zucker und Sahne gelegentlich. Und es hat nicht einmal gestimmt daß sie mit zwanzig Cent und jahrelanger Treue den Treffpunkt erworben haben von der Gesellschaft, denn wenn ihrer Cafeteria die Pacht ausläuft, ziehen die Unternehmer weiter, auf der Suche nach Kundschaft mit weniger Zeit, mehr Barmitteln. Es bleiben die Bänke.
Die New York Times war dabei, als gestern abend das Automatenrestaurant an der 72. Straße, dicht am Broadway, geschlossen wurde, und nahm für uns wahr:

– Should auld accqaintance be forgot ... (schwache, unsichere Stimmen).

– Fünfzehn Jahre lang bin ich hierher gegangen, jeden Abend: Ida Bess.
– Fünfzehn Jahre? Ich esse hier seit dreißig Jahren: Rose Katz.
– Wirklich schade. So treue Kunden hab ich noch nie erlebt: Steve Kelly.

Auf einem anderen Bild ist zu sehen, wie eine alte Frau bei Da Nang, Stangenbeine, alterssteif, verzerrten Gesichts, von einem Soldaten auf dem Rücken aus einer Gefahrenzone auf höheres Gelände getragen wird. »Ein Angehöriger der Streitkräfte hilft ihr«: sagt die New York Times.

19. September, 1967 Dienstag

Für dein Kind, Gesine Cresspahl, mußte es gleich ein privater Kindergarten sein, und es machte dir nichts aus, daß er veranstaltet wurde in einer Kirche, die Gott von einem Rockefeller zum Andenken an seine Mutter gestiftet war, in geräumigen, sauberen Klassenzimmern hoch über dem Riverside Park und dem Hudson, mit Erzieherinnen, denen es nicht an Lohn fehlte zur Geduld mit den Kindern des Mittelstands, Mrs. Jeuken, Mrs. Davidoff, die Marie glauben machten an eine Welt, in der Freundlichkeit und Mangel an Neid und Gehorsam sich auszahlen, dafür legtest du dich krumm mit anderthalb Monatsgehältern, und deine Entschuldigung war »sie soll es bequem haben beim Lernen der fremden Sprache«. Sollte dein Kind nicht Ansprüche lernen?

Die Briten haben den Sowjets ihren entlaufenen Physiker zurückgegeben. Jetzt sind beide Seiten noch darin einig, daß er ein kranker Mensch ist, und beide Mächte halten einander Mangel an Benehmen vor.

Dein Kind, Gesine Cresspahl, kam aber mit sechs Jahren immer noch nicht in eine städtische Schule, in einen der schäbigen Ziegelkästen, die stinken nach fiskalischem Geiz, in überfüllte Klassen, in denen die Kinder der Armen die Streite ihrer Eltern ausschlafen, in denen unterbezahlte Lehrer mehr auf die eigene Verteidigung bedacht sein müssen als auf den Unterricht, in eine Welt, in der Hieb gilt und Stich und Schlag. Gefielen dir nicht die zerbrochenen Bänke, die stinkenden Toiletten, die öden Zementhöfe hinter deftigem Maschendraht? Oder sollte das Kind nicht Lernen entbehren vor Streiks wie diesem seit sechs Tagen, der heute vier Fünftel der Lehrer von New York von den Schulen fernhält, in dem es nicht nur um ihre Gehälter geht sondern um neue Schulen, kleinere Klassen, disziplinarische Rechte gegen aufsässige Kinder? Sollte in einer Schule für Marie nicht die Polizei erscheinen und Abgesandte der farbigen Bevölkerung aus dem Gebäude prügeln? Gibt es für dich Kenntnisse, vor denen du dein Kind bewahren willst?

»Als Polizist Clarke mit verbundenem Kopf vom Flur heruntergeführt wurde, riefen einige der weiblichen Demonstranten: ›Hoffentlich wirst du sterben!‹«

Gut genug für dein Kind, Mrs. Cresspahl, war dann doch nur eine Privatschule auf den nördlichen Höhen am Riverside Drive, und eine katholische dazu, ein Betonblock von bestem Schnitt und teurer Arbeit, aufgeführt in den Annalen moderner Architektur, eine Institution mit zweijähriger Warteliste und Preisen bis zu drei von deinen Gehältern. Da störte dich nicht der diskrete Bus, der die Kinder an den Slums vorbei entführt zu der unvermischten Wissenschaft; du warst nicht geniert von der Uniform der Schule, der blauen Jacke mit dem goldenen Wappen auf dem Herzen. Dein Kind soll schon jetzt behandelt werden wie eine einzelne und unabhängige Person, seine Fähigkeiten sollen so früh als möglich erkannt und ausgebildet werden; warum aber von Leuten, die lange braune Kutten tragen, einen weißen Strick um den Bauch und milde Beschränkung unter der Haube? Es ist wahr, mit einem Zeugnis dieser Anstalt wird das Kind zugelassen bei den ausgenommenen Universitäten, anders als Abgänger von der Public School Nummer 75, und sie wird Freunde haben in den reichen Familien, zu denen sie nicht gehört. Wozu der Schwindel, wenn zwei versäumte Gebühren genügen, und er fliegt auf?

Die Ostdeutschen sagen den Westdeutschen (nach dem Korrespondenten der New York Times): Gebt euren Militarismus auf, und euren Neofaschismus, und die Macht eurer Monopole; dann werden wir mit euch verhandeln.

Und dein Kind, Mrs. Cresspahl, geht zu den ärztlichen Untersuchungen nicht in eine städtische Klinik, muß nicht warten auf den verwanzten vergammelten Korridoren neben Blutenden, Bewußtlosen, Schwachsinnigen; dein Kind fährt zu einer Praxis an der Park Avenue, angemeldet wie eine Dame, begrüßt wie eine Freundin, ein Besuch fünfzehn Dollar, eine Blutzählung vierzig Dollar. Dein Kind kennt seinen Arzt bei Namen, schreibt ihm Briefe, wagt mit ihm zu telefonieren. Der Arzt deines Kindes hat seine extravaganten Zensuren nicht erworben an einer staatlichen Universität sondern an der von Harvard, und zu deinem Kind kommt der Arzt ins Haus. Wo gibt es das, ein Arzt in New York, jährlicher Umsatz über hunderttausend, kommt bei ein wenig Fieber ins Haus und beschließt die Behandlung mit einem uneiligen Gespräch, locker und müßig auf seinem Stuhl, nicht der freiberufliche Unternehmer, fast ein Freund bei privater Visite? Für dein Kind ist dir das Beste eben genug, Mrs. Cresspahl? Warum für dein Kind? Du hast auch Post, Gesine.

Liebe(r/s) Herr / Frau / Frl. Cresspahl
Ich bin plötzlich und kurzfristig zum aktiven Militärdienst einberufen worden. Bitte regeln Sie offenstehende Rechnungen mit meinem Rechtsvertreter. Seien Sie versichert, daß ich Sie benachrichtige, wenn ich zurückkomme . . .

Washington, 18. Sept. (AP)
Nach einer heutigen Mitteilung des Verteidigungsministeriums sind die folgenden Männer im Kampf in Viet Nam getötet worden: Leutnant William D. Huyler der Jüngere aus Short Hills, New Jersey; Fachsoldat 4. Grades Harald J. Canan aus Oceanside, Long Island; Gemeiner Laifeit Grier aus Brooklyn: von der Armee; Gefreiter James P. Braswell aus der Bronx und Gemeiner Robert C. Wallace aus Plattsburgh, New York: vom Marineinfanteriekorps.

Gestern oder übermorgen vor sechsunddreißig Jahren bekam Papenbrocks jüngste Tochter die Einladung, Leslie Danzmann in Graal zu besuchen. Ihre Betten hatten in der rostocker Töchterschule Kopf an Kopf gestanden, und Leslie Danzmann machte tatsächlich Ferien in Graal. Sie war die Witwe eines Marineoffiziers, und von seiner Pension konnte sie nur die Nachsaison an der Ostsee bezahlen. Leslie Danzmann war gern gefällig.

Die Freundin aus Jerichow kam nach dem Frühstück in Graal an und schrieb im Speisesaal des Kurhauses Strandperle Ansichtskarten bis in den späten Nachmittag. Leslie sagte ihr die Ausflüge vor: Moorhof, Wallensteins Lager, Gespensterwald, Forsthaus Markgrafenheide. Als sie wieder auf dem Bahnsteig im Wald standen, umarmten sie einander unverhofft, ein ländliches Mädchen in einem zu groß karierten Jackenkleid und eine bleichhaarige Dame im Tennisdreß, beide überschwenglich, die eine wegen des Freundinnendienstes, die andere, weil sie die Ledige nicht hatte warnen mögen. Dann ging sie zur Post, setzte ihre Unterschrift auf die erste Karte an Papenbrock und steckte sie ein.

In dem von hohen Baumkronen weggehaltenen Licht, zwischen saftigen Farnfeldern begann Lisbeth Papenbrock zurückzufahren auf derselben Strecke, und nicht in Rostock und nicht in Bützow sah sie aus dem Fenster. In Bad Kleinen sah sie hinter ihrem Berliner Tageblatt Dr. Erdamer zusteigen, und an einer Dame mit einer liberalen Zeitung ging Dr. Erdamer vorüber. In Gneez hielt der Schnellzug neben dem nach Jerichow, und obwohl in Gneez Schweinemarkt abgehalten wurde, lag der Bahnsteig unbestanden. Nach fünf Stunden Versteckens war sie in Hamburg. Sie wollte gar nicht ihre Eltern hintergehen; sie wollte ein Geheimnis nicht ausliefern.

Am nächsten Morgen fuhr sie mit der Straßenbahn nach Fuhlsbüttel, holte den bestellten Flugschein ab, stieg in die londoner Maschine, landete in Bremen, landete in Amsterdam, landete neun Stunden später in Croydon bei London, und ließ sich in einer offenen Autodroschke nach Richmond fahren, eine mitgenommene, aufgeregte Touristin, die leicht offenen

Mundes auf die vom Dunst des Nachmittags beschwerten rötlichen Straßenfarben starrte, fast überrascht, daß das New Star and Garter Hotel nicht nur in Griebens Reiseführer stand sondern auch am Richmond Hill (acht Schilling. Zwanzig Prozent Arbeitslose in England). Als der Chauffeur über das Trinkgeld verärgert abfuhr, wäre sie ihm am liebsten nachgelaufen. Sie wollte hier nicht mit Fehlern beginnen.
Es war schon dunkel, dicke aschige Nacht, als sie auf dem Hof vor Cresspahls Werkstatt stand. Sie ließ sich Zeit, ihm bei der Arbeit zuzusehen, einem derben Kerl in einem Hemd ohne Kragen, der seit Tagen nicht gegen seine gelben Bartstacheln angegangen ist und leise fluchend mit schweren Zwingen hantiert. Manchmal zwinkerte er in Gedanken, so allein glaubte er sich. Als er endlich mit einer Pfeife vor die Tür trat, konnte er ihr Gesicht nicht erkennen, und erkannte sie.
Sie waren sehr gerührt. Alle Worte, die er ihr über das Haus und über Salomon und über Richmond angeboten hatte, nahmen unverzüglich für sie die Gestalt seiner Treppe, seiner Küche, seines Zimmers und der Gaswerkschornsteine vor dem Fenster an. Sein Besuch in Jerichow nahm unaufhörlich an Wirklichkeit zu. Schon ängstigte sie sich davor, ihn zu verlieren; sie wünschte sich, vor ihm zu sterben.
Cresspahl war erschrocken. (Es war ihm nicht um das Geld, das sie auf diese Reise geworfen hatte; ihm war unbehaglich, daß sie sich geeinigt hatten auf sparsames Wirtschaften.) Er war erschrocken über die Einfälle, die er nach diesem von ihr gewärtigen mußte. Ihm war unheimlich, wie blind sie sich in einem Schritt, in einer Zeit mit ihm glaubte; wo ihn noch Fremde und Entfernung scheuerten, bemerkte sie keinen Abstand mehr. Sie kam ihm vor wie das Kind, das beim Eierlaufen vor Überschwang vergißt, daß auch die Spielgefährten die zerbrechliche Last ganz, zur Not mit feindseligen Tricks, ins Ziel bringen wollen; er fühlte sich verpflichtet, auch noch dafür zu sorgen, daß sie heil ankam. Jetzt war er ihr nicht nur durch sein Alter überlegen. Sie machte sich abhängig. Das hatte er nicht gewünscht.
Sie ließ ihn tagsüber arbeiten, und abends hatte er so viel für sie gedacht, daß er anfing, in einem fort zu reden. Sie waren einer des anderen so sicher, sie gaben einander Widerworte,

nicht nur im Spiel. Mit Rührung wiederholten sie einander die Gelegenheiten und Orte, an denen sie früher hätten zusammenkommen können: 1914 auf dem Pfingstmarkt in Malchow, 1920 im Rathaus von Waren, 1923 in Amsterdam, im August 1931 für nur eine Minute auf dem schweriner Bahnhof. Alle Verluste schienen unausdenkbar; nunmehr waren sie davongekommen.
Sie führten einander aus (denn die deutsche Devisenbeschränkung von 100 Mark war eben aufgehoben), und wenn Cresspahl sie zu Schmidt in der Charlotte Street zu deutscher Küche führen wollte, wünschte sie sich ein englisches Restaurant. (Leslie Danzmann hatte ihr eins von ihren Kleidern gegeben.) Er ließ sie aus der Speisekarte wählen. Sie verstand, daß sie sich in der Sprache üben sollte, und er sah den Kellner ein Lächeln in den Schnurrbart schieben. (Es war nicht lange her, da hatte er mit Elizabeth T. im Black Horse in Dorking gegessen. Das White Horse hatte er auch zu opfern.) Sie wollte ihn nicht erziehen, wenn sie ihm einen Patentrasierer kaufte, sie wollte den Anschein davon. Sie war so übermütig, auf dem oberen Deck einer Straßenbahn zur Hauptverkehrszeit fiel von den Umsitzenden Lächeln für sie ab, auch für Cresspahl. Einmal hatte sie, mit ihrem Portemonnaie auf dem Tisch, eine Rechnung bezahlt und legte die Hand auf seinen Tabaksbeutel und steckte ihn in ihre Tasche, damit er ihn nicht zu tragen brauchte, damit er sie später darum bitten konnte, damit sie ihm später etwas geben konnte.
Er hatte einen Tisch gemacht, ein leichtes und festes Eichengestell, daran konnten sie mit vier Kindern sitzen. Es war ihr recht. Er zeigte ihr seine Zeichnung für Betten, und sie bestellte sich eins, in dem sie zusammen liegen konnten. Ihm war es recht.
Sie erzählte von ihren Spaziergängen in Richmond, von ihren Urteilen über einzelne Geschäfte. Die gewundene Hauptstraße erinnerte sie an Gneez, die Haus für Haus ausgearbeiteten Fassaden, auch die geringe Größe der Läden, die vielfach überlaufenen Gehsteige. (Er sah sie an; es fiel ihm nicht auf, daß sie die längste Zeit von der Parish Church sprach.) Er wollte Dank zeigen und fragte nach Jerichow, und sie machte aus Jerichow geringschätzige Geschichten:

Bäcker Molten hat in seinem Schaufenster ein handgemaltes Schild: Deutsche, eßt deutsches Brot! Sie hätte zu Hause nicht darüber zu lachen gewußt, aber vor einem Schaufenster mit Backwaren an der George Street konnte sie sich nicht lassen vor anhaltendem dunkelkehligem Kichern.
(Sie erzählte ihm nicht, daß Pastor Methling von der Kanzel herab gegen die Vermessung von jerichower Boden für eine katholische Kirche gewettert hatte. »Und darum zum Reformationstag mit Zylinder in die Kirche!« hatte er ausgerufen. Da Jerichows Handwerk sich einrichtete auf große Stücke aus diesem Auftrag, mußte Schneider Pahl jeden Tag einen neuen Zylinder in sein Fenster stellen. Die Handwerker von Jerichow gedachten Pastor Methling seine Zylinder wohl zu zeigen, wenngleich nicht aus seinen Gründen.)
Sie machte ihren Bruder komisch, um Cresspahl einen Gefallen zu tun: Horst Papenbrock, der im braunen Hemd und Schulterriemen zum Abendbrot kommt, mit dem auch uniformierten Griem mehrmals die Stadtstraße abschreitet, nur weil die Reichsregierung das Verbot der S. A. aufgehoben hat: als Anzeige. Horst Papenbrock, der in der S. A. nichts werden kann, weil sein Vater keine Lastwagen für Propagandafahrten übers Land herausrückt. Horst Papenbrock, der eine kleine, nahezu weiche Stimme bekommt, wenn er seinen Vater um Spenden für die S. A. anfleht.

Vadding du kannst doch nich wolln daß dein Sohn als gewöhnlicher Sturmmann rumlaufen muß.

Jetzt hat die Reichswehr euch erst mal das Verbot vom Hals genommen. Mier givt dat nu nich.

Und was hat die New York Times uns heute aus dem Leben von Stalins Tochter ans Herz zu legen? »Es war Mai. Um die Datscha herum standen die Blumen in Blüte. ›Also du willst heiraten, was?‹ sagte mein Vater. Eine lange Zeit starrte er auf die Bäume und sagte nichts. ›Ja, es ist Frühling‹, bemerkte er plötzlich. ›Zum Teufel mit dir. Mach was du willst.‹« (1944)
Sie hatte darauf geachtet, daß auch er nach ihrer Abreise eine ihrer Ansichtenpostkarten mit der Dampfer-Anlegebrücke von Graal bekam (mit schönen Grüßen von Leslie Danzmann).

Ich wollte vorher noch einmal mit dir schlafen, Heinrich Cresspahl. In einem Bett, mein ich.

21. September, 1967 Donnerstag

Unser Haus am Riverside Drive hat einen anderen Eingang im Keller, wo die 96. Straße den Damm unterläuft, unvermutet eine bleigraue Tür nach den offenen Höhlen der drei Garagen, vor dem schwärzlichen Ansatz der Brücke, die Öffnung eines Ganges zwischen geknickten Wänden. Hinter der offenen Tür, die heute näßliches braunes Laub aus dem Park eingesogen hat, sind alle verschlossen: die zur inneren Feuertreppe, die zu den Fahrstühlen, die übrigen, hinter denen Werkzeug und Müllofen stecken. Heute abend ist Mrs. Cresspahl der niedrige Gang zu eng, drückt sie ohne Geduld auf den Knopf, der Mr. Robinson nach unten rufen soll: nicht weil sie eingeregnet ist, nicht weil sie mit Einkaufstüten in beiden Armen schlecht sich wehren könnte: an einem solchen Gang (berichtet die New York Times)
im Keller eines Hauses an der 181. Straße West

nahe der Fort Washington Avenue

immer neben uns: wenn wir umstiegen aus der Ubahn in die Fernbusse, wenn wir die auswärtigen Besucher auf die George Washington Bridge führten, als wir Huhn auf jüdische Art aßen, nicht weit von einem solchen Bürgerhaus, dessen Ziegel einst vornehmer Sandsteinzierrat zusammenhält, wenige Schritte von jenem Keller, immer neben uns

fand der Verwalter, Mr. Hartnett, gestern zwei Kabinenkoffer, laut Anhänger »Eigentum von Anne Solomon«. Ihr Witwer wußte von solchen Koffern nichts und stellte Mr. Hartnett frei, sie zu öffnen. Der eine war leer. Im anderen befanden sich die Leichen von drei Kindern, eingeschnürt in Dachpappe und Abendzeitungen vom Januar 1920, März 1922 und Oktober 1923, so gut wie Mumien erhalten. Nach Mr. Solomon, der seine Anne erst 1933 geheiratet hat, ist sie vorher Dienstmädchen in White Plains gewesen. Den Koffer

kann sie erst 1935, nach dem Einzug in die 181. Straße, heimlich untergestellt haben, um darüber noch bis 1954, zu ihrem eigenen Tod zu leben.
– Eine amerikanische Mutter: sagt Mr. Robinson, denn er bemerkt Mrs. Cresspahls Blick auf die *Daily News*, die auf dem Hocker neben ihm im Fahrstuhl ausgebreitet ist. Er steht mit dem Gesicht zum Gitter, während er sie aus dem untersten Geschoß nach oben fährt. – Eine amerikanische Mutter: sagt er mit seiner dünnen harten spanischen Stimme: das erste Mal mit 14, dann mit 16, dann mit 17 Jahren, und hat doch noch mit 27 geheiratet. Was hatte sie Jacob Solomon zu sagen?
Mr. Robinson, »Robinson mit dem Profil des Adlers«, seit zwei Jahren einer der drei Fahrstuhlführer in diesem Haus, begann bald Mrs. Cresspahl zu grüßen mit Äußerungen, die klangen wie *Auff'iddesen* oder *gudnmong'*, und fand sich widerwillig ab mit ihren englischen Antworten. Mr. Robinson hat Jugendjahre in Deutschland verbracht. Er glaubt diese Ausländerin verstanden zu haben.
– Die Landschaft in Deutschland, *wunneba:* sagte er. Er wiederholte diesen Satz bereitwillig, um andere verschweigen zu können, er wollte der Deutschen eine Freude bereiten. Denn der kubanische Flüchtling hatte zwar das Bürgerrecht rascher erkauft mit der freiwilligen Meldung zur Armee, war noch in North Carolina dankbar für die Ausbildung zum Niederfrequenztechniker, im Sperrgebiet um den Schwarzen Berg bei Grafenwöhr hielt die Armee ihm einen Spiegel vor. Im Spiegel der Armee nahm er seine rote, fast indianische Haut wahr, auch seine schwarzen Haare, die ihm in glänzenden kurzen Wellen bis in den Nacken liegen, so hart, daß sie sich kein Mal unter seinen tastenden Fingern verschieben. Der Gemeine vierten Grads Robinson mußte erst verwarnt werden wegen einer Schlägerei mit Rosahäutigen vor dem Bahnhof von Bayreuth, bis er lernte mit den Dunkelhäutigen trinken zu gehen in die schmutzigeren Kneipen, wo der Rum teurer war und die Mädchen ihre Verachtung offener und zu höheren Gebühren zeigten. Die Landschaft war der Oberpfälzer Wald, den er nachts sah aus dem Fenster des Funkmeßwagens, nahe Flossenbürg an der Grenze der Č.S.S.R.

Das Flossenbürger Konzentrationslager kann am besten als eine Fabrik beschrieben werden, die mit dem Tode handelt. Boshafte Tötungen von Juden waren an der Tagesordnung, Einspritzungen von Gift und Genickschüsse waren alltägliche Begebenheiten.

Für sein letztes Jahr ließ der Gemeine Robinson sich nach Westberlin kommandieren. Auch nach Westberlin, wie in jedes Ausland, exportierte die Armee die Ghettos, die sie in den einheimischen Militärgebieten verbot; auch in Westberlin waren die Kneipen für Amerikaner zweiter Klasse mehr verwahrlost, öfter ein Ziel der Polizei und teurer als die Bierstuben für gewöhnliche Bürger. Und in Berlin lachten die Deutschen über die Ausländer, wenn sie am 4. Juli in ihrer rollenden Ausrüstung über die Clay-Allee paradierten, die flachen Hände unter dem Kinn zusammengelegt, in unbrauchbaren Sitzhaltungen erstarrt, wild geradeaus blickend, wie die Puppen im Spielzeug. In Berlin kannte er ein Mädchen, das von seinem Englisch lernen wollte. Mit seinem Englisch von den Straßen der Bronx wurde das Mädchen nicht verstanden bei Amerikanern, die ihrs von einer Schule hatten. Der Gemeine Robinson hatte an eine Liebschaft gedacht. Berlin konnte ihn in Deutschland nicht halten. Die Armee konnte ihn nicht halten.
– Und womöglich war es eine gute Freundin, die der Anne Solomon den Schiffskoffer mit den Mumien in den Keller gepflanzt hat: sagt Mr. Robinson, Niederfrequenztechniker, Fahrstuhlführer, Installateur, Klempner, Maler, Händler mit gebrauchten Fernsehgeräten, Verwalter des Abstellkellers (der Mrs. Cresspahl nicht erkennt, wenn er ihr auf dem Broadway begegnet in Gesellschaft von elegant gekleideten Negern, schweren und kräftigen Männern von ungewohnt munterem Wesen), eine nicht ausfragbare, nicht begreifliche Person. Er geht Mrs. Cresspahl aus der Kabine voran und tippt auf ihren Klingelknopf, bis Marie die Tür aufzieht, heute nur bis zum Spielraum der Kette, vorsichtig und nicht ganz erleichtert bei seinem Anblick.
Es wurde gemacht wie du gesagt hast: verspricht er dem Kind, das ihn mit einem erinnernden, wartenden Blick aufhält: Wir

haben nachgesehen. Puedes estar segura. En nuestra casa no hay cementerio particular.
Im Umwenden zwinkert er Mrs. Cresspahl zu. Mitten im Zwinkern hebt er die Hand und betupft sich die Haut im linken Augenwinkel, mehrmals, mit behutsamen Fingern, wie immer, wenn wir sicher glauben daß er lügt.

22. September, 1967 Freitag

– Mrs. Cresspahl? Mrs. Cresspahl! Wie schön, Mrs. Cresspahl. Ich meine: daß wir uns nun telefonisch kennen lernen. Brewster. Ich meine: Mrs. Brewster, die Gattin. Die Gattin von Dr. Brewster. Ist Ihre Tochter da? Sehen Sie, sie ist nicht da. Sie ist unterwegs, sie kommt, aber sie ist nicht bei Ihnen, stimmts? Hier ist sie auch nicht. Sie war hier, ich meine: sie war nicht gleich hier. Sie war erst in der Praxis von Dr. Brewster an der Park Avenue, aber da war nur Miss Gibson, ja wie das Getränk, und ließ den Hausmeister die Geräte einpacken. Miss Gibson war ein bißchen in Tränen, ich wundere mich immer, meinen Mann mögen ganz unglaubliche Leute leiden, und eine Freundin von ihr hat einen Verlobten, der hat einen Bruder in Viet Nam, der hat ein Foto geschickt, da hat er so eine Kette von abgeschnittenen Ohren von Viet Kongs schräg über der Schulter, und ich habe gesagt Unsinn, erstens sind wir eine zivilisierte Nation, und zweitens werden die Viet Cong nicht Rache an Ärzten nehmen, erst recht nicht an meinem Mann, den mögen ganz unglaubliche Leute gern, sagte ich, aber ich war ja nicht da, ich war schon im Biltmore, wir wohnen doch in Greenwich, Connecticut, kennen Sie Greenwich, Mrs. Cresspahl?

Der Außenminister hat seine Tochter einen Neger heiraten lassen, der überdies Leutnant der Luftwaffenreserve ist und sich um Verwendung in Viet Nam beworben hat.

– Sie müssen uns besuchen in Greenwich, natürlich wenn wir unseren Schmerz verwunden haben, zusammen mit Ihrer

Tochter, ein Kind das ich behalten würde, so wie sie Miss Gibson getröstet hat und beim Einpacken half und mit einem Mal gegangen war, ein bescheidenes Kind sagt Miss Gibson, Miss Gibson rief hier an, lassen Sie doch das Gespräch durchstellen sagt sie, wir haben nämlich nichts mehr angenommen, ich bin hier mit meinen beiden Töchtern, sieben und neun Jahre, reizende Kinder, Sie müßten sie sehen, wir können es noch gar nicht fassen, Dr. Brewster, ein Arzt und doch so angesehen, wie er in Newark ins Flugzeug stieg, schon ganz Soldat, und übermorgen ist er in San Francisco und im Oktober in Viet Nam, schrecklich, und diese Flüchtlingskinderlager sollen durchaus unhygienisch sein, wenn er sich nun ansteckt, aber das ist eben unser Beitrag, die Pflicht gegenüber dem Vaterland, das muß auch Ihre Tochter verstehen, es kommt eine Patientin, zehn Jahre, sie will ihn noch einmal sehen, Dr. Brewster, vorher: sagt Miss Gibson.

Seit 1961 sind in Viet Nam, ungefähr, insgesamt 13 365 Bürger der U.S.A. in Kampfhandlungen gefallen.

– so ein höfliches Kind, Mrs. Cresspahl ich beglückwünsche Sie, das war gewiß ihr Sonntagskleid, eine richtige Dame, Sie müssen mir die Adresse von der Schule sagen, wissen Sie meine Töchter so auf dem Lande, es kann ja teuer sein, wir denken nämlich an einen Umzug nach New York, Dr. Brewster bleibt mindestens zwei Jahre in Viet Nam, in Danang, oder Danghoi, gibt mir einer eine Landkarte, also Ihr Kind sieht sich um in unserer Suite, das Biltmore gibt mir immer eine Suite, sie hat nach Dr. Brewster gesucht, nicht wahr, und ich erkläre ihr daß wir ihn nach Newark gebracht haben und daß wir nach New York ziehen und ob sie lieber Cola will oder Sprite, es soll ja bessere Tests haben, und Ihre Tochter sieht mich an, wissen Sie, ich saß auf dem Sofa, Ihre Tochter sah mich an, so auf eine stille Art, als ob sie mich versteht in meinem Kummer, als ob sie es mir ansieht, und was soll ich Ihnen sagen Mrs. Cresspahl, sie dreht sich um, auf dem Absatz dreht sie sich um, weg ist sie, ich war noch auf dem Korridor, sie hätte ja bleiben können, so war es nicht gemeint, weg war sie, so ein taktvolles Kind, Mrs. Cresspahl, und so mutig, jetzt am

Suhrkamp Literatur

Bertolt Brecht,
Große kommentierte Berliner und Frankfurter Ausgabe
Jürgen Becker · Karl Krolow
Ulla Berkéwicz · Silvio Blatter · Rainald Goetz
Friederike Mayröcker · Ingrid Puganigg · Ralf Rothmann
Martin Walser · Hans Magnus Enzensberger
T. S. Eliot · Isabel Allende · Marguerite Duras
John Hawkes · Walker Percy · João Ubaldo Ribeiro
Gertrude Stein · Mario Vargas Llosa · Marc Ferro
Spectaculum · Nagelprobe · Bibliothek Suhrkamp
edition suhrkamp

Jürgen Becker

Ulla Berkéwicz

Silvio Blatter

Jürgen Becker
Das Gedicht von der wiedervereinigten Landschaft

Etwa 88 Seiten. Leinen
ca. DM 24,– (August 88)

Der Titel des neuen Gedichtbandes, den Jürgen Becker nach *Odenthals Küste* geschrieben hat, vermittelt wiederum das Ergebnis einer Imagination. »Was soll man denn wiedervereinigen... Landschaften etwa?« Die ironische Frage nimmt der Autor auf seine Weise wörtlich, weniger in einem politischen als in einem eminent poetischen Sinn. Zunehmend öffnet sich der Text den Orten seiner Kindheit, die der Autor in Thüringen verbracht hat.
Das Gedicht von der wiedervereinigten Landschaft: der Ort des Schreibens.

Karl Krolow
Als es soweit war

Gedichte
Etwa 88 Seiten. Engl. Broschur
ca. DM 19,80 (August 88)

Karl Krolow stellt die uralte Frage: *Wie nennt man etwas, das noch keiner kennt, bei seinem Namen?* Diesen Namen zu finden ist ebenso Sache des Gedichts wie die Unterscheidung vorzunehmen von: *Kehrwieder oder Kehraus*. Als jener Augenblick, von dem sich sage läßt: *als es soweit war.* Nicht nur die Gedichte eines Bandes sind ein Kontinuum Karl Krolows Werk – immer deutliche zeigt es die Kontur – ist ein zusammenhängendes, sich fortschreibendes, minuziöses, poetisches Ganzes: die Summ der Augenblicke des Lebens.
Die Gedichte entstanden in den Jahre 1984 bis 1988.

Ulla Berkéwicz
Maria Maria

Drei Erzählungen
Etwa 90 Seiten. Engl. Broschur
ca. DM 19,80 (August 88)

Ob Ulla Berkéwicz' Geschichten gut au gehen oder nicht – ein Ende haben si nie. Die Autorin erzählt mit dieser – no wendigen – Offenheit von ihren Figure die nur im Augenblick so sind, wie si sind, und paradoxerweise dennoch sic treu bleiben: fest und stark, dann abe sich nicht zu helfen wissend, jetzt noc hier und dann wieder woanders. Und di Prosa von Ulla Berkéwicz nimmt auf wi eine Kamera: dieses Bild, jenes. Und daz mischt sie den Ton, die Sprache derer, di gleichermaßen von außen wie von inne zusehen.

Bertolt Brecht
Werke
Große kommentierte Berliner und Frankfurter Ausgabe in 30 Bänden

Herausgegeben von Werner Hecht · Jan Knopf · Werner Mittenzwei · Klaus-Detlef Müller

»In Zusammenarbeit west- und ostdeutscher Literaturwissenschaftler hat eine Ausgabe ihren Anfang genommen, die zu den großen editorischen Unternehmungen unseres Jahrhunderts gerechnet werden darf.« *Neue Zürcher Zeitung*

»Bestechend an dieser deutsch-deut schen Klassikerausgabe ist neben ihre philologischen Gründlichkeit die Darstel lung der Historizität und damit des Un Klassischen Brechtscher Texte.«
Michael Bauer, Süddeutsche Zeitung

John Hawkes
Abenteuer unter den Pelzhändlern in Alaska

Roman
Aus dem Amerikanischen
von Werner Schmitz
Etwa 400 Seiten. Geb.
ca. DM 39,80 (September 88)

benteuer unter den Pelzhändlern in laska ist ein Epos, das in einer Reihe sselnder Abenteuergeschichten vorgeagen wird. Im Mittelpunkt steht »Uncle ke«, der nach dem Börsenkrach von 929 mit seiner Frau Sissy und seiner leinen Tochter Sunny die Ostküste der SA verläßt und nach Alaska aufbricht. ls Gentleman-Abenteurer mit gutem erzen etabliert er sich in der kleinen afenstadt Juneau. Fortan gilt, wo ein ensch in Gefahr oder sonst Not am lann ist – Uncle Jake macht sich auf den eg...

ohn Hawkes, geboren 1925, Autor zahleicher Romane und Erzählungen, verrachte entscheidende Kindheitsjahre in laska.

Walker Percy
Die Wiederkehr

Aus dem Amerikanischen
von Sabine Hübner
Etwa 480 Seiten. Geb.
ca. DM 48,– (September 88)

ill Barrett erinnert sich an ein ziemlich ormales, ja erfolgreiches Leben. Doch ieser Schein trügt: Will Barrett hat jetzt, a er aus der Routine des Alltagslebens usscheren kann, verstärkt seine »Anille«. Dabei verschiebt sich das Koordiatensystem, mittels dessen dem eigenen un und dem der Umwelt ein Sinn beigegt wird – und es eröffnet sich eine neue erspektive auf den Ablauf der Dinge. Er rscheint nun ver-rückt. Nur, so lautet die Frage, die Walker Percy auch dem Leser stellt, wer ist ver-rückt – Will Barrett oder die Welt? Der Autor verfolgt in ironisch-distanzierter und zugleich einfühlsamer Weise alle Versuche Barretts, der Beantwortung dieser Frage auf die Spur zu kommen – bis hin zu jenem »wissenschaftlichen Experiment«, bei dem es um Leben und Tod geht, das jedoch tragikomisch scheitert.

João Ubaldo Ribeiro
Brasilien, Brasilien

Roman
Aus dem brasilianischen Portugiesisch
von Curt Meyer-Clason und
Jacob Deutsch
Etwa 610 Seiten. Leinen
ca. DM 48,– (Oktober 88)

Es ist die Geschichte von Maria da Fé, genannt Dafé. Sie ist die Tochter einer schwarzen Sklavin, die der wüste Baron von Pirapuama vergewaltigt hat. Es ist die Geschichte, wie der schwarze Seelenverkäufer Leléu, zu seiner eigenen Verwunderung, Dafé ins Herz schließt wie ein leiblicher Großvater; wie Dafé nach einem traumatischen Erlebnis mit weißen Herrensöhnen den Großvater verläßt und in die »Bruderschaft« eintritt, die im geheimen wirkt; wie sie Bandenführerin wird im Guerillakampf gegen die weiße Arroganz, die Mitte des 19. Jahrhunderts, im »Kaiserreich Brasilien«, durch die wirtschaftliche Prosperität nur desto größer geworden ist...

So saftig, ungeniert spannend und anrührend der Roman erzählt ist – man wird beim Lesen nicht übersehen, wie klug das Ganze eingefädelt ist, mit welcher Kunstfertigkeit der Autor in den so anschaulichen und individuellen Gestalten und Handlungssträngen brasilianische Geschichte eingefangen hat.

Walker Percy

João Ubaldo Ribeiro

Mario Vargas Llosa

Gertrude Stein
Die geographische Geschichte von Amerika oder Die Beziehung zwischen der menschlichen Natur und dem Geist des Menschen

Mit einer Einleitung von Thornton Wilder
Aus dem Amerikanischen von Marie-Anne Stiebel
Etwa 160 Seiten. Leinen
ca. DM 28,– (September 88)

Gertrude Stein räumt mit entschiedener Hand auf: »Die menschliche Natur ist nicht mehr interessant und so könnte man ebensogut damit aufhören, weiter menschliche Natur zu sein.«

Was sie hingegen von der Wirklichkeit des menschlichen Geistes erwartet – im Gegensatz zur geographischen, historischen oder natürlichen Bedingtheit des einzelnen –, das führt sie in diesem Buch vor: wie zu erwarten, ist es keine Naturgeschichte Amerikas, sondern eine – allerdings überraschend konkrete – ›Ortsbestimmung‹ des menschlichen Geistes. Und so erweist sich der befremdliche Titel des Buches nach der Lektüre als verblüffend direkte Hinführung zum Thema.

Mario Vargas Llosa
Wer hat Palomino Molero umgebracht?

Roman
Aus dem Spanischen von Elke Wehr
Etwa 202 Seiten. Geb.
ca. DM 29,80 (August 88)

Als in einem abgelegenen Geröllfeld die Leiche Palomino Moleros gefunden wird, eines Luftwaffenrekruten, der seinen Mitmenschen nur als begabter Bolerosänger und Gitarrist aufgefallen war, stehen Leutnant Silva von der Guardia Civil und sein Gendarm Lituma vor einer schwierigen, ja gefährlichen Aufgabe. Wer hat Palomino Molero umgebracht? Und welche Kräfte stecken dahinter?

Mit der Meisterschaft eines großen Erzählers, der nicht befürchten muß, daß ihm in spannender Handlung und komischen Szenen sein sehr ernstes Thema verlorengeht, nutzt Vargas Llosa das Grundmuster des Kriminalromans zu einer atmosphärisch dichten Darstellung eines lateinamerikanischen Lebenszusammenhanges und zu einer schneidend scharfen Analyse der peruanischen Gesellschaft.

In der *London Review of Books* hieß es: »ein durch und durch origineller Roman, ein zupackender, beeindruckender Wurf«.

Ralf Rothmann

Martin Walser

H. M. Enzensberger

Martin Walser
Jagd

Roman
Etwa 224 Seiten. Leinen
ca. DM 30,– (August 88)

Jagd – so ein kurzes, knappes Wort, ein Befehlswort fast. So knapp, so kurz, als sei man schon einbezogen in diesen das Leben bedrohenden Vorgang. Ob nun als Jagender, der zur Strecke bringen will, oder als Gejagter, der stillhält, hypnotisch gebannt. Oder es findet ein fortwährender Rollentausch statt, mal jagt man, mal wird man gejagt. Oder, weit schlimmer noch, man ist beides zugleich: der verfolgende Jäger und der flüchtende Gejagte.
Das Jagdmotiv, das das Konkurrenzmotiv des vorangegangenen Zürn-Romans *Das Schwanenhaus* ablöst, wird hier, handle es sich nun um Lebenssituationen oder um gesellschaftliche Bereiche, aufs vielfältigste variiert.
Sechs Frauen sind es, die die Variationen bewirken. Inmitten dieser vielfältigen Unruhestiftung, durch alle Gefühls- und Stimmungsturbulenzen hindurch, erweist sich, wenn auch nicht als unverletzlich, so doch als immer wieder gewinnbar, die prekäre, zeitlich tief gegründete Beziehung zwischen den Protagonisten Anna und Gottlieb Zürn.

Hans Magnus Enzensberger
Mittelmaß und Wahn

Gesammelte Zerstreuungen
Etwa 240 Seiten. Geb.
ca. DM 25,– (September 88)

Inhalt:

I: Über die Ignoranz; Bescheidener Vorschlag zum Schutze der Jugend vor den Erzeugnissen der Poesie; Literatur als Institution oder Der Alka-Seltzer-Effekt; Rezensenten-Dämmerung; Lob des Analphabetentums; Der Triumph der Bild-Zeitung oder Die Katastrophe der Pressefreiheit; Das Nullmedium oder Warum alle Klagen über das Fernsehen gegenstandslos sind

II: Kassensturz. Ein Bonner Memorandum; Milliarden aller Länder, vereinigt euch! Andeutungen über die Weltbank und den Internationalen Währungsfonds

III: Der Wald im Kopf; Brunnenvergiftung. Eine ungehaltene Rede über das Wasserrecht und verwandte Gegenstände; Macht und Geist: Ein deutsches Indianerspiel; Die Vorzüge der Peinlichkeit; Das empfindliche Ungeheuer. Eine Wahlkampf-Unterhaltung; Die Leere im Zentrum des Terrors; Mittelmaß und Wahn. Ein Vorschlag zur Güte

Innerhalb der Großen kommentierten Berliner und Frankfurter Brecht-Ausgabe, einer Gemeinschaftsproduktion des Aufbau-Verlags Berlin/Weimar und des Suhrkamp Verlags Frankfurt, sind Band 2, *Stücke 2*, Band 5, *Stücke 5* und Band 11, *Gedichte 1* bereits erschienen. Im Herbst 1988 folgen:

Band 3: Stücke 3

Bearbeitet von Manfred Nössig
Etwa 520 Seiten. Leinenausgabe ca. DM 48,– bei Bestellung der Gesamtausgabe, sonst ca. DM 64,–
Lederausgabe ca. DM 148,– bei Bestellung der Gesamtausgabe, sonst ca. DM 164,–

Der Flug der Lindberghs / Das Badener Lehrstück vom Einverständnis / Der Jasager / Der Jasager. Der Neinsager / Die Maßnahme (1930) / Die Maßnahme (1931) / Die heilige Johanna der Schlachthöfe / Die Ausnahme und die Regel / Die Mutter (1933) / Die Mutter (1938)

Band 4: Stücke 4

Bearbeitet von Johanna Rosenberg und Manfred Nössig
Etwa 560 Seiten. Leinenausgabe ca. DM 48,– bei Bestellung der Gesamtausgabe, sonst ca. DM 64,–
Lederausgabe ca. DM 148,– bei Bestellung der Gesamtausgabe, sonst ca. DM 164,–

Die Spitzköpfe und die Rundköpfe der Reich und reich gesellt sich gern / Die Rundköpfe und die Spitzköpfe oder Reich und reich gesellt sich gern / Die sieben Todsünden der Kleinbürger /Die Horatier und die Kuriatier / Die Gewehre der Frau Carrar / Furcht und Elend des III. Reiches

Band 12: Gedichte 2 Sammlungen 1938–1956

Bearbeitet von Jan Knopf
Etwa 470 Seiten. Leinenausgabe ca. DM 48,– bei Bestellung der Gesamtausgabe, sonst ca. DM 64,–
Lederausgabe ca. DM 148,– bei Bestellung der Gesamtausgabe, sonst ca. DM 164,–

Svendborger Gedichte / Steffinsche Sammlung / Hollywoodelegien / Gedichte im Exil / Kriegsfibel / Deutsche Satiren (Zweiter Teil) / Kinderlieder. Neue Kinderlieder / Buckower Elegien / Gedichte aus dem Messingkauf

---

Revidierte Neuauflage aus Anlaß des 100. Geburtstages T. S. Eliots am 26. 9. 1988

T. S. Eliot
Werke

Vier Bände in Kassette
Etwa 1770 Seiten. Leinen
ca. DM 196,– (Juli 88)

Band 1: Die Dramen
Aus dem Englischen von Erich Fried, R.A. Schröder, Peter Suhrkamp, Nora Wydenbruck
505 Seiten. Leinen. ca. DM 60,–

Band 2/3: Essays I/II
Herausgegeben von Helmut Viebrock
488 und 344 Seiten. Leinen
Zus. ca. DM 120,–
(nicht einzeln erhältlich)

Band 4: Gesammelte Gedichte 1909–1962
Herausgegeben und mit einem Nachwort versehen von Eva Hesse
Zweisprachig
Zweite revidierte Auflage mit einem *neuen* Nachwort (1988)
Etwa 450 Seiten. Leinen. ca. DM 60,–

Isabel Allende

Marguerite Duras

John Hawkes

Isabel Allende
Eva Luna

Roman
Aus dem Spanischen
von Lieselotte Kolanoske
Etwa 400 Seiten. Geb.
ca. DM 38,– (Juli 88)

In Isabel Allendes drittem Roman erzählt Eva Luna uns ihre Geschichte, die in manchem noch bizarrer und phantastischer ist als die Geschicke der Personen aus den beiden ersten Romanen. Und doch ist *Eva Luna* vielleicht Isabel Allendes persönlichster Roman, denn so bunt und kraus der Lebensweg der Eva Luna auch ist, er spiegelt deutlich Isabel Allendes Auseinandersetzung als Frau und Schriftstellerin mit ihrem eigenen Werdegang. Es ist die Geschichte einer Frau, die eine geborene Erzählerin ist und für die Geschichtenerzählen zum Überlebens- und Hoffnungsprinzip wird. Vor allem aber ist der Roman die farbig und anschaulich geschilderte Lebensgeschichte eines ungewöhnlichen, so eigensinnigen wie liebenswürdigen Menschen.

»Die große Leistung dieses Romans, der, realistisch und poetisch zugleich, in einer klaren und sehr ausdrucksstarken Sprache geschrieben ist, ... ist die Schöpfung der lebenslustigen und unvergleichlichen Heldin Eva.« *YA, Madrid*

Marguerite Duras
Emily L.

Roman
Aus dem Französischen
von Maria Dessauer
Etwa 168 Seiten. Leinen
ca. DM 30,– (August 88)

Es ist Marguerite Duras' nicht überbietbare Kunst, Liebesgeschichten von existentiellem Ernst zu schreiben, festzuhalten, nicht vergehen zu lassen. Zwei der größten Dinge scheinen ihre Lebensarbeit auszumachen – diese Wahrnehmung von Liebe und das Schreiben dieser Wahrnehmung. Denn das Schreiben ist ihr nicht nur das Mittel zum Zweck. Wie die Liebe ist es ein Lebensbekenntnis, eine Rettungstat.

Kaum war dieses neue Buch von Marguerite Duras im Herbst des vergangenen Jahres in Frankreich erschienen, nahm es den 1. Platz der französischen Bestseller-Liste ein; die Kritik bestätigte diese auszeichnende Plazierung uneingeschränkt.

»Schon seit langem habe ich kein Buch mehr so geliebt wie dieses.«

Marguerite Duras
(In: La vie matérielle)

Marc Ferro
Der Große Krieg
1914–1918

lit einer neuen Einleitung des Autors
Aus dem Französischen
von Michael Jeismann
Etwa 450 Seiten. Geb.
ca. DM 68,– (Oktober 88)

arc Ferros 1969 erstmals in Frankreich röffentlichte Geschichte des Ersten eltkrieges ist eines der modernsten erke der Weltkriegforschung und zählt igleich schon zu ihren Klassikern.
em Autor gelingt es, Ereigniszusam- enhänge herauszuarbeiten, die eine nmanente Logik des Krieges erkennen ssen; damit verknüpft vermittelt er eine ille von Einsichten in die Umwälzung es politischen und militärischen Den- ens sowie der kollektiven Mentalitäten n Ersten Weltkrieg.

Spectaculum 47

Fünf moderne Theaterstücke und
Materialien
Etwa 300 Seiten. Geb. ca. DM 24,–
n Abonnement DM 20,– (Oktober 88)

ankred Dorst: Ich, Feuerbach / El- iede Jelinek: Krankheit oder Mo- erne Frauen / Mario Vargas Llosa: La hunga / Lukas B. Suter: Kreuz und uer / Manuel Puig: Der Kuß der pinnenfrau

Nagelprobe 5

Texte des Jungen Literaturforums
Hessen
Mit einem Vorwort von Uwe Wittstock
Etwa 80 Seiten. Kt. ca. DM 10,–
(August 88)

Bibliothek Suhrkamp

Thomas Bernhard: Heldenplatz
BS 997. ca. DM 16,80 (Sept. 88)

Hans Blumenberg: Matthäuspassion
BS 998. ca. DM 17,80 (Okt. 88)

Julio Cortázar: Der Verfolger
BS 999. ca. DM 14,80 (Okt. 88)

Paul Celan: Der Meridian und andere Prosa
BS 485. ca. DM 14,80 (Nov. 88)

André Pieyre de Mandiargues: Schwelende Glut
BS 507. ca. DM 16,80 (Nov. 88)

Donald Barthelme: Der tote Vater
BS 511. ca. DM 17,80 (Nov. 88)

Wolfgang Hildesheimer: Vergebliche Aufzeichnungen
BS 516. ca. DM 12,80 (Dez. 88)

Michel Butor: Fenster auf die Innere Passage
Fenêtres sur le passage intérieur
BS 518. ca. DM 16,80 (Dez. 88)

Jan Józef Szczepański: Die Insel
Bs 615. ca. DM 18,80 (Dez. 88)

H.C. Artmann: Fleiß und Industrie
BS 691. ca. DM 12,80 (Jan. 89)

Vincenzo Consolo: Die Wunde im April
BS 977. ca. DM 16,80 (Jan. 89)

João Cabral de Melo Neto: Erziehung durch den Stein
BS 713. ca. DM 18,80 (Jan. 89)

Eduard von Keyserling: Harmonie
BS 784. ca. DM 14,80 (Febr. 89)

Edmond Jabès: Das Buch der Fragen
BS 848. ca. DM 17,80 (Febr. 89)

Martinus Nijhoff: Gedichte
BS 859. ca. DM 17,80 (Febr. 89)

25 Jahre edition suhrkamp Das Jubiläumsprogramm

Im Herbst 1988 präsentiert die edition suhrkamp aus Anlaß ihres 25jährigen Bestehens und des gleichzeitigen Erscheinens von Band 1500 ein Jubiläumsprogramm. Vorangestellt drei herausragende Werke, zwei literarische und ein theoretisches:
Band 1500: Uwe Johnson, »Jahrestage«, eines der »fernblickenden und in die Tiefe forschenden Bücher der Epoche, die den Roman in den Rang der bedeutungsvollen Geschichtsschreibungen erheben« (so Peter Demetz).
Band 1501: Peter Weiss, »Die Ästhetik des Widerstands«, das opus magnum dieses Autors, in dem die ästhetischen und politischen Vorstellungen dieses Jahrhunderts eine romanhafte Synthese finden, als eine Politik des Ästhetischen und eine Ästhetik des Politischen.
Band 1502: Jürgen Habermas, »Theorie des kommunikativen Handelns«: die theoretische Summe des die kulturelle Situation der Nachkriegszeit am entschiedensten beeinflussenden Denkers, in der eine philosophische Grundlegung der Moderne unternommen wird.

Jürg Laederach: Vor Schrecken starr
es 1503. ca. DM 14,– (Okt. 88)

Werner Söllner: Kopfland. Passagen
es 1504. ca. DM 12,– (Okt. 88)

Peter Sloterdijk: Zur Welt kommen – Zur Sprache kommen
es 1505. ca. DM 14,– (Okt. 88)

Manfred Frank: Der kommende Gott II. Teil
es 1506. ca. DM 18,– (Okt. 88)

Durs Grünbein: Grauzone morgens
es 1507. ca. DM 12,– (Okt. 88)

Marguerite Duras: Die Marterie des Lebens
es 1508. ca. DM 12,– (Okt. 88)

Dieter Senghaas: Konfliktformationen im internationalen System
es 1509. ca. DM 16,– (Okt. 88)

Robert Schindel: Im Herzen die Krätze
es 1511. ca. DM 12,– (Nov. 88)

Mario Vargas Llosa: Gegen Wind und Wellen
es 1513. ca. DM 18,– (Nov. 88)

Czesław Miłosz: Gedichte
es 1515. ca. DM 12,– (Nov. 88)

Padgett Powell: Eine Frau mit Namen Drown
es 1516. ca. DM 16,– (Nov. 88)

Diese hier vorgestellten Neuerscheinungen finden Sie in allen Buchhandlungen. Andernfalls erklärt sich Ihr Buchhändler gerne bereit, jedes von Ihnen gewünschte Buch in kürzester Zeit zu besorgen.
Für weitere Informationen und Prospekte wenden Sie sich an Ihren Buchhändler oder direkt an den Verlag.
Fotonachweis: Boris Becker, Hilde Zemann, Ashkan Sahihi, Isolde Ohlbaum, Ruth Puganigg, Andrej Reiser, Jerry Bauer, Anita Schiffer-Fuchs; weitere Nachweise: Suhrkamp Verlag.
Suhrkamp Verlag, Lindenstraße, 6 Frankfurt/M. 1. Preisänderungen vorbehalten. 2/88 (991 94)

Abend in der Ubahn, ich bin seit zehn Jahren nicht in der Ubahn gewesen, alle diese Betrunkenen und Neger und Ritualmorde, Sie müssen uns besuchen, ich gebe Ihnen meine Nummer, und natürlich darf Ihre Tochter an Dr. Brewster schreiben, die Briefe gehen dann über mich, und ich möchte Sie beglückwünschen zu einer solchen Tochter, ich rufe dann an Mrs. Cresspahl. Mrs. Cresspahl! Mrs. Cresspahl ich sagte nur noch: Besser rufen nicht Sie mich an. Ich rufe dann Sie an. Es war ein Vergnügen. Ich bin entzückt.

Heute will uns die New York Times endlich das letzte Problem im Gemüt von Swetlana Dshugashwili, Darstellungskünstlerin, zur Prüfung vorlegen: Kann, was gut ist, jemals vergessen werden?

23. September, 1967 Sonnabend

10 Eier kosteten 78 Pfennige im Jahr 1931, ein Pfund Butter eine Mark dreißig. Die Petrikirche zu Jerichow nahm für Ausschmückung zur Trauung und spätere Reinigung zwei Mark, für Läuten bei Annäherung des Brautwagens drei Mark, für Brennen der Altarlichter eine Mark, für Gesang und Orgelspiel während der Zeremonie drei Mark und verkaufte Eintrittskarten an Leute außer der Hochzeitsgesellschaft für eine viertel Mark. Die Gebühren waren im voraus zu entrichten. Lisbeth Papenbrock hatte aus diesem Katalog alles, bis auf die Gästekarten und das genierliche Singen, bestellt; sie wurde wahrhaftig am Reformationstag nach dem Mittagessen in einem von Swensons schwarzen Leihwagen durch die Stadtstraße zur Kirche chauffiert; nun kam sie nicht zu einem heilen Gefühl. So oft hatte sie die Empfindung erwartet, jetzt knitterte und brach schon die Hoffnung darauf, nicht allein unter den Blicken von beiden Gehsteigen in das langsam fahrende Auto, die ihr eben noch höflich schienen,

Ick kann mi nich helpn, ick finn mi hübsch: sä de Katt un speigelt sick in'n Soot.

Dunn föl se rinne.
Un du hest's stött!
Seid up't Liev, un kein Ier. De Kriech is dörtein Jår rümme, un se geit nå Inglant.
Wecke lang hett, lett lang hängn.
Den'n wart wi kötte sniedn!
Ottje Stoffregn is all dun.
De Myrt hett se sick in'n Blaumnpott treckn mötn.

nicht nur unter dem verbissenen Schweigen der Familie, die seit gestern abend kreuz und quer zerstritten war: Louise Papenbrock mit ihrem Mann und der Braut, weil der Hochzeitszug nicht zu Fuß ankommen sollte; Papenbrock mit seiner ältesten Tochter, weil sie ihren bankrotten Mann auch noch betrunken angebracht hatte; die wiederum mit Horst, weil er den Mund nicht halten konnte über die anonymen Briefe, die Cresspahl angeblich bekommen hatte; Horst mit seinem Vater, weil er ihm nicht das Tragen der S.A.-Uniform zur Feier erlaubt hatte (obwohl Pastor Methling bereit gewesen war, eine Abordnung uniformierter S.A. für einen vaterländischen Auftritt zu halten), weil sein Schwager aus Krakow wiederum Hilfe aus seinen Schulden bekommen hatte, weil Lisbeths Mitgift von seinem Erbe abging; Lisbeth mit Horst, weil er Cresspahls Verwandtschaft Proleten genannt hatte; Papenbrock mit allen, weil sie ihn zu einer Einladung an den ältesten Sohn in »Rio de Janeiro« hatten zwingen wollen;
recht eigentlich störte sie Cresspahls nachgiebiges Gehabe. Sie fand es nicht recht. Er hatte sich gefügt in das Datum des Reformationsfestes, die aufgesetzten Anzeigen für den Rostocker Anzeiger und das Gneezer Tagblatt und den Lübecker Generalanzeiger waren ohne Striche aus Richmond zurückgekommen, er hatte ihr den Willen gelassen mit dem Motto für die Predigt (»Wer die Hand an den Pflug legt und schaut zurück, der taugt nicht zum Reiche Gottes«; Lukas 9, 62), er hatte zwar auf Dr. Semig, aber nicht auf den Wulffs als Gästen bestanden, er hatte am Ende von Papenbrock einen Hut angenommen, damit er auf der Schwelle der Kirche etwas zum Abnehmen trug, all dies in Verrechnung gegen die

Zusicherung und das Vertrauen darauf, daß der Schnellzug Nummer 2 ihn mit ihr um halb acht aus Gneez vor Jerichow nach Hamburg retten sollte. Wenn aber er einen Handel wollte, warum legte er ihr nichts obenauf für den Willen zum Umzug ins fremde Land, der doch das größere Opfer blieb?

Dat dau ick föe di, Cresspahl. Föe di dau ick dat. Öwe sühst du dat?

Dies ist das erste Bild: Der Bräutigam mit meiner Mutter vor der Kirchhofsmauer, ihr Gesicht auf Augen und Lippen verkürzt, unkenntlich unter der Kante des langen Schleiers, der ihr einen Strich über die Stirn zog und darüber ihren Schädel nachbildete und bloßstellte in einer törichten und verletzlichen Gefäßform, er (längst ohne Hut) rechts von ihr, den linken Arm hinter ihrem Rücken ohne sie zu berühren, ein verkleideter Bauer in seinem lockeren schwarzen Anzug (von Ladage & Oelke, Alsterarkaden), ein Auswärtiger, der träg vorgeschobene Lippen anbietet anstatt des Lächelns, ein Fremder, der auf den Schnellzug Stettin-Hamburg vertraut. Dies Bild wechselt mit Cresspahls Mutter, einer Alten mit verzogenen Schultern, der unter ihren dürren schwarzgrauen Haaren die Glücksgrimasse an den gelben Zahnstummeln mißrät, so aufmerksam horcht sie in ihren verarbeiteten, überanstrengten Körper, uns' lütt Oma, eineinhalb Jahre vor ihrem Tod. Neben ihr wird Gertrud Niebuhr aufgestellt, ihr zweites Kind, befangen und unbeholfen ob der Ehre und des Vorteils, die erst zu Hause das Fest auf das lebhafteste in Worten wiederholen wird, auch Martin Niebuhr, freundlich und starr in seinem ungelüfteten Festtagsanzug, auch Peter Niebuhr, Student der Forstwissenschaften aus Berlin, dem die Brillengläser die Augen verspiegeln, der sich hält als sei er in ein allzu entferntes Land geraten. Die alle konnten nur ein sehr südliches Platt. Und vor ihnen Stellmann rückt sein Stativ weiter und weiter zurück, streckt eine Hand mit drei schwörenden Fingern unterm schwarzen Tuch hervor, erfleht mit scharfen Kommandos mehr synchrones Mienenspiel. Und einmal ist der Halbkreis der vereinigten Verwandtschaft samt

Pastor im Rücken schwarz abgedeckt von zahlreichen derben Männern, jeder unter einem schwarzen Zylinder, die nicht mit Bosheit ins Bild getreten sind aber in ihren steinern festlichen Mienen eine kleine Freude kriechen lassen, als sei an diesem Reformationstag Einer, und nämlich keiner von ihnen, lächerlich hereingelegt worden.
Dies Bild habe ich nie gesehen.
Das andere Bild ist eine Fotografie, versteift durch lackierten Karton mit der eingravierten Anschrift des Lichtbildners Stellmann, die Ansicht einer langen Tafel unter Blitz- und Lampenlicht in den Tafelaufsätzen und den Bratenplatten. Als ich es sah, war es kaum abgegriffen. Aber das Chamois war in seinem pappenen Etui nahezu dunkelbraun geworden und hatte die Gesichter neblig verwischt. Ich erkannte Papenbrock an seinem birnigen Schädel, auch seine etwas unterwürfige Strenge, mit der er sich zur Dame an seiner Rechten lehnt. Diese Dame, in einem uniformähnlichen Kostüm, das ihre eckigen Schultern herausbringen soll, war vielleicht eine Verwandte der Bothmers und hieß Isa. Die Frau an Papenbrocks anderer Seite kenne ich als meine Mutter; es ist mir versichert worden. Sie trägt nunmehr eine vielleicht grünliche Bluse, die mit einer dünnen weißen Kordel locker um den Hals zusammengezogen ist; die Aufnahme überrascht sie mit einer Hand hinterm Kopf an den zu einem Helm gesteckten Haaren, so daß sie lacht, vor Vergnügen an ihrer Ungeschicklichkeit, aber als stünde ihr Lachen nicht. Diesem Gesicht war meins 1956 ähnlich. Die Fotografie ist dadurch verdorben, daß Cresspahl dem Objektiv die Hälfte seines breiten Rückens zukehrt, im Gespräch mit dem Rechtsanwalt aus Krakow, der Hilde Papenbrocks Erbteil vertrunken hat und ihr ein Unglück nach dem andern beibringt; und diesem Menschen, ausgestoßen aus der Mecklenburgischen Anwaltskammer, der unerschrocken seinen schwarzen Scheitel hinhält, vergnügt und womöglich nur verschmitzt mit seinen verkniffenen Augen, seinem festen Backenfleisch, dem trinkt Cresspahl zu mit Cognac. Neben diesen beiden hat die Kamera einen Herrn beim Weggehen aufgehalten; Semig mit dem Hasenkopf, Semig mit der breiten flachen Bürste vorn an seinem geschorenen Hasenkopf, Semig mit den krummen Lippen und der gekraus-

ten Nase, er muß aber gar nicht niesen, er möchte liebenswürdig erscheinen. Semig ging noch vor Ende des Kaffeetrinkens. Er blieb hinter meiner Mutter stehen und beugte sich über ihre Schulter, nicht lange, für vier Worte (Glück werden Sie haben mit dem Mädchen, Cresspahl). Den anderen nickte er beim Verlassen des Raums zu, und bei Bothmers wie bei Papenbrocks galt sein Verhalten noch lange als erstaunlich taktvoll für einen Juden, und für einen Akademiker. Pastor Methling war sauer auf Semig, weil er nun nicht mit Anstand sitzen bleiben konnte. Als er aus der Tür war, kamen die Schnapsflaschen auf den Tisch, und als meine Mutter und Cresspahl mit dem Schnellzug Nummer Zwei gegen viertel zehn in Hamburg ankamen und über die Kirchenallee zum Hotel Reichshof gingen,

– waren sie verheiratet: sagt Marie. (Sonnabend ist der Tag der South Ferry, wenn Marie ihn dazu erklärt.)

Der Agitator Che Guevara hat für nötig gehalten, sich fotografieren zu lassen im bolivianischen Busch. Zwar zeigt ihn nun die New York Times im Kreise seiner Kampfgefährten. Soll die ganze Welt zusehen, wenn er Kopf und Kragen verliert?

24. September, 1967 Sonntag

»Die Deutschamerikaner marschierten mit Jodeln und hübschen Frauleins
Gestern nachmittag war auf der Fünften Avenue und in Yorkville Jodeln zu hören, als die Deutschamerikaner zum zehnten Mal ihre jährliche Steuben-Parade abhielten.
Zu sehen waren außerdem Bierkrüge in allen Größen, hübsche Mädchen vom New Yorker Turn-Verein, die Rad schlugen, und ältere Mitglieder des Vereins Deutscher Kriegsteilnehmer, die Eiserne Kreuze des Ersten Weltkrieges mitführten.
Anwesend war auch Gouverneur Rockefeller, der auf der Tribüne an der Fünften Avenue und der 69. Straße jede

Hand im Umkreis von drei Metern schüttelte, Besuchern aus Westdeutschland den Rücken klopfte, jeder vorbeiziehenden Lederhosenschar applaudierte und dem Justizminister New Yorks, Louis J. Lefkowitz, eine blaue Kornblume, das Symbol der Parade, an den Rockaufschlag steckte.
Wie gewohnt während ethnischer und anderer Paraden auf der Fünften Avenue, war der Verkehr auf der Ostseite für Stunden blockiert. Außer der Fünften Avenue waren auch die Umgehungsstraßen quer durch den Central Park zeitweilig für alle Fahrzeuge gesperrt, Busse ausgenommen.
Einer der ungefähr 40 Festwagen in der zweistündigen Parade trug ein großes Porträt des verstorbenen Kanzlers Dr. Konrad Adenauer, des »Architekten der Deutsch-Amerikanischen Zusammenarbeit«. Diese Darstellung war möglich durch Spenden des New York Staats Zeitung und Herold, einer deutschsprachigen Tageszeitung.

...

Viele Deutsch-Amerikanische Vereine, die sich an der gestrigen Parade beteiligten, zeigten die Traditionen und die Trachten von Gebieten, die niemals zu Deutschland gehörten, wie Transsylvanien (ein Teil Rumäniens) oder Gottschee (das jugoslavische Kocevje), oder die nach dem Zweiten Weltkrieg von Deutschland abgetrennt wurden, wie Schlesien, das nun ein Teil von Polen ist.«
© by the New York Times Company

»Kleiderhändler erschlagen im Laden aufgefunden

Bürger von Queens nahe der hiesigen Hafengegend erschossen

Der Überlebende eines deutschen Konzentrationslagers, der sich Seeleute vieler Nationen in seinem Herrenausstattungsgeschäft am Hafen zu Freunden gemacht hatte, wurde gestern erschossen in seinem Laden aufgefunden.
Das Opfer, der 64 Jahre alte Max Hahn aus der 102. Straße Nummer 63–60, in Rego Park, Queens, wurde auf dem Fußboden des Ladens an der Zwölften Avenue Nummer 680, nahe der 51. Straße, mit zwei Kugeln in der Brust aufgefunden. Seine Füße und Hände hatte der Angreifer, der ihn

augenscheinlich zu berauben versuchte, gefesselt, teilte die Polizei mit.

...

Offenbar tötete der Pistolenschütze Mr. Hahn, nachdem er ihn gefesselt hatte, indem er ihn zweimal aus dichtem Abstand in die Brust schoß. Mr. Hahns Taschen waren nach außen gewendet, aber die Polizei nimmt nicht an, daß der Mörder irgendwelches Geld gefunden hat.
Die meisten Kunden Mr. Hahns waren Mannschaften von den Schiffen, die im Hudson entlang der Avenue anlegten. Mr. Hahn, ein gebürtiger Pole, pflegte in der Tür des Ladens zu stehen oder davor zu sitzen und mit den Seeleuten, die an ihm vorbeikamen, Witze zu reißen (sie zu hänseln). Seine Frau, Ida, half im Laden, der an sechs Tagen der Woche geöffnet war, für gewöhnlich von acht Uhr morgens bis 11 Uhr nachts.
Sein Sohn war vor etwa zwei Monaten von einem Studium aus Israel zurückgekehrt.«

...

© by the New York Times Company

»Gestern ist der Herbst frisch und strahlend eingetroffen. Die amtliche Wachablösung trat um 1 Uhr 38 Minuten ein. ...«
© by the New York Times Company.

25. September, 1967 Montag

Wieso: fragt er sich, fragt sie sich, fragen wir uns: hängt sie angeschnallt, rückwärts gekippt, in einer dreistrahligen Düsenmaschine in Warteschleifen über Pennsylvania? Aber die Klumpenwolken im Vordergrund und die ehemals ebenen Strata im Norden erinnern an die Arktis (an Bilder von der Arktis), die Kanten etwas schärfer gedacht, eisiger. Nur die Uhr wußte den Nachmittag, der weiße Glast unter der blauen Sphäre wiederholte lediglich »Licht«, »Licht«. Die Maschine liegt etwa vierzig Grad schräg, sie scheint zu zielen in ein blaues meerdunstiges Loch, in dem braungelbe Schmutzflecken menschliche Siedlungen anzeigen. Nur die Verschiebung der Tragfläche gegen die quellenden Wolkenballen beweist die abermalige Kurve. Das muß im April 1962 gewesen sein, da besorgte sie europäische Pässe mit amerikanischem Visum, die nach wenigen Wochen in Einschreibbriefen aus Mailand zurückkamen, als sei keiner von ihnen in Ostdeutschland gereist. Am Morgen in Minneapolis, im Spiegel gegenüber dem Bett, war sie sich am ganzen Leibe gelb erschienen, dem Tode um die Nacht näher. Es ist die Sonne, die absackt in die Wolkendecke, die die Tragfläche glühend färbt. Allmählich wird die weiße Himmelsplastik eingeebnet zu einem bläulichen struppigen Feld. Der Kapitän berichtete, den Passagieren zuliebe mürrisch, über neue Weisungen der Bodenkontrollstelle in New York. New York, werden wir es erreichen? Dann servierten die Stewardessen die zweite Runde Bloody Marys, fuseligen Wodka, der auf dem Tomatensaft schwamm. Solche Reisen übers Wochenende kann Eine sich nur leisten mit Blankoflugscheinen, wie sie Großaktionäre beziehen. Damit kann sie nicht über den Atlantik, und über den Pazifik nur bis Hawaii. In Mailand wohnte eine Zeitlang Vito Genovese als Nachbar von Karsch. In Minneapolis auf dem Foshay-Turm standen zwei Damen und ein Herr, die den Blick abwandten auf die Wälder und Wasserlöcher im Norden, wenn andere Touristen hinter ihnen durchdrängten. (Je vous assure que vos papiers d'identité ne serviront pas aux buts anti-communistes.) Wo war das Kind? Das Kind war bei Mrs. Ferwalter. Nein, in einem elften Stockwerk. Das Kind soll die New York Times besorgen. Das Kind, die zwei letzten Augen Cresspahls, als Hinterbliebene. Das Flugzeug kreist jetzt unter den Wolken, über einem dämmerigen Küstengebiet, winzigen Hausfunzeln, Autos sind nicht zu erkennen. Eine von diesen leeren Bruststimmen wird ins Telefon sagen: Marie, hast du einen Vater, eine Großmutter, etwas Verwandtschaft? Wehe, wenn du jetzt nicht tapfer bist! Unverhofft beginnt die Maschine zu rasen, prescht dicht über dem Atlantik auf Brooklyn zu, neben der verhangenen Verrazanobrücke, dem einsam in der Nacht aufgestellten Empire State Building, das unter seinen Zöpfen aus Licht verdunstet. Coney Island, quirlendes Buntlicht. Scheinwerferketten auf den Expreß-Straßen. In Dunst gewickelte Blaulampen. Langes Taxifahren auf den Rollbahnen, Warten an den Einmündungen. Einmal fällt der Blick neben der Tragfläche in einen tiefen Tunnel, in dem Autos wimmeln. Im Briefkasten für die Passagiere dieses Fluges steckt kein Zettel unter dem Buchstaben C. Der Stadtbus tritt auf der Stelle. Die Grabsteine links und rechts flackern unterm Stadtlicht. Der Tunnel, der verkachelte Hades unterhalb des Flusses. Im Bahnhof der Fluggesellschaften werden Nummern für Taxis ausgegeben. Diese Stadt hält sich nicht mehr lange. Was ist schon an First Avenue. Diese Stadt hält sich vielleicht noch zweihundert Jahre. (Der Pförtner im Erdgeschoß des Foshay-Turms stand so bekümmert, so vorwurfsvoll, als sei er Foshay, der am Ende alles verlor, Aktien und Bargeld und Turm.) An der 96. Straße kommen die Bahnkörper unter der Park Avenue hervor: die Reichen leben auf Stelzen. Nicht weit von hier, von diesen verrotteten Autos, dem schleimigen Abfall auf dem Bürgersteig, 1040 Fifth Avenue, wohnt neuerdings die Witwe des ermordeten Präsidenten Kennedy. Die Tochter geht zur Schule um die Ecke. Als die Pläne Mrs. Kennedys, da einzuziehen, die Öffentlichkeit erreichten, bekamen die Bewohner des Hauses unerhörte Angebote für ihre Appartements, für nichts als die Chance, im Lift den Männern vom Geheimdienst zu begegnen. (Ein Ehepaar, das ohnehin aufs Land ziehen wollte, erzielte durch den Verkauf seiner Wohnung einen Reingewinn von zehntausend Dollar.) Der Central Park ist vollends schwarz. In der Mitte ist nicht nur ein Pferdestall der Polizei, da ist auch ein Schieß-Stand der Polizei. Einmal Minneapolis und zurück. Vielleicht hat das Kind den Tee warmgehalten und die Zeitungen auf den Tisch gelegt, zusammen mit einem Zettel DON'T CHANGE THE TIME OF THE ALARM. Denn da mag das winddurchfegte Stadion Singer Bowl in Queens gestern voll gewesen sein mit streikenden Lehrern der öffentlichen Lehranstalten, für Marie ist morgen Privatschule. Nun wollen wir die Seufzerspalte lesen. »Da meine Frau mein Bett und meinen Tisch verlassen hat, komme ich für ihren Unterhalt nicht auf.«

– Gesine, wach auf. Wo warst du.
– Vor ein paar Jahren.

26. September, 1967 Dienstag

»Obwohl für die nächste Zeit mildere Tage vorausgesagt sind, war doch ein Hauch von Herbst in der Luft. Und er war nicht allen willkommen.
›Sieht aus, als hätten wir nun tatsächlich Herbst‹: sagte ein Tankstellenbesitzer in Upper Montclair. ›Ich weiß nicht, wie viele Winter ich noch aushalten kann.‹« ©
Alt ist Cresspahl nicht geworden.
Immer von neuem das weiche weißgraue Licht über den auffällig grünen Baumpulks, da wo früher das Bruch war. Er war nicht mehr gut auf den Augen. Immer wieder der Geruch des ungeschwächten frischen Laubes mit dem Westwind. So viel kränkende Hoffnung. Jetzt war da ein brauner Fleck aus spillerigen Stangen in der Landschüssel, und der Geruch von Moder, bis der Boden anfriert.
Die Stadt war klein wie vor Jahrzehnten. Er konnte sie abgehen, ihr Maß nehmen, Kinder ansehen. Die anderen waren ja tot.
Vor Tagen war eine Mütze Schnee gefallen, daß es lange gebraucht hätte zu einem Weiß, wär es nicht versiegt. Vor dem Postamt von Jerichow standen zwei Vierjährige und sammelten die Flocken in der Kappe des Größeren, zeigten den Vorübergehenden, auch Cresspahl: Schnee.
Winter. Die Enkelin von Kern hatte ihm erzählt von einem Winter, als das Eis in hohen Plattenstapeln aufgeschoben war vor der Steilküste. Man hatte auf der Ostsee gehen können. Für Elke Kern war dies ein Erstes Mal gewesen.
Das Stück Acker hinter der Milchbank, das seine Frau einmal den Garten genannt hatte, das wollte er noch einmal umgraben. Als seine Frau tot war, verrottete der Zaun, die Hühner fraßen den Garten auf und verscharrten ihn. Dann hatte er den Draht weggerissen.
Man kann auch auf den Friedhof gehen, will man so viel als möglich ein Letztes Mal tun. Aber er kannte die Frau nicht mehr.

Jakob, den kannte er noch. Zu Jakobs Grab ging er. Mit Jakob unterhielt er sich. Na, Jakob. Und du? Ja Cresspahl. Sühst, ich lieg hier zum Ansehen. Creutz hat sich das Grab gerichtet als Ausstellung, und nun führt er die Kunden immer zu mir, und jedes Mal sagt er: So schön möcht ich auch mal liegen. Und dann kaufen sie.
Be seeing you, Jakob.
Wo der Ofen die Dielen gewärmt hat liegt die Katze die ganze Nacht, so breit ausgestreckt wie sie kann. Sie horcht.
Sie horcht auf die Taschenuhr auf dem Tisch, auf das Knakken des Stuhls.
Amerika ist mir zu weit zum Denken.
Wenn Jöche aufwacht, schickt er seine Frau nach mir sehen. Ob ich wohl lebe.
In Malchow wurde ein Meister noch nur von Meistern auf den Wagen gesetzt und ins Grab gelassen. Die Tuchmacher und die Schuster, die hatten einen eigenen Leichenwagen.
Im Februar vor diesem Jahrhundert war in Malchow Heitweckenmarkt. Heitwecken, mit Zucker und Zimt gewürzt, in der Form einer Narrenkappe. Vöeunsöbentich is nauch.
Jetzt lehnte Jöches Fahrrad da an der Milchbank. Über den Stangen hingen die Teppichlappen aus Jöches Wohnzimmer. An der Hauswand die Kästen mit leeren Bierflaschen. Jöche war von der Eisenbahn zur Brauerei gegangen. Wo trinkt er all das Bier hin.
Oh sie kamen gut aus. Jöche hatte das Holz kleingemacht für zwei Winter. Jöche hatte das Land nun doch umgegraben.
Gras will er säen.

27. September, 1967 Mittwoch

Am Montag wurde zum zweiten Mal ein Busfahrer in Harlem überfallen. Wie am vorigen Dienstag stiegen zwei hellhäutige Neger während der Hauptverkehrszeit zu, einer griff sich das Wechselgeld ($ 28.80), während der andere dem Fahrer das Messer an die Kehle hielt. Dem mußten die Schlitze mit sieben Stichen geschlossen werden. Die übrigen Fahrgäste hatten den Bus in wilder Flucht verlassen, schon um nicht gegen die Räu-

ber aussagen zu müssen. Jetzt fährt die Polizei verkleidet Bus in Harlem.
Die Ostdeutschen wollen hier einige Stunden Film von gefangenen Flugzeugführern in Hanoi verkaufen. Ihre Vorstellung von einem angemessenen Preis ist eine halbe Million Dollar.
Und die Ferien waren vorbei, was, Lisbeth Papenbrock?
Und daß ihr niemand half. Mrs. Jones, die in Cresspahls zwei Zimmern einen Anschein von Sauberkeit vorgetäuscht hatte und jetzt noch zur Wäsche kam, die konnte ihr nicht Auskunft geben über die Schlachter und Gemüsehändler von Richmond, die kaufte am Bahnhof von Brixton ein. Und Mrs. Jones hielt sie für die gnädige Frau, sie ging unziemlichen Unterhaltungen aus dem Weg, in denen sie ihre Meinung hätte mit Namen ausdrücken müssen. Und sie verstand Mrs. Jones nicht.
Mrs. Jones sagte: Was für ein apartes Gesicht!, strahlend über ihr Enkelkind, das flache Schläfen hatte wie sie, so rechnerisch aus länglichen Augen sah, den Mund so zum Strich drückte wie sie. Lisbeth Papenbrock hatte verstanden: Was für ein getrenntes Glaubensbekenntnis! Den Klang dieses Englisch mußte sie sich wieder und noch einmal im Gedächtnis wiederholen, bis eine Erinnerung an die Schulzeit ungefähr einrastete. Diese Sprache war so schnell. Und die Melodie der Sätze schien zwar in einem einzigen hohen Ton versammelt, in Wirklichkeit schlug sie vielmals nach unten und oben aus und änderte die Bedeutungen. Das konnte sie Mary Hahn nicht anlasten; Mary Hahn hatte in der Rostocker Töchterschule ein schottisches Englisch durchgesetzt. Und sprechen mochte sie so deutlich und langsam wie sie wollte, die Kaufleute unterbrachen sich doch beim Abwiegen und sahen ihr auf den Mund. Cresspahl, der soviel Englisch hatte wie ein Puertorikaner nach zwei Jahren New York, Cresspahl verstanden sie.
Und sie hatte die Worte nicht! Sie konnte ein Gespräch führen über John Galsworthy oder Sir Thomas Beecham, aber auf einen Schmortopf, ein Passiersieb mußte sie mit dem Finger zeigen. An jedem Abend ließ sie sich von Cresspahl das Rezept für morgen aus Frieda Ihlefelds Hauskochbuch übersetzen (9. Auflage im Verlag von Friedrich Bahn, Schwerin i. M.), aber Cresspahl hatte wenig Erfahrung mit dem

Jargon der Kochkunst, und ein Lexikon besaß er nicht. (Ein Lexikon mußten sie auch noch kaufen. Sparen war das nicht.) Und dann kam sie doch vom Einkaufen in die Werkstatt und fragte nach dem Wort für Semmelmehl, sehr geniert vor den Gesellen, denen Cresspahl dann das Gewünschte beschrieb, indem er die Herstellung erzählte und mit Gebärden andeutete. Und dann mußte sie ihre Gewichte in die englischen umrechnen. Und in den Restaurants, im Hotel war erwartet worden, daß sie nicht auf Sixpence sah; in Richmond wurde erwartet, daß sie auf den Penny achtete.
Und Cresspahl sah nicht, daß sie getröstet werden wollte! Cresspahl kam vergnügt zu den Mahlzeiten heraufgestiegen und streckte die Beine lang unter den Tisch und lobte das Essen. Und sie sah etwas Neues an ihm: er vermochte seine Ohren zu verschließen. Was er nicht hören wollte lief ab wie Wasser an seiner wachsamen freundlichen Miene. Er sah sie an, er erbaute sich in den Mundwinkeln über den Anblick, er sah um ein Winziges an ihren Augen vorbei, er hörte sie nicht klagen. Das hatte er nicht gemacht, als sie noch Lisbeth Papenbrock war. Auf die Art konnte sie einen Streit nicht bestehen.

Heinrich, du, was Schlimmes. Pastor Methling will in Pension gehen mit achtundsechzig, der ist sicherlich krank.

Angestellter ist er. Mit seiner Pension, was soll er länger arbeiten als er muß.

Heinrich Cresspahl! Ich will dir was sagen! Seine Arbeit ist um Gotteslohn, und du spottest über einen kranken Mann.

Der hat gesund gelebt. Und Gotteslohn ist noch Vorzugsbehandlung bei seinem Arbeitgeber.

Nach dem ersten Streit über die Kirche setzte sie ihm das Essen hin, aß aber nicht mit ihm. Zwischen den Mahlzeiten ging sie aus dem Haus, um ihn zu strafen, weit weg in die Stadt. Sie fror vor dem fremden November. Die Ähnlichkeit der historischen Gebäude mit ihren Vorstellungen von ihnen war niederdrückend. Vogelschwärme über den Dächern von Parliament Street, weniger als die war sie hier zu Hause. Ein Soldat der Königlichen Garde, den Säbel vor der Nase, ging mit wuchtigen Schritten hin und her inmitten der Passanten

und sah aus wie ein ungeheures Huhn, weil der Helm nicht viel von seinem Gesicht sehen ließ und das rote Helmbüschel obenauf doch sich hätte sträuben können. Das war ihr unlernbar: daß im Union Jack ein weißgerandetes rotes Georgskreuz auf schrägem Andreaskreuz auf blau, über rotem, schrägem Patrickskreuz sitzt. Im Grasfeld zwischen Westminster Abbey und St. Margaret waren Poppy-Friedhöfe hergerichtet, für die militärischen, die halbmilitärischen, die feuerwehrähnlichen Verbände, kleine Holzkreuze mit roter Rosette wurden feilgehalten, fertig zum Einstecken angespitzt. So hatte der Mohn am Ende des Krieges in Flandern geblüht. Das war nicht zum Andenken an die Toten ihrer Seite. Und wenn sie doch zu Cresspahl zurückging, Meilen lang neben immer den selben Doppelhäusern mit immer den selben mal eckigen mal gewölbten Balkons, immer den selben lackierten Säulen, unter den weißen und gelben Laternen, mit den Füßen im nassen Laub, war sie es nicht zufrieden, daß ihr die Christenpflicht vorschrieb, Cresspahl zu verzeihen. Es fiel ihr schwer, das ihm zuliebe zu tun. Sie fühlte sich übervorteilt.
Cresspahl dachte: es reicht, wenn Einer sich mit Umarmen entschuldigt. (Er ahnte auch nicht wofür.)

28. September, 1967 Donnerstag

Morgens, in der ersten schattigen Front der fünf gläsernen Türen, sehe ich die weißlichtige Gegenseite der Straße gespiegelt, und ihr Ausschnitt mit Ladenschildern, Schaufenstern, Passanten tut verletzt wie etwas Friedliches, wenn ich ein Fünftel von ihm in der aufgezogenen Tür wegkippen lasse. In der zweiten Klapptürfront des Windfangs stellt sich der Spiegel verwischter her, zerbricht fast gänzlich in gleichgroße Teile der neben mir schwenkenden Türen, kommt zurückgeschwungen im Widerschein der hellen Marmorflächen im Foyer und ist nun ein Bild aus Schatten, stillen und losen, oben von einhängendem Dunkel eingefaßt wie von Baumkronen, und zwischen den gleitenden Abbildern von Schattenmenschen ist der Hintergrund tief geworden, weißliches Seelicht gesehen unter Laubgrün, Boote auf dem Wasser, vor mir

unverlierbar gewußte Umrisse, Namen voll Zeit, und erst wenn ich das Bild an der von Neon beleuchteten Ecke des Fahrstuhlschachtes verliere, versieht mein Gedächtnis den freundlichen Anblick und Augenblick und Moment mit einem scharfen Rand von Gefahr und Unglück.
So der dick bedeckte Tag aus Dunst über dem jenseitigen Flußufer, über den austrocknenden Laubfarben vor dem verwischten Wasser, verspricht einen Morgen in Wendisch Burg, das Segelwetter zum Morgen vor vierzehn Jahren, erzeugt Verlangen nach einem Tag, der so nicht war, fertigt mir eine Vergangenheit, die ich nicht gelebt habe, macht mich zu einem falschen Menschen, der von sich getrennt ist durch die Tricks der Erinnerung.
Gespräch im Fahrstuhl: Die und die hat geheiratet, und am nächsten Tag mußte er doch einrücken.
Da bin ich überfragt.
Viet Nam wahrscheinlich.
(Elf Zuhörer.)
Regenschauer am Abend.

29. September, 1967 Freitag

So ist es recht. So erwarten wir es. Im ersten Blatt spricht unsere gute alte New York Times mit keinem Wort von dem Loch, das gestern ins Schaufenster der Bank der Franklingesellschaft geschossen wurde. Erst mach die Schularbeiten, dann darfst du spielen: sagte Grete Selenbinder, die Nenntante, die Schlüsseltante, die Weinetante. Die Schularbeiten sind die Luftkämpfe über Hanoi; die Abstimmung der Lehrer über ihren neuen Kontrakt mit der Stadt; daß die Regierung der Č.S.S.R. sich von ihren Schriftstellern eine Zeitschrift geklaut hat; daß der linke Flügel des Sozialistischen Studentenbundes in Westberlin von Herrn Rudi Dutschke geführt wird. »Manchmal nennt man ihn ›Red Rud‹ oder ›Revolutionary Rudy‹, aber er ist kein klassischer Marxist.« Das wäre das.
Jetzt darfst du spielen. Vorn auf dem zweiten Blatt, mit epischen Fotos und elegantem Druck auf 102 Quadratzoll, setzt die Times sich in behagliche Positur und hilft Begriffsstutzigen

mit einem besseren Wortwitz auf die Sprünge: »Die Kugeln fliegen, und zwei Banditen in Stadtmitte rikoschettieren und retirieren.« Gleich aber steuert sie der bloßen Vergnügungssucht und setzt an den Anfang die Zensur: Die beiden haben den Banküberfall vom »tölpelhaften Anfang bis zum schmählichen Finish« verpatzt. Erster Fehler: sie fielen auf. Gehen in die Bank, 441 Lexington Avenue, mit braunen Papiertüten unterm Arm, wie wir sie zum Einkaufen nehmen, und haben sich schmalkrempige Hüte tief an die Nase gezogen. Zweiter Fehler: in ihrer Nervosität schlugen sie einen Wächter übern Kopf, als er sie was fragen wollte. Drittens, mangelnde Erkundung des Geländes: als ein anderer Wächter schoß, versuchte einer der Räuber eine Tür aufzukriegen, die nur nach außen öffnete. Als ihnen dies Rätsel endlich aufgegangen war, stürzten sie hinaus und verschwanden auf der Lexington Avenue, (und zwar in den dicken Menschenströmen auf der Lexington Avenue, Erläuterung für ortsfremde Bezieher der Zeitung). Vierter Fehler: sie machten eine Spur. Sie verloren ihre Hüte und ließen auch die Tüten zurück, in denen sie hatten ihre Beute davontragen wollen.

Und nun inszeniert die New York Times, zu unserem verdienten Genuß nach der Analyse, die ganze Geschichte noch einmal:

Es war gegen zehn Uhr.

441, das ist an der 44. Straße Ost.

In der Bank war es still.

Nur zehn Kunden.

Der Wächter trägt eine Uniform. Er wird niedergeschlagen.

Sie wenden sich zur Theke.

Einer hat einen Revolver.

Er richtet den Revolver auf den Filialleiter, weil der vorgetreten ist.

Einige Kassierer schreien auf und werfen sich auf den Fußboden hinter der Theke. Von hinter der Theke schießt ein Wächter in Zivil auf die Räuber.

Sie begreifen nicht woher die Schüsse kommen.

Sie drehen durch, sie hauen ab.

Von den drei abgegebenen Schüssen machte einer das Loch im Schaufenster.

Unterhalb des Lochs, vor dem Schaufenster (von innen gesehen) stehen mindestens elf Herren, alle ernst, beinahe finster, tief im Überlegen.
Das meinen wir, die große wissenschaftliche Geste der New York Times, ihren nüchternen und dennoch griffigen Beitrag zur Soziologie des Bankraubs.
Und so benimmt sich eine Dame alter Schule: sie mag sich herablassen zur Verfilmung eines Banküberfalls, aber Krawall läßt sie nicht zu.
Von dem Tisch, an dem sie ihre Gegenstände bedeutend verhandelt, fallen die Brosamen. Wir, gezwungen zur Abwesenheit in Arbeit, schmecken darin die Spur einer Rettung aus unserer Entfernung von asiatischen Orten und dem Haus nebenan. Wir bilden uns ein, sie hebt uns versäumtes Leben auf, gewärmt und noch frisch, als könten wir es nachholen.
Auf der Lexington Avenue sind die Gehsteige noch schmaler als anderswo; mehr als anderswo drängen nach und vor der Bürozeit Passanten, sie beten um ein Taxi, sie fluchen auf einen Bus, sie hängen ihr Herz an den nächsten Pendelzug zum Times Square. Wir werden doch nicht über die Straße gehen, um das Loch im Schaufenster zu besichtigen: wir haben das Foto davon unterm Arm. Vor dem Bahnhof Grand Central, halb in den pressenden Fußgängerstrom hinein, ihn auf die Hälfte Raums quetschend, haben zwei Zeitungenverkäufer ihren Stand aufgebaut, und noch wer von den Prellungen des Hindernisses in den Rinnstein abgedrängt wird, hört sie belfern: Wall Street. Letzte. Wall Street. Letzte, und leiser: Danke mein Herr. Danke mein Herr. Das geht einsfixdrei, Geld und Zeitung treffen einander fast in einer Hand, und wer beide voll hat, bekommt das Papier unter den Arm geklemmt. Drinnen im Graybar Building, in der dämmerigen Halle zum Grand Central, stehen zwei Männer hinter einer Kistentheke mit genau den gleichen Zeitungen, stumm, trübe, von keinen Vorkäufern verstellt, und sogar jene Passanten, die noch gar nicht das Neueste aus Wall Street erworben haben, halten nicht inne, als sei an einer so unaufwendig dargebotenen Ware etwas verdächtig. Wir kaufen da nicht und hier nicht, wir warten auf die New York Times.
Um sein Schußwaffengesetz durch den Kongreß zu bekom-

men, hat Präsident Johnson den Bundesstaaten freigestellt, Gewehre und Schrotflinten für Bestellung und Versand durch die Post zuzulassen. Es müssen ja nicht immer Revolver sein.

30. September, 1967 Sonnabend, Tag der South Ferry

Ganz ohne Zwischenfälle ist die Eröffnung der Schulen nach dem zweiwöchigen Streik nicht abgegangen. Als eine Lehrerin ihre Schule in Brooklyn betrat, wurde ihr aus einem vorbeifahrenden Wagen zugerufen: Du Judensau. Sie ist jedoch irischer Abstammung. Für eine Million Aktien gestohlen. 15 ostdeutsche Zuchthausjahre für amerikanischen Fotografen. Die westdeutsche Regierung antwortet auf einen Brief der ostdeutschen Regierung, als hätte sie ihn nicht gelesen.

– Hatte sie Heimweh, deine Mutter, diese Lisbeth Papenbrock in Richmond? sagt das Kind.
– Sie konnte nicht ausbrechen. Ihre Taufgeschenke, ihr eigenes Geld hatte sie verjubelt mit der Flugreise über Graal/Ostsee, mit Einkäufen für die eigene Küche. Sie mußte ja hier ein Bain Marie haben wie ihre Mutter in Jerichow.
– In Jerichow wäre sie nur Gelächters sicher gewesen, nicht wahr? Sie wollte das Ziel der Klasse erreichen, nehme ich an.
– Und am Ende hatte die Bürgerstadt Richmond selbst darauf bestanden, daß diese Mrs. Cresspahl mit ihr sich verhielt. Sie war eine Kundin, und wenn sie ihre Wünsche nicht ausdrücken kann, ziehst du eben alle sechs Reisschubladen auf und erklärst ihr die Sorten und nennst ihr die passenden Gerichte, eine wird sie schon nehmen. Und steht der Ladentisch erst einmal voll mit Töpfen zum Kochen, zum Schmoren, zum Braten, zum Dünsten, so muß sie einen erkennen als den gewünschten und kaufen. Und da sie nicht von Natur schüchtern war, kam bald das Benehmen ihrer Mutter hoch, die zu Verkäufern sagen konnte: Das können Sie gleich wieder wegnehmen, so etwas Billiges brauchen Sie mir nicht vorzulegen. (Das tat Louise Papenbrock aber nur außerhalb der Hörweite von Albert. Albert mochte nicht, daß man von ihren Manieren auf sein Vermögen schloß).

– Und die Leute, die ihr nichts verkaufen wollten?
– Perceval und Jim waren anfangs geniert, mit dem Meister und seiner Frau zu essen, und schätzten an ihrer mecklenburgischen Küche vorerst, daß sie so das Geld für Fisch mit Chips an der Bude sparten. Nach einer Weile hatte sie gelernt, Hammel zuzubereiten. (Der Schlachter konnte bald feststellen, ob eine Kundin anständig kochte, diese belog er nicht mit seinen Empfehlungen.) Dann Mrs. Jones mit ihrer schielenden Enkelin, die blieb schon aus Neugier. Auch Straßenkinder, eine frierende abgerissene Meute, die konnten sich bei ihr auf ein Stück Brot verlassen. Wenn die am Tor des Botanischen Gartens von Kew lungerten, für eins zahlte sie mit, am ehesten für Mädchen. Ein Abendessen für Salomon. Salomon blieb zwar nur eine Stunde, aber er war gekommen.
– Und der Pastor.
– Kein Pastor. Sie erkannte ihren Gottesdienst in dieser Sprache nicht wieder. Sie hatte in den Lexika der Zentral-Bücherei am Green recht und schlecht die Unterschiede zwischen High Church, Low Church, Broad Church zusammengelesen; so recht protestantisch war keine von denen. Für sie hätte vielleicht die Low Church gepaßt. Sie traute sich nicht weit über die Schwelle. Da standen zivile Stühle, wie zu einer wandernden Versammlung. Der Prediger mochte sich Pastor nennen, sein prächtiger lila Umhang machte ihn für sie zum Priester. Und sie war verwirrt von der Vielzahl der Gemeinden in Richmond: da gab es die Kongregationalisten, die Baptisten, die Spiritualisten, die Christliche Wissenschaft, die Methodisten und die Presbyterianer am Little Green. In Jerichow gab es nur die Petrikirche. (Und sie hatte nachgefragt: Pastor Methling hatte sein Amt nicht wegen Krankheit aufgegeben.)
– Und hatte sie so wenig Geld wie wir?
– Cresspahl um mehr als das ausgemachte Haushaltsgeld zu fragen fiel ihr nicht leicht, ging ihr auch gegen den Stolz. Aber sie hatte etwas mehr auszugeben als wir, und sie hatte auch die noch unangewachsene Würde der jungen Hausfrau, die zum ersten Mal das Geld eines Mannes verwaltet. Und sie wollte nicht das Haus hinterm Gaswerk, das Haus mit der Werkstatt. Sie wünschte sich einen Neubau, nur zum Wohnen

geeignet, etwas mit Erker oder Balkon, mit einem Garten rückwärtig (»für die Kinder«). Dafür waren achthundert Pfund, für Besitz auf Lebenszeit, auf den Tisch der Makler zu legen. Cresspahl hatte ihr freigestellt, die wenigstens zur Hälfte herauszuwirtschaften. Er hätte ihr ein solches Haus gleich anzahlen können mit seinen Ersparnissen; das verschwieg er ihr. Er wollte ihr Zeit lassen, wie man einem Kinde Zeit läßt.

– Und was schrieb sie nach Hause?

– Sie gab an. Sie beschrieb von Richmond den Park, die behäbigen Geschäfte in der George Street, Reiter im Park, Paraden der East Surreys in ihren roten Röcken, Schlittschuhlaufen auf der Eisbahn an der Richmond Bridge. Die verrottenden Kästen ihrer Nachbarschaft, in die die Arbeiter eingesperrt waren, verschwieg sie. Wenn sie schon im Ausland guttat, sollte es für Jerichow ein beneidenswertes Ausland sein. Hier gab es die Kolonialwaren, Kaffee, Tee, Kakao, Trinkschokolade zu unvergleichlichen Preisen. Und sie schrieb: daß bei der Oktoberwahl die Kommunisten keinen ihrer 26 Kandidaten durchgebracht hatten und daß 21 nicht mehr als ein Achtel der Stimmen in ihrem Wahlbezirk bekamen und so auch ihre Kaution verloren. (Sie schrieb nicht, daß Cresspahl den Premierminister MacDonald für einen Verräter an der Labour Party hielt, weil er eingewilligt hatte, die Arbeitslosen-Unterstützung zu kürzen.) Einmal hatten sie auswärts gegessen, im Original Maids of Honour Restaurant, für 3 Schilling pro Person; sie schrieb von Restaurants wie von allwöchentlichen Zielen.

– Gab sie ihm die Briefe zu lesen?

– Sie gab ihm die Briefe zu lesen, und er las sie verstehen geben, daß sie glücklich war. Er sah sie freundlich an, von der Seite, etwas von unten, nicht ganz behaglich, aber so, daß sie den Blick nicht gewahr wurde.

– Bekam Cresspahl noch Briefe ohne Absender aus Jerichow?

– Sie bekam einen Brief ohne Absender, abgestempelt in West Central 1. Er war mit einer Maschine geschrieben und bedauerte ihre Abgeschlossenheit vom geselligen Verkehr im Ausland. Hingegen mit Mrs. Trowbridge werde sie sich gut verstehen.

– Diesen Brief zeigte sie Cresspahl nicht.

– Den behielt sie für sich. Sie hatte ihm von Herbert Wehmke, Fähnrich zur See, nicht einen Ton gesagt. Sie wollte es ihm nicht für immer verschweigen, aber noch für eine Weile.
– Wetten? sagt das Kind: wetten, daß es kracht? Wetten?

Denn manche Fährkapitäne zielen zu spät auf das Becken, so daß das schwere Schiff gegen die hölzerne Pfahlwand der Einfahrt kracht, beim ersten Mal hart, dann mit einem mehr gedämpften Ton. Dann ist das Ächzen der Stämme im aufquirlenden Wasser zu hören.

1. Oktober, 1967 Sonntag; Beginn der Heizperiode

Nun werden die Morgenträume wieder interpunktiert von den Nöten des heißen Wassers, das Mr. Robinson aus dem Keller in freistehenden Rohren durch Stockwerk nach Stockwerk aufwärts schickt. Das Wasser erschrickt vor der kalten Luft, prallt allseitig vor der ungleichen Federung, so daß im Schlaf ein alter Kerl erscheint, neben dem Kopfende des Bettes aufragend, der hat eine eiserne Kehle, eine schartige Röhre hat der im Hals, der atmet mit Rasierklingen, der frißt Glas und Schrott. Noch springen kleine Kiesel auf und ab, knallen hin und her. Unverhofft beengt, führt der Atem des Wassers schnelle ängstliche Schläge gegen das Metall. Der gleichmäßige Rhythmus zerfasert in schwächlichen, versiegenden Herztönen. Der Kerl denkt nicht ans Sterben, der treibt sich einen Stacheldrahtbesen in die Kehle, unter kratzenden, kitzelnden, schabenden Lauten, die geradezu behaglich klingen. Zum Nachräumen schickt er kleine Männer mit scharfen Hämmern hinein, die das Rohr abklopfen mit bedächtigen, unverhofften Hieben, abwechselnd mit dem spitzen und dem stumpfen Ende. Die werden alle in mehreren bürstenden Schwüngen hochgehustet und stürzen dann dumpf unten auf, mit einem Zirpen, als brächen ihnen die Knochen. Langsam spült der Kerl nach, aber nicht in einem Schluck, sondern mit einzeln fallenden Tropfen, die hüpfen wie die Flöhe. Ein Scherbenhaufen rasselt abwärts, ineinander klirrend, ohne indessen aufzuschlagen in dem schmetternden Knall, den die Erwartung vorbereitet hat. Die Scherben sind verklumpt in gläserne Bälle, mit denen gurgelt einer. Jetzt hüstelt er. Er fühlt sich nicht bemerkt, er räuspert sich viele behäbige Male. Endlich hustet er los, mit kräftigen Schulterstößen. Endlich ist der Schlaf so fadenscheinig, daß die Bilder mitten im Laufen reißen. Es ist kein Traum, es ist das morgendliche Anlaufen der Heizung. Die Heizperiode hat begonnen.

Sehr geehrte Hausverwaltung, immer von neuem kann ich diese Geräusche nicht glauben.

Schon recht, Mrs. Cresspahl.

Aber nicht in New York.

In New York müssen die Leute in den Slums halbe Tage lang mit Hämmern an die Heizrohre schlagen, ehe der Hauswart die Heizung anwirft.

Ist es wahr, daß unser Haus mit seinen siebzig Jahren innen durch und durch verrottet ist?

Unverkennbar, Mrs. Cresspahl. Es ist verrottet, durch und durch. Das sind die Hypotheken, die fressen sich von oben nach unten durch. Einen Guten Morgen übrigens, Mrs. Cresspahl.

Später, wenn die Heizung ihre Erregung zu hilflosem Zischen in den Heizkörperventilen gedämpft hat, treten die anderen Geräusche des Sonntags auf. Da ist das Rascheln, mit dem das gefallene Laub den Schuhen der Spaziergänger nachgibt. Da ist der Wecker in einer der Wohnungen über uns, der die Stunde vor dem Gottesdienst ankündigt. Da ist der wabblige Salat aus den symphonischen Rundfunkprogrammen. Da ist der Flüsterwind im Park, der gelangweiltes Kindergespräch ins Fenster steckt. Da ist das leise Klicken, das entsteht, wenn der Parkwächter sich mit seinem ganzen Gewicht an die Ketten der Kinderschaukeln hängt, eine nach der anderen, um einem Unglück auch für diesen Tag vorzubeugen.
Wir meinen den stillen Parkwächter, den sechseinhalb Fuß langen, den mageren und wortkargen, der die Kinder grüßt, als seien sie seine Arbeitgeber. Wir meinen nicht seinen Assistenten aus dem Sommer, den Puertorikaner, der die grüne

Dienstkleidung des Gartenbauamtes zwischen den Müttern spazierentrug wie eine Uniform, die Handschuhe wie eine Feldflasche am Gürtel, der mit den Kindern johlte, in straffer Haltung paradierte, bis alle ihn wahrgenommen hatten. Wir meinen den Neger, dessen Overall die Arbeit anzusehen ist, der die Handschuhe meist an den Händen hat, wenn er Abfall und Laub zusammenfegt, auch unter und hinter den Bänken, wie in eigenem Garten, während der andere, auch noch stolz auf den grauen Schimmer in seinen Haaren, die Damen unterhielt. Der andere konnte lesen und schreiben, der muß hier nicht mehr arbeiten. Der Neger ist geblieben. Er grüßt die erwachsenen Gäste des Spielplatzes von langer Bekanntschaft her, jedoch nicht vertraulich, mit einem beiläufigen, gleichsam verzeihenden Lächeln. Wir kennen von ihm nicht einmal seinen Vornamen.

Zu den anderen frühen Geräuschen des Sonntags gehört das Ächzen des Liftkabels, wenn Esmeralda den Jungen vom Zeitungsvertrieb West End ins dreizehnte Stockwerk fährt. Dann kommt er in dreistufigen Sprüngen hinunter auf der dröhnenden Eisentreppe hinter dem Aufzuggehäuse und verbreitet in Stockwerk nach Stockwerk die New York Times, fünf amerikanische Pfund Papier, die mit sattem Klatschen vor den numerierten Türen aufschlagen, auch vor der Wohnung 204. Mrs. Cresspahl will nicht noch einmal eine Sonntagsausgabe versäumen: seit gestern gehört sie zu den Kunden dieses abgerissenen Negerjungen, der gleich die schwere Haustür hinter sich knallen lassen wird, erleichtert für die wenigen Schritte, die ihn von seinem gewichtig beladenen Karren trennen.

Gouverneur Romney hat sich neunzehn Tage lang in den städtischen Slums des Landes umgesehen. Er glaubt die Städte am Rande der offenen Rebellion. Der Psychologe Dr. Clark, New York, hat den Ghettoneger von heute beschrieben als zynisch, verbittert, feindselig und entnervt, weil die berufliche Situation, die der Wohnverhältnisse und die der Schule im nationalen Slum keinerlei Fortschritt aufweisen.

Die Sowjets werden einem ihrer Schriftsteller den Prozeß machen, weil er protestierte dagegen, daß Schriftstellern ein Prozeß gemacht wurde.

In der Schlacht um Conthien haben die amerikanischen Ma-

rineinfanteristen einen neuen Ausdruck für den Tod unter Artilleriefeuer: man wird »weggeblasen«.
Vorsitzende und Vertrauensleute von sieben Gewerkschaften, die Arbeitnehmer der New York Times vertreten, haben bei Stadt, Staat und Bund um mehr Polizeischutz gebeten. Aus Angst vor Überfällen trauen die sich nicht mehr auf die Straße vor dem Gebäude der Times, die bei dieser Gelegenheit ihre eigene Adresse meldet: 229 West 41. Straße.
Und die gewöhnlichen Morde.
Der Park vor den Fenstern ist jetzt ganz beleuchtet von der Oktobersonne, die allen Farben einen Stich ins Unglaubliche zufügt, den gelben Laubsprenkeln im Gras, der Elefantenhaut der kahlen Platanen, dem bunten Astgewirr der Dornbüsche auf der oberen Promenade, dem kalten Hudson, dem verwischten Walddunst auf dem jenseitigen Ufer, dem stählernen Himmel. Das Sonntägliche ist auf einen Sonntag gefallen. Es ist ein nahezu unschuldiges Bild, in dem Kinder und Spaziergänger leben wie harmlos. Es ist eine Täuschung, und fühlt sich an wie Heimat.

2. Oktober, 1967 Montag

Dej Bůh štěstí
steht gemalt in bunter Fraktur auf dem neonweißen Glaskasten, der den Vordergrund des Restaurants »U Svatého Václava« in Hälften trennt. Es sitzt versteckt auf der Ostseite Manhattans, in den siebziger Straßen, inmitten ungarischer und deutscher Wohngebiete. Der Weg dahin führt von der Lexington-Ubahn über die Dritte und Zweite Avenue, entlang baufälliger Quartiere, auf zerrissenem Pflaster, vorbei an Ladenbesitzern auf Wache bei ihren Auslagen, unter den Blicken von Nachbarn im Gespräch auf Treppenstufen, hindurch zwischen Unrat und narbenstarrenden Katzen, neben verlassenen Schulhofwüsten und demontierten Autos zu einem kleinen Wohnhaus, dessen Erdgeschoß kein Restaurant zu erkennen gibt. Die blaue Tür deutet mit dünnstrichigen Rechtecken in weiß und rot die Farben der tschechoslowakischen Republik an, und Tschechisch spricht das Publikum drinnen

an den abständigen Tischen, vertraulich, überhörbar, als sei dies immer noch die Zeit des Bürgertums auf der Kleinseite von Prag. Das abonnierte Publikum ist bejahrt, förmlich gekleidet, würdig, die von Ehe mundtoten Paare wie jener einzelne Herr, der über erhobenem Glas die Lippen bewegt, als spräche er mit Toten, die allein noch sein teigiges vergreistes Gesicht erkennten. Jünger, und flotter angezogen, sind die Vertreter der Č. S. S. R. bei den Vereinten Nationen, die Verwalter wie die Spione der neuen Macht, die hier unbefangen neben den Entmachteten und Flüchtlingen ihres Landes das gleiche Heimweh nach böhmischer, tschechischer, auch europäischer Küche abfüttern. Die mögen alle wissen, was »Dej Bůh štěstí« bedeutet; wir wissen es nicht, und auch Dmitri Weiszand traut sich nicht an eine Übersetzung.
Dmitri Weiszand, Gastgeber von Mrs. & Miss Cresspahl an diesem Abend, ist geniert. Er sollte es wissen. Denn dieser Herr mit den slawischen Knochen in seinem Gesicht, dem schweren östlichen Akzent, dem herzlichen Gehabe, ist von Geburt Pole, den Tschechen benachbart, und nicht ihrer Sprache? Aber Pole ist er nur von Geburt. Als die Sowjetunion 1939 Ostpolen aus der Kriegsbeute der Nazis wie abgemacht an sich zog, riß sie auch das Kind Weiszand unter ihren Nagel und wechselte seine Staatsbürgerschaft aus und lehrte ihn in der sonst unveränderten Schule die russische Sprache und noch so ein schwieriges Fach, genannt Patriotismus. Da hatte er schon mit den hinteren Bänken vorlieb nehmen müssen. Als zwei Jahre später die Deutschen die Beute zurücknahmen, kassierten sie auch den Schüler Weiszand, aber eine Staatsbürgerschaft hatten sie nicht für ihn, und in einer Schule sollte er nicht einmal mehr Tschechisch lernen. Später war er einmal zum Behelf und auf zwei Jahre Deutscher, und die Amerikaner, als sie ihn einließen, schrieben ihm das als Herkunft in seine Papiere. Er kann an Deutsch wohl zehn Worte. Und dieser Herr Weiszand mit seinem jugendlichen braunen Haarschopf, dem fülligen Gesichtsfleisch, einer von Alter fast nicht beschädigten Mimik und Haut, er ist in seinen vierziger Jahren, ein Absolvent mehrerer Lager in Osteuropa, in denen er Französisch, Rumänisch, Italienisch, Holländisch und eben auch Tschechisch hätte lernen können, aber die Lehrer waren

nicht bei der Sache, und als er in New Jersey ausgeladen wurde, kam er ohne Geschwister und Eltern, da war ihm die Erinnerung an sie so zuwider wie die Sprachen Russisch und Polnisch, in denen sie auftraten. – Einer meiner Freunde ist Professor für Slawistik: sagt Mr. Weiszand geniert: Er wird es für uns herausfinden, dej Bůh štěstí.
Marie ist nicht gern zu Gast im Restaurant Zum Heiligen Wenzel; es gehört zu den Vorlieben, die sie Gesine nachsehen will. Sie kann sich nicht mit dem Gespräch nebenan unterhalten. Der Abstand zwischen den Tischen, die weißen Tücher, die zu Bischofsmützen gefalteten Servietten, es erinnert sie an Reisen nach Europa. Sie mag aber dies Land nicht verlassen. Die Geschichte vom Heiligen Wenzel, den sein Bruder Boleslav am 28. September 935 erschlagen ließ, die Erinnerung der Geschäftsleitung an ersprießliche Zeiten auf der prager Kleinseite, auf die Rückseite der Speisekarte gedruckt, es sind ihr zu alte Sachen. Die jungen Studenten, die hier als Servierer arbeiten, haben immer noch ihren Heimatakzent, sie sind ihr zu zuvorkommend. Auch ginge D. E. ungern in ein solches Eßgeschäft. Weiterhin, sie hat hier in dem roten Samtkleid mit dem Spitzenkragen erscheinen müssen. Sie ißt unbehaglich von ihrem fremdartigen Schweinebraten mit den auswärtigen Knödeln, setzt ihr Besteck steif hin und her, hört ungeduldig dem erfolglosen Wortwechsel zwischen Dmitri und Gesine zu.
– Was sagen Sie zu den 8,8 %, die die neuen deutschen Nazis in den bremer Wahlen gewonnen haben? sagt Mr. Weiszand, an der Cresspahlschen New York Times fingernd. Was immer solche acht Sitze im Landtag von Bremen bedeuten mögen, Marie hat es nicht anders erwartet als daß ihre Mutter auf eine unangenehme Weise die Schultern anhebt, den Blick auf dem Teller hält, vor der Frage scheut. Marie erinnert sich nun, warum D. E. europäische Lokale in New York ausläßt.

Ich weiß es. Wenn ich damit leben soll, dann doch nicht in der Nähe von Juden.

– Wie sehen Sie das Verhalten der Tochter Stalins an: sagt Gesine nach einer Weile, und Marie erkennt, daß die Frage ihre Absicht unterlaufen hat, daß sie sie wegwünscht, und tatsächlich wird Mr. Weiszands freundwillige Miene um ein Winziges starr, und er kommt nicht weiter als: Gewiß, eine Zeit lang gehörte ich zum losen Besitz von Herrn Stalin, jedoch . . ., und Marie gibt ihrer Langeweile nach und beginnt, vorsichtig, schiefhalsig, in der New York Times zu lesen.

»(Reuters) Die Zeitung Bild am Sonntag meldete heute, daß Stalins ältester Sohn 1944 von den Nazis erschossen wurde, weil er sich geweigert hatte, vor russischen Arbeitern in einem berliner Rüstungswerk eine antisowjetische Rede zu halten.«

Aber Gesines krumme Brauen, den nicht strafenden, nur besorgten Seitenblick hält Marie nicht aus, und sie macht sich auf den Weg, ihr Betragen gut zu machen. Sie geht zwischen den Tischen zur Bar am Eingang, finster unter der Aufmerksamkeit der übrigen Gäste, und bespricht sich eine Weile mit dem alten Mann an der Kasse. Er ist ganz schwarz gekleidet, er hält sein Gesicht so still, seine Augen bewegen sich selten, und sie wendet sich nicht gern an ihn. Aber er antwortet ihr wie einer Erwachsenen, er fordert die Zuschauer nicht auf zur Belustigung an ihr, und während er ihr mit einer marklosen, gleichgültigen Stimme Bescheid gibt, bietet er ihr das Glas mit den Oliven an.

– Ich will euch sagen, was es bedeutet, dej Bůh štěstí: sagt Marie am Tisch. Sie sagt es zweimal, erst auf Englisch, damit Mr. Weiszand wieder an ihre Höflichkeit glaubt, dann deutsch, um Gesine zu versöhnen: Gott bringe dir Glück, heißt es.

3. Oktober, 1967 Dienstag

Emmy Creutz, Friedhofsgärtnersgattin zu Jerichow, schickt ihre Rechnung wie jeden Oktober. Sehr geehrte Frau Cresspahl, das Abdecken Ihrer Grabstätten zum Winter macht je sechs Mark, einschließlich Bukett. Fällig ist außerdem die jährliche Gebühr für Dauerpflege, drei Gräber à 20 Mark.

Aus Saigon berichtet die New York Times von Bombenangriffen auf Nordvietnam. Bomber vom Typ B 52 haben in

sieben Einsätzen in nur drei Tagen 110 sekundäre Explosionen ausgelöst. Bei einem Angriff nordwestlich von Conthien verursachten die Abwürfe 44 sekundäre Explosionen und drei Großfeuer, die die ganze Gegend in Flammen setzten.
Emmy Creutz fügt ihrer Aufstellung, zur Kontrolle, fotografische Aufnahmen der Gräber bei. Lisbeth Cresspahls Eisenkreuz ist nach wie vor nicht abgeklopft und lackiert. Auf den Findling, den die Stadt Jerichow Cresspahl auf den Schädel gewuchtet hat, haben die Metallbuchstaben Rostflecken lecken lassen. Die Platte mit Jakobs Namen, die auf seinem Hügel liegen sollte, steht abermals davor, wie ein Preisschild. Wo käme Emmy Creutz wohl hin, wenn sie das Aussehen des Friedhofs den Kunden überließe.
Auf Istrien wurde Erich Rajakowitsch gefangen, von 1941 bis 1943 Leiter der Deportationen im Haag. Die Niederlande suchen ihn wegen der Ermordung von 100 000 Juden (geschätzt).
Die Bilder der jerichower Gräber zeigen den Zustand vom August, ein Gewimmel trockener Blumenfarben, keine dunklen Töne. Nur über Lisbeth Cresspahl wächst der Efeu, den wir für alle gewünscht haben. Aber Creutzens müssen an ihr Geschäft denken. – Die beiden anderen liegen in der Mittagssonne: schrieb Emmy Creutz: da hält Efeu sich nicht. Efeu ist nicht viel Arbeit nachzusagen.
Die New York Times berichtet, zu Ehren der sowjetischen Revolution, über die Auswirkung der Säuberung, die Stalin unter seinen Genossen durch Beria und Alexander N. Poskrebyshew anstellen ließ. Poskrebyshew war zuverlässig. Auch gegen die Erschießung seiner Frau, eines langjährigen Parteimitglieds, unternahm er nichts.
Unsere Mehrleistungen aus dem Rechnungsjahr 1966/1967 will Emmy Creutz zum Teil mit der Anpflanzung von Stiefmütterchen abgegolten haben (damit doch immer was Blühendes auf einem Grab ist, Frau Cresspahl). Die hält das für einen Garten. Für den Restbetrag, und im Vorgriff auf das Konto 1968/1969 erbittet sie eine Erweiterung der Sachleistungen.
General Poskrebyshew starb seinen eigenen Tod im Herbst vorigen Jahres, umhegt im Krankenhaus des Kreml. Seine

Erinnerung war ungetrübt. Dort erzählte er eine Geschichte über seinen Freund Beria. – Sitzt jener Verdiente Genosse noch: wurde Beria gefragt. Beria grinste. – Ne: sagte er. – Der sitzt nicht mehr. Der liegt flach auf dem Fußboden. Beim Vortragen dieser Anekdote brach General Poskrebyshew ebenfalls in brüllendes Gelächter aus.
Emmy Creutz wünscht sich als Honorar 1 Herrenpullover (Silastik) mit Rollkragen in Weinrot, Größe 48-50, 1 bügelfreies Oberhemd, Größe 43, und 1 Herrenanorak Größe 56, Nylon, gefüttert, nicht so kurz, die Farbe wie Sie denken, Frau Cresspahl. Von diesen Waren kann Emmy Creutz nur aus der Werbung im westdeutschen Fernsehen erfahren haben.
Nach einem anderen Opfer gefragt, verzog General Poskrebyshew das Gesicht und sagte: Muß erschossen worden sein. Mit dem Einsatz von Gift haben wir erst 1940 angefangen, oder so in der Drehe.
Das kostet uns den Vormittag des Sonnabend in den Warenhäusern um den Herald Square. Dann müssen wir das Paket an Ite Milenius in Lübeck schicken, damit Emmy Creutz der Zoll für Sendungen aus den U. S. A. erspart bleibt. Ite Milenius muß amtliche Bescheinigungen über Desinfektion beschaffen, sonst werden Textilien zu Gunsten der Deutschen Demokratischen Republik eingezogen. Ite Milenius soll die Sachen auf drei Päckchen nach Jerichow verteilen, an Emmy, Erich und Jürgen Creutz, da die Deutsche Demokratische Republik nicht drei Kleidungsstücke in einer Sendung erlaubt. Dafür wird nun Ite Milenius ihrerseits einen Wunschzettel über Weihnachtsgeschenke bei uns einreichen.
In Darmstadt wurde gestern der Prozeß eröffnet gegen 11 Angehörige des SS-Sonderkommandos A 4, die 1941 an der Ermordung von etwa 80 000 Sowjetbürgern, darunter 70 000 Juden, beteiligt waren. In Kiew trieben sie 33 771 Männer und Frauen und Kinder an den Rand der Schlucht Babi Jar, erschossen sie und stießen sie hinunter in weniger als 36 Stunden.
Wer wird denn nun den weinroten Pullover tragen, Creutz mit seinen einundsiebzig Jahren, oder Jürgen, stellvertretender Befehlshaber im Militärbezirk Schwerin, Offizier der ost-

deutschen Armee und Gegner des westdeutschen Werbefernsehens? Womöglich will er das zur Ausgehuniform anziehen.
Im Juli waren noch 72 Prozent der Öffentlichkeit in den U. S. A. für die Fortsetzung des Krieges in Viet Nam, im August noch 61 Prozent. Jetzt sind es noch 58 vom Hundert.
Amalie Creutz, die erste Frau, erhängte sich im Oktober 1945 in ihrem Schlafzimmer. Sie tat es am hellichten Tag, zur Mittagszeit, vielleicht in der Hoffnung, sie würde noch rechtzeitig gefunden von den beiden Arbeitern, für die sie zu kochen hatte. Sie war im dritten Monat schwanger, von irgend einem der elf Sowjetsoldaten, die sie im Gräfinnenwald vergewaltigt hatten. Das Gesuch des Bürgermeisters Cresspahl um eine Abtreibung wurde im Krankenhaus von Gneez und im Gesundheitsamt Schwerin zurückgewiesen. (Und Cresspahl wurde von der Spionageabwehr der Roten Armee in Haft genommen.) Nun hatte Amalie Creutz Angst vor ihrem Mann, der noch in französischer Gefangenschaft lebte. Sie hatte Angst vor der öffentlichen Meinung Jerichows, die Creutz hindern würde, ihr zu glauben. Begraben helfen hat sie Jakobs Mutter. 1950 nahm Creutz eine seiner Arbeiterinnen zur Frau, Emmy Burbach aus Reichenberg in Schlesien, Witwe. Sie war zwölf Jahre jünger als er, und anfangs war er froh, daß sie ihm die Geschäftsführung abnahm. Früher setzte er über ihre Rechnungsbriefe an Cresspahls Tochter: Liebe Gesine, und darunter: dein Erich Creutz. Jetzt steht da: Hochachtungsvoll, Emmy Creutz.
Dann haben wir noch das Grab von Marie Abs in Hannover, Westdeutschland. Das lebt von automatischen Bank-Überweisungen. Wenn de Sünn von'n Himmel föll, set wi all int Düstern.

4. Oktober, 1967 Mittwoch

Heute mit dem Sonnenuntergang beginnt das jüdische Neujahrsfest, Rosch Ha-Scha'nah, das bis zum Freitagabend dauern wird. Aus Anlaß des Festes und für seine Dauer hat die Stadt die Verordnung über das wechselnde einseitige

Parkverbot aufgehoben. Für die Juden ist es der Anfang des Jahres 5728.
Rajakovitsch ist sicher nach Österreich entwischt. Die jugoslawische Polizei hatte ihn gewarnt, nicht festgenommen. (Außer dem protestiert Rajakovitsch gegen die Behauptung, er habe sein Vermögen verdient an der Belieferung des kommunistischen Blocks mit strategischen Gütern.)
Nach der Analyse von Gunnar Myrdal, einem schwedischen Fachmann für gesellschaftliche Krisen, müssen die U. S. A. Billionen Dollar haufenweise und die Anstrengung einer ganzen Generation aufwenden, wenn sie realistisch und ohne Ansehen der Rasse gegen die Armut im Land vorgehen wollen. Marie ist da gar nicht ängstlich, in einem solchen Land.
Lisbeth Cresspahl war ängstlich in England. Sie hatte Angst vor den Arbeitslosen, die mit dem National Unemployed Workers Movement aus Wales, Nordengland, Schottland nach London marschiert kamen, eine abgerissene Masse Männer, denen auch sie schlechte Ernährung und erbärmliches Wohnen ansah. Sie stand in einer dünnen Reihe Zuschauer am Charing Cross, eine Bürgersfrau in einem neuen Mantel, einen Fuchskragen um den Hals, in Schuhen nach der diesjährigen Mode, und blickte etwas töricht, sehr erschrocken auf den Hungermarsch. Ihr war noch nicht begreiflich, daß die Demonstranten lediglich auf ihre Lage aufmerksam machen wollten, sie traute nicht ihrem geduldigen, friedfertigen Verhalten. Überdies war das N. U. W. M. von der Kommunistischen Partei aufgezogen. Sie hatte einmal etwas auszurichten für Perceval und traf auf die Eltern Ritchett, Leute in Cresspahls Alter, in verwahrloster Kleidung, mit einem fauligen Geruch, die sie fast mit Unhöflichkeit am Betreten des Hauses hindern wollten. Sie hätte sich gern damit begnügt, den Jungen zu bedauern, daß er von der Arbeit zurückkam zu schlampigen Eltern, in eine verschmutzte Wohnung. Sie mochte lange nicht glauben, daß andauerndes Leben ohne Arbeit und Einkommen solche Gleichgültigkeit erzeugte, für die die Ritchetts tatsächlich auch sich geschämt hatten wie für eine private Verfehlung. Dann bekam sie heraus, daß Perceval mit seinem Lohn auch noch aufkam für die Eltern, dazu

Geschwister, weil das Arbeitsamt von Richmond an ihrer Bedürftigkeit kleine Zweifel hatte. Jetzt dachte sie sich hinter den kahlen Fenstern in den Arbeiterstraßen mehr solche verreckten Haushalte, und konnte nahezu den Trotz der Unversorgten verstehen, die nur noch auf der Straße und in der Kneipe, mit gelegentlicher Rasur und ramschiger Kaufhauskleidung, einen bürgerlichen Schein wahrten. Mit Almosen traute sie sich nicht zu den Ritchetts; die hatten auch ihr Scham eingejagt.

Gib dem Jungen mehr Lohn, Cresspahl.
Von deinem Küchengeld gib ihm, Lisbeth, und laß es die Konkurrenz nicht wissen.

Als sie noch Papenbrock hieß, war sie sicher gewesen. Für Gerechtigkeit hatte sie nicht einen Begriff mitgebracht, sondern ein Empfinden. Das Empfinden, beraten von der evangelischen Religion, ließ Unterschiede zu, allerdings nicht krasse. Die Armut in Mecklenburg war vor ihr versteckt gewesen: in der Verspätung der mecklenburgischen Seele, im Vertrauen der Familie Papenbrock auf ihr Recht zu bevorzugtem Leben, in regelmäßigen Spenden an die Kirche, in dummen Sprüchen, wie dem von dem Tüchtigen und seinem Lohn, oder dem, daß auf dem Lande noch niemand verhungert sei. Da hatte sie sich nicht in Gefahr geglaubt. Hier glaubte sie sich gefährdet, denn aus Cresspahls Reden hatte sie ungefähr entnommen, daß sie beide am Rande der Krise nur mitschwammen, wegen des Zufalls, daß Adel und Bürgertum noch Geld aufwenden mochten für Ausbesserung und Nachbau der Familienmöbel. Er versuchte ihr auch zu erklären, was ihm aus Versammlungen der Labour Party haften geblieben war: die Verursachung der Arbeitslosigkeit durch rückläufige Ausfuhren Englands in allen wichtigen Produktionszweigen, und daß da ein Mechanismus am Werke sei. Er hatte auch wohl so eine Meinung, daß die britische Politik den eigenen Arbeiter der Sorge um den Außenwert des Pfund Sterling opfere. Sie hörte das nicht gern. Es waren also wirtschaftliche Gesetze und wirkliche Personen, von denen ihre Lage abhing, nicht ein Schicksal. Einem Schicksal hätte sie sich womöglich überantwortet. Sie kam sich gefangen vor. Denn Wohltätigkeit über ein gutmütiges Maß hinaus hätte ihr ins Küchengeld geschnitten, hätte den Traum vom eigenen Haus beschädigt. Sie war also ungerecht, und sie glaubte der Ungerechtigkeit eine göttliche Strafe auf dem Fuß, mochte die auch vorerst irdisch ausfallen. Wie sollten sie beide auf Dauer bestehen in einem Land, in dem die Kirchen und die Plätze ausgehängt und bestellt waren mit Mahnmalen an die Toten im Krieg gegen die Deutschen? Wie lange würde Cresspahl noch arbeiten dürfen in einem Land, in dem die Handwerker inserierten mit der Versicherung NUR BRITISCHES MATERIAL VERWENDET. NUR BRITISCHE ARBEITSKRÄFTE BESCHÄFTIGT, worauf konnten sie hier vertrauen? Und insgeheim dachte sie wieder und wieder: So schlimm ist es in Deutschland nicht. Als sie dem Kapitalismus zum ersten Mal begegnete, hielt sie ihn für etwas Ausländisches.

Dies vorlaute Wesen, das hat sie von dir, Lisbeth.

Das hast du von mir, Gesine. Und sieh dich vor, daß nicht dein Kind einst dich entschuldigen will wie du mich.

5. Oktober, 1967 Donnerstag

Dies ist 1 Stück Phonopost.

D. E.,

dies Tonband ist in der Werbung als »rauscharm« gepriesen; vielleicht hörst du im Hintergrund wirklich den gewalttätigen Regenschauer, der uns die Fenster wäscht. Denn wir hatten Indianersommer jede Menge, und es ist vorbei.

Hier eine Nachricht, über die du trauern wirst: die Kardinäle von St. Louis haben deine Red Sox von Boston Zwei zu Eins geschlagen, in Fenway Park, und es soll nicht eben ein erregendes Spiel gewesen sein. Na?

Zweitens Marie. Marie besteht darauf, daß ich ihr weiter erzähle wie es gewesen sein mag, als Großmutter den Großvater nahm. Ihre Fragen machen meine Vorstellungen genauer, und ihr Zuhören sieht aufmerksam aus. Sie sitzt am

Tisch mit den Händen an den Schläfen, so daß sie das mecklenburger Wappen macht, deinen Ossenkopp. Aber was sie wissen will ist nicht Vergangenheit, nicht einmal ihre. Für sie ist es eine Vorführung von Möglichkeiten, gegen die sie sich gefeit glaubt, und in einem andern Sinn Geschichten. (Gefragt habe ich sie nicht.) So verbringen wir einige Abende.
Mein Erzählen kommt mir oft vor wie ein Knochenmann, mit Fleisch kann ich ihn nicht behängen, einen Mantel für ihn habe ich gesucht: im Institut zur Pflege Britischen Brauchtums. Es wohnt in der Madison Avenue an der 83. Straße, nicht weit von der prächtigen Todesfesthalle, wo die Leute aus dem Register der Gesellschaft New Yorks verabschiedet werden. Wegen der feinen Nachbarschaft sind dem Institut die Fenster versiegelt und die Fassade geliftet worden, und innen ist es ausgehängt mit rotem Paneel und Gemälden des 18. Jahrhunderts. Die abgeschabten Sessel müssen sie aus einem londoner Club eingeflogen haben, oder sie sind mit Kunst in solch edlen Zustand gebracht. Die Dienerschaft beträgt sich, als sei das Stadtschloß nur wegen Verarmung des Besitzers offen für den Plebs, und weiblicher Plebs wird auf einer Hintertreppe zum Archiv geschleust.
In diesem Institut haben sie auf Mikrofilm die Richmond and Twickenham Times, von der ersten Nummer von 1873 an bis auf den heutigen Tag. Die Zeitung nennt sich ein »Journal für lokale Nachrichten, Gesellschaft, Kunst und Literatur« und ist entfernte Verwandtschaft der alten Times von London, in der Titelfraktur und in den Familienanzeigen als Aufmacher, aber eben kleinbürgerliche Verwandtschaft, mit reißerischen, fast ordinären Inseraten auf der ersten Seite, jedenfalls im 59. Jahrgang, 1932.
Dort wird geworben für »Kellogg's corn flakes«, die selben, die Marie heute zum Frühstück braucht. Wie die Markenartikel uns überleben! Nach jedem Krieg sind sie kräftig wieder da, Junkers & Ruh, Siemens, Linde, Du Pont, General Motors. Dies nennst du einen von meinen abgebrochenen Gedanken. Ich meinte aber gar keinen Gedanken, sondern ein Gefühl. Einen Affekt: würdest du sagen.
In fast jeder Nummer der Richmond and Twickenham Times sitzt vorn, fett in der Mitte, eine Anzeige von Gosling & Sons,

Kaufhaus zu Richmond, und nun vermutet ihr, ich hätte Pascals Erben nach denen benannt. Aber ich kann seinen Namen nicht verändern, der hieß so, Albert Gosling, Patriot und Denunziant.
So verbringen wir nicht alle Abende. Am Montag lud uns D. W. zu den Tschechen ein, und ich gebe dir recht, immer von neuem verwechselt er die Person mit der staatlichen Herkunft. Für ihn bin ich Deutschland, das vorige und die beiden jetzigen, für ihn habe ich manchmal kein Gesicht am Kopf sondern nationales Pigment, ihm bin ich verantwortlich für die westdeutsche Bundesbahn und für die westdeutschen Nazis. Es ist aber nicht Mangel an Hygiene, aus dem ich an seinen Tisch gehe, du mit deiner Hygiene. Ich möchte wissen was er außer dem von mir will.
Hat der Bericht über die Schrapnellbomben auch in den dänischen Zeitungen gestanden? In der New York Times heißt es, daß einer Pressekonferenz in Hanoi auch zwei kleine (tiny) Kinder vorgeführt wurden, Überlebende des Angriffs vom 27. September, eins so fürchterlich im Gesicht zugerichtet, daß es nicht mehr sprechen konnte. Darüber kann Marie sich nicht beruhigen. – D. E. muß etwas dagegen tun: sagt sie.
Am Wochenende kannst du uns nicht anrufen; wir sind in Vermont. Deine Mutter, am Telefon klingt sie friedlich. Mr. Robinson hat nach dir gefragt. Und so mit schönen Grüßen
Wer dies Band unberechtigt abgehört hat, wird freundlich gebeten, es frankiert zurückzuschicken an Gesine Cresspahl, Apartment 204, 243 Riverside Drive, New York, N. Y., Telefon 212-749 28 57.
Das gilt auch für dich, D. E. Aber du solltest ihm etwas von deinen Sachen erzählen.
Und weil du es hören willst, sage ich es dir: Wenn de annern nich to Hus sünd, bist Du de Best.
Eben meldet die Rundfunkstation der New York Times eine Nachricht für dich: Im zweiten Spiel der Weltserie schlugen deine Boston Red Sox, dank Yastrzemski, die Kardinäle von St. Louis Fünf zu Null. Du wirst ausrechnen können, was das bedeutet.

Gestern in Miami betraten fünf maskierte Pistolenbesitzer das Haus der du Ponts (33 Zimmer, Plätze für Golf, Tennis, Schwimmen) und verließen es nach gemütlichen zweieinhalb Stunden mit Werten bis zu anderthalb Millionen Dollar, immer höflich. Als den gefesselten du Ponts kalt wurde, bekamen sie Decken übergelegt, und als es du Pont am Bein juckte, kratzte ihn einer der Herren. Die du Ponts sprechen nicht unfreundlich von ihnen.
Bei uns, im Bankendistrikt von Manhattan, sind staatliche Kassenscheine auf 1,7 Millionen Dollar abhanden. Bei uns, in einer Niederlassung der Telegrafengesellschaft Western Union in Brownsville, Brooklyn, erschien gestern vormittag ein gutgekleideter Mann (schwarzer Filzhut, Sonnenbrille, automatische Pistole) und bat den Büroleiter um eine Anweisung über 12 500 Dollar. Sein Mitarbeiter kam noch einmal von der Bank (2590 Atlantic Avenue) zurück und ließ sich das Dokument ordnungsgemäß girieren. Die Bank fragte telefonisch nach bei Western Union, und Western Union, die Automatik an der Schläfe, sagte die Anweisung gut. Jetzt mußten die Kassierer der Bank zusammenlegen für den freundlichen Kunden, der mit einem Lächeln um seine prächtigen Zähne auf sein Geld wartete. Das wäre so glatt nicht gegangen, hätte nicht das Neujahrsfest der Juden die Straßen so leer gefegt von Menschen. Diesmal findet die New York Times kein Wort des Tadels, was die Technik des Raubes angeht. Die New York Times amüsiert sich. »In Diebeskreisen hatte man heute alle Hände voll zu tun«: sagt sie.

– Da konnte sie doch nicht klagen in Richmond: sagt das Kind von seiner Großmutter, »deiner Mutter«.
– Kein Vergleich mit Richmond 1932. Was da vor Gericht kam, waren Diebstähle, betrunkenes Randalieren, Überfahren der gelben Linie auf der Landstraße, Kraftfahrzeugvergehen überhaupt.
– Und die Schönheiten Richmonds: sagt das Kind, advokatisch.
– Und die tüchtige Stadt Richmond, lieblich in den Arm genommen von einer Windung der südlichen Themse, auch

gewürgt zwischen ihr und der Sperre des Berges von Richmond, so daß sie nicht auseinanderlaufen konnte in Spekulationssiedlungen und im Innern einen Stein sorgsam auf den anderen zu setzen hatte, Bürgerhäuser und Paläste in Terrassen angeordnet um den Richmond Hill, eine Marktstadt, Stadt der Gärtner, Sterbeort der Großen Elisabeth, Namenspatron von Städten in aller Welt, Richmond, Kentucky, Richmond, Indiana, Richmond, Virgina . . .

– Meine Schularbeiten hab ich gemacht: sagt das Kind, auf Englisch, nicht unversöhnlich.

– Sie gab sich Mühe, unsere Lisbeth Cresspahl. Da war nun Richmond Bridge, Tausende Male in Gemälden festgehalten, sogar durch J. M. W. Turner, ein Gegenstand der Geschichte und der Bildung, hundert Yards Brücke zwischen der Stadt und den fürstlichen Bauten im östlichen Twickenham, spätes achtzehntes Jahrhundert, verspielt umgeben von Sportbooten, Ausflugsschiffen. Lisbeth Cresspahl sah da fünf Bögen aus weißem Stein, ein krummes Pflasterbrett darüber, sie war höflich genug, den Anblick auswendig zu wissen; er rührte sie nicht. Gewiß, sie ging fast regelmäßig auf den Park Richmond Hill (immer durch Queen's Road, nicht über Hill Rise, wegen der ehemaligen Brauerei, in der die Kriegskrüppel die Poppies für ganz England anfertigten), sie stand oft beim Thatched Cottage (das sie »Reetdachhus« nannte) und befaßte sich mit dem vorgeschriebenen Blick auf die Themse hinunter, über straff abfallende Parkwiesen, zwischen vornehm und gefällig arrangierten Baumgruppen auf die buschigen Ufer, die Inselhaine, das Wasser, das im Abendschatten bläulich wurde; sie zählte auch in Briefen auf, was klare Tage an Weitsicht hergaben: das Schloß von Windsor, die Höhen von Berkshire, den Berg von St. Anne, den Schweinerücken und davor die Wolken aus Kastanienblüten über dem Bushey Park mit seinen zahmen Hirschen und Rehen; es tröstete sie nicht. Die Landschaft war verschwenderisch angelegt, ohne Nutzwirtschaft, einschüchternd im Alter ihrer Kultur, abweisend vor Herrschaftlichkeit, fremd. Sie ging dahin eben allein, nicht wegen der Aussicht, sondern um allein zu sein. Ihr war nicht geheuer bei dem Gedanken, daß sie vielleicht nur mit dem Willen hier würde anwachsen können.

– Ihr war nichts verschwiegen worden.

– Cresspahl hatte sie vorbereitet. Er hatte sich als eine Art Werkmeister bezeichnet, er war tatsächlich nichts Besseres als das, es paßte nicht für den Vorwurf, nach dem ihr zu Mute war. Er hatte ihr die Gegend am Gaswerk nicht beschrieben als respektabel, und sie hatte sich abgefunden mit dem Gasometer, dessen Rosa jetzt bis zur Mitte in einem schmutzigen Braun überstrichen war und darüber in große Rostdreiecke aufgebrochen war; sie war doch getroffen von dem Hochmut der Richmond and Twickenham Times, die sich darauf verließ, »daß in dieser ärmlichen Umgebung wohl wenige protestieren würden« gegen den widerlichen Anblick. Sie hatte nicht erwarten dürfen, daß die Bürger Richmonds sie in nachbarschaftlichen Verkehr ziehen würden, ihr war nicht wohl dabei, nun tatsächlich allein zu sein, unter der mittleren Schicht, wenig über der unteren, Ausländerin obendrein. Cresspahl hatte ihr vorgeschlagen, kirchliche Veranstaltungen auszunutzen für Bekanntschaften; sie hatte ihn wild angeschrien in ihrer Wut auf sich selbst, daß sie hier in Liturgie und Ritual nicht finden konnte. Nun fand sie grausam von ihm, daß er schon bei dem Wort Kirche aus dem Gespräch ausscherte, ohne Aufhebens und gutmütig, als sei hier nur für sie ein Raum ausgespart, den zu betreten ihm nicht zustand. Sie hatte, um diesen Streit aufzuheben, im Antiquariat Hiscoke in der Hill Street eine King James-Bibel gekauft; Cresspahl hatte den Lederband aufgenommen und schweigend zurückgelegt und nicht angedeutet, ob er verstand, daß sie sich Mühe gab. Manchmal hätte sie ihn anfahren mögen: Du hast alles, was du wolltest! und erschrak vor der eigenen Antwort: Was ich wollte; ihr war nicht geheuer, daß ihr solche Anfälle beikamen. Sie zögerte die Gänge zum Ausländeramt oft um Tage hinaus; sie sah den Beamten nicht gern ihre beiden Pässe aufblättern wie etwas bald Ungültiges. So weit war sie noch nicht. Und Cresspahl sah nichts! Der ging mit ihr im strahlenden Juni auf die königliche Pferde-Schau, stolz und zufrieden mit Lisbeth Papenbrock am Arm, und so sahen sie aus auf dem Foto, das sie nach Deutschland schicken mußte: ein zuversichtliches, ein fröhliches Paar, und nicht wie ihr war. Einmal sah sie Cresspahl durch eine offene Tür an einer Theke

stehen, ein Glas in der Hand, behaglich redend mit seinen Nachbarn, so ungestört, als brauchte er sie nicht, so weit entfernt, als werde sie ihn nie erreichen. Sie konnte ihm nicht einmal vorhalten, daß er zuviel Geld in die Kneipe trug. Sie konnte sich nicht beschweren, daß er sie warten ließ auf eine Schwangerschaft (dafür fehlte einer Tochter von Papenbrocks die Sprache), und nachdem sie ihm Kinder versprochen hatte (»vier, Heinrich«), hätte sie vorgezogen, daß es anfing. (Sie hatte Angst vor den Schmerzen bei der Geburt.) Da waren viele kleine Klagen, die sie mit Verstand und Gerechtigkeit nicht aussprechen konnte, und sie war ratlos genug, einige davon aufzuschreiben, um sie zu einer späteren Zeit anzusehen, womöglich zu begreifen. Bei einem Sturm im August (12., Freitagmorgen) mit gefährlichen Blitzschlägen und tropischem Regen wurde sie den Gedanken an das Sterben nicht los und erschrak vor dem Gedanken, daß Cresspahl das versteckte Schulheft nach ihrem Tode finden könnte, und tat es heimlich in den Späneofen in der Werkstatt. Sie faßte immer neue Vorsätze, und immer von neuem geriet sie in Streit mit Cresspahl, fand nicht heraus, wandte sich wortlos ab und blieb für Tage gefangen in einem Schweigen, das sie vor den Arbeitern mit krampfiger Gesprächigkeit verdeckte. Aber allein mit Cresspahl und der Katze hätte sie nicht einmal die Katze harmlos anreden können. Cresspahl konnte das auch, wortlos und blicklos neben ihr leben, nachdem Zureden mehrmals an ihr vorbeigegangen war, und was sie in solchen Auseinandersetzungen zusammenhielt, waren die eingeführten Zeiten für die Mahlzeiten, die Zeit für das Aufstehen und nur eine heikle, quecksilbrige Zeit für die Versöhnung, und nicht ein Wort vorher, auf die norddeutsche Art.
– Das ist die norddeutsche Art? sagt das Kind. – Das habe ich nicht geerbt: sagt Marie, überzeugt und erlöst.

13 643 amerikanische Kriegstote bis heute in Viet Nam. Kann es sein, daß sie den 200 Millionen Bürgern der U. S. A. noch nicht ausreichen im Verhältnis der Zahlen?

Es war Marie, die in der Garage der Leihfirma den Wagen aussuchte, mit dem die Cresspahls an diesem Morgen Manhattan verlassen; ein als Sportkarre verkleidetes Tourenauto, benannt nach den zähen Pferden spanischer Abstammung auf den Ebenen Amerikas, das sich lange die Füße vertreten muß in den Stauungen und den Baustellen des Cross Bronx Expressway, bis es auf dem Fahrbahnmischer über dem Friedhof des Hl. Raymond den Finger des Bruckner Expressway gewinnt und davontrabt nach Norden, zum New England Thruway. Es war Marie, nach deren Wunsch die Cresspahls auf der West End Avenue langsam, fast zur Schau gefahren sind, damit ihre Spielgefährten sie auch einmal als ein Kind mit einem Auto erkennen sollten; im Grunde war es Marie, die dies Wochenende für einen Besuch in Vermont bestimmte. Sie weiß es nicht, sie hat alle ihre Absichten gegen einen Anschein von Widerstand bei Gesine durchsetzen müssen.

Wenn ich mir einen weißen Fuß bei dir machte, hast du es doch nicht gemerkt, Gesine.

Dir war es recht, wenn ich dich für streng hielt, Cresspahl. Dir war das bequem.

Und Marie beobachtet befriedigt die Anlagen der Eisenbahn New York Central neben der Bundesautobahn 95, die Bahnhöfe New Rochelle, Larchmont, Mamaroneck, wo andere Leute in den Ausflug fahren; sie geht nicht ein auf die Blicke der Leute in den Greyhoundbussen, die wie die Schlachtschiffe an dem niedrigen gelben Wagen vorbeiziehen; aber sie gibt sich zu geschäftsmäßig beim Lesen der Streckenkarte, wenn sie Gesine die Münzen für die Straßenbenutzungsgebühr an den Kassierschranken aushändigt, wenn sie die Nase rümpft über die beiden jungen Herren in dem Oldsmobile, die den Cresspahlschen Wagen zum zweiten Mal aus Spaß überholen: das Kind spielt. Sie spielt Autofahren.

– Wenn diese Lisbeth Cresspahl, deine Mutter: sagt sie. Sie starrt geradeaus auf die vier Fahrbahnen, unfreundlich vor Grübelei.

– Deine Großmutter: sagt Gesine. Aber darauf geht das Kind nicht ein.
– Wenn sie ihr Beschwerdebuch gegen Cresspahl verbrannt hat. Woher weißt du davon?
– Sie hat ein neues angefangen. Es liegt zuhause im Schließfach.
– In New York? Im Hanover Trust?
– In Düsseldorf.
– Kannst du so etwas nicht für mich machen? sagt das Kind, aus Angst vor einem Mißerfolg überhastet: Nicht Beschwerden. Was du jetzt gedacht hast, was ich erst später verstehe. Auch Beschwerden.
– Auf Papier, mit Datum und Wetter?
– Auf Tonband, wie Phonopost.
– Für wenn ich tot bin?
– Ja. Für wenn du tot bist.

Es ist nicht mehr das selbe Land. Der Harlemfluß unter der George Washington-Brücke war eingefaßt von Schmutz, Abfall, Schrott und Industrie; auch noch die nördlichen Bezirke von New York Stadt lagen wüst, Schutt zwischen verfallenden Buden unter den eleganten, angehobenen Schnellstraßen; endlich kamen alte Gärten mit überlebenden alten Häusern ans Licht, dorfähnliche Versammlungen, noch nicht zugeschüttete Vergangenheit, bis auch sie verschwanden hinter der Vortäuschung von Landschaft beiderseits der Expreß-Straße, weichen Rasentüchern über dem Einschnitt, ungekränkten Baumgruppen am Horizont, nutzlos und schön unter dem grau ausgelegten Himmel. Nur in der Nähe der Städte zerfällt das arkadische Bild, an den verrußten und leeren Fabrikstraßen von Bridgeport, vor New Haven, wenn die Aussicht auf den Atlantik zurückgeholt wird in den schwarzen, verseuchten, stinkenden Uferstreifen. Dann wieder war das Land zu nichts benutzt als zur Ausschmückung der Autobahn, allmählich in tiefen Schwüngen ausgebreitet, zu einem Park aus aufsteigenden Wäldern und Wiesen zugerichtet, fast dezent unterbrochen von den technischen Stationen und den Imbißpavillons Howard Johnsons. Unter einem von seinen Dorfkirchtürmen bestellt Marie gegen zehn Uhr ein zweites Früh-

stück, auch für ihre Mutter, die die New York Times mit hereingenommen hat.
In Canada ist es, wo der sowjetische Kernphysiker Boris Dotsenko bleiben will, nicht an der Universität Kiew, die ihm Urlaub gegeben hatte. Dort sieht man rein theoretische Forschung nicht gern: sagt er: Und hier ist es demokratischer: sagt er.
Earl H. Duncan aus Bolivar in Missouri hat Präsident Johnson sein Beileidschreiben zum Tod seines Sohnes in Viet Nam zurückgegeben, als Kritik an seiner Kriegführung. Er macht Johnson verantwortlich »für den unnötigen Tod junger amerikanischer Menschen, nicht zu erwähnen die Tausende Krüppel und Verstümmelte«. James R. Duncan hat der Sohn geheißen.
Es ist Marie, die jetzt aus der New York Times vorliest, kurz vor der Grenze von Connecticut und Massachusetts, inmitten eines eng aufgefahrenen Pulks von Autos, die nur für wenige Schritte aus dem Stand kommen. Die Rücklichter vor Cresspahls' Wagen drängen mit nervösem Blinken auf die inneren Fahrbahnen, und voraus im Dunst, in der Nähe des Mittelstreifens, sind die kreisenden bunten Lichter von Funkstreife und Ambulanzen zu ahnen. Unverhofft, über dem verkleinerten und verlangsamten Motorengeräusch, ist es still.
»Er« liest Marie vor, anfangs mit der Eile eines Nachrichtensprechers, dann immer mehr aufgehalten vom Verstehen der Worte: »lag auf seinem Rücken auf dem Bürgersteig, mit geschlossenen Augen, von sich gestreckten Beinen, verfilztem Haar, zernarbtem Gesicht. Das einzige Lebenszeichen war das Blut, das aus der Schramme auf seiner Stirn niederrieselte, und seine Lippen, die sich alle fünf oder sechs Sekunden beim Ausatmen aufwölbten«.

– Es ist richtig beschrieben: setzt sie hinzu: Solche hab ich selbst gesehen, da auf der Bowery. In Lumpen, nackt in den Schuhen. Das sind die, wenn sie Geld fürs Trinken brauchen, halten sie die Autos an und putzen ihnen die Windschutzscheiben mit schmierigen Lappen und geben den Weg erst frei für mindestens zehn cents. Mindestens. Du willst mich fragen, was ich auf der Bowery zu suchen habe, da unter allen Straßen von New York.

– Du hast dich verlaufen, nicht wahr?
– Gib zu, daß du ein Hackbrett bekamst zum Geburtstag. In jenem Geschäft auf der Bowery waren sie am billigsten.
– Danke für die Adresse, Mary Cooper.

Marie ist es, die hinter Springfield, Mass., den Weg findet auf den kleinen Landstraßen, durch das Gebiet der polnischen Tabakfarmer, eine niedrig bebaute, in weiten Abständen besiedelte Gegend, vorbei am Geburtsort Emily Dickinsons, dann oberhalb des Flusses Connecticut, meist in Sichtweite des breit liegenden Wassers, eingeschlafen zwischen hohen Tannenufern. In der südöstlichen Ecke Vermonts, zwischen Massachusetts und New Hampshire, in den Ausläufern eines fast ganz hölzernen Dorfes, in einem näßlichen Obstgarten, findet sie das weiße Schindelhaus der Gastgeber, betagt und friedlich neben einer karminroten Bauernscheune, die die früheren Generationen noch mit dem Blut geschlachteter Tiere gestrichen haben. Das glaubt Marie nicht gern.
Dann platzt die Tür des Küchenanbaus auf unter einem Rudel kleiner Kinder, fröhlich und verdreckt, die auf Marie zustürmen. Sie steht etwas steifbeinig zwischen ihnen, auf die Würde ihres Alters bedacht, ein Besuch aus der Stadt New York. Hat sie sich das von dieser Reise gewünscht?

8. Oktober, 1967 Sonntag

– Woher kennst du diese Fleurys: sagt das Kind, nicht gleich beim Abfahren, erst sechzig Meilen später, nach bedenklichem Schweigen, nicht vorwurfsvoll. Im vorigen Jahr hat Marie noch von »Annie« gesprochen, wenngleich von »Frederick« nicht so vertraulich.

Wir kennen Annie Fleury seit fünf Jahren, als sie noch Killainen hieß und in den Gebäuden der Vereinten Nationen den Touristen die Kunstwerke und Symbole erklärte, damals wenig über zwanzig, eine dralle, eine quicke Person mit Apfelblütenfarben, die eines Tages sehr enttäuscht in unserer Tür stand. Denn Cresspahls zeigen nicht ihren Namen über dem

Klingelknopf, und sie hatte die früheren Bewohnerinnen des Appartements 204 besuchen wollen. Sie ist auch von der Ostsee, der bottnischen, ein Bauernkind, das mit Stipendien nach Helsinki und Genf gekommen war. Sie konnte so lachen über ihre Geschichten, ihre Vergeßlichkeit, ihre zwei linken Hände, wir haben sie behalten. Einmal haben wir sie gekränkt, weil wir die evangelische Kirche eine Firma mit beschränkter Haftung nannten, aber sie war nicht betrübt ihretwegen, sondern über uns, und sie kam wieder, brachte skandinavisches Spielzeug für das Kind, blieb über Nacht, eine Freundin, die darauf bestand, von Nutzen zu sein. Damals machte sie noch Pantomimen nach den amerikanischen Formalitäten, die einer Verabredung vorausgehen, und in der Handtasche hatte sie das Bild eines Jungen, der in Kaskinen auf sie wartete, ein Großhändlerssohn, der gern und gut eine Fremdsprachensekretärin zur Frau nehmen wollte. Sie nahm keinen Fernsehjournalisten, nicht den Seifenhändler aus St. Louis, sie nahm F. F. Fleury, einen Romanisten aus Boston, der sein Geld mit der Schreibmaschine verdient. Er versprach ihr das richtige Leben, ein Leben auf dem Lande, und uns gefiel nicht seine Art Französisch zu sprechen, weil er wie Paulchen Möllendorff in Gneez seiner Stimme Gewalt antut beim ausländischen Artikulieren, als verstelle er sich, nicht nur den Mund, und wir bekamen die Einladung zur Hochzeitsfeier so spät, daß wir es nicht einmal mit Flugzeugen noch geschafft haben. Wenn wir sie besuchen in ihrem Farmhaus in Vermont, das er tatsächlich hat anzahlen können mit seinen Übersetzungen, zeigt er sich lange nicht, läßt sich den Nachmittag in seinem Dachzimmer alt werden, während wir mit Annie das Haus für den Sonntag herrichten. Denn das Haus ist nicht nur so ehrwürdig wie ein Museumsstück, vor Alter geht es auch an vielen Stellen kaputt, und weil Mr. Fleury hier nicht die Kräfte zeigt, die er oft genug beim Universitätsfußball dargestellt hat, kommt unsere Freundin mit dem Haushalt nicht nach, mit drei Kindern,

– F. F. Fleury jun., der Boxer: sagt Marie;
– Annina S., das Apfelkind: sagt Marie;
– Francis R., das Knickebein: sagt Marie;

und weil sie nicht nur abends mit Mr. Fleury die »erlesenen Stellen« seines Tagespensums besprechen, sondern auch es tagsüber ins Reine schreiben muß. Sie schien fröhlich beim Aufräumen und Braten, und obwohl wir allein waren, alle Kinder im nassen Wald, hat sie nicht versucht zu klagen, nur daß sie F. F. Fleury fast nicht wahrzunehmen schien, als er sich in der Küche blicken ließ, ihm ohne ein Wort zu trinken gab, ohne Aufforderung ihm immer ein neues Glas zubereitete, fünf bis zum Abendessen, viele durch das Essen hindurch und hinterher, bis er endlich aus seinem bockigen, gewalttätigen Schweigen herausfand in den Streit, den Annie ohne Gegenwehr über sich ergehen ließ, etwas krumm sitzend, mit sonderbar waagerechten Schultern, die Hände zwischen den Knien, fast heiter, als geschehe nun das Erwartete.

– Du kennst sie wie ich sie kenne, Marie.
– Nein. Ich habe auf der dunklen Treppe gesessen. Ich habe euch gehört. Und Annie habe ich gesehen.

toi avec ton âme européenne, ou même russe, peut-être. Rien qu'à vous entendre parler, vous autres! Mais la salle de bains? un champ de bataille où chaque jour de nouveau c'est le désordre qui gagne, les saletés des enfants partout où on met les pieds

ne dis pas cela Frédéric

tu ne te sers de ton âme touranienne que pour m'éloigner des enfants. Avec toi, en finnois, ils parlent de toutes choses, avec moi, en anglais, de très peu

ne dis pas cela, Frédéric

ton sacré goût pour la souffrance, ton accablement de ménage mal caché, tout cela est abstrait, tout cela se plaît dans le reproche

ne dis pas cela, Frédéric

et ça ne signifie pas comprendre mon travail. Mon travail n'a rien à faire avec vos traductions simultanées ridicules, il s'agit d'une reconstruction d'art! dont, apparemment, je ne comprends rien

ne dis pas cela, Frédéric

vos façons, vos expériences, vos attitudes d'Européens!

et tout ça seulement à cause du petit peu de guerre que vous avez vu. Ce ne sont pas les Américains morts au Viet-nam qui vous font de la peine, ce sont les Vietnamiens! Retraite du Viet-nam, paix inconditionelle: c'est une exigence si absolue, si dogmatique, d'une morale si enfantine et d'une imagination si peu technique!

tu nous excuseras, Gesine

il n'y a rien à excuser. C'était pour ça que tu l'as fait venir, cette Européenne, encore une, qu'elle puisse raconter comment le Gros Gorille Américain traite sa femme. Restez, ne partez pas, Mrs. Cresspahl! Maintenant je vais vous dire enfin pourquoi vous m'emmerdez. Vous venez dans notre pays, avec des arrière-pensées. Là où nous tous partageons notre responsabilité, vous vous figez dans une conscience morale absolue, et vous l'exprimez par votre satané orgueil pour lequel même mon meilleur français n'est pas assez bon. Je me permets de vous faire remarquer que, pendant deux ans, j'ai vécu à Paris, j'ai des amis à Paris

Die Marine-Infanterie in Viet Nam wird das Verwundetenabzeichen nur noch für schwerere Verletzungen ausgeben, da bisher drei Abzeichen gut waren für Abkommandierung aus dem Kriegsgebiet und die Mannschaftsstärke zu sehr abnahm.
Die hauptsächlichen Krankheitsprobleme unter der Zivilbevölkerung Viet Nams sind Tuberkulose, Cholera, Typhus, Pest, Malaria, Kinderlähmung und Eingeweideparasiten.
Jener Kernphysiker Dotsenko, der sich mit der Demokratie in Canada verloben möchte, muß erst noch von einer sowjetischen Ehefrau geschieden werden.
Und zum Feiertag liefert uns die New York Times einen langen Bericht, süffig vor Konkretem, über die Familien der Mafia auf Long Island, wie sie ihr Geld in bürgerlichen Geschäftszweigen anzulegen versuchen und wie sie um die Nachfolge von Dreifinger-Brown rangeln, mit den neuesten Nachrichten von Carlo Gambino, Johnny Dio, Joe die Banane, Eddie Spielzeug, Tückischer Vivian und nicht zuletzt Söhnchen Franzese, der vor Gericht steht, weil Der Habicht Rupolo am 24. August 1964 mit Messerstichen, einem ausgeschossenen

Auge, mit gebundenen Händen und Betonklötzen an den Füßen aus der Bucht von Jamaica gefischt wurde. Müssen wir nach Mailand schicken, an den früheren Nachbarn von Vito Genovese, Karsch.
Die New York Times ist uns entgegengekommen nach Vermont, dicke Stapel in einem Dorfkaufladen, wo eine verdrossene alte Frau unverhofft an Neugier wach wurde, weil unser Wagen die blaugelben Schilder New Yorks hatte und wir so früh kamen, heimlich im kalten Morgen weggeschlichen aus dem Haus von Freunden.
Und die Cresspahls machen einander Komplimente. – Du bist ein guter Fahrer: sagt das Kind. Sie sagt es nur, weil wir es jetzt, am frühen grauen Nachmittag, geschafft haben in die westlichen hunderter Straßen von Manhattan, zu den abgerissenen Puertorikanerkindern, die auf dem schmutzigen Fahrdamm, den zertrümmerten Haustreppen spielen. Sie sagt es, weil wir nach Hause kommen.

9. Oktober, 1967 Montag

Als gestern morgen der Gelegenheitsarbeiter Fred Wright in seinen Keller an der Avenue B kam, wo er zu schlafen pflegt, fand er neben der Heizung die Leichen der achtzehnjährigen Linda Rae Fitzpatrick und des einundzwanzigjährigen James H. Hutchinson, beide nackt, auf dem Bauch liegend, kaputtgehauen, die Köpfe eingeschlagen. Das Mädchen, aus reicher Familie in Connecticut, hatte das Leben unter Hippies und Arbeitslosen im East Village von Manhattan erst wenige Wochen versucht; der Junge war da eingeführt als billiger Lieferant von L. S. D., Marihuana und Barbituraten. Groovy hatten sie ihn genannt, den Bescheidwisser, den Könner.
Auf einem anderen Bild ist ein kleines Mädchen zu sehen in sehr laubiger Umgebung. Schwarzhaarig, in schwarzer Kleidung, etwas abwesend vor Ernst, treibt sie mit ihrem niedlichen Gewehr einen abgeschossenen Piloten der U. S. A. vor sich her. Der läßt den Kopf hängen als seien ihm die Nackensehnen gerissen.
Tagsüber Neigung zu Schauern.

Lisbeth Cresspahl konnte, ohne die Augen zu schließen, vor sich ihre Mutter sehen beim Schreiben der Briefe, die sie in diesem November 1932 aus Jerichow bekam. Die Alte saß am Küchentisch, wo sie beim Überlegen auf die Speicherwand sehen konnte, die oft noch von der niedrigen Sonne mit gelber Farbe und schwankenden Ästeschatten bemalt war. Sie hielt lange inne, auf der Suche nach den Geschichten der Woche, den Kopf gegen das kühle Hoflicht erhoben in einem strengen, blinden Blick. All die Bibelstellen und Anrufungen Gottes, die sie da versteckte, würde Papenbrock am Sonntag mit unernsten Strichen und Ausrufszeichen versehen. Der Streit zwischen den beiden war längst zur Neckerei verkümmert, und neuerdings glaubte Lisbeth Cresspahl sich mit Cresspahl nicht weit von diesem Einvernehmen.

Und an jedem Montagnachmittag, ob nun der Seewind mit breiten Regenschößen durch die Stadtstraße fegte oder nicht, ging Louise Papenbrock zur Post mit ihren Englandbriefen, sah Jedem auf dem Bürgersteig ins Gesicht, stellte sich auf dem Amt in die Reihe, den Brief sichtbar in der Hand, und ließ Obersekretär Knever jedes Mal von neuem das Gewicht bestimmen und das Porto ausrichten, so daß die Briefwaage in Papenbrocks Kontor ins jerichower Gerede kam. So wollte sie unter die Leute bringen, daß sie zwei Töchter verheiratet hatte, zwar eine unter Polizeiverdacht bei Krakow, allerdings eine mit Auskommen und Ansehen, obendrein im Ausland.

Je undeutlicher sie die Nachrichten aus Krakow ausdrückte, um so vorstellbarer wurden sie. Es war Hilde Papenbrock zuzutrauen. Die stellte sich nicht gegen ihren Dr. Paepcke, ehemals Rechtsanwalt und Notar, nicht einmal wenn er mit Schwiegervaters unwiderruflich letztem Darlehen nicht seine Veruntreuungen bereinigte, sondern eine Ziegelei in Pacht nahm. Sie hatte sich einreden lassen, daß da genug Gewinne gegen die Schulden ins Haus standen, und ließ sich für die Angst entschädigen mit Ausflügen nach Berlin, Besuchsfahrten von Gut zu Gut, Festen im Kurhotel Krasemann am See. Das Gerücht beschrieb sie in einer anbetenden Haltung vor ihrem Alexander; wirklich mochte sie ihn nur keinen Spaß entbehren lassen. Als Kind, wenn sie nicht gutgetan hatte, flatterten ihr die Lider, für Sekunden unbeaufsichtigt. Jetzt, in einer nassen Nacht ohne Gewitter, war die Ziegelei niedergebrannt. Die Paepckes waren nachweislich im Stadtkino gewesen, aber schon als sie gegen Mitternacht vor ihrer Villa auffuhren, stand da die Kriminalpolizei und wollte sich nicht zum Schnaps einladen lassen und wollte den Herrschaften aus der eben erst angehobenen Versicherung eine Anwesenheit und Brandstiftung nachsagen. Hilde Paepcke wurde gefragt: ob sie Hindenburglichter kenne. Sie hatte das dann zu rasch und rundheraus abgestritten.

Es ist nicht meine Familie, Cresspahl.
Jetzt ist es unsere Familie, Lisbeth.
Am Ende mußt auch du bürgen.
Für Dummheit bürg ich nicht. Die stellen ein Hindenburglicht auf Ziegelboden. Den Brandherd erkennt ein Kind.

Über Horst Papenbrock war zu erfahren, daß die drohende Einbuße an seinem Erbe ihn recht handsam gemacht hatte. Auch war er geknickt von dem Verlust an Stimmen, den die Nazis bei der Reichtagswahl am 6. November erlitten hatten; für ihn hätte es in einem Zug aufwärts gehen sollen mit seinem Verein. Er zeigte sich sogar versöhnlich gegen die Schwester, die Deutschland für England aufgegeben hatte, und legte ihr das Bild eines Mädchens bei. Das war eine füllige Brünette, fast anmutig vor Jugend, hätte sie ihr Gesicht nicht so starr gehalten. Elisabeth Lieplow hieß sie, aus Kröpelin. Sie zeigte sich in einem ärmellosen weißen Turnhemd, auf dem Busen das Enblem des Bundes Deutscher Mädchen, mit dem Hakenkreuz. Er wünschte sich das Bild zurück, aber der alte Papenbrock sollte es nicht zu sehen bekommen, vorerst.
Und Lisbeth Cresspahl setzte an das Ende eines ausführlichen Briefes über Geschäftslage und Richmond Park und Kochrezepte ein knappes Postskriptum. – Im März: schrieb sie. – Anfang März. Cresspahl will ein Mädchen. Und wenn ich recht bekomme, heißt der Junge Heinrich.

Henry meinst du.
Henry mein ich, Cresspahl.

In diesem Jahr hatte Adolf Hitler durch die Gefälligkeit eines Regierungsrats in Braunschweig erstmals die Staatsangehörigkeit des Deutschen Reiches erlangt.

10. Oktober, 1967 Dienstag

– Mrs. Cresspahl ist nicht in ihrem Büro.
– Die Polizei hat jetzt zwei Verdächtige.
– Ach die von der Linda Fitzpatrick.
– Die sollen eine Party mit L. S. D. in dem Keller gemacht haben.
– Mir wär lieber, der Verdächtige wär nicht Neger.
– Ach wissen Sie, da unten an der Avenue B.
– Sie hatte alles: sagt die New York Times.
– Tochter eines Gewürzimporteurs in Greenwich, ein Haus mit 30 Zimmern zu 155 000 Dollar, Schwimmbad, Reitpferde, Privatschule. Wenn das nicht hilft.
– Mrs. Cresspahl ist nicht in ihrem Büro. Soll ich was ausrichten.
– Ja. Wo sie ist.
– Sie haben doch mal da gewohnt, 11. Straße Ost. War das nicht an der Avenue B.?
– Nein, an der Ersten. Es wurde immer spanischer. Wenn man abends nach Hause kam, die Puertorikanerkinder auf der Treppe, als hätten sie einen den ganzen Tag erwartet. Anhängliche Kinder. Erst als sie mir zum dritten Mal die Wohnung ausgeräumt haben, bin ich auf die Obere Ostseite gezogen.
– Ach was, dieser Earl H. Duncan aus Bolivar in Missouri. Der hat Johnson den Beileidsbrief doch nicht zurückgegeben, weil er gegen den Krieg überhaupt ist. Ihm wird der Krieg nicht scharf genug geführt, und darauf führt er den Tod seines Sohns zurück.
– Stand das in der Zeitung?
– Ja, aber wo?
– Müßten wir Gesine fragen, die liest doch immer Zeitung.
– Aber nur die New York Times.
– Wo ist sie denn.

– Mrs. Cresspahl ist nicht in ihrem Büro. Hier spricht Amanda. Soll ich was ausrichten?
– Sie soll mal in das Büro Griechenland kommen, 2402.
– Die kenn ich gar nicht. Ist das die Dänin, oder die Deutsche, von den Übersetzern?
– Die Deutsche. So um die Dreißig. Ganz annehmbares Gestell.
– Ach die. Die gelegentlich Sonderaufträge für den Vizepräsidenten macht.
– Nehmen Sie uns doch mal mit, wenn die eine Party macht.
– Die macht keine Partys.
– Was ist denn der Mann?
– Da bin ich überfragt.
– Erinnern Sie sich an das Photo von diesem Che Guevara, Ernesto oder Anselmo oder so? Neulich in der New York Times, beim Kriegführen?
– Ja. Den haben sie jetzt.
– Wer ist sie.
– Die Bolivianische Armee.
– Tot?
– Ja, tot.
– So ein Blödsinn.
– Daß sie ihn erschossen haben?
– Nee. Daß er sich fotografieren ließ. Da lauten die Vorschriften von Mao sicherlich anders.
– Und was sagt die New York Times dazu?
– Geh mal in das Zimmer von der Cresspahl. Die hat sie meistens.
– Mrs. Cresspahl ist nicht in ihrem Büro. Hier spricht Amanda. Hier spricht Cresspahl.
– Ach es war nichts. Da hat jemand dem Präsidenten Johnson einen Beileidsbrief zurückgeschickt, und Naomi sagt: Sie wüßten da Näheres.
– Tut mir leid. Weiß ich nicht.
– Wo war sie denn?
– Hat sie nicht gesagt.
– Warte mal. Amanda, wo war sie denn?
– Mrs. Cresspahl, ich verbinde.
– Oh du gottverfluchte Scheiße.

– Ja?
– Entschuldige Gesine. Du warst jetzt eine halbe Stunde weg, und wir waren natürlich neugierig, entschuldige. Vergiß es. Tut mir leid.
– Ich war beim Vizepräsidenten.
– Natürlich, Gesine.
– Wieso, natürlich.
– Ja, Mrs. Williams sagt da so etwas.
– Von Gehaltserhöhung? Ich weiß es erst seit eben.
– Nein. Wieso Gehaltserhöhung.
– Na. Eine Erhöhung des Gehalts.
– Entschuldige mal. Ach so. Ach so! Ja Glückwunsch!
– Schönen Dank. Und um fünf steht bei mir eine Flasche Bourbon. Eis mitbringen.
– Das war bloß ne Gehaltserhöhung.
– Eine halbe Stunde lang?
– de Rosny ist so. Soll so sein.
– Und jetzt gibt sie doch ne Party.
– Komm mit. Die ist lustig, glaub mir das. Würde dir gefallen.
– Büropartys sollen doch nicht sein.
– Feigling. Wo bist denn du zur Schule gegangen?
– Ist doch bloß ne halbe Stunde. Sei doch nicht so ein Neidhammel.
– Wetten daß ich immer noch mehr verdiene als die?
– Ja, die Herren.
– Wir gönnen es ihr ja. Wir gönnen es ihr doch.
– Ne Dänin hab ich noch gar nicht in meiner Sammlung.
– Na siehst du.

11. Oktober, 1967 Mittwoch

Wie es geregnet hat gestern nacht! Die Fensterscheiben knisterten seit Mittag, und zur Zeit des Büroschlusses kam das Wasser in schweren dichten Güssen hinunter auf die Dritte Avenue, auf die Zeitungen und Taschen, die die Passanten über ihre Köpfe hielten. Vor den Schacht zur Ubahn in der 42. Straße hatte der Regen uns eine breitflächige schwarze Pfütze am Rinnstein gesetzt, und die Polizei ein langlebiges Rotlicht. Gegen zehn Uhr wurde der Park unverhofft still, kein Tropfen war mehr zu hören. Aber das Licht der Laternen zwischen den vernarbten Platanenstämmen war in schmierigen Höfen aufgehalten, die Luft war nicht klar.

An diesem Morgen bringt die New York Times das Leichenbild des Agitators Ernesto Che Guevara. Die offenen Augen lassen ihn wach aussehen. Aber das Gesicht sieht schon krank aus, und der Kopf wird gestützt von einer Hand, die zeigt: Das kann man jetzt mit ihm machen. Dagegen kann er sich nicht mehr wehren.

Der Staatssekretär für die Verteidigung hat ausgesagt, daß die Bombardierung Nord Viet Nams dies Land nicht in seiner Kriegführung hat beeinträchtigen können.

»Warum hören wir dann nicht auf mit all dem Bombardieren da im Norden und machen bloß so weiter mit den Verlusten an amerikanischen Leben im Süden?« sagte ein Senator aus Missouri (Demokrat).

Die Briefe, die Cresspahl in diesem November 1932 aus Jerichow bekam, waren von den Leuten aus Peter Wulffs Hinterzimmer, frotzelnde Bemerkungen über ihr Bier und sein Eheglück, dazu Geschichten, die Satz für Satz aus beiläufiger Erwähnung von Vornamen zusammenwuchsen, auch aus Ausschnitten von Zeitungen. Sie schrieben aber nicht von sich, sondern von den Kommunisten aus Gneez und Gadebusch, die sich mit nächtlichen Besuchen und Versammlungen wieder lieb Kind machen wollten. Aber diese Sozialdemokraten ohne Amt konnten denen den vorigen August nicht vergessen, als die Kommunisten zusammen mit den Nazis gegen die preußische Regierung gestimmt hatten. Da war doch von der »Bonzenwirtschaft« der Regierungssozis die Rede gewesen, nicht wahr. Nun wieder boten die ein Bündnis gegen die Nazis an. Da hatte die deutsche Sozialdemokratie ein anderes Gefühl für Würde, kannst mal sehen.

Die sind doch tief im Absaufen. Cresspahl. Sollen wir uns da reinziehen lassen?

Der Anlaß dieses politischen Kampfes in Jerichow waren die

Zigaretten einer dresdner Firma, Marke »Trommler«. Die Fabrik war mit den Nazis im Geschäft und legte jeder Pakkung das Bildnis eines nationalsozialistischen Politikers bei. Böhnhase, Tabakwarenhändler in der Stadtstraße schräg gegenüber Papenbrocks Speicher, hatte die in gefälligen Stapeln an seinem Flammenspender liegen. Die Kommunisten hatten nun eine sozialdemokratische Vermittlung für die Marken ihrer eigenen Manufaktur in Berlin erbeten, ohne Erfolg. Einer war darauf gekommen, Böhnhase in Person zu fragen. Böhnhase wollte die Sorte »Kollektive« nicht nehmen, weil er den Namen nicht verstand. Aber von »Rote Sorte« hatte er Probelieferungen bestellt, und Böhnhase war D. N. V. P., der ließ sich von Sozialdemokraten nichts sagen. Die »Rote Sorte« war beliebt geworden bei Landarbeitern und Bauern, wegen des Anklangs an Kartoffeln und Rüben.
Es waren auch nicht die Sozialdemokraten gewesen, die das Denkmal für die Toten des ersten Weltkriegs befreit hatten von dem angeberischen Gedenkkranz, den Hitlers S. A. da hingelegt hatte. Darüber wurden die Reden im Lübecker Hof geführt. – Es ist mir nicht bekannt, daß diese Rotzbengel S. A. Blutzoll im Kriege entrichteten: sollte Gutspächter Kleinschulte ausgerufen haben, vielleicht im Suff und zu später Stunde, aber doch unter Beifall, in Anwesenheit eines jungen von Plessen. Dann hatte er das Gerippe des Kranzes auf seinem Misthaufen ausgestellt. Horst Papenbrock konnte das nicht begreifen, da Kleinschulte früher Bargeld gespendet hatte an die Nazipartei. Kleinschulte, Herr über achtzig Hektar an der Ostsee, kniff neuerdings ein Auge zu, wenn er in seinem Kutschwagen an dem jungen Papenbrock vorbeifuhr, so daß er noch verschlafener und tückischer aussah als sonst, und das nüchtern.
Auf der Straße nach Rande war ein junger Schuster, eingeschriebenes Mitglied der Hitlerjugend, so kräftig verprügelt worden, daß er drei Stunden brauchte, um zum Krankenhaus in Jerichow zurückzukriechen. Der Oberlandjäger war in Urlaub, und die Stadtpolizei erklärte sich für überlastet. Die Ritterschaft war einverstanden. – Wer schwängert, soll auch schwören: sollte Kleinschulte gesagt haben, und nicht im Hinterzimmer des Lübecker Hofs, sondern in einer Sitzung

der Stadtverordneten, zu Protokoll. Dem Jungen, der immer noch festlag mit einem gebrochenen Arm, war unheimlich wegen des Märtyrerlärms, den die Ortsgruppe Jerichow der N. S. D. A. P. um ihn anstellte, und als er sein Bild zum zweiten Mal im Gneezer Tageblatt gesehen hatte, ließ er sich nachts an zwei Laken auf die Straße hinunter und verzog sich aus der Gegend. Wenn man Frieda Klütz glauben wollte, so war er jetzt in Hamburg, denn von da war ein Telegramm an seine Eltern gekommen, zwar ohne Unterschrift. Frieda Klütz war bereit, auch den Inhalt des Telegramms zu erzählen, aber Peter Wulff kannte ihn schon und ließ das aufgeregte alte Mädchen stehen, damit es platzte von seinem ungesagten Geheimnis. Erich Schulz hieß der, von den Schulzens in Jerichow-Ausbau, dem kleinen Weiler östlich der Rander Chaussee.

– Haben wir hier auch: schrieb Cresspahl. – Faschisten nennen die sich hier. In Chelsea ist ihr Hauptquartier, mit Wachen vor der Tür und Truppentransportwagen auf dem Hof. Freikorps spielen die. Aber totschlagen dürfen sie, glaube ich, noch nicht. Kennst du eine Elisabeth Lieplow aus Kröpelin? Schreib mal, dann schreiben wir uns.

Die New York Times hat sich für uns im East Village von Manhattan umgehört. Was sagen die Bewohner des Viertels über die Hippies?

– Die Sache mit der Liebe ist tot. Die Sache mit den Blumen ist tot. (Ein hochgewachsener junger Mann, mit Stahlbrille.)
– Die Hippies gehen uns wirklich auf die Nerven, weil wir wissen, die können hier runter kommen, eine Zeit lang ihre Spiele spielen und dann abhauen. Und wir können das nicht, Mann. (Ein junger Neger.)
– Die sagen, zieh dich zurück aus der Gesellschaft. Darum geht es eben nicht für unsere Jungen. Die wollen rein! (Ein junger Neger, früher Bandenchef, jetzt Jugendfürsorger.)
– Groovy Hutchinson wäre in vier Jahren so wie so tot gewesen. Er hatte es mit *meth,* und Sie wissen ja, wie es heißt: »Geschwindigkeit ist tödlich«. Aber ihm machte das nichts. Er war großartig. (Ein Mädchen, genannt Gespenst.)

Wegen des Feiertages ist die Schalterhalle der Bank für das Publikum geschlossen. Jedoch in allen Stockwerken darüber wird gearbeitet. Das Restaurant im Keller war mittags so dicht besetzt, daß eine Reihe Wartender den Sitzenden in den Nakken sah und die Serviererinnen die abgegessenen Platten so raffgierig wegrissen, daß an Zeitunglesen nicht zu denken war. Und wir haben uns auch nicht unsere abonnierte Bedienung aussuchen können, die Flotte, die Zerstreute, die Fürsorgliche, die so genußvoll jammern kann und wie zu Leidensgenossen sagt: Ach, Gesine . . .

Die New York Times hat sich aus La Paz schreiben lassen, daß der Agitator Guevara wahrscheinlich noch 24 Stunden nach seiner Gefangennahme gelebt hat und erst dann umgebracht wurde. Sieben Schußwunden, zwei tödliche in beiden Lungen, eine gerade durchs Herz.

Die Sowjetunion hat den Arabern die Verluste an Kriegsgerät im Junikrieg zu 80 Prozent ersetzt. Nach Angaben der Israelis, die die Westmächte um Lizenzen für Waffenkäufe ersuchen.

Und auch die Post stellt normal zu. Die Phonopost aus Griechenland ist schon ausgepackt, eingespannt in die Tonbandmaschine, die Marie fertig hat stehen lassen. Sie wartet am anderen Ende des Tisches auf das Abspielen, auf eine fürsorgliche Art vergnügt. Sie hat es schon zweimal abgehört.

An die Telefonnummer SIX AUKS in New York. An das rechtmäßige Personal der Wohnung 204. Liebe Mitarbeiter und Schulfreunde, Patrioten und Landesverräter, ihr Sechs Tordalken, Lummen, ihr isländischen Riesenalken, Papagei- und Krabbentaucher. Gruß zuvor.

Du hast du bist ein Stück du hast die Bandkassette markiert kann ich sie nicht austauschen muß ich mit jedem Wort von mir eines von dir auslöschen warum. Warum Gesine gibst du deine Stimme nur leihweise her nicht geschenkt warum vertraust du auf mein Versprechen hätte ich mir doch überspielen lassen können oh doch. Nein.

Dear Mary. Nicht contrary sondern wie ihr gesagt habt ist es gemacht worden. Als ich ankam waren alle schon da und in Kopenhagen ging ich in euer Hotel und wohnte in der Höhe

wo die Zimmer unablässig über den krummen roten Dächern fliegen es roch nach Amerika auf den Gängen nicht Hilton sondern Sheraton Boston. Die Dänen waren alle sauer ein Westdeutscher ein Wehrtechniker hat Jütland für den idealen unversenkbaren Flugzeugträger der Bundesrepublik erklärt sollen die sich doch selber versenken so weit die Staatsgeheimnisse. Mit meinem Dänisch ich weiß nicht es ist etwas faul.
Wettrennen mit einer Bodenstewardess auf Kastrup ausgeführt auf den Tretrollern die sie da haben doch Marie Tretroller. Standen zwei ostdeutsche Maschinen im Regen kleine verheulte Hunde ach was. Im Gegenteil der Kommunismus ist gut für dich laß ihn dir vorlegen verlange danach.
Deutschland nicht. Wüßte schon wie die notfalls versenkt werden ganz ideal lauter Schweizer in der Maschine große Familie auf dem Heimweg mit meinem Französisch ich weiß nicht es ist etwas angegangen. In dem westdeutschen Nachrichtenmagazin haben sie doch ohne den Blick niederzuschlagen unsere dowe alte Tante Hallelujah abgedruckt was die so Memoiren nennt nein wahr Abhörskandale ist Westberlin noch zu retten das haben sie nun davon. Bodensee in der überlinger Ecke wie verfaulende Suppe dann die Schweiz blaue weiße grüne Farben so rein wie zu Versuchszwecken.
Zürich Transit war der Imbiß-Stand belagert von einer Gruppe Wandermusiker aus New Orleans meinetwegen Birmingham zwei Mädchen zierlich wie die Vögel angezogen wie deine Urgroßmutter als Kind Henriette von Heintz stimmt das und sie wollten Sprite war nicht da die Herren Hamburgers war nicht da habe ich ihre Wünsche ins Angenäherte übersetzt die Serviererin sagte Und was wünscht der Herr Neger war mir die Luft rausgelassen. Die Scheiße reist mit eben noch hatte ich fast Heimweh.
Dear Mary habe ich Mengen caran d'ache besorgt dies ist das Wort das die Russen benutzten als sie den Bleistift erfanden. Karandasch. Swetlana A. Stalina s karandaschem.
Euren Karsch laßt euch abmalen. Keine Antwort auf mein erstes Telegramm in der Zeitung großer Artikel di Karsch Analyse des deutschen Konzerns Quandt einer der Chefs ist eben hier abgestürzt bei Turin Karsch Führer der italienischen

Industrie durch die westdeutsche Klassiker des Wirtschaftsteils meinetwegen auf mein zweites Telegramm bestellt er mich in ein Café an der Scala nach zwei Stunden Wartens bin ich gegangen dafür lande ich nun in Mailand. Milano.
In einem Leserbrief im westdeutschen Nachrichtenmagazin 37 Bezeichnungen für Düsseldorf darunter Zeitungsstadt Verlagsstadt für Fachliteratur Filmstadt Schreibtisch des Ruhrgebiets Stadt der Poststempel Seestadt Stadt mit dem U. S. Friedensdollar Stadt der Ausspannung Perle der Weltflughäfen ist das die Stadt in der ihr gelebt habt. Düsseldorf Stadt der Lokalpresse.
Öffentliche Empörung in Italien weil die Coca Cola Company ihren Duft im Geheimnis hält verstößt gegen die hiesigen Gesetze Coke wünscht sich ein neues Gesetz in Westdeutschland haben sie schon eins nur zwei Menschen kennen das Rezept von Coke Chefchemiker in Atlanta dürfen nie in der selben Maschine fliegen sonst weiß auch Coke nicht mehr aus was es besteht die italienischen Chemiker sind ratlos hätten gern mal einen von den zwei Spezialkanistern die aus Atlanta zum Anrühren eingeflogen werden. Sonst keine Staatsgeheimnisse.
Was ihr nun hört ist das unverkennbar individuelle Motorengeräusch einer DC-9 im Anflug auf die Küste Albaniens jetzt dreht sie doch noch ab ich soll es ja nicht sagen ich sage es nicht selbstverständlich kann ich ohne euch leben nur mag ich nicht danke für eure gehässigen Bemerkungen über meine Red Sox von Boston einst kommt der Tag absteigend Kurs Athen.
Sehr geehrte Zensur diese Postsendung ist in offenem nicht verschlüsseltem Missingsch abgefaßt mein Griechisch ich weiß nicht muß mal gebürstet werden mehr ist nicht drauf steht alles so da passen Sie gefälligst beim Rückspulen auf verlange Schaden ersetzt für jedes gelöschte Komma Missingsch ist eine unreine Legierung aus niederdeutscher Artikulation und hochdeutschem Sprachstand merk dir das Marie dein D. E.
Ich sage es ja nicht. Ende.

Schon lange führen die Busse Manhattans absurde Sprüche auf ihren langen Schläfen beiderseits der Liniennummer spazieren, nachts sahen wir sie neonweiß leuchten unter unseren Fenstern und Jedermann ermahnen: SAG WILLKOMMEN ZU EINEM FREMDEN, einem lateinamerikanischen Typ mit Halbglatze, der eine einladende Hand ausstreckt; SCHÄME DICH DER SELBSTZUFRIEDENHEIT im Gegensatz zu dem Schläfrigen Genießer daneben; SEI NETT, SEI FREUNDLICH, zum Beispiel zu einem ungelenken Lamm. Die Ratschläge waren nicht anwendbar, wir haben sie nur wahrgenommen. Jetzt sind sie wirklich, denn die New York Times, das Amtsblatt, berichtet über sie. Die Verkehrsgesellschaft hat neue Busse früher geliefert bekommen, als sie den Anzeigenraum verkaufen konnte. So verhält es sich in Wirklichkeit. Die Aufforderung zu guten Werken bedeutet nichts als DIESE WERBEFLÄCHEN SIND ZU VERMIETEN.

Nach dem innigen Glauben des Außenministers, des ehrenwerten Dean Rusk, bringt ein Rückzug aus den Verpflichtungen in Süd Viet Nam das Land in tödliche Gefahr. Übrigens fürchtet er sich gar kein bißchen vor den kriegsfeindlichen Intellektuellen; Einstein sei ja auch ein Genie in der mathematischen Physik gewesen, ein Amateur in der Musik und ein Kleinkind in der Politik.

Die Sowjetunion hat ihr Militärbudget für das kommende Jahr um 15 Prozent angehoben auf 16 700 000 000 Rubel.

War Anfang 1933 etwas zu sehen?

Cresspahl schickte an Peter Wulff in Jerichow/M. einen Ausschnitt aus dem News Chronicle von der ersten Januarwoche, weil es darin hieß, Deutschland werde ein glückliches Jahr erleben, wenn die Vorzeichen nicht täuschen. Die erwartete wirtschaftliche Erholung Deutschlands werde der roten Drohung ein Ende setzen. So etwas schickten sie einander als Anspielung, als Anfrage, als Neckerei. Beide glaubten nicht an eine Besserung. Dem Gneezer Tageblatt glaubte Peter Wulff die amtlichen Bekanntmachungen, und die Lokalnachrichten zur Hälfte.

– Wenn überhaupt, nicht in Mecklenburg: schrieb er zurück.

– Die Regierung in Schwerin hält ihre Leistungen bis Monatsende zurück, zu Gunsten ihrer eigenen Terminzahlungen an Zinsen und Gehältern. Jetzt hat ein Rechtsanwalt aus Rostock ein Konkursverfahren gegen das Land beantragt, gut der Mann. Du bleib man wo du bist, womit ich nichts für das englische Bier gesagt haben will. Herzlich, Gruß, Wulff.
– Was fanden die beiden aneinander?
– Vielleicht konnten sie auskommen wegen ihres ähnlichen Alters. Sie waren beide Mittelstand, beide waren für ein paar Jahre Mitglieder der Sozialdemokratischen Partei gewesen. Vor allem, sie konnten einer des anderen Nähe ertragen, bei einander sitzen, auch ohne Gespräch. Das sah nur aus wie Intimität. Und beide hatten Spaß am gegenseitigen Aufziehen, und konnten es ertragen. Cresspahl hatte sein schweigendes Vergnügen gehabt, wenn Meta Wulff ihrem Mann vor Wohlwollen und Billigung den Rücken rieb, und der hatte vor Cresspahls Augen den Kopf etwas gequält verkanten müssen. Cresspahl hatte Meta Wulff reden lassen müssen über Ehen mit sehr großem Unterschied im Alter, und Peter Wulff hatte ihn offenbar gleichmütig beobachtet, mit Genuß an seinem wehrlosen Zustand.
– Ist das wieder norddeutsch?
– Es ist mecklenburgisch, und du hast es geerbt.
– Wenn es praktisch ist, bin ich einverstanden.
– Und sie waren beide an der Westfront gewesen.

Die Westfront kam vor in Ausschnitten aus dem Daily Express, die Cresspahl an die Gastwirtschaft und Kaufhandlung Wulff schickte, zusammen mit einem Blatt, auf dem Lisbeth Cresspahl die angestrichenen Stellen übersetzt hatte. Da war in Deutschland eben der ehemalige Soldat August Jäger wegen »Kriegsverrats« verurteilt worden. Er war im April 1915 bei Langemarck von einer französischen Patrouille gefangengenommen worden und hatte den Plan eines deutschen Gasangriffs angegeben, nicht nur das Datum, auch die Aufstellungsorte der Gaszylinder und ihre Zahl. Am 14. April kam der englische Verbindungsoffizier bei den zwei französischen Divisionen zum Stab der Zweiten englischen Armee und meldete dem Hauptquartier, daß die ganze Front des 26. Korps

entlang, von Langemarck bis zur Höhe 60 Gaszylinder lagen, je zwanzig auf vierzig Meter, unmittelbar hinter den deutschen Linien, in bombensicheren Betonbunkern. General Plummer schickte lediglich ein Geschwader Aufklärungsflugzeuge über die deutschen Stellungen, die auf die Tarnung der Gasbunker hereinfielen, und glaubte so eigensinnig an eine absichtliche Irreführung, daß er auch die Meldung ans War Office unterließ. Am 22. April kam das Gas und brachte Briten und Franzosen zu Tausenden um. Jetzt verlangte der Daily Express ein Gerichtsverfahren für die verantwortlichen Militärs der alliierten Seite, entsprechend dem für August Jäger in Deutschland. Riesenschlagzeilen.
Dazu brauchte Cresspahl keine Zusätze zu schreiben. Beide erinnerten sich daran. Cresspahl hatte einen ganzen Schulhof voll blauschwarzer Toter gesehen. Sie waren einig genug miteinander.

Generäle vor Gericht, wo gibts denn so was.
Dieser Jäger, vielleicht hatte er was gegen Gas.
Studenten von Langemarck. Verblödete Hammel.
Deutschlandlied singen unter Trommelfeuer.
In einem Loch haben die gesessen.
Aus Angst haben die gesungen, aus gewöhnlicher Scheißangst.
Helden von Langemarck.
Du kannst mich mal mit Langemarck.

Und bei der jerichower Feier zum Tag der Reichsgründung mußte Bürgermeister Erdamer eine Pause in seine Festrede machen und dann mit großem Räuspern sich befassen mit einem Gerücht, das in der Stadt und auf den Gütern die Runde mache, zu dem ihm die Worte fehlen und dem er auch im Namen der Vereinigung Stahlhelm ein entschiedenes Halt zurufen müsse, auch im Namen der heldenhaften Studenten von Langemarck. Er regte sich sehr auf dabei, er war gekränkt über die Verletzung seiner Lesebuchgeschichte, und manchmal sah er fast bittend auf sein Publikum, wie ein kleiner Junge, der Überlegene um Gnade bittet. *Seid doch nicht so.* Dann, etwas unsicher, mit einer Hand auf seiner

steifen weißen Haarbürste reibend, gab er den geselligen Teil des Abends frei, das lustige Theaterstück mit Tanz bis in die späte Nacht.
Wulff hatte etwas erfahren über Elisabeth Lieplow aus Kröpelin. Sie war eine Führerin im B. D. M., und sie war im Dorf Beckhorst bei Gut Beckhorst unliebsam aufgefallen, nicht weil sie dort ihre Mädchengruppe in der einstweilen verbotenen Uniform aufmarschieren ließ, sondern weil sie das an einem Sonntagmorgen tat und ihren Untergebenen auf dem Brink von Beckhorst das Entkleiden zur Gymnastik befahl, eine halbe Stunde vor Beginn des Gottesdienstes, so daß die Kirchgänger alle vorbeimußten an einem Haufen knapp bekleideter Mädchen, die sich abzappelten mit Grätsche und Brücke rückwärts. Von Horst Papenbrock sagte er in diesem Brief nichts, weil er wußte, daß Lisbeth mitlas.
Hätten wir gestern vormittag in dem Café 52. Straße zwischen der Sechsten Avenue und Broadway gefrühstückt, hätten auch wir da sechs Männer und eine Frau, alles Neger so um Dreißig, auftreten sehen mit einer abgesägten Schrotflinte und Messern, die aus den Kassen und den Taschen der Gäste 3 150 Dollar entnahmen und dann die Opfer aus schwarzen Sprühdosen mit einem Gas besprühten, das unfähig macht zu kämpfen, zu laufen, zu sehen. Die Wirkung war ähnlich der des Polizeigases Mace. Mace wird in schwarzen Dosen geliefert, aber nur an die Polizei und militärische Formationen. Die New York Times deutet eine Frage an.
Heute ist Yom Kippur. Seit Sonnenuntergang sitzen die Juden und knien in ihren Synagogen und Tempeln, mit Beten, Fasten und Rechenschaftslegung beschäftigt. »Kol Nidre« beginnt das Gebet mit der Bitte um Vergebung. Marie wünscht sich seit langem, ihre Freundin Rebecca zu einer solchen Veranstaltung zu begleiten, aber Rebecca würde sie auch ohne das Verbot von Mrs. Ferwalter nicht mitnehmen. Bei Ferwalters waren wir noch nie zum Essen eingeladen. Wir sind mit ihnen befreundet. Wir bleiben für sie die Goyim.

Auf der ersten Seite bringt die New York Times heute ein Bild, das im Vordergrund den allbekannten Antifaschisten Willy Brandt als Außenminister der Westdeutschen zeigt und, weniger scharf, hinter und über ihm den Chef der so genannten Christlichen Demokraten, der während der Herrschaft der Faschisten blind, taub und lahm gewesen ist. Auf der ersten Seite noch, am kostbaren Außenrand, hält die New York Times Stunde und erinnert uns: »Nach einer Folge von Beschlüssen durch die Alliierten in London und Jalta während des II. Weltkrieges war Deutschland geteilt worden«. So zieht sie dem Abstand von 6000 Kilometern Geschichte ein, so macht sie uns den hiesigen Aufenthalt angenehm.
Gewiß, unsere Heimat in der Oberen Westseite von Manhattan, sie ist eingebildet. Die unauflösliche Gewöhnung an die Gegend ist bloß unsere Seite, wir können nicht hoffen auf Erwiderung. Und doch, nur eine Stunde Spazierengehens durch das Viertel impft uns auf Jahre gegen einen Umzug. Der Busfahrer, der heute mitten im Regen auf uns wartet, er läßt sich wegwinken und hebt grüßend drei Finger gegen die zuklappenden Türflügel; gleich aufgehalten vom zupackenden Rotlicht, blickt er uns dennoch ohne Wut hinterher, freundlich, wie Nachbarn. Er würde uns fehlen. Der städtische Mast an der Ecke des Riverside Drive und der 97. Straße, wir mögen ihn nicht entbehren. Immer wieder zählen wir seine Lasten, begrüßen ihn wie einen Bekannten. Denn nicht nur hält er eine am Ende verdickte Peitsche, mit der er uns das Licht überzieht (wie ein Dichter sagt), er trägt auch die Schilder beider Straßen, zwei Ampelköpfe, das Zeichen der Einbahnstraße, obendrein sitzt ihm auf dem Kopf ein gelbes Lämpchen, der Hinweis auf den Feuermelder, der ihm auch noch um den Stamm gebunden ist. Die 97. Straße ist uns dicht an dicht besetzt mit Vergangenheit, mit Anwesenheit. Im nördlichen Eckhaus, hinter einem Fenster im zweiten (ersten) Stock, hat Caroline ihre Nähmaschine stehen, dahin gehen wir nähen. Auf der südlichen Seite sind zwischen dem Bürgersteig und den Häusern tiefe Gänge ausgebaut, und die puertorikanischen Kinder auf den Kellertreppen sind da nicht beim Spielen, sondern auf dem Weg in Wohnungen. Dort unten

wohnen sie. Schräg gegenüber hielt uns vor Jahren eine alte Jüdin an und klagte über den Verfall der Gegend (früher sei es so vornehm und jüdisch gewesen); sie war durcheinander, als habe sie schon lange ohne einen Spiegel gelebt. Vier bis fünf Schritte auf dem unebenen Zement des jenseitigen Bürgersteiges, das ist nun ihre Stelle. – Alles haben sie kaputtgeschlagen: klagte sie, ein Winziges schwankend auf ihren steifen Beinen. Vielleicht meinte sie, es seien diese Miethäuser am westlichen Ende der 97. Straße gebaut worden als respektable Adressen, für altbürgerliche Familien wie womöglich die ihre, die eine Zahlungsfähigkeit auch noch mit Erkern und steinernem Zierat zu den gelben Ziegeln der Fassade anzeigen wollten. Ihr waren nicht nur die offenen Mülleimer neben den stattlichen Portalen zuwider, auch das Dröhnen überdrehter Plattenmusik aus den oberen Stockwerken, das uns jedes Mal entgegenkommt wie etwas Erwartetes. Wir kennen diese Lieder von einem karibischen Himmel schon aus dem Taschenradio, das Esmeralda in ihrem Fahrstuhl auf und abwärts durch unser Haus führt; uns macht die Musik nichts kaputt. Es ist wahr, die Jugendlichen auf den Vortreppen nahe der West End Avenue lassen uns durch ihr Blickfeld ziehen, als wären wir nicht vor ihren Augen; auch Marie wendet sich nur verstohlen zu ihnen, um das Spanisch von den Lippen zu lesen, das sie im Hören doch nicht heil erfaßt. Nein, diese kräftigen jungen Herren, die müßig im Türrahmen lehnen, haben über uns nicht Wut noch Neid geäußert. In den Kinderschlachten in Jerichow, in unserer Kinderangst, wir haben doch auf Rettung durch Eltern vertrauen dürfen.

Und in einem von diesen Hotels willst du wohnen, wenn du hinten nicht mehr hoch kannst.

Sieh dir doch das Kind an, Cresspahl. Sie hat mir jetzt schon ein Haus auf Staten Island versprochen für mein Alter.

Diese Hotels, wenn sie Telefondienst rund um die Uhr versprechen, sie rechnen dann mit deinem Ruf um Hilfe.

Gib doch nicht so an, Cresspahl. Bloß weil ihr das Sterben schon hinter euch habt. Dazu werde ich eure Hilfe nicht brauchen.

Auf dem Schild des Hartcourt Arms hängt schon seit Jahren die Tafel mit der Aufschrift »Nichts frei«, und eine dieser Unterkünfte ist ganz und gar in neuem Rosa gestrichen; so gehen die Geschäfte. Dann, hinter den bekotzten Stufen des Kinos Riviera, beginnt unser Broadway. Der Broadway ist der Marktplatz, die Hauptstraße unseres Viertels. Zu Einkäufen müssen wir es kaum verlassen, und stünde uns auch der Sinn nach japanischem Bier, Kamtschatkakrebsen, irischem Honig, düsseldorfer Senf oder dresdner Stollen. Hier gibt es chinesische Restaurants, in denen auch Chinesen essen, israelische Gaststätten und Bodegas und ein Etablissement Zum Maharadscha, italienische Eissalons und Pizzerias; hier hängen die Zeitungen der osteuropäischen Emigranten neben dem Nachrichtenmagazin und der Regenbogenpresse Westdeutschlands. Hier, beim Schuster, beim Blumenkaufen, in den kleinen Feinkostläden, bei Schustek werden wir gefragt nach unserer Gesundheit, nach unseren Ferien, nach der Schule, und auch wir benutzen dies Schmiermittel der Warengesellschaft und äußern Bewunderung für Schusteks geschickte Hackschläge zwischen die Schweinerippen oder klagen über das Wetter. Bei Schustek sind wir angesehene Kunden, er würde uns Wochen lang ohne Bargeld beliefern. Mr. Schustek kann noch etwas von dem westfälischen Deutsch, und seine beiden puertorikanischen Gehilfen verstehen und sprechen genug Jiddisch für die Kunden dieses Ladens. Ihm macht der Sabbat nicht Furcht, und hier kauft nicht Mrs. Ferwalter. Auf diesen Bürgersteigen kennen wir die Bewohner des Viertels aus den Besuchern heraus und werden von ihnen gegrüßt mit dem stumpfen, zurückgenommenen Blick, der eben noch die Wahrnehmung verrät. Zu dem Mann, der am Zeitungsstand die Nachmittagsschicht arbeitet, sprechen wir nur, wenn er anfängt. Denn im vorigen Winter, dick verpackt und mit den Füßen stampfend gegen die Kälte, hat er uns das Wetter mit einem Januar in Berlin verglichen, und wir haben gesagt: Wir waren auch mal in Berlin. Darauf zog er eine Taschenflasche hervor und beobachtete uns schweigend aus gleichmütigen, nicht verengerten Augen, während er den Schnaps einnahm, bis wir endlich abzogen. Wir hatten ihm seine Lage in Berlin zu genau ins Gedächtnis gerufen. Von dem alten Herrn, der uns durchs Fenster der Cafeteria zunickt, wissen wir nur, daß er uns regelmäßig anruft mit: Na, Liebling! Er ist sehr sorgfältig gekleidet in seine verjährten Sachen, und im Jackenspalt ist zu sehen, daß ihm der Hosenbund bis dicht unter die Brustwarzen reicht. Sein Blick über die erhobene Tasse weg ist ganz leer gewesen, von einer anderen Ansicht gefüllt. So konnte Cresspahl nach dem Krieg dasitzen, anwesend und weit weggetreten in eine Zeit, die es nur noch im Gedanken gab. Jetzt kommt der Bettler mit den blauschwarzen Haaren über die 96. Straße auf uns zu, und wir verdrücken uns in das »Gute Eßgeschäft«, wo wir angesprochen werden als unentbehrliche, zu lange schon entbehrte Nachbarn. Das heißen die ostdeutschen Kinder aus meiner Klasse den Kapitalismus perpetuieren. Sollen wir sagen: Charlie, du willst nur unser Geld? Charlie wird sagen: Du willst eins von meinen Dreidecker-Sandwiches, so wie nur ich sie machen kann, und zwar für dein Geld, Gesine. Stimmts? Siehste, und dein Kind will Toast mit Ahornsirup, wie gehabt. Ja, jetzt sind es schon siebzehn Monate, seit das Haus da gegenüber abgebrannt ist. Ne Ruine, an so einer Kreuzung! Ich kann ja brauchen, daß die Cafeteria da drüben außer Gefecht ist. Wird sie wohl noch bleiben. Denn die bauen so bald nicht auf, wegen der Versicherungsgesellschaften. Die trauen sich nicht ran, denen ist unsere Gegend zu unsicher.

15. Oktober, 1967 Sonntag

All the news verspricht die Schrift an der Fabrik der New York Times auf der Westseite, auf die man auf der Schnellstraße am Fluß in nördlicher Richtung zufährt. Sämtliche Nachrichten verspricht sie, und erst allmählich rückte die Einschränkung ins Sichtfeld der Windschutzscheibe: That's Fit to Print. Es ist kaum zu übersetzen, nicht einmal ins Amerikanische, wie denn Nachrichten beschaffen sein müssen, damit die New York Times sie druckt: geeignet, schicklich, tauglich oder was sonst. Lange hat die Zeitung sich gedrückt um die Aufschlüsselung ihres Rezepts, und heute gibt sie einen Hinweis mit der Überschrift eines Berichtes über eine andere Zeitung, den kommunistischen Worker mit nur zwei Ausgaben in der Woche und nicht mehr als 14 218 zahlenden Beziehern. All the News That Fits the Line: sagt die New York Times der anderen nach, nur die mit der Parteilinie verträglichen Meldungen, und in unversehrtem Selbstbewußtsein tritt sie selber auf mit ihrem weniger genauen Versprechen am Kopf.

In einer Bar in der Lafayette Street in Newark wurden heute morgen der Besitzer und zwei Brüder, alle in ihren Dreißigen, tot aufgefunden, alle von nahem erschossen. Offenbar haben sie vorher mit ihren Mördern getrunken. Es könnte um die Verteilung der Gewinne aus einem wilden Streik im Hafen von Newark gegangen sein.

Ein fünfundsechzigjähriger Mann, dem der Hals von Ohr zu Ohr aufgeschlitzt war, lag in einem schlecht vorbereiteten Wohnungsbrand in Forest Hills, Queens. Die Arme waren ihm mit Draht auf den Rücken gebunden.

Westdeutsche Studenten haben öffentlich Zeitungen verbrannt, um ihre politische Meinung auszudrücken.

Heinrich Schneider, 53 Jahre, angeklagt der Verbrennung von 800 polnischen Juden in einer bialystoker Synagoge im Jahr 1941, hat sich vorgestern nacht in seiner Gefängniszelle in Wuppertal erhängt.

Maries Schulaufgabe heißt »Ich sehe aus dem Fenster«. Sie sitzt schon den halben Vormittag am Fenster vor der Maschine, auf der sie den Aufsatz ins Unreine schreibt. Im Nachdenken, wenn ihr die Hände auf die Knie rutschen, wird ihr der Rücken immer krummer, und seitlich gelegten Kopfes sieht sie so streng in den Riverside Park, daß sie einen Blick nicht fühlt, einen Schritt nicht hört. Vielleicht versucht sie sich an dem Spielplatz, der mittlerweile in deutlichen Umrissen zwischen den kahlen Platanen hervortritt. Der Spielplatz gegenüber unserem Haus, außen umstanden und innen bewacht von den alten hochkronigen Bäumen, ist eine weitläufige Anlage in mehreren Ebenen, die nördlich beginnt mit einem langen Feld aus Rutschbahnen, Wippwapps, Sandkästen, eingezäunten Schaukelgruppen, eingefaßt von grünen, oft angebrochenen Bänken. Es geht über in eine hoch ummauerte Arena, deren Innenfeld mit Stahlstangen eingefriedet ist, und von hier aus führen Treppen nach oben in eine Gegend mit Bankreihen, Gartentischen und einem Schlößchen von einem Wärterhaus, auf das wiederum Stufen führen, zur höchsten Ebene, wo der Park etwa vier Meter höher liegt als am südlichen Ende des Spielplatzes. Sie könnte beschreiben: daß die Tische bald nach innen geräumt werden. Sie könnte beschreiben: daß die dralle Aufseherin, die mit dem rotbäckigen, bäuerlichen Gesicht, hier seit Wochen nicht mehr Dienst tut und jetzt anderswo mit ihren geschickten Kurzfingern, mit eben dem selben singenden Irisch, Kindernasen putzt und Verbände anlegt. Marie könnte beschreiben: wie die Farben gestuft sind unter dem klaren Himmel, die blaue Treppe des Steilufers von New Jersey zwischen der weicheren Farbe der Vegetation und dem schärferen Flußgrau, alles übersprenkelt mit den sandfarbenen Geästen und spärlichen Laubflecken auf der oberen Promenade, dazu am unteren Rand des Anblicks die giftigen Autolacke neben dem feierlichen Düster des verschatteten Parkzauns. Sie könnte beschreiben: daß jetzt Rebecca Ferwalter unter dem Fenster zu hören ist mit einem gequetschten Schrei, in dem ein Name nur zu erraten ist. Aber Marie verabredet sich mit der Freundin auf den späten Nachmittag und klappert ganz ungestört noch lange weiter auf den Tasten der Maschine, ehe sie das letzte Blatt herauszieht und Gesine das Konzept neben die Zeitung legt, nicht drängend, eher unaufmerksam, als baute sie das Gesehene in Gedanken weiter aus.

»Ich sehe aus dem Fenster. Das Fenster ist die große Scheibe des Guten Eß Geschäfts an der 96. Straße und Broadway nach Süden. Die Zeit ist ein Abend im späten Mai des vorigen Jahres. Das Haus gegenüber brennt. Es ist ein Haus aus zwei Stockwerken, mit Cafeteria, Drug Store, Büros. Der Rauch war nicht in Klumpen, sondern kam aus den leeren Fenstern wie Atem oder Nebel, so weiß. Auf den Bürgersteigen drängten Zuschauer, meist farbige Personen, aber behutsam. Sie gönnten einander den Anblick. Denen vor dem Fenster konnte ich über die Schulter sehen. Sie murmelten lauter, wenn die Wasserstrahlen im ersten Stock Flammen ans Licht holten. Das Feuer versteckte sich im Fußboden, bis es sich wieder mit Qualm verriet. Die Wasserfinger, dick wie ein Mannesarm, wurden vom Pumpwagen ganz unten hochgehoben, stachen auch von einer Hebebühne und mechanischen Leitern von oben in das Haus. Auf der Kreuzung war eine Versammlung von Fahrzeugen. Es waren die roten Wagen der Feuerwehr, die privaten und städtischen Ambulanzen, die weißgrünen Funkwagen der Polizei. In der Mitte der südlichen Fahrbahn standen ganz allein zwei Männer ohne Uniform. Sie taten als ob das Feuer ihnen gehörte. Die Leute auf den Hockern neben mir hielten die kauenden Köpfe hoch. Sie brachten es nicht immer zuwege, die Ellenbogen aufzustützen. Manchmal wakkelte einer, wenn er angestoßen wurde von den Polizisten, die sich nach hinten zu den Telefonen durchzwängten. Auf der anderen Seite des Fensters wusch das Wasser die Fassade und hackte das Holz von Jalousien locker. Hoch über dem Dach die vier großen Reklametafeln standen immer noch unter Licht. Dies war das erste Mal, daß ich sie erblickte. Die Fahrbahn sah trocken aus, obwohl die Hydranten keiner dicht an den Schlauchkopf schlossen. Einen Block von der Kreuzung entfernt sah sie aus wie dampfend. Dort standen Polizisten mit Taschenlampen und wiesen die Autos zur Seite, die keine Ahnung hatten. Alle Nebenstraßen waren zugepackt mit nervösen Scheinwerfern. Meine Mutter sagt, so ist es im Krieg«.

– Das habe ich nicht gesagt.
– You did too.
– Nein. Am Morgen: habe ich gesagt: als das Haus umstellt war mit den gelben Planken der Polizei und die Feuerwehrleute das verkohlte Holz und den wässerigen Schutt beobachteten, als die Luft wieder trocken war: habe ich gesagt: roch es nach Krieg.
– Von Riechen dürfen wir nichts schreiben.
– Kannst du schreiben: So ähnlich sieht es aus?

Marie schnieft unzufrieden durch die Nase, während sie ihren Schluß ändert. Morgen wird Schwester Magdalene sie fragen, ob sie an Viet Nam gedacht hat. Und so wird es ein Thema auf der nächsten Elternversammlung werden. Sie erziehen Ihr Kind nicht richtig, Mrs. Cresspahl.

Nicht nur die Eltern der Linda Fitzpatrick vermögen nicht zu begreifen, wieso ihr Kind sich mit dem Angebot von L. S. D. in einen Keller im East Village locken und totschlagen ließ; es läßt auch der New York Times keine Ruhe. Auf der ersten Seite, zusammen mit dem 701. über Viet Nam abgeschossenen Flugzeug, neben der Angst des Vizepräsidenten vor der Chinesischen Drohung, druckt die Zeitung ein privates Foto, das die Tote am Steuer eines gediegenen Segelbootes zeigt, und vergleicht weiterhin (über mehr als eine ganze Seite) die Darstellung der Familie mit den Aussagen, die ihre Lebensgefährten im East Village über sie machen. Die Hippies sagen, daß das Mädchen sich für eine Hexe hielt. Sie war in Indianapolis mit zwei Zauberern, mit zwei männlichen Hexen im Alter gegen dreißig bekannt geworden. Einer hat ihre Seele auseinandergenommen, sie über den Fußboden verstreut und dann wieder zusammengesetzt. Nach eigener Bekundung hat sie sich danach als Eigentum dieses Zauberers betrachtet. Nach der Auskunft eines dieser Zauberer, Pepsi mit Namen, war sie ein echter Methedrin-Dämon, eine der Geschwindigkeit Verfallene. Sonst ein gutes Kind, sagt er.

Cresspahl war sich nichts vermutend gewesen.

Er hatte Lisbeth Papenbrock eingewöhnt geglaubt in Richmond, in England. Wenn sie neuerdings das Telefon hörte, sah sie sich nicht mehr nach ihm um, sondern griff fast unbedenklich zu und schlug sich durch das ganze Gespräch mit nahezu keinem Mißverständnis in der fremden Sprache. Ihr war Englisch unterlaufen in deutschen Sätzen, – oewe dat's'n fulltime job: hatte sie harmlos gesagt, und erst an Cresspahls unverhofftem Aufblicken die Mischung bemerkt. – Orre nich –? sagte sie, mit schrägem Kopf, geniert und spöttisch, damit er das Versehen nicht in Worte brachte. In solchen Augenblicken glaubte er zu denken was sie dachte. Er hatte sie im Royalty Kinema heimlich beobachtet, während Buster Keaton in »Speak Easily« sich von einem Universitätsprofessor für griechische Mythologie zum Manager einer Operettentruppe mauserte, er hatte auf ihr stilles, unterrichtetes Lachen vertraut. Sie hatte sich zureden lassen, damit sie mitging zum Weihnachtsfest des Anglo-German Circle von

Richmond im Bahnhofshotel, sie hatte das Absingen der deutschen Weihnachtslieder, von der Stillen Nacht bis zu Anrede an den Tannenbaum, über sich ergehen lassen wie etwas Lästiges, und sie hatte zum Aufbruch gedrängt, als das neue Vereinsmitglied Weihnachtsmann mit seinem Sack auftrat, so daß die Präsidentin, Mrs. Allen, das Geschenk für Mrs. Cresspahl (eine Kinderklapper aus Zelluloid) mit der Post nachschicken mußte. Er hatte verstanden, sie bedürfe des Deutschen nun weniger.
Er hatte sich verlassen auf ihre Aufmerksamkeit für die Angelegenheiten von Richmond. Wenn sie sich aussprach zu Gunsten der Eingemeindung von Ham in Richmond, wenn sie den Namen des Bürgermeisters Reid erwähnte wie etwas längst Bekanntes, es hatte geklungen, als sei Richmond nun ihre Stadt geworden, indem sie zumindest an ihren äußeren Veränderungen Anteil nahm. Sie hatte ihm erzählt von den Arbeiten an der Richmond Bridge, der auf der Seite von Middlesex ein Pfeiler verstärkt werden mußte, von der Arbeit des Tauchers auf dem Grund der Themse, gesichert von Seilen, Signalleinen und Luftröhren, von den Scharen Kindern auf der Uferpromenade, die die Versenkung jedes Zementsacks kritisch beurteilten und ihre Berufswünsche unter den Wasserspiegel verlegten. Der Dezember 1932 war ungewöhnlich warm gewesen, mit viel Sonnenschein, und von allen ihren Spaziergängen hatte sie etwas aus der Stadt zurückgebracht, nicht Heimweh nach Jerichow. Sie war mit offenem Mantel aus der Bäckerei getreten, so daß ihr vortretender Bauch für einen Augenblick auffiel auf dem Bürgersteig, und eine alte Frau, von Gehabe eine Bettlerin, hatte zu ihr gesagt: God bless you, dearie. Den halben Schilling, den die Alte enttäuscht zurückwies, legte sie sich beiseite. Als das Kaufhaus Wright Brothers in der George Street sich die oberen Fenster mit einem Ausverkaufsschild zustellte, weil das prächtige Eckgebäude umgebaut wurde, neu versehen mit elektrischen Personenaufzügen und einem neuen Tee-Restaurant, rief Mrs. Cresspahl die Nummer Richmond 3601 an und ließ sich zu dem Sonderpreis die Kinderausstattung zurücklegen, die sie vor dem Einsetzen des Gedränges in Augenschein genommen hatte. Sie hatte sich auch befaßt mit Richmond auf eine Art,

wie eine Tochter von Papenbrock sie gelernt hatte: sie hatte die Geschichte der Stadt nachgelesen und konnte Cresspahl in den Überresten des alten Tudorpalastes jenes Fenster zeigen, aus dem am 24. März 1603 dem wartenden Reiter der Ring zugeworfen wurde, der bedeutete, daß Elizabeth, Königin von England und Irland, nun endlich an ihrem Schnupfen gestorben und der Weg frei war für James VI. von Schottland. Diesen James kannte Lisbeth Cresspahl offenbar gut genug, um ihn einen Liederjan zu nennen. Nun war alles verabredet, eine Klinik, ein Arzt und eine Hilfe für den Haushalt vom 10. Februar 1933 an (nicht Mrs. Jones, die dafür zwei andere Anstellungen hatte aufgeben wollen), eine diplomierte Säuglingsschwester, die zudem sich auf Kochen verstand. Cresspahl hatte sagen hören, daß Väter beim ersten Mal sich lächerlich benehmen, und er achtete also darauf, ob er seine Frau zum Lachen brachte, wenn er sie nichts Schweres anfassen ließ oder ihr Essen nach den Vorschriften des Arztes überwachte. Er brachte sie nicht zum Lachen. Manchmal schien sie nicht ihn zu hören, sondern schon das Kind unter ihren gefalteten Händen. Aber die Schweigekrämpfe waren seit dem Herbst ausgeblieben. Es kam öfter vor, daß er für sich dachte: Es wird gut gehen.

Einmal, im Januar, traf er sie in einer Seitenstraße der George Street. Damm und Bürgersteige waren fast unbegangen. Sie hätte ihn näherkommen sehen können. Sie ging langsam, mit abgesetzten Schritten, eine Hand auf der Hüfte, und sah nicht vor sich hin, sondern an den Häusern empor. Es sah aus, als suche sie etwas über den angeberisch verzierten und bekuppelten Mansarden. Sie hielt ihr Gesicht fast unbeweglich. Ihre Haut war kalt und gerötet vom Wind. Ihr Blick war sonderbar klar, zeigte keinen Gedanken. Sie ging an ihm vorbei, obwohl er stehengeblieben war. Bei einer Wahl zwischen ihr und dem Kind hätte er sich gegen das Kind entschieden.

Dann, Ende Januar, bat sie ihn, bei Moxon, Salt & Co. in der Regent Street anzurufen. Es war die Vertretung des Norddeutschen Lloyd, und sie wollte eine Schiffskarte nach Hamburg. Cresspahl war so wenig auf der Hut, daß er fast sofort geantwortet hätte. Dann sah er, daß sie sich auf den Streit vorbereitet hatte wie auf eine Arbeit und daß sie beliebig lange sitzen würde wie jetzt, ein wenig krumm, mit den Unterarmen auf den Knien, den Bauch abstützend, ergeben und unbeugsam. Er sagte vorsichtig: Du kannst nicht beides haben, ein Kind bei dir zu Hause und mich auch in Jerichow. Und sie sagte, nicht unfreundlich: Was geht dich das Kind an, Cresspahl.

– Darum bin ich in Jerichow geboren.
– Würdest du es erheblich vorziehen, geboren zu sein in Richmond? sagt das Kind, sagt Marie. Das ist nun ihr Deutsch. Sie sitzt vor ihrem Abendessen, die Fäuste unters Kinn gestemmt, sehr neugierig.
– Das will ich dir sagen. Und daß ich da aufgewachsen wäre, und hätte England nie verlassen.
– Das verstehe ich nicht. Ach so. Ach so. Na ja entschuldige.

17. Oktober, 1967 Dienstag

MÄDCHEN SAGEN JA ZU MÄNNERN
DIE NEIN SAGEN
(auf einem Plakat bei einer Demonstration in San Francisco gegen die Einziehung zum Kriegsdienst). Die Marine hat in Viet Nam zum zweiten Mal binnen drei Tagen eigene Stellungen bombardiert.
In Prag hat die New York Times sich erzählen lassen, daß Fräulein Zdena Hendrych, Tochter des Zweiten Manns in der Partei, aus Liebe zu dem Schriftsteller Jan Beneš ein Dokument des Zentralkomitees aus dem Schreibtisch ihres Vaters stahl. Jetzt liegt das Schriftstück bei Emigranten in Paris, Beneš ist für fünf Jahre im Gefängnis, und Vater Hendrych wütet gegen Schriftsteller. Nur daß Vaculik, Liehm, Klima, Kundera, Prochazka die Wahrheit nicht über die Grenzen geschmuggelt haben sondern lediglich Stücke davon öffentlich im Land vorzeigten.

Tovarishtsh Stalin skasal shto my dolshny bytj inschenerami tshelovetsheskich dush!

– Komm doch ran! sagt Sam. – Tritt doch vor! Halloh Süße! Zwei Tee mit, ein Kaffee ohne! Wem sagst du das! Mal los! Dreimal Dänisch, jawohl! Hier ist deins, Dschisain!
Sam bedient an der Theke im Hintergrund der Hauscafeteria, wo die Sachen zum Mitnehmen abgegeben werden. Morgens, kurz vor Beginn der Arbeit, ist die Schar der Wartenden vor ihm am dichtesten, und vom Bürgersteig wie aus dem Inneren der Bank folgen die Kunden nach, so daß er fast unablässig spricht, fast ungeduldig, wenn er seine Stimme nicht beschäftigen kann. Sams Alter kann man ihm nicht ansehen. Manchmal rückt ein vertraulicher Wortwechsel ihn in die Nähe der jugendlichen Schreibkräfte, von denen er nicht nur den Vornamen sondern auch Umstände weiß; öfter macht sein schweres, von Arbeit ausgelöschtes Gesicht ihn fast fünfzig. Er ist untersetzt, stämmig, fett auf eine ganz stramme Art. Wenn er die Besteller anredet, hat sein Blick etwas Einhakendes; in den wenigen müßigen Momenten scheinen die Augen unter der Dutzendbrille schwer, traurig. Seine dünne, pyjamaähnliche Jacke ist meist verrutscht unter seinen raschen Bewegungen, und über dem Rand des Unterhemdes schaukelt eine kleine gelbe Figur an der Kette hin und her wie angetrieben. Seine Stimme wechselt die Lautstärke maschinenmäßig; auf den beiläufigen Gesprächston bei der Begrüßung folgt hart und heiser das Bellen, mit dem er den Auftrag in die Schnellküche hinter ihm weitermeldet, und später das präzis artikulierte Ausrufen der erledigten Tüten. Aber er ist nicht nur Annoncier, außer dem nimmt und wechselt er das Geld, holt die fertiggestellten Tüten aus der Durchreiche und entnimmt seinen drei Wandtelefonen neue Orders, und auch diese muß er mit dem Begleitpapier des Kassenzettels versehen und identifizieren mit zügigen Schriftschnörkeln, die allesamt mit dem selben gedrückten Bogen beginnen, der erst in einem langen Schwanz in verschiedener Ausführung seine Bedeutung offenbart. Zum Schreiben muß er sich bücken, steht krumm, auf einen Ellenbogen gestützt, zum Aufnehmen der Wünsche muß er sich aufrichten, auch mit einer tippenden Bewegung des Fingers den Besteller zu raschem Aussprechen herausfordern; zur Durchreiche muß er sich in den Hüften drehen; beim Anschlagen eines seiner drei Apparate muß er

sich schräg zur Wand strecken, mit einer Tüte voll Kaffeetöpfen an waagerecht gehaltener Hand überrascht. Gelegentlich hat er eine Hand zu wenig. Er klagt gar nicht; nur wenn er einen Handrücken gegen seinen zurückweichenden Haaransatz drückt, wird so etwas wie Schmerz sichtbar. Bei den ersten Begegnungen sah er aus wie ein Überladener; mittlerweise scheint er vergnügt bei seiner Arbeit, und wenn auch nur, weil er sie gut kann. Er spricht mit den Kunden aus dem Haus nicht anders als mit den Boten, zumeist farbigen oder abgerissenen weißen Männern, die die telefonischen Anforderungen in den Stockwerken der Bank und der umliegenden Häuser verteilen, nur daß er ihnen manchmal ein ermunterndes Wort mitgibt. Es klingt wie: Guter Junge, und nach dem Kinderzimmer, und doch anerkennen die abgekämpften Tütenträger seine Absicht nicht selten mit einem gequälten Lächeln. Er zieht seine Kundschaft auch nicht ohne Unterschied ins Gespräch, seine Partner sollen Lust dazu haben. Den Herrn, der fünfmorgendlich durch den langen Gang auf ihn zukommt, in eine Lederjacke statt in einen Büroanzug gekleidet, würdigt er nie eines Wortes; allerdings ist die Tüte für diesen Bezieher bereit auf der Theke, sobald er sie erreicht, immer mit dem abgezählten Betrag in der Hand, und die beiden sehen einander kurz in die Augen und nehmen Abschied ohne ein Wort, so daß wir nie erfahren werden, was der in seine Tüte kriegt, ein Frühstück komplett oder Coke diät, denn dies wird nicht ausgerufen. Die anderen nennt er seine liebe Jennifer, ihnen wünscht er einen ausgefallenen guten Morgen, er lobt die Frisuren der Mädchen und erkennt einen neuen Pullover auf den ersten Blick, und der Ratschlag, den er am häufigsten erteilt, heißt: Streng dich nicht zu sehr an. Take it easy. Er kann aus seiner Schreibhaltung hochkommen mit einem nahezu fürsorglichen Blick und sagen: Na, heute mal etwas zum Essen außerdem?; es ist kein Verkaufsversuch, und niemals erpreßt er die Treue der Käufer mit auch nur zwei Worten, die zum Wiederkommen einlüden. Deshalb kommen wir wieder, und lassen uns helfen von ihm beim Anfangen des Tages. – Wir sind dir sehr zu Dank verbunden, Sam.

Die Dame, die an manchen Tagen an der Kasse sitzt, zier-

lich, elegant, mit ihren gar nicht verarbeiteten Händen an ihren Halsketten spielend, redet ihn aber mit einem anderen Namen an, Jerome, oder Jeremy. Womöglich will er sich als Sam mehr handlich und tüchtiger machen.
Am frühen Nachmittag, wenn die Herde der Tische schon aufgeräumt und verlassen am Straßenschaufenster hockt und auch die Drehstühle um die drei Hufeisentheken nur spärlich besetzt sind, werden bei Sam nur noch telefonische Wünsche abgerufen, Kaffee für die Verkaterten und Eis für die frühen Trinker, und er unterhält nebenbei Gespräche mit den Essenden, die neben seinem Brett thronen. Heute spricht er von der Vorliebe der ermordeten Linda Fitzpatrick für Methamphetaminhydrochlorid, die Geschwindigkeitsdroge, die die Empfindung unerhört rasanten Aufwachsens vermittelt, bevor sie das Opfer kaputt und zerbrochen zu Boden fallen läßt. Kann er nicht verstehen. – Wenn ich nicht ohne das wach bin, biste doch erledigt: sagt er.
– Und daß sie die Adresse angeben. So ne Zeitung wie die New York Times! Beschreiben wo du das Zeug kriegst! sagt er. Er schreibt, er ist beschäftigt, er kann noch den Kopf schütteln, ärgerlich und betrübt. – Führen die Kinder an der Hand dahin! sagt er.
Er hat schon Minuten lang Ruhe vor Telefon und Kasse, aber er setzt sich nicht hin, steht krumm vor der niedrigen Theke und zählt Geld. In seinen Händen erscheinen Bündel nach Bündel grüner Scheine, und wie es ihm zwischen den Fingern dahingleitet, scheint er sich damit die Hände zu waschen.
– Glückwunsch: sagt Mrs. Cresspahl. – Ach Gesine: sagt Sam, freudlos, erschöpft, und jetzt sieht sie, daß seine Bewegungen etwas Steifes, Ungleichmäßiges haben, das in der Eile der Hauptverkehrszeit verdeckt wird. Sie bemerkt auch zum ersten Mal die schrundigen Falten in seinem Stirnfett, die kranke Hautfarbe unter dem Schweiß. – Dieser Laden: sagt er:
(und er ist hier nicht angestellt. Er wird nicht hier ausgebeutet. Der ganze Laden ist sein Bier, er zahlt die Miete, er hat ihn ausgebaut, er kommt auf für den Lohn von drei Köchen, neun Serviererinnen, zwei Kassendamen, er ist hier der Chef)

– Dieser Laden, soll ich dir sagen, wie ich da rauskomme? Wenn du da rauskommst. In einem Kasten, will ich dir sagen. In einem Kasten!
In einem von diesen rundlichen Metalletuis, die die Polizei zum Abtransport von Leichen benutzt, kurz nachdem zwei Männer mit kleinen schwarzen Filzhüten aus braunen Tüten ihre Schießeisen holten und Sam über den Haufen schossen.
Nein. Er wird einen Revolver neben der Kasse haben. Der läßt sich nicht eine einzige Tageseinnahme wegnehmen.
Also wird da doch Zeit sein, einen Sarg zu holen, nicht den endgültigen, einen städtischen Wechselsarg ohne Verzierung, nachdem Sam vor der Schnellküche zusammengesackt ist, mit ein bißchen Überraschung aber nicht Wut über den Schmerz, der ihm unverhofft aus dem Herzen über den linken Arm ins Gehirn stieg und es löschte. Hoffentlich verliert er beim Fallen nicht die Brille, so daß das dahinter versteckte Gesicht uns erspart bleibt. So wird es sein.
– Isnschon dabei: sagt Sam geduldig. Vielleicht war er als Kind viel Prügel gewohnt.
– Nu erschrick doch nich so, Dschi-Sain!

18. Oktober, 1967 Mittwoch

Heute bei Sonnenuntergang beginnen die Juden das Fest der Laubhütten, Sukkoth. Für die Orthodoxen unter ihnen dauert es neun Tage, die Reformierten feiern nur acht. Die Bibel verfügt das Fest im 3. Buch Mose, Levitikus XXIII, 43: »damit eure Nachkommen erfahren, daß ich die Israeliten in Hütten habe wohnen lassen, als ich sie aus dem Lande Ägypten herausführte (ich, der Herr, euer Gott)«.
Liebe Anita Rotekreuz. Meine Guteste.
Dies hab ich dir aus der New York Times abgeschrieben. Denn Dergleichen sollte der Junge wissen, den ihr aus Ostdeutschland holen wollt, wenn er nicht nur Jude ist sondern auch so danach aussieht, daß ihr keinen Paß verwenden mögt als einen mit jüdischem Glaubensbekenntnis.

Schon sechs Jahre habe ich sie zu Nachbarn, und kann sie von den andern nicht unterscheiden. Womöglich gibt es solchen Blick als Begabung. Ich habe sie nicht. Ist die ostdeutsche Grenzpolizei hierin ausgebildet?
Einen Menschen, der so aussieht wie der auf eurem Foto, habe ich gefunden. Er ist zwar zwanzig, nicht neunzehn Jahre alt. Er ist, ganz wie ihr wünscht, mit der französischen Sprache aufgewachsen, von Nationalität Belgier. Er besucht seine Großeltern, zwei Blocks von unserer Ecke entfernt, und da wir die alten Faures von Broadway und Riverside Drive her kennen, haben sie für mich gutgesagt. Eigentlich vertrauen sie mir Maries wegen. Sie nehmen das Kind als Garantie. Leider glauben sie, daß wir diesen Transport in den Westen der Judenheit zuliebe übernehmen, und sind gerührt. Der Junge, der mir seinen Paß gab, macht mit aus Gründen, die er für politisch hält.
Viel Zeit habt ihr nicht. Denn die hiesige Aufenthaltsgenehmigung für Henri R. Faure gilt nur bis zum 18. November, und bis dahin muß ich das Formular der Einwanderungsbehörde wieder über dem Visum der U. S. A. befestigt haben, damit er beweisen kann, daß nicht nur er sich nicht aus dem Land gerührt hat, sondern auch der Paß die ganze Zeit in seiner Tasche war.
Eurem »Henri R. Faure« werdet ihr die übliche Ausstattung mitgeben; ich lege aber einen Lebenslauf der echten Person bei. Dazu ein Buch über die Obere Westseite von Manhattan, »The Airtight Cage« von Joseph P. Lyford, damit euer Schützling den Kontrolloffizieren zur Not etwas erzählen kann von Besuchen bei Großeltern in New York.
So pünktlich ist es mir durch einen Zufall von der Hand gegangen, und für ein anderes Motiv würde ich das Vertrauen von Oma Faure nicht riskieren. Dies sehe ich ein. Möchte es nun in der Tat so sein, daß euer Neunzehnjähriger die antiisraelische Propaganda der D. D. R. nach dem Junikrieg nicht aushielt und sich verquatschte, daß er aus der Fachschule flog und nun der Sicherheitsdienst ihn auf dem Kieker hat. So jemand muß raus, und sei es, damit er sich wundert. Möchte es nicht etwas sein mit Liebe.
Dafür würde ich heute nichts mehr tun. Denn damals, gleich

nach dem Bau der Mauer quer durch Berlin, Anita! Gib es zu, wir waren verblödet durch Mitleid. Wenn deine Hilfsbedürftigen ankamen mit den Darstellungen ihrer Liebe zu einer Person im abgeschnittenen Land, du bist ihnen doch oft mit einer Zusage über den Mund gefahren, damit du dies Seelengerassel nicht mehr anhören mußtest. Wir alle hätten genauer hinhören sollen. Welche waren doch schlicht beleidigt, daß die D. D. R. ihnen den Tort tat, ihnen ein Liebesobjekt zu entziehen. Welche wollten die Verlobte oder Geliebte doch auch holen, um ihnen zu beweisen, daß sie auch in diesem Fach potent waren. Erinnerst du dich an den Lyriker aus München, der dir die Schürze vollgeheult hat? zwei Monate, nachdem das bestellte Mädchen ihm übergeben war, schmiß er es weg. Erinnerst du dich an Dietbert B., den Fotografen, den Weltmann? Hörte man sie reden, so ging ihnen die Entfernung von der geliebten Person ans Leben, waren sie einander unentbehrlich um jeden Preis, und tatsächlich reichte es ihnen nicht einmal zu einem beliebigen Ort, da zusammen zu leben. Dann war die absolute, bedingungsfreie Liebe doch nur möglich in der kapitalistischen Konjunktur. Schiet, Mensch!
Was ich sagen will ist: hoffentlich arbeitet ihr nicht mehr im Stil von Henriette zu den Selbstkosten, wenn ihr schon von der Sparte nicht loskommt. Ich wünschte dir nicht gleich einen Umstieg ins Professionelle, aber die Butter aufs Brot solltet ihr mindestens verdienen an dieser Überführung aus dem Lande Ägypten.
Teil II.
Nein. Kein Heimweh nach Deutschland. Schon gar nicht bei Marie. Die ist schon geniert, wenn es doch herauskommt, daß sie in Düsseldorf geboren ist, und nicht in New York. Und das Haus in Düsseldorf, meine erste eigene und wirkliche Wohnung, das haben sie abgerissen. Ich säße gern wieder einmal unter eurem grauen Glasdach, das unter dem Düsenlärm in der Einflugschneise klirrt; jedoch nicht, um in Westberlin zu sein, sondern um euch ins Gesicht und auf die Finger zu sehen.
Bei uns um die Ecke, an der West End Avenue, steht das Hotel Marseille, ein mit Zinnen bewehrter Turm aus einem Mittel-

alter namens Jahrhundertwende, dem starren die Klimamaschinen aus den Fenstern wie falsche Zähne reihenweise, und das Haus empfiehlt sich mit Bar & Restaurant & T. V. im Zimmer & Schwimmbad. Auf einem Spaziergang mit Marie am Sonnabend ist mir herausgerutscht: Da könnte sie dann wohnen, die Rote Anita. Es fiel mir erst ein paar Schritte weiter auf, was ich da gesagt hatte, und daß es möglich ist. Zur Feier deines Doktorexamens laden wir dich mit Teilkosten ein. Zum Beispiel würde ich dir gern eine ungerade Erinnerung erzählen, etwas aus Minneapolis. Und wir würden dich einführen in die Lektüre der New York Times, der erfahrensten Person der Welt, als erste über den Atlantik, als erste über den Südpol, die Firma Ihres Vertrauens.
Sincerely yours, G. C.
P. S.
Es ist eine Bedingung, daß ihr das Foto aus dem Paß von H. R. Faure nicht in ein anderes Personalpapier umhängt.
Mr. Mark T. Markshaw, der dies in die Hand drückt, ist so erzogen, daß er fremde Päckchen nicht öffnen kann. Bisher weiß er nur, daß er mir einen Gefallen tut. Wenn er Lust hat zur Besichtigung von Ostberlin, und ihr ihn ausfragen wollt nach den neuesten Kontrollzeremonien an der Grenze, weiß er etwas mehr. Das solltet ihr ihm nicht zumuten.

19. Oktober, 1967 Donnerstag

Die New York Times hat Streit mit einer anderen Zeitung. Sie hatte der Bolschewistischen Revolution zum 50. Jahrestag als Befund auf den Gabentisch gelegt, die Ausbeutung des Menschen sei nicht abgeschafft sondern dem größten Arbeitgeber der Welt, dem Sowjetstaat, übertragen. Die Prawda schreibt zurück: Man könne das nicht belegen, weil es nichts gebe, mit dem man es belegen könne.
Ein Schnapshändler in Brooklyn hatte gestern Besuch von drei Gangstern. Statt denen sein Bargeld zu geben, fängt er an zu schießen. Greifen sich die Gangster den vierjährigen Schnapshändlerssohn, trifft der Vater das Kind in den Unterleib.

Was gingen Cresspahl die fetten Schlagzeilen an, mit denen die britischen Zeitungen die Ernennung eines Herrn Hitler zum deutschen Reichskanzler meldeten! die regten sich auch nicht auf und fanden den Führer der größten Partei an der richtigen Stelle, unter Aufsicht der versammelten Rechten; Börse ruhig, Mark etwas anziehend gegen Pfund. Ihm aber, Cresspahl, war die Frau davongefahren über den Kanal, mitten in einer Kältewelle aus Rußland, in der 31. Woche schwanger. Gewiß war es in England kalt wie seit sieben Jahren nicht, aber bei Lübeck war der Dassower See zugefroren. Da gingen die Fischer zu Fuß zur Arbeit und hackten sich Löcher in den entlegenen Buchten. – Mir ist kalt: hatte sie gesagt. Dann war sie in die Kälte gefahren.

Am Abend vor ihrer Abreise hatte Cresspahl die Versammlung des Anglo-German Circle von Richmond besucht, allein. Zu Hause hätte er ihr zum Bleiben zureden müssen, auch sie hätte es erwartet. Der Gastredner des Abends, Herr von Dewall von der Frankfurter Zeitung, stellte es als den Wunsch der Deutschen hin, daß sie nicht mehr als eine kleinere Macht angesehen wären. Er dachte da an eine begrenzte Aufrüstung und verwies auf das Beispiel des unbewaffneten China, das in Japans Gewalt sei. Dr. Jackson befragte Wolf von Dewall nach seinen englischen Eindrücken. Der Vertreter der Frankfurter Zeitung sprach von der Entwicklung eines gänzlich neuen Menschenschlags in Deutschland. Die Leute hätten sogar neue Gesichter. Von Dewall bewunderte die Engländer. Schwer von Entschluß, täten sie einen Schritt doch unveränderlich in die vernünftige Richtung. Cresspahl konnte von der Veranstaltung zu Hause nichts erzählen; die deutsche Sucht nach Waffen und die englische Beständigkeit hätten ausgesehen wie noch mehr Gründe gegen die Reise nach Jerichow. Er mochte ihr nicht Herrn von Dewall beschreiben; sie hätte seine Wut sich selbst zugedacht. Er saß eine Weile im Dunkeln auf ihrer Bettkante. Dann glaubte er das Licht fast lautlos eingeschaltet zu haben, aber sie hatte die Augen offen, lächelnd wie ein Kind, das eine Überraschung vorausgesehen hat und sich verstellt, um weder die eigene noch die andere Freude zu beschädigen.

Am 31. Januar 1933 meldete der Daily Express aus Berlin,

ein General Schleicher habe mit einem militärischen Staatsstreich eine Diktatur des Militärs errichten wollen. Die Potsdamer Garnison sei bereit gewesen, auf die deutsche Hauptstadt zu marschieren. Sie war aber nicht marschiert. Die S. P. D. hatte beschlossen, einen Mißtrauensantrag gegen das Kabinett der Harzburger Front einzubringen. In bewährtem Gegensatz hatte die K. P. D. beantragt, der Reichstag möge der Regierung Hitler/von Papen das Vertrauen entziehen. Nun war der Reichstag aufgelöst. Was war da Neues? Zu Cresspahls Verblüffung aber hielt alle Welt für natürlich, daß eine junge Frau zu ihrer ersten Entbindung nach Hause fuhr. Nun es ihn betraf, fand er es nicht natürlich. Er hörte ein Gespräch zwischen seinen Gesellen ab. Sie sprachen über Mrs. Cresspahl. Perceval zählte die Hausarbeiten auf, die er für frühere Meistersfrauen habe machen müssen. So habe Mrs. Cresspahl ihn eine geschlagene Stunde lang einen Pfefferkuchenteig durchkneten lassen. Dann aber habe sie eine Schüssel mit dem fertigen Gebäck in die Werkstatt gestellt. – War ich baff: sagte Perceval. – Aber das Maul: sagte er: das der Chef neuerdings zieht. Eine richtige miese tückische Schmollfratze von einem Pfennigfuchser hat der Mann sich angenommen. Versteh ich nicht. Von der bekäme ich ein Kind mit Freuden! und Mr. Smith sagte freundlich: Halt die Klappe, T. P. Mr. Smith, ausgemergelt vom Trinken, hatte viel zähe Kraft in seinen langen Armen übrig, und wenn er den Jüngeren zwischen fülligen Brauen und dem Rand seiner Nickelbrille hervor ansah, machte er ihn so stumm wie er wollte. Cresspahl hatte bisher nicht mit Behagen angesehen, welche Mühe Mr. Smith sich mit dem Alkohol gab, aber an diesem Abend schickte er nach Bier. Das war nicht, weil Mr. Smith ihm Percevals Erziehung ein bißchen abnahm.

In Richmond gab es 60 Gaststätten mit Ausschankgenehmigung, und Cresspahl war fast jeden Abend unterwegs, als wolle er sie alle kennen lernen. Er trank langsam, nahezu planmäßig, bis er sich müde genug zum Einschlafen fühlte. Aber schon wenn er aus der Kneipentür kam und vorsichtig hindurchtrat zwischen den frierenden Kindern, die dort auf ihre Eltern warteten, hatte er die Gespräche an der Theke vergessen. Er hatte mitgelacht über die Tiraden, die Miss

Newton, eine ältliche Fürsorgerin, vor dem Magistrat gehalten hatte gegen die Verschiebung der Polizeistunde auf halb elf, um eine halbe Stunde. Er war fast eine Auskunftsperson in dem Stadtgespräch Nummer Eins, das weder die Schließung des Gaswerks von Richmond begriff noch daß die Arbeiter sämtlich gekündigt werden sollten. Dennoch werden sie dies rosa rostige Ungeheuer von einem Gasbehälter nicht abreißen! Der Mann mußte es wissen, der hatte da in der Nähe einen Betrieb, Holzbearbeitung oder so. Säuft erst neuerdings.

Was Cresspahl auf dem Heimweg durch die kahle Petersham Road vor Augen hatte, im pfeifenden Wind der Kanalstürme, war Lisbeths Gesicht hinter der Scheibe des anruckenden Zuges im Victoria-Bahnhof. Er hatte, auf der Suche nach einem letzten möglichen Wort, sich so unbehilflich angestellt, daß sie die Verhandlungen mit Gepäckträger und Schaffner erledigt hatte, bevor er den Mund aufbekam. Sie zeigte ihm, daß sie ausreichend Hilfe auf der Reise haben würde, und daß sie überdies sie benutzen konnte. Er hatte außer dem verstanden, daß sie hier etwas allein tat, ohne ihn, gegen ihn. Sie hatte sich an beiden Armen in den Waggon gezogen. Sie hatte hinter der Scheibe gestanden, mit hängenden Armen, als sei ihr das Öffnen des Fensters zu beschwerlich. Sie hatte nichts angesehen als ihn. Es war ein anderes Gesicht. Sie schien jünger, und zu jung für ihre neuen Erfahrungen. Sie hatte wieder ein Mädchengesicht, etwas ungenau um die Augen, ein Weniges starrsinnig. In seiner Erinnerung, in der Finsternis des verlassenen, ungeheizten Zimmers, stand es still, bis es schwankte unter dem Ruck des anfahrenden Zuges und schräg wegfiel.

Mitte Februar schickte er ihr eine Ansichtenkarte. Sie zeigte die Richmond Bridge, und unter die Pfeiler hatte er ihr die Gründungen aus Ulmen- und Eichenholz skizziert, die schon 156 Jahre im Wasser aushielten. Er schrieb von den Fortschritten der Aufträge, die sie noch kannte, auch Grüße von Dr. Salomon und Mrs. Allen. Dann war der Raum für den Text erschöpft. Denn es mochte zwar sich so verhalten, daß er ohne sie schlecht leben konnte, aber es ging nicht an, daß er ihr das aufschrieb, nicht wahr.

Als sie ihm drei Wochen fehlte, war er ziemlich überzeugt, sie sei mit seinem Einverständnis, wenn nicht auf sein Drängen hin nach Jerichow gefahren, zum mindesten ohne Streit. Er war jetzt ganz unbefangen, und in seiner Erinnerung war sie es auch.

20. Oktober, 1967 Freitag

Die letztwöchigen Verluste der U. S. A. in Viet Nam ergeben jetzt eine Gesamtzahl von 13 907 Toten und 88 502 Verwundeten seit dem 1. Januar 1961.
Die Studenten des Brooklyn College, die gegen die Anwesenheit von zwei Werbeoffizieren der Marine auftraten, sind schwer von der Polizei heimgesucht. Eines der Bilder in der New York Times zeigt einen Beamten, wie er offenen Mundes sein Gefühl ablädt in den Knüppelschlag auf eine kleinere, mädchenartige Person. Das Foto wäre für eine Fahndung nach ihm geeignet.
Für das Wochenende steht eine Demonstration gegen den Krieg bevor, in Washington, D. C. Dort sind jetzt, zum Schutz des Pentagons, Truppen der 82. Luftlandedivision eingetroffen.
Auf dem Weg von London nach Jerichow wollte Cresspahl in Lübeck einen Zug überschlagen. Er verlangte von sich Eile nach Jerichow. Er mochte sich das nicht auferlegen. Als er die ungeschickten Treppen in die Querhalle des Bahnhofs hinauf war, konnte er hinuntersehen auf den Stettiner Schnellzug, über Gneez, mit Anschluß nach Jerichow. Er wußte, daß Eile nach Jerichow von ihm zu erwarten war. Er hatte ein flaues, widerwärtiges Gefühl künftiger Schuld. Es war ihm lieber als die Aussicht auf Papenbrocks Haus, auf Louise Papenbrock und die verlogene Frömmigkeit, mit der sie ihn vor das Zimmer führen würde, in dem er mittlerweile ein neugeborenes Kind annehmen durfte. Er war noch nicht fertig für das Zimmer. Übrigens war er da gar nicht erwartet. Er hatte sagen hören, daß solche Kinder in den ersten Lebenstagen ohnehin nicht gut sehen. Als er seine Reisetasche los war, schien ihm der Aufschub geglückt und nahezu in Urlaub verwandelt.
Die Kerle vom Zoll in Hamburg waren auf eine wilde Art

feierlich gewesen. Sie hatten ihn mit Namen beglückwünscht zur Heimkehr nach Deutschland. Wäre er nicht gekleidet gewesen wie zu einer Beerdigung, sie hätten ihn womöglich in die Rippen gebufft. Es war indessen ein gewöhnlicher Arbeitstag, der 2. März 1933, ein Donnerstag, und er wollte einmal in der Freien Hansestadt Lübeck nachsehen, ob sie da auch so aus dem Häuschen waren.

Die Ausgänge des Bahnhofs waren locker verstellt mit Uniformierten; je einer im alten Polizeigrün und einer im Anzug der S. A. ließen sich da Brieftaschen zeigen. Aber der städtische Beamte, der die Reisenden seinem Partner zuführen sollte, trat oft beiläufig von ihm weg, in einer verlegenen Weise, so daß die Kontrolle im Gedränge den Anschein einer unseriösen, fast unsittlichen Handlung annahm. Dennoch legte sich Cresspahl ein hilfsbereites Wesen zu (mit dem er sein Lebtag Begegnungen mit Amtsträgern eingeleitet hat), als ob er in Geduld warten wolle, bis der Braune auch ihm seine Papiere so befingere wie jetzt den beiden Jungen, die unter ihren Schiebermützen nicht nach Arbeitern aussahen, eher nach Friseurlehrlingen. Jedoch der Posten mit dem Tschako machte ihm mit wütendem Kinnschwenken deutlich, daß die Fahndung nicht galt für Leute, die in schwarzer Kleidung und geputzten Schuhen einen Besuch in Lübeck machten, und auf dem Bürgersteig erwischte Cresspahl von ihm noch einen angewiderten, fast mitleidheischenden Blick. Der Polizist schien sich zu ekeln vor der Privatarmee dieses Hitler, und Cresspahl hätte ihm fast zugenickt.

Erwin Plath wohnte in der Vorstadt St. Lorenz Nord, in einer Seitenstraße der Schwartauer Allee, in der Nähe des Grenzschlachthofs, und Cresspahl stand etwas erstaunt vor dem stattlichen, sauber bemalten Giebelhaus, ehe er klopfte. Die Frau fuhr ihm entgegen, als hätte sie hinter der Tür gelehnt. – Mein Mann ist nicht da! schrie sie, – mein Mann ist nicht da! sagte sie noch einmal, und Cresspahl trat einen Schritt auf den Bürgersteig zurück, damit sie ihn genauer betrachten konnte. Das half ihr nichts. Ihr Mann sei nicht da! rief sie aus, als sollten alle Nachbarn es erfahren. Cresspahl öffnete langsam die beiden oberen Mantelknöpfe, aus Verblüffung, auch weil ihm der Kragen stramm saß, und unver-

hofft flüsterte sie etwas. Er verstand, daß Erwin am Nachmittag beim Hindenburghaus »zum Folgen« antreten werde. – Mein Mann ist nicht da! gab sie ganz laut von sich, und Cresspahl versuchte erst gar nicht zu antworten. Als er wieder in der Schwartauer Allee war, erlaubte er sich Kopfschütteln. Erwin hatte ihm vor Jahren in Hamburg erzählt von einer zwar eigensinnigen, aber verträglichen Ehefrau, und nicht von einem verängstigten Mädchen, das sich in Schauspielerei versuchte.
Auf der Eisenbahnbrücke wandte er sich nicht nach rechts, sondern geradeaus auf den Ebertplatz zu, ging über den Stadtgraben, an den Puppen vorbei, ließ sich von einem Denkmal mustern, gab ihm Widerrede,

sag du doch mal was, Bismarck

umrundete das Holstentor in seiner Erdschüssel und verschwand in der inneren Stadt. Da war kaum etwas zu sehen. Er besichtigte die vollgestellten Möbelgeschäfte, und ihm mußte keiner erklären, daß die Arbeitslosigkeit immer noch auf die Abzahlungsgeschäfte drückte, daß darum die Sägewerke zögernd kauften und daß hier auf einen wie ihn nicht gewartet wurde. Eben noch hatten die Kaufhäuser Weiße Wochen veranstaltet. In den Schaukästen eines Maklers drängten sich Häuser zu billigen Preisen. Er wurde mehrmals aufgefordert, ja nicht die Obstbaum- und Schweinezählung am 3. März zu versäumen. Er wurde amtlich darauf hingewiesen, daß das Jahr 1933/34 zu denen des Maikäfers zähle. Stand, ein stämmiger Mensch in Feiertagskleidung, die Hände auf dem Rücken, vor Anschlägen und Schaufenstern und Zeitung-Aushängen, ging gemächlich die Breite Straße hinunter, die Königstraße hinauf, hielt die kurzen krummen Haare auf seinem nackten Schädel in die weiche fließende Luft, etwas neugierig, immer noch nicht überrascht.
Dann sah er etwas, aber die Zeit fing an so schnell zu laufen, daß er am nächsten Tag nicht mehr alles glaubte. Am Hindenburghaus marschierte ihm ein Trauerzug entgegen, mit gedämpften Trommeln, Fahnen der Marine und mit Hakenkreuz, und am Ende, weit hinter den blauen und braunen

Uniformen, sah er wahrhaftig Erwin latschen, ein bißchen krumm, als seien sie doch nicht gleichaltrig, mit etwas stierem Blick, als helfe er tatsächlich jemand zu Grabe tragen. Nur, was hatte ein eingeschriebener Sozialdemokrat zu tun mit einem verstorbenen Kapitänleutnant, mit einem Gefolge von S. A.? Erwin wollte ihn nicht wahrnehmen, als er sich einreihte und die angemessen benommene Miene annahm, und bis zum Alten Friedhof trotteten sie stumm nebeneinander her, die reinen Leidtragenden. Erst als der Zug auf die Mittelallee eingeschwenkt war, schwankte Erwin in einen Seitenpfad, das Taschentuch im Gesicht, etwas Unsichtbares wegwinkend, so daß er Niemandem groß auffiel. Später fand Cresspahl ihn am äußersten Rand des Grabfeldes, hinter der Wand eines Mausoleums, unruhig, Schulterblicken verfallen, flüsternd, nicht vergnügt, nicht der Spaßmacher, den Cresspahl seit so zwanzig Jahren kannte. Erwin wartete auf jemanden. Cresspahl war es nicht. Im Grunde wartete er auf die Polizei, nur hätte er vorher gern noch jemand Anderen getroffen.
Es war also Cresspahl, der mit Erwins Briefumschlägen vom Friedhof zurückfuhr, auf der hinteren Plattform der Straßenbahn 2 die Israelsdorfer Allee hinunter über den Klingenberg bis zur Kronsforder Allee. Die Adresse war in einer Straße mit Bürgerhäusern, elegantem Putz zwischen Fachwerk oder ausgesuchtem Jugendstil in Ziegeln. Hinter diesen stillen Gardinen war nichts entsetzlicher als daß Marlene Dietrich in Hosen aufgetreten war, nichts dringlicher als den Tonfilm »F. P. 1 antwortet nicht« noch einmal zu sehen, nichts mehr geraten als die schwarzweißrote Fahne auf den Mast zu ziehen, eine gefühlvolle Bereitschaft zum Staatsgenehmen, die den möglichen Fehler wenigstens gegen die Willigkeit des Versuchs verrechnet wissen wollte. In einem solchen Haus, in einem von Samt und Mahagoni verdunkelten Zimmer, konnte Cresspahl die beiden Pässe abliefern, denn Papiere fürs Ausland waren es. Die Leute um den polierten Familieneßtisch schienen ihm Schule zu spielen, in einer ungeduldigen, hastigen Art, als wüßten sie allerdings Eiligeres. Es war die Frage, ob die Kommunisten den Reichstag angesteckt hatten, oder Hitlers Sturmabteilungen. Es war weiterhin die Frage, ob die Sozialdemokratie nunmehr eine Hilfe für die Kommunisten

mit ihrer Würde vereinbaren könne. Denn die mecklenburgischen Landtagsabgeordneten der K. P. D., Warncke, Schröder, Quandt, Schuldt, waren auf der Flucht, und es stand zu befürchten, daß demnächst Ernst Thälmann an der Tür klingelte. Es gab Berichte, nach denen Thälmann nach Dänemark unterwegs war. Jedoch hatten die Kommunisten mit den Nazis gegen die Sozialdemokratie paktiert. War ihnen das Schlagwort »Sozialfaschisten« je zu vergeben? Der Leiter der Besprechung war ein untersetzter, schwächlicher Mann, er hielt den viereckigen Bart unter seiner Nase ganz still und seinen blanken Rundschädel schräg wie ein Schlafender, aber wenn er aufwachte, eiferte er wie ein erzürnter, unerbittlicher Studienrat. Cresspahl erfuhr nicht den Ausgang des Streits, denn er fuhr mit zwei anderen in die Stadt zurück, und zwar nacheinander in verschiedenen Straßenbahnen, und nämlich diesmal auf der Linie 1 über die Ratzeburger Allee. Auf dem Weg dahin schimpften sie ihm etwas vor über den Lübecker General-Anzeiger. Wollte man diesem Blatt glauben, so hatte der Reichstagsabgeordnete Julius Leber an einem Februarmorgen auf der Großen Burgstraße in einen Streit zwischen dem Nazi Brüggmann und dem Arbeiter Rath eingegriffen mit der Anregung: Stich zu! Insbesondere waren Cresspahls Weggenossen erbost darüber, daß die bürgerliche Zeitung nicht Respekt zeigte vor dem Stand des Reichstagsabgeordneten (der auch Redakteur der sozialdemokratischen Konkurrenzzeitung Lübecker Volksbote gewesen war). Es war vom Verleger Charles Coleman zu erwarten gewesen, nachdem er freiwillig die israelischen Kultusnachrichten aus dem Blatt geworfen, Anzeigen der S. A. mit Hakenkreuzen zugelassen, Biographien von Mussolini und Hitler vertrieben hatte; jetzt war die Zeitung so weit, daß sie nicht nur den Polizeibericht über die Beerdigung des Parteigenossen Brüggmann druckte, sondern auch die Darstellung der N. S. D. A. P.-Kreisleitung davon. Die Schimpferei klang kleinmütig, nach enttäuschter Hoffnung, und Cresspahl stellte sich gelangweilt.
Am Klingenberg traf er keinen seiner Weggefährten an, und ganz unrecht war es ihm nicht, denn sie hatten ihn immer noch nichts sagen lassen über seine Entfernung von der S. P. D. seit 1922. Nach einer Weile verzog er sich zur Beckergrube, wo

Erwin auf ihn hatte warten wollen, und saß lange umsonst an einem Hinterhoffenster, in der Guten Stube einer alten Frau, die ihn behandelte wie einen von vielen Unerwachsenen, die sich aus bloßem Mutwillen in lästige Umstände bringen. Es war zu merken, daß sie in solchen Besuchen geübt war. Sie sprach nur Platt. Sie zwang ihn zum Verzehren einer Scholle, in sehr wenig Butter gebraten. Dann wollte sie ihn nicht gehen lassen, beschwor ihn in geradezu sanften Tönen, als hätte sie sich vorher nicht streitsüchtig gegeben. Sie erinnerte ihn an seine Mutter, ihm kam Lachen bei. Draußen fielen ihm Betrunkene auf, weil sie so lustlos und ohne Vorfreude herumstanden. Auf der Johannisstraße drückte ein Gedränge ihn dicht an eine Schlägerei, die eben anfing mit lockeren Püffen zwischen drei Männern. Die traten nach jedem Zusammenprall noch einen halben Schritt weiter, nahmen die Schultern hoch zurück wie angeberische Kinder, bis einer einen Schlag mit der Hand auf seinem Oberarm festhielt und mit der anderen Hand dem Angreifer unters Kinn hieb. Denen ging es noch einmal um den Aufzug des Reichsbanners vor zwei Wochen, dem die S. A. die Straße gesperrt hatte, mit der Begründung, es sei da geschossen, auch eine Beleidigung des Reichskanzlers Hitler gerufen worden; die beiden Toten waren aber als Angehörige des Reichsbanners identifiziert. (Und gestern abend war angeblich ein Fackelzug der Nazis von den Dächern herunter beschossen worden.) Der Polizist vor der Reichsbank sah strikte nach Norden, auch das Gehör drehte ihm nicht den Kopf herum; offenbar war er beschäftigt mit dem erneuerten Verbot, Zweige und Weidenkätzchen aus Versehen oder vorsätzlich abzureißen. Gegen Abend kam Cresspahl am Schüsselbuden vorbei, und als er an der Nummer 17 das Konsulatsschild Seiner Großbritannischen Majestät Georgs des Fünften wahrnahm, hatte er die Empfindung von zwei verschiedenen Wirklichkeiten, und wäre lieber nur in einer gewesen. An den Salzspeichern war er auf dem Weg zum Bahnhof, da fing Erwin Plath ihn ab. Er hielt sich nun recht gerade, wie ein Spaziergänger mit viel Selbstachtung, und sprach laut über einen Sonntagsausflug, den er nach Ratzeburg vorhatte, mit dem Motorboot auf der Wakenitz. Er konnte es aber nicht lassen, sich umzusehen, und er wartete immer noch. Es war jemand, der gegen Mittag zu Hause nach ihm gefragt hatte. Dahin wollte Cresspahl nicht mitgehen, aber auf dem Bahnhof fand er keinen Zug nach Gneez mehr, geschweige denn nach Jerichow, und als er abermals an Erwins Tür klopfte, wurde er festgenommen, fix aus dem dunklen Hausflur heraus, und auf die Polizei gefahren in dem selben Personenwagen, der ihm gleich als zu vornehm für eine solche Straße erschienen war. Die Beamten waren bereit, ihm für sein Geld Essen in die Zelle bringen zu lassen, so viel hatten die britischen Beilagen in seinem Paß bewirkt, aber sie wußten sonst nichts anzufangen mit dem langsamen Patron, der nur einen Zug in Lübeck überschlagen haben wollte und auf dem Hocker so steif und zusammengezogen saß, als fürchte er seinen schwarzen Tuchmantel an den Wänden zu beschmutzen. Damals hielt die lübecker Polizei noch auf Sauberkeit, und verdachte ihm beleidigende Absicht. Also holten sie ihn erst frühmorgens zum Verhör, und immer noch nicht wollte er sich retten mit dem geschäftlichen Ansehen seines Schwiegervaters in Lübeck. Er war sicher, hier hülfe nur noch Dummtuerei. Er bestand auf einer Gegenüberstellung mit seinem Freund Erwin Plath, denn den habe er besuchen wollen, und nun sei ihm die Zeit knapp, und er wolle noch was davon haben. Endlich stellten sie ihm Erwin in die andere Ecke des Bürozimmers. Erwin sah um die Schultern etwas abgestoßen aus, aber nun war er offen vergnügt, swinplietsch auf mecklenburgisch, als sei das Warten endlich vorüber und das Eingetroffene weniger ärgerlich als die Ahnung davon. Der Kommissar, blitzend vor ausgeschlafener Laune, legte ein langes Verhör an und wollte es gleich listig beginnen mit der Frage: woher die Herren einander denn kennten, bei solcher Freundschaft. Und Cresspahl deutete Haltung an und zog den entgeisterten Vernehmer vom Drehstuhl mit dem schmetternden Ausruf: Holsteinisches Artillerie-Regiment 24 zu Güstrow, 2. Batterie! Nach der ersten Silbe sprach Erwin mit ihm gleichzeitig, und an der richtigen Stelle ließ Cresspahl ihm Luft zum Nachklappen: 5. Batterie! sagte Erwin.

Als sie beim Frühstück in Gerda Plaths Küche saßen, hatte Erwin mit dem Warten wieder angefangen. – Wer mag das wohl gewesen sein, gestern mittag, von dem du mir Nachricht

zum Hindenburghaus geschickt hast: sagte er sinnend, knetete seinen Nacken. – Der das Zeichen mit den beiden Mantelknöpfen wußte: sagte er, seitwärts neben Cresspahl blickend, von dem er hier Hilfestellung nicht erwarten konnte. Und Gerda warf einen ganz unbedachten Blick auf Cresspahl, der ihr bisher ein deutlich befremdetes Benehmen gezeigt hatte, und beide begriffen gleichzeitig, daß gestern wirklich jemand verloren gegangen war, der das Zeichen auch als ein Zeichen gekannt hatte. – Dor sitt ein': sagte sie, den Ellenbogen gegen Cresspahl gewinkelt. Sie sahen beide zu, wie auf Erwins Gesicht das Entzücken gegen die andere Erkenntnis verteidigt wurde. Dann sagte er zögernd: Nu sup'ck mi dål.
An diesem Morgen, Freitag den dritten März 1933, wurde Gesine Cresspahl in Jerichow geboren.

21. Oktober, 9167 Sonnabend

Ein westlicher Korrespondent beobachtete am Dienstag im Gebiet von Haiphong (Viet Nam) drei Luftangriffe, sieben Bomberwellen, zahlreiche Einzelflüge der Amerikaner und weitere acht Luftalarme; der Tag wurde ihm als normal beschrieben. Zehntausende Chinesen arbeiten an der Wiederherstellung der Gleise und Straßen zu ihrem eigenen Land. Die New York Times übermittelt ausführlich die Pläne und möglichen Marschrouten der heutigen Demonstration in Washington; zum Beispiel soll das Pentagon besetzt werden; Protestaktionen werden erwartet in London, Paris, Rom, Stockholm, Bonn und Kopenhagen. In Mississippi wurden sieben Weiße für schuldig befunden an dem Mord von drei jungen Bürgerrechtlern im Jahre 1964, darunter Cecil R. Price, Hauptuntersheriff, der die Opfer im Gefängnis von Meridian festhielt, bis der Ku Klux Klan seine Vorbereitungen abgeschlossen hatte, dann sie freiließ, auf der Landstraße wieder einfing und der Bande der Lyncher übergab, in der er selbst mitwirkte (die Toten wurden im Deich eines Teichs gefunden, begraben vermittels eines Bulldozers). Fünf der Überführten sind frei und können ihre Lebensläufe nachlesen auf Seite 18 der New York Times.
Sonnabend, Tag der South Ferry

– Cresspahl, dein Vater, mein Großvater: sagt Marie: kam also erst am Nachmittag zu dir nach Jerichow, am 3. März 1933.

– Gegen Nachmittag, als der Führer der Kommunistischen Partei Deutschlands Ernst Thälmann sich finden und verhaften ließ in einem kleinen Zimmer an der Lützowstraße in Berlin. Und er hatte keine Fahrkarte nach Dänemark bei sich.

– Und Cresspahl war nicht betrunken.

– Nicht sichtbarlich. Er hatte Erwin Plath in Lübeck nicht nur über den Vormittag geholfen, sondern auch über eine Literflasche Doppelkümmel und einen halben Kasten Bier, und Gerda Plath wollte ihn erst gehen lassen, nachdem er ihrem Kaffee die Ehre gegeben hatte. Sie wollte jener Frau Cresspahl einen nüchternen Mann schicken. Der da in Jerichow ankam, die Bahnhofstraße entlang und unter den ersten sechzehn Fenstern Papenbrocks, aufrecht und etwas langsam, war ein Betrunkener so hellwach du denken kannst.

– Demzufolge freundlich: sagt Marie.

– Ein Blinder, der alles sah, ohne es behalten zu können. Ein Tauber, der eine Katze laufen hörte, ohne das Geräusch zu begreifen. Jerichow kam ihm sehr laut vor. Auf dem Marktplatz war Musik. Auf dem Marktplatz waren mehr Leute als er Einwohner wußte. Papenbrocks Tür zum Markt war verschlossen.

– Cresspahl konnte nichts wissen.

– Ihm war, als hätte er im Zug das Gneezer Tageblatt gelesen. Ihm war, als sei da keine Geburt für Cresspahl angezeigt gewesen. Er ging in die Bahnhofstraße zurück und fand Papenbrocks Tor in der hohen Ziegelmauer und eine Tür ins Haus. In dem warmen Korridor, hinter all den braunen Türen war es still. Die Stille schlug über ihm zusammen und machte ihm die Ohren dröhnen wie unter Wasser.

– Solche Zustände gibt D. E. zu?

– Er fand seine Frau nicht auf dem oberen Flur, wo Papenbrock die Zimmer seiner Kinder eingerichtet hatte. Er tapste wieder nach unten zur Haupttür und setzte auf dem Vorplatz seine Tasche mitten in den Weg. Die Tasche sollte für ihn sagen: Es war eine Reise. Auf Reisen kommen Verspätungen vor.

– In solchen Familien gab es einen Nachmittagsschlaf: sagt Marie.

– Lisbeth schlief in ihren Haaren in dem Zimmer oberhalb von Papenbrocks Comptoir, das vor einer Woche noch ein Teezimmer gewesen war. Sie schlief sehr hoch aufgebettet, mit offenem Mund, mühsam atmend gegen die überheizte Luft, inmitten der hochmütigen Gesellschaftsmöbel aufgestellt wie zum Sterben.

– Nun das Kind.

– Das Kind lag in einer Bauernwiege an der Wand zwischen den beiden Fenstern zum Markt. Das Kind war eingeklemmt und dick bepackt mit Federbetten. Das Kind schlief auf seinem rechten Ohr, zwischen zwei locker geballten Fäusten. Der Atem war zu sehen, aber nicht zu riechen. Das Kinn war noch sehr nach vorn geschoben, die Stirn stark zurückgedrückt unter den einzelnen dunklen Haaren. Es war ein gut ausgetragenes Kind, mit fertig gebildeten Fingernägeln, rötlich und blauer Haut und nur geringen Krähenfüßen neben den Augen.

– Das kannst du von dir nicht wissen: sagt Marie, als Feststellung, nicht im Protest.

– Ich weiß es von dir.

– Wir sind einander nicht ähnlich.

– Einmal, im Juli 1957, warst du mir ähnlich.

– Es wäre mir lieber, du erzähltest davon als sei es dir erzählt worden: sagt Marie.

– Mir ist erzählt worden, daß Cresspahl gar nicht auffiel. Unverhofft war das Haus wach und schickte einen Abgesandten nach dem anderen zu den beiden Schlafenden. Da kam Mudding Laabs, Kreishebamme. Da kam Louise Papenbrock mit Wärmflaschen für das Kind. Da kam die Dienerschaft, Köchin, Hausmädchen, Kutscher, Knechte, zum Gratulieren. Edith brachte ihre beiden Kinder mit und bewies ihnen, daß das neue vom Storch gebracht war, denn am Fuß der Wiege hatte er zusätzlich lübecker Marzipan in zwei Tüten aus Goldpapier hinterlassen. Ausgerechnet Edith. Da kam Albert Papenbrock als Großvater auf Strümpfen und brachte auf dem Sonntagstablett den Tee, wie Lisbeth ihn in Richmond gelernt hatte. Für den Kerl am nördlichen Fenster hatten die nicht viel Verwendung. Louise Papenbrock nickte ihm befriedigt und herrschsüchtig zu, die hatte ihre Rache aufgeschoben. Den Leuten aus dem Stall und vom Lagerboden kam er angemessen entgeistert vor. Ediths Kinder knicksten und sahen ihm gerade in die Augen, bis er Sixpence herausrückte. Albert als Einziger nahm ihn um die Schultern und sagte ihm etwas in glucksenden Tönen, vielleicht versuchte er zu lachen, und zog ihn fast zärtlich ins Nebenzimmer und setzte ihn vor eine Flasche Rotspon und trank auch ein Glas, immer noch mit verrutschter Miene, wie ein trostbedürftiges Kind. Aber vorher kam noch Doktor Berling und schlug Cresspahl auf die Schulter.

Na, alter Schwede. Viel Mühe haben Sie ja nicht aufgewandt. Ein Junge ist es nicht.

Wann kann sie reisen.

Nach England?

Nach Hause.

Das entscheidet die Mutter. Fragen Sie sie mal in drei Wochen.

Nicht eher?

Ach was, alter Schwede. Was wollen Sie jetzt noch in England. Jetzt, wo Deutschland endlich wieder hochkommt.

Das sieht man nicht so von weitem.

– Und nun die Geschichte mit der Tassenwanne: sagt Marie.
– In der du gebadet wurdest, weil du so klein warst.
– Das war Louise Utecht, die so winzig ausgefallen war, und es war 1871 in der Hageböcker Straße in Güstrow. Das ist nicht meine Geschichte.
– Also, etwas aus dem ehelichen Leben.
– Cresspahl hatte einen Blick von seiner Frau erwischt, als er an ihrem Kopfende entlang ins Nebenzimmer ging, einen benommenen Blick, der aus Träumen kam. Ohnehin wollte er warten, bis sie allein war. Am Anfang machte der Rotwein ihn nur schläfrig. Eine Zeitlang konnte er nicht die Vorstellung loswerden, daß Horst Papenbrock in der Uniform der

Sturmabteilungen Hitlers ihm zuprostete und ihm an nacheinander umgeknickten Fingern etwas vorzählte, wie ein vom Beweisen begeisterter Rechenlehrer. Dann schaffte er es, ihn zu vergessen, und an seine Stelle Meta Wulff zu denken. Mit Meta Wulff kam er in ganz argloses Reden, ihr erzählte er von der Nacht im Polizeigefängnis von Lübeck. Dr. Semig sah er bereits unzweifelhaft, nur war ihm bei dessen Anblick ein Ausruf entfahren, den er zurückzunehmen wünschte, könnte er ihn nur finden in irgend einer Ecke seines Gedächtnisses. Dann, nach der zweiten Flasche, hatte er sich nüchtern getrunken. Die nachmittägliche Musik auf dem Marktplatz, das war die S. A.-Standartenkapelle 162 aus Lübeck gewesen. Horst Papenbrocks Zahlen waren die Verhaftungen kommunistischer Funktionäre gewesen: in Rostock 27, in Schwerin und Wismar und Güstrow je 10, in Mecklenburg-Land 58. Der Lärm unter den Fenstern kam aus einem der Lautsprecher, die das Musikhaus Schmidt in der Stadtstraße und am Markt aufgestellt hatte, und übertrug die Hitlerrede aus Hamburg. Das flackernde Licht zwischen den Hausgiebeln kam von den Fackeln, mit denen S. A. und Stahlhelm ihre Uniformen auf dem Weg zum Schützenhaus beleuchteten, und der weiche Luftzug kam von der Tür, die Papenbrock nun wieder aufgeschlossen hatte, weil er von dieser Bande nichts für sein Eigentum zu befürchten meinte. Das Feuer und die Funken im Qualm am anderen Ende der Stadt kamen von den zusammengeworfenen Fackeln, und der Gesang aus der niedrigen Nacht kam auch von Papenbrock, der wohlig brummend sich die Treppe hochtastete,

Ich hab mich ergeben
mit Herz und mit Hand
dir Land voll Lieb und Leben
mein teures Vaterland

und während Cresspahl seine Tür verriegelte, nahmen seine Gedanken unverhofft Englisch an, so wie er es sprach: Owright. Wir werden uns nicht ergeben. Keine Hand, kein Stein, kein Bein. Ob ihr euch nun treu oder teuer nennt, ihr wollt was von uns, und wir werden es nicht liefern. Das Kind war

ein Mädchen, so daß er Lisbeth wiederum etwas schuldig war; aber mochte das Kind ihn nicht erkannt haben, es hatte ihn angesehen.
– Deine Mutter, Lisbeth: sagt Marie. – Erzähl doch mal von ihrer Seite her.
– Das kann ich nun nicht.
– Kannst du nicht denken was sie dachte?
– Und nicht wie. Ich verstehe sie nun nicht mehr.

Das war heute am späten Nachmittag, als die Fähre schon halb zurückgelaufen war in den Hafen von New York. Marie war abgerufen worden von einem Herrn aus Japan, der ihr mit ganz geschmeidigen Entschuldigungen seine Kamera in die Hand gab, und Marie hatte ihn und seine Familie mit fachmännischen Anweisungen und Handzeichen zurechtgestellt vor den Türmen Manhattans, bevor sie die Schwingungen des Schiffbodens in weichen Knien auffing und den Besuchern den Beweis ihrer Weltreise in die eigene Kamera drückte. Auf dem Weg an Land, über die Brücken und Treppen und die seitliche Rampe am Fährgebäude herunter, hat sie den freundlichen Blicken der Touristen dreimal geantwortet, nicht mit Lächeln, nur mit einer angedeuteten Verbeugung aus den Schultern heraus und aufmerksamen Augen. – Welcome a Stranger: sagte ich, und obwohl sie das Zitat von den Bussen der Verkehrsbehörde unfehlbar erkannte, erwiderte sie fast ernst, fast übermütig: Gewiß, Gesine. Heiße einen Fremden willkommen.

22. Oktober, 1967 Sonntag

Fang an, Gesine.

Fangt ihr doch an.

Warum warst du gestern nicht bei der Demonstration in Washington.

Weil ich daran nicht glaube. Die Politik des Präsidenten in Viet Nam wird nicht durch die Proteste von Minderheiten geändert.

Du wolltest das Geld für den Bus sparen.

Die Politik des Präsidenten wird nicht einmal vom Präsidenten entschieden.

Dos Passos.

Nein. Baran und Sweezy, Monopolkapital.

Es waren fünfzigtausend Demonstranten.

Gegen zweihundert Millionen Bürger der U. S. A. Und Präsident Johnson gab ein Mittagessen.

Die New York Times gab für die Veranstaltungen hier und im Ausland ein Viertel ihrer Ersten Seite, und im Innern noch einmal fast zwei.

Die New York Times berichtet eben auch über tatsächliche Vorfälle.

Publicity in der New York Times könnte die Meinung der Nation verändern.

Wir wissen ja nicht einmal, was die Zeitung mit ihren Fotos vorhat. Das Bild von den drei Bundessheriffs auf der ersten Seite, die mit ihren weißen Knüppeln auf einen schon liegenden Menschen einschlagen, soll es die Empörung der Abonnenten hervorlocken? Das Bild daneben von den brüllenden Jungen, soll es hinweisen auf den unbürgerlichen Bart, die tarnende Sonnenbrille, den vom Schreien verzerrten Mund?

Die Bekanntmachung der Opposition gegen den Krieg in Viet Nam durch die Nachrichtenmittel, wäre da nicht eine Chance für die Opposition?

Eine Chance.

Für dich muß bereits eine Chance garantiert sein, nicht wahr.

Ein wenig.

Hattest du Angst vor den weißen Knüppeln, Gesine. Gib zu, du bist erleichtert, daß du nun nicht unter jenen warst, die von Militärpolizei mit Gewehrkolben aus dem Pentagon getrieben wurden, die Treppen hinunter. Das Blut auf den Treppen, deins ist es nicht.

Als ein Krüppel kann ich für das Kind nicht sorgen.

Das Kind, das Kind. Deine patentierte Entschuldigung.

Meine patentierte Entschuldigung.

Du fürchtest dich vor dem Gefängnis.

Wem nütze ich in einem Gefängnis. Ja, ich hätte Angst vor dem Gefängnis, vor jedem, in jedem Land.

Der Schriftsteller Norman Mailer wurde gestern am Pentagon verhaftet.

Wegen »technischer Mißachtung« einer Polizeisperre. Wetten, er ist längst wieder zu Hause in Brooklyn Heights?

Er hat sich zu erkennen gegeben als Gegner der U. S. A.-Politik in Viet Nam.

Außer dem hat er seinen Beruf ausgeübt: demnächst wird er uns seine Erfahrungen verkaufen.

Dich störte die Fahne des Viet Cong im Marschzug.

Was geht mich der Viet Cong an. Ich brauche nichts als den Abzug der fremden Truppen aus Viet Nam.

Unserer Truppen.

Der fremden Truppen.

Dich hätten die Schwaden von Marihuana von deinen Nachbarn her an der Sache zweifeln lassen.

Wäre die Sache im Rausch deutlicher zu erkennen?

Ein kleiner Fehler in der Schönheit der Tat, und du begehst sie nicht.

Nicht nur die Tat käme wieder, auch der Fehler.

Und daß du die Tat nicht behalten dürftest.

Daß eine Ablehnung der nordamerikanischen Expansion in Asien umgedreht würde in eine Befürwortung der sowjetischen Expansion.

Du quatschst wie eine gottverdammte Intellektuelle.

Und ihr quatscht wie Leute, denen etwas zur Anwesenheit fehlt.

Du warst schlicht bequem. Du mochtest da nicht hingehen als jemand über Dreißig. Du mochtest da nicht auffallen und angesehen werden unter Schülern, Studenten, lauter Jugendlichen.

Mit wem hätte ich gehen sollen? Mit den Blumenkindern? Mit der Hochschule für Musik und Kunst von New York?

Du wolltest nicht erkannt werden als eine Fremde.

Tatsächlich wär mir gewesen, als müßt ich mich verkleiden.

Du wärst einmal nicht für dich gewesen.

Die schöne Vertraulichkeit am nächtlichen Feuer vor dem Pentagon, ich habe solch Vertrauen nicht mehr. Die Umzingelung durch Soldaten mit aufgepflanzten Bajonetten, fach-

männisch in der Hüfte abgestützt, sie hätte mich nicht reinfallen lassen auf Heldentum in der Gefahr. Der Geruch von Holzrauch und Tränengas in der Luft, er hätte mich nicht denken lassen an die wissenschaftlich vorhergesagten Leiden vor dem unausbleiblichen Sieg. Das gemeinsame Absingen von Down by the Riverside, schon beim Dabeisein wär mir die Aussicht auf Erinnerung daran nicht behaglich.

Daß du dich nicht genieren mußt, weder jetzt noch später.

Daß ich nur tu was ich im Gedächtnis ertrage.

Dir wär schon peinlich gewesen, daß in der Nacht die Sperrböcke der Polizei in den Lagerfeuern verheizt wurden.

Es war nicht gegangen um die Zerstörung von öffentlichem Eigentum. Das macht die Steuerzahler nicht empfänglicher für Friedensmärsche.

Es sind auch deine Steuern, die in den Krieg geschickt werden.

Soll ich besser Steuern zahlen für die afrikanischen Waffengeschäfte Großbritanniens, für die Militärindustrie Westdeutschlands, für die Besatzungskosten der Sowjetunion?

Gestern, als du von der Fähre kamst, hast du die kleine Kundgebung im Battery Park nicht begriffen. Du hast nicht gewußt, warum so viele Autofahrer, auch die Chauffeure der städtischen Omnibusse, der Polizeistreifenwagen am hellichten Tage mit eingeschalteten Frontscheinwerfern oder Parklicht unterwegs waren.

So sind sie auch durch die Stadt gefahren, um Trauer zu zeigen über den Tod von John F. Kennedy.

Gestern taten sie es aus Solidarität mit dem Krieg der Nation in Viet Nam.

Zugegeben, ich war vertrauensselig. Öwe dat's'n Fele, de sick gift.

Dat sä Edith ok.

Dor kreech se dat fiewte Kint.

Und es genügt dir, daß du die Vorfälle bei den gestrigen Demonstrationen hier und in der Welt erfährst aus der Zeitung? Damit läßt sich leben, statt mit Anwesenheit, Mitmachen, Eingreifen, Aktion?

Es ist was mir übriggeblieben ist: Bescheid zu lernen.

Wenigstens mit Kenntnis zu leben.

Gesine, warum warst du gestern nicht bei der Demonstration in Washington?

Das sage ich nicht.

Uns kannst du es doch sagen.

Nicht einmal im Gedanken.

Es bleibt nur noch Eines.

Solange ich es nicht fertigdenke, ist es nicht.

Mrs. Ernest Hemingway hat sich beklagt bei der Times von London wegen der Veröffentlichung von Briefen, die ihr verstorbener Ehemann zwischen 1950 und 1956 an Adriana Ivancich schrieb, eine junge Frau, die sich ausgibt für das Modell der Person Renata, die Hemingway für seinen Roman »Über den Fluß und in die Wälder« erfand.
Es gelang der New York Times am gestrigen Nachmittag nicht, das Modell, die jetzige Gräfin Rex, in Mailand am Telefon zu sprechen.

23. Oktober, 1967 Montag

Du willst heute den Mund nicht aufmachen, Gesine? Die Klappe halten? Keinen Mucks tun?

Es soll typisch sein für New York. Ein Mann hat einen Rekord von einundzwanzig Tagen Schweigens beschrieben. Es soll typisch sein für die Entfremdung in New York.

Warum willst du schweigen, Gesine.

Ich mag nichts reden.

Gespräche wegen der Arbeit sollen nicht gelten. Marie rechnen wir nicht, obwohl sie wortlos zur Tür ging, nachdem sie Gesine unverhofft in einen Arm schloß, flüchtig aber nachdrücklich, so daß die Empfindung ihres Körpers von den Knien bis zu den Schultern ein paar Atemzüge lang haften blieb. (Frag mich nichts, Marie.) Mit Jason geht es ab ohne ein Wort, auch ohne Grimasse. Wo die Stahltreppe um den Fahrstuhlschacht offen ist gegen den Wartesaal des Hauspersonals, erschien Jason im Türrahmen, massig, schwarz, düster, finster, deckte für einen Augenblick den Lärm aus Radio und Fernsehgeräten ab, war weggetreten in die Dunkelheit hinter seinen Augen. (Prächtiger Morgen heute, Jason.) Die Mechaniker in der mittleren Garage sind wach genug, sie rufen, sie begrüßen Mrs. Cresspahl als ihre Schwester, einer pfeift. (Ich trag meine Röcke so kurz sie mir passen.) An der Ecke zur 96. zur West End Avenue ist der Funkwagen vorgefahren und setzt den Polizisten ab, der hier allfünfmorgendlich den Weg der Kinder zur Schule Emily Dickinson überwacht. Während er in die Mitte der Kreuzung schreitet, zieht er mit festen Griffen seine weißen Handschuhe über und mustert die Passanten auf dem Bürgersteig, die geniert und ärgerlich für dies Mal die Ampelzeichen beachten müssen. (Jawohl, Herr Wachtmeister.) Hinter dem Schaufenster seines Guten Eßgeschäfts steht Charlie baumstill, hält den steilen Kopf mit der grauen Bürste darauf blicklos gegen den Broadway und kümmert sich nicht um seine Hände, die einen Hamburger auf die Schippe nehmen. In der Ecke des Schaufensters steht eine gedruckte Karte mit Fettflecken, die Charlies Küche den Kunden eines westdeutschen Reisebüros empfiehlt. (Was sagen denn die Juden in dem Büro über dir dazu, Charlie?) Der alte Mann am Zeitungenstand hat die Hände in seiner Beutelschürze und beobachtet diese Kundin beim Tausch von Papier gegen Münze so aufmerksam, als wollte er ihr auf den Mund blicken. (Heute hab einmal ich vergessen, wie man Guten Morgen sagt.) Das war nicht leicht. Fast wäre sie zurückgegangen, um ihn mit einer Bemerkung über das Wetter zu versöhnen. (Mein Herr, ist DER SPIEGEL schon geliefert?) Auf der stinkenden Treppe in die Ubahn tritt eine Frau wie geträumt aus der Wand, solide und kleinbürgerlich gekleidet, zu langweilig für die männlichen Fahrgäste, und sie sagt: Liebe, Süße, hast du nichn Zehner für mich. (Ich könnte dir n prima Gedicht von Brecht empfehlen, du wildgewordene Hausfrau.) Der Expreß A ist heute dicht gestopft mit Menschen und wird von Minute zu Minute enger unter dem gedankenlos fließenden Monolog eines dunkelhäutigen Herrn, der mit heiser schleifender Stimme gegen die Decke spricht, den Kopf im Nacken wie ein Ertrinkender: Sie wolln dn Nege bstechn! Sie haben vor und im Sinn und planen, dn

Nege mt Sex zbestechn! (Wem sagen Sie das.) In der Halle des Bahnhofs Grand Central klappert eine würdige alte Dame in Spitzenbluse und schwarzem Schneiderkostüm die Rückgabefächer der Telefone nach vergessenen Münzen ab und fühlt sich betrachtet und fragt uns mit dem hüpfenden Akzent eines kostspieligen College nach dem Zug aus Montreal. (Rufen Sie die Auskunft an, Madame.) Bei Sam müssen wir uns darauf verlassen, daß er unsere regelmäßige Bestellung auswendig weiß, und tatsächlich hindert der Andrang zu seiner Theke ihn, uns die fertige Tüte mit zusätzlichem Grußwechsel auszuhändigen; vielleicht hat sein Nicken, der trübe Blick abseits von seinem belfernden Mund nicht uns gegolten. (Hei, Sam. Tee Zitrone. Danke Sam. Schufte nicht so, Sam. Attjé, Sam.) So schaffen wir es schweigend zur ersten Fahrstuhlgasse, in den elften Stock, an den Mädchen im Schreibbereich vorbei, an die Arbeitsplatte, und nach zwei Stunden Schweigens vor der brummenden, hackenden Maschine richtet Amanda sich auf dem zweiten Stuhl ein, mit dampfendem Kaffee und brennender Zigarette ausgerüstet für einen längeren Besuch und will wissen, wie es uns geht. Sie besteht darauf, es zu erfahren. Nun ist das Spiel verloren. – Du siehst doch, daß ich strahle: sagt Mrs. Cresspahl.

Die Demonstration in Washington ist inzwischen zubereitet für die Geschichte, nachzulesen in der Nachrichtenanalyse der New York Times. Wenn man ihr glaubt, haben alle verloren. Die Regierung ist traurig wegen ihres beschädigten Ansehens in den Augen des Auslands. Die Aktivisten der Demonstration sind traurig, weil sie nicht genug Leute gegen den Präsidenten auf ihre Seite bekommen haben. Die auf seine Person gezielten Schmähungen würden sein sinkendes Glück in den Wahllokalen wenden (»LBJ der Schlächter«). Die Plakate und Szenen seien zu unanständig für den Druck gewesen (too obscene to print). Die meisten Verhafteten hätten sich benommen wie ordentliche Bürger, die auf einer Sauftour am Samstagabend bei was erwischt wurden; Norman Mailer habe sich, allerdings und natürlich, sichtbarlich als er selbst gezeigt. Die Gruppen der Demonstration seien weder über Ziel noch Taktik einig gewesen. Es sei Idealismus mißbraucht worden. Die Radikalen hätten einen Kampf gesucht und bekommen. So war das demnach.

Die Sowjets wüßten nicht, daß der übergelaufene Geheimagent Jewgenij J. Runge je bei ihnen in Armee oder Sicherheitsdienst gedient hätte. Wüßten sie nicht.
Auf der Reise nach Hause haben wir es noch einmal versucht mit Schweigen. Aber Mrs. O'Brady am Zigarettenstand wollte uns Zigaretten nur verkaufen gegen ein Gespräch über die Gefährlichkeit von Zigaretten, Mr. Stample (James F. (»Shorty«) Stample) wollte gern einen Schnaps am Grand Central nicht allein trinken, und als wir den los waren, hielt uns ein junger Mann an, mitten auf der Lexington Avenue, und fragte nach dem Weg zum Times Square, nach keiner anderen Adresse in ganz New York. (Diese Masche ist mir noch nicht untergekommen. Das müssen Sie wo gelesen haben, Mensch.) Aber in seinem jungenhaften Gesicht mit dem flauschigen rostroten Bart war tatsächlich Verwirrung, sein Akzent war wahrscheinlich britisch, ausreichend für einen Neuseeländer, er sah wirklich aus wie jemand, der plötzlich und ohne Warnung mitten in einer Fremde abgesetzt wurde, und so nahmen wir ihn mit unter der Erde vom Grand Central bis zum Fuchsbau unterhalb des Times Square, immerzu im Gespräch, mit Vergnügen an dem anderen, dem auswärtigen, dem Kinderzeiten-Englisch. Und Marie stand an das Geländer um den Ubahnausgang 96. Straße gelehnt, ein etwas besorgtes, ein entschlossenes Kind, das noch ein paar Schritte ohne Sprechen zuläßt, ehe der Tag ins Reine gebracht werden muß.

– Bist du noch traurig, Gesine.
– Nein.
– Weißt du noch, über was du traurig warst.
– Nein.
– Das sind diese gottverfluchten Montage, Gesine. Manchmal mag ich auch nicht, Gesine.

24. Oktober, 1967 Dienstag

Nun hat Albert Gallo (»Baby Knall«) nicht nur die Führung der Mafia von Brooklyn dem Joseph Colombo überlassen

müssen, er wurde gestern morgen um sieben auch noch verhaftet wegen ein bißchen Zwang und Erpressung bei einem Pferdewettenmogeleitrick.
Leo Held, 39 Jahre, wohnhaft in Loganton in Pennsylvania, Vater von vier Kindern, im Ansatz ein Kahlkopf, 6 Fuß, 200 Pfund, »ein ruhiger, friedlicher, für seine Familie lebender Mann«, »ein geachteter Bürger«, ehemals Mitglied der Schulkommission, eifriger Jäger und guter Schütze, ohne Vorstrafen, nie wegen Geisteskrankheit in Behandlung, seit 21 Jahren Angestellter der Papiermühle Hammermill in Lock Haven, erschien gestern gegen acht auf seiner Arbeitsstelle mit einem Revolver vom Kaliber 38 und einer Magnum 44 und erschoß von seinen Kollegen fünf, offenbar ausgesuchte, verwundete auch vier. Gegen viertel neun erschoß er die Frau in der Telefonzentrale des Flugplatzes Lock Haven, eine Nachbarin. Zu Hause, siebzehn Kilometer weiter, schoß er auf ein schlafendes Nachbarnehepaar, tötete den Mann, versorgte sich mit seiner Munition und schoß sich mit zwölf Polizisten, bis sie ihn endlich auch in die Hände trafen. Er wird es wohl überleben.
Als gestern nachmittag Robert Smith, 470 Sheffield Avenue in Brooklyn, laut mit seiner Frau Clarice stritt, ging ihr sechsjähriger Sohn Randy in die Kleiderkammer, holte seines Vaters Gewehr, Kaliber 22, lud es, legte an und schoß den Vater in die Brust. Der macht der Mutter nie mehr einen Krach.
Cresspahl 1933 in Jerichow fühlte sich behandelt, als sollte er von einem Krach abgehalten werden. Am Morgen paßte er im unteren Korridor einen Moment lang nicht auf, und schon hatte er eine Umarmung von Louise Papenbrock weg. Der alte Papenbrock wartete beim Frühstück, bis er seine Frau bei dem Kind beschäftigt wußte (»bei den Kindern«), dann schickte er Edith zum Lübecker Hof und ließ sie zwei Krüge Kniesenack bringen und schenkte Cresspahl und sich einen großen Richtenberger dazu; nicht nur war er dankbar für die Gelegenheit, sieben eine gerade Zahl sein zu lassen, er war auch erleichtert, daß dieser Schwiegersohn etwas vom Trinken verstand. Er hatte das früher nicht bemerkt. Papenbrock und Cresspahl gingen die Stadtstraße hinunter und wieder hinauf,

damit sie gesehen wurden, traten auch ein in Geschäfte, und ließen sich Glück wünschen von Bäcker Molten und Schneider Pahl und von Böhnhase, und einigten sich bei Schnäpsen am Ladentisch oder in der Hinterstube mit ihnen jeweils darauf, daß entweder der Einzelhandel oder das Gewerbe das Rückgrat des Mittelstandes sei und daß die Nazis offenbar davon eine Ahnung besaßen. Sogar Stoffregen lief nicht davon, als Papenbrock ihn am Mantelknopf packte und sich eine Gratulation ausbat. Cresspahl begriff nicht, warum der Mann sich so wand in Verkniffenheit und Trauer. Einmal fiel ihm auf, daß Heinz Zoll sich in die Post verdrückte, als sie näherkamen. Als sie die Bürgermeisterei erreicht hatten, war Papenbrock recht rot im Gesicht und kleinen Jähzornausbrüchen gegen seine Louise nicht abgeneigt, aber seine Louise entsann sich der Zeiten auf Vietsen und schickte kein Mal in den Lübecker Hof, wo inzwischen acht Herren auf die Gesundheit des neugeborenen Kindes tranken. Papenbrock wurde überdies zu seinem Sohn beglückwünscht, der durch ein Ereignis namens Umschwung an die Staatsmacht herangekommen war, aber Dr. Erdamer hielt sich davon zurück, und Papenbrock versuchte abzuwinken mit seiner langen, dickgewordenen Hand. Horst hatte sich in Gneez eine Abteilung Polizei gekeilt und suchte mit der Vollmacht und den Listen des Kreisleiters nach einer kommunistischen Sache, die Umtriebe hieß. Papenbrocks Empfindungen schwankten zwischen Stolz auf den Jungen, der nun doch ein forsches und fast militärisches Kommandieren gelernt hatte, und andererseits der Sorge, er selbst werde für die Unternehmungen seines Sprößlings haften müssen, auch gegenüber Dr. Erdamer, der nicht nur Sozialdemokrat war, sondern auch auf Horsts »Abschußliste« eingetragen stand. Vorerst wollte er versuchen, Cresspahl da herauszuhalten, nur für ein paar Tage noch, und Cresspahl war sich nichts vermutend.

Krach wäre ihm zupaß gekommen. Es war nicht nur die alberne Ausgelassenheit aller Frauen in Papenbrocks Haus, die die Männer an die Wand drücken wollten mit der Geburt (»Mein Mann ist im Krankenhaus. Wir haben ein Kind gekriegt«); er hatte sich alles anders gewünscht: ein Einzelzimmer in einer Klinik, ärztliche Aufsicht, ausgebildete Schwestern, Besuchsverbot für Fremde und einen Anschein von Hygiene. Nun lag seine Frau Staat im Teezimmer und mußte die Aufwartungen der befreundeten Familien hinnehmen, und das Kind wurde aufgehoben und den Kindern der Besucher gezeigt und hingelegt und aufgehoben, freundlich betatscht von erdigen und Schnupfenfingern und würde sich Kopfschmerzen zuziehen von den Blumengebinden in der trockenen Heizluft so wie er sie schon hatte, Cresspahl. Es gelang ihm auch nicht, mit Lisbeth unbefangen zu reden (außer in der ersten Nacht, die er auf dem Fußboden neben ihrem Bett verbrachte, die Hände im Nacken verschränkt, leise redend, bis sie ihre plötzliche Angst vergaß und einschlafen konnte). Sie versprach ihm kein Reisedatum, aber sie widersprach ihm auch nicht. Wenn er das Kind ansah, das blind und hilflos Tropfen Zuckerwasser von seinem rissigen Finger nippte, hatte er ein heftiges Gefühl von Eile.

Am Sonntagnachmittag, während aus den Lautsprechern des Musik- und Radiohauses Johs. Schmidt die Schallplattenkonzerte zwischen den neuesten Zahlen von der Reichstagswahl an die Fensterscheiben klirrten, bekam das Kind einen Namen. Im Gneezer Tageblatt war es nur als »ein gesundes Mädchen« annonciert worden. Lisbeth Cresspahl hatte einen Jungen erwartet, und nur den Namen Henry fertig ausgedacht, und Cresspahl hatte nicht erwartet, daß er einmal eher seinen Willen bekommen würde als sie. Sie ließ ihn Vorschläge machen. Sie saß halb aufrecht, gegen drei Kissen gelehnt, und sah ihn an, aufmerksam, fast munter. Ihre Augen schienen dunkler als sonst, sie hatte ihre Farbe noch nicht wieder, und auch die lockeren Haare um ihr Gesicht waren nicht so hell wie sonst. Sie dachte über seine langsamen, nicht ganz überzeugten Einfälle nach, öffnete die Lippen, kaute Luft. Es sah aus wie Abschmecken. Elisabeth sollte das Kind nicht heißen, – welche Lisbeth soll denn kommen, wenn du eine von uns rufst, beide, Cresspahl? Sie verstand ganz gut, daß er als einen zweiten Namen Luise nur aus Höflichkeit gegen Papenbrocks Frau denken konnte, und nicht gern. Sie brachte den Namen seiner Schwester auf. Cresspahl meinte zögernd, es müsse ein Name sein, der keine andere Person mitriefe. – Gesine: sagte er harmlos, und hätte es am liebsten verschluckt. – Ja: sagte Lisbeth, nachgiebig, freundlich, so daß er es als ein Geschenk verstehen mußte. Er saß an ihrem Fußende, auf dem Bettrand. Sie hatte gar nicht zur Wiege hinübergesehen, sie stieß ihn leicht gegen die Hüfte mit einem Fuß unter der Decke und sagte: Gesine Henriette.

Du bist das, Gesine?

Das bin ich, Gesine.

1904 in Malchow am See?

Ich war fünfzehn. Er war sechzehn. Ich war die Enkelin von Redebrecht.

Wie hast du ausgesehen, Gesine.

Ich trug die Zöpfe um den Kopf. Ich war blond. Er wünschte sich immer, daß ich die Zöpfe aufmachte. Das erste Mal ging ich mitten in der Nacht oben ans Fenster, die Haare offen. Es war nichts ausgemacht und nichts angesagt. Da stand er.

Gesine, bist du auch tot?

Das muß nicht sein, Gesine. Ich wär ja erst neunundsiebzig. Die Olsch, die dir 1952 auf dem Bahnhof von Wendisch Burg im Weg stand, ich könnte sie gewesen sein. Die Olsch mit dem Stock auf der Bank vor dem Altersheim in Hamburg, vielleicht war ich sie. Das kannst du doch denken, Gesine.

Kann ich, Gesine.

In der Monterey Avenue, Nummer 2015, in der südlichen Bronx, wohnt Peter Harper, Hausmeister. Er hat sich einen Abfall-Unterstand über seine Hintertür gebaut, ein kräftig verstärktes Metalldach. Nun ist er zufrieden. Nun kann ihn der Abfall nicht mehr treffen, den die Bewohner der oberen Stockwerke auf den Hof schmeißen. (Die New York Times ist entweder nicht sachkundig genug oder zu diskret, denn sie unterschlägt den Namen für den herabsausenden Müll, sanfte Papierschnitzel oder harte Saftflaschen: Luftpost.)

25. Oktober, 1967 Mittwoch

Die Sowjets sind nun doch entschlossen, sich zu ärgern über die Flucht ihres Geheimagenten Runge in den Westen; sie geben schon zu, daß es ihn gibt; und sie nennen ihn einen skrupellosen Verbrecher. Und sie machen einen amerikanischen Agenten öffentlich, der ihnen aus New Delhi zugelaufen ist. John Smith heißt er.

– Gesine, ich habe Sorgen mit einem Kind.
– Mit einem Kind, das ich kenne?
– Nein. Ein Kind aus meiner Klasse.
– Sitzt es neben dir?
– Es ist neben mich gesetzt.
– Ein Kind aus einer anderen Schule?
– Aus Harlem.
– Das ist es?
– Daß sie gefärbt ist.
– Pass auf deine Sprache auf, Marie.
– O.K. O.K.!
– Es heißt: Eine Negerin. Ein schwarzes Mädchen.
– Ja, Gesine. Jaja.

Einige Kinder von den Botschaften Polens, Bulgariens und der Č.S.S.R. sind in der Lincoln-Oberschule von Washington (D.C.) von amerikanischen Schülern geschlagen und bedroht worden. Ein Junge mußte ins Krankenhaus gebracht werden. Das Außenministerium teilt mit: Dies sei sehr schlecht für unser Ansehen in Übersee.

– Sie ist die einzige Schwarze.
– Gib ihr ihren Namen.
– Francine ist die einzige Schwarze in unserer Klasse, und von allen einundzwanzig Mädchen mußte Schwester Magdalene mich aussuchen.
– Du genierst dich.
– Nein. Es ist, es hat keinen Zweck. Sie ist eine Ausnahme.
– Eine Ausnahme von den Negern?
– Eine Ausnahme vom Leben in diesem Land. Sie ist eine Alibinegerin.
– Schülerin Cresspahl, erläutere diesen Begriff.
– Ein Alibineger ist einer, der umsonst in unsere Schule gelassen wird.

– Damit das Institut nicht die Bundeszuschüsse verliert.
– Damit das Gesetz belogen wird.
– Willst du Plätze für alle Neger an euren Schulen, wegen der Gerechtigkeit?
– Es ist ungerecht, daß ich bis dahin für alle einundzwanzig von uns die Arbeit machen soll mit der Alibinegerin.

Der Dramatiker LeRoi Jones, in New Jersey unter Anklage wegen zweier Revolver, die während der Juli-Unruhen in seinem Auto gefunden wurden, beschimpfte den weißen Richter und die weißen Jury-Kandidaten als seine Unterdrücker. Ihm wurden Handschellen angelegt.

– Es ist dir zuviel, Marie.
– Es ist viel. Francine ist im Rechnen zurück, sie schreibt falsches Englisch, sie weiß nicht wo Montreal liegt.
– Sie ist auch nie über ein Wochenende nach Montreal mitgenommen worden, wie ein Kind, mit dem ich persönlich bekannt bin.
– Francine kann nicht einmal lernen. Sie behält wenig, und das bringt sie durcheinander.
– Womöglich hat sie zu Hause nicht Platz zum Lernen, nicht Ruhe, nicht Zeit.
– Nicht meine Schuld.
– Welcome a Stranger.
– Das tu ich, seit Labor Day. Die siebente Woche schon seh ich ihr die Hefte durch, bespreche Tests mit ihr in der Pause, höre ihr ab, erklär ihr die Hausaufgaben noch einmal am Telefon. Das ist es nicht. Mit Arbeit mein ich was anderes.

Als der Pastor Stephen McKittrick, von der Lutherischen Kirche St. Paul, in seinem Autoradio hörte, daß der Familienvater Amok lief, rannte er in sein Haus und holte sich seine Schrotflinte mit den beiden Läufen übereinander, ein Geburtstaggeschenk seiner Frau, das er eigentlich zur Jagd auf wilde Truthähne hatte benutzen wollen.

– Was ist die Arbeit.
– Die Arbeit ist das Freundlichsein.

– Ist sie freundlich?
– In den ersten Wochen war sie steif vor Ängstlichkeit. Sie mochte den Blick nicht hochnehmen. Auch heute noch braucht sie Mut oder einen Rippenstoß, um sich zu melden. Aber bei mir, da tut sie sich keinen Zwang mehr an.
– Sie hat sich bedankt.
– Ich habe abgewinkt.
– Sie ist freundlich geworden.
– Und ich muß die Freundlichkeit zurückgeben! Sonst geht die Hilfe nicht. Sonst ist sie gekränkt. Und
– Du magst sie nicht.
– Ganz recht, ich finde sie häßlich.
– Welche Neger findest du nicht häßlich.
– Jason. Esther. Shakespeare.
– Weil sie denen im Fernsehen ähneln.
– Ich sehe nicht heimlich fern.
– Entschuldige.
– Nun sagt sie mir ins Gesicht hinein: sie findet mich nett. Demnächst wird sie mich morgens und zum Abschied umarmen. Jetzt will sie mich ganz.
– Sie ist auf das Alibi hereingefallen.
– Dafür will ich nicht mehr bezahlen.
– Was bezahlst du?
– Bei Marilyn. Bei Marcia. Bei Deborah. Die denken: Ich helfe Francine nicht aus Anstand allein. Die denken was Francine denkt: Ich täte das aus Liebe. Ich will da raus.

Vor sieben Jahren mußte eine vierköpfige Familie für ein Leben ohne Luxus in New York noch bloß 5 790 Dollar aufwenden. Das nationale Büro für Arbeitsstatistik hat den Standards dieses Lebens nur den Besitz des eigenen Heims zugeführt. Das ergibt, zusammen mit den gestiegenen Preisen und Steuern, für die selbe Familie 10 195 Dollar Ausgaben im Jahr 1966, 71 % mehr. Vielleicht schaffen wir es hier doch nicht.

– Warum kommst du erst jetzt damit an?
– Ich wollte gutes Wetter abwarten.
– Bei wem?

– Bei dir, Gesine. Sprich über die Lage der Neger, und verlaß dich auf ungeduldiges Benehmen von Mrs. Cresspahl.
– Du willst es Francine nicht sagen.
– Nein. Das kann ich nicht.
– Dann laß sie denken, was sie denkt, und behalte im Gedächtnis, warum du ihr hilfst.
– Und meine echten Freundinnen?
– Du kannst ihnen Bescheid geben, indem du sie um ihre Hilfe für Francine angehst.
– Das wäre nicht gelogen?
– Es wäre nicht direkt gelogen.
– O. K. Dann bin ich raus. Danke.
– Es ärgert dich nicht, daß wir nun all dies auf dem Tonband haben?
– Nein. Übrigens, ein Mal würd ich Francine gern zu uns einladen. Wenn ich meine Party zu Halloween mache.
– Jetzt willst du das Tonband täuschen.
– Und du täuschst nicht, Gesine. Nicht einmal Tonbänder.
– Vielleicht kann ich das besser.
– Entschuldige. Ich meinte nicht dich. Ich meinte: wenn ich einen Gedanken wiedererkenne, noch bevor ich ihn ganz ausgesprochen habe, ist er dann wirklich von mir vorher gedacht worden? War es mir ernst, als ich ihn vielleicht dachte? Erinnere ich mich an ihn, oder an den Wunsch, ihn zu denken? Sag mal, Gesine.

Abends, kaum waren wir im Haus, zieht eine Horde von Gewittern und Regenschauern aus dem Westen auf unsere Fenster zu, schlägt schnell und gewalttätig in die Stadt, von fünf bis kurz nach Mitternacht. Jetzt ist es kalt.

26. Oktober, 1967 Donnerstag

Die Sowjets können den Übertritt ihres geheimen Kundschafters Runge immer noch nicht fassen, es sei denn als Erfindung und dowen Witz der Konkurrenz, und die Ostdeutschen beanspruchen ihn sogar als (kriminellen & flüchtigen) Staatsbürger. Im Gegenzug stellt die Konkurrenz in London Runges

sowjetische Pässe, Kennkarten und Dokumente aus, echte Fotokopien.
Dr. Gallup hat wieder einmal die Nation befragt. 46 vom Hundert haben ihm anvertraut, sie bedauerten das Engagement der U. S. A. in Vietnam. 1965 waren es nur halb so viele.
Die Stalina hat von ihren mehr als zweieinhalb Millionen Dollar ein bißchen verstreut unter Bedürftige, die ihr sympathisch sind. Sieben Achtel der Beute will sie für sich behalten.
Der Amokläufer von Pennsylvania ist gestern morgen gestorben. Sein wirres Murmeln gab keinen Aufschluß (6 Hingerichtete, 6 Verwundete).
Cresspahl hatte es nicht leicht, sein Kind anzumelden. Das Rathaus war bewacht.
Horst Papenbrock hatte die Machtergreifung nicht am Markt angefangen. Als er am Montag nach der Reichtagswahl von seiner Kommunistenschnüffelei aus Gneez zurückkam, hatte er keinen gefangen, war ihm der Tag nicht voll genug, und der Fahnenmast der jerichower Schule fiel ihm ins Auge. Der Mast kam ihm nackt vor. Am späten Nachmittag noch trat die S. A. auf dem Markt an, einige ohne großes Verlangen nach aufrechtem und wortlosem Dastehen, und marschierte rechtsum ab in die Schulstraße, ohne Lied und etwas wacklig, wie ein Panzerwagen mit betrunkenem Führer zwischen den niedrigen Gebäuden und den Hunden hindurch und hißte die Fahne der nationalsozialistischen Bewegung auf dem Schulhof und ließ einen Doppelposten zurück aus den zwei Mann, die noch nicht nur Geistesgegenwart sondern auch eine etwas vollständige Uniform am Leibe hatten. Der Bürgermeister schickte die Stadtpolizei erst in der Dämmerung. Die Stadtpolizei war Ete Helms, auch nicht viel über zwanzig und sehr auf seinen Feierabend bedacht, so daß er sich gemütlich wegschicken ließ und die Uniformjacke erst zuknöpfte, als er auf Papenbrocks Diele stand und nach dem jungen Herrn fragte. Horst hatte die Koemflasche neben dem Schinkenteller gehabt und machte dem Jüngeren ein paar Minuten lang den Vorgesetzten, bis er erfuhr, daß Dr. Erdamer gesagt hatte: Dummes Zeug (im Selbstgespräch, beim Zuziehen der Tür). Fünf Minuten später

deckte Horst den Doppelposten mit gezogener Pistole, und Ete Helms stand bis kurz vor Mitternacht am Schulhofzaun, stramm jetzt und die Hände am Koppel, neidisch auf den Kaffeedienst der Nazis, angetan von den schneidigen Wachablösungen alle Stunde, nicht ganz behaglich inmitten der Zuschauer, die so viel nächtliche Abwechslung seit Jahren nicht genossen hatten und sich einen Spaß daraus machten, jeweils um den Schritt vorzutreten, um den er sie zurückwies. Gegen Mitternacht war Dr. Erdamer vernünftig genug, den Bitten von Geesche Helms nachzugeben und ihr den Mann ins Bett zu schicken, so daß der S. A. mit den Gaffern auch die Lust an der Grüßerei und dem Marschschritt ausging und sie den Schulhof räumten, aber es war dennoch Horst Papenbrocks Sieg gewesen.

Denn am nächsten Morgen stand die Ehrenwache wieder auf dem Schulhof, als die Kinder zum Unterricht kamen, wenn auch nicht in der Gesellschaft von Polizei. Jenes Kommando hatte Horst an Walter Griem abgegeben; er selbst hatte auf dem Dach des Rathauses die Nazifahne hochziehen lassen und zwei Uniformierte links und rechts des Beischlages aufgestellt. Dr. Erdamer konnte sie gut sehen von seinem Fenster über der Treppe, und auch, daß der Stahlhelm inzwischen sich in diesen Postendienst gedrängt hatte. Auf dem Tisch hatte er den Lübecker Generalanzeiger vom Montag. Die Zeitung trug im Kopf die Versicherung, daß sie jeden Morgen außer montags in den Handel kam. An diesem Montag war sie erschienen, zu Ehren der Reichstagswahl, und wegen der Art des Ergebnisses. Im Wahlkreis Mecklenburg hatten die Sozialdemokraten ein Mandat verloren, blieben 120. Die Kommunisten waren von 100 auf 81 Plätze runter. Mit 195 Nazis im Reichstag aber war die mecklenburgische Seele nicht zufrieden gewesen, und sie hatte sie versehen mit zusätzlichen 93. Den Lübecker Generalanzeiger dieses Tages hatte er in der Hand. Er hatte die Schlagzeile so oft gelesen, die fette Fraktur setzte sich im Lesen nicht mehr in ihre eigene sondern fremde Bedeutungen um. »Lübeck ist nicht mehr rot!« jubelte das Blatt. Aber im Senat der Freien und Hansestadt Lübeck hatten Kommunisten nicht gesessen; gemeint waren die Sozialdemokraten. Gemeint war er. Die Bezeichnung rot hatte er in achteinhalb Jahren Verwaltungsdienst gewohnheitsmäßig von sich weggedacht, zu den Kommunisten hin, die die Republik hatten zerschlagen wollen, nicht ihren Nutzen mehren. Er hatte das in kleinen mecklenburgischen Städten versucht, und nicht die Bürgerschaft und nicht seine Partei hatte ihn zum Umzug gedrängt, sondern günstigere Angebote. Er hatte nicht nur Jerichows Rathaus aufgeräumt, auch die Straße zur See, die Feuerwehrhalle im Gaswerk, das Arbeitsamt, auch die verunkrauteten Parzellen im Nordwesten der Stadt, aus denen er die Anfänge eines Villenviertels gemacht hatte. Er hatte weder seinen juristischen Titel von der Universität Leipzig noch seine Karriere noch sein Parteibuch benötigt, sich Ansehen zu verschaffen; auch in Jerichow war er mit dem Adel wie dem Bürgertum von vornherein bekannt und einig gewesen nicht nur in den Formen des Umgangs, sondern auch in dem Anstand, den sie hätten enthalten sollen. Er verstand nun den Adel der Gegend nicht. Er verstand ihn, er begriff die wirtschaftlichen Interessen der Leute, die das politische Unwetter in der Sicherheit ihrer Güter abwarten wollten, aber es genierte ihn, daß sie so ruhig saßen und die Schlägerkommandos der Nazis nicht von ihren Knechten aus den Siedlungen der Tagelöhner prügeln ließen und weder selbst noch durch die Kirche hatten Bescheid sagen lassen, daß sie einen Erfolg für die nationalsozialistischen Plebejer nicht wünschten. Die Kirche genierte ihn. Ihn genierte, daß Papenbrock seinen Sohn nicht in den Nacken schlug. Mit Papenbrock war er nicht nur beim Wein einig gewesen, auch über die Beschlüsse, die bei den Versammlungen der Stadtverordneten herauskommen sollten. Papenbrock war zu fein gewesen, sich aufstellen zu lassen, Papenbrock hatte dennoch gern seinen Finger gehabt in jeder Suppe, die im Rathaus gekocht worden war. Jetzt ließ er seinen Sprößling eine rote Fahne mit einem Hakenkreuz auf das Rathaus bringen und bewachen von einem Bewaffneten, der den Lauf schon auf Ete Helms richtete, als er am Rand des Dachfensters erschien, und es war nicht Schrot, das er abschießen würde. Seine Kollegen im Senat der Freien und Hansestadt Lübeck hatten es ihm vorgemacht: die von der S. P. D. waren zurückgetreten, obwohl die Reichstagswahl gar nichts mit der Zusammensetzung der Landtage zu tun hatte. Es war nicht rechtlich. Es war gegen das Gesetz. Und er war immer in kleinen Städten gewesen. Ins schweriner Ministerium würde er nicht mehr kommen. In Jerichow verlor seine Tochter eine Freundin, diese Lisbeth Papenbrock mit ihrem Cresspahl in England. Er verlor die Verantwortung für die Messerstechereien auf den Dörfern, die nächtlichen Schußwechsel zwischen Reichsbanner und den Hilfspolizisten der S. A. Er verlor die wöchentliche Rangelei mit den Nazis im Stadtrat über den Juden Semig. Er verlor die Leute, die in der Sonntagnacht bis elf Uhr an den Lautsprechern von Johs. Schmidt auf die Wahlergebnisse gewartet hatten, fröhlich in der warmen Luft, wie betrunken von jeder neuen Zahl. Die taten ja geradezu, als würde nicht nur die Polizei abgeschafft, sondern auch das Finanzamt. Er hatte im schweriner Büro der Partei niemand ans Telefon bekommen können, nicht einmal in Gneez. Als er am Nachmittag die Versammlung der Stadtverordneten eröffnete, war er noch nicht entschlossen. Dann traten die Sozialdemokraten von Jerichow zurück: Upahl, Stoffregen, Piep, Piepenbrink. Auch Stoffregen. Kleineschulte mit seiner Hugenbergpartei blieb sitzen; Kleineschulte würde am Abend zu Besuch und Erklärungen ankommen. Es war nicht ausgemacht, daß er Kleineschulte hinauswerfen würde. Er war jetzt 43 Jahre alt. Als er aufstand, fanden seine Schultern ganz leicht in die Haltung des Offiziers. Er hielt das Kinn zu hoch, als daß er einen der Sitzenden ansehen konnte. Er spürte die kurzen, dann gesenkten Blicke auf seinen mageren, rundum geschorenen Kopf, die vor Anstrengung fast blinden Augen, das verächtliche Zucken in einem Mundwinkel, und er war sicher, daß sie ihm in der Tür nachsahen nicht ohne Besorgnis. In der Tür zur Rathaustreppe sah er Cresspahl auf dem Markt ankommen, diesen Schwiegersohn von Papenbrock, der offenbar sein Kind eintragen lassen wollte, auf dessen Kind er noch am Sonnabend mit ihm getrunken hatte. Er entschloss sich, ihm nicht zu sagen, daß der Standesbeamte bei der Ratsversammlung als Protokollführer unabkömmlich war. Als er anfing zu gehen, ein ziemlich aufrechter, hochmütiger Herr in Reitstiefeln unter dem langen Mantel, führte kein Entschluß mehr ihm die Schritte. Er kam zwischen den beiden Posten an, ohne sie zu sehen (sonst hätte er sie mit Namen und Vornamen anreden können), er war zwischen ihnen hindurch, ehe die beiden Kerle Horst Papenbrocks nun doch unsicheres Kommando in ein schiefes Präsentiermanöver umgesetzt hatten, er war an Cresspahl vorbei und ohne ihn bemerkt zu haben, und Cresspahl stand da angehalten in drei Bewegungen: dem Ansatz zum Entbieten der Tageszeit, dem empörten Ausfahren gegen Horst, dem ersten halben Schritt hinter Erdamer her, mitten auf dem Marktplatz, gut beobachtet von den Umstehenden, ratlos, mit offenem Mund, mit einer tauben und zugleich horchenden Miene, wie ein Hase, der ertappt ist und auf den Schlag wartet, der keinen Atemzug von seinem Genick entfernt ist.

Holl din Muul, Gesine. Holl din Muul.

27. Oktober, 1967 Freitag

ist der Tag, an dem die New York Times meldet: Der Mensch ist geneigt, Dinge zu vergessen, die mit unangenehmen Erfahrungen zu tun haben.

Der New York Times ist es bewiesen durch einen Versuch, den zwei Forscher in Princeton mit 16 jüngeren Semestern angestellt haben. Die Versuchspersonen meldeten sich freiwillig und ahnten nicht den Zweck des Experiments. Zunächst wurde ihnen eine Sprache aus zehn sinnlosen dreibuchstabigen Silben beigebracht, dann englische Entsprechungen, zum Beispiel MEMORY (Gedächtnis, Erinnerungskraft, Merkfähigkeit) für DAX, etc. Dann bekamen sie eine zweite Liste mit zehn anderen englischen Worten, die unterschwellig an die der ersten Liste anknüpften. Wie das Vokabularium der ersten Liste, wurde auch der Inhalt der zweiten auf eine Leinwand projiziert, aber einige ihrer Worte traten gleichzeitig auf mit einem Stromstoß in die Hände der Freiwilligen. Der Strom stellte über die Assoziationen eine Brücke zu den fiktiven Entsprechungen her und verbrannte den Nexus. Die schmerzfreien Korrespondenzen blieben im Gedächtnis der Studenten erhalten. Das ist der Beweis. Wer es nicht glaubt, zahlt 10 Cent. 10 Cent ist der Preis der New York Times. Sitzt neben uns auf dem Besucherstuhl, vor Eifer auf die Kante vorgerückt, mit verrutschtem Hut, und redet und redet und hält uns von der Arbeit ab.

Ein Kundendienst des Hauses, Gesine.

Nachrichten aus der Wissenschaft.

Ein Beitrag zu deinem Problem, Gesine. Weil es dich kümmert, wie das ist mit dem Vergessen.

Mit dem Behalten.

Jahrelang haben wir so dahingelebt und es nur geglaubt.

Endlich treten zwei Mann auf in Princeton und sagen uns Bescheid.

Daß sie es bewiesen haben.

Hätten.

Haben, Gesine.

Was versetzte sie ausgerechnet hier in Beweisnot?

Der Volksmund.

»Was mir gleichgültig ist, behalte ich.«

Nein. »Was weh tut, wird vergessen.«

Warum ist dieser Aberglaube eine Untersuchung wert?

Damit wir ihn womöglich benutzen können.

Welches Vergessen ist denn gemeint, das à la Wien, à la London, à la Chicago?

Die schlichte Auslöschung, Gesine. Die einfache Zerstörung des Gewußten.

Zu benutzen für innenpolitische Zwecke.

Kein sittlich denkender Mensch wird . . .

Aber die Wissenschaft durchaus.

Vorläufig hat sie nur einen Lernprozess beobachtet.

An nicht mehr als 16 Personen.

Die freiwillig sind, also unverdächtig.

Also nicht einmal ausgesucht nach ihrer Fähigkeit, zu behalten, oder zu vergessen.

Die ahnungslos sind, also beweiskräftig.

Die also nicht einmal ein Motiv für Behalten und Vergessen haben.

Doch. Ein paar Dollar.

Denen der Lernprozess selbst nur mäßigen Genuß oder Gewinn verspricht.

Die wenigstens alle gleichaltrig sind.

Eine Oma Prüss hätte sich nicht nur den elektrischen Schlag gemerkt, sie hätte auch in ihrem Gedächtnis nach den Umständen gegraben. Oma Prüss ist rachsüchtig.

Das Ergebnis des Lernprozesses wird einer echten Alternative unterworfen.

Bei Schlägen Vergessen, bei Wohlverhalten Behalten. Eine Scheißwahl.

Aber einleuchtend.

So einleuchtend wie die Kuh, die sich Schlag nach Schlag vom geladenen Koppeldraht holt. Sie kann es sich einfach nicht merken.

Bei deinen Kühen, Gesine, war der Schlag schon das Lernziel.

Beim Menschen soll das Vergessen übertragen werden, was?

Indirekt, verstehst du?

Mit nur zehn Wortketten.

Immerhin.

Die alle an der selben Stelle angefeilt sind.

Der Bruch ist echt, Gesine. Der Bruch bleibt echt.

Die willkürliche Gruppierung von 30 Buchstaben zu Dreierreihen nennt die New York Times »eine Sprache«.

Wie die Wissenschaft, Gesine. Streng nach der Wissenschaft.

Eine Sprache, deren Worte keine Beziehungen unterhalten.

Die Wissenschaft wird ihre wohlerwogenen Gründe haben.

Zum Lernen von Sprachen gehört die Anwendung des Gelernten.

Dann machte das Vergessen zu viel Mühe.

Dann wär es was wert.

Um Semantik ist es doch gar nicht gegangen, Gesine.

Die Reifezeit im Gedächtnis ist unterschlagen.

Ein Vergessen ist nachgewiesen.

Da war doch nicht einmal ein Wunsch, unbrauchbares Vokabular zu behalten.

Da wurde jedem die demokratisch gleiche Wahl gelassen

zwischen der Möglichkeit, etwas zu behalten, und der, etwas zu vergessen.

Blinde Reaktion.

Automatische Reaktion.

Die Alternative wurde an einem Ende mit Schmerz belastet.

Die belastete Möglichkeit wurde zerstört.

Fertig ist die Laube.

Keine Laube, Gesine. Ein Funktionsmodell feinster behavioristischer Provenienz.

Bioveristischer?

Sei nicht so frech, Gesine. Die New York Times spricht nicht mit undeutlicher Stimme.

Die Wissenschaft wird schon wissen.

Ganz recht, Gesine. Wo wären wir ohne die Wissenschaft. Wo wären die U. S. A. ohne ihre Wissenschaftler.

Die mit einem Experiment ein Experiment beweisen.

Und daß, negativ oder positiv, Schmerz mit dem Gedächtnis verbunden ist.

Irgendwie.

»Unzweideutig«, Gesine. Die Herren sagen es selbst.

Die Tante Times sichert sich mit Zitaten ab.

Zitate beweisen die Zuverlässigkeit im Weitersagen.

Es sind doch Worte verbrannt worden?

Nur Worte, Gesine. Es ist Niemandem ein Schade getan.

Und wenn eine andere Zeitung das Wort »Worte« mit den Buchstaben S, a, c, h, e, n schriebe?

Es wäre eine unverzeihliche Irreführung der Leser, eine Sünde gegen den Geist des Journalismus, auf alle Zeiten unentschuldbar.

Und warum tut es die New York Times?

Damit ich euch besser fassen kann.

Und warum hast du so große Zähne?

28. Oktober, 1967 Sonnabend

Über Hanoi wurde zum Beispiel John Sidney McCain III abgeschossen. Im Juli hatte er den Brand des Flugzeugträgers

»Forrestal« miterlebt. Nachdem er gesehen hatte (seine Worte:) »was die Bomben und das Napalm den Menschen auf unserem Schiff antaten, bin ich nicht so sicher, daß ich noch irgend etwas von dem Zeug auf Nord Viet Nam abwerfen will«. Aber er hat es getan, und Radio Hanoi meldet seine Gefangennahme.

Die Sowjets besitzen in Großbritannien ein Ehepaar, die Spione Helen und Peter Kroger, zu Gefängnis bis 1981 verurteilt. Die Briten verfügen über den Spion Gerald Brooke, bis 1970 in einem sowjetischen Arbeitslager zu vermuten. Die Sowjets würden gern tauschen. Die Briten mögen das Geschäft nicht.

In jenem Studentenheim in Brooklyn, in dem schon Donnerstagnacht ein Mädchen vergewaltigt und eins ausgeraubt worden war, drängte gestern nachmittag ein Mann eine Studentin in ihr Zimmer und legte ihr eine Drahtschlinge um den Hals . . . Die kam davon.

DAX, befreundet mit MEMORY, wurde von GRANNY ermordet. Die alte Dame benutzte einen Elektroschock, den sie über MEMORY in DAX leitete. MEMORY soll wohlauf sein; von DAX ist nur eine brandgeschwärzte Stelle übrig.

Die Nachricht ist von gestern, und immer noch nicht vergessen. Das Vorhaben war gerichtet auf die theoretische Untermaurung eines Vorgangs in der Wirklichkeit. Wir sollten es umtopfen können in die Wirklichkeit. Beim Umtopfen geht etwas verloren, die Lebensbedingungen werden verändert, aber die Pflanze müßte noch kenntlich sein. Schreib mir zehn Worte für mich, Genosse Schriftsteller.

Plisch, Plum, Schmulchen, Schievelbeiner, Roosevelt, Churchill, bolschewistisch, Weltjudentum, Untermensch, Intelligenzbestie. Das sind Worte, die Gesine Cresspahl im Alter von sieben Jahren wußte. Sie sind nicht keimfrei, keine synthetischen Einheiten. Nun bieten künstliche Einheiten wie DAX für Erinnerung oder CEF für Stamm/Stiel/Stengel der Phantasie nicht eine ganz kühle Schulter, es gibt da neutrale, Unheil verkündende, einladende Kombinationen. Die Worte von Plisch bis Intelligenzbestie sind DAX und CEF in einer erheblichen Eigenschaft ähnlich: der der Irrealität. Wie diese für die Studenten in Princeton, waren jene für ein siebenjähriges Kind in einer mecklenburgischen Landstadt um 1940 nicht reell, unwirkliche, fiktive Sachen. Sie mochten Hund bedeuten, oder Hundchen, aber die Hunde in Jerichow waren anders. Sie mochten Whiskey bedeuten, oder Zigarre, aber Whiskey gab es nicht, und Zigarren waren rationiert, also handfest genug, um noch durch Abwesenheit ganz andere Wirklichkeit vorzuzeigen. Die Worte kamen aus Bilderbüchern, Zeitungen, Versprechern der Erwachsenen. Sie waren Spielzeug.

Das Experiment in Princeton hätte nicht Worte aus nur einem semantischen Knäuel ausgewählt? Ja, und das Kind in Jerichow ahnte nichts von einer Verbindung zwischen Plum und Churchill, als es sie lernte. Die Verbindung war ein undeutlicher Eindruck im Gefühl, allerdings nicht ungefährlich. Da war über Nacht das Bilderbuch weggeschlossen. Da wurde von DEM Juden mit Scheu gesprochen, mit Vorahnung. Aber es gab sie nicht in Jerichow. Von Dr. Semig habe ich es nicht gewußt. Die Worte ließen sich im tatsächlichen Leben der Stadt nicht ansiedeln. Sie waren keine Worte, nur Behältnisse, tönende, für Inhalte, die nicht zu ihnen gehörten, die in sich gemischt waren und als undeutliche Masse zwischen den Buchstabenwänden umherkrochen, sich ausdehnend, ballend, weich, wabernd, nicht faßbar. Sie waren so unwirklich, daß sie am besten nur mit Anführungszeichen unter die Leute gehen sollten, als DAX an »Schmulchen«. Das ist die erste Gruppe, und wie für die Studenten in Princeton unwirkliche Codegruppen ausgewählt wurden (statt Eisenbahn und Strumpfgürtel, deren Vergessen einen unersetzbaren Verlust ergeben hätte), so sollte es um »bolschewistisch« nicht schade sein.

Die zweite Gruppe, die vom Verstand erzwungenen aber nicht belebten Entsprechungen zu den unsinnigen Silben, heißt: Plisch, Plum, Schmulchen, Schievelbeiner, Roosevelt ...

Wie ein Umgang zwischen CEF und Stengel nur mit Gewalt hergestellt werden kann, so grüßte »Plisch« nicht Plisch, und »Churchill« hatte von Churchill nicht gehört, und »Schievelbeiner«, wußte nicht einmal genug von Schievelbeiner, um ihm üble Nachreden anzuhängen. Denn der Jude Schievelbeiner, der voller Angst zwischen den kläffenden Kötern tanzt, zum seligen Gelächter des deutschen Kindes und Mannes, ist nicht die Person Schievelbeiner, die ihren Namen als Namen trägt und nicht als die Tücke Österreichs und sich zu wehren wüßte gegen schlecht gezogenes Viehzeug. Der »Whiskeysäufer Churchill, mit der Zigarre im Maul und der Maschinenpistole im Arm« war der eine, der erfundene, der gedachte, der irreale, der »verjudete«. Der andere war ein lebender Engländer, männlich, mit Vornamen Winston S., mit einem Nachnamen, an dem die Krankheit der Kirche auffiel, aber nur in den müßigen Gedankenspielen eines Kindes, das von der Schule in eine erste Fremdsprache hineingebracht wird. So lebte der »Untermensch« ohne Gesicht und Möglichkeit her neben dem vorstellbaren und wirklichen Menschen, der unten liegt. Die selben Worte in der zweiten Gruppe, ohne Anführungszeichen, sind der neue Lernstoff, mit dem der ersten Gruppe nicht vereinbar in einem freiwilligen Verständnis, um Alleinherrschaft kämpfend, auf Vernichtung des anderen bedacht, nur durch Nötigung in ein Verhältnis mit ihm gesperrt. Auch dies haben wir gelernt, und wußten wie Versuchspersonen nicht: wozu.

Der Besitz eines funktionierenden Schockmittels ist nachzuweisen, desgleichen eine garantierte Wirkung.

Das Schockmittel war eine Fotografie, die die Briten im Konzentrationslager Bergen-Belsen gemacht hatten und abdruckten in der Zeitung, die sie nach dem Krieg in Lübeck laufen ließen.

Die Wirkung hat bis heute nicht aufgehört. Betroffen war die eigene Person: ich bin das Kind eines Vaters, der von der planmäßigen Ermordung der Juden gewußt hat. Betroffen war die eigene Gruppe: ich mag zwölf Jahre alt sein, ich gehöre zu einer nationalen Gruppe, die eine andere Gruppe abgeschlachtet hat in zu großer Zahl (einem Kind wäre schon ein einziges Opfer als Anblick zuviel gewesen). Der Schock kann nachgewiesen werden an der Verkrüppelung von Reaktionen: Die Studentin Cresspahl 1952 in Halle ertrug die Vorlesungen eines Professors Ertzenberger, solange sie aus ihrem Gedächtnis wegdachte, daß er einer der überlebenden Juden war. (Inzwischen erschienen die Juden in der deutschen Sprache zuverlässig in der Mehrzahl.) Sie schaltete das Vertrauen zur ostdeutschen Republik ab, nur weil die Anstalten

machte, Stalins Ärzteprozess vom Januar 1953 zu übernehmen, und so ein ungefähres antifaschistisches Versprechen brach. Die Touristin Cresspahl belästigte die Leute jeden Auslands mit miserablem Französisch, auch wenn die Deutschen da gar nicht des Menschenraubs oder Geiselmords überführt waren. Die Auswanderin Cresspahl trat vorsichtig und rasch weg und zurück aus einer Imbiß-Stube am Union Square in New York, als sie die Sprache der Wirtsleute erkannte als Jiddisch. Da ist ein Schock nachzuweisen.
Der Schmerz, der in Princeton zusammen eintrat mit der Projektion des Wortes GRANNY, schlich sich über geheime Tunnelgänge in das Wort MEMORY und sprang von da hinüber in dessen andere Identität DAX und brannte die Brücke hinter sich ab. DAX alias Erinnerung war vergessen.
Vielleicht erschien das Wort SLENDER allein, ohne elektrischen Schlag, so daß STEM noch eine Weile neben seinem CEF herleben konnte. Aber die zugeordneten Auslöseworte im mecklenburgischen Experiment erschienen sämtlich mit Schlägen,

Rassen–
Hetze
Samuel
Diffamierung einer Minorität
Präsident der U. S. A.
Britischer Premierminister
Machtübernahme
Genocid
Opfer
sprechendes Pferd:

und löschten »Plisch« nicht aus und nicht »Plum«. Beim Händewaschen, beim Autofahren, aus dem blanken Nichts kommt die Reimerei des großen deutschen Antisemiten Wilhelm Busch ins Bewußtsein gespült, komplett mit Zeichnungen und dem Kinderentzücken von damals:

Da geht Schmulchen Schievelbeiner.
Schöner ist doch unsereiner.
Auweihgeschrien!

Zu Roosevelt meldet sich noch immer die Berichtigung, daß er nicht tatsächlich das Oberhaupt des Weltjudentums war; die Trauer über Churchills Tod nährte sich aus dem Widerspruch gegen die Faschistenpropaganda; die Verwendung des Wortes »bolschewistisch« durch die Nazis hatte am Ende auch erreicht, daß wir nach dem Krieg immun waren gegen die bürgerlichen Warnungen vor dem Export des Sozialismus durch die Sowjetunion. »Weltjudentum« und »Untermensch« und »Intelligenzbestie« haben sogar überlebt als Aussagen über den jeweiligen Sprecher, seine Identifizierung als Faschist ermöglicht, und das sprechende Pferd, die »Intelligenzbestie«, lebt immer noch, als das gewendete Vorurteil, immer erst einmal zu Gunsten der Intellektuellen, seien sie jüdisch oder mohammedanisch. Es ist nichts vergessen. Es ist angeschlagen, es meldet sich nicht im Gespräch mit Juden, es traut sich nicht aus dem Gedächtnis hervor beim Anblick der jüdischen Zeitungen am Broadway; es ist da, vorhanden, behalten. Und es waren genau wie CEF und DAX, die schwächsten Glieder der Kette, empfindlich gegen Druck, zerbrechlich, verderblich, wie sie ein Kind lernt und kann sie nicht sehen und nicht brauchen und nicht anfassen und nicht haben.

Vielleicht haben wir einen Fehler gemacht. Vielleicht sitzt der faschistische Schutt im Gedächtnis so fest, weil die Schulen der sowjetischen Besatzungszone in Deutschland viel Zeit verwendeten auf die Bekanntmachung der ... der Sachen, die die Deutschen als Nationalsozialisten gegen die Juden getan hatten?

Nein. Die Schule hat uns diese ... diese Dinge erklärt als gesetzmäßige Verfallserscheinungen des Kapitalismus in seiner höchstausgebildeten Phase, der des Imperialismus. Der selbe Unterricht lieferte das Werkzeug, mit dem zu erkennen war, daß der Versuch einer »Endlösung« für die Juden nicht durch ökonomische oder machtpolitische Wirkungsmechanismen zustande gekommen war, sondern aus der deutschen Art von Wahnsinn. (Die Schule begann bald mit der Benutzung der Kategorien, die sie anfangs als verwerflich gekennzeichnet hatte, mit einem »Churchill«, der »der Befehlsempfänger der londoner City« war, einem »Roosevelt«, der einen »Spielball in den Händen der Monopole« abgegeben hatte.) Wäre es nach den Anstrengungen der Schule gegangen, wir hätten »Plisch« und »Plum« vergessen. Die schwersten Stromschläge kamen sogar durch eigene Bemühung der Versuchsperson zustande, wenn sie erfuhr, daß es eine Stadt namens Schivelbein in Pommern gegeben hatte, wenn sie herausfand, daß hinter »Schmulchen« ein Prophet und Richter Israels versteckt gehalten wurde. Der Schock war ausreichend, den Wunsch nach Vergessen zu erzeugen, die Empfindung der Albträume, die blinde, vergebliche Gegenwehr des Schlafenden im Kampf mit etwas, das in keinem Aufwachen ganz verschwinden wird.

– Saturday! sagt Marie. – Sonnabend! sagt sie: Tag der South Ferry.

29. Oktober, 1967 Sonntag. Wechsel von Sommer- auf Winterzeit

Gestern, gegen Mittag, in der 53. Straße an der Fünften Avenue, händigten Schauspieler einer Passantin eine Wasserpistole aus rotem Kunststoff ein, drängten sie in einen Kreis und forderten sie auf, einen Halbwüchsigen zu erschießen, der ihr als Angehöriger der Viet Cong vorgestellt wurde. Das Mädchen, eine zwanzig Jahre alte Deutsche zu Besuch in der Stadt, richtete ihre Waffe direkt auf den Jungen und löste den Schuß aus. Das Opfer fiel, lag in Spreizhaltung auf dem Bürgersteig. Als die Schauspieler inmitten der Schaulustigen sich davongemacht hatten, war der Vorfall für Fräulein Gritli Kux noch lange nicht klar.
Die evangelische Kirche zu Jerichow, bei der Cresspahl wegen Anmeldung eines Kindes vorsprach, war immer noch die Kirche von Pastor Methling, so lange war er in der Stadt gewesen, sichtbar, fühlbar, hörbar.
Sichtbar, ein Mann von bald zwei Metern und noch fast zwei Zentnern, dem der Talar um den Bauch weit genug war, jedoch um die Knöchel zu kurz, so daß er unter dem schwarzen Kittel oft lehmige Stiefel zeigte beim Abschreiten der Stadtstraße, erhobenen Kopfes unterwegs zu Hausbesuchen, gesenkten Kopfes hinter Swensons Leichenwagen her, und wie

seine Gemeindeglieder ihn bei dem einen Mal hätten zum Säcketragen schicken mögen, so trauten sie bei dem anderen nicht seiner Darstellung von Demut. Denn er schrie sie an. Als er im Herbst 1927 von Propst Swantenius eingeführt wurde, hatten sie einen abgekämpften Seelenhirten erwartet, zum Abverdienen der Pension in eine kleine Stadt abgeschoben, gerade noch tüchtig genug zur Ausschmückung der Feste. Mit Milde fing der Neue gar nicht erst an. Ebenso ließ er sich nicht ein auf die Gewohnheit, daß die Kirche zu den feierlichen Gelegenheiten nur bestellt wurde, damit an der Hochzeit oder Geburt nichts fehlte (»damit alles seine Ordnung hat«). Er kam auch ungebeten ins Haus, da mußte gar nicht jemand krank sein, und setzte sich so breit, daß allenfalls Einer wie Peter Wulff um Bewirtung herumkam. Und er brachte die Kirche mit zu Festen, die sein Vorgänger zu Hause begangen hatte: Tag der Reichsgründung, Kaisers Geburtstag, Schlacht bei Tannenberg. Er gründete ein Gemeindeblatt, »Rund um die Petrikirche«, und ließ es sich nicht pro Stück bezahlen, sondern gleich das ganze Unternehmen, mit Spenden. Er mußte nur ein paar Sonntage hintereinander über die »Trägheit des Herzens« unter besonderer Berücksichtigung von Jerichow predigen (»wüten« nannte Ottje Stoffregen das), und Maaß am Markt bekam nicht nur das Geld für seine Druckerrechnung auf Vorlage, sondern zusätzlich Aufträge, für Plakate. Er brachte es fertig, in Jerichow, wo schon ein zehnjähriger Junge zum Mitarbeiten angehalten wurde, eine Gruppe »Eiserner Ring« zu gründen, und hielt die Kinder mit Übungen in Kluft und Abzeichen auf, und wenn er ihnen auch die Mitgliedschaft in politischen Vereinigungen verbot, die »Schildschaft« mußte bei Versammlungen doch in Uniform auftreten, und ihr Spruch war »Grip tau – Holl wiss«, und damit war gewiß nicht gemeint, ein Deutscher solle loslassen was er besaß, in der Hand oder in Gedanken. Pastor Methling zeigte sein hartes Ei von einem Kopf, an dem vorn ganz wenig Gesicht angebracht war, freundlich angehobenen Kinnes auf den Familienfotos und im Gneezer Tageblatt, denn er war eingenommen von der ausgeprägten Form und hielt sie für echt mecklenburgisch und niederdeutsch, und so ließ er sich auch vernehmen gegenüber den Stadtverordneten, die nun mit

einem Mal in ihren Beratungen ein »Interesse der Kirche« berücksichtigen mußten, von dem sie früher weniger bemerkt hatten. Und die Adligen, die den neuen Pastor bei Dienstantritt zur Vorstellung beordert hatten, wurden seine Besuche nicht mehr los, und wenn er eine Freifrau von Plessen auf der Straße grüßte, so tat er das nicht mit dem Versuch angenommener Gleichberechtigung, wie doch immerhin der alte Papenbrock, sondern führte die Hand recht langsam an die Hutkrempe und kippte die Kopfbedeckung im Drehen des Handgelenks so feierlich, daß die Herablassung auffiel, und wenn Louise Papenbrock das mit seiner besseren Kenntnis der Bibel rechtfertigte, so mußte Pächter Kleineschulte etwas anderes verstanden haben, seit er vor Pastor Methling nicht mehr den Hut schwenkte, sondern die Peitsche.
Er machte sich fühlbar. Er begann mit der Aufforderung an die Gemeinde, im Gottesdienst die Hüte und Mützen nicht auf die Bankwangen zu hängen; er ging weiter mit dem Verlangen an Wöchnerinnen, für die Genesung mit einem Kirchgang zu danken; er hatte sich durchgesetzt, als er durch Beschluß des Kirchgemeinderats Frakturbuchstaben (statt Antiqua) auf Grabsteinen zur Bedingung machte, damit ein Deutscher deutsch sei, auch im Verrotten. Kam die Mutter eines unehelichen Kindes nicht freiwillig, so konnte er sie sich schicken lassen durch eine Gutsverwaltung, und hatte auf dem selben Wege genug erfahren zur Demütigung der Mädchen, und ließ es ohne Tränen nicht abgehen. Er hatte dem Fleischer Methfessel die Taufe eines Sohns verweigert, weil Methfessel nur mit der Gebühr bezahlen wollte, nicht aber mit dem Aufsagen der Versicherung, er werde den jungen Erdenbürger in christlichem Geiste erziehen und zu christlichen Taten anhalten. Nicht nur Methfessel hatte klein beigegeben. Sie ließen sich Methlings joviales Betragen gefallen, weil es ihn wenn nicht neben die so doch in die Nähe der Herrschaften rückte. Seine Vertraulichkeiten, seine Starrhalsigkeit, seine Salbaderei auf vaterländischen Kundgebungen lud auch ein zu Unternehmungen gegen ihn. Mit ihm sich anlegen, es mochte Geld kosten, es konnte Spaß einbringen. Ein Mädchen hatten sie ihm noch nicht anhängen können. Daß er gern einen trank, gab er selbst zu oft zu, als daß es für eine Beschwerde bei der Superinten-

dentur in Gneez gereicht hätte. Aber schon die Erde am Stiefel, die Jerichows ländliche Umstände bloßstellen sollte, war gut für Kopfschütteln oder Vergnügen daran, daß ein Endsechziger so sich gehen ließ. Und einmal hatten sie ihn hereingelegt, zum Reformationsfest 1931, als das Handwerk nicht wie er dachte mit Zylindern gegen den Bau einer katholischen Kirche demonstrierte, sondern die Einkünfte aus dem Auftrag feierte. In der Stadt galt Papenbrock als der einzige, der Methling gewachsen war; hatte er seine jüngste Tochter für Methling arbeiten lassen, so doch nicht ohne einen Gewinn, mochte der vorläufig undeutlich sein.
Und Pastor Methling machte sich hörbar. Leider hatte Methling eine Sorge. Oder war es eine Konkurrenz, oder geradezu ein Feind? Manchmal nannte er ihn das Element der Gottlosen, und seine Zuhörer hätten an die Kommunistische Partei denken können. Im Frühjahr 1932 wurde der Irrtum offenbar. Methling predigte über die Namensgebung und warnte vor jüdisch-griechischen Ableitungen, aber der plattdeutsche Akzent in seinem tönenden Baß war in siebzehn Dienstjahren an der Grenze zu Brandenburg ein wenig ausgewaschen. Methling, Mitglied und Abonnent aller mecklenburgischen Heimatbünde, sprach von der Kanzel herab über die völkische Forderung nach reinrassigen Ehen und nannte sie berechtigt. Unter der Kanzel saß Methlings Frau, klein, schmächtig, auffällig älter als er, mit einem vor Verschüchterung fast tauben Blick, mit blanken schwarzen Haaren in einem Dutt, kinderlos, von Kindern auf der Straße umlaufen, nicht Methlings Rasse. Rasse hielt Methling für eine irdische Schranke, die in der Ewigkeit aufgelöst werde; er wollte die Juden achten und lieben und zum rechten Glauben bekehren – regiert werden wollte er nicht von ihnen, (das sei nicht christlich). Er sagte den Juden Geldgier nach, und seine Gemeinde entsann sich Methlings Vorliebe, kirchliche Dienstleistungen in Bargeld zu beziehen. Dr. Semig hatte oft genug im Preis nachgelassen. Er sprach von der jüdischen Gleichgültigkeit gegen die Idee der Nation, aber er hatte in der Heimat gepredigt, als Semig im Graben lag. Er meinte gar nicht Semig selbst, er meinte nicht den Kleiderhändler Taunebaum in der Kurzen Straße, obgleich er beiden Kaufgräber auf seinem Fried-

hof nur mit 100 % Aufpreis abgelassen hätte; er meinte Volkstum, germanisches Erbe, Rassenehre. Jetzt ging Semig nicht mehr auf die Straße und nicht ins Hotel Stadt Hamburg. Jetzt saß Semig zu Hause, neben einem stillen Telefon, vor einem Terminblock, auf dem noch im Dezember einige Bestellungen standen, jetzt fast keine.
Wilhelm Methling war noch in Jerichow, obwohl er nach seiner Verabschiedung ein geerbtes Haus in Gneez bezogen hatte. Von da aus redigierte er weiterhin sein Blatt rund um den Turm der Petrikirche, mit der Unterstützung des Lehrers Stoffregen. Stoffregen schrieb kleine Aufsätze über Ortsgeschichte in der Umgebung von Jerichow, er tat auch eingesandten Kindermund und Familiennachrichten und Fotos von übriggebliebenen Windmühlen ins Blatt, aber Methling saß in Gneez und schrieb über Bäume, Bäume im Volkslied, in der Sage, notfalls an der Chaussee, und kam von jedem auf die Stammbäume, auf Staemmlers Gesetzentwurf zur Rassenscheidung, auf Eheverbot und Vorfahrenforschung (siehe den Stammbaum Jesu im Buch Lukas), nur daß er jetzt Geld verlangte für das Amt des Schriftleiters, das er vorher Ehren halber verwaltet hatte. Und Methling war es, der in einer Einwohnerversammlung in Gneez das Glückwunschtelegramm an den neuen Reichskanzler formuliert hatte, beim Verlesen fotografiert vom Gneezer Tageblatt, ein alter Mann voll kindlicher Freude, seine Lebensziele nicht übergangen sondern an der Regierung zu sehen, ein großes glänzendes mecklenburgisches Ei von einem Kopf, oben etwas flächig und an den Seiten leicht zusammengedrückt und knitterig.
Da wollte Cresspahl sein Kind anmelden.
Als er vor dem Pfarrhaus stand, sah er das Schild des neuen Pastors, Brüshaver, und erinnerte sich. Die Vordertür war verschlossen. Cresspahl ging seitlich um das Haus, über die matschige Einfahrt der Gärtnerei Creutz, aber die Pforte des Pfarrgartens war verschlossen, und hinter den rötlich spiegelnden Fenstern regte sich Keiner.
Bei uns, an der nördlichen Grenze unseres Viertels, steht die Kirche des Heiligen Johannes von Gottes Gnaden, die größte gotische Kathedrale der Welt, drei Blocks breit, von der 111. bis zur 113. Straße an der Amsterdam Avenue, begonnen

1891, nicht weitergebaut seit 1941, nicht fertig ohne die geplante Mittelkuppel und die beiden Türme zum Westen hin. Wir haben sie schon immer die Kathedrale des Unvollendeten Johannes genannt. Jetzt soll sie es bleiben, solange Horace W. B. Donegan Bischof von New York ist, bis die Qual der benachteiligten Bürger in den umgebenden Slums gelindert ist. Das sind zwei verschiedene Daten.

– Das verstehe ich nicht: sagt Marie: Wieso hab ich durch die Umstellung der Uhr eine Stunde zurückbekommen?
– Weil du am 30. April eine Stunde weniger schlafen konntest. Die Sommerzeit hatte dich zu früh aus dem Bett geholt.
– Und wenn ich mich nun nicht erinnere, ist es dann auch noch wirklich?

30. Oktober 1967 Montag

Mr. George Gallup hat sich wiederum an die Nation gewandt. Diesmal war seine Frage: Was würden Sie dazu sagen, daß man den Krieg schrittweise an die Republik Südvietnam zurückgäbe? Von Hundert fiel 9 gar nichts ein, und 20 waren dagegen. Den übrigen 71 wär es recht.
Gestern in Ostberlin paradierten die ostdeutschen und sowjetischen Streitkräfte Tanks, schwere Artillerie, Boden/Boden-Raketen, Panzer-Raketen, Boden/Luft-Raketen. Der Kommentar des ostdeutschen Militärfachmanns beschrieb die Panzer als »operationsfähig in durch Atomexplosion verseuchten Gebieten«.
Das erste Geräusch war das Schlackern der Fahrstuhlseile. Als schlügen die Ketten gegen die Schachtwände.
Über dem Riverside Park brachte ein bunter Vogel einen schwappenden Schaukelton hervor. Dann nahm er den Schwanz hoch und hängte sich in den Wind über dem Hudson und rief Arr-Arr. Es war nicht ein Hubschrauber der Station ABC, es war Ihr entflogener Rasierapparat, dessen Motor sich das Gehäuse nicht mehr lange gefallen lassen wird. Sir.
Da können Sie mir von zurückgenommener Rollreibung sprechen, solange Sie wollen: die Züge der Ubahn trampeln, und

die Druckluftöffnung der Türen ist das Aufatmen von Menschen, wenn auch erst die davor wartenden Fahrgäste es dazu machen. Im Innern, erst wenn der Zug hält, klappen alle Haltestangen dünn zurück gegen ihre Spiralfedern. Dann beginnen die Passagiere, die Hände und Ellenbogen anzuheben und mit Zeitungen, Handtaschen, Tüten sich umeinander zu reiben, bis alle mit dem Gesicht zum Ausgang des Wagens stehen, in der Hoffnung, die Tür werde wie alle Tage der Kreuzdüse gehorchen und sich halb und halb in die Wand abrollen.
Die Hupen der Autos sind auf einen einheitlichen Ton gestimmt, er wird verändert durch die Ziegel- und Betonkanäle, zwischen denen er sich seitwärts, unter Brücken, nach oben abstößt. Fast ein Element der Luft sind die Sirenen der Polizei, die verstellbar sind vom höflichen Winseln bis zum Geheul der Amokläufer. Denen folgen die Autos mit den Betten für die Toten.
Süchtiges Schienenkreischen unter der Park Avenue in den vierziger Straßen. Die Einfahrt in den Bahnhof Grand Central ist ein Flaschenhals, den sonst die Polizei zur Beschreibung des Verkehrs bemüht. Wer will da noch alle Züge sehen unterhalb seiner Füße. Wären sie mehr als ein Denkmal?
Im Fahrstuhl die Knöpfe, weiche Gefäße für Druck, weichen unter Berührung mit heimlichem Klicken zurück, wie unter einer Wohltat, und danken mit gelber Färbung.
Wenn die Thermostaten dem Klimagebläse eine Pause verordnen, sterben alle Leute ein bißchen, weil ihnen eine Gewohnheit fehlt, die sie nun nicht mehr beschreiben können. Aber für eine Weile speien die Rippen der Maschine überhaupt keine Kaltluft mehr. Als ob jemand nie wieder atmen würde.
Fröhlich schlagen die Münzen auf im Kopf der Zähluhr, die die Busfahrer fernhält von einer bestimmten Art Unehrlichkeit. Und fetter klingen die nickelnen 5 Cent, die der Fahrer auf 25 zurückgibt, seit die Fahrpreise erhöht wurden; jetzt höre ich das Silber in jener Münze von 10 Cent, das ich früher bekam.
Das gastfreundliche Klappern billigen Bestecks auf den Eßtheken, das fast faustmäßige Zuschlagen der Rechnung und der mit fast schwesterlicher Aufmerksamkeit hingesetzte Teller: Da hast du, meine Liebe.

Und wieder das Behagen der Maschinen, die auf Rechnung der Verkehrsbehörde Ubahnmünze nach Ubahnmünze schlukken in wohlig knirschender Kehle, die die Fahrgäste zu fünfen in der Minute mit den dreistieligen Drehkreuzen in kauende Bewegung bringen, oder sechs in der Minute, das wären etwa 1600 je Stunde auf vier Durchgänge, das sind zu viele, und dabei sind es mehr. Und wieder das schwere Rollgeräusch, hörbar durch alle Schwankungen und Schienenstöße und Bremsprozesse, das das übermäßige Gewicht der Nutzlast verrät und sie in der Schädelbasis abbildet als ein Gefühl nahezu gefährlichen Drucks.
In der Bar der Mann hinter dem Tresen setzt Ihnen das Glas hin mit einem unegalen Laut, die Hälfte der Fußbasis klappt nach. Wie zögernd scharrt er die bereitgelegten Geldstücke zusammen und läßt die fertige Auswahl aus drei Münzen zwischen zwei Fingern gegen die Thekenebene schnellen, bevor er sie nach drei unhörbaren Schritten der Kasse anzeigt mit Drücken auf drei Tasten, die einrasten und Manchem Kunden widerhallen mit der Gewalt von Donnerschlägen, schicksalhaft ist der barsche Handkantenschlag gegen die aufgesprungene Grundschublade. Sir.
»Warum bleiben Sie nicht noch, Mrs. Cresspahl.« »Da bist du ja, Gesine.«
In der späten Nacht, das halb hochgezogene Fenster. Ein ungeschütztes Ohr, dem liberal durchfahrende Autos geduldig und immer noch einmal den Doppler-Effekt erklären oder schnellen Lärm ohne Raffinesse reinhauen, dem anfahrende Busse die Welt der Geräusche neu erschaffen und die bloß erinnerte um die Ecke bringen. Schnellstraßenverkehr, gefiltert durch haardicke Äste, probt die Windstärken vier bis sechs, liefert Dünung und auslaufende Brecher, hängt Windpausen auf und schmeißt Wellen wie Wasser; der Vergleich mit der Ostsee drängt ihn ohne Abfindung aus der Wahrnehmung.
In Queens sind neulich vier Blocks hochgegangen mit einem Geräusch, wie es sich gehört für die Explosion eines Gashauptrohrs, und die Nahestehenden die Anwohner die Bürger von Queens haben in die Zeitung gesagt: Es war wie aus dem Weltall, wie eine Katastrophe, irgend wie unmenschlich.
Es ist das Geräusch, das ich jetzt höre aus der Wohnung neben

uns, aus den Abendnachrichten von ABC-TV, aus Viet Nam. Es ist wie aus dem Weltall, es ist katastrophal wie Flakschrapnells kurz vor dem unverhofften, dumpfen, erderschütternden Aufprall der Bomben, es ist menschenmöglich. Sir.

31. Oktober, 1967 Dienstag

In Köln wurden Carl Schulze und Anton Streitwieser, frühere Offiziere der SS, wegen Beihilfe zum Mord in neun und drei Fällen in ihren Lagern zu Gefängnis und Zwangsarbeit verurteilt. Es wird geschätzt, daß in Mauthausen und den Nebenlagern 120 000 Menschen umkamen.
Das Bild der Vietnamesin, die mit vorgehaltenen Händen im Schutt und Rauch ihres Dorfes Soldaten der U. S. A. um Schonung ihres Hauses anfleht, ist auf Seite 3.
In Sing Sing soll das Programmieren von Computern in den Lehrplan aufgenommen werden.
Nebenher war der März 1933 eine Jahreszeit in Jerichow. Der Wind mochte von der See her in die Stadt stehen, in ihm flatterten doch Strähnen mit von ausgeruhter Erde, von kommender Blüte. Da waren Möven in der Luft, verspielte Flieger. Dicke fette Tauben wärmten sich in Lee der Schornsteine, ließen sich in müßige Gleitflüge abrutschen, beschissen die lange rote Fahne auf dem Rathausdach. Die Spatzen ließen alle Leute wissen, daß für sie gesorgt war. Das Licht machte die Ziegel warm, strich den Putz des Rathauses gelb, machte das ergraute Holz der Hoftore lebendig. Wer dahin sah, kam leicht auf den Einfall, es sei nichts kaputt. Es wird schon werden. Dat treckt sick trecht. Jetzt müssen wir nur noch das Kind in die Akten kriegen, damit es Papiere für Richmond hat. Dann packen wir es in einen Korb und jeder an einem Henkel tragen es nach Hause.
Avenarius Kollmorgen, zugelassener Rechtsanwalt, ein bißchen kurz, dafür sehr stämmig, wandelte mit ausfahrenden Ellenbogen über den Markt und machte sein Gesicht mit spreizigen Lippen und zwinkernden Augen noch breiter und zog den Hut vor Cresspahl und quäkte mit seiner eingeklemmten Stimme: Gut bei Sach, Herr Cresspahl? Gut bei Sach? und

ruderte weiter und sah sich nicht um und hatte auf eine Antwort nicht gewartet. Gut bei Sach, Cresspahl?
Im Standesamt war Fritz Schenk aufgestanden beim Überreichen der Geburtsurkunden und hatte Cresspahl mit Handschlag beglückwünscht zu den herrlichen Zeiten, in die er ein Kind gesetzt habe, Fritz Schenk der Kaninchenforscher, dem seine Mutter nicht gesagt hatte, wie die Kinder in die Welt kommen. Nahm die Hacken zusammen und sah Cresspahl bieder in die Augen und sagte: Man lebt doch ganz anders. Man hat doch wieder eine Freude am Beruf! und tatsächlich stiegen die Geburten 1933 an, die der Mädchen jedes folgende Jahr beständig bis 1942, die der Jungen waren schon 1941 rückläufig, und Fritz Schenk freute sich auf die vermehrten Gelegenheiten für sein großes, verschlungenes S, das den Rest seines Namens in einem Schwung auffraß, Schenk, Urkundsbeamter. Cresspahl gab ihm die Hand stumm zurück. Ihm fiel nichts ein. Er merkte sich davon nichts, er glaubte es nie mehr nötig zu haben. Jetzt blieb noch die Kirche, die Bescheinigung von Brüshaver.
Wenn man Papenbrock fragte, war dieser Brüshaver lasch. Er bot der Stadt nicht die Unterhaltung, in der Pastor Methling zuverlässig gewesen war. Er kam nicht ungebeten. Er ging nicht im Talar aus dem Haus, kam an durch die Stadtstraße in einem Anzug, der nicht einmal schwarz war, ein Vierziger mit schon krummem Gang, schmal in den Schultern, einen kleinen viereckigen Bart im Gesicht, der seinen Blick so träumen ließ, daß sein prompter Gegengruß dann doch verblüffend kam. Es war enttäuschend zu sehen, wie er in den Hausfluren den Talar aus der Tasche nahm und sich umzog wie für eine Reparatur oder eine Arbeit, nicht für einen unfaßlichen Akt. Allerdings hieß es, Sterben bei ihm sei angenehm. Aber Leute wie Käte Klupsch, Leute mit angestammten Plätzen auf der ersten Bank unter der Kanzel entbehrten Methlings geräuschvolle Innigkeit und sagten Brüshaver das Benehmen eines Arztes nach, nicht nur an einem Krankenbett. Und Brüshaver sprach, er predigte nicht, er hob die Stimme nicht, er warf keine Arme von sich. Er betrug sich, als sei die Kirche sein Geschäft. Er drohte nicht, wenn kirchliche Pflichten versäumt waren; er kam auf eine beiläufige Weise darauf zu

sprechen. Er erließ keine Aufrufe, weder wegen der Hüte auf den Bankwangen noch wegen der genesenen Wöchnerinnen. Methling hatte ein Schauspiel geliefert, wenn er Bettler drei Meter vor seiner Tür stehen ließ und ihnen unter viel Geschimpf getragene Kleidung zuwarf, nicht ohne nach Alkoholdünsten geschnuppert zu haben; bei Brüshavers wurden die still ins Haus gebeten und durften die Sachen der Winterhilfe im Haus anziehen und kamen zurück auf die Straße wie anständige Bürger. Und Brüshaver hielt sich zu Hause. Er zeigte sich nicht im Lübecker Hof. Nicht nur fehlte er bei den Veranstaltungen von Stahlhelm und Tannenbergbund, er war nicht einmal Mitglied. Am meisten aufgebracht war Papenbrock über die Art, in der Brüshaver den Aufruf der Evangelischen Kirche zu den Märzwahlen verlesen hatte. (»14 Jahre lang haben die *international* gebundenen Mächte Zentrum, Sozialdemokratie und Kommunismus ... Nun soll im Kampf gegen sie die Erneuerung Deutschlands *von innen heraus* beginnen.«) – So liest man einen Kontoauszug vor! hatte Papenbrock genörgelt. Es war ihm nicht feierlich genug gewesen, und hätte ihm beinahe die Stimmung für den Gang zur Wahl verdorben.

Brüshaver war nicht da. Cresspahl wurde von der Frau empfangen, einer Person, die ihm eher vorkam wie ein Mädchen, nicht nur weil sie eben erst dreißig war, auch wegen ihrer lockeren, unachtsamen Bewegungen, weil sie sich die blonden Zöpfe recht lose um den Kopf gesteckt hatte, weil sie zu jung und zu hell schien inmitten der dunklen Bücher und Möbelfarben des Amtszimmers. Und es gelang ihr nicht ganz, Cresspahl zu behandeln als den hilflosen jungen Vater. Sie versuchte es, und nicht einmal die Würde der amtlichen Stellvertretung half ihr. Wenn sie die Personalien und Daten aufschrieb, war ihre Haltung der eines Schulkindes ähnlich. Sie war so nahe am Buch, sie drückte den Zeigefinger so gedankenlos durch. – Und wann? sagte sie, den Bleistift erhoben über Brüshavers Terminkalender. Jetzt ging ihm auf, daß sie ihn die ganze Zeit abschätzend, jedoch ohne Neugier beobachtet hatte. Was ihm wie Freundlichkeit erschienen war, das hatten ihre jungen Jahre ihm vorgetäuscht. Auch sie wollte ihn büßen lassen für die Familie Papenbrock. Er hatte sie

aber inzwischen zu lange unentwegt und bereitwillig angesehen, ihm fiel jetzt Unfreundlichkeit schwer.
– Mittwochmorgen haben wir die Beerdigung Voss. Voss in Rande, den die Nazis zu Tode geprügelt haben. Danach ginge es, Mittwoch um elf: sagte sie. Jetzt sah sie ihn nicht an, blickte in den Kalender, ließ den Bleistift in den Tagesspalten springen, trug dann ohne Aufblicken Lisbeths Bestellung auf eine Kirchentaufe (gebührenfrei) für Sonntag, den 12. März ein. Sie verabschiedete ihn im Flur, nahm ihre Schürze wieder vom Haken, ließ ihn allein zur Tür gehen.

Eine Haustaufe am allerersten Morgen, Cresspahl.

Das kostet zwei Mark und nicht die Welt.

Und das Kind wär fertig gewesen für die Reise.

Lisbeth hatte nicht Erlaubnis von Berling.

Und sie wollte ganz sicher gehen. Sie wollte eure Zeit in Deutschland auch noch mit einer kirchlichen Verabredung verlängern.

Ihr war eine Haustaufe eben nicht genug.

Sie hat dich reingelegt, Cresspahl.

Ich mochte das nicht denken, Gesine. Und du lernst es noch.

1. November, 1967 Mittwoch

Die Verwalter der Sowjetunion wollen uns mal zeigen was »sozialistischer Humanismus« ist und wollen aus ihren Straflagern und Gefängnissen einige Leute freilassen, etwa Kriegsbeschädigte, Inhaber von Kriegsauszeichnungen, Schwangere und Mütter mit minderjährigen Kindern, nicht aber, zum Beispiel, zwei ungehorsame Schriftsteller.
Die Verwalter Festlandchinas haben die U. S. A. zum 444. Male verwarnt, diesmal wegen Grenzverletzungen auf dem Wasser.
Die Verwalter der U. S. A. freuen sich über die längste Blüte der Wirtschaft in der menschlichen Geschichte, einen Rekord von 80 Monaten bisher, und die New York Times hat ihren Angehörigen mehr Entlohnung zugestanden.

Gestern beging eine Gruppe von Negern auf dem Friedhof Montefiore in Queens den Vorabend von Allerheiligen, warf auch Grabsteine um und beschmiß Autos mit kleinen Steinen und Eiern. Als die Polizei vorfuhr, erst mit einem, dann mit vierzig Funkwagen, waren es dreihundert Jugendliche, die die Vertreter von Gesetz und Ordnung mit großen Steinen und Flaschen bombardierten, alles »Gefärbte«, wie es eine Vor-Schrift der Sprache will.
Auch auf dem Broadway in unserer Gegend liefen Banden von Kindern umher, in Hexenkitteln, in Hexenhüten, mit bemalten und geschwärzten Gesichtern, aber unter der Farbe und dem Ruß war ihre Haut rosa, und so blieb nicht mal ein Polizist verschont. Der Mann ging versonnen auf dem Bürgersteig spazieren, ließ die Pistolenbeule auf der Hüfte wippen und den Knüppel am Handgelenk wirbeln und versah sich nichts Bösen, als fünf verkleidete Kinder ihn umringten und mit Hüpfen und Schreien vor die Wahl stellten, zu opfern oder ein Opfer zu werden, bis er anfing, in der Gesäßtasche nach Münzen zu fingern, verlegen, von Gegenwehr abgehalten durch die Blicke der erwachsenen Passanten, die nicht nur überwachten, ob er sich wie ein Freund und Helfer betrug, sondern auch einmal mit eigenen Augen sehen wollten, wie ein Polizist öffentlich mit echtem und wirklichem Geld herausrückt. Eines der Kinder, das sich am Rande des Überfalls hielt, und nicht ganz unbefangen fuchtelte und leierte, ein Mädchen von Maries Größe, trug einen langen gelben Mantel mit schwarzen Tigerstreifen, wie ihn Marie über das Wochenende geschneidert hatte. Das Gesicht war eingeschwärzt, und die Haare verdeckte eine schwarze Kapuze, und von weitem gesehen konnte es nicht Marie sein. Marie hatte eine eigene Party veranstalten wollen zu Halloween, All Hallows, Allerheiligen, ein Fest zu Hause, und ihre Francine sollte kommen dürfen.
Über Maxies Laden war der johlende Haufe schon hinweggegangen, und der, den die Kunden und Gehilfen Max nennen, stand entgeistert inmitten seines säuberlich ausgelegten Gemüses und Obstes, denn auf dem Boden im Sägemehl lagen zertretene Birnen und Weintrauben, hingeschmettert von enttäuschten Kindern, die lieber Geld bekommen hätten. Im Ausgang des Geschäftes, an der frei hängenden Waage, war eine

Nachhut noch beschäftigt mit dem Ausplündern einer alten Dame. Sie war auf eine verwegene Weise bunt gekleidet, in jedem Stück ein Weniges fern von den bekannten Moden, in ihren weißlichen Haarsträhnen trug sie einen bläulichen Schimmer, und sie sah fremdländisch aus, nicht in allem angekommen. Wie sie redete war wunderlich. Offenbar hatte sie für diesen Tag Kleingeld gesammelt, und sie redete in einem fort über die wunderbare Erlaubnis und Gelegenheit, zu Halloween den lieben und unschuldigen Kinderwesen eine Freude zu bereiten, und Max' Gehilfen beobachteten mit Mißbilligung, wie sie Münze nach Münze aus den Gründen ihres verschossenen Beutels grub, nicht nur Nickelstücke, auch Vierteldollars, glückselig quasselnd, ohne Auge für die eher fordernden, erpresserischen Mienen der Kinderwesen vor ihr. Kaum war sie gegangen, mit wackelndem Kopf und vor sich hin brummelnd, als schon die Gehilfen auf die Jungen zurückten und sie auf die Straße scheuchten, und obwohl sie die Kundin vorher nicht für verrückt gehalten hatten, da sie ja Gemüse erwarb und kaufte, machten sie jetzt ihr hinterher einen Vogel, ganz auf die deutsche Art. Von Marie sagte Max nichts. Seit sechs Jahren hat Max das Kind mit dem Ruf *Hey, Blondie!* begrüßt und mit Pfirsichen oder Äpfeln beschenkt, Zentner Obst hat Marie in seinem Laden verzehrt, und wenn er sie bemerkt hätte in der Halloweenhorde, würde er es erwähnt haben. – Und die Trauben, die für diese Generation nicht gut genug sind, kommen mit Luftfracht aus Kalifornien! hatte er gesagt. – Kartoffeln aus Maine oder von Long Island, Mrs. Cresspahl?

Der ausgeraubte Polizist stand nun vor Sloanes Supermarkt, mit dem Rücken zur Wand, sehr aufrecht, nicht ansprechbar. Sein Knüppelwirbeln sah nicht mehr spielerisch aus, sondern nach Training, und mochte sein Blick noch so leer und gleichmütig scheinen, so würde kein Kind sich an ihn trauen.

Auf der östlichen Seite der West End Avenue zog ein Trupp Hexenkinder den Berg hinauf, plastene Kürbisse an Stöcken in der Hand, mit auf den Schultern verschränkten Armen, in fast genauem rhythmischem Tritt, sehr klein neben den dunkel roten und grauen Hauselefanten, sehr unschuldig im Gesang der unausgewachsenen Stimmen:

One little, two little, three little witches
fly over haystacks, fly over ditches,
fly to the moon without any hitches:
hi-ho, Halloween is here . . .,

bis sie unter der Markise von Marcias Tür einschwenkten und an einem erschrockenen Portier vorbei in die Halle marschierten mit dem schrillen, hastigen, hetzenden Schlachtruf *Trick or treat! Trick or treat!*, und diesmal war Marie nicht zu verkennen, rote Stiefel, gelber Mantel, schwarze Kapuze, ein Kind, das auf ein eigenes Fest verzichtet und lieber auf ein anderes mitgeht, als ein Kind von einer anderen Hautfarbe zu sich zu laden.

Und das Kind, das in der schwarzen Dunkelheit nach Hause kam, hatte eine Viertelstunde im Flur gestanden, ehe es seinen Schlüssel gebrauchen mochte. Als sie sich entschlossen hatte, hatte sie das Kostüm für Halloween zu einem unkenntlichen Bündel gerollt unter dem Arm und ging ohne ein Wort am Tisch vorbei, ohne Blick für das Abendessen, in ihr Zimmer, zog die Flügeltüren hinter sich zu und schloß sie sehr leise und war bis zum Morgen nicht mehr zu hören. Heute ist der zweite Abend, an dem sie geringen Appetit vorschützt, sich gleich hinter ihre Türen verzieht und im ganzen ein nicht mürrisches, aber wortkarges Benehmen anbietet (von dem sie einmal glaubte, sie habe es nicht geerbt), wenn auch wie ein Kind, mit unversteckter Verwunderung, als ob sie etwas nicht begriffe.

Es war nicht so.

Erzähl das Francine.

Es war nicht so. Marcia hatte uns eingeladen, bevor ich jemand einladen konnte.

Und zu Marcia darf man gefärbte Kinder nicht mitbringen.

Es war nicht mein Fest.

Du hast es Francine versprochen.

Dir habe ich es versprochen, und sie weiß nichts davon.

Ich weiß es.

Übrigens war es kein Versprechen. Ich hielt es für möglich.

Und warum war es nicht machbar?

Siehst du nicht, daß ich mich schäme.
Ist es ein angenehmes Gefühl?
Du glaubst nun den zweiten Tag, daß ich lüge.
Wie war es denn.
Ich weiß nicht, warum ich das getan habe.
Soll ich versuchen, es zu sagen?
Nein. Dann würde ich es für die Wahrheit halten.
Was weißt du bis jetzt?
Jedenfalls nicht die Wahrheit.

Die Wahrheit ist, so war heute in der Dritten Avenue auf dem Dach und der Seitenwand eines Lieferwagens zu lesen: Die Wahrheit ist, daß NU-Hautwasser das beste Mittel ist, Ihre Haut zu erhalten.
Das ist die Wahrheit, und der Tip, wie man seine Haut rettet, ist gratis.

2. November, 1967 Donnerstag

Jedem und Allen zur Kenntnis: Ich, Elinor S. Donati, liebe meinen Ehegatten von Herzen, und als solche hoffe ich Frau William R. Donati zu bleiben auf ewig und immerdar.
Sollen wir sagen: Glückwunsch? An: Mrs. William E. Donati, wer immer das jetzt ist, c/o The New York Times, Abteilung Öffentliche Kundmachungen.
Am 11. März 1933 machte Albert Papenbrock, Getreidehandlung und Bäckerei zu Jerichow in Mecklenburg-Schwerin, seiner Enkeltochter Gesine H. Cresspahl ein Geschenk. Er überschrieb ihr einen Bauernhof am Stadtrand, mit Land, Scheune und Nebengebäuden, bis zu ihrer Mündigkeit zu verwalten von ihrem Vater, Heinrich Cresspahl, Kunsttischler, Richmond, Greater London.

Lisbeth. Lisbeth. Lisbeth.
Denk an das Kind, Cresspahl.
Lisbeth. Lisbeth.
Wir sind es dem Kind schuldig, Cresspahl.
Lisbeth.

Wenn uns was zustößt, Cresspahl.

Dafür bist du nach Deutschland gefahren, Lisbeth.

Mit deinem Wissen, Cresspahl.

Dafür bin ich nicht gekommen.

Jetzt bist du hier.

Und ich wollte nicht kommen.

Zu kommen war deine Pflicht und Schuldigkeit.

Und wenn ich nicht gekommen wäre?

Dann ginge es jetzt nach dir.

Ich bleib nicht in Deutschland.

Aber uns gehört jetzt ein Stück davon.

Ich brauch keins.

Aber ich, Cresspahl.

In die Geburtsanzeige hast du geschrieben: Jerichow und *Richmond.*

Weil es sich so verhält.

Weil du angeben wolltest, Lisbeth.

Es wird nicht schaden.

In Lübeck haben sie mich verhaftet.

Ein Mißverständnis.

Hab ich anders verstanden.

In Mecklenburg haben wir Nazis in der Regierung schon seit vorigem Sommer.

Knallköppe.

Siehst du.

Revolverhelden.

Siehst du. Was gehen sie uns an, Cresspahl.

Du bist verwandt mit einem.

Um so besser.

Von deinem Vater das Haus, von deinem Bruder die Beziehungen.

Ein andrer würd sich freuen.

So einer ist hier nicht.

Ach Cresspahl, dein Stolz.

Geschäftlich ist es irre.

Papenbrock hat Zoll ausgekauft. Zoll geht nach Gneez in die Partei.

Der auch. Du auch?

Cresspahl, Faschisten hast du auch in London.

Nicht an der Regierung.
Noch nicht.
Nie.
Willst du wetten, wenn es um dein Kind geht?
Lisbeth, wir wären doch nicht mehr lange Ausländer.
Aber noch lange.
Lisbeth, das Kind wäre britische Bürgerin.
Nicht gleich.
Sollte sie deshalb in Jerichow auf die Welt?
Ja.
Ja?
Cresspahl, es war nichts für mich.
Du wolltest ein Haus in Richmond.
Und jetzt will ich eins hier.
Du konntest leben in Richmond.
Mir waren schon die Farben zuviel.
Die Farben. Lisbeth.
Ja. Das Rot. Das Blau. An den Schiffen, den Briefkästen, den Uniformen. Solche kalten Farben.
Die Farben von diesem Maler, Con . . .
John Constable. Das war ein Maler. Das waren gemalte Landschaften.
Du mochtest sie.
Als Kunst, nicht zum Leben.
Wem ist dies eingefallen?
Papenbrock.
Lisbeth.
Ich habe ihn gefragt.
Wann.
Als das Kind geboren war.
Lisbeth. Lisbeth.
Ach, Cresspahl. Als ich aus England kam.
Lisbeth. Lisbeth. Lisbeth.
Du redest, als hätten wir noch eine Wahl.
Wir.
Das mein ich so, Cresspahl. Wir.

Papenbrock machte seinem Schwiegersohn die Mitteilung von der Schenkung in Gegenwart seiner Tochter. Er vertraute darauf, daß mit bettlägrigen Wöchnerinnen nicht geschrien wird. Im weiteren hatte er geplant, das Gespräch des jungen Paars im Anfang zu beaufsichtigen. Tatsächlich begann Cresspahl mit der Bemerkung, der Einfall wolle überlegt sein. Daß der dann das Zimmer verließ, mit einem geradezu beiläufigen Blick auf Lisbeth Cresspahl, das hatte Papenbrock nicht erwartet. Er war immer noch zuversichtlich, seinen Willen durchzusetzen, aber ihm war die Hoffnung auf Vergnügen dabei vergangen.

3. November, 1967 Freitag

Der Kanzler Westdeutschlands, ehemals Angehöriger und Beamter der Nazis, hat als neuen Sprecher seiner Regierung einen ehemaligen Angehörigen und Beamten der Nazis benannt.
Sie lernen es nicht. Sie betrachten die Hand, mit der sie ihre überlebenden Opfer ohrfeigen, und begreifen es nicht: sagte der Schriftsteller Uwe Johnson. Darauf bekam er eine Ohrfeige.
Denn auch der Schriftsteller Johnson hatte etwas nicht begriffen. Vor einem dreiviertel Jahr erst, am 16. Januar, setzte er sich abends hinter den langen, grün verhängten Tisch, den der Jewish American Congress im Ballsaal des Hotels Roosevelt aufgestellt hatte, ließ sich sehen neben dem Löwenhaupt des Rabbi Joachim Prinz (früher Berlin-Dahlem) und wartete darauf, den Juden New Yorks etwas zu erzählen über die Wahlerfolge der westdeutschen Nazipartei.

Wo hast du gesessen, Gesine.
Gut genug, dich zu sehen, Genosse Schriftsteller.
Hinten.
Ja, weit weg, dicht an einer Tür.

Solche Redner aus Deutschland müssen eingeführt werden, wie sie es verdienen. Diesen führte ein Funktionär des Jewish American Congress ein mit der Geschichte eines Freundes, der neulich mit der Deutschen Lufthansa von Philadelphia nach

Düsseldorf zu fliegen gedachte und mit seinem Platz auch koscheres Essen bestellte. Als er im Flugzeug der Deutschen festgeschnallt war, hatten sie kein koscheres Essen für ihn, aber sie machten vom Englischen Kanal an das, was im Ersten Weltkrieg Loopings hieß. – Sagte ich zu meinem Freund: Mußtest du ihnen denn verraten, daß du Jude bist?
Der Saal voller Juden lachte, nicht bösartig, fast entzückt. Die Welle des Vergnügens ließ Inseln aus, einzelne Zuhörer, die still und aufmerksam den Deutschen betrachteten, der auf dem Podium seine Tabakspfeife in der Handgrube polierte. Dann schwappte wieder Gelächter durch die weite Halle, wenn die Mikrofonanlage ausfiel und der Rabbi Joachim Prinz (früher Berlin-Dahlem) komisch die Arme hob und ausrief mit verzweifelter Donnerstimme: Sie sind überall (die Deutschen. Die Nazis)! Sie sind auch hier!
Der Deutsche, der tatsächlich hier war, gab sich, als erfasse er nicht nur Amerikanisch, wirklich auch die Stimmung, die im Publikum für ihn vorbereitet wurde. Er sah mit Neugier empor an dem fröhlichen, sorgenlosen Sprecher, der ihn bei den Juden vorstellte. Vom Saal aus schien seine schräg aufwärts gekehrte Miene streng, humorlos. Dabei waren die Witze zum Lachen gewesen. Ans Rednerpult gebeten, nahm Schriftsteller Johnson nicht etwa Abschied von der Veranstaltung (mit Dank für die Einführung), sondern begann im Ernst seine Rede, zwar nicht im Ausgang des Mittelalters, doch immerhin mit dem Jahr 1945 und der folgenden Entwicklung zweier deutscher Staaten. Nun mißlang ihm der neuenglische Tonfall, den er sich für diese Gelegenheit mochte vorgenommen haben, und rutschte zurück in die falschen Vokale, die falsche Betonung, den nicht einmal britischen Akzent, den seine Schule hatte ihm durchgehen lassen.

Gesine Cresspahl geniert sich für einen Deutschen.
Ein bißchen nehm ich zurück, deiner Eitelkeit zuliebe, du Schriftsteller.
Einem meiner Lehrer zuliebe. O. K.?
Na gut.

– Meine Damen und Herren: sagte Johnson. Die vordere

Hälfte des Saals überschüttete ihn mit noch nicht vereinten Rufen: Lauter! – Danke dem J. A.C. für die Einladung, eine Darstellung: sagte Johnson. Jetzt war die hintere Hälfte des Saals auf den Rhythmus des vorderen geeicht, und klappte nur noch wenig nach in dem Schrei: Lauter! ! – Let me begin with, and even mention, the East German Republic, also known as D. D. R.: sagte Johnson, und diesmal fiel er ein in die nächste Kreischwoge aus dem Saal, nutzte den Vorteil der vorzüglich arbeitenden Übertragung, schickte vollen Stimmdruck aus allen Verstärkern, unerträglich laut: SIE WERDEN MICH NICHT ZUM BRÜLLEN BRINGEN, meine Damen, meine Herren. Nachdem er gebrüllt hatte, nahm das Publikum eine dösende Haltung ein und ließ ihn in dem Glauben, er sei zu hören, und zu verstehen.

Tut mir leid, Gesine.

Ganz und gar nicht. Vernünftigeres hast du den ganzen Abend über nicht zuwegegebracht.

Die wollten sehen, ob ich mich wehre?

Bist du immer so begriffsstutzig?

Beifall gaben sie ihm an keiner Stelle, auch nicht als er die Bestellung eines Nazis zum westdeutschen Bundeskanzler nicht länger übergehen konnte. – It wasn't meant as a slap in the face of surviving victims, though the world felt it was. Es mangle lediglich an Verständnis dafür, daß jede deutsche Regierung dieses Jahrhunderts gemessen werde an ihrer Distanz zum Establishment der Nazis. Der Kanzler sei nicht gewählt worden wegen seiner Verbindung mit den Nazis, es sei nur diese Seite der Sache vergessen worden. Über das Vergessen hätte Johnson besser geschwiegen. Ohnehin waren seine Sätze zu lang, zu deutsch, und obwohl er manchmal wieder kurze Stücke der amerikanischen Melodie erwischte, erschien er hilflos. Ihm war nicht zuzutrauen, daß er selber das Land verstand, geschweige denn erklären konnte, für dessen Erklärung er sich hatte haftbar machen lassen; er hatte noch nicht begriffen, daß Zeit und Adresse ihm die Schuldlosigkeit des Fremdenführers aus den Händen genommen hatten und ihm jedes analytische Wort im Munde umdrehten zu einem defensiven.

Vielleicht ging ihm etwas auf bei der folgenden Ansprache von Charles G. Moerdler (früher Leipzig in Sachsen), dem die Technik nun wahrhaftig vor den Lippen zusammenbrach und der kein Mal aus dem Saal zu lauterem Sprechen ermahnt wurde, der allerdings nicht nur einer der ihren war sondern auch der Städtische Beauftragte für Gebäude in New York, der sich den Unterzeichnern seiner Entschließung auch als Name in künftigen Wahllisten einprägte. Johnson saß krumm hinter dem grünen Tuch, hielt sein Manuskript mit beiden Händen abgedeckt, spiegelte das Licht der Scheinwerfer in seiner Glatze und musterte den Saal nur flüchtig mit Blicken zwischen Brauen und Brillenrand hindurch. Sonderbarer Weise trug er zu einem bürgerlichen Hemd eine Jacke aus schwarzem Leder, wie sonst nur die Neger, einige Neger, der Neger mit dem wolligen Kinnbart und den aus seiner verschlafnen Miene aufblitzenden Blicken, den wir am Mittwochabend in der Westseiten-Ubahn gesehen haben, allerdings wohliger in seinem engen glänzenden Lederzeug und eine Hand in der Tasche an etwas Eckigem verborgen.

Wer erzählt hier eigentlich, Gesine.
Wir beide. Das hörst du doch, Johnson.

Dann wurde der Schriftsteller im Strom der Welt gebildet. Hausdiener des Hotels stellten im Mittelgang des Ballsaals zwei Stative mit Mikrofonen auf, und hinter jedem warteten zehn und elf Menschen auf ihr Wort zu den Darlegungen, Überlegungen, Offenlegungen Johnsons. Und sie sagten: Meine Mutter. Theresienstadt. Meine ganze Familie. Treblinka. Meine Kinder. Birkenau. Mein Leben. Auschwitz. Meine Schwester. Bergen-Belsen. Mit siebenundneunzig Jahren. Mauthausen. Im Alter von zwei, vier und fünf Jahren. Maidanek.

– Er hat es nicht getan: sagte der Rabbi.
– Er gehört zu ihnen: sagten sie.
– Ihr sollt ihm nicht vergeben: sagte der Rabbi.
– Wir werden ihm nicht vergeben: sagten sie.
– Ihr sollt mit ihm sprechen: sagte der Rabbi.
– Sprich du mit uns, Rabbi: sagten sie.

– Er ist ein Gast: sagte der Rabbi.
– Draußen ist er ein Feind: sagten sie.
– Seid doch vernünftig, Kinder: sagte der Rabbi.
– Er tut nichts gegen die neuen Nazis: sagten sie.
– Wie soll er das tun in seinem Beruf: sagte der Rabbi.
– Er soll es nicht tun als Beruf, sondern als Mensch: sagten sie.
– Ihr habt ihn gehört: sagte der Rabbi.
– Er soll sich trotzdem schämen: sagten sie.
– Haben Sie noch etwas zu bemerken, Mr. Johnson: sagte der Rabbi.
– Es ist alles gesagt: sagte Johnson.
– Wir danken Ihnen, Mr. Johnson: sagte der Rabbi.

Dann war Schriftsteller Johnson noch einmal zu sehen im Foyer des Roosevelt, im Gedränge im Gespräch mit Rabbi Joachim Prinz (früher Berlin-Dahlem) und dem Herrn, der Mr. Johnson bei den Juden eingeführt hatte. Sie hätten gern noch eins getrunken, eins gegessen mit ihrem Gast. Ihr Gast zog seinen Mantel so hastig über, als dächten sie ihm den wegzunehmen. Wir standen nur wenige Schritte von ihm entfernt und erkannten an seiner Kopfhaltung, daß er gerade eine waschechte, lichtechte, luftdichte Lüge von sich gab. Dann verschwand er um die Ecke der Madison Avenue auf die 45. Straße, in großer Eile unterwegs zum Grand Central, zur Ubahn, zu seiner Lüge. Der versucht nicht noch einmal, als Einzelner Juden seine Einzelheiten zu erklären. Der hält sich in Hinkunft versteckt, solange eine Regierung in seinem Namen spricht. Über den neuen westdeutschen Regierungssprecher sagt der keinen Ton mehr. Der macht das nicht noch mal.

Ja, wenn ich dich gleich um Rat gefragt hätte, Mrs. Cresspahl.

Damals sprachen wir noch nicht mit einander, Mr. Johnson.

Der Kanzler Westdeutschlands, Mitglied der Nazipartei, Handlanger der Judenmörder, hat sich eines Freundes aus dem gleichen Amt erinnert. Zwar ist der erst 1938 zur Partei der Nazis gestoßen. Immerhin, auch er ist nie ausgetreten. Der ist gerade recht als Sprecher der westdeutschen Regierung. Die westdeutsche Regierung wünscht Freundschaft mit dem amerikanischen Volk, mit 5 936 000 Juden in Nordamerika, allein zwei Millionen in der Stadt, in der wir leben.

4. November, 1967 Sonnabend, Tag der South Ferry

Der Kriegsminister hat sich sagen lassen, daß die Sowjets demnächst eine Bombe um die Erde kreisen lassen können, beliebig abrufbar zu jedem Punkt unterhalb des Umlaufs, vorhersehbar erst drei Minuten vor der Explosion, tragfähig bis zum Äquivalent von 3 Millionen Tonnen Trinitrotoluol, ein prächtiger Städteknacker.

– Als ob eine Faust in den Hafen schlüge: sagt Marie. Sie blickt auf eine abschätzende Weise in den flackrigen Regenschauer über dem Wasser, als berechnete sie die Höhe der Fontäne, auf der die Fähre mit ihr und die Dampfer am verschmierten Horizont und die Schlepper und die Trajekte mit den Güterwagen und die flotten Windhunde der Küstenwache in den Himmel sausen werden.
– Und noch Staten Island, und Long Island, und Manhattan, und große Stücke von New Jersey, New York und Connecticut.
– Wünschst du, daß ich Angst habe?
– Nein.
– Dann sag mir nicht zu früh Bescheid: sagt sie. Sie hängt mit ihren Ellenbogen auf der Reling des äußeren Umgangs und hält dem Wind ihr Gesicht zum Waschen hin. Ihr Gesicht ist von der Empfindung des Wetters zugewischt, abgedeckt wie von einer anderen Haut. Mit geschlossenen Augen schiene sie jetzt blind. Nur die kleinen weißlichen Haare, die ihr an den Schläfen aus der Kapuze kriechen, laden zum Wiedererkennen ein. Aber sie wartet. Sie ist ganz sicher, daß hinter dem Vorhang aus Dunst das Rathaus von Richmond hervortreten wird, in der Wirklichkeit so unzerstörbar wie in der

Erinnerung. – Ich möchte nirgends leben, nur in New York: sagt sie.

Cresspahl mochte ein Leben in Jerichow nicht einmal denken. Es wäre ein Leben mit den Papenbrocks gewesen.
Er hatte sich vor zwei Jahren auf die Papenbrocks eingelassen mit der heimlichen Gewißheit, er werde mit ihnen weder ins Gefühl noch ins Geschäft kommen müssen. An Lisbeth hatte er beachtet, worin sie ihrer Familie fremd schien. Nun war er immerhin schon gezwungen, die Familie kennen zu lernen.

– Bin ich verläßlich mit niemand auf der Welt verwandt? sagt Marie.
– Außer mit mir.
– Na ja, mit dir. Aber die anderen darf ich mir aussuchen.

Von Horst Papenbrock hatte er Feindseligkeit erwartet. Nun betrug Horst sich nahezu verständig bei den wenigen Mahlzeiten zu Hause, die seine dienstlichen Obliegenheiten ihm erlaubten. Er wünschte sich von Cresspahl den Vornamen, gab aber ihm den Familiennamen als Anrede zurück; darin war etwas vom Benehmen des Jüngeren. Er versuchte nicht, von seinen Taten mit der S. A. zu erzählen; nicht einmal drang er darauf, am Tischgespräch teilzunehmen, selbst wenn der seiner Aufsicht unterstellte Speicher beraten wurde. Saß still vor seinem Teller, die linke Hand locker im Schoß, und löffelte die Suppe, vorsichtig schlürfend, ganz beständig nach unten blickend, als sei die Flüssigkeit ein Spiegel oder geschrieben. Es sah nicht müde aus, eigentlich planend. Wenn Edith ihm Gefolgschaft in der Diele meldete, veränderte er sich während er aufstand, nahm die Schultern zurück, das Kinn hoch, schritt wie auf einer Bühne zur Tür, die Hand mit der Serviette locker schwenkend, so daß das Tuch die braunen Stiefel tätschelte. Kam er zurück nach einem Wortwechsel, der sonderbar scharf und hackig durch die Tür zu den Essenden gedrungen war, schien sein puppiges Gesicht vergnügt bis in das spitze Dreieck, das seine Nase war, vergnügt nach innen hinein, mit halb vorfreudigem Lächeln, und jetzt hielt er die Serviette in der Faust und schlug mit ihr gegen die Stiefel, fest und doch

unaufmerksam. Offenbar war er nicht geübt, Freude zu zeigen. Die Arbeiter auf Papenbrocks Hof und Speicher hatten ihn nicht als den Chef behandelt, sondern vom Alten seinen Spitznamen Söhner übernommen. Papenbrock sin Söhner. Jetzt wandten sie sich halb weg, wenn das Militärische an seiner Befehlsgeberei sie zum Lachen brachte. Noch hatte er keine Eile, seine Zucht auf dem Speicher durchzusetzen. Im Krug hatte Cresspahl erzählen hören, der junge Papenbrock habe das Auto gesteuert, aus dem Voss in Rande auf die Straße geworfen wurde, übrigens nicht mit Knüppeln, sondern mit Peitschen kaputtgeschlagen. Der Sprecher hatte Cresspahl nicht gekannt, und als er mit Rippenstößen auf diesen Verwandten Papenbrocks am anderen Tisch hingewiesen wurde, hatte er ihm in die Augen gesehen, als mache eine Schlägerei ihm nichts aus. Cresspahl war nicht abgeneigt, nur die Gelegenheit schmeckte ihm nicht. Horst hatte Voss in Rande abgestritten. Er befasse sich nicht mit Kroppzeug. Kroppzeug war Cresspahl genannt worden für Horst, der Abschluß alter Rechnungen, alter Feindschaften, alter Kränkungen, nicht so sehr die nationalsozialistische Sache, von der Horst sprach, nicht aufdringlich, aber bei Anlaß, in einer stockenden, schüchternen Weise, wie von etwas Heiligem. Da waren gewiß genug Mädchen in und um Jerichow, die lieber nicht Horst, sondern einem Anderen den Gefallen getan hatten. Für den mochte Cresspahl nicht geradestehen, ob nun in Uniform oder nicht, und so wehrte er sogar Horsts respektvolle Erkundigungen nach seinem Kriegsdienst ab, tat ihn ab mit zerstreutem Schweigen, gerade noch erträglicher Beiläufigkeit, wie einen jungen Hund. Was sollte er mit einem guten Einvernehmen, das er nicht zu benutzen gedachte.
Mit dem Alten ging es. Es ging nicht gänzlich angenehm, wenn Papenbrock seinen Schwiegersohn in einem fort hineinziehen wollte in ein Spiel, in dem regelmäßig Schnäpse hinter Louises Rücken zur Brust genommen werden mußten. Es ging nicht gut, daß der Alte zwar nicht genau über die Rückkehr der Cresspahls nach Deutschland redete, wohl aber über die Leute in Jerichow, Gneez, Schwerin, die bisher Papenbrocks Wünschen das gute Ohr hingehalten hatten (das war Papenbrocks Vorstellung von Takt. Er wollte Cresspahl nicht stören

beim Überlegen, sondern helfen). Es ging Cresspahl gegen den Strich, wie der Alte seinen Sohn, sein jüngstes Ei beobachtete, auf eine trübe und krählustige Weise, als strenger und nachgiebiger Vater, immer noch nicht entschieden, ob Horsts Verwandtschaft mit der neuen Macht gut war für das Geschäft oder mißlich, im Grunde aber bedenkenlos bereit für den einen wie den anderen Entschluß. Horst wollte von seinem Vater vorerst nichts als einen Lastwagen, aber bevor Papenbrock seinen Firmennamen an die S. A. auslieh, wollte er noch einmal erklärt haben, was die nationale Erneuerung damit zu schaffen hatte, wieder und wieder. Papenbrock bestellte sich bei Horst mit Vorliebe jene Stellen des Naziprogramms, die den Kaufhäusern und Großgrundbesitzern drohten, und unter seinen amüsierten Blicken, in Horsts verlegenem Aufsagen nahm die Zukunft der Nazis sich unwirklich aus, zumindest nicht gefährlich. Was im Grunde nicht ging war daß Papenbrock gern im Einzelnen erfahren hätte, wie denn nun Cresspahl sein Konto bei der Surrey Bank of Richmond so hoch aufgefüllt hatte, und ob Lisbeths Zahlen von 1931 überhaupt gestimmt hatten. Das ging nicht. Es war erheiternd zu beobachten, wie Papenbrock die Verschlagenheit seiner Geschäfte auch gegen die Familie bewies, so wenn er sich undeutlich ausließ über Schusterstöchter und doch nicht zugab, daß er von Horsts Fräulein Lieplow je gehört hatte, so daß Horst einen gerade eben noch gehorsamen, verdrossenen Blick zurückgab, wie jemand, der unverhofft auf ein Hindernis gestoßen ist. Es hatte Papenbrock schon Spaß gemacht, dem verschollenen Sohn den Willen zu verlegen; mochte der Spaß bei diesem weniger handfest sein. Hingegen von seinen Töchtern hatte er sich jedes Mal »die Butter vom Brot nehmen lassen«. Die Töchter sollten es leicht haben, ihn zu mögen. Das ging. Sonst ging es mit Papenbrock.

Gut ging es mit Hilde. Hilde Paepcke hatte ihren Alexander in Krakow allein gelassen in seinen Streitereien mit der Brandversicherung, die die Hindenburglichter nicht vergessen mochte; Hilde wollte Lisbeths Kind sehen, sie wollte dem Kind Pate stehen, sie wollte nach Hause. Hilde war schwanger. Sie wollte noch Kinder haben, ehe Alexander sich ganz und gar durch den Boden des Bürgertums gescheuert hatte; sie wollte etwas »aus der Konkursmasse retten«. So ließ sie sich gegen Cresspahl vernehmen, wenn sie mit ihm in Rande promenierte, Arm in Arm, in ganz plötzlicher, nie beredeter Vertraulichkeit. Als Cresspahl endlich wahrnahm, daß sie nicht aus Versehen ihn Brust und Hüften spüren ließ, einigten sie sich in einem ganz unverhohlenen, vergnügten Seitenblick, und Hilde sagte übermütig, ohne jede Trauer: Dascha nu bannig schåde. – Was ein nich allns verpaßt: sagte Cresspahl. Hilde und ihren Alexander lud er aus freien Stücken zu einem Besuch in Richmond ein.

Immer noch nicht mochte er bedauern, daß er sich gesträubt hatte, Louise Papenbrock nach England zu holen, obwohl dann Lisbeth zu Hause geblieben wäre und das Kind geboren, wo es leben sollte. Louise Papenbrock in seinem Haus, es wäre nicht ohne Zank abgegangen. In Jerichow hatte er wenigstens nicht das Recht ihr zu widersprechen. Denn Papenbrock mochte sich noch so unschuldig als Vorstand seines Haushalts begreifen, es war Louise, die ihn lenkte, den Alten an langer Leine, die Kinder an kurzer. Die Kümmelflasche, die Papenbrock in großer Heimlichkeit leertrank, wechselte Louise gegen eine neue aus. Wieviel das Haus Papenbrock der Kirche spendete, bestimmte Louise, und sie ließ den neuen Pastor Brüshaver spüren, daß sie seinen Mangel an Innigkeit beim Predigen mißbilligte. Auf den Tisch kam, was sie für gut hielt, und beten tat sie so lange wie ihr danach war. Sie hatte Cresspahl in Lisbeths altem Zimmer, weit weg von Lisbeth und dem Kind, ein Bett bereiten lassen, hinten auf dem zweiten Flur, ohne ihn je nach seinen Wünschen zu fragen. Und Louise hatte den Haushalt vollständig umgestellt auf die Geburt, alle ihre Vorkehrungen zogen einen Zaun um Lisbeth, den Cresspahl nicht etwa mit Erlaubnis, sondern auf Anweisung zu übersteigen hatte. Ihm waren sogar Beschwerden versagt, denn Louise Papenbrock hatte mit ihren Wärmflaschen und überheizten Öfen schon vier Kinder auf die Welt gebracht; im Gegenteil war Dankbarkeit von ihm verlangt.

Er war kaum je mit Lisbeth allein, und nie ohne die Erwartung, im Alleinsein gestört zu werden.

Am Tag bevor die Taufe abgehalten werden sollte, rief Gertrud Niebuhr in Jerichow an. Sie nahm Cresspahl, der das

Telefon bediente, in ganz eigensinniger Erwartung für Papenbrock. – Hä Papenbrock! sagte sie zu ihm, aufgeregt vom Sprechen in die ferne Welt hinaus, und es stellte sich heraus, daß sie Cresspahls Adresse in Richmond verlegt hatte, die schußlige Schwester. Sie wollte ihm schreiben. Sie wollte ihm schreiben, daß es der Mutter »nicht so gut« ging. Nein nichts Ernstes. – Heinrich, du kannst das doch nich sein, der da spricht! Du büst doch in Inglant!

Am Tag der Taufe fuhr Cresspahl über Blankenberg und Sternberg und Goldberg nach Malchow, weg von Jerichow, mit einer Erleichterung, die ihm noch lange auf dem Gewissen liegen sollte.

Das Haus für das Kind Gesine hatte er nicht angesehen.

Heute ist ein schöner Tag für die New York Times. Sie hat ihren Umsatz im Oktober ausgerechnet und meldet: Ein Rekord von 8 256 618 verkauften Anzeigenzeilen! Ein Rekord von 963 130 verkauften Exemplaren an Werktagen! Ein Rekord von 1 588 091 verkauften Exemplaren an Sonntagen! Sie meldet dies auf einer Seite, für die sie sonst um die sechstausend Dollar hätte bekommen können. Aber sie will nicht kleinlich sein, in ihrer Freude.

5. November, 1967 Sonntag

Der Kriegsminister Nordvietnams schrieb einen Artikel und würdigte darin die chinesische Unterstützung im Krieg. Er widersetzte sich den dringenden Bitten der Sowjets, jenen Satz zu streichen. Nun stand er in der Krasnaja Swesda, und nun ist es auch in der Sowjetunion wahr.

Wir sind den Broadway hinuntergegangen von uns bis zur 79. Straße und zurück durch den Riverside Park, die Uferpromenade und die Straße, und Marjorie schien nirgends.

Sie heißt nicht Marjorie. Wir wissen ihren Namen nicht. Wir kennen sie nicht. Sie ist uns zugekommen im vergangenen Winter, ein Mädchen, das an der 97. Straße auf den Bus 5 wartete. Es war ein Tag mit ätzendem Wind, kalt genug das Warten eindringlich und inständig zu machen. Sie stand nicht krumm und im Unglück der Kälte zusammengezogen; sie

machte aus dem Frieren eine sorgfältige und zierliche Pantomime. Es sah aus, als fröre sie aus Kameradschaft. Wir gaben ihr nur ganz wenig Worte, und schon vertraute sie uns an: sie sei froh, dies Wetter nicht versäumt zu haben. Sie sagte es als eine Wahrheit, und da es ihre Wahrheit war, kam sie nicht zudringlich heraus. So zutraulich ist sie.
So anmutig kann sie leben. Das Wort schön, für sie ist es übriggeblieben. Sie kann unter wuchtigen Capes verbergen, daß sie schon sechzehn Jahre lang richtig gewachsen ist, sehr schlank, noch nicht schmächtig, auf langen Beinen, die auch die Blicke weiblicher Passanten auf sich ziehen. Es ist ihr Gesicht. Ihr Gesicht ist eine Auskunft über sie, die nie enttäuscht, nie zurückgenommen werden muß. Sie hat blasse, durchscheinende Haut (eine Farbstufe unter Rosa), dazu trägt sie schwarzbraunes wolkiges Haar bis über die Schulterblätter, sie hat Brauen aus winzigen Einzelheiten und schwere dunkle Augen; das sind ihre Mittel. Wir sehen ihr auf den Mund, weil er jung ist, wir sehen ihr auf die Lippen wegen ihres ganz bewußten, absichtlichen Lächelns. Es ist ernst, es ist überlegt. Es bedeutet etwas, es ist verständlich. Es ist freundlich. Was andere zu den Festen geschenkt kriegen, davon kann sie leben, aus dem Vollen.
Sie sieht uns, sie strahlt. Sie redet mit ihren schwarzen Augen, und wir glauben ihr. Es ist nicht erfindlich, warum sie glücklich sein sollte, uns zu sehen; wir nehmen es hin ohne Widerrede in Gedanken. Noch wenn sie den Riverside Drive herunterkommt inmitten ihrer redseligen und lachlustigen Freundinnen, sie hat einen einzelnen, eigens für uns abgetrennten Blick abzugeben, der sagt, als hätte sie insgeheim neben unserem Ohr gesprochen: Es tut mir wohl, euch zu sehen. Es ist nicht einmal unbehaglich. Da ist kein Zweifel. Sie verhängt ihre Wahrheit über uns. Sie kann noch nur ausdrücken, was sie ist. Sie hat eine Art, sich uns zuzuwenden, aufmerksam, heiter, fast ergeben vor Teilnehmen, in einer schön aus Schultern und Nacken laufenden Bewegung, deren Abbild im Gefühl abgemalt wird wie eine Berührung. Sie umfaßt uns mit ihrem Blick jedes Mal, als erkennte sie uns, nicht nur ihr Bild von uns, auch was wir wären. Und wir glauben ihr. Wir verdächtigen nicht ihre Aufrichtigkeit. Mit ihr läßt Freundlichkeit

sich tauschen, als sei sie noch ein Wert. Am Anfang dachten wir, sie ist nicht amerikanisch.

– Sie ist die Tochter von einem General: sagt Marie.
– Das ist sie nicht. Sag das nicht.
– Doch. Generalquartiermeister, Generalmusik . . .

Sie spricht ein genaues, vielwortiges Amerikanisch, fast ohne Jargon, nur mit der Spur eines mittelwestlichen Akzents. Sie ist auf die Sprache nicht angewiesen, sie kann sich deutlich machen ohne dies fehlerhafte Mittel; auch dies benutzt sie nicht fahrlässig.

Wann immer wir sie sehen, sie hat etwas Neues, sich darzustellen. Sie kommt uns mit einem großen Hut mit breiter Krempe, sie wünscht ihn gewürdigt, sie will uns einen Spaß machen. Die Knöpfe mit den Aufforderungen an die übrige Menschheit trägt sie auch (Holt unsere Jungen nach Hause! Unterstütze die Polizei: Schmiere deinen Freund und Helfer!), aber an der Hutkrone, an der Handtasche. Ihre Haare, einmal hängt sie sie auf mit vier Zoll Schleife, dann genügt ihr ein Schnipsband, beim nächsten Mal hat sie fünfzig Gramm Nadeln in Verschränkungen verbaut. Wie an einem Tag nur lila Strümpfe, kann sie am anderen nur kupfergrüne tragen, keine andere Farbe wäre richtig gewesen. Sie betritt den Broadway in einem Kleid, mit dem ihre Großmutter zu Anfang des Jahrhunderts in Scarborough an der See war (nicht in Scarborough), eine wallende, eine geraffte Geschichte von einem Kleid; sie hat eine frische Mode getroffen, jedoch ohne Absicht. Es ist das echte Kleid aus dem echten Schrank ihrer wirklichen Großmutter. Sie sagt es.

Sie stieg in den Bus 5, in dem wir saßen. Sie war entzückt. Wir verließen den Bus wie sie an der 87. Straße. Sie fand es ausgezeichnet. Wir gingen gemeinsam in die 87. Straße hinein. Sie wußte sich vor Befriedigung nicht zu lassen. Wir erklärten ihr unser Ziel. Sie erklärte uns ihr Ziel. Mehr hatte sie für diesen Tag gar nicht erwarten können, als daß wir nun auch noch Freunde in der selben Straße haben. Plötzlich blieb sie stehen und rief einen Namen empor an den siebzehn Stockwerken, schmetternd und siegesgewiß, glücklich über die Kraft

in ihrem Hals, winkte uns hinterher mit ihrem ganzen langen Arm, rief den Namen ihrer Freundin, winkte, hob ihr strahlendes Gesicht gegen den Himmel.
In unserem Viertel erschrecken wir bloß noch aus Gewohnheit, wenn Einer hinterrücks uns auf die Schulter klopft. Denn wenn es in einem Doppelschlag getan wird, mit ganz leichten, geraden Fingern, ist sie es. Ihr Gesicht wird nicht von der Grimasse zerkerbt, es ist locker aufgefaltet in der Erwartung der kommenden Freude. – Hei: sagt sie, und sie könnte noch dem verstocktesten Ausländer begreiflich machen: Es ist eine Begrüßung. Es ist eine von den vernünftigsten, natürlichsten, glaubwürdigsten Sorten der Begrüßung. Sie zeigt es dir, damit du es lernst.
Jemand aus den Märchen von tausendundeiner Nacht.
Wenn die Schule sie müde gemacht hat, erscheinen auf ihren Wangen zwei umfängliche Flecken, eindeutig rot, Zeichen von Gefahr.
In diesem Winter stand sie an der Ecke des Broadway mit der 96. Straße, wo der eiseskalte Wind vom Hudson ohne Sperre den Berg hinaufschlagen kann, und schnupperte in das Wetter, ihr zartes verletzliches Profil vergeßlich erhoben, und sie sagte, verschmitzt und geheimnisvoll: Nun ist es vorbei. Mit ihrem Gesicht, noch mit ihren Halssehnen kann sie eine Empfindung unversehrt und kenntlich übermitteln und sich aussprechen außerhalb der Wörter in einer Sprache, die als verloren gilt. Insgesamt hatte sie geäußert: Da mag noch Eis gehen, da mag noch Schnee kommen, die neue Jahreszeit ist in der Luft und wird da wachsen. Die Erde hat sich erinnert. Bedenken Sie, Mrs. Cresspahl. Bedenken Sie diesen Geruch.
Sie kennt von uns nicht den Namen. Wir kennen von ihr nicht den Namen. Sie will von uns nichts. Wir können von ihr nichts wollen. Es ist ohne Zweck.

Wenn jemals, Mrs. Cresspahl, die Stadt New York Ihnen Schaden oder Leides getan hat, bin ich beauftragt, Ihnen zu sagen: Es sollte nicht sein. Es ist geschehen durch ein Versehen. Es tut uns leid, und ich werde Sie trösten.

Heute war sie nirgends zu sehen.

Die New York Times war zu Besuch auf dem Flaggschiff des Konteradmirals Ralph W. Cousins, dem Flugzeugträger »Constellation«, dessen Maschinen dem nordvietnamesischen Herzland mit ihren Angriffen zusetzen. Cousins ist 52 Jahre alt, blickt klar, spricht in leisem Ton, sein schwarzes Haar beginnt grau zu werden. Er ist ein Leser anpruchsvoller Zeitschriften und französischer Kriminalromane. Nach sechs Stunden Schlaf in seiner geräumigen und wohnlich ausgestatteten Kabine unterhalb des Flugdecks wird er um halb sieben geweckt. Dann zieht er sich an. Dann trinkt er eine Tasse Tee. Dann macht er zehn Minuten lang Freiübungen. Dann steigt er auf die Kommandobrücke und läßt sich nieder in einem weiß gepolsterten Drehsessel mit den zwei Sternen. Nun öffnet er den Aktendeckel mit den Geheimbefehlen, die auf rotes Papier gedruckt sind.
Am Samstagabend in Poughkeepsie erschien Gary Sickler, 26 Jahre, in einem Schnapsladen. Die Verletzungen an seiner Hand wollte er aus einem Überfall durch zwei Männer und eine Frau haben. Er führte die Polizei zum Ort des Überfalls, in eine begehrte und bebuschte Wohngegend, zu einem Auto, in dem die Leiche von Kathleen Taylor lag. 22 Jahre, erstochen. Sickler, verurteilt wegen Vergewaltigung, war auf Bewährung frei gewesen.
Der freundliche Tabakhändler Stephen Zachary Weinstein aus Philadelphia wurde gesucht, weil er womöglich einen achtzehnjährigen Studenten, der eine Pfeife kaufen wollte, mit Drogen betäubt, mit Schlägen mißhandelt und endlich erdrosselt hat. Die Leiche wurde in einem Koffer auf dem Delaware treibend gefunden, und S. Z. Weinstein wurde gefunden, weil er in New York Theaterkarten zu kaufen suchte. Viele auswärtige Besucher halten die Theater von New York für unerläßlich.
Das andere Bild auf der ersten Seite der New York Times ist achteinhalb mal fast sieben Zoll groß. Es zeigt den Präsidenten Johnson mit Frau, Töchtern und Schwiegersöhnen. Die Nachricht besteht darin, daß die Leute in der Kirche gewesen sind.
Cresspahl fand seine Mutter in einem Dorf südöstlich von

Malchow, in einem fremden Bett. Sie war im Tod nicht kleiner geworden, aber als er sie anhob, fühlte er sie wie ein schlafendes Kind in den Armen.

7. November, 1967 Dienstag

Nein! Nein! Nein! rief Frau Erichson. Sie sah uns vor ihrer Tür und sagte Nein zu uns, Begeisterung im Gesicht, vorgebliche Ablehnung in der Stimme, als sähe sie uns nicht, als könnte das Telefon nicht Wirklichkeit ankündigen, als müsse Manhattans Busbahnhof gerade an einem Montagabend abbrennen, als werde der Hudson ausgerechnet an diesem Tag den Lincoln-Tunnel verschlingen, als möchte dann noch die Bundesautobahn 80 in die Sümpfe New Jerseys brechen, so daß niemals verläßliche Aussicht gewesen ist auf uns als Gäste zum Abendessen. – Nein! sagte sie, sanfter, nur um die Mischung aus Augenschein und würzendem Zweifel noch einmal nachzuschmecken, während sie uns längst in ihre Diele zog. Es sollte Freude ausdrücken. Es ist eine mecklenburgische Eigenheit, Besuch oder Nachricht willkommen zu heißen. So tun alte Leute in Mecklenburg.

Nun fühl dich gefälligst wohl, Gesine Cresspahl. Und du hast doch gelacht, gegen deinen Willen.

D. E. hat das Haus gefälscht. Nicht nur hat er die gegeneinander versetzten Schindelkästen mit frischen Balken und Klammern wieder so kräftig gemacht wie ein junges Haus, er hat auch dessen Lebensweise geändert. Die Kolonialstil-Möbel in Diele und Wohnräumen sind zu gut erhalten, zu kostbar für ein Haus von Bauern. Hinter den von Hand gemachten Türen finden sich unverhofft von Licht gleißende Zellen, ausgebaut mit den neuesten Erfindungen der sanitären Wissenschaft. So hell haben die alten Lampen nie vorher geleuchtet. Die diskreten Gitter in den hundertjährigen Dielen mögen echtes Messing sein, durch sie schickt eine automatische Heizung warme Luft in die Ausstellung der Antiquitäten. Das Haus ist an jeder Stelle beaufsichtigt durch einen Plan; da mögen die Lederkissen schief liegen, da mag ein Telefon mitten auf dem Teppich vergessen sein, da mag eine Katze auf einer Schreibmaschine schlafen, das Haus käme der New York Times gerade recht als ein Beispiel für Tradition und Technik in der Innenarchitektur. Das Haus ist von Grund auf neu ausgedacht, aufgeteilt in einen gemeinsamen und drei separierte Bereiche: den für Frau Erichson im Erdgeschoß neben den Wirtschaftsräumen und dem Wartesaal für alle Bewohner, den für D. E. auf der östlichen Seite des Stockwerks darüber, und einen dritten auf der gleichen Ebene. Er ist auf einer eigenen Treppe zu erreichen, eine Reihe brauner Türen an einem Gang aus weißer Farbe und Musselinfenstern, von der anderen Hälfte dieses Geschosses getrennt durch eine Quertür, der diesseits der alte Riegel und Schlüssel belassen worden sind. Hier ist ein Zimmer mit verglasten Regalen und einem Schreibschrank, hier ist ein Raum, für den das Hotel Marseille an der West End Avenue pro Tag und Nacht fünfunddreißig Dollar kassieren würde, hier ist eine verschließbare Höhle für ein etwa zehnjähriges Kind, das am liebsten ungesehen und ungefragt und ungehindert und vor allem rasch über eine eigene Treppe in den Garten können will. Es ist alles da. Das Kinderzimmer hat seine Hängematte und seinen Fernsehapparat, im Bad sind die Handtücher verschwenderisch gestapelt, im Studierzimmer hält der Sekretär das Schreibpapier groß und klein und dick und dünn bereit und stehen hinter dem Glas die Kunst- und Geschichtsdenkmäler des Großherzogthums Mecklenburg-Schwerin ebenso wie Professor Wossidlos gesammelte Wörter und die Meinung von Herrn Johannes Nichtweiß über das Bauernlegen in Mecklenburg, 1. Auflage, Berlin (Ost) 1954. Diese Hälfte heißt der Gästeflügel, es sind außer Cresspahls Gäste noch nicht da gewesen. Hierhin stellt D. E. uns die Koffer, nicht nach drinnen, sondern auf den Gang, neben die Tür.

Hier könntest du wohnen, Gesine Cresspahl. Mindestens fühl dich wohl.

Das Haus hat seine Ordnung, die Ordnung läuft wie eine Uhr, die Ordnung zeigt den Gästen lediglich die Zeit, hält keinen fest. In der Stunde vor dem Abendessen wohnt D. E. auf den Hockern um die hohe Frühstückstheke am Küchenfenster und bespricht sich mit seiner Mutter und kopenhagener Bier; gestern abend saß ihm gegenüber Marie, hatte das Kinn dauerhaft in beide Handgruben gestemmt und ließ sich unterrichten in den Vorstellungen von den Grenzflächen der ursprünglichen Erde, denen Herr Dr. Andrija Mohorovičič im Jahre 1908 anheimfiel, und über das amerikanische Projekt, zu seinen Ehren Löcher in den Meeresboden zu bohren, Moholes. Mit dem gemächlichen Schurren von Bratenpfannen und dem Knacken des Kühlschrankschlosses vermischt drangen die Stimmen als undeutliches Geräusch durch die Balkenlagen nach oben, vertrauter als geheuer war. Vor dem Fenster war der Wind daran, kahle Äste in einer Faust zu fangen, öffnete und schloß die Faust, erholte sich in hechelnden Pausen. Unter der Dunkelheit des Himmels quoll der Innenraum des Hauses auf, dehnte sich aus mit Licht und Wärme und menschlichem Leben. Als Marie kam, eine Katze auf der Schulter, ganz haarig vom rückwärtigen Lampenschein umrissen, habe ich sie verwechselt mit dem Kind, von dem ich träumte, dem Kind das ich war.

Bist du sicher, daß du nicht mehr schlafen mußt, Gesine? Du kriegst dein Essen, wann immer du es willst. In diesem Haus geht es nach den Wünschen der Gäste.

In diesem Hause werden den Gästen Wünsche in die Augen gelesen. Schon während des Essens bestand D. E. nicht auf seinen eigenen Geschichten, sondern brachte seine Mutter mit umsichtigen Fragen, Rückfragen, Zwischenfragen ins Erzählen, so daß die alte Frau ganz wach wurde in der Nacht und den Kopf hochnahm. Ihre großen grauen Vogelaugen hielten den Blick der Zuhörer fest, machten niedergeschlagene Lider unbequem. Sie wollte ihr Erzählen widerspiegelt sehen; sie mochte sich nicht vergebens anstrengen. Wie ihr Vater 1911 zum Wollmarkt nach Güstrow fuhr. Ihr Kopf ist schrundig vor Alter. Überall ist die Haut tief und scharf umgegraben, tiefer als der Wind von siebzig Jahren es vermöchte. Wie die Bauerntochter nicht in die Stadt heiraten sollte, und nicht einen Friseur. Unter ihren Augen die dunkel eingefärbten Tränensäcke machen ihr Gesicht noch schmaler, eingedörrt, eingefallen. Sie sieht aus, als lebte sie mit allerletzter Kraft; sie hat aber erst im vorigen Sommer die Prüfung im Autofahren abgelegt, die hackt ihr Holz noch selber. Die Auswirkungen der Weltwirtschaftskrise auf das Friseurgewerbe in Wendisch Burg. Wie Schusting Brand sich die Haare aus Freundschaft schneiden ließ und wegen der Freundschaft nur den halben Preis entrichten wollte. Diesen Schuster wollen wir uns merken. Nach 1933 ging es aufwärts mit dem Friseursalon Erichson, zwei Mädchen in der Damenabteilung, nicht lange drei Gesellen für die Herren. Ihr eigenes Haar sieht aus wie ein unter Wasser gebleichtes, von Wasser ausgefrästes, dann zackig und splittrig abgebrochenes schlohweißes Brett. Anderes als Wasser benutzt die wohl nicht mehr. Gespräche beim Frisieren. Von Herrn Hitler hielt sie nicht viel. Das sagt sie mir zu Gefallen, D. E. zu Gefallen. Nein, sie war von Überzeugung eine Royalistin, am liebsten hätte sie wieder das mecklenburgische Fürstenhaus an der Macht gesehen. D. E. war also ein Kind, das die abgeschnittenen Haare im Laden zusammenfegen mußte. Beim Mecklenburg-Manöver der neuen Wehrmacht sah sie Mussolini aus zehn Schritt Abstand. Mussolini in Mecklenburg? Sie ging einkaufen für die Juden, als die sich nicht mehr auf die Straßen von Wendisch Burg trauten, dabei waren das Akademiker. Wenn es doch zum Glauben wäre. Hätte sie es doch getan. Dankesbriefe aus Mexico City. Wirklich. Wie der alte Herr Erichson mit einem Mal sehr freundliche Briefe aus einem Arbeitslager bei Stalingrad nach Hause schrieb. Das wollen wir glauben. In Wendisch Burg gibt es die Fischer-Babendererdes und die Lehrer-Babendererdes. Die sind verwandt mit den Dührkops, den Buchbindern, in Neustrelitz, die verwandt sind mit den Bunges in Schwerin, den Sattlern, und die haben neulich geschrieben: in Schwerin ist einer Touristin aus Westdeutschland ein Balkon auf den Kopf gefallen, und nun werden alle Häuser der Stadt auf losen Putz abgeklopft. Das glauben wir nicht. Doch, Schwerin ist ganz scheckig. Wir werden ihr doch nicht sagen, daß wir das nicht glauben. Gute Nacht, Frau Erichson.

Nun hast du dich drei Stunden auf den steifen Stühlen gequält, D. E.
Anders als am Tisch erzählt sie nicht.
Und du hast riskiert, daß Marie sich langweilt.
Sie ist nicht übelnehmerisch.
Du dachtest, es würde mich freuen, D. E.?
Es ist gern geschehen, Gesine.
Na dann schönen Dank für die Geschichten.

Der Morgen beginnt tatsächlich mit dem Gefühl der Ferien. In New York ist Wahltag, die Banken und die Börse und die Schulen und die Schnapsläden sind geschlossen. Die Geräusche aus dem Haus zerreißen den letzten Schlaf nicht. Sie sind so bekannt, sie setzen sich hinter geschlossenen Augen in Bilder um. Das kleine abgefangene Klicken ist Frau Erichson, sie legt das nachpolierte Tischsilber in ihre samtenen Kästen. Der knappe Doppelknall ist das Mädchen aus dem Dorf, das morgens helfen kommt; wenn sie die Hände voll hat, zieht sie die Türen mit dem abgewinkelten Fuß hinter sich zu. Da ist auch ein Kind, das singt das Lied von der Coca-Cola Company. Dem Kind wäre es recht, hier zu bleiben, anderthalb Stunden von New York. Ganz fern, nahe der äußersten Haut des Hauses, murmelt D. E.s Schreibmaschine. Da wird Geld verdient, es würde für uns reichen. Jetzt singen sie dreistimmig in der Küche, Marie scheint zu dirigieren, und stellen dem Schicksal die Frage, wie die Coca-Cola Company es bloß schafft. Es ist ein Tag außerhalb der Welt. Hier sind wir gelitten. Ein Schritt auf den Gang, und sie werden ein zweites Frühstück in Arbeit nehmen. Auf dem Tisch wird nicht nur der Philadelphia Inquirer liegen, auch die New York Times. So stellt D. E. sich mein Leben vor.

8. November, 1967 Mittwoch

Es gibt auch Kritiker des amerikanischen Krieges in Viet Nam im Rang eines Generalleutnants der Fallschirmjäger. James M. Gavin denkt dabei weniger an die Bewohner Viet Nams. Er hält den Krieg einfach für zu teuer für die eigene Nation.

Die Zahl der Arbeitslosen ist von 4,1 % auf 4,3 % gestiegen, den höchsten Stand seit zwei Jahren. Das macht 3,8 Prozent unter Weißen. Das macht 8,8 Prozent unter Negern. Es sind aber nur ein Zehntel Neger unter den Bürgern des Landes.
Herr Paul Zapp, 63 Jahre alt, wurde in Bebra in Hessen festgenommen. Er ist verantwortlich für die Ermordung von mindestens 6400 Juden in der besetzten Sowjetunion. Ein falscher Name hatte bis vorgestern genügt.
Cresspahl kam zurück aus Malchow und ging das Haus ansehen, das seinem Kind angeboten war. Auf dem Weg durch die Stadtstraße sahen die Leute ihm mit Neugier entgegen und grüßten von sich aus, aus freien Stücken, auch Unbekannte. Papenbrock hatte den Tod von Grete Cresspahl, geborenen Niemann, in das Gneezer Tageblatt setzen lassen. Er wollte seinen Schwiegersohn wohl festbinden in Jerichow, und wenn er mit dem Gedächtnis der Jerichower anfangen mußte. Cresspahl hatte von der Anzeige nichts gewußt.
Am südlichen Ende der Stadtstraße steht das Haus für die Pastoren auf der rechten Seite, rote Steine, weiße Fenster, moosiges Ziegeldach. Die Gartenmauer ist auf der anderen Seite die des Friedhofs. Auf den beiden Flügeln des eisernen Tors können Kinder Halbkreise fahren. Dann zieht die Mauer ganz scharf nach rechts, zum Westen hin, neben einem Sandweg, der Friedhofsweg heißt, oder Ziegeleiweg, wegen des langen roten Trockenschuppens auf der anderen Seite, langweiliger gemauert als die Einfriedung der Toten mit ihren oben schräg gesetzten Steinen und glasierten grünen Rundkuppen. Gegenüber der Mitte der Ziegeleiwand ist die Friedhofsmauer in eine Beule zurückgenommen und geöffnet mit einem mannsbreiten Pförtchen und den großen, oben rund und spitzen Toren der Leichenhalle, die so billig aufgeführt ist, daß sie verputzt werden mußte. Wo links das Tor der Ziegelei den großen Arbeitshof verrät, kann man rechts Creutz über den Zaun sehen. Das Land gehört der Kirche; sie hat es an Creutz verpachtet, da sie es noch nicht braucht für die Toten. Wende dich rechts über die Schulter: von den Toten ist nichts zu sehen. Hinter dem dick verwachsenen Holunder an Creutz' Grenze schimmert der Backstein der Kirche durch. Von hier sieht der Turm mit den Schildgiebeln am höchsten aus.

Schräg gegen die Einfahrt der Ziegelei versetzt steht neben Creutzens Pachtland in einem aufgeräumten Garten hinter weißgestrichenem Schmiedegitter die Villa der Ziegelei. Der feierliche Mast inmitten der Rabatten hat schon die Fahnen des flüchtigen Kaisers gezeigt. Weiterhin ist der Weg nicht bebaut. Er läuft zwischen Wiesen und Ackerland auf und nieder nach Westen ins Leere, er erreicht nicht einmal ein Dorf. Jetzt ist, zur See hin gelegen, das Bruch zu sehen. Da steht, links hinter einem verunkrauteten Grasplatz, ein niedriges Bauernhaus unter angeschwärztem Walmdach. Jetzt bin ich zu Hause.

Cresspahl ging nicht zuerst in das Wohnhaus. Einige Fensterscheiben waren eingeworfen. Mehr brauchte er vorerst nicht zu wissen.

Die Bauern, die sich diesen Hof angelegt hatten, waren einmal so reich, daß sie auch ihre Scheune aus Ziegeln hochziehen ließen. Die Scheune, quer gestellt, war höher als das Wohnhaus, oben mit überstehender Teerpappe gedeckt. Die nördliche Seite der Scheune war fast ganz Tür, zwei hohe, vom Seewind angefressene Holzflügel, deren einem eine Klapptür für Menschen eingesetzt war. Innen in den Fächern der Scheune war ausgefegt. Zuletzt hatten die Bauern gespart. Nur unbrauchbares Gerümpel hatten sie hinterlassen: einen angeknickten Rübenschneider, gebrochene Deichseln, Sauerkrautfässer, ganz heil und lackglänzend den Schmutzfänger einer Sonntagskutsche. Die Stallräume in der östlichen Hälfte stanken von dem verfaulenden Stroh. Hier waren Boxen für Schweine, Schafe, Krippenraum für zwölf Haupt Kühe, vier Pferde. Seit sie weggetrieben waren, hatte hier der Wind gewohnt. Der Bau war so ausgekühlt, es waren weder von Liebespaaren noch von Katzen Spuren zu sehen. Der Misthaufen hatte wohl drei Jahre gebraucht, um so trocken zusammenzuschnurren. In die Ställe war Licht gelegt. Wer aber den Schalter versucht, dem saust der Strom bis in die Schulter, daß der Arm wirbelt. Die Vorgänger wollten sagen: Nimm dir unser Unglück.

Hinter dem Haus stand ein schwarzer Baum voller Amseln.

Nach Süden, Westen, Norden hin war es leer um den Hof. Nur der Wind sprach. Im Norden war ein Loch zwischen Erde und Himmel, ein Streifen Ostsee.

1. Wenn man will, lassen zwei Drittel der Türfläche sich verglasen. Dann käme genug Licht hinein für Tischlerarbeiten.
2. Das meiste bei der Instandsetzung konnte Cresspahl selber machen, wenn er wollte.
3. Wenn man will, kann man die Bewohner von Villen zwingen, Sägengeräusch während der üblichen Arbeitszeiten zu dulden.
Wenn man will.
Es ist nicht richtig, auch nur einen einzigen Tag aus New York herauszufahren. Prompt haben wir die ersten Schneeflocken in der Stadt versäumt. Heute tut der Tag mit kalter Sonne, als könnte er kein Lüftchen trüben.

9. November, 1967 Donnerstag

Gestern in Frankfurt kam Adolf Heinz Beckerle vor Gericht unter der Anklage, er habe als Hitlers Gesandter in Bulgarien bei der Deportation von 11 343 Juden in Todeslager geholfen. Im Gegenteil behauptet er, 40 000 bulgarische Juden schuldeten ihm ihr Leben. Mit ihm angeklagt ist ein früherer Kollege des westdeutschen Bundeskanzlers, Fritz Gebhard von Hahn, wegen 20 000 griechischer Juden.
Es ist eine kleine Meldung tief unter dem obersten Rock der New York Times. Eine ausdrückliche Meinung äußert sie heute über das Vorhaben des Bürgermeisters, sich von der Geschäftswelt ein halbstündiges Fernsehprogramm bezahlen zu lassen. Die alte Dame haut seiner Ehren John Vliet Lindsay den Arsch voll. – Es geht um die Schicklichkeit! ruft sie, und schlägt abermals zu. An Kräften gebricht es ihr ja nicht.
Es ist Donnerstag, und die Telefonverwechsler schlagen zu, vom frühen Nachmittag an. Der erste, noch unerfahren im Geschäft, wollte nur wissen, ob Marie etwa RIverside 9–2857 sei. Sie gab ihm streng zur Antwort, daß er 749-2857 in der Leitung habe, und obwohl die Zahlen 7 und 4 den Buchstaben R und I auf der Wählscheibe entsprechen, trieb Verblüffung den Mann zum Auflegen. – Als kennte er nicht das ameri-

kanische Telefon: berichtet Marie, mit Genuß. Sie hält es für einen brandneuen Trick, und sie hat ihn erfunden.
Im Anfang hatten wir das Telefon zu verwalten, das uns die Damen Bøtersen und Bertoux mit der Wohnung übergaben. Es hörte auf eine Nummer, die mit MOnument begann, und meldete sich viele Male. In Deutschland hatten die Klingeln unversöhnlich und bellend angeschlagen; hier träufelte mildes Gebimmel aus dem Apparat, zäh und zierlich wie die Gebärde einer Katze, die sich nach dem Aufwachen reckt. Da fragten Herren nach Ingrid und wollten mit Francoise sprechen, und Francoise sollte Ingrid ins Gran Ticino mitbringen, und kaum Einer konnte es fassen, daß beide Mädchen nun auf den Flughäfen Kastrup und Genf in Postschließfächern wohnten, und nicht wenigen war gelegen an dem Vornamen, den die neue Stimme im Mikrofon anzubieten hatte. Dann operierte die Telefongesellschaft dem Apparat die Seele aus dem Gehäuse und nahm sie zum vorläufigen Ausruhen auf Lager.
Dann wurde uns RI 9-2857 ins Haus gebracht, und sollte nur die Leine halten zur Praxis von Dr. Brewster, zu einem Krankenhaus für Kinder. Aber das Kind wollte spielen, wie man Telefonieren lernt, und war bald die erste, die dem winselnden Gerät das Joch aus dem Nacken nahm und auf die amerikanische Weise fragte: wer es ist, nicht: wer da ist. Und an diesem Telefon lernte Marie, unter Aufsicht zu lügen. Denn da setzten Fremde sich in die Leitung und wollten nicht nur hören, daß sie die Nummer Cresspahl gewählt hatten, auch ob die Wohnung Cresspahl im 3. oder 13. Stockwerk zu finden war, unter der Bezeichnung 13 A oder 134, weil das öffentliche Nummernverzeichnis den Kriminellen immer noch nicht die feinere Vorbereitung eines Einbruchs abnimmt, und Marie beschrieb ihnen nicht nur die Lage von Appartement 204, sondern sie vertraute ihnen zusätzlich an: Ich bin allein. Nun mußte ein Onkel Humphrey erfunden werden, ein Grobian und Raufbold, der vorgeblich im Nebenzimmer schlief, für den Marie aus Streichholzschachteln ein Haus unter dem Telefon errichtete, und mit Onkel Humphrey mochten die Fremden nicht ins Gespräch kommen.
Die waren nicht alle von einer Zunft. Da kamen auch solche, die über der Lektüre des Telefonbuchs hatten einschlafen wol-

len und sich die Schläfrigkeit an dem Namen Cresspahl vollends zerrissen und dringlich nach der nationalen Herkunft des Namens begehrten und unserer Meinung über das Ende der Welt genauso bedurften wie eines Zuhörers für Kriegserlebnisse in Deutschland. Da kamen solche, die die Nacht nicht aushielten, in einem vereinzelten Zimmer allein in der schlafenden Stadt, und nur noch bei Telefonen im anderen Stadtteil Verständnis erwarteten (ein Herr Abraxas aus Brooklyn). Von der Wut geschiedener Ehemänner gegen jedweden weiblichen Fernsprechteilnehmer blieben wir verschont, auch von den geschlechtlichen Phantasien unbekannter Betrunkener, weil der Name Gesine in diesem Lande nicht eine eindeutige Auskunft über den Träger liefert; die anderen blieben treu. Es entstanden Abonnements, so das mit dem indischen Ingenieur, der beim ersten Mal aus New Haven anrief und bei Tod wie Leben mit einer Else verbunden werden wollte, die nicht nur eine Deutsche gewesen sein muß, sondern auch eine Person mit ähnlicher Stimme, so daß er seine schmerzliche Enttäuschung über ihr Verhalten komplett bei New York RI-9-2857 ablud in dem eigentümlichen Deutsch, das das Ausländerinstitut in Leipzig in Sachsen den Gaststudenten der D. D. R. als gängiges Verständigungsmittel eintrichtert, und wenn jener Janin Landa nur alle vier Wochen anrief, so meldete sich George Abraxas alle vierzehn Tage. Dann fand uns noch D. E. beim gelangweilten Blättern im Buch von Manhattan, und wir ließen uns daraus streichen und zahlen die Gebühr gerne.
Geblieben sind uns die, die Telefonnummern beim Würfeln zusammensetzen, und jene, die nach gründlichem Studium eine Lücke zwischen 7492856 und 7492858 entdecken, und die, die sich von San Francisco bis an die Ostküste durchwählen und uns nicht mehr ausrichten wollen als die dortige Uhrzeit und das Wetter, und jene, die sich ohne Absicht in der Wählscheibe verirrt haben und nichts sagen möchten als eine Entschuldigung. Schlimm wird es erst, wenn auch die Gespräche unter dem Atlantik automatisch vermittelt werden und deutsche Millionäre ein neues Spiel bekommen. Dann sind wir gänzlich angewiesen auf Marie, die neuerdings ein Vertrauen ins Absurde gesetzt hat und unerwünschte Anrufe abwehrt mit der

Versicherung: Dies ist eine nicht verzeichnete Nummer. Dies ist eine nicht verzeichnete Nummer. Es macht auch Hartnäckige irre.
Einmal, erst Ende September, kam unser Telefon in eine Verbindung, wie sie in den fünfziger Jahren in Westberlin benutzt wurde. Die Membran am anderen Ende der Leitung war belebt nicht mit Worten sondern mit Atmen. Es mochte noch so ausgeglichen sein, immer hakte der Luftstrom an einer Stelle rasselnd an und machte das Geräusch bedrohlich. Nichts als Atmen.

Stimmen hörst du genug.
Wenn nur die Toten das Maul halten wollten.

Einmal, vor vierzehn Tagen erst, las eine Frauenstimme etwas vor, rasselnd, gleichgültig, wie von einer Karteikarte: Ihr Name ist Gesine Cresspahl, geboren 3. März 1933 in Jerichow, in den U. S. A. seit 28. April 1961. – Ja: sagte ich, bekam nichts als ein Klicken und hätte mich ausgeben mögen für sonstwen.
– Dies ist eine kaputte Nummer: sagt jetzt Marie mit einer Maschinenstimme, wie auf einem ausgeleierten Tonband: This is a non-working number. Dann, nicht gern, nicht überzeugt, hält sie mir den Hörer über die Schulter und sagt: Ein Typ namens Karsch, weiß nicht wo wir wohnen, kennt mich nicht ... woher soll ich das wissen! Du hast von dem noch nicht erzählt!
– Das Kind leih ich mir mal: sagt Karsch.
– Wo bist du denn, Karsch.
– Das möchte ich nicht sagen: sagt Karsch.
– Brauchst du etwas, Karsch.
– So schlimm ist es nicht: sagt er. – Auf Wiedersehen: sagt er: Wiedersehen.
Von Wiederhören hat er nichts gesagt. Davon abgesehen, Donnerstag ist der Tag, an dem die Telefonverwechsler am häufigsten zuschlagen.

Gestern abend war der Präsident Johnson heimlich in die Stadt gekommen. 500 Polizisten umstellten das Hotel Americana, auf den Dächern um das Haus standen sie, und noch einmal 100 waren in dem Ballsaal, in dem der Präsident jüdischen Gewerkschaftsführern erklärte: Die Nation riskiere einen noch fürchterlicheren Krieg in der Zukunft, wenn sie diesen in einem kleinen und entfernten Land in Südostasien nicht durchstehe. Seite 1.

Auf Seite 17, unter den Busproblemen von White Plains und der Versicherung, daß der Bürgermeister von Albany nicht in betrunkenem Zustand Auto fuhr, bringt die New York Times die amtlichen Toten des Krieges, elfeinhalb Zeilen.

Das Wichtigste auf Seite 1 aber ist ihr die Abbildung des westdeutschen Reisepasses, den der sowjetische Agent Runge benutzt hat. Nicht nur erzählt sie alles Freigegebene aus seinem Leben, sie beschreibt auch die Struktur des sowjetischen Geheimdienstes, komplett mit Zeichnung, so daß wir jetzt wissen, wer da für die blutigen Geschichten zuständig ist: Rodin, alias Nikolai B. Korovin. Allerdings fehlt die Postadresse.

Lisbeth Cresspahl blieb die Beerdigung ihrer Schwiegermutter nicht erspart. Ihre Schwester Hilde nahm sich einen Nachmittag lang Zeit, davon zu erzählen.

Papenbrock hatte Bedenken bekommen, daß seine Familie bei dem Begängnis nicht sollte zu sehen sein. Er hatte wenigstens Hilde an die Müritz hinterhergeschickt.

Als sie kam, war der Sarg noch offen. Er war aufgestellt auf der Diele von Schmoogs Hof. Berta Niemann war seit 1873 mit Erna Lübbe befreundet gewesen, auch weiterhin, als Erna einen Hoferben heiratete und Berta einen Stellmacher, der auf dem Gut des Dorfes arbeitete. Sie hatte ihre Freundin besuchen wollen.

Aus Höflichkeit hatte die alte Cresspahl zuerst die Herrschaft besuchen wollen, für die ihr Mann fünfundvierzig und sie einundvierzig Jahre gearbeitet hatte. Da sie in städtischer Kleidung kam und nicht erkannt wurde, bat die Herrschaft sie in den Salon des Schlosses, bewirtete sie auch noch, nachdem sie ihre Bewandtnisse genannt hatte. In der Aufregung mag sie zu hastig getrunken oder geschluckt haben. Sie überwand sich und bat Frau von Haase um die Erlaubnis, einen Augenblick liegen zu dürfen. Frau von Haase bekam es mit der Besorgnis, die Alte werde auf ihrem Sofa sterben, und ließ anspannen, immerhin den Kutschwagen. Als die Kutsche wie wild durch die Dorfstraße fuhr, wachte Frau Cresspahl ein bißchen auf und erkannte das Gehöft der Schmoogs. Vielleicht hatte sie Angst, im Krankenhaus mit Sicherheit zu sterben, oder sie wollte den Besuch nicht versäumen, zu dem sie eigentlich gekommen war. Sie bestand darauf, daß sie bei Schmoogs abgeladen wurde.

Sie lag zwei Tage im Bett ihrer Freundin, nicht aufgeregt, meistens schlafend. Sie war so müde, sie ließ sich bedienen. Wenn sie die Augen aufschlug, glaubte Frau Schmoog Enttäuschung zu erkennen, weil nicht jemand anders vor dem Bett stand. Als Cresspahl sich in die Kammer bückte, glaubten die Schmoogs sie noch am Leben. Sie war also beim Sterben allein gewesen.

Das Haus von Schmoog hat an der Stirn des Strohdachs die gekreuzten Pferdeköpfe und eine Jahreszahl aus dem frühen achtzehnten Jahrhundert. Das Dach sitzt tief auf Lehmfachwerk. Im vorderen Teil der Diele gingen die Ställe für Kühe und Pferde ab. Jetzt war die Diele ganz blank gefegt, mit Wasser, so daß der gestampfte Lehm aussah wie unebenes Gestein. Der Sarg hatte den Ehrenplatz. Auf dem Weg zur Wohnstube wie zur Küche mußte jeder ihn grüßen.

Erna Schmoog war mit den Haaren ihrer Freundin nicht zurechtgekommen. Im Ansatz des Scheitels hatten sich die Strähnen überlagert. Sie bat Cresspahl um Entschuldigung. Cresspahl erinnerte sie: sie hat es im Leben so getragen.

Als die Trauergäste aus dem Dorf zusammengekommen waren, fiel mit einem Male auf, daß Frau Schmoog mit dem Sohn ihrer Freundin auf eine unbeschwerte, fast muntere Weise sprach. Frau Schmoog war nicht älter als die Tote. Sie hatte nun ihrem Mann wie dem Gesinde zeigen können, wie sie ihren eigenen Tod begangen wünschte.

Der Sarg sollte schon geschlossen werden, da trat die Versammlung der Gäste auseinander und machte einen weiten Gang frei für einen alten Mann, der krumm ging bis in die geknickten Knie. Er war sehr klein geworden. Er nahm den Zylinder in die Hand, als er die Diele noch gar nicht betreten hatte. Er hatte mit Berta Niemann kein Wort gesprochen, seit sie Heinrich Cresspahl geheiratet hatte, auch den Schmoogs nie mehr die Tageszeit geboten, einmal wegen ihrer Freundschaft mit der neuen Frau Cresspahl, zum anderen wegen eines Streits um 1890, über einen Streifen Acker. Der Alte hatte seit dem Krieg auch im Dorf kaum noch sich sehen lassen. Er war nicht verlegen. Er ging langsam auf den Sarg zu. Er stand lange vor dem Sarg. Er versuchte, seinen Rücken gerade zu halten. Dann war seinem Nacken anzusehen, daß er der Toten zugenickt hatte. Dann wandte er sich um und gab der Tochter der Toten die Hand, dann dem Sohn, dann der Verwandtschaft.

Dann ging er hinüber zu den Schmoogs und gab allen die Hand, auch den Söhnen, Schwiegertöchtern, Enkelkindern.

Dann traten alle wieder dicht um den Sarg zusammen, damit der Pastor nichts sah. Cresspahl setzte den Deckel auf. Dann halfen sie ihm, die Schrauben locker festzudrehen.

Nach Malchow waren es zwei Stunden, im Schritt gefahren. Das Dorf hatte seinen Leichenwagen hergegeben. Es lehnten nicht viele Kränze am Sarg. Dennoch sah der Kranz der Familie Papenbrock sparsamer aus als die anderen.

Die Gutsherrschaft hatte einen Gummiwagen mit Bänken geschickt. Da, und auf dem dritten Wagen, reichte der Platz für die Alten und Frauen. Cresspahl und seine Schwester wären wohl ohnehin zu Fuß hinter dem Sarg gegangen. Sie ließen Hilde neben ihnen gehen.

In Malchow trugen den Sarg in die Kirche: Martin Niebuhr, Peter Niebuhr, Alexander Paepcke. Günter Schmoog, Paul Schmoog, Heinz Mootsaak. In der Kirche ließen sie Cresspahl allein, damit er seine Mutter noch einmal richtig hinlegen konnte. Als er aus dem Portal kam, gingen die sechs ohne ihn hinein und schraubten den Sarg zu, fest diesmal. Dann begann der Gottesdienst.

Cresspahl war sehr freundlich zu allen, auch zu Hilde. Bei Meininger in der Langen Straße saß sie neben ihm. Er betrug sich wie jemand, der eine Arbeit zu Ende gebracht hat. Einmal stand er auf und dankte allen für das Mitkommen. Da-

nach sah er dem Essen und Trinken um ihn zu ohne Ungeduld. Diese Rechnung war auch noch zu bezahlen. Dann konnte er gehen.
Hilde legte es darauf an, ihre Schwester zum Weinen zu bringen. Ihr war es recht, daß Cresspahl seinen Willen bekam.
Sie erzählte nicht, wie es war. Sie machte aus dem Gewesenen undeutliche Vorwürfe für die jüngere Schwester, als sei die noch ängstlich vor Moral. Als Cresspahl nach Jerichow zurückkam, hatte Hilde ihre Schwester so weit, daß er Lisbeth über sein eigenes Unglück trösten mußte. Jetzt wäre sie mitgegangen zum Bahnhof, hätte er es gesagt.

11. November, 1967 Sonnabend. Tag der Kriegsveteranen.

Beim amerikanischen Telefon, da mag Karsch sich ein R für etwas anderes als eine 7 vormachen lassen, aber er hat nicht übersehen, daß die Post hier nicht austrägt, wenn die Teilnehmer vergangener Kriege marschieren. Sein Brief wurde überreicht durch einen Mann in der Uniform eines Chauffeurs. Der Mann wartete keinen Moment auf ein Trinkgeld, verriet mit keiner Miene, daß er in besser erhaltene Häuser zu kommen gewohnt ist. Der Brief ist nicht von Karsch. Es ist eine schriftliche Aufforderung der Italienischen Delegation bei den Vereinten Nationen an die Wächter, die Trägerin dieses Papiers und ein Kind den Diensteingang passieren zu lassen, unterzeichnet von Dr. Pompa. Auf der Visitenkarte, die Karsch beigelegt hat, fehlt vor dem Namen der Punkt, mit dem Karsch wie der Feldherr Narses ihre Schriftstücke entwerten, und wenn Karsch es so haben will, werden wir es ihm geben.
Der Bus 104 fährt von uns den Broadway hinunter und über die 42. Straße nach Osten zu den Vereinten Nationen. Marie zieht die Plätze auf der hinteren Querbank vor, weil sie die Fenster zur Seite haben, und bis in die siebziger Straßen behält sie den westlichen Bürgersteig des Broadway im Blick, auf der Suche nach Kindern, Passanten, Polizisten, die sie kennt. Marie hat ohne Widerrede ein Kleid angezogen, fast sich gedrängt zu der Einladung. – Nur damit ich deine

Freunde alle kenne: hat sie gesagt. Sie war noch nie in den Vereinten Nationen, wo sie für Publikum gesperrt sind.
Die Regierung will an Thailand für etwa 50 Millionen Dollar Luftabwehrraketen verschenken, wenn Thailand 10 000 Soldaten nach Viet Nam schickt.
Dr. Gallup hat sich schon wieder unter die Nation gemischt und sie befragt. Jetzt hat er erfahren, daß von hundert neunundfünfzig für eine Fortsetzung des amerikanischen Krieges in Viet Nam sind.
Gestern abend wollten die Brüder Thomas und James D'Angelo und Frank Telleri, »Frankie Fünfhundert«, in einem vornehmen Restaurant in Ridgewood, Queens, sich zu Kalb mit Parmesankäse gekocht und Weißwein zusammensetzen. Kommt ein gedrungener Typ, schwarzer Filzhut, schwarzer Regenmantel, Brille im Gesicht, zieht eine Art Maschinenpistole hervor und schießt zwanzig bis fünfundzwanzig Löcher in die drei. Die Polizei hält den Vorfall nicht für normal sondern für eine Abrechnung innerhalb der Unterwelt.
Marie ist enttäuscht. Die Wächter vor den Vereinten Nationen sind Amerikaner, womöglich aus der Bronx und Manhattan, die Fahrtreppen kennt sie aus jedem besseren U-Bahnhof, das Restaurant wird von einer ganz irdischen Hotelfirma bewirtschaftet und nicht einmal die lange Bar ist etwas Heiliges. Herr Karsch hat es lange schwer mit dem Kind.
Herr Pompa und Herr Karsch kommen den Wandelgang entlang wie die Zwillinge, beide sehr groß und mächtig in ihren unfeierlichen Anzügen, beide mit dem Gang von Leuten, die kleine Sachen zu zertreten fürchten, beide unwiderruflich ins Alter entschwunden und vielleicht nur noch untereinander verstehbar. Nur daß Herrn Pompa die Haut fest und behaglich im Gesicht sitzt, seine Augen fest zupacken und er sein Lächeln noch beaufsichtigt. Karsch ist ganz weich im Gesicht. Er nimmt seinen Blick in acht, er hütet sich, er will behüte nicht alles sehen. Jetzt sieht er uns.

Ti voglio bene.
Ti voglio bene.

Es ist Karsch, und wir können ihn ohne Bedenken umarmen,

ein Mensch, der sich in unserer Richtung verändert. Das gibt es nicht, daß man einem noch nach Jahren traut, ohne Frage, ohne Prüfung, in ganz verdachtloser Freude des Wiedersehens. Das gibt es. Das ist Karsch, der die Schultern oben behält, wenn er ein Kind begrüßt, ohne Anbiederung, ernst, fast förmlich, so daß Marie gar keinen Anfang findet für Übelnehmen. Das ist Karsch, der am Tisch als erster bemerkt, daß dies Kind kein Italienisch versteht und ohne Aufhebens umsteigt in sein druckloses Britisch, das hinwiederum Herrn Pompa nicht fremd ist. Das ist Karsch, zu dem die Kellner kommen wie die Ärzte, der zu ihnen ohne Scham mit den Fingern spricht, und mit den Händen. Das ist Karsch, der über die Flugwetterlage redet, solange Dr. Pompa anwesend ist, der nach unseren Sachen fragt, sobald der Fremde sich empfohlen hat, der über seine Sachen Auskunft gibt ohne Wehleidigkeit. Er lebt immer noch allein in zwei Zimmern in Mailand. Es sind nicht mehr die Zimmer neben Vito Genovese; es ist kein eigenes Haus. Der Sohn in Hamburg ist nicht mehr in dem Alter, da er sich mit den Flügen über die Alpen eine Sammlung von Werbegeschenken der Lufthansa anlegen konnte, der Junge kostet nun Geld wie ein Erwachsener. Karsch ist nach New York gekommen, um für ein Buch zu arbeiten.
Er sieht krank aus. Seine Haare sind fast ganz weiß geworden, mit wenigen dunkleren Strichen darin. Er trägt sie lang, sie stehen ihm wie kleine Wolken um die Schläfen. Damit, und mit den Quetschfalten in seiner ausgesuchten Jacke, der halb verrutschten Krawatte aus dem Laden neben der Scala, verrät er wider Willen, daß niemand sich um sein Leben kümmert. Er ist nicht traurig. Seine Brille ist aus dünnem blitzenden Draht und verspiegelt ihm die Augen. Er will sich nicht verstecken, er will sich nicht viel zeigen. Und wenn Karsch den Rotwein nachschenkt, geht die Flasche mit aufgerichtetem Hals über seinem Glas vorbei. Karsch trinkt nicht mehr.

– Worüber ist das Buch: sagt Marie endlich, ohne Acht für Unhöflichkeit und Benehmen im Restaurant gegen Fremde. Ein Fremder kann nicht sehen, daß sie aufgeregt ist, daß ihr die Fingerspitzen zittern.

– Über Familien, Familienbande, Familienbesuche: sagt Karsch.
– In Italien?
– In Italien, und in deinem Land: sagt Karsch.
– Warum schreiben Sie nicht über Deutschland?
– Es gehört nicht zu den Kennzeichen der deutschen Nation, ihre Bücher gleich zu lesen: sagt Karsch, für sich amüsiert, nicht über Marie. Aus seinem Deutsch sind die ostpreußischen und die hamburger Akzente ganz weggewaschen. Er spricht so gleichmäßig, Marie muß ihm in die Augen sehen, um zu begreifen, daß er sich nicht beklagt.
– Es sind nicht Bücher wie du denkst, Marie: sagt Mrs. Cresspahl, um das Kind abzulenken: es sind Bücher über wirkliche Sachen und Personen.
Aber Marie läßt sich nicht ablenken.
– Sie wollen gleich gelesen werden, stimmt das: sagt sie streng, immer noch im Ton des Verhörs. Sie läßt sich von Karschs faulem Nicken kein bißchen einschüchtern.
– Und was sind das für Familien? sagt sie. Karsch tippt auf die Mitte der zusammengefalteten New York Times, wo berichtet wird über die Masche mit den geklauten Kreditkarten, an der die Familien der Mafia, die Gallos in Brooklyn und die Gambinos, bis vor kurzem gestrickt haben.

Hattest du Ärger mit den Leuten, Karsch?

Ein bißchen, Gesine.

Nun willst du nicht zeigen, daß wir dich kennen, und versteckst uns in der Uno.

Das Essen war doch erträglich, Gesine.

Der alte fürsorgliche Karsch.

Sag mir lieber, was für eine Eifersucht dein Kind da austrägt, Gesine.

Denn Marie will wissen, wer Karsch solche Reisen über den Atlantik bezahlt, ob Karsch seine Rechnungen wahrhaftig selbst begleicht, ob tatsächlich keine Regierung und keine Universität ihm dabei helfen, ob er wirklich davon lebt, daß er lebt, ob er in der Tat alles anders anstellt als D. E. Sie hat sich verrannt in ihre Aufregung, und ein Fremder kann nicht

sehen, daß sie viel gäbe für ein Versteck hinter untadeligem Betragen. Es gelingt ihr erst bei der Verabschiedung. Es ist ein Versprechen, das eine Entschuldigung sein soll. – Wenn Sie noch einmal anrufen, werde ich Sie erkennen: sagt sie.
Sie sieht Karsch nach, der arglos den Wandelgang hinuntertrödelt, zerstreut und vergesslich unter seinen gesträubten Haaren, von Kollegen mit Winken begrüßt, mit vertraulichem Armgriff in Gespräche hineingezogen, ein Mensch mit vielen Freunden, berühmten darunter, und sie versichert glaubwürdig, daß sie ihn haßt. Sie läßt sich nicht in die Augen sehen. Sie zieht den Kragen ihres Mantels so hoch, daß sie mit den Spitzen wie zufällig ihre Augenwinkel erreichen kann. – I hate him! sagt sie. – I hate him!

12. November, 1967 Sonntag

Jetzt halten wir dir die jährliche Rede auf deinen Tod. Es kommt auf den Tag nicht an.

Du bist tot, verstanden. Das ist deine Sache.

Es ist unsere Sache, ob wir dich behalten wollen. Immer willst du gedacht werden. Es ist genug ohne dich.

Du bist es, die gegangen ist. Es war schon fünf Jahre vorher zu sehen, als du den ersten Schritt tatest. Du ließest dich gehen.

Es war Hilfe da. Du mochtest nicht einmal zugeben, daß du Hilfe brauchtest.

Alle Leute in ganz Jerichow, ganz Mecklenburg, ganz Deutschland bestanden nicht vor deinem Hochmut. Für die warst du dir zu gut.

So zu leben gefiel dir nicht, und du gingst weg. Dachtest, du kämest wohin? (Wir wissen, du hieltest eine Ankunft für möglich, wenn auch nicht mehr eine Begrüßung.) Wie war es denn?

Du wolltest nicht alle kränken. Ihn hast du gekränkt. Du hast mich gekränkt. Ein Kind. Wir verzeihen dir gar nicht.

Du sollst deinen Willen haben. Wir machen die Reise. Wir träumen das Flugzeug, wir träumen den Flug, wir reisen in der Nacht, wir hängen in der Luft, wir steigen um an einem Ort, wir müssen weiter durch die Zeit, umso undurchdringlicher als vergangener. Jetzt sind wir wo du warst.

Da wo du tot bist, sehen wir dich nicht.

Und nichts wie zurück über England und Irland und Neufundland und Canada nach New York mit zehn Minuten Verspätung. Dahin kannst du nur folgen mit unserer Erlaubnis.

Es gäbe dich nicht, wenn wir dich nicht mehr wollten.

Mach dir keine unnützen Hoffnungen.

Sei nicht ungeduldig. Haben wir dich seit 29 Jahren je im Stich gelassen?

Benimm dich. Widersprich nicht. Nicht heute.

13. November, 1967 Montag

Das Gerücht von der Ermordung Francos, das heute morgen mit den Imbißwagen durch die Stockwerke der Bank reiste, hat sich nicht gehalten an der frischen Luft. Er lebt.
– Unglückseliger Weise: sagt Amanda. – Und wir haben eine Liste so lang wie mein Arm, nicht wahr, Gesine?
Amanda meint die Liste, in der die überlebenden Diktatoren auf ihr Attentat warten. Amanda ist Mrs. Williams, und heute nimmt Mrs. Williams einen anderen Weg nach Hause, wie Mrs. Cresspahl auch, und beide finden einander in dem Bus, der die Dritte Avenue hinauftrottet wie ein vor Ermüdung ungelenkes Tier. Um fünf Uhr nachmittags braucht der Bus auf dieser Straße zwanzig Minuten, um nur zehn Blocks nach Norden voranzukommen. Der Fahrer kann den langen Kasten nur mit Mühe von den Haltestellen auf die Fahrspur zurückziehen, muß ihn Zoll für Zoll parallel drängen gegen die umstehenden Autos, die immer nur für wenige Schritte vorrücken, so daß er das Grünlicht mehrmals von fern sterben sieht. Erreicht er es einmal, sind auf der Kreuzung Einbieger aus den Querstraßen steckengeblieben, und nun beginnt die neue Arbeit, zwischen den eingeklemmten Privatwagen und Taxis ein Schwenken nach rechts wenigstens anzudeuten. Inmitten der niedrigen Fahrzeuge steht der aufgehaltene Bus

wie ein Elefant, der jetzt noch gutmütig seine Dressur vorführt, vielleicht aber gleich ausbrechen wird mit all der Kraft, die er im orgelnden Leerlauf unterbringen muß. Wenn seine grüne Haut grau wird und harte Falten wirft. Der Chauffeur muß aber nicht nur die Fahrt regieren, steuern, Gas geben, Gas geben, bremsen, die geplante Richtung anzeigen, er muß auch noch die Türen öffnen, Geld wechseln, ein Auge auf den Aufprall des korrekten Betrags in der Zahlurne halten, den umgebenden Verkehr und das Verhalten der Passagiere in seinen Rückspiegeln überwachen, die Türen schließen, in der Fahrt mit einer freien Hand die Münzen aus der Zähluhr leeren und in die Kassenröhren ordnen, die eingetauschten Dollarscheine handlich ordnen, falten, wegstecken und alle Zeit unempfindlich bleiben gegen die klumpige Wolke von Ergebenheit und Ungeduld hinter seinem Rücken. Amanda verspricht freiwillig, sie werde niemals einen Menschen heiraten, der in Manhattan einen Linienbus fährt. Amanda spricht nicht aufdringlich laut, aber nicht bekümmert um Zuhörer. Sie würde nicht einmal an der Finanzierung eines Mordanschlags teilnehmen, sie würde sich wehren mit Händen und Füßen gegen den Anblick eines angeschossenen, blutenden Diktators; sie meint nicht die wirkliche Maßnahme, lediglich stellt sie sich auf die Seite ihrer eigenen Gesinnung. Darin glaubt sie uns verständigt und einig. Der ganze Tag seit dem frühen Morgen hat ihre Gefälligkeit nicht aushungern können; so wie sie von neun Uhr bis zum Dienstschluß jeden Besucher der Abteilung und durchreisende Vizepräsidenten mit ausbrechender oder gedämpfter Freude begrüßt hat, läuft noch nun wiederkehrendes Lächeln über ihr bloß achtundzwanzigjähriges Gesicht wie eine eingefahrene Gewohnheit, wie ein fortwährend aufgezogener Vorhang, dessen Bewegung in den Anfang zurückspringt, sobald der Anblick der unverstellten Bühne bevorgestanden hätte. Vor anderthalb Jahren wurde sie vom Personalchef, Mr. Kennicott II, in die Abteilung geleitet als Amanda und kam so aus mit Aller Vornamen, Naomi hier und Jocelyn da, Vorgesetzte ausgenommen. Dann saß sie am fünften Tag nicht an ihrem Telefon, als die Lohnbuchhaltung eine Mrs. Williams verlangte und war unter diesem Namen Naomi nicht und Jocelyn nicht bekannt, nur

Mrs. Cresspahl, die auch neuerdings sich vertritt in die förmliche Anrede. Dergleichen beleidigt Amanda nicht, sie überhört den Versprecher wie eine Unhöflichkeit wider Willen. Ihre Freundlichkeit ist nicht achtlos. Wenn sie den Mädchen ihres Schreibzentrums die vierzehntägigen Schecks aushändigt, tut sie es mit Bemerkungen über den Kahn, der von neuem flott gekommen ist, oder hinsichtlich des Schornsteins, der wieder raucht; bei Mrs. Cresspahl legt sie das zugeklebte Couvert ab wie Post, allerdings neben den Korb für Eingänge, und wenn mit glückwünschender Miene, dann nicht vertraulich. Den Unterschied in Arbeit und Bezahlung behandelt sie diskret. Sie schreibt für Mrs. Cresspahl, sie verteilt selbst Aufträge an ihre Typistinnen; sie verhandelt nach allen Seiten in den Formen der Bitte und gegenseitigen Beratung, außer mit den männlichen Chefs der Abteilung. Auf Mitteilungen aus dem privaten Leben ist sie so begierig wie sie aus dem eigenen berichtet: mit Maßen, fino a un certo punto. Sie kommt aus einer der Bungalowhorden in der Nähe von St. Paul, sie erzählt von Wintern in Minnesota; sie fliegt zur Beerdigung ihres Vaters und erwähnt den Zwischenfall drei Monate später beiläufig, so daß sie dem Gefühl Fremder entgangen ist. Sie hat einen Studenten geheiratet, der für die städtische Polizei als Psychologe beschäftigt ist; versehentlich hat sie eine Anstellung bei der Polizei empfohlen als ein Mittel gegen die Einziehung zum Krieg in Viet Nam. Sie arbeitet als Chefsekretärin nur, um ihre Wohnung in der Bleeker Street vollends in skandinavischem Stil auszustatten, oder für die nächste Sommerreise nach Südeuropa; sie würde nicht zugeben, daß sie an eigene Kinder nicht denken mag ohne eine ausreichende Rücklage. Sie weiß von Mrs. Cresspahl den tatsächlichen Familienstand und gibt ihr vor Dritten den Titel der Verheirateten wie einen Schutz, sie richtet ihr die Einladungen ganz unterschiedlicher Herren zum Mittagessen aus in einer amüsierten Art, der nicht einmal Neugier anzumerken ist, geschweige denn Billigung, sie weiß von Maries Malheurs mit der Sprache oder dem Denken zwar nicht die gefährlichen, jedoch die lachhaften; mitunter täuscht das Gefühl eine Bekanntschaft vor. Es ist angenehm, in ihrer Gesellschaft beobachtet zu werden, sogar im Bus M 101 zur Zeit des Stoßverkehrs. Die Umstehenden erholen sich an ihrer unermüdlichen, noch mädchenhaften Stimme, billigen ihr kesses Mundwerk, betrachten bedächtig oder mit offenem Bedauern ihre festen, üppigen Beine, dann ihre ausgiebigen Formen in dem engen, soldatischen Mantel, zuletzt ihr weiträumiges, halbwaches Gesicht, das für einfach versteht, wer die gelegentliche Straffung der Lippen, die Verengerung der Augen auf einen einzigen Punkt verpaßt. In der Freundlichkeit, die sie erzeugt, haben mehr Platz als nur sie allein. Jetzt redet sie über die Handtaschendiebstähle im südamerikanischen Stockwerk in ihren staunenden, besserwisserischen, unernsten Tönen, hängt vorbildlich entspannt am Haltebügel, fängt ohne Ärger die unverhofften Schwankungen des Fahrzeugs auf, vergnügt sich an den unentschlossenen Blicken der Herren auf den Sitzbänken. Sie ist eine lustige Person. Ist sie keine Freundin? Bitte sie um Geld, und sie wird nachsehen, für wie lange sie es entbehren kann. Lade sie an deinen Tisch, sie wird dir Freude zeigen und nicht Verdruß über den lästigen Verlust an Zeit, bis sie gegangen ist. Packe ihr Besorgungen auf, sie wird jede Mühe abstreiten. Verlang von ihr, für dich zu lügen: sie wird es tun. Woher kommt die Gewißheit, daß wir nur Sprache zwischen uns haben, und nicht Verständigung? Wie ist es möglich, daß da etwas fehlt? Sogar hören wir doch die gutartige Überheblichkeit der ehemaligen Studentin heraus, wenn sie sich befaßt mit dem Pfarrer in Williamsburg, der in seiner gestrigen Predigt vom Präsidenten der U. S. A. »irgend eine logische, aufrichtige Antwort« verlangte auf die Frage, warum die Nation in Viet Nam zu Gange sei. Amanda findet das Ansinnen erheiternd. – Vielleicht wollte er etwas davon haben, daß der Präsident in der ersten Reihe saß: sagt sie, und ihre verträumte Bosheit gilt beiden, dem Geistlichen wie dem mächtigen Schaf seiner Gemeinde.

– Ich weiß nicht viel von Pastoren: sagt Mrs. Cresspahl, unversehens so versessen auf einen Abstand, daß sie nicht einmal Amandas vorsorgliche Entschuldigung vorausberechnet hat und mit deren Abwehr mehr sich plagen muß, als der fällige Witz erfordert hätte. Jetzt ist die Unterhaltung angeknickt.

Inzwischen, schon seit den sechziger Straßen, hat der Chauffeur Annäherungen an den rechten Bürgersteig aufgegeben,

obwohl die Leute in seinem Bus nicht mehr gepreßt, fast lose stehen; er hält nur noch, wenn Klingelzeichen es von ihm verlangen, obwohl der Verkehr des Büroviertels mittlerweile zerfasert. In dieser Gegend stehen alle zwanzig Blocks Dispatcher, die die Einhaltung des Fahrplans mit schriftlichen Notizen kontrollieren, und der Fahrer muß aus seinen Verspätungen wieder in die vorgeschriebene Zeit kommen. Weiterhin stellt sich heraus, daß Amanda ihn erkannt hat mit ihrem einen Blick im Vorübergehen, denn der Ring aus Gleichmut und Geduld, mit dem er sich gewappnet zeigte gegen die Ungeschicklichkeit der Privatfahrer, die Vorfahrt der Polizei und die gewöhnlichen Stockungen, seine Rüstung beginnt zu knakken und wird vielleicht am Feierabend zerplatzen unter der angesammelten, zusammengedrückten Wut. – Nu bewegen Sie sich doch, meine Damen: sagt er, in einem Ton, der die zurückbleibenden Fahrgäste zu seinem Unmut einlädt. Vorhin, unter der genauso nach hinten geschobenen Mütze, hat er ausgesehen wie zu Späßen bereit. Mrs. Williams und Mrs. Cresspahl stehen in den neunziger Straßen an der Dritten Avenue, und keine möchte der anderen erklären, wieso sie mit einem nördlichen Bus ins Dorf Greenwich reist, oder auf der Ostseite zur Westseite.
– Kalt ist das wieder: sagt Mrs. Williams. Sie vertritt sich die Füße, sie wünscht einen Abgang in ausgesprochenem Einvernehmen. Nach Osten fällt die Insel tief ab zu der finster spiegelnden Schüssel des East River, wo das Tor zur Hölle ist.
– Entschuldigung: sagt Mrs. Cresspahl. Das kann gelten für die Eile, mit der sie dem Grünlicht über die Straße davonläuft, oder für etwas anderes.

Es tut mir leid, du, Mrs. Williams.

Aber es ist so, ihre Stimme hören wir nicht in Gedanken.

Senator Robert F. Kennedy, nicht an der Regierung, ist nicht der Meinung der Regierung, etwa was Viet Nam angeht. »Trotz des Tötens und trotz des Zerstörens sind wir heute in keiner besseren Lage als vor einem Jahr, und unsere Lage wird in einem Jahr nicht im mindesten besser sein«: schreibt er, und Verhandlungen mit den Viet Cong empfiehlt er überdies. Die Regierung will aber von versäumten Verhandlungen nichts wissen.
Che Guevara, Reisender in Revolution, hat in Bolivien nicht nur sich selbst fangen lassen, auch sein Tagebuch.
Gestern hat die Polizei in der West End Avenue vier Jugendliche gefaßt, als sie Marihuana für eine Viertelmillion Dollar in ihren Wagen luden.

– 785 West End Avenue, wo ist das, Marie?
– Die letzte Ziffer vergessen, den Rest durch zwei, plus sechzig: es ist bei uns um die Ecke, Mrs., *madam,* Gesine.
– Wußtest du, daß es an der 99. Straße war?
– Mir hat es Esmeralda erzählt, die hat es von Jason, und Jason hat es gesehen. Dazu brauch ich nicht die New York Times, anders als eine Dame, die ich kenne, *madam,* Mrs. Cresspahl.

Am dritten Wochenende im März 1933 hatte Cresspahl gerade den vierzehnten Tag in Mecklenburg vertan, und als er einigen Leuten in Jerichow ins Haus kam, glaubten sie ihn auf Abschiedsbesuchen. Der Mann konnte sich unmöglich länger darauf verlassen, daß seine Werkstatt dahinten in England von allein in Gang blieb. Das war ihnen klar.
Martha Maass sah ihn vorübergehen an den Türen zur Schreibwarenhandlung und zur Druckerei und gab ihn auf als Kunden. Wozu sollte dieser Cresspahl noch Briefpapier brauchen in Jerichow, was für Anzeigen hatte er noch aufzugeben? Abends war sie sich einig mit Maass, daß sie ihn die ganze Zeit für vernünftig genug gehalten hatten; und es waren Zeiten, in denen sie sich nach kleineren Anzeigen bückten als der über die Neueröffnung eines Tischlerbetriebs. Immerhin begrub Maass das Gespräch etwas verdrossen mit der Bemerkung: Reisende Leute soll man nicht aufhalten.

An Dr. Erdamers Haus ging Cresspahl vorbei ohne über die Büsche zu blicken, obwohl er Türen klappen hörte und ihm war, als riefe die Tochter seinen Namen. Dann war er sicher, und wandte sich doch nicht um. Ihm war nicht ganz unerfindlich, warum der beurlaubte Bürgermeister sein Benehmen auswechseln wollte. Die Sitzung der Stadtverordneten hatte ihm für 1931/32 nicht nur vollständige, sondern ehrenvolle Entlastung erteilt, einstimmig, vielleicht, weil sie ihn wenigstens zur kommissarischen Weiterführung der Geschäfte hätten überreden wollen, sicherlich aber unter dem Druck des alten Papenbrock. Papenbrock hatte überdies zuwegegebracht, daß des Bürgermeisters Entbindung vom Amt in einen privaten Wunsch umgeschrieben wurde. Jetzt schickte Erdamer seine Tochter ohne Hut und Mantel auf die Straße hinter Papenbrocks Schwiegersohn her. Der wollte nichts mehr auf Rechnung seines Schwiegervaters; oder nicht dies.
Papenbrock wurde ja nicht gefragt. Auf den Gütern, gelegentlich in den Ämtern von Schwerin, mußte er seine Wünsche erklären, und sei es nur zur Sicherheit. In Jerichow nicht. In Jerichow genügte es noch, daß er es so haben wollte. Also wurde er nicht genau verstanden. Er hatte eine Ungehörigkeit verhindern wollen, weil sie einen Beamten, Studierten, eine Person seines Standes getroffen hätte. Was Maass, Böhnhase, Pahl, Methfessel, Handel und Handwerk anging, so hatte Papenbrock »einen Riegel vorgeschoben«. Wenn er rechtliches Benehmen verlangte, wem konnte das mehr gelten als seinem Sohn, Söhner? Es paßte zu allen Geschichten, in denen Papenbrock seinen Sprößling mit dem bloßen Daumen niedergehalten haben sollte; mochte auch Keiner dabeigewesen sein. Nicht nur hatte Papenbrock weder ein Wort noch ein Stück Eigentum an Horsts S. A. ausgeliehen, er war auch mit seiner Deutschnationalen Volkspartei in der neuen Regierung. Papenbrock hatte unverändert etwas zu sagen, und wen immer sein Sohn im Amtsgericht Gneez eingeliefert hatte, womöglich hatte der Alte für die rasche Freilassung gesorgt, bei dem Zollassistenten Sass, der den neuen Reichskanzler beleidigt haben sollte, wie bei dem kommunistischen Schneidergesellen, in dessen Kammer eine Uniform der S. A. gefunden worden war. Und als die mecklenburgische Landesregierung die Be-

flaggung aller Dienstgebäude mit Schwarzweißrot und Hakenkreuz vom 13. bis 15. März angeordnet hatte, wer hatte dafür gesorgt, daß neben den beiden auch die bloß zugelassene (nicht etwa vorgeschriebene) Fahne des Landes Mecklenburg aufgezogen wurde, und zwar in gleicher Höhe? Papenbrock. Wer hatte bei Pahl drei weitere Fahnen in den Farben Blau-Weiß-Rot bestellt, nämlich die Landesflagge, und nicht bloß die historischen Farben des Landes Blau-Gelb-Rot? Papenbrock. Er hatte zwar nicht sagen wollen, wozu, aber es war so gut wie sein Wort, daß das Land Mecklenburg-Schwerin auch noch diese siebente Reichsregierung binnen eines Jahres überstehen würde. Da kam nun Papenbrocks Schwiegersohn, offenbar um sich zu verabschieden. Nicht nur bedeutete er keine Konkurrenz im Geschäft, er hatte sich auch nicht mit seinem Schwager gezeigt. Dem Mann geben wir einen Schnaps, und Glück auf die Reise.

Dr. Semig war unterwegs. An die Tür kam Dora Semig, geborene Köster aus Schwerin, ihrem Mann so ähnlich, daß ihr Anblick den ihres Mannes gleich mit vor Augen brachte, beide groß gewachsen, schmal und fest am ganzen Leibe, mit etwas steifen, trockenhäutigen Gesichtern, die doch zu ganz behenden, weichen, freundlichen Bewegungen imstande waren. So kannte er Semigs Frau. Heute hielt sie ihre Lippen streng zusammen, hielt ihre Augen starr, verweigerte die Begrüßung, auch nachdem sie Cresspahl erkannt hatte. Er stand eine Stufe tiefer als sie. Sie hielt die Tür fest. Sie schien nicht ängstlich, eher feindselig. In der Nacht zum 13. März, um 2 Uhr, hatte es bei dem jüdischen Rechtsanwalt Dr. Spiegel in Kiel geklingelt. Auf die Rufe »Polizei! Polizei!« hatte Frau Spiegel geöffnet. Die Rufer waren nicht von der Polizei, und töteten Dr. Spiegel durch einen Schuß in die Schläfe. Nun hatte das Dienstmädchen von Semigs gekündigt. Dora Semig war mit Dienstmädchen aufgezogen worden. Sie hatte noch kein Mal selbst an die Tür kommen müssen. Sie war so mürrisch, daß Cresspahl ihr nicht völlig glaubte. Er trat einen halben Schritt zurück, um auf den Hof zu schielen. Semigs Kutschwagen war nicht auf dem Hof. Jetzt hatte Cresspahl Dora zum Lachen gebracht. Es fing klein an, gegen ihren Willen. Dann gingen ihr die Lippen in der Mitte ein wenig auf. Dann fingen ihre Augenwinkel das Kriechen an.

Dann lachte sie. Sie war nicht einmal gekränkt, als Cresspahl zum Warten auf Semig nicht Zeit haben wollte.
Er war bei vielen, er war auch bei Wulff. Wulff wie die anderen sah Cresspahls Abreise voraus. Überdies wollte Cresspahl nicht allein trinken. Wulff stellte ein Glas für sich selbst etwas hart auf die Schankbrücke, wie er an diesem Nachmittag überhaupt alles mit einer befriedigten Wut anstellte, ob er nun mit Seitenblicken Elli Wagenführ von Tisch zu Tisch schickte oder Cresspahl das geleerte Glas entgegenhielt mit einer Miene, als habe er etwas Bitteres abschmecken müssen. Elli Wagenführ, die Peter Wulff seit mindestens einem halben Jahr abendlichen Servierens kannte und zur Not ihm über den Mund fuhr wie sie der Kundschaft auf die Finger hauen konnte, sie redete ihn an diesem Tag nur mit Bestellungen an, und wenn sie hinter die Theke mußte, rührte sie sich nicht vom Spülbecken fort. Wulff kümmerte nicht, ob Cresspahl über etwas reden wollte, er hatte selber zu reden. Der kommunistische Landtagsabgeordnete Warncke hatte sich in Neustrelitz fangen lassen. Die Ortsgruppe der K. P. D. in Krakow am See hatte sich aus freien Stücken aufgelöst und sämtliche Mitgliedsbücher und Dokumente ans Landeskriminalamt Mecklenburg geschickt, mit der Versicherung »Wir haben es satt!« – Wir haben es satt! sagte Peter Wulff nebenbei, auf Hochdeutsch und als mache er einen Hochdeutschen nach. – Dor hett ein Ul sätn! sagte er, aufgebracht wie ein Mann, der es zwar vorher gesagt hat, nun aber nicht so gern recht bekommt, jedenfalls nicht ohne Ärger. Warncke und jeden ihm geläufigen Kommunisten beschimpfte er mit kurzen Lebensbeschreibungen, ob er nun die Verfehlungen ihrer Großväter oder ihr Bettnässen im zarten Alter heranziehen mußte. Sie hatten ihn so enttäuscht, er war über Erwarten gekränkt. Es war, als mache er eine Trennung wirklich, die vorher nur in Worten gegolten hatte. Nun redete er wie jemand, der eine Reise vorbereitet, ein nicht ungefährliches aber unterhaltsames Unternehmen, als gehe es endlich los, als sei nun wenigstens das Warten vorüber, als denke er mit grimmiger Vorfreude an den kommenden Tag; aber er tat es beiläufig, ohne viel Aufmerksamkeit für Cresspahl, denn er rechnete auf ihn nicht mehr in der Zukunft und nicht einmal über das Wochenende hinaus.

Er kam nicht auf den Gedanken, dass Cresspahl etwas von ihm wollte. Cresspahl stand unauffällig vor ihm, eine Hand geruhig in der Hosentasche, mit der anderen locker an den Tresenrand gestützt, hielt den Nacken gerade und sein Gesicht still. Er betrachtete Wulff und zeigte nicht mit Stirnfalten, nicht mit den Augen, nicht mit den Mundwinkeln eine Antwort. Wulff konnte denken, daß Cresspahl alle seine Sachen bestellt hatte. Er kannte ihn nicht als redselig. Er hatte gerade genug zu tun mit der Suche nach einem passenden Wort über die tote Mutter des anderen; er wollte nicht noch sich hereinlegen lassen von der Gelegenheit des Abschieds. Er füllte die Gläser nach, nahm seins zuerst hoch, damit die Runde als seine Rechnung erkennbar war, und sagte: Dat's nich üm mintwillen: secht de Wulf.
– Oewest so'n Schap schmeckt doch gaud: secht he: sagte Cresspahl.
Er hatte Keinem ausgesehen wie Jemand, der zwar einen Rat nicht braucht, allerdings einen anhören würde.

15. November, 1967 Mittwoch

– Ich mag nicht was nun folgt: sagt Marie: Kannst du es nicht ändern?

Was also wollte der Agitator Guevara in Bolivien errichten? Ein zweites Viet Nam.
Den etwa 3000 Jugendlichen, die gestern abend um das Hotel Hilton herum gegen die Fortsetzung des amerikanischen Krieges in Viet Nam protestierten, hat die New York Times nicht nur ein Foto von 35 Quadratzoll unter dem eigenen Kopf gewidmet, auch die berühmte Spalte 8. Als die Polizei mit Motorrollern in Reihen untergehakter Demonstranten hineinfuhr, hat sie einen Hüter der Ordnung sagen hören: Ihr wollt behandelt werden wie die Tiere, und wir werden euch behandeln wie die Tiere.
Die Sowjetunion läßt gleich zwei ihrer umgedrehten Spione reden. Einer weiß, daß die U. S. A. einen Militärputsch in

Indien planten, und der andere sehnt sich doch nach englischem Bier mit Austern und Nachmittagen beim Fußball. Der eine heißt vielleicht tatsächlich Smith.
In Queens stand John Franzese, das »Söhnchen« der Mafia, vor Gericht wegen der Ermordung des »Habichtes« Ernest Rupolo im Jahr 1964. Der Prozeß mußte abgebrochen werden, weil einige Geschworene in der Zeitung über den Angeklagten gelesen hatten. Söhnchen wurde ganz locker vor Erleichterung, und seine liebe Frau Tina warf ihm einen Kuß zu quer durch den Gerichtssaal, von dem die New York Times nicht verschweigt, daß er eine Holztäfelung aufweist.

– Kannst du es nicht anders erzählen? sagt Marie. – Ist es denn wahr, daß jedes englische Kind damals getauft sein mußte?
– Das Kind war aber in Deutschland, auf dem Lande, in Mecklenburg.
– Und Cresspahl tat es wieder einmal dieser Lisbeth zuliebe.
– Er tat es seiner Frau zuliebe, und eine Feier in der Kirche bestellte er auch, für Sonntag, den 19. März 1933. Er war diesmal nicht an Frau Brüshaver geraten, sondern an den Pastor selbst. Als Cresspahl ihn an seinem Sekretär sitzen sah, verstand er die Leute, die Brüshaver einen Beamten nannten. Er schrieb das Datum auf, obwohl es nur zwei Tage bis dahin waren, er trug die eingenommene Gebühr in ein Hauptbuch, er betrug sich wie ein Buchhalter, bei dessen Firma etwas in Auftrag gegeben wird. Dafür sah Cresspahl ihn an. Brüshaver war ein breiter untersetzter Kerl, der nicht kräftig aussah. Er hatte ein Fleisch am Leibe, das war nicht fett, nicht speckig, sogar saß es ihm fest an, es war nur so sichtbar. Die Hände lagen so weich auf der Schreibplatte. Die Backen hingen ihm nicht im Gesicht, das Kinn war nicht mehr als rund, und doch war er prall von Fleisch. Es war so wenig bewegt, es hatte nicht gearbeitet. Trauriges Fleisch. Cresspahl sah gar nicht hin wie jemand, der sein Leben mit den Händen unterhält; zudem war ihm aufgefallen, daß der Garten hinter dem Pfarrhaus frisch umgegraben war, nicht allzu säuberlich, aber tief genug. Sie waren ungefähr gleichaltrig, am Gesicht

des anderen waren die Jahre schwer zu erkennen, zur Not an den Augen, an einem gleichmäßig schweren Blick, so unverwandt, daß er nicht nur Aufmerksamkeit zu verstehen gab sondern geradezu Beobachtung. Es ärgerte Cresspahl, daß Brüshaver offenbar in einem fort etwas nebenher dachte, das den anderen nichts angehen sollte, wie ein Arzt dem Patienten einen gefährlichen Befund vorenthält. Wie ein Arzt! sagten die Leute. Und kleine Lippen hatte er, harmlos wie bei einem Kind. Es hatte auch etwas Fachmännisches an sich, wie er die Lippen beim Aufschreiben des Taufspruchs bewegte, als kostete er etwas und hätte schon wieder mehr verstanden, als im 6. Vers des 71. Psalms zu lesen steht. Wenigstens verstand er sein Fach und wußte die Stelle. Mehr an Gutem wußte Cresspahl ihm nicht nachzusagen.
– Sag es auf Englisch, wenn schon: sagt Marie.
– By thee have I been holden up from the womb: thou art he that took me out of my mother's bowels: my praise *shall* be continually of thee.
– Mord und Totschlag! sagt Marie in festem Ton. Aber das Tonband täuscht ihre Empörung nur vor, ihr Lachen folgt unverhofft, läßt die eingestellte Modulation klirren vor inniger Belustigung. – Mein Fuß! sagt sie.
– Hätte dies geändert werden sollen?
– Nein. Daß er deinen Namen ausgewechselt hat.
– Niemand hat meinen Namen ausgewechselt, Marie.
– Heißt du denn Gesine Henriette C.?
– Nein.
– Siehst du, Gesine Lisbeth. Wer erzählt, muß an alles denken.
– Vielleicht wollte er nur den Namen Henry ganz frei haben für das nächste Kind. Eins von den nächsten Kindern.
– Vielleicht wollte er dieser deiner Lisbeth schon wieder eine Liebe tun.
– Vielleicht wollte er so ihre Einwilligung kaufen dazu, daß Dr. Semig bei der Taufe Pate stand.
– Den hatte er für den vorigen Termin nicht genannt. Was ist denn aus Alexander Paepcke geworden?
– Der hatte eine Sache beim Landgericht Güstrow zu früh am Morgen danach. Aber für ihn wären viele gern eingesprungen.

– Nach dieser Woche mußte es ein Jude sein.
– Ein Christ, Marie. Ein Christ. Brüshaver hatte den Kunden nach dieser neuen Eröffnung abermals mit einem seiner Blicke bedacht, als habe er vor lauter Hinhören und Hinsehen sich verhört und versehen, bis Cresspahl in einer wiederholenden Art zu Protokoll gab: Herr Semig ist kein Jude, schon sein Großvater hat die Taufe genommen, und die Kösters werden ihre Tochter nicht blinden Auges weggegeben haben –, alles in dem gelassenen, verbindlichen Ton, in dem er sonst eine Schlägerei anbot, und Brüshaver nickte. Er nickte nicht mit dem ganzen Kopf, er bewegte seine faltenlosen Lider in einer kurzen, zustimmenden Art, und setzte hinzu: Es wird viel erzählt, Herr Cresspahl. Dumm Tüch, fragen Sie mich, Herr Cresspahl.
– Es gefällt mir nicht: sagt Marie.
– Daß Cresspahl den Tierarzt von Jerichow zu einer Taufe lud?
– Wenn er sich mit Jerichow anlegen wollte, mußte er in Jerichow sein. Mußte er bleiben.
– Das soll ich ändern?
– Du sollst es anders erzählen.
– Wir werden es ein wenig anders hinstellen.
– Denk auch an das Kind, das in Papenbrocks Haus ausgestellt wird.
– Nun mußte Cresspahl dem Pastor noch austreiben, daß sie etwa in allen Punkten einig wären, ausgenommen dem einen, in dem die Kirche ja nur mithelfen sollte. Als Brüshaver den Taufspruch wiederholte, nur zur Sicherheit, mißverstand Cresspahl das für eine Anfrage und zögerte die Antwort heraus und sagte schließlich: Nè. Es kam amüsiert heraus, jedoch auch als Zurechtweisung für eine alberne Zumutung, und bedeutete einmal, daß Lisbeth Papenbrock für sich allein in der Bibel Sprüche suchte, und bedeutete zum anderen, daß Cresspahl von der Kirche nicht . . . daß er die Kirche nicht . . . daß die Kirche ihm . . .
– Und drittens: sagt Marie: daß ihm nicht gerade dringend um Freunde zu tun war. Daß er Freundschaften in Jerichow nicht benötigte. Warum reist er nicht ab!
– Er nimmt das Kind unter den Arm und reist nach Ham-

burg und läßt es abbeißen von seinem Steak und trinken von seinem Bier.
– Ach so: sagt Marie. – Ein Mann mit einem Kind. Es geht nicht.
– Er hatte keine Wahl mehr. Das Kind und dazu die Frau konnte er nur noch in Jerichow behalten, nicht mehr in Richmond, nicht in Lisbeths fremdem Land.
– Was machte ihn so sicher?
– Sie hatte es ihm gesagt.
– Ging es nicht nach dem Willen der Männer in jenem Land Mecklenburg?
– Es war üblich, Marie.
– Warum sagt er ihr nicht: Nimm das Kind, nimm dich zusammen, geh hinter mir her?
– Du bist doch sonst nicht für Gewalt, Marie.
– Es ging ihm nicht darum, Gewalt zu vermeiden. Er hatte Angst.
– Er hatte Angst, sie zu verlieren.
– Er war feige! Er wollte nicht wissen, wozu sie notfalls imstande war!
– Mehr ändern kann ich es nicht.

Die Kassierer der Ubahn nehmen keine Fünfdollarscheine mehr an, aus Angst vor Fälschungen. Einiges Geld in unserer Tasche ist wahrscheinlich falsch.

16. November, 1967 Donnerstag

Auch Mr. Josiah Thompson glaubte nicht dem amtlichen Bericht über den Tod des Präsidenten Kennedy. Als er auf drei Attentäter kam statt auf den offiziell anerkannten Mörder, besuchten ihn Agenten des F. B. I. Sie warnten ihn, jede seiner Äußerungen könne gegen ihn verwendet werden. Also sagte er nichts. Darauf gingen sie weg. Jetzt weiß er nicht, was sie ihn fragen wollten.
Die Nordvietnamesen haben in Südvietnam einen Flugplatz und ein Munitionslager beschossen, so daß ein ganzes Tal in

Flammen steht. Der Amerikanische Oberbefehlshaber in Viet Nam findet die Lage »sehr, sehr ermutigend«.
Die New York Times muß sich berichtigen. Der Außenminister hat nicht gesagt, es gebe keine Alternative zur Eskalation des Krieges. Er hat gesagt: Immer wenn wir deeskalieren wollen, lassen die anderen uns nicht.
Die Adresse, die Mrs. Ferwalter uns empfohlen hat, ist auf der Ostseite in einer der neunziger Straßen zum East River hin. Im Eingang der Straße sind hinter Scherengittern die Hoffnungen aufgebahrt, die einmal der Einzelhandel in ihre Bewohner setzen wollte: halb abgebrochene Ladentische, Glasbruch, Verpackungsmüll. Auf dem Damm stehen kaum Kinder herum. So hockten die aufgegebenen Autos schon vor vier Wochen, etwas rostiger jetzt, etwas gründlicher ausgeschlachtet. Die Straße ist so wenig noch lebendig, hierher kommen Leute aus anderen Vierteln und werfen ihren sperrigen Abfall, von der Couch bis zum Kühlschrank, neben die hiesigen Tonnen, die nicht einmal zum Stinken genug im Bauch haben. Das Haus kauert erbärmlich in einer Reihe von vierstöckigen Verwandten, ein halbtotes. Die Vortreppe sieht nicht begangen aus. Die Tür steht offen, nach hinten gestemmt in einem Winkel, der nicht mehr Angst um Eigentum verrät, nur noch Gleichgültigkeit. Die meisten Fenster halten das Tageslicht mit verstaubten Rouleaus fern. Womöglich vor zehn Jahren hat der Besitzer versucht, die Ziegel der Fassade mit einem wässerigen Blau zuzustreichen, da sie schon nicht mit Sandstein bekleidet war; seit dem hat das Haus keine Hilfe mehr bekommen. Im Treppenhaus hängt noch nicht der Schmutz, wie Absicht ihn zusammenträgt, bloß Staub und klebrige Feuchte, die Mischung des Verrottens. Hinter den Türen ist es still wie bei Kranken, und sie zeigen schale Gesichter, als würde hier nicht mehr viel gekocht. Im dritten (im vierten) Stock hat Herr Kreslil seine Visitenkarte ausgehängt, angegilbten eleganten Karton, mit Zierschrift bedruckt vor dreißig Jahren. Er vermerkt nicht, daß bei ihm Unterricht im Tschechischen zu haben ist, und die Abkürzung für »Professor« hat er entwertet mit einem säuberlichen, nicht aufgeregten Strich.
Die Wohnung wird verteidigt von einer alten Frau, von der wir erst nach und nach erfahren haben, daß sie Jitka Kvatsh-

kova heißt. Beim ersten Mal wollte sie vielmals den Namen und gute Worte hören, ehe sie die Türkette aushakte. Sie ist klein gewachsen. Bei aller Rundlichkeit, sie sieht gehetzt aus, flüchtig. Sie hat ihren Kopf mit einem oben fest eingerollten Stumpfkegel aus ihren Haaren höher gemacht, jetzt trägt ihre niedrige steile Stirn zu viel. Ihre Augen beruhigen sich nicht gleich, wenn sie den Besuch erkennt, sie suchen hinter ihm nach dem ungebetenen Gast auf der Treppe, nach einer Gefahr. Sie spricht so fremdländisch, es war anfangs nur aus ihren Gebärden zu erraten, daß der Besuch warten sollte. Sie hatte solche Mühe, sich verstanden zu glauben, es machte ihr Benehmen streng. Um die Hüften rauscht es ihr wie von vielen Röcken, wenn sie auf die nächste Tür zuschreitet, mit längst ausgestreckter Hand, wie zu einem Wutausbruch entschlossen. Hinter der Tür aber spricht sie sanft, reinweg demütig. Immer muß der Besuch die Anmeldung abwarten. Der Warteraum ist ein Zimmer, das mitunter als Küche benutzt wird, nachts zum Schlafen. Der Wartestuhl ist ein halbwegs durchgesessener Armsessel, an den Lehnen noch warm von Frau Kvatshkovas Händen. Beim zweiten Mal sind wir auf Zehenspitzen an den Fernsehapparat vor dem Stuhl getreten. Er war noch warm. Inzwischen ist sie an uns gewöhnt, hat sie weiterhin von den Fernsehprogrammen gelernt, was man in diesem Lande sagt beim Empfangen und Verabschieden von Gästen, aber am besten kann sie ein Lächeln, das an vielen Stellen ihres Gesichtes gleichzeitig beginnt und zusammenfließt zu einer stetigen, überaus glaubwürdigen Geste. Es ist auch vorgekommen, daß sie unseren Arm berührte und mit betrübtem Kopfschütteln unsere Müdigkeit beklagte, so daß wir zurückkommen zu Jakobs Mutter, die Cresspahls verschlafenes Kind morgens in der Finsternis an den Schulzug brachte. Trotzdem, auf der Zeremonie der Anmeldung besteht sie. Ihr gehört dieses kahle Zimmer, sie bewohnt es, sie arbeitet darin, aber nach außen soll es Professor Kreslils Vorzimmer sein, will sie die Haushälterin sein und nicht die Frau, die mit ihm lebt, vielleicht weil sie es schon in České Budějovice so gehalten haben.

Es ist wie bei Ottje Stoffregen in Jerichow. Nach dem Krieg saß Ottje Stoffregen in einem Zimmer über der Apotheke, und in der Küche hielt er sich eine pommersche Umsiedlerin, die mit ihm über die Zulassung von Besuchern verhandeln mußte, als säße er an seinem löwenfüßigen Schreibtisch über Arbeit und nicht über den Bänden von Zeitschriften, in denen er vor dem Jahr 1938 hatte veröffentlichen dürfen. Dann kam er wie aus unaufschiebbaren Gedanken hoch, mit ausgestreckter Hand dem Besucher entgegen, mit erfreutem, aber eben beschäftigtem Lächeln, und war so ein hageres Gestell wie Professor Kreslil, dem die Anzüge ähnlich locker und schief hängen, nur daß Stoffregens englische Tuche noch nach zehn Jahren Tragens nicht schäbig waren, und Professor Kreslils Kleidung scheint eher aus jenem böhmischen Wald, durch den die Partei der Arbeiterklasse ein einsames Schaf getrieben hat, und Kreslil fehlt bloß das Geld für einen Zahnarzt, der ihm die Wangen mit einem gehörigen Gebiß ausbeulen könnte, aber Stoffregen hatten sie die Zähne ausgeschlagen, er trug die Lücken wie eine Auszeichnung, als müsse er die Hexe aus dem Märchen darstellen, ihm rutschte das Grinsen immer ab in eine Vertraulichkeit, der nicht zu trauen war. Es ist nicht wie bei Stoffregen. Kreslil mit seinen förmlichen Anreden und Verbeugungen gehört in einen schwarzen Anzug und an den besten Tisch im Restaurant zum Heiligen Wenzel, und hat cs von innen noch nicht gesehen, auch seine Farben sind anders, die Farbe seiner gesund durchbluteten Schädelhaut und die seiner vom Alter gebleichten Haarbüschel, Stoffregen war gelb, und Stoffregen war sich zu gut für Unterricht, von Stoffregen war nichts zu lernen; Kreslil hat seinen Schreibtisch hergerichtet wie zu einem Fest im Lehren, mit reichlich Bleistiften und Papier und aufgeschlagenen Lehrbüchern, seine Bücher stehen weit hinter ihm im Regal, fünf blaue Bände eines Verfassers Anatol Kreslil mit immer dem selben nicht entzifferbaren Titel, und Kreslil setzt sich zurecht in einer eckigen ordentlichen Art, wie sie hinter den Schultischen früher zu erwerben war, räuspert sich sorgfältig, beginnt die Aufgabe der letzten Stunde zu wiederholen, lächelt aufmunternd hinter seinen ungefaßten Bifokalgläsern und freut sich auf mein Wissen, und tatsächlich können wir ihm zu Gehör bringen, daß unsere Häuser fern vom Bahnhof stehen, naše domy jsou daleko od nádraží, aber es fehlt uns etwas dazu, daß diese tschechischen Worte nicht schwierig sind, tato česká slova …, und einmal wollte die Schülerin Cresspahl nichts mehr lernen von der Sprache der Besatzungsmacht und blieb ein Schuljahr lang stehen bei der Geschichte von dem Großväterchen und der widerspenstigen Rübe, und er zog, und er zog, tjeshil, tjeshil, a nje vytjeshil, in Prag hielt mich ein Fremder auf, ein Mann in Postuniform mitten im Hauptbahnhof, Wilsonovo nádraží, drei Schritte von der Auskunftsbude entfernt, und ließ sich dorthin schicken mit »ptejte se tam«, als ob er die gebräuchliche Form »zeptejte se tam« nicht kennte, zeigen Sie mal Ihren Paß, mit diesem amerikanischen Paß wollte ich lieber noch ins Amt für Sicherheit als in die Amerikanische Gesandtschaft, und doch kam niemand ins Abteil auf der Fahrt nach Berlin Ostbahnhof die ganze lange Nacht, die Geheimpolizei ist nicht so kleinlich mit der Funktion der verbalen Aspekte in den slawischen Sprachen, und immer wieder bringt Kreslil mich mit seinem Tschechisch in mein Russisch und nimmt sich zurück in einen sparsamen, strengen Ausdruck und sieht mir mit dieser Mißbilligung beim Schlafen zu, das ist noch ein Nachholkursus in der Geschichte des Sozialismus, ich habe mich schlafen sehen auf einem von Blachs Bildern mit leicht vorgekrümmten Schultern und lokkerem Hals und hängendem Gesicht wie tot, für ein einziges Wort Deutsch holt Kreslil mich aus meinem Schlaf für zehn Dollar und führt mich an der entsetzten Frau Kvatshkova vorbei zur Tür, ich habe nicht russisch nicht deutsch gesprochen, ich sage doch nichts, wie kann ich hier einschlafen. Wie kann ich schlafen bei diesen Leuten. Weck mich auf.

17. November, 1967 Freitag

Er ist es nicht. Der alte Mann, der sich auf den Straßen Panamas umherdrückte als Verkäufer von Kämmen, Wein und getragenen Kleidern, ist nicht Heinrich Müller. Wenn der Chef von Hitlers Geheimer Staatspolizei noch lebt, lebt er auf freiem Fuß. Auf der dritten Seite, wo die New York Times für gewöhnlich die Fotonachrichten aus Viet Nam abbildet, zeigt sie heute den fast dreiundzwanzig Meter langen Käfig zu Catanzaro, in der

die italienische Justiz 121 Angehörige der Mafia für einen Prozeß hält. Wenn Karsch jetzt sich in diesem Lande aufhalten kann, wird er seine Leute in Calabrien haben.
Avenarius Kollmorgen war eingerichtet auf einen genußreichen Abend. Er saß oft genug allein in der Nacht. Er hatte gelesen von der Entsagung des Alters; ihm ging es so nicht mit den Menschen und nicht mit den Genüssen. Nicht daß er der Leute bedurfte, lediglich ihrer Gesellschaft. Im Inneren wünschte er allein gelassen zu werden. Er hatte sich von seinen Eltern getrennt, indem er nicht die gewünschten Künste studierte, sondern die Rechte. Er war hinweg über einen Vornamen, den andere als Familiennamen zu schriftstellerischer und philosophischer Berühmtheit geführt hatten; obendrein wünschte er sich nicht einmal, Richard Wagner zum Großvater zu haben. Auch hatte er es geschafft, sich von innen zu sehen nicht als jenen »Avi« in der wismarer Stadtschule, nicht als jenen »Arius« in Erlangen, wahrhaftig als den echten und geheimen Avenarius Kollmorgen, der sich Keinem mehr auf die Nase band. Diesen Avenarius kannte er als ein sanftes, verletzliches Wesen. Nun gut, er war in keiner Kunst aufgefallen. Sehr wohl, er war aus Rostock weggegangen in eine sehr viel kleinere Stadt an der See, wo er nicht leicht zu finden war. Allerdings, er lebte allein. Welcher Frau denn hätte er sich ausdeuten können? Die Kinder, die ihm Sprüche nachschrien, die Jerichower, die seinen Gang und seine Redensarten erheiternd fanden, mochten sie ihn für verschlagen halten, für hochmütig, für schrullig überhaupt. Das war eine so schlechte Tarnung nicht. Und er trat in den Lübecker Hof nicht deshalb selten, weil die Stufen etwas zu steil waren für seine etwas kurzen Beine; ihm gefiel nur nicht, was der Pächter mit den Weinen anstellte. Der kaufte zweifelhafte Lagen. Der lagerte über dies Flaschen auf der Sonnenseite des Kellers. Dergleichen war in der Familie Kollmorgen nicht aufgetragen worden. Und er konnte mit Leuten in Mengen wenig anfangen. Er hatte nicht viel zu reden, weil er so viele Geheimnisse wußte, daß ihm die Grenze zur offenen Tatsache gelegentlich verschwamm. Nein, was er brauchte, waren einzelne Personen, denen er in seiner eigenen Wohnung einen Stuhl und seine Regeln anweisen konnte, die sich nicht zu wehren vermochten dagegen, daß

Avenarius K. sie in aller Ruhe betrachtete, auseinanderdachte und erkannte. Und von Mal zu Mal, gewiß, war Besuch willkommen als Alibi vor den Nachbarn, die fast jeden Morgen mehr geleerte Flaschen auf dem Hof angetreten sahen. Da kam Albert Papenbrock mit seinem Schwiegersohn gerade recht zu einer Unterredung über die merkwürdige Schenkung an ein vierzehn Tage altes Kind, und mochte es ein Samstagabend sein. Papenbrock war auch schon ein bißchen alt. Womöglich würde er im späteren Abend Schwächen zeigen, die einem Kollmorgen noch lange nicht beikamen. Und auf den Schwiegersohn war er lange neugierig gewesen. Der hatte 1931 nicht den Weg zu ihm gefunden, aber zu Dr. Jansen. Komisch, im Sinne des Wortes. Nichts gegen den Kollegen Jansen, im übrigen. Kollmorgen stand auf von seinem Seneca und marschierte in die Küche, aufrecht zum Hintenüberkippen, und scheuchte die Schwester von Geesche Helms aus dem Hause. So neugierig sie war, nie fand sie die Jahrgänge, nach denen sie geschickt wurde. Dann stieg der kleine stämmige Herr die Kellertreppe hinunter, wohlig seufzend über die kleine Arbeit, die so reichlich Lohn tragen würde.
Als er seine Kunden untergebracht hatte in den Sesseln, rundlichen Fallen, aus denen sie so leicht nicht loskommen würden, sahen sie ihm noch einig aus. Papenbrock war auf einen angenehmen Abend gekommen, kaum für lange Geschäfte. Als er die Zigarre in Brand hatte, hob er schon das Kinn zu den seitlich aufgebauten Flaschen hinüber, und ein Kollmorgen läßt sich darum nicht bitten. Der andere, ... – Cresspahl, nicht wahr? saß etwas gerader, nicht wie ein Besuch, etwas verschlafen mit seiner Pfeife, offenbar mit den Gedanken wo anders. Er schien zu warten. Ja doch, Kollmorgen konnte es auch kaum noch aushalten. Die Eröffnung nahm Zeit, war aber leider nicht umgänglich. Erstens das Wetter. Für Mitte März war das Wetter erträglich. Damit war nun schon die Aussicht auf gute Geschäfte erledigt, zweitens. Drittens, die Familie. Lieber nicht. Die Politik. Bloß nicht. Also die Tagesordnung. Lange kann das nicht dauern. In dieser Hoffnung breitete Dr. Kollmorgen die Seiten seines Entwurfs aus auf seinen prallen flächigen Oberschenkeln, hängte sich an den Ellenbogen behaglich an die fetten Lehnen und begann seinen Vortrag. Er schaukelte hin und her vor Wohlgefühl und Erwartung. Um den Mann

seiner Tochter im Lande zu halten, gab Papenbrock seiner Enkelin ein Grundstück, das ihr nicht früher als am 3. März 1954 gehören würde. Er, Kollmorgen, würde den Tag nicht erleben, und er mußte eben schon an diesem zu seinem Recht auf Unterhaltung kommen. – Und die anderen Kinder? sagte er.
Er hielt seinen runden, hinten abgeflachten und ausschweifenden Schädel ganz hoch, drückte wilde Augenbrauen in die Stirn, gab sich so ernsthaft er konnte. Die Herren sollten nur kommen, er würde es ihnen schon zeigen. Unter mehreren Kindern war das Anwesen nur nach dem Geldwert zu teilen, da kamen verschiedene Daten der Mündigkeit ins Spiel, auch immer neue juristische Vorgänge, von den amtlichen zu schweigen. Die Frage war berechtigt, da konnten sie nichts machen. Dieser ... Cresspahl, nicht wahr? gab gar nicht Ärger zu erkennen, nickte einfach schief vor sich hin, so wie die Amateure unter den Schachspielern die Eröffnung des Gegners kommentieren, als wäre diese nur eben recht und eine andere besser. Es war zu schade, daß Avenarius schon zu weit von der Welt entfernt war, um einen Menschen wenigstens bis zum gemeinsamen Schachspiel zu befreunden. Dann fiel ihm Papenbrocks Hand auf, die mit dem vollen Glas in der Luft stehen blieb und in eine fahrige Bewegung abirrte, so daß ein Tropfen über den Rand sprang wie abgeschossen. Papenbrock hatte sich nicht vorbereitet. Es half ihm nichts, daß er das nun auswischen wollte mit einem Streifen Rauch und dem Hinweis auf Vorbehaltsklauseln. Mochte Papenbrock denken, er habe sich gefangen. Mochte er doch sich belustigen über Kollmorgens vermeintliche Eigenheiten. So war es gerade recht.
Da hiermit das Erbe der Mutter des Kindes auf ihren eigenen Wunsch abgegolten ist, fällt bei Tod des Kindes das Überschriebene zunächst an die Mutter zurück, erst dann an den Vater, danach an den Überschreibenden. Der Vater als Verwalter ist nicht berechtigt, das Überschriebene zu beleihen oder hypothekarisch zu belasten. Von seinem Nießbrauch bestreitet er die Erhaltung von Gebäuden und Grundstück, entrichtet er sämtliche Steuern und kommunalen Umlagen. Der Besitz ist hinten und vorne und oben und unten gegen den Vater der Eigentümerin geschützt. So wollten die Herren es doch.

– Dor hefft wi nicks von: sagte Cresspahl ohne Bitterkeit, nicht weniger ruhig als Papenbrock die Bedingungen angehört hatte.
Papenbrock wuchtete sich in zwei Ansätzen aufrecht, um seinem Schwiegersohn ins Gesicht sehen zu können, nicht bloß überrascht, auch beleidigt. Er nannte in klagendem Ton die Summe, die er bisher für das Grundstück aufgewandt hatte, und zwar etwas aufgerundet, obwohl sämtliche Phasen des Kaufs durch die Praxis von Dr. Kollmorgen gelaufen waren. Avenarius in seinem Entzücken versuchte, Cresspahl nachzuschenken. In Cresspahls Glas fehlte nicht genug.
– Erhaltung: sagte Cresspahl. – So wo dat hängt un krüppt, dat kann de Wint.
Er verwahrte sich gar nicht, als Papenbrock mit notdürftig gezügeltem Eifer zu sprechen kam auf ein gewisses Konto bei der Surrey Bank of Richmond, er tat das mit einem beiläufigen Nicken ab, und nebenbei wurde Papenbrock klar, daß das Konto in der Tat so voll war wie Lisbeth gesagt hatte, womöglich noch voller inzwischen. Es brachte ihn zum Stolpern in seinen gedanklichen Entwürfen, und während des schwelgte Avenarius in der Gewißheit, daß Papenbrock auf die Sentimentalität der Verwandtschaft gehofft hatte. Er notierte sich diesen Fehler in seinem Kopf, rechts oberhalb seines fetten haarigen Ohres, zum späteren Auskosten. Er konnte sich nicht leisten, etwas vom Jetzigen zu versäumen. Er brauchte die beiden nicht aufeinander zu hetzen. Zuschauen, unschuldiges unabgelenktes Zuschauen, er fand es das Schönste. Papenbrock hatte so getan, als habe er seinem Schwiegersohn ein indirektes Geschenk machen wollen, um ihn nicht zu kränken, also über Cresspahls Tochter. Dieser Cresspahl aber schob die Verpflichtung vor, das Geschenk nach den Vorteilen für seine Tochter abzuklopfen. Besser hätte Avenarius es nicht ausdenken können. Er lehnte sich bescheiden zurück, zwang die Hände über seinem Bauch zusammen, ohne das Schaukeln auf den Ellenbogen aufzugeben, und wandte den Kopf von einem zum anderen, um ja keinen Schlag und Treffer zu versäumen. Am besten gefiel ihm, wie dieser ... Cresspahl es anstellte. Er betrug sich nicht herausfordernd, so wie die Sache es erlaubt hätte, sondern langsam und gründlich, wie Jemand, der versprochen

hatte, es zu überlegen. Nun war er fertig mit Überlegen. Papenbrock hatte sich gleich den Zettel gegrapscht, auf dem Cresspahl gerechnet hatte, und wurde so hin und her gerissen zwischen den Zahlen und dem Reden Cresspahls. Kollmorgen bedauerte das, denn so fühlte Papenbrock nicht die ganze Schärfe seines Mißerfolgs. Cresspahl hingegen konnte auch auswendig feststellen, daß das Grundstück gegenwärtig keinen erheblichen Handelswert besaß. Dennoch sei ein Verkauf immer noch die vernünftigere Lösung. Das Geld konnte auf einem Sperrkonto warten auf die Volljährigkeit des Kindes, am besten je zur Hälfte auf einem deutschen und einem britischen, um unterschiedliche Wirtschaftsentwicklungen abzufangen und um dem Bevollmächtigten den Nießbrauch und die Erfüllung seiner aus dem Geschenk erwachsenden Verpflichtungen zu erleichtern. So werde das Geschenk wenigstens keine zusätzlichen Kosten verursachen. Was das anging, so konnte dem Bevollmächtigten nicht daran liegen, seine Barmittel auf eine Sache zu wenden, über die ihm Verfügung nicht zugestanden war. So wie die Sache jetzt war, war sie keine. Da war von Erhaltung noch lange nicht zu reden, und desto länger von Wiederherstellung. Die Wiederherstellung sei Angelegenheit des Schenkenden, wollte er dem Kind im Ernst einen Gefallen erweisen. Sie sei aber auch im Belieben des Schenkenden. Es sei ihm unbenommen, ob er sie ausführen lassen wolle durch von ihm Beauftragte oder durch den gesetzlichen Vertreter des Kindes; jedenfalls geschehe sie auf seine Rechnung, weil dem Empfänger des Geschenks zuliebe. Nach der Versetzung des zu Überschreibenden in einen normalen Zustand sei das Grundstück immer noch nicht den Erfordernissen des vom Verwalter betriebenen Handwerks angepaßt, und dann immer noch nicht sei ein Geschäft gegründet und aufgebaut, und dann: sagte Cresspahl verbindlich, im Ton eines gutmütigen Versprechens: Denn rädn wi von min Gelt.

Avenarius Kollmorgen schritt noch lange nach Mitternacht durch seine drei Zimmer, weniger aufrecht, und manchmal krümmte er sich ein bißchen vor Vergnügen. Er trug sein Glas mit sich, nippte sachverständig, hob im Schlucken ein ganz entspanntes, freudiges Gesicht gegen die Decke. Er hatte Papenbrock bei einer Niederlage beobachtet. Papenbrock hatte für

Gefühle viel Geld verschrieben, und mehr als er wollte. Papenbrock hatte seinen Schwiegersohn so im Nachteil geglaubt, daß er die eigene Behinderung nicht berechnet hatte. Nun wußte Avenarius etwas mehr über Papenbrock. Sein Bild war vollständiger geworden. Er wußte Bescheid mit Bildern, immer irgend wo deckten sie sich nicht mit den Personen, er erfuhr das an seinem eigenen Leibe, aber während die Leute ihr Bild von Avenarius Kollmorgen nicht auf ihn anwenden konnten, er wußte seins von ihnen wohl zu benutzen. Oh ja. Am liebsten entsann er sich der Minute, in der Papenbrock die Lage begriff und das Glas halbgetrunken wegstellte und Abschied nahm von der Erwartung eines redseligen Abends unter gleichgesinnten Männern. Es war ein schöner Abend für Avenarius K. gewesen. Sogar die private Armee dieses Österreichers, dieses ... Hitler, hatte für diesen Abend verzichtet darauf, auf dem Marktplatz zu grölen und hineinzubrüllen in ein Schauspiel, das ausgefallen war, als hätte Avenarius einen Wunsch tun dürfen. Der verkürzte, derbe Herr blieb an einem Fenster stehen und schob seinen mächtigen Kopf zwischen den Gardinen hindurch und betrachtete den nächtlichen Marktplatz, der zwischen den weiß leuchtenden Giebelhäusern vor ihm lag wie eine ungeheure Bühne. Einmal sollte eine solche Bühne aufgebaut sein für Avenarius, vor aller Zuschauerschaft zwischen Wismar und Lübeck, daß er einmal sich darstellen konnte als das weise und doch tief fühlende Wesen, das er in Wirklichkeit war. Sie würden es nicht verstehen. Er benötigte nicht ihre Versuche, ihn zu verstehen. Sie konnten nicht anders, als ihn verfehlen. Er wollte gern zufrieden sein, allein wie er war. So störte ihn niemand bei der erhabenen Unterhaltung, die niemand als er aus den banalen Geschäften der anderen erbauen konnte. Jedoch, dem Recht die Ehre: er hatte einen solchen Abend nicht erwarten dürfen. Auf so viel Vergnügen hatte er kein Recht. Wenn aber er darauf kein Recht hatte, so auch nicht auf noch eine Flasche Pommard; da aber er das eine dennoch bekommen hatte, mußte er sich das andere holen. Anders kam die Welt nicht in Ordnung, und die Ordnung lag ganz bei ihm. Geh in den Keller, Avenarius.

18. November, 1967 Sonnabend, Tag der South Ferry, vielleicht der letzte in diesem Jahr. Denn gestern nacht zog der zweite Schneesturm binnen einer Woche durch den Staat New York und Neuengland, und wenngleich er an der Stadt nur mit Regen und einzelnen Flocken vorbeiwischte, die Temperatur hält sich schon lange in den unteren vierziger Graden Fahrenheit. Noch immer zieht Gesine davon 32 ab, nimmt den Rest mit 5 mal und teilt ihn durch 9, so daß sie mit ihren 6° Celsius zu dem gleichen Ergebnis gelangt wie Marie, die seit jeher 42 Grad Fahrenheit hat in eine Empfindung übersetzen können: Es ist kalt.

Das sagt Marie nicht. Auf beiden Wegen der Fähre läuft sie in den äußeren Umgängen spazieren, in Richtung Manhattan sogar nur auf der Windseite, obwohl Gesine innen auf der anderen sitzt. So ist sie nicht zu sehen. So muß sie sich nicht zeigen. So muß sie nicht reden. Gestern hat sie die Post neben das Telefon gelegt ohne sie nach Freunden, Fremden und Reklamemüll zu sortieren, als hätte sie die Sendungen nicht durchgesehen und insbesondere den Brief mit dem amtlichen Aufdruck der Schule nicht bemerkt. Sie hat sich wie zufällig in ihr Zimmer verzogen wann immer Gesine in die Nähe des Telefons ging, und es ist nur möglich, daß sie die Verabredung mit Schwester Magdalena an diesem Morgen mitgehört hat. Dies Spiel kann für zwei sein. Gesine läßt ihr den Vortritt ins Gespräch, wie sie ihn ihr gibt, seit vier Stunden schon. Jetzt, auf der Höhe von Liberty Island, kommt sie in den inneren Saal zurück, händereibend, krumm gehend, so friert sie. Sie sagt nichts über die Schule, sondern spricht über die Statue der Freiheit, die Frédéric-Auguste Bartholdi ausgerechnet in Gestalt seiner lieben Mutter im Hafen von New York ausgestellt hat.

– Gänsefüße hat sie: sagt Marie.

Sie muß sich erst neben Gesine setzen, ihrem geraden Blick ein wenig aus dem Weg sein, ehe sie sich entschließt. – Also, es tut mir leid: sagt sie. Sie hat die Kapuze in den Nacken gestreift, aber kümmert sich nicht um ihren Zopf, der in dem blauen Wollflausch hängen geblieben ist. Sie sitzt vornübergebeugt, mit den Ellenbogen auf die Oberschenkel gestützt, und sogar mit dem Kopf schüttelt sie wie ein Mann, der eine Torheit bereut, obwohl er im Grunde eine Schuld daran nicht zugeben

möchte, da er seine Handlung eben nicht begreift. – Nur begreife ich nicht, wie es herausgekommen ist! sagt sie.
Schwester Magdalena tat nicht sonderlich aufgebracht. Sie hatte Teegeschirr aufgebaut in ihrer Kabine unter dem Dach im neugebauten Flügel der Schule, in dem holzgetäfelten Käfterchen, das bei aller Ordnung an Bett und Schreibtisch doch erinnert an ein möbliert vermietetes Zimmer, an eine bloß vorläufige Bleibe. Schwester Magdalena trug das selbe grauschwarze Kleid, in dem sie an anderen Tagen Unterricht hält, in dem sie nach Maries Vermutungen auch schläft, »und zwar auf dem Rücken, ohne sich zu rühren«. Sie war so schwer zu erkennen an dem kleinen Stück Gesicht, das ihr Gelübde den weltlichen Menschen zu zeigen erlaubt, weil sie es überdies kaum bewegte. Sie hielt es fest in dem geduldigen Ausdruck, in dem Strenge und Güte bei einander wohnen können, und war sich nicht bewußt, daß sie den Gedanken an die kahl rasierten Mannequins der pariser Mode nahelegte. Schwester Magdalena ist dreißig oder fünfzig oder vierzig Jahre alt; sogar das Alter ihrer Stimme ist versteckt in einem unveränderlichen Ausdruck von Ergebenheit und Bestimmtheit in einem. Mit der Teetasse, ihren gastgeberischen Manieren versuchte sie die Gelegenheit eines ungefährlichen Besuchs anzudeuten; sie saß aber steif auf ihrem Stuhl, Knie an Knie, Schuh an Schuh, und noch die lokker in einander gelegten Hände bestimmten den Anlaß als eine Vorladung. Sie hatte zu klagen über Marie. Sie trug ihre Klage vor als Sorge um das Kind, als Mitleiden, in jener pädagogischen Sprache, die Befunde und Absichten verbirgt hinter Ausdrücken des Lebens außerhalb der Schule, mit Umwegen und Querverbindungen, in denen eine direkte Frage eingesponnen wird wie die gefangene Fliege im Spinnenfaden. Sie begann damit, daß Kinder Gefühle äußern. Dann beschrieb sie die Unterschiede zwischen den einzelnen Gefühlen. Sie erläuterte den wechselnden Grad an Kontrolle, den Kinder über ihre Gefühle haben. Pubertät umschrieb sie als »Veränderung nicht nur der Seele«. Kurz, Marie hatte Gefühle geäußert, war es das? Das war es nicht. Allerdings hatte sie Gefühle auszudrücken versucht. In einer Geschichtsstunde hatte sie über die Behandlung der Indianer durch Amerikas Eroberer eine Empörung laut werden lassen, die den Ablauf des Unterrichts

störte und eine Diskussion erforderlich machte, die bei allen psychologischen Gewinnen doch die Einhaltung des Pensums gefährdete. Sie hatte anläßlich eines Aufsatzes »Ich sehe aus dem Fenster« nicht nur eine völlig sachfremde Beziehung zu dem Krieg in Viet Nam hergestellt, sie hatte weiterhin durch Pausengespräche andere Schülerinnen in Schwierigkeiten, ja geradezu Ratlosigkeit des Empfindens in Hinsicht auf jenen Krieg gebracht. Sie war heftig geworden. War das der Grund der Beschwerde? Nein. Es war vielmehr eine Hinneigung der Schülerin zur Parteinahme, zur fast moralischen Solidarisierung mit Unterlegenen in geschichtlichen Vorgängen. Unbestreitbar sei der Krieg in Viet Nam eine Tragödie, aber eben wie andere Vorfälle in der Historie auch, und das Augenmerk der Schule war nicht gerichtet auf die Vermittlung der ungerechten Aspekte des Lehrstoffs, sondern nur auf die Sache des Lehrstoffs an sich. Ein Kind, das bereit sei zu Erregung über feststehende Tatsachen, könne zu einer Gefahr werden für die Gemeinschaft im Lernen und Leben, die der Geist der Satzung vorschreibe. War es das? Nein, Mrs. Cresspahl. Es ging Schwester Magdalena um nichts als das seelische Wohlbefinden dieses Kindes.
Wie sollen wir das Marie erklären? Sollen wir ihr vorwerfen: Marie, you are too biased? Marie, ändere das mal?
Schwester Magdalena war ohne Aufenthalt fortgefahren in ihren terrassenartigen Ableitungen, mild und unerbittlich. Unter Zwischenfragen litt sie wie unter Wespenstichen, sie war auf Unterbrechungen ihres Vortrags gar nicht eingerichtet, und wenn sie mit ganz sanfter Aufwölbung der Stirnhaut und gezerrten Mundwinkeln darauf hinwies, daß sie Qualen ausgesetzt war, wollte sie tatsächlich tadeln. Diese Miene dehnte sie zu einem schiefen Lächeln, das ihre menschliche Schwäche bejammern sollte und sich nur halbherzig gab wie eine Entschuldigung. So kam sie um Antworten herum. Selbst schien sie Fragen zu stellen, jedoch nicht geradezu. Sie sprach von den Härten und Entbehrungen, unter denen arbeitende Eltern zu leiden haben gerade insofern, indem sie sie an die Kinder weitergeben. Gerade bei einzelnen, getrennt lebenden Eltern könne der Verzicht auf Autorität andere und schlimmere Folgen für die Kinder haben als die erhofften und so weit auch lobenswer-

ten. Es sei nicht das selbe von Familie zu Familie, wenn Kinder ihre Eltern nicht als solche, sondern mit dem Vornamen anredeten. Es gebe eine Vertraulichkeit, eine vorgetäuschte Ebenbürtigkeit, die ein kindliches Gemüt eher verheere als entfalte. Schwester Magdalena wurde kein Mal konkret, noch den Psychiater der Schule erwähnte sie lediglich als einen gemeinsamen Bekannten von allerdings bedeutenden Verdiensten in Beruf und menschlichem Verhalten. Es waren Erkundigungen, aber ihre allgemeine Destillation ließ sachliche Auskünfte nicht zu. Es war, als wolle sie sich mit Eindrücken zufrieden geben. Wir konnten ihr nichts verständlich machen. Es kam darauf an, ihr schlichte Mimik faßlich hinzuhalten: die Angst um Maries Platz an der Schule, den Kummer über Schwester Magdalenas offenbar schlaflose Nächte, den eifrigen Willen zur Besserung; alles in der ungefähren Hoffnung, wenigstens Glauben zu finden. Es war keine offene Lüge. Schwester Magdalena ist die Klassenlehrerin, und nach einer Vorladung zu ihr kommt gleich die zur Leitung der Schule. Das Institut ist überlaufen in allen seinen Jahrgängen, eben wegen des soliden Lehrplans, und es wird uns nichts nützen, daß wir kein Stipendium erbeten haben sondern die vollen Gebühren entrichten, verfügen doch die anderen Bewerber über das Sakrament der Taufe, das Marie nicht vorweisen kann. Die dritte Vorladung ins Direktorat ist so gut wie der Verweis des Kindes von der Schule. Gegen die Erkenntnisse einer Lehrerin, die schon seit elf Jahren immer die fünfte Klasse unterrichtet, gibt es keine Berufung. Das Institut hat neulich ein Kind, dem ein Hüftschaden angeboren ist, aus der Schülerschaft gestrichen, weil es am Ende doch nicht imstande war, sich den Vorstellungen der Erzieherinnen von einem wünschenswerten Kinde zu nähern. Die Lüge saß wo anders: in den auskömmlichen Formen des Gesprächs, in unserem erwarteten und unbezweifelten Respekt vor den psychologischen Befähigungen Schwester Magdalenas, bis zur unerschütterlichen Freundlichkeit des Abschieds vor der Fahrstuhltür, von der Schwester Magdalena nicht weichen wollte, bevor die Kabine angekommen war. Auf der Straße, unter einem weltlichen Hut, wir würden sie nicht erkennen. – Es war so eine Freude, mit Ihnen zu sprechen, Mrs. Cresspahl. – Nein. Es war meine Freude, Schwester Magdalena.

Entschuldige, Jakob.
Na gut, Gesine. Und wofür?
Daß ich gesagt habe »Wir leben nicht getrennt«.
Wie es ist.
Daß ich gesagt habe »Er ist tot«.
Das hilft immer, was, Gesine?
Entschuldige Jakob.
Nimm das Kind da weg, Gesine.
Wohin, Jakob? Auf den Mond?
Dublin, Gesine. London. Kopenhagen.

Sollen wir Marie auffordern: Respektier gefälligst meine Autorität? Sollen wir ihr Angst einjagen mit dem Schwarzen Mann? mit dem Psychiater? mit dem Blauen Brief? Sollen wir verlangen: Erzähl nicht in der Schule, wovon wir zu Hause sprechen?
Das Kind ist so tief im Grübeln, es verzichtet auf den Anblick der Einfahrt ins Fährbecken, obwohl die Drosselung der Maschinen schon lange den Schiffskörper stärker zittern macht und die meisten Fahrgäste in keilförmigen Trauben auf die Türen und Treppen zugestrebt sind. – Ich verstehe das nicht: sagt sie. – Ich war allein in der Klasse, als ich es an die Tafel schrieb, und Schwester Magdalena hat es in der Stunde danach abgewischt ohne zu fragen.
– Was hast du an die Tafel geschrieben?
Das fällt dem Kind schwer. Sie windet sich nicht geradezu, aber sie druckst, sie hält den Kopf schräg, nach der anderen Seite. – Bugs Bunny for President: gibt sie endlich zu. – Kann ich mich schriftlich bei dem alten Ungeheuer entschuldigen, oder muß ich es mündlich tun?
Die New York Times ist nicht der Auffassung, daß Präsident Johnson seine Sache schlechter macht als jene Cartoonfigur Bugs Bunny, die in einem fort Erfindungen bastelt, vorgeblich zum Wohle der Mitmenschen, in der Tat zu ihrem Nachteil und Schaden. Die New York Times bringt drei Bilder von der Pressekonferenz des Präsidenten auf der Titelseite und einen Bericht von fast zwei Seiten: wie er hinter dem Podium hervorkam, die Arme schwenkte, die Luft zerhackte, ins Leere schrieb, ärgerlich dröhnte, ganz sanft wurde in Herabsetzung

seiner Person und hin und her schritt vor den Kameras wie ein Erweckungsprediger. Der wahre Johnson. Über die Kritiker seiner Kriegführung sagte er: Er wolle sie nicht unpatriotisch nennen. Aber sie säßen im Glashaus.

19. November, 1967 Sonntag

Endlich sind wir unser Dienstgeheimnis los: die Abwertung des Pfund Sterling steht in der New York Times.
In Oceanside auf Long Island, in einem Haus mit Swimming Pool, wohnt Edward Revander, ein Immobilienmakler, ein Neger, als Nachbar von Weißen. Sie haben ihm Steine gegen Fenster, Türen und Schornstein geschmissen, sie haben seinen Rasen mit leeren Bierdosen bestreut und ein Kreuz darauf verbrannt. Das wollte er aushalten. Gestern nacht haben sie ihm eine Bombe ins Wohnzimmer geworfen. Wäre sie detoniert, sein dreijähriger Sohn, seine zwanzigtägige Tochter hätten es kaum überlebt. Nunmehr hat Mr. Revander sein eigenes Haus, Wert 50 000 Dollar, zu verkaufen, zum ersten vernünftigen Gebot.
Marie will wissen, wie es bei einer kirchlichen Taufe zugeht. Sie ist enttäuscht, daß dem Säugling lediglich ein wenig angewärmtes Wasser auf die Stirn gestrichen wurde und daß Eltern und Paten der Kirche versprachen, den künftigen Menschen nach ihren Wünschen aufzuziehen. Dafür bestätigt der Beauftragte der Kirche den Namen des Kindes. So erzählt, wird es Marie vielleicht abbringen von ihrem Plan, in fünf Jahren die Zeremonie am eigenen Leibe wiederholen zu lassen. Tatsächlich war das die ganze Handlung nach dem Gottesdienst in der Petrikirche zu Jerichow am 19. März 1933. Ein Teil der Gemeinde blieb sitzen unter den verschlafenen Orgelklängen, mit denen die Organistin, Jule Westphal, sie aus dem Gotteshaus hatte schicken wollen, einige stiegen sogar in die freigewordenen Vorderbänke des Adels um, unter den mißvergnügten Blicken des Kirchendieners, der unter Methlings Regime nicht nur hätte einschreiten dürfen sondern auch die Gebühr für Eintrittskarten kassieren. Oll Bastian war mit dem neuen Pastor nicht glücklich. Lasch, dieser Brüshaver. Das Taufwasser

anwärmen, wo gab es das! Verweichlichung gleich zu Anfang; von der Mehrarbeit für Pauli Bastian auf seine alten Tage zu schweigen. Pauli hielt sein Gesicht steif wie ein Brett, während Cresspahls und Papenbrocks mit dem Täufling in den Mittelgang eintraten, und die um den Mittelpunkt der Nase in seinem Gesicht angebrachten Falten waren eine Maserung, mit der für kleine Kinder nicht tapeziert wird. Das Kind trug Cresspahl, etwas hoch vor seiner Brust und sehr angestrengt, bis er es vor dem Altar an die Mutter zurückgeben konnte. Die Frauen waren alle fröhlich. Louise Papenbrock hatte sanfter genickt, als sie sich in der ersten Reihe neben Dora Semig fand, immerhin doch einer geborenen Köster aus Schwerin. Semigs Frau sah den Handlungen an dem Kind zu, als seien alle Beteiligten darauf aus, sie zum Lachen zu bringen, und als wehre sie sich dagegen nur noch mit schwacher Kraft. Hilde Paepcke konnte den Kopf nicht still halten, sah an Cresspahl hoch, machte Lisbeth Zeichen mit den Augen, mit den Lippen, nicht als die ältere Schwester, sondern wie ein Kind, das mitspielt; Hilde Paepcke probte die Tauffeier für das Kind, das sie im Bauch trug. Lisbeth, meine Mutter, deine Großmutter, zeigte nicht viel, aber es war an ihren Blicken auf Brüshaver zu sehen, auch an ihrem bereitwilligen, zeitgleichen Einfallen in Gebet und Antwort, daß sie mit einem Fest beging, daß sie alles Gewünschte bekommen hatte. Von Louise Papenbrock war ohne jede Vorsicht zu behaupten, daß sie ihr Gesicht nicht unter Aufsicht hatte und womöglich mit dem Ansehen dieser Taufe die Erinnerung an die früheren in ihrem Leben aufputzte, zumindest erträglicher machte. Von solchen Damen wie Käthe Klupsch, der die Sache nicht tragisch und tränenreich genug ablief, reden wir nicht. An Cresspahl war nichts zu sehen. Er hatte sein Arbeitsgesicht. Der andere Pate, Dr. med. vet. Arthur Semig, hielt die Hände locker vor dem Bauch und war ohne jede Scham vergnügt. Er stand neben Lisbeth Cresspahl und sah hinunter auf den ihm zugewandten Kopf des Kindes, auf die im Halbschlaf zuckenden Lider, die Lippen, die einander genüßlich betasteten, die Katzenpfötchen in den Augenwinkeln, was ihr die Füße der Krähe nennt, und der erwachsene Mensch war so angetan von dem Kind, kräuselte so selbstvergessen die Nase

– wie Mr. Fang Liu: sagt Marie.
– Wie nur Chinesen zu fremden Kindern sich benehmen können.

Papenbrock saß da wie der Regent des Ganzen, aber wie ein unzufriedener, unter dessen eigener Nase etwas Mißliebiges aufgeführt wird. Er kochte gar nicht Wut auf Cresspahl gar, obwohl Cresspahl das annehmen wollte. Am Abend vorher, von Avenarius Kollmorgens Rotwein, war Papenbrock in den Lübecker Hof gestiegen, zu Lindemanns Mosel, und hatte dort die Polizeistunde verlängert, nur um schweigend in Cresspahls Gesellschaft zu brüten. Cresspahl dachte das verstockte Schweigen wohl auszuhalten, wenn es Papenbrock aus der Niederlage heraushalf; er war sich nicht vermutend, daß der Alte ihn in Gedanken mit Horst Papenbrock und dessen Art von Zeitvertreib verglich, daß er im Ernst über sein Testament nachdachte. Papenbrock war nun nicht gänzlich bei der Sache. Er war anwesend genug, daß ihm Feuchtigkeit in den inneren Augenwinkeln lästig wurde, aber er tupfte das Nasse nicht mit Genuß, wie Louise Papenbrock, sondern wischte es unwirsch weg, wie zusätzlichen Ärger. Er hörte nicht, daß das Kind nieste, sie mußten es ihm später erzählen. Er hatte gleich am Morgen angefangen. Er hatte gewartet, ob Horst in der Uniform der S.A. zum Frühstück kam. Sobald er die braunen Stiefel sah, hatte er angefangen zu brüllen, zur Verblüffung Horsts, der sich gar nicht angesehen fühlte. Horst bestand auf der Parteikleidung für den Kirchgang. Papenbrock setzte seinen Teller ganz langsam zurück, mit deutlichem Bedauern. Damit war Horst im Unrecht, weil er seinen alten Vater zwang, Spiegelei kalt werden zu lassen. Als Papenbrock stand, fing er an zu brüllen. Cresspahl hatte den Kopf unten gehabt, wie alle um den Tisch, und er hatte den Alten fast bewundert. Er schrie ganz mühelos, ihm fiel ein Schimpfwort nach dem anderen ein für Leute, die die Würde einer kirchlichen Handlung nicht achten, die ihre Arbeit nicht tun, die nichts als Dummjungenstreiche wissen (– Dummjungenstreiche? sagte Horst, bleich, gefaßt, empört, denn er glaubte die Symbole des neuen Staates angegriffen. – Jawohl! schrie Papenbrock: Händchenhalten mit Schusterstöchtern!), alles in flüssigem unflätigem Platt, so daß

Horst nicht den Mut hatte, zu Elisabeth Lieplows Gunsten anzuführen, daß sie wohl aus Kröpelin stammte, der Schusterstadt, daß sie aber keinesfalls die Tochter eines Schuhmachers war, sondern eines Steueramtmanns. Als er ging, klang die Tür noch laut im Schloß. Als er wieder kam, in schwarzem Feiertagstuch, schickte Papenbrock ihn zum Pferdefüttern, und diesmal brachte Horst Auflehnung und Drohung nicht einmal mehr im Gesicht vor, und mit flachen Straßenschuhen ist schlechter knallen. Nun, neben dem Alten auf der Kirchenbank, zwar noch unter Bewachung, gab er seine Unabhängigkeit mit langweiligem Benehmen zu verstehen, denn er glaubte Papenbrocks Laune überstanden zu haben. Er glaubte das bis zum Mittagessen, obwohl ihm auffiel, daß nur die Platte mit der Gans regelmäßig an seinem Platz vorbeikam, nicht aber der Weißwein. In der Tat betrug Papenbrock sich friedfertig, fast vergnügungssüchtig. Er hielt drei Reden, eine an Lisbeth, eine an Hilde, eine an das Kind, das die Mühsal des Ausflugs weit genug von ihm ausschlief. Den dritten Vornamen Albertine habe er nicht erwarten dürfen: soll er gesagt haben (sagt Frau Brüshaver). Dann stellte er die Frage: ob man seinen Kindern verzeihen müsse, womöglich alles. Darauf mochte nicht einmal Louise antworten, aber Louise Papenbrock sah etwas kommen. Sie krümmte sich ein wenig, sie legte die Hände im Schoß zusammen, um notfalls fürs Beten vorbereitet zu sein. Papenbrock bestand aber auf einer Antwort. Er wandte sich schließlich geradezu an Brüshaver, und der neue Pastor, mit einem halb erhobenen Glas in der Hand betroffen, betrug sich abermals, als habe er die inneren Streitigkeiten dieser Familie begriffen. Er deutete die Bewegung des Zutrinkens an, er nickte ein wenig, aber so, daß seine Zustimmung eben jenes Sprungbrett abgab, das Papenbrock gewünscht hatte. Er erinnerte seine Familie an den Reformationstag 1931, als ihm jeder einzelne »Hartherzigkeit« vorgeworfen hatte, nur weil er den Sohn aus »Rio de Janeiro« nicht hatte einladen mögen. Jetzt sah Brüshaver in sein Glas, und Semig wäre am liebsten aus dem Zimmer gegangen. – Lisbeth hat ein Kind, Hilde kriegt eins: sagte Papenbrock, nicht ohne Genuß an seinem schlüssigen Denken. – Du füerst: sagte er, nicht einmal in Richtung auf Horst. Dann setzte er sich, hörte gar nicht auf die Einwände seines

jüngsten Sprößlings. Im Gegenteil, er begann mit Semig ein Gespräch über die Einwirkungen des Frühjahrsregens auf tonige Böden, ob das von Meyersche Gut wohl würde nachpflügen lassen müssen; was von Horsts Tischende kam, tat er ab wie störenden Insektenflug.
Da hatte Horst viel reden. Er könne kein Brasilianisch. Er wurde darauf hingewiesen, daß es Portugiesisch heiße, und zu lernen sei. Seine Arbeit auf Hof und Speicher bleibe liegen. Das war unvorsichtig von ihm. Jetzt bekam er noch einmal Bescheid, ohne Rücksicht auf die Gäste des Taufessens. Er hatte die Arbeit schon drei Monate andere machen lassen, und womöglich werde jeder Mann sie besser machen, der nicht auf ein Erbe aus sei, sondern auf verdienten Lohn. Er werde den verschollenen Ältesten nicht leicht finden. Dann sollte er besser suchen. Das könne ein Jahr dauern. Papenbrock würde es zwei Jahre aushalten. Es werde Geld in Haufen kosten. Dafür hatte Papenbrock Geld. Horst kam nicht frei aus der Enge. Seine Schwestern unterstützten ihn nicht, einmal um ihn für viele Kränkungen büßen zu lassen, zum anderen, weil sie auf Papenbrocks Großherzigkeit hineingefallen waren. Sie waren überdies gerührt, und verdachten Horst den Versuch zur Weigerung schändlich. Louise Papenbrock weinte, weil es sich zu ergeben schien. Cresspahl sah so lange quer über den Tisch, bis Semig blickweise zugab, daß er in sein Glas gelächelt hatte. Cresspahl war fast gegen seinen Willen auf der Seite des alten Papenbrock. Der Alte mißtraute der neuen Reichsregierung, und er wollte nicht über Horsts Taten bei der S.A. in einen Zusammenbruch des Regimes hineingezogen werden. Womöglich auch wollte er Horst schützen mit diesem Befehl zu einer Weltreise. Es war amüsant, Horst zu beobachten. Horst glaubte, da sei eine Wahl zwischen Fahren und Bleiben; die Wahl war ihm jedoch gestellt zwischen den Nazis und dem Erbe, und wenn er sich für den bürgerlichen Besitz entschied, würde er ihn womöglich nur zu einer Hälfte bekommen, der verschollene Robert Papenbrock die andere, und Horst mußte dazu helfen, auf Portugiesisch. Und Horst traute sich nicht, im Ernst von der S.A. zu sprechen, in der ihm unterdessen Ränge und Tatenruhm entgehen würden. Es war amüsant, aber die Leute um den Tisch kamen Cresspahl für Momente fremd vor. Er fühlte sich aus-

wärtig, und tatsächlich stand seine Tasche gepackt neben der Haustür und wartete er wieder auf den Anschlußzug zum Schnellzug 2 nach Hamburg. Nur fuhr er diesmal allein, und zum letzten Mal.

Nu hest din Willn, Lisbeth.
Nu sast din' all Tied hem, Hinrich.

Die Geschäftsanlieger der Fünften Avenue haben eine Parade auf der Fünften Avenue veranstaltet, um gegen die Paraden auf der Fünften Avenue zu protestieren. Sie verlieren eine halbe Million Dollar pro Parade, und wünschen sie auf die Straße westlich des Central Parks, die West End Avenue und den Riverside Drive verlegt. Denen werden wir was husten.

20. November, 1967 Montag

Um den Dollar vor den Folgen der britischen Pfundabwertung zu schützen, hat die Bundesreservebank den Diskontsatz um ein halbes Prozent auf 4,5% angehoben. Wiederum möchte die New York Times verhindern, daß ein Leser sich um die Nachricht drückt, nur weil er sie nicht versteht, und sie erklärt es noch einmal: Der Diskontsatz ist der Betrag, zu dem kommerzielle Banken Geld aus der Bundesreserve leihen, und die New York Times wiederholt die Belehrung im Inhaltsverzeichnis. Dafür haben wir nun Kurse in Volkswirtschaft bei der Columbia-Universität belegt. Auch die spanische Regierung hat ihre Währung abgewertet. In dieser Woche wird die Arbeit in der Bank noch schlimmer ausfallen als in der vorigen.
Generalmajor William R. Peers, Kommandeur der Vierten Infanteriedivision in Viet Nam, macht Anmerkungen zu den Kämpfen um Dakto im Mittleren Hochland. – Es hat keinen Zweck, mit ihm (dem Viet Cong) Mann gegen Mann zu kämpfen: Du stellst Fühlung her, und dann gibst du es ihm mit Artillerie und aus der Luft.
Es begann gestern vormittag. Aus dem Großen Zimmer war Marie beim Telefonieren zu hören. Sie antwortete wenig, es

klang jedes Mal wie ja. Ihr gehorsamer Ton war verblüffend. Dann war sie nicht mehr zu hören, jedoch auch nicht das Klikken der Unterbrechung. Als ich nachsah, stand sie mit dem Rücken zum Apparat und hielt den Hörer von sich weg ins Leere. Sie atmete auf, als sie ihn los war. In der Leitung war der Wählton. Sie hielt die Lider halb nach unten, sie knetete ihre Knöchel, sie probierte den Bericht. – Es war Karsch: sagte sie.

Dann war es doch nicht Karsch gewesen. Ein Fremder hatte nach ihm gefragt. Er war nicht in dieser Wohnung. Das wußte der Fremde. Er wußte nicht nur wo Karsch war, er versprach auch, daß er da bleiben werde, ausgenommen es träten 2.000 Dollar an seine Stelle. Eilig sei es auch. Er hatte Marie mit »Schwester« angeredet, genau wie sie sich die Umgangsformen der Mafia vorstellt. Was Kinder sich so ausdenken. Was Kinder so erzählen.

Marie verteidigte ihre Geschichte nicht. Sie ging an den grün bemalten Sekretär, den die Dänin uns hinterlassen hat, griff in die oberste Schublade zwischen die Pässe und holte das Reisegeld hervor und breitete es auf dem Tisch aus und begann es zu sortieren:

SFr. 187.00
£ 9/11/-
DM 15.00
Lire 40.000.

Die Geschichte nahm beim zweiten Erzählen nicht ab. Der Fremde wollte das Geld bar, in kleinzahligen Scheinen, bis heute abend. Einmal hatte er Karschs Stimme ans Mikrofon gelassen; sie klang etwas verwischt, wie auf einem Tonband. Also hatte Marie ihn gefragt nach dem Menu, das er vor acht Tagen im Restaurant der U.N.O. bestellt hatte, und er nannte es ihr genau bis auf die Kartoffeln aus Idaho. – Ich bin es wirklich: hatte er gesagt, und die näheren Anweisungen waren im späten Nachmittag zu erwarten. Der Fremde hatte von sich als »wir« gesprochen. Als ob Karsch mit einer Binde vor den Augen an einen Stuhl gefesselt säße, von erfahrenen Schießern bewacht. Was Kinder so für möglich halten.

Marie war auf alle Einwände geduldig eingegangen, aber mit

einer geschäftigen Miene, während sie planmäßig, ohne Umwege durch die Wohnung ging. Es war, als wollte sie durch eigenes Handeln die Zeitverschwendung der anderen aufwiegen. Sie nahm das Haushaltsgeld aus der Teedose im Küchenschrank und ordnete es neben den Devisen an. Dann brachte sie die Kassette mit ihren eigenen Ersparnissen. Insgesamt trug der Tisch schließlich etwa 450 Dollar, die ausländischen Scheine eingerechnet. Wo soll man an einem Sonntag in New York fremde Währung eintauschen!

– Flughafen Kennedy: sagte Marie. Sie hatte ein ganz kleines Gesicht bekommen. Sie war so besorgt, zumindest nicht sie hatte Zweifel an ihrer Geschichte. Zum Lachen war es zu spät, sie hätte es nicht einmal mehr als Beleidigung genommen, höchstens als Albernheit. Wir kennen niemand, der uns 1,550.00 Dollar leiht an einem Sonntag ohne zu fragen.
– D.E.: sagte Marie. Aber D.E. war an diesem Morgen außer Landes geflogen. Sie hatte es vergessen. Jetzt war sie dicht am Weinen. Dann hob sie den Kopf. Ihr Gesicht war wieder fest. Ihre grau und grünen Augen waren sehr groß inmitten der gesträubten Wimpern. Die Wimpern waren nur wenig feucht. Sie bat gar nicht um Glauben, sie bat um Eile. Welche Leute wo haben wie viel Geld zu Hause an einem Sonntag.

Dmitri Weiszand. 110. Straße, aber höchstens $ 30-40.
Amanda Williams, auch nur eine halbe Stunde entfernt. $ 90. Die Bank hat erst vor vier Tagen Gehalt gezahlt.
Mrs. Ferwalter, drei Blocks von hier. $ 9.00.
Mr. & Mrs. Faure. $ 12.00.
Mrs. Erichson. Drei Stunden, jenseits des Hudson: $ 700. Womöglich.

– Kannst du uns viel Geld geben, D.E.: sagte Marie am Telefon, gar nicht schüchtern, und sie nannte gleich die Zahl zweitausend. Denn D.E. hatte auch diesmal die Zeit seiner Abreise falsch angegeben, vorgeblich, damit Niemand ihn mit einem Abschied am Flugzeug belästigen konnte, das denken wir uns anders. D. E. machte Marie fast vergnügt. Sie antwortete ihm in einem knappen, mutwilligen Ton, mit D. E.s Hilfe sah sie

schon wieder Land in der Zukunft. Das hatte ich nicht gekonnt. Dreimal sagte sie noch ja, dann war das Gespräch vorüber. Sie brachte meinen Mantel, sie schob mich aus der Tür. Alle anderen glaubten es.
Es wurde nicht wirklicher durch D.E., nicht durch den Galopp der sonntäglich leeren Züge unter der Erde. Auch jemand wie D.E. wird man nicht an einem Feiertag einen persönlichen Scheck einlösen. Im Expreß der Westseite saß dicht nebeneinander eine Familie, Vater Mutter Sohn und Töchting, alle geschniegelt und gebürstet, dem Mädchen waren stramme Zöpfchen gedreht für den halben Tag in den Kinos der 42. Straße, das erschwinglichste Ausflugsvergnügen für Arbeitslose, für Neger. Die immerhin konnten glauben an ihr Ziel. Die Höhle unter dem Times Square war leer und still wie der Marktplatz einer kleinen Stadt. Beim Laufen zum Pendelzug half mir eine Gruppe Schulmädchen, nahm mir die Hälfte der erstaunten Blicke aus dem Nacken. Dann war es gar nicht erstaunlich gewesen, auch dieser Zug klappte unverzüglich mit den Türen, begann zu traben. In der Halle des Grand Central schienen alle Stadtstreicher und Polizisten aufzuwachen. Für einen Moment sah ich mich aus der Höhe des blauen Kuppelgewölbes, eine winzige Figur, die von der General Electric-Ecke her quer über eine Piazza läuft, in der Richtung abgeknickt durch den Achspunkt der Auskunftsbude, bis die Fahrtreppen sie hinauf in das Gebäude der PanAmerican wegziehen. Im Büro der New York Airways standen Briten mit Golfgepäck, abgeschabte alte Herren, die, bestürzt, Platz machten. Der Fahrstuhl stieß in die Höhe, als wollte er durchs sechzigste Stockwerk hindurch in den Himmel. Auf dem flachen Dach über den Dächern stritt sich der Meereswind mit den Böen, die die Rotorblätter des Hubschraubers verstreuten. Auch Auge in Auge mit dem Kopf des Chrysler-Gebäudes, 320 Meter über der Straße, fällt uns kein Vergleich ein für die halbrunden, einander überlagernden Scheiben; wie haben wir nur von unten an Zwiebelscheiben denken können? Das südliche Brooklyn war beerdigt unter immer gleichen quadratischen Flachdächern, jedes umgeben mit entlaubten Heckenstrichen. Der Atlantik im Süden häkelte zierliche Fransen an das Land, Arme hinter Deichen, von Dämmen geteilte Augen im Rücken von halben

Inseln, krumme schriftähnliche Zeichen im Moor. Über die Friedhofsfelder flitzte ein Streifen Sonnenlicht und blätterte die Grabsteine auf wie einen überschnell laufenden geheimen Film. Nach neun Minuten legte Kennedy International gefällig sich zurecht unter der Maschine. Angst war da nur um Marie. Wenn Karsch mit den Leuten von der Mafia spielen will, wozu muß er ihnen noch die Nummer unseres Telefons schenken! Hier an der äußeren südwestlichen Ecke von PanAm, sind wir verabredet. Wer das glaubt. Der vierte Hubschrauber, der im bockigen Wind angehüpft kam, war der vom Flughafen Newark. D. E. sah verkleidet aus unter seinem blauen Tuchhut, der saß ihm ganz oben auf dem Kopf wie zum Spaß. Aber er zeigte eine finstere Miene, er blickte reinweg drohend um sich. Zum ersten Mal sahen wir ihn aufgeregt, ratlos, besorgt. – Und danke dir für das ausgezeichnete Wetter: sagte D. E.

Soll ich es für dich erledigen, Gesine.
Nein, und danke fürs Fragen, D.E.
Ich möchte es jetzt wohl sagen.
Ich kann es besser glauben, wenn es nicht ausgesprochen ist, D.E.

Die ganze Zeit im Bus, bis zur Tür der S.A.S. erzählte er von Hindernissen unterwegs, nicht in seiner üblichen raschen, witzsüchtigen Art. Er sprach langsam, mit übellaunigen Pausen, zum Mitdenken im Schreibtempo. Die anderen Passagiere konnten es leicht für das Abschiedsgespräch eines gelangweilten Ehepaares halten. Auf dem Weg zum Flugplatz war er also bei Oscar, etwas Vergessenes holen. Oscar hat den »Kastenladen« an der Abzweigung, und wie er D. E. des öfteren Alkohol gegen das Gesetz am Sonntag verkauft hat, so wird er ihm Bargeld geliehen haben. D.E. hatte auch getankt »wo wir immer tanken«. Das ist ein anderer seiner Freunde, die ihm Geld für persönliche Schecks geben. Die Banknoten sind also unverdächtig. Seinen Wagen hatte er leider etwas ungeschickt geparkt vor dem Flughafen Newark, und er wünschte sich nichts, als daß jemand den da abholte. Auf dem Bürgersteig vor der Abfertigung der S.A.S. übergab D.E. einen Luftpostbrief zum Ein-

stecken, einen Ring mit Autoschlüsseln. Er kam nicht los ohne eine Umarmung. Er machte es nach der russischen Art, es war ein Zitat, aber er ließ sich mehr Zeit als ein Zitat braucht, mit beiden Armen um meine Schultern, für die eine Wange, für die andere, die eine noch einmal. – Paß auf das Kind auf! sagte D.E. mürrisch, bevor er davonzog, ein mächtiger Kerl, krumm vor Mangel an Reisefreude, ohne Verlangen nach Kopenhagen. Er sagt immer Kopenhagen, er sagt auch Reykjavik; es ist wohl eher Baffin Island, wenn nicht geradezu Grönland. Komm wieder, D.E. Gute Reise, D.E. Unter der Nummer SIX AUKS in Manhattan meldete sich niemand. Marie nahm erst nach dem fünften Klingeln ab. Da sprach sie wieder locker, ungeordnet, aufgeregt, wie ein Kind. – Ich werde bei der N.Y. Central Railway auf dich warten, dritter Schalter von links: sagte sie und setzte ein Klicken dahin, wo sie keine Antwort wollte. Die will mit, das werden wir ihr abmachen müssen. Der Hubschrauber, der nach Manhattan zurückflog, war spärlich besetzt. Gedeckt durch Lehnen zog ich die Klappe des Luftpostbriefs auf. Es waren eine Menge Scheine, alle unter 50 Dollar, die meisten so schmutzig, als seien damit Fußböden gewischt worden. Und es waren nicht zweitausend, es waren zweitausendvierhundert. So ist D. E., jedes Mal vom Guten zu viel.
– Das schicken wir uns mit der Post: sagte Marie in der Halle des Grand Central, ein etwas fahriges Kind, das Gesine über die Schulter sah, auch seitwärts nach Beobachtern suchte und am liebsten ein Auge im Rücken gehabt hätte. – In einem Luftpostumschlag, von New York 10017 nach New York 10025? sagte ich. Aber die Frage lenkte Marie nicht ab, sie sagte: Wenn ich dir die Adresse nicht sage, kannst du dir deinen Karsch sauer kochen: wie D. E. so richtig sagt.

– Du willst mich erpressen.
– Ich will mit.
– Sei doch tapfer.
– Ich kann nicht tapfer sein, allein zu Hause und warten. Mit dir, bei dir wäre ich ein bißchen tapferer. Das verspreche ich.
– Dann versprich mal.

Es hatte noch gar nicht viel gekostet: zwei Fahrten mit der

Ubahn, fünfzehn Dollar für den Flug an die Jamaica Bay, nun drei Dollar für das Taxi zum Luftbahnhof der Westseite, nun fünf Dollar für den Bus zum Flughafen Newark. In Newark schickten wir uns das überzählige Geld als Telegramm nach Hause. D. E.s. Bentley war anfangs sehr schwer zu lenken. Die erste Adresse war eine Kaffeestube in einem Service-Zentrum an der Nationalstraße 1, kurz hinter Elizabeth, New Jersey. Tatsächlich lag da ein Zettel im Telefonbuch. Von da an war es ein Zusammenschnitt aus allen letzten Dritteln von Entführerfilmen: sie schickten uns zurück nach Newark, sie wollten uns in Passaic haben, sie wünschten uns in East Orange zu sehen, wir sollten eine halbe Stunde vor dem Flughafen Newark parken. Nach einer Weile entschlossen sie sich, uns anzurufen an den Treffpunkten, in die sie uns bestellten. Die Treffpunkte wurden von Mal zu Mal schmutziger, düsterer, den Filmen ähnlicher. Sogar Marie begann sich zu langweilen. Die Herren entschuldigten sich geradezu; sie hatten ihren Augen nicht trauen mögen, als sie den Bentley kommen sahen. Sie wußten unseren Namen immer noch nicht. Aber morgen werden sie wissen, wem der Wagen gehört. Das ging bis in den frühen Abend. Unterdessen fragte Marie nach einer Taufe in Jerichow vor vierunddreißig Jahren und nach den Besonderheiten der portugiesischen Sprache, und tat obendrein, als höre sie der Erzählung zu. In Roselle Park sollten wir uns zeigen in einer Bar, in der weibliche Gäste auffielen. Der Barmann wischte nicht nur einen Tisch für uns ab, auch die Stühle. Von der Theke kamen in einem fort ungläubige, verwirrte Blicke. Da hingen die Herren in langer Reihe auf Hockern, breite, eigensinnige Hinterteile, denen unter der Aufmerksamkeit einer Dame mit Kind nicht wohl war. Da stand mal einer auf und stelzte zum Telefon, steif wie vom Reiten, da stellte mal einer sich schräg und hielt ein Auge auf uns, wir mochten mit ihm verabredet sein, es war nicht deutlich. Als der Barmann uns eine neue Adresse zuflüsterte und wir die Trinkanstalt verließen, sie schienen alle recht erleichtert. Im Aufstandsviertel von Newark stieg ein Herr auf die hintere Bank des Wagens. Er wollte nicht gleich glauben, daß er mit Marie verhandelt hatte. Dann nannte er sie ein »fast kid«. Wie übersetzt man das? Besser, er hätte nicht recht. Es war dunkel genug, er war nicht zu erkennen. Er sprach nicht Jargon, nicht einmal fehlerhaft. Auf einem Tonband hätten wir der Stimme angehört, daß der Sprecher von italienischen Eltern aufgezogen wurde; leibhaftig in unserem Nacken war die Stimme unauffällig, schwer merkbar, nachbarschaftlich eben. Der Herr war von Mr. Karsh beauftragt. Es war ein reelles Geschäft. Denn Mr. Karsh war keineswegs entführt worden. Er war auf eigenen Füßen und aus eigenem Willen dorthin gegangen, wo er jetzt war. Er sei nicht eigens eingeladen gewesen, und man habe ihn auf das Unhöfliche, nahezu Ungehörige seines Verhaltens aufmerksam gemacht. Herr Karsh habe darum gebeten, den unerfreulichen Eindruck gutmachen zu dürfen. Man habe Herrn Karsh einen Preis genannt. Herr Karsh habe den Preis akzeptiert. Es sei ein einmaliges Geschäft, wenn auch nicht ohne allseitiges Einvernehmen durchführbar.

– Haben Sie Ihrerseits Beschwerden, Lady?
– Nicht im mindesten: sagte Gesine.
– Und du, young lady?
– Ach wo: sagte Marie. – Aber ich wünschte, Sie würden sich beeilen. Ich muß morgen früh in die Schule.

Als der Mann auf dem Rücksitz die Scheine durchgezählt hatte, schob er sie in den Umschlag, bog die Klappe wieder ein und sagte: Nicht ganz.
– Was heißt hier nicht ganz! sagte Marie. Sie gab sich aufgebracht. Vorhin hatte sie noch am Ausgang des Unternehmens gezweifelt. Zweitausend Dollar schienen ihr ein zu geringer Preis für einen lebenden Menschen, und sie hat recht, branchenüblich sind solche Kleckerbeträge nicht. Jetzt zeigte sie bloß Wut über Untreue bei Abmachungen.
– Wir hatten Auslagen: sagte der Partner: Telefon. Benzin . . .
Das machte noch einmal dreizehn Dollar. Dann bekamen wir einen Sicherheitsschlüssel und eine Ortsbeschreibung. Der Ort war eine halb ausgebrannte Ladenzeile in Newark. Die Feuer des Aufstands hatten die Kunststoffblenden, die Ladenschilder, die Röhren und Tafeln der Reklame weggefressen, die Fassaden geschwärzt. Die Tür war die zu einer Frisierstube für Männer, zwischen einem Waschsalon mit Münzautomaten und

einem zerschlagenen Schnapsgeschäft. Der Schlüssel paßte. Unter der Feuchtigkeit des Abends war der Geruch der Asche und des angekohlten Holzes wieder aufgewacht. Innen war nichts mehr zu erkennen. Die Schritte trafen auf Glassplitter. Das Glas knackte wie von Fremden, als Marie nach draußen lief. Sie verläßt sich ganz und gar auf D. E.; wenn sie eine Taschenlampe braucht, wird er eine für sie haben. Als das Licht in seinem Wagen anging, schien dessen Umriß sich zu strecken vor Behaglichkeit. Das einzige fahrtüchtige Auto in der verlassenen Straße, es sah schutzlos aus, nicht schützbar. Mit D. E.s Taschenlampe kam Marie zurück. Sie fand die Tür zu einem rückwärtigen Raum. Hier waren die Fenster noch nicht kaputt, und die Luft war stickig von der überdrehten Heizung. Hier, in einem von zwei Friseursesseln, lag jemand, mit Gurten um Brust, Bauch und Beine angebunden. Sie hatten die Lehne bis zum Anschlag nach hinten gestellt und die Fußstützen angehoben. Es mochte nicht allzu unerträglich sein für jemand, der auf dem Rücken zu schlafen gewohnt wäre, wenn auch nicht für einen ganzen Tag. Es war eine von den Situationen, in denen ich mich für Momente nicht rühren kann. Es hilft nichts, daß ich weitergehen will. Der Mensch rührte sich nicht, und leise waren wir nicht hineingekommen. Marie in ihrer Wut sah sich gar nicht vor, als sie ihm die Binde von den Augen riß. Davon wachte Karsch auf.

Während der ganzen Fahrt zum Flughafen Newark und zum Busbahnhof in Manhattan war Karsch auf eine lächerliche Weise kleinlaut. Beim Abschied versuchte er sich zu entschuldigen. Das konnten wir nicht annehmen. Er versuchte sich zu bedanken. Das konnte Marie nicht annehmen.

– Für Sie hab ich es nicht getan! sagte Marie.

Jetzt ist es gegen elf Uhr am nächsten Morgen, und nun endet es. Jetzt sucht die Polizei von Newark nach D. E.s Wagen, den Frau Erichson gestern abend als vom Flughafen Newark gestohlen gemeldet hat. Am Flughafen wird die Polizei nicht gleich anfangs suchen.

Jetzt kommt der Anruf von Karsch aus London. Karsch spricht aus einem Hotel an der Gloucester Road, wenige Schritte von dem Bahnhof, durch den die Linie nach Richmond-upon-Thames geht. Da wäre nicht nur Karsch in Sicherheit.

Jetzt kommt der Chauffeur der Italienischen Delegation und verhandelt mit Amanda über eine Begegnung mit Mrs. Cresspahl von Auge zu Auge. Wieder läßt er sich nicht anmerken, daß er in ganz andere Häuser zu kommen gewohnt ist. Er deutet Wiedererkennen nicht an. Vor lauter förmlichem Benehmen ist er sich selbst im Wege. Er hält die Mütze in der Gegend des Herzens unter den Arm geklemmt, nun kann er mit der anderen Hand nur mühsam den feierlichen Umschlag aus der linken Tasche holen. Amanda draußen, an ihrem seitlich gestellten Maschinentisch, kann den Auftritt gut verfolgen. Sie zwinkert vor Belustigung. Der Umschlag enthält einen persönlichen Scheck Dr. Pompas über zweitausend Dollar und keine Hundertstel mehr. Schulden haben die Herren nicht gerne.
Jetzt rückt die Uhr im Handelsministerium zu Washington, die alle vierzehneinhalb Sekunden einen neuen Bürger der U.S.A. dazuzählt, einen Schritt weiter. Jetzt sind es 200 Millionen.

21. November, 1967 Dienstag

Die New York Times lobt die Reaktion der nationalen Geldmärkte auf die britische Währungskrise; sie spricht von einem kaltblütigen und geordneten Verhalten. Die größte Bank Chicagos hat ihren Minimalzins um ein halbes auf 6 Prozent angehoben.
Gestern war es doch nicht 11 Uhr, als die Uhr in Washington den zweihundertmillionsten Bürger der U.S.A. zählte. Damit der Präsident es sehen konnte, wurde die Anzeige um drei Minuten verzögert. Die Ziffer ist ohnehin überholt. Schon 1960 sind mindestens 5,7 Prozent verpaßt worden; die Gruppe der Neger wahrscheinlich um neuneinhalb Prozent. Vorsorglich weist die New York Times auch auf die 790 Millionen Festlandschinesen hin.
Es war also der Tag von Potsdam, der 21. März 1933, ein Dienstag, an dem ein Irrer namens Hitler von einem alten Feldmarschall das Deutsche Reich in demütiger Verbeugung entgegennahm, an dem Cresspahl zurückkam nach Richmond

im Süden Londons. Der Narr. Hoffentlich begriff er den Abschied auf den ersten Schritt.

– Es ist nicht vorgesehen, daß man seinen Vater beschimpft: sagt Marie.
– Du hast Richmond gesehen.
– Ich fand es nicht aufregend: sagt Marie.

Wir haben es gesehen. Es war ein November in London. Was wissen wir noch? Wir kamen aus Genf, und Marie ließ sich so ablenken von der Befriedigung, wieder unter Leuten mit englischer Sprache zu sein, daß sie auf Heathrow versuchte, den Bus zum Air Terminal auf der rechten Seite zu besteigen. Man hat es ihr dann erklärt. In der Stadt haben wir den Bahnhof Victoria abgesucht nach der Stelle, an der Lisbeth Cresspahl im Januar 1933 zum letzten Mal mit einem englischen Gepäckträger verhandelte. D. E. machte sich erbötig, Auskunft bei der Verwaltung des Bahnhofs einzuholen, und war schon auf dem Weg, als wir ihn zurückriefen. Ich wollte es so genau nicht wissen. Wir haben im ersten (im zweiten) Stock der Station zu Mittag gegessen, und D. E. versuchte das Richtige zu treffen, indem er Marie wegzog in ein Gespräch über das britische Münzsystem. Ich hatte alle Ruhe, in jenem Speisesaal nach meiner Mutter zu suchen, und fand sie nicht. Was wissen wir noch? Marie verglich die Ubahn von London mit der, die sie für ihre eigene ansieht. Ihr gingen die Rolltreppen zu tief unter die Erde, und in den Zügen fühlte sie sich eingesperrt, weil ihnen die Tunnelwölbung so dicht auf dem Dach saß. Am zweiten Abend kam D. E. angeflogen von seinem brüsseler Radarkongreß und quartierte uns um in eine von seinen Herbergen, eine amerikanische. Dort haben wir Herrn Anselm Kristlein zum ersten Mal von Angesicht gesehen. Von den britischen Unterkünften für ärmere Fremde haben wir noch lange gedacht: das machen die Leute aber nur, wenn die Königin nicht in der Stadt ist; die könnte doch sonst keine Nacht ruhig schlafen! Aber die Königin war zu Hause.
Wir fuhren nach Richmond mit der Linie District, anfangs in einem offenen Steinkanal, neben bräunlich eingestaubten Leitungen her, die aussahen wie in Ruhe vor sechzig Jahren ver-

legt und nicht notdürftig geflickt nach einem Bombenangriff der Deutschen. Dann kam das Licht über der Erde in den Zug, schwarz und braun gestochen in den Farben des hiesigen November. Die Hochhäuser waren zum Wegdenken, die hatten meine Eltern nicht gesehen. Neben den wechselnden Bildern in den Fenstern reisten stur die Plakate mit, auf denen die Banken Barclay und Midland einen formvollen Krieg gegen einander austrugen, mit eben noch sittlichen Versprechungen. Waren da Kähne auf der Themse? da war Nebel. Ich könnte die Kette der Stationen auswendig wissen: Ravenscourt Park, Stamford Brook, Turnham Green, Gunnersbury, Kew Gardens, Richmond, und zurück nach Upminster. Statt dessen mußte ich in Richmond einen Straßenplan kaufen; ich wußte nicht einmal, ob Cresspahl vor dem Bahnhof sich nach links oder rechts gewandt hatte. Die Frau in ihrem Kiosk sagte zu mir: Meine Liebe. Cresspahl war nach links gegangen, über die Eisenbahnbrücke auf den Quadrant, dann in die Sheen Road, womöglich durch die Abkürzung von Waterloo Place, vorbei an den sparsamen alten Steinhütten, wo er seinen Tod hätte abwarten können. Lisbeth Cresspahl hätte warten können in einem der Häuschen an der Sheen Road, alle gleicher Maßen zweistöckig mit dem gleichen zweifenstrigen Erkervorbau, der ein Dach für sich allein braucht; zur Not könnten wir sie finden im Altersheim von William Hickey, kurz bevor die Manor Road abzweigt nach links und dahin, wo ihr Mann früher eine Werkstatt hatte. Cresspahl ist nicht älter geworden als vierundsiebzig, das wissen wir; sie aber hätte hier überlebt, und in eine jener roten Säulen mit dem Topfdeckel ohne Henkel könnte sie noch heute Briefe einwerfen nach New York: Liebe Tochter.

Die Engländer hätten uns recht bald hinter Stacheldraht gesetzt, liebe Tochter.

Es wäre doch nur für sieben Jahre gewesen.

Als sie Herrn Mayer zum zweiten Mal in die Internierung holten, entschuldigte er sich für einen Augenblick ins Nebenzimmer und

Ich will das nicht hören.

Nur weil ich es getan habe?

Hättest du es auch in Richmond getan, wegen weniger Jahre in einem Ausländerlager?

So weit bin ich in meinem Leben nicht gekommen, Tochter. Das kann ich nicht wissen, und nicht versprechen.

Wir machten die Reise nicht allein, sondern mit D. E., und anfangs verwandelte er den Ausflug in eine gründliche Besichtigung von Richmond, führte uns um den Green, zur Maids of Honour Row, zum Alten Palast und zum Ham House, lauter vornehmen Gegenständen, reserviert für Adel und Bildung, denen meine Eltern aus dem Wege gegangen wären. Dann gab er sich mit den bürgerlichen Teilen der Stadt zufrieden. Er sprach seine Fragen nicht aus; er musterte mich von der Seite, als wisse ich insgeheim Bescheid über das Restaurant im Tower House an der Brücke, das so verwittert war, als sei es schon vor fünfunddreißig Jahren kein Platz für Gäste gewesen, geschweige denn für meine Mutter. Auf der Promenade ging er mit Marie vor mir her, beide mit einander beschäftigt Hand in Hand; er wandte sich halb um, als vergewissere er sich bloß meines Weitergehens. Es ist möglich, hier ist sie gegangen im Winter 1932, vorsichtig mit ihrem schweren Bauch zwischen den aufgeregten Kindern, die der Arbeit eines Tauchers zusahen. Die Promenade war ganz leer, alles Buschwerk kahl. Das Kaufhaus Gosling gab es noch, Ecke King Street. Das Kaufhaus der Gebrüder Wright hatte die selbe Telefonnummer wie damals: Richmond 3601. An Shorts Greyhound-Restaurant wäre ich lieber vorbeigegangen; aber D. E. hatte sich die Adresse 24 George Street empfehlen lassen. Alle Ansichtskarten von Richmond zeigten sommerliche Zustände: Fliederwolken an der Dampferbrücke, aufquellende Klumpen Laub vor den herrschaftlichen Häusern an der Wasserseite der Hill Street, alte Leute in Liegestühlen auf besonntem Uferrasen an einer grünlichen Themse, sonntägliches Gewimmel auf der anderen Seite um den zirkusbunten Bau des Castle-Restaurants, das in Wirklichkeit kahl im Wind gestanden hatte, fröstelnd zusammengezogen unter seinen fadenscheinigen Farben. Das alles habe ich nicht gesehen. Marie weiß von Richmond am besten ein großes scheunenhaftes Puppenhaus in einem Laden Ecke Paradise Street und Kirchweg, und D. E. ließ sich nicht gern abhalten, es für viele Pfund, für 220 Dollar nach Amerika zu kaufen. Überall die Einheimischen hielten uns für Touristen der U.S.A. Am Schaufenster eines chinesischen Restaurants in der Sheen Road saßen zwei bejahrte Rentnerinnen und neckten sich behaglich mit dem Besitzer, der einen zweijährigen Jungen auf der Hüfte trug. Womöglich hätte sie auf ihre alten Tage noch fernöstliche Küche versucht. So, und am Ende doch mit Freundinnen in Richmond, hätte sie am Fenster sitzen können und den Tag verwarten. Und sie hätte gelernt, das Wort Tee als »Tai« auszusprechen. Es wäre vielleicht doch gegangen mit der Parish Church. Solche roten Knie hätte ich bekommen von dem unentwegten Flußwind, wie alle Mädchen, die auf dem Weg in die Stadt waren, noch im Winter in Kniestrümpfen. Ich wäre jemand anders, bis auf den Namen. Ich wäre nicht deutsch; ich würde von den Deutschen sprechen in einem fremden und entfernten Plural. Ich hätte die Schulden einer anderen Nation. Anfangs war es schwer zu erkennen. Denn in der Manor Road konnte die Werkstatt von Reggie Pascal nicht gewesen sein. Bis zur Eisenbahn langweilten sich Einfamilienhäuser hinter säuberlich getrennten Vorgärten, kaum aufgeschreckt von durchfahrenden Autos. Vor den Gleisen war die Straße gesperrt durch Maschendrahtgitter mit großen roten Kreisen in der Mitte, die aufgingen und zuklappten wie eine Falle. Für die Fußgänger war eine schmale Brücke über die Bahn gehängt, und von da war es zu sehen. Reggie Pascals Werkstatt konnte gestanden haben in dem Dreieck Bodens, das die Linien District und Southern zusammen mit der Manor Road einzäunen, gegenüber der Gasanstalt. Vielleicht ist alles Frühere abgerissen. Als Cresspahl das Geschäft aufgab, haben sie die alten Häuser und Höfe abgerissen, da wo jetzt die Baltic Timber Company hartes und weiches Holz verkauft, auch nach einzelnen Metern, Anfragen willkommen. Wäre ich hier aufgewachsen, so in den Gerüchen von Holz und Gas, die nicht zusammenfließen, mit jedem an seinem Ort. Noch mit fünfzehn Jahren wäre ich neidisch gewesen auf die Leute, die in dem winzigen »Railway Cottage« auf der anderen Seite der Bahn wohnen durften. Dies wäre eine meiner zähesten Erinnerungen gewesen: auf der Brücke über der Southern-Eisenbahn stehen, über den rasselnden Zügen, freundlich auf die Wagendächer spucken. Ich käme zurück und müßte jedes Mal suchen nach dem Kessel des Gaswerks, der dem Kind so ungeheuer erschienen ist. Sie haben ihn inzwischen angestrichen. Ich käme zurück auf den Friedhof Sheen, der im Norden viel Grasland hat. Da wäre noch Platz gewesen in dem weißen Geflacker der sehr dünn ausgesägten Kreuze und Figuren. Wären sie hier gestorben, hier könnte ich meinen Eltern Besuche abstatten. Hätten sie hier gelebt, wir wären im Leben länger zusammen gewesen.

– Ich fand Richmond nicht aufregend: sagt Marie.

22. November, 1967 Mittwoch

Der Oberbefehlshaber der U.S.A. in Viet Nam, General William C. Westmoreland, hat dem Viet Cong ein stetiges Abnehmen der Kampfkraft vorausgesagt, mochte aber keinen militärischen Sieg »im klassischen Sinne« ankündigen; in der Schlacht um Höhe 875 bei Dakto hat er seit Anfang November 239 Mann verloren, die Nordvietnamesen (geschätzt:) 1181. Und Mr. George Stroup in Tulsa, Oklahoma, hat seinen Sohn enterbt, weil er sich der Einziehung zum Krieg verweigerte; am liebsten soll der Bengel nun auch einen anderen Namen führen als den, den der Vater sich als Kampfflieger des II. Weltkrieges gemacht hat.
Im Osten von Denver haben Hippies ein Haus und nennen es »Provo« und wollen so andeuten, daß sie das Establishment herausfordern. Dort hat Carol Metherd, 24, ihrem zweijährigen Sohn William das Herz aus dem Leibe geschnitten und eine Saftflasche mit abgebrochenem Hals in die Höhlung gesteckt. Vermutlich steht sie unter der Wirkung von Drogen; sie sagt nichts, starrt an die Wand.
Eine Reise mit D. E. läuft wie auf Gleisen, auch die nach England und Irland und zurück nach Hause in einem Jahr vor diesem. Gib ihm deine Flugscheine, er wird sie nachrechnen, und es ist vorgekommen, daß eine Firma zwei Dollar wieder rausrücken mußte. Laß Marie etwas sagen über einen Abend im »Regenbogen« im 65. Stock in New York, und am nächsten

Mittag findet sie sich hoch über London im Restaurant des Fernmeldeturms und ahnt es noch nicht am Fuß des Gebäudes. Das Kind zieht Überraschungen vor. Als Marie noch beschäftigt war mit ihren Freunden in Süd-London, kam das Frühstücksgespräch auf Cresspahls Zeit in den Niederlanden, und drei Stunden später gingen wir an der Brouwersgracht von Amsterdam spazieren; und waren kein Mal eilig gewesen; und bezahlt hatte er nicht mit seiner Blauen Karte, sondern mit der Umschreibung von Tickets, die nur eine recht großzügige Umschreibung vertrugen. Sag etwas über ein Hotel in der Nähe des Stephen Green, von dem du Namen und Straße vergessen hast, und da in Dublin waren wir alle am nächsten Morgen, und der Hausdiener begrüßte ihn mit namentlicher Anrede. Er gibt Trinkgelder, jedoch so hohe nicht. So sind wir durch Irland gereist, und immer waren die Koffer am Bahnhof, standen die Züge fahrbereit, warteten die Taxis vor den Türen. D. E.s Verfahren ist nicht einmal teuer. Er nimmt keinen Mietwagen, um uns von Cork nach Cobh zu bringen; er benutzt gewiß die kleine Eisenbahn, die oberhalb des Flusses Lee zum Überseehafen zockelt; es ist nur, er weiß, daß sie da aufgebaut ist und wann sie fährt. (Damals war ein Ausländer verschwunden, und der Korrespondent der New York Times schilderte nicht nur die Suchaktion unter Führung des detective Thomas Shean, sondern auch den Lee, »which provides a scene of romantic beauty«.) In Limerick hatten wir den dritten Vormittag frei, und D. E. fuhr uns zu einem Ort namens Kilkee, der um einen grünen Hafenbeutel Atlantik herumgebaut ist, und doch waren wir früh genug auf dem Flughafen Shannon, daß er beim Mittagessen Zeit hatte für seine zwei Flaschen Wein und ein Gespräch mit einem Zollbeamten über die Aussichten für einen Dritten Weltkrieg (der Mann hätte gern gewettet). Dann stiegen wir in die Luft, und die Maschine war tatsächlich eine D. C.-8, und außer uns waren nur fünf Passagiere an Bord, so hätte ein Absturz ja nicht sich gelohnt, und neun Stunden später waren wir zu Hause. Marie gefällt seine Art, für andere zu sorgen. Ein Anderer, und mögen ihm noch die unausgesprochenen Wünsche erfüllt werden mit solchen Tricks, würde doch lieber zusehen dürfen wie es gemacht wird.

In Richmond in der Hauptpost verlangte ich ein Formular für

ein Auslandstelegramm und setzte mich an einen der Tische zur George Street hin und wußte dann keine Nachricht aufzuschreiben und keinen Empfänger dafür. D. E. nimmt solche Zwischenfälle lediglich wahr. Es ist ein einziger Blick, kaum spürbar, weil er sich gleich in eine gelassene, versonnene Haltung abgewandt hat. Jedoch will er dann verstecken, daß er betrübt ist. In solchen Momenten sieht er in mir nicht die Person, mit der er leben will, sondern eine, die womöglich bedroht ist vom Verrücktwerden. Und will mit mir leben.

Schreib es doch, Gesine.
Mijnheer Hendrik Cresspahl, Amsterdam 1925?
Schreib es doch.
Dann gäbe es einen Beweis gegen mich, D. E.
Vor Beweisen werde ich dich schützen.

Es ist nicht sein Wille, den er durchsetzt; es ist, was ich ausgesprochen habe. Wir leben zusammen, jeder an seinem Ort, und wiederum hat er es verwandelt in ein Arrangement, in dem mehr durchschlägt von seinem Bedürfnis nach perfekten Lösungen als von meinem Mißtrauen vor der endgültigen Regelung: das als locker Geplante ist fest geworden, und er wäre obendrein imstande, mir das Gegenteil vor Augen zu führen. Allerdings macht er Vorschläge. Ein Vorschlag war der Ausflug nach Kilkee, jenem Hufeisen aus meist ebenerdigen Häusern mit eher ländlichen Fassaden um einen Fleck gefangenen Meeres, mit ein zwei Saisonhotels, ein niedriges Dorf in der Nachbarschaft des immerwährenden Windes, Europa im Rücken, im Gesicht den Atlantik bis zur Küste Amerikas. Im westlichen Ende des Hufeisens, in der Marine Parade, stand ein Haus leer hinter seinem bürgerlichen Aufgang, proper gebaute Wände um fünf Zimmer herum, gegen die volle Gewalt der Stürme geschützt durch die Duggerna-Felsen. Für D. E. war es möglich. Er konnte es nicht nur bezahlen, ihm würde es gelingen, das Haus bis zum nächsten Jahr zu verwandeln in ein System von Maschinen, die die Bewohner rundum bedienen; bei unserem Einzug hätten zumindest die Handwerker im Ort freundlich von uns gesprochen. Zum Flughafen Shannon wäre es eine dreiviertel Stunde gewesen, da hätte ich einmal in acht Wochen gewartet, eine Ehefrau, zu der der Mann von der Arbeit kommt. Marie hätte sich an eine Schule in Limerick gewöhnt. Der Ort ist still im Herbst, im Winter, im Frühjahr; da wohnen noch nicht einmal anderthalb Tausend Leute. Von der Badestelle New-found-out, einer grasigen Stelle, von der aus man 14 Meter tief ins Meer hinunterspringen kann, zieht ein Weg über die Felsen, vorbei an der Bucht, in der im Januar 1836 die »Intrinsic« Bruch machte, zum Berg Look-Out, 61 Meter über dem Meere. Da würden die Jahreszeiten mich wieder die Veränderungen der Wasserfarben lehren. Im Winter wären die Nächte sehr hoch und schwarz. Vom nächtlichen Spaziergang, durchgefroren käme ich zurück wie in Cresspahls Haus. Die Städte wären sehr weit; fast die Welt. Das glaubt D. E.: ich brauche ein eigenes Haus. Er sprach die Frage nicht aus: wir hatten vor dem Weiterfliegen einen letzten Ausflug unternommen. Sicherlich hat er aufbewahrt, wie die Immobilienmakler heißen im County Clare in Irland, und über welche Telefonlinien er mit ihnen sprechen kann; vielleicht wartet er noch.

So (und ich müßte nur versprechen es sei mein Wunsch) würde er uns am Riverside Drive eine Wohnung von acht Zimmern finden, und zwar auf der Seite des Hudson und nämlich in den oberen Stockwerken, und dafür bezahlen, notfalls mit den Gewohnheiten von Frau Erichson. Er ist rasch bei der Hand mit seinem Geld, das doch verkaufte Arbeit ist, in einer ganz unschmerzlichen Art, jedoch nicht unbedenklich. Als Marie nach der Ermordung des Präsidenten Kennedy nicht in den Alltag zurückfinden konnte, nahm er sie von einem Mittagstisch weg auf ein Pendelflugzeug nach Washington und kam zurück mit einem besänftigten Kind, das nun wenigstens das Grab gesehen hatte. In einem seiner Antiquariatskataloge, die die D.D.R. ihm zuschickt, sah ich die Nachbildung einer Landkarte, in der Jerichow eingezeichnet war als ein Kirchturm und Marke für die Schiffahrt, und bat sie mir aus; mir hätte die graue Kopie genügt, D. E. aber brachte später das Original an, buntes Mittelalter für viele Dollars an unsere Wand. Es sind keine Geschenke. Er gibt das Geschenkte mit der Bedingung, es müsse mit ihm, in seiner Gesellschaft verbraucht und benutzt werden.

Er wünscht sich, »mit uns zu leben«. Wir haben nicht einmal

die Herkunft noch gemein. Seine Vergangenheit, die Leute und das Land, Schusting Brand und Wendisch Burg, achtet er gar nicht für Wirklichkeit. Er hat seine Erinnerung umgesetzt in Wissen. Sein Leben mit anderen in Mecklenburg vor doch nur vierzehn Jahren, es ist weggeräumt wie in ein Archiv, in dem er die Biographien von Personen wie Städten fortführt auf den neuesten Stand oder nach Todesfällen versiegelt. Gewiß, es ist alles noch vorhanden, beliebig abrufbar, nur nicht lebendig. Damit lebt er nicht mehr. Er war wenige Jahre in den Staaten, er benutzte in seinen Vorlesungen die vier Punkte für das Verhältniszeichen statt der deutschen zwei, den Schrägstrich statt des waagerechten für Divisionen, als sei er damit in Wendisch Burg gefüttert worden, und schrieb er an die Tafel, fielen seine Druckbuchstaben in der hiesigen Art aus, flüssige, anonyme Charaktere. Er ist kein guter Lehrer. Sein Vortrag täuschte die Studenten durch den plaudernden Ton; wer da statt mitzudenken mitschrieb, er war verloren. D. E. hatte nicht Lust, sich auf mehr einzulassen als die Mitteilung, daß dies das bekannte Maß der Kenntnisse von der Physik sei, mit dem unausgesprochenen Zusatz: daran sei vorläufig nichts zu ändern. Rückfragen, Langsamkeit seiner Schüler ertrug er mit guter Miene, gab sich auch hilfsbereit; die Verzögerung schmerzte ihn doch. Übrigens hatte er während der Vorlesung vergessen, daß ein Gast unter den Studenten saß; er mußte sich zurückdenken zu mir, obwohl er mich erkannt hatte. Auf dem College wurde er respektiert, befreundet war er mit zwei drei Begabten, die ihn noch in der Mensa im Privatissimum auszunehmen dachten. In seinem Fach ist ihm am wohlsten unter seinesgleichen. Seinesgleichen sind einander nicht nur ebenbürtig in fachlichem Wissen und Denken, ob exempli gratia D.E.s Horchstationen in Alaska und auf Grönland noch für andere Arbeit bestimmt seien als defensive: Die lassen sich einräumen, daß eine Opposition bestehe zwischen dem Waffensystem der U.S.A. und der U.d.S.S.R., und danach ist seinesgleichen nicht mehr anfällig für moralische Störversuche. Eine Gelegenheit mit Moral war eines der wenigen Male, bei denen D. E. aus seiner Haut zu fahren versuchte. Er schrie nicht geradezu, immerhin war seine Redeweise böse, hochmütig. Er wollte Verachtung ausdrücken. Nach seiner Auffassung ist die Moral ein Geschäft für die Verwalter der Macht, die sie im Munde führen, und nicht zu besorgen von ihren Abhängigen, deren Gewerbe das Überleben sei. Wer nicht sichtbar an der Defensive arbeite, und sei es in der Bäckerei seines Heerlagers, arbeite für die Defensive; die Distanz sei rein subjektiv, objektiv unerheblich. Dennoch sind seinesgleichen imstande, am Beispiel des Atomspions Klaus Fuchs nicht vom Phänomen der Loyalität zu sprechen, sondern die psychologischen Knoten des Verräters zu erörtern. Im übrigen vertrauen sie auf die schöne Gewißheit, daß Keiner von ihnen einst behandelt wird als ein Kriegsverbrecher, und Jeder als ein Spezialist; das macht unbefangen. Gleichzeitig: alle Freunde, die D. E. in seinem Fach hat, sie sind interessiert an der Sache mit dem Sozialismus. Es ist für sie eine theoretische Übung, das Spiel mit einer nicht verfügbaren Alternative; davon die Wurzeln sind nicht biographisch. Sicherlich gibt es unter denen Ehen, die geschlossen wurden zu der Zeit, in der jugendliche Wissenschaftler in eine Partei treten; gewiß hat D. E. seine Veranstaltungen für jene Ingrid Babendererde nicht nur in Schlußfolgerungen, auch in Gefühlen ausgewertet; im Grunde jedoch wünschen sie abstrakt, es werde ihnen eine vollkommene Revolution übergeben, human in der Ausführung, humanistisch in der Auswirkung. Es gibt sich rational als das Verlangen nach etwas Drittem, es ist ähnlich sentimental wie das Unternehmen dreier dieser Freunde, das sich auf das vorhandene Zweite richtete: ein Jahr lang teilten sie die Memoiren unter sich auf, die die Überlebenden der Stalinschen Straflager geschrieben haben, nur um herauszufinden, ob die sowjetische Geheimpolizei die Schauspielerin Carola Neher selbst umgebracht hat oder das von Hitlers Geheimer Staatspolizei besorgen ließ. Sie wünschten ihr Verhältnis zu gewissen Behauptungen und einem gewissen Schweigen des Dichters Brecht genauer einzustellen. Der Club der Carola Neher. Der eine war ein Däne. Der andere lebt in England, Prof. Dr. Dr. Harry Wittenberg, aus einer jüdischen Familie, die 1934 aus dem Deutschland der Nazis floh; der in D. E.s Testament genannt ist. Es ist eine Haltung, die längst auf den individuellen Protest verzichtet hat und damit auf eine grundlegende Veränderung der Verhältnisse; sie kann von ihren Beweisen

prächtig leben und ähnelt doch dem, was früher »kleinbürgerliches« Denken hieß, was D. E. mir im Scherz nachsagt.
Er tut es im Scherz. Er nimmt sich nicht heraus, mich zu kennen. Wenn ich etwas tue, das er für mir eigenartig hält, er lächelt und erkennt etwas wieder, jedoch tut er es offen. Er steckt nicht Beobachtetes heimlich weg. Wenn er von mir sich ein Bild gemacht hat, so von kaum mehr als meinen Bedürfnissen (wie er sie versteht). Er zeigt Vieles, das ist erträglich, davon das meiste ist erheiternd. Er spricht nicht mit Marie über ihren Vater, nicht einmal mit mir; jedoch weiß er alles, was über Briefwechsel mit Freunden in Mecklenburg aus Jakobs Leben zu erfahren ist. Er trinkt für siebzig Dollar im Monat, jawohl, und wem das mißfällt, der vermöchte es nicht; und wenn er allein ist dabei, bestraft er sich und stellt seinen Beaujolais kalt. Auch er hat seine ureigenen Vorurteile und bringt sie vor wie sorgfältige Beobachtungen oder unbezweifelbares Wissen, so nennt er die D.C.-8 das tüchtigste Flugzeug von allen und weiß vom Fliegen doch nicht mehr, als man für die Lizenz zum Führen eines einmotorigen Propellerflugzeugs benötigt. Er macht das hiesige Spiel mit, in dem Jeder sein Geld zeigen soll, er zeigt ein Haus, er zeigt einen Bentley; aber das Haus erwirbt er auf Raten, das Auto ist aus zweiter Hand und die Fliegerei betreibt er mit geliehenen Maschinen. Alle Zeit genießt er es, die Nachbarn über die Ersparnisse zu täuschen. Er benimmt sich gleichmäßig; er gerät nicht in Wut. Aus seinen Besuchen bei uns hat er keine Gewohnheitsrechte abgezogen; er kommt wie ein Gast. Er ist nicht eifersüchtig; nur was in meinem Denken passiert, das wüßte er gern allein, oder doch als Erster. Vieles weiß er allein. Was will er noch? Kann er nicht sich ausruhen auf seinen berühmten Liebschaften, und möchte bequem zu einer Familie kommen, in der schon ein Kind ist, und gleich eins, das ihn schon versteht? Er sagt: Nein. Soll ich in aller Muße, von ihm finanziert, machen was er nicht kann: ein Leben für nur eine Person? Er würde antworten: Meinetwegen. Er würde mir sogar die Schaustellerei ersparen, das social life. Er will von mir nicht einmal Kinder. Geriete ich bei ihm in einen Käfig, er wäre nach meinen Maßen und nach meinen Angaben gefertigt, bis zu den beliebigen Konten und Kreditkarten. Nur, wozu braucht er Jemanden zum Leben?

Marie ertrüge es. Sie hielte es aus mit ihm in einer Wohnung, in einem Haus. Auf der Themsepromenade bei Richmond gingen sie vor mir her wie immer, ganz ohne Sorgen nebeneinander. Sie war nicht nur stolz auf den schwarzen Mantel mit dem Pelzkragen, den er ihr an der Regent Street gekauft hatte; sie war außer dem zufrieden, in der Gesellschaft dieses eleganten Herrn gesehen zu werden. Sie lachten in ihrem Gespräch, und allein in Maries Kopfwendung zu ihm ist genußvolle Neckerei. Marie hielt beim Gehen die Hände auf dem Rücken, weil er es so machte. Das glaube ich. Das andere glaube ich nicht.
Heute hat D. E. sich gemeldet aus dem Norden, in einer sonderbar geräumigen Leitung, die seine Stimme ins Zimmer brachte wie anwesend. Er ist in einer anderen Zeit, und dennoch hat er genau die Viertelstunde erwischt, in der unser Haushalt zu Bett gebracht ist, aber noch nicht Marie. Er ließ sich Zeit. Er vertrödelte das Gespräch mit Erkundigen nach Karsch und dem Wetter, und dem Abhördienst wird kaum aufgefallen sein, daß wir gegen Ende der Verbindung ausgeschimpft wurden. Es war falsch, daß der Diebstahl seines Wagens der Polizei von Newark gemeldet wurde, weil die Nummernschilder falsch waren, offenbar da ausgewechselt »wo wir immer tanken«. – Happy Thanksgiving: sagt D. E. freundlich, und hat uns für den Feiertag eine Reise zu einer Tankstelle jenseits des Hudson verordnet. Marie, die das Gespräch beendet, kommt mit der Belehrung, daß man ebenso richtig sagen könne »Amen« wie »over and out«, mit Gott wie den Menschen im Funksprechverkehr. Er hat ihr wieder etwas beigebracht, und dazu, daß sie es nur mit ihm benutzen kann.
Es ist wahr, wir haben den Wagen nicht angesehen auf die Kennzeichen. Es ist wahr, daß die Mafia Freunde in der Polizei von New Jersey hat. Es ist wahr, er hat wiederum an alles gedacht, und wir haben seine Neunmalklugheit bezweifelt. Alles ist wahr, und es ist fast nicht erträglich.
Die Regierung gibt endlich bekannt, daß sie für die Demonstrationen im vorigen Monat in Wahrheit 25 000 Soldaten bereit hielt, um Unruhen in den Slums des Regierungsbezirks zu verhindern. Nicht nur die Truppen sollten die Leute von den Straßen räumen, es waren auch riesige Planierraupen für diesen Zweck bereitgestellt.

Es ist der vierte Donnerstag im November, nach dem Gesetz Thanksgiving Day, zum 327. Male in den U.S.A. Aber wir hatten zu tun in New Jersey und fuhren eilig hindurch unter den Straßen, auf denen das Kaufhaus Macy seine Parade von der 77. Straße am Central Park West zum Herald Square schickte wie alljährlich, mächtig aufgeblasene Figuren der hiesigen Folklore, von der Ente Donald bis zum Bären Smokey, gehalten und geschwenkt von Kindern in Pierrotkostümen, begleitet von wild begeisterter Musik, um auf diese Weise Gott, dem Herrn, zu danken. Die Mafia war offenbar noch benommen von dem gestrigen Überfall der Steuerbehörde auf eine Telefonzentrale in Brooklyn, wo »Butch«, Joseph Musumeci, unter dem Schutz von »Baby Knall«, Albert Gallo, Wetten auf die Ergebnisse im Fußball, Baseball und in den Pferderennen New Yorks entgegennahm, mit einem geschätzten Umsatz von 11 Millionen Dollar im Jahr. Nun stehen die Beteiligten unter der Anklage, den Erwerb einer Bundesspielsteuermarke zu fünfzig Dollar unterlassen zu haben, und am Flughafen von Newark stand nicht angetastet D. E.s Wagen mit tatsächlich falschem Nummernschild, etwas schmutziger und noch naß vom Regen heute morgen. Und weder Karschs Geschäftspartner noch die ehrenwerte Polizei des Staates New Jersey trat uns in den Weg zu der Benzinstation »wo wir immer tanken«. Wir wurden erwartet von einem alten Mechaniker, der unentwegt mit zwei Lappen seine schaufligen schwarzen Hände polierte und uns doch keine davon reichte. Am meisten lag ihm daran, daß wir ihm nichts erklärten; auch ließ er sich nicht zusehen. Nach einer Viertelstunde fuhr er den Bentley mit D. E.s echtem unverletzlichem Kennzeichen wieder aus dem Reparaturschuppen heraus, und wollte nicht einmal Trinkgeld für die Arbeit am Feiertag. So viel Würde, Geduld und Ernst, wie er in seinem Gesicht zeigte, haben wir einmal für die Abzeichen der Ehrlichkeit gehalten; damit ist er auf seine siebzig Jahre gekommen. Zum Abschied gab er Marie die Hand, mit etwas verlegenem Lächeln, als wolle er sie vor etwas warnen, und Marie deutete geradezu einen Knicks an und bedankte sich ernsthaft und redete ihn an mit Sir. Gelegentlich, unbeobachtet von mir, ist sie imstande zu hochmütigem, herrschafts-

mäßigem Verhalten gegen Neger; einem Freund D. E.s wagt sie es nicht zuzumuten. Als Frau Erichson auf den Flughafen Newark kam, um den gestohlenen Wagen ihres Sohnes vor Zeugen aufzufinden, sorgte sie sich ein wenig wegen der Lüge, die sie der ehrenwerten Polizei des Staates New Jersey ins Telefon zu sagen plante, denn auf Englisch fällt es ihr nicht so natürlich wie auf Plattdeutsch, und wir fragten sie nicht nach ihren allfälligen Erinnerungen an den Frühsommer des Jahres 1933. – Es ist immer ein Vergnügen, einem wahrhaftigen Gentleman von Nutzen zu sein: hatte der Tankwärter von D. E. gesagt, vielleicht als Gruß an ihn. Es kann nicht die Rede sein, daß D. E. keine Geheimnisse hätte vor uns; wir werden uns welche behalten vor ihm. In ihrer Aufregung sagte Frau Erichson zu uns in einem fort »Kind«; es schloß aber ihren Sohn ein, den Professor und Berater der Armee. Am Nachmittag waren wir zurück auf dem Broadway, wo wir an ihm wohnen.
Wir kamen auf der östlichen Seite der 96. Straße aus der Ubahn nach oben, und ich erkannte Francines Blick an der Wiederholung. Ich wußte ihren Namen nicht. Sie stand dicht an dem Schaufenster eines Ramschladens, auf eine dauerhafte Weise, als werde sie sich den ganzen Tag dort aufhalten, auf sonderbar steifen Beinen, mit hängenden Armen, gar nicht entspannt. Sie hielt den Treppenschacht auf eine gleichmütige Art im Auge, als zähle sie die Leute nur, stückweise, ohne Interesse für ihre Unterschiede. Als sie Marie erkannte, faßte ihr Blick mit einem Mal zu, und ihr starres müdes Gesicht wurde locker, vorbereitet auf eine Miene. Aber sie wartete, bis Marie ihr zunickte, und grüßte so vorsichtig zurück, als fürchte sie schon damit zudringlich zu sein. Diesen Blick erkannte ich wieder. Oft an Nachmittagen um die Zeit, wenn die Arbeitenden hierher zurückkommen, stand an diesem Ausgang dies Mädchen, fast so groß wie Marie, eine »Gefärbte«, und sah mich jedes Mal an, als hätte sie mich erwartet, und wandte sofort das Gesicht ab. Einmal ging sie mir hinterher, in weitem Abstand, von Schaufenster zu Schaufenster der Delikatessenläden, über die 97. und 98. Straße und quer über den Broadway, und war verschwunden, als sei sie doch auf etwas anderes aus gewesen. Dann vergaß ich sie wieder, und im Vergessen blieben von ihrem Gesicht nur Einzelheiten übrig, die Farbe, die Schokolade

heißt, das Haar, das nicht kraus wachsen darf sondern zu kuriosen Zöpfchen gedreht ist, die bei offenem Blick abwesenden Augen, sehr kräftig vorgewölbte Lippen, die Trauer zeigen mögen, oder nicht Trauer. – Das war Francine: sagte Marie.

Marie sagte:
– Sie steht da halbe Nachmittage.
– Sie steht da, denn sie kann nicht nach Hause.
– Zu Hause ist sie mit drei Kindern in einem Zimmer, und noch einer Mutter.
– Die Kinder sind zwei Brüder, fünfzehn und anderthalb Jahre, und eine Schwester von vierzehn. Es sind nur zur Hälfte ihre Geschwister, auch sie hat einen Vater für sich allein.
– Von den Vätern ist keiner da. Anders bekäme die Mutter auch keine Fürsorgeunterstützung, das ist Gesetz.
– Heute steht sie sicherlich da, weil Feiertag ist.
– An Feiertagen kommt manchmal der Vater ihres jüngsten Bruders und bringt Wein mit und trinkt den Wein mit der Mutter und schläft mit der Mutter in einem Bett.
– Es stört sie nicht mehr, außer vielleicht an einem Feiertag. Truthahnbraten, eine Torte, vielleicht will sie nicht sehen, daß es bei ihnen fehlt.
– Ihr Taschengeld ist zwanzig Cent, alle vierzehn Tage, wenn der Scheck von der Fürsorge gekommen ist.
– Es war auch eine Zeit, da stand sie an der Ubahnstation und wartete auf ihren Vater. Sie weiß nicht wie er aussieht, er ist nach ihrer Geburt nicht wiedergekommen. Sie weiß, daß er Benjamin heißt, und sie denkt, sie müßte ihn erkennen.
– Ihre Mutter sagt ihr nichts über diesen von den Vätern. Einmal hat sie sich verquatscht. So weiß Francine, daß er vor zwölf Jahren in der 102. Straße West ein Hotelzimmer hatte.
– Wenn sie zu Hause ist, muß sie ihre Schularbeiten auf einem Teebrett, auf den Knien machen.
– Am meisten stört ihr kleiner Bruder, der von dem vierten Vater. Sie muß ihn trockenlegen, ihn umhertragen, zu Bett bringen.
– Die Mutter kümmert sich nicht um die Kinder. Sie läßt den T. V. laufen von morgens an.
– Wenn die Mutter keinen Besuch hat in der Nacht, schläft

der älteste Bruder in ihrem Bett und Francine mit der Schwester und dem Kleinen in dem anderen.
– Es sind nur zwei Betten in dem Zimmer. Der älteste Bruder muß bei der Mutter schlafen, seit er versucht hat, mit Francines Schwester es zu machen.
– Du weißt schon.
– Er hat mit ihr noch einmal es gemacht, und die Mutter hat ihn geschlagen. Das war vor einer Woche, und seit dem ist er nicht mehr nach Hause gekommen.
– Vielleicht wartet Francine auf diesen Bruder an der Ubahn.
– Sie spritzt sich aber nicht Gift in den Arm wie er.
– Er hat damit schon vor zwei Jahren angefangen, mit zwölfeinhalb.
– Das sind meistens Jungen in einer Bande, die setzen sich auf den Dächern zusammen und tun es gemeinsam.
– Er hat es dann Francines Schwester beigebracht.
– Die hat jetzt Angst.
– Sie hat Angst, weil sie denkt, sie kriegt ein Kind.
– Zuerst hat sie mit einem Freund auf der Toilette sehr oft es gemacht, damit sie ein Kind kriegte. Sie wollte eins, damit die Fürsorge ihr ein eigenes Konto gibt und sie ohne die Familie und allein in einem Zimmer für sich leben kann.
– Aber jetzt will sie kein Kind mehr. Sie hat sich überlegt, daß sie noch nicht genug weiß, was sie dem Kind sagen kann.
– Francine sagt, sie spritzt sich nicht.
– Francine sagt, in ihrem Haus ist eine Bande von Mädchen, die halten einem das Messer an die Kehle, wenn man nicht mitspritzen will.
– Deswegen steht Francine lieber auf dem Broadway, wo die Polizisten hingehen.
– Nach oben geht sie nur, wenn ein Erwachsener auf der Treppe ist, dem sie traut.
– Sie traut aber wenigen. Da sind viele, die haben es mit dem Rauschgift, oder mit Wermut oder mit ... ich weiß das Wort nicht.
– Das Haus ist in der 103. Straße West, hier bei uns um die Ecke.
– Da sind die alten Wohnungen alle zu Zimmern umgebaut, und in jedem wohnt so eine Familie.

– Der Hauswirt sitzt in seiner Wohnung bei offener Tür. Das ist wie ein Büro, mit einer Theke. Nur daß über der Theke kein Glas ist, sondern Maschendraht. Da muß man ihm die Miete hindurchreichen.
– Weiter bin ich nicht mitgegangen.
– Es ist nicht, daß ich vor dem Zimmer Angst habe. Schaben sind bei uns ja auch. Auch nicht vor dem ältesten Bruder. Ich habe Angst, die Mutter ist unfreundlich zu mir. Als wenn ich an allem schuld wäre.
– Francine ist jetzt viel besser im Unterricht.
– Ich habe ihr die Städtische Bücherei in der 100. Straße gezeigt, und bin mit ihr hingegangen, weil sie allein nicht wollte. Dann hat die Bibliothekarin ihr sofort eine Karte gegeben und gesagt, sie darf da lesen und auch schreiben, zu den festgesetzten Öffnungszeiten. Die sind ja nicht immer.
– Jetzt ist Francine mir schon wieder dankbar: sagte Marie.

»Ein Fallschirmjäger, verwundet, fiel über die Mündung seines Flammenwerfers und war in Brand gesetzt« meldet die New York Times aus Viet Nam. Werden wir eines Tages vergessen haben, daß wir es in der Zeitung lesen konnten? Ist es schon heute noch wirklich?

24. November, 1967 Freitag

Der Dollar kriegt weiterhin Schläge. In London und Paris kaufen sie Gold wie die Verrückten. Übrigens schätzt die New York Times die privaten Investitionen des Landes in Europa auf 10 Milliarden Dollar seit 1958 und beschreibt die Verbreitung hiesiger Gewohnheiten von Schweden bis Spanien. Als Beispiele für europäische Einflüsse hierher nennt sie den Genuß eines Château Mouton Rothschild oder des spanischen Riscal sowie auch ein gewisses Verständnis für den überseeischen Tick mit den Bidets.
Nachdem die U.S.A. endgültig die Höhe 875 in Viet Nam genommen haben, belaufen sich ihre Verluste seit dem 1. Januar 1961 auf 14 846 Tote und 93 227 Verwundete, von denen jedoch nur 49 312 stationärer Behandlung bedurften.

Zum ersten Mal ist die Wirkung von L.S.D. auf menschliche Embryos dokumentiert. In Iowa ist ein Mädchen geboren worden, dessen rechtes Bein ist kürzer als das linke und sitzt falsch an der Hüfte, und der rechte Fuß ist zu kurz und hat nur drei Zehen. Die Mutter, 19 Jahre alt, hat die Droge nur viermal während der Schwangerschaft eingenommen.
Die Zypernkrise ist der New York Times wichtig genug für die Spalte 8 auf der ersten Seite. Das Bild von den griechischen Panzern hat sie über das von den türkischen Truppentransportern gesetzt. Offenbar sollen wir uns mit der Sache befassen.
Marie will es nicht billigen, daß Cresspahl noch acht Monate unterschlug in Richmond, Greater London. Sie verlangt, daß die Leute zusammen leben, sind sie einmal verheiratet. Hier hat sie Vorstellungen von Ordnung.
Cresspahl konnte acht Monate von außen zusehen, wie die Nazis ihren Staat einrichteten. Er muß es wahrgenommen haben. Seit er in den Städten war, hatte er die Zeitungen gelesen, wenn auch mehr auf die bäuerliche Weise: erst nach der Arbeit, nur wenn zuverlässig keine nützliche Beschäftigung anlag, langsam, nahezu wie eine Erholung und mit festwurzligem Mißtrauen, das den Befund über Wahrheit der Nachrichten den eigenen Augen vorbehielt. Aber er hatte ja gesehen, was die Meldungen aus Deutschland ihm fortsetzten.
Was er vom März verpaßt hatte, lieferten die londoner Blätter ihm gehörig nach. Am 21. März verordnete der deutsche Reichspräsident Straffreiheit für Verbrechen der Nazis. Am gleichen Tage verordnete er die Todesstrafe für Mißbrauch von Uniform oder Abzeichen der hitlerschen Privatarmee, und setzte Sondergerichte ein. Nun hatte Hindenburg genug unterzeichnet, nun konnte Hitler die tatsächliche Staatsmacht angehen. Denn der Staat der Nazis war noch nicht fertig, als Hitler am 30. Januar 1933 zum Reichskanzler ernannt wurde; das glaubten bloß seine Anhänger. Andere wollen den Anfang auf die Märzwahlen legen; da hatte Hitler aber nur 43,9% der Stimmen bekommen, weniger als die Hälfte. Wir legen die Einführung der perfekten Diktatur auf den 24. März. An diesem Tag nahm der deutsche Reichstag, soweit er nicht in Haft war, das »Gesetz zur Behebung der Not von Volk und Reich«

an, ein Gesetz, mit dem das Parlament auf seine Rechte verzichtete und sie der neuen Regierung übertrug. Von nun an konnte Hitler nach Belieben seine Einfälle mit Rechtskraft versehen, und er begann also gleich im März mit der Auflösung der Länder und wollte ab sofort Hinrichtungen möglichst mit dem Strick vollstreckt wissen und brachte es bis zum Oktober 1939 auf 4500 von seinen Gesetzen und benutzte den Reichstag lediglich als Gesangverein, den teuersten der Welt, mit einem Repertoire von insgesamt zwei Liedern, das eine die Nationalhymne von damals und das andere einem Funktionär der S.A. gewidmet, der daran starb, daß er einem Zuhälter die Hure weggenommen hatte, also sein Leben für Deutschland ließ. Dies waren die Angebote, die die deutsche Reichsregierung Herrn Heinrich Cresspahl, Richmond/England, für den Fall seiner Rückkehr noch nachträglich unterbreitete im März 1933.

Als Perceval begriff, daß die Frau des Meisters nicht in ein paar Tagen und nicht in einigen Wochen nachkommen würde, kündigte er seine Stellung. Er ließ sich auf eine Begründung nicht ein, mochte aber Cresspahl nicht in die Augen sehen. Als er das Zeugnis in Händen hatte, blieb er der Werkstatt fern von einem Tag auf den anderen. Mr. Smith hatte ihn während der drei Wochen streng am Arbeiten gehalten, so daß die verbliebenen Aufträge zur Not ohne ihn fertigzumachen waren; dennoch begann der Junge Cresspahl zu fehlen. Er wußte noch fünfzehn Jahre später zu erzählen, daß Perceval zu denen gehört habe, die bei aller Körpergröße und bei allem Essen ein eckiges, knochiges Aussehen behalten. Sehr große Ohren. Ganz helle Haut im Gesicht, durch die das Blut rasch hindurchschlug. Wenn er eine Last hob, sah er am ganzen Leibe verzerrt aus; oft vergaß er, nicht nur Kraft für die Arbeit zu gebrauchen. Seine Arbeiten mußten nachgesehen werden; vielleicht hatte er nicht das Zeug zu einem selbständigen Tischler. Ihm habe weniger die Arbeit Spaß gemacht, als das Lob für die Leistung; das Lob aber habe er geradezu eingefordert. Cresspahl fragte bei Gelegenheiten in der Stadt, aber Perceval hatte nicht in Richmond sich um Anstellung beworben. Die Eltern aber kamen zu Cresspahl und wußten von seinem Verbleib nichts. Perceval kam nicht wieder. Allerdings wurden Cresspahl in einer

Nacht Mitte April die Scheiben im ersten Stock (wo Lisbeth das Wohnzimmer gehabt hatte) nicht ohne Sorgfalt eingeworfen, aber er wollte das von Perceval nicht glauben. Das schweigende Weggehen paßte besser: dachte Cresspahl.
Im April beschloß die deutsche Reichsregierung das Gesetz zur Wiederherstellung des Berufsbeamtentums und Anderes, um das Cresspahl sich nicht kümmerte, weil sein Beruf nicht betroffen schien. Am Ersten April, in diesem Lande der Tag Aller Narren geheißen, stellte die deutsche Reichsregierung Posten ihrer Privatarmee vor die jüdischen Geschäfte in Deutschland, versuchte Kunden mit Boykottplakaten oder handgreiflich am Betreten der Läden zu hindern und fotografierte sie bei der Rückkehr durch die Tür. In Jerichow gab es in der Kurzen Straße einen Laden für Arbeitskleidung, der einem jüdischen Ehepaar gehörte (Cresspahl wußte den Namen nicht). Konnte er sich nicht vorstellen, daß die Leute in Jerichow in einem Halbkreis um den Schauplatz standen, an der Tür zwei Arbeitslose in Uniform und dazwischen Ete Helms, der als Stadtpolizei darauf achten mußte, daß alles ordentlich ablief? Gewiß, Cresspahl war lange nicht in Malchow gewesen, und noch seltener zum Kaufen; er mochte die jüdischen Geschäfte da nicht erinnern. Ob er für möglich hielt, daß die großen Fotografien in den londoner Zeitungen nur für Berlin wahr sein mochten, nicht aber für Mecklenburg? Dieser Art waren die Angebote, die Herrn Heinrich Cresspahl, Richmond/London, für den Fall seiner Rückkehr zur deutschen Reichsregierung im April 1933 gemacht wurden.
Mrs. Jones kam ungebeten aus Brixton herüber und bot sich an, den Haushalt zu übernehmen, zumindest bis sie herausgefunden hätte, warum die junge Frau Cresspahl nicht mit ihrem Mann gekommen war. Cresspahl verabschiedete sich von ihr und gab ihr ein Pfund so nackt in die Hand, daß sie tatsächlich nicht wiederkam. Er ging einmal in der Woche mit einem Besen durch die Zimmer. Wo der Besen nicht hinlangte, in den Gardinen, in den Polstern, setzte der Staub sich an und machte sich fest mit Ruß. Cresspahl war manchmal zufrieden mit dem Gedanken, daß er das alles zerhacken könne. Auch die Scheiben, die er an Stelle der zerschmissenen eingesetzt hatte, zeigten schon Streifen; er hatte nicht einmal seine kitti-

gen Fingerabdrücke abgewischt. Mittags aß Cresspahl mit Mr. Smith in der Küche, Sandwiches aus einem Pub, mit Bier für Mr. Smith, Wasser für Cresspahl. Mr. Smith war in seinen jüngeren Jahren zur See gefahren, und einmal hatte die Besatzung ihn gezwungen, für einen unfähigen Koch einzuspringen. Er berief sich darauf, daß er diese Reise überlebt hatte, und versuchte sich mitunter an Eiern und Speck. Aber er hatte nicht gelernt, Pfannen und Töpfe sauberzumachen, und als kein unbenutztes Gefäß mehr übrig war, gab er das Kochen auf. Es kam vor, daß Cresspahl ihn abends zurückhielt, er sagte zum Essen, er hatte aber Gin auf dem Küchentisch. Mit einem Viertelliter im Bauch wußte Mr. Smith nichts mehr von seiner Verlegenheit, und fing an zu erzählen. Von Perceval sprach er beständig als T. P. T. P. habe im Grunde mehr von dem Kind des Meisters gesprochen als von der Frau. – So ne jungn Leute wollen ne Familie: sagte Mr. Smith so deutlich und langsam, daß Cresspahl bemerkte, wie oft es in seinen Gedanken vorgekommen war. Mitunter dachte Cresspahl daran, ihm eins von den leeren Zimmern anzubieten. Aber Mr. Smith brauchte keine Familie und erhob sich gegen zehn, wenn noch ein Anstandsrest in der Flasche war. Ihm war wenig anzumerken, nur daß er um diese Zeit alles aussprechen mußte, was er zu tun vorhatte. – Werd ich wohl gehen: sagte er. – Müßte gegangen sein: sagte er. Dann ging er. An der Tür sagte er: Brille. Dann schob er sich das blinde Krankenkassengestell zurecht in seinem kleinen ausgedörrten Gesicht. Noch auf der Treppe hörte Cresspahl ihn reden, und es kam vor, daß er für sich wiederholte: In Ordnung, Mr. Smith.

Im Mai entgalt die deutsche Reichsregierung die Geldspenden der deutschen Industriellen an Herrn Hitler mit einigen Sachleistungen. Sie ließ den Tag der Gewerkschaften als »Tag der nationalen Arbeit« feiern. Am 2. Mai besetzte sie die Häuser der Gewerkschaften. Am 10. Mai überführte sie die erbeuteten Gelder in ihre eigene Gründung, ein Ding namens »Deutsche Arbeitsfront«. Die Kommunisten waren abserviert; nun sollten die Sozialdemokraten ihr Fett bekommen. Sie hatten als einzige Partei nicht für Hitlers Ermächtigungsgesetz gestimmt. Nun half ihnen nicht mehr, daß sie am 19. Mai noch schnell die Außenpolitik der deutschen Reichsregierung billigten. Am 10.

Mai waren ihre Büros besetzt worden, am 22. Mai wurde ihre Partei verboten. So macht man das. Dies waren einige der Vorschläge, die die deutsche Reichsregierung Herrn Heinrich Cresspahl, Richmond/England, für den Fall seiner Rückkehr im Mai 1933 machte.

Im Mai bestellte Cresspahl sich Albert A. Gosling, Esq., in die Werkstatt. Er gab sich alle Mühe, Gosling in einen Streit zu locken. Er stieß ihn geradezu mit der Nase auf die spärlichen Eintragungen im Auftragsbuch; im Mai hatte er schon nichts mehr angenommen. Der kleine Gosling mit den großzügigen Gebärden freute sich, den Verlust über Percevals eingesparten Lohn wieder hereinzubekommen; Gosling als Geschäftsmann. Sogar Mr. Smith in seinen morgendlichen Kopfschmerzen wurde von einer heiteren Grimasse überfallen und vertauschte den Hobel mit einem ganz feinen Raspel, um schärfer zuhören zu können. Cresspahl wies Gosling auf die Reisekisten hin, die er eigens neben der Tür aufgebaut hatte. Er sagte ihm nicht, daß die gründlich und aufwendig gearbeiteten Behältnisse für Lisbeths Gut bestimmt waren; er nannte ihm unverschämte Abzüge am Preis dieser Anfertigung; Eigenbedarf des Meisters. Gosling gefielen die Kisten. Er bestellte eine für sich, aber aus rotem Holz und mit Beschlägen und Griffen aus Messing. Cresspahl kam zu sprechen auf Äußerungen Goslings, nachweisbar vor Zeugen getan und gegen Cresspahls Geschäftsgebaren gerichtet (dies erfand er in dem Moment, da er es aussprach). Es kam heraus, daß Gosling in der Tat nicht nur gegen die Deutschen sondern insbesondere gegen diesen gehetzt hatte, denn Gosling legte den schwarzen Hut ab. Er hängte seinen etwas zu großen Regenschirm an die Werkbank. Er gab Cresspahl die Hand. Er entschuldigte sich. Er habe seine irrige Haltung einzusehen. Er bedaure sie, nachdem gerade die deutsche Nation der Welt vormache, wie Ordnung zu Hause zu schaffen sei. Er nannte es einen Jammer, daß England den Mosley verkenne. Der Mosley war der Führer der britischen Faschisten. Cresspahl gab einen Streit mit Gosling auf.

Hätte er Gosling zu einer Kündigung aus Wut gebracht, wäre er gleich frei gewesen.

Cresspahl kündigte eine Woche später bei Burse, Dunaway & Salomon. Nun konnte er erst nach einem halben Jahr reisen.

Wenn ihm um Bedenkzeit zu tun war, so hatte er sich reichlich damit eingedeckt.

Nich, Gesine?
Oder sollte Lisbeth sich besinnen können?
Nich, Gesine?
Du hattest noch was vor in Richmond, Cresspahl!
Nich, Gesine?

25. November, 1967 Sonnabend

Heute meldet uns die New York Times, daß gestern der Feldmarschall Eric von Manstein, der Planer des deutschen Blitzkrieges gegen Frankreich im Jahr 1940, in Hirschenhausen in Westdeutschland seinen 80. Geburtstag markierte. Die Notiz steht am Ende des täglichen Kriegsberichtes aus Viet Nam.
Ein Ehepaar in Chico, Kalifornien, bekam aus Viet Nam einen Sarg mit einem fremden Mann statt des angekündigten Sohnes.
Gestern mittag gingen zwei Volksvertreter in Harlem einkaufen und fanden ohne Mühe heraus, daß die Supermärkte dort in der Tat die Preise nach Zahltagen anheben, Waren mehrfach auszeichnen und aufgetaute Tiefkühlkost wie angegangenes Fleisch für durchaus verkäuflich halten. Die Vertreter der betroffenen Ladenketten haben sich wieder und wieder auf menschliches Versagen herausgeredet.
Was hülfe es, wenn wir nicht mehr bei A & P kauften?
Ende April 1933 stellte Dr. Berling der jungen Frau Cresspahl die Rückreise nach England frei. Er sprach, als hätte er niemals ihrem Mann zum Bleiben in einem veränderten Deutschland geraten. Er wusch sich die Hände in ihrem Rücken, so daß sie von seinem Gesicht nur die schweren bläulichen Backen sah. Sie konnte ihm nicht nachweisen, daß er sich erdreistet hatte, einer verheirateten Tochter eines Albert Papenbrock einen Rat zu geben. Sie war so verdutzt, daß Jemand ein Gegenteil von ihren Wünschen für etwas Vernünftiges ansah, sie sagte ihm nicht Bescheid, nicht einmal als er sagte: Und grüßen Sie den alten Schweden in Richmond! Kenn ich, Richmond. Bushey

Park, die zahmen Hirsche ... Se sünd jung, Fru Cresspahl. Måkn Se dor wat ut.
Immerhin hatte sie nun etwas, das sie Cresspahl schreiben konnte. Nicht alles, eben nur die Grüße von Berling.
Am Kind fand sie wenig für Briefe. Sie war mit dem Säugling viele Male am Tag zugange, sie konnte auch für Viertelstunden zusehen, wie diese dumme Gesine ihren dicken Kopf in unermüdlichen Anläufen von einem Ohr aufs andere zu wälzen versuchte oder blind ins Leere griff mit ihren unberatenen Händen; auf dem Papier geriet es ihr nicht deutlicher als »sie kann sich mehr bewegen als vorige Woche« oder »mal hat sie grüne Augen, mal graue«. Und das Schreiben stieß sie auf den Wunsch, daß Cresspahl doch selber dem Kind beim Wachsen zusehen sollte, und auf die ärgerliche Erinnerung, daß er aber ihr zuliebe in England beschäftigt war, ein Arbeitsverhältnis und einen Hausstand aufzulösen. Es war nicht etwa, daß sie sich aus ihren Wünschen ein Gewissen machte; nur das Schreiben an Cresspahl fiel ihr nicht bequem.
Wegen der Tannebaums in der Kurzen Straße hätte sie ihn beruhigen können. Denn den beiden war es viel langweiliger gegangen als den Juden in den Erzählungen, die aus Wismar und Schwerin nach Jerichow gefahren kamen. Die Kreisleitung der Nazis in Gneez hatte, wie überall in ihrem Bereich, in Jerichow ortsfremde Angehörige der S.A. vor die jüdische Ladentür beordert; die Posten hätten doch weich werden können unter dem Zureden von Freunden, von Verwandten. Kreisleiter Prause kannte sich nur ungefähr aus mit ländlichen Gebieten. In Jerichow war es lange vor dem zweiten Frühstück herum, daß Ossi Rahn und Max Breitsprecher vor Oskar Tannebaums Arbeitshosen und Melkschürzen aufgebaut standen wie eine Ehrenwache, und tatsächlich stand um sie nach einer Weile ein Halbkreis Schaulustiger, die lediglich mit eigenen Augen das Gerücht hatten nachprüfen wollen. Breitsprecher, Sattler in Gneez, war nicht wohl. Einmal stand er nicht gern öffentlich mit Ossi Rahn. Ossi Rahn war im Landgericht Gneez so gut bekannt, daß er seine Personalien nicht mehr angeben mußte, wenn er wieder einmal wegen Körperverletzung oder Alimenten verklagt wurde. Ossi Rahn nannte sich arbeitslos; Breitsprecher hätte ihn nicht einmal zum Hoffegen anstellen mögen.

Ossi Rahn wohnte seit 1930 in der Siedlung der Obdachlosen am Rand von Gneez; in den Gastwirtschaften besaß er doch Geld; und für seine Stiefel hatte er in der S.A. sammeln lassen. Zum anderen, Max Breitsprecher war in die Partei der Nazis gegangen als ein Geschäftsmann, dem die Entmachtung des Großhandels und der Warenhausketten versprochen war; nun stand er hier mit dem schönen Ossi vor Tannebaums Laden und schädigte nicht nur einen Geschäftsmann sondern auch sich selbst um Kunden in Jerichow. Nach einigen Stunden ließ er Ossi allein auf dem Bürgersteig wandern mit seinen Sprüchen an die Deutschen, die sich wehren sollten und nicht beim Juden kaufen. Als Breitsprecher aus dem Laden zurückkam, ging in der Tür das Roleau nach unten, mit einem angehefteten Zettel Über das Wochenende geschlossen. Ossi Rahn versuchte einen Befehl zu verweigern. Ossi Rahn wurde vor der Versammlung ziviler Bürger zusammengestaucht. Max Breitsprecher ging allein und etwas blicklos zwischen den Leuten hindurch, erst ungläubig, als Pahl ihn ansprach, dann reichlich erleichtert. (Pahl sagte: Schöner Stoff, deine Uniform. Nach Maß wür di dat noch bede låtn.)
Lisbeth Cresspahl hätte ihrem Mann schreiben können, daß Oskar Tannebaum seinen Laden am Montagmorgen wieder geöffnet hatte und so schlechte Geschäfte machte wie vorher auch; dann hätte sie schreiben müssen, was ihrer Schwester Hilde während des Judenboykotts passiert war. In Gneez gab es einen Verwandten Tannebaums, der war ängstlicher, und hatte alle seine Waren im Preis herabgesetzt, um bloß rasch zu Fluchtgeld zu kommen. Da lag ein gebrauchter Pelzmantel im Fenster, an dem kam Hilde Paepcke nicht vorbei. Für Gneez war er geschenkt, und in Krakow konnte sie ihn als eine berliner Erwerbung ausgeben. Eine Tochter von Papenbrock ließ sich nicht vom Betreten eines Ladens abhalten durch irgend welche Leute in Uniform, die Gereimtes aufsagen und Pappschilder schwenken. Drinnen verging ihr unter dem fahrigen Gerede des alten Tannebaum die Courage, den Pelz wirklich zu kaufen. Vor der Tür wurde sie empfangen mit einem Sprechchor, der sie eine Verräterin am deutschen Volk nannte. Das hätte sie noch nicht gekümmert. Obendrein hatte aber einer der S.A.-Posten getan, als fotografiere er sie. Jetzt hatte Hilde

Angst vor dem alten Papenbrock; vor Angst war sie zurückgefahren nach Krakow, wo ihr Alexander schon einen guten Teil der Einrichtung verkauft hatte. Papenbrock hatte anfangs gebrüllt vor Wut, daß er in die Zeitung kommen sollte zu einer nicht bürgerlichen Gelegenheit und zu einer Zeit, da er der neuen Regierung noch nicht Farbe bekennen wollte. Zwar nahm er Hilde am Ende nur übel, daß sie nicht ihm sich anvertraut hatte, und mußte sich gar nicht Mühe geben, das Gneezer Tageblatt von einer Veröffentlichung abzubringen, aber das mochte Lisbeth Cresspahl nicht nach England schreiben.
Über den Rest des 1. April in Jerichow hoffte sie mit Cresspahl nicht einmal reden zu müssen. Denn Ossi Rahn, statt sich zu verziehen nach Gneez, war zur Ortsgruppe Jerichow der Nazis marschiert. Er hatte bei Griem nicht nur seinen Vorgesetzten Breitsprecher angegeben, als feige und judenfreundlich im Dienst, er trug weiterhin den Einfall vor, daß die Praxis eines Tierarztes doch etwas Ähnliches sei wie ein Geschäft. Griem gab vier Leute frei, mit denen marschierte Ossi zu Dr. Semigs Grundstück. Griem hätte das von Ramminsche Gespann auf dem Hof erkannt und wäre abgezogen; Ossi Rahn kannte kein Pferd vom anderen, Ossi stellte die Posten vor Semigs Einfahrt auf.
Baron von Rammin verließ Semigs Praxis über die Gartentreppe; er hatte den Lärm vor dem Haus nicht recht wahrgenommen. In Wahrheit konnte er vor Ärger nicht einmal genau sehen. Vor einigen Wochen hatte ein guter Freund aus dem Österreichischen, Graf Nagel, Beatus Nagel, ihn um die Besorgung eines deutschen Mittels gegen »Eulwenzwang« bei Hunden gebeten, und er, Rammin, hatte das aus dem Brief abgeschrieben wie Beatus es von seinem Tierarzt gehört hatte und die Bestellung auf einer offenen Postkarte an Dr. Semig geleitet. Dr. Semig hatte sich am Telefon noch einmal erkundigt nach den Beschwerden jenes Hundes in Österreich, und Rammin hatte beschrieben, daß Beatus' Weimaraner nicht davon ablasse, den Kopf auf eine jämmerliche Weise gegen die Erde zu drücken. – Aha. Schmerzen im Gehörgang: hatte Semig befunden in seiner widerlich sachverständigen Art, hatte das Medikament gefunden und besorgt von einer Küchenfirma im Württembergischen und hätte es wohl mit Rechnung nach Gut

Beckhorst geschickt, wäre Rammin nicht ohnehin an diesem Sonnabend in Jerichow unterwegs gewesen und überdies so neugierig, was denn »Eulwenzwang« bedeuten mochte. Semig mit seinem widerlichen Takt hatte ihm das Päckchen ohne Aufhebens in die Hand gedrückt und nicht einmal mit der Wimper gezuckt, als Rammin seine Frage nach dem befremdlichen Namen der Krankheit ansetzte und abbrach, als er auf dem Etikett das Wort Ohrenzwang erkannte. Die Verabschiedung hatte der Reichsfreiherr noch leidlich bewältigt, aber als er in Semigs Hof auf den Kutschbock kletterte, nahmen ihm aufgebrachte Gefühle fast die Besinnung. Es half ihm nicht, daß er nicht Hunde züchtete, sondern Pferde; dank der österreichischen Sprache stand er jetzt vor einem Akademiker (Jude hin. Jude her) da als jemand, der nicht schreiben und nicht denken konnte. Besonders unerträglich war ihm, daß dieser Semig die offene Postkarte nicht umherzeigen würde, der feine Pinkel, vornehm bis zum Verrecken. Rammins Pferde, von ihm in Richtung von Doras Wirtschaftsgarten in Gang gesetzt, begriffen auch ohne Zügelhilfe, daß sie nur in einer halben Wendung aus diesem Hof kommen würden, und zogen den Wagen fürsorglich auf die Ausfahrt. Herr von Rammin erkannte an der Straße Braununiformierte, beschäftigt mit einer alten Frau, die einen zugebundenen Korb nicht hergeben wollte. Dann bemerkten sie den Kutschwagen und stellten sich vor dem Tor auf. Sie riefen irgend etwas. Sie störten die Pferde beim Gehorchen. Jetzt quirlte das freiherrliche Blut Rammin verschiedene Worte hinter der Stirn zusammen, daß er fast blind war; die Blamage durch das Österreichische vermischte sich mit dem unbotmäßigen Betragen der Landsknechte jenes Österreichers Hitler, darein rührte sich mit der Hundeart Weimaraner die Wut auf die Weimarer Republik, und beide Pferde hatten sich damit abgefunden, daß sie diesmal eben über Menschen sollten und waren in vollem Lauf auf die Straße hinaus. Ossis Untergebene sahen was ein Kind erkennen konnte; sie stürzten nach beiden Seiten auseinander. Ossi Rahn hatte einmal gesehen, daß man Pferde zum Stehen bringt, wenn man sie irgend wo anfaßt, aber er wußte nicht wo, und Rammins rechter Fuchs in seiner Verwirrung schlug zu wie ein gutmütiger Mensch in Notwehr. Dann sah Ossi Rahn nichts mehr, weil ein sorgfältiger

Peitschenhieb ihm beide Augen geschlossen hatte. Die Zeugen erinnerten sich später des scheußlichen Knackens, mit dem das rasch drehende Rad gegen Semigs Eckstein geknallt war, und daß Ossi, flach auf der Seite am Boden, sich nur angestellt hatte, als sei das Rad über sein linkes Bein gegangen. Von Rammins Gespann tobte zwischen den stillen Gärten der Bäk hindurch wie das leibhaftige Gewitter und riß den Wagen an der Ecke zur Schulstraße gegen den Bordstein, daß er in der Kippe stand und nicht gleich aufs Pflaster zurückfand. Dann hatte von Rammin die Pferde wieder in der Gewalt. Auf der Fahrt nach Beckhorst dachte er nach über ein Gesicht, das er inmitten der Zuschauer erkannt hatte. Denn er hatte zwei lichte Momente gehabt, einmal als er Methfessels Blick erwischte, und das andere Mal, als er hineinschlug in eines jener Gesichter, die er immer vom Pferd herab gesehen hatte, mit dem deutlichen Gedanken: Pack pariert. Zu Hause war er ruhig genug für einen Brief an Beatus Nagel über Eulwenzwang und die österreichische Nation, von der er sich also förmlich verabschiedete.
Ossi Rahn lag noch, als Dora Semig mit ihren eigenen Händen die Torflügel schloß. Er hielt sich das Bein und jammerte. Seine Untergebenen halfen ihm hoch und lehnten ihn gegen Semigs Vorgartengitter; sie hatten ihn nur ganz kurz angefaßt und waren gleich beiseitegetreten. Ossi Rahn dämmerte es, daß er vor Frau Semigs Füßen im Dreck gelegen hatte. Er wollte nichts weniger als dem Juden das Haus zerschlagen. Aber um ihn kümmerte sich keiner der Zuschauer, alle hörten auf Oma Klug, die ihren leeren Korb schwenkte und nach ihrer Katze schrie und in unermüdlich keifendem Ton sich ausließ über den Zweck und den Sinn und über Leute, die Katzen stehlen, kranke Katzen, Katzen die auf drei Beinen gehen, Katzen die letzte Freude einer alten Frau! Methfessel fand die Katze im Gebüsch des Vorgartens. Es war eine ganz gewöhnliche grau und grüne Katze, allerdings mit vielen Schrammen und Wunden und einem empfindlichen Hinterbein.
Am Sonntag wurde das Ehepaar Semig von einer Familie Plessen zum Mittagessen gebeten.
Schlachter Methfessel verlor binnen einer Woche drei Adelsgüter als Kunden. Er ging in Jerichow umher und beschwor einem Jeden, der das noch einmal hören wollte, daß er am Tag

des Boykotts nur aus Neugier den Umweg durch die Bäk gefahren sei, wie die anderen doch auch, daß er nur für wenige Minuten zugesehen habe, wie die anderen doch auch, daß er nur noch die Katze gesucht habe, was die anderen doch auch für eine alte Frau getan hätten. Er hoffte, seine Beteuerungen würden sich durchsprechen bis zu der beleidigten Kundschaft. Aber sie sprachen sich nicht herum. Methfessel fing wieder an, im Laden selbst zu bedienen. Da ging das Ladengeschäft zurück. Er war ganz ratlos: Zog er die braune Uniform an, hatte er eine sichere Kundschaft und konnte von ihr nicht leben. Eine öffentliche Entschuldigung im Gneezer Tageblatt hätte ihm die S. A. auf den Nacken geholt und den Adel nicht einmal zum Mitleid gebracht. Manchmal war er so durcheinander vom vielen Nachdenken, er mußte sich mit aller Macht ins Gedächtnis rufen, daß er nichts getan hatte, gar nichts, reinweg nichts. Mit seinem Umherreden hatte er erreicht, daß ihm nicht einmal mehr die Frau glaubte.

Das Gesetz zur Wiederherstellung des Berufsbeamtentums warf in Gneez einen Landgerichtsrat, zwei Beamte der Reichsbahn und drei Lehrer aus Arbeit und Brot, in Rande den Kurdirektor, in Jerichow Dr. Semig, der als Fleischbeschauer für den nördlichen Teil des Kreises Gneez Beamter gewesen war. Von der Fleischbeschau hatte Semig bisher weiter leben können, als fehle nichts. Er reiste nach Gneez und ließ sich melden im Landratsamt. Er wurde darauf hingewiesen, daß er nach Paragraph 3 wegen nicht arischer Abstammung ordnungsgemäß in den Ruhestand versetzt sei. Semig wies darauf hin, daß der Absatz 2 den Paragraphen 3 Absatz 1 aufhebe für Beamte, die »im Weltkrieg an der Front für das Deutsche Reich oder für seine Verbündeten gekämpft haben«. Er hatte eigens sein Eisernes Kreuz angelegt. Der Kreisveterinär wies ihn darauf hin, daß der Auftrag zur Fleischbeschau, wenn auch versehentlich, einen Tag lang frei gewesen sei und hätte vergeben werden müssen. Semig wies darauf hin, daß ein Versehen repariert werden müsse von der Behörde, der es unterlaufe. Er wurde darauf hingewiesen, daß ein Amt, das besetzt sei, nicht nochmals vergeben werden könne. Semig wies auf die rechtliche Haltlosigkeit dieser Auskunft hin. Darauf wies ihm der Kreisveterinär die Tür. Semig kam zurück aus Gneez und hielt es alles für persönliche

Intrige, nur auf seine Person bezogen. Das mochte Lisbeth Cresspahl nicht aus Deutschland nach England schreiben.
Im Mai 1933 reichte Dr. Avenarius Kollmorgen beim Landgericht Gneez, in Namen und Vollmacht des Reichsfreiherrn Axel von Rammin zu Gut Beckhorst, Klage ein gegen den Gelegenheitsarbeiter Oswald Rahn, Obdachlosensiedlung Gneez. Der Beklagte habe die Pferde des Vollmachtgebers scheu gemacht, eine verkehrsgefährdende Situation herbeigeführt, sei verantwortlich für die Beinverletzung eines Pferdes namens Hildegard von Etz und die Beschädigung eines Kutschwagenrades und habe den Kläger sowohl mit herabsetzenden Worten als auch einer Gefahr für Leib und Leben bedroht. Als Ossi Rahn eines späten Abends auf Gut Beckhorst mit Freunden aus seinem S.A.-Sturm spazieren ging, hatte eine Gruppe Hofarbeiter im Schatten der Scheunen auf ihn gewartet und trieb auch seine Kameraden mit Knüppeln vom Ramminschen Besitz; übrigens war der Baron auf seine thüringischen Besitzungen gereist. Am nächsten Abend wurde Ossi beim Versuch der Brandstiftung erwischt; jedenfalls sagten alle Zeugen gegen ihn aus. Nun saß er schon im Keller unter dem Landgericht in Gneez. Seine Kameraden machten sich auf, Herrn Dr. Kollmorgen in Jerichow einen Besuch abzustatten, an der Tür war aber die Schwester von Geesche Helms, und Geesche Helms war verheiratet mit der Polizei von Jerichow, und übrigens befand Dr. Kollmorgen sich auf Reisen. Avenarius wohnte im Niederländischen Hof in Schwerin an der Alexandrinenstraße und traf sich an den Abenden bei Uhle, bei Wöhler, bei Heidtmann und in der Traube mit seinen Freunden aus dem Justizministerium und verbreitete unter ihnen die Weisheit des Weintrinkens. Nach einer Woche bekam Avenarius seine Audienz beim Reichsstatthalter Hildebrandt, den der Österreicher über das gute Land Mecklenburg gesetzt hatte, und aus der Audienz wurde ein ausführliches zweites Frühstück mit Moselweinen, die nach Avenarius' Anweisungen von Uhle herangeschleppt wurden. Als Avenarius zurück war in Jerichow, wurden mit einem Mal die Körbe mit Essen und Bier für Ossi nicht mehr angenommen im Gefängnisflügel des Landgerichts, dann wurden auch keine mehr geliefert, dann bekam Ossi nicht einmal mehr Zettel mit Verhaltensmaßregeln von seinen treuen Ka-

meraden aus dem Sturm. Das hieß Sturm. Mit Erlaubnis des Reichsfreiherrn von Rammin übernahm Dr. Kollmorgen auch die Vertretung von Nebenklägern, denn nun kam Ossis ganzes Leben auf den Tisch. Ossi hatte ja nicht nur aus politischer Feindschaft geschlagen, sondern auch aus reiner Freude; das erklärte die Menge der Anzeigen. Ossi saß sicher hinter Stäben; das erklärte die Genauigkeit der Beschuldigungen. Wie Ossi ein Tagelöhnersmädchen während des geschlechtlichen Verkehrs am Hals gewürgt hatte. Wie Ossi einen vollständigen Jägerzaun als Kleinholz an das Hotel Zur Burg in Gneez verkauft hatte. Wie Ossi von den Prostituierten im Hotel Zur Burg regelmäßig Geldbeträge erpreßt hatte. Wie Ossi seine Frau schlug, wie er seine Kinder hungern ließ. Es kam alles heraus, oder fast alles, und Avenarius stand unerschütterlich in seinem niederen Wuchs vor den Richtern und sprach über die Ehre der deutschen Nation, wie sie beispielsweise in ihren auserlesenen Gruppen verkörpert sei, wie eine solche beispielsweise durch die Sturm-Abteilungen des Reichskanzlers dargestellt sei, die hinwiederum laut ausdrücklicher Bekundung einen solchen Schandfleck auf ihrer braunen Uniform mit Stumpf und Stiel auszubrennen entschlossen sei! und wo andere Leute einen Punkt machen, hob Avenarius sich leicht auf die Zehenspitzen und sah aus seinen ernsthaft glänzenden Augen rundum durch den Saal. Von Ossis Haltung schrieb das Gneezer Tageblatt, sie sei gebrochen gewesen (wie die einer Kuh, wenn es donnert). Zweieinhalb Jahre Gefängnis stimmten eine Menge Leute zufrieden. Der Adel hielt es nur für billig, daß er gegen Frechheiten des Pöbels verteidigt worden war, und wollte es der neuen Regierung immerhin zugutehalten. Dr. Semig hatte sofort eingesehen, daß nicht er zuständig gewesen war für das Gutachten über das geschwollene Bein der Hildegard von Etz, sondern ein Professor der Veterinärmedizin dafür hatte aus Rostock anreisen müssen; er fühlte sich durch das Urteil auch auf eine ungefähre Weise beschützt. Oberes und unteres Bürgertum atmeten auf, weil der Gerichtsbeschluß versprach, daß die S.A. eben doch nicht alles sich herausnehmen durfte. Die S.A. war fast beglückt über die Gelegenheit, öffentlich als Feind des Unrechts und Verächter des Schmutzes auftreten zu dürfen, und bestellte bei der Gauleitung neue Formulare für

den Antrag auf Eintritt in ihre Reihen. Es waren nicht Alle zufrieden. Den Landarbeitern war dieser Einzige auf der Anklagebank nicht genug gewesen. Kollmorgen bekam allmählich Bedenken, einmal wegen seiner Würde, und zum anderen, weil er von mehreren Gerichten zur Übernahme ganz ähnlicher Fälle aufgefordert war, jedoch bei Hildebrandt nicht mehr vorgelassen wurde. Und was hatte der großartige Umstand des Prozesses für Schlachtermeister Methfessel eingebracht? Nichts, wenn man ihn fragte.
Es war nicht alles herausgekommen von Ossi Rahns Taten. So wurde nicht jene Gefälligkeit bekannt, die Ossi einem hochgestellten Führer der S.A. in Schwerin geleistet hatte. Er wurde nicht in ein gewöhnliches Gefängnis überstellt, sondern der S.A. zur Strafverbüßung ausgeliefert. Die S.A. beförderte ihn in ein »Konzentrationslager« eben jenseits der südöstlichen Grenze Mecklenburgs. In Gneez und Jerichow hieß es, daß er dort nicht als Sträfling arbeite, sondern die Sträflinge beim Arbeiten beaufsichtige. Dann fuhr seine Familie von einem Tag auf den anderen ab nach Fürstenberg an der Havel, und Roswitha Rahn hatte die Fahrkarten mit Geld aus der eigenen Tasche bezahlt; nun galt das Gerücht als erwiesen. Methfessel war ein wenig ins Saufen gekommen und ließ sich eines Abends im Krug vernehmen über die Gerechtigkeit im Neuen Reich. Methfessel wurde nach Fürstenberg gebracht, damit er einen Augenschein bekam. Als er nach vier Wochen zurückkam, wollte er nichts erzählen, nicht einmal ob er Ossi Rahn begegnet war. Das mochte Lisbeth Cresspahl nicht aus Jerichow nach Richmond schreiben.

Nu sech doch mal so, Methfessel.
Kannssu schweign, Frieda?
Bün doch din Fru. Wie ein Grab.
Denn grab dich keins.

Die junge Frau Cresspahl wußte, daß Keiner aus Jerichow an ihren Mann schrieb, schlicht um ihr nichts vorwegzunehmen. Sie wußte, daß Cresspahl auf Nachrichten von ihr angewiesen war, wollte er nicht sich auf die Zeitungen verlassen. Ihr war bewußt, daß er nach seiner Rückkehr Erklärungen verlangen

würde, schon aus seiner unbegreiflichen Neugier auf alles, was sie tat und dachte; nicht einmal sie selbst wurde aus sich klug. Da kam Besuch zu Papenbrocks, da wurde das Neueste aus der Feldstraße erzählt, und sie konnte es nicht in einen Brief bringen, und hatte schon den Anfang versäumt. Wenn Papenbrock beim Frühstück ihr einen Brief aus England über den Tisch reichte, konnte sie zusammenzucken. Sie meinte, es sei ihr nicht anzusehen, bis der Alte sich ihre Zappeligkeit verbat. Er sah nicht genauer hin. Wie die anderen sah er in ihr die verheiratete Frau, die ihren Kinderwagen in Jerichow spazieren schob und von den Leuten eine neue Art Respekt einforderte. Tatsächlich sagten alle Frau Cresspahl zu ihr, inzwischen ohne vor der veränderten Anrede zu stocken oder sie mit beiläufigem Lächeln zu versehen, und kaum Einer mochte vermuten wie verwirrt sie war.
Sie war so durcheinander, sie merkte sich Dinge tun, die sie nicht geplant hatte. Einmal zog sie mitten am Tag alles aus, was sie auf dem Leib hatte, und richtete sich den großen Spiegel im Teezimmer so, daß sie sich von Kopf bis Fuß mustern konnte. Das Kind war ihr fast nicht mehr anzumerken. Das Kind hatte sie für Cresspahl getragen; das war eins von den erfüllten Versprechen. Warum war das nicht genug?
Sie hatte Cresspahl zugestanden, daß er Semig als Taufpaten für das Kind bestellte. Warum war ihr Einverständnis nicht ausreichend gewesen? Jetzt hatte Cresspahl es bequem in England, und wollte, daß sie an seiner Stelle sich vor die Semigs stellte. Ja, sie hatte nach dem 11. April, Semigs Entlassung, nur einmal an seiner Tür sich sehen lassen; ihr waren nicht die Blicke seiner Nachbarn in der Bäk unbehaglich gewesen, Semigs Haus war ihr schwer erträglich. Es war immer still gewesen, offenbar wollten Semigs ohne Kinder auskommen; jetzt fehlte über dies noch das Hantieren des Dienstmädchens in der Küche, das Anschlagen von Türglocke und Telefon, das Einfahren von Wagen in den Hof. Und Semig hatte so eine Art, aus Höflichkeit für zehn Minuten aus dem Sprechzimmer zu kommen und dann doch schweigend im Salon zu sitzen, mit abwesendem Blick auf seine aneinandergestellten Fingerspitzen. Er sah auch fremd aus, seit er sich das kleine viereckige Bärtchen unter der Nase abgenommen hatte. Und Dora kehrte die Köstersche heraus, der Besuch mochte noch so gutmütig das Unrecht an Semig

als Unrecht abtun; Dora hielt den Blick beiseite wie eine alte Lehrerin, die gegen unverbesserliche Unarten sich taub stellt. Während dessen hörten sie Semig nebenan in der leeren Praxis hin und her gehen. Lisbeth hatte nur angedeutet, daß Cresspahl womöglich das Auto kaufen werde, das eben erst an Dr. Semig ausgeliefert worden war und für das er nun nicht Verwendung hatte. Die Semigs faßten alles als Mitleid auf, ob es nun der Besuch war oder ein Angebot von Hilfe. Die waren so mit ihrem Unglück beschäftigt, sie hörten nicht einmal zu. Cresspahl stellte sich einen Umgang mit denen vor als leicht und bloß anständig. Er ahnte nicht, wie schwer es ihr fiel.
Früher hatte ihr Beten geholfen. Nun hatte sie ihre Petrikirche am Ort und konnte auf ihrem gewohnten Platz sitzen und kam doch nicht beruhigt nach Hause. Ihre Bitten waren genau und mutlos. Sie betete, daß Pahl nicht so sich den Nazis an den Hals schmeißen möchte mit seinen Maßuniformen zu Freundschaftspreisen. Sie betete, Edith sollte aufhören können mit dem Stehlen in Louise Papenbrocks Speisekammer. Sie betete, daß Käthe Klupsch nicht so gotteslästerlich in den Geschäften über die Juden herzog. Sie betete, daß sie keine Worte mehr brauchen mußte mit Cresspahl und daß er sie wieder unausgesprochen verstehen werde. Sie betete um Hilfe, daß sie zu tun fertigbrachte, was sie doch tun wollte.

Und daß du lebst, Gesine.

Darauf, denkst du, weiß ich keine Antwort. Ich wüßte schon. Ich sage es nicht.

Hätte sie den fremden Pastor Brüshaver nur besser gekannt, sie hätte zu ihm gehen mögen und ausdrücklich fragen, ob die Kirche ausreichend Unrecht erkannte für ein Leben in einem anderen Land. Dann hätte sie sich selbst gezwungen, zu denken: Brüshaver sagt auch. Aber Brüshaver predigte in diesen Wochen viel über die Pflichten des Christen gegen andere wie sich selbst; sie fand da nicht Fingerzeige. Zu Methling wäre sie gegangen, Methling aber hatte sich mit der neuen Regierung verbündet. Es war ihr zu schwierig, Methling und die Kirche auseinanderzudenken.
Sie meinte nicht Unrecht im bürgerlichen Sinne. Da mochte

selbst Papenbrock ziellos in seinem Haus wandern und vor sich hin etwas brummeln von Bankrotteuren, die sich an anderer Leute Gut bereichern; jenes Unrecht war von der Obrigkeit, also rechtens. Sie meinte die Ungerechtigkeit, was die Vorschriften der Bibel untersagten und mit Strafe belegten.
Und Cresspahl war so im Vorteil! In einer Meinung nach der anderen über die Nazis hatte er recht bekommen, wenn auch nicht in der, daß sie einen Krieg machen würden. Da war er einfach albern, an dem Militärischen im Namen der neuen Gewerkschaft Arbeitsfront zu mäkeln. Es war nur, daß Cresspahl das Unrecht in seinem England verpassen wollte, bloß um keine Schuld abzukriegen. War das nicht selbstsüchtig? Durfte Einer aus seinem eigenen Land weggehen, bloß um in Sicherheit zu leben? Wie hätte sie ihm das schreiben sollen.
Mitunter gelang es ihr, eine Einbildung von Wut auf Cresspahl aufzuputschen. Wenn sie anderen Männern mit ihren Wünschen gekommen war, mit möglichen oder ausgesucht undenkbaren, hatte sie immer gleich wählen sollen zwischen dem Verzicht auf den Wunsch oder auf die weitere Gesellschaft der Herren. Als sie dem aufgeregten Herbert Wehmke mit seinen achtzehn Jahren die Bedingung machte, sie doch einfach aus dem zweiten Stock von Papenbrocks Haus zu entführen, hatte sie gewußt, daß er abgehen würde, Funken sprühend. Auch von Cresspahl hatte sie etwas verlangt, was er nicht leicht machen konnte, Cresspahl aber hatte ihr zugehört und sie an ihren eigenen Wünschen hineingezogen in eine Lage, an der sie ihren Teil hatte. Er nahm einfach nicht die Verantwortung für sich allein. Das mochte Respekt vor ihrer Person sein; das war von ihr zu viel verlangt. Cresspahl wollte von ihr nicht mehr und nicht weniger, als daß sie ihren Gründen sämtlich den Hals umdrehte und mit dem Kind nach England kam. Manchmal schien es ihr möglich, und nicht einmal das Gerede der Jerichower hätte sie zurückhalten können; dann wieder fiel ihr ein, daß sie sich damit etwas von ihrem Stolz vergab.
Jawohl war die Trennung bis zum November abgemacht; sie selbst hatte darauf bestanden, damit auch sie Opfer vorzuweisen hatte. Es war aber ein Anderes, daß Cresspahl tatsächlich nicht inzwischen einmal kam. Es mochte wirtschaftlich sein und was nicht alles; für starrsinnig galt es ihr doch.

Ende Juni hatte Papenbrock sich angewöhnt, zu beliebigen Gelegenheiten den Kopf zu schütteln und zu sagen: Nè. Bei den ersten Malen hatte er damit das ganze Gespräch am Eßtisch unterbrochen. Dann begriff seine Familie, daß er nur für sich seine Gedanken zusammenfaßte. Denn Papenbrock war nicht mehr an der Macht beteiligt. Die Büros der Deutschnationalen Volkspartei waren genau so von Polizei besetzt und durchsucht worden wie die der Kommunisten und Sozialdemokraten; am 21. Juni löste sie sich selbst auf, am 29. schied Hugenberg aus der Regierung aus. Papenbrocks Selbstgespräche, sein abwesendes Gehabe machten Louise sehr besorgt. Sie versuchte, mit ihm zu schimpfen, in einer längst verlernten scherzhaften Art, und sie saß ganz starr da, als der Alte unverhofft hinter ihrem Stuhl stehen blieb und ihr die Hand auf die Schulter legte und die Hand da ein bißchen hin und her bewegte. Er sah ins Leere, er kümmerte sich nicht um die anderen am Tisch. Die Geste hatte nicht nur die gewohnte Nachsicht bedeutet. Sie hatte geradezu zärtlich ausgesehen.
In den ersten Tagen des Juli wurde Papenbrock aus Schwerin angerufen. In Berlin, in der Dahme nahe der Grünauer Fähre waren mehrere Säcke mit Toten angeschwemmt worden. In einem der Säcke war ein Mann namens Johannes Stelling gewesen, totgeschlagen. Johannes Stelling war früher Ministerpräsident von Mecklenburg-Schwerin gewesen.
Papenbrock sagte nicht zu, an der heimlichen Trauerfeier für Stelling teilzunehmen; Papenbrock holte seine Kinder von der Straße.
Mittags kam Horst Papenbrock zum Essen, und in der Diele stand sein gepackter Koffer. Horst wurde ins Kontor befohlen. Papenbrock schrie ihn eine halbe Stunde lang an, nur zur Vorsorge. Am Nachmittag war Horst auf dem Wege nach Hamburg und Brasilien. Er hatte sich nicht stark gewehrt. Beim Abschied von der Familie hatte er ein sonderbar erleichtertes Wesen gezeigt.
Lisbeth wäre es recht gewesen, hätte Papenbrock ihr befohlen, nach England abzureisen. Aber Papenbrock merkte sich nicht jene Wünsche, die er seinen Töchtern bereits erfüllt hatte. Lisbeth hatte es, wie sie sich das ausgedacht hatte. Und er dachte nicht daran, Cresspahl in etwas hineinzureden.

Blieb noch Hilde. Vorläufig gehörte Hilde in dieses Haus. Sie war zu leichtsinnig für diese Zeiten, und Alexander Paepcke sollte erst einmal etwas Solides vorweisen, ehe er sie hier wieder abholen durfte. Am späten Nachmittag hatte Papenbrock mit Krakow telefoniert, am nächsten Morgen war Hilde in Jerichow.
– Liernt n ümme wat tau: sagte Papenbrock etwas geniert beim Frühstücken mit seinen beiden Töchtern. Es war ihm nicht ganz willkommen, daß seine Kinder lieber Befehle bekamen als selber entschieden. Er war aber zufrieden, es nun wenigstens zu wissen, und wollte es annehmen, da es zu den Kindern gehörte. Er hielt es für eine ihrer Eigenschaften; er kam nicht darauf, daß er sie dazu erzogen hatte.
»Hilde und ich und das Kind waren in Rande baden«: schrieb Lisbeth Cresspahl nach England an ihren Mann. »In Rande haben die Arbeitslosen den Strand neu aufschütten müssen, es ist jetzt fast wie in Travemünde ...«: schrieb sie.

26. November, 1967 Sonntag

Gestern morgen ging James Looby, 22 Jahre, ein Student aus Bayonne in New Jersey, in unserer Gegend spazieren. Auf der Amsterdam Avenue, an der 70. Straße, wurde er von drei Jungen um Zigaretten angegangen. Er war Nichtraucher und konnte ihnen keine geben. Dafür bekam er ein sechszölliges Messer in den Bauch. Er hatte Lehrer werden wollen.
Heute morgen beginnt die Ubahn acht ihrer 36 Routen anders zu fahren, und Marie ist seit dem frühen Vormittag unterwegs, um die neuen Kodes und Linienführungen wenigstens in Manhattan nachzuprüfen. Anders als mit der South Ferry, mit der Subway hat sie kaum Umstände gemacht. Sie erzählte nie von Ubahnträumen, in ihren Briefen nach Düsseldorf kamen die grauen Züge nicht vor, nicht einmal in den Bleistiftzeichnungen von 1962. Als sie vorhin aus dem Haus ging, war ihr nicht Vorfreude anzumerken, eher der Gleichmut jener New Yorker, die morgen die Ubahn für die Benutzung der Stadt benötigen werden und lieber heute sich für die Änderungen trainieren. Es mag auch Stolz auf die Besonderheiten New Yorks dabei

sein, ein Anspruch auf den Besitz der Stadt. Einmal, so hat sie sich vorgenommen, wird sie mit jener einzigen Zeichenmünze, die man braucht für den Eintritt in das Liniennetz, alle Strekken abfahren, alle 381 Kilometer, alle 482 Stationen, Tag und Nacht, »wenn ich den Mumm aufbringen werde«; auch dies ein Zeitpunkt, den zu bestimmen sie für sich vorbehält.

Als wir vor sechs Jahren hier ankamen, waren ihre Erfahrungen mit der westberliner Ubahn ungefähr genug, daß sie ohne Erstaunen mitging unter die Straße; ungefähr genug auch, daß sie sich bei den Unterschieden nicht aufhielt. Hier scheinen die Bahnsteige, oft an beiden Seiten von Expreß- und Lokalzügen bedient, anfangs viel schmaler als die europäischen, so daß der Neuankömmling in lächerlicher Furcht vor einem Absturz gern sich in der Mitte aufhält. Hier sind die Stationen wie gewohnt an den Seiten mit Fliesenwänden zugemauert, aber zwischen den Gleisen, und seien sie gegenläufig, stehen Stahlträger gereiht, dicht und nicht dick unter die Decke gestemmt, die gleich schwerer zu drücken scheint. Hier waren die Bahnsteige leerer; nicht nur fehlen die Häuschen für die Abfertiger, und damit ihre Anwesenheit, auch die Stadtpläne, und sogar der Plan der Zugfolge, so daß der Verkehr der Bahn in ein unermeßliches Belieben gestellt schien und das Warten auf den Zug ein Unternehmen ohne Garantie. Darum kümmerte sich Marie, keine vier Jahre alt, nicht ein bißchen; allerdings horchte sie dem Geräusch ihres ersten Zuges entgegen und nahm die Hand der Mutter fester in den Griff und schloß für einen Moment die Augen, als die schwere Wagenkolonne an ihr vorbei ausrollte. Dann mußte sie nur noch lernen, daß sie in ihrem Tarifcharakter als Kleinkind sich unter den Drehkreuzen der Eingänge hindurchbücken mußte, ungern, weil sie die schützende Hand dabei aufgeben mußte, und daß die Wagentüren ohne Ansage und Warnung zusammenklappen, so daß ein Kind die ungescheite Mutter sehr eilig hinter sich her ins Innere reißen muß. Es dauerte nicht lange, und sie bevorzugte die Eckplätze, nicht nur wegen deren Nähe zum Ausgang, auch aus Gründen des Komforts. Und sie begann mich bei der Aussprache des Wortes »subway« zu verbessern, als sei der vierte Buchstabe dem deutschen w nie ähnlich gewesen.

Wir haben uns leicht gewöhnt, und mit Hilfe der Vor-Urteile.

Da waren Leute zurückgekommen aus New York nach Düsseldorf und nannten die Lebensbedingungen in der Subway unmenschlich, erstens im allgemeinen, zweitens zu den Zeiten des Stoßverkehrs. Es war nicht wahr. Gewiß, es ist vorgekommen, daß wir nicht nur an den Rand des Bahnsteiges sondern auch genau vor eine anhaltende Tür geraten waren und daß die Wartenden hinter uns alles vor sich in den Wagen schoben wie eine übermenschliche Faust; aber die Leute im Wagen wichen weich vor uns zurück, und immer wurde für Marie ein größerer Hohlraum aufgemacht als sie ihn zum Atmen brauchte, und allewege kamen die Fahrgäste zu dichter Berührung nur in den kurzen Wirbeln des Aus- und Einsteigens und nicht während der Fahrten, wo Jeder um sich einen Abstand hielt, und sei er hauchdünn, sogar die unbehilflich dicken Frauen, unter denen die Negerinnen, hochatmend, alle Bewegungen des Körpers wie in einem Kreiselsystem abfangend und zusammenhaltend, in der Anmut am besten abschnitten. (Amanda ist sicher, daß sie einmal im Gedränge Sperma auf die Mantelschöße bekommen hat. Es ist mir so nicht gegangen; also ist mir ihre Meinung von der Subway nicht erreichbar.) Jetzt habe ich sechs Jahre lang an allen Arbeitstagen die Zeit kurz vor neun Uhr und kurz nach siebzehn Uhr in der Subway verbracht und nur wenige Male darauf verzichten müssen, die New York Times zumindest anzulesen. Ein Hoch auf die Subway von New York.
Das erste Mal ruft Marie an von der Chambers Street (gibt sie an). Es ist also tatsächlich, daß die Verkehrsbehörde das System der Ubahn nicht mehr gruppiert nach den drei Gesellschaften, aus denen es zusammenwuchs, IND, BMT, IRT, und 1940 endgültig im Besitz der Stadt vereinigt wurde. Unsere Gruppe hieß Interborough Rapid Transit; davon ist nicht die Abkürzung geblieben und nicht die schwarze oder dunkelblaue Farbe ihrer einzelnen Linien auf den Plänen. Unsere Leibzüge, früher benannt nach dem von ihnen unterfahrenen Broadway und der Siebenten Avenue, heißen jetzt nur noch 1, 2 und 3 und sind auf dem geänderten Plan in den Farben Orange, Hellblau und Knallrot gekennzeichnet, übrigens leicht zu verwechseln mit der Linie E in Queens oder der 8, der Hochbahn über der Dritten Avenue in der Bronx, wenn Einer das Verhältnis der Stadtteile nicht fest im Kopf hat. Von Marie kann man sagen:

sie hat es in ihrem Kopf. – Nun werde ich mal die Sechste Avenue vornehmen: sagt sie.
Ein anderes Vorurteil, das nach Westdeutschland angetragen worden war, sagte den New Yorkern eine geradezu fürchterliche Eile nach, ob nun auf der Straße oder in der Ubahn. Es war dann nicht wahr. Auf den Stationen der Ubahn ist nicht eine einzige Normaluhr ausgehängt, so daß Jeder selbst sich seine Eile zurechtdenken muß, ohne Hilfe von seiten der Transitbehörde. Noch auf den bedrängtesten Bahnsteigen bewegen sich die Menschen, als hätten sie ein Funkmeßnetz rund um sich, und stoßen den Nachbarn nicht an; die Laufenden fallen so ungewöhnlich auf, daß sich unter ihrer Annäherung eine Bahn inmitten der anderen Wartenden bildet. In den niedrigen Gängen unter dem Bahnhof Grand Central, wenn Tausende unterwegs zu den tiefen Schächten der Subway sind, beim ersten Mal ist das langsame Vorantreiben der Menschen unheimlich, dann setzt doch ihre Geduld und Disziplin sich durch als Eindruck, und Vertrauen. Und wenn einmal unter dem Times Square die Gehströme trotz der Kettenabsperrungen in einander verfilzen, die Kondukteure rufen doch nur »Schreiten Sie beschwingt!« und nicht Loslos und der gelassene Neger in der Lautsprecherkabine sagt gern und fürsorglich immer noch einmal seine Lebensweisheit auf.

Walk, don't run!
A fall is no fun!
Step lively, ladies and gentlemen!
Watch your step, please!
There is *a train due on track 3.*

Noch ein Vorurteil war einheimisch, und lebte von der Hoffnung, daß die Wiederholung von Reklame nicht mehr abgeschlagen werde von Geldbesitzern, die den Aufrufen Bitten Belehrungen Ratschlägen Anbiederungen Drohungen der Industrie so wehrlos ausgesetzt sind wie in einer bis an den Rand vollgepackten Ubahn; ich, for one, sehe die Plakate nicht mehr und weiß nur noch das erste aus dem Jahr 1961, das die Fahrgäste fragte, ob sie etwa auch neun Leben hätten wie eine Katze oder am Ende doch nur eines und ob sie sich das mal überlegen wollten; allerdings sehe ich die Verzierung der Werbung durch Fahrgäste, die das Zahnpastalächeln eines Mannequins erst mit Blaustiftflecken in den Vorderzähnen schön finden oder eine vornehm geschwungene Fotonase doch lieber mit einem buschig gespreizten Bart abfangen.

I call my bank president Henry. How do you call your bank president?
I call him an ass, and a son of a bitch.

Seit sechs Jahren hängt an unserer Wand oberhalb des Telefons jene Ubahnkarte, die das Hotel unserer ersten Tage mit den Empfehlungen der Union Dime Savings-Bank austeilte. Sie mutet an wie die Einführung in ein Wandergebiet. Die Flüsse, der Sund und der Atlantik umgeben die Landstücke mit einem schmutzigen blassen Grün, viel freundliche Laubfarbe ist an die Stelle von Parks und sogar Flugplätzen und Friedhöfen gekleckst und sitzt unter der Windrose, die vierundzwanzig Richtungen angibt. Über die ganzen und halben Inseln und über das Wasser aber laufen rot und dunkelblau und orange die Linien der Subway von damals, hübsch verknotet im südlichen Manhattan und um die Straße Jay in Brooklyn, ungeschickt in Kurven gerundet oder geradezu eckig seitwärts strebend, wie Fußwege im Wald. Die Sehenswürdigkeiten der Stadt sind fast immer richtig an ihre Standorte gedruckt (damals gab es noch die elektrische Fähre von der 69. Straße in Brooklyn nach Staten Island. Die haben wir versäumt), als unser Gegenüber am Fluß ist nicht nur der Staat New Jersey angegeben sondern auch der Ort Edgewater, die ungefähre Form der Brücken ist über die Flüsse skizziert, über den beiden Flugfeldern hängen tapsige Flugmaschinen, die Statue namens Liberty steht auf einem spitzzackigen Adventsstern, und tatsächlich fährt da doch eine South Ferry vom Battery Park und hält einen zierlich gedrehten Zopf weißen Rauches über sich. Zwei gelbe Einsätze weisen hin auf die Häuser der Bank, die all dies spenden will, und wo immer Subway und Parks einen freien Raum lassen, hat sie allerliebste Briefkästen aufgebaut, für Geldgeschäfte per Post, und all diese Großzügigkeit und Fürsorge hat der Bank nicht einen einzigen Dime, nicht zehn

Cent aus unserem Haushalt eingebracht; uns aber ein auswendiges Bild der Linien der Subway. Verbindlichen Dank, Union Dime Savings!

Die Sonne hat sich hinter den Fluß zurückgezogen und beleuchtet nun die Uferbauten tief von unten, so daß sie wie liebliche, wenn auch undeutliche Vegetation erscheinen. Nun beginnt Marie zu fehlen. Nun ruft Marie an. Die Neuigkeit ist, daß es die Kunden der bisherigen IND und BMT schwer erwischt hat. Da halten die Züge in einem Bahnhof, den es bisher nicht gab, und halten nicht in Bahnhöfen, wo sie immer gehalten haben, und manche fahren auf Strecken, auf denen sie nie gefahren sind. Auf den Stationen unter dem Times Square stehen die Leute vor den neuen Plänen und finden keinen Weg, auf dem sie wieder hinaus und nach Hause kämen, denn es ist ja nicht nur, daß die Züge solche Namen wie QJ und QB bekommen haben, sie lassen sich eben auch nicht mehr am Times Square erwischen, sondern nur noch an der DeKalb Avenue in Brooklyn, die bisher gar nicht als Umsteige bekannt gewesen ist. Da steht ein Mann in blauer Uniform und ist Kondukteur und heißt Ossi Bell und hat zwischen eins und zwei 43 Leuten mit Auskünften aus ihrer tiefen Verwirrung zu helfen gesucht. Nicht daß Marie seiner bedurft hätte; sie hat aus eigenen Kräften festgestellt, daß der Expreß zum Strand von Brighton, der früher unter dem Namen Q via Broadway fuhr, neuerdings unter dem Namen D aus der Bronx kommt und daß wir ihn eben nunmehr am Columbus Circle erwischen werden; und die Züge zum Strand von Rockaway, unter welchem Namen auch immer, fahren nach wie vor nur in Manhattan expreß und halten in Brooklyn an jeder Station, und das hätten sie ändern sollen: sagt Marie. Marie hält den nächsten Sommer für wahrscheinlich, sie bereitet sich auf die Reisen zum Baden vor, und sei es Ende November. Wenn sie nur vor dem Dunkelwerden nach Hause kommen wollte. Wenn sie jetzt vom Times Square abfährt, sollte sie in einer Viertelstunde vor der Tür stehen.

Denn es gibt ein Vorurteil über die Subway, das wirklicher im Gefühl sitzt, und heißt: die Subway sei nicht gut für Kinder ohne Begleitung, und sei es ein männlicher Zehnjähriger, und sei er ausgebufft worden in den schlimmsten Ecken der Bronx oder Harlems. Das will Marie nicht wahrhaben. Sie will nicht verstehen und weist darauf hin, daß es seit fast vierzig Jahren keinen Unglücksfall in der Subway durch den Verkehr der Subway gegeben hat. Auf Zureden beträgt sie sich ein wenig genauer und zählt in übergeduldigem Ton, mit manchmal schnippisch hochfliegenden Satzenden auf was sie gelernt hat: sie hat gelernt, einen Rauschgiftsüchtigen zu erkennen. Einen Betrunkenen braucht sie nicht einmal mehr anzusehen. Sie wird in keinem Fall in einen Ubahnwagen gehen, in dem nur drei Passagiere sind, und wenn ein Polizist den Kurs begleitet, wird sie sich in seiner Nähe aufhalten. Sie hält nicht für möglich, daß ihr auch nur Einer der zweieinviertel Millionen Fahrgäste am Tag gefährlich werden könnte, und daß sie nicht schlauer und fixer ist als alle zusammen. Sie sieht sich nicht. Wenn sie unterwegs ist, sehe ich ein mageres Mädchen in einer Windjacke und weißen Hosen, das auf einem Eckplatz in der Subway hockt, den Kopf mit den Zöpfen rückwärts gegen die Wagenwand gelehnt hat und alles Bewegliche, Leute Fensterausschnitte Türen Gummiknüppel, in seinen Augen aufnimmt in einer so umfassenden, nahezu benommenen Art, daß sie aussieht als träumte sie. Zumindest sieht sie aus als könnte sie sich nicht wehren. Das will sie nicht wahrhaben, und noch wenn sie in verabredeten Abständen pünktlich zu Hause anruft, will sie nicht etwa den Warnungen ein Recht bestätigen sondern mit unendlichem Mitleid eingehen auf Flausen, die überängstliche Erwachsene nicht von sich tun können. Überdies haben wir uns auf einen Streit eingelassen, als sie vor zwei Jahren auf eigene Faust und ohne Ankündigung nach Flushing fuhr (um zu sehen wo wir beinahe gewohnt hätten) und erst eine Viertelstunde nach fünf Uhr und quietschvergnügt von einem Ort namens Queens Plaza anrief; nun müssen wir über ihre Fahrten vorsichtig sprechen, beiläufig, um ja keinen Triangel in den Frieden zu reißen. Manchmal würde ich es vorziehen, sie nähme schlicht und einfach Verbote an.

Jetzt kommt Marie durch die Tür, achtzehn Minuten nach ihrem Anruf vom Times Square, und hat ein Exemplar der neuen Karte für die Ubahn mitgebracht. Nun werden wir sehen ob dies ein Kind ist, das etwas hält von Tradition.

Über dem Telefon hängt unser alter Plan, gestiftet von Union Dime Savings. An den Rändern ist er beschädigt mit notierten

Nummern, er mag auch in den Brüchen kurz vor dem Reißen sein schon aus der Zeit, als ich ihn auf Wohnungsuche in der Manteltasche durch New York trug. Aber auf der Karte sind weiterhin die Zeichen, mit denen Marie die von ihr benutzten Bahnhöfe abhakte und Umsteigepunkte umrandete, da steht auch ihre ungefüge Kindergartenschrift, einzelne Worte in den Hudson, in den Atlantik, in den Central Park geschrieben. Wird sie die alte Karte der neuen opfern?

Die neue Karte der Ubahnlinien ist größer, ein elegantes Ding, zum größeren Teil weiß, mit einer ausgesuchten Mischung von acht Farben besprenkelt. Die Ufer sind einen Schatten tiefer nachgezogen als das Wasser blau ist, wie in einem nicht ganz ungefährlichen Traum. Alle Linien sind säuberlich parallel oder in Winkeln übereinander gelegt, in schulmäßige Kurven gebracht und in ein Verhältnis gesetzt, das Ausgewogenheit und Vollkommenheit vortäuscht. Einzig die Linie GG, Queens/Brooklyn, hat einen eckigen Bauch, der zu weit nach Südostost durchhängt. Am Grand Concourse an der 138. Straße scheint etwas mißverständlich, da verdeckt das Verzeichnis der haltenden Züge, daß die Linie 2 einen Bogen nach rechts macht; da wird man in Zukunft mehrmals hinsehen müssen. Zugestanden, es entspricht einer vorherrschenden graphischen Mode. Wird es an unsere Wand kommen? Was wird nun mit der Vergangenheit?

Marie nimmt die Karte von 1961 von den Nägelköpfen, legt sie behutsam in die Brüche von 1961, streicht die Karte von 1967 an der Wand glatt und drückt die Nägel durch. Da hängt die neue.

– Die andere ist zum Aufheben: sagt Marie.

– Zum Aufheben für wen. Für dich?

– Für dich doch, Gesine, Mensch: sagt Marie.

27. November, 1967 Montag

In Westdeutschland ist eine neue Partei gegründet worden. Ihr Programm wünscht die Kündigung des Nordatlantischen Vertrages, eine Volksabstimmung über die Anerkennung Ostdeutschlands und die Abschaffung von Einkommen, das nicht

aus Arbeit rührt. Die New York Times gibt dem Unternehmen wenig Zukunft und elfeinhalb Zeilen.
Der Botschafter der U.S.A. in Viet Nam erklärt: der Krieg in Viet Nam werde mißverstanden.
Gestern morgen in der Bronx drang James Dennis ein in die Wohnung von Wilbur Johnson, ließ ihn durch Mrs. Johnson fesseln, vergewaltigte Mrs. Johnson und nahm mit den Wertsachen Abschied. Auf der Straße hörte er seinen Namen rufen, blickte nach oben und sah Johnson auf ihn schießen. Offenbar hatte er die Flinte in Johnsons Schrank übersehen. Womöglich kannte er ihn gar nicht.
Das war das Wochenende von Thanksgiving.
Aber in Richmond war es Juli, und Cresspahl vergnügte sich an einem ausgewachsenen Baum in seinem Hof. Es war eine Rüster. Sie hatte ihm seit dem Frühjahr Sorgen gemacht, weil sie in den unteren Zweigen mit fettem Laub ausschlug und um die Mitte geradezu beleibt wurde, in der Krone aber lange schütter blieb und einem schamhaften Kahlkopf gleichsah, und war zu jung dafür. Dann kam er darauf, daß sie nicht krank war, sondern die Krone hatte in den Wind halten müssen und unten herum von den umgebenden Hausmauern gewärmt worden war. Noch im Mai hatte er durch die Spitze hindurchsehen können. Nun aber war der Baum am ganzen Leibe zugewachsen und im Lot. Solcher Art waren die Sorgen meines Vaters im Sommer 1933.
Das war im Juli, und schon fanden Flüchtlinge aus Deutschland den Weg zum Gaswerk von Richmond. Die kamen mit Grüßen von Erwin Plath und wollten Cresspahl im Vertrauen etwas ausrichten. Es hieß: Hett dei Kau den Schwanz verloren, denn markt sei ierst, wotau hei gaut is. Die winkten gequält ab und wollten nicht hören, aus welchem Grund Cresspahl den Sozialdemokraten seit elf Jahren keine Parteibeträge mehr gezahlt hatte; die wollten ein Bett in einem Zimmer mit einer verschlossenen Tür. Später erzählten sie von einem »Konzentrationslager« bei Fürstenberg, wo ein Kerl namens Rahn als »Ossi Menschenfreund« bekannt war, weil seine Opfer ihm mit dieser Anrede Dank für Prügel und Strafen abstatten mußten; einer wußte für sicher, daß der Kinderarzt Posner in Rostock sich selber am Hals aufgehängt hatte, eben erst, am 8. Juli,

»weil er Jude war«. Wenn sie die Keller der S.A. und die Flucht und die Ankunft zur Not ausgeschlafen hatten, standen sie etwas klamm im heißen Hof, ältere Herren zumeist, gelenksteif vom Sitzen an den mecklenburgischen Schreibtischen der S.P.D., und stellten sich auch ungeschickt an, wenn Mr. Smith ihnen seine Fassung des Englischen beizubringen versuchte. Die blieben nicht lange. Im Hause dieses Cresspahl war es nicht behaglich; nicht etwa, weil ein Gast am dritten Tag beginnt zu stinken, und nun fremde Gäste erst. Nein, da fehlte eine Frau. Eine Frau hätte nicht solche unerhörten Sorten Essen in kaltem Zustand auf den Tisch gebracht; mit einer Frau hätte sich reden lassen über die eigene und die Familie, die in Deutschland zurückgeblieben waren. Und offenbar war es in Cresspahls Haus verboten, nach der Frau und den Kindern zu fragen. Ähnlich mürrisch und undeutlich ließ der sich auch zu den politischen Problemen vernehmen, ob das nun die British Union of Fascists oder die Irish Republican Army war. Und es ging auf die Dauer nicht an, dem und seinem Mr. Smith beim Arbeiten zuzusehen, sogar das Geräusch ihrer Arbeit kam Einem nach über das ganze Anwesen. Die fanden bald den Weg zur Bahnstation von North Sheen um die Ecke und suchten nach ihren Leuten in der Stadt und kamen wohl einmal zurück mit einer ganz anderen Art von Englisch und kamen nicht mehr. Nur einen der ersten Ankömmlinge, Manning Susemihl, zog es gar nicht auf die Straße. Er war Kurier der sozialdemokratischen Gauführung Schwerin gewesen, ein Junge von fünfundzwanzig Jahren, dem noch das zutrauliche und rührende Kind anzusehen war, das ihm besser gestanden hatte als die weißlich verheilten Striemen quer über seine prallen Backen. Manning nahm sich jeden Tag ein anderes Zimmer vor und räumte seinen Genossen den Möl nach, nicht weil er übermäßig auf Reinlichkeit und Ordnung hielt, nicht bloß um für das Dach über dem Kopf zu bezahlen, sondern um ein wenig unter das Dach zu gehören. Der griff sich einen Besen und fegte sich Strich für Strich vom Hof in die Werkstatt hinein und kam gerade recht zu einem Handgriff, den der Meister beim übelsten Willen hätte sachgemäß nennen müssen. Es stellte sich heraus, daß er zwar von Holz nicht viel verstand, wohl aber von Farben. Sie nahmen ihn zum Beizen und konnten ihn im Grunde brauchen für die

Menge Aufträge, die Cresspahl wieder angenommen hatte, um die Zeit bis November vernünftig hinzubringen. Cresspahl bezahlte ihm etwas zum Wochenende. Dann aber ging ihm auf, daß Manning Susemihl für immer von gefährlichen Reisen lassen wollte und ganz zufrieden war, daß er bei den Engländern gleich einen Landsmann gefunden hatte und Arbeit auf die Dauer (denn, anders als sein Name sagte, er liebte die Fremde nicht). Cresspahl überwand sich, ihm nicht nur zu sagen, wann er hier wegzog, auch wohin. Eine Weile glaubte er, er sei um den Verlust dieses Jungen herumgekommen. Denn Manning hatte ihn verträglich angesehen aus seinen blanken, vertrauensseligen Augen und war weggegangen mit einem Nicken, als sei an dem Entschluß wenigstens irgend etwas zu begreifen. In den nächsten Tagen wurde er stiller, und war nicht einmal mehr schweigend vergnügt. Wenn sie beim Essen zusammensaßen, kaute er mit langen Zähnen, so trocken war das Brot aber nicht. Er wandte den Kopf ein weniges weg, wenn Cresspahl ihn anredete, und sah ihm nicht in die Augen beim Antworten. Er ging an den Abenden aus dem Haus. Als er eine andere Bleibe gefunden hatte, drückte er sich nicht um den Abschied. Er war verlegen. Cresspahl merkte den Vorwurf, für den der andere sich genierte, den er aber nicht aufgeben konnte. – Ick hev dat vesöcht. Öwe nè. Ick vestå Se nich: sagte Manning Susemihl.
– Jå: sagte Cresspahl. Er hatte damals schon die Art, mitten aus einem Gespräch wegzutreten in Gedanken und so mit schrägem Kopf stillzustehen, als habe er die Anwesenheit des Anderen vergessen.

Wech mit Schådn.
Wier doch din Schådn, Cresspahl.
Sech ick doch: Wech, mit Schådn.

Als Cresspahl an einem Sonntag im Juli 1933 in den Norden Londons reiste, ging und stieg und fuhr ihm jemand nach, ein kleines Herrchen mit einem Regenschirm, dem der sommerliche Anzug so uneben saß, als habe er ihn samt der übrigen Eleganz geliehen. Gosling war die Kündigung des Arbeitsvertrages auf den Kopf gefallen wie jener Ziegelstein, von dem es heißt, er sei ungerecht, weil nicht angekündigt. Gosling hatte inzwischen gelernt, zwei und zwei zusammenzuzählen, sogar ungerade Zahlen. Er hatte Cresspahl sicher geglaubt an der Leine, die dem durch die ausländische Herkunft gedreht war. Ihm war nun fast klar geworden, daß ein Besitz von Räumlichkeiten und Maschinen, sogar wenn er sie nicht selbst bewohnen und bedienen konnte, auf dem Weg über den simplen Verkauf weniger ergiebig in bares Geld verwandelt wurde als mit der Anstellung von Leuten für die Arbeit in den Räumen und an den Maschinen. Manchmal war er sich vorgekommen wie auf allerdünnstem Eis, nämlich wenn er dachte an Zeiten, in denen womöglich eine noch geringere Zahl von Leuten würde das Ergebnis der Arbeit kaufen können (oder wollen); nie hatte er sich träumen lassen, daß etwa die Arbeiter in ihrem treulosen Eigensinn imstande wären, ihn um die regelmäßigen, auch hübschen Überweisungen auf sein Konto zu bringen. Anfangs hatte er den Brief von Burse, Dunaway und Salomon auf die leichte Schulter genommen, an die mit den Einkünften eben auch Hochmut gewachsen war. Dann mußte er zu seinem kalten Schrecken erkennen, daß dies nicht eine Ära war für hoch schnippische Töne, jeden Falles nicht für ihn; nicht einmal seine Frau nahm ihm Zuversicht ab. Offenbar war es möglich, daß mitten in einer reichlichen, ausschweifenden, geradezu überfließenden Arbeitslosigkeit von Gott und den Menschen zugelassen war, daß die falschen Leute aus Brot und Arbeit waren. Nicht nur hatte er sich mit dem Erbe Reggie Pascals zum ersten Mal auf eine schmerzhafte Weise beschäftigen müssen, nämlich in Gedanken und Überlegungen; er hatte auch ein unbequem ausgiebiges Stück von London unter seine empfindlichen Füße genommen, von Arbeitsämtern zu Innungen zu Gewerkschaftsbüros, und was er in den umgebenden Pubs auszugeben hatte, tat seinem Gaumen so wenig wohl wie seiner Börse. Wenn ein Tischlermeister sein Geld wert war, so besaß er seinen Betrieb, wie immer verschuldet, oder hatte sich in die Möbelfabriken gerettet, wo er bei allem Absatzmangel doch als Letzter gekündigt wurde, und wollte nicht zurück ins offene Leben des Erwerbs und erst recht nicht unter die Fittiche von Albert A. Gosling, und sagte ihm das auch noch schräg abwärts in sein doch immerhin vornehmes Gesicht. Es war ihm unbenommen, einen jener Tischler anzustellen, die auf dem Markt waren; ein Beliebiger würde imstande sein, mit Reggie Pascals Sachen Möbel zusammenzuhauen, die billiger zu verkaufen waren als die der Kaufhäuser und allerdings auch noch weniger haltbar. Das paßte aber nicht zu der Kundschaft des Geschäfts! die wollten Möbel gerettet haben, verschönert, aufgearbeitet! und waren imstande, für schlechte Arbeit nicht nur nicht zu bezahlen sondern das Gericht zu bemühen. Es war ärgerlich, es war anmaßend, es war unerträglich, daß der Deutsche sich den Strick vom Hals nahm, der doch so unlösbar ausgesehen hatte, und es war entwürdigend, daß eine Persönlichkeit wie Albert A. Gosling, Esq., bei einem solchen Menschen um gut Wetter sollte einkommen müssen. Nun hatte es doch sein Schlechtes, daß der junge Ritchett nicht mehr jede Woche seinen Lohn kostete. (T. P. hatte Gosling schon von Mal zu Mal etwas gesteckt aus dem Betrieb der Werkstatt, oder was Cresspahl zu verstehen gegeben habe; T. P. wollte, daß Gosling endlich einmal eine Faust ins Gesicht bekam.) Dieser Mr. Smith stellte sich dumm; der war imstande, einen Gin nach dem anderen mit Dank anzunehmen und dann endgültig die Sprache zu verlieren. (Mr. Smith hatte auch die ratlosen Erkundigungen Manning Susemihls nach Cresspahls Geisteszustand angehört in seiner schläfrigen Art und sie so lange unterbrochen mit einem unerschütterlichen und verständnislosen Ja in den nicht passenden Pausen, bis Susemihl ihn aufgab.) Listig wie ein Großwildjäger wollte Gosling das Opfer einkreisen und ging nicht zu Cresspahl sondern zu Salomon und fragte, welcher Art denn die »persönlichen Gründe« des Deutschen für die Kündigung seien. Salomon legte den Kopf zurück an die Intarsienlöwen in seiner Sessellehne und betrachtete Gosling mit einem Erstaunen, als sei er nackt, oder mit Tierfellen bekleidet. Gosling beeilte sich zu erklären, daß er eigentlich nicht das Persönliche an Cresspahls Gründen und natürlich nicht einmal die Gründe selbst habe erfahren wollen; nur, ob die Aufgabe der Treuhandschaft auf die Person von Albert A. Gosling zurückgehe. Salomon ließ seinen gleichzeitig weidwunden und erzieherischen Blick noch eine Weile ausruhen auf den Haaren unter Goslings Nase und versprach mit einem Mal bereitwillig, er werde sich erkundigen. Nach einer Weile nahm Gosling von neuem Platz auf Salomons Besucherstuhl, streckte befangen die

Beine aus und versuchte dennoch ganz aufrecht zu sitzen. Salomon hielt sich bequem und teilte seinem Klienten mit, die Antwort sei bejahend. Er hatte eine tröstende Miene aufgesetzt, der Gosling nicht traute. Der Klient begehrte zu wissen, ob und daß dies Mißverständnis beigelegt werden könne. In diesem Falle: teilte Salomon mit: sei die Antwort verneinend. Gosling ließ sich die Auskünfte mehrmals wiederholen und stand jetzt vor dem Tisch und stützte sich auf seinen Regenschirm so innig in seiner Wut, daß er eher einem Flitzbogen ähnlich sah. Es half ihm nichts, er mußte mit vielem Räuspern abziehen.
Für Gosling war erwiesen, daß der Jude mit dem Deutschen unter einer Decke saß, ganz dicke Suppe kochte, ein Herz und eine Seele war und zu was die Juden noch sonst imstande sind. Er traute sich zu Cresspahl nicht; ihm war nicht geheuer bei der Vorstellung, die Ausstellungen und Schwierigkeiten der vergangenen Jahre an einem einzigen Nachmittag in neuer Aufführung auszuhalten. Er wollte an Cresspahls Entschluß verstehen, daß der Mann zurück wollte in sein eigenes Land, weil und seitdem dort jener Mr. Hitler durchgriff, gerade eben wieder mit einem Gesetz zur Verhütung erbkranken Nachwuchses, nach dem ein Betroffener in eigener Person um seine Kastration vorstellig werden konnte; wiederum begriff Gosling diesen Cresspahl nicht, wegen der befremdlichen Vorstellung, daß Einer seinem patriotischen Gewissen zuliebe sein wirtschaftliches Auskommen aufgeben sollte. Und Gosling war neugierig. Er sah den Deutschen auf dem Bahnhof von Richmond auf einen Zug zur Stadt warten und fuhr ihm hinterher in den Norden bis an die Seven Sisters Road und stieg ihm nach bis in die Seitenstraße, in der der Deutsche an der Tür eines Einfamilienhauses läutete. Der Deutsche kam nach so kurzem Wortwechsel zurück, daß Gosling nicht auf große Beute hoffte, als er selber an die Tür ging. Ihm öffnete eine Frau, eine Zimmervermieterin, die früher allein in dem ehemals stattlichen Gebäude gewohnt haben mochte, und Gosling vertraute auf leichtes Spiel mit Leuten, die in Not geraten waren. Anfangs wehrte sie sich gegen seine Fragen. Gosling gab ihr in einer ganz unnachsichtigen Art zu erkennen, daß sie sich strafbar mache, wenn sie die Arbeit der Polizei behindere. Nun wurde die Frau geradezu eifrig, und wenn sie einmal zögerte, brauchte

Gosling nur etwas schärfer zu schnarren und seinen Akzent um eine Stufe anzuheben. Der Fremde hatte nach einer Mrs. Trowbridge gefragt. Er war zum ersten Mal gekommen. Mrs. Trowbridge hatte hier im September 1931 zwei Zimmer im oberen Stock genommen. Sie sei ausgezogen, als die anderen Mieter sich über das Geschrei des Kindes beschwerten. Eine Dame, eine rücksichtsvolle, unaufdringliche Person, aber eben mit einem Kind, das manchmal quarrte. Und der Mann von Mrs. Trowbridge? Mrs. Trowbridge war eine Witwe. Und wohin war sie gezogen? Zu Verwandten in der Gegend von Bristol, aber sie hatte eine Adresse nicht hinterlassen, wozu auch, hatte doch still für sich gelebt.
Gosling wäre weniger enttäuscht gewesen, hätten seine kriminalistischen Künste ausgereicht für eine Frage nach der Reaktion des Deutschen auf die vergebliche Auskunft, die eben nicht vergeblich gewesen war. So erfuhr er vorläufig nicht, daß Cresspahl, offensichtlich verdutzt für einen Moment, gesagt hatte: Was für ein Kind? Wieso ein Kind?
Das war im Juli, als das Licht noch rein weiß war und ohne den bräunlichen Stich, den die austrocknende Vegetation im August in die Landschaften hängt.

28. November, 1967 Dienstag

Die New York Times zehrt noch immer von dem umwälzenden Ereignis, das ihr die Änderungen im Betrieb der Subway bedeuten. Auf der ersten Seite, zwar am Fuß, bringt sie nicht weniger als drei Fotografien von Passagieren in konfuser Verfassung, jede mit absichtlich humorvollen Unterschriften, so der, daß ein Zugführer wohl anderen Bescheid sagen kann, jedoch über den eigenen Heimweg nachdenken muß. Sie zitiert einen hohen Beamten der Verkehrsbehörde, der sich darüber freut, daß in manchen Zügen nun nur noch 105 bis 110 Leute je Wagen zur Arbeit fahren, statt wie früher 180 bis 212. Deswegen zitiert sie ihn nicht allein. Er hat auch den Begriff eines »Komfortpegels bei 180« Fahrgästen eingeführt. Was mag das sein? Ein »Komfortpegel« in der Ubahn ist gegeben, »wenn

ein Mann im Stehen die New York Times lesen kann«: berichtet die New York Times.
Gestern hat ein Vertreter der Firma Dow Chemical vor Studenten in Washington Heights die Herstellung von Napalm und dessen Lieferung an die Armee verteidigt. Zunächst einmal hält jener Dean Wakefield den Krieg in Viet Nam, »im ganzen gesehen«, nicht für ein moralisches Problem. Dow Chemical erfülle einfach die Verantwortung gegenüber den nationalen Verpflichtungen einer demokratischen Gesellschaft (in Viet Nam). Übrigens sei der Kampfstoff so einfach zu machen, die Armee wäre selber dazu imstande. (Die New York Times erklärt: was Napalm ist.) Die Familie der Krupps nennt Wakefield »schlechte Menschen«. Auf die Frage, woher er die Maßstäbe beziehe, mittels derer er moralische Urteile über geschäftliche Unternehmen fälle, antwortete Mr. Wakefield: Aus der Geschichte. »Aus der Geschichte.«
Haushaltsprodukte der Firma Dow Chemical kaufen wir schon lange nicht mehr. Aber sollen wir auch nicht mehr mit einer Eisenbahn fahren, da sie an den Transporten von Kriegsmaterial verdient? Sollen wir nicht mehr mit den Fluggesellschaften fliegen, die Kampftruppen nach Viet Nam bringen? Sollen wir verzichten auf jeden Einkauf, weil er eine Steuer produziert, von deren endgültiger Verwendung wir nichts wissen? Wo ist die moralische Schweiz, in die wir emigrieren könnten?
Die Post besteht heute aus einem Brief mit sehr großen Marken. Dargestellt ist darauf jeweils eine Eiche sowie ein Mensch mit einem Buch. Der Stempel hat darüber ein Jerichow ohne w gedrückt. Dort habe ich zehn Jahre gelebt. Wäre es möglich, dahin zurückzugehen?
»Seebad der Werktätigen Rande. Der Gemeindevorstand. Straße der Nationalen Einheit 35. Telefon Jerichow 255. Den 24. November 1967. Betrifft: Ihr Schreiben vom 20. August 1967: Anzahl der jüdischen Kurgäste in den Jahren vor 1933.
Sehr geehrtes Fräulein Cresspahl!
Wir können nicht umhin, die Beantwortung Ihres Schreibens mit der Feststellung zu beginnen, daß uns bekannt ist, daß Sie eine Bürgerin der Deutschen Demokratischen Republik sind. Sie sind die Tochter des verstorbenen Heinrich Cresspahl, die Besitzerin des von ihm bis zu seinem Tode bewohnten Grund-

stücks Ziegeleiweg 3–4 in Jerichow und nach wie vor dort polizeilich gemeldet, da Sie Ihre polizeiliche Abmeldung unterlassen haben, wie aus den uns vorliegenden Unterlagen hervorgeht.
Sie werden verstehen, daß es uns nicht freundlich berührt, von Ihnen einen Brief aus den Vereinigten Staaten von Amerika zu bekommen, aus einem Land, das einen gnadenlosen Ausrottungskrieg gegen das tapfere vietnamesische Volk führt, von einer Bürgerin, die nicht nur ihr Heimatland verlassen hat, zu einer Zeit, da es hart um seine Existenz kämpfen mußte und die Hilfe jedes Einzelnen unabkömmlich war, sondern auch den Sozialismus verraten hat.
Dies sind die Voraussetzungen, die wir bei der Einschätzung Ihrer Anfrage heranziehen müssen.
Wir müssen Sie eingangs erinnern an die besonderen Bedingungen, unter denen die Deutsche Demokratische Republik lebt, arbeitet und den Frieden sichert. Es wird Ihnen bekannt sein, daß unser Land in fast zwanzig Jahren harter Aufbauarbeit den achten Platz der industriellen Produktion in der Weltrangliste errungen hat, und Sie werden sich vorstellen können, daß damit Hand in Hand tiefgreifende Umwälzungen der Gesellschaft vor sich gingen und zum ersten Male auf deutschen Boden, in dem einzigen sozialistischen Staate deutscher Nation, die Menschen sich einem menschenwürdigen Leben gegenübersehen. Dennoch darf man nicht aus dem Auge verlieren, daß wir immer noch eine gemeinsame Grenze haben mit einem Gesellschaftssystem kapitalistischer Prägung, in dem die alten Junker und Generale, Revanchisten und Kriegshetzer und natürlich die Flick und Konsorten die Macht ergriffen haben, die ihrer natürlichen Veranlagung nach Tag und Nacht darauf sinnen, wie sie unserem jungen Staat Schaden zufügen können, da sie nun einmal bei dem Versuch seiner Entfernung aus der Welt Schiffbruch erlitten haben. Eine solche Grenze besteht nun aber nicht nur an den Rändern des Territoriums der Deutschen Demokratischen Republik, sondern überall, wo unsere Gegner ihre Durchdringung versuchen, selbst im Überbau.
Unter diesen Umständen gelangen wir zu folgender Fragestellung: Was ist der Zweck der Erkundigung der Bürgerin Cress-

pahl? Was kann ein Mensch, der in das Lager des Klassenfeindes desertiert ist, vorhaben mit gewissen Daten aus der Vorgeschichte der Deutschen Demokratischen Republik, die aus einer vor seiner Geburt liegenden Zeit stammen? Es wird sich gewiß nicht um eine Äußerung des Heimwehs oder der privaten Erinnerung handeln. Die Annahme einer objektiven Absicht ist also gegeben. Unser Augenmerk gilt der Tatsache der Verwandlung dieser gewissen Daten bei einfacher gesellschaftskritischer Betrachtung auch für das nicht marxistisch-leninistisch geschulte Auge in tatsächliche Vorgänge unter Beteiligung und Mitwirkung wirklicher Menschen. Es bedürfte also keiner sonderlichen Anstrengung, und wäre auch mit einer bestimmten grundsätzlichen Wahrscheinlichkeit versehen, daß ein Feind unseres Staates den Versuch unternimmt, mit einer Manipulation gewisser in einem begrenzten Sinne tatsächlicher Daten den Eindruck zu erwecken, als handele es sich bei jenen Menschen, die in den Jahren nach dem Jahr 1933 durch aktives Handeln oder durch Unterlassung eine Einflußnahme auf die Zahl der Badegäste jüdischer Religion ausübten, und jenen Menschen, die heute Seite an Seite die bisher höchste Lebensform, den Sozialismus aufbauen, um die selben Menschen. Schon wäre die Lüge vom latenten Antisemitismus in der Deutschen Demokratischen Republik fertig. Dazu kann einer Vorschubleistung von unserer Seite nicht die Hand geboten werden.

Es liegt hier ein Denken vor, das der simpelsten Kenntnisse der menschlichen Psychologie ermangelt, insofern als es die These von der Bestimmung des Bewußtseins durch das Sein und von der Entwicklung durch Veränderung außer Berücksichtigung läßt. Ein Mensch, der unter der unmenschlichen Herrschaft des Faschismus einer Verführung zur Teilnahme an diskrimierenden Akten gegen jüdische Bürger erlegen ist, ist nicht mehr der selbe, wenn er die Tatsache der Verführung bewußtseinsmäßig verarbeitet hat, ganz abgesehen davon, daß solchen Menschen bei uns der Weg in die führenden Funktionen von Staat und Partei versperrt ist. Das entspricht der Politik unseres Staates, die für sämtliche Minoritäten, seien sie nationaler oder religiöser Art, eine Behandlung nach dem Prinzip der Gleichberechtigung zusichert. Diese Tatsache ist der beste Be-

weis für die Berechtigung des unnachsichtigen Abwehrkampfes der Deutschen Demokratischen Republik gegen den rassistischen, suprematistischen und kolonialistischen Zionismus, wie er erst vor einem halben Jahr im Nahen Osten sein tückisches und blutiges Haupt erhoben hat.
Im übrigen teilen wir Ihnen mit, daß einzelne statistische Daten, laut Anweisung der Abteilung für Statistik beim Rat des Kreises Gneez, nicht an Privatpersonen ausgegeben werden, selbst wenn sie vorhanden wären.
Zum Schluß machen wir Sie darauf aufmerksam, daß Sie durch Ihr ungesetzliches Verlassen des Territoriums der Deutschen Demokratischen Republik vor vierzehn Jahren nicht von den Pflichten eines Bürgers der Deutschen Demokratischen Republik entbunden sind und daß Volk und Regierung von Ihnen erwarten, daß Sie im Sinne unserer Verfassung für den Frieden und die Verständigung unter den Völkern und gegen die imperialistischen Kriegstreiber auftreten.
Mit Friedensgruß!
Schettlicht. Klug. Susemihl. Kraczinski. Methfessel.
Deutsche Demokratische Republik. Der Rat des Kreises Gneez. Gemeinde Rande.«
Manchmal sagt Marie von Schwester Magdalena: »I wish she were in Jericho!« Es fällt ihr gar nicht auf, so nachdrücklich denkt die hiesige Sprache für sie, daß Jericho ein sehr entfernter Ort ist, und nicht ein angenehmer. Wer im Englischen nach Jericho gehen soll, wird auf den Weg zum Teufel geschickt, und wird Einer nach Jericho bloß gewünscht, so soll er bleiben, wo der Pfeffer wächst.

29. November, 1967 Mittwoch

Liebe Marie.
Heute versuche ich zum ersten Mal, dir etwas auf das Tonband zu sagen »für wenn ich tot bin«. Du hast es dir gewünscht vor sieben Wochen, als wir zu Annie nach Vermont fuhren. Erinnerst du dich?
I read the Times today:
Oh boy.
Nun hast du auf dem Band, daß ich nicht singen kann. »Wie

ein Glas mit einem winzigen Sprung« sagte Jule Westphal mitunter. Dann behielt sie mich doch im Schulchor. Im 2. Alt.
Wenn man Eisenhower noch einmal ließe, würde er in Nordvietnam einmarschieren, notfalls auch in Kambodscha und Laos. Und er würde es nicht eine Invasion Nordvietnams nennen, sondern daß »wir uns einen Dorn aus der Seite ziehen«. Ich sage dir das, weil du ihn einmal niedlich fandest.
Nun lese ich dir aus der New York Times vor: »Binnen einer Stunde nach Sonnenuntergang zeigen sich die ersten Zuckungen der Angst in den westlichen sechziger, siebziger und achtziger Straßen. Die Geschäfte schließen gegen neunzehn Uhr, und binnen zwei Stunden sind solche Durchfahrtstraßen wie der Riverside Drive und die Avenuen Columbus und Amsterdam nur noch zufällig belebt oder fast ausgestorben.« So ist es auch in den neunziger Straßen, wo wir leben.
Als Kind habe ich leicht mit der Zunge angestoßen, es hilft mir jetzt beträchtlich, beim ti-aitch. Soll ich mal eins versuchen? »Removing a thorn in our sides«. Hört man es?
Im Herbst 1956 haben sie mich behandelt wie ein Kind, wie eine Wahnsinnige, in Jerichow. Als begriffe ich nicht ihre Lage
Manchmal bin ich so müde, daß ich genauso unordentlich rede wie ich denke
Ich finde das nicht ordentlich wie ich denke
Wo ich her bin das gibt es nicht mehr
Es gibt noch so Bücher, du wirst sie nicht lesen können. Das sind die im Glasschrank. Ich fand immer von den Sprüchen die am schönsten, wo es heißt »sä de Jung«. Fuchs und Katze und Igel und fast alle Vögel sollen auch haben sprechen können. Ich mochte am liebsten die Geschichte von dem Jungen, der im Bett saß und so müde war, daß er sich nicht mehr hinlegen konnte. Also rief er seine Mutter und bat: »Stöt mi üm«. »De Jung« war aber ein Kind, das es schwer hatte.
Deine Vorfahren haben alle ihren Namen nicht schreiben können. Cresspahl war der erste.
Pferde kennst du nur räudige, mit Blumen am Kopf und verrotteten Lappen um die Füße. Mit den Kutschen sind wir nie durch den Central Park gefahren, anfangs des Geldes wegen, dann weil wir dachten das ist für Touristen.

Am Anfang wolltest du zurück nach Deutschland, glaub es mir. Nach einem halben Jahr sahst du dem Mädchen im Supermarkt schon auf den Mund, wenn sie dir zum zweiten Mal einen Einerschein vorlegte und dich fragte nach dem Namen des Mannes auf dem Schein. Und du sagtest: George Washington. Und sie sagte: Do you like him? Und du sagtest: Yes ma'am.
Wenn mir ein Stück Geschirr aus der Hand fällt, sagst du streng: Watch your language.
Manchmal, im Übergang von Behauptungen zu Bekanntem, sprichst du wie ein Pferd, das die heimatliche Stalltür schon sieht, und gehst wie nach Hause im Sprechen wie ein Pferd das Keiner am Halfter führt.
Als du schreiben lerntest machtest du aus meinen nicht immer geschlossenen Muster-Buchstaben sorgfältig geschlossene, verlängertest Querstriche bis zum Ansatz, zogst Rundungen aus, bis sie aufs andere Ende trafen.
Gestern habe ich dir ein Foto erklärt. Ratzeburg 1960. – Ja ich stells mir vor: sagtest du. Dir haben sie die Höflichkeit mit Kellen zu essen gegeben. Ich als Kind wollte sehr die Oberfläche vergrößern, auf der die Liebe für Mütter anwachsen kann. Ich trug ein Bild mit mir umher, auf dem sie als Kind zu sehen war. 1913. – War sie das? habe ich Cresspahl gefragt. In ganz langen Kleidern. Das Bild hatte einen sehr braunen Ton. Ich glaubte ihm nicht. Sie hat sich –. Sie hat etwas mit sich gemacht.
Dein Vater ist gestorben als er noch nicht einmal das Wort sterben ordentlich denken konnte. Von deinem Vater weiß ich nur das Notwendigste.
Und ich trau dem nicht was ich weiß, weil es sich nicht immer in meinem Gedächtnis gezeigt hat, dann unverhofft als Einfall auftritt. Vielleicht macht das Gedächtnis aus sich so einen Satz, den Jakob gesagt hat oder vielleicht gesagt hat, gesagt haben kann. Ist der Satz einmal fertig und vorhanden, baut das Gedächtnis die anderen um ihn herum, sogar die Stimmen von ganz anderen Leuten. Davor habe ich Angst. Mit einem Mal führe ich in Gedanken ein Gespräch über ein Gespräch, bei dem ich gar nicht dabei war und Wahrheit ist daran nur die Erinnerung an seine Intonation, wie Jakob sprach
Der Satz von heute heißt . . . daß ich ihn nicht sagen werde. Es

ist ein harmloser Satz, kein Geheimnis nichts von Gefühl. Es ist das Aussprechen, das ihn unerträglich machen würde, unheimlich
Von deinem Vater weiß ich nur was man über Tote wissen kann. Handballspieler, Sozialist, Untermieter. Nach einer Weile stellen sich die Sachen vor die Person und lassen nur einen kleinen Raum, in dem er angeblich ein Leben geführt hat. Was ihn kümmerte muß ich mir erdenken. Seine Mutter kümmerte ihn, aber er hat sie mir gegeben und ist gegangen. Dein Vater konnte gut mit Mädchen. Er konnte gut mit alten Frauen, mit Cresspahl meistens, mit Katzen, mit allen seinen Freunden. Jakob war der einzige, mit dem Wolfgang Bartsch eine Schicht in Frieden durchhielt. Jöche soll bloß den Mund halten, Jöche war doch nur nebenbei, Jöche war viel zu jung. (Jöche hat 1956 umhererzählt, Cresspahl sei schon seit vierzig Jahren in Jerichow. Da siehst du.) Jakob konnte noch mit Leuten, denen die Geduld ganz und gar abhanden gekommen war, mit Verkäuferinnen am Abend, mit Güterzugschaffnerinnen. Mit mir konnte er wie ich mit Niemandem
Wenn ich, Marie, hör zu.
Wenn ich mich auf einen Menschen einlasse, könnte sein Tod mich schmerzen. Ich will diesen Schmerz nicht noch einmal. Ich kann es mir also nicht leisten, mich auf jemand einzulassen.
Diese Bestimmung wird nicht angewandt auf ein Kind namens Marie Cresspahl.
Entschuldige.
Tagsüber spreche ich ja nicht.

30. November, 1967 Donnerstag

Die nordvietnamesische Armee gibt bekannt: die Schlacht um Dakto im südlichen Viet Nam sei zu ihren Gunsten ausgegangen.
Bisher machte die Mafia es so: die Brüder kauften eine normale Kneipe, die Geld verlor, renovierten sie und hielten sich ein paar Homosexuelle als Locktauben. Seit einem Jahr ist es nicht mehr ein Vergehen gegen das Alkoholgesetz für den Staat New York, einem erklärten Abweichler einen Schnaps auszuschen-

ken, und in der Stadt warfen die Trinkstätten der sexuellen Minderheiten immer interessantere Gelder ab. Nun fängt die Mafia an, an reguläre Unternehmer zu verkaufen, und investiert Kapital und Gewinn in private Clubs für die ergiebigen Homoerotiker und freut sich des nicht nur erhöhten, auch beschleunigten Umsatzes. Die Kundschafter der Polizei fallen in diesem Publikum auf. Die Sache ist wieder einmal dicht, und laufen tut sie überdies.

Cresspahl machte es so: er kam nach Deutschland sechs Wochen nach der Verkündung des Gesetzes zur Gewährleistung des Rechtsfriedens vom 13. Oktober 1933, das Jeden mit dem Tode oder lebenslangem Zuchthaus oder mit fünfzehn Jahren Zuchthaus bedrohte, der es unternimmt, eine der (Hochverrat erfüllenden) Druckschriften in Kenntnis ihres hochverräterischen Inhalts zum Zwecke der Verbreitung in das Inland einzuführen, oder wer eine solche Druckschrift nach ihrer Einführung im Inland verbreitet oder wer sonst ein im Ausland begangenes Verbrechen des Hochverrats im Inland fördert.

In der Manteltasche hatte er, offen und leicht als bedrucktes Papier erkennbar, eine Zeitung mit dem Urteil, das der londoner Gegenprozeß zu der leipziger Verhandlung über den Brand des Deutschen Reichstags ausgesprochen hatte. Einen Schritt aus dem hamburger Zollgebiet heraus, und sie hätten ihm alles nachweisen können, die Einführung, die Verbreitung und den Hochverrat. Eine ulkige Art, für den Unterhalt von Frau und Kind Vorsorge zu treffen, Cresspahl.

Ich har man blos vegetn dat ick dat har, Gesine.

Harstu secht, nich, Cresspahl.

Mi hem de Lü glövt un de Plizistn un Nåwers Katt ok. Weitstu doch.

Es hatte nicht viel gefehlt, und Cresspahl wäre die Elbe hinuntergekommen nicht mit einem, mit dreihundert Stück Druckschriften in einem doppelten Boden in einer von Lisbeths Kisten. Susemihl war allen Ernstes mit dem Vorschlag nach Richmond gekommen, gutartig, zappelig vor guter Laune und reichlich begeistert von seinem listigen Einfall. Aber der junge Mensch hatte nicht verheimlicht, daß Cresspahl in seinen Augen mit einer solchen Besorgung sich etwas reiner waschen werde, und er war zu früh aus dem Ton des Jüngeren in den des Befehlsgebers umgestiegen, so daß Cresspahl sich behandelt fühlte als bloß eine handliche Gelegenheit, um die es dem anderen nicht schade war. Darauf hatte es einen Streit mit Susemihl gegeben, über nichts als Politik, weil beide die Person des Anderen schonen wollten. Nun half es der S.P.D. nichts mehr, daß sie gegen die Ermächtigung Hitlers gestimmt hatte; da kam die Verlegung der Zentrale nach Prag genau so recht wie der Ausschluß sämtlicher jüdischer Mitglieder aus dem Vorstand. Das wollte Susemihl nicht glauben. Cresspahl konnte ihm nachweisen, daß der Beschluß vom 19. Juni war. Susemihl wollte wissen, was Cresspahl neuerdings mit den Juden habe. Cresspahl hatte es neuerdings damit, daß es Scheiße sei, Opfer der Verfolgung im Stich zu lassen. Susemihl hörte aus dem gleichmütigen, endgültigen Ton des anderen heraus, daß der nicht aus Versehen die Partei beleidigt hatte. Er versuchte zu sagen, bleichgesichtig jetzt und mit einer mühsamen Nachsicht: Cresspahl verstehe wohl nichts von Politik, im Grunde. Es hatte seinen Abschied einleiten sollen, und Cresspahl schlug ihn sorgfältig zwischen die blanken, unverhofft entsetzten Augen. Er ließ ihn nicht in der Küchentür liegen, er warf ihn hinaus auf den Hof, und es war ihm recht, daß es regnete. Es gibt so eine überwache, schnell fließende Wut, die es gründlich anstellt mit einem Verlust, wenn denn etwas verloren werden soll, nicht wahr, Cresspahl.

Right you are, Gesine. Un du kennst dat nich bloß von mi. Du hest dat sülben.

Ne.

Na?

Es ist wahr, Cresspahl hat es versäumt, in der Volksabstimmung vom November 1933 den Austritt des Deutschen Reiches aus dem Völkerbund auch für seine Person zu billigen und in den gleichzeitigen Wahlen zum Reichstag der Partei der Nazis auch mit seinem Kreuz zu den 92 Prozent an Ja-Stimmen zu helfen; er war zufällig nicht im Lande. Nicht einmal hat er ein Kind in die Welt gesetzt im Vertrauen auf eine Zukunft unter den Nazis, wie die jungen Eltern von 1934; sein Kind sollte in England aufwachsen. Es ist nur, daß er es dann bei den Nazis ließ. Und als Cresspahl Ende November in Jerichow ankam, wer war da ernannt zum Kommandeur der Politischen Polizei von Hamburg, Lübeck und Mecklenburg-Schwerin?

Heinrich Himmler.

Künnstu nich åhnn.

Ne.

Im April war der Beschluß zur Verdreifachung der Reichswehr binnen fünf Jahren. Im September gab es die erste »Arbeitsschlacht«. Im Oktober verließ die deutsche Delegation die genfer Abrüstungskonferenz. Im Oktober wurde die Reichswehr auf Sanktionen des Völkerbundes vorbereitet. Du hattest es doch mit dem Krieg. Du wolltest doch nicht in noch einen Krieg, Cresspahl. Warum bist du dann hingefahren zum Krieg.

War doch noch nicht zu sehen, Gesine.

Doch.

Ne.

War es denn wirklich so einfach? Da gab es mit einmal politische Todesstrafen, aber du wolltest dich eben aus der Politik halten? Die richteten sich ein auf einen Krieg, aber dich würden sie nicht ziehen, Jahrgang 1888? Die mochten einen Rochus auf die Juden haben, aber wo du dich hinstellst, wird ihnen nichts passieren? Die verbieten alle Parteien, und in einer warst du mal, und vielleicht geht es mit einer einzigen doch besser?

So ungefähr, Gesine.

Glöv ick nich.

Wenn ein von' Råthus kümmt, is he nich bloß kläuker. He is reinwech n bederen Minschen, de vesteit de annern nich mihr. Wo sittst denn du, Gesine? Kannstu din Kriech nich seihn? Worüm geihst du nich wech, dat du kein Schult krichst? Du kennst dat nu doch as dat iss mit de Kinner. Wat secht Marie, wenn se't markt hett?

Dat de Dodn dat Mul holln dedn.

Is di nich nauch dat se dot sünt?

Wenn ick nicks seggn sall, wat redst du?

Ick wull di nich Angst måkn, Gesine.

Du wist dat man bloß nich seggn.
Sech du dat.
Du harst din Fru in Dütschlant, un süss hest du di nich vel dacht.
Süss hev'ck mi nich vel dacht.

Cresspahl und Papenbrocks jüngste Tochter gingen nicht nur nachts auf der Steilküste bei Rande, auch am hellichten Tag auf der Straße Arm in Arm, und wieder hieß es in Jerichow, das sei eine Ehe wie Leim und Lack. Eines Abends konnten diese Cresspahls doch nicht warten, bis sie in Papenbrocks Haus waren, und standen hundert Schritt davon in einem Torweg umarmt, und als Ete Helms den Schritt zu lange verhielt, lösten sie sich von einander ohne Eile und wünschten ihm ganz ohne Aufregung einen guten Abend. Ete Helms hätte ihnen am liebsten das Weitermachen befohlen: erzählte er zu Hause. Die Erzählungen waren gutmütig, die Neugier nicht gehässig. Vielleicht würde doch Einer, würde Eine das schaffen und so leben mit einander wie es aber nicht möglich war.

– Warum magst du heute nichts erzählen: sagt das Kind endlich.
– Das Tschechische hat mich müde gemacht, Marie.
– Sag etwas: verlangt sie.
– Jen dou vode mně dál
láska mi vobešla.
– Und noch!
– Šaty měla podzimkové
a vlasy měla podzimkové
a oči měla podzimkové ...
– Aha! sagt Marie. – Ich wollte nur sehen, ob du deine Schularbeiten gemacht hast.

1. Dezember, 1967 Freitag

Der Schneesturm von gestern hat die Bäume vor dem Fenster zu weiß funkelnden Fremdlingen verkleidet, den Himmel sauber geräumt und der unverstellten Sonne einen blendenden

Spiegel in den Riverside Park gelegt. Zurückgelassen hatte er einen Wind, der jedem auf die Knochen schrieb, daß es kälter ist als sechs Grad, reinweg sechseinhalb unter Null. Die Helligkeit, die Frische in der Luft hatten die Stadt ganz reinlich gekleidet, wie einen hartgesottenen Fürsorgezögling, der gleichwohl einen neuen Anfang machen soll. Auf dem Broadway, am Niedergang zur Ubahn, war ein alkoholkranker Mann auf dem vereisten Matsch von gestern hingeschlagen und hatte sich verzogen in arglosen Schlaf. Die Leute stiegen bei aller Eile sorgfältig über die Beine des Verunglückten, wie ein Pferd über den, den es abgeworfen hat.
Die New York Times nennt heute die Namen der amtlich in Viet Nam getöteten Soldaten aus New York und Umgebung, aber sie gibt nicht an, wieviele aus dem ganzen Lande gefallen sind.
Vom abgelösten Kommandeur der Pazifikflotte, Admiral Roy L. Johnson, meldet sie: er werde nun nach Virginia gehen, »um zu leben«.
John Franzese, »das Söhnchen«, wiederum des Mordes am »Habicht« Ernest Rupolo angeklagt, läßt gegen einen Zeugen des Staates vorbringen: der sei ja viel zu kriminell, um glaubwürdig zu sein.
Bei uns, an der Amsterdam Avenue und der 71. Straße, soll ein heruntergekommenes Hotel, das Sherman Square, Platz machen für ein Appartementhaus der Luxusklasse von mehr als 30 Stockwerken. Die Unternehmer hoffen zu erreichen, daß die Armen und Kaputten die Obere Westseite verlassen, wenn man ihre Unterkünfte (»ihre Schlupfwinkel«) abreißt. »Nur so kann die Stadt wachsen.«
Statt eines Briefes hat Karsch uns einen Blankoscheck zukommen lassen, »für was eine neue Telefonnummer kostet«. Das war in deutscher Sprache geschrieben, Marie hat es lesen können und findet es nur recht und billig. Die neue Nummer hat aber nichts gekostet. Unsere Telefongesellschaft ist von privaten Absichten besessen und zieht es vor, daß wir ihre Dienste benutzen, statt ihr böse zu sein. Zwei Tage nach dem Antrag waren wir »wieder im Geschäft«, in den Ausdrücken des Monteurs, eines über der Arbeitsroutine redselig gewordenen Mannes, der uns in einem fort zum Entenschießen in den Sümpfen

New Jerseys überreden wollte. Was fangen wir nun an mit einem beliebig ausfüllbaren Scheck auf die Bank des Heiligen Geistes in Mailand?
An den Scheck sind zwei Druckfahnen geheftet, augenscheinlich mit dem Schluß eines Artikels, den Karsch über seinen Aufenthalt in den U.S.A. verfaßt hat. Karsch gehört also zu jenen, die in Ruhe arbeiten dürfen und denen man ihr Geschriebenes noch einmal zu lesen gibt, bevor die Fehler nicht mehr berichtigt werden können. Aber hier hat er sich eine handschriftliche Erklärung gespart, und es ist in Italienisch, das kann Marie nicht lesen, das will sie übersetzt haben, sofort, Wort für Wort.
Bevor Karsch nach New York kam, war er also bei der Mafia in Neu-England zu Besuch. Er kennt da weniger Leute und weiß weniger Einzelheiten als sein Kollege Davidson, der vor vierzehn Tagen einen ähnlichen Bericht in der Saturday Evening Post veröffentlicht hat; aber es sieht so aus, als hätte die Bundespolizei auch Karsch etwas lesen lassen von dem, was ihre Abhörgeräte den Vätern und Leutnanten der Mafia in ihren eigenen Büros von den Lippen gelesen haben, und es liest sich, als habe auch Karsch seine Aufwartung gemacht bei Raymond Loreda Patriarca, dem Familienoberhaupt aller jener Brüder im Gebiet von Boston, und als habe er mit eigenen Augen gesehen, wie der Alte an warmen Nachmittagen auf der Treppe vor einer seiner Niederlassungen sitzt, elegant in weißem Pullover, weißen Socken und Schuhen aus Alligatorhaut, mit einer dicken Zigarre zum Spielen und mit einer solchen Gutartigkeit im Gesicht, wie sie nur jemand aufbringt, der seine Leibwächter in der Nähe nicht nur weiß, sondern auch sieht. »Wenn aber Einer sich vorkommt wie Gottvater, wie soll er dann nicht an die eigene Unschuld glauben?« heißt es bei Karsch.
Gewiß, er beschreibt die Einkommenszweige der Mafia, vom Zinswucher über die arrangierten Fußballspiele und Pferderennen zur eigenen Herstellung von L.S.D. und dem Transport von Narkotika in Rechnung und Auftrag befreundeter Familien, aber dann fällt ihm der Blick beim Schreiben doch wieder in den Hafen von Boston und auf das Schiff »Constitution«, benannt nach der amerikanischen Verfassung, zur Besichtigung freigegeben, und Karsch meldet: An diesem Tage

war sie zu. Es ist geradezu, als unterhielte er sich mit seinen Lesern, als sei er gewiß, ihre Aufträge auszuführen. Er hat im Lebenslauf Patriarcas nicht alles, was Davidson hatte; dafür bringt er aber die Lebensgeschichte von Patriarcas Eltern, Einwanderern aus Italien, aus Sizilien. Das Gerücht, die Mafia von Neu-England wolle ihren Vater wegen seines Alters und möglicher Schwäche in Polizeiverhören demnächst ermorden, steht bei Karsch an einer Stelle, die ihn nun gerade nicht einer Beleidigung Gottvaters überführt. Er verpaßt nicht die Geschichte: wie Patriarca einst einen Mangel an geeigneten Arbeitskräften reparierte durch die Anstellung von Nicht-Italienern, ohne sie aber in der Praxis und Ideologie der Mafia, insbesondere der omertà, auszubilden, und nun sich nicht wundern muß über das Knacken im Gebälk seines Empire. Er bietet Soziologie: wie die Mafia in Boston auf das Niveau der Wirtshausschlägereien abgesunken ist und mit lautem Geknalle auf den Straßen und mit vorfindbaren Leichen erledigt, was in Chicago in diskreter Stille und ohne Spuren abgetan werde, und daß für die ganz dreckige Arbeit inzwischen schon »die Bauern von Boston« nach auswärts geholt werden. Mit seiner Art, die Beziehungen zwischen der Mafia und den Politikern von Neuengland abzubilden, bringt er den Leser in Wut, ehe der es sich versieht; Karsch aber steht längst mit freundlicher Miene auf dem Harvard Square in Cambridge und beschreibt die einmündenden Straßen und den Kiosk der Ubahn und eben jenen Zeitungenstand, wo neben der Literaturnaja Gasjeta aus Moskau auch die Zeitungen aus Italien ausliegen.
Am meisten aber hat er es mit den Kindern. Das erste ist ein Mädchen, das er im Italienischen Viertel von Boston beobachtet hat, eine neunjährige Dame hinter dem Gemüsestand, die von den Käufern genau das beherrschte und achtungsvolle Benehmen erwartete, das sie ihnen zukommen ließ; fast schwarze Augen, meist hinter den Lidern versteckt, anmutige dunkle Haarschwünge in der Stirn, Schluckbewegungen in der sehnigen Kehle, vielleicht doch Angst.
In Providence ist Karsch also von Spezialisten der Mafia verhauen worden. Er schont sich nicht im geringsten: er gibt zu, daß er unterlag, und er zeigt nicht Stolz, daß er die Schläge überstanden hat.

Das zweite Mädchen war eine vierjährige Schwedin im »Copter Club« auf dem Haus der PanAmerican in New York, der immer unausweichlicher wurde, daß sie in wenigen Minuten aufs Dach mußte und in den Hubschrauber zum Flugplatz Kennedy steigen. In all ihrer Angst setzte sie sich zu dem einzelnen Herrn am Nebentisch und tröstete ihn über die Tatsache, daß sie nun gleich mit ihren Eltern dahin abfliegen würde »woher unsere Familie geboren ist« und ihn allein zurücklassen mußte. Als der Aufruf kam, hatte sie ihn doch nicht erwartet. Bleich und entschlossen schleppte sie eine schwere Bordtasche mit sich, weil das zum Vorgang gehörte, aber vor der Fahrtreppe nach oben wandte sie sich noch einmal um und winkte dem Fremden zu, damit er ja nicht sich einfallen ließe, über ihre Abreise traurig zu sein.
Nach New Jersey ist Karsch also wegen eines anderen Gerüchts gegangen. Er hatte so oft sagen hören von einem riesigen Rost, nach Bestellung angefertigt, auf dem die Mafia von New Jersey untreue Angehörige oder widerspenstige Gegner verbrenne, daß er sich einen Versuch nicht versagen mochte. Nicht nur fand er das Anwesen, ein weiträumiges Gelände mit Sportplätzen rings um das herrschaftliche Landhaus, er wurde auch hereingebeten vom Herrn des Hauses, einem italienischen Einwanderer der ersten Generation, der gern noch einmal die heimatliche Sprache an Karsch ausprobieren wollte, ihn mit Vergnügen auf dem Grundstück spazieren führte und ihm überdies bei makellosen Cocktails Grüße an Verwandte in der Nähe von . . . auftrug. Er gab dem Besucher sogar zwei Leute seiner Leibwache mit, die ihn zu einem Bahnhof der Tunnellinie nach New York bringen sollten, die aber unterwegs auf den Versuch verfielen, diesen Europäer einmal auf eigene Faust ein bißchen auszunehmen, und ihn zwei Tage lang auf das höflichste im Hinterzimmer eines Friseursalons in Newark in Gewahrsam hielten. Es war im Grunde lächerlich, das Opfer eines Nebenverdienstes von zwei Untersoldaten zu spielen, und kipplig wurde die Sache erst, als den beiden einfiel, der Fremde könne sie bei ihrem Arbeitgeber wegen Zuwiderhandlung gegen einen Befehl in Gefahr bringen. Aber zwei Tage in Rasierhaltung blieben lächerlich. Aus dieser Lage wurde Karsch durch das dritte Kind gerettet.

Der Absatz, in dem von diesem Kind die Rede ist, beschreibt nicht sein Aussehen; er ist nicht einmal angestrichen. Es heißt dort nur, es sei wiederum ein Mädchen gewesen, eine Schülerin der vierten Klasse, verblüfft darüber, daß ein ausgewachsener Mann sich mehr kümmere um das Beschämende seiner Lage als um die Ursachen davon, und die Schülerin habe diesen Korrespondenten belehrt, daß er den Zwischenfall nicht einmal durch Mitführen einer Schußwaffe hätte verhindern können. Dem Korrespondenten sei durch das Verhalten des Kindes die Romantik des Verbrechens zuverlässig ausgetrieben. Er habe nun auch verstanden, daß das Kind keinen Dank wollte; Solidarität fahre besser, wenn sie schlicht wahrgenommen werde.
– A tua disposizione, Fanta Giro: ist der Schluß des Artikels.

– Meinetwegen kann er wieder anrufen: sagt Marie.

2. Dezember, 1967 Sonnabend

Das Tribunal des Lord Russell für Kriegsverbrechen in Viet Nam, tagend in Roskilde bei Kopenhagen, hat gestern die U.S.A. in sämtlichen Punkten der Anklage für schuldig befunden: des Völkermords, des Einsatzes verbotener Waffen, der Mißhandlung und Tötung von Gefangenen, Gewaltanwendung gegen Gefangene, Verbringung von Gefangenen unter Zwang, weiterhin der Aggression auch gegen Laos und Kambodscha.
Jean-Paul Sartre, ein Mitglied des Internationalen Gerichtshofes zu Roskilde, hat die U.S.A. schon einmal gestraft, als er vor zweieinhalb Jahren eine Einladung in dies Land ablehnte, weil seine Regierung einen Krieg in Viet Nam führe. Sartres Begründung machte jeden Ausländer, der in die U.S.A. reist oder dort lebt, zu einem Mitschuldigen.
Im Jahre 1933 ermäßigte die Staatliche Italienische Eisenbahn ihre Preise um siebzig Prozent, um ausländische Touristen ins Land und zu einer »Faschistischen Ausstellung« zu ziehen. Sartre besorgte sich die billigen Fahrkarten und besuchte Pisa, Florenz, Bologna, Venedig, Mailand, Orvieto, Rom und andere Städte. In Rom erfüllte der Philosoph die Bedingung für den Erwerb der Fahrkarte und warf einen Blick auf die Glas-

kästen der »Faschistischen Ausstellung«, in denen Revolver und Gummiknüppel der »faschistischen Märtyrer« ausgelegt waren.
Sartre las damals die Zeitungen »schlecht, aber eifrig«. Im Herbst 1933 fuhr er nach Deutschland, um dort ein Jahr am Institut Français in Berlin zu verbringen.
Der Winter 1933 war nicht eine günstige Zeit für Cresspahls Einrichtung in Jerichow. Damals verstand man noch nicht, bei kalten Temperaturen zu mauern, und er konnte absehen, daß das Grundstück seiner Tochter erst im nächsten Frühjahr geeignet sein würde für Arbeiten und Wohnen. Zwar war er nun wieder mit seiner Frau unter einem Dach, aber es war das Dach von Papenbrock.
Die Trennung von ihr war wiederum gut gewesen für die Auslösung des Prozesses, in dem Entbehrung und Bedürfnis am erinnerten Bild des Anderen schaben, retouchieren und malen, bis die Erwartung alles Unbequeme unterschlägt und die wünschbaren Eigenschaften und Verhaltensweisen so kräftig im Augenmerk hält, daß das Erträumte für Tage vor der Wirklichkeit des Anderen stehen kann; die Trennung war vielleicht zu lang gewesen für Lisbeth. Gewiß, er war zu nachtschlafender Zeit in Jerichow angekommen, und sein Klopfen an Papenbrocks Tür mochte sich angehört haben wie das von einer schlechten Nachricht; warum aber war sie aus dem Schreck gar nicht mehr herausgekommen und hatte das Weinen nicht lassen können, bis Louise Papenbrock sie zu ihrem Bett zurückführte? Der alte Papenbrock war mit Behagen bereit gewesen, Cresspahl und zwei Flaschen Rotspon Gesellschaft zu leisten bis in die kleinen Stunden des nächsten Tages; Cresspahl war es, als habe sie nicht gleich mit ihm allein sein wollen. Sie hatte sich betragen, als sei mit seiner Ankunft etwas Gefürchtetes eingetreten. Er hatte versucht, den ersten Abend zu vergessen, und sah gleich am Morgen wieder, was er gewünscht hatte, und ihre Art, ihn schrägköpfig neckend anzusehen, paßte so ohne Naht und Schatten in seine Erwartung, daß er abermals bei sich beschloß, auch noch mit gutem Willen in diesem Jerichow anzufangen. Dann war ihm doch unbehaglich, daß sie ihm das Kind wieder und wieder als »deine Tochter« vorführte in einem Ton, der auf etwas anderes hinwies, als er sehen konnte.

Er konnte auch nicht immer erkennen, was denn sie so unverhofft aus einer spaßlustigen Laune in düsteres Brüten schickte; einmal hatte er gefragt, und sie hatte fast in der Art eines Verweises geantwortet, sie wisse nicht, was für eine Finsternis in ihrer Miene sei, und er gab das Fragen auf. Manchmal auch war sie so fahrig, ungeduldig, empfindlich, daß er sie darauf ansah, ob sie Erzählungen von Elizabeth Trowbridge überhaupt vertragen werde. Er schob das auf später, nicht gerne.

Wat is di, Lisbeth.
Wat sall mi sin, Cresspahl.
Wess man werre richtich.

Das Kind. Das Kind war rötlich im Gesicht von den vielen Mohrrüben, die es zu sich nahm. Wenn das Kind satt war, war es freundlich zu allen Leuten. Das Kind schien alle Leute im Haus zu kennen, und nahm Cresspahl hin wie noch Einen. Das Kind blökte seine gequetschten Kehltöne auf Papenbrocks Schoß so angeregt wie auf seinem. Wenn das Kind zu den Erwachsenen gebracht wurde, war es Papenbrock, der im Zimmer auf und ab schritt und nachsah, ob nichts von blauer Farbe offen dastand, denn das Kind nahm alles Blaue für die blaue Steingutschüssel, aus der es sein Essen bekam. Alle im Haus hatten Gewohnheiten mit dem Kind; Cresspahl war da bloß ein Zuschauer. Wenn das Kind allein war, legte es sich eine Hand neben den Kopf und wandte den Kopf zu der Hand und betrachtete die Hand und bewegte sie und krümmte sie und versuchte zu begreifen, was das war und wieso es tat was es tat. Cresspahl stand da manchmal und sah dem Kind zu und wartete, ob das Kind sich an ihn wenden werde. Aber er war auf zu leisen Sohlen gekommen, und es kam nicht zu einer Aussprache unter vier Augen.
Der alte Papenbrock war etwas verwirrt. Er fand nicht ohne Mühe hindurch zwischen den neuen Sachen und Worten, die aus Berlin nach Jerichow geschickt wurden, Reichsnährstand, Erbhof, Winterhilfswerk. Er fand an jedem Gesetz der Reichsregierung Hitler etwas auszusetzen, allerdings auch eine annehmbare Seite. Er fand es praktisch gedacht, daß die Erbhöfe

nicht geteilt und nicht beliehen werden durften; er gab zu bedenken, daß nicht immer der älteste Sohn der beste Bauer war und daß es Darlehen ohne Sicherheiten bisher nicht gegeben hatte für ihn. An den Sammlungen des Winterhilfswerks fand er menschlich, was der Österreicher über die hungernden Volksgenossen sagte; er, Papenbrock, glaubte den Hunger aber nicht gemacht zu haben und verstieß eigentlich gegen sein Gewissen, wenn er dann ein Fünfmarkstück herausrückte, dem eigenen Ansehen zuliebe. Es saß ihm immer noch in den Knochen, daß die neue Regierung einen wahrhaftigen Ministerpräsidenten von Mecklenburg-Schwerin ums Leben gebracht hatte; er hielt jedoch für möglich, daß die Reichsregierung das nicht wußte. Denn er war etwas bänglich zu der Trauerfeier für Johannes Stelling gereist, er hatte sich da sehen lassen in schwarzem Anzug, und hatten sie ihn verhaftet? hatten sie sich getraut, einen Offizier des Ersten Weltkrieges und eine Stütze der Wirtschaft auch nur zu verwarnen? Keineswegs mein lieber Cresspahl. Das sind wohl doch Leute, die wissen was sich gehört. Und was die Ordnung des Besitzes angeht, so war da keine Gefahr mehr. Dieser Hitler hatte doch am 6. Juni den Abschluß seiner nationalsozialistischen Revolution bekannt gegeben. Wenn das alles war. Dann war es nicht viel gewesen. Das war wohl in England nicht so richtig zu sehen gewesen.
Louise hatte für die Familie Cresspahl geradezu eine Wohnung eingerichtet in jenem Teil des Hauses, das ein Giebelhaus für sich gewesen war, bevor Papenbrock es dazukaufte, weil er den Speicherraum unter dem Dach brauchte. Das waren zwei Zimmer mit drei Fenstern auf die Bahnhofstraße hinaus, und das Zimmer für das Kind mit einem Fenster und einer Tür auf den Balkon an der Gartenseite hinaus. Louise brachte es aber nicht ganz fertig, die neuen Würden und Rechte ihrer Tochter in Ruhe zu lassen, und konnte beim Essen Lisbeth nach etwas Vergessenem vom Tisch schicken, und Lisbeth stand auf wie ein Kind. Das erste Mal ließ Cresspahl sie gehen. Beim zweiten war Papenbrock etwas aufgefallen, und er rief nach dem Dienstmädchen.
Lisbeths Schwester Hilde wartete immer noch bei Papenbrock ab, ob ihr Alexander wieder bürgerlichen Grund unter die Füße kriegen werde. Wenn die Schwestern zusammen waren,

ging es mit Hilde nicht wie im März. Sie war immer noch die mehr Sichere von beiden, unbesorgt, flott, gleichmäßig in der Laune; aber sie achtete nicht sehr auf Cresspahl. Es gelang ihr mehrmals, auf die Bürgermeisterwahl im Oktober zurückzukommen und Alexander Paepcke die nötigen Fähigkeiten auch nachzusagen, wenn nicht mehr. Dann zog der alte Papenbrock sich in einer verdrossenen und belustigten Art zusammen, so daß ihm auf die Nasenspitze geschrieben stand, was er der fürsorglichen Ehefrau Paepckes nicht antworten mochte. Vielleicht war ihm willkommen, daß Hilde allmählich die fehlenden Klientengelder ihres Alexander und seine abgebrannte Ziegelei für eher lustige, jedenfalls längst vergangene Sachen ansah. Hier hatte Papenbrock einer Tochter einen Wunsch nicht erfüllt. Dr. Paepcke als oberster Herr über die Stadtkasse von Jerichow gesetzt, es war auch für Cresspahl erheiternd, solange es dazu nicht kam.

Es wäre Papenbrock möglich gewesen. Denn Papenbrock hatte es geschafft, in die Stadtplanung von Jerichow mehr als nur einen Finger zu stecken. Er hatte in öffentlicher Sitzung vorgetragen, daß die Entwicklung der Stadt in südlicher und westlicher Richtung voranlaufen werde, aber nicht oben, wo Dr. Erdamer ein Viertel aus Einfamilienhäusern angelegt und durchgesetzt hatte, sondern am unteren Ende, und zwar einmal auf der anderen, von der Stadt abgewandten Seite der Eisenbahn, wo bis jetzt die Grundstücke von Ackerbürgern genutzt wurden, und zum anderen am Ziegeleiweg, der hinter der Villa der Ziegelei leer auslief. – Wenn diese Straße einmal ausgebaut ist und an die ebenfalls bebaute Bäk anschließt, hat Jerichow seinen Westring geschlossen! hatte Papenbrock ausgerufen. Der Ziegeleiweg war hinter dem Cresspahlschen Grundstück nur Sand, und wo er auf die Bäk traf, war sie auch nur Sand, und die Häuser an der Bäk standen in gehöriger Entfernung von der Kreuzung. Da die Stadtverordneten vorerst sich gegen den Ausbau der Speicherstraße entschieden hatten, waren jetzt Arbeiter im Ziegeleiweg zugange und rissen ihn aus und legten eine Gasleitung unter ihn, die hinter Cresspahls Scheune aufhörte. Lisbeth hatte sich in Richmond an das Kochen mit Gas gewöhnt, und Papenbrock wollte es seiner Tochter um so lieber bequem machen, als die Stadt dafür bezahlte. (Eigentlich

gehörte das Gaswerk zu zwei Dritteln den adligen Nachbarn, aber Papenbrock hatte so mit ihnen gesprochen, als würden sie nur und höchstens ein Drittel der Arbeiten bezahlen.) Es war Cresspahl nicht recht. Papenbrock sah nur den Gewinn dabei; er hatte in seiner List übersehen, daß er die Wirtschaft seines Schwiegersohns in einer Weise unter die Fittiche nahm, als könne der nicht selbst für sich sorgen.
Cresspahl fiel es nicht leicht, schnell in Jerichow anzuwachsen. Es war nicht, daß die Gegend anders war als um Malchow, kahler, kälter, ziemlich baumlos. Es war nicht die Fremde. Er war auch in Malchow fremd gewesen. In den Niederlanden, in England auch. Er brauchte das nicht, wie Lisbeth, daß er von jedem Fenster wußte, wer dahinter wohnte. Die Fremde war immer gut für ihn gewesen, wenn auch nicht zu ihm. Hier fehlte etwas. War es, daß die Stadt so klein war, so allein auf dem flachen Land? War es Avenarius Kollmorgen mit seinem unermüdlich wiederholten »Gut bei Sach, Herr Cresspahl?«, mit seinem verschwörerischen Mienenspiel, das ungeheure geheime Kenntnisse andeuten sollte? War es das Leben im Haus und nach den Gewohnheiten von Albert Papenbrock? War es das, daß ein Mensch hier den rechten Arm hochheben mußte, wenn ein anderer auf der Straße mit einer Fahne spazieren ging?
Den ganzen Dezember über dachte Cresspahl noch an einen Entschluß für den Fall, daß Jemand hier versuchen sollte, ihm an den Wagen zu fahren. Er dachte, er sei entschlossen, Lisbeth und das Kind unter den Arm zu nehmen und aus dem Land zu gehen. Er dachte, er werde das tun.
Dann war Weihnachten.

3. Dezember, 1967 Sonntag

»Das Zitat des Tages: ›Kardinal Francis J. Spellman, Erzbischof von New York, ist an diesem Tage im Krankenhaus St. Vincent um 11:45 Uhr vormittags verschieden. Möge er in Frieden ruhen.‹ Eine Nachricht, die über die Fernschreiber der Polizei kam.

...

Der Sprecher sagte, der Kardinal habe sich vorher wohl gefühlt und habe sogar von der Möglichkeit gesprochen, wieder nach Viet Nam zu gehen, um Besuche bei den dortigen amerikanischen Truppen zu machen.

...

Mauerstein und Mörtel des Kardinals, auf einen Wert von mehr als einer halben Milliarde Dollar geschätzt, erstreckten sich über eine Erzdiözese von 12 217 Quadratkilometern. Eingeschlossen waren Staten Island, Manhattan und die Bronx in New York Stadt sowie die Bezirke Westchester, Putnam, Dutchess, Orange, Rockland, Sullivan und Ulster.

...

Der Kardinal ist Hunderttausende von Meilen gereist, viele davon als Haupt des Militärischen Ordinariats. Dies kam einer zweiten Erzdiözese gleich, die sich über die ganze Welt ausdehnte, wo immer amerikanische Truppen standen. Mit dem Zweiten Weltkrieg begann der Kardinal seine Besuche in Ausbildungslagern, bei Flotten auf See, auf Luftwaffenbasen und an Kampffronten.

...

Der Kardinal war ein geselliger Mann und mit einer Mannigfalt von Personen in seinem Element. Diese Eigenschaft war ein Rätsel für einige seiner Freunde, die nicht begreifen konnten, wie er, anscheinend in gleichem Maße, die Gesellschaft eines ernsthaften Intellektuellen und die eines lebensfrohen Jachtbesitzers und Rechtsanwaltes genießen konnte.

...

Er hörte gerne Lieder singen, insbesondere irische Balladen. Ein Lieblingsstück war ›Danny Boy‹, und ein Monsignore in seiner Belegschaft, der mit einem guten Tenor ausgestattet war, wurde des öfteren herbeigerufen und mußte diese und andere sentimentale Weisen singen.

...

Aber was denkwürdig war inmitten der Opulenz seiner Gewänder war sein Gesicht. Es war rund, milde, strahlend, fast cherubisch. Die Stirn war hoch, die Ohren groß, die Nase ein wenig spitz, und der Blick der dunkelblauen Augen, die durch altmodische ungefaßte Brillengläser spähten, war beständig. Das Gesicht teilte ein Gefühl der Fröhlichkeit mit, das sogar lange Stunden voll Zeremonie selten abzustumpfen schienen.

...

Sein Vater hatte einen trockenen Witz. ›Mein Sohn‹: so pflegte er dem Jungen zu sagen: ›tu dich immer mit Leuten zusammen, die schlauer sind als du, und es wird dir nicht schwer fallen, sie zu finden.‹

... als er zu Weihnachten nach Süd-Viet Nam reiste. In einer Ansprache vor amerikanischen Truppen erklärte er: ›Dieser Krieg in Viet Nam ist, für mein Gefühl, ein Krieg für die Zivilisation.‹ Im weiteren äußerte er, daß ›weniger als ein Sieg unvorstellbar ist‹.

...

Der Präsident erinnerte an die Besuche des Kardinals zu Weihnachten in Süd-Viet Nam und sagte: ›Die Gnade seiner Güte berührte jede Art von Menschen und Nationen.‹«

© by the New York Times Company

»Wettbewerb der Verleger
um die Rechte an den Tagebüchern Che Guevaras

Ernesto Che Guevara, der lateinamerikanische Revolutionär, der während seines Lebens nur ein Buch veröffentlichte, ist posthum zum Mittelpunkt literarischer Bemühungen geworden.

Seit die bolivianische Regierung am 9. Oktober den Tod Mr. Guevaras und die Erbeutung seiner Kampftagebücher bekanntgab, hat eine Anzahl amerikanischer und europäischer Verleger sich um die internationalen Rechte an den Dokumenten beworben.

...

Verhandlungen um die Weltrechte an Mr. Guevaras bolivianischem Tagebuch sind im Gange zwischen Magnum Photos Inc. und der bolivianischen Regierung. Die Regierung behauptet

ein Besitzrecht an dem Manuskript mit der Begründung, das Tagebuch sei ein ›erbeutetes Kriegsdokument‹.
Magnum, ein Zusammenschluß international bekannter Pressefotografen, begann die Gespräche in La Paz vor sechs Wochen im Auftrag eines Konsortiums, dem auch die New York Times angehört. Zuverlässige Quellen geben den für das Tagebuch gebotenen Preis mit 125 000 Dollar an.«
© by the New York Times Company

»Ein Reporter aus Manila stellt eine fatalistische Haltung des Hanoi-Regimes zum Kriege fest.
Jeden Werktagmorgen beim Hahnenschrei versammeln sich Fabrikarbeiter und Büroangestellte in Hanoi in Höfen zu fünfzehn Minuten Leibesübungen.
Dies ist eins von den Ritualen des Krieges, der, nach den Worten von Fun-
seinVolk anspannt für das, was ihre Führer das ›höchste Opfer‹ eines langen Krieges nennen.
Es ist kaum fraglich, daß die Nordvietnamesen sich auf einen solchen Ausgang vorbereitet haben, der nach offiziellen Voraussagen von Hanoi zehn bis zwanzig Jahre dauern kann.
Die Planer in Hanoi neigen zu höchst pessimistischen und fatalistischen Schätzungen. Wenn nordvietnamesische Führer von einem ›in die Länge gezogenen Krieg‹ sprechen, so rechnen sie damit, daß ihre Städte, die Hauptstadt und der benachbarte Hafen Haiphong eingeschlossen, vollständig dem Erdboden gleichgemacht werden.«
© by the New York Times Company

»Zwanzigstes Jahrhundert auf letzter Fahrt
Der Zug ›Zwanzigstes Jahrhundert, platzkartenpflichtig‹, Eisenbahnliebhabern seit 65 Jahren vertraut als der bedeutendste Zug der Welt, verließ gestern abend den Bahnhof Grand Central zum letzten Mal. Es gab kein Trara, und der Zug war nur halb voll.

. . .

Um genau achtzehn Uhr gab Herbert P. Stevens, ein Bremser das Signal Freie Fahrt, und der historische Zug glitt Gleis 34

hinunter. ›Es wird nicht so sein wie früher‹: sagte er. ›Ich war 41 Jahre bei der Gesellschaft, und zehn auf diesem Zug. Er wird uns allen fehlen.‹
Unter den Passagieren waren vereinzelt solche mit Nerzstolen und Geglitzer zu bemerken. Ältere Herren und Damen, die mit dem ›Zwanzigsten Jahrhundert‹ in seinen großen Tagen gefahren sind, waren ein wenig wehmütig. Wie gewohnt erhielten die Herren, die den Zug bestiegen, Gartennelken, und die Damen Parfüm und Blumen.«
© by the New York Times Company.

4. Dezember, 1967 Montag

Als der Agitator Guevara tot war, banden seine Mörder ihn an eine Landekufe ihres Hubschraubers und flogen ihn nach Valle Grande.
Der Kardinal, der den Krieg liebte, liegt offen aufgebahrt in der Kathedrale des Heiligen Patrick in der New York Times.
Gestern hat es geregnet vom frühen Morgen bis in den späten Nachmittag. Der Schnee ist weggewaschen.
Gestern habe ich das Sterben versucht.
Der Traum wußte den Tag des Todes, ausgerechnet oder vorausgesagt, im voraus. Richtig hatte ich Schwierigkeiten beim Aufwachen, konnte aber die Geräusche in der Wohnung auf der Straße und die des Fahrstuhls vor unserer Tür erkennen. Einen Sarg müßte man in der Kabine hochkant stellen.
Bis zur Beerdigung muß man nun noch die Papiere in Ordnung bringen. An einem solchen Tage wäscht man sich nicht. Ich war so beschäftigt mit Planen, Marie mußte mich zweimal rufen, damit ich am Sarg mit zu Hand ging. Marie schien an ihrem Ende schwerer zu tragen. Wir setzten die Kiste langsam und mit Mühe auf ein Feldbett, das mit einem Mal unter der weichen braunen Decke vor der Tür stand. Der Sarg war schwer genug, daß ich selbst hätte darin sein können, aber da ich ihn von außen hielt und Marie am anderen Ende sah, war ich nur wenig beunruhigt.
Das Aufräumen bestand aus dem Ordnen von großen Aus-

schnitten aus Zeitungen, meist Bildern. Die Ausschnitte waren handschriftlich datiert, beim Ablegen mußten sie nach links umgelegt werden, damit die Reihenfolge umgekehrt wurde. Das Ordnen ging vor sich in einem Raum, den die Wohnung vorher nicht hatte, in einer Kammer seitlich hinter der langen Wand des Wohnzimmers. Im Wohnzimmer war Bewegung von Leuten, Schritte und Gespräch, störend genug, daß ich mich um fünf Blatt vertat. Während ich die falschen Schritte in den Papieren zurückging, sah ich in der Tür auf dem verrückten Sofa einen jungen Mann in der Uniform eines amerikanischen Sergeanten, den ich nicht kannte, neben ihm seine Frau, eine kraushaarige, braunäugige Person mit wilden Lippen, mit der ich vielleicht auf einer Schule war, nicht in Jerichow; was mich gestört hatte war etwas, was Marie im Hintergrund des Sofas sagte.

– Soll ich dich in eine Decke einschlagen?

Auf dem Gästefeldbett war nun die Tote zu sehen, eine Figur, schmaler und kürzer als im Leben, in einer weichen und hilflosen Haltung, der Kopf schon halb eingeschlagen in die Haare. Die Figur trug ein fremdes braunes Kleid. Nie habe ich Braun gern getragen.

Ich wußte den nächsten Gedanken, konnte ihn nur nicht denken: Ich war tot, mindestens seit ich den Fahrstuhl gehört hatte, wahrscheinlich schon seit dem vorvergangenen Abend. Soviel hatte ich noch wahrnehmen können. Nun aber mußte ich die Leiche aufsuchen, ehe die Kraft mir ganz ausging, und die Leiche sein.

Das Kind rief mich zur Arbeit. Marie stand am grauen Fenster, morgens, in der Dämmerung, und hielt mit beiden Enden ein Taschentuch gegen das geringe Licht. Das Taschentuch war sonderbar quadratisch, und seltsam hell. Ich stellte mich vorsichtig hinter das Kind. Zwischen Maries Fingern erschienen Bilder auf einer strahlenden Leuchtfläche, nie gesehene, nie fotografierte Bilder in kalten genauen Farben:

Lisbeth Cresspahl im Sarg

Lisbeth Papenbrock im Alter von sechs Jahren, in langen Haaren liegend wie schwebend, im Profil

die Scheune, bevor sie abbrannte

ein Huhn, das von unten eine Erdbeere lospickt

sehr rasch sehr lange überflogene Ostsee
die in das Empire State Building gerissene Ecke
aber man durfte sich nichts wünschen, und nicht das Tuch kippen oder bewegen, und nichts sagen.

– Gib mir das Tuch, Marie.

Das Kind wandte sich um. Das war eine fremde Person, einen halben Kopf größer als ich, mit langen sandgrauen Haaren. Das Gesicht war verschattet. Sie faltete das Tuch zusammen und drückte es mir höflich in die Hand. Es fühlte sich weich und schmutzig an, wie ein Polierlappen, und machte Flecken in die Hände und wurde allmählich warm und war die Decke, in der ich getragen wurde. Es war nicht unangenehm.

Geblieben davon ist bis heute das Gefühl des Getragenwerdens und Taubheit. Manchmal mußte ich mir etwas vorsagen: dies nennt man Kandelaber, dies ist ein Feuermelder, Maries Erdkundeheft, der Bus Nummer 5. Dann ging es wieder. An der nördlichen Ecke der 42. Straße mit der Dritten Avenue dürfen die Regenfälle knöchelhohe Lachen stehen lassen, so daß viele tausend Leute ihnen auf den durch Rotlicht geräumten Fahrbereich des maschinellen Verkehrs ausweichen, das müßte doch bekannt sein. Wie man abends an der selben Stelle im Eingang zur Flushingbahn nach rechts drängt, sorgenvoll den starken Zug der Luft durch die Schwingtüren hinnimmt, sich in die Gasse reiht, in die das Gedränge drei Schritt vor den Drehkreuzen sich verwandelt, wie man danach nach links zur Treppe schwenkt, wie man unten angelangt auf dem Bahnsteig bis zur genauen Mitte des Zeitungskioskes vordringt, bis zum vordersten Türengang eines ausgerechneten Wagens, so daß man beim übernächsten Halt exakt gegenüber dem Ansatz jener Treppe steht, die zur Westseitenbahn führt, das sollte doch bekannt sein. Daß die Bahnsteige der IRT am Mittwochmorgen leerer scheinen als an anderen Tagen, das weiß man doch. Daß die Bahnsteige der IND an der 59. Straße am Morgen voller sind als am Abend, liegt an den Leuten, die im Bekleidungsgewerbe in den dreißiger Straßen arbeiten und infolgedessen eine Stechuhr zu bedienen haben, das könnte man sich denken. Daß der Riverside Drive vor unserem Haus ein S macht, auf dem ein unendlicher Leuchtwurm auf uns zukriecht, es ist so oft gedacht.

Die Lampe, die den Haupteingang anstrahlt, scheint neu zu sein.

5. Dezember, 1967 Dienstag

ÜBERLÄUFER DER U.S.A. IN MOSKAU ERSCHEINT IN AUSSAGEN SEINER FRAU IN SCHEIDUNGSPROZESS IN FLORIDA ALS EIN PARANOIKER
BATAILLON DES FEINDES IN FALLE VERNICHTEND GESCHLAGEN
WOCHE DES PROTESTES GEGEN EINBERUFUNG HAT BEGONNEN
SCHULDIREKTOR LIEFERT SOHN AUS WEGEN BANKDIEBSTAHLS VON 81 000 DOLLAR
BRÄNDE TÖTEN NEUNTES KIND IN STADT IN 36 STUNDEN
BROOKLYNER DROGIST BEI RAUBÜBERFALL GETÖTET
HANDEL MIT EINEM ZEUGEN IM PROZESS FRANZESE
STUDENTEN NEHMEN AUFSTÄNDE IN MADRID WIEDER AUF

In Jerichow hieß es schon im Dezember 1933, dieser Cresspahl sei ein sturer Hund.

Hatte der sich doch gleich nach seiner Ankunft aus England verzogen aus den Augen von Jerichow auf das Grundstück, das er dem alten Papenbrock aus den Knochen geleiert hatte, und baute an seiner Scheune. Kam in aller Morgenfrühe aus Papenbrocks Haus, war kurze Zeit auf dem Marktplatz zu sehen und verschwunden. Denn er wandte sich nicht auf die Stadtstraße, die nun Adolf Hitler-Straße hieß, sondern machte den Umweg an der Schule vorbei und ging durch die Bäk bis ans Ende und dann auf dem Ziegeleiweg wieder zurück. Keinen Abend mehr kam der in Wulffs Krug, auf dem Markt ließ der sich nicht anhalten, und es war gar nicht ausgemacht, was der so dachte.

Es hieß, daß die Cresspahlsche Ehe am Ende doch nicht der Maßen Hand und Handschuh war. Denn kaum hatte der Mann seine Scheune winddicht, fing der an, da zu schlafen, und seine Frau lag bei Papenbrock unter dem Dach. Andererseits sagten sie, das täten sie auch, wenn man ihnen in einer stillen Nacht die Werkzeuge geklaut hätte wie Cresspahl. Wollten sie wohl sagen.

Darum sagten andere, man müsse doch bloß hinsehen. Sieh dir das an, wie Lisbeth jeden Mittag um zwölf aus Papenbrocks

Tür kommt mit dem zugedeckten Henkelkorb und ihn wie ein Dienstmädchen durch die Stadtstraße, na, die Adolf Hitler-Straße trägt. Ist doch wahr, kann sie Edith machen lassen. Tut sie aber nicht, will dem Mann beim Essen zusehen, gehört sich auch so für eine Ehefrau. Es hieß, und Inge Schürmann hatte es sogar eines Morgens, und zwar mit eigenen Augen, gesehen, daß Cresspahl auf dem Weg zur Arbeit zu Semig ins Haus ging und daß die beiden gleich danach in Semigs neuem Auto die Bäk hinunterfuhren, die paar Schritte bis zur Ziegelei. Konnte das sein, daß Arthur dem das Fahren beibrachte? Der konnte doch fahren. War es möglich, daß ein studierter Tierarzt mit anfaßte bei Cresspahls Bauarbeiten? Das war doch nicht möglich! Aber Cresspahl hatte in das zum Weg gelegene Tor eine neue Tür gesetzt, handfest wie für eine Kirche, da brach das härteste Messer ab, und das Licht hatte er sich hineingeholt durch die Ausglasung des südlichen Tors, wo eben ein Spaziergänger schon auffiel und nach seiner Bewandtnis gefragt wurde. Das muß ja nicht sein, das war ja nun unangenehm. Und es waren ja nun zwei die da standen und Einen groß ansahen, Cresspahl und Arthur Semig.

Deswegen hieß es auch, Cresspahl sei ein großbritannischer Spion, der dem Führer und Reichskanzler Hitler an den Kragen wolle. Andere sagten, Seine Gute Britische Majestät Georg der Fünfte sei gar kein Jude und eng mit dem Österreicher befreundet. Und überhaupt hatte Cresspahl sich ins Benehmen gebracht mit der Tischlerinnung in Gneez, und er war in die Handwerksrolle in Schwerin eingeschrieben, stand doch in der Zeitung. Da steht viel. Einige wollten das lieber nicht glauben und hielten mehr davon, daß Cresspahl sich einen feindlichen Rundfunksender baute, damit er abends sich mit den Engländern unterhalten konnte. Denn warum hatte der sich Draht aufs Scheunendach gezogen? Ein gewöhnlicher Blitzableiter war das nicht. Und neulich waren auf der Bahn zwei Rollen Draht für ihn angekommen. Wozu braucht der Mensch die Mengen Draht, Rundfunk, sage ich dir. Nee. Die braucht er für einen Zaun, damit du nicht mehr so dicht rankommst, wenn du ihm die Fensterscheiben einschmeißen willst. Wir wollen mal sagen, wir sehen hier keinen an. Und ein sturer Hund ist dieser Cresspahl doch.

Setzt die Scheiben einfach neu ein, mit eigenen Händen. So ist das nicht, daß der einem anderen Handwerker was zu verdienen gibt, wenn nicht große Not am Mann ist. Und was sollte Heini Freese machen, Glasermeister in Jerichow? Die Arbeit bekam er nicht, aber das Glas mußte er Cresspahl doch verkaufen, bloß um wenigstens diesen Verdienst zu kriegen. Frag die Maler, frag Bauunternehmer Köpcke, und sie werden dir offen und frei heraus sagen, daß sie an Cresspahl noch keinen Pfennig verdient haben. Macht der alles selber. Kann der alles selber. Tätest du auch. Täte ich auch. Und es war ja nun nicht so, daß er auf dem Geld saß, weil er es nicht hatte. Käthe Klupsch wußte für sicher, daß die junge Frau Cresspahl in Schwerin in der Königstraße einen elektrischen Kühlschrank angesehen hatte. »Santo« hießen die Dinger, sechs Grad hielten die. Käthe Klupsch war ja man bloß neidisch; der fehlte der Mann, den sie nicht abgekriegt hatte. Immerhin, daß Methfessel einen Kühlschrank brauchte, das war einzusehen. Aber sogar Louise Papenbrock kam ohne einen aus. Cresspahl schaffte das Ding wohl an seiner Frau zuliebe. Nächstens kommt dann die eigene Frau und will auch solche englischen Sitten! Davon ab, der Mensch hatte bisher mehr Arbeit in seine Werkstatt gesteckt als in das Wohnhaus. Der wollte den Leuten nicht zeigen, was er in diesen aasigen Zeiten, ich meine das wirtschaftlich! was er für Geld hatte, sondern daß er Aufträge brauchte. Und Else hat es versucht und hat ihm den Nähschrank von ihrer Tante, so ein Erbstück, hat sie ihm gegeben, war ja nich mehr viel an. Nich um Cresspahl eine Hilfe zu geben, aus Neugier eben. Und er kommt an mit Semig sein Pritschenauto und trägt ihn ihr ins Haus und sie denkt, sie fällt auf den Rücken! war ein Schmuckstück geworden! wenn du den im Schaufenster siehst, tut es dir glatt leid, daß du ihn nicht bezahlen könntest. Was Cresspahl genommen hat? ach das war so ganz ebenmäßig. Das ging. Aber daß er die Aufträge ins Haus liefert! Das war ja direkt unlauter; stell dir vor, ich geh in jedes Haus und liefere die heilen Schuhe ab! verdirbt geradezu die guten Sitten. Aber die Kisten, das mußt du zugeben, die er für den Umzug gemacht hat, die hätte er so verkaufen können, wie sie im Frachtraum auf dem Bahnhof standen. Schöne Dinger. Stellst du dir glatt in deine gute Stube. Streichst sie an und stellst sie in deine gute

Stube. Will dir was sagen, die streicht Cresspahl dir an und nimmt zehn Mark un denn stellt er sie dir in deine gute Stube.
Sturer Hund, dieser Cresspahl. So was Heimliches, was der Mann an sich hat! Kaum hörst du überhaupt, daß seine Möbel aus England angekommen sind, und schon hat Swenson sie zu Cresspahl gefahren, und zwar in einem geschlossenen Lastwagen, und das an einem sonnigen Tag im April! Wird Cresspahl so bestellt haben. Aber einen Elektriker hatte er ja nun doch ins Haus lassen müssen, und es ist Johannes Schmidt wohl zu gönnen, aber er hätte sich besser umsehen dürfen. Kommt zurück und sagt, die Wände sind einfach weiß angestrichen und Cresspahl denkt wohl für später an Tapeten und die Möbel sind bißchen glatt und es is ebn noch nich eingewohnt. Johannes hat wohl keine Augen im Kopf. Und eines harmlosen Morgens im Mai kommt Lisbeth aus Papenbrocks Haus zusammen mit Cresspahl, Cresspahl hat das Kind auffem Arm und seine Sonntagssachen an, und diesmal gehen sie doch durch die Stadt-, ich sage durch die Stadt, nicht Stadtstraße, sonst hätt ich ja wohl Adolf Hitler-Straße sagen sollen, und mittags ist sie immer noch nicht zurück und das Kind ist nicht zurück und das ist alles, was du von dem Umzug gesehen hast! Jetzt wohnen sie da. Jetzt ist er da.
Und es hieß, daß er das allein getan hatte, ohne die Hilfe Papenbrocks. Papenbrock hatte ganz andere Sachen um den Kopf. Denn weißt du wohl, was Hilde Papenbrock, Hilde Paepcke, zu Weihnachten und zur Geburt ihres Kindes schenkgekricht hat? Jawohl, die Pacht der Ziegelei. Siehst du wohl. Es ist ein Papenbrock und sorget für seine Kinder. Er ist uns eben doch über. Das hat kein Schwanz gewußt, daß die Ziegeleipacht ausläuft, und wenn andere Leute in die Luft kuckn, fährt Papenbrock zu Besuch und redet sich das zurecht wie er es braucht. Paepcke, Hildes Mann, der hatte ja wohl was angestellt. Wenn sie einen nich einsperren, dann war nichts. Na, wart du man. Wart du man, bis die Ziegelei auch in Jerichow brennt. Ich hab gar nichts gesagt. Ich hab nich gehört, daß er was gesagt hat. Heil Hitler. Hau bloß ab du. Und manchmal tat Papenbrock solche Dinge aus reinem Spaßvergnügen, das kannstu ab. Es kam zwar immer etwas dabei heraus auf seiner

Seite der Rechnung, aber die Gasleitung unterm Ziegeleiweg, die hätte er im nächsten Jahr bekommen, ohne sich so anzustrengen. Das hatte er nur getan, damit Friedrich Jansen Bescheid weiß, wo es lang geht, daß er Bürgermeister sein kann und Ortsgruppenleiter von der Partei und abgebrochener Student der Rechte, aber daß Papenbrock Papenbrock ist. Und bleibt. Sehr richtig. Und sein wird. Und Jansen hatte es wohl gar nicht so richtig mitbekommen, daß ihn da was überfahren hatte. Der hatte reichlich andere Sorgen. Ach nee. Doch. Das weiß der, daß wir wissen, daß wir Rechtsanwalt Jansen in Gneez einen Gefallen tun und nehmen seinen verkrachten Sohn als Bürgermeister, und Bürgermeister in Jerichow, das wird wohl Pap Jansens letzter Versuch sein. Klar ist Friedrich Jansen ein alter Kämpfer, Mitglied der Partei seit 1927, darum haben wir ihn gewählt, und wir haben ihn auch als kleinen Jungen gesehen, als er im Stadtpark von Gneez auf einem Bein stand und sich nicht nach Hause traute, weil er sich in die Hosen gemacht hatte. Und jetzt is er hinterher wie der Teufel bei der armen Seele bei den Beamten und will die Fragebogen wegen arischer Abstammung einsammeln und kein Aas hat seinen fertig. Stoffregen war ja ganz aus dem Häuschen. Stoffregen klingt auch nicht arisch. Klingt dir das arisch? Stoffregen. Und dann hat er noch Glück gehabt, daß dieser Kliefoth Bescheid wußte. Was für ein Kleie-am-Fuß. Dieser Dr. Kliefoth, dieser Englischlehrer, der das Haus von Erdamer gekauft hat, der aus Berlin, nein eigentlich aus Malchow, ich mein da ist er her und unterrichtet jetzt am Gymnasium in Gneez und fährt jeden Morgen mit dem Zug. Der. Ach, der. Also der hört davon und geht hin zu Stoffregen und sagt es ihm. Und Stoffregen, Ottje, er hätte das ja nun selber wissen müssen, als Lehrer, und ein Mensch denkt doch über seinen Namen nach. Ich nicht. Das glaub ich dir, Hünemörder. Und Dr. Kliefoth sagt zu Ottje: Das ist Mittel-Nieder-Deutsch, früher mit ein langen o gesprochn, und es kommt von stôven, und das heißt schnell jagen und bezieht sich auf das Wetter zur Zeit der Geburt. Ganz einfach, nich. Mittelniederdeutsch is arisch, unt Ottje is nu auch wieder arisch. Nein du, danken kann Stoffregen es dem Kliefoth nicht. Das is doch nich alles, Mensch! Denk doch mal nach! Was heißt denn Stoffregen nu! Das ratet ihr nicht. Dem geb ich

einen aus, der das rät. Na? Wolkenbruch heißt es. Platzregen heißt es. Siehst du wohl. Ottje Platzregen. Und mit so einem Namen war er mal hinter Lisbeth Papenbrock her und wollte sie heiraten. Lisbeth Stoffregen. Lisbeth Platzregen, ich weiß nicht. Mir gefällt es nich. Es is ganz gut, daß sie diesen Cresspahl genommen hat. Lisbeth Cresspahl, das is so weit gut und richtich.
So hieß es, und so wurde gesagt.

6. Dezember, 1967 Mittwoch

Die New York Times bringt auf der ersten Seite, unter der Datumszeile, das Foto von den Jugendlichen, die sich gestern morgen vor das Gebäude gesetzt haben, in dem die Rekruten in die Armee gezogen werden. Sie hat nicht einen Moment ausgesucht, in dem die Polizisten mit mehr freundlicher Miene vor den Sitzenden stehen. Sie hat eigens eine Zeichnung von der Stelle der Stadt, an der die Demonstration stattfand. Wer zu der heutigen gehen will, kann den Ort mit Hilfe der New York Times finden. So ist es wohl nicht gemeint.
In Springfield in Missouri gibt es einen ehemaligen Agenten des Geheimdienstes, Abraham W. Bolden, der behauptet, er sei ins Gefängnis getan worden, weil er vor der Kommission zur Aufklärung des Mordes am Präsidenten Kennedy aussagen wollte, daß der Geheimdienst von dem Anschlag gewußt habe, bevor er ausgeführt wurde.
25 Jahre Zwangsarbeit für einen Sergeanten, der Spionage für die Sowjets zugibt. Nikolai Fedorowitsch Popow von den Vereinten Nationen, dem die Sache 1000 Dollar wert war, ist schon lange außer Landes.
Das Gericht in Queens kann Söhnchen Franzese noch immer nicht beweisen, daß er dabei war, als man den Habicht Rupolo mit Betonklötzen beschwert in die Jamaica-Bucht versenkte. Er war ja nicht einmal anwesend, als seine drei Freunde den noch lebenden Habicht aus dem verabredungsgemäß abgestellten Auto beim Hotel Skyway am Flughafen Kennedy holten und den schreienden Mann mit vier letzten Stichen abmurksten.

Was hatte Cresspahl für Wünsche an das Jahr 1934?
Es möchte wirklich etwas Wahres sein an dem, daß die Mücken sich nicht in die Nähe von Walnußbäumen trauten. Denn ihm war nun bewußt geworden, daß zwei vor seinem Haus standen, und ein Wohnen ohne Mücken wäre doch gut für das Kind. Könnte das Kind später bei offenem Fenster schlafen.
Daß Lisbeth aufhören würde, ihm Angst zu machen. Sie war manchmal nicht zu verstehen. Als er an den alten Herd im Wohnhaus gehen wollte und ihn abreißen, hatte sie ihn behalten wollen. Sie stritt ab, daß sie sich ein Kochen mit Gas gewünscht hatte. Sie konnte so krause Dinge sagen: Wenn wir nicht in England sind, wollen wir es nicht haben wie in England. Er mochte das nicht, es war nicht deutlich. Tat es ihr nun leid, daß sie die Familie aus England herausgezogen hatte? War sie nun damit zufrieden? Jetzt hatten sie Gas im Haus und benutzten es für nichts als den Antrieb eines Kühlschranks.
Daß Lisbeth ihm wieder sagen würde, was sie in ihren Gedanken hin und her schob. Sie konnte ihr Gesicht so verschließen, es sah wütend aus, und war nicht erreichbar. Und sie hatte sich angewöhnt, vor dem Herd zu stehen und für Minuten in die Flammen zu starren. Es war ihm nicht um das Holz, das in den offenen Brennstellen vergeudet wurde; es war, daß sie offenbar nicht wußte, warum sie das tat, nicht einmal wenn und daß sie es tat. Wenn er in die Küche kam, bewegte sie sich wie eine Aufwachende. Sie schrak auf, stellte den Wasserkessel (den sie die ganze Zeit in der Hand gehalten hatte) auf das Feuer und wandte sich Cresspahl zu mit einem kleinen Kopfschütteln und Lächeln, das ihre eigene Aufführung tadeln sollte.
Dies Lächeln wünschte er sich, bei einer anderen, bei allen anderen Gelegenheiten, nicht am Feuer. Er wünschte sich, sie wäre immer so, wie wenn sie Hilde als die jüngere Schwester aber die erfahrenere Mutter Ratschläge für die Behandlung von deren Gör Ulrike gab. Es war so ein lustiges Wesen, das vom Spott nur die Form benutzte und so sogar Dinge zu verstehen gab, die man nicht aussprechen kann.
Er wünschte sich, daß sie ihre Empfindlichkeit wieder aufgab. Ein hart abgesetzter Wassereimer, eine vom Wind ins Schloß geworfene Tür, und sie betrug sich, als sei auf sie geschossen

worden. Wenn sie einen Blick für unfreundlich ansah, so blieb es für sie ein unfreundlicher Blick, da halfen keine Tröstungen, die Tröstungen wies sie zurück. Sie brauchte dann halbe Tage, sich zu fangen. Und nun waren sie so nahe an die Kirche gezogen, wie man einer Kirche kommen kann, und das Beten schien ihr nicht zu helfen. Er wünschte sich das Mädchen, das er hatte heiraten wollen ohne nachzudenken.

Menich Man lude synhget,
Wen Me em de Brut bringet.
Weste he, wat men em brochte,
Dat he wol wenen mochte.

Daß es gut würde.
Cresspahl wünschte sich, daß er bald wieder so weit war, daß er von eingenommenem Geld leben konnte, statt vom zurückgelegten. Er brauchte auch neue Maschinen. Von Heinz Zoll hatte er übernommen eine Fräsmaschine, eine kombinierte Dicktenhobel- und Abrichthobelmaschine, eine Bandsäge, eine Langlochbohrmaschine, eine Kreissäge, alle in einem Zustand, daß er tatsächlich nur über die Hobelmaschine ein freundliches Wort sagen mochte. Und es war nicht billig gewesen. Und er konnte die Maschinen nicht ausnutzen. Wer bestellt sich im Jahr 1934 in Jerichow ein Schlafzimmer, einen Eßtisch. Eine Trittleiter, wenn es hoch kam. Und dieser Kliefoth aus Malchow hatte doch tatsächlich gemeint, ein Schreibtisch sei nur in Wismar zu kriegen. Er hätte dem wohl einen Schreibtisch machen mögen. Andererseits, zu happig durften die Aufträge auch nicht einkommen, denn der Geselle arbeitete nicht wie Cresspahl das kannte, von den Lehrlingen konnte er nicht viel verlangen. Und es war nicht zu glauben, aber finde mal einen guten Tischlergesellen. Meister kannst du haben so viele du nehmen willst, aber Meister unter einem Meister, das ist auch nichts, Mensch. Manchmal wünschte er sich in Gedanken Mr. Smith nach Jerichow. Der war zwar manchmal morgens etwas dumpf im Kopf gewesen von seinem Gin oder Wermut, aber wenn er sich den Alkohol ausgeschwitzt hatte, lief die Arbeit unter seinen Händen wie von selbst, und man brauchte sie auch nicht nachzusehen, geschweige denn nachbessern.

Er konnte nicht wünschen, einen großen Namen in Mecklenburg zu kriegen. Er konnte nicht hoffen auf eine solche Tischlerei wie Kröpelin in Bützow, Strobelberger in Rostock, Schmidt in Güstrow, Liesberg in Schwerin, im Umsatz nicht und im Ansehen nicht. Das trug der Winkel nicht. Er würde noch lange Möbel bauen müssen in der Art, wie sie die Warenhäuser anboten. Nichts von Kunst im Tischlern, nicht in Sicht. Er wünschte sich nur, heil durchzukommen in diesem Deutschland.

Er wünschte sich, Papenbrock möchte seine Louise zu Hause halten. Wenn sie wenigstens wegen des Kindes hier und drüben bei Hilde kommen würde! Sie kam aber, um ihre frommen Sprüche zu verbreiten. Für all und jedes Unrecht wußte sie einen biblischen Befehl zur Geduld und eine kommende Richtigstellung durch das gerechte Wirken Gottes. Nach solchen Belehrungen war Lisbeth gefaßt in eine Sicherheit, so still fröhlich, daß ihr nicht zu trauen war; und es hielt nicht an. Es half ihr nur, ihm nicht zuzuhören, wenn er ihr den Namen dessen sagte, der eine von Lisbeths »Ungerechtigkeiten« angestellt hatte, und die ungefähre Verdienstspanne. Aber hier ließ Papenbrock seiner Frau jeden Willen.

Er wünschte sich, Schwager Paepcke werde keinen Unfug anstellen mit seiner Ziegeleipacht. Ein umgänglicher Mann, ein gut erträglicher Nachbar, aber kein Geschäftsmann. Seine Bücher waren in einem Zustand, es konnte einem angst und bange werden. Sicherlich konnte man Spaß daran haben, wie Alexander seine Familie manchmal schon nach dem Mittagessen auf dem Gartenrasen versammelte und den lieben langen Nachmittag auf den Abend wartete, mit Kaffeetrinken unter bunten Sonnenschirmen, dann mit Mosel. Der konnte spielen mit seinem Kind, so viel Zeit hatte Cresspahl noch gar nicht gehabt. Und die Ziegeleiarbeiter brauchten nur ans Tor zu treten, da konnten sie auf der anderen Seite der Straße sehen, wie ihr Chef den lieben Gott einen guten Mann sein ließ. Da war Alexander gar nicht empfindlich. Und er fuhr nach Gneez zu gar nichts als zum Tennisspielen. Und wenn Cresspahl ihm einen neuen Fahnenmast herrichtete, wollte er dafür bezahlen. In der Verwandtschaft war es richtig, Geld anzubieten, nicht aber, auf dem Bezahlen zu bestehen. Alexander hätte das Geld sparen sollen. Darauf kam der nicht. Es war angenehm, den beiden zuzusehen, wie sie lebten, so unbefangen wie Kinder; es war unheimlich, daß die schon jetzt vergessen hatten, mit welch genauer Not sie durch Papenbrock gerettet worden waren. Cresspahl wünschte sich also, die Ziegelei möge nicht unverhofft abbrennen.

Er wünschte, die Leute in Jerichow würden ihm mit Worten sagen, was sie von ihm wollten, nicht mit Steinen in die Werkstattfenster.

Er wünschte, daß Dora und Arthur sich besinnen möchten und außer Landes gehen. Er war nun fast befreundet mit dem Mann, so weit es eben gehen konnte mit einem Studierten, und wenn der kein Mecklenburger war, war er selber nicht aus Malchow am See. Er wünschte ihn nicht weg. Er sollte nur zu den Leuten gehen, die nichts gegen ihn hatten und ihm Arbeit gaben. Es war nicht gut anzusehen, wie Semig ohne Arbeit zusammenschnurrte, wie zacher Weizen. Und Dora wurde immer stiller und sich selbst nur ähnlich, wenn sie die Gesine im Arm hatte. Er wünschte, sie wären in Sicherheit. Er konnte ihnen das nicht sagen.

Er wünschte, daß er nicht recht hatte mit dem Krieg, den er fürchtete.

Er wünschte sich drei Kinder mehr, wie mit Lisbeth verabredet.

Er wünschte, daß die Kinder alle lebten, bis er starb.

Er wünschte Sicherheit für die Familie vor wirtschaftlicher Not, vor politischer Gefahr, vor Feuer und Blitzschlag.

Und deshalb ging er Anfang Juni 1934 aufs Rathaus von Jerichow und ließ sich von Friedrich Jansen einen Aufnahmeantrag für die Nazipartei geben.

Und einen Tag später lief ihm Avenarius Kollmorgen am Frachtschalter der Eisenbahn in den Weg, zog sich Faltenbögen in die Stirn wie die Katze Buckel macht und nickte mit tiefer Bedeutung und sagte mit dem Lächeln, das er für fein hielt: Gut bei Sach, Hä Cresspahl? Gut bei Sach?

7. Dezember, 1967 Donnerstag

Wenn man nach Jerichow nicht darf, muß der Traum einem Verwandte in Wismar lügen, und der Traum muß der Paßbehörde eine von vielem Regen ausgelaugte Holztreppe anlügen in einem Hof mit wildem Wein an den Wänden. Wer diesen Hof kennt, ist da verwandt. Dann macht es nichts mehr, daß das Verlassen des Kreises Wismar nicht gestattet ist. Man fährt einfach mit irgend einem Toten. Am besten wäre da Pius Pagenkopf: als der lebte, war er General der sowjetischen Luftwaffe und fuhr einen alten Studebaker aus dem Pacht- und Leihabkommen mit den U.S.A. In einem alten Studebaker über Jerichows Stadtstraße fahren: da bleiben ja die Leute stehen und schütteln sich die Köpfe. Da kann man sich nur noch rasch auf den Friedhof retten. Auf dem Friedhof findet mich Keiner.

Also ab. Der Bus von Rostock nach Barth ist ganz leer, aber ich bin die Strecke nie gefahren, und jetzt geht es richtig nach Newark durch den Tunnel unter dem Hudson. Auf dem Flughafen Newark steht die Maschine ganz allein, weit draußen allein auf der Rollbahn, und will starten. Ich ahne, daß sie TRANSALL ILJUSCHIN heißt. In der Maschine sitzen auf Fischkisten lauter abgerissene Männer Männer in Pullovern mit löcherigen Norwegermustern. In der Schleife nach dem Start beugt einer sich vor zu mir, und während ich ihn erkenne, sagt er: Gesine, tu doch nicht so. Tu nicht so fremd. Du bist genau wie wir zum Absturz verurteilt.

– Und der Pilot?

– Der hatte die Wahl. Dem haben sie die Wahl gelassen. In der Luft kann er sich nun frei entscheiden. Das geht uns aber nicht an.

8. Dezember, 1967 Freitag

Liebe Marie. Ich erzähle deinem Tonband von heute.

Heute morgen lehnte ein Mann recht schlapp an der Fahrstuhlwand, und nachdem der Kasten fünfzehn Meter durchs Haus gesaust war, wachte er ein bißchen auf und sagte mit einer Art Erstaunen Dschi-sain zu mir, und ich sprach ihn mit seinem

Rang an, um ihn zu wecken. Aber er hatte sich immer noch nicht darauf besinnen können, daß er der Chef ist über einen beträchtlichen Teil der hiesigen Millionen, und in diesem wehrlosen Zustand überfiel ihn ein anderer Untergebener mit der Frage, wie ihm sein eigenes Bild in der New York Times gefallen habe. Denn de Rosny hat die New York Times in seinem Haus fotografieren lassen. – Das ist der wahre Ruhm, wennde auffe Frauenseite kommst: sagte er, und wahrscheinlich ist er hinter seinen Polstertüren auf den Teppich gegangen und zurück in den Schlaf.
Eine Dreiviertelstunde später rief eine von den Sekretärinnen des Vizepräsidenten mich an. Wir sind zum Essen eingeladen. Ich hätte ihr gleich zustimmen mögen, aber sie ist es so gewohnt, de Rosny in den unterschiedlichsten Zeiten und Räumen unterzubringen, sie bestand darauf, mit mir über drei Termine zu verhandeln.
In der New York Times steht beschrieben, wie der Präsident heimlich in die Stadt kam, um den toten Kardinal zu besuchen: mit seinem Flugzeug bis zum Marineflugfeld Floyd Bennet, mit einem Hubschrauber zur Schafswiese im Central Park, so daß er nur für eine Meile auf den Straßen der Stadt war. Und er verließ die Kathedrale durch den hinteren Ausgang. Das immerhin haben die Demonstranten gegen die Einberufung zum Krieg zuwegegebracht.
Aus dem Büro ist schlecht erzählen. Dort ist das Leben so: »Leute, die eine Prüfliste nur paraphieren sollen, nämlich in ihrer Zuständigkeit für die Richtigkeit der Rechnung oder des Wortlauts, können immer wieder nicht sich enthalten, den Vorgang grundsätzlich zu diskutieren, und lassen in der Folge ihre Irrtümer unangetastet stehen. Manchmal läuft der Zettel noch rechtzeitig zurück, aber eigentlich müßte das Haus längst zu Bruch gegangen sein.« Du mußt dir dies als mit Stolz gesprochen vorstellen.
Einer der Direktoren, der seinen Arbeitsauftrag als Rundgang mit Besuchen in den einzelnen Zellen auffaßt, belädt die Luft mit Furzdüften, wenn er zum Nachdenken angehalten wird. Sein Ziel ist es, eines Tages Vizepräsident zu werden, und wohl Keiner wird es über sich bringen, ihm zu sagen, aus welchem Grunde er es nicht erreichen wird.

In einer der Fahrstuhlkabinen ist der Hausnummer im Fußboden eine Zahl ausgefallen. Das sieht man, und immer noch frage ich mich, ob ich tatsächlich dies Haus mit einem anderen verwechsle eines Morgens und es erst bemerke mit einem Blick gegen den Boden. In der Toilettenecke gibt es einen Fugenriß, der ist im letzten Jahr um einen Achtelzoll länger geworden. Das sieht man.
Amanda, die kennst du. Du weißt, wie sie mit den durchreisenden Herren flirtet, ausdauernd, mit Genuß: Dies scheußliche Regenwetter, einem Herrn macht das ja nichts, aber wir Mädchen haben dann ein Gefühl in den Haaren, wir möchten sie uns fast vom Kopf reißen ...! So redet sie. Sie hat gar nichts vor damit, und sie erkennt es auch wohl als Unsinn, nun kann sie nicht anders. Und die Herren stehen recht benommen vor ihrem Tisch und denken über den Sinn ihrer Worte nach und finden ihn nicht und suchen die Schuld bei sich selbst. Einer ging heute weg »wie ein Schaf«: sagte Amanda.
Heute mittag hab ich eine Baustelle angesehen, halb so groß wie die Blocks zwischen den Avenuen Park und Lexington sind. Anders als in Deutschland sind in die Holzzäune Fenster geschnitten für die Passanten, die Oberaufseher des Bürgersteiges, und nun stehen sie aufgestützt da und betrachten das unebene Feld, über dem das Haus, die Häuser nicht mehr vorstellbar sind, nur noch als trockene Gedächtniskonserve aufgerufen von der Umzugsnotiz eines Restaurants. Zwei Kranichkräne waren über dem Schuttfeld zu Gange. Einer hob zwei gegenläufige, an der Naht noch verbundene Treppenteile aus Stahl und Beton hoch, ließ sie baumeln, schmetterte sie nieder und hatte sie doch nicht kaputtgekriegt. Vielleicht war das ein Versehen, darüber können Herren sich unterhalten. Der andere Kran hob aus dem Stahlgerüst eines ehemaligen Hauses am Rande des Feldes ein Geviert von T-Trägern, säuberlich losgeschweißt, und schwang es hoch über den harten Hüten der Arbeiter zur Seite. Das Skelett des umgebrachten Hauses war nun fast ganz nackt. Das wird nicht wieder. Nach einer Weile werden sie die wertvollen Teile von dem Abfall gesondert und beides abgefahren haben, die Fläche planieren, fertig ist die Zukunft.
Aber in Deutschland möchte ich nicht noch ein Mal leben. Im

Westen haben sie eine Nazipartei, und die Nazipartei hat eine Schlägertruppe gegründet und gibt der Presse darüber eine Konferenz. Und die Presse kommt. Die Abkürzung für die Saalschützer ist S.G., von Schutzgemeinschaft, und der Obernazi kann und kann da keine Anspielung auf die S.A. Hitlers verstehen, die auch als Ordner angefangen haben. Und von »Blutsverbundenheit« reden die auch schon wieder, wenn ich common blood nicht falsch auffasse. In Deutschland möchte ich nicht noch einmal leben.

Nachmittags im Foyer der Bank knieten und lagen drei Arbeiter, einer nahezu bäuchlings, und beschmierten das gelbe Metall am Fuß und Bauch der sechs Glastüren mit einem Putzmittel (und was wir in Jerichow benutzt haben für Türschild und Wasserhahn war so sprichwörtlich als gehörte es zum Leben, und ist vergessen. Vielleicht habe ich doch vergessen, was die Sekunde machte, und einen Tropfenfall später gab es nur noch die interpretierte Sekunde, die die Erinnerung aber auch verfehlt), und sie rieben und rieben. Es war nur noch drei Stunden bis Dienstschluß, wenn die vollgeladenen Fahrstühle nach unten sausen und mit ängstlichem Geknurr gegen die Überlast protestieren. Als ich kam, war die Arbeit des Nachmittags schon verschmiert von achthundert Händen.

Manchmal streichen sie den Marmor des Foyers in türgroßen Flächen mit einer Haut zu, die aussieht wie Gips. Dein Vater wüßte für gewiß, wozu die das machen, und ich mag nicht einmal fragen.

Von Mrs. Agnolo wollte ich dir erzählen. Ihr Sohn ist in Saigon als Flieger stationiert, und sie zählt jeden Tag seines Dienstjahres in Viet Nam, denn sie sagt es. Sie sagt es so bereitwillig, ohne Aufforderung, als sei dem Jungen durch einen Besprechungszauber zu helfen. Sie zieht sich so jung an wie die Mädchen, mit denen sie in unserem Schreibbereich arbeitet, und versucht sich auch in ähnlich lässigem oder ausgelassenen Benehmen, aber wer das mit ihrem Sohn weiß, sieht ihr Alter, daß die Schminke nicht sitzen will. Man sieht sie auch untätig vor ihrer Maschine sitzen, sie ist nicht nur mit dem Abfeilen ihrer Fingernägel beschäftigt.

Gestern nacht ist im Auslandspostamt an der Neunten Avenue ein Karton mit einer Adresse in Cuba hochgegangen. Acht

Leute wurden verletzt, andere Pakete flogen nur so umher, heil oder kaputt. Du sei froh, daß du keine Weihnachtspakete mehr aus Europa bekommst, du hast da keines verloren.
In dem Jahr, in dem ich dir dies auf dein Band spreche, warst du ein Kind, das stolz sein konnte auf solche Sachen wie die, daß zu Weihnachten in New York mehr Päckchen und Pakete ausgetragen werden als in ganz Belgien, und eben so viele wie in ganz Frankreich. Für dich war New York das Größte, von der Oberen Westseite bis zur Unteren Ostseite.
Die New York Times bringt heute ein Bild von der Arena des neuen Madison Square Garden, ein ungeheures Oval für 20 000 Leute unter einem weitläufigen Himmel, sehr festlich beleuchtet. Noch sind die Sitze leer, oder nicht fertig, und ich bin es sehr zufrieden, daß du solche Erinnerungen an deine Kindheit haben wirst, und hätte vielleicht solche auch gern für mich.
Dann habe ich noch in der Subway einen Negerjungen gesehen, acht oder zehn Jahre alt, mit einem klobigen Schuhputzerkästchen zwischen den Beinen. Er war mitten im Gedränge eingeschlafen und ließ den Kopf vertrauensvoll an den Arm seiner Nachbarin sinken. Darauf drückte sie ihre Schulter ein wenig vor, damit er abgestützt war.
Das ist alles, was ich heute gesehen habe.

9. Dezember, 1967 Sonnabend

Der frühere stellvertretende Präsident Richard M. Nixon hat in New York zu verstehen gegeben, daß der Kampf gegen Ungerechtigkeit in der Behandlung der Rassen wichtiger sei als der Krieg in Viet Nam. »Der Krieg in Asien ist ein Krieg beschränkter Art mit beschränkten Mitteln und beschränkten Zielen«: hett he secht. »Der Krieg zu Hause geht um das Überleben einer freien Gesellschaft«. Womöglich denkt er, er kriegt die Präsidentschaftskandidatur vom Weihnachtsmann.
Wer einen Soldaten in Viet Nam hat, kann das Rote Kreuz anrufen unter 3 62–06 00 und eine dreiminütige Phonopost für die Lieben im Felde verabreden. Und es kostet nichts, wegen Weihnachten.

Am Irving Place, am Times Square und an der Rockefeller Plaza haben Jugendliche gestern gegen den Krieg demonstriert. An der Rockefeller Plaza Nummer 45 ist eine Niederlage der Fabrikanten von Napalm B, Dow Chemical. Dow Chemical hat einen Persilschein des Kriegsministers: die private Industrie habe keinen Einfluß auf die militärische Verwendung ihrer Produkte; und ohnehin kommt Napalm B nur für ein halbes Prozent des Absatzes von Dow Chemical auf. Und von den Polizisten mit ihren Knüppeln wurden die Demonstranten aus den Weihnachtseinkäufern und Touristen »herausgejätet«, wie die New York Times es sieht. An der Rockefeller Plaza, unter dem riesigen, dem strahlenden, dem bunten Weihnachtsbaum.

Bis Weihnachten 1934 war Lisbeth Cresspahl mit ihrer Kirche längst wieder im Benehmen und half aus beim religiösen Unterricht für Kinder und war dabei, als der Tannenbaum gegenüber dem Altar aufgestellt und aufgeputzt wurde. Und mit Pastor Brüshavers Frau war sie schlankweg befreundet. Sie hatte die Familie der eigenen Schwester gegenüber ihrem Haus wohnen, aber ihr nachbarschaftlicher Umgang war mit Aggie Brüshaver. Sie ging über den Ziegeleiweg, am Zaun um das Paepckesche Grundstück entlang, hinter Hildes Haus vorbei, dann durch Creutzens Pforte und auf den Wegen zwischen seinen Beeten und Treibhäusern zur Hintertür des Pfarrgartens. Dem alten Creutz war das recht, er ließ sich recht gern mit einer jungen Frau ein wenigstens in ein Gespräch. Und Homuth, der das Kirchenland hinter der Gärtnerei gepachtet hatte, sagte nichts dagegen. Die beiden Frauen sahen sich vor und hatten nur einen ganz schmalen Weg am Rand seines Ackers ausgetreten; solange die da vorbeikamen, gingen ihm wenigstens die Jungen nicht an seine Rüben. Cresspahl war es nicht bedenklich. Vielleicht tat es Lisbeth gut, so etwas wie eine Lehrerin zu sein. Brüshaver hatte seine zweite Frau kennen gelernt in dem rostocker Krankenhaus, in dem seine Schulterverletzung aus dem Ersten Weltkrieg nachoperiert wurde; Aggie war Diakonisse gewesen und mehr vorbereitet auf die Hilfeleistung in anderen Haushalten als auf die Führung eines eigenen, und zumindest im Kochen lernte sie von Lisbeth mehr in einem halben Jahr als in den dreien, in denen sie ihre Erfolge an Brüshavers Miene hatte ablesen müssen. Die Männer waren

in diese Freundschaft nicht eingeschlossen. Cresspahl dachte an das Studium des anderen und hatte genug an den Steifheiten und Vornehmheiten Arthur Semigs, auch wollte er sich nicht einlassen mit jemand, der mit Methling in einer Firma war; und wenn Brüshaver sich abgewiesen fühlte, so zeigte er es nur mit einem kleinen Lächeln beim Grüßen auf der Straße, einer Belustigung, die etwas geheimnistuerisch aussah. Lisbeth tat dazu nichts, weil Brüshaver für sie der Pastor, die Autorität bleiben sollte; und Aggie hielt Cresspahl allen Ernstes für einen Brummbären, mit dem schwer auskommen sei, und schob es übrigens auf ihn, wenn Lisbeth einen niedergeschlagenen Tag hatte. Cresspahl war das recht, die beiden in seiner Küche zu wissen; er sah das gern, wenn sie fröhlich war, wenn sie im Eifer des Kochens das Haar mit dem Unterarm aus dem Gesicht wischte, wenn sie und Aggie einander Geschichten von den Kindern erzählten, von Gesine und von Aggies Martin, Mathias und Marlene. Cresspahl dachte: die reden über Kinder und übers Kochen. Das taten sie auch.
Durch Aggie aber erfuhr Lisbeth mehr von den Streitigkeiten der evangelischen Kirche mit dem Österreicher als sonst ein Gemeindeglied in und um Jerichow wissen konnte. Die Leute hörten zu, wenn Brüshaver predigte in seiner ernsthaften, vernünftigen, langweiligen Art und fanden es ganz angebracht, daß der Mann nach dem Judenboykott auf die christliche Pflicht zur Nächstenliebe hinwies, denn das war ja der Beruf von dem Mann, dazu war er da und dafür bezog er sein Geld. Arthur Semig hatte es nicht geholfen, und Brüshaver ging selber nicht zu Tannebaum und kaufte ihm was ab. Lisbeth aber hörte von dem Hickhack der Kirche mit den staatlichen Behörden in dem Ton und in der Ausführlichkeit, mit denen das Ehepaar die Vorgänge besprach. Ihr selbst war noch aufgefallen, daß Hitlers S.A. bis Mitte 1933 bei Fahnenweihen und Appellen christliche Gottesdienste hatte veranstalten lassen; und von Methling wußte sie, daß er Ende 1932 als S.A.-Geistlicher eines Gruppenkommandos im Rang eines Sturmbannführers z. b. V. vom Stabschef der S.A. in Berlin bestätigt worden war; von Aggie aber erfuhr sie zum ersten Mal, daß es im April 1933 eine »Diktatur« in der Mecklenburgischen Landeskirche gegeben hatte, als der Ministerpräsident Granzow

einen Staatskommissar einsetzte, der den Oberkirchenrat in Schwerin unter polizeilicher Bedeckung übernahm. Dann war der Landesbischof Rendtorff aus dem Amt gedrängt worden, und an seine Stelle kam der Gauleiter der »Deutschen Christen«, Schultz, so thüringisch erzogen, daß er statt mit Wasser mit Erde taufen wollte, weil er wie die Nazis eine Wolke aus Blut und Boden im Kopf hatte, und beim Abendmahl berief er sich doch reinweg auf den Österreicher und erklärte das symbolische Blut des Herrn für das Blut der Märtyrer der faschistischen Bewegung. Das waren nicht ungefährliche Nachrichten für Lisbeth Cresspahl, geborene Papenbrock. Die Deutschen Christen wünschten sich eine einzige Evangelische Reichskirche; sie wollte aber nicht, daß an ihrer Mecklenburgischen Landeskirche etwas geändert würde oder daß sie gar verschwand. Im Januar 1934 hatte Brüshaver die Erklärung von Niemöllers Pfarrernotbund verlesen: man müsse Gott mehr gehorchen als den Menschen; das war ein Ton, der dieser Tochter von Louise Papenbrock unter die Haut ging. Ob es nun um die Verweigerung des Fragebogens mit dem Arierparagraphen ging, oder um eine kirchliche Trauung unter einem nicht kirchlichen Motto

Der Furcht so fern,
dem Tod so nah,
Heil dir S.A.

oder um die Reinheit der Verkündigung des Evangeliums, für sie war die Kirche im Recht. Die Kirche durfte nicht gekränkt werden. Die Kirche wurde gekränkt. Im März 1934 war Brüshaver auf die Superintendentur in Gneez zu einem Gespräch geladen worden; Lisbeth wußte aber von Aggie, er sei »schwer verwarnt« worden, weil er immer noch nicht aus dem Pfarrernotbund ausgetreten war. Für Lisbeth war das zu aufregend. Die Aufregung konnte heiter sein, weil es ja um einen Kampf ging und der Sieg für die rechte Seite längst beschlossen; die Aufregung war manchmal von einer kopflosen, verzweifelten Art, weil die Behörden des Österreichers nicht daran dachten, ihr Unrecht einzusehen; dann wieder albern, wenn sie einen halben Tag lang eine Phrase des Pfarrernotbundes nach einer ausgedachten Melodie singen konnte, ob sie nun Wasser pumpte oder Kartoffeln schälte.

Ein Volk, ein Reich, ein Führer, ein Theater.

Sie sah so töricht aus dabei. Cresspahl mochte es nicht, daß sie sich das Gewissen so voll lud mit den Sorgen der Kirche. Ihm schien nicht einmal, daß sie begriff, was sie da vor sich hinsang. Er wäre sich lächerlich vorgekommen, hätte er sie vor der Geheimen Staatspolizei gewarnt. Das mußte sie doch wissen. Und er fürchtete, sie werde ihm zur Antwort geben: Ein jeder muß für seinen Glauben einstehen.

War dir so kalt in der Kirche, Lisbeth?
Wieso, Cresspahl.
Du hast doch gezittert, Kind.
Wann hab ich gezittert.
Als Brüshaver bei der Weihnachtsgeschichte war.
Ich habe nicht gezittert, Heinrich. Du denkst dir da was aus.

10. Dezember, 1967 Sonntag

Die Zeitungen von Hanoi melden, ihre Nationale Befreiungsfront habe im Oktober und November 40 000 gegnerische Soldaten getötet, verwundet oder gefangen genommen, darunter 20 000 Amerikaner und Verbündete. So steht es in der New York Times. Es fehlt ein Hinweis, daß es anders in ihr stand.
Die Verleger haben den Glauben daran verloren, daß die Rechte an Che Guevaras nachgelassenen Papieren bei der bolivianischen Regierung liegen, und die Verhandlungen haben sich zerschlagen. Was die Interessen der New York Times angeht, so meldet sie, daß die New York Times »die neue Lage erwägt«.
In der nächsten Woche werden in Moskau vier Schriftsteller angeklagt, weil sie zu verstehen gaben, daß ihnen der Prozeß gegen die Schriftsteller Daniel und Sinjawsky nicht gefiel. Drei haben was geschrieben, und die vierte, Vera Lashkowa, soll

beim Tippen geholfen haben. Das reicht für den Artikel 70, Verbrechen gegen den Staat, bis zu sieben Jahren, Verbannung bis zu fünf Jahren.

Es hat jemand geheiratet! Die Tochter des Präsidenten hat geheiratet! Linda Johnson hat geheiratet! Im Weißen Haus hat sie geheiratet! Einen Kapitän zur See hat sie geheiratet! Einen Kapitän zur See mit einer Marschorder für Viet Nam! Nu beruhige dich doch.

Und Allen M. Johnson, 54–09 Almeda Avenue, Arverne, New York, gibt aller Welt kund und zu wissen, daß er nicht länger aufkommen wird für Schulden, die seine Frau macht, Betty Johnson nämlich.

Im Herbst 1934 wurde in Jerichow sehr wenig Fleisch gegessen, und schuld daran war Arthur Semig. Schuld daran war Schlachter Methfessel. Schuld daran waren die Nazis. Wer war nun schuld?

Es fing an damit, daß August Methfessel im September einen Besuch bei Semig machte. Er kam nicht in der Dunkelheit, sondern gleich nach Mittag, und er ging nicht durch den Torweg zur Praxis, sondern stellte sich auf vor Semigs Gartenpforte und klingelte. Und weil Dora Semig sich neuerdings Zeit nahm mit dem Öffnen der Haustür, stand er da eine ganze Weile und ließ sich sehen von allen, die in der Bäk wohnten, oder da vorbeikamen. In der Hand hatte er etwas Dickes, das an einem Ende spitz war, und es war mit weißem Papier umwickelt, und sollten es wohl Blumen sein?

Dora Semig hielt das Weiße für einen Blumenstrauß, und war ohnehin verblüfft genug, Methfessel in den Salon zu führen. Er wollte sich da aber keinen Platz nehmen, stand unbehilflich inmitten des Köstersdien Biedermeier und hielt sein Mitbringsel in fester Hand neben sich. So stand er noch, als Dora ihren Mann geholt hatte.

Dann stellte Methfessel sich von neuem auf, in der Haltung eines Leichenbitters zu ihnen gewandt, und hielt ihnen eine Ansprache. Es seien Zeiten, von denen man gar nicht wisse, was es für Zeiten seien, und oft werde etwas, das Einem nachgesagt werde, angesehen für etwas, das Einer beim besten Willen nicht gemeint habe, und im übrigen auch keines Weges getan. Er sah Arthur und Dora aber nicht an dabei, sondern hielt den Kopf

leicht vorgeneigt und den Blick seitlich, als stünde auf dem gebohnerten Fußboden von Frau Semig geschrieben, was er aufsagte. Und so wolle er hiermit und auf alle Zeiten hoffen, daß alte Zeiten alte Zeiten bleiben möchten, in dem einen Sinn nämlich, und in dem anderen mit Vorzug. Semig verstand nicht, worauf hinaus er wollte. Das konnte auch Frau Semig nicht finden. Mit schwerem Seufzer setzte sich Methfessel, legte sich die eingewickelte Sache aufs Knie und erzählte eine Geschichte, in der Baron Rammin und Oma Klug und ihre Katze ganz unter sich mit einander beschäftigt waren. Nach einer Weile gab Semig sich ein Aussehen, als habe er einen Wind von Methfessels Absichten bekommen, bot den Anstandsschnaps an, nahm gleich die erste Ablehnung als endgültig entgegen und erhob sich, um dem Abgang von Methfessel ja nicht im Wege zu stehen. Methfessel kam unverhofft rasch hoch aus Doras Armstuhl, um dessen dünne Beine er gefürchtet haben mochte, gab der Dame des Hauses seine Hand und ging zur Tür, aber zu der, die zu Semigs mittlerem Flur und zur Praxis ging. Arthur soll ihm hinterhergegangen sein wie einem Leithammel.
– Hier: sagte Methfessel hinter der Praxistür, – Hier! sagte er und wickelte mit hastigen Grüßen das Stück Fleisch aus, das er bei sich hatte. – Sehn Sie sich das mal an! sagte er, und war für einen Moment wieder der behagliche, listige Mann, der er vor seiner Reise nach Fürstenberg gewesen war. Es war, als sei nun eine Sorge von ihm genommen und in besten Händen aufgehoben, jedenfalls nicht in den seinen. Saß da, als könne er allerdings mit Auskünften dienen. Dr. Semig hatte den weißen Kittel angezogen, damit Methfessel alle Formen gewahrt sah. Er tat ihm auch den Gefallen und trug die Probe hinüber zu dem Tisch am Fenster, wo er sein Mikroskop zu stehen hatte, seine Scheren, Nadeln, Pipetten, Chemikalien. Aber selbst wenn er da hätte eine bakteriologische Untersuchung vornehmen können, er hätte es nicht in Methfessels Beisein getan. Er blieb an seinem Drehstuhl stehen, damit Methfessel nicht geradezu Wurzeln schlug. Und Methfessel wollte nicht gehen. Er wollte auch nicht anfangen, ehe man ihm mit einer Frage nach den Geschäften auf die Sprünge half. Von den Geschäften konnte Methfessel endlich auf seine andere Sache kommen, und nun mußte Semig eine lange und umständliche Klage anhören

über den Tierarzt, der neuerdings Semigs alten Beschaubezirk betreute. Es half ihm kein bißchen, daß er sich die Verleumdung eines Kollegen zu verbitten suchte (da kannte Semig nichts, arisch oder nicht arisch). Nach einer Weile hatte er die Hand am Mund, wie gewöhnlich beim Nachdenken, und dann saß er, um besser zuhören zu können. Der Kollege Hauschildt legte die gesetzlichen Vorschriften in der Tat eigenwillig aus. Der hatte offenbar eine Vorliebe für die Lebendbeschau per Telefon. Der verlangte von Methfessel am Telefon eine Äußerung über den allgemeinen Zustand der angelieferten Tiere, und es war wohl so, daß es Methfessel mittlerweile schwer fiel, sich für eine bestimmte Ansicht und Aussage zu entscheiden. Es war wohl so, daß Methfessel mittlerweile empfindlich war dagegen, daß Einer ihn anschrie, und sei es am Telefon. Dann sagte der Kollege Hauschildt einfach: Man zu, Methfessel! und hatte weder die Haltung des Tieres noch Lippen Nasenspiegel Kotbeschaffenheit Scham Scheide Euter Atmung auch nur von ferne vor Augen gehabt. Gewiß, auch Semig war erst nachts zu Methfessels Stall gefahren, wenn er andere Zeit nicht hatte, und hatte sich damit begnügt, die Tiere hochzujagen und wach zu machen. Aber er hatte allein in diesem Winkel fünfzehn Jahre praktiziert, und was er mit bloßem Auge sah, würde unter dem Mikroskop nicht viel anders sein. Der Kollege Hauschildt jedoch hatte die Tierärztliche Hochschule noch nicht lange hinter sich, und sollte neben dem Studieren viel Muße für das Aufziehen eines Nationalsozialistischen Studentenbundes gefunden haben, und es wurde überdies erzählt, er sei bei von Meyers nicht mit einem Gebärmuttervorfall zu Pott und Rande gekommen. Und was Methfessel erzählte von den Untersuchungstechniken Dr. Hauschildts, das stand nicht im Lehrbuch, und in der kurzen Zeit, nach der er das Ergebnis der Trichinenschau durchsagte, – da kann er doch man eben erst zu Hause angekommen sein! Der Kollege Hauschildt hatte sich offenbar selber eine Sondergenehmigung ausgestellt, die Beschau auf Trichinen nicht im Schlachtbetrieb vornehmen zu müssen. Und Methfessel fürchtete sich also vor dem Gesetz, und hatte Angst vor seinem Gewissen. Es war widerlich, wie gefügig die den Mann geschlagen hatten, und wie feige. Denn Methfessel wollte nicht in Gneez vorstellig werden. – Ich bin

nicht in der Partei: sagte er, und wußte unbestreitbar, daß Dr. Hauschildt in der Partei war und daß er und der Kreisveterinär einander in einem fort in der Tasche saßen, entweder in benachbarten Seegrundstücken oder gemeinsamen Segelbooten oder im Ratskeller, das war nicht deutlich, und Methfessel war es augenscheinlich schon zuviel, daß er das alles wußte. Semig sollte das Fleisch nach Gneez tragen, nicht er. – Mein lieber Herr Methfessel: sagte Semig, und August hätte hören sollen, daß das nicht die Herablassung von früher war, mit der Dr. Semig dumme Fragen oder zu verständnislose Kürzungen am Honorar abgewiesen hatte. Aber Methfessel wollte sich auf fremde Hilflosigkeit nicht einlassen und glaubte die Sache vom Halse zu haben und ging mit den feierlichen Worten: Auf Ihr Gewissen is es nu, Hä Dokte! Auf dem Hof machte er einen vorsichtigen Bogen um Rex, obwohl der ihm fast die Pfote angeboten hätte. Rex hieß der Schäferhund, den die Semigs seit dem Frühjahr hielten.
Vorerst hatte Methfessel nur davon, daß es in Jerichow hieß, ihm sei es einen ganzen Braten wert, wieder gut Wetter bei dem Juden zu haben.
Der Tierarzt hätte sich gern ein paar Tage bedacht, aber wenn ihn nicht seine Auffassung von seinem Stand angestoßen hätte, so hätte es die warme Jahreszeit getan. Er schrieb einen etwas privaten Brief, der einer Abheftung von Amts wegen zur Not hätte entgehen können, und schickte den am gleichen Abend mit Methfessels Fleisch expreß und eingeschrieben nach Schwerin, und wirklich galt er da immer noch als der Ehemann von Dora Köster und wurde in der behördlichen Weisung an den Kreisveterinär in Gneez überhaupt nicht erwähnt. Da stand alles »nach der Darstellung von Herrn August Methfessel, Schlachtermeister zu Jerichow«. Und Methfessel wurde vorgeladen nach Gneez und unterschrieb ein Protokoll und bedankte sich bei den Beamten, ein wenig getröstet, weil Recht und Hygiene vielleicht eben doch noch galten in Deutschland. Und vor dem Bahnhof von Gneez nahm S.A. in Zivil ihn hopp.
Nun war Methfessel traurig geworden. Bei seiner Rückkehr nach Jerichow fand er sein Kühlhaus ausgeräumt vor, denn die Bakteriologen in Schwerin hatten in der von ihm eingelieferten

Leber Salmonella dublin festgestellt, Fleischvergifter. Entschädigung, nichts da! Und Methfessel war nun so weit, daß er für passend ansah, daß der Akademiker Semig wieder einmal nichts abbekommen hatte. Die Bande hielt eben zusammen. Er wollte Semig die Ruhe auch gönnen, bis er nach Fürstenberg kam, wo Ossi Rahn auf ihn wartete. Nach einer Woche war Methfessel fast wieder heil und hätte auch von neuem die Kraft gehabt, zu schlachten, und mochte das nicht. Dr. Hauschildt kam nun sehr pünktlich an und schrie über jede Minute, die er warten mußte, und besah sich das lebende Vieh nicht allein, sondern zusammen mit einem Praktikanten, der ihm ein ordnungsgemäßes Verfahren bescheinigen konnte. Und wenn der Tierarzt nun auch keinen Schnitt mehr vergaß bei der Totuntersuchung, er ließ sich eben viel Zeit dabei und veranstaltete regelrechte Unterrichtsstunden mit seinem Studenten, und so hatte Methfessel sich das nicht gedacht. Und nun war es Methfessel, der in Gneez wegen der Befunde anrufen mußte, und Frau Hauschildt wußte sehr oft nicht zu sagen, wo ihr Mann war oder wie die Untersuchung denn ausgefallen war. Und Dr. Hauschildt benutzte nun bei Methfessel recht gern den quadratischen Stempel, der nur für bedingte Tauglichkeit des Fleisches galt, und es war vorgekommen, daß er den dreieckigen nahm, den für die Untauglichkeit, und Methfessel hatte die Lust nicht mehr, jetzt noch zu beweisen, daß die Viehhaltung in diesem Winkel unmöglich von einer Woche auf die andere hatte um so viel schlechter werden können. Der runde Stempel war bei seinem Fleisch die Regel gewesen. Methfessel war schwermütig geworden. Wenn die Viehtransporter an Schlachttagsmorgenden ankamen, stand Methfessel auf seinem Hof und hielt den Kopf wie ein Tauber, als habe er einen Schlag vor den Kopf bekommen und nicht der Ochse, den man auf ihn zuführte.

Und wat wier dat für'n Kierl!
Dat rode rode Gesicht, un de hellen Hår. Brömsich.
So blond as he is de ganze S.Å. nich.

Da kamen die Wagen mit den Schweinen an, und sie waren schläfrig von der Fahrt, freundlich an einander geschmiegt, und nun stand Methfessel da und sah bloß zu, wie seine Gesellen

die entsetzten Tiere mit ihren Besen auf die Tür des Schlachtraums zutrieben. Da er ausfiel, brauchten die Gesellen länger, und die Schweine hatten Zeit, das über die Schwelle gelaufene Blut ihrer Genossen zu wittern, und Methfessels Anlieger beschwerten sich über das klägliche Geschrei. Anfangs war er noch mit hineingegangen, wenn auch als Letzter, und es war rasch, nach ein paar hohen spitzen Schreien, still geworden. Dann aber war Methfessel wieder sofort aus der Tür gekommen wie dösig, ein großer kräftiger Mann mit derben Armen, schweren Schultern, gedrungenem Kopf, der ein blutiges Messer in der Hand hält. Er schüttelte den Kopf, er biß sich in seinen blonden Schnurrbart, er war nicht bei sich. Und er ging nicht ins Haus, er versteckte sich in der Holzkammer, und nach einer Weile gaben die Gesellen es auf, ihn zu holen. Eines von Else Pienagels Fenstern ging hinaus auf Methfessels weitläufigen Hof, und sie hatte in diesem Herbst oft Besuch, der zu nichts kam, als um am Fenster zu stehen, wenn bei Methfessel Schlachttag war.
Also wurde eine Zeit lang wenig Fleisch von Rind und Schwein gegessen in Jerichow, einmal weil Methfessel keines hatte, und zum anderen, weil Schlachter Klein schon zu lange als der zweitbeste gegolten hatte und dies Vorurteil sich hielt. So kamen viele Hühner früher ums Leben, als ihnen zugedacht war, und Kaninchen auch.
Nur bei Cresspahls war es noch anders. Lisbeth war etwas aufgefallen an den halben Schweinerücken, als Methfessel sie noch an seinen Haken im Laden zu hängen hatte. Die Rücken waren so gekrümmt. Über den Wirbelknochen waren kleine Grübchen, wie bei den Menschen auch. Wie bei Gesine auch. Lisbeth hatte mit einem Male eine Abneigung gegen Fleisch.

Wir essen die Tiere, und wir töten sie dazu. Es ist nicht recht.

Na, Lisbeth. Wistu spårn?

Sparen wäre gar nicht unklug, Cresspahl.

Also kam bei Cresspahls nur Fleisch auf den Tisch, wenn er darauf bestand, und sie aß nicht mit.
Jetzt fängt die New York Times wieder an mit ihrer Art von

Wohltätigkeit. An den möglichen und unmöglichen Stellen fügt sie die Aufforderung ein: Gedenkt der Bedürftigen! und will Geld auf ein Spendenkonto. Nicht zu allen Nachrichten paßt ein solcher Refrain: Gedenkt der Bedürftigen!

11. Dezember, 1967 Montag

Aus der New York Times von heute hat Marie drei Bilder geschnitten und wird sie aufbewahren:
Das eine, von der Titelseite, bringt uns ins Haus die heitere Witwe des Präsidenten Kennedy, weil sie im Hotel Plaza für die Partei der Demokraten essen ging.
Das andere präsentiert die Hochzeitsgesellschaft der Lynda Johnson in einem Halbkreis aufgestellt, alle mit gesenkten Köpfen, eine Person sogar knieend. Jedoch sind die Leute nicht am Beten, sondern betrachten eine Aufzeichnung des Festes im Fernsehen. Der Artikel schließt mit dem Refrain: Gedenkt der Bedürftigen!
Das dritte ist ein Kunstwerk und zeigt eine ärmlich gekleidete Frau, die ein kleines Kind auf dem Arm hält, in einem fast völlig kahlen Raum. Der Fußboden sieht kaputt aus, und das Fenster, als ließe es nicht nur das Licht vom Hinterhof herein, sondern auch den Wind. »Viele New Yorker, so wie diese puertorikanische Mutter und ihr Kind, sehen einem langen, kalten Winter entgegen, mit wenig Hoffnung, wenig Geld, und oftmals keiner Heizung.«
Edmondo Barrios, der erste Freund Maries in diesem Lande, ist in einer solchen Wohnung in Ost Harlem aufgewachsen.
In ihren ersten Erzählungen aus dem Kindergarten kam er nicht vor. Da hatte sie zu klagen über die Kindererziehung in diesem Land. Sie war aus Düsseldorf gewöhnt, daß man sich ganz und gar an ein anderes Kind hängen durfte und hatte also auch hier sich eins als das liebste ausgesucht und nahm den Platz neben ihm und sah ihm auf den Mund und ging ihm hinterher (so wie ich D. E. hinterherlaufe, wenn er aufsteht und zum Kühlschrank geht und sich eine neue Flasche holt und zurückkommt an den Tisch: nur daß ich ihn sehen kann beim Aussprechen jenes Satzes, den ich nicht weniger deutlich im

Sitzenbleiben hätte hören können). Dies Kind war Pamela Blumenroth, und Marie hat sie nicht sich nehmen lassen. Sie sollte ihr aber genommen werden, denn in der Gesinnung der Erzieherinnen galten Bindungen an nur einen Partner schon bei vierjährigen Kindern als riskant, und Marie wurde beim Imbiß neben ein anderes gesetzt, Mark den Küsser, und sollte nun mit ihm spielen, und wünschte nicht ihn, sondern Pamela. Das Ziel einer solchen Erziehung war eine allseitige Bekanntschaft zwischen allen Kindern in dieser Klasse, und das Wort hieß togetherness, Zusammenbefindlichkeit, und Marie hat es lange verstanden als einen Ausdruck für gewaltsame Trennung, und sie betrieb es als eine Heimlichkeit, wenn sie sich für die Nachmittage eben doch nicht Mark den Küsser in die Wohnung lud, sondern Pamela, die freundliche, die anstellige, die kleine Person, die damals ein Gesicht hatte wie eine irische Bauersfrau.

Damit Marie lernte, die Freunde zu wechseln wie die Hemden, geriet sie auch an Edmondo. Sie hatte vorher von ihm gesprochen als »dem Kind, das haut«. Dann war ihr aufgefallen, daß er regelmäßig eine bestimmte Gruppe Kinder in der Klasse angriff, nämlich Jungen, »die eine solche Haut haben wie ich«, und so kam heraus, daß er zu den »Gefärbten« gehörte. Offenbar brauchte dieser Edmondo gar keinen Anlaß für einen Streit, sondern warf einen beliebigen Rosahäutigen zu Boden und setzte sich auf ihn und machte ihn mit den Fäusten fertig. Die Genossen des Opfers nahmen oft an, die Auseinandersetzung stamme doch aus einem Grund, und hielten sich an ihre Regel, daß man in einen Zweikampf nicht eingreift. Nun kam Marie und legte eine Hand auf seinen Arm und sagte: Laß das, auf Deutsch, und nicht als Befehl, sondern als Wunsch, und damit er sie ganz sicher verstand, schüttelte sie auf eine gefällige Weise den Kopf, so daß Edmondo in seiner namenlosen Verblüffung den Kampf vergaß, der ihm eben noch unausweichlich gewesen war. Er ging der merkwürdigen Person mit der sonderbaren Sprache nach und hielt sie von Stund an als seine Freundin, und zwar nicht wie die schwarzen Mädchen der Klasse, denen er nach wie vor den meist ungnädigen Pascha machte, sondern wirklich wie ein Kind, das man verstehen, erfreuen und beschützen will. Als Maries Beschützer

hätte er noch bequemer in Gelegenheiten zum Puffen und Schlagen kommen können, aber Marie hielt ihn zurück, indem sie sich den Anschein gab, als sei sie nur für ihn da und David Double-U gar nicht im Raum vorhanden. Sie hatte auch keine Angst vor ihm. Die Erzieherinnen beobachteten die Freundschaft zwischen dem schwarzen und dem europäischen Kind mit Erstaunen, aber auch erleichtert, denn jetzt kam es seltener vor, daß Edmondo Bauklötze warf mit der Absicht ein Auge zu treffen, und fast gar nicht mehr mußten sie ihn herausreißen aus einer Schlägerei, die für das ihm unterlegene Kind hätte mit einem Knochenbruch enden können. Denn Edmondo war ganze acht Jahre alt und in Maries Klasse nur wegen der vierjährigen Verspätung in der Entwicklung seines Gemüts, und Edmondo besuchte den Kindergarten mit dem Stipendium der Kirche selbst und galt als erstes Objekt eines Experiments, und vor einer Verweisung aus dem Haus schützte ihn dann noch seine Hautfarbe. Die Kirche hätte ihren guten Willen nicht gern ohne äußerste Not verdächtigt gesehen. Nun der schwierige Schwarze mit der kleinen Deutschen zusammen war, verliefen die Stunden fast wie in einer normalen Klasse, ohne zusätzliche Arbeit und Aufregung, und diese isolierte Partnerschaft, so wenig sie hinauslief auf togetherness, diese Freundschaft wurde nicht geschieden.
Marie ging auch Edmondo besuchen in Ost Harlem, und das Leben der Familie Barrios setzte sich zusammen aus den allerüblichsten Bestandteilen der gängigen Kenntnisse von diesem Ghetto. Edmondo hieß nicht nach seinem Vater, sondern nach dem Vater seines jüngeren Bruders, weil dieser den Mut zu einer Eheschließung mit Mrs. Barrios gehabt hatte. Er war dann doch gegangen, und der Vater Edmondos, ein Mensch mit dem Vornamen Rodrigo, hätte wohl bei Edmondos Mutter leben mögen, wäre sie nicht durch seine Anwesenheit der Fürsorge-Untersützung verlustig gegangen, und an eine Unterstützung der Familie durch ihn war nicht zu denken, da er nicht an Arbeit kam.

Wenn du'n Mopp hast statt Haare, krichste kein Job.

Er war gelegentlich zu Besuch gekommen, aber nicht mehr,

seitdem Mrs. Barrios das zweite Mal von anderen Männern schwanger war. Mrs. Barrios erzählte das der Fremden bereitwillig, weil Edmondo so ausführlich von der Tochter der Fremden berichtet hatte. Sie war eine sehr hübsche, etwas füllige Person mit Lippen von der Art, die in diesem Lande kaukasische heißen. Sie trug ihre Haare kurz, wie ein Mann einen Bürstenschnitt, und im Profil, wenn sie den Kopf hochnahm, konnte sie lustig aussehen, geradezu mutwillig. Wie sie, war die Wohnung sauber wie Stück für Stück aus dem Ei gepellt. Die Wohnung bestand aus zweieinhalb Räumen hintereinander. Die hinteren Zimmer bekamen ihr Licht durch das eine Fenster des vorderen. Mrs. Barrios war stolz auf ihre Wohnung, die tatsächlich möbliert aussah, weil das eine große Bett für alle Kinder kaum noch Platz übrig ließ und ein Bildnis der Mutter Gottes, aus einer Zeitung geschnitten und mit einem pappenen Rahmen beklebt, noch eine stark abgeschürfte Wand zu etwas Anderem macht. Mrs. Barrios glaubte ihre Umstände noch glücklich. Das vorbereitete, erwartete Bild von einer Wohnung in Ost Harlem wurde dadurch vervollständigt, daß das einzige Fenster tatsächlich auf die Geleise der Eisenbahn New York Central ging, die hier den Anwohnern die Pendelzüge in die ländlichen Gebiete und eben auch den »Zwanzigstes Jahrhundert, platzkartenpflichtig« als Hochbahn vorführte.
Außer nachts, lebte Edmondo auf der Straße und unter dem Schirm der Eisenbahn, und diese Straße erklärte er Marie. Wenn er ihr einen Mann mit unsicherem Gang als einen »junkie«, einen Rauschgiftsüchtigen bezeichnetete, tat er das nicht sachlich, sondern mit auffälligem Haß. Da war etwas. Es war nicht gewöhnlich, daß ein Bewohner dieser Straße mit einer »weißen« Freundin ankam und dann auch noch ins Haus ging, und auf jener Treppe zu der Wohnung von Mrs. Barrios mag Marie zum ersten Mal etwas vom geschlechtlichen Verkehr der Menschen gehört haben. Das genierte Edmondo, und sein Stolz auf die »weiße« Freundin war verregnet. Mrs. Barrios konnte sich nicht rasch genug einstellen auf die Sitte des Mittelstands, die Kinder zu Besuchen zu schicken, und hatte überdies keinen Platz, von Spielzeug zu schweigen, und nahm von ihrem Fürsorgegeld und schickte die Kinder in das Kino Apollo an der 125. Straße. Es war Maries erster Spielfilm, eine sehr traurige

Geschichte von einer Dame auf dem Sofa und einem Matrosen, »der geschießt hat«, und eigentlich geschah das ganze in einem Auto, oder in einem Flugzeug, das war Marie durcheinander gekommen, und verwirrte sich vollends in ihren Träumen. Das war Maries erster Besuch bei Edmondo, und sie wollte ihn oft in den Einzelheiten besprechen, aber sie bestand nicht auf einem zweiten.

Es kam zu einem zweiten, aber sie zog vor, daß Edmondo in ihrer Wohnung war. Die Babysitter, die ihn zusammen mit Marie vom Kindergarten abholen mußten und dann fünf Stunden lang für ihn verantwortlich waren, kündigten ihre Dienste vorsorglich für den Fall, daß dies Kind ein zweites Mal zu Besuch kam. Es war zu sehen. Abends sah Maries Zimmer aus wie nach einer Haussuchung, die in verzweifelter Eile durchgeführt wurde, wie im Film, und da waren Scheiben in Maries Tür zerbrochen, und nur Marie war noch heil und fröhlich und ein wenig erstaunt. Eines der Mädchen berichtete, das Kind Edmondo könne Einen in eine »Sintflutstimmung« versetzen, so wenn er keiner Anregung und keinem Befehl mehr zugängig sei und sich auf den Boden lege und sich schwer mache und mit der beschränkten Lust eines Zweijährigen auf die Reaktion des Erwachsenen warte: dann sei man mitten in einer Flutwelle und könne sich an nichts Festes mehr halten. Edmondo hatte in Wirklichkeit nicht verstanden. Er hatte auf Schläge gewartet, für Schläge wäre er aufgestanden. Einmal sah ich ihn seiner Mutter nicht folgen, und Mrs. Barrios, ohne Rücksicht auf die weißen und mittelständigen Teilnehmer des Schulausflugs, griff blind nach irgend etwas, mit dem sich schlagen ließe und erwischte ein Springseil und versuchte es kaputtzuschlagen auf dem Jungen, der sich übrigens nicht wehrte. Die Gebildeten, die Liberalen, die Weißen sahen sehr nachdenklich zu, und besonders schien ihnen aufzufallen, daß Mrs. Barrios ohne Übergang aufhörte, als sei sie mit einer Arbeit fertig.

Wir hätten Edmondo ausfragen können. Seine Verachtung für die Rauschgiftsüchtigen, das war etwas. Daß er unbedingt wissen wollte, ob Marie unter dem Rock aussah wie seine Schwester, es hätte helfen können bei seiner Heilung. D. E. war der erste, der den Jungen fünf Minuten lang ansah und dann für krank erklärte; und in der Gegenwart eines Erwachsenen,

eines Weißen Mannes, hatte Edmondo sich sehr still und gebührlich gehalten. Er war schwer aufzufassen. Ein Junge, der all und jeden angriff, oft ohne Blick für das Verhältnis der Kräfte, wie kam der zu solcher Angst vor Hunden? da spielte ein Mensch im Riverside Park mit seinem Hund, einem zärtlichen Boxer, und der Hund war weit von uns entfernt, und seinem Bellen war nichts anzuhören als ungeheurer Spaß, und Edmondo versteckte sich hinter meinem Rock und bettelte flehentlich um eine Umkehr des Spaziergangs. Gibt es solche Hunde in Ost Harlem? Benutzt die Polizei solche Hunde? Wir haben ihn nicht gefragt. Wir haben ihn nur anderthalb Jahre gekannt. Dann ist irgend etwas passiert in einem Sommerlager für alleinstehende Mütter mit allen ihren Kindern. Edmondo trug die mit dem Zeichen dieses Lagers bedruckten Pullover jeden Tag, wie Hemden. Er soll etwas mit einem Messer getan haben. Er war da neuneinhalb, und kräftig. Die Psychiater überwiesen ihn in eine Sonderschule. Die Schule war eher eine Klinik. Offenbar hatte er sich vom Leben eine Krankheit zugezogen, die den Ärzten noch nicht oft untergekommen war. Mrs. Barrios mußte keinen Cent für seine Unterbringung und für die Heilversuche bezahlen. Damals konnte man ihn noch besuchen. Er wußte nicht mehr, wer Marie war. Marie tut, als sei dieser Besuch nie gewesen. Dann konnte man ihn nicht mehr besuchen.
Marie sagt noch heute: Mich hat er nie geschlagen. Und er war so stark, er mußte dich nur anfassen, und du warst die Treppe hinuntergefallen. Mit mir hat er das nie gemacht.
Gesegnet sei das Vergessen. Nur, sie hat es nicht vergessen.
Das Wetter regnet sich so durch. Es ist eben kurz vor Weihnachten.

12. Dezember, 1967 Dienstag

»Das Strahlen der Weihnachtszeit erleuchtet die Stadt

. . .

In Manhattan werden glückliche Schwärme von Kindern und Erwachsenen angezogen von dem abermals beleuchteten Weih-

nachtsbaum im Rockefeller Center und von den sensationellen Dekorationen in den Schaufenstern, die die schicken Straßen von Stadtmitte säumen.
Die Fenster von Lord & Taylor bieten eine belebte Phantasmagorie aus Szenen von Weihnachten in Wien: kleine Figuren tanzen im Schloß Schönbrunn, ein Dirigent und eine Diva zeigen eine Aufführung in der Wiener Oper vor einem Jahrhundert, die Türen des Stephansdoms öffnen und schließen sich, Kinder tollen in einem Alpendorf umher und Glöckner läuten.
Die Fenster von B. Altman sind ein Füllhorn großer Kunst aus dem Metropolitan Museum und behandeln in Diabildern die Themen der Freude, der Schönheit, der Festtafel, des Schatzes, der Kinder und der festlichen Szene.
Das Haus Saks Fifth Avenue, das seit Jahren die Weihnachtssaison mit einer Schaustellung von Chorknaben und Orgelpfeifen eingeleitet hat, hat in diesem Jahre seine Fassade mit einem großen Weihnachtsbaum geschmückt.

...

Es ist still und warm in dem Blumenladen Columbia in der 231. Straße, 200 West. Im hinteren Raum des kleinen Geschäftes richtet eine Frau rote Weihnachtskerzen für den Verkauf her. Sie bewickelt sie mit kleinen Bändern und stellt sie in ihren strahlend grünen Füßen auf. Die Arbeit kommt erst noch: sagt Nick Dennis, der Geschäftsführer des Ladens.
›Es ist noch ein bißchen früh‹: erklärt er und zeigt auf den 15. Dezember in einem Kalender. ›Um die Zeit beginnt das Geschäft zu laufen.‹
Draußen ist die Nacht kalt geworden und die Lichter funkeln überall in der Stadt, und zumindest für einen Moment ...«
© by the New York Times Company

Heute war Francine bei Marie zu Besuch. Als ich von der Arbeit kam, waren beide Flügel von Maries Tür fest geschlossen und ließen nur dumpf die Stimme eines fremden Kindes durch. Das Kind sprach in hohen, erstaunten Tönen, gegen die Marie mit einem Mal sich wie ein Alt ausnahm.

– Und du und deine Mutter wohnen wirklich allein in dieser Wohnung?
– In drei Zimmern?
– Sind dies alles deine Bücher? Sind nicht doch ein paar geliehen?
– Das glaube ich nicht, daß ihr Kakerlaken habt. In einer solchen Wohnung sind doch keine Kakerlaken!
– Ist dies ein Bild von deinem Vater?
– An welchem Ende von dem Bett liegst du mit dem Kopf? Zur Wand hin? Oder so, daß du gleich beim Aufwachen die Bäume sehen kannst und den Himmel und den Fluß und die Palisaden von New Jersey?
– Warum meinst du, daß England nicht zu Europa gehört?
– Darf ich dies Buch einmal anfassen?
– Du meinst, er schenkt dir einfach eine Schreibmaschine? bloß weil du gerne eine haben willst?
– Ist er der Mann, mit dem deine Mutter ... entschuldige! ich wollte sagen: er ist sicherlich ein guter Mensch.
– Na weil er euch besucht.
– Und wenn Mr. Robinson nicht will, kommt man nicht in euer Haus?
– Auch nicht durch den Keller?
– Wenn bei euch aber nun die Wasserleitung kaputt ist ... das kommt sicherlich in einem solchen Haus nicht vor.
– Doch?
– Am gleichen Tag? Am gleichen Tag?
– Und ihr müßt nichts tun als danke sagen?
– Auf deinem Teppich müßte man gut schlafen können.
– Du meinst, du warst in einem Sommerlager auf der Insel Orr in Maine? wo man segeln lernt? Ich war einmal in Green Acres. Das ist natürlich noch im Staat New York.
– Sag mal etwas von eurer Sprache.
– In der Sprache deiner Mutter, meine ich.
– Diese fünf Worte sollen bedeuten: Je längere Zeit man eine Arbeit tut, desto schwerer fällt sie einem?
– De Leng hett de Last?
– Dann kann sie ja drei Sprachen: ihre eigene, die deutsche und unsere!
– Noch mehr, sagst du? Das sagst du nicht.

– Wie ist deine Mutter eigentlich?
– Das sind doch alle Mütter. Ich meine: ist sie gefährlich?
– Meine ist leider manchmal gefährlich. Sie will es nicht sein, aber sie ist es dann.
– Ihr bleibt zu Weihnachten einfach hier? Aber ihr könntet doch nach Vermont fahren, oder nach Großbritannien .... auch nach Italien?
– Wenn ich könnte, ich würde nach Italien fahren.
– Und dies machst du für deine Mutter zu Weihnachten? das ist doch sehr teuer.
– Das könnte ich auch? das könnte ich nie und nimmer.
– Es ist prima, daß du es mir zeigen willst. Außer Sicht ist das. Aber es hat keinen Zweck. Meine Mutter hat ja so was nicht gehabt.
– Und sie würde es verkaufen.
– Ja du, Beleuchtung. Beleuchtung stell ich mir sehr schwer vor.

Aber bei diesem Punkt steckte Marie den Kopf zwischen ihren Türflügeln hervor und sah mich am Tisch die Zeitung lesen. Die Tür ging sofort wieder zu, eben daß ich noch ein fürsorgliches, lächelndes Nicken von Marie erwischte. Sie hat ihr Zimmer zu einem verbotenen Gebiet erklärt. Alle dürfen es betreten, D. E., Shakespeare und Esther; ich nicht. Marie macht dort etwas Geheimes. Ich habe mir eine Überraschung zu Weihnachten verbeten, und sie hat gesagt: Es ist nicht zu Weihnachten. Es ist zu Neujahr. Und sie kommt nicht auf den Gedanken, ich könnte gegen ihren Befehl nachsehen. Sie hat mit ihrem Vorhaben nicht nur Arbeit. Es hört sich nach einer Arbeit an: nach Messern gegen Holz, nach Hammer gegen Nägelköpfe, nach Schaben, nach Scheuern. Sie hat die Arbeit mit ihrem Bett und ihrer Kleidung und ihrer Ordnung; sie stellt auch jeden Abend die Tüten mit dem Müll nach draußen vor die Tür des Lastenfahrstuhls, damit ich nicht aus den Resten und Abfällen ihres täglichen Pensums etwas ahne. Sie hat versprochen: es wird vielleicht nicht reichen für eine Freude, aber es werde einem Wunsch nahekommen, von dem ich nicht wisse, daß ich ihn habe.
Die Stimmen in Maries Zimmer waren unverständlich geworden, seitdem sie wußten, daß ich in der Wohnung war. Deut-

lich war nur, daß die beiden flüsterten, die eine heftig, die andere abwiegelnd. Unverhofft kamen sie heraus, und während Marie mit den Händen hinter sich ihr Geheimnis wieder verschloß, stellte Francine sich vor mir auf und erledigte die Begrüßung und den Abschied in einem. Sie wartete, ob ich ihr die Hand entgegenhielt, und sie hielt die Lider gesenkt, so daß ihr entging, ob sie eine einladende Miene vor sich hatte oder eine andere. Sie machte einen Knicks und sagte: Good night, madam.

Sie hatte den Mantel schon an, und die Schultasche in der Hand, und war gleich an der Tür zum Korridor. Wenn sie verwirrt war, wurde es nun schlimmer. Im offenen Fahrstuhl stand Mr. Robinson und wünschte mir auf eine eindringliche Weise einen guten Abend wie ein guter Freund der Familie, der er ist, und im Foyer standen Jason und Shakespeare und betrachteten so fachmännisch wie sorgenvoll die Fliese, die nun nicht mehr bloß einen Riß hatte, sondern endlich in kleine unflickbare Stücke zerborsten war. Von dem, der Shakespeare genannt sein will, wußte Francine immerhin, daß er eine Wohnung in Brooklyn hat (ein schwarzer Arbeiter mit einer eigenen Wohnung) und daß darin zumindest ein Schrank steht, fest genug, um darin die Marken von unseren Briefen aus Europa zu sammeln und daß er Schäden in unserer Wohnung behebt für nichts als gute Worte. Aber er war der zweite, und Jason war der dritte »gefärbte« Mann, der uns eine gute Tageszeit bot, als wünsche er uns das tatsächlich, als lebten wir wie gute Nachbarn, als kennten wir einander und es wär uns recht. Die kleine schwarze Person rannte aus der Tür, als wären sie alle hinter ihr her. In der Eile hatte ich wieder ihr Gesicht nicht recht wahrgenommen und weiß nur noch, daß sie mir vorgekommen ist wie ein Kind, das viel liest und wenig Hilfe hat beim Nachdenken darüber.

– Sie hat ja getan, als hätte sie Angst vor mir, Marie.

– Na klar hat sie Angst vor dir. Manchmal stellst du Fragen, Gesine . . . Fragen von einer Art, Gesine . . . !

– Don't trust anybody over thirty.

– So meint es nicht Francine, sondern ich. Und wenn ich es meine, so meine ich es anders. Du wirst mich verstehen.

Im fiskalischen Jahr 1966/67, bei weniger als einer halben Million Soldaten in Viet Nam, wurden 748 Personen wegen Wehrdienstverweigerung verurteilt; 1944, bei elfeinhalb Millionen unter Waffen, waren es 4609 Personen. Nun rechne dir das aus, und VERGISS NICHT DIE BEDÜRFTIGEN!

Die Viet Cong massakrierten am vergangenen Dienstag 200 Angehörige der Bergstämme, und Senator Percy von Illinois kam da zu Besuch, und so fort, und GEDENKE DER BEDÜRFTIGEN!

Auch hat die New York Times wieder einmal nachgesehen in Ostdeutschland und fand die Regierung noch unsicherer, mißtrauischer gegen die Bevölkerung; die Bevölkerung käme gern einmal nach draußen, hält die Regierung für die am wenigsten liberale unter allen sozialistischen Ländern und den Kommunismus für das überlegene Gesellschaftssystem, und VERGISS NICHT DIE BEDÜRFTIGEN!

1935 hätten sie Cresspahl noch aus dem Land gelassen. Mit Gewalt hätten sie ihn nicht gehalten.

– Aber er hatte ja nun sich gelegt fest mit seinem Geld, schätze ich: sagt Marie. Das ist ihr Deutsch.

– Ja. Wenn du bedenkst, daß ein englisches Pfund damals 12 Mark und 30 Pfennige wert war. Da war wohl nicht viel übrig.

– And he had found his way there: sagt Marie.

Er hatte da einen Weg gefunden.

Anfangs hatte die gneezer Innung ihn zwar nicht links liegen lassen, aber doch wo er war: weit weg, da oben an der Küste. Die gneezer Tischler brauchten die Arbeit selbst, die in ihrer Stadt anfiel. Dieser Cresspahl hatte es nicht nötig gehabt, nach Deutschland zurückzukommen. Sie waren mit ihren Mustern von Zimmereinrichtungen von Dorf zu Dorf gefahren und von einer Stadt in die andere, und die Leute hatten nicht bestellen können, oder am Ende nicht bezahlen; während dieser schlimmen Zeit hatte der im Ausland gesessen und Geld verdient. Dann, er war ein Schwager von Horst Papenbrock. Das tat dem ganz gut, wenn er sich herbeilassen mußte zu Stellmacherarbeit und Deichselhälse reparieren. Und in der schlimmsten Not konnte der immer noch zu seinem Schwiegervater gehen; wohin gingen sie? nicht zur Sparkasse, sondern zum Amtsgericht. Will ich dir sagen. Und Cresspahl hatte bei Willi Böttcher, dem Innungsmeister in Gneez, seinen Anstandsbesuch gemacht und dann noch keinen weiter. Böttcher hatte an dem Gespräch nur mitgewirkt mit vielen seufzenden Jåjås, die allesamt besagten, daß er dem Neuling nicht traute und mit ihm nicht einmal besprechen mochte, ob die Zeiten denn nun schwer waren oder nicht. Und Cresspahl hatte Böttchers Sohn mißfallen. 16 Jahre war der Bengel alt, und nahm den Mund voll mit seinem »Dienst« in der H. J., was für »Hitlerjugend« stand, und mit seinen Freunden in der Gaujugendführung und nächtlichen Schießübungen im gneezer Stadtwald. So konnte man offenbar auch zu den Nazis kommen: der Knabe Böttcher saß in der Schule seit 1932 neben dem Knaben Knoop. Das war der Sohn von Johannes Knoop, der für den größten Mann unter den 25 023 Einwohnern von Gneez galt, Kohlenhandel, Fuhrgeschäft, Export und Import. Johannes Knoop hatte eine Jagd, und Söhner Emil durfte an den Gewehrschrank. Mit den Waffen seines Vaters brachte Emil Knoop schon 1931 seine ganze Klasse, die den »Christlichen Pfadfindern« angehört hatte, in die H. J. Seit Klaus Böttcher im Gymnasium neben Emil saß, war er so etwas wie sein Adjutant oder Feldwebel gewesen. Nun hatte Johannes Knoop seinen Sprößling in ein auswärtiges Internat tun müssen, und die H. J. von Gneez und Jerichow hörte auf Klaus Böttchers Kommando. Der ging in der Uniform zur Schule, und in der Uniform ging er zum Zahnarzt. Aber in seines Vaters Werkstatt hatte er zwei linke Hände. Und dieses Kläuschen hatte eine so unernste Art zu reden. Als der Österreicher im Juni 1934 seine halbe S.A.-Führung hatte erschießen lassen, hatte der Knabe Böttcher gesagt: Der Führer weiß eben doch nicht alles. Bei solchen Sprüchen setzte er eine so dreiste Miene auf, als wolle er den Anderen zum Lachen verleiten oder als habe er keine Ahnung, was sein Gerede bedeutete, und Cresspahl nahm sich nicht die Zeit, das zu entscheiden. Ihm war nicht entgangen, daß der Bengel nicht nur aus Neugier wissen wollte, wieso Cresspahl den Rang eines Unteroffiziers hatte, und daß er sich im Grunde mit Hochachtung nach Cresspahls Leben in London erkundigte, aber das schien nicht der richtige Weg, mit Willi Böttcher in ein besseres Benehmen zu kommen. Da mochte der Junge noch so freundlich in vier Schritt Abstand Cresspahl einen Guten Tag wünschen, Cresspahl tat ihm doch grob Bescheid. Allerdings war ihm aufgefallen, daß Klaus für ihn nicht das Heil Hitler benutzte, das ihm als einem H.J.-Führer erst recht vorgeschrieben war, aber er schob das vorerst auf die Albernheit, die Kinder so an sich haben können.

Dann mußte Cresspahl bei Böttcher die Papiere abliefern, die seine Abstammung von lauter Ariern bewiesen, und der Junge paßte ihn ab. Er war wieder in voller Uniform, mit so einem Lederknoten um den Schlips und einer geflochtenen Schnur, die ihm auf der Brust baumelte, und Cresspahl gab sich den Anschein, als mustere er die Kleidung des Kindes auf Einhaltung der militärischen Vorschriften. – Jå–, mit der Bündischen Jugnt is das nu nichs mehr: sagte Kläuschen in seiner gemütlichen, fast weltmännischen Art. – Dat seih ick: sagte Cresspahl, und zog Böttchers Haustür halb auf. Böttchers Flur war so breit wie eine halbe Straße, damit ein Lastwagen bis vor die Werkstatt fahren konnte. Kläuschen brachte es fertig, in angelegentlichem Reden Cresspahl zurück auf den Hof zu lotsen. Es hörte sich an, als wolle er dies Mal wirklich etwas erzählen. Die Geschichte ging um ein Landfahrerhäuschen, das sich die Bündische Jugend am Südufer des Gneezer Sees gebaut hatte. 1931 war die H.J. verboten gewesen und hatte sich das Landfahrerhäuschen öfter gemietet für heimliche Versammlungen.

– Wir warn ja auch mal illegal: sagte Kläuschen in seiner widerlich weltbefahrenen Art.

– Unt nu besetzn wir das morgn nacht, und Heine Klaproth wird eine bannige Wut kriegn! sagte der Sprößling des Innungsmeisters.

– Werden Sie ja sehn, was der übermorgen fürn Flunsch zieht! sagte Klaus. Heine Klaproth war Lehrjunge bei Cresspahl, und früher war er tatsächlich ein Christlicher Pfadfinder gewesen. – Sie werden ihm doch nichs verratn? sagte Klaus, und er sah tatsächlich besorgt aus, und hatte eine ganz spitze Nase vor Genuß an seiner Nordischen List.

In der Nacht war Cresspahl sehr langsam und so leise wie möglich mit Arthurs Wagen noch einmal über die Adolf-Hitler-

Straße nach Gneez gekommen und war auf der Schönberger Straße weitergefahren und um den ganzen Stadtwald herum bis an das Südufer des Gneezer Sees. Es war im Oktober, und als er die Lichter ausmachte, konnte er nicht die Hand vor den Augen sehen. Der See war ganz schwarz. Nur an der Uferpromenade, weit weg, lagen Laternenspiegel im Wasser. Auf dieser Seite war das Ufer sehr unruhig, und Cresspahl konnte nicht glauben, daß die Pfadfinder so viele Mitglieder gehabt hatten. – Das sind doch die von der S.A.J.: sagte Heine Klaproth. Offenbar hatten die sich das Haus auch einmal geliehen. So, im Dunkeln, ohne jeden Lärm, bauten sie das Haus ab. Es waren insgesamt nur drei Tischler dabei, und zwei Tischlerlehrlinge, und doch war gegen drei Uhr morgens nur noch die blanke Erde, wo das Landfahrerhäuschen gestanden hatte, und von dem Bootssteg waren auch nicht die Pfähle stehen geblieben. Einer hatte eine Harke mitgebracht, und einer hatte ein Schild aus dem Rosengarten von Gneez geklaut, und was sie übrigließen, war ein ordentlich geharktes Uferstück mit einer Tafel in der Mitte, die besagte: NICHT BETRETEN - FRISCH ANGESAMT. Und als Cresspahl früh am Morgen mit seinem Anteil vom Holz an der nördlichen Seite des Stadtwaldes vorbeikam, überholte er einen müden Haufen Hitlerjungen, die in dieser Nacht eine Übung angestellt hatten, und diesmal grüßte Klaus Böttcher ihn nicht mit Heil Hitler und nicht mit Guten Tag und hatte ihn augenscheinlich nicht einmal gesehen.
Der Spaß hatte ihm nicht nur das Holz eingebracht. Die S.A.J. war die Jugendorganisation der Sozialdemokraten gewesen, und für die stand nun von Gneez bis Jerichow fest, daß dieser Cresspahl sich nur verstellte, wie eben sie auch.
Und Heine Klaproth benahm sich wie ein Kind im Hause. Der Junge war immer fleißig gewesen, aber nun konnte Lisbeth sich kaum retten vor den Hilfeleistungen, die er ihr an den Augen abgelesen haben wollte. Wenn die Holzkiste auch nur halb leer war, war er schon auf dem Weg zum Hackplatz.
Lisbeth hätte Cresspahl diese Art Nachtarbeit wohl verboten und ihm vorgeworfen, er bringe die Familie in Gefahr. Da sie es erst am Morgen erfuhr, fand sie das Unternehmen doch lustig und fand nur schade, daß sie den Spaß nicht einmal mit Aggie Brüshaver teilen durfte.

Und Cresspahl war nun ausdrücklich eingeladen an den Stammtisch der Tischlerinnung. Und sie brachten ihm nun bei, wo es hier lang ging. Also, von der »Deutschen Arbeitsfront« der Nazis hatte er gar nichts zu halten. Erstlich mal, die hatten ihr Vermögen den Gewerkschaften geklaut. Und es war nicht, was die mit den Lohntarifen anstellten.

Bloß keine neuen Meister heranziehen, was, Cresspahl?
Wie wird man wohl Meister, Gesine?
Durch Heirat.
Gesine.
Na, wie wird Einer Meister?
Durch Tüchtigkeit, Gesine.
Durch Tüchtigkeit. In Ordnung.

Die waren ja verrückt mit ihrer »Schönheit der Arbeit«. Blumen in den Werkstätten! Kennst du Blumen, die Tischlerleim aushalten? Fensterflächen vergrößern! sind wir Gärtner? Sitzplätze für Arbeitspausen! Ich sitz auf der Arbeit, sonst schmeckt es mir nicht. Rasenflächen anlegen! und wo soll Gertrud ihre Radieschen ziehen? Aber das Gemeinste, das geradezu Hundsföttische war, daß diese Idioten vom Gauheimstättenamt der Deutschen Arbeitsfront die Aufträge vorschrieben. Die mit ihren normierten Möbeln in großen Auflagen! das waren Aufträge für die Fabriken, nicht für Handwerksbetriebe. Von dem Fisch kriegen wir nicht mal die Gräten! Und bei Irene Loohse mußt du dich vorsehen, die hat einen Schwager, der ist Justi-zi-ar bei der Arbeitsfront, da kannst du gleich auf die Polizei gehen. Nu weitst Bescheit, Cresspahl.
Und sie sagten, so Ende 1934: Heinrich, du, es liegt was an. Wenn die Sache läuft, nehmn wir dich mit.
Cresspahl hatte sich anfangs nur in guter Haltung in ein Leben in Deutschland schicken wollen. Nun hatte sich herausgestellt, daß es so schlimm nicht war. Mit solchen Kollegen war doch gut umgehen, Bier trinken, über Maschinen und Material und Arbeiter reden, den Nazis Schabernack spielen, leben eben. War das doch.

Holl din Muul, Gesine. Holl din Muul.

14. Dezember, 1967 Donnerstag

Liebe Anita Rotes Haar.
Liebe Doktorin der Orientalischen Archäologie!
Meine Guteste.
Sagt der Alte noch so?
Ich bedanke dir deinen Brief und daß ihr den Paß von Henri R. Faure tatsächlich zum 15. November geschickt habt, und Shakespeare bedankt sich für die Briefmarken aus der Schweiz. Shakespeare heißt von Hause Mr. Shaks, und mit Vornamen wie du rätst Bill, ein unerschöpflich freundlicher schwarzer Herr aus Brooklyn, ein Künstler in der Klempnerei mit den Manieren eines Hoteldirektors. Und er hat sich seinem Namen gefügt und kann nicht nur den Hamlet halb auswendig, sondern auch Richard the Fourth. Sammelt unsere europäischen Postwertzeichen.
Es war nicht übel, daß ihr euren »Henri R. Faure« einen Bedankmichbrief an Henri Faure habt schreiben lassen. Nun sind die alten Faures überzeugt, daß sie keinem Unfug aufgesessen sind. Und Henri hat seinen Paß um und um gewendet und fand keine Spuren und konnte nicht begreifen, daß so ein kleines Ding das Billet sein kann für den Austritt aus einem Lande, das solche Austritte aber nicht will.
Und immer noch glauben die Faures, wir hätten das für die Judenheit getan und grüßen schon von ferne. Es sind recht alte Herrschaften, und er lüftet seinen Hut mit einem steifen, eleganten Schwung. Und jedes Mal bleiben sie stehen und führen ein Gespräch auf. Mein Französisch hat mittlerweile einen belgischen Einschlag.
Und wiederum hat die D.D.R. einen jungen »Zionisten« verloren, der dann doch nicht nach Israel will, sondern nach Canada. Wenn ihr nur die Zeit hättet, jener Partei der Arbeiterklasse einen gewissen Teil der Welt zu erklären.
Liebe Anita, es ist schade, daß ihr eure Wohnung verloren habt. Es tut mir leid.
Ich mochte an ihr, daß sie so dicht unter dem Dach saß und allein war mit den Vögeln und Flugzeugen und Baumspitzen. Ich mochte an ihr, daß sie drei Ausgänge hatte, getreu der Vorschrift des Dichters, und drei Türen aus Stahl, die schlossen wie in einem Tresor. Dahinter war sicher leben. Ich mochte an

der Wohnung, daß sie zwei Seiten hatte: die graue mit dem schrägen Fenster nach Norden, das alle Dächer unter sich hatte bis zu dem kaputten Zahn, den ihr Gedächtniskirche nennt, und nämlich in sicherer Entfernung von ihm. Ich mochte die andere Seite, die die Sonne auffing und noch im Winter nach trockenem Wind roch. Ich weiß noch, da hatte ein Fußboden einen Buckel. Ich mochte an der Wohnung, daß man über die Stadt einflog und sah euch auf dem Balkon. Das war eine Birke, die mit ihren obersten Ästen es geschafft hatte bis zu dem Balkon, oder? Ich mochte an der Wohnung alle Zeit, die ihr mich da habt leben lassen, und sogar Marie erinnert sich, wenn auch nur an die 125 Stufen bis zu eurem Licht und eurer Klingel. Ich habe da auch was verloren, und Berlin wird nicht sein, was es war.
Ich verstehe, daß du nun nicht Zeit hast für Untersuchungen und Ausgrabungen in diesem Kontinent, und finde es betrüblich. Zu Weihnachten hätte ich Jemand brauchen können wie dich. Jemand der das Nachtgebet der Fische aufzusagen vermag, exempli gratia. Weihnachten kann ich nicht aushalten. Ich weiß nicht was da ist. Ich habe keine Todesfälle in dieser Zeit, und doch werde ich Träume von Todesfällen nicht los. Und Marie erwartet die Routine des Festes, and I have to go through all the motions. Hier wurde gestern erst nach dir gefragt: wie uns ein Dichter berichtet.
Dies ist der Tag, an dem die New York Times endlich berichten kann, daß der junge Mann auf dem griechischen Thron die Sitzgelegenheit verspielt hat und außer Landes ging. Manchmal bin ich doch nicht sicher, daß du und ich einander über solche Vorfälle einig wären. Wir haben uns seit fünf Jahren nicht gesehen.
Doch, ich bin sicher. Die anderen Meldungen sagen, zum Beispiel, daß die Control Data Corporation ihren Computer 1604 an die Warnow-Werft in Rostock geliefert und verkauft hat, »weil er für gewerbliche Zwecke benutzt werden wird«. Und das Pentagon hat eine »Busbombe« fast fertig, ein Weltraumfahrzeug, das an Haltestelle nach Haltestelle überall in der Welt eine thermonukleare Bombe abwerfen kann, nur damit die Sowjets etwas weniger Freude haben an ihrer Satellitenbombe F.O.B.S., fractional orbital bombing system, du erin-

nerst dich. Die Arbeitslosenziffer ist runter auf 3,9%, und war früher nur so hoch, weil die Statistik auf die Streiks hereingefallen ist. In der Stadt gibt es 200 000 Rauschgiftsüchtige, »die ihr Leben um Drogen herum organisieren«, und drei Geheimpolizisten, die dies Gebiet bearbeiteten, stehen im Verdacht, selber Narkotika verkauft zu haben, und unter fast jeder Nachricht steht VERGISS NICHT DIE BEDÜRFTIGEN, weil Weihnachten anrückt. Doch, wir wären uns einig.
Du kannst nicht kommen das Land ansehen, aber ich kann dir erzählen. Wie dein Brief ankam. Am Morgen gegen neun hielt ein Wagen der Post vor unserem Haus, und der Fahrer trug einen kleinen Armvoll zu Mr. Robinson und sprach mit ihm über die Tariflöhne. Gegen halb zehn hatte Mr. Robinson die Briefschaften geordnet und reiste mit dem Fahrstuhl unter das Dach. Von da ging er in ein Stockwerk nach dem anderen, und zwar in jeden Korridor zweimal. Beim ersten Gang warf er die Drucksachen vor die Wohnungschwellen. Das ist ein platschendes, hallendes Geräusch, das die Post erst ankündigt. Post ist da für dich, wenn die Tür der Wohnung leise, unter einem sanften Puff erbebt. Dann hat er die echten Briefe zwischen Tür und Rahmen gedrückt, in der Höhe des Schlosses. Dort, verstehst du, sind sie mehr tabu, als die Werbeschriften auf dem Steinfußboden. Manchmal kommt er ein drittes Mal, mit Päckchen oder Paket, und klingelt und sagt: I've got NEWS for you! Bei uns nicht, bei uns vergeblich, denn ich bin längst im Geschäft und Marie auch schon in der Schule. Ich habe Mr. Robinson noch nie bei dieser Arbeit gesehen. Seit ich einmal, an einem Sonnabendmorgen, seine Geräusche gehört habe, stelle ich es mir so vor und weiß, daß es so ist. Übrigens weiß Mr. Robinson über den Tageslauf der Mieter Bescheid und würde ein Päckchen für uns im Tagesraum des Personals aufheben und erst ab vier Uhr beginnen, es im Fahrstuhl mit sich zu führen, damit er uns damit bedienen kann, sobald er uns sieht. Nun wie ich den Brief an dich loswerden könnte. Da sind die gewöhnlichen Briefkästen, blau, und rot auf dem Kopf. Aber sie hängen nicht an Hauswände geschraubt, sie stehen frei an den Straßenecken, und wenn man am Griff unter der halben Stirnwölbung zieht, zeigen sie ein Schaufelmaul. Sie haben olivgrüne Geschwister, aber es sind Stiefkinder, denn ihr Kopf ist ganz geschlossen,

und sie müssen einem Jeden unaufgefordert sagen: Wir nehmen keine Post. Sie tun es aber doch, von Postboten. In den großartigen Häusern des Riverside Drive sind bronzene Platten, einem Wappen ähnlich, in die Wand gesetzt und zeigen einen Schlitz und sagen dir deine Postleitzahl. Im Foyer unseres Hauses ist der Kasten nur altes Gußeisen, nicht elegant, aber allein für unser Haus. Dahin gehen muß ich nicht. Denn in den Bürofestungen wie den Appartementhäusern laufen flache Glasschächte von oben nach unten, die auf den Fluren Münder öffnen. In ihnen flattert der Brief abwärts, aber ein Stockwerk tiefer erschrickt der Wandelnde schon vor einem rasenden Fleck, der ihm durch den Augenwinkel saust, hinab zu unserem großväterlichen Gehäuse, das der Postmann mehrmals am Tage besucht in seinem Auto, wie jetzt um neun Uhr in der Nacht. Das Auto, das ich unter meinem Fenster sehe, ist aber blau und weiß und läßt beim Zurücksetzen rote Augen leuchten und kann schrille Töne der Warnung ausstoßen. Der Fahrer tritt von seiner geräumigen Kabine an die Tür des Laderaums, greift sich einen Sack, betritt das Haus, kommt zurück mit dem Sack, läßt sich in den Laderaum und schaltet diesmal das Licht an, das wir von oben gelb im nachtgrauen Wagendach erscheinen sehen. Nun von der Post überhaupt. Die Uniform der Postboten ist ein Hemd von hellem Blaugrau, das mit einer gewirkten Plakette auf dem Oberarm den Beruf wörtlich nimmt: Der Mann hier drin ist ein Träger von Briefen: sagt sie. Und es ist bekannt, was Herodot über sie geäußert hat. Sie tragen Handschuhe und können dennoch eine Vielzahl kleiner Schlüssel regieren, die sie an einer Kette am Bund hängen haben, oder in der Hosentasche. Da die Post heilig ist, sind ihre Ämter nach den Mustern der klassischen Tempel aufgeführt, und da sie der Union der Staaten gehört, hängen in ihren Niederlagen die Steckbriefe. Ein Wagen der Post hätte Vorfahrt noch vor einem Feuerwehrauto im Einsatz. In der Stadt sind die Fenster der Post sorgfältig mit Gittermustern verkleidet, auf dem Lande sind die Pulte und die Theken offen. Auf dem Lande leben wir nun nicht. Und wären dahin gern mit dir gefahren.

Marie bittet um deine Aufmerksamkeit und sagt, daß sie weiß wer du bist.

So verwegen bin ich nicht, sondern deine wohlaffektionierte G. C.
Dein Brief wird einen Stempel vom Amt Grand Central haben. Du kriegst vom Besten.

15. Dezember, 1967 Freitag

In einem, in den Druckfehlern, zeigt sich die New York Times als die alte Dame, die sie ist. Heute spricht sie von einem »Wost Important Target«, der Brücke Longbien bei Hanoi. Daß doch den Piloten die Hände so flatterten wie der New York Times.
Und den griechischen König hält sie immer noch für eine Nachricht. Ist der Mann doch aus der römischen Botschaft umgezogen zu einem Vetter.
Diese Rauschgiftdetektive sollen ja bei einer Razzia auf Rauschgift einen Verdächtigen um 2783 Dollar bestohlen haben. Und darunter steht der Refrain: GEDENKE DER BEDÜRFTIGEN!
Und eine Geschichte bringt die New York Times eigens für Marie. Sah Seine Ehren John Vliet Lindsay in der 48. Straße nahe der Fünften Avenue eine leere Zigarettenschachtel aus der Fahrerkabine eines Lastwagens fliegen. Rannte er hinterher und schmiß die Schachtel zu den drei Männern in der Kabine. – Ich bin der Bürgermeister: sagte er wütend. – Ich versuche die Stadt sauberzuhalten. Sie sollten sich was schämen.
– Yes sir: sagten die Männer im Lastwagen. Fast hätten die an ihre Hüte getippt.
Und immer gibt es Leute, die bringen den Ernst, der angebracht ist, nicht an. Sagt doch ein Passant zum Bürgermeister: Finders keepers, Mr. Mayor. Was man findet, soll man auch behalten.
Und ganz ohne Arg fällt Marie darauf herein und sagt: John Lindsay hat ganz recht! Recht hat er! Ich weiß gar nicht, was du da zu lachen hast!

Weather: Mostly fair, windy and colder today, tonight and tomorrow.

– Ich werde dich jetzt prüfen: sagt Marie. – Ich werde jetzt mal nachsehen, woher du deine Vergangenheiten hast. Das hat jetzt ein Ende mit dem Anlügen. Erzähl mal was über das Kind Gesine, als es zwei Jahre alt war!
– Das Kind Gesine, als es zwei Jahre alt war, konnte sitzen, stehen, gehen, ein wenig sprechen, und das Kind las die Zeitung.
– Schon hab ich dich ertappt! ruft Marie. – Das hab ich auch getan! Das hast du von mir!
– Du, Marie, hast im Alter von zwei Jahren die Frankfurter Allgemeine Zeitung gelesen, jawohl. Aber du durftest nicht den kleinsten Riß hineinmachen, nicht einmal aus Versehen, und du hast es rasch gelernt. Du hattest fast von Anfang an einen Respekt vor Bedrucktem. Aber das Kind in Cresspahls Haus las den Lübecker Generalanzeiger, das Anzeigeblatt für Lübeck, Schleswig-Holstein und Mecklenburg. Und die Erwachsenen sahen dem Kind genüßlich zu, wenn es die Zeitung in einem großen armebreitenden Schwung in Hälften trennte, einmal, weil die Lügen wenigstens auf diese Weise aus der Welt geschafft wurden, und in diesem Zustand war das Papier wenigstens zum Anfeuern gut.
– Eins zu Null: sagt Marie, verdrossen. Dann kann ein Einfall sie ganz listig machen, ihr Gesicht wird ganz offen von vorfreudigem Lächeln, und sie sagt: Und das Kind Gesine hielt die Zeitung verkehrt herum.
– Ja.
– Wie ich! sagt Marie. – Wie ich!
– Eins zu Eins. Glückwunsch, Marie.
– Ich bin noch lange nicht fertig! sagt sie. – Was sprach das Kind denn so, wenn es mal sprach?
– Das Kind hielt die folgenden Worte für wichtig und versuchte sie nachzuahmen: Cresspahl, Bär, Buttermilch, Katze. Und wenn der Name ihres Vaters ausfiel als Esspå, wirst du dir die übrigen denken können. Platt, übrigens.
– Und das Wort Mutter nicht?

– Es ist möglich. Da es wahrscheinlich ist, laß uns das annehmen.
– Und ich?
– Es war dein zweites Wort, und du benutztest es in der Form meines Vornamens. Du sagtest: Ine. Ine.
– Keine Punkte: sagt Marie enttäuscht.
– Keine Punkte.
– Und der Bär? sagt sie so beiläufig sie kann.
– Den sprach das Kind bei Cresspahl aus als d'Bä. Das Kind hatte schon begriffen, daß es gewisse Löcher in der Sprache frei lassen sollte, aber noch nicht, was genau hineingehörte. Die Artikel waren alle von einer Form, auch die Verben sein, haben, kommen. Die waren ein angehängtes s: 'o's'd'Bä? Der Vokal im Wort Bär war dem englischen Bear näher.
– Und der Bär hieß nicht zufällig Edward mit Vornamen und lebte unter dem Namen Sanders in goldenen Buchstaben in a forest all by himself? sagt Marie. Sie ist ganz schnell geworden, sie ist sich ihres Sieges ganz sicher.
– Jawohl, und der Bär war in anderen Kreisen bekannt als Winnie-the-Pooh.
– Jetzt hab ich dich: sagt Marie, gelassen und kühl wie eine Gurke. – Das hast du von mir. Denn wir haben die deutsche Übersetzung, da in deinem Glasschrank, und darin steht: Copyright 1938. Wir sprechen aber vom März 1935. Da gab es das noch nicht. Das hast du aus meinem Leben gestohlen, und es steht nunmehr Zwei zu Eins. Für mich.
– Vielleicht nicht. Denn in dem Schrank steht auch ein Buch, darin findest du unter dem Namen Milne, Alan Alexander: Winnie-the-Pooh, 1926 (Pu der Bär, 1928).
– Verdammt: sagt Marie. – Entschuldige, aber ist es nicht ärgerlich? Übrigens bin ich dafür, daß einem für jeden Fehler ein Punkt abgezogen wird. Das wäre also Eins zu Null, für dich.
– Du konntest das nicht wissen, Marie.
– Anyway, it's a principle, as of now.
– Einverstanden. Grundsätzlich.
– Wieso haben wir denn die deutsche Ausgabe von 1938? Das ist doch deine.
– Weil ich sie erst 1939 bekam, von Hilde Paepcke, zum Geburtstag.

– Woher wußte das Kind Gesine denn schon 1935 von Mr. Sanders, Winnie-the-Pooh?
– Von Cresspahl. Cresspahl erzählte dem Kind Geschichten.
– Aha.
– Das Kind wußte nicht, unter welchem Namen Edward Bear ganz allein in einem Wald wohnte, und nicht, welchen nom de guerre er im gesellschaftlichen Verkehr benutzte. Das Kind wußte nur, daß sein Spielbär Bear hieß, und Cresspahl meinte eben diesen Edward, den er 1929 bei englischen Kindern kennen gelernt hatte.
– Das war ein Trick, Gesine.
– Ja, womöglich. Willst du einen Punkt?
– Ich verdien mir meine Punkte ehrlich, und ich weiß auch schon wie. Das Kind kannte den englischen Namen des Bären. Wie ich.
– Dir hab ich vorgelesen aus dem Buch, das ich von Hilde Paepcke habe. 1959 lebten wir in Düsseldorf, und du hattest noch deine Muttersprache. Deutsch.
– Da hab ich einen Unfall gebaut: sagt Marie, jetzt fast verwirrt. Sie ist aber tapfer, sie sagt: Minus Eins zu Plus Eins. Für dich.
– Ich bin nun doch gegen das Abziehen der Punkte, Marie.
– Du bist ganz gut als Mutter, Gesine. Jede andere Mutter, die ich kenne, hätte gelacht. Aber das reicht. In Watte packen mußt du mich nicht.
– A tua disposizione, Fanta Giro. Minus Eins zu Plus eins. Für mich.
– Wie sagte ich meinen Namen, Gesine?
– Ma-i.
– Und das Kind bei Cresspahl?
– Geh, Sine.
– Kein Punkt.
– Spielstand unverändert.
– Das ist kein Spiel, Gesine!
– Torverhältnis auf dem alten Stand, Marie.
– Sagen wir mal, das Kind in Cresspahls Haus, es mochte nicht alles.
– Haareschneiden.
– Wie ich! Wie ich! Eins zu Null, wenn auch für dich.

– Aber das Kind weinte über den Verlust seines eigenen Haares nur ein einziges Mal. Dann hatte Cresspahl sich etwas ausgedacht und nahm das Kind an die Hand und ging mit ihm spazieren auf der Stadtstraße von Jerichow.
– Auf der Adolf Hitler-Straße. Kein Punkt.
– Auf der Straße des Österreichers in Jerichow und kaufte eine Hammelkeule bei Schlachter Klein und eine Manchesterhose bei Tannebaum und eine Postkarte auf der Post, und das Kind ging ihm immer hinterher, in ein Geschäft nach dem anderen, und auch in den Laden von Fiete Semmelweis, Salon für Herren- und Damenfrisuren, f.f. Rasuren. Und das Kind sah zu, wie Cresspahl sich außer der Reihe, schon vierzehn Tage nach dem letzten Schnitt, etwas von seinen Haaren abnehmen ließ. Cresspahl hatte Semmelweis etwas zugemurmelt, damit er ihm nicht geradezu das Haupt kahl schor, und Semmelweis war sehr gerührt und auch ein wenig entzückt, und das Kind sah, daß das Geschäft des Haareschneidens für die beiden Männer eine vergnügliche, eine lustige Sache war, und ließ sich beim nächsten Mal ohne Gegenwehr ein bißchen von seinem Haar rauben und hielt es wohl für ein Geschenk an Cresspahl. Denn vor Lisbeths Schere ging sie weg, zu Cresspahls Schere ging sie hin.
– Minus Eins zu Plus Eins. Für dich.
– So meinte ich es nicht, Marie.
– Ich mein es so. Ich hab dies angefangen.
– Denk doch mal an das Schneiden der Fingernägel, Marie.
– Damit du dem Kind von Cresspahl anlügst, daß es auch weinte beim Nägelschneiden, und schon hab ich einen Punkt. Ich will keine Schummelei.
– Es ist nicht ein fairer contest, Marie. Ich meine: Wettstreit. Ich kann ja gar nicht anders als gewinnen, wenn ich nicht Schmu mache.
– Ich weiß noch etwas. Das Kind sprach so wenig.
– Das Kind schwieg ziemlich hartnäckig, noch als es zwei Jahre alt war. Es hörte den Erwachsenen zu, aber auf Fragen gab es selten Antworten. Es betrug sich diplomatisch. Da mochte nun Aggie Brüshaver nach dem Befinden des Kindes fragen, sie mußte es doch raten. Wenn Heine Klaproth das Kind zu seinen Kaninchen einlud, mußte er eben abwarten, ob es ihm

hinterherging oder ob sie nicht unverhofft sich abgewandt hatte und nur noch ein einsamer Holzpantoffel zeigte, daß sie eben noch da war. Und da konnte Methfessel das Kind anhalten auf dem Markt und sich erkundigen mit seiner verschwörerischen Stimme, seinem sanften Gelächle: Möchtest du ein Löwe sein? Kannst du wieder alles essen? Aber vielleicht begriff das Kind bei ihm, daß er keine Antworten mehr benötigte. Sie sah ihn freundlich an, und dann zog sie ein bißchen an der Hand ihres Vaters, damit er sie ansah, und Cresspahl sah sie an und verstand, daß sie die Verhandlungen mit Methfessel abgeschlossen hatte und nun bereit war zum Weitergehen.

– Also. Wie ich?

– Wie du. Du warst so noch, als wir in New York ankamen. Null zu Eins. Allerdings für mich.

– Und das Kind von Cresspahl ging so gerne spazieren.

– Mit ihm. Mit ihm ging sie Holz kaufen, Steuern bezahlen, zum Friseur, zu Wulff. Wulff seinen Krug hatte Cresspahl ihr erklärt als ein Apfelsaftgeschäft, und sie muß es verstanden haben. Da hatte sie auch etwas gelernt: sie mochte nur Apfelsaft, nicht Faßbrause, und wenn sie den Kopf schüttelte, nahm Wulff die Faßbrause wieder weg und brachte den Apfelsaft. Das hatte zu Hause, bei Lisbeth hatte das gar keine Aussicht. Das Kind ging gern in Apfelsaftgeschäfte, und kannte sie alle in Jerichow. Lisbeth merkte das eines Vormittags beim Einkaufen, als das Kind sie in den Lübecker Hof ziehen wollte. Lisbeth verstand das Kind nicht, und versuchte weiterzugehen. Das Kind legte sich vor der Treppe zum Lübecker Hof auf das staubige Pflaster, flach auf den Bauch, und ließ sich nur mit Gewalt, unter Geschrei von da entfernen. Sie brachte ihren Widerspruch dadurch zum Ausdruck, daß sie das Gehen verweigerte, und Lisbeth mußte sie durch die ganze Stadt nach Hause tragen, und das Kind schrie bis hinter Cresspahls Tür, und so kamen Lisbeths Fähigkeiten als Mutter zum ersten Mal in Jerichow ins Gerede. Das Kind war mit seinem Vater zugange, auf Spaziergängen, auf Spazierfahrten, beim Arbeiten im Garten, beim Baden in der Ostsee, immer, überall, wann immer er sich außerhalb der Werkstatt zeigte, und weil du dies alles nicht gehabt hast, gebe ich dir sofort und unwiderruflich und

unter Androhung von Weiterungen einen Punkt. Eins zu Eins und Ende.
– Wein doch nicht Gesine. Hör doch auf. Soll ich dir ein Glas von D. E.s Whiskey bringen? Wein doch nicht, Gesine!

Yes sir: sagten die Männer im Lastwagen.

An einem grauen Vormittag
Mitten im Whisky
Kam Gott nach Mahagonny
Kam Gott nach Mahagonny.
Mitten im Whisky
Bemerkten wir Gott in Mahagonny.

Ansahen sich die Männer von Mahagonny.
Ja: sagten die Männer von Mahagonny.

An einem grauen Vormittag
Mitten im Whisky
Kommst du nach Mahagonny,
Kommst du nach Mahagonny.
Mitten im Whisky
Fängst an du in Mahagonny!

Ansahen Gott die Männer von Mahagonny.
Nein: sagten die Männer von Mahagonny.

16. Dezember, 1967 Sonnabend

Heute ist ein schlechter Tag für die Union der Sowjetischen Sozialistischen Republiken. Nicht nur wurde gestern der Sergeant Ulysses L. Harris aus New Jersey wegen Spionage für sie zu sieben Jahren Zwangsarbeit verurteilt, überdies plaudert die New York Times es heute vor aller Welt aus. Und in Italien verlor die Union der Sowjetischen Sozialistischen Republiken ihre Spione Giorgio Rinaldi auf 15 Jahre, Angela Maria Rinaldi auf 11 und Armando Girard auf 10 Jahre Zuchthaus.

Ob wohl der Zinseszins für die weiterlaufenden Gehälter hinzukommt?
Bei Hanoi will die Luftwaffe zwei Bögen der Longbien-Brücke zerschmissen und einen dritten angeknackt haben. Und der Komiker Bob Hope ist abgereist zu seiner jährlichen Weihnachtstour bei den Truppen in Viet Nam, der Kardinal Spellman ist ja tot, und VERGISS NICHT DIE BEDÜRFTIGEN!
Im Postamt Morgan, vornehmlich für Auslandssendungen, hat es zum zweiten Mal gebrannt, diesmal aber in allen zehn Stockwerken, und es sind Weihnachtspakete tonnenweise zerstört.
Und mit Söhnchen Franzese und seinen drei Freunden hat die Gerechtigkeit ihren Lauf genommen. Sie haben da jemanden, Herrn Walter Sher, wegen Raubmordes zum Tode verurteilt, einen Brief schreiben lassen. Darin steht, daß in Wirklichkeit Herr John Rapacki dem Habicht Ernest Rupolo dazu verhalf, daß er am 24. August 1964 mit sechs Schüssen und siebzehn Stichen im Leibe in der Jamaica-Bucht dahinschwamm. Herr Walter Sher ist nun vom Gouverneur zu lebenslanger Einsperrung begnadigt, und Herr John Rapacki sagt: das sei eine Lüge, und er könne es beweisen. Das macht aber nichts, denn Franzese und seine Freunde sind freigesprochen, und die New York Times hat gesehen, daß seine Frau, adrett und blond, geweint hat, und weiß auch warum: vor Rührung und Erleichterung. Angenehme Weihnachtsfeiertage, Mrs. Franzese!
Marie regt es nicht auf, daß die Familie Cresspahl am späten Nachmittag vom Riverside Drive geholt und in einer Limousine mit Chauffeur nach Connecticut gefahren wird. Sieht man ihr Betragen, so hat sie es nicht anders erwartet. Denn nun hat die Familie Cresspahl nicht nur einen Freund, der mit ihr ein dickes Auto und ein Haus auf dem Lande teilt, was ja ein persönlicher Zufall sein könnte, wenn nicht ein Verdienst; nun wird sie in solche Schmuckstücke auch noch eingeladen vom Arbeitgeber, von seiner Majestät dem Vizepräsidenten selbst, und Marie glaubt sich sicher in einer Welt, in der die Tüchtigkeit nach Verdienst entlohnt wird. Solange der Wagen noch in der Stadt war, mag sie bedauert haben, daß seine Fenster in einem diskreten Dunkelgrün getönt sind und keinem Kind aus ihrer Klasse die Chance gaben, sie bei einer der Art vornehmen Ausfahrt zu beobachten; auf den Autobahnen beginnt sie schon

auszuprobieren, was für ein Benehmen zu solchem Gefährt passen könnte. Sie gibt einer aufrechten, strengen Haltung in den fülligen Polstern den Vorzug. Dann läßt ein verkleidetes Kommödchen an der Vorderwand des Fahrgastabteils ihr doch nicht die Ruhe. Sie hält für möglich, daß darin eine Bar sitzt. Sie zieht auf die beiläufigste Weise an dem edel polierten Knopf. Du liebe Zeit, das ist eine Bar, mit Kühlaggregat. In diesem Auto ist ein Funktelephon! Hier gibt es ein auf Schachtelgröße geballtes Fernsehgerät! Marie ist so beschäftigt mit Entdeckungen und Manieren, sie bemerkt gar nicht, daß Arthur nur wartet auf eine Einladung, die Trennscheibe zu versenken und das Gespräch zu beginnen, dessen er die Angestellte Cresspahl nun für würdig hält. Aber die Angestellte Cresspahl unterhält sich mit ihrem Kind. Die Angestellte Cresspahl hat andere Bedenken.

De Rosnys Haus ist aufgestellt dicht am Long Island-Sund in einer parkähnlichen Gegend, in der noch die Straßen privates Eigentum sind. Sie beginnt mit einer quer über den Damm gebauten Schwelle, die den auswärtigen Autofahrer mit einem Stoß gegen die Räder darauf aufmerksam machen soll, daß er eingedrungen ist in ein fremdes Gebiet mit besonderen Regeln und Sitten. Das Haus hat nicht weniger als fünf weiß angestrichene Säulen vor seinen zwei Stockwerken stehen, die nichts halten als den Vorsprung des Daches. Die schmiedeeisernen Tore öffnen sich auf ein Funksignal aus dem Auto. Marie ist nur wenig geniert, daß Arthur ihr die Tür offenhält und in gebückter Haltung stehenbleibt, die Mütze in der Gegend des Herzens. Sie denkt, daß solche Sitten natürlich sind, wenn sie einmal beachtet und ausgeführt werden. Sie hat noch Zeit für einen dankbaren Seitenblick. Sie meint, dies alles sei der Arbeit ihrer Mutter zu danken.

Sie versteht gar nichts. Sie hält de Rosny, diesen schlacksigen, wetterfesten Herrn, einfach für einen freundlichen Menschen mit besonders glaubwürdigen Umgangsformen. Sie begreift nicht, daß wir von diesem Menschen abhängen. Jedoch ist es ihr mehrmals versichert worden. Sie läßt sich von ihm durch die untere Etage führen, Salons angefüllt mit aufblasbaren Möbeln, Bauernschränken, Hängeschaukeln, die Wände behängt mit Nachbildungen von Comic Strips und Lebensmittelreklame. Hier hat also die New York Times fotografiert. Auch hier ist inzwischen Weihnachten vorbereitet. An die Lampen hat de Rosny sich die größten und buntesten Sterne gehängt, Morgensterne geradezu, die in New Yorks Papiergeschäften zu haben sind. Wenn man ihm glaubt, hat er eine altitalienische Weihnachtsszene eigens für Marie aufgestellt, und Marie glaubt ihm. Er kreist Marie dermaßen ein mit dem Verhalten gegenüber einer Dame, sie kann gar nicht anders als sich anpassen. Das geht nur so mit danke und bitte und darf ich und aber selbstverständlich. So einen Augenaufschlag würde sie sich bei mir nicht erlauben. Sogar ihre Stimme scheint fremd.

Marie versteht den ganzen Abend als einen Besuch unter Freunden. Sie hält für möglich, daß Leute in der Arbeit durch Befehlswege und unterschiedliche Vergütung Gewalt über einander haben mögen und dennoch in der freien Zeit einen Umgang haben wie gleiche Menschen. Sie glaubt sich so unbedingt und wegen ihrer schönen Augen bewillkommnet, sie wird gleich die ganze Familie de Rosny in ihren Klientenkreis aufnehmen und mich im Freien als erstes fragen, warum Mrs. de Rosny die ganze Zeit im ersten Stock blieb, mit ziemlich schwerem Schritt durch ihre Räume wandelnd. Da wird die New York Times nicht fotografiert haben. Marie findet die Verwandlung Arthurs in einen Diener schlicht lustig und zwinkert ihm zu, wenn er die Cocktails anfährt auf einem umgebauten Kinderwagen, Paris 1908, und nimmt ihren von Arthur als Schraubenzieher deklarierten Orangensaft mit genau dem Scherz entgegen, den er eingeleitet hat. Marie hält das Gespräch vor dem Essen für sorglose Erinnerungen an die Arbeit in der fernen Stadt und bemerkt nicht, daß es tatsächlich eine rasante, unbarmherzige Prüfung ist, ob ich das Finanzsystem der Č.S.S.R. richtig und vollständig verstanden habe, auch um wieviel die tschechoslowakische Regierung mit ihrem neuen Fünfjahresplan 1966–1970 das Nationaleinkommen steigern will, und zwar auf welchen Gebieten und nämlich in der chemischen Industrie um 50 Prozent, und nun noch, ob die Tschechen und Slowaken das schaffen werden, und wenn nicht, aus welchen Gründen. Was jener Herr Kouba in der Mirovaja Ekonomika i Meshdunarodneje Otnoshenija vom Februar 1966 über das Neue System des ökonomischen Managements in der Č.S.S.R. befun-

den hat, es ist mir so rasch von den Lippen gegangen, ich fände die deutschen Worte dafür nicht mehr, geschweige denn das Denken hinter ihnen. Die Prüfung scheint bestanden zu sein, vielleicht mit einer Zwei minus. Marie hat nur bemerkt, daß ihre Mutter wieder einmal Vieles gewußt hat, und zeigt ihren Stolz umher mit großen glänzenden Augen.
Es ist aber gar nicht ausgemacht, daß die Herren in Prag ernstlich ihre Wirtschaft an westlichen Valutakrediten gesundstoßen wollen. Immerhin, es ist nicht ein westlicher Finanzier bei der Státní Banka Československá vorstellig geworden, es war deren Präsident, der einen Besuch bei Karl Blessing machte, bei der westdeutschen Bundesbank. What a blessing there's a Blessing. Die Frage an mich lautet nicht, ob das geht; nicht einmal, ob ich das will. Ich weiß von keiner Firma außer dem Hause Revlon, wo eine Frau auch nur Unterdirektorin ist, geschweige denn von einer Bank, und das wird de Rosny nicht schaffen. Das wäre das Eine.
Marie bemerkt an dem Essen nur, wie solenn es ist. Daran haben eine Wirtschafterin, eine Köchin und schließlich Arthur mitgewirkt. Marie sieht nur, daß Arthur ihr wirklich und wahrhaftig Wein in eines von ihren drei Gläsern schenkt. Sie hält de Rosnys Erkundigungen nach meinem Lebenslauf für die reine Anteilnahme, wie sie sich unter Freunden ein Mal schickt. Was er abhält, ist ein Verhör. Das kann er machen, er ist der Arbeitgeber, er legt da Geld an mit seinem Risiko, er nimmt sich das Recht, da helfen die verbindlichsten Ausdrücke nicht, da ist die gefälligste Miene umsonst. Er will schlicht alles wissen, was ich der Personalabteilung nicht mitgeteilt habe, und es geht von den Berufsgenossenschaften des mecklenburgischen Handwerks bis zu meinen heutigen Gefühlen für die Grundzüge der marxistischen Dialektik. De Rosny kann nicht verstehen, daß Cresspahl einmal Bürgermeister von Jerichow war, und vielleicht findet er es lustig, erklärt haben will er es doch. Was Jakob angeht, so begnügt er sich mit Beruf und Todesfall. You are ever so thoughtful, Mr. Vice President. Bei dieser Gelegenheit kommt aber heraus, daß Jakob nie und nimmer die Deutsche Demokratische Republik bei einer Internationalen Fahrplankonferenz vertreten hat, auch nicht in Lissabon, und Marie ist enttäuscht. Sie hat es so fest geglaubt. Na, und wie

würden die Tschechen und Slowaken sich zu meiner Person stellen? Weiß ich? Er meint: die Regierung und Partei der Tschechen und Slowaken. Es ist wahrscheinlich, daß die mir nicht böse sind. Ich muß ihnen ja nicht auf die Nase binden, daß ich durch ihr Land gereist bin mit einem Paß, in dem nur das Bild zu mir gehörte. Aber da wäre was. Die Č.S.S.R. ist näher bekannt mit der Deutschen Demokratischen Republik, und vielleicht möchte sie den Schmerz der dortigen Regierung teilen, daß ich es nur dreieinhalb Jahre mit ihr versucht habe und dann dahin ging, wo ein anderer Pfeffer wächst. Das stört de Rosny nicht. Im Gegenteil, er hält das für nicht ungünstig. Es ist wahr, ich muß weder de Rosny noch dem Ministerium des Innern oder des Äußern der D.D.R. in eingeschriebenem Brief anvertrauen, daß ich eine Freundin namens Anita habe, Anita mit dem Roten Haar, die privaten und natürlichen Personen heraushilft aus der D.D.R., und daß ich ihr bisher noch nichts habe abschlagen können. Da wäre nun aber die Arbeit in der Abteilung Manöverschäden bei der N.A.T.O. im Wald bei Mönchengladbach. Das findet de Rosny eine Arabeske, die der Vertrauenswürdigkeit eher dienlich ist. Mag sein, aber wie ich zu der Arbeit kam. Was er nicht fragt, kann ich ihm nicht beantworten. Und daß ich von Dr. Blach nicht gehört habe, seit Hauptmann Rohlfs ihn den ostdeutschen Gerichten übergab, und nicht einmal seit sie ihn wieder auf die Straße gelassen haben, de Rosny findet es ausreichend. Damit wäre also der zweite Punkt der Tagesordnung erledigt. Offenbar habe ich, alles in allem, die passenden Kenntnisse und das passende Leben für den Fischzug, den unser verehrter Chef de Rosny auf dem osteuropäischen Kreditmarkt vorhat. Dann möchte ich jetzt nach Hause dürfen.
Aber Marie hat noch eine Frage. Bei der Vernehmung über meine Biographie hat sie aufgepaßt wie ein Schießhund, und tatsächlich hat sie ja von Manchem zum ersten Mal gehört. Nun zeigt sich, daß sie die ganze Zeit noch an etwas Anderem gedacht hat, und es wird reinweg ein Interview mit de Rosny. Sie bringt ihre Frage etwas befangen vor, anfangs mit gesenkten Augenlidern, und sie bleibt im Allgemeinen, sie nennt nicht de Rosnys Firma: Trifft es zu, daß die Kreditinstitute aus dem Krieg in Viet Nam Gewinne ziehen?

De Rosny hat den Mund noch nicht offen, und schon glaubt Marie ihm alles, was er sagen wird. Denn er hat sich nicht verführen lassen zu dem befremdeten Seitenblick auf die Mutter, die ihr Kind mit solchen kommunistischen Zwangsvorstellungen auf das Leben vorbereitet; er hat sogar darauf verzichtet, sich blickweise über das Kindliche an der Frage zu belustigen. Er setzt sich auf seinem Stuhl zurecht, er lehnt sich vor, er stützt die Ellenbogen gegen seinen Damast, er legt die Hände an einander, fast faltet er sie, und er blickt Marie ernst an. Er gibt sich die Mühe eines Schauspielers, der den Arzt am Bett eines Schwerkranken darstellen soll. Auch seine Stimme ist tiefer geworden. – We: sagt er, und hält inne, als müsse er um der besseren Sorgfalt willen noch einmal alles erwägen. Jetzt ist Marie erschrocken. Das Geld selbst spricht mit ihr, und das Geld sieht sie an aus festen und besorgten Blauaugen, während es ihr ins Gesicht spricht.

– Wir wünschen von ganzem Herzen, daß der Konflikt in Indochina beendet wird, so oder so, jedenfalls daß unser Land nicht länger daran beteiligt ist. Wir glauben nicht an einen Frieden mit einem amerikanischen Sieg, nicht einmal in zwei Jahren. Und den Frieden in Indochina ohne einen Sieg auf unserer Seite, den wir in zwei Jahren haben können, den wollen wir jetzt. Denn ein Krieg bringt und züchtet Inflation. Inflation, young lady, ist etwas Furchtbares für eine Bank. Auf die Dauer setzt ein Krieg die Regierung in die Lage, den Banken die Hände zu binden, ihnen bis ins Kleinste vorzuschreiben, was sie tun dürfen, und was nicht. Es wird schon jetzt eine grauenhafte Anstrengung kosten, die Krankheiten zu reparieren, die sich hinter der augenblicklichen Scheinblüte der Wirtschaft verstecken. I'll tell you, young lady. If Mr. Johnson were to announce defeat in Viet Nam and cutting of our losses, the market would jump 50 points. Was sage ich! 60 Punkte würde der Markt hochgehen, und das am ersten Tage. Und dann ist da die humane Seite, die wichtigste, my dear Mary. Bankers have human feelings too. Believe me: sagt de Rosny.

Und Marie glaubt ihm. Sie beschwert sich mit einem erstaunten Blick bei ihrer Mutter, die das anders dargestellt hat, aber da die de Rosny nicht widerspricht, ist für Marie die Sache ausgestanden. Niemals hätte man Marie in dies Haus mitnehmen dürfen.

Zum Abschied wird nun noch eine in weißes Tuch eingeschlagene Kiste ans Auto getragen, und die italienische Weihnachtsschnitzerei steht nicht mehr wo sie war. Erweist sich ein angestellter Mensch als durchaus geeignet für eine lohnende Aufgabe, so kann man ihn schon mal mit einem Geschenk im Werte von sagen wir tausend Dollar fester binden, und sei es, das Geschenk gehe an das Kind.
– We all are wishing you a pleasant Christmas: sagt de Rosny, und er bleibt wahrhaftig stehen vor seinem ererbten Portal, bis der Wagen die Auffahrt verlassen hat. Marie winkt noch durchs Rückfenster, als er sie mit Sicherheit nicht mehr erkennen kann.
Und Marie kriegt noch etwas dazu. An diesem Tage hören die falschen Geschenke gar nicht mehr auf. De Rosny wünscht seinen Fischzug diskret anzufangen. Daß ich Tschechisch lerne, soll mir einen Ferienaufenthalt in Prag erleichtern, und wenn ich noch einmal gefragt werde nach der Haltung der Bank zu Krediten an Länder Osteuropas, so lautet die geschicktere Auskunft: Die Politik des Unternehmens in dieser Richtung ist als nicht aggressiv zu bezeichnen, wiederhole: nicht aggressiv. Sonderbar, daß Dmitri Weiszand einen ganzen Abend und ein Essen beim Heiligen Wenzel darauf verwandt haben sollte, Mrs. Cresspahl mit dieser Frage auszuholen. Und auch Marie soll lieber so tun, als hätten wir diesen Abend bei Saft und Popcorn im Riviera-Kino verbracht, und wie erwartet ist Marie begeistert.
– A real secret? sagt sie. – You mean a secret even the New York Times doesn't know of?
So ein Geheimnis soll das sein, und Marie macht das Spaß.

17. Dezember, 1967 Sonntag

Entweder liegt es am Näherrücken des Weihnachtsfestes, oder die alte Dame New York Times wird nun allen Ernstes klapprig. Jetzt behauptet sie doch ohne Scham, es gebe einen westdeutschen Schriftsteller namens Günther Glass. Schon das th ist falsch, und das andere kann doch nicht sein. Ob die New York Times nicht weiß, daß mit der Familie Glass ein anderer

Schriftsteller sein Leben zubringt, Jerome D. Salinger in Westport, Connecticut?
Die New York Times war schon wieder in Ostdeutschland und hat nach dem Rechten gesehen und hat auch richtig einen gefunden. Hans-Dietrich Dahnke heißt er, Professor für Literatur an der Humboldt-Universität in Ostberlin ist er, und er sagt der New York Times: »Aber die Leute können nicht alles sehen, was in jedem Fall gedruckt wird. Es ist besser, wenn die Partei die Auswahl für sie trifft.« Na, und VERGISS NICHT DIE BEDÜRFTIGEN!
Und die Luftwaffe schmeißt auf Hanoi was sie hat und sogar Mitglieder des Kongresses halten die Viet Cong für tüchtiger in der Verteilung des Bodens als die Regierung in Saigon und im ausgebrannten Postamt wurde ein angekohltes Päckchen mit 44 000 Dollar in bar gefunden und die Einbrecher der Stadt gehen jetzt in die Vororte und womöglich entsteht Schnupfen nicht durch einen Virus sondern aus psychischer Depression und Söhnchen Franzese ist wieder zu Hause bei seiner Tina und Hannah Arendt hat öffentlich erklärt: »Gewaltsamer Widerstand gegen die Regierung der Vereinigten Staaten ist absolut falsch« und, na was schon, GEDENKE DER BEDÜRFTIGEN!
Im Jahre 1935 fing mein Vater zwei Sachen an.
Das eine war, er machte sich einen Garten. Hinter dem Haus, vom Eingang bis zur Stirnseite der Werkstattscheune, war unbestelltes, verunkrautetes Land, und an einem Sonntagabend im März machte sich eine ganze Gesellschaft daran, den schon hart gewordenen Boden umzugraben. Da kamen, und brachten jeder seinen Spaten: Hilde Paepcke, Alexander Paepcke, Aggie Brüshaver, der alte und der junge Creutz (»wegen der guten Nachbarschaft«), Arthur Semig, Meta Wulff, Albert Papenbrock, Louise Papenbrock, die beiden Gesellen, die beiden Lehrjungen, Lisbeth Cresspahl, Cresspahl, und das Kind. Das war eine lange Front gegen das Land, und die stachen zu, und die kehrten die Erde um, und die warfen die Steine säuberlich auf einen Haufen, und da gab es Späße, denn Louise brach ihren Spaten ab, und rund um Heine Klaproth breitete sich eine dicke Beule nach hinten aus, und es gab Gelächter, denn Louise Papenbrock wollte sich bei ihrem Anteil nicht helfen lassen, und nach wenigen Stunden waren sie fertig. Lisbeth bekam die Ehre, die

Wege zwischen den Beeten auszutreten. Die anderen bekamen Bier und eine Erbsensuppe aus dem allergrößten Kessel, der im Hause war. Creutz hatte zehn Obstbäume mitgebracht, aber den ersten wollte er nicht pflanzen, weil es sich anders gehörte, und so ging Cresspahl hin und pflanzte einen Baum und begoß ihn und hoffte auf gute Äpfel. Dann ging er noch einmal Lisbeths Wege ab und sah nach, ob alles in Ordnung war, und die Geslischaft an den Fenstern lachte, denn er wußte nicht, daß hinter ihm das winzige Kind ging und die Hände bedächtig auf dem Rücken hielt, wie er. Und im kalten kalten Mai war das Land ein Garten. Das war angefangen, und es sollte dauern.
Das andere kam von der Innung in Gneez. Sie hatten versprochen, sie würden ihn mitnehmen, und sie nahmen ihn mit. Was da angelegen hatte, war die Verdingung eines Auftrags durch die Reichswehr, die jetzt Wehrmacht hieß, und ausgeschrieben waren Bebauung und Straßenbau und Arbeiten für Tischler und Klempner und Glaser und Dachdecker und Schornsteinbauer und Gärtner auf mehreren Hektar nördlich von Jerichow, in der Mitte zwischen der Stadt und der See, wo das Land recht hoch über dem Wasser lag. Bevor sie Cresspahl mitnahmen, mußte noch eine Kleinigkeit aus der Welt geschafft werden.

Ich hör, du hast da zehntausint Mark auffe Raiffeisenkasse, Cresspahl.

Dat sechst du, Böttcher. Ick sech dat nich.

Unt wenn das fünfzntausint sünd, Cresspahl. Das is es nich.

Ach so.

Jå, nich. Das geht nich. Nimm das da weg und tu das nach Wismar, nach Lübeck, wohin du willst. Ich muß das sagn könn: Cresspahl hat höchsns achthundert bei Raiffeisen. Ich muß das mit gutn Gewissn sagn könn.

Måkt wi, Böttcher. Schön Dank ook.

Dann nahmen sie ihn mit und luden ihn ein in das Wohnzimmer des Innungsmeisters und rechneten die Lose aus, denn die Reichswehr in Mecklenburg war bekannt dafür, daß sie die

Handwerksbetriebe bevorzugte, und die Innung von Gneez wollte den Auftrag als Ganzes. Tatsächlich blieben die Handwerker im Kreise Gneez fast ganz unter sich bei der Anlage von Jerichow Nord. Nur für die Betonarbeiten und die Stahlbauten kamen Spezialfirmen aus Berlin und Hamburg. So bekamen die Hotelbesitzer auch noch etwas ab. Da war für fast jeden gesorgt. Da lag etwas in der Luft, da war was zu merken, und manch Einer sprach es auch aus: Nu geit dat los. Und Bauunternehmer Köpcke hatte so viel Grund zur Freude, er grüßte auch wieder Cresspahl, obwohl der ihn bei seinen Umbauten keinen Pfennig hatte verdienen lassen. Pfennige waren nun genug da, und über die Mark hatte auch Keiner zu klagen. Allerdings ging es nicht Jedem nach seiner Mütze. So hatte Cresspahl sich vor allem das Offizierskasino gewünscht. Es war ihm geradezu darauf angekommen. In ein Kasino kommen die Leute, das spricht sich herum. Da sind auch vermögende Bürger zu Gast. Was Cresspahl da ausstellen wollte waren massive Rotholzbuchten an drei Wänden. Für die Mitte hatte er sich drei Tische ausgedacht, damit man sie leicht zu einer großen Tafel zusammenstellen konnte oder zu Gunsten einer Tanzfläche entfernen. Früher war das so gewesen, da wurde im Kasino getanzt. Aber die Innen-Einrichtung des Kasinos bekam Cresspahl nicht, und er durfte auch nicht darauf drängen, die bekam Wilhelm Böttcher, Meister der Innung, denn er hatte diesen Fisch ans Land gezogen. Am Ende war Wilhelm Böttcher auch nicht zu beneiden, denn die Reichswehr, oder Wehrmacht hieß sie ja nun, hatte ihm einen Menschen geschickt, der strich in seinen Zeichnungen umher, daß es nur so eine Art hatte. Also gab Cresspahl sich zufrieden mit den Betten, den Wandschränken, Schilderhäuschen und dem Lattenrost, auf dem der Posten seine Wache stehen muß, sonst kriegt er kalte Füße. Und Gesellen wie ungelernte Arbeiter bekam er nun fast mehr als er in seinem Haus unterbringen konnte, er mußte in aller Eile die alte Futterkammer in der Scheune zu einem Schlafraum ausbauen. Und wenn Else Pienagel ankam und wollte einen Eßzimmerstuhl so schön aufgearbeitet haben wie damals ihren Nähschrank, so konnte er ihr nicht versprechen, wann sie den Stuhl holen konnte, denn zum Bringen reichte die Zeit auch nicht mehr. Und es war was zu sehen, es kam was auf den Tisch. Bis Ende 1935 hatte er nun noch eine Bandschleifmaschine kaufen können und eine Kettenfräse und eine Furnierfräse und eine Winkeleinbaumaschine, und man mochte gegen die Deutsche Arbeitsfront und das besoffene Schwein Ley ja nun dies und das sagen, aber immerhin war Dr. Erdamer sich nicht zu gut für einen hohen Posten in diesem Verein gewesen, und Dr. Erdamer hatte Cresspahl eine Gelegenheit bei den Deutschen Holzwerken Schwerin verschafft für die neuen Maschinenkäufe, und so hatte er für alle Maschinen zusammen nur 9500 Reichsmark bezahlen müssen. Sonst wären es gut und gern 11 000 Reichsmark geworden. Das hieß nun nicht mehr Rentenmark, das hieß Reichsmark. Und Lisbeth hatte so viel zu tun mit dem Kochen für all die Arbeiter und mit dem Haus und mit dem Kind, sie hatte ja zwei Mädchen zur Hilfe, die bei ihr lernten, was ein mecklenburgischer Haushalt war, und doch kam sie an manchen Tagen erst am späten Abend zur Ruhe, denn oft war sie es, die nach Gneez fahren mußte und Formulare holen beim Heeresbauamt in der Eisenbahnstraße.

Das kannst du nicht von mir verlangen, Cresspahl.

Was kann ich nicht von dir verlangen, Lisbeth.

Daß ich die Formulare holen muß.

Das kann ich verlangen. Die Mädchen brauchen das nicht so genau zu wissen, und das Kind kann das noch nicht, allein auf der Eisenbahn fahren.

Aber ich werd doch mitschuldig, Heinrich!

Woran wirst du mitschuldig.

Am Krieg! Die Kasernen sind doch für den Krieg.

Lisbeth, ick kann di nich helpn.

Könnten wir nicht ... kannst du nicht rausgehen aus dem Auftrag?

Und wovon leben wir dann, Lisbeth?

Ach Heinrich, leben. Aber die Schuld dabei.

Wistu nå Inglant?

Nee!

Weiß nich was du willst, Lisbeth.

Cresspahl.

Hörst du nicht, daß das Kind schreit?

Und die Straßen in Jerichow-Nord waren so sonderbar breit angelegt an manchen Stellen. Und hinter dem Riegel aus Kasernenbauten war nicht nur so viel Land eingezäunt, wie für einen Exerzierplatz nötig war. Die Zäune gingen Kilometer weit nach Westen. Und die breiten Straßen wurden immer länger, die hörten gar nicht wieder auf. Und die Kinder von Jerichow lernten lange Zeit das falsche Wort für Flugzeug, die lernten: Jäger, und sie lernten: Bomber.

18. Dezember, 1967 Montag

Noch 1935 konnte man am Kiosk der Deutschen Reichsbahn auf dem Ende des Dampfersteges in Rande/Ostsee Fahrkarten kaufen nach überallhin, nach Lübeck wie nach London. Vielleicht dachte Cresspahl nicht mehr daran, weil die Regierung Seiner Majestät Georgs des Fünften ihn enttäuscht hatte. Zwar hatte der Österreicher die allgemeine Wehrpflicht tatsächlich wieder eingeführt und ließ einen jeden Soldaten auf sich einschwören; mußten ihm aber die Engländer behilflich sein mit der Erlaubnis, die deutsche Flotte bis zu 35 Prozent der britischen zu verstärken? die würden sich noch wundern über die zwölf deutschen Uboote, die Ende Juni 1935 in Dienst gestellt wurden, und über die folgenden auch. Und er hätte sich wohl nicht mehr willkommen geglaubt.
Brüshaver hätte seine Kirche eine Flucht ins Ausland verboten, und offenbar fand Brüshaver nichts dabei, daß sein Sohn aus der ersten Ehe als Pilot in der Luftwaffe jenes Österreichers diente, der die Kirche kassieren wollte. Brüshaver erkundigte sich ja wohl nach dem Stand der Arbeiten in Jerichow Nord, weil er seinen Sohn dahin versetzt haben wollte, womöglich als Kommandant.
Von den alten Papenbrocks war es nicht mehr zu erwarten. Papenbrock fand zu jeder verdächtigen Handlung des Führers und Reichskanzlers wie eh und je eine, die er nicht verdächtigte. War es ihn hart angekommen, daß der Mensch die Flagge Mecklenburgs wie die aller deutschen Länder verboten hatte, so waren die beiden Mecklenburg nun doch zum ersten Mal seit dreihundert Jahren wieder eines, und sogar die hochnäsigen

Lübecker gehörten dazu; und die Wiedereingliederung des Saarlandes ins Reich, die sollte mal Einer dem Manne nachmachen. Es blieb natürlich ärgerlich, daß der Mann sich als Schriftsteller bezeichnete, und daß er nicht der Form halber etwas länger Mitglied der Braunschweigischen Gesandtschaft zu Berlin geblieben war. Und ihm, Papenbrock, hatte der Österreicher noch nichts weggenommen oder kaputt gemacht.

– Wie konnte Papenbrock eigentlich zu der Trauerfeier für Herrn Stelling reisen? War der auch in der Papenbrockpartei gewesen?
– Johannes Stelling war Sozialdemokrat gewesen, aber er hatte im Jahr 1920 als Minister des Inneren von Mecklenburg-Schwerin die Freikorps nicht behindert, die auf den mecklenburgischen Gütern saßen und auf die Arbeiter losgingen. Ohne ihn hätte Papenbrock seine Pacht in Vietsen leicht noch früher verloren. Stelling war Ministerpräsident des Landes von 1921 bis 1924 gewesen. Und Abgeordneter im Reichstag. Dem wollte Papenbrock wohl eine Ehre erweisen, wenn auch die letzte.

Und Arthur Semig saß noch Ende 1935 in seinem gediegenen Haus an der Bäk von Jerichow und bekam seine Dienstbezüge im Ruhestand und fand es ordentlich. Zwar durfte er Dora nun auch von Gesetzes wegen kein Dienstmädchen mehr halten, und in Jerichow gab es keinen Menschen mehr, mit dem ihm Heirat oder außerehelicher Beischlaf erlaubt gewesen wäre, und die deutsche Reichsbürgerschaft war ihm auch abgenommen. Dafür hatte er aber das Recht, die jüdischen Farben an seinem Mast aufzuziehen, und die Stadtpolizei hätte diese Fahne vor Beschädigung und Schändung schützen müssen. Arthur brachte es einfach nicht fertig, wegzugehen aus einem Lande, in dem alle so sprachen wie er, wenn sie auch in Manchem anders dachten.
Und Peter Niebuhr diente in der Unteroffiziersschule Eiche bei Potsdam und war in der Kommunistischen Partei von Berlin-Friedenau gewesen. Wollte er sich dafür rächen, daß der Genosse Stalin nun auch seinen toten Freund Kirow hatte, wie Hitler seinen Röhm, und den Putsch etwas langsamer auf-

dröselte und in einem fort zerschlug? War es ihm jetzt nicht recht, daß endlich auch die U.S.A. diplomatische Beziehungen mit dem Staate Stalins aufgenommen hatte, daß er unter diesen Umständen gegen die Stimme der Schweiz in den Völkerbund gekommen war? Die Verwandtschaft verstand Peter nicht. Seit Peter zum Studieren nach Berlin gegangen war, war er schwer zu verstehen gewesen.
Und selbst Martin Niebuhr sah nun ein, daß das Wasserstraßenamt ihm niemals etwas Größeres geben würde als die Schleuse bei Wendisch Burg. Und Gertrud Niebuhr hätte gern ein Kind adoptiert, wenigstens. Und Lisbeth hatte ihr versprechen müssen, auf nicht weniger als zwei Wochen in jedem Jahr zu Besuch auf die Schleuse zu kommen, mit diesem Kind Gesine. Und Horst Papenbrock war nicht nur zurückgekommen aus »Rio de Janeiro«, er hatte auch seinen Bruder Robert mitgebracht. Von Robert sah Jerichow wenig, der wohnte längst in Schwerin. Und immer noch war wenig Militär in Jerichow zu sehen, aber Pahl kam gut aus mit seinen Offiziersuniformen nach Maß. Das Handwerk klagte etwas heftiger und kam gut aus. Sogar aus Alexander Paepcke hatte die aufgeregte Nachfrage nach Baumaterial für Jerichow Nord einen Geschäftsmann gemacht, der verbrachte die Tage auf dem Ziegeleihof und im Büro und nicht auf dem gneezer Tennisplatz. Und die Paepckes hatten im August 1935 ihr zweites Kind, einen Jungen, Eberhardt Paepcke, Paepcke junior. Und die Ziegelei war immer noch nicht abgebrannt. Und einzig Methfessel hatte sich nicht gefangen. Methfessel hatte übergeben müssen, an seinen ältesten Gesellen, seine Söhne waren noch Kinder. Es war eine Schande zu sehen, wie der schwere kräftige Mann die Straßen von Jerichow trat und nach Kindern suchte und sie fragen wollte: Möchtest du ein Löwe sein? daß ich nicht lila lache! Und Dr. Avenarius Kollmorgen hatte seine Praxis aufgelöst und zeigte sich selten außer Hauses und fragte nur noch ganz wenige Leute, ob sie gut bei Sach seien. Und aus Dr. Hauschildt war ein nahezu tüchtiger Tierarzt geworden, seit ihm auf die Finger gesehen wurde. Und Methling hatte sich hingelegt in Gneez und war gestorben, nachdem er das Seine getan hatte für Rasse und Reich und wollte in Jerichow bestattet werden und hatte es tatsächlich geschafft, den Landesbischof

Schultz zur Veranstaltung einer mehr nationalen Zeremonie zu verpflichten. Und auf dem Sarg lag eine Fahne mit dem Hakenkreuz, und sechs Männer der S.A. trugen ihn aus der Petrikirche, und die Schulkinder bekamen frei, damit sie singen konnten. Dr. Berling hatte in Schweden lebende Verwandte gefunden, als er dort nach seiner arischen Abstammung suchte, und verbrachte seine Urlaube nun in Schonen. Swenson hatte nun zwei Taxis laufen und unterhielt eine Omnibuslinie vom jerichower Bahnhof nach Jerichow Nord und kämpfte gegen die Deutsche Reichspost um die Konzession für einen Linienverkehr nach Rande. Erich Schulz war nicht zurückgekommen nach Jerichow-Ausbau; es hieß, er sei bei der Marine. Die Plessens und die Bothmers und Konsorten hatten sich mitsamt ihren Reitervereinen in die S.S. übernehmen lassen. Und Friedrich Jansen war nun fast zwei Jahre Bürgermeister und Ortsgruppenleiter der N.S.D.A.P. in Jerichow und hatte gelernt, auf Kleineschulte und den alten Papenbrock zu hören. Es gab immer noch ein paar, mit denen wurde er nicht fertig. Das Musikhaus Johs. Schmidt verlangte immer noch Geld, wenn die Partei Lautsprecher anforderte für nationale und nationalsozialistische Veranstaltungen; die würden es noch lernen. Ein anderer war dieser Engländer, dieser Heinrich Cresspahl hinter der Kirche. Kam der Mensch aufs Rathaus und verlangte einen Aufnahmeantrag für die Partei und brachte ihn nicht zurück und behauptete, das Formular sei für einen seiner Gesellen gewesen. Der Geselle war nach Wismar gegangen, und soviel hatte Friedrich Jansen schon heraus, daß der Geselle tatsächlich seit dem Juni 1934 in der Partei war, aber etwas war da krumm. Dieser Cresspahl gab ja nicht zu, daß er sich die Sache überlegt hatte, nachdem der Führer seine S.A. von Verrätern und Schweinehunden gereinigt hatte; er gab nur an: er überlege sich das bisher. Und gab das wieder und abermals an. Noch war an den Mann nicht heranzukommen, noch war an dem alten Papenbrock nicht vorbeizukommen. Aber eines Tages würde dieser Cresspahl doch hereinfallen auf eine Nordische List. Oder in eine gegrabene Grube.
Cresspahl hatte sich nun doch in eine andere Lebensversicherung eingekauft, bei der Gesellschaft Allianz. Cresspahl war nun fernmündlich zu erreichen über Jerichow 209. Bei denen war

immer die Frau am Telefon, er hatte wohl nicht die Zeit für die zwanzig Schritte von der Werkstatt ins Haus. Jetzt war es 1935, und die hatten immer noch nicht das zweite Kind, und nicht ein drittes. Das war Lisbeth Papenbrock gar nicht anzusehen gewesen. Das mit den Walnußbäumen hatte sich als richtig erwiesen, tatsächlich hielten die ätherischen Öle die Mücken fern. Die hatten nur dies eine Kind, Gesine, die war zu Weihnachten 1935 etwas mehr als zweieinhalb Jahre alt. Die sprach immer noch nicht viel, aber sie hatte die Augen weit offen.

Holl di an'n Tuun, de Himmel is hoch.

19. Dezember, 1967 Dienstag

Oh was kann die New York Times schimpfen! Es ist nichts Außergewöhnliches, außer daß der Städtische Beauftragte für Wasserversorgung, Gas und Elektrizität in der vorigen Woche nur deshalb zurückgetreten ist, weil er mit Antonio Corallo, »Toni Duckdich« von der Mafia, eine Sache laufen hatte, bei der es um die private Verteilung von zum Beispiel 835 000 Dollar städtischen Geldes ging. Zwei Artikel beginnen auf der ersten Seite. Noch die ganze Seite 52 ist voll von ihnen. Da beginnt noch ein Artikel auf Seite 1! und geht auf Seite 53 weiter! Und die Zeitung versäumt es nicht, uns einen Überblick über die Korruption in der Stadt »im Verlauf des letzten Jahrhunderts« zu geben. Und dem Kommentar auf der Meinungsseite hört man ein Beben der Stimme an, und doch verliert sie nicht die Beherrschung und weist uns an, den Vorfall im rechten Verhältnis zu würdigen und gibt uns dazu Ratschläge.

Und wer dankt es ihr, außer mit 10 Cent?

Wir wollen es tun, weil Weihnachten ist.

Schönen Dank, alte Dame.

Es muß an Weihnachten liegen, die Leute sind so außer sich. Anders kann es nicht sein.

Es fing an mit Marie, die sich ausdrücklich bedanken wollte für eine Wohnung, in der sie morgens einen winterlichen Fluß und die hell angeleuchteten Felsen des anderen Ufers sehen kann.

Sie macht das umständlich, sie nimmt sich eine gönnerhafte Manier an, sie sagt: Nice apartment you have here; hätte ja sonst ein Gefühl gezeigt. Und dann sagte sie: Manche Kinder haben es gut im Leben.
Und Shakespeare und Jason waren nahezu ausgelassen und waren unerschöpflich im Beschreiben des Äußeren von Mrs. Cresspahl, und es kann daran liegen, daß sie demnächst Umschläge mit ein bißchen grünem Papier darin bekommen werden, und es kann daran nicht allein liegen.
Der schwarze Mechaniker in der mittleren Garage an der 96. Straße, der ernsthafte Mann, der einem kaputten Auto gegenübertritt wie ein Arzt aus Leidenschaft, er winkte Mrs. Cresspahl zu mit der ganzen Hand, auf eine brüderliche Weise, und es mochte heißen: Nimm dich in Acht, Schwester. Paß auf dich auf. Komm gut durch den Tag. Er kann das, ohne zu lächeln.
Und wieder stand an der West End Avenue vor dem Schnapsladen einer von jenen abgestoßenen Herren, die jeweils eine kranke Tante in New Jersey haben, weil sie in diesem Fall mindestens 35 Cent Fahrgeld benötigen, und Mrs. Cresspahl blieb hartherzig und gab auch ihm nichts Bares, sondern eine schnöde Ubahnmünze, und er sagte wahrhaftig: Gott segne Sie, meine Dame. Das kann doch nicht sein.
Der Alte am Zeitungenstand hielt Mrs. Cresspahl geradezu mit einem Gespräch auf und fragte: Don't you want your Der Spiegel? it just came up. Bisher hat er sich verhalten, als seien ihm die Leute mit ihren unentwegten Kaufwünschen lästig, und heute blickte er zum Himmel und blickte der Kundin ins Gesicht und sagte: Nice day. Das war schon nicht mehr eine Feststellung, das war nicht fern von einem Wunsch. Ob sie dem was zum Schlucken gegeben haben?
Und zumindest im elften Stockwerk der Bank konnten sie sich nicht beruhigen darüber, daß es an einem 19. Dezember ganze 13 Grad sind. Das soll es Jahrzehnte nicht gegeben haben. Das soll zum letzten Mal im Jahr 1931 gewesen sein! Die Begrüßungen sind alle dicht vor dem Umarmen. Und Keiner achtet darauf, ob Mrs. Cresspahl ihm das Kompliment fürs Äußere ordnungsgemäß mit einem Kompliment entgilt. Sie mögen es gemeint haben; aber kann das wahr sein?
Und das Wetter war den ganzen Tag was sie hier balsamisch

nennen, hell und milde, und wildfremde Leute lächelten Mrs. Cresspahl an, auf dem Bürgersteig, in der U-Bahn! Das Licht fühlte sich dick an. Man konnte mit dem ganzen Körper dagegen laufen, nicht nur mit den Augenlidern.
Und im Hausrestaurant griff Sam selber ein, als ich seine Speisekarte zum zweiten Mal las. – Nimm das Schmorfleisch, es ist köstlich, ich versprechs! sagte er und küßte vor Vergnügen seine Fingerspitzen. Dann ließ sich die Serviererin nach seiner Meinung ungebührlich Zeit, und Sam selbst mahnte durch die Scharte bei den Köchen an: Einmal Pot Roast, für die Dame hier, die mit dem Lächeln auf den Lippen!
Und wen ich auch traf, Amanda, James Shuldiner, Mrs. Kelly, Mrs. Ferwalter, Marjorie, alle wollten sie wissen, wie es Mrs. Cresspahl geht, und alle wollten sie eine wahrheitsgemäße, echte Antwort!
Und Marie rief eigens, gegen das Verbot, im Geschäft an und berichtete, daß zu Hause Post sei von Kliefoth, von Karsch, von D. E. Und der Mann, der uns den Käse verkauft, hätte Mrs. Cresspahl heute, nach ungefähr zweijähriger Bekanntschaft, gern etwas gefragt. Der Mann gibt sich säuerlich, oder seine bleiche Gesichtsfarbe macht ihn dazu, weil sie schon am frühen Nachmittag von schwärzlichem Bartwuchs verpetzt wird. Sein Laden ist so überlaufen, die Kunden müssen Nummern ziehen, um ihre Reihenfolge festzustellen, und er hat noch kein Mal ein Zeichen des Wiedererkennens gegeben. Aber an diesem Abend war er allein.

– Ich frage es denn also, madam.
– Man zu.
– Sie kommen manchmal mit einem Kind.
– Gewiß. Es sind bei Gelegenheit auch zwei.
– Ich meine im Grunde nur das eine Kind.
– Jenes mit den Zöpfen?
– Dies trifft zu. Jenes Kind meine ich.
– Und wie lautet die Frage?
– Ist das Ihr Kind?
– Das ist mein Kind.
– Aha.
– Ja.

– Ich würde dann, wenn Sie erlauben, noch eine Sache fragen.
– Ja.
– Also. Sind Sie verheiratet?
– Die Antwort ist positiv.
– So. Nun ja. Das wäre das.

Das war es denn wohl. That takes care of that.
Und Marie hatte sich von Mr. Robinson den Fahrstuhl geliehen und fuhr im Hause auf und nieder und wartete darauf, daß die Kabinentüren einmal aufgingen vor Mrs. Cresspahl, für die ich gelte, Mrs. Cresspahl, die da nicht ihr Kind erwartet hat, Gesine, die ich bin für Marie.
Einmal wird das Kind aussehen wie ich auf den ersten Blick, aber mögen wird die Welt es auf den zweiten, und nicht einmal sie wird wissen, daß sie zurücklächelt wie Jakob.

Der nächste Teil dieses Buches beginnt mit dem Kapitel für den 20. Dezember 1967.

es 1500
edition suhrkamp
Neue Folge Band 500

Einen Tag umfaßt der *Ulysses* von James Joyce – 365 Tage mißt die äußere Zeitstrecke von Uwe Johnsons *Jahrestagen*. Beginnend mit dem 21. August 1967 in New York, werden 365 Tage »aus dem Leben von Gesine Cresspahl« und deren über Generationen zurückgreifende Erinnerungen erzählt. Eine private Geschichte, die nicht zufällig am 20. August 1968 endet, an einem historischen »Jahrestag«. In die Familiensaga eingewoben sind Ereignisse und Verstrickungen einer schon zur Geschichte gewordenen Epoche. Nachkriegsdeutschland und Berliner Mauer; der Golf von Tonking und die Brandt/Kiesinger-Koalition; Heuss und Kennedy, Dubček, Adenauer, Ulbricht, Che Guevara und Martin Luther King, McCarthy, Lyndon B. Johnson und die *New York Times*, das »Bewußtsein des Tages«. Namen, Orte und Stationen wie diese charakterisieren diese »Lese-Weltreise« (Reinhard Baumgart). In einer Chronik erscheint deutsche und Welt-Geschichte in Form von Erzählungen. Uwe Johnsons große Fähigkeit ist, deutsche Geschichte darzustellen als Familiengeschichte.
Uwe Johnson, geb. am 20. April 1934 in Cammin (Pommern), starb am 23. Februar 1984 in Sheerness-on-Sea (Kent/England).

Uwe Johnson
Jahrestage
4
Aus dem Leben von Gesine Cresspahl

Suhrkamp

edition suhrkamp 1500
Neue Folge Band 500
Erste Auflage 1988
© Suhrkamp Verlag Frankfurt am Main 1983
Alle Rechte vorbehalten, insbesondere das der Übersetzung,
des öffentlichen Vortrags
sowie der Übertragung durch Rundfunk und Fernsehen,
auch einzelner Teile.
Druck: Ebner Ulm
Umschlagentwurf: Willy Fleckhaus
Printed in Germany

1 2 3 4 5 6 – 93 92 91 90 89 88

Jahrestage
Juni 1968 - August 1968

20. Juni, 1968 Donnerstag

Aufgewacht von flachem Knallen im Park, Schüssen ähnlich. Unerschreckt stehen Leute an der Bushaltestelle gegenüber. Hinter ihnen spielen Kinder Krieg.

Unser Stand an der 96. Straße ist verhängt. Keine Zeitungen wegen Todesfalls. Der Alte hätte doch hinschreiben sollen, ob er selber der Tote ist. Auch die wöchentliche Ware ist zugedeckt mit verwittertem Plastiktuch. Die Kunden treten regelmäßig heran, stutzen erst wenige Schritte vor den grabähnlichen Packen, ziehen in verlegenem Bogen ab. Niemand versucht etwas zu stehlen. Wer dann immer noch Schlaf bei sich trägt, erwartet auf dem von Hand beschriebenen Karton: Geschlossen aus Anstand gegenüber . . . wem?

In der Unterführung der U-Bahn geht ein Junge mit Schädelkappe vorüber an einem Whisky-Plakat, da hat jemand gleich zweimal in Schönschrift aufgetragen: Fickt die jüdischen Säue. Der Junge hält den Kopf, als hätte er es übersehen.

Im Grand Central war noch eine New York *Times* übrig. Wetter teils sonnig, teils kühl. Behalten: das Foto des Heinz Adolf Bekkerle, früheren deutschen Gesandten in Bulgarien, angeklagt wegen Mithilfe bei der Deportation von 11 000 Juden ins Todeslager Treblinka im Jahr 1943. Weil er an Ischias leidet, liegt er auf einer Bahre, bürgerlich bekleidet zwischen Kopfkissen und Decken; sorgsam tragen zwei frankfurter Polizisten ihn die Treppe zum Gericht hinauf. Frankfurt am Main.

Manchmal gelingt das letzte Aufwachen an dem Wasserbrunnen vor dem Durchgang zum Graybar-Haus. Heute hängen da zwei Herren, beugen abwechselnd sich vor, nehmen den Kopf hoch wie die Hühner, betäuben ihre Alkoholschmerzen.

Der Bettler vor dem Ausgang hat heute einen roten Eimer für seinen Hund.

Etwa dreißig Leute können bezeugen, daß Mrs. Cresspahl um 8:55 ihr Büro betrat und den Dienst erst um 4:05 Uhr verließ!

In der nachgezogenen Mittagspause, um viertel fünf hat der Haarkünstler Boccaletti den einzigen Termin in der ganzen Woche für seine Mrs. Cresspahl gefunden. Im Wartezimmer sitzen

die anderen vom Abonnement, unter ihnen die beiden Damen, die es lieben, einander mit zärtlicher Besorgnis anzureden, befriedigt in der Gewißheit, daß die eine doch immer noch schlechter dran ist als die andere. Das hat sich schon auf der Flucht gezeigt, wissen Sie noch, in Marseille. Mrs. Cresspahl hätte gern noch mehr gehört von diesem Deutsch, aber Signor Boccaletti ruft sie eilends heran wie sonst nicht. Es geht ihm nicht um Zeitgewinn bis zur nächsten Kundin, er will klagen über den weiten weiten Weg bis Bari, wo es anders zugeht als hier. Zwei Hände voll Seifenschaum wirft er in die Luft, erst so kann er ausrufen: Signora, uccidere per due dollari? Ma!
(Giorgio Boccaletti, Madison Avenue, wird gebeten, in der Seufzerspalte der *Times* mitzuteilen – Diskretion zugesichert –: Von welchem Betrag an denn es sich lohnt.)
Verspätungen auf dem Expreßgleis der Westseite. Der Lautsprecher verspricht knurrend, mit jeder Wiederholung brummiger: Der Bummler hält an allen Schnellstationen, zu der verzerrten Stimme ist ein Mensch nicht zu denken, und da halten muß ein Lokalzug doch so wie so. Mitgekommen bin ich erst mit dem dritten Zug, in dem war zu wenig Luft zum Atmen.
Zehn Minuten stand ich vor einem Plakat mit der Aufforderung Support Our Servicemen. Darunter war ein S.O.S. in Morseschrift abgebildet, darunter ein Foto, auf dem ein weißer Soldat einem schwarzen eine Blutlösung eintropfen läßt. Unterstützt unsere Soldaten. Links, unter rotem Kreuz: Hilf uns helfen. Nach Amanda Williams' zuverlässigen Auskünften soll dies Plakat heimlich bedeuten: Die Amerikaner sind in äußerster Not in Viet Nam.
Dann drehten zwei Negerinnen sich in einer nahezu synchronen Bewegung um ihre Körperachse, bewegten ihre Nachbarn mit, so daß ich von dem Plakat abgewandt stehen konnte.
Auf dem Broadway taumelte ein vielleicht betrunkener Neger in einen Delikatessenladen und begrüßte den Inhaber mit einem Wort, das kann ich nicht. – Wenn Sie das nicht gern hören, können Sie ja verschwinden! schreit er. Er schwankt weiter zwischen den Vitrinen und hält eine Aufstandsrede, die versteht nun keiner mehr. Der Inhaber beobachtet den Feind, leicht gekrümmt, die Hände auf den Kassentisch gestützt, mit nicht ärgerlichem Blick unter den Brauen hervor.

Zu Hause hat Marie Blumen. Es waren einmal ein Dutzend Päonien, zu sechs Dollar. – Da war eine Puertorikanerin mit ihrem kleinen Kind, neun Jahre alt, das Mädchen wünschte auch solche, die Mutter sagte so oft: But they don't last, child! Aber sie halten sich nicht! Da hab ich vor der Tür auf das Mädchen gewartet und ihr sechs abgegeben. Gesine, bist du einverstanden? Talk to me! Sprich mit mir!
– Einverstanden, Marie. Warum überhaupt Blumen?
– Heute hat doch Karsch Geburtstag. Nehmen sie dir denn auch das Gedächtnis heraus in der Bank? Heute hat Karsch Geburtstag!
In der Post aus Europa beruft jemand sich auf Bekanntschaft mit Mrs. Cresspahl und will das schriftlich haben, zu einem Jubelfeste. Auf Bestellung.

21. Juni, 1968 Freitag

Gestern begannen von Amts wegen die Manöver der Sowjets, Ungarn, Ostdeutschen und Polen mit den Tschechoslowaken auf deren Boden. Nach Auskunft von Ivan I. Yakubowsky, Marschall der Sowjetunion, sind nur Kommandostäbe, Signal-, Transport- und Hilfstruppen beteiligt. Über die Dauer ist nichts gesagt.

– Marie, was benötigt man für öffentliche Wahlen?
– Gewählt haben sie auch noch in Mecklenburg? Konnten sie nicht nehmen, was da war?
– Wenn es denn einmal sein soll, Marie. Was nimmt man da.
– Parteien hattet ihr schon, erstens. Zweitens, die Leute in Parteien müssen Leute einladen, die nicht in den Parteien sind. Denen müssen sie etwas versprechen, entweder mehr oder was anderes als die anderen Parteien. Eine Partei, die nicht an der Macht ist, muß dazu ebenso eine Erlaubnis haben wie die Partei, die an der Macht ist. Weil die Parteien nicht alle Leute einladen können, die nicht in Parteien sind, müssen sie auf den Rest einreden mit Zeitungen, Flugzetteln, Plakaten. Wenn es endlich ans Wählen geht, brauchen sie drittens Schiedsrichter. Die kümmern sich nur um die Regeln, als da sind Freiwilligkeit, Geheimhaltung und ge-

naue Auszählung; die Parteien aber sind ihnen schnurz. Dann brauchst du noch Leute, die es nicht satt haben und überhaupt wählen wollen. Da weiß ich ein paar, die wollten sich gar nichts mehr aussuchen.
– Es waren aber die Grenzen zu seit dem 30. Juni 1946. Das hatten die Sowjets zwar zu eigenen Gunsten eingerichtet, jedoch im Kontrollrat mit den westlichen Alliierten zusammen. Auch nach deren Willen sollte einer in Mecklenburg bleiben, wenn er einmal da war, da bereit sein für die Forderung des täglichen Tags. Für den 15. September standen Gemeindewahlen im mecklenburgischen Kalender. Mine Köpcke hätte nicht einmal in einem Letzten Willen angeben können, was sie in der Hand hatte, es sei denn Duvenspecks weichen Hals; auch die sagte, dennoch: Warum sollen wir die Macht aus der Hand geben?
– Wer gewinnt, weiß ich. Das wird langweilig.
– Für den Wahlkampfleiter der S.E.D. im Landkreis Gneez war es nicht langweilig. Unheimlich war ihm. Oft in den Wochen vor der Wahl bekam er ein Gefühl, als stünde Einer hinter ihm, im Dunkeln. Er konnte nicht herausfinden, was es war. Die Sache lief für ihn und seine Freunde prächtig, er würde sagen: schnukkelig geht das! Er war kein Dummkopf, er hatte was gelernt aus den hessischen Gemeindewahlen vom Januar, als die S.P.D. achtmal soviel Stimmen bekam wie die eigene Partei; der Landkreis Gneez war einer der ersten, in dem die Sozialdemokraten ihre eigene Partei aufgaben und mit ihm in eine neue gingen, am Ende hatte auch der Zentralvorstand begreifen müssen und der von unten aufsteigenden Vereinigung gehorchen. Den Mund hatte er sich fusselig geredet! Was hatte er den Sozis nicht alles versprechen müssen: Sauberkeit bei Prozeduren der Geschäftsordnung, wonach die jieperten in einer unheimlichen Art; daß nicht jedes Wort von Lenin in deutsche Verhältnisse eingebaut würde; grundsätzlich den besonderen deutschen Weg, den demokratischen, wenn auch nur so lange, wie die kapitalistische Klasse den Boden der Demokratie nicht verläßt, dann leider revolutionär, was die Sozis für einen Gegensatz ansahen; alles versprochen, besiegelt mit Protokoll. Das kam ihm eher zupaß; er hielt es mit den Genossen von Kröpelin, die den Beschluß über die Vereinigung noch hatten unterzeichnen lassen vom Ersten wie dem Zweiten Bürgermeister und schließlich vom Chef der

Polizei. Lade hieß der. Kröpelin nannten sie die Schausterstadt. Oh, er lernte gewiß. So war er auf Sozialdemokraten gestoßen, die beriefen nur auf Befehl des sowjetischen Ortskommandanten eine gemeinsame Sitzung mit ihm ein. Manche begriffen erst, wenn ihnen vorsorglich der Rücktritt befohlen wurde. Oft jedoch waren es gesellige Abende gewesen, lustig geradezu; in seiner Sammlung hatte er Unterschriften, denen war der selige Schwung des Wodka erheiternd abzulesen. Mit solchen Hallodris war man nun in einer Partei, ihretwegen hatte man den Titel Deutsche Volkszeitung aufgegeben für ein »Neues Deutschland«, mehr als die Hälfte der Mitglieder stellten ehemalige Sozis in der Einheitspartei; zwar würden die für sie gedachten Stimmen nicht mehr auf sie allein fallen. Da war er beruhigt; warum denn hatte er ein flimmerndes Gefühl innen in den Handgelenken, wenn die Gemeindewahlen ihm bloß durch die Gedanken witschten und nicht einmal sich niederließen im Bewußtsein?
– Er fürchtete für seinen Namen, dieser Gerd Schumann.
– Das sollst du anders sagen, Marie. Das hörte er nicht gern. Gerd, es klang auf falsche Weise jungenhaft, kindlich geradezu; auch blieb von der einen Silbe fast nichts übrig, wenn das Dreifache J sie aussprach. Slata hatte von ihm, in seiner Gegenwart, zwar wie von einem Abwesenden, immerhin gesprochen als dem Genossen Gä-chatt. Von ihr hatte er sich angerufen gefühlt. Schumann, was war daran Merkliches? Zum Vergessen lud es ein, er selbst wohnte oft weit weg von so einem Fehlläufer von Namen. Da war »der Genosse Landrat« erträglicher, das erinnerte ihn wenigstens nur an das, was er zu tun hatte. (Wie hätte er sich gefreut über den Spitznamen »Rotkopf«, wäre der ihm nur zu Ohren gekommen!)
– Dein Genosse Landrat hatte vielleicht Angst, daß sie nicht ihn aussuchen würden!
– Deswegen wachst du auf in durchgeschwitztem Bettzeug? Im August? In einem so kühlen, dickwandigen Haus wie dem Hotel Stadt Hamburg, in einem Zimmer gegen den Westwind? Kann solche Sorge mitkommen in den Schlaf?
– Gesine, ich meinte ja nur. Für den Fall, daß die Wähler den Genossen Landrat und seine Partei ansehen für Angestellte der Sowjets.
– Das sag ihm bloß nicht. Da werden ihm die schweren Augen

groß, dunkel von andrängendem Blut; du hast viel mehr getan als ihn ein bißchen beleidigt. Gekränkt hast du ihn, wahrhaft aus dem Hinterhalt zugeschlagen, so sackt er zusammen in den Schultern. Muß dir leid tun, so ein hübscher Junge, die rötlich grauen Haare strubbelig im roten Gesicht, nun sind die harmlosen Lippen bitter verkniffen. Fast ohne Hoffnung, gelähmt fragt er dich, wer denn außer ihm und seiner Partei auf das Nationale achtet. Nein, daß jemand ihn, gerade ihn, für einen Handlanger ästimiert!

– Na entschuldige. Er ist bloß befreundet mit den Sowjets.

– Kannst du wohl sagen. Verbündet ist er mit ihnen. Weiß er. Dankbar ist er ihnen, und nämlich nicht in jener bürgerlichen Art, bei der allein das Materielle zählt. Gewiß, auch das tun sie für dich. Wenn du einen Wagen brauchst, die Kommandantur stellt ihn dir hin, mit Fahrer, Benzin soviel du brauchst, Gutscheine obendrein. Da kann Grimm lange warten, Christdemokrat als der er sich entlarvt hat; überhaupt kriegt der keinen Urlaub für Wahlreisen, der soll mal die Verwaltung des Landkreises in Ordnung bringen. Wenn dir eine bürgerliche Ortsgruppe in Alt Demwies nicht ganz hasenrein vorkommt, darfst du es freiweg sagen, schon wird sie bei der S.M.A. aus der Registrierung gestrichen. In Mecklenburg gab es 2404 Gemeinden, da wünschten die Liberalen 152 Ortsgruppen; sollten die doch froh sein über 65! 707 Ortsgruppen melden die Christdemokraten an; die können von Glück sagen, daß sie 237 durchkriegen! Deine Partei aber kommt überall hin, dein *Neues Deutschland* liegt in jedem Laden auf, die *Tägliche Rundschau* obendrein; nämlich in täglichen Ausgaben; sollen die Sowjets nun auch noch sich abplagen mit Dingern wie *Neue Zeit* oder *Der Morgen,* die ohnehin bloß zweimal in der Woche erscheinen? Anfangs bleibt dir die Spucke weg, wenn deine Partei 800 Tonnen Papier kriegt für die Werbung, während der C.D.U. und der L.D.P.D. zusammen bloß 9 Tonnen zugeteilt werden; dann siehst du es ein. Was haben die schon zu sagen. Was wissen die schon. Die richtigen Sachen müssen unter die Leute, du wirst die Freunde nicht enttäuschen; die Bürgerlichen rangeln noch mit den Ortskommandanten um Genehmigungen für Versammlungen oder Plakate, da bist du längst durch fünf Dörfer gerauscht. Du hast eben das Vertrauen der Freunde. Du brauchst deine Reden nicht zur Genehmigung vorzulegen, ohnehin sprichst du frei. Und wenn du liegen bleibst mit Motorschaden im tiefsten Wald an der Küste, wer kommt dich suchen mit dem Jeep und einem Wagen zur Reserve? die Rote Armee opfert Zeit und Mannschaften, damit du fast rechtzeitig zur nächsten Versammlung kommst in Beidendorf. Eben nur bei einem Kommunisten können die Freunde gewiß sein, daß er von Natur ein Feind der Faschisten ist auf den Tod; da war nichts zu besorgen, von daher konnte das Flattern nicht kommen, das ihm durchs Gehirn zog vor dem Einschlafen und manchmal die halbe Nacht.

– Wofür denn noch will er dankbar sein, Gesine? Es ist ja fast, als hülfe dir Rockefeller beim Wahlkampf!

– Für Erziehung im Denken, du. Die Rote Armee gibt ihm ja nicht nur mietfrei Quartier bei Alma Witte, läßt ihm Essen bringen aus der städtischen Gemeinschaftsverpflegung, schenkt ihm endlich eine Lederjacke, ein Paar Halbschäfter, wenn auch getragen. Sein leibliches Wohl genügt ihnen nicht, darauf wollte er zur Not verzichten, solange die Freunde nur darauf achten, daß dir der Kopf nicht stehen bleibt wie der Flunder das Maul, als es Zwölf schlug. Was haben sie ihn nicht alles gelehrt! Nimm nur das Wort Wahlkampf. Anfangs hat er das benutzt wie eines, das gibt es eben, darunter verstehen alle das Gleiche, es gehört keinem mehr als anderen, es ist bloß eine Beschreibung für deinen gegenwärtigen Parteiauftrag. Da läßt J. J. Jenudkidse dich aufs Rathaus rufen, mitten aus der Arbeit heraus, diese fünf Minuten wirst du nicht vergessen. Das Dreifache J sitzt mit vorgetäuschter Unnahbarkeit am blanken Schreibtisch, hinter sich ein Bildnis Goethes im Format hundert mal hundert, neben sich Frau Dr. Beese, die ihre Einkünfte mit Deutschunterricht im Rathaus aufbessert. Beide blicken dich stumm an, verschmitzt, als solltest du eine Überraschung erleben. Aber keiner schiebt die Lippen so spitzbübisch vor wie Jenudkidse, eine einzige Frage stellt er dir, ein Wort nur, ein deutsches, und ein für alle Male hast du deinen besonderen Besitz an den Wahlen begriffen, das Kämpferische, den Kampf, dazu die Feinde, ohne die es nicht geht; du hättest es gern Elise Bock erklärt, die legt dir gleichmütig die Unterschriftenmappe noch einmal vor und will deine Aufregung nicht begreifen. Eine halbe Woche lang kannst du es auf den Versammlungen kaum abwarten, bis der örtliche Bürgermeister

dich vorgestellt hat als den Genossen vom Kreis und du endlich anfangen darfst zu reden! Tage lang kommst du nicht ins Amt, bist nur durch telefonischen Zufall erreichbar in den Dörfern rund um Gneez, zehn Auftritte am Tag sind dir einer zu wenig, noch in den elften gehst du hinein wie ein Boxer, und wo immer du aufwachst, findest du neben dir Zettel vollgekritzelt mit Einfällen, die hättest du noch besser bringen sollen! Dann denkst du, es ist Schuldbewußtsein.
– Rede mal so, Gesine.
– Die erste Ernte auf freiem Boden. Der Raubbau der Junkerherrschaft von den zwanziger Jahren bis zur Befreiung. 120 000 Hektar mehr bestellt als 1945. Rote Armee stoppt Demontage der Neptunwerft in Rostock, schafft Arbeitsplätze durch Einrichtung einer S.A.G. Die Hansawerft Wismar erweitert um Gelände der Dornierwerke, mit Werftausrüstungen aus Szczecin. Nicht nur heute, seit jeher hat die Sowjetunion brüderlich geholfen. Der selbe sowjetische Eisbrecher Krassin, der im Sommer 1928 die Besatzung des gescheiterten Luftschiffes Italia aus dem Packeis bei Spitzbergen rettete, kämpfte im Winter 1929 vor Warnemünde eingefrorene Schiffe frei, darunter die Eisenbahnfähre nach Dänemark. Nicht aber um die Sowjets geht es, nicht um die Diktatur des Proletariats, nur um den Neuen Anfang, den Aufbau, im Bündnis mit allen antifaschistischen Kräften, auch den bürgerlichen, sofern sie ehrlich sind. Vernachlässigung der antifaschistischen Siegerpflicht durch die Engländer und Amerikaner, die Nazis in der Verwaltung, der Schutzpolizei, der Kripo, der Gendarmerie von Gneez beließen. Reinigung des Landes. Parlamentarische Demokratie, mit allen demokratischen Rechten und Freiheiten für das Volk, unter dem Schutz der Sowjetunion.
– S.A.G.
– Sowjetische Aktiengesellschaft.
– Nein, als Zwischenruf!
– Do as the Romans do. Bürgerliche Wirtschaftsform vorgefunden.
– Gleichberechtigung der Frau. Frauen kriegen weniger Tabak auf Karten zugeteilt!
– Spirituosen auch. Ach so. Für diesen Zweck trug der Genosse Landrat jeweils eine Packung mit zwei Zigaretten bei sich. Die

warf er ungefähr in die Richtung der Ruferin, mit dem Aufschrei, es seien auch seine letzten! Erst eine massenhafte Beteiligung an der Wahl, ein Sieg der S.E.D., der Name allein schon, werde auch in dieser Frage. Sah niedlich aus, wenn er bedauernd die Schultern hob in der Lederjacke und lächelte, ein wenig mit Schmerz. Hatte auf seine letzten zwei Zigaretten verzichtet.
– War Nichtraucher.
– Ja. Bezog Zigaretten stangenweise in der Marketenderei der Roten Armee.
– Nun verlor er die Wahl.
– Nun verlor er. In den Gemeindewahlen am 15. September bekamen L.D.P.D. und C.D.U. fast 25 vom Hundert der abgegebenen Stimmen. Seine Partei aber, zusammen mit der befreundeten Bauernhilfe und den Frauenausschüssen, wurde bloß mit 66 vom Hundert gewählt. Er war recht niedergeschlagen, ging dem Dreifachen J aus dem Weg. Bloß den ersten Abend machte das Trinken erträglich. So eindringlich er sich vorstellte, daß es eben ein Kampf gewesen war, er hatte ihn nun einmal nicht mit Übermacht gewonnen. Mehr als ein Viertel der Leute in Mecklenburg vertraute ihm nicht. Überdies hatte er die Freunde enttäuscht. Jetzt glaubte er das Gefühl der letzten Wochen zu erkennen: Angst vor dem Versagen, Ahnung der Niederlage. Ältere wären erleichtert gewesen, wenigstens über sich Bescheid zu wissen; ihm mit seinen dreiundzwanzig Jahren war kaum zu helfen.

22. Juni, 1968 Sonnabend

In České Budějovice gibt es einen Bischof, der war sechzehn Jahre lang außer Dienst, nämlich seiner Diözese verwiesen, unter Hausarrest. Am vorigen Sonntag durfte er wieder in seiner Kathedrale St. Nikolaus die Messe zelebrieren, in Anwesenheit dreier Behördenvertreter, die sich überaus höflich verhielten. Am Dienstag schon rief die Polizei ihn an, wegen eines Mannes, der beim Geldzählen an einem offenen Eisenbahnfenster eine große Summe verloren hatte. Ob die Gesetzeshüter den Unglücklichen nicht mal rüberbringen könnten, damit er vom Bischof jene Tröstung erfahre, die einem Polizeirevier nicht gegeben sei?

Solche Bitte der Staatsmacht, die ihn (gleichfalls drei Mann hoch) im März 1952 deportierte, hält der Bischof von Böhmisch Budweis nun für das höchst herzerquickende Symbol seiner Zukunft in der Č.S.S.R.

Im zweiten Herbst nach dem Krieg hatte Cresspahls Tochter aufgehört, Herrn Pastor Brüshaver die Tageszeit zu bieten. Sie entschlug sich der Mühe, wenigstens zu tun, als hätte sie den geistlichen Würdenträger übersehen. Sie sah ihn wohl, wem fiel er nicht auf. Er war nicht mager vom letztjährigen Hunger, die Lager der Nazis schienen ihn am ganzen Leibe umgebaut zu haben in eine Fassung von zierlicher Dürftigkeit, die Hosen und Jacken von 1937 schlotterten auch von seinen vorsichtigen, fast steifen Bewegungen. Diese Gesine verzichtete noch darauf, Brüshaver den Gruß ausdrücklich zu verweigern; obendrein zeigte sie, daß sie ihn erkannte, wie man vorbeigeht an etwas Gewohntem, das ist nicht mehr zu brauchen. Wie Brüshaver früher ausgekommen war ohne Stolz und Strenge, versuchte er es eine Weile mit Nikken, als Ältester zuerst! Dann sah er das Kind nur noch an, ohne Vorwurf, ohne rätselnde Miene; dem Kind gelang es obendrein, in solchem Blickwechsel überhaupt Bekanntschaft abzustreiten.

Jakob erkannte es in der Regel bald, wenn Cresspahls Tochter sich Nücken in den Kopf gesetzt hatte; nur schaffte er es kaum, ihr die auszureden. Jakob war nicht zufrieden mit sich als Vorstand des Haushalts.

Der Haushalt war klein geworden, drei Köpfe hatte er in der Volkszählung melden können, dazu für die Rubrik »ansässig, aber abwesend« Cresspahl, Heinrich. Die Sonntagsarbeit des N.K.W.D. im September hatte das ihre getan, mehr noch das Gerücht, das alle Spuren dem abgeholten Bürgermeister in die Schuhe legen wollte. Ende September waren alle Flüchtlinge ausgezogen, sogar die marienwerdersche Lehrerin, die lieber mit zwei anderen Familien weitab in der Försterei Wehrlich hausen und obendrein ihr Söhnchen selber versorgen wollte, als noch länger in der Nähe solcher gefährlichen Sowjetfeinde leben. Das Amt für Wohnraum besserte die Abgänge nicht auf, noch der neue Schub sudetendeutscher Aussiedler wurde von den mittlerweile eingesessenen Flüchtlingen Jerichows rechtzeitig gewarnt vor dem einsamen Haus am Ziegeleiweg, gerade gegenüber der

Kommandantur, Ort unzähliger Haussuchungen, ganz verdorben für eine Zukunft. Wie in einem Spukhaus allein lebten Gesine in ihrer Kammer, in Cresspahls großer Stube Frau Abs, auf der anderen Seite des Flurs Jakob. Nach hinten benutzten sie nur die Küche und, gelegentlich, eine der Vorratskammern als Unterkunft für Herrn Krijgerstam oder verwandte Geschäftsleute. Ein Haushalt war das erst abends; beim Frühstück bereitete Frau Abs das Mittagsbrot für die beiden anderen vor, dann war die Tür verschlossen, bis alle von Arbeit und Schule kamen, ohne Aufsicht. Dann war manchmal Licht zu sehen an der Stelle, wo früher Cresspahl sein Schriftliches gemacht hatte; da erledigte das Kind Schularbeiten, Frau Abs kämmte Schafwolle aus, und Jakob, an Abenden ohne Überstunden oder Handelstermine, sah den beiden zu, heimlich über den Rand seines russischen Wörterbuchs hinweg, Vorstand des Haushalts, nicht zufrieden mit sich.
Seine Mutter hatte ihm die amtliche wie die äußere Wirtschaft übergeben, schon vor Cresspahls Verschwinden, gleich als er sich ausgeschlossen hatte von der Bodenlotterie. Wie immer er sie enttäuscht hatte, das ländliche Eigentum hatte ja ohnedies nur für ihn sein sollen. Sie wollte davon nun nicht reden hören, auch Versuche von Erklärung oder Entschuldigung waren ihr zuviel. Nach ihrer Kocharbeit im Krankenhaus blieb ihr eben noch Kraft für das Abendbrot und ein wenig Sauberkeit. Er hatte entschieden, daß sie bei einem reinweg elternlosen Kind sitzen geblieben waren, in einem fremden Haus, in einer mecklenburgischen Gegend auf dem Lande ohne mehr als ein paar Ruten Garten; sollte er das verwalten. Das Alter hatte er dazu. Sollte er das verantworten. Überdies war sie beschäftigt mit Warten auf den Mann. Weder von dem noch von Cresspahl sprach sie als zurückkehrenden Richtern, bei denen er häßlich abfallen würde mit seiner Rechenschaft. Für ihr Teil glaubte er sie ergeben, wenn nicht zufrieden. Das fremde Kind, diese Gesine Cresspahl, war ihm unerfindlich. Sie hatte diesem Brüshaver die Hand gegeben am Grab von Amalie Creutz. Bloß weil sie da aufgestellt waren als Helfer beim Leidtragen? Folgsam hatte sie ihren Vater begleitet zum ersten Gottesdienst, den dieser Brüshaver nach dem Krieg hielt, zum vierten Mal nach ihrer Taufe überhaupt war sie in der Petrikirche gewesen, wie Cresspahl auch. Warum dann nicht mehr? Sie war doch erst dreizehn Jahre alt; was konnte solch Kind wissen von

Nutzen oder Schaden der evangelischen Glaubensgemeinschaft?
Er sah sie ja Unterschiede machen. Wenn es denn Verachtung war, was sie einzelnen Erwachsenen zeigte. Wenn sie denn etwas zeigen wollte. Da kam sie gelegentlich mit Dr. Kliefoth zurück in einem Zug, dann hatten die in einem Abteil zusammen gesessen, gingen noch bis durch die Bahnhofstraße nebeneinander, bis zur Marktecke, dazu mußten sie nicht reden, der alte Mann und das Kind sahen doch zugehörig aus. Verbündet. Von früher her? das konnte Jakob nicht wissen. Dieser Kliefoth war ein studierter Mensch wie Brüshaver, eine Person für Respekt. Für den machte sie fast eine Art Knicks; Brüshaver ließ sie hinter sich wie ein leeres Schaufenster. Eine gab es, Louise Papenbrock, ihre leibliche Großmutter, vor der ging sie auf den anderen Bürgersteig. Das mochte noch von Gewohnheiten aus der Zeit ihres Vaters rühren, wie immer unbegreiflich. Aber von Heinz Wollenberg ließ sie sich anhalten. Bloß weil sie mit dessen Lise zur Schule fuhr? Bei Peter Wulff blieb sie stehen, mit dem sprach sie. Jakob durfte das mit eigenen Augen sehen, sie erzählte davon. Meistens war es die Frage nach Cresspahl gewesen. Dann hielt Jakob den Mund und die Augen auf die kyrillische Spalte in seinem Buch; er zweifelte an dessen Rückkehr. (Er hielt diesen Cresspahl für tot.) Wenn sie Trost brauchte, sie konnte ihn holen von dem, dessen Amt es war. Dem verweigerte sie die Tageszeit.

Weil artige Kinder die Erwachsenen grüßen. Nich, Jakob?

Wir wollten gern, daß du solche Sachen recht lernst.

Weil du nicht mal in die Nähe von Leuten wie Stoffregen gegangen bist.

Mit der Kirche hattet ihr was zu tun, Gesine. Das wußt ich nu nach einem Jahr Jerichow.

Warst du sonntags in der Petrikirche, oder bei Johnny Schlegel?

Gesine, wir waren doch nicht von eurer Landeskirche. Ich mocht nicht nach Gneez, bloß weil da alle Vierteljahr einer kam von den Altlutherischen aus Schwerin.

Bin ich nicht mit deiner Mutter zu den altlutherischen Gottesdiensten nach Gneez gefahren? Hingeführt hab ich sie. Dageblieben bin ich. Mitgesungen hab ich!

Stoffregen war bei den Nazis. Der hat Kinder geschlagen. Brüshaver war sieben Jahre lang in den Lagern. Vier Kinder verloren. Statt sich auszuruhen, geht er in die Politik.

Eben.

Grüßt du nicht.

Er machte Politik mit den Sowjets. Die Sowjets hatten meinen Vater. Brüshaver hat Cresspahl nicht weggeholt von den Sowjets. Nicht versucht hat er es.

Hast du so die Leute eingeteilt? Nach Freunden, nach Feinden? Sind Kinder so?

Wie warst du als Kind mit dreizehn, Jakob?

Neuerdings hatte das unbegreifliche Cresspahlkind es mit dem Schwarzhandel. Johnny Schlegel hatte noch zwei Sack Weizenmehl am Ziegeleiweg abladen können, als der Wagen von der Stadtwaage zurückkam, ganz nach Treu und Glauben, wenn auch wohl Kägebein auf dem Papenbrockspeicher der Roten Armee etwas mehr Schrumpfverlust anschreiben mußte. Oder sich. Oder gar keinem. Was auch immer aus diesen beiden Säcken geworden sein mochte auf dem Wege der Buchhaltung, in Wirklichkeit standen sie in der hinteren Vorratskammer, für etwa zwei Tage: dachte Jakob. Auf einmal verbot diese Gesine die Verwandlung des Weizens. Weil er zur Hälfte Hanna gehörte? die sollte ihren Teil am Ertrag nachgeschickt kriegen. Nein. Weil nur Gesine Verfügung über ihr Eigentum zustand? Das wollte er gern mit ihr beraten. Sie pfiff auf seine Beratung, sie wünschte das nicht verkauft. Er rechnete ihr vor, daß sie in diesen beiden Säkken 6000 Mark liegen hatte, aber verderbliche. Das waren 160 Zentner Brikett. Davon hatte sie einen Wintermantel, Nähgarn, Futter, zuverlässige Schneiderarbeit und immer noch ein Vermögen übrig. Er wußte jemand, der würde ein Paar Winterstiefel ihrer Größe, zwar angebraucht, abgeben für 560 Mark, für Weizenmehl aber um zehn Prozent billiger. Es war an einem Abend im Winter 1946, als er ihr die geschäftliche Verwertung ihres Ernteverdienstes ausdeutete, der Ofen war schon geheizt mit Kohlen aus Butter (vier Pfund je Zentner), in der Lampe brannte schon das Öl, das er für den Winter angeschafft hatte (eine Mandel Eier). Er stellte sich kaum eifrig an bei diesen Berechnungen, denn solche Transaktion würde ihn gehörig Zeit kosten, von den

Wegen nicht zu reden; allerdings wollte er die gern drangeben als echte Miete in diesem Haus. Sogar war er sicher, daß er keinen belehrenden Ton gebraucht hatte, er wollte das mal hoffen; unverhofft sprang dies Kind auf, begreife das ein anderer, riß ihre Schulhefte an sich, als sollten sie ihr gleich mit körperlicher Gewalt geraubt werden, lief davon. Mit der knallenden Tür blieb Jakob ein Kopfschütteln seiner Mutter übrig, dessen verhohlener Spott jedoch galt ihm, dazu zwei Ausrufe Gesines, die erschreckten ihn. Es war nicht wegen der Ungerechtigkeit, nur weil sie ihm unfaßlich waren. Sind Kinder so?
Jakob verstand es nicht. Am nächsten Morgen entschuldigte das Kind sich bei ihm. Kaute mit hohem Atem. Fragte: ob er es denn ehrlich meine. Das mit dem Verzeihen? das sei doch nichts gewesen. Nein. Das mit dem Plan für den Winter. Dazu stellt solch Kind sich dann mit dem Gesicht zum Fenster, läßt sich so widerstrebend heranziehen an den Zöpfen, daß der Ältere endlich losläßt und verspricht, auf eine würdige, deutlich zurückhaltende Art: Was du willst, Gesine.

Vilami na vodje?

Nein. Nicht mit der Gabel auf dem Wasser geschrieben. Wie du sagst.

Das war am Sonntag vor den Landtagswahlen, so daß sie reichlich Zeit hatten für den Entwurf, nach dem der Weizen umzuwandeln war in Vorräte bis zum nächsten Frühjahr. Lange Zeit war Jakob unbehaglich in solcher Konferenz, wegen der Fügsamkeit dieser Gesine. Er bekam davon das Gefühl, als haue er sie übers Ohr. Sie hieß gut, was immer er anlegen wollte, ob Schuhsohlen, Schurwolle oder Kohlenanzünder; ab und an ein Protest wär ihm lieber gewesen. Um so mehr erschrak er über ihre Bedingung, die einzige, die er blind versprochen hatte: nicht nur die Warenliste galt als zwischen ihnen verabredet. Vielmehr sollte jeder Handelsweg, jeder Partner mit ihr beraten werden.
Er hielt sie für neugierig, wie Kinder eben sind; er sagte mit Bedenken zu. Er versuchte etwas im Heimlichen; diese Gesine war imstande, zu einem Partner hinzugehen und zu fragen. Sie war die Tochter von Cresspahl, sie bekam Antwort, die mußte obendrein nur ausfallen wie eine letzte Bestätigung. Es ging nicht an-

ders, er mußte ihr die Bewandtnisse des Herrn Krijgerstam erzählen. Danach bekam dieser gewandte Veteran der Baltischen Flotte von der Firma Abs & Cresspahl kaum noch Speck, für den er in seinem Rasno-Export jene Ölgemälde eintauschen wollte, mochte seinem Kunstverstand daran beliebig gelegen sein. Auch die Verbindung mit dem Großen Knoop wurde für eine Weile trocken gelegt, tatsächlich hörte diese Gesine das gneezer Stadtgespräch genauer als Jakob das konnte von Jerichow aus, Knoop ging hoch, der hatte zu früh auf den Großhändler umsteigen wollen. N.Ö.P. ist eben nicht für jeden das kleine Einmaleins, da mußte erst Emil kommen. Unstreitig wußte sie mehr von Leuten in Jerichow. So geriet Jakob an Jöche, einen Freund bis zum Herbst 1956, so wurde er mit Peter Wulff zusammengebracht, so dauerhaft und unkündbar wie auf Erden möglich.
Jakob hatte davon gehört, daß die Kinder in den jerichower wie den gneezer Schulen Handel betrieben mit den Lebensmittelmarken, die sie für die Schulspeisung hätten abliefern sollen. Diese Gesine aber wollte von jedem Schuster wissen, mit dem er etwas anfing, von jedem zugelaufenen Rechtsanwalt, noch als sie längst über das Volumen von zweihundert Pfund Weizenmehl hinaus waren. Sie erfuhr zu viel. Sie geriet hinein in Geschäfte, die nicht nur für ein Kind gefährlich waren. So läßt man Kinder nicht lernen vom eigenen Beispiel. So steht man nicht einem Haushalt vor.
Warum sie das anders nicht wollte, wer sollte das erdenken?
Übrigens mochte seine Mutter recht haben damit, daß solch Cresspahlsches Kind in eine kirchliche Lehre gehörte. Gesine hatte da Nücken im Kopf, er war das wohl gewahr geworden. Wie ihr die ausreden?

23. Juni, 1968 Sonntag

Um Mitternacht wurde der amerikanische Krieg in Südostasien der längste in der Geschichte der Staaten, vorausgesetzt, die Revolution hörte auf mit der britischen Kapitulation bei Yorktown am 19. Oktober 1781. Heute dauert der Krieg in Viet Nam sechs Jahre, sechs Monate und jetzt den zweiten Tag.
Gestern kamen in LaGuardia fünf Kinder an aus Viet Nam, in ei-

ner Militärmaschine, die sollen hier in Krankenhäuser. Die Jungen heißen Nguyen Bien, zehn Jahre alt, am 8. Januar von einer Kugel im Rücken getroffen; Doan Van Yen, zwölf Jahre, am 4. März verletzt durch Raketenbeschuß; Le Sam, elf, Verbrennungen dritten Grades durch Napalm am 31. März; Nguyen Lau, neun Jahre, vor etwa neun Monaten hüftabwärts gelähmt durch einen Gewehrschuß ins Rückgrat. Fotografiert hat die New York *Times* das Mädchen, die achtjährige Le Thi Tum, die in weißen Pyjamas, eifrig und lächelnd, die Treppe herunterkam. Näher ist die *Times* nicht gegangen. Sie trägt in Worten nach, daß dem Mädchen eine Narbe quer über das Gesicht geht und die Nase zwar noch da ist, jedoch ohne Brücke. Ohne Steg.
– Nein. Nasenbein.
Denn Mrs. Cresspahl fährt mit ihrer Tochter in den Städten und Wäldern nördlich New Yorks umher, in Eisenbahnen, Bussen, Taxis, dabei teilen sie die Zeitung, dabei berichtigt die eine der anderen die Sprache, ein Kind hat sein Recht auf Erziehung. Die Marktplätze sind still vor Freude auf den Mittag, in einem Stadtpark steht ein Polizist auf seinem Rappen unbeweglich wie sein eigenes Denkmal, Reiterstandbild mit Funkgerät am Ohr, in den Wäldern laufen Bäche aus den Felsen so klar, als dürfe man von ihrem Wasser trinken ohne Gefahr des Todes. Es ist ein Ausflug, es ist eine Geschäftsreise. Wie jedes Jahr um diese Zeit muß für das Kind ein Platz für die Sommerferien besorgt werden, Marie hat ihr Recht auf Ferien. In New Rochelle, in Mamaroneck, in Peekskill besichtigt sie herrschaftliche Landsitze, Barackenstädte, Zeltplätze; ihr kommt es an auf die Länge der Busfahrt nach New York. Denn wir haben uns geeinigt auf bloß vier Wochen in Prag, vielleicht will sie hier bleiben und warten. Mit ernsthaften Verhandlungen triezt sie den Aufseher eines Bauplatzes, den die zahlenden Kinder offenbar mit eigenen Händen in eine Feriengegend verwandeln sollen, denn der Prospekt verspricht schöpferische Beschäftigung. Kreative. Der Mann ist recht gepeinigt, sichtlich tut es ihm weh im Kopf, wenn er sich Sachen ausdenken muß wie Bildhauerei ... rhythmische Bewegung ... französische Sprachkurse bei Regen. 200 Dollar pro Monat. Im späten Nachmittag findet Marie ein Lager am Sund von Long Island, eine halbe Stunde vom Riverside Drive entfernt, da sitzt eine stramme Dame an der Kasse, sie stellt nicht Schöpferisches in

Aussicht, auf soldatische Weise zählt sie ihre Angebote auf: Quadratmeter Fläche des Lagers, zwei Schwimmkästen, sportliche Aufsicht, pädagogische Betreuung nach fünfunddreißigjähriger Erfahrung, Linienverkehr von und nach Manhattan, Absperrung des Camps gegen das lebensgefährliche Naturwasser durch einen unüberwindlichen Maschendrahtzaun. Wegen des Flugverkehrs auf dem Platz La Guardia gegenüber, alle zwei Minuten Start oder Landung: Ermäßigung auf fünfunddreißig Dollar pro Woche.
Sechs Stunden lang sind uns Amerikaner begegnet wie Freunde, unmäßig hinaus über das Geschäftliche an den Besuchen: jene Lehrerin, die eine Kunst an Mobiles ausübt, die Pförtner, die Taxifahrerin, ja noch der unglückselige Mann, der eine Bauwüste als Kinderparadies verkaufen sollte, wegen eines bißchen steilen Waldes in der Nähe. In einem Zug hat der Lokomotivführer Marie nicht nur in seine Kabine gerufen, sie durfte auch seinen Hebel festhalten und drücken und weiß nunmehr, wie es ist beim Einfahren ganz vorne in den Tunnel unter dem North River. In Yonkers wurden wir in eine Bar gelassen, obwohl die männlichen Gäste gerade das nachmittägliche Trinken angefangen hatten; der Besitzer mochte allen die italienischen Kochkünste vorführen wollen, die er im Schilde führt, was er brachte war Pizza, italienisch. In Yonkers entschied sich Marie. Die militärische Ausführung soll es sein. Gegenüber La Guardia.

– Du weißt es, oder? Du denkst dir doch, du kennst mich? Sag es, Gesine.
– Fünfundvierzig Dollar für die Kinder.
– Fünfzehn gesparte Dollar pro Woche. Macht sechzig.
– Marie, jenes Komitee tritt auf im Namen der »Verantwortlichkeit«.
– Verantwortlich sind weder ich noch du. Tut dir das Geld leid?
– Nein. Nur, du willst es aus Mitleid.
– Ich muß nicht solch Kind werden wie du eins warst.
– Mitleid ist falsch, Marie.
– Mitleid ist nicht schlecht. Wenn ich mein Gewissen beruhige für vier Wochen, ist das praktisch oder was?

Der Ausgang der mecklenburgischen Landtagswahlen vom 20. Oktober 1946 ist bekannt. Die Sozialistische Einheitspartei bekam 45 Sitze, die Konservativen 31, die Liberalen 11, die Gegenseitige Bauernhilfe durfte 3 Vertreter nach Schwerin schicken, für einen vom Kulturbund zur demokratischen Erneuerung Deutschlands waren nicht genug Stimmen abgefallen.

Auch in der neuen Kampagne war der Wahlkampfleiter für den Landkreis Gneez mit unsicherem Gefühl unterwegs, vielleicht wegen seiner Niederlage im September. Überdies, das Gefühl hatte sich verändert. Gewiß, ihm war noch einmal der ehrende Auftrag zugefallen, diesmal jedoch ging es um mehr als bloß Gemeinden, um so tiefer konnte er abrutschen. Solche Angst dachte er sich weg, nachdem er sie einmal erkannt hatte als Eigennutz. Eine ähnliche Empfindung blieb übrig, die Gewißheit von etwas Kommendem, das konnte alles verderben. Es saß ihm im Nakken, ähnlich der Vorahnung eines Schlages. Gegen einen Überfall wollte er sich wohl verteidigen, Ungehorsam dachte er gründlich abzufertigen, dafür hatte er sich einen Namen gemacht; was aber sollte er anfangen mit einer Katastrophe? Anzusehen war ihm bloß Müdigkeit, innen fühlte er sich schlaff. Es lag nicht an den vielen Wiederholungen jeden täglichen Tag; die Wiederholungen waren richtig, sie stellten Wahrheit dar. Was war es denn?

Bei der Einfahrt in Jerichow glaubte er einen winzigen Zipfel erwischt zu haben. Es war der letzte Tag vor der Wahl, noch kein Mal war er aufgetreten in diesem windigen Nest, das sich eine Stadt nannte. Das schlechte Gewissen mochte ihn plagen, er hatte sich vor diesem Jerichow gedrückt. Hier hatte Slata drei Jahre lang gelebt, im Haus eines kapitalistischen Großhändlers, vorgesehen als Ehefrau eines faschistischen Mordbrenners; er wollte das Haus nicht sehen, erst recht sollten solche Schwiegereltern Slatas seinen Augen fernbleiben. Der Mann, Papenbrock hieß er ja wohl, verdiente sich wahrscheinlich längst wieder eine goldene Nase im Zwischenhandel, unter den Augen der Roten Armee, wohlgeschützt unter ihrer N.Ö.P.; den würde er mit Genuß sich vornehmen, wenn das nächste Kapitel im Buch aufzuschlagen war. Er nahm sich vor, ja nicht nach diesen Papenbrocks zu fragen. Zwar war an solchem Vorsatz etwas Privates; vielleicht genügte es für den Augenblick, oder bis zur Auszählung der Wahl-

ergebnisse, daß er solche Schwäche niemandem eingestand als sich selber.
Er stand mit dem Rücken zum Fenster von Papenbrocks ausgeräumtem Comptoir, inkognito, denn ohne Wagen, Chauffeur und Ledermantel glaubte er sich unkenntlich genug. Die Frau, die neben ihm sich aus der Tür drückte, war Louise Papenbrock, die früher für solche Gänge ein Dienstmädchen hatte schicken dürfen. Jetzt mußte sie in eigener Person durch die Stadtstraße und den Genossen Bescheid sagen, aus Christenpflicht auch den Liberalen, denn denen hatte die S.M.A. wiederum keine Kandidatenliste genehmigt. Sogar Alfred Bienmüller erfuhr binnen einer Stunde, daß ein Fremder angekommen war, Auto mit Chauffeur und Ledermantel hinterm Güterschuppen abgestellt.
Der Redner dieses Abends schritt vorläufig die Stadtstraße hinunter, gemächlich, wie einer, der möchte sich in der Fremde mit einem Einkauf eine Freude machen, es muß aber nichts Bestimmtes sein. Hier konnte nie vorkommen, was er im geheimen besorgte. Überdies war der Gegenstand der Furcht ihm nicht bekannt, also die Empfindung als solche unwissenschaftlich. Hier war der Bürgermeister von seiner eigenen Partei, die beiden Beiräte allerdings christlich-demokratisch; demnach hatte die Stadt zwar in den letzten Wochen nicht die vollen Zuteilungen auf die Lebensmittelkarten bekommen, gewiß aber fast die Hälfte des Gedruckten. Das würde schon helfen. Auch hatten die Freunde ein Element der bürgerlichen Demokratie benutzt, wonach ein französischer Konservativer politische Feinde amnestiert oder ein deutscher Sozialdemokrat der Tochter eines Kriegsverbrechers Blumen schickt, beide nun rechter Stimmen gewiß; nur eben in der dialektischen Umkehrung: keine Blumen, statt Amnestie Festnahme. So witzig hatte Gerd Schumann die Redereien dieses Ottje Stoffregen auf Dauer nicht finden können; der schraubte an diesem Tage Schienen der Strecke Gneez–Herrnburg ab und trug sie mit seinen feinen Lehrershänden zum Abtransport in die Sowjetunion. Auch war gewiß mit Papier nicht gespart; an fast jedem Schaufenster, jedem Hoftor klebte ein Zettel ausreichender Größe.
Als er den ersten las, war er sicher, daß seine Sorgen angetreten waren, Meldung machten, zur Stelle. Ein verwünschtes Kaff, dieses Jerichow. Hätte er nur nie einen Fuß hierher gesetzt.

Die Zettel riefen zur abendlichen Wahlkundgebung auf und waren unterzeichnet von Alfred Bienmüller im Namen der S.E.D. Der Text begann mit einer Personenbeschreibung: Gerd Schumann, Angehöriger der Deutschen Wehrmacht, nach Überlaufen zur Roten Armee im Nationalkomitee Freies Deutschland, 23 Jahre alt, Landrat. Es waren unzählige Zettel, einer wie der andere. An der Ziegelei kehrte er um, da steht der Stadtstraße zum ersten Mal ihr Name angeschrieben, eine Tafel an der Friedhofsmauer. Es war gewiß die Hauptstraße, sie trug nicht den Namen des Generalissimus Iossif Vissarionovič Stalin. Es war ein altmodisches Schild, mit Zierlinien um die Fraktur, die Schrift weiß in blau, überall so heil und appetitlich, als hätte es ein paar Jahre lang unter Wolle in einer Kommode gelegen.
Der Redner des Abends beeilte sich auf dem Rückweg zum Marktplatz. Der hieß Marktplatz.
Da stand er gerade recht, die Stelle erlaubt einen fast vollständigen Blick auf die Fassade des Bahnhofs (»an dem müssen die meisten Jerichower einmal am Tag vorbei«). Er konnte seinen Chauffeur auf den Stufen sehen, der schlug sich die Arme warm mitten unter dem Bettlaken, auf dem mit schwarzer Farbe gemalt stand:

FÜR SOFORTIGEN ANSCHLUSS AN DIE SOWJETUNION!
WÄHLT DIE SOZIALISTISCHE EINHEITSPARTEI (S.E.D.),

nun gerade nicht in Mittelachse.
Mit Bienmüller bekam er Streit nach den ersten Sätzen. Er war es, als Landrat, gewöhnt, in die gute Stube gebeten zu werden, zu einem Imbiß, einem Schluck. Er kannte es, als Genosse und Wahlkampfleiter, nicht anders, als daß man mit ihm einig war. Dieser Bienmüller ging nicht weg von seinem matschigen Werkstatthof, ließ eine Lastwagenwinde in seiner linken Hand hängen, als wöge die nichts, behielt auch den Filzhut auf, so daß von seinem Gesicht wenig nachweisbar wurde, bückte sich wahrhaftig schon wieder zu seiner Arbeit.
– Das ist eine Provokation da am Bahnhof! Das ist schlimmer als in Gneez, da haben sie Postkarten verschickt mit solchen Sachen wie »Ihntelljenz, wählt SED! Für Gebildete: ABER, Lateinisch«!
– Ach.
– Du willst ein Genosse sein!

– Min Jünging, wistu dat nich? Wistu denn nich tau de Soowjetunioon?
– Ich verlange, daß wir die Sache gemeinsam mit dem Kommandanten klären!
– Wi hem nich een. Wi hem twei.
– Du wirst da deine Plakate mal erklären, mein Lieber.
– Doe döerf ick gar nich hen åhn dissn Dschiep. Dat isn Besatzungsbefæl.
– Du, Genosse, du bleibst hier nicht lange Bürgermeister!
– Nee, gewiß nich. Ick bün de Dürd all.
Der Redner des Abends wurde auf dem Eilmarsch zur Kommandantur noch einmal angehalten von dem Schild an Peter Wulffs Laden. Der Name war ihm ungefähr vertraut, dessen Karteiblatt hatte er sich einmal beschaffen lassen aus den Listen der alten S.P.D. in Gneez. Mitglied bis zum Verbot von 1933, Kurierdienste, Illegales (eigene Initiative), inhaftiert während des Mussolinibesuchs in Mecklenburg (Bützow-Dreibergen), von 1939 auf 1940 (Sachsenhausen), wehrunwürdig, noch nicht vereinigt. Wahrscheinlich Schlamperei in der Buchung. Das war ein Mann nahe den Sechzig, groß aber krumm, als sei er eher Säckeschlepper denn Gastwirt, weißlich im Gesicht, immer noch blond. Im Schatten des Flurs sah er bloß massig aus, weich, draußen unverhofft erwies er sich als kräftig, viel mehr Draufgänger als Bienmüller. Tatsächlich hatte Peter Wulff sofort einen Spaten vom Haken gegriffen und ging in den Garten graben (»uns Peting is n gauden Kierl, blot mannicheins vegæt hei sick bannig«). Wer aber gräbt und gräbt in einem fort, hat keine Hand frei zum Zuschlagen.
– Tag, Genosse.
– Rot Front heit't.
– Rot Front, Genosse.
– Bün din Genosse nich.
– Du bist doch Mitglied der S.P.
– Waest.
– Du stehst in der Kartei. Brauchst nur noch vereinigen.
– Dor mœt ick mi beråden.
– Ja, beraten wir uns doch.
– Nee. Bring mi man Cresspahl.
– Was für ein Ding?

– Unsn Boergermeister.
– Ist Bienmüller nicht genehm? Soll er zurückgezogen werden?
– Cresspahl is dee, den'n hem wi wullt. Nu heft ji em. Bring em man. Fragn kannst inne Kommandantur.
– Das werde ich tun müssen, Herr Wulff.
– Orre gå tau din Slata, de weit dat ook!
Der Redner des Abends mag von der Anspielung auf Slata erschüttert worden sein. Wie konnte ihm aufgehen, daß Wulff mit einem possessiven Singular einen Plural in die Grammatik zu setzen imstande war! Der Landrat hatte sich wohl etwas dringlich in der Kommandantur melden lassen, als Landrat, womöglich nicht höflich genug, als die Herren nicht empfangen wollten. Es wäre am Ende politisch klüger gewesen, die Auseinandersetzung auf der Ebene der Verwaltung zu führen, nach dem Wunsch der Genossen Wenndennych, die da allerhand zweitrangige Beschwerden hatten wegen der Versorgung ihres Befehlsbereichs mit Lebensmitteln, Brennstoff, Baumaterial. Der Landrat, der Freund des Dreifachen J, er mochte sich im Ton vergriffen haben, als er ihnen ihre Fehler in der politischen Arbeit unter den Leuten Jerichows vorzuhalten im Begriffe war. Das rechtfertigte keineswegs, daß sie ihm die Pistole abnehmen ließen. Diesen Moment erinnerte er als Pantomime. Während er behindert war von dem jerichower Ratespiel, welcher nun der Zwillinge das politkommissarische und welcher das militärische Sagen hatte, drehte ihn eine Ordonnanz in traumhafter Regelmäßigkeit um die eigene Achse und wickelte ihn aus, aus dem Gürtel, dem Holster, der Bewaffnung. Sie gaben ihm den Armeebefehl über Waffenbesitz deutscher Zivilisten zu lesen, in deutscher Sprache, während er in einem fort beteuerte, daß er aber doch die russische Sprache beherrsche, vollkommen in Wort und Bild, auch Schrift! Sie ließen ihn auf den Ziegeleiweg führen, mit dem zuverlässigen Versprechen: Der Antrag auf Bestrafung werde der S.M.A. ohnehin in russischer Ausfertigung zugeleitet werden, wegen der Wahlen jedoch erst am Montag.
Später war ihm, als habe er versucht, Unterkunft zu finden in einem Hause, das der Kommandantur schräg gegenüber stand, sonderbar allein, so daß es ihm vorkam wie weit entfernt von dieser Stadt. Er wollte nur drei Stunden Ruhe haben bis zum Beginn

der Versammlung. Er konnte nicht gleich wieder unter Leute. Das wurde ihm verweigert, von einem Kinde, einem Mädchen, höchstens dreizehn Jahre alt, die antwortete ihm immerfort in zwei Sätzen, die sie mal verband mal trennte, in Niederdeutsch, auf Wunsch auch in der Hochsprache: Dat geit nich.
– Wieso.
– Drœben sünt de Russen.
– Was hat das damit zu tun?
– Das geht nicht. Drüben sind die Russen.
Endlich gab er sie auf als blöd, schwachsinnig, Einbildung. So was kann Einer sich einbilden in Momenten, da das Gefühl hoch angespannt ist. Solche Illusionen gibt es.
Gegen sechs Uhr war der Marktplatz dicht bestanden. Neben ihm auf dem Rathausbalkon stand Bürgermeister Bienmüller, gerahmt waren sie von den Zwillingen Wenndennych. Die Versammlung begann um eine halbe Stunde später, weil diese Kommandanten bestanden hatten auf einem Verzeichnis seiner Stichworte, datiert und unter Zeugen unterschrieben. Wie kann Einer unter solchen Umständen eine Rede halten! Mutlos fing er an mit der Ernte, der Industrialisierung, er war noch weit von dem gewohnten Schwung, dem Anschwellen der Brust von innen, als er gemahnte an den Bolschewisten Leonid Borissovič Krassin, den Fachmann für Sprengstoff und Banküberfälle zur Zarenzeit, den Vertreter des jungen Sowjetrußland in London und Paris, der noch nach seinem Tode als Eisbrecher im Jahre 1929 eine deutsche Eisenbahnfähre vor Warnemünde aus dem Eis befreit hatte. Dann setzte er die beiden Waffen ein, mit denen die Partei ihn beschenkt hatte, damit solch beschämendes Ergebnis wie das vom September sich nicht wiederhole. Der Markt war ziemlich still, als er die Stelle aus dem Wahlruf vom 7. Oktober wiederholte: Unsere Partei setzt sich ein für den Schutz des rechtmäßig und durch eigene Arbeit erworbenen Eigentums.
Dann kam die Masche, die erfahrungsgemäß Beifall aus den Kehlen holte, auf die er den Satz vorzeitig nach Melodie, Pause und Lautstärke einstellte, die Worte direkt aus Berlin, vom Munde der Partei, der mannhafte Widerstand gegen den sowjetischen Außenminister und dessen Anerkennung der Oder/Neiße-Grenze: Aber unser Standpunkt muß von deutschen Interessen bestimmt sein. Russische Außenpolitik macht Molotov.

– Mehr: rief der Redner des Abends: brauchen wir wohl nicht zu sagen! Unsere Partei! macht – Deutsche Politik!
Dann mußte einer der Zwillinge ihn am Arm nehmen. Es war ihm entgangen, daß unter ihm einige Leute auf dem Markt weinten. Es ist auch jemand hingefallen.
Den Abschluß der Kundgebung lieferte Alfred Bienmüller, als Bürgermeister und örtlicher Vorsitzender der Sozialistischen Einheitspartei. Der Gastredner vom Kreis verstand nicht alles, da seine Benommenheit nicht nachlassen wollte; auch rutschte Bienmüller mit seiner Art von hochdeutscher Grammatik leicht in die Töne des Platt.
– Ausgelacht habt ihr mich: sagte Bienmüller. – Wie habn euch gesacht, daß eine humåne Großmacht wie die Sowjetunion nich Leute ins Unglück bringt, bloß wegen Gelände Gewinnen, nich? Ich mein, wo doch sogar der Schwede nich ... jawohl, Herr Duvenspeck! Ausgelacht habt ihr uns. Nich geglaubt habt ihr uns. Nun habt ihr das ja gehört, ihr Quatschköppe. Ihr wißt auch, von wem ihr das gehört habt! Nu soll das nich bloß eine Freude sein für unsre Flüchtlinge, daß sie wieder nach Haus dürfen, da wollen wir ihnen beim Freuen mal helfen. Wenn wir ihnen schon bei was annerm nich geholfen haben. Holl doch din Muul du! Unt denn noch eins. Es sünt hier Gerüchte. Wir wissen auch, wer die in die Welt setzt, und die Alimente sollen wir zahlen. Das is nich wahr. Es heißt da, wo in einer Stadt zu wenig S.E.D. gewählt wird, kriegen die Leute weniger auf die Karten, weniger Kohlen und von allem, was nich da ist. So wahr ich das hier auf diesem Zettel zu stehen habe, so wahr ich jetzt diesn Zeddl vor eure Augen in Stücken reiß, so wahr is das nich wahr! Dafür wolln wir nich gewählt wern! Kuckt uns man an, un denn wählt! Ditt hev ick nich secht vonne Paatei, ditt sech ick as Boegemeiste. Ruhich! Hie hat kein ein ... Die Versammlung ist aufgehoben.
So verlor der Landrat von Gneez seine Wahl. In ganz Mecklenburg bekam seine Partei 125583 Stimmen weniger als bei der Probe vom September. Er hätte es gern auf die Schlußrede Bienmüllers geschoben, aber er mußte sich das aus wissenschaftlichen Gründen verbieten. Denn, siehe da, in der Stadt Jerichow hatte seine Partei soviel Prozent der Stimmen wie sonst nur noch in zwei, drei anderen mecklenburgischen Gemeinden: über siebzig vom Hundert.

Den Revolver bekam er nicht zurück. Immerhin war das ein Verlust, an dem kann ein Gefühl sich festhalten. Nur, das richtige war es immer noch nicht. Wovor denn hatte er sich gefürchtet?
Heutzutage, wenn ein Führer der K.P.Č. einen anonymen Brief unter seiner Post findet, in dem er als Jude beschimpft wird und bedroht mit gezählten Tagen, was tut da die Zeitung seiner Partei, das »Rote Recht«? Sie druckt den Brief vollständig ab, und ebenso offen darf er ihn beantworten. Was darf er antworten? Daß solche anonymen Briefschreiber sich zu erkennen geben durch den Ton von 1952. Was war denn 1952? Da wurde Rudolf Slánský im Namen des Volkes hingerichtet. Das hatten wir in der Schule.

25. Juni, 1968 Dienstag

Die Delegation der tschechoslowakischen Nationalversammlung hat es der Sowjetunion beschrieben wie ein A und B und C, »daß die Bedingungen, unter denen wir unseren sozialistischen Staat nach dem Februar 1948 errichteten, sich verändert haben und daß die qualitativen Veränderungen in der Ökonomie wie in der sozialistischen Struktur unseres Landes es notwendig machen, die Fehler, Mängel und Mißbildungen der Vergangenheit zu berichtigen und die schändlich zurückgebliebene Wirtschaft auf einen zeitgemäßen Stand zu bringen.
Aber die neuen Realitäten erfordern ein großes Teil mehr. Sie erfordern einen Übergang zu einem demokratischen, menschenfreundlichen und von den Bürgern bejahten Verständnis des Sozialismus nicht nur in der Wirtschaft, sondern auch, vor allem, im öffentlichen und politischen Leben, wo der Sozialismus neue, weitreichende Begriffe von den Rechten des Einzelnen wie der Gesellschaft als Ganzem anbieten muß.«
Die sowjetischen Genossen haben dies mit beträchtlicher Duldsamkeit angehört, womöglich angeheimelt von der Wortwahl. Es kann aber auch sein, daß eines der Worte zu oft vorgekommen ist. Sie haben es nicht angehört mit Begeisterung. Der Erste unter ihnen, das bleibt unwidersprochen, hatte Tränen in den Augen.

Die Wahlen zum mecklenburgischen Landtag vom 20. Oktober 1946 zeitigten drei Ergebnisse.

1.

In der Nacht vom 21. zum 22. Oktober kam die Rote Armee heraus aus ihrem Zaun und machte Besuche in Gneez. Sie parkte große Lastwagen so leise an verschiedenen Stellen der Stadt, daß die folgenden Vorgänge in der Nacht kaum auffielen. Wo die Kommandos eine Wohnung öffneten, führten sie die Familien vollständig ab. Der Vorwurf der Roheit ist nicht angebracht, da die Soldaten den Betroffenen beim Kofferpacken behilflich waren und jeden gewünschten Gegenstand, von der Petroleumlampe bis zum eichenen Buffett, die Treppe hinuntertrugen und sorgsam auf die Transporter luden. Dies geschah in einigen Häusern mehrmals, in vielen Straßen gar nicht. Gegen Morgen, als die Berichte von Zuschauern in der Stadt überein trafen und die Umzügler längst in Personenzügen auf die neue Ostgrenze zufuhren, wurde die Vermutung laut, es habe sich abermals sowjetischer Nationalcharakter erwiesen, ein neues Beispiel für Impulsivität, auch Willkür. Dem muß widersprochen werden. Ein Vergleich der beseitigten Adressen ergab, daß ihnen, bei aller Streuung, zwei Dinge sämtlich gemeinsam waren: einmal besaßen die Abgereisten ihre Stadtrechte seit mindestens fünf Jahren, genossen den Status der Ansässigen, in keinem Fall den von Flüchtlingen (Umsiedlern); zum anderen hatten die männlichen Haushaltsvorstände ohne Ausnahme in den Arado-Werken Gneez-Brücke gearbeitet. Die Arado-Werke waren ein Kriegsbetrieb der Sonderstufe gewesen, unter anderem wegen der Raketenteile für die Heeresversuchsanstalt Peenemünde. Das andere, die Vorfertigungen für den Strahlbomber Ar 234, das Ding mit den vier Düsenmotoren B.M.V. 003, bleibt unter uns. Die Schlußfolgerung, die Demontage der Einrichtungen und die Inhaftierung der Arbeiter sei aus kriegsrechtlichen Gründen logisch erfolgt, muß als überhastet zurückgewiesen werden. Es konnte nicht Sinn der Aktion sein, dem von den peenemünder Raketen geschädigten Großbritannien eine moralische Gefälligkeit zu erweisen, da die Siegermächte sich für Demontagen oder Reparationen jeweils die eigene Besatzungszone zugewiesen hatten und, wie hervorgehoben werden sollte, die Briten während ihrer vorläufigen Regierung über Westmecklenburg Konstruktionsunterlagen des Arado-Werkes Gneez als Kriegsbeute für eigenen Gebrauch beschlagnahmten, ja daß diese kapitalistische Räuberbande sich nicht scheute, Angehörige des Werkes mit wissenschaftlicher Ausbildung zum Mitkommen zu bewegen, als sie ihr mecklenburgisches Territorium gegen den britischen Sektor von Berlin auszutauschen gezwungen war. Weiterhin, in der Nacht vom 21. zum 22. Oktober wurde in Gneez-Brücke nicht demontiert, da auf Grund des Befehls Nr. 3 der S.M.A. vom 25. Juni 1945 sogleich nach dem Einmarsch der Roten Armee in Gneez, am 5. Juli 1945, die Maschinen, Fließbänder, Kühlanlagen etc. der dortigen Arado-Werke abgebaut und in die Sowjetunion verlagert worden waren. Bei diesem Punkt kann nicht genug gewarnt werden vor einer Aufwärmung des Schauermärchens, im Hof des Postamts Gneez seien Telefonapparate mit Mistgabeln auf Heeresfahrzeuge gestakt worden, und was dergleichen Arbeitsbeschreibungen mehr sind. Die Demontage von Gneez-Arado ging vor sich unter der Aufsicht eines ingenieurwissenschaftlich diplomierten Hochschullehrers von den sowjetischen Raketentruppen im Range eines Obersten, also auf die behutsamste Weise. Beweis dafür ist die Katalogisierung der Geräte: nach dem schriftlichen Eintrag wurde jede Maschine dreimal fotografiert, nämlich im Stillstand, dann im Zustand der Funktion und der Bedienung durch ihren Facharbeiter, schließlich von der Rückseite, abermals mit zugehörigem Arbeiter, der von den Fußspitzen bis zum Scheitel ins Bild kommen mußte. Hierbei ist noch daran zu erinnern, daß die Tischler der Stadt ihre sämtlichen Vorräte zu Kisten nach Maß verarbeiteten und angehalten waren, zwei Tage lang Holzwolle nicht als Abfall, sondern als Hauptprodukt zu produzieren. Der Betrieb Arado in Gneez war Anfang August völlig entmachtet. Von bürgerlichen Interessenten wird dagegen ins Spiel gebracht, daß die verbliebenen Arbeiter damals das Werk nicht aufgaben und aus Abfallstücken primitive Werkzeuge herstellten und die Bevölkerung ab September versorgten mit Harken, Spaten, Ofenrohren, Kochtöpfen, Bratpfannen, Blechkämmen, Linealen, oder zumindest Reparaturen an solchen Gegenständen vornahmen. Darauf ist in aller Schärfe zu erwidern, daß die Herkunft des verwendeten Materials in sehr vielen Fällen von der Volkspolizei nicht geklärt werden konnte (Aluminiumbleche für Kaninchenställe!), daß der Betrieb, in einer Landstadt gelegen, alle denkbaren Schmiedearbeiten ausführte, nur nicht solche an Pferden, daß der in ungesetzlicher Willkür gewählte Betriebsleiter, Herr Dr. Bruchmüller von der C.D.U., nicht von dem Verdacht befreit ist, in den Arado-Werken befindliche Werkzeuge und Handelsartikel vor der zweiten Demontage im November vorigen Jahres verschleppt zu haben, daß, wir kommen zum vierten und fünften Punkt, ... ein großer Teil der Fertigungen auf private Bestellungen zurückzuführen ist und der von der Sowjetischen Militär-Administration organisierte Geldumlauf von den Angehörigen des früheren Werkes Gneez-Brücke durch Verträge über Entlohnung in Naturalwerten sabotiert wurde. Schon insofern könnte die Verlegung der ehemaligen Werksangehörigen als eine gerechte Strafe bezeichnet und das Zusammenlassen der Familie als Milde empfunden werden. Da hiervon keine Rede sein kann, und erst recht nicht von einer Mißachtung der faschistischen Kapitulationsbedingungen, ist das in der Bevölkerung umlaufende Wort »Ossawakim« als feindselige, von den westlichen Besatzungszonen her eingeschleuste Propaganda zu bekämpfen. Demjenigen, der die Auflösung dieser sowjetischen Parole als »Sonderverwaltung zur Durchführung von Verlagerungen« hat nach draußen dringen lassen, gehört der Kopf abgerissen. (Wer jetzt noch ausquatscht, daß es in Wirklichkeit ganz anders heißt, nämlich Ossoaviachim,

Förderung
der Verteidigung,
des Flugwesens
und der Chemie
der U.d.S.S.R.,

dem gehört noch mehr abgerissen als der Kopf.) Weiteren Anfragen des Freien Deutschen Gewerkschaftsbundes ist einheitlich zu antworten, daß mit sämtlichen abgereisten Familien fünfjährige Arbeitsverträge abgeschlossen wurden und nunmehr die Gewerkschaft der Sowjetunion ihre Interessen wahrnimmt. Auf Wunsch können Kopien der Arbeitsverträge nachgereicht werden. Der kleine Kreis dieser Besprechung erlaubt es, die taktische Umsicht der Sowjetunion und der Roten Armee einer freundschaftlichen Würdigung zu unterziehen. Hätten die Freunde eine solche lebensnotwendige Aktion während der Vorbereitung der Landtagswahlen vorgenommen, so wäre in der sowjetischen Besatzungszone ein Ergebnis zustandegekommen wie in den Berliner Auszählungen, wo die S.P.D. unter dem Schutz der amerikanischen und britischen Bajonette immer noch das Maul aufreißen kann und von ganzen hundertzwanzig Mandaten 63 Stück bekommen hat, wir hingegen nur 26 Sitze erringen konnten. Nunmehr wird auch dem Genossen Schumann ein Licht leuchten, wieso ihm während der letzten Wochen der Arsch mit Grundeis ging. Ja, wenn! Die Rote Armee hat diese Bürger eben nicht während des Wahlkampfes in die Sowjetunion eingeladen, auch nicht einen Tag vor der Wahl. Sondern einen Tag nach der Wahl. Der Genosse Landrat weiß so überzeugend zu reden von Dankespflicht an die Sowjetunion, aber wenn sie ihm vor den Augen hängt, erkennt er sie nicht. Schließlich, da der Aufruf zur Wahl die Sicherung des Friedens und die Freundschaft mit der Sowjetunion über alles gestellt hat, ist es ein Fakt, daß auch die ehemaligen Angehörigen des Werkes Gneez-Brücke ihre Stimmen abgegeben haben und wählten, was sie wählten.

2.

Die Volkszählung vom Oktober 1946 bekam einen Knick. Von Ossawakim wurden nicht nur Personen in Stadt und Landkreis Gneez betroffen, auch in anderen mecklenburgischen Betrieben von rüstungsstrategischer Bedeutung, weiterhin in den anderen Provinzen der sowjetischen Zone, so bei Carl Zeiss und den Glaswerken in Jena, bei den Siebel-Flugzeugwerken in Halle, bei Henschel in Staßfurt, beim A.E.G.-Werk Oberspree und Askania Friedrichshafen in Berlin, etc. Die Zählung sollte erfassen, wer in der Nacht vom 29. zum 30. Oktober zu Hause war, desgleichen, welchen Beruf er dabei für sich angab. So ging dem Unternehmen eine Wanderungsbewegung verloren, die mit statistischen Mitteln nicht aufzufangen ist. Zudem legt das Ergebnis nahe, es hätten sich auf dem sowjetischen Besatzungsgebiet aus natürlichen Gründen weniger Fachleute für hitzebeständiges Glas oder elektrische Meßanlagen (GEMA Köpenick) befunden als in den Zonen der westlichen Alliierten. Hier müssen andere Wissenschaften als die soziologischen bemüht werden. In Stadt und Landkreis Gneez hatte Ossawakim unter der friedliebenden

Bevölkerung die Überzeugung verbreitet, daß die Sowjetunion nach immerhin einem Jahr die Entmilitarisierung ihrer Deutschen für abgeschlossen halte und die Berufszählung weiterhin beweise, daß das sowjetische Interesse an Kriegsspezialisten kein leerer Wahn sei. Nach dem örtlichen Gerücht waren einem jeden neuwertige Bekleidung, festes Schuhwerk und regelmäßige Ernährung sicher, der sich der Roten Armee als Söldner im Krieg gegen Japan zur Verfügung stelle. Hier ließen die Erwartungen an die Zukunft sich zusammenfassen in den Fragesatz, der seinerseits ein doppeltes Ergebnis darstellt: Wenn'ck man bloß wüßt, wo'ck mi meldn kann!

3.

Der Landrat von Gneez wurde anderthalb Tage lang in einer Gefängniszelle unter dem Rathaus von Gneez gehalten. Ursache war ein Streit, der anfing um eine Pistole, die Kollegen des Dreifachen J ihm in Jerichow abgenommen hatten. Im weiteren Verlauf bat der Genosse Schumann unverhofft, ihm selbst nicht erklärlich, um die Adresse von Slata. (Nur um ihr zu schreiben.) J. J. Jenudkidse galt als ein ruhiger Kommandant, ohne Neigung zu gehässigen oder gar unüberlegten Einfällen. Er ließ den jungen Mann an eine solche Adresse befördern. Sechzehn Jahre später, im Frühling 1962, wird der junge Mann von damals einer Frau zu beschreiben versuchen, daß dies der Abschluß seiner Erziehung war, die endgültige Abkehr von privaten Wünschen, das vollständige Aufgehen in der Partei. Es wird nicht eine Frau sein, mit der er verheiratet ist, dennoch wird er weder Slatas Namen noch ihren Verbleib erwähnen. Verheiratet ist er. Es wird ein Abend im schweriner Burggarten sein, nach einem Serenadenkonzert. Er wird nicht mehr so heißen. Sein Nachname wird bis auf zwei Buchstaben dem seines Vaters gleichen, vorn aber wird er genau so gerufen werden, wie seine Mutter das wollte. Zwei Tage nach der Landtagswahl 1946, sieben Tage vor dem Ausgang der Volkszählung, wird er nach Schwerin berufen. Dort wartet der Name auf ihn. Personalabteilung auf der Ebene der Landesverwaltung, Abteilung Sicherheit auf der des zentralen Ministeriums. Nach Gneez kam er nie wieder. Ich habe ihn nie wieder gesehen.

– Ich aber, wenn ich mitkäme nach Prag, ich würde ihn sehen: sagt Marie. Sie würde ihn sehen. Ich werde ihn erkennen.

Den ganzen Tag schon haben wir gewartet auf den schwarzen Regen, der endlich über dem Hudson hängt. Mittags war die Luft ganz dick von Feuchtigkeit. Ganz trockene Menschen bekamen eine zweite Haut aus Schweiß, sobald sie aus den gekühlten Häusern traten. Das war nicht mehr im Kopf auszurechnen: 89 Grad Fahrenheit minus 32 mal fünf durch neun wäre irgend etwas in Celsius gewesen. Die oberen Gebäudekanten flimmerten. Nach zehn Blocks verschwamm die Lexington Avenue; es war eine Frage, ob sie nach zwanzig Blocks schon davongeschmolzen war. Jetzt, neun Uhr abends, ist der Regen aus dem Norden angekommen, mitten darin zwei kurze Blitzschläge, die stechen in die Augen, schließen etwas kurz im Gehirn.
– Der Regen von New York würde mir fehlen: sagt Marie. (Kinder nehmen Regen mit auf die Reise.)

26. Juni, 1968 Mittwoch

Die tschechoslowakische Nationalversammlung hat mit allen Stimmen beschlossen, daß Leute ins Recht gesetzt werden, die seit der kommunistischen Machtübernahme von 1948 zu Unrecht der Polizei anheimfielen, im Zuchthaus gehalten und gefoltert wurden. Die Urteile sollen aufgehoben oder vermindert werden, falls ein Angeklagter nicht bekam, was ihm gesetzlich zustand. Die Hinterbliebenen sollen Geld kriegen, vielleicht ein neues Parteibuch für den Toten. Finanzielle Entschädigungen sind weiterhin vorgesehen für Haftschäden körperlicher Art, für Gerichtskosten, für beschlagnahmtes Eigentum. Die schuldigen Richter, Polizisten, Staatsanwälte, Ermittler, Gefängnisbeamten sowie Angestellten des Innenministeriums sollen ihre Posten verlieren und/oder, je nach dem, strafrechtlich verfolgt werden. Nein, nicht alle. Die Parteifunktionäre, so genannte Politiker, die die falschen Prozesse in Auftrag gaben, sind ausgenommen. Antonín Novotný, seit 1946 dabei im Z.K. der K.P.Č., soll nichts passieren. Das ist eine erfreuliche Nachricht auch für Sachverständige anderer Nationalität.

In jenem Parlament sitzen bis auf den letzten Abgeordneten die selben wie zu Novotnýs Tagen.
Schlechte Nachrichten für Karsch. In Palermo sind siebzehn Sizilianer und Italo-Amerikaner freigesprochen von der Anklage, sie hätten womöglich für die heimische Mafia oder die amerikanische Rauschgifte spediert oder mit Währungen jongliert. Üble Nachrichten für Karsch. Mindestens ein halbes Kapitel muß er nun umackern in seinem Buch. Das Register ist hin. Das kriegt er nicht mehr fertig bis Ende Juli. Na. Wir werden nicht so sein.
Heute hat Mrs. Cresspahl über Mrs. Carpenter gelacht.
Das weiß Mrs. Carpenter nicht. Niemandem würde sie es zutrauen, käme sie doch selber auf solchen Gedanken nicht. Könnte sie es doch beweisen.
Mrs. Carpenter (»Nennen Sie mich Ginny«) ist eine junge Person, einunddreißig Jahre, fünf Fuß vier Zoll, Blusengröße 34, Schuhe Sieben und ein Viertel, alles im Amerikanischen geschätzt. Zu sehen ein wohlgewachsenes Mädchen mit breiten Schultern, birnengroßen Brüsten, schmalen Hüften, regelmäßig bis ins Gesicht, dessen eine Hälfte der anderen zum Verwechseln gleicht, umhangen von einheitlich verbogenen Haaren, die früher einmal glatt hingen, aber so weiß wie heute. Was man auf der Oberen Westseite New Yorks den skandinavischen Typ nennt. So ist sie selten sichtbar, denn sie bewegt sich in einem fort. Wenn sie fährt, spielt sie mit dem Steuer, gelegentlich bloß mit dem kleinen Finger; in jeder Art von Gespräch setzt sie die Füße hin und her, streckt den Arm aus, krault in der Frisur; geht sie einmal zu Fuß, so entsteht für den Zusehenden ein Wirbel aus raschen Ansätzen, vom ruckenden Hals, dem Griff zur Perlenkette, dem Umwenden oder Durchsuchen der Handtasche, bis zu den Beinen, die sie mit achtlosem Stoß gegen den Beton hämmert. Auf dem Tennisplatz bekommt dies den Zusammenhang einer Aufführung und wird vergnüglich. Noch beim Zeitunglesen weitet sie die Umgebung ihrer schmalen grauen Augen überraschend, als Vorführung ihrer Geistesgegenwart. Achtet sie einmal nicht auf sich, so wenn sie Unvernunft eines Kindes betrachtet oder aus blauem Himmel ein erster Regentropfen stürzt, verrutscht die liebliche Eintönigkeit ihrer Maske zu Mißgunst, Überdruß am Leben gar; auch das ließe sich gerecht an, würde die ebene Miene nicht schief dabei. Unverzüglich kommt das Lächeln zurück. Sie

hält sich für schön, begehrenswert, musterhaft; es wird ihr versichert. Ihre Unterschenkel mögen einer Frau erschlafft vorkommen; eine Europäerin wird sich eher irren über Spätfolgen von Universitätshockey in Michigan. Anselm Kristlein konnte eine halbe Stehparty lang nicht sich lösen von ihrem hohen bebenden Hals, ihrem tiefkehligen Alt, der ernsten Drolligkeit, die sie für wörtliche Flirts benutzt; sie ist Mr. Carpenter treu auf eine gehorsame, fast unbegabte Manier. Wenn sie einmal ihn abtastet mit Lächeln, mädchenhaftem Mitleid, entzückten Ausrufen, schwerlich wird ihm etwas einfallen, das auszusetzen ist an ihr.
Seit sie vor vier Jahren an den Riverside Drive kam, von Anfang an bestand sie darauf, wir sollten nicht bloß Nachbarn sein, Freunde eben. Marcia kam damals mit Marie in eine Klasse. Marie ging bald allein zu Besuch bei Carpenters. Sie wollte herausfinden, was das ist: eine Stiefmutter. Ginny klagte sich an mit unernsten Brusttönen als eine Stiefmutter aus dem Märchen, es mußte nur jemand zuhören; das Kind hörte verwundert zu; da die Fremde ihr doch insgeheim beliebig den Willen tat. (Sie konnten um so leichter Komplizen werden, als Mrs. Carpenter kein eigenes Kind hat. Vorläufig nicht gebären möchte.) Marie ging dahin, vorgeblich zum Fernsehen; sie wollte auch nachprüfen, wie das ist: Leben mit einem Vater. Wenn Mr. Carpenter nach Hause kommt aus seiner Kanzlei, fängt die Arbeit erst an: jeden Abend neu beseligt steht eine junge Frau an der Tür, etwas überrötet von hausfraulichem Eifer; behaglich und sauber warten die Möbel, die er so aufwendig für eine dritte Ehe gar nicht gewünscht hat, am Fenster zum Hudson warten die Highballs, frisch, in seiner bevorzugten Temperatur. Nun muß er ran. Erzählen aus dem Büro. Wie Elman heute war. Ob Burns ihm über Elman noch die Grundstückssache gegen die Nationalgarde zuschieben will. Carpenter, Oberst der Reserve, wird überschüttet mit Ereignissen des Haushalts und solchen, die die New York Times ihm bereits gesteckt hat. Die Liebkosungen fallen sämtlich aus, wie Kinder sie ohne Schaden ansehen dürfen. Er kommt gut weg, wenn sie keine Party beschlossen hat, fünfzehn Leute mal kurz vor dem Abendessen, eine Aufmerksamkeit für durchreisende Bekanntschaft oder einen Intellektuellen aus Europa; gerade dann muß er sich glücklich preisen, denn die lebhafteste Stimme ist die seiner Frau, ein Geräusch, das seiner Anmut

inne ist. Unermüdlich heiter kreiselt sie die Gäste um einander, beschleunigt sie mit zärtlichen Zuteilungen feinen Alkohols, verwandelt sie sich in die inbrünstige Studentin von ehemals, Hauptfach Philosophie und Soziologie, unerreichbar in traulicher Zweisamkeit an der Kaminecke, blicklos entschwunden in die gelehrte Besprechung eines Artikels in International Affairs, welche Zeitschrift in diesem Salon gleich berechtigt ausliegt neben Cosmopolitan, Newsweek oder Saturday Review. Der Playboy liegt nicht aus. Es ist ein Haushalt nach strenger wie großzügiger Regel; die Gäste bestätigen einander das noch auf dem Bürgersteig; nur daß wir dorthin nicht gingen, eine Prise Salz zu leihen. Das Carpentersche Dienstmädchen, aus einem Dorf in den Alleghenies, sieht der Dame des Hauses schon nach zwei Jahren ähnlich; das macht die Jugend nicht allein. Jene blanke Isobel wird dort bleiben wollen nicht der Halbwaise Marcia zuliebe, die hält sich das Kind eher vom Leibe. Tessie, die uns einmal half, würde keinen Fuß setzen in jenes Appartement. Dabei ist Tessie eine Untertanin Ihrer Königlich Britischen Majestät; sie mag in der Bronx wohnen, ihr kann es egal sein, was für Befunde Mrs. Carpenter über die dunkelhäutige Rasse als solche ausspricht.
Unzweifelhaft ist Ginny Carpenter eine Großmacht in unserer Gegend, ein Pfeiler unserer Nachbarschaft. Wenn es dem Gouverneur Rockefeller einfiele, daß solch Riverside Park ihm gar nichts nützt und viel günstiger eine achtbahnige Autobahn abgäbe für nichts als Lastwagen, binnen drei Tagen hätte Ginny die Wählscheibenfeder ihres Telefons ruiniert, durch vorschriftsmäßigen Gebrauch, was im menschlichen Leben sonst unerhört ist, und ein felsenfestes Komitee stünde da, ein grimmiges Wort aus den Abkürzungen von Rettet Unseren Riverside Park, da würde Rocky ganz hübsch bange. Sie amtiert als Mitglied in fast allen Vereinen, die sich bekümmern um die äußere Schönheit unseres Viertels, sei es die Großzahnespe an der 119. Straße oder ein zertretener Abfallkorb an der Uferpromenade. Denn solche Wirtschaft wie die seiner Frau könnte ein in Maßen ehrlicher Rechtsanwalt schwerlich bezahlen auf der Ostseite von Manhattan, wo sie allerdings standesgemäß wäre; folglich lebt Mrs. Carpenter bei uns wegen des Baumbestandes, wegen der Sonnenuntergänge jenseits des Hudson und, nicht zu vergessen, wegen der unver-

gleichlichen Mischung der hiesigen Leute, deren Sinn für Gemeinschaft sie schwerlich erwarten könne in den seelenlosen Schubladentürmen östlich der Fifth Avenue. – Nie! sagt sie, und stampft ein wenig auf mit ihrem langen Fuß. Tatsächlich, wenn sie uns erwischt zu Fuß auf dem Riverside Drive, sie setzt ihr Cabriolet eigens zurück für uns ($6780,00), unterhält uns während der Fahrt mit den eleganten Empfindlichkeiten solchen Automobils und stoppt unverlegen vor unseren grau gestrichenen Treppenstufen, wo sogar ein Teppich fehlt. – Wir sind doch Nachbarn: ruft sie strahlend, ein gutartiges, ein immer neu von Herzen erfreutes Kind.

Gewiß ist sie ehrlich. Es dauerte nicht lange, da fiel ihr etwas auf. Wir wohnen in keinem Haus, das man unter einem Baldachin hindurch betritt, an einem Portier vorbei; wir haben bloß drei Zimmer, wir sehen den Park von unterhalb der Baumkronen, uns bewacht kein Livrierter. Es sind denn doch die Einkünfte schlecht vergleichbar, Einladungen wie die ihren könnten wir kaum vergelten; so ist eine verträgliche Nachbarschaft einer Freundschaft vorzuziehen, in der der eine Teil sich quält. In Gesellschaft, in der wir haben fehlen müssen, kann Mrs. Carpenter Bewunderung äußern für allein stehende Mütter mit einem Kind, die Jahr für Jahr mit Arbeit bewältigen, wie etwa Mrs. Cresspahl, so eine Frau möchte sie sein; wenn sie eben nur frei käme von dem Verdacht, diese Mrs. Cresspahl führe solch Leben einer verquasten Ideologie von weiblicher Emanzipation zuliebe, statt um seiner selbst willen. Was sie uns zugute halten will, ist noch die europäische Herkunft; nur besteht ihr Europa aus Frankreich, Monaco und Spanien; unsere Gegend ist ihr etwas verdächtiger als Jugoslawien. Nein, sie besteht nicht weiter auf Freundschaft. Nachbarschaft tut es auch.

Heute sollte Mrs. Cresspahl ihre Tochter abholen von einem Kindergeburtstag bei Pamela. Manchmal besteht Marie auf solchen Förmlichkeiten, will die Mutter vorzeigen in den besten Sachen und, bitte, mit einer Brosche am Hals. Nach der Arbeit umziehen, rauf den Riverside Drive, Fahrstuhl in den zwölften Stock. Durch die halb offene Tür von Blumenroths Wohnzimmer war Ginny zu sehen, die tat vier Dinge zur fast gleichen Zeit.

Sie kostete nach, was sie eben durch den Raum gestreut hatte:

Ganz reizend; nein, wie umwerfend; Sie sehen aus wie der Juni in Person; etc.
Sie saß auf der Kante des Sofas und aß Kuchen, die hohle Hand unterm Kinn, um ihr Rotseidenes von Lord & Taylor zu schützen; ihrer strammen Stirn war die Erwägung anzusehen, daß sie mit einem ausführlichen Besuch bei (zwar vermögenden) Juden mal wieder eine tolle Toleranz vorführe; wem sie das erzählen dürfe und wem besser vorenthalten, schließlich die schlingende Neugier: ob diese Kekse wohl koscher seien.
Sie dozierte: In zwanzig Jahren werden die Neger aus Manhattan vertrieben sein. Wir werden auf einer rein weißen Insel leben, umgeben von den schwarzen Bezirken, Bronx, Queens, Kings. Nein, Richmond, das ist noch unentschieden. Ganz einfach, durch ökonomische Faktoren. Denn unsere entzückenden Brownstones, der kostbare vierstöckige Sandstein in den numerierten Straßen, zu welcher Bestimmung kann er zurückkehren sollen als in die alte, die der luxuriösen Häuser für jeweils eine Familie ganz für sich?
Sie befingerte Maries Bluse, die durchgenähte Knopfleiste, die doppelte Naht entlang am button down-Kragen, es kam ihr unamerikanisch vor; mit einem Mal zog sie dem Kind das Tuch aus dem Nacken, fingerte nach dem Etikett, buchstabierte erschüttert am Etikett aus Genf.
Wie Mrs. Cresspahl ihr Kind da rauswinkte, es ist ihr entfallen. Wie sie an der verblüfften Gastgeberin vorbeikam, sie wird es entschuldigen müssen. Als die Fahrstuhltüren vor ihr zuklappten, fing sie an zu lachen. Zwölf Stockwerke lang fiel sie lachend nach unten, zum ernsten Befremden Maries, und gleich auf dem Bürgersteig verlangte das Kind nach einer Aufklärung, damit die Mutter abgehalten werde vom Weiterlachen, so in der Öffentlichkeit. Aber, können vor Lachen.

Ich will dir mal was sagen, du Schriftsteller.
Gelacht haben Sie, Mrs. Cresspahl, du, Gesine. Hast du.
Es mag ja stimmen. Aber nicht nur dies eine Mal.
Das mag auch stimmen, Mrs. Cresspahl.
Ein Jahr hab ich dir gegeben. So unser Vertrag. Nun beschreibe das Jahr.
Und was vor dem Jahr war.

Keine Ausflüchte!

Wie es kam zu dem Jahr.

In diesem verabredeten Jahr, seit dem 20. August 1967, war ich mit Ginny Carpenter zusammen: Auf Jones Beach, zweimal. In der Philharmonie, dreimal. Haben wir uns zum Essen in der Stadt getroffen: einmal. Hat sie mir ihren Wagen geliehen: nein, das zerschlug sich.

Da war es doch billiger, ein Auto zu mieten, als ihr was schuldig zu sein.

(Das ist nicht raus.) Sie gehört zu meinem täglichen Leben.

Nicht auf dem Broadway: sie läßt sich ihr Fleisch von Schustek schicken. Nicht in der U-Bahn: in der ist sie noch nie gefahren. Wenn die Italienische Delegation dich einlädt, bringst du sie nicht mit. Du fürchtest doch, sie stellt was Genierliches an.

Ach was. Es ist wie mit der Sache vom vorigen Donnerstag. Wenn du einmal was zeigen willst vom Einkaufen, muß da gleich ein betrunkener Neger über mich in den Laden fallen und Sexualphantasien austoben. Zweimal in der Woche seh ich Ginny Carpenter, du führst sie vor ein einziges Mal in zehn Monaten: in einem auffälligen Moment.

In einem wichtigen.

Jedes Mal lach ich, wenn ich sie seh. Marie muß bloß von ihr erzählen. Es ist kein unfreundliches Gelächter. Es ist meist ganz ohne Spott. Fast jedes Mal ist dabei Spaß, daß es solche gibt. Freude geradezu.

Daß Amerika auch so sein kann.

Ja. Dann schreib es auf.

Soll es denn doch ein Tagebuch werden?

Nein. Nie. Ich halt mich an den Vertrag. Nur, schreib sie öfter hin.

Dann könnte verloren gehen, was heute wichtig war an dem Lachen.

Jetzt fängst du wieder an mit Quantität und Qualität! Summier doch das eine, wenn du das andere willst!

Mit Akkumulation komm ich bei Mrs. Capenter bloß zu Mrs. Carpenter. Ich wollte zeigen, daß du deine Abreise vorbereitest. Was du zurückläßt, es soll nicht alles unentbehrlich sein. Etwa Mrs. Carpenter. Du möchtest dir den Abschied leichter machen, wenigstens den von dieser Erscheinung New York.

Abschied? Für drei Wochen in Prag?

Solche geschäftlichen Aufenthalte können sich verzögern, Mrs. Cresspahl.

Ich fürchte mich vor dem Verlust New Yorks, ich mag's mir bloß nicht sagen?

Sag mal, Mrs. Cressphal.

Meine Psychologie mach ich mir selber, Genosse Schriftsteller. Du mußt sie schon nehmen, wie du sie kriegst.

So hast du noch nie gelacht über Ginny Carpenter.

Einverstanden. Das kannst du schreiben. So noch nie.

So hatte Mrs. Cresspahl noch nie über Mrs. Carpenter gelacht. So? Nie.

27. Juni, 1968 Donnerstag

Im Herbst 1946 war das Kind Cresspahl mit vielen Sachen umgezogen von Jerichow in die Kreisstadt des Winkels, nach Gneez. Sie wohnte in Jerichow, sie stand da in der Liste der Ämter für Anmeldung und Wohnraum, da bekam sie ihre Lebensmittelkarten (Gruppe IV), da war sie verabredet mit ihrem Vater für den Fall, daß er zurückkam aus der sowjetischen Haft oder irgend einem Ort, von dem aus Rückkehr zu denken war. Aber zur Schule ging sie in Gneez, sehr oft legte die Fahrdienstleitung den Mittagszug nach Jerichow zusammen mit dem abendlichen, und wenn auch für den keine Kohle abfiel, schlief sie bis zum nächsten Schulmorgen bei Alma Witte, in dem Zimmer, aus dem Slata verloren gegangen war. Nach Jerichow kam sie zurück im Dunkeln, wie ins Dunkle.

Gneez war eine große Stadt. Für ein Kind, das geboren ist in Jerichow, und solch erweitertes Straßendorf von einer Stadt seitdem angesehen hat für die vorbestimmte, wenn nicht die mögliche Welt, ist Gneez eine Stadt, von der aus sind bloß noch größere zu denken.

Der Zug brauchte für die Stichstrecke Jerichow–Gneez, 19 Tarifkilometer, vier regelmäßige Zwischenhalte und einer auf Verlangen, nach dem Fahrplan 41 Minuten, damals etwa eine Stunde. Er war zusammengesetzt aus drei Wagen jener Dritten Klasse, in

der die durchgehenden Abteile umschichtig je eine Tür haben nach links oder rechts, dazu zwei oder drei Güterwagen, auf denen die in Jerichow gesammelten Kartoffeln, Rüben, Weizensäcke zur Versorgung der Stadt Gneez angeliefert wurden. Diese Wagen fuhren abends leer zurück, in der Regel, und sobald der Zug den Sichtbereich des sowjetischen Kontrolloffiziers auf der Lok-Leitstelle verließ, turnten die Volkspolizisten von den offenen Kästen rückwärts, auf den langen Trittbrettern der Personenwagen entlang, wo ihnen wenigstens von Skatspielen warm werden konnte. Morgens aber, im Regen wie im Reif, hockten sie auf den Kanten neben den Landprodukten, die Karabiner 98k schräg aufgestützt, unversöhnliche Kämpfer gegen Heckenschützen, Diebe und Schwarzhändler. Hätte das Landratsamt Gneez seinen Bedarf auf Lastwagen aus dem Küstengebiet holen können, auch diese meist eingleisige Strecke wäre abgeschraubt worden für die Sowjetunion, wie überall die zweiten Gleise in ihrem Besatzungsgebiet. So aber wurde die Strecke befahren, fahrplanmäßig dreimal am Tag, und das Kind Cresspahl kam in seine weiterführende Schule zu Gneez, wie das Gesetz zur Reform des Unterrichts es befahl.
Der Milchholerzug von der Küste geht Gneez an in einer weitbauchigen Westkurve, so daß die dünnen scharfen Turmspitzen von Lübeck da halbrund aufgebaut sein können, wie in einem Guckkastenbild; bei der damals aufgehobenen Station Gneez-Brücke zielt die Strecke noch südsüdwestlich, da streicht die aufgehende Sonne die Fenster an; auf dem Bahnhof Gneez steht der Jerichower fast genau in der Richtung Ost-West, da könnte er mit ein wenig Rangierens nach Hamburg oder Stettin auf den Weg gebracht werden; nun beide Städte der klassischen Linie abgesperrt waren durch Grenzen, kam er über den Bahnsteig 4 nicht hinaus. Gneez hatte vier Bahnsteige.
Da hatten sie einen Vorplatz, der nahm mehr Fläche ein als der ganze Markt von Jerichow, wie ein Markt war er umbaut. Da waren rechts die übermannshohen Stahltore der Güterverladung, daneben in drei rotziegligen Stockwerken das Rathaus mit der Fahne der Roten Armee, gerade vor den Augen das Fürstenhaus, umgebaut zu Knoops Lager und Spedition, gekreuzte Hämmer auf den Milchglasscheiben, links, entlang der nach Bad Kleinen fortlaufenden Strecke, Fahrradschuppen und die Bucht im Bür-

gersteig, die ehedem die Landomnibusse anfuhren. In der Mitte dieser unglaublichen Weite war ein wahrhaftiger Park angelegt, ein zwar nun schwarzgetretenes Rasenkarree, mit kahlen Bäumen hier und da. Quer durch den Platz aber lief der Weg hinzu auf das Prachtstück des ersten Eindrucks, ein vierstöckiges Haus in grauem Putz, mit durchgehenden Säulen und Riefen bis unters vornehm gerundete Walmdach ein Palast, das Hotel Erbgroßherzog, um 1912 errichtet nach den Plänen eines Architekten, der an eine großstädtische Zukunft von Gneez geglaubt hatte. Nicht nur zog der Bau mit Restaurant und drei Stockwerken Zimmern in den Rosengarten hinein, anderthalbfach so dick war er in die Eingangsstraße gesetzt, im Untergeschoß aufgeweitet zu einem Café unter zierlichen Stuckgirlanden, einem großmächtigen Tor zu den Gesellschaftssälen und einem mehr geduckten zu den Renaissance-Lichtspielen. Erst dann, nach einundfünfzig Metern von der Eisenbahnstraße, überließ der Koloß die Front kleinstöckigen Winzlingen, weißbemalten Bürgerhäusern mit Ladengeschäften und Lokalen im Fuß. Das war die Eisenbahnstraße, die ein paar Jahre lang nach einem Österreicher geheißen hatte und nun wieder benannt war nach dem Ort, wohin sie führte, woher sie kam. Der Name Erbherzog saß dem Hotel noch auf dem Dach, in stolzer Antiqua an Drahtgittern befestigt, und wie das Haus früher Reisende mit kleiner Handlung abgeschreckt hatte, so war es heutzutage besser gestellten Personen vorbehalten durch ein rot und gelbes Blechschild auf dem halbrund vorgesetzten Empfang, das für die meisten Deutschen nicht leserlich war und nach Vermutungen übersetzt wurde als Haus der Offiziere, aber für Offiziere im Besitz einer kyrillischen Schreibbildung. Das war der Bahnhofsplatz von Gneez, das Zeichen, das eine reiche Landstadt einmal sich vorgenommen hatte als dauerndes Monument, nicht in einer protzigen Geste, sondern in bescheidener Ankündigung des Vorhandenen. Mehr wollten die Bürger vom Anfang des Jahrhunderts nicht hermachen von sich; wie solide es um sie stand, sollte zu sehen sein. Es war der Aufmarschplatz der politischen Demonstrationen gewesen seit dem Kriege von 1914; hier hatte die Rote Armee ihre zivile Herrschaft eingerichtet.

Rundum war der Platz bewacht von Laternen, die brauchten gar nicht zu leuchten, mochten ihre Gläser eingeworfen oder zer-

schossen sein, sie standen doch so hoch in steif ausladenden Paaren, Kandelaber blieben sie, schwarz lackierte. In fast jedem Zwischenraum war ein Pfahl mit roter Fahne aufgestellt oder ein Tuch gespannt, auf dem redete die Rote Armee mit den Einheimischen in ihrer eigenen Sprache, deutsche Fraktur.
Wem das Dom Offizerov zu herrschaftlich drohte, der fand einen schmalen Weg geradeaus, entlang an Knoops erbeigentümlichen Bauten, und mochte ehrlich erschrecken über den Unterschied zwischen der türlosen Bahnhofsfront des Fürstenhauses und der südlichen, die mit dicken Balkonbuchten, Figuren in Nischen und einer gelassen ausschwenkenden Freitreppe den Süden kommandierte. Da war einmal ein Park gewesen, langsam aufgefressen von einer Neustadt, die alle Jahrhunderte seit dem fünfzehnten einmal abbrannte, bis die S.P.D. von 1925 hier eine Siedlung gemäßigten Wohlstands plante, mit Nachlässen im Bodenpreis, Kredithilfe und rechtschaffener Angst vor Übereilung. So wurden sechs Felder erst 1934 und 1935 zugebaut, so stand Gneez-Neustadt seitdem in den Bilderbüchern als Beispiel für die Blüte Mecklenburgs unter dem Nationalsozialismus abgebildet. Das war kaum Stadt. Es war ein Feld aus roten Villen, jede in einem umzäunten Gartenbeet für sich, zu Sechsergruppen gefaßt mit sparsamen Asphaltwegen unter dem Patronat der musikalischen Innung. Der Name des Herrn Mendelssohn-Bartholdy hatte nicht erneuert werden können auf dem üblichen Emailschild, aber mit Schnitzschrift in zwei eichenen. Das war das »neue gute« Viertel der Stadt gewesen, vergeben an Angestellte der Verwaltung, der Parteien, zugezogene Kopfarbeiter, nun dick belegt mit Flüchtlingen, Kinderheimen, sowjetischer Privat-Einquartierung. Erst wenn man, Ecke um Ecke nach links, durch dies Kästchenmuster gewandert war, stand man auf dem Schwanz der Eisenbahnstraße, einem geringfügigen Platz, der einmal die verdickte Stadtmauer gefaßt hatte, das Lübische Tor, die bei Lisch nicht erwähnten Wachhäuser und eine scherzhafte Nachbildung jenes Tiers, dem Gneez seine Spitznamen verdankt, in Bronze. Jetzt aber gab der Platz bloß die Brücke her über den Stadtgraben, ein tiefliegendes, fast stehendes Gewässer, so breit wie ein Mann lang ist. Hier fing das alte Gneez an.
Auf Karten ähnelt Alt Gneez dem Versuch eines frühen Mathematikers, aus vielkantigen Brettchen ein Vieleck zu bilden, das

einem Kreise nahe kommt. Das rohe Rund, dünnadrig gegliedert, war mittendurch getrennt von der Stalinstraße, auf der zwei Pferdewagen ohne Ausweichen aneinander vorbei konnten, ein Weg für Einkäufe, Bummelei, Durchfahrten. Fast alles östlich dieser Magistrale, bis hin zum Rosengarten, galt als das »alte gute« Viertel, Sammeladresse für Leute, die schon seit den Franzosenzeiten dort Familie nachzuweisen hatten, im Zweifel für Flüchtlinge. Auf der westlichen Seite mochten die Nebenstraßen am Anfang einzelstehende Putzbauten zeigen, die verrieten sich durch mürbes Fachwerk an den Seiten, die wurden überführt von den hinter ihnen abfallenden Katen, Ackerbürgereien, Handwerkshöfen. Das waren Häuser, gebaut nicht bloß für eine Familie, sondern für solche, die wollten noch Mietgeld mitnehmen. Wer durch den Dänschenhagen ging, sah es an den Türen. Fabrikware, kaum Schnitzereien oder Sprüche in den Balken. Arbeiter eben. Die waren ja froh, wenn sie wo unterkriechen durften. War eben Westseite, nichs zu machen bei, nich? Allerdings, da gab es so krumme Mauern, in denen fiel eine Klinke kaum auf. Da war so manches Haus der Plünderei entgangen. Auch bei der Belegung mit Flüchtlingen waren die günstiger weggekommen. Aber die Grenze zum anständigen Viertel, die Stalinstraße, hatten auch die Sowjets nicht beseitigen können.
Die Stalinstraße, ehedem benannt nach ihrer Richtung auf Schwerin, kroch vierhundert Meter südlich auf den Marktplatz, verschwand da auf dem Katzenkopfpflaster und fing an der Ecke gegenüber, weniger großspurig, wieder an als Schweriner Straße. Da war der Bullenwinkel, die Bleicherstraße, die Reiferbahn. Da war das Kind manchmal zu Besuch in einem Haus mit stattlicher Einfahrt, einer gedrungenen Wohnetage und Leutekammern darüber. Da sah sie manchmal Böttcher zu beim Tischlern. Sie sah das gern. Da war schräg gegenüber die Heiligblutkapelle. Einmal war die Schweriner Straße ein Schulweg gewesen.
Aber der Markt war einem Kind aus Jerichow unvergeßlich. Er mochte eine Fläche haben ähnlich dem heimischen. Aber für Jerichow war es bei dem einen Markt geblieben; in diesem erkannte man das Vorbild für Gneezens neuzeitlichen Festplatz am Bahnhof. Hier zeigten die Häuser oft vier Reihen Fenster übereinander, jedes nach eigenem Maß, in einzeln hochgezirkelten Fassaden, hinter deren Spitze nicht blanke Luft war, sondern ein

unbezweifelbares Fenster zu einem Bodenraum, den es gab. So stolz rückten sie von einander ab, sie ließen Tüschen frei, nicht aus Notwendigkeit, bloß aus Selbstachtung. Daran sollte es nicht fehlen. Die Dächer waren dem Markt abgekehrt, wie Scheitel über Gesichtern, die sollen alle verschieden sein. In den Giebeln hingen Flaschenzüge, war eine einsame Luke wenigstens mit Stabspeichen zu einem halben Rad befördert, waren Hauswappen gemalt, von verschlungenen Initialen bis zur brennend kreisenden Sonne. (Auf der Südseite wendet ein Haus dem Markt die Breitseite seines Daches zu, mit einer ausgemauerten Mansarde, das fehlt auf jeder Ansichtskarte vor 1932.) Hier war die Hof- und Raths-Apotheke. Da sind Häuser, die melden Geschichte nicht nur in den abgewetzten Ziegeln: Auf dieser Diele zahlten die Bürger der Stadt ihre Kontribution zum Kriege des Alten Fritzen 1756–1763. Zum Andenken an die Franzosenzeit: Brandschatzung durch die Division Vegesack. Hier nächtigte Friedrich IV., König von Dänemark, vom 19. auf den 20. Dezember 1712. Am Markt stand die Post, ehemals Palais der Grafen von Harkensee, mit höflich zurückgenommenen dorischen Säulen. Auf der Westseite ist einem weitläufigen Haus die Stirn so hoch gezogen, das Dach muß sich eine Weile in der Waagerechten halten, ehe es nach hinten abbiegt. In der Front sitzt eine Doppeltür nach dem Goldenen Schnitt, der nähert sich von zwei Seiten eine Treppe, zur ersten Etage hinauf. Dennoch steht es in einer Reihe mit den anderen, es verlangt nicht größeren Abstand. Das war einmal das Rathaus. Die Treppe hatte der Obrigkeit sollen Achtung bezeigen, dem gewählten Ersten unter gleichen Bürgern. Darunter der Ratskeller sollte seinen Blick behalten auf den Markt. Es war denen vom 20. Jahrhundert zu bescheiden gewesen. Bei all ihrer Großmannsucht waren sie doch nicht losgekommen von den dickschopfigen Linden, die den Marktplatz umstanden, eng an den Häusern entlang; sie waren in einem fort gewachsen. Die Kandelaber würden nicht wachsen. Der Bahnhofsplatz mochte der Neuzeit als Salon genügen; der Marktplatz war Gneezens Gute Stube nach wie vor.

Da endete die Stadt nicht, südlich des Marktes war noch fast ein Drittel aufgestellt, das herzogliche genannt, etwas weitläufiger von Hofbaumeistern entworfen in der Zange, die aus Alleen auf den alten Festungsmauern ausgelegt war: Polizeigefängnis,

Landratsamt, Land- und Amtsgericht, Schloßtheater, Domhof, das zum Sowjetlazarett umgewandelte Gymnasium und die wohl einhundert Meter lange Promenade zwischen Schwimmbadeanstalt und der Siedlung Klein Berlin am Stadtsee. An der Ecke zum Domhof stand Alma Wittes Hotel, da blieb das Kind aus Jerichow manchmal über Nacht.

Stadt Gneez. 1235 zum ersten Mal erwähnt im ratzeburger Zehntenregister. 1944 etwa 25 000 Einwohner, 1946 nur wenig unter 38 000. Kreisstadt. Industrie: Sägewerk Panzenhagen und Konservenfabrik Möller & Co., Zweigwerk von Arado. Ansonsten Handwerk, Handel bis auf eine Firma wenig bedeutend. Umgebung: Wälder an allen außer der südlichen Seite, im Osten ein Bergzug von 98 Meter Höhe, bewaldet unter der gütigen Aufsicht der Herzogin Anna Sophie von Mecklenburg. Dortselbst 1676 die letzte Hexenverbrennung; daher der zweite Name Smœkbarg. Neben dem Stadtsee der Warnowsee, Rexin. Bahnverbindungen nach Bad Kleinen, Herrnburg, Jerichow.

Seit das Kind Cresspahl in die Brückenschule versetzt war, hätte sie gleich rechts vom Bahnhofplatz abgehen können, die Speicherstraße entlang und über die Brücke zur Brückenschule in der lübischen Vorstadt. Wenn sie mehr von der Stadt Gneez lernen wollte, als ihr aufgegeben war, lag es vielleicht an der Zeit, die sie bis zur Abfahrt eines Zuges hinbringen mußte?

Sie war längst nicht mehr so fremd, daß sie erst auf die Häuser achtete, dann auf die Leute. Eine Fahrschülerin war sie geblieben; dennoch zog sie um nach Gneez mit vielen Stücken.

Sie ging hinein in die Häuser. Sie beredete mit den Leuten die Geschäfte, für die sie ganz andere Zeit aufwenden konnte als Jakob. Sie erfragte bei Böttcher den Preis für ein Butterstampffaß, sie verglich die Auskunft mit den Wünschen von Arri Kern, Böttcher bekam den Zuschlag.

Im »neuen guten« Viertel, der Bahnhofsvorstadt, hatte sie eine russische Offiziersfrau zu besuchen, Aufseherin des Landratsamtes. Die deutschen Hausbesitzer versuchten, wenigstens diese Einquartierung hinauszuekeln mit unsachgemäßer Bedienung. So gaben sie der Krosinskaja keine Bettwäsche und erzählten in der Nachbarschaft, solche seien es anders ja auch kaum gewohnt. Die Krosinskaja hatte keinen Mann im Kasernenviertel Barbarastraße, ihrer lag bei Stettin in der Erde, so hätte sie Bezüge und

Laken geradezu kaufen müssen. Sie kaufte Likör. Einmal zog sie sich vor dem Kind aus Jerichow aus bis auf den seidenen Unterrock, stemmte ein unsichtbares Gewicht auf beiden Armen und fragte: ob sie noch schön sei. Das Kind schätzte sie auf vierzig Jahre, nannte sie mit dem gewünschten Wort, gar nicht lügenhaft. Nur, bei der Krosinskaja war alles ein wenig zu groß, zu schwer, von den Beinen bis zum Busen. Die Krosinskaja zahlte genau. Über ihre deutschen Gastgeber lachte sie. Die gaben ihr keine Möbel, nun was. Also wohnte sie im Bett. Auf das blanke Inlett legte sie die Armeezeitung, auf der täglichen Krasnaja Armija breitete sie ihr Abendbrot aus, Wurst und Brot und Zwiebeln einzeln, aß mit dem Messer. Sonst war sie ganz tutig.

Eine andere sowjetische Familie, beschäftigt im Bahnhof der Stadt, erzog ihren kleinen Jungen zum Deutschenhaß. Er schmiß Großmutter Rehse den Aufwascheimer um, behandelte sie durchaus wie einen Dienstbolzen. Oma Rehse wäre gern zärtlich zu dem Siebenjährigen gewesen, nun verstand sie ihn nicht. Das war die Familie Shachtev, die kaufte keinen Likör, sondern Schallplatten. Es sollte Musik von Beethoven sein, und billiger als bei Krijgerstams Rasno-Export. Die rückten den Likör unter Streit heraus, beschimpften das deutsche Kind als Faschistenbrut, drohten wohl auch einmal mit Anzeige, alles mit betont guten Formen, die jedwede Vertraulichkeit ausschlossen. Frau Shachtev war im Frieden Ärztin gewesen. Ihr Herzenskind Kolja war in der Heimat von einem Kindermädchen versorgt worden.

Das Jerichower Kind lernte von Alma Witte, von Wilhelm Böttcher kleine Fetzen der Ortsgeschichte, mit denen Zugezogene so gern sich eine Kenntnis der fremden Gegend einbilden:

Der Dom brannte im heißen Juni 1659 ab, ganz allein in der Stadt, wie angesteckt. (Nach Berechnungen des Städtischen Wetteramtes von New York war der diesjährige Juni für die Jahreszeit zu feucht, zu kühl.) Seit 1660 wartete die Kirche auf eine Spende der Stadt für eine neue Spitze des Turms. Die Stadt hatte den evangelischen Glauben unter Kriegsgewalt annehmen müssen, bis zum Jahr 1880 bekam der Dom bloß seine Kreuzflügel wieder, die Stadt wandte nichts auf für den Turm. Die Stadt konnte warten. Solange die Kirche ärgerlich war, wollten die Bürger verwinden, daß die Schiffahrt nun nicht mehr das stumpfe

Notdach von Gneez als Seezeichen benutzte, sondern die Petrikirche von Jerichow.
Die lübische Vorstadt hieß Brückenstadt, Brückenviertel, obwohl auf der lübecker Seite gelegen. Einmal mußte man den großen Nachbarn im Westen nicht auch noch namentlich in der Stadt haben. Zum anderen war da einmal eine Brücke gewesen, über den Wasserlauf, mit dem Johann Albrecht I. von Mecklenburg die wismarsche Bucht an die Elde und Kleinasien hatte anschließen wollen, lange vor Wallenstein. Wallenstein hatte dem Plan seinen Namen verliehen, übrig war da ein fauliger Graben zwischen den Arado-Werken I und II.
Der Stadtsee war einmal benannt gewesen nach einem großen Bauerndorf im Süden, das im Krieg von 1618–1648 ausstarb und in den nächsten Jahren unter den Pflug kam und vermoorte. Die Woternitz war das gewesen. Je mehr Gneez aufkam, desto dringender wollte es einen Stadtsee haben, druckte ihn auf Prospekte für den Fremdenverkehr, schraubte schon am Bahnhof emaillene Schilder an mit deutender Hand. Zwar, das Reichsamt für Landesaufnahme hatte sich nicht erweichen lassen. Gesine lernte es, solchen Geschichten zuzuhören, ohne die Stadtstraße von Jerichow zu erwähnen. Richtig war es, beim gneezer »Stadtsee« etwas die Lippen vorzuschieben, Willi Böttcher seitwärts anzublicken. Dann gehörte sie beinahe dazu.
Sie mußte sich einrichten in Gneez. Als sie am 1. September 1946 in die Brückenschule umzog, fiel dem Klassenlehrer, Herrn Dr. Kramritz, auf dem alten Zeugnis die Unterschrift Abs auf. Kramritz hatte lediglich aus Neugier gefragt, sie aber war vor Angst auf die Wahrheit verfallen. Frau Abs war weder ihre Stiefmutter noch ihre Tante noch irgend jemand, der ihr Zeugnis unterzeichnen durfte. Das Kind Cresspahl hatte keinen gesetzlichen Vertreter.
Ende Oktober hörte sie von der Kontrollratsdirektive 63. Es sollte nun »Interzonenpässe« geben für Reisen in die westlichen Zonen. Die Grenze war wieder offen. Was immer Jakob festhielt am Gaswerk von Jerichow und in Cresspahls Haus, sie wußte es nicht. Eines Tages konnte er nach Westen gehen. Erfinde dir drüben eine Beerdigung, ein Geschäft mit Nägeln, die Volkspolizei gibt dir das Papier für die Reise. Frau Abs würde ohne ihn nicht bleiben. Cresspahls Kind mußte warten.

In Gneez war es zu sehen. Von einem Tag auf den anderen war Brigitte Wegerecht nicht mehr zur Schule gekommen, entschuldigt weder bei Dr. Kramritz noch bei der Freundin. Dann schickte sie Wort aus Uelzen (britische Zone).
Unverhofft wurden in Gneez Zimmer leer über Nacht, ganze Wohnungen, wunderbar schüttete Leslie Danzmann Einweisungen aus über die Flüchtlinge. Es gab schon wieder Familien, die wohnten ganz für sich hinter der eigenen Tür. Als Dr. Grimm das Landratsamt von Gneez wiederum als Erster Leiter übernehmen sollte, auf energischen Wunsch der Krosinskaja, reiste seine Familie zu einer Taufe in Hannover, nicht verwunderlich bei einer so evangelischen Familie. Er besprach die von Gerd Schumann hinterlassene Arbeit einen ausführlichen Abend lang, im Dom Offizerov bei Wein; am nächsten Morgen war er bei Ratzeburg durch den See geschwommen. Der wußte, was er tat. Brigittes Mutter, die geborene von Oertzen, mochte dem Testament ihres Mannes folgen, oder dem Willen ihres Bruders. Hätte das Cresspahlsche Kind es Jakobs Mutter verdenken dürfen?
Jakob ging noch oft genug zu Besuch bei Johnny Schlegel. Er hatte da eine Liebschaft. Jene Anne-Dörte war hübscher, klüger auch als so jüngere Kinder, sie mochte eine Gräfin sein und all das, aber das wußte Gesine Cresspahl, dafür war sie ihre dreizehn Jahre alt: Solche Liebschaften sind fürs Leben. Es gab keinen Zweifel. Wenn Anne-Dörte nach Schleswig-Holstein gerufen wurde, ging Jakob ihr auch dahin nach. Dann war das Cresspahlsche Kind das gewohnheitsmäßige Erziehungsrecht los, das die Familie Abs ihr geliehen hatte.
Kinder, die allein stehen, kommen in ein Heim. In Jerichow gab es keins. Das Sammelkinderheim stand in Gneez.

28. Juni, 1968 Freitag

Gestern, 27. června, stand in der Wochenzeitung des tschechoslowakischen Schriftstellerverbandes, Literární Listy, genehmigt beim Kulturministerium, Erscheinungsort Prag, Preis eine Krone zwanzig, ein Brief an alle Bürger des Landes,

dělníkům,

zemědělcům,

úředníkům,
vědcům,
umělcům,
a všem,

unterschrieben von fast siebzig Arbeitern, Bauern, Technikern, Ärzten, Wissenschaftlern, Philosophen, Sportlern, Künstlern,

Dva Tisíce Slov, Zweitausend Worte:

»Am Anfang bedrohte der Krieg das Leben unseres Volkes. Ihm folgten abermals schlimme Zeiten mit Vorfällen, die die moralische Integrität und seinen Charakter gefährdeten. Die Mehrheit des Volkes nahm das sozialistische Programm mit Hoffnung auf. Jedoch geriet die Leitung in die Hände falscher Leute. Der Schaden wäre zu beheben gewesen, wenn diese Leute ihren Mangel an staatsmännischen, sachlichen, philosophischen Kenntnissen wettgemacht hätten mit gesundem Verstand und Takt, also die Fähigkeit erworben hätten, die Meinung Anderer anzuhören und, schließlich, sich der Auslese der Besseren zu unterwerfen.

Die Kommunistische Partei genoß nach dem Krieg das Vertrauen des Volkes in weitem Umkreis. Dies Vertrauen hat sie nach und nach eingetauscht gegen Posten, bis sie endlich alle besetzt hielt und sonst gar nichts mehr besaß. Wir müssen das so sagen. Das wissen die Kommunisten wie die Parteilosen, die von den Ergebnissen gleicher Maßen enttäuscht sind. Die fehlerhafte Linie der Partei in der Führung hat sie selbst aus einer politischen Partei, einer Gruppe mit einer großen Idee, verwandelt in eine Machtorganisation. Die zog herrschsüchtige Egoisten an, Feiglinge ohne Skrupel, Leute, die etwas zu verbergen haben. Solche Leute hatten Einfluß auf das Selbstverständnis und das Verhalten der Partei, die im Inneren durchaus so organisiert war, daß anständige Leute nicht ohne schändliche Taten in die Führung kamen, um die Partei zu verwandeln in eine, die jederzeit in die Welt von heute paßt. Viele Kommunisten haben versucht, gegen diesen Verfall zu kämpfen; fast nichts haben sie verhindert von dem, was später Wirklichkeit wurde.

Die Zustände in der Kommunistischen Partei waren Vorbild und Ursache für die entsprechenden Zustände im Staat. Die Verflechtung mit dem Staat hat die Partei des Vorteils beraubt, den ein Abstand von der Exekutive bedeutet hätte. Was in Staat und

Wirtschaft geschah, durfte nicht kritisiert werden. Das Parlament verlernte das Beraten, die Regierung das Regieren und die Direktoren das Leiten. Die Wahlen bedeuteten nichts, die Gesetze galten kaum. Wir konnten unseren Abgeordneten in keinem Ausschuß mehr vertrauen, selbst im anderen Fall durften wir von ihnen nichts verlangen, denn sie konnten nichts tun. Noch schlimmer war, daß wir selbst einander fast gar nicht mehr vertrauen konnten. Die persönliche Ehre und die der Gemeinschaft ging kaputt. Anstand half gar nichts, noch verschlug die Bewertung eines Menschen nach seinen Fähigkeiten. Darum verloren die meisten Leute das Interesse für die öffentlichen Dinge, sie kümmerten sich nur noch um sich selbst und um Geld, und das in Verhältnissen, da man sich nicht einmal mehr aufs Geld verlassen konnte. Die Beziehungen zwischen den Menschen verkamen, die Freude an der Arbeit war dahin, kurzum: es kamen die Zeiten, die die moralische Integrität und den Chrakter unseres Volkes gefährdeten.
Für den heutigen Zustand sind wir alle verantwortlich, in größerem Maße jedoch die Kommunisten unter uns. Die allergrößte Verantwortung tragen jene, die Vorteil zogen aus der unkontrollierten Macht oder ihr dienstbar waren. Das war die Macht einer eigensinnigen Gruppe, die mit Hilfe des Parteiapparates von Prag aus in jeden Bezirk und in jede Gemeinde eindrang. Dieser Apparat bestimmte, wer was tun durfte oder nicht tun durfte, er entschied für die Mitglieder der Genossenschaften über die Genossenschaften, für die Arbeiter über die Fabriken, für die Bürger über die Nationalausschüsse. Keine Organisation, nicht einmal eine kommunistische, gehörte wirklich ihren Mitgliedern. Die Hauptschuld und der schlimmste Betrug dieser Herrscher ist, daß sie ihre Willkür ausgaben für den Willen der Arbeiterklasse. Ließen wir uns darauf ein, so müßten wir heute den Arbeitern vorwerfen, daß unsere Wirtschaft ruiniert ist, daß an unschuldigen Menschen Verbrechen verübt wurden, daß eine Zensur noch eine Beschreibung all dieser Dinge verhinderte! Dann wären die Arbeiter schuld an den Fehl-Investitionen, an den Verlusten im staatlichen Handel, am Wohnungsmangel. Kein vernünftiger Mensch wird an eine solche Schuld der Arbeiterklasse glauben. Wir alle wissen, vor allem jeder Arbeiter, daß seine Klasse von jeglicher Entscheidung ausgeschlossen war. Über ihre eigenen

Funktionäre wurde auswärts abgestimmt. Viele Arbeiter glaubten sich an der Macht; dabei regierte in ihrem Namen eine eigens trainierte Clique von Funktionären des Apparats von Partei und Regierung. Diese nahmen faktisch den Platz der gestürzten Klasse ein und erhoben sich selbst zur neuen Obrigkeit.

Um der Gerechtigkeit willen müssen wir sagen, daß unter ihnen viele sich bewußt waren, was für ein falsches Spiel sie betrieben. Heute erkennen wir sie daran, daß sie versuchen, das Unrecht wieder gutzumachen, die Fehler zu berichtigen, die Befugnis zur Entscheidung an die Parteimitglieder und an die Bürger zurückzugeben und die Vollmachten sowie die Kopfzahl der Administration zu beschränken. Gemeinsam mit uns wenden sie sich gegen rückständige Ansichten innerhalb der Partei. Aber ein großer Teil der Funktionäre stemmt sich gegen jede Veränderung. Immer noch haben sie Einfluß. Immer noch haben sie Mittel der Macht in den Händen, vor allem in der Provinz, in den Bezirken und Gemeinden, wo sie geheim ausgeübt werden kann, ohne Sorge vor einer Rechenschaft.

Seit Anfang dieses Jahres befinden wir uns in einem Prozeß der Erneuerung, der Demokratisierung.

Der Prozeß hat in der Kommunistischen Partei begonnen. Wir müssen das anerkennen, auch die Parteilosen unter uns, die von der Seite schon nichts Gutes mehr erwartet haben. Ergänzend ist zu sagen, daß dieser Prozeß auch nirgendwo anders hätte in Gang kommen können. Denn nur den Kommunisten war es vergönnt, über zwanzig Jahre hinweg ein politisches Leben zu führen und ihre Meinung dort zu sagen, wo etwas getan wurde. Lediglich die Opposition innerhalb der Partei genoß das Privileg, Fühlung mit dem Gegner zu halten. Darum sind die Initiative und die Bemühungen der demokratischen Kommunisten nur eine Abzahlung auf die Schuld, die die gesamte Partei gegenüber den Nichtkommunisten trägt, etwa mit der Verweigerung einer gleich berechtigten Stellung. Somit gebührt der Kommunistischen Partei keinerlei Dank. Vielleicht sollte man ihr anrechnen, daß sie sich ehrlich bemüht um die letzte Gelegenheit, die eigene Ehre und die Ehre der Nation zu retten.

Was der Prozeß der Erneuerung bringt, ist nicht allzu neu. Er kommt mit Gedanken und Problemen, von denen viele älter sind als die Irrtümer des Sozialismus und andere Erkenntnisse, die un-

ter der Oberfläche der sichtbaren Geschehnisse entstanden, die längst hätten ausgesprochen werden müssen, aber unterdrückt wurden. Wir sollten uns nicht einbilden, daß diese Erkenntnisse nun notwendig siegen müssen, weil sie die Kraft der Wahrheit für sich haben. Über ihren Sieg entscheidet allein die Schwäche des alten Systems, das offenbar müde werden mußte durch eine zwanzigjährige, ungehinderte Herrschaft. Offensichtlich mußten sich die fehlerhaften Grundelemente dieses Systems, die schon in seinen ideologischen Grundlagen verborgen lagen, zur vollen Reife entwickeln. Darum sollten wir nicht die Kritik überschätzen, die aus den Reihen der Schriftsteller und Studenten kommt. Die Quelle der gesellschaftlichen Veränderungen ist die Wirtschaft. Ein richtiges Wort wirkt nur dann, wenn es ausgesprochen wird unter Bedingungen, die richtig vorbereitet sind. Richtig vorbereitete Bedingungen: darunter muß man bei uns leider unsere gesamte Armut verstehen und den völligen Zusammenbruch des zentralen Leitungssystems, in dem Politiker eines gewissen Typs in aller Ruhe und auf unsere Kosten einander bloßstellten. Bei uns nämlich siegt die Wahrheit nicht von allein, die Wahrheit bleibt einfach übrig, wenn alles andere verjubelt ist! Darum haben wir keinerlei Anlaß zu nationalen Siegesfeiern, lediglich einen Grund zur Hoffnung.
In diesem Augenblick der Hoffnung wenden wir uns an euch. Sie ist weiterhin ständig in Gefahr. Es hat mehrere Monate gebraucht, bis viele von uns sich durchrangen zu dem Vertrauen, sie dürften nun ungestraft aussprechen, was sie denken. Allerdings, viele trauen sich dazu bis heute nicht. Aber wir haben schon so viel ausgesprochen, so viele von uns haben sich zu erkennen gegeben, daß wir die Humanisierung dieses Regimes ohne Abstrich zum Ende bringen müssen. Sonst stünde uns eine grausame Rache der alten Gewalten bevor. Vor allem wenden wir uns an diejenigen, die bisher bloß abgewartet haben. Die Zeit, die jetzt beginnt, wird über viele Jahre entscheiden.
Die Zeit, die jetzt anfängt, ist ein Sommer, mit Urlaub und Ferien, und der alte Brauch könnte uns verleiten, alles liegen und stehen zu lassen. Wir dürfen jedoch nicht vergessen, daß unsere lieben Gegner auf die sommerliche Entspannung verzichten werden. Sie werden die Leute auf die Beine bringen, die ihnen verpflichtet sind, damit sie sich schon jetzt auf ruhige Weih-

nachtsfeiertage verlassen können! Wir müssen aufpassen, was geschehen wird; wir müssen versuchen, es zu verstehen und es entsprechend zu beantworten. Laßt uns den unmöglichen Anspruch aufgeben, daß stets ein Höherer uns die jeweils einzig mögliche Erklärung einer Sache liefern kann, mit der einzig richtigen Schlußfolgerung daraus. Jeder wird seine Schlüsse selber ziehen müssen, auf seine eigene Verantwortung. Gemeinsame, übereinstimmende Beschlüsse kann man nur in einer allseitigen Aussprache fassen. Voraussetzung dazu ist die Freiheit des Wortes, die womöglich die einzige demokratische Errungenschaft bleiben wird, zu der wir es in diesem Jahr gebracht haben.
In die kommenden Tage müssen wir jedoch mit eigener Initiative und mit eigenen Entschlüssen gehen.
Vor allem müssen wir der Ansicht widersprechen, wenn sie überhaupt laut werden sollte, es sei eine demokratische Erneuerung ohne die Kommunisten durchzusetzen, im gegebenen Fall sogar gegen sie. Das wäre ungerecht. Noch mehr, es wäre unvernünftig. Die Kommunisten verfügen über eine gut ausgebaute Organisation, in der wir den fortschrittlichen Flügel unterstützen müssen. Unter ihnen sind erfahrene Funktionäre, sie haben, nicht zuletzt, die Hebel der Macht in den Händen. Ihr Aktionsprogramm steht vor der Öffentlichkeit. Dies Programm soll immerhin damit anfangen, die gröbsten Ungerechtigkeiten in Ordnung zu bringen. Niemand sonst kann ein solches Programm vertreten. Verlangen müssen wir, daß sie sich der Öffentlichkeit mit lokalen Aktionsprogrammen stellen, in jedem Bezirk, in jeder Gemeinde. Dann wird es plötzlich um sehr einfache und richtige Entscheidungen gehen, die seit langem erwartet werden. Die K.P.Č. bereitet den Parteitag vor, der ein neues Zentralkomitee wählen müssen wird. Wir fordern, daß es ein besseres ist als das bisherige. Wenn die Partei neuerdings behauptet, sie wolle ihre führende Rolle in Zukunft auf das Vertrauen der Bürger stützen und nicht auf Gewalt, so laßt uns das glauben nach dem Maß, in dem wir jenen Leuten Glauben schenken, die die Partei schon jetzt auf die Bezirks- und Kreiskonferenzen delegiert.
In letzter Zeit sind die Leute beunruhigt, es könne der Fortschritt der Demokratisierung zum Stillstand gekommen sein. Dies Gefühl rührt zum Teil aus der Ermüdung nach den aufregenden Ereignissen der vergangenen Monate, zum anderen aber entspricht

es einem tatsächlichen Sachverhalt: Die Saison bestürzender Enthüllungen, der Rücktritte in hohen Positionen und berauschender Aufrufe von unerhörter Kühnheit ist zu Ende. Jedoch vollzieht sich der Kampf der Kräfte nur auf einer anderen Ebene. Jetzt wird um den Inhalt und den Wortlaut der Gesetze gerungen, um die Reichweite praktischer Maßnahmen. Daneben muß man den neuen Leuten, den Ministern, Staatsanwälten, Vorsitzenden und Sekretären Zeit lassen, sich einzuarbeiten. Sie haben ein Anrecht auf diese Zeit, entweder um sich zu bewähren, oder um ihren Mangel an Eignung zu erweisen. Darüber hinaus kann man in den zentralen politischen Organen nicht viel erwarten. Ohnehin haben sie, nolens volens, bemerkenswerte Tugenden gezeigt.

Die praktische Qualität der zukünftigen Demokratie hängt jetzt davon ab, was mit den Fabriken und in den Fabriken geschehen wird. Bei allen unseren Diskussionen kommt es letzten Endes auf die Wirtschaftler an. Es gilt jetzt, Ökonomen zu suchen, die ihr Fach verstehen, und sie auf die richtigen Stellen zu setzen. Es ist zwar wahr, daß wir alle, im Vergleich mit den entwickelten Ländern, schlecht bezahlt werden, einige von uns noch schlechter. Wir könnten nun mehr Geld verlangen. Aber das läßt sich in beliebiger Menge drucken, damit also entwerten. Darum sollten wir lieber die Herren Direktoren und Vorsitzenden auffordern, uns Rechnung zu legen darüber, was und zu welchen Kosten sie produzieren wollen, wem sie es zu welchem Preis verkaufen wollen, welcher Gewinn dabei herauskommen soll, welcher Teil des Profits in die Modernisierung der Produktion investiert und was davon verteilt werden kann. Die scheinbar langweiligen Überschriften in unseren Zeitungen spiegeln jetzt einen harten Kampf wider, in dem es um Demokratie oder Futtertröge geht. Hier können die Arbeiter als Unternehmer eingreifen, indem sie sich ansehen, wen sie in die Verwaltungen der Fabriken und die Werkräte wählen. Als Angestellte können sie jetzt ihren Vorteil achten, wenn sie als ihre Delegierten in die Gewerkschaftsorgane die Vertreter ihrer Interessen wählen, fähige und anständige Menschen, ohne Rücksicht auf eine Parteizugehörigkeit.

Wenn gegenwärtig von den zentralen politischen Organen nicht viel zu erwarten ist, so muß um so mehr in den Bezirken und Kreisen erreicht werden. Wir verlangen den Rücktritt jener Leu-

te, die ihre Macht mißbraucht, das öffentliche Eigentum geschädigt, die schändlich oder grausam gehandelt haben. Man muß Mittel anwenden, die sie zum Rücktritt zwingen. Zum Beispiel: Öffentliche Kritik, öffentliche Beschlüsse, Demonstrationen, demonstrative Arbeitseinsätze, Spendensammlungen für ihren Ruhestand, Streik, Umgehung ihrer Büros. Jedoch muß auf alle Aktionen ungesetzlicher, unehrenhafter oder faustrechtlicher Art verzichtet werden, da sie damit Alexander Dubcek in den Ohren liegen würden. Unser Abscheu gegen das Schreiben widerlicher Briefe ohne Unterschrift muß so allgemein werden, daß jeder derartige Brief, den sie noch bekommen werden, gelten kann als Post, die sie sich selbst geschrieben haben.
Bringen wir Leben in die Arbeit der Nationalen Front. Verlangen wir, daß die Nationalausschüsse öffentlich tagen. Bei Fragen, die nicht bearbeitet werden, bilden wir unsere eigenen Bürgerausschüsse und Kommissionen. Das ist ganz einfach: Ein paar Leute kommen zusammen, wählen ihren Vorsitzenden, lassen vorschriftsmäßig Protokoll führen, veröffentlichen ihre Angelegenheiten und lassen sich nicht einschüchtern. Verwandeln wir die lokale und die Bezirkspresse, die meist zu einem amtlichen Sprachrohr heruntergekommen sind, in eine Tribüne aller nützlichen politischen Kräfte. Verlangen wir, daß Redaktionsräte mit Vertretern der Nationalen Front besetzt werden, oder gründen wir andere Zeitungen. Bilden wir Ausschüsse mit der Aufgabe, die Freiheit des Wortes zu verteidigen. Ziehen wir für unsere Versammlungen einen eigenen Ordnungsdienst auf. Wenn wir über bestimmte Personen anrüchige Geschichten erfahren, so laßt uns die prüfen auf ihren Gehalt an Wahrheit, dann eine Delegation zu den zuständigen Organen schicken und deren Befund veröffentlichen, wenn nicht anders durch Anschlag an den Toren.
Unterstützen wir die Organe der Polizei, wenn sie wirkliche Straftaten verfolgt. Es ist nicht unsere Absicht, Anarchie oder einen Zustand allgemeiner Unsicherheit herbeizuführen. Vermeiden wir Streit unter Nachbarn, betrinken wir uns nicht, wenn wir politische Dinge zu besprechen haben. Aber entlarven wir Spitzel!
Die belebte sommerliche Bewegung in der gesamten Republik fördert auch das Interesse für eine neue Regelung der staatsrecht-

lichen Beziehungen zwischen Böhmen und der Slowakei. Wir betrachten die Föderation als eine Möglichkeit, die nationale Frage zu lösen. Davon abgesehen, ist sie nur eine der bedeutsamen Maßnahmen, Demokratie in unseren Verhältnissen einzuführen. Diese Maßnahme für sich allein kann der Slowakei kein besseres Leben bringen. Mit getrennten Regierungen in der Slowakei und den böhmischen Ländern ist noch gar nichts getan. Die Herrschaft der partei-staatlichen Bürokratie könnte auch dann weiter bestehen, in der Slowakei um so eher, als sie dort ›eine größere Freiheit erkämpft hat‹.

In der letzten Zeit entsteht ungewöhnliche Unruhe aus der Möglichkeit, daß ausländische Mächte in unsere Entwicklung eingreifen könnten. Angesichts aller Großmächte müssen wir uns damit bescheiden, ruhig unseren Standpunkt zu verteidigen und niemanden herauszufordern. Unsere Regierung muß von uns wissen, daß wir hinter ihr stehen, wenn nötig mit Waffen, solange sie nach dem Auftrag unseres Mandats handelt. Unsere Verbündeten können versichert sein, daß wir unsere Bündnis-, Freundschafts- und Wirtschaftsverträge einhalten werden. Gereizte Vorwürfe und unbelegte Verdächtigungen tun nichts, als die Stellung unserer Regierung zu erschweren, statt ihr zu helfen. Beziehungen auf der Grundlage der Gleichberechtigung sind für uns erst dann möglich, wenn wir die Zustände im Inneren verbessert und den Prozeß der Erneuerung so weit geführt haben, daß wir uns eines Tages Politiker wählen können, die so viel Standhaftigkeit, Ansehen und politisches Können besitzen, daß sie solche Beziehungen für uns auszuhandeln und einzuhalten imstande sind. Übrigens ist das ein Problem, mit dem die Regierungen aller kleineren Staaten in der Welt ihre Mühe haben.

In diesem Frühling haben wir von neuem, wie nach dem Kriege, eine große Chance bekommen. Von neuem haben wir die Möglichkeit, unsere gemeinschaftliche Sache, die den Arbeitstitel SOZIALISMUS trägt, in die eigenen Hände zu nehmen und sie in einen Zustand zu bringen, der unserem einst guten Ruf und der verhältnismäßig guten Meinung entspräche, die wir ursprünglich von uns hatten. Dieser Frühling ist eben zu Ende gegangen, er wird nicht wiederkehren. Im Winter werden wir wissen, woran wir sind.

Damit endet dieser Aufruf an die Arbeiter, Bauern, Künstler,

Wissenschaftler, Techniker und an alle. Geschrieben wurde er auf Anregung der Wissenschaftler.«
An diesem Tag erschien die Angestellte Cresspahl verspätet zum Dienst. Pflichtvergessen besuchte sie erst einmal die Italienische Delegation bei den Vereinten Nationen, ohne Einladung, ohne telefonische Anmeldung. Signora Sabatino mochte nicht recht glauben, daß es in Person einen Menschen gibt, den sie doch nur aus der Adressenkartei für Cocktails zweiten Grades kennt. Auf den Empfängen aber serviert sie, sieht jedem Gast aufmunternd ins Gesicht, stumm aber so deutlich, daß Einer zu hören glaubt: Na? Nicht doch noch ein Stückchen? So ein kleines? Dieses?
Es war ja nur eine Frage. Wie soll eine prager Zeitung von gestern heute schon in New York sein. Die, wissen Sie, die heute in der Times ...
– Ma! rief Frau Sabatino mit einem Mal. – Ma abbiamo quattro edizioni del questo manifesto! La Práce, Zemědělské Noviny e Mladá Fronta! Anche le Sue Literární Listy! Signora, legen Sie doch Ihren Mantel ab! Sie sind naß im Haar! Sie sind die Dame, die die Briefe schickt für Signor Karresh! Nicht wahr, nun werde ich Sie melden bei seiner Excellenz Dr. Pompa, er ist schwer beschäftigt, er hat gar nichts zu tun. Zwei Minuten, und ich komme stören mit Kaffee. Facciamo cosi, Signora?
Aber Mrs. Cresspahl ging gleich weiter durch den Regen, sieben Bogen Fotokopie unterm Mantel. Anwesenheit am Arbeitsplatz muß zumindest vorgetäuscht werden. Dann hat sie die Bank um einen ganzen Arbeitstag betrogen; da hätte selbst unser Vizepräsident de Rosny vergebens gefragt, was solch tschechische Schrift denn zu tun hat mit einer Reise nach Prag. Die Angestellte Cresspahl hätte ihn nicht nur daran erinnert, daß eben sie im August im Auftrag der Bank dahin reisen soll, wo die Sozialisten so reden. Sie hätte ihm wohl etwas erzählen mögen, etwa, daß Vorgesetzte sich störend auf die Arbeit auswirken. Schularbeiten waren es ja geradezu! Das Essen ließ Mrs. Cresspahl sich heraufbringen aus Sams Restaurant! Das Radio, eingestellt auf die Station Prag, sonderte laut fremde Worte ab, ausländische Musik, ganz heiß war es, als sie es abends mit nach Haus nahm. Nach Arbeiten sah es heute kaum aus im Büro.
Komunistická strana, která měla po válce velikou důvěru lidí,

postupně ji vyměňovala za úřady, až je dostala všechny a nic jiného už neměla. Musíme to tak říci...
Nein, noch weiter vorne. Událostmi, které ohrozily jeho duševní zdraví a charakter. Verwüsteten die Integrität...? Das ist noch lange nicht das richtige Wort.
Auch heute sagt unser Radio brav die Wasserstände der Moldau auf, dazu aber schon die Antworten einiger Bürger.
Der Ministerpräsident Oldřich Černík verurteilt solchen Brief vor der Nationalversammlung. Im Schlußteil rufe er geradezu auf zu Taten, aus denen Sachen entstehen könnten wie Nervosität, Unruhe und rechtliche Unsicherheit.
Das Präsidium des Z.K. der K.P.Č. glaubt durch diesen Brief das eigene Programm bedroht, die Politik der Nationalen Front und der Regierung gefährdet.
Wenn ihr wissen wollt, was an Sozialismus möglich ist zu unseren Zeiten, lernt Tschechisch, Leute!

29. Juni, 1968 Sonnabend Tag der South Ferry

Die Rawehns, ff. Damen- und Herrenmoden, unterhielten ihr Ladengeschäft am gneezer Markt seit der Franzosenzeit. Sie waren einmal lose verwandt gewesen mit den berühmten Ravens von Wismar; noch im Herbst 1946 sollte ein Mantel für den Winter ausfallen, wie die Firma Rawehn ihn für modisch estimierte, um so mehr, wenn die Kundschaft ein Handwerkerskind bloß aus Jerichow war, in Obhut einer alten Frau von noch weiter auswärts, einer Flüchtlingsperson. Die Rawehnsche, eine dralle kurze Frau von noch nicht vierzig Jahren, so appetitlich wie unangreiflich verpackt in ihrem städtischen Kostüm, tat beileibe nicht hochnäsig gegen diese Frau Abs und ihren Schützling, die versprachen mit Weizen zu zahlen. Sie durfte vermögliche Kundschaft nicht verärgern; auch solch schwarzes Kammgarntuch hatte sie lange nicht in der Hand gehabt, das hatte wohl seit dem Jahr 1938 in einer Schublade gelegen, einer französischen womöglich, davon hätte sie gern mehr bezogen als anderthalb Meter doppelt breit. Das Futter mit Schottenmuster gar nicht zu erwähnen. Nur, wie diese Gesine Cresspahl sie anblickte! es war ja, um in den Spiegel zu sehen! Im Spiegel wurde sie sich beim Maß-

nehmen gewahr, vom Kauern stramm am ganzen Leibe, die kastanienschwarzen Haare in festen Streifen hochgesteckt, in der Entwarnungsfrisur, alles nach oben. Daran konnte es nicht liegen. Am Ende war es nur der Trotz, den Mädchen so haben können in diesem Alter.
Das Mädchen dachte an einen Mantel bis lang über die Knie. Kinder trugen bei Rawehns kurz. Das Mädchen wollte die Knöpfe unter Verdeck. Brachte acht große Hornknöpfe an, zum Verstecken? Das Mädchen wünschte einen hohen Kragen, steif um den Hals gestellt; modisch war für Kinder der Bubikragen, halb die Schultern bedeckend, mit runden Ecken. Das Mädchen hätte lieber keinen Riegel im Rücken gehabt. – Dann is doch der Pli hin? rief Helene Rawehn. – Alle kennen das as ne Arbeit von uns, wat salln de Lüd denken in Gneez!
Ihr entging nicht, daß die Dreizehnjährige ab und an Beistand suchte im Gesicht ihrer Begleiterin, die so hohl um die Augen war. Sie bekam Blicke, die trösten sollen und vertrösten, von Kenntnissen in der Kunst des Schneiderns fiel Helene da nichts auf. Überdies sprach die Alte ja kaum. Die Rawehnsche gab nach beim Rückengürtel. Den würde sie mit Knöpfen in der Seitennaht befestigen, nach Belieben abnehmbar. Den unteren Saum würde sie um eine Elle umnähen, wenn das Kind einmal denn den sowjetischen Stil tragen mochte. Der Mantel sollte geräumig werden für zwei Jahre Wachstums. Von den sichtbaren Knöpfen, der ausgestellten Form, dem Bubikragen ging Helene keinen Zentimeter ab, da standen für sie die Kunst und Ehre der Familie Rawehn (Raven) auf dem Spiel. Tatsächlich setzte das Kind sich selten zur Wehr bei den Anproben (an Sonntagen, diskret anschleichend durch Tüsche und hintere Tür, damit den sowjetischen Damen, beim Warten im Salon mit den englischen Magazinen, solch Tuch nicht in die Augen stach); wahrhaftig betrog die Rawehnsche das Kind um kein Lot Mehl, noch die Knopflöcher nähte sie mit eigener Hand; von Herzen gern hätte sie mit dem fertigen Stück im Schaufenster für die Firma geworben, wären es Zeiten gewesen wie im Frieden; Sorgen hatte sie selber, um den bei Charkow vermißten Mann, den Heini, den Schürzenjäger, den liebestollen Kerl. Warum sollte da ein Kind nicht eine schmale Flunsch ziehen in Zeiten wie diesen?
Das Kind war unglücklich mit dem Mantel. Das kam nicht, weil

er so die geplanten Zwecke verfehlte. Schräg eingeschnittene Taschen, einmal eingerissen, brauchen grobe Nähte; einfach aufgesetzte klammerst du wieder an, am Mantel ist nichts zu sehen. Sie wollte keinen Mantel mit Kragen, der nach kleinen Jungen hieß; daran und am Gürtel konnte Einer sie festhalten. Sie kam heutzutage so oft ins Gedränge, da rissen die Knöpfe ab wie aus eigenem; unter einer Leiste hätte sie die behalten dürfen. Sie hatte den Mantel ja zu mehr brauchen wollen als zum Wohnen darin; er war bestimmt gewesen als ein haltbares Gehäuse für die Reise, auf die die Sowjets sie einmal holen konnten, weil sie den Vater geholt hatten. Nun hatte Gesine Cresspahl einen schwarzen Mantel, der war bloß zeitgenössisch elegant.

Frag die Gräfin Seydlitz, sie wird auch hier Bescheid wissen wollen und einem Kind nachsagen aus der gelungenen Ehe der Eltern, es komme viel früher, kräftiger zu sich selbst, zu einem Begriff von der Stelle Ich, zumindest wo es haben will oder wünscht, vielleicht auch, wo es sich kennt als Ich und das bekannt macht in seiner Welt.

Marie Luise Kaschnitz aber hat gesehen und sagt, wie ein Kind sich schaden kann an einem vollkommenen Bündnis der Eltern. Die halten zusammen gegen das Kind, lassen es nicht zu sich einzeln, verweigern ihm das Aussuchen unterschiedlicher Ansätze fürs Lieben, halten es fest in dem unweigerlichen Verzicht, noch mit dreizehn Jahren kaum mehr zu sein als das Kind der Eltern, fast nur beschrieben durch sie.

Das eine Kind wie das andere, beide können sie zurücklaufen zu den Eltern, wenn die Welt sie nicht verstehen will oder kränkt, auch zum großen Bruder, de hett Nœgel ünner de Schauh, in ihrem Schutz geborgen und doch des Verständnisses von sich selbst nicht verlustig. Die Älteren bringen ja nur in Ordnung, was solche Kinder noch nicht haben lernen können; von ihnen werden sie es lernen, auch in Unordnung unverletzlich zu bleiben.

Dem Kind Gesine Cresspahl war die Mutter weggegangen schon im November 1938, es war verraten worden mit viereinhalb Jahren. Der Vater, nicht nur deswegen unentbehrlich, auch als Bundesgenosse im englischen Geheimnis, hatte die Bürgermeisterei von Jerichow zum Ärger der Roten Armee verwaltet, mochte es die Sache mit den Abtreibungen sein oder Mangel an Gehorsam, bei den Russen war er nun, unerreichbar, jeden Tag weniger zuständig für das Kind, da er nicht sah, was sie sah. In ihrem Haus lebte eine Frau von der Insel Wollin, gewünscht als Mutter für alle Zeit, die durfte sie schwerlich bitten: Nimm mich an an Kindes Statt. Sie half, mehr noch, sie ließ sich helfen und war mit dem fremden Kind glücklich, wenn einmal nachmittags ein Ofen schon geheizt war. Auch das weiß ich von ihr: Du kannst nun selber Kinder kriegen, Gesine.

Da war Jakob Abs, der Sohn Abs, der nahm sie als die kleine Schwester. Die Zeit, die er nicht arbeiten mußte, hängte er an die Geschäfte, zu allererst jedoch an ein Mädchen, das war nicht zu jung für ihn, ein vor Schönheit nicht träumbares Geschöpf, Anne-Dörte hieß sie. Nicht nur zu ihr ging er weg, auch aus Jerichow schon. Sein Russisch lernte er aus einem Buch der železnodorožnych terminov, vom Gaswerk machte er sich auf den Weg zu einer Lehre bei der Eisenbahn, die würde ihn wegfahren nach Gneez, nach Schwerin und einmal ganz weg aus Mecklenburg.

Die waren ihr geblieben.

Was fängt eine solche Gesine Cresspahl nun an, wenn sie vierzehn Jahre alt werden soll am 3. März 1947 und darf sich nicht verlassen auf einen einzigen in Jerichow und Umgebung? Wird sie so blind vor Angst, daß sie denen nachläuft, die bloß in der Nähe sind, von den Freunden des Vaters bis zu einem Lehrer, der einmal nicht fragt nach seinem Verbleib? Oder, das kann sie auch getan haben, sie begreift sich als allein gegenüber den Erwachsenen, in zwar nicht angesagter Feindschaft, jedoch ohne Hoffnung auf Hilfe von ihnen? Kann die nicht auch sich merken als ein Ich, mit Wünschen, mit Zukünften die müssen bloß erst noch versteckt werden?

Das Kind das ich war, Gesine Cresspahl, Halbwaise, dem Andenken des Vaters zuliebe entzweit mit der überlebenden Verwandtschaft, auf dem Papier Besitzerin eines Bauernhauses am Friedhof von Jerichow, am Leibe einen schwarzen Mantel, sie muß sich eines Tages entschlossen haben, den Erwachsenen das verlangte Teil zu geben, dabei sich selbst von dannen zu schmuggeln und in ein Leben zu kommen, in dem durfte sie dann sein, wie sie würde sein wollen. Wurde es ihr nicht gesagt, mußte sie es allein herausfinden. Mut verschlägt da wenig.

Sonderbar genug galt ihr die Schule als ein Weg nach draußen. Ihr Vater hatte sie aus der Hauptschule von Jerichow genommen, weil der Lehrer Stoffregen schlug; weil sie ihn eines Tages noch verraten würde vor dem sudetischen Gfeller, Schuldirektor und Gauredner der Nazis; versteckt hatte er sie im Lyzeum von Gneez. Das Kind dachte sich daraus zurecht, er habe im Ernst eine weiter führende Schulbildung angeraten. Dann blieb ihr nichts übrig, als die Ohren anzulegen und geradeaus dorthin zu gehen, wo die Schule aufhörte, an den märchenhaften Platz, der Abitur hieß und Erlaubnis, etwas auszusuchen. Nein, mutig war sie kaum. Angst hatte sie.

Sie fing an mit Lügen. Für den Eintritt in die siebente Klasse, in die Brückenschule von Gneez, hatte sie nicht nur das Abgangszeugnis der sechsten Klasse abgeben müssen, auch einen Lebenslauf. Es war eine Schule unter der Verwaltung der Roten Armee, ihr Vater stand nicht gut mit den Sowjets. Oder umgekehrt. Das konnte sie nicht wissen; etwas anderes hatte sie gelernt. Sie gab ihn an im Lebenslauf, sie beschrieb ihn als Tischlermeister, selbständig, verkleinerte seinen Anteil am Bau des Flughafens Mariengabe, beschränkte ihn auf seine Anstellung als Werfthandwerker, kam zu sprechen auf die Befreiung durch die Sowjetunion und tat, als sei er weiterhin am Leben, Arbeiten, Wohnen in Jerichow.

Wer eines Tages die amtlichen Lebensläufe dieser Gesine Cresspahl vergleicht, er wird nicht umhin können, verschiedene Personen dieses Namens anzunehmen. Oder aber eine einzige, die war jedes Jahr eine andere und wurde sich selbst unbekannt von einem auf den anderen Tag!

Eifer fiel auf, sie entschied sich für Fleiß. Wie sie in der alten Schule »John Maynard« abgeben konnte durch Aufsagen, in Antworten, Klassenarbeiten, lieferte sie dem Lehrerpersonal in der neuen die gewünschte Beschreibung des gegenwärtigen Lebens in Mecklenburg:

Aufbau der anti-faschistisch-demokratischen Grundordnung. I. Definition. Das erste Wort, ein Attribut, nur in Zusammensetzungen zu verwenden, drückt eine Gegnerschaft aus. Sie richtet sich auf eine Herrschaftsform, deren Symbol die Rutenbündel der Liktoren im alten Rom waren, auf eine Unterdrückung des Volkes durch Gewalt in den Händen Weniger. Gewalt haben wir keine in Mecklenburg. Demokratie, eine Verbindung aus den griechischen Worten für Volk und herrschen (demos & kratein),

bedeutet eine Ausübung der Macht durch das Volk selber. Wir sehen im Landkreis Gneez, wie die Ausbeuter und Räuber am Volk davon gejagt wurden oder mindestens dreißig Kilometer von ihrem Besitz entfernt Wohnung suchen und arbeiten müssen. Das Volk selber besteht aus den Arbeitern, den Bauern, dem Kleinbürgertum, dem mittleren Bürgertum, in dieser Reihenfolge. (Diese Stelle war für sie heikel, weil sie in der Rangordnung recht ungünstig stand, Handwerkers Kind.) Alles zusammen macht eine Grundordnung aus. II. Anwendung. Ein Beispiel dafür bietet die Schulreform.
In Physik schrieb sie auf Verlangen: Alexandr Stepanovič Popov, russischer Physiker, geboren am 17. März 1859 in Bogoslovsk im Gouvernement Perm, gestorben am 13. Januar 1906 in dem damaligen St. Petersburg, erfand im Jahre 1895 das Telefon. (Sie hat es geglaubt, sie kümmerte sich nicht mehr um den Ursprung der Anekdote, bis zu sechzehn Jahren konnte sie Telefone nur zusammen denken mit Behörden und ein paar ausgewählten Bürgersfamilien, Günstlingen der N.Ö.P.) Auch in ihrem Abitur, Juni 1952, wäre die Antwort noch richtig gewesen. Ohne Absicht, gewiß nicht auf Suche, schlug sie das 1950 von Papenbrocks geerbte Konversationslexikon auf an der Stelle, wo der Lebenslauf von Alexander Graham Bell dargestellt ist. Noch lange später wünschte sie sich, sie müßte das Jahr 1895 nicht gerade deswegen vergessen, dürfte eine andere Vorfreude auf Edinburgh in Schottland behalten.
1947 hatte sie im dritten Jahr Russisch, immer noch bei Charlotte Pagels. Das Thema war die Ableitung mecklenburgischer Worte aus dem Slawischen, einer dem Russischen vorangegangenen Sprachform, nun wohl. Am Schluß meldete sich Cresspahl, mit der für dies Kind mittlerweile bekannten Schüchternheit, und bat um Erlaubnis, etwas über Gneez sagen zu dürfen. Es könne doch wohl herrühren von dem sowjetischen Wort für Nest, nicht wahr? Gnezdo. Eine Eins ins Klassenbuch! (Dergleichen schadete ihr bei den anderen Mädchen in der Klasse, sogar bei Lise Wollenberg; sie mußte es beheben mit der Lage ihres Hauses gegenüber der jerichower Kommandantur, mit Erzählungen von Herrn Leutnant Wassergahn. Endlich kam Lise ihr zu Hilfe. – Doch, du: sagte sie. – Die Cresspahls warn mal so gut wie besetzt!)
Nur keinen Blick abseits vom Lehrplan, der war zum Abstürzen:

Händchen falten, Köpfchen senken
still der S.E.D. gedenken;
gib uns mehr als Kartoffeln und Kohl,
auch was essen der Erste Sekretär und der Zweite
der Sozialistischen Einheitspartei Deutschlands wohl!

Wenn eine Mädchenklasse gegen Mittag allein gelassen wird, frierend in ihren Mänteln sitzt, bei 12 Grad Celsius im schönsten Falle, was können die für verrückte Singetänze anstellen, kreischend, wie die Tollen über die Tische hüpfend!

Zucker sparen?
Ganz verkehrt!
Zucker essen!
Zucker nährt!

bis Fifi Pagels hereinstürzte, ganz ohne Erinnerung an die Preise auf dem Schwarzen Markt für Süßmittel, nur verletzt in ihrem Traum von artigen Kindern etwa um 1912, und ausrief: Ihr bösen, bösen Kinder!
Im Februar 1947 wurde bei Dr. Kramritz die neue mecklenburgische Verfassung durchgenommen, die der Landtag der vorjährigen Wahlen sich gegeben hatte. Bürger des Landes sind alle Einwohner deutscher Staatsangehörigkeit. Die im öffentlichen Dienst Tätigen sind Diener des Volkes; sie müssen sich des Vertrauens des Volkes jederzeit würdig erweisen. II. Grundrechte und Grundpflichten der Bürger, Artikel Acht. Die Freiheit der Person ist unverletzlich.

Personen, denen Freiheit entzogen wird.
Sind spätestens am folgenden Tag in Kenntnis zu setzen.
Von welcher Behörde und aus welchen Gründen.
Die Entziehung der Freiheit angeordnet worden ist.
Unverzüglich ist ihnen Gelegenheit zu geben.
Einwendungen gegen ihre Freiheitsentziehung vorzubringen.

Herr Dr. phil. Kramritz war Mieter zweier Zimmer in Knoops Fürstenhof. Als Knoop im März zurückkam aus seiner entzoge-

nen Freiheit, war dies das erste, was seine treu sorgende Mutter von ihm seit dem 3. Februar erfuhr. Selbst bewährten Freunden gab Knoop keine Auskunft über den Haftort, über Veranstaltungen in der mangelnden Freiheit. Was er gern antwortete, unbeweisbar feixend, gemütlich, in breitem Hochdeutsch: Das Verfahren is niedergeschlagen worden. Ganz wie Emil.
Im März kam einmal die Schülerin Cresspahl dran in Englisch, obwohl Frau Dr. Weidling sich längst in der Mitte des Alphabets befand, nach gerechter Reihenfolge. Zu dieser Unterrichtsstunde brachte sie einen jungen Mann mit in städtischem Zivil, den stellte sie vor als künftigen Neulehrer, zu dessen Ausbildung solche Hospitation gehöre. Frau Dr. Weidling war die sowjetische Spionageabwehr schon ziemlich dicht auf die Haut ihres Mannes gerückt, die unterlassene Warnung ist ihr wenig zu verdenken. Wer möchte was verdacht haben aus jenen Zeiten. Nach einigen grammatikalischen Fragen in der Gegend von N., O. und P. wurde das Cresspahlsche Kind aufgerufen zum Vortragen eines Gedichts, das war aufgegeben in Portionen zum Auswendiglernen. Sie hielt es immer noch für ein Versehen, daß die Sowjets das Englische zuließen als eine zweite Fremdsprache, sie wollte Frau Weidling gern eine Blamage ersparen, sie fing an und hielt durch, in einer widerlichen Lautbildung, in schülerhafter Rhythmisierung, aber in der Satzmelodie so achtlos und annehmbar, wie sie das gelernt hatte von ihrem Vater seit 1943, wann immer sie ohne Ohrenzeugen gewesen waren, woran Frau Weidlings Unterricht wenig hatte verändern können:

Recuerdo
by Edna St. Vincent Millay
born 1892

TOLD BY HEART

»We were very tired, we were very merry –
We had gone back and forth all night on the ferry.
. . . .
We hailed ›Good-morrow, mother!‹ to a shawl-covered head,
And bought a morning paper, which neither of us read;
And she wept, ›God bless you!‹ for the apples and the pears,
And we gave her all our money but our subway fares.«

Marie mag es nicht glauben, eben weil wir auf der Fähre einfahren nach Manhattan und gleich die Subway benutzen werden für den Weg an den Riverside Drive. Marie mißtraut Geschichten, die in allem zusammenpassen; so weit hab ich sie nun. Tatsächlich war Frau Weidling in Lehrerkonferenzen bekannt gemacht worden mit einigen Zeichen der Zeit, sie ließ uns auch Poeme lernen wie »Das Lied vom Hemde«, Verfasser Thomas Hood, 1799–1845, Mit Fingern mager und müd / Mit Augen schwer und rot / In schlechten Hadern saß ein Weib / Nähend fürs liebe Brot, die sozialkritische Anklage. Nur, sie hatte ihren akademischen Grad erworben auf einer Universität statt durch Heirat, sie war in vielen Ländern umhergekommen durch ihres Mannes Gefälligkeiten für die Abwehr, sie mag recht wohl den Band »Some Figs From Thistles« von 1922 besessen haben, und wahrhaftig ließ sie dem Gasthörer aus dem Sowjetlande jenes Fährgedicht vortragen mit der schädlichen, der systemreformistischen Botschaft, wenn überhaupt einer; Kriecherei verbat sie sich wie ihren Schülerinnen, wie Leslie Danzmann wollte sie sich halten als Dame. Das Kind Cresspahl bekam seine fürchterliche Niederlage.

Wann hest du't markt, Gesine?

Oh Cresspahl. Dat kannst mi nicht vegætn!

Ick vegæt di dat. Segg an.

Ierst harr'k em nich seihn. Denn wüsst ick, he har de ganze Tied nich rædt. Hei seech so stumm ut. As ick farich wier, sä hei wat in Inglisch tau de Weidling. Nu wusst ick: Dat wier'n Russn.

War nich schlimm, Gesine.

Ja, für mich. Zum ersten Mal konnte ich gewiss sein, du lebst. Aber ich hab uns verraten. Mußtest du noch ein Jahr wegbleiben im Lager Fünfeichen.

Ach wat, Gesine. Der sollt man bloß nachprüfen, ob ich würklich mal in Inglant war lange Jahre.

Und ob sie dich zurückschicken konnten nach Süd-London mit einem Kind, das fällt wegen der Sprache bald gar nicht auf.

Ja, Gesine. Das Englisch von Richmond hättst du noch lernen können.

Wärst du für die Sowjets nach England gegangen?

Für dich, ja. Das wollt ich dich fragen, sobald sie mich rausließen zu dir.

Das kommt nun bald. Dann sag ich wieder das Falsche.

Mi tau Leiw, Gesine.

30. Juni, 1968 Sonntag

Der Oberst Emil Zátopek, der selbe, der uns seit seinem Sieg über 5000 Meter beim Internationalen Militär-Sportfest Anfang September 1946 im berliner Olympia-Stadion hingestellt wurde als ein musterhaftes Beispiel für die Verbindung von Humanismus und Sport unter sowjetischer Aufsicht,

Emil Zátopek, der sich jene zweitausend Worte an alle Leute in seinem Land gewünscht hat, er versteht nun nicht den Ärger der Partei über den Wunsch, es möchten die Schuldigen endlich behandelt werden als Schuldige. – Daran seh ich nichts Konterrevolutionäres: sagt er. Er sagt: Allen Unterzeichnern des Aufrufs geht es um den raschen Aufbau des demokratischen Sozialismus und die Freiheit des Menschen. Sagt er.

Er ist da nicht allein; ähnlich redet die Zemědělské Noviny, die Zeitung der Bauern, auch die Mladá Fronta, die kommunistische Jugendzeitung der ganzen Č.S.S.Republik. Und eben der Tischlerssohn, Träger einer goldenen und einer silbernen Medaille von den Olympischen Spielen 1948 zu London, Meister der Intervall-Methode, Vorbild nicht nur der Streckenläufer, ein Jahr lang lebendes Modell für die Sowjets auf der Krim, drei Goldmedaillen auf den Überflüssigen Spielen 1952 zu Helsinki, für Läufe über

5000 m in 14:06,6
10000 m in 29:17,0
42200 m in 2:23:03,2;

Inhaber von insgesamt 19 Weltrekorden, Leiter des tschechoslowakischen Militärsports seit 1958, zum Sportler des Jahres in seinem Land gewählt noch 1966, wohnhaft Prag, nahe Hauptbahnhof, Am Leihhaus 8, die tschechische Lokomotive, der auch: Emil Zátopek.

In die Konfirmationslehre von Pastor Brüshaver bekamen die Absens mich nur für zwei Stunden, da setzte er mich schon vor

die Tür; Unterricht im Tanzen mußte ich nehmen, wöchentlich zwei Nachmittage im gneezer Hotel Sonne hinterm Landratsamt, im Frühjahr 1947, weil im Winter Feuerung wie Tageslicht nicht gereicht hätten. Zeit zu Schularbeiten verlor ich, kam mürrisch nach Jerichow mit dem Abendzug, da verschlug meine maulende Miene weder bei Jakob noch vor seiner Mutter, das Kind bekam seine Richtigkeit. Tanzstunde.
Sie sahen es in Jerichow, Jakob in Gneez bei seinem Umschulerkurs: vom Bürgerlichen sollte etwas übrigbleiben. Ihnen galt ich als ein bürgerliches Kind, mochte mein Vater verschwunden sein oder einer meiner Onkel ein unbeschreiblicher Verbrecher; fast war es, als hätten sie mich zu vornehmer Erziehung in Auftrag genommen. In Jerichow wie in der Kreisstadt sahen sie die feine Gesellschaft ungeschoren, ausgenommen die man mit Waffen in der Sowjetunion ertappt hatte, oder in Karteikästen der Nazipartei, oder mit adligen Besitztiteln und zu gewinnträchtigen Geschäften mit dem vergangenen Reich. Oder auf Zetteln ohne Unterschrift. Die anderen beließ man in dem Glauben, sie würden noch gebraucht; sie selber waren dessen sicher. Ob Einer mit Schuhabsätzen handelte oder den Arbeitern die Butter abwog in Fetzen zu 20 Gramm, allesamt waren sie gewiß, ohne sie liefe die Versorgung der Bevölkerung noch übler. Keine in unserer Schulklasse hatte es ausgesprochen, fast von Anfang an dachten wir uns geteilt als Einheimische und Flüchtlinge. Die Erwachsenen verlängerten den Unterschied bis zu alteingesessener Bürgerschaft und zugelaufenem Pack; zwar auch weil die dekorativen Holzarbeiten der Sudetendeutschen und Ostpreußen Kleingeld wegnahmen von ihrem Markt. Die hatten ihren Besitz fast ganz zurücklassen müssen; bei den rechten Leuten in Jerichow hatten plündernde Sowjetmenschen noch lange nicht alle Stücke aus Gold oder Gemälde in Öl gefunden, die konnten sie in größerer Not beim Rasno-Export der Roten Armee umtauschen in Zigaretten, die wiederum in Butter oder einen zweimal getragenen Bleyle-Anzug, der einem Flüchtlingsjungen verblieben war. Sie hatten einander selten aus den Augen verloren, so übersichtlich war selbst Gneez; nun fanden sie von neuem zusammen, so in konservativen Parteien, wo sie den Nachtwächterstaat besprachen oder einen künftigen Anschluß an ein skandinavisches Land. Sogar Mecklenburg als eine Provinz hatte die revolutio-

näre Rote Armee ihnen belassen; der störende Zusatz »-Vorpommern« wurde durch das Gesetz vom 1. März 1947 beseitigt, so daß die nun weniger zu sagen hatten und eigentlich gerechnet werden konnten als ein Gewinn für Mecklenburg. Land Mecklenburg. Im Artikel I. 1 Absatz 3 der neuen Verfassung waren die Landesfarben bestimmt: Blau/Gelb/Rot. Das Hergebrachte, wer ficht das an.
Sie zeigten obendrein, was sie von sich hielten. Johannes Schmidt Erben in Jerichow mochte der S.E.D. schließlich seine Lautsprecher ohne Gebühr für Wahlkämpfe überlassen; Wauwi Schröder, ebenso Musikalien und Elektro, jedoch in Gneez, er hatte zwei Schaufenster, in dem einen hing bis Februar 1947 ein Schild in Zierschrift, mit Goldleisten gerahmt: Wir rechnen uns an als eine Ehre,

jetzt und hinkünftig
der Roten Armee und der ihr verbündeten Partei
unsere Verstärker im Dienste der antifaschistischen Sache
sowie auch ohne Rechnung zur Verfügung zu stellen,

mit dem Zusatz:

Das am 19. September in Vergesseneit geratene Mikrofon
betrachten wir als ein Zeichen unseres guten Willens.

Dazu zwei mittlere Töpfe Azaleen. Nach der nächsten Großkundgebung, anläßlich der moskauer Außenministerkonferenz vom 24. April, montierte Wauwi sein Mikrofon zusammen mit den übrigen Kabeln ab und ersetzte die Schrift im Schaufenster durch den neuesten Ausspruch des dienstältesten Funktionärs, die S.E.D. werde nach wie vor jede Veränderung der Grenzen ablehnen. Solche gönnten den Flüchtlingen ja die Rückkehr in ihr Land jenseits der Oder und Neiße; wären sie nur endlich wieder unter sich.
Sie fanden einander in einer Provinz, die sie für ihre angestammte hielten: in den kulturellen Veranstaltungen. Regelmäßige Tischsitten, Nuancen in Grußformeln, abgestimmte Kleidung, dies verstand sich von selbst. Wie aber wäre einem Farbenhändler Krämergeist nachzusagen, der fast keine Veranstaltung des Kulturbundes (z.d.E.D.) ausläßt, und mag sie der Auslegung eines Gedichtes von Friedrich Hölderlin oder so ähnlich gelten? Die alten Familien von Gneez hatten mecklenburgische Stücke gesammelt, nicht nur die fünf Bände Lisch oder das Jahrbuch, auch

Gläser, Scherenschnitte, Truhen, Portraits altväterischer Bürgermeister oder Ansichten des Doms vor dem unerklärlichen Zwischenfall vom Sommer 1659. Sie hatten fast einmal ausreichend zusammengelegt für einen Auftrag an den Bildhauer Ernst Barlach, er möge ihnen ihr genierliches Wappentier in einer recht würdigen Gestalt abbilden, in Bronze; es war dann wegen der Streitigkeiten mit den güstrower und berliner Nazis dazu nicht gekommen. Gneez war kein Güstrow. Sie hatten die den Nazis ungenehmen Bücher ein wenig nach hinten gestellt in den Vitrinen; einmal waren solche Gedichte um 1928 der dernier cri gewesen, schlicht unerläßlich für die Selbstachtung, auch war ja ihr künftiger Geldeswert vielleicht bloß vorläufig zu verachten. Gneez hatte seinen Schriftsteller gehabt! zwar geboren als Tagelöhnerjunge auf dem Gut Alt Demwies, seit seiner Verfrachtung in die Domschule auf Magistratsstipendium vom elften Lebensjahr in Anspruch genommen von der guten Stadt Gneez in Mecklenburg. Einen Band Gedichte, zwei Romane hatte der zuwege gebracht, bis er vor den Nazis aus dem Lande laufen mußte; schon unter der britischen Besatzung hatte der Rat der Stadt beantragt, die Wilhelm Gustloff-Straße neu zu benennen zu Gunsten von Joachim de Catt, auch dem Dreifachen J war als Ausweis für de Catt die Emigration ausreichend erschienen. Nu vot, ungewöhnliche Gesetzgebung erfordert ungewöhnliche Gesetzgebung. Počemu njet? Možno. Imejem vozmožuostj. Zwar hatte »unser Dichter« noch nicht wieder den Weg gefunden in seine stolze Vaterstadt, weder in Person noch brieflich. Kam er einmal zurück aus seinen transatlantischen Gefilden, sollte in Gneez vergeben sein, was 1931 an Ähnlichkeiten im Portrait einer kleinen mecklenburgischen Stadt ein wenig ärgerlich gewesen war, Gneez fand sich kaum klein; sein Jubelfest sollte er kriegen, vorerst hatte Herr Jenudkidse schon den zweiten Rezitationsabend zu Ehren von J. de Catt genehmigt. Da fanden sie einander, nicht bloß in den Vorträgen von Frau Landgerichtspräsidentin Lindsetter, die öffentlich ihre Erinnerungen an die Mangelrezepte des Kriegsjahres 1916vortrug. Die Kirche gehörte dazu, die Religion war gewiß eine Schicklichkeit; bei abendlichen Orgelkonzerten war der Dom praller gefüllt als zu den Gottesdiensten. Wohl war es erhebend und unschädlich, was Superintendent Marjahn predigte; geriet er bei den großen Festen nur ein wenig ins Schwimmen, so klangen ihm hinterher gewiß die Ohren von den Schimpfreden der pflichtbewußten Damen, die mit der Schürze vor dem Festtagskleid eine Gans zu spät aus der Röhre holten oder mit dem Karpfen ins Hintertreffen kamen. Im Hungerwinter 1946. Die waren übrig geblieben. Wenn Herrn Dr. Kliefoth die Wohnung ausgeräumt worden war, so blieb das erst mal sein Pech. Überdies hatte er sich 1932 das Nest Jerichow zum Wohnen ausgesucht, statt der Bürgerstadt Gneez, die über die Jahrhunderte nicht weniger als zwei Chroniken aufzuweisen hatte. Dennoch würde man ihn wohl oder übel aufnehmen müssen in die alte Gilde, promoviert, Studienrat, Oberstleutnant des Heeres, sonderbar respektiert von den sowjetischen Behörden; der kam nicht. Låt em. Murrjahn wier'n bösn Hund, œwe tauletzt müßt hei sick doch gewn.

Das Cresspahlsche Kind, obwohl Fahrschülerin aus Jerichow und wegen des verhafteten Vaters heikler Umgang; die feinen Familien rechneten sie gern als zugehörig. Diesen Cresspahl hatten immerhin die Briten zum Bürgermeister ernannt, nicht die Sowjets. Was für einen schmucken schwarzen Mantel die trug. Die hielt auf sich, ließ nicht bei Flüchtlingen arbeiten, sondern bei Helene Rawehn am Markt. Und ganz wie der Anstand nun verlangte, ging sie zur Tanzstunde.

»Herr Jenudkidse« nannten sie ihren Kommandanten, auch ins Gesicht hinein. An ihren guten Formen sollte es nicht fehlen. Leider erfreute er sich derer auch. Auf Höflichkeit dachten sie ihn nunmehr fest zu verpflichten.

Es gab Ausnahmen, die wurden bezeichnet nach dem Sprichwort von den Spuren dessen, was Einer angefaßt hat. So wurde Leslie Danzmann bei Knoops, bei Marjahns, bei Lindsetters eine düstere Zukunft vorausgesagt, als sie auch mit den neuen Ämtern noch sich einließ. Leslie Danzmann, alte mecklenburgische Familie, englische Großmutter, Witwe eines Kapitänleutnants, eine Dame. Kam gegen Mitte des Krieges an im gneezer Winkel, mietete eine der modernsten Villen dicht an der See, lebte völlig comme il faut als Hausdame eines Herrn, der etwas zu tun gehabt hatte mit dem Reichsluftfahrtministerium in Berlin. Vergab sich nichts. Erste Klasse. Dann waren in Gneez die aufgefallen, die immer noch Tennis spielten; auch Leslie Danzmann wurde dienstverpflichtet, ans Arbeitsamt. Höhere Gewalt. Mußte sie danach wieder zu den Sowjets gehen und um Arbeit einkommen in ihrer Verwaltung? Daß Eine nichts besitzt als eine verflossene Pension und nie eine solide Arbeit gelernt hat, Klavierunterricht oder Arztgattin, was soll denn das für eine Entschuldigung sein! Gewiß war auch sie ein wenig in Haft genommen worden, in der Cresspahlsache, komisch, nich? hatte sie sich das dienen lassen als Warnung? Nein, die gute Danzmann hatte sich wiederum den Sowjets angeboten. Den Kindern sagt man: Geh da nich so dicht ran. Nun war sie reingefallen, entlassen aus dem Wohnungsamt, mitten hinein in die Fischkonservenfabrik. Konnte die sich doch denken, daß der Genosse Leiter des Wohnungsamtes sie einlädt in die Partei. Weiß sie keine andere Antwort: Aber was sollen die Nachbarn von mir denken, Herr Jendretzky! Sie hatte es ziemlich richtig getroffen mit den Gedanken der Nachbarn;.stellt sich hin, spricht das aus. Bringt man doch schon den Kindern bei: Sagt man doch nicht. Nun kam sie jeden Arbeitstag morgens zu Fuß von der See, mit dem Milchholerzug nach Gneez, steht bis abends an einem stinkenden Tisch, nimmt Flundern aus, kocht Brühe. Nein, sie klagte nicht. Darin gehörte sie noch dazu. Wie Frauen in der Fischfabrik reden, eine Hausfrau von Welt denkt sich das leicht. Was sie für den weiblichen Geschlechtsteil sagen, das weiß man. Das kleidet eine gebildete Dame jedoch nicht in Worte. Von dem, was vor sich geht, wenn eine Frau, eine verheiratete, wenn die sich freiwillig hinlegt, mit einem Mann, davon sprechen sie als ———. Sind eben Arbeiterinnen, nich? Was ein scheußliches Wort, übrigens. Apropos, wenn Ein'n so'n büschn ginauer über nachdenkt, vleicht is es gaa nich so schlecht angemessen. Ein solches Wort kommt mir nie über die Lippen, Frau Dr. Schürenberg! Das hatte Leslie Danzmann nun davon. Wenn Eine sich erziehen läßt zu den bürgerlichen Formen und will so leben und die Sachen sollen bloß an sie rankommen, wenn sie will, denn soll sie nicht dahin gehen, wo sie rausgeschmissen werden kann in die Fischfabrik! Und zeigte sie wohl nachbarliches Mitgefühl, diese Leslie Danzmann? Sie war da doch ganz dicht dran an dem Fisch, konnte sie nicht mal was mitbringen? so als kleine Aufmerksamkeit? Tat sie nicht. Wenn sie von der Arbeit überhaupt sprach, lobte sie die Proletenfrauen. Die sollten ja gutmütig sein. Angeblich halfen die ihr. Da war eine, Wieme Wohl aus dem Dänschenhagen, stadtbekannt, die hatte mehr als

einmal zum Arbeitsschluß gesagt, vor der Taschenkontrolle: Du, Danzmann, komm her, hier hast'n Aal. Bind ihn dir um den Bauch. Wenn dich das ekelt, mach ich dir das. Is doch bloß für zehn Minuten, Danzmann! Nu sei doch nich so stolz ... Die Danzmann war fest geblieben. Es sei nicht von wegen Stolz. – Kinnings, das gehört mir doch nicht! Das ist doch nich meins! Die Frauen hatten ihr zugeredet. Leslie wollte am Ende auch glauben, daß Fisch, besonders Aal, gar nicht in die Ladengeschäfte komme, sondern in die geschlossenen Verteiler von Roter Armee und Partei; das fiel ihr leicht, das sah sie. Dann war sie dabei geblieben: der Aal gehöre ihr nicht. So ging es einer, die sich fallen ließ aus den Sitten von Anstand und Eigentum!
Cresspahls Kind ging nicht gern zur Tanzstunde. Sie tat das aus Gehorsamkeit gegen Frau Abs.
An solchen Nachmittagen war sie in Gneez zusammen mit Lise Wollenberg. In den Stunden hießen sie die Helle und die Dunkle aus Jerichow, für fremde Jungen. Den Unterricht erteilte Franz Knaak, ein Mensch aus hamburger Familie, außer einem alle örtliche Tanzpädagogen, seit 1847. Dieser war fett, sprach gern Französisch, nasal; auf seine mechanischen Manieren war er so stolz, daß er sich mit müden braunäugigen Blicken hinwegtrösten konnte über seine umfängliche Leiblichkeit. Er lehrte vorerst altdeutsche Tänze, Kegel, Rheinländer, sämtlich mit Hinweisen auf das Erbe unserer Väter, statt etwa sowjetisches. Auf den Schieber ließ er sich erst ein nach allgemeinen, fast ungestümen Bitten; diese Art der Bewegung machte er vor in einer schmierigen Art, daß man für den Rest seines Lebens einen Ekel davor bewahren sollte. Er trug so etwas wie einen Gehrock, seifig im Nacken, davon hielt er die Säume mit jeweils zwei Fingern erfaßt und trat die Schritte der Mazurka zum Beispiel mit schwächlich federnden Beinen. Was für ein unbegreiflicher Affe: dachte Gesine Cresspahl in ihrem Sinn. Aber sie sah wohl, daß Lise, die schöne, die lustige, die langbeinige Lise die Sprünge Herrn Knaaks mit einem selbstvergessenen Lächeln verfolgte; Lise wußte in allem so Bescheid. – Wie willst du denn einen Mann kriegen, wenn du nich tanzen lernst! hatte sie gesagt, und an der Längswand des Saals hingen auf abgewetzten Plüschstühlen die Mütter, darunter Frau Wollenberg, und tupften sich die Augen. Sie sah das nicht ein. Damit wollte sie keinen Mann kriegen.

Sie wußte schon einen, der ging mit einer anderen tanzen.
Ihr Mantel hatte von schwarzer Farbe sein sollen, weil sie Trauer tragen wollte um ihren Vater, beileibe nicht weil er wohl gestorben war, bloß zu seinem Andenken. Das gehörte sich. Das wußte sie. Das aber war eine Sache, die auszusprechen war unschicklich.
An den Abenden nach der Tanzstunde traf sie fast immer Leslie Danzmann auf dem Bahnsteig. Sie grüßte sie, sie wartete in weitem Abstand von ihr auf den Zug, sie stieg nie mit ihr in das selbe Abteil. Leslie Danzmann mag sich eine neue Demütigung erfunden haben, diesmal aus dem Geruch, den sie an sich trug. Das war es nicht. Der Duft fiel eher appetitlich auf. Das Cresspahlsche Kind wollte diese Danzmann strafen. Die war freigelassen worden, ihr Vater nicht. Die hatte ihr keine Nachricht gebracht von ihm. Die konnte ihn auch verraten haben.

1. Juli, 1968 Montag

Manchmal denke ich: das ist nicht sie. Was heißt hier sie, was ich; gedacht kann es werden. Es ist nicht zu denken. Sähe Einer allein sie, ich müßte meinen: das ist Gesine Cresspahl (Mrs.), eine Frau um die Fünfunddreißig, (keine Dame), in der allerbesten Haltung für vornehme Gelegenheiten, das Kinn hoch, den Rücken gerade, weit ab von der Lehne, den Blick so beweglich gehalten, daß er von einem Moment zum anderen überwechseln kann von schwenkender Aufmerksamkeit zu unauflöslicher Verbindung mit nur einem Gegenstand, bloß einer Person; von fern müßte ich sie erkennen an den kurz geschnittenen Haaren, aus denen der Friseur das dicht überlappende Federkleid eines Vogels hat machen wollen, was aber nun lässig aussieht, zu struppig in der Stirn. Von nahem wäre sie unzweifelhaft, an den vorsichtigen Bewegungen der Lippen, zu schmal, ob nun kauend oder sprechend, an der flachen Grube unterhalb der Jochbeine, über denen die Haut manchmal hart gespannt wird von Mimik, an den härter gewordenen Falten in den Augenwinkeln, an den unwillkürlich verengerten Pupillen; das ginge mir auf als erstes: die versteckt Angst, nicht ungeschickt. Die ist auf der Hut, die wird sich wehren; erscheinen aber möchte sie als höflich, liebenswürdig, damenhaft. Es müßte schon ein Verliebter sein, der sie eigens beobachten wollte, wenn sie einen schicklich abgemessenen Bissen Fisch von der Gabel nimmt und ihn mit kaum erkennbarem Kauen zerlegt, damit ihr der Mund gleich leer wird, bereit zu Lächeln oder Antwort; uns fällt da wenig auf. Aber, sie ist nicht allein.

Sie ist bloß eine von vielen Leuten in einem großzügig gestreckten Speiseraum, dessen wandhohe Fensterscheiben an zwei Kanten gegen die Sonne verstellt sind mit senkrechten Jalousiestreifen aus ganz weißem Stoff; sie sitzt in einer Männergesellschaft an einem der nördlichen Tische, hinter ihr leerer, schmutziger Himmel, in den schüchterne Turmspitzen emportasten wie abgeschnitten, da kämen Flugzeuge eher erwartet. Sie mag passen in die Gelegenheit des Restaurants, sie ist nicht fremd in den Manieren, die damastenes Tischtuch und silbernes Besteck mit Messerbänken und drei Trinkgläsern verlangen, makellos ist noch ihr Nicken über die Schulter zu dem Kellner, der ihr die Platte mit dem nächsten Gang zur Prüfung hinbückt; dies wird sie gelernt haben. Aber es ist das Restaurant hoch oben im Östlichen Turm der Bank, geschlossen für das Publikum, für gewöhnliche Leute, für Angestellte; selbst der Direktor der Abteilung Bürobedarf müßte sich geehrt fühlen durch die Einladung in diesen Himmel und die Erlaubnis, die französisch formulierte Speisekarte zu lesen, deren Herstellung er täglich in der Hausdruckerei genehmigt. Mrs. Cresspahl jedoch steht nicht nur noch niedriger in der Rangordnung des Hauses, schon das reicht für die Kellner zu leicht verrutschtem Benehmen; sie ist an diesem Tage auch die einzige Frau. Oh, hierher werden Frauen mitgebracht, es kommt vor. Nur, dann gehören sie zu der Familie, den Besitzern der Bank; sie sind Ehefrauen, eingeladen, wenn ein Vizepräsident im Rang erhoben wird oder mit einer Pension abgeschoben ins Alter und in das fast abgezahlte Eigenheim an der schlechten oder guten Seite des Sunds von Long Island; es kommen Damen von Verbündeten im geschäftlichen Leben, wenn ein Vertrag besiegelt, eine Masche gelaufen ist; und wenn die Staatsbank der Volksrepublik Polen nicht einen Mann zu Verhandlungen schickt, sondern eine Mrs. Paula Ford, wird es nicht abgehen ohne ein Essen zu ihren Ehren in diesen abgeschirmten Höhen. Mrs. Cresspahl nun war vor einem Jahr noch Sekretärin für

Fremdsprachen, sie hat einmal in den tiefen Stockwerken gearbeitet in einem Großraumbüro, mit Tonbändern, deren Stimmen sie nicht vorgestellt wurde, angefangen hat sie in diesem Finanzinstitut an einer Rechenmaschine ganz unten; was soll sie hier? Es ist überdies kein beliebiger Tisch, sondern der reservierte von de Rosny, des wahren Regenten in dieser Bank, des Vizepräsidenten aller Vizepräsidenten, des Zweiten Vorsitzenden im Aufsichtsrat; hier empfängt er Staatsbesuche von der Konkurrenz, hier veranstaltet er seine Seminare mit den Direktoren der ausländischen Bereiche; heute mittag kam er mit Mrs. Cresspahl. Sie mag einen heimlichen Auftrag für ihn bearbeiten, etwas Statistisches wahrscheinlich, sie bleibt doch eine von den Entbehrlichen, denen mit der vierzehntägigen Kündigungsfrist; dennoch, wen immer er an seinen Tisch beorderte mit Nicken oder Zuruf, alle haben sie diese Mrs. Cresspahl begrüßen müssen in den gehörigen Formen, dabei hatten manche sie an diesem Tag schon getroffen und sich begnügt mit einem gewöhnlichen Hi. Hi. Nunmehr hat es heißen müssen: It is a pleasure –; sie sitzt nun zur rechten Hand de Rosnys, als wären sie beide Gastgeber für die schwer verantwortlichen Herren. Ist doch bloß eine Frau. Was immer de Rosny vorhat, er wird es durchsetzen; dies ist das Richtige nicht. Was will die hier!
Sie wünscht sich weg. Sie möchte nach unten, auf die Straße, in die Mittagspause. Unten mag es heiß sein, 95 Grad sind vorausgesagt, da hätte sie über die Avenuen Lexington und Madison auf die Fünfte gehen können, Blusen einkaufen wie andere »Mitarbeiter«, denen nach Arbeitsschluß die Zeit fehlt für Kaufhäuser, sie könnte sitzen in Gustafssons Fischladen an der Zweiten, etwas angelehnt, zusammen mit Amanda Williams, mit Mr. Shuldiner, mit Freunden, in Gesprächen, wo sie nicht aufpassen muß an jeder Ecke wie ein Schießhund. Für solch lockere Stunde, die vertraglich zugesicherte, gäbe sie gern die arktische Kühle, wie sie die Maschinen für Chefs erzeugen. Sie weiß ja, es wird nicht dauern. Sie gehört zu den anderen in der Stadt, die können solche Apparate weder erwerben noch unterhalten. Wenn sie heute abend zurückkommt auf die Obere Westseite, über ihr werden nur wenige von diesen teuren Kästen aus den Fassaden ragen, auf den Stufen werden die Leute sitzen, Schonung bloß vom natürlichen Schatten erwartend, bloß die Fenster können sie hochschie-

ben und hoffen, sie erwischten eine Brise von der Luft, die in den Kanälen der Straßen ins Laufen kommt. Marie wird die Wohnungstür offen halten, um einen Durchzug zwischen dem Hudson und dem Treppenhaus zu erzwingen, Einbrecher hin, Räuber her. Der Strom kann weggeschaltet sein, der Gasdruck gesunken, die Wasserhähne verdurstet. Die Feuerwerker werden wieder zu wenig Sprühkappen auf die Hydranten gesetzt haben, so daß die Kinder sich helfen müssen mit Gewalt, damit sie umherhüpfen können in den sprühenden Strahlen, die gegen das Feuer gut sein sollten. Wer daran abends vorbeifährt in verriegelten, automatisch gekühlten Autos, wird new yorker Folklore vermuten und nicht einen Mangel an Duschvorrichtungen in den armen Straßen. Nach der schweren Luftmasse, die seit gestern vom mexikanischen Golf so mühsam hereintreibt über New York, werden andere die Stadt besuchen, und niemals wird eine Mrs. Cresspahl angemeldet sein beim Komfort der doppelt und dreifach gesicherten Versorgungssysteme; schon diese eine Stunde zuviel in der klimatisierten Festung der Bank kann schädlich sein für das Training zum Leben in New York. Da de Rosny es wünscht, sitzt sie mit dem Rücken zum Norden in der Kälte, und die Luftströme aus den Lamellen hinter ihr streicheln ihr den Rücken, daß aus dem Schauern oft beinahe ein Zittern wird.

Sie ahnt, worauf de Rosny hinaus will mit ihr in dieser Gesellschaft von Herren mit mehrfachen Vorrechten; sie weiß nicht sich gemeint. Von seinesgleichen befragt, würde er etwas von sich geben über die Gleichberechtigung der Frau, geradezu das Wort Emanzipation nähme er in den Mund mit jenem heiteren Ernst, dem selbst seine Freunde von der Westküste nicht so leicht Spott unterschöben. Dann gälte es als eine seiner Launen, und ein winziger Fehltritt hätte jene Mrs. Cresspahl verwandelt in ein Opfer. Solange sie sich gerade hält und dennoch ihre Schritte ohne Fehler setzt, kann er seine Untergebenen, wie immer männlich, gewöhnen nicht nur an die Anwesenheit einer Frau bei dienstlichen Mahlzeiten, auch an ihre Fähigkeit zum Mitsprechen, damit sie eines Tages mit ihr sprechen werden in einem Geschäft, in dem sie de Rosny vertreten wird, von einem Land aus, das kennen die kaum . . . davon sprechen wir nicht. de Rosny hat angefangen mit Einladungen in solche Lokale wie das Brussels oder das Quo Vadis, da sollte Seinesgleichen, Freund wie Feind,

ihm helfen mit der Verbreitung des Gerüchtes, er werde sich nun doch trösten über die böse Sache mit seiner Frau, ist doch kaum sechzig, de Rosny, ist er; hier im Chefrestaurant werden die Knaben denken was sie sollen, solange er es denn will. Allerdings, die Einrichtung auf Frauen, de Rosny hat sie doch vergessen, Vorbereitung fällt ihm nicht ein, Anmeldung hält er für entbehrlich; wenn er rufen läßt, soll Mrs. Cresspahl kommen, wie sie ist. So darf sie nicht mehr sorglos zur Arbeit gehen in einem etwas verjährten Kleid, das zum Schwitzen schicklich wäre und zum Waschen leicht; die letzte Aufbesserung im Gehalt wird fast jeden Monat aufgefressen von Einkäufen in Läden, die mögen die Dienstmädchen der Kennedys sich leisten können, aber doch nicht die Angestellte einer Bank! Heute hat sie eben Glück gehabt mit dem Ripsseidenen von Bergdorf & Goodman, ärmellos mit kurzer Jacke, es ist förmlich genug, die Farbe neben dem Weiß wird hoffentlich fertig mit der ihres Haares; nur daß die Schneider sparen wollten mit den Nähten, da fühlt beste Paßform sich weit an und lädt hier oben die Einbildung von Frieren ein. Ist es nicht so, die Ansagerinnen der Fernsehstationen bekommen Kleiderzulage! Dor hett ne Uul sætn. Übrigens bewähren wir uns in der Kunst des Gesprächs.
Wie de Rosny es will, läuft es heute wieder einmal ab in der Art einer Prüfung. Ihm scheint kaum tückisch zumute, eher behaglich stellt er sich dar, der Chef, der philosophiert. Die jungen Herren versuchen, in einem sich einzuhaken in seine Blicke und gleichzeitig das Fleisch (gegrillte Lammkoteletts mit eingeflogenen Erbsen) vom Teller zu bekommen, treu wie junge Hunde können sie sich benehmen, Wilbur N. Wendell, Henri Gelliston, Anthony Milo, die noch vor einer Stunde recht herrenhafte Briefe an Banken in vielen Kontinenten diktiert haben. de Rosny sieht sie nicht, wie betrübt über das Vergehen der Zeit erinnert er sich an die Jahre 1899 und 1900, die Open Door Acts, die Erlasse über die Expansion der amerikanischen Wirtschaft nach Übersee, die Heiligsprechung des Glaubens, daß die U.S.A. den Besitz der vollkommensten Ordnung in Wirtschaft wie Politik nicht für sich behalten sondern anderen Völkern schenken dürfen. Die Angestellte Cresspahl hält die Augen auf ihrem Besteck; genau so hat sie es auf der Schule gelernt, bloß mit anderen Worten, dazu die Einbildung, Menschen ohne Kenntnis des dialektischen Ma-

terialismus seien im Denken nicht recht für voll zu nehmen. de Rosny hat jetzt einen seiner jungen Hunde so weit, daß er sich erweisen möchte als guter Schüler. Anthony, armer Anthony. Er ist wohl doch zu rasch weggezogen aus Brooklyn, von der eben erst eingewanderten Mutter mit dem beschämend bäuerlichen Kopftuch, an der er jetzt täglich vorbeifährt in der Eisenbahn hinaus auf Long Island. Hätte er sich noch einmal umgesehen! Aber so fiel er herein auf das neue Nationalgefühl, so liefert unser Tonio einfach die Legenden ab, das Auslaufen der Truppen von Kalifornien nach den Philippinen, Deweys Sieg in der Bucht von Manila 1897, die Versenkung der »Maine« im nächsten Jahr, fast blind vor Eifer läuft er in de Rosnys offenes Messer: So hätte nicht einmal John Jacob Astor geredet, junger Herr Milo. Denken Sie mal an unsere Missionare in China!
Es hat mittelbar etwas zu tun mit Mrs. Cresspahls geheimem Auftrag, diese Verschickung amerikanischen Handels und Wandels zu weniger begnadeten Nationen, in den Augenwinkeln fühlt sie den Blick de Rosnys über sich wischen. Nein danke. Es ist ihr zu früh für einen Sieg über diese besser bezahlten Herren unter der Knute de Rosnys. Sie hat auch zuviel Wut auf sie. Besitzt Mrs. Cresspahl ein Haus auf Long Island? Wo hätte sie Aktien, mit denen sie privat handelt? Nein, Danke. Morgen wird Tonio sagen zu James Carmody: Hast du Schwein gehabt, daß du nicht da warst!
de Rosny nimmt jetzt einmal Rips zum Beispiel: Internationale Kredite tun es freilich nicht; die armen Eingeborenen können die Güter und Dienstleistungen der Industrieländer erst erwerben, wenn sie Arbeit bekommen, Kauflizenz, Handel, mit denen sie die eigene Prosperität zurückliefern in die U.S.A., sagen wir einmal. Nehmen wir einmal diesen Rips, dies wunderhübsche Kleid unserer Mrs. Cresspahl –
Danke. Das sagt sie noch, dann spricht sie quer über den Tisch mit Mr. Kennicott II über den Streik der Eisenbahn von Long Island. War's schlimm? Mr. Kennicott II mag bewährt sein als Personalchef, dies Netz hat nicht er einmal erkannt, bewegt fängt er an zu klagen über die Hitze in den stehenden Zügen heute morgen. Mrs. Cresspahl wird sich nicht hindrängen lassen zu rein weiblichen Themen. Mag unser angeblich allseits verehrter Vizepräsident nun referieren über Rips barré, Rips ottomane, Rips

ondé; die Dame hört ihn gar nicht, hingegeben lauscht sie Kennicott II, nichts scheint ihr wichtiger als wie es war auf der Montauk-Linie, wo achtzehn von 24 Zügen aus Babylon ausfielen. Sie nickt, sie kann sich das vorstellen, wer will da zweifeln.
Kurz vor den spätägyptischen Beweisen für Rips ist es de Rosny zu langweilig geworden; gütig läßt er Mr. Gelliston (Harvard Business School) und Mr. Wendell aufsagen, wie die Politik der Offenen Tür wuchs und Gedeihen zeitigte unter McKinley, Roosevelt, Wilson, von der Konferenz von Algeciras bis zu den Erlassen Webb-Pomerance und Edge, die Bedürfnisse amerikanischer Wirtschaft als Akt und Gesetz und des Weißen Mannes Bürde. Nun haben wir aber doch eine Dame am Tisch, die ist nicht nur sein Entzücken und seine Zierde, sondern auch ausgebildet im Marxismus. Nun, Mrs. Cresspahl?
– It is the indispensable duty of all the nations of the earth: sagt sie wie bereitwillig, erst beim fünften Wort des predigenden Tons sicher, fast zu tief hineingefallen in den kugeligen Hohlraum, den das d-j-u ihr in die Kehle grub: To know that the LORD he is God, and to offer unto him sincere and devout thanksgiving and praise. But if there is any nation under heaven, which hath more peculiar and forcible reasons than others, for joining one heart and voice in offering up to him these grateful sacrifices, the United States of America are that nation.
Beifall. Gelächter. Sie wird ja doch rot, warum es verbergen wollen. Ohnehin nimmt es sich weiblicher aus, niedlicher, vermindert den Erfolg. Auch ist sie wiederum zu wütend gewesen, mehr noch als sie den Sermon las in einem Schulbuch Maries, datiert fünf Jahre nach der Französischen Revolution. Um dies Datum geht es jetzt in einem Wettraten, sie darf den Preis vergeben, sie schlägt am Ende ein Jahr auf, um ihn über de Rosny hinweg an Henri Gelliston zu reichen. Der Chef hat so herzlich gelacht, seine Augen können mit nichts anderem beschäftigt sein, sie erkennt das geringfügige, billigende Nicken.
Das Gespräch geht nun über Dialektik, den Bahnstreik, die Hitze, in vorsichtigem Kreis immer rund um die Politik. Nicht einmal wird das Flugzeug erwähnt, das gestern mit 214 amerikanischen Soldaten an Bord von sowjetischen Kampfjägern zur Landung auf den Kurilen gezwungen wurde: de Rosny mißbilligt die Politik des gegenwärtigen Präsidenten, warum ihn

zwingen zu peinlicher Wiederholung. (de Rosny ist am 16. März nicht empfangen worden im Weißen Haus.) Gebühren für Ferienlager, den Kaffee, Urlaubspläne. Mr. Kennicott II bekommt Hinweise auf Restaurants in Amsterdam. Eins ist ihm schon empfohlen worden, irgend wie nach einem gelben Vogel heißt es. Da möchte de Rosny ihm doch abraten. Will Mr. Kennicott denn auch im Niederländischen mit Amerikanern zusammen essen oder mit den Leuten von der Börse? de Rosny kennt da eins, dunkle Wandtäfelung, solide Möbel, väterliche Kellner, da zittert der Fußboden, das heißt wie Latein in der Schule, es heißt ... – Könnten Sie Dorrius meinen? sagt die Angestellte Cresspahl vorsichtig, schülerinnenhaft, sie will es ja nicht übertreiben an diesem einen Tag. (Sie hat das Dorrius bloß von außen gesehen, es war zu teuer für sie; sie weiß davon mehr durch D. E., dem freilich alle Dinge zum Guten dienen sollen.) de Rosny steht nun frei, ihr den Abgang zu vermasseln, ebenso kann er sie auszeichnen sichtbarlich unter und vor seinen Schülern.

– Dorrius heißt es! ruft de Rosny aus.

– Drei Ausgänge hat es: fügt seine Mrs. Cresspahl bescheiden hinzu.

Sie bekommen Applaus für ihr Duett, de Rosny verbeugt sich für beide, bis zum Fahrstuhl geht die amüsierte Unterhaltung über Dialektik. Da wird sie ihn nicht los, immer noch nicht zieht de Rosny sich zurück in seine erlesenen Gemächer, ehrenvoll begleitet er seine Mannschaft hinunter in ihren Kanzleisaal. Dann war es doch Mrs. Cresspahl, und nicht um Ehre geht es, sondern um ein Wort hinter ihrer geschlossenen Tür. Sie ist mit einem Mal so ängstlich, sie bleibt stehen mitten in dem für ihre Arbeit hergerichteten Raum.

Auch de Rosny verlangt es nicht nach einem Sitzplatz. Lehnt an der Tür, sucht auf den Tabellen an den Wänden, den Schriftstükken auf dem Stahlsekretär nach einem Anfang.

Wer ist das, dieser de Rosny? Was hat sie mit ihm zu tun? War er einer von denen, die am 26. Juni 1940 die Kapitulation Frankreichs im Hotel Waldorf-Astoria mit einem Festessen begingen? Nein, er nicht. Seine Eltern, womöglich. Was die antifaschistische Komponente angeht, so fühlt sie keine Gefahr von ihm;

Faschismus ist schlecht für das Geschäft. Weil er die falschen Gründe hat, deswegen mißtraut sie ihm? Was will er in ihrem Zimmer, bei geschlossener Tür?
Sie sieht da einen Herrn, der hat für seinen Körper gesorgt von Jugend an, an dem wird er nicht sterben. Es muß schon schlimmes Alter sein, das diesen erledigen will. Er hat sein Gehirn beschäftigt, aber ohne Gewalt, ohne es treiben zu lassen in Alkohol. Dieser wird einmal sehr wach sein, wenn er in den Tod geholt werden soll. Kaum Falten in der Stirn. Meliertes Haar, aber nicht greisenweiß, dicht, kräftige Bürste. Die Augen allerdings, sonst kühl, scharf im Blick, sind heute trübe, kaum noch blau. Das geht heute abend weg auf dem Golfplatz am Sund. Sie sieht ihn, sie würde ihn nun erkennen noch in Verkleidung; sie kann in den Anblick nicht einziehen, was sie weiß. Es ist ein Wissen daneben: er ist einer von denen, vor denen sind wir gewarnt worden auf der Schule. Er ist das feindselige Geld. Es hat ihn aufgezogen, er dient ihm; er meint nicht die Verbesserung des Sozialismus, wenn er der Č.S.S.R. einen Kredit beschaffen will. Von Politik versteht er, was dem Gelde schädlich ist. Er hält es für nützlich, den Tschechoslowaken und Sozialisten jemanden zu schicken, der hat einmal in ihrer Nähe gelebt. Das soll sie sein, sie braucht es nicht zu sein. Warum reicht es nicht zu Ekel?
– Mrs. Cresspahl. Das ist ein Anfang. Schon hält Räuspern ihn auf. Sie ist nicht einverstanden mit sich, sie möchte ihm doch heraushelfen aus seiner Verlegenheit. – Sir?
– Sie wollen alle diese Dinge für uns tun ... Sie gehen nach Prag für uns, Sie ziehen Ihr Kind aus der Schule, aus der Heimat New York, ...: es kann ein viertel Jahr dauern, ein halbes: wiederholt er, stellt er noch einmal fest, aber ganz ohne Bedauern in der Stimme. Mitgefühl hat er kaum im Sinn. Warum sieht er sie nicht an?
– Yes. Sir: sagt die Angestellte Cresspahl.
– Würden Sie noch etwas tun? etwas ... ich darf es Ihnen nicht sagen, schon dies ist zuviel! Sie könnten sich weigern ...: er ist immer schneller geworden; bei jedem anderen hätte sie Befangenheit, Scham, Geniertheit für sicher angenommen. Dieser lächelt nun ein wenig. Bei Cresspahls Katzen hab ich das gesehen, da hielten sie die Pfote über der Maus.

Es ist nicht die Bank, für die ich das tu.
Das ist mir bekannt.
Sie ahnen nicht warum, Mr. de Rosny.
Mag sein. Solange es uns nützt.
Ich brauch Ihnen gar nichts zu sagen.
Sie könnten nun zurücktreten von diesem Auftrag. Es ist die letzte Gelegenheit.
Dann käme die vierzehntägige Kündigung.
Sie kennen Ihren Anstellungsvertrag, Mrs. Cresspahl.
Nach zwei Monaten könnte ich meine Wohnung nicht mehr bezahlen, nach einem halben Jahr müßte ich Marie von ihrer Schule nehmen.
Und wenn es das wert wäre?
Sie setzen mich auf die Schwarze Liste, bei keiner Bank im Staat New York, in Pennsylvania, in Neuengland bekäm ich Arbeit.
Ein Schmerzensgeld.
Fürs Maulhalten.
So ist es, young lady. Sogar an Ihrer Arbeitserlaubnis könnten wir was drehen.
Sie würden sich zweifelsohne entschuldigen.
Nur in diesem Moment. Jetzt.
Mr. de Rosny, sagen Sie es. Nur daß ich es weiß.
Beweisen Sie mir, daß ich hier war, Mrs. Cresspahl. Beweisen Sie es irgend jemandem!

– Was immer zur Durchführung dieses Auftrags unerläßlich ist, ich werde mich nicht weigern: sagt die Angestellte Cresspahl, steif, höflich. Sie ist ärgerlich auf sich, sie hat einen Moment lang nicht aufgepaßt, in der leeren Stelle sitzt nun Vertrauen. Sie hat eine andere als die richtige Angst.
– Das ist die Art von Mut, die ich bewundere: sagt de Rosny, dreht sich an einer Schulter aus der Tür, hinterläßt sie angelehnt, war nie hier.
In den Stunden bis zum Dienstschluß macht Mrs. Cresspahl ihre Arbeiten, als müßten sie allesamt an diesem Tag um 5 p. m. abgeliefert werden. Sie kann die LIBO-Rate, die London Interbank Offered, dieser Woche gut und gern ein zweites Mal durchrechnen. Sie kann das ein drittes Mal übersetzen in tschechische Kro-

nen. Am Ende hat sie nur zwei Minuten für das Memo an den Chef der Personalabteilung: Das Restaurant Dorrius, Amsterdam, Niederlande, hat einen Ausgang am N.Z. Voorburgwal und zwei zur Spuistraat hin (N.Z. = Nieuwezijds = Neuseite; eine Altseite gibt es seit ungefähr 150 Jahren nicht mehr): mit verbindlichen Grüßen Ihre G. C. ... als die abendliche Hitze der Straße über sie fällt, weiß sie noch einen scharfen Rand von Furcht. So ist es, wenn eine etwas vergessen will. Warum sollte ihr Schlimmeres abverlangt werden als den Leuten um sie herum, die vorsichtig auf den Bahnhof Grand Central zugehen, in Angst vor dem plötzlichen Ausbruch von Schweiß, vor der Nonne, die zwischen den Klapptüren im östlichen Eingang eine Bettelschale auf den Knien hält, vor der abgerissenen alten Frau, die mit ihren aufgequollenen Beinen auf den Stufen zum Graybar Building schläft, eine fransige Papiertüte fest in der Hand, an diesem 1. Juli 1968. Es ist nicht Angst, es fühlt sich übler an: wie Abschied, Abschied von New York.

2. Juli, 1968 Dienstag

Das amerikanische Militär in Viet Nam streitet sich mit der Presse und leugnet rundweg, in Kriegszeiten könnten die Reporter die Neuigkeiten so rasch und vollständig kriegen, wie sie das wünschen mögen. Die Leute von den Zeitungen halten es überdies für machbar. In der vorigen Woche ging John Carroll, von der Baltimore Sun, nach Khesanh und sah mit seinen Augen, wie Marinesoldaten die Startbahn in die einzelnen Stahlplatten zerlegten und eigene Bunker mit Dynamit hochjagten. Da er den feindlichen Truppen in vorgeschobenen Stellungen ähnliche Beobachtungen zutraute, schickte er die Nachricht nach Hause. Der General von der Presse zog Mr. Carrolls Karte für unbestimmte Zeit ein; mit dem werden nun weder die Angestellten der Botschaft noch des Militärs sprechen, und wenn er von einem Ort an den anderen will, nimmt kein Fahrzeug der Armee ihn mit. Sie gibt ihm recht in seiner Einschätzung mit neun Zehnteln; ihr eines Zehntel Meinung reicht zum Verbot. Vielleicht paßte der Rückzug aus Khesanh noch nicht zu den drei Monaten blutiger Verteidigung.

In Hessen, westdeutsche Republik, ist Dr. Fritz Bauer gestorben, Generalstaatsanwalt und einer der wenigen im Amt, die von Anfang an die Verbrechen der Nazis für gerichtlich erfaßbar hielten, und erfaßten. Gerade die suchte er, die als Beweis von Unschuld reine Hände vorzeigten, alle Tintenflecken abgewaschen, von Eichmann bis zu den Ärzten der Konzentrationslager. Ohne ihn hätte es den Prozeß über Auschwitz von 1963 bis 1965 nicht gegeben. Viele Schriftsätze an Herrn Bauer hat sie sich ausgedacht, das Kind das ich war, keinen abgeschickt. Bloß 64 Jahre alt, gestorben.
Die Gesine Cresspahl der Sowjetischen Besatzungszone hatte im Frühjahr 1947 angefangen mit einem Tagebuch.
Es war nicht so recht eines. (Wie dies keins ist, aus anderen Gründen: hier macht ein Schreiber in ihrem Auftrag für jeden Tag eine Eintragung an ihrer Statt, mit ihrer Erlaubnis, nicht jedoch für den täglichen Tag.) Das schrieb sie selber, ließ aber ganze Wochen aus. Es kam nicht aus einem Entschluß zu einem Neuen Jahr. Gewiß, es sollte gegen das Vergessen sein, nur Jemand Anderem zuliebe als ihr. Es sah kaum aus wie ein Buch, wie ein Heft. Jakobs Mutter hätte sich gescheut, es anzufassen, Jakob wäre nicht über die erste Zeile gekommen; sie wußte recht ungenau, warum sie es schützen mußte. Es lag mal zwischen diesen, mal zwischen jenen Seiten von Büchners Wirtschaftsgeographie von Mecklenburg-Schwerin. Das ist eine Dissertation, dick genug für eine Widmung an Eltern, dünn wie Broschüren sind; mehr als Zettel sind da kaum einzulegen. Auf dem Zettel standen keine Daten, das mußte noch keinem zweiten Blick ein Tagebuch sein. Da waren wenig volle Sätze zu sehen in der unausgewachsenen Schrift, bloß Worte in Reihen hintereinander, in der Art eines falsch angelegten Vokabelhefts, viele ausgestrichen. Eins war noch zu lesen, »schartig« hieß es. Gelegentlich vergaß sie, was sie hatte festhalten wollen. Dies finden wir noch einmal. Es enthielt die wiederkehrende Empfindung, das Gesicht der Schülerin Cresspahl müsse doch sich schartig ausnehmen im Gespräch mit Erwachsenen, bloß weil sie es von innen so fühlte. Was aber fangen wir an mit einer Notiz wie »Ja kolokoičik« oder »Packard? Buick«? Es ist verloren. Und nicht nur standen da, gestrichen oder belassen, russische Worte, auch deutsche versteckt in kyrillischer Umschrift. Das ist weggelaufen, keiner fängt es mehr. Es

war nicht viel von einem Tagebuch, und sollte eines für Cresspahl werden. Wem man etwas aufschreibt, der muß doch kommen. Wer tot ist, kann der lesen?

»Ja kolokoičik« ist ohne Strich, also war es damals nicht zum Schämen. Dann darf »ja« aber auch »ich« bedeuten, wie die russische Schreibweise es vorschlägt, es hat da jemand sich eine Abkürzung ausgedacht. Kolokoičik, was hatte Jakob da angefangen mit einer kleinen Glocke? Mit einer Schlittenklingel, etwa? Sollte das ein Name sein für jene Anne-Dörte, die ihn immer noch nicht nachgeholt hatte in ihr Schleswig-Holstein? Nein, hoffentlich. Denn gerade in bösen Namen wollte sie es nicht aufnehmen mit einem Mädchen, das Jakob ihr vorzog. War sie das selber gewesen, die zu kleine Glocke?

»Rips«. Notierung des Schwarzen Marktes, Stoff, oder Risse darin? Nicht einmal Rippenschmerzen; der unausweichlich tägliche Umgang mit Jakob tat an einer anderen Stelle weh. Nein, Rips war Bettina Riepschläger, vertretende Fachkraft für Deutsch an der gneezer Brückenschule, wenig älter als die Schülerinnen der Sieben b, vom eigenen Abitur nach zwei Monaten Lehrerkurs mit humanistischer Bildung betraut, ein fröhliches Mädchen, ohne Verlangen nach standesgemäßer Würde. Wir machten während ihres Unterrichts, wonach uns zumute war; sie desgleichen. Oft sah es aus, als redete sie uns dazwischen. Die Schülerin Cresspahl wollte ihr beweisen, wie wenig sie ein gemeinsames Erlebnis am Windfang von Alma Wittes Hotel auszunutzen gedachte; am liebsten sah sie die bloß an. Bettina hatte sich ihr dünnes helles Haar schneiden lassen nach der Mode Strubbelkopf; sie bekam Strähnen von drei Zentimeter Länge zwischen die Finger, mit denen sie sich kämmte. Blond, das hatte die Erfahrung gelehrt, war Jakobs Farbe. Im Gegensatz zu dunkleren Tönungen. Heute wird sie auch wissen, daß die Mode kam aus jenem Film nach Hemingway, in dem die spanischen Terroristen einem Mädchen den Kopf geschoren hatten; jene Maria aber sollte dunkelbraun gewesen sein. Am besten blieb Jakob ohne Nachricht von solchem Kornblumenkleid, das in allem richtig fiel, von solchen schön ausgewachsenen Beinen, von dieser unbedenklichen hellen Stimme, die umsteigen konnte von einem kameradschaftlichen Ton in einen festen, der Zurückweisung ankündigen konnte und doch Schutz. Es kam vor, daß Bettina so alt

tat wie ihre neunzehn Jahre. »Kinnings –« sagte sie wohl; dann waren wir eine Weile Kinder. Lise Wollenberg hat einmal geweint vor Angst, Bettina könne mit einer anderen auf dem Hof spazieren gehen als mit ihr; Lise versuchte ja jetzt schon die Füße zu setzen wie Fräulein Riepschläger. Aus Ludwigslust war sie. Diese Lehrerin sprach wenig in den umgedrehten Ausdrücken von Dr. Kramritz, die antifaschistisch-demokratische Grundordnung oder die führende Rolle der Partei der Arbeiterklasse kamen bloß vor, als verstünden die sich von selbst, weil vorhanden. Bei ihr schrieben wir Aufsätze wie »Mein bester Freund«. Cresspahl aus Jerichow war noch tiefer verrutscht in das unauflösliche Bedürfnis nach Heimlichkeiten, so mochte sie auch keinen besten Freund angeben und verfiel auf einen Hund. Den gab es nicht, es war weder der von der Kommandantur noch der Chou-Chou von Käthe Klupsch, den bildete sie sich ein, vom Körperbau bis zum Benehmen. Sie verstieg sich zu der Behauptung, jener Ajax bleibe angstlos am Beckenrand der Militärbadeanstalt liegen, wenn sie noch so spritzend an ihm vorbeischwimme. Aus diesen und vielen anderen Gründen: war dies der Schülerin Cresspahl bester Freund. Sie bekam als Zensur die Frage, in diskreter Rotschrift: »Bißchen sentimental, oder?« Sie freute sich sehr. Nun hielt sie diese Bettina für eine von den vernünftigsten Lehrerinnen ihres ganzen Lebens, und es war etwas an ihr, das wollte sie Cresspahl erzählen. Rips.
Škola, die Schule. Da hatte diese Tagebuchschreiberin ihre Bedenken, Sorgen geradezu. Denn es waren wenige Lehrer wie Bettina, die ja nach der Schule »frei« hatte wie wir. Solche wie Dr. Kramritz glaubten sich geachtet, verehrt geradezu, nur weil es in deren Stunden still war; über ihn wurde kaum gesprochen. Es war einmal ausgemacht, daß es in Gneez anders zuging als nach seinen Erläuterungen zur mecklenburgischen Landesverfassung. Das steife Knie hatte er sich abgeholt in eben jenem Krieg, den er nun darstellte als nationale Schuld, statt seine. Es sah aber unkorrekt aus, wenn er sich die silberdrahtige Brille noch fester auf den Nasenrücken drückte; dann schien er sich zu bewaffnen. Seine Strafen waren alle zulässig nach der Schulordnung; er genoß den Gehorsam. Die Flüchtlingskinder fürchteten ihn. Gesine Cresspahl fand die Wundenspur auf seiner Nase zum Ekeln. Immerhin erzwang er, daß die Klasse das Gewünschte aufsagen konnte.

Anders war das bei Fräulein Pohl, Mathematik und Geographie, einer von denen, die zeit ihrer Laufbahn Fräulein heißen, obwohl sie über die Fünfzig war und an keiner Stelle ihres Leibes noch zierlich. Kräftig rotbraunes Haar im Bürstenschnitt, Jettaugen, voll in den Backen, voll im Kinn. Im immer einzigen grünen Jägerkostüm, gelegentlich mit dem passenden Hut. Vorwerk nannten wir ihren Busen; den Ausdruck erkannte sie nicht, Flüchtling aus dem Schlesischen. Die war der Welt böse über ihren Anteil an den deutschen Verlusten, das saß hinter ihrer gleichmäßig verdrucksten Miene. Der war es egal. Wenn ein Kind ein Rechenproblem nach der zweiten Erläuterung nicht verstanden hat, fehlte ihm bei dieser Dame schlicht der mathematische Verstand, es war aufgegeben in diesem Fach, mochte es die nächste Klasse nun nicht schaffen wegen dieser Fünf Plus. (Gesine Cresspahl bekam bei ihr für einen Aufsatz über die Bodenverhältnisse und Wirtschaft Chinas eine Anerkennung für geographischen Verstand; der Irrtum hielt sich bis ins nächste Frühjahr.) Frau Pohl, Fräulein Pohl mochte früher ihren Beruf ausgeübt haben wie einen ausgesuchten; jetzt war er ein Job für sie, die Voraussetzung für Zuzugsgenehmigung und Lebensmittelkarte, da zwar sollte es an nichts fehlen, mehr als das Notwendige verweigerte sie. Die Schülerin Cresspahl glaubte immer noch an ein Entkommen durch Lernen, die Zeit lief ihr weg bei solchem Unterricht, oft hatte sie das Gefühl von Versäumnissen. Was hiervon sie Cresspahl einmal sagen wollte, kam aus der Erinnerung, daß er ihr 1944 schon einmal geholfen hatte mit der Schule. In der Schule. Gegen die Schule.

»Antif.« Das gehörte zu Jakobs schweren Abenden. Denn Cresspahls Tochter kam nicht mit Kleinigkeiten zu ihm gelaufen, schon gar nicht mit jeder, erst recht nicht gelaufen; mochte sie jünger sein als Gräfinnen namens Anne-Dörte, ein Kind war sie längst gewesen. Jakob mochte denken, sie nehme sich ihr Recht von ihm als dem Mann im Haus; sie hätte allerdings auch Niemanden gewußt für die Fragen, die sie in der Schule als Antworten lernte. Sie kam mit dem Wort Antifaschismus schwer zurecht. Faschismus sei doch etwas Italienisches gewesen. Jakob wurde das so wie ihr aufgegeben in seinem Umschulerkurs; er sah recht ergeben aus, wenn er das nun noch einmal hin und her bewegen mußte hinter seiner harten breiten Stirn. Sie saßen oft auf den Stufen vor Cresspahls Tür, mit Blick auf die vernagelte Ortskommandantur; beide sahen wenig von dem marschierenden Posten, dem Bildnis Stalins im Triumphbogen. Wie Cresspahl konnte Jakob die Augen auf Fernsicht stellen. Ihr unterlief unfehlbar wieder, daß seine Schläfen so fest aussahen, die Stirn so ohne Kante eingebogen war in den Schädel. Warum mochte er sich das Haar so hoch hinauf scheren lassen, so kurz, und wenige Tage darauf sah es doch wieder aus wie ein Pelz. Wenn einem bei einem Pferd der Pelz gefällt, dann ... Auch wurde sie nicht fertig mit der kleinen Faltenverschiebung in seinen Augenwinkeln, die sah so straff aus, so lebendig, als wüßte er von sich jede Bewegung. Dann hatte sie unordentlich zugehört. Jakob war längst dabei, ihr zu erklären, daß die Nazis mit ihrem Nationalsozialismus den Sozialisten ein Wort weggenommen hatten, oder zwei, daß ein Ausdruck wie anti deswegen noch lange nicht in der Nähe von Sozialismus vorkommen durfte und daß ihr ja ein Antinazismus freistehe, solange sie sich verstanden glaube. – Ja ...: nein: sagte das Cresspahlsche Kind. Gespräche können so unheimlich rasch zu Ende gehen. Das finde sie ein häßliches Wort. – Ein Schietwort für eine Schietsache: sagte Jakob. Da konnte sie nicht weiter. Sie hatte die ganze Zeit gewußt, daß er doch bald aufstehen werde, sich angenehm recken über ihr und aus seiner ganzen Höhe sie verabschieden, lächelnd, fürsorglich, wie ein Erwachsener zu einem Kind. – Vegæt din Bett nich: sagte er, ziemlich mecklenburgisch schon, da war er schon unter den Walnußbäumen hindurch und auf dem Weg zur Stadt. Das nahm sie übel, das schrieb sie in ihr Tagebuch. Antif.?

»Einbeinig, Fahrrad«. Sie hatte einen Mann gesehen, der konnte mit einem Bein ein Fahrrad regieren.

»A. in Gneez«. Sie hatte dies Kind nicht aufgeben können, in Träumen kam Alexandra wieder und war am Leben (und ohne jede Ähnlichkeit mit einer Hanna Ohlerich, die doch einmal Wochen lang neben ihr geschlafen hatte im gemeinsamen Fieber). Alexandra in einem fremden Land, ein Kopftuch um die Haare, so daß zwei helle Bögen sich abhoben über der Stirn, sagte auf Ukrainisch: Gesine, nimm mal. Halt mal diesen Kerl, und richtig hatte Gesine dann Dick Eberhardt Paepcke im Arm, der war auch nicht tot, der schlief bloß und träumte, wie sie. (In Gneez war im März ein Güterzug durchgekommen, voll mit Leuten aus Pommern, die die Polen abschoben. Gesine hatte den Aufenthalt für eine halbe Stunde erwischt, lief von Waggon zu Waggon und elendete die müden, angeschmutzten Menschen auf dem Stroh mit Fragen nach Paepckes aus Podejuch. Genau wie im Traum wußte sie, daß sie im April vor zwei Jahren gestorben waren, wie im Traum konnte sie sich nicht aufhalten und lief zur nächsten Schiebetür, wirr vor Scham, vor Hoffnung, fast weinend, sehr undeutlich im Sprechen.)

»Weißbrot«. Drei Zeichen des Ausrufs. Das war Dr. Schürenbergs aufrechter Widerstand gegen die kommunistische Besatzung. Da es öffentlich kein Weißbrot gab, verordnete er das auf manchen Rezepten.

»R. P.«. Ein Strich zwischen den beiden Buchstaben hatte daraus die Formel für Requiescat In Pace gemacht. Das half wenig, den Vorfall zur Ruhe zu bringen, auch war er eher gemacht von ihr als vorgekommen; die Erinnerung daran kam so scharf und schmerzlich wieder, sie zuckte zusammen wie unter einem Stich. Jakobs Mutter versuchte ihr jenen Abend auszureden, sie sprach so leise, so tröstend, bis ins Einschlafen. Am nächsten Morgen war es unvergessen. Wie kann etwas werden zu einer Furcht vor Schuld, das angefangen hat so klar und kalt und sauber wie ein nass geschliffenes Messer sich anfühlt?

R. P. hatte an einem Abend in Cresspahls Küche gesessen. Gesine kam von der verhaßten Tanzstunde, die für ihre feinere Bildung so unerläßlich war, und mit den höheren Sitten war sie mittlerweile so weit geraten, daß vor der Haustür ein sechzehnjähriger Kavalier stand, der Junge von der Apotheke, wartend auf weiteres Gespräch über Tangoschritte und den Abschlußball. In der Küche saß ein Fremder am Tisch. In dies Haus kamen seit Cresspahls Verschwinden so wenige Fremde, so selten Gäste; sie wünschte sich sehr, dies möge Cresspahl sein. Die Hoffnung zerrieb sich an ganz kleinen Blicken, schneller als etwas zu Worten werden kann im Kopf. Dieser war nicht von Alter rund in den ihr zugewandten Schultern, die hatte er von Trägheit. Er war am ganzen Leibe zu lang, noch von hinten erkannte sie, daß dieser rot und gesund im Gesicht sein würde. Auch wäre Cresspahl doch aufgestanden beim Geräusch ihrer Schritte, oder hätte sich umgewandt, gesagt: Kiek –.

Sie war nun wieder barfuß, keiner hatte ihre Schritte auf den Flie-

sen gehört. Mit dem Fremden am Tisch saßen Jakob und seine Mutter, nicht vertraulich, doch höflich genug, ein wenig unsicher, als hätten sie bei allem guten Recht auf ihre Plätze es doch zu rechtfertigen. Der Mann blickte bloß beiläufig auf, als sie sich an den Tisch stellte, sah da nichts als ein Kind. – Na, du? sagte er, herablassend, zudringlich vor Verwandtschaft, ganz behaglich.
– Raus: sagte Cresspahls Tochter, vierzehn Jahre.
Es war Wochen her, immer noch versuchte sie sich einzureden, es sei kein Haß gewesen. Sie hatte ihn lediglich angesehen. Sie hatte sich sein Gesicht gemerkt: einen mecklenburgischen, etwas feisten Rundschädel. Große Augen von jenem Blau, das für ehrlich gelten soll und so fix flattert. Voller, verwöhnter Mund. So wohlanständig, so wohlgenährt am Leibe. In einem Anzug aus umgefärbtem Wehrmachtsstoff, passend wie nach Maß geschneidert. Wenn die Gummistiefel nicht paßten zu der Pracht, hatte er wohl die ledernen Halbschuhe hier abholen wollen. Er stand noch immer nicht. – Raus! schrie sie. – Du sast rut hier!
Das du tat ihr leid, als er draußen war; sie hätte so intim nicht werden dürfen. Dann endlich begriff Jakob, daß sie ihren eigenen Onkel, einen Bruder ihrer Mutter, Louise Papenbrocks liebstes Kind nicht in Cresspahls Haus haben wollte. Ach, der hatte nicht einmal Schläge bekommen. Schief grinsend, mit einem Achselzucken wie ein Ertappter, hatte Robert Papenbrock sich aus der Küche gedrückt, ängstlich vor einem Jungen, der bloß kräftiger war. Er hatte wohl gedroht mit Hausanzünden. Das war das einzige Mal, da sorgte Jakob dafür, daß der Gast ein wenig hinfiel, mit dem Gesicht auf die scharfe Schwelle der hinteren Tür. Denn sie hatte ihn nicht einmal in der Kommandantur abgeben mögen, zu Gericht und Urteil, sie war obendrein zu feige gewesen; überdies stand auf der Seite des Hauses noch der Kavalier aus der Tanzstunde. Der Älteste aus dem Stamme Papenbrock war langsam quer über die Felder nach Südwesten gegangen, würdig spazierend, bis Jakob auf ihr dringendes Bitten ihm einen Stein hinterherwarf. So friedensmäßig die aufgeschossene grüne Saat, so friedlich das niedrige Sonnenlicht. Der Stein traf dann nicht mehr richtig, bloß auf die linke Niere.
Zu allem hatten die Absens ja gesagt, bis Mitternacht. Denn vorher war sie ja nicht zu Rande gekommen mit ihren Erzählungen aus dem Leben Robert Papenbrocks, von der Fahnenflucht im

ersten Weltkrieg über den ganzen Atlantik bis zu der Tatsache, daß er an diesem Küchentisch gesessen hatte. Sie kam reichlich durcheinander von der eigenen Heftigkeit: Cresspahl hatte ihm nicht gleich das Hinauswerfen versprochen, da standen da noch Holunder, da war aber Stacheldraht drin, vorher hatte er noch Lisbeth vor Gericht gebracht, dat wier min Varres Fru, dieser Parteiredner, in Amerika hatte er Nazis angeworben, ganze Dörfer verbrannt, der Sonderführer S.S. in der Ukraine, sogar Slata hatte er verschleppt und war schuld an ihrer Verhaftung, Voss in Rande mit Stahlruten totgepeitscht, nein, da muß ich Cresspahl fragen! – Ja: sagte Frau Abs. – Ick harr dat nich anners måkt: sagte Jakob. – Ja.

Einen Abend lang hatte es vorgehalten. Dann wachte sie auf mit dem eisigen Zweifel, gegen den kein Einfall verfing.

Angst brauchte sie keine zu behalten vor dieser Verwandtschaft. Das Haus zündete er nicht an. Er war zu eilig. Deswegen geriet er am Dassower See in eine Postenlinie der Roten Armee und mußte ein paar Stunden lang schwimmen mit einer beträchtlichen Fleischwunde in einem seiner fetten Beine. In seinem Brief von jenseits der Zonengrenze, aus Lübeck, nannte er sich »zum Krüppel geschossen«, und die feinbürgerliche Erziehung im Hause Papenbrock bewies er mit dem feierlichen Nachsatz: Somit enterbe ich dich denn.

Vielleicht war es richtig gewesen. Aber sie hatte verhindert, daß dieser Mensch seine Mutter noch einmal sah. Gewiß, er hatte nicht versucht, sie zu treffen, wollte Jerichow lieber durch eine Hintertür betreten. Gewiß. Sie war im Recht gewesen. Dagegen ließen sich andere Gründe wenden. Wie immer Cresspahl entscheiden würde, sie mußte die erste sein, von der er es hörte. R.P. R.I.P.

Aber Cresspahl schickte keine Nachricht, kam nicht, war in »Sibirien« oder tot. Seine Tochter war gut vorbereitet auf den Mann, der mit ihm im Gefängnis gewesen war, die Frau, der er Grüße für ein Haus in Jerichow zugerufen hatte. Für die trug sie im Mantel wie in Kleidertaschen Schreibpapier und einen Umschlag mit sich. Ihr würde dann schon einfallen, was sie ihm als erstes, als Wichtigstes ausrichten mußte.

Die Union der Sozialistischen Sowjetrepubliken hat den U.S.A. das Flugzeug zurückerstattet, das sie am Sonntag zum Landen auf den Kurilen zwang, samt Besatzung, samt Soldaten. Das Weiße Haus hat sich ein wenig entschuldigt für einen Fehler beim Navigieren. Die große friedliebende Sowjetunion hat den Soldaten des Imperialismus noch rote Blechdosen mit Zigaretten aus eigener Produktion geschenkt, bevor sie die Spezialisten in der Tötung weiterschickte zu den Vietnamesen. Nicht einmal drei Tage gingen verloren, da standen die 214 Killer schon an der Front gegen die Verbündeten, die Herzensfreunde eines sowjetischen Bürgers.
Ein gelernter, ein bereitwilliger Kommunist würde hier flugs sprechen können von Kunst der Diplomatie, von einer Rettung der Verhandlungen über wechselseitige Abrüstung; Kinder aus meiner Klasse nähmen das als Teil ihres Berufs. Da kann ich nicht mit. Mit Gewalt ja, auch mit Vernunft, nicht im Traum! Da bin ich ein Ehrenbürger von Sseidamono.
Cydamonoe, die Marie von heute will es kaum noch wahrhaben.
Gefunden hat es die andere, das Kind vom April und Sommer 1961, das unter seinem Kapotthut hervor sehr vorsichtig die Stadt New York betrachtete. Das war eine, deren Hand in meiner Hand wuchs in den Klammergriff, wenn eine knallende Reihe aus Eisenkästen auf uns zukam unter der Erde und war ein rollendes Gefängnis mit gefährlichen Rolltüren und wurde erst langsam die Subway und ein Eigentum. Dreieinhalb war Marie, vier im Juli, und setzte ihre Schritte im Bogen um die Abfälle wie die Leute auf dem Broadway. Sie bestand darauf, den Fremden sich zu zeigen in Kleidern, in Kostümen; Hosen, Jeans gar, galten ihr ein Anzug für die Wohnung und wurden schicklich wenigstens für den Riverside Park, als sie die Zumutung ansehen mochte von der Seite der Sparsamkeit. Und auch vor dem Wetter in dieser Stadt, der schweißpressenden Schwüle, die sogar die zurückhaltende Tante Times heute »unaussprechlich« nennt, und recht hat die Dame, und soll gewinnen an Würde durch die Andeutung des Fluchs! – vor dem Wetter New Yorks auch noch mag die Marie Angst gehabt haben, wenn sie abends auf dem Bett lag und sorgenvoll erwartete, was die unbegreifliche

Stadt ihr schicken würde in den Schlaf. Gerade Angst aber soll es nun nicht gewesen sein, wie das bei einer Marie, die ewig und endlich eins ist mit ihrem Lebenslehen New York City! 1961 lag sie hinter den spaltbreit offenen Türen ihres Zimmers, unvorstellbar kurz, zum Unglauben dicklich, starrte an die »sichere« Stelle der Decke und sprach vor sich hin. Wenn es um Wegdrängen von Angst nicht gehen soll, so war es doch Cydamonoe.

Sie sprach es angelsächsisch aus, mit scharfem S und dunkelbraun schaukelnden Vokalen; ein jeder Zuhörer hätte sie ästimieren müssen für eine Amerikanerin. (Das soll ihr heute dienen als ein Beweis des Gegenteils.)

Immerhin, die vierjährige Marie wußte kaum ein schlimmeres Risiko im Umgang mit Kollegen, als ihnen Cydamonoe zu offenbaren. – Du fliegst dahin? sagte David Williams in jenem unvordenklichen Herbst, recht baff. Er stand mit ihr in einer wenig belebten Ecke des Spielplatzes, die Hände auf dem Rücken, ganz steif im Gesicht von der Meinung, dies ausländische Kind wolle ihn hereinlegen, den Gartenweg hinaufführen und was sonst dergleichen dem nicht zustand, einem Mädchen obendrein. Sie nickte so schüchtern, er verwandelte sich augenblicks aus einem Opfer in einen Experten, überlegen vor Männlichkeit. – Durch das Fensterglas –? faßte er nach, noch bereit, sie mit Gelächter zum Krüppel zu machen. Marie vertraute damals darauf, er werde das Geheimnis nicht brechen; einmal muß ein Mensch sich aussprechen, übrigens war es die Wahrheit: Ich kann es: verriet sie ihm. David sah sie an mit aufgerissenen Augen, auch er kannte an sich Fähigkeiten, die waren Niemandem bewußt als ihm. Er nickte ernst und sagte: Ach so. Das war allerdings eine Sache, die unter Kumpanen ein Vertrauen wert war. David Williams wurde ein Freund des Hauses Cresspahl.

Mehr über Cydamonoe erfuhr vorerst nicht einmal die Mutter, bis zu einem Gewitterabend, an dem Marie die Abreise hinter ihre Vorhangtüren hinauszögern mußte so lange als möglich, als Mittel wußte sie nur das Erzählen. Die Worte traten ihr ganz rund aus dem Mund vor Dringlichkeit, deutsch, englisch, wie es kam. Sie sah mich nicht an, beschämt über ihren Verrat, und wäre mitten im Satz verstummt, hätte ich mein Gesicht gleiten lassen in den schwächlichsten Zweifel. Sie hielt ein Glas Saft in ihren fei-

sten Händen, ihr war nach Trinken zumute, sie durfte nun nicht anhalten.
Cydamonoe war ein Ort, nur durch die Luft zu erreichen. Die Reise begann in dem Moment, da es dunkel wird im Kopf und das Kind am ganzen Leibe sich schlafen weiß. Das Fluggerät war Kopf und Körper, selbstgesteuert, ohne »Stewardessens«. Die Flugdauer betrug soviel Zeit, als man braucht, um sich fliegen zu merken. Das Aufsetzen geschah in dem Moment, da die Sonne hinter der Erde hervorfährt in einem beflissenen Hochsprung, wie ein befreundetes Tier, und es ist hell.
Cydamonoe war eine Kolonie für Kinder, ein Kinder-Garten, was das Wort doch sagen will, war eine Zeit als Entschädigung für den falschen Tag vom Aufstehen bis zum Schlafengehen.
Sobald Marie angekommen war in jener rundum umflossenen Gegend, ging sie frühsten. Denn diese Auskunft geriet ihr englisch, »brokling« war was sie tat und ist in der Sprache Cydamonoes das Wort für Bediene dich selbst.
Die Kinder dort bedienten sich selbst, ob sie nun ein Frühstück nahmen oder ein Haus. Wer ein Haus brauchte, nahm sich eins, das leer stand. Es zu behalten war unnötig. Überdies galten alle Häuser für gleich angenehm.
In Cydamonoe waren die Straßen als Rasenbahnen angelegt, und sie zu mißbrauchen war verboten. Dafür standen Tretmobile, Dreiräder, Hüpfmaschinen bereit, in der selben Zahl wie Kinder Mitglied waren. Dennoch fehlte nie auch nur ein einziges. So war es bei den Häusern, bei den allgemeinen Spielsachen, den Eiswaffeln; nie ging ein Kind leer aus.
In Cydamonoe gab es Windmühlen noch und noch. In der Hauptmühle regierte Känga und ihr Mann Kongo und ihr Sohn Ruh. Außer diesem Ministerium für Landwirtschaft gab es kaum Verwaltung.
Wenn nicht die Wache auf dem Landeplatz so gerechnet werden soll. Die Wache ist Ehrendienst, wird umschichtig betreut, außer ein Kind hat Zahnschmerzen.
Die Wache läßt sich den Paß zeigen und rechnet aus, ob die Menge der Stempel beweist, daß der Ankömmling ein Bürger der Republik Cydamonoe ist.
Dann werden die Orte des Abflugs geprüft. Einer von diesen muß es sein: Rastelkin, Rye, Korkoda, Shremble, Stiple, Roke,

Kanover, Rochest, Kribble, Krabble, Idiotland, Ristel, Rastel, Kranedow, Scharry, Rinoty, Exremble, Rimble, Stevel, Stretcher, Sklov, Opay, Orow, Irokrashmonoe, Crestelmonoe und Wrestelmonoe. Denn von anderen Plätzen als diesen ist Cydamonoe überhaupt nicht zu erreichen.
Im Paß müssen dreizehn Schutzimpfungen eingetragen sein sowie eine Tablette jede Woche. Denn Cydamonoe ist das einzige Land in der Welt, in dem zu leben sich lohnt.
So lästig, auch unfreundlich diese Kontrollen sind, alle Kinder sehen sie ein. Denn Cydamonoe ist eine Republik der Kinder.
Damit wollen die Erwachsenen nicht sich abfinden. Immer aufs neue schicken sie Spione, in den albernsten Verkleidungen. Nein, keine Zwerge. Schlicht gewöhnliche Erwachsene, die denken, sie wüßten über alles Bescheid und Kinder merkten gar nichts. Dabei sind sie stracks erkannt, wenn sie morgens aus dem Fluß gestiegen sind und Sonnenbadschlaf im Grase mimen. Die Kinder sind auf der Stelle unsichtbar. Aber sie müssen ansehen, wie der Eindringling durch das ganze Land zieht und die Regenmaschine falsch anfaßt und auf dem Postamt die Stempel verbiegt. Oft und oft haben die Kinder beraten, ob sie das Gastrecht belassen sollen, wenn doch die ungebetenen Besucher es nur falsch zu gebrauchen wissen.
Kommen sie gar zu mehreren, möchte so manches Kind am liebsten sichtbar werden vor Wut. Unweigerlich verkleiden sich mehrere Erwachsene in gleiches Tuch und falten die Gewehre auseinander und schießen. Zwar sind sie damit erledigt, aber die Kinder bekommen schlimme Nächte. Wer mag denn gern aufstehen in der Traumkonferenz und bekennen: ›Im Schlaf war ich auch an der Wand von Berlin und habe mitgeschießt‹?
Sie sind so ungeschickt, die Erwachsenen, sie tun sich selber Schaden an, nicht bloß den Sachen. Einer hielt die Spielzeugfabrik für eine Bank und zerbrach die Tür und raubte Billionen von Billionen von Dollars und Mark. ($4000000000000,00.) Einer hat öffentlich geraucht, das Streichholz weggeworfen, die Zigarette im Schwimmbecken ausgedrückt. Und was Erwachsenen sonst so einfällt.
Dann aber sind sie überführt, dann sind sie strafbar, dann kommen sie ins Gefängnis! Im Gefängnis kriegen sie nichts als Brot und Butter und Milch! Die Strafe besteht darin, daß sie das

Schlupfloch suchen müssen. Kein Kind sagt ihnen wo das ist. Wenn sie es gefunden haben, sind sie zwar frei. Müssen bloß noch drei Stunden über den Ringfluß schwimmen.
Ihretwegen müssen die Kinder die vielen schmalen Gänge und Tunnel so oft falsch benutzen als Fluchtwege. Was das kostet, die dann wieder zu reparieren, bis sie zum Spielen taugen!
Das macht Mr. CoffeeCan. Ja, es lebt doch ein Erwachsener in Cydamonoe. Aber das ist der Mann vom Mond. Eines Morgens stand er dumm auf dem Landeplatz, dick und braun und rundlich wie die Dosen, in denen der Kaffee wohnt, und richtig konnte man ihm durch den Deckel in den Kopf sehen. Er hat dann die Prüfung nicht antreten müssen, bekam seinen Paß und die Impfungen und hat versprochen, die Tabletten einzunehmen. Er ist auch nicht immer dumm. Das weiß er schon, daß er jeden Tag eine neue Feuerklingel aufhängen muß. Zwar brennt es nie in Cydamonoe, aber es kommt manchmal gefährlicher Besuch.
Mr. CoffeeCan ist der Mann für alles. Zwar, an eine so knifflige Sache wie die Steuerschraube der Insel lassen die Kinder ihn nicht heran. Aber er versteht es, die vielen Swimming Pools auszupumpen Tag für Tag, und beim Frisieren der Vögel ist er recht brav. Stephen der Polizist hat ihm auch schon einmal erlaubt, unsichtbar zu werden.
Der Tag beginnt in Cydamonoe, indem der »Auftritt der Stewardessens« ausfällt. Dann kommt Spielen, Lesen, Schwimmen, Fütterung der Haustiere zu Lande und in den Bäumen, jeden Nachmittag um halb fünf der jedem Kind verhaßte Kursus im Abschiednehmen. Eines der Spiele heißt und ist:

Jumping up and down,
Kanga-Roo 's around the town!

Denn weil Känga arbeitet, darf sie auf Urlaub gehen, und weil Ruh bei seinen Erwachsenen leben muß, er auch. Kongo bekommt nie Urlaub. Wie würde einem auch ein Freudenspiel einfallen, wenn jemand zurückkäme, und es ist dann bloß Kongo! Kongos Mehl ist öfter bunt denn weiß.
Die Kinder sind in Cydamonoe allein, oder in Gesellschaft, wie sie es wünschen. Weggehen aus Traurigkeit allerdings ist nicht gestattet. Wenn ein Kind genug allein war und ist nun davon satt, braucht es sich bloß zu den anderen zu wünschen. Das geht in Gedanken, mit einem leisen Pfiff.

Ebenso kann man Kinder holen, die nicht der Republik angehören, auch indem man bloß an sie denkt. Wenn man, so zu sagen, eine Konstanze oder eine Manuela zurückgelassen hat in Europa, dürfen sie zu Besuch geladen werden. Die wissen dann aber nicht, daß sie in Cydamonoe sind, und haben es vergessen, wenn sie morgens aufwachen in Hannover oder Düsseldorf.
Wenn doch einmal etwas fehlt in Cydamonoe, geht man zum Haus Wunsch und Wille, Want and Will. Da ist es dann.
Wie die anderen Kinder es machen am Abend, wußte Marie nicht. Danach darf man übrigens keins fragen. Was sie selber angeht, so legt sie sich eine Sekundenminute vor Dunkelwerden zu Bett mit Tigger und seinem Vater, schläft eine lange Zeit und wacht morgens auf an einem Ort, den kennt sie gar nicht, lange muß sie sich besinnen. Das ist ... New York City.
Damals gab sie es noch zu. Und habe ich etwa keinen sieben Jahre alten Zettel bei mir, wo ich gehe und stehe, auf dem verschieden gestellte Striche mich ausdrücklich und namentlich zu einem Besuch in Cydamonoe berechtigen? – Aber komm lieber nur, wenn du nichts anderes weißt! bat sie mich damals, als das Gewitter zu Ende war und sie einwilligte, es noch einmal mit dem Bett zu versuchen. Wie kurz so ein vierjähriges Kind daliegen kann.
Nun soll es nicht wahr sein für die Marie von 1968, bloß weil sie bald elf Jahre alt ist. Bloß weil ihr nun New York gehört mit jeder Meile Ubahn, sämtlichen Inseln, allem Wetter, zu jeder Zeit, ohne eine Welt von Cydamonoe dagegen! Weil sie mich zum Spaziergang durch den Riverside Park abholt am Bahnhof 72. Straße in einem sorgfältig ausgewaschenen T-Hemd und in kunstvoll gealterten Jeans, weil sie nicht nur den Treppenaufgang im Auge hält sondern auch dem mächtig beleibten Polizisten neben ihr mit einem unbeweisbaren Seitenblick bedeuten kann, daß er sich denken soll, was sie denkt: Heißt ihr eigentlich Die Besten Jungs von New York, weil man euch immer wieder ertappt mit Schmiergeld an der Hand –? Früher wär sie einem solchen schweren Kerl in Uniform ängstlich aus dem Weg gegangen, schon wegen seines Knüppels aus Holz; dieser wendet sich ab von ihr, als hätte sie ihn gequält. Daß die einmal so dicke Kinderlippen gehabt hat, zwischen denen die Worte so pummelig herauskamen, wie überzogen mit einer struppigen Haut! Ihr Haar ist fast so weiß wie es im August sein wird. Kein Fremder wird bemerken,

daß sie die gewünschte Person nun erkannt hat; das braucht Niemand nicht zu wissen, auf wen sie hier wartet. Dies bleibt unter uns.
Ein Ehrenbürger von Cydamonoe allerdings hat das Vorrecht, gelegentlich zu reden in Wendungen wie »ausgenommen die Feuerklingel von Cydamonoe«, »nach dem Gesetz von C.«, aber nur verschlüsselt, nie unter Zeugen, und nicht mehr als zweimal im Jahr. Und warum heute, und warum heute ohne Verweis durch Runzeln der Stirn? weil heute der Third of July ist, und ein langes Wochenende beginnt, wozu wir einander nun Glück wünschen, eine der anderen.

4. Juli, 1968 Donnerstag

Im dritten Sommer nach dem Krieg war Mecklenburg sicherer als die Stadt, in der wir jetzt leben.
Gestern ging ein Mann, in seinen Vierzigern, stämmig, schwarzhaarig, weißes Unterhemd, schwarze Hose, dunkle Socken, in die weibliche Abteilung der Bedürfnisanstalt im Central Park an der 85. Straße und schoß da auf ein vierundzwanzigjähriges Mädchen, wonach die Kugel ihr durch den Hinterkopf in die Kehle in die Brust drang, so daß sie tot war. Danach zog er sich aufs Dach und schoß um sich, ziemlich ruhig, aber nach Belieben. Das war an der Seite der Fifth Avenue, wo Leute wie Jack Kennedys Witwe wohnen, und über hundert Polizisten stürmten das friedliche Gelände. Einer will den Mörder zehnmal getroffen haben. Er soll in der Sowjetunion, in Bulgarien, in Jugoslawien gelebt haben, kam hierher mit einem griechischen Paß; an den Wänden seiner Wohnung hingen Porträts von Hitler, Göring, Goebbels. Die Leute oben in der Fifth Avenue saßen Rang. »Die Polizei war absolut großartig« sagte Mrs. David Williams, Hausnummer 1035. »Es war so spannend wie nur irgend was im Fernsehen.«
Im Winkel um Jerichow wurde vornehmlich geklaut, und die Kettenhunde genossen ein ungeahntes Ansehen. Mundraub bis zu zehn Pfund Mehl galt als Steuer an den Hunger, eine verschwundene Flasche Schnaps reichte zu Racheschwüren gegen Unbekannt; von dem einen wie dem anderen erfuhren die Polizi-

sten kaum, wozu Rechtshüter einladen zum Besichtigen, die fingen einen Hasen nicht mit einem Sack voll Salz. (Bei Cresspahls, hinter dem Friedhof, so dicht an der Kommandantur, kam selten etwas weg.) Für einen Aufschwung in der Wirtschaft wurde genommen, daß auch Gerät gestohlen wurde, zum Arbeiten. Das Hauszeichen ließ sich einschnitzen in den Stiel der Sense, wie aber ins Blatt? Warum Duvenspeck das Aufenthaltsrecht in der Stadt Jerichow im Stich ließ, als Willi Köpcke Zuzug nahm von den sowjetischen Lagern, der Direktor des Gaswerks floh wohl nicht von ungefähr, und wenn Mine Köpcke eine ganze Weile nicht zu sehen war auf der Stadtstraße, danach gleich müde wie zahm, so war sie gewiß für ein anderes Vergehen verhauen worden.

Die Straßen waren fast sicher, sowjetische Feldpolizei und vielerlei Marodeure ausgenommen; ein Kind konnte unbesorgt auf Reisen gehen, zumal wenn es einen recht weiten Pullover anhatte, ausgebeulte Hosen, deren Muster diskret an eine großkarierte Übergardine gemahnte, und wenn es an der Hand ein Netz trug, in dem ein Reisegenosse Sämtliches sehen konnte und erkennen, es verlohne den Griff nicht. Gesine Cresspahl stieg auf dem Fischland am Kiel aus einem Bus und ging durch Fulge nach Norden, rasch weg von dem gelben Ätzgestank des Holzgenerators; ihr fiel auch nicht ein, worauf sie vor drei Tagen in Jerichow noch vertraut hatte. Sie ging schamlos vorbei an der Bürgermeisterei; eine zurückkehrende Einheimische wird doch keine Kurtaxe zahlen. Hinter dem Ostseehotel, an Malchen Saatmanns Ecke bog sie ganz richtig ins Norderende ein, als wolle sie sich bei Bauer Niemann für die Ernte vermieten, blieb dann aber stehen vor einem ganz roten Katen, der mitsamt dem Dach zugestellt war von Hecken und wilden Büschen und üppigen Bäumen. Das war in dieser Gemeinde ihr Haus, nun ging sie nicht hinein. Dazu war sie zwar gekommen.

Sie vergaß, daß Alexander Paepcke es ihrem Vater ins Eigentum geschrieben hatte; es gehörte ihr bloß, weil sie hier mit Paepckes Kindern eine Heimat gelernt hatte. Der Zettel am Pfahl verriet, daß nun ganz Fremde auf dieser Büdnerei lebten; wer sonst in Althagen braucht ein Namensschild. Bloß Fremde waren imstande, den Damm aus Rollsteinen um das Haus nicht frei zu puken von Unkraut. Das Rohrdach war struppig an der Süd-

westecke, da würde es durchregnen schon im Herbst. Die Erinnerung verweigerte.
Sie wäre wohl weitergegangen auf dem festen Sand zwischen den dichten Hecken zur Kaufmannsecke, zur Bushaltestelle an der ahrenshooper Post, sie hatte auf dem Fischland nichts mehr zu suchen; bloß verjährte Gewohnheit führte sie zu dem Katen, wo die Paepckes die Schlüssel für den Winter abgegeben hatten. Sie war da nicht allein, ihr war bloß so zumute; unfehlbar grüßte sie die frühabendlichen Spaziergänger, immer zuerst, nicht weil sie jünger war, streng der englischen Sitte zuliebe, so daß manche der Herren Verwunderung zeigten. Die entging ihr. Sie stand endlich vor Ille, und beide erschraken vor einander fürchterlich.
Ille hatte den oberen Flügel ihrer Tür an die Wand geklappt, so daß es eine Snackdœr war; unverhofft stand sie so still, eingerahmt war sie. Sie sah das Kind, das früher immer mit denen von Paepckes gekommen war, die aber wußte sie tot. Ille war leicht zu erkennen, unveränderlich besinnlich im Gesicht, ihre Sommersprossen schienen noch mehr eingewachsen, ihr sprödes rötliches Haar ließ an das von Männern denken. Ille trug, im Haus, ein weißes Kopftuch, wie Leute auf dem Fischland es tun aus Trauer um einen Toten; sie hatte ihren Kapitän doch noch geheiratet mit zweiundvierzig Jahren. Der Schreck dauerte einen Lidschlag lang. Dann war Ille die Ältere und sagte, kaum tadelnd, kaum besorgt: Gesine. Du bist utrætn.
Gesine Cresspahl war ausgerissen von zu Hause, und Ille brachte ihr bei, daß der Zettel auf dem Küchentisch in Jerichow nicht ausreichte für Jakobs Mutter. Am gleichen Tag noch mußte sie œwe den Pahl zur Post mit einem Brief, in dem stand, sie sehe hier nach Verwandten. Es war die Wahrheit, sie hatte so etwas vorgehabt. Weiterhin brachte Ille in Schick, daß das Kind bei ihr unterm Dach schlafen sollte, wenn es ihr denn zu zweit nicht genierlich war. Es war doch wohl eigentümlich, zu Bauer Niemann in Arbeit und Brot zu wollen, wenn sie einmal angefreundet gewesen war mit Inge Niemann. Was das anging, was zu tun hatte Ille selber zu vergeben. Das war verstanden und ausgemacht von Anfang an: Gesine gehörte nicht mehr zu den Herrschaftskindern. Willkommen war sie, für Bett und Tisch mußte sie nun arbeiten.

Was zu tun fing morgens an im Garten, da waren Wurzeln zu ziehen, Stachel- und Johannisbeeren zu pflücken, Beete umzugraben. Dreimal am Tag war Wasser in die Küche zu tragen, nur noch nach Eimern waren die Kartoffeln zu rechnen, die sie schälte, es gingen wohl acht Liter in die Milchkanne, die sie jeden Abend bei Grete Nagel füllen ließ. Es fehlte bloß, daß Ille sie an den Herd gelassen hätte. Eben aber um die gebührende Andacht zu bekommen fürs Kochen hatte sie Gesine angenommen. Gesine durfte einen Gurkensalat machen, Brote streichen. Auch sollte sie das Essen auf die Zimmer tragen.
Denn Ille hatte Gäste, zahlenden Besuch aus den Städten, wie in früheren Zeiten. Nur eine Familie Flüchtlinge war dabei, die schickte sie allerdings aufs Feld zu den Bauern, da die sich besonnen hatten auf die Arbeitspflichten einer Büdnerei; wenn diese Biedenkopfs aus Rostock bleiben wollten über den Winter, würden sie Ille nicht mit Miete zahlen müssen, sondern mit Hilfe. Von den zeitweiligen Leuten nahm sie Geld, unbedenklich. Gesine begriff es erst, als eines Morgens im Schuppen hinter dem Haus zwei Ferkel waren, die sie nun obendrein versorgen mußte, als eine Nähmaschine abgegeben wurde und einmal ein Wäschekessel mit fast gar nicht abgestoßener Emaille. Was Gesine auf dem Fischland zu denken gehofft hatte, kam ihr kaum ein Mal in den Kopf vor lauter Beschäftigung; die volkswirtschaftliche Belehrung begriff sie und wollte sie Jakob weitersagen: die Flucht in die Sachwerte bekam vielleicht einen Termin.
Auch von den Gästen hatte sie eine Meinung; freundlich war die selten. Es waren Leute aus dem britischen und dem sowjetischen Sektor von Berlin, aus Leipzig, aus der Landeshauptstadt. Einer nannte sich einen Maler, nur war er schon zehn Tage lang nicht beim Malen zu sehen. In alten Zeiten war so etwas der Gemeindeverwaltung gemeldet worden. Die anderen waren ein Arzt, ein ostpreußischer Landschaftsschriftsteller, der aus Schwerin verwaltete innere Angelegenheiten des Landes Mecklenburg und mochte es genauer nicht sagen. Die stritten sich oft und blieben doch auf dem Weg zum Strand wie am Wasser zusammen, als hielte sie noch etwas anderes zusammen denn die Unterkunft bei Ille. Die Künstler wehrten sich gegen etwas, was sie Produzieren nannten. Das verlangte der Funktionär von ihnen. – Nu laßt uns doch all das Leid erst mal verarbeiten! stöhnte der Maler, – Ihr

werdet dann schon sehen: kündigte sein Kollege in den Musen an, unbestimmt düster, aber um redliche Miene bemüht. Gesine sah sich die Herrschaften noch einmal an daraufhin. Gewiß, sie waren nicht eben gemästet am Leib. Aber ihre Anzüge, mochten sie um geringere Masse schlottern, sie waren doch aus begehrenswerten, geschonten Stoffen. Die Gesichter waren glatt, aufmerksam, beweglich. Denen nahm sie Verhärmtheit nicht ab. Sie sah, wie entschlossen die einhieben in Illes Räucherbraten, wie verschwenderisch sie einen Hühnerschenkel angingen mit einem einzigen, umfassenden Biß. Von trauernden Leuten wußte sie eine andere Art des Essens. Wenn die Herren hier in Luft und Sonne und Stille etwas verarbeiten wollten, warum brachten sie ihre Ehefrauen zum Streiten mit und lebten jeden Abend in drangvoller Enge zwischen den dichtgestellten Betten? (Ihren Kindern gönnte Gesine die Ferien, so erwachsen kam sie sich vor; mit denen des Schweriners sprach sie nicht mehr, seit die sie hatten anstellen wollen, ihnen die Betten zu richten.) Nein, da war sie lieber ungerecht. Wenn die sich kümmern wollten um ein Leid, es würde wohl das anderer Leute sein.

Die Gäste hatten gleich verstanden, bis wohin sie erwünscht waren, und hielten sich fern vom Garten, vom Stall, von der Küche, wo immer gearbeitet wurde. In ihre Kammern gesperrt, hörten sie nichts von dem Gespräch, das an vielen Abenden die Einheimischen unter sich führten. Ja, Ille bekam Besuch wie in Paepckes Zeiten, ob sie nun mit einer Kelle Wasser den Sand aus dem Mund spülen wollten oder ernsthaft sich hinsetzen zu etwas, das mochte nun nach Belieben ein Schnacken werden oder ein Klönen oder am Ende doch eine Geschichte. Nur daß nur wenige Männer dabei waren, und so manche von den Frauen nahm das weiße Kopftuch nicht ab. Niemals wurde Gesine begrüßt als die Kusine von Alexandra Paepcke; allmählich begriff sie, daß sie hier durch ihren Vater bekannt war und erinnert wurde. Gleichwohl kam es nicht vor, daß sie nach Cresspahl gefragt wurde. Besprochen wurde, was anlag; so lernte Gesine das Fischland kennen als eins, in dem ging es nicht zu wie im übrigen Mecklenburg. Wie in Illes Haus lebten in fast allen Häusern Sommergäste, die ihre Arbeit im Kopf vorbereiteten. Hier hatte der Kulturbund zur demokratischen Erneuerung Deutschlands mehr zu sagen, als sein Platz in den mecklenburgischen Wahlen sollte vermuten lassen. Hier hatte die Regierung der sowjetischen Zone eine Spielwiese hergerichtet für die Intellektuellen, die sie für artig ansah, oder benutzbar. Im Hotel Bogeslav ging es zu wie in den alten Zeiten; nur daß Leute wie Bankier Siepmüller dort nicht mehr vorkamen. Ach doch, wenn sie aus dem englischen Sektor waren, oder noch besser aus England. – Engländer? fragte Gesine versehentlich. Die Rüge für vorlautes Betragen blieb aus, warum das nun wieder. Ja, Engländer. Bogeslav hieß Kurhaus jetzt. Die bekamen Sonderzuteilung »aus der Reserve«, was immer, wessen immer die war. Den Intellektuellen der Zone wurde das Fischland zugeteilt wie eine Medizin; nach vierzehn Tagen mußten sie Platz machen. Welche gab es, die badeten schon seit Juni hier. Einer hatte Baugenehmigung bekommen, gottlob in Ahrenshoop. Wenn die bloß nicht in Althagen anfingen mit ihren ausgedachten Häusern. Die wurden mit Pferdewagen durch den Darss gefahren. Ja, Gesine, in der Ernte. Wir kriegen das Unsere auch so vom Acker. Ja, was mit dem Jagdhaus des Reichsjägermeisters Hermann Göring war, Keiner weiß das, an die Stelle im Darss kam man nicht heran. Sonst kaum ein böses Wort über die Rote Armee. Offenbar hatte sie es mit diesem Landstrich anders angefangen. Doch, die waren bewaffnet auf Suche gezogen im Kleinen Darss, als Alfred Partikel verschütt gegangen war. Im Ernst, ihn retten wollten sie. Weißt, Gesine, der Maler. Ein Ahrenshooper zwar, wenigstens nicht Kultur-Bund. Was Gesine vom wirtschaftlichen Treiben der Einheimischen mitbekam, es klang nicht weniger exterritorial. Als gäbe es hier kein Finanzamt, als sähe die Wirtschaftskommission hier nicht her, als bekäme die Polizei keinen Zutritt. Auf dem Fischland schien die Kategorie »Selbstversorger« ziemlich genau das selbe zu bedeuten was das Wort meinte. Ach was, Lebensmittelkarten! Gelegentlich war die Rede von dem Haus mit der Sonnenuhr, so dicht am Hohen Ufer. Wann das wohl runterfallen werde. Mit türhohen Fenstern in Richtung Westen. Die mochten sie winters abdecken mit Holzplatten, da stand der Wind in der Stube und tanzte mit dem Sand. Des öfteren wurde gesagt: Nu tu das doch, Ille. Es sei nicht gefährlich. Tu das endlich, Ille.

Wenn Gesine Milch geholt hatte, war sie frei zu gehen, wohin sie wollte. Die Erinnerung blieb weg, es kam bloß der Anstoß an eine Minute Vergangenheit, der so sich nennt. Was aber sie meinte, war der Eintritt in die ganze Zeit der Vergangenheit, der Weg durch das stockende Herz in das Licht der Sonne von damals. Einmal hatten sie auf dem Hohen Ufer nebeneinander gestanden und unzweifelhaft die Umrisse von Falster und Möen gesehen; Alexandras Oberarm war mit einer leichten Körperdrehung an Gesines Schulter gerückt, ohne sie zu berühren; das Gefühl der Annäherung lag verkapselt im Gedächtnis, begraben gleichsam, wurde nicht lebendig. Einmal ging sie durch die Boddenwiesen, bis zum Knöchel im quatschenden Wasser, wollte Paepckes Katen heimlich von hinten ansehen, hoffte gar nicht mehr als auf den Anstoß. Sie sah die verwilderte Hecke, den Rundlauf, ein Stück Fenster vom Boddenzimmer. Die Stahltür mit dem Maschendraht war mit Kette und Vorhängeschloß gesichert. Sie hörte eine Frau sprechen, wie man es tut mit kleinen Kindern, die schon Worte annehmen. Alles das brachte die verlorene Zeit nur wieder als einen Gedanken: Als wir . . .; die gedachten Worte kamen nicht zum Leben. Fast jeden Abend beim Milchholen geriet sie in die Nähe des Moments, in dem Grete Nagel Alexandra und ihr ein Glas Milch angeboten hatte, jedoch frisch aus dem Euter, und die Kuh wandte ihre Augen um zu ihr. Es fiel ihr jetzt ein wenig schwerer, Milch zu trinken. Mehr fand sie nicht; ohnehin lag es wohl bloß daran, daß die Milch von Emma Senkpiel in Jerichow gepantscht war. Abends, wenn die Zeesenboote in den althäger Hafen liefen, patschten die Katzen durchs Schilf und warteten auf ihre Quartiergeber, auf ihren Fischanteil am Fang; Katzen, im Wasser! Sie hörte Alexandras Stimme nicht. Sie versuchte, beschreibende Ausdrücke zu finden für Alexandras Stimme in jenem Augenblick; da entging ihr fast die Ahnung davon. Vor Bauer Niemanns Dreiständerhaus hingen drei Leinen Wäsche, vier malende Leute nebeneinander malten das ab. Es war wie damals. Es war fest und undurchdringlich über das Andenken Alexandras gedeckt; übrig blieb nur ein Wissen, daß sie darunter verborgen war. Abends saß das Licht von Malchen Saatmanns Hinterzimmer im Gebüsch. Sie konnte denken: Der Abend, als wir noch Brot von Malchen holen mußten, Alexander saß vornehm auf dem Sofa, angedüdelt wohl, sagte zu seiner Tochter: Nun, du braves Kind? als kennte er sie nicht wieder . . . Gesine konnte es denken. Sie konnte es sich vorstellen als geschrieben. Es war nicht da. Sie war sich bewußt, daß in dieser Minute Stillstehens vor Frau Saatmanns freundlich verstreutem, heimlichem Licht der Wind stillstand, als verhalte er den Schritt. Sie fragte sich, ob sie das dereinst auch werde vergessen haben und bloß noch in Worten aufbewahrt.

Ille tat es schließlich. Sie bat Gesine um einen »furchtbaren« Gefallen; dann war es bloß die Begleitung zu einer Gelegenheit, nach der Gesine nicht fragen sollte. Die ganze Zeit müsse sie schweigen. Die Stimme Illes war wacklig. Gesine hätte ihr mehr versprochen, wäre es zum Trösten gut gewesen. Die Gelegenheit war Besuch bei einer alten Frau in einem Katen von Niehagen. Ille stellte im Vorraum bei einer Gehilfin den Korb Eier ab, das Honorar. Innen, bei gegen das Sonnenlicht verdunkelten Fenstern und Kerzenschein, mußte sie vor die Besprecherin ein Foto des Kapitäns hinlegen, dazu ihren Ehering an einem seidenen Faden. Die Alte enthielt sich aller Fisimatenten; ihr Benehmen schien einem Arzt abgeguckt. Ihr Blick war der einer Geschäftsfrau, die etwas Bestelltes zum ausgemachten Preis liefert. Ein offener, heimlich verdeckter Blick. Sie stemmte die Ellenbogen auf und verschränkte Hand über Hand. Von einem vorher unsichtbaren Finger baumelte der Ring am Faden über dem Bildgesicht des Kapitäns. Er baumelte nicht, er hing von Anfang an still. Der Ring bewegte sich nicht, volle fünf Minuten lang. Wenn man in Gedanken bis Dreihundert zählt. Dann fing Ille an zu weinen. Draußen wurde ihr von der Gehilfin, offenbar der Schwester oder Partnerin in diesem Unternehmen, regelrecht wie einer Witwe Beileid ausgesprochen, sachlich, reell, in einer Manier, als sei ein solcher Ausgang unfehlbar zu erwarten gewesen.

– Du auch? fragte die Gehilfin. Gesine hatte bloß versprochen zu schweigen. Die Begleitung hatte sie hinter sich, nun durfte sie weglaufen.

Ille bestand zu Hause nicht darauf, darüber zu sprechen. Wir nahmen einander nicht übel. Wir konnten mit einander reden. Fünf Tage später oder so ging ich mit Lohn zurück nach Jerichow.

Das Fischland ist das schönste Land in der Welt. Das sage ich, die ich aufgewachsen bin an einer nördlichen Küste der Ostsee, wo anders. Wer ganz oben auf dem Fischland gestanden hat, kennt die Farbe des Boddens und die Farbe des Meeres, beide jeden Tag sich nicht gleich und untereinander nicht. Der Wind springt das

Hohe Ufer an und streift beständig über das Land. Der Wind bringt den Geruch des Meeres überallhin. Da habe ich die Sonne vor mir untergehen sehen, oft, und erinnere mich an drei Male, zwar unbeholfen an das letzte. Jetzt sackt das schmutzige Gold gleich ab in den Hudson.

Da wußtest du, daß ich nicht wiederkomme, Gesine.
Ja, Alexandra.
Da warst du fertig mit dem Wunsch, dich umzubringen.
Ja, Alexandra.
Du hast noch daran gedacht.
Ja, Alexandra.
Aber du wirst es nun nicht mehr tun.
Nein, Alexandra.
Ich hatte mich bloß versteckt, weißt du.
Ich weiß, Alexandra.

1947, im Sommer, war ich auf dem Fischland. Niemals mehr.

5. Juli, 1968 Freitag

Gestern in Bonn verhandelte ein Gericht wieder einmal gegen jenen Fritz Gebhardt von Hahn, bei den Nazis in der Jüdischen Abteilung des Außenministeriums, angeklagt der Mitschuld am Tod von mehr als dreißigtausend bulgarischen und griechischen Juden. Für die Verteidigung trat auf ein Zeuge, auch ehemals in leitender Funktion beschäftigt beim Außenministerium der Nazis, Abteilung Abhören.
Er nannte seine Vornamen, war als Kiesinger bekannt. Beruf: Bundeskanzler. Solche Silberhaarigen haben das Vertrauen der Westdeutschen. Mit solchem arbeitet die Sozialdemokratie in einer Regierung.
Wann ist er eingetreten in die Partei der Nazis? Gleich 1933. »Nicht aus Überzeugung, aber auch nicht aus Opportunismus.« Was für Gründe bleiben möglich? Das wurde er nicht gefragt. Er will mit der Partei nichts zu tun gehabt haben bis 1940, außer daß er seine Mitgliedsbeiträge zahlte. Dann war er vertrauenswürdig genug, die Auswertung ausländischer Rundfunkmeldungen zu

beaufsichtigen. Wenn die feindlichen Sender die Ausrottung von Juden erwähnten, verhielt Herr Kiesinger sich einfach ungläubig, ließ es aus dem Funkspiegel für seine Vorgesetzten, so daß den Nazis dunkel blieb, was sie taten. (So konnte Herr von Hahn nicht erfahren, was denn mit den Juden geschah, die er auf den Weg schickte.) Desgleichen war dem Kollegen von Hahn der Ausdruck »Endlösung« unbekannt, bis zum Ende des Krieges. Erst spät, langsam, ganz allmählich brachten das Verschwinden von Trägern des Gelben Sterns und Erzählungen von Fronturlaubern ihn auf den Gedanken, »daß da irgend was nicht richtig war«. Daß mit den Juden etwas »ganz Schlimmes im Gange« sei. Something very ugly. Dienstlich nahm er zur Kenntnis Nichts. Unter Eid. Verläßt den Gerichtssaal ohne Fesseln.
In Sowjetdeutschland, in Mecklenburg, befahl die S.M.A.D. am 26. Februar 1948 das Ende der Entnazifizierung zum 10. April. Von den Schuldigen hieß es, sie seien in Haft, oder die westlichen Besatzungsmächte böten ihnen Unterschlupf. Zuvörderst die Amerikaner seien dieserhalb im Besitze von Fittichen: lehrte Dr. Kramritz in der Klasse Acht A vierzehn-, auch fünfzehnjährige Kinder. Ehemalige Nationalsozialisten waren nun eigens zum »demokratischen und wirtschaftlichen Aufbau« eingeladen, wenn sie »durch ehrliche Arbeit sühnen«. Wer immer sich befand auf freiem Fuße, seine Unschuld war erwiesen.
Von der Sühne gab es wohl mancherlei Art; wie sollte ein Kind die alle gleich erkennen.
Die Aradowerke Gneez waren nun auch auf schriftlichem Wege enteignet worden, Heinz Röhl hatte seine Renaissance-Lichtspiele sogar auf gesetzlichem Wege eingebüßt, wegen Verzählung der Eintrittskarten, als die Sowjetmacht die Ufa-Beutefilme auf ihre hungernden Deutschen losließ, was ihm als Versuchung zum Gewinn verschärfende Umstände einbrachte statt mildernde, wie er das wohl aus den Zeiten der Republik gewohnt war. Aber einen König der Wirtschaft gab es doch in Gneez, der stand außerhalb der Gesetze im Stil von F. Zwo. Den hatten wir fast vergessen! Nach der Vorschrift war er ein ehemaliger Nationalsozialist, dieser Emil Knoop, der in der Stadt erschienen war mit stillem Glanz und sanftem Gloria, auf den wußten die Leute bald keine Vergleiche. Freude bringe ich euch. Anfangs tat er sich schwer mit dem Ansehen, das er hinterlassen hatte. Denn sein Vater hatte

jeweils gegolten als ein renommierter, auch bürgerlich achtbarer Geschäftsmann, dieser Johannes (Jonathan) Knoop, dem waren so kleine Tics wie eine Karpfenzucht nachzusehen, auch die etwas herrschaftliche Jagd. Unter Kohlenhandel, Fuhrgeschäft, Import und Export firmierte er ab 1925 (1851). An die schicklichen Leute heranzukommen in Gneez, dabei stand ihm der Knabe Emil oft genug im Wege. So 1932, es war doch undeutlich, wem ein Geschäftsmann sich anzuschließen die sittliche Pflicht hat. Johannes hätte es am liebsten mit den Deutschnationalen gehalten. Aber der Knabe Emil lief weg zu den Schießübungen der Hitlerjugend mit Vaters ganzem Gewehrschrank. Das war ein banges Jahr. Ein teures, desgleichen, denn Johannes mußte nun nach beiden Seiten spenden. Und mochte Emils politische Weisheit im Jahr 1935 ganz erwiesen sein, er lernte doch von Vaters Betrieb am besten den Griff in die Kasse, und durch das Abitur mußten die Lehrer ihn vermutlich tragen. Dann sollte der Arbeitsdienst ihn bessern, er kam aber zurück von einem schwangeren Mädchen in Rostock. Ehe die einsah, daß ihr ein Leben als Frau Knoop in Gneez bloß eine Qual sein würde! Weiterhin lernte er von Vatern noch, wie Einer etwas darstellte in Gneez, mit einem Sportwagen und seidenen Schals um den Hals; das, zuzüglich Abfindung und Alimente, trug die Firma nicht, da mußte er sich so früh melden bei der Panzerabwehr in Magdeburg, daß er R.O.A. wurde, als Gefreiter in den polnischen Krieg ging und aus dem mit den Sowjets als Oberleutnant zurückkam. Nicht gleich nach Gneez. Die Briten ließen ihn Juni 1945 im Hafen von Kiel auf die Zivilbevölkerung los, da er ihnen nachweisen konnte, er habe mit der N.S.D.A.P. nie etwas zu tun gehabt, außer daß er seine Parteibeiträge vom Offiziersgehalt abbuchen ließ. Bei der Ausbildung als Schwarzhändler in Belgien, bei Emil Knoops Praxis in sämtlichen besetzten Ländern (außer Italien) war gewiß besser in der Partei sein. Was immer ihn noch ein wenig fernhielt von der liebenden Familie, in einem Hamburger Kontor, das richtig ausgesehen haben soll wie ein Kontor, er mochte da seinem amateurhaften Wirtschaftsverstand ein paar wissenschaftliche Gräten eingezogen haben. Anfang 1947 übernahm er Gneez. Es kamen eben doch Leute aus dem Westen hierher! Seinem Vater überließ er den Kohlenhandel. Seine Eignung für das Fuhrgeschäft lag auf Auge wie Hand, denn er brachte einen ziemlich fabrikneuen Amerikaner mit sich, eine Sorte Lastwagen, für die es in Mecklenburg genügend Ersatzteile gab. Er spedierte kaum je in Mecklenburg. Er sprach spärlich über seine Unternehmungen, es war ihm ja wohl kaum mehr aus der Nase zu ziehen, als daß er der S.M.A. behilflich war beim Abwickeln von Geschäften. Hatte er zwar eines Tages ziemlich laut gesagt im Café Borwin: Alles muß ich den Russen besorgen, vom Panzer bit to't Pierd, ich weiß gaa nich, woo mi de Kopp steiht! Er wußte es aber doch, denn als er einmal abends in Jerichows Lübecker Hof verhandelte, kam der Kellner schreckensbleich angelaufen und flüsterte: Herr Knoop, Karlshorst am Telefon! – Ja: sagte Emil in seiner behaglichen Art: Ohne mich können di nich. Manchmal konnten sie doch, dann saß er eine Weile unterm Gneezer Landgericht. Das reformierte er binnen Tagen, besorgte sich die Schlüssel für andere Zellen, ließ Essen aus der Stadt kommen (von Frau Panzenhagen; deren Küche er der seiner Mutter vorzog), beschaffte einen Plattenspieler mit Jazzscheiben der dreißiger Jahre, so daß er den Bewachern wohl etwas lästig wurde und sie ihn nach sechs Wochen wieder entließen (mit fiebrigen Entschuldigungen). Johannes Knoop wurde immer durchsichtiger vor Angst. Gneez bekam den Beweis, wie Emil dachte von Kindestreue: im Herbst 1947 lebten die Alten schon in Hamburg, nicht gerade in Pöseldorf, sogar recht weit von der Binnenalster, so zu sagen auf dem Lande. Schreiben taten sie ihm wohl selten. Gewiß verwaltete Vater inzwischen Emils altes Kontor, bloß Emil schien es vergessen zu haben. Jedem sein angestammtes, erlerntes Geschäftsgebaren. Emils Kontor stand in Brüssel. Warum denn nicht, hatte die Sowjetzone etwa kein Handelsabkommen mit Belgien? Emils Büro im sowjetischen Sektor von Berlin hieß Export und Import, das im britischen war ein Zimmer in einer Zahnarztpraxis und kam ganz ohne ein Schild aus. Da Emil des öfteren abwesend sein mußte von Gneez, wuchs ihm die Legende bequemer an. Ein ausländischer Lastwagen mit Anhänger, der vor Papenbrocks und der Roten Armee Speicher das Korn ratzekahl auflädt und abfährt in Richtung Lübeck, Grenzübergang, er beweist nicht wenig. Emil war bald geachtet, fast beliebt bei den ordentlichen Leuten von Gneez. Konnte er nicht leben wie Louis der Letzte bei den Belgiern, und schuftete doch sich ab für Mecklenburg und die S.M.A.? Gab

Emil denn an mit seinen wirtschaftlichen Erfolgen? Nein, immer den selben Hut trug er, schon recht speckig. Zeigte er nicht christliches Mitgefühl, immer von neuem? Da lebte in Gneez Frau Bell in einem Zimmer ihrer Villa im berliner Viertel von Gneez. 1916 vermöglich geschieden, immer eine reiche Frau, die Schwierigkeiten am Telefon erledigte. Nun ihr das Telefon entzogen war, konnte sie die Welt nicht mehr bewältigen. Emil ging hin und setzte sie an sein privates Telefon. Eine Hausdame hatte er ohnehin gebraucht. Trug Emil wohl Ringe von Gold am Finger? Nein, wenn er sich über etwas freuen konnte (»wie'n Kint«), war es doch eher, daß er zum weißen (oder »persönlichen«) Propusk, der Voraussetzung für Fernfahrbefehle der Hauptfahrbereitschaft, einschließlich Grenzverkehr, noch einen bekommen hatte, den roten, die Fahrgenehmigung für die ganze Sowjetzone, einschließlich Grenzverkehr! War doch uralte Erfahrung: wenn das Heer einem Tunichtgut erst einmal die Hammelbeine langgezogen hat, weiß er fürs Leben, wo's langgeht. Siehst auch an sein' kurzen Haarschnitt. So knapp schwarz und adrett. Und Emil hielt nie ganze Lokale frei; er bezahlte nur für die, die seiner Liebe wert waren. War gemütlich, ihn erzählen zu hören, nicht etwa vom Geschäftlichen, sondern aus seinem Leben: wie er im September 1939 bei Cuxhaven zwei Viscounts abschoß und die Beisetzung der Besatzung mit militärischen Ehren versah. Wie er im »Brückenkopf Weichselmündung« entdeckte, daß dort ein Konzentrationslager namens Stutthoff unterhalten worden war, weswegen auf seinen Lastwagen geschrieben stand: »Stutthoff bleibt deutsch!« Persönliche Erinnerungen eben. Und nun wußte man endlich, bei welchem Wetter er am 9. Mai 45 über die Ostsee nach Kiel geschippert war: ruhige See an jenem Tage. Wozu einen Hans im Glück beneiden? immer war sein Interzonenpaß in Ordnung, zuverlässig war er freigestellt durch lokale Fahrbereitschaften, die D.W.K. empfahl ihn nicht nur, sie wies ihm noch die legale Benzinbeschaffung nach. Niemand neidete ihm seinen Chauffeur, seine 250 Pfund Lebendgewicht. Er wirkte so beruhigend. (An seine schwarze kastenähnliche Aktentasche ging keiner; die war zu voll mit gefährlichem Geld.) Wenn er wirklich einmal hineinfiel beim Verschieben von Pferden nach Niedersachsen, die Bierfässer mit »Uran« wurden an der Grenze beschlagnahmt, er lachte sich ja krank beim Nacherzählen. Er galt als treue Seele. Einmal kam er aus der großen Welt des Stahlhandels zurück nach Gneez, da waren die Kartoffeln auf dem staatlichen Gut noch nicht raus. Er versprach für jeden am Wagen abgelieferten Korb fünfzig Mark. Am Abend waren die Wagen zum Rand gefüllt, und er gab den Arbeitern ein Fest. Die Kartoffeln konnte er recht gut brauchen, er nahm auch Kroppzeug mit. Und wie hat er geweint, als Dr. Schürenberg ihm von den Krankheiten der Schulkinder einen Begriff gab. Die chinesische Bettlerkrankheit hatten sie, vom Melde-Essen? das konnte Emil gar nicht vertragen, er benötigte gleich einen dreistöckigen Schnaps. Was –? an Scabies litten sie? das unter Emils Augen! Dr. Schürenberg enthüllte ihm nicht, daß der Ausdruck die gewöhnliche Krätze bezeichnete; er schilderte ihm den Vitaminmangel. Die Kinder schlugen sich mit den scharfen Kanten der Holzsandalen die Knöchel kaputt, immer von neuem, das gebe dann Entzündungen der Lymphbahnen, gräßliche Schmerzen in der Leistengegend. Er habe die Tochter von Cresspahl (– ook'n goden Minschen: röhrte Emil, in Tränen) am Bahnhof gesehen, die konnte bloß gehen wie steifbeinig, so weh tat ihr das. – Cresspahl? sagte das Dreifache J, der Stadtkommandant J. J. Jenudkidse. Denn sie weilten im Dom Offizeróv, Gäste des Dreifachen J. – Ich schwör! rief Emil, schluchzend. Es war kurz vor Weihnachten 1947. – Jedem Kind eine Apfelsine: sagte Dr. Schürenberg. Denn er war ein studierter Mann und wollte einmal dies unerhörte Renommee eines gewöhnlichen Handelsmenschen abschaffen. – Und jedem, der arbeitet, einen Salzhering! schluchzte Emil. Gneez hielt ein bißchen den Atem an für die nächsten Wochen. Emil konnte immer zurück mit der Wahrheit, daß er fett gewesen war wie zehn Schafe mit Schachtelhalm im Bauch. Es geschah, pünktlich. Die Salzheringe kamen. Die Apfelsinen wurden in den Schulen und Kinderheimen und Krankenhäusern verteilt. Die Lastwagen dazu lieh das Dreifache J, weil Emil diesmal keine »flüssig« hatte (bei so kurzem Termin!), und Emil brachte zuwege, daß die Sachen in passender Menge geklaut wurden im Hafen von Hamburg. Längst hatte Gneez gelernt, an Emil zu glauben.

So sühnte dieser.

Und war unschuldig, denn er lief auf freien Füßen rum; das sah doch ein Kind. Und hat ihn gesehen in Pracht über Pracht.

Für diesen bauten die Kommunisten im März 1948 die »National-Zeitung«, gewidmet den ehemaligen Mitgliedern der N.S.D.A.P. oder sonst Nationaldenkern, damit er warm werden könne in ihrem Deutschland, und wenn ihre Volkspolizei drei Wochen später alle westlich lizensierten Presse-Erzeugnisse beschlagnahmte und den Vertrieb lahm legte, so erlaubten sie einem Knoop ein diskretes Abonnement des westberliner »Tagesspiegel«, per Briefumschlag, um noch Anflüge von Kälte aufzufangen. Als er dann fiel, neun Jahre später, hatte er Abschied zu nehmen von einer Bootshauskolonie, einer Fasanenzucht und der ersten Hollywoodschaukel im ganzen Landkreis Gneez, aber für Cresspahls Tochter war es zu spät. Sie konnte da begreifen, daß die Kommunisten ihn hatten aushelfen lassen auf der Ebene der Warenzirkulation, solange sie noch lernen mußten von ihm und der Sowjetunion, und er wird ihr auch leidgetan haben, als er abgeführt wurde an erbleichenden Staatssekretären in seinem Wartezimmer vorbei, aber es war zu spät. Sie hatte zu lange sich schämen müssen für ihren Griff in den Sack mit den Apfelsinen.

6. Juli, 1968 Saturday Tag der South Ferry ist auch der Tag, an dem die Tante Times uns mitteilt, was ihr der Sonderkorrespondent Bernard Weintraub schon unter dem Datum des 27. Juni geschrieben hat aus Saigon, Süd-Vietnam:
»Die amerikanische Auswirkung auf die Wirtschaft, Politik und Kultur Viet Nams ist durchschlagend
Vor zehn Jahren waren weniger als eintausend amerikanische Dienstpflichtige in Viet Nam stationiert, und ihre Anwesenheit wurde kaum wahrgenommen.
Heute sind es 530000 amerikanische Truppenangehörige und zwölftausend Zivilisten, die dies geplagte Land durchschwärmen, und ihre Gegenwart hat das Leben Süd-Vietnams bis in die Wurzeln betroffen.
... Lambrettas und Autos. In dreißig- bis vierzigtausend Wohnstätten und auf Dorfplätzen quer durch das Land sehen süd-vietnamesische Familien im Fernsehen der Streitkräfte wie gebannt »The Addams Family« und »Perry Mason«. Studenten in Seminarräumen lesen John Updike und J. D. Salinger. Junge Männer,

die für U.S.-Behörden arbeiten, und Mädchen in kurzen Röcken schlürfen in Cafés Coca-Cola und beklagen das Überhandnehmen amerikanischen Wesens.
Die Anwesenheit der Amerikaner hat auch beigetragen zu einem Gewirr schwerer wiegender Veränderungen, die sich – mit einem Krieg zu gleicher Zeit – als widersprüchlich und komplex erweisen. Studenten, Lehrer, Regierungsangestellte und Geschäftsleute beteuern beharrlich, der Zustrom von amerikanischen Soldaten, Zivilisten und Dollars reiße die Familien auseinander und richte soziale Verwüstung an.
... ›Eine unmögliche Situation ist herbeigeführt worden‹, sagte ein Rechtsanwalt, amerikanisch erzogen. ›Die armen Familien kommen vom Lande nach Saigon, weil sie arm sind. Der Vater verfügt über wenig Fertigkeiten, also wird er Tagelöhner oder Rikschafahrer. Vordem haben die Kinder ihn geachtet. Er kannte sich aus mit dem Hof. Er wußte Bescheid mit dem Land. Nun weiß er gar nichts.
Die Jungen waschen Autos für die Amerikaner oder putzen Schuhe oder verkaufen Zeitungen oder arbeiten als Taschendiebe‹, fuhr der Rechtsanwalt fort. ›Sie verdienen womöglich 500 oder 600 Piaster ($ 5 oder $ 6) pro Tag. Ihre Väter bringen 200 Piaster nach Hause. Hier haben wir einen zehnjährigen Jungen, der dreimal so viel verdient wie sein Vater. So was ist noch nie da gewesen.‹
Über dem Druck von Amerikanern und amerikanischen Dollars steht der allumfassende, zerschmetternde Druck des Krieges selbst, versteht sich. Tatsächlich ist jeder junge Mann oder Bauer gezwungen, den Regierungsstreitkräften beizutreten, oder dem Viet Cong; mehr als eine Million Leute sind zu Flüchtlingen geworden; die Zerreißung von Höfen oder Dörfern hat zusätzliche Millionen auf die Flucht in die Städte gebracht.
... weil die verbündeten Truppen Tausende von Familien im ländlichen Gebiet in ihrer Gänze aus ihren Höfen entfernen, um Feuerzonen zu gewinnen.
... ›Der Vietnamese hat niemals den Wunsch, sein Dorf zu verlassen‹, sagte ein Professor an der Universität Saigon. ›Dort möchten sie geboren werden und dort möchten sie sterben.
Das ist für Sie Amerikaner schwer zu verstehen, da Sie in Ihrem Land von Dorf zu Dorf ziehen können‹, fuhr er fort. ›Aber hier

ist es sehr schmerzhaft für einen Vietnamesen, sein Dorf zu verlassen, und wenn man sie zum Wegzug zwingt, dann hassen sie Sie. So einfach ist das: sie hassen Sie.‹

... Ein anderer [Amerikaner] erklärte: ›Es ist leicht, den Amerikanern an allem die Schuld zu geben, was hier falsch läuft – die Vietnamesen genießen das. Aber sehen Sie mal, diese Gesellschaft war verflucht verfault, als wir herkamen, und was wir jetzt an den Hals kriegen, das sind die Fäulnis, die Verdorbenheit, die nationalen Neurosen in übersteigerter Gestalt.‹

... Ironischer Weise hat der amerikanische Kultur-Einfluß sich am stärksten ausgewirkt auf den Folk-Song, in den Antikriegsballaden des berühmtesten Studentensängers in Viet Nam, Trin Cong Son.

Der breiteste soziale Anprall der Amerikaner – und, in einer Verlängerung, ein kultureller –, hat die wohlmächtige Mittelklasse getroffen, die ausschließlich die Bürokratie der Regierung versah, in Grundschulen und Colleges Unterricht gab sowie als Rechtsanwalt, Arzt und Geschäftsmann zur Verfügung stand. Diese gesellschaftlich bewußte Klasse hatte, nach allen Anzeichen, wenig Verbindung oder Mitleid mit den Bauern, oder sogar mit der Armee.

Amerikanische Beamte bezeichnen im Privatgespräch die Zerrüttung innerhalb dieser festverschanzten Klasse als begrüßenswert. Die vietnamesische Mittelklasse ist natürlich verbittert. Insbesondere wegen ihres Verlustes an Ansehen.

›Ein Universitätsprofessor kann achtzehntausend Piaster ($ 150) in der Woche verdienen, wohingegen ein Barmädchen es auf hunderttausend Piaster ($ 850) bringen kann‹, sagte der achtundfünfzigjährige Ho Huu Tong, ein Abgeordneter im Unteren Hause, der in den vierziger Jahren ein prominenter Intellektueller war. ›Die Intelligenz, das sind die Enterbten, die Verlorenen, wegen des amerikanischen Aufpralls. Wir sind unserer Position verlustig gegangen.‹

›Geld ist das Idol geworden‹, sagte Mr. Thien, der Minister für Information. ›Geld, Geld, Geld.‹

Dieses Thema widerhallt bei den ärmeren Vietnamesen: den Rikschafahrern, den Dienstmädchen, den Köchinnen. Aber für sie ist das Problem des Ansehens unerheblich, und der Zufluß amerikanischer Dollars kaum unwillkommen. ›Wie kann ich die

Amerikaner hassen?‹ fragte eine grinsende Frau, die hinter einem Stand am Tu Do, im Herzen Saigons, Schwarzmarktzigaretten verkauft. ›Sie haben so viel Geld in ihren Taschen.‹

... Auf amtlicher Ebene ist es lediglich die amerikanische Unterstützung – sechshundert Millionen Dollar in diesem Rechnungsjahr –, die Viet Nam über Wasser hält. Dieser Betrag enthält noch nicht die amerikanischen Militärausgaben von mehr als zwei Millionen Dollar pro Monat.

... Nur 6 Prozent des letztjährigen Haushalts wurden durch direkte Steuern auf Einkommen und Geschäftsgewinne aufgebracht, im Vergleich zu etwa 80 Prozent in den Vereinigten Staaten.

In der Folge hilft sich die Regierung mit Abgaben auf Lebensmittel, Tabak, Alkohol, Streichhölzer und andere Waren, die schwer auf die Armen drücken. Und die Reichen, indem sie Bestechungen und die Bürokratie anwenden, zahlen oftmals überhaupt keine Steuern.

... Seit 1962 hat die Landverteilung in Süd-Vietnam faktisch stillgestanden, und die Masse des Landes ist in den Händen der auswärts lebenden Großgrundbesitzer verblieben.

... Nach allgemeiner Ansicht würden Mr. Thieu, Mr. Ky oder sonst ein Führer Vietnams in enorme politische Schwierigkeiten geraten, sogar wenn sie sich einverstanden erklärten mit jeglicher möglichen Reform, auf die die Amerikaner gedrängt haben.

Denn das Herz der Regierung oder des ›Systems‹ ist eine unhandliche, kafkaeske Bürokratie, die einen Fortschritt an allen Ecken und Enden behindert. Und in diesem Bereich ist der amerikanische Einfluß geringfügig geblieben.

Papierbetrieb, Dokumente, Stempel, gelangweilte Beamte überall. Die Beamten arbeiten vier Stunden am Tage.

›Wir werden mindestens eine Generation benötigen, um das System zu ändern‹, sagte einer der höchsten amerikanischen Vertreter in der Gesandtschaft der U.S.A. ›Vielleicht mehr als eine Generation.‹

... Ein süd-vietnamesischer Verleger sagte kürzlich zu einem Amerikaner: ›Sie sind Gäste in unserem Land, und die Vietnamesen sind sehr nett zu Ihnen gewesen. Überfordern Sie unsere Gastfreundschaft nicht.‹

... ›Eine Menge von denen sind so selbstgefällig, es kann einen

auf die Palme bringen‹, sagte ein jüngerer amerikanischer Beamter. ›Wenn wir keinen Krieg hätten, wär's irre.‹
Aber ein Student in La Pagode, einem Café am Tu Do, machte die Bemerkung: ›Die Amerikaner müssen wir für uns kämpfen lassen, damit wir im Frieden leben können.‹
Hatte der Student sich freiwillig zur Armee gemeldet? ›Nein, ich muß studieren, ich bin Student‹, erwiderte er.«
© by the New York Times Company

Und wessen Bekanntschaft möchte die Tante Times uns heute noch vermitteln? Die von Lynn Tinkel.
Lynn Tinkel, 22 Jahre alt, Lehrerin, aus der Bronx, war am 19. Juni zugange mit James Lunenfeld, ihrem Freunde, zwei Jahre älter als sie, auch Lehrer, und zwar tat sie das auf dem Bahnsteig der INDependent unter der 59. Straße. Es war spät geworden, schon halb drei Uhr morgens, und sie dachte sich: Ih –: dachte sie in ihrem Sinn: Werd ich meinen James mal fotografieren.
Das Aufnehmen von Abbildungen in New Yorks Subway aber ist verboten! von einer weisen Verwaltung der Verkehrsbehörde; es sei denn, sie hätte es einem schriftlich erlaubt, mit Siegel zum Vorzeigen. Nun hatte Lynn bloß ihren Einfall dabei, dazu ihren James. Dann kostet es 25 Dollars Strafe, ersatzweise zehn Tage Gefängnis!
Gestern stand Lynn vor einem Menschen im Talar, im Kriminalgericht an der Centre Street 100, wahrscheinlich vor dem Senat 5A (Verkehr), und kam um einen Freispruch ein. Es gehe ihr um das Grundsätzliche an der Sache. Wenn sie eben Lust habe, James in der U-Bahn zu fotografieren ... Der Richter sah es ein; entließ sie in Gnaden.
Nun will die Verkehrsbehörde etwas Genaueres sich einfallen lassen zu ihrem Verbot. So könnte sie ausdrücklich die Benutzung eines Stativs untersagen, darüber stolpern am Ende Leute; oder den Einsatz von Blitzlicht, das blendet den Führer des Zuges, oder Fahrgäste ... sie kommt schon noch darauf. Aber Lynn ist frei, und hingen weniger als 82 Grad Fahrenheit über dem Broadway, mit einer Luftfeuchtigkeit von 73 Prozent, stiegen wir wohl hinunter in die unterirdische Bahn und fotografierten einander Fragezeichen?

Etwas hat die New York *Times* übersehen.
Die Gehsteige an unserem Broadway sind eingefaßt mit Stahlbandagen, die machen die Straßenecken steil, mühsam zu bewältigen für Bürger mit Kinderwagen oder auch nur mit solchen Einkaufskarren, in denen die Familie einen wöchentlichen Bedarf auf einmal nach Hause fahren soll. Zum ersten Mal heute sticht uns in die Augen und sänftigt unsere Sohlen, daß die Stadt die Übergänge zwischen Fahrdamm und Bürgerweg mit bequemen Rundungen der Stahlkanten versenkt hat, den Steuerzahlern zur Erleichterung und der Pflicht zu Erkenntlichkeit; als eine Abschlagszahlung: wie Marie sagt, die ist böse geworden von der stickstillen Luft über dem Hafen, der fällt das Schwitzen schwer.
Sollte das vorkommen? Dem Blick der New York *Times* entgeht etwas, eine stilistische Änderung im Meublement des Broadways Ecke Achtundneunzigste, eine ästhetische Korrektur, ein soziographischer Vorgang? Leider müssen wir es vorsorglich erwägen.

7. Juli, 1968 Sonntag

Haben wir nicht fortwährend treu gesagt, die New York *Times* sei eine Tante? War nicht dieses unser einziges Wort?
Wir könnten es beweisen mit ihrem gestrigen Auftritt, ihrer Vorlesung über die durchschlagende Auswirkung des U.S.-amerikanischen Wesens auf die Wirtschaft, die Politik und Kultur in jenem Teil Viet Nams, den dies Land vor dem Kommunismus retten will. Alles hat sie berücksichtigt, durchgeprüft, mundfertig gemacht: Die Südvietnamesen in der Nähe von Armeesendern schlucken von den Fernsehschirmen »The Adams Family« genau so gierig wie »Perry Mason«, die Studenten lesen die zeitgenössischen Klassiker der Literatur von Neuengland und Pennsylvanien, Coca-Cola ist da zu Haus, das Zuhause ist auseinandergerissen, die Familie zerbricht an den verdrehten Einkommensstrukturen, an der gewaltsamen Trennung von Boden und Haus und Dorf, die Liedermacher singen gegen den Krieg im amerikanischen Stil, die Mittelklasse ist sauer über den Verlust ihres Einflusses in der Politik und Verwaltung, sauer auf das neue

Statussymbol des Geldes (Barmädchen erzielt fünffach das Gehalt eines Universitätsprofessors), nur sechs Prozent des Staatshaushalts werden von direkten Steuern gedeckt, ein einst unabhängiges Reisland muß Reis importieren, die Bodenreform ist versackt, die Durchdringung französischer mit amerikanischer Bürokratie verdirbt die einheimische: alle Folgen des amerikanischen Krieges kommen zumindest vor, nicht einmal die religiösen Querelen sind ausgelassen. Bloß eine Segnung westlicher Zivilisation, wiewohl auch ein amerikanisches Mitbringsel, die Geschlechtskrankheiten, hat die New York *Times* still übergangen. Eine Tante.
Wir könnten es beweisen mit ihrem Erscheinen von heute, den gut 800 Zeilen über die Brutalität der amerikanischen Polizei; streng und ärztlich beugt sie sich über die Sünder und fragt, woran es denn liegt: weil die Bürger anders nicht aussagen? weil die Bürger auch Polizisten anrühren? weil die Polizisten Freude haben an fremdem Schmerz? weil sie bis zum Hals voll Verachtung sind? weil sie Angst haben? weil sie sich ihrer geringen Schulbildung schämen? weil die Akademie der Polizei eine psychiatrische Untersuchung nicht vorsieht? Dem schickt sie, zur tieferen Ermahnung, den Schlag hinterher, daß es ein Polizist in New Jersey war, der den vierzigjährigen Revolver von Smith & Wesson ohne Beachtung der gesetzlichen Vorschriften erwarb, daß es ein zweiter Polizist war, dem er das Schießeisen auf genau so strafbare Art verkaufte, und erst dann kam es in die Hände jenes Menschen, der vor vier Tagen ein junges Mädchen in einer Frauentoilette des Central Park erschoß. Sie wird die Polizisten der Nation schon noch zu artigem Benehmen bringen, diese Tante.
Eine Person solcher Statur sollte gewiß sein können, es liefen über sie nur die angemessenen Meinungen um, gerade die (zwar die ungezogenen Definitionen aus Moskau und Vororten ausgenommen). Diese edle Einfalt, stille Größe bringt sie nicht auf. Sie riskiert Zweifel an ihrem Selbstbewußtsein, lieber geht sie auf Nummer Sicher und verbreitet selber, was von ihr zu denken ist. So haben wir auf einer bejahrten Emaille-Tafel am Friedhof Woodlawn gelesen: sie sei unentbehrlich für gebildete Konversation; in der Untergrundbahn: ohne sie seien wir nicht auf der Höhe der Zeit, desgleichen die lockende Tröstung: es sei ein so

angenehmes Gefühl, es sei alles drin, selbst wenn man es nicht lese; in Erz und Marmor haben wir gelesen: sie sei das Tagebuch der Welt; heute aber: Einer der nettesten Züge an der New York Times – sie kann Ihnen zugestellt werden; dies mit einer Zeichnung, die sie darstellt beim Zustellen.
Wen haben wir denn da?
Eine ältere Person, nicht eben jüngferlich, jedoch keusch. Eine Tante.
Eine kurze Person. Was zwingt ihr den Kopf nach vorn, die Gicht, oder damit sie besser über ihren Klemmer blicken kann? Jettschwarze Punktaugen, viereckige Gläser. Der Mund ist in beiden Winkeln zu delikatem Halbrund hochgebogen; Leichtfertigkeit, vulgäres Grinsen liegen fern. Beherrschte Freundlichkeit. Im ganzen Gesicht nicht eine Falte.
Auf dem Kopf trägt sie einen Berg aus dicken Locken, die ihr bis über die Ohren fallen. Die Spuren der Wickelrollen sind deutlich zu erkennen.
Eine mollige Person, geht man nach den runden Schultern, über die ihr ein Umhang aus schwarzer Wolle mit aufgegangenen Maschen fällt, urteilt man nach dem mehr und mehr bauschenden Kleid, dessen untere Breite mit der oberen eine längliche schmale Glocke herstellt. (Wir hatten sie uns eher hager gedacht.)
Die Kleidung ist würdig, ein weißes Kleid mit geometrischen Mustern und breiter Schmuckbordüre in der Mitte wie am knöchelhohen Saum, wo aber einzelne Fäden locker heraushängen. (Wir waren sicher, sie gäbe sich adretter.)
Stramm steht sie da in ihrem gewichtigen Leib, auf ihren akkurat auswärts gestellten Füßchen in den Stiefeletten mit hohem Absatz. Die Gliedmaßen mögen altersmager scheinen, spillrig, bruchanfällig; mit festem Griff hält sie in ihrer linken Hand eine schwere Rolle Papier. Unter der Rechten aber, bei abgespreiztem Mittelfinger, ruht an geschnitzter Krücke ein Stock, auf den sie sich nicht stützen muß, denn sie hat ihn schräg vor sich hin auf den Boden gestellt, fast kokett, anders was wir meinten. So steht sie da.
So sieht sie aus, von ihr selbst gezeigt.
Guten Tag, Tante Times!

Seit einer Woche, heißt es, halten die Arbeiter in Tausenden von Fabriken und Gemeinschaftsgütern der Sowjetunion Kundgebungen ab, mitten in der Ernte, und verdammen, hört man, die »antisozialistischen und antisowjetischen Elemente« in der Č.S.S.R. Die Zeitung Junge Front in Prag bekennt sich verwirrt. Gerade dies, ruft die *Wahrheit* aus Moskau zurück, stufe die Journalisten der *Mladá Fronta* unter die »verantwortungslosen« ein. Auch hat der Erste Vorsitzende der tschechoslowakischen Nationalversammlung Briefe bekommen aus Moskau, Polen und Ostdeutschland. Josef Smrkovský hat den Wortlaut für sich behalten, er muß den erst noch besprechen mit dem Präsidium seiner Kommunistischen Partei; immerhin hat er den Empfang quittiert mit der Versicherung, die Č.S.S.R. werde nicht dulden, daß andere Staaten sich einmischten in ihre inneren Angelegenheiten. »Interferenz«. Mehr ist es nicht.
Im Mai 1948 lag Cresspahl, am ganzen Leibe nackt, in einem Wassertrog, der in Johnny Schlegels Blumengarten aufgestellt war. Johnny saß neben dem Trog auf der Bank so müßig, als sei schon Feierabend. Es war früher Morgen. Die Katzen waren vernünftig genug, den Ort dieses Schauspiels zu meiden, die dummen Hühner hielten den Kopf unterwärts verdreht und verwunderten sich, wie oft sie danebenhackten. Die Hühner waren meist die einzigen, die ein Gespräch unterhielten. Alle Stunde mal klopfte Johnny hinter sich auf die Bank des offenen Fensters, dann kam Inge Paap geb. Schlegel mit einem Eimer heißen Wassers und stellte ihn an der Hausecke ab, hielt den Rücken zu beiden, blickte sich kein Mal um. Johnny mit seinem einen Arm konnte einen schweren Eimer nicht nur herantragen, er konnte ihn auch so regieren, daß das Wasser in sanftem Schwung über Cresspahl auslief und ihn am Kopf nur mit Spritzern traf.
Da Johnny nicht weniger aufgeregt war als sein Gast, hatte er seine liebe Not mit dem Schweigen. Es ging ihm weniger um die Zeit, er hatte die Arbeit auf dem Hof verteilt und war da ganz entbehrlich. Er wurde wohl alt, daß ihm so der Mund juckte. Dieser Cresspahl wußte doch vorläufig bloß, daß seine Tochter mit den Absens noch in Jerichow war, auch im eigenen Haus. Konnte der nicht mal was fragen, nach all den Jahren Abwesenheit bei den Sowjets? Johnny warf die Würde von sich und sagte,

als rechne er etwas aus: Das sei ja nun wohl eine lange Reise für Cresspahl gewesen.
Dem ging das wohl zu dicht an Gefühlsseligkeit, der antwortete nach einer Weile zurechtweisend: Ja, von Jerichow tau'm Damshäger Krog. Das war eine Geschichte aus dem Winkel, aus der alten Zeit, als die Leute bloß reisten, wenn am Strand ein Schiff gescheitert war. Da sollten Schuster Fritz Mahler und Schmied Fritz Reink zu den Soldaten, zogen aber Freilose in Grems und ärgerten dort die Leute. Dann finden sie, sie hätten sich dumm benommen und sollten sich in der Welt bilden. Fritz reist nach rechts bis Damshagen, eine Meile von Jerichow, Fritze Mahler hält sich links, bis auch er nach Damshagen kommt. Im Krug treffen sie aufeinander mit dem Ausruf »Fritz, Fritz, treffen wir uns hier wieder in der weiten weiten Welt!« Tatsächlich war Schlegels Hof auch dicht bei Damshagen, Johnny gab das zu.
Cresspahl wollte ihn nicht geradezu vor den Kopf stoßen. Da die beiden Weltreisenden Klützer gewesen waren, gab er zu, daß er auf dem Fußmarsch von Wismar her gegen Mitternacht am Nordende der Wohlenberger Wiek gewesen sei und dort mit dem Westwind die Glocken von Klütz gehört habe. Wie das zugehe, die Klützer hätten ihre Glocken behalten?
– De seggn ümmer noch, wat se seggn: bestätigte Johnny, nun doch ungemütlich, seufzte auch wohl. Cresspahl nahm das stracks persönlich. Denn die Glocken von Klütz sagen:

Schår is, wåhr is,
dat de Lierjung dot is,
de in'n Fiekendiek liggt.
Hei hett nich lågen,
hei hett nich ståhlen, nich bedrågen!
Uns Herrgott næm em an in
Gnå-den, Gnå-den, Gnå-den!

und es mochte an dem sein, daß Cresspahl für die letzten zweieinhalb Jahre den Lehrjungen abgegeben hatte, unter falscher Anklage, nunmehr unten in einem Teich befindlich und ohne Aussicht auf Wiederherstellung durch einen Herrn Gott; aber Mitleid wollte er sich in der bescheidensten Äußerung verbeten haben. Deswegen sagte Cresspahl, ein wenig bösartig, bei Johnny auf dem Hof stinke es.
Johnny holte unverzüglich tief Luft und brüllte. Denn seit einer

Stunde schon war der Knabe Axel Ohr hinter der Scheune damit beschäftigt, mit Hilfe von altem Stroh eine Männerunterhose, eine Art Leibchen, sowie Filzstiefel und einen schwarzen Gummimantel zu verbrennen. Er hatte inzwischen nur Qualm zustandegebracht, statt ein Feuer, und Johnny stauchte ihn fürchterlich zusammen, mühelos über achtzig Meter hinweg. Nun mußte Axel Ohr den Brand auf der Forke um die Ecke tragen, wo der Wind den Rauch wegriß. Axel kam über den Hof geschlichen, trat schüchtern an die Hausecke und bat um die Vergünstigung, das Zeug doch lieber vergraben zu dürfen. Der nackte wie der bekleidete Mann betrachteten ihn verblüfft, fast verächtlich, so daß er sich umwandte mit hoffnunglos hängenden Schultern, beschämt, daß er an einem Befehl von Johnny habe deuteln wollen. War ja ein wüster Diktator, war Johnny. Axel Ohr durfte auch den ganzen Tag keine schwere Arbeit mehr anfassen. Nun kam Inge mit einem neuen Eimer.

Johnny war das Seufzen mehr wegen der Zeitumstände entfahren; er fühlte sich ein wenig ungerecht gestraft. So sagte er bloß: Er habe keinen Krug auf dem Hof, aber auf einen Schnaps solle es ihm nicht ankommen. Damit hatte er Cresspahl klein, der zog wahrhaftig den Nacken ein in der Erinnerung an den Schluck, den er vorhin wegen der ordentlichen Begrüßung hatte trinken müssen. – Orre vleich ne Ziehgar? faßte Johnny großzügig nach, ganz der Hausherr, der einen schlechten Gestank gutmacht mit einem guten Gestank. Cresspahl bewegte unschlüssig den Kopf, so daß Johnny sein edel gerolltes Kraut auf die äußerste Latte der Bank legte und mal wegging, in der Küche für Ordnung sorgen und Axel Ohr das Anmachholz bringen, auf das der Knabe ja von allein schwerlich verfallen würde. Als er zurückkam, lag die Zigarre ungefähr auf der selben Stelle, kaum naß, aber Cresspahl war noch bleicher im Gesicht als vorher, wenn das zu denken war. Was hatte der Mann bloß mit dem Magen, daß er nicht essen konnte!

Dann kippten sie die Brühe aus und trugen den Bottich der Sonne hinterher, die inzwischen von den Fenstern der Döns weggegangen war. Die Hühner regten sich ungeheuerlich auf. Jetzt standen an der Ecke drei Eimer frischen Wassers.

Johnny kam mit der Bank am Arm und erwähnte beiläufig seine Verpflichtungen gegen Cresspahl. Er sprach von seiner Gesine

und ihren beachtlichen Fähigkeiten als landwirtschaftliche Arbeiterin, sowohl im Weizen als auch in den Kartoffeln. Zwei Sack Weizen habe sie noch gut, aber er wolle ihr den teilweise in Räucherwaren ausliefern. Was Cresspahl, so als Erziehungsberechtigter, dazu sage? Cresspahl erkundigte sich nach dem Datum. Denn am Morgen zuvor im Gefängnis von Schwerin hatte es so fix abgehen müssen mit dem Unterschreiben, auch konnte er die kleingeschriebenen Sachen noch nicht gut lesen. Johnny ging und kam zurück mit seiner Schullehrerbrille auf der Nase. In der Hand hatte er Cresspahls Entlassungsschein, daraus las er erst das Datum vor, dann alles. Der nackte Mann wollte es nun noch einmal mit der Zigarre versuchen. Johnny Schlegel erzählte ihm vom Vorstand des Cresspahlschen Hauses, von Jakob. Der lerne auf dem Bahnhof von Gneez das Zusammenkuppeln von Güterwagen, dennoch wolle er seinen Fuchs nicht verkaufen. Ob Cresspahl da mal mit ihm reden könne von Mann zu Mann. Jakob sei doch sonst ein Mann von Welt, mit ausgewachsenen Liebesgeschichten, hier auf dem Hof zu Gange mit einer Anne-Dörte, bis sie ihre gräfliche Verwandtschaft in Schleswig-Holstein vorzog. Johnny wäre imstande gewesen, auch noch zu erzählen von Liebestragödien ganz anderer Art, die vor seinen Augen vorgefallen waren; Männer sind so. So sind Männer, ihm waren Gesines Leiden bei Jakobs Besuchen entgangen, und Cresspahl sollte ein paar Jahre lang bei Jakob eine etwas private Abneigung gegen adlige Personen vermuten. Nun log Johnny ihm etwas vor von einem Kanister Petroleum, den Gesine auch bei ihm stehen habe. Sie hatten in ihrem Leben anderthalb Meineide für einander geschworen, diese beiden, offenbar kam es auf einen mehr nun nicht an.
Axel Ohr postierte sich zehn Schritt entfernt und meldete erfolgreiche Verbrennung. Gewaschen hatte er sich auch, zu Johnnys ausführlicher Verwunderung, und Axel Ohr wünschte sich weg. Er war ja der Junge auf dem Hof. Allerdings zweifelte er manchmal, ob es denn wirklich Strafen waren, was Johnny jeweils über ihn verhängte in seinem drohenden Ton. Das weggelaufene Stadtkind hätte mit seinen sechzehn Jahren begreifen dürfen, daß er so gut wie adoptiert war bei den Schlegels und beiläufig fast alles gelernt hatte, was bei Friedrich Aereboe über allgemeine landwirtschaftliche Betriebslehre geschrieben stand, auch einiges

mehr. Frag du Axel Ohr nach den Finessen bei der Errechnung des Solls! Nun stand er da und erwartete einen ausgefallen widerlichen Auftrag. Er sollte zum Mittagszug an den Bahnhof von Jerichow reiten. – Mit Jakob seinem Fuchs –? wiederholte er, errötend, besorgt, er könne sich verhört haben. Mit Jakob sin Voss. Johnny spülte ihm gründlich die Ohren aus, und Axel wartete auf den Haken. Kindting –! sagte Johnny, ernst, dräuend. Er konnte ja so elend hochdeutsch tun. Der Haken war, daß Axel da ein Mädchen abholen sollte, wenn auch bloß ein fünfzehnjähriges. Die würde sich ja wohl an ihm festhalten auf dem Pferd. Mit Mädchen nämlich verstand Axel es nicht so recht, selbst wenn er eins seit Jahren kannte als Cresspahls Tochter. So war Johnny, jede Freude verdarb er einem. Erbittert ging der Knabe ab zum Satteln.

Nun machte Johnny mit Cresspahl einen Schnellkurs in den Sachen, die der seit dem Herbst 1945 verpaßt hatte, von der Gründung der Sowjetischen Aktiengesellschaften in Deutschland bis zu den Landtagswahlen und jenem Gneezer Studienrat, der in diesem Mai auf zwei Jahre in den Kahn hatte gehen müssen, weil er früheren Schülern Ehrengutachten für Schulen in Westberlin schrieb: der Schüler Piepenkopp ist charakterlich gefestigt, dessen gleichen. Das war eine Verbindung zum Friedensfeind. Der hat dem Weltfriedensfeind junge Menschen in die Fänge getrieben! Johnny hatte sich für gutes Rapsöl bei Richard Maass ein Buch mit weißen Seiten anfertigen lassen, darin schrieb er fast täglich etwas. Vom Putsch der Kommunisten in Prag las er Cresspahl vor, die S.E.D. wünschte sich von den Deutschen, sie machten es ebenso. Leute wie du und ich. Jan Masaryk, der tschechoslowakische Außenminister, sei freiwillig aus dem Fenster gesprungen. Ob Cresspahl jemand wisse, der bei uns aus dem Fenster springen wolle, wenigstens in Mecklenburg, damit es hier so komme wie da? Dann erklärte er ihm, was »Freie Spitzen« waren. So hießen seit kurzem Ernteerträge, die nach Ablieferung des Solls zu einem besseren Preis frei an die Wirtschaftskommission verkauft werden durften. Cresspahl wollte daran die Neuigkeit erkennen, daß einem landwirtschaftlichen Betrieb wieder ein Arbeiten mit Gewinn erlaubt war. Ja. Im Prinzip: Wohl. Aber seit Johnny von solchen Förderern wie Oberst Golubinin hatte Abschied nehmen müssen, kam ihm oft die V.K.A. auf den Hof.

Die Leute von den Volkskontrollausschüssen. Die zeigten Zettel wegen der »Überwachung der Produktion und des Warenverbleibs«, setztem einem dann das Soll höher, wie sie es verstanden. Was verband einen Postmenschen wie Berthold Knewer mit Triticum vulgare, einmal abgesehen von Triticum aestivum? So daß manche Bauern zum Preis der Freien Spitzen würden zurückkaufen müssen, was sie gegen den Preis für das Soll abzuliefern hatten. Nee –; Johnny nicht, er wirtschaftete ja mit den anderen Leuten auf dem Hof in einer Kommune. Gerade diese fortschrittliche, moest du doch seggn, eben das Fortgeschrittene an Johnnys betrieblicher Organisation war dem Gneezer Staatsanwalt ein Dorn im Auge. De Minsch wart oeller as ne Kauh . . . Cresspahl bewies, daß auch er inzwischen etwas gelernt hatte, was immer ihm entgangen war. – Liggt dat Bauk gaud? fragte er. Johnny nickte in seiner Hoffart, unbesorgt. Sein Buch lag fünf Jahre später zu schlecht versteckt, und da er es frecher Weise für einen Roman ausgab, kam er erst 1957 wieder frei. Vorläufig saß er bei einem nackten Freund auf der Bank und goß ihm behutsam frisches Wasser nach.
– Dor hest du din' Seehunt! sagte Johnny Schlegel, als er Cresspahls Tochter an den Bottich führte, der nun mit zwei Frühstücksbrettern abgedeckt war. Es war ganz falsch, denn Cresspahl hatte keinen Bart, sein Kopf war ein Turmschädel; auch heißt in Mecklenburg Einer Seehund, der mit gewagten Streichen lustig durchkommt. Cresspahl war nicht heil durchgekommen. Es paßte ein wenig, wegen des blanken Blicks aus einer Entfernung, die nicht abzuschätzen ist. – Hei bitt di nich: sagte Johnny und das Cresspahlsche Kind wünschte inständig, er werde sie nicht allein lassen mit diesem Menschen. Anfangs sah sie nur die Ohren, die so falsch auffielen neben dem mageren dünnen Gesicht. Sie hatten ihn kahl geschoren, die nachgewachsenen Stoppel sahen schmutzig aus. Der Kopf zwischen Bottichrand und Brett schien abgeschnitten, auch weil die Arme verborgen waren. Sie wußte nicht wo die Augen lassen, sie schämte sich in Grund und Boden, sie hätte fast geweint. Da war Johnny längst verschwunden aus seinem eigenen Garten.
– Ick hev di wat mitbröcht: sagte der Fremde mit der Stimme ihres Vaters.
Johnny vollführte auf der Diele einen heftigen Auftritt mit Axel

Ohr. Es ging darum, daß Axel den Fuchs auf die Wiese gelassen hatte in seiner gedankenlosen Art. Axel ging auf, daß er für die Überführung dieses Cresspahl nach Jerichow noch einmal den Fuchs bekommen sollte, und den Gummiwagen. Den kostbaren Gummiwagen, der einem Pferd so viel Spaß machte, es lief davor ganz von allein. Er würde fahren wie ein junger König. Na –: Vizekönig. Nicht auf der Hinfahrt. Jedermann mit Augen im Kopf, wenn auch kaum ein Mädchen wie Cresspahls Tochter, konnte im Dunklen erfassen, daß sie ihren Vater kaputt zurückbekommen hatte, reinweg krank; da gehörte sich Fahren im Schritt. Aber die sausende Rückkehr sah Axel Ohr schon vor sich, die Peitsche malerisch auf den linken Schenkel gestemmt, hinter ihm der staubende Weg zwischen dem bewegten Gewässer des grünen Weizens, rechts die See. Axel Ohr überwand sich dazu, für diesen Tag an sein Glück zu glauben.

Du hest nich rohrt, Cresspahl.
Wenn'ck man harr rohren künnt, Gesine.

9. Juli, 1968 Dienstag

Es ist eine gewöhnliche amerikanische Sache, Mrs. Cresspahl hätte von allein darauf kommen dürfen. Nie hätte sie für möglich gehalten, daß de Rosny ihr das zumuten würde, es sei denn mit Entschuldigungen. Die Hauptaktionäre mögen es durchgesetzt haben im Vorstand der Bank, dieses Mittelalter, dies Stück Zukunft. de Rosny hat es seiner Mrs. Cresspahl zugemutet, schlicht per Hausmitteilung, als sei sie ein Maschinenteil, dessen Mieter nach Belieben eine Änderung, eine Tiefenkontrolle verordnen darf. Nur im Westernfilm kündigen die anständigen Mörder an: Morgen wirst du nicht mehr gehen können; die Schurken schießen ohne Warnung aus dem Hinterhalt. Mrs. Cresspahl sitzt in einem tiefen weichen Lederitsessel mit dem Rücken zu einem ältlichen Techniker, von dem sie nur noch den bläulichen Kittel weiß, das Gesicht hat sie sofort vergessen in ihrer Wut. Sie ist in einem Raum, der in keiner Wand ein Fenster hat, so daß ihr die Luft knapp vorkommt. Gestrichen sind die Wände in vergilbtem Elfenbein, wie in einem Krankenhaus zu erwarten. Über ihrer

Brust ist eine Gummispule befestigt, am rechten Oberarm spannt eine mit Drähten durchwirkte Binde, an jedem Handgelenk ist eine Metallplatte festgebunden. Herzschlag, Atmung, Blutdruck, Hautfeuchtigkeit. Das ist der Polygraph, der Lügendetektor, an den niemand glaubt als die Polizei und die Geschäftswelt und das Militär. Die einfühlsame Stimme hinter ihr scheint Mundgeruch auszusenden. Sie hat schon eine ganze Weile geantwortet, achtlos, behindert von der Frage, ob sie lügen soll oder nicht. Die Wände sind so dick, vom ganzen Lärm New Yorks ist nur das Summen der Neonröhren zu hören, irgend wo über dem Kopf.

ANTWORT Mich weigern? Wenn ein Job daran hängt!
FRAGE Zu den Regeln dieses Spiels gehört, daß Sie von nun an nur die Worte Ja oder Nein benutzen.
ANTWORT Ja.
FRAGE Noch einmal Ihr Geburtsdatum. 3. März. 1933, das war's doch?
ANTWORT Ja.
FRAGE In Jerichow, Mecklenburg, Ostsee.
ANTWORT Ja.
FRAGE Sie sagten vorhin, was Sie gestern abend um halb sieben getan haben.
ANTWORT Ja.
FRAGE Sie sagten: »Ich stand auf der Promenade am Hudson. Da der Fluß so eben war, meinte meine Tochter, es sei Ebbe.«
ANTWORT Ja.
FRAGE »Ich habe mir die Uhrzeit gemerkt, weil ich in der New York Times nach einer Gezeitentafel suchen wollte.«
ANTWORT Ja.
FRAGE Haben Sie es getan?
ANTWORT Nein. Das hab ich über der Einladung in dies freundliche Zimmer vergessen.
FRAGE Mrs. ... Cress-pahl. Sie sind erregt.
ANTWORT Pardon. Nein. Ja.
FRAGE Mir sind die Fragen vorgeschrieben, zusammen mit denen des Auftragsgebers. Ich erfinde sie nicht. Dies

ist mein Job. Da Sie mir als Person gleichgültig sein müssen, habe ich weder das Interesse, Sie zu kränken, noch Ihnen zu . . .

ANTWORT Ja.

FRAGE Es ist auch nicht so, daß ich aus Ihren Antworten persönliche Schlüsse ziehe. Das besorgen die Meßinstrumente, die vor mir ausschlagen oder Kurven auf die laufende Papiertrommel zeichnen.

ANTWORT Ja.

FRAGE Es ist ein Spiel, für uns beide.

ANTWORT Ja.

FRAGE Sie sind deutscher Nationalität.

ANTWORT Ja.

FRAGE Westdeutscher?

ANTWORT Ja.

FRAGE Ostdeutscher Nationalität?

ANTWORT Ja.

FRAGE Westdeutscher Nationalität?

ANTWORT Ja.

FRAGE Sie sagten vorhin »In meinem Portemonnaie habe ich etwa sieben Dollar.«

ANTWORT Ja.

FRAGE »Mit dem Kleingeld könnten es auch acht Dollar sein.«

ANTWORT Ja.

FRAGE Sie sind hier, weil Ihre Bank Ihnen einen Vertrauensauftrag übergeben möchte.

ANTWORT Ja.

FRAGE Sie verstehen, daß Ihre Bank sich gegen Risiken absichern muß.

ANTWORT Oh ja. Ja.

FRAGE Bringen Sie Ihrer Bank Loyalität entgegen?

ANTWORT Nein.

FRAGE Meinen Sie die Bank, bei der Sie ein Konto unterhalten?

ANTWORT Ja.

FRAGE Meinen Sie die Bank, bei der Sie angestellt sind?

ANTWORT Ja.

FRAGE Sie kamen in die U.S.A. am 29. April 1961.

Antwort Nein.

Frage Am 28. April 1961.

Antwort Ja.

Frage Mit Arbeitserlaubnis im Visum.

Antwort Ja.

Frage Ihr Name ist Gesine L. Cresspahl.

Antwort Ja.

Frage Benutzen Sie nur diesen Namen?

Antwort Ja.

Frage Haben Sie früher einmal einen anderen Namen geführt?

Antwort Ja.

Frage Diente der Name dazu, ein bestehendes Gesetz zu umgehen?

Antwort Ja.

Frage Auch mehrere Gesetze?

Antwort Ja.

Frage Glaubten Sie sich bei der Gesetzesverletzung im Recht?

Antwort Ja.

Frage Sie sind nicht verheiratet.

Antwort Nein.

Frage Sie waren nicht verheiratet.

Antwort Nein.

Frage Sie lehnen die Ehe als Institution ab.

Antwort Ja.

Frage Sie werden noch einmal heiraten?

Antwort Ja.

Frage Ihre Kindheit war unbeschwert.

Antwort Ja.

Frage Nicht immer unbeschwert.

Antwort Ja.

Frage Wenn Sie an Ihre biographische Vorgeschichte denken, halten Sie psychische Verletzungen für möglich?

Antwort Nein.

Frage Würden Sie sich als stabile Person bezeichnen?

Antwort Nein.

Frage Als eine unstabile Person?

ANTWORT Nein.
FRAGE Sie waren nicht verheiratet.
ANTWORT Nein.
FRAGE Empfinden Sie Schuld gegen lebende Personen?
ANTWORT Nein.
FRAGE Gegen verstorbene Personen?
ANTWORT Ja.
FRAGE Mehr als fünf?
ANTWORT Nein.
FRAGE Fünf.
ANTWORT Nein.
FRAGE Drei.
ANTWORT Ja.
FRAGE Sie haben eine Schweigepflicht, was Ihren Auftrag angeht.
ANTWORT Ja.
FRAGE Haben Sie diese Schweigepflicht verletzt?
ANTWORT Ja.
FRAGE Würden Sie die Durchführung Ihres Vertrauensauftrages in Gefahr bringen?
ANTWORT Nein.
FRAGE Ihre Tochter ist in New York geboren.
ANTWORT Nein.
FRAGE Sie ist in Düsseldorf geboren.
ANTWORT Ja.
FRAGE Sie bringen keine Loyalität auf für die Bank, bei der Sie angestellt sind?
ANTWORT Nein.
FRAGE Unterhalten Sie dort ein Konto?
ANTWORT Ja.
FRAGE Unterhalten Sie ein Konto auch bei einer anderen Bank?
ANTWORT Ja.
FRAGE Sie kommen aus einem kommunistischen Land.
ANTWORT Nein.
FRAGE Sie kommen aus einem Land, das jetzt jenseits des Eisernen Vorhangs liegt.
ANTWORT Ja.
FRAGE Sie haben auf der Flucht Verluste erlitten.

Antwort . . . Nein.
Frage Sie bedauern diese Verluste.
Antwort Nein.
Frage Würden Sie das Gastrecht der U.S.A. verletzen?
Antwort Ja.
Frage Haben Sie es je verletzt?
Antwort Nein.
Frage Sie sind niemals geschieden worden?
Antwort Nein.
Frage Sie mißtrauen dem Verfahren der Polygraphie?
Antwort Ja.
Frage Sie halten die Meßergebnisse des so genannten Lügendetektors für unzuverlässig?
Antwort Ja.
Frage Haben Sie für den Rest des Tages frei?
Antwort Ja.
Frage Das wär's.
Antwort Nein.
Frage Möchten Sie sich die Kontakte selber ablösen, oder soll die Kollegin . . .
Antwort Ja. Nein.
Frage Sie fragen ja gar nicht.
Antwort Nein.
Frage Sonst, die anderen, die fragen, wissen Sie.
Antwort Ja.
Frage Können's kaum erwarten. Aber das Resultat bleibt streng vertraulich.
Antwort Ja.
Frage In Ihrem Falle habe ich die Erlaubnis, Ihnen die Prozente Ihrer Wahrheitstreue mitzuteilen. Wenn Sie fragen sollten. Ein sehr gebildeter Herr, ein wirklicher Gentleman, so ein französischer Name, de Rosny . . .
Antwort Ja.
Frage Sie sind zu 90 Prozent wahrheitsgetreu. Vertraulich, versteht sich.
Antwort Nein.
Frage Ja. Sie sind jung, Mrs. Cresspahl, Sie haben noch Chancen!

Der Mann, der immer im Untergang des Ubahnhofs 96. Straße verlangt, die Juden sollten gefickt werden, hat einen Gegner, der zieht da einen Strich durch. Heute ist die Aufforderung kräftig erneuert.
Und, bitte, wer schreibt »YOPA!« auf die Wagen, Plakate, Stromzähler und Pfeiler der Subway? Und was bedeutet das?
Es ist erst viertel nach elf. Die Sonne macht die Garage an der 96. Straße zu einer behaglichen Höhle. Da steht ein Polizist und fragt zwei Angestellte aus, einen Weißen, einen Farbigen. Beide sitzen auf einer Bank, die zu kurz ist für zwei, unbequem Arsch an Arsch. Der Neger blickt nicht auf, läßt den Weißen antworten. Erst nach ausdrücklicher Aufforderung bestätigt er die Aussage, den Blick gegen den Boden: Ja, so war es wohl, kann man sagen, Mister, Sir.

10. Juli, 1968 Mittwoch

Nun haben noch die Kommunistischen Parteien von Bulgarien und Ungarn an die in Prag geschrieben. (Rumänien hält sich da heraus; begreift das Prinzip der Nichteinmischung genau so, wie die Sowjetunion es für sich in Anspruch nimmt.) Die Briefe lauten ziemlich ähnlich: in allen wird das Tschechoslowakische Zentralkomitee beschuldigt, es sei nicht scharf genug vorgegangen, weder gegen die »Revisionisten« in den eigenen Reihen noch gegen die »Konterrevolutionäre« außerhalb der Partei, welch alle die Presse, den Rundfunk, das Fernsehen mißbrauchen zur Verbreitung der Wahrheit von Vergangenheit wie Gegenwart. Aber Alexander Dubček wie Josef Smrkovsky mögen nicht auftreten vor einem Tribunal der Kollegen; gern bereit sind sie zu Gesprächen mit einzelnen Partnern. Inzwischen bleiben zwei sowjetische Regimenter in der Č.S.S.R., obwohl die Manöver seit dem 30. Juni abgeschlossen sind. Es fehle ihnen an Reparaturwerkstätten: erklären sie. Sie kriegen nicht genug Frachtraum auf der Eisenbahn: klagen sie.
Das blaue Maschinistenzeug, das Cresspahl von Johnny Schlegel geliehen hatte, war unzweifelhaft sauber, denn Inge hatte es gewaschen. Cresspahl zog es an für wenige Stunden am Tag. Als sei er in dem Halbtagesbad bei Johnny nicht rein genug geworden,

saß er noch oft in einer Wanne voll Wasser in der Küche, wenn wir aus dem Haus waren.

– Wenigstens hast du ihn nun zurückgeholt von den Russen, und ich danke dir: sagt Marie. – Beglückwünschen will ich dich auch, wie es sich gehört. Aber von dir war ja kaum zu erwarten, daß die Rote Armee ihn zurückbringen muß in einem Mercedes mit Motorrad-Eskorte. Unschuldig wie er war.
– Er hatte ein Urteil.
– Freispruch ist ein Urteil.
– Er wußte den Wortlaut nur ungenau; die Zahlen waren ihm bloß vorgelesen worden. Da es aus dreien bestand, müssen es die Absätze 6, 7 und 12 des Paragraphen 58 gewesen sein.
– Von sowjetischem Strafrecht?
– Von sowjetischem. Aus dem Jahre 1927, teilweise.
– Da war er in England, Gesine.
– Deswegen machten die Briten ihn zum Bürgermeister in Jerichow; den Briten konnte er etwas verraten haben über den Flugplatz von Jerichow, ehe der sowjetische Stadtkommandant K. A. Pontij einzog mit seiner Herrlichkeit. Nach Absatz 6, Spionage, Freiheitsentzug bis zu drei Jahren.
– Absatz 7.
– Diversionsakte gegen Wirtschaft, Verkehr, Geldumlauf; auch zu Gunsten früherer Eigentümer.
– Wenn jemand nach dem Krieg in Jerichow gelebt hat wie ein – Filmschauspieler, war es dein Pontij, Gesine.
– K. A. Pontij hatte seine Aussage nicht verbessert. Wir haben ihn so gesucht, der mochte inzwischen in Krassnogorsk einsitzen wegen des selben Absatzes.
– In die Wirtschaft von Jerichow hat er wahrhaftig eingegriffen.
– Cresspahl aber auch. Hat er nicht auf die Sperrkonten der geflohenen Gutsbesitzer zurückgebucht, was er da borgen mußte für städtische Löhne?
– Absatz zwölf bestraft die Tatsache, daß Einer von den Sowjets eingesperrt ist.
– Das tat Absatz 10. Mit dem wurde ihm gedroht für den Fall, daß er etwas aus seinem Leben bei ihnen erzählte; antisowjetische Propaganda und Agitation. Nein, unter der Nummer 12 wurde

ihm die Nichtanzeige von konterrevolutionären Verbrechen vorgeworfen. Nicht weniger als sechs Monate.
– Robert Papenbrock.
– Oder daß er die Besuche von Emil Plath nicht meldete. Die geheime S.P.D. Oder daß er nicht selber eine amtliche S.P.D. in Jerichow zusammenbekam, weil Alfred Bienmüller das für einen Unsinn ansah.
– Die Bildung von Parteien hat der sowjetische Stadtkommandant verboten!
– Pontij stand da nicht als Zeuge in Schwerin. Da war jemand von der sowjetischen Militärpolizei mit angelegter Maschinenpistole, dazu drei uniformierte Richter. Er konnte die übrigens ablehnen, wenn er die für befangen ansah.
– Dann ist er ja viel zu früh rausgekommen! Allein nach Absatz 6 und zwölf hätte er in Haft bleiben müssen bis Oktober 49.
– Bei Strafantritt am Tag der Urteilsverkündung bis August 1952.
– Ihr habt Glück gehabt, Gesine.
– Bloß Glück. Denn erst im Juni 1947 hatte Väterchen Stalin die Todesurteile abgeschafft, die »höchste Norm des sozialen Schutzes«. Ein S.M.T. in Deutschland gab in der Regel fünfundzwanzig Jahre Strafarbeitslager. Die Entlassungen aus den Lagern auf sowjetdeutschem Boden fingen erst im Juli 48 an. Im August verurteilte das Schweriner Tribunal einen Rostocker namens Gustav Cub und acht andere wegen Verbindung zu einem ausländischen Nachrichtendienst zu insgesamt 185 Jahren Arbeitslager.
– Warum bekam Cresspahl eine Ausnahme, Gesine?
– Das war sein Unglück. Es brachte ihn nun in Verdacht, er sei für das Anzeigen anderer Leute ein wenig belohnt worden.
– Die Leute in Jerichow kannten ihn seit 1932. Seit 1931!
– Er war nicht neugierig auf die Leute von Jerichow. Heute meinen wir, die Sowjets hätten doch etwas erfahren von Cresspahls Nachrichtensammelei für die Briten im Krieg und wollten ihn aufsparen.
– Wenn es einen Absatz 10 gab, wie konnte er euch aus Schwerin erzählen?
– Nichts hat er uns erzählt. Wohl acht Jahre später, als ich längst weggegangen war aus Mecklenburg, bekam Jakob ein Wort zu hören, oder zwei. Er hatte da Niemanden sonst.

– Nun war er ängstlich. Wär ich auch gewesen. Auf Ehre.
– Marie, er war krank. Seine Wasserkuren... Wir konnten ihn nur mit Mühe abhalten, noch am ersten Abend aufs Rathaus zu gehen und sich anzumelden mit der vertraulichen Bescheinigung über seine Abwesenheit. Der Cresspahl von früher hätte sich den Bürgermeister ins Haus bestellt. Denn zur Abwechslung war nun einmal Berthold Knewer im Amte, höher gestiegen als je Postamtsvorsteher Lichtwark, ganz zappelig und verdruckst geworden unter seinen ehrenvollen Bürden. Knewer wäre gekommen wie unter einem Befehl, unruhigen Gewissens. Dem war es eher recht, daß Jakob ihm den Schein hinhielt und eine Lebensmittelkarte für Cresspahl verlangte ohne jeden Augenschein. Knewer stand eine ganze Weile mit dem Rücken zu Jakob, seufzend; das war der erste, dem die Rückkehr seines ehemaligen Vorgesetzten peinlich kam. Jakob, weißt du, wenn er erzählte, konnte von einem Lachen in der Kehle überrascht werden, als täte er zu seiner Lustigkeit noch den Spaß dazu, den er dem Zuhörer machen wollte. An Jakob war sehr zu sehen, wenn er sich freute. Cresspahl blieb besorgt, er könne gegen die Vorschrift verstoßen haben, als sei die Obrigkeit im Recht, bloß weil sie ins Recht gesetzt war.
– Haftfolgen.
– Du sollst nicht an die Bücher in der obersten Reihe gehen, du!
– Ich weiß es aus der New York Times.
– Es war weniger schlimm, daß ich ihn immer sitzend antraf, wo immer im Haus er war. Saß stumm und höflich an Lisbeths Sekretär, am Küchentisch, auf der Milchbank. In seinem Gang war ein Zucken übrig geblieben, er hatte sich für den Schaden vor Johnny und Inge nicht geschämt, Axel Ohr durfte sehen, wie er vom Wagen stieg; mir wollte er so nicht unter die Augen kommen.
– Darauf wär ich stolz gewesen. Als Tochter.
– Seine Tochter war eher in Angst, bis das Humpeln sich verlor. Und schlimm war, daß er Axel Ohr nicht hatte über die Stadt-, die Stalinstraße fahren lassen, um es den Bürgern von Jerichow mal zu zeigen; daß wir hineinschlichen über den Friedhofsweg von Westen, so daß er eine Zeit lang ein Gerücht blieb. Daß er abwinkte, wenn Jakob ihn noch so beiläufig einlud in die Stadt. Daß ich manchmal bei den Schularbeiten seinen Blick fühlte, als

könne er sich nie daran gewöhnen, daß mein Profil in der und jener Linie weich wurde um die Augen, daß meine Haare ganz glatt fielen und dennoch über den Zöpfen eine winzige Welle setzten. So hatte mich noch nie ein Mensch angesehen.
– Mich schon, Gesine. Ich weiß auch wer. Dir aber tat er nicht mecklenburgisch genug.
– Nun habe ich es auch gelernt, den Beruf des Elternteils.
– Das meinte ich, Gesine. Aber in deiner Achtung hatte er verloren.
– Ach was! Verlegen war ich, ängstlich. Sprach nicht ohne Aufforderung mit ihm. Denn mir war schon bange, daß ich Tanzunterricht genommen hatte zu einer Zeit, da er im Lager war oder tot, vielleicht. Ganz zu schweigen von dem Empfang, den ich für Robert Papenbrock veranstaltet hatte.
– Was für ein Zeugnis gab er dir?
– Hanna Ohlerich war recht unverhofft weggebracht worden aus dem Haus. Cresspahl überging das. Ich erzählte ihm davon noch einmal, was ich über die Lippen brachte, hab auch gelogen in der Not. Er nickte. Der Atem ging mir so hoch, ich mußte den Kopf abwenden, weil er mich so unverwandt betrachtete in seiner neuen Art. Wegen Robert Papenbrock holte ich Jakob dazu, als Zeugen, aber Jakob erzählte es so, als sei Cresspahls Verwandter freiwillig aus dem Haus gegangen, nach ein paar Worten über das Wetter. Über die Wahrheit war Cresspahl fast erfreut. Für die Tanzstunde bedankte er sich bei Frau Abs. Mit Jakob ging er vorsichtig um; bei dem glaubte er sich in einer Schuld, die schwer zu entgelten war. Was aber mein zickiges Benehmen gegen Brüshaver oder die Olsch Papenbrock anging, so wurde es abgeschafft; Brüshaver blieb fast der Mund offen, als Cresspahls Tochter ihn als erste grüßte, und gehorsam. In meinem Streit mit Brüshaver wegen der Religion bekam ich recht; in die Konfirmation ging ich aus freien Stücken.
– Bestanden.
– Mit Ach, mit Krach. Mit Jakob konnte Cresspahl viel besser sprechen; Jakob war der geschicktere Arzt. Denn ich kam an mit Alexander Paepckes Tante Françoise, die als Angehörige des Mecklenburgischen Landtags das Haus in Althagen freibekommen hatte für sich, diese würdige Greisin; Cresspahls Tochter hatte ja Angst vor der Zukunft, die nun werden sollte; unweiger-

lich geriet sie beim Nachtragen der Vergangenheit an die Verluste. Jakob aber, siehst du wohl, hatte die Broschüre des Handbuchs für den Mecklenburgischen Landtag der 1. Wahlperiode auf seine Art geführt, da waren die Mitglieder ab Seite 64 ordentlich abgehakt, wenn sie noch tagen durften, bei manchem war doch ein Strich durch die Biographie gezogen, oder die Verhaftung durch die N.K.W.D. war verzeichnet, die Flucht nach Westberlin, Westdeutschland, ein Selbstmord. So lernte Cresspahl etwas über die Gegend, in die er freigelassen war.
– Du warst eifersüchtig auf Jakob.
– Stillzufrieden saß ich dabei. Wer so redete wie er, wollte nicht weg aus Jerichow nach Schleswig-Holstein.
– Warum seid ihr bloß geblieben! Cresspahl hatte Freunde in Hamburg, in England!
– Er hatte seine Angelegenheiten in Mecklenburg noch in keiner Ordnung. Zwar hatte er im Dienste der Sowjetmacht sein gesamtes festes oder bares Eigentum verloren; mir zuliebe wollte er abwarten, ob sie sich halten würden an die Eintragung meines Namens im Katasterblatt oder das Haus obendrein einziehen. Er war nicht gesund; er schloß sich halbe Tage lang ein, wenn wieder eine Frau zu Besuch gekommen war bei einem, der unglaublich ins Leben zurückgekommen war aus »Neubrandenburg« und Nachricht wissen mochte über den Sohn, den Mann. Von Freunden aus Hamburg hatte sich lediglich einer gemeldet, das war keiner, sondern der Alt-Parteigenosse Eduard Tamms, der benötigte von Cresspahl einen Persilbrief; in Hamburg waren sie noch nicht fertig mit der Entnazifizierung. Nach England traute er sich nie und nimmer. Da war Mr. Smith 1940 umgekommen in einem deutschen Luftangriff. Da lebte kein Arthur Salomon mehr, der für Cresspahl hätte ein Wort einlegen können; der hatte 1946 seinen Tod melden lassen durch die Kanzlei von Burse & Dunaway. Und wohin hätte er gehen wollen als nach Richmond. In Richmond war das Rathaus beschädigt von deutschen Bomben. Zwar im englischen Sektor von Berlin gab es einen Ingenieur für Wasserbau, dem hatte Cresspahl einmal einen Schäferhund mit vorzüglichen Papieren verkauft, den hatte Gesine im vorigen Sommer getroffen auf der Dorfstraße von Ahrenshoop, bei dem wäre er für eine Woche willkommen gewesen. Dafür war er zu beschädigt.

– Wann war Cresspahl gesund?
– Als er es an einem Tag fertig brachte, an Herrn Oskar Tannebaum, Pelzhandlung zu Stockholm, zu schreiben und ihm zu danken für ein Paket. In einem Zug geschrieben. Das war um die Mitte des Juni 1948.
– Nun konntet ihr gehen.
– Nun hatte die Sowjetische Militär-Administration in Deutschland den Verkehr zwischen ihrer Zone und den westlichen auf Eisenbahnen, auf Autos und zu Fuß gesperrt.

11. Juli, 1968 Donnerstag

Alexander Dubček hat die Zweitausend tschechoslowakischen Worte immerhin spalterisch genannt, als einen Grund zur Sorge hat er sie empfunden, weit ist er von ihnen abgerückt; nun belehrt ihn die *Literaturnaja Gazjeta,* Verlagsort Moskau, was wir in Wahrheit von ihnen zu halten haben: Wenn jemand öffentliche Kritik verlange, Demonstrationen, Entschließungen, Streiks und Boykott, alles zwecks Amtsentfernung von Personen, die ihre Macht mißbrauchten und dem allgemeinen Wohl Schaden zufügten, so sei das, offen gesprochen, ein provokatives, hetzerisches Aktionsprogramm. Es sei konterrevolutionär. Unzweifelhaft vernehmen wir die Aufforderung, die Literaturka als eine revolutionäre Erscheinung zu begreifen, zumindest im Umgang mit Machtmißbrauch.
Am Ende des Schuljahrs 1947/48 waren die Lehrerinnen der Gneezer Brückenschule einig, auf Cresspahl, Klasse Acht A Zwei, müsse ein Augenmerk gehalten werden. Nur Fräulein Riepschläger, in der verzeihlichen Unbedenklichkeit ihrer Jugend, schloß sich von Bedenken aus. – Sie hat ihren Vater wieder, von mir aus kann Gesine sich krumm freuen: sagte Bettina, in ihrer Einfalt. Das wollten die älteren, mehr erfahrenen Pädagoginnen dem Kind zugestehen für die ersten zwei Tage, für eine Woche allenfalls, aber verdächtig sei es, wenn solch Umschlag aus einem verdüsterten in ein offenes, ja zutrauliches Wesen so lange anhalte. Frau Dr. Beese und Frau Dr. Weidling hatten einander in der Wolle mit den psychologischen Theorien, die sie zu unterschiedlicher Zeit an unterschiedlichen Instituten erlernt hatten.

Die Weidlingsche dachte da an ein Diktat, das sie mit grammatikalischen Schnipseln abgehalten hatte, mit Titbits (Rückübersetzung nicht aus Eitelkeit, sondern zwecks Bildung). Sie war sich nicht bewußt, daß ihre Stimme im Eifer des eleganten Artikulierens ins Kugelige überging, ins Eulige geradezu, so geriet das Wort usually allen Schülern bis auf fünf zu Phantasien, die fünf jedoch saßen rund um Cresspahl, die zwar mit Flüstern nicht aufgefallen war. Wie konnte ein so ängstliches Kind mit einem Mal die Versetzung in die Oberschule riskieren! Mehr noch, in der Pause schrieben Gabriel Manfras und Gesine öffentlich(!) an die Tafel, was sie verstanden hatten, Gesine »usually«, nun ja, Gabriel ein »jugewelly«, strich dann Gesines Version durch. Die Gesine von früher hätte die Lippen zusammengepreßt, wäre auf dem Absatz umgekehrt, trotzig, kleinlaut. Diese aber kam Frau Weidling hinterhergelaufen, hielt den Schüler Manfras am Arm(!), und fragte fröhlich, kumpanenhaft nach der richtigen Schreibweise. Nu seggn Sei doch bloß eins an. Frau Dr. Beese fragte, ob Cresspahl denn eine Eintragung ins Klassenbuch bekommen habe. Es sei ja das Einsagen nicht zu beweisen gewesen: versetzte die Weidlingsche, noch einmal entgeistert in der Erinnerung, wie die Schülerin Cresspahl allein mit ihr weitergegangen war, vertraulich fragend, ob Frau Doktor solche titbits von der British Broadcasting beziehe? sie höre das auch wohl mal. War es denkbar, mit einem Kind einen Schweigevertrag zu schließen? Strenge sei nach wie vor: sagte die Beese verträumt.
Gesine fühlte sich bloß aufgewacht. Unverhofft war das Drucksen vor Entschlüssen weg, das Getane richtig von Anfang an. Sie fand nichts dabei, eines Tages einen hölzernen Aktenkoffer als Schultasche zu benutzen. Auf Verlangen erklärte sie jedem den Stabrolldeckel, die drei Schübe (ausgenommen das geheime Fach, den Ort der Anfertigung, die Herkunft aus der Effektenkammer eines Gefängnisses); sie war nun einmal die Tochter eines Vaters, der dergleichen mit seinen Händen machen konnte. Es war nur recht, daß sie Frau Weidling Vertrauen anbot, wenn die es denn vergelten wollte. (Sie bedauerte ziemlich lange, daß die titbits unverhofft wegfielen aus dem Unterricht.) Sogar bei Frl. Pohl war aus dem tapferen Lernen, dem sturen Fleiß eine Freiwilligkeit geworden, ein Mitdenken wie im Spaß, eine Freude am Begreifen; sie blieb gefaßt, als die Pohlsche abrutschte

in ihren früheren Begriff vom pädagogischen Eros und ihr mürrische Vorwürfe machte wie: Ja jetzt, Gesine! oder das mit dem nahenden Toresschluß; dabei bekam doch eher die ein Zucken um die Augen. Sie stand ja nicht nur in Mathematik auf zwei plus, in fast allen Fächern waren ihre Zensuren gut für das Recht auf die Oberschule; nun aber würde sie das Recht obendrein bekommen, denn für sie unterschreiben konnte ein Familienvorstand, der vor dem Gesetz galt. (Eigens wegen Frau Abs' angefochtener Unterschrift hatte Jakob ihr bei Dr. Jansen ein Vormundschaftsverfahren in Gang gebracht, das durfte sie nun in den Gneezer Stadtgraben werfen, wie es war.) Die Zukunft war eingetroffen, und sie war ihr zur rechten Zeit begegnet.
Sie hütete sich vor Übermut. Sie war eine der ersten aus ihrer Klasse, die in dem Büro erschienen, das Emil Knoop, in seinem unerschöpflichen Patriotismus, ausgeräumt hatte für das Volksbegehren. Als sie kam, war Frau Dr. Beese an der Reihe mit der Aufsicht, und da es in der Zeit vor dem Mittagszug war, standen sie einander allein gegenüber hinter den Fenstern, die Stück für Stück der Stalinstraße in Milchglas gekreuzte Hämmer wiesen. Unverhofft entschied sie, daß mit der Beese denn doch zu reden sei. Denn die Einrichtung Deutschlands als »unteilbare demokratische Republik«, es sollte ihr recht sein, insbesondere, wenn es »gerechten Frieden« dazu geben sollte; sie hatte in der Schule über Wahlen etwas anderes gelernt, als daß öffentliche Listen auslagen und Kinder ab vierzehn Jahren in solcher Sache befragt wurden. Sie fragte, ob es denn seine Richtigkeit auch habe. – Du bist mir von Person bekannt: sagte die Beese, grimmig, der entging an diesem Tag das Mittagessen. Gesine erwähnte ihr minderwertiges Alter. – Du unterschreib man: fauchte die Beese, abfällig, doch als rede sie zu, und das Kind verstand, es könne nützlich sein für die Erlaubnis in die Oberschule. So krakelte sie denn ihren Namen unter die Einheit Deutschlands, tröstete die Lehrerin mit einem Knicks und hüpfte vergnügt über die Riefelkacheln des großmächtigen Flurs auf die sengeheiße, weiße Straße Stalins.
Die Schülerin Cresspahl mochte ihren Vater zurückbekommen haben; entging ihr denn ganz, was für einen? Der war zum Arbeiten gar schlecht imstande, aus dessen Verdienst war kaum das Schulgeld zu erwarten; sie aber betrug sich aufgeweckt, fröhlich geradezu, als sei ihr das so recht.

Cresspahl war wahrhaftig mit noch anderen Auflagen entlassen worden als der Meldepflicht, so der, aus den ihm weggenommenen Maschinen einen Betrieb für Holzbearbeitung aufzubauen und ihn als Treuhänder zu verwalten. Sogar das Telefon, ehemals eingezogen als Instrument seines geschäftlichen Eigentums, wurde ihm von Technikern aus Gneez wieder montiert wegen der anderen Volkswirtschaft, obendrein mit der gewohnten Nummer 209. Nur waren die Maschinen, die er im April 1945 in einen Trockenschuppen der Ziegelei gefahren hatte, da nicht zu finden. Dicht an der Kommandantur, unter den Augen der sowjetischen Militärpolizei, hinter zweizölliger Tür und unentweihtem Schloß waren sie verschwunden, von der Hobelbank und Tellerschleifmaschine bis zu den winzigsten Sägen und Zwingen, besenrein geradezu war die Kammer zurückgeblieben. Da standen die noblen Zwillinge Wenndennych verdutzt, in der Hand die Verzeichnisse des S.M.T. Schwerin, blamiert vor dem enteigneten Deutschen, den ein Urteil ihrer eigenen Armeegerichtsbarkeit von dieser Straftat entlastete. Da sie, aus beruflichen Gründen, an Gespenster nicht glaubten, traten Ende Mai 1948 Fahnder der Wirtschaftskommission in viele Werkstätten nördlich der Linie Gneez-Bützow, fanden in einer Tischlerei von Kröpelin eine Zinkmaschine, auf dem Seegrenzschlachthof von Wismar, jetzt volkseigene Schiffsreparaturwerft, einen Rohölmotor und dazu Ankaufsverträge, deren Vorgeschichte immer kurz vor einem Major Pontij, einem Leutnant Vassarion dunkel wurde, also ein Geschäftsgebaren unter nächtlichen Umständen, per Handschlag und besiegelt durch unzulängliche Schriftlichkeiten. Cresspahl bekam wilde Briefe von Kollegen, die einmal mit Arbeit oder Sachwerten bezahlt hatten für die Apparate, die jetzt die Staatsanwaltschaft Gneez nach Jerichow abfahren ließ. Da wollte er es zufrieden sein, daß die aufgespürten Maschinen noch Mitte Juni nicht ausreichten zu einem Betrieb, und wehrte sich kein bißchen, als die Post ihm das Telefon wieder abschraubte, nachdem die halbe Ziegelei an einem feuchten Sonntagmorgen abgebrannt war. Mochte die Ehre der Roten Armee nun abermals in reinem Glanze erstrahlen; er war vor solcher Treuhänderschaft bewahrt. Die Gebrüder Wenndennych hatten die verspätete Feuerwehr von dem heller brennenden Haupttor wegbeordert auf Cresspahls Hof, so daß sie zwar das Haus seiner Tochter aus der

Gefahr hielten, nicht aber die künftige Werkstatt retten konnten. Die Staatsanwaltschaft fand in den Trümmern genügend ausgeglühtes Eisen zu ihrer Beruhigung und sah ab von einer Vernehmung Cresspahls, nachdem er sie auf die Zuständigkeit der Ortskommandanten verweisen mußte. Was auch hätte er sagen können? Die Herren Kommandanten, geschniegelt und duftend, waren mit untadeligen Entschuldigungen bei ihm eingetreten und hatten noch Kaffee angenommen, immer streng im Stehen, nachdem sie ihn auf den Rauch in der Luft hinwiesen. In der *Volkszeitung* wurde das Unglück berichtet als ein Anschlag gewissenloser, weltfriedensfeindlicher Elemente im Dienste des amerikanischen Imperialismus, in Jerichow war die Rede von Cresspahls Erfahrung im Umgang mit Feuer seit November 1938, und kein Mal wieder waren die Zwillinge zu vertraulichem Besuch bei Cresspahl, wie sie die Deutschen ja regelmäßig fernhielten von ihrer Residenz und Person.

Gesine war es recht. Einmal hatte ihr nichts geschehen können von dem Feuer, da sie für jene Nacht aus ihrem Zimmer in das von Frau Abs, auf der anderen Seite des Flurs, quartiert worden war. Zum anderen hoffte sie nicht ernstlich auf jene Zeiten, da Cresspahl einen Schreibtisch, Eichenplatte mit zwei Unterschränken, auf die Schultern gehoben hatte und mit dem ungefügen Trumm durch ganz Jerichow gegangen war und Treppen hinauf bis zu dem genauen Fleck in Dr. Kliefoths Arbeitszimmer, wo das Bestellte stehen sollte. Jetzt hätte Cresspahl kaum treuhänderisch Aufsicht führen können über eine Werkstatt. Sie sah ihn auf dem Hof beim Häufeln der Kartoffeln, die Jerichows wendige Feuerwehr nicht plattgefahren, weggetrampelt hatte; er hielt die Hacke steif, bewegte sich langsam, mit hängendem Kopf. Aber einmal hatte er mit dem Beil eine Stubentür bauen können. Jetzt war er hier. Sie brauchte nicht alles auf einmal.

Sie saßen morgens auf der Milchbank hinter dem Haus. Nicht nur war es ein schulfreier Tag, sie konnte auch sitzen neben Cresspahl, solange sie Lust hatte. Mochte ihm dabei entgehen, daß die Stangen der Bank angefault waren und bessere Befestigung brauchten. Vor ihnen im wilden Gras, schattig, taunaß, stand die älteste Katze auf steifen Beinen und betrachtete ein Amselküken, aus dem Nest gefallen, nicht flügge. Die Katze setzte zwei Beine vor die hinteren zwei, sie machte sich nicht einmal die Mühe zu schleichen. Die schreiende Amselmutter hatte es so eilig, sie fiel aus dem Baum wie ein Stein, im federnden Aufprall schon riß sie den Kopf hoch gegen die Feindin, bot sich an als Opfer, zum Selbstmord bereit. Die Katze wandte ihr einen Seitenblick zu, grau und gleichmütig, schritt auf das Küken zu, unbeirrt von dem Jammergeschrei der Amsel. Sie würde eins nach dem anderen erledigen. Gesine war im Zweifel, ob sie auch zu früheren Zeiten aufgestanden wäre und die verblüffte Katze weggenommen hätte von ihrer Nahrung; jetzt kam sie zurück mit dem Raubtier unterm Arm und nahm in Kauf, daß das Biest sie für verblödet erachtete. Sie setzte sich zurück neben Cresspahl, immer die Katze im Griff, die allmählich Streicheln begriff, ihren Verdacht aber bewahrte. Was waren das für neue Sitten. Dann sah Gesine, daß Cresspahl den Stein weglegte, der der Katze zugedacht gewesen war.

Das sind von den Künsten die brotlosen, die bringen weder Umsatz noch Verdienst. In der letzten Juniwoche sah Cresspahls Tochter, was für Umstände Leute haben konnten mit zurückgelegtem Geld. Gehorsam, eifrig sagte sie in der Schule Herrn Dr. Kramritz über die westdeutsche Währungsreform auf, was der nicht glaubte und was ihr nur mit Sorge vom Mund ging: den überlebenden Trägern der faschistischen Kriegswirtschaft gehe es darum, die verfaulende und krisenhafte kapitalistische Wirtschaft zu retten, wobei die Führung der bürgerlichen Parteien und der Sozialdemokratie aktive Hilfsdienste leisten; wie grundsätzlich anders die Währungsreform in der sowjetischen Besatzungszone. Aber von dem wüsten Getobe, das die Leute in Jerichow und Gneez vom 24. Juni an aufführten, war sie ausgenommen, Cresspahl auch, Frau Abs auch, Jakob auch. Sie behielten auf ihren vier Sparbüchern nach der Abwertung zusammen zweihundertvierundzwanzig Mark; nur bei Jakob und seiner Mutter reichte es für die Kopfquote von siebzig Mark, die im Postamt gegen Scheine mit aufgeklebten Coupons eingetauscht wurden. Viele aber besaßen Summen darüber hinaus, die bis zum 28. noch ein Zehntel wert waren und ab fünftausend Mark sogar gefährlich, weil verdächtig als Gewinn aus Rüstungslieferung oder Schwarzmarktgeschäften. Fräulein Pohl wurde beobachtet bei Sturmmärschen die Gneezer Stalinstraße rauf wie runter, entlang an weggeräumten Auslagen; am Sonnabend hatte sie ein echt antiquarisches Porzellanmöbel, aus dem in heilem Zustand Punsch zu reichen gewesen wäre, und eine nicht reparierbare Heizsonne (wegen der Stromsperre ließen die Handelsbürger gelegentlich elektrische Geräte ab). Viel bedauert wurde Leslie Danzmann, die in diesen Tagen an Frau Landgerichtspräsidentin Lindstetter jene zweihundert Mark zurückzahlen wollte, die sie sich eine Woche zuvor für den Aufkauf von einem Pfund Butter geliehen hatte; die würdige Patriarchin wies die Summe von sich, wollte auch auf zweitausend Mark Papier nicht hinuntergehen. Auf ihre Menschlichkeit angesprochen, revanchierte sich Frau Lindsetter mit dem rätselhaften Entschluß: Ja, denn hilft mich das allens nüch, denn müssen wir woll vor Gericht, mein Liebing! Gabriel Manfras bekam für Weihnachten eine garantiert und seit Jahrzehnten unverkäufliche Geige aus dem Musikhaus Johannes Schmidt Erben, das ahnte er nur noch nicht. Mine Köpcke, seit der häßlichen Auseinandersetzung mit ihrem Mann über Gaswerksdirektoren namens Duwenspeck dem innerlichen Wesen und der Religionsausübung bedenklich zugeneigt, weitete ihr Gefühl aus auf die Künste und erwarb für gut dreitausend Mark zwei echt gemalte Bilder (Öl), eine Birkenlandschaft im Vorfrühling mit in der Diagonale abknickendem Überschwemmungsbach sowie einem Hirsch mit verlegener Kopfhaltung. Pfennige, Fünfer, Groschen waren schlechterdings unerhältlich, denn die Scheidemünzen behielten fürs erste ihren Nennwert; von der alten Frau Papenbrock wird ernstlich behauptet, sie habe ihre Brotpreise nach unten abgerundet. Wahr ist vielmehr, daß sie in diesen Tagen weniger als das Mindestsoll backen ließ und daß Fräulein Senkpiel die Abrundung anbot, nach oben. Frau Papenbrock überwand einmal die Verachtung gegen ihren Schwiegersohn und wollte von Cresspahl einen Rat, da von ihren Konten sämtliche Guthaben schon einen Tag vor Verkündigung des Befehls Nr. 111 der S.M.A.D. abgebucht worden waren, das mochten die verlegenen Herren auf der Stadtbank ihr nicht erklären. Cresspahl versicherte ihr wider bessere Vermutung, daß die Sowjetmacht nur von lebenden Angeklagten das Guthaben einziehe und verschonte sie mit der Aussicht, daß sie an Alberts Freilassung nicht im Traum denken durfte. Deswegen vergaß sie doch das Angebot, ihm den an seiner Kopfquote fehlenden Betrag vorzustrecken; mit zierlich angehobenem Doppelkinn drehte sie sich um, fast genau auf der Stelle, gab ihm nicht die Hand, befriedigt über ihre vorausgesehene Enttäuschung, für die allerdings beschreibende Worte gefehlt hätten. (Sie war zum ersten Mal seit 1943 im Haus.) Noch über Sonntag war das Geld nicht ausgehungert, jagte die Leute umher mit seinen nutzlosen Angeboten, ließ sie zappeln gleich Fischen auf dem Trockenen. Wegen Jakobs Mutter waren alle im Haus besorgt, denn solchen Siedlungen, wie Jakob sie ausgeschlagen hatte nach dem Krieg, wurden die Kredite nun im Verhältnis Eins zu Fünf abgewertet, die Absens hätten nur noch bis 1955 abzahlen müssen statt bis 1966 für jenen Besitz, den Frau Abs bloß wünschte, um ihren Mann mit etwas empfangen zu können. Sie war sich bewußt, sie würde solche Wirtschaft kaum haben regieren können; es war die Erinnerung an das ungewisse Leben jenes Wilhelm Abs auf oder unter der Erde eines sowjetischen Lagers, die ertrug sie nur allein in ihrem Zimmer, blicklos betend, ohne daß Tränen ihr halfen. Cresspahl bekam am Montag zwei Postpäckchen mit Geldscheinen, Ausgleich für Rechnungen aus den Jahren 1943 und 1944, er durfte aber die dreißig Mark nicht nachreichen, die ihm seine Kopfquote voll gemacht hätten; Berthold Knewer, nun doch noch einmal hinter dem Paketschalter der Post, vergingen die Tage mit dieser Aktion etwas rascher, so daß er gelegentlich wegdenken konnte von seinen Sorgen und an Cresspahl ein wenig Herrschaft ausübte, in schnippischem Ton, nicht mehr ein schwärzlich, ein grau gestäubter Vogel. Dann kam Jakob und bereitete ihm Sorgen; Jakob schrie ja nicht, er brauchte den Bürgermeister bloß anzusehen, grübligen, verwunderten Blicks, sogleich bekam er Cresspahls Scheine mit den Coupons in die Hand, ohne Quittung. Emil Knoop, dringlicherer Sorgen unbewußt, machte abermals den Schnitt, den er sich zumaß, obwohl es vieler privater Besuche im Sowjetviertel von Gneez bedurfte; überwältigend rechnete er sich aus, daß die Soldaten und Sergeanten um diese Zeit ihren monatlichen Lohn fast ausgegeben haben mußten, wie die Offiziere und Angestellten der Militärverwaltung ihr vierzehntägiges Gehalt, da wollte er sich an ihrer uneingeschränkten Umtauschquote wohltätig beteiligen, sei es für fünf, für vier, für dreieinhalb Prozent. Das Vorsprechen bei den Gebrüdern Kommandanten in Jerichow bedauerte er als einen

Fehltritt, denn als die Herren ihn auf die Straße setzen ließen, mußte er eine Anzeige gewärtigen, künftigen Verlust, wenn auch bloß an Zeit. Verschwitzt, mittlerweile doch etwas dicklich stand er in der Sonne vor Cresspahls Haus, unterließ abermals einen Besuch bei seinem »väterlichen Vorbild«. Was hatte er für Bedenken? Nie aber und nirgends in Jerichow oder Gneez waren jene westlichen Friedensfeinde mit ihren Koffern voll Altgeld anzutreffen, deren bösen Machenschaften das ganze Kopfüber und Koppheister recht eigentlich seine Rechtfertigung verdankte. Cresspahls Tochter war es erspart. In diesem Trubel war ihr Mitmachen erspart. Sie hatten nichts. Sie hatten nichts! Das kann sich im Kopf anfühlen wie ein rascher, fröhlicher Wind.
Inzwischen saß nicht nur den Damen Weidling und Beese ihr Kopf dick voll mit den westlichen Sektoren von Berlin, die die S.M.A.D. gerade abschnitt von der Eisenbahn wie von den Wasserstraßen, deren Leuten sie weder Kartoffeln noch Milch noch Strom noch Medizinen liefern wollte; es war viel Rede vom Dritten Weltkrieg, ein wenig auch von der Aussicht, die Sowjets wollten endlich den Briten, zumindest, Westberlin zurücktauschen gegen deren mecklenburgische Anteile von dunnemals; das Kind Cresspahl wurde gesehen, als es in diesen Tagen zweimal die Renaissance-Lichtspiele besuchte zum Preise von je acht Mark und fünfzig, kaum aber wurde es angetroffen in jenem verschüchterten, kleinlauten Zustand, der einem Lehrerauge so kenntlich und – wer sagt es denn! – tröstlich gewesen war. Die biß sich ja nicht einmal mehr auf die Lippen, wenn ihr die Antwort fehlte auf eine pädagogisch gegründete Frage. Die Versetzung zur Oberschule wurde ihr erteilt; dennoch, welch bedauerlicher Wankelmut war bei dieser Schülerin zu erinnern!

– Das war gefälligst die Teilung Deutschlands, Gesine! sagt Marie. Sie wird doch nicht etwa Heimweh haben nach einem Deutschland. Nein, mitten auf der West End Avenue, vor dem Eingang zum Mittelmeerischen Schwimmclub, geht es ihr um die verschrieenen Kommunisten in Deutschland. – Jetzt konntest du den Sowjets nichts mehr übel nehmen! sagt sie.
– Es waren die westlichen Alliierten, die angefangen hatten mit einer Umstellung der Währung, du.
– Ein Krieg war in der Nähe!

– Anfang Juli befahl dann die Sowjetmacht die Aufstellung deutscher Truppen unter dem Namen Kaserniert.
– Du aber hattest die Zulassung zur Oberschule.
– Marie, vom Krieg dachte ich, ich könnte ihn schon. Mir war Mecklenburg nicht weggenommen. Ich hatte etwas dazubekommen.
– Hielt es an, Gesine? Hielt es an?
– Bis September. Als ich zurückkam aus Johnny Schlegels Weizen.
– Siehst du, Gesine.
– Daß es nicht dauerte?
– Ja. Oder soll ich das von dir lernen: Die Beständigkeit des Glücks?

12. Juli, 1968 Freitag

Friday. Noch neununddreißig Tage. Nicht einmal sechs Wochen.
Lies den Wirtschaftsteil, Gesine! Es ist drei Minuten nach neun, Arbeitszeit. Kümmere dich um das Pfund Sterling. Träum von der alten Dame an der Threadneedle Street, statt über der New York *Times!*
Da ist auch Statistik. Die jährliche Rate der schweren Verbrechen ist gestiegen am Ort, und es sind nur die gemeldeten. Autodiebstahl notiert plus 64.3 Prozent, Raubüberfall steht auf plus 59.7 Prozent, Mord wird mit 20.3 Prozent gemeldet, Vergewaltigung abgesackt um sechs Prozent. Gestern trat ein Mann in schwarzem Hut und dunklen Gläsern, eine Phiole mit Säure in der Hand, in die Filiale Woodbury der Chemical Bank an der Jericho Turnpike...
Die Kommunistische Partei der Sowjetunion antwortet mit der Stimme ihrer *Wahrheit* immer noch einmal auf die tschechoslowakischen Zweitausend Worte, als wär sie gefragt. Gegen die wirklichen Ziele der neuen Leute in Prag will sie kaum etwas gesagt haben, Novotný mag ihretwegen gefehlt und versagt haben, aber so, mit »subversiven Aktivitäten rechtsgerichteter und antisozialistischer Kräfte«, es mißfällt ihr. Die wünschen, so sieht sie es, die Kommunistische Bruderpartei »anzuschwärzen und in

Mißkredit zu bringen«. So sei es schon einmal gewesen, vor zwölf Jahren, in Ungarn. Ist es nicht so, daß die Partei Manches verspielt hat von ihrem Kredit? Ist es so, daß die Partei sauber geblieben ist von 1948 an, all die Jahre blütenweiß in Unschuld?
Was immer die Angestellte Cresspahl tut, es wird den 20. August geben. Sie mag noch einmal an den Atlantik fahren, noch dreißigmal die Fenster hochschieben, mit Marie die Sachen für den Herbst und Winter kaufen, in das Bett D. E.s gehen wann immer es ihr beliebt, sie wird noch zwei Tonbänder verbrauchen, »für wenn du tot bist«, Marie soll ihre Krebssuppe bekommen, vielleicht bleibt ihr noch ein Traum bis ins Aufwachen hinein, überhaupt und durchaus wird sie befangen sein in einer Einbildung von Leben. In Wahrheit rutscht sie auf dem glatten Eis der Zeit dem Termin entgegen, den de Rosny ihr mit der Obchodný Banka verabredet hat. Wenn ihr das Schiff erlaubt wird, geht sie um den 12. August aus New York weg, mit dem Flugzeug am 19. August. Am Mittwoch muß sie anfangen in Prag. Es wird jemand am Flugplatz sein. Die *Pravda* erwähnt Ungarn. Das kann sich anhören wie Panzer. Und wenn sie aus der Luft kommen?
Es ist fast still im Büro Cresspahl. Das Telefon hat seit Beginn der Arbeit geschlafen. Durch die Tür schwappt manchmal das Rauschen von Henri Gellistons Rechenmaschine. Von unermeßlich unten dringt das fliegendünn gewordene Jaulen eines Lastwagens. Alarmanlage beschädigt. Die Passanten werden gespannt auf die Quelle des Lärms zugehen, sie gleichgültig hinter sich lassen. Hier schreibt jemand einen privaten Brief, das wird dich noch gereuen.
Sehr geehrter Herr Professor, so heißt es, und wollen Sie verzeihen, eine Freundin hat mich hingewiesen, und weil ich der new yorker analytischen Praxis mißtraue, schon wegen der Sprichwörtlichkeit der Schädelschrumpfer, und mir der Ferndiagnose als einer Fehldiagnose bewußt bin, dann laß es doch, so wüßte sie doch gern, ob sie sich für psychisch gestört halten soll, da ihr aus beruflichen Gründen eine Veränderung ihrer Lebenssituation bevorsteht, eingreifend genug für die Abfassung eines Testamentes und Vorkehrungen für den Fall, daß ihre psychische Verfassung gefährlich werde, Lebenslauf beigefügt, was gibst du da alles aus der Hand!
Schon die Schrift. Du führst da große ungebrochen runde scharf

unten ausfahrende Züge, was einer mal eine Tulpenschrift genannt hat. Wenn du genauer hinsiehst, so sind die Buchstaben im mittleren Teil wohl flüssig, aber oft nicht in der vorschriftsmäßigen Rundung ausgezogen, also offen; die Ober- wie die Unterlängen sind verarmt (vereinfacht), insbesondere die letzteren kommen über senkrechte Striche nicht hinaus. Jedoch, wenn man Tulpen denken kann, es sind solche an kurzem Stil, aufrecht stehend. Eine ausgeschriebene Schrift. Was aber wird ein anderer da erkennen und was wird er daraus machen, daß du schwarze Tinte benutzt?

»... weiß ich an absurden Akten aus meinem Leben nur die üblichen, eingeschlossen die Reaktion auf den Tod des Mannes, der der Vater meiner Tochter gewesen ist. Grundsätzlich möchte ich mich oft für normal halten. Die Ausnahme: ich höre Stimmen.

... vergesse ich den Anfang. Ich nehme an: seit meinem zweiunddreißigsten Lebensjahr, erinnere aber keinen Anlaß. Ich will es nicht. Dennoch gelange ich (manchmal fast vollständig) zurück in vergangene Situationen und spreche mit den Personen von damals wie damals. Das ereignet sich in meinem Kopf, ohne daß ich steuere. Auch verstorbene Personen sprechen mit mir wie in meiner Gegenwart. Etwa machen sie mir Vorhaltungen wegen der Erziehung meiner Tochter (geb. 1957). Die Toten verfolgen mich nicht, meistens kann ich mich mit ihnen einigen in solchen eingebildeten Gesprächen. Nur, ist das eingebildet? Ich spreche auch mit Verstorbenen, die ich nur vom Sehen kenne, die mir als Kind nur so viele Worte gegeben haben, wie es für eine Begrüßung oder das Überreichen eines Bonbons nötig war. Jetzt werde ich von denen in Situationen hineingezogen, in denen ich nicht anwesend war, die ich auch keines Weges habe auffassen können, sei es mit einem acht-, einem vierzehnjährigen Verstand. Ich höre mich also nicht nur sprechen von der subjektiv realen (vergangenen) Stelle aus, auch von der Stelle des heute fünfunddreißigjährigen Subjekts aus. Gelegentlich wechselt beim Hören die eigene Situation von damals, des vierzehnjährigen Kindes, in die des Partners von heute, die ich aber doch kaum habe einnehmen können. Viele solcher imaginären Gespräche (die mir wirklich vorkommen) erschaffen sich selbst aus geringfügigen Ansätzen, aus einem Stimmton, aus einer charakteristischen Betonung, aus Heiserkeit, aus gleichen Wordtwurzeln des Englischen und

Mecklenburgischen. Diese Fetzen genügen, in meinem Bewußtsein die Anwesenheit einer vergangenen Person zu erzeugen, ihr Sprechen und damit einen Zustand weit vor meiner Geburt, so den März 1920 auf dem Pachtgut meines Großvaters, als meine Mutter ein Kind war. Ich höre meine Mutter, die anderen Leute im Zimmer, nicht jedoch bloß als Zuhörende, sondern im Wissen, dies sei an mich selber gerichtet, was sich gegen Ende der Imagination (?) erweist als Zuwendung der Personen von damals an mich, die von heute.
Bei lebenden Personen, abwesend oder vorhanden, läßt sich diese Neigung (?) meines Bewußtseins auch mißbrauchen, nämlich als Fähigkeit. So bin ich imstande, selbst wenn meine Tochter schweigt, aus mimischen Einzelheiten deren Gedanken nachzuvollziehen und denen zu antworten (in Gedanken), selbst noch im schlimmsten Streit, allerdings ohne daß ich beweisen könnte, daß die »Sendung« auch bei ihr ankommt. Das Kind ist also selten sicher vor mir, fast gänzlich ausspioniert. Meine einzige Entschuldigung ist, daß ich dies unwillkürlich tue.
Nicht nur bei dem Kind, auch bei aktuellen Unterhaltungen von heute, im Büro, in der subway, mit Kollegen oder Fremden, läuft neben dem tatsächlich Gesagten eine zweite Strähne mit, worin das Ungesagte sich bemerklich macht, das nämlich, was das Gegenüber verschweigt oder bloß denkt. Die Lautstärke dieser zweiten, eingebildeten Strähne verdrängt manchmal das tatsächlich im Moment Gehörte an den Rand der Aufmerksamkeit, allerdings nie vollständig. Abermals bin ich mißtrauisch gegen die Funktion des Wortes »Einbildung« hier, denn zwar verlasse ich mich durchaus nicht auf die Authentizität des bloß mental Gehörten, es stellt sich aber oft genug als richtig heraus als etwas, das ich gewußt habe. Es ist möglich, daß ich dem sprechenden Gegenüber die andere akustische Strähne bloß unterschiebe, um der eigenen Meinung einen Vorteil zu verschaffen, um mich selbst zu bekräftigen; dies ist weniger wahrscheinlich insofern, als ich von Mal zu Mal schlimmste Sachen »höre« von Personen, an deren Zuneigung mir doch dringlich gelegen ist. Ich gebe allgemein zu, daß solche Zuneigung immer auch ihre Verneinung enthalten kann; nur vermag ich es nicht, diese Möglichkeit auf Freunde oder auch nur Bekannte anzuwenden.
Beschwerden: Keine. Das zweite akustische Band bringt das erste

nicht zum Stillstand, insbesondere nicht in Unterhaltungen mit Personen, denen eine Blöße zu zeigen Folgen haben muß für den beruflichen Leumund. Wenn ich versuche, meiner Tochter zu erzählen von den Großvätern in Mecklenburg oder Pommern, kommen mir gelegentlich vom Zwischenreden der Toten Pausen bei, aber nicht länger, als ein Dorn in ein Kleid einen Triangel reißt. (Oder aber das Kind, fürsorglich für seine noch nicht elf Jahre, verbirgt mittlerweile seinen Schrecken und verbietet sich gestische Reaktion.) Solche automatischen Gesprächsvermittlungen stellen einen geringfügig benommenen Zustand her, aus dem ich willentlich herausfinden kann, erheblich schneller durch einen Anruf des Kindes (nicht durch Autohupen vor dem Fenster oder dergleichen), dann aber wie im Sprung, unverzüglich.
Ist dies eine Krankheit? Sollte ich meine beruflichen Verpflichtungen darauf umstellen? Müßte das Kind vor mir geschützt werden?«

»Sie sprechen mit mir.« Du hast gepetzt.
Ihr. Wo siet ji afblewn?
Hast gewartet?
Ihr Toten seid doch sonst . . .
Mit dem Maul voraus.
Zur Stelle.
Wir hatten zu tun.
Sagt ihr es mir.
Wir haben nichts.
Kein Mal habt ihr gesagt: Wi sünt all dår. Nun will keiner mit mir sprechen.
Was haben wir mit der Zukunft zu tun.
Was ist . . . es soll nicht für mich sein, Marie hat es gefragt: Was ist . . . beständig?
Wir.

13. Juli, 1968 Saturday Tag der South Ferry

Liebe Anita Rodet Stütz –
Gruß zuvor. Da du es wünschest, schreibe ich dir wiederholentlich von unserem Umgang mit dem Menschen, den wir anreden

als D. E., der vorgestern dir seine Aufwartung gemacht hat als ein Herr Erichson, mit Bartastern in der Hand, ganz wie wir ihm auftrugen.

Wenn es ein Zusammenleben ist, so eines mit Abständen, er jenseits des Hudson auf dem flacheren Lande, wir am Riverside Drive in New York City; eines mit Entfernungen, jeweils zu Besuch, auf anderthalb Tage. Zu Gaste kommen aber macht die Abschiede reichlich, die Begrüßungen unterhaltlich. Dabei ist er vorsichtig, vermeidet die Überraschung; noch mit uns verabredet ruft er an vom Flughafen: ob er uns denn recht komme nach all der Zeit von zehn Tagen. Da melden wir Vorfreude; auch auf Neuigkeiten. Denn wenn dieser eine Reise tut, so hat er was gefunden.

Du denkst: Geschenke. Die auch; nahezu jedes hat uns gefallen, was D. E. mitbringt von seinen Ausflügen. So Marie die geschickte Drehkugel, deren Skalen die Temperatur in Fahrenheit wie Celsius anzeigen, den Luftdruck in Millibar wie in Millimetern, obendrein die relative Luftfeuchtigkeit; seit Juni verzeichnet sie ihre Messungen und benötigt für ihr Wetter keine New York *Times.* Nur im ersten Jahr mit ihm haben wir ihn verdächtigt mit dem Ansinnen, sich beliebt zu machen mit Geldes Wert; inzwischen kennen und mögen wir, eine wie die andere, den beiläufigen, den besorgten Blick, mit dem er sich vergewissert, ob er denn genau genug an uns gedacht hat in der Abwesenheit. (Da doch die eine von uns die Luft bewertet nach der amerikanischen Manier, die andere hängen bleibt in der europäischen Gewohnheit.) Mitbringsel.

Begieriger sind wir auf andere. So auf den Moment des Vergnügens, wenn das auf zivil getrimmte Auto der hiesigen Luftwaffe ihn absetzt vor unserem kurzen gelben Stummel von Haus, auf fünf Minuten genau wie angesagt. (Er verficht da so ein Axiom, wonach ein Mensch Pünktlichkeit verfertigen könne. Er macht uns zweierlei Spaß: weil es ihm gelingt; und lustig machen dürfen wir uns über ihn.) Worauf wir gewartet haben, ist eine Zeit gleich nach Handschlag und Umarmung, die fange ich an mit der Einladung, der Bitte geradezu: Vertell, vertell! Und Marie hat schon in die Hände geklatscht und mecklenburgisch gesprochen und gerufen: Du lüchst so schön!

Nachrichten. Wo er war. Was er gesehen hat, was ihm zustieß. So

in London jener Ire, den die Stadtverwaltung in die Erde gesteckt hat, an die Kurbel eines Fahrstuhls von der Underground, der singt in seinem ewig nächtlichen Sinn von einem Johnny, I hardly knew ye, zu langsam aber glaubwürdig betrübt, mit Pausen, in denen er seine bürgerliche Fracht vor den gleitenden Gittern warnt. Der kommt mit in D. E.s Bericht, mit krausem Schnurrbart und kleinwüchsigem Baß, den hören wir und möchten ihn besuchen. Oder die wütende Olsch in Berlin, die mit ihrem Gekreische ihn aufforderte zur Auswanderung an die Berghöhen des Urals, weil er bei euch und bei Rotlicht über einen gänzlich unbefahrenen Damm schritt, nach der amerikanischen Art, und doch ein wenig aussieht wie ein Student, der fliegenden Haare wegen. (Ist das so in Westberlin, Anita?) Auch glauben wir ihm die Unersättlichkeit, mit der er uns ausfragt nach der Schule, der Stadt. Haben wir Schwester Magdalena hereingelegt mit Kenntnissen im imparfait von connaître, so daß sie wider Gunst und Willen den Buchstaben anschreiben mußte, der für Ausgezeichnet steht? Was wissen wir Neues von Mrs. Agnolo, wie spricht Eileen O'Brady mit uns, hat James Shuldiner uns abermals verfolgt mit einer Aussprache auf den schmalen Bänken bei Gustafsson? Und wiederum: was du für ein Kleid anhattest, was bei Anita für Gemüse wächst auf dem Balkon, ob du uns noch erblickst neben dem Topf, in dem eine Anita Unwillen kocht gegen die Südostasienpolitik der U.S.A.? So von neuem, so vom Ende nach vorn, querbeet und ohne Verdacht. Als hätten wir, jeder an seinem Platz, ein Stück für den anderen gelebt, aufbewahrt und mitgebracht, dem gegenseitigen Wohlgefallen zuliebe.
Du wirst sagen, so gehe es zu nur unter Leuten, die ...
Ja. (Da ist eine Ausnahme. Wir sparen etwas aus. Wie ich wünschte, er arbeitete wo anders, so hielte er gern mich ab von einem Auftrag, der steht mir arg bevor. [Fassung für die Postzensur.] Da hilft wenig, daß ihm ein Eid auferlegt ist und auch bei mir die Pflicht von außen kommt, statt aus einem Entwurf von mir, wie es doch sein soll in den Märchen vom unfremden Leben. Das müssen wir abmachen, indem wir einander anhören, jeweils bis kurz vor die Grenze, an der aus einem Rat eine Weisung würde. Wir bringen es zustande. Muß ich noch aussprechen, daß die zivile Luftfahrt aus dem europäischen Übersee abends ankommt statt morgens? Er weiß daß ich weiß. Sollte er aufsagen, was an

solchen Reisen mich stört, auf der Stelle müßte ich zustimmen mit Ja. Und meinen Namen drunterschreiben.)
Vorbehalte, ich gebe sie zu. Und wüßte kaum einen, der mir Bange machte für Unbefangenheit.
In London war er (neben dem anderen), um im Moorfields Eye Hospital zu klagen über die fransigen Schleier, in denen Laternenlicht seinen Augen neuerdings erscheint. An unserem Frühstückstisch verwandelte er sich, Serviette als weißer Kittel über der Schulter, in einen britischen Spezialisten und Edelmann, der trägt uns lispelnd vor mit greisenhaftem Frohlocken sowie dem bezahlten Mitgefühl: Das ist, so steht zu befürchten, Mr. Erichson, Sir, es ist das Alter...
Dich hör ich sagen: Wenn einer und er bekennt sich zu einem Trumpf gegen ihn, einem körperlichen Gebrechen doch, statt sich zu belassen bei seinen Vorzügen...
So ist es, Anita. Der fürchtet kein Vertrauen. Gelacht haben wir.
Hier haben wir jemand, der sieht davon ab, uns zu verändern. Zwar würde er gern abschaffen für unseren Fall, daß hierzulande den Angestellten bloß vierzehn Tage Urlaub gegönnt sind im ganzen Jahr und kein einziger für den Haushalt; D. E. böte mir Maschinerie, die reinigt die Wäsche und trocknet sie und legt alles gebügelt auf den Tisch. Da aber dieser Haushalt auskommt mit dem gemeinschaftlichen Apparat im Souterrain von Nummer 243 und obendrein in Augenschein wünscht, was an Fisch und Obst er eintauscht für sein Geld, kann D. E. an diesem Sonnabend nur eine von uns haben. Wenn dann die andere ihm vorschlägt, noch einmal auf der Fähre all das Wasser zu vermessen zwischen den Inseln Manhattan und jener der Generalstaaten, sie darf sein sorgfältiges Nicken hinnehmen als ein bedachtes Einverständnis, jenseits einer Gefälligkeit.
Du siehst, Anita: ich lasse ihm das Kind. (Mit einer Einschränkung: fliegen haben sie nur einmal dürfen ohne mich als Passagier; ein Aberglaube. Ein respektierter.) Das Kind geht mit ihm. Wenn Marie ihn einlädt, sie mag auch wohl einmal mit einem Mann besprechen wollen, was ihr unbegreiflich und ungescheit erscheint an der Mutter; das denke ich mit, keiner Furcht teilhaftig. Sie haben als neueste Verabredung einen Schnack, da muß jeweils der eine sagen (selbstbewußt, mutlos, bittend): God

knows. Der andere (schadenfreudig, beschwichtigend, im Ton der Auskunft, bitte der Nächste): But he won't tell. Auch mit dem Zusatz (augurenhaft zu sprechen) »nicht wahr?«.
Mit ihm, da würdest auch du dies spielen, nach einer Weile. (Den Schabernack hat Marie eingeschleppt, von ihrer strikt religiösen Schule.) Über dich hat er verlauten lassen: Mit der stehl ich noch das eine Pferd, oder das andere.
Marie vergißt schon einmal die Auflage, alle zwei Stunden anzurufen von sei es wo immer im Größeren New York. Ist sie da mit D. E., kommt das Klingeln aufs Tüpfelchen angeträufelt, siehe unter Axiom. (Ja was dachtest denn du, Anita? sie hätten keinen Münzfernsprecher auf der Hafenfähre?)
Im Souterrain bestand Mr. Shaks (ergebensten Dank für deine Postwertzeichen) auf einer Hilfe bei der altmodischen Maschine und einem Gespräch. Da waren wir prächtig versorgt mit allerhand Luftfeuchtigkeit und vor allem Mrs. Bouton. Was, du hörst zum ersten Mal von Thelma Bouton? Arbeitet in einem Juwelierladen, 42. Straße Ecke Fünfte Avenue. Kommt gestern früh ein Mann mitm Schuhkarton, verschließt die Tür hinter sich. Fragt sie was er wünscht. Zeigt er ihr ein Brotmesser. Betteln vermittels Waffe. Haut sie ihm mit ihrem Besen übern Kopf. Mann, ist der Kerl gelaufen! Die ganze Zeit war ich unruhig, besorgt. Als ich in die Wohnung zurückkam, sah ich furtsens worüm. Es ist ja kein Wetter für Jacketts mit Taschen drin, ist D. E. in Hemd und Hose abgezogen. Auf dem Tisch saßen verlassen zwei Pfeifen, ein Tabaksbeutel, das Stocherbesteck. Oh was tat er mir leid.
Du findest nun, Anita: So ergehe es einem nur mit einem Menschen, den ...
Ja. Und als ich über den Broadway gezogen war mit unserer Einkaufskarre (»Omawagen« heißt das hier), fehlte er mir. Denn am Ende der Tour geriet ich in Charlies Gutes EßGeschäft, mich mit Eistee zu belohnen, und las bei ihm, was die New York *Times* heute mitzuteilen hat über den Unterschied zwischen koscherem Kaviar (von Fischen mit Schuppen) und solchem von Seehasen (die bloß eine stachlige Haut besitzen). 3. Buch Mose XI, 9, 10. Damit ich doch keineswegs vergesse, in was für einer Stadt wir versuchen durchzukommen. Damit ich es mir hinfürder einpräge, rutschte mein Blick vom Rand der Zeitung auf den Nachbarn, vom Sehen wohlbekannt. Ein alter Mann, ein Augenwegwender,

ein Beiseitetreter, den Nacken hält er immer wie eben geschlagen. Einer von denen, die sie ... dachte ich: A victim. Leider gibt es auch das Wort to victimize. Der schnitt mich halb an mit seiner aus den Winkeln starrenden Aufmerksamkeit für meine Hand, die *Times* oder meine Nase, was weiß ich, gleich ging ich hoch vom Hocker und tat für Charlie, seiner Gastlichkeit zuliebe, als habe unverhofft ein Übelbefinden mich überkommen. So verhielt es sich, und wie dringend wünschte ich mir jemanden an die Seite den steilen Abhang der Straße hinab. Die 96. bei uns, weißt du, an einem heißen Mittag kann sie aussehen wie leergestorben, da scheint bloß noch das Fernsehgerät lebendig, das aus einem Keller die Bewegungen von Tennisspielern überträgt.
Zu Hause erwischte ich den ersten Anruf. Marie hatte einen Punktsieg zu berichten. Die South Ferry kriegt in Richtung Süden Governors Island backbord, und Marie belehrte D. E. über die verbumfeite U.S.-Kriegsmarine dortselbst.
ERICHSON (verdutzt): Und ich dachte, da ist bloß die Küstenwache untergebracht.
CRESSPAHL, sokratisch: Und wem untersteht diese Bande hinwiederum?
ERICHSON, zuversichtlich: Der Marine, und dem Präsidenten. Aber doch erst im Kriegszustand.
CRESSPAHL, milde, eine Niederlage schmälernd: Denk mal. Viet Nam. U.S.-Navy. Schiffe. Schiffsgeschütze.
ERICHSON, geniert: Die Runde geht an Sie, meine Dame.
Zweiter Anruf: Marie hat diesen doch bejahrten Herrn, an die vierzig, insgeheim behaftet mit dem Zeitunterschied zwischen Berlin und dieser östlichen Seeküste, einen Erschöpften hat sie mitgenommen auf einen Fußweg über den Fährbahnhof hinaus, die Bay Street hinunter. Der Riverside Drive im Halbschatten, er hält 75 Grad Fahrenheit; dort müssen es fast neunzig sein. Der Antrag ist eine Ehre, mir tut Marie sie selten; wird er ihn zu würdigen wissen? Die Bay Street ist ein drei Stunden langes Band aus Staub, überweht mit dem brackigen Geruch des Wassers zwischen den Piers und Lagerhäusern, eingefaßt mit verwitterter Holzarchitektur, Schuppen, Tankstellen, verreckter Industrie und jenen Hüttchen, in denen blaue oder rote Neonschlangen Bier versprechen. Wenn du mich fragst: sie sucht da ein Amerika aus meines Vaters Jugendzeit. Aber es ist wahr, wenn da Wind

kommt, hat er einen langen Anlauf über die Bucht, und in der dunstigen Ferne verspricht sich der Aufbau der Brücke über die Verrazano-Enge, eine Aufhängung von fast 1300 Metern, im Anblick wachsend.
Mit euch, Herr Doktor, zu spazieren ...: nahezu aufgeregt hört Marie sich an in ihrer neuesten Positionsmeldung. Es ist bloß, in der Gegend von Stapleton hat D. E. sich bei seiner Führerin einen Umweg erbeten, bloß einmal die Chestnut Street hinauf, und sie gewährte ihm die Gunst, da er Gründe seiner beruflichen Vorbildung vorschützte. Dort aber, an einer Ecke mit der Tompkins Avenue, fanden sie nunmehr das Haus aufgestellt, in dem Giuseppe Garibaldi zwischen 1851 und 1853 seine Rückkehr zur italienischen Revolution abwartete, ein Kerzenmacher einstweilen und vorläufig nur berühmt wegen seines Wohngefährten Antonio Meucci, weil der nämlich das Telefon früher erfunden haben wollte als Alexander Graham Bell, so eines, vermittels dessen Marie eine Leine aus Worten auf die Insel Manhattan wirft. Bisher hat sie nur den Garibaldi gekannt, der auf dem Washington Square verharrt in seinem verdigris ... seinem Grünspan, den Säbel fest in der Scheide; Marie ist sogar vorenthalten, daß er ihn zieht und hebt ein jedes Mal, wenn eine Jungfrau zu seinen Füßen schreitet; nun rechne mal aus wie oft am Tag, Anita.
(In einer Stadt wie dieser, Anita, ich hab dem Kind im Alter von Zehn erklären müssen, was Männer von den Frauen auch sich erwünschen, nämlich zur Vorsorge für den Fall, es will einer dazu Marie zwingen. Sie blickte finster, ungläubig; enthielt sich des Fragens, bis zum Ende, als sie mit einer Art Empörung bestätigt wünschte: Du und D. E., ihr ... ihr auch? Ihr fehlte das Wort für die Tätigkeit; ich gedenke es ihr noch acht Jahre zu ersparen. Wie das machen in New York City.) Schrieb bis hier und
Die Erde hatte sich schon so gegen die Sonne gedreht, sie bekam die falschen, giftig strahlenden Flecke und Farben und Schlieren, damit das Ende des Planetens uns angezeigt werde den täglichen Tag; um halb sieben bekam ich eine Einladung zum Abendessen. Ob du wohl rätst, mit welcher Gegenfrage ich angenommen habe? So ist es. Welches Kleid ich anziehen soll.
Du sagst, Anita: Das tut man für jemanden, den willst du ...
Ganz recht. Es sollte dann das »Gelb-und-Blau-Roh-Seidene« sein, und ich hatte sie zu suchen so tief im alten Brooklyn, ich

mußte im Stadtplan forschen, obendrein im Linienplan der Subway. Tiefes B.M.T.-Gebiet, sage ich dir. Dort fand ich die beiden bei Chinesen, eher wie in einer privaten Gaststube als einem Lokal, die kennt D. E. auch länger als seit vorgestern. (Da ich meine Geheimnisse behalte, wie darf ich ihm die seinen verwehren.) Und wie immer, wenn er der Geber ist der Gastlichkeit, betaten die Wirtsleute sich mit »che bella signorina«, »carina«, alles mit Ausrufezeichen, nur eben auf chinesisch versteht sich, wenn du dir das übersetzen möchtest. Und ich bekam eine Hand auf die meine gelegt, und eine auf die Wange. Denn was trug ich über dem »Gelb-und-Blau-Roh-Seidenen«? Eine Herrenjacke aus Dublin, mit einem Schlips in der Brusttasche gefaltet, und was ich in meinem Portefeuille mitführte an verlorenen Gegenständen, du wirst es dir denken, geneigte Anita und Freundin des Hauses.

Du sagst: Wenn einer und sieht dergleichen . . .

Und hört, Anita. Das ging so:

– Wir haben uns feige betragen. Von South Beach haben wir den Bus genommen, nach Bay Ridge.

– Was für ein Wetter zum Bügeln.

– Du treibst dich eben lieber umher in der verödenden Wildnis von Staten Island.

– Weißt du, was ein Feigenbaum auf Staten Island anzeigt? Sicher denkst du: die Jahreszeit.

– An der 96. Straße und Broadway? Bei Charlie? Der wohnt doch in den hunderter Straßen.

– Stäbchen für mich. Traut ihr euch, mit Stäbchen zu essen?

– Haben die Deutschen den . . . fertig gemacht?

– Das war eine Deutsche.

– Daß da Leute leben, die erinnern sich an Großeltern in Italien!

– Lebt bloß noch so. Ehemals Deutscher.

– God knows why.

– But he won't tell, will he?

– de Catt mit Namen.

– Vertell, vertell.

– Du lüchst so schön.

Derweilen saßen die Wirtsleute am Nebentisch und taten wie wir. Wer da wem eine Schüssel, ein Besteck reichte, wir oder sie, das war gleich. Es war ein Zuhause. Bewacht wurden wir durch den Spalt der Küchentüre, von einem zehnjährigen Jungen, der wollte mit einer militärischen Strenge sehen, ob wir denn seine Eltern behandelten mit schuldiger Achtung. Marie war begierig auf ein Gespräch mit ihm, und leider ließ er sich von seiner Würde gebieten, sie gänzlich zu übersehen. D. E. wäre mit Vorliebe bei den Chinesen geblieben bis in die Nacht (und sei es, um den Jungen an unseren Tisch zu gewinnen), aber wir brachten die Frau Erichson in gefällige Erinnerung, damit ihm mit seiner Sohnespflicht die Post einfällt, die in New Jersey an seiner Zeit frißt. Um für ihn zu sorgen. Und als wir Abschied nahmen vor den drei Garagen unterhalb unseres Hauses am Riverside Drive, hat einer der Mechaniker, der Mittlere, Ron das Schwatzmaul hat D. E. verraten, er könne seinen Wagen nunmehr unbesorgt bewegen, der fahre nun noch einmal bis San Francisco und in einem Aufwaschen nach Tokio, denn es sei doch am Nachmittag eine Dame aufgetreten und habe eigens erinnert an den Auftrag zur Wartung. Ja. Wenn ihm recht sei, so sei es eben diese Dame gewesen, die in der Begleitung des Herrn, wie er sie nun abermals erkenne.

Wer zuletzt lachte, das war D. E., allein nach Westen unterwegs in seinem hochnäsigen Bentley. Still lachend allein in der Nacht. Denn er weiß wohl, zu welcher Zeit ich mein Bett aufschlage, und was ich unterm Laken gefunden habe. Es ist Králs Reiseführer durch die Čechoslowakische Republik von 1928. Damit ich dort heutzutage meine Wege finde, sollte mir je der Sinn danach stehen, wohlaufgemerkt nun denn also, Anita. Dann käme ich zurecht mit der Hilfe von J. Král, Privatdozent der Geographie an der Karls-Universität in Prag, denn D. E. hat mir seinen Beistand verschafft.

Liebe Anita. So verhält es sich mit uns. Unter über neben zwischen dem, was ich mir gewünscht habe mit fünfzehn Jahren und unbelehrt. Bin aber fünfunddreißig.

14. Juli, 1968 Sonntag

Tante Times bringt einen Leitartikel für jene, denen ein Ausflug aufs Land unerschwinglich ist. Gedenkt der Bedürftigen!

»Der blumenreiche Juli.
Mai, das sind die Stiefmütterchen, und Juni, das sind die Rosen, aber den Juli betrachten wir auf Anhieb überhaupt nicht als einen Monat der Blumen. Aber er ist einer, und vielleicht übersehen wir das gern, weil die Blüten so zahlreich am Wege stehen.
Die Minzen kommen nun in Blüte, vom unaufdringlichen Wolfstrapp bis zur königsroten Gartenmelisse, die die Kolibris und Hummeln so sehr anlockt. Das Springkraut öffnet seine beutligen gelben Blumen und seine gefleckte Art ist das bevorzugte Nektarium für die Kolibris, die vorübergehend an den Bergamotten übersättigt sind. Das Habichtskraut gedeiht üppig auf ungepflegten Weiden, in tiefem Orange und blassem Gelb, und dunkeläugige Susannen setzen jedem Fleck von Gänseblümchen lebhafte Akzente auf.
Hohe Wipfel großer Königskerzen öffnen sich nach und nach in kleine blasse Blüten, bedächtig im Flor wie sie es im Wachstum sind. Das kleine wilde Löwenmaul zeigt dunkles Orange und klares Gelb, und ihre großen Cousinen, die Schildblumen, öffnen groteske Münder, weiß und rötlich und gelb in cremebleichem Ton. Das tiefe Blau der rundblättrigen Glockenblumen und großen Lobelien verschießt zu Blaßlila in der kleinen dornigen Lobelie und im Indian Tobacco.
Der Juli ist so voll von Blüten, die Tage können sie nicht alle fassen. Die Abendprimeln müssen auf den späten Nachmittag warten, bis sie ihre strahlend gelben Blumen öffnen dürfen.«
© by the New York Times Company

Der Juli 1948, der Sommer, in der Erinnerung sind das die letzten Ferien der Schülerin Cresspahl, obwohl sie doch arbeiten gegangen war auf Johnny Schlegels Feldern, die zu großen Stuben gefaßt waren mit Hecken aus Hasel und Hainbuche, Schlehdorn und Weißdorn, Heckenrosen, Holunder und Brombeeren. Wenn wir in der Höhe von achtzig Metern pflügten, stiegen die Blütenreihen des Dorns wie Wasserfälle hinunter zur Ostsee, und später kam das eindeutige Schwarz der Holunderbeere hinzu, das Rot der Hagebutten, das Blauschwarz von Schlehe und Brombeeren. Es waren betrübte Ferien, denn sie sollte weg von hier, von Cresspahl und Jakob und Jerichow und Mecklenburg; sie aber sollte einverstanden sein. Ob sie allein leben konnte, dar-

über sinnierte sie, wenn sie oben auf einem Fuder lag und auf die gleißende Lübecker Bucht hinunterblickte, über die Knicks hinweg auf die Türme und Schornsteine der Stadt hinter dem Abgasdunst des Hochofenwerks Schlutup, auf die würfeligen weißen Hauskästchen Travemündes, die Umrisse der holsteinischen Küste im Norden, den geringelten Leuchtturm auf der Ecke Dahmeshöved, auf die britische Zone, den Westen, das Andere. Sie war wohl ängstlich und ließ sich gern ablenken von Johnny, dessen Stimme aus der Tiefe empordrang mit der Belehrung, die Lobelia inflata am Hofteich gedeihe auch am Mississippi, sei offizinell und trage in Wahrheit den Namen Indian Tobacco. Er wollte mir Appetit machen, damit ich sagte: Ja, schickt mich weg von euch.
Johnny war auch verlegen mit mir, wie fast alle Erwachsenen auf dem Hof. Seine Genossenschaft hielt nun einen Zuchthengst, und Ende Juli war eine Stute zum Decken gebracht worden, dabei hatte Cresspahls Tochter zugesehen, unbemerkt von Johnny, den die Aufmerksamkeit für den Vorgang wohl abgelenkt hatte. Am Abend, als er mich im Kinderheim glaubte, hörte ich ihn toben, und er hätte Axel Ohr am liebsten die Nase aus dem Gesicht gerissen; bloß daß gerade der ein Alibi im Kinderheim hatte. »Das Kind! Wie könnt ihr zulassen, daß das Kind!« Es war mir aber gar nichts geschehen. Zwar fand ich es schade, daß die Menschen die beiden Pferde so ganz als Tiere behandelten. Bevor der Stute unter dem Sprung des Hengstes die Hinterbeine wankten, wandte sie einen Moment lang den Kopf als bäte sie uns, wegzugehen. Und es wäre mir lieber gewesen, man hätte die beiden dann noch bei einander gelassen, statt die verstörte, befangene Stute gleich wegzuführen. Der Anblick sollte mir nun verboten sein. Noch vor einem Jahr hatte es kein Aufsehen gemacht, wenn ich meldete: eine von den Schwarzbunten bullt. Jetzt war ich ein Kind, aber entscheiden sollte ich wie eine Erwachsene.
– Du bist doch nun ein großes Mädchen: sagten sie, zuredend. Und ich war es! und lachte bloß über Hannas Päckchen aus Neustadt, in dem sie neben Tee und Tabak kein einziges Kleidungsstück für ein Mädchen unterbrachte, wohl aber ein Hemd, das Jakob saß wie nach Maß. Denn ich glaubte nun besser als sie zu wissen, wie es ist mit der Liebe, seit die Verlobungsanzeige Anne-Dörtes aus Holstein auf dem Radio stand, richtig mit einer

Grafenkrone und auf Bütten. Das Herz schlug mir im Halse, als ich Inge Schlegel fragte, warum denn diese Karte nicht an Jakob weitergeschickt werde. – Ihm muß sie doch schreiben mit der Hand: sagte sie, wobei sie sich abkehrte, und das war gut, denn mir war viel Blut ins Gesicht geschossen. Deswegen also kam Jakob in diesem Sommer kein Mal dahin, wo Anne-Dörte gewesen war. Mit der Liebe war es demnach ein Unglück. Wen man sich wünscht, dem genügt man nicht, wer mitkommen soll, will zurückbleiben, und wer das angesehen hat, spricht davon als einem Trauerfall. Und was mich anging, so sollte ich also auf Jakob ganz verzichten. Und obendrein war mir verwehrt, mein Geheimnis auszusprechen.

Es war wegen der Kriegsgefahr. Da war ich nun wieder kein Kind, wenn sie mir kamen mit der sowjetischen Blockade gegen die berliner Westsektoren und der Versicherung, die entzweiten Alliierten seien auch anderwärts im Streit um die endgültige Verteilung der Kriegsbeute, denk doch mal an den griechischen Bürgerkrieg, Gesine! Das ging nur so mit bulgarischen und albanischen Eingriffen, mit Truman-Doktrin und Containment, das müßtest doch eigentlich du uns auseinanderklamüsern, Gesine. Und daß die Sowjetunion keine Atombomben hat, begreif es doch, Gesine. Aber die wehrte sich einzusehen, warum gerade sie weggebracht werden sollte, bloß weil es mit ihr zu machen ging. Und so oft hörte sie im Ton der Erwachsenen, unausgesprochen: Das kann ein Kind doch kaum verstehen; dann sperrte sie sich.

Es gab Augenblicke, da war ich überzeugt. An einem Julimorgen hatten wir auf dem Berg hinter dem Gräfinnenwald gestanden, Johnny mit der Uhr in der Hand, denn um sechs Uhr null Minuten sollte es losgehen. Die Rote Armee hatte auf ihren Anschlägen die Jerichower gebeten, alle Fenster aufzumachen, auch die nach Süden gehenden, das ging noch die Leute in Rande an; Johnnys Hof saß hinter einer hohen Bodenfalte, geschützt vor der Druckwelle. Wir waren an die achtzig Meter über dem Meer, wir sahen die Wohlenberger Wiek, hinter der der tiefe Vorstoß der Wismarbucht ins Festland am Turm der Marienkirche zu ahnen war, der Kirchturm am Ende des Kirchsees in der Insel Poel ließ sich deutlich ausmachen, dahinter stieg das Land wieder an in Bögen aus bewaldeten Kuppeln und Hügeln im reinen frischen Sonnenlicht. Das alles sollte ich aufgeben. Da uns die Sicht auf

Jerichow verlegt war, glaubte ich einen Herzschlag nach sechs, es werde ausbleiben, und der erste Knall ging los. Die Gewalt der folgenden Explosionen mag mich getäuscht haben, aber ich war sicher, daß sich die Erde geschüttelt hatte und uns beim nächsten Stoß abwerfen werde. Es meinten aber alle das Beben gespürt zu haben. In der langen Stille erschien die erste Rauchwolke, ein Blumenkohl, der im Aufsteigen einen Stiel nach sich zog. Als der weißliche Pilz seine Ränder umzustülpen begann, stieg neben ihm der nächste auf, und als der erste schon eingedellt war vom Seewind, waren es vier. Es war mitten in der Ernte, aber Johnny nahm mich am Nachmittag mit zu dem, was einst der Fliegerhorst Mariengabe gewesen war. Das Gebiet war auf hundert Meter Abstand abgesperrt, aber auch aus der Entfernung war zu erkennen, daß die ganze Anlage hin war, die Bauten flach, die Rollbahnen Ketten von Löchern. Das war schwerlich wieder aufzubauen.

Es wurde auch nicht wieder aufgebaut, das wurde von deutschen Strafarbeitern handlich gehackt und aufgelesen und abgefahren, und Johnny bewies es mir: der Flughafen hatte zu dicht gelegen an der »künftigen Front«, der Grenze zwischen der sowjetischen und den westlichen Zonen; er wäre ja schon in Reichweite von Artillerie gewesen. Und wenn nun auch noch die Briten anfingen mit der Versorgung Westberlins durch die Luft, warum sollten die Sowjets ihnen einen so prächtigen Landeplatz liegen lassen für Notfälle? Dann war wieder ich klug und hielt dagegen, wie beliebt die Sowjets sich hätten machen können bei den Flüchtlingen, wenn sie denen die Kasernen gelassen hätten als Wohnräume. Damit hatte er leichtes Spiel: wenn sie Ärger riskierten bei den Deutschen, wie unausweichlich mußten denn ihre militärischen Gründe sein! Nein, du: der Russe wird in taktischer Hinsicht erheblich unterschätzt, und nun erst in strategischer. Einmal versuchte ich es mit der Hauptabteilung Grenzpolizei, die die Sowjets seit Juni aufstellten. Das war für Johnny ein Beweis mehr. »Der Russe« richtete sich ein auf einen Krieg: er stellte deutsche Verbände unter Waffen. Da sollte ich weg.

Und es würde anders sein als in »der Villa«. Das war das Ferienhaus, das ein hamburgischer Makler noch zu kaiserlichen Zeiten auf das Hochufer hinter Schlegels Wäldchen gestellt hatte, die zusammengeschnurrte Miniatur eines Schlößchens, mit zu vielen

Fenstern und einem wahrhaftigen Turm. Das war der evangelischen Inneren Mission zugewiesen als ein Kinderheim, da ging Cresspahls Tochter zu Besuch, Axel Ohr zuliebe, denn so konnte er mitkommen, ohne daß es aussah, er sei verliebt in eine Elisabeth aus Güstrow, er, Axel Ohr! Die Kinder hatten es streng. Was die kirchlichen Pflegerinnen da an Ordnung verlangten bei Tisch und in der Freizeit, da konnte einem der Appetit vergehen wie der Spaß. Wer allerdings krank war, konnte sich einiger Zärtlichkeit versehen. Fast jeden Tag aßen diese Kinder Suppe aus Melde, mit Nudeln als Einlage; aber es bekam ihnen, am Ende dieser vier Wochen hatten sie zugenommen. Johnny hatte da früher zugebessert mit Schrot und Fleisch, was eben seine Geschäfte und das Soll zuließen; die neue Leiterin des Heims hatte Anstoß genommen an einer »gottesfeindlichen« Bemerkung Johnnys, da war er selber böse. So war Johnny auch; wenn Einer ihn dumm anredete, vergaß er den, und mochte das Kindern schaden. (Außerdem konnte er guten Gewissens an die Care-Pakete denken.) Viele von denen waren noch nie an der See gewesen, und am letzten Tag des Durchgangs sammelten sie Strandsand für die Mütter, die endlich wieder einmal scheuern wollten. Und diese Beterei, diese Andachtstunden in einem fort! Johnny gab es zu. Religion und Übungen darin würde es in England wohl in einem Übermaß geben. Aber wenn ich die Zähne zusammenbiß, mich zusammenriß, ein großes Mädchen war . . .
Manchmal sah ich mich in einem englischen Internat. Es war auf dem Lande, und weit von einem Bahnhof, damit ich rechtzeitig geschnappt wurde bei einem Fluchtversuch. Der ganze Tag unverrückbar eingeteilt, mit einer Stunde Freizeit. Die Lehrer konnte ich mir nur als unnachsichtige Damen denken, deren Lob oder Anerkennung würde so sparsam ausfallen, in Blick und Sprache, es würde mir entgehen. Nie würde ich allein sein, in den Schlafsälen, in der riesigen Speisehalle, in der Freizeit, und immer allein. Auch in England waren die Lebensmittel rationiert, aber wenn die Briten ihrem Cresspahl sein Konto bei der Richmond Bank of Surrey aufschlossen, erlaubten sie eine ration card für seine Tochter dazu. Zu einem Taschengeld würde es reichen. Das Warten auf die Post. Die Schul-Uniform. Die Ausgeh-Erlaubnis. Stunde und halbe Stunde punktiert durch den Schlag der Uhr im Kirchenturm, die läutende Fremde, noch in der schlaflo-

sen Nacht. Immer noch das th vor dem Spiegel üben, die Zunge zwischen die Zähne! und dann die Zunge zwischen den Zähnen verlernen. Cricketgewimmel auf einem leuchtenden Rasenfeld, und ich dazwischen als das deutsche Kind, das faschistische, der geschieht es ganz recht, daß sie nie Besuch bekommen hat, nun schon im dritten Jahr.

– Hat Cresspahl deine Gründe gelten lassen?
– Zu Gründen ließ er mich nicht kommen, nach einem ganzen Sommer. Er sah mich an, er nickte, so daß ich erschrak. Nun hätte ich gern noch einen Tag Bedenkzeit gehabt.
– Es wäre zu deinem Besten gewesen: sagt Marie, dieses unerschütterliche Kind, das schon am ersten Abend in einem Ferienlager heult vor Heimweh. Sieh dir das an, wie kühl sie auf dem Rasen liegt in diesem heißen feuchten Garten, wie sie ihre Angst versteckt in einem Zukneifen der Augen.
– Es wäre zu Cresspahls Bestem gewesen. Das war ich ihm schuldig, und war feige.
– Gesine, ich bin ja auch feige. Ich will ja auch nicht ohne dich sein; bloß weil ich denke, du machst dir was aus mir.

15. Juli, 1968 Montag

Die Sowjetunion läßt uns durch die *Pravda* in Wahrheit sagen, wie sehr sie sich verwundert über das »krankhafte Interesse« des Westens an ihrem Kriegspiel im Nordatlantik. Sie beklagt sich über Beobachtungsflugzeuge des Nordatlantischen Vertrages im Gebiet der Übung, über die Anwesenheit eines britischen Zerstörers. Wen das kalt läßt, was die sowjetischen Kriegsschiffe da anstellen mit ihren polnischen und ostdeutschen Bundesbrüdern, der ist demnach gesund.
Den Abzug ihrer Truppen aus der Tschechoslowakei haben die Sowjets gestoppt. Seit gestern beraten sie in Warschau mit ihren polnischen, ostdeutschen, ungarischen, bulgarischen Freunden über die Č.S.S.R., ohne sie, und wenn die offizielle Presse einen »entschiedenen Gegenschlag gegen die reaktionären und imperialistischen Manöver« in jenem Land für lebenswichtig erklärt, so dürfte de Rosny allmählich aufgeben. Im Gegenteil, da hält er

sich an Tito, nach dessen Meinung kein Mensch in der Sowjetunion so »kurzsichtig« sein kann, daß er Gewalt gegen die Tschechen und Slowaken anwendet. de Rosny ist ein Titoist.
Auf Tito haben wir ungemein böse sein müssen. Es wurde uns gleich bei der feierlichen Aufnahme in die Fritz Reuter-Oberschule hingestellt als eine unserer Hauptbeschäftigungen, und oft sind wir in jenem Herbst in der Kolonne von vierhundert Oberschülern durch Gneez vors Rathaus gezogen mit Spruchbändern, auf denen wir den Sturz Titos verlangten, wozu wir etwas sangen von Spaniens Himmel, der seine Sterne über unsere Schützengräben ausbreite. Von der Kälte war keine Rede in jenem Lied, mir wird kalt bei dem Wort Spanien. Wir mußten lange stehen im Kalten, bis der Markt mit den Demonstrationszügen voll bestanden war (die vom Sägewerk Panzenhagen kamen regelmäßig zu spät) und die drei Leute auf dem Rathausbalkon anfangen konnten mit ihren Ansprachen. Immer wenn einer fertig war, riefen wir im Sprechchor unsere Beschwerden gegen Tito, und ich wäre gern so begeistert gewesen wie Lise Wollenberg, die mir noch am Morgen im Fach Gegenwartskunde zugezwinkert hatte, als sie die fünf Ärgernisse des Genossen Stalin mit Tito aufsagte, wobei ich ihr das falsche Primat der Landwirtschaft einflüstern mußte. Denn sie war meine Freundin.
Sie sprach so von mir. Wenn zwei Mädchen jahrelang jeden Schultag eine Stunde im Zug verbracht haben und noch Zeit auf dem Weg dahin, fahren sie nach einer Weile entweder im guten gemeinsam in einem Abteil oder im bösen getrennt. Zu einer erklärten Feindschaft fehlte der Cresspahlschen vorläufig der Mut. Sie hatte sich fast allein mit der Wollenbergschen wiedergefunden in dem Wartesaal, als der die neunte Klasse sich erwies, und Lise war bei vielen Lehrern ein Liebling, blond wie sie war, befangen-mädchenhaft wie sie blicken konnte in Augenblicken der Gefahr, scherzhaft-vertraulich, wenn es ans Einschmeicheln gehen sollte. Die Cresspahl hätte schwer in Worte bringen können, was sie denn störte an der Wollenberg. Schließlich dachte sie selber insgeheim, jener Jugoslawe möge die Wirtschaft des eigenen Landes genauer kennen denn der weise Führer der Völker im fernen Kreml, und nannte ihn auf Verlangen den Marschall der Verräter; lügen taten wir alle, unseren Eltern zu Gefallen. Lise übertrieb vielleicht in der Art, wie sie dabei um sich blickte, nachsich-

tig lächelnd mit ihren sanften Lippen, als wolle sie uns sagen, einladend: Der Benotung wird es nicht schaden ... es ist doch ein Spaß ... wir legen den Kramritz eben rein ... es ist doch egal ...
Der Fehler war einmal begangen, als man in der Neun A Zwei wieder einen gemeinsamen Tisch genommen hatte. Das hält zusammen fest auch in der Zeit, da man Nebendinge betreibt. Sie blieb an meiner Seite, während die Schüler der oberen Klassen uns Mädchen aus den Neunten musterten auf Tauglichkeit, Willigkeit voraussetzend. Das war wie auf einem Markt in den Pausen. Aber einmal war ich es allein, die beiseite gebeten wurde von den Herren Sieboldt und Gollantz, Elfte Klasse, die trugen schon lange Hosen. Die Herren wollten wissen, was die Leute in Jerichow dachten über die Sprengung von Kasernen und Unterkunft für Flüchtlinge. Kaum hatte ich Luft geholt, errötet ob der widerfahrenen Ehre, da sprudelte Lise schon los: die Explosionswolken seien gewesen wie Fallschirme, die vom Boden aufsteigen, jetzt habe sie etwas mehr von der Atombombe begriffen ... es war wortwörtlich, was ich ihr erzählt hatte. Sieboldt und Gollantz entfernten sich umgehend. Auf meine Vorhaltung sagte Lise, es sei doch sie die Angesprochene gewesen, und was komme schon an auf ein Wort. Gollantz hielt mich noch einmal an, allein, dem ging es um die Wahl eines Sprechers für unsere Klasse, damit sie vertreten war in der Schülerselbstverwaltung, der Sieboldt vorstand. Leider erzählte ich das Lise. Sie war nur beunruhigt, weil die Herren nicht an sie herangetreten waren und tröstete sich in der erwachsenen Art, die sie an sich haben konnte: Die gehen ja doch zwei Jahre früher ab, dann hätten wir dagesessen. (Wir.)
Ihr war wohl bewußt, wie hübsch das aussah, wenn sie ihre langen blonden Locken schwenkte neben einer, die ihre dunklen Zöpfe ruhig halten will; also war die Wollenberg in der Nähe der Cresspahl, wenn sie Einladungen bekam zum Spazierengehen, ins Kino, und nahm für uns an. Da kam Gabriel Manfras, der in der Neun A Eins gestrandet war, da kam Pius Pagenkopf, Dieter Lockenvitz ... und schon hatte sie geschworen, wir seien unzertrennlich, so daß ich mitgehen mußte wie eine Anstandsdame. Manchmal sah ich sie an von der Seite, wenn auf die Leinwand eine helle Szene projiziert war, Reiterhorden über eine Steppe stürmend, dem guten Tachir seine dumme Suchra zu holen oder

zu bringen; im Chor mit den anderen rings um uns, aus vollem Halse feuerte sie die Komparsen an wie jene, die in Kolberg April 1945 den Endsieg vorspielten. Sie konnte sich so vergessen. Sie war ganz im Augenblick. Bei der Aufführung von Barlachs »Sündflut« spürte ich viele Blicke auf uns und Lises schmerzlich-versonnene Innigkeit; in der Pause wußte sie sich nicht zu fassen vor Kichern über Frau Landgerichtsrat Lindsetter, die eingeschlafen war, deren sanftes Röcheln Lise während der Vorstellung kalt gelassen hatte.

Mit den Jungen betrug sie sich schnippisch bis zur Rätselhaftigkeit. Die mußten ernstlich das Wort an mich richten, sogar dem maulfaulen Manfras fiel eine Menge ein zur Inneren Endmoräne am Beispiel des gneezer Stadtsees; bei fast jedem habe ich es fertig gebracht, mich zu verdrücken unter einem haltbaren Vorwand. Am Tage danach war Gabriel Manfras noch mehr in sich gekehrt als wir gewöhnt waren von ihm. Pius Pagenkopf, ein Langer, Dunkler, der Älteste der Klasse, dieser Pagenkopf ließ nach dem Alleinsein mit Lise für Tage den Kopf hängen über seinen Heften, damit er zuverlässig ihren Anblick vermied. Lockenvitz, ein schüchterner, spillriger Brillenträger, ein Primus, sackte in vielen Fächern ab auf Drei, nachdem er sich Lise erklärt hatte. Und alle drei paßten mich ab, jeweils in Heimlichkeit, als Anfang November die neuen Personalausweise ausgestellt wurden für jeden über fünfzehn, und baten mich zu schummeln, wenn ich mit Lise zu Stellmann ging. Ich sagte es ihr. Sie lachte, ganz tief in der Kehle belustigt; sie kicherte, während sie sich zurechtmachte für die Gelegenheit. Es kam viel ermunternde Sanftmut auf das Paßbild. Sie schenkte mir eins, das ließ ich Pius ab. Aber einmal fiel Lokkenvitz etwas aus der Brieftasche, das war ein Paßbild von Lise Wollenberg, das steckte er vor ihren Augen in sein Jackett dahin, wo das Herz sitzt und arbeitet; sie lachte los, den Kopf hochreißend wie ein Fohlen. Von Manfras hieß es, er habe zu Hause auf dem Vertiko die Wollenbergsche zu stehen im Format 18 mal 24, und das Bild sollte gar nicht nach dem Ausweisfoto sein. Eines Tages zog Pius Pagenkopf, an der vordersten Reihe vorbeigehend, Lises Paßbild aus der Hemdtasche, zerriß es und warf ihr die Schnitzel auf ihren Tisch. Sie lächelte ganz befriedigt und fragte hinterher, ob er noch eins wolle. Was sollte ich antworten, wenn sie mir ihr Betragen erklärte mit der »Albernheit« der Jun-

gen. Weder Pagenkopf noch Lockenvitz waren albern; keiner konnte das von Gabriel sagen.
Wir alle wollten Pius zum Klassensprecher, und er wäre es geworden, hätte bloß Lise den Mund gehalten über eine Art ernsthafter Jungen, die werden uns verteidigen bei Wind und Wetter; Pius zog seine schwärzlichen Augenbrauen zusammen, wie jemand mit Zahnschmerzen, und strich den Namen Pagenkopf aus der Liste. Lise verschlug es keineswegs die Sprache, sie setzte Lockenvitz zu. Der sträubte sich lange, er war Flüchtling und würde es bitter haben mit den Einheimischen; ihr zuliebe ließ er sich aufstellen, im dritten Wahlgang kam er durch. Er büßte daran lange, denn als im Dezember die Schülerselbstverwaltungen verboten wurden, wählten die Mitglieder der Freien Deutschen Jugend (F.D.J.) ihn zum Vorsitzenden unserer Klassengruppe, er war nun einmal Sprecher gewesen. Wir hatten frei, er mußte zu Sitzungen mit der Zentralen Schulgruppenleitung (Z.S.G.L.), wo er denn Sieboldt wie Gollantz wiederfand. Wir falteten die Zettel nicht auf, die er Lise schickte während des Unterrichts, er war uns empfindlich genug; er sah sie auflachen wie in heller Freude, daß er sich schämte, und wir eine Wut auf ihn bekamen. Einmal ließ sie ihm einen Zettel zukommen, der war unbeschrieben. Lockenvitz war albern, der ließ eine Zeitlang seine schwermütigen Blicke ausruhen auf mir (und besaß ein Paßfoto von mir. Ein einziges hatte ich verschenkt, an Lise). Sie brachte zuwege, daß ein Passus in der Zeitung unseres Klassenfestes 1949 dem Jugendfreund Lockenvitz bekräftigte, er liebe alle Fraun, ob blond, ob braun.
»Wir«. Mit ihr sollte ich mich eintragen lassen bei der Gesellschaft zum Studium der Kultur der Sowjetunion, die nachmals die Gesellschaft für die Freundschaft wurde. Dr. Kramritz hatte den Nutz und Frommen »gesellschaftlicher Betätigung« erwähnt; dies war eine von den minderen. Kein Zweifel, das hatte der alte Wollenberg seiner Tochter angeraten, der wollte sich noch anderswo absichern als in der L.D.P.D.; Cresspahl aber winkte ab, der noch diesen Schutz hätte brauchen können. Beinahe ein englisches Schulkind, war ich ohnehin auf seiten der Briten und beschimpfte sie ausgiebig, wenn sie in unserer Gegend zu Bruch gingen mit einem Luftbrückenflugzeug und im schönberger Krankenhaus lagen. Lise ganz allein vor einen Schreibtisch

treten zu lassen, vor einen Fremden dahinter, ich gönnte es ihr; an die Tür hatte ich sie gebracht, sie ja bei Laune zu halten.
Denn Jakob hatte es unklug gefunden, daß diese Lise nun wußte von meiner Abneigung gegen sowjetische Kultur, einer ausgesprochenen; er wandte den Kopf langsam hin und her, sein grundsätzliches Kopfschütteln. Ich begriff den Schaden erst in seinem Rat: Die zieh dir bloß.
Jakobs wegen überwand ich mich zu Dank, als Lise mir ein Kleid schenkte; da sie aus den neuen Staatsläden moderne bekam. Jakobs Mutter war es ja zufrieden, wenn ich sauber angezogen war unter meinem schwarzen Mantel; Cresspahl wie Jakob sahen mir ins Gesicht oder merkten die kleinste Schramme an der Hand, ein Blick für angescheuerte Kragen ging denen ab. Daß Lise mich verschönern wollte wie einen schäbigen Hintergrund, es war das Ende; vor einem Bruch wurde ich bewahrt. Denn nach den Weihnachtsferien fand Heinz Wollenberg es doch unter der Würde eines Geschäftsmannes, seine einzige Tochter morgens wie mittags auf dem schmutzigen, kalten Zug zu wissen; für Leute vom Schlage der Wollenbergs fand das Wohnungsamt in Gneez ein Zimmer für Lise, bei einer »Verwandten«. Außerdem galten die Lebensmittelkarten inzwischen nur an dem Ort, an dem sie ausgestellt wurden; in Gneez gab es oft Zucker oder Kohleanzünder, wenn sie in Jerichow fehlten, davon konnte Lise am Wochenende mitbringen.
Wenn wir verschiedene Wege hatten zur Schule, mußte ich in der Klasse wo anders sitzen. Wenn wir einander bloß in der Schulzeit begegneten, konnte ich bei unseren Aufzügen ein paar Reihen hinter ihr marschieren und ihr zusehen von fern. Da schwang sie die Beine und schmetterte hingegeben: »Du HAST ja ein Ziel vor den Augen / daMIT du in der Welt dich nicht irrst . . .«; da hüpfte sie und rief fröhlich die Losung gegen die griechische Regierung, die Jubelsprüche über Maos Sieg bei Sütschou, die Haßgesänge gegen den Renegaten Tito. Wir waren auseinander.
Sie hatte ein Ziel vor den Augen; sie ist heute eine Steuerberaterin im Sauerland, Bundesrepublik. Ihr Kleid, grünes Organza mit eingewebten dicken Punkten, es hätte mir gestanden auf jenem Klassenfest, bei Geburtstagen; ich habe es nur anprobiert.

Das Niederträchtige ist, die Geschäftsleitung tut es ohne Warnung. Dann steht man ausgestellt auf dem Podium in der Angestelltenkantine, unter den Blicken von vierhundert Leuten, womöglich in einem Kostüm, das sich beißt mit dem gelblichen Wandanstrich, soll aber stille halten und tun, als gehe man gänzlich auf im würdigen Anspruch des Momentes. Die Zeremonie ist verlacht, macht im Augenblick doch den Atem flattern; alle betragen sich andächtig nach dem Muster des Vorstandsvorsitzers, der einem dann stramm gegenübersteht in seinem Bemühen, am Leibe etwas größer zu erscheinen, und die Lobrede so verkrampft auswirft, das Opfer fühlt sich angespuckt. Es ist eine der Gelegenheiten, die de Rosny dem Titularpräsidenten eigens hergerichtet hat, damit der sich auftreten fühlt. Wer Pech hat, trägt an einem solchen Tag ein Kleid in den Farben der amerikanischen Fahnen, die für den Anlaß kreuzweise hinter dem Präsidenten aufgereiht sind, und auch mit Sandalen ist manche schon böse hereingefallen.
Die es trifft, sie wären doch gern in der Mittagspause noch einmal zum Friseur gegangen; es erwischt sie aber von einer Minute zur anderen. Es kann an jedem Arbeitstag im Jahr passieren, so wird es halb vergessen; ist aber der Grund, aus dem Urlaubstermine sechs Wochen im voraus beantragt werden sollen. Und wer nachdenkt über die Innigkeit seiner Arbeit für die Bank, wie soll er solche Auszeichnung denn fürchten. Obendrein gilt die Teilnahme an der Veranstaltung als freiwillig; so manches Opfer geht dahin und möchte bloß zeigen, wie ergeben es der Firma ist. Die Angestellten sind gehalten, diesen morgendlichen Umlauf säuberlich zu paraphieren; wer es wagt, darf schon um vier auf die Straße. Die Angestellte Cresspahl ahnt, was draußen auf sie wartet, unten auf der Dritten Avenue stehen Autos mit hochgeklappten Motorhauben, denen kocht das Kühlwasser; wie gern würde sie die flüssige Hitze dieses Nachmittags in einem weniger besetzten Ubahnwagen überstehen, vor der Stoßzeit. Jedoch hat sie Besuch.
– Geben Sie's auf, de Rosny, Sir: sagt sie. Das ist ein Spiel geworden zwischen ihr und dem Chef, seit er neuerdings »zum Tee« sie und ihr Büro benutzt. Er beweist ihr das Wachstum der tschechoslowakischen Anleihe; sie hat ihn heute widerlegt mit dem

warschauer Communiqué, das der Č.S.S.R.-Führung einen strengen Brief von den Kampfgenossen ankündigt. Und wohin sollten die »aggressiven imperialistischen Kräfte« mit ihren »subversiven Aktionen« denn gehen als in den Bach, wenn das Zentralkomitee in Prag einen Mut vor Bruderthronen zeigen will, statt in Demut sich zu verbeugen? Nun wünschen sie auch noch den Warschauer Vertrag umzubauen, so daß jedes Mitgliedsland einmal herankommt an das Oberkommando und einem politischen Mißbrauch des Bündnisses der Riegel vorgeschoben wird. Das ist das Ende von der Leine, es muß den Sowjets über die Hutschnur gehen. Dazu hält de Rosny den Kopf schräg und verengt die Augen in einer zweifelnden Art, als wüßte er etwas verläßlicher, wobei ihm aber seine Armbanduhr auffällt. – Wollen wir doch runterfahren? sagt er, drängend wie ein Schuljunge, als käme nun das große Schwänzen. – Uns das Theater wieder einmal betrachten?
So darf er es nennen; er hat es erfunden. Die Angestellte Cresspahl ärgert sich gehörig über den Verlust von einer ganzen Stunde Zeit, sie mag ihm keine Handhabe bieten mit Unhöflichkeit; schon ist sie an allen Fluchtwegen (Treppen, Toilettentüren) vorbeigeführt und sitzt in der zweiten Reihe vor dem Podium, vom Gang abgeschnitten durch de Rosny, der ein Bein übers andere so spitz verkantet hält wie ein Storch. Umgeben von seinen jungen Herren Carmody und Gelliston, darf er auf das unbefangenste ein vertrauliches Gespräch mit seiner »jungen Schülerin« vorführen. Sie fühlt auf sich die versammelten Blicke der Belegschaft und erinnert sich an die anderen Namen, die sie im Haus führt; in plötzlicher Wut beschließt sie, de Rosnys weiße Doppelmähne sei eine Perücke, oder doch zumindest blaustichig eingefärbt, im Ton seiner Augen. de Rosny doziert. »Wir« sind nicht aggressiv, »wir« sind nicht subversiv, »unseren« westdeutschen Freunden werden »wir« ein stilles Auftreten noch eigens einschärfen, damit »wir« und »unsere« Freunde in England, in Dänemark nicht böse werden über ein verpatztes Geschäft. Und was denkt Mrs. Cresspahl über die Kommunisten in Rumänien? die haben sich doch gegen eine Einmischung in Sachen der Č.S.S.R. festgelegt, ähnlich wie Tito? Sie ist fast dankbar, als das Verstummen der Rieselmusik ihn zum Schweigen bringt. Der Präsident steht schon auf seiner Erhöhung, hat sich mehrmals ge-

räuspert, de Rosny muß seiner »jungen Freundin« noch zuflüstern: Das nächste Mal benutzen wir einen Vorhang für dies Theater!
Die Aufführung beginnt mit einer Ansprache des Titularpräsidenten. Wie oft hat Mrs. Cresspahl ihn gesehen seit der Feierstunde, als die arme Gwendolyn Bates für ihren Übereifer einen silbernen Backenstreich empfing, immer noch kann sie sich zu wenig merken von R. W. T. Wutheridge, als daß sie ihn erinnern könnte, sei es als stilles Bild. »Bäuerlich« sagen sie gern von ihm. Aber er muß einer von den gottergebenen Bauern sein, den ahnentreuen, den ungeschickten, so ängstlich kommt er ihr vor; an diesem kleinen alten Körper sehen die Maßanzüge zu kurz aus; diesem blauwangigen Haarverlierer haben die siebzig Jahre eine Würde vorenthalten. Das Programm geht so: zunächst hält er eine Ansprache nach eigenem Gusto, damals über das Ethos der Arbeitsgemeinschaft und was Amerika von uns will. So heute, und er wünscht demnach unser Glück. Darauf werden die Kandidaten aufgerufen, besteigen die mit Teppich belegte Kiste und sollen Auge in Auge mit dem Obersten Schausprecher eine Darstellung ihrer Verdienste anhören. Diese Preisreden aber stammen aus dem Sekretariat de Rosnys, weswegen die Anfänge nur so wimmeln von Unterschieden:
Es ist wahrhaftig schwer, die angemessenen Worte zu finden...
Die Überreichung dieser Prämie schafft in jeder Hinsicht einen Präzedenzfall...
Meines Wissens hat kein einziger Mitarbeiter der Firma...
Es ist wohl an die fünfundzwanzig Jahre her...
Es ist eben einer sehr jung, oder die Dame hat schon Arizona erobern helfen, »den Schild auf dem Rücken, ohne ihn abzulegen«, oder die Familie arbeitet in der dritten Generation für das Bankgeschäft. So wird Mr. Kennicott II. verarztet, auch einer von den Vergeßbaren, jetzt führt er in einem kleine rundliche Verbeugungen durch, »er wird immer zu den Siegern gehören«, und das in der Personalabteilung, wobei der letzte Satz ihm vermittelt, »er wird uns im nächsten Jahr verlassen«; da soll der schräge Blick de Rosnys seine »junge Assistentin« an etwas erinnern, waren das nicht weiße Pumps in einer Schreibtischschublade? soll dies eine Wiedergutmachung sein? So kommt eine junge Negerin an die Reihe, die ist uns in den Fahrstühlen des öfteren aufgefal-

len mit ihren großen Augen, voll von Verzweiflung und Verzeihung, ihrem mütterlichen Wesen gegen die rosahäutigen Herren, die wird nun kenntlich gemacht als Blandine Roy und belobigt für ihre Leistungen in der Postzentrale; dabei ist uns erinnerlich, was für schwere Pannen es gegeben hat allein in der Hauspost, hier wird keine Person geehrt sondern eine Negerin als ein Alibi des Unternehmens; alle sind wir mit ihr erleichtert, als sie heruntersteigt und im Sitzen verschwinden darf. Nach ihr wird Amanda Williams aufgerufen, zu ihrem schlimmen Schreck, mit zornigem Blick auf Naomi neben ihr. Denn die Anwärter sollen ohne Ahnung bleiben, da steckt die Geschäftsführung sich hinter einen Zimmernachbarn oder die Freundin, die bleiben dem Opfer den Tag über auf den Fersen und schleppen es an zu dieser Feierstunde. Jetzt muß Amanda unter unser aller Augen anhören, sie sei blitzgescheit, aber bescheiden, und Aufrichtigkeit lasse die Firma auf ihre Hingabe vertrauen. Mit einem Mal sieht Amanda plump aus in ihrem dünnen Waschkleid, gelbes Blumenmuster im Ton der Wände, in ihrer Verlegenheit streckt sie dem Präsidenten den Arm in ganzer Länge entgegen, so daß der ihr entgegentreten muß zum Händedruck, aber zum ersten Mal klatscht der Saal einmütig, ihr ist es gegönnt, und als Amanda an Naomis Seite zurückkehrt, lächelt sie schon versöhnlich im Begreifen, wozu ihr die fünfhundert Dollar Beigabe helfen werden in der Schwangerschaft. Der nächste Name ist unbekannt, so noch nie ausgesprochen in diesem Haus, wie von einem Norddeutschen artikuliert: Mrs. Ge'sine Cress'pahl.

– Trick 18! sagt Mrs. Cresspahl zu ihrer Tochter im Foyer eines der alten Prachtkinos am Broadway, wohin sie sich aus den schwülen Hitzeböen der Straße gerettet haben. Ohnehin war es ihnen zu tun um die kalte Kunstluft, weniger um einen der beiden Filme; jetzt weiß Mrs. Cresspahl an wenig anderes zu denken als an ihre öffentliche Ausstellung, und fast ist sie unzufrieden über Maries gleichmütige Antworten. Leider ist Marie weit entfernt davon, erbittert zu sein.

– Was willst du bloß von de Rosny: sagt sie.

– Er hat mich hineingelegt!

– Von einem de Rosny in leibhaftiger Gestalt angeschleppt zu

werden, es ist doch wie am englischen Hof. Ritterschlag, oder so.
– Und als ich da oben stand, hat er seinen elenden Pappbecher mit seinem elenden Tee hochgehoben wie zu einem Toast!
– Er gönnt es dir, Gesine.
– Bisher wußten die meinen Namen, die ihn wissen mußten, oder denen ich ihn sagte. Jetzt kennt ihn die gesamte Belegschaft. Und am Freitag liegt auf jedem Schreibtisch der Text aus der Hausdruckerei!
– Gesine, ich krieg auch nicht gern Preise in der Schule, aber ich brauch sie. Dann steh ich am Katheder ganz allein und möchte weglaufen.
– Bist aber eingesperrt von Leuten und Klappstühlen und bist ängstlich vor Gefangenschaft.
– Ja. Weil man doch ganz gut werfen kann mit Klappstühlen, Gesine.
– Und schlagen.
– Da mußt du bloß eine Weile sehr gerade stehen und den Bauch einziehen –
– Ja.
– Und tief durchatmen und einfach wegdenken von dem Haar, das vielleicht lose ist und einen Atemzug später aufgeht –
– Ich hab die Hand nicht hochgebracht zum Nachfühlen!
– Dann haben wir die Medaille des Präsidenten und einen Scheck über achthundert Dollar.
– Aber sie haben lauter Lügen über mich gesagt!
– Da versteck dich drin.
– »Ihre Studien an europäischen und amerikanischen Universitäten.« Zwei Semester in Sachsen und das bißchen Nationalökonomie an der Columbia!
– de Rosny braucht eben für seine Sachen eine studierte Assistentin.
– »Ihre Herkunft aus dem kommunistischen Bereich hat entscheidend dazu beigetragen –«
– Da war ich dabei, Gesine. Das hat es.
– »daß wir im osteuropäischen Kreditgeschäft unsere passive Haltung verlassen können.«
– Das war die Ansage. Es geht los. Wir sind unterwegs nach Prag.

– Du, dann hätte ich nicht weglaufen dürfen von dem kalten Buffet hinterher. Sekt und Sakuska.
– Von mir hättest du eine Entschuldigung verlangt.
– Versógelieke, Marie.
– An deinem Kostüm sieht doch jeder, daß es aus Rom ist. Es wird dir auch da gestanden haben.
– Thank you very much.
– Ist das Ding aus echtem Silber?
– Ja. Das geben wir der alten Frau, die draußen in der 97. Straße bettelt, auf den Kinostufen die mein ich.
– Die Medaille kriegt D. E.
– Dem gefällt solch Fünfstrichsymbol so wenig wie mir.
– Du bist doch eine Braut, Gesine.
– Wieso bin ich eine Braut.
– Du bist mit ihm verabredet zum Heiraten. Du mußt ihm was schenken.
– Ja.
– Silber kann man einschmelzen lassen.
– Ja.
– Dann kriegt D. E. einen silbernen Ring von dir.
– Ja.

17. Juli, 1968 Mittwoch

Weil Cresspahls dumme Gesine sich sträubte gegen ein Leben in England, mußte er sich darauf einrichten, sie durchzubringen in jenem Mecklenburg vor zwanzig Jahren; nach Sitte und Anstand ließ er beim Innungsmeister anfragen um eine Unterredung. Willi Böttcher sagte mir so hastig, so bereitwillig seinen Besuch in Jerichow zu, wir mußten doch denken, er wollte den ehemaligen Häftling aus seinem eigenen Haus halten, und aus den Augen der Leute von Gneez. Er kam an einem Sonntag, im schwarzen Anzug, ohne zu schwitzen in der Septemberhitze, setzte sich zögernd, wollte lange lieber vom Wetter reden, er sah zerknautscht aus in seinem gutmütigen verschlagenen Gesicht. Als ich mit dem Kaffee kam und er mich demütig anging ums Dableiben, ein Schulmädchen von fünfzehn Jahren, wurde mir gewiß: der will beichten, und dazu braucht er jemand, vor dessen Ohr gebraucht Cresspahl keine groben Worte.

– Heinrich: sagte er nachdrücklich, und seufzte. Was half das noch, um gut Wetter bitten.
Cresspahl hatte zwar nach den Aussichten für das Handwerk gefragt, aber wenn Willi Sorgen bei sich trug, konnten sie ja darüber zuerst reden.
Es war dann Cresspahls Gesine, an die Böttcher sich wandte, die er anführte als Zeugin, deren Besuche in seiner Werkstatt schon gesagt machen sollten, was ihm so schwer über die Lippen ging. Aber Gesine hatte ihm bei der Arbeit zugesehen, weil sie ihren Vater entbehrte; gesehen hatte sie nur viel Betrieb. Umsatz.
– Ach Umsatz! schimpfte Böttcher mit einem Mal, als sei das ein Unglück, und Ärger obendrein. Es war an dem, damals –
er sah mich an, ich schickte den Blick weiter an Cresspahl, der gab Böttcher ein Nicken zurück, damit dem erspart blieb auszusprechen: als sie Cresspahl geketscht hatten –
hatte die Firma Böttcher sich über Wasser halten müssen mit einem Anteil an den beschlagnahmten Möbeln, die die Rote Armee als Reparationsgut bei ihr lagerte und dann doch lieber an die Einheimischen zurückverhandeln ließ (gegen Sachwerte), und die maschinelle Herstellung von Holzwürfeln für Auto-Gasgeneratoren war die Seele vom Buttergeschäft gewesen. Butter, eben. Es durfte ihm kaum mehr ankommen auf den Namen, den er sich erworben hatte mit seinen Serienmöbeln bis ins Märkische hinein; bei der Typenfertigung war er geblieben. Das waren bis ins frühe 1947 hinein die Wachttürme, die die Sowjets für ihre neuen Haftlager bestellten; er hatte bis an die polnische Grenze geliefert. Ptitschniki. Das war bequemes Arbeiten, denn die Sowjets verlangten keine Zeichnungen, beide Parteien waren in einer deutlichen Anschauung von solchen Türmen einig. Nur die Höhe war jeweils vorgeschrieben. Da es redliche mecklenburgische Arbeit war, hatte sie ihren Preis; so wurde jedes Dach in Stulpschalung ausgeführt, wie für eine kleinere Ewigkeit. Das Stück wäre neunhundert Mark wert gewesen, berechnet wurden 2400, das Geld mußte in so viele Teile gehen. Dabei hielten die Sowjets für selbstverständlich, daß Böttcher angemessen am Ertrag beteiligt war, setzten das durch bei der Preisbehörde, dem Finanzamt, dem Kommandanten von Gneez. Gesine hatte das doch gesehen.
Sein Blick war so flehentlich. Einen Augenblick lang, wie in ei-

nem Traum, war ich sicher, ich hätte in Böttchers Hof einen Wachtturm gesehen, mit Posten und Kalaschnikow. Wie erlöst aus einem Albtraum fiel mir jener Turm ein, unter dem ich im Gräfinnenwald durchgekrochen war, und es hatte mir nichts geschehen können, denn Jakob war bei mir. Cresspahl war es, der unter solchen Türmen gelebt hatte.

Harrst du de Dinger nich bugt för de Russen, Cresspahl? Ihrlich?

Nich, wenn du dor twischen inspunnt wierst, Böttcher. Ihrlich.

Auf diesen Artikel aus Böttchers Produktion tranken die beiden einen Schnaps, einen einzigen. Die Flasche blieb zwischen ihnen stehen, Denkmal für Böttchers Anteil an Cresspahls Gefangenschaft. Aber es war ausgetragen, er nahm nun etwas mehr zum Sitzen als die Kante vom Stuhl, lehnte sich endlich an. Es war an dem, zu seinem Leidwesen flutschte es nur so im Betrieb. Seine Arbeiter waren froh über die Aufträge; auch gab er ihnen Abfälle für Feuerung, bevor sie die stahlen, schlug weiterhin für sie die Nachtarbeiterzuschläge heraus, auch die Lebensmittelkarten für Schwerarbeiter. Dann kamen die Lattenzäune für Heringsdorf und anderer Kleinkram, 1947 übernahm er den Innenausbau russischer Schiffe in den Werften von Wismar und Rostock. Die fahren noch heute tüchtig zur See, seine Kajüten und Kojen, – Pfusch steht nich in Willi sein Gesangbuch!; aber er hatte eben mit 100 Prozent Verschnitt gearbeitet. (30 bis 50 wären vertretbar gewesen.) Ein vollständiges Kinderzimmer für den abzeichnenden Direktor kam unter solchen Umständen in einen Händedruck statt auf eine Rechnung. Als er dann die Gebäude für die Schiffsversorgung auszubauen hatte, vor allem die »Basars«, geriet er für eine Weile in Verlegenheit, denn auf das Verschieben von Lebensmitteln verstand er sich schlechter. Da kehrte Emil Knoop zurück nach Gneez und half ihm aus seinen Nöten.
Folgte die Arie auf die Luftgewinne von Emil Knoop, wie Cresspahls Kind sie auch singen konnte. Zwar war sie böse im Andenken an den Hungerwinter von 1946/47, als auf Böttchers Tisch Milch und Honig geflossen waren. Nur, was hatte Böttcher denn

davon, daß er einen Mercedes fahren durfte, daß die sowjetischen Posten am Freihafen Stralsund den Schlagbaum hochzogen, weil sein fransiges trauriges Gesicht als Ausweis genügte, was nützte all das gute Leben mit Konserven aus Dänemark? Einmal stand er immer mit einem Bein im Gefängnis (– Dormit hev'ck mi avfunn': sagte Willi, trübselig, doch mit einer Art Vorfreude). Zum anderen, die Sitzungen mit den sowjetischen Herren gerieten so elend feucht. In Stralsund fühlte ein Kellner sich ein in ihn und servierte ihm zuverlässig jedes Mal Wasser statt Richtenberger (– Das Geld könn' Sie sich vedien': sagte Willi Böttcher, traurig, würdiger Herr, hat bittere religiöse Enttäuschungen hinter sich). Alle Kellner an der mecklenburgischen Küste vermochte er nicht zu bestechen, so daß er einmal bei einer nächtlichen Pinkelpause zwischen Rostock und Gneez eine steile Böschung hinunterfiel und seine sowjetischen Geschäftspartner vergeßlich weiterfuhren ohne ihn, in seinem Mercedes. Die ganze Nacht im Nassen gelegen. Nè. Das wußte ganz Gneez so gut wie Cresspahl: auf das Trinken verstand Willi Böttcher sich schlecht. War er nicht begabt für. Lag immer eine halbe Woche danach zu Bett. Dann die Frau! De Olsch! Dat Wief!
Alles was wahr sei. Demnach habe ja auch Böttcher sein Päckchen zu tragen gehabt: sagte Cresspahl, freundlich. Seine Tochter war in Rage auf Böttcher wegen seiner Gemütlichkeit, aber Erwachsene waren eben unbegreiflich. Wir haben uns nu was erzählt, denn wollen wir uns vertragen. Als ob Cresspahl vom Lager Fünfeichen erzählt hätte!
Einen Zipfel von Böttchers Geschäften aber hatte immer Emil Knoop in der Hand; sperrte der sich, ging etwas schief. Willi hatte der gneezer Kommandantur ein Wandpaneel angefertigt. Die Rechnung wurde genehmigt bei der Preisbehörde, auf dem Finanzamt, das Dreifache J hätte sie wohl bis Pfingsten 1948 beglichen. Auf seinem Stuhl saß ein Stellvertreter, hinter sich den Goethe im Format 100 mal 100 aus dem gneezer Gymnasium, und verweigerte die Zahlung überhaupt. Willi ging so früh in das Sprechzimmer vor Emil Knoops Büro, daß er als Zweiter an der Reihe war. Da war Emil auf dem Sprung zu einer Reise nach Oostende; eben zu einer Auskunft war Zeit zwischen Tür und Angel: Der Kommandantenstellvertreter hatte bei einer Möbelverteilung nur eine Nähmaschine mit beschädigter Platte er-

wischt, begehrte aber eine junge Frau in der Rosengartenstraße und wollte ihr Gefühle beweisen. Willi Böttcher besann sich auf die Technik des Mittelalters und arbeitete ihm eine neue Nähmaschinenplatte, sorgfältig wie ein Gesellenstück, mit Zentimetermaß und Intarsienbändern. Nunmehr bezahlte der Stellvertreter für die achtzehn Quadratmeter Täfelung, ließ Böttcher unterschreiben, griff das Geld vom Tisch, tat es zurück in die Kassette, verschloß sie sehr offensichtlich, zog eine neue Quittung aus der Schublade, verlangte eine zweite Unterschrift, händigte das Geld aus ... Am Abend waren die Verhandlungen in Böttchers Werkstatt gewandert, da saß der Stellvertreter bei ihm auf der Dickten, nur leicht angetrunken, und klopfte Sprüche: Ihr Deutschen, ihr denken wir alle sein dumm. (Oh doch gewiß nich, Herr Vize!) Wir schummeln aber mehr als wie ihr.
Cresspahl betrachtete seinen Innungsmeister, dessen Wort einmal Gesetz gewesen war in Handwerk und Buchführung ihres Gewerbes rund um Gneez, der jetzt eine Einnahme zweifach verbuchen mußte, wollte er nicht von der Steuerfahndung ins Zuchthaus geleitet werden. Er suchte lieber einen anderen Reim. Er fragte, wo denn Emils Macht und Herrlichkeit einmal aufhöre. – Nirgnss nich! erklärte Willi, mürrisch. Denn zwar ging das Gespräch der peinlichen Abwesenheit Cresspahls so noch einmal aus dem Wege, aber es hörte sich doch reinweg an, als beklage er sich bei dem jüngeren Kollegen. Das Neueste von Emil Knoop war, daß er mit einem sowjetischen Posten vor dem Grünen Zaun um die gneezer Barbarastraße Übungen im Grüßen veranstaltet hatte, in offener Sicht deutscher Passanten, sowjetischen Militärpersonals, ja sogar des Kommandanten J. J. Jenudkidse, der aus dem oberen Stock seiner privaten Villa bequem und fachmännisch zusah. Emil (Emile) berichtigte dem willigen Rotarmisten die Handhaltung, er drückte an dessen Füßen umher, immer zakkiger wurde er gegrüßt von dem Sowjetmenschen, fast nach der Vorschrift großdeutsch, lebhaft krähend merzte er Schönheitsfehler aus: So mussu das machn! Kuck eins: Zack! zackzack! Zack! bis der Präsentiergriff saß und Emil seinerseits grüßend vorbeischritt zu seiner Konferenz mit dem Dreifachen J. Ohne Knoop, da laufe nichts. Die Leute mochten ja recht haben, wenn sie auch ihm einen Zwilling nachsagten. Denn wie konnte er in Hannover vor Gericht stehen wegen einer verschobenen Ladung

Blaubasalt und zur gleichen Zeit in Jerichow verhandeln um den Abbruch der Ziegelei zu Lasten der Gemeinde? Doch, du. Den kriegssu nich zu fassn. Der fährt gleich nach Moskau, nich mit Delegation, alleine! Als Ehrengast!

Den'n wul ick woll to fåtn kriegn.
De hett nauch duvvelte Quittungen bi't Fenansamt, min sünt Schåpsköttel för em!
Willi, wenn hei di nu helpn müßt?
Nimm mi dat nich œwel, Cresspahl. Du büst man lang wech wæst.
Hei hett doch'n Frünt.
Frünn' hett hei.
Ein Frünt: Klaas. Din Klaas.
Jå Klaas. We denkn den ganssen Dach an em. Wat de Olsch barmt! Wenn hei noch bi de Russn is, is hei dor dot? Is hei lewig? Wenn hei nich wier, wür'ck hensmietn.
Denn denk doch eins an em!
Cresspahl, du . . .
Hei hett'n Frünt in Gneez, de is good to Wæg mit de Russn, nu führt hei tau Besäuk . . .
Emil. Emil Knoop!
Wenn hei sin' Frünt nich mitbringen kann ut Moskau –
Cresspahl, dat vergæt ick di nich. Kumm du bi Dach, kumm bi Nacht, du sasst hebbn, wat du seggst. Wat du seggst, Hinrich!
Wenn hei dat nich to Pott bringt, dœcht hei nicks. Denn is hei afmeldt in Gneez.
Vedeint hev ick dat nich üm di. Vegætn war'ck di dat nich.
I'd rather you forgot it right now.
Wat?
Du weitst von nicks. Du höllst din Muul, Willi.

Zu dergleichen war Cresspahl inzwischen imstande. Seine Tochter nahm es für ein Zeichen von Gesundung, es war ihr recht. Beiläufig legte er sich an mit dem Wirtschaftskapitän im Landkreis, da wollte sie das Ihre tun mit Bemerkungen über einen Emil Knoop, dem fehlte die Macht und Herrlichkeit, seinen Freund Klaus von den Russen wegzuholen, bis Frau Präsident Lindsetter davon redete und Frau Dr. Schürenberg und Frau Bell in all ihrer Damenhaftigkeit. Die Firma Knoop lieferte an Herrn Heinrich Cresspahl einen Posten finnischer Bretter, daraus baute der hinter seinem Haus eine Werkstatt, eine große Stube auf Stelzen im rechten Winkel zu Lisbeths Schlafzimmer, und wenn das Landesmuseum Schwerin bei ihm anfragte, ob er wohl Restaurationsarbeiten übernehme, so hatte Knoop denen in aller Unschuld einen Brief geschrieben. Dann kamen die Leute von den Antiquitätengeschäften. Cresspahl hatte verstanden, wohin es gehen sollte in Mecklenburg mit dem Handwerk, für seine Lebenszeit dachte er durchzukommen. Es war sein letzter Rückzug. Von da an hat er nur noch allein gearbeitet.

Emil Knoop hat nie erfahren, wer ihn da herausforderte; in Schwerin für Cresspahl hatte er vermittelt in seiner Gutmütigkeit. Die Suche nach Klaus Böttcher betrieb er in dem sportlichen Geiste, an den wir gewöhnt waren. Zwar kam er noch allein zurück aus Moskau. Es war zu Weihnachten, da sah ich einen abgerissenen jungen Mann in der Bahnhofstraße, der starrte benommen auf die Leute, die sich in Dreierreihen zu Schlangen drängten, zitternd in der Kälte, denn in den Renaissance-Lichtspielen wurde aus sowjetischem Beutegut »Die Fledermaus« vorgeführt mit Schauspielern, von denen er mittlerweile wohl wie wir gelernt hatte, sie seien Helfershelfer des Faschismus gewesen. Das ihm zu erklären verstand ich schlecht, als ich ihn zu seinen Eltern brachte, und ich mußte erst einen Mann von fast dreißig Jahren weinen sehen, um zu begreifen, warum Böttcher so aus gewesen war auf einen guten Leumund bei den Sowjets, auch zum Schaden eines Innungskollegen, und was Cresspahl bewogen hatte zu seiner Versöhnlichkeit, und bat meinem Vater sehr ab, wie man so sagt: von Herzen, weil man sich schämt.

Immer noch bloß Andeutungen aus »verläßlichen Quellen«, kein Wortlaut des alliierten Briefes an die Tschechoslowakei.

18. Juli, 1968 Donnerstag

Die New York *Times* hat den Brief der warschauer Genossen an die Tschechoslowaken gelesen und teilt daraus an Forderungen mit:

»Entscheidendes Vorgehen gegen rechtsgesinnte und andere dem Sozialismus feindliche Kräfte.« Is ja jut. Einverstanden.
»Kontrolle der Presse, des Rundfunks, des Fernsehens durch die Partei.« Weil die »grundlos« behauptet hätten, sowjetische Truppen in der Č.S.S.R. bedeuteten eine Bedrohung der nationalen Souveränität. Wenn es denn keine sein soll, einverstanden. Aber laßt die unter die Leute bringen, was sie sehen.
»Wir treten vor euch nicht auf als Fürsprecher des Gestern, die euch gern behindern möchten bei der Wiedergutmachung eurer Fehler und Schwächen, eingeschlossen die Verletzungen der sozialistischen Gesetzlichkeit.« Wenn das bleiben soll, einverstanden.
Die Neue Schule brachte uns bei, einander anzusehen nach unseren Vätern. Wie die Schülerin Cresspahl die Tochter eines Handwerkers war, so hing Pius Pagenkopf ein Vater an mit leitender Funktion in der Sozialistischen Einheitspartei Deutschlands und hohem Amt in der mecklenburgischen Landesregierung. Rückständiger Mittelstand und Fortschrittliche Intelligenz, wie konnten die an einem Tisch sitzen, vom Januar 1949 bis zum Abitur?
Pius ... bei der Deklination dieses Adjektivs war er einmal stekken geblieben; ihm mußte das als Übername lieber sein als eine hochdeutsche Übersetzung seines Nachnamens (Pferdehaupt). Zudem war er in unserer Klasse der einzige Katholik. Pius ... wenn doch das Gedächtnis unsere Bitten bedienen wollte! Von Jakob habe ich das Bewußtsein seiner Nähe, seine Stimme, seine gelassenen Bewegungen; von Pius habe ich nur die Erinnerung an ein Foto. Da waren wir neunzehn und achtzehn, zu sehen vor kahlem Aprilschilf am gneezer Stadtsee. Da steht ein schmaler langer Junge mit hartem Kopf, der nimmt die Schultern zurück, ärgerlich über die Kamera, in der Haltung der Gegenwehr. Er hält eine brennende Zigarette wie ein Erwachsener. Und das Foto will mir einreden, Pius sei immer so fertig gewesen im Gesicht. Von der Kleinen neben ihm, der mit den Zöpfen, weiß ich aus jenem Moment bloß, daß der Vater ihr das Rauchen untersagen möchte, denn die versteckt ihre brennende Rauchware in der hohlen Hand. Dabei sehen wir aus wie ein eingespieltes Ehepaar, und kannten einander weit gründlicher als unsere Väter wahrnehmen wollten.

Zu Anfang der neunten Klasse war Pius für mich fast bloß der Sohn von Herrn Pagenkopf. Leiter des Finanzamtes Gneez (S.P.D.), war er im April 1933 aus dem Amt gewiesen worden und hatte die drei Viertel seines Ruhegeldes in der Frachtgutabteilung des Bahnhofs aufbessern müssen (Schutzhaft anläßlich des Mussolini-Besuchs in Mecklenburg). 1945 wollten denn die Leute von Gneez es ansehen für einen Ausgleich, wenn die Briten ihn zum Dolmetscher des Stadtkommandanten machten, aber sie nahmen ihm übel, daß er auf den Posten des Bürgermeisters ging unter den Sowjets, und besonders die Sozialdemokraten verdachten ihm seine Reden für die Vereinigung mit den Kommunisten, nun vollends, daß er auch noch in der Landeshauptstadt den Sowjets beim Verwalten half. Die Pagenkopfs, auf dem Papier eine Familie von drei Personen, bewohnten seit 1945 von neuem eine Etage von vier Zimmern, das machte böses Blut in einer gedrängt besetzten Stadt, und obendrein ließ Pius' Vater sich so selten blicken in Gneez, daß selbst die Freundin seines Sohnes ihn bloß kennt aus Fotos von Tribünen und Zeitungsartikeln über die Partei Neuen Typus' oder die jugoslawische Verschwörung. Von seinem nächtlichen Lebenswandel in Schwerin hieß es für gewiß, daß er da die Wahl hatte zwischen aparten Damen, jünger, auch wendiger im Gespräch als Frau Pagenkopf, eine Bauerntochter mit Grundschulabschluß, weswegen er ihr die IN-Karte zugeschoben hatte, die Lebensmittelkarte für die Intelligenz. Bei einem solchen Vater verstand es sich von selbst, daß Pius in der Gründungsversammlung der Freien Deutschen Jugend die Hand gleich hob, und mit einem solchen Vater im Rücken konnte Pius die Wahl in Funktionen der F.D.J. einfach von sich abschieben wie manch andere »gesellschaftliche Betätigung«, das besorgte schon Genosse Pagenkopf für seinen Sohn. Wen wollte es nun noch wundern, daß Pius seit der Eröffnung der neuen Staatsläden H.O. alle drei Tage ein frisches Sporthemd trug, das Stück zu hundert Mark, und Lederschuhe, das Paar zu zweihundert Mark und zehn; er hielt sich ja adrett wie ein Bürgerlicher. Der Sohn eines solchen Vaters mochte sich Spaziergänge mit der Tochter eines Einzelhändlers (bürgerlich) leisten können, aber daß er zu Besuchen kam bei der Tochter eines Cresspahl, das grenzte doch wohl an Hochmut, und sie war ja auch nicht schlecht erschrocken, als sie ihn im Dezember 48 an der Tür fand, sonn-

täglich zur Kaffeezeit. Dann glaubte sie die Ausrede erkannt zu haben.
Es war eine Klassenarbeit in Mathematik angedroht. Wenn einer sich schwach auf der Brust fühlt in Mathe, darf er wohl eine Mitschülerin aufsuchen, und sollte sie wohnen im entfernten Jerichow. Nun steht er vor ihr, ein glaubwürdiges Lächeln des Wiedererkennens in den Mundwinkeln, Befangenheit in den Augen, denn es könnte ja jemand auf den Gedanken geraten, er sei auf dem jerichower Marktplatz bloß umhergeirrt, um etwa Lise Wollenberg über den Weg zu laufen, statt weil ihm die Lage des Ziegeleiweges unerfindlich war (geradeaus, an der Petrikirche rechts). – Dobri djen, Gjesine: sagt er vorsichtig, fast bittend. Die kann auch russisch, die fragt: Kak djela, gospodin; sie holt ihn in Cresspahls Zimmer, ssaditjes; dann heißt es: na raswod, an die Arbeit! damit er endlich glaubt, daß ihm geglaubt wird. Das Gefühl dabei war kaum mitleidig, sondern dringend, so wie der Anblick einer fremden Wunde nach einer Binde verlangt. Bangigkeit war aber auch gegenwärtig, mit ihr der Gedanke: Ach du meine weite Heimat! was aus dem Russischen übersetzt bei uns genau hieß, dies sei einmal eine heikle Bescherung, und dies könne ja gut werden, nämlich unbequem.
Aber Pius machte keine halben Sachen. Am Ende der Geometrie blieb mir die Frage im Halse stecken, und Pius beantwortete sie. Wir verständigten uns über unsere Väter, den jüngeren, der den Sowjets seine Dienste lieh, und den älteren, den die Sowjets in der Mache gehabt hatten, das hatten die beiden uns erlaubt, jeder für sich. Cresspahl merkte bloß an, Pagenkopf senior halte denen hoffentlich nur den eigenen Kopf hin. Nun fehlten nur noch ein paar Papierschnitzel und das Gemeinschaftsgefühl von Frau Habelschwerdt.
Die Habelschwerdt (»der Hobel«) hatte vor einundzwanzig Jahren in Breslau ihr Abitur gemacht und richtig einen Oberlehrer für die Ehe erwischt; nun er »im Osten« vermißt war und sie ansaß mit halbwüchsigen Kindern, hatte sie sich unter ganz jungen Dingern zur Neulehrerin schulen lassen und gab uns Mathematik, Chemie, Physik. Die Jungen in der Klasse hielten sie ernstlich für »annehmbar« (»ausreichend für einen neuen Mann«), ihre Beine galten als »Eins-Minus« für ihre vierzig Jahre; ihren Spitznamen hatte sie sich zugezogen mit überscharfen Tadeln,

von denen ihre enge Stimme überfordert war. Als Angehörige und noch als Hinterbliebene eines Belasteten (N.S.D.A.P.) strebte sie vielleicht zu ängstlich, wenigstens die Aufnahme eines Sohnes (»bürgerlich«) in die Neue Oberschule ins Trockene zu bringen, auch wünschte sie ihren Geldverdienst zu halten; sie hatte die Worte der Fortschrittlichen Pädagogik übereifrig gelernt und mochte manche bloß ungefähr verstehen. So hieb sie mit dem Stahllineal auf den Tisch (mehrmals, wie auf einen bösen Hund), als von Pius' Platz Papierschnitzel in den Gang stoben, eine Woche vor Weihnachten; so rief sie ihm zu über alle neununddreißig Köpfe hinweg: Gerade du solltest hier Gemeinschaftsgefühl beweisen!
Gerade du . . . in einer angelsächsischen Schule wäre wohl dies ihr Spitzname geworden. Eva Matschinsky wurde so ermahnt: Man legt nicht seine Fülle auf den Tisch, Eva Maria! Gerade du . . . Die Habelschwerdt war verblüfft von unserem Gelächter, sie hatte die jugendliche Fülle ihres eigenen Busens vergessen; sie hatte uns wie Eva erinnert daran, daß die Friseurstochter (rückständiger Mittelstand) ihre soziale Herkunft mit mindestens musterhaftem Betragen abzugelten hatte. Und gerade Pius sollte nur angenehm auffallen, wie es sich gehörte für seinen Vater (fortschrittliche Intelligenz). Und wegen des Funktionärs Pagenkopf ergab sie sich seufzend drein, daß Pius ihr, der Klassenlehrerin! eine Entschuldigung verweigerte. Nur ich wußte: es war Saitschik gewesen.
Mit dem, Dagobert Haase, hatte Pius zu Beginn der Neun A Zwei einen Tisch genommen, wegen des gleichen Schulwegs von der ersten Klasse an. Kein Freund, eine Gewohnheit. Quirlig, zudringlich, anstellig, brauchbar. Aber Saitschik ließ das mit den Zetteln nicht. Das Spiel Schiffeversenken unter den Augen von Frau Habelschwerdt, Pius hatte ihm das ausgetrieben. Aber wenn ein Zettel von rechts gereicht wird, gilt es als Verstoß gegen die Kameradschaft, den Kopf zu schütteln, und leider war dieser an Pius selbst adressiert gewesen (Eva trägt schon einen . . .; Eva sündigte in einem Ford); Pius hatte die Botschaft kleingerissen und die Schnipsel liegen lassen auf den aufgeschlagenen Seiten. Die Lehrkraft nahte, das Buch wurde zugeschlagen, die berühmte Wolke zwischen den Tischbeinen bewies Pius' Mangel an Gemeinschaftsgefühl. Nun mochte es sein, daß solch Gefühl Pius

abging für die Unterrichtsgemeinschaft; wenn aber diese Empfindung eine Tugend bedeutete, eine öffentliche Tugend obendrein, so war es eine Schädigung, ihm die wegen Fremdverschuldens abzusprechen. Am schlimmsten aber, Haase Saitschik machte keinen Gebrauch von den Ehrbegriffen, zu denen ein Mitglied der Freien Deutschen Jugend sich bekennt, er drückte sich vor einer Aufklärung der Sache. Pius hatte dem die Tischgemeinschaft gekündigt, er stand allein. Die, der er das auseinandersetzte in mehrstöckiger Bedenklichkeit, die stand auch im Freien.
So begann die erste Arbeitsgemeinschaft in der Fritz Reuter-Oberschule zu Gneez, zwei Jahre vor der amtlichen Einführung, und es war ein Skandal. Erstens, Plätze in der Klasse wurden getauscht zu Beginn des Schuljahres, nie mitten drin, es sei denn auf Verfügung einer Lehrperson. Zweitens, übrig gebliebene Schülerinnen oder Schüler haben für sich zu sitzen, oder allenfalls im vorderen Feld des Klassenraums können ein Mädchen, ein Junge neben einander geduldet werden. Und überhaupt... Cresspahls Tochter ging erst auf die Sechzehn, und Pius war eben siebzehn Jahre alt! Überdies stand der Tisch, an den Pius mit mir gezogen war, in der hintersten Ecke des Raums, schwer einzusehen vom Platz des Lehrers aus, und da Pius mir den Stuhl am Fenster eingeräumt hatte, deckte er mich noch zum Gang hin ab. Die Schule mochte neu sein, bis auf eben die meisten Lehrer und das Mobiliar und das Gebäude, dies blieb ein Verstoß gegen die guten Sitten, so junge Leute verschiedenen Geschlechts an einem Schultisch. Unerhört war es.
»Angelina, du mußt warten...« wurde gesungen auf uns vor jener ersten Schulstunde nach den Weihnachtsferien, viel vorfreudiges Gekicher war um uns, denn erwartet wurde Herr Direktor Dr. Kliefoth, der galt für altmodisch, und richtig zuckte ihm bei unserem Anblick ein Augenwinkel, als hätte ihn da eine Fliege angegriffen. Er prüfte uns auf seine Art. Er begann mit Matschinsky, sprang nach C, als W dran gewesen wäre, nahm P dazu und lag dann entspannt gegen die Stuhllehne, die Hände im Schoß, anfangs mit strengem Schrägblick unter seinen steifen Brauen hervor. Die weiße starre Haarbürste auf seinem Schädel hielt ganz still, obwohl recht spärlich vorgeheizt war. Zu übersetzen hatten Pagenkopf und Cresspahl, abwechselnd, jenen

Brief aus E. A. Poe's »Goldkäfer«, der leider beginnt mit »My Dear« und Wendungen enthält, wie sie auch für einen Liebesbrief passen. Wir hatten zu tun mit dem nebligen Licht der Milchglaslampen, uns fehlte die Versuchung zum Kichern. Lise Wollenberg, unvorsichtig ob ihrer Kränkung, zwang sich einen Lachanfall ab; für Störung des Unterrichts bekam sie einen Eintrag ins Klassenbuch (heikel für eine Bürgerliche). Uns schrieb er jedem eine Eins an. Kliefoth war undurchsichtig, bürgerlich und militaristisch, als Direktor hingegen war er auch Fortschrittliche Intelligenz; nach seiner stillschweigenden Erlaubnis, was sollte die Habelschwerdt uns tun? Zu ihrem Glück fand sie die Änderung im Klassenspiegel noch verzeichnet in der Handschrift des Herrn Direktors; hochfahren sahen wir sie. Nie wieder konnte sie Pius eines Mangels an Gemeinschaftsgefühl überführen, und im nächsten Jahr lud sie uns schon ein zum Nachmittagskaffee: zusammen.

Als das Gesinge und Gejohle losgegangen war um unseren neuen Tisch, hatte Pius die Augenbrauen zusammengezogen wie unter einem Schmerz und seine Lippen festgemacht wie in den Augenblicken, wenn er unterm Reck stand und von sich den Sprung erwartete. Dieser Mensch hat jeden Entschluß in seinem Leben durchgestanden. Weil er so hochmütig vor sich hin starrte, als genüge unsere bloße Absicht für Erfolg, verlor ich meine Beklemmung und wußte zuversichtlich, daß dies eine verläßliche Bescherung war, die gut ausgehen würde. Und weil wir uns nach Frau Habelschwerdts Seufzen zugenickt haben sollen wie zwei Pferde, die einander lange kennen im Geschirr, galten wir fortan als ein Liebespaar.

Unbegreiflich, wegen unserer Väter, blieb es noch lange, daß die Cresspahl von der Schule mit einem Pagenkopf nach Hause ging und mit dem ihre Schularbeiten machte, oder Pius auf eine halbe Stunde Schlaf verzichtete, um Gesine zum jerichower Milchholerzug abzupassen. Wir banden Niemandem unseren Vertrag auf die Nase, selbst einander nicht. Die Cresspahl hatte es hinter sich gebracht mit dem Brauch, daß man mit Einem doch gehen muß; wie es stand mit ihr und Jakob, fürchtete sie inzwischen doch einzusehen. Und Pius hatte nun immer jemand, mit dem er an Lise Wollenberg vorbeigehen konnte, als habe es mit ihrem Paßbild erst seine Richtigkeit bekommen, als er es zerriß.

– Heute kommt alles runter. (Robinson Adlerauge)
– Heute kommt alles runter, Gesine. Und rauch nicht so viel! (Mrs. Eileen Bradley)
– Heute dürfte alles runterkommen, mein Gärtner hat gegen mich gewettet. (de Rosny)
Wenn doch alles runterkäme heute, was über der Stadt hängt an Hitze, was die Morgen bleich macht, die Tage dunstig, so daß die hohen Fassadenkanten flirren, das Stillstehen in der Sonne unerträglich wird, weil aus den Steinen Glut durch die Schuhsohlen schlägt. Gestern abend hat der Schmutz in der Luft der Sonne nur ein kleines, schmorendes Loch gelassen. Wenn man acht Blocks lang durch die heiße flüssige Luft geschwommen ist, trifft das Kunstklima der Bank wie ein Stoß gegen das Herz. Wenn heute doch alles runterkäme.
Was also liegt vor gegen die tschechoslowakischen Kommunisten von seiten ihrer Kollegen in Ostdeutschland, Ungarn, Polen und der Sowjetunion, und was hat das Präsidium des Zentralkomitees der K.P. der Č.S.S.R. ihnen geantwortet?
Wir haben es gelesen, sagen die, und Gruß zuvor. Aber die Sorgen, die ihr euch macht um uns, mit denen haben wir uns doch in unserem Maiplenum beschäftigt.
Wie können wir denn plötzlich und mit einem Mal aufräumen mit den Sachen, die in den zwanzig Jahren vor unseren Januarbeschlüssen verbockt wurden. Wenn wir jetzt anfangen mit gesunden sozialistischen Handlungen, ist es unausbleiblich, daß da welche übers Ziel schießen wollen, ob das nun antisozialistische Häuflein sind oder die Fronde der alten Dogmatiker. Wenn wir uns auf unsere neue Linie einigen wollen, kann nicht einmal in der Partei jedes Auge trocken bleiben. Viele von uns sind so an das Regieren von oben gewöhnt, daß die Wünsche von unten immer mal wieder zu kurz kommen. Wir wollen diese Tatsachen nun einmal eingestehen, vor uns selbst und vor unserem Volk. Ihr wißt das.
Ihr habt doch Augen im Kopf. Wie könnt ihr dann behaupten, unsere Lage sei konterrevolutionär, wir wollten den Sozialismus aufgeben, unsere Außenpolitik ändern, wir wollten unser Land von euch losbrechen. Nach allem was ihr im Krieg und in den Jahren danach für uns getan habt, solltet ihr nicht zweifeln an uns. Es kränkt uns.

Wir sind Freunde im Sozialismus. Und es soll doch besser werden mit der Achtung vor einander, der Unabhängigkeit und der internationalen Solidarität. Wir werden uns mehr Mühe geben. Verlaßt euch auf uns.

Ihr redet von unseren Beziehungen zur Bundesrepublik Deutschland. Sie ist nun einmal unser unmittelbarer Nachbar. Und wir sind die letzten gewesen, die sich endgültig entschlossen zu einer teilweisen Regelung, besonders im wirtschaftlichen Gebiet. Es gibt andere sozialistische Länder, die haben das früher und in größerem Umfang getan, da war keinem angst.

Hand in Hand damit achten und verteidigen wir die Interessen der Deutschen Demokratischen Republik. Sie ist unser sozialistischer Verbündeter. Wir helfen ihr nach Kräften bei ihrem Ansehen und Stand in der Welt. Das haben wir im Januar gesagt, das haben wir in allen Monaten seitdem getan.

Was wir euch versprochen haben im Vertrag, werden wir einhalten. Was uns liegt an der gegenseitigen Zusammenarbeit, an Frieden und unserer gemeinsamen Sicherheit, ihr könnt es sehen an unseren neuen Freundschaftsverträgen mit Bulgarien und Ungarn, und an dem Vertrag, den wir mit Rumänien vorhaben. (Ihr wißt schon, warum wir hier China ausklammern. Oder Polen.) Nichts für ungut.

Daß wir uns halten an unsere Bündnisverpflichtungen, wir haben es bei euren Stabsmanövern in unserem Land bewiesen. Wir haben euch begrüßt, wir waren zur Stelle, wo ihr uns brauchtet. Daß die Leute unruhig wurden und zweifelten, kam doch bloß daher, daß ihr immer neue Termine genannt habt für eure Rückfahrt. Haben wir euch je ins Gesicht gesagt: Geht?

Das wissen wir: Wenn wir die Führung aus der Hand geben, ist es aus mit der sozialistischen Gesellschaft. Gerade deswegen sollten wir uns verständigen über das, was für die Führung unerläßlich ist. Wir brauchen die freiwillige Unterstützung von seiten der Bevölkerung. Die Führung bekommen wir schwerlich durch Herrschaft von oben, sondern indem wir richtig, fortschrittlich, sozialistisch handeln.

Wenn wir zu den alten Methoden des Befehls zurückkehrten, hätten wir beim ersten Anzeichen die Mehrheit gegen uns, in der Partei, bei den Arbeitern, den Kollektivbauern und der Intelligenz. Gerade so verlören wir die Führung, gerade so würde das

Volk die Vorteile des Sozialismus verlieren, gerade so würde unsere gemeinsame Front gegen den Imperialismus aufgeweicht. Es kann nicht euer Wunsch sein.
Wir haben unseren Plan. Wir haben ihn euch erklärt.
Erstens. Die Leute, die die Partei in diesen schlimmen Zustand gebracht haben, die werden wir uns vorknöpfen. Wenn es vertretbar ist.
Zweitens. Auf dem vierzehnten außerordentlichen Parteitag werden wir uns ansehen, was wir seit dem Januar gemacht haben. Wir werden die Parteilinie festlegen, uns mit der Föderation von Tschechen und Slowaken beschäftigen, ein neues Statut aufsetzen und ein neues Zentralkomitee wählen, das Vollmacht und Vertrauen der ganzen Partei wie der gesamten Gesellschaft besitzt.
Drittens. Dann werden wir uns an unsere inneren Angelegenheiten machen: die Verbesserung der sozialistischen Nationalen Front, die Selbstverwaltung, die Verwirklichung der Föderation, die Neuwahlen und die Ausarbeitung einer neuen Verfassung.
Gerade jetzt ist es bannig schwierig. Wir kommen voran, wenn wir auch gelegentlich zurückstecken müssen. Aber wir haben die Lage im Griff. Die zum Kongreß gewählten Delegierten sind eine Sicherheit dafür, daß die Zukunft unserer Partei nicht bestimmt wird von Leuten, denen der Sinn für Maß und Verstand fehlt.
Jene »Zweitausend Worte« haben wir zurückgewiesen. Gefährlich waren sie nie. Aber da ihr so böse wart darüber, sagen wir dies öffentlich zu euch, mit lauter Stimme, damit alle Tschechen und Slowaken hören und verstehen: Das darf nicht wiederholt werden, denn es könnte den Zorn unserer sowjetischen Freunde erregen, von denen wir aber keinen bösen Willen brauchen, sondern Geduld. Nichts dieser Art wird noch einmal vorkommen.
Aber glaubt uns, wir können leichter arbeiten, seit wir die Zensur aufgehoben haben und die Freiheit der Meinung wie der Presse wieder hergestellt ist. Die Leute flüstern nicht mehr hinter unserem Rücken, sie reden offen. Zum ersten Mal wissen wir, was sie denken über uns.
Wenn wir nun von einer peinlichen Sache vor aller Leute Ohren zu euch reden, obwohl ihr sie in den Akten eurer Geheimpolizei habt, so geschieht dies aus Höflichkeit und soll eine Auskunft sein von Amts wegen. Das Gesetz über die Rehabilitation unschuldiger Leute, die in den vergangenen Jahren mit Hilfe des

Gesetzes ungesetzlich verfolgt worden sind, war ein Erfolg. Seit das durch ist, sehen die Leute kaum noch in diese Richtung.
Im September, gleich nach dem Parteikongreß, werden wir die Parteien der Nationalen Front auf Dauer bestätigen und ein Gesetz erlassen, das die Bildung und Betätigung freiwilliger Organisationen, Vereine, Clubs und all solchen Krams zu einem Recht erklärt. Die Feinde des Sozialismus werden sich zeigen, und wir können gegen sie angehen.
Liebe Freunde, wollt ihr uns blamieren vor unseren eigenen Leuten? Wir können schlecht zurück in die Zeiten, in denen wir ihnen einreden konnten, ihr redet uns nicht dazwischen, wenn ihr uns dazwischenredet. Laßt uns unser Gesicht wahren. Wir können unsere eigenen Angelegenheiten an keinem Ort regeln als auf unserem eigenen Kongreß.
Um was bitten wir euch denn. Um Zeit. Um zwei Monate.
Wir sind bereit, mit euch zu reden. Das ist ja wohl ein Mißverständnis gewesen wegen eines Datums, das kommt eben vor. Aber laßt uns ein wenig in Ruhe, denn wir stehen auf der Kippe. Reden haben wir doch immer können. Das Händchen werden wir euch küssen, umarmen werden wir euch, Wange an Wange, wenn ihr uns nur noch eine kleine Weile lang machen laßt, liebe Freunde, bloß zwei Monate.
Im Namen unseres gemeinsamen Kampfes gegen den Imperialismus, des Friedens, der Sicherheit der Völker, der Demokratie des Sozialismus.

Warum sagt ihr nichts! Immer noch behandelt ihr mich wie ein Kind, dem man nicht den Spaß verderben darf!

Vielleicht wird es ja einer.

Nicht wahr!

Gesine, du vergißt etwas: in der Zukunft können wir nichts.

Und doch habt ihr mir Ratschläge gegeben zu euren Lebzeiten, und für die Zukunft!

Da konnten wir dich zurückholen, zur Not.

Hin ist der Spaß.

Gesine, du willst ja auch nicht, daß wir sind zu dir wie zu einem Kind.

Heute ist alles runtergekommen, vier Stunden ist es her, und immer noch erzählen wir einander, wo es uns erwischt hat. D. E. will nach dem Mittagessen mit dem Gartenschlauch in der Hand vor dem Rasen seiner Mutter gestanden haben, die Nase witternd erhoben, worauf er das Gerät versorgte, denn über ihm zog kühle, trockene Luft nach New York; nicht wenig bildet er sich ein auf seine Nase, und in dieser selbstzufriedenen Haltung, mit dem übermütig geschwenkten Rotweinglas, werden wir ihn erinnern. Die Angestellte Cresspahl hat den Anfang beobachtet, in Vernachlässigung ihrer dienstlichen Pflichten: das Licht zwischen den gläsernen Häuten der Bürokästen war düster geworden und übermäßig klar. Alle Kanten waren geschärft bis zur Deutlichkeit. Dann, ein Viertel nach vier, war der erste Donnerschlag zu hören. Marie ist sicher, den Blitz dazu gesehen zu haben, in der breit abfallenden Schneise der 96. Straße, die im düsteren Fenster des Flusses endete. Als die ersten dicken Tropfen vor ihren Füßen zerplatzten, war sie am Guten EßGeschäft, und Charlie winkte sie herein, die Stammkundin, aber an die Broadwayseite seines Schaufensters stand ein Herr gedrückt, dem fehlte das Kleingeld für eine Tasse Kaffee, der ergab sich mit hängenden Schultern dem strähnig überschütteten Bürgersteig. Da lief der Regen auch am Palast der Bank in dichtem Fluß herunter, und auf der dreizehnten Etage war zu hören, wie nun die Wagenreifen rauschten auf dem nassen Straßendamm. Da hielt D. E. an einer Ampel in New Jersey neben einem Fußgänger, der schritt dahin wie auf Parade, ein Stück Pappe über dem halb kahlen Kopf; den Anzug durfte der Regen ihm getrost schwarz machen. Da sah Marie einen Neger über den Broadway tanzen, einen großen Karton auf den Schultern, den stemmte er alle fünf Schritt mit Schwung nach oben, und hat Niemanden angestoßen. Dann begannen auf der Dritten Avenue die Feuerwehrwagen zu heulen. D. E. klatschten nun Sturzbäche auf die Wagenscheiben, aber wenn er seine Ankunft für sechs versprochen hat, so ist er vorhanden um achtzehn Uhr, und bedankt soll er sein. Auf der Lexington Avenue hingegen taten die Pendler, als sei das Weitergehen wichtiger als das Trockenbleiben; Regen erzeugt offenbar weniger Solidarität als Schneefall oder Hitze; hier bei uns zulande. Es war nun zwanzig Minuten seit Beginn des Runterkommens, und ein Herrenausstatter hatte das Schild fertig fürs Schaufenster: Regenschirme, billig. Aber Mrs. Cresspahl schritt würdig fürbaß unter der zum Dach gefalteten New York Times. Der Bettler von dieser Seite des Bahnhofs Grand Central, der im Dienst die Leute erschreckt mit seinen unbedeckten doppelten Beinprothesen, hatte sich frei gegeben und lehnte nun an einer Wand im Inneren des Gray Bar-Hauses, die Hosenbeine nach unten gekrempelt. Als Marie ins Freie trat, hat sie ein neues Atmen gelernt, das kann ihr D. E. nun erklären mit dem Abrutschen der Luftfeuchtigkeit um mindestens zehn Punkte. In der Ubahn war es noch stickig, jeweils nur die Hälfte der Ventilatoren lief, mürrisch standen die Leute aneinander gedrängt, obwohl sie doch auch diese Woche New Yorks wieder einmal überstanden hatten. Um dreiviertel sieben war der Regen so schwach, nur tröpfeln konnte er noch, aber immerhin hatte er den Nebelklumpen vor New Jersey weggewischt, so daß wir die Uferfront einmal erkennen können in ihrer Düsternis. Dann trampelte der Donner hin und her über dem Hudson und konnte sein Wasser nicht lassen. Jetzt ist es still, der asphaltene Spiegel des Riverside Drive zeigt uns die Baumspitzen in der Freundschaft, die sie mit dem Himmel unterhalten. Aus dem Park kommt ein quietschender Vogelschrei, wie der eines verletzten Jungtiers. Eine Möwe? Ja, Marie hat die Möwe gesehen über den Wipfeln unserer Bäume, da sägt sie den Wind an, und der Wind steht aufs Haus.

20. Juli, 1968 Saturday South Ferry Day

Am ausführlich gedeckten Tisch des Frühstücks (für D. E. die amerikanische Fassung), gegenüber dem festtäglich beschienenen Park, ist uns die New York *Times* in die Quere gekommen; fast wären wir abgerutscht in einen Streit. Es sind unter einer Brücke zwischen Cheb und Karlovy Vary zwanzig Maschinenpistolen amerikanischer Fertigung ausgegraben worden. In fünf Tornistern (oder Rucksäcken) mit dem Datum 1968. Dazu dreißig Pistolen passend mit der passenden Munition. In der Nähe der westdeutschen Grenze. Und die *Pravda*, Moskau, hat das gestern morgen senden können, bevor das tschechoslowakische Innenministerium den Fund überhaupt ansagen konnte. Für einen Professor Erichson ist dann gleich möglich, daß solche Waffenlager im ganzen Lande zum Finden bereitliegen und die Sowjetunion jeden militärischen Eingriff rechtfertigen könnte mit sudetendeutschen Aufständen; fragt man also diesen Fachmann, so würde er am ehesten Luftlandetruppen erwarten. Es saß aber eine am Tisch, die soll in vier Wochen reisen in jene Gegend, die will sie etwas weniger dunkel gemalen haben. Dann kam Maries Blick, schräg von unten, verblüfft über die neue Mode, bei uns würde Einem das Aussprechen seines Gedachten verwiesen; beide haben sie mich angesehen wie eine, die ist überarbeitet, die braucht einen Ausflug. Den sollen sie haben, aber unterwegs auch die Pagenkopfgeschichte hören, als Warnung, als Versprechen, wie sie es denn nehmen wollen.

»Kann denn Liebe Sünde sein?« Auch dies Lied, verräucherten Basses zelebriert von einer Schauspielerin der Nazis und wiederum eingesetzt zur Ablenkung der Deutschen vom Hunger, diesmal durch die Firma Sovexport, auf wen wurde das wohl gesungen in der gneezer Fritz-Reuter-Oberschule vom Januar 1949 an? Das wurde getrommelt und gepfiffen auf die Tochter Cresspahls und Pius Pagenkopf. Wir waren Das Paar.

Auch Lise Wollenberg glaubte daran. Sie holte die Nichte von Frau Landgerichtspräsident Lindsetter an ihren Tisch, eine zierliche Blonde, die trotz ihres sanften Fleisches Peter genannt wurde, weil sie seit den Anfängen der sowjetischen Besetzung immer noch ihre Haare kurz schnitt. Das nahm sich apart aus neben Lises langen Locken. Von mir sagte die Wollenbergsche: bei so einem Vater sei die Cresspahl ja klug beraten, sich an die neue Herrschaft zu hängen.

Aber Frau Pagenkopf war keine vornehme Frau, elegant an Frisur und Kostüm, Aktivistensprüche auf den Lippen; krumm, dicklich, abgearbeitet sah sie mir aus, so sparsam angezogen wie Jakobs Mutter. Sie zog die Schultern zusammen, als sei viel Angst übrig aus den zwölf Hakenkreuzjahren und neue Sorgen lebendig wegen ihres Mannes schweriner »Lebenswandel«, wie die guten Leute von Gneez die politischen Betätigungen des Herrn Pagenkopf ja begreifen mußten. Die war zu schüchtern, als daß sie sich in den Renaissance-Lichtspielen, am Schluß der Vorführung, zu einer Ansprache hätte auf die Bühne stellen lassen (geschweige denn später am Anfang des Films, weil die Leute beim Anblick des Wortes »Ende« aus den Seitentüren drängten). Dabei las sie von der Schweriner *Volkszeitung* auch die erste Seite und hätte ihren Genossen gut buchstabieren können, was aus der S.E.D. nach der ersten Parteikonferenz vom Januar 1949 geworden war. (Tatsächlich beriet sie uns bei Aufsätzen für Ge-Wi.) Die Nachbarn legten ihr das wortkarge Wesen aus als Rache für jene Zeiten, in denen die Pagenkopfs Leute gewesen waren, mit denen redet man besser nicht. Von mir sprach sie als »din Gesin«, im Ton zärtlichen Beklagens; zu mir sprach sie selten. Da aber Pius nun einmal mich ausgesucht hatte, fand sie alsbald einen Reim: Röbbertin sin Gesin. Auch hätte ich schreien müssen. Da ihre Harthörigkeit unheilbar geblieben war, wandte sie allen anderen als Pius das rechte Ohr zu statt die Augen; wer weiß, ob sie mir je ins Gesicht gesehen hat. Es war, als ob sie in der Küche wohnte; sichtbar war Pius' Mutter am deutlichsten an den unentwegt geputzten Fenstern, den gebohnerten Dielen, den sorgfältig hergerichteten Wurstbroten, die Pius aus der Küche holte mit dem Tee. Ja, es gab Tee. Und auf den Scheiben war Butter, da die Pagenkopfs drei Karten hatten, und an den fünfundfünfzig Mark für das Pfund Margarine aus der H.O. hätte es in diesem Haushalt nie gefehlt. Der Belag war reichlich, ich habe im Osten seit 1949 nie wieder gehungert. Da hatte Lise recht, ich war angeschlossen an eine von den Wonnen der herrschenden Klasse.

Jakob gedachte ich diesen Pius fernzuhalten (wurde ich ihm doch untreu, auch wenn er es nun einmal mit anderen Mädchen hielt). Es vergingen wenig Wochen, da sah ich Pius im Gespräch mit ihm, den vornehmen langen Jungen in höflicher Haltung vor dem untersetzten Kerl im speckigen Päckchen der Eisenbahner. Jakob hat in allen Stücken die Hand über mich gehalten.

Pius und ich waren ein Paar, denn vom gemeinsamen Schultisch gingen wir zusammen in die Straße der D.S.F. zu Pagenkopfs und machten unsere Schularbeiten im »Salon«. (Denn das Dienstmädchen, das Helene Pagenkopf einmal gewesen war, hatte das Wohnzimmer vollgestellt mit Blumenständern, Etageren, Miniaturtischchen, Clubsesseln, da war nur knapp ein klarer Raum gelassen um einen Flügel, den Beitrag von Pagenkopf senior.) Da wir gemeinsam wieder aus dem Haus kamen, waren wir ein Paar.

Die Lehrer gewöhnten sich daran. Hatte der Lulatsch für Sport mich vergebens gesucht, ließ er mir den Termin fürs Training

ausrichten durch den Schüler Pagenkopf. Es versteht sich, daß der die Schülerin Cresspahl zur Badeanstalt begleitete, ihr Schwimmzeug auf seinem Gepäckträger mit sich führend. Wie sie wurde er Mitglied des S.V. Forelle, denn sein Vater hatte etwas ›gesellschaftliche‹ Betätigung von ihm erbeten. Da in einem Paar einer für den anderen sorgen muß, fand Pius heraus, daß übermäßig für einen Sport begabte Kinder ausgezeichnet werden mit einer Versetzung auf Sonderschulen, wo sie von ihrer Sache mehr lernen als in den brauchbaren Fächern, so daß sie nach ihren Turniersiegen recht früh und später als andere einen Beruf suchen müssen. Die Leistungen des kraulenden Asses Cresspahl sackten ab auf fast schon normale Zeiten. Zu beweisen war wenig, da die übrigen Lehrer gleichmäßiges Arbeiten dieser Schülerin meldeten, und der Sportlulatsch traf die Stoppuhr auf die Krone mit seiner Anklage, Cresspahl beschäftige sich zu oft mit Pagenkopf. Jedoch befreite er mich von seinen Übungen, denn Paare mochte er nicht verbieten. Wir müssen ihm gefallen haben, als ein Paar.
KLIEFOTH: Was soll diese Anstellerei, Frau Habelschwerdt! Gerade am Tisch sind die sicher vor der Richtung Ihrer . . . geschätzten Befürchtungen!
Die Welt findet es hübsch, wenn in einem Paar beide Ähnliches aufweisen, und ich wurde Pius etwas mehr gleich, indem ich Mitglied der F.D.J. wurde, ganz wie er. Denn sein Vater hatte sich nun auch von »der Freundin meines Sohnes« etwas gesellschaftliche Betätigung ausbitten müssen. Er mag etwas knapp bei solcher Kasse gewesen sein, denn mein Buch mit der aufgehenden Sonne war bald unzureichend, ich mußte auch das schmale längliche Heftchen erwerben, auf dem eine schwarz/rot/goldene Fahne vor einer sowjetischen schräg in einen Kreis gesteckt ist. Da hieß das schon Gesellschaft für Deutsch-Sowjetische Freundschaft, und nachdem Cresspahl das Stalin-Telegramm hinter meinem Namen ganz durchgelesen hatte, erhöhte er mir das Taschengeld gleich um fünfzig Pfennig, »für die nächsten«. Da lag es nahe, daß zu Beginn der zehnten Klasse Pius zum Ersten Vorsitzenden unserer F.D.J.-Klassengruppe gewählt wurde, ich zu seinem Stellvertreter; das sind wir bis zum Ende geblieben und haben es beide ins Zeugnis bekommen.
Als ein Paar fuhren wir zur wilden Badestelle am Südufer des gneezer Stadtsees, ohne die anderen schwammen wir schräg

querüber zu den Bootshäusern, die Wille Böttcher nun für die Fortschrittliche Intelligenz ins Wasser stellte, gemeinsam kamen wir zu dem Rest der Klasse zurückgeschwommen, und offensichtlich hatten wir die ganze Zeit miteinander geredet. War ich da einmal ohne ihn, sangen sie noch manchmal die Frage, ob denn Liebe Sünde sei, aber das mit der Verlegenheit hatte Pius mir ausgetrieben, und sie lernten, sich bei mir nach ihm erkundigen. Waren wir doch die, die trockneten sich an einem Handtuch ab, das Paar.

Wenn zwei längst ein Paar sind, gehen sie ins Kino je nach dem Vorrat an Geld und ob ihnen der Film gefällt; wenn zwei noch lange kein Paar sind, muß einer dem anderen den Eintritt spendieren und innerhalb von neunzig Minuten mühsam ausprobieren, ob sie denn eins werden könnten. Ist von einem Paar nur einer anwesend, hält man dem anderen den Platz frei, hier neben Pius, laß das frei für Gesine, und sie rufen einem entgegen: hier ist dein Mann! In der F.D.J.-Versammlung, auf der Theaterfahrt nach Schwerin, beim Kartoffelackern im Ernte-Einsatz. Wenn in einem Paar einer Kartendienst hat, nimmt eben Gesine auch die Schüssel von Pius und bringt ihm die Schulspeisung. Ein Paar hat mehr Zeit als andere Leute; diese zwei können sich den Bummel schenken, mindestens zwei Nachmittagsstunden die Stalinstraße rauf und runter mit der zitternden Ausschau nach dem Gegenstand der Sehnsucht; ein Paar hat sich schon.

Das will ich euch mal sagen: Pius ist so wenig katholisch wie sie evangelisch ist.

Im Frühjahr 1950 meldeten wir uns gemeinsam zu Aufräumearbeiten bei der Deutschen Reichsbahn, denn diesmal hatte der alte Pagenkopf eine gesellschaftliche Betätigung erbeten, die mit Augen zu greifen war. Das Paar stocherte drei Wochen in dem verschlampten Gleisschotter des Bahnhofs Gneez umher, mit Schaufel und Picke, auf dem Foto ist »die Freundin meines Sohnes« beim Schippen zu sehen, während Pius, freundlich auf einen Stiel gestützt, in Jakobs Kamera blickt, ein Strickkäppchen hat er auf dem Hinterkopf. Der Lohn (der materielle Anreiz) war ein Freifahrschein zu einem beliebigen Ziel, aber einer Reise zu zweit waren wir enthoben, weil Cresspahl meinen Gutschein benötigte für eine Reise nach »Berlin«, so daß Pius allein nach Dresden fuhr, dem Ansehen seines Vaters zuliebe über Wittenberg und

mir zuliebe zurück über Westberlin. Denn wenn einer reist in einem Paar, bringt er dem anderen etwas mit: Gesine Cresspahl, Zehn A Zwei, hat einen Kugelschreiber.
Das Vorspiel war man mau, aber jetzt kommt Fritz Reuter gegen Grevesmühlen, Pius macht doch wieder Mittelsturm. Siehst du, zwei Minuten bis zum Anpfiff, da kommt Gesine. Da drüben, in dem leeren Fleck auf den Bänken, die mit den Zöpfen, die sich jetzt den langen Rock um die Beine zurechtstreicht. Die sich jetzt stramm aufrichtet, damit Pius sie sieht. Warum sollten die wohl winken! er hat sie längst gesehen. Du, und Beifall klatscht sie ihm auch nicht. Er weiß doch. Die sind doch ein Paar.
Ja, aber kann denn Liebe Sünde sein?
In Winterzeiten störten uns die Stromsperren bei der Aufzeichnung der Benzolreihen oder der gesellschaftlichen Motivierung der Lady Macbeth, oft war dann eine Stunde abzuwarten bis zum Jerichower Abendzug. Da konnte es vorkommen, daß Pius sich an den Flügel setzte und für mich spielte, was ihm in acht Jahren beigebracht war (er hatte sich die »Träumerei« von Schumann gründlich eingeübt, damit hab ich ihn einmal von der Straße her gehört, an einem staubigen, müden Sommernachmittag; Träume mit Lise behielt er für sich). Aber oft war es ganz still hinter unseren dunklen Fenstern. Am Anfang überfiel uns Saitschik mit seiner Eva Matschinsky unter dem Vorwand, sie wollten uns Kerzen bringen. Dann sahen sie Pius zurückgehen zum Flügel, die Cresspahlsche ohne Aufregung weiterrauchen, so daß sie uns für ungemein geschickt halten mußten, Obendrein war ihnen der Anlaß für ihren Besuch verloren gegangen. Er hatte mir vom Typhustod seiner älteren Schwester erzählt, ich ihm von Alexandra Paepcke. Wir haben gewiß sagen dürfen: Wir wissen etwas von einander.
Einmal, ich war sechzehn, fiel der Eisenbahnbetrieb nach Jerichow aus, ich habe übernachtet bei den Pagenkopfs, in einem Zimmer allein. Ich habe nicht gewartet auf Pius.
Pius hätte mir jede Auskunft verweigert über die abgewandelte zweite Zeile des Liedes von jener Angelina, die noch warten muß.
Wir haben darauf geachtet, einander nie die Hände zu geben.
Im Sommer 1951 waren wir mit den Rädern unterwegs. Am Cramoner See, schräg gegenüber dem Dorf Drieberg, machten

wir Halt für eine halbe Stunde Schwimmens. Beim Umziehen war ich, war er ungeschickt, einen Atemzug lang kamen wir mit den Füßen an einander.

Aus Spaß, Gesine, das wär mir zu wenig.
Wo keine Liebe wächst, gedeiht die Sünde schlecht.
Sag ihren Namen nicht, Gesine.
Frag mich nicht nach Jakob.
Aber wir haben doch kein Wort gesprochen damals!
Nein, Pius. Quer über den See sind wir geschwommen.

Pagenkopf und Cresspahl haben die Ferien zusammen verbracht. Nach Schönberg sind sie gefahren, nach Rehna. Pius hat ja zwei Wochen gewohnt bei den Cresspahls, sind sie jeden Morgen von Jerichow an den Strand gegangen. Das ist doch Jacke wie Hose, was die tun, wenn sie allein sind! Das ist unser Paar.

»MARIE H. CRESSPAHL New York, N.Y. July 21, 1968
Liebe Anita Rotes Haar,
obwohl noch immer mein Geburtstag ist, will ich dir noch heute den Bedankmichbrief schreiben, weil du dir die Mühe von ganzen zwei Seiten gemacht hast. Sonst hab ich nur Karten, eine aus Dänemark, eine aus der Schweiz, zwei aus London, der Rest aus den U.S.A., meist New York. Zweiunddreißig Stück im ganzen.
An deinem Geschenk hat mich gefreut, daß man es in seinem blauen Lederetui an einem Band um den Hals tragen kann wie ein Medaillon, und keine von den schlauen Schwestern, nicht einmal Sister Magdalena, wird darin eine Uhr vermuten. Denn das Tragen von Uhren ist uns im Unterricht ›verboten‹. Das sagen die Leute hier auf deutsch, wenn eine Vorschrift genau gegen das Vernünftige geht. Schmuck ist auch ›verbotten‹, (so nämlich), aber diesen werden sie unter der Uniformbluse nicht sehen. Ich danke dir und werde mich erinnern an dich, jedes Mal.
Der in diese Uhr eingebaute Wecker ist hoffentlich nicht gemeint, mich zu erziehen. Denn ich stehe immer gleichzeitig mit Gesine auf, damit ich sie einmal am Tage wach sehe. Am Dienstag

ist sie von der Tür zu ihrem Bett gegangen und blieb so liegen bis zum nächsten Morgen. Auf der anderen Hand bin ich immer pünktlich in der Schule und habe noch nie den Fünferbus nehmen müssen dahin. ›Nehmen Sie keinen Bus, sondern bezahlen Sie den Fahrpreis wie jeder andere anständige Mensch.‹
Die Wahrheit zu sagen, schreibe ich dir auch, weil ich zum ersten Mal Briefpapier habe mit meinem gedruckten Namen. Das ist ein Geschenk von D. E. ›Weil es sich gehört für jemanden über zehn.‹ Elf Jahre bin ich geworden heute morgen um halb acht.
Von D. E., du kennst ihn wohl als Erichson, soll ich dir etwas sagen. Gesine will ihn heiraten. Im Herbst, wenn wir Prag hinter uns haben. Es soll en petit comité sein, mit dir als unserer besten Freundin (und eben einer Schwiegermutter). Damit wird Gesine Bürgerin der U.S.A., ich bin dann von einer ganz anderen Nation.
Es war mein erster Geburtstag ohne eine Gesellschaft. Zehn Gäste hätt ich leicht haben können. Aber es sollte mit Francine sein, dem schwarzen Mädchen, das eine Weile bei uns gelebt hat, bis die Fürsorge sie holte. Wir haben sie gesucht auf der ganzen Oberen Westseite der Stadt, und selbst D. E. hat keine Spur. Francine hätte ich einladen mögen als erste. Vielleicht ist sie tot. Ein Grab würde D. E. finden.
Überhaupt müssen wir es ja lernen zu dritt, und so ist dies der erste Geburtstag, den D. E. für mich gemacht hat. Als ich aus meinem Zimmer gehen mußte, habe ich mir die Augen verbunden und bin auch so auswendig zurückgegangen. Denn ich wollte den Tisch erst sehen, wenn beide dabei sind. Sie sollten mich rufen, und vor allem das Lied singen, mit dem in Mecklenburg die Geburtstagskinder geweckt werden: Ich freue mich, daß du geboren bist. D. E. hat es für mich gesungen. Dann bin ich gekommen.
Der Tisch war gedeckt mit dem Damasttuch, das von Gesines Mutter auf uns gekommen ist. Das wird sonst nur zu Silvester ausgelegt. Wie sie wohl die Blumen in die Wohnung geschmuggelt haben! aber wenn du D. E. kenntest, würdest du dir das Wundern abgewöhnen. Elf Kerzen in allen vier Farben, die für 1962 geringelt angemalt, ›weil doch die Jahre unterschiedlich sind‹.
Ehe ich das nun wieder geknackt habe. Denn 1962 hat er uns ken-

nen gelernt. Er zeigt einem wohl was zum Denken, aber dann sollst du es selber tun.
Da war dein Päckchen. Du, ich habe erst eben die Gravur HMC gesehen. Es gehört wohl zu deinem Beruf, daß du so genau nachdenkst über andere Leute. Von Gesine habe ich ein Modell des englischen Vorkriegsdaimler, der hat mir schon lange gefehlt. (Findest du es albern, wenn man so etwas sammelt?) Von Jason, Shakespeare und Robinson Adlerauge einen Luxuskarton Kaugummi, was ich ihnen hoch anrechne, aber nun haben sie mich gegenüber Gesine bloßgestellt. Die hält Kauen für schädlich. Von Mrs. Erichson zwei Yards Shawl in den mecklenburgischen Farben (die wird dann meine Stief-Großmutter). Von de Rosny, das ist Gesines oberster Häuptling, ein Sparbuch. (Fünfundsiebzig Dollar.) Von D. E. dieses bedruckte Papier und ein Gesicht, als würde Butter nicht schmelzen in seinem Mund. Traue Niemandem über Vierzig.
Weil er aber gelauert hat wie ein Schießhund, habe ich getan, als sei dies das Ende, und ließ mich harmlos mitnehmen auf einen Spaziergang im Riverside Park. Gesine hatte die kopenhagener Bluse an, weil er in so einem blauen Leinenanzug gekommen ist. (Er hat noch immer keinen Kleiderschrank bei uns.) Du siehst also, daß die sich in allem verabreden.
Anfangs hab ich dem Frieden getraut, denn es war Sonntag, dann geht eine Familie spazieren. (Wenn ich auch an einem Sonntag geboren bin.) Die beiden haben, wie zwei Leute im Fernsehen, sich unterhalten darüber, ob es Immergrüne gibt im Park. ›Die Augen muß man offen halten‹, sagte D. E., und ich durfte gut denken, daß dies wieder einmal hinauslief auf getarnte Erziehung. Richtig, von der kleinen Weißbuche am Abhang der Stützmauer, gegenüber der 98. Straße, mußte ich noch lernen, daß die benutzt wurde für die Baumwände in den Gärten von Versailles. Wer nun die Augen offen hat, sieht neben dem Stamm ein Päckchen liegen, in Buntpapier mit Schleifen, das hätte der anständigste Mensch geklaut, so appetitlich sah das aus. Gib es auf. Wir werden ewig im Dustern tappen, wie er das dahin geschmuggelt hat. Ich hab mich hinter ihm gehalten, ein Wurf scheidet aus. Gib es auf. Es war dann so ein identification bracelet, ein Armband aus silberner Kette mit Schild, darauf steht mein Name und:

A_2

cde cD^{u}E.

Für wenn ich fremdes Blut brauche, weißt du. Bei einem Unfall. Das kann auch ein tschechoslowakischer Arzt lesen.

Es ist dir klar, daß D. E. in eine Arztpraxis an der Park Avenue eingebrochen ist. Mindestens.

Das dritte der guten Dinge war ein elektronischer Taschenrechner an der 100. Straße, an der Memorial Fountain (›Den heldenhaften Toten der Feuerwehr‹). Der glänzte von weit unterhalb der Tafel zum Ruhm der Pferde, die gestorben sind ›in the line of duty‹ (»im Dienst«). Und du kennst doch Gesine, was die sich alles ausgedacht hat über Erziehung und Lernen, gerade die erlaubt mir dies Ding für die Schularbeiten, alle vier Grundrechenarten plus Prozent. (›Bei Radix hättest du mir was versprechen müssen.‹) Nur für zu Hause.

Dieser Erichson hat da Alexander Paepcke nachgemacht. Das ist ein Onkel von Gesine (tot), der hat sich mal auf solche Künste verstanden. So viel wie ein Vater will D. E. nicht sein. Deswegen bin ich einverstanden.

Dann kam noch ein Ding, aber es war das vierte, es zählt nicht mit. Das war eine Wohnung.

Du denkst: eine Wohnung für das künftige Ehepaar Cresspahl-Erichson. Das auch. Auf der Höhe der Columbia-Universität, wo es so nach Paris aussieht, ein vierzehnter Stock am Riverside Drive, fünf Zimmer, darin gingen sie umher wie Leute, die im Busbahnhof noch Zeit haben bis zum Einsteigen. Für eines davon nehmen sie das Wort »berliner«. Selbstverständlich sind sie vorher heimlich da gewesen. Mehr weiß ich nicht.

Denn in der Wohnung gibt es eine Tür, daran hing ein Papierbogen wie dieser, da ging es zu mir. Es ist eine Wohnung für mich, mit Schlössern, mit Riegel, mit eigenem Badezimmer, Wandschrankgang, mit Klimamaschine, Telefon, vierzig Meter über dem Riverside Drive, mit Blick über den Hudson, die Washington Bridge, den Palisades Amusement Park, das Ufer von New Jersey den ganzen Tag. Mir war, als fiele ich aus dem Fenster, so hat der offene Park mich angezogen. Unten das dichte Gewusel der Baumkronen entlang den Fahrbahnen, nicht so schütter wie in Westdeutschland ein Wald beim Anflug auf Rhein/Main Air Base. Dazwischen kam wie ein langes tapferes Tier der

Bus Fünf herangekrochen, der hatte ein ganz sauberes Dach.
Ich werde da eben ein bißchen mehr allein leben. Vorher waren wir zwei plus eins. In der neuen Wohnung gehört er zu Zwei, ich bin die Eins. Neue Mathematik. Mengenlehre.
Abends, wenn er bei uns hin läuft und her mit seinen Reden, läuft sie ihm hinterher, bloß um keines seiner *statements* zu verpassen.
Es ist aber auch so, daß sie ihm Zunder gibt. Die sowjetische Armee hat den Brief an die Tschechen und Slowaken nun auch noch unterschrieben. D. E. spricht dann von Luftlandetruppen, das verbittet sie sich. Das geht ganz rasch, oft verlieren sie mich: ›Nicht nach Ungarn!‹ Erichson: ›Für einen großen Teil der Amerikaner war der letzte Kriegsschauplatz der Pazifik...‹ Jetzt sollst du denken an Viet Nam. Sie aber bestreitet längst ›objektiv vergleichbare Funktionen der Macht‹, er ist ihr schon hinterher mit dem Begriff Masse.
Offenbar gibt es in jener Wohnung noch ein Zimmer mit drei Fenstern auf den Fluß hinaus. Jetzt höre ich sie verhandeln, wer von ihnen das kriegt, keiner will es für sich. Nach ihren sechs Jahren Training, warum soll es anders ausgehen als gut?
Liebe Anita, kommst du uns besuchen in Prag, oder habt ihr euch auch in der Č.S.S.R. unmöglich gemacht mit eurem Reisebüro? Wenn sie euch jetzt das Postamt Friedenau umbauen und ihr euer Schließfach verliert, müßt ihr doch zumachen. In einem Postfach seid ihr schwer zu finden, aber in einer Vierzimmerwohnung mit Telefon sieht man euch schon am Licht. (Es tut mir leid, daß euch das Atelier genommen ist.)
In Friedenau haben bis 1943 Verwandte gewohnt, die Niebuhrs, auch tot. Von denen haben wir neulich ein Briefalbum mit Fotos gekriegt, die wollte Gesine dann alleine ansehen. Beim Zurückkommen war mir, als hätte sie geweint. Aber läßt sie sich etwas anmerken?
Von Friedenau träume ich am liebsten den Markt, weil man da Fische kaufen kann und Rhabarber und Butter lose statt bloß Pullover und Anzüge wie bei uns manchmal auf der Vierzehnten. Aber wieso fragt die Fischfrau noch nach mir?
Wenn du nach New York kommst, fahre ich mit dir zur Park Avenue, wo sie arm geworden ist (nach Harlem darf ich nur mit einem Erwachsenen), da zeige ich dir La Marqueta mit den kari-

bischen Früchten, von habichuela blanca bis aji dulce. Diesen Markt haben die Puertorikaner sich mitgebracht, und ihre Gegend heißt Spanish Harlem.
Wenn du zur Hochzeit kommst, brauchen wir bloß schwimmen gehen im Hotel Marseille. Wohnen kannst du bei mir. Be my guest.

M.

P.S.
Aber wie ich heißen werde, siehst du an der oberen linken Ecke dieses Bogens und an den Buchstaben auf der Uhr von dir.«

22. Juli, 1968 Montag

Was ist es denn, das bedroht das gesittete Leben der Menschen auf der Erde? Es ist vor allem jene Bombe, die durch Kernreaktionen Wärme erzeugt: sagt einer ihrer Erfinder und möchte nunmehr, daß die Sowjetunion sich vertrage mit diesem Lande, auf diesem Felde wie auch in anderer Hygiene. So tätig, die wissenschaftliche Reue.
Ein anderer, ausgewiesen in Mathematik und Philosophie, hört sich ungeduldig an. Der sowjetische Ministerpräsident soll Lord Bertrand Russell und der Welt öffentlich versichern, daß die Rote Armee in der Č.S.S.R. Gewalttätigkeiten unterlassen wird. Damit man doch Bescheid hat wegen der Zukunft. Diese Ungewißheiten immer.
Tatsächlich sind die Sowjets seit drei Wochen fertig mit ihren Kriegsspielen in der Tschechoslowakei, und noch immer haben sie Truppen im Lande. Ihre Armeezeitung berichtet aus Moskau, was sie so tun da. Sie suchen nach Säcken mit amerikanischen Waffen, und schon wieder haben sie drei gefunden.
Der Witwer, der Hagestolz Cresspahl hatte vom späten Sommer 1948 an gleich drei Frauen um sich. Die eine, die weißt du, eine Fünfzehnjährige rätst du, die dritte wird dich verwundern. Die eine trug, leider und vorweg geleisteter Trauer wegen, jeweils ein Stück Schwarzes, sei es Kragen oder Kopftuch, die andere wurde immerhin hinter ihrem Rücken ein Weibsstück genannt, dazu kam wie ehedem zu Besuch die Brüshaversche, die Frau Pastor. Unentwegt beherzten Mundes, Gläser in einem ungefügen Ge-

stell um den oberen Kopf, mit einem achtlosen Scheitel in den stumpf gewordenen aschblonden Haaren, so trat sie her; auf der Hut, sich umzusehen wie eine Fremde. Bloß der Fußweg von ehedem, zwischen Creutzens Gartenbauanstalt und der Herrschaftsvilla, der war als sowjetisches Sperrgebiet auch ihr verwehrt; so mußte sie öffentlich kommen, von der Stadtstraße den Ziegeleiweg entlang, einen Mantel über der Schürze, der guten Sitte zuliebe, und tat unbefangen gleich beim ersten Mal. Aber Cresspahl war es zufrieden, daß sie ihn mit seiner Tochter und Frau Abs in der Küche zugange sah, wie von einer Familie behütet, und gab sich abweisend mit der Frage, was denn zu Diensten sei.

Sie fing es an wie nur eine Frau das vermag, sie griff sich etwas aus der Luft, wahllos erwischte sie da den Einfall, Männer ergingen sich in einem Getu und stellten sich an und hätten sich überhaupt. Dem war schlecht widersprechen, und gleichsam vernünftig fügte sie dazu eine Einladung an Cresspahl, im Pastorhause nach einem Fenster zu sehen, das Regen durchließ, Rinnsale auf Aggies gebohnerte Dielen. So erinnerte sie uns daran, daß wir sie einst gekannt hatten als Agathe, und Cresspahl an seinen Beruf, feine und grobe Arbeiten in Holz. Den Anfang hatte sie. Nun war auf Anstand zu achten, und weil Gesine Cresspahl ihn vergaß in ihrem Stolz, bot Frau Abs dem Besuch einen Stuhl an und einen Blechbecher mit Kaffee aus gebranntem Roggen. Den lobte sie gleich. Denn wenn ein Mann, sogar der ihre, einem weiblichen Ratschlag sein Ohr versagt hätte, so müßte sie jetzt den ungesunden Einfuhrkaffee trinken aus Porzellan von einem weiß gedeckten Tisch in Schwerin, nämlich als Gattin eines Staatssekretärs für Kirchenfragen in der Landeshauptstadt von Mecklenburg(-Vorpommern). Kurz, Aggie hatte sich, sie stellte sich an, als wär sie vorgestern zum letzten Mal gekommen, statt vor zehn Jahren. Cresspahl hatte die Augen auf dem Herd, in dem er Holz nachlegte, daß sie es wärmer habe womöglich, und ließ dennoch sich verlocken zu einer Frage. – Nich –? sagte sie; wie das nur eine kann, die ist zwischen Grabow und Wismar aufgewachsen. Der Posten im Ministerium, den hätten die Kommunisten in der Regierung sich gedacht als eine Belohnung für Brüshaver, weil sie ihn als Genossen zu führen meinten in Sachsenhausen und Dachau. Aber sie selbst hätten sich ein P davor geschrieben, indem sie den Kampfgefährten Brüshaver zu geläufig abwiesen bei ihrem Kommissariat 5, wenn er wieder und abermals vorsprach in der Sache von Gemeindegliedern, die verschwunden waren und wegblieben nach dem Belieben der sowjetischen Freunde. (Hier bekam jemand in Cresspahls Küche rote Ohren, vor Scham. Sie hatte dem Pastor den Gruß verweigert, weil sie ihren Vater verraten glaubte von ihm.) Und wie mit der weltlichen Behörde, habe Brüshaver in seinem Eigensinn es verschüttet mit der geistlichen, nämlich seit er dem Kriminaloberobermeister Herbert Vick eine Beisetzung nach kirchlichem Ritus habe verweigern müssen. – Vick? fragte Cresspahl entgeistert, aber nicht wegen des Todesfalls. – Vick! rief Aggie, und zitierte: »Weil ich ein aufrichtiger Nationalsozialist bin!« Jetzt waren die zehn Jahre zwischen ihnen vergangen und verfallen; wie unter sich sprachen sie nun. Die demokratische Zivilverwaltung von Mecklenburg habe von Herbert Vicks Künsten wenigstens die kriminalistischen nützen wollen, auch zu Lehrzwecken, beim K 5 im Raum Neubrandenburg, und ihn für seine Dienste belohnen mit einer christlichen Aussegnung, als wär das Drum und Dran und Schaufenstergestaltung. Brüshaver nach seiner Pflicht habe sich besinnen müssen darauf, wie jener verdiente Ordnungshüter sein Lebtag sich enthalten habe von Gottesdienst und Abendmahl, als Deutscher wie als Antifaschistischer Christ; Jerichow als Ort der Taufe hin und her. So habe die Volkspolizei einen Pastor in Gneez finden müssen für Vicks letzte Ehren, und Brüshaver sei vorgeladen worden bei der Landessuperintendentur, zwecks leichter Verwarnung. Die Mecklenburgische Landeskirche wünsche einen Kollisionskurs zu vermeiden, das hatte sie ihm schriftlich gegeben, das konnte Brüshaver sich rahmen lassen wie seinen feierlichen Ausweis als »Kämpfer gegen den Faschismus« (Richtlinie 4), wenn es denn Rahmen gäbe, und wegen eines Fensterrahmens übrigens spreche sie vor... Kein Wort von der Abwesenheit der Cresspahls, der Abs' bei ihres Mannes Predigten, kein Wort von Gesines Hochfahrenheit, und bedankt sollen Sie sein, Fru Paster.

Denn am nächsten Morgen putzte Cresspahl einen von seinen Zollstöcken, ölte die Gelenke, steckte ihn ein und ging wahrhaftig ein Stück in die Stadt, unter Leute, zum ersten Mal seit dem Oktober vor drei Jahren, seit dem Mai von diesem. Ging zu einer Arbeit.

Es war eine Fensterbrüstung (window breast) im Oberstock des Pastorats. Aggie machte Cresspahl vor, wie sie beim Putzen der Scheiben sich abgestützt habe und mit dem Handballen durch den makellos anmutenden Lack fast drei Zentimeter tief abgestürzt sei in verrottetes Holz, keineswegs mutwillig. Es erwies sich, daß die Brüstung mit bloßen Fingern zu zwei Dritteln abzuräumen war. Aggie wollte es erklärt haben, da das Fenster erst 1944 erneuert worden war. Ein Handwerksmeister hält auf sich und verkneift sich die Bewertung fremder Arbeit. 1944 war hier Wallschläger an der Macht gewesen, der leuchtende Pastor, der Verkünder des nordischen Führertums. Wenn einer dem übel wollte, brauchte er bloß vom weichsten Holz zu nehmen, von einer Schwarzpappel wie es aussah, ein oder zwei Kanäle anlegen mit einem Dorn oder Schraubenzieher, alles verstecken unter Farbe und rechtzeitig wegziehen aus Jerichow. Denn der Regen, angetrieben von den westlichen Winden wie denen der See, trennt schon im ersten Jahr die Brüstung von der Bank (window sill), spült klammheimlich im Mörtel und wird im Mauernest bald nur noch gehalten von der Tapete im Inneren. Dann ist es für eine Reparatur zu spät, hier haben wir es zu tun mit einem Totalschaden, für den braucht es mehr als fünf Kilo Tabak auf dem Schwarzen Markt. – I'll have to make a botch of it: sagte Cresspahl tröstend, indem er an seinen Beruf sich erst gewöhnen mußte, und übersetzte es ungern, weil es zweierlei bedeutete: Pfusch machen und flicken. – Einen Notverband für den Winter: versprach er, und Aggie war beruhigt, weil er das Fenster vermaß, als sei es zu retten. Daß er ihr die Sabotage vorenthielt, ich rechne es als zweiten Schritt bei Cresspahls Rückkehr ins Leben mit den Leuten, statt wie vorgeschrieben gegen sie.

Nun finde du für das reformierte Geld von Ostdeutschland und billige Worte Zement in Jerichow oder Gneez, um das Mauerwerk zu verschmieren und den Rest der Brüstung zu bandagieren, eine Spitztüte voll! eher läuft dir ein Sack Mehl über den Weg. Dann fehlt es noch an einem Trumm Buche oder Traubeneiche, einsfünfzig mal fünfzehn mal acht, von Wasserglaslösung oder Kunstharz zum Imprägnieren zu schweigen. Wer danach sucht, er hat wieder Wege, mindestens Gespräche muß er anbieten, und wenn er kommt, die notdürftig geschützte Wunde im Bau anzusehen, er sieht Pastor Brüshaver im Garten stehen, zwar beim Umgraben seiner Blumenbeete gebückt, aber mit einem Aufblick, als kennte er einen. Dann läßt sich reden über die Zeiten, als der Herr Pastor auf dem Rathaus vorzusprechen hatte bei Bürgermeister Cresspahl, zwecks Genehmigung einer Versammlung (Gottesdienst). Oder, wir haben nunmehr Mai wie auch eine neue Staatsverfassung, deren Artikel 44 den Religionsunterricht in weltlichen Schulklassen gewährleistet, außer vielleicht in Jerichow, wo Brüshaver seine Mündel wartend findet vor einer verschlossenen Tür in der Schulstraße und der Kreisschulrat benimmt sich in seinen Schriftsätzen, als sei die evangelische Kirche für einen aufrechten Kommunisten eine entbehrliche unter den gesellschaftlichen Gruppierungen und ihr Pastor in Jerichow eher ein lästiger Bittsteller denn ein Genosse im Antifaschismus. Kartoffeln brauchen lockeren Boden, Herr Pastor. Einmal hakken, bevor die Triebe rauskommen. Bei zehn Zentimetern Höhe hacken und häufeln, noch einmal häufeln, wenn die Pflanzen lang sind so wie Ihre Hand, it'll do your waistline lots of good. Dann durfte Brüshaver, mit all seinem Griechisch und Latein, sich erkundigen, und Cresspahl belehrte ihn: Dat sünt so Sprück. Nachbarschaft. Neckerei. Aggie Brüshaver brachte die Lebensmittelkarten nun ins Haus, Straßenvertrauensfrau für Jerichow-Süd die sie war (»weil einer es doch machen muß, und weil sie von mir bloß die Abrechnung kriegen, keine Leumundszeugnisse«). Wenn Cresspahl sich wehrte gegen Palmin oder Schinkenspeck, die sie für ihn aus der Schwedenspeisung abzweigte, bekam er zu hören, es gehe bei ihr nach der medizinischen Bedürftigkeit, statt nach Mildtätigkeit, und einer staatl. gepr. Krankenschwester hat gerade ein Patient von einundsechzig Jahren sich zu fügen. Ihr war aufgefallen, wie mein Vater den Kopf hielt, und bald betraf ich sie, wie sie ihm die Muskeln von Schultern und Nacken durchknetete, und war eifersüchtig, weil er nie die Tochter darum bat. – Da bin ich doch die Nächste zu: sagte Aggie, wenn er sich bedankte, und gab ihm einen Klaps, damit er das Hemd wieder anzog. Einmal war Jakob bei uns zum Wochenende, da kam sie und tat sie und hatte sich, als lese sie ihm die Leviten. Jakob war zu Ostern 1949 in die Petrikirche gegangen, zur Predigt in Sachen Auferstehung, und sie hielt ihm vor, daß er, wenn auch in einer hinteren Bank, bis zum Ende mit verschränkten Armen dagesessen habe. – Als ob Sie sich ein Angebot machen lassen! rief sie, worauf Jakob nach einer Weile nickte, als habe es so sich verhalten. Und weil ich sie höre, kann ich ihn noch einmal sehen. Brüshaver war nun drei Jahre lang aufgetreten ohne Zähne, die waren ihm ausgeschlagen zu Sachsenhausen; endlich redete ihm Aggie sein Mißtrauen gegen »deutsche Ärzte« aus, er erschien mit gelblichen Kunststoffgebilden im Munde und kaute lange leer wie ein Mensch, dem schmeckt etwas schlecht. – Say »sixpence«: verlangte mein Vater von ihm, und sie übten das Kunstsprechen mit einander, wie die kleinen Jungs. Einmal sah ich Jakobs Mutter die Lippen verziehen angesichts der beiden, das sah mühsam aus und als täte es weh; da hatte sie sich an einem Lächeln versucht, heimlich. Wenn sie streng tun wollte mit Aggie, redete Jakobs Mutter sie an als »jung Fru!« Die hatten im Krankenhaus Vertraulichkeiten erworben. Und mögen die einen mir verziehen haben aus einer christlichen Nötigung, so konnten die anderen das bloß aufbringen, weil ich dazu gehörte, sagen wir durch Aufenthalt.

Denn die Gesine Cresspahl von 1948 wollte bloß die Nachbarschaft ertragen. Zum einen war sie nun eine »Oberschülerin« von Berufs wegen und hatte die Sache mit Gott für sich erledigt auf eine Art, die sie für ureigen hielt; zum anderen konnte sie ihren Unglauben schlicht beruhigen mit der Erinnerung an das Gebet, mit dem ein lutherischer Feldgeistlicher der U.S.-Luftwaffe den Beistand Gottes erfleht hatte für die Besatzung des Flugzeuges, das die erste Atombombe über einem bewohnten Land abwarf; sie unterstellte der evangelischen Theologie ausreichend taktischen wie strategischen Verstand, um eine gewöhnliche Beschädigung der Stadt Hiroshima für ausreichend zu erkennen, die Kriegslage vom 6. August 1945 um 9:15 Uhr (Washington-Zeit) einmal als gegeben vorausgesetzt. Der Schülerin Cresspahl war bewußt, warum der Neue Staat mit seiner Neuen Zeit die Aufmärsche, Versammlungen, Arbeitseinsätze mit Vorliebe ansetzte auf die Termine der kirchlichen Feiern; sie glaubte sich entbehrlich in solchem Zweikampf und fühlte sich unparteiisch, wenn sie verschwieg, wie der Zigarrenstummel in den Schulraum gelangt war, der Anlaß und Vorwand für die Aussperrung der Kirche: der Knabe Ludwig Methfessel war streng angehalten, seinen neuen Lehrern aufs Wort zu folgen. Und anders wäre es ja Petzerei gewesen. Was ging sie die Kirche noch an!

Es kann die Heidin schlecht im Frieden leben, wenn anderen Heiden das mißfällt. Seht diesen Jakob an, der eine eingeregnete Katze mitbringt ins Haus und das triefende Bündel am Nacken vor sich hält, bis er es endlich fallen läßt mit dem Befund: Naß wie ein Jonas! und erst dann merkt er Cresspahls Gesine warten und überblickt sie obenhin, müßig, als ginge ihr die Kenntnis von biblischen Walfischen ab. Hört die Sprüche von Heinrich Cresspahl in diesem Sommer, englisch und evangelisch fallen sie aus: Don't preach to the converted! Don't mock the afflicted! und Gesine soll ihm das übersetzen ins gegenwärtige Deutsch, als sei sie zu ungebildet für das von Luther. Jakobs Mutter läßt von ihm sich necken mit der altlutherischen Extrawurst, kommen geistliche Gegenstände so doch wenigstens zur Sprache; sie geht aber in diesem Herbst zum ersten Mal in Brüshavers Kirche, sie nimmt von ihm das Abendmahl. Im Oktober erscheint im Pastorat der Petrikirche von Jerichow die Tochter von Johann Heinrich Cresspahl, geb. 1933, dem Amte wohl bekannt, und wird vorstellig um eine zweite Zulassung für den Unterricht zur Konfirmation. Auf daß sie des Einverständnisses ihrer Älteren abermals teilhaftig werde. Das gefallsüchtige Kind.

In der warmen Jahreszeit war Pastor Brüshaver mit seinen Mündeln spazieren gegangen, zu Unterweisungen auf einer Wiese im Gräfinnenwald; im unmäßigen Gewölbe der Kirche waren sie zu wenig, sich an einander zu wärmen. Er versuchte, für die eine Stunde am Sonnabendnachmittag Wohnzimmer in Jerichow auszuleihen, von Quades bis zu Maassens (das Haus von Cresspahl strikte ausgenommen); die Bürger klagten über den Schmutz, den fünfzehnjährige Kinder an ihren Sohlen auf die heiligen Dielen tragen. Frau Methfessel hatte gleich nach dem Krieg sich gefallen in Reden von der »Schicksalsgemeinschaft«, in der ihr Mann und Brüshaver einander begegnet seien; nun kam sie ungeschickt auf gegen den störrischen Sprößling Lurwig, der gerade bei des Pastors Stunden an einem Fußball übte vor der Tür zur guten Stube. Frau Albert Papenbrock hatte den größten Saal von Jerichow (und den steilsten Glauben an die evangelische Landeskirche, hörte man sie); mit Anwärtern auf die Kirche in ihrem Haus fürchtete sie den Unwillen von Alberts Gefängniswärtern aufzurühren. Sie rang die Hände vor ihren Bedenken, sie barmte, leise jaulend: immer werde es von ihr verlangt, immer mehr als

von den anderen... Brüshaver bestellte das Hinterzimmer des Lübecker Hofs, der nun in einen Ratskeller umbenannt war. Pächter Lindemann ließ ausrichten, Versammlungen müßten angemeldet und genehmigt werden, gerade die eines Vereins. Die Bürgermeisterei von Jerichow untersagte die Nutzung weltlicher Räume für religiöse Propaganda. (Das war der nach Bienmüller, Schettlicht, der blankäugige Agnostiker aus Sachsen.) Brüshaver vermutete da eine Willenserklärung der Roten Armee; er genierte sich, die auszuprobieren in der Kommandatura von Jerichow; wie konnte er ahnen, daß die Zwillinge Wendennych dem Genossen Schettlicht über den Mund gefahren wären! Endlich riß Jakob die Geduld, und die Deutsche Reichsbahn schob einen Werkstattwagen auf Papenbrocks nunmehr staatlichen Gleisanschluß, mit Bänken wie zu einer Beratung aufgestellt, auch einem Ofen, für den das Gaswerk eine Schubkarre Kohlen stiftete; denn wo immer Jakob mit Leuten zusammen arbeitete, sie waren ihm willig zu Dienst wie er ihnen, wie üblich unter Freunden. In diesem Waggon, unter dem Licht von Stall-Laternen, hielt Cresspahls Tochter sich bis zur Weihnachtszeit.
Sie versuchte, das bescheidene Kind darzustellen, das bereuen will mit Fleiß; sie wollte überdies hinnehmen als Gerechtigkeit, daß sie kaum belobigt wurde für das geläufige Aufsagen der Hauptstücke zur Taufe. Wasser allein tut's freilich nicht. Allerdings, zum Stillsitzen mußte sie sich zureden, und vor ausführlichen Blicken auf Brüshaver hütete sie sich. Denn Brüshaver schien in einem fort zu lächeln. Es waren bloß verrenkte Muskeln, gezerrte Sehnen, die zogen ihm die Mundwinkel nach unten, hielten ihm die Falten neben den Augen starr in einer Grimasse unwissentlichen Grienens. Auch tat er, als sei ihm der vierte Finger der Rechten immer so piel von der Handfläche weggestanden, steifer Haken eines Bogens aus Schmerz, der ihm die Schulter nach unten zwang. Wenn er das Buch anhob mit Zeige- und Ringfinger, bis er den Daumen darüber schob wie von ungefähr, schien die Hand künstlich, schlimm. Er stöhnte achtlos, wenn er den Unterarm bemühte; da kann einem das Zusehen weh tun. Religionsunterricht wird katechetisch gehalten; da war keine Zuflucht vor Brüshavers behinderter Stimme, die etwas ungemein Körniges in seiner Kehle um und um wendete, als sei jeder Laut ein Schaden für das innere Gewebe. Gesine hielt sich

besessen vor, daß dies seine Mitbringsel waren aus sechs Jahren in Oranienburg und bei Weimar, aufzuwiegen gegen einen amtlichen Ausweis, vor dem seine Genossen auf dem Rathaus, beim Kreisschulamt Gneez, bei der Behörde des Landrats mittlerweile die Hände hoben, als scheuchten sie etwas weg. Nur, immer konnte sie nicht aufpassen auf sich, und es war gewiß gegen ihren Entwurf, daß sie sich sagen hörte, mit Dröhnen in den Ohren, als spreche sie unter Wasser: das mit der Ubiquität, sie könne es auswendig, sie werde es auf Verlangen vortragen, aber daran zu glauben, es mißlinge ihr.
Sprach's und lief so blindlings zur Tür auf die Bühne des Waggons, sie wäre fast gestürzt von der hohen Treppe, lief durch die naßkalte Bahnhofsstraße in den finsteren Abgrund des Marktplatzes, versteckte sich in der zerschlagenen, lichtlosen Telefonzelle, geschüttelt von keuchendem Weinen, mit Furcht vor der Dämmerung, in der alle sie sehen würden.
Cresspahl erinnerte sich an den Winter 1944, als sie in eben dieser Kabine Schutz gesucht hatte vor Schule und Behörde, er kam sie schon zur Abendbrotzeit retten. Er führte sie ab wie ein Kind, einen Arm um ihre Schulter, und der Weg ersparte ihr das Licht im Haus und den Blick von Jakobs Mutter, die dunklen vom Brillenglas vergrößerten Augen; ins Bruch ging die Reise, wo nur Hasen und Füchse unbesorgt hören durften, daß ihr die leibliche Gegenwart Christi im Abendmahl kannibalisch vorkomme. Es war das letzte Mal, daß er sie hielt und führte wie ein Vater; von seinen Tröstungen hat sie die behalten, die sie freisprach: You gave him a chance. Versucht hast du's, Gesine.
Am nächsten Nachmittag sah sie Frau Pastor Brüshaver auf den Hof kommen; pfeilgeschwind verzog sie sich in die Franzosenstube, die Jakobs Mutter uns hatte einräumen lassen als ein Zimmer zum Essen, in ihrer Schicklichkeit. Im Versteck, so rasch sie denken konnte, dachte Gesine sich Vorwürfe zusammen gegen die Abgesandte der Kirche, Waffen für den Fall der Entdeckung: Aggie hatte schon 1937 aufgehört, Kinder zu unterweisen in der christlichen Lehre. Zweifelte sie an dem, was ihr Mann als Glauben verkündete? Cresspahl redete sie zu, sich umgekehrt aufhängen zu lassen vor einem Röntgenschirm, damit seinen Nackenschmerzen auf die Sprünge gekommen werde; ihren Mann ließ sie hantieren mit einer Dupuytrenschen Kontraktur, strangartige

Verhärtungen in der Hohlhand, ein Chirurg weiß da zu schneiden. Krankenschwester war sie, von ihres Mannes Sorgen mit noch dieser Staatsmacht ging sie weg in Jerichows Klinik, auch mit dem Schreibkram der Gemeinde ließ sie ihn allein; ist das die Vorschrift für eine christliche Ehe, Aggie?
Aggie antwortete ihr durch die geschlossene Tür, unbelauscht glaubte sie sich mit meinem Vater im Flur, mutlos fragte sie ihn, als bäte sie um Vergebung für sich selber: Und wenn das Kind nun recht hätte, Cresspahl?
Die Sonne hing im westlichen Nebel, viertels schon weggedreht von der Erde; ihr niedriger Schein füllte die Stube mit dickem blutfarbenen Licht. In einem so roten, drohenden Dunst war ich zum ersten Mal.
Im März setzte Cresspahl dem Pastorat eine neue Fensterbrüstung ein, von Hand aus einer Eisenbahnschwelle gefertigt, so innig mit Karbolineum getränkt, da standen Tautropfen fest ohne zu zerfließen. Inzwischen hatten die Brüshavers einen meterbreiten Streifen mürber Wand gefunden, vom Dachboden bis ins Erdgeschoß entlang des Schornsteins, von Gegnern der mecklenburgischen Landeskirche im Jahr 1944 mit ein paar Meißelschlägen in den Kupferflansch gestiftet. Das gehörte zu Brüshavers Erbe. Der Pastor von Jerichow wohnte in einem kaputten Haus.
Am Sonntag nach Palmarum 1949 war bei Brüshavers Taufe. Aggie (»bei mir wächst alles so«) hatte noch einmal ein Kind, einen Jungen, Alex.
Personen, die die Allgegenwart Christi bestreiten, sind weder einer Konfirmation würdig noch den Pflichten aus einer Patenschaft ebenbürtig, das versteht sich, und Cresspahls Tochter erfuhr ohne Neid, es sei neben Jakobs Mutter ein anderes Kind aus der Konfirmationsklasse bestimmt worden, über Alexander Brüshavers christliche Lebensführung zu wachen, ein ehemals ostpreußisches Mädchen, das die Sache mit der Ubiquität sowohl aufsagen als auch auf sie vertrauen konnte. Gantliks Tochter war sie, Anita hieß sie.

– Bißchen viel Kirche, Marie?
– Hatte dein Pastor auch seine Haare verloren?
– Brüshaver ohne Barett, es war ein Anblick zum Fürchten. Weil

man in der Schläfe das Überbleibsel einer Wunde sah, eine rötliche Höhlung, walnußgroß.
– Was war das Altlutherische?
– Eigenheiten im Punkte der Rechtfertigung, der Versöhnung, der Trinität. Wenn du mich fragst, ein vereinsrechtlicher Streit.
– Das gab Jakobs Mutter auf für dich?
– So denken bloß Kinder, die sich in der Mitte der Welt glauben. Nein, zu den Altlutheranern in Gneez oder Wismar schaffte sie es einmal im Monat. Sie wollte lieber jeden Sonntag in die Kirche gehen können.
– Warst du aufrichtig, als du von der Beistelltreppe am Waggon gestürzt bist?
– Vielleicht war ich eingebildet auf meinen Einfall. Allerdings tut er mir Dienste bis auf diesen Tag.
– Weil ihr überall lügen mußtet, hast du deine Wahrheit an Brüshaver ausgelassen. Gib es zu.
– Geb ich zu, Marie. Und es sollte endlich zu Ende sein.
– Du warst eben viel zu klein, Gesine. Wie soll ein Kind entscheiden, ob es glaubt. Ich laß mich konfirmieren, wenn ich Bescheid weiß, so mit achtzehn, vielleicht.

23. Juli, 1968 Dienstag

Auftritt Anita.
Keine »kleine Anna«; ein groß gewachsenes Mädchen, kräftig in den Schultern wie ein Junge, athletisch nahezu von der Feldarbeit, die ihr im Dorf Wehrlich abverlangt worden war für bloß das Essen und eine Strohsackpritsche unter einem tröpfelnden Reetdach, weil sie kein einheimisches Kind war sondern ein vertriebenes, von fast keinem Besitz gedeckt, ohne eine Mutter, mit einem Vater, der sie zurückließ in der bäuerlichen Knechtschaft und seinen Sold von der Polizei in Jerichow für sich behielt, als wünsche er dieser Tochter ein Verkommen und Verrecken. So sah es aus, und wenn das Kind in die Stadt kam zu Gottesdienst und Konfirmationsstunde, anderthalb Stunden Fußweg auf barften Beinen, sie ging an ihrem Vater vorbei, gleichmütig blickend, ohne Zorn. Wie kommt ein solches Kind, ohne Vormund, ohne Beistand, weg aus der Tagelöhnerei in die Landstadt Gneez, in

eine fortbildende Schule, in eine Wohnung in der begehrten Gegend, am Stadtgraben, in ein dreistöckiges Haus mit fließendem Wasser aus Wand und Licht aus Decke?
Als sie eintrat in die Neunte Klasse, war das Gerücht schon da und begrüßte sie böse: es hätten »die Russen« ihr dazu geholfen. Daran ist wahr, daß die Herren Kommandanten von Jerichow, die Zwillinge Wendennych den Abstecher über Wehrlich einrichteten, wenn sie über Land fahren wollten als herrscherliche Reussen, und diese Anita, ein fünfzehnjähriges Kind, bei sich sitzen ließen, damit es ihnen übersetze, was diese Deutschen in Mecklenburg zu sprechen versuchten. Davon trifft zu, daß die Genossen Wendennych ihr eine Vergütung stifteten für ihre Dienste, als wär sie ihresgleichen, einen Bezugschein nämlich für ein Fahrrad, schwedische Importware, das Prunkstück im staatlichen Laden auf der Stalinstraße von Gneez; die Bürger nannten es das erste Fahrrad in Mecklenburg, für das »die Russen« bar Geld entrichtet hätten; von ihr als dem »Russenliebchen« sprachen sie obendrein. So konnte Anita pünktlich zum 1. September 1948 mit dem Fahrrad zur Fritz Reuter-Oberschule reisen, anderthalb Stunden morgens, anderthalb Stunden zurück nach Wehrlich, über unbefestigte Landwege gegen Regen und Westwind in diesem naßkalten Herbst. Das Rad brauchte sie bloß abzuschließen; gegen Beschädigungen war es gefeit, denn »die Russen« als Umgang mochten schlechte Empfehlung sein, als Rächer waren sie gefürchtet. Ein Rad mit weißen Reifen, TRELLEBORG war den Schlauchmänteln seitlich aufgeprägt. Es stimmt, die Herren Wendennych fragten sie auch nach ihrem eigenen Ergehen und nahmen Anstoß an ihrer Gewohnheit, die Schularbeiten in der ehemaligen Stadtbibliothek zu erledigen, unter dem Patronat des Kulturbundes (z.D.E. Deutschlands), weil ihr ein Zuhause abging und ihr Schinder von einem Gastgeber, wir verzichten auf den Namen, sie von den Büchern zum Ausmisten seines Schweinestalls schicken konnte; die Kommandantur von Jerichow erwirkte bei der von Gneez eine Erlaubnis zum Zuzug und eine Einweisung in Frau Dr. Weidlings Wohnzimmer, außer der Reihe, eine Ausnahme, eine Gunst. Eine gefährliche, noch ein übler Leumund; obwohl Frau Dr. Weidling im November von der Kontrassjedka geholt wurde wegen ihrer unbeschwerten Reisen mit einem Mann in schwarzer Uniform in den deutsch be-

setzten Ausländern, keines Weges damit Anita Gantlik eine ganze Wohnung für sich allein bekam. Aber so hieß es. Und wir waren dabei, als Anita zum ersten Mal drankam bei der Freifrau von Mikolaitis, die ihre baltische Herkunft bei uns als Unterricht im Russischen verkaufen durfte, Gnaden halber; Anita erhob sich demütig, deutete einen Knicks an und gab der fahrigen alten Dame eine längere Antwort. Das war alles, was wir verstanden, nach unseren doch drei Jahren Unterweisung im Russischen; es hörte sich an wie: Das russische Wort für Bahnhof, gnädige Frau, woksal, es verdankt sich dem Vergnügungspark nahe dem Bahnhof London-Vauxhall, wie auch der Zar Alexander der Zweite Nikolajewitsch einen errichten ließ in seiner Stadt Pawlowsk, Rayon Woronesh; das Wort woksal ist gewißlich gefallen. So geläufiges, druckloses, unangestrengtes Sprechen war der Freifrau ungewohnt von uns, das ging auch über ihre Fertigkeiten; schlicht aus Notwehr bemängelte sie, wie Anita das o benutzte. Bei Anita klang es trocken, anders als in unseren mecklenburgischen Dehnungen; sie dankte für die Belehrung auf russisch. In der Woche danach meldete sie sich bei der Mikolaitis. Sie habe bei den native speakers (auf russisch!) ihr o vorgesprochen; es sei abgesegnet worden als die moskauer Üblichkeit. Wenn sie hilflos klang, bittend, war das unverstellt; sie bat die Lehrperson um eine Entscheidung. Das Ende von diesem Lied war: die Mikolaitis lud Anita zu Privatstunden ein, aber um von Anita den Fluß des Sprechens zu lernen. Die tat salomonisch; feige war sie; wir haben an den Erwachsenen weniges zum Nachmachen gefunden. Unbestreitbar, drei vier Mal in der Woche knackt es im Lautsprecher über der Wandtafel, dann sagt Elise Bock durch, Schulsekretärin wie ehedem: Gantlik ins Rektorat. Anita verabschiedete sich von der Fachkraft für Deutsch oder Biologie, seufzte ein wenig, knickste nach der Vorschrift und packte ihre Hefte zusammen wie für einen Abschied auf immer. Zwei Schulstunden später, mitunter nach drei, war sie zurück an ihrem Platz, hatte im Rathaus für Herrn Jenudkidse die Dolmetscherin gemacht; indem Slata abgegangen war. Ein bescheidenes Mädchen, kam in einem abgewetzten schwarzen Kostüm in die Schule wie zu einer Festlichkeit. Sprach leise, mit niedergeschlagenen Augen. Daß sie ihr langes schwarzbraunes Haar in geflochtenen Windungen um den Kopf trug, sie wird es für eine städtische Mode gehalten haben. Eine breite, gedrungene Stirn, hinter der es ängstlich zuging in diesem Herbst. Ungeschickt war sie überdies; lieh sich die Aufzeichnungen der versäumten Stunde von keinem anderen als Dieter Lockenvitz, dem Primus; Lockenvitz standen die weißen Haare zu Berge vor Zerstreutheit, vor drängender Nachdenkerei übersah er, daß dies Mädchen gern für eine Minute an seinem Tisch hätte sitzen mögen, damit er zwischen seinen Zeilen und Formeln umherdeute, eigens für sie, damit er sie einmal wahrnehme. Wenn Lockenvitz an der Tafel stand und algebraische Erfolge zu erzwingen versuchte, denn in Mathematik blühte sein Weizen nur mit Quecken durchwachsen, so waren ihre Augen weit offen auf ihn gerichtet, sichtbarlich hoffte sie etwas für ihn, sehnte sich, helfen zu dürfen; ich bebte ein wenig für sie, sie wäre ein Fressen für Lise Wollenbergs Mundwerk gewesen. Aber nur Pius und ich sahen, was da verloren ging an Wünschenswert. Wenn sie einmal glücklich gewesen ist in diesem Winter, dann als sie ihren Vater hatte zwingen können, sie amtlich anzumelden in Gneez und sich zu verdrücken mit wendender Eisenbahn, so daß sie zum ersten Mal allein war in einem Zimmer, hinter dem eiskalten Glas, mit Blick auf Nebel und frierende Lindenkronen, in der Fremde, aber für sich.

Denn weißt du, Gesine, ich hieß ganz anders als Gantlik.

War er dein Stiefvater?

O daß doch, Gesine. Utinam! Daß er ein Fremder gewesen wäre, ohne ein Recht auf mich.

»Anita« ist auch ein falscher Name?

Da hat meine Mutter einen Film mit spanischer Szene gesehen, einen Schlager gehört 1933. »Juanita«; ich vergeb's ihr.

Und deinem Vater nie.

Wenn er mal stirbt.

Unsere sanfte, rachsüchtige Anita.

Wir saßen an der Memel, aber wo sie auch Njemen heißt, mit gutem polnischem Namen, davon ist Gantlik der Stummel. Kommen die Deutschen und bieten uns den blauen Ausweis an, Deutsche Volksliste Gruppe 1, wegen aktiver Tätigkeit im Volkstumskampf »bewährte« Personen deutscher Staatsangehörigkeit, wegen eines Großvaters aus Westfalen. In die deutsche Haken-

kreuzpartei geht er, Schwachkopf von einem Vater, weil ihm das gefällt, wie deutsche Panzer ein polnisches Dorf flach legen. Beifall für die Deutschen, und wir alle mit, Mutter, Geschwister. Gantlik.

Ohne einen deutschen Paß hätten die Deutschen ihn leicht zur Arbeit gepreßt im Altreich, Anita. Ohne die Familie. So bekamt ihr Lebensmittelkarten, durftest du eine Schule besuchen.

Eine deutsche Schule.

Eine Schule. Und du durftest ins Kino gehen.

»Die Stadtmaus und die Feldmaus.« »Hitlerjunge Quex.«

Und deine Mutter konnte mit euch in ein Café gehen, in Restaurants, und durfte einkaufen in den Geschäften.

Und mein Vater, als Reichsbürger unter deutschem Pseudonym, er wurde für den Hof entschädigt, bekam einen neuen bei Elbing. Als die Rote Armee uns einholte im Januar 1945, konnten wir schriftlich vorzeigen, daß wir Deutsche waren. Meine Mutter, meine Geschwister, auf freiem Feld haben wir sie beerdigt. Mein Vater, der Deutsche, er konnte für kein elfjähriges Kind einstehen.

Du betest, Anita. Da gibt es eine Bitte, die mit dem Vergeben.

Das tu ich. Den drei Russen, die mich zwischen genommen haben, allen Russen in Bausch und Bogen.

Nie deinem Vater.

Dem Gantlik, ehedem er stirbt. Das war sein Krieg. Der hat es gemacht.

Dann warst du neugierig auf die Russen. Weil sie ihre Rache gehabt haben an einem elfjährigen Kind.

War ich, Gesine. Bin ich noch heute.

Weißt du, was wir gesagt haben, wenn das Dreifache J dich aus der Stunde holen ließ? »Anita geht Blut spenden.« Weil immer du es sein mußtest. Weil du so erschöpft zurück kamst.

Das war Pius.

Pius wier 'n gauden Minschn.

Das wollen wir sagen. Damals habe ich das mit dem Njemen, mit der Memel versteckt, weil mir bange war, ihr nennt mich »Volksdeutsche« hinter meinem Rücken. Oder »Beutegermanin«.

Ihres Vaters entledigte sich die Schülerin Gantlik, indem sie über das Rote Kreuz eine Schwester ihrer Mutter aufspüren ließ, eine Witwe mit zwei Kindern, die hungerte im Ruhrgebiet, der klangen die Namen Gneez und Mecklenburg nach Fleischtöpfen. Die wurde auf dem Papier der Vorstand von Anitas Haushalt am Stadtgraben, deren Lohn wurde der Grundstock des Wirtschaftens; gleich nach der Abtrennung der westlichen Zonen von der sowjetischen fing sie an, in einer jammernden Tonart sich zu rühmen wegen des Opfers, das sie für ihre Nichte Anita bringe in einer Gegend, für deren Geld weniger zu erwerben war, von der Butter bis zur Armbanduhr. Sie vergaß bequem, daß Anita ihr ein Dach über dem Kopf verschafft hatte, daß Anita in die gemeinsame Kasse zusteuerte aus ihren Honoraren, daß Anita es war, die ihre zwei Jungen, um die elf Jahre alt, annahm zu einer Erziehung. Der Vater kam noch vor, wenn wir der Schule unsere Genealogie vorzutragen hatten behufs einer Würdigkeit für die Erziehungsbeihilfe (zweiundzwanzig bis zweiunddreißig Mark).
– Mein Vater ist Arbeiter: sagte Anita, so ostpreußisch sie es vermochte, schrieb sie hin. Dann wurden die Fragebögen spitzfindiger und verbaten sich allgemeine Auskünfte. – Mein Vater klopft Rost auf der Warnow-Werft in Rostock: gab Anita zu Protokoll.
Haben wir einander bekannt, als Freundinnen bestimmt zu sein? Wir haben uns gehütet. Von der Arbeitsgemeinschaft Cresspahl/Pagenkopf borgte Anita weder Blatt noch Stift; auch hatte sie einen Verdacht gegen solche Vorführung von Ehe unter Schülern, oder wollte ihr einen Respekt bezeugen durch zurückhaltendes Wesen. Es war Pius, der ihr im Vorbeigehen sein ausführliches Zirkelbesteck auf den Tisch legte, weil sie für eine geometrische Hausarbeit bloß ausgerüstet war mit einem selbstgemachten Halbkreislinieal ohne Gradeinteilung; Pius wollte Lise Wollenberg wieder einmal etwas unter die Nase reiben; auch konnte er schlecht ansehen, wie ein Mensch sich plagt. Als Anita es zurückbrachte anderntags, bedankte sie sich hoch aufseufzend; übersah die Schülerin Cresspahl, die saß neben ihm. Wo ich fürchtete, sie werde mir ein Wort anrechnen als Herablassung, wollte sie bescheiden erscheinen. Denn sie kam sich fremd vor, unerwünscht, ein Eindringling, ein Flüchtling. Auf einem Schulausflug traf die Neun A Zwei einen Köhler beim Aufbau eines

Meilers, der Geisteswissenschaftler Kramritz übersetzte die böhmakelnden Auskünfte des rußhäutigen Wanderers in ein Obenhin von Wissenschaft; Anita fing an zu erklären in vor Aufregung gequetschten Tönen, was in ihrer Kindheit eine Arbeit gewesen war. Die Schülerin Cresspahl war begierig zu wissen, wie denn die Holzkohle für die Bügeleisen gemacht wird; Anita sprach leiser, geriet ins Stocken, verstummte.
Anita, die Ortsfremde, fand ein Stück Wiese mit einem Pfad durch Schilf, am Südufer des gneezer Stadtsees, und glaubte sich aufgehoben vor den Einheimischen; wie erschrak sie, als aus allen vier Neunten Klassen Leute auftraten an ihrem gewohnten Badeplatz, im April noch wenig ausgetreten. Gleich nahm sie ihr Handtuch über, geniert, weil sie in der Ausbildung eines Busens voran war; sichtbar blieben lange, schmale Oberschenkel, feste Waden. – Schöne Beine: sagte Pius, als wir über den See zu den Bootshäusern schwammen; – Lebendige Beine: versetzte ich; gelernt ist gelernt. Bei unserer Rückkehr fanden wir sie umlagert von jungen Männern aus der Zehnten, die begehrten ihr Handtuch zu leihen, rühmten ihr breitbahniges, welliges Haar, boten ihr Zigaretten an; wie Männchen eben balzen. In ihrer Verlegenheit sagte Anita, verächtlich und bebend, etwas über die Dummheit von Leuten, die in der Schule die Struktur der menschlichen Lunge auswendig lernen und hinterher sie versauen mit dem Einatmen von Tabakrauch. Wir sahen uns um (Pius und ich) nach Lockenvitz, obwohl wir ihn abwesend wußten in einer Sitzung der Z.S.G.L.; wer hingegen am Rande der Badegruppe sichtbar auffiel mit einer Zigarette zwischen den Fingern, war die Kresse, die Kresse am Pfahl, Röbbertin sin Gesin. Was bleibt einem da, als hochmütig gegen die Maisonne zu blinzeln und sorgfältig zu ziehen an der Zigarette aus Dresden, das Stück immerhin zu zwölf Pfennigen und nachgemachte »Lucky Strike«?

Das war vorlaut von mir, Gesine; gegen meinen Willen.

Und wie konnte ich dir sagen, vor versammelter Mannschaft, daß Pius einmal dein Patenkind zur Brust zu nehmen gehalten war, den halbjährigen Alex, und mir erzählte von dem erfrischenden Duft, den Kinder ausatmen?

Wie frischer, ungebrochener Kreppstoff.

Ein Atem, wie ich ihn auch mir noch zutraute. Wollte ich Pius bewahren vor einem Appetit darauf, mußte ich anfangen zu rauchen.

Wenn ich gewußt hätte, Gesine, daß ich dir weh tu!

Das war eine Annäherung; die ging in die Binsen am Stadtsee; an was sollte Anita glauben als an noch einmal Geringschätzigkeit? Dabei bedauerten wir einander innig. Sie mich, weil ich dem Pastor von Jerichow beschwerlich gefallen war mit einer Schau von Aufrichtigkeit; ihren betroffenen, für mich leidenden Blick von der Seite, bloß fühlbar im Licht des Konfirmationswaggons, ich habe ihn zuverlässig aufbewahrt. Ich sie, weil sie insgesamt verstand, was sie ablieferte in den naturwissenschaftlichen Fächern (Mathematik: 1; Chemie: 2; Biologie: 1) und dennoch unterm Strich unbeirrt einen Gott herausbekam, der anwesend ist im Molekül, im Atom und in den Sperlingen, die er vermittels Kernwaffen vom Dache schießt. Anita, zuständig nach Gneez, nahm an jedem Sonntag die Reise zur Petrikirche von Jerichow auf sich; bloß weil der Dompfarrer von Gneez es mit dem Landespastor Schwartze (Ludwigslust) hielt und seinen ureigenen Bischof Dibelius (West-Berlin) als einen Kriegshetzer, auch ein »Instrument der amerikanischen Aggression« verteufelte, als »Atom-Dibelius«; Dibelius hatte von der Verwaltung der sowjetischen Besatzungszone und ihrer K 5 gesprochen als einem »Staatsgebilde«, auch von

Gewalt,
die über alles Recht hinweggeht,
innerer Unwahrhaftigkeit und
Feindschaft gegen das christliche Evangelium;

Brüshaver wollte es noch einmal versuchen mit seinem Martin Niemöller, im Rat der E.K.i.D., Unterzeichner der Schulderklärung von Stuttgart und Verfasser der Meinung, sämtliche Besatzungsmächte sollten abziehen aus Restdeutschland und es durch die Vereinten Nationen am Frieden halten. Deswegen fehlte Anita, wenn wir an Sonntagmorgenden im blauen Hemd die städtischen Anlagen durchharkten oder ein Drittel Schulhof umgruben für einen Mitschurin-Garten; im kleinen Schwarzen trat sie vor Brüshaver, wird auch wohl in der Kommandantur bei den Wendennychs vorgesprochen haben; denn anders als wir wurde sie kein Mal verwarnt wegen eigenmächtiger Abwesenheit. Und hieß mittlerweile Anita die Rote, weil das Schwimmen unter der Sonne des Frühlings von 1949 ihr Haar ausgebleicht hatte und einen Stich ins Rötliche durchscheinen ließ.

Und in Jerichow hatt ich ein Patenkind, Gesine.
Und in Jerichow gingst du zum Abendmahl.
Einmal im halben Jahr. Meist wär es doch unverdient gewesen.
Böser Gedanken wegen? Sag an, Anita.
Neidischer Gedanken halber, Gesine.

Anita hätte Kind im Hause sein können bei den Brüshavers; sie fürchtete den Anschein, sie drängte sich auf, vor allem Mitleid. Überdies war Aggie bloß Krankenschwester, wie immer diplomiert; Anita benötigte jemand, der hatte auf ein ärztliches Geheimnis geschworen. Hätte sie mir getraut, auf der Stelle wär ich angekommen mit Jakobs Mutter. Jene Tante aus der britischen Besatzungszone, sie ließ sich von Anita die Hauswirtschaft besorgen, mit hin die Wäsche, ein Badezimmer teilten sie; ihr fehlte der Verstand, eine Sechzehnjährige zu befragen wegen ihrer Regel. Sonst sah Anita in der Welt nur Männer. Anita begab sich in die Poliklinik von Gneez, Eisenbahnstraße Ecke Stadtgraben, in der Hoffnung, sie werde dort durch eine Maschine passieren und namenlos herauskommen. Das mit der Maschine war so. Hinter jenen Milchglasfenstern, friedensmäßig von Weinranken eingefaßt, erfuhr sie von der gonorrhœ cervicis, die die Rote Armee ihr gestiftet hatte, als sie elf gewesen war. Sie hatte den Rache-Akt fast »vajassn«, insofern sie ihn mit Ausdauer beiseite zu denken versuchte.
Die Baracke in Schwerin, in die Anita spornstreichs überführt wurde mit Seuchenschein, sie beschrieb die später als ein Lager. Da lag sie zusammengesperrt mit jugendlichen wie ältlicheren Damen, die solche inneren Beschwerden freiwillig in sich gezogen hatten, auch gegen Vergütung. Die Leitende Ärztin erinnert Anita als scharf, zickig, »eine Nazisse«; die konnte sie leicht sich vorstellen mit einem Hakenkreuz am Kittel. Denn Anita wurde angefahren, als sei sie schuld; weil eine andere Schuld zu Tage getreten war. Jene ärztliche Erfahrung warf ihr Trödelei vor, Anita

war in Polen festgehalten, als die Kinder um Jerichow von Amts wegen befohlen wurden zur Untersuchung auf Geschlechtskrankheiten (gez. H. Cresspahl, Bürgermeister); sichtlich war der Verlauf fast symptomlos, bis auf mäßigen Fluor. Der Befund lautete auf Übergriff der Ansteckung auf das cavum uteri, mit endometritis specifica als vorläufigem Ergebnis. Anita wurde beglückwünscht, weil sie davongekommen war ohne Schmerzen; – stellen Sie sich nicht so an!
Die Anrede mit Sie stand ihr zu, weil sie in die Zehnte Klasse versetzt war; die Behandlung mit Kurzwellen-Bestrahlungen und einem Sulfonamid, das den Urin rot färbte, kam ihr gefährlich vor. Aus dieser Bewahranstalt entwich sie, durch Wälder und auf Feldwegen bei Nacht ostwärts. Einer aber, das Dreifache J von Gneez, hatte sie inzwischen entbehrt; vom Gräfinnenwald bis hinunter in die griese Gegend warteten uniformierte Leute in seinem Dienst und Sold gerade auf solch ein Mädchen, das allein schlich, unbewaffnet, und sich ausgab für eine Russin. Allein im Jeep mit einem Kind, das weder in seiner Sprache noch in einer anderen zu Auskunft imstande war, besann er sich auf einen Saufkumpan, den Dr. Schürenberg, und versetzte ihm Schrecken mit Klopfen nach Mitternacht. Schürenberg verfügte damals noch über das Recht, vorgezogene Patienten im Städtischen Krankenhaus unter eigener Aufsicht unterzubringen; der endlich gab dem Rektorat der Oberschule eine Nachricht. Und wer war der Dritte, mit dem diese Beiden gebechert und gesungen hatten im Dom Offizerov? Emil Knoop war's, der Mann mit dem Goldenen Herzen (»nach Gewicht, Jurij, nach Gewicht!«), der brachte das Antibiotikum Penicillin an aus Brüssel und Bremerhaven. Hier handelte einer nach der Pflicht, die ihm ohnehin Hilfe und Schweigen gebot; einer diplomatisch, denn der Genosse Jenudkidse hörte unter Stalins außenpolitischem Gras einen ostdeutschen Staat heranwachsen, und wenn die sowjetische Militäradministration sich Schritt für Schritt aus dem Rathaus von Gneez verdrücken mußte, kam ihm ein großherziger Abschied eher recht. Der Dritte, Emil, für bloß ein Flüchtlingsmädchen machte er sich kein Gewissen aus den Gesetzen und Vorschriften, die solche Importe beschrieben als eine Verseuchung der antifaschistischen deutschen Volksbewegung durch die Drogen des angloamerikanischen Imperialismus (wenngleich das Pe-

nicillin im Süden der Sowjetzone in einer VolksEigenen Pharmafirma nachgebaut wurde für den Gebrauch höherer Kader von Partei und Kaderschutz). Von Knoop war etwas zu lernen; leider Strafbares.
Die ganzen Sommerferien 1949 lag Anita zu Bett, anfangs wegen der vier Injektionen an bloß vier Tagen hinter einander, dann nach Belieben des einweisenden Arztes wegen Unterernährung; wir reisten auf dem Wasser, reisten im Schwarzwald, kamen vorbei unter Anitas Fenstern und vergaßen sie. Vor Anitas Liegestatt zur Besuchszeit erschienen die Zwillinge von Jerichow, die Kommandanten Wendennych, Konfekt zu überreichen und einen Band Gedichte von Alexandr Blok. Mit Gefolge trat auf das dreifache J, brachte rote Nelken und glaubte die Beschriftung »Zystitis« auf Anitas Fiebertafel ähnlich taktvoll zu verstehen wie die Schüler Pagenkopf/Cresspahl, die von ihrer F.D.J.-Grundeinheit zu Beginn des neuen Schuljahrs zu einem Vorsprechen bei Anita veranlaßt waren – nein, das hieß delegiert. Sie sah uns ungläubig an, mit großen Augen ohne uns stracks zu erkennen; so unausweichlich war sie vorbereitet, allein zu sein und zu bleiben.

Hat dir Beten geholfen, Anita?

Es hat geholfen, moshno.

Worüber hast du nachgedacht, Anita?

Gerätselt hab ich an drei Jungen in der Montur der Roten Armee, von denen einer Gonokokken trug. Brennen beim Wasserlassen, eitriger Ausfluß aus der Harnröhre, das merkt ein Mann auch im Krieg. Daß er gewußt hat, was er mir hat gestiftet.

Und was hast du gelesen, Anita?

Was man so studiert mit sechzehn Jahren, wenn dir eröffnet ist eine Pyosalpinx, heilbar, und Sterilität, auf ewig. Daß du in deinem Leben keine Kinder kriegen kannst. Nado
wirrwatj
radostj
u grjaduščich dnej.
B etoi shisn
pomeretj
ne trudno.

Allein blieb Anita, als sie sich abgefunden hatte mit der Aussicht, in östlicher Richtung werde sie allenfalls den Fluß Havel erreichen, nie den Njemen. Ein Schuljahr lang blieb sie für sich im Klassenraum der Zehn A Zwei, wenn wir in sportlichen Übungen unterwiesen wurden. Wenn sie doch Aggie Brüshaver getraut hätte. Aber die sah sie an für jemand, die ist von christlicher Ehe wegen gehalten, ihrem Mann, einem Mann, alles zu sagen.

»Anita die Rote«, das blieb ihr. Denn nach wie vor ging sie dem Obersten Jenudkidse helfen mit der deutschen Sprache, nunmehr im Barbaraviertel, hinter dem übermannshohen grünen Zaun. Was sollten wir denken als sie halte es mit der Roten Armee? Die Zweite Vorsitzende der F.D.J.-Gruppe Zehn A Zwei hatte ihre liebe Not, wenigstens drei Nummern der *Jungen Welt* an den Mitschüler zu bringen; Anita benutzte für den Unterricht in Gegenwartskunde die *Krasnaja Swesda*, zwar aus einem geteilten Abonnement mit dem Dreifachen J. Ihre geschwätzige Tante beklagte sich über Anita, weil sie neuerdings ein Zimmer in der Weidlingschen Wohnung hinter sich abschließe, beim Weggehen wie beim Zuhausesein, bloß weil sie von den gesund tobenden Knaben Gernot und Otfried einen Schaden für ihre Musikmaschine befürchte, und was hörte Anita angeblich ohne jede Gesellschaft hinter verriegelter Tür? Schallplatten von Tschaikowskij, allemal. Und den Sender der Roten Armee, Radio Wolga, schwach aus der Gegend von Potsdam vernehmbar. Unersättlich war sie neugierig auf die Rote Armee der Russischen Arbeiter und Bauern.

Was sie sagen würde zu der neuesten Nachricht aus der Č.S.S.R., es müßte mir einleuchten. Die Führung der tschechoslowakischen Partei der Kommunisten hat ein Treffen mit den sowjetischen Genossen samt Anhang auf deren Gebiet verweigert, auf eigenem angenommen. Als ob es da kein Freundschaftsspiel würde.

Daß die K.P.Č. ihnen den Fahrplan umschreibt, es ist doch wie in ihre Suppe gespuckt. Warum sollen sie das je vergeben?

Und Truppen wollen sie schicken an die böhmische Grenze mit Westdeutschland.

Hörst du? Truppen wollen sie schicken.

In Polen, drei Meilen nördlich der Tschechoslowakei, haben sie ein halbes Dutzend Armeelastwagen aufgefahren, mit überhohen Antennen, gesichert von zwei Regimentern Kampftruppen.

Gesine, in das Tal der Olza würde ich mich auch stellen als Rote Armee. Es ist die weichste Stelle, ringsum liegen Berge. Und was braucht eine Armee, wenn sie verreist?

Eine Funkleitstelle.

Du lernst es noch, Gesine.

»Die Rote Anita«; auch aus einem Vorurteil und Irrtum der Volkskunde. Denn Anita tat zwar immer noch mehr als ihren Anteil in die Wirtschaftskasse ihrer Tante (um sie im Haushalt, sich selbst im Wohnrecht zu erhalten); sie behielt etwas ein für Zwecke... sollen wir sie privat nennen? ja, wenn es bedeutet: heimliche. Vorerst hatte sie bei Emil Knoop die Kosten für die Medikation abzuzahlen, bei einem Kurs von sechs bis acht Ostmark für eine einzige des »Westens« (– umsonst ist der Tod: sprach Emil in seiner gemütlichen Art; dem entging ihr Zusammenzucken bei dem Wort). Schließlich, als Geschäftsmann sich gebarend, gab er ihr Arbeit in seinem Schriftverkehr mit der Gruppe der Sowjetischen Streitkräfte in Deutschland, wo Jenudkidses Beihilfe versagte. Ihr Guthaben bei Knoop ließ sie stehen, und wenn sie sich den Hunger wegtäuschen mußte mit Haferflocken und Zucker, zusammengeröstet ohne Fett. Dann verblüffte sie Helene Rawehn, vornehme Schneiderwerkstatt, Markt Gneez, mit Stoffen aus reiner Wolle und Rohseide, und erschreckte die männliche Jugend an Fritz Reuters Oberschule mit erwachsenen Kostümen, tailliert, mit engen Röcken eine Handbreit bis übers Knie und Pullovern, wie sie in diesem Jahr in Frankreich oder Dänemark getragen wurden, für Mecklenburg vielleicht um 1955 zu erwarten. Neben Anita erschien die Habelschwerdt abgeschabt, schäbig gekleidet; wie aber untersagt man einer Schülerin ein Auftreten, das ist zwar elegant, jedoch comme il faut? Zur Belebung und Erweckung von Dieter Lockenvitz: dachten wir anfangs; gerade dem ging sie aus dem Wege. Aber zu Klassenfesten erschien sie, nahm auch Einladungen von der Zwölften und Elften an; Tanzen verweigerte sie. Wenn ein Herr diese Dame nach Hause begleitete, zog er zwar bedankt jedoch

ohne Händedruck nach Hause. Anita bekam Anträge, die gingen weit übers Handtuch; auf einen Spaziergang um den nächtlichen Stadtsee gebeten, fragte sie so unverblümt nach den Absichten der jungen Herren, daß die unfreiwillig als Zumutung erkannten, was doch als holder Traum hatte schweben sollen über der Lustwandelei. – Wozu? fragte Anita unbewegt, geschäftsmäßig, und hob den Kopf mit leichtem Ruck, die Lippen geschürzt, offensichtlich wohlbewußt eines Wohin und Wozu. Sie trug ihre Blusen hochgeschlossen, mit einem schmalen Samtband in Doppelschleife; ihr wurde doch gelegentlich »Bitterer Reis« nachgerufen, wegen eines ganz anders berüchtigten Films aus Italien. Die Anita von früher hatte Kniestrümpfe getragen, die kurierte Anita benutzte solche aus Nylon, ohne Naht.
»De rode Stütz«. Die Haare hatte sie sich schon im Krankenhaus schneiden lassen. Von den Zöpfen war ein kurzes, dicht anliegendes Gefieder übrig, das saß ihr in wohl überlegtem Kreuz und Quer in der Stirn. Im Nacken hatte Fiete Semmelweis jr. zwei winzige gegenläufige Strähnen so belassen, die kamen verblüffend rötlich hervor unter dem äußeren Braun und verschoben sich gegen wie über einander, wenn Anita den Kopf nur ein wenig wandte.

24. Juli, 1968 Mittwoch

Am Sonntag sahen wir an, wie ein alter Mann von der Busbank gegenüber unseren Fenstern abgeführt wurde in eine Knickerbocker-Ambulanz, ein Stadtstreicher in Fetzen und im Barte, kenntlich an den beiden Tragetüten, die sein irdisch Gut enthalten. Er schien sich zu sträuben; so ließen die beiden Jungen in Polizistenuniform ihn Luftsprünge machen. Seit gestern ist er zurückgekehrt auf die Bank; er möchte da wohnen. Gegen Entgelt an die Gesellschaft, versteht sich; so unterhält er die wartenden Fahrgäste: Ih, meine Dame: sagt er: ich war man bloß in eine Injektionsnadel gelaufen (zeigt auf sein Unterbein). Da hab ich mir von der Polizei einen Krankenwagen rufen lassen.
Sein nächster Satz verrät uns, daß er sich in Alabama wähnt, und eine glückselige Reise auf dem Fluß wünscht er uns mit dem Bus der Manhattan and Bronx Transit Authority. Ein wenig haben sie

ihn rasiert, mit Gewalt scheint es; ein wenig ist er gewaschen. Der brauchte einen anderen Hüter und Hirten als die Polizei.
Anita, als Patin.
Dem Kind Alexander Brüshaver stiftete Jakobs Mutter einen silbernen Breischieber; – von Cresspahl un sine Dochter: sagte sie, der Vollständigkeit halber. Anita hätte viel gegeben um den Löffel dazu; sie stand vor der Wiege mit leeren Händen, verkantete die Zähne gegeneinander, zornig sah sie aus. Brüshaver dankte beiden für lediglich ihre Gebete; Anita fehlte noch der Mut, eines von ihren Gebeten für ergiebig anzusehen.
Ostern 1950 drohte und ein erster Geburtstag; Anita bot ein skandinavisches Fahrrad an zum Verkauf, 600 Kilometer auf den Reifen, durch Pflege neuwertig erhalten. Pius bot achthundert Mark, bar auf die Hand; am nächsten Tag bat sie ihn um eine Unterredung, unter vier Augen, als gehe es um eine Mitteilung von Gefahr fürs Leben. Lockenvitz habe den Preis gesteigert: erzählte Pius, und wir sahen einander ungläubig an, schräg von unten, mit gerunzelten Stirnen. Lockenvitz mochte eine Eins haben in Latein und eine in Englisch; doch kein Geld. Anita legte bei Brüshavers wie nebenbei einen silbernen Serviettenring auf den Tisch, darin war eingraviert 5Mo4.40 – A.B.
1951. Anita war so aufgewachsen, daß sie das Stricken noch lernen mußte, für dieses Kind. Zwei Meter Shawl.
1952 war für uns Abitur; Anita knüpfte für Alex einen Wandteppich, blind, denn nebenher hatte sie sich einzuprägen, daß eine Kraft die Ursache der zeitlichen Änderung ist für den Impuls p eines Körpers und dieser Änderung gleich: $f=dp/dt$ (nach Isaac Newton). Alex schlief bis in sein zehntes Lebensjahr neben der farbigen Darstellung von IL FAUT *travailler* – TOUJOURS TRAVAILLER. Zu der Zeit das einzige Rezept, auf das sie vertraute.
In Westberlin wohnte Anita in einem schmutzigen Haus zwei Blocks von der Karl Marx-Straße in Neukölln, an einem Hinterhof bei Frau Machate. Sieh an, Anita hatte das Umarmen gelernt. Das Zimmer war so schmal, zwischen Bett und Schrank war eben noch Raum zum Aufbocken eines Bügelbrettes, der Liegestatt für den Gast. Zunächst gestanden wir einander, daß die eine der anderen gut bekommen war, seit vier Jahren schon. Als mir einfiel, die Brüshavers hätten in ihres letzten Kindes Namen wo-

möglich eines Nachbarn von ehedem gedacht, mußte ich bis in den Morgen erzählen von Alexander Paepcke, zum Trösten gut noch im Verstorbensein. (Weil Anita wechseln wollte auf das Bügelbrett, ich aber daran festhielt, wachten wir vormittags auf und lagen in dem einen Bett.)

Auf Anitas Brett in Frau Machates Speisekammer hatte ich Kunsthonig gesehen und Margarine; gute Butter, teuren Räucherfisch gab sie mir mit für Alex. Sie fuhr mit mir in der Stadtbahn nach Baumschulenweg, als hätte sie noch Papiere für den Osten; Freundschaft war eines, zudringliches Fragen ein anderes. Einer ihrer Zwecke im »demokratischen« Sektor war sicherlich, die Botin durch die Taschenkontrollen des demokratischen Zolls zu schleusen. Damit Alex seine Notdurft doch erhalte.

Anita war unerbittlich gegen das Kind. Bis er elf war, bekam er von ihr eine Apfelsine für jeden vierten Tag; nie Bonbons oder Schokolade. Wohl aber eine elektrische Zahnputzmaschine, mit sechs Jahren.

1955 mögen andere Kinder in Jerichow eine Schultüte gehabt haben; Alex Brüshaver war für das bildende Institut gerüstet mit einer deftigen Füllfeder. – Uns allen hat der Kugelschreiber die Handschrift versaut: sagte Anita in ihrer deutlichen Art.

Im Herbst, Vadding Brüshaver is dot, begann Anita ihre Briefe an Alex. Darin mußte sie Anstoß vermeiden mit jenen Amtspersonen, die sie öffneten und lasen und meldeten an Ämter; dennoch wünschte ich, sie wären aufgehoben.

Anita hatte sich eine Grunddiät ausgedacht für Alex' monatliches Päckchen; immer noch einmal fiel ihr etwas Versäumtes ein, Heftpflaster etwa. – So ein Junge läuft und tobt, der stößt sich doch! sagte sie entrüstet, böse auf die eigene Vergeßlichkeit.

Und, wie bei Anita unausbleiblich, eine Bibel mit Illustrationen für Kinder. Weil Alex den Umgang mit Gedrucktem lernte an Texten aus dem Volk und Wissen V.E.V.:

> Heute sind die Jungen Pioniere alle auf der Wiese.
> Alle tragen das blaue Tuch.
> »Seid bereit!« rufen die einen.
> »Immer bereit!« rufen die anderen.

Für die photographischen Abbildungen von Alex besaß sie einen gediegenen Wechselrahmen. 1956 ging es ihr weiterhin beengt, gerade daß ihr Geld reichte für einen Wechsel in die Nähe der

Universität; aufwendiges Vergrößern der jerichower Schnappschüsse, es mußte doch sein. Einmal vermißte ich ein neueres Bild. Anita wand sich. Es zeigte Alex, wie er den Gruß der Jungen Pioniere erstattet, mit dem bekannten Dreieckstuch um den Hals, Hand an der Stirn, Fläche nach oben, Finger himmelwärts gekrallt, die Unterdrückten in fünf Erdteilen seines Beistandes versichernd. Was mußte ich bitten, das sehen zu dürfen!
Als Jakob zu Tode gekommen und begraben war, betrug Anita sich harsch zu mir, die Patin. Sie meinte, eine Anwesenheit auf dem Friedhof wäre mir nützlich gewesen. Da sie von Westberlin nach Düsseldorf über eine offene Telefonleitung sprach, gab sie sich ungefähr zu verstehen. Als ob eine Doktorandin der Slawistik Schleichwege wüßte nach Mecklenburg.
– Auch in der Roten Armee gibt es Faktionen: sagte sie.
Anita mit Anhang in einer sowjetischen Militärmission? In einer Botschaft? Sie lud keine Fragen ein.
1956, Anita hatte da schon einen Paß der französischen Republik, besann sie sich endlich: Ein Junge benötigt ein Taschenmesser mit zweiunddreißig Instrumenten.
Was ein Junge von acht Jahren weiterhin gebrauchen kann, ist ein Fahrrad. Da traf es sich gut, daß 1957 die Geschenkdienst G.m.b.H. erfunden war, die Genex mit Sitz in der Schweiz. Zahlung in westlichen Währungen, Lieferung in ostdeutscher Ware, aber pünktlich, nach einem Monat allbereits. Sogar durfte Anita bestimmen, ob Alex auf blau oder silbern lackiertem Gestell an die Ostsee fuhr, ob mit oder ohne Gangschaltung. (Sie vermied es, ihn zu versorgen mit eindeutig westlichen Geräten. Alex sollte auskommen ohne den Neid anderer Kinder, ohne Vermahnung durch Lehrerpersönlichkeiten.)
Missionarische Anwandlungen versagte sie sich. Mühsam verzieh sie ihrer Mitschülerin Cresspahl den Austritt aus der evangelischen Kirche, kaum daß sie eine Lohnarbeit gefunden hatte »im Westen«; noch das Argument, die Kirche im Kapitalismus lebe ohne Anfechtung, einer Steuer unbedürftig. Anita erwartete zuverlässig, das Kind Marie werde christlich getauft; wenn sie enttäuscht war und betrübt, so unseretwegen.
1959 war Alex Brüshaver schulsicher. Als Prämie in einem Aufsatzwettbewerb gewann er ein Spielzeug, einen mit Batterie betriebenen Panzer, in Kampffarbe oliv, der konnte gleichzeitig

rollen auf seinen Raupenbändern und die Kanone schwenken auf den Klassenfeind. Auf daß Alex' Wehrwille gehärtet werde. Man sollte denken, ein Kind hängt an solcher Kunstmaschine. Anita erkundigte sich, in ihrem Unglauben. Zunächst sandte er ihr eine Postkarte, auf deren einer Seite der ostdeutsche Sachwalter abgebildet war. Auf der anderen Seite hatte er ihr etwas gewidmet.

Vom Frieden träumen bringt nichts ein,
Wer schützt den jungen Staat?
Die Taube muß gepanzert sein,
Darum bin ich Soldat.

In der nächsten Sendung kam das Ding selber, bewickelt mit Geschenkpapier und olivenen Bändern. Noch Jahre stand Alex schultags am Morgen zur Fahnenhissung und Spruchverlesung samt Aufbaulied.

1960 wurde Frau Brüshaver aus dem Pastorat von Jerichow gekündigt, bekam aber zwei Zimmer am Rosengarten von Gneez. Anita nahm sich zwei Wochen, mit Farben nach Mecklenburg zu reisen, beim Einrichten der Witwenwohnung zu helfen, um vierzehn Tage mit Alex zu verbringen. (Findet Anita eine gesetzliche Vorschrift ohne Vernunft, benutzt sie ihre Umwege bedenkenlos. Anarchismus? Eigensinn? Mutwille?)

Vor unserem Umzug nach New York war ein Urlaub, zu dem lud Anita uns nach Westberlin. Aus eigennützigen Gründen, darauf bestand sie. Denn nachdem sie nun im dritten Jahr zugange war mit einem Emigranten aus karelischen Landen, wünschte der schriftlich, daß sie zu einander gehörten, und eine andere Frau sollte ihn prüfen. Manchmal braucht die Patin selber eine. Doppelt mußte ich schwören, bevor sie auch mir noch anvertraute, warum sie im Leben kein Kind kriegen würde als das von Frau Brüshaver in Mecklenburg. Sie hatte es dem Freund, er will lediglich »der Alte« heißen, im ersten Jahr gesagt; noch war sie unsicher, ob er ernstlich verzichten wollte auf Reproduktion. Der Alte und ich, er bestand, wir kamen zurück von einem tagelangen Spaziergang in den berliner Wäldern bei Schulzendorf, da saß Anita mit Marie im Garten des Alten Krugs von Dahlem. Marie war erschreckt, der Wind oder sie hatte ein volles Glas umgestoßen. Anita führte ihr den Hergang vor. – Le vent: sagte sie: vous comprenez? – Le vent: sagte Marie: vous . . .

Die andere Trauzeugin war Frau Pastor Brüshaver, – weil ich

doch die Neegste dazu bin: vermeinte die beherzte Matrone. Aber der Nächste dazu, das war Alex, zwölf Jahre, in seinem Konfirmandenanzug, mit Schlips. So hatte Anita zwei Kinder bei ihrer Hochzeit. Evangelisch, was sonst.
Anita sah den Kindern zu, denen die festliche Tafel langweilig war, wie sie einander mit Schreibspielen unterhielten. Anita rang ein Vorurteil nieder, sie rief aus: Es sind beides gute Kinder!
Marie dachte an Berlin noch lange als eine von windigem Sonnenlicht durchflutete Stadt, dahin fährt man zum Heiraten.
Nachdem die Ämter in Ostberlin mit einer Mauer durch Berlin ihre Bürger gehindert hatten, weiterhin mit den Füßen abzustimmen, soll Anita am Henriettenplatz eine Kneipe benutzt haben als ein Büro, das half Leuten über die Grenzen jenes fremden Deutschland. Sie streitet es ab. Die Wirtin am Henriettenplatz habe anders geheißen, sei erst vierundzwanzig gewesen, mit Verwandtschaft geplagt ... wenn Anita will, kann sie leicht vier Jahre jünger aussehen, noch heute. Und mit Namen geht sie achtlos um, wenn sie auf Wertpapier gedruckt sind, das wissen wir.
Wie dem sei, ich reiste für Anita, als ich die Arbeit in New York verloren hatte, Pässe auszuprobieren auf dem Weg von Prag nach Warnemünde, von Trelleborg nach Wien. Da hieß ich oft wie die Leute, denen ein Stück solchen Transits noch bevorstand, und schützte fremde Lebensalter vor, ganz wie Anita das erbat.
1962 hatten die Philosophen von Ostberlin sich überwunden, in der Kybernetik eine Wissenschaft und ein Werkzeug zu erkennen, statt ein Instrument kapitalistischer Ausbeutung; Alex nannte eine faßliche kybernetische Fibel längst sein eigen. Desgleichen Bücher, die verzeichnen, wer das Telefon in der Tat erfunden hat. Zum Nachschlagen.
Mit vierzehn war Alex eitel. Kam an keinem Schaufenster in Gneez vorbei, ohne sein Spiegelbild zu überprüfen. Sah nach, ob ihm die schwärzliche Tolle im rechten Winkel in die Stirn hing. Anita war besorgt. – Von wem er das nur hat? fragte sie (in Briefen nach New York).
Sie schickte ihm die amerikanischen Goldgräberhosen mit den aufgenieteten Taschen, da er darum einkam. Da sie einmal seine Maße besaß, ließ sie ihm danach einen Anzug aus khakifarbenem Leinen arbeiten. Anita gewann.
Mit sechzehn fing Alex an zu rauchen. Seit 1962 konnte ein Bür-

ger der D.D.R. westliche Tabakwaren im Heimatlande erwerben, in den Intershops, vorausgesetzt er vermochte Mark der Bundesrepublik oder Dollars auf den Tisch solcher Häuser zu legen. Bargeld schickte Anita ihrem Patenkind keines. Siehe Stadtsee Gneez, »Lucky Strikes« aus Bulgarien, oder war es doch Dresden?

1966 war Alex siebzehn und unterschrieb sich Alexander. Von Ferien in Polen schickte er eine Fotografie, da blickt uns ein mecklenburgischer Rundkopf entgegen, weichlippig aber finster unter dem lockig wuselnden Haarschopf. Die ausladenden, vom Schwimmen nassen Schultern, waren nach dem Sinn Anitas. Jedoch ist für sie bedenklich, diese Aufnahme sei von einem Mädchen gemacht worden. – Er ist doch noch ein Kind! rief sie.

Im nächsten Jahr war er achtzehn, nach ostdeutschem Recht volljährig, und bekam zum Geburtstag zwei Bescheide. Der eine verweigerte ihm, Sohn eines Pfarrers, die Zulassung zum Studium (Mathematik). Der zweite lud den Betroffenen ein, seinen Wehrdienst abzuleisten zu Schutz und Verteidigung seines sozialistischen Vaterlandes. Anita hatte das eine vorausgesehen; für das andere war sie gerüstet.

Wäre Anita missionarisches Betragen nachzusagen, sie hätte ihn doch zu besserem Fleiß im Fach Russisch überredet. Sie nahm seine bloß befriedigenden Zensuren in dieser Sprache hin, seufzend zwar. Auch das Wandern in Polen, es war ihm eingefallen ohne sie. Sie mag gewartet haben auf seinen Wunsch, noch einmal dahin zu reisen, »wo du geheiratest hast«; sie hat sich versagt, ihn dazu zu überreden.

Wie hätte denn Alex verfallen sollen auf das aberwitzige Vertrauen, Anita könne ihn bei der Hand nehmen und aus dem Lande führen, wohin er wünscht? Selbst ist der Mann, und läßt sich im Hafen von Stettin betreffen bei erwiesenem Versuch, ein sozialistisches Vaterland hinter sich zu lassen nach eigenem Gutdünken. Alex ist verurteilt zu drei Jahren in einem Gefängnis in Sachsen, von daher darf er schreiben nach Gneez; Anita geht leer aus.

Was schreibt uns Anita, als fehlten ihr Sorgen? Sie lädt Marie ein, in Westberlin zu leben für die Zeit der tschechoslowakischen Arbeit. Sie lockt mit einer amerikanischen Schule in Westberlin; sie verspricht, einen Haushalt zu führen zu ganz regelmäßigen Zei-

ten, ohne Reisen. Anita ohne Reisen. Sie bittet um den Besuch Maries, ihrem Englisch zuliebe.
Als sei auch sie verabredet, mir die Č.S.S.R. darzustellen als ein Land, dahin nimmt man kein Kind mit; das gibt man einer Patin.

25. Juli, 1968 Donnerstag

Damit die sowjetischen Truppen ja davon abstehen, anzurücken zum Schutz der tschechoslowakischen Grenze, zeigt ihnen das prager Fernsehen, was da schon bereit steht an heimischen Panzern, Hunden und Stacheldraht. Die westdeutsche Regierung will die Manöver, die sie für Mitte September nahe dieser Grenze geplant hatte, bei Grafenwöhr und Hohenfels, verlegen in die Gegend von Münsingen und des Heuberges, um 200 bis 250 Kilometer. Damit die Rote Armee sorglos abrücken kann in ihre Heimatquartiere, in östlicher Richtung.
Vor Ende des Schuljahres 1949/1950 wurde Herr Dr. Julius Kliefoth seines Amtes als Rektor der Fritz Reuter-Oberschule enthoben. Seine Schüler mußten auskommen ohne eine amtliche Begründung; sollten sie bei Kliefoth ein ungenügendes Lernverhalten annehmen?
Störrisch war Kliefoth. 1947 ins gneezer Schulamt gebeten zur Entgegennahme eines Lebensmittelpaketes, damit wenigstens ein Dienststellenleiter versorgt sei inmitten heißhungriger Kinder, verbat er sich Bevorzugung; er soll das Wort Bestechung verwendet haben, verblüfft wie er war. Ein Jahr später, im März 1949, kam die Deutsche Verwaltung für Volksbildung ihm amtlich, im Auftrag der Sowjetischen Militäradministration verordnete sie ihm eine Erhöhung seines Gehalts und Bezugscheine über die Lebensmittelkarte hinaus, auch Vorzugskredite für den Fall, er wolle sich ein Eigenheim bauen. Dies sollte Leute wie ihn abhalten, eine Hütte in den westlichen Besatzungszonen zu errichten. Kliefoth wäre gern auf zehn Tage nach England gefahren. Hingewiesen auf seinen Rang in der Verwaltung des Schulwesens und seine unpassende Unterkunft in einem Untermietzimmer an der Feldstraße von Jerichow, verweigerte er einen Umzug in eine Wohnung ganz für ihn allein am Domhof von

Gneez; kam mit dem Milchholerzug zur Arbeit, fuhr oft erst abends zurück auf dem blanken Holz der unbeheizten Abteile und konnte von Glück sagen, wenn er Öl hatte erstehen können für seine Lampe. Nun entbehrte das mecklenburgische Ministerium für Volksbildung einer Handhabe, ihn zu erinnern an empfangene Gunst. Kliefoth wier 'n ollen Murrjahn, an 't Enn müßt hei sick doch gewen.

Auch das Innenministerium von Mecklenburg war enttäuscht von Kliefoth. Am 15. und 16. Mai 1949 war er beordert ins Rathaus Gneez, als da abgestimmt werden sollte über den dritten Deutschen Volkskongreß. Es war eine historische Veranstaltung, da sie das Wort Wahl beispielhaft verfehlte und hinauslief auf eine Alternative. Denn die Frage lautete schlicht, ob ein Wahlberechtigter für den Frieden sei oder dagegen, bitte wie beliebt; ein Ja jedoch setzte eine Einheitsliste ein, einen Block der vorhandenen Parteien, so daß ein Unmut gegen die Kommunisten, sei es wegen der Abschnürung Westberlins, gleich auch die Mandate der Freien Deutschen Jugend schädigen würde, oder eine Vorliebe für die Partei der Sowjetunion, etwa weil sie seit drei Tagen wieder Lebensmittel und Arbeitsmaterial in jene Stadt ließ, ebenso unbesehen dem Kulturbund nützen. Kliefoth war Beamter; in seiner Unschuld entging ihm, daß die Behörden einen Vorteil wünschten von dem bürgerlichen Vertrauen, es werde doch reinlich zugehen, wo unsn Julius die Aufsicht führte, disse studierte Respektsperson. Gewiß legte Kliefoth die Ohren steif an; gebunden fühlte er sich von einer förmlichen Dienstverpflichtung. Am ersten Tage ging es in seinem Wahllokal wie in einer Schulstube. Er sah den Leuten entgegen wie Prüflingen, begrüßte Ungeschickte, mit ermunternden Lippenbewegungen, sprach gefällig Platt. Bei ihm sollte es so zugehen, daß die Wähler von Gneez vor die Urne traten aus freien Stücken, ihm von Person bekannt oder mit gültigem Ausweis, und die Stadtpolizei hatte kein anderes Recht, als ortsfremde Personen auf die Straße zu setzen. Kliefoth legte den Kopf in den Nacken für jeden, der vor seinen Tisch trat, statt bloß die Augen zu erheben; eine Anstrengung, die gegen Abend immer langsamer wurde. Wenn er streng aussah, so weil er das Rauchen entbehrte; der Würde des Vorgangs zuliebe. Er stellte einen Beamten dar, der verwaltet einen Auftrag, den hat die Regierung ihm auferlegt.

Am 16. vormittags kam aus Schwerin die Belehrung, als »Blitzfernschreiben – sofort auf den Tisch«, gezeichnet Warnke, Innenminister. Danach hatte Kliefoth auch solche Stimmzettel als gültig zu bestimmen, die leer in der Urne aufgefunden wurden; genügen sollte das groß vorgedruckte JA. War ein Zettel beschrieben, reichte er aus als eine von den gewünschten Stimmen, ausgenommen der Text gab eine »demokratisch-feindliche« Gesinnung zu erkennen; was immer das war. Mit solchen Zählkünsten kam der Frieden samt der Einheitsliste in Mecklenburg auf so viel Einverständnis wie 68,4 vom Hundert sind, 888 395 Leute, aber 410 838 Leute hatten sich mit ihren Zetteln so angestellt, ihr NEIN vertrug keine Verwandlung. Im Bericht der Wahlkommission von Gneez fehlte die Signatur des Vorstands; Kliefoth hatte sich beurlaubt, aus »philologischen Gründen«. Für die historischen Akten mußte er die umschreiben zu einer »Anwandlung von gesundheitlicher Schwäche«; wie konnte dem kämpferischen und parteiischen Minister W. ein Beamter gefallen, der nimmt sich fast einen ganzen Montag frei, aus eigenem Gutdünken und Ungehorsam?
Entlassen wegen seiner Art von Vergangenheit: meinte Lise Wollenberg, in ihrer auffälligen Sucht nach Schadenfreude. Aber als die Sowjets in ihrem Befehl Nr. 35 die »Entnazifizierung« für abgeschlossen erklärten, mit Wirkung zum 10. April 1948 in der S.B.Z., hatte Kliefoth kein Mal vor einer Spruchkammer seinen Lebenslauf ausdeuten müssen (anders als Heinz Wollenberg); Kliefoth war der Hitlerpartei von Berlin schon 1932 ausgewichen in die ländlichen Gefilde von Jerichow, hatte seit Anfang des Krieges vor ihr sich verborgen gehalten in der Wehrmacht. Freilich, die Rote Armee wollte von ihm schriftlich haben, was angerichtet worden war unter seiner Verantwortung und Hitlers Oberbefehl, als Hauptmann im Stab des II. Armeekorps im Kessel von Demjansk bis zu seinem letzten Rang als Oberstleutnant; es muß der sowjetischen Militärverwaltung eingeleuchtet haben. Denn 1945 beließen sie ihn auf freiem Fuß in allen Ehren, 1948 im Mai empfahlen sie ihn ihrer Deutschen Verwaltung des Inneren als Taktiklehrer für die Fachschulen der Deutschen Volkspolizei, einer Neugründung. Mit zwei Gehältern, dem zivilen und einem militärischen, mit doppelter Pension winkte ihm die D.V.I.; Kliefoth entschuldigte sich mit ärztlichem Attest, den acht Zäh-

nen, deren er ermangele zu den zweiunddreißig, wie sie nun einmal auf den Tisch eines Heeres gehören. Dabei hatten sie ihm obendrein eine Nachzahlung des Wehrmachtsoldes geboten rückwirkend ab Mai 1945. Wer so reichlichem Großmut sich versagt, dem darf man ein wenig böse sein.
Auch hieß es, er habe die Zügel schleifen lassen; wir wissen, wer ihm die aus den Händen nahm. Denn dieser Herbst 1949 war eine Jahreszeit der Versammlungen in der Fritz Reuter-Oberschule. Aus dem Dritten Volkskongreß (mit dem Kliefoth in der Tat angeeckt war) hatte sich ein Deutscher Volksrat bestimmt, aus diesem eine Volkskammer, die erklärte am 7. Oktober das Gebiet der sowjetischen Besatzungszone zu einer Deutschen Demokratischen Republik und die darin wohnhaften Leute zu Angehörigen dieses Staates, mit Verfassung, Regierung und vorläufig dem herkömmlichen Adler auf Schwarz/Rot/Gold; was alles zu begehen war mit Festakten in der Aula, zwei Unterrichtsstunden lang oder einen Vormittag. Kliefoth bat jeweils einen »der jüngeren Herren« um die Gefälligkeit, dem jugendlichen Auditorium vor Augen zu führen, wie diese Vorgänge zwischen Mecklenburg und Sachsen sich ausnähmen inmitten anderer Zustände auf der Welt, dieselben förderten oder behinderten, vorzüglich mit Augenmerk auf China; Kliefoth schien zu schlafen hinter dem rot behängten Tisch auf dem Podium, den schmalen Schädel mit der weißen Bürste von Haar vorgeneigt, die Hand am Kinn; jedoch rechnete er sich aus, was an Unterrichtspensum verloren ging in der Zeit solcher Aufführungen, und sah den Nachmittag schwinden in Lehrerkonferenzen über Reparaturen am Schulplan, für den er der mecklenburgischen Verwaltung von Volksbildung einzustehen hatte in Person. Wenn er dann aufstand, die Zusammenkunft abzukündigen, hielt er sich krumm in den Schultern, die Krallen der hinter ihm aufgemalten Picasso-Taube im Genick, und schien belastet von Sorgen im Amt; und hatte doch einmal sprechen können im Ton zuversichtlichen Befehlens, mit Vorfreude auf die Rückkehr zur Arbeit. – In diesem Sinne: sagte Kliefoth ergeben; gewiß klang er ermüdet.
Kliefoth sei über die neue Nationalhymne gefallen: verkünden solche wie Frau Lindsetter, bloß damit sie eines musikalischen Verstandes sich berühmen dürfen. Denn wessen ein Staat außerdem bedarf, das wurde im November in den Stunden-Plan der

Fritz Reuter-Oberschule eingebunden, das Lied. Im Zweivierteltakt, schlicht symmetrischer Dreiteiligkeit, begleitete es den gereimten Vorsatz eines mehrfachen Subjektes, eines Wir, aus Ruinen auferstanden zu sein, der Zukunft sich zuzuwenden und einem einzelnen Subjekte, »dir«, »Deutschland einig Vaterland«, zum Guten zu dienen, »daß« (final) die Sonne über diesem Lande scheine »schön wie nie«. Das gutmütig pompöse Stück wurde den Klassen einzeln eingeübt von Joachim Buck (Julie Westphal war auswärts, in Güstrow für den Beruf eines Neuen Lehrers zu lernen). Der »schöne Joachim«, glänzende Tonsur, wallender Haarwulst, beschwörenden Lippenspiels, war erfahren in der Herrichtung von staatlichen Anlässen, bedankt für die Umrahmung amtlicher Kundgebungen in der Weimarer Republik wie unter dem Reichsstatthalter Hildebrandt (siehe Mecklenburgische Monatshefte, 1926–1938); er gab auch dieser Obrigkeit sein jeweils Letztes, warf unsichtbare Gewichte in den Handflächen von tief unten gegen die Kassettendecke der Aula, beschwor seine minderjährigen Singscharen mit ältlich rudernden Armen, in denen er manchmal einen Medizinball zu pressen schien, und knickte pünktlich im Nacken ein, wenn die letzte Note verklang; dies die Vorführung für die unteren Klassen. Den Zwölften, den Abiturienten glaubte er wissenschaftliche Untermaurung schuldig zu sein, »musikalische Ideengeschichte«, und begann die Unterweisung in der staatlichen Melodie mit einem Übungswalzer aus der »Theoretisch-praktischen Klavierschule« des Musikpädagogen Karl Zuschneid (1854–1926), einem Ding im Dreivierteltakt, das sich anhörte wie eine Vorlage zu der allerdings weniger hopsigen Hymne. Umfänglich glänzende Augen wandte Joachim auf seine Schüler, daß sie wohl seiner blind gleitenden Finger an langem Arm inne würden. Mit einer Variation von Zuschneids Takt glitt er in eine flapsige Tonfolge, nach wie vor dem Lehrstoff verwandt, in Abstammung wie Familienähnlichkeit, und machte sie kenntlich als Song in einem Film von 1936, »Wasser für Canitoga«, da sangen Hans Albers und René Deltgen nach Noten von Peter Kreuder (1905):

Good-bye, Johnny	(Auferstanden)
Good-bye, Johnny,	(aus Ruinen)
schön war's mit uns zwein.	(Und der Zukunft zugewandt.)
Aber leider,	(Laß uns dir)

aber leider (zum Guten dienen)
kann es nun nicht mehr sein(etc.);

der schöne Joachim in seiner Unschuld, der eine Zusammenstellung von Tönen bewahrt und erkennt, mag er sie beim Studium beherzigt oder vor dreizehn Jahren in den Renaissance-Lichtspielen von Gneez vernommen haben. Jedoch die Kriminalpolizei/Dezernat D (Nachfolger von K 5) hielt ihm schon im Februar vor, er habe den Komponisten der neuesten Fassung einer Anleihe, eines Plagiats, eines Diebstahls bezichtigt; jedoch bot die Untersuchungshaft einen Briefwechsel weder mit Peter Kreuder (Argentinien) noch mit Hanns Eisler (Berlin/D.D.R.). Da der schöne Joachim eine passive Kenntnis der Verfassung, aus der Lektüre von Zeugnissen, eingestehen wollte, redete er sich unter den Artikel 6, »Boykotthetze« und Verwandtes, so daß Buck erst wieder 1952 auf die Beine kam, in Lüneburg, zwar enttäuscht von der dortigen Musikwissenschaft, die die Herkunft der ostdeutschen Hymne abtat als eine Bagatelle denn als eine Nachricht, jedoch bald aufs Neue umgeben von einer anhänglichen Gemeinde, wegen seiner weltlichen Aufführungen von »Oh Ewigkeit, du Donnerwort« oder »Die Himmel rühmen«; ein Verlust für Gneez, hört man auf Frau Lindsetter. Und Kliefoth? Rektor Kliefoth bekam einen dienstlichen Verweis. Musikalischer Bildung fast bar, hatte er in förmlicher Lehrerkonferenz als ein Kuriosum beschmunzelt, was durch den neu gegründeten Staatssicherheitsdienst entlarvt war als ein Anschlag auf eine demokratische Einrichtung. – Wat för dumm Tüch: erwiderte Kliefoth in seiner gemäßigten Art auf die Anklage des Kreisschulrats, er hätte den schönen Joachim auf der Stelle zur Anzeige bringen müssen. Die Herren waren dereinst, 1944, verbündet gewesen, sie hatten akademische Semester gemeinsam; es wurde da eichnes Gestühl heftig bewegt und ausgerufen: Principiis obsta! Kliefoth hatte es mehr mit Juvenal und schrie: Maxima debetur puero reverentia! worunter er außer der Zwölften Klasse alle Schüler begriff, denen er Aufsicht schuldig war. Sein Widersacher wurde noch früher abgesetzt als Kliefoth; für den Vermerk in Kliefoths Akte war er gut gewesen.

Sein berufliches Genick brach Kliefoth sich an dem schulischen Gegenstand Jossif W. Stalin (geb. 1879): heißt es des weiteren; andere meinen für gewiß: an Weihnachten 1949.

1949 minus 79 ergab das biblische, das magische Alter von siebzig Jahren für den fernen Generalissimus Stalin, und wie das junge Staatsvolk der ostdeutschen Republik dem »genialen Steuermann der Sowjetunion«, »dem besten Freunde des deutschen Volkes« an die dreißig Güterwagen voll Geschenke auf die verbliebenen Schienen brachte (zwar beschämt über die Verspätung des Planetariums für Stalins eigene Stadt), so verrichteten auch die Schüler der Reuter-Oberschule von Gneez/Meckl. ihre Opfer unter dem Loerbrocks-Porträt des Jubilars (im Festkomitee: Sieboldt und Gollantz; verantwortlich für den Beitrag der Zehn A Zwei: Lokenvitz). Julie Westphal, von starrer Innigkeit beengt in den Augenhöhlen, die Stirn mit steinernen Fransen verhängt, bebenden Busens in männlich geschnittenem Jackett, die Olsch auf der schlimmen Seite der Fünfzig hatte in Güstrow sich verjüngen lassen in künstlerischer Leitung; unter ihrer Stabführung trug ein weiblicher Chor aus Angehörigen der Neunten und Zehnten das Lieblingslied des Geburtstagskindes vor, welches sehnsüchtige Verlangen nach einer verlorenen Suliko, von sechzehnjährigen Mädchenstimmen intoniert, betrübende Stimmung zu verbreiten geeignet war; nach Julies Choreographie traten Schüler der Elften, nach Vorschrift in blauen Hemden und Blusen, gemessen vor und zurück, Fahnen erhebend und schwenkend; in von Julie vorgesprochnem Tempo und Akzent rezitierten die künftigen Abiturienten im Chor, was das mehr jugendliche Auditorium respondierte als Gelöbnis an den Baumeister des Sozialismus, den Lenin unserer Tage, den Lehrer der Wachsamkeit gegenüber den Agenten der Volksfeinde und was für Personalbeschreibungen noch Dicken Sieboldt der Tagespresse von Stalins Partei in Deutschland entnommen hatte; als Gast Herr Domkantor J. Buck am Flügel, eine Empfindung P. Tschaikowskijs übermittelnd. Streng beschwingt der schöne Joachim, weder mit Ahnung noch Warnung versehen. Zum Schluß die Neue Hymne. Herr Direktor Kliefoth war anwesend als Patron der Veranstaltung, mit der graugrünen Fliegenschleife im abgeschabten Kragen wie gewohnt, in seinem werktäglichen, weitläufiger hängenden Knickerbocker-Anzug; seine sparsamen Lippen bildeten trockenes Kauen ab und die Bedrängnis eines Menschen, der versagt sich von Respekt wegen das Rauchen. Auftrag ausgeführt.
Das war der 21. Dezember, und für den 24. war der Zehn A Zwei

von Kliefoth ein anderes Festprogramm genehmigt. Das verdankten wir Anita. Dies fremde Kind, aus »Ostpreußen«, es war unzufrieden gewesen mit unseren Auskünften über den Menschen, nach dem die Schule benamst war; es hatte sich von dessen Schriften beraten lassen in den Redensarten, mit denen Kinder einander abfertigen in Mecklenburg; auf Anitas schüchterne Erkundigung hin übten wir die Beschreibung des Weihnachtsfestes im siebenten Kapitel von Fritz Reuters »Ut mine Stromtid« und führten es unseren Eltern auf als szenische Erzählung und Darstellung. Was an Eltern zu haben war. Nach der Üblichkeit hätte Anita für ihren Vorschlag büßen müssen und in Person auf die Bühne steigen; wir waren geniert genug und bestimmten leider die Schülerin Cresspahl für die Rolle der Fru Pastor Behrendsen. Die Vorschrift des Dichters sagt: allens was rund an ehr, de Arm un de Hänn und de Fingern, de Kopp un de Back un de Lippen; die Cresspahl wand sich allerhand Tuch um die Hüften, machte sich klein und hielt sich vierzigjährig; auch packte sie sich die Haare im Nacken zusammen in einen Dutt; zur anfänglichen Besorgnis von Anita. Denn die hatte die Brüshavers eingeladen und vermeinte, Aggie werde Anstoß nehmen an einer Verkörperung, wie sie um den Tannenbaum wuselte as Quicksülwer und in einem fort beteuerte, sie sei doch die Neegste dortau. Aber Aggie lachte wie die übrige Gesellschaft, und klatschte Beifall; 'n goden Minschn was se. Dicken Sieboldt war Gast als Herr Pastor Behrens, und Lise gab Lowise, und Rike mit ehre lude Stimm wurde gespielt von Schäning Drittfeld, die uns pünktlich nach dem letzten Julklapp in Ohnmacht sank. An Dorfjugend war kein Mangel; Fru Pastor hatte echte Pfeffernüsse und Äpfel zu verteilen. Den wehmütigen Franz hatten wir gestrichen zu Gunsten von Kutscher Jürn; Pius war Jürn und Berichterstatter und hatte das Schlußwort mit seiner Fahrt durch das Dorf, dem Gesang ut de lütten, armen Daglöhnerkathen, un baben hadd uns' Herrgott sinen groten Dannenbaum mit de dusend Lichter anstickt, un de Welt lag darunner as en Wihnachtsdisch, den de Winter mit sin wittes Sneilaken sauber deckt hadd, dat Frühjohr, Sommer un Harwst ehre Bescherung dorup stellen künnen.
Daß Herr Dr. Kliefoth den Beteiligten dankte und ihnen wie den Gästen frohe »Weihnachtsferien« wünschte, es war der Strohhalm, der dem Kamel den Rücken bricht. Denn er hätte uns hin-

dern können. Wenigstens eine Woche zuvor hatte er die Verfügung auf den Tisch, die winterliche Schulfeste nur für den Generalissimus zuließ, allenfalls noch für das Soli-Männchen, was immer das war. Auch war ihm als amtliche Bezeichnung für diese Pause im Schulbetrieb nunmehr der Ausdruck »Winterferien« auferlegt; haben auch immer seitdem so geheißen in Gneez und Mecklenburg.

»Solidaritäts-Männchen« hieß das, Fru Cresspahl.

So eines mit Hemd in der Nacht und brennendem Talglicht in der Hand?

Oder so wie Kohlenklau. Aber das mit dem Kamel, es ist ein Anglizismus, Fru Cresspahl.

An welchem Tropfen zuviel also haben wir Sie verloren?

Das war zum Aussuchen. Da fehlte ja wohl ein Feuerwehrmann auf der Bühne.

Herr Kliefoth, einen Eimer mit Wasser und einen mit Sand, daran hatten wir gedacht.

Und hatte da einer einen Helm auf und ein Beil in der Hand?

Eine Sanitätskompanie hat auch gefehlt.

So wier dat! Was war bloß mit Christiane Drittfeld? Die erinner ich drall, rotbäckig geradezu. Ne, stämmig.

Die sollte über Neujahr mit den Eltern in den Westen. Das Verschweigen, der heimliche Abschied mag sie überkommen haben.

Und nu hatten Sie noch den falschen Autor.

Fritz Reuter war der Namenspatron der Schule. Diss sag ich in würdigem Ton.

Den falschen Text.

1862 geschrieben in Nigen Bramborg!

In dem gegen Ende auch Bücher verteilt werden an die Kinder.

Schriwböker un Tafeln und Fibeln un . . .

Un Katekismen, jung Fru! Die Benutzung einer demokratisch-schulischen Örtlichkeit zu christlichen Zwecken, so heit' dat! Propaganda wier dat!

»Quosque tandem!«

»Videant consules«: hew ick seggt.

Aber Sie sind doch erst abgesetzt worden im April danach.

Dunn kem dat dicke Enn rut. Œwerall in Mecklenburg müßt ein Upsatz schrewn warn, und von mine Schaul kem kein. »Was mir mein Lehrer von Stalin erzählt hat.«

So eine pädagogische Volksbefragung.

Nich in min Schaul.

Und am besten hätten Sie wohl weniger Briefe bekommen von der Freundschaft an englischen Universitäten.

Oder in die nationaldemokratische Partei gehen, wo sie die anerkannten Nazis sammelten, und den Schurrmurr aus der Wehrmacht. Es hätte wohl eine Weile geholfen.

Wer hat nun recht: die Lindsetter, oder die Stalin anführen? Oder Weihnachten?

Söken Se sick dat ut. Es konnte auch das Alter benutzt werden.

1950 war Herr Dr. Kliefoth ein volles Jahr vor der Pensionsgrenze.

Und wer Murrjahn hieß, und einer war, dat weiten Se woll.

In der Schule sah Gesine Cresspahl ihren Rektor zum letzten Mal, als er für einen seiner »jüngeren Herren« einsprang und Dienst tat im Kartenzimmer. Er hantierte mühsam mit den langen, schwer bewickelten Stangen. Auf den Lippen stand ihm ein dünner Strich Schaum, nach einer Stunde Latein mit den Abiturienten. Er erkannte sie gleich, als sie an der Reihe war mit ihrer Bitte um die physikalische Aufnahme von Süd-China; sah sie aber an, als sei ihr beflissener Gruß eine Überraschung. Aufgeweckte, heitere Augen in steil aufsteigenden Innenhöhlen, dick mit Falten umlegt; ein euliger Blick. Und weil Kliefoth verschwand mitten im Schuljahr, ohne Auftritt in der Aula mit Danksagung und Verabschiedung, war es einmal zu spät für einen Fackelzug, ein ander Mal galt solch Unternehmen für inopportun, eine Übersetzung für ein mehr einfaches Wort. Weil es doch neunzehn Kilometer gewesen wären für seine Schüler, von Gneez bis Jerichow, wo Kliefoth sein vorzeitiges Altenteil verbrachte, allein mit den Herren Juvenal und Cicero und Seneca. Auch was erzählt wurde von seinen ausgiebigen Pensionsbezügen, es beruhigt ein sechzehnjähriges Gewissen. Aber die Schülerin Cresspahl nahm sich in acht in Jerichow, ihrer eigenen Stadt! und hütete sich vor dem Steg zu den Kleingärten, wo Kliefoth dreißig Ruten Land bebaute mit Kartoffeln und Tomaten und Zwiebeln und Mohrrüben, wie er das gelernt hatte als Kind in Malchow am See. Als ob sie zweifelte, er werde ihr die Hände mit Johannisbeeren füllen.

Friday July 26, 1968

Wenn ein tschechischer General anregt, es möge der Oberbefehl über die Truppen des Warschauer Paktes auch einmal an einen anderen Staat gehen als den sowjetischen, schnaubt sich Moskau und verklagt ihn wegen Verrats militärischer Geheimnisse. Das Präsidium der K.P. in der Č.S.S.R., Prag kriegt den Schnupfen, löst das Parteiamt des Generalleutnants Vaclav Prchlik auf und schickt ihn zurück zur Armee. Das sowjetische Kommando Luft kündigt »Übungen« an, Unternehmen »Himmelsschild«, ausgedehnt auf Gebiete nahe der tschechoslowakischen Grenze, und nun getrauen sich auch die polnischen Kommunisten, die tschechoslowakischen Brüder zu beschimpfen wegen eines Mangels an Kampfeswillen gegen die »Kräfte der Reaktion«, von denen sie bedroht seien. Dazu von Associated Press ein Foto, ein getarntes Fahrzeug der Sowjets auf ostdeutschem Boden, 90 Meter von der Grenze entfernt, bei Cinovec; ein halb erkennbares Rad scheint etwa so hoch wie die beiden Rotarmisten daneben.
Ein Staatsanwalt in Frankfurt am Main hat Lebenslänglich beantragt für jenen Fritz von Hahn, wegen der 11 343 Juden aus dem bulgarisch besetzten Griechenland, die der nach Treblinka, wegen der zwanzigtausend Juden aus Saloniki, die er nach Auschwitz ins Gas schicken ließ. Nächsten Monat kriegt er das Urteil, vielleicht.
Die Angestellte Cresspahl will heute einen Brief verfassen. Fünf Minuten vor neun tritt sie auf vor dem Bollwerksmöbel von Mrs. Lazar und probt das Lächeln mit ihr; sie möchte bis zum Abend durch sein mit der selbst auferlegten Pflicht. Bei offener Tür tut sie das, ohne die Vorsicht, das Farbband wegzuschalten und auf weißes Papier zu tippen, auf ein Kopierblatt darunter. With company equipment tut sie das, on company time. Mit einem Gerät der Firma, in der an die Firma vorverkauften Zeit; so unbedenklich ist sie nun. Denn wer immer zu Besuch kommt,

Henri Gelliston oder sonst einer von den jungen Herren des Vizepräsidenten, er wird auf dem Blatt fremdsprachigen Text sehen, ohne Anschrift eines verbündeten Geschäftes, das mutet privat an.
Anrede.
Entfällt. Könnte Empfänger gefährden. Wegen des Namens, auch Spitznamens. Der gefälligen Adjektive hat er sich selber enterbt; obwohl wir gern weiterhin begännen mit: Dear –. Leider wäre es ziemlich verlogen.
(Lieber) (J.B; streichen); das ist uns verwehrt. Es hieße ja auf deutsch, daß wir dich gern mögen und achten; auch ein Gleiches erwarten von dir. Und wer hat uns das unterschlagen? Du, indem du uns verleugnest. Eine Anrede bleibt uns im Halse stecken. Die Zunge im Hals, du erinnerst dich. Mit verhehlter Stimme sprechen wir zu dir. Nein, bloß in deine Richtung. Wir geben keine Adresse, weder Röver Tannen noch Christinenfeld noch Markkleeberg Ost (alle Ortsnamen vertauschen!). Wir werden uns hüten, deine bei der Volkspolizei notorische Meldekarte suchen zu helfen mit einer Nummer in einer Straße des Friedens / der D.S.F. oder einer eben solchen à la Stalin nachmals Dr. Frankfurter oder MarxundEngels. Anonyme aller Länder vereinigt euch!
Wir sagen du zu dir, damit offen stehe, welche Anrede früher zwischen uns gewohnt war; wir reden mit dir wie mit einer unbekannten Katze, ganz gleich ob sie uns schimmernden Pelzes erscheint oder struppig vorkommt und der Pflege bedürftig, gegebenen Falls der Verachtung, weil sie so hat sich verfallen lassen.
Wir reden mit dir als wir, damit du dich hinauszureden vermöchtest auf die Unergründlichkeit von vielen; andererseits, auf Vorbehalt, vermuten und zu Protokoll geben dürftest, hier spräche jemand für die anderen, bei denen er / sie sich eingesetzt hat, damit dir vertraut werde und bereits dein Name respektiert. Such dir aus, du wirst wohl wissen; auch was du entwertet hast.
Deinen Ängstlichkeiten zuliebe magst du dies finden in deinem Briefkasten, aber kaum herangetragen und vorher durchgesehen / fotokopiert / kartiert / indiziert von der Deutschen Post deines Staates, der wir doch bloß Beförderung und Zustellung vergüten, nie und nimmer Technik wie Personalkosten der »Stelle 12«.

Deswegen mag dich dies antreffen zwischen den Laken, die ein V.E.B. »Blütenweiß« oder eine P.G.H. »Fortschritt-Wäsche« dir zurückgibt. In dem aufklappenden Buch, das du bei einer Ausleihe bestellt hast. In deiner Jackentasche knisternd, unversehens. Immer so, daß es dir in die Hand fällt sogleich, und nur dir.
Damit ja und gründlich verdeckt werde, daß und ob du einmal verschwägert / befreundet / in Untermiete warst mit und bei einer Gesine Cresspahl (zu streichen), einer Person, die noch jenseits deiner Grenzen deiner gedenkt. Damit du eine Nenntante von uns gewesen sein könntest. Eine Seminarleiterin. Ein Sportskamerad, den wir stets zu grüßen hatten mit geballter Faust oder dem Rufe »Freundschaft!« Irgend eines von jenen unzähligen Mitgliedern der sozialistischen Menschengemeinschaft; wir zitieren bloß. Eine Figur in grauem Flanell (streichen).
Du sollst immer auszusagen in der Lage sein, das müsse ein anderer sein als du, und nie im Leben ein Kupferstecher. Ob du weiblich bist oder männlich, bebartet oder ohne Behang, wir verschweigen es, desgleichen in welchem Betrieb / Labor / Institut der Deutschen Demokratischen Republik du einer Wissenschaft / Fertigkeit / Gewohnheit so rühmenswert obliegst, wenngleich ohne Glanz und Gloria von seiten deiner Staatsverwaltung, so daß einige deiner Förderer / Kollegen / Briefbekannten erachteten, es sei ein runder oder irgend einer von deinen Geburtstagen einer gemeinsamen Erinnerung / eines Tributes / einer Festschrift wert und würdig.
Eines ist kein Geheimnis, wie das so geht bei Festschriften deutscher Art: zugegebener Maßen nie und vertraulich jeden Falles wird der Jubilar befragt, wer ihm angenehm sei und wer peinlich, wer unerreichbare Ehre bedeute und welcher ihm zur Schande gereichen werde; in deinem Falle: ob du dich abfinden würdest mit einem Verlag und Druckort im Auswärtigen, wo deine Verehrer sich zu erkennen geben dürfen ohne Schaden und Ungemach für deine werte Person. Fern sei es von uns zu verraten, ob die Redaktion einen Verlag fand in Finnland oder Frankreich, in Schweden oder der Schweiz; vom Druckort sagen wir nur, er hätte sein sollen in einem Land an großem Wasser, zwischen zwei Meeren. Oder drei. Lichtsatz wäre wohl anzunehmen. Aber gefertigt in einer britischen Kronkolonie? Gibraltar? Hongkong?

Our lips are sealed. Und ein Privatspaß solle es sein, unter Gleichgesinnten, dir zuliebe.
So daß wir auf einem Ohr schlecht hörten, auf dem andern gut und gerne, wem die Herausgeber antrugen, die Perlenkette der fachlichen Zueignungen und Verbeugungen zu eröffnen mit einer biographischen Schließe, dazu befähigt aus langjährigem Umgang und einiger Zuneigung desgleichen; und zwar auf wessen Wunsch und Verlangen: auf deinen, deins. For your comfort and safety, damitte bequem und ungefährlich sitzt, zweimal und schriftlich habe ich mich vergewissert: du hast gebeten, mich zu bitten. Es war ersichtlich, meine Anschrift und Wohnung, bis auf die Nummer des Telefons, von wem konnten sie die haben als von dir. Ich mußte es nehmen als einen Auftrag von dir. (= wir). Es ist uns schwarz auf weiß bestätigt und bescheinigt. Hier hätten wir einen Anfang, scheint es.
Wir sind, dir erinnerlich, an fünf Tagen einer Arbeit von acht Stunden unterworfen; im Vertrauen sage ich dir: es sind mehr. Blieben die Wochenenden. Zwar hätten wir es abwälzen können auf einen Genossen Schriftsteller, den haben wir an der Hand, sogar in der selben; da du mich vorgeschlagen hattest, mußte es verbleiben bei mir, unter uns. Mein Englisch, dir vorstellbar, die vereinbarte Sprache flutscht annehmbar im geschäftlichen Verkehr, bei Verhandlungen über assets and liabilities und den Kreditrahmen, der aus solchen aufzubauen sei; nie in meinem Leben habe ich damit mich versucht an einer belletristischen Prosa. Das sollte es doch sein, wenn man vom Leben eines Menschen auf Papier zusammenträgt, was zu wissen ist und anzunehmen und gesehen und gehört, oder? wenn auch andere es lesen sollen und darin dich erkennen zu ihrem Spaß und ihrer Belehrung? Zwei Wörterbücher, zu meiner Blamage gesteh ich's, brauchte ich auf dem Tisch. Als ob mir das Englische mit eins vergeht, soll ich einmal damit sagen, wie Einer in der Schule gewesen ist (wäre), wie er sich anstellt beim Anbeißen einer thüringischen Rostbratwurst (eines kalten Eies), wie er sich hält auf stürmischem Meere (bei einer Vorladung zur Geheimen Staatspolizei / dem ostdeutschen Staatssicherheitsdienst), ob man seinetwegen ruhig schlafen darf oder rennen was das Zeug hält. Anfangs bin ich um dich herum gegegangen wie ein Schneider (weiblich oder männlich) und versuchte zu finden, was unter dem Stoff ist und wie meiner sit-

zen könnte auf deinen Gliedern und Schultern. Auch habe ich versucht, dich anzusehen wie ein Mädchen / ein Junge, die finden gerade an dir begehrenswert, wie du die Lippen schürzt, die Muskeln um die Augen bewegst, die Beine setzt. Wie du dich räusperst, wie du ... Deiner Eltern, du weißt es, habe ich gedacht. Eine Sache habe ich ganz und gar verschwiegen. Gelobt habe ich, was mir gefiel. Was mich gestört hat, ich verwandte es zu Stickerei aus Neckerei. Die ganze Zeit saßen mir Schmerzen im Denken, der Arbeit wegen; am Ende manchmal war mir, als hätte ich dich anwesend, als wärst du nun da. Vierzehn Seiten und eine halbe zu je zweitausend Anschlägen, und nachts um elf zum Hauptpostamt, damit es an die Herausgeber abgeht mit nächster und fliegender Fracht.
Dann Schweigen, und das Datum des Anlasses verstrich. Endlich die Erklärung, du hättest dir mein Geschriebenes über die Grenze schmuggeln lassen, in Hosentaschen, in Streichholzschachteln, was weiß ich, um gerade von mir über dich zu lesen. Was ne Ehre; siehe aber auch unter Festschrift und J wie Jubilar. Nach noch ner Weile die Auskunft, du habest dich, eigentlich uns beide, gern erkannt und wollest, Befangenheit eingestanden, das Porträt als rundum zutreffend mit Vorliebe akzeptieren; mit dem Wissen, was da aus Freundschaft ausgespart sei.
Na, denn. Wenn's dir gefällt. Na bitte. Wartete ich auf die Ersuchen um Änderungen. Wie ein Schneider auch.
Kamen aber keine. Statt dessen der Bescheid: wir stehen mit dem Unseren außer Frage, von vornherein, weil von uns bekannt ist, daß wir die und die sind.
Dis haste nu jewußt, als du den Auftrag erteiltest.
Es versteht sich, wir treten zurück. Zwar, wir haben einen Druckvertrag (ohne Honorar); wir verzichten. Warum sollten wir dir im Wege stehen wollen, wenn es dich juckt Betriebsleiter / Verdienter Arzt der Republik / Nationaltrainer / NichtVorbestraft zu werden? in Sachen deiner Kunst / Technik / körperlichen Fähigkeiten ins NichtSozialistischeWirtschaftsgebiet, in den Westen reisen zu dürfen? Im Gegenteil, wir möchten deine Erkenntnisse oder Geschicklichkeiten von Niemandem als dir vorgetragen wissen in Helsinki wie Leningrad, in Pasadena wie in Mexiko City.

Ohne daß wir zugegen sein müßten, allerdings.
Du hast dir nun einmal ausbedungen eine Festschrift in Sachen Endikrinologie / Forstwissenschaft / Molekularbiologie / Mathematik / Kunstgeschichte / Heizungstechnik; gesäubert von dem Stück Lebens, das du mit uns gemeinsam hattest.
Wobei uns vorkommt, daß du hier wie dort Bedürfnisse deines Staates in deine eigene Person verlegst, Notdürfte von einer Art, die du der D.D.R. bloß anempfindest, in einer allzu bereitwilligen und weitläufigen Auslegung.
Denn wenn wir den heutigen Sendboten und Beschützern deiner Landesverwaltung gegenüber treten, so mögen sie uns noch übel verdenken, daß wir einmal gegangen sind ohne groß zu fragen nach dem Gesetze, dessen Antwort auf solche Erkundigung bekannt war als ein Nein und das den Versuch mit Gefängnis bestrafte. Dennoch bleibt vor uns die Maschinenpistole gesenkt, sagt die D.D.R. uns Guten Tag und wünscht Gute Reise; sie gibt uns zu essen und ein Bett, wir müssen nur zahlungswillig sein in unserem NichtSozialistischen Geld; und das ihre bewahrt sie uns auf in einer höchsteigenen Staatlichen Bank. Und AufWiedersehen sagt sie.
Womöglich die dienlichen Dienste bedenkend, die wir ihr noch nach dem Abschied erwiesen, indem wir sie erwähnten als einen ausländischen (outlandish) Staat, ganz wie sie dessen bedarf zwecks Anerkennung (Näheres unter drei Buchstaben; Zuschriften an die Redaktion). Und das wäre nur eine von dankenswerten Leistungen.
Du hast unsere Zeit benutzt. In Ordnung; ich hab in meinem Leben viel Leute gern gehabt. Nur, du hast sie schlecht benutzt, da du wußtest es war umsonst und vergeblich; du hast unsere Zeit vergeudet.
Wir sehen die Beschränkungen ein, in denen du dich fühlst; sind aber sicher, du hättest dir ein gut Teil selbst gezogen. Dennoch, da du es sagst, ist dir lediglich möglich, über eine private Postanschrift von uns jene Tausend Kleinen Dinge anzunehmen, die euer Sachwalter wie seine Nachfolger deinem Alltag vorenthalten, vom Fachbuch bis zum Klopapier. Du vermagst recht wohl umhergehen in deinem Lande mit einem Jäckchen, den Stoff dazu hast du dir bei uns erbeten, mit einem Kleinstradio am Ohr, das haben wir geliefert auf deine Bestellung. Unmöglich aber ist

dir, öffentlich und dienstlich wie auch im amtlichen Schriftverkehr zu einem Umgang mit uns dich zu bekennen, da allein die Nähe unseres Namens zu deinem deiner Laufbahn / Kaderakte / Biographie / deinem Leumund schade. Das sehen wir ein. Da wollen wir keines Weges dich hindern beim Wahrnehmen deiner Menschenrechte.
Seit gestern nacht ist uns unverbrüchlich zugetragen als Anblick und Geräusch: du gehst da umher in deinem Lande mit unseren Erinnerungen an dich, dem Nachruf, den du dir erschwindelt hast, damit du schon zu Lebzeiten erfährst, was wir aufbewahrt haben und wert gehalten an dir. Wir hören: du liest das vor, in jeweils vertrautem Kreise, als Bitte um Mitleid für deine schlimme Lage, in der so nette Dinge über dich zu drucken von Staats wegen untersagt ist.
Seit gestern nacht gehen wir inwendig krumm, so genieren wir uns. So schämen wir uns.
Und möchten zurücknehmen, was wir aufgeschrieben haben in einem Vertrauen auf dich.
Elli Wagenführ. (Namen auswechseln. Wie aber könnte Irgend Jemand Elli Wagenführ ersetzen.)
Daß wir dir von ihr erzählt haben, es war fehlerhaft. Wie sie aus Peter Wulffs Küche witschte, beide Hände voller Teller, – Heiß: rief sie, und: Fettich! und die Markttagskundschaft beteuerte genüßlich, heiß käme ihnen gerade zupaß, auch mitten im Sommer; bemerkte auch über das Fett. Zog ihr die Schürzenbänder auf. Freute sich auf die Ohrfeigen. Es tut mir leid. Ich nehme es zurück. (Namen ändern. Wirtschaft in Jena.)
Und den Ginster. Wir kamen an Ginster vorbei, der stand gut im Saft; ich mußte mein Vergnügen doch sagen an seinem Blau und Gelb. – Ginster? fragtest du: So wie der, der das Buch geschrieben hat, von ihm selbst? Den Ginster hast du von uns; wir bestreiten dir das Eigentum.
Und daß wir jemals gedacht haben, es käme auf keine Vorsichten mehr an, und dir den Schnack auslieferten, ein Heimatstück, einen Blick Ostsee: blue as blue can be. Wir ziehen das ein.
Und daß ich dich meinem Vater zugemutet habe, der mir trauen mußte. Wenn ich ihm einen Fremden anbrachte, ich bürgte doch für dessen Zuverlässigkeit. So daß er dich betrachtete, als ver-

dientest du seine Höflichkeit, und dir womöglich die Hand gegeben hat als einem Gast. Wie das ungeschehen machen. Dafür schäme ich mich

If I have to choose between betraying my friend and betraying my country, I hope I shall have the guts to betray my country.

– E.M. FORSTER

Det mista dialektisch sehn, wa? Na, denn sei froh.

Und beruhigt. Wir leugnen, dich zu kennen. Nie haben wir dich gekannt. Ist es so zu deinem Nutzen? Nein, du hast mit uns nichts zu schaffen. Wir haben mit dir nichts am Hut. Wird diese Versicherung dich befördern / promovieren / in das Nutzungsrecht an einer Wohnung setzen? Ist deine nationale Spielart des Selbstverständnisses, deine identity nunmehr der Kränkung enthoben? Wir sind Fremde. Sind wir immer gewesen. Wie können wir dich zum Ende grüßen, wenn wir eine Bekanntschaft / Zusammenarbeit / Wohngemeinschaft mit dir von uns zu weisen haben. Anderen Leuten sagen wir Tschüß oder Take care oder Mind where you go, auf Verlangen À Dieu. Dir sagen wir Schluß und Niemals und Aus.

(Reinschrift zur Weiterleitung als Fotokopie verschicken. An dieser Stelle Abdeckung einer Unterschrift vortäuschen.)

Der New York *Times* ist heute gelegen an unserem Mitgefühl für eine Hausfrau (welch selbe bittet, ihren Namen zu verschweigen). Kommt sie von Long Island nach Manhattan, zum Einkaufen. Plötzlich, sieh an, fällt ihr ein, sich mit ihrem Mann zum Mittagessen zu verabreden. Versucht die Telefonzelle an der Südwestecke der 62. und Madison Avenue. Ihr Zehner kommt zurück, kein Amtszeichen. Marschiert sie auf der Madison zwölf Blocks nach Norden, bemüht sich an sieben öffentlichen Sprechstellen, der achten fehlt sogar die Wählscheibe. Um drei Zehner ärmer ist sie.

Aber das Haustelefon der Bank gehorcht einmal. Prompt auf Verlangen schickte Sam aus seinem Keller ein warmes Schinkenbrot mit Tee durch einen Boten, der die Tüte wie erbeten schweigend abstellte auf dem Stuhl neben der Tür. Der verstand den da bereit liegenden Zehner auch so.

Und auch im internationalen Verkehr steht es leidlich. Gegen Ende der Reinschrift meldet sich das Stafford Hotel, London, und ob wir wohl so gut wären? Versteht sich, und am anderen

Ende zur englischen Schlafenszeit meldet sich de Rosny, ein Vizepräsident, will selber nachsehen.

– Immer fleißig, meine gute Frau Cresspahl? spricht de Rosny. Der macht einen Briten nach. Nein, der macht einem Geschäftsfreund vor: KönnSe ma sehn, wie ick meine Leute anner Strippe habe!
– Aber gewiß doch: erwidert die Angestellte Cresspahl in New York, einer Scham bar.
– Tisch voll? de Rosny übertreibt es mit der Intonation der Public Schools.
– Nahezu klar. Bin beim Aufräumen. Sir.
– So vor der großen Reise, nicha?

Was wir auch hatten vergessen wollen.

– Kenne ich diese ... Person? will Marie wissen am Riverside Drive. Wäre sie älter als ihre stolzen elf, ihr Blick müßte fürsorglich genannt werden. Schneidet die Mutter sich am Ende ins eigene Fleisch? Zwar sitzt sie da und macht den mecklenburgischen Ossenkopp, beide Fäuste gegen die Schläfen. Reißt die Mutter sich etwas aus, das sie ärgert, und am Ende ist es ein Stück vom Auge?
– Das Jahr vergeß ich. Du warst achteinhalb. Da waren wir zu Besuch in ... einem sozialistischen Land, hatten Anita treffen wollen, stießen statt ihrer auf diese Person und feierten, daß ... ihr nun wenigstens Reisen in Richtung ... Osten erlaubt waren.
– Und es war diese Person, mit der du da an einem öffentlichen Platz gesungen hast?
– Der Wein war stark, Marie.
– »Marmor, Stein und Eisen bricht«?
– Du hast dich erbärmlich geschämt für deine Mutter.
– Das war Neid. Einfach lossingen, bloß weil einem so zumute ist, dazu braucht es doch Mut.
– Which you did solely to keep New York clean.
– »Aber unsere Lie-hie-be nicht«?
– Da hatte er mal so eine Einbildung, 1955.
– Ist es dennoch diese Person, mit der du –

– Ja sei vorsichtig!
– auch anderswo gereist bist, vor meiner Zeit?
– Wir erklären uns für unschuldig, Euer Ehren.
– Und warum ist der Sozialismus böse auf Privatdrucke in einem N.S.W.?
– Weil seine Verwalter eine unglückliche Liebe haben zum Prinzip des Archivs.
– Wer besorgt dir solche Post? Anita? Günter Niebuhr?
– Da sind wir überfragt, Euer Ehren.
– So entläßt du Leute aus deinem Leben?
– So schicke ich sie raus, und Glück auf die Reise.
– Damit ich das lerne.
– Damit du Bescheid weißt. Seit wann riecht es bei uns am frühen Abend, bei offenen Fenstern nach gebackenem Blumenkohl? Hast du gekocht? Die Semmelbrösel sind dabei, Parmesan hängt in der Luft.
– Das . . . Gesine, das ist ein Geheimnis. Ich sag's dir morgen.
– Ich bin viel zu müde zum Essen. Ist es dir recht, wenn ich mich gleich hinlege? Wenn du mich erst um zehn Uhr morgen weckst?
– Du schläfst wie du Lust hast, Gesine.

27. Juli, 1968 Sonnabend

Aufgewacht von der Stille, die war geräumig, sie enthielt Vogelgesang. Der Schlaf hat die Nacht hindurch gewußt, dem Wecker ist das Maul gestopft, und bestimmte die Zeit als jene, da ist der Aufmarsch der Autos auf dem Riverside Drive passiert, da werden die ersten Kinder in den Park geleitet. Der Traum führte eine Walddrossel vor, zeigte eine Wanderdrossel, verstieg sich zu einer Prachtmeise; alle verworfen. Denn die sind inzwischen beschäftigt mit dem Ausbessern des Nests, dem Aufziehen der Nachkommenschaft. Der da sang war ein Zaunkönig. Ein fröhlicher König auf den Gittern des Parks jenseits der heißen stillen Fahrbahn, im angewärmten Schatten der stattlichen hickories . . . der Walnußbäume, im Traum anwesend wie ein Öldruck in Pagenkopfs Flur. Freiwillig aufgewacht.
Ein viertel vor Zehn, und begrüßt vom Gerüst eines Frühstücks:

der Tee wartet auf dem Stövchen, zwei Gedecke sind gelegt, zwei Eier warten unter ihren Mützen, nur die Servietten sind noch leer. Die New York Times ist da, und wer fehlt, ist Marie, selbst eine Nachricht von ihr. Die junge Dame ist aus zu einem heimlichen Gang.
Edward G. Ash junior aus Willingboro in New Jersey, von der Armee, und David A. Pearson aus Tonawanda im Staat New York, Feuerwehrmann bei der Marine, werden gemeldet als getötet in Viet Nam.
Die britischen Kommunisten drücken sich um einen Tadel am großen sowjetischen Bruder, aber sie stellen sich hin und finden es dufte, wie die tschechoslowakische Partei aufräumt mit dem »Unrecht der Vergangenheit«, wie sie besteht auf sozialistischer Demokratie, und was reichen sie nach? »Nur das tschechische Volk und seine kommunistische Partei können bestimmen, wie sie ihre inneren Schwierigkeiten angehen.« Das sind schon einmal (abgerechnet die Enthaltungen) 32 562 Leute in Großbritannien.
Antonio (Tony Duckdich) Corallo von der Mafia, es hat ihn erwischt im Bundesgerichtshof am Foley Square. Für versuchte Bestechung eines Menschen bei den Wasserwerken: drei Jahre Gefängnis. Aber die Höchststrafe wäre gewesen fünf Jahre, samt einer Geldbuße von $10000. Nun, bei guter Führung...
Ein vierunddreißigjähriger Mann aus Astoria (fast hätten wir da mal gewohnt), Wladimir Vorlicek betrat gestern die Waffenabteilung von Abercrombie und Fitch, kaufte für $5.50 Schrotpatronen, lud heimlich eine Flinte, offenbar liegt dergleichen da ungesichert rum, und schoß sich in den Kopf. Er war binnen letzten Jahres als Flüchtling angekommen, aus der Tschechoslowakei. Das wäre schon einmal einer.

– Guten Morgen, Marie! Was haben wir für ein schönes Kind! Bist du zu Besuch? was für einen vornehmen Hänger du anhast, blau und weiße Streifen, zu blonden Zöpfen, Seidenbänder auf den nackten Schultern! Gindegant!
– Guten Morgen, Gesine.
– Du bist bedrückt, junge Frau.
– Siehst du doch.
– Hier soll aber keiner bedrückt sein! Es ist ein Tag ohne Arbeit,

die Sonne ist draußen, wir können gleich auf die South Ferry! Sag an, Marie.
– Es ist... du nimmst manchmal gern hartgekochte Eier zum Frühstück, Gesine. Wenn sie eine Nacht kaltgestellt waren.
– Meinetwegen. Heut kann ich sie entbehren.
– Ich wollte gestern welche vorbereiten für dich, und als sie eine Weile auf dem Feuer waren, fing ich an zu lesen, und mit dem Buch vorm Kopf ging ich weg in mein Zimmer. Dann gab es einen Knall, und ich dachte an den kaputten Auspuff von Robinson Adlerauges Klapperkiste. Als ich endlich den Gestank spürte, war die Saucenpfanne verschmort auf dem Gas und die Eier rundherum explodiert. Bis an die Decke.
– Hast du aber gut hingekriegt mit dem Saubermachen.
– Danke.
– Soll demnach Deutsch die Sprache des Tages sein?
– O.K.
– Dann mußt du sagen: Stielkasserolle, selbst wenn das hiesige Volk von einer Pfanne phantasiert. Oh, entschuldige! Vesógelieke.
– Hier. Die ähnlichste... Kasserolle, die ich finden konnte auf dem Broadway. Auch Aluminium. Von meinem Gelde.
– Die alte war längst verbraucht. Nach vier Jahren abzuschreiben. Sag mal, Kommilitonin, möchtest du gern eine Vorlesung über Abschreibungsrecht? Die Haushaltskasse erwägt, billigt und stiftet.
– Die Hälfte.
– Die Hälfte. So lach doch! Die Blamierte bin doch ich, mit meinem Geruchssinn! Gebackener Blumenkohl!
– Das ist, ich fürchte, Madame, Mrs. Cresspahl, ein Zeichen bevorstehenden Alters.
– Wird es ein Tag der South Ferry, Marie?
– Ich zöge einen brunch vor. Das Tonband ist gesattelt, Toast kommt gleich, auch Zitrone zum Tee.
– Gesetzt, posito, wir hätten einen Gast aus der unwissenden Wildernis, sagen wir aus Düsseldorf: wie übersetzten wir ihm das?
– Breakfast und lunch in einem. Ausgiebiges... Mittagsfrühstück. Gabelfrühstück!
– Statt Fisch mit dem Löffel und Rührei mit der Zange.

– Und was nimmst du so für eine Stunde Unterricht in Deutsch?
– In »Gegenwartskunde«. Ich nehme eine insalata di pomodori e cipolle. Puoi condirla?
– Coming up! Coming up!
– Gegenwartskunde, das war ein Neues Fach, insofern es bei den Nazis geheißen hätte »Weltanschauliche Erziehung«, und geboten wurde es der Zehn A Zwei des Jahrgangs 1949/50 von einem neuen Vorstand der Fritz Reuter-Oberschule, einer Frau Selbich, kaum über die Zwanzig wie wir gehört hatten, kommissarische Leiterin. Wenn sie aus war auf Bestätigung im Amt, konnte solcher Unterricht ausfallen als günstige Bewährung.
– Selbich. Selbich.
– Früher hatte Herr Dr. Kliefoth das mit uns veranstaltet.
– Au Backe. Eine Fremde. Eine Junge. Eine Nachfolgerin. Schwerer Stand.
– Deswegen können doch Siebzehnjährige sich einen guten Willen vornehmen und der neuen Frau Direktor nachsehen, daß die Würde ihres Amtes sie verhindert, die Tür des Klassenraums selber hinter sich zu schließen, und die Schwächste nickte sie sich heran zu diesem Dienst, Frau Lindsetters Nichte, Monika (»Peter«). Wir waren bereit zu Nachsicht, weil sie staksig ging, als hätte sie Schmerzen in den Füßen (– wie überhaupt keine Frau: flüsterte Pius), weil sie sich aufrecht hielt wie ein Befehlshaber vor der Front, und was konnte sie denn dafür, daß ihr das nachgewachsene Blond strähnig hing, außer daß sie es hätte bürsten können eine halbe Stunde am Morgen. Zehn A Zwei erhebt sich und blickt der Fachkraft Gegenwartskunde aufs Hemd. Denn sie trug zu einem braunen Rock das Blauhemd der F.D.J., komplett mit Achselklappen und Schild am Ärmel. Hier hätte Kliefoth eine entlassende Handbewegung vollführt, gewiß daß alle auf ihn achteten; diese besichtigte uns ziemlich lange, ehe sie sagte: Setzen! Und seit wann mag ich Quittenmarmelade?
– Seit D. E. sie uns schicken läßt aus Lenzburg in der Schweiz, Gesine.
– Ich will das durchgehen lassen. Weniger erbaut (als von dieser Konfitüre) war Zehn A Zwei von der ersten Frage der Lehrperson, in scharfem Ton gestellt, wieso wir denn ohne Ausnahme zivil bekleidet seien statt angetan mit dem stolzen Blauhemd der Freien Deutschen Jugend. Pius sah mich an, als wünsche er eine

Auskunft, einen Rat. Ich ruckte mit dem Kopf, das hieß: Man los! Solche Verständigung gelang uns mittlerweile genau und rasch, die entging einem Pädagogenauge, oder war unnachweisbar. Denn ich wußte, Pius werde sie necken, und da ich sie erkannt hatte, hoffte ich auf sie als Partner in einem Spiel. Pius meldete sich, bekam ein strenges Nicken, stand auf und sprach, übertrieben mecklenburgisch: Das Blauhemd, das is unse Ehrnkleit. Das ziehn wir man bloß zu fesslichn Anlässn an. Und ähnlich falsch machte es die Wollenbergsche, würde es auch unterlassen haben, wär Frau Selbich ihr unbekannt vorgekommen. Lise faßte ungefragt nach, und ohne aufzustehen, vertraulich zitierte sie aus der Kleiderordnung: Unt denn hat Ein' ja seltn ein' schwaazn Rock füe alle Tage (mit Blick auf die braun gewandeten Hüften von Frau Direktor). Aber Bettina hatte mehr gewechselt als den Namen, die verstand auch keinen Spaß mehr, die sprach auch anders! mit einer harten Stimme, als wollte sie uns drohen, als wären wir Dreck –

– Die Riepschlägersche?

– Die Riepschlägersche, verheiratete und geschiedene Selbich, verlangte so gebieterisch wie ungeschickt nach »Ruhe!« sowie auch nach dem Ersten Vorsitzenden der F.D.J. in der Zehn A Zwei. Das war nun wieder Pius, und während sie uns einzuschüchtern bestrebt war mit dem Befinden, in unserer Klasse seien ja blamable Zustände eingerissen, ganze Haltung überprüfenswert –

– Sauhaufen?

– verwickelte Pius sie in eine umständliche Erörterung des enormen Geldes, das wir bezahlt hatten auf der Kreisleitung für jeder bloß ein Hemd, das trugen wir wohl zu Aufzügen, Umzügen und Jahresschlußversammlungen, aber schon für Einsätze in der Kartoffelernte sei es zu schade,

Unsere blauen Hemden sind schwarz vom Schweiß

und was die Mädchen in der Klasse angehe, so hätten die sämtlich Beschwerden mit dem ungefügen Schuhzeug, das zur Uniform gehöre. – Ich behalte mir vor, darauf zurückzukommen: kündigte die verwandelte Bettina an, als vermöge sie zu strafen. Die frühere Bettina hätte sich auf Land gerettet mit dem lächelnden

Befehl, es habe uns eine jede Stunde mit ihr ein festlicher Anlaß zu sein. Alles hätte noch gut werden können.
– Was doch so ein Lehrgang ausmacht.
– Und eine gescheiterte Ehe. Und eine Kandidatur in der Partei. Und was weiß ich.
– Hatte sie versch–
– Hingeschmissen. Die Fuhre umgekippt. Und zum ersten Mal schüttelte Pius den Kopf, wenn ich ihm was erzählte: die sei auf der Grundschule eine Lustige, eine Kameradschaftliche gewesen, eine Vertrauensperson, bei der man gelernt habe bloß um ihrer Freundschaft willen; Pius machte ein Gesicht, als müsse er mich auswendig lernen ganz von vorn, und Sorgenfalten hatte er in der Stirn.
– Lise Wollenberg aber kam zum nächsten Tag mit Gegenwartskunde bei Selbich in einem blauen F.D.J.-Hemd.
– Mit schwarzem Rock, wenn auch in privaten Schuhen. Lise ging es bald leicht vom Mund, daß die Unternehmer im kapitalistischen Westdeutschland zittern beim Anblick der Freiheiten, die die Arbeiter sich erworben haben in der Deutschen Demokratischen Republik und dereinst mitbringen werden in westlicher Richtung.
– Kliefoth hat dergleichen auch voraussagen müssen.
– Ein Julius Kliefoth spricht, wie ihm der Schnabel steht. Der hatte sich solche Erkenntnistherapie übersetzt, als müsse der Lehrer den Kindern an die Hand geben, was denn vorhanden ist in der Gegenwart. Wenn Österreich seinen Friedensvertrag bekommen sollte ganz für sich allein, oder Indonesien eine Unabhängigkeit, hielt er uns in dem einen Fall an zu Versuchen in Wirtschaftsgeographie und erwartete im anderen mindestens Angaben zur Kopfzahl der Bevölkerung. Daß der bulgarische Politiker Traicho Kostoff sich bekannte zu dem Vorhaben, Dimitrow zu ermorden und sein Land mit Jugoslawien zu verschwistern, dann beides abstritt und dennoch hingerichtet wurde im Dezember 1949, bei Kliefoth kam das als Meldung. Er veranstaltete Pressekonferenzen mit uns; bei ihm durften wir fragen wie die Korrespondenten: Trifft es zu, daß...? (England China staatsrechtlich anerkannt hat? Unzählige Male hätten wir ihn reinlegen können; wir hätten uns schon gefürchtet vor seinem Erstaunen, den abschmeckend verzogenen Lippen. Mit dem hatten

wir einen Vertrag.) Vom Prinzip der Zeitung kam er auf jene, die er sich hatte halten dürfen bis Anfang des Krieges, jeweils eine ein Vierteljahr lang aus den französischen Départements und den englischen Counties nacheinander. Wie nahrhaft solche Übung sei für die Beweglichkeit in der Fremdsprache, für ein Bewußtsein von der Gegenwart. (Vor ihm saßen Kinder und ahnten, was er entbehrte, und hatten erfahren, daß auf den Besitz einer westdeutschen Zeitung Verweis von der Schule stand, auf Vorzeigen Gefängnis.) Und wenn Saitschik darauf bestand, ein ausländisches Wort für den Düsenjäger zu erfahren, so schrieb Dr. Kliefoth an seine akademischen Freunde in St. Andrews oder Birmingham; jet erläuterte er uns nach Vermögen als Düse und technisch, fighter lernten wir bei ihm verstehen als Kampfflugzeug, als eine Waffe, die bereit stand. Wir hörten den Stabsoffizier, der an der Ostfront mit Flugzeugen bekannt geworden war, wenn er hinzusetzte: Scheußliches Ding das.

– Glaubte Bettina, was sie aufgesagt haben wollte in Gegenwartskunde?

– Das will ich ihr wünschen. Denn wenn sie auch noch gezweifelt hat, in was für Schuhen ist sie gelaufen! Wenn ihr das auferlegt war, hat sie in unserem Schweigen das spöttische Bedauern gespürt für Dieter Lockenvitz, wenn der vorn in der Ecke stand am Kartenständer und Erfreuliches vortragen sollte zum Niedergang des westdeutschen Wirtschaftssystems an mehr als zwei Millionen Arbeitslosen. Er wand sich, er versetzte die Füße, er versuchte sich am Kartenständer festzuhalten, und Bettina rezensierte: Der Gedanke ist an sich richtig, bloß du bleibst an ihm hängen, wendest ihn hin und her, als ob du einen Ball von allen Seiten betrachten wolltest!

– Sieh an. Sie wirbt.

– Das war noch mal ein Restchen Ansicht von der früheren Bettina, die einen nahezu gleichaltrigen Jungen überreden will: Wir passen doch zu einander, wir zwei beide werden uns doch einigen ... Nur war Bettina ein bißchen blind geworden. Hatte keine Augen dafür, daß der Schüler womöglich sich abquälte mit der Nachricht vom 1. Januar, in dem untergehenden Gelände seien die Lebensmittelkarten abgeschafft worden, auch weil seine Blicke jene zwei in der Südostecke des Klassenraums vermieden, denn mit denen hatte er erst neulich verhandelt, ob der viel-

gerühmte Betriebskollektivvertrag vom Mai 1950 mit seinen Verpflichtungen auf eine Planung von oben her ein Arbeitsrecht recht eigentlich verfehle und eine Fischausnehmerin beim V.E.B. »Frischkonserve« wohl ein individuelles Eigentum an der Fabrik zu begreifen imstande sei, oder doch wenigstens an der Arbeit. Bettina hätte auffallen dürfen, daß der Schüler Lockenvitz im Sprechen stolperte über das, was er beim Denken bewegte.
– Und daß ihr alle gelogen habt wie ein amerikanischer Präsident, das war eine Kleinigkeit.
– Seit wann ist die Schule ein Institut, dem wir mehr anvertrauen als den vorgeschriebenen Lehrstoff? Auch bei deiner Sister Magdalena dürfte vorher bestimmt sein, wer siegt.
– Ich möchte ja bloß, du hättest mal gesiegt.
– Hab ich. Mit so viel Längen wie ein Badeanzug aufweist.
– Vertell. Du lüchst so schön!
– »Jetzt kommt die Zeit der Erfolge«: hatte der Sachwalter im vorigen April gesagt, aber manchmal kamen keine Kohlen für den abendlichen Eisenbahnbetrieb nach Jerichow, wo mein Badeanzug für die Ostsee wartete. Wachte ich morgens auf bei Pagenkopfs, ging ich los mit meinem Badeanzug für den gneezer Stadtsee und schwamm da ein paar Hundertmeter, meist zusammen mit Pius, der hätte lieber länger geschlafen, der verlangte von sich die Tugenden des Chaperone. Wenn uns die Zeit zu knapp wurde für den Umweg zu Helene Pagenkopfs Wäscheleine, nahmen wir das nasse Zeug mit in die Schule. Es war Mai, die Fenster standen offen, auf dem Sims in der Sonne wurden die Sachen bis zur vierten Stunde trocken. Mit dem Gesicht zur Lehrkraft, da faßte ich manchmal nach draußen, betastete das nach frischem Wasser duftende Gewebe.
– Und die Selbich hatte dich auf dem Kieker.
– Vielleicht, weil mein Anblick sie erinnerte an eine Zeit und Gelegenheit, da war es ihr besser gegangen. Als sie mich erwischte, mit dem Unterarm auf der Fensterkante, rief sie mich auf und sagte allerhand Furioses über Leute, die Badezeug begrapschen, verwickelte sich auch in den Umstand, daß man beim Umziehen zum Schwimmen einen Augenblick lang nackt ist... während man euch von der Persönlichkeit des Genossen Stalin spricht, dem weisen Führer und Garanten des Weltfriedenslagers!

– Euch.
– Das meinte Pius und mich; obwohl die gneezer Badeanstalt getrennte Kabinen bereit hielt und verschrieb. Pius war gleich halb hoch vom Stuhl.
– Was für ein Anblick. Großer kräftiger Junge schlägt hilflose Neulehrerin ins Gesicht.
– Es hätte ihn arg gereut. Ich hielt ihn mit der rechten Hand fest an der Jacke und tat mit den Lippen, als sagte ich ihm was. Wenn er es verstanden hat, war es »Kliefoth«. Denn Kliefoth hatte den Schuldienst quittiert, weil er 1939 einen Obersekundaner von zu dünnem Eis hatte holen wollen, der war aber in Uniform und brachte ein Verfahren in Gang: Sie haben das Ehrenkleid des Führers beleidigt, Herr Oberstudien. Bettina trug auch an diesem Tag ihr heraldisches Blaues, das zu attackieren hätte Pius am Ende das Abitur gekostet. Statt seiner stand die Schülerin Cresspahl auf, ließ den in seiner Männlichkeit verhinderten Pius hinter sich, ging ganz ebenmäßig auf Bettina Selbich zu, ohne jede Erlaubnis. Die bekam es mit der Angst, die rief: Setzen! und schließlich: Gesine, laß das!
– Als ob sie dich wieder erkennte mit einem Mal.
– Wenn aber die Zehnte Klasse Vorzüge hat, so daß die Schüler angeredet werden sollen mit Sie; ich konnte das überhören. Das andere war, das Anfassen eines Schülers ist untersagt.
– Wenn ich doch erst in der Zehnten wäre.
– Stellte mich dich vor ihr auf, ein Mädchen vor dem anderen, blickte sie an so verbindlich ich konnte, sieh –
– So freundlich du kannst, Gesine.
– schürzte die Lippen ein wenig und zeigte ihr ein klitzekleines Stück von meiner Zungenspitze.
– Von andern ungesehen.
– Unbeweisbar. Sie allein hatte begriffen, was ich ihr da mitgeteilt hatte, so von Frau zu Frau, sie bebte im Blauhemd, als ich zur Tür ging und raus. Was Bettina war, die kreischte.
– Das darf eine Schülerin der Zehnten überhören.
– Und begibt sich, gänzlich von Würde umhüllt, ins Sekretariat der Schulleitung, wo sie sich von Elise Bock ein Blatt Papier erbittet samt Umschlag, auch von Elise eine Einladung zu Kaffee annimmt. Daraus machte das Gerücht später: Das F.D.J.-Mitglied Gesine Cresspahl hat bei der Z.S.G.L. der F.D.J.

– Was für ein Tier?
– bei der Zentralen SchulgruppenLeitung der F.D.J. eine Beschwerde eingereicht gegen das F.D.J.-Mitglied Bettina Selbich, die Frau Direktor (komm.). In Wahrheit versteckte ich mich im Kartenzimmer, damit Bettina nun auch noch fürchten mußte, ich sei auf die Straße gelaufen; pünktlich zu Beginn der nächsten Unterrichtsstunde stand ich hinter unserem Tisch. Pius lächelte wie Jakob das konnte: erleichtert, leise in den Augenwinkeln, von unten her blickend.
– Bedankte sich.
– Vergab mir, daß ich ihm das mannhafte Beschützen vermasselt hatte. Bange war uns. Denn bei der Frau Direktor stand ein Schrank voll Rundfunktechnik samt Mikrofon, die konnte mich über den Lautsprecher in unserem Klassenzimmer zur Vorführung befehlen. Wäre schlecht ausgegangen.
– Keinen Mucks tat sie.
– Was hingegen sich rührte, war das Gerücht, das vorerwähnte. Das wollte, Frau Selbich habe der Tochter von Cresspahl eine Ohrfeige geknallt, und Gesine habe den Zahnarzt bemühen müssen. Das bestand darauf, nach dem Abzug der Schülerin Cresspahl sei es unruhig geworden in der Zehn A Zwei, die habe ja wohl Anhang, so daß Frau Selbich sich veranlaßt gesehen habe, ihren Stuhl auf den Lehrertisch zu stellen und dies Gebilde vermittels eines zweiten Stuhles zu erklimmen, zwecks Erlangung eines Überblicks; eine Ausstellung der Riepschlägerschen Waden und Oberschenkel. (Zu Bettinas Schaden sagte die Erzählung ihr hier nur nach, was sie getan hatte; Pius beschwor es.) Die vermeintliche Beschwerde verwandelte sich wundersam in eine Anzeige bei der Staatsanwaltschaft, wegen Schülermißhandlung. Es hieß, Frau Selbich habe versucht, Cresspahls Tochter auszuziehen; keinen Ton gaben Pius und ich Auskunft. Aber oft und inständig wurde ich gegrüßt in der Stadt, wie ich mir das vorstelle für eine nette Fürstin in der Vorzeit, und in Jerichow hatte die Kunde vom Schülermut vor Rektorsthronen mich schon überholt. Bei Emma Senkpiel ging ich Milch holen, die trat mit der Kanne ins Hinterzimmer und gab sie mir schwerer zurück als gewöhnlich. (Zwölf Leute sahen zu, wie ich das geschenkte Gewicht an der Hand wog; alle wie lustige Verschworene.) Das kostete dann ein paar Mark mehr. Zu Hause fand Jakobs Mutter ein

Dutzend Eier in der Milch; die Abschnitte für Eier wurden in den Maidekaden beliefert mit Margarine.
– Gesine, du lüchst. Das sind meine explodierten Eier!
– Sollst bedankt sein; sonst hätt ich sie ja vergessen.
– Nun die Beschwerde.
– Dicken Sieboldt paßte uns ab anderntags an der wilden Badestelle; früher war er öffentlich auf mich zugegangen auf dem Schulhof. Er hatte etwas Heimliches an sich, etwas Umsichtiges. Sprach mit allen, bis er mich allein hatte und auf die Seite nehmen konnte. Lobte mich ungemein, der Org.-Sekretär der Z.S.G.L.-F.D.J., weil ich Elise Bocks Bogen unbeschrieben in der Brusttasche trug und den Umschlag ohne Adresse; – dat's ne Såk för min Mudder ehrn Sœhn: sagte er, ganz zuständig und vorbedacht; verschwieg mir, was anzustellen er gewillt war. Tat, als habe er mitten in seine säuberlichen Pläne eine unverhoffte Aufgabe bekommen, »unmöglich aber dankbar«. Dicken hieß er, weil er etwas Bulliges an sich hatte, bedrohlich für den Fremden, der unversehens sich in seiner Koppel sieht; für ihn war ich Cresspahl sin Gesin. Nahm es gern ungenau: wußte sein Leumund.
– Gesine, wird es eine Wassertonnengeschichte?
– Sei unbesorgt. Es war man bloß, Oma Rehse, die Bettina Selbich sich zugelegt hatte in ihrer neuen Herrlichkeit, die sagte ihre Zugehdienste auf; Bettina mußte selber saubermachen in ihrer Wohnung am Domhof. Die wurde ihr gekündigt; zwar gewann Bettina die Klage; aber es war nunmehr der Ton im Treppenhaus recht anders. Indem da ein Mülleimer so im Dunkeln aufgestellt war, daß Bettina ein bißchen hinfiel.
– Ihr seid gemein.
– Finde ich auch. Und Jakob, zwei Eisenbahnstunden entfernt in der Lokführerschule von Güstrow, der hatte damals längst seinen Jöche; Jöche machte ihm den Leutnant mit Vergnügen. Bettina hatte wenig Glück mit dem Verreisen auf der Eisenbahn. Die Schaffner sahen ihre Fahrkarte jeweils mißtrauischer an als die der anderen Reisenden, so daß die von ihr abrückten. Die Bahnpolizei ging achtlos durch einen ganzen Zug und griff sich Bettina heraus und prüfte ihren Personalausweis, ihren allein, mit offen gezeigtem Verdacht; wie sollten sie jemand von Angesicht kennen, der war zugezogen aus dem fernen Ludwiglust! Bettina

wurde unachtsam; zwischen Schwerin und Gneez kam ihr das Billet abhanden. Das gab ein Protokoll im Hauptbahnhof Gneez: Welchen Eindruck macht die Reisende? einen fahrigen. Ist ihr die Tat (Erschleichung von Beförderungsleistungen) hinreichend zuzutrauen? die Reisende ist der Absicht verdächtig.
– Hauptbahnhof.
– Jawohl. Nebenstrecke nach Jerichow.
– Wie sollte sie wissen, daß bei Cresspahls in Jerichow jemand gemeldet war von der Eisenbahn!
– Den Faden der Ariadne spulte ihr ein anderer ab. Jemand, der etwas Wuchtiges an sich hatte.
– Ach du meine weite Heimat.
– Der Org.-Sekretär an der Fritz Reuter-Oberschule hatte Fragen der F.D.J.-Verwaltung zu besprechen mit der Frau Direktor, auch einem Mitglied. Überlastet wie er war, durch seine Funktion, durch Vorbereitung aufs Abitur, konnte er solche Besprechungen nur in den späten Abendstunden erschwingen. Wurde mehrmals im Domhof beobachtet, zu nächtlicher Zeit.
– Ach du meine weite Heimat.
– In der Lehrerkonferenz hatten wir einen Verbündeten, den Lulatsch für Sport. Der zuverlässig zwinkerte, wenn er sein ehemaliges As mit ihrem Pius beim Schwimmen betraf (wir waren Das Paar). So kam uns zu Ohren, daß der Kollegin Selbich bei der Zeugnisberatung vorgeschlagen wurde, die für die Schülerin Cresspahl übliche Note (»gut«) im Betragen anzuheben in diesem Jahr. Sie soll etwas starr dagesessen haben. Tatsächlich hatte diese Schülerin im ganzen Schuljahr sich erwischen lassen bei keinem Verstoß gegen die Schulordnung und schloß die Zehnte Klasse ab mit der Note für Betragen: sehr gut.
– Und ein gebranntes Kind scheut das Feuer?
– Frau Selbich überging den hintersten Tisch in der rechten Ecke der Zehn A Zwei, wo sie konnte. Sie saß ja drei Wochen ab vor dem Blatt im Klassenbuch, das sie mit eigener Hand hatte ergänzen müssen an Stelle des ursprünglichen, in dem sie etwas Verwegenes eingetragen hatte, bevor ihr der Verstand kam, es vor den Augen der Klasse zu zerreißen.
– Ich hätte nun Mitleid mit ihr.
– Ich auch. Denn sie fing an, sich zu kämmen während des Unterrichts, sicherlich gegen ihren Willen, die Riepschlägers hatten

ihre Bettina anders erzogen; sie hatte das vor zwei Jahren weder bei uns noch bei sich geduldet. Sie merkte den Griff zu ihrem breitzinkigen Kamm meistens erst, wenn sie ihn schon durch die Haare führte; ohne daß es denen sonderlich bekommen wäre.
– Du und dein Badeanzug und der Genosse Stalin.
– Der (der Badeanzug) hing nun bei Maler Loerbrocks, der unser Hausmeister geworden war. Sichtbarlich am Rande des Schulhofs. Die Cresspahl-Gedenkstätte. Bettina mag gewünscht haben, er läge auf dem Sims vor einem Fenster der Zehn A Zwei.
– Tröste sie!
– Gehorsam waren wir. Sie erklärte uns den Niedergang des Kapitalismus im allgemeinen (Bergarbeiterstreik in den U.S.A.) und im besonderen (jeder westdeutsche Berufstätige arbeitet ungefähr einen Monat lang für die Kosten der Militärbesatzung); auf Verlangen wiederholten wir es und verkniffen uns eine Erkundigung nach dem Verhältnis der sowjetischen Besatzungsabzüge pro Kopf der Berufstätigen in Ostdeutschland. Wohingegen der Aufstieg des Sozialismus, der Pakt zwischen Stalin und Mao, ein Entwicklungskredit von 330 Millionen Dollar. Wenn einer gern erfahren hätte, warum dergleichen in Dollar berechnet wird, er verbarg solch Begehren. Und Bettina kämmte sich. Saitschik sagte dem britischen Empire einen Verfall nach aus der Befreiung Indiens; im Ohr hatten wir noch das Geräusch der britischen Flugzeuge, die das belagerte Westberlin entsetzen halfen. Gabriel Manfras verbreitete sich über das sowjetische Geschenk der Arbeitsnormen, Menge der Arbeitseinheiten oder Zeitnorm; in einer still begeisterten Art schien es. Bettina Selbich pries die Wachsamkeit der sozialistischen Bataillone, Prozeß gegen zehn Priester in der Tschechoslowakei wegen Hochverrat und Spionage, April 1950, Strafen bis zu Lebenslänglich; Anita gedachte der Anstände, die Pastor Brüshaver erwuchsen aus Herbert Vicks Vermächtnis, gehorchte Bettinas Aufruf und leierte ihr das Gewünschte hin; die kämmte sich, den Kopf schräg, mit reißenden Bewegungen. Triumph der Weltfriedensbewegung! die Briten haben die Bombardierung von Helgoland unterbrechen müssen. Wir saßen vor ihr im heißen Junilicht, angeweht von den Düften der Lindenblüte; leicht unachtsam, weil in dieser Stunde bloß ein Benehmen zu erlernen war. Bei Bettina bekam der jüngere Seneca noch einmal recht: Non vitae, sed scholae discimus. Von einer

Schülerin ist gewiß, daß sie nachsann über eine Zeit, in der wieder Reisen erlaubt wären in die Nähe von Helgoland. Immerhin, uns fragen nach unserem Gehorsam, unserer Geduld, das hatte diese Neulehrerin sich verbockt. Wir ihr was sagen, so doof. Wir betrugen uns höflich über die Hutschnur in ihren Stunden, mucksmäuschenstill war es bei ihr, und schläfrig. Da habe ich mir zum ersten Mal gewünscht, ich müßte nie Lehrerin werden wo sie ausgebildet und umgewandelt werden von einer Bettina Riepschläger zu einer B. Selbich. Denn ich wäre schon nach drei solchen Stunden ohne Widerspruch und Gespräch heulend aus der Klasse geschlichen. Allerdings, sie hielt durch. Nun wünsch dir was, Marie.
– Daß du jede Nacht so lange schlafen dürftest wie du brauchst, und wünschest. Yours, truly.

28. Juli, 1968 Sonntag Tag der South Ferry, obwohl dies der vorletzte Tag ist für das Redigieren an Karschs Buch. Ob wir wohl naseweis genug sind, die Druckfahnen ins Büro zu schmuggeln, getarnt als Arbeit? Es nimmt das Geschriebene überhand. Seit Juni J. B., seit bald einem Jahr die Tage, die der andere Jugendfreund und Genosse Schriftsteller aufschreiben will. Wie werden wir froh sein, wenn es ein Ende hat mit dem Unveröffentlichten.
Die N. Y. *Times* bringt meinen Traum von gestern morgen.
Und daß nunmehr die ostdeutschen Kommunisten verbreiten als einen Befund, es »mag ja das Leben in den Straßen von Prag ruhig und wie immer erscheinen in diesen Tagen«. Das nennen sie eine Fassade, als kennten sie sich aus hinter Fassaden, da wissen sie »eine schleichende Gegenrevolution«. »Die konterrevolutionären Taktiken, die in der Tschechoslowakei angewandt werden, sind raffinierter als sie es in Ungarn waren.« Und die Schläge gegen die Berichtigung des Landes, wie verfeinert werden sie ausfallen?
Stürzt Bettina! so will es Marie. Aber die Leiterin und Lehrerin ist im Sommer 1950 lediglich gestolpert, wenn auch mehrmals; hätte fallen dürfen.
Bemüht haben wir uns. Bettina als Klassenlehrerin der Zehn A

Zwei, sie ließ Pius zwar unsere Kandidaten anmelden für die Fahrt zum Pfingsttreffen der F.D.J. in Berlin, sie bestand darauf, sie zu examinieren; vornehmlich wegen der nachgereichten Bedingung, sie müßten den westlichen Sektoren der Stadt sich fern halten. Pius ließ sie kurzerhand durch, dafür war er unser Erster Vorsitzender, auch Sohn des verdienten Genossen Pagenkopf in der Landeshauptstadt, wo er über die Abteilung Volksbildung einer schutzlosen Neulehrerin beliebig in die Suppe spucken konnte. Die zweite Vorsitzende, Cresspahl, ist es denn zu glauben, die schützte Schularbeiten vor. Eine väterliche Mahnung verschwieg sie. Denn zu Anfang Mai hatte es noch geheißen: »Die Freie Deutsche Jugend stürmt Berlin!« Heinrich Cresspahl besann sich auf die Belehrungen über die Welt, wie Gesine sie ihm mitbrachte aus der Neuen Schule. Danach hatte der Westen unbedenklich angefangen, wo die Republik von Weimar zu Bruch gegangen war; er erinnerte sich da an Tschakopolizisten, die mit Knüppeln herfielen über demonstrierende Leute, auch schossen auf sie. Er wünschte kein stürmendes Kind auf der Reise zu wissen, er mochte keine verprügelte Tochter zurückbekommen; er bat geradezu und bot ihr einen Ausflug nach »Berlin« auf eigene Faust für die Sommerferien. Auf den zu verzichten, Gesine behielt es sich vor; sie tat zuverlässig, als ergebe sie sich einer väterlichen Fürsorge; das gefallsüchtige Kind. (Und weil es Cresspahl noch immer tröstete, wenn jemand eigens auf ihn achtete und hörte.) Die Wahrheit verschwieg sie ihm, versteht sich: Es mochte doch sein, daß Jakob zu Pfingsten sich besann auf Sohnespflicht und einen Besuch abstattete in Cresspahls Haus. Darauf gedachte diese Gesine zu warten in einem Liegestuhl an der Milchbank hinterm Haus, und für Jakob zu tun, als lese sie für die Schule.
Die Schülerin Cresspahl fiel aus. Gabriel Manfras erklärte in einer verhaltenen Art: Wir müssen überall zeigen, wie wir für den Frieden einstehen; ihm glaubte Bettina das (so wie wir). Lise wollte die Gelegenheit benutzen für Einkäufe in Westberlin, daraus machte sie eine Mördergrube weder vor uns noch vor Gabriel; befangen hörte der sich an, wie sie ihm das Seine nachsprach, ungefähr und munter. Anita war klug; sie redete sich heraus mit Dolmetscherpflichten beim Dreifachen J und Emil Knoop; tatsächlich wünschte sie sich Geld zu verdienen an Emils

Rechenmaschine. Die Schülerin Matschinsky durfte sich hereingefallen glauben. Die wollte fahren, um auch über Pfingsten in der Nähe von Saitschik zu sein (Dagobert Haase träumte sich unter die Besucher der westberliner Autoausstellung, gab aber an mit einer Neugier auf die Neubauten im »demokratischen« Sektor); nun druckste Eva ungeschickt. Dieter Lockenvitz setzte einen feinen Keil auf Saitschiks groben und sprach von der relativen Eigenständigkeit des Überbaus, also dem Ausdruck nationaler Formen in der neuberliner Architektur. Da er Ernst aufbrachte, überdies zitierte aus dem Werke J. W. Stalins über die marxistische Sprachwissenschaft, was konnte die Selbich ihm tun? (Nie in Berlin gewesen: dachten wir.) Eva bekam die Erlaubnis, womöglich verlangte es die Selbich danach, sich einzuschmeicheln bei der Zehn A Zwei. Wo die frühere Bettina gelächelt hätte und Evas Vorfreude erfrischt, sagte die von heute wegwerfend, verächtlich: Na ja. Du hast eben kein Bewußtsein!

(Solche Sprüche, bewußtlose Schüler in der Zehn A Zwei, wurden uns inzwischen fast neidisch abgefragt von jenen, die eines pädagogischen Umgangs mit der Selbich entbehrten. Sogar Julie Westphal, eine gesetzte Person doch, wollte immer gern noch einmal erzählt haben, wie die junge Kollegin und Leiterin präsidiert hat auf unserem nach oben verlängerten Lehrertisch.)

Pius fuhr mit mehr als der vorgeschriebenen Ausrüstung (Blauhemd, Waschzeug, Kampfesmut). (Er fuhr auf Beschluß der Arbeitsgemeinschaft Pagenkopf/Cresspahl.) Dazu sprach Gesine vor bei Horst Stellmann in der Stalinstraße von Jerichow, den ersuchte sie um eine »fixe« Kamera. – Holzauge: sagte Stellmann, und zog mit dem Zeigefinger die Haut unter seinem linken Auge etwas herunter. – Sei wachsam: entgegnete Gesine; nachsichtig gegen das Spielbedürfnis einer erwachsenen Person. Stellmann grub aus seiner hintersten Lade eine Leica, recht bewegt davon, wie gefällig er Cresspahls Tochter sich zu erweisen bereit war. Die aber wünschte ein weniger auffälliges Stück, das sollte die neu eingeführten Gepäckkontrollen bei Nauen oder Oranienburg passieren dürfen ohne Verdacht auf Schwarzhandel mit Westberlin. Endlich rückte Horst einen Balgapparat heraus, der ließ sich bescheiden an, dreihundert Mark Kaution statt zweitausend, war rasch ans Auge zu führen und weggesteckt im Nu.

Was hat er sich verwundert, als er Cresspahls Tochter über Pfingsten auf der Stadtstraße erblickte, weit ab von wachsamer Aufführung in Berlin.
Pius kam zurück am Dienstag nach Pfingsten und berichtete von Zugverspätungen, die nahmen sich aus wie eine Gleichgültigkeit der Eisenbahner gegenüber der Bewegung junger Menschenfracht zu Gunsten des Friedens. Unterbringung in einer Betriebsschule von Berlin-Heinersdorf auf Stroh, Schlägerei mit sächsischen Schülern wegen nächtlichen Diebstahls; fünf Stunden latschenden Marsches bis zu der Tribüne mit dem Sachwalter und dem Ersten von der F.D.J.. Honecker hieß der, damals fast achtunddreißig Jahre alt, und hatte eine Übernahme Westberlins durch seinen Verein einst abgewogen gegen blutig geschlagene Köpfe seiner Jugendfreunde. Zum Ausgleich gab er etwas Unerhörtes bekannt, Kartoffelkäfer betreffend. Ärgerliches Betragen von seiten der Einwohner Berlins, so weil die Gäste im Blauhemd Freifahrt genossen auf städtischen Verkehrsmitteln. Saitschik und Eva hatten es geschafft zu den Messehallen am Funkturm. Dieter Lockenvitz machte sich auf zum »Kongreß junger Friedenskämpfer« am Ringbahnhof Landsberger Allee, Eröffnung durch den Dichter Stephan Hermlin; wollte danach sich verlaufen haben, blieb abwesend, unauffindbar. Pius wußte, worauf Gesine wartete, nölend erzählte er voran; das ging mitunter zu wie in einer necklustigen Ehe bei uns. Endlich gab sie ihre Würde billiger und fragte: Hast du sie?
Pius hatte sie, im Kasten. Die jugendliche und dennoch selbstbewußte Frau Direktor, die die Abordnung der Fritz Reuter-Oberschule aus Gneez anführt, wie wird er denn und sie aus den Augen verlieren! Das machte sie ihm leicht, weil sie wehrlos in Schreck verfiel angesichts des scheuen Ernstes, mit dem Dicken Sieboldt ihr auch in Berlin an die blaue Bluse rückte, als wolle er ihr und einer Öffentlichkeit zugleich seine Verehrung bekannt geben. Davon war sie benommen, wie unter einer Tarnkappe konnte Pius ihr nachgehen, bis er sie endlich betraf in der Schloßstraße, Berlin Steglitz, amerikanischer Sektor, Westberlin. Vor einem Schuhgeschäft; war man noch ein junges Ding, war Bettina. Als sie Pius wahrnahm und die Kamera an seinem Auge, muß ihr aufgegangen sein mit Pein und Schmerzen: keinen einzigen Schüler aus Gneez konnte sie eines friedensverräterischen Abste-

chers nach Westberlin bezichtigen, solange einer von ihnen ein Foto besaß, das überführte die Jugendfreundin und Frau Direktor als Opfer der kapitalistischen Verführung auf der Zirkulationsebene. Weswegen sie unternahm, ihm die Knipsmaschine wegzunehmen. Aber Pius hatte harte Hände vom Turnen am Reck; auch befragte er sie vertraulich, ob sie das Ding verscheuern wolle gegen Westmark. Würd ich kaum raten zu, Genossin. Wo die Westmark doch fällt. (Damit sie wenigstens bei ihm etwas haften sehe von dem, was sie in ihrem Unterricht anpries als ein Gesetz der wirtschaftlichen Natur.)
To be safe is better than sorry; Vorsichts halber ließ Pius eine Entschuldigung ausrichten an die Leiterin der gneezer Jugenddelegation (wegen Sonnenstiches; und durch Axel Ohr, damit Bettinchen eine Mitwirkung der Schülerin Cresspahl vermuten durfte); reiste nach Hause auf einer Stecke abseits derer, über die die Eisenbahner den Transport der Schule zurückschubsten. Horst Stellmann freute sich schlicht an der Heimlichkeit, unter der er den Film entwickeln sollte; Erwachsene sind so; ließ sich ablenken auf das westliche Firmenschild, ohne die Person darunter zu erkennen. Dabei beließ die Arbeitsgemeinschaft Pagenkopf/Cresspahl den Stand der Kampagne gegen Bettina Selbich; der jedoch war das unerfindlich. Sie hielt unseren blanken Mienen stand mit einem Hochmut, durch den schien für uns eine bebende Furcht. (Ihre grauen Augenbrauen waren ein wenig unegal; wie gern hatte ich das früher gesehen.) Hätten wir mit ihr verhandelt? vielleicht. Bis zum Ende der ersten Woche nach Pfingsten, *may* be, Marie.
Marie begehrt zu wissen, ob Bettina denn ihren Schick noch hatte. Statt sich aus dem Staube von Gneez zu machen. Sich zu verziehen an einen Ort, da ist ihr täglicher Umgang erspart mit Schülern, die haben sie in der Hand und Tasche. Schon der Scham wegen. Das zu ergründen Marie, angesichts des westlichen Tors der Verrazano-Brücke im düster beschwerten Dunst von Staten Island, es ginge über den Verstand. Nach bloßem Trotz, und der dazu erforderlichen Kraft, sah die Selbich kaum aus. Es sei denn, sie hätte sich ausgerechnet in ihrem unegalen Blondkopf, das lichtbildnerische Beweisstück dürfte sie noch in Zwickau erwischen. Ob wir so gemein gewesen wären? In einem Notfall, gewiß.

Jahreszensur für Pagenkopf in Gegenwartskunde: Zwei. Für Cresspahl: ebenso »Gut«.
– Ihr Blick in Steglitz: erzählte Pius von jener Szene mit ertapptem Gendarm und hochherzigem Räuber am Bild, Schloßstraße Ecke Muthesius: als ob sie mich am liebsten gebissen hätte! Wie eine Schlange. (Manchmal war Pius jünger als ich.)
Wir waren unter uns, gedeckt von der Steilküste westlich von Rande, umhüllt vom Brüllen der Ostsee. Es trifft zu, einer von uns hat die Beschreibung ausgebaut zu einem Schlangengift; unter uns. Es muß schon durch Osmose geschehen sein, daß Bettina S. zunächst in unserer Klasse, dann bei aller Schülerschaft besprochen wurde unter dem Spitznamen Das Blonde Gift, D.B.G., noch im Andenken so wohnt. Nach den großen Ferien 1950 brachte Julie Westphal ihr das Anhängsel bei; unter einem Anschein von Mitleid. Wir können von Glück sagen, daß die Urheber ihr durch die Lappen gingen; sie hätte doch immer an einen bösartigen Fund geglaubt, nie an einen unwillkürlichen, unser Blondes Gift.
Was immer Übernamen auszusagen vermögen, über eines Menschen Umgang, Pius war beschützt von dem seinen und der Meinung, er hätte Bettina ihr Gewünschtes aufsagen dürfen in weniger gläubigem Ton. Die Schülerin Cresspahl hatte keinen; Marie nur einen für das erste Kindergartenjahr 1961/62 (our lil' Kraut). Es ist diese junge Dame, das am meisten unbeirrte von den Kindern in Cresspahls Hause, keineswegs das mutigste, das kommt um einen Gefallen ein jenseits der Verrazano-Brücke. Die tschechoslowakische Reise stehe ihr der Maßen bevor. Ob wir noch einmal eine Probe machen könnten in dem Restaurant auf der Ostseite, wo die Leute tschechisch sprechen und sich benehmen.
– Deswegen ein Kleid statt der Hosen! Deswegen hab ich ein Scheckbuch in der Tasche! In dein viel gehaßtes Svatého Václava wollen wir gehen!
– Am Riverside Drive dacht ich noch, es ging ohne. Jetzt, glaub ich, brauch ich es.
Auf den schuldigen Besuch bei seiner Mutter (in Cresspahls Haus) hatte Jakob sich besonnen. Eine fotografische Ansicht schickte er, privat gefertigt, im Format einer Postkarte. Ein langer Badesteg war da zu sehen, mit Turmstuhl für Lebensretter

vor dem Inselsee von Güstrow, Booten im Wasser. Grüße von einem erweiterten Lehrgang übersandte Jakob. Wenn er log, so doch lediglich zu anderer Leute Bequemlichkeit. Ein Lehrgang hat Pausen. In Pausen kann man mit einem Mädchen Boot fahren. Dafür hatte Gesine Cresspahl nun die Pfingstsonne von Jerichow ausgehalten, in ihrem Westenkleid, bloß für Feiertage, und gewonnen hatte sie lediglich Sonnenbrand an den Knien.

29. Juli, 1968 Monday dirty Monday

Gerecht betrachtet, unparteiisch besehen, wir lassen unsere Wohnung im Stich, wenn die eine morgens zu jener Ecke der West End Avenue zieht, an der ihr der orangene Bus des Ferienlagers versprochen ist, wenn die andere in der subway sich wegreißen läßt von der Oberen Westseite zur Stadtmitte, der Wildnis der Arbeit; meilenweit entfernt und unbehütet lassen wir fünfundsiebzig Kubikmeter bewohnbaren Raumes hängen im wüsten Bauvolumen Manhattans; in einer Stadt, da versuchte ein würdiger Penner Marie zu berauben um die Einkaufskarre, die sie neben ihm durch ein Schaufenster im Auge behielt. Wo wir noch auf einer Bank an der Uferpromenade, im Gespräch mit Mrs. Ferwalter, eine argwöhnische Hand stützen auf ein Päckchen in braunem Papier, darin ist bloß Wäsche; der Verständigung im Gespräch abträglich. Wo zwar durchreisende Philanthropen ihr Bargeld nachzählen unter offenem Himmel, in Reichweite begehrlicher Zuschauer, und eine Mrs. Cresspahl riß dem vertrauensvollen Weltmanne Anselm Kristlein seine Börse erst einmal auf ihre Seite, ehe sie ihn um Entschuldigung ersuchte für vertrauliches Benehmen. Es trifft zu, wir haben eine Strafe verdient.

Und erwartet. Der statistische Durchschnitt von täglich zwei Morden in den fünf Bezirken New Yorks, er läßt ein tägliches Mittel zusätzlicher Straftaten vermuten. Seit unsere Mrs. Seydlitz vertraute auf den Scharfblick des Portiers, der die Fahrstuhltüren ihres Hauses bewacht, und dennoch im achtzehnten Stock sich dem Messer eines Siebzehnjährigen gegenübersah, bedroht mehr von der Angst des Kindes als seiner Waffe, wir waren enttäuscht, gelinde schaudernd, daß diese Straßenbahn des wahrscheinlichen Alltags ohne Halt an uns vorüber fuhr. Denn nach sieben Jahren Anwesenheit hier, wir waren dran. Wir wollten hinter uns haben, was die Kriminalistik der Stadtverwaltung uns ansagt nach dem Maß für den Grad, in dem unverwirklichte Ereignisse möglich sind. Damit wir Ruhe haben, bis zum nächsten Durchlauf dessen, was fällig ist.

Der Wonnen der Gewöhnlichkeit sind wir teilhaftig, seit Marie heute nach Hause kam zu einer Tür, darin wackelte das Sicherheitsschloß ohne Halt, so daß sie einmal gehorchte und sich zurückzog an den Fluchtweg über die Treppe; seit Mrs. Cresspahl das lahm hängende Stück Tischlerei mit einem (behandschuhten) Finger anstubste und gleich gegenüber in einem Sturmfenster zwei krumme Sprünge bemerkte. Marie kann inzwischen lachen über die verlangsamte Gebärde, mit der die Mutter sich ins Haar faßte, und tatsächlich war die Frisur noch fast so viel wert wie beim Verlassen des Schönheitssalons von Mr. Boccaletti. Die Wohnung sah aus, als sei sie hin.

Wir kennen die Vorschriften, wie behielten die Abdrücke unserer Fingerspitzen vorläufig für uns, zum Telefonieren gingen wir in den Keller zu einem betretenen Jason. Aber ob New Yorks Polizei-Departement seine Vorschriften kennt?

N.Y.P.D.: Woher wollen Sie denn das wissen, durchs Fenster.

Bürgerin Cresspahl: Weil es beschädigt ist.

N.Y.P.D.: Haben Sie Kinder.

B.C.: Eins.

N.Y.P.D.: Na sehen Sie.

B.C.: Schicken Sie nun jemand, oder wollen wir uns ein bißchen unterhalten?

N.Y.P.D.: Wann sind Sie da eingezogen?

B.C.: Mai 61.

N.Y.P.D.: Und wann ziehen Sie da wieder aus?

B.C.: Wünscht nun die strafverfolgende Exekutive den Schauplatz einer Straftat in Augenschein zu nehmen?

N.Y.P.D.: Das Fenster können Sie doch selber wieder sauber machen.

B.C.: Dann mach ich auf der Stelle kehrt und bitte eine private Agentur.

N.Y.P.D.: Sie! Hören Sie mal, jetzt beruhigen Sie sich aber.

Bis jemand auftrat von den Prächtigsten Jungen New Yorks in

Blau, im Türrahmen gestrandet, konnten wir uns zusammenbauen, was hier gelaufen ist vor unserer Zeit. Die Zeit fehlt, die Wekkeruhr ist abhanden. In irgend einer Minute seit 8:25 Uhr hat ein Mensch ein leeres Foyer am Riverside Drive betreten. In der Nummer 243, wo immer einer aufpassen soll für unser Geld, ob Robinson Adlerauge oder Esmeralda. Mit Blick zur offenen Treppentür links des Fahrstuhls, die laut feuerpolizeilicher Vorschrift geschlossen zu halten ist zu jeglicher Zeit. Wie oft ist uns schon die Rasierklinge in den Wachtraum gelaufen, die Bindfäden zu kappen, mit dem das Ding an die Röhren der Heizung gefesselt ist! Wer es eilig hat, wer hier fremd ist, der begnügt sich mit dem nächsten Stockwerk, mit der Wohnung 204. Da gerade vor der die Kabine des Aufzugs sich bewegt, muß er auskommen mit wenigen Stichschlägen um das kluge dumme Schloß, mit einem wuchtigen Hieb, der die Verankerung der Kette vom Rahmen reißt (vier zweizöllige Schrauben). An dem Schlüsselloch sieht er, die Leute können hier von außen dicht machen; wenn allerdings jetzt was sich rührt, sind sie zu Hause. Stille. Rein. Den Messingzylinder notdürftig einsetzen, gefälligem Aussehen zuliebe. Was sieht er?
Möbel von der Heilsarmee, aufgestellt auf Stabparkett (ohne Teppich), in lockerer Art, als sollte hier keiner dem anderen den Rücken zuwenden müssen. Luxus? ja, zwei Fenster gegen den lichten Westen des Riverside Drive, den waldlich anmutenden Park, das Geglitzer des Flusses in der Ferne. Rausgeschmissene Mühe. Hau ab, Mensch.
Aber nein, vielleicht hat er Durst, für den steht links im Eingang ein gutmütiger Kühlschrank. Wenn einer wütend wird, weil's darin fehlt, das kalte Bier, zieht er einen Gitterboden nach dem anderen heraus, da knallt es sanft auf den Fliesen, da vermischen sich Tomatenmark und Senf und Milch und Leberwurst. Von nun an hinterläßt er Spuren, unser Gast.
Entlang der Rückwand des Mittelzimmers steht ein Gebäu aus Holz und Glas, kann einer sich erschrecken über die grünen Vorhänge. Ein Schlüssel steckt, aber wie kann man wissen, ein paar Hiebe kreuz und quer tun's auch. Bücher. Und Bücher. In Büchern jedoch, zwischen den Seiten bewahren die Leute Geldscheine auf, den Tip hat er. Leere Bücher verärgern ihn, schmeißt er sie reihenweise von den Borden, auch solche, die sind zu alt für

Stürze. Uebersicht der Mecklenburgischen Geschichte, von Paschen Heinrich Hane, zweitem Prediger zu Gadebusch, gedruckt im Jahre 1804, unbekannt bei ADB, NDB, Brunet, Kraesse, Kat. Schl. Holst. Landesbib., das bricht sich nun den mürben Lederrücken, desgleichen Die Geschichte von Meklenburg für Jedermann, in einer Folge von Briefen, Gedrukt in Neubrandenburg von C. G. Korb, Herzoglichen Hofbuchdrukker, 1791, Motto: Moribus et hospitalitate nulla gens honestior aut benignior potuit inveniri. Ja, denkste! Mit dem Absatz drauf.
Der Sekretär, den uns die Dänin hinterlassen hat, blickt herüber mit Schubladen, alle mit Schlüsseln, die bricht man besser auf, desgleichen den verglasten Aufsatz. Ha, eine Beute! ein Ordner mit einer Aufschrift, die verweist auf Steuer, Steuer aber legt Gelder nahe. Vergrämt von bloß Bescheiden, wird man sie durch den Raum wirbeln, hinein in die schmierige Soße aus Eßwaren und Glassplittern.
Zur Rechten sieht er verhängte Kristalltüren, die geben nach unter leichtem Fußtritt und zeigen ein Zimmer mit Flauschteppich, Kindermalerei auf der weißen Wand al fresco, ein Tisch mit einer Schreibmaschine. Ab trumeau, die nehmen wir!
Die Mieterin hat ihr Kind ins Foyer geschickt, unter den Schutz der Hausleute, die Abgesandten des N.Y.P.D. zu erwarten. Die Mieterin wartet nun innerhalb, möglichst in der Mitte des Zimmers. Vor ihren gelassenen Augen geht die Außentür auf, rauschend im Gegenwind, ein Finger schiebt sich herein. Sie sagt zu der Hand: Marie, je t'en prie! aber der Körperteil gehört zu einem fremden Herrn, der zeigt ein halbes höflich verwirrtes Gesicht und stottert. Muß er doch sich versehen haben, so was Dummes, wird er gleich mal die Tür seitwärts der Treppe versuchen. Alles in schrittweisem Zurückweichen vor der Frauensperson. Sie betrachtet ihn beim Anklopfen nebenan, bis ein zweiter Herr hervortritt hinter der Wand des Treppengehäuses und seinen Freund, als seien sie unter sich, berät: Klug ist, wer den Hausmeister bemüht. Beide wanken sie gemächlich und verlegen abwärts vor dem unbewaffneten Weib, fangen zu laufen an erst im Stockwerk der Hausmeisterei, und platzen aus der letzten Tür auf die Sechsundneunzigste auf einen Streifenwagen zu, der klemmt sie in die Ecke des Bürgersteigs mit dem Brückenunterbau, weil die Bürgerin Cresspahl etwas

aufgeregt ruft, nämlich auf italienisch: Al ladro! Al ladro! Fermateli!
Dann ist Marie endlich über alle Treppen hinterher gekommen und sieht zum ersten Mal die Anwendung von Handschellen im Alltag. (Insgemein scheint es wie für sie gemacht, ein Märchen; ohne Fehler im Ablauf.)
Zugegeben haben die beiden Herrn kein Stück, und die Polizisten wollten bloß einer (offensichtlich hysterischen) Dame den Gefallen tun, aber nachdem sie mit den Gentlemen alle angegebenen Adressen abgeklappert hatten und nirgends einen Wohnsitz fanden, als der eine noch versuchte ihnen wegzuwitschen in einen vom Stoßverkehr zugedickten Subwaykeller, rief das Gespann der Streifenleute, einer nach dem anderen, an bei der Bürgerin Cresspahl mit der Bitte um Verzeihung und einem Dank, hatten sie doch mit ihrer Hilfe Pluspunkte gesammelt für die Führungsliste im Revier; rauschgiftsüchtig seien die Verdächtigen obendrein. – Sie haben richtig gehandelt, ma'am! Zügiges Anrufen bei uns, dann zischt es!
Mittlerweile war der Mann mit dem Puder da und bepinselte die Fensterscheibe am Fußboden; weil Marie ihn beobachtete bei seinen Tätigkeiten, hätte er am liebsten das Fenster vollständig mitgenommen. Sein Begleiter hatte die Hebelspuren am unteren Rahmen gefunden und an dem Haken in der Außenwand, den die Fensterputzer für ihre Gurte benutzen, einen Gurt für Fensterputzer wie auch, auf dem Bürgersteig unterhalb des Fensters, einen umgefallenen Eimer mit Waschlappen drin.
Bestehen wir auf einer Anklage, die dem N.Y.P.D. nur Mühe bereitet? Wir bitten um ein Protokoll.
Es fehlen: ein Kofferschreibgerät mit europäischer Tastatur. Ein Kurzwellenradio, das wir allabendlich die Wasserstände der Č.S.S.R. aufsagen lassen. Ein Tonaufnahmegerät mitsamt dem Band von Sonnabend (abgängig: ein blondes Gift); überhaupt sämtliche Tonkassetten, die eben erst übermorgen angestanden hätten zum Versand an den Tresor eines Bankhauses in Düsseldorf. Eine Sammelmappe mit privatem Briefwechsel, und nur das Kleingeld, und gar kein Auslandsreisepaß. So in der Hetze, wa? (Außer daß der Besucher Muße gefunden hatte, die Toilettenschüssel fast bis an den Rand zu füllen mit seinem Unverdaulichen.) Und? eine Ledertasche aus der Schweiz, ein geräu-

miges Ding, mit eingeprägten Initialen. So zum Wegtragen fürs erste, bis zum Umpacken, klar? Ihre Anfangsbuchstaben mal fix, wenn's beliebt.
Als wir das Telefon von neuem berühren durften, wünschte das Fräulein vom Amt sich zu zieren wegen der Verleugnung aller Ferngespräche, die seit heute morgen gelaufen sein mögen von diesem Anschluß aus, ob nun nach Eugene, Oregon, oder Yokohama, Japan. Wie, Sie wünschen einen dienstlichen Nachweis? Bleiben Sie am Apparat. Ne quittez pas! Ich gebe Ihnen einen Vertreter des Reviers 23.
Der Abend war noch hell, wir hatten das Zerbrochene und den splittrigen Schlamm beiseite, die mißhandelten Bücher auf gespannten Netzen ausgebreitet wie verwundete Vögel; auftrat Jason, Düsternis im Gesicht. Er hatte sich aufgerafft aus der Scham, daß uns dies betroffen hatte unter seiner Aufsicht, über seinem Kopf! denn er war tagsüber im Hause gewesen. Mit ihm kam Robinson Adlerauge, der tastete befangen in seinen harten Haarrillen, der hätte Wachdienst versehen sollen. Gemeinsam vermaßen sie die zertrümmerte Tür und fertigten bis Mitternacht eine ähnliche, wenn auch mit der Nummer 1201, aber frisch beschlagen mit Stahlblech, versehen mit unversehrtem Schloß und durch Nieten befestigter Kettenverriegelung. Weil solche Installation Lärm macht (damit den benachbarten Mietern verborgen bleibe, wie wir behandelt werden als begünstigte Kinder), baten sie uns zu Gast in die Hausmeisterei, zu Fernsehen, Eistee für die jüngere von den Damen.
Beide zogen wir einen Spaziergang vor. Liefen hin und her zwischen dem verschatteten Hudson, durch die Katakombentunnel unter Henry Hudsons Autobahn zu den achtziger Straßen am Riverside Drive. Vielleich suchten wir Marjorie. (Wenn jemals, Mrs. Cresspahl, die Stadt New York Ihnen Schaden oder Leides getan hat . . .) Es war zu spät am Abend. Nirgends war sie zu sehen.

30. Juli, 1968 Dienstag

Das sowjetische Politbüro, zum Großteil unauffindbar seit Sonnabend, ist gestern morgen neun Mann hoch ans Licht des

Tages getreten, in fünfzehn grün angestrichenen Schlafwagen, die aus ihrer Grenzstadt Chop von einer rot/gelb/grünen Dieselmaschine auf das Gelände der Tschechoslowakei geschleppt wurden, in ein Anbaugebiet für Zuckerrüben und Weizen, nach Cierna, Leonid I. Breschnew an der Spitze, der an dem backsteinernen Bahnhofsgebäude begrüßt wurde von Alexander Dubcek und fünfzehn seiner Berater. Küsse? Umarmungen? keine. Dreieinhalb Stunden Beratung, dann ißt jede Abordnung hübsch für sich allein in ihrem Eisenbahnzug.
Kein Communiqué, außer wir fischen uns eines aus der *Pravda*, die den Gastgebern mitteilt auf Ehre und Gewissen: ihr Land beziehe von der Sowjetunion das Petroleum fast zur Gänze, vier Fünftel seiner Importe an Roheisen (Grenzübergang Chop/Cierna), 63 Prozent der synthetischen Gummis und 42 Prozent der Buntmetalle. Auch seien die sowjetischen Bedingungen für die Bezahlung günstiger als die der westlichen Wirtschaft, wo es ja abgehe nach Gunst und mit Unterschieden.
Außer wir gönnen der N.Y. *Times* unser geneigtes Ohr. Diese forsche Dame meint in ihrem hypnotischen Drang zur Forschung: für die französischen Kommunisten würde eine sowjetische Invasion der Tschechoslowakei zur Katastrophe. Sie beweist aber auch aus dem Reiseverbot, das die sowjetische Regierung ihren Journalisten für die Tschechoslowakei gestiftet hat, deren eigener Presserummel sei als Fälschung erwiesen. Und was, wenn die Sowjets ihre Reporter, wertvolle Kader doch, bewahren wollte vor einer Zukunft, da wird Besuchern in Prag das eine oder andere Haar gekrümmt?
Am ersten Schultag nach dem Pfingstausflug bekamen die Rückkehrer ihre Begrüßung; auch die zu Hause geblieben waren, um ein Liebesgedicht zu verfassen an den Genossen Stalin, an dBG oder ein Mädchen, das war ihnen beim Blick durch den löchrigen Zaun einer Stachelbeerhecke beim Sonnenbaden aufgefallen. Vielen entging das Willkommen zunächst. Gneez wie Jerichow waren so verklebt mit Plakaten, was sollte denn auffallen an Zetteln im Format DIN A 5, mit denen das Glas im Hauptportal der Fritz Reuter-Oberschule bepflastert war, auch Streifen davon an der Hauswand, in Blickhöhe. Abgebildet waren da Angehörige der Freien Deutschen Jugend in Formation, die Farbe Blau wurde bis zur Sättigung bekannt empfunden, dazu die Erkundi-

gung an die F.D.J.-ler, wofür denn sie marschieren? Die erwünschte Auskunft war so unausweichlich vertraut, Pius hatte auf das Weiterlesen verzichtet, die Anschläge bequem vergessen bis zum Anfang der zweiten Stunde; Gesine desgleichen. Eine Gleichung mit zwei Unbekannten, mit drei, es ist eine Herausforderung ans jugendliche freie deutsche Gehirn und kann es zerstreut machen.
Mitten hinein in die mathematischen Übungen unter der Beratung von Frau Dr. Gollnow platzte Bettinas Stimme im Lautsprecher, heiser, verzagt, verzweifelt, in brüchiger Härte. Sämtliche Schüler haben ungeachtet aller Klingelzeichen in ihren Klassenräumen zu verbleiben. Für eine Aufsicht verantwortlich: die jeweils anwesende Lehrkraft.
Es wurde Abend, Dämmerung gegen Ende des Mai, ehe die letzten Schüler auf die Straße gelassen wurden. Die Kriminalpolizei (Dezernat D) begann die Vernehmungen in den Abiturklassen, so kam die Zehn A Zwei erst nach sechs Stunden an die Reihe. Anfangs hatte Frau Gollnow ordentlich ihren Unterricht zum Tagesziel geführt, danach mündliche Nachhilfe angeboten und schließlich erzählt, was sie Schnäcke nannte aus ihrem Leben. Wie es zuging an der Universität von Leipzig. Ihr Briefwechsel mit dem Schriftsteller Joachim de Catt, Hinterhand benutzte der als Pseudonym. Die Fenster standen weit offen; Luft war vorhanden in Fülle; gegen Mittag fühlte das Klassenzimmer der Zehn A Zwei sich an wie ein Gefängnis. Ein fideles, für kurze Weile. Denn Frau Dr. Gollnow, die zu aller Dankbarkeit die Abkürzung ihres Vornamens in eine Erdmuthe auflöste, sie wollte uns lieber als patente Person gelten denn noch länger ihre Entbehrungen einem Stolz opfern; eine Raucherin war sie und gestand es ein. Abstimmung über Raucherlaubnis innerhalb eines Raums für schulische Zwecke. Inventur der vorhandenen Tabakwaren, kommunistische Verteilung: jedermann nach seinen Bedürfnissen, statt nach Verdienst. Aber gegen zwei Uhr waren die Zigaretten Turf

Tausende Unter Russischer Führung.
Tausende,
sag ich dir

wie auch die nachgemachten Glückszufälle à la U.S.A. verbraucht, die heimliche Angst gestiegen bis an den Hals; da die Gollnow Mutmaßungen über die Quarantäne sich verbeten hatte ein für alle Mal. Draußen mußte etwas vor sich gehen, das betraf die Schülerschaft insgesamt; war etwa die Stadt Gneez am Brennen?

Gegen drei Uhr nachmittags wurden Brötchen aus der Schulspeisung verteilt, von einem verbissen wortkargen Loerbrocks, der bewacht war von einem schulfremden Zivilisten; trocken Brot ohne Wasser oder Suppe, das Schlucken tat mittlerweile weh. Das stumme Raten, die verwirrten (auch spöttischen) Frageblikke, hilflos hochgezogene Schultern; bald war es schwer, zuversichtlich zu bleiben. Wer die Toiletten benutzen wollte, wurde hinaus gelassen auf zwei Schläge gegen die Klassentür, aber begleitet von einer weiblichen oder männlichen Dienstperson; die verweigerten das Sprechen. In der Zehn A Zwei fingen sie an nach der Sitzordnung (besaß das Sekretatiat einen zweiten Klassenspiegel?) statt nach dem Alphabet. So war Gantlik an der Reihe vor Cresspahl, Wollenberg vor Pagenkopf, und keiner kam zurück. Cresspahl wartete als letzte in der Gesellschaft der Gollnow, der waren die Schwänke ausgegangen, die flüsterte etwas von Viel Glück! als werde gerade diese Schülerin es benötigen. Brennende, verhungerte Augen hatte Frau Dr. Gollnow bekommen.

Gesine hatte Glück, im Korridor fiel ihr der einzige Regenmantel in die Augen, verlassen zwischen unzählig leeren Haken, den nahm sie an sich, als wärs der ihre. In einer Tasche spürte sie Papier; konnte beim Warten im Vorzimmer des Rektorats auch einiges lesen von den Druckbuchstaben. Elise Bock sollte Eskorte machen, Wachposten spielen; sie sah der Schülerin begütigend zu und hatte den Fetzen schon weggegrapscht, als der Ruf in ihrem Telefon die Klingel erst antippte. Baumschatten hinter Elises Rücken.

Das war geschickt, Anita. Sollst bedankt sein abermalen.

Die Kriminaler nahmen zuerst die Zehn A Zwei als Ganzes durch, D-B-G immer mitten mang. Aber es geht gegen dich.

Von dem Nachdenken über die Ursache war ich allmählich betäubt.

Ob du wohl böse wärst auf den Staat. Weil die Staatsgründer ein Scheißspiel angerichtet haben mit deinem Vater. Fünfeichen un all den Meß.

Deftig und deutlich, unsere Anita.

Wo doch Eile ist gewesen. Ob du dich vom Deutschlandtreffen ausgeschlossen hast, damit du heimlich fahren kannst nach Westberlin –

Wo ich bloß einen Schäferhund kannte.

– und Druckzettel holen, darauf kann man deutsche freie junge Menschen marschieren sehen hinter und unter Stacheldraht.

Das ist es nun wert, mein Amt in der F.D.J.

Keinen Pfifferling geben die drauf, das ist ihnen eher verdächtig, Gesine.

Weswegen du dich versteckt hast hinter Druckbuchstaben.

Du rat man, aber später. Die wollen dir an den Kragen. Die wollen wissen, ob du jemanden hast bei der Eisenbahn.

In das Direktorzimmer, in die Verhörstube trat eine Schülerin mit gesenktem Kopf, die Zöpfe fühlten sich schwer an; kaum daß sie den Kopf hob zu der Jugendfreundin Selbich, die starrte ihr hinterm Schreibtisch entgegen über geballten Fäusten, ruckte den Kopf hinüber zur Besucherecke. Polstergarnitur, Sequestriergut aus dem Bruchmüllerschen Haushalt; darauf ein mecklenburgischer Mensch mit dem Abzeichen der Einheitspartei im Revers, fast zu müde für eine tückische Mühe; neben ihm ein Mann im Alter Bettinas, ein Junge, um dessentwillen Lise Wollenberg einer Eifersucht verfallen wäre, hätte er sie bei Damenwahl übergangen; ein Herr. Schmuck geschnittener Stoff um die Brust, über den Knien Bügelfalten wie frisch unterm Eisen weg. Strenger, spöttischer Blick, der sagte: Dich kriegen wir auch noch. Die Schülerin sagte: Mein Name ist Gesine Cresspahl, Zehn A Zwei, geboren . . .

– Es sünt ädenste Dingge, sehr ädenste Dingge, über die wir mit dir sprechen . . .: begann der Biedermann, der gute Onkel, der ungern straft, es sei denn angebracht oder von Nöten. Den hielt eine erhobene Flachhand auf, als sei er dressiert. – . . . die wir mit Ihnen zu besprechen haben. Dassie man gleich klå sehn, wir gehn hie voe mit ein Re-spekkt. Zehnte Klasse, all dissn Schåp-

schiet. Wissn Sie auch wohl, wo die Straße ist von Geschwiste Scholl in Schweri-en?
Wenn es nur das ist, Herr... (keine Auskunft). Da treten Sie vom Schweriner Hauptbahnhof auf die Wismarsche Straße nach rechts, also in Richtung Süden auf die Stalinstraße, schreiten fort bis zum Marienplatz, heute Leninplatz, wo das Dom Offizerov ist und in Richtung Osten die landesweit beschwärmte Passage zum Schloß. Hinter der geht rechts, noch mal südlich, die Kaiser Wilhelm-Straße ab, heutzutage die Straße der Nationalen Einheit, die führt zur Graf Schack-Straße, rechts wie links. Das ist der kürzeste Weg, glaub ich. Graf Schack-Straße, die kennt ein mecklenburger Kind. Dort geht man tanzen im »Tivoli«! Die Straße weist bloß zwölf Nummern auf, da stand die Ortskrankenkasse, ein Stück von der Landesversicherung, und unter der 5c wohnte der Pastor Niklot Beste, Oberkirchenrat nach dem Krieg, seit 1947 Landesbischof der Evangelisch-Lutherischen Landeskirche von Mecklenburg. Zur Schweriner Vorstadt gehört die Graf Schack-Straße. Adolf Friedrich von Schack, geboren in Brüsewitz bei Schwerin 1815, seit 1855 Mitglied der Münchener Dichterschule, vom Kaiser gegraft 1876, verstorben zu Rom (Italien) 1894. Seine Dichtung »Lothar«...

Wie glücklich ich! O sel'ge Kindheit,
Der Lebensfrühe goldne Zeit!
Ein Licht, das wir nicht schaun in unsrer Blindheit,
Ein Schimmer noch aus der Unendlichkeit
Umleuchtet dich!

Wer sie kennt, weiß Bescheid in seiner Straße, welchen Namen immer sie trägt. In der linken, östlichen Hälfte kann man zum Burgsee runter kucken. Ist im Neuen Mecklenburg benannt nach den Geschwistern Scholl.
– Sei endlich still, Gesine! Die nimmt euch auf den Arm Genossen, diese Göre, dieses... Biest! kreischte Bettina Selbich, die brachte ihr blaues Hemd fast gänzlich ins Flattern mit einer einzigen Faust, diese erhoben. Der Partner des einheimischen Vernehmers war mit einem Satz hoch, da flog ein Obstduft hinüber zur angeschuldigten Person, die saß so kleinlaut und schuldbewußt sie es vermochte. Der Fremde bemühte sich um die Genos-

sin. Ihre Nerven, gnädige Frau, ein harter Tag, Schlag gegen unsere Weltfriedensbewegung, beruhigen Sie sich, wenn Sie wollten im Vorzimmer...

Fortan ging es zu, als stünde Tee auf dem niedrigen Tisch mit dem Filetdeckchen, als würde der einbehaltenen Dame unablässig Gebäck angeboten, auch ein Glas Sherry wenns beliebt. Von den Geschwistern Scholl wußte die Schülerin? daß es Studenten zur Zeit der Nazis waren, Hans und Sophie, wegen des Verteilens von Flugblättern in der münchner Universität im Alter von 23 und 22 Jahren hingerichtet, Februar 1943 zu Berlin-Plötzensee.

– Vorzüglich! zensierte der Sowjetnik, auf seinen deutschen Lehrling blickend, als wolle er ihn ermuntern zum Erlernen dieser Daten, wenngleich ohne Zuversicht. – Und wir: sagte er: ein wenig entzückt, eindeutig amüsiert: Wir sind vom M.f.S. aus der Geschwister Scholl-Straße in Schwerin; wir kümmern uns um jene Flugblätter, die heute nacht im Bahnhof Gneez ankamen und ausgehändigt wurden an insgesamt vier Verteiler. Einer von denen hat Ihre Oberschule verarztet, und möchten Sie gerne diejenige gewesen sein, Fräulein Cresspahl?

Folgte ein Schlagabtausch, heute würde ich sagen: Squash; aber mit dem Einsatz der heilen Haut. (– Haut ist immer außen: sagt ein Freund.) Die einzige Bequemlichkeit war das gleich bleibende, wenn auch jagende Tempo, das den mecklenburgischen Diener überholte wie Achill die Schildkröte, demnach mehrfach, weil eine unendliche Reihe eben doch zuläuft auf einen endlichen Grenzwert, auch außerhalb der Mathematik; vorsorglich stand auf der herausgezogenen Lade des Schranks vom V.E.B. Rundfunktechnik das Mikrofon:

Und was, bitte, stellte das M.f.S. dar? Das Ministerium für Staatssicherheit. Vielen Dank. Keine Ursache, gern geschehen. Die Gründung des M.f.S. übergangen im Fach Gegenwartskunde? Soweit erinnerlich, ja. Das historische Datum des Gesetzes vom 8. Februar 1950? Vielleicht wegen der Aufregung über die Friedensfahrt nach Berlin. Verantwortlich für das Versäumnis, Name der Lehrkraft? Das bl– das ist Bettina Selbich. Übrigens wissen wir alles, wir benötigen nur noch eine Bestätigung von Ihnen, Jugendfreundin Cresspahl. / Ein Alibi will sie haben aus der Ankunft mit dem Milchholerzug, als die Schule schon verpackt war in staatsfeindliches Papier? Da der Freilauf ihres Fahrrads kaputt ist, und Ersatz gibt es weder für Geld noch auf Marken. So eine Vorrichtung zur Trennung einer angetriebenen Welle von der treibenden, Marke Torpedo für das Fräulein Cresspahl, man ersteht sie in einem beliebigen Fachgeschäft von Westberlin. Einkaufsfahrten nach Westberlin werden bestritten. Aber der Jugendfreund Pagenkopf, der nähere sich dieser verrufenen Stätte ohne Schaudern. Pagenkopf ist sich bewußt, was er der Funktion seines Vaters in der mecklenburgischen Landesleitung der Einheitspartei schuldig ist. Und sich selbst? Der erste Vorsitzende der Klassengruppe F.D.J. hat ein Bewußtsein. / Gelegentliche Übernachtung bei den Pagenkopfs in Gneez wegen Streit mit dem Vater? Keineswegs, im Einverständnis. Auch im politischen Einverständnis? Mein Vater bemüht sich, die Kunde von der Gegenwart zu begreifen. Fräulein Cresspahl in belehrender Funktion? Mein Vater ist von schweigsamer Natur, auch zu geschwächt für ausführliche Gespräche. Die Großmutter in der L.D.P.D.? Eine zugelassene Partei. Der Großvater im Gewahrsam der sowjetischen Freunde? Ein schwebendes Verfahren. Ein Schwager Cresspahls im Westen bei der Ministerialbürokratie? Im Unfrieden mit der Familie. Cresspahl selber in Haft, zuletzt in Fünfeichen? Mein Vater spricht davon als einer Überprüfung; Vertrauen ist gut, Kontrolle ist besser; ein LENIN-Wort. Vorzüglich, und nun ein STALIN-Wort! »Niemals in der Welt hat es eine so mächtige Partei wie unsere kommunistische Partei gegeben – und es wird sie auch nicht geben.« Ihre Zensur im Fach Gegenwartskunde, Fräulein Cressphal? Eine Zwei. Mit der Kollegin Selbich werden wir diskutieren. / Bitte, den ersten Gedanken beim Anblick der Flugblätter! Sichtwerbung, wenn sie den Betrachter verärgert, ist auch schädlich. Eine Kritik an dem Gebrauch der Sichtwerbung, etwa weil für sie glattes Papier vorhanden ist, für Schulhefte nur holziges? Stoff reichlicher vorkommt für Spruchbänder als für Gebrauchstextilien? Ach wo; weil doch die Flugblätter das Licht auf der Eingangstreppe verdunkelten. Wieso Flugblätter, statt geklebte? wegen des Formats. Ihr zweiter Gedanke, ich darf Sie ersuchen. Die Anrede. »Jugendfreunde!« Nein, »F.D.J.-ler«. Wie Rad-ler, Sport-ler, immerhin. Es klinge für mecklenburgische Ohren vielleicht kindlich, oder süddeutsch. Die roten Radler von München? Nein; es seien doch Arten der Fortbewegung oder Leibesübungen zu unterscheiden von dem anspruchsvollen Namen einer Jugendorganisation, die ... Bedenkenswert, höheren Ortes vorzutragen. Mal schnell der Geburtstag des Genossen J. W. Stalin? 21. Dezember 1879 neuen Stils; in Gori bei Tiflis, Georgien. Und wieso Rom, Italien? Weil es ein Rom gibt bei Parchim, an die vierhundert Seelen, Herr Revisor. / Die fortschreitende Dunkelheit gebietet, der Form zu genügen; zwei Herren und eine Dame allein beim Verhör. (– Hähä: meckerte der Mecklenburger.) Wenn eine Lampe eingeschaltet werden dürfte. Immer zu Diensten. Danke. Bitte recht freundlich; eine Zeugin werden wir beiziehen. Die Frau Direktor? Ach was, die kann das Telefon bedienen. Meine erste Vernehmung im Leben; wie anders der Traum als das Leben. Wir begrüßen nunmehr Frau Elise Bock; und Sie bringen uns Kaffee, Kollegin Selbich, aber fix. / Die Schülerin Gantlik. Mitglied der Klassengruppe F.D.J.; Mitarbeiterin beim Ortskommandanten der Roten Armee. Der Schüler Lockenvitz will sich verirrt haben in Berlin. In einer fremden Stadt. Soziale Herkunft des Schülers Lockenvitz. Irgend etwas Landwirtschaftliches in Preußisch Pommern. Die Einstellung dieses Jugendfreundes zur Politik der Regierung, seine Heimat an die Polen zu übergeben? An Volkspolen: ist die Redeweise von Lokkenvitz. Jakob Abs, polizeilich gemeldet bei Cresspahl im Ziegeleiweg Jerichow, als Kurier mit Flugblättern aus Westberlin. Geklebten Anschlägen. Unterwegs auf der Eisenbahn mit Freifahrschein. Nach vorzüglichem Abschluß der Lokomotivführerschule Güstrow Meldung zu einem Lehrgang in Grundlagen der materialistischen Dialektik. Der dritte Grundsatz dieser Lehre? Der Umschlag. Das Privatleben des Eisenbahners Abs? Handball. Seine Pläne für die Zukunft? Das ist ein erwachsener Mensch; wie wird der sich bereden mit einem siebzehnjährigen Mädchen! / Die Schülerin Cresspahl erscheint zum Unterricht in weißer Bluse. Blauhemd nur zu festlichen Anlässen. Erscheint in der Schule mit Petticoat, schleppt Moden des verfallenden Empire ein. Ganz falsch, ein Petticoat ist ein Frauenunterrock. Hiermit wird die Unterstellung bedauert, die Jugendfreundin erscheine zum Unterricht im Unterrock. Aus Eitelkeit in einem weiten, leicht gesteiften Rock; geschneidert nach Abbildungen in der demokratischen Presse. Die Schülerin Gantlik ist evangelischer Neigungen überführt. Da habe sie es mit Max Planck; der

Schülerin Cresspahl sei das physikalisch zu hoch gelegen. Planck; der auf die Rückseite des westdeutschen Zweimarkstükkes geprägt ist? Nie westliches Geld in der Hand gehabt; nie gesehen; kein Stein; kein Bein. Eine Neigung von der Kollegin Selbich zu dem Abiturienten Sieboldt? Nur vom Hörensagen bekannt; bloß ein Anschein von Verliebtheit. Auf beiden Seiten? Die Frau Direktor sei zu jung, um Prüfungsnoten im Abitur zu beeinflussen. Die Frau Direktor scheint einen Piek zu haben auf irgend wen. Wenn ich nur wüßte warum. Hypothetisch, im Vertrauen? Auf sich selbst. Psychologie, wie? und nunmehr mal eben rasch den dritten Gedanken beim Blick auf die verbrecherischen Anschläge auf der Schulwand, auf Jugendfreunde der F.D.J. hinter Stacheldraht. Stacheldraht? nie gesehen.

Hier fiel die Schülerin Cresspahl in die einzige Pause. Hier sagte sie einmal wahrheitsgemäß aus, und war unsicher. Was entsteht, was geht vor sich, wenn das Bewußtsein unverhofft eine Wahrnehmung entwickelt, die es vor neun Stunden hat abgleiten lassen? ein Nachbild? In dem namenlosen Warnzettel war Stacheldraht bloß ein Wort gewesen; nunmehr waren die gezwirnten Windungen mit den eingeflochtenen Haken ein Bild im Denken, unterlegt mit Sprechton aus der abendlichen Sendung der British Broadcasting: barbed wire. Wie konnte aus dem ärmlichen Gefühl des Überdrusses angesichts noch einer Welle von Plakaten am Abend der Vorsatz entstehen, den Stacheldraht zu bezeugen, so lebhaft, als sei er am Morgen gefaßt worden?

– Nach eindringlicher Selbstprüfung: begann die Schülerin Cresspahl zu bekennen, und stockte.

Sie dachte an Kurt Müller. »Kutschi«, Vorsitzender des Kommunistischen Jugendverbandes in Deutschland 1931. 1934 wegen »Vorbereitung zum Hochverrat« zu sechs Jahren Zuchthaus verurteilt, danach im Konzentrationslager Sachsenhausen. Nach der Abschaffung von Hitlers Bataillonen Landesvorsitzender der K.P. in Niedersachsen, 1948 Zweiter Vorsitzender der K.P.D., 1949 Mitglied des Deutschen Bundestages. Geschützt durch parlamentarische Immunität, am 22. März 1950 nach einer Dienstfahrt in die Republik des Sowjetniks als »verschollen« gemeldet. Zwei Monate später hatte das M.f.S. für das selbe Datum die Verhaftung Kutschi Müllers bekannt und zugegeben. Der saß auch an diesem Abend hinter Mauer und Draht; wenn die Angehörigen der F.D.J. für etwas marschierten, dann auch für diesen bewehrten Draht.

Sie dachte an einen Jungen aus der Zehn A Eins, festgenommen wegen eines Schlagers. Angesäuselt bei einem Klassenfest hatte der in der ersten Zeile eines Schmachtfetzens eine träumerische Vorstellung abgewandelt: »Wenn bei Capri die rote Sonne im Meer versinkt.« Statt »Sonne« hatte er »Flotte« gesungen; aus Leichtsinn, auch wohl in der Einbildung, er sei kugelfest umgeben von seiner Funktion als Erster Vorsitzender seiner Klassengruppe. Paulchen Möllendorff war das gewesen, dem hatte seine gewandte Mundstellung vor Gericht eher geschadet. Vier Jahre Zuchthaus.

Sie dachte an Axel Ohr. Axel, immerhin achtzehn, auch er hatte mitfahren wollen zum Deutschlandtreffen der freien Jugend, mit einem Paket als Gepäck, das sah nach gebündelten Zeitungen aus, darin hatte er drei Kilo Elektrolytkupfer, das gedachte er in der verbotenen Hälfte von Berlin zu verkaufen, Bindegarn für Johnny Schlegels ländliche Arbeitsgemeinschaft zu erwerben. Johnny war noch einmal davongekommen, da Axel sich diesen Beitrag zur Arbeit hatte einfallen lassen im stillen Kämmerchen seines Gehirns; Axel war die volle Strafe angedroht, fünf Jahre Zuchthaus. Gewiß, es gab ein Gesetz gegen die Ausfuhr von Buntmetallen; aber es war unfähig, bei der Kornernte behilflich zu sein. Axel saß im Keller der Untersuchungshaft, um das Verlies war ein Draht gezogen mit Stacheln; wenn die Neue freie Jugend in blauen Hemden marschierte, auch dafür.

Die Jugendfreundin Cresspahl wiederholte nach ausführlichem Besinnen: ihr sei kein Stacheldraht aufgefallen. Nach den Marschzielen der F.D.J. befragt, gab sie die gewünschte Antwort. Sie wurde ermahnt, jederlei Sichtwerbung in Zukunft zu betrachten mit einer Aufmerksamkeit (sie hatte morgendliche Verschlafenheit vorgeschützt), einer dialektischen Benutzung der von ihr selbst zitierten Schädlichkeit zuliebe. Und immer mal die Ohren offen halten, wie? – Was slushaju, ich gehorche: sagte die Schülerin Cresspahl, was dem Leiter des Verhörs angenehm einging und auch wieder sauer, weil er stolz war auf seine nationale Zugehörigkeit wie auf sein Geschick, sie verbergen zu kön-

nen. Auflachend wie ein Mensch, der ist ärgerlich auf sich selbst, unverhofft unhöflich erwiderte er: Do swidanie. Er versprach ihr ein Wiedersehen.
Vor dem Portal der pädagogischen Anstalt warteten fast alle Schüler, mit denen die Cresspahl ein Wort gewechselt, ein Lächeln getauscht hatte. An die siebzig hatten abwarten und zusehen wollen, daß sie dies Kind zurück bekamen in ihre Mitte. Es wurde Hurra gerufen wie in der Vorzeit beim Geburtstag einer tüchtigen jungen Fürstin. Es wurde gesungen.
Lise Wollenberg war nach Hause gegangen.
Und die Schülerin Gantlik, eben noch zu sehen an der Brücke über den Stadtgraben, sie absentierte sich eilends, als sie genug gesehen hatte. Sie hielt es weiterhin und vorläufig für unklug, daß von einem Zusammenhang, einem Bündnis zwischen ihr und der Schülerin Cresspahl sollte auch nur ein Fetzchen zu sehen sein. Doch, so sprichst du, Anita.
Wir einigten uns fast einmütig auf die Empfindung, Bettina habe den Fahndern aus Schwerin sich an den Hals geworfen, die ihr unterstellten Schüler jedoch angesprochen und bedroht, als seien wir gefährliches Ungeziefer, Aussätzige, ansteckend, drei Schritt vom Leibe (und wiederum, als wolle sie uns beißen). Wir mögen ihr zu bereitwillig Platz gemacht haben, als sie angeschritten kam mit den beiden Herren in Ledermänteln. Schlaffer war sie nun, wir hörten sie barmen beim Abschied: Und das gerade an meiner Schule, Herr Kommissar!
Zu uns fuhr sie heftig herum mit dem Befehl, wir sollten aus der Hausmeisterei Wasser und Schrubber holen und die Reste der Klebezettel von der Hauswand entfernen. (Die Tür der Schule, zwei Trumms von eichenen Flügeln, Vorkriegsware Jahrgang 1910, hatte die Kriminalpolizei Gneez aus den Angeln gehoben und abgefahren.) So mußte der junge Elegant aus der Geschwister Scholl-Straße in Schwerin noch einmal sich zwängen aus seinem spiegelblanken kirschenschwarzen Auto (V.E.B. Eisenacher statt Bayerische Motorenwerke A.G.), die Genossin Selbich zu verwarnen und die Menge der mutmaßlichen Täter davor zu bewahren, bei der Kratzarbeit auch das übrig gebliebene Kleingedruckte noch zu studieren.
Und abermals suchte er sich die Schülerin Cresspahl aus für ein letztes Wort. Er stellte sich kameradschaftlich auf vor der jünge-

ren Person in seinem pflegeleichten Maßanzug und ließ vernehmen: Lehmann sei sein Name. (Noch heut würde ich ihn erkennen an einer zu hastig reparierten Hasenscharte. Er mag sich langweilen in Leningrad oder Prag; was soll ich ihn stören.) – Ein bemerkenswerter Nachname: fügte er hinzu und gab sich zu erkennen als jemand, der ist einer von den Kaisern im Neuen Mecklenburg.
Ob Bettinchen nun den Sprung noch schaffte von einer kommissarischen Leitung der Schule zu einer bestätigten?
Wem das Sorgen macht, der freilich fährt beschwerten Gemütes in die Großen Sommerferien von 1950, unruhig geradezu, mit einem Kopf voll Ameisengekribbel beim Einschlafen.

– Dreimal hättest du sie reinlegen können beim Verhör: sagt Marie; die beschwert sich.
– Bettina hatte etwas geklebt gekriegt fürs erste. Und wir hatten einander versprochen: nur in einem Notfall.
– Wenn das keiner war, erzähl mir einen!
– Coming up! Coming up!

31. Juli, 1968 Mittwoch

Die New York *Times* will uns einen Helikopter zeigen, an dem baumeln vier Kästen mit Nachschub für vorgeschobene Stellungen der Marine-Infanterie nahe der Entmilitarisierten Zone in Viet Nam. Ein Foto im Stil der Propaganda-Kompanie, eines Nachrichtenwertes entbehrend.
Die Herren des Kreml und des Hradschin in Kosice halten geheim was sie so besprechen im Klubhaus von Cierna. Die aus Moskau sollen gestern abend um halb elf etwas verärgert abgehauen sein zu ihrem grünen Zug. Um aber doch etwas zu berichten, beschreibt uns die Tante Times die Salonwagen der Tschechoslowaken als, im Unterschied zu denen der Sowjets, blau lackiert.
Die *Pravda*, das Organ der sowjetischen Wahrheit, druckt die ostdeutsche Auffassung vom stillen, alltäglichen Leben auf den Straßen von Prag, mitsamt den Vermutungen über Vorgänge hinter der Fassade; als Beweis. Auch bringt sie, in einem Faksimile

einen Brief von 98 Arbeitern bei Auto-Praha, die bitten die Sowjettruppen um einen Verweilen im Lande.
Und ein Stadtrat von New York hat eine Woche lang in Harlem Ost gewohnt, als Schriftsteller verstellt; nun bekennt er zu wissen wie dort zu leben ist. Ratten hat er keine gesehen, aber er zweifelt eben, ob Ratten so ein Haus an der 119. Straße zwischen Park und Lexington aushalten.
Personalnachrichten aus der ersten Hälfte des Oberschuljahrs 1950/51 in Gneez, Mecklenburg:
Zur Eröffnung der Unterrichtsperiode stieg als erster ein steifbeiniger Mann auf das Podium zum Pult vor den versammelten Schülern (blaues Hemd) und stellte sich vor als neuer Rektor, mit allen Vollmachten und der emaillierten Darstellung verschlungener Hände im Revers: Dr. Eduard Kramritz. Drückte sich das nunmehr vergoldete Brillengestell in die Nasenwunden und verkündete: Einige von euch kennen mich bereits. Beifall. Die übrigen werden mich kennen lernen. Beifall.
Zuverlässig war Bettina Selbich unschuldig an der geklebten Erkundigung bei den Mitgliedern der F.D.J., wofür sie denn marschieren. Aber an einem wachsam geführten Lehrinstitut unterbleiben solche Zwischenfragen von vornherein, ist das nachvollziehbar, Genossin? Und es hatten im Kreisschulamt des weiteren Briefe vorgelegen, aus der Schreibmaschine des versetzten Rats wie von der Hand eines Dr. Julius Kliefoth, beide lateinisch fundiert, mit Anmerkungen zu der sittlichen Reife, wie sie erforderlich sei zu einer fürsorglichen Aufsicht über den Bildungsgang junger Schülerseelen (damit meinten sie uns; Kramritz als Rektor muß für sie als genierliche Überraschung aufgetreten sein). Zwar zeigte die Einheitspartei sich großmütig, da sie sich hätte trennen können von Bettina; dennoch, den Wartestand als Kandidatin verlängerte sie ihr um ein volles Jahr.
Veränderungen im Lehrkörper: Frau Dr. Gollnow begibt sich in den Ruhestand, zwei Jahre über den Turnus; an ihre Stelle rückt Eberhard Martens: soldatische Haltung, blonde Haare im Rekrutenschnitt, »Das Böse Auge«. Ein Praktikum in Deutsch absolviert in Zusammenarbeit mit den Angehörigen der neuen Elf A Zwei der Diplomphilologe Mathias Weserich von der Universität Leipzig: noch ein Humpelmann, etwas beweglicher im Knie, dessen Gruß fiel aus als ein Diener vom Nacken her, mit einem

fast viereckig aufgerissenen Mund voller knallweißer Zähne. Die neue Verwendung für die Kollegin Selbich: Fachkraft für Deutsch, auch Gegenwartskunde. Beifall.
Bei Erdmuthe Gollnow hatten die Schüler Gantlik allein, Pagenkopf und Cresspahl gemeinsam einen Besuch abgestattet zu Beginn der Ferien. Straffer Dutt, gütiger Blick in die Tassen mit Apfelblütentee, Perpendikeluhr, Vertiko, Sofa mit geschwungenen Holzrändern. Anita war stecken geblieben in den Manieren eines schicklichen Vorsprechens; von ihren beiden Mitschülern erfuhr Frau Dr. Gollnow später, daß auch sie wohl hatte bitten wollen, Frau Doktor möge still stehen und die Hand ausstrecken, wenn man die Schüssel mit dem Amt des Rektorats an ihr vorbeitrage. Die alte Dame seufzte viel, bedankte sich für das Vertrauen, erklärte sich für zu schwächlich. (Sie war mit ihrer Gesundheit besser zu Wege als Alma Witte.) – Ja! krächzte die, in hüpfenden Tönen: wenn ich noch einmal Sechzig wär!
Während die Lehrerschaft bescheiden hinübertrat zur rechten Seite des Podiums, erklomm die Zentrale Schulgruppenleitung der freien jungen Deutschen das Podium, nahm Platz hinter den rot verhängten Tischen, einem Wall von Tuch. (Damit keine unwürdigen Beinbewegungen den Jugendfreunden auf dem Boden des Saals die Andacht verkleinern, Marie.) Unter den Krallen von Picassos gesträubter Taube übergaben Lockenvitz und Gollantz ihre Ämter; Übergang in Semestergruppen der Universität Rostock. Die Funktionäre fürs Protokoll und Kassieren dankten ab; Überlastung durchs kommende Abitur. Zum neuen Sekretär für Organisation der Schulgruppe wird gewählt mit 288 gegen 34 Stimmen: Dieter Lockenvitz, Elf A Zwei. Zum Ersten Vorsitzenden mit 220 Stimmen und einer Menge Enthaltungen: Gabriel Manfras, Elf A Zwei. Jugendfreund Manfras nach vorn!
Nie hätten wir gedacht, Gabriel könnte auftreten als ein Redner! Und doch, was für eine tragende Stimme holte dies wortkarge Kind unversehens aus dem Hals. Womöglich machte er das Schweigen wett, das er bewahrte von der ersten Schulstunde bis zur letzten, vom Theaterausflug bis zum Klassenfest; sogleich war vergessen, daß wir ihn für einen Schüchternen angesehen hatten. Die Versammlung geht über zur Wahl des Präsidiums. Bitte um Vorschläge. Dr. Kramritz, als Freund und Partner der F.D.J.-Schulgruppe. Akklamation. Der Lulatsch für Sport, weil

er uns auch politisch die Hammelbeine lang zieht. Humorvolles Lachen. Die Mitglieder der Z.S.G.L., unvermeidlich. Als erstes Mitglied des Ehrenpräsidiums schlage ich vor den Genossen Jossif Wissarionowitsch Stalin, uns ein leuchtendes Vorbild wegen seiner kraftvollen Arbeit für den Frieden: die tagtägliche Sorge für die Ausgestaltung der proletarischen Hauptstadt, die Erschließung des Großen Nördlichen Seeweges, die Trockenlegung der Sümpfe der Kolchis; auch als Dank und Prämie für die Vollendung des genialen Werkes über den Marxismus und Fragen der Sprachwissenschaft. Frenetischer, abbrechender Beifall. Den Präsidenten der Volksrepublik Polen, Boleslaw Bierut, für die friedliche Begegnung unserer Völker an der Oder und Neiße. Den Genossen Mao, den Befreier der Volksrepublik China, den Partner des Genossen Stalin. Den Schriftsteller Thomas Mann, zum Andenken an seinen verstorbenen Bruder, den Träger des Goethe-Nationalpreises, der durch seine Reise nach Weimar den Realismus an den Tag gelegt hat, wie er seinen Schriften aus den Knopflöchern scheint! Den Verfasser des Werkes »Ein Sechstel der Erde ist Rot«, den in seiner Heimat geächteten Theologen, Hewlett Johnson, den »Roten Dekan« von Canterbury! Das stehend applaudierende Publikum wird gebeten, das Gebänk zu schonen. Das Wort hat Jugendfreund Manfras zwecks einer Einschätzung der Weltfriedenslage sowie auch in Gneez.
Gabriel sah uns fremd an, umfaßte das vordere Ende des Pults mit der Rechten, stemmte die Knöchel der Linken gegen die hintere Unterkante, blickte nieder in sein Manuskript, vermochte eine Rede zu halten. (Da stand ein Kind, das hatte Bescheid bekommen, es würde aufgestellt zur Wahl und angenommen; das besaß ein vorbereitetes Referat.) Jugendfreund Manfras begann ordentlich mit dem Datum, der erste September der Tag des Friedens, so geloben auch wir. Der verbrecherische Einmarsch der nordamerikanischen Truppen und ihrer südkoreanischen Söldlinge in die nördliche Republik, deren Führer wir alle. Mögen die unter dem Joch des Kapitalismus ächzenden Westdeutschen sich fürchten vor dem Krieg, die kaufen sich ja haufenweise Segelboote zur Flucht, hamstern Benzin und stehen Schlange vor den Konsulaten Südamerikas; hingegen wir in Sicherheit unter dem neugewählten Generalsekretär des neu gegründeten Zentralkomitees der Einheitspartei W. Ulbricht; und fällt der ehrlose Ge-

brauch des Übernamens Sachwalter erbärmlich zurück auf jeden der ein deutsches Wörterbuch. Die Wachsamkeit der Partei, wie sie aufgetreten ist bei der Entlarvung der führenden Genossen Kreikemeyer und Konsorten, Verschworene des amerikanischen Provokateurs Noel. H. Field und seiner widerlichen Dreiecksehe, diese Wachsamkeit wird auch uns. Der Verfall des britischen Empire an der Seite der U.S.A. kann nur. Das menschenverachtende Interview des westdeutschen Kanzlers mit dem Organ des Großkapitals, der New York *Times*, sein Vorschlag zur raschen Aufstellung einer neuen deutschen Truppe, er wird unweigerlich. Wir beschließen die Versammlung mit dem Lied: Wir sind die Junge Garde / des Pro-le-ta-ri-ats.

In Gabriel Manfras' Weltenpanorama hatte er des öfteren das Wort Diversion mitgedreht, und die des Lateinischen kundigen Schüler unter uns dachten anfangs: Was für ein altmodischer Mensch. Als er die Leute mit dem Leimtopf, die mit ihrer Neugier auf die Marschrichtung der F.D.J., einrührte als amerikanische Diversanten, brach zumindest die grammatische Bindung im Zuhören, und wir konnten erst nach dem Gesang von Anita erfahren: da gebe es allerdings so ein sowjetisches Wort, diversija, aber es bedeute keineswegs Ablenkung, es sei eine Attacke gemeint, ein Angriff. Von der Seite? Nein, frontal, im Grunde rundherum: sagte die verlegene Anita. Wenn sie doch endlich gewußt hätte, daß ihre Arbeit für das Dreifache J uns längst vorkam als eine Arbeit!

Von Gabriel Manfras ahnten wir nunmehr, wie er seinen Sommer verbracht hatte.

Auch Herrn Dr. Kramritz war auf einem Lehrgang der polierende Schliff verabreicht worden; unterdessen kam ihm seine Familie ein wenig abhanden. Verlor er seine Frau aus den Augen. So daß er der Kollegin Bettina Selbich, die mittlerweile schon mal eine eng anliegende Bluse aus unblauem Stoff und ein vor Demut anmutiges Wesen zur Schau trug, einen Vorschlag machte. Damit er für den Fall einer Scheidung doch wisse wohin und eine Zuflucht. Das Gerücht wünschte sich eine Ohrfeige; der Augenschein von Klaus Böttcher hatte ein verheultes Paar wahrgenommen auf dem Waldweg, der sich um den Smoekbarg quält. Nun aber gewann der Hauswirt Bettinas seine Klage auf Kündigung gegen sie, nur noch im Dänschenhagen fand sie ein einzelnes Zimmer; wurde von ihrer Parteigruppe belobt für Annäherung zur Arbeiterschaft und hatte Angst vor Wieme Wohl. In die komplette Wohnung am Domhof, drei Zimmer mit Küche Keller Bad, zog die versöhnte Familie Kramritz, mit Blick über die Pfarrwiesen bis zu den Pappelreihen vorm Stadtsee. Kaderschutz. Wer seine Kader schützen will, muß sich aussuchen. Die Nachricht von Thomas Manns Unterschrift unter den Stockholmer Appell, die Deklaration zur Ächtung der Atombombe ohne Ansehen eines Besitzers, die hatte uns getröstet über unsere eigenen. Ein Jahr später hatten wir uns zu schämen.

> *Dies ›Dokument‹ war mir nicht neu ... als Teil einer* Photomontage, *die mich selber zeigt, wie ich, angeblich, im Frühling 1950 und zu Paris, den Stockholmer Aufruf unterschreibe. Ich trage bei dieser Gelegenheit einen Anzug, den ich zwar im Sommer 1949, nicht aber im Jahre 1950 mit nach Europa genommen. Auch die schwarze Trauer-Krawatte, die im Mai 1949 mir zuzulegen ich tragischen Anlaß hatte, sieht man im Bilde. Wie dieses zustande kam, ist mir weder erfindlich noch interessant. Was ich aber weiß, und was ich der Wahrheit gemäß gesagt habe, ist, daß ich meinen Namen nicht unter den Stockholmer Aufruf gesetzt.* © Katja Mann

Kreikemeyer und Konsorten, das waren deutsche Kommunisten im französischen Exil, interniert, Kreikemeyer nach einer von dem amerikanischen Unitarier Field geförderten Flucht im Jahre 1942 Leiter der illegalen D.K.P. in Marseille. Willi Kreikemeyer wurde sieben Jahre später eingesetzt als Oberster der Deutschen Reichsbahn, Jakobs Generaldirektor war das. Im Mai 1949 hatte er für seine Partei das Gesicht hingehalten, als die Eisenbahner in Westberlin streikten um eine Entlohnung in der Währung der Stadt, in der sie arbeiteten und ihr Brot kauften. Am 5. Mai versprach Willi K. ihnen eine Bezahlung in West, dann zog er seine Zusage zurück. Ein Toter bei den Zusammenstößen mit der Polizei, einige Verletzte gingen auf seine Kappe, die trug er für die Partei. Am 28. Mai versprach er eine Entlohnung in Westmark bis zu sechzig vom Hundert, auch: jegliche Rache zu unterlassen. Ende Juni brach er sein Wort abermals, auf daß seine Partei die Stirn bewahre, und verfügte für 380 Eisenbahnarbeiter die fristlose Entlassung oder Versetzung an Orte in der ostdeutschen Republik, deren Geld schon sie verschmäht hatten. Willi Kreikemeyer, Mitglied einer Partei und deren Verfassung, die ein Bekenntnis religiösen Glaubens zu achten vorgab, er versprach den Zeugen Jehovas zwölf Sonderzüge zu einem Treffen nach Berlin, Juli 1949, er nahm Geld für die Bestellung, dann setzte er die Fahrten ab; alles für seine Partei. Nun beschuldigte sie ihn seit Ende August, er habe dem amerikanischen Geheimdienst O.S.S. Adressen geliefert. Jakob lief bedripst umher im Sommer 1949; ein loyales Mitglied der F.D.J. wird dergleichen aufsagen an den Abenden für die Schulung; hätte ich interpelliert, er wär mir gekommen mit der Frage: Und in was für eine Schule gehst du, Gesine?

Als der Club der Carola Neher durch war mit ihr, habe ich bei D. E. einen Lebenslauf in Auftrag gegeben für Willi Kreikemeyer; all die drei Gelehrten mit ihrer Gewitztheit in Registern und Quellen und Querverweisen fanden keine Lebenserwartung für ihn seit dem August 1950.

Was den westdeutschen Bundeskanzler anging, so wies uns Bettina Selbich hin auf die erhellende Ähnlichkeit seines Namens mit dem des Präsidenten der Columbia-Universität, Oberbefehlshaber der Streitkräfte im nordatlantischen Vertrag seit 1950. Eisenhower – Adenower. Gegenwartskunde.

Was den Präsidenten der Nordamerikaner anging, so sollten wir an Harry S. Truman belächeln, daß er mit seiner mittleren Initiale einen Anspruch auf amerikanische Dignität betrügerisch vortäusche, weil das S für sich allein stehe statt für einen Namen; auch die frühere Tätigkeit Trumans als Verkäufer von Schlipsen und sonstigem Herrenbedarf, wir sollten es anführen als einen Beweis für seine Minderwertigkeit. Gegenwartskunde.

Am 13. Oktober 1950 wurde in der ostdeutschen Republik zu einem ersten Mal der »Tag der Aktivisten« begangen, da bekam Elise Bock den Titel »Verdiente Aktivistin«, auch eine hübsche Zuwendung an Geld. Ein letzter Gruß vom Dreifachen J, der durfte nun nach Hause. Die Verwaltung von Gneez war der Einheitspartei übergeben; sein Nachfolger war ein Militärkommandant, der zog aus der Stadt in die Wälder am Smoekbarg.

Am 15. August bestellte die Regierung der ostdeutschen Republik (auch eine Person) sich einen Umgang mit Stimmzetteln we-

gen der Volkskammer, der Verwaltung von Land und Kreis und Gemeinde. 99 Prozent zählte sie an Ja-Stimmen, und 0,7 vom Hundert noch dazu.
Im Sommer 1950 begannen die Prozesse in Waldheim, am 4. November waren die Hinrichtungen dran. Cresspahl trug keinen Trauerflor wegen des Menschen, den er erinnern mochte als seinen Schwiegervater. Das Kind Cresspahl wußte noch Bedauern für Albert Papenbrock, weil ihr einst das Annehmen von Süßigkeiten untersagt war; betrübt saß er unter den Sommerschirmen vorm Lübecker Hof in Jerichow, mußte ein großes Eis gänzlich aus eigenen Kräften verschlingen. Gesine Cresspahl wäre zu feige gewesen, mit einem Trauerflor um den Jackenärmel unter Frau Selbichs Augen zu treten; die war mittlerweile fix bei der Hand mit dem Beantragen von Verweisen bei Direktor Kramritz. Thomas Manns Familie hat seinen Brief an den Sachverwalter unterdrückt in der Sammlung für den vorläufigen Gebrauch; tatsächlich schrieb er dem Sachwalter im Juli.

> *Zehn Verhandlungen etwa fanden in einer Stunde statt. Kein Verteidiger wurde zugelassen, kein Entlastungszeuge gehört. Gefesselt, obgleich den wenigsten eigentlich kriminelle Taten zur Last gelegt waren, wurden die Angeklagten, die im voraus Verurteilten dem Gericht vorgeführt, das nach Vorschrift Zuchthausstrafen von 15, 18, 25 Jahren, auch lebenslängliche über sie aussprach.* [...] *Herr Ministerpräsident! Sie wissen vielleicht nicht, welches Grauen und welche Empörung, geheuchelt oft, aber oft tief aufrichtig, jene Prozesse mit ihren Todesurteilen – denn es sind lauter Todesurteile – auf dieser Weltseite hervorgerufen haben, wie nutzbar sie sind dem bösen Willen und wie abträglich dem guten. Ein Gnadenakt, großzügig und summarisch, wie die Massenaburteilungen von Waldheim es in nur zu hohem Grade waren, das wäre eine solche gesegnete, der Hoffnung auf Entspannung und Versöhnung dienende Geste, eine Friedenstat. / Nutzen Sie Ihre Macht ...!* © by Katja Mann

Aber der Sachwalter benötigte seine Macht für die Vorbereitung solcher Vorführungen von Gerichtsbarkeit, die sein weiser Führer und Lehrer Stalin ihm gezeigt hatte in Bulgarien, Ungarn und

der Tschechoslowakei. Wozu sollte er ein paar nützlichen Toten die Ehre zurückgeben, da von den Lebenden in seinem Lande nur an die einundfünfzig Tausend den Mut aufbrachten, seine Stimmzettel mit einem Nein zu versehen, bloß so viel Leute wie sie lebten in Gneez zusammen mit Jerichow.
Klaus Böttcher saß bei Vadding in der Küche und kühlte seine Füße in Seifenwasser. Kommt seine Frau, Britte kommt und meldet: Du, da sind drei Herrn, alle in schwaazn Anzügn, die wolln was von dir. Klaus raus aus dem Fenster, hängt am Sims hoch über dem Werkstatthof, läßt sich fallen, rennt barfuß los über den Zaun, den Stadtgraben, den Wall, immer Richtung Westberlin. In Krakow mußte er unterkriechen bei einem Kollegen Tischler, die nackten Füße bluteten so wild. Britte denkt was ihr Mann denkt, sie bedient eine Telefonleitung nach Krakow. – Kannst kommn, Klaus, die waren alle vonne Universität, die wollten bei dir gemeinschaftlich ein Bootshaus bestellen, du Dœmelklaas! sagte die zärtliche Brigitte. Nach dem Schuldbewußten an seinem Verhalten befragt, äußerte Klaus wiederholentlich, immer von neuem verlegen: Woans sall de Haas bewiesn, dat he kein Voss is?
Im Dezember 1950 beantragte Jakobs Mutter einen Interzonenpaß. Das war ein Stück Papier, das sollte ihr von Amts wegen eine Reise von Jerichow nach Bochum gestatten. Wenn sie recht berichtet war, so wohnte da ein Rest Familie von Wilhelm Abs. Bei Absens schrieb man sich allerhöchstens zu Todesfällen, bei Geburten dergleichen, zwei Wochen danach; zwar war sie alt, an die gefürchtete Nachricht wollte sie so nahe wie sie vermochte. Jakob nahm sich Zeit für die Gänge zu den Ämtern, Cresspahls Tochter fehlte dazu die Verwandtschaft; so dauerte es bis in den Januar, ehe sie beisammen hatte:

eine polizeiliche Meldebescheinigung,
ein polizeiliches Führungszeugnis,
einen handgeschriebenen Lebenslauf (den vierten Entwurf),
einen Nachweis über den politischen oder wirtschaftlichen Grund der Reise (da erfanden Cresspahl und Jakob ihr eine Erbschaft im Ruhrgebiet, und Dr. Werner Jansen, seines Zeichens Rechtsanwalt zu Gneez, zauberte, als sein Personal aus der Kanzlei war, auf der Schreibma-

schine eine amtsgerichtliche Zustellungsurkunde mit einem westdeutschen Datum),

eine Befürwortung der Reise durch die Einheitspartei (das schob Frau Pastor Brüshaver hin über die O.d.F. bei der C.D.U. von Schwerin),

eine Bescheinigung des Finanzamtes Gneez, die Abwesenheit von Steuerrückständen betreffend;

danach mußte sie die Dokumente nur noch ins Russische übersetzen lassen. Achtundzwanzig Mark nahm Lotte Pagels dafür, ihre krijgerstamschen Fehler eingerechnet. Anita, du hättest es gemacht aus Gefälligkeit, gib's zu! Aber da Anita vorbeisah an der Schülerin Cresspahl, wie konnte der Name Abs ihr eine Nachricht sein? Und wie nützlich hätte sie sein können als Dolmetsch bei dem Sowjetnik im gneezer Rathaus, der in der souveränen Republik die Stadtverwaltung beriet. Wohl war von Gesine zu verlangen, daß sie sich einen Ruck gab und als erste auf Anita zuging mit einem Ansinnen; Gesine war gegen eine solche Reise, die schien ihr sorgfältig genug ausgestattet, manchmal fahren Leute ab und bleiben weg; auch auf Scheu redete sie sich heraus. Kam der Antrag abgelehnt zurück, war's ihre Schuld.

Bis Dezember hatte Aggie betrieben, was eine staatl. gepr. dipl. Krankenschwester bloß ansieht für eine Schuldigkeit. Sie steckte sich hinter Schürenberg, Kreismedizinalrat; Schürenberg lud Cresspahl vor, untersuchte ihn glaubwürdig, schrieb ihn arbeitsunfähig, in die Rente.

Im Jahre 1950 wurde zum ersten Mal seit 1937 in Cresspahls Haus das Silvester begangen. Es gab keine Karpfen, aber Jakob brachte Krebse. Zwar sei der Krebs in den Monaten, die kein R aufweisen, am schmackhaftesten: meint Hedwig Dorn zur Stütze der Hausfrau; auch Frieda Ihlefeld hängt dieser Auffassung an; jedoch nehme man es damit beliebig ungenau, die Ihlefeld tut sogar, als wär's ein Gerücht. Zum ersten Mal waren wir, in ungenauer Art, eine Familie in Cresspahls Haus. Gesine sah von weitem zu, als Jakobs Mutter die lebendigen Biester mit einem Reisbesen abbürstete in kaltem Wasser, sie dem Tode zuführte in kochendem; während die Kirchgängerin der Familie zum Gottesdienst aus war, stand Gesine am Topf, die Augen auf der Uhr, dem Rezeptzettel, nahm das schwimmende Fett ab, legte Holz nach, ließ abkühlen, kellte die rote Butter heraus; abgelenkt.

Denn am Fenster führte Jakob ihr eine halbe Stunde lang vor, wie ein junger Mann von zweiundzwanzig Jahren sich rasiert zur Feier eines Abends. Mochte der Karpfen mangeln zum Silvester; der Scherz war da. Cresspahl zog Striche in seinen letzten berufstätigen Büchern. Vier Leute bekannten ihre Vorsätze für das kommende Jahr, viermal schenkte Jakob Richtenberger nach für Gesine.

Jesu, laß mich fröhlich enden / dieses angefangne Jahr. / Trage stets mich auf den Händen, / halte bei mir in Gefahr. / Freudig will ich dich umfassen, / wenn ich soll die Welt verlassen.

Bliwen Se man bi uns, Fru Abs.

Ick smit dat hen. Disse Loks, disse utleierten Strecken, dissn Signålsalat, dor führ de Düvel. Godet Niejår, Gesine!

Godet Niejår ji all.

1. August, 1968 Donnerstag

Wer viel fragt –

Über was hier anders ist in New York im Staat New York, wissen Sie: es ist eine von jenen Städten, in die die westberliner Zeitungsverleger kleine Klingeln aus Porzellan schicken an Familien, denen ein Angehöriger umgebracht wurde bei dem Versuch, Angehörige anderer Familien umzubringen, in Viet Nam, das ist noch hinter der Türkei; über einen Unterschied.

Gelb, zum Beispiel. Gelb ist hier anders wo. Ich meine die ganze Farbenfamilie, was noch gelb ist oder so nahe an Gelb oder Ocker oder Kanarienvögel oder einfach alles im Bereich zwischen Rot und Grün, nicht nur any of the colors normally seen when the portion of the physical spectrum of wave lengths 571.5 to 578.5 millimicrons specif. 574.5 millimicrons is employed as a stimulus: wie Webster sagt, sondern auch, was mal gelb war. Gelb ist hier anders wo.

Auch außerhalb des Eis, der Mongolen, der Gelbsucht, der Schwämme, Schmetterlinge, Butterblumen.

Nie so viel Gelb gesehen wie hier.

Als ein Gelber gilt hier ein Eifersüchtiger, ein Neidhammel, ein

Melancholiker, ein Verräter, ein Abtrünniger, einer wie Brutus, weil er eines Ehrenwerts ermangelte. Gelbe Leute sind hier welche zum Verachten, gelb heißen die Boulevardblätter wo wie die gelbe Bildzeitung, und Gelbeichen gibt es und Gelbe Barsche.
Die Gelben, das sind die, die unterbieten einen, die gehen gelbe Verträge ein; die treten keiner Gewerkschaft bei als einer gelben.
Wenn einer hier gelbt, so gibt er an, er markiert den starken Mann.
Hier glaubt die Sprache, daß manche Eingeborene im Südwesten des Landes gelbe Bäuche haben, gelb wie Schwefel.
Gelb sehen Sie auf den Einwegavenuen Striche eine Wagenbreite reservieren, mit gelber Schrift.
Gelb in zwei Strichen teilt die Avenuen mit zwei Fahrtrichtungen.
Gelb in einem Strich auf zweibahnigen Straßen zweiter Ordnung.
Gelb grenzt die Fußgängerbereiche ein in den Kreuzungen, breit hingeschmierte Striche.
Gelb sind die Gehäuse von Verkehrsampeln, die des Sprechens unkundig sind und nur zu runden Farbzeichen imstande.
Auf gelben Quadraten sagt die Polizei den Autofahrern Kurven oder Kinder voraus und rät ihnen zu Geschwindigkeiten.
Gelbe Schilder umgeben Arbeiten des Straßenbaus, sie sagen: Gefahr.
Gelb sind die Sperren, Bretter auf vier schrägen Beinen, mit denen die Polizei ausgebrannte Häuser umstellt oder Neugierige fern hält von festlichen Premieren oder Paraden; mit einem Stich Orange gelegentlich, aber Gelb bleibt unbesiegt.
Gelb sind die Bahnsteigkanten der Fernbahnen angestrichen.
Gelb ist etwas Nationales; denken Sie an die einzige gelbe Bahnsteigkante ganz Westberlins auf dem amerikanischen Militärbahnhof in Lichterfelde.
Gelb sind die Bahnsteigkanten in der Untergrundbahn, gelb sind da Handgeländer gestrichen, auf Gelb sagt der Bahnsteig Vorsicht unter dem Fuß des Reisenden.
Mit Gelb beschmiert sind in der subway die unteren Ansätze der Treppen und Stufen vor Absätzen, noch die Senkrechte der obersten Stufe, mitunter die Absätze ganz und gar.

Gelb sind die Rinnsteinkanten vor Feuerhydranten und Bushaltestellen, Parkverbot; gelb die Torrahmen von Garagen, gelb die Prellsteine.
Die Stufen zu Postämtern sind markiert mit gelben Punkten.
Zwar golden aber gelb, weil nicht ganz so rot wie Gold, sind die aufs Türenglas gemalten Nummern und Namen und Eigentumsvermerke von Häusern und Läden und Trinkanstalten.
Auch amtliche Aufforderungen wie: Es wird abgeraten hier näher zu treten, oder: Von Rauchen in den öffentlichen Verkehrsmitteln kann keine Rede sein, oder: Beachten Sie, daß dieser Wagen 7493 heißt.
In amtlichen Drehtüren finden Sie kleine Pfeile auf gelben Klebezetteln. Mehr und mehr gelbe Straßenschilder werden an die Stelle der hergebrachten geschraubt.
Ernst blicken die Köpfe berühmter Damen Sie an von der Oberkante eines Bauwerks, das gelb und golden verkündet: Ich bin das Metropolitan Museum; bei mir ist es frei; ich bin ganz selten zu.
Gelb, wohin Sie blicken.
Gelb sind die Leuchtkörper in den Fenstern der Telegraphengesellschaft Western Union.
Western Union ist eine Telegraphengesellschaft. Was Präsident Johnson immer sagt ist: Great Society.
Gelb: sagte Johnson vor zwei Jahren zum Kleid der Frau eines Staatsbesuchers von den Philippinen: Gelb ist auch meine liebste Farbe. Tatsächlich: sagte sie später im Vertrauen: Ist meine liebste Farbe Rosa.
Gelb sind die Regenhäute der Arbeiter, die unter die Straße kriechen und die Löcher in den Gasleitungen suchen.
Gelb ist hier die Luft, wenn sie erstickt.
Gelbe Zirkulare werden umhergetragen, auf gelbem Konzeptpapier überreiche ich Ihnen: viele als Bleistifte verkleidete Kugelschreiber sind gelb. Manchmal ist es sogar Orangensaft.
Anlaufen wie die Natur es wünscht, das möchte das Messing wohl an den Außentüren aufwendiger Hotels, Appartementhäuser, Banken; gelbgeputzt sind da die Fußbleche, die Drehknöpfe, die Spione, die Handgriffe, die Oberfläche der edlen Schlösser; gelb sind da die meist doppelhälsigen Hydranten gewienert. Gelb sind die massiven Schilder der unerschwinglichen Ärzte poliert,

zu einer Zeile aus schierem Gold, nur noch die Vernunft hält das für Messing.
Und güldne Dreiecke auf den Glastüren vornehmer Häuser sollen Sie hindern, gegenan zu rennen.
Gelb sind Briefumschläge, die Manila heißen. Gelbe Seiten heißt hier, was Sie kennen als Branchenfernsprechbuch.
Die Butter ist verdächtig gelb.
Gelb sind die Schilder, die hinweisen auf Räume für Schutz gegen radioaktive Strahlung: in Erwägung daß es mal hier ernst wird so wie da hinter der Türkei. Prophetisch stehen darin die drei Dreiecke über dem kleinen Kreis, darin auf Gelb die Zahl der hier rettbaren Personen angegeben sein sollte, jedoch regelmäßig fehlt, wie etwas Unbekanntes.
Gelb sind die Wagen zur Pflege des Broadway, die die Straßen waschen und fegen, die den Müll abschleppen, darunter auch Autos. Gelb sind die Wagen vieler Taxiflotten. Gelb sind die Symbole, Produkte, Verpackungen, Lieferungen von reichlich Unternehmen und Instituten.
Aber warum, das ist ihnen unerfindlich.
Gelb ist eine Farbe, die Aufmerksamkeit erregt: heißt es. Warum sie das tut, keiner weiß es.
Vielleicht weil ein Neffe des ersten Präsidenten eine Ockerfabrik sein eigen nannte?
Gelb ist gelb: lautet die Antwort.
Und es sind Autoritäten, die Bescheid geben. Zwar ist es wahr und würde ich zugeben: sagt die Autorität: Auch wenn meine Lieblingstochter mich einen Gelben nennte, eine kleben würd ich ihr. Aber ich finde, und meine die ganze Nation wenn ich sage: Wir alle können von Glück reden, daß wir diese Bauernbande in Viet Nam oder wie das da genannt wird wenigstens aus anderen Gründen umbringen als wegen ihrer gelben Hautfarbe. Die versteht nur, wer dazu gehört und weiß: Was Gelb Bedeutet. Ende des Zitats.
Schließlich werden Sie zugeben, daß in New York oder in einer beliebigen anderen Stadt des Landes niemand umgebracht wird, weil er eine gelbe Haut am Leibe hat. Erstens geht es da um dunklere Schattierungen. Zum anderen ist dies ein freies Land. Sie müssen die Sache mehr gelb sehen.
– kriegt viel Antwort.

Die *Times* würde so gern berichten, die sowjetische und die tschechoslowakische Delegation hätten einmal gegessen mit einander, das Brot gebrochen. Aber auch ihr geben sie nur das Communiqué, darin steht was von einer Atmosphäre vollständiger Offenheit, Aufrichtigkeit und gegenseitigen Verstehens. Die wollen morgen in Bratislava noch einmal tagen, diesmal aber mit den Führern aus Polen, Ostdeutschland, Ungarn und Bulgarien. Ob die wohl umstoßen, was die Sowjetunion an der Gleiskreuzung von Cierna hat unterzeichnen mögen?
Und wie war das Wetter im Juli? die New York *Times* hat es in Erfahrung gebracht und sagt Bescheid: Für die Jahreszeit zu heiß. Ungefähr um den 16. Juli muß es uns ein wenig erbärmlich gegangen sein. Jenen Dienstag, wir könnten ihn zur Hälfte entbehren. Don't wish your life away.
Ein jedes Kind, das sich erinnert an die Deutschstunden der Elf A Zwei 1950/51 in Gneez, unausweichlich wird es rufen: Schach! Schach!
Mit dem thüringischen Praktikanten, dem Herrn Weserich, war die Arbeitsgemeinschaft Cresspahl/Pagenkopf schon gegen Ende der Ferien ein wenig bekannt geworden. Sie betrafen ihn auf einer Bank vor den Badehütten am Stadtsee zu einer frühen Zeit, da glaubte er sich allein und schraubte ein alumines Gestell zurecht an seinem linken Knie, unterhalb dessen das Bein fehlte. Wieder hielt er den Mund viereckig, nach Schmerzen sah er aus; wie sind wir erschrocken.
Jedoch war er es, der anfing mit einer Entschuldigung. – Das wäre das: sagte er gelassen, als er sich von der Bank ins Stehen drückte. – Für Führer und Reich; geglaubt hab ich's auch: fügte er hinzu, anheim stellend, voll Vertrauen auf unsere diplomatischen Künste. So war er schon ausgestattet mit einem Leumund, als die abgesetzte Frau Direktor Selbich ihn einführte bei uns, in ihrer versäuerten Art. – Wir lesen »Schach von Wuthenow«: kündigte er an; hatte uns klipp und klar seine Absichten dargelegt. Wie beängstigt wären wir gewesen, hätten wir sie begriffen.
Deutsch hatten wir vier Stunden in der Woche; Weserich erzählte uns vom 5. Mai 1789 an das Lebensjahrhundert Theodor Fontanes. Er begann mit dem Grafen Mirabeau, dem Abgeordneten

des Dritten Standes, er stellte seine Fallen öffentlich aus; wir übersahen sie. Er erzählte uns aus Fontanes Kinderjahren, seinen Zeiten in England und Frankreich, las vor aus Briefen an die Familie, car tel est notre plaisir. Sauberes Hochdeutsch, bei abwesendem Blick aus dem Gedächtnis zusammengesucht. Am 11. September leistete er sich die Stirn, uns zu ersuchen um unsere ersten Eindrücke von der Lektüre des erwähnten Werkes von Th. Fontane. Aus dem Blauen heraus, von einer Woche auf die andere, blanken vorfreudigen Blicks!
Anita meldete sich, die wollte sich opfern; er übersah sie, lächelte ihr aber zu, ihr allein. Wir anderen, an die dreißig Mann hoch, durften ihm vorhalten, einen Abdruck davon gebe es nur einmal in der Bibliothek des Kulturbunds, in den häuslichen Bücherschränken seien bloß Sachen wie »Effie Briest« zu finden; versuchten ihm sein Vorhaben auszureden. Das Ende von diesem Lied war, er machte uns Komplimente, pries unsere Findigkeit; versprach einen wiederholten Auftritt seiner Erkundigung für den 18. September. – Wir werden uns ja des öfteren sehen: versprach er.
Den uns geneigt zu halten, sammelten wir in dreißig Anteilen, was eine Abschrift von einhundertdreißig Druckseiten eben kostete bei Elise Bock; die Matrizen besorgte Pius bei einem Besuch in der Jugendkreisleitung. (– Du sollst dem Ochsen, der da drischt . . .: gestand er, aber nur innerhalb seiner Arbeitsgemeinschaft.) Bevor aber sie abgezogen werden durften, mußte Anita für uns auf dem Rathaus eine Ermächtigung und Bescheinigung von Unbedenklichkeit erwirken, zwecks Vervielfältigung eines Textes. Am 18. saßen wir da mit unseren Stößen rauhen fleckigen Papiers, und Saitschik der Haase genoß seinen Auftritt im voraus.
– Das' man ne olle Kamelle: sagte Saitschik: Wer schwängert, der soll auch schwören!
Der Gast bedankte sich für die Unterweisung in mecklenburgischer Volksweisheit. So war es, aus Saitschik sprach der Geist der Ackerbürgerei von Gneez (und des vertriebenen Adels); ohne daß er sich bewußt war, was er damit an Mutmaßungen herausgefordert hatte über die Ehe seiner Eltern oder seinen Umgang mit Eva Matschinsky. Die duckte sich, die war errötet.
Dagobert Haase stand da in seinem leicht dicklichen und treuher-

zigen Wuchs, nölig und in einem Trotz benahm er sich wie jemand, der bloß gehorcht; könnte zwar anders. Und sprach: Das is so ungefähr hunnertfünfzig Jåhr her. Da hat ein Rittmeister eine Freundin, die will er vleich heirådn. Mit eins verkuckt er sich in ihre Tochter, zwanzig Jåhr jünger, aber weil die Leute Witze machen über die Blatternarben in ihr Gesicht, will er sich vor den Folgen drücken. Der König befiehlt ihm die Heirat, macht er denn auch; aber erschießt sich nach dem Mittagessen. Den Namen und das Kind, das läßt er ihr.
Saitschik machte eine gefällige Halbwendung, so daß wir ihn ansehen könnten, was er meinte: Ist doch wahr, oder?
Herr Weserich dankte ihm für die Zusammenfassung der Handlung. Ob der Schüler Haase noch bereit sei für eine zusätzliche Frage?
Saitschik ließ den Kopf nach vorn fallen, machte den stillen Dulder; nannte auf Verlangen: die Hauptperson wie die Überschrift, die Tochter jemand namens Victoire, die Mutter eine Geborene ... Familienname unbekannt.
Die Wohnanschrift der Familie von Carayon? fragte dieser Deutschlehrer an Saitschik vorbei, ausdrücklich um ihn zu schonen, und als die Schülerin Cresspahl bloß die Stadt Berlin zu nennen wußte, durften wir die Geschichte noch einmal von vorn beginnen:
»In dem Salon der in der Behrenstraße wohnenden Frau von Carayon waren an ihrem gewöhnlichen Empfangsabend einige Freunde versammelt ...«
Wir wurden belehrt, daß Personen von Stande zu jener Zeit ... aber es sei wohl wenig ergiebig, nach dem Jahr zu fragen?
– 1806: meinte Anita, und sollte gestehen, wieso. – Weil die Leute da die Dreikaiserschlacht von Austerlitz besprechen wie ganz was Neues, die war im vorigen Dezember am 2.
... zu jener Zeit ihre Anschriften aussuchten, mit der Lage ihrer Wohnung auf sich hielten, auf sich wiesen. So sei es, leider! unumgänglich, uns mit der Auskunft zu versehen, daß die Behrenstraße einen Block südwärts von Unter den Linden sich erstrecke, die Carayons mit der Ecklage an der Charlottenstraße sich eines Glücksfalles erfreuten, wenige Zeit Fußwegs von der Oper, dem Lustgarten, dem Schloß. Behrenstraße benannt nach dem berliner Bären, diese Meinung sei verbreitet; in Wahrheit

dem Ingenieur Johann Heinrich Beer zu Ehren, dem Berlin die Französische Straße verdankt, 1701 die Jerusalemer und die Leipziger. Jedem verbrieften Berliner wohlvertraut, der Lebenserfahrung nach auch den Angehörigen einer Elf A Zwei, die erst am 11. September davon hätten läuten hören, wenn auch von einer anderen Glocke. Und wenn man einmal erwägen wolle, daß der Verfasser jener Erzählung einem bloßen Zufall aus dem Wege gehe, warum habe er den Namen eines Baumeisters aus dem siebzehnten/achtzehnten Jahrhundert gleich in die erste Zeile gezogen? vielleicht um der Vergangenheit der Geschichte einen Hauch von einer noch älteren anzuziehen. Faßlich? Und seien wir geneigt, uns vernehmen zu lassen über den Untertitel? »Erzählung aus der Zeit des Regiments Gensdarmes«? Dafür, für ein so entschlossenes Schweigen habe ein junger Praktikant sich Schulstunden lang verbreitet über die namentliche Abkunft dieses Kürassierregimentes, an Stelle der Lanze den geraden Degen führend, von der Reitertruppe Karls IV. von Frankreich. Angedenk der Herkunft des Verfassers aus dem Französischen? Gens d'armes, au Mayon Âge, soldats, cavaliers du roi? Da die Stunde, für deren faszinierenden Elemente er uns verpflichtet sei, ihrem Ende entgegensehe, dürfe er uns nunmehr bitten, bis zum Mittwoch die ersten zwei Seiten wenigstens versuchen zu *lesen.*
Die Elf A Zwei benötigte für die ersten sechs Seiten der Erzählung an die drei Wochen; sah man Herrn Weserich an wegen der Verschwendung von Zeit, so ließ der sich keine grauen Haare wachsen. Wir begannen uns zu freuen auf seine Ausbrüche heiterer Verzweiflung, wenn wir es denn tatsächlich unterlassen hatten, uns unter den klaren Worten »in England und den Unionsstaaten« auch die Vereinigten Staaten von Amerika vorzustellen, damit wir über die Herkunft des Herrn Bülow, Adam Heinrich Dietrich v. B., noch mehr wußten als seine Verhaftung wegen Schriftstellerei. War es denn denkbar, daß es in der ganzen Stadt Gneez nur ein einziges Konversationslexikon aufzutreiben gebe, und das sei auf Jahre hinaus verliehen?
Kleinlichkeit konnte ihm keiner vorwerfen, dem Weserich. Guten Willen zeigten wir ihm; für die lateinischen Zitate waren wir durch Kliefoth gerüstet und übersetzten auch einmal eines selber (hic haeret). Nach einer Weile sah Weserich ein, daß die Kenntnis von Latein zwar behilflich sein kann beim Erlernen des Französi-

schen, eines Unterrichts in der Sprache jedoch keines Weges zu entbehren vermöge. Es verwunderte ihn, er ergab sich ungern; sollte er deswegen sich anlegen mit den geistigen Vätern der Schulreform, die das Französische ersetzt hatten durch das Russische? Fortan ließ er sich Aussprüche in Fontanes zweiter Sprache zwecks Verdeutschung vorlegen; immer mindestens drei, darauf bestand er. – Uns läuft die Zeit davon! rief er aus, und es war später Oktober, und wir standen im zweiten Kapitel. Dafür sahen wir schon einmal im Lexikon nach, was das ist: ein Embonpoint und eine Nonchalance, worin ein Gourmand excelliert und worin ein Gourmet; fragten bei alten Leuten, ob sie noch so eine Sinumbralampe gesehen hatten, so eine kranzförmige Öllampe mit nur geringem Schatten. Wenn dann den Mathias Weserich unsere Kenntnis erfreute, so daß er überrascht tat und ungläubig, das sollte uns Spaß machen, den Gefallen taten wir ihm.

Zwei Wochenstunden über das Rätsel: Warum setzt Fontane hier Kapitel-Überschriften, anders als in »Unterm Birnbaum« nur drei Jahre früher, als im »Graf Petöfy« ein Jahr nach »Schach«? Was ist eine Überschrift. Sie steht oben (aber warum tragen Gemälde ihre Namen unten oder seitwärts?); sie verweist auf das, was folgt. Sie ist eine Höflichkeit gegenüber dem Leser; am Ende eines Kapitels soll er Luft holen und dann vorher wissen, wohin die Reise geht, zu Sala Tarone, nach Tempelhof oder Wuthenow. Ja, und soll sie uns den Mund wäßrig machen? solche Schriftsteller gibt's auch; wir haben es mit Fontane zu tun. Eine Überschrift ist ein Meilenstein am Wege: Wanderer, nach neunzehn Kilometern kommst du nach Jerichow. Eine Ortstafel; der Fremde liest da »Gneez i.M.« und ist anfangs wenig beraten; betritt er die Stadt, weiß er wo er ist. Eine Überschrift als Warnung. Als ein Ornament, die alten Moden im Berlin von 1806 zu begleiten. Das mag sein; was jedoch ist das: eine Überschrift?

Bei der »Italiener Wein- und Delikatessenhandlung von Sala Tarone« in der Charlottenstraße bekamen wir ein Malheur. Denn die Herren müssen durch eine Reihe eng stehender Fässer sich wenden, und der Küfer mahnt zu Vorsicht. – Is hier allens voll Pinnen und Nägel: sagt er. In unserer Klasse war ein Kind, das hieß Nagel. Wir hätten erwachsen tun können; am nächsten Tag hieß er Pinne Nagel. Hat es tapfer hingenommen. War im

Grunde froh, daß er nun auch so etwas Eigenes hatte, einen Spitznamen. Seine künftige Redensart bei kniffligen Rechengängen, unbequemen Unterkünften: Is hier allens voll Pinnen und Nägel. Hat es überlebt, Pinne Nagel, lebt heute als Kieferchirurg in Flensburg.
Was aber eine Pinne ist, darüber wollte unser Herr Weserich belehrt werden. Den Unterschied zum Nagel begriff er erst, als wir ihm die Geschichte von Klein Erna im Sarg und der Pinne in der Baskenmütze verkasematuckelt hatten, wegen Pietät und Takt. Ebenso, bei dem Besuch Schachs in seiner Heimat, mit dem Platt. Er tat wahrhaftig, als sei ihm das böhmisch. Wir übersetzten ihm, warum de oll Zick immer Mudding Krepsch dahin stößt, wo sie ihre Wehdage hat; schriftlich, da er darum bat. Eines Tages kam er mit Vorwürfen. Wir hätten ihm ein Wort unterschlagen, gleich zu Anfang, im vierten Kapitel schon. Wir waren zerknirscht, wir versprachen Buße. Da war es wegen der Tante Marguerite in der Erzählung, »die das damalige, sich fast ausschließlich im Dative bewegende Berlinisch mit gepründtem Munde sprach«, ohne daß das anstößige Verb mit einem Anführungszeichen gekennzeichnet sei. Wir hätten getan, als sei das ein jedermann verständliches Wort! das war es, und er bat, es vorgemacht zu bekommen, stellte sich vor eine Schülerin nach der anderen (wir hatten ihm weis gemacht, daß nur Mädchen prünen) und sah ihr auf die vorgewölbt bewegten Lippen; bedankte sich. Wir knicksten, seitlich die Röcke raffend, die damals übers Knie gingen. We curtseyed.
Wir waren schon in Wuthenow, Seite 122 unserer Abschrift, Kapitel 14, wir hatten genug von Schach (der Person, weil er uns mit seiner larmoyanten Drückebergerei die Bootsfahrt auf dem See verdarb), da waren wir eingeladen von Weserich zu einem Vortrag, wie wir denn mit ihm bekannt geworden waren (auswendig!). Eine Beratung von fünfundvierzig Minuten, bis zur Klingel. Dann erwiesen sich die auf den Anfang vertanen Wochen als lohnende Anlage: wir fanden die letzte Zeile im ersten Absatz, in dem er abwesend vorkommt, auch namenlos. Die Herren Bülow, sein Verleger Sander, von Alvensleben unterhalten sich mit ihren Gastgebern, den Damen Carayon. Bülow möchte streiten. Er zitiert seinen Mirabeau mit dem Wort von dem Staate Friedrichs des Großen als einer Frucht, die schon faul sei, bevor sie noch reif

geworden. In seinem Sermon spreizt er sich, wie von ungefähr mit dem Leitsatze: nomen et omen. Nicht das est, das uns die Schule beigebracht hatte, sondern das et, das den Namen und seine Bedeutung in dichtere und schwangere Bedeutung, Nachbarschaft bringe. Nach Bülows emphatischer Bekundung, »Europa hätt' ein bißchen mehr von Serail- oder Haremswirtschaft ohne großen Schaden ertragen . . .«, wer läßt sich melden mitten in seinem Satz? der Rittmeister von Schach, der Schah zwischen zwei Frauen; sein Widersacher ist schon da, der wird ein letztes Wort haben bis zum Ende. Fontane und die Wissenschaft von den Namen. Fontane und die Kunst, jemanden einzuführen.
Eine Personenliste: Josephine, Victoire, Schach, Tante Marguerite, der König, seine viel beseufzte Luise, Prinz Louis, General Köckritz, der Wirt in Tempelhof . . .
Eine Liste der Orte, der Schauplätze: Der Salon der Carayons, der Keller mit den Pinnen, die Kutschenfahrt, die (erfundene) Kirche in Tempelhof, die Villa an der moabiter Spree, gegenüber der Westlisière des Tiergartens (wir sollten mit dem Nachschlagen mittlerweile angelangt sein, wo ein Grund für die Wahl solchen Wortes zu suchen war), die Parade in Tempelhof, die Bettszene, Wuthenow am See, Schloß und Park Paretz, Tod in der Wilhelmstraße. Faßlich? Schriftliche, anonyme Abstimmung über die Vorzüge der Orte. Der See kam an die erste Stelle; wir waren zumeist wieder aus Mecklenburg, die Kinder vom Njemen oder aus Schlesien, sie nahmen vorlieb. Pius zeigte mir, daß er Paretz angekreuzt hatte. Der Schülerin Cresspahl war das liebste Bild das der Schwäne, die in langer Front vom Charlottenburger Park her angeschwommen kamen.
Wiederum ein häßlicher Zwischenfall: Schach läßt sich aus über den Prinzen, seinen gnädigen Herrn, den liebt er de tout mon cœur: teilt er Victoire mit. Aber Louis sei mit all seinen Abenteuern in Krieg und Liebe doch ein »Licht, das mit einem Räuber brennt«. Wir hatten unserem Lehrer für Deutsch ein Wort unterschoben! Nun stand er da ganz unbewußt, was denn ein Räuber sei am Licht in diesem Norddeutschland! Wir sehen ein, wie wir eine Strafe verdient haben, und bitten um eine gehörige solche. Es ist ein Licht mit einem stark rußenden Docht, der stiehlt das Kerzenwachs. Als die Kerzen noch aus Wachs gewesen sind . . .

Anita hatte sich den Knicks erspart, mit dem wir alle den Mathias Weserich hatten necken wollen. Sie war versehen; sie hatte sich versehen. Es war in der Klasse allmählich Gewohnheit, sich zur linken hinteren Ecke umzuwenden, wenn Dieter Lockenvitz an der Reihe war; auch Anita wollte gern sehen, wie er redete. Aufständisch; ihre Brauen hoben sich in Besorgnis. Dem Schüler Lockenvitz mißfielen Einzelheiten an einer Erzählung aus der Zeit des Regiments Gensdarmes. Im vierten Kapitel und auf dem Kirchhof Tempelhof stehen Haselnuß- und Hagenbuttensträucher so reichlich, daß sie eine dichte Hecke bilden, »trotzdem sie noch kahl waren«. Für dieses »trotzdem« bekäme ein Schüler einen Rotstrich. Im Kapitel »Le choix du Schach« heiße es »nach Festsetzungen wie diese trennte man sich«; sei da ein Druckfehler oder etwas Mangelhaftes in der Grammatik vorgefallen? Am meisten ärgerte (aigrierte: konnten wir inzwischen denken) diesen Schüler die Gewohnheit Fontanes, Äußerungen direkter Rede sowohl im Konjunktiv als auch zwischen Anführungsstrichen zu bringen; Weserich hielt den Knaben mit Zwischenfragen bei Laune, obwohl er ihm regelmäßig recht gab. Aber in ihre Arbeitsgemeinschaft, wie auch Anita nun eine haben mußte von Amtes wegen, wo sie diesen Lockenvitz über Stunden hätte betrachten können und von dichte bei, nahm sie statt seiner solche Mädchen wie Peter (Monika), die sich schwer taten in Chemie und Mathe.
Stand Weserich einmal still vor Lise Wollenbergs Tisch, statt seine zerstreuten Wanderungen zwischen uns zu betreiben, bekamen wir einen Anblick von dem Wort: sie hängt an seinen Lippen. Das tat sie, und wär wenig verblüfft gewesen, hätte er sie förmlich aus der Klasse gebeten und ihr angetragen sein Herz und seine Hand. Aber Weserich hatte wohl zu tun bekommen mit solchen Mädchen, die reißen den Kopf beim Lachen wiehernd hoch wie ein Fohlen; der hielt ihr erst im siebenten Monat unserer Kooperation über jemand aus dem Regimente Gensdarmes eine Rede, für sie allein.
– Sehr geehrtes Fräulein Wollenberg! sagte er.
– Sie blicken mir auf den Mund, als fehlte mir da etwas. Sie erwähnen die Farbe meiner Zähne in einer Lautstärke, die mich erreichen muß. Ich habe die Ehre Ihnen anzuvertrauen, daß mir um den Mund kein Haar wächst, weil das transplantierte Haut ist.

Meine Zähne haben ein unnatürliches Aussehen, weil sie aus einer Fabrik sind. Sind das alle Ihre Fragen? Möchten Sie mir mitteilen, wo Sie in dieser Erzählung über einen Rittmeister von Schach (Sie erinnern sich) denjenigen vermuten, der sie vorträgt?
– Nö: sagte Lise, bemüht patzig. Sie tat uns leid, das große blonde Kind, ertappt bei der Versuchung, mit einem Erwachsenen leichtfertig umzugehen (und treibet mit Entsetzen Scherz). Aber die Gegenwehr, wir gestanden sie dem Weserich zu nach den Verlegenheiten, die Lise dem Kollegen Hg. Knick angerichtet hatte.
Mal ganz was Neues. Wer ist der Erzähler? Wie benimmt er sich in seiner Tätigkeit? Ist er bei allen Vorgängen zugegen gewesen? Hätten die Beteiligten das gewünscht, oder auch nur geduldet? Wann einmal sind sie außer Beobachtung? wenn sie Briefe schreiben. Sind diese fertig, teilt der Erzähler sie mit. Was unterläßt er mitzuteilen? Warum erfahren wir von der geklauten Liebesstunde nur durch zweimalige Verwendung des Pronomens der zweiten Person? Geschmack oder Takt; oder Lebenstüchtigkeit? Lockenvitz, für Ihre Sammlung stiften wir Ihnen ein apartes Wort, das wird Sie auf Flügeln tragen bis hinaus übers Abitur: der auktoriale Erzähler.
Glatteis erkannte er, unser Herr Weserich; da stand er beiseite. Bülow, Stabskapitän aber auch politischer Schriftsteller, bekennt sich zu einem Abscheu gegen Lokale, im zitierenden Konjunktiv dem Schüler Lockenvitz zum Verdruß: darin ihm »Aufpasser und Kellner die Kehle zuschnürten«. Solche Lokale gab es in Gneez; längst wurden kaum noch Geburtstagsfeiern außerhalb gerichtet. Da konnte Mathias Weserich unbefangen tun; er kam aus Thüringen. In seinem ersten Auftritt mit Schach spricht Bülow von der unausweichlichen Ehe zwischen dem Staat und der Kirche; Weserich durfte uns leichthin auffordern, stets im zeitlichen Rahmen der Erzählung zu verbleiben. Wenn Victoire ihrer Lisette einen Brief stiftet, darin ist »Deine neue masurische Heimat« erwähnt; so wußte er zwar vor sich ein Kind, das hatte in jener Gegend eine Heimat verloren; besprochen wurde Victoires Anspruch an ihren Lebenslauf, wie er sich aus dem Brief ergibt; wie konnte der Lehrer ahnen, daß auch Anita sich vorkam als »auf ein bloßes Pflichtteil des Glücks gesetzte« Person. Das

Schweigen bei dem Auftreten eines Infanterieregimentes namens »Möllendorf«, es darf ihm überhaupt entgangen sein.
Wenn wir als einen Antrieb des Erzählens die Vielfalt und Energie der Beziehungen zwischen den handelnden Personen annehmen, was beginnen wir, nachdem wir Tante Marguerite in einen Mittelpunkt gesetzt haben?
Auf das Sozialkritische, wie der Lehrplan der Neuen Schule es von unserem Herrn Weserich verlangte, hatte er ein Augenmerk. Zwei Stunden Aussprache über den Begriff der Ehre, die Haltung dazu; unehrenhafte Handlungen. Faßlich? Ein ideologischer Revisor auf Durchreise hätte gut und gern bei uns hospitieren dürfen, oder uns vernehmen in Weserichs Abwesenheit; seine Laufbahn wäre davon gekommen ohne Schaden. Fontane hatte der Erzählung Salz geliefert, auf dem das Regiment Gensdarmes eine Schlittenfahrt Unter den Linden veranstaltet, mitten im Sommer, dazu was die Herrschaften hernach anzufangen gedenken mit dem beschmutzten, dem kostbaren Gewürz, der Adel im Bewußtsein seiner Vollmacht: Erstens darf es nicht regnen. Nachher ist es noch gut genug pour les domestiques.
– Et pour la canaille: sagt einer; für das Volk, genannt der Pöbel. Weserich prägte uns ein, daß dieser Einfall vom jüngsten Kornett kam; mit Siebzehnjährigen dachten wir uns auszukennen.
Inzwischen gingen die Israeliten ins Land; Marlene Timm, unausweichlich »Tiny Tim« benamst trotz durchschnittlichen Wuchses, bekam eine amtliche Erlaubnis für die Ausreise zu Tantenverwandtschaft in Dänemark, viel bestaunt, und saß bei uns wie ein Gast nur; Axel Ohr wurde versorgt mit seinen fünf Jahren Zet; Jakob hatte in der Tat nur noch ein paar Lokomotiven bewegt, war strafversetzt gewesen auf Blockstellen zwischen Gneez und Ludwigslust, diente sich inzwischen hoch auf Lehrgängen in Dresden, an der Verkehrstechnischen Hochschule, die hätten ihn gut und gern annehmen dürfen als Vollstudenten; Jakobs Mutter bekam im März die westdeutsche Reise verweigert; Heinrich Cresspahl, Ziegeleiweg in Jerichow, wurde die Rente beschnitten, wegen treulich angemeldeter Einkünfte aus der Heilung von Truhen und sideboards; seine Tochter fuhr wahrhaftig nach Westberlin, ihm Schnitzmesser zu besorgen, solche mit ausfahrbarer Klinge; Oskar Tannebaum sandte einen »Petticoat« aus Paddington, was Cresspahl zufolge ein Bahnhof in London

war; im Rathaus Richmond, in Cresspahls zugedachter Stadt war im November 1950 Picassos Friedenstaube in zweiter Fassung zu besichtigen; die Amerikaner wurden in Korea auf die Nase geschlagen; die Jahreszeiten gingen ihren Gang; immer noch lasen wir »Schach«. Schach!
Wir hatten herausgefunden, daß er unsichtbar blieb über einhundertdreißig Seiten hinweg; mit Absicht, wie wir zu Fontanes Gunsten annehmen wollten. »Schön« nennen ihn fast alle; deswegen eitel: befindet Josephine de Carayon. Bülow verhöhnt ihn als seine Majestät den Rittmeister von Schach. Victoire sieht an ihm etwas »konsistorialrätlich Feierliches«. In Haltungen wird er gelegentlich kenntlich: wenn er sich aufspielt als Mentor seines Regimentes und es abstreitet, wenn er beim Prinzen eine unnötig häßliche Auskunft gibt über Victoire, sich feige verkriecht im Treppenhaus vor der Mama, in Wuthenow vor der Pflicht; überhaupt sich beträgt, daß Josephine de Carayon die eigene Familie gegen seinen eingebildeten Obotritenadel zu halten versucht ist. Uns allen war sein Kneifen einsichtig und unerfindlich; Anita hatte das letzte Wort. Sie stotterte anfangs, über ein Wort stolperte sie; wir glaubten da Befangenheit zu hören, wie sie unter Siebzehnjährigen geläufig war. – Das mit dem Sch-schwängern: sagte Anita: das wolle sie sich gefallen lassen. An was sollten wir glauben als ein sprachliches Mißgeschick? Anita konnte beim Sprechen so allein vor sich hin denken wie sie war. – Aber daß er sich so wenig Mühe gibt (und muß sich von seinem König befehlen lassen, und von der Königin), daß er ein guter Mensch soll sein!
Es war ihr unterlaufen gegen ihren Willen und Wunsch; sie machte sich gefaßt auf unser Gelächter über das altmodische Wort. Wir genierten uns für sie; wir waren stolz auf sie. Wer weiß, bei Eva Matschinsky hätten wir gelacht; wegen Anita sahen wir vor uns hin, einverstandenes Nicken hab ich gesehen; und nie hat jemand außerhalb der Klasse erfahren, was Anitas Auffassung war von der Ehre eines Menschen.
– Es is das Regiment Gensdarmes bei der Heeresreform zwei Jahre später auch aufgelöst worden: sagte Saitschik, um das Schweigen zu kürzen. Der hatte bereuen gelernt, unser Dagobert mit seinen ollen Kamellen.
Eine Stunde Beratung über die beauté diable, coquette, triviale,

céleste und endlich fünftens die beauté, qui inspire seul du vrai sentiment. (Das einzig verlegene Mädchen hierbei: Lise.) Nach wem der Alexanderplatz in Berlin heißt, und wie ein Adelsmensch etwas anfängt mit einem blatternarbigen Mädchen, nachdem sein Prinz und hoher Herr sie ihm verklärt hat, so daß er eine beauté diable erblicken kann in ihr.
Und spricht jener von Bülow am Ende das Urteil des Autors? Das ist doch bloß ein Knallkopp. (Bitte, möchte die Klasse ihren Lehrer aufklären über Knallköppe?) Um des Raisonnierens willen. Das hatten wir schon: der Erzähler Allwissend. Hier fand Lise Wollenberg, wieso Bülow abgetrennt von seinem Erfinder zu bewerten sei: wegen der feinsten weißen Wäsche, »worin Bülow keineswegs exzellierte«.
Wir kommen zum Ende. Wir sahen es daran, daß Weserich uns wieder an den Anfang führte, mit festlicher Miene: zum Titel. Grundsätzlich war uns untersagt, die Briefe Fontanes zu konsultieren (– Erklärungen einer Absicht sind keine Auskunft über das Werk); einen zitierte er uns, den vom 5. November 1882, der Erwägungen über den Titel der Erzählung anstellt: »1806; Vor Jena; Et dissipati sunt; Gezählt, gewogen und hinweggetan; Vor dem Niedergang (Fall, Sturz).« Was hatte die Elf A Zwei im April 1951 dem Herrn Weserich für die Wahl des endgültigen Titels anzuführen?
– Weil ein Personenname immer die ehrlichste Ankündigung ist: Lockenvitz (hatte er von Th. Mann).
– Weil die anderen fast alle ein Urteil enthalten, dem Leser sein eigenes vorwegnehmen. Fontane wünschte seine Leser unabhängig! unterrichtete uns Weserich, und nun sollte es anfangen mit dem Genuß und der Freude, eine Erzählung von Th. Fontane aus dem Jahre 1806 noch einmal und wieder zu lesen.
Das verdarben wir uns. Lockenvitz, der vermasselte es. Wir waren mitschuldig. Lockenvitz, nunmehr Mitglied der Arbeitsgemeinschaft Pagenkopf/Cresspahl, fragte uns nebenbei, ob Herr Weserich wohl selber eine Prüfung aushalte. Es ist wahr, wir gaben ihm die Erlaubnis; sahen aber lediglich voraus, dieser Schüler werde noch einmal sich über Fontane beschweren, den ersten Satz zum Beispiel, den Schluckauf, den man da bekommen konnte von einem Partizip des Präsens.
Was Lockenvitz anbrachte, gleich nach den Osterlämmern, war

eine Zeitschrift aus der halben Hauptstadt, mit farbiger Bauchbinde, Form hieß sie, oder Sinn, die Botschaft der ostdeutschen Staatskultur an den Rest der Welt, darin schrieb der amtierende Fachmann für sozialistische Theorie in der Literatur, Heft 2, Seite 44–93 über Fontanes »Schach von Wuthenow«: die Erzählung sei ein »Geschenk des Zufalls«. Die darin geübte Kritik am preußischen Wert sei »absichtslos«, sei »unbewußt«.
Lockenvitz hatte die Genehmigung zur Verlesung gegen Ende der Deutschstunde erbeten, seinem Herrn Weserich ja eine Verlegenheit vor der Klasse zu ersparen. Der hörte zu, den Mund viereckig geöffnet, als horche er einem Schmerz nach. Bedankte sich, lieh das kostbar gedruckte Heft aus, stakte aus dem Raum auf seinem einen Bein. (Wenn der Rest des anderen ihn aigrierte, hatte er schon mal jenen Vers ausgesprochen von einem Knie, das geht einsam durch die Welt, es ist ein Knie, sonst nichts.)
Eine Woche war er auswärts. Praktikanten dürfen dienstlich verreisen wie andere Lehrer auch: dachte die Elf A Zwei. Der zurückkam, dem waren wir widerlich.
»Schach« wurde abgesetzt. Den Rest des Mai, den Juni, raste er mit dieser Klasse durch den Roman »Frau Jenny Treibel«, wir hatten zwei Wochen übrig am Ende des Schuljahrs. Der hörte uns noch an, wenn wir ihm zwischen die Rede kamen mit unserer; der nickte wie über Erwartetes. Verbat sich, was er »Scherze« nannte. Der Ofen war aus; das Ei kaputt; das Gericht gegessen.
Lockenvitz war kleinlaut, geknickt. Ob er in der Tat auf ein Duell gehofft hatte zwischen einer Schulklasse in Mecklenburg und einem Großdialektiker; es war ihm schief geraten. Er gab sich Mühe, er bat etwas nachzutragen über den Grafen Mirabeau, nach dem Victoire de Carayon sich Mirabelle nannte: nach dem Tode dieses Revolutionärs seien die Belege gefunden worden von Zahlungen aus der Kasse des französichen Königs; das Verbringen der besudelten Asche aus dem Panthéon müsse doch 1806 bekannt gewesen sein? – Dein Herwegh ist auch so einer: sagte Weserich trocken. (Herwegh wird an Treibels gastlicher Tafel ein wenig ohne Erbarmen behandelt.) – Stellt sich groß an die Spitze der badischen Arbeiteraufstände von 1849; als es aber schief ging, floh er als Tagelöhner verkleidet über die französische Grenze!
An dem du, das in dem »dein« steckte, würgte Lockenvitz eher, als daß es ihn hätte erfreuen können. Dies Widerspruchskind, wir

sahen ihn schlucken. Schlug die Augen nieder, setzte sich wortlos.
Lockenvitz schrieb zwanzig Seiten Aufsatz über »Schach von Wuthenow«, unberaten, unbefohlen, und schickte sie dem Deutschlehrer Weserich nach in die Ferien; erst nach Jahren konnte er von neuem stolz sein auf die Entdeckung, daß Fontane dem Schach an keiner Stelle einen Vornamen gibt, gewiß nach adliger Sitte, dennoch Anmerkung zur Person. Unser Weserich studierte noch ein wenig an der Universität von Leipzig, dem ging die Zeit ab für Briefwechsel mit einem Schüler in Mecklenburg. Die Dissertation von Mathias Weserich über »Schach von Wuthenow« wurde in Göttingen gedruckt, jenseits der Grenze.
Daß er uns benutzte wie Biologen ihre Versuchskaninchen, wir hatten es gewußt, ohne Empörung. Wir waren auch mit ihm um die Wette geschwommen, Hundertmeter nach der Stoppuhr; ohne ihn durch mäßiges Tempo zu beschummeln. An seinen Hemden war zu sehen gewesen, daß keine Frau um die sich kümmerte. Und vielleicht waren Erwachsene so: hat einmal ein Schuß sie in den Mund getroffen, gehen sie einem zweiten aus dem Wege. Einen einzigen Anzug (grauen Sommerstoff) hatte er besessen, den trug er mit Tuch in der Brusttasche und täglicher Krawatte; als sei er uns den achtbaren Aufzug schuldig. Und wir hatten bei ihm das Deutsche lesen gelernt.

3. August, 1968 Sonnabend

Immer noch kann die N.Y. *Times* kein gemeinsames Mittagessen nachweisen für Leonid Breshnev und Alexander Dubček, aber das wenigstens kann sie uns von ihnen berichten, wegen des atlantischen Unterschiedes in der Zeit: Die beiden haben einander heute morgen im Bahnhof von Bratislava umarmt. Wie die Tante hört, ist Breshnev freundlich gestimmt durch schriftliches Zureden von seiten der Führer dreier kommunistischer Parteien: der jugoslawischen, der italienischen, der französischen.
Wie aber die ostdeutschen Führer die Tschechen und Slowaken bedrohen mit Speichelleckerei wegen der überwältigenden Militärmacht der Sowjets, es ist ein Anblick zum Wegsehen.

Die Hubschrauber dürfen wieder fliegen vom Turm über dem Bahnhof Grand Central zu den Flughäfen der Stadt. Bei Mailand ist ein Douglas-Clipper vom Typ acht abgestürzt; fünfzehn Tote. Wir fliegen auch bald.

Charlie in seinem Guten EßGeschäft; er sieht doch kaum aus nach teurem Freizeitsport, wenn er zwei Stunden lang gebraten hat und gekocht. Kommt man mit so unebenmäßig geschnittenen gelben Haarstrubbeln in einen Club? Seine Kunden, die tragen das Hemd über der Hose, in einem Holzfällerbunt sind sie bedruckt und auch ein wenig angeschmutzt. Heute morgen haben die Herren einander in allem Ernste gefrotzelt mit ihren Handicaps im Golf.

Das ist das Amerikanisch, das uns abgehen wird: Marie bestellte sich einen Klops in der Jacke mit einer Zwiebelscheibe dazu. Was ruft Charlie zum heißen Blech hinüber? – Burger takes slice! Do it special for my special lady, mind! und Marie blickt vor sich hin so verlegen wie es ihr ansteht. Und stolz, weil sie dazugehört.

Eine Botschaft am Niedergang zur subway:

$\sqrt{\text{RADICAL}}$
is a state of mind.

Und als ob ein Einbruch unschicklich wäre bei Leuten, die sind zwei Autostunden aus der Stadt, haben wir die Zeit vom Morgen bis zum frühen Nachmittag auf der Jones Beach verbracht; dank der Familie Blumenroth; da dieser Staatspark nur Leuten mit Autos zugänglich ist. Mr. Blumenroth, rot verfärbt unter seinen dünnen krülligen Haaren, mag dem Haushalte Cresspahl eine neue Redensart gestiftet haben: There is a reason for everything!

Daß es für alles einen Grund gebe, diese aberwitzige Wissenschaft hat er ausgesprochen, nachdem er seine Aufsicht als ausreichend erachtete für Pamelas Spiele über und unter der Luftmatratze. Als sie zwanzig Meter nach draußen getrieben war, ging Mrs. Cresspahl mit ihm retten. (Die ist einmal in der Ostsee drei Stunden lang einem Ball nachgeschwommen, aus Eigensinn. Welle nach Welle brachte der zwischen sich und sie, bis er abtrieb nach Dänemark.) Pamela hatte es lange schwer, mit der Beschlagnahme des Spielzeugs sich abzufinden als etwas Erwachsenem; ihr Vater sah noch lange dumm aus vor Vernünftigkeit, solche Angst hatte er ausgestanden. Erst nach einer Weile begann er von neuem mit den Seitenblicken, die uns erinnern sollten an unsere Sitzungen vor der Bar des Hotels Marseille; Mrs. Blumenroth hatte ihre liebe Not, die Darbietungen ihres Mannes zu übersehen. Und damit es ihm zu sagen verwehrt sei, sprach sie selber aus: Auf den Busen können Sie sich was einbilden, Mrs. Cresspahl.

– Danke auch vielmals: erwiderte die, in der amerikanischen Art, und fand sie zur Abwechslung einmal beschwerlich.

Was wissen wir von Mrs. Blumenroth?

Jahrgang 1929. »Ich komme aus den Karpaten.« Ja sie ist geholt worden von den Deutschen. Ohne etwas mitnehmen zu dürfen. Die Kleider, schon.

Ankunft in New York 1947, Heirat 1948. Die Angst, unfruchtbar gemacht zu sein. Pamela, 1957.

Harter ungarischer Akzent in der blechernen Stimme. Sie weiß, als Kind hat sie sanfter gesprochen; daher die Vorliebe zu flüstern.

Sie gibt einen Defekt zu: Unfähigkeit zu lügen; es sei denn ein Vorsatz ihr bewußt. Dazu muß es erst noch kommen.

Ihr schwarzes Haar ist vielleicht gefärbt. Sehr kurz, in Locken herzförmig geschnitten; eine Spitze geht in die Stirn. Ein Gesicht mit wenig Falten; eher ängstlich im Ausdruck als aufgeschlossen. Wenn sie lachen möchte, wird daraus unweigerlich: Ha!

»I am fussy, nervous.« In jüngerem Alter hätte man die Geduld gehabt für Kinder.

Einmal hat sie fast gelacht. Ihr Mann brachte ein neues Bett an, nun sollte die Besucherin es prüfen, darauf sich setzen. Mrs. Cresspahls Urteil: Gute Ware. Mrs. Blumenroth: HaHa!

Im Haushalt ungemein ordentlich. Immer alles gleich wegstellen.

An der Zeit des Nachkriegs fand sie schwierig, wie man als Frau aus guten Verhältnissen, mit einem Sinn fürs Richtige, in eine falsche, unsichere Lage geraten konnte.

Hartnäckig bemüht um ein gepflegtes Aussehen; stets mit der Angst, das Dach überm Kopf stürzt ein.

»In meinem Alter muß mein Rücken weh tun.«

Die würde ein deutsches Kind annehmen als Tochter zum Pflegen.

Nun Pamela, eine Gefährtin für Marie zum Weiterleben.

Sie steht mit vorgedrücktem Brustkorb, hält auf kurzem Hals den Kopf nach hinten. Zieht den Mund breit, alles wird nach hinten und unten gedrängt, als wäre der Kopf am Brustkorb angewachsen. Das ganze Gesicht lacht. Marie strahlt beim Anblick der Freundin.
Marie verfolgt Pläne und Gegenstände; regt sich auf. Pamela benimmt sich, als wär sie eine Zweitgeborene. Ein »Mädchen« im europäischen Verständnis.
Das wird eine praktische, nette Frau. An Klugheit fehlt es; unverrückbar richtig ist sie. Das wollen wir alles sehen. Auf Pamelas Hochzeit wollen wir gehen.
Öfter am Strand taten Kopfformen und Physiognomien Leuten in Deutschland ähnlich, wie öfter auf den Straßen New Yorks, besonders Doppelgänger des Dichters Günter Eich sitzen vielfach auf Bänken und an Theken; auf eine Ingeborg Bachmann stößt man nie. Aber es sind auch Leute zu sehen, die entbehrt die genasführte Erwartung gerne, stattliche Blondinen darunter; dann wartet die Erinnerung auf die erleichternde Ähnlichkeit von einem Mathias Weserich und dem Wm. Brewster (in jüngeren Jahren).
Am Nachmittag auf dem Spielplatz im Riverside Park erholte sich vielerlei Publikum; wer da Herrn Anselm Kristlein erkannte, will lange sich getäuscht haben, bis sie ihn erkennen muß. Vielleicht wegen des Wissens, er ist in der Stadt. Geheim, inkognito; das möchte er wohl, sollte dafür jedoch einen Anruf bei Ginny Carpenter unterlassen. Sie rief zurück am Abend in sein Hotel am Central Park South, Kristlein bedient sich mit dem Aufwendigsten, den sind Billigkäufe schon teuer zu stehen gekommen. Ginny erzählte kichernd vor Entzücken über die Vorsicht in seiner Frage am Telefon: – Ja –? Immer vorsichtig am Apparat. Man kennt so viele Damen in der Stadt, da könnte ja eine mal kommen und was wollen von ihm. Besser fürs erste keine Namen nennen. Das Tête-à-tête, das Souper à deux mit der Frau des Reserveoffiziers Carpenter, es war wie immer mit Anselm. Ginnys Worte. In der Mayo-Klinik hat er sich durchnehmen lassen: sagt er. Goldene Worte. Zum Sammeln von Spenden für europäische Auftritte gegen den Krieg in Viet Nam, dazu ist er nach New York gekommen; Ginny ist von diesem behenden Herrn eingeladen, ihn zu beraten bei Einkäufen an der Fünften und Ma-

dison. Nach frischen Schwangerschaften rings um Ginny erkundigt er sich umständlich, beiläufig; nennt man ihm eine, schnickt er mit den Fingern einer Hand, als habe er sich verbrannt. Mrs. Carpenter hat ihm einen Scheck von der Hand ihres Mannes versprochen; da er eines Bankkontos entbehrt, auf das man dergleichen Zuwendungen nachweisbar überführen könnte. Was sucht ein Anselm Kristlein an der Westseite Manhattans, in der von Ginny so arg beklagten Schäbigkeit dieser Gegend? Sie selber?
Anselm Kristlein in unserem Park war zu erkennen an nachdrücklichen Blicken über den Immobilienteil der londoner Times hinweg auf eine junge Frau, die zwei Bänke weiter saß und die Routen eines dreijährigen Mädchens vom Sandkasten zu den Fontänen verfolgte; er bekam den Blick kaum los von der hellen roten Bluse aus rauhem Stoff, von den rötlichen Haaren, die ihr im Nacken lagen, ganz unüberlegt aber geschickt geknotet, von der trockenen aber faltenlosen Stirn mit den sanften Sommersprossen, von den Lippen, von der ungetümen bläulich verglasten Sonnenbrille, die ihm dies Gesicht aber verdeckte. Das mag er? da muß er was tun.
Über der Anstrengung, mit Blicken in die Zeitung die Blicke zur Seite zu leugnen, hatte er das Kind entlaufen lassen, das er mit sich führte, das könnte Drea sein. Auf der Suche nach diesem Kind sahen wir ihn fast hilflos zwischen den Spielmöbeln des Platzes irren, quer und rundherum, und er war schon halb die Stufen zum Riverside Drive hoch, als ihm gelang, was versucht zu haben er bestreiten würde: die Frau winkte ihm.
Sie hob ihre Hand und schlenkerte sie an steifem Arm, bis er sie sah und sie ihm sein Kind in einer Drahtecke beim Wassertrinken zeigen konnte, sie war auch schon da gewesen und hat dem Kind etwas gesagt und war auf ihren Platz zurück gelangt, ehe er an der Fontäne stand.
Mit seinem Kind an der Hand ging er auf die Frau zu und erklärte ihr: She did not understand you. She doesn't understand English.
Sie nickte. Ihr eigenes Kind saß ihr unter dem Arm, sie bewegte den Arm leicht. Sie war zur Not beschäftigt. In der anderen Hand hielt sie, wartend, ihre Zeitschrift, beide betrachteten ihn und sein Kind geduldig.
Wir haben ihn schon gewitzter gesehen. Er stand wie mit den Sohlen auf den Betonboden geklebt. Er hatte ein Gespräch ange-

fangen, er wollte es länger machen. – Thank you: sagte er; statt von ihr eine Zeitschrift zu borgen. Die Frau machte Hm zweimal so endgültig, daß er endlich sich wegziehen ließ vom eigenen Kind.
Später sah ich ihn von seiner Bank wehrlos der Frau entgegenblicken, die an ihm vorbei zum Eismann ging, der eben seine Karre draußen auf dem Parkweg angehalten hatte; ich lief ihm genau in den Blick, der ihrem kräftigen und zierlichen Gesäß galt.
Später betat er sich an den Schaukeln mit seinem Kind, zwei Plätze von ihm entfernt die Frau mit dem ihren, und verpaßte gelegentlich den Abstoß seiner Schaukel über dem Bemühen, sich für ein paar Wochen als Vorrat einzuprägen, wie sie den Kasten mit ihrem Kind in ihre erhobenen Hände schlagen ließ und mit einem festen kleinen Druck wieder in die Luft schickte, der bildete sich nur geringfügig ab in ihren schönen nackten Füßen.
Er war noch da, als alle Welt zum Abendbrot ging; als ich mich gegen neun ans Fenster setzte, konnte ich durch einen freien Raum im Laub den jungen Herrn stehen sehen in seinem ausgesuchten Wollhemd und suchen mit hochgerecktem Kinn; und hätte er mich ein paar Stunden vorher erkannt –
(aber Mrs. Cresspahl trägt ihre Sonnenbrille vor den Augen, in der Kleidtasche, nie in die Haare geschoben. Da ölige Stoffe im Haar entstehen und sich abbilden können auf dem Glas, was dann gleich jeder ansehen muß als offenbare Schmutzigkeit, er muß bloß hinter einem stehen)
– wäre ich in der Lage, vielleicht auch bereit gewesen, ihm zu sagen, daß er sie vor nächstem Sonnabend vergeblich erwartet, und wird er das wohl herausbringen in seinem dringenden Verlangen, auch dieser Dame nur ein einziges Mal die Sonnenbrille abzunehmen und ihr zu sagen, was ihm unverhofft einfallen wird?
Da war die Versuchung, auf die Straße hinunterzutreten, sich zu erkennen zu geben, Mr. Kristlein einzuladen auf eine nächtliche Tasse, ein Glas auf den Weg. Rechtzeitig fiel Mrs. Cresspahl ein, daß eine andere gemeint ist, daß er einen anderen Vorhang aufheben möchte. Den dürfen wir laufen lassen, denn das wird er zuverlässig versuchen.
Und mit den Fingern schnicken, so in einem Jahr.

– Gesine! du hast dir die Platte mit Variationen für den Schüler Goldberg angehört bis nach Mitternacht. Das Quodlibet zweimal!

– Vesógelieke. Über uns im Haus war eine Party im Gang, da wollt ich meinen eigenen Krach.

– Reingefallen! Du dachtest, ich wollt streiten mit dir! Gut geträumt hab ich von der Musik.

– Marie, ich möcht mit dir wetten: erst von Ende Oktober an streiten wir mit einander.

– Wetten, daß ich gewinne?

Das Communiqué der Sowjetunion mit ihren Schützlingen aus Bratislava, man kann es wenden und drehen, es steht doch nur drin was sie seit je aufsagen, von den sozialistischen Errungenschaften bis zur westdeutschen Sucht nach Revanche. Am Schluß ein mildes Bekenntnis aller zur nationalen Selbstbestimmung, ohne die Tschechoslowakei zu erwähnen. Die Sowjets versprechen, ihre letzten 16000 Soldaten abzuziehen. Die Zensur bleibt abgeschafft. Die Freiheit sich zu versammeln und verbünden, sie bleibt. Ein einziges Zugeständnis: die Führung in Prag hat die Zeitungen gebeten, zu verzichten auf Artikel mit Meinungen, die könnten die Verbündeten betrüben. Artikel mit Tatsachen scheinen erlaubt.

Am vorletzten Tag des Oktobers wurde ein Teil der Verhandlung gegen Sieboldt/Gollantz abgehalten in der Aula der Fritz Reuter-Oberschule zu Gneez. Herr Direktor Kramritz war angewiesen, bei Elise Bock eine Liste auszulegen; da hatte sich namentlich anzugeben, wer Zeuge zu sein wünschte bei solchem Prozeß, mit Unterschrift. Zwar bekamen sie sämtlich portofreie Postkarten ausgehändigt, maschinell numeriert, mit Druckvermerk, ohne Text: die Einladung. Aber wer am Montagnachmittag bloß mit dem Mitgliedsbuch der F.D.J. ankam vor der Aula, den schickten die beiden uniformierten Weiber am Kontrolltisch gleich weg. Die wollten den »P.A.« sehen, den Personalausweis; vielleicht aus einem Mißtrauen gegen die Verwaltung, wie sie in der Kreisjugendleitung im Schwange war (abhanden geratene Matrizen, Vervielfältigungsmaterial!). Auch lassen sich polizeilich ausgestellte Dokumente schwer fälschen, und leichter ist ihnen auf die Spur zu kommen. Wer im Lumberjack auftrat statt im Blauhemd, den ließ weiterhin die Bettina Selbich umkehren; wegen »mangelnden Bewußtseins«. So war der Saal schließlich besetzt von wenig Schülern, viel ortsfremden Aufpassern.

– Ein Hemd im Oktober.
– Die Schülerin Cresspahl hatte noch solch ein Stück in Blau erworben, zwei Nummern weiter als ihre Größe; um einen Pullover darunter zu tragen. Pius sah ihr das ab; Lockenvitz fror.
– Wenn ich bloß wüßte, was du denkst über den!
– Denk doch selber.
– Ein lumber jack.
– Siehste! Kannst kein Canadisch!
– Holzschläger. Every man jack.
– Das war im Herbst 1950 angekommen als Mode, Jacken aus zart geripptem Krepp, mit breiten Kragen, einem Reißverschluß von unten bis oben, offen einzuführen, Taschen außen und innen mit Reißverschlüssen. Wie das angeblich die Holzarbeiter in Canada tragen.
– Lumber jacket heißt das!
– Wir konnten eben auch kein Canadisch.
– Wie bei uns die indianischen Stirnbänder?
– Solche Jacke bedeutete über ihren Träger: er kommt an Leute mit Westgeld heran; ihm gefällt Canada.
– Aber Pius hatte doch einen.
– Elementary, my dear Watson.
– So wie Blue Jeans heutzutage in Budapest? Und in Ostdeutschland?
– Was geht mich das an! Wo die Leute einen Sachwalter über sich dulden, der wird auf dem Markthausplatz von Bratislava verspottet und ausgepfiffen!
– Gesine, du sagtest: Erst ab Ende Oktober.

Die Aula stand im Gedächtnis als ein eichendunkler Raum, bis Mannshöhe eingefaßt von Paneelen, mit Bänken so kräftig wie in einer Kirche, bedeckt von einer Platte aus hölzernen Kassetten. Nun war es eine Halle zur Ausstellung von Fahnenfarben. Dabei kam die F.D.J. schlecht weg, zweimal mehr hing da das Rot der

Einheitspartei, manchmal mit den verschränkten Händen, auch die Staatsflagge SchwarzRotGold, nunmehr versehen mit dem Symbol für die Bauern, einem oben offen geflochtenen Ährenkranz, mit dem für die Arbeiter, einem Hammer. (Gegenwartskunde bei Selbich: den Adler, diesen Pleitegeier, den überlassen wir voller Stolz den reaktionären Kräften in Westdeutschland!) In der Stirnwand, oberhalb des rot verhängten Richtertisches, Picassos Friedenstaube in der zweiten Fassung. Die Ausstattung machte die Veranstaltung kenntlich als eine der Behörden, statt irgend eines Vereins. Manfras und Lockenvitz, die ranghöchsten Funktionäre, saßen für dies Mal gefälligst auf der Bank der Elf A Zwei. Schweigen wie in einer Aussegnungshalle, mit Blick auf einen Sarg. Als das Schulgebäude gänzlich umstellt war von der blauen Volkspolizei, fuhr der gepanzerte Transporter aus Rostock auf vor dem Portal. Eine bewaffnete Kompanie eskortierte die Angeklagten die sechs Treppenwendungen hinauf zur Aula. In der offenen Tür hörten wir das Klicken und wußten: in diesem Augenblick werden ihnen die Handschellen abgenommen. Sieboldt und Gollantz zeigten uns aufrechte, geradezu steife Rükken, einen absichtlich lässigen Gang, während sie auf das Podium geleitet wurden und Platz nahmen zwischen vier Wachtmeistern. Zwei Jungen im Alter von Neunzehn und Zwanzig, verkleidet in den Sonntagsanzügen ihrer verstorbenen Väter. Gleichmütige Mienen, die die geringsten Grußgrimassen unterließen, selbst die, die sie unauffällig hätten hinkriegen können mit Wimpern oder Augenwinkeln. Aber sie sahen recht genau hin, wer gekommen war zu ihrer Verabschiedung. Dann merkte der Vorsitzende des Gerichts seinen Fehler und befahl ihnen, den Blick seitwärts zu richten. Das war ein geschwätziger Mann, betulich wie eine Tante, hilflos: Wie konnten Sie nur, das ist ja schrecklich, solche Verderbnis in jugendlichem Alter. So redete der. Der Staatsanwalt auch behindert von bürgerlicher Erziehung, mit einer Vorliebe für abgefeimte Unterstellungen, die er ausgab als feine Ironie. Über den Verteidiger kein Wort; außer daß auch er den Knopf der Staatspartei im Revers trug. Die hatten sich ihren eigenen Diener mitgebracht, der sprach zu uns von ihnen als dem Hohen Gericht. Kalt war das in der Aula. Von den langen Fenstern das bleich leuchtende Licht, das es nur im Oktober gibt.

– Da wird Dicken Sieboldt euch gerade erzählen dürfen, was auf den Flugblättern stand!
– Die Schülerin Cresspahl war gekommen, um ihn und Gollantz noch einmal zu sehen. Wie man zu jemand geht, den siehst du nie wieder.
– Die letzte Ehre erweisen?
– Wenn du siebzehn bist, kann dir so zumute sein. Aber wir kannten ja das Urteil. Zwar hatte Väterchen Stalin die Todesstrafe wieder eingeführt am 13. Januar, das Höchstmaß des sozialen Schutzes; für diese beiden würde es bloß die Fünfundzwanzig Jahre geben. Das Übliche.
– Für ein paar Flugblätter.
– Und Pius bewies mir endgültig, daß wir Freunde waren. Seines Vaters wegen galten die Pagenkopfs als einverstanden mit der Regierung des Sachwalters; gerade denen wurde etwas durch den Briefschlitz gesteckt. Und Pius wartete einmal im Juni, bis ich ihn um die Logarithmentafel bat. Was ich darin fand, konnte versehentlich eingelegt sein. So durfte er der Abteilung D unbedenklich beschwören, er habe das Bild mit Stacheldraht und Aufdruck keinem Menschen gezeigt, als er sie ablieferte, den Pflichten eines wachsamen Friedensfreundes gemäß. Nachdem ich zu Ende gelesen hatte, hing zwischen uns ein Blick, solchen kriegst du im Leben, wenn es hoch kommt und gut gegangen ist, vielleicht drei Mal.
– An einem Handtuch trocknet ihr euch ab! Wand an Wand schlaft ihr! Aber vertrauen tut ihr einander erst, wenn du ihn ins Zuchthaus bringen könntest.
– Seit dem Augenblick hatt ich noch einen Bruder.

Die ehemaligen Studenten Sieboldt und Gollantz waren angeklagt wegen privater und verschwörerischer Besuche in Westberlin. Dort stand das Ostbüro der S.P.D., dort residierte der Untersuchungsausschuß Freiheitlicher Juristen, dort operierte die Kampfgruppe Gegen Unmenschlichkeit. Vor ostdeutschen Gerichten war erwiesen, diese Leute hätten eine Brücke in die Luft sprengen, eine Scheune anzünden lassen. Hingegen glaubte ich Jakob, wenn er erzählte von einem in Rostock aufgefundenen Waggon, der war mit gefälschten Laufpapieren umgeleitet worden aus Sachsen, und die Butter darin fehlte nun den Leuten der

Stadt Leipzig; wäre sie denn noch eßbar gewesen. Allerdings hatten Sieboldt und Gollantz von sich gewiesen, den Antikommunismus anderer Leute auf den Knochen ihrer eigenen Verwandten und Nachbarn auszutoben, indem sie die Verteilung von Lebensmitteln in noch mehr Unordnung brachten als die ostdeutschen Behörden das ohnedies taten; sie waren nach Westberlin gegangen mit etwas, das hatten sie sich ausgedacht. Um so schlimmer: befand das Gericht. Sie hatten bei einem jener Vereine, die alle bei Amtsgerichten Westberlins eingetragen waren, wohl ein Bild von jugendlicher Marschkolonne hinter bewehrtem Draht angenommen, aber unter der Bedingung, daß es versehen werde mit ihren eigenen Sätzen. Um so schlimmer: befand das Hohe Gericht. Während die Angeklagten lediglich bedrängt wurden, sich zu bekennen zur Schändlichkeit dieser Sätze, wußten zumindest zwei Schüler sie ungefähr auswendig: Die Parolen vom Frieden und Friedenskampf, sie seien eine Umschreibung für die Sicherung des sowjetischen Besitzstandes im mittleren und östlichen Europa; seit die Sowjetunion auch verfüge über eine Atombombe, und nämlich durch Diebstahl, habe eine Vorbereitung zur Offensive begonnen, durch Personalverstärkung und zusätzliche Ausrüstung der Volkspolizei, durch Werbung unter Mitgliedern der F.D.J. zum Eintritt in die getarnte Armee, Berufung eines ihrer führenden Funktionäre in die Hauptverwaltung Volkspolizei; wofür marschiert ihr, Angehörige der F.D.J.? So hatten die Schüler Sieboldt und Gollantz sich das ausgedacht. Strafverschärfend: Verächtlichmachung der Weltfriedensbewegung im Gespräch. Durch die Behauptung, in französischen Zeitungen sei Picassos Friedenstaube dargestellt als bewaffnet mit Hammer und Sichel. Die Engländer sprechen angeblich von ihr als »the dove that goes with a bang«, wollen Sie uns diese ungeheuerliche Beleidigung des Weltfriedenswillens übersetzen, die Taube kommt mitm Knall, mal etwas weniger salopp; wo haben Sie solche Dinger bloß zu hören bekommen, um Gottes willen?

– Gesine, du leichtsinniges Kind!
– Bißchen bange war mir. Aber Dicken Sieboldt sagte in gemütlichem Ton: Es liegt in der Luft; blickte in die Luft über dem Haupt der Schülerin Cresspahl, aber da wo der für diesen

Tag gesperrte Balkon der Aula hing, bestanden mit Bewaffneten.

– Wenn der dich verdächtigt hätte. Ein Gedanke, du hättest ihn verraten, und er haut dich mit in die Pfanne!

– Dafür waren die Verhältnisse in jenem deutschen demokratischen Lande vorsorglich eingerichtet. Wenn Cresspahls Tochter ihrem Mitschüler Sieboldt eine Sendung der British Broadcasting erzählt, ist er verpflichtet sie anzuzeigen. Wenn Sieboldt sich erfreut gibt über das Wissenswerte aus dem Mund der Mitschülerin, ist sie verpflichtet ihn anzuzeigen. Denunziation war bei Sieboldts etwas, dafür hätte die Familie ihn ausgestoßen. War das. Cresspahl hätte seine Tochter keines Blickes, keines Wortes mehr gewürdigt, wenn sie belobigt worden wäre für Dingfestmachung eines Nachbarkindes. Kannst du aber ab.

– Wenn man dich hört, ist es ganz leicht. Aber es hat jemand die beiden verraten.

– Gollantz galt öffentlich für verlobt mit einer Lisette von Probandt, einem Mädchen in seiner Abiturklasse. Die waren für ihren Jahrgang Das Paar, das sahen die Kinder aus der Neunten an . . . wie die Kinder aus der nachgewachsenen Neunten Pius und mich betrachteten. Wenn man ein Mädchen in Haft nimmt, es peinlich befragt –

– So hatte Sieboldt seinem Gollantz etwas zu verzeihen.

– Und Gollantz wurde vom Hohen Gericht ersucht, sich doch als verführt zu bekennen durch Sieboldt. Gollantz bestand auf seinem eigenen Kopf, damit er genau so viele Jahre bekam wie der Freund.

– Diese vermaledeite Freiheitsstatue, siehst du, wie ihr der Arm sinkt? Die sperren sie noch mal für den Besucherverkehr, wegen Baufälligkeit!

– Elementary, my dear Mary.

Die Angeklagten wurden wiederholentlich beauftragt, sich bußfertiger zu geben. Denn wenn sie angebrüllt wurden, bedroht, beschimpft, gaben sie sich zufrieden. Als wären sie doch enttäuscht gewesen, hätte das gefehlt. Als hätten sie das erwartet. Und die Kinder in den blauen Hemden vor ihnen ahnten, was ihnen ausreichte als Gründe zur Freude, zu der schmalen Heiterkeit, die ihnen den Rücken steifte angesichts der fünfundzwanzig Jahre Zwangsarbeit für Sabotage:

Versuch der Erhaltung
der reaktionären Schülerselbstverwaltung
eines Überbleibsels
des scheindemokratischen Erbes
der weimarer Republik
vermittels
einer Erschleichung
hoher
und höchster
Funktionen
der Zentralen Schulgruppenleitung
der Freien Deutschen Jugend;

für Spionage:

Erkundung
der gefährdeten Flanke
der Friedensbewegung
der Republik;

für Terror: denn sie hatten ja tatsächlich unternommen, in der Stadt Gneez und ihrer Oberschule eine andere Meinung zu verbreiten als das Innenministerium (das sie beharrlich das Wehrministerium nannten) sich erwartete; für Gruppenbildung (Sieboldt mit Gollantz). Da stellte ein Herr Kramritz sich hin und wetterte über »das erschlichene Abitur«; sie hatten sich die Zulassung zum Studium verschafft mit Arbeit in den Fächern der Prüfung. Da trat eine Bettina Selbich auf, in der Erinnerung die nächtlichen Besuche des F.D.J.-Amtsträgers Sieboldt, und stammelte; hätte ihr Opfer sprechen wollen, ihm wäre für gewiß über die Lippen gekommen: Der Kavalier genießt; und schweigt. Er schonte sie, und wenn ihm das schwer fiel, so war es doch wie er später von sich zu denken wünschte. Auch Manfras meldete sich zu den »Stellungnahmen«, die die junge Tradition der demokratischen Rechtsprechung erforderte; dessen Erbitterung, seine vor Wut zitternde Stimme, sie war den Angeklagten begreiflich; uns auch. Denn als die Schulgruppe F.D.J. ihren Protest gegen das mörderische Eindringen der U.S.A.-Truppen in das friedliche Korea abschicken wollte, hatten sie ihn hereingelegt. Blamiert. In seinem politischen Gewissen gekränkt.

– Von den zirka acht Millionen Menschen, die rings um diese Fähre »John F. Kennedy« ihr Auskommen suchen, erinnern sich bestimmt ein paar, als wär das umgekehrt gewesen.
– Wir auch. Denn als wir gegen Mittag des 26. Juni in eine Vollversammlung der Schule befohlen wurden, war Bettinas Bemühen am Rednerpult um die einseitige Schuld der Imperialisten ein Stück Erbauung gewesen. Von uns die Lüge per Akklamation zu verlangen, das bejahende Abstimmen zu fordern über die Unwahrheit, es war Hohn und Spaß für Kinder, die ein Rundfunkgerät zu bedienen wußten. Und wer war gewählt worden, vor der Tür der Aula einen Wortlaut zu beraten? Wer kam zurück mit einem Mosaik, makellos zusammengefügt aus den Versatzstücken der Sprache in den Zeitungen? Sieboldt und Gollantz. Und wem dankten sie für die beherzte Mithilfe bei der Redaktion, wessen Geschick mit Worten priesen sie an für die Nachfolge in der Führung der jungen freien Deutschen in der Oberschule von Gneez? Gabriel Manfras. Den hatten sie bestimmt, am Nachmittag auf dem Balkon des Rathauses den davor aufmarschierten Leuten mit leidenschaftlicher Betonung einen Text zu verlesen, der ihm einwandfrei erschien; jetzt stand er da als Mitwirkender bei einer Fälschung, mit einer Empfehlung von Friedenszweiflern für seine politische Arbeit. Da darf man böse sein; das wußten die Angeklagten zu würdigen.
– Ein Schlußwort.
– Sieboldt und Gollantz dankten dem Gericht für seine Bemühung, stritten abermals das Bewußtsein einer Rechtswidrigkeit ab jeder für seine Person, hatten ein abschließendes Bedenken: womöglich wäre es den Umständen mehr angemessen gewesen, wenn sie den Vorgängen des Nachmittages hätten beiwohnen dürfen im Ehrenkleid der Freien Deutschen Jugend.
– Könnte ich nie.
– Kannst du, Marie. So wird Mancher, wenn er alles hinter sich hat, vor sich fünfundzwanzig Jahre Bau. Nie auf einer Fähre durch den Hafen von New York fahren dürfen. Ein Mädchen verloren haben. Kein Mal aufwachen dürfen, außer von dem Schlag gegen ein Stück Eisenschiene. Wissen, daß das einzige Gepäck die Erinnerung sein wird von bloß neunzehn und zwanzig Jahren.

– Wenn ich Lisette von Probandt wäre und hätt ein Gedächtnis, das Leben wär mir entgegen.
– Aus den fünfundzwanzig Jahren wurden bloß fünf, dann kam ein westdeutscher Kanzler zu Besuch in der Sowjetunion. Mit den restlichen Kriegsgefangenen wurden Sieboldt und Gollantz ausgeliefert, die studierten gemeinsam in Bonn und Heidelberg das Rechtswesen, die sind seit 1962 übernommen vom Auswärtigen Amt, und bald wird es eine Botschaft geben, da gehen wir sie besuchen.
– So haben die Sowjets den Westdeutschen zwei Staatsbeamte erzogen.
– Kaderentwicklung heißt das! Und die Lisette, die hat gewartet ihre sieben Jahr. Die hat ihren Gollantz geheiratet, bei denen geht Sieboldt zu Besuch als Pate.
– So verzeihen, könnte ich nie.
– Kannst du. Lernst du.

(Auch Sonntag ist der Tag der South Ferry, wenn Marie ihn dazu erklärt.)

5. August, 1968 Montag

Im Fernsehen der Č.S.S.R. hat Alexander Dubček als Chef der Kommunisten angesagt: die Konferenz in Bratislava habe dem Lande weiteren Raum für seine Liberalisierung gebracht, sie erfülle »unsere Erwartungen« (statt: sämtliche). Er soll sich Mühe gegeben haben, die Genugtuung seiner Partei zu verbergen.
Gestern in Florida, passend zum Sonntag, mietete ein Mensch, begleitet von einem etwa zweijährigen Kind, eine Cessna 182, zum Besichtigen der Gegend: wie er sagte. Dann zog er einen Revolver; die Maschine mußte nach Cuba.
Gestern über dem südöstlichen Wisconsin stieß eine Convair 580 mit einem kleinen Privatflugzeug zusammen, nahm das unterlegene Wrack und drei Tote darin eingekeilt mit bis zur Landung.
Wir fliegen auch bald.
Der Schüler Lockenvitz.
(Weil du es wünschest, Marie, Nur was ich *weiß*.)

Im Frühjahr 1950 luden wir ihn in die Arbeitsgemeinschaft der Jugendfreunde Pagenkopf und Cresspahl.
Aus Eigennutz. Von diesem lang aufgeschossenen, verhungerten Knaben wollten wir lernen wie er lateinisch denken konnte. – Eundem Germaniae sinum proximi Oceano Cimbri tenent, parva nunc civitas, sed gloria ingens: sagte der beiläufig, wenn vom Obotritenadel die Rede war.
Soziale Herkunft, Beruf des Vaters: Landwirt. Im Fragebogen von 1949: Diplomwirt. 1950: Direktor der städtischen Gärten, Parks und Friedhofsbepflanzung von *(sei unbesorgt. Ich verschweige den Namen der Stadt. Überdies hast du ihn ja regelmäßig ausgesprochen, wie er nun auf polnisch lautet. Besten Falls Anita hat ihn verstanden)* eines größeren Gemeinwesens im heutigen Volkspolen. Bürgerlich.
Politische Herkunft, Parteizugehörigkeit der Eltern vor 1945: Keine. Vor 1933: D.N.V.P. Imperialistisch. Daß sein Vater sich den Nazis fern gehalten habe, darauf bestand er. Wie aber wollte er entschuldigen, daß er das fünfte Schuljahr verbracht hatte in einer NaPolA? Sein Vater sei 1944 vor die Wahl gestellt worden: Einziehung zur Wehrmacht, oder ein anderes Bekenntnis zum Hitlerstaat. Schwere finanzielle Belastung, die Gebühren für die National-Politische Erziehungsanstalt. Von den Ordensburgen der Hitlerjugend unterschieden durch geringere Ansprüche an körperliche Tüchtigkeit. Siehe die Brille. Ein Blechgestell, das ihm bei heißem Wetter rostige Rinnsale entlang der Nase schickte.
Warum aber nahmen die Sowjets seinen Vater mit, weder Wehrmacht noch Partei, so daß er im Februar 1947 »zuletzt gesehen wurde, als er tot auf seinem Lager lag«? (Eine Zeugen-Aussage; die Mutter hoffte auf eine Rente. Die Rente wurde ihr, siehe gesellschaftliche Vergangenheit des Ehemannes, 1947 vorläufig, 1949 endgültig abgesprochen. Anspruch auf Erziehungsbeihilfe für den Schüler Lockenvitz: Bewilligt.) Im Fragebogen, in Gegenwartskunde sagte Lockenvitz: Mein Vater hatte einen Mietstreit mit dem Besitzer unseres Hauses; er wurde fälschlich denunziert. Als er uns vertrauen mochte, mit der Bitte um Stillschweigen: In unsere Villa kam dann die sowjetische Kommandantur.
Ankunft in Gneez: Mit elf Jahren. Jene Stadt im Osten hatte ver-

teidigt werden sollen, der Vater schickte die Familie mit umziehender Wehrmacht in Richtung Westfront; die Stadt liegt in Trümmern. Beruf der Mutter seit 1945: Gartenarbeiterin. Stand des Sohnes: proletarisch? Nein: Gruppe der Angestellten.
Erste Wohnung in Gneez: gegenüber dem Friedhof, bei Herrn Totengräber Budniak, in einem einzigen Zimmer. Seit 1949 zwei Zimmer an der Molkerei. Von März 1951 an: eine aus Mannschaftsstuben hergerichtete Wohnung im Barbara-Viertel, das die Sowjets geräumt hatten (und zu einem Drittel sprengten). Im Putz der Kasernenstirn die Umrisse des Reichsadlers mitsamt dem Kreis für das Hakenkreuz, auf dem er gesessen hatte.
Ein einzelnes Kind. Bäuerliche Verwandtschaft im Geburtsort des Vaters, Dassow am See, da verbrachte er Ferien, für Erntearbeit entlohnt in Naturalien. 1948 bis 1949: jeweils zwanzig Wochenstunden in einer Fahrradwerkstatt an der Straße der D.S.F.; das Geld benötigte er für Bücher. (Die Stadtbibliothek schloß um halb sechs; aber lesen kann man bis Mitternacht.) Von 1950 an Eilzusteller der Deutschen Post für den Landkreis Gneez, dafür hatte Anita ihm das schwedische Fahrrad aufgedrängt; (ohne daß ihm in seiner Zerstreutheit aufgegangen wäre: ein Geschenk war's, bei ihrem Preis). Zwanzig Pfennige für einen Tarifkilometer, Zuschlag bei Regen: fünfzehn Pfennige. Ob es geregnet hatte, hing ab von Berthold Knewer. Einmal hatte eine Frau in Alt Demwies so arg gewartet auf den Brief mit dem roten Zettel, der rot überkreuzten Adresse; sie gab ihm ein Ei. Oft aber verbrachte er die Nachmittage in der Sortierkammer bloß mit Warten auf Eilsendungen; mit Schularbeiten.
Ein empfindliches Kind. Wenn man so heißt. Ein Spitzname: Dietchen (gestiftet von Lise Wollenberg). Wenn man in der Tat Locken um den Kopf trägt, blonde ungebärdige Wellen. Hintendran ein Vitz, ein Fitz, ein Fetzchen. Lockenvitz senkte den Kopf und drückte die Lippen, als nehme er sich etwas vor; siehe aber auch GOETHE:

> Denn der Eigenname eines Menschen ist nicht etwa wie ein Mantel, der bloß um ihn hängt und an dem man allenfalls noch zupfen und zerren kann, sondern ein vollkommen passendes Kleid, ja wie die Haut selbst ihm über und über angewachsen, an der man nicht schaben und schinden darf, ohne ihn selbst zu verletzen.

Dergleichen Buch hat solch Kind lieber im Haus, griffbereit alle Zeit.
Ein beeinträchtigtes Kind. Wichtiger noch als Möbel bei all den Umzügen war eine gerahmte Fotografie des Vaters, ein vergrößertes Führerscheinbild; die Nietösen deutlich sichtbar. Frau Lockenvitz aber war erst fünfunddreißig alt, als ihr Mann zum Letzten Mal »gesehen wurde«; sie nahm aus seinem Nachlaß nur den Auftrag, den Jungen bis vor die Tür einer Universität zu bringen. (Der Vater hatte Agrarbiologie studiert.) Deswegen war nach dem Fasching 1949 im Schaufenster der Drogerie Mallenbrandt ein erzählendes Foto zu sehen von der Festlichkeit: eine junge Frau, die Brüste zusammengequetscht im Décolleté. Ein Kind, das sich schämt. Ein Sechzehnjähriger, der von seiner Mutter geschlagen wird, weil er nach nächtlichem Herrenbesuch das Bild des Vaters von der Wand nimmt und versteckt; weil sie sich schämt vor dem Kind. Lockenvitz hatte, in einer Zeit knapp an Elektrozubehör, über einem Fenster der Wohnung eine Klingel aufgehängt von jenem Schlitten, der im Osten verblieben war, sie erreichbar gemacht mit eingepichtem Sacksband, so war er aus auf Besuch; nun schraubte er sie ab; überhörte Klopfen an der Tür.
Ein junger Mann, der sich auskennt in der Art, wie man ein Zimmer mit Dame darin betritt. Dem geläufig ist, wie man Gabel und Messer handhabt, wenn nun ein dritter Teller für ihn hereingetragen wird aus der Küche von Frau Pagenkopf. Der aus guter Manier darauf besteht, bei ihr für jeden Imbiß sich zu bedanken, mit Dienergeste aus dem Nacken; der ein Angebot von noch einem Wurstbrot verneint. Bloß weil's sich gehört; hungrig war er noch lange. Bis wir den glauben machten, bei uns steht kein Horcher an der Wand, der hört seine eigene Schand! Das dauerte.
Denn es tat ihm weh zu lügen. Wenn's die Schule verlangte, so schien ihm das eher ein Schaden für die Anstalt; auch gab er sich Mühe, es die ausführenden Pädagogen fühlen zu lassen. Bettina Selbich betrachtete ihn unruhig, wenn er ihr die sieben Gebote des »Stockholmer Appells« deklamierte:

Ich gelobe,
Eisenbahnzüge aufzuhalten,
keine Waffenladungen zu löschen,
den Fahrzeugen Treibstoff vorzuenthalten,

den Söldnern die Waffen zu entwenden,
meinen Kindern und Ehegatten das Kämpfen mit den Streitkräften des Landes zu verbieten,
meiner Regierung die Lieferung von Lebensmitteln zu verweigern,
mich einer Arbeit in Telefonzentralen oder beim Verkehrswesen zu entziehen –
um einen neuen Krieg zu verhindern.

Bettina war zumute, als sei an seinem Vortrag etwas auszusetzen. Er hatte ihr Reinfälle genug bereitet; sie versuchte es abermals und fragte nach der Herkunft des Textes. Anita sprach vor sich hin in die Luft, ergebenen Tons: In der *Pravda*, erste Juliwoche.

(Wir dachten sie will dich vor Schaden bewahren. Oder ging es etwa so zu, daß sie dir solche Zettel mit Abschriften aus ihrer russischen Lektüre ins Schulheft schmuggelte?)

Mit uns ging er es vorsichtig an. Da kamen Saitschik mit Eva zu Besuch, denen war es langweilig geworden beim Memorieren von Nitraten und Nitriten, die blickten fragend nach Pius' Musikschrank vom V.E.B. R.F.T., und wenn er als Hausherr genickt hatte, schlossen sie zwar die Fenster, unbedenklich stellten sie den Rundfunk Im Amerikanischen Sektor ein. Da lief freitags eine Schlagerparade, da sang Bully Buhlan zu Saitschiks Genuß und Spaß

Jupp-di-du –
du kommst ja doch nicht mit dem Kopf durch die Wand!
Jupp-di-du –

Nun hätte Lockenvitz beruhigt sein dürfen. Denn uns war das Abhörverbot für westliche Sender in Gegenwartskunde von Bettina mit einer Erläuterung mitgeteilt: Musiker, die aus opportunistischen Gründen den Kriegskurs von Mr. Adenower mit ihren Darbietungen ummalen, entbehren ein für alle Male des Humanismus, der sie zum Interpretieren der unsterblichen Symphonien von Mozart und Beethoven befähigte!

Lockenvitz wartete ab, bis wir unter sechs Augen waren; bemerkte: Aus einem solchen Text aus Berlin-Schöneberg folgt immerhin ein soziologischer Kommentar: Die da drüben müssen

ihre Leute beschwichtigen, sie von ihren Forderungen abbringen. So sprach Lockenvitz für die beiden, wie er sie in der Schule hatte reden hören. Pius sah mich an, die Stirn in unebenen Falten, ich hob wie ratlos die Schultern. Wir gingen mit einander um wie die Diplomaten! Pius versuchte es noch einmal. Was für eine Vorliebe denn Lockenvitz habe in der Musik?
Lockenvitz gefalle manchmal »schräge Musik«.
Das war der amerikanische Jazz der Frühzeit, gerade per Regierungsdekret von einer Musik der Dekadenz befördert zu insofern fortschrittlich, als entwickelt aus den Arbeitsgesängen zur Zeit der offen betriebenen Sklaverei. Gespräch nach Vorschrift betrieb dieser Junge.
Dann machte die ostdeutsche Regierung wahr, was sie ihrer Jugend angekündigt hatte beim Deutschlandtreffen. Am 23. Juni übermittelte sie mit ihr befreundeten Regierungen die Warnung: Amerikanische Terrorflugzeuge hätten über dem von ihr verwalteten Gebiet große Mengen Kartoffelkäfer abgeworfen, um die sozialistische Landwirtschaft zu schädigen. Ende September begannen die Schüler der Elf A Zwei die Furchen der Kartoffeläcker um Gneez abzuschreiten, den Kopf suchend gesenkt, doryphora decemlineata zu entdecken; Butter auf dem Kopf, weil sie sich genierten für eine Staatsmacht, die ihnen zumutete, an solche Agrarattacke zu glauben, und es zu bezeugen durch die freudige Tat. Ein ganzes Buch müßtest du schreiben, Genosse Schriftsteller, diese Nachmittage angehend, so unendlich lang waren die, so infinitesimal drehte die Erde sich gegen die Sonne in eine östliche Kurve.
Und Lockenvitz wurde uns kenntlich zumindest als Sohn eines Biologen, mit dem ging ein Andenken durch, als er sagte: Ha! diese schlauen Imperialisten! Der Kartoffelkäfer überwintert in zwei Handbreit Bodentiefe und erscheint, sobald die Temperatur über zehn Grad anzeigt. Also Anfang Mai. Wann ist das Deutschlandtreffen? Ende Mai. Pünktlich kommen sie an, gehorsam legen die Weibchen ihre Eier in Platten von 20 bis 80 ab, jedes insgesamt bis zu 800, nach sieben Tagen sind die Larven geschlüpft, nach der Verpuppung brauchen die Käfer noch fünfzig Tage, dann sind sie bereit. Im Juli! statt am 23. Juni. Statt zu Pfingsten. Kinnings! wenn wir hier in Mecklenburg Kartoffelkäfer haben, dann sind das die Nachkömmlinge von denen, die 1937

zum ersten Mal im Südwestdeutschen gesichtet wurden! Wenn sie hier gedeihen, dann weil die Bodenreform die Knicks abgeschlagen hat, in diesen Hecken saßen nämlich Vogelnester, darin hinwiederum die Vertilger dieses Quarantäneschädlings! Weil mit den Gütern des Adels auch die Fasanenzuchten eingegangen sind!
– Wir: sagte der Junge. Wir hatten es geschafft.
Nun tat er es auch zu unserem Vergnügen, wenn er für Bettina S. sorgfältig übertrieben dozierte, wie unwissend abirrte in Labyrinthe des Denkens: Diese sechsbeinigen Botschafter der U.S.-amerikanischen Invasion. Aber unser Land ist gerüstet. Verfügen wir doch über den Fasan. Ein Niederwild, welches in gebuschtem Gelände lebt, auch in Kohlfeldern. Frißt Raupen und Würmer und Käfer, Schädlinge überhaupt! Ein Tier, welches leicht zu wildern ist, denn es fliegt schlecht. Aber man jagt den schlimmeren Feind, den Fuchs. Daher die große Vermehrung. Die wirtschaftliche Brutalität der amerikanischen Aggressoren führt die historische Forschung zurück auf das Lend-lease, das Pacht- und Leih-Abkommen von 1941. Unter dem Vorwand, der heldenhaft kämpfenden Sowjetunion mit Waffen und Verpflegung behilflich zu sein, schmuggelten sie in der Verpackung 117 verschiedene Arten von Insektenbrut und Unkrautsamen ein!
Bettina, in ihrer Verwirrung, wollte ihm eine neue Eins eintragen, Vorsichts halber fragte sie nach. Diese Fakten aus der Kriegszeit, sie seien ihr durchaus unbekannt, und da sie die zu verwenden plane bei einem Agitationstreffen in der Landeshauptstadt... ob sie den Schüler Lockenvitz fragen dürfe, wo er das her habe?
– Allemal: sagte der: Aus der *Literaturnaja Gasjeta.*

(Wußtest du: Bettina ging hin und fragte die Fachkraft für Russisch: ob das am Ende eine Emigrantenzeitschrift sei.)

Siebzehn abgetriebene Kartoffelkäfer fand die Belegung der Fritz Reuter-Oberschule, vierhundert Köpfe stark; davon waren neun Marienkäfer. Lockenvitz wollte tun was ein Freund schuldig ist und fragte: ob wir auch wüßten, daß am Verteilerschrank der Deutschen Post eine Fangliste hängt, daß fast jeden Tag paar Briefe übernachten gehen bei der Stasi (Staatssicherheit).

Diesen Lockenvitz konnten wir nun befragen nach der Zusammenkunft mit dem Dichter Hermlin an der Landsberger Allee. Lockenvitz hatte sich gedrückt um eine Lüge: in einer Straßenbahn nach Grünau verirrt bis nach Schmöckwitz, dort eingeladen, in ein Haus zu Gesprächen über Kunst in Mecklenburg, den Bildhauer Barlach; Tee und Rotwein. Lockenvitz lieh sich ein Paar Schuhe von Pius, seine eigenen warteten schon seit vier Wochen auf eine Reparatur; unbefangen sagte er uns, was er dachte: Unsere sozialistischen Errungenschaften, sie setzen immer einen voraus, dem man sie abgenommen hat, der steht nun gekränkt in der Ecke. Wo sind unsere amerikanischen Schuhbesohlanstalten geblieben?
Diesen unseren Lockenvitz suchten wir aus, als die Elf A Zwei plötzlich jemanden abstellen sollte für einen Lehrgang der F.D.J. in Dobbertin bei Goldberg. Anfangs behielten wir die Hand unten, als wir Manfras stimmen sahen gegen seine eigene Abwesenheit von Zuhause und Lehrplan der Schule, als Lise Wollenberg mit ihrem Votum sich rächen wollte für Vernachlässigung und ihn übrigens bestrafen wollte für landfremde Herkunft. Dann fragte Pius, wie es ihm zustand als Leiter der Klassengruppensitzung: was denn der Kandidat über so einen Ausflug denke. – Als Organisationssekretär der Z.S.G.L. muß man in einem fort die Erweiterung der Kenntnisse in der Theorie im Auge haben: antwortete der wie jemand, der will uns ein Opfer bringen. Zweite Abstimmung: einstimmig, wie es für schick galt.
Im November 1950 reiste er, im Januar hatten wir ihn wieder; das ging schlecht aus. Zu Anfang, zu Ende: ein Fehlschlag.
Wörtlich. Im November nahm das Ministerium für Staatssicherheit einen Bruder der Frau Lockenvitz in der Werft von Wismar hoch; Anklage auf Sabotage, Spionage. Frau Lockenvitz versuchte den Sohn zu schlagen, der sich üben ging in der Gedankenwelt solchen Ministeriums. Zwar hielt er ihr die Hände fest und sagte in einer ärztlich abwägenden Art, sie komme ihm hysterisch vor; abgelenkt von Neugier erkundigte sie sich nach den Symptomen dieser Krankheit, unzufrieden mit seinen Bescheiden. Nun saß er in der Fremde und mußte sich auch noch den Wunsch zu einer Rückkehr nach Gneez zur Wohnung im Barbara-Viertel verkneifen.

Das Ende in Dobbertin, er hat es für sich behalten. Es wird so gewesen sein, daß einer der Instruktoren besser Bescheid wissen wollte über das dritte Grundgesetz der Dialektik; das kann einem eine ungünstige Schlußnote einbringen und statt eines »Abzeichens für Gutes Wissen« in Gold eines ins Bronze.
Denn seine erste Frage an Bettinchen war: wenn die Quantität beim unvermeidlichen Wachsen einmal doch ihr Wesen ändern muß und umschlagen in eine Qualität, wie verhalte es sich demnach bei einem Vergleich zwischen dem Gehirn Turgeniews und dem eines Elefanten?
(LOCKENVITZ, in den Zeiten vor der Ausbildung in Dobbertin: Kindern müßte es erspart bleiben. Als ich 1946 auf Klingeln in Budniaks Haus an die Tür ging, standen da zwei Leute, die fragten nach Frau Scharrel. Frau Scharrel wohnte im ersten Stock und war eine Schieberin; von Beruf. Frau Scharrel: Sag man ich bin na de Wißmer! schwer ist es mir gefallen. Erwachsenen gehorcht man, stimmt's? Beim ersten Mal, das vergißt sich; wenn man Glück hat. 1948 hat die Katechetin uns befragt: wer denn in seinem Leben noch nie gelogen habe. Da meldete ich mich, weil sonst keiner mochte; Trick Sieben! So hatte ich mir zu der ersten Lüge eine zweite eingehandelt. Jetzt läuft's ja, technisch gesehen. Aber Kindern sollte es erspart bleiben.
Das Kind Lockenvitz, als es 1949 das Alte Testament zum zweiten Mal studiert hatte, es bat um eine Audienz beim Domprediger von Gneez und erklärte dem Genossen Pastor säuberlich, aus welchen Gründen es fürderhin den Zusammenkünften der Jungen Gemeinde fern sich halten werde. Damit ja kein Zweifel bestehe über diesen Fünfzehnjährigen.)
Verbissen war er. In sich gekehrt. Verlor den Spaß, Bettinchen zu necken. Fiel ab in Latein. Fiel vom Fleische; sitzt in der Erinnerung, besessen von Nachdenken hinter der ärmlichen Brille, in einem Blauhemd, das schlägt Falten. Dann kam der 12. Januar 1951, da wurde in Dresden ein achtzehnjähriger Oberschüler zum Tode verurteilt, wegen »Boykotthetze« und Mordversuch an einem Volkspolizisten (mit einem Taschenmesser); in Gneez ging die Kripo ungetarnt in die Renaissance-Lichtspiele, um einmal herauszufinden, wer da murmelt oder lacht, sobald in Bild und Ton der südlich artikulierende Sachwalter erschien, der das Urteil für angemessen hielt; auch nachdem die Strafe ermäßigt

war auf fünfzehn Jahre Gefängnis. Das brachte die weibliche Kommanditistin der Arbeitsgemeinschaft bei Pagenkopfs auf die achtlose Erwägung: Wenn es denn wahr sein sollte, daß dieser Staatsmann den Amerikanern so lästig falle, warum versäumen sie denn nun im dritten Jahre, ihn umzubringen.

Zu unser aller Glück tat sie das unter freiem Himmel, abends auf dem Eislaufplatz von Gneez. Denn Lockenvitz lief nur ein paar Minuten schweigend ein paar Achten für sich allein, dann schwenkte er innen ein auf unsere Runde und gab uns an, was er nun zu denken gelernt hatte. Das Eis war grau in der Dunkelheit, da muß man die Augen fix auf der Bahn halten. Manchmal knirschte eine Kufe; in einem fort wurde die Nacht weiter um uns und die verhärtete, fast erwachsene, gleichmütige Stimme von Lockenvitz:

– Früher, wenn der anführende Fürst fiel in offener Feldschlacht, war das ungünstig für die Moral der Truppe. Heute würde das bloß führen zu dem Bedürfnis, die Reihen zu schließen. Unsicher ist das Ergebnis allemal; der Nachfolger kann sich noch aggressiver benehmen. Was der an Strategie im Sinn hat, man muß es raten; vorher wußte man, was man hat an ihm. Entbehrlich ist so eine Einzelperson gewiß, auch wenn sie die Macht verwaltet; außer sie besitzt ein Charisma, mit den Fähigkeiten dazu; was selten ist. Werte Lieben in Moskau immer ausgeschlossen. Ableitung: die Maschine ist im Gang, die läuft weiter. Zweitens. Auch der Krieg ist noch heute kein unnormiertes free-for-all, wo jeder mal darf wie er kann. Auf solche Normen beruft man sich in den höheren Regionen, grade weil man sie gelegentlich (heimlich) verletzt. So eine stillschweigende Norm verbietet auch das Ermorden der gegnerischen Führer außerhalb der offenen Schlacht. Werden Normen solcher Güte dreist und bewußt verletzt, verkümmert das Vertrauen in die Geltung aller begrenzenden Übereinkünfte. Die Folge kann ein Gegenschlag mit Nervengas auf die überführte Hauptstadt sein. Ableitung: Furcht vor den negativen Auswirkungen einer zentralen Normverletzung auf den Täter selber. Und darum bleibt alles wie es ist.

– Grammatiker: hatte er gesagt, als die Elf A Zwei ein Jahr vorher ihre Berufswünsche aufsagen sollte. – Und was willst du jetzt werden, Jugendfreund? Historiker?

– Lateinlehrer: sagte Lockenvitz, grimmig.

Das war der Januar, da traten im Westen Deutschlands die Hohen Kommissare der Alliierten auf dem Petersberg zusammen mit dem Bundeskanzler, seinem Gehilfen und zwei Generalen, zwecks Beratung über neuerdings eine Bewaffnung von Deutschen.
Das war der Januar, da schickte die ostdeutsche Volkspolizei Werber in die Oberschulen, die kamen mit dem Blauhemd unter der Uniformjacke und sprachen mit den Jungen der Elf A Zwei wie ein Jugendfreund zu anderen. Sie versprachen Ausbildung am fahrenden, schwimmenden, fliegenden Gerät. Lockenvitz machte bei Dr. Schürenberg einen Termin aus auf die Minuten genau, vollführte im Flur der Villa am Kurpfuscherdamm von Gneez zwölf Kniebeugen, wiederholte die Übung vor dem ärztlichen Schreibtisch; bekam einen Zettel, der bescheinigte vegetative Dystonie.
Damit die Schulleitung es auch glaubte, beantragte er Befreiung vom Unterricht in Sport. Ging fortan aus der Schule, wenn der Lulatsch uns über die Pferde jagte, ums Reck drehte; spazierte allein. Hockte bei Spielen mit Hand- oder Fußball hinter dem Tor, die Ellbogen auf die Knie gestützt, das Kinn auf über einander gelegte Hände, sah zu und fiel aus den Wolken, wenn ein Mädchen ihn nach dem Torstand fragte.
Zu Beginn des Schuljahrs 1951/52, aufgestellt zu einem zweiten Turnus als Org.-Leiter, schlug er die Kandidatur aus; Begründung: Förderung seiner schulischen Leistungen. (Was hatte er groß zu tun, als uns zusammenzurufen zu Aufzügen, Aktionen gegen Kartoffelkäferbanditen, Versammlungen; als einmal im Monat auf den vorgedruckten Fragebögen an den Zentralrat der Jugend zu melden: daß wir diese Anstalten in Sachen des Friedens getan hätten, und wie viele Angehörige der Schulgruppe die Zeitung des Verbandes gegen Geld bezögen, die *Junge Welt*.) Er stand auf Eins in Latein, Englisch, Deutsch, Gegenwartskunde, auf Zwei in den übrigen Fächern, bis auf die Drei in Chemie, ihm lästig wie eine Zecke.
Fand zu Weihnachten 1951 einen Beutel an der Tür seiner Mutter hängen, angefüllt mit Pfeffernüssen, Walnüssen, einem Schreibblock aus tintenfestem Leinenpapier und einem Paar Handschuhen, die hatte keine Maschine gestrickt. Ein frisch gewaschener Turnbeutel war das, mit einer Zugschnur, wie Mädchen ihn be-

nutzten. Lockenvitz kam und wollte sich bedanken bei Gesine Cresspahl.
Die war unzufrieden mit sich, sie wäre gern selber auf den Einfall geraten; mußte ihm ihre Unschuld versichern.

(Wenn du doch gewußt hättest, es kam von der Annette Dühr aus der Zehn A Zwei. Die war so hübsch, so ansehnlich mit ihren Haselnußaugen, ihren schwarzbraunen Zöpfen, einem Gesicht, das lud Zutrauen ein. Die war später Stewardess bei der ostdeutschen Lufthansa, dafür durfte sie bei der PanAmerican lernen, wurde nach der Rückkehr abgebildet auf dem Titelbild der Berliner Neuen Illustrierten. *Die mochte dich, die wollte dir gefallen. Du hättest sie leicht gefunden, auf einem Gang über den Schulhof hin und zurück, ihren Turnbeutel sichtbarlich an der Hand. Wenn Annette dir eine Hand hinstreckt, wie immer heimlich, sie darf dich für hochnäsig halten, wenn nun du anderes im Kopf hast als Mädchen. Aber es wäre dir zum Besseren ausgefallen, hättest du sie finden wollen.)*

In unsere Arbeitsgemeinschaft kam Lockenvitz nun zur ausgemachten Stunde, ging sofort nach Lösung der Aufgaben in Mathematik oder Chemie. Pius bat mich ein einziges Mal, ihn zu befragen, wie er sich das vorstellte unter den Begabungen einer Frau; ich wehrte das ab, ich hatte Angst vor Lockenvitz' Mutter; um keinen Preis hätt ich hören wollen, er sei vergeblich verliebt in wen. Lockenvitz meinte es wohl als Entschuldigung für sein verschlossenes Betragen, als Geschenk, wenn er einen Zettel mitbrachte mit Auskunft über was ihn fern hielt von uns:

> Zwischen die Begebenheiten und das freie Auffassen derselben stellen sie eine Menge von Begriffen und Zwecken hinein und verlangen, daß das, was geschieht, diesen gemäß sein soll.

Wir drangen in ihn, dies der Selbich anzudrehen als einen Befund über das Fach Gegenwartskunde (in einem imperialistischen Staat), zumal sie nie darauf kommen würde, wer das geschrieben hatte (G. W. F. Hegel, 1802). Er schüttelte die Locken aus der Stirn, lachte ärgerlich; als sei er über Spiele mit Bettinchen hinaus.
Strikte hielten Pius und ich den Mund, als wir ihn eines Novem-

bernachmittags aus dem Haus kommen sahen, in dem Bettina S. für treues Ausharren mit einer Wohnung belehnt war.
Mit Saitschik waren wir böse ein halbes Jahr. Der wollte einen Briefwechsel mit Mädchen aus sozialistischem englischen Hause gern mit einem Kumpan zusammen treiben. Lockenvitz tat ihm den Gefallen, schrieb auch etwas nach Wolverhampton für den Frieden und die Postzensur. Dann fand er heraus, daß Saitschik in seinen Umschlag, zwecks Vorstellung, eine Fotografie von Pius geschmuggelt hatte, weil dieser Knabe ihm mehr anziehend erschien für ein junges Mädchenauge (unter den Mädchen der Elf A Zwei galt Pius bloß als »apart«, Lockenvitz als »unser schöner junger Mann«). Hoffentlich tat es ihm wohl, daß wir zu ihm hielten in so erheblicher Sache.
Lockenvitz war der erste an unserer Schule, der trug eine Brille mit Rahmen aus Plexiglas, nachweislich in der Stalinstraße erworben. (Die Optiker waren Schonwild in ganz Mecklenburg, gefeit gegen Tiefenprüfungen von seiten der Steuerfahndung, leisteten sich fast großstädtische Auslagen: kaum je ein Optiker in Mecklenburg vor Gericht.)
Hatte kein Jackett nach canadischem Vorbild.
In die Ferien fuhren wir jeder hübsch allein, Pius wie Cresspahls Tochter, so auch Lockenvitz.
Einen Posten in seiner Rechnung, wenn's denn eine war, hatte er unachtsam kalkuliert. Vegetative Dystonie und ausdauerndes Radfahren, es geht schlecht zusammen.
Denn er fuhr wie ein gesunder Mensch, vierzig Kilometer in der Stunde, das war ein Klacks für ihn. Eine halbe Stunde hätte der gebraucht bis Jerichow! aber er reiste auf zwei Rädern auswärts an den Wochenenden. Wir konnten nur hoffen, daß es keinem auffiel.
Matthäus XVI. 26. Ja, Schiet!
Liebe Marie, dies ist alles, was ich von Dieter Lockenvitz zu wissen *glaube*.

6. August, 1968 Tuesday

Wollen wir durch diesen Tag kommen in einem Zug, wir werden Nummern brauchen müssen.

I.
Wenn einer in New York, und bei ihm ist eingebrochen, so kann er sich blau und gelb warten, bis Ersatz kommt von der Versicherung. Hat jemand jedoch seine Prämien gezahlt unter einem Plan, der von de Rosny ausgedacht ist, so darf man am Dienstag ein Verzeichnis der verlorenen Gegenstände einrichten, beglaubigt durch das Revier 23, und kriegt ausgerechnet eine Woche danach mit der Hauspost einen Bankscheck, gutes Geld, zahlbar von Manhattan bis Leningrad.
So wie de Rosnys Bank an den Versicherungsträgern auch derer verdienen will, die er »meine Mitarbeiter« nennt, so soll ein hauseigenes Reisebüro Gewinn ziehen aus den Kosten, die sie auf Ferienreisen wenden können. Wer dies Zimmer im achtzehnten Stock betritt ohne das Fünfstrichsymbol des Geldinstituts über dem Herzen, ohne Namensschild, in einem weißen Leinenkostüm wie eine Passantin vom Bürgersteig her, wird erst einmal darauf hingewiesen, daß dies kein öffentlicher Betrieb sei.
– Das ist mir bekannt: erwidert Mrs. Cresspahl, zufrieden. Hier ist sie einmal unbekannt als »unsere« Deutsche, »unsere« Dänin. Das Mädchen hinter der Theke, einen Bienenkorb von blonden Haaren auf dem Kopf, sie hält die Lippen stramm, der ist etwas schief gegangen an diesem Morgen. Der würden wir gerne die Karikatur zeigen, die im neuesten *New Yorker* abgebildet ist, die wir aufgehoben haben für D. E.s Ergötzung: Unter einem Schild »Service with a Smile«, hier werden Sie mit 1 Lächeln bedient, steht ein Fleischer in der Schürze, überreicht einer Kundin die Tüte mit ihren Einkäufen, blickt ein bißchen begriffsstutzig, fragend, ernst. Die Dame vor ihm reißt die Nase hoch vor Ärger, die hat Falten um den Mund vor Indignation. Darunter steht was sie wissen will: »Well?« Na? Wie wär's mit einem Lächeln?
Ganz anders als sonst bei Verkaufsvorgängen wird hier gefragt, knapp, schnippisch: Hausausweis? Nummer der Sozialversicherung? Abteilung? Telefon des Abteilungsleiters?
Angestellte gegen Angestellte. Die bringen wir mal auf Zack, uns fällt die Grimasse der vorgetäuschten Freundlichkeit auch schwer an so manchem Morgen, von Leuten wie diesen aber haben wir sie auf ausdrückliches Verlangen gelernt. Der werden wir mal zeigen, wo es lang geht, nämlich einen Weg zum Telefon des angeblich verehrten Herrn de Rosny, ohne ihr seinen Namen zu

verraten. Hier, einmalig in der Welt, bitte treten Sie vor, Eintritt frei: ist zu beobachten, wie die Miene einer Angestellten über Betretenheit, Furcht, Gesten der Demut und Unterwerfung sich verwandelt ins Herzliche. – I am ever so sorry, madam! My apologies –!

Dann haben wir uns beide ein wenig geschämt und ganz ordentlich beraten, wie man das streicht, einen Flug nach Frankfurt am Main am 19. August abends für zwei Personen, auch ein gemietetes Kabriolett, mit dem wir losfahren wollten zum Grenzübergang Waidhaus im Oberpfälzer Wald, guten Tag ihr Tschechen und Soldaten! Das Datum, die Zeit, kann so bleiben. Nur möchten wir nunmehr auf die Reise gehen mit der Scandinavian, es darf auch die PanAmerican sein, wenn sie nur morgens in København ankommt. Unsere Freundin Anita will das so, die werden Sie kaum kennen. In der Nähe des Platzes Kastrup wird es doch ein Hotel geben, am Strand, das nimmt Leute schon frühmorgens auf, so bis zum frühen Nachmittag. Zum Ausschlafen, fragen Sie. Das haben wir uns tatsächlich so gedacht; wir verstehen uns jetzt, oder? Wenn der Speisesaal des Hotels in der Regel überlaufen ist, wünschten wir eine Reservierung für einen Tisch mit vier Gedekken. Obwohl wir nur zwei sind? wir danken für Ihre Aufmerksamkeit. Das ist so: wir bleiben gern unter uns beim Essen. Für sechzehn Uhr, so in der Drehe, eine Reservierung für einen Flug nach Ruzyně. Das sollte man schlechterdings auch in einem amerikanischen Reisebüro wissen, Flughäfen in einem kommunistischen Lande! bei Prague. Prag. Praha. Da wäre eine Zwischenlandung in Schönefeld bei Berlin? Wir haben keine sonderliche Furcht vor einem Transit in Ostberlin. Und was soll aus dem Leihwagen werden, haben wir den vergessen? Es verhält sich anders, wir halten es für unmachbar. Unmöglich, aber dankbar: as the actress said to the bishop. Wie, Sie wollen ein Fernschreiben senden in ein kommunistisches Land, damit da am 20. um 20 Uhr ein Auto reserviert steht von jenen Leuten, who try harder? Die sich mehr Mühe geben, genau wie Sie? Wissen Sie was? Ihnen schreiben wir ne Ansichtenpostkarte. Visum? haben wir. Internationaler Führerschein? vorhanden. Die Rechnung geht an die Bank? das tut sie. Leinen zu heiß für 75 Grad Fahrenheit? Sie würden sich wundern, wie das kühlt. Versuchen Sie's mal bei Bloomingdale. *Wir* haben zu danken!

II.
Eine gute Stunde bevor die Kaufhäuser an der Fünften Avenue überlaufen sind vom Personal der Mittagspause, steht Mrs. Cresspahl als Kundin in einer Kofferabteilung. Es hätte Abercrombie & Fitch sein sollen, aber da hat ein Mensch aus der Tschechoslowakei sich erschossen am Freitag der vorvorigen Woche. Wir wüßten die Tür, die der Lift passieren würde. Von diesem Kaufhaus würden wir sagen: es kommt vielleicht um drei vom Hundert billiger.
Ist es das Kostüm, die Börse aus Krokodilleder, das Schuhwerk aus der Schweiz? Oder es ist der Frisur der Kundin anzusehen, daß ein Herr Boccaletti sich darum bemüht hat? denn es naht die Directrice in eigener Person, die möchte diese Person bedienen. Nun entgehen den jüngeren Verkäuferinnen die Prozente aus dem Verkaufsvorgang. Einen guten Morgen wünscht sie, ein Wetterchen nennt sie den strahlenden Schmutz vor den Fenstern, was kann sie bloß für uns tun?
Tag auch. Wir möchten zwei große Koffer, hier haben Sie die Maße. Die sollen so schäbig aussehen wie es geht. Bitte.
Wie? Sie erwarten in einem Hause wie diesem minderwertige Ware?
Als ob sie gemacht wären aus einem abgetretenen Teppich. Aber stichfest, mit je zwei durchgehenden Riemen und Verschlüssen, die auf den ersten Blick zu erkennen geben, daß sie zu öffnen sind mit unbewehrten Fingern.
I *think* I am beginning to see what you mean.
Die wären schon recht. Leider kommen sie nur in Frage, wenn dieser erlesene Basar des weiteren zwei Gehäuse aus Aluminium aufweist, die so ungefähr mit Haaresbreite hineinpassen.
I see I see!
Das tun Sie nur. Wir haben uns angesehen, wie ein Herr namens Professor Erichson verreist, das hat uns gefallen. Wir nehmen uns was an von diesem D. E.
Weil die Kundin ersucht um eine Lieferung an den Riverside Drive, eine weniger honette Adresse, verrät die füllige Dame ein Zögern, als sie das aufgeschlagene Scheckbuch sieht. Man zu, gute Frau. Der sehen wir gerade in die Augen, die hat die Wahl zwischen einer Einnahme von über zweihundert Dollars oder keinem Vertrauen. Die Bank, auf die der Scheck gezogen werden

kann, steht zwei Blocks weiter. Wenn die Dame mit dem Institut telefonieren will, wir müßten's ertragen. Sie dürfte verlangen: Anschrift der Arbeitsstelle; Mrs. Lazar befragen wegen unserer Kreditwürdigkeit; bis zu den Knien stünden wir im Verdacht des Betrugs. Sie entschließt sich, zu lächeln, ausgesucht an diesem Punkt der Verkaufsverhandlungen. Ist das dramaturgisch berechtigt? Offenbar, denn was kriegen wir gesagt: Ihnen sehe ich es an am Gesicht. Sie brechen sich eher ein Bein, als daß Sie eine alte Dame reinlegen! Glauben Sie mir, meine Menschenkenntnis ...

Und weil's wahr ist, blicken wir sie eigens an, als sie ins Restaurant des Hauses geschritten kommt; ganz die Frau Aufseherin, die darf ihre Tischzeiten wählen nach Belieben, und wird zu einer gutherzigen, etwas gehetzten Frau, die von ihrer Schlaflosigkeit erzählt, da helfen keine Pillen. Eine Mrs. Collins ist sie, wohnt in Astoria, Queens. Wie sich das trifft! Was sie noch sagen wollte: es ist auf den Tag eine Woche her, da kam ein Herr, mit so einem südamerikanischen Hut, der hat Koffer gekauft wie auch Sie, Mrs. Cresspahl. Wissen Sie, vier Jahrzehnte die Erwerber von Koffern beraten, es kann einem ... Das kann es. So für sechshundert Dollar, in bar bezahlt. Und am nächsten Tag kam er zu mir, weil ihm die Bedienung gefallen hat ... Mir erst recht, Mrs. Collins. Und stellte sich vor als der Impresario eines weiblichen Balletts; gibt es doch! Und ob es die gibt. Da wollte er für jede Tänzerin ein Geschenk, eine Belohnung, eine Prämie, was weiß ich; das machte zusammen zweitausend Dollar. Wie gern verkauft man dafür! wie bereitwillig nimmt man da eine Kreditkarte! Auch wir gehen bloß mit drei Zehnern auf die Straßen New Yorks, Mrs. Collins. Und am Tag danach war sie geplatzt. Geklaut. Ein Verlust von zweitausend! Auch wir gehen ungern zur Geschäftsführung. Sehen Sie, Mrs. Cresspahl, das wollte ich nachtragen, weil wir einander so angekuckt haben vorhin, und können Sie mir verzeihen?

III.

Die N.Y. *Times*, sie hat den Leuten aufs Portemonnaie gesehen in New York und im nordöstlichen New Jersey. Wenn man für einen Fabrikarbeiter in dieser Gegend einen durchschnittlichen Lohn von $3.02 annimmt, dann hat er im Juni eine Stunde

und 44 Minuten schuften müssen für ein Rippenstück im Restaurant.
Die Beratung in Bratislava hat sämtlich aus der moskauer Presse geweht, was da tägliche Kost war an Verdacht auf Konterrevolution, antikommunstischer Verschwörung etcetera. Was gibt die *Pravda* zu verstehen? nur den imperialistischen »Feinden des Sozialismus« ist es anzulasten, daß es überhaupt gekommen ist zu so einer Aussprache.
Auf dem Flugplatz La Guardia ist eine Bahn für STOL eröffnet worden, Short Take-Off and Landing. Wetten, daß D. E. mit uns das Ding ansehen geht am nächsten Sonnabend?

IV.
Als Mrs. Collins zurückgelaufen kam in den Speisesaal, hatte sie eine Nachricht. Ob wir wohl so gut wären und anriefen in New York bei der und der Nummer? Sie sollen bedankt sein.
Aber böse war die Angestellte Cresspahl doch. Sie hat niemandem in der Bank mitgeteilt, wohin sie an diesem Dienstagvormittag Koffer kaufen geht; unerträglich für einen Augenblick war die Vorstellung, daß ihr jemand nachginge. That a watch might be kept on her!
Dagegen gibt es ein Mittel. Was alles bedeutet im Tschechischen das Wort hrozný? furchtbar, schrecklich, gräßlich, entsetzlich, schauerlich, grauenhaft, grauenvoll. Und nach welchem Personennamen klingt hrozný? Hrozná doba, die Schreckenszeit. Hrozná bída, namenloses Elend. Hrozná zima, furchtbare Kälte. Hrozné počasí, schauderhaftes Wetter.
Sobald sie angelangt ist bei »to jsou plané hrozby«, »das sind nur Schreckschüsse«, kann sie ohne Wut denken und anlangen bei der Vermutung, es könne jemand ihr Zimmer Büro betreten haben und im Tageskalender nachgesehen. Da steht es: die Uhrzeit, der Name des Bazars. In was für einer Zeit war sie unterwegs? in der, die sie an die Bank vermietet hat. Was hat sie getan in selbiger Zeit? Koffer gekauft für eine Reise im Auftrag der Bank, für die sie obendrein wird entschädigt werden, so spricht Anita. Anita, so gefügig wird als Angestellter der Mensch.

V.
Die Nummer war »gut«, erfreulich, untergebracht an der Park Avenue in den dreißiger Straßen, in einer Anwaltspraxis. Wir kennen Mr. Josephberg von den Gesellschaften, die die Gräfin Albert Seydlitz gibt; ein Mensch, mit dem man weggehen kann in eine Ecke und Deutsch sprechen, über den Herrn Tucholsky, den er in Berlin beraten hat, über Tilla Durieux, die leider immer andere Leute heiratete als Herrn Josephberg. Den Mimen, die Nachwelt flechtet ihnen Kränze. Dann hörte D. E. den Namen und machte uns noch anders bekannt: dieser Mensch, von Adel durch Emigration in der ersten Stunde, Februar 1933, er ist D. E.s Rechtsanwalt. Seitdem ist er der unsere auch. Wo D. E. traut, dem trauen wir.
– Ist es fertig: fragt Mrs. Cresspahl in einer Telefonzelle des Postamtes Grand Central, is it ready now, und soll sie etwa gleich kommen? – Mr. Josephberg requests your presence urgently: bestätigt seine Sekretärin förmlich, als seien ihr meine Auftritte mit Marie in ihrem Vorzimmer entfallen. Oder sollte es Ironie sein? weil man doch zugegen sein muß beim Unterschreiben? Das ist ein Klacks mit der Bahn unter der Lexington Avenue. Auch die Sache ist gut. Seit Anita mir erzählt hat von einer amerikanischen Schule im Süden Westberlins, haben wir einen Zusatz gebaut zu dem Testament Cresspahl.
Wer eine Reise unternimmt, er soll einen Letzten Willen hinterlassen. Hiermit übertrage ich das Eigentum an meinem gesamten Besitz meiner Tochter Marie Cresspahl, geboren am 21. Juli 1957 in Düsseldorf als Tochter des Eisenbahninspektors Jakob Wilhelm Joachim Abs. Die Nummer meiner Sterbeversicherungspolice lautet. Marie ist gebeten, von den mecklenburgischen Büchern jene mit einem Druckvermerk vor 1952 aufzuheben bis zu ihrem fünfundzwanzigsten Geburtstag. Das Erziehungsrecht übertrage ich auf Mrs. Efraim Blumenroth.
Das war ganz richtig, und falsch. Frau Blumenroth wohnt am Riverside Drive, Marie hätte die Schule behalten dürfen, die Heimat; Kinder überleben bei dem Ehepaar Blumenroth, auch wenn sie einer Mutter jüdischer Herkunft ermangeln. Wie konnte ich ahnen, daß Anita bereit ist, für Marie zu verzichten auf Reisen! Nun haben wir es so gedreht: Zur Erziehung berechtigt ist eine Dame in Berlin-Friedenau, seit zwanzig Jahren ge-

wogen und für gut befunden. Der Vormund des Kindes jedoch ist D. E., der muß viermal im Jahr hinfahren und nachsehen, ob es dem Kinde bekömmlich ergeht. Das wollte ich unterschreiben gehen und freute mich, daß es fertig war.

VI.

– Geht es Ihnen gut, Frau Cresspahl?
– Vielen Dank, Herr Josephberg.
– Herz, Kreislauf?
– Daß Sie sich nun auch noch aufs Medizinische werfen, Herr Doktor. Ja. Arbeitsmüde, vielleicht.
– Ich bitte Sie zu verzeihen, daß ich heute zu Ihnen in einem anderen Tone zu sprechen habe als dem, der mir in unseren Tischgesprächen lieb geworden ist.
– Bringen wir es hinter uns, Herr Doktor. Werde ich von jemandem verklagt?
– Es ist eine schlimmere Nachricht, Frau Cresspahl. Verzeihen Sie einem alten Manne, wenn er über Ihr Leben ausspricht, was er meint gesehen zu haben.
– Ich bitte.
– Es ist die schlimmste Nachricht seit dem Ableben Ihres Herrn Vaters.
– Ich bitte!
– Laut letztwilliger Verfügung von Herrn Dr. Dietrich Erichson ist Ihnen als erster Person Mitteilung zu machen für den Fall, daß er sterben sollte.
– Er ist tot.
– Verstorben bei einem Absturz in der Nähe des Platzes Vantaa in Finnland. Samstag. Acht Uhr morgens.
– Was war das für eine Maschine.
– Eine Cessna.
– Für die hat er einen Flugschein!
– Die finnische wie die amerikanische Polizei haben seine Identität zweifelsfrei festgestellt.
– Bei so etwas verbrennt man.
– Ja. Nach einem medizinischen Gutachten kann Herr Erichson noch fünf Minuten nach dem Aufprall gelebt haben. Ohne sich seiner Lage bewußt zu sein.
– Mit vollem Bewußtsein zerbrochen und brennend!

– Ja. Verzeihen Sie, Frau Cresspahl.
– So etwas hätte in der New York *Times* gestanden.
– Die Regierung, bei der der Tote angestellt war, drückte ein Verlangen aus, die Nachricht zu unterdrücken.
– Wie identifiziert man einen verbrannten Menschen.
– An den Zähnen.
– Warum denn keine Kugel in die Brust? Eine Injektion? Ein Stich mit dem Messer!
– Offenbar war dem Verstorbenen aufgegeben, seinen dentalen Zustand greifbar zu hinterlegen.
– Warum erfahre ich das erst heute.
– Weil die amerikanische Untersuchungskommission von Washington nach Helsinki fliegen mußte.
– Zehn Stunden!
– Weil es den Herren beliebt hat, den Todesfall erst heute frei zu geben.
– Ein Foto!
– Es gibt keine Aufnahmen vom Ort des Unglücks.
– Es gibt offizielle Aufnahmen, gemacht von einer Kommission.
– Wenn Sie mich formell beauftragen, werde ich das zuständige Amt...
– Ich glaube es jetzt.
– Sie sind die Erbin von Herrn Erichson, Frau Cresspahl. Seine Mutter hat ein Wohnrecht bis zu ihrem Ableben. Außer Grundbesitz und Barvermögen sind einige Copyrights –
– Nein.
– Wenn Sie es wünschen, werde ich die Verständigung von Frau Erichson übernehmen.
– Nein.
– Ich drücke Ihnen mein Beileid aus, Frau Cresspahl. Seien Sie versichert, daß ich in den kommenden Wochen an Ihrer Seite –
– Könnten Sie Frau Gottlieb bitten, mich an mein Büro zu begleiten? Ohne ihr zu sagen, was... Sie mir mitgeteilt haben?

VII.
Das Büro, der einzige Ort in New York zum Alleinsein, hinter geschlossener Tür. Was immer man tut, wenn einer stirbt, es wird zum Vorwurf; Spiel mit Wasser und Flirt am Jones Beach.

Bei Gewitter setzte Jakobs Mutter eine brennende Kerze auf den Tisch und betete. Wir waren so eilig beim Durchsuchen von Minneapolis, wir ließen die vom weiten Mittagslicht zerfaserte Mauerkante und die Lichtfläche dahinter liegen im Glauben, es sei der berühmte Fluß, ohne ihn anzusehen. Es ist ganz richtig, kein Zweifel, im nächsten Jahr wollten wir Ferien machen in Finnland. Über die Alpen wollte er mit uns fliegen, wir waren verabredet in Rom. Nach protestantischem Glauben kann Gott sehen, was auf den Flugzeugen geschrieben steht. Das streitsüchtige Getön der Autohupen auf den Straßen Manhattans; wie hat man nur einst Heimweh haben können nach Geräuschen, die doch nur schlechte Manieren verraten. Außerdem beleidigen die diagonal aufsteigenden Flugzeuge das an Ordnung und Lotrecht gewöhnte Auge. Ein Kind sitzt bequem auf dem Boden, mit dem halben Rücken gegen die Wand, und hebt etwas, das senkt es mit zwei verbundenen, fast tonähnlichen Lauten. Ein Rhythmus, in dem ein müder Körper sich empfindet, unwillentlich, nur als Nervenschaltung im Gehirn, mit dem Gefühl völliger Verzweiflung, sinnlos klagend mit den beiden Lauten, die einander hinterher ziehen. Ein im Schwingen gehindertes schweres Pendel, kurz vor dem Zerbrechen, die Pausen verlängern sich unbeweisbar. Zu meiner Zeit flog man acht Stunden bis New York. Manchmal, wenn ich ankam in Hamburg, an sommerlichen Nachmittagen aus Kopenhagen, war das verbaute Licht im Paßraum mir wie eine Heimat. Wenn mir etwas gefällt, D. E. hœgt sich. Gesine! sagen Leute, mit beschwörendem Ton auf der zweiten Silbe, als wollten sie mich fangen mit dem Namen; D. E. macht das anders, das hör ich gern. Grot Marie is dot, Lütt Marie wartet auf D. E. »Min Döchting«; einmal. – Noch ein, Herr Apteiker sä de. Hets em ein smetn. Und die weiße Kugel, Knallkirschen ähnlich, die gefährlich auf das geschlossene Auge zufährt, den Blick schwindeln, das Gehirn mitschwingen läßt, manchmal auch angenehm so wie Vögel fliegen, weiße mittelgroße, Möwen vielleicht. Es gibt Leute, denen das Fliegen nur deshalb gleichgültig ist, weil die Situation den unverhofften Absturz ja paß auf und Ende des Lebens enthält, also in diesem Moment wie möglichst jedem die Forderung nach endgültiger Ordnung der persönlichen Verhältnisse, einschließlich des Todes. Die Träger einer solchen Haltung geben philosophische Beweggründe. D. E. flog nach

Athen, tief unter sich eine klitzekleine Fläche vorbereiteten Bodens inmitten einer unumgrenzten Wasserfläche, – Ob wir das wohl treffen werden? Ich sehe das mit den Helikoptern ein; dann wollen wir wenigstens unseren eigenen Krach hören. Kommt von einer Reise und weiß mit einem Mal auch noch etwas über den gotischen Ursprung der unter dem Jesuitenbarock begrabenen Kirchen von Prag. Gewiß war er da. Hat nachgesehen für mich. »Jan Hus und die Symbolfunktion des Kelchs für die Utraquisten.« Die Vorstellung: auf einem Flug über J.F.K. zu sein und den Flughafen nicht zu verlassen; das Kind das ich war. I expect to die very soon; would you permit me arrangements that would keep you cared for? At least on behalf of the child? Sah im Liegen den weißen Himmel zurückbleiben, gefegt von angedörrten Baumkronenspitzen. Du kannst schlecht leiden, D. E.! alles rechnest du um in Anlaß und Verantwortung, nach dieser Liste bezahlst du; dann vergißt du die Leute. – Warum soll ich leiden, Gesine? Ein Bus hat einen langen Atem. Flugzeuge mahlen Luft, stimmt's? Heut bin ich die Katze, die wartet auf den verschwundenen Gastgeber, eines Tages wie ich verschorft, von Eiter angebohrt, hinkend und blind auf einem Auge. MACHT DIE LUFT MANHATTANS SIE UNGLÜCKLICH? UNS DOPPELT. Seit einem Jahr hat der alte Amtston im Telefon aufgegeben, seit April 1967 erklingt nach der 9 ein glockiger, schnurrender fülliger Ton. Die Variationen für den Schüler Goldberg am Abend des Sonnabend, das war schon die Totenmusik für D. E.

VIII.

– Würden Sie aus der Leitung gehen, Mrs. Cresspahl? Wir haben eine internationale Anmeldung für Sie.

– Dies ist eine Probe. Dies ist eine Probe.

– Anita. Du, du rufst in der Bank an.

– Ich muß etwas mit dir besprechen, das wär mir zu gefährlich für die Ohren Maries.

– Indikativ, Anita.

– Flughafen Helsinki im Indikativ?

– Ich bekomme es gesagt.

– Ist es der deinige?

– Wenn ich es glaube, ist es der meinige.

– Möchtest du, daß ich hingehe nach Helsinki?
– Es gibt keine Überreste.
– Aber einen Todesfall.
– Anita, der reiste mit einem Zettel, auf dem stand in den vier Weltsprachen: zu verbrennen am Ort des Todes ohne Gesang Ansprache Predigt Musik whatsoever. Weißt du, damit er mir keine unnötige Mühe macht mit seinem Tod.
– Sag was ich tun kann.
– Komm nach Prag in zwei Wochen, da sind meine Ferien.
– Ty snajesh.
– Gib mir einen Rat.
– Weiß es Marie?
– Wenn ich's ihr sage, schmeißt sie um.
– Ich werde nachdenken bis morgen früh. Schaffst du es bis dahin?

IX.
– Well, Mrs. Erickssen!
– Evening, Wes.
– How's Mr. Erickssen?
– He is fine. Away, I'm afraid. But fine.
– What can I do for you, Mrs. Erickssen?
– A drink.
– Most certainly. But what kind of drink, that is the question.
– Something to pick me up, Wes.
– Mrs. Erickssen, with all due respect: could it be that you need something different to pick you up?
– Anything.
– I'll get you a taxi, Mrs. Erickssen.

X.
Am Riverside Drive, wie anders, ist Luftpost aus Finnland. Eine Karte vom Meklenburg Ducatus, Auctore Ioanne Blaeuw excudit, wo es unschuldig hergehen darf in der Geographie und der Muritz Lacus gleich vereinigt ist mit dem Calpin Lacus, der Fleesensee aber noch seiner Entdeckung harrt, wo dem Lande ein freundlicher gelber Greif ins Wappen gesetzt ist statt des Ossenkopp. Aber das Mare Balticum, an dem ist kein Zweifel, zwei Koggen befahren es voller Mut, und neben der golden eingefaß-

ten bunten Windrose über der Wißmerbucht steht zu lesen, wie sie heißen muß in Wahrheit: Oost Zee. Rechts oben im Norden ist Finnland zu denken.
Wenn man sich schminkt bis zur Ankunft von Marie und dann mit Blick aus dem Fenster sitzen bleibt; vielleicht läßt es sich überstehen.
Die Zeit ist noch eben richtig. Auf WRVR, 106.7 Kilohertz, beginnt *Just Jazz*. D. E. hat uns gebeten, das für ihn auf Band zu nehmen, wie werden wir denn das vergessen.

7. August, 1968 Wednesday

Es ist gelungen, Marie zu betrügen.
Denn das Kind schläft des Nachts, während die Mutter gegen zwei Uhr morgens einkaufen geht am Broadway, wo es alles gab: Haschisch, Heroin und Hiebe, aber keine Schlaftabletten. Auch das ist schon einmal vorgekommen: statt beim Frühstück zu helfen, bleibt die Mutter unsichtbar hinter verschlossener Tür, Marie verabschiedend in fröhlicher Tonart: Walk, do not run! A fall is no fun!
Aus dem Fahrstuhl tritt Robinson Adlerauge, in der Hand einen Brief, Luftpost, Eilboten, Marken aus Suomi. Der Text beginnt mit: Liebe Ilona! Danach ist »Ilona« durchgestrichen und ersetzt durch: Gesine. Deine Scherze, D. E.
In der Bank ist der Saal für die jungen Götter Wendell, Milo, Gelliston ausgeräumt, bis auf den Fußboden. Im Büro Cresspahl ist das Mobiliar zu einem Turm gebaut, unter einer Malerplane verdeckt. Das Telefon ist samt Anschlußkapsel verschwunden.
– Wir haben Ihnen telegrafiert: behaupten die Mädchen in de Rosnys Vorzimmer. – Hier ist der Durchschlag!
Dear Mrs. Cresspahl wegen Kabelschäden ist die Ihnen zugewiesene Sektion des Stockwerks gesperrt stop wir benachrichtigen Sie sobald Sie Arbeit wieder aufnehmen können stop keine Anrechnung auf Urlaubsanspruch stop have a good time
Die Angestellte Cresspahl ersucht um einen Termin bei Herrn de Rosny. Auf der Stelle. Gleich!
Selber schuld. Sie hätte daran denken sollen, daß die Fernsprech-

zentrale die internationalen Gespräche aufzeichnet. Aufzeichnen muß. Jetzt hat einer Anita und mich gehört, ein zweiter hat uns übersetzt, ein dritter hat uns in eine Aktennotiz getan, ein vierter hat uns drei anderen in Sitzung erläutert. Hrozebný, hrozivý, hrozící! Drohend, bedrohlich! Hrozím se toho, es graut mir davor! Hrozba trestem, Androhung von Strafe!
de Rosny läßt sich ausgeben als dringend beschäftigt. In den zwei Stunden trotzigen Wartens geht der Angestellten Cresspahl auf, daß ihr aus der Indiskretion immerhin eine pflegliche Geste erwachsen ist. de Rosny hat investiert in diese Angestellte. Für ihn wäre es tatsächlich ein kleiner Verlust, wenn sie kaputt ginge. Eine überlastete Maschine schaltet er für eine Weile ab. Dům hrozí sesutím, das wünschen wir ihm! Das Haus droht einzustürzen!
de Rosny gibt vor der Mittagspause einen Termin her: Montag, den 19. August, neun Uhr morgens.
Hroznýš, die Riesenschlange! Hrozitánský, ungeheuer!
– Meine Empfehlungen an den Herrn Vizepräsidenten: sagt die Angestellte Cresspahl. Sie sieht ein, er hat sich Mühe gegeben. Da haben mindestens sechs Packer an Schreibtischen schleppen müssen vor Tau und Tag. Wenn das ein Spiel ist, sie macht mit. Keinen Schritt werden wir hierher tun vor dem 19. August! Hrozná doba.
Bei Wes müssen wir uns entschuldigen. Wes verkauft Alkoholisches. Alkoholisierte sind ihm ein Ekel. Vielleicht hat Mrs. Cresspahl so ausgesehen gestern abend.

– Wes, auf ein Wort. Wegen –
– My dear Mrs. Erickssen! Keine Rede! Ein Barman ist ein Medizinmann! Sie brauchten ein Taxi, Sie gehörten ins Bett. So was seh ich mit bloßem Auge!
– Schicken Sie mir gelegentlich eine Rechnung, Herr Doktor.
– Die geht an den Professor, Erickssen kriegt die. A sweet man. Ein Ehemann, wie man sich einen nur wünschen kann.
– Attjé, Wes. Thank you kindly.
– Tun Sie mir die Ehre, Mrs. Erickssen.
– Am Mittag? Ohne Herrenbegleitung?
– Ihre männliche Eskorte, Mrs. Erickssen, das bin ich.

Hier hat D. E. Stücke seines Lebens verbracht, die er mochte. Hier waren wir zusammen. Hier ist der beste Platz, den Brief aus Finnland noch einmal zu lesen.
Auch auf den zweiten Blick sind es Nachrichten von einer Reise. Die finnische Neutralität. Der Hafen von Helsinki. Was hat D. E. da beruflich zu suchen!
Bis einem die »Ilona« noch einmal ins Auge sticht, keine Dame sondern eine Abkürzung, der Hinweis auf einen Kode. Bloß mit einem Stift von Wes und auf der Rückseite eines irischen Wettformulars, es ist knifflige Arbeit. Eine Maschine täte es in fünf Minuten, Mrs. Cresspahl ist für zwei Stunden aufgehoben in der Entschlüsselung von D. E.s ILoNa.
D. E. war abermals in Prag. (Aber doch mit keinem Paß, in dem mein Name stünde, Gesine.) Bei den Paßkontrollen im Flughafen Ruzyně tun wir also am besten, als hätten wir alle Zeit der Welt, da die jungen Männer hinter dem schußsicheren Glas unsere Dokumente lesen werden wie andere Leute Lyrik. D. E. empfiehlt uns das Halten eines Autos, denn mit der 22 zum Czernin-Palast, dem Außenministerium, es sei eine arge Tour, insbesondere wenn die Bahn in der Innenstadt gegen die lockeren Schienen haut oder bei Talfahrten auf eine südländische Weise gesteuert wird.
– Schreibt er immer so verzwickte Briefe? sagt Wes, als er nach einer halben Stunde der Frau seines Freundes Erickssen das Glas von neuem füllt. Und will die Frau Erickssens Flugticket für Irland gleich mitnehmen? das liegt nämlich bereit für ihn.
Am Czernin-Palast empfiehlt D. E. uns eine Weinstube u Loretu, mit Tischen im Freien. Schräg gegenüber eine Imbißstube, in der ein Onkel uns befragen wird, in einer ärztlichen Manier, nach dem Zustand unseres Schuhwerks, worauf er Marie Pantoffeln anpaßt und einen allenfalls gerissenen Sandalenriemen vernäht. Wein wird der uns anbieten, als wären wir in Italien.
Am besten also finden wir eine Wohnung in der Pariser Straße von Prag. Seit der Öffnung des Landes Č.S.S.R. für den kapitalistischen Tourismus 1963, unser Geld wird uns nett machen und liebenswert. Hüten sollen wir uns vor jungen Männern, die werden uns ansprechen ohne uns anzusehen, die meinen bloß unsere Devisen.

So würden wir vielleicht auf Handwerker bestechend wirken, aber wo du Farbe herkriegst, Gesine, einen Wasserhahn, ein Stück Fensterglas – da helf dir Gott. Wirst du wohl öfter nach Frankfurt reisen, in einer Luft-Stadtbahn, die selten verkehrt. Wenn du mal Zwiebeln brauchst. Aber wie wir dich kennen, hast du nach vier Wochen Freunde in einem Dorf, Gesine. Und damit ich dich besser fressen kann am Main, Gesine. À dieu, yours, truly –
– Eine Empfehlung an meinen Professor Erickssen! wünscht sich Wes zum Abschied, und begleitet Mrs. Cresspahl hinter seiner fünfzehn Meter langen Bar, bis sie den Ausgang gewinnt, im Rücken die ehrfurchtsvollen Blicke der übrigen Herren. War ein Ehrengast, war die Dame. Hat gegessen und getrunken auf Kosten des Hauses. Frau von einem Flugzeugkonstrukteur oder so.
Mrs. Cresspahl geht spazieren, den ganzen Weg bis zur Oberen Westseite. In der 42. Straße kommt sie vorbei an einem Laden, da gibt es den SPIEGEL zu kaufen; sie möchte dem alten Mann in der 96. Straße treu bleiben. – Hab ich längst für dich beiseite gebracht, Schwester! sagt der. Daß wie in deinen Lebenstagen/die Uhren gehn, die Glocken schlagen –
Am Riverside Drive ist de Rosnys Telegramm, unterzeichnet von Kennicott II; Radio WKCR bringt ab siebzehn Uhr *Jazz und die Avantgarde,* Kompositionen von Eaton, Monk, Tristana, Taylor, das überspielen wir auf Band für D. E. Es gibt Krankheiten, bei denen ist Musik lebensgefährlich.

– Mrs. Cresspahl, wir geben Ihnen Berlin.
– Gesine! Sprich! Laß mich deine Stimme hören!
– Hier spricht deine Schulfreundin Cresspahl.
– Sag das Datum, den Wochentag!
– Anita, was weinst du.
– Deine Stimme!
– Mittwoch. Siebenter August.
– Du bist es wirklich.
– Leider ja.
– Seit heute früh ruf ich an, alle Stunde, und immer sagt das Fernamt: der Anschluß ist abgeschaltet.
– Bauarbeiten in der Bank.

– Gezittert hab ich vor Angst!
– Anita, ich mach das anders als meine Mutter. Solange ich für ein Kind sorgen muß, versuch ich zu leben. Hab auch keinen Mann, dem ich ein Kind überlassen könnte.
– Du versprichst es.
– Ja. Bitte, deinen Ratschlag.
– Bleibt es bei Prag, mit Marie?
– Wenn es nach mir geht.
– Sie schmeißt um, wenn du ihr das sagst. Anfangs war ich dafür. Aber es fehlt der Sarg, den sie sehen kann.
– Und zehn Jahre lang wird sie gegen mich halten, daß sie es einen Tag zu spät erfuhr.
– Versuch es. In Prag, ab 20., da helf ich dir. Erlaubst du, daß ich nach Helsinki gehe?
– Wenn ich wüßte wozu. Da ist alles weg.
– Eben das will ich mir ansehen.
– Aber erst davon erzählen, wenn ich es verlange. Erst in Prag.
– Ty snajesh, Gesine. Was tust du heute noch?
– Was tut eine doppelte Witwe, die von ihren Beerdigungen beide verpaßt? Ich hör Musik.
– Das ist Gift, Gesine!

Wer da an der Tür kratzt, ist unser Robinson Adlerauge, der bringt zwei kostbar verschnürte Pakete, mit der Visitenkarte, den herzlichen Grüßen, der Wohnanschrift von Mrs. Collins aus Astoria, Queens. Gestern vormittag hab ich noch gelebt. Hinter Mr. Robinson erscheint Marie, begeistert und vorfreudig auf das Auspacken der Koffer. Nun geht das Lügen an.

– Warum trägst du indoors eine Sonnenbrille, Gesine? Indoors . . .
– Im Hause. In der Bank sind Handwerker. Hab ich mich am Auge gestoßen.
– Warst du bei Dr. Rydz?
– Bei einem anderen Arzt. Ich soll die Augen schonen so für drei Tage.
– Hast du Schmerzen.
– Ja. Und Tabletten.
– Ich habe mich gefragt –. Aber du bist müde?

– Frag du nur. Langsam, das bin ich.
– Wird es ein Abend wie sonst auch?
– Wollen wir etwas anders machen?
– Indem ich koche, obwohl du an der Reihe bist. Mir schwant, das war noch anders mit dem August 1951, als Cresspahl dich aus dem Weg haben wollte nach Wendisch Burg.
– Im Juli machte die Staatssicherheit Haussuchung bei Cresspahl. Der Vorwand war, daß er inzwischen viel Geld bekam für seine Arbeit, mehr als die Rente. In Wahrheit ging es dem Staat über den Verstand, daß er einem Menschen Unrecht zufügen kann ein zweites und ein drittes Mal, und immer noch hütet dieser Cresspahl sich vor dem Gesetz. Das andere, das fing früher an.
– Ist es etwas mit Jakob?
– Auch mit Jakob. Weil etwas umgekehrt galt: wie ich viele Leute, so haben ein paar mich gern gehabt.
– Da weiß ich einen, der reist in der Scandinavian –
– In der Finnair.
– und freut sich auf dich.
– Und auf dich. Weil du noch hübscher bist als ich.
– Gesine! Das Papenbrocksche Haar!
– Die Witwe Papenbrock, die war mucksch gegen das Haus Cresspahl. Denn als die Staatsmacht nach Alberts Tod seinen Stadtpalast samt Speicher einzog, wartete die Olsch auf die Einladung zu uns zu ziehen. Dafür riskierte Cresspahl keinen Finger. Wir hätten ja kirchliche Herrschaft ins Haus bekommen. Fuhr sie ab nach Lüneburg, da war noch übrig von Alberts Grundbesitz. Weil wir nun hofften auf einen letzten Abschied, brachten wir sie an die hamburger Eisenbahn. Die wollte mir wenig wohl, dennoch sagte sie wider Willen: Wenigstens hast du unser Haar.
– Und dein Busen, schön hoch angewachsen.
– Sieh an, Marie. Na, warte! Mein Busen, das war mehr eine Vermutung unter den jungen Herren von 1950, nackt hat den keiner gesehen.
– Das wünschten sie sich.
– Da war ich ungefällig, das hat meinem Leumund geschadet. Denn wenn einer vergeblich sich eine Geschichte träumte mit mir, so erfand er sich eine und erzählte sie umher.

– Das ist wie Unkraut.
– Das wächst nach. Einer war literarisch beschlagen, der steckte mir einen Zettel in die Tasche mit einem Zitat, das ging etwa so: »Nicht, daß Gesine mit einem Male ein zartbesaiteter, ein sensibler Mensch geworden wäre. Sie blieb, die sie war. Selbstbewußt und kleinmütig, gierig und feige, sehnsüchtig nach allen Dingen des ›großen und feinen Lebens‹, wie es nun auch noch in den Kinematographentheatern zu sehen war.« Bis ich das heraus hatte! Es war eine Gesine in einem Roman.
– Finde ich schade.
– Sieh einmal bei unseren Kochbüchern nach. Da ist eins aus dem Jahre 1901, verlegt zu New York bei Appleton and Company, »European and American Cuisine« heißt es, verfaßt von der Haupteigentümerin und Vorsteherin des Brooklyn Cooking College, was für einen Namen hatte die?
– »Gesine Lemcke«. Finde ich ärgerlich.
– Wie du heißen noch andere Kinder.
– Ich wünschte, du hättest deinen Namen für dich allein.
– Ich bekam ihn, weil Cresspahl einmal weggehen wollte über Land und Meer mit der Gesine Redebrecht aus Malchow. Du deinen von Jakobs Mutter.
– Eines stimmt ja. Selbstbewußt warst du. Bist du.
– Das ist leicht, wenn Jakob einen hütet wie seine Schwester.
– Keine Küsse nach der Tanzstunde?
– Auch damit hab ich gewartet.
– Soll ich was lernen?
– Du willst was erzählt. Auch gab es Verehrer, denen genügte es, wenn ich ungefähr von ihnen wußte. Einer saß fast vier Jahre in meiner Klasse. 1951 schrieb der an die Tafel: »›Effi Briest‹, für mein Gefühl sehr hübsch, weil viel e und i darin ist; das sind die beiden feinen Vokale.« Fontane.
– Du wußtest, wer.
– Und weil ich ihm nun einmal das Gewünschte vorenthalten mußte, gedenke ich wenigstens, seinen Namen zu verschweigen. Überhaupt ist mir, als würd ich nun ungenau sein mit Namen. Denn wenn Cresspahl an Knoop ein dänisches Geschäft gescho– vermittelt hatte, wird auch Gesine zum Begießen eingeladen auf ein Boot, eine Jacht im Hafen von Wismar. Wir wollen dem Menschen keinen Ärger machen wegen seiner unpatriotischen Händel

mit dem kommunistischen Deutschland; aber bedanken kann ich mich für eine Reise zu Schiff nach Dänemark.
– Vorbei an der ostdeutschen Seekriegspolizei.
– Die hatte 1950 noch keine Mauer schwimmen im Meer. Ein dänischer Segler kann alles, macht alles, der schmuggelt auch ein Mädchen an Bord. Solange Cresspahl das wußte, solange es abging im ordentlichen Ton zwischen junger Dame und älterem Herrn, (um die dreißig), ohne Kuß auf Wange, wollt ich recht gern navigieren lernen.
– Gesine, du warst mit Siebzehn auf Ferien in Dänemark! Deswegen hast du mir Bornholm gezeigt!
– Da hieß es den Mund halten. Was aber ein mecklenburgischer Segler ist, der redet mal gern über den Durst; der Teufel soll den holen. So hing noch eine Geschichte an mir, und es war bloß Glück, daß die Kripo außen vor blieb.
– Da wohnte ein Junge über der Apotheke.
– Kein Name. Aber daß es mich Mühe gekostet hat, dem weis zu machen: wenn er sich verkuckt in eine, die denkt sich längst vergeben, so ist das allein seine Geschichte. Benahmen sich ja gelegentlich, als hätten sie ein Recht auf einen, die jungen Herren.
– Selbstbewußt.
– Und mag es übertrieben haben. Ich ging gern tanzen, wegen der Bewegung –
– Und weil man gern tut was man gut kann.
– statt wegen der Hände an meinem Rücken. Wenn da zwei sich in die Haare kriegten über mich, so ließ ich die beiden das austragen unter sich; ohne daß ich zugesehen hätte. Ich war doch kein Besitz und Stückgut! Noch eine Geschichte über die Tochter von Cresspahl. Es verwechselt ja auch Mancher seine Sehnsüchte mit denen von anderen Leuten. Die Wahrheit ist: Hoffnungen hab ich keinem gemacht. Solche beklommenen Blicke, die waren mir zuwider.
– Und die Übernachtungen bei Pagenkopfs.
– Und daß Lockenvitz nach Jerichow kam, als er Freundlichkeit noch zeigen konnte, bis zum Morgen blieb. Es kam ja vor, daß ich zu nächtlicher Zeit mit drei Männern unter einem Dach war.
– Pagenkopf, Lockenvitz, Cresspahl –
– Und Jakob. So ist es richtig; den halten wir uns beiseite. Aber

Jakob war es, der meinen guten Namen verteidigen wollte auf der Stadt-, der Stalinstraße von Jerichow. Ich weiß nur, daß er blutig nach Hause kam; am nächsten Morgen war ich auf die Bahn gesetzt in den fernen Südosten Mecklenburgs, zu Besuch bei den Niebuhrs. Was war Klaus verblüfft, daß ich mit einer H-Jolle umgehen konnte wie ein Mann! Der aber, zu meinem Glück, hatte sich schon zusammengetan mit der Tochter von den Lehrer-Babendererdes, Ingrid ist das. Die andere Ingrid; du denkst Bøtersen. Vier Wochen mit den beiden auf dem Oberen und dem Stadtsee von Wendisch Burg; dann schickte Cresspahl Wort. Gleich hatte ich heraus, was sie alle vor mir verstecken wollten in Cresspahls Haus: Jakob saß achtzehn Tage im Keller unterm Landgericht Gneez, wegen Körperverletzung.

– Für mich hat auch schon mal ein Junge sich geschlagen.

– Ist es ein erfreuliches Gefühl?

– Wenn mich einer beleidigt, möcht ich das lieber selbst hinbiegen.

– Siehst du. Und Jakob war nun ein paar Jahre lang vorbestraft.

– Hat er das noch oft gemacht, eine Schlägerei?

– Sei unbesorgt, Marie. Aus dem einen Mal haben wir beide was gelernt. Tanzen ging ich bloß noch zu Klassenfesten. Ich möchte mein Benehmen mit den Herren seit 1951 geradezu makellos nennen.

– Ist das das »Prünen«, das du vorführst?

– Das ist prünen. Mir ist mal ein Salonwagen angeboten worden! Von der Bundesbahn einer!

– Wie Hitler einen hatte, was. Du lüchst, Gesine!

– Hitler war ja unvermögend. Klaute vom Staat. Kannst schon glauben, ein leibhaftiger Millionär führte mich auf den Berg, zeigte mir die Reichtümer der Welt und sprach: Dies alles ist dein. Der Berg war der Bahnsteig Drei auf dem Hauptbahnhof von Düsseldorf, und DiesAllesDein war ein Ding, in dem mochte Hitler mal seine Anfälle spazieren geführt haben. So ein verbauter Schlafwagen.

– Du und ein Millionär.

– Wenn ein wohlhabender Bürger der U.S.A., und er versteht sich mit seiner Regierung, dann darf er schon mal in den Wald bei

Mönchengladbach und ansehen, wie seine Army für die Verteidigung von Westeuropa arbeitet.
– Statt dessen fällt sein Blick auf eine Sekretärin mit papenbrockschem Haar, die hält sich nett und bescheiden an ihrem Tisch, ist auch geschickt an der Schreibmaschine, hat einen gindeganten Pullover an aus Jersey, der bietet er, mit Erlaubnis ihrer Vorgesetzten, den bescheidenen Wohnwagen an, in dem er durch Bundesdeutschland reisen muß, weil die Eisenbahnen der Staaten darniederliegen.
– Neid ist eine schlechte Eigenschaft für eine Bank, Marie. Eine Botschaft von de Rosny him-self.
– Angesehen hätt ich's mir, das Ding.
– Was sollte denn da sein. Eine etwas beengte Vierzimmerwohnung, Geschirrschrank wie im Segelboot, Zugtelefon, Fernschreiber.
– Gemälde an der Wand. Gerahmt. Und sieben Gästezimmer.
– Eines; meist besetzt vom Diener, der auch kocht, wenn der Chef ein Diner gibt. Sonst: Doppelbett. Das wäre, nach einem halben Jahr Rumkutschierens, eben der Preis gewesen.
– Hätte er dich geheiratet?
– Nach zwei Jahren wäre mir eine Abfindung sicher gewesen. Der fährt immer noch täglich von München nach Hamburg oder zurück. Wenns ihm gut gehn soll, ziehen sie ihn mal durchs Ruhrgebiet statt immer rein nach Frankfurt und raus aus Frankfurt. Noch von Wunstorf aus können sie ihn ankoppeln an den D nach Regensburg. Hat mir übrigens vergeben.
– Darf ich mal fragen nach Taormina?
– Mit dem bin ich mal gern gereist; da war eine Unterhaltung zu haben bei Tische. Auch tat er, als wolle er begreifen, daß ich tu, wonach mir ist, statt meinen Hormonen oder Drüsen zu gehorchen. Reichlich viel bildet der sich ein auf Übernachtung in Taormina, in getrennten Zimmern.
– Und dann kam der auf den du die ganze Zeit gewartet hast.
– Dann kam Jakob.
– Da warst du – dreiundzwanzig.
– Und ein halbes Jahr. Da du von schön ansetzenden Busen redest, sollte ich dich ein wenig warnen. Es gilt heutzutage als ein wenig lächerlich, daß eine Frau so lange sich Zeit nimmt. Es wär dir gewiß unrecht, daß die Leute lachen über deine Mutter.

– Gnädige Frau, ich bitte Sie. Alle meine Gespräche mit Ihnen unterliegen einer unbedingten Vertraulichkeit! Und wollen Sie sich ganz wie zu Hause fühlen; obwohl ich mich zurückziehe. Sie dürfen die Variationen für den Schüler Goldberg spielen so lange Sie wünschen, und das Quodlibet zweimal.

Noch nie Zeitung gelesen um Mitternacht. In Ostdeutschland hören die Presse und die Sender urplötzlich auf, die Tschechoslowakei mit ihrem Dreck zu bewerfen. Zwar unterschlagen sie, daß der Sachwalter ausgebuht wurde in Bratislava, auch angeregt: Damoi! ab nach Hause! Von Amtes wegen heißt es: »Vorüberkommende Passanten winkten und riefen ihm wieder und wieder nette Grüße zu.«
Gestern abend ist das Radar in Islip auf Long Island ausgefallen, das die Flugrouten rund um New York bewacht. Mehr als hundert Minuten lang hingen Flugzeuge über J.F.K. in der Luft, Landung verwehrt.
Wir fliegen auch bald. Doch Zeitung gelesen nach Mitternacht, oft! Aber auf Ortszeit Europa. Wenn wir nach Hause gekommen waren.

– What kind of a caller are you? Cant't you dial the time number first?
– Entschuldige, Gesine. Ich bin es nur. Anita.
– Das ist recht.
– Ich hab mich verrechnet um eine Stunde. Bist du –
– Ich bin wie es heißt O.K.; auf deutsch wär das anders. Im Augenblick ist gerade das Schlimmste, daß D. E. von Jakob doch wußte. Daß ich einzig mit dem hab leben wollen, und ihn noch bei mir habe. Die Herren möchten doch gern die einzigen sein, und womöglich die ersten.
– Vielleicht war er kein dummer Herr. Für was deine Anita ist, ein guter Mensch.
– Ja. Aber daß er gewußt hat –
– Er war ganz einverstanden mit den sechs Jahren in deiner Nähe. Wiege das einmal mit.
– Anita, eine Weile brauch ich das noch. Daß du mir zuredest.
– Ty snajesh.

Eine Todesnachricht überbringen.
Auf D. E.s Strecke nach New Jersey fahren schon die angedrohten Busse: das Unterdeck ist in seiner Gänze höher als der Fahrersitz; Rauchen verboten. Die Fensterscheiben so tief bläulich getönt, die Gegend kaum sichtbar. Dafür Erinnerungen. – Oh, you can't buy memories! hat einmal Esther ausgerufen. And you can't get rid of them, either.
Der Bus kommt aus dem Tunnel südlich von Hoboken. Da nahm vor Jahren D. E. das Kind und mich mit in ein Apfelsaftgeschäft am Hafen, da aßen die Männer Muscheln, aus Steingutschüsseln, und die Schalen warfen sie in das Sägespanmehl auf dem Boden. Marie betrachtete ihn ernst, ihren gastgeberischen Freund. Denn damals war sie noch ein Kind, das nahm zwar von einer fremden Dame im Bus ein Bonbon an, reichte ihr nach Verzehr das Bewickelpapier zurück; to keep our city clean. Wie hat sie sich gefreut, als er den Ruck aus dem Handgelenk vormachte, mit dem sie ihre Schalen gegens Paneel knallen durfte! – Zack! sagte D. E. Spaß hat er wohl gehabt mit uns.
Südlich Newark. Nach Newark lud er uns mit einer Ortsbeschreibung: Newark besteht an einem Sonntagnachmittag aus einer Kirche, die von anständigen Bürgern mit gefaßter Miene verlassen wird. Es wäre auch eine Statue auf der Rückseite des Bahnhofs zu nennen, die weiß und schmalzig das Andenken der ersten Bürgerin der Vereinigten Staaten verewigt, die jemals und bisher heilig gesprochen wurde: Frances Xavier Cabrini. Die Hauptstraße heißt Broadstreet, ist mit vierhundert Schritten zu erreichen, benimmt sich wie die lokale Idee von Downtown (zu singen), und ist der Schauplatz einer Parade, die polnische Bauernkleidung karikiert. Das heißt P.A.T.H., das sollte doch bekannt sein. Van Cortland Straat, dann links. Yours, truly, D.E.
Bei klirrendem Eiseswetter sind wir zu D. E. gefahren, unter dem Hudson hindurch in eine verschorfte, mit unverweslichen Abfällen überladene Landschaft an verfaulenden Flusses Rand. In Newark hatte D. E. seine polnische Parade zu zeigen, mit exakt marschierenden Teilnehmern von dunkler Hautfarbe; danach einen Keller, in dem Erbsensuppe serviert wurde mit Schinkenstückchen, à la Mecklenburg. Wie war Herr Professor Dr. Erich-

son zufrieden, als wir die zweiten Teller bestellten! Was hat es ihn amüsiert, daß eine Mutter eben den Augenblick weiß, da einem durchgefrorenen Kind im Warmen die Nase zu rinnen beginnt; vertrauensselig steckte Marie ihr Gesicht ins bereit gehaltene Taschentuch. Gefreut hat D. E. sich über uns, das auch.
Es ist eine unwirsche Frau Erichson, die einen Flügel öffnet in D. E.s gediegenem Bauernhaus. Steif die Miene, steif gesträubt die glatten weißen Haare unter ihrer schwarzen Reiterkappe. Schwarz die Jacke, die Hosen, die Stiefel, die Schleife im Blusenkragen. Sie hat schon einen Besuch gehabt an diesem Tag, von Herren zu zweit in sportlichen Jacketts, die holten etwas an einer Kette aus der Hosentasche und versteckten es gleich wieder, als hätten sie ihr es in der Tat gezeigt. Die wünschten das Arbeitszimmer D. E.s zu besichtigen, auch wohl ein wenig zu durchwühlen; denen hat sie die Tür gewiesen. Nun ist sie unmutig, ein wenig ängstlich. Denn in einem fremden Lande, man müßte den Abgesandten der Behörden Folgsamkeit erweisen, was sagst du, Gesine?
Daß sie nach ihren Rechten gehandelt hat, sie hört es erleichtert. Widerstrebend, denn sie hat zum Reiten wollen, führt sie den zweiten Besuch des Tages über den Flur, öffnet die Tür zur Küche, läßt erstaunt sich ins Wohnzimmer geleiten, in einem Sessel sicher unterbringen, damit sie vor Sturz gesichert ist in dem Moment der Neuigkeit, daß ihr einziger Sohn, die Mitte und der Stolz ihres alten Lebens, angeblich und nach Hörensagen in Nordosteuropa zu Tode gekommen ist in einem Fluggerät, das zu bewegen er seit vier Jahren versteht. Sie sitzt wie bereit für eine Hinrichtung. Es folgt der Schlag, das Knicken im Nacken, das Absacken des Körpers, der ihn verkleinert.

– Glöwst du dat, Gesine?
– Ick sall. Ick möt.
– Verbrennt un inbuddelt un nu nicks mihr?
– Hei wull dat so.
– Nu kannst mi ook ünner de Ierd bringen.
– Du liwwst noch lang. Wierst ünnerwægens un wullst ein Pierd dat Fürchtn liehrn. Du möst up sin Såkn uppassen.
– Ick hew doch Post von em, schræwn' an Sündag!
– Stempelt.

– Schræwn, sühst?
– Ick seih't. Œwe dat is din Sœhn sin Rechtsanwalt, de seggt –
– Hast den Erbschein bei, Gesine?
– Nu låt dat doch.
– Du warst ne oll Fru dat Hus låtn.
– Kannst biholln alltied.
– Gesine, bist schwanger?
– Bin'ck nich.
– Det di dat leed?
– Wo kann ick no eins n Kind uptrekken åhn em.
– Lütt Marie, wo höllt se't ut?
– Ick hew Angst, ehr dat to –
– Kœnt ji bi mi lewn kåmn?
– Wi mötn na Prag.
– Hei is man ebn dot.
– Hei harr dat so wullt: ierst de Såk farrich makn.
– Jå. So is hei. Un wenn ji Prag dœrch hewt?
– Marie möt in de Schaul. Kåm du doch na New York.
– Dat is so wiet wech von em. Wat, du geihst?
– Butn töwt dat Taxi. Ick möt den Bus kriegn. To Hus töwt Marie. Kannst doch mitkåmn.
– Né. Denn gå ick ridn.

Im Frühjahr 1951 meldete Robert Pius Pagenkopf sich zur Bewaffneten Volkspolizei, zum Aero-Club in Cottbus. Er war der einzige unter den dreihundertsiebzig Oberschülern zu jener Zeit; neuerdings verließen viele die Schule nach der Elften Klasse, deren Abschluß viele Eltern noch für gleichwertig hielten mit dem Einjährigen von ehedem. Die entschieden sich für den deutschen Westen, meist ohne viel Ahnung, daß sie dort einer Wehrpflicht in die Arme liefen. Pius stellte sich auf die andere Seite. Da wir eben bloß taten wie ein Ehepaar, hatte er dies für sich allein entschieden.

Ick wull allein sin, Gesine.
Pius, wenn ick je din Rauh stört hew –
Låt man Gesine. Du wierst richtich fœ mi.
Pius, ich harr –
Is doch gaud. Bloß daß ich die Mädchen später messen werd

an dir, und das war zu meinem Schaden. Heiraten is schlecht, Gesine.

Hest mi allein sittn låtn, an unsn Tisch.

Nach dem Abitur wärst du deine Wege gegangen, an meinen vorbei. Die Trennung sah ich voraus, da schnitt ich lieber selber.

Um allein zu sein.

Gesine, alln dissn Schiet und Friedenskrampf, da hatten sie doch recht, die Zwillinge Sieboldt und Gollantz.

Als ob es keinen Politunterricht geben würde bei der Armee.

Da ist es Dienst, Gesine. In der Armee muß *der Vorgesetzte mir glauben, was ich ihm aufsage, und keiner im Glied darf zweifeln,* daß *ich das glaube. Dann ist das Zwinkern weg, das kaputte Lächeln, das deine Lüge überführt und belobigt in einem. Dann darf ich denken was ich will, und keiner wird es erfahren.*

So hast du nie mehr einen Freund, Pius.

Ich dachte du bleibst mir, Gesine. Das ist uns ja gelungen.

Und was hattest du dir vorgenommen für den Fall eines Krieges?

Dazu mußte ich an jene Stelle, wo auf den Knopf gedrückt wird. Denn was ich schließlich anfange mit der Maschine, das bestimme ich als Kommandeur allein.

Drei ganze Jahre umfaßte Pius' erste Verpflichtung; um unseren Tisch hing ein kalter Glanz, von dem blieb viel übrig für die Schülerin Cresspahl, während sie das letzte Schuljahr allein absaß in der Zwölf A Zwei, in einem viel kleineren Zimmer im dritten Stock, eine von fünfzehn, allein an einem Tisch, mit Fensterblick auf Dom und Hof. Wir redeten Pius zu, doch zu bleiben bis zum Abitur. Selbst seinem Vater, dem verdienten Funktionär in der Parteiverwaltung von Schwerin, so reichlich für sein Ansehen die neue »gesellschaftliche Betätigung« seines Sohnes sich nutzen ließ, sie machte ihm Angst. So kann man einen Sohn verlieren. Helene Pagenkopf blieb Wochen lang am Weinen; wenn Pius die Frau in den Arm nahm und ihr die Schultern streichelte, war zu sehen wie groß er nun gewachsen war. Sechs Fuß war er hoch, und dann noch ein paar Zoll. Wenn wir ihm sprachen von den Vorzügen einer abschließenden Bescheinigung für Kenntnisse in

den Wissenschaften des Geistes und der Natur, lächelte er, weil wir daran noch glaubten. Daß die Wissenschaft vom Gebiß des Pferdes, zum Beispiel, einem Schüler behilflich sein könne im späteren Leben, etwa. Was er an Physik je benötigte in kommenden Jahren, die Luftwaffe würde ihn damit versehen. Der Schüler Lockenvitz beneidete den Jugendfreund Pagenkopf um das Taktische an seinem Einfall; weniger die Sache selbst, die war ihm verschlossen, seiner Augen wegen. Dennoch redete er Pius zu, den Wert eines Großen Latinums zu bedenken, anerkannt bei den Universitäten aller Länder; dann blickte Pius streng, hielt die schwärzlichen Augenbrauen starr, als fühle er sich belästigt.
Pius' Entschluß, er vergoldete die Lernziele der Neuen Schule so einmalig, so rar, er hätte es sachte angehen lassen dürfen mit dem Lernen und dennoch ins Abgangszeugnis die Noten bekommen, auf denen er im Januar stand. Aber Lässigkeit und Pius, das waren zwei verschiedene Eigenschaften. Pius hielt sich an das Pensum, und damit die Schülerin Cresspahl in der Gewohnheit des Arbeitens, das das Lernen sein soll in der Jugend. Nur wußte er seine Zukunft, das gab ihm einen Blick weit über die Schule hinaus. In einer neunten Klasse 1951 veranstaltete die F.D.J. einen Wettbewerb im Verkaufen ihrer Zeitung, der *Jungen Welt*; den Preis gewann ein findiges Bürschchen, das seinen Packen bei Fischhändler Abel in der Straße der Nationalen Einheit absetzte, wobei er zwar zuzahlte, aber doch die Belästigungen von Passanten vermied. Es war Tagesgespräch an der Schule. Pius zuckte die Achseln. Dann kam man sich vor wie ein Kind neben ihm. In der Elf A Eins gab es einen Jungen namens Eckart Pingel, der bekannte im Fach Gegenwartskunde: In der Sowjetunion haben sie auch die größten Schweine! Nun sollte er einen Knopf runter kommen in der Klasse; Bettina Selbich beantragte ein Disziplinarverfahren. Nur war Oll Pingel kein beliebiger Vater, sondern Sägemeister bei Panzenhagen, proletarischer Adel; unter den Arbeitern von Gneez wurde besprochen, daß Pingel sein Eckart von der Schule geschmissen werden soll, bloß weil er die Wahrheit gesagt hat. Deswegen durfte er sich vor der Lehrerkonferenz herausreden auf die sowjetischen Zuchterfolge am gemeinen Hausschwein. Bettina sagte ihm die Ausflucht auf den Kopf zu; jetzt konnte er vorlesen aus dem Lehrbuch, das seine Klasse ihm aufgestöbert hatte (seine Schulklasse). Zwar vermied Eckart Pin-

gel, seine wissenschaftliche Erkenntnis zu oft zu wiederholen; es war doch von ihm bekannt, und er trug es wie einen Ruhm, daß er zuerst darauf gekommen war. Pius lachte auch, aber indem er bloß Luft durch die Nase stieß; das nahm sich geringschätzig aus. Schale um Schale fiel seine Zugehörigkeit zu uns von ihm ab; er blickte uns an aus einer Ferne, fast war er erwachsen. Es gab Abende, die verbrachte er im Dänschenhagen; zwar ohne es seiner Mutter zu sagen, aber auch ohne das eigens zu verbergen. Danach veränderte sich sein Körpergeruch; zu seiner stillen, brauenhebenden Verwunderung begann seine Freundin Cresspahl, ihre Morgentoilette um Parfüm zu erweitern. Pius war des weiteren Gast in Lokalen der Eisenbahner von Gneez, auch im Lindenkrug, wo die Schaffnerinnen schon mal auf den Tischen tanzten. Für die Versammlung zum Abschluß des Lehrjahres 1950/51 schlug Gabriel Manfras vor, die Schulgruppe der F.D.J. solle den Jugendfreund Pagenkopf aus ihrer Mitte zum Dienst bei der bewaffneten Polizei *delegieren;* Pius betrachtete ihn aufmerksam so lange, bis Manfras, dem der Mumm zu solchem Dienst abging, ein Mal doch rot wurde im Gesicht. Pius wurde von den Schülern und der Lehrerschaft *verabschiedet.*
Ging nach Cottbus zur militärischen Grundausbildung, wurde aufgenommen als Flieger, befördert zum Gefreiten und Unteroffizier; einmal unterschrieb er sich als »Fahnenjunker«. Die Frau Selbich blieb noch der Zwölf A Zwei als Klassenlehrerin erhalten und durfte der Schülerin Cresspahl die Anregung erteilen, doch mal zwecks Erbauung am patriotischen Vorbilde Pagenkopf was vorzulesen aus seinen Briefen. Die hatte Lust dazu. Denn Pius erzählte darin, wie »in unserem Betrieb« die Postzensur gehandhabt wurde: der Rekrut hat seinen Privatbrief offen in der Wachstube auszuhändigen. Dann sieht er sich vor mit dem, was er zu Papier bringt. Was er noch lernen muß: die Genossen Unteroffiziere lesen einander den Inhalt eingehender Briefe mit Lust und Anmerkungen vor; da ist es schlimm, wenn statt der Mutter eine andere Frau geschrieben hat. Auch bei der Mutter kann es erbärmlich zugehen, so wenn sie von Sorgen schreibt um ihr Kind, das nunmehr entlarvt ist als ein Muttersöhnchen. – Wenn du auf die Altgedienten hörst, so ist es bei uns ärger als beim Barras: erzählte Pius schriftlich; der gab seine Nachrichten, entgegen einer Dienstanweisung, auf einen zivilen Postweg. Gerne wollte Ge-

sine das öffentlich zum Vortrag bringen, als Beispiel für stalinistische Wachsamkeit. Aber sie ahnte, Bettinchen werde ihr den Brief aus der Hand nehmen, hatte sie ihn einmal in die Schule getragen; darin standen auch Anreden wie das russische Wort für »kleine Schwester« (Pius war anderthalb Jahre älter); sie stritt einen Briefwechsel ab.
Mit ihren eigenen Briefen nach Cottbus ging es Gesine verlegen. Einmal, sie mußte die gewohnte Anrede vermeiden, da sie ihm sonst das beim Barras verschlimmerte Gewicht seines Spitznamens um den Hals gehängt hätte; für sie war er nun einmal Pius, Robert und Rœbbing für die Mutter. Zum anderen, wie konnte sie erzählen in einem Brief, dem Durchsicht bevorstand, daß drei »Bürgerliche« aus Gneez auf einen Kursus zwecks sozialistischer Ausrichtung geschickt wurden, deshalb mißtrauten sie einander. Als sie aber ihr Zimmer in Schwerin betreten hatte, verhängte einer das Schlüsselloch, hielt der zweite den Rücken gegen das Fenster, berieten beiden den Dritten bei der Suche nach den Mikrofonen; einträchtig, verschworen kamen sie nach den vier Wochen zurück nach Gneez, bestätigt als Steueramtmann, Molkerei-Direktor, Personalchef bei Panzenhagen. Ein ganz neues, zwar in den Grundzügen bekanntes, Netz aus Beziehungen zog sich über die Stadt; jetzt ist es gelegentlich unnütz, daß einer den anderen kennt seit so Stücker zwanzig Jahren: wie konnte sie das schreiben, ohne ihm seine Bewertung im Politunterricht zu vermasseln auf ewig und drei Tage? Deswegen war sie erleichtert, wenn er noch einmal wissen wollte, was aus einem Fischhändler Abel in England wird: Able, worauf er sein Ladenschild ändert in Ebel, worauf die Leute sagen: Ible, worauf und so fort; auch froh. Denn sie verstand, daß er nun wieder unterwiesen wurde im Englischen und in einem Notfall umsteigen konnte auf zivile Luftfahrt. Daß die ganze Familie Pingel nach Eckarts »Einjährigem«, über die Schule verärgert offenbar, in Richtung Westen abgehauen war, das war wiederum unpassend. Am liebsten war ihr, er kam zu Besuch, ging mit ihr um den Stadtsee und hatte ihr etwas mitgebracht. Denn Cresspahl war wieder imstande, sich zu besinnen auf väterliche Erziehungsgewalt, und hatte bei den Tabakhändlern von Jerichow bis Gneez mit privaten Drohungen ein Verbot erlassen, je seiner Tochter was zum Rauchen zu verkaufen. So kam Pius an mit Zigaretten aus China, deren Marke

hieß »Tempel der großen Freude« (in Pius' Esquadrille konnte Einer sich melden zum Dienst in jener Volksrepublik). Davon gibt es eine Fotografie, unsere einzige.
1953 nahm Gesine Cresspahl Wohnung im Hessischen, im Westen, und war besorgt, sie könne Pius auch bei diesem Umzug verloren haben. Denn sie durfte von Pius befürchten, er habe solche Freizügigkeit mißbilligen gelernt; auch war ihm ein Briefwechsel mit Leuten im feindlichen Ausland sicherlich untersagt. Rostfrei war die alte Freundschaft! denn Pius richtete seine Briefe nach Hause nunmehr an »Meine Lieben«. Darin war Gesine eingeschlossen; hätte doch Helene Pagenkopf Schriftzüge von ihres Sohnes Hand lieber behalten als sie gehorsam weiterzugeben an Röbbertin sin Gesin. 1954 verlängerte Pius seine Verpflichtung, wurde Berufsoffizier, zu Weihnachten Leutnant, und Gesine klagte ihrem Robertino, zu dieser Anrede hatte sie sich durchgerungen, wie schwer sie sich tue mit ihrem Englisch in einer amerikanisch besetzten Provinz. Inzwischen hatte Pius die Grunzochsen gut genug im Griff, die YAK 18 zum Üben, die YAK 11 zum Können, durfte zurückkommen aus der Sowjetunion; Dienststellung in Drewitz: Flugleiter (stellvertr.). Gesine schickte an die bejahrte Frau Pagenkopf einen klitzekleinen Rasierapparat, wie ein junger Mann ihn brauchen kann; Pius flog nunmehr die MIG 15, im Verband, einmal auch einzeln, weswegen er 1955 in die Leitung der Sprungausbildung versetzt wurde. Gesine sah das an auf eine Degradierung, Pius als »gegroundet«; so hieß das, wo sie nunmehr arbeitete. Das kann einem passieren aus gesundheitlichen Gründen oder zur Strafe. Da war's ihr recht zu hören, daß er unverwundet war; allerdings hindurchgeflogen unter der Autobahnbrücke über den Großen Zern-See. Endlich vergab ihm sein Regiment; Oberleutnant in Merseburg.
Im Januar 1956 gestand der Sachwalter Ostdeutschlands ein, daß er junge Leute noch zu anderen Zwecken im Fliegen ausbilden ließ als aus deren Lust daran; jene Clubs der Bewaffneten Volkspolizei gehörten nun zu einer Nationalen Volksarmee. Als ob ein Volk so für sich allein des Nationalen ermangele. Ein halbes Jahr später fragte die Luftwaffe der Roten Armee, heute heißt sie die »sowjetische«, bei den Untergebenen in der D.D.R. umher, welche Piloten sie abzugeben hätten; sie sollten durch fliegerisches Können so aufgefallen sein, daß man sich das merkt. Die Kartei-

karte des Genossen Pagenkopf, denn diese Eigenschaft war nun sein, wurde herausgezogen aus den Meldestellen von Gneez und anderswo; die Angaben zu seiner Person waren nun gebunden in den »begehrtesten Paß der Welt«, den mit dem Wappen der Sowjetunion. Gesine versandte wenig Anzeigen von der Geburt eines gesunden Mädchens im Juli 1957; Pius schenkte dem Kind eine Puppe in der Puppe in der Puppe, mit Gebrauchsanweisung: die allerinnerste, die zu öffen unmöglich ist, nennen sie hierzulande die Seele. Der Major Pagenkopf fing noch einmal an mit einer Grundausbildung: auf der MIG 21 A, B und C, damit er sich versuchen konnte an der MIG 21 D, einem Abfangjäger, einsatzfähig in jedem Wetter (Name bei der N.A.T.O.: »Fishbed«). Auch Gesine machte eine Lehre, ausführlich und streng, bei einer Bank in Düsseldorf; Pius befaßte sich mit einem SU-7 (»Fitter«), einem schweren Jagdbomber, geeignet für nukleare Aufgaben. Auf den Fotos steht er nun immer allein, ein junger Mann in einem Maßanzug, der britisch anmuten soll; blickt hochmütig, aus einer Ferne; für einen Unterleutnant ein Vorbild, für einen ostdeutschen Offizier eine Respektsperson. Denn die Luftwaffe der D.D.R. ist der Luftverteidigung der Sowjetunion unterstellt; die bekam keinen »Fishbed«. Pius als Geheimnisträger; er teilte von sich mit als Auffassung, der Kaukasus weise doch weniger Ähnlichkeit auf mit dem Grunewald als Göring behauptet habe, ein Luftmarschall von ehedem; Gesine durfte verstehen, daß man ihn nun auch in der Geschichte des Krieges unterwies, gegenwärtig demnach mit der Schlacht von Stalingrad. Gesine wurde in die U.S.A. spediert, die fortgeschrittenen Tricks in der Vermehrung des geliehenen Geldes zu erlernen; ungerührt fragte Pius »meine Lieben« nach den Abenteuern Maries im Amerikanischen. Wenn Düsenjäger knallten über Westberlin, die Bevölkerung einzuschüchtern, saßen darin andere als Pius; der war ein Testpilot, wertvolles Material, als Kader gehütet. Ärztliche Untersuchung alle vier Wochen, Kuren in den Sanatorien, die reserviert sind für Leute vom Minister aufwärts. Und unerreichbar. Anita, mit all ihrer Geschicklichkeit im Reisen, sie hat ihn lange gesucht in der Sowjetunion und doch nie lebend zu Gesicht bekommen. Der konnte nun das o sprechen wie ein Moskauer. Gesine flog aus ihrer ersten Arbeit in Brooklyn Knall und Fall; Pius probierte, was noch zu verändern sei am SU-9 (»Fishpot«), einem Jäger mit ei-

ner Höchstgeschwindigkeit bei Mach 2; der N.V.A. vorenthalten. Vielleicht unterließ er deshalb Besuche in der Heimat. Als er nach Hause gekommen war, wußte das Gerücht von einem mitternächtlichen Auftreten Pius' bei seiner Mutter, 1962. Als der Präsident Kennedy ermordet war, schrieb Pius einen Brief, der sollte eine Gesine in New York City trösten. Der Form halber, abschätzig, erwähnte er »meinen Lieben« eine kurze Ehe mit einer Masha, einer Marie. Der war endgültig allein. Kam nun dieser Mensch zu sich selbst in seiner Arbeit? Die letzte war die an einem TU-28, einem Jäger für lange Strecken jenseits der Geschwindigkeit des Schalls; eine Maschine von dreißig und einem halben Meter Länge regierte er, eine Spannweite von 19.8 Metern. Oberst Pagenkopf. Wetten, daß das k in seinem Namen den Russen ausfiel als Annäherung an ein g? Und weil er den Sowjets lieb geworden war mit seinen Verdiensten um das Verbessern ihrer fliegenden Waffenträger, schickten sie im Dezember 1964, statt ihn an Ort und Stelle zu begraben, einen zugeschweißten Sarg nach Gneez, Mecklenburg. Der wäre nur mit industriellem Gerät zu öffnen gewesen. Fast dreiunddreißig Jahre alt ist Pius geworden.
(Für die technischen Beschreibungen ist zu danken Herrn Prof. Dr. Erichson. Er beschaffte sie auf Reisen mehr als zwei Jahre lang, in Verhandlungen mit Vertrauensleuten in der U.S.-amerikanischen und westdeutschen Luftwaffenführung [wo wir insbesondere von einem Herrn B. kein Aufhebens machen sollen]; zu Zeiten und Gelegenheiten, da hätte er wohl vorgezogen, sich auszuruhen und ein, sagen wir: Glas Tee zu trinken. Sollst bedankt sein, D.E.)
Einen Bericht von Pius' Funeralien verdanken wir unserer Schulfreundin Anita Gantlik. Mit ihrer Sorte von Dokumenten fuhr sie, die Protestantin, nach Gneez zu der katholischen Veranstaltung, auf die die sozialistischen Eltern sich geeinigt hatten. Ihr zufolge also wird die Lieferung der Materialien zur Verwandlung angezeigt durch zwei Klirrschläge. War die Rede von unserem Bruder (einmal: Diener) Robert Pagenkopf. Dem nunmehr die »Wegzehrung« widerfährt, die er lange entbehrt hat. Auch bei denen sei »dies mein Leib, dies mein Blut«. Es trat die Mutter vor zur Hl. Kommunion; stocksteif blieb der alte Pagenkopf stehen, schuldbewußt. Wo angesagt wird: Wir beginnen den Ritus

der katholischen Beerdigung. Da weiß man doch. Sarg erst in der Kapelle sichtbar. Viel Niederknien. Die Vorfreude auf Pius' Vereinigung mit Gott. »In das Paradies werden Engel ihn geleiten.« Abschied mit Weihrauch am Grab.
Keinerlei militärische Präsenz. Der Sarg ohne eine Fahne der Roten Armee, der N.V.A. Auf dem Sarg ein Messingschild mit dem vollen Namen. Die Anschrift für die Ewigkeit.
Unter den Trauergästen erblickte man. Die Kranzschleifen lauteten. Diese Gesine in New York hätte sich auch was Gescheiteres einfallen lassen dürfen als: Rœbbing sin Gesin. Ach, als Dativ zu denken? Nu seggn Se doch eins an. Ausführliches, mecklenburgisches Mittagessen, im Gespräch mit dem Priester.
Zwei Todesnachrichten überbringen.
Was unsere Arbeit angeht, so stehen wir in der N.Y. *Times*, Seite 1, Spalte 3: Die Č.S.S.R. begehrt Anleihen in einer Höhe von 400 bis 500 Millionen Dollar zum Ankauf industrieller Ausrüstung. de Rosny: Bin schon da.
Am Riverside Drive wartet ein betrübtes Kind, das will trösten: Es ist ein Telegramm da, und leider hab ich es aufgemacht. Es ist von D.E. aus Finnland. Er hat einen Unfall gebaut. Was für ein schußliger Mensch, vergißt die Adresse! Man möchte ihm doch schreiben! Unterschrieben: Eritzen.
Das ist die Handschrift Anitas. Genosse Schriftsteller, daß du sie ja korrekt bewertest!
Handschrift der Schülerin Gantlik, Anita: Keinerlei Verformungen; vorzüglich; vornehmlich in Telegrammen.
– Und ergeht es dir besser mit deinen Augen, Gesine?

9. August, 1968 Friday

Gelernt ist gelernt, und zum Flugplatz LaGuardia kommt man mit der Westseitenbahn bis Times Square, mit der Flushingbahn bis zur 42. an der Dritten Avenue, vom gemeinsamen Bushof der Fluglinien nach Long Island. In all dem Schutt aus verlassenen Industriehallen, der Bauweise des zu geringfügigen Privateigentums, aus richtigem Abfall, aus nach ihrem Tode weiterlebenden Friedhöfen, in der Mitte all dessen zeigt ein Flugplatz das Mögliche, mit einem gläsernen Halbrundbau in zwei Stockwerken,

geräumigen Hallen für die Abfertigung wie das Warten, mit großzügigen Kaffeehäusern und Läden (worin nur die Ware der verkommenen Folklore erlegen ist), mit Marmor und anderen echten Steinen, mit sauberen Fußböden und ohne Zwangsmusik und einem unvollständig aus einem Granitblock herausgehauenen Bürgermeister Fiorello LaGuardia als Kunstwerk, das Platz hat. Von der oberen Terrasse ist der Flugverkehr zu übersehen, und wiederum ist elegant, wie die unzähligen Maschinen rasch und ordentlich den Raum um die beiden Steige ausnutzen, vor die Türen rollen und bei der Abreise sich ein wenig helfen lassen von bulligen (gelben) Kleintraktoren, bis sie ihre Kraft ohne Schaden auslassen dürfen. Die Lage des Platzes am Wasser vermehrt die Bereitschaft, bloß einen eingeführten und vernünftigen Sport zu erblicken, wenn die Biester ein wenig und beherrscht zu rasen anfangen, bis sie die Nase hochnehmen, das Bugrad einziehen, geschickt sich erheben in und über den Schmutz, ihn durch klebrige Abgase vermehrend. Wenige Minuten stehen wir da, da zielt aus dem Norden ein anderes Flugzeug auf die Bahn, scheint die Flügel zu breiten, setzt sich artig hin, behutsam hin; wird gleich angefahren kommen wie ein artiges Taxi. Das ist das für uns bestimmte.
Und wer sind die Cresspahls an diesem Morgen? Bloß Reisebegleiter, oder doch eine Eskorte, eine Wachmannschaft für Annie und ihre Kinder, der kapitulierende Rest der Familie Killainen?
Als Annie anrief gestern abend, weigerte sie sich strikte, die Cresspahlsche Wohnung zu betreten. Wir mußten sie aufsuchen (weil du meine Freundin bist, Gesine) in einem Hotel am Lincoln Center, wo man mit der Übernachtung bezahlt für das junge Alter des Baus, seine Nähe zu den Werkstätten der Kunst, für Spannteppich, hygienisch versiegelte Toiletten und austauschbares Mobiliar, Lederimitat, darauf haftet die Hand. Annie wollte uns zeigen, daß sie Geld mitgebracht hat; eine Art Unabhängigkeit. Einer Freundin gegenüber. In ein Restaurant hätten wir sollen, zwei Erwachsene mit insgesamt vier Kindern; bis Marie sich anerbot, die Aufsicht zu führen beim Ausprobieren des Zimmerservice durch F. F. junior, Francis R. und Annina S. Fleury. Sollst bedankt sein, Marie.
Auf dem Restaurant bestand die geborene Killainen, einer samtig

ausgeschlagenen Höhle in der östlichen Stadtmitte, beleuchtet durch blutfarbene Kerzen (wie apart wirkt die eine Dame da, die mit der Sonnenbrille), verwaltet von herablassenden Kellnern, denen man ihr hochnäsiges Französisch vom Gesicht reißen könnte mit einem einzigen vollständigen Satz in dieser Sprache. Annie bestellt, Annie legt ihre Börse auf die Tischkante, sie will bezahlen; eine Sicherheit vortäuschen, das hat sie im Sinn.
Es ist ihr also beschwerlich gefallen, mit drei Kindern in einer finnischen Kleinstadt eine unbekümmerte Dame vorzuführen, die ist ihrem amerikanischen Mann weggelaufen, dem Romanisten F. F. Fleury, über einen Streit wegen Viet Nam. Zumal dieser wie versprochen sich hat abordnen lassen nach Südostasien von einer Zeitung in Boston und auch Annie in geduldigen, beschämten Berichten seinen Irrtum beichtet und berichtet; tatsächlich hat die Zeitung ihm gekündigt wegen seiner Reportage über die Leichensäcke, die eine amerikanische Hubschrauberstaffel vorsorglich mitführt bei Einsätzen gegen einen Feind, den die Sendboten westlicher Kultur als »goon« bezeichnen; über die Füllung und den Transport solcher blutfesten Säcke. Bittende Briefe. Aber wenn Annie jemanden an ihrer Seite braucht für die Rückkehr zum Ehemann, ist das eher eine Warnung: möchte die Cresspahl anbieten. So äße sie noch einmal von dem Brot Verantwortung, so böte sie sich an als Sündenbock für die künftigen Zerwürfnisse in der Ehe Fleury; sie hütet sich. Und zuverlässig ist F. F. Fleury kleinlaut, klitzeklein vor Reue, mit Hut?
Annie nickt, schämt sich über sich selbst, beißt sich durch zu einer Aufrichtigkeit, bekennt: En jaksa enää.
Sie kann nicht mehr, ein Leben ohne den Mann geht über ihre Kräfte. Was bleibt uns da, da telefonieren wir um sechs Plätze in einer recht kleinen Maschine von den Mohawks, die hängt tief nach unten an ihren Flügeln, nennt sich Vista Jet, obwohl sie Propeller vorweist (vielleicht wegen versteckter Turbinen) und geht in einer eigensinnigen Art immer gleich steil nach oben. Die beiden älteren Kinder Annies beharren auf einem Trotz, einem hervorgekehrtem Gehorsam; Francis R. Knickebein Fleury ist nun drei Jahre alt, der blickt gänzlich verwirrt hinunter auf die fremde Gegend, ausgiebig bewaldetes Bergland, in dem Autobahnen, Tankstellen, Hallen für Großeinkauf unachtsame Löcher gerodet haben. Zwar waren auch norwegische Muster zu se-

hen, mit weißen und roten und Schieferfarben, Weiler oder auch einzelne Schmuckkästen hoch am Berg gelegen, mit kaum erkennbarem Weg dahin. Wir fliegen auch bald; wer unter den Flügeln sitzt, kann das Ausfahren eines Beins beobachten, bis alle Gelenkstangen gerade sind, so daß das Bein womöglich stehen wird. Der Flugplatz scheint für umfänglicheres Fluggerät kaum geeignet, besteht nebenbei aus einer engen Holzbaracke. Der einzige Abfertiger geht dem anrollenden Mohawk zum Einweisen entgegen, bis es ihm gehorcht und hält. Dann legt er die Bremsklötze vor, nimmt die Ohrenschützer ab und holt die Wagen für die Gepäckstücke, die dürfen die Fluggäste unter freiem Himmel an sich nehmen, als würde in Vermont ganz selten gestohlen. Die Cresspahls wenden sich vor Mrs. Fleury sogleich ab; die wollen ihre Buchungen für den nächsten Kurs nach New York/LaGuardia bestätigt haben; die finden sich entbehrlich als Zeugen in der Szene, da Annie dem ihr angetrauten Mann heulend an die Brust sinkt, ein dicklich gewordenes, schlaffes Kind in ihrem verrutschten Schneiderkostüm. Auch den Cresspahls muß die Hand gedrückt werden, darauf besteht er; schweigend, wie bei einem Trauerfall.
Und Fahrt über die Hauptstraße, entlang an Geschäften, die geben sich hartnäckig dezent. Die Bäckerei meldet sich als Bäckerei; vornehm versagt sie sich die Anpreisung von Super-8-Brot oder dergleichen großstädtischen Ersatzartikels; so halten die anderen Läden sich im Ländlichen zurück. Und Spaziergang. Die Nähe, die Anwesenheit der Universität bringt ins Glas der Ladentüren solche Bitten wie: Keine barften Beine. Die Kleider bieten Solidität an, bei den Souvenirs kommt der Käufer in der Regel davon ohne Blamage, die Fenster scheinen täglich geputzt. Um das Hotel an der Ecke ist eine Veranda gezogen, auf der stehen neue Schaukelstühle im Stil der Tradition ganz allein mit ihrer Langeweile. Annies künftige Welt. Das Haus, gebaut von einem Gentleman-Farmer um 1840, aus Stein, erweitert mit ochsenblutfarbenem Scheunenanbau, auf den ersten Blick geschützt durch alte Ahorne und Gebüsch, dem Ohr später erkennbar als dicht umgeben mit Nachbarn in Fertigbauten und Straßen, die sie wild befahren. Das Innere notdürftig gereinigt, gewaltsam aufgeräumt; Annies künftiges Leben. Das Hotel hat ein Mittagessen geschickt; der Gast wird um einen Toast gebeten von dem ge-

drückten mutlosen Ehepaar. Da sagte Mrs. Cresspahl, ohne darauf zu vertrauen, was hier sich gehört von Martje Flohrs. Was ist sie froh, was ist Marie erleichtert, als sie am späten Nachmittag den Flugplatz erreichen, wo der Abfertiger ihnen entgegen blickt wie Bekannten! Tatsächlich hat er schon einmal gebimmelt mit der messingnen Kuhglocke, die hier einen Start ankündigt.
Die N.Y. *Times* wird geteilt. Marie befaßt sich mit der Svetlana Stalina Allilujevna und ihrem neuerlichen Gejaule. Sie möchte der Welt mitteilen: ein Auto gedenkt sie zu erwerben, so gut geht es ihr in Amerika! ihren sowjetischen Paß, den begehrtesten der Welt, sie hat ihn ins Feuer geworfen!
Sie haben es aber doch erwogen und geplant, die Ostdeutschen. Mitte Juli haben sie eine Teilmobilmachung ausgerufen für die 650000 Mann der N.V.A.-Reserve, für eine Invasion der Tschechoslowakei. Vor drei Wochen wäre es beinah los gegangen.
Es war ein Ausflug. Und wie machen wir einen nach Mecklenburg? Den besorgt für uns Anita.
Sie fuhr zu Himmelfahrt / im Monat Mai, und betrachtete vom Zugfenster ernsthaft die seit 1964 nachgewachsenen Steine in der niedrigen Saat, manche größer als Kindköpfe, Brassköppe. Sie dachte an die Vorzeiten, da waren die Tagelöhner mit dem Eimer sammeln gegangen, die Bauern noch ärger hinterher. Die Gutsbesitzer hatten beachtet, daß ein steinarmer Acker die Maschinen bewahrt vor Bruch. Offenbar war für die Bereinigung der Endmoräne kein Platz in den Arbeitseinheiten der ElPeGees. Landwirtschaftliche Produktionsgenossenschaften heißt das.
Wenn eine Anita die Bahnhofsgaststätte Gneez betreten möchte, mag da gut und gern dran stehen, sie sei geschlossen. Das sieht eine Serviererin, dieser Dame ist der Wartesaal unzumutbar, da lärmt ein Bautrupp bei Bier und Schnaps; da schließt sie auf vor der Zeit. Die Tische frisch gedeckt, proper. Blumentapete, Sesselstühle mit Kunststoff bezogen, Bambusgestell mit Blattpflanzen, daneben die gängige Presse in ungeschickten Haltern; zierliche Tulpenleuchter (elektr.) an den Wänden. Da rümpft eine Anita die Nase, als röche es sauer. Die Kellnerin sieht's, gleich tut sie besorgt wegen der bloß 10 Gramm Butter je Brötchen, gegen Bestellung eines zweiten darf sie zehn Gramm zulegen. Heute: sagt diese junge Bürgerin von Gneez: war ja man früher ein Feiertag; nu habn sie uns den wechgenomm.

Wir verbitten uns Provokationen.
Der Betrieb nach Jerichow ist eingestellt, wegen Bauarbeiten: steht im Fahrkartenschalter; Öffnung nur zwanzig Minuten v.d.Z. eines abgehenden Zuges. Dahinter ein Beamter von 60 Jahren, korrekte Uniform, weißes Hemd mit Schlips; telefoniert. Fahrgast an falschem Fenster; die wird er ein bißchen erziehen. Nach zehn Minuten honoriert er ihr schweigsames Warten und teilt ihr die Zeiten für den Schienenersatzverkehr mit. Anita nahm ein Taxi nach Jerichow. Sie hält es für eine Ausnahme, daß jemand heutzutage bloß aus dem Hauptbahnhof Gneez zu treten braucht, da gewinnt er nach vierzig Minuten ein Taxi. Der Fahrer eine Enttäuschung, ein Mecklenburger, ein quaßliger. Wohl die Verwandten besuchen, die Dame? Aber Anita sah ein Pferd, das wartete nachsichtig auf seinen Bauern, der stand an der Ecke und klönte; so sind die Menschen eben. Wo die Straße über die Schienen geht tatsächlich Leute beim Picken; vielleicht bleibt die Strecke nach Jerichow erhalten. Die Neubauten von Gneez: Fabrikhallen in Sichtbeton, Baracken als vorläufige Lager für Brennstoffe, Düngemittel, Landmaschinen. Die Industrialisierung des Nordens. Kommunaler Zweckverband (Sarglager – Tischlerei).
Windmühlen ohne Flügel, waldige Partien, der Anstieg von zehn Metern, der erste Blick auf den grauen Strich unterm Himmel, die See. Es war einmal Anitas Schulweg gewesen; sie spricht von »deinem« Mecklenburg. Sie mußte da bleiben für fünf Jahre. Wegen der Steine, sie hat gefragt. Daran gehen doch Erntegeräte kaputt. – Och: sagte der Mann: denn stelln wir ebn den Mähdrescher aufn halben Meter!
Er wollte gern die Anschrift wissen in Jerichow, damit er was zu melden hatte. Da reicht Anita, in ihrem Sprechen ist schon vorher ein ausländischer Akzent aufgefallen, eine Schachtel mit vorstehender Papyrossy, hohlem Mundstück, wie nur die Russen sie täglich gebrauchen. Nun war Schweigen. – Zum Bahnhof: sagte Anita.
Dortselbst Begrüßung durch ein verwittertes Sperrholzschild an dem Gefallenen-Denkmal: Lernt, die ihr gewarnt seid. Den Opfern der imperialistischen Kriege.
Die Stadt-, die Ad. Hitler-, die Stalin-, die Straße des Friedens von Jerichow.

Unterschiedlicher Bauzustand. Die zumeist einstöckigen Häuser manchmal neu verputzt, mit verbreiterten Fenstern, auch neuen Türen versehen. Trägt eines aber den Vermerk »K.W.V.«, das Zeichen des Staatseigentums, können da nackte Steine aussehen wie seit Jahrzehnten vom Meerwind bloß gelegt und abgenagt, die äußeren Fensterrahmen grau gescheuert vom Regen. Gefährliche Bäuche im Fachwerk. Inwärtig jedoch feinster Farbanstrich, Blumentöpfe, makellose und dicht gereihte Dederon-Gardinen.
Selig, wer sich vor der Welt / Ohne Haß verschließt...
Auf fast jedem Dach eine Antenne für den Empfang von Fernseh-Sendungen, der westlichen Himmelsrichtung zugewendet.
Was Anita ein fremdes Gefühl beibrachte: die Spärlichkeit der Sichtwerbung. Etwa acht Fahnen entlang der Stadtstraße. Leere Steckhalter an fast jeder Haustür.
Karstadts Landkaufhaus nun ein »Magnet«. (Weil's anzieht, Gesine.) Eine Tischkreissäge wird abgegeben nur an gesellschaftliche Bedarfsträger mit Nachweis. Elektromaterial für Reparaturen vorbehalten. Schuko-Zubehör nur gegen Vorlage des Facharbeiterbriefes. Kühlschränke gibt es frei.
Ein privates Geschäft bot Radieschen, Wruken, Äpfel. Kartoffeln. Tomaten waren ausgegangen. Vor dem Schaufenster von Schlachter Klein stand eine Schlange, als sei sie eingerichtet auf ein Ausharren bis zum Ladenschluß.
Es gibt keine Ansichtenpostkarten von Jerichow.
Wie hat Anita sich erschrocken, als sie unverhofft gegrüßt wurde von einer alten Frau in Kopftuch und Nylonmantel! Von nun an sagte sie zu jeder, die fünf Jahre älter schien als sie: Tach.
Es gibt in der Stadtstraße von Jerichow kein Haus mit der Inschrift: Tue recht und scheue Niemand! das auf beiden Türflügeln einen geschnitzten, grün gestrichenen Igel trüge! es sei denn, es hätte gestanden neben der Sammelstelle für Altglas. Da ist eines herausgeschlagen aus der Reihe bis in den Keller hinein, ein gezogener Zahn.
Einträchtig nebeneinander: ein amtlicher, ein privater Kasten mit Bekanntmachungen hinter Glas:
Auf dich kommt es an, deinen Rat, deine Tat. Das Militärpolitische Kabinett ist geöffnet von bis. Mädel und Jungen; lebt und

handelt wie Revolutionäre von heute! Die Übungen des Fanfarenzuges finden ab sofort.
Der Verein der Schäferhundzüchter lädt ein. Der Verein der Kaninchen-, der Taubenzüchter. Es wird erstmals ein Pokal ausgeflogen; wer wird der stolze Gewinner sein? das werden wir im August erfahren! Das Schützenfest ist geplant für.
Vor dem evangelischen Pastorat ein Schaukasten, darin die Abbildung eines nackten Mannes, am 4. November 1959 von der Sowjetunion als Geschenk und Denkmal übergeben für den Park der Vereinten Nationen zu New York. Ein Werk von Jevgenij Wutschetitsch; Pendant in der Tretjakov-Galerie von Moskau. Der männliche Akt hat ein Schwert so weit umgebogen, daß am anderen Ende eine Pflugschar zu erkennen ist; Hammer in der Rechten ausgeholt. Inschrift: WE SHALL BEAT OUR SWORDS INTO PLOWSHARES (Jesaja 2;4). Kein Volk wird wider das andere das Schwert erheben, und sie werden den Krieg nicht mehr lernen!
Das Dach der Petrikirche zur Hälfte abgetragen, zur anderen mit neuen Ziegeln belegt in beißendem Rot, das wird sich geben im Wind vom Meer her. Die Einrüstung des Baus, die Leitern, sie scheinen lange unbegangen, unbestiegen; die Schutthaufen zu ihren Füßen eingeschnurrt. Wie es geschieht alle paar Jahrhunderte.
Im Friedhofsamt gibt man auch ortsfremdem Besuch die Hand. Heißt Bereich Landschaftsgestaltung, Abteilung Bestattungswesen. Obwohl die Gräber zu Cresspahls Haus schwer zu verfehlen wären. Die Buchstaben auf deines Vaters Stein, sie haben ihn verschmiert mit Ausscheidungen von Rost. Die Bepflanzung, als müßte der Etat einer Gemeinde dafür herhalten; Maiglöckchen. Deiner Mutter Kreuz, das Gußeisen, es blättert in Flocken ab; mit zwei Fingern kann man hindurchfassen, so verdorben ist es nun. Jakobs Tafel steht da wie ein Preisschild; der Rosenstock 1964 ist gesund angewachsen. Dein Platz ist noch unbelegt, Gesine.
Das Haus am Ziegeleiweg, das deinige, es ist aufgeteilt. Die kleinere Hälfte an den Veteranenklub der Volkssolidarität; leider geschlossen. Die andere Hälfte könnte später einmal ein Kindergarten werden. Davon ist vorerst nur eine Zukunft zu sehen: Das Betreten des Kindergartens ist fremden Kindern verboten; Eltern

haften für ihre Kinder. Viel später. Es ist so zerfallen, das braucht Handwerker für Wochen. Das Dach mit Eternit gedeckt. Das stört keinen Storch.

In der Bäk sprach Anita mit alten Leuten über den Zaun, lobte die Hyazinthen. Ja, die Wurzeln dazu sint ausm Wessn! In manchen Vorgärten weiß angestrichene Autoreifen, mit Erde gefüllt, als Blumenschalen; neuer mecklenburgischer Volksbrauch? Pferdegespanne vor Kastenwagen; mürrische Jungens auf verschmutzten Traktoren.

In der Bäk eine Gruppe Kinder, Achtjährige, in Zivilhemden, riefen im Chor: Wir verlangen, daß von der Volkspolizei in diesem Haus eine Durchsuchung gemacht werden kann! Die Bewohnerin jenes Hauses stand einverstanden lächelnd dabei. Sint eben Kinder, nich? Die meisten Kinder trugen echte Blue Jeans, dazu Bowie-Messer.

Vor Emma Senkpiels Laden eine R.F.T.-Säule aufgestellt; einstweilen stumm. In Emmas Laden bekam Anita, obwohl gegen die Vorschrift, ein Glas Milch eingeschenkt. Gesine, kein Mensch würde dich kennen in Jerichow.

Die Telefonzelle am Markt erneuert. Man merkt es daran, daß bei der Reparatur das umliegende Pflaster abhanden kam. Die Tür öffnet nun zur Fahrbahn hin, statt zum Gehsteig. Wenn dann die Taxigenossenschaft Gneez die Entsendung eines Wagens nach Jerichow, so bloß auf Treu und Glauben, von sich weist als volkswirtschaftlich unvertretbar, kann man sich in Jerichow fühlen wie gestrandet, auf Ölandinsel ausgesetzt. Der Schienenersatzverkehr war erst für siebzehn Uhr versprochen; die Fahrer nahmen es recht beliebig mit den Zeiten; fürsorgliche Warnung eines Polizisten in grüner Uniform.

Anita ging quer gegenüber zu dem ehemals wollenbergschen Laden; dreist mecklenburgisch sprechend erwarb sie ein Herrenfahrrad. Auf der Hauptstraße mußte sie es an der Hand führen, wegen der Katzenkopfsteine und des Anstoßes, den es gegeben hätte wegen ihres kurzen Rocks. Dann fuhr sie die neunzehn Kilometer nach Süden in einer bequemen Stunde, wieder und wieder attackiert von einer rotweißrot gestrichenen Fliegemaschine, die hätte an diesem Nachmittag Dünger verstreuen sollen. Der Pilot mag seine Freude gehabt haben an Anitas wippendem Rock.

Was Anita vermißte in so nördlicher Gegend: ein Schild mit einem Eierkorb darauf gemalt, deutender Hand: 300 m. Leute mit fahrbaren Verkaufstischen an den Straßen, die »Aal räucherfrisch« anboten; Himbeeren, Erdbeeren, die alte Frauen in den Gärten daneben pflücken.
Im Wald westlich von Gneez, an der Straße Lübeck nach Rostock (Fährverbindung nach Dänemark) stieß sie auf das Hotel zum fröhlichen Transit. Ehemals eine Ausfluggaststätte, stand da nun ein solider Bau aus zwei Stockwerken, leuchtend in seinem weißen Rauhputz, den Wald und Anita auf Fahrrad spiegelnd in golden getönten Fenstern; rückseitig eine Reihe von Bungalows aus vorgefertigten Bauteilen, jedes Hüttchen mit einer Fernsehantenne versehen.
Der Mann hinter der Theke des Empfangs glaubte sie verirrt, nickte herrisch hinüber zu dem Anschlag gegenüber dem fotografischen Abbilde des Sachwalters: Hier werden fremde Währungen in Zahlung genommen: Mark und Pfund und Dollar und französische Francs. Das glaubte Anita wohl; was sie fragt ist: warum besteht die Einheitspartei gerade bei den deutschen Geldern auf einer Parität?
Umsessen von westdeutschen Leuten auf der Durchreise speiste Anita gerösteten Aal von Markenporzellan, mit Silberbesteck, trank einen Chablis aus dem Kristallglas. Ließ sich die Vorgänge erklären von dem jungen Mädchen, dem die Hotelfachschule zur Erlangung von Devisen sichtlich in den Gräten saß: Da Sie den Essensvorgang doch nunmehr beendet haben, muß ich Ihnen den Brotkorb abräumen! das hab ich so gelernt! Mitten in Nordwestmecklenburg wurde Anita für Dollars bedient.
In Gneez gibt es keine Joachim de Catt-Straße.
Von dem Namen »Straße der nationalen Einheit« sind noch die Spuren der Einheit zu sehen. Sonst ist sie nach dem ersten Staatspräsidenten benannt und führt immer noch nach Schwerin.
Auch in Gneez keine Schlange vor den Schnapsgeschäften (im Hotel Stadt Gneez eine Schlange vor dem ehemaligen Direktorzimmer, wo westliche Waschmittel und Schokoladen und Spirituosen gegen westliche Währung über die Theke gewischt wurden, so fix ging das). Aber, Gesine: dein Mecklenburg trinkt nun schon früh am Tag. Das Restaurant im Hauptbahnhof immer

noch geschlossen, der Wartesaal dicht besetzt von Biertrinkern. Abgeschottete Gespräche: Zehntausint Platten angemacht, davon sind die Hälfte lose; davon red't bloß ein Knallkopp. – Es gipt aber welche, die redn da über.
Hier nahmen sie von Anita auch wieder das Geld des Landes; pikiert. Hier hatte seit langem kein Gast einen Tee mit Zitrone verlangt, wie er allerdings auf der Speisekarte angeboten war (Die Kalkulation kann eingesehen werden. Das Beschwerdebuch liegt aus). Der Tee kam dann auch. Alle blickten mit Vorwurf auf die Fremde. So ein Bier gegen fünf Uhr nachmittags, das ist doch das Gegebene!
Die Geldscheine zeigten Humboldt zu fünf Mark, Goethe zu zwanzig, Karl Heinrich Marx zu hundert.
Auf den Gleisen vor den beiden schlierigen Fenstern drückte eine schwere Diesellokomotive sowjetischer Bauart den Unterbau kaputt. Auf den Markstücken stand noch das Wort »Deutsche«, auf den Pfennigen fehlte es bereits.
Alle Versuche Anitas, das Fahrrad an einen Mann zu bringen, sie gingen in ein verlegenes Daneben. So viele Hundert an Mark hatte keiner vorrätig beim Biertrinken. Mit verwirrten Ahnungen sahen sie an, wie Anita mit dem Reisegerät in ein Abteil Erster des Schnellzuges nach Neustrelitz stieg. An die neunzig Kilometer stritt der Schaffner mit ihr über die offensichtliche Tatsache, daß das Unterbringen einer solchen Fahrmaschine im Gepäcknetz eines D-Zuges untersagt ist, verbotten! Beim Umsteigen nach Berlin ließ Anita das Rad im amtlichen Ständer verschlossen zurück. In den Wäldern westlich von Neustrelitz schläft und übt die Rote Armee, wie die Erbsen in der Schote sitzen sie da; da wurde demnächst ein Herrenfahrrad aus ostdeutscher Produktion als Prämie ausgelost. Falls es Faktionen gibt in der Sowjetischen Armee, und Anita schickt an sie Briefe, mit Fahrradschlüsseln darin.
Das war zu Himmelfahrt. Das militärische Sperrgebiet, das schwingende Land, es hat geleuchtet aus der Ferne. (– ANITA.)

Ein Stadtstreicher, nur bekannt als Red, kletterte gestern auf die Mastspitze des Leuchtschiffes an der Fulton Street. Den Bürgermeister Lindsay wollte er sprechen. Die N.Y. *Times* zeigt uns in drei Fotos, wie er sich zu Tode stürzte; sie nennt die Filmsorte, die sie benutzte, sie gibt die Belichtungszeiten. Als Gebrauchsanweisung?
Ein britisches Passagierflugzeug ist gestern im Bayerischen abgestürzt. Achtundvierzig Leute an Bord, alle tot. Wir fliegen auch bald.
In der Schule Hitlers waren wir gewarnt worden vor dem abgebrochenen Schatten eines Mannes mit Plutokratenhut: Feind hört mit. In der Neuen Schule lernten wir einander warnen: Jugendfreund hört mit.
Anfangs hatten wir die Lautsprecher in jedem Klassenraum verdächtigt, da sie eben bloß die Laufzettel ersetzten, auf denen bis 1950 schulische Bekanntmachungen umhergetragen wurden. Wenn sie auch Vorrichtungen enthielten zum Übertragen von Geräusch in anderer Richtung, mochten sie taugen den Lehrer bei seiner Arbeit zu überwachen; wir hielten sie für unfähig, aus den Gesprächen in der Pause die Stimmen von dreißig Schülern zu sortieren. In der Tat, dazu brauchte es einen Menschen.
In der Stunde für die Kunde von der Gegenwart waren wir belehrt worden über das Verbrecherische an der Sprache Hitlers, wie es sich ergebe aus dem Worte »Untermensch«; in der Pause sagte Saitschik achtlos, mit Spaß an der Erinnerung: Wenn'ck je ein seihn hev, denn wier dat Fiete Hildebrandt. Das war der ehemalige »landwirtschaftliche Nachtschutzbeamte« Friedrich Hildebrandt, von Adolf Hitler als Gauleiter und Reichsstatthalter über das gute Land Mecklenburg gesetzt; Pius gab zur Auskunft in einer einverstandenen Art, der sei 1945 auf freier Feldmark bei Wismar erschossen worden. Die Cresspahlsche widersprach: 1947 von einem amerikanischen Militärgericht zum Tode verurteilt und 1948 hingerichtet zu Landsberg am Lech. Das hatte sie von ihrem Vater, der hörte sich um nach dem weiteren Lebensweg solcher Goldfasane. Für ihn war allein der Name Hildebrandts noch vor fünf Jahren eine tägliche Bedrohung gewesen; Wallschläger, der Strahlende, hatte den Reichsverteidigungs-

kommissar von 1945 ins Kirchengebet eingeschlossen. In der Lehrerkonferenz vom Juni 1950 wurde über die Tatsache beraten, daß in der Zehn A Zwei eine bedenkliche Aufmerksamkeit grassiere für Nachrichten, wie die staatliche Presse sie dem ostdeutschen Volke vorenthalte als ungesund, eine verräterische Teilnahme am Schicksal von Verbrechern. Wir sahen um uns, auf die anderen Kinder in der Klasse; wer von ihnen hatte ein Ohr auf uns, lieferte unser erleichtertes Geschwätz ab bei einer Obrigkeit?

Wer brachte es über sich, die Lehrerin Habelschwerdt ans Messer der Strafversetzung zu liefern, indem er sie heimlich zitierte mit ihrem dummen Spruch vom Gemeinschaftsgefühl der Schüler? Gewiß war das ein pädagogisches Ziel der Hitlerschule gewesen, oder hatte doch so geheißen; wer das jahrelang hat aufsagen müssen, wird einmal sich versprechen dürfen. Daß Frau Habelschwerdt nunmehr ihre naturwissenschaftlichen Begabungen verschleuderte mit Rechenunterricht an der Niklot-Grundschule, verdankte sie es jemand von uns, mit dem gingen wir schwimmen, dem gaben wir gelegentlich die Hand?

Auf Gabriel Manfras kamen wir zuletzt. Einmal, wie sollte es denn glaublich sein, daß der Oberste Vorstand der F.D.J.-Schulgruppe Zeit und Mühe verschwendete auf Zuträgerei. Zum anderen, da war ein Bedürfnis ihn zu schonen, das verstellte uns den Blick. Gabriel Manfras war gestraft mit einer Mutter, die drohte ihm noch fünf Jahre nach dem Krieg: Unser Führer kehrt wieder und wird dich richten! Gabriel war geschlagen mit der Erinnerung an das Spalier, in dem auch er gewinkt und Heil gerufen hatte, bebend vor Begeisterung, wenn der Mann Hitlers in Mecklenburg einen Auftritt veranstaltete mit Durchfahrt in Gneez. Davon will einer los; dem nahmen wir den schaurigen Ernst ab, mit dem er nun sich bekannte zu einem anderen Sozialismus. Den belächelten wir nur wenig, wenn er berichtete von seinen Erfolgen als »Volkskorrespondent«, wenn ein »gms« als Namenskürzel stand unter einem Bericht der *Schweriner Volkszeitung* über einen Wettkampf im Eislaufen oder Skispringen, da hatte die Mannschaft der U.S.A. gesiegt. Das fehlte bei »gms«, bei dem stand das so: Die Sowjetunion belegte den ehrenvollen zweiten Platz.

Die Schülerin Cresspahl war noch der Zeiten in der Grundschule von Jerichow gewahr, da hatte sie einmal sich bemerklich machen wollen für dieses wortkarge, finster brütende Kind mit dem akkuraten Seitenscheitel; bloß als Witz und aus Freude daran erzählte sie ein Beispiel für Sowjet-Darwinismus, ohne der Hörweite bis zu Gabriel Manfras zu achten: Der sowjetische Gelehrte Mitschurin liest über Insekten. Er zeigt seinen Hörern einen Floh auf seiner rechten Hand, er befiehlt ihm auf die linke zu springen. Der Floh tut's, auch im wiederholten Versuch. Nunmehr entfernt der Professor dem Floh die Beine, und befiehlt ihm abermals zu springen. Der Floh verweigert; worauf der wissenschaftliche Beweis erbracht sei, daß eine Amputation von Flohbeinen den Patienten zum Ertauben bringe ... Gesine Cresspahl lachte, aus Spaß an der Verdrehung des Gedankens; weil es ihr recht war, daß andere Kinder mit ihr lachten. Sie hätte mehr achten sollen auf die mühsame, verächtliche Grimasse, die das Kind Manfras sich ins Gesicht quälte.

Der Schüler Lockenvitz bedachte gewiß nur eine grammatische Feinheit, wenn er den Namen der Deutschen Volkspolizei abhorchte, auf einen possessiven oder akkusativen Genitiv. Wer besaß da wen, und stand da wer gegen wen? Es ging ihm um Semantisches, wenn er den Begriff der res publica als Sache des Volkes übersetzte, und eine Tautologie vermutete in der Bezeichnung »Volksrepublik«. Schon die Frage, warum man sie China und Polen zugestand, von einer »Volksrepublik Deutschland« vorläufig absah, sie sollte ihm späterhin von Schaden sein. Dank Manfras.

Auf verborgenen Wegen lief an der Schule ein Buch um, das hieß »Ich wählte die Freiheit«, war verfaßt von einem abgesprungenen Mitglied der sowjetischen Einkaufskommission in Washington D.C., berichtete von erzwungener Kameradenbespitzelung, institutionellen Fälschungen in der industriellen Produktion, Gewalt beim staatspolizeilichen Verhör, Konzentrationslagern und Zwangsarbeiterkolonien in der Sowjetunion. Dieser Viktor Kravtschenko hatte eine kommunistische Zeitung in Frankreich verklagen müssen, weil sie ihn verleumdet hatte als einen bezahlten Hetzer der Amerikaner; ein Gericht in Paris hatte seinen Wahrheitsbeweisen recht gegeben. Wenn Dicken Sieboldt das Cresspahls Tochter im Vertrauen verlieh, mußte er ihr eben Verstand zutrauen beim Weitergeben; Lockenvitz bemängelte die

Sprache des Berichts, oder doch die deutsche Übersetzung. Daraufhin verzichtete Pius auf die Lektüre, ließ sich den Inhalt berichten. Nun kam Gabriel Manfras an mit zutraulichem Blick, schob das Gespräch auf Argumente des Feindes, daß man sie kennen müsse, und seien sie enthalten in einem Buch, das heiße... Auch weil es Gabriels Einbildung von der Sowjetunion schmerzhaft beschädigen könnte, wo so frei das Herz dem Menschen schlägt in der schirokaja natura, stritt sie die Kenntnis von solcher Druckschrift ab. Sie meinte, der Inhalt könne einen Streit mit Gabriel in Gang bringen, mit kränkendem Ausgang für ihn; das wollte sie dem Kinde ersparen.

Auf dem Markt von Gneez, dem neuen, dudelte ein Trumeau-Lautsprecher den ganzen Tag, vom Morgen an, wenn die verschlafenen Arbeiter aus den Zügen stiegen, bis zum Abend, wenn sie eine Ruhe verdient hatten. Da hallte der Klageruf: Wir wollen nicht für den Dollar sterben! – Das schon: sagte Pius, grüblerisch: aber warum werden auf der Mustermesse in Leipzig alle Geschäfte auf Dollarbasis abgeschlossen? Das trug Manfras eilends zur Fachkraft Selbich. Aber Pius war fast schon Soldat, angetreten zum Schutze der Republik, dem konnte sie schlecht an den Wagen fahren. So tat sie denn, als sei sie gefragt worden von irgend jemandem in der Elf A Zwei, und erläuterte der Klasse einstweilen unumgängliche Zwänge des Weltwirtschaftsmarktes; mühsam, vom Schüler Lockenvitz bedrängt wegen einer sozialistischen Autarkie. Für die Arbeitsgemeinschaft Pagenkopf & Co. war er enttarnt, der Aufpasser, der Angeber Manfras, der noch Drecksarbeit auf sich nahm, wenn das Wohl der Einheitspartei sie erfordert. Uns selber konnten wir schützen von nun an; wie aber die anderen warnen? Eine Mitteilung an der Tafel in Druckbuchstaben, sie hätte uns uniformierte Leute ins Haus gebracht oder, schlimmer, in Zivil. Wir begnügten uns mit versteckten Rippenstößen, beiläufigem Räuspern, wenn jemand in unserer Mitte offenherzig sich ausließ über einen ausländischen General und Marschall, der hatte Truppen stehen in Mecklenburg. Ein verstohlenes Nicken zu Manfras hinüber, der gesenkten Kopfes dabei saß und mathematische Eintragungen vorschützte, wir verkniffen es uns.

Hünemörder kam zurück nach Jerichow und Gneez aus dem Lüneburgischen, getreu seinem Schwur: erst müsse das Gesindel der

Friedrich Jansen und Friedrich Hildebrandt ausgeräuchert sein in Mecklenburg. Ein paar Pfund Pinnen und Nägel hatte er mitgebracht aus dem Westen, ein Eisenwarengeschäft gedachte er zu eröffnen in Gneez; hatte sich etwas ausgerechnet in seinem wirtschaftlichen Verstand. Nun bedurfte er noch einer Verkäuferin und vernahm ungläubig, es sei Leslie Danzmann zu haben. Die Dame Danzmann? Gewiß; die war nach dem Wohnungsamt noch die Arbeit im V.E.B. Fischkonserve los geworden; wieder und abermals des Unterschlagens und ungesetzlichen Verbringens von Aalen etc. beschuldigt, an einem Wahrheitsbeweis gehindert, hatte sie gekündigt, in ihrem Stolz. Vorstellig in Schwerin bei der C.D.U., half ihr noch einmal ihr Leumund von früher und durfte sie aushelfen bei der Berichterstattung über Prozeß-Sachen in der *Neuen Union;* für eine Weile verschont von dem Erschrecken über die Bückware, die ihr als bevorzugter Kundin beim Fleischer wie im Milchladen zugelegt wurde, was sich kaum bemerklich machte im Verkaufsgespräch, empfindlich aber im Endpreis. Ihr »Blick in den Gerichtssaal« machte sie für eine Weile bekannt in fast allen Städten Mecklenburgs; dann holte sie ein, was in den Akten über ihren Lebenslauf geschrieben stand. Nun war Leslie Danzmann zu haben, zu beliebigem Stundenlohn. Erleichtert, mit gemütlichen Redensarten fertigte sie die Schlange aus Käufern ab, die sich aufstaute vor Hünemörders Schaufenster mit der Mangelware. Nach der zweiten Stunde Handelsbetrieb war die Volkspolizei benachrichtigt, trat paarweise auf und führte Leslie ab, an ein Handgelenk von Hünemörder gekettet. Was Hünemörder bekam für seinen Versuch, die Volkswirtschaft zu sabotieren mit dem Vertrieb kontingentierten Handelsgutes, es blieb unbekannt, weil in der Hauptstadt verhandelt; Emil Knoop, über den wohl der Nachschub hätte laufen sollen, war gerade zu Schiff nach Belgien (für Knoop zogen mittlerweile auch Lastkähne über die Grenzen). Leslie Danzmann wurde ein paar Tage einbehalten unter dem gneezer Landgericht, ohne Auskunft über eine Anklage, und mit der Säuberung der Zellen und Gänge beschäftigt. Wie sie sagt, ist sie entlassen worden auf die Stunde, da sie die Hafträumlichkeiten in Schick hatte. Das war der Danzmann neuerlich widerfahren als gesellschaftliche Belehrung; was aber würde sie daraus ziehen als Gewinn für ihre gesellschaftliche Erkenntnis? fragte das Kind

Cresspahl in vertrautem Kreise, bemerkte zu spät die aufmunternde Miene von Manfras im Näherkommen.
Bettinchen war furios. Die Brosche an ihrem Blauhemd bebte. (– Wo die Brosche sitzt, is vorn: auch das war ihr hinterbracht worden.) Aber sie mußte es bewenden lassen mit einer ungefähren Drohung gegen Leute, deren Mitleid mit Einzelpersonen des rückständigen Mittelstands ... Die Schülerin Cresspahl lächelte geflissentlich. Sie wußte von einem Foto, desgleichen Bettina, das zeigte die Lehrerin in sehnsüchtigem Umgang mit Mittelstand.
Der Kartoffelkäfer-Aufstand brachte es an den Tag. Die Zwölf A Zwei war auf die Äcker befohlen zwecks Unterscheidung von coccinellidae oder rodolia cardinalis von leptinotarsa decemlineata; da fehlten drei. Ob nun verabredet oder aus Vergeßlichkeit, die Schülerinnen Gantlik und Cresspahl hatten einen Spaziergang zum Smoekbarg vorgezogen, vielleicht weil sie den Rest der Klasse zuverlässig auswärts wußten. Saitschik gab an, er habe für sein Tanting' Kohlen in den Keller räumen sollen. Alle drei bekamen eine schriftliche Aufforderung, vor der Lehrerkonferenz sich zu rechtfertigen. Dort wurde der Schüler Haase von der Fachkraft Selbich mit der Tatsache bedroht, daß er nach dem volkswirtschaftlich vertretbaren Verstauen der Briketts Muße gefunden habe, die »Renaissance-Lichtspiele« zu besuchen. Statt den Kartoffelkäferfahndern auf dem Fahrrade nachzueilen! Während wir im Klassenzimmer auf das Consilium abeundi warteten, vertraute Saitschik uns an, wer ihn reingelegt habe; er war vor dem Kino auf den mit Politdienst entschuldigten Schüler Manfras gestoßen. (Es gibt ein Foto von dieser Armesünderbank, da hat Saitschik seinen Jackenkragen am Haken des Kartenständers befestigt, und steht mit schiefem Hals, hängenden Armen, als würde er gerade peinlich gehenkt.) Eine reuige Anita rettete ihr Vertrag mit den Sowjets; über einer reuigen Schülerin Cresspahl flog ein Schutzengel im Kreis; der hatte Bettina in Westberlin fotografiert; Saitschik bekam angerechnet, daß er immerhin durch das Filmkunstwerk »Rat der Götter« sich habe aufklären lassen über die imperialistische Verschwörung, ansonsten eine geharnischte Verwarnung, und bedankte sich für die Gnade des Kollegiums.
Die Bekanntmachung übernahm Anita. Es war ungewöhnlich,

daß die Schülerin Gantlik in einer Pause vor den Tisch des Schülers Manfras tritt, als habe sie ihm etwas Dringliches mitzuteilen; weswegen es still wurde in der Klasse und jedermann das wütige Zucken der beiden rötlichen Haarspitzen im Nacken sah, ihre vor Leidenschaft orgelnde Stimme hörte: Wer Gespräche unter uns, die wir führen mit einander im Vertrauen, wer Sachen aus der Familie und dem Privatleben ins Rektorat schleppt und auf die Partei, der ist, der ist –
Was war die schlimmste Verdammung aus Anitas Munde? der ist ein schlechter Mensch.
Gabriel hielt sein kahl gewordenes Gesicht still, versuchte aufmerksam auszusehen, nickte wohl auch einmal wie jemand, der für die politisch notwendige Sache auch dies noch zu erdulden gewillt ist.
Seitdem gedenken wir seiner, wenn die Rede ist von *Les Lettres Françaises*, oder vom Verleumden einer offenbarten Wahrheit. Das hinwiederum bringt uns auf den Anblick, den er bot bei der Festkundgebung zum Abschluß des Schuljahres 1951/52, als er hinter dem roten Tisch des Präsidiums stand und besinnlich mitsang im Chor, was uns seit dem Juli 1950 auferlegt war als Sachverhalt und Bekenntnis:

Die Partei, die Partei, die hat immer recht!
Und, Genossen, es bleibe dabei . . .
Sie hat uns alles gegeben.
Sonne und Wind. Und sie geizte nie.
Wo sie war, war das Leben,
Was wir sind, sind wir durch sie.

Gewiß ist uns gewärtig, was ein Gericht in Ostdeutschland befunden hat über Leute wie dich: der Ausdruck »Denunziant« sei keine Beleidigung, sondern eine Berufsbeschreibung. Da es nun einmal zu den Pflichten eines Hausvertrauensmannes gehöre, die politische Führung zu versorgen mit Nachrichten über die Bevölkerung.
Zuverlässig bist du uns erinnerlich. Denn du warst es, der hat unsere Klasse Zehn A Zwei verwandelt in einen Einschüchterungssalon. Dir ist zu danken, wenn die Schule von der elften Klasse an eine einzige Angstpartie war. Na, sei froh.
Denn sie hat dir fast alles gegeben, die Partei, Sonnenschein und nie Wind von vorn. Das fing an mit der Aufnahme in ihren Kan-

didatenstand 1951. Das ging weiter so, daß sie dir einen Studienplatz an der Humboldt-Universität von Berlin ein Jahr im voraus versprach. Ihr Vertrauen in den Jugendfreund und Genossen Manfras, sie bewies es; er durfte seine marxistischen Studien ergänzen durch Besuche und Aufenthalte im *British Centre* von Westberlin. Da ist eine Einschränkung; wir gönnen sie ihm. Da er Büdners Sohn ist, statt Landarbeiters, ermangelt er proletarischen Adels; weswegen er immer noch ausgeschlossen ist von jenen Versammlungen am Werderschen Markt von Berlin an jedem Dienstag, wo entschieden wird über die ostdeutsche Politik gegen Innen und Außen. Weswegen der Genosse Manfras um so eifriger bemüht ist, solche Beschlüsse zu erläutern; Anita betrachtet ihn gelegentlich auf dem Fernsehschirm, für Sekunden. Dafür wird er belohnt in Fülle, ohne Geiz; er darf in die Staatsbank gehen und sich nehmen aus dem Devisenschrank, wes er gerade bedarf, für ungehinderte Reisen in die Länder seiner Gegner. Sein Englisch, es soll inzwischen international sein, mit Anklängen ans Britische. Eine Villa am Müggelsee, Auto und Kaderschutz (Einkaufsprivilegien in Westberlin); es ist alles da. Sein einzig Sehnen, es geht auf die Übernahme in den diplomatischen Dienst. Da ist eine Sperre eingebaut, fast unüberwindlich, wenn man sie erst bemerkt im sechsunddreißigsten Lebensjahr. In seinen Reportagen aus der Großen Welt seines Landes (solchen wie ihm gehört es), die Telefone klingeln immerzu »rasend«, obwohl jeweils das Gerät regelmäßig nur tut, wozu ein Stromstoß es aufzieht. Auch hat er Anstände mit den Partizipien; einen Ehrendoktor der Philosophie wird man ihm kaum zuteilen für solche Bezeichnung einer Person: »Die auf dem Balkon rosenzüchtende Kaffeefrau des Ministers ...« Vielleicht jedoch irren wir uns. Am Ende wird er Botschaftsrat; hoffentlich wo anders als in Prag.

– Zwei Fragen: sagt Marie.
– Bewilligt, Euer Ehren.
– Pius hast du den Rang eines Generals nachgesagt einmal.
– Es sind dreieinhalb Jahre vergangen, seit er ... Wenn ich an ihn aber denke, als lebte er weiter, ist er inzwischen General; Generalmajor mindestens.
– Auf der anderen Pfote. Du denkst, du hättest eure Bettina Selbich im Griff.

– Ein Handumdrehen, und sie ist frei?
– Wie in der Zwickmühle. Zwar habt ihr sie abgelichtet, wie sie Westberlin bestaunt gegen ein Verbot.
– Jedoch.
– Derjenige, der das Auge am Sucher hatte, war da auch; wenn es denn um einen Nachweis ging.
– Was bin ich froh, daß du mir das erst heute sagst!

Zu Hause am Riverside Drive wartet das tägliche Telegramm aus Helsinki. Heute lautet es: Patient ist für eine Weile verhindert am Autofahren. Unterschrieben: Eritzen.

11. August, 1968 Sonntag

In Vietnam, bei Tabat, über dem Ashau-Tal, ging gestern ein Düsenkampfbomber vom Typ F-100 Sabre (Säbel) in den Tiefflug, ließ Kanonenschüsse und Raketen los auf Truppen der Vereinigten Staaten. Acht Tote, fünfzig Verwundete.
Über West Virginia versuchte eine zweimotorige Maschine der Piedmont Airlines einen instrumentalen Anflug auf den Flugplatz von Charleston, dreihundert Meter hoch gelegen. Aufprall in Feuersbrunst gerade vor der Landebahn. Von siebenunddreißig Leuten an Bord kamen nur fünf mit dem Leben davon. Wir fliegen auch bald.
Vorher wünscht Marie sich eine Kinder-Gesellschaft; jedoch ohne daß es hieße: zum Abschied. Nur, weil meine besten Freunde sind: Pamela, Edmondo, Michelle und Paul, Steven, Annie, Kathy, Ivan, ... und Rebecca Ferwalter; weswegen wir mit Rebeccas Mutter verabredet sind auf einer Bank im Park, das Koschere am Speisezettel auszuhandeln.
Voll Widerwillens sieht sie uns entgegen, die bloßen, zu feisten Arme neben sich gestemmt; sie versucht Freude zu zeigen. Mrs. Ferwalter ist zurück aus jenem Bereich der Catskills, den sie Fleishman nennt. Rebecca hat dort einen Jungen namens Milton Deutsch gefunden, der wird Moshele genannt (Moses). Moses Deutsch liebte Rebecca sehr und verprügelte sie; Rebecca weinte sich bei ihrer Mutter aus und ging Milton doch entgegen, sobald sie ihn nur von ferne sah. Mrs. Ferwalter sagt, verspricht in zor-

niger Erregung: Nie wird sie einen Ort aufsuchen, wo Milton Deutsch zu begegnen wäre!
Gespräch auf einer Parkbank.
Wird die Nazipartei in Deutschland zur Macht kommen?
Das wünschen in Deutschland wenige.
Was wollen die bloß?
Änderung der Grenzen, so für den Anfang.
Haben die Amerikaner ein Recht, da sich einzumischen?
Wenn es der Regierung in Washington beliebt, wird sie es tun.
Meine liebe Mrs. Cresspahl, überlassen Sie das mir. Ich werde bringen Passovergebäck, das ist buntfarbenes mit dickem Überzug, die Kinder mögen es auf einer Gesellschaft, es schmeckt nach Marzipan. Wir haben es zum letzten Mal zu Hause gebakken im vierundvierziger Jahr. Damals gehörte unser Ort zu Ungarn. Transporte kamen schon seit 1941 durch, und im Land wurden Leute abgeholt. Im Mai 1944 wurden alle genommen. Ich hatte einen katholischen Paß, mit katholischer Religion. Die Deutschen haben mich angesehen, und genommen. Die Ungarn und die Deutschen, die waren einander wert. Es waren alles Soldaten. Bitte, was sind Schwaben?
Bewohner einer süddeutschen Provinz, dächten wir.
Sind Schwaben mehr für Hitler gewesen als andere?
So wie die anderen auch.
Das waren Schwaben.
(Siebenbürger?
Nein. Die waren doch dagegen.)
Wir kamen nach Auschwitz. Ich war da acht Monate. Die meisten kamen gleich ins *Krematorium.* Viele von den *Aufsehern* laufen noch umher, und man staunt wo. So wie wir hier sprechen habe ich mit dem Mengele geredet.
Ich wurde *selektiert* ins *Magazin* als *Einweiserin.* In der Küche trugen zwei Mädchen Körbe hinter mir her. Ich teilte die Margarine ein und tat sie in die Kessel. Die Mädchen fischten die Margarine sogleich wieder heraus und warfen sie in Wassereimer, damit sie hart wurde. Dort war eine gute Frau meine *Chefin, Frau* Stiebitz. Sie sah weg.
Dürfen wir das beiseite tun?
– Do ti aber paß auf.
Mrs. Ferwalter erklärt nun was ein *Block* ist, mit abkantenden

Handbewegungen: Das waren Häuser, die standen so. In einem Block waren Mädchen, dreizehnjährige Kinder. Denen trug sie nach dem Dienst Eimer mit Suppe hin. Einmal wurde sie unterwegs angehalten von einer jüdischen *Kapo:* Du stiehlst, du Schwein.
– Du mußt wohl bezahlen?
Die jüdische *Kapo* drohte ihr mit Rapport, und tatsächlich wurde sie am nächsten Morgen, nach stundenlangem Stehen, herausgerufen, des Widerstands gegen die *Kapo,* auch eines Diebstahls beschuldigt. *Frau* Gräser, die Leiterin des Frauenlagers, sie sagte: Sie werden jetzt erschossen. Rief einen *Posten* herbei.
Frau Gräser hatte ein Mädchen lieb gewonnen und benutzte sie als eine rechte Hand, eine Frances. Frances sagte: Das machen doch alle. Wenn Sie mich wirklich mögen, tun Sie mir die Liebe und lassen sie am Leben. Ist doch tüchtig in der Küche.
Das Urteil wurde umgewandelt in eine Stunde Kniens auf Schottersteinen, zwei Steine dabei in erhobenen Händen. Es dauerte viele Wochen, bis die Knie wieder ihre Form hatten.
Frau Stiebitz schwieg dazu. Das muß man verstehen. Es war ja 1944 so: Die Deutschen waren fed up, sie hatten genug.
Als wir ankamen, war da nichts. Dann wurden Bäume gepflanzt, wie zu einem Park. Die dann noch lebten, waren Tiere geworden (animals, statt beasts).
Bei der Ankunft in Auschwitz wurden wir *entlaust* (you know, some kind of disinfection) und geschoren. Das Haar wuchs doch nach, und *Frau* Stiebitz sagte gern: Wie schön. War es ja auch. Ja die *Selektion* war wie eine Schönheitskonkurrenz. Auch *Frau* Gräser sagte einmal: Sie könnten gehen als Schönheitskönigin.
Bei der *Bestrafung* wurde mir eine Bahn durch das nachgewachsene Haar geschoren. Ich ging hin und ließ mir gleich alles abschneiden. Einundzwanzig Jahre war ich.
Wir arbeiteten in zwei Schichten. Die am Tag ging. Schlimm war die in der Nacht. In unserer Ecke arbeiteten sieben Krematorien. Am Ende der Nachtschicht war der Himmel rot wie Feuer. Ich hörte die Leute schreien: Help, help!
Sie werden es verstehen, Mrs. Cresspahl. Sie sind doch eine *Frau.*
Von Auschwitz wurden wir in eine Munitionsfabrik im Westen

gebracht, vielleicht in Deutschland. Ich habe ein Schild gesehen: Geh-len-au. Es war ein ganz kleines Lager für Franzosen.
Wir sahen die Engländer mit Fallschirmen abspringen. Wir wurden zum Bahnhof getrieben und in Waggons gesperrt. Die Einwohner des Ortes plünderten die Geschäfte. Es war nur noch eine halbe Stunde, dann wären die Engländer da gewesen, da fuhr der Zug ab. Wir kamen nach Mauthausen. In Mauthausen wurde ich *befreit.*
1945 versteckte *Frau* Stiebitz sich in Österreich. Die Häftlinge besorgten ihr Kleider und einen amerikanischen Schein (sie macht mit zwei Fingern das Zeichen eines sehr langen Rechtecks), so daß sie zurück konnte nach Deutschland.
In den ersten Tagen nach der *Befreiung* (9. Mai) lebten wir auf einem Bauernhof. Das gute Essen, die echte Milch, die roten Äpfel vom vorigen Jahr (in hausfraulichem Ton). Aber wir hatten Angst, auf dem Nachbarhof war SS versteckt. Sie konnten doch rauskommen und es wieder machen. In Mauthausen ein *Aufseher* hat sich nachts immer fünfzehnjährige Mädchen geholt.
Die jüdische *Kapo*, die sie mit der Kartoffel ertappt hatte, sah sie nach dem Krieg in einem Bürohaus in Tel Aviv, Israel. Die zeig ich an. Bis eine Freundin riet: Warum willst du dir das alles auf den Hals laden, die Lauferei zum Gericht, die Aussagen, die Unterschriften. Und ich ließ es.
In Israel war damals alles rationiert, die Städter gingen hamstern auf dem Lande. Diese *Kapo* geht durch die Hintertür in eine Küche und ruft. Die Bäuerin, Häftling in Auschwitz, im vorderen Zimmer sitzend, sie erkennt die Stimme. Schreit. Alle laufen auf die Gasse, halten die flüchtende *Kapo* fest. Sie bekam ein Jahr Gefängnis.
Vor Gericht in Israel stand auch ein Mädchen aus dem Heimatdorf, die behandelte alle übel, außer mich. Ist *Kapo* geworden in Auschwitz. Damals konnte man frei kommen, wenn eben so viele Zeugen für den Angeklagten aussagten wie gegen ihn. Ging ich hin und sprach für sie. Es ist eine alte Freundin, sie ist ein böser Mensch.
Aber Gott hat sie gestraft. Sie hat einen Mann geheiratet, der war schäbig zu ihr; sie ist geschieden.
Das eigentlich Schlimme war: daß die Deutschen die Juden

zwangen, einander umzubringen. Verwandte ins Feuer zu werfen bei lebendigem Leibe.
(Rebecca ist beim Laufen hingefallen:) My child, I have waited for you so long, eighteen years!
(Rebecca soll zum Trost von einem Brötchen essen, Fisch zolldick zwischen den Scheiben:) Sehen Sie! (Da Rebecca genudelt wird, ist sie bei zierlichem Körperbau ein bißchen dicklich.) Wenn doch mein Kind äße wie Ihrs!
Aus der Č.S.R. sind wir legal gegangen, mit Pässen. Wir durften die ganze *Hauswirtschaft* mitnehmen. 1948. Es waren acht oder zehn Tage bis Tel Aviv.
Weil mein Bruder Zucker auf dem Schwarzmarkt besorgt hatte auf dem Schwarzen Markt; der war rationiert. Bekam ein halbes Jahr Gefängnis: Die Strafe beginnt am nächsten Montag. Hatte er keine Lust, drauf zu warten, ging nach Preßburg, über die Grenze nach Wien. Die Polizei trat an am Montagmorgen. So sind wir mit des Allmächtigen Hilfe in New York.
Und bleibt es dabei, daß das Gebäck ich bringe zur Kindergesellschaft, Mrs. Cresspahl?

12. August, 1968 Montag

Die New York *Times*, sie möchte ihre Leser vorbereiten auf einen Jahrestag: morgen vor sieben Jahren ließ der ostdeutsche Sachwalter die Grenze seines Teils von Berlin zum Gebiet der westlichen Alliierten verstellen mit einer Mauer, seine Bürger am Umziehen, die von Westberlin am Besuchen zu verhindern. Ausnahmen werden erlaubt, wenn Tod vorkommt in einer Familie; wenn das gesetzliche Rentenalter erreicht werden konnte. »An meinem Geburtstag war ich glücklich«: schreibt eine Frau aus dem *demokratischen* Berlin an ihre Tochter im anderen: »älter geworden zu sein. Nun dauert es bloß noch fünf Jahre, bis ich dich besuchen kann.« Die Mauer ist bemannt mit zwei ostdeutschen Brigaden und drei Lehrregimentern, insgesamt etwa 14000 Bewaffneten.
Am 7. Oktober 1951, dem ostdeutschen Staatsfeiertag, bekamen ausgesuchte Haushalte in Gneez, Mecklenburg, zwei auch in Je-

richow, zum ersten Mal gemeinsame Post, ohne Absender. Die Umschläge, das Papier im Format D.I.N. A 5 waren fleckig, mit holzhaltigen Verdickungen, rißempfindlich, wie die Dienststellen der Regierung es zu Mitteilungen verwandten; der Text geschrieben mit immer der einen Schreibmaschine, deren Typen für das e und das n zuverlässig aus der Zeile sprangen. Wer das mit der Hand abschrieb (wie Cresspahls Tochter), ehe er die Sendung ablieferte bei der Deutschen Volkspolizei als ein Zeugnis für seine stalinistische Wachsamkeit, bekam allmählich eine vorläufige Liste zur Justiz in Mecklenburg seit 1945.
(Der Versender setzte bei seinen Lesern voraus, die Bedeutung eines großen Z sei ihnen bekannt als Zuchthaus. Er vertraute auf ihre Ahnung, die Buchstabenfolge SMT stehe für »Sowjetisches Militär-Tribunal«, FT für Fern-Tribunal. Auch verließ er sich auf die Annahme, ein Mensch im lesefähigen Alter in Mecklenburg vermöge unter einem ZAL mühelos ein ZwangsArbeitsLager sich vorzustellen, unter einem »verh.« statt verheiratet ein »verhaftet«. Offenbar war er in Eile, oder kam selten heran an das klapprige Schreibgerät:)
1945
Prof. Dr. jur. Tartarin-Tarnheyden aus Rostock, geb. 1882, verh. am 20. November 1945; durch SMT verurteilt zu zehn Jahren ZAL.
Prof. Dr. Ernst Lübcke, geb. 1890, Naturwissenschaftler, am 8. September 1946 von sowjetischen Offizieren festgenommen; in die Sowjetunion verbracht, verschwunden.
Fred Leddin, geb. 1925, Student der Chemie, verh. am 27. September 1947; durch SMT verurteilt zu fünfundzwanzig Jahren ZAL.
Hans-Joachim Simon, Student der Naturwissenschaften, verhaftet am 27. September 1947; verschwunden.
Herbert Schönborn, geb. 1927, stud. jur., verh. am 2. März 1948; durch Sondergericht des M.W.D. (Ministerstwo Wenutrennich Djel, das sowjetische Innenministerium) verurteilt zu fünfundzwanzig Jahren ZAL.
Erich-Otto Paepke, geb. 1927, stud. med., verh. am 8. März 1948; verurteilt durch SMT Schwerin zu fünfundzwanzig Jahren ZAL.
Gerd-Manfred Ahrenholz, geb. 1926, Student der Chemie, verh.

am 23. Juni 1948; verurteilt durch SMT zu fünfundzwanzig Jahren ZAL.

Hans Lücht, geb. 1926, stud. med., verh. am 15. August 1947; verurteilt am 30. April 1948 durch SMT Schwerin zu fünfundzwanzig Jahren ZAL.

Joachim Reincke, geb. 1927, stud. med., verh. 1948; verurteilt durch SMT Schwerin zu fünfundzwanzig Jahren ZAL.

Hermann Jansen, geb. 1910, katholischer Studentenpfarrer zu Rostock, verh. 1948; verurteilt durch SMT Schwerin zu fünfundzwanzig Jahren ZAL.

Wolfgang Hildebrandt, geb. 1924, stud. jur., verh. am 3. April 1949; verurteilt durch SMT Schwerin zu fünfundzwanzig Jahren ZAL.

Rudolf Haaker, geb. 1921, stud. jur., verh. im April 1949; verurteilt durch FT zu fünfundzwanzig Jahren ZAL.

Gerhard Schultz, geb. 1921, stud. jur., verh. am 6. Mai 1949; verurteilt durch ein Sondergericht MWD zu zehn Jahren ZAL.

Hildegard Näther, geb. 1923, stud. päd., verh. am 8. Oktober 1948; verurteilt am 9. Juni 1949 durch SMT Schwerin zu fünfundzwanzig Jahren ZAL.

Jürgen Rubach, geb. 1920, stud. päd., verh. am 8. Februar 1949; verurteilt am 9. Juni 1949 durch SMT Schwerin zu fünfundzwanzig Jahren ZAL.

Ulrich Haase, geb. 1928, Student der Germanistik, verh. am 22. September 1949; verurteilt durch SMT Schwerin zu fünfundzwanzig Jahren ZAL.

Alexandra Wiese, geb. 1923, Bewerberin um ein Studium in Rostock, verh. am 18. Oktober 1949; verurteilt im April 1950 durch SMT Schwerin zu fünfundzwanzig Jahren ZAL.

Ingrid Broecker, geb. 1925, Studentin der Kunstgeschichte, verh. am 31. Oktober 1949; verurteilt durch SMT Schwerin zu fünfzehn Jahren ZAL.

Am 17. Dezember 1949 verurteilte ein SMT in Schwerin acht Angeklagte, darunter zwei Frauen, zu bis zu fünfundzwanzig Jahren ZAL.

Jürgen Broecker, geb. 1927, Bewerber um ein Studium in Rostock, verh. am 21. Oktober 1949; verurteilt am 27. Januar 1950 durch SMT Schwerin zu fünfundzwanzig Jahren ZAL.

Am 17. Februar 1950 verurteilte ein SMT in Schwerin einen

Helmut Hiller und acht andere wegen angeblicher Verbindung zum Ostbüro der S.P.D. zu insgesamt dreihundertfünfundsiebzig Jahren ZAL.
Am 16. April 1950 verurteilte ein SMT in Schwerin die Oberschüler
Wolfgang Strauß
Eduard Lindhammer
Dieter Schopen
Winfried Wagner
Senf
Klein
Olaf Strauß
Sahlow
Haase
Ohland
Erika Blutschun
Karl-August Schantien
zu insgesamt dreihundert Jahren ZAL.
Im selben Prozeß wurde verurteilt der Vorsitzende des Landesjugendrates der Liberaldemokratischen Partei Mecklenburg, Hans-Jürgen Jennerzahn.
Horst-Karl Pinnow, geb. 1919, stud. med., verh. am 2. April 1949; verurteilt im Mai 1950 durch sowjetisches FT zu fünfundzwanzig Jahren ZAL.
Susanne Dethloff, geb. 1929, Bewerberin um ein Studium in Rostock, verh. am 4. Mai 1949; verurteilt im Mai 1950 durch sowjetisches FT zu zehn Jahren ZAL.
Günter Mittag, geb. 1930, stud. med., verh. Anfang Juni 1950; verurteilt durch SMT, Strafe unbekannt.
Am 18. Juni 1950 wurde der Studienrat Hermann Priester aus Rostock, verurteilt zu zehn Jahren Zuchthaus, in der Strafvollzugsanstalt Torgau von dem V.P.-Meister Gustav Werner, bekannt als »Eiserner Gustav«, so zusammengeschlagen, daß er einen Oberschenkelbruch erlitt. Als er unfähig war aufzustehen, beschimpfte der V.P.-Meister ihn als Simulanten und zertrat ihm die Beckenknochen. Hermann Priester starb an den Folgen Ende Juni.
Gerhard Koch, geb. 1924, stud. med., verh. am 13. Juli 1950; verschwunden.

Am 15. Juli 1950 verurteilte das Landgericht Güstrow im Hotel Zachow dortselbst neun leitende Angestellte der Raiffeisen-Genossenschaft zu Z. zu insgesamt vierundachtzig Jahren. Darunter Arthur Hermes, geb. 1875. Dr. jur. Hans Hoffmann, weil er bemüht war, die Werte des bäuerlichen Selbsthilfeverbandes aus Mecklenburg nach Göttingen zu verbringen. (Zwei Tankkähne, fünf Kesselwagen.) »Das ist ihm leider auch gelungen.« Darunter Prof. Dr. Hans Lehmitz, geb. 1903, Naturwissenschaften, Mitglied der Einheitspartei: fünfzehn Jahre Z.
Am 18. Juli 1950 verurteilte das Landgericht Greifswald weitere Angehörige der Genossenschaft zu Z.
Friedrich-Franz Wiese, geb. 1929, Student der Chemie und Angehöriger des Hochschulausschusses der L.P.D., verh. am 18. Oktober 1949; verurteilt am 20. Juli 1950 durch SMT Schwerin zu fünfundzwanzig Jahren ZAL, am 23. November 1950 durch SMT Berlin-Lichtenberg zum Tode.
Arno Esch, geb. 1928, stud. jur., Beisitzer im Landesvorstand der L.D.P. Mecklenburg, von sowjetischen Sicherheitsbeamten verh. in der Nacht vom 18. zum 19. Oktober 1949 beim Verlassen der rostocker Geschäftsstelle. Gegner der Todesstrafe. »Ein liberaler Chinese steht mir näher als ein deutscher Kommunist.« »Dann stelle ich fest, daß wir hier nicht die Freiheit haben, Beschlüsse zu fassen. Ich bitte, das ins Protokoll aufzunehmen.« Verurteilt am 20. Juli 1950 durch SMT Schwerin zum Tode; nach Paragraph 58 Absatz 2 des Strafgesetzbuches der R.S.F.R. (= Russische Sowjetrepublik) wegen Vorbereitung des bewaffneten Aufstands. In der Untersuchungshaft verhöhnt wegen seiner pazifistischen Haltung. Die Todesstrafe wurde erst wieder eingeführt, als er längst in Haft war. Hingerichtet in der Sowjetunion am 24. Juni 1951.
Elsbeth Wraske, geb. 1925, Studentin der Anglistik, verh. am 11. April 1950; verurteilt durch SMT Schwerin am 28. Juli 1950 zu zwanzig Jahren ZAL.
Am 8. August 1950 verurteilte das SMT Schwerin Paul Schwarz und Gerhard Schneider, beide Angehörige der Zeugen Jehovas und deswegen schon bei Hitler im Konzentrationslager; wegen »antisowjetischer Tätigkeit« am 8. August 1950 verurteilt zu je fünfundzwanzig Jahren ZAL.
Siegfried Winter, geb. 1927, stud. päd. und beliebtester Hand-

ballspieler in Rostock, verh. am 16. August 1949; verurteilt am 27. August 1950 durch SMT Schwerin zu fünfundzwanzig Jahren ZAL.
Karl-Heinz Lindenberg, geb. 1924, stud. med., verh. am 16. September 1950; verurteilt am 21. Oktober 1951 vom Landgericht Greifswald zu fünfzehn Jahren Z.
Am 28. September 1950 verurteilte das Landgericht Schwerin den Oberschüler Enno Henk und sieben andere, des Verteilens von Flugblättern beschuldigt, zu Z bis zu fünfzehn Jahren.
Alfred Loup, geb. 1923, stud. päd., verh. am 3. Juli 1950; verurteilt am 31. Oktober 1951 durch SMT Schwerin zu fünfundzwanzig Jahren ZAL.
Gerhard Popp, geb. 1924, stud. med. und Vorsitzender der C.D.U.-Hochschulgruppe Rostock, verh. am 12. Juli 1950; verurteilt am 31. Oktober 1950 durch SMT Schwerin zu fünfundzwanzig Jahren ZAL.
Roland Bude, geb. 1926, Student der Slawistik und Mitglied der F.D.J.-Hochschulgruppenleitung Rostock, verh. am 13. Juli 1950; verurteilt am 31. Oktober 1950 durch SMT Schwerin zu zweimal fünfundzwanzig Jahren ZAL.
Lothar Prenk, geb. 1924, stud. päd., verh. am 24. März 1950; verurteilt am 9. Dezember 1950 durch SMT Schwerin zu fünfundzwanzig Jahren ZAL.
Hans-Joachim Klett, geb. 1923, stud. med., verh. am 23. März 1950; verurteilt am 12. Dezember 1950 durch SMT Schwerin zu zwanzig Jahren ZAL.
Am 18. Dezember 1950 verurteilte ein SMT in Schwerin vierzehn ehemalige Volkspolizisten wegen »Antisowjethetze und illegaler Gruppenbildung« zum Tode.
Am 27. April 1950 verurteilte das Landgericht Schwerin einen Angeklagten Horst Paschen wegen »Boykotthetze in Tateinheit mit Mord an einem Seepolizisten« zu lebenslänglichem Z.
Joachim Liedke, geb. 1930, stud. jur., verh. im Juni 1951; verurteilt zu fünf Jahren Z.
Gerhard Schönbeck, geb. 1927, Student der Philosophie, verh. am 6. September 1950; verurteilt am 22. August 1951 durch das Landgericht Güstrow zu acht Jahren Z.
Franz Ball, geb. 1927, Student der klassischen Philologie, verh. am 18. Januar 1951; verurteilt am 22. August 1951 vom Landgericht Greifswald zu zehn Jahren Z.

Hartwig Bernitt, geb. 1927, Student der Biologie, verh. am 29. Juni 1951; verurteilt am 5. Dezember 1951 durch SMT Schwerin zu fünfundzwanzig Jahren Z.
Karl-Alfred Gedowski, stud. päd., geb. 1927, verh. am 26. Juni 1951; verurteilt am 6. Dezember 1951 durch SMT Schwerin zum Tode.
Im selben Prozeß:
Brunhilde Albrecht, geb. 1928, stud. päd., verh. am 29. Juni 1951; fünfzehn Jahre ZAL.
Otto Mehl, geb. 1929, Student der Landwirtschaftswissenschaften, verh. am 29. Juni 1951; fünfundzwanzig Jahre ZAL.
Gerald Joram, geb. 1930, stud. med., verh. am 29. Juni 1951; fünfundzwanzig Jahre ZAL.
Alfred Gerlach, geb. 1929, stud. med., verh. am 29. Juni 1951; zum Tode.
Über dem Eingang zum Saal des Sowjetischen Militärtribunals zu Schwerin waren die Worte angebracht »Recht muß doch Recht bleiben«. Auf der Tribüne ein Gericht aus drei Offizieren. Außer den Angeklagten anwesend: ein Dolmetscher, Wachposten und überlebensgroße Abbildungen von Stalin & Mao. Vorwürfe: Verbindung mit der Freien Universität Berlin; Herstellung und Verbreitung von Flugblättern; Besitz und Verbreitung antidemokratischer Literatur. Begründung der Urteile nach Artikel 58 des Strafgesetzbuches der Russischen Sozialistischen Föderativen Sowjetrepublik, Absatz 6: Spionage, Absatz 10: antisowjetische Propaganda, Absatz 11: illegale Gruppenbildung, Absatz 12: Nichtanzeige konterrevolutionärer Verbrechen. Karl-Alfred Gedowski in seinem Schlußwort: Um sich für eine Weltanschauung zu entscheiden, muß man auch die andere kennen.
Gerhard Dunker, geb. 1929, stud. phys., verh. am 24. Dezember 1951; verschwunden . . .
Der Verfasser der fürsorglichen Korrespondenz mochte es umsichtig angehen und seinen Briefen unterschiedliche Stempel verschaffen, indem er sie einwarf in Stralsund, Rostock, Schwerin, Malchin, Neubrandenburg; er verriet sich durch seine Auswahl. Dem war es gleichgültig, daß Peter Wulff vorgeworfen war, er habe in den Jahren 1946–1948 den Staat (den es erst seit 1949 gab) geschädigt an Einkommen-, Gewerbe- und Umsatzsteuer, insgesamt um 8643,– DM; weswegen er in der Unterwerfungsver-

handlung vor dem Finanzamt Gneez im Mai 1950 die Zahlung einer Geldstrafe von 8500 Mark noch lange verweigerte, also im Juli verknackt wurde, gemäß § 396 der Abgabenordnung, zu siebentausend Mark und drei Monaten Gefängnis; Wulff hätte in solche Chronik gehört. Dem Verfasser war es als Wirtschaftspolitik zu geringfügig, daß der Bauer Utpathel in Alt Demwies wegen seiner Rückstände in der sollgemäßen Ablieferung von Fleisch, Milch, Wolle, Ölsaaten zu zwei Jahren Zuchthaus kam; obwohl er hinwies auf seine dreiundsiebzig Jahre, auf die minderwertige Qualität des vom Staat gelieferten Saatgutes, auf den Verlust seines gesamten Viehbestandes an die Rote Armee 1945, auf die Viehseuche von 1947; das Kreisgericht Gneez gestand ihm diese »objektiven Schwierigkeiten« zu mit dem Vorbehalt, als fortschrittlicher Landmann habe er eben seine Wirtschaft belasten müssen und auf Kredit sich Vieh beschaffen, damit seine Verpflichtungen gegen Staat und Volk zu erfüllen; wegen Schädlingstätigkeit eines großbäuerlichen Elementes (42 Hektar Akkerboden) Entzug des Vermögens, wegen Wirtschaftsverbrechens gem. § 1 Abs. 1 Ziff. 1 der WStrVO 2 – zwei – Jahre Zuchthaus. Nun stand Georg Utpathels Hof unbewirtschaftet, von den Nachbarn ausgeschlachtet; offenbar eine Lappalie für jemand, dem das Vorgehen von Strafkammern gegen Oberschulen näher ging, der nur die rein politischen, die ideologischen Bestrafungen eines Mitteilens für wert erachtet; daran würden sie ihn fangen, dazu seine Abschreiber: sagte Jakob, nahm Cresspahls Tochter solche Notizen weg, vorgeblich um sie zu besprechen mit seinem Freunde Peter Zahn. Tatsächlich lagen ihre Zettel aufbewahrt bei einem unbekannten Dritten in der Gewerkschaftsleitung der Eisenbahner von Gneez, der übersandte Cresspahls Tochter ihr Eigentum nach Jakobs Tod in einem Umschlag mit holländischem Poststempel.
Einstweilen hielt der namenslose Gerichtskorrespondent (der niemals einen Briefkasten von Gneez benutzte) seine unfreiwilligen Abonnenten auf dem Laufenden, wie es getrieben wurde gegen die Besitzer von Gaststätten und Hotels an der mecklenburgischen Ostseeküste unter dem Decknamen einer »Aktion Rosa«; zur Abwechslung. Vielleicht wollte er Eintönigkeit vermeiden und schob zwischen die Personalnachrichten noch einmal die Verlautbarung der sowjetischen Nachrichtenagentur

T.A.S.S. über die Todesstrafe: sie trägt einen zutiefst humanistischen Charakter, indem ... Dann wieder zeigte er seine Vorliebe für Oberschüler und erzählte uns von Dicken Sieboldts Verlegung aus der Strafanstalt Neubrandenburg mit unbekanntem Ziel, oder eine Voreingenommenheit für Studenten in Mecklenburg, als wolle er da sich bewerben: die Staatssicherheit von Rostock habe sich das »Volkshaus« unter den Nagel gerissen, schräg gegenüber der Universität, Zellen eingebaut im Keller und in zwei Stockwerken, drohe bei den Verhören mit Sippenhaft, ergehe sich in Prügeln gegen Angeklagte. Oder er hielt den Blick gerichtet auf die Zukunft mecklenburgischer Studenten, erläuterte seinen Beziehern die Herkunft des Gefängnisnamens »Bützow-Dreibergen« aus den drei Hügeln an der südwestlichen Ecke des Bützower Sees, auf denen die Unterkunft einst hatte errichtet werden sollen; erzählte uns vom ersten Leiter der Anstalt nach 1945, dem Schlossergesellen Harry Frank aus Bützow, der sich ausgab als Regierungsrat, bis er sich im Juni 1949 in einer Zelle erhängen mußte; von den Schlägertrupps in dem überfüllten Bau, benannt nach dem V.P.-Leutnant Oskar Böttcher. Dem Ton nach waren es Berichte, die uns ins Haus kamen; nur einmal gab der Schreiber einer Verärgerung nach, mit einem Ausruf schließend: Mecklenburger! berühmt sind wir nur noch für die Wruken, die bei uns an die politischen Gefangenen verfüttert werden, für die »mecklenburgische Ananas«; reicht uns das?
Nach den Weihnachts-, den Winterferien wurden in Gneez und bei Jerichow verhaftet: die Schülerinnen Gantlik, Dühr, Cresspahl; einer Festnahme entzog sich: Alfred Uplegger, derzeit Zehn A Zwei. Die Herren in den Ledermänteln kamen ihm auf den Hof, als er gerade mit einer langschäftigen Axt am Hauklotz zu Gange war. Woans sall de Has bewiesen, dat hei kein Voss is: überlegte der vorsätzlich, und schlug zurück. Wegen Körperverletzung am Staate hatte er unversehens eine wahrhaftige Straftat begangen, das sah er ein aus freien Stücken; lief was er konnte nach Westberlin. Wer schon seit Beginn der Ferien einsaß, das war der Schüler Lockenvitz.
Am 3. Januar 1952 sprach Jakob vor beim Volkspolizeikreisamt Gneez wegen eines Verbleibs von Cresspahls Tochter und durfte gelassen sprechen, dort aktenkundig als ein gewalttätiger Mensch. Da auch ein Mensch in blauem Uniformtuch so einem

ungern im Bösen begegnet, sei es des Nachts auf unbegangenem Weg zwischen Kleingärten, setzten die Leute in der Wache ihm auf eine vernünftige Art auseinander: daß sie ihm längst einen Wink gegeben hätten, wüßten sie irgend etwas; du warst doch dinen Hannes kennen, Jakob! Jakob nahm Urlaub vom Dienst, richtete sich ein auf langwierige Warterei im Vorzimmer jener Villa im Komponistenviertel, in deren Kellern die örtliche Staatssicherheit die kurzfristigen Anlieferungen sortierte, bis sie reif waren zu einer Überstellung in die Straße der Geschwister Scholl zu Schwerin. Sofort öffneten zwei von unseren Herren ihm die Tür, sorgfältig gingen sie seine Dokumente durch mit ihm: Ausweis der Gewerkschaft, der freien deutschen Jugend, der Polizei, der D.S.F., der Sozialversicherung, der Deutschen Reichsbahn; ehe er denn beginnen konnte. Betrübten, mitfühlenden Benehmens rieten sie ihm einen Gang aufs Volkspolizeikreisamt, wo man zuständig sei für Vermißte Personen; in diesem Hause sei der Name Cresspahl noch vom Hörensagen unbekannt. – Wenn wir es Ihnen doch sagen, Herr Abs!
Die Tür zum Empfangszimmer war angelehnt, Cresspahls Tochter konnte Jakob deutlich vernehmen, bis er sich verabschiedete mit dem mißmutigen Gehabe eines Bürgers, der wollte was nachsehen, nun sind ihm selber die Personalien überprüft. Die Schülerin Cresspahl stand da den zweiten Tag auf Stäbchenparkett, jeweils drei Stunden lang, streng angewiesen zu einer Unbeweglichkeit. Die Vernehmer begehrten, daß die verdächtige Person ihren Blick gerade richte auf einen Nagel in der Wand, eingeschlagen zehn Zentimeter oberhalb gewöhnlicher Blickhöhe, an dem hing in einem vergoldeten Rahmen eine kolorierte Photographie des Marschalls Stalin. Sprechen ohne Aufforderung war verpönt in diesem Hause; Sprechen auf Verlangen der Herren dringlich angeraten. Solange Jakob im Vorraum stand, fiel der Häftlingin Cresspahl das Atmen schwer, wegen der behandschuhten Pfote, die ihr über den Mund gelegt war. Als die Außentür hinter Jakob zufiel, mit einem seufzenden, zufriedenen Schmatzen, hieß es von neuem: Heben Sie den Kopf! Strecken Sie die Arme! Halten Sie die Handflächen gerade! Am Ende des dreistündigen Turnus waren jeweils Schreibübungen angesetzt, Wiederholungen des Lebenslaufes; danach Besprechung der Unterschiede zum gestern verfaßten Text. Jakobs Auftreten hatte dem

Verhörpersonal eine neue Waffe beschert; was fängt man an mit der Frage, ob man als Oberschülerin Cresspahl mit diesem Eisenbahner in geschlechtlichen Beziehungen stehe? Dem folgte die Gymnastik im Stillstand, die vertrug sich mit dem Ärger auf die dumme Gesine Cresspahl, die steigt an einem düsteren Mittwochmorgen im Januar in den Milchholerzug nach Gneez, in ein Abteil für sich allein, so daß sie ohne viel Aufhebens an der Station Wehrlich verladen werden kann auf die Hinterbank eines E.M.W. Und nun mal eine kurze Einschätzung

des verbrecherischen Treibens
der Feinde
des Sozialismus;

wir haben sogar den stellvertretenden Ministerpräsidenten der Tschechoslowakei überführt, diesen Rudolf Slánský; wenns beliebt, Jugendfreundin Cresspahl! Heben Sie den Kopf! Strecken Sie die Arme vor!

Eine einzige Ohrfeige fing sie sich, gegen Ende der zehntägigen Untersuchung; da war sie aus den Pantinen gekippt. Als sie am 12. Januar abends zurückkam in Cresspahls Haus, bekam sie eine Umarmung von Jakob; wie er sich darauf verstand, als sei ihm das eine Gewohnheit mit ihr.

Das war der Sonnabend; am nächsten Tag zur Essenszeit kam Anita nach der Kirche zu uns; wiederum ein Erstes Mal. Beide fingen wir an, gleichzeitig sprachen wir: Du, ich muß dir was sagen! (Im Vertrauen.)

Der Wachdienst in der ehemals Dr. Grimm gehörigen Villa war so genau eingeteilt; keine hatte von der anderen geahnt, daß die schlief auf der anderen Seite der Wand, beköstigt wurde mit Näpfen mecklenburgischer Ananas, schlief unter verschmutzter Decke und dem Duft von vielerlei Schweiß. Einig waren sie sich in der Befürchtung, wem sie solche Unterkunft und Behandlung verdankten; die Befragung hatte vornehmlich gestöbert nach der Herkunft, den Äußerungen, den Gewohnheiten »unseres schönen jungen Mannes« Lockenvitz. Wir waren gekränkt in dem, was wir uns vorstellten als männliche Standhaftigkeit. Daß er sich einen Gewinn an Zeit hatte verschaffen wollen auf dem Rücken und den Handflächen von drei Mädchen ohne Ahnung, es zu begreifen waren wir bereit; da blieb eine Enttäuschung. Bis Jakob für uns den Salomo machte und sagte: mit so ungeduldigen Da-

men solle man ihn verschonen! Ob wir wohl hofften, wir kriegten je einen Mann? Bedenkt doch, was man einem Menschen antun muß, ehe er Schaden stiftet für ein Mädchen!
Anita gefiel es in meines Vaters Haus. Da war Cresspahl, der ihr zuliebe die Schultern zurücknahm bei der Begrüßung und ihr in die Augen sah, als er dankte für die Bekanntschaft. Dor wier ne oll Fru, die betete vor dem Essen. Da gab es einen jungen Mann, der rückte für sie den Stuhl, legte ihr vor, bediente sie mit erzählendem Reden; auch einen Bescheid bekam man von ihm.
Die dritte im Bunde erkannten wir bei einer Turnstunde, da war unsere Klasse zusammen gelegt mit der Elf A Zwei. Annette Dühr ging steif; die hatte wohl länger stehen müssen mit durchgedrückten Knien. Die war gesehen worden, als sie etwas hinterließ an der Tür der Lockenvitzschen Wohnung; der war etwas weniger geglaubt worden. Das Glas auf ihrer Uhr war zerbrochen. Auf dem Rücken hatte sie blaue Striemen, von Schlägen. Ihr fehlte ein Zahn. Sie blickte an uns vorbei in einer bittenden Art; die wünschte sich ausgeschlossen aus solchem Bund.
Eine fühlte sich zu kurz gekommen. Lise war auf dem Dachboden von Buchbinder Maaß versteckt worden, sobald zwei fehlten in der Zwölf A Zwei. Sobald die Staatssicherheit sie sollte holen kommen, hätte Frau Maaß sie nachts in den Gräfinnenwald gebracht zu einem Auto, mit dem sie gerettet worden wäre nach Berlin; nun alles für die Katz und die Vögel. Als ob sie ganz ohne Behuf sei, eine unergiebige Lise Wollenberg.
Von Gabriel nahm inzwischen keiner mehr ein Stück Brot oder ein Wort. Bedrängt von der eigenen Schulklasse, angefleht von der Familie Dühr um eine Intervention der Zentralen SchulGruppenLeitung zu Gunsten der Verschwundenen, hatte er befunden: dergleichen Ansinnen zeugten von einem bedenklichen Mangel an Vertrauen in den sozialistischen Staat. – Unsere Sicherheitsorgane wissen was sie tun; nur das Notwendige. Da verkneift man sich Fragen. Da hilft man!
Manfras mochte leiden an der Gleichgültigkeit, die die Mädchen ihm erwiesen seit dem Sommer 1951; schmachtenden Gehabes sangen wir ihn an, blank ins Gesicht, bis er zuverlässig errötete: Schau mich bitte nicht so annn, / du weißt es doch ich kannn / (dir dann nicht widerstehen).
Aus Cottbus kam noch jemand mit einer Kur; Pius, zu einer Aus-

sage nach Gneez befohlen. »Tempel der großen Freude« brachte er, und einen Tadel: tatsächlich war uns keine Anzeige vorgelegt worden von Lockenvitz' Hand, von ihm unterzeichnet. Die Herren der Untersuchung waren vorgegangen nach der Ahnung, der Täter müsse Helfershelfer eingespannt haben. Wer aber schreibt gut und gern auf der Maschine, worum ein junger Mann sie bittet? die Mädchen sind es. – Und gerade du, Gesine! Für dich hat er gesorgt!
(Das war verdient. Denn nach den Osterferien 1951, die nunmehr Frühjahrsferien heißen sollten, war Dieter Lockenvitz ausgestiegen aus der Arbeitsgemeinschaft Pagenkopf & Co. Blieb schlicht weg; ohne Erklärung. In der Klasse wegen eines Streites befragt, hatte er angegeben: er sei nun einmal verliebt in die Gesine Cresspahl; unmöglich vermöge er Stunden lang die Gunst auszuhalten, die sein Nebenbuhler Pius genieße. Danach hatten Pius und ich öffentlich ihm einen Vogel gezeigt, einen tippenden, fragenden Zeigefinger gegen die Schläfe; jedoch ihm seinen Willen gelassen. Er hatte sich ausgerechnet, daß man der Schülerin Cresspahl seit mindestens acht Monaten keinen Umgang mit ihm nachweisen könne; mit einem seiner Fehler.)
Der Prozeß gegen Lockenvitz wurde abgehalten im Landgericht am 15. Mai 1952 vormittags; zwar sollte im Protokoll etwas stehen von Öffentlichkeit, aber keine anwesend sein im Saal. Hier hatten die Schülerinnen Gantlik und Cresspahl vorgesorgt mit der Straftat einer vollendeten Bestechung an dem Justizangestellten Nomenscio Sednondico, welcher Herr N. S. über Elise Bock die Klasse Zwölf A Zwei so pünktlich verständigte, daß noch vor Beginn der Veranstaltung im Landgericht eine Zusammenrottung junger Bürger im stolzen Blauhemd Einlaß verlangte; es wurden Rufe laut wie: Freundschaft siegt, Freundschaft siegt! oder: Wir sind die Klasse des Angeklagten! Unter den Zudringlingen die Kollegin B. Selbich, die dem Auszug ihrer Untergebenen hatte folgen müssen, um den offenen Aufstand zu vertuschen; tatsächlich war es ihrer beflissenen Feigheit zu verdanken, daß wir ihn noch einmal sahen, den ehemaligen Oberschüler Lockenvitz.
Sichtlich hatte die Staatssicherheit an dem ausprobiert, was seine Zettel ihr nachsagten. Sie hätte etwas verbergen können, wäre sie weniger geizig gewesen, hinter einer Brille von der Art der zer-

schlagenen. Nun wurde er hineingeführt mit nacktem Gesicht, tat blind, stolperte; hing auf dem Sünderstuhl, als gehe schon das über seine Kraft. Der mochte den Kopf horchend halten; einen Blick auf uns vermied er. Weil ihm die oberen Vorderzähne abhanden gekommen waren, Schwierigkeiten in der Lautbildung.

Zeugenaussage MANFRAS: Die Arbeit des Angeklagten in der Zentralen SchulGruppenLeitung, praktisch war das schon Sabotage.

(Was an Arbeit vorkam in der Organisation der freien deutschen Jugend, Lockenvitz hatte es erledigt; Gabriels Teil waren die Jahresansprachen gewesen, die Einschätzungen der Welt im Überblick. Nun bezichtigte er sich mangelnder Wachsamkeit, wie sie der Große Genosse Stalin . . .)

Zeugenaussage WESTPHAL: Dieter Lockenvitz hat seit 1948 geholfen, die Bibliothek des Kulturbundes aufzubauen, im Katalog, bei den Bestellvorgängen; so kennt er die Räumlichkeiten. Wie soll ich ihn verdächtigen, daß er abends ein Fenster offen läßt, damit er nachts einsteigen kann und auf der Maschine schreiben?

Zeugenaussage der Mutter LOCKENVITZ: Mein Sohn ist ein verschlossenes Kind. Das kann er weder von mir haben noch von seinem Vater.

Zeugenaussage SELBICH: Entfiel. (Nachmittagsbesuche am gneezer Rosengarten.)

Der Staatsanwalt hatte auf dem Lehrgang für Volksrichter einen Unterricht im Deutschen versäumt. Wildes Umhertappen in der Grammatik. Umkippende Stimme beim falschen Artikulieren von Fremdwörtern.

Der Versuch des Angeklagten, sich ein Abitur zu erschleichen. (Es wär eines gewesen, wie es einmal vorkommt im Jahrzehnt [abgesehen von Chemie]. Der Angeklagte war eben bestimmt für jene Zeiten, da es einem Menschen ergehen soll nach seinen Fähigkeiten.)

Die ungeheuerliche Ambition (Ambítzion) des Angeklagten, Gerichtsurteile zu verbreiten, die die Strafkammern der souveränen Republik im Interesse des Staates unter Verschluß hielten! Sammlung staatsgefährdender Nachrichten.

Terror. (Da er seine Korrespondenz auch gerichtet hatte an die

Richter der Landgerichte im Neuen Mecklenburg, sie betroffen zu machen womöglich und einzuschüchtern.)
Antrag, die Mutter des Angeklagten im Gerichtssaal zu verhaften, wegen Verdachts der Beteiligung. (Gerda Lockenvitz, geb. 1909, Gartenarbeiterin; wegen Vernachlässigung der Erziehungspflicht und aktiver Mitwisserschaft zwei Jahre Z.)
Das Tatwerkzeug, ein Fahrrad schwedischer (ausländischer!) Herkunft, wird zu Gunsten des Staates eingezogen.
(Gänzlich unterblieb die Erörterung, wie ein anfangs doch landfremdes Kind herangekommen war an geheime Akten, Prozesse hinter verschlossenen Türen. Die ausführlichen Angaben zum 18. Juni und 20. Juli 1950, zum 6. Dezember 1951, sie waren gefundenes Fressen für ein Kreuzverhör. Allerdings tat das Gericht, als seien die Einzelheiten von Lockenvitz' einseitigem Briefverkehr jedermann unterhalb der Tribüne unbekannt; und es mochte bedeutet sein, daß dies Kind gesonnen war, seine Quellen auch weiterhin zu beschützen.)
Frage: Bekennen Sie sich zu Ihrer Feindschaft gegen den ersten Staat der Arbeiter und Bauern auf deutschem Boden?
Antwort: Ich bekenne mich zur Eindeutigkeit des deutschen und angelsächsischen Genitivs. Ich bekenne mich zu einer Pflege des Rechts auf offenem Markt in Deutschland.
Fünfzehn Jahre Zuchthaus. Und weil die Sowjets verzichtet hatten auf diesen Einzeltäter, entging ihm die Reise mit dem Blauen Expreß nach Moskau, im angekoppelten Zellenwaggon, getarnt als Gefährt der Deutschen Post. So kam er um das Vorrecht, in Workuta den Bergbau oder in Tajschet die Holzfällerei zu erlernen. So versäumte er die sowjetische Amnestie von 1954, die die Urteile der Militärtribunale aufhob. Weil er von einem deutschen Gericht verurteilt war, verbüßte er von seiner Strafe zwei Drittel.
Im September begann die Fortsetzung der unterbrochenen Korrespondenz:
Gerhard Dunker, geb. 1929, verh. am 24. Dezember 1951; verurteilt am 17. Juni 1952 durch das Landgericht Güstrow zu acht Jahren Z. ...
Anfangs wußte die Zwölf A Zwei, wohin Lockenvitz verbracht war: nach Bützow; zwei Schüler der Klasse durften sich eine Arbeit aussuchen für ihn, da er auch mitgeteilt hatte, welche Betriebe Aufträge vergaben in die Strafanstalt:

V.E.B. Schiffskombinat Rostock,
V.E.B. Kleiderwerke Güstrow,
V.E.B. Einheit Kataster, Schwerin,
V.E.B. (K) Wiko Korbwarenfabrikation Wittenberge,
V.E.B. Starkstrom-Anlagenbau Rostock,
Fa. Wiehr und Schacht, Bützow;

sie hatten eine Ahnung von seinem Speisezettel und durften aus seinen Nachrichten einen Stundenlohn von vierundneunzig Pfennig kalkulieren, der am Ende des Monats, nach Abzug von Steuer und Sozialversicherung und Haftkosten fünfzehn Mark übrig ließ, gerade ausreichend für zwei Pfund Butter und vier Glas Marmelade; sie wußten den erlaubten Inhalt eines Paketes, das sie ihm manchmal hätten schicken dürfen als Belohnung für gute Führung:

500 Gramm Fett,
250 Gramm Käse,
250 Gramm Speck,
500 Gramm Wurst,
500 Gramm Zucker,
für den Rest der vorgeschriebenen 3 Kilogramm netto: Obst, Zwiebeln, Markenkeks in Originalverpackung;

Anita verlangte solch ein Paket von sich ein einziges Mal, das kam zurück; sie hätte als Absenderin leben sollen unter Lockenvitz' Jurisdiktion und verwandt sein mit ihm.
Nach seiner eigenen Kundschafterei konnten wir ihn denken mit einem Haarschnitt von drei Zentimetern Länge, in abgelegtem Drillichzeug der Volkspolizei, beim Grüßen der Wachtmeister durch Abnehmen der Mütze und Blickwendung zwei Meter vor und einen Meter hinter dem vorüber schreitenden Würdenträger, beim Annehmen militärischer Haltung, beim Marschieren im Gleichschritt, beim Schlafen, niemals allein, neben einem Scheißkübel. Den ließen wir allein.
Haben wir etwa in seinem Schlußwort eine Entschuldigung erwartet wegen unserer zehn Tage Untersuchungshaft? Hörten wir auf Pius, so hatte Lockenvitz glauben dürfen, es sei niemand einvernommen denn er allein. Jakob sagte: Ji möt dat noch liehrn, dat Inspunntsien!
Nachdem die Verwalter des ostdeutschen Justizwesens Lockenvitz gezüchtigt hatten, vom Sommer 1952 an begannen sie zu

zweifeln, ob das heimliche Verhaften und das Verstecken von Bürgern die verschonten unter ihnen genügend einschüchtere. Vielleicht hatten die Bekanntmachungen dieses Oberschülers dazu geholfen, daß die Strafkammern nunmehr ihre Urteile in den Provinzzeitungen veröffentlichten, damit die Abschreckung gedruckt zu lesen sei.
Oder war uns unheimlich, daß ein Junge von achtzehn Jahren für irgend welche Wahrheit, sei sie eine erwiesene Tatsache, eine Zukunft riskiert, in der er eine Erlaubnis zum Studium hatte denken dürfen und, mit Glück, einen Beruf nach Wahl? Die Erinnerung an Lockenvitz bringt ein geringfügiges Flattern ins Denken; im Dunkeln aufgescheuchte Vögel.
Aus Gneez bekamen wir geschrieben, seine Mutter sei zurückgekehrt in die Stadt, sobald sie ihre zwei Jahre verbüßt hatte. Sie hat es versucht, in Gneez auf den Sohn zu warten; jener Domprediger, dem Anita aus dem Weg gegangen war bis hin nach Jerichow, er nahm sich die Mühe, von der Kanzel gegen sie zu wettern, mit solchen Worten, wie die Bibel sie anbietet für das Verjagen von Unwürdigen. Es heißt, sie warte im Bayerischen.
Von 1962 an, wir hätten uns umhören dürfen nach Lockenvitz. Aber seine Mitschülerin Cresspahl zog es vor abzuwarten, ob Anita ihre Drohung von 1952 verkleinern werde: Wenn er je mir über den Weg laufen sollte in der Untergrundbahn und bietet mir einen Sitzplatz an: stehen blieb ich!
Wir haben ihn im Stich gelassen, den Schüler Lockenvitz. Damit Anita das letzte Wort werde: Schuldig sind wir vor ihm.

13. August, 1968 Dienstag

Auf ihrer ersten Seite zeigt die New York *Times,* wie eine ostdeutsche Delegation in Karlovy Vary begrüßt wird von einer tschechoslowakischen; ohne Umarmung und Küsserei nach dem russischen Vorbild. Für Alexander Dubček jubelten die Zuschauer, dem Genossen Ulbricht erwiesen sie ein Schweigen, und wiederum haben die Mannschaften gespeist an getrennter Tafel. In einer dreispaltigen Lebensbeschreibung erwähnt die Chronistin der Welt einen Wortwechsel aus dem Jahre 1957 zwischen »Walter Ernst Karl« Ulbricht und einem Genossen Gerhard Ziller. Der Untergebene: Während wir in Konzentrationslagern waren, hielten Sie Reden in Rußland; Sie waren immer in Sicherheit. Der Vorgesetzte: Was Sie da gesagt haben werde ich nie vergessen; wir besprechen das später. Der Untergebene: (geht nach Hause und erschießt sich). An diese Erzählung haben wir ein längliches Fragezeichen gehängt, da wünschten wir jemand um Auskunft anzugehen für unsere Zweifel; bis sich als Gegenwart die Erinnerung meldete an den Ort, an dem er nunmehr sich aufhält.

(Das gestrige Telegramm aus Helsinki: SELBER ZU SCHREIBEN UNFÄHIG – ERITZION.)

Die Angestellte Cresspahl hat ihrer Tochter nun eingestanden, daß sie bis zum nächsten Dienstag tun darf, was ihr beliebt; Marie hat zögernd verzichtet auf die militärischen Schwimmübungen in ihrem Ferienlager. Gestern sind sie nach Chicago gereist; weil es doch nur mehr eine Stunde dauert in der Luft. (Weil am Telefonanschluß Cresspahl in New York unbekannte Männer tun wie bekannt und dringlich fragen nach einer Vermißten Person; auch weil man deren zweifelhaften Abgang zu melden unterlassen habe.) Marie gefiel es, daß die Gäste bei dieser Stadtbahn der Luft schlicht eine Nummer ziehen und erst an Bord bezahlen bei einer Stewardess, die ist mit Geldtasche vor dem Bauch verkleidet als Schaffnerin. In Chicago sind wir mit den klappernden Zügen auf der Schleife um die Innenstadt gefahren. Wir haben das Hotel gesucht, in dem wir 1962 wohnten wie eine Fürstin mit Infantin; abgerissen. In den Rundtürmen der Marina City am Chicago-Fluß besichtigten wir eine Musterwohnung, als wollten wir einmal da leben; im Fahrstuhl ein Herr in italienischer Jacke, der zwinkerte vertraut. Marie meinte, so geht es zu, wenn eine Dame einen Antrag bekommt; gewiß war er von einer anderen Gesellschaft. Und damit das Telefon tagsüber ins Leere klingelt hinter der verschlossenen Tür der Cresspahlschen Wohnung, ist dieser Dienstag gerade recht für einen Ausflug auf die Insel Rockaway im Atlantik, mit der Ubahn in länger als einer Stunde zu erreichen; die einzige Strecke, wo ein zweiter Jeton zu entrichten ist.

Hier haben wir ein Kind, dem steht die Reise in sieben Tagen ungemütlich bevor, dem ist das Land zu fremd, das hätte sich lieber noch besprochen mit einem Herrn, zur Zeit unerreichbar an der bottnischen Ostsee. Nun muß eine Verköstigung her, ein Vorgeschmack; der lange aufgesparte für Notzeiten. Ob Marie wohl weiß, daß Jakob im Herbst 1955 Briefe geschrieben hat aus Olmütz, Olomouc, wo er auf dem hl. n. die Betriebstechnik des Dispatchens einübte, am Eisenbahnkilometer Nr. 253 von Prag aus?

Der Zug zu den Stränden von Rockaway ist gleich in Brooklyn dicht bestanden. Die Neger unter den Fahrgästen reisen alle weiter als bis zur Vierundvierzigsten, und tatsächlich ist der weiße Strand bis zur Sechzigsten nur belegt mit Rosahäutigen, die liegen zu Paaren auf den Decken. Die Männer halten die Hände still auf den Rücken der Mädchen; einfallslos sieht es aus. In der Subway hatte ein junger dunkler Mann seine dösende Freundin in die Seite gestoßen, sich ihren Kopf auf die Schulter gekippt; während sie behagliches Zurechtkuscheln vortäuschte, entschädigte er für seine Güte sich mit dem Befühlen ihrer Oberschenkel.

– Jakob hat einmal gearbeitet, wo wir sein werden? Sehen wir uns das an?

Das sehen wir uns an in zehn Tagen, wenn es paßt. Wir suchen eine Familie, mit zwei Töchtern, die werden aus dem Haus sein inzwischen; Feliks und Tonja; die werden uns an Jakobs Namen erkennen. Da hat Jakob gelebt en famille; den Anfang des Tages erzählt: am Morgen sei da nur ein umfängliches, schwarzblau ausgetuschtes Fenster gewesen, davor eine dickbauchige Lampe, die suchte eine plumpe Beule in die auswärtige Dunkelheit zu drücken, über einem weißen, friedlichen Tischtuch. Daran mit dem Gast aus Mecklenburg der Hausherr, noch schläfrig, aber bekannt mit den Arbeiten des Tages und gewiß, sie zu bewältigen. Vorläufig wartet er mit verhehltem Genuß, welche von den Töchtern die erste sein wird. Heut am Morgen von Jakobs Brief war es die jüngere, gerade sieben Jahre alt, die aus den Schränken Geschirr und Besteck für fünf Gedecke aussucht und aufstellt, alles mit einem besorgten, angestrengten Gehabe, das sagen möchte: Ja, wenn ich nur da bin für euch! Dann läßt die Mutter mit den Kannen für Tee und Kaffee sich nieder, vier Leute essen schon, als die ältere Tochter an den Tisch kommt, lahm von verschlafener Eile, im Stehen ein Brot herrichtet, im Gehen essend, in ihrem Rücken beschützt von dem mitfühlenden Wissen aller, heute wird in ihrer Klasse eine Arbeit geschrieben, und ausgerechnet

im Russischen. Der Wind ging mittlerweile die Dunkelheit des Himmels mit einer Reibe an, es erscheinen darin längliche weißliche Schlitze. Diese Leute hatten zu reden. Von dem Bauern, der sein kakelndes Huhn zur Rede stellt: Nu hab dich man nicht so für deine achsseen Heller! denn das war der ungefähre Preis für ein Ei. Oder: Sieh mal, wie dick sich das Rotkehlchen aufplustert auf der Mauer, das muß um die null Grad sein draußen. Wenn nun der Eichelhäher kommt. Nesträuber haben es auch schwer; neulich ist ihm ein ganzer Schwarm Amseln entgegen geflogen. Amseln? Ja. Am-seln. Inzwischen ist die linke, die nordöstliche Himmelshälfte fast ganz abgeräumt, die rechte zu Schlieren aufgelöst, das waren also doch Wolken; nun kommt das Licht sprungweise. Nordwind. Setz ein Hut auf heute, kalt wird das. Dann sagen alle Tschüß, oder auch Hattjé, für alle beginnt endgültig der Tag; Jakob geht zum Bahnhof.
– Jakob konnte gar kein Tschechisch!
Wenn er zurecht kommen wollte mit den Leuten von der tschechischen Eisenbahn, mußte er sie verschonen mit seinem Russisch aus Mecklenburg. Was Jakob in dem Brief zitiert hat: Protože nádraži je velmi daleko. (Weil der Bahnhof weit weg ist.)
Ne, jejich manželky jsou Češky. (Nein, Vorsicht doch! Ihre Frauen sind Tschechinnen.) Ještě dělám chyby. (Ich mache immer noch Fehler.)
– Was du so kannst, Gesine.
Aber für Jakob stand jeden Morgen ein Junge im Fenster, vier Jahre alt, und wartete auf seinen Freund:
– Ich seh dich.
– So do I.
– Well, see you later.
– Will do.
Und mit den Redensarten auf dem Bahnhof kannte er sich aus, unter den Tschechen:
– Mit dir nehm ich es allemal noch auf! groß wie du bist.
– Denn fang an.
– Denn ich bin man klein, und laufen kann ich fix.
Feliks: schwarzer Kinnbart über immer weißem Hemdkragen; Tonsurglatze. Tonja: Noch in Besorgnis gütiger Blick hinter der ungeschickten Brille; ein Dutt. Was die beiden sich wunderten,

daß ein so junger Mann von siebenundzwanzig Jahren so geschickt sein soll, allein zu leben! Dem bügelt man die Hemden. Im Kreis Nordmähren, Marie. An der March, der Morava. Das müßtet ihr doch so bei lüttem in der Schule haben, die Olmützer Punktuation. An die siebzigtausend Leute. Ein Erzbischofssitz. Ein Wenzelsdom. In der Mauritiuskirche die größte Orgel Mährens. Der *Heilige Berg*. Die *Olmützer Sprachinsel.*
– Das hört sich an nach einsamen Spaziergängen.
Der Eisenbahner Feliks nahm den Kollegen Jakob mit zum Biertrinken. Die Familie reiste mit ihm, drei Stunden Schnellzug, nach Prag, führte ihn von der Ecke der Kaprova und Maislova ulice zur Dušni ulice, Mikulášska, Celetná ulice, zum Altstädter Rathaus, zum Fleischmarkt, zum Kinský-Palais, zum Karolinum, zum Gebäude der Assicurazioni Generali, zum Gebäude der Arbeiter-Unfall-Versicherungs-Anstalt, zur Bílkova ulice, zu Dlouhá třída: damit er dort die Fotografien aufnehmen konnte, wie sie bei ihm bestellt waren von einer Freundin im Westdeutschen. Da sie einstweilen verhindert war, im Tschechischen Besuch zu machen. Die hat eine Einladung seit dem. Abends in Olmütz fanden sie eine verwüstete Wohnung.
– Da waren Einbrecher gewesen, angereist vom Riverside Drive in New York.
Da hatten sie die Katze vergessen, ohne ihr ein Schlupfloch zu lassen im Kellerfenster, in der Hintertür. Der Katze aber war bewußt als eine Pflicht ihres Berufes, nur draußen sich zu erleichtern; den Drang im Leibe und in ihrer Not sprang sie vom Geschirrschrank auf die Nähmaschine, vom Eierkorb ins Sirupfaß. Wie verlegen sie war, als sie zurück kamen, die bei ihr angestellten Menschen. Wie gemein sie es fand, mit Lachen bestraft zu werden, mit einem warmen Bade. Hatte doch genug Sorgen mit dem Sohn, dem schmeichelnden Blondchen, das für Jagd auf Vögel und Mäuse verdorben war, zu faul. So vor dem Nachwuchs bloß gestellt zu werden!
Wie anders die Hunde: schrieb Jakob. Bei denen sei das Kratzen mehr ein symbolischer Akt. Die Katzen aber möchten vergraben, was ihnen unlieblich in die Nase sticht. Ihretwegen muß der Blumengarten eingezäunt werden – finde du Draht hier!
– Schickte Gesine Kükendraht aus dem Westdeutschen.
Zum Dank für die Belehrung tat sie das. Inzwischen trauten

Tonja und Feliks dem Kollegen Jakob aus Mecklenburg, obwohl er nach Luther erzogen war und in die Hölle kommen würde; von dem Erzbischof Josef Beran erzählten sie ihm. Am 7. Juni 1948 unterschrieb der Ministerpräsident Gottwalt die neue Verfassung, weil der Präsident auf Lebenszeit, Eduard Beneš, sich geweigert hatte, und bat den Erzbischof um seine Begleitung zu einem Dankgottesdienst. Ein Jahr später aber wurde der Erzbischof von Prag am Predigen gehindert, im August seiner Rechte und seines Ausgangs beraubt, im März 1951 aus Prag verbannt. Was den Titularbischof von Olmütz anging, so war er am 2. Dezember 1950 verknackt worden zu fünfundzwanzig Jahren Gefängnis. Es gibt im Kommunismus Regierungen, da weiß man nie.
Und damit der Kollege Jakob in seine Heimat zurückfahre mit vollständigem Wissen um Olmütz, vertrauten die Eisenbahner ihm an, wofür die Stadt neuerdings berühmt war. Die Parfümkisten-Verschwörung war es, und keiner durfte es wissen. Die Bomben kamen in Prag an bei dem Vorsitzenden der Nationalsozialisten Peter Zenkl, dem Justizminister Prokop Drtina, dem Außenminister Jan Masaryk. Der Generalsekretär der Kommunisten erklärte in öffentlicher Versammlung, die Leute Peter Zenkls selber hätten die geschickt. Nun gab es bei Olmütz einen Tischler, Jan Kopka, den rührten die Fahndungen der Partei, denn er hatte die Kästen selber angefertigt und wußte auch wozu. Ging er sich melden, wurde von dem Oberpolizisten der Partei der Lüge beschuldigt und mußte dies als seine Aussage unterzeichnen. Noch waren die Demokraten im Justizministerium, die nahmen Kopka noch einmal fest, fanden bei ihm Maschinengewehre, Handgranaten, Munition. Kopka als Kommunist gab einen Genossen an in der Gesinnung, den Eisenbahner Opluštil; bei dem war ein noch größeres Arsenal, das hatte er beziehen müssen vom olmützer Parteisekretariat der Kommunisten, für eine Weigerung oder Plauderei bedroht: du könntest zerquetscht werden zwischen zwei Waggons, oder von einem Zug stürzen, und keiner wüßte, was da passiert ist. Das kündigte ihm der zweite Sekretär J. Juri-Sosnar an, der hatte die Parfümkastenbomben angefertigt mit eigener Hand, war überführt durch laufende Nummern in Olmütz; und wen hatte nun wieder der zum Auftraggeber? einen Alexej Čepička. Das war der Schwiegersohn

von Klement Gottwalt, so kam die Sache nie vor Gericht, und die Sache mit dem Erzbischof wirst du schon gehört haben, Jakob. Und wer mußte im nächsten Februar aus einem Fenster springen im dritten Stock? der ehemalige Justizminister Drtina. Und wofür saß er dann fünf Jahre und drei Monate? für falsche Anklagen auf versuchte Meuchelmörderei. Dafür sind wir hier in Olmütz berühmt, Jakob.
Jakob hatte in dem englischen Haushalt Cresspahls sich gewöhnt an Tee, der stand bei Tonja und Feliks bereit auf dem Stövchen (nur mit dem Saft frischer Zitronen haperte es; mit Teelichtern auch). Für einen jungen Mann in der Fremde, man muß doch sorgen, fährt Tonja eigens nach Brno, da hat es vorgestern Zitronen gegeben. Teelichter baut Feliks.
Tonja genierte sich für ihre Figur; Feliks war einverstanden. Eine Liebschaft unter ihrer Aufsicht, die gönnte sie ihm; trotz des Schmerzes. Nur belogen (verraten) zu werden, das ging gegen ihre Selbstachtung. Selbstachtung müsse man sich bewahren.
Von Feliks lernte Jakob, das Niesen habe im Mittelalter gegolten als Anzeichen der Pest; daher die guten Wünsche. Was sagen denn deine Italiener dazu, Gesine.
Einer vom anderen dachten wir: tut er es, so ist es wohlgetan.
– So daß du rechtzeitig wußtest, worüber er sprechen wollte mit dir, Gesine?
Nun will Marie noch wissen, warum sie einen Brief von Jakob aus Mähren noch nie zu Gesichte bekommen hat. Weil er verwahrt liegt in Düsseldorf. Wird die Mutter schwören, daß es ihn gibt? Sie tut es, sie legt sich die Hand auf das Herz. (Und wenn's ein Meineid war, ich tät's gleich noch mal.)
Aber das Kind blickt auf einen Strand in Amerika. Neben den Ausflüglern wird gearbeitet; ein Schaufelbagger kriecht mit voller Schnauze auf seinen Ketten zu einer Molenspitze, schüttet die Ladung in das Netz eines Krans, der vor sich hin seine Standfläche verlängern kann. Neben dem breiten Bohlensteig reißen »gefärbte« Arbeiter mit Brecheisen die Fundamente verrotteter Bungalows aus der Erde, stapeln die Bretterschwarten ordentlich auf. Alles neu macht der Mai, die durchgehende Jahreszeit der Spekulation.
Hinter dem Bohlensteig verwitterte, krumme, zusammensin-

kende Holzhäuschen, die man mieten könnte als Wohnungen oder Sommerhäuser auf Zeit, auch wenn die Telefonnummern der Besitzer schon ausgebleicht sind, abgeblättert. Eine der handschriftlichen Anpreisungen: All the bungalow people kiss my dick. Im flirrenden Himmel Flugzeuge mit Reklameschriften. SIE SEHEN VERBRANNT AUS. KÜHLEN SIE ES MIT –. Hütten mit fabrikmäßig vorgefertigten Fleischwaren, Blechdosen mit siebenundzwanzig trinkbaren Flüssigkeiten. Marie vertraut auf das Eis, das sie hier erwerben kann; statt auf eines in einer Fremde.
Zurückgetreten auf den hölzernen Strandweg, reißt sie sich beim zweiten Schritt einen Splitter in die Fußsohle, hält stoisch still nach den Regeln des Ferienlagers und würdigt ihr vielfarbiges Eis, während die Mutter ihr die Haut mit einer Scherenspitze aufritzt. Dennoch bricht der Splitter mehrmals ab. Unter der Schere entsteht ein plumper, rasch kugliger Tropfen Blut. Wir haben nunmehr ein humpelndes Kind.
Als der Strand schmal wird, treten die Siedlungen derer heran, die Neger genannt sein wollen; Leute mit förmlichem Betragen, die blicken vertraulich. Vier siebzehnjährige Kinder möchten ein fünftes ins Wasser tragen; weil am Sonnabend ein Schwarm Haie vor der Küste gesichtet wurde. In den verkommenden Schaufenstern die Reklame-Insignien der »Weißen«. Ein Großvater mit drei Kindern und ihren Angelruten zum Spielen; seine eigene hat er zu Hause gelassen. Gegend, imstande zu saftiger Vegetation; unter Abfällen der Industrie verkommt sie. Rundum einstöckige Wüstenei. Mitten im Juchhe des bedrängten Bahnsteigs liest eine des Deutschen Kundige ein Buch; »Die Einsamkeit des Menschen in der modernen amerikanischen Gesellschaft« steht auf dem Titel. Marie hat's gesehen, sie lacht. Seufzend, tapfer sagt sie: Wenn wir doch bleiben dürften.

14. August, 1968 Mittwoch

In die Bank Union Dime Savings, Park Avenue Ecke 50. Straße, traten gestern morgen um fünf nach neun zwei Herren, durchschnittlich angezogen (»etwa wie ein Leutnant bei der Polizei«: schätzt die Polizei), die brachten einen Revolver und ein Hacke-

beil. Als sie mit $ 4400 auf der Straße standen, riefen hinter ihnen Angestellte der Bank: Diebe! Diebe! und kein Taxi nahm sie als Fuhre, so im dicken Morgenverkehr, und den Rest des Vormittags verbrachten sie im 17. Revier. (Der eine war gerade im Juni entlassen worden aus Sing Sing, verurteilt wegen Übungen im Fache der Bankräuberei.)
Der ostdeutsche Sachwalter ist aus Karlovy Vary abgefahren so voller Zorn über die Weigerung seiner tschechoslowakischen Kollegen, ihre Presse wieder an die Kette zu legen; er läßt seine eigene Presse verschweigen, wo er war für siebenundzwanzig Stunden.
Die Bürger der Č.S.S.R. haben vierzig Pfund Gold und Wertgegenstände zu etwa zwanzig Millionen Dollar abgeliefert beim Aufbaufonds ihrer kommunistischen Partei; die aber wünscht sich von ihnen lieber, sie möchten ihre Pausen für Kaffee oder Bier verkürzen, den Ausschuß vermindern; härter arbeiten. Ein Arbeiter, in einem Brief an die Gewerkschaftszeitung Prace, fragt sich wozu. Wenn junge Leute zehn Jahre warten müssen auf eine Wohnung und noch vierzigtausend Kronen ($ 2 500) dafür zahlen. Neue Maschinen müssen her! Und so ungefähr das Gefühl, daß Arbeiten sich lohnt!
Die Erlaubnis zum Weggehen von der Oberschule, das Zeugnis der Studienreife, das Abitur, die Schülerin Cresspahl erwarb es sich mehrmals.
Einmal von den Lehrern, wie die es denn wollten.
In Latein von einem bückichten, schreckhaften Greis, der übersah mit einer Darstellung von zerstreutem Wesen, daß aus der Zwölf A Zwei sein vorgezogener Jünger in der Grammatik, der Famulus Lockenvitz, wegblieb auf ein Nimmerwiedersehn, desgleichen die Schülerinnen Gantlik und Cresspahl für anderthalb Wochen, ohne die vorschriftsmäßigen Zettel der Entschuldigung von seiten der Familien. Der verriet sich, indem er sie erst im Februar einmal drannahm, als sie das Versäumte mochten nachgeholt haben. Der wich ein wenig zurück, wenn man anläßlich seines Marcus Tullius Cicero auf die Erwägung kam, dieser Redner gegen Korruption im Staat könne die eigenen Bedürfnisse an Bargeld auch bedient haben, oder gar auf die Verbreitung des Lateinischen durch die christliche Mission in Westeuropa; der war einmal böse hereingefallen in Geschichte; strafversetzt aus

Schwerin. Der wäre in einem Herzanfall verflattert, hätte eine Abordnung der Klasse ihn ersucht, die eigene wohlerwiesene Sittlichkeit zu benutzen zu einer Unterweisung über die Unsitte, daß einer der Schüler sich merkt und meldet, was die Kinder um ihn so schwatzen bei Betriebsbesichtigung in Gaswerk oder Brauerei. Der sehnte sich dem Ruhestand entgegen, einer Muße für die Abfassung einer ureigenen Monographie über die Schelfkirche zu Schwerin. Wer dem stille Rede stand über den ablativus absolutus, dem gab er eine Eins für den Abgang; aus Dankbarkeit für die Schonung.
In Englisch eine Eins für die Abiturientin Cresspahl von Hansgerhard Knick, der diese Sprache mit Hilfe von Schallplatten erlernt hatte und sie zu sprechen glaubte, nachdem er noch einmal in kurzen Hosen zu den Weltfestspielen der Jugend und Studenten 1951 nach Berlin gereist war, als Dolmetscher für eine Gruppe sozialistisch gesinnter Mädchen aus England von diesen nachsichtig behandelt. Wenn der Cresspahl aus ihrer Beschäftigung mit Th. Dreisers »Sister Carrie« ein conductor statt des guard für den Schaffner in die Rede rutschte, er versuchte anfangs sich an einem Verweis, gab sie bald auf. Auch war diese Schülerin ein wenig geschützt durch ihr Vorhaben, an einer Universität zu studieren, was er hätte nachholen dürfen; außer dem durch eine Hinterlassenschaft des freien deutschen Jungen Lockenvitz, der die Frau Knick aus der verlorenen Heimat kannte, eine vermögliche Bürgerstochter, keine Tochter von Arbeitern und Bauern, wie sie sich gehörte für einen Englischlehrer, der möchte von der Einheitspartei angenommen werden als Kandidat.
In Russisch eine Zwei im Abschlußzeugnis für G. Cresspahl, vornehmlich wegen Teilnahme an der Verschwörung, einer jungen Volkslehrerin mit dem Namen von Bülow beim Erlernen dieser Sprache bis zu einer Lehrbefähigung behilflich zu sein. Die war ängstlich genug wegen ihrer adligen Herkunft, die psychologischen Auskünfte ihrer Lehrgänge verwirrten sie wegen ihrer Abweichung vom Benehmen einer Zwölf A Zwei in Mecklenburg. Der Unterricht im Russischen wurde demnach verwaltet von Anita. Ein Opfer. Denn auf dem Lehrplan stand Stalins Versuch »Über dialektischen und historischen Materialismus«, wo es wimmelt von »Ferner ... Also kann ... Also darf ... Also hört ... Also verwandelt ... Also muß ... Ferner ...«; danach

des gleichen Autors Abhandlung über »Marxismus und Fragen der Sprachwissenschaft«. Was slushaju. Keiner von uns hätte damit auch nur eine Nagelschere kaufen können in Kiew oder Minsk. Nach Hamburg ging diese Eva von Bülow am Ende des Schuljahrs 1951/52; da dolmetscht sie nun im westdeutsch-sowjetischen Handel in Schiffbau und Stahl.
In Musik eine Zwei, bei Julie Westphal. Weil die Schülerin Cresspahl es zufrieden war, zu verbleiben im zweiten Alt; so mit Freizeit versehen, wenn der ausgewählte Schulchor übte für die sommerlichen Vortragsreisen in die Ostseebäder, mit Zeit für Ferien ohne Aufsicht. Auch weil der Fachkraft Westphal zugetragen war durch den Kandidaten Manfras, die Schülerin Cresspahl habe eine ihrer Lehrmeinungen als dumm Tüch bezeichnet; das meinte Julies Befund, es müsse das Lied vom Mond, der aufgegangen ist, verschwinden aus der demokratischen Musikpflege, nämlich wegen der darin enthaltenen Bitte, auch unser kranker Nachbar möge ruhig schlafen dürfen: da solche Fürsorge die ideologische Wachsamkeit des klassenbewußten Menschen unterhöhle, indem der Nachbar durchaus ein getarnter Volksfeind sein könne, den ruhig schlafen zu lassen ein Vergehen wäre. Des weiteren, weil die Schülerin Cresspahl zwar anhörte und aufsagte, was Frau Westphal vortrug über die kosmopolitischen, reaktionären Nationalisten und Feinde der Sowjetunion, als da anzuführen wären die Komponisten und Musiker Paderewsky, Toscanini, Strawinsky; danach von der Lehrerin eine Vorführung solcher schändlichen Eigenschaften im Werke der Verfemten erbat, so mal paar Takte am Klavier, Frau Westphal; daß man eine Ahnung bekäme.
In Biologie/Chemie eine Eins von einem ältlichen Männchen. Eine Tante wie die für Latein, nur eben dicklich, kugelig. Bei dem bekamen wir in der Zehnten jenes Stück Unterricht, in dem Kindern die geschlechtlichen Bedürfnisse und Befähigungen eines Menschen erklärt werden sollen; da hatte dieser Sabberer, nach eigenem Verständnis ein Schwerenöter, seiner unausgelebten Lüsternheit Zucker gegeben, indem er den Jungen vortrug, zwinkernd, einen steilen Zeigefinger neben dem Auge: Allein der Gedanke hebt Ihn, mit samt dem Gedicht:

Wenn man bedenkt,
Wie er da hängt,

So lose,
Der Große,
In der Hose...
Ihr seid Schweine!
Bei euch gefällt mirs:
(»Heinrich Heine«).

(Woher ein Mädchen der Zehn A Zwei das wußte und zu hören bekam? Ratet einmal! am besten fahrt ihr mit: Osmose.) Der wuselte immer noch vor uns umher und begeisterte sich an Beispielen für eine »Entwik-ke-lung« in der Natur; 1952 tischte er seinen Schülern das Märchen auf, es werde dem Menschen durch den Genuß von Bananen eine Kinderlähmung verursacht, wie schon den Kindern von 1937; da es auch zu deren Zeiten keine Bananen im Handel gegeben hatte. Ob er ihn denn in der Tat verehrte, den Lieblingssohn Stalins, den sowjetischen Biologen Trofim Denissowitsch Lyssenko, die Schüler in der Klasse Biologie/Chemie hielten das für unvereinbar mit der Herkunft des Lehrers von der Universität Heidelberg; brav rezitierten wir ihm, es komme bei Pflanzen allein auf die Umweltbedingungen an, wenn sie erworbene Eigenschaften vererben sollen. Daß sie es taten, es war nun einmal unsere einzige Wissenschaft auf einem Fachgebiet; weswegen Anita bei Betriebsbesichtigung auf Saatzuchtgut den Vorsteher anging um eine Auskunft über Mitschurin und dessen Zögling Lyssenko. Das war ein Professor mit Lehrstuhl, ein vielfacher Doktor nach Verdienst und Ehren halber, ein Träger des Nationalpreises, dem war ein Verbleiben bei seinen Versuchsfeldern näher gewesen als der beiläufige Umstand, daß der Neue Staat sie in eigenen Besitz überführte. Zu einem solchen Mann spricht eine Anita bescheiden und mit einer Achtung, die kann er sehen. Er mochte Ärger aufbewahren von einer Sitzung in Rostock oder einer Akademie; erbost, streng wie ein Geheimrat setzte er ihr, ihr allein, auseinander, es möge eine Fixierung genetischer Eigenschaften auf somatischem Umwege vielleicht in 10 hoch 6 Millionen Jahren vorkommen, da andernfalls Theorie von der Weiterentwicklung des Lebens hinfällig. Bei mir gibt es keine Lyssenko-Beete, junge Frau! Wir standen um sie, sahen sie die Augen niederschlagen, erröten. In solchen Augenblicken fehlten sie uns, die Herren Pagenkopf und Lokkenvitz; die hätten jeder auf seine Art etwas unternommen gegen

die Kränkung eines Mädchens von ihrer Klasse. Zum Glück sah auch der Genosse Professor rechtzeitig, daß hier die Schule sich zu schämen hatte statt Anita; nahm sie um die Schultern und weg auf einen Spaziergang, ihr etwas zu erzählen von Bonitierung und Anerkennung des Saatgutes wie auch den Umstand, daß die Landwirtschaft eines kleinen Staates sich keine Beliebigkeiten erlauben darf in der Genetik. Wir standen um unsere Fachkraft für Biologie, überhörten ihr verlegenes Brabbeln und hofften, es werde uns eine getröstete Anita zurück gebracht. – Heil Moskau und Lyssenko! sagte die Schülerin Gantlik (wenn kein Jugendfreund Manfras in der Nähe war); sie hat an jenem Nachmittag auf einen Berufswunsch verzichtet.
Eine Eins in Mathematik und Physik für Gantlik wie Cresspahl bei Eberhard Martens; genannt »Das Böse Auge«, weil er aus Unteroffizierszeiten einen hypnotischen Blick behalten hatte, der suchte nach Vergehen. Ein Lehrer, der den Unterricht weiterführt, wenn ihm hätte aufgehen dürfen, daß nur drei Angehörigen seiner Klasse der Begriff der Zuordnungsvorschrift Funktion zugänglich geworden ist. Mit uns war der verlegen, der rätselte an unserer steifen Höflichkeit. Den hatten wir erzählen hören, breit mecklenburgisch, behaglich: Ich schwitz kaum; das haben mir die Märsche in Rußland abgewöhnt; die annnern habn ja ümme getrunkn; es gipt bloß einen Zustand, da schwitz ich. Zum anderen hatten wir den erzählen hören, in einem Gespräch unter Männern, mit der Fachkraft Hg. Knick, von einem bedenklichen Zusammentreffen auf den Straßen von Warschau im Jahr 1942: Kommt mir eine Person entgegen, die plinkert, bis daß ich das merk, ihr Busen ist verschoben gegen den Gang; hab ich sie vorgenommen. Hat doch das Biest von den Strumpfhaltern zum Büstenhalter mit Gummibändern kreuzweise ... war technisch wohl Rassenschande. »Das Böse Auge« versuchte die ostdeutsche Republik im Jahre 1954 zu verlassen, die Gepäckkontrolle an der Grenze fand privat anmutende Photographien von Heinrich Himmler und jenem General der S.S., der das warschauer Ghetto hat schleifen lassen und die Bewohner in den Tod verschleppen; zwei Jahre Zuchthaus. Diesem Lehrer schützten wir eine Fügsamkeit vor bis zum Abitur.
Die Fachkraft für Deutsch/Gegenwartskunde hätten wir angehen dürfen mit Lustigkeit; wir hüteten uns, in der Regel. Denn in

der Neunten von 1952 gab es ein Mädchen, das hieß Kress, zur Hälfte wie die Schülerin Cresspahl. Auf die Frage, wer denn wohl der Genosse Stalin sei, gab dies Kind die Vermutung an, er sei der Präsident der Sowjetunion. – Setzen! Fünf! schrie Bettinchen, und in gleichem Atemzug: deine ganze Familie ist mir verdächtig! Da sie die Schülerin Kress zum ersten Mal sah und unbekannt blieb mit deren Familie, wußte eine in der Zwölf A Zwei, auf wen Bettinchen in der Tat einen Piek empfand.

Ernsthafter Miene sagten wir ihr in Deutsch auf aus dem Gedicht »Die Erziehung der Hirse«, das der Schriftsteller Bertolt Brecht im Jahr zuvor veröffentlicht hatte:

20
Josef Stalin sprach von Hirse
Zu Mitschurins Schülern, sprach von Dung
und Dürrewind.
Und des Sowjetvolkes großer Ernteleiter
Nannt die Hirse ein verwildert Kind.

21
Nicht die Hirse war die Angeklagte
Als die launische Steppentochter ward verhört.
In Lyssenkos Treibhaus, fern in Moskau, sagte
Aus sie, was ihr hilft und was sie stört.

In Gedanken womöglich bei einem anders bezeichneten Hause, in dem der Schüler Lockenvitz, auch in einer Ferne, verhört wurde über was ihn stört, erläuterte Anita der Frau Selbich die poetischen Ziele dieser Zeilen, nämlich die naturwissenschaftliche Grundlage für die marxistische Auffassung von gesellschaftlicher Entwicklung, die Prägung des Menschen durch sein soziales Milieu sowie auch die Vererbung der so erworbenen Tugenden (samt Unterschied zu den Milieu-Theorien von Marx' Zeitgenossen; unter strikter Vermeidung des Terminus Soziologie, damals noch geächtet als Ausdruck imperialistischer Afterwissenschaft).

Überdies war »Die Erziehung der Hirse« verziert mit einer Vertonung, das ließ sich singen mit Längen auf dem jeweils letzten a:

Tschaganak Bersijew, der Nomaaade
Sohn der freien Wüsteneien im Land Kasakstaaan –

was sollte Bettinchen da erkennen als einen etwas kindlichen Übermut im Rahmen des Lehrplans?

Vom selben Autor wurde bei Frau Selbich studiert das Werk »Herrnburger Bericht«, eine poetische Erinnerung an den Empfang, der den westdeutschen Besuchern des Deutschlandtreffens von 1950 am Grenzübergang Herrnburg bereitet wurde von ihrer Schupo. Das Innenministerium von Schleswig Holstein hatte verordnet, die Jugendlichen seien nach ihren persönlichen Daten samt Arbeitsplatz zu registrieren und ärztlich zu untersuchen, weil sie auf Stroh übernachtet hatten; die Rückkehrer wehrten sich mit Steinwürfen und Handgemenge, biwakierten anderthalb Nächte auf freiem Feld, bis sie nachgaben und ihre Ausweise hinhielten für den Stempel »Erledigt« oder »In Ordnung«. Daraus war bei dem Dichter Brecht geworden, sie hätten die Fahne der F.D.J. auf das Dach des lübecker Hauptbahnhofs »gepflanzt« und gesiegt, mit einem Befund über zwei Parteivorsitzende in der Bundesrepublik:

Schuhmacher, Schuhmacher, dein Schuh ist zu klein,
In den kommt ja Deutschland gar nicht hinein.
Adenauer, Adenauer, zeig deine Hand,
Um dreißig Silberlinge verkaufst du unser Land.

Das wurde aufgeführt zu den III. Weltjugendfestspielen der F.D.J. in Berlin, und die englischen Mädchen mit dem sozialistischen Gewissen um unseren Hg. Knick in kurzen Hosen mochten es gewiß *awful* finden, was er ihnen übersetzte:

Deutsche wurden von Deutschen gefangen
Weil sie von Deutschland nach Deutschland gegangen.
... Schlagbaum und Schanzen.
Hat das denn Zweck?
Seht doch, wir tanzen
Drüber hinweg.

Wir waren albern genug, eine Inszenierung des Chorwerkes auch vorzuschlagen für die Fritz Reuter-Oberschule in Gneez (weil Herrnburg doch Nachbarschaft sei), zur Begeisterung von Bettina S. (über ihre pädagogischen Erfolge). Da legte Julie Westphal sich quer, der schwante etwas von unserer Verwunderung über einen Dichter, der sich empörte über westdeutsche Polizeikontrolle, weil er von der ostdeutschen meistens verschont wurde. Aber das Lehrziel erreichte die Schule. Indem sie uns nur die Brotarbeit Brechts vorführte, mit einem Nationalpreis (hunderttausend Mark) als Belohnung dazu, verleidete sie uns seine

»Hundert Gedichte«, die im selben Jahr 1951 auf den Markt kamen; die durften wir als auch madig verdächtigen.
Wer ein Exemplar von Bertolt Brechts »Hundert Gedichte«, wie immer antiquarisch, wenn möglich mit dem Schutzumschlag, abzugeben gewillt ist, wird um einen Preisvorschlag gebeten an Mrs. Gesine Cresspahl, wohnhaft... c/o Státní Banka Ceskoslovenská, Praha 1.
Mit dem Denunzieren der kosmopolitischen Volksfeinde hatte Bettina ihre Mühe. Von Rainer Maria Rilke wußte sie, er sei ein volksfremder Lyriker gewesen; Stefan George nannte sie einen Säulenheiligen. Aber was anfangen mit Jean-Paul Sartre? Die Schülerin Cresspahl schlug vor: dieser Mensch habe ein Buch namens »L'Être et le Néant« 1943 in Paris veröffentlicht, unter der nazideutschen Besatzung; eine Eins bekam sie. Ach, wie entbehrten wir Lockenvitz!
Der war noch bei uns gewesen auf der Betriebsbesichtigung Barlach; fuhr mit nach Güstrow in einem Anzug wie die Schülerin Cresspahl in einem sonntäglichen Kostüm; indem ihr Vater das angewiesen hatte als eine Schicklichkeit für den Besuch bei einem Toten. Den hatten die Mecklenburger, Fiete Hildebrandt immer voran, so getriezt und gequält, er starb in Rostock 1938, begraben werden wollte er in Ratzeburg. Hier, vor den schwebenden Engel im güstrower Dom, vor die Figur des Zweiflers, die junge Frau im schlimmen Jahr 1937, traten wir ein zweites Mal, wenn Bettina durch war mit ihrem ausdeutenden Sums; um sie schweigend ansehen zu können. (Lise Wollenberg brachte den Versuch fertig, den Namen der »Gefesselten Hexe« der ehemaligen Freundin Cresspahl anzuhängen; wegen einer zweifelhaften Ähnlichkeit en face; Lise wurde bei Gelegenheit nun angesehen, gerade von Jungen, als sei sie von Sinnen.) Mit einer Sammlung von Abbildungen des »Fries der Lauschenden« zog Gesine Cresspahl um nach Hessen, ins Rheinland, nach Berlin, an den Riverside Drive von New York City.
Den Ausflug hatten wir im September unternommen, im Dezember 1951 begann eine Ausstellung von Werken Barlachs in der Deutschen Akademie der Künste in Berlin NW 7, im Januar danach begann in Gneez eine Lehrerin für Deutsch und Gegenwartskunde zu lernen aus der Zeitung der Einheitspartei

Und in welchen Fällen bilden wir den Genitiv »des neuen Deutschland«?

Warum sprechen wir von einer Veröffentlichung »des ›Neuen Deutschlands‹«?

was Bettinchen uns falsch berichtet hatte vier Monate zuvor. Die S.E.D. hatte ihren Sachbearbeiter für Kunst entsandt in die Akademie, einen Girnus, wohlbewandert in den volksfeindlichen Praktiken des Formalismus, der wollte dem Verstorbenen wenigstens zugute halten, daß die Nazis ihn behandelt hatten als ihrer Art fremd. Aber Barlach habe auf verlorenem Posten gestanden, ein im Grundzug rückwärts gewandter Künstler sei er gewesen. Unberührt vom Hauch der russischen Revolution von 1906. Bekleidete eine Welt der »Barfüßler« mit einem Glorienschein. Was hingegen hat Stalin in seinem Werk »Anarchismus oder Sozialismus« über diese Welt der »Barfüßler« gesagt? Er hat erwidert: Richtig ist, daß ... Barlachs Orientierung auf eine verfaulende Gesellschaftsschicht hat ihm dem Zugang zu dem großen progressiven Strom des deutschen Volkes verschlossen. Von ihm sich isoliert. Das das ganze Geheimnis seiner selbstgewählten Vereinsamung.
Pflichtgemäß verfaßten wir einen Aufsatz in Deutsch über das ganze Geheimnis, peinlich vergleichend zwischen den Äußerungen eines N. Orlow in der Zeitung der Besatzungsmacht

Tägliche Rundschau! Neueste Ausgabe!
Klägliche Rundschau; alles Angabe.

und gewissen Auffassungen des zum Formalisten beförderten Ernst Barlach über die Bindung der plastischen Gedankenwelt »an die solidesten Begriffe des Materials, des Steines, des Metalls, des Holzes, fester Stoffe«. Wir logen wie gedruckt; wir arbeiteten für das Abitur.
Seit dem Besuch in Barlachs Haus am Inselsee von Güstrow hatten die Schülerinnen Gantlik und Cresspahl eine Verabredung mit einander, eine Heimlichkeit. Beide waren beiseite getreten von der kunstkritischen Unterweisung durch die Fachkraft Selbich, fanden einander auf dem Kamm des Heidberges, wo ein Abhang sich öffnet, güstrower Kindern wohlbekannt als

Schlittenbahn, auch dem Auge freien Weg öffnend über die Insel im See und das hinter dem Wasser sanft ansteigende Land, besetzt mit sparsamen Kulissen aus Bäumen und Dächern, leuchtend, da die Sonne gerade düstere Regenwolken hat verdrängen können; welch Anblick mir möge gegenwärtig sein in der Stunde meines

Es ist uns schnuppe, ob dir das zu deftig beladen ist, Genosse Schriftsteller! Du schreibst das hin! wir können auch heute noch aufhören mit deinem Buch. Dir sollte erfindlich sein, wie wir uns etwas vorgenommen haben für den Tod.

Sterbens. Wir vertrauten einander etwas an über die Unentbehrlichkeit der Landschaft, in der Kinder aufwachsen und das Leben erlernen. Wir sagten eine der anderen, wie wir einander gefielen. Für den Rest des Schuljahres galten wir weiterhin als zwei, da bleibt die eine der anderen fremd; freund waren wir.

Fast hätte Anita sich ums Abitur gebracht. Mitglied der Freien Deutschen Jugend war sie, nun sollte sie sich bekennen zum Beschluß des IV. F.D.J.-Parlaments vom 29. Mai 1952, für alle Mitglieder sei der Dienst in der Kasernierten Volkspolizei eine ehrenhafte Verpflichtung. Sie, die vor zwei Jahren noch beschworen hatte, sie werde sogar eine Arbeit im Telegrafenamt für Kriegszwecke verweigern, Anita war auserwählt zu marschieren wie die Mädchen der F.D.J. in Leipzig mit umgehängtem, die Jungen mit geschultertem Gewehr. Auch für Anita war eine Zukunft bereit gehalten, da durfte sie das Scharfschützen-Abzeichen der F.D.J. erwerben mit drei Schuß einundzwanzig Ringe für die Stufe Eins. Anita saß in der Klassengruppenversammlung mit gesenktem Kopf, hielt die roten Stütze im Nacken still, schwieg beharrlich. Wer weiß, ob sie noch zuhörte, als Gabriel Manfras sachte zu drohen begann mit einem Vergleich zwischen schulischen Leistungen und dem politischen Bewußtsein, das nun einmal mit auf die Reise muß beim Erstürmen der Festung Wissenschaft.

Die Schülerin Cresspahl, Vorsitzende der Beratung, sagte in aufgebrachtem Ton: Ohrfeigen könnte sie sich. Hier reden wir über den Stockholmer Appell und eine Wehrpflicht und haben keine Augen für eine Anita, die ist krank. Dir ist doch übel, Anita? Du

geh nach Hause. Abstimmung über die Unpäßlichkeit der Schülerin Gantlik. Dafür. Dagegen. Enthaltungen: Keine.
So konnte die Schulgruppe Fritz Reuter aus Gneez an den Zentralrat der F.D.J. in Berlin ein einmütiges Einverständnis mit dem Waffenbeschluß telegrafieren, ein einstimmiges, wie es für schick galt. So verzog Anita nach Westberlin, sobald ihr die Urkunde über schulische Leistungen ausgehändigt war.
Die Deutsche Reichsbahn nahm keine Koffer an zum Verschikken nach Bahnhöfen in Ostberlin; es sollte die Bürger hindern an der Flucht durch die Stadt. Anita gab einen Koffer auf an eine Station südlich von Teltow.
Für die Reise steckte sie sich an: ihr Großes Sportabzeichen, ihr Kleines Sportabzeichen, das Abzeichen der Gesellschaft für Deutsch-Sowjetische Freundschaft, das Abzeichen der F.D.J., das Abzeichen »Für Gutes Wissen« in Silber und das Mitgliedsabzeichen der Sozialistischen Einheitspartei Deutschlands, das sie einer Lehrerin für Gegenwartskunde zu entwenden gewandt genug gewesen war; litt unter den abweisenden, abschätzigen Blicken der anderen Fahrgäste, obendrein da sie von sich verlangte, einem jedem Uniformierten »Freundschaft« zuzurufen. Am zweiten Tag in Westberlin verließ sie das »Autohotel«, in dem sie durch einen Herrn Cresspahl empfohlen war, fuhr mit ihren Orden und Ehrenzeichen an der Brust über die Stadtgrenze, ihr Gepäck abzuholen. Das Gepäck war ausgeblieben. Sie machte einen Aufstand, wie er ihrem Parteiabzeichen anstand (»Der Parteilehrgang beginnt morgen, und ich steh hier ohne ein Handtuch!«), und erreichte, daß ihr der Koffer gegen die Vorschrift an den Ostbahnhof geschickt wurde (»Das werden Sie ja sehen ob Sie das machen, sehen werden Sie das ja!«); versuchte umzusteigen in die Stadtbahn Richtung Westen. Auf der Treppe zum Bahnsteig für Züge nach Spandau sah sie einen Tisch quer gestellt, daran Soldaten der Roten Armee. Flott, kameradschaftlich lief sie auf die Russen zu. Die waren eher erleichtert über die Abwechslung und flirteten mit dieser deutschen Verbündeten; wachsam und fürsorglich unterbrachen sie das Gespräch mit dem Ausruf: Laufen Sie bloß, Genossin, da kommt Ihr Zug. Jenseits der Grenze fiel sie auf mit ihrem Blech; hob mehrmals die linke Hand in Schulterhöhe, kratzte sich ein bißchen durch den Mantel, nahm in der hohlen Hand ein Ehren-

zeichen nach dem anderen ab und ließ es in die Manteltasche fallen.
Ob es sonst Schummelei gab beim Abitur? Gewiß; da kündet eine Sage von Englisch-Texten, versteckt in einer verrotteten Aulabank. Hier müssen wir billiger Weise beginnen zu schweigen, da die meisten der Beteiligten (Betroffenen) noch leben, wo sie das Zeugnis ihrer Befähigung erwarben.
Das erste Abitur, das war der letzte Besuch bei dem Schüler Lockenvitz gewesen, am 15. Mai 1952.
Das zweite war datiert vom 25. Juni und gab als allgemeine Beurteilung:
G. C. ist eine gewissenhafte, zuverlässige Schülerin gewesen, die selbständig und gründlich gearbeitet hat. Ihre Initiative hat vorbildlich auf ihre Klassengefährten gewirkt.
Zur gesellschaftlichen Tätigkeit:
G. C. ist seit dem 10. 9. 1949 Mitglied der F.D.J. Sie leistete gute organisatorische Arbeit. Sie bemühte sich durchaus mit Erfolg in weltanschaulichen Fragen Klarheit zu gewinnen.
Lizenz-Nummer: Zc 208–25 3 52 5961–D/V/4/59–FZ 501.
Da war sie wieder, die Weltanschauung, die verpönte. Frau Habelschwerdt hatte büßen müssen für ein verfehltes Wort. Die Neue Schule, die Alten Wörter. Von nun aus kenn sich aus, wer das muß und Lust hat.
Das dritte Abitur, es wurde in Jerichow abgehalten.
Da fuhr in den letzten Junitagen Cresspahls Tochter vom Baden in der Ostsee auf der rander Chaussee nach Hause, zu der sonderbaren Zeit von etwa siebzehn Uhr, da hören ehemalige Oberstudienräte für Englisch und Latein auf mit ihrer Arbeit in den Kleingärten hinterm Neuen Friedhof und begeben sich heimwärts, ihren Tee zu bereiten, wie sie sich das angenommen haben in Universitätsjahren zu London und Birmingham. Da schritt ein alter Mann fürbaß, in zerrissenem Oberhemd, Harke und Hacke auf der Schulter, dem bot die ehemalige Oberschülerin Cresspahl eine Tageszeit so schüchtern, wie ihr zumute war. Der tat ihr Bescheid wie vor zwei Jahren; tat entsetzt, als das Kind sich anschickte, abzusteigen und ein Stück Weges ihn zu begleiten. Er wies es von sich; um eine Verzeihung für seinen unschicklichen Aufzug bat er das gnädige Fräulein.
Daß er ihr ja aus den Augen komme, schickte er sie voraus in die

Stadt, mit genauem Auftrag, was sie denn einkaufen solle in der ehemals papenbrockschen Bäckerei an Hörnchen und Streuselkuchen und Amerikanern. Als sie auftrat in seinen zwei Zimmern am Markt in Jerichow, hatte Kliefoth sich rasiert, in einen schwarzen Anzug geworfen; stand an der Tür wie des Fräuleins gehorsamster Diener. Es war dann seine Besucherin, die mußte das Naschzeug aufessen bis zum letzten Krümel, während sie zwei Jahre Schulzeit beichtete. Er saß aufrecht hinter dem Tisch, festen Blicks. Ihm war behaglich, das war zu sehen, wenn er die Zigarre von sich abhielt und sie betrachtete mit einem Wohlgefallen. Der Schülerin war ein guter Ausgang ungewiß.

– Iam scies, patrem tuum mercedes perdidisses: sagte Kliefoth schließlich, auffordernd.

Du wirst bald wissen, daß dein Vater das Lehrgeld verloren hat. Was Sie in jener Schule gelernt haben, Fräulein Cresspahl, es ist eine schlechte Ausrüstung für ein Leben in den Wissenschaften.

Die Ferien des Sommers 1952 verbrachte Cresspahls Tochter noch zur Hälfte an der See; vom frühen Nachmittag an jeden Wochentag hatte sie bei Kliefoth aufzutreten mit einer Tüte Kuchen und nahm von ihm Belehrungen an vermittels eines Buches, dessen einer Leitsatz lautet: It may be fairly said that English is among the easiest languages to speak badly, but the most difficult to use well (Prof. C. L. WRENN, University of Oxford: The English Language, 1949, p. 49).

Zur Abreise an die Universität bekam sie's sogar geschenkt, das Handwerkszeug, und ist damit umgezogen bis auf die andere Seite der Welt: Gustav Kirchner, Die zehn Hauptverben des Englischen im Britischen und Amerikanischen, Halle (Saale) 1952.

Diesen Lehrer hat die Schülerin Cresspahl aufgesucht, solange sie noch nach Hause kam nach Mecklenburg. Und immer mußte sie vor seinen Augen Kuchen essen, weil das eine von seinen Vorstellungen war für junge Damen.

Dem schreiben wir einen Brief Rechenschaft ein jedes Jahr, und sieben dazu, wenn's uns beliebt.

Den hat die Schülerin Cresspahl einmal am Rande gefragt, wie es zuging für zehnjährige Kinder im Jahre 1898 in Malchow am See

in Mecklenburg; dreißig Seiten in einer Schrift aus Stickerei schickte der:
»Der 10jähr. Landjunge von 98 könnte ich selber sein – aber wir Stadtjungen distanzierten uns doch von den post numerando gebliebenen gleichaltrigen ›Landmoritzen‹ (lokale Verballhornung ›Landmilizen‹). In M. wurde die übliche päd. Medizin schmunzelnd – weil der Lehrer stets in ›Mählspich‹ (Vorhemd und Kragen) ging, während der Bürger u. Handwerker solche ›Kreditspitzen‹ nur bei wichtigen Gängen in die Stadt umband – hingenommen u. im Vorübergehen ohne Anmerkung weitergegeben: ›Hest all hürt, Heinrich, Fritz A. hatt hüt morgen wedder n'Norsvull kraegen?‹ Wie kam nun der 10jährige vom Land in die Stadt? Von der Benutzung eines Fahrrades, damals noch Veloziped, plattd. Vilitzipeh genannt u. auch nur bei trockenem Wetter weiß ich nur in 1 Fall. Von Gutsjungen gingen mit mir zusammen nur der Sohn eines Kutschers u. ein Statthalterssohn, der die 5 km von seinem Gut zu Fuß zurücklegte. Bewohner von Ortschaften an den Seen (Petersdorf, Göhren, Nossentin) kamen (sonntags) meistens per Kahn zur Stadt. Forts. folgt. 20. 9. 63. Kl.«
Bloß weil ich wissen wollte, wie mein Vater mochte aufgewachsen sein. Aber worüber klagt Kliefoth: manchmal verwendet er eine ganze Woche auf die Gedichte von Robert Burns, und es kommt vor, daß er eines dann doch vergessen hat.
Dem schicken wir, über Anita, die Zigarren und den Tabak, wie sie ihm zustehen nach seinem Bedürfnis und Verdienst, (so wie Brecht für den Dichter Oscar Wilde täglich eine frische Rose hätte besorgen wollen in Ostdeutschland); weswegen seine Briefe regelmäßig beginnen: Mahnend erhobenen Zeigefingers ob der Verwöhnung eines unnützen alten Mannes ...
Seine Briefe unterzeichnet er, als wär's eine Zensur, mit Lehrerkürzel.
Er beginnt sie mit den Worten: Liebe, verehrte Frau und Freundin Cresspahl.
Hätten wir's doch verdient.
Das dritte Abitur, das soll gelten.

Es mag ein Abfertiger auf dem Flugplatz J.F.K. N. PODGORNI heißen, oder doch ein solches Namensschild tragen müssen auf der uniformierten Brust, so daß er gewöhnt sei an befremdliche Begebenheiten, und arbeitet seit sechs Jahren für ein und die selbe Luftfahrtgesellschaft, an diesem Morgen blickt er zweifelnd auf zwei Damen namens Cresspahl, die wünschen nach California zu reisen mit keinem Gepäck als dem, das sie vielleicht mitführen in ihren Manteltaschen, darunter womöglich eine Waffe zum Schießen; am liebsten würde er die beiden abtasten. Da haben Sie mit Zitronen gehandelt, Mr. Podgorni, und auf Wiedersehen, mein Herr.
Was wollen wir in San Francisco auf einen Tag? Wir wünschen über die Bucht des Goldenen Tores einzufliegen. Marie soll das Große Rad sehen, das an seinen Kabeln die Straßenbahnen über die Berge der Stadt zieht. Die spanischen Hauskästen auf den Hügeln, leuchtend vor Weiße in dem bräunlich gebrannten Bewuchs der Erde. Vielleicht begegnen wir noch einmal am Hauptpostamt dem Bettler, der vor sechs Jahren für einen Vierteldollar sich bedankte mit dem Bescheid: You are a real lady, that's for sure. Wir benötigen einen Fensterplatz an der Fischerswerft. Und warum dürfen wir das? weil Marie eine Rückkehr nach New York City gegen neun Uhr abends erwartet. Weil wir uns von neuem vorbereiten müssen auf ein Fliegen über lange Strecken. Und warum möchten wir es? weil in New York fremde Stimmen in die Telefonleitung kommen, italienische wie amerikanische, und fragen nach einem Professor Erichson. Weil da zur beliebigen Stunde ein Telegramm geliefert werden kann aus Helsinki mit der Nachricht, es sei da jemand im Sprechen behindert. Bitte, würden die beiden Damen mit dem Anfangsbuchstaben C als erste die Kabine betreten. Wir begrüßen die Schwestern C. an Bord unserer 707 auf dem Fluge nach S.F.

– Zur Eingewöhnung in den Abschied: vermutet die jüngere der Reisenden C., nachdem sie im Steigflug ihren Grundbesitz auf Erden vermessen hat, die Insel Manhattan und die orangenen Doppelstockboote im Hafen. – Nie ginge ich weg für immer von wo ich zu Hause bin!
– Das sagt jemand leicht, der hat zu Hause höhere Anstalten für

höhere Bildung die Menge, und eine Columbia-Universität um die Ecke.

– Gesine, würdest du mir raten zum Studieren?

– Wenn du lernen möchtest, eine Sache anzusehen auf alle ihre Ecken und Kanten, und wie sie mit anderen zusammenhängt, oder auch nur einen Gedanken, damit du es gleichzeitig und auswendig verknoten und sortieren kannst in deinem Kopf. Wenn du dein Gedächtnis erziehen willst, bis es die Gewalt an sich nimmt über was du denkst und erinnerst und vergessen wünschtest. Wenn dir gelegen ist, eine Empfindlichkeit gegen Schmerz zu vermehren. Wenn du arbeiten magst mit dem Kopf.

– Und wenn du im Leben bloß gelernt hättest, wie man eine Kuh melkt oder Kartoffeln kocht für Schweine?

– Das mit dem Lügen wäre gleich schlimm, auch die Schuld gegen andere. Aber die Erinnerung wäre weniger scharf, bequemer glaub ich. »Dumm sein und Arbeit haben / das ist...« das wünscht ich mir. Für diese Auskunft hafte ich nur dir, Marie.

– Wärst du geblieben in Jerichow, hättest du geheiratet in der Petrikirche, drei Mark für Ausschmückung zur Trauung, vier Mark für Gesang und Orgelspiel, ohne das genierliche Singen.

– Davon ist bloß wahr, ich möcht da beerdigt werden. Wenn du die Gemeinde dazu kriegst, den alten Friedhof noch einmal zu öffnen. Es braucht kein eigenes Grab zu sein; Jakobs genügt mir.

– Weil die Erde unvergänglich ist.

– Ja. Aus Aberglauben. Gegeben auf der Erde, den heutigen, neuntausend Meter über Chicago.

– Das mußt du aufschreiben lassen bei Dr. Josephberg. Wenn wir abstürzen, wir sterben doch zusammen.

– Mit Glück.

– D. E. erledigt das für uns.

– D. E. kann kochen, er kann backen. Und übermorgen stiehlt er der Königin Kind. And there will be / an end of me.

– Of him, Gesine. Rumpelstiltskin.

– Der Abschied 1952 war wie 1944 zum ersten Mal. Cresspahl brachte seine Tochter an die Haustür, lehnte am Rahmen, redete ein letztes Wort mit ihr. Binde dich ein Schaol um dein Hals. Als ginge es bloß zum Gustav Adolf-Lyzeum in Gneez, statt zu einer

Martin Luther-Universität an der Saale. Blot dat he man rookte as 'n lüttn Mann backt.
– Mein Großvater war von stattlichem Wuchs!
– De lütt Mann, das war in Mecklenburg der arme, der heizte mit Reisig; der wohlhabende mit Buchenkloben. Das gibt einen feinen, einen ruhigen Rauch.
– Wenn einer gerade was verliert.
– Raucht er hastig.
– Nun die Aussteuer.
– Die Aussteuer war ein Mietzimmer am Amtsgraben von Halle, fünf Minuten Fußweg zur Saale; das hatte Jakob mir besorgt. Kommen viel umher, die Eisenbahner. Dahin wurde eine Truhe geliefert mit Windrosenschnitzwerk im Deckel. Herr Heinrich Cresspahl, Tischlermeister i.R. zu Jerichow, hatte seine Tochter für ein Leben an der Saale versehen mit einem Kostüm für den Winter, zwei neuen Kleidern für den Sommer (Rawehn, feinste Schneiderarbeit am gneezer Markt). Von Herrn Dr. Julius Kliefoth waren beigesteuert: Fehr, Die englische Literatur des 19. und 20. Jahrhunderts / mit einer Einführung in die englische Frühromantik; Keller / Fehr, Die englische Literatur von der Renaissance bis zur Aufklärung; Wülker, Geschichte der Englischen Literatur von den ältesten Zeiten bis zur Gegenwart; die Columbia Encyclopedia von 1950; ein Muret-Sanders von 1933. Von Jakobs Mutter eine Bibel, mit der Inschrift auf dem Vorsatzblatt: 1947 eingetauscht für einen Hasen; Gottes Segen für G. C. in der Fremde. Des weiteren ein Konto beim Postscheckamt Halle/Saale.
– Finde ich frech, sich das Stipendium überweisen zu lassen vom Staat.
– Kein Stipendium für eine Studentin aus dem rückschrittlichen Mittelstand.
– Dein Vater zahlte Steuern! Du warst belobigt worden für deine Auftritte in der staatlichen Jugend!
– Für Cresspahl war der Staat jemand, mit dem hatte er keinen Vertrag; der besaß bloß Macht über seine Arbeit. Von dem wollte er keine Studienbeihilfe für seine Tochter geschenkt. Überwies ihr im Monat 150 Mark, dreißig weniger als die Kinder mit proletarischen Stammbaum sich abholen durften im Prorektorat für Studienangelegenheiten am Universitätsplatz 8/9.

– Wäre ich böse gewesen.
– Marie, ich kam aus. Butter konnte ich kaufen.
– Auf die Staatsverwaltung böse.
– Vorsicht an der Bahnsteigkante! Das konnte ich jeden Tag verlieren, was das Seminar für Englische Philologie (6) anbot im Herbstsemester vom 22. September bis zum 19. Dezember 1952:

Geschichte der amerikanischen Sprache;

Neuenglische Syntax, mit Seminar;

Englische Sprachübungen;

Geschichte der engl. Lit. im Industrie- und Monopolkapitalismus, mit Seminar;

Geschichte der am. Lit. im Imperialismus;

dafür erschien stud. phil. Cresspahl pünktlich zum pflichtmäßigen Unterricht in Russisch, Pädagogik, Polit-Ökonomie; schrieb in Gesellschaftswissenschaften säuberlich mit, daß Trotzki in seiner Eitelkeit einmal angeboten habe, für die Revolution zu sterben, nämlich unter der Bedingung, drei Millionen Parteimitglieder sähen ihm zu dabei. Kein Widerspruch wurde erhoben von dieser Studentin, als die Universität eine Fahne mit Picassos Friedenstaube (dritte Fassung) gestiftet bekam von der Kommunistischen Partei Frankreichs, sie klatschte mit im Takt beim Festakt; noch für Biologie eingeschrieben hätte sie verschwiegen, daß Tauben von unverträglichem Wesen sind, einander die Nester zerstören und ein Unglück bedeuten für jedes Haus, das sie mit Nistplätzen angreifen.
– So ein schweigsames Kind, es fällt auf.
– Das Cresspahlsche Kind hatte gelernt von seinen Freunden Pagenkopf und Lockenvitz. Wenn sie denn laufen sollte auf einem Seil, so spannte sie sich Netze. Wurde nach einem der wichtigsten Sätze der amerikanischen Literatur gefragt, rezitierte sie gehorsam die Äußerung von J. L. Steffens (1866 bis 1936) über seine Besuche in der Sowjetunion:

Ich habe die Zukunft gesehen, und sie funktioniert;

dann noch zu einer rechten Zeit wissen und aussprechen, was die Engländer für einen Ausdruck benutzen, wenn sie eine Kommode meinen, es konnte nur helfen. Die andere Sicherung hatte sie von Pius gelernt, die gesellschaftliche Betätigung. An Martin Luthers Universität reichte vorerst, daß sie sich meldete für einen

Kursus im Rettungsschwimmen. Schwer bekleidet, mit einem belasteten Rucksack schwamm sie fünfzig Meter unter Wasser, wendete zum Luftholen; wie sollte ein Aufpasser vermuten, daß sie da einen Ausgleich fand für den Ekel vor dem Badezimmer am Amtsgraben, das sie nur einmal in der Woche zum Duschen benutzen durfte? So eine Studentin, die nebenher noch fünfzehn Wochenstunden abzusitzen hat allein im Englischen, der fehlt Zeit für Ämter bei den jungen deutschen Freien. Trägt man ihr eines an, sobald sie das Große Schwimmzeugnis vorweisen kann, ist sie längst sieben Schritt weiter und gibt zwei Stunden in der Woche her für einen Verein, den hat das Innenministerium im August 1952 gegründet, damit die Jugendlichen das Funken und das Schießen lernen.
– Gesine, du lüchst!
– Was Pius Pagenkopf bestimmen wollte über einen fliegenden Waffenträger als Kommandeur, das nahm seine Freundin sich heraus mit einem Kleinkalibergewehr. Auf wen sie am Ende anlegen wollte und abdrücken, so daß der Schuß traf, das gedachte sie in Ruhe zu überlegen.
– Du hast gar keinen Waffenschein, Gesine!
– Seit wann brauch ich ein Stück Papier zum Schießen?
– Du kampftüchtige Amphibie!
– Neid, my dear Mary, ist eine ungünstige Eigenschaft; sogar für eine Bank. Although bankers have human feelings, too.
– Ich geb es auf. Ich glaub's.
– Bitte. Auf Verlangen recht freundlich.
– Etwas über Sachsen.
– Über drei vier Leute in Halle. Die ersten beiden hielten einander für ein Paar, die nahmen für ein möbliertes Zimmer fünfundzwanzig Mark, in dem zweitbesten Wohngebiet. Die Frau arbeitete für den Direktor eines VolksEigenen Betriebes und war aus der Ehe ein bißchen abgerutscht in die Aufgabe, ihren Vorgesetzten auswendig zu lernen. Ihr Tag war so wie dessen Laune; stolz kam sie einmal an und erzählte, sie habe dem Genossen Direktor noch gerade rechtzeitig vor einer Konferenz die Krawatte zurecht gezogen. Das hatte ich mir anders vorgestellt bei VolksEigens; unterhalte seitdem eine Ahnung, wie man damals im Ostdeutschen was wurde als Chefsekretärin. Darüber kam der ihr bloß angetraute Mann sich vergessen vor, vernachlässigt; klopfte

geflissentlich an die Zimmertür der Untermieterin, gern abends, zu einer Erörterung verständnisarmer Ehefrauen, die auf Sitzungen und Versammlungen laufen bis in die Mitternacht. Die Studentin Cresspahl verließ die Abhänge des Reilsberges schon im zweiten Monat, zog um an den Gertraudenfriedhof von Halle. Das Schild im Kopf der Straßenbahn Nummer 1 gab als Ziel eine »Frohe Zukunft«; das Haus an der Haltestelle war arm, bot Toiletten für vier Parteien auf halber Treppe. Die Bewohner mißtrauisch gegen die Fremde, da sie verlegen war mit der hiesigen Sprache; auch weil ihre Kleider aussahen, als dürfe sie mehr kaufen als ihnen die Lebensmittelkarten oder Bezugscheine erlaubten. Die Vermieterin gab sich Mühe, die bedurfte der zwanzig Mark; sie putzte das Fenster, fegte aus in der Mansarde, die Anita aus einer einzigen Schilderung erkannte als »Schillers Sterbezimmer«. Das Wasser auf dem Lavoir, im Januar war es morgens gefroren. Da hab ich den Vorsatz gefaßt für ein Kind, sollte ich mal eines bekommen –

– Thank you ever so kindly.

– es sollte aufwachsen außerhalb einer Untermiete, in eigenem Zimmer, mit fließendem Warmwasser und Dusche.

– Was bin ich froh, daß ich dich habe. Wie werd ich dich entbehren.

– A tua disposizione, Fanta Giro. Bestellen wir Champagner bei dieser bedürftigen Fluggesellschaft?

– Was nutzt das schlechte Leben. Ich wünsche mein Steak durch, durch und durch. If you please.

– Der vierte Mensch in Halle war vom Stamme Gabriel Manfras.

– Ein Schnüffler nach Gesinnungen.

– Inzwischen war meine Akte überwiesen von der Kreisleitung Gneez, nun wollte eine Hochschulgruppe sich vergewissern, was denn die Studentin Cresspahl im Innersten zusammenhält, etwa ein nachtragendes Wesen wegen der Unterbringung ihres Vaters im Konzentrationslager Fünfeichen, wegen der verunglückten Haussuchung vom vorigen Sommer? Der Junge gab sich als Bewerber, ging mir nach, traf auf die Kommilitonin mit dem Vorgeben einer Überraschung, nachts um elf auf der Peißnitz-Insel zwischen Wilder und Schiffs-Saale; hatte unwissentlich sich ertappen lassen beim Warten an der Brücke der Freundschaft. Der verriet sich bald; gab von Gneez und Jerichow Kenntnisse zu verstehen, wie sie schwerlich zum Alltag gehören fern von Mecklenburg. Sein Opfer tat harmlos, erzählte mit glaubwürdigem Zögern, was ungefähr in der Akte stehen mochte, ihm mitgeteilt war bei der Beschreibung des Auftrags. Der hatte es mit jener Dialektik, die zunächst einmal rät, den »Fakt«, und sei es die Abschaffung des Namens »Nachtigallen-Insel«, zu betrachten in der Beleuchtung eines Cui bono

– Hatten wir! Kann ich: Wem es nützt!

– mit dem Ziel der Erkenntnis, nunmehr stehe »dein Fakt« doch verändert da, oder sei getilgt. Zu schmusen wünschte der auch; dem war es vermutlich einmal gelungen, eine ins Bett zu quasseln. Was die Herren nur haben mit meinem Busen und loben ihn wie ein Verdienst! Als ob ich ihn abzulegen vermöchte!

– Und die schönsten Beine auf dem ganzen Fünferbus von New York, oberhalb der 72. Straße.

– Grazie tanto, du Amerikanerin. Ich hab es lieber, daß mir ins Gesicht gesehen wird; das fiel dem Lockspitzel schwer. Der glaubte sich unterwegs zu einer unentgeltlichen Liebschaft; den hielt ich mir als Begleitdogge. Das kostete ihn, oder den Reptilienfonds des Innenministeriums, ein Stück Geld. Denn Besuche auf dem Tanzbums am Thälmannplatz, dem »Tusculum«, Eintritt und Anfassen frei, die verweigerte ich; mit Einladungen in die »Goldene Rose« in der Rannischen Straße, in das alte Café Zorn an der Leipziger Straße, neuerdings benannt nach Klement Gottwald wegen der Geographie, ließ ich mich versöhnen. Der mochte Land sehen, wenn ich ihm auf die schmalen Handgelenke blickte, die er beim Sprechen zierlich wendete, dieses Teiles Anmut für seine Person wohl bewußt. Der versuchte die künftige Geliebte betrunken zu machen, sie dingfest zu kriegen mit einem verfänglicheren Fakt als dem, daß sie gern auch Romanistik belegt hätte; als sie vorbehaltlich zugestand, sie wolle ein Zweitstudium begreifen als ein »bürgerliches Überbleibsel«, war er in Grüns Weinstuben am Rathaus ärmer geworden um den Preis von zwei Flaschen Beaujolais, und das Mädchen nüchtern. Sie kam aus der Cresspahlschen Schule, in der ein Schluck Richtenberger gelehrt wurde als eine Medizin; die hatte mit Jakob Silvester begangen im Lindenkrug von Gneez, bei jeweils hundert Gramm Wodka; wie würde sie denn einem jugendlichen Agenten

in Sachsen anvertrauen, daß sie in selbiger Nacht einem Rotarmisten die Mütze vom Kopf gewischt hatte, vorgeblich aus Versehen, absichtlich aus Unmut über die Niederlassungen seines Vereins im Gräfinnenwald, iswinitje paschalsta! Zu Anfang des zweiten Semesters war ich kostbar geworden für den jungen Mann, weil ich zurückkam aus dem unbekannten Mecklenburg, weiterhin bedenklich, die Seine zu werden; da machte ich dem Spiel ein Ende, der Aushorchung vermittels beantragter Liebe.
– Schade. Mir hat es gefallen. Obwohl, er verdient keinen Namen.
– Den soll der Real Existierende Sozialismus holen! Er kam an mit einer Einladung in den Salon der Frau von Carayon an der Behrenstraße ... der Ludwig Wucherer-Straße von Halle, da besprachen ältere Semester hinter ansehnlichen Fassaden aus der Gründerzeit, was sie ungesättigt ließ am Diamat, dem Dialektischen Materialismus, etwa eine Untersuchung von Jean-Paul Sartre über »Das Sein und das Nichts«, Hamburg 1952. Die Studentin Cresspahl war mit den Herren bekannt aus Tischgemeinschaften in der Universitätsbibliothek, wurde von ihnen gegrüßt, einverstanden und spöttisch; nun sollte sie helfen, daß es denen an den Kragen ging. Für den Schnüffler stieß sie sich an der Bedingung, daß in jenem Freundeskreis ein weiblicher Gast nur willkommen war, wenn ein männlicher bürgte für Redlichkeit und Verschwiegenheit der Dame; nun durfte er sie auch noch bewundern als eine Vorkämpferin für die Unabhängigkeit der Frau. Angst hatte sie, Hilfe bestellte sie sich.
– Kann ich, weiß ich von dir: Wat min grotn Brauder is, de hett Nœgel ünne de Schauh.
– Jakob trat auf in der Stadt Halle a.d. Saale, in einer Sonntagsuniform der Deutschen Reichsbahn, den einen oder anderen Stern auf den Schulterklappen, und geleitete sin lütt Süster geduldig von einem Studentenlokal in ein anderes, bis sie ihm ihren Betreuer weisen konnte. Während ich dem ein unbetrübtes Lächeln vorführte, ging Jakob auf ihn zu und sprach ein paar Takte; der Spitzel sah an uns vorbei, als wir am Sonntagmorgen schritten zu Pottel & Broskowsky am Waisenhausring, einem bürgerlichen Weinrestaurant mit sauberen Tischtüchern und silbernem Besteck; das ging über sein Spesenkonto. Ihm mochte aufgehen, daß es weniger schutzlos stand um sein Opfer; daß hier ein

Gericht schärfer gewürzt war, als er würde aufessen mögen. Begehrte nie mehr, mir in abgedunkelten Projektionsräumen an die oberen Armpartien zu rücken. Dem stand das Lächeln schief; stud. phil. Cresspahl durfte sich geben, als hätt sie ihn vergessen.
– Wenn ich bloß wüßte, was Jakob dem mitgeteilt hat!
– Leider war auch ich neugierig –
– Keine Neugier. Bloß daß ich immer alles gern wissen möchte.
– Marie, dein Vater hat dafür gehalten, daß ein Mann zwar eingreift nach bestem Wissen und einem Erfolg; dennoch darf er es einer jungen Frau verschweigen.
– Und sei sie zweimal neben ihm aufgewachsen, als sei sie seine Schwester.
– Denk dir was aus.
– »Mein Herr, ich bin vorbestraft. Wegen Körperverletzung.«
– So viel Aufwand für einen Zweihundertgroschenjungen? Bei meiner Frage erinnerte sich Jakob, womit er ihn verscheucht hatte, so daß er lächelte; auch über mich, leise warnend, als wolle er mich vor einem unziemlichen Betragen behüten. Bei Jakob war ich all die Zeit die Jüngere. Er wünschte nun einen Vormittag bei Pottel & Broskowsky mit Cresspahls Gesine zu halten als ein Fest; ein Privatissimum sollte sie ihm erteilen über jenen Professor Ertzenberger und seinen Spaß an der Lautbildung eines Jungsemesters aus Mecklenburg. Prof. Ertzenberger war abgereist an eine Universität im westlichen Deutschland, als der Große Genosse Stalin am 12. Januar eine Verschwörung jüdischer Ärzte aufgedeckt, entlarvt und zerschlagen hatte in seiner eigenen Stadt Moskau. Nachdem ihm vom Kollegen auf den Fluren einer Universität in Halle der morgendliche Gruß verweigert worden war.
– Aus einem solchen Lande ginge ich weg. Wenn ich nur wüßte, warum Jakob da blieb!
– Daß wir es wüßten. Vielleicht weil er eine Arbeit versprochen hatte bei der Deutschen Reichsbahn; Einer muß sie doch tun.
– Da dachtest du daran, die ostdeutsche Gegend zu verlassen.
– Du denkst es einfach, bloß weil du von dem Umzug weißt. Anfänge hatte das so viele, bloß den ersten weiß ich noch: Jakob nickte zu meiner Ankündigung, obwohl wir doch saßen unter ei-

nem heilen Dach, pfleglich betreut von Herrn mit langen weißen Schürzen unter der Frackjacke, mit Ente auf dem Teller und Wein im Kübel mit Eis. Er bat sich aus, ich solle mir den Abschied überlegen für ein Vierteljahr.
– Die Stadt Halle/Saale verlassen.
– Das war leicht; die kannt ich ein halbes Jahr, als ich ging. Ich wußte bloß, was für Türme da den Leuten am liebsten sind, daß sie einen kleinen Platz namens Reileck für einzigartig halten in der Welt; hatte auch ihre Sprache verstehen gelernt. Aber ich vermied Wege über den Robert Franz-Ring (sie mögen da Ringe als Straßen), weil da die Verwaltung des Ministeriums für Staatssicherheit in Sachsen/Anhalt untergebracht war. Am Kirchtor 20 stand die Strafvollzugsanstalt Halle I, der »Rote Ochse«. Von Grüns Weinstuben wußte ich nun, daß es um die Ecke zur StVA Halle II ging; gegen meinen Willen hatte ich zu tun an der Kleinen Steinstraße zwischen Poliklinik und Hauptpostamt. Und wie kommst du dir vor auf schleichendem Gang zum Paulus-Viertel, um durch eine Wohnungstür in der Ludwig Wucherer-Straße eine ungezeichnete Mitteilung zu stecken des Inhalts, daß einer begehren kann nach vertraulichen Besprechungen über den Existenzialismus, und lächeln kann, und immer lächeln, und kann ein Vigilante sein!
– Da warst du entbehrlich, nahmst Abschied. Wir befinden uns über Omaha, Nebraska.
– Auch weil seit Mai 1952 zu fürchten war, der Sachwalter würde die Grenzen dicht machen. Damals wurden die Grenztruppen der Staatssicherheit unterstellt, die zogen entlang der Demarkationslinie einen zehn Meter breiten Kontrollstreifen, einen fünfhundert Meter breiten Schutzstreifen, daran fünf Kilometer Sperrzone; da siedelten sie aus, wer ihnen bedeutet war als unzuverlässig: Kaufleute, Gastwirte, Handwerker, Großbauern. Eben die, bei denen die Regierung sich unbeliebt gemacht hatte mit Steuerkrieg und Ordnungsstrafe. Da war schon einmal der Ausgang geschlossen.
– Solche freiwilligen Soldaten, sie wissen doch, daß sie einschreiten müssen gegen die Wünsche ihrer Nachbarn.
– So ein Junge, der aufwacht auf dem Land, er sieht doch Knochenarbeit um sich, oft noch für Fremde, ohne daß er jemals etwas erwürbe für sich; der geht gern mit den Werbern für die Be-

waffnete Polizei, wenn sie ihm ordentliches Tuch versprechen, besseres Essen als für Knechte, leichten Dienst und eine Versorgung auf lange Lebenszeit. So ein Lehrling in der Stadt, der hat die Feilerei satt, oder Arbeit überhaupt, der verpflichtet sich auf Zeit, denn so kriegt auch er höher bestückte Lebensmittelkarten und ein Anrecht auf Wohnraum. (Materieller Anreiz; was vermag dagegen das Gewissen: ANITA.) Auch wird ein erfahrener Staatslenker seine thüringischen Rekruten eher im Sächsischen einsetzen, und die von da in Mecklenburg. Übrigens war das Land Mecklenburg aufgelöst.
– Entschuldige, Gesine. Mir kannst du viel erzählen.
– Dazu gab es ein »Gesetz über die weitere Demokratisierung des Aufbaus und der Arbeitsweise der staatlichen Organe in den Ländern« der D.D.R. vom 23. Juli 1952. »Mecklenburg«, das durftest du nun noch sagen in einem sprachlichen, einem volkskundlichen Sinne. Sonst bestand es aus drei Bezirken: Rostock, Schwerin, Neubrandenburg; dahin wurden Landtag und Landesregierung überführt. Im Süden ist ein Stück Westprignitz dazugekommen, und die Uckermark. Weil nun in dem Gesetz, das die Länder abschaffte, von ihnen die Rede war, wurden noch 1958 durch die Bezirkstage Abgeordnete zur Länderkammer gewählt, die mußten immer mal wieder zusammentreten und erklären, das sie keinen Einspruch erheben gegen das Gesetz vom Sommer 1952.
– Tut es dir leid um die Farben Blau-Gelb-Rot?
– Um die Beseitigung des Blau, wegen des goldenen Greifen auf solchem Grunde; für Rostock. Um rot und gold; für Schwerin. Um das Rot, die Zunge des schwarzen Büffelskopfes für das Gebiet Wenden. Es ist ein Stück Herkunft unkenntlich gemacht worden.
– Und weil später die Arbeiter und Bauern einen Aufstand gemacht haben gegen eine Regierung der Arbeiter und Bauern, bist du weggegangen aus Mecklenburg.
– Was für großmächtige Worte, Marie!
– So heißt es in der Schule.
– Die amerikanische Schule bringt euch das bei als eine erste Auskunft über den Sozialismus, damit ihr vorbeisehen lernt an den Aufständen der Neger von Watts bis Newark!
– Gesine, du sagtest: Erst ab Oktober.

– Vesógelieke. Was Gesine Cresspahl war, die kannte keinen Arbeiter im Vertrauen.

– Einen, bitte.

– Zwei; in einem Irrtum. Im Mai 1953 hatte stud. phil. Cresspahl doch einmal zu wenig Geld, vergessen bei Jakob einen Freifahrtschein zu bestellen; wünschte sich zu besprechen mit Anita. Um am Preis für die Eisenbahn zu sparen, fuhr sie bloß bis Schkeuditz und stellte sich da auf am Autobahnkreuz, die Kollegtasche unter einem Arm, den rechten winkend erhoben. Das dauerte anderthalb Stunden. Die meisten Fahrer in den westdeutschen Wagen grüßten mit der Lichthupe, was heißen sollte TutMirLeid; weil ihnen das Aufnehmen von Passagieren im Transitbereich gefährlich werden konnte bei der Volks-Polizei. Runde Blitze, weißer als die Morgensonne. Wer da hielt für entmutigte Studentin nach Berlin, es waren zwei vierschrötige Kerle, unterwegs mit Umzugsgut aus dem Vogtländischen, für eine VolksEigene Firma; die bekundeten Vergnügen an Gesellschaft, hielten ihren Gast am Schweigen mit dem wiederholentlichen Austausch von Geschichten, da hatten Damen zu einer nächtlichen Zeit gewartet am Straßenrand und waren bereit gewesen zu einer Vergütung der Fahrt in Stellungen auf der Bank hinter dem Fahrer, der habe den ungetümen Wagen fast in den Graben gesteuert aus Vorfreude. In der Frankfurter Allee von Berlin, die damals umgebaut wurde zu Ehren des Großen Genossen Stalin, rückten sie ihrem mitgenommenen Mädchen auf den Leib, bis sie zwanzig Mark rausrückte, mehr als das Geld für eine Reise auf der Reichsbahn. Gutmütiges Drohen mit der Bereitschaft zu Handgreiflichkeiten.

– Finde ich schäbig.

– Finde ich verdient, als Auskunft über die Gemeinsamkeit von Interessen der Arbeiter im Transportgewerbe und der Studenten zwischen Halle und Leipzig. Zwar wurde gerade in diesem Jahr dem ostdeutschen Staatswappen neben Ährenkranz und Hammer noch ein Zirkel verpaßt, als Sinnbild der »technischen Intelligenz«; die beiden Vogtländer hätten auch einen Studierenden der Ingenieurswissenschaften hochgenommen und ausgepreßt. Allerdings waren wir –

– Ihr?

– Anita und ihre mecklenburgische Freundin beständig erstaunt, was alles Arbeiter in Ostdeutschland sich gefallen ließen: die Veränderungen der Betriebskollektivverträge durch einen »sozialistischen Inhalt« im Januar 1953, sprich eine Anhebung der Normen für Arbeitsleistungen; was für einen Lohnempfänger so aussehen mußte, als könne er allmählich immer weniger Lebensmittel kaufen für sein Geld. Der Sachwalter wünschte nun zurückzunehmen, was ihnen im vorigen Sommer verordnet war an höheren Löhnen; er war auch bedrängt von einem Kaufkraftüberhang, da er solche Sachen wie den Primat der Konsumgüterindustrie bekämpft hatte, aus wissenschaftlichen Gründen, und nunmehr zu wenig Schuhe oder Kochtöpfe anzubieten hatte auf dem Markt; weil die Partei kein Mensch ist, denn sie hat immer recht.

– Du kanntest den Vater von Eckart Pingel in Gneez.

– Oll Pingel hätte der Studentin Cresspahl die Tageszeit geboten mit einem raschen Zusammenkneifen der Augen, das bedeutete die beschwingte, die belustigte Erkundigung: Na, Gesine; bist auch da? Die Mütze hätte er abgenommen vor Händedruck und Gespräch; aus einer Anfrage wegen der Technischen Arbeitsnormen von Gnaden der Sowjetunion wäre er weggetreten, wie vor einer Zudringlichkeit. Denn zu diesen Zeiten, da Eckart Pingel fast von der Schule geflogen wäre (»weil er die Wahrheit gesagt hat«), da hielt sein Vater jeden für einen Günstling des Neuen Staates, der da etwas studieren durfte, für einen Verbündeten der Obrigkeit.

– Bauern kanntest du.

– Wenige. Nach dem Krieg waren die Rittergüter im Winkel um Jerichow aufgesiedelt worden (bis auf das Plessensche, im Süden, und ein viel kleineres, das ehemals Kleineschultsche an der Ostsee; die hielt die Rote Armee sich zur eigenen Versorgung mit Fleisch, Brotmehl, Fett). (Und ein drittes, das von den Oberbülows, das war erhalten als V.E.-Gut in einem Vertrag mit den Städtischen Krankenanstalten Wismar.) Unter den Leuten, die 1946 Stücke Land angenommen hatten zwischen zwei und vier Hektar, waren wenige der Landarbeiter von dunnemals; die verstanden die Wirtschaft und hätten es ab zehn Hektar erst versucht, durchzukommen. Es gab ein einziges Dorf, da waren nur Bauern, seit dem vierzehnten Jahrhundert. Was da anfiel nach den Schwarzmarktzeiten an Verkehr, damit das Haus Cresspahl

Kartoffeln in die Keller bekam, das besorgte bis 1950 Jakob; dann hatte Cresspahl von neuem erlernt, über Land zu gehen. Das Kind Cresspahl war seit 1944 auf Schule in der Stadt Gneez, danach noch weiter auswärts. Kannte keine Bauern. Fuhr wohl einmal, auf Dr. Kliefoths Ersuchen, mit dem Rad eine Schleife über Pötenitz und Alt Demwies; konnte ihm berichten von leeren Höfen, aus denen die Siedler zurückgewichen waren, als des Sachwalters Leute ihnen das Geschenk von bloß vor sechs Jahren wieder abzugewinnen trachteten in einer Umwandlung der Hofstellen in Landwirtschaftliche Produktionsgenossenschaften. *(Wi weit't dat nu!)* Hatte ungetränkte, ungemolkene Kühe brüllen hören; war kuriert von dem Aberglauben, kein mecklenburgischer Bauer lasse ein Haupt Vieh auch nur für eine Nacht ohne Futter und Aufsicht zurück. Kannte keine Bauern.

– Georg Utpathel.

– Dem war es gegangen nach der Regel; saß zu einem Glück längst; durfte sich helfen mit der Einbildung, er habe seinen Hof wenigstens verloren durch eine Handhabe des Gesetzes. Doch kannte ich einen Bauern!

– Johnny Schlegel.

– Der war eine von den Ausnahmen. Ein studierter Mensch, mit Ansichten über landwirtschaftliche Kommunen aus der Zeit von Weimar. Eine von denen lief hinaus auf die Behauptung, ein Proletarier in der Landwirtschaft, und sei er belehnt (bestochen) mit einer Kate, Gartenland und Deputat, er werde seine Arbeit niemals annehmen als eine eigene, da sie lediglich das Eigentum des Grundbesitzers oder des Pächters erhalte und vermehre. Unter der Fuchtel von Hitlers/Darrés landwirtschaftlicher Gesetzgebung hatte er seine 120 Hektar bearbeiten müssen in der feudalen Art des Hergebrachten; nachdem diese beiden den Krieg verloren draußen wie binnlands, hatte er sein Angestammtes zu etwa neun Teilen ausgegeben an Flüchtlinge aus den verlorenen Ostgebieten, sie mußten nur Bauern sein oder den Beruf lernen wollen. Für diese Schenkungen, dem Namen nach Ausleihen, hatte er eine jeweils erfundene Summe eintragen lassen ins Betriebsvermögen, auch ins Grundbuchblatt; betrieb unter dem Schutz seiner Freunde in der Roten Armee eine landwirtschaftliche Kommune, wie sie nach seinem Sinne war; noch 1951 konnte ihm kein Kontrolleur von den VolksEigenen Erfassungs- und Aufkaufsbe-

trieben an den Wagen fahren. Kam die wissenschaftliche Erkenntnis der ostdeutschen Regierung, eine sozialistische Landwirtschaft bedeute Großraumwirtschaft; kam deren Erstaunen über Leute an der Ostsee bei Jerichow, die 1952 längst arbeiteten in einer Genossenschaft, weit fortgeschritten über den sozialistischen Typ III, der bloß eine gemeinsame Nutzung des Ackerlandes, der Zugkräfte, Maschinen und Geräte hatte einführen sollen nach sozialistischer Manier. Bei Johnny war noch die persönliche Hauswirtschaft allen Mitgliedern gemeinsam, da wurde in einer Küche gekocht, an einem Tisch gegessen. Aus den erfundenen Zahlen waren nun solche geworden, damit konnte Frau von Alvensleben abgefunden werden für ihren Anteil, als ihre Kinder sie nach auswärts baten in die Pflichten einer Großmutter; das Geld kam zurück auf der Stelle, da holte Frau Sünderhauf ihren Bruder aus dem Westen, wo er im Ruhrgebiet hatte unter der Erde arbeiten müssen. Als Mittelbauern veranlagt, mußten die Angehörigen von Johnnys Entwurf ein Vielfaches abliefern von dem, was den Siedlern, den Kleinbauern auferlegt war: acht statt zwei Doppelzentner Weizen je Hektar, 75 statt 25 dz Kartoffeln, 59 statt 38 dz Fleisch; dennoch standen sie noch gegen Ende 1952 so da, daß Johnny besorgten Besuchern sagen konnte: So!
– Gesine! Wie kannst du in einem amerikanischen Flugzeug den Unterarm anwinkeln und eine Faust machen!
– Dies ist ein internationaler Flug. Io sono di Ierico.
– Wie hast du den alten Herrn jenseits des Gangs erschreckt! der weiß nämlich, was es bedeutet.
– Vi forstår desværre ikke amerikansk, kære frøken.
– Kommt nun etwas in der Art, daß Eifersucht eine üble Eigenschaft ist, sogar für eine sozialistische Verwaltung? That socialist rulers have human feelings, too?
– Wie kannst so etwas auch nur denken! Nein, sie waren begierig zu erfahren was denn Johnnys Welt / im Innersten zusammenhält; eine Tiefenprüfung stellten die Fachleute fürs Soll an bei ihm. Nun war die Ernte von 1952 man mau ausgefallen, da war der Schlegelsche Verein mit der Milch in Rückstand geraten; großzügig und nach den Vorschriften hatten die Erfassungsämter erlaubt, statt derer Schweinefleisch abzugeben. Fehlte es danach an dem, so durfte er es umrechnen in Rindfleisch.
– Dann kriegt er noch weniger Milch in den Eimer!

– Das war gleichgültig, die verpfändete Kuh durfte er behalten im Stall; er mußte sie bloß bezahlen.
– Das eigene Tier?
– Zu einem vierfachen Preis. Hätte er sie angebracht als Soll, so wäre ihm nur der Stopp-Preis von 1941 angerechnet worden.
– Auf solchen Umwegen, ich würd mich auch verrechnen.
– Johnnys Bücher waren genau, vollständig. Leider. Denn nun konnten die Steuerfahnder aus regelmäßigen »Entnahmen« entschlüsseln, daß Johnny im Herbst 1947 den Maltzahns jenen Keil abgenommen hatte, der ihn schon seit fünfzehn Jahren störte, ein paar Hektar, und bis 1950 bezahlt über Westberlin auf deren Auslandskonto in Schleswig-Holstein. Privater Devisenverkehr.
– Haftbefehl?
– Im Februar 1953.
– Aaah! sagte das Gericht. Sehr schlecht.
– Vorzüglich: dachte der Richter. Und Otto Sünderhauf hatte sein Anteilsgeld in Frankfurt am Main umgetauscht, wo er bloß dreiundzwanzig westliche Mark hinlegen mußte, um einhundert östliche zu bekommen. Der verbrecherische Wechselkurs der Imperialisten.
– Angebot und Nachfrage.
– So wurden die Angeklagten überführt als tief verhaftet im kapitalistischen Denken.
– Schon zwei.
– Schon vier. Nach Sünderhauf wurden Frau Bliemeister und Frau Lakenmacher einvernommen. Denn Johnnys Verein hielt sich an einen anderen Plan, als er ihn den Behörden eingereicht hatte in mehrfacher Ausführung. Darin war der Tod von Jungtieren vorausgesehen.
– Gesine!
– Du denkst, bloß Kleinkinder sterben zu früh. Es kann doch auch ein Kalb sich erkälten und eingehen an Lungenentzündung.
– Dafür hat man einen Arzt.
– Von den fünf Veterinärmedizinern in Gneez hatten inzwischen drei »in den Westen gemacht«, Dr. Hauschildt immer voran. Wenn Johnny die eigenen Kenntnisse in dieser Wissenschaft in Rechnung stellte, und fachmännische Hilfe davon abzog, kamen

für die Zukunft Abgänge im Viehbestand heraus. Daraus machte der Staat, vor dem die Tierärzte davon liefen, Johnny den Vorwurf der Verleumdung. Wirtschaftsverbrechen. Boykotthetze. Und weil Johnny in seinem Schlußwort zu wissen begehrte, wieso das Gericht ihm auftrenne, was die Krasnaja Armija ihm genäht hatte: Vergehen gegen das Gesetz zum Schutz des Friedens.
– They threw the book at him.
– Fünfzehn Jahre Zuchthaus. Für die übrigen Angeklagten: von acht bis zwölf. Einzug des Vermögens. Im April stand Johnnys Genossenschaft ausgeräumt. Die Mitglieder waren mit allen Kindern in die Flüchtlingslager von Westberlin abgehauen. Inge Schlegel blieb noch eine Weile; die wollte versuchen, das Wohnhaus zu retten; einer mußte ja sorgen für Axel Ohr mit Paketen ins Gefängnis. Nun war offenbar, wo Johnny sich verrechnet hatte in seiner Erfindung: sie bedurfte seiner Anwesenheit. Wenn nur eine Frau allein den weitläufigen Hof versorgen soll, kann er schon nach einem Monat schiefe Türen haben und Löcher in den Dächern. Ihr war ein einziges Pferd gelassen worden, Jakob sin Voss. Als der erschossen war, ging sie. Es ist eine Geschichte ... wie die von Kleinkindern, die in eine Wassertonne fallen.
– Ich muß mir das abgewöhnen mit der Feigheit. Erzähl sie.
– Marie, verzichte.
– Ich bin elf Jahre alt.
– Du wirst es bereuen.
– Auf meine Verantwortung.
– Jakobs Fuchs wurde in den Büchern geführt als mittleres Arbeitspferd. So eines braucht im Jahr:

10 dz Heu,
16 dz Futterstroh,
20 dz Rüben,
18 dz Körnerfutter,
30 dz Grünfutter,

von dem es sich ein Teil selber auf der Weide holen kann. Wenn du nun einen Zentner Hafer für 1953 veranschlagst mit fünfundzwanzig Mark –
– überfordert ein solches Pferd den Etat der Studentin Cresspahl.
– Das Frühjahrssemester 1953 endete am 9. Mai, am Montag danach war ich bei Inge Schlegel zu Besuch. Sie hielt mich an der

Schulter, als Jakob sin Voss an uns vorbeigeführt wurde; ich ging ihm nach an die große Futterküche. Der Mann mit der Leine in der Hand sah sich um mit einem dwatschen Grinsen, als wolle er mich einladen zu einem Schauspiel, einer Überraschung. Das Pferd ging munter, freundschaftlich nickend unter den begütigenden Reden des Kerls. Ein paar Rippen waren zu sehen; es war ganz gesund. Seine Blicke sagten: ihr habt mich ein wenig hungern lassen, Ihr Menschen, nun kümmert ihr euch von neuem um mich; ich will mich gern mit euch vertragen. Als ihm in der Küche das Bolzenschußgerät auf die Stirn gesetzt wurde, schloß es vertrauensvoll die Augen; dies war etwas Neues von den Menschen. Nach dem Tod, auf die Seite geschlagen, zuckten die Beine heftig, durcheinander, schlugen ausdauernd gegen den hallenden Boden. Das sah sich verzweifelt an; wissenschaftlich betrachtet waren da noch Nerven am Wirken. Das gutmütige Tier, Jakob sin Voss, ein widerliches Stück Fleisch in blondem Fell war es mit einem Mal; kenntlich noch an den offenen Augen.
– Statt vor der Tür zu warten, Gesine!
– Woher sollte ich wissen, der Fremde ist ein Schlachter aus Gneez! seine beiden Gehilfen mit dem Messer erblickte ich zu spät.
– Gesine, wenn ich noch einmal angebe mit meinem Alter, fährst du mir über den Mund, verstanden? Dann knallst du mir eine!
– Unsere Position ist Salt Lake City, Utah.
– Nun hattest du genug.
– Nun mußte ich noch ansehen, wie in Gneez die Möbel von Elise Bocks Schlafzimmer versteigert wurden. Sie waren Volkseigentum, seit Elise umgezogen war nach Westberlin. Da drängten Leute einander in einem schmalen, schmutzigen Hof vor den offenen Flügeln von Elises Fenstern. Darin trat auf ein Mann in abgewetztem Anzug, am Revers das Abzeichen der Einheitspartei, und hielt der Versammlung Bilder hin, einen Sessel, Lampen. Die Bieter, Alfred Fretwust voran, johlten ihre humorigen Anmerkungen, als seien sie jugendlich, oder angetrunken. Nun fing ich an, wegzugehen.
– Warst du denn volljährig?
– Nach ostdeutschem Gesetz. Cresspahl und Jakobs Mutter, sie ließen mich reden eine Nacht bis an den Morgen. Einer alten Frau hab ich Angst bereitet. Cresspahl hoffte, das Kind werde sich be-

sinnen. Er sprach von einer Erholung. »Ferien bei Anita« sollten es sein.
– Und Jakob?
– Jakob gab der Studentin Cresspahl einen Freifahrtschein zur Reise an die Universität Halle, statt über Stendal ausgeschrieben für die Strecke: Gneez–Güstrow–Pritzwalk–Berlin. Das Kind in der Grenzkontrolle ohne vollständige Papiere, unter einem Verdacht, der sie hinter Gitter bringen konnte! Dem beugte er vor. Und er hatte sich ausgedacht, daß im Juni die Morgende hell sind, Sonnenlicht tanzt in den Wäldern, die Seen blinken bei Krakow und Plau; das sollte sie zum Abschied sehen. Erst als ein Schaffner ihr den Schein mit braunem Querstrich und Reichsbahnstempel zurückgab wie einer Kollegin, ging ihr auf: Jakob hatte sie mit einer Rückfahrkarte ausgestattet.
– Welcome to San Francisco, Gesine!

Und was machen in S.F. die Chinesen?
Einige stehen entgeistert in einer Galerie zum Schießen mit Luftgewehren auf bewegte Ziele, da betrachten sie eine europäische Touristin mit einem amerikanischen Kind, die haben einen fremdsprachigen Wortwechsel. Geht die Dame hin, nimmt ein Gewehr, hat nach zehn Schüssen eine Weckeruhr sich verdient, den Hauptpreis. Klatschen Beifall, neidlos, die Zuschauer. Das machen in S.F. Chinesen.

16. August, 1968 Friday

In New Orleans eine New York *Times* vom Tage finden, es ist ein chercher une aiguille dans une botte de foin, und betreffen läßt sie sich wie etwas Exotisches, in einem Eckladen an der Canal Street, der zumeist ausländische Druckerzeugnisse feil hält. Abgegeben wird sie gegen zehn Cents Zuschlag für die Luftfracht. Die einzige Nachricht für uns: in New York hat es gestern gebrannt. Gestern nachmittag, kurz nach Mittag, hat ein mittleres Feuer den erhöhten Bahnsteig der Subway von Rockaway Park kahl gefressen; wo wir den Dienstag verbrachten mit Jakobs Brief aus Olomouc, Č.S.S.R. Marie bittet sich das Blatt mit der Fotografie der Brandstätte aus, zur Vermehrung unseres Gepäcks, ein Streitge-

spräch über Zufall mit D. E. vorzubereiten; – für wenn wir wieder zu Hause sind.
Marie hat sich verkuckt in die Chinesen von San Francisco, an die einverstandene Art, mit der das Auge des Durchreisenden die gelben und schwarzen und rosanen Leute mit einander umgehen sieht auf den Bürgersteigen, in den Seilstraßenbahnen, wo sie dem Fremden Platz einräumen nach der Gebrechlichkeit, dem Alter, in einer Kameradschaft. Weil sie Marie erinnern an einen Sonntagspaziergang im Juli von New York mit D. E., da lag auf einer Stützmauer des Riverside Park, an einem Abfall von fünfzehn Meter, ein Bürger dunklerer Hautfarbe mit geschlossenen Augen; schlief im Vertrauen auf den Sonnenschein. – Das ist alles, was wir geschafft haben in unserer Stadt! befindet ein beschämtes, ein enttäuschtes Kind.
Über ihrem Vergnügen an den Kuttern in der Fischerswerft, es läßt sich leicht ein Bus, sogar ein Taxi zum Flugplatz von San Francisco versäumen; sie ließ sich den Vorschlag gefallen, aus der Reise eine mit drei Ecken zu machen. Wenn eine jüngere Dame in Begleitung einer älteren vorbeischreiten an einem livrierten Hotelportier, mit gar keinem Gepäck versehen als einem tickenden Paket, ehrenvoll behält das Haus sie über Nacht: nämlich wenn man auftritt, als täten wir das alle Tage, wie D. E.! ruft das Kind, vorfreudig.
Diesen Professor Erichson, der seinem Dasein abhanden geraten ist in einer nordosteuropäischen Umgebung, Marie bringt ihn noch heran, wenn sie die Mutter belobigt für das Umbuchen einer Flugreservierung: wie wir es gelernt haben von ihm! befindet sie. Für ihn betrachtet sie New Orleans, in der Hoffnung ihm sei es fremd, auf daß sie ihm zu erzählen habe, aus diesem Flugplatz entkomme man nur in sechssitzigen Limousinen, deren Fahrer seine beiden letzten Gäste ungefragt zu einer Familienpension zwischen Canal Street und Mississippi brachte, an eine lange schmale Treppe mit dem Ruf: Folks, ich bringe euch jemanden! Und wieder sei eine Rezeption verwundert gewesen, weil wir tatsächlich aus einem Paß dessen Nummer ins Register schreiben!
Solange wir unwiderruflich nach New York gebucht sind für morgen früh, will sie eine Stadt an einem Mississippi ertragen. Zwar, er kommt ihr gelb vor, schmutzig; seine Hafenfähre kommt schlecht weg beim Vergleich mit der in ihrer Stadt. Auf

die Balkongalerien in Vieux Carré, die Kunstschmiedegitter vor den Innenhöfen, darin die Magnolienbäume mit ihren langen blanken Blättern, den weißroten Blüten, auf all das blickt sie als ein Zitat aus jenem Europa, das ihr am Dienstag immer noch spät genug auf den Leib rücken wird; sie vermeidet zu klagen aber erwähnt die schwere warme Feuchtigkeit, den muffigen, kühlen Geruch, – nach Friedhof: so empfindet sie es nun einmal; Mrs. Cresspahl schaudert es bei der Voraussicht auf eine Besprechung über Zufall, da sie erweitert sein wird auf Ahnungen. Was Marie gelten ließ, war ein weitläufiges Krankenhaus vom Jahrhundertanfang, das würdige Bürger dunklerer Hautfarbe besorgt blickend verließen. Zeitungen auf gelbem und lila Papier, es ist ihr gerade als Unterschied recht. Die Restaurants findet sie schmutzig, an den unbenutzten Stellen; die Bratplatten sind nur in der vorderen Hälfte blank, statt wie in New York gänzlich poliert. Manche Straßen, nahe der Canal Street, so ärmlich kaputt, daß auch Mrs. Cresspahl sich fragte, wie denn man hierher gelange: doch kaum mit Flugzeugen. In einer Imbiß-Stube eine Katze, die blickte begehrlich auf Maries doppelstöckiges Sandwich, sie hat dem Kind gefallen.

Am 9. Juni 1953 machte der Sachwalter der ostdeutschen Republik seiner Bürgerin Gesine Cresspahl einige Vorschläge, ihre Rückkehr unter seine Fuchtel betreffend.

Seine Partei gedenke nunmehr zu verzichten auf eine unmenschliche von ihren Tugenden, die Unfehlbarkeit: sie habe in der Tat Fehler begangen. Eine Folge sei gewesen, daß zahlreiche Personen die Republik verließen. Dies gilt Ihnen, Frl. Cresspahl!

Da die Partei es fertig gebracht habe, Peter Wulff wie angekündigt die Waage auf Null zu stellen, auf null Gramm! wie sie ausgerufen habe in ihrem Eifer, so wolle sie sich überwinden zu der Erlaubnis, daß er das Lebensmittelgeschäft neben seinem Krug von neuem eröffne. Auch gedenke sie ihn mit Waren zu beliefern. Des weiteren, er solle einstweilen keine Sorgen sich machen wegen der ausstehenden Steuern seit 1951 und der Beiträge zur Sozialversicherung. Schluß mit den Zwangsmaßnahmen, Herr Wulff!

Nun zu Ihren anderen Leuten in der Republik, Frl. Cresspahl. Bestrebt, uns treu zu bleiben, haben wir einen genossenschaftlichen Hof an der Ostsee bei Jerichow verwandelt in einen »devastierten«, so daß kein Treuhänder dem auch nur mit der Feuerzange näher rücken wollte. Wenn Frau Sünderhauf, Herr Leutnant, Frau Schurig, Frau Winse mit all den Kindern Inglischminsch, Epi, Jesus, Huhn und Häuneken sowie auch denen unter achtzehn Jahre alt zurückkommen möchten auf Johnnys Versuchswirtschaft, so soll ihnen das Eigene zurückgegeben und geholfen werden mit Krediten wie Inventar. Wie gefiele Ihnen das, Gesine Cresspahl.

Wir haben im Ernst vor, Ihren Georg Utpathel aus der Strafhaft nach Hause zu schicken, wie überhaupt Leute, die nach dem Gesetz zum Schutz des Volkseigentums zu bloß drei Jahren verurteilt sind. Vorbehalten möchten wir uns jene, denen wir schwereren Schaden nachsagen, also Johnny Schlegel, diesen berüchtigten Atheisten und Adelsfeind. Aber vielleicht ließen wir wegen Otto Sünderhauf mit uns reden?

Sie waren ergrimmt auf uns bei Ihrem letzten Besuche in Wendisch Burg, weil wir da ein Mädchen namens E. Rehfelde so lange getriezt haben wegen ihres evangelischen Glaubens und ihres Festhaltens an der Kirche, bis dann auch Klaus Niebuhr und seine Ingrid Babendererde auf ihr Abitur verzichteten, aus dem Lande gingen, damit doch für ihre Teile eine Gleichheit bewahrt bleibe vor der Verfassung. Die Rehfelde soll wieder zugelassen werden zum Unterricht, Frl. Cresspahl. Wenn die Schüler Niebuhr und Babendererde sich entschließen zu einer Rückkehr nach Wendisch Burg, ihnen soll verstattet sein, die versäumten Prüfungen zur Reife nachzuholen. Na, wie wärs?

Was nun Sie selber angeht, stud. phil. Cresspahl. Wir haben eine Ausnahme gemacht, als wir Sie zum Studium zuließen. In Zukunft wollen wir es grundsätzlich so halten mit befähigten Jugendlichen aus den Mittelschichten. Wenn wir da absehen von einer Benachteiligung, Sie kriegten am Ende noch ein Stipendium, Frl. Cresspahl.

Auch zu Ihrem Herrn Vater wollen Sie uns ein paar Zugeständnisse anrechnen. Was wir ihm im April draufgelegt haben bei den Preisen für Lebensmittel, es soll ungültig sein ab 15. Juni, nächsten Montag schon. Auch werden wir auf dem Rathaus von Jerichow Bescheid sagen, daß Herrn Heinrich Cresspahl, Ziegeleiweg, ab sofort wieder Karten für bewirtschaftete Waren zustehen.

Nun sagen Sie mal an, junge Frau. Kommen Sie nur; wir werden

tun, als seien Sie bloß auf Ferien gewesen. Sollten wir schon was beschlagnahmt haben von Ihren Sachen, wir geben es zurück. Oder leisten Ihnen Ersatz. Lebensmittelkarte, Deutscher Personalausweis, alles sollen Sie haben. Bitte kommen Sie in Begleitung Ihrer Freundin Anita, Frl. Cresspahl!
Dies waren einige Vorschläge, die die Einheitspartei des ostdeutschen Sachwalters an Cresspahls Tochter richtete für den Fall ihrer Rückkehr.

Sie verbrachten die Sommermonate des Jahres 1953 im Stadtbezirk Grunewald von Westberlin, Fräulein Cresspahl?

Da Sie das bereits wissen. Bitte.

In einer Villa im Grunewald?

In einem Haus, das vom ersten Stock an eine Ruine war.

Möchten Sie uns die Straße angeben?

Vergessen.

Die Namen Ihrer Gastgeber?

Sind mir entfallen.

Der Hintergrund Ihrer Beziehungen zu diesem Haushalt?

Wissen Sie doch. Ein Hund namens Rex. Oder King. Oder Woshd; wie Sie wünschen.

Wie kann ein Hund vom Jahrgang 1933 zwanzig Jahre später noch was ausmachen?

Ich hab ihn gesehen vor seinem Tod. Ein eigensinniger Patriarch von einem Schäferhund, schwarzgrau am ganzen Leibe. Tat beim Ausgehen, als könne er doch noch sehen. Ist 126 Jahre alt geworden nach menschlichem Ermessen.

Demnach sind Sie spätestens im Jahre 1951 in Berlin gewesen, um vermittels verbrecherischen Umrechnens in westlichem Bargeld Artikel des Tischlerbedarfs zu erwerben?

Aus Freundschaft zwischen den Familien.

Wegen gemeinsamer Anwesenheit mit einem Hund auf Familienfotos? Statt wegen handelnder Freundschaft im Jahre 1944, 1947, 1949, 1951?

Dazu verweigere ich die Aussage.

Bloß wegen guten Andenkens an Cresspahl gibt man Ihnen da eine Kammer, ein Frühstück, einen Hausschlüssel, ein Taschengeld?

Sehen Sie mal an.

Das sollen wir Ihnen abnehmen?
Sie können es mir auch lassen.

Anita schrieb Adressen zur Ferienzeit, für Kaufhäuser und Werbefirmen, das Stück zu einem halben Pfennig West, bis sie herankam an Leute, die boten ihr eine Mark pro Seite für Übersetzungen aus dem Russischen. (Was das für Kümmeltürken waren, wir schweigen uns besser aus über sie; sagen wir: sie wünschten die Arbeit getan für das Referat Kulturelle Zusammenarbeit bei der Kommandantur der Französischen Armee in Westberlin. Das muß genügen.) Wann immer Anita Zeit übrig hatte, waren wir am Stadtbahnhof Nikolassee verabredet für das Strandbad Wannsee. Wir mußten sehen, »daß wir mehr die billigen Freuden benutzten«; für Besuche in Kinos oder Theatern waren wir zu arm. Dauerhaft, ob wir nun die Havel abschwammen nach Nord und Süd oder ich bei Anita in Neukölln übernachtete auf Frau Machates Bügelbrett, unbeirrt war Anita verwundert, daß ihre Freundin Cresspahl schon wieder einen Grund ausgedacht hatte, von dem aus führte ein verständiger Weg zurück nach Jerichow oder zur Martin Luther-Universität. Einmal war es die Erinnerung an die Nachricht, daß im April alle jüdischen Ärzte, denen Stalin eine Verschwörung nachgesagt hatte gegen die Sowjetunion, gänzlich entlassen waren in eine fachliche und staatsbürgerliche Unbescholtenheit. Konnte man daher eine Linie ziehen zu einer künftigen Rechtssicherheit in der ostdeutschen Republik?
– Erzähl das den beiden, die gestorben sind unter der Folter, Kogan und Etlinger! sagte Anita. – Erzähl das den jüdischen Schriftstellern, die er noch hat erschießen lassen im vorigen Sommer, der Blutsäufer! sagte Anita.
Stalin sei doch gestorben am 6. März: gab die Cresspahl zu bedenken.
Und wie sei ihr zumute gewesen, als die ostdeutschen Wochenschauen in den Kinos von Halle die Funeralien aus Moskau zeigten, die ostdeutschen Veranstaltungen von Trauer mit gesenkten Fahnen und untröstlicher Musik?
Die Cresspahl gestand zu, daß der Anblick auch ihr eine Betroffenheit ins Gefühl geschmuggelt habe, die sei ihr widerlich gewesen.

So ist das Ableben Stalins, das die ganze fortschrittliche Menschheit mit tiefem Schmerz erfüllt, ein besonders schwerer Verlust für die deutsche Nation? Die Sozialistische Einheitspartei wird der siegreichen Lehre Stalins stets die Treue wahren? Stets?
Es sei ein Versprechen: gestand Anitas Freundin.
Nun hätte Anita sagen dürfen: Siehste. Aber sie enthielt sich des Beratens; aus Fürsorge ließ sie sich von dem wankelmütigen Kinde Cresspahl die Papiere vorlegen, prüfte sie auf Lücken, auf Gültigkeit. – Technisch wärste sicher auf einer Fahrt nach Halle, bis zehnten September: entschied sie, tief aufatmend; ein Seufzer war es geradezu. Anita und die Freiheit eines Christenmenschen.
Den 16. Juni verbrachte stud. phil. Cresspahl an der Havel; als sie am 17. die Radionachrichten von einem Aufstand im Ostsektor der Stadt nachprüfen wollte durch Augenschein, wurde die Straßenbahn 88 an der Lützowstraße aufgehalten, wo sie die Potsdamer verlassen soll und die Grenze zum Ostsektor abfahren bis Kreuzberg; von westberliner Schupo, die die Straßen voller Schaulustiger eine nach der anderen in Richtung Süden abzuräumen suchten, vergeblich. (Zu einer Reise nach Ostberlin mit der Stadtbahn fehlte ihr der Übermut; die Bahnhofskontrollen konnten sie leicht früher abschieben nach Halle/Saale, als ihr recht war.) So kennt sie den Aufstand lediglich als Nachricht, in Wort wie Abbild; als Hörensagen von Studenten aus Halle, die es schafften bis in die Flüchtlingslager von Westberlin:
Vor der Strafvollzugsanstalt II in der Steinstraße standen zweihundert oder dreihundert Frauen, die riefen: Gebt unsere Männer frei. Das sah eine Kolonne streikender Arbeiter, die aus den Werken von Buna und Leuna anmarschiert kamen; die stürmten das Tor, holten die Gefangenen aus den Zellen, viele davon Frauen, in üblem Körperzustand. Die Arbeiter räumten das Gerichtsgebäude aus. Eine Wachtmeisterin fuchtelte mit der Pistole; wurde verprügelt. Die Kreisleitung der Einheitspartei in der Willi Lohmann-Straße, die Bezirksleitung am Steintor, die Kreisleitung am Markt: gestürmt. An den Toren des »Roten Ochsen«, am Kirchtor, wartete Volkspolizei mit entsicherten Schußwaffen. Die Menge drückt eine Nebentür ein; wird vom Dach her beschossen; zerstreut sich. Hier soll es Verwundete ge-

geben haben. Das Hauptpostamt blieb seit dem Morgen in der Hand der Polizei. Gegen achtzehn Uhr warten etwa dreißigtausend Menschen auf dem Hallmarkt. Die Forderungen der Redner: Generalstreik gegen die Regierung; Loyalität gegenüber der Roten Armee. Disziplin. Strafe für Hamsterkäufe, Plünderungen, Tötungen. Rücktritt der Regierung. Freie Wahlen. Wiedervereinigung mit Westdeutschland. Gegen neunzehn Uhr rollen vom Obermarkt her russische Panzer an; vorsichtig. Zu den Papieren, die aus den Fenstern der gestürmten Behördengebäude geflogen waren, flattert inzwischen ein Flugblatt, unterzeichnet vom Chef der Garnison und Militärkommandanten der Stadt Halle (Saale), der den Ausnahmezustand verhängt, Demonstrationen und Versammlungen verbietet, den Aufenthalt auf den Straßen von 21 bis vier Uhr untersagt, für den Fall von Widerstand den Gebrauch der Waffe androht.

Von dem Einmarsch der streikenden Arbeiterinnen und Arbeiter in Halle gibt es eine Fotografie. Sie erfaßt etwa neunzig Leute vollständig, die Frauen in Sommerkleidern, die Männer meist wie fürs Arbeiten angezogen, in dunklen oder grauen Overalls oder Hemd und Hose. Sie gehen in ungeordneten Reihen, mit schwingenden Armen, ein paar winken einander zu (der Kamera unbewußt). Zwei sind mit Taschen gekommen. Auf dem Bild sind allein elf Fahrräder zu sehen; wie hätten sie denn so teure Maschinen mit sich geführt, wenn sie Gewalt zu stiften im Sinne trugen, oder Gewalt zu erleiden erwarteten?

Am 21. Juni unterbreitete das Zentralkomitee der ostdeutschen Einheitspartei der Bürgerin Cresspahl einen zusätzlichen Vorschlag für den Fall ihrer Rückkehr: Der Aufstand in ihrer Republik, er müsse begriffen werden als bloß Ereignisse. Als das Werk der amerikanischen und (west)deutschen Kriegstreiber, die in ihrer Enttäuschung über die Gewinne der Friedensbewegung in Korea wie in Italien einen Kriegsbrand hätten hinüberwerfen wollen über den Brückenkopf Westberlin ... überführt durch das Absetzen von Banditen mit Waffen und Geheimsendern aus ausländischen Flugzeugen ... durch Lastwagen mit Waffen an der Autobahn Leipzig-Berlin ...

Aus Gneez wurde ihr geschrieben, daß die Arbeiter des Sägewerkes Panzenhagen die Keller unter dem Landgericht geöffnet hatten mit dem Ruf: Wir wollen unseren Ausbeuter wiederhaben!

Sie maßte sich an, bescheidentlich, sie kennte die Arbeiter denn doch vom Sehen besser als der ostdeutsche Sachwalter das sagen durfte von sich, an ihren Beschwerden: die Rücknahme der Verkürzungen für Eisenbahnfahrkarten, die Beschwerden in der Familie durch Herabsetzung der Mindestrenten, die Anrechnung von Heilkuren auf den Jahresurlaub, die Verseuchung der Arbeitszeit durch Spitzelei, das travailler pour le Roi de Russie, bekräftigt durch das Bestehen der Einheitspartei auf einer zehnprozentigen Erhöhung der Normen noch am Morgen des 16. Juni. Sie wäre zurückgegangen, hätte nun jedermann von Gneez bis Halle sagen dürfen: wir haben gesehen, wer in diesem Lande regiert; die Sowjets. Wenn sie sich entschloß zu einer Abreise, so kaum, weil im jenseitigen Deutschland die Amerikaner regierten als Besatzungsmacht; sie fürchtete sich vor der Aufforderung, an der Saale in einem Seminar der Universität etwas aufzusagen von einem Tag X, an dem jemand anderes als die Arbeiter ...
Daß sie vorstellig wurde im Flüchtlingslager Berlin-Marienfelde, die Erinnerung bietet es an; besteht darauf. Der dies schreibt möchte zweifeln, ob das schon benutzt wurde im Juli 1953. Das Gedächtnis will, es sei im Bau gewesen seit dem 4. März. Ob nun in Marienfelde, in der Kuno Fischer-Straße oder am Karolinger Platz, sie traf da zum ersten Mal auf einen jungen Mann aus Wendisch Burg, einen hageren steilköpfigen Jungen mit damals blondem Haar, der in einer abwesenden Art ihr Bekanntschaft antrug aus einem Umgang mit den Fischer- und den Lehrer-Babendererdes, auch den Niebuhrs in Wendisch Burg. Auf einem Spaziergang im Viertel von Dahlem, der westberliner Universität, betrachtete er abschätzig die hiesigen Studenten und nannte sie »all diese schönen jungen Leute«; anfangs hielt sie ihn für eingebildet wegen seiner älteren Semester (Physik). Sie beschrieb ihre Verwunderung, daß Klaus Niebuhr seine Schule, seine Unterkunft in Mecklenburg aufgab allein aus einem Konzept, wonach er auf seine Bürgerrechte verzichte, werden sie einem Mädchen namens Rehfelde gekränkt. Das freute diesen Erichson (Dipl. phys.); auf der Stelle wies er dem Fräulein Cresspahl ein verwandtes Verhalten nach. – Seit fünf Jahren lassen Sie sich ein auf den Abstand zwischen dem, was Sie denken und den Sachen, die Ihnen die Lehrinstitute so abfordern durften bisher; nun er ein bißchen größer geworden ist als Ihnen gefällig, haben Sie es satt;

schon mal vom dritten Grundsatz der Dialektik gehört, Umschlag von Menge in Qualität? kann man auch somatisch verwenden: sagte der als Antwort auf ihre Ausrede, ihr sei eben schlecht. Eine Werbung war es kaum. Der ließ sich ausfliegen, ehe sie noch die Vorprüfung I erreicht hatte im Verfahren der Notaufnahme.

Die amtliche Befragung wurde widerlicher von Büro (»Stelle«) zu Büro. Der ärztliche Dienst befand sie als eine Zwanzigjährige wie sie ihm keine Sorgen macht. Zuständig war Stelle Zwei, die über Zuständigkeit befand. Nach der Einweisung, der Polizei, der Anmeldung kam Stelle 7, die Vorprüfung durch die Kampfgruppe gegen Unmenschlichkeit. Denen wie den nächsten, dem Untersuchungsausschuß Freiheitlicher Juristen mißfiel diese Studentin, da sie ihnen die Beihilfe bei dem Urteil gegen Sieboldt und Gollantz anrechnete als eine Schuld und sich obendrein belustigte über Appelle wie den, die Menschen in der »Sowjetzone« sollten ihren Widerstand bekunden, indem sie an einem beliebigen Mittwoch den Besuch der Kinos vermieden; worauf denn doch jedermann, seinen politischen Leumund zu bekräftigen, die Renaissance-Lichtspiele von Gneez aufgesucht habe. Hier bekam sie Verweise, schlechte Noten; das merkte sie auf der Stelle 7c, dem Polizeipräsidium, Abteilung V (politische Abteilung); wurde angeblickt wie eine schlechte, eine widerspenstige Schülerin. Für 7d, die Abwehr der Briten, ließ sie sich von Anita vorbereiten mit einer Auskunft über das Haftarbeitslager in Glowe auf Rügen, wo etwa viertausend Zwangsarbeiter für Margarinestullen und Kartoffelsuppe schufteten an einem Ringbahnnetz mit vier Rollfeldern für Düsenjäger und Bomber, an einem Kriegshafen für Unterseeboote und leichtere Überwasserfahrzeuge; es war eines von den gängigen Gerüchten in Mecklenburg. (Zum Schaden für sowjetische Strategie; sie nahm immer noch die Roten Ecken auf den öffentlichen Plätzen übel, Stalins Ikonenwinkel. Sie war mit Anita einig, die Sowjets hätten ihre Panzer am 17. so behutsam nur eingesetzt, weil sie Reservegerät und Truppen erst noch heranbringen wollten für den groben Schlag, sollte er nötig werden.) Leider war das Gerücht dem britischen Herrn mit dem wolligen Schnauzbart vertraut, bedauernd bewegte er die Tabakspfeife; die Protokollantin, neun Ringe zu viel an den Fingern für ihre fünfundzwanzig Jahre, sie blickte mit vorwissender

Schadenfreude, ohne Kameradschaft auf das Kind aus Mecklenburg, das mit so billiger Münze eine Fürsprache erlangen wollte zum Flüchtlingsausweis. Die nächste Erkundigung ging auf diejenigen Angehörigen der Fritz Reuter-Oberschule von Gneez, die sich gemeldet hätten zur Bewaffneten Volkspolizei.
Die vernommene Person drehte ihre Aussage weg auf die Martin Luther-Universität zu Halle, wo Studierende aller Fakultäten sich einen weißen Fuß machen können mit Übungen am Kleinkalibergewehr und Funk-Anstalten im Gelände an den Ufern der Saale; schützte ein Unwohlsein vor; wurde streng ermahnt, zu einer Fortsetzung der Prüfung aufzutreten.
Draußen, in einer befremdlich heilen Gegend aus Villen und unbegangenen Bürgersteigen, wo nur ab und an ein Dienstmädchen einen Hund spazieren führte, war sie allein mit der Sorge, sie habe dem Häftling Lockenvitz wenig Nutzen eingebracht und werde dem Unteroffizier Pagenkopf einen Schaden bereiten. Wenn dies der Preis war für einen Ausgang nach Westdeutschland, wollte sie lieber durch die Büsche sich verdrücken.
Anita fand ihn, den Schleichpfad. Ihre Freundin Gesine wußte von dem Rechtsanwalt, Lietzenburger Straße, der Schulden in Raten beglichen hatte für Johnny Schlegel?
So kam Gesine Cresspahl zu einer Zuzugsgenehmigung für das Land Westberlin; außer der Reihe zwar. So durfte sie sich bei einem gewöhnlichen Polizeirevier, statt der Abteilung V, anmelden als regelmäßig wohnhaft im Stadtbezirk Grunewald. Wer da nachgewiesen ist, in einer Kartei hat er ein Recht auf den Personalausweis von Westberlin. Mit einem Darlehen von einhundertzwanzig westlichen Mark (allein das Ticket kostete über achtzig), als eine private Person flog sie in der vorletzten Juliwoche nach Frankfurt a. M., in einem Douglas-Clipper vom Typ 3, nachts.
Unter den Flügeln der DC 10 auf dem Wege von New Orleans nach N.Y.C. darf eine Einbildung nun im Atlantik die vorgelagerte Insel erkennen, das weißliche Brett Land, auf dem Mrs. Cresspahl Ferien versucht hat vor einem Jahr. Marie blickt nach vorn statt nach unten, die sieht die Inseln der Generalstaaten, Manhattan, Long Island.

– Welcome home, Gesine!

Am Riverside Drive wartete ein einziges Telegramm bei Mr. Robinson Adlerauge. Aus Helsinki war es zuverlässig gekommen, die Unterschrift schwer beschädigt: DEMNÄCHST TRANSPORTFÄHIG – ERISINION.
Zum Frühstück ein Telegramm aus Helsinki: BESUCH UNNÖTIG – ERISINN.
Mit der gewöhnlichen Post ein Brief mit deutschen Marken, amtlichen Aussehens: vom Forschungsinstitut für Psychoanalyse zu Frankfurt am Main. Rechnet man die Zeit für den Transport ab, so kommt die Antwort nach weniger als vier Wochen. Ein Professor macht sich die Mühe und schreibt einer Angestellten Cresspahl dreieinhalb Seiten, auf Privatpapier! in seiner eigenen Zeit.
Und hat sie persönlich zu kennen nie das Vergnügen gehabt. (Möchte er nach Lektüre des Briefes ernsthaft sagen.) Eine Diagnose von ferne weist er von sich, wegen mangelhafter Information, zu schmaler Basis; wie gewünscht. Zu Mitteilungen ist er bereit: wenn ich die Stimmen von Toten, von Abwesenden höre, wenn sie mir antworten, es kann auch liegen an der Ausstattung der Person mit dieser Art von Erlebnis. Bitte, entnehmen Sie meiner Folgerung nur, was Sie gerade brauchen können. Demnach eine feste Bindung an die Vergangenheit der Person; keine Rede, sie sei darüber hinaus. Sie ist auf dem richtigen Wege mit der Vermutung, hier wirkten Folgen von Verletzungen fort, von Verlusten; sie irrt sich, wenn sie da an Jakob denkt, an Cresspahl; angefangen hat es in der Tat mit der Mutter, die sich aus der Welt »ver-rückt« hat. Wir reden von dir, du Lisbeth geborene Papenbrock! Entfremdung ja; keine Wahnbildung. Nur daß sie unerledigt ist, die erste Verstoßung durch die Mutter (die zweite, die dritte). Keine Gefahr von Vererbung. Eines allerdings ist falsch, Mrs. Cresspahl: daß Sie manchmal die Antwort Ihres Kindes wissen, bevor Marie sie überhaupt ausspricht. Das kann eigennützig sein, ein Kind und in ihm sich selbst beschützen zu wollen; für das Kind wird solche Symbiose demnächst gefährlich; hemmt seine Unabhängigkeit. Sie selber haben da ein Wort für illegale Betätigung gebraucht und sich verraten, Mrs. Cresspahl.
»Sie bedürfen des erheblichen Mutes, auf Sicherungen verzichten

zu wollen, obgleich das nach den Erfahrungen Ihres Lebens aussehen könnte wie Fahrlässigkeit. Sie würden Zeit gewinnen, bedienten Sie sich dabei eines – ich weiß, es schwebt Ihnen auf der Zunge – »head shrinkers«. Dieser Kopfjägervergleich geht aber weniger auf die Kosten meiner amerikanischen Kollegen, als auf die Ihren, weil Sie selber durch die Anspielung sich hindern, sich eines ärztlichen Dienstes zu bedienen, der Ihnen zu mehr zeitgemäßer innerer Sicherheit verhelfen könnte. Ein solcher Versuch wäre harmlos; Sie dürften ihn jederzeit abbrechen. Mit freundlichem Gruß Ihr A. M.«
Was er deutlich ausgelassen hat: ein Bedenken wegen Unfähigkeit zur Arbeit. Nach meinem brieflichen Betragen bin ich noch gerüstet für eine Arbeit in einem Ausland, in Prag.
»Sehr geehrter Herr Professor, in einiger Beschämung ist mir unerfindlich, wie Ihnen zu ...« Das geschieht dir recht, Gesine Cresspahl. Du hast um etwas Schwieriges gebeten, nun quäl dich am Bedankmichbrief. In drei Wochen hast du ihn geschrieben!
Zum Frühstück die Nachrichten der New York *Times* aus Bonn: die Westdeutschen haben es sich überlegt wegen des Vertrags, den sie geerbt haben vom 29. September 1938, als die Herren Chamberlain, Daladier und Mussolini das Sudetenland an Herrn Hitler verschenkten. Bisher hat es heißen sollen: »nicht länger gültig«. Nunmehr bekommen vielleicht die Leute der Č.S.S.R. ihren Willen und eine Unterschrift zu der Formel: »von Anfang an ungültig«.
In Prag ist nach dem Marschall Tito der Präsident von Rumänien zu Besuch, und Nicolae Ceausescu beschreibt wie man es macht: ein kleines kommunistisches Land, solange es militärisch eingebunden bleibt, darf durchaus Kredite in konvertierbarer Währung begehren. Wenn am Tage nach Übermorgen die Abgesandte einer new yorker Bank auftritt in der Hauptstadt eines kleineren kommunistischen Landes, was ist denn dabei.

– Nun die Studentin Cresspahl an einer westdeutschen Universität: bestellt Marie sich, sobald sie das Losmachen der Fähre zu seinem Ende beaufsichtigt hat. – Stud. phil. G. C. an einer Universität ... wie heißen die in Westdeutschland?
– Eine war benannt nach Johann Wolfgang von Goethe, stand in Frankfurt am Main und war gesonnen, dies Zweitsemester aus

Halle an der Saale einzuschreiben im Englischen Seminar. (Weißt: weil ich einmal immatrikuliert war. Anitas Abitur galt wenig im Westen von Berlin; die mußte es ganz und gar »nachmachen«.) Als ich die Gebührentafel sah, gab ich auf.

– Dein Vater hatte westliches Geld! ein paar Tausend Pfund auf der Surrey Bank of Richmond, mit den Zinsen seit 1938!

– Gegen Cresspahls Willen war ich weggegangen aus seinem Land, von ihm. Wie unvernünftig werd erst ich sein, wenn du mich verläßt! Und er durfte leicht denken, sein Guthaben sei beschlagnahmt als feindliches Eigentum.

– Dein Vater wollte dich strafen.

– Mit Strafe hätt er gehofft, die Tochter zurückzuholen. Nein, die sollte ihren Willen haben und danach leben. Und was das Akademische anging, so hatte sie sich durchschaut.

– Finde ich schade.

– Dr. Gesine Cresspahl, wie sieht denn das aus.

– Prof. Cresspahl, hört sich erträglich an für mich.

– Ja, mit Marie als Vornamen! werde du doch Professor.

– Das werden wir ja sehen, Gesine.

– Was kann man arbeiten mit abgeschlossenem Studium der Anglistik?

– Lehrer.

– Das Verlangen nach einem solchen Beruf war mir ausgetrieben auf der sozialistischen Oberschule von Gneez. Vor einer Klasse stehen mit dem Wissen, etwas zu verschweigen, von den Schülern des Lügens verdächtigt; mir wollt ich es ersparen.

– In einem freien Lande durftest du lehren was du wolltest.

– In der Grammatik, in der Metrik, in den Formen gewiß. Aber keine Betrachtung des Inhalts mit jener Art von Dialektik, die mir eingeleuchtet hatte, 1953! Überhaupt wollte ich bloß die Sprache.

– Deines Vaters wegen.

– Wollt ich mir das aufdröseln lassen von einem head shrinker ... einem psychoanalytischen Kopfjäger, wir könnten nie mehr Ausflüge machen nach New York über Frisco und Louisiana. Mir genügte eine Dolmetscherschule, und stehe sie am linken Ufer des Rheins in einem Talgraben, da sieht es bei Nebel aus wie Flandern nach der Schlacht. Wo die Geschicklichkeiten von Hitlers Chefdolmetscher dir geläufig sein mußten wie die Sprüche

Salomos. Da wurden die Schüler zu Diplomaten, wenn sie hinüberwechselten aus dem Naturschutzpark eines Pensionsberechtigten in die freie Wildbahn der Aktiven. Viel abgebrochene Riesen darunter. Schmalspur-Akademiker. Einer wurde mir gezeigt, der kam aus einer Dolmetscher-Kompanie, der hatte für Hitlers Abwehr gearbeitet, ehemals Schauspieler in Leningrad; Hände weg. Ein anderer, im Suff brüstete der sich mit Entführungen; deswegen machte ich einen Bogen um das Fach Russisch. Italienisch, Französisch, ja. Wenigstens lernten wir reden, sprechen; zack-zack: wie Emil Knoop sagen würde. Und alles hatten Herr Dr. Kliefoth und zwei Semester in Halle eben kaum heilen können, was übrig geblieben war von einem Unterricht bei Hg. Knick. Knickei. Der hatte uns doch verabschiedet mit dem Befund: Der Gebrauch des Passivs ist im Englischen recht häufig. Das war's denn. Viel remedial teaching.

– Simultan dolmetschen.

– Das ist ein Klacks, das mach ich dir im Halbschlaf. Nein, das Konsekutive ist die Kunst, die Hohe Schule des Dolmetschens à la Konferenz; wenn du eine dreiviertel Stunde lang einen Vortrag so übersetzen und sprechen kannst, als hättest du selber ihn entworfen. Hier hast du einen von meinen verfehlten Berufswünschen: als Mitglied gewählt zu werden in die A.I.I.C., die Association Internationale des Interprètes de Conférences. Die nehmen einen erst nach zweihundert Tagen Konferenz, und fünf Kollegen sollen für dich bürgen. Dafür hätt ich zehn Semester bezahlen müssen am Rhein bei Schifferstadt, statt meiner sechs, von denen mir noch zwei sind erlassen worden.

– Womit hast du bloß bezahlt, Gesine? Kommst an und hast noch fünf Mark in der Tasche. Einen Dollar und fünfundzwanzig Cents.

– Es werden so fünfundsiebzig Cents gewesen sein. Die Schülerin Cresspahl hätte gearbeitet in der Küche jenes Instituts, mit Freuden; es hätte sich verlaufen unter den fünfzehnhundert Studierenden; galt für unschicklich. Hier hast du unsere Legende vom Tellerwäscher: in Mannheim stand nächtens hinter der Schranke einer Garderobe die Schülerin Cresspahl und bedankte sich für jeden Groschen, den man ihr auf den Teller legte. Kamen von der Schule zu Gast die Rheintöchter, die Erbinnen aus den großen Häusern von Düsseldorf oder aus Südamerika, die fanden es im dritten Semester noch witzig zu sagen: Yes – yes, oder: I don't have it necessary; beschwerten sich bei der Direktion; wegen Unschicklichkeit. In einer Nachtbar sollen die Gläser öffentlich gewaschen werden. Das nächste war die Nachtschicht in einer Fabrik für Spielzeug und Gartenzwerge. Und wenn ein Dozent etwas geschrieben haben will, übersetzt, dann fragen Sie mal die Cresspahl; die nimmt einen deftigen Studenlohn; das ist vorlagereif wie die das macht. Noch später war sie gefragt in jenem nördlichen Viertel von Frankfurt, wo die Straßen nach Schriftstellern heißen, von Franz Kafka über Franz Werfel und Stefan Zweig bis zu Platen, da wohnten die Familien der amerikanischen Besatzer und gingen nachts aus und ließen ihre Kinder behüten von einer Miss Cresspahl für deutsches Geld; die wollte von den Kindern Kinderreime lernen und Märchen und wie man auf amerikanisch befiehlt: Auf die Plätze – fertig – los! Und im letzten Semester, als ihr das Diplom sicher war, schien es gerechtfertigt, ihr das Abhalten von Übungen zu bezahlen.

– Du hast wieder gehungert, Gesine!

– Aus eigenem Verschulden; wenn ich doch eine Schreibmaschine brauchte. Auf die wissenschaftliche Art; mit Quark und Schwarzbrot alle zwei Stunden; mit Gymnastik geht das zu machen.

– Und zwei Zigaretten am Tag.

– Rauchen fiel aus bis 1955.

– Und Heimweh nach Jerichow, nach Gneez.

– In Gneez hatte ich die Maiparade von 1953 angesehen, da marschierte Bewaffnete Volkspolizei vorbei an der Tribüne auf dem Neuen Markt, die schwenkte die Glieder in der bräunlichen Uniform, die Beine in den kostbaren Stiefeln zur Parade (und hielt sich fest am Karabinerriemen, wäre sonst umgefallen); da schrie der Genosse vom Kreis, als hätte er Messer an den Stimmbändern: Und mag es heute noch heißen Dü-dü-Äh –; im nächsten Mai werden wir sagen können: Geh-düdü-Äh! Das war eine verspätete Entschlüsselung für den Spruch Goethes, der bei rein schulischen Veranstaltungen sichtbar gewesen war an der Stirnwand der Aula:

Mir ist nicht bange, dasz Deutschland nicht eins werde; unsere guten Chausseen und künftigen Eisenbahnen

WERDEN SCHON DAS IHRIGE TUN. VOR ALLEM ABER SEI ES EINS IN LIEBE UNTEREINANDER . . .,

auf Mittelachse geordnet. Das war die Ankündigung von Bürgerkrieg gewesen; danach sollt es mich verlangen? Gesamte Deutsche Demokratische Republik; nur mit Waffengewalt herzustellen. Dazu hatte der Schüler Lockenvitz angemerkt, was er gefunden hatte bei Voltaire zum Heiligen Römischen Reich.
– Daß das Reich keins ist und weder römisch noch heilig. Meine Schularbeiten hab ich gemacht.
– Heimweh. Ich versteh immer Bahnhof. Am Hbf. Gneez hatte die Stadt einem Alfred Fretwust den Fahrradstand als Altenteil verliehen, Justizwachtmeister des Großdeutschen Reiches. Na, der hatte schon während des Krieges einen Posten Soldatenstiefel verwandelt in Gutschriften auf ein Konto in Hamburg. Na, da war er paar Mal in Bützow einhäusig. In der Periode der Neuen Ökonomischen Politik nahm er Anzahlungen auf Motorräder in der H.O. Industriewaren, Straße des Großen Genossen Stalin; die wurden nie und nie geliefert. Na da war er mal wieder. Als es noch gut ging, mietete er sich Gartenhäuser auf dem Großen Werder, zum Alleinsein, für Freundinnen. Trank immer bloß einen Schnaps in der Stunde den Tag über. Zu Hause alles wie von der Katze abgeleckt; Familienleben in der Küche; über den Ehebetten eine abstumpfend nackte Venus. Spielte eindringlich den Bürger, den die anderen ihm wegen guten Auskommens abnahmen. Ein Spitzel. Nur wenn einer angetrunken den Angetrunkenen einen Zuchthäusler nannte, gab's Prügelei. Na da war er mal wieder. Da durfte er bloß noch den Stand am Bahnhof bewachen. Pro Rad und Tag höchstens dreißig Pfennige. Und weil er doch schlafen mußte, versah die Frau den Dienst, bei all ihrem Stolz. Nach Alfred Fretwust, Justizwachtmeister, unbedroht, Entnazifizierter der Ersten Stunde, unbestraft, nach dem sollt ich Heimweh haben?
– Und doch bist du gefahren, um Jerichow zu sehen.
– War einmal im Norden zu Besuch, hatte zu Pfingsten in der langsamkriechenden Kolonne der städtischen Ausflügler die graue See unter dem verhangenen Himmel im Auge, über strahlendem Rapsgelb und regentiefem Wiesengrün, ganz am Ende einen auffällig geraden Strich Land; am Abend im Hafen das nördlichste Stück der mecklenburgischen Küste, blau mit weißen

Flecken, handbreit, daneben ging das Meer einwärts am Großen und Kleinen Höved, hinter denen saß ungefähr Jerichow. Hinter dem Küstenknick am Landende war die Bucht zu übersehen, rechts die Westseite, ihr gegenüber, unverbunden, die Ostseite unter dem tintigen windüberjagten Wolkenhimmel, ungleichmäßig, mit Höhen wie Steilufervorsprüngen, Einbuchtungen wie Häfen, nadelfeinen Spitzen wie Kirchtürmen, Risse wie lauernde Wachboote. Wenn ich die Augen schließe ist die Erinnerung genau. Das ähnliche das fremde Gedröhn.

– Kommt die Eiche vor der Esche, gibt's ne große Wäsche. Verstehssu ja, Gesine. Aber, kommt die Esche vor der Eiche, gibt's ne große Bleiche, wie 1952. Heut nachmittag hab ich mir meine großen Eichen angesehen, die sind bald grün. Die Esche steht da wie taub! Am 1. Mai haben wir früher, ich bin ja nu älter als du Gesine, haben wir früher Holzpantoffeln und Strümpfe ausgezogen, Schuhe gab's keine, bloß sonntags, sind wir barfuß zum Distelstechen gegangen in den Roggen. Heut möcht'n sich Hantschn anziehn. Früher fing der Winter in Oktober an und ging bis Februar, doch, und Schnee! Sind wir auf den Knicks zur Schule gegangen, und wenn einer abrutschte im weichen Schnee, waren wir über ihm doppelt so hoch wie wir bloß lang waren. Jetzt dauert der Winter viel länger. Am Erssn Mai muß sich im Roggen eine Krähe verteckn können! Jetzt sühst noch de Mus lopn! Nein, und wir haben auch nur noch eine Heuernte. Früher die erste, Anfang Juni, und die zweite, Anfang August, was ihr wohl Grummet nennt, wir sagn da Nachmahd zu. Wer füttert denn Heu noch heute. Will mal sagn, das hat sich verschoben mit den Jahreszeiten. Sint allns die Atombomben an schuld. Das gibt kein Sommer. Hast di dacht! – Du seggst jo nicks, Gesine.
– Worüm süht Ein' Meckelnbörg so klår?
– Das liegt anner Feuchtigkeit der Luft. Aber die da drüben, ich mein dein Vater, die haben heut morgn unser Wetter gekriegt.

Da blieb die Cresspahlsche Cousine nur einmal über Nacht. Die Nähe, da sie unbenutzbar war, sie schnitt.
– Denn Heimweh ist eine schlimme Tugend, Gesine. Daughters have human feelings, too.
– Right. Entbehrlich war ich auch. Wenn die See- und Handels-

stadt Wismar 1954 ein Alter von siebenhundertfünfundzwanzig Jahren begeht, kann sie das ab ohne Gäste aus Je-, aus der Gegend von Rhein und Main. Ihr reicht die Festschrift, weil ihr Vater sie übersendet, ein dickes Heft auf Kunstdruckpapier mit viel berichtigter Geschichte, H.O.-Anzeigen zum Ruhm des Neuen Kursus und dem Schnack, für mecklenburgische Volksweisheit ausgegeben, daß ein Mensch im Alter, vom Wohnungsamt im Stich gelassen, zu seinen Enkelkindern zieht.

– 1954 wurdest du ... wurdest du volljährig, Gesine.

– Einundzwanzig Jahre. Und bekam durch Johnny Schlegels Anwalt in Westberlin, im Auftrage von Dr. Werner Jansen, RA zu Gneez/Meckl. aus einer letztwilligen Verfügung von Dr. Avenarius Kollmorgen ein versiegeltes Päckchen übersandt.

– Wehe, wenn du mir verschweigst was drin war!

– Tät ich gerne.

– Mußt du sagen.

– Weil es ein Paar goldener Ringe waren. »Zu Ihrer Mündigkeit, sehr verehrtes Fräulein Cresspahl, Ihnen zu Füßen zu legen erlaubt sich.« »Da ich selbst, infolge Begegnens widriger Umstände.« »Zu jedweder ehelicher Verbindung, sie sei nur gewählt, Sie meiner Ergebung.« Mit Kollmorgen ist eine Art zu sprechen ausgestorben.

– Trauringe. Aus dem Grab.

– Das sind ... die für dich. Deine.

– Als ob ich je heiraten würde, Gesine!

– Das haben wir auch von mir gesagt. Behalte das im Auge.

– Kein Gedanke an eine Rückkehr nach Jerichow oder Halle/Saale.

– Dagegen gab es das Radio. »Die Sowjetunion hat das Penicillin erfunden.« Einmal sagte da einer einen Musiktitel an mit dem Seufzer: »*Ein* Amerikaner in Paris – ach, wär das schön!« Verfehlte vor lauter Brillanz in der Agitation die Umkehrung: wie wünschenswert es sei, nur *einen* Sowjetmenschen in der ostdeutschen Republik zu wissen, und den zu Ferien an der Ostsee bei Ahlbeck. Als ob sie gehofft hätten, auf Wellenlängen zu siegen! Als ob sie sich zutrauten, den Himmel zu teilen.

– Für welche Partei warst du im westlichen Deutschland, Gesine? Durftest doch wählen.

– Die Sozialdemokraten erklärten 1954 in Berlin ihren Willen,

auf einem Parteitag! unter »Bedingungen an gemeinsamen Anstrengungen zur Sicherung des Friedens und der Verteidigung der Freiheit auch mit militärischen Maßnahmen teilzunehmen«.
– Wie ich dich kenne, war daraufhin der Ofen aus bei dir.
– Sieh an, du kennst mich. Der Staatspräsident war ein Freidemokrat, der hatte 1933 Hitler abstützen helfen mit dem Ermächtigungsgesetz, das die Republik von Weimar um die Ecke brachte. Nun empfahl er seinen Bürgern, die Vergangenheit »zu bewältigen«, und da das keine Arbeit war oder ein Stoff –
– To accomplish. To master.
– blieben nur die Tätigkeitsworte besiegen und unterwerfen übrig. Enthielt sich öffentlichen Bewältigens für seine Person. Der Kanzler war von den Christdemokraten, was für ein Ausdruck, und hielt sich ein Hündchen, das durfte im Bundestag jedesmal »Sehr richtig!« rufen, wenn er von einer »Wiederherstellung der deutschen Einheit in Freiheit« redete, so am 17. Juni. Mit der anderen Hand aber zog er seine Republik hinein in wirtschaftliche Verkettung mit einer Montan-Union und band sie fest in einem militärischen Verein, der war benannt nach dem Nordatlantik. Auf den gab es ein nationales Lied, Erstaufführung am 16. Mai 1950 in München.
– Gesine, wenn ich doch weniger schüchtern wär.
– Hier haben wir ein Kind, das geniert sich für seine Mutter auf einer spärlich besetzten Fähre, da kennt sie von den Ausflüglern Niemanden.
– O.K. Wenn es da Partien zum Mitsingen gibt, ich übernehm die zweite Stimme.
– Get to your marks – Get set – GO: »Oh mein Papa / war eine wunderbare Clown / oh mein Papa / war eine große Kinstler! / Oh mein Papa / Wie war er prächtig anzuschaun –«
– Staatsverleumdung. Strafbar.
– Zuverlässig in Ostdeutschland. Im Westen, wer immer das sang mit Andacht und unter Tränen, ihm war unbewußt, für wen er da betete.
– Gesine, das sollte deine Heimat werden!
– Die Schülerin Cresspahl versuchte es, seit sie als Angestellte lebte in Düsseldorf, in einem möblierten Zimmer am Postamt Flingern-Nord, bei einer Witwe, die für ihre kommunistische

Ortsgruppe die Kassiererin machte und es mürrisch anfing mit einer Untermieterin, die hatte auf ihre Parteifreunde im Ostdeutschen verzichtet; verbot Herrenbesuch. Das enterbte Kind suchte keine Herren; sie teilte ihre Abende auf zwischen dem Zentralbad in der Grünstraße und der Landesbibliothek am Grabbe-Platz, wo die Leute fürsorglich waren zu einer Kundin, die bestellt einen Jahrgang Zeitungen nach dem anderen. Las die entgangene Zeit nach, seit 1929. Lesen, lesen; wie nach einer tückischen Krankheit. Hielt Düsseldorf für eine Endstation; versuchte sich zu gewöhnen an die glatten, durchgehenden Fassaden. Hielt Groschen bereit am 10. November, wenn die Kinder Laterne gingen für den Heiligen Martin; wünschte dennoch am nächsten Tag sich aus der Stadt, da begann der Karneval. Ging den Radschlägern aus dem Weg. Las tapfer nach über Jan Wellem und Immermann, begann eine Sammlung mit dem Führer »Willkommen im Neuen Heim«; Düsseldorf um die Jahrhundertwende. Ging zu Fuß nach Kaiserswerth; fand eine Ahnung von Jerichow an einem ochsenblutrot gestrichenen Schuppen, Ausspannung eines Gasthofs in verrottetem Garten. Sah sie in einer Wirtschaft ein Meisterdiplom hängen mit dem Hakenkreuz im Amtssiegel, überklebte sie es klammheimlich mit einer Briefmarke, die zeigte immerhin den Kopf des Staatsverräters, der hierzulande Staatspräsident war.

Haben Sie das gesehen, wie der den Kellner fertig gemacht hat? hat jetzt 'n Fotogeschäft. Wenn wir den Krieg gewonnen hätten, wär der fein raus. Hat 64 Panzer abgeschossen, der Mann. Einmal zehn mit vierzehn Granaten, da hat er 'n ganzn Kessel aufgebrochen. Hat das Ritterkreuz, sie haben ihm auch Land im Böhmischen geschenkt. Hat sie einfach rankommen lassen, die abgeschossenen schon als Deckung benutzt. Sein Richtkanonier, der drehte durch. Wolln mal sagen, Wut war das, kein Mut. Is 'n netter Kerl, gar nich eingebildet. Sie sind so still, Fräulein Cresspahl?

Bei solchen Reden kriege ich keinen Bissen runter; selbst wenn ich hungrig wär. Mit Dank für die Einladung. Ich muß jetzt gehen.

Eine Heimat ist Düsseldorf geworden, seit es da für den Namen Cresspahl die Tür einer abschließbaren Wohnung gab, ein separates Telefon. Die vereinigten britischen und amerikanischen Militärs, für die eine Angestellte in einem Wald bei Mönchengladbach mit deutschen Landräten verhandelte über die Abschätzung von Manöverschäden, die wünschten sie sicher aufgehoben, erreichbar. Bloß ein ausgebauter Dachboden, ein weitläufiges Zimmer mit Kammer und Küche; alle Fenster gegen den Himmel. Düsseldorf-Bilk, das war meine Gegend, in einer Kneifzange aus Lärm auf Schienen, von Straßenbahn und der Strecke nach Krefeld und Köln. Bei Alt St. Marien; täglicher Anblick die Tafel zur Erinnerung an »DIE IN DER NACHT VOM 11. ZUM 12. JUNI 1943 UNTERGEGANGENE BILKER STERNWARTE«; auf Mittelachse geordnet. In einem Haus, das wies über seinen Fenstern Brauen und zwei Mittelbalkons; wahrhaftig geknickte Augenbrauen. Da gab es kleine Parks, Trinkhallen, zum Spazierengehen den Südfriedhof; wenig Straßen nördlich das Stadtbad in der Konkordia-Straße. Was der Wohnung noch fehlte, als Jakob nach Düsseldorf kam, hat er verputzt, angeschraubt, verklebt, lackiert. Für Jakob leistete ich mir eine gelbseidene Bluse mit locker hängendem Kragen, langen Schleifen, obgleich ich wußte: es ist an ihn verschwendet; der sieht mir ins Gesicht.

– Erst mußt doch du zu Besuch gehen nach Jerichow!

– Wer sagt dir . . . das sagt Einer mir bloß nach, ich sei auf einer Dienstfahrt über die ostdeutsche Transitstrecke nach Berlin ausgestiegen, gegen ein Verbot, und durch die Wälder geschlichen nach Jerichow. Weil du es bist, dir gebe ich es zu. Schlecht ist es mir bekommen. In eine Nachbarschaft geriet ich, vor der wollte Jakob mich bewahren. Das war ein Herr Rohlfs, der wünschte mit mir Jakob zu bereden; hatte auch mich in den Akten, von Gneez bis zum Grunewald und dem bei Mönchengladbach. Wie schäme ich mich, wie sicher ein jeder wir Jakobs waren!

– Wie gefiel es meinem Vater in Düsseldorf im Westen?

– Schnuppe war es ihm. Der wollte wissen, ob ich meine acht Stunden Schlaf auch nehm für jede Nacht, ließ sich meinen Weg zum Arbeitsbus führen, fragte nach meinem letzten Termin beim Zahnarzt. Einen Shawl brachte er mir an aus Mecklenburg! Wenn ich nach Hause kam bei Alt St. Marien in Bilk, hatte Jakob mir

Wurst gebacken à la Jerichow; ein Mann kann braten mit Blut und Mehl, Rosinen, Majoran, Thymian und Apfelscheiben, damit seine Gesine einmal noch ißt wie zu Hause! Wenn er sich auskannte in Delikatessenläden an der Graf Adolf-Straße von Düsseldorf, ohne Neid. Wohl, zehn Sorten Brot den täglichen Tag, er wünschte es auch für sein Land; oder das Land, aus dem er kam. Wenn wir vorbeikamen an einer Baustelle und sahen Ziegelsteine abgeladen wie Porzellan so sachte, verpackt in festes Papier, sechsfach verschnürt, er seufzte. Ja, er hat geknurrt, weil die Bahn in der westlichen Republik die Schnellzüge fuhr auf einen einzigen Mann. Oder weil die Züge unverhofft anruckten, sanft ohne Warnung. Er war zu Besuch, Cresspahls Tochter wegen. Manches hat ihm Spaß bereitet. So eine freudige Olsch, dick gesessen in der Kinokasse, die schreitet vor dem Hauptfilm noch einmal durch die Gänge mit einer Aromaspritze, die Gäste zu betäuben mit Stinkschwaden. Humphrey Bogart in »The Desperate Hours«, an einem Tag wie jedem anderen. Der Text zum Pausenzeichen des Norddeutschen Rundfunks: »Ist die Gébühr bézahlt?« Wie zwei Kinder da stritten mit einander: Persianer ist bloß so ein Schaf; du bist eines, meine Mutter hat einen. Bekümmert, wenn auch bloß mit einem Schaudern in den Schultern, machte ihn der Auftritt eines ausgewiesenen Charakterschauspielers, der verwandelte in der Filmreklame ein Gespräch am Telefon in den Gebrauch und die Empfehlung eines Rasierapparats; fürs liebe Geld. Wenn Jakob etwas von neuem erkannte an mir, krochen ihm Lächelfalten in die Augenwinkel; weil ich wie bei Pottel & Broskowsky am Waisenhausring von Halle, so im Park-Hotel am Corneliusplatz in Düsseldorf die Rechnung bestellte ohne ihn zu befragen; er war in meiner Stadt, er war mein Gast.

– Er hätte bleiben können.

– Was wir beredet haben für das Jahr danach bis 1983, Veranstaltungen im Unsichtbaren, Aufbauten in einer Zukunft, es sind nunmehr Geschichten wie die, da fallen kleine Kinder in eine Wassertonne; da hängt es an den Fäden einer Minute, ob einer kommt und rettet sie.

– Gelernt ist gelernt, Gesine. Sag du es.

– Fährt zurück an die östliche Elbe, geht bei Morgennebel über ein Gleisfeld, das verwaltet er seit zwei Jahren, wird von Zugbewegungen erfaßt, stirbt unter dem Messer. Das Begräbnis hat Cresspahl ausgerichtet. Frau Abs und seiner Tochter gab er erst Bescheid, als Jakob unter der Erde war. Das war für die eine gesund; für die andere ein Schaden. Die eine hat versäumt, sich umzubringen. Sie wünschte erst klar Schiff zu machen, reinen Tisch. Das ist so eingerichtet, damit jemand überlebt. Als der Selbstmord mir verboten wurde, war er beinahe vergessen.

– Wer hat denn dir etwas zu untersagen, Gesine!

– Das war eine kräftige Person. Wenn ich ihr einen Finger in die Handfläche steckte, machte sie eine Faust; einen Meter hoch im Freien schwebte sie an ihrem festen Griff. Eine zufriedene Person, schlief ausdauernd, wachte auf mit leisen Kehllauten. Vier Wochen später sah sie mich an, als vertraute sie mir. Im dritten Monat kannte sie meine Stimme; erwiderte das Lächeln einer kommunistischen Witwe aus Flingern-Nord. Im Oktober 1957 hörte sie mir zu; tat einverstanden mit ihrer Stimme. Am Martinstag wandte sie den Kopf dahin, woher meine Stimme kam. Zu Weihnachten blickte sie mit beiden Augen in die gleiche Richtung. Im Neuen Jahr beginnt sie zu sprechen; sie läßt sich ein auf das Übliche: ja, ja, mei, mei; sieht ihre Großmutter freundlich an, jedoch fremd. Im Februar lachte sie, als eine Flasche umfiel; wenngleich's die ihre war. Ist stolz auf ihr Spielzeug; besitzbewußt. Im April verkroch sie sich unter meiner Schürze, als Cresspahl in die Tür trat. Im Mai versuchte sie aufzustehen. Im Juni verstand sie den Weg auf den Südfriedhof, in den Hofgarten; warf Spielzeug aus dem Bett, damit die Mutter es ihr zurück bringe. Im Juli kroch sie über Stufen, richtete sich auf für Augenblikke, kannte ihren Namen.

– Fast, als hättest du mich gern gehabt.

– Für dich war der Unterschied zwischen gut und böse abgeschafft; weswegen im Norddeutschen die Mütter von ihren Kindern sagen: mein Herzschlag. Sünt je dumm Lüd, so'n Mauder; holln ehr Kint uppe Hüft un ropn: Wo bissu denn, wo bissu denn, min Häuneken? Wir lebten in einer Symbiose; wenn du dir das nachschlagen möchtest; was wir abschaffen werden. Du wurdest krank, es mußte mir nur ein wenig jämmerlich gehen.

– Gelernt ist gelernt, Gesine. Sag es nur, wenn du willst.

– Als wir im September vorbeikamen an unserem Haus mit den gesträubten Brauen, waren die Instrumente geschliffen, der Patient präpariert. Am Rinnstein stand ein Wohnwagen, hing ein gelbes Schild am Vorgartengitter. Nächsten Tages schlugen Zimmerleute dem Haus die Zähne aus; trugen Fenster und Türen sorgsam beiseite, das verwertbare Material. Dann zersägen sie dem Haus die Knochen, brechen ihm das Rückgrat, trennen es vom Nachbarn; der Nachbar tut taub. An sämtliche Türen neben dem Opfer kommt ein rotweißes Plakat. Um elf Uhr morgens sinkt das Haus an einer Sprengwunde in sich zusammen zu einem Häufchen, so klein du glaubst es kaum. Aus den Resten splittern noch Balken, Rest von Balkongeländern; der Staub schmeckt nach Bombenkrieg. Zur Beseitigung sind zwei Caterpillars aufgefahren, zwei Förderbänder. Fast bis zum Ende ist der geschmiedete Zaun heil, bis er zertrümmert und weggefegt wird in einem einzigen Schaufelschlag. Dabei verfitzt sich ein junger Baum, der kriegt eins gegen die Wurzel; weg ist er. Die freigelegten Wände des angrenzenden Hauses sehen so ungeschützt aus mit ihren drei zugestellten Türdurchbrüchen, es scheint in der Sonne zu frösteln. Oben in der flimmernden Luft, da habe ich mit Jakob gelebt.

– Was hatte ich für eine Krankheit?

– Ein Fieber befiel dich. Einundvierzig Grad, das wollte stärker sein als die Medizinen. Warst zwei Tage bewußtlos. Als du aufwachtest, saß an deinem Bett noch einmal Cresspahl, betrachtete seine Erbin.

– Erst bist doch du dran.

– Jakobs Kind, es ging vor. Für so eine Marie von Jakob verging Cresspahl sich gegen das Gesetz. Nach einem ostdeutschen Gesetz wurden Leute verhaftet und verurteilt, wenn die Stelle 12 in ihren Briefen über die Grenzen Klagen fand über die Weisheit des Sachwalters; was war da erst angedroht für privaten Verkehr mit Devisen! Statt sein Konto bei der Surrey Bank of Richmond anzumelden beim Finanzamt Gneez oder der ostdeutschen Post, reiste Cresspahl nach Westberlin zu einem Anwalt in der Lietzenburger Straße, der berät auch Inge Schlegel, dem setzte er einen Brief auf in englischer Sprache. Nach Jerichow kam eine Karte mit Osterwünschen, unterschrieben von Anita; Fassung für die Zensur; Übersetzung: aus Richmond, England, meldet eine Bank erleichtert, bankers have human feelings too believe you me! daß ein Mr. Cresspahl sich bekennen will zu all den

Pfunden, die bei ihr gewartet haben seit 1939 mit Zins und Zinseszins, seit drei Jahren frei gegeben in die beliebige Verfügung ehemaliger Feinde. Cresspahl, mit seinen bald neunundsechzig Jahren, er steigt zum ersten Mal in ein Flugzeug, einen Kontoauszug nach Düsseldorf zu bringen. Das war die eine Hälfte. Von Düsseldorf aus reiste Cresspahl zu jenem Amt im Wald bei Mönchengladbach; machte sich kenntlich mit jenem half penny, Prägejahr 1940, vorn eine Kogge voller Mut, auf der Rückseite GEORGIVS VI, deo gratia omnium rex et fidei defensor. Treu und Glauben bekamen ihren Wert; Cresspahl wurden seine dreißig Schillinge ausgezahlt. Das war die andere Hälfte. Cresspahl, ostdeutscher Bürger, baute in einem Testament zu Düsseldorf zwei große Haufen Pfund in einen Kasten aus Gesetzesstäben, den knackst weder du noch ich; allenfalls ein Vormund mit testamentarischer Vollmacht.

– Wer ist mein Vormund, außer dir?

– Gegenwärtig mußt du mit mir auskommen.

– Ich wünsch mir deinen Erichson.

– Der ... hat es streng genug; könntest du dich verstehen zu Anita?

– Nachdem ich es besprochen habe mit D. E.; vielleicht. Habe ich mich feindselig betragen zu meinem Großvater?

– Anfangs warst du ängstlich vor solchem schwarzen Mantel aus dem Jahr 1932; bis dir die samtenen Aufschläge gefielen. Bald fandest du lustig, uns nachzumachen; setztest dich ihm und mir gegenüber, schlugst ein Bein übers andere, faltetest die Hände und blicktest ergeben, hängenden Kopfes, als seist du traurig. Cresspahl war es genierlich, ein Kind betrübt zu haben mit seiner Miene; er hielt dir seine Hand hin, eine geräumige harte Tischlerklaue, und du schlugst hinein mit deiner Katzenpfotenfaust. Du bist eingeschlafen ohne Angst, wenn er dir erzählte von den Zeiten, als der Teufel noch ein kleiner Junge war, da mußte er Kümmel holen für seine Großmutter.

– Und meine eigene Großmutter? nach der ich heiße?

– Frau Abs fürchtete sich nun vor einem Jerichow, da kann ein Herr Rohlfs mit dem Abzeichen der Staatssicherheit sie beiseite nehmen und befragen wegen einer Gesine Cresspahl; die blieb in Hannover. Sie war eingeladen nach Düsseldorf; sie kam lediglich zu Besuch. So bist du tagsüber erzogen worden von einem Kin-

dergarten, statt von einer Großmutter. Die sah dich an, Jakobs Kind; die Augen gingen ihr über. Sie war besorgt, ihr Kummer könne dir schaden. Wollte allein leben und sterben und ist begraben hinterm Schloß in Hannover.
– Warum fehlt das in meiner Erinnerung?
– Weil es dir vorenthalten wurde.
– Warum ging Cresspahl zurück nach Jerichow? hätte doch bleiben können bei uns.
– Bi't Starben sünt wi all Meisters un Lihrjungs. Er wollte das alleine abmachen. Bloß keinem lästig fallen; und wenn's die eigene Tochter ist. Sein Versprechen hielt er: in die beiden Zimmer, die Jakobs wegen von der Deutschen Reichsbahn verwaltet wurden, nahm er Jöche und Muschi Altmann auf. Da war keine Gefahr,

Dat ick hier dotbliev un kein Ein süht mi sittn

de oll Lüd seihn am wietsten in de Fiern.
– Bin ich eine vermögende Partie bei meiner Mündigkeit?
– Für fünf Jahre Studium langt es.
– Und doch, Gesine. Hättest du es benutzen dürfen zu einer rechten Zeit.
– Für mich wär es dreimal zu viel gewesen. Jedoch er gab mir etwas ab: für das Kind. Ein Kind, mit der Mutter zurückgefallen in eine Untermiete, weil der Kommerz in den westdeutschen Altstädten in Dutt schlägt, was die Bomben verschont haben; wie kann ein Großvater das dulden! Er richtete eine Gartenwohnung ein am Lohauser Deich; dem Kind zuliebe. Er bezahlte die Miete ein Jahr im voraus, da die Mutter noch einmal eine Lehre begann, in einer Bank; dem Kind zuliebe.
– Ein Auto hätt er dir schenken sollen.
– Das bezahlte ich alleine, als du zu sprechen anfingst; war es mehr zufrieden. Bei einem Großhändler, der pries seine Kutschen an mit dem Zeichen der (zweiten) Hand. Auto mußte sein. Heute unverständlich.
– Wir sind unterwegs gewesen nach Dänemark.
– Du hast als kleines Kind Italienisch gesprochen, und Französisch.
– Nie nach England. Deines Vaters wegen.
– Wüßte ich das Hindernis, ich zeigte es dir.

– Die Ferien in London mit D. E., die haben dich kuriert.
– Thank you, Doc.
– Nun will ich dir ernstliche Vorhaltungen machen. Düsseldorf ist deine Stadt geworden, so wie Berlin für Anita.
– So wie die Niebuhrs es von Stuttgart denken.
– Wenn du dir etwas gönnen möchtest, gehst du essen in den Hauptbahnhof von Düsseldorf. Wenn eine Brücke eingeweiht wird in Düsseldorf und benannt nach einem Bundespräsidenten, murrst du gegen den alten Herrn, und gehst hin. Es ist deine Brücke. Was Heinrich Heine über Düsseldorf geschrieben hat, es ist dir eben recht. Du schämst dich für die Stadt, wenn sie diesen Heine verleugnet. Unverhofft machst du dich auf die Socken nach Amerika, ein schutzloses Kind unter dem Arm! Gesine!
– Das war die Angestellte Cresspahl. Die mußte beschenkt und belobt tun, wenn ihr zwei Jahre zur gehobenen Ausbildung angeboten werden bei einer »uns befreundeten« Bank in Brooklyn, New York. Fügsamkeit hat ihren Lohn; vielleicht würde eine Kündigung nun später eintreffen. Aus Schicklichkeit zierte sie sich ein wenig; heimlich war sie erleichtert.
– Bis heute hast du mich glauben lassen, New York sei mein Entschluß!
– Es ist dein Entwurf. Der Crédit Lyonnais oder ein Institut in Milano, mir war es eins. Ich wollte aus dem Land, für eine Weile. Am Weihnachtsabend 1959 war in Köln, in der Nachbarschaft, eine Synagoge mit Hakenkreuzen beschmiert worden und mit Sprüchen: »Deutsche fordern Juden raus«. Dora Semig ließ ihren Mann aufbieten; er möge sich vor dem Amtsgericht Hamburg melden bis zum 2. September 1960; widrigenfalls er für tot erklärt werde. Das war das eine.
– Mir reicht es.
– Das andere war die Karriere eines Politikers in der westdeutschen Republik. Nun werde ich dich langweilen.
– Nur damit ich niemals bestreiten kann, du hättest es mir gesagt, und zwar an Bord einer South Ferry, im Hafen von New York, nachmittags, Kurs auf Manhattan.
– Ertrag es. Als junger Mann ist er im Studentenbund der Nazis gewesen. Als er zweiundzwanzig Jahre alt war, bewarb er sich um Aufnahme in deren Kraftfahrkorps, erbrachte die Voraussetzung: politisch zuverlässig; Bereitschaft immer tiefer in das

nationalsozialistische Gedankengut einzudringen. Im Krieg war er »Offizier für wehrgeistige Führung« an einer Flakschule im Bayerischen; Voraussetzung: aktivistischer Nationalsozialist. Nach dem Krieg gab er sich aus als Widerstandskämpfer; er hatte das Sagen beim Entnazifizieren im Bereich Schongau, als Landrat. 1949 rief er aus in öffentlicher Versammlung: »Wer noch einmal das Gewehr in die Hand nehmen will, dem soll die Hand abfallen.« Seit 1957 leugnet er, das sei je aus seinem Mund gekommen. Da war er Minister für die Verteidigung Westdeutschlands. Als im April 1957 achtzehn Wissenschaftler aus Göttingen davor warnten, die Bundeswehr mit atomaren Waffen auszustatten, nannte er einen von ihnen einen »weltfremden Menschen«; er selbst hat das Abitur. Den Professor der Physik und Träger des Nobelpreises Otto Hahn beschrieb er im Presseklub der Hauptstadt als »einen alten Trottel, der die Tränen nicht halten und nachts nicht schlafen kann, wenn er an Hiroshima denkt«. Im Juni 1957 ertranken fünfzehn Rekruten in der Iller bei einer Übung, für die sie zu wenig ausgebildet waren; der verantwortliche Minister, statt zurückzutreten, begeht am nächsten Tag seine Heirat, befiehlt sich einen fast kriegsstarken Zug von Feldjägern mit Stahlhelmen und weißem Lederzeug als Eskorte. Bleibt der Trauerfeier für die Opfer fern. Im selben Jahr sein Ausspruch: er sei zwar kein Wehrdienstverweigerer, aber trotzdem kein Feigling. Im folgenden Jahr verschafft er der westdeutschen Republik einen nationalen Helden: der Verkehrspolizist Siegfried Hahlbohm tat am 29. April 1958 Dienst an der Kreuzung vor dem Bundeskanzleramt zu Bonn, als die Karosse des Ministers drüber rollte, gegen das Handzeichen des Ordners, so daß eine Straßenbahn unverhofft bremsen mußte. Hahlbohm zeigte den Fahrer des Ministers (fünfmal vorbestraft) an nach vier Paragraphen der Straßenverkehrsordnung und nach zweien des Strafgesetzbuches: Transportgefährdung. Der Minister verspricht, diesen Mann von der Kreuzung verschwinden zu lassen; als sein Bemühen aufkommt, spricht er von »Geheimnisverrat«. Im Oktober 1959 gab es ein Treffen »organisierter Ritterkreuzträger« in Regensburg; der Minister schickte ihnen mit Grüßen und Musik drei Bundesoffiziere. 1961 verunglimpfte er einen politischen Gegner, einen Emigranten so: »Aber eines wird man doch fragen dürfen: Was haben Sie in den zwölf Jahren draußen gemacht, wie

man uns gefragt hat, was habt ihr in den zwölf Jahren drinnen gemacht.« Das las ich schon in New York, erleichtert, aus der Reichweite des Herrn Ministers zu sein. Im Jahr darauf verleiht er seinen Offizieren einen »Gesellschaftsanzug« mit Fangschnur; der wohl erinnerlichen Affenschaukel; verordnet den Mannschaften ein Koppel mit Schloß, darauf steht: Einigkeit und Recht und Freiheit. Danach versuchte er ein westdeutsches Nachrichtenmagazin zu zerschlagen, dessen Redakteure sein finanzielles und amtliches Treiben gewissenhaft betrachtet hatten; mit Denunziation, mit Lüge. Vor dem westdeutschen Bundestag bekannte er sich bewußt zur Unwahrheit: »Es ist kein Racheakt meinerseits. Ich habe mit der Sache nichts zu tun. Im wahrsten Sinne nichts zu tun!« Danach mußte er ein wenig ausscheiden; seit 1966 ist er einer westdeutschen Regierung wieder gut genug als ein Finanzminister. Der kann keinen Jagdschein erwerben, ohne daß es abginge mit Schummelei. Der Mann möchte Kanzler von Westdeutschland werden und Atomwaffen unter den Druckknopf bekommen; von dem ist im Bundestag gesagt worden: Wer so spricht wie der Herr Bundesverteidigungsminister, der schießt auch.
– Es sind bloß schlechte Manieren, Gesine.
– Hätt ich je Heimweh nach der westdeutschen Politik, ein Bild hängt ich mir auf von dem.
– Der kriegt keinen Namen?
– Der verdient den Namen, den er sich macht.
– Jetzt sind wir im März 1961, unterwegs nach NYC. New York City!
– Weil die Angestellte Cresspahl sich gefügig gezeigt hatte, bekam sie erst noch vier Wochen Urlaub. Da hüteten wir ein bei Anita in Berlin.
– Wo man so aufpassen muß beim Reden. Kaufst eine lange lange Wurst, schon fragen sie dich, ob du für eine vielköpfige Familie sorgst. War ich stolz auf meine Mutter, als sie zurückschoß: Will eine Einsiedlerei gründen! Berlin die Stadt der Flugzeuge.
– Flugzeuge über dem klirrenden Glasdach. Passen sich in Ruinenlücken zwischen den Dächern, scheren Firste, fügen sich zu Kirchturm, Hochhaus, Regen. In Gärten, Sportstadien, Parks, Straßen, Balkons, überall blickten Flugzeuge herab, verzogen sich, schickten andere. Unsichtbar hoch aber weitsichtig zwäng-

ten die Düsenjäger der Roten, der Schönen, der Krassnija Armija sich durch die Schallbarriere und warfen den boxenden, schüttelnden, atemstockenden Knall ab. Als wir abflogen nach Paris, sahen wir Anita auf ihrem verlorenen Balkon, die winkte.
– Und nun auf die *France*, ab nach New York!
– Jedoch weiß ich von einem Kind, das konnte noch lange aufzeichnen, wie die Möbel gestellt waren an den Gartenfenstern von Düsseldorf. Das den Tränen nahe war, wenn sie zurückdachte zu einem Kindergeburtstag, da sang ein Chor: Du bist jetzt Drei! Du bist jetzt Drei!
– In New York wurde ich vier. Endlich sind wir angekommen, wo meine Erinnerung Bescheid weiß. Welcome home!

18. August, 1968 Sunday

Cresspahls Tochter lebte in New York, als er starb im Herbst 1962. Amerika ist mir zu weit zum Denken. Fœundsœbentich is nauch.
Er versuchte auf dem Rücken liegend einzuschlafen. Er wollte nahe genug am Morgen gefunden werden. Sie sollten keine Mühe haben mit dem steifen Körper, weil er anders lag als er liegen sollte im Sarg. Früher hatten sie solchen die Knochen gebrochen. Aber es drehte ihn im Einschlafen auf die Seite, und wenn es nur der Kopf war. Morgens, wenn die Nacht dünner wurde im Gehirn, wandte der Kopf die Nase senkrecht. Schon fühlte er sich getragen, leicht gekippt in der Enge der Stubentür zur äußeren, endlich in der kühlen Wintersonne, gestreift von den kahlen Heckenästen. Das Stuckern auf dem Pflaster sandte sanfte Blutwellen hinter die Stirn, während er den Medizinalrat Prüss sagen hörte: In einer solchen Krankheit ist die Lebenslänge ungewiß.
Heute morgen sah die schlafende Tochter noch einmal zu, wie sie aufstand, sich aus dem Fenster hangelte auf den Riverside Drive, über das grünspanige Brückengeländer auf die Straße darunter. Aus Gehorsam gegen das ärztliche Aufgebot trug sie nur einen Mantel über dem Hemd. Zog die Wagentür hinter sich zu sacht wie ein Dieb, ließ die Räder in östlicher Richtung rollen zum Eingang des Tunnels unter dem Broadway, den bei Tageslicht die Untergrundbahn kreuzt. Inzwischen war sie eskortiert von lack-

schwarzen Karossen; gefangen. Die Fahrt ging wie auf Schienen; nur den Totmannsknopf mußte sie drücken. Als sie unter den Friedhöfen angekommen war, fand sie eine betonierte, kreisrunde Höhle ausgeweitet, gegliedert durch Kliniktüren. Hinter der ersten war die Kleiderkammer; da sollte sie sich umziehen für die Operation. Auf dem inneren Korridorbogen kehrten die Türen wieder; hießen Herz, Lunge, Nieren, Blut. An der letzten wurde ihr ein leichtes Paket ausgehändigt, die Reste der Sektion.
Den Tag noch einmal beginnen.
Um fünf Uhr morgens bringt die Rundfunkstation WNBC beliebte Stücke von Mozart und Haydn. Um sechs Uhr zieht WNYC nach mit Brahms, Requiem, und Schubert.
Ein arbeitsfreier Tag. An dem Marie eine Gesellschaft geben will für Kinder, zum Abschied.

19. August, 1968 Montag

Die Nummer 40385 der New York *Times*.
Nachrichten aus Bogotá, Jerusalem, dem Irak, Cairo, La Paz, Peking, Biafra, London. Wer wird da zweifeln an einer Vollständigkeit. Gestern morgen wurde ein Personenzug der Vorortbahn von Long Island beschossen; ein junger Mann tot, ein anderer verwundet.
Die *Pravda* hat durchblicken lassen, was sie als Wahrheit gültig wünscht in Moskau: wenn Arbeiter in Prag die sowjetischen Truppen um ein Verweilen im Lande ersucht haben, sind sie einem »moralischen Terror« ausgesetzt. An jeder Ecke in Prag stehen Volksredner, sammeln sich Aufmärsche; alles subversive Aktivitäten antisozialistischer Kräfte. Damit das klar ist, ja?
Am westdeutschen Kanzler hält die *Times* heute für berichtenswert, die sanftmütige Platzanweiserin: er ist Boot gefahren auf dem Starnberger See und rettete einen Dackel vorm Ertrinken.
In Süd Viet Nam haben Truppen des Nordens und verbündete Guerilla an neunzehn Orten angegriffen. Amerikanische Truppen unter Maschinengewehrfeuer wollen nur zehn eigene Tote verloren haben, schreiben den anderen fünfhundert an. Solche runden Zahlen.

Heute abend um sechs Uhr bringt Radio WNRV »Just Jazz« mit Ed Beach. Selbst wenn wir es aufzuzeichnen wünschten, wir versäumen es schon.

Als wir unterwegs waren nach den Vereinigten Staaten von Nordamerika, war es gerade fünf Jahre her im April, da führte ein Stabsfeldwebel der Marine-Infanterie (ein Bier, drei Schnäpse im Bauch) unerfahrene Rekruten in eine Wattenlandschaft von South Carolina, so daß sechs ertranken. Militärpolizei stand Wache vor den mit Fahnen bedeckten Särgen, als wären sie für die Nation ums Leben gekommen.

Darum hielt Marie noch vor einem Jahr uns für verpflichtet, jedwede Schallplatte von Pete Seeger zu kaufen, weil der den Vorfall besungen hatte: Aber der dicke Schinder, der wußte nur: Voran!

Als wir ankamen, unterhielten die U.S.A. weniger als eintausend Berater in Süd Viet Nam. Der neue Präsident, J. F. Kennedy, vermehrte ihre Zahl im Jahr 1961 auf dreitausend, 1962 auf zehntausend. Diese runden Zahlen immer. 1964 behaupteten die Kommandanten der Zerstörer »Maddox« und »Turner Joy«, sie seien im Golf von Tonking, vor der Küste von Nord Viet Nam beschossen worden, und konnten keine Schäden melden; im August ließ der neue Präsident, Lyndon B. Johnson, sich freie Hand geben vom Kongreß. Ohne Kriegserklärung landeten 1965 die Marine-Infanteristen, brachten die Zahl ihrer Landsleute in Viet Nam auf einhundertachtundvierzigtausend Mann. Die einheimische Guerilla tötete am 7. Februar 1965 acht Amerikaner; das Bombardement des Nordens begann; von April 1966 an mit achtstrahligen Bombern vom Typ B-52. Und die Sowjetunion hielt still. 1967 fing es an mit dem chemischen Entlauben der Wälder von Viet Nam. Damit ich dich besser bomben kann. Einen Luftwaffengeneral haben die Amerikaner zum Verbündeten, der nennt als sein politisches Vorbild Adolf Hitler. Nach der Tet-Offensive der Kommunisten vom März 1968 bekannte ein amerikanischer Präsident sich zu seinen Fehlern; L.B.J. verzichtete auf eine neue Kandidatur. Sein Nachfolger könnte ein Nixon werden, ein Tricky Dickie, nix on with him, der hat für 1968 als Motto verkündet, statt über die Niederlage der U.S.A. solle verhandelt werden, »wie wir noch mehr Druck für unseren Sieg ausüben können«. Dem Bewußtsein schuldnaher Anwesenheit, das

uns im Nacken saß den schmutzigen Algerienkrieg der Franzosen hindurch, von 1954 bis 1962, ihm ist die Last nur ausgewechselt.
Was war das erste außenpolitische Angebot der U.S.A. an die Gäste Cresspahl? die waren eben zwei Wochen da, da überfielen Truppen mit Wissen des Präsidenten Kennedy die Schweinebucht von Cuba.
Im Sommer mauerte jene Partei, die immer recht hat, die Stadt Berlin ein, zog einen Sperrzaun um ihr Staatsvolk. Die vorgezogene Angst: ob es Tote gegeben habe. – Keine am ersten Tag: sagte Anita am Telefon: viele in den nächsten Jahren.
Im Dezember verlor die Angestellte Cresspahl, täglich zwei halbe Stunden unter Manhattan und dem East River hindurchgerissen, ihre Arbeit in Brooklyn. Zufällig kam sie am Schalter für Auskünfte in der Zweigstelle vorbei, aus Gefälligkeit stellte sie sich auf vor einer ältlichen Kundin, die dachte auszusehen wie eine Amerikanerin, sprach mit sächsischem Akzent.

Deutsche Schuldverschreibungen in Dollar? die hätten wir zwar.

Wenn es etwas aus Sachsen sein könnte.

Da gibt es Städtische Anleihen von Dresden und Leipzig, beide zu sieben Prozent, von 1925 und 1926, fällig 1945 und 1947.

Mein Tip ist: die sind zu haben für einen Appel und ein Ei.

Da sind Sie zutreffend berichtet, gnä Frau. Weil die nämlich ausgeschlossen sind vom Londoner Schuldenabkommen 1952 mit Deutschland. Ganz zweifelhaft, wann die garantiert werden.

Sie raten mir ab, Miss . . . Crespel?

Wer Ihnen den Tip gegeben hat, der kann Ihr Freund schwerlich sein, gnä Frau.

Die Belehrung von seiten der Direktion: Miss Cresspahl, Sie werden von uns bezahlt fürs Verkaufen! Hier sind Ihre Papiere. Wenn Sie so gut sind beim Beraten, machen Sie gefälligst Ihr eigenes Büro auf; statt uns einen Gewinn zu vermasseln!
Von Januar an verfuhr die Arbeitslose Cresspahl, mit einem vierjährigen Kind als Beraterin, ihre Ersparnisse, von der atlantischen Küste bis zu den braunen Stränden von Oregon und hatte Niemanden zum Besprechen ihrer Sorgen als die redende Straße:

Bleiben Sie auf dem Pflaster
Seien Sie zum Anhalten bereit
Langsamer Verkehr: rechts halten
Seien Sie geduldig: Überholspur kommt bald
Auf der Mittelfahrbahn dürfen Sie nun nach links
Unterlassen Sie das Überholen
Unterlassen Sie das Parken
Corvallis 38400 Einwohner
Bitte fahren Sie vorsichtig (wir brauchen jeden Einzelnen)
Diese Fahrbahn ist nur zum Überholen
Eisenbahnübergang
R x R
NO XING
Steine
Lastwagen
Wer jetzt noch rechts fährt muß raus
Unbefestigtes Bankett
Danke Ihnen
Danke Ihnen
und kam sich oft vor wie auf einem Schild, da führte ein bezopftes Mädchen ein kleineres Kind an der Hand über eine angedeutete Straße mit Zebrastreifen. Kinder, Kinder!
Dann kam Anita mit ihren ungesetzlichen Anträgen. Anita zahlte die Spesen. Eine Touristin mit amerikanischem Paß, die sich in Prag erkundigt nach dem Wilson-Bahnhof, der längst umbenannt ist in Střed. Eine Touristin mit französischem Papier, die auf dem Ostbahnhof von Berlin tschechische Kronen einzuwechseln sucht.
Seit unser vielseitig verehrter Vizepräsident de Rosny seiner Untergebenen Cresspahl das Transferieren von ein paar Millionen in den tschechoslowakischen Staatshaushalt zutraut, hat er ihr gestanden, warum er ihr trotz der Vorstrafe Arbeit stiftete: weil sie sie zugab. Oder wegen der Natur des Vergehens.
An einer Maschinenbuchung. Kein Wort hört man von dieser »Mitarbeiterin« mehr als nötig ist zur Höflichkeit. Angestellt und beobachtet seit 1962. 1967 für tauglich befunden.
1962 fand uns ein Prof. Dr. Dr. D. Erichson und trug eine Ehe an, nachdem er Marie zu kennen gelernt hatte; bekam vorläufig nur den Namen D. E., weil Marie das gern mochte, den winzigen

Schluckauf zwischen einem amerikanischen Laut für D und E. Di-i. Später wußte sie, sie hatte gemeint: Dear Erichson.
1963 war ich noch von auswärts. War bereit zu Lustigkeit angesichts eines Bürohauses, zusammengesetzt aus Stahl und Glas und Beton, das trug in aufwendigem Aluminium die Inschrift und bekannte sich als: Sperrholz-Haus der Vereinigten Staaten. Wenn ich einer goldenen Schrift auf einem grünen Kastenwagen noch die Übersetzung ablesen konnte: Theatralische Umzüge – Unsere Spezialität. Als mir die Kehle noch kitzlig wurde vor Gelächter, trat ich in eine Aufzugkabine zu dreizehn Herren und sah sie ihre Hüte vom Kopf nehmen. Am Anfang eben; was ich für einen Anfang hielt.
Fühlte mich sicher. War bei der Verwaltung der Sozialen Sicherheit gewesen. Mitten im Broadway, zwischen Restaurants und Läden, ein verblüffend seriöser Flur mit zwei Messingteilen ausgestattet. Im ersten Stock eine Fläche groß wie ein Schlagballfeld, ohne Zwischenwände. Nächst den Fahrstühlen kleine Gruppen von Wartestühlen. Dann ein Schreibtisch, der mit einem Schild unablässig fragt: Kann ich Ihnen helfen. An einem Pfeiler die Fotografie des Präsidenten, schwarz gerahmt wie die eines Verstorbenen; unten am Passepartout jene Unterschrift, die der sowjetische Ministerpräsident respektiert. An der Wand Schreibplatten, schmal wie in deutschen Postämtern. Die Karteikarte wollte den Namen wissen, den die Angestellte »benutzt«, auch den man bei der Geburt bekommen hat. Hiermit versichere ich an Eides Statt, daß ich noch nie eingekommen bin um eine social security number. Not lehrt lügen.
Als aus Jerichow, Meckl., die altmodisch bedruckte Karte angekommen war im Herbst 1962, verbrachte ich Zeit in der Bar des Hotels Marseille. Die Damen waren alle in Tweed und versehen mit jenen Kleinigkeiten, die die Nachrichtenmagazine auf ihren privaten Seiten empfehlen, nur daß sie warteten auf die Ehemänner, die diese Sorte Dasein bezahlten, und daß mir Marie bevorstand, und daß ich selbst bezahlte. Die Herren waren zum Lächeln. Einer, die Brille auf dem Nasenknorpel, mehr mit der Zeitung beschäftigt, mit der Börsenseite als wär's das Book of the Times, der zerstreute Gelehrte fragte nach George.
– Den haben sie in Brooklyn gekascht.
– Wo er doch in der Bronx wohnt.

– Wegen Bescheidwissen über günstige Wetterschwankungen. Was ist es?
– Das selbe. Nè, geht nicht. Was ähnliches.
– Was ich dir gegeben habe?
– Du bist der bessere Arzt.
– Hier haste dein' Ballantine. Den ganzen weiten Weg von New Jersey bis hier.
Das nahm sich aus wie eine Erlaubnis, anderen Leuten zuzusehen beim Leben; wenn einem das eigene abhanden gekommen scheint. Wenn ein trockenhäutiger Schlaks an die Bar trat mit den Gebärden der Eile und begehrte:
– Wo finde ich das Wasser.
– Wenn Sie es nirgend wo finden, genau hier. Sir.
– Geben Sie mir ein Glas Wasser.
– Unberechnet: sagte Mr. McIntyre; gab durch privates Lippenschürzen zu verstehen, es gebe so spröd pigmentierte Kerls, zu alt um Manieren zu lernen. McIntyre, der die letzten Tropfen einer Flasche in das Glas des Gastes tat wie ein Opfer, ein Geschenk, etwas Heiliges. McIntyre, den sie neulich unverhofft auf eine Insel getan haben und gekleidet in etwas Auffälliges, damit ihm zunächst versagt ist, hinter einer Bar verborgen Geschichten zu erzählen; was nur das Bundeskriminalamt als Wissen verwalten darf.
1963 traute D. E. sich ein erstes Mal zu einem Vorschlag: mir das Leben gefallen zu lassen, und ich tat gehorsam. Von der Geselligkeit bei McIntyre kam ich schwer los. Das waren Gespräche, die sich lohnen. Mr. McIntyre nahm sich, jeweils mit Entschuldigungen, das Amt eines Lehrers heraus und brachte zu Gehör, wie man englische Worte ausspricht auf Amerikanisch, daß ein öffentlicher Festtag hier ein legaler ist und eine Proposition schlicht ein Vorschlag, statt wie bei den Engländern ein Vorschlag und ein Geschäft und ein Fall und eine Erwägung und ein Ausweg und ein Plan und ein Satz und eine Behauptung. Zwischen schweigsamen Herren, denen der Verlauf des Tages auch mißfallen hatte, die ihre Wünsche so einsilbig ausdrückten, daß Mr. McIntyre eine Abwehrstellung vorschützte. Einem war das Stück Eis lästig im Glas, er drückte es McIntyre in die Hand wie ein Trinkgeld; der sagte: Was ich mir immer gewünscht habe. Und ich redete mir ein, daß das Leben mir gefiele, weil in zehn Minuten der Bus

des Kindergartens fällig war und der Klingeljunge Maries Namen sagen würde und sie in die Bar kommen, uns ernst und freundlich betrachtend wie Jakob, aber mit nun einem schamlosen Amerikanisch, das die Leute ihr abbettelten inzwischen. Dann gingen wir Hand in Hand auf der abfallenden Straße dem Riverside Park entgegen, und ich dachte zu leben genüge.

1964 fing das an mit dem Heimweh nach New York inmitten New Yorks. Allein die Geräusche, sie verlangten das Geständnis, daß ich mich am Leben fühle. Obwohl doch die schweren roten Wagen der Feuerwehr unterwegs waren zu einer Gefahr, sausend inmitten des auf der Stelle tretenden Gewimmels aus niederen Autos, wie schon zu spät; obwohl die Helme und die schwarzen, gelbbestreiften Schutzmäntel der Besatzung befleckt waren von den älteren Zeiten, in denen das Unglück noch unhinderbar war, das Feuer wie die Pest; obwohl der kräftige, um eine Sekunde taumelnde Sirenenton wie das tierische Röhren des Horns klangen nach der hergebrachten Angst; obwohl der Fachmann am Schluß der tüchtigen Technik den überlangen Wagen so nachlässig aussteuerte, als nähme er einen Unfall hin in sportlicher Art.

Im Juli 1964 erschoß ein Polizist, über einen Meter achtzig groß, zwei Zentner schwer, einen schmächtigen Negerjungen, der mit anderen einen rosahäutigen Bürger belästigt hatte mit Flaschenwürfen und Mülltonnendeckeln. Vier Nächte und drei Tage kämpften die Leute von Harlem mit Cocktails à la Molotow, Ziegelsteinen, Plünderei, Brandstiftung gegen die Blauen Jungs von New York mit ihren Stahlhelmen, Holzknüppeln, Revolvern, Tränengas. Noch Wochen danach trug eine Deutsche in der Stadt ihren Paß bei sich als ausländischen Ausweis.

1965 im März begann das amerikanische Militär mit dem Abwerfen von Brandbomben über Viet Nam, Napalm.

In einer Bank in New York City wurde das Bürozimmer einer Fremdsprachensekretärin außen links vor der Tür versehen mit dem auswechselbaren Schild MRS. CRESSPAHL.

Als am 9. November um 17:28 Uhr die Lichter ausgingen im Norden der U.S.A., war das verbrieften New Yorkern ungeheuer. Eine Fremde, die sich Heimat hatte erschmeicheln wollen durch Nachlesen, sie erinnerte sich an den August 1959, da war der Strom ausgefallen für dreizehn Stunden in dem Gebiet zwi-

schen den Flüssen Hudson und East, von der 74. bis zur 110. Straße; denn es gehörte zur Geschichte der Oberen Westseite von Manhattan, ihrer Gegend. Sie erinnerte sich an den Juni 1961; am heißesten Tag des Jahres standen Untergrundbahnzüge still, blieben Aufzüge hängen. Für die Verdunklung von 1965 hat ein jeder seine ureigene Geschichte; da Mrs. Cresspahl ihren Weg fand über die Feuertreppen der Bank auf die Straße und zu Fuß ging von Stadtmitte bis an den Riverside Drive und doch eine Geschichte anbieten soll, erzählt sie von dem Schaffner des dieselbetriebenen Wolverine Express, der ihr im Bahnhof Grand Central eine Schlafwagenkarte nach Detroit aufgeschwatzt habe. Sie nickt, wenn Einer den Unfall erklärt mit dem Versagen eines Computers in der Schaltstelle des Verbundsystems, das die Niagara-Kraftwerke überwachen soll; sie gibt zweifelnd zustimmende Laute von sich, hängt einer fest an dem Verdacht, das Militär habe eine Übung für den Bürgerkrieg veranstaltet. Sie benötigt keine Allwissenheit; ihr genügt, sich leben gemerkt zu haben in dieser Nacht. Kam zum Kerzenlicht in ihren Fenstern am Park, dem Schattenumriß von Marie an in einem Zuhause.
Die Abschiede wurden schwierig; obwohl sie das Tor waren zu Ferien in Dänemark, in Italien. 1966, an einem Abend im Copter-Club auf dem Dach des Hochhauses, das die PanAmerican dem Grand Central auf die Schultern gesetzt hat, war ich benommen vom Ausmaß des Dunstes, durch den eine Schwirrflügelmaschine uns wegtragen würde zu dem Platz, der jetzt J.F.K. hieß. Der See im Central Park war ein bleicherer Fetzen in einer fahlen Lake. Anmaßlich klar und schwarz und weiß standen zwei Büroquader Posten vor der verhängten Häuserturmlandschaft. Bis zur 96. Straße war zu urteilen, wo die Laternenumrandung des Mittelstreifens in der Park Avenue aufhört. Dort kommen die Züge der Eisenbahnen New Haven und Grand Central aus den Tunneln hervor. Züge wären an einem so vernebelten Tage sicher gewesen. Die Südstirn des *Newsweek*-Hauses sprach hartnäckig auf rot: 77°; 19:27. Die Helikopter stiegen inzwischen alle Viertelstunden auf; die Flugnummern stimmten überein mit den Uhrzeiten. Aus dem Nichts kam das Brodeln von Rotorblättern, das nach einer Weile verschwand im Nichts. Marie ließ sich unsere Tickets zeigen, überprüfte sie auf eine Buchung zurück zu dem Ort, den zu verlassen uns bevorstand.

1966 suchte ein James Shuldiner, 31, Steuerwissenschaftler, erstmals das Gespräch mit einer Dame aus Deutschland; in einem verräucherten kleinen Eßgeschäft, an rotweiß karierten Tischtüchern, in einem engen Sack hinter dem Gang zwischen den Bars für Getränke und die Speisen. Every body here lives on the verge of crime. And one crime greets another. Einmal: dozierte er: eine Gesellschaft, die die feindselige Energie unterstützt statt verwandelt (police brutality, glorification of misdoings, violence against small nations), muß solche Morde wie den von Chicago täglich gewärtigen. (Der nächste Mord des Jahres stand bevor in Austin.) – Andererseits, solche Tötungen setzen einen Rekord, den zu übertreffen einen Anspruch stellt! Und lange noch hat seine Mrs. Cresspahl ihm zu verheimlichen gesucht, daß auch sie seit 1961 zu den Studenten der Stadt New York sich rechnet. Mr. Shuldiner glaubte sich von ihr beraten, als er ein jüdisches Mädchen zur Frau nahm, dem die Arbeit zu widerlich war, die Krankenschwestern tun müssen in der Schweiz. Ist nun eingesperrt mit ihrer unreinen Haut in einer piekreinen Wohnung am Broadway, mit Flügel und Gitarre. Marie nahm bereitwillig, aus guter Manier, von dem süßen Grahambrot, das die dürre, hochmütige Mrs. James Shuldiner ihr hinstreckte; wurde abfällig befragt: ob sie denn hungern müsse bei uns. James blickte betreten; schämte sich; bereute. Seine seitlichen Blicke, die uns aufrufen sollten zu einer Mitschuld, wir übersahen sie.
Ein jeder in New York City hat seine Geschichte mit einem Taxifahrer; Mrs. Cresspahl verfügt über deren zwei. Der erste gestand ihr seine jüdische Abkunft, die sie abgelesen hatte von der Karte mit seiner Physiognomie und Lizenz; und daß er aus geschlechtlichem Umgang mit einem Mädchen aus Deutschland eine Impotenz erworben habe. Eine Unfähigkeit zu erigieren, damit Sie mich verstehen, meine Dame. Wären Sie bereit zu der einzigen Kur, die auf Erden mir noch helfen kann?
Der andere brachte sie mit Marie zum Krankenhaus des Heiligen Lukas; mit einem Kind, das war krank am Knie, 40 Grad Fieber, dem schlimmsten Schmerz im Gelenk; in ihrer Not bat sie um Hilfe in deutscher Sprache. Während die Mutter das Kind zu den Treppen des Hospitals trug, vergeblich im Ellenbogen den hängenden Kopf anzuheben trachtete, da die Zöpfe so dicht schleiften über dem schmutzigen Pflaster, rief der Fahrer ihr nach:

Möge dein Kind verrecken, du deutsche Sau!
Wie alljährlich so 1967 muß eine Ausländerin ihre Erlaubnis zum Arbeiten vorlegen bei der Polizei, wo sie die ansässigen Fremden aufschreiben, an der Wurzel des Broadway im Süden; alljährlich wird sie von den Herren befragt, was denn sie bewege zu einem Verbleiben in N.Y.C., da sie doch wohnen kann und Geld verdienen in that wonderful country, Germany. Sie blicken ungläubig, verdutzt bei der Auskunft der Antragstellerin, bei einer Wahl zwischen New York City und Düsseldorf und Frankfurt am Main würde sie New York den Vorzug geben, aber unschlüssig verharren zwischen Düsseldorf und København. Das Kompliment, das sie der Heimat der Beamten erweisen wollte, es blieb ihnen unerfindlich. Seitdem erwähnt sie in einer ungefähren Art den Wechselkurs von »deutschmarks« und Dollars; es beleuchtet sie mit einem Anschein von Wohlhabenheit, beschleunigt die Bewilligung. Wie wären denen die Mienen verrutscht, hätte sie einen Dichter zitiert als Eideshelfer und Sandgrau, die Löwenfarbe New Yorks!
1968 haben wir eine Ausnahme gewählt von dem Gesetz, wonach zu warten ist auf das Nacheinander der Ereignisse, auf die künftige Geschichte, bis Menschen von dunkler Hautfarbe mit rosanen leben als Nachbarn und in Freundschaft unter einander; eine Francine haben wir herausgegriffen aus einem Wirrwar von Messerstecherei und Ambulanz und Polizei. Die kleine Person mit den weitläufigen Augen, sie kommt manchmal in faserige Morgenträume, hält den Kopf schräg und flicht ihre störrischen steifen Zöpfe, sagt spöttisch und mit Sehnsucht »Yes Ma'am – Yes, Ma'am«; legt zum Abschied ein weißes Tuch mit Spitzenrand auf ihren dunklen Blick und Kopf; die Farbe der Trauer, mag gestorben sein; ist verloren.
1968, zu Anfang unseres achten Jahrs in der Stadt, hörte ich zwei negerhäutige Herren vor mir reden an der Bushaltestelle 97. Straße, ohne sie belauschen zu wollen. Als ich endlich versuchte, vergeblich, zu unterscheiden zwischen Englisch oder Spanisch, erkannte ich den Abstand zu der Hoffnung, das fremde Gespräch je zu verstehen.
1968 kam eine vorläufig letzte Nachricht von D. E., dem gefallen hat, wie wir leben. Der Vertrag über eine Geburtstagswohnung für Marie am oberen Riverside Drive, er wird ohne Unterschrift

bleiben. D. E. läßt sagen, er sei davon und dahin durch ein Flugzeug, mit tödlichem Ausgang.
Auf der Agentur für Luftfracht sind die Leute kiebig. Zwei geräumige Koffer und noch einer, eingerichtet als ein Schrank, bestimmt nach Prag, in ein kommunistisches Land, da könnte ja jeder kommen, meine Dame! Die Listen, die Lizenzen? – Wir sind kein diplomatisches Personal, mein Herr. Die Rechnung geht an eine Bank in Stadtmitte; sehen Sie auch das grün bedruckte Stück Papier unter meiner Hand? die ich gleich aufheben werde, je nach Ihrem Belieben? Wird das Frachtgut morgen abend bereit stehen auf dem Platze Ruzyně? – Zuverlässig. Weil's für eine Dame ist wie Sie. Glück auf die Reise!

– Geben Sie etwa die Wohnung auf, Mrs. Cresspahl?
– Auf was für Einfälle Sie kommen, Mr. Robinson (Adlerauge).
– Es ist nur, ein Freund, der eine Freundin ... Sie sind gesehen worden beim Besichtigen in Morningside Heights.
– Bei Besuchen, Mr. Robinson. Am Klingeln des Telefons können Sie hören, daß wir ein Lebensrecht behalten möchten am Riverside Drive.
– Verzeihen Sie, Mrs. Cresspahl. Und seien Sie versichert: in diese Wohnung bricht Niemand mehr ein!
– Wir sehen Sie ein wenig später im Jahr.
– Einverstanden. Bitte, tun Sie das, Mrs. Cresspahl.

– Hier spricht die Vermittlung.
– Wir haben kein Gespräch angemeldet.
– Sie haben in den letzten Tagen gesprochen mit Plätzen im Ausland, Berlin ...
– Und einmal mit Helsinki.
– Wir fürchten, das gibt eine happige Rechnung.
– Sie wird beglichen werden. Es ist kein Anlaß, die Leitung zu sperren.
– Wir haben uns überlegt, es ist vielleicht bequemer für Sie, wenn Sie das in Raten zahlen, Mrs. Cresspahl.
– Bei einem Dienst am Kunden wie dem Ihren, wir bleiben Ihnen verbunden.
– Es ist uns ein Vergnügen, Mrs. Cresspahl.

In der Subway kommen wir zur falschen Zeit unter den Times Square. Aus den Pendelzügen vom Grand Central treiben dicke Kolonnen uns entgegen, von Bahnpolizei auf die drei Treppenbahnen geschleust. – All the way down. All the way down: Vorgesetzte, die heute sich väterlich geben. Sobald sie uns sehen, räumen sie den Mittelgang. – Make room for the lady! Make room for the child!
Im Bahnhof Grand Central die durcheinander laufenden Gehströme setzen sich zusammen aus so angepaßten, verbundenen Bewegungen, alle Leute sind aus dem Wege zwei Schritte vorher und kommen schneller voran, als wenn sie sich beeilen wollten. Aus dem PanAmerican-Anbau laufen drei Rolltreppen abwärts, reglose Stufen aus Menschen lösen beim Übergang auf die Gehebene mit einem Ruck sich ab, wie auf Eis. Die gerade Richtung schwenkt bedachtsam ab, biegt zum nächsten Ziel sich krumm, nach links und rechts zu den Vorortzügen, halblinks zur Lexington Avenue, zur Untergrundbahn Lexington, halbrechts zur Madison Avenue, den Hotels, geradeaus zur Zweiundvierzigsten, der winzigen Auskunft-Rotunde. Aus der Lexington Avenue treiben die Menschen herein auf abertausend Füßen durch die Klapptüren, schwimmen dahin unter den niedrigen vierblättrigen Gewölben, werden aufgefüllt aus den Ausgangshallen des Graybar Building, strömen dicht, ohne Gedränge uns entgegen unter das Tonnengewölbe, in dessen Höhe der Sternenhimmel golden abgebildet ist wie eingeritzt. Wir gehen in der falschen Richtung unter dem hohen Zelt.
Um die Ecke warten die Flughafenbusse, elefantische Brummer. Die getönten Fenster ziehen einen Schatten vor die Stadt. Die Fahrt wird über die Strecke zwischen den Friedhöfen gehen, zu einem Gelände, wo Gebüsch und Rasen einen Park zu machen suchen aus dem technischen Areal. Wir werden warten bis zuletzt; auf die Ansage in den Lautsprechern, die uns zurückruft nach New York. Bis sie sagen werden, dies sei der letzte, der endgültige Aufruf zum Betreten der Flugmaschine. Passagererne bedes begive sig til udgang. Please proceed to the gate now. Begeben Sie sich zum Ausgang.

In einem Badehotel an der dänischen Küste, Schweden gegenüber. In einem Speisezimmer für Familienbegebnisse; Rohrmöbel, Damasttischtuch. Im Garten, hinter dem Gebüsch zur Promenade. Am Strand. Von zwölf bis sechzehn Uhr.
Ein elfjähriges Kind, das vor Müdigkeit leise spricht, matt. Eine Dame um die Fünfunddreißig, die hinter Marie die Treppe hinuntersteigt, vorfreudig, weil zum Empfang gerufen. Anita hat sich für Prag versprochen; Anita ist imstande, schon in Klampenborg uns zu empfangen.
Portier, Chauffeur, Kellnerin; Hotelpersonal.
– Wir danken für das pünktliche Wecken. De har vist mig en stor teneste.
– Ingen årsag! Ein Herr wünscht Sie zu sehen, sobald Sie es einrichten wollen.
Der Herr steht auf der Terrasse, geschrumpft, eigenwillig aufrecht, schwarzweiß gekleidet, unter schlohweißen Haaren, mit erhobenen Armen kostet er den Empfang aus, ein Rabe, der seine Bewegung verbergen will.
– Nein! Nein! So tun alte Leute aus Mecklenburg.
– Herr Kliefoth. Marie, begrüße meinen Lehrer für Englisch und Anstand.
– I am very pleased to meet you, Dr. Kliefoth. My mother told me some of your stories.
– Es erschiene mir geschickt, wenn wir außerhalb des Deutschen blieben. Dies Land ist einmal deutsch besetzt gewesen.
– D'accord, mine leewe Fru Cresspahl. Wo ich ohnehin illegal bin. Ihre Freundin Anita, die setzt einen Menschen von zweiundachtzig Jahren auf den Zug nach Lübeck; nach Lübeck schickt sie ihm einen Ausweis, damit er nach Kopenhagen reist, und die Polizei von Jerichow weiß nüms nich. Aber der Name im Paß ist Kliefoth, es ist mein Bild; den könnt ich behalten so wie er ist.
Von vorn gesehen ist Kliefoths Kopf schmal, im Profil erscheint vergessene Tiefe. Am Tisch stützt er den Kopf an der Schläfe in die Hand; die Brille rutscht mit dem oberen Rand über die Brauen. Jetzt sitzen die dunklen Pupillen genau in der Mitte.
– Daß Sie sich die Mühe machen, Fru Cresspahl. Umsteigen in Kopenhagen, einem unnützen Menschen zuliebe.

– Wir verdanken es Anita. Der mißfiel es, daß wir in Frankfurt umstiegen. Anita sind wir gehorsam.
– Sie hat mich hier eingemietet für zehn Tage, wenn es mir recht ist.
– N goden Minschen is se; dat seggt wi sülbn.
– Ach wo. Manch ein Mal, da fehlen wohl bloß Zwiebeln. Was früher Südfrüchte hieß, desgleichen. Nur, wenn man in einer Zeitschrift aus dem Jahre 1928 trifft auf die Anzeige einer Fischräucherei, da ist von Tausenden Tonnen geräucherten Aals die Rede; wunnert ein' sick. Givt kein rökerten Aal in Jerichow orre Gneez. Nein, zur Gesellschaft freue ich mich auf das Essen; wir können uns jo wat vetelln bi her.
– Hvad ønsker herskabet?
– Saure Heringe. Makrelen in Tomatensauce. Geräucherten Aal mit Rührei; lachen Sie man! Und welchen Wein ... hvilken vin vil De anbefale os til det?
– Für uns ist es jetzt halb sieben am Morgen, Herr Kliefoth. In unserer Schule wird man bewertet mit Plätzen. In meiner Klasse bin ich auf Platz 4. Wie war meine Mutter als Schulkind?
– Es ist mehr daher, daß ich von den Überlebenden der Älteste bin. Müßt auf den Friedhof gehen, wollt ich mit jemandem reden.
In der Erschöpfung hält er die Augen geschlossen. Unter die Brillenbügel greifend massiert er mit Daumen und Zeigefinger einer Hand die Schläfen. Die Augenhaut ist grau, vielfach gefältelt, ohne Regung. Sitzt da wie ein Toter; bis er sich weckt mit den kletternden Fingern.
– Was ist gesprochen worden an meines Vaters Grab, Herr Kliefoth?
– Unfug. Hab ich mich quer gelegt. Hev ick ein P voerschræwn. Und wenn Ihnen nun der Wein mißfallen hätte?
– Wär er zurückgegangen. Das hab ich gelernt von einem Menschen, der ...
– Wie kommen Sie bloß darauf! Jakob ist bei mir zu Besuch gewesen fünfmal im Jahr, seit Sie weggereist sind aus seiner Aufsicht. Kam Ihre Briefe zu lesen, wollte wissen wie das so zugeht an Dolmetscherschulen. Ihr Vater war ein verläßlicher, ein fürsorglicher Mann, mein verehrtes junges Fräulein Cresspahl.

– Herr Kliefoth, ich bin bloß elf Jahre alt. Bitte, sagen Sie du zu mir.
– Deine Mutter, Marie, sie war im Mai 1953 etwa einen Meter fünfundsechzig groß und trug ihr schwarzgraues Haar mit Messern geschnitten. Ausladende Schultern, schmale Hüften. Wenn sie in Jerichow war, nahm sie mit Vorliebe Hosen, lief ihren barften Beinen Bräune an. Mit den dunklen Brauen, vorsichtigen Augenbewegungen, sparsamen Lippen war das erwachsene Gesicht sorgfältig vorbereitet.
– Wie hieß solch Wetter in Jerichow?
– »Schönstes Damen-Segelwetter«, Fru Cresspahl. Werte Lieben ausgeschlossen.
Eine Stimme mit einer schartigen Heiserkeit, die bei lockerem Sprechen im Baß orgelt.
– Herr Kliefoth, manchmal träume ich das. Auf einem polnischen Schiff, Zwischenlandung in Liverpool, dann hierher nach Kopenhagen. Die Einfahrt nach Rostock neben dem Alten Strom, Walddurchblicke im Doberaner Forst, der Bahnhof von Wismar oder Gneez. Oder, wenn mir Jerichow untersagt ist, nach Wendisch Burg. Zur Not Neustrelitz, Waren, Malchin, wo Keiner uns kennt, wo ich eine Wohnung verdienen kann mit Blick auf einen See, einen Liegeplatz für ein Boot, Morgende im Winter am Eis, Schilfschatten, Ofenfeuer ... aber Herr Rohlfs ist tot, oder auf seine Art gescheitert an der Majorsecke. Nur auf Durchreise dürfen wir nach Mecklenburg, in einem Hotel absteigen unter Aufsicht; da ist kein Unterkommen nach Belieben.
– Wär jemand wie ich doch vermögend in der Zukunft, Fru Cresspahl. Åpen un ihrlich!
Dem alten Mann geht der Hosenbund bis an die Brustwarzen. Seine abgetragene Kleidung wird von Mal zu Mal verkleinert. An Zigarren, an Tabak haben wir gedacht; Stoff für einen Anzug vergessen.
– Die Möbel hab ich dem Museum in Rostock vermacht. Wenn Sie nun verwandt wären mit mir, Fru Cresspahl, denn hätten Sie den Tisch und den Schrank kriegen dürfen; sind doch Geschenke Ihres Vaters. Mit meinem Hauswirt hab ich Vertrag für den Fall meines Todes: er behält den Rest; muß aber sorgen, daß ich weg komm.

Kliefoth knetet seine Hände, überlegend. Der Schmerz macht ihm die Pupillen eng.
– Einmal hatt ich mich geschnitten, gab Jakob den Fuß in die Hand aus dem Stand. Er sah sich das an, ließ den Fuß abgleiten im selben Rhythmus wie meine Hand auf seine Schulter sich stützte; die Bewegung ging mir durch den Leib ohne einen Schmerz. Ich glaub das geschieht einem im Leben ein einziges Mal.
– Må jeg bede om Deres pas? De er nok med Deres underskrift, resten ordner jeg.
– De er meget elskværdig. Hvor meget bliver det ialt? Det er til Dem.
– Meine Frau war behindert in ihrer –
– Marie hab ich das Nötige mitteilen müssen, Herr Kliefoth.
– in ihrer Kinderstube. So eine Frau bekommt die meisten Kinder an die Schürze; in der Küche, im Garten. Im Grund weiß man vom Leben nur eines: was dem Gesetze des Werdens unterliegt, muß nach diesem Gesetze vergehen. Mir, da seien Sie unbesorgt, ergeht es genügend. Mein Latein ist flatterig geworden; das Gedächtnis verhält sich lediglich angemessen. Ich muß dem Geschicke dankbar sein dafür, mich so gnädig behandelt zu haben. Ich danke Ihnen, mine leeve Fru Cresspahl. Sie haben dazu geholfen.
– Herr Kliefoth, mögen Sie leben, solange es Ihnen gefällt.
– Ihr Vater hat mir die Ehre seiner Freundschaft erwiesen. Eine seiner Auffassungen ging dahin: Geschichte ist ein Entwurf.
– Wie es uns ergeht, haben wir aufgeschrieben bis zu unserer Arbeit in Prag, 1875 Seiten; mit ihrer Erlaubnis werden wir es Ihnen überreichen. Nachzutragen sind an die zwei Stunden Flug in den Süden. Was soll uns geschehen mit einer Gesellschaft Ceskoslovenské aerolinie C.S.A., die tritt im ausländischen Verkehr auf unter den Buchstaben O und K? Wo wir fest gebucht sind, O. K.? Heute abend rufen wir an aus Prag.
– Will you take good care of my friend who is your mother and Mrs. Cresspahl?
– Ich versprech es, Herr Kliefoth. Meine Mutter und ich, wir sind befreundet.
Beim Gehen an der See gerieten wir ins Wasser. Rasselnde Kiesel um die Knöchel. Wir hielten einander an den Händen: ein Kind; ein Mann unterwegs an den Ort wo die Toten sind; und sie, das Kind das ich war.

[29. Januar 1968, New York, N. Y. – 17. April 1983, Sheerness, Kent.]

Uwe Johnson
Sein Werk im Suhrkamp Verlag

Begleitumstände. Frankfurter Vorlesungen. es 1019
Berliner Sachen. Aufsätze. st 249
Das dritte Buch über Achim. Roman. Leinen und st 169
Der 5. Kanal. es 1336
Ingrid Babendererde. Reifeprüfung 1953. Mit einem Nachwort von Siegfried Unseld. Leinen und st 1387
Jahrestage 1. Aus dem Leben von Gesine Cresspahl. August 1967 - Dezember 1967. Roman. Leinen
Jahrestage 2. Aus dem Leben von Gesine Cresspahl. Dezember 1967 - April 1968. Roman. Leinen
Jahrestage 3. Aus dem Leben von Gesine Cresspahl. April 1968 - Juni 1968. Roman. Leinen
Jahrestage 4. Aus dem Leben von Gesine Cresspahl. Juni 1968 - August 1968. Roman. Leinen
Jahrestage 1-4 in Kassette. 4 Bde. Mit einem ›Kleinen Adreßbuch‹. Ein Register zu Uwe Johnsons Jahrestagen mit Namen, Orten und Verweisen von Rolf Michaelis. Leinen
Kleines Adreßbuch zu den ›Jahrestagen‹. Einzeln.
Karsch, und andere Prosa. es 59
Mutmassungen über Jakob. Roman. Leinen, st 147 und BS 723
Eine Reise nach Klagenfurt. st 235
Skizze eines Verunglückten. BS 785
Versuch, einen Vater zu finden. Marthas Ferien. Toncassette mit Textheft. Mit einem editorischen Bericht von Norbert Mecklenburg. es 1416
Zwei Ansichten. Leinen und st 326

Editionen, Nachwort

Max Frisch: Stich-Worte. Ausgesucht von Uwe Johnson. st 1208
Otto Philipp Runge/Uwe Johnson: Von dem Fischer un syner Fru. Ein Märchen nach Philipp Otto Runge mit sieben kolorierten Bildern von Marcus Behmer und einem Nachwort von Beate Jahn. Mit einer Nacherzählung und einem Nachwort von Uwe Johnson. IB 1075

Zu Johnson

Uwe Johnson. Herausgegeben von Rainer Gerlach und Matthias Richter. stm 2061
Johnsons ›Jahrestage‹. Herausgegeben von Michael Bengel. stm 2057
»Ich überlege mir die Geschichte ...«. Uwe Johnson im Gespräch. Herausgegeben von Eberhard Fahlke. es 1440

46/1/9.87

es 1500

edition suhrkamp

Neue Folge Band 500

Einen Tag umfaßt der *Ulysses* von James Joyce – 365 Tage mißt die äußere Zeitstrecke von Uwe Johnsons *Jahrestagen*. Beginnend mit dem 21. August 1967 in New York, werden 365 Tage »aus dem Leben von Gesine Cresspahl« und deren über Generationen zurückgreifende Erinnerungen erzählt. Eine private Geschichte, die nicht zufällig am 20. August 1968 endet, an einem historischen »Jahrestag«. In die Familiensaga eingewoben sind Ereignisse und Verstrickungen einer schon zur Geschichte gewordenen Epoche. Nachkriegsdeutschland und Berliner Mauer; der Golf von Tonking und die Brandt/Kiesinger-Koalition; Heuss und Kennedy, Dubček, Adenauer, Ulbricht, Che Guevara und Martin Luther King, McCarthy, Lyndon B. Johnson und die *New York Times*, das »Bewußtsein des Tages«. Namen, Orte und Stationen wie diese charakterisieren diese »Lese-Weltreise« (Reinhard Baumgart). In einer Chronik erscheint deutsche und Welt-Geschichte in Form von Erzählungen. Uwe Johnsons große Fähigkeit ist, deutsche Geschichte darzustellen als Familiengeschichte.
Uwe Johnson, geb. am 20. April 1934 in Cammin (Pommern), starb am 23. Februar 1984 in Sheerness-on-Sea (Kent/England).

Uwe Johnson
Jahrestage

2

Aus dem Leben von Gesine Cresspahl

Suhrkamp

edition suhrkamp 1500
Neue Folge Band 500
Erste Auflage 1988
© Suhrkamp Verlag Frankfurt am Main 1971
Alle Rechte vorbehalten, insbesondere das der Übersetzung, des öffentlichen Vortrags sowie der Übertragung durch Rundfunk und Fernsehen, auch einzelner Teile.
Druck: Ebner Ulm
Umschlagentwurf: Willy Fleckhaus
Printed in Germany

1 2 3 4 5 6 – 93 92 91 90 89 88

Jahrestage

Dezember 1967 - April 1968

20. Dezember, 1967 Mittwoch

Das Wasser ist tief unter der Straße versteckt, wo sie über einen Felsbuckel muß, chlorgrünes, laues, pralles Wasser in einem Fliesenkasten unter dem Hotel Marseille an der West End Avenue, Manhattan, Obere Westseite, New York, New York. Das Wasser ist laut, platzt und reißt unter den Sprüngen der Schwimmer, schwappt gegen die Wände, klackt in den Überläufen, wirft das Prasseln des eingeengten Echos wild hin und her. Auf die Zehenspitzen. Die Arme vor. Die Knöchel hoch. Den Kopf zwischen die Arme. Die Fußsohlen flach beieinander halten. Jetzt schlägt das Wasser gegen die Schädeldecke. Die rasche Fahrt unter dem Wasser, den Händen hinterher, geht durch halbblindes Zwielicht.

Die Kinder im flachen Teil des Beckens begrüßen schon den Kopf, der zwischen ihnen auftaucht. – Beautiful header, Gesine: sagen sie. Sie sagen aber: Dschi-sain, und womöglich meinen sie, daß sie einen Kopfsprung so nicht gelernt haben. A curious header, Mrs. Cresspahl.

Die Kinder von der West End Avenue, dem Riverside Drive halten den Mediterranean Swimming Club besetzt in dieser Zeit zwischen Ende der Arbeit und letzter Mahlzeit. Sie dulden unter sich die tapfer rudernden Greisinnen in ihren Blumenkappen, sie halten die jugendlichen Athleten im Auge, die mit Gewaltmärschen unter Wasser dem Verfall ihrer Körper vorbeugen wollen, und es ist leiser in der Ecke, in der eine einsame Ehefrau stillsteht, gewissenhaft und geniert mit einem Kriechling auf der Hüfte. Aber die Sprungbahn räumen die Kinder eher für ihresgleichen, die Erwachsenen lassen sie warten oben auf dem Brett, und Jungen wie David Williams machen sich einen Spaß daraus, unverhofft unter den verbissen strampelnden Muskelmännern hindurchzutauchen.

Sie haben den Kopfsprung anders gelernt. Der Ruck, den die vorschnellenden Arme durch den ganzen Körper bis in die Knöchel ziehen, er ist nicht zu sehen. Sieh dir diese Marie Cresspahl an, seit sechs Jahren erst im Lande, sie gleitet in einer einzigen unabgesetzten Bewegung vom Beckenrand ins

Wasser, wie ein Fisch auf der Rückreise ins geheurere Element. Es ist, als ließe sie sich fallen; so ohne sichtbaren Abstoß springt sie. Marie übt mit ihren Freundinnen das Tauchen, mit Pamela Blumenroth, mit Rebecca Ferwalter; sie werfen aber nicht Geldstücke auf den Grund des Beckens, sondern die Schrankschlüssel, deren stumpfe Farbe sie tarnt. Ohne Schlüssel kämen sie aus dem Bad nicht mehr hinaus, in ihrem schadenfrohen Geschrei sitzt auch Ängstlichkeit, und wenn Marie aus dem Tiefen aufsteigt, die Hand mit dem geretteten Schlüssel steil voran, ist doch Erleichterung zu merken in ihrem kleinen, nassen, von Freude straffen Gesicht. Nachher, wenn sie sich die stramme Kappe vom Kopf zieht, wird sie inmitten ihrer langen winterblonden Haare älter aussehen als ihre zehneinhalb Jahre. Im weißen Rahmen der Kappe ist der unausgewachsene Bogen ihrer Augenhöhlen unter der gedrungenen Stirn ausgestellt wie allen Schutzes entblößt.

Oberhalb des lärmenden Wassers, in halber Höhe des blaukachligen Raums, läuft um zwei Wände ein Balkon, die Rückseite der Bar Marseille, wo die paarsitzigen Tischchen aufgestellt sind. So alt ist das Hotel. Den Kunden von 1895 genügte es noch, von oben, von ferne hinabzusehen auf die Badenden, die knapp Bekleideten; in einem Bau von heute würden die Trinker die Hocker an den Rand des Beckens wünschen, oder daneben, hinter eine durchsichtige Panoramawand. Dennoch kommt Mr. McIntyre dort oben kaum je zum Stillstand vor seinen neunundneunzig Flaschen Feuerwassers; in diesem Viertel wohnen genug Leute, die sich gern verabreden inmitten der rothölzernen Wände, die jeden Tag ein bißchen wohnen auf dem blankgesessenen Leder und den massigen Wulst der altersglänzenden Mahagonitheke mit ihren Ellenbogen putzen. Dort oben hat vor sechs Jahren eine Gesine Cresspahl zu lange gesessen und an irischen Redensarten einen falschen Eingang in das hiesige Leben gesucht, oft in der Nachbarschaft von Mr. Blumenroth, der damals nicht aussah wie ein Vater von Pamela. Immer noch haben die Juden die Obere Westseite nicht ganz aufgegeben, Juden sind hier erwünscht; aber in sechs Jahren noch nie hat sich an der zierlich durchbrochenen Brüstung der Kopf eines

dunkelhäutigen Bürgers gezeigt, und wie es oben nicht die Preise Mr. McIntyres sind, die Neger von einem Besuch des Marseille abhalten, so machen es unten nicht allein die sechzig Dollar Jahresgebühr, daß die Weißen im Wasser unter sich bleiben.
An diesem Abend sind es zwei Gäste des Hotels, die am südlichen Rand des Beckens hin und her ziehen, stur in immer der selben Bahn, zwei junge Fremde, die in einer fast beleidigten Art stoppen vor den alten Damen, die lieber die kürzere Querstrecke schwimmen, und sie schlucken Wasser und Wut auf die Kinder, die dicht vor ihrer Nase sich ins Tiefe versenken. Vielleicht sind es Deutsche, technische Lehrlinge auf Ausbildung in der new yorker Stammfirma, denn sie sprechen deutsch, obwohl nicht nur Gesine Cresspahl sondern auch die jüdischen Schwimmer ihre etwas ratlosen Bemerkungen und Zurufe zur Not verstehen. Sie ahnen nicht, wo sie sind; sie sprechen unbefangen, laut. Es ist ihnen nicht sauber genug hier. Zu Hause haben sie eine neugebaute Schwimmhalle. Ihnen sehen viele Badegäste aus, als müßten sie in europäischen Ländern nicht auffallen. Und endlich kommt Marie an, in glatten weichen Stößen unter Wasser, und berichtet siegesgewiß: Sie reden über dich! Du hättest die richtige Größe! Dein Busen säße zu tief! Du hättest vielleicht noch kein Kind geboren, aber auf die Nasenspitze müßte dich Keiner noch drücken! Dein Haar, deine Wangenknochen, danach solltest du aus Polen stammen! From a Slavian country! sagt sie. Denn das Deutsche sprechen Cresspahls nur noch unter sich, darauf besteht diese Marie, der die grau und grünen Augen ganz fürsorglich geworden sind von dem Glauben, sie habe ihrer Mutter ein Lob angebracht, etwas Verträgliches.

Und wenn ihr Kinder in die Welt setzt, nich mit dein'n Knochn, Cresspahl! Neemtlich, wenn das ein' Diern wird, soll sie die Beine von Lisbeth haben!

Das Becken des Mediterranean Swimming Club, zwanzig Meter lang, achtbahnig, ist vielleicht geräumiger als das der »Mili« in Jerichow, in dem Gesine Cresspahl schwimmen gelernt hat, das Kind das ich war. Erinnerung baut an: sagen die, die noch einmal zurückgegangen sind. Dahin zurück darf ich nicht. Das ist weit von hier. Das ist mehr als 4500 Meilen entfernt, und mehr, noch nach acht Stunden Flug muß man dahin gehen, bis man in die Nacht gerät, und kommt nicht an. Das ist mehr als 6000 Kilometer. Das ist wendische Gegend, Mecklenburg, an einer anderen Küste. Dort habe ich gelebt, für zwanzig Jahre. Denn sittst vilicht, verraden un verköfft, in son'n amerikanschen Wald . . .

An der »Mili« von Jerichow-Nord stellte mein Vater vor dreißig Jahren Regenschuppen auf, Heinrich Cresspahl, Jahrgang 1888, von den deutschen Kriegen weggegangen in die Niederlande, nach England, und doch mit meiner Mutter zurückgekehrt nach Mecklenburg, damit ich in Deutschland zur Welt käme, wenige Jahre vor dem nächsten Krieg. So elend war meine Mutter damals schon, Lisbeth, geborene Papenbrock. Der Flugplatz auf der hohen Ostseeküste bei Jerichow, den mein Vater mit Holzarbeiten bauen half, war für einen modernen Krieg, und so wurde ein mickriger Grabenfluß auf seinem Weg zum Meer angehalten und umgeleitet und mußte das Wasser der Militärbadeanstalt erneuern. Den Namen »Mili« bekam die Anlage von der Schuljugend, erst nach dem Krieg, als die sowjetische Besatzungsmacht den Komplex Jerichow-Nord sprengte und schleifen ließ und das Schwimmbecken vergaß. 1953 waren Cresspahls Regenschuppen längst durch Jerichows Öfen gegangen, nur in verrotteten Stümpfen übriggeblieben. Es war Februar, das Becken abgelassen, von Schneetreiben säuberlich weiß ausgelegt am Boden. Jakob kam mir ohne Zögern nach unten nachgeklettert. Wir sind in dem Becken auf und ab gegangen, bis alle Bahnen ausgefüllt waren mit den Spuren unserer Füße. Von Jakobs Gesicht an diesem Tage bekomme ich kein Bild; ich müßte es denn erfinden. Wir waren unsichtbar, geschützt von den Wänden des Erdlochs, versteckt unter dem wirbelnden Himmel, in der sausenden Stille. Und er konnte mir nur für sich sagen, wie das Leben ist in der Fremde, nicht für mich.

Die Regierung hat der Luftwaffe in Viet Nam nun die Sperrzone an der chinesischen Grenze zum Durchfliegen freigegeben. Vierzehn amerikanische Wissenschaftler versprechen der Nation, ein den Kommunisten überlassener Sieg werde

nur zu größeren, aufwendigeren Kriegen führen und nicht zu dauerndem Frieden.
Das ist Mrs. Cresspahl, die vorn auf dem federnden Brett wartet, bis die Sprungbahn frei wird. Wohnt hier um die Ecke, Riverside Drive und 96. Straße. Vierunddreißig Jahre alt. Die hält ihren Hals steif, die zieht einen Bauch ein. Nicht mehr lange, und sie wird ihre Schuhe nicht nach der Eleganz kaufen, eher nach der Gesundheit. Wenn sie sich zum Sprung versammelt, werden ihr die Augen schmal, die Lippen hart. Der harte Schlag des Wassers gegen den Kopf läßt für einen Augenblick Betäubung zu, Blindheit, Abwesenheit; nicht lange.
– Quite a header, Dschi-sain!

21. Dezember, 1967 Donnerstag

Im Senatsausschuß für Auswärtige Beziehungen zweifeln einige Mitglieder, ob Regierung und Generalstab 1964 die Wahrheit sagten mit der Behauptung, am 4. August seien die Zerstörer Maddox und Turner Joy von Schiffen aus Nord-Viet Nam angegriffen worden. Nach Mr. John W. White aus Cheshire, Connecticut, der damals ganz in der Nähe am Unterwasserorter des Tenders Pine Island saß und die Funksprüche der Zerstörer abhörte, waren die unsicher, ob sie nun beschossen wurden oder nicht. Da wurden ankommende Torpedos signalisiert, aber es kamen keine Torpedos an. Zeigte das Radar tatsächlich eine Herde anrückender kleiner Boote? Ist Flakfeuer nachzuweisen, wurden Leuchtraketen gesichtet. Waren von Flugzeugen in der Nacht so geringfügige Kielwasser auszumachen? Das alles galt damals als wahr und reichte aus für eine Ermächtigung des Präsidenten, mit dem fremden Krieg Ernst zu machen.
– Ein Präsident kann nicht lügen: sagt Marie: Es käme doch heraus!
Sie steht an der Schrankküche im Eingang unserer Wohnung, in einer zu großen Schürze, ein Handtuch über dem Arm, wendet das Fleisch in der Pfanne, wischt sich mit verkantetem Unterarm ihr heißgewordenes Haar aus der Schläfe wie

schon ihre Großmutter und deren Mutter, dennoch nicht wie ein Kind, das als Hausfrau aushilft, sondern als ein Mitglied des Haushalts, das seinen Teil daran versteht und übernimmt. So fotografiert, würde sie in zehn Jahren sich ausdeuten als ein Kind, das in glücklichen Umständen aufwuchs, in einer Zeit des Friedens. Sie hat sich Zeit genommen, mit halb eingezogener Unterlippe, verengerten Augen, und als sie sprach, wollte sie wohl der Mutter Aufmerksamkeit erweisen, der Erwachsenen jedoch ihre unnötigen Bedenken vorhalten. Ihr fehlt zu dem Krieg, daß sie ihn sieht.

Sie kann den Krieg in Viet Nam nicht sehen. Zu genau hat sie von mir gehört, wie ein Krieg sich von außen anläßt. Von ihrer Schule her weiß sie keine Familie, der die Regierung einen gefüllten Sarg geschickt hat. Sie kennt die Ruinen zwischen den Avenuen Amsterdam und Columbus, aber sie werden nicht von den Bomben jenes Feindes sondern von den Abbruchkugeln der hiesigen Grundstückspekulanten geschlagen. Die kleinen Geschäfte am Broadway sterben nicht am Kriegstod der Erben, sondern an den Dollars der Miete und der Mafia. Die Regierung zieht die Autos nicht ein, und die Tankstellen machen Zugaben für die Abnahme von Benzin. Marie muß nicht daran denken, in der Nähe eines Polizisten die Stimme zu senken. Sie könnte sich nicht vorstellen, daß Mr. Weiszand morgen früh um sechs Uhr von vier Beamten in Zivil geweckt und in ein Gefängnis geholt würde, nur weil er an der Columbia-Universität Demonstrationen gegen den fernen Krieg anstiftet und anführt. Sie weiß von Eisenbahnen, von Schiffen, von Flugzeugen, daß sie für die Reise Geld braucht, nicht eine Passiergenehmigung von einer Behörde. Ich könnte ihr kaum Ware nennen, die in New York nicht zum Verkauf stünde. Dazu braucht es keinen Krieg, daß unser Telefon abgehört würde. Da müßte schon die Armee den Riverside Park vor unserem Haus besetzen und die Durchgänge zur Promenade am Hudson mit Granatwerfern absperren, um Marie halbwegs zu überzeugen. Womöglich hält sie im Grunde für nicht transportable Sachen, was ich ihr aus Deutschland erzählen kann. So mag man in Europa einen Krieg führen, nicht hier; sie ist aber hier, und damit genug beschäftigt.

Marie ist gegen Kriege, weil dabei Personen verletzt werden können. Und sie kann nicht geradenwegs gegen meine Auskünfte angehen; sie will nicht einmal mich kränken. Sie ist hingegangen und hat in einer Schulstunde mit einer Lehrerin Streit angefangen über die Gerechtigkeit der Kampfhandlungen in Südostasien; sie hat vorher ihre Freundinnen ausgeholt, Marcia, Pamela, Deborah, Angela, weniger um Solidarität auf Vorrat zu legen, als Freundschaft nicht zu riskieren. Gegenüber Marcias Eltern, Mr. & Mrs. Linus L. Carpenter, brächte sie nicht einmal das Thema über die Lippen; die Carpenters geben Geld für Bürgerrechtler, wünschen dunkelhäutigen Bürgern überall anständige Wohnungen außer an der eigenen Adresse und halten die Angelegenheit Viet Nam für ausgeleiert, ein Gespräch darüber mittlerweile für taktlos, wenn nicht geradezu unschicklich. Mr. Carpenter III, Georgetown, Harvard, Oberst der Reserve bei einem Hubschrauberbataillon, Carpenter von Allen, Burns, Elman & Carpenter, er hat Marie erklärt, in einem demokratischen Staatswesen sei für einen Jeden seine Stelle zu verwalten, und die Sache des Krieges gehöre zur Stelle des Präsidenten. Als Marie das vorsichtig, zu Testzwecken, zu Hause vorbrachte, kam obendrein heraus, daß sie die Plakette GEHT RAUS AUS VIET NAM nur so lange angesteckt trug, wie die Mode in ihrer Klasse sich hielt. Sie ist so unaufrichtig, wie ich sie erzogen habe.

Mit meinen Ausrüstungen kann sie gegen das Land nicht besser bestehen als ich. Es ist ein Land, in dem Präsident Johnson die vorweihnachtliche Sentimentalität mit einer Fernsehansprache für seine Politik hier wie draußen für sich ausnützen darf und von einer Kennedy-McCarthy-Bewegung reden, und die New York Times spricht nicht unzufrieden von einem »tödlichen Bindestrich«, der den Senator Kennedy in größere Nähe zu den Antikriegs-Vereinigungen bringe, als ihm wahrscheinlich lieb sei. Marie hat Johnsons würdevoll verschlagenen Auftritt gestern abend bei den Carpenters angesehen und kam zurück voll Empörung, daß der Präsident ihren Senator darstellte als einen ungebührlich ehrgeizigen Menschen, der nichts wolle als ihm seinen Job abjagen. Es fiel ihr nicht auf, daß Kennedy mit Friedensabsichten denunziert

werden sollte. Sie lebt hier seit sechs Jahren. Sie möchte nirgends leben als hier. Sie möchte nicht leben in einem Land, dem sie mißtraut. Diesem vertraut sie.
Ihre Höflichkeit jedoch ist fast nicht erschöpflich. Noch beim Tischdecken und Auftragen war sie am Überlegen, und noch vor dem ersten Bissen sagte sie: Du meinst, wenn eine Präsidentenlüge herauskommt, ist es für uns zu spät und für ihn spät genug?
Sie kann so ein vernünftelndes Gehabe zeigen. Das Kinn auf die zusammengelegten Hände gestützt, den Kopf freundlich schräg, so sah sie mich an. Sie hatte mir bewiesen, daß sie ihrer Mutter aufs Wort zuhört. Sie hatte mir zu der einen Antwort noch eine andere zugegeben, und sie war über keine im mindesten erschrocken.

22. Dezember, 1967 Freitag

Was haben wir für eine Zeitung in dieser Stadt! Die New York Times meldet von den Astronomen, daß die Sonne heute in der nördlichen Hemisphäre die kürzeste Zeit über dem Horizont sein wird und der Winter 17 Minuten nach acht Uhr morgens begann.
Und sie meldet, daß im August 1964 im Golf von Tonkin tatsächlich vier Mitglieder der Besatzung der Turner Joy 300 Fuß von Backbord die Spur eines Torpedos aus Nord-Viet Nam im Wasser sichteten; daß aber die Regierung den Entwurf zur vollen Kriegsermächtigung längst vor August 1964 fertig hatte.

Und Marie sagt in etwas schnippischen, fliegenden Tönen: So kann ich nicht leben, wie du es von mir verlangst! Ich soll nicht lügen, weil du nicht Lügen magst! Du wärst längst ohne Arbeit, und ich aus der Schule, wenn wir nicht lögen wie drei amerikanische Präsidenten hintereinander! Du hast deinen Krieg nicht aufgehalten, nun soll ich es für dich tun! Als du ein Kind warst, rund um dich haben sie ihren Krieg hochgezogen, und du hast nichts gemerkt!
– Man hat mir nichts gesagt, Marie.

– Und doch war es zu sehen! Apologies are in order, Mrs. Cresspahl.
– Hör auf zu weinen, Marie.
– Sag: Versógelieke; wie ich als Kind.
– Versógelieke, Marie.

Mein Krieg war gut versteckt. Sogar der Name der Stadt Jerichow war entlegen in Deutschland. Die Badegäste, die sie im Auto auf dem Weg zum Seebad Rande passierten, was sahen sie? Vierhundert Meter grober Pflastersteine, die die Wagen zu holprigen Knicksen brachten. Scheunen. Höfe. Die rote Ostfront der Ziegelei mit ihren zwei echten und fünfzehn vorgetäuschten Fenstern. Kühle Grabsteine im Schatten. Eine niedrig umbaute Straße, dörflich schmal, zweistöckige Häuser, vorn ältlich verputzt, seitlich Fachwerkbalken. Darüber ein Ungetüm von einer Kirche mit Bischofsmütze, bis zum Ansatz der Schildgiebel von Baumkronen umwölkt. Viele Läden mit Auslagen, die einst Wohnzimmerfenster gewesen waren. Karstadts bunkerähnlicher Kasten, ein Landkaufhaus. Oder sie kamen mit dem Bus vom Bahnhof und begannen mit dem Marktplatz mit seinen fast herrschaftlichen Gebäuden. Papenbrocks Haus wie der Lübecker Hof unbescheidener als das Rathaus. Pferdefuhrwerke auf dem Weg zur Stadtwaage. Kaum einheimische Autos. Ferienstille. Wo die Erwartung der Fremden den eigentlichen Beginn der Stadt ansiedelte, rutschten sie auf die kahle Chaussee zur Ostsee. Zur Linken, weitab, waren Rohbauklumpen zu erkennen, warum nicht noch eine Landarbeitersiedlung, wie es doch auf den Schildern stand, »Neue Scholle Nord«. Wo eine sonderbar großzügige Betonbahn abging, fiel die Straße ab, und hinter den dick umbuschten Hotels von Rande lag die sonnenstreifige See ausgebreitet. Was da im Westen vergessen zurückblieb, war der Militärflugplatz Jerichow Nord. 1936.
Aber der Flugplatz hatte in Jerichow nicht seinen Namen. Seit mehr als einem Jahr arbeiteten und verdienten Handwerk und Handel der Stadt daran, und doch hieß die Anlage »Mariengabe«, nach dem Dorf, das dabei draufgegangen war. Die Gegend war immer Zollgrenzbezirk gewesen, nun fiel der Sperrbezirk nicht auf. Badegäste, von ihren verjähr-

ten Reiseführern auf ergiebige Spazierwege hingewiesen, wurden in gehörigem Abstand von der Baustelle durch Wehrmachtstreifen gestellt und verwarnt. Der Adel hatte seinen Stammtisch im Lübecker Hof gehalten; dort wurde über die olympischen Spiele in Kiel gesprochen, zur Not über die Dürre des Jahres 1934, schon weniger gern über den Vierjahresplan. Denn Friedrich Jansen, Bürgermeister und Ortsgruppenleiter der Staatspartei, hatte einen eigenen Stammtisch gegründet, an den Fenstern auf die Ausspannung, und ließ sich zumeist von ausländischen Besuchern über lange Abende bringen. Oft waren das Herren von der Geheimen Staatspolizei zu Hamburg, in einer schwarzen Uniform, und manche hatten tatsächlich einen schweren Ledermantel an den Haken zu hängen. Die Arbeiter in »Mariengabe« hatten im September 1936 einen halben Tag lang die Arbeit verweigert, es war auch die Rede von kommunistischen Flugschriften. Herr von Maltzahn hatte eins in seinen Wäldern gefunden und es Friedrich Jansen eilfertig in die Hand gedrückt, »ungelesen«. Nun sprach von Maltzahn nicht von einem Flugplatz, sondern von »unserer Rache für Versailles«. Herr von Lüsewitz war für seinen Besitzanteil von Mariengabe zu seiner Zufriedenheit entschädigt worden und erwähnte seither gern sein »Opfer«. Friedrich Jansen gebrauchte schlicht das Wort von der »nordischen List« und kannte offensichtlich ein »weinsaufendes adliges Gesocks«. In Peter Wulffs Krug ging man dem Flugplatz aus dem Weg mit Ausdrücken wie »dicker Hund« und »blaues Wunder«, aber nicht, wenn Ortsfremde trinken gekommen waren, und mochten sie jenseits der Hörweite sitzen, und mochte ihr Plattdeutsch noch so passend klingen. Hauptlehrer Stoffregen kam auch vom Flugplatz lieber gleich auf die Juden und das Attentat auf den schweizerischen Landesgruppenleiter Gustloff, das ihm »entlarvend« erschien. Von Oberlehrer Kliefoth galt es als sicher, daß er nicht umsonst aus Berlin in eine Gegend geschlichen war, in der die Nazis die Macht schon ein halbes Jahr länger genossen hatten als anderswo und ihm eher verzeihen würden, aber was? und von Kliefoth wurde erzählt, er habe im Zug nach Gneez ein Gespräch von Mitreisenden über »Bauarbeiten« unterbrochen mit der Bemerkung: Ich warne Sie. Angeblich hatte er diesen

seinen Einfall nicht erklärt. Fuhrunternehmer Swenson hatte an seiner Omnibuslinie vom Bahnhof nach Jerichow Nord so »mäßig« verdient, daß er sich nun den zweiten Lastwagen hatte zulegen können, und Swenson bezeichnete seinen Anteil am Bau des Flugplatzes als »Verantwortung«. Pastor Brüshaver versuchte offenen Schabernack und besprach die Sache als »Reichsauftrag Volkssport«, nach den Schildern, die am westlichen Ende des Baugebietes aufgestellt waren; und Pastor Brüshavers Sohn flog in Spanien gegen die Truppen der legalen Regierung und würde sich womöglich als Lohn die Kommandantur eines Flugfeldes verdienen, es mußte ja nur noch fertig werden. Und mein Vater hatte die Sägen vom frühen Morgen bis in den Abend gehen in seiner Werkstatt und versuchte beim Mittagessen den Lärm mit Kopfschütteln aus den Ohren zu kriegen und hatte ein Bankkonto in Rostock und eins in Lübeck und nahm auch beim Postscheckamt Hamburg Zahlungen entgegen für die Arbeit von acht Angestellten und war gehorsam in die Deutsche Arbeitsfront eingetreten und gab Heine Klaproth getreu nach dem Gesetz frei für den Dienst in der Hitlerjugend und hatte zwanzig Ohren am Mittagstisch, meine eingeschlossen, und sprach von Mariengabe.
Er finde den Namen angemessen. Wo Einer gebe, sei Einer nicht gegen das Nehmen. Wasser sei härter als Stein, und was aus großer Höhe in die Ostsee stürze, nähme er dann nicht mehr geschenkt. Er habe auch in England Flugzeuge gesehen. Lisbeth sei sogar in einem englischen Flugzeug in der Luft gewesen. Das könne sie doch nicht abstreiten. Jerichow sei ja bisher nicht berühmt, außer für Friedrich Jansen, und das werde sich gewißlich ändern mit den Bomben, die die Engländer hier doch zuerst abladen würden. Das sei ja fast eine Verabredung mit den Engländern.

Heinrich du rædst uns dot! Heinrich, das Kind! Heinrich Cresspahl!

Mein Vater sprach nicht von Bomben, sondern von »Schiet avlådn«, und was immer er vor sich hin sprach wie jeweils unerwartete Einfälle, geruhsam, nahezu behaglich, alles fand nicht den geraden Weg zu Friedrich Jansen und seinem feinledernen Notizbuch, sondern ging erst einmal in das nächste Haus und über die Höfe und in die Gärten und auf die Felder, und erst wenn Jerichow versorgt war, kam Friedrich Jansen an die Reihe. Der Parteigenosse Jansen lieferte das wortwörtlich ab bei der Gestapo in Gneez. Das war ein fehlerhaftes Verfahren. Denn er bekam auf seine Bürgermeisterei ein streng amtliches Schreiben von einem hamburger Luftwaffenamt, mit Hoheitszeichen und Siegel, das ihm von seinen Quengeleien abriet. Mit der Einschließung seines eigenen Namens habe er verraten, daß er da private Brötchen backe, und die deutsche Luftwaffe sehe sich nicht in der Lage, ihm die Butter daraufzustreichen. Im übrigen sei es erwiesen, daß Wasser ein fallendes Flugzeug härter abfange als Land, und schließlich dürfe sich nicht einmal eine im politischen Leben stehende Person im Range eines Kreisleiters erdreisten, der Luftwaffenführung eine Unterschätzung des potentiellen Gegners zu unterstellen. Was nun das Grundsätzliche betreffe, so herrsche in den betroffenen Kreisen der Luftwaffe eine Überzeugung vor, wonach so mancher Handwerker mehr und wirksamere Arbeit für den Ausbau der deutschen Luftverteidigung leiste als Beschäftigte in den Reihen von Verwaltung und Partei. Heil Hitler! Und Friedrich Jansen saß da und mußte stillhalten, wenn ihm nun auch noch dargestellt wurde, wie dieser Cresspahl den Kopf schüttle bei seinen Reden. Als ob er Wasser in den Ohren hätte. Und wenn doch immer Einer sich für eine Weile an Friedrich Jansens Stammtisch setzte, so um ihn mit Cresspahls Anregungen munter zu halten, und zum anderen, weil es doch ärgerlich war, daß dieser Cresspahl so selbstverständlich vom Kriege sprach, als könne es nicht doch ohne einen abgehen. Was der Mann da tat, es hatte ja geradezu etwas Spaßverderberisches. Hatte es doch.

– Mariengabe: sagt Marie, ärgerlich versonnen. – Ich hoffe, die Engländer haben dort ordentlich abgeladen. ’t would suit me fine.
– Versógelieke, Marie.

Was haben wir für eine Zeitung in dieser Stadt! Sogar uns

kennt sie als ihre Kunden und ermahnt die Ausländer vorsorglich, der Bundesregierung im Januar die Adresse zu melden. Und Marie macht sich noch am späten Nachmittag auf den Weg, die Formulare für die Registrierung von unserem Postamt in der 105. Straße zu holen. Daß wir aus dem Lande gewiesen würden, was wäre denn das!

243 Riverside Drive, New York, N. Y. 10025
December 23, 1967

Lieber Herr Dr. Kliefoth,
ich bedanke mich für die freundliche Erkundigung nach meinem Kind und stelle es Ihnen ein wenig vor. Diese Marie ist zehneinhalb Jahre alt und reckt sich zu vier Fuß elf Zoll. Unter Altersgenossen gilt sie als groß. Neuere Fotos von ihr habe ich nicht; auf älteren wollte sie in der Regel ein Bild von sich machen. Sie versteht sich also als jemand, der die Leute hinter den Kameras auf eine neugierige, gleichzeitig fürsorgliche Weise betrachtet. Ein Paßbeamter würde ihre Kopfform als länglich/oval notieren, aber so lang wie ein Ei ist sie nicht, und wirklich hat sie im Profil etwas Kugelköpfiges. Mit dem Winter werden ihre Haare nahezu sandfarben, insbesondere die Brauen. Die Augen grau und grün, nach dem Licht. Klar. Lange gespreizte Wimpern, nicht von mir. Ich sehe in ihrem Gesicht den Vater (den Sie ja nicht kannten); meine Freunde sehen darin mich. Wohl finde ich Mecklenburgisches, Ironie in Schiefhalsigkeit, durch Kopfsenken verkanteten Blick, steinerne Versteckmiene, überhaupt das Anschlägige, das Schabernacksche. Das alles nun in ausländischer Sprache. Es ist das Amerikanisch des Mittelstands, diszipliniert durch eine Traditionsschule, vorsichtig gegen Slang. Was sie dann aber spricht, damit lebt sie. Oft muß ich, mit meinem Dometscherdiplom, nachschlagen. Serendipity. Gegenwärtig hat sie es mit den umständlichen Redensarten: I scorn the action, wenn es um ungenehme Arbeiten geht. Neuerdings ist eine Art Entschuldigung: I stand corrected, und das mit dem Akzent der Upper West Side von New York, für den Sie so leicht keine Zensur fänden.

Deutsch spricht sie, als hätte sie Schmerzen im Hals. Wahrscheinlich mußte sie die mitgebrachte Sprache opfern, um bequemer anwachsen zu können in der Straße, der Schule, der Stadt. Düsseldorf, Berlin, Jerichow, für sie ist es Geographie. Germany. An Ferien in Dänemark erinnert sie sich besser. Sie jetzt in die deutsche Sprache zurückbringen, es wäre ein größeres Unglück für sie als der Umzug ins Amerikanische war. Ihr wäre es lieber, wir hätten einen richtigen Paß, einen hiesigen.

Über Weihnachten in New York werde ich Ihnen Auskünfte nicht so vollständig geben können, wie Sie sie benötigen. Die optische Belästigung beginnt ungerechtfertigt früh, bis zu vier Wochen vorher. Der Kommerz schlägt als erster zu, nicht nur mit der gezielten Dekoration. Die Kaufhäuser hämmern dem Kunden auch noch akustisch ein, aus welchem Grunde er diesmal sein Geld hergeben soll; Weihnachtsmusik und Unsere garantiert aus Paris importierte Unterwäsche. Auf den Straßen kriecht die Heilsarmee aus den Nestern; Posaune und Klingelglöckchen. Schließlich stellt noch die schäbigste Bar einen elektrifizierten Winzling von Weihnachtsbaum zwischen die Flaschen. Die Reichen an der Park Avenue, die sommers ihren Mittelstreifen mit Blumen bepflanzen und aus »außerhalb der Stadt liegenden Quellen« bewässern, stellen sich dann große, stark beleuchtete Tannenbäume hin, aber nicht ganz bis zur 96. Straße, wo die Gegend der Armen, der Neger beginnt. Tannenbäume liegen auch bei uns auf dem Broadway, nachts mit Kükendraht zu dicken Mieten verschnürt, tagsüber frei aufgestellt, jeder Baum mit eigenem Ständer. Sieht aus wie Luxusware. Das wird für die europäischen Immigranten feilgehalten, die der ersten Generation. Die der zweiten haben die Stechpalmenzweige schon adoptiert. Da bei uns Marie über die Dekoration verfügt, haben wir Stechpalme. Holly. Für wichtig genommen werden noch die Festpostkarten, die der Empfänger auf dem Kamin aufstellen kann zum Zeichen, bei wie vielen Postkunden er beliebt ist und wie viele darunter mit aufwendiger Ausführung von Druck und Grafik von einer wohlhabenden Lebensführung künden können. Wir haben keinen Kamin. Auch die »Bescherung« am 24. abends hat Marie bald auf den amerikanischen Termin verlegt, in ihrer Geringschätzung für europäische Sitten. Dazu braucht man einen Strumpf, der an den Kamin zu hängen ist. Den Strumpf hätten wir zwar. Es ist sodann die Aufgabe eines Individuums namens Saint Nicholas, alias Santa Claus, alias Santa, den Strumpf in der Nacht mit Geschenken aufzufüllen. Sie würden ihn schon erkennen, diesen dispenser of gifts:

He has a broad face and a little round belly,
That shakes when he laughs like a bowlful of jelly.

Für Marie muß das so abgewickelt werden, weil sie es für eine vorgeschriebene Zeremonie hält. In einem mehr technischen Sinne hätte sie wohl Lust, mit ihren jüdischen Freundinnen Chanukah zu feiern. Nun weiß ich nicht, wie das deutsch geschrieben wird. Sie hat sich ausführlich unterrichten lassen, daß dies Fest gefeiert wird vom 25. Tag des Monats Kislev bis zum 2. Adar, und zwar zum Andenken an die neue Weihung des Tempels durch die Makkabäer nach ihrem Sieg über die Syrer unter Antiochus dem Vierten. Dies ist auch dem geneigten Hausfreund gewißlich bekannt. Maries Fest ist am Dienstagmorgen unwiderruflich zu Ende, einen Tag früher als bei Ihnen, aber das ihrer Freundinnen Pamela und Rebecca hat am Dienstagabend erst seinen Anfang, und an jedem seiner acht Tage bekommen die Kinder etwas geschenkt! Vielleicht ist Ihnen weiterhin bekannt, daß Chanukah mit dem Anzünden der Menorah eröffnet wird, des neunarmigen Kerzenhalters. Aber wir mögen mit jüdischen Nachbarn befreundet sein, wir mögen als Ausnahme von den Deutschen der Zwölf Jahre gelten, wir bleiben die Gois für sie, und Marie wird nicht dabei sein dürfen, wenn Mr. Ferwalter seine Menorah ansteckt. Übrigens werfen die Juden den so genannten Christen die weihnachtliche Betriebsamkeit vor, wofür die sich schadlos halten mit der Annahme, Chanukah sei womöglich noch empfindungsseliger.
Womöglich können Sie noch vermerken, welchen Status Christi Geburt in der Geschäftswelt innehat. Zwar hängen in der Bank, in der ich arbeite, an der Wand zwischen den Fahrstühlen ungeheure aus Tannenzweigen gewundene Krän-

ze, mit kostbaren roten Schleifen, diskret und eben nicht billig, woraus den Kunden wie den Gästen das Selbstverständnis des Unternehmens ersichtlich sein soll, nicht nur das finanzielle. Aber wenn morgen nicht ein Sonntag wäre, sondern ein gewöhnlicher, müßte ich zur Arbeit.

Mehr habe ich nicht gesehen. Mehr ist mir nicht erzählt worden.

Heute nachmittag sind wir auf der Fünften Avenue in eine Demonstration gegen die Kriegshandlungen in Viet Nam geraten, nachmittags nicht in Ihrem Verständnis, es war noch nicht eins, aber schon nach zwölf. Sätze von solcher Art sind wohl in allen Ihren Englischklassen zitiert worden als echte Kliefoths. Wußten Sie das? In die Demonstration teilten sich etwa dreihundert Demonstranten und gewiß nicht weniger Polizisten. Wir wollten zu Dunhill am Rockefeller Center, um Ihnen Ihren Morgentabak zu erstehen, und die Polizisten standen arg Wache an der Mall, der Promenade des Rockefeller Center, weil es doch privates Eigentum ist. Die Polizisten waren bemüht, sich gelassen zu geben, und wollten die Demonstranten mit bullhorns, wie heißen die deutsch, auf dem Bürgersteig halten, als läge ihnen nichts am Herzen als die Regelung des Verkehrs, und die Demonstranten hatten ihre Flüstertüten vergessen. Erst als mir einer dreimal ein Wort ins Ohr geblasen hatte, erfaßte ich es. LOVE wollte der, LIEBE. Sie nannten sich Santas Helfer, und waren nicht bürgerlich gekleidet, halb hatten sie sich in der Boutique und halb im Armeeladen eingedeckt. Obendrein trugen sie die Haare lang, und das staatsloyale Publikum, beladen mit den Paketen der letzten Stunde, stark vergrätzt durch die hohen Ausgaben und eben auch schon verschwitzt, dies Publikum brüllte Sachen von Badewanne und Hygiene. Dies war etwas, das Marie empörte. Sie hat es so gelernt, daß jedermann seine Meinung soll öffentlich vortragen dürfen; nun kamen Leute an, die wollten anderen Kleidung und Haartracht vorschreiben.

Der Anführer der Demonstranten war ein junger Mann mit einer großen Wolke blonden Haares auf dem Kopf, der trug eine Fahne der U.S.A. und dazu ein Schild, auf dem in den gleichen Farben das Wort KILL geschrieben stand. Den sah ich zuletzt, als er mit seinen Freunden in das Warenhaus Saks einzubrechen versuchte, Santas freundliche Helfer. Und die Heilsarmee dudelte unerschrocken, und immer noch warteten Kerle in roten Kapuzenmänteln und Kunststoffbärten, sich mit Kindern fotografieren zu lassen. Dann wurden wir endgültig zur Madison Avenue hin abgedrängt. Die Beamten waren nicht offen wütend, nur gereizt von der langdauernden Anstrengung, sich unerregt zu zeigen; sie nannten mich sehr wohl noch Lady; jedoch tadelten sie mich, weil ich mit einem Kind durch ihre Veranstaltung mit Santas Helfern gewandert war, sie schickten mich ziemlich streng »nach Hause«. Nun war Marie zum zweiten Mal empört. Denn sie mag sich noch in manchen Momenten als Kind fühlen; dies war keiner von denen gewesen. In ihrer Wut vergaß sie sich und nannte den Polizisten, zwar leise: a pig. Ein Schwein. Das war mir nicht geläufig gewesen. Dann entschuldigte sie sich für die unbedachte Wortwahl.

Verzeihen Sie, wenn ich Sie um eine Gefälligkeit bitte, nämlich auf dem Kirchhof nachzusehen, ob Creutzens meine drei Gräber abgedeckt haben. Es ist nicht, daß ich die Sitte der Grabpflege verteidigen will. Es ist nur, Erich Creutz mag wohl etwas tun wollen für mein Geld, aber Emmi Creutz hat schon versucht, ihn davon abzuhalten, und ich gönne ihr nicht die Befriedigung, daß sie zwar den alten Cresspahl nicht hat hereinlegen können, dafür seine Tochter um so mehr.

Lieber Herr Kliefoth, ein Neues Jahr, Ihr zweiundachtzigstes, und ein otium cum dignitate wünscht Ihnen Ihre sehr ergebene G. C.

24. Dezember, 1967 Sonntag

Gleich unter der Datumszeile auf der ersten Seite bringt die New York Times zwei Bilder, wie benachbart, wie verwandt: wie Präsident Johnson gestern amerikanischen Soldaten im Stützpunkt Camranh-Bucht in Süd-Viet Nam Orden anpinnt: links. Wie Präsident Johnson gestern an der Redegebärde des Papstes vorbeiblickt, das Gesicht in joviale Lächelfalten gehängt: rechts.

Weil Weihnachten ist?

Als Zitat des Tages bringt sie seinen Ausspruch: »Wir sind jederzeit bereit, das Wort und das Votum mit dem Messer und der Granate zu vertauschen, um Viet Nam einen ehrenhaften Frieden zu bringen«.
Weil Weihnachten ist?
Zu Weihnachten 1936 war meine Mutter noch nicht tot. Noch Weihnachten 1937 war Lisbeth Cresspahl am Leben.
Uns' Lisbeth. »Fröln Papenbrock«, das hatten die Jerichower ihr ins Gesicht gesagt wie später »Fru Cresspahl«, untereinander jedoch sprachen sie von »Lisbeth«, mochten die doch in Lübeck das anders halten mit dem Respekt für den Namen. Respekt för't Hus, das war so eine rostocksche Geschichte, nichts für Jerichow. Da war uns' Lisbeth bekannt, seit der alte Papenbrock (»Albert«) 1922 Sommerferien mit Familie in Jerichow verbracht hatte. Nicht in den herrschaftlichen Hotels am Strand von Rande, im Lübecker Hof in Jerichow, selten mit Badeausflügen, öfter mit ferienähnlichen Kutschfahrten auf die Rittergüter des Winkels, eher feldmesserhaften Gängen durch die Stadt und geradezu beiläufigem Vorsprechen in dem gediegenen Bau am Markt, den die von Lassewitz als Stadthaus unterhielten, nachdem sie Ländereien nicht eben übrig hatten. Papenbrock galt da für Einen, der um Jerichow Ersatz suchte für die Gutspacht, die er in Vietsen an der Müritz aufgegeben hatte, und auch sein Aufenthalt mit Frau und Sohn und zwei Töchtern würde jene zweite Zeile nicht in die mecklenburgischen Reiseführer bringen, deren Lehrer Stoffregen die Petrikirche und Pächter Lindemann seine Ausspannung für wert hielt. Deswegen konnte man die sonderbaren Gäste doch ansehen, mochte so ein Papenbrock sich auch geben als zu gut für den Blick der Katze. Offizier gewesen. Na, Hauptmann. Ståtsch. Manchmal fiel ihm der Bauch aus der in Schwerin geschneiderten Frontkurve; dafür waren es ja Ferien. Das war bekannt, wie der die Augen auf Engsicht stellte und im Mundwinkel die Zähne versetzte, das taten jetzt viele, mochte der auch mehr Mark zum Dollar hinlaufen sehen. Albert. Seine Louise saß stattlich wie er in der Kutsche, aber es war etwas Ängstliches, Jammerndes in dem Ton, mit dem sie die beiden Mädchen ihr gegenüber unter einer Fuchtel zu halten versuchte, die ihr

nicht verliehen war. Der Sœhner, Horst, war meist mucksch, weil er auf dem Bock neben dem Kutscher zu sitzen hatte, so widerwillig artig; das wurde wohl kein Papenbrock wie der alte. Hilde, die älteste von den Mädchen, war ein wenig von oben herab, wenn sie bei Tisch etwas nachforderte oder Einheimischen eine Antwort nicht verweigern durfte; die hielt den Namen Papenbrock offensichtlich für großartig. Lisbeth ging und saß zwischen denen gelassen herum, maulte nicht über die kräftigen Familienmärsche, nickte jerichower Kindern zu und war überdies ihres Vaters liebstes Kind und brauchte ihm doch nicht um den Bart zu gehen. Vielleicht, weil sie von allen dreien am besten reiten konnte, ausdauernd und ohne Angst über die Koppelzäune. Zu der Zeit war sie ja noch nicht einmal großjährig gewesen, sechzehn Jahre. Wardt wi woll Lisbeth seggn, und damals auch noch ins Gesicht.
Das war nun alles auf Vorrat gemerkt, und doch kam die Familie Papenbrock im Sommer 1923 nicht wieder. Es ging jemand weg aus Jerichow. Im Frühjahr packten die Lassewitzens zusammen, wie gewöhnlich zur Zeit ihrer Reise nach Kann Es oder wie immer die Franzosen das aussprechen, und wenn diesmal sogar die ansehnlicheren Möbel in Schwerin auf Lager genommen wurden, so wollten sie am Ende das Haus gerichtet haben. Das Haus hatte Pflege nötig. Der Seewind hatte von den Stuckgirlanden über der Doppelreihe Frontfenster reichlich Blumenwerk abgefressen, im Dachboden sollten die Katzen mit den Mäusen nicht mehr zurechtkommen, und von den Parketts hieß es, das sei ein Gehen wie auf der gefrorenen Ostsee. Es wurden Instandsetzungen ausgeschrieben, Umbauten sogar, wenn auch nicht von der Familie, sondern von Dr. Avenarius Kollmorgen, der vordem deren Anwalt nicht gewesen war. Es täuschte, daß Dr. Kollmorgen (»Avenarius«) ein wenig klein gewachsen war, fragen ließ der sich nicht, der schob die Lippen vor und schwenkte Rätselblicke hin und her und verschenkte solche Sprüche wie den von der Zeit, die eher komme als der Rat. Der machte wohl die Inflation mit. Deswegen ließ er sich doch bitten und zahlte voraus nicht mit der galoppsüchtigen Mark sondern mit Anweisungen auf Öl, auf finnisches Holz, auf Dünger, abzuholen in den Häfen von Wismar oder Lübeck. Hier war einer,

der wollte die Arbeit rasch getan haben, und nicht schludrig. Avenarius hatte über Jerichows Handwerk nicht zu klagen, außer über Tischler Zoll, in einem Fall. Im Dezember 1923 kamen die lassewitzschen Möbel aus Schwerin zurück, aber nicht ein Lager schickte die, sondern ein Restaurator. Zwei Tage später, der Palast der Lassewitz stand da wie ein verwunschenes Prachthotel so leer, kamen die Bewohner, die Familie Papenbrock im Auto, die Dienerschaft auf der Eisenbahn und der Haushalt in einem Möbelwagen aus Waren an der Müritz. Licht in allen Fenstern bis in die späte Nacht. Das fing ja gut an. Albert hatte ja wohl aus der angehaltenen Inflation ganze Schwärme von Rentenmark in seine Tasche gezogen. Aber was er nicht mit Rentenmark bezahlt hatte, waren die Grundstücke, deren Eintragungen im Grundbuchamt nun öfter zu sehen begehrt wurden durch Bürger von Jerichow auf Grund ihrer Bürgerrechte: das war nicht nur das Lassewitzsche Haus. Das waren noch zwanzig Meter mehr von der südlichen Bahnhofstraße, der anschließende Garten und Haus mit Geschäft von E.P.F. Prange, dem die Düngemittelhandlung eingegangen war. Das waren auf der anderen Seite des Hauses, an der Stadtstraße, die Schwenn'sche Bäkkerei mit dem ganzen Hintergrundstück, und eine Scheune, die ganz vergessen war, und die Scheune hatte dieser Papenbrock sich umbauen lassen zu Stall und Speicher. Insgesamt war es mehr als das Doppelte vom Erwarteten. Aber es fing gar nicht großartig an. Papenbrock hatte sogar das Wappen derer von Lassewitz im Giebel belassen, aus Bescheidenheit: sagten die einen; die anderen: da gebe es noch so ein anderes Wort. Aber wer die für herrschaftlich gehaltene Louise Papenbrock kennen lernen wollte, der konnte das zu allen geltenden Ladenöffnungszeiten in der Schwenn'schen Bäckerei haben; die mochte ihr gehören, sie stand da doch hinter dem Ladentisch und schnitt die Dreipfundbrote vor der Brust so säuberlich in Hälften, das wurde beim Wiegen nicht anders. Die konnte ja arbeiten! Und der Sœhner, der Bengel, der Horst wurde von seinem Vater auf dem Speicherhof gescheucht und hatte die Pferde zu besorgen, als solle er Kutscher werden. Die Düngemittel konnte der Adel nach wie vor im Geschäft von E.P.F. Prange erwerben, obwohl doch Prange bei seinen

Söhnen im Lauenburgischen untergekrochen war; erst nach und nach sprach sich herum, daß unter dem Prangeschen Namen auf den Rechnungen nun noch der eines Besitzers eingedruckt war. Um 1928 reichte das schon für die Hochzeit der ältesten Tochter, zu der auch schon die von Maltzahns angefahren kamen; obwohl Hildes Mann nicht von Adel war und nicht ein Doktor der Rechte, die er noch studierte, jener Alexander Paepcke. 1928 war es weiterhin kein Geheimnis mehr, daß die Deutsche Reichsbahn die Wagen für Weizen und Zuckerrüben nicht mehr auf Anforderungen von Händlern aus Lübeck oder Bremen zum jerichower Bahnhof rollte, sondern auf Rechnung von Albert Papenbrock, Hauptmann a. D. oder am Ende doch Major a. D., wie sollte ein Verstand es sonst fassen? Das mußte schon vor 1928 gewesen sein! denn 1926 hatte die Bahn doch schon ein Gleis zu Papenbrocks Speicher gelegt, damit er seine Einkäufe nicht immer gleich sondern mit Überlegung verhandeln konnte. Offenbar hatte Albert einmal mit Lagerhaltung besseres Geld gemacht als ihm anzusehen war. Und nichts von herrschaftlichem Wesen! Das Personenauto hatte er an Knoop in Gneez abgestoßen, er fuhr die Familie im Lieferwagen der Bäckerei spazieren, außerdem nicht zu oft. Das konnte man unbedenklich weitersagen, daß Papenbrock sich auf das freundlichste anstellte, wenn Einer Geld von ihm leihen wollte. Es war ja nicht Papenbrock selbst, der zum Termin ankam, wenn die Zinsen zum dritten Mal nicht da waren, es kam die Landesbank. Für das Verhalten der Bank konnte Papenbrock nichts. Und seit menschlichem Gedenken einem Schnaps nicht abgeneigt, im Kontor nicht und nicht im Försterkrug, wo die Bänke weder bezogen noch abgewischt waren. Eins, ja.
Für die Mädchen war ihm Jerichow nicht gut genug, nicht einmal Gneez. Hilde hatte er auf eine Töchterschule nach Lübeck gegeben. Lisbeth hatte Wissenschaften und obendrein den Haushalt in Rostock lernen müssen. Lisbeth kam erst im Juni 1928 wieder für dauernd nach Hause, noch keine 22 Jahre alt, und besorgte Hildes Hochzeit und die Einladungen, zu denen das Haus Papenbrock nun mehr Lust hatte als früher. Und war nicht die Lisbeth, die in Jerichow bekannt war.

Rik Lüd ehr Döchter un armen Lüd ehr Kalwer kamen ball an den Mann, und Lisbeth sollte nach Lübeck heiraten, und wollte warten. Papenbrock ließ sie warten. Wie wird Papenbrock seiner Lieblingstochter etwas zum Unguten tun?
Und gibt sie einem Tischler aus Malchow am See und läßt sie mitgehen nach Richmond in England, 1931, damit sie rauskommt aus den schlechten Zeiten. Holt sie zurück, damit sie ihre Gesine in Jerichow auf die Welt bringt, und hält den Mann fest mit einer Tischlerei im Lande, 1933, als er den Zeitläuften traute. Und sieht drei Jahre lang zu, wie seine Tochter in einer Stadt mit ihm lebt wie krank, und kann das aushalten?
Die sieht nicht aus wie 30; wer das nicht weiß, gibt fünf Jahre zu.
Fromm ist sie immer gewesen; aber wenn jetzt die Kinder aus ihrer Christenlehre zurückkommen, die bringen ein Gewissen mit, das kann Einer gar nicht brauchen am täglichen Tag.
Papenbrock redet mit dem Mann, aber er redet im guten mit Cresspahl, nicht als ob er ihn für schuld hält. Der hält den lieber als die eigenen Söhne.
Ihr ist immer alles so anzusehen gewesen. Heut magst sie gar nicht ansehen.
Verkniffen. Vertückscht. Nein, vertückscht nicht; als ob sie eingesperrt wäre. Und war ein Mädchen, wenn die vor dem Spiegel gebetet hat, wußte sie warum. Ihre großen Augen jetzt, daran erkennst sie noch. Am Blick nicht; sieht dich an, als wärst nicht da, als träumte sie was Ängstliches.
Und Papenbrock steht mit ihr vor der Kirche nach dem Weihnachtsgottesdienst und will ihr was sagen und kann nicht und sackt so zusammen in einem Seufzen und geht krumm ab, als wüßte er nun nicht mehr.
Wie kann Papenbrock einmal nicht mehr weiter wissen?
Kann das sein, daß Papenbrock ein Mal uns' Lisbeth zu etwas Falschem gebracht hat?

Weihnachten. Immer noch ein Tag zum Feiern, und nicht einmal die New York Times verläßt sich auf mehr Aufmerksamkeit als für bloße 44 Seiten.
Am ersten Weihnachtenfeiertag 1936 wurde Lisbeth Cresspahl aus dem Haus geholt und ins Kreiskrankenhaus abgefahren. Für Cresspahl ging es so unverhofft, es kam ihm erst mittags planmäßig vor.
Er hatte sie am frühen Morgen zum letzten Mal gesehen, schlafend neben ihren lang ausgestreckten Armen, flach atmend, mit streng zusammengezogenen Brauen, als müsse sie die wohltätige Betäubung durch Traum und Schlaf doch schon verteidigen. Sie war sich ähnlich wie oft, wenn sie nicht wach war. Er hielt sie immer noch für die, die er vor fünf Jahren geheiratet hatte, für ihn jung, für sich wie für ihn gern am Leben. Sogar stellte er ihre Worte von damals über was sie ihm nun verschwieg. Er hatte an vielen Morgen annehmen mögen, daß sie ihn mit den geschlossenen Augen täuschte; inzwischen mochte er sie nicht mehr fragen.
Mein Vater war in der Küche, heizte den Herd an für das Kind, das in seinen vielen Kissen und Decken auf dem hochbeinigen Stuhl aus Vietsen thronte und ihm zusah, vorfreudig, gutmütig, arglos. Das Kind hatte schon oft Frühstücke mit ihm gehabt. Die Küche hatte die Wärme des vorigen Abends gehalten, das große Fenster zum Süden stand ganz glatt vor dem morgenschwarzen Himmel. Das Licht der Zuglampe hing ganz dicht über dem Tisch und machte die Holländerkacheln widerscheinen. Als Dr. Berling ins Haus kam, war es kaum hell.
Dr. Berling mag es nicht aufgegangen sein, daß Cresspahl von dem Telefonanruf seiner Frau nichts wußte. Kam durch die vordere Tür, meldete sich mit Fußstampfen auf der Treppe an, war in der Küche, ging mit ärgerlichem Gruß vorbei an dem Vater, der seinem Kind süße warme Milch einlöffelte, offenbar unerschrocken, zog die Tür zum Schlafzimmer hinter sich zu, zog sie noch einmal zu, als Cresspahl hinterher wollte. Kam zurück, mit einem Mal tröstlich, behutsam, bewegte sich rasch mit all seiner Massigkeit, hielt Cresspahl auf Trab mit Anweisung nach Anweisung: Decken vorbereiten; Wärm-

flaschen vorbereiten; eine Garnitur Wäsche einpacken; das Kreiskrankenhaus in Gneez vorwarnen aber ja keine Ambulanz bestellen; etwas Undurchlässiges besorgen wegen der Blutung; man tau; man tau. Das Kind fing erst an zu brüllen, als es in der Küche allein zurückgeblieben war und Cresspahl seine Frau über den verschneiten Hof zu Berlings Wagen trug, ein ungelenkes, schlappes Paket. Der Kopf hing ihr nach hinten, daß es schmerzhaft aussah, und er brachte es nicht fertig, sie mit weiter ausgewinkeltem Ellenbogen abzustützen. Mit so verrutschten Pupillen konnte sie nichts mehr sehen, geschweige denn ihn.

Der Berling, der an diesem Morgen Cresspahl verabschiedete, war nicht mehr der von 1933, der die Leute auf die Schulter schlug, »zur Vorbeugung«, der mit den ausgelassenen Redereien, der die Kranken angesteckt hatte mit Gesundheit, Klagenden fast beleidigt über den Mund gefahren war. Der von heute sah so sorgfältig hin wie früher, aber nicht so gewalttätig aufmunternd, hörte geduldiger zu, nickte sogar, hielt sein dickfleischiges Gesicht still, blickte trübe bei Gelegenheiten. Der trank nicht mehr, wo ihn einer abhören konnte; der saß die Nächte zu Hause. In den Backen waren ihm so viele Äderchen gesprungen, »blagen Düvel« hieß er manchmal. Ein schwerer Mann, zwei Meter, zwei Zentner, kräftig wie ein Fleischer, der in den Jahren traurig geworden war, die seine besten hatten sein sollen. Und von Berling erfuhr Jerichow nicht, daß die junge Frau Cresspahl eben ein Kind verlor; von ihm war nur zu erfahren, was er Cresspahl in einem letzten Nicken vor dem Anfahren vorschlug und verordnete: Se hett wat ætn; was gegessen hat sie. Was ein Mensch nicht verträgt.

Cresspahl hat es lange für einen Fall von Unglück gehalten; ihm war es obendrein recht, daß das Unglück nicht in eine ungünstigere Zeit gekommen war. Es war die stille Zeit, die zwischen den Festen. Die Arbeiter waren nach Hause abgefahren; er hatte niemand zu versorgen als das Kind. Und Lisbeths letzte Kraft für den Anruf bei Berling konnte doch die letztübrige gewesen sein, nicht die absichtlich aufgehobene. Wenn er nicht wollte, mußte er nicht einmal den Papenbrocks gleich etwas sagen, nicht den Paepckes gegenüber. Die schliefen noch, Jerichow schlief noch. Später verstand er nicht alles, was Berling ihm von Lisbeths fiebrigen Reden erklären wollte; da lief die Arbeit in der Werkstatt von neuem; da hielt Lisbeth längst wieder den Haushalt in Gang, müde, unnachgiebig und, richtig, bleich im Gesicht wie nach Vergiftung durch Unbekömmliches.

Dr. Berling sagte:

Meine Mutter hatte gehofft, mit dem zweiten Kind auch das eigene Leben zu verlieren, um zu entkommen aus der Schuld.

Sie wußte, auf dieser Fahrt durch den Schnee und während der Operation, viele Arten von Schuld, und manche gehörten ihr gar nicht, und gehörten doch zu den ihren.

Ihre Schuld war, daß sie 1931 meinem Vater nach England mitging; im heimlichen Wissen, daß sie mit ihm wohl leben wollte, jedoch nicht in der Fremde. Meines Vaters Schuld war freilich, daß er ihr getraut hatte. So viel Vertrauen könne ein Mensch nicht tragen.

Sie hatte vor dieser Schuld fliehen wollen und ging zur Geburt des Kindes zurück nach Mecklenburg. Vor einer Schuld aber dürfe ein Christ nicht fliehen, und es war Cresspahls Schuld, daß er dies zugelassen habe.

Ihre Schuld hatte dann viel Verwandtschaft bekommen. Sie war nicht nur zurückgegangen zu der vielfältigen Schuld ihres Vaters, der verarmten Leuten Darlehen gab und als Rückzahlung ihre Häuser forderte, so daß sie nun bei ihm angestellt waren. (Damit könnte sie Tischlermeister Zoll meinen, den Papenbrock »ausgekauft« hatte; wen aber noch?) Sie hatte dann bleiben wollen in einem Land, dessen neue Regierung die Kirche bedrängte, bei einer Familie, der man weiterhin Verdienst an der neuen Herrschaft nachsagen konnte und dem eigenen Bruder einen Totschlag an Voss in Rande. Cresspahls Schuld war wiederum, daß er solche Vergrößerung ihrer Schuld nicht aufgehalten hatte. Er hatte ihr mit der Übersiedlung nachgegeben; es soll aber der Mann entscheiden. Wie die Bibel sagt. Er hatte entschieden, zu Unrecht, wie sie wollte.

Cresspahls Schuld war, daß ihm die ihre noch nicht genug war. Er wollte eine Teilhabe daran in die Welt setzen nicht nur für dies eine Kind Gesine, sondern für noch drei. Wie sie

ihm versprochen hatte. Aber sagt nicht das Neue Testament, daß man einem schwachen Schuldner nachlassen soll? Cresspahls Schuld war nunmehr, daß er ihr das Versprechen nicht erließ; gewiß die ihre, daß sie ihr Bedürfnis danach nicht ausdrücken konnte. Aber er machte ihr die Schuld fühlbar, indem er die Abende verbrachte bei Schreibarbeit und Zeichnerei bei Richtenberger Kümmel, bis er das Versprechen vergessen konnte.
Ihre Schuld war, daß sie nicht mit ihm lebte, wie sie vor der Kirche auf sich genommen hatte, mit der Hand auf der Bibel. Aber sagte die Bibel nicht auch: die Männer sollen »kreuzigen ihr Fleisch samt den Lüsten und Begierden«? Galater 5, 24. Cresspahls Schuld war, daß er ihr das nicht würde abnehmen wollen; und ihre blieb, daß sie an den Worten der Heiligen Schrift zweifelte.
Um so viel Schuld nicht zu behalten, und nicht zu vermehren, hatte sie eine der größten begehen wollen: zwar ein ungeborenes Kind vor Schuld bewahren, aber das eigene Leben weggeben. Zwar lasse Gott mit sich nicht handeln. Eine Art Bezahlung hätte es dennoch dargestellt. Auch für die Schuld von Cresspahl.
Die im Grunde die ihre blieb; denn sie hatte sich nicht retten lassen wollen. Sie war ihrem Mann nicht gehorsam gewesen. Wenn er noch Anfang 1935 von dem neuen Krieg der Deutschen hatte weggehen wollen; warum hatte sie es nicht als einen Befehl genommen.
Aus Schwäche, demgemäß aus Schuld.
Schuld sei nicht für die Ohren eines Arztes, auch wenn nach ihm kein Mensch mehr komme. Und sie wolle dafür entschuldigt sein. Denn wenn ihre neueste, die größte Schuld vor die Ohren der Kirche komme, müsse sie des letzten Segens verlustig gehen. So aber, an der verheimlichten Schuld gestorben, sei sie eines christlichen Begräbnisses sicher.
Da bleibe nur die Schuld der Täuschung noch, aber nicht eine von Arglist. Eine von den kleinen, den verzeihlichen, wie sie ein Kind hat. Und nur so werde Cresspahl von seiner Schuld nicht erfahren und bis zu seinem Tode, mindestens, leben können ohne die Schuld.
Und Dr. Berling sagte:

Sie weiß da nu nichs mehr von. Was Ein' im Fieber redet. Kein ein weiß von gar nichs.
Und er sagte:
Immer diese Rührseligkeit zu Weihnachten. Kerzen; Singerei! Is an viel schuld, alter Schwede. Legen Sie das Geld man da auf den Tisch.
Er sagte:
Sie wird wieder werden. Wenn Sie zwei Jahre warten, Cresspahl, alter Schwede. Nach zwei Jahren hält sie es nich aus ohne das zweite Kind.
Und:
Godet Niejår, Cresspahl!

26. Dezember, 1967 Dienstag

Weihnachten ist vorbei, und die New York Times hält schon wieder 68 Seiten für nötig, uns Kaufmöglichkeiten sowie auch die Welt darzustellen: Die Luftwaffe bombardiert von neuem im Norden Viet Nams. Feuer auf einem norwegischen Frachter im Hafen. Der Freistaat Bayern versteht sich als Brückenkopf gegenüber Osteuropa. Peking schweigt sich aus über seine Atomexplosion. Bürgermeister Lindsay bereut Fehler, gelobt Besserung und verfügt in seinem Hausbüro übrigens über eine versteckte Fernsehkamera, mit der er sich auf sechs new yorker Kanäle bringen kann. Nun wissen wir es; wer weiß wozu.
Einmal wird Marie über mich auch sagen: Meine Mutter war eine Leserin der New York Times; nicht als Indiskretion, als Kennzeichnung doch. So wird sie mich vergleichen mit Cresspahl in London, der aus dem Daily Herald die Labour Party hören wollte, mit Lisbeth Cresspahl, die nicht versehentlich den Manchester Guardian aus der Stadt mitbrachte, die in Mecklenburg ganz zufrieden war, daß es da nur noch den Lübecker Generalanzeiger zu abonnieren gab und nicht den Volksboten, sozialdemokratisch, verboten, ausgeräubert.
Marie, es war nicht so. Als wir im April 1961 nach New York kamen, sie hatten für uns noch an Zeitungen die News, den Journal-American, das World-Telegram & Sun, die Post, die Herald Tribune, das Wall Street Journal, die Long Island

Press, und die Times. Ich habe die Times gekauft wegen ihrer britischen Abstammung, und wußte noch nicht einmal, daß sie zu der Minorität gehörte, die gegen Richard Nixon John Kennedy als Präsidenten gewünscht hatte. In der Bank hatte man mir zu der Times geraten: wegen der Mietangebote an jedem Tag, nicht nur wochenends. Mit der New York Times haben wir unsere Wohnung gefunden in New York, fünf Fenster auf Flußfarben, auf den Riverside Park, auf unverstellten Himmel. Gewöhnung an die New York Times habe ich erst gemerkt, als sie an der Lexington Avenue ausgegangen war und ein höfliches Kind, noch nicht vier Jahre, mich mit einem Kopfwenden an der Siebenten hinwies auf was ich suchte: einen Stand mit Zeitungen, wenn auch ohne die Times; und die News mochte ich nicht kaufen. Du begriffst einmal mehr, daß Erwachsene wunderlich sind, und konntest doch von meiner Hand nicht lassen in einer Gegend, in der die Sprache, die Autofarben, die Hausblockhöhen dir fremd waren, von der Mutter einmal zu schweigen.

Erklär was du willst, wenn du über die Dreißig bist: meine Mutter ist hereingefallen auf die konservative Aufmachung, indem sie sich einbildete, nicht hereingefallen zu sein auf zollhohe Meldung von Nichts, peinliche Fotos von Niemandem. Sag meinetwegen: meine Mutter wollte da das Amerikanisch von Besitz und Bildung lernen, lieber als wie die Arbeiter sprechen und Räuber und Gendarm. Es mag stimmen, aber wenn ich solche Sprache benötigte für Hochstapelei, dann gleicher Maßen für das Bestehen gegenüber Vorgesetzten, die von Hochschulen kamen. Hab deinen Spaß daran, daß ich von der Times New York lernte: nicht nur, wer gerade Senator war, sondern wie er seine Stimmen sich verschafft hatte; nicht nur den Namen des Bürgermeisters, sondern auch, wo seine Befugnisse aufhören; was eine Verfehlung ist, was ein Vergehen und was eine Übertretung des Gesetzes, und was der Buchstabe des Gesetzes dir erlaubt gegen die Polizei. Behaupte, daß ich schon mit achtundzwanzig Jahren einem Alter erst einmal Vorgaben ließ, und ich mag so gewesen sein: die Nummer 4230 bei der Ermordung Lincolns kommt mir achtenswert vor wegen Tradition, wie die von heute: Nummer 40,148 des Bandes CXVII; aber sag mir

nicht nach: ohne Ansehen der Tradition. Nicht: um für eine verlorene Autorität eine neu zu berufen. Denn dann müßt ich sie halten als einen Vater; ich halt sie für eine Tante.
Da mag Bewunderung sein. Der nur in wenigen, oft unumgänglichen Stellen blinde Spiegel der täglichen Ereignisse. Die Vollständigkeit vieler Meldungen. Die Erstleistungen, die Erfolge: beim Erdbeben in San Francisco 1906, beim Untergang der Titanic 1912, die zehn Seiten von insgesamt nur 38 über den Abwurf der Atombombe auf Hiroshima schon am 7. August 1945; da mag ich dem Eigenlob der Times gehorsamer sein als nötig. Vielleicht rechne ich ihr Verdienste an, die nur mir welche sind: die Kandidatur von Barry Goldwater galt ihr als eine »Katastrophe«, ausgesprochen; drei oder vier Tage lang brachte sie die Ermordung John Kennedys in Schlagzeilen über alle ihre acht Spalten unter die Leute. Aber ich bin auch mit dir im Foyer des Times Gebäudes gewesen und kenne das Motto, das über der Büste des Nachgründers Adolph Ochs angebracht ist, und wenn es auch ein Wort ist in unserem Haushalt, ein ehrenwert gebrauchtes ist es kaum.

»TO GIVE THE NEWS IMPARTIALLY,
WITHOUT FEAR OR FAVOR,
REGARDLESS OF ANY PARTY,
SECT OR INTEREST INVOLVED«

Das sind die Fahnen, die die Stadt New York auf halbmast setzte, als dieser treueste Neffe der Times 1935 zu Grabe getragen wurde, das ist ihr Selbstverständnis als einer »ehrenvollen menschlichen Einrichtung«. Während der Arbeitszeit unterhält die Tante dennoch ein Unternehmen, das mit der Beschaffung von Nachrichten und deren Verbreitung mittels Verkauf befaßt ist; die Streiks von 1962 und 1965 hätten es mir spätestens nahegelegt. Ein Prozent von den Aktien der New York Times, und wir säßen gefangen im Social Register von New York, Marie!
Tantenhaft fiel mir auf (sobald ich sie lesen konnte), daß sie nicht imstande war, Gutes zu tun, außer sie redete darüber. Wenn sie, niemals zu parteipolitischer Unterstützung bereit, einen Politiker unterstützte, so ausdrücklich, weil die Vorhaben seiner Partei von der Times aus korrekt waren, nicht

etwa von Kennedy aus. Das Gewissen der wünschbaren U.S.A., sie hatte es in Verwahrung, und wie ließ sie sich von Kennedy kränken so kurz nach der Wahl zum Senator, und wie fürchterlich schlug sie zurück mit der Verdächtigung, er habe sein eigenes Buch nicht geschrieben! Wenn sie die Bewerbung eines Bürgers um eine Abgeordnetenkandidatur Schritt für Schritt beschreiben ließ, und nämlich durch einen Freund des Bewerbers, so war das eben nicht Schützenhilfe, sondern die Unterrichtung der Öffentlichkeit über politische Prozesse als Wissenschaft; so wie ihr ein Mord in den News schlicht als Leserhasche gilt, so sind ihr die eigenen Stück für Stück Soziologie. Tantenhaft überhaupt die unablässige Belehrsucht; es ist nicht zu zählen, wie oft und wieder sie den Fahrpreis der South Ferry mit erstaunlichen 5 Cents angibt, was den Einwohnern der Stadt als Einwohnern und den Fremden aus Reiseführern als Weltwunder vertraut ist. Schließlich merkte sogar ich die achtlosen Wiederholungen, mißtraute den altväterischen Wendungen, schlug in Gedanken genauere Ausdrücke vor, die noch lange nicht vulgär waren. (Hätte ich vom Amerikanisch der News nicht auch gelernt, ich wäre am Broadway kaum zurechtgekommen.) Es waren Erscheinungen des Alters, und doch nicht lachhaft, nicht verächtlich. Eher rührend nahm sich aus, wie sie über den Tod der Herald Tribune erschrak, wie ihr die Verschlingung von gleich drei Zeitungen durch eine Konkurrentin auf den Magen schlug, wie sie sich herauszuwinden versuchte aus ihrem Dilemma, daß sie ihre Leser in einem zu erziehen und zu interessieren suchte! Wie tapfer sie sich zur geschichtlichen Erklärung eines Vorfalls nun noch seinen gegenwärtigen Funktionszusammenhang abzwang, und mit angehobenem Kinn so tat, als wär nichts!

Wir zeigen den Lesern, wie die Katze springt. Die Öffentlichkeit kümmert sich dann um die Katze.

Wer macht das in ihrem Alter, so eine Kur zur Verjüngung, und schickt ihre Leute nicht mehr nur vor die Mauselöcher der Polizei, Behörden, Botschaft, Nachrichtendienst, Entbindungsheim und Krematorium, nachdem es so würdig und bequem gewesen war, das Erlegte sich vorlegen zu lassen, es gewissenhaft zu betrachten und sodann im Bewußtsein der Verantwortung zu beschreiben! Nein, sie nimmt Platz, schlägt die Beine übereinander, läßt sich den Tee servieren mit Rum, kaut auf ihrem in aller Welt geachteten Zigarillo, und denkt nach. Schon hat sie es. Sie hat bisher, nehmt alles nur in allem, aus den kleinen wie den großen Städten der Welt, auf das Tüpfelchen exakt berichtet: was da passierte, wer beteiligt war, bei welchem Wetter, auch wie es weiterging. Da war doch noch was, da war doch noch was –? Richtig, um was das Gespräch in diesen Städten geht, und sie bietet an ab sofort, fest zur Abnahme: Das Thema Nummer Eins in Hannover, oder: in Moskau, damit die täglich dorthin versandten 40 Luftpostabonnements doch einen ganz unerwarteten Sinn bekommen. Weiterhin, von nun an auf Lager: Der Mann des Tages, Biographie, Hauptbeschäftigung, Nebenbeschäftigung, Ziele, Gegner. Und als sei das nicht genug, sie geht hin und auf die Suche nach Dingen, von denen sie bei ihren Lesern nicht befriedigende Kenntnisse voraussetzt, in der eigenen Stadt! und hält Vortrag, in knappem Ton, immer wieder charmant: über die Lebensgewohnheiten verschiedener Gruppen von Minderbemittelten, Obere Westseite, Untere Ostseite; über die Mixtur aus Strukturproblemen und Grundstücksproblemen in White Plains, Fremder, kommst du nach White Plains . . .; über die emotionalen Verflechtungen der Andersfarbigen in den Ghettos nicht nur von Harlem, auch von Williamsburg und Bedford-Stuyvesant, ist doch auch mal interessant; und streng richtet sie sich auf und verleiht den Nachrichten, die nicht Nachrichten sind, den Rang von Nachrichten! Es ist ja nicht so sehr, daß sie die Fakten zu belegen sehr wohl willens und in der Lage ist; es geht darum, daß sie sie gefunden hat, die alte Tante Times. Da denkt man immer, die Jungen würden endlich nicht länger ihren Pflichten und Aufgaben sich entziehen, aber nein, alles muß man selber machen! Zwar hatte sie an ihre Reputation zu denken und tat dergleichen nicht gerade auf die Titelseite, sondern vorn auf das zweite Blatt; mochte da eine Entschuldigung angedeutet sein, die sittliche Vorbildlichkeit war doch unstreitig. Und wieder tat sie Gutes und wies mit dem allerzartesten Timbre

darauf hin, daß ja sonst Keiner dazu sich überwinde: von der Polizei erfuhren wir mit einem Mal nicht bloß die Entlassungen, Festnahmen, Korruptionen und Beförderungen, sondern wie die Polizei sich im Grunde des Herzens selber erfühlt, wem sie in welchen Fällen nun aber mal zuverlässig gehorchen muß, was die von ihr vorgeführten Angeklagten eigentlich so für Rechte haben und daß mindestens 800 000 Leser der Times gefälligst solche Politiker zu wählen hätten, die der Polizei zivile Kontrollausschüsse überzuordnen wahrhaftig im Sinne haben, auf Ehre.
Das ging daneben, und vielleicht weil die anderen sieben Millionen Einwohner der Stadt in einer Sprache denken, die sich die New York Times verbietet, weil sie mit Sachen leben, die eine Dame von Welt nicht einmal als Worte in den Anzeigen ihrer Kunden zuläßt: Nuditäten, homosexuell, Fleischeslust, nackend, nichts an, Minihöschen, pervers ...: siehst du nicht ein, daß sie anders ihre Rolle als Tante nicht durchstünde, Marie?
Sie erspart mir den astrologischen Quatsch, Marie. Sie ist ja nicht an allen Stellen verheddert in der Aufklärung, die man ihr 1896 in einem genfer Pensionat verabreicht hat.
Keine Comic Strips für dich, zu meinem Bedauern. Willst du von ihr verlangen, daß sie lebt wie ein gewöhnlicher Bürger der U.S.A., der Eltern hat statt Ahnen und in seinem Haushalt Dinge duldet, mit Vergnügen benutzt, Dinge, die ...
Die altmodische, ja, die unersetzliche Fairness, auf Karikaturen zu verzichten, weil eine Karikatur nur sagen kann: Einerseits. Aber nicht: Andererseits.
Marie, deine Mutter war jemand, der las die Times von New York.
Mit Respekt. Ohne Respekt. Denk dir die Synthese aus. (Ich mach dir einen Vorschlag: Wehrlos.)
Das überlaß ich euch, dann mir nachzuweisen, daß ich zwangsläufig, auf dem Weg über den Lübecker Generalanzeiger, den Völkischen Beobachter, der Sowjetunion Tägliche Rundschau und Junge Welt und Neues Deutschland, über die Frankfurter Allgemeine und die Rheinische Post, dazu erzogen wurde, am Tag eine Stunde lang mich zu unterhalten mit einer alten Tante.

Denn wenn der Freistaat Bayern sich vorkommt als ein Brückenkopf gegenüber Osteuropa, so steckt sie es mir. Sie erinnert mich daran, daß die Post vom 7. Januar an höheres Porto von uns verlangen wird. Und ob ich es glauben will oder nicht, sie erzählt mir trotzdem weiter, was sie einen Soldaten der U.S.A. in Viet Nam hat sagen hören: »Weihnachten und Krieg sind ein Widerspruch in sich«. Schließlich verschweigt sie mir nicht einmal, daß die Familie des Präsidenten Johnson gestern »einen wundervollen, wundervollen Tag« verbracht hat.
Und wenn ich fertig bin mit ihr, geh ich hin, und wasch mir die Hände.

27. Dezember, 1967 Mittwoch kinderglut

Es ist der Mittwoch zwischen Weihnachten und Neujahr, also kinderglut. Marie hat dies Wort noch nicht geschrieben gesehen, nur gehört und gesprochen, sie ahnt da nichts von Verwandtschaft mit dem Deutschen. Jedoch kennt sie die Rechte eines Kindes in New York an diesem Tag: das Recht auf Schulfreiheit, auf Toben in der Stadt, durch die Warenhäuser, durch die Ubahn, ein Recht auf Vergnügen, wo es sich finden läßt. Sie wird es auch finden in einem Geschenk für mich, und wieder wird es einen so kleinen Umfang haben, als sei es gestohlen. Marie hat die Sache kinderglut, sie braucht das Wort nicht zu erkennen; ich sollte doch, und will nicht.
Als ob ich Fieber hätte. Will etwas nicht wissen.
Der Park ist schwarz, kalt. Vor einem Jahr war das Ufer New Jerseys weiß, hoch aufgepackt hinter eisigem Flußhellblau, und brachte einen winterlichen Vormittag am Bodensee wieder, Erinnerung an verschneite Gärten, Kapuzenkinder am Eisenbahndamm, Kirchturmknolle am Wasser, Vorland und Gebirge dort entstanden durch das Fernenlicht überm Wasser hier, und das Säntismassiv war zu denken als verborgen hinter neuem Schnee in der Luft. Der Moment der Vergegenwärtigung zerfrißt sofort beides, Vergangenes wie Jetzt. Nasser Wind an den Fenstern.
Die New York Times hat den Erfinder des Napalm gefunden.

(Die New York Times erklärt: was Napalm ist.) Der Erfinder ist ein emeritierter Professor der Universität Harvard, Louis Frederick Fieser, deutsch auszusprechen. Im Herbst 1941 bekam er den Vertrag vom Nationalkomitee für Verteidigungsforschung, Mitte 1942 war er fertig. Was er sagt:
– Man weiß doch nicht was kommt. – Sie können doch auch nicht die Leute anklagen, die das Gewehr auf den Markt brachten, das den Präsidenten getötet hat. – Ich weiß nicht genug von Viet Nam. – Bloß weil ich eine Rolle in der technologischen Entwicklung von Napalm gespielt habe, bin ich doch um kein Jota mehr zuständig für seine moralischen Aspekte.
Gibt es antifaschistisches Napalm?
Die Tür zur Hintertreppe, die auch unsere Feuertreppe ist, wird mit einem Bindfaden um Heizungsrohre offengehalten. Es ist immer noch gut zu lesen, was ein Schild auf der Tür meldet: DIESE TÜR KÖNNTE IHR LEBEN RETTEN IM FALL VON FEUER. SIE IST UNTER ALLEN UMSTÄNDEN GESCHLOSSEN ZU HALTEN.
Marie spielt: »Ich bringe meine Mutter an die Bahn.« Die Stahlstufen der gewendelten Treppe klingen xylophonen unter ihren Sprüngen. Auf der Straße geht sie in geradezu höflichem Abstand neben mir her, die Hände gemütlich in die Taschen ihres londoner Mantels gestemmt, und unterhält mich mit ihren Plänen für kinderglut: sie könnte ihre Schlittschuhe zum Schleifen bringen, sie könnte noch einmal nach Queens Plaza reisen, sie könnte bei Macy besichtigen was die Firma Lesney of Britain, Limited, neuerdings so angeliefert hat ... Sie macht das geschickt: tatsächlich wird sie zurückgehen in unsere Wohnung und weiterbauen an dem »Geheimnis«, das sie mir für Neujahr angekündigt hat. Sie geht rechts von mir, und so schreckt sie den alten Mann ab, der am Niedergang zur Wäscherei von Mr. Fang Liu wartet, ein Herr vormals, dem Unordnung noch nur an den fransigen Hosenbeinen anzusehen ist. Er ist zurückgetreten, sobald er Marie sah.
Er hat es schon einmal versucht. Er ist ohne Übung, muß immer ansetzen mit einem Bitte, das nach seinen früheren Zeiten klingt, bricht leicht ab: Bitte. Madam. Es tut mir leid Sie aufzuhalten, Sie sind sehr liebenswürdig Madam Danke

Ihnen Madam: Danke. Heute morgen muß er den Hut vom Kopf nehmen und grüßen, weil er sich vor dem Kind schämt.
– Zwölf Jahre, und dann geh ich für dich auf Arbeit: sagt Marie, unverhofft bedrückt. Sie geniert sich, auf offener Straße umarmt zu werden, und sei es nur für einen Augenblick Wange an Wange; heute morgen hat sie es gewünscht.
In der kampferduftenden, knackenden, der rasenden Ubahn berichtet die New York Times mit ihrer beherrschten, damenhaften Stimme, daß am 26. September 1967 Herr Gostev vom moskauer K.G.B. an den Chemophysiker Pavel M. Litvinow die folgende Frage stellte: Könnten Sie unter irgend möglichen Umständen zu der Meinung gelangen, daß ein sowjetisches Gericht, im fünfzigsten Jahr der Sowjetherrschaft, ein falsches Urteil verhängen würde?
Können Sie sich das vorstellen?
Aus den Publikumsräumen der Bank ist die weihnachtliche Reklame verschwunden, von den Fluren die Tannenkränze, von den Schreibtischen die Glückwunschkarten. Der Fernschreiber rasselt, als habe er nie stillgestanden. Die Angestellte Cresspahl hat bis elf Uhr zwei Briefe nach Frankfurt an die Deutsche Bank vorzubereiten, einen an die Bank des Heiligen Geistes in Turin, einen an das Privatbüro von Giovanni Agnelli. Um zwölf wird eine italienisch/französische Vertragsfassung erwartet, um zwölf Uhr dreißig hat sie Termin beim Vizepräsidenten. Und wenn es geht, soll sie nachmittags in der Abteilung Südamerika den Überhang an Kreditbriefen abtragen helfen, allerdings aus Freundschaft. I'd be delighted, Guarani. Der Vizepräsident zieht seinen Termin mit Bedauern zurück, ist nach Mexico geflogen. Nein, zur Jagd nach Canada. Im Gegenteil, der hilft heute Xerox kaufen.
Erblindung durch Wiederholung. Man heißt in einem Laden Antipasto, im anderen Gauloise, in noch einem Kaffee, schwarz, groß. An den Kindertischchen bei Tausend Delikatessen, immer angestoßen von der hastigen Schlange der Mittagesser, saßen behaglich zwei weiche Herren, italienisch anmutend, hatten etwas abgeschlossen und tranken einander zu, mit Bier in Pappbechern, mit eher liebevollem Lächeln,

vertrauensvoll. Denn nicht Vergiften ist des Landes Brauch, er ist Erschießen, Erschießen.
Dear Sirs: We hereby establish our IRREVOCABLE credit in your favor, available by your drafts drawn at 90 (ninety) days sight for any sums not exceeding a total of about U.S. $ 80 000.– accompanied by commercial invoice describing the merchandise as indicated below ... Dear Sirs. Und du lernst auch noch was dazu, Gesine.
There is a message for you, Mrs. Cresspahl. Gesine, da ist was für dich. Dein Kind hat angerufen. Du sähst so ab aus, wir sollen dich nach Hause schicken.
Mitteldicker Regen, soll Schnee sein, schlägt ins abendliche Gewimmel auf der Dritten und Zweiundvierzigsten, die Bürger drängen einander in die Eingangshalle der Subway, Wind stößt sie in die Nacken, und gemütlich werden sie von links angesprochen. Steht da ein Mann mit Zeitungenstand, wirft Betonungen in die Luft, verschluckt die schwächeren Worte: GOOD EVEning! It's a PERfect EVEning! It's a PERfect EVEning for a NEWspaper. We have the LATEST NEWspaper in NEW YORK here! Er ist noch zu hören auf der Niederfahrt in die Höhle der Flushingbahn. Noch haben sie ihn nicht umgebracht. Der mit seiner guten Laune, der ist zugezogen. Umbringen werden sie den.
Im Gemüsegeschäft sagt der Verkäufer (aus Galizien, 1923 für vier Wochen in Berlin, Berlin hat das beste Speiseeis der Welt): Schöne Sachen haben Sie gekauft heute. Denn die Rechnung ist $ 3,85.

Amsterdam, dei grote Stadt,
Is gebut up Pålen,
Wenn dei nu mål üm eins fallt,
Wer sall dat betålen?

Nun ist es doch als Schnee zu erkennen, eine dünne, wässerige Masse, die sich auf Stein nicht hält. Die 96. Straße abwärts sieht aus, als sei da Wasser abgelaufen. Aber der Boden des Parks ist fast durchweg mit weißem Zeug ausgelegt.
Marie war gekränkt, weil die ungehorsame Mutter bis Dienstschluß in der Bank blieb, statt nach Hause zu kommen. Das

Geschenk von der kinderglut hat sie höflich auf dem Tisch hinterlassen, eine Schallplatte von Leuten aus Liverpool mit Fragen an das Leben; aber der Zettel kündigt sie erst für neun Uhr an. Dann doch lieber kinderglut. Die Wohnung ist leer.
It's a PERfect EVEning to be FEVERish. Ein Tag für Fieber, gerade richtig.

28. Dezember, 1967 Donnerstag

In Prag hört die New York Times das Gras nicht wachsen. Sie muß sich in Frankfurt zutragen lassen, daß Antonin Novotny in der vorigen Woche seinem Zentralkomitee nicht freundlich von Antonín Novotný gesprochen hat und ihn nicht länger würdig glaubt, der Kommunistischen Partei der Tschechen und Slowaken vorzustehen. Aber die New York Times gibt diesem tschechoslowakischen Gras nur 27 Zeilen, wenn auch auf Seite 5; sie hält es wohl für ein kleines.
Später meinte Cresspahl, Lisbeths Leben mit ihm sei Leuten in Jerichow bekannt gewesen wie eine Geschichte, bei deren Anfang sie zugegen waren, die sie hatten wachsen sehen, die sie auch Stück für Stück voraussagen konnten, auf deren Wendungen sie wetteten, die sie wohl noch abbiegen aber nicht mehr aufhalten mochten, in die sie nicht mehr eingriffen, von der sie das Ende besser als ungefähr wußten, eher als er, der das zu leben hatte.
Daß ihm Einer in seine Ehe hätte reden wollen, es wäre ihm vor Verblüffung Zuhören nicht eingefallen. Später begriff er, daß es also an ihm gelegen hatte, wenn sie ihn nur beiläufig, mit Vorsicht angegangen waren in den Pausengesprächen der Handwerksmeister auf dem Flugplatz, in trägem Wortabtausch, in dem sie einander in solchen Abständen bedienten, daß die Antwort am Ende überraschend kam und ein Geschichtenerzähler erst einmal auf mißbilligende Mienen rechnen mußte, so sicher er seine Erinnerungen willkommen glauben konnte. Cresspahl hatte nicht lange genug in der Gegend gelebt, mit ihm gingen die Geschichten nicht, er saß nur dabei; ihm mußte nicht gleich auffallen, daß Nachrichten für ihn dabei waren. Da ging es um einen Pferdetausch in

Gadebusch, da wanderte die Erzählung weiter zu einem Rübenschneider in Rehna und stand lange Zeit auf einem Hof in Gneez und war ein Mann, der die Holzmiete eines Ehebrechers anzünden wollte und war schließlich doch auf dem Pferd nach Jerichow gekommen und warf einen Blick auf »uns' Lisbeth« und verlor sich widerwillig im Gräfinnenwald, wenn die Frühstückszeit vorüber war. Sie sagten nicht »din Lisbeth«, nicht einmal »sin Lisbeth«, so daß er stillhalten mußte als jemand, dem obendrein Neuigkeiten angeboten wurden.

Wie Papenbrocks Lisbeth wütend sein konnte als Kind!
Und ging doch bloß um ein ausgeprügeltes Pferd.
Was für schwarze Augen sie dann bekam!
Und immer: ich; nicht: mein Vater.
Ganz allein wull se em dat wiesen.
Ja; aber als ob sie nicht bei sich wär.
Betn fromm wier se ja alltied.

Für Cresspahl waren es Neuigkeiten; auch glaubte er gelegentlich eine Warnung zu hören, eine Entschuldigung. Und doch waren es ihm bekannte Sachen, nur in anderer Blicken gesehen, vom Sehen neu. Er hatte vieles vorweggewußt von dem, was Dr. Berling aus Lisbeths Fieberreden im Krankenhaus übermittelt hatte, nur anders gesagt, anders geordnet; nun war auch dies nicht deutlich, nicht faßbar, nicht ausgesprochen.

Es waren insbesondere Dr. Berlings Reden, die ihn zu finsterem Grübeln brachten, zu besessenem Zupacken bei eintönigen Arbeiten. Er mochte Berling nicht alles abnehmen. Was wunderliches Reden anging, so sollte Berling sich am eigenen Ohr ziehen. Jeden halbwegs kräftigen Kerl sprach der an als einen »alten Schweden«, lange bevor die Nazis ihn zum Auffinden von Verwandtschaft in Schonen veranlaßt hatten. Offenbar hatte er landeskundliche Traktate gelesen, bevor er sich niederließ in Jerichow, und zuviel von einem Oxenstjierna, unter dem die Schweden im Dreißigjährigen Krieg den Winkel nachdrücklich verwüstet hatten. Selber ein alter Schwede. Und mit seinen düsteren Andeutungen von »Krankheitsherden im Herzen der Nation« hatte er auch erst angefangen, nachdem ihm die Frau weggegangen war und in Schwerin mit einem anderen lebte, allerdings einem in der Goldfasanenuniform, der zwischen dem Reichsstatthalter Hildebrandt und der Wehrmacht dolmetschte. Berling hätte sich wohl eine andere Zeit aussuchen sollen für seine Maulerei gegen die Nazis, zumindest einen anderen Anlaß. Der saß jetzt abends allein zu Hause und kriegte den Rheinwein kistenweise von der Bahn in den Keller gerollt; der hatte zu viele betrunkene Abende Zeit gehabt, sich Lisbeths Reden für den Gebrauch an Cresspahl zurechtzudenken. Das war jetzt acht Wochen her, und wie redete er Cresspahl an? Alter Schwerenöter: hieß das, wenn er auch sagte: Na, alter Schwede? In diesem Winkel fiel das Wunderliche nicht als wunderlich auf; Cresspahl kannte von Mecklenburg am besten Malchow, da war es so nicht gewesen.

Es war eigentlich nur, daß Lisbeth es zu ernst mit der Kirche nahm, und daß Einer mit beidem nicht über die Jahre kam, mit den Lehren der Kirche und mit den Anforderungen der Nazis. Sie hatte das als Kind so gelernt, in einem Haus wie dem von Papenbrock konnte ein Kind lange damit großwerden.

Er fragte sie einmal nach dem Hausgeistlichen, den Louise Papenbrock sich zu den Gutspächterzeiten bei Crivitz und später auch noch auf Vietsen gehalten hatte. Er fing es nebenbei an, er fragte wie nach etwas Vergessenem. Ob sie sich an den erinnere. Und Lisbeth, Lisbeth lachte, wandte sich halb um vom Herd und tat noch einen halben Schritt weiter, bis sie ihm bequem über Stirn und Schläfe streichen konnte, wie einem Kind, das getröstet werden sollte. Wenn man ihr glaubte, wußte sie von jenem Predigtamtskandidaten nicht einmal mehr den Namen. Sie lachte ganz unbedenklich, sah ihm vergnügt und offen in die Augen, auch so, als habe sie heimlich etwas erraten, von dem er nicht einmal wußte, ob er es versteckt hatte. Es gab solche Verständigungen immer noch, sie mußten dabei nicht einmal allein sein; er war dann so zufrieden, wenigstens mit ihr zu leben, er verlangte gar nicht noch, daß auch er glücklich sein sollte.

Saß abends in der Küche und machte sich betrunken, bis er

nur noch Müdigkeit merkte. Mußte in der Speisekammer gar nicht suchen, der Richtenberger stand vorn auf dem Brett wie bereitgestellt.

Es war also Louise Papenbrock, die mit ihrer blind frommen Erziehung bei keinem ihrer Kinder durchgekommen war, nur bei diesem. Er konnte Lisbeth nicht die Mutter verbieten.

Er konnte Lisbeth zwingen, wegzugehen von Jerichow, vielleicht nicht ganz übers Wasser, nur bis in die Niederlande. Aber sie war mit der fremden Kirche in Richmond nicht zurechtgekommen, das würde mit der holländischen kaum anders sein. Und er mochte sie nicht zwingen.

Er suchte auch Schuld bei sich und wollte 1937 endlich einsehen, daß er nicht ein Mädchen mit vornehmer Bildung und Erziehung hätte heiraten dürfen, wenn er selber nur die Volksschule, sein Handwerk und das Lernen auf den Straßen mitzubringen hatte; und er hörte Lisbeths Stimme von 1931, die sagte: Ich will dich nicht abfragen; ich will mit dir leben, mit dir und Kindern so Stücker vier. Du tust deins, ich will meins wohl nicht versäumen.

Manchmal war er so weit, er hätte Pastor Brüshaver aus dem Schlaf klopfen mögen und ihn zur Rede stellen wegen dieses Paulus, der angeblich geglaubt hatte, es tue dem Menschen gut, daß er kein Weib berühre. Brüshaver mit seinen drei neuen Kindern. Am Tag war von solchen Einfällen übrig, daß er an Brüshaver vorüberfuhr, als sei der nicht zu sehen, und nur gelegentlich einen Finger an die Mütze legte, im letzten Augenblick, knurrig; an Sonntagen saß er mit übergeschlagenen Armen neben Lisbeth auf der Kirchbank und wunderte sich über einen kräftigen, nicht einmal engstirnigen Mann, der sein Geld verdienen mochte mit dem Auslegen eines Buches, in dem solche Vorschriften für Mann und Weib gemacht wurden. Cresspahl hatte nachgesehen, jener Paulus hatte das in einem offenen Brief aufgeschrieben.

Und oft kamen Zeiten, er konnte Lisbeths eigentümliche Zustände fast vergessen. Es waren Morgen, an denen sie ihn nicht unaufmerksam weckte, mit matter Stimme, sondern fröhlich, mit Spässen, sogar aus der englischen Zeit; Tage, an denen sie bis zum Abend durchhielt mit gleichmäßigem Arbeiten, klaglosem Betragen, obendrein einer Bereitschaft zu

Schabernack, die die anfangs mißtrauische Runde am Mittagstisch fast bis zum Übermut erleichterte; das konnte Monate anhalten.
Geheuer war sie ihm in dieser Stimmung nicht immer, so sehr er sie so sich wünschte. Er hatte ihr von einer Mrs. Elizabeth Trowbridge noch in Richmond erzählt; sie hatte ihm keine Beichte abgenommen, nur ohne Aufregung zugehört und am Ende genickt wie über etwas Erwartetes, als sei sie befriedigt. In Deutschland hatte er anstücken müssen und ankündigen, daß von dem in England verwahrten Geld monatlich etwas abgehen werde für einen Jungen, den Mrs. Elizabeth Trowbridge ohne sein Wissen in die Welt gebracht habe. Er hatte lange gewartet auf die Gelegenheit, erst nach dem Abendbrot entschieden, ob es ein »guter« Tag war. An solchen Abenden, die Arbeit getan, Haus und Kind versorgt, sprachen sie mit einander, als seien sie zusammen aufgewachsen, rasch, kaum vorsichtig, immer auf der Hut vor der Neckerei des anderen, nicht verlegen um die passende Münze, in halben Sätzen, auf die der andere die Antwort vorwegnahm, einander willkommen, und sahen einer an dem anderen um Stunden nicht vorbei. Das waren für Cresspahl Erinnerungen an die ersten Jahre, als sie von Schuld und den nicht lebenswerten Stellen in der Bibel noch nichts gewußt hatte; es waren auch Vorstellungen, Aufführungen, denn das Ende blieb sich gleich, daß sie als erste zu Bett ging und allein.
Sie hatte das Geburtsdatum des anderen Kindes wissen wollen. Mai 1932, es schien sie nicht zu kränken. Dann hatte sie gesagt: Heinrich, daß sie doch hier lebte; nicht zu dicht an Jerichow, nicht zu weit. Könntest du mit ihr leben, und doch mit mir.
Und so oft er verglich und sich einprägte, wie ihre Zustände umschlugen, er fand nicht, was sich da in Gang setzte, oder ob er das tat. Das kam von einem Tag auf den anderen, und schon am Abend betete sie am Bett des Kindes von dem Krieg, über den er mittags etwas vorausgesagt hatte. Er hatte inzwischen gelernt, daß sein Reden bei ihr nun lange nicht anschlagen würde, und daß sie die aus der verschlagenen Zeit erst wieder sein würde, wenn sie dazu imstande war, und es zeigen konnte.

Bed, Kinning, bed.
Morgn kümmt de Swed.
Morgn kümmt de Ossenstiern,
Nimmt di hoch up sine Hürn.

29. Dezember, 1967 Freitag

Bei Maxie's Gemüsegeschäft war heute zu bezahlen:

Kartoffeln	5 lb.	$ 0.39
Bohnen	1 lb.	0.35
Gurken	2 St.	0.25
Chicoree	1 lb.	0.69
Rhabarber	1 lb.	0.39
Äpfel	2 lb.	0.29
Apfelsinen	5 St.	0.35
Wrukken	1 lb.	0.10
Zwiebeln	1 lb.	0.15
Salat	1 Kopf	0.29
Sellerie	1 Staude	0.29

Bei Sloan oder Daitch, Feinkost:

Kaffee	1 lb.	0.81
Apfelsaft	1 qt.	0.41
Butter	8 oz.	0.46
Milch	2 qts.	0.56
Brot	1 lb.	0.33
It. Öl	16 fl.	0.85
Tomaten, geschält	8 oz.	0.27
Eier	6 St.	0.27
Buttermilch	1 qt.	0.29
Streichhölzer	10 Sch.	0.10
Waschpulver	3 lb.	0.78
Mayonnaise	8 fl.	0.29
Tomatenpüree	1 lb.	0.25
Quellwasser	2 qts.	0.41
Aluminiumfolie	25 ft.	0.25
süsse Sahne	1 pt.	0.69

Bohnen, getrocknet	1 lb.	0.24
Bitter Lemon	6 Fl.	1.15

Bei Schustek, Schlachterei:

Rindfleisch, Schmorbraten	3 lb.	4.95
1 Huhn	40 oz.	1.55
Teewurst	8 oz.	0.74
Import-Cervelat	8 oz.	1.00

Und Schneesturm. Die Sonne kam erst gegen Mittag durch.

30. Dezember, 1967 Sonnabend

Das Ministerium für Gesundheit und Sozialfürsorge der Volksrepublik Polen hat der jüdischen Hilfsorganisation JOINT gedankt für die großzügige Hilfe bei der Unterstützung und Ausbildung polnischer Juden, auch für die Pensionszahlungen an katholische Familien, die Juden vor den Nazis retten halfen. »In dem Brief wurde mitgeteilt, daß solche Hilfe nicht länger nötig sei, nachdem Polen sich zur Genüge erholt habe von der Verwüstung durch die Nazis während des II. Weltkrieges, die unter anderem die jüdische Bevölkerung Polens von 3 500 000 auf heute etwa 30 000 Menschen reduziert hat.«

1937 war Cresspahl immer noch nicht sicher, wer er denn war in der kleinen Stadt Jerichow, wen er denn vorstellte für die anderen Einwohner, inzwischen zweitausendvierhundertneunzig an der Zahl.

Für einen Judenfreund galt er nicht, obwohl er immer noch mit dem Tierarzt Semig Umgang hielt, einem Juden, als sei ihm der 1. April 1933 nicht nacherzählt worden. Das ließ sich nehmen als Eigensinn, daß Cresspahl mehrere Male in der Woche hielt vor Dr. Semigs stattlicher Villa an der Bäk von Jerichow und in Körben etwas hineintrug, dann aber länger im Haus blieb, als für eine bloße Ablieferung von Obst oder Wildbret nötig war. Womöglich tat er das Dora Semig zuliebe, der geborenen Köster, die so wenig »unarisch« war wie er. Und, auch bei Lichte besehen, Arthur Semig war nur *ein* Jude. Es mochte ja sein, daß Einer das in England so lernte, mit Juden umzugehen, als wären das auch Freunde.

»Der Engländer« hieß Cresspahl in Jerichow.

Es war ihm recht, denn es war so gut, als hätten sie ihm zwar Lisbeth gegönnt, aber Lisbeths Familie verziehen. Er hätte nicht geradestehen mögen für die Papenbrocks. Einmal waren sie bloße fünfzehn Jahre in der Stadt, und hatten es nicht mit Anstand angefangen. Papenbrock hielt Haus im ehemaligen Besitz der von Lassewitz, als trüge er ihren Namen, und reichlich brüderlich betrug er sich mit dem Adel des Winkels, der nicht nur das Land, auch die Stadt im Griff hatte, mit Mieten, Pachtgeldern, Zinsen, Hypotheken. Wenn er aber den heimlichen König von Jerichow machen wollte, so sollte er endlich aufstehen und sich kenntlich machen und nicht zulassen, daß ein Friedrich Jansen Bürgermeister war; viel Einbildung hatte die Stadt nicht verdient, den Kerl aber auch nicht. Papenbrock scheffelte lieber im Stillen ein; es half nichts, daß Gerissenheit etwas galt in Jerichow. Und Papenbrocks Louise tat nicht nur, als gehöre ihr die Stadt, sondern obendrein, als könne die Petrikirche ohne sie den Turm nicht halten. Seine Mädchen, solange sie die Mädchen gewesen waren, gingen an. Die hatten nicht nur Kleider verschenkt, auch Spielzeug. Und ihr Plattdeutsch, mochte es südlich getönt sein, sie hatten es doch als erste Sprache gelernt, von Hühnermamsells, von Futterknechten. Uns' Hilde war mitunter schnippisch gewesen, nicht geradezu, dennoch fühlbar. Uns' Lisbeth, unnötig kirchenzahm, war von denen die beste. Lisbeth hatte nicht lange gefragt, wenn sie Kinder mitnahm in Papenbrocks Garten, ob Bürgermeisters oder Schusters Kind. Papenbrock hatte seine beiden Töchter aufwachsen lassen fast wie ein Beispiel dafür, was Kindern (in Jerichow) gelassen und gegeben werden soll. Auf Kinder war schlecht neidisch sein; mochte den eigenen abgehen, was Papenbrocks hatten. Als der Alte sie dann verheiratet hatte, war doch wieder offenbar geworden, daß er seinen Besitz durch Verteilung sicherer machen wollte. Hildes Alexander Paepcke war dann doch nicht lange verkrachter Rechtsanwalt in Krakow geblieben, sondern Papenbrock hatte ihn in die Pacht der jerichower

Ziegelei gesetzt. Fast gehörte sich, daß es Papenbrock schief ging. Denn Alexander Paepcke hatte es fertig gebracht, bei einem auf Jahre gesicherten, unersättlichen Ziegelbedarf für den Flugplatz Jerichow Nord rote Flecken in seine Bücher zu bekommen, rote Löcher geradezu, und hatte sich eingeschüchtert verzogen in den östlichsten Zipfel des Wehrbereichs II, in die Heeresintendantur Stettin; und Papenbrock in seinem Zorn gab wohl Hilde heimlich einen Schein zum Haushalt, Alexander wußte nur von dem strengen Gehalt, das er nun nach Hause brachte. Podejuch, wie das schon hieß, wenn es das überhaupt gab, wenn das am Ende nicht ein »Rio de Janeiro« war.

Und für Papenbrock seinen Sœhner, jenen Horst, hatte Cresspahl von Anfang an nicht einstehen mögen. Wo der Alte ihn niederhielt, hatte der sich stark machen wollen mit seinem Verein S.A.; war über die Dreißig gewesen und fuhr auf Lastwagen über Land und brüllte mit seinen Genossen die Chausseebäume an, weil er einem Ausländer namens Adolf Hitler etwas geschworen hatte. Wollte zu Cresspahls Hochzeit mit Lisbeth in der kackbraunen Uniform in die Kirche kommen. Allerdings, seit er von seiner Reise nach Übersee zurück war, hielt er sich ruhig. Die S.A. von Jerichow hatte ihn reinweg daran erinnern müssen, daß er vordem ihr Führer gewesen war. Seitdem machte er gelegentlich mit bei Übungen und Märschen, aber er hatte nicht darauf bestanden, seinen Anteil am Sieg der Nazis bezahlt zu bekommen mit Rängen, mit Ehrenzeichen. Das war während seiner Abwesenheit verteilt worden. Der hatte wieder gelernt, auf seines Vaters Hof und Speicher zu arbeiten, dabei verdarb er sich die braunen Stiefel. Er war länger als ein Jahr auf der Reise geblieben, er kam breiter in den Schultern zurück, gab sich nicht mehr als das eifrige Kerlchen, hielt den Kopf nicht mehr verkniffen hoch, sondern gleichmütig; womöglich wurde das doch ein Papenbrock nach dem Sinn des Alten. Womöglich konnte er seinem Hitler nicht abnehmen, daß der die halbe S.A.-Führung hatte abknallen müssen wie die tollen Hunde; oder er hatte in Amerika etwas gesehen. Und als er auf der Heirat mit jener Elisabeth Lieplow bestanden hatte, war es Papenbrock mit einem Male recht gewesen, und er konnte ihm nicht

einmal vorhalten, daß er halbe Wochen in Kröpelin verbrachte; denn Horst hatte sich auf ausdrückliche Anweisung um sein Erbe in Jerichow gebracht.
Was er nun den Nazis verweigerte, das bekamen die von Robert Papenbrock, dem angeblich verschollenen Bruder, den Horst in »Rio de Janeiro« hatte suchen sollen; der hatte sich finden lassen und hielt inzwischen Amt in einer beschlagnahmten Villa in der Landeshauptstadt, und es ging die Rede, er habe neben seiner braunen, der »Amtswalter«-Uniform, noch eine andere, die schwarze der Geheimpolizei. Noch ein Schwager.
Von dem sagte Cresspahl: Ick kenn em nich; dat's nich föe uns; föe mi wier de dot.
Es war unnötig; am Tage von Horsts Hochzeit in Kröpelin hatte Cresspahl Fenster eingesetzt in Jerichow Nord. Wenn je, war Cresspahl nicht im Lübecker Hof zu treffen, wo der Adel hinging, noch in der Bahnhofswirtschaft, wo die Nazis soffen, allenfalls in Peter Wulffs Krug, den Ortsgruppenleiter Jansen ein sozialdemokratisches Rattennest genannt hatte. Der besorgte sich seine Arbeit allein, der brauchte und nahm dazu nicht den alten Papenbrock. Bißchen still der Mann. Mitten im Gespräch stellt der seine Augen auf Fernsicht und ist nicht mehr da. Ein Engländer.
Sie wußten sehr wohl, daß er erst seit 1922 in den Niederlanden und später in England gearbeitet hatte, daß er in einem Dorf an der Müritz geboren war und in Malchow zum Meister gesprochen; dem selben Malchow am See, der Tuchmacherstadt, aus der der Gymnasiallehrer Kliefoth kam, der erst nach Cresspahl in Jerichow zugezogen war. Den nannten sie Klattenpüker, nach den Kletten, die die Malchower aus der Schafwolle pusseln mußten, bevor sie ihr Tuch anfangen konnten; Cresspahl war für sie der aus England, nicht im bösen, manchmal im Scherz, bei Gelegenheit vertraulich. (Der alles über die Engländer wußte. Für den Fall, daß die Engländer den Krieg gewinnen würden.)
Daran traf zu, daß er die englischen Sachen in der Regel wußte, aus dem selben Lübecker Generalanzeiger, den sie abonniert hatten; offenbar las er das länger.
Daran stimmte, daß er sich mit einer Art Verachtung, wenn

nicht Wut, ausgelassen hatte über die Feigheit der Engländer, die die Besetzung des Rheinlandes durch die deutsche Wehrmacht zugelassen hatten. Er genierte sich wohl für die Engländer.

Davon war wahr, daß er die Besuche des Lordsiegelbewahrers Lord Londonderry, von Lloyd George, des Marquess of Lothian als Kindereien abtat. Offenbar wünschte er sich von den Engländern etwas mehr, oder anderes, als daß sie mit ihrer Queen Mary in vier Tagen über den Atlantik fuhren, eines blauen Bandes wegen. War dem Mann doch nicht übelzunehmen.

Davon war richtig, daß das Gesetz über den Neubau des Deutschen Reiches ihm den Paß der Republik ungültig gemacht hatte. Daß er zwei Jahre lang Zeit gehabt hatte, auf das Landratsamt in Gneez zu gehen und einen Paß mit dem Hakenkreuz zu beantragen. Daß er das nicht getan hatte.

Dazu paßte noch, daß er dem Juden Semig nicht Ruhe ließ, bis der nach Gneez fuhr und zurückkam mit einem Paß für sich und seine Frau.

Daran mochte sein, daß Cresspahl wohl lieber gehört hätte, sie redeten ihn anders an.

Na, du Klattenpüker?

31. Dezember, 1967 Sonntag

Schmorbraten. Das Fleisch von einem gut abgelegenen Keulenstück (Rindfleisch) spickt man rings mit Speckstreifen, reibt es mit Salz und Nelkenpfeffer ein . . .

Ein Leben in der Ehe, von mir wird Marie es nicht lernen.

Sie bekommt davon Vorführungen; das ist noch nicht einmal, wie es wäre. Das sind die Besuche von D. E., genannt Mr. Erichson, professor of physics & chemistry, Berater der hiesigen Luftwaffe in Fragen der Funkmeßtechnik, Gast und Gastgeber dieser Familie Cresspahl seit fünfeinhalb Jahren und längst nicht der Mann im Hause, für den er den Nachbarn gilt, weil sie ihn kommen sehen mit aufwendig verpackten Mitbringseln, mit einem Koffer von Reisen, mit langjährigen Redensarten, solange er in der offenen Tür ist.

Hinter der Tür, er mag sich bei uns mit viel Gewöhnung betragen, fast blickloser Ortskenntnis, eher beiläufigen Zärtlichkeiten, die Marie kaum auffallen. Jedoch wird er auch heute seinen Koffer nicht gänzlich ausräumen, und als er ihn in das Südzimmer beiseite stellen wollte, hat er sich blickweise vergewissert, daß ihm der Eintritt zugestanden war. Er kommt nicht auf lange, und wird über den morgigen Abend hinaus nicht einmal bleiben, wenn Marie ihn darum bäte. Sie wäre imstande.
Auch ihr ist es recht so. Ihr gefällt es, wie er gastweise am Tisch zwischen den beiden Fenstern sitzt und sich nach ihrer Schule erkundigt, weil er davon wissen will, nicht aus Vormundspflicht. Sie hat mit ihm reichlich verabredet, ob es nun um ungläubige Blicke schräg von unten geht oder um Lügeversuche bei steifem Gesicht oder darum, daß sie oder er an manchen Stellen sagen müssen: was ich lediglich tat, um New York reinzuhalten; was immer an der Reihe ist. Sie würde sogar auf Dauer mit ihm leben mögen, in seinem Haus, und doch zu ihren Bedingungen. Ihr kommt es nicht in den Sinn, D. E. zu vergleichen mit den Ehemännern, die bei ihren Freundinnen abends als Väter zu Besuch kommen; für sie ist er ein Freund, einmal der der Mutter, noch deutlicher der ihre. Von ihr hat er den Namen D. E. aus seinen Anfangsbuchstaben, und mag das auch verstanden werden als Dear Erichson, es ist doch nicht der Vorname, dem sie ihre Freundlichkeit erweist, sondern der andere, den jedermann benutzt. – Na, D. E.? sagt sie. – Und wie stehen deine Geschäfte in deinem Geschäft?
So daß er ihr, vergnügt und geduldig, von den grönländischen Radarzentren der U.S. Air Force erzählt, was man heutzutage in Thule beim Beginnen einer Mahlzeit rituell sagt, mit hartnäckigen Rückfällen in die Geschichte der Goten, die Marie doch nicht immer gleich erkennt, und hat gelauert wie ein Schießhund. Kniet auf ihrem Stuhl, schaukelt auf ihren Ellenbogen und behält ihn im Auge, seine kummerlose Miene, die verspielten Lippenbewegungen, die von Kälte straffe Haut, das vierzigjährig graue Haar, den nüchternen, gefühllosen Blick, den Mecklenburger, der ein Amerikaner geworden ist. Die taten, mit ihrem unbedenklichen Englisch, ihren niedergehaltenen Gelächtern, als wär ihnen wohl.

Die Hausfrau jedoch steht am Herde und achtet ihrer Pflichten: Man kehrt es in Mehl um, bräunt es in Butter, gießt zu zwei Dritteln langsam siedendes Wasser darauf ...
Nie ist ihm ganz wohl. Sitzt in seinem ausgesuchten Winterzeug aus Dublin auf unseren Stühlen, als wären die nicht vor Jahren bei der Heilsarmee gekauft; und würde uns gern andere hinstellen, ob sie nun nach Thonet oder nach Morris heißen. Immer noch sind wir nicht mitgegangen, zu leben in seinem Haus in New Jersey; nun möchte er wenigstens in unserer Wohnung für uns etwas tun. Er läßt es nicht zu Vorschlägen kommen; wenn er sich ausspricht über den Ruhm eines »Polizeischlosses«, einer in Fußboden und Decke und Tür verankerten Stahlstange, so hat er neuerdings erläutert, daß er unser Schloß und die dünne Vorlegekette nicht für ausreichenden Schutz hält. Ginge es nach ihm, wir sollten der Hausverwaltung einen leckenden Heizkörper abnehmen und erneuern, was nicht noch; es geht nicht nach ihm. Das sind Geschenke, solche kann ich nicht nehmen. Anfangs, im Trinken, kamen ihm solche Voranschläge bei; in späteren Jahren hat Marie ihn aufgezogen mit einer Haushaltung wie der seinen, und sie das Plaza Hotel genannt, nicht ganz boshaft; längst sprechen wir es nicht aus.

Gediegener brauch ich nicht zu leben, D. E.

Nur daß ich etwas tun könnte für euch.

Du tust eben genug, D. E. Und wie meintest du in Wahrheit?

Nur daß ich euch zeigen könnte ...

Dat glöwn wi so.

... man tut ein paar alte Brotrinden hinein, einige Wurzeln (Möhren), 1 Zwiebel, 1 Lorbeerblatt und einige Pfefferkörner hinzu und dünstet alles miteinander zweieinhalb Stunden; D. E. jedoch, wie ein Familienvater in bürgerlichen Zeiten, hat das Kind mitgenommen in den schon schwarzen Abend, in den näßlichen Schnee im Riverside Park, sich Appetit anlaufen. Ein Leben in der Ehe, von mir wird Marie es nicht lernen. Eine Ausnahme für ein Fest, einmal, nicht allemal. Wenn wir etwas zu feiern haben.

– Was haben wir zu feiern?
– Das Datum, Gesine. Astronomisch zwar nicht befriedigend.
– Ja. Daß das Jahr vorüber ist. Daß wir es überstanden haben.
– Mir ging der Oktober zu rasch.
– Es feiert ja Jeder seins, Marie.
– O. K. Weil Senator Kennedy in diesem Jahr den Präsidenten überholt hat. Weil er den Krieg in Viet Nam beenden wird.
– Bugs Bunny? Gegen mehr als die Hälfte Bürger, die den Krieg fortgesetzt wünschen? Bugs Bunny?
– Senator Robert Francis Kennedy.
– I stand corrected, Marie Cresspahl.
– Marie Henriette Cresspahl, at that.
– Entschuldige, M. H.
– Die verbrannten Astronauten im Januar. Der abgestürzte Astronaut der Sowjetunion im April.
– Dein Sommerkleid, das gelbe, mit den Knöpfen aus Schildpatt.
– Die Aufstände der Neger in mehr als hundert Städten im Sommer; die Streiks bei Ford, in den Schulen von New York.
– Das Kleid mit dem Kragen, der ... heißt es »nackenfern« oder »halsfern«?
– Ist aber verschenkt.
– Noch zweihundertunddrei Tage, und ich bin elf Jahre alt.
– Daß wir das zum Feiern haben.
– Daß Niemand anders als die Brüder von der C.I.A. einen Genossen Che Guevaras vorm Tod durch Erschießen bewahrten.
– Daß Guevara leben könnte, hätte er nicht im Verhör einen Offizier der Bolivianer geohrfeigt.
– Und unsere gute alte Tante Times, sie soll leben!
– Nun die New Year's resolutions. Daß ich bei Sister Magdalena auf Eins bleibe, und sollte das Biest mich keinmal loben! Nun du.
– Daß wir in New York blieben, und könnten hier leben.

– Das ist ein Wunsch, kein Vorsatz, Gesine! Du darfst nur sagen, wozu du was tun kannst.
– Daß ich nicht werde wie meine Mutter.
– Du hast Fieber, Gesine.
– Fieber oder nicht; ich will jetzt hören, wie Professor Erichson sich bessern will im Neuen Jahr.
– Indem ihr mich heiratet im Neuen Jahr.
– Falsch! Wieder ein Wunsch.
– Für mich ist das ein Vorsatz, dear Mary, quite contrary.
– Which I undertook solely to help keep New York City clean.
– Right. Tau de Tid, as dat Wünschn noch helpn ded, dor wier ne Fru, de har süss allns, wier frisch un gesunt ...
– So hengt se nu inne Marienkirch in Lübeck un is so lütt as ne Mus und bewegt sick man alle Jår einmal mihr.
– Wünschte das ewige Leben, Marie.
– What a stupid thing to wish!
– Ein Neues Jahr für dich, D. E.
– Godet Niejår, Gesine.
– A happy New Year! A happy new year!

1. Januar, 1968 Montag

Drei Zoll Schnee. 24 Grad Fahrenheit, gegen die Fenster gewischt von einem Wind, der kälter ist.
Bis durch das Frühstück hält Marie es noch aus, läßt sich ablenken von D. E., der ihr weismachen will, sie sei in der New York Times abgebildet. Tatsächlich zeigt ein ausführlich erzählendes Foto zwei Personen, eine kleinere, zumindest die größere D. E. in der Statur ähnlich, beide unter Regenschirmen, die eine Treppe zu Schnee mit Tauflecken und spillerigem Parkgeäst hinuntersteigen. Die Regenschirme muß sie ihm noch bestätigen, an sich als die Kleingewachsene zu seiner Rechten glaubt sie nicht mehr, und nun nützt es ihm nicht mehr, daß er den Daumen über die Unterschrift »Central Park« gehalten hat; ihr war gleich gewiß, daß es eine solche Treppe im Riverside Park nicht gibt, wenngleich sie gestern abend eine ähnliche benutzt haben, auch mit einer Laterne rechts, nie diese.

– Mit New York: sagt sie siegesgewiß, verächtlich: damit legst du mich nicht herein.
Zum Jahreswechsel läßt die Protestantische Kirche der Stadt uns ausrichten, es sei wohl über jeden Zweifel erhaben, daß die Religion 1968 ebenso versagen werde wie 1967. »Da sind so viele Dinge, die sie tun sollte aber nicht tut . . .«
Dann jedoch will Marie ihr Geschenk an mich loswerden, die Aufmerksamkeit zu Neujahr. Ich kenne es nicht. Mehr als sechs Wochen hat sie ihr Zimmer zu einem Sperrgebiet gemacht, sich nur verraten mit Sägegeräuschen, mit Hämmern, Bohren, wovon sie viel hinter Plattenmusik versteckte. Anfang Dezember sah ich sie aus einer der hunderter Seitenstraßen auf den Broadway kommen, Latten und Bretter mit ausgesägten Löchern unter dem Arm; womöglich ist es ein Geschenk aus Holz. Es werde ein Wunsch sein, von dem ich nichts wisse. D. E., am frühen Morgen und Feiertag schon gekleidet wie für seine Restaurants und Konferenzen, lehnt als behaglicher Zuschauer am Fenster, die Arme verschränkt, und spricht von seinen Zeiten. Zu seinen Zeiten sei bei den Laubsägearbeiten der Kinder gelegentlich eine Korridorampel herausgekommen.

Und nimm dich in acht, Gesine. Sie ist ängstlich.
Wenn Marie ängstlich ist, sollte ich es noch eher sein.

Das Geschenk, unter einem Tuch zwischen den Flügeltüren zu Maries Zimmer aufgestellt, ist so groß wie ein Hund, größer als der Chow-Chow, der unter Dr. Berlings Schreibtisch wohnte. Aber ein weißes Tuch wird auf Totes gelegt, auf Abgetanes, auf was nicht wiederkommt.

– Es ist unser Haus, Marie.
– Es soll nicht dein Haus sein! es ist nur, was ich verstanden habe! sagt sie. Dabei tritt sie unruhig hin und her neben mir, als wollte sie mich von dem Modell abdrängen.

Es ist das Haus, das Albert Papenbrock im Frühjahr 1933 seiner Enkelin überschrieb, damit Heinrich Cresspahl tat, wie Lisbeth wollte, und zurückkam aus England nach Jerichow. Es ist ein gedrungener Bau, verwittert rot unter tief herabgezogenem roten und moosigem Dach, dem die Walme zu beiden Seiten nicht fehlen. Es sind die drei weißgestrichenen Fensterkreuze links der Vordertür, das eine rechts davon. Es ist die richtige Tür, in gestemmtes Futter gesetzt, mit einer Gehrung, beide Rahmen haben die untere Füllung aus Holz, die obere aus Glas. Die beiden Flügel hängen in Angeln, sie haben Knopf und Klinke.

– Was kann ich dafür, daß auf unserer einzigen Fotografie die Walnußbäume die Fassade verdecken und die halbe Tür!
– Du hast wahrhaftig an die Schwelle gedacht.

Der Vorplatz hatte rote Fliesen, wie dieser. Wer hier eintrat, wollte durch die Tür zur Linken dahin, wo die Bauern vor Cresspahl sich noch eine gute Stube gehalten hatten. Auch Cresspahl hatte es versucht mit dem nahezu achtsitzigen Tisch, den er aus Richmond mitgebracht hatte, und stellte ihn in die Mitte als eine Tafel für Feste. Die hatte er nicht mehr zu feiern, als das Haus bis zum Hof und Garten instandgesetzt war. Der Tisch kam quer zu stehen, mit der Kopfseite neben das Fenster. Da lagen seine Steuersachen, seine Auftragsbücher, Zeichnungen, Zollstöcke. Am anderen Fenster stand Lisbeths Sekretär, von Papenbrocks Aussteuer, mit den Büchern im Aufsatz. Aber Lisbeth kam hierher nicht, zu lesen, und Briefe hatte sie nicht mehr zu schreiben. Cresspahl hatte die Stühle wie die Kommode ausgeräumt, auf die Arbeiterzimmer verteilt. Denn in diesem Zimmer schlief er nun auf einem Ledersofa an der Wand, dazu war es kahl genug.
Nebenan, in einer nicht so großen Stube, von einem Beilegeofen beheizt, schlief das Kind.

– Ging wirklich vom Kind eine Tür nur auf Cresspahls Büro?
– Du hast von einer anderen nicht gesprochen.

Dann war es Cresspahl, der in der Nacht zum Kind ging. Ohne Marie hätte ich es vergessen.
Von seinem Schreibtisch konnte er durch eine Tür am Ende

der Längswand in das Zimmer mit dem großen Bettgestell, das er nach Lisbeths Wünschen gezimmert hatte, in dem sie nun allein liegen wollte. Von da ging es gleich in die Küche. Aber wenn Cresspahl zum Frühstück ging, hat er den Weg über den Vorplatz genommen und ist vom hinteren Flur in die Küche gekommen, nur um Lisbeth in ihrem Schlaf zu vermeiden. Hier, an dem langen Kacheltisch, wurde nun auch sonntags gegessen.

– Wenn die rechte Hälfte des Hauses nicht stimmt, ist das deine Schuld: sagt Marie, immer noch ein wenig besorgt, ob sie die Vergangenheit hätte nachbauen sollen.
– Weil ich dir davon nicht erzählt habe.

Warum nicht? Warum habe ich nichts gesagt von Paap, Alwin Paap, der das Vorderzimmer rechts von der Tür hatte? Er war noch bis 1939 im Haus, Altgeselle. Deswegen ging er in sein Zimmer doch auf dem Umweg über den hinteren Flur, bedienstet wie er sich vorkam. Marie hat den Rest der Hälfte aufgeteilt in zwei Kammern, wie es war. Die eine, gegenüber der Küche, nahmen sie damals noch als große Vorratskammer. Die letzte war 1935 für zwei Arbeiter eingerichtet worden. Die blieben bis zum Anfang des Krieges. Dann kamen die Franzosen, die Kriegsgefangenen. Da werden sie in drei Jahren in Betten übereinander schlafen.

– Tischlers Tochter, Marie.
– Enkelin, at that.
– Enkelin. Und im Verhältnis richtig.
– War es richtig? Ist es wie es war?
– Es ist doch so. So steht es in Jerichow, und wird dein Erbe sein.
– Das will ich nicht. Ich wollte nur einmal versuchen, was das denn wäre, wovon du erzählst. Wie das aussieht.
– Ich bin einverstanden, Marie.
– Dann werde ich auch den Dachboden ausbauen. Für das, was nun kommt.

Am 8. Dezember hatte Leonid Breschnev, Erster Sekretär der K.P. Sowjetunion, dem Genossen Novotný, Erstem Sekretär der K.P.Č.S.S.R., noch einmal ausgeholfen und ihm den Posten gerettet, ein Häuptling dem anderen. Jetzt macht Antonín Novotný Versprechungen und verschweigt, daß er sie womöglich im Namen eines Nachfolgers abgibt. Ihm ist zum Neuen Jahre eingefallen, daß die wirtschaftliche Entwicklung des slowakischen Gebiets der der Tschechen im Grunde gleichrangig sein solle und daß er nunmehr alle fortschrittlichen Ideen erlauben wolle, solange sie sich als nützlich erweisen, sogar in Kultur und Kunst, sogar solche westlichen Ursprungs. Die New York Times möchte ihm Anerkennung nicht versagen und zeigt ihn uns in einem Bilde als treuherzigen Menschen voll Verständnis für die Sorgen anderer.

Nach wie vor ist die Temperatur bei vier Grad Celsius unter Null angefroren, in der Subway war das Hustengehack einmal lauter als die Fahrt, Tropfnasen und gerötete Augen zeigen deutlich genug das Wetter an, und doch ist es nicht das Thema, das die Damen in der Sauna des Hotels Marseille bewegt. Schwitzend, schniefend, keuchend, keckernd hocken und liegen sie in der räucherig trockenen Luft, im halben Dunkel, und sprechen über die Vergewaltigungen, die zum Leben auf der Oberen Westseite von New York gehören. Der Ton ist sachlich, manchmal empört, fast nie schamhaft, obwohl Mrs. Cresspahl den meisten der nackten Frauen nicht einmal aus Blickbegegnungen bei Einkäufen am Broadway bekannt ist und nur mit Mrs. Blumenroth und einem Mädchen namens Marjorie eine Bekanntschaft unterhält. Vielleicht genügt es, daß diese Seite des Schwimmbades zuverlässig für Männer gesperrt ist. Es sind viele um die vierzig, haben zwei oder drei Kinder im Wasser nebenan schwimmen, hektische und zarte Stimmen, Bauchfalten oder unzerlaufene Taillen. Nur Marjorie ist siebzehn, groß gewachsen, die einzige mit einem noch vollkommenen Körper hier, und wird für älter gehalten. Als Mrs. Cresspahl sich in das ungewisse Licht hineinbückte, war die Rede eben bei der Polizei.

Auf die Polizei! Zeitverschwendung.

Nicht nur das. Wenn sie einem schon glauben, sie fragen nach

der Größe, dann nach dem Gewicht, und von da haben sie es nicht weit.
Ob das Gewicht angenehm gewesen sei.
Ja! Ob ich gekommen wäre.
Bei mir: ob er gekommen wäre.
Das Revier schickte einen zur Besichtigung der Hintertreppe, wo es passiert ist. Der wollte einen Whisky angeboten.
Genau! Und dann eine Verabredung zum Abendessen.
Bei Ihnen auch?
Als sie meinen hatten, ließen sie ihn laufen.
Weil ein Mann nicht auf Grund einer unbestätigten Aussage des Opfers verurteilt werden darf. Artikel 130 Strafgesetzbuch.
Des angeblichen Opfers, wenn es beliebt.
Niemals ohne einen glaubwürdigen Zeugen auch nur den Anfang machen.
Und weil ich meinen kannte aus der Zeit, als er mir noch die Tüten vom Supermarkt brachte, vergaß der Polizist es sofort. Machte sein Buch zu und vergaß es.
Natürlich kenn ich den Klempner, den sie immerzu schicken.
Klempner ist gut. Sie kommen aber auch als Telegrammboten.
Als Zeitschriftenwerber!
Recht traditionell sind sie. Das Messer nehmen sie wohl; von Rauschgift hört man da nichts.
Stimmt.
Ging hinter mir her vom Bus bis vor die Wohnungstür. Redete auf mich ein, alle hielten uns wohl für normal.
Das hast du falsch gemacht. Schweigen ist auch gefährlich.
Sie müssen sagen, sehr laut: Verscheiß dich!
Dann schreit er etwas von einer Hure, die ihm längst nicht gut genug sei; es ist aber überstanden.
Mit einer Hand am Hals nagelte er mich an die Wand, mit der anderen zog er sich die Hose auf. »Drei Nummern zu klein«.
Das hätte ins Auge gehen können.
Das ging es auch. Die Kratzer heilten drei Wochen nicht.
Ich trage immer eine Polizeipfeife bei mir.
Gaspistole. Pfeffersprühdose.

Verboten. Das Mitführen einer versteckten Waffe ist verboten.
Gilt wieder einmal nicht für den Mann.
Entwaffnen. Kastration.
Nein.
Nein.
Die Gesetze ändern.
Ich hab eine Freundin, die lehrt Karate, und wenn jemand will, kann ich ihm erniedrigte Gebühren verschaffen, Karate!
Das ist auch nichts.
Erinnern Sie sich an die Sechzehnjährige, die vorige Woche in Bushwick von dreien entführt und vergewaltigt wurde? Davon war einer Polizeianwärter.
Unter der Dusche, durch den nassen Vorhang ihrer langen schwarzen Haare sprechend, sagte Marjorie, das zarte Kind, was sie als Gegenwehr vorführen würde, und macht es vor, indem sie unter dem strömenden Wasser nackt und fröhlich antritt wie ein Tambourmädchen bei der Parade, mit genußvoll hochfahrendem Knie.

– Was das Fernsehen uns verschweigt: sagt sie.
– Und was würden Sie tun?
– Ich würde erst einmal Geld verlangen.
– Das müssen Sie mir erklären!

3. Januar, 1968 Mittwoch

In der Dunkelheit des frühen Morgen griffen heute feindliche Streitkräfte den Luftwaffenstützpunkt der Vereinigten Staaten bei Danang an mit etwa 30 Salven von Raketen des Kalibers 122 und zertrümmerten einen Kampfbomber vom Typ F 4 Phantom.
Bei dem elfminütigen Angriff auf den Stützpunkt wurden drei weitere Flugzeuge beschädigt. Sprecher der Streitmächte gaben an, es seien drei Angehörige der Luftwaffe und einer der Marine verwundet worden, und etwa ein Dutzend weiterer Soldaten hätten sich Verletzungen zugezogen, als sie sich in Deckung bringen wollten.

So weit war es in Jerichow nicht; der Flugplatz war bei weitem nicht fertiggestellt. Vorher wollte Jerichow sich wenigstens einen Juden vom Halse schaffen.
Sie taten das für Arthur Semig, Doktor der Veterinärmedizin, Hausbesitzer, Kontoinhaber.
Sie taten das nicht für Oskar Tannebaum, der in der Kurzen Straße in zwei Zimmern an einem Hof wohnte, ohne daß ihn die Ladenklingel noch oft zu Verkäufen gerufen hätte. Gummistiefel, Blaue Jacken, Grüne Mützen, all das konnte man von Gneez mitbringen, von Wismar, von Lübeck. Herr Tannebaum zahlte seine Steuern wie Semig, aber er hatte nicht Freunde in den bürgerlichen Familien, seine Kinder schickte er in zu oft ausgebesserten Sachen vors Haus, seine Frau kaufte so sparsam ein, als fürchte sie betrogen zu werden. Der hatte reiche Verwandtschaft in der Kreisstadt gehabt; der Verwandtschaft war er nicht ansehnlich genug gewesen zum Mitnehmen nach Hamburg oder Holland, wohin die immer gefunden hatten. Oskar war nicht Mecklenburger, seine Frau war aus den verlorenen Ostgebieten. Und schließlich waren die Tannebaums im besten Fall vor zehn Jahren nach Jerichow gekommen.
Dr. Arthur Semig hingegen kam aus der griesen Gegend, fast konnte man schon an Ludwigslust denken und die großherzogliche Residenz, seine Frau war eine geborene Köster aus Schwerin und überdies von Natur evangelisch, Arthur hatte seine Praxis vor siebzehn Jahren in Jerichow angefangen, er war nicht nur in die Ställe, auch an die Kaffeetische gebeten worden, ob nun bei den Bülows (den »Oberbülows«) oder bei Dr. Erdamer, Arthur hatte dazugehört mit Besitz, mit Bildung, mit seinen zutraulichen Erzählungen, mit seiner Verschwiegenheit, seinen unzähligen Reimen für jedes Kind, das ihm vor die Beine gelaufen war. Arthur sollte nichts passieren. Er hatte schon etwas eingesehen, als er sich das kleine viereckige Bärtchen unter der Nase wegnahm; er konnte nun gar nicht anders als einsehen, daß er weggehen sollte.
Papenbrock hat angefangen. Nein, angefangen hat dies Mal Axel von Rammin. War es nicht doch Avenarius, Avenarius Kalter Morgen? Cresspahl war es.
Sie kamen von vielen Seiten auf ihn zu, da half ihm ärger-

liches Benehmen nicht, und seiner Verlegenheit hörten sie so ausdauernd zu, daß jeweils er das nächste Wort sagen mußte. Er konnte einen von Rammin, Baron seit Jahrhunderten, nicht gut aus dem Hause weisen, wenn der sich zu einer Beratung wegen Kuhstall-Umbauten angemeldet hatte und sein Gespann nicht auf den Hof fuhr sondern es auf der Bäk, mitten auf der Straße anband, allen Blicken sichtbar. Von Rammin hörte sich wirklich eine halbe Stunde an, was Semig ihm an neuester Hygiene in der Rinderzucht vortragen konnte. Dann, ohne daß er sein voll ausgekantetes Gesicht weniger streng gehalten hätte, kam er zu sprechen auf einen Freund im Österreichischen, für den Semig schon einmal etwas erledigt hatte, auf den Grafen Naglinsky, genannt Nagel, kurz Beatus Nagel. Beatus sei nach wie vor erleichtert, daß sein Weimaraner nach Semigs Kur so erholt sei, Beatus verfüge über umfängliche Ländereien und sei im übrigen erhaben über die Albernheiten eines Hitler und halte den deutschen Reichskanzler gar nicht für einen echten Landsmann. Nun war Naglinskyn etwas aufgefallen. Er hatte seine Hunde; obendrein aber stand bei ihm Milchvieh, bewegte er Pferde, hatte er Verluste unter Schweinen wie Hühnern. Für alles mußte er einen Arzt aus der Stadt kommen lassen. Es war demnach nicht die Ökonomie, sondern die Vernunft, einen eigenen Veterinär zu halten, dem er einen Nebenerwerb im Dorf nicht beschneiden werde. Und bei ihm äßen Akademiker an der Tafel mit und hätten Wohnung im Schloß. Herr von Rammin bat um die Zusendung einer Liquidation für die Konsultation, ließ sich Frau Dr. Semig empfehlen und ging mit einer selbstempfundenen Bemerkung über das niederösterreichische Klima. Und es war Semig, nicht der Baron, der sich übers Haar streichen mußte, als er in seiner Tür stand und dem ungebetenen Ratgeber nachsah.

Papenbrock wollte nicht. Papenbrock weigerte sich, das Geld von Semigs Konto als Tilgung eines Darlehens in die eigene Kasse zu nehmen; es sei eine Vortäuschung von etwas und gegen die guten Sitten. Papenbrock sperrte sich dagegen, Semigs Haus zu kaufen; an Häusern mangle es ihm nicht in Jerichow, und er benötige sein Bares für eine versprochene Sicherheit in Lübeck.

Papenbrock hatte Angst. Der alte Mann saß krumm da, legte die Zigarre angewidert weg, biß am Fingerknöchel und hatte sich endlich so weit, daß er auf die Juden zu schimpfen anfing, mit einer hackenden fast keifenden Stimme, mit abfälligem Handschwenken, sehr begierig auf das Ende der Unterredung. Er war so geniert, er mochte Cresspahl nicht ansehen.
Semig war sehr zufrieden. Auf die Art war es nicht von ihm zu verlangen. Er hatte sich daran gewöhnt, ohne das Telefon zu leben. Die Fahrten über Land, die Nachtarbeit, es hatte ihn doch angestrengt; jetzt kam er zum Lesen. Auch Dora komme besser aus mit dem Haushalt, den regelmäßigen Zeiten. Ihm falle es nicht schwer, auf den Skat mit Dr. Berling zu verzichten; ohnehin sei Cresspahl da besser, und einen Dritten würden sie noch finden. Er lasse sich nicht wegschicken aus Jerichow.
Dann kam Dr. Avenarius Kollmorgen, Anwalt der Rechte. Er ging nicht in die Bäk, er lud das Ehepaar Semig und das Ehepaar Cresspahl ein zu einem Abend mit Rotwein und, wenn es denn sein sollte, Skat. Avenarius hatte Kummer. Es ging ihm gegen den Strich, daß sein Kollege, Friedrichsen in Güstrow, sollte Erniedrigungen hinnehmen müssen, die nicht nur das Jüdische an ihm, sondern geradezu seinen Stand betrafen. Friedrichsen hatte er nicht helfen können; er konnte immer noch einem Akademiker am Ort unter die Arme greifen.

Is Friedrichsen döfft?
Nei.
Steit dat noch an?
Steit noch up sin Schild: Dr Jur.
Schrifft dat an, dat he n Juden is.

Kollmorgen hatte wiederum sein Dienstmädchen aus dem Haus geschickt, zog seine Gäste selber, an ausgestreckter Hand, in seinen Salon und hielt stehenden Fußes eine Rede, in den Füßen wippend, den mächtigen Kopf hoch erhoben über dem kleinen gedrungenen Körper. Er sprach von den Rechten. Es lief darauf hinaus, daß er ein Darlehen benötige,

unter anderem für den Kauf eines »uns bekannten« Hauses an der Bäk, und daß er in den Geboten und Verboten des Devisenrechtes nicht eben firm sei sondern dergleichen seit eh und je einem »Handelshause« zu Bremen übertrage, das er empfehle. Er wölbte seine Augenbrauen so prozeßmäßig wie in den berühmtesten Stunden seiner Zeugenverhöre, er blickte Dora Semig nahezu liebevoll in die Augen, er gab sich Mühe. Dann trank er sehr rasch, war für einen Skat bald nicht zu gebrauchen, starrte seine Gäste trübglasig an, und die Mundwinkel hingen ihm. Cresspahl, der allein gekommen war, kam er vor wie ein altes Kind, das eine Kränkung nicht verbeißen kann.
Denn Semig sah es nicht ein. Er verbat sich die Einmischung. Er ließ sich von Dora für seinen Ton tadeln. Er ließ Dora Zeit, das Ihre zu sagen. Und Dora sah ihn an, legte die Lippen etwas fester aufeinander, und nickte. Sie hatte nicht einmal geseufzt.
Cresspahl bot Semig sein Guthaben auf der Surrey Bank of Richmond zur Verrechnung an, und Arthur wollte davon nichts hören. Cresspahl sagte: Wir heben alles getreulich auf, und nicht ein Pfennig soll fehlen; Semig sagte: Mein lieber Herr Cresspahl! wenn ich Ihnen nich gut genuch bin –
Axel von Rammin hatte die Briefe von seinem Beatus richtig bestellt und war nun gekränkt, daß ein Tierarzt sich herausnahm, den nächsten Schritt zu verweigern in einer Sache, die immerhin nicht eine Person gewöhnlichen Standes in Gang gesetzt hatte.
Und Avenarius, wenn er Cresspahl begegnete, vergaß es mitunter, seinen Kopf in anmutiger Drehung aus den Schultern hochzuwinden und mit geheimnisvoller Bedeutung zu sagen: Gut bei Sach, Cresspahl? Good bi Sach?
Lisbeth Cresspahl sagte: Christus war auch ein Jude. Denn sind wir auch welche. Laß Semig man in Ruhe.
Und Papenbrock sagte: Wenn ihr ihn denn loshaben wollt, im Guten geht er nicht. Versucht es doch mal im Bösen!

Noch im Frühjahr 1961 hatte Gesine Cresspahl eine Wohnung gefunden in New York, drei Zimmer und fünf Fenster gegen den Riverside Park, den Hudsonfluß, sie war so erleichtert, sie hielt sich für untergebracht, zur Ruhe gekommen.

Sie wußte, es war nicht eben mit Verdienst. Dennoch, fast war sie eingebildet, hätte bei Niemandem angeben können als vielleicht bei einem pensionierten Lehrer des Englischen in Jerichow, und tat sich etwas zugute darauf, daß sie wider ihr verwegenstes Erwarten eine Wohnung zu halten vermochte an einer der berühmten Straßen der Welt, dem Riverside Drive, in den Reiseführern nicht nur vermerkt wegen alten Baumbestandes und Aussicht auf die Steilküste von New Jersey, auch mit Baulichkeiten und Denkmälern, vom Hause des ehrenwerten Charles M. Schwab, der seinem Carnegie die Regierung mit schadhaften Panzerplatten betrügen half, bis zur Gruft des achtzehnten Präsidenten der Vereinigten Staaten, Ulysses Grant, der jämmerlich dahinstarb über der Beschreibung seiner Siege im Bürgerkrieg. Es war ihr recht, daß dieser Straße die Zähne des Reichtums allmählich ausfielen, anders als den Wohlstandsburgen von Central Park West und der West End Avenue, wo die Mieter obendrein geschützt waren mit Baldachinen vor den Portalen und durch livrierte Türsteher, die nach Taxis pfeifen. Sie wollte den Regen aushalten, sie brauchte für wenig Reisen ein Taxi, und sie wollte gar nicht vergessen, daß ein Gehalt für Büroarbeit am Riverside Drive nur ausreichte, weil das Gesetz noch manche Mieten vor dem Markt verschonte. Wenn sie hier bleiben konnte, wollte sie sich verhalten als Gast, in Ruhe gelassen wenigstens zu Hause.

Es dauerte nicht lange, da kamen die Herren Cooper und Rider und nötigten ihr auf, daß sie ihr zufälliges Unterkommen in einem auch buchenswerten Gebäude gefunden hatte. Schien es nicht passend?

Um das lederfarben gelbe Haus am Riverside Drive oberhalb der 96. Straße verläuft tief unten, um das dritte von zwölf Stockwerken, ein Fries aus immer noch weißem Sandstein mit Schlangen und Tiergestein. So wenig genau hatte sie hingesehen, sie hielt es bis in den späten Sommer für Ägyptisches, und hatte ihre Fenster unter und sogar in diesem Fries, und

sah oft genug zu ihnen hinauf, ob sie denn noch da wären, und nicht einmal eingeschlagen. Jetzt hatte das Land sie auch eingeholt mit dem Haus, in dem sie wohnte.
Denn das Haus heißt nicht nur nach seiner Nummer, 243, es hat den Namen Cliff Apartment House, nach Arizonas Felsenbewohnern, und die Berglöwen, die Klapperschlangen, die Büffelschädel sind gemeint als ein Andenken an die Vorfahren des Pueblostammes, an das Volk der Indianer, denen ihr Land weggenommen war, ein Denkmal wie für Tote.
Anfangs schien ihr der doppelte Zufall passend. Marie verbrachte schon Vormittage in der Rockefellerkirche, genannt Riverside, und so war sie an Märchen gekommen, die Marie nicht nur in die Sprache des Landes einführten, auch in eine Zeit seiner Geschichte, die sie damals den Schulen nicht zutraute. Das waren Erzählungen, in denen die Indianer alle Abkömmlinge waren von einem älteren Mann, untersetzt, mit schwarzsträhnigem, in der Mitte gescheiteltem Haar, die Stirn mit narbenähnlichen Kerben überzogen, die Nase scharf, der Mund lebhaft hervortretend inmitten des prallen Gesichtsfleisches, im Ausdruck zu Freundwilligkeit bereit, die Augen in den geräumigen Höhlen von Erinnerung trübe; so war ein Indianer vom Stamme der Pueblo abgebildet gewesen im Konversationslexikon der Familie Papenbrock, auf einer Bildtafel links unten. Die Cliff Dwellers, die rothäutigen Felsenbewohner beteten die Sonne an; so bekam Marie einen Widerhaken mit für das Fach Religion. Sie züchteten Vieh und wußten ihre Felder zu bewässern; an ein Leben von solcher Arbeit hatte Marie noch nicht gedacht. Das größte Verdienst der Cliff Dwellers in Maries Augen waren ihre Wohnungen. Sie lebten hoch oben in Höhlen, die mit säuberlichem Mauerwerk in die Steilhänge der Cañons eingeführt waren, schwer zugänglich für die ausländischen Eroberer, oder sie bauten befestigte Dörfer aus hoch aufragenden casas grandes, Steintürmen, die unten weder mit Fenstern noch mit Türen offen waren und zu erreichen nur über Leitern, wie wiederum Stiegen innerhalb der zahlreichen Stockwerke die für die Familien abgeteilten Räume verbanden. Die Leitern fand Marie wieder in dem rostigen Feuerstufengestrüpp an der Südseite unseres Hauses, und ihr war willkommen, daß

die Säle für Ratsversammlungen und rituelle Tänze der Indianer bei uns fehlten, da sie dort mit mehr Fremden hätte umgehen müssen, als sie damals noch sich zugemutet hätte. Damals war ihr unzweifelhaft, wo die Indianer gelebt hatten: auf der anderen Seite des Flusses, wo die Sonne noch heller ist als das düstere Rot, in dem sie uns gegenüber untergeht.

So hast du das Kind aufhetzen wollen gegen das Land, in dem sie leben sollte.

Es war doch nicht einmal gegen die Sprache anzukommen.

Es fing harmlos an. Marie brachte aus der Schule mit, daß den Felsenbewohnern ihr Name nicht belassen worden war, sondern daß er jetzt galt für die Bewohner von Mietkasernen in diesem Lande. So war nicht einmal unser Haus ein Denkmal für sie geblieben.

Dann sagte sie wohl bei einer ernsthaften Versicherung: Honest Injun! was einen ehrlichen Indianer bedeuten sollte und auch Zweifel, ob ein Indianer nicht von Natur dumm sein müsse, wenn schon ehrlich. Für Anlässe der Versöhnung lernte sie die Friedenspfeife, die Kriegsbemalung als Ausdruck für das jeweils neueste Kleid; und es ging nicht an, ihr Mißtrauen vorzuschlagen gegen die Sprache, die sie nun schon für eine Schule brauchte. Von durchreisenden Bescheidwissern übernahm Marie, daß die überlebenden Indianer zu nichts gut sind als für die Hochbauarbeiten in der Stadt, wegen ihrer Unempfindlichkeit gegen Schwindel; dann will sie nicht als erstes hören, daß sie es sind, die New York weiterbauen, sondern hat schon eher erwartet, daß die weißen Bauarbeiter ihr Mittagsbrot mit Kaffee einnehmen, die Indianer aber in jeder Arbeitspause sich vollschütten mit dem Schnaps, der ihnen als Feuerwasser aufgeschwindelt wurde. Von da war es nicht weit bis zu ihrer Meinung, daß die ländlichen Wohnplätze der Indianer zu Recht Reservationen und nicht Camps heißen, da sie anders zu leben ja nicht vermöchten; da war es zu spät. Sie ließ sich gehorsam berichtigen; sie konnte anders nicht mehr denken. Sie erkennt Indianer nun nicht mehr allein an ihrer Gesichtsbildung, auch an ihrem Auftreten ohne

Selbstbewußtsein, der verwischten unsicheren Miene, dem Mangel an Anpassung, der ihnen selbst die Kleider uneben hängen läßt; sie sagt von ihnen ohne Bosheit, im Ton des Feststellens: Vanishing Americans. Verschwindende Amerikaner, als sei es in der Ordnung, daß die ihrer eigenen Hautfarbe überlebten.
Was sie gesagt hätte von dem Indianer, der heute abend bewußtlos an einem Treppenaufgang unter dem Times Square lehnte, ich möchte es nicht hören. Er wußte nicht wo er war, wie er sich befand, es war gewiß dunkel um ihn, und doch fehlte ihm in seiner Betrunkenheit das Behagliche, das von Kenntnis Erlöste, das Aufgeben und das Vertrauen auf Hilfe in einem. Er war weg, und doch eben da zu fassen. Die Lider flatterten unmerklich. Der modische Schnitt seines Mantels, er würde ihn nicht schützen, nicht gegen die Kälte, nicht gegen die Bahnpolizei. Marie wär imstande gewesen, zu sagen: Sitting Bull, oder: Häuptling Regen-im-Gesicht; und wäre erst dann, in Unschuld, des Rippenstoßes von mir gewärtig gewesen, des warnenden Griffes um die Schulter, der sie nicht mehr einholt, wo sie jetzt mit ihrer Sprache lebt.

Was du ihr erzählt hast über die gleichen Rechte der Menschen, sie weiß es doch, Gesine.

Aber sie glaubt es nicht. Sie kann es nicht sehen.

Sie erziehen Ihr Kind nicht richtig, Mrs. Cresspahl.

5. Januar, 1968 Freitag

Die wöchentliche Zählung der Verluste verzeichnete 185 Amerikaner, 227 Südvietnamesen und 37 weitere alliierte Soldaten, die in der letzten Woche im Kampf gefallen sind.
... Amerikanische und nichtvietnamesische Streitkräfte meldeten die Tötung von insgesamt 623 feindlichen Soldaten; die Gesamtsumme der von den Südvietnamesen Getöteten war 815.
Die amerikanischen Verluste bis zum 30. Dezember brachten die Todesopfer von 1967 auf 9353 und die insgesamt im Krieg Getöteten auf 15 997.

»In einem 90minütigen Scharmützel nur fünfzehn Meilen von Saigon entfernt wurden gestern sechs Angehörige einer Einheit der 25. Infanteriedivision getötet und 13 verwundet. Wenige Stunden später wurden 4 andere Amerikaner getötet und 21 verwundet, als ihre Stellungen irrtümlich durch Flugzeuge Amerikas und Süd-Viet Nams bombardiert wurden.
Die 25. Division steigerte wiederum die Todesopfer des Feindes von der Schlacht am Montag 60 Meilen nördlich von Saigon auf 382. Truppen durchsuchten den Dschungel in der Nähe des Artilleriestützpunkts, den Teile des 271. und 272. Regiments des Viet Cong zu stürmen versucht hatten, und fanden weiterhin 75 automatische Gewehre, 11 Leichte Maschinengewehre und 18 Raketenwerfer.«
(c) by the New York Times Company

»Das Verteidigungsministerium wird den Verkauf großer Waffenmengen im Ausland fortsetzen, um die Abwanderung des Goldes zu bekämpfen. Kreise des Pentagons teilten mit, daß man von den Verkäufen in diesem und den beiden nächsten fiskalischen Jahren die Gesamtsumme von mindestens 4,5 Milliarden bis 4,6 Milliarden Dollar erwarte. (Siehe Seite 1, Spalte 4.)«
(c) by the New York Times Company

»Newark, 4. Januar
LeRoi Jones, der kämpferische Schriftsteller, Neger, wurde heute zu zweieinhalb Jahren im Staatsgefängnis von New Jersey und 1000 Dollar Strafe verurteilt, weil er während der Aufstände in New Jersey im letzten Sommer zwei Revolver illegal in Besitz hatte.
Das Urteil war praktisch das Maximum – es hätten drei Jahre sein können – und läßt keine Bewährung zu.
Es wurde ausgesprochen durch den Richter des County Essex, Leon W. Kapp, nachdem er gesagt hatte, es könne Einer den Verdacht haben, der 34jährige Dichter und Dramatiker ›habe teilgenommen an der Ausarbeitung eines Plans‹, Newark in der Nacht seiner Verhaftung niederzubrennen.
Die Aufstände, in denen 28 Personen ums Leben kamen, dauerten fünf Tage.

... Der Richter gab zu verstehen, daß er die Härte der Strafe gegen Jones in großem Ausmaß auf ein Gedicht gründe, das im vergangenen Monat in der Monatszeitschrift Evergreen Review veröffentlicht wurde. Er verlas das Gedicht heute morgen im Saal des Gerichts, wobei er das Wort ›nichts‹ einfügte an Stelle von was er als ›Obszönitäten‹ bezeichnete.

Das an ›Schwarzes Volk!‹ gerichtete Gedicht, wie es der Richter vortrug, zählte die Waren in einigen größeren Kaufhäusern der Stadt und in ›kleineren Hebräerläden‹ auf und ging zum Teil weiter:

> Alle Geschäfte werden öffnen wenn ihr
> nur die magischen Worte sagt.
> Es sind: Die Hände hoch! und: An
> die Wand du Mutter-Nichts!
> This is a stickup! Oder schmeiße
> nachts die Fenster ein (magische
> Aktionen) schmeiß sie tags ein,
> morgen, übermorgen, und zusammen
> schmeißen wir und holen
> das Nichts da raus. Kein
> Bargeld. Keine Abzahlung. Rennt
> die Breite Straße rauf und runter
> Ihr Neger, nehmt an Nichts was ihr
> wünscht. Nehmt ihr Leben, wenn
> nötig, aber holt euch was ihr
> wünscht was ihr braucht.

Mit einem gestreiften afrikanischen Überkleid angetan, eine kleine rote Kappe auf dem Hinterkopf, stand Jones da mit den Händen auf dem Rücken und lachte des öfteren, während Richter Kapp das Gedicht vorlas.

Mehrmals jedoch unterbrach er die Urteilsbegründung.

Als der Richter sagte: ›Sie sind krank und bedürfen ärztlicher Versorgung‹, antwortete Jones: ›Nicht so krank wie Sie sind.‹

Und als der Richter anführte, daß der Gefangene, in Freiheit belassen gegen eine Bürgschaft von 25 000 Dollar, es mehrere Male versäumt habe, sich zu den angeratenen Untersuchungen

durch den Amtspsychiater des County einzufinden, fuhr der Schriftsteller dazwischen: ›Der selber Behandlung braucht.‹
Nachdem Irvin B. Booker, Jones' Anwalt, auf bedingte Freilassung und eine nominelle Geldstrafe plädiert hatte, wurde dem Dramatiker die Erlaubnis zu einer Erklärung gegeben. Er erhob sich und teilte dem Richter mit:
›Sie sind kein rechtschaffener Mensch, und Sie vertreten nicht den allmächtigen Gott. Sie stehen hier für eine zerbröckelnde Struktur ...‹
Der Richter rief: ›Hinsetzen!‹ und pochte heftig mit seinem Hammer.
Einmal, nachdem die Urteile verkündet waren, erhob sich unter den Zuschauern ein hochgewachsener schlanker Neger, noch nicht zwanzig, um zu protestieren. Als es ihm nicht gelang, einer Aufforderung zum Hinsetzen rasch genug nachzukommen, wurde er von mehreren Beamten aus dem Gerichtssaal geführt.
›Sie werden ihn schlagen!‹ rief Mrs. Sylvia Jones aus, die Ehefrau des Schriftstellers. Mrs. Jones, die ihr sieben Monate altes Kind im Arm hielt, wurde aus dem Raum entfernt.
Als Jones aus dem Gerichtssaal geleitet wurde, rief er über die Schulter zurück: ›Das schwarze Volk wird das Urteil über mich fällen.‹
... will be filed.«
(c) by the New York Times Company

6. Januar, 1968 Sonnabend

Senator Kennedy ist mit der Ausbildung der Indianer gar nicht zufrieden und die Viet Cong hätten im vergangenen Jahr 3820 Zivilisten umgebracht und Präsident de Gaulle hat die Juden mit dem Ausdruck »Elitevolk« nicht beleidigen wollen und im Hotel Alamac am Broadway hat es gebrannt und die christdemokratische Partei Westdeutschlands beschimpft die sozialdemokratische wegen ihres Appells an die U.S.A. für einen Bombenstop über Nord-Viet Nam und
Antonín Novotný ist nicht mehr der Erste Sekretär der K.P.Č., hat abgeben müssen an Alexander Dubček, einen Slowaken obendrein, nach eintausend Jahren böhmisch-mäh-

rischer Oberherrschaft; die New York Times hat es ausgerechnet.
In Jerichow hielt sich das Gerücht, es sei doch der alte Papenbrock, der die Stadt von dem Juden Semig befreien werde; also wollte ein anderes, daß Papenbrock jenen wiedergefundenen Sohn Robert seinen eigenen nur so lange nennen werde, als Reichsstatthalter Hildebrandt das Sagen habe im Lande Mecklenburg; dann nie mehr. Er sei nicht der.
Wer Robert Papenbrock 1935 oder 1937 war, wußte nicht einmal die Familie zum Beschwören genau. Er war ein Mal nach Jerichow gekommen, vielleicht nur weil Horst darauf bestand, denn er blieb den Sonnabend und fuhr am Sonntag ab zur Gauleitung in der Landeshauptstadt und schrieb eine Ansichtenkarte aus Berlin, und da er jene Frau in seiner schwerinschen Villa nicht geheiratet hatte, konnte er eine Anzeige davon nicht auf die Post geben. Ihn war schlecht besuchen, denn wenn er Besuch nicht schon hatte, war er abwesend in einem Dienst, der aus Reisen bestand. Erster Klasse, Schlafwagen.
Er konnte es sein. Jenem Robert, der im Mai 1914 aus Parchim weglief, war eher eine hagere Leiblichkeit zu ahnen gewesen; dieser war groß, massig, im Gesicht speckig. Er hatte auch das passende Alter, Robert wäre jetzt ein wenig über die Vierzig. Der Robert, der in Vietsen und Waren aufgewachsen war, hatte ein fixes, anschlägiges Wesen gehabt; dieser war behaglich, hatte Sitzfleisch, war nicht rasch mit dem Maul. Zu putzig, daß er nicht einmal gefragt hatte nach dem Kind, das er der Tochter seines Französischlehrers gemacht hatte. Der Robert, den die Papenbrocks kannten, hatte nicht Bedenken gehabt, Schulden durch die ganze Stadt Parchim zu streuen; dieser hatte sich ins Benehmen gesetzt mit dem Gutsbesitzer, dem er zwei Remontepferde nicht nach Schwerin überführt hatte sondern ausgeliehen auf eine Art, die noch heute als Diebstahl galt; womöglich hatte der Geschädigte bei Roberts Partei gegen ihn geklagt. In dieser Sache gab Robert sich verwundert und hatte augenscheinlich erwartet, Papenbrock sei es eine Ehre gewesen, auch für die Pferde noch zu zahlen. Von jenen Zeiten sprach er wie eine Katze, der der Brei noch zu heiß ist. War es denn möglich, daß Einer das Plattdeutsche

in bloß zwanzig Jahren so schlimm verlernen konnte? Ein Mecklenburger Kind? Nun mochten die fremden Sprachen etwas Ätzendes haben. Louise Papenbrock konnte sich am wenigsten abfinden mit der Glatze, nicht einmal dem Alten hatte sie einen so runden Vorderkopf gemacht. Aber wenn sie sich Röbbings Kinderhaare dachte, den stützigen Schopf von damals ... und in Übersee lag man an Krankheiten, so gefährlich gab es sie nicht in Mecklenburg. Ja. Nu segg doch bloß eins an, Röbbing. Worüm hest du nu nich schrewen?
Robert sprach in seiner neuen gemütlichen Art von dem Stolz, den Einer habe, und Louise auf dem Sofa konnte mit einem Mal nicht mehr erinnern, ob denn ihr ewiger Fluch beigepackt war zu den zweihundert goldenen Mark, die sie dem »armn Jung« nach Hamburg in das Gängeviertel geschickt hatte. In der Anzeige im Hamburger Fremdenblatt war ihre Rede anders gewesen: Kehre zurück, alles vergeben, deine Mutter, geb. U. aus G-w. Papenbrock hatte sich so in seinem Stuhl gelagert, daß ihm der Bauch bequem obenauf lag und er alle Aufmerksamkeit frei verwenden konnte für den großen trägen Menschen, der sich den Mund an einem hölzernen Zahnstocher verrenkte. Papenbrock dachte an einen Stolz, der nicht ausgereicht hatte für eine Rückkehr nach Deutschland, als es im Krieg war gegen die halbe Welt. Cresspahl saß am Tisch neben Horst und versuchte seine Miene einmal anders als von der Seite zu erwischen, aber der blieb so vornüber gehalten und betrachtete seine Hände, als müsse etwas Zuwideres doch ausgestanden werden. Cresspahl hatte seine Augen auf Lisbeth, die das Gesicht des Ankömmlings durchsuchte, das Kinn auf die verschränkten Hände gestützt, gutwillig aber noch mehr erstaunt, und in keinem die kleinere Schwester von einst; Cresspahl lag mehr daran, wie sie ihm zum Leben gefiel, auch wie ihr Kind um den Tisch wanderte, einmal neben ihm, einmal neben der Mutter Platz nahm, in einem ernsthaften Spiel. Es kam dann vor, daß die Blicke aller rasch und heimlich herumfuhren zu Horst, von ihm war nicht mehr zu bekommen als ein Nicken, das mehr ihm etwas zu bestätigen schien als den anderen. Horst dauerte wohl der Verlust des Erbes an den Erstgeborenen, und schließlich war er nicht dabei gewesen.

Na, gut. Robert hatte es mit dem Stolz gehabt. Mußte das nun wirklich sein, daß er falsche Papiere kaufte und auf einem Amerikaner anheuerte nach Montevideo? so stand es doch in zu vielen Büchern. Und immer die Ehre der deutschen Nation hochgehalten, unseren herrlichen Kaiser, das stolze Mecklenburg-Schwerin, und wenn einer was wollte, gleich gefragt: Wist de Jack vull hebbn? Kumm man ran! Auf deutsch, wie denn sonst.
Weil Robert sich anfangs als einen Norweger, dann als einen Bürger der U.S.A., später als einen Paßmexikaner ausgegeben hatte, war es seinem Bruder so schwer gefallen, ihn zu finden. Sehr viel später wiederholte Horst diesen ersten Erzählnachmittag von seiner Seite her, aber nicht gegen die Eltern, und erst, als Keiner ihm das noch als Groll wegen des Erbnachteils auslegen konnte.
Von Montevideo wußte die Familie durch einen inzwischen gefallenen Regimentskameraden Papenbrocks, den Robert noch um Geld angegangen war. In Montevideo war von Robert nichts zu hören. In Porto Alegre, Paranaguá, Santos, Rio de Janeiro waren viele durchgekommen, die vielleicht einmal so ausgesehen hatten wie der Junge auf dem Bild. Inzwischen konnte Horst sich mit Portugiesisch zumindest gegen die habsüchtigsten Auskünfte verteidigen, und da er Papenbrocks Geld nicht ohne Trotz ausgab, empfahlen seine Hoteladressen ihn bei den deutschen Kolonien. Von den Deutschen hatte Robert sich ferngehalten.
Auf der Hazienda einer deutschstämmigen Familie war Robert Inspektor gewesen. Fünf Autostunden von Salvador, auch als Bahia bekannt.
Robert hatte in Vietsen von Landwirtschaft nur so viel gelernt, wie es beim Ansehen der Arbeit ging. Robert konnte nicht autofahren.
Mit Chauffeur. Desgleichen, als er eine Fabrik in Colón verwaltete. Am Panamakanal. Wo er sein erstes Amerikanisch lernte.
Spanisch als Taxifahrer in Mexiko. Mexiko City. Die Höhen und Tiefen des Lebens.
An dieser Stelle, gegen vier Uhr nach dem Mittag, bestellte Robert einen Schnaps für sich; und Lisbeth nahm das Kind an

die Hand und ging weg zu Haushaltpflichten, die sie sich für diese Tageszeit hatte einfallen lassen.
Die Canal Street in New Orleans; wer die nicht gesehen hat. Die gelben Wogen des Mississippi. Die edelmütigen Indianer Arizonas.
Wie Robert die Golden Gate Bridge bauen half. Mit einer Schubkarre Steine über eine schmale Bohle fahren. Der tükkische Neger, der ihn anstieß. Ein Mecklenburger Jung, wie wird er denn und in der San Francisco Bay absaufen.
Und immer gespart. Das Geld in einem Beutel auf der Brust, wenn er mit Güterwagen ostwärts zog. Trampte. Die anderen, die mit ihm auf dem Dach lagen, ihre mißgünstigen Blicke. Da sei mancher über die Kante gerollt, und wenn die Schienen an einem kilometertiefen Abhang liefen, war es gerade richtig. Und doch nie dem Bilde ... dem Andenken ... dem Glauben von uns liebn Mudding Schande gemacht. Aber Überleben sei alles.
In Hoboken mit dem Kapital ein Fuhrgeschäft aufgekauft. Drei Arbeiter. Alles in der Depression verloren. Dann, immer das übermächtige Manhattan vor der Nase, das mußte doch zu schaffen sein. Stauer im Hafen, und doch ein angezahltes Haus in Long Island City. Teilhaberschaft an einem Restaurant mit einem alten Mitglied des schweriner Ruderklubs, so in den neunziger Straßen am Broadway. Dann der Aufstieg Deutschlands aus der Asche der Demokratie. Als Horst ihn fand, war der Paß schon beantragt. Oder doch so gut wie. Horst habe ihn nur noch mecklenburgisch und gleich schwören müssen. Just on a technicality. You know.
Durch und durch verjudet und verniggert, die Amerikaner. Diesen Krieg gewinnen wir.
Auf eigenen Füßen zu stehen gelernt. Der Familie nicht zur Last fallen. Ganze Kraft einsetzen für den Sieg des Nationalsozialismus in der übrigen Welt.
Auf jener Postkarte mit der Neuen Reichskanzlei hintendrauf hatte er geschrieben: sie drehten ihn in Berlin durch die Mangel, und nehmen müßten sie ihn doch.
Im September 1936 hielt er schon eine Rede, auf der Reichstagung der Auslandsorganisation der N.S.D.A.P. in Erlangen, »vor 5000 Deutschen aus allen Erdteilen«.

In Jerichow galt aber, daß in Pastor Brüshavers Predigt am Morgen nach Roberts Ankunft der glücklichen Fügung nicht Erwähnung getan worden war; die Papenbrocks hätten sich das bestellen können. Es galt, daß Avenarius Kollmorgen wissen mußte, ob Papenbrock sein Testament hatte umschreiben lassen, und daß Avenarius gelegentlich der erlanger Rede immer nur auf seine Zeit in Erlangen kam, und was dazumal die Schicklichkeit gewesen sei. Es paßte, daß Papenbrock mit jenem Robert nicht Staat machte. Geschickt war der Alte von je gewesen. Sie bedienten sich seiner nicht, und obwohl Robert mittlerweile fast zwei Jahre zurück war, wurde er bei dem Gedanken an Papenbrocks fast vergessen. Was machte es da, ob er es war, oder nicht.
Lisbeth hatte es nicht gefallen, daß der Fremde sie nach mehr als zwanzig Jahren umarmen wollte, als sei sie nicht seine Schwester. Aber Lisbeth war ja eigen geworden, was Umarmungen anging.

7. Januar, 1968 Sonntag

Die Tunnelpassage unter Henry Hudsons Autobahn war so ausgestopft mit blitzendem Licht, Marie erwartete nun doch, der Fluß sei zu einem glatten Spiegel für die Sonne gefroren. Aber unter dem wolkenlos ausgeleuchteten Himmel war der ungeheuerliche Strom kräftig unterwegs zum Atlantik, glitzernd in unzähligen Eisschollen, nicht mehr Hudsons Fluß, so vergiftet von den Abwässern der Industrie, daß die Fische schon hoch im Norden sterben; die Erinnerung an einen Fluß. Über die tiefe Ebene, die er ins Land gerissen hat, sauste ein Wind, schneller als ein Auto in bewohnten Siedlungen es je dürfte, und die zehn Grad Celsius unter Null saßen so tief im Geländer der Promenade, das Eisen hielt Fingerspitzen gleich fest. Marie stapfte vergnügt voran durch den rutschigen, mehrmals aufgetauten und gefrorenen Schnee, der Sonne entgegen, die ungefähr über Hoboken heiß tat. Sie sah die entgegenkommenden Spaziergänger so fröhlich an, als hätte sie nicht übel Lust, ihnen etwas abzugeben von dem Spaß, den sie mit sich umhertrug. Wenn sie sprach, ließ der Wind manchmal kleine Wolken von ihrem Atem stehen, bevor die Kälte sie wegschnappte. – Hoboken! sagte sie, und riß richtig die Nase hoch, als wolle sie den Bären doch ansehen, den sie sich dahin nicht würde binden lassen.

– Ein Fuhrgeschäft in Hoboken, vier Arbeiter zu bezahlen, und was nicht? Stadtrat doch mindestens! sagte sie, im Spiel entrüstet, so belustigt war sie von der Vorstellung, Robert Papenbrock könne in unserer Gegend, nur auf der anderen Seite des Hudson, zu bürgerlichen Einkünften und Ehren gekommen sein. Sie spricht von »deinem Onkel«, als sei sie da gefeit gegen Verwandtschaft.
– In den zwanziger Jahren legten die Überseedampfer noch in Hoboken an, Marie. Zu fahren war da etwas.
– Das gebe ich dir ja zu. Schlecht ausgedacht ist es nicht.
– Was kommt dir daran ausgedacht vor?
– Weil seine Ausrede so gut sitzt, wo sie saß.
– Dennoch möglich.
– So möglich wie das Essgeschäft »in den neunziger Straßen am Broadway«. 1930! In the Depression! Wo er Glück hatte, wenn die schweriner Bekanntschaft ihn die Teller waschen ließ, wenn er nicht vorher die Reste abstreifen mußte, und nämlich mit der Hand!
– Du glaubst ihm nicht, wenn du ihn nur von ferne siehst. Du hältst nichts von ihm.
– So hast du erzählt.
– Ich wollte dir nur erklären wie es war. Wie es gewesen sein könnte.
– Du warst anzuhören, als ekeltest du dich vor ihm.
– Cresspahl, wohl.
– Und auf deines Vaters Seite bist du.
– Nein. Wenn ich ihn mal begreife, kommt es hoch.
– Zweiter Beweis, Mrs. Cresspahl: Mrs. Cresspahl ist traurig, daß ihre ganze Familie sich eingelassen hat mit den Leuten, die damals in Mecklenburg an der Macht waren (und in Deutschland, ich weiß). Bei denen hat jener »Robert Papenbrock«, oder dessen Mörder, nicht einmal angefangen mit kleiner Arbeit, groß eingestiegen ist er!
– Du nimmst nicht einmal für wahr, daß er es ist?

– Soll ich das nicht glauben?
– Es ist nur gesagt, wie es damals aussah.
– Warum nicht, wie es war?
– Weil es erst Jahre später herauskam, ob seine Geschichte stimmte. Soll ich in der Zeit durcheinander erzählen?
– Nein. Obwohl ich jenes Jerichow nicht nach Jahren sortiere.
– Sondern.
– Nach deinen Leuten. Was ich von ihnen weiß. Was ich von ihnen halten soll.
– O. K. Fang an.
– O. K. Früher nicht, aber inzwischen ist mir Albert Papenbrock fast der liebste. Erst einmal, er ist mein Urgroßvater, etwas Seltenes zu kennen, selten in meiner Klasse. Vielleicht, weil ich Mitleid mit ihm habe. Die Nazis lassen ihn nicht mehr König sein, nicht in der Stadt und nicht im eigenen Haus. Laß ihn angeben damit, daß er seine Familie prächtig versorgt; es ist ja auch dabei, daß er sie versorgen will. Das ist ein anderes Gefühl, und nicht angenehm zu verlieren.
– Weißt du das von deinem Umgang mit Francine? »Die vorbildliche Art, in der die Schülerin Cresspahl einer schwarzen Klassenkameradin, benachteiligt durch Rasse und Familienverhältnisse, unter die Arme greift«?
– Ich gebe damit nicht an; thank you for the apologies. Immerhin erkenne ich Alberts Lage mitunter wieder.
– O. K. Nun Lowising.
– Wen? Albert Papenbrocks Louise? No comment.
– Weil sie anders lebt, als sie betet?
– No comment, Gesine!
– Comments on Lisbeth?
– Deine Mutter. Weil sie deine Mutter ist, habe ich sie fast immer entschuldigt, wenn du von ihr erzählst. Mittlerweile ist sie krank, und Keiner wird ihr helfen. In einem Land wie dem unseren, in New York, sie wäre längst bei einem Schädelschrumpfer, und geheilt. Sie wär nicht mehr in ihre Kirche eingesperrt, sie könnte sie von außen sehen. Und weil sie die nächste ist, die stirbt. Du selber schonst sie.
– Weiter.
– Siehst du. Den Handwerkern, Tischler Böttcher, Maurer Köpcke, Schneider Pahl, ihnen rechne ich es nicht nach. Die

haben ihren ersten Krieg nicht begriffen, was sollen die machen, als für den neuen bauen. Der mir die Platten für dein Haus ausgesägt hat, in den neunziger Straßen, er war in Korea, auch verwundet. Den solltest du reden hören über Viet Nam! Deine Studierten aber, Dr. Hauschildt, Dr. Semig, Dr. Avenarius Kollmorgen, Pastor Brüshaver, Dr. Kliefoth, Dr. Berling, Dr. Erdamer –

– Hi, Mr. Faure. Mrs. Faure.

– Oh certainly. It's a perfect winter day.

– Take care on the steps.

– Brüshaver kannst du ausnehmen. Der hat den Sohn aus der ersten Ehe in einem verlöteten Kasten aus Spanien zurückbekommen.

– Sorry. Und immer noch ein Zufall. Bei Semig will ich bedenken, daß er nicht für möglich halten konnte, was wir jetzt als möglich kennen. Aber die anderen, die mit ihren Zeugnissen von Universitäten, those professionals, diese Helden mit dem Maul!

– Beautiful language, Miss Cresspahl.

– Ich mach mir nicht einmal die Mühe, sie zu beleidigen!

– Cresspahl.

– Den würde ich verachten, wär er nicht dein Vater. Es tut mir sehr leid. Entschuldige. Ich wollte das nicht sagen. I do take it back, and I mean it.

– Deinen Großvater?

– Den. Er als Einziger hatte die Augen weit offen, er hatte seins aus dem ersten deutschen Krieg gelernt – wobei eigentlich?

– Bajonettangriff zu Ehren eines kaiserlichen Geburtstages, an der Westfront. Daß man Leute abstechen kann, nicht ohne Spaß an der Sache. Und jener Gasangriff bei Langemarck.

– Eben. Wenn er es wenigstens mit den Niederlanden versucht hätte, die sahen doch noch nicht aus wie Kriegsteilnehmer; für den Versuch hätte er bei mir auf immer einen Stein im Brett, sagt man im Deutschen so? Und hatte ein Kind, eine Gesine, und ließ sie da sitzen, wo er die Bomben erwartete. Oft finde ich schrecklich, wie du glauben kannst, daß alle diese Leute in Jerichow dich gemacht haben; daß du heute bist wie du bist, weil sie waren wie sie waren!

– Wenn Cresspahl nicht von Papenbrock das Haus genom-

men hätte, säßen die Cresspahls 1945 in England, wenn auch vielleicht interniert, und Jakob würde bei anderen Leuten um eine Unterkunft fragen. Wenn Dr. Berling sich nun auch noch auf andere Gemüter verstanden hätte als auf seins . . .
– O. K. Deswegen sind wir in New York?
– Deswegen.
– Und da und vor dreißig Jahren ist es vorbereitet worden, daß du ein Geldstück zu zehn Cents lieber in der Hand fühlst als einen Halbdollar?
– Ja. Vielleicht, weil es eine holländische Münze gibt, die greift sich an wie zehn Cents.
– Das finde ich unerträglich. Aber ich bin so, deinetwegen?
– Es kommt vor. Wir haben einen vergessen. Horst.
– Mit dem bin ich fast einverstanden. Lach nicht. Er hatte sich geirrt. Dann hat er etwas gesehen. Denn wen immer er da identifiziert hat, er ist doch in New York gewesen.

Sie ging behaglich neben mir her in dem schneidenden Wind, zuverlässig verpackt in ihrem schweren Mantel aus London, ihrer Klappenmütze, in sich. Wir hatten die Sonne im Rücken, und sie versuchte, Schritt für Schritt auf ihren Schatten zu treten. Im Winter, wenn die Häuser auf dem Steilufer New Jerseys in Schnee und blendendem Gegenlicht versteckt sind, an den ungleichmäßig weißen Felsen hätte Henry Hudson seinen Fluß vielleicht doch erkannt. Marie hält es für möglich. Und für gewiß nimmt sie, daß Einer in dieser ihrer Stadt, und sei es am untersten Anfang des Broadway und nicht an der Park Avenue, wo die Westdeutschen heutzutage ihren Staat machen – sie ist sicher, daß Einer wenn nach New York auch zur Vernunft kommen müsse.
Was sie als Kind geglaubt hat, man sollte es ihr aufschreiben.

8. Januar, 1968 Montag

Zuverlässig sind wir der New York Times nicht entgangen. »Und die Anwohner des Riverside Drive fanden den Hudson mehr mit Eisschollen bedeckt als in vielen Jahren zu dieser Periode des Winters.« Als hätte sie uns gesehen, uns befragt.

Und die Cresspahlsche Wohnung ist besetzt, mit einer Menge Familie, der sie auch ohne uns zu klein wäre. Marie hat entschieden, daß wir mit Annie Fleury und ihren Kindern genug befreundet sind, um mit ihnen zusammen zu leben, so wie sie gekommen sind aus dem Blauen, aus dem hohen Norden, aus Vermont, vom Windhundbus. Marie am Telefon hat ihnen den Ubahnweg vom Busbahnhof zu unserer 96. Straße so sorgfältig erklärt, sie waren nicht viel früher angekommen als die Bank schließt, und waren längst da, die drei Kinder alle in Maries Zimmer hinter geschlossenen Türen, Annie auf dem Sofa, verschüchtert wie ein ungebetener Gast, der sich rasch aufrichtet und nun gleich ins Hotel gehen wird. Du wirst doch nicht von uns weg ins Marseille ausreißen, Annie. Du bist so fahrig, Annie, warum stellst du deine Knie so streng aneinander, was soll das, daß du dich so unbequem vornüber hältst und deine Hände durchknetest! Wenn dir nicht zum Lachen ist, wir bringen dich nicht dazu. Es wäre uns lieber, du wärst gekommen wie früher, daß dir deine Farben von Wind und Wald was nützten, daß dir die Bauernmädchenstirn glatt wäre, daß dir der Spaß aus den Augen schlägt; nun nehmen wir dich, wie du hast kommen können. Sieh nicht umher, als wär dir nicht zu helfen. Dir ist zu helfen; wir holen Mr. Robinson in seinem Fahrstuhl, Mr. Robinson holt Bettgestelle aus seinem unerschöpflichen Lager im Keller, wir holen den Koffer vom Eingang dahin, wo du schlafen wirst.
Du bist jetzt hier, Annie.

Weil ich sonst Niemand wußte, auf den Verlaß ist, Gesine.

Auf nicht einen deiner Nachläufer von vor nur fünf Jahren, nur weil einer von ihnen jetzt etwas Besänftigendes zu den Nachrichten zu sagen hat und ein anderer immer noch dich aufnehmen würde in eine Dienstwohnung des Finnischen Konsulats? Nicht auf F. F. Fleury, der mit dir leben wollte wie zu den Zeiten Thoreaus? Das wird ihn hart ankommen, allein zu sitzen in einem knackenden Haus im Schnee an den Bergen, alleingelassen von einer Annie, die länger als vier Jahre an der Herstellung eines Lebens auf dem Lande gearbeitet hat, mit drei Kindern und ehrwürdig splittrigen Dielen, die seine Schreibkraft war, seine Sekretärin und die Bewunderin seines Genies als Übersetzer des Französischen, die endlich weggelaufen ist am frühen Morgen, drei Kinder an der Hand, zur Busstation von Plymouth Union. Wie wollen wir es nun anfangen, Annie? mit Tränen, mit Gütertrennung, mit Raufen in den Haaren? wir wollen also gar nichts anfangen. Wir können wohl zugeben, daß ein Unglück auf dem Tisch liegt, und es wo möglich ein wenig teilen; nicht vor den Kindern. Wir und Mr. Robinson, wir holen dir aus seinem Versteck einen Fernsehapparat für die Kinder, für Frederic F. junior, für das Apfelkind Annina; auch für Francis R. mit seinen zweieinhalb Jahren? wenn sie anders nicht zufrieden sind. Wir werden es vor den Kindern verstecken, daß du keinen Ausflug machst. Auch dich sollen wir verstecken? Am Telefon nicht sagen wo du bist? Glad to please you, Annie. Du bist nicht da. Nein. Du bist nicht da.

Weil ich wußte, du wirst mich nicht drängen.

Was du erzählst, Annie, so besinn dich doch. Du bist in New York, rechts von dir laufen Schiffe, links von dir verkehrt die Ubahn, Linie 1, 2 und 3, hinter dir schlafen deine Kinder die Reise aus, sie schlafen wie Fracht, vor dir sitzt Marie, ein Kind von noch nicht elf Jahren, und sie soll es hören? Erzähl es ihr und mir, wenn du es für Lernstoff hältst. Marie soll also hören, daß Annie Killainen aus einer Ehe mit F. F. Fleury weglaufen will wegen Viet Nam? Wegen Viet Nam. Und beide über fünfundzwanzig Jahre alt, und spielen jeder sein Programm durch, er die Theorie vom Domino, von der Habsucht Chinas, von der Ehre der U.S. in Südostasien, von der Weiterführung des französischen Erbes in Viet Nam, von der Freiheit des Menschen und dem Frieden in der Welt; du mit dem siebten Gebot, dem Gebot betreffs der fremden Märkte, mit der Ehre der U.S., mit der Selbstbestimmung auch kleiner Völker, mit der Freiheit des Menschen und dem Frieden in der Welt. Wie habt ihr das gemacht? auch beim Frühstück? Wann immer die Kinder nicht dabei waren. Das ist zu oft. Oder in französischer Sprache. Annie, so war das mal vor vierzig Jahren in Mecklenburg, ihr könnt doch dahin nicht zurückgehen! Und nun will F. F. keine Frau, die Entschließungen gegen den Krieg unterschreibt, die Mitglied ist in Vereinen gegen jenen Krieg, er will nicht auf den Markt fahren und seine Frau erkennen mit einem handgemalten Plakat gegen den Krieg; er will eine Frau im Haus, bei den Kindern, in der Küche, im Schlafzimmer. Du hättest dem Namen der Fleurys Schande gemacht. Und wo du die Pausen hinlegst, soll Marie etwas nicht für möglich halten, ich aber mir etwas vorstellen. Ja Annie.

Weil ich wußte, du wirst mich verstehen, Gesine.

Ja. Nein. Annie, bleib hier. Bleib eine Woche, bleib zwei, mach ihm Angst. Wenn du einen Tag in unsrer Wohnung bleibst, ich werd sie abends nicht wieder erkennen vor Sauberkeit und Schick. Es ist mein Vorteil. Wir werden in die Oper fahren, in die Filmtheater, ins Konzert; und Mr. McIntyre von der Bar des Marseille soll sich wundern über uns. Marie kennt auch die Märchen von deiner, von unserer Ostsee, die deine Kinder erwarten; sie wird mit ihnen in den Park gehen, in den Zoo in der Bronx, an den Broadway. So halten wir uns vergnügt. Drei Wochen, wie du willst. Dann sprich mit ihm, mit F. F. Er wird klein sein, sehr klein mit Hut, Annie. Wo immer er zu Hause war, man hat ihn bedient; er kann nicht kochen, er weiß mit Waschmaschinen nicht umzugehen, nun hat er noch verlernt, wie ein Typoskript herzurichten ist für den Druck. Ihm wird nicht nur eingefallen sein, wozu er dich braucht; auch, daß er dich benötigt. Das mit Viet Nam werd ich ihm erklären, wenn du darauf bestehst. Aber geh zurück. Die Kinder. Eure fünf Jahre. Meinetwegen laß ihn bitten; er wird sich das weniger vergeben können als dir. Dann laß ihn dich holen. Es geht mich nichts an; du gehst mich an.

Du lebst in einer Ehe von Mal zu Mal, wenn du willst, wie man ein Stück aufführt, Gesine. Verheiratet leben, du kennst es nicht.

Also gut, An-nie. Wir suchen dir eine Wohnung in New York, wir empfehlen nicht ausdrücklich den Riverside Drive. Wir suchen dir eine Arbeit in New York; ich rate dir nicht sehr zu der Bank, die mich hat. Oder geh zurück zu den United Nations, sie nehmen dort immer noch nur die Hübschen. Aber tu das nicht und nimm ein Schiff nach Liverpool und Hamburg und Stockholm und Helsinki und Kaskinen, oder Kaskö. Was ist denn das für ein Finnisch, das deine Kinder sprechen. Francis R., der hat noch das beste, Annina ginge so durch. Aber F. F. junior, dem kriegst du das Amerikanisch kaum aus dem Mund. Schreib noch nicht deinen Eltern. Bleib noch in der Nähe. All right. Noch fünf Tage. Wenn du dann redest wie heute, geh ich mit dir die Schiffstickets kaufen.

Weil du meine beste Freundin bist, Gesine. Hast du das nicht gewußt?

Nein. Entschuldige: Doch. Ich meinte: Ja.

9. Januar, 1968 Dienstag

In der kalten kalten Stadt sind in der vorigen Woche 165 Menschen an Lungenentzündung gestorben, 70 mehr als erwartet, und das Blut für Operationen wird knapp. Charles Gellman, Direktor des Krankenhauses Jewish Memorial: »Der Krieg in Viet Nam hilft auch nicht gerade, weil da eine Masse Blut hingeschickt wird.«

Der Spielplatz zwischen den Straßen Hudson, Gansevoort, 4. West und Horatio, auf der Höhe von Pier 52, heißt seit gestern nach John A. Seravalli. Der Junge hatte dort Basketball gespielt. Am 26. Mai 1966 zog die Armee ihn ein. Am 28. Februar 1967, einundzwanzig Jahre alt, wurde er auf einer Patrouille nahe Souida getötet.

Im Sommer 1937 wollte Horst Papenbrock sich aus freien Stücken zur Wehrmacht melden.

Als er es Lisbeth sagen wollte, traf er sie beim Besteckputzen. Sie hatte den Küchentisch mit Handtüchern ausgelegt, und die Arbeit schien ihr durch die Hände zu rutschen, so schnell wendete sie drei Messer zwischen den Fingern, tupfte den

Korken in Wasser und dann in das Schmirgelpulver in der aufgezogenen Schublade, rieb die Klingen sauber, legte sie zum Nachwischen in die Wanne beiseite. Es war ein warmer Nachmittag, im späten Juli, das Gartenlicht, vom Fenster in Rechtecke aufgeteilt, war schon niedrig. In der Nähe machten die Stare sich mausig und über die reifen Kirschen her, von ganz weit her war Paap beim Umstapeln von Balken zu hören. Es war ein Sonnabend, das Gefühl von Arbeitsruhe schlug schon durch. Horst mochte nicht gleich anfangen, so daß Lisbeth an einen gewöhnlichen Besuch glaubte und zu erzählen anfing von der Reise, die sie am Vormittag zum Heeresbauamt in Gneez hatte tun müssen, auch von den Gesprächen in der Eisenbahn. Insgeheim dachte sie daran, daß sie ihre Haare hätte waschen sollen, und war ärgerlich, daß auch Horst nun einen Augenschein bekam für das jerichower Gerede, sie halte nicht auf sich. Horst war ein wenig nach Abschied, und er sah seine Schwester genauer an als sonst, bemerkte wohl die strähnigen, aufgelösten Flechten, hielt Lisbeth doch für das Kind, die Jüngere, auf deren Ruf von Hübschsein er oft sich etwas eingebildet hatte. Er sagte es ihr, ganz der große Bruder mit den geheimnisvollen und staunenswerten Entschlüssen, und sah sie erschrecken, als hätte sie sich geschnitten und wolle nun den Schmerz mit gepreßten Lippen abfangen. Dann vergaß er es, weil sie sich nach seiner Erwartung verhielt. Er hörte da das harmlose Mädchen, das ihn nach der Entfernung der Garnison von Jerichow fragte, die Kleine, die ihn bedauerte wegen des Krachs, den Albert Papenbrock ihm hinlegen würde. – Du Döskopp: setzte sie hinzu, wie in den Kinderzeiten, nur daß das Einverständnis in Herausforderung und Neckerei fehlte. Horst fiel gewiß auf, daß das Besteck jetzt etwas härter zur Seite flog, aber er hielt es für Eile, und sah doch, daß Lisbeth jetzt wegen der schwarzen Silberwatte Handschuhe trug und daß es das güstrowsche Familiensilber war, dem sie da Beulen anwarf. Horst war verwundert, daß das Kind sich vom Tisch weggedrückt hatte und endlich rasch über den Hinterflur weggetrabt war. Lisbeth wollte wohl in aller Stille auf sich nehmen, daß ihre Familie schon wieder Cresspahl behilflich war, ihr Schuld in den Nacken zu legen, aber sie konnte das nicht in Geduld tun.

Du hast ihm das geraten, Cresspahl!

Ach, Lisbeth. De Jung will sick vestecken. Die Armee ist so ein schlechtes Versteck nicht.

Noch. Und wenn Krieg ist?

Lisbeth. Ich rat deinem Bruder nicht. Im Guten nicht, im Bösen nicht. Denn sie werden ihn ja nicht nehmen.

Heinrich.

Papenbrock brachte den Krach nicht zuwege. Er hatte augenblicklich die nötige Laune vorrätig, als Horst nach dem Essen seinen Austritt aus der Firma ankündigte; der Alte wußte nicht, womit den Ärger füllen. Er hatte den Jungen nach dem Ältesten geschickt; nun konnte er ihm nicht Arbeit zumuten für ein Erbe, von dem er den Hauptteil nicht bekam. Er hatte nicht versucht, jene Elisabeth Lieplow aus Kröpelin ins eigene Haus zu ziehen, obwohl sie nun eine Papenbrock war; konnte er Horst ein Leben mit der eigenen Frau verdenken? Er hatte den Jungen groß gezogen mit dem Gebot, daß ein Mann ein Soldat sei; es wäre ja Gehorsam gewesen, den er ihm verwiesen hätte. Albert war so genau getroffen, die Worte ließen ihn im Stich. Früher hätte er zugeschlagen. Er setzte mehrere Male an mit einem Du, Du –, aber Horst wartete in Ruhe ab, ob der Alte ihn einen Lümmel nennen werde, und hob eher bedauernd die Schultern, als der Vater auf die Tür zuschritt, als wolle er sie ohrfeigen, und hinter ihr mit ungeordnetem Brabbeln davonschlurfte. Horst hatte nicht einmal Trotz aufgeboten. Er war jetzt so alt wie seine sechsunddreißig Jahre. Papenbrock in seiner hilflosen Wut schlug blind um sich, von einem Tag auf den anderen. Er bestellte den schweriner Sohn nach Jerichow, der auch mitten in der Ernte anreisen konnte, in großem Wagen mit Chauffeur; Papenbrock bestellte Avenarius Kollmorgen, der erstaunlich gefügig antrat, die Mappe wichtig an der Hand, die Stirnrunzeln bedeutend aber ratlos gewölbt; Papenbrock bestellte als Zeugen Cresspahl. Der kam nicht. Er begriff wohl, daß der Alte sein Gewissen ruhiger betten wollte, indem er Cresspahl einen Teil zu tragen gab; so mitleidig war er nicht. Dr. Berling war gefällig genug. Als er seinen langen Endbuchstaben in schlapper Schleife an sein behäbiges B gehängt hatte, wußte die Gesellschaft in Papenbrocks Kontor nicht recht etwas zu reden; und sogar Avenarius gestand sich ein, daß er von solchem Mosel für gewöhnlich nicht müde wurde. Aber ihm fiel Passendes nicht ein, die schwüle dunkle Höhle des Marktplatzes vor den Fenstern zog ihn nicht aus dem Haus, und bevor er es schaffte, aus reiner Vorsicht sich zu empfehlen, hörte er Horst vor Zeugen erzählen, was Lisbeth Cresspahl am vorigen Sonnabend in der Eisenbahn, an der Station Wehrlich, von dem Gespräch zwischen dem Landarbeiter Warning und dem Forstaufseher Hagemeister mitbekommen hatte, etwas über den Umgang eines hochgestellten Parteigenossen mit einem jüdischen Tierarzt, vor der Ergreifung der Macht. Horst hatte nichts als eine Pause füllen wollen, und der Bruder aus den beiden Amerika beließ es bei langweiligem Kopfschütteln, als habe auch er genug von der albernen Rederei in oder zwischen kleinen Städten. Im übrigen hatte jener Robert sich erstaunt und geniert betragen, und beim fälligen Händedruck war ihm der ergriffene Blick mißlungen und nach unten weggerutscht.

Ende August war Horst mit seiner Elisabeth nach Güstrow umgezogen. Zwar hatte die Wehrmacht ihn nicht genommen. Sie hätten ihn als Leutnant der Reserve einstellen können, weil er 1919 als Offiziersanwärter aus dem Krieg gekommen war; wäre er nicht mit bald siebenunddreißig Jahren etwas ältlich gewesen für einen Leutnant. Horst mochte hinter dem ablehnenden Bescheid die dicken Finger seines Vaters ahnen; zurück nach Jerichow kam er nicht. Der Abschlag auf sein Pflichtteil hatte seiner Lisbeth gereicht für das Einrichten einer ansehnlichen Wohnung in Güstrow, nicht weit von den Neubauten der Landesbauernschaft, wo er sich mit der Verwaltung von Saatgut in einem nationalsozialistischen Sinne befaßte. Die Stelle hatte ihm Alexander Paepcke über Korpsbrüder in der Leonia besorgt; da hatte Papenbrock nichts verhindern können. Der Alte hatte wahrhaftig für seinen Speicher einen Verwalter finden müssen, ganz nach seinem Wunsch vom März 1933, und konnte sich nicht auslassen gegen jenen Waldemar Kägebein, der aus Aereboes Handbuch der Landwirtschaft Manches auswendig wußte, was Papenbrock nachzuschlagen hatte. Robert Papenbrock aber diente

erst noch einmal dem Vaterlande vermittels einer Dienstreise in Übersee, nicht in Rio de Janeiro diesmal, sondern in Chicago, Illinois. So sah es nach den Poststempeln aus.
Und in Jerichow galt wiederum als erwiesen, daß den Papenbrocks an List Keiner über sei. Denn die örtliche S.A. saß auf Grund mit ihrem Mißtrauen, von denen hatte doch Keiner versucht, Horst dahin nachzulaufen, wo es mit Gewehren im Ernst zuging. Und Horsts Amt bei der Landesbauernschaft, es würde den Geschäften der Familie nicht eben schaden.
Zwar war schade, daß der Alte sich jetzt auch noch verstellt gab, mucksch, und kaum je Zeit hatte für solche umwegreichen, listigen, schabernackschen Gespräche, in denen er so firm gewesen war. Aber die Gaststätten waren ja nicht sicher in Zeiten wie diesen.
Im September bekam Lisbeth, geborene Papenbrock, wohnhaft am Ziegeleiweg 3–4 zu Jerichow, eine Vorladung des Landgerichtes Gneez als Zeugin in einem Prozeß gegen Warning/Hagemeister. Gegenstand des Verfahrens war unter anderem die Verunglimpfung eines nationalsozialistischen Amtsträgers durch den Vorwurf, er habe Gewinn aus dem Umgang mit einem jüdischen Staatsbürger gezogen.
Das amtliche Schreiben wurde bei Cresspahls abgegeben an dem Tag, für den der Mecklenburgische Christliche Hauskalender aus Paulus Briefen an die Römer Vers 1 bis 5 des 5. Kapitels zur Beherzigung empfahl.
Lisbeth war nicht davon abzubringen, daß sie es gehört hatte. Sie hatte gehört: Hagemeister sagte: Und sieh dir solche an wie Griem. Da hatte Warning gesagt: Früher hatte er ganz dicke Brühe mit Semig, konntest du gar nicht umrühren. Jetzt ist Griem Oberfeldmeister oder sonst was beim Reichsarbeitsdienst.
Dr. Semig sagte: Was kann ein Tierarzt schon einem Ackerbürger für Gewinn verschafft haben, und dann Griem! Mein lieber Herr Cresspahl –!
Griem vermaß die Große Friedländer Wiese für Meliorationsarbeiten, und es sah ganz so aus, als kriegte er seine Post nicht.
Robert Papenbrock, der die Anzeige erstattet hatte, wurde nicht vor Anfang 1938 aus den Staaten zurückerwartet.

Avenarius Kollmorgen war bereit, sich an nichts zu erinnern. Papenbrock wollte gern wirklich betrunken gewesen sein. Aber Dr. Berling hatte immer noch nicht verwunden, zu wem die Frau ihm mitgelaufen war, und war den ganzen August zugange gewesen mit der Geschichte bei Patienten, denen er Verständnis zutraute für »sittliche Krankheitsherde« in der Führung von Staat und Partei.
Lisbeth har dat hürt.
Uns' Lisbeth unter Eid vor Gericht, was soll das werden?

10. Januar, 1968 Mittwoch

Mr. James R. Shuldiner ist entschlossen, eine Ehe einzugehen.
Daß James Shuldiner ein Gespräch so eröffnen könnte, Mrs. Cresspahl hat es nicht gedacht. Sie kennt ihn, seit er bei einem Zimmernachbarn in der Bank zu Besuch war, dann von zufälligen Begegnungen auf dem Weg zur Ubahn, schließlich von eiligen Tischzeiten in Imbiß-Stuben der vierziger Straßen; immer war er es, der anrief, jedes Mal hat Mrs. Cresspahl ihrs selber bezahlt, und nie war die Rede von dem, was er aus solchen halben Stunden holen wollte oder wegtrug. Es mochte sein, daß er nun auch noch eine deutsche Person unter seine Bekannten zählen wollte; vielleicht fand er bei anderen nicht das gewünschte Gehör für seine Sorgen mit den Manieren der Staatsmänner; womöglich kommt er jeweils wieder wegen des Nachmittags im Frühsommer, als er uns bei einem Konzert im Central Park in den Weg lief und Marie ihn andächtig dazu anhielt, ihr Rechengänge zu erklären; Marie hat längst vergessen, daß sie ihn nicht lange unter ihre Freunde dachte, und Mrs. Cresspahl sollte mit mehr Sorgfalt überlegen, was aus einem Umgang herauskommen wird. Denn ginge es nach der Gewohnheit, so müßte heute besprochen werden, daß das Pentagon dem Präsidenten noch einmal mit Erklärungen über den August 1964 im Golf von Tonkin den Rücken decken will, oder daß de Gaulle den Juden wirklich ein Kompliment machen wollte, als er sie ein Elitevolk nannte, »seiner selbst sicher und herrisch.« Aber nein, wir

sollen uns mit Herrn Shuldiners Hochzeit befassen, und ihm ist es so eilig, daß er nicht bis morgen mittag warten kann sondern tatsächlich in die Bar des Marseille kam. Sitzt etwas verrenkt da, den Ellenbogen auf der Brüstung über dem Schwimmbad, mit versehentlich um die Augen aufflackerndem Vergnügen, dennoch lange kein strahlender Hochzeiter, mit immer noch gespannter Stirn, die ein Druck zu belasten scheint.

Mr. Shuldiner bittet uns um einen Freundesdienst. Seine Frau möchte in dieser Gegend wohnen, und könnten wir behilflich sein. Noch eine Bloody Mary, Mrs. Cresspahl?

Besten Dank, und es geht nicht. Dazu ist Mrs. Cresspahl außerstande. Die Obere Westseite als Viertel, es ist ihr zerfallen in immer mehr Szenen und Anblicke, je ausgiebiger sie es kennen gelernt hat in fast sieben Jahren; sie hat kein Urteil zum Abgeben. Diese Adresse hat als Antwort meist ungenaues Nicken bekommen, erblindende Blicke, denen der Begriff ausging. Greenwich Village im Süden, es ist in der Stadt zumindest bekannt als sein Mythos; Riverdale, in der Bronx, tut gleich vertraut mit einer Ansicht aus Erinnerung und eingeschüchterter Phantasie. Was die Obere Westseite umgibt, ist geläufig; sie kaum. Im Norden die Morningside Heights blicken aus sicherer Entfernung nach Harlem hinüber, die Universität Columbia grapscht Haus nach Haus und Straße nach Straße unter ihren ehrenwerten Mantel; da ist die Kirche des Unfertigen Johannes und die von Rockefeller, genannt Riverside, dann noch das Krankenhaus des Heiligen Lukas, auch besucht von New Yorkern, für die es noch lange nicht Matthäi am Letzten ist. Die Gegend südlich unseres Viertels schafft es sogar auf die Feuilletonseiten europäischer Blätter mit Oper und Philharmonie, da hält die Ubahn in einem tatsächlich neugebauten Bahnhof, da werden die Wohnstätten nicht bloß saniert, sondern ernstlich erneuert. Die Grenzen der Gegend, sie sind berühmt. Was dazwischen liegt, die Obere Westseite, es ist ein unbekanntes Loch, in diesem Kessel schwimmen die unverträglichsten Fische, da ist alles gefällig, Mr. Shuldiner. Warum bleiben Sie mit Ihrem Mädchen nicht in New Jersey.

Das ist es ja. Sie will nicht zu der orthodoxen Verwandtschaft.

Aber will das Kind denn unter die Heiden und Christen fallen, Mr. Shuldiner? Erst einmal ist dies eine weißhäutige Gegend, und wenn es hoch kommt, leben die Juden zu dreißigtausend unter der doppelten Zahl von angelsächsischen Protestanten, irischen und italienischen Katholiken und den zwei Deutschen ohne Konfession am Riverside Drive. Da sind gewiß Juden, die am Sabbat Wäsche waschen, und solche, die sind die Herzensfreude des Rabbiners; fragen Sie nur nach Mrs. Ferwalter. Und sie sind nicht, wie die künftige Mrs. Shuldiner, aus Rapid City, sondern aus Westeuropa, aus den slawischen Ländern. Wird eine junge Ehefrau aus South Dakota sich da zurechtfinden? Und was ist mit den anderen Fünfzigtausend, den Puertorikanern, den Negern und der Prise Japaner und Chinesen? Den unbekannten Völkerschaften? Alle mögen Amerikaner sein, aber alle Gruppen halten fest an der eigenen Sprache, sie verbinden sich nicht gern miteinander; die verwirrende Mischung ist nicht einmal beständig, so unverhofft ziehen sie hier um. Wäre Ihre Frau nicht lieber in einer Gemeinde, in der die Leute einander ähnlicher sind und auch noch Gründe wissen, sich zu vertragen?
Jedoch könnte Mr. Shuldiner hier seiner Frau etwas bieten. Die Großstadt habe nun einmal ihren Preis.
Gewiß, Mr. Shuldiner. Für ein Leben im Behagen stehen hier immer noch die Straßen Central Park West, die West End Avenue und der Riverside Drive, altmodisch solide und zäh verteidigte Erbstücke. Central Park West blickt vielleicht noch eine Weile auf die aufwendige Kunstlandschaft, die gemachten Seen, gespiegelte Wolken, den hügeligen Rasen unter dem Schnee, auf müßig gewundene Wege, durch offenen Himmel zu der immer noch hochmütigeren Adresse Fünfte Avenue, die selbstbewußt unter ihren Wassertöpfen hockt, wie im Abonnement angestrahlt von jeder abendlichen Sonne. Oder nehmen Sie die West End Avenue, schon dicht am Hudson, die finstere Schlucht zwischen gemauerten Ungetümen, die Käfige in den Fenstern sind aber nicht für Vögel, sondern Maschinen für Kunstluft, und Sie selber müssen es bezahlen. Womöglich finden Sie dazwischen all den Altenheimen ein Haus für eine junge Frau aus dem offenen Land. Oder in einer der seitlichen

Zahlenstraßen, wo noch Einfamilienhäuser poliert sind wie edles Gestein. Da wie am Riverside Drive sind die Gehsteige rein gefegt, ist der schwere Güterverkehr ausdrücklich verboten, scheint das Wohnen wünschenswert. Es ist in dieser Gegend leicht zu finden, ein vor dem 1. Februar 1947 gebautes Haus, in dem die Mieten gestoppt sind; hier wird nicht viel gebaut. Dann haben Sie nicht mehr zu zahlen als fünfzehn Prozent über den alten Mietbetrag; das kann Mr. Shuldiner sich leisten. Gewiß.
Nicht wahr. Und er wüßte seine Frau in Sicherheit.
Kaum, Mr. Shuldiner. Hier ist auch das Gegenteil die Wahrheit. In vielen Seitenstraßen sind Slums. Wo die Ärmsten leben müssen, ist die Feuerpolizei noch weniger genau mit den Vorschriften; warum soll es da nicht brennen wie jetzt in Harlem? Warum sollen da nicht die Bürgersteige einstürzen wie in Harlem? Da gibt es genug Häuser, in denen müssen die Menschen, ganze Familien in einem Zimmer, gegen die Rohre schlagen, weil der Besitzer die Heizung spart. Die sich beschweren bei der Stadt mit einem Anruf alle zwei Minuten, die wohnen auch hier. Warum sollten die nicht Ihrer Frau die Handtasche wegreißen, das Messer unters Kinn halten? Und verlassen Sie sich nicht auf Mrs. Cresspahl. Die hat ein Jahr lang zwei Miethäuser in der 95. Straße für fröhlich gehalten, wegen der Bewegung in Hausfluren und Fenstern, wegen der spanischen Zurufe und Gesänge, des Lebens auf dem Bürgersteig; die hat nicht begriffen, warum das Kind nur auf der anderen Seite der Straße da vorbei wollte. Das Kind hatte die Häuser erkannt als arm, als böse; erst danach könnte auch Mrs. Cresspahl Ihnen etwas beweisen mit den Töpfen und Schüsseln, die jene Bürger auf die Fensterbretter in die Kälte stellen müssen, weil sie ihr Essen drinnen nicht sicher aufbewahren können.
Nun einmal klipp und klar, Mrs. Cresspahl. Sie leben hier.
Wir können Ihnen aufsagen wie aus einem Lehrbuch der Geographie, Mr. Shuldiner: Sie befinden sich im Nordwesten der Insel Manhattan, zwischen der siebzigsten und hundertzehnten Straße, zwischen dem Central Park im Osten und im Westen dem Fluß, den Henry Hudson noch entdeckte, bevor ihn seine Mannschaft zum Verhungern aussetzte. Zwischen

Süden und Norden verlaufen solche Avenuen wie der Riverside Drive; das mißversteht sich. Sie sollten es aus der Luft sehen, Mr. Shuldiner. Ein ungleichmäßiges Geschiebe aus Türmen und Hütten, eingedämmt von Hochbauten. Fast tausend Leute wohnen da in einem Block, wenige allein in Wohnungen, zu viele noch dichter an einander, als sogar das Gesetz erlaubt. Nicht einmal einen Namen hat die Obere Westseite. Früher die Holländer gründeten hier ein Dorf und nannten es Bloomingdale, aber ein Tal der Blumen ist es nicht geworden. Wenn die Bewohner unter sich von diesem Viertel sprechen, nennen sie es die area, das Gebiet, als sei es eine nichts als zufällige Ansammlung von Häusern, ein sinnloses Nebeneinander von Leuten ohne Nachbarschaft. Sie betreten das Gebiet zweckmäßig durch den Park im Broadway, wo Verdi steht mit Tauben auf dem Schädel, der jetzt Needles Park heißt, nach den Injektionsnadeln, Mr. Shuldiner. Sie wenden sich die Amsterdam Avenue hinauf, Sie bemerken die Ähnlichkeit mit ausgebombten Straßen im Weltkrieg –
– Und ich habe Sie so sehr bewundert, Mrs. Cresspahl: sagt Mr. Shuldiner. Er sitzt schon lange krumm vornüber, beide Ellenbogen auf dem Tisch, die Schultern gekippt, und dreht sein Glas, als sei im schwankenden Spiegel der Flüssigkeit doch eine Antwort geschrieben.
– Ich kenne mich hier nicht aus, Mr. Shuldiner.
– Das war es nicht, was ich wollte. Ich hatte gewünscht, Sie würden meiner Frau hier behilflich sein.
– Ihr Auskünfte geben?
– Und was man so für Freunde tut, Mrs. Cresspahl.
Später am Abend sagte Annie, die geborene Killainen: Jetzt hast du binnen drei Tagen schon den zweiten Klienten. Ich kann das verstehen. Du mußt schon auf der Schule so gewesen sein.
Dann wollte sie Mrs. Cresspahl das Gegenteil nicht glauben. Was einem Menschen anzusehen sei, dafür sei er verantwortlich.

Tief im ersten Blatt, neben dem fortgesetzten Bericht über die Kältetoten (damit wir ihn auch glauben), bringt uns die New York Times eine Aufnahme aus dem Hafen, einen stämmigen Schleppdampfer, winzig in dem dichten Feld aus Eisblöcken, die gestern nachmittag den Hudson hinuntergeschwommen sind. Das Wasser ist so voll Gift, da kann Einer schon an wenigen Schlucken zuviel sterben, dazu braucht es nicht die Kälte.

Als Cresspahl den Hof hinter der jerichower Kirche übernahm, war er zum Ziegeleiweg hin nahezu offen gewesen; nun war er längst geschlossen.

Die Bauern vor ihm hatten eine Einfahrt in der Mitte gehabt, um links an die offene Remise, rechts an Jaucheteich, Misthaufen und Stalltüren zu kommen; Cresspahl hatte sie aufgegraben und mit schnellwachsenden Büschen zugestellt. Auch die löcherige Holunderreihe war nun mit Flieder durchpflanzt, vom Ahorn an der Ecke bis zum Nebenfahrweg, den Cresspahl wie eine Straße ausgebaut hatte. Das war für den Durchblick offen, aber versperrt durch ein Tor aus Querbrettern, wenn auch nur mit einer Klinke, und wer durch die Büsche wollte, fand mitten in Ast und Blatt einen Zaun aus Maschendraht, mit Stacheln obenauf. Er hatte alles wild wachsen lassen, und wer von dem Haus dahinter nicht wußte, ging den Weg nicht weiter, da er hinter dem Ziegelkasten in Sand auslief zu nichts als Feldern. Das war kein Anwesen mehr, aus dem ein kleines Kind auf die Autostraße sich verlaufen konnte; dem kam auch kein Geflügel weg. Erst als Cresspahl dem Tor ein Schloß anschlug, im Sommer 1937, und Lisbeth kaum noch ihren Fuß in die Stadt setzte, kam in Jerichow das Gerede von dem Gefängnis auf, in dem er seine Frau hielt, obwohl die Klinke nur nachts verriegelt war. Tagsüber war sie zu bewegen, nur daß sie mit einem Knacken aushakte, daß es zum Erschrecken war. Wie er das nun wieder angestellt hatte. Und auch wenn Lärm in der Werkstatt war, kam der ungebetene Besucher bis zur dritten Tür, und aus der vierten trat Paap oder Cresspahl oder sonst kräftige Leute, die einen Hund nicht brauchten. Nun erkläre das mal, daß du in die Werkstatt wolltest, und bist nicht durch die Tür im

Scheunengiebel getreten, wo das Schild hängt. Bis zur Tür des Wohnhauses war kein Hinkommen, und es hätte kaum genutzt, da sie jetzt beständig verschlossen war. Wen Cresspahl zu Lisbeth durchließ, den brachte Heine Klaproth zu ihr; die anderen mußten bei ihm stehenbleiben, mit Blick auf nichts als die zugezogenen Fenster, den kahlen Hof, den kleinen Rasenplatz für das Kind, bis Einem schwindlig werden konnte von dem Geruch der frisch geschnittenen Holzstapel. Und Cresspahl, dieser Engländer, stand so täuschend da wie ein harmloser Handwerker, verschwitzt in seinem bestäubten Arbeitszeug, den Nacken krumm, und nahm unverhofft genau den Kopf hoch und traf den Blick mit seinen unverhofft harten Augen, die in der Erinnerung bloß wässerig blau gewesen waren. Und wer dann lieber bald vom Hof ging, er hatte nicht einmal etwas zum Erzählen mitbekommen.

Es kam nicht nur die Verwandtschaft von Warning oder Hagemeister und wollte Lisbeth ins Gewissen reden. Da erschien Avenarius Kollmorgen und pochte mit dem Krückstock an die Werkstattür und wurde nicht fertig damit, sich eingebildete Fusselfäden von den breiten Schultern zu klopfen, während er inmitten der laufenden Maschinen vortrug, daß es einer als Zeugin benannten Person freistehe, auszusagen oder nicht. Den nahm Cresspahl mit ins Wohnhaus, an seinen Arbeitstisch, und als Avenarius eine halbe Stunde später am Tor seinen Abschied genommen hatte, schlug er so unbeherrscht ins staubige Zaunlaub, daß die Hühner wild aus ihren Sandnestern aufstoben. Papenbrock durfte allein zu seiner Tochter weitergehen und mochte sich auf dem Rückweg in der Werkstatt nicht zeigen. Als Cresspahl doch in den Fahrweg trat, sah der Alte benommen aus. Er hatte mit seinem Lieblingskind versucht, was bei Louise regelmäßig geholfen hatte, und Lisbeth hatte sich das verbeten. Sie sei noch nie angeschrieen worden, und wenn er dreimal der eigene Vater sei, er solle sich vorsehen vor Cresspahl! Papenbrock fand das unerfindlich, daß Einer die Frau nicht anbrüllte, aber der gute Rat verging ihm, als der Schwiegersohn ihn mit fast freundlicher Aufmerksamkeit von der Seite ansah. Da kamen noch andere, auch Brüshaver. Cresspahl nahm den Pastor auf

die Schippe und fragte ihn nach der christlichen Bedeutung des Eides, bevor er ihn ins Wohnhaus entließ, so daß der bei Lisbeth weniger forsch mit Bitten anfing, was er sich als eine Unterweisung vorgenommen hatte. Er brachte zustande, daß Lisbeth die Lüge nun nur noch von ihrer Mutter abhängig machte. Die alte Papenbrock hatte ungefähr verstanden, was der Mann und Cresspahl ihr vortrugen, aber dann fühlte sie sich zu wichtig in der Gelegenheit und erwischte in Gedanken einen falschen Zug und fuhr ab zu den Römern fünf, 1–5. Als Lisbeth zu Hause davon erzählte, saß sie so schlaff angelehnt wie bei ihrer Mutter, die Hände lahm im Schoß, nickte so ergeben, daß Cresspahl eine Stuhllehne unter der Hand zerbrach. Die war dann nicht mehr zu leimen. Die Frau von Warning versprach Cresspahl, daß Gott die doppelte Strafe auf Lisbeths Haupt legen werde. Hagemeister kam selber, wollte gar nicht über die Werkstatt hinaus, erkundigte sich eher beiläufig nach den Bäumen im Garten, sprach vom Schafscheren in Rande und hatte offenbar kein Anliegen weiter. Als Cresspahl den gehen ließ, sah es von der Werkstatt her so aus, als verspreche er ihm etwas in die Hand. An Warning hatte er ausrichten lassen: er habe nichts übrig für Leute, die in einer öffentlichen Eisenbahn, an einem Tag in diesem Jahr, sich auslaberten über Kackbraune. Verbrecher seien das. Ein Schaf habe mehr Verstand. Und ein Schaf saufe im Jahr einen ganzen Eimer Wasser nicht aus.
Dann wurde Dr. med. vet. Arthur Semig, praktischer Tierarzt, Teilnehmer des Ersten Weltkrieges und Träger des Eisernen Kreuzes, in Jerichow einvernommen, durch die Stadt zum Bahnhof geführt und in den Kellern unter dem Amtsgericht Gneez behalten.
Es war Ende September, Nachsaison, noch gutes Badewetter, als Lisbeth Cresspahl ihr Kind bei Aggie Brüshaver abgab. Der wie Cresspahl sagte sie etwas von einer Reise zum Zahnarzt. Sie ging auch richtig an die Bushaltestelle in der Bahnhofstraße, sie stieg aber nach Rande ein.
Als die Sonne hinter dem Land war und das Wasser der Ostsee kalt auch noch aussah, fiel einem ausfahrenden Fischer weit vor der Küste eine Badekappe auf. Das war vier Kilometer in die Lübecker Bucht hinaus, weit jenseits der 16 Meter-

Linie. Es war dort 24 und 25 Meter tief. Sie war schon so schwach, sie konnte sich nicht mehr wehren, als Stahlbom und sein Junge sie an Bord zogen.
Stahlbom kehrte um, weil sie so zitterte und in drei Decken nicht warm werden wollte. Er dachte mehr an den entgangenen Fang, denn schon im August 1931 war eine junge Frau, eine Kindergärtnerin, zweieinhalb Kilometer weit hinausgeschwommen, wenn auch weil da das Linienschiff Hannover auf der Reede gelegen hatte und sie gleich umgekehrt war. Als Cresspahl seine Frau nachts in Rande abholte, fragte er gleich nach dem Verdienst, der zu ersetzen war, und Stahlbom hätte den Zwischenfall wohl auch vergessen, wäre er nicht dazu aufgefordert worden.
– Die Badekappe, das war mein Fehler: sagte Lisbeth am nächsten Morgen, fast behaglich in ihrer Müdigkeit liegend, mit einem spielerischen, gedankenlosen Lächeln, das dann hinter wütend gestrafften Lippen verschwand.
– Es war die Eitelkeit. Die Strafe dafür: sagte sie.

Dau dat nich noch eins, Lisbeth!
Ne, Cresspahl. Dat dau ick nich noch eins. Nich so.

12. Januar, 1968 Freitag

Mit Annie Killainen und ihren drei Kindern in der Cresspahlschen Wohnung, es ist gut leben. Die Zimmer sind nicht geräumig, das mittlere zudem mit vier Türen offen, und doch jammern die kleinen Fleurys noch am fünften Tag nicht nach den verlorenen Sälen in Vermont, und Francis R., das Knickebein, hat sich bereits Stellen eingerichtet, an denen er allein wohnt, am Sekretär der Dänin, im Spiegelschrank. Womöglich mußten die zu Hause noch leiser leben, als sie hier freiwillig fertigbringen. Auch Marie kommt gern aus mit der großen Familie, weil wir es so eingerichtet haben, daß sie ihr Zimmer aus freien Stücken den auswärtigen Kindern anbot, und weil Marie oft behandelt wird wie der Vorstand des Haushalts, regelmäßig gefragt »wie deine Mutter es macht«. Es ist ihr noch nicht aufgefallen, daß Annie abzieht mit den

Kleinen, in den eisigen Park, zum Einkaufen, ins Schwimmbad des Marseille, wann immer sie mit Schularbeiten nach Hause gekommen ist. Aufgefallen ist ihr, daß ich behandelt werde wie ein Ernährer, mit fertig serviertem Frühstück, kaum komme ich aus dem Bad, mit pünktlich eingeschalteten Frühnachrichten von WQXR, mit bereitgehaltenem Mantel und Schal, als sei Mrs. Cresspahl ein Mann und Vater. Hoffentlich besteht sie nicht darauf, es später nachzumachen. Auch im Haus hat Annie sich eingeführt auf ihre Art; Mr. Robinson kennt ihre Kinder mit Namen und Gesichtern auseinander, und Jason hat ihr angedeutet, daß im elften Stockwerk eine Wohnung wie die unsere frei werden könnte. Dafür müßte ein Fremder ihm die Hand über und über mit grünen Scheinen behängen. Was Annie an mitgebrachter Haushaltführung durchsetzt, es ist unmerklich; unverhofft sind die aluminen Fensterrahmen mit Stahlwolle blankgescheuert, glänzt der Schrank mit den Büchern wie frisch vom Restaurator; sie weist nicht darauf hin, es ist kein Tadel, nicht einmal Entgelt. Sie käme nicht darauf, mit Geschenken für Besteckkasten oder Wäschekommode sich einzumischen; nur einen unziemlichen Vorrat von Kerzen hat sie angelegt, weil »New York so leicht dunkel werden kann«. Dabei zieht sie den Kopf in die Schultern in komischer Furcht vor dem Vorurteil, bis alle fertig sind zum Lachen, und lacht. Da bleibt der Zähler des Tonbandgerätes unerschütterlich auf der Ziffer des Vorabends stehen, da werden keine Briefe durchgesehen; wohl mag sie da Staub wegwischen, oder das Schließblech der Schublade polieren. Was Annie hier war, vieles werden wir erst merken, wenn sie gegangen ist. Aber sie soll ja nicht gehen.

Es ist unerträglich, mit ihr zu leben. Nicht wahr, Gesine?

Es ist mir recht.

Du kannst es schwer aushalten.

Sie sehen, sie hören, und es ist in Ordnung.

Und wenn du in der Bank sitzt, und denkst an sie.

Nicht so gut.

Gib es zu, Gesine.

Diese Ausfragerei immer! Nur weil ihr es hinter euch habt!

Du hast Auftrag von uns, Gesine.

Ich gebe es zu.

Denk das genauer. Nicht so schonend gegen dich.

Ich könnte das nicht.

Du willst schon wieder um eine Ecke, Gesine. Das meinen wir nicht.

Als ob das nichts wäre! nach fünf Jahren Leben mit einem Menschen weglaufen ohne Brief und Nachsendeadresse, drei Kinder an der Hand! Hätte ich fünfjährige Gewohnheiten, könnte ich sie aufgeben? Leicht?

Du drehst da was um, Gesine. Du beutest aus, was du gegen eine Ehe findest.

Fangt ihr doch an.

Du hältst das nicht aus; du magst es dir nicht vorstellen. Annie geht mit ihren Plakaten gegen den Krieg in einem lächerlichen kleinen Aufzug spazieren auf der Hauptstraße einer Kleinstadt, angestarrt von Bankpräsident und Bürgermeisters Großmutter und Ladenschwengel, und ist mit einem Mal nicht mehr die respektable Mrs. Fleury, sondern ein ausländisches Kommunistenweib.

Ich bin nicht hineingegangen in ein Gefängnis, aus dem ich hätte ausbrechen wollen.

Aber das echte Gefängnis, in dem Annie eine Nacht lang saß, neben dem Trunkenbold vom Dienst und der örtlichen Ladendiebin?

Was sie im Laden klaut, wird sie brauchen; oder die Werbung hat sie dazu angehalten. Neben der eine Nacht zu verbringen, wie befördert es den Frieden für Viet Nam?

Gesine, Annie hat etwas getan.

Ohne Erfolg.

Sie hat nicht nichts getan.

Ich bin ein Gast in diesem Land.

Zumindest geboren ist Annie auch anderswo.

Auch ich bin einmal unterwegs gewesen mit Plakaten in der Kälte, immer auf und ab vor dem Palais des Kardinals Spellmann, weil er die Soldaten der U.S. in Viet Nam gesegnet hatte.

Das tatest du aus Neugier, und nicht noch ein Mal.

Nicht wieder, weil ich nicht aus dem Land müssen will.

Wie kannst du leben wollen in einem solchen Land, Gesine.

Weil es das Leben von Marie geworden ist.

Das Kind, das Kind. Dein Notfallschirm, deine heilige Ausrede.

Das Kind soll haben, was ich nicht bekam.

Und nicht was Kinder in Viet Nam bekommen.

Beweist es mir! Beweist es mir! Zeigt mir, wie ich einem einzigen helfen könnte, zuverlässig! Sofort!

Wenn du nicht klein anfängst, hast du noch in fünf Jahren den Krieg.

Und wenn ich es nun nicht mehr bloß mit Worten versuche, und gehe mit einem Plakat im Riverside Park spazieren und wedele mit einer Fahne des Viet Cong in der Bank umher und schicke Schecks an die Students for Peace?

Schon besser, Gesine.

Garantiert ihr mir Frieden in fünf Jahren?

Es versteht sich von selbst. Das geht nicht.

Und mit euch geht es nicht!

So bist du uns recht, so aufgeregt, Gesine. Es ist doch nicht ein gewöhnlicher Ehestreit.

Ich möcht nicht mal diesen.

Du möchtest das nicht, du läßt dich nicht ohrfeigen auf einer Geburtstagsfeier, vor geladenen Gästen, an festlicher Tafel mit dem Familiensilber, bei Kerzenlicht, und alles, weil du die Politik des Präsidenten gegen Viet Nam mörderisch genannt hast?

Von einem F. F. Fleury aus Boston laß ich mich nicht ohrfeigen.

Du bist neidisch, Gesine.

Geniert, schon.

Na, wenigstens.

Wenn sie ihren Mann bekämpfen will, sie muß ja nicht den Anlaß verwenden. Sie kann ihn verkleiden.

Hör auf, Gesine. Annie Killainen unterschiebst du, daß sie ihren Streit nicht austrägt, wo er herkommt –

Sie ist den fünften Tag in New York, und ist immer noch nicht hingegangen, wo die Studenten Geld sammeln für die Beendigung des Krieges, wo die Flugblätter gedruckt oder verteilt werden.

– aber bei uns gibt es keinen Zweifel. »Papenbrock wollte nicht dem Juden Semig aus dem Land helfen und begnügte sich damit, daß er nun auch noch selber von sich wenig hielt.« Punktum. Kein Wort über den Rest.

War es so?

Selbst wenn es stimmt, du erfindest das doch!

Das mache ich zurecht, damit es zu verstehen ist.

Dir soll man glauben. Einer Lebenden, einer Annie Killainen mißtraust du.

Ich möchte gern anders können.

Und kannst nicht, weil du dich kennst.

Nicht, weil ich mich habe lügen merken, ohne es zu wollen. Weil ich meinem Vertrauen nicht traue.

Und nun soll Annie weitermachen, was sie angefangen hat, nur damit sie zu deiner Vorstellung von Konsequenz paßt? Was du selbst nicht hast an Folgerichtigkeit, sie soll es leben?

Ich mach ihr keine Vorschriften.

Und doch sitzt du da mit Unbehagen in der leeren Wohnung und wartest, daß sie zurückkommt und hat nichts gegen den Krieg getan?

Ja.

Und sie muß nur die Tür öffnen, die Kinder vor sich wie eine Glucke die Küken, schön gefärbt wie sie sein wird von der Kälte, der Erinnerung an das finnische Land, redelustig angefüllt mit den Begegnungen unterwegs, die sich ihr alle in freundliche Geschichten, in Gelegenheiten zum Lachen verwandeln – da bist du nicht neidisch?

Dann weiß ich, warum ich sie gut vertrage.

Und nimmst dir doch übel, daß du in ihre Stimmung, in die Spiele, ins Erzählen, in den Spaß des großen gemeinschaftlichen Essens rutschst, als wär es gegen deinen Willen?

Es ist mir nicht wohl dabei.

Du tust uns leid, Gesine.

Ihr werdet es dahin nicht bringen, daß ich mir selbst leid tu.

Du wirst das bereuen, Gesine.

Der Tag der South Ferry gilt als wahrgenommen, wenn Marie mittags die Abfahrt zur Battery ankündigt.
Marie hatte im Sinn, ihre Stadt New York den Kindern aus Vermont ins Licht zu stellen; überdies wollte sie diesen ihren Besitz mit ihnen teilen, die Fähre nach Staten Island eingeschlossen. Sie holte zwar nicht Rebecca Ferwalter dazu,

– Wie oft vergißt du noch, Gesine, daß sie jüdisch ist?
– Eine Fahrt im Hafen ist doch keine Reise, Marie.
– Lehr du mich orthodoxe Juden kennen! Ferwalters!

wohl aber Pamela Blumenroth, auch ein Kind jüdischer Eltern, die ohne Bedenken an einem Sabbat reisen würden, wenn auch lieber mit der Fluggesellschaft Israels, hielte die ihre Maschinen nicht am Boden fest an diesem Tag. Pamela wie Marie orderten die Erwachsenen mit aus der Wohnung, und Annie wollte gern eine Weile weggehen von dem Telefon, an dem wir dem mittlerweile kleinlauten Dr. Fleury sagen sollen: sie ist nicht da. Nachher waren Pamela und Marie doch die Reiseleiter, die die auswärtigen Kinder von den krummen Bahnsteigen unter dem Fährhafen nach oben zu den Rolltreppen führten, beide sehr groß inmitten ihrer Schützlinge, die Kleinen an der Hand, achtsam, umsichtig, die reinen Eltern. An Pamela mit ihren elf Jahren ist oft zu ahnen, wie sie sich mit neunzehn betragen wird, aufmerksam bis zur Zärtlichkeit, bei aller Zutraulichkeit stolz, und sie wird ihre eigenen Kinder so streng und freundlich unter dem Drehkreuz hindurchdrücken wie jetzt Annina S., damit sie gleich lernen, was sie einmal getan haben. F. F. junior war verbittert, daß er sich nach dem Tarif noch bücken sollte, und stand so lange finster abseits, bis Marie ihm fünf Cents gab und er noch einmal in die Wartehalle einrücken konnte, aufrecht, mit Gewalt gegen den Knüppel, als wär er größer, nun erst recht unzufrieden.
– Ganz der Vater: sagte Annie, überrascht, wie gegen ihren Willen, und erfreut.
– Nicht lange, und du sprichst mit ihm.
– Ach, Gesine. Ich hab ihm gestern geschrieben, nur die Adresse nicht.

Die Fleurykinder wurden gründlich in Unterricht genommen, auch Francis R. Knickebein, der abwechselte von Pamelas Hüfte zu der Maries. Ihnen wurde nicht die Einfahrt der Autos im Unterdeck erspart und nicht die Suche nach dem Schuhputzer in den Rauchsalons und nicht der grausame Hinweis auf die Schwimmwesten in der Decke; erst dann gab es Belohnungen am Imbißstand. Ellis Island hatten sie nicht versäumen dürfen; gleichmütiger wurde ihnen die Statue Freiheit vorgestellt, die ihre ausgegangene Fackel etwas gelangweilt von sich weghält; mit Nachdruck erfuhren sie von Pamela, daß die Fähren unterschieden werden können nach Kapitänen, die ihr Boot unmerklich oder mit rammenden Stößen ins Fährbecken bringen. Das Wasser war ruhig, die Luft um Null, und die Möwen hatten überlebt. Die Wassertürme, Lagerhallen, Piers und Schornsteine von Jersey City und Bayonne sitzen so unschuldig im Schnee, als seien sie nicht verwandt mit der Gegend, die sommers eine Wand aus rostigem Dunst vor den Sonnenuntergang hängt. So klar war die Luft.
Wo ich her bin ist es noch kälter. Die New York Times hat an der mecklenburgischen Ostseeküste den Schnee messen lassen und meldet Verwehungen von 2,13 bis zu 2,74 Metern, eingeschlossene Dörfer und Städte. Eine Nachricht wurde ihr das erst, weil vier sowjetische Panzer, drei als Wegwalzer, eine Schwangere aus »Beidersdorf« ins Krankenhaus nach Wismar fuhren. Where she gave birth to a healthy boy. »Macklenburg« sagt die New York Times, die schusslige alte Dame. Und jenes Beidersdorf ist die Gemeinde Beidendorf, um 800 Einwohner, zwischen Mühlen-Eichsen und Wismar gelegen, wo das Land 90 Meter über der Meereshöhe hingepackt ist. Wäre sie doch selber hingefahren, die vertrauensselige Tante Times, die Welt wüßte jetzt vom Beidendorfer Teich und die Entfernung nach Gneez und Jerichow.

– Du läßt etwas aus, Gesine.
– Vielleicht sollten wir uns nicht um Mecklenburg kümmern, solange Annie bei uns wohnt.
– Nein; etwas, das willst du mir nicht erzählen.
– Was fehlt dir denn?

– Am Donnerstagabend hast du aufgehört, als Semig unter Bewachung nach Gneez fuhr, mit dem Eisernen Kreuz an der Jacke.
– Das nahm ihm Wachtmeister Fretwust gegen Quittung ab.
– Es war aber eine von Lisbeths Geschichten, und du hast ihr nicht ihren Schluß gegeben.
– Lisbeth hat sich, sie –
– Du, jetzt kommen die anderen zurück.

Dann sind wir in St. George eingefahren und wurden von den Kindern durch die Korridore des Fährbahnhofs zu den Drehkreuzen nach Manhattan geführt und nahmen das nächste Boot zurück.
Es sei der kälteste Winter seit 1917: versicherte ein alter Herr den Kindern, als sie versuchten, sich in den Wind zu stellen. Er sprach nicht wie jemand, der sich erinnert, eher wie ein ungeduldiger Lehrer. Die Augen blitzten ihm, er wies streng in die Gegend, und im Eifer war ihm sein weißer Schnurrbart feucht geworden. Mitten im Hafen, vor den Piers von Brooklyn, seien die Schiffe eingefroren gewesen! Der ganze Sund von Long Island massives Eis! Und das im ersten Jahr des Krieges mit Deutschland! New York habe keine Kohle gehabt und die Schiffe hätten weder Soldaten noch Waffen an die europäische Front bringen können! F. F. junior kam an und wollte wissen, was für Ungeheuer jene »Hunnen« denn gewesen seien. Annie zögerte und sah die Deutsche von der Seite an, belustigt, nur auf das Technische der Lüge bedacht, und sie sagte: Die waren so mächtig, ihretwegen wurde die Chinesische Mauer gebaut. Und Mrs. Cresspahl sagte: Es war einmal und in Deutschland gab es einen Kaiser, den zweiten Wilhelm, der wollte, daß seine Soldaten in China keine Gefangenen machten und sich einen Namen auf eintausend Jahre. Weißt du, wie du uns ansiehst? wie ein Schiedsrichter im Tennis!
Dann liefen wir ein in das Becken an der Whitehall Street in Manhattan, und die Kinder leiteten uns die Rampe hinunter und in den Bahnhof und zum nächsten Schiff nach Staten Island.
– Das da drüben, Mrs. Killainen, ist ein Nachschublager der gottverballhornten U.S.-Marine: sagte Marie.

– Ach so: sagte Annie. Sie hatte nicht recht hingesehen und vielleicht nicht bemerkt, worauf sie antwortete.
Dann kamen wir an in St. George und gingen durch die Sperren zum Boot in Richtung Manhattan, und F. F. junior hatte es bis zu einem vierten Heißen Hund gebracht und Annina Orangensaft nicht nur am Mund, auch am Ohr, und immer noch gingen Pamela und Marie jedem neuen Einfall der Kleineren nach, ob es das Abschreiten der Schiffslänge war oder Fangspiele oder die Wette, wer den Wind am längsten aushielt; wäre Francis Knickebein nicht eingeschlafen, wir hätten die Reise womöglich noch einmal gemacht. Es war wie –
– ja: sagte Annie.
– als Kind, als ich den Kopfsprung gelernt hatte. Ich konnte auf keinen nächsten verzichten.
– als ich in Italien ein Steak bestellte, und dann das zweite, und dann das dritte!
– Bei mir war es Bauernfrühstück, nach einem Spaziergang mit –
– Bei Beidendorf.
– Lach nicht! In der Nähe von Beidendorf, Annie!
– We were very tired,
– we were very merry,
– we had gone back and forth
– all night on the ferry.
– Edna St. Vincent Millay!
– Edna St. Vincent Millay.

14. Januar, 1968 Sonntag

In Queens, am Farmers Boulevard, hat Gaetano Gargiulo einen Laden. Seinen Laden wollte ein junger Mann, Nellice Cox, ausrauben, auf Gargiulos Sohn richtete er eine Pistole. Gargiulo schlich aus der Hintertür, borgte sich von einem Eisenwarenhändler in der Nähe eine Pistole, stellte sich vor dem Straßenräuber auf, drückte einmal ab. Nellice Cox wird zu seiner Hausnummer 109–82 in der 203. Straße in Hollis nicht zurückkommen, und Gaetano Gargiulo ist wegen Verstoßes gegen das Waffengesetz in Haft.

– Hör zu, Gesine: sagt Marie. – Ich werde dir jetzt zeigen, was du am Donnerstagabend als Letztes gesagt hast:
– »Allerdings trug Fretwust Semigs Kriegsauszeichnungen nicht in die Effektenliste ein. Er rechnete nicht damit, daß der Jude seine Orden zurückerhalten werde. Fretwust war auch noch nicht lange Wachtmeister gewesen; von Rechts wegen hätte er im Pumpwerk Gneez den Klärschlamm absaugen sollen. Und Fretwust genierte sich nicht für den Namen; im Gegenteil war er stolz darauf«. Ja. Ist das kein Schluß?
– Nicht für die andere Geschichte, Gesine. Das will ich dir doch beweisen. Du hast gesagt, Bandposition 266:
– »Die Arbeitsdienstmädchen mochten den Einkauf von Fleisch noch nicht genug gelernt haben, Lisbeth wollte lieber, daß an ihrem Tisch mit hohen Zähnen gekaut wurde, als daß sie auf die Stadtstraße von Jerichow ging«.
– Das ist der richtige Anfang, Gesine!
– Darf ich hier mitspielen?
– Annie, du wirst es nicht verstehen.
– Mrs. Fleury, das können wir Ihnen nicht erklären. Sie werden es nie begreifen.
– Aus einer Kleinstadt bin ich auch.
– O. K. Was sagen Sie dazu, daß 1937 ein Tierarzt verhaftet wurde, weil er angeblich vor 1933 gegen ein Gesetz verstoßen hat?
– Ist das nicht längst verjährt?
– Da haben Sie es, Mrs. Fleury.
– Er wurde als Zeuge verhaftet, Annie.
– Das gibt es. Gefahr des Verdunkelns, oder wie ihr sagt.
– Wir sagen gar nichts. Seine Frau hatte Eltern in Schwerin, die Mutter Freunde in Kreisen des Herzoghauses, der Vater Kollegen aus seiner Zeit in der Depo, der Mecklenburgischen Depositen- und Wechselbank. Das waren die Kösters. Die Kösters sorgten dafür, daß ihr Schwiegersohn in Haft genommen wurde.
– Eine prüde Gesellschaft.
– Sie taten es der Tochter zuliebe, denn nicht die Kriminalpolizei hatte die Untersuchung.
– Aha. Die politische Polizei.
– Ob die Gestapo in Gneez den R.A.D.-Führer Griem nun

reinigen wollte von dem Verdacht, oder ihm anhängen, er habe sich mit Hilfe eines jüdischen Akademikers einen rechtswidrigen Vermögensvorteil verschafft, sie wußten es am Anfang womöglich selber nicht.

– Das ergibt sich doch aus den Beweisen.

– Beweise hatten sie eher zu viele. Einem Tierarzt nachreisen über fast zwanzig Jahre Praxis, von Gut zu Gut, von Bauer zu Büdner zu Oma Klug, was war da nicht alles zu finden. Ein Baron von Rammin sprach mit den Fahndern auf dem Hof und behielt das Pferd an der Hand dabei; bei den Bülows, den Oberbülows, wurden die ins Haus gebeten. Die Bülows hatten einen Sohn in England, der wollte lieber da studieren, als seine Wehrpflicht in Deutschland ableisten. Und wenn ein Bauer 1931 ein Stück Rindvieh verloren hatte, weil er sich den Abend des Sonnabend im Krug nicht verderben wollte und den Tierarzt erst am Sonntagmorgen rief, was wußte er davon noch nach sechs Jahren, und vielleicht war es ihm neuerdings recht, Herrn Dr. Semig die Schuld daran zu geben. Saß ja schon im Gefängnis, der Mann.

– Und Griem?

– Anfangs wollte Griem nicht ran.

– Konnte sich an nichts erinnern?

– Weil er wußte, da war nichts. Und er verstand nicht, wieso die in Gneez einen Prozeß wünschten; er hätte gern erst einmal gewußt, wer da auf ihn schoß, und warum. Er hatte seinen Rang nicht als Belohnung bekommen, sondern weil er ein guter Bauer war, dem eine Ackerbürgerei in Jerichow nicht ausreichte. In großen Flächen denken, Arbeit über Jahre planen, Arbeiter anleiten, er war in der Tat dafür begabt. Allerdings, er hatte Geld angenommen, wenn er eine nasse Wiese in gräflichem Privatbesitz als volkswirtschaftlich wichtig meliorieren ließ, nämlich auf Kosten des Deutschen Reiches, mehrere Wiesen; da er aber seine Entscheidungen begründen konnte, war sein Gewissen ruhig mitgegangen. Wenn das Amtsgericht Gneez ihn aber zusammen mit einem Juden auf eine Bank setzen wollte, wäre die Frage nach seinem Konto nicht fern gewesen.

– Seinetwegen hätte Semig die Praxis weiter ausüben können?

– Seinetwegen hätten nicht einmal die Tannebaums aus Gneez flüchten müssen. Griem wollte seine Ruhe; vorderhand tat er nichts, als die Gerüchtemacherei »als feigen Angriff auf die Partei« zurückzuweisen.
– Prüde Bande.
– Inzwischen hatten die Schwarzen Zeit, fündig zu werden. In Jerichow konnten sie von einem Haus zum anderen gehen. Albert Papenbrock, Getreidegroßhandlung, hatte an Dr. Semig Honorare überwiesen, die bei einem Tagelöhner für vergleichbare Leistungen niedriger gewesen waren. Heinrich Cresspahl, mit kriegswichtigen Lieferungen betraut, hatte dem Tierarzt ein Auto abgekauft und konnte einen Vertrag nicht vorlegen. Frau Methfessel war nicht davon abzubringen, daß die Gesundheitsaufsicht das Schlachthaus nicht ausgeräumt hätte, wäre da nicht Semigs Brief nach Schwerin gewesen. Seine eigenen Krankheiten hatte Dr. Semig selbst kuriert, die Frau hatte er dem Kollegen Berling geschickt; aus und ein war Berling da gegangen, als Dora den gebrochenen Knöchel hatte, aber was er berechnet hatte, es war eher ein Freundschaftspreis zu nennen.
– Nicht zu rechnen, was sie nebenbei fanden.
– Berlings Reden über das Vaterland in Not. Dieser Cresspahl sollte ja englischer Neigungen verdächtig sein.
– Und Kollmorgen hatte die Villa in der Bäk kaufen wollen.
– Das hatten sie noch nicht ermittelt. Aber sie rechneten dem Juden Semig übel an, daß er einem verdienten Kämpfer der nationalsozialistischen Bewegung, einem Ortsgruppenleiter der Partei, kurz Friedrich Jansen, ein Kaufangebot abgeschlagen hatte.
– Und die Akten über Kollmorgens Auftreten vor Gericht gegen einen Angehörigen der S.A.
– Fanden sich passend an.
– Kommt jetzt der Prozeß?
– Der Prozeß war noch Mitte Oktober nicht im Gange. Was die Gestapo an Beweisen nicht holte, das lief ihnen in Briefen ohne Absender zu. Und Griem war noch nicht weich genug. Griem saß in seinem Hauptquartier, Gau II, und führte Reden. Er wisse den dicken Schädel als mecklenburgisches

Ehrenzeichen wohl zu schätzen; nicht jedoch den vernagelten. Er tat, als könne er sich nicht vorstellen, daß die Geheime Staatspolizei nichts brauchte als zwei Mann und ein Auto, um ihn zu holen.

– Hat Papenbrock sich einen Anwalt genommen?

– Es wäre ihm vorgekommen, als gebe er damit den Beschuldigungen recht. Und außer ihm und den Cresspahls waren es noch fünf in Jerichow, die eine Vorladung nach Gneez erwarten konnten; bei so vielen Zeugen konnte die Wahrheit doch nicht anders als Oberhand behalten.

– Da war euer Semig –

– Unserer?

– Na, gut, Marie. Meiner.

– Da mußte er doch froh und zufrieden sein.

– In den Kellern unterm Landgericht.

– Da war er in Sicherheit bis zum Prozeß, und der Prozeß wurde ordentlich und gründlich vorbereitet, ganz anders als immer über diese Zeit geschrieben wird.

– Er war doch gar nicht angeklagt, Annie.

– Jetzt seht ihr mich beide an, als hätte ich gar nichts verstanden.

– Daran ist nichts zum Verstehen, Annie.

– Mrs. Fleury, wissen Sie was? Manchmal denke ich nur, ich begreife es, und kann mir das nicht glauben. Und es ist doch aus dem Leben meiner Mutter.

15. Januar, 1968 Montag

Du wolltest doch wissen, warum es jetzt so oft knallt in den Straßen. Die New York Times hat es dir herausgefunden. Der Regen von gestern abend, das dünne Schneetreiben heute mittag hat ja nicht nur dich am Nacken erwischt, das Wasser lief auch, innig mit dem Tausalz verbunden, in die Kabelschächte, schloß die Leitungen kurz und brachte Gas zum Explodieren. Das war das Geräusch, das die Schachtdeckel machten: Pop.

Und ob du es wissen willst, oder nicht, sie bemerkt dir doch, daß du gestern abend gefehlt hast unter den fünfzehnhundert

in der Stadthalle, die sich gegen die Einziehung zum Kriegsdienst zusammentun wollen. Du hättest dich einschreiben können in die Schriftrolle mit Namen wie Adresse und versprechen, Wehrunwilligen Rat, Hilfe und Vorschub zu leisten. Wenn du es nachholen willst, du findest die Gruppe in der 4. Straße West, Hausnummer 224. Wird Annie es tun? Wirst du es tun?
Du wolltest doch immer wissen, was für einen Lebenslauf der neue Arzt deines Kindes hat, wer das eigentlich ist, der Marie den Mund ausleuchtet, ihre Atemgeräusche abhorcht, sie nach ihren Schlafgewohnheiten ausfragt in einem behäbigen Amerikanisch, einem behenden Deutsch mit polnischem Akzent. Wer ist das, dieser würdige Herr in den sechziger Jahren, im Rücken alterssteif bis zur Leibesmitte, was steckt hinter dem gutmütigen, ein wenig tauben Ausdruck in dem vollen Gesicht. Willst du es wirklich wissen? gib dich doch zufrieden mit den lateinischen Diplomen an der Wand, solange Marie ihm traut.
– Das linke ist aus Bratislava, das rechte aus Warschau. Das in der Mitte aus Deutschland: sagt der alte Herr mit etwas angestrengter Höflichkeit. Du hättest nicht so zu den gediegenen Rahmungen hinübersehen sollen, als wolltest du etwas wissen. Jetzt wirst du nicht herumkommen um das Antrittsgespräch, um die Förmlichkeiten des ersten Besuchs. – Ist nicht Cresspahl ein deutscher Name? sagt er, halb vom Schreibtisch abgewandt, schrägen Kopfes, sehr aufmerksam. Das unbewegte, glatte Gesicht, die dünnen grauen Haare in zwei Schwaden über die Ohren gekämmt, wir würden es nicht erkennen, hätten wir nicht gesehen, wie umsichtig er mit einem Kind umgeht und spricht, um ja nur keines zu erschrecken.
Cresspahl ist ein deutscher Name, Dr. Rydz.
– Deutschland war gjud zu leben, damals, Frau Cresspahl.
Damals war 1931. Deutschland war Berlin, als er an der Charité arbeitete und »in dem Krankenhaus an der Reinikkendorfer Straße«. Er wohnte am Friedrich Wilhelm-Platz in Friedenau. Mit der Straßenbahn 177 zum Bahnhof Zoo. Wie sah das damals aus?
Der Friedrich Wilhelm-Platz in Friedenau, Mrs. Cresspahl,

was a charming place to live, at that time. Wenn man zwei Zimmer hatte auf der Westseite, die morgens ganz trocken waren von der Sonne und abends dick beatmet von dem üppigen Laub vor den Fenstern. Friedenau war gut für Spaziergänge, die kleinen Straßen mit den alten Landhäusern, den bürgerlichen Mietbauten, den fülligen Bäumen. Niedstraße, Schmargendorfer Straße. Und die Blütenwolken der Kastanien, dicht an dicht in der Handjery. Da muß ein Stadtrat eine Sucht nach Kastanien ausgelebt haben.
Die Bürger zivil, gesellig in dem Biergarten an der Post, zuvorkommend, sogar gegen Ausländer. Ein schönes Jahr, Mrs. Cresspahl. Abends kam man zurück an den stillen, parkähnlichen Platz wie nach Hause. Die Straßenbahnen waren Kästen, häßlich, derb, tüchtig. Kennen Sie Berlin, Mrs. Cresspahl?
Freunde schreiben uns aus Friedenau, daß eine Untergrundbahn durch den Platz gebaut wird.
– Ist es nicht schade um die Kirche! sagt Dr. Rydz. Er hat seine Schreibsachen weggelegt, ist ganz den Besuchern zugekehrt, spricht lebhaft, mit behaglich verschränkten Fingern. Die Kirche war ein Weniges zu klein für den Platz, so daß sie etwas verwachsen dastand, ein kleiner Monster aus rotem Backstein. Häßlich, derb, tüchtig, eine Schöpfung der Kaiserin, die alle drei Monate ihrem Gotte eine neue Stätte einweihte. Er wird doch auf den Namen kommen: Auguste Viktoria von Schleswig-Holstein-Sonderburg-Augustenburg. Doflein hieß der Architekt.
Die Kirche soll leider stehenbleiben, Dr. Rydz.
Es erleichtert ihn doch. Wenigstens ein Stück der Vergangenheit heil. Zwischen Berlin und anderen Hauptstädten Europas, es war damals nicht leicht wählen. Reisen nach Paris, nach Wien, nach Prag, und doch keine Rückkehr mit Seufzen nach Friedenau, an die Kirche zum Guten Hirten, von der es muffig hinüberschlug wegen des nächtlichen Lebens von Dr. med. Felix J. Rydz, zu Frau Rabenmeister, who, as a landlady, was –
Dufte, Dr. Rydz?
Knorke, Mrs. Cresspahl. Das war das Wort von damals. Bon gelebt also. Wer dann zurückging in eine kleine, wenn auch

wohlhabende Landstadt in Polen, sich als praktischer Arzt niederzulassen, er hatte doch vorher nichts ausgelassen und wußte für alle Zeiten ein Land, in dem der jährliche Urlaub schließlich zu Heimatrechten anwachsen würde.
Ist dir das Wissenwollen vergangen, Mrs. Cresspahl?
Das Mädchen aus Berlin, das die Ferien 1939 zwar mit ihm, nicht jedoch in Charlottenburg verbringen wollte, gab sich mit Cannes zufrieden (kannten Sie eine Familie von Lassewitz, Dr. Rydz?); vier Jahre in einem französischen Militärlazarett. 1943 Flucht über die Pyrenäen, 1945 zu Schiff nach den U.S.A., wo alle seine Examina nicht galten, wo er erst nach fünf Jahren wieder eine Praxis eröffnen konnte, gleich auf der Oberen Westseite von Manhattan, damit es doch etwas half, daß er nun nicht nur des Polnischen und Deutschen, auch des Tschechischen, Französischen, Spanischen, Amerikanischen mächtig war. Eine Praxis nur für Kinder. Es habe sich erst in New York herausgestellt, daß er Kinder am besten verstehe, oder besser als Erwachsene.
Jetzt weißt du es, Mrs. Cresspahl. Die Unterhaltung ließ sich so leicht an, weil du ihn ansahst für einen Menschen aus Europa, wie du sie eher zu begreifen glaubst; jetzt hast du ziemlich sicher, daß er ein Jude ist. Was tat das Mädchen aus Berlin-Charlottenburg? sprich es nicht aus. Frage ihn etwas anderes, nur nicht das. Ob er jemals wieder in Polen war.
– Nein. Niemals: sagt Dr. Rydz. Seine Antwort kommt unverhofft rasch, abgehackt, das weiche Gesicht strafft sich, der Blick wird scharf und geht dann ins Leere. Er wird niemals nach Polen zurückgehen. Ruhiger, als müßte ihm an Versöhnlichkeit liegen, setzt er hinzu: Was ich an Polen brauche, läuft mir auf der Oberen Westseite ja ins Haus, Mrs. Cresspahl.
Ob er in Berlin-Friedenau je wieder einen Besuch gemacht hat, du brauchst ihn nicht zu fragen. Was soll er bei den Deutschen, die seine Familie in Polen ausgerottet haben wie nicht Menschen. Ist nicht Cresspahl ein deutscher Name?
– Mrs. Cresspahl, sind Sie sicher, daß Sie gesund sind? Kann ich Ihnen helfen, gnädige Frau?

– Werden sie mir den auch wegholen nach Viet Nam? sagt Marie.
– Er kann ja gar nicht gehen, Marie.
– Auch wenn der Krieg noch wächst?
– Der bleibt uns, Marie. Dr. Rydz werden wir nicht los.
– Gesine, hast du gesehen, daß das ausgebrannte Haus an der 96. Straße wieder aufgebaut wird? Siehaben einen großen Kran aufgerichtet, der kann fahren! Sie haben endlich eingesehen, daß unser Gebiet nicht kaputtgehen darf, damit wir hier leben können.
– Und wenn wir hier weggingen, Marie?
– Nie! Nie! So etwas darfst du nicht einmal denken, Gesine.

16. Januar, 1968 Dienstag

In der blendenden niedrigen Sonne, die am Morgen die 96. Straße hinunterkam, gegen die mit offenen Augen nur mühsam zu laufen war, am Broadway fehlte etwas. Es waren die bunten Rudel der Taxis, deren Fahrer streiken, und ihre Fahrgäste waren in die Subway gestopft, meist Herren in ernster Bürokleidung, die mit Unbehagen um sich blickten, angewidert von der drangvollen Nähe anderer Menschen.
Herr Dr. Walther Wegerecht, Landgerichtsdirektor zu Gneez, 48 Jahre alt, als freimütig und verschlagen geltend, angesehen wegen einer wundersamen Laufbahn und einer reichen Frau, er war nicht mit Freude zuständig für das Verfahren gegen Warning/Hagemeister. Er hatte nachgerade genug von solchen Sachen, und sei es, weil sie nicht recht zu überblicken waren. So stelle ich mir das vor. Studienfreunde, jetzt im schweriner Ministerium, hatten eine Beförderung durchblicken lassen; und der Assessor Wegerecht hatte nach oben geheiratet, eine Schwerinerin, die ihm mit der Langeweile der Kreisstadt in den Ohren lag und solche Fügungen wie eine Dienstwohnung am berliner Tiergarten nicht für unerreichbar hielt. Inzwischen zweifelte er, ob er die Ratgeber weiterhin für Freunde halten solle. Anfangs hatte die Kanzlei des mecklenburgischen Reichsstatthalters verlauten lassen, die Ehre der

Partei wie die ihrer Gliederungen sei höchstes Gebot, etc.; was ja billig und mit wenig Aufwand zu machen gewesen wäre, für solches Honorar. Als er in die Ermittlung eingeführt wurde, hatte er erwartet, daß sie am Rande gegen Dr. Semig geführt wurde, jedoch mußte er begreifen, daß sie auf dem Umweg über den jüdischen Tierarzt auf Griem zulief. Wenn dem zur Gestapo abgestellten Kriminalkommissar zu trauen war, so hatten die Kerle auch eine Leitung nach Schwerin, aber in die Reichshauptstadt weitergeschaltet. Am Hanseatischen Oberlandesgericht zu Hamburg hingegen wurde die Sache als Lappalie abgetan, und beim O.L.G. Rostock mochte er nicht fragen.

Wegerecht, mecklenburgischer Rundkopf, Rasurglatze, pyknisch veranlagt, war erst spät Mitglied der Staatspartei geworden, fast zu spät, und eher pflichtgemäß. Er kam von der D.N.V.P., er hatte die »Deutsche Tageszeitung« mit mehr Appetit gelesen als den »Mecklenburgischen Beobachter«, er hätte die Erneuerung des kaiserlichen (auch des großherzoglichen) Hauses vorgezogen, und ihm war nicht recht, was er aus der Armee über die Geländegewinne der Hitlerei hörte. Was er noch vom Programm der alten Partei mitgebracht hatte, war eine Abneigung gegen die Juden in Berlin, volkswirtschaftlich begründet, nicht gegen einen Juden, der im Weltkrieg auf der Seite Deutschlands gekämpft hatte, Hausbesitzer in Jerichow war und gut mecklenburgisch Platt sprach. Dem wollte er nur einen Denkzettel verpassen, damit er zu guter Letzt begriff und sich aus dem Lande schaffte. Das wäre dann die vaterländische Tat gewesen, die befördernswerte. Das wollte auch Kraczinski als Nebenergebnis gelten lassen, der Staatsanwalt. Sonst aber stellte Kraczinski sich an, als könne er in diesem einen Prozeß sieben weitere schlüpfen lassen, einen wahren Komplex »Jerichow«. Obendrein ging er allen Ernstes gegen Griem mit; Wegerecht war da nicht sicher. In den Reichsarbeitsdienst war so schwer hineinzublicken. Das war ja wie nachts im Wald, wo hinter jedem Baum einer stehen konnte mit einer Keule. Am sichersten wußte Wegerecht, daß er mit fliegenden Fahnen aus dieser Sache herauskommen mußte, damit ihm die Einstellung im Fall Zentner vergessen wurde (Dr. Ing. Zentner, Industriekaufmann, auf Durchreise mit einem scharfen Hund, irrtümlich als Jude belästigt, trotz Zentners Hinweis auf die Gefährlichkeit des Tiers; gegen S. A., die Schmerzensgeld für ihre Wunden gefordert hatte). Hoch zu Roß mußte er rauskommen, und mit einem Fehltritt schon konnte er sich den Hals brechen.

Walther Wegerecht wußte wohl, daß seine Frau, die Irmgard geborene von Oertzen, ihn weniger darauf ansah, was er war, als auf das, was er für sie bedeutete. Seine gute Laune bedeutete, daß das Geld am Dreißigsten auf der Bank eingehen würde; seine Sorgen galten ihr als unverantwortlich, als Gefährdung des Hausstands. Die konnte er mit ihr nicht besprechen; in solchen Zeiten sah er wenig von Irmi, und sie rechnete ihm nicht einmal an, daß er sich blind stellte gegen Herrenbesuche aus der Garnison, die dann zunahmen. Sie wollte ihn unabhängig, geschickt, siegessicher; nur so konnte er sie sich sicher glauben. Mit ihr die Kinder, und Wegerecht war ein Schmusevater. Er ließ sich den Schädel nicht wegen einer Wette rasieren, sondern weil die Vierjährige, der Spätling, ihr Vergnügen daran hatte, den dichten Stachelteppich in der Handfläche zu spüren. Er war nicht gesund. Wegen seiner frischen Farbe galt er für »das blühende Leben«; er wollte sich über Unlust, ja geradezu unverträgliche Anwandlungen nicht wundern, solange er bis in die Nacht zu sitzen hatte; sein Arzt sprach mit ihm beim Freitagsskat im Hotel Stadt Hamburg, und nicht über essentielle Hypertonie. Er träumte gelegentlich von Fahren im Auto bei geschlossenen Fenstern, dabei wurde die Luft knapp, und er war zu schwach, die Kurbeln zu bewegen; manchmal war ihm am hellichten Tag wie in dem Traum. Mit solchen Einbildungen mochte er nicht in die Sprechstunde. Wenn es untunlich war, Griem anzugehen, kam Irmgard nie zurück nach Schwerin, oder ohne ihn. Wenn er etwas gegen Papenbrock anfing, verlor Irmi eine Menge Umgang aus dem jerichower Winkel, und was die gneezer Sachen anging, so würden sie ihn dann gehörig im Dunkeln tappen lassen. Wenn es nur um eine Verwarnung für Warning/Hagemeister ging, hätte er den Fall eher einstellen sollen, und den Leuten würde wieder auffallen, was er eigentlich für einen Namen an sich hatte. Und dann immer

noch nicht war das Ärgernis des Juden in Jerichow beseitigt. Und Irmgard würde ihn nicht liegen lassen, da half kein Attest.
Er wußte, daß er sich gehen ließ, und meldete einen Besuch bei Ramdohr an. Ihm war nicht gleich behaglich gewesen, daß er aufgerückt war, als Ramdohr wegen seiner sozialdemokratischen Freunde den Richterstand verlassen mußte; er hatte nun vier Jahre lang Arbeitslast vorgeschützt. Ramdohr, nun nicht mehr Rat, kam ihm an die Tür entgegen, führte ihn in der Familie umher, zu der Frau, zu allen vier Töchtern, als sei die Freundschaft seit 1933 ununterbrochen benutzt worden, und ließ die Familie nicht von sich weg. Die Gesellschaft saß auf der abendlichen Terrasse, im noch warmen Oktober, mit Blick gegen den Gneezer See, bei einem Mosel, der früher in diesem Haus nicht so freigebig spendiert wurde, und gesprochen wurde über das Seerecht, eine neuerliche Erwerbung Dr. Ramdohrs. Es war zu sehen, an dem Horch vor dem Haus, an inzwischen ausgetauschten Möbeln, sogar an den Tapeten, daß der Kollege Ramdohr (– ehemaliger Kollege: schob Ramdohr ein) mehr als nötig verdiente an seinen hamburger Konsultationen und ärgerlicher Weise gar nicht der Strafe ausgesetzt war, die die Entlassung doch hatte sein sollen. Als Wegerecht spät am Abend auf die Gustloffstraße gebracht wurde, nicht wohlig sondern ärgerlich betrunken, hatte er mit der jerichower Sache kein Bein auf den Boden gekriegt, war ihm die Erholung in Versöhnung und Geselligkeit durch die Finger gerutscht, und er konnte Günti Ramdohr die Rache nicht einmal verdenken.
Erholung, wenigstens Abwesenheit und einen unbeschwerten Kopf versprach er sich vom Mecklenburg-Manöver der Wehrmacht Ende September 1937, zu dem Irmgard ihn durch Freunde im Wehrbezirkskommando Schwerin hatte einladen lassen, und schon der erste Tag war ihm verdorben. Er stand dabei, als ein höherer Führer des Arbeitsdienstes sich anlegte mit Heeresoffizieren, von denen einer im Rang über ihm war. Es ging um einen Knüppelweg, den die Infanterie verlegt wünschte, entgegen der eigenen Anweisung und Zeichnung von gestern, und zwar bis morgen, 22 Uhr 30. Wegerecht sah den bulligen, gewalttätigen Kerl zu der Entschuldigung

kommen, auf der er bestand, und zwar bloß durch ausdauerndes, brüllfreudiges Pochen auf sein Recht, und ihn kam wenig Lust an, mit dem Kirschen zu essen. Dann erfuhr er, daß der Name Griem war, und daß der Name Griem sich der Beliebtheit und des Respekts erfreute. (In der nächsten Nacht, acht Uhr und null Minuten, lag der Knüppelweg im Moor, sogar mit einer Art Geländer, auf das die Armee schon nicht mehr hatte hoffen mögen.) (Und weil Wegerecht sich von dem Auftritt hatte abhalten lassen, versäumte er obendrein den Anblick Mussolinis, der wenige Kilometer weiter westlich durchgefahren war. Auf Mussolini war er neugieriger gewesen als auf dessen Begleiter, den Führer und Reichskanzler. Mussolini war doch wenigstens im eigenen Lande etwas geworden.) Dann gab es noch eine Abendeinladung auf ein Gut am Krakower See, zu der Wegerecht nicht ging, als er auf der Freitreppe den Oberfeldmeister Griem stehen sah, ein bärbeißiges Rauhbein, das inzwischen gelernt hatte, Damen den Arm zu reichen und Geschichten so zu erzählen, daß aktive Offiziere ihm zuhörten, mit gehorsamem Gelächter.

Atemnot, deutliches Herzklopfen, Anfälle von Schwindligkeit, Abfall der Leistung, Reizbarkeit.

Gab es eine Verbindung zwischen Robert Papenbrock, Erstatter der Anzeige, und Walter Griem? Auslandsorganisation der N.S.D.A.P. gegen Reichsarbeitsdienst?

Wenn er Papenbrock kannte, brachte der seine Tochter dazu, die Zeugenaussage zu verweigern. Abzuflachen. In der Substanz zu mindern. Dann saß Wegerecht da.

Wie wäre es mit einer Anklage gegen diese Lisbeth Cresspahl wegen unterlassener Anzeige? Wegen Verbreitung eines staatsfeindlichen Gerüchts? Vorschubleistung? Nach dem Gesetz gegen heimtückische Angriffe auf Staat und Partei? Artikel 1,1, vorsätzlich? Absatz 2, grob fahrlässig? Gefängnis nicht unter drei Monaten. Bis zu drei Monaten, oder Geldstrafe.

Wie wäre das?

Die Tochter Stalins, seine kleine Swetlana, sie kann den Mund nicht halten. Sitzt in Princeton, New Jersey, und fühlt sich angesprochen von Protesten gegen die Verurteilung von vier jungen Moskauern wegen Schreibens ohne Erlaubnis. Ob sie wähnt, ein sowjetisches Gericht höre auf keine Stimme so wie auf die einer Überläuferin? Womöglich will sie Väterchens Patentrechte auf die von ihm erfundene sozialistische Gesetzlichkeit verteidigen; daran sind Menschen ums Leben gekommen mehr als zu zählen sind; hier war die höchste Strafe sieben Jahre. »Wir dürfen angesichts der Unterdrükkung fundamentaler Menschenrechte nicht schweigen, wo immer sie stattfindet«: hat Swetlana Hallelujah der Tagesschau des Columbia Broadcasting System gesagt; soll sie doch über Dial-A-Flower Blumen schicken auf die Gräberfelder, wo die Genossen ihres Vaters begraben sind, wenn sie begraben sind. »Wir müssen mit allen Mitteln jene unterstützen, die unter unerträglichen Bedingungen ehrlich und tapfer bleiben«: ist ihr auch noch eingefallen; nächstens wird sie sich verwundern, daß die Tochter von Isaak Babel oder die Witwe von Ossip Mandelstam ihr nicht danken für erwiesene Hilfe. »Eine barbarische Farce von Gerechtigkeit« sieht sie vorgefallen. Sie hat ja recht.

Wegerecht wurde gerettet.

Er glaubte es nicht, bis zum Ende. Unverhofft hatten seine schweriner Freunde (insbesondere Theo Swantenius, der Jurist unter den vier Brüdern) auch ein Reichsministerium an der Leitung, und zwar war alles laut und klar zu hören, aber es war das Gegenteil, so daß es so verräterisch sein mochte wie das Vorige, und nicht einmal Gewinn war noch versprochen. Inzwischen war es zu spät, die geborene von Oertzen mit Gewalt hineinzuziehen; er ließ sich von Gisela das Frühstück so zeitig herrichten, wie er jetzt aufwachte, so daß er noch die Kinder sah, nicht aber die Frau. Einmal vertat er sich in Gedanken und nahm das Pflichtmädchen für die Frau, und seufzte; aber Gisela kam aus Thüringen, und so konnte sie die Zustände des Landgerichtsdirektors nicht im Jerichower Winkel unter die Betroffenen bringen, nicht einmal in Gneez.

Die erste Anweisung kam als ein Tadel: Der zuständige Rich-

ter möge sich auf den Namen des Verfahrens besinnen. Seit wann denn Zeugen einvernommen würden, solange die Angeklagten in freier Wildbahn, etc.
Wegerecht brachte nicht den Mut auf, Semig nach Hause zu schicken. Er glaubte begriffen zu haben, daß er Warning und Hagemeister einsperren solle. Das war im letzten Drittel des Oktober.
Mit Kraczinski ging es wie erwartet. Der Staatsanwalt hatte Wegerecht nur eben Zeit lassen wollen, auf den Schlitten der Anklage zu steigen, und tat des Richters neue Einfälle zur Führung der Verhandlung obenhin ab, nahezu geringschätzig. Kraczinski war siegesgewiß. Wegerecht mochte das nicht, auch nicht die prall geschürzten Lippen, die pfiffigen Blicke, das behagliche Gesumm. Kraczinski hatte etwas Rechnerisches. Er hatte sich etwas ausgerechnet unter seinem Schülerscheitel, in seinem Primanerkopf.
Wegerecht wollte es hinter sich haben und eröffnete das Verfahren am 29. Oktober.
Tat das Barett zurück auf seinen heißen Kopf, raffte den Talar zurecht, ließ sich nieder. Er war hochrot im Gesicht, sah gesund aus wie ein verwöhntes Kind, aber gekränkt. So aufmerksam war er. Er konnte nicht gut sehen an diesem Morgen.
Sein Ältester hatte ihm beim Frühstück etwas erzählt von Ausfallen der ersten Schulstunde. Es war der Geburtstag des Reichsministers für Aufklärung und Propaganda, des Reichsleiters Dr. Joseph Goebbels. Einen Tag vorher, und das Urteil hätte eher im Sinne des Erasmus von Rotterdam ergehen dürfen.
Während die Strafsache gegen den landwirtschaftlichen Arbeiter Paul Warning und den Forstangestellten Siegfried Hagemeister wegen Vergehens gegen das »Heimtückegesetz« verlesen wurde, suchte Wegerecht unter den Zuschauern nach unvertrauten Gesichtern. Er fand nicht Besuch aus der Landeshauptstadt, weder in Uniform noch in Zivil. Das war gut; oder aber er war schon so weit abgeschrieben, daß ein Beobachter vom Ort ausreichte. Es tröstete ihn kaum, daß er die Jerichower im Zeugenzimmer hatte sitzen sehen wie Schafe im Regen.

Die Anzeige eines von Verantwortung gegen Partei und Staat erfüllten Volksgenossen, von der Anklage eingeführt, war ordnungsgemäß abgefaßt, beschworen, unterschrieben. Da hatte jemand geholfen, beraten, Ritzen gedichtet. Wer?

Warning und Hagemeister waren gar nicht aufzuhalten, so bereitwillig gestanden sie ein, daß sie im Sinne der Anklage sich unterhalten hätten. Beiden war in die Glieder gefahren, daß sie in die Keller neben dem Juden Semig gebracht worden waren, als ginge es doch nicht bloß gegen ihn, sondern auch um die eigene Haut. Hagemeister war gelassen, zuverlässig, so sich ähnlich, daß es nicht anzuhören war wie eine Wiederholung, sondern wie der Anfang eines neuen Gesprächs, als er sagte: Und sieh dir solche an wie Griem.

– Jeah: sagte Warning. – Früher hatte er ganz dicke Brühe mit Semig, konntest du gar nich umrührn. Schetz is Griem Oberfeldmeiste ode so was bei'n Reichsaabeitssiens.

Die Staatsanwaltschaft hatte keine Fragen. Verdammt noch mal.

Dr. Wegerecht wunderte sich, daß er nicht einmal in den Handflächen naß war, und fühlte sich doch heiß am ganzen Leibe. Kopfschmerzen, als wolle etwas an den Schläfen nach draußen. Er drückte den Bauch gegen den Tisch als könne er sich so festhalten. Der Landgerichtsdirektor Wegerecht von früher hatte mit genüßlich ausgreifenden Armen geredet; dieser hielt seine Hände flach auf den Papieren. Von unten gesehen war er ein strenger, erzürnter Vertreter des Gesetzes, als er fragte: Was sie sich gedacht hätten.

Warning hatte sich nichts gedacht.

Hagemeister hatte gedacht, es sei ja nichts zum Zuhören gewesen. Bei der Stille hinter den anderen Abteilwänden habe man denken können, der ganze Wagen sei leer.

Jetzt hatte die Staatsanwaltschaft eine Frage, aber so unverhofft und ordentlich, als sei Dr. Kraczinski aus einem Schlaf hochgefahren oder als habe er einen festen Vorsatz gegen den besten Willen vergessen. Wie die Angeklagten denn auf Griem gekommen wären. Was für Äußerungen vor der bezeugten gefallen seien.

Erstlich eins: sagte Hagemeister. Kraczinski winkte ab, als sei ihm etwas eingefallen. Hagemeister war nun darauf gekommen, daß Warning bei Griem zu dessen Ackerbürgerzeiten in Dienst gewesen sei, und Warning versuchte das aufs eifrigste zu bestätigen, aber ehe sie noch zu Rande kamen, waren beider Blicke ratlos zu Wegerecht zurückgeschwenkt, weil Kraczinski nicht tat wie ein Zuhörer.

Wegerecht rief die Zeugin Cresspahl auf. Kraczinski tat erstaunt.

Lisbeth war nicht die Handwerkersfrau, schwerfällig, beflissen oder störrisch, die Dr. Wegerecht erwartet hatte; die da ankam mit nicht gesenktem Gesicht, sicherem Schritt, in einem schwarzen Tuchmantel mit Samtkragen, das war eine Tochter von Papenbrock, uneingeschüchtert, ausgesucht in der Kleidung wie im Auftreten. Die weltliche oder die religiöse Form des Eides, Frau Cresspahl?

Die religiöse. Und Lisbeth hatte nicht nur erinnert sondern auch nachgelesen, was der Mecklenburgische Christliche Hauskalender für den 29. Oktober 1937 empfahl; Matthäus 10, Vers 34 bis 42.

Sie habe es damals gehört. (Think not that I am come to send peace on earth: I came not to send peace, but a sword.) Mit »damals« meine sie, daß sie den Wortlaut nur noch aus den Vorhaltungen der Kriminalpolizei wisse. (He that loveth father or mother more than me is not worthy of me: and he that loveth son or daughter more than me is not worthy of me.) Sie wolle nichts abstreiten, als daß sie sich erinnere; wenn aber ihr Bruder, Horst, wenn er es so von ihr erzählt habe, habe sie es so gehört und sei es wahr. (And he that loseth his life for my sake shall find it.) Im Gegenteil, die Gelegenheit sei zum Zuhören vorzüglich gewesen, ein Sonnabend im hohen Juli, mittagsstill, der Zug von Gneez nach Jerichow kaum besetzt, und wenn er in Wehrlich halte, sei der Wind vom Gräfinnenwald verschluckt. Sie habe sogar die Hühner des Stationsvorstehers scharren hören können. (And he that receiveth me receiveth him that sent me.) Sie könne die Frage nicht verstehen. Wieso sie nicht selber eine Anzeige erstattet habe? weil es dumm Tüch sei. Unsinn, Quatsch. Nonsense. Nicht klug im Kopf. Nur jemand, der von Jerichow nichts kenne, sei zu solchen dowen Vermutungen über Dr. Semig oder Griem imstande, und Hagemeister wisse das so gut wie sie. (And he that receiveth a righteous man in the name of a righteous man shall receive a righteous man's reward.) Das habe nichts mit der Begünstigung von Juden zu tun, nur mit der Wahrheit. (And whosoever shall give to drink unto one of these little ones a cup of cold *water* only . . .)

Als Wegerecht sich bei ihr bedankt hatte, blieb sie vor ihm stehen. Sie mußte zur Bank geführt werden. Mit einem Mal sah sie aus, als habe sie sich vorbereitet auf eine lange Reise, etwas Ungewisses. Die Gebärde, mit der sie sich den Schal unterm Mantelkragen hervorzog, hatte etwas Verwundertes.

Griem, massig, jovial, fast mit Fröhlichkeit versehen in seinem prallen, wetterfesten Gesicht, staatsmächtig in Uniform: Nicht daß er wüßte. Dummes Geschwätz. Solche armen Würstchen könnten ihm nur leid tun. Er verzichte auf Strafantrag. Eine Lehre. Ein Denkzettel. Ohne dem Gericht vorgreifen zu wollen.

Die Staatsanwaltschaft beantragte einen Verweis für den Zeugen Griem wegen unerbetener Beratung des Gerichts. Das war der Kraczinski von vor nur zehn Tagen, scharf, beutegierig, niederhackend wie ein Hühnerhabicht. Der Kraczinski, der dann keine Frage mehr hatte, paßte zu dem nicht.

Dr. med. vet. Semig kam gesenkten Gesichtes in den Saal, nicht demütig, sondern wie ein erwachsener Mann, der sich auf einem kindlichen Fehler ertappt hat und von anderen der Vorwürfe nicht bedarf, die er sich selber verabreicht. Er wählte die religiöse Form des Eides. Danach hielt er sich aufrecht, sah die Schöffen voll an, wandte sich ohne Hast um zu Kraczinski. Sie hatten ihm sein Eisernes Kreuz zurückgegeben. Er sprach etwas langsam, weil er so lange allein gewesen war.

Ob er bei der Darstellung bleibe, daß es für den damaligen Ackerbürger Griem keinen unrechtmäßigen Vermögensvorteil bedeutet habe, als er in seiner Eigenschaft als Tierarzt eine erkrankte Kuh zum Abdecker begutachtet habe, so daß besagter Griem für das beseitigte Tier aus der Kuhkasse (Versicherung auf Gegenseitigkeit) einen Betrag von 800 damaligen Rentenmark erzielt habe, der ihm bei einem gewöhnlichen

Verkauf womöglich nicht geworden wäre? Und zwar ohne daß Dr. Semig als Begünstigender vom Begünstigten einen Anteil am Gewinn angenommen habe?
Semig strich sich über die Bürste von grauen Haaren, als sei er geniert, einem Akademiker nochmals zu erklären, was einem Kind beim ersten Male hätte eingehen sollen. Eine Leberentzündung sei eine Leberentzündung. Es habe zu keiner Zeit in seinem Belieben gestanden, das Bakteriologische Institut in Schwerin zur Fälschung von Befunden anzuhalten. Nicht einmal 1931 seien seine Vermögensverhältnisse auf einem Stand gewesen . . .
Das war nicht recht zu hören, weil Griem seit Kraczinskis erster Frage an Semig zu brüllen begonnen hatte, wild herausgestoßene halbe Sätze, unterbrochen von schweren Handschlägen wohin er gerade traf, auf Knie oder die Lehne, als ob er unfähig sei, Schmerz zu fühlen.
Dr. Kraczinski hatte keine Fragen.
Griem bekam eine Ordnungsstrafe wegen mangelnder Achtung vor der Würde des Gerichts.
Semig bekam Freilassung, in einem Nebensatz.
Warning bekam 120 Tage Gefängnis, wegen grundloser Verdächtigung eines Amtsträgers der Partei, damit einer Organisation der Partei.
Hagemeister bekam eine Geldstrafe von zweihundert Mark.
Dr. Wegerecht ging nach Hause, so verblüfft über die Sinneswandlung von Dr. Kraczinski, daß er ihn zum Mittagessen mitnahm. Er schickte Gisela am hellichten Tag nach Wein, und die herzweitende Freude über die Erlösung und auf das erste Glas wurde ihm nur wenig verdorben durch Irmi von Oertzens schäkerndes Gehabe gegen den neuen Gast und durch ihre Frage, warum sie sich denn solcher Lappalien angenommen hätten.
Hagemeister kam sich bedanken. Er bestand darauf, Lisbeth die Hand zu geben. – Dat wier je ne düre Ünnerhollunk: sagte er.
Cresspahl erwiderte etwas Undeutliches, das hätte hinauflaufen können auf ein Angebot.
– Wat! sagte Hagemeister. Hundert Mark wolle er bezahlen als Lehrgeld. Die anderen hundert aber werde er von Robert

Papenbrock eintreiben, ohne je zu dem hinzugehen; hinterherlaufen müsse ihm der! – Nicks föe ungaud, Fru Cresspahl!

– Es gefällt mir nicht: sagt Marie. Es ist ihrer Stimme anzuhören, daß sie auf dem Rücken liegt; seit der Ankunft der Familie Killainen schläft sie in dem Zimmer der Schweizerin mit Annie und mir zusammen. Sie spricht langsam, bedächtig, unzufrieden.
– Daß es so glimpflich abging? das ist noch nicht zu Ende.
– Daß Unglimpfliches angekündigt war, und kam nicht.
– Die enttäuschte Erwartung?
– Ja. Und daß es keinen Schluß hat. Und daß das Ende nicht erklärt ist.
– Marie, woher sollten die Jerichower wissen, wer da für Griem telefonierte, und wer gegen ihn?
– Du hast von Ministerien gesprochen.
– Die waren fern ab, und selbst aus der Nähe hätte Cresspahl nicht und Papenbrock nicht mehr da hineinsehen können. Die Jerichower Zeugen, Dr. Berling, Avenarius ein Rechtsanwalt obendrein, hatten so wenig mitbekommen, die mußten aus dem Zeugenzimmer geholt werden, weil der Justizwachtmeister sie vergessen hatte, und sie übten immer noch ihre Umwege und Ausreden ein.
– O. K., Gesine.
– Und wenn ich dir nun etwas von Peter Niebuhr erzähle.
– Ach was, Peter Niebuhr. Ein Schwager von Lisbeth wie von Cresspahl. Ein junger Mensch. Der kam doch gar nicht vor in dieser Geschichte.
– Und wenn er nun käme, Marie? Wenn er längst beurlaubt wäre von der Unteroffiziersschule in Eiche bei Potsdam, und beschäftigt in einem Büro unter Reichsnährstandsführer Eugen Darré, und wäre da gestoßen auf einen Nazi mit Durchstechereien von Geld und Erkenntlichkeiten, einen aus Jerichow obendrein, und hätte seinen Ministerialdirektor unmerklich ans Telefon gedrängt, und womöglich den Vorgesetzten über ihm mit der Ehre der deutschen Landwirtschaft, damit wenigstens in der Nähe der angeheirateten Verwandtschaft da oben an der Ostsee ein Nazi aufs Dach kriegte, bis Peter aufging, daß die Anzeige erstattet war von einem Papenbrock,

und daß er Schwager wie Schwägerin Cresspahl nicht die Freude bereitete, die er sich vorgestellt hatte, und nun die Weisung nach Schwerin umdrehen lassen mußte, und das zwischen Ministerien unterschiedlichen Fachs, und dann nicht nur von sich eine Verwarnung einsteckte, sondern auch von Feunden, die ihn bei gelungenem Anschlag belobigt hätten und mit mehr Vertrauen versehen –

– Ja: sagt Marie. – Ja: wiederholt sie, ganz tief und genußvoll in der Kehle, so überzeugt ist sie. – Das glaube ich sofort.

18. Januar, 1968 Donnerstag

Im Gesicht läßt die New York Times nichts sich anmerken. Unbestechlich und gelenkig hält sie uns Vortrag über Heilversuche am britischen Pfund, die Golddeckung des Dollar und übrigens den guten Willen der Kirchen zu Gunsten der Neger, in welch selbem Henry Ford II. nicht übertroffen werden will. In eigenhändiger Mitschrift, ungeschwächt von der Nachtarbeit, bringt die verläßliche Tante die Rede Präsident Johnsons über die Lage der Nation (»auf der Suche, im Aufbau, oftmals geprüft im vergangenen Jahr, jeder Prüfung gewachsen«); sie unterschlägt nicht, daß Prinz Sihanouk von Kambodscha die Nation wegen eines Wortbruchs verachtet, den sie obendrein als »zynisch« zitiert. Sie hat bei sich das Neueste vom Mafia-Skandal in den Städtischen Wasserwerken, über ertappte Steuerbeamte, geklaute Kreditkarten, die Rauschgiftrazzia in der Universität Stony Brook; gleichsam tröstend weist sie uns darauf hin, daß Pavel Litwinow in Moskau, wenn er schon mit der sozialistischen Gesetzlichkeit nicht glücklich ist, dann auch nicht als Physiker arbeiten darf. Alles auf der ersten Seite, als fehlte nichts. Solche redlichen Runzeln.

Hätten wir doch lediglich davon die Fortsetzungen gelesen, und nicht den neuen Anfang, den sie auf Seite 28 versteckt! Solch würdige Greisin, und läßt sich betreffen in so genierlichen Umständen! Sollte sie dergleichen von anderen berichten, sie wäre verlegen. Sie zeigt jedoch sich selbst. Es ist . . . es ist vertraulich.

Der Anfang, wenn nicht harmlos, er ist nicht überraschend. Gestern nachmittag hat wiederum ein Untersuchungsausschuß des Bundes, befaßt mit der Lage der schwarzen und puertorikanischen Angestellten, am Foley Square getagt und den Nachrichtenmedien vorgeworfen, sie gäben ein falsches Bild jener Minoritäten: so ohne Zeichen des Zweifels oder der Anführung in der Überschrift der Times; und es wird doch unsere erprobte Lieferantin von Wirklichkeit über solchen Verdacht erhaben sein.
Der Ausschuß findet, die Kommunikationsindustrie verschaffe den Amerikanern ein falsches Bild der Gesellschaft, in der sie leben, und obendrein den Negern und Puertorikanern ein verzerrtes Bild von sich selbst. Gewiß. Aber doch nicht die New York Times; wetten?
Na klar. Diese Industrie hat einen ungeheuren Einfluß in der Nation, und ihre Besitzer sind es, die in weniger als gar keiner Zeit ein Klima für einen erheblichen Wandel in der Sozialstruktur herstellen können. Ohne Frage ist die New York Times dazu imstande. Wenn da welche sich um die Verantwortung gedrückt haben, unsere gute alte Tante, gerecht, hilfsbereit, die ethische Gallionsfigur, sie wird zu den Schuldigen nicht gehören. Sie weiß, was es bedeutet, zu den Machern von Meinung und Geschmack in dieser »schweren Periode unserer Nationalgeschichte« zu gehören; sie wird ihre Pflicht tun. Und gleich nennt sie uns die Prozentzahlen jener Minoritäten in der Stadt New York (für die Neger 18, für die Puertorikaner 10 %), damit wir wohlversehen ans Werk gehen können.
Die Konkurrenz, die kleinere Konkurrenz, die New York Post; na ja. Kaustisch, nichts weniger als das, habe der Ausschuß sich da vernehmen lassen: sagt die New York Times uns weiter auf eine süß und saure Weise. 450 Angestellte, und nur 24 Neger oder Puertorikaner darunter. 5,3 %. Ts-Ts. Ob es denn der New York Post, einem liberalen Blatt im Grunde, etwas ausmache, daß es in der Presse von New York faktisch eine Rassentrennung gebe: habe der Ausschuß fragen müssen. Und die Post wußte darauf nur etwas Schnippisches, typisch: Jede Art von Rassentrennung errege ihre Besorgnis. Ha ha. Und nur 4 schwarze Reporter hat sie unter all ihren

53. 7,5 %. Tja. Da sieht man es. Und keiner der Redakteure ist Neger. Diese Heuchler von der Post.
Das zeigt wahrhaftig, warum wir in unseren Städten Aufruhr und den Ausbruch der Verzweiflung haben: sagt der Ausschuß.
Wer da der New York Times hätte zuvorkommen wollen, er wäre nicht so früh aus dem Bett gekommen wie sie. Sie war bei der Polizei von Los Angeles, von Detroit, von Virginia, von Philadelphia, von Chicago, von Atlanta, bei den Waffenfabriken in Memphis, in Springfield. Es sind sogar Kampfhubschrauber vom Typ Viet Nam angefordert worden. Beim nächsten Mal wird die Polizei die Chemikalie »Bananenschale« verwenden, die die Straßen so glitschig macht, daß Einer nur noch mit Schwierigkeiten darauf gehen kann, mit Sicherheit aber nicht mehr Aufstand machen. Und die Polizei von New York hat 5000 Schutzhelme bestellt, das Stück zu $ 20,–. 100 000,– Dollar.
Das steht auf einem anderen Blatt.
Jetzt kommt die Times. Tusch für den Favoriten!
Der Wahrheit die Ehre. Auch die Times ist nicht ungezaust weggekommen. Aber der Ausschuß war nicht etwa kaustisch mit ihr, ätzend, beißend. Kritisch, das schon. Vielleicht, um sie zu schonen. Um einer alten Dame Peinlichkeiten zu ersparen, wenn sie vor dem Richtertisch sitzt in ihrem kleinen Schwarzen, in geschmackvoll erhaltener Jugend und Alterswürde, die Hände im Schoß wringend, doch aufgeregt, und nun gestehen muß, daß sie unter ihren 200 Reportern nicht mehr als 3 von schwarzer Hautfarbe hat. 1,5 %. Ja.
Da stellen wir uns ein Schweigen vor.
Eilig setzt die New York Times, geborene Ochs-Hays-Sulzberger, hinzu: Das bezieht sich nur auf das Büro in New York.
Das hilft nun nicht eben. Das galt für die Post ja auch. Und die alte Dame beweist uns nicht etwa, daß die Vergleichszahlen der Büros in Washington und Paris die Lage bessern; sie deutet es zwar an. Könnte ja sein. Nicht wahr. Könnte ja sein.
Dann hat sie sich gefangen. Nimmt den Kopf wieder hoch, sieht dem Ausschuß ins Gesicht, sagt mit fester Stimme: Sie sei

nicht stolz darauf, daß nur 7 % ihrer Angestellten aus den betroffenen Minoritäten kämen. So kann man wenigstens noch ihre Haltung loben.
Dann verdirbt sie ihren moralischen Gewinn und stellt sich ein Bein mit ihrem manischen Hang zur Vollständigkeit und sagt: Vor einem Jahr waren es bloß sechs.
Oh, weh. Weniger als die Post. Und ihre 7 % sind nur »ungefähr«. Ob die Times denn einen Neger als Redakteur beschäftigt, sie mag da Auskunft gegeben haben, ihren Lesern sagt sie es schon nicht mehr. Besser, wir ersparen uns die Frage.
Da sitzt eine alte Dame, gedemütigt und bloßgestellt, ohne Ansehen ihres Alters, ihrer Verdienste. Sieht sie auf ihre Fußspitzen? Putzt sie sich die Nase? Es hilft ihr gar nichts; der Ausschuß hat ein Ansinnen an sie.
Ob sie denn nun nicht einen Teil ihrer Einlassung zurücknehmen wolle. Wo es heiße, daß die Times nicht nur Worte mache, sondern ihnen Handlungen folgen lasse.
– Nein. Das will ich nicht: sagte sie.
Ob die Times sich begreife als führend unter den Zeitungen.
– Schon möglich: sagte sie. Abermals ist sie zu sehen, mit hochfahrendem Kinn, stolz das Ziel verfehlendem Blick, hochmütigem Jungmädchenton.
Das sei ein guter Haufen Übertreibung auf einmal: beschied der Ausschuß sie. Und es sei zu hoffen, daß jemand wie die Times ihre führende Stellung auch auf das Gebiet gleicher Chancen am Arbeitsplatz ausdehne.
– Wir werden das Problem kräftig in Angriff nehmen: sagte die New York Times. Es ist das letzte, was sie von sich berichtet; es ist ein Versprechen. Ist es ein Versprechen? Aber die Tränen, die ihre Stimme aufweichten, waren schon zu hören.
Nun nichts wie weg, zu Time Magazine, zu Columbia Broadcasting, zu American Broadcasting, zum Verlag Doubleday & Co, zu den Werbeagenturen J. Walter Thompson und Grey Advertising. Die werden ja auch Dreck am Stecken haben. Eine viel bessere Figur machen die auch nicht. Bloß die scheußliche, die unerträgliche Szene von vorhin zudecken mit irgend was, das wahr ist. Dann reicht es nicht. Dann kommt sie auf die Juden.

Die Juden sind doch gar nicht der Gegenstand der Untersuchung!
Das macht nichts. Das gibt mindestens noch zwei Absätze. Lauter Fakten, also berechtigt. 25 % der Einwohner von New York-Stadt sind Juden. Jedoch bloß 4,5 % der 2104 höheren Angestellten in den 38 größeren Konzernen der Stadt sind Juden. Jawohl. Sprichst du vom Balken in meinem Auge, spreche ich von deinen Splittern. Eine ablehnende Haltung gegen jüdische Führungskräfte nehmen vor allem Banken, Versicherungen, Speditionen und Anwaltskanzleien ein. Da habt ihr es. Und heute gehen die Hearings weiter, und wir werden ja sehen, was dabei noch alles herauskommt!

So kenn ich sie gar nicht.

Ein keifendes, tückisches altes Weib mit schlechtem Gewissen. Von der läßt du dir erzählen, wie es auf der Welt zugehe, wenn du nicht hinsiehst. Und oft kannst du nicht hinsehen, Gesine.

Gilt das nicht, daß sie ihre Schande selber besorgt hat?

Lieber doch läßt sie sich der Lüge durch Umschreibung bezichtigen, als durch Unterschlagung.

Aber sie hat es doch nicht versteckt. Sie verweist darauf im Inhaltsverzeichnis.

Da sieh mal genau hin, Gesine. Da steht es nicht wie in der Überschrift. Diese letzte Gelegenheit hat sie sich nicht verkneifen mögen. Da steht nicht, der Vorwurf gehe auf ein falsches Bild der Gesellschaft. Da steht »falsches Bild«.

Wenn ich diese Tante aus dem Haus werfe; wer soll nach ihr kommen?

Du willst ihr das zugetraut haben.

Wenn ich zugebe, sie sei mir heute unerwartet gekommen; was sage ich dann über mich? Nein.

19. Januar, 1968 Freitag

50 Damen waren gestern ins Weiße Haus geladen, die Kriminalität auf der Straße zu diskutieren, unter ihnen die New York Times und die Sängerin Eartha Kitt. Miß Kitt wußte

eine Antwort auf die Frage, warum junge Leute auf der Straße rebellieren, warum sie Rauschgift nehmen und auf die Schule verzichten: »Weil man sie von ihren Müttern wegreißt, damit sie in Viet Nam erschossen werden.« »Ihr schickt die Besten des Landes in Tod und Verstümmelung.«
Zwar war die Frau des Präsidenten blaß, aber sie stand auf und erklärte mit zitternder Stimme, unter aufquellenden Tränen: Mit Gewalt könne man nicht alle Probleme lösen.
Eartha Kitt: Die anderen Gäste kennten die Ghettos von Ausflügen; sie aber habe in der Gosse gelebt.
Mrs. Johnson: Ich kann nicht die Dinge verstehen, die Sie verstehen.
Miss Kitt: Da ist wohl was verfehlt worden.
Die Times erzählt die Geschichte fast als erste. Wollen wir uns noch einmal vertragen?
Lisbeth Cresspahl glaubte sich nun im Streit auch noch mit Jerichow, darin über zweitausend Leute waren, nicht gerechnet das Vieh. Sie wollte gar nicht verziehen haben, daß sie vor einem Gericht gegen andere ausgesagt hatte; blieb ihr so doch die Schuld erhalten. Vorsorglich verzieh sie obendrein jenem Robert, der ihr die Auftritte dieses Herbstes zugemutet hatte, und verzieh wiederum Cresspahl, der ihr gemütlich angekündigt hatte, er werde den Denunzianten aus dem Haus und durch den Stacheldraht werfen. Dabei heimste sie eine Prüfung mehr ein. Anzusehen war ihr nach dem Prozeß nichts an Bedrückung, und Cresspahl glaubte wiederum eine Zeit mit Vernunft an der Reihe (an Krankheit mochte er nicht denken). Es war eher so, daß Lisbeth nicht mehr in reinlichem Nacheinander von ihrer Verwirrung und dann der Ungestörtheit überkommen wurde; oft muß ihr eine Mischung aus beiden Zuständen im Kopf gehangen haben. Denn sie war weniger als vorher zu Gängen in die Stadt zu bewegen. Obendrein von Blicken verurteilt werden, das wollte sie nicht, und hätte doch so ihr Konto an Leiden aufstocken können. Zu Besorgungen, die sie bei bestem Willen nicht an Louise oder Aggie Brüshaver abwälzen konnte, stieg sie nicht in Gneez aus, sondern nahm da den Zug nach Lübeck, und nämlich ein Abteil der ersten Klasse. So beugte sie Gesprächen mit Bekannten aus dem Jerichower Winkel vor; so zog sie sich die

Nachrede von Verschwendung zu. In Lübeck hatte sie nicht viel Begegnungen zu fürchten, nicht in Läden oder Kaufhäusern. Oft blieb sie länger als sie mußte, wußte zu Hause zu erzählen von der neuen Ansicht des Holstenhauses, dem das Bauamt der Nazis neue Giebel angesetzt hatte, wie den alten gotischen Häusern in der Königstraße, in der Mengstraße, im Schrangen, als sei so bewiesen, daß in Deutschland doch weniger für den Krieg gebaut wurde als Cresspahl wußte. Er ließ sich darauf nicht ein, er hatte dem neckenden Ton mißtrauen gelernt; er sah sie an. Dann dachte er an die Zeit in England, an ihre müßigen, unbesorgten Gänge durch die fremde Stadt, an den klaren Blick, mit dem sie einmal in Richmond an ihm vorbeigegangen war. Es war der Blick Einer, die sich allein weiß; jetzt war er starrer geworden, eigensinniger, ganz zugehängt von Bedenken. Es war immer noch die weiche Linie der Augenhöhle von Stirn zu Wangenknochen, und wer sie so sah in der Polsterklasse, womöglich mit einem verschwiegenen Lächeln beschäftigt, zog des öfteren die Abteiltür auf und redete sie an als Gnädige Frau, bevor ihm aufging, daß die junge Frau nicht so freundlich gestimmt war wie sie aussah, und daß ihr Lächeln eher nicht ganz geheuer war. Dann zog Lisbeth den Mantel um sich zusammen, machte sich steif, wandte das Gesicht gegen das Fenster, nur daß Niemand ihr mit Warnings hundertzwanzig Tagen Gefängnis kommen konnte.
Das wäre ihr nicht einmal auf der Strecke von Gneez nach Jerichow passiert, wo kein Zug eine erste Abteilklasse führte. Denn in Jerichow hieß es ganz anders. Uns' Lisbeth. Uns' Lisbeth hatte sich akkurat gehalten. Uns' Lisbeth war doch kein Mann; Meineid, das war was für Männer. Was konnte Lisbeth für solch erfundenen Bruder. Wut ging da gegen Warning, einmal weil er den Verstand nicht aufgebracht hatte, in der Eisenbahn das Maul zu halten, zum anderen, weil er Lisbeth in solche Klemme gebracht hatte. Dabei wurde weiterhin durchgenommen, daß Warning einer von denen sei, die das Kinn auf den Forkenstiel stützen, und neben ihnen brüllt die Kuh, und daß hinter seiner freundlichen, allerdings genießbaren Nölerei doch kein rechter Druck und Zug stecke. Seiner Frau wurde mit Arbeit geholfen, auch mit Geld für

gar nicht geleistete; er selbst würde eine andere Rückkehr nach Jerichow erleben, als er sich in Dreibergen bei Bützow ausdachte. Und man sehe sich Hagemeister an. Der hatte am Ende nur hören wollen, daß Griem mittlerweile ein Gewicht hatte wie eine Schlachtsau, oder dat de Zylinder n finen ståtschen Haut is, œwe wecke ein den'n nich an is, den'n lett he nich. Macht Warning das Maul auf und redet vom Altertum. Und Hagemeister sagte gern und wieder in seiner schläfrigen Art, aber dann begeistert: Cresspahl sin Fru hett mi fix ruträtn. Lisbeth Cresspahl het mi ruträtn.
Soweit waren sie nun in Jerichow. Lisbeth galt nicht mehr als die Tochter Papenbrocks, sie war jetzt Cresspahl sin Lisbeth.
Sie sollte ja krank sein. Sie war ja gar nicht mehr recht in Sicht. Um so mehr war ihr anzurechnen, daß sie einem leibhaftigen Landgerichtsdirektor ins Gesicht gesagt hatte, er befasse sich mit dummem Zeug. Nichts als die Wahrheit. Das hat sie gesagt: Dumm Tüch. Mach du das nach.
Davon erfuhr sie nichts; und hätte es nicht brauchen können.

– Und nun die Geschichte mit der Regentonne: sagt Marie.
– Was für eine Regentonne? Davon weißt du nichts.
– Davon weiß ich, daß James Shuldiner vorvorgestern im Mediterranian Swimming Club war und zu mir sagte: Dich läßt deine Mutter einmal nicht in die Regentonne fallen.
– Nein.
– Fang an, Gesine.
– Das war ohnehin im Sommer 37, und wir haben es längst verpaßt.
– What is a water butt, anyway?
– Annie hat sicher eine.
– Annie ist nicht da.
– Eine Regentonne, Marie –
– Ja.
– Man hat sie meistens auf dem Land, am besten frei stehend, aber so, daß nicht Blätter oder Blütenstaub hineinwehen können. Die Tonne soll das Regenwasser sammeln, weil es das reinste ist, das in der Natur vorkommt. Es enthält zwar Stickstoff, Kohlensäure, salpetrigsaures Ammoniak und

was es sonst aus der Atmosphäre bezieht; nicht aber Kalziumkarbonat und die Salze, die die Erde mitschickt. Es ist ja nur verdichteter Wasserdampf. Fühlt sich weich an, heißt deswegen so. Am reinsten ist der Landregen. Wir hatten mehr Ammoniak, weil wir von der Küste zerstäubtes Salzwasser dazubekamen. Ammoniak erhöht die Weichheit des Wassers. Es schäumt dann besser. Zum Waschen, verstehst du. Ist die Tonne aus Holz, wird das aufgefangene Wasser leicht bräunlich, weil das Ammoniak organische Substanzen aufnimmt. Da hast du dein water butt.

– Du drückst dich vor der Geschichte mehr als vor Robert Papenbrock.

– Du wirst wünschen, sie nicht zu wissen.

– Manchmal behandelst du mich, als wär ich nicht zehn Jahre. Zehneinhalb.

– Cresspahl hatte eine Regentonne neben der Scheune aufgestellt. Wenn es auch von da weit zu tragen war, reiner konnte er es nicht vom Himmel holen. Überhaupt war das Grundstück bis 1938 an allen Stellen richtig versehen und gehalten, als sollte es in einem Lehrbuch abgeschildert werden. Da war keine Krampe lange locker, und das Brunnenwasser lief nicht in die Erde zurück, sondern in einen hölzernen Bottich, in dem ein Kind mit Holzstücken Schiffahrt treiben konnte oder sich die Füße kühlen. Die Wirtschaft war nicht pingelig; aus dem neuen Fenster über dem hinteren Eingang wurde eine Scheibe wieder herausgenommen, damit die Schwalben wie gewohnt in den Flur fliegen und ihr Nest an ihrem angestammten Balken bauen konnten. Während ihrer Zeit wurden die roten Fliesen dann einmal öfter gescheuert, weil sie den untergelegten Lübecker Generalanzeiger eben nicht immer trafen. Von solcher Art war auch das Wasserfaß, das die vorigen Besitzer, die Pinnows, am Küchenfenster unter einem Rohr von der Dachrinne aufgestellt hatten. Cresspahl ließ das stehen. Es wäre wohl auch zu Bruch gegangen, hätte er es bewegt. Eben weil es undicht war, war es immer dicht umwachsen von fettem langem Gras, saftig blühendem Unkraut. Ich mochte das gern sehen. Weil aber das Regenwasser vom Dach den Schmutz von Moos und Windstaub mitbrachte, wurde es kaum je zum Waschen genommen, und

der Deckel wurde kaum je abgehoben. Der Deckel aber war neu, den hatte Cresspahl gemacht, damit ich nicht einen Küchenschemel anschleppte und darauf ins Wasser stieg.
– Wenn er fehlte, konnte das ein Versehen sein.
– Von einem Fremden, ja. Wer aber zum Haus gehörte, wußte das mit der Katze und mir. Es war ein großes graues Biest, massig und faul. Als Cresspahl die Pinnowsche Scheune zur Werkstatt umbaute und in der Futterkammer bei seinem Werkzeug schlief, hatte diese Katze ihn besucht und war bei ihm geblieben. Lisbeth und das Kind wohnten da noch in Papenbrocks Haus, und als sie nun kamen, pochte die Katze auf ihre älteren Rechte. Sie mochte mich nicht. Ich wollte sie zum Spielen überreden; sie aber lag lieber innen am Küchenfenster und besah sich die Vögel. Sie war auch alt, nicht bloß träge. Das Kind stand oft da draußen, hatte den Kopf im Nacken, sah zur Katze hinauf und redete mit ihr, und die Katze sah mich an, als wüßte sie ein Geheimnis und würde es mir doch nicht sagen.
– Fahrlässigkeit. Deine Mutter konnte dich doch nicht an die Schürze binden, und das weiß ich von den Vierjährigen, sie verschwinden wie die Kaninchen.
– Siehst du.
– Du mußt doch noch erst hochsteigen auf den Deckel zum Kopf der Katze und ins Wasser fallen, Gesine!
– Wie du sagst.
– Und deine Mutter, deine Mutter stand dabei?
– Ja. Nein. Wenn ich daran vorbeidenke, sehe ich sie. Sie steht dann vor der Hintertür, trocknet ihre Hände in der Schürze, wringt ihre Hände, eins kann das andere sein. Sie sieht mir zu wie ein Erwachsener sich an einem Kinderstreich erheitert und wartet wie er ausgeht; sie sieht mir ernsthaft zu, belobigend, als vertraute sie darauf, daß ich es richtig mache. Wenn ich die Erinnerung will, kann ich sie nicht sehen.
– Und sie rührte sich nicht.
– Da war ich längst unter Wasser. Ich hatte immer noch ihr Bild bei mir; erst dann fiel mir auf, daß in dem runden Tonnenschacht nur der Himmel zu sehen war.
– Dann zog sie dich raus.
– Dann zog Cresspahl mich raus. Er war hinter ihr um die

Hausecke gekommen und hatte ihr beim Zusehen zugesehen. Er hat es mir nach dem Krieg nicht genau erzählen mögen, nur daß sie stehen blieb »wie erstarrt« als er mich triefendes Bündel an ihr vorbei ins Haus trug.
– Cresspahl und einem Kind nasse Sachen ausziehen, es waschen, es abtrocknen, es anziehen, das sehe ich nicht.
– Das tat sie, dazu hatte er sie geholt. Und als ich ein neues Kleid anhatte und munter genug, um das Untertauchen zu vergessen –
– Hat er sie geschlagen.
– Nie. Er ließ sie nun zusehen, wie er mich verhaute. Er gab sich nicht viel Mühe, leicht zuzuschlagen; ich sollte mir die Regentonne merken ein für alle Male. Nur so konnte er mich vor Lisbeth schützen.
– Und sie hat ihm die Hand nicht festgehalten?
– Ach was. Nun hatte sie ihrem Gott auch noch das ungerechte Leiden ihres Kindes anzubieten.
– Hast du mich mal geschlagen?
– Nein. Und ich fand an den Schlägen nicht die Ungerechtigkeit schrecklich, sondern daß mein Vater böse mit mir war. Darum suchte ich das ganze Mittagessen lang nach irgend etwas, mit dem ich eine Versöhnung anfangen konnte, und zwar unter dem Tisch, so daß ich vor seinen Blicken sicher war. Da sah ich, wie die Katze von einem Gang vors Haus zurückkam und unter Cresspahls Stuhl schritt und sich über seinen Fuß und Holzpantoffel legte. Und ich sagte: Vadding de Katt! Und er sagte: Dor kann se ruich sittn gån. Und sah mich an, als wundere er sich mit mir gemeinsam über die Katze und sei mit mir zusammen wie sonst.
– Sie hat dich umbringen wollen!
– Sie hat mich abgeben wollen, Marie.
– Sie muß dich gehaßt haben.
– Es hätte ja nicht lange gedauert, das Ertrinken.
– Aber sie wollte dich los sein!
– »Wer sein Kind liebt«, Marie, der ... Sie hätte das Kind sicher gewußt, fern von Schuld und Schuldigwerden. Und sie hätte von allen Opfern das größte gebracht.
– Du willst sagen, sie liebte dich.
– Das will ich sagen.

– Das nächste Mal, Gesine, wenn du mir eine Geschichte nicht erzählen willst, tu es nicht.
– Jetzt mißtraust du mir.
– Nein. Du bist doch deines Vaters Tochter?
– Ja, Marie. Ich bin Vaters Tochter.

Lisbeth ick schlå di dot.
Schlå mi dot Hinrich. Mi is kein Helpn mihr.

20. Januar, 1968 Sonnabend Tag der South Ferry

Was soll das, Gesine. Was das soll!

»Nüchs«, um zu reden wie Grete Selenbinder.

Wenn sie nicht recht ran wollte.

Wie ich.

Aber Tschechisch lernst du.

Československo je také velmi krásné.

Nicht für eine Ferienreise, sondern im Auftrag der Bank. Jeden Donnerstag hast du zwei Stunden eher frei, und bezahlt wird Herr Kreslil auch von derBank.

Das weiß er nicht.

Wie Niemand etwas wissen soll. Wo willst du damit hin?

Nirgends. Es wird nichts werden. Sie haben noch nie eine Frau in dem Stockwerk arbeiten lassen, wo der Fußboden aus Holz ist, fast echte Teppiche ausgelegt sind und fast echte Bilder an den Wänden hängen. Als Putzfrau, gewiß.

Und dennoch kannst du den 4. Fünfjahrplan der Č.S.S.R. bald auswendig.

De Rosny hat sich etwas in seinen großen Kopf gesetzt. Er meint ernstlich, die Mücke sei ihm von der Státní Banka Československá geschickt.

Du tust etwas, und glaubst nicht daran.

Genügt es nicht, daß ich für die Bank arbeite? Muß ich für sie auch noch empfinden?

Die Angestellte Cresspahl hat eine Anregung bekommen. Eine störrische Angestellte wäre vorgemerkt für die nächste Kürzung der Personalkosten. So?

So. Und wenn die Tschechen und Slowaken dann doch nicht ihren Sozialismus mit de Rosnys Krediten reparieren dürfen, darf die Angestellte Cresspahl doch in der Abteilung Foreign Sales sitzen bleiben, und der Vizepräsident schreibt eine Investition ab.

Du als eine Investition.

Als ein Stück Arbeitskraft, das vorsorglich für eine andere Maschine umgebaut wird. Nur damit die Bank sich später nicht Saumseligkeit vorwerfen muß.

Für de Rosny ist die Angestellte Cresspahl eine Person.

Er behandelt mich wie eine. Er putzt und ölt das Teil Maschine. Das Persönliche daran ist, daß de Rosny in seinem Jahresbericht an die Aktionäre schreiben kann: Er habe sich um Verbindungen in osteuropäischen Ländern bemüht. Das schlägt ihm auch zu Buch ohne Ergebnis.

Nimm einmal an, du kommst tatsächlich auf die Teppiche dort oben, unter die jungen Herren in der feierlichen Kleidung, und hättest wie sie so eine rothölzerne Kommode zu verwalten, über die die Geschäfte mit einem ganzen Land gehen. Vielleicht lassen die Kollegen dich überleben, und wär es, weil sie auf dich nicht neidisch sein könnten um eine Mission: Impossible.

Eine Frau als Direktor in einer Bank. Das Kalb mit den sieben Köpfen. Das wär ja geradezu etwas für die New York Times.

Laß das jetzt, Gesine. De Rosny glaubt, was du der Bank an Loyalität vorspielst; er hält für einen Glücksfall, daß du wirklich in einem osteuropäischen Land gelebt hast –

Dreieinhalb Jahre in der Deutschen Demokratischen Republik. Als ein halbes Kind.

Laß das jetzt, Gesine. Das Tschechische, und was du dir an Nationalökonomie von der Columbia-Universität gekauft hast –

Euch zu Gefallen. Ich nehm das einmal an, weather conditions providing.

Das Wetter sieht danach aus.

Daß die K.P.Č. in der Tat sich selbst »demokratisieren und humanisieren« will? Die Worte kenn ich. Reichlich abgetragene Schuhe.

Warum sollten sie dann den neuen Chef nicht verstecken in einem Gerücht (ein Mümmelgreis über siebzig, der sich opfern will), sondern ihn in allen Zeitungen des Landes zeigen, Alexander Dubček, 46 Jahre, mit vollständiger Biographie?

Es sieht neu aus.

Und daß sie das Gesetz über den Wohnungsbau nicht verabschiedet haben und einmal selbst eingestanden, daß sie es falsch gemacht haben?

Gewiß. Und die Dezentralisierung der ökonomischen Entscheidungen. Die Rentabilitätsdiskussion. Daß mit zu niedrigen Mieten nicht die Erhaltung der Häuser bezahlt werden kann.

Siehst du, Gesine. Und der Lebenslauf der Familie Petschek im Staatlichen Fernsehen der Č.S.S.R.

Das geht zu weit. Die Rockefellers der Tschechoslowakei, sie wurden doch als Unterdrücker dargestellt.

Ja, und mit Hochachtung, Gesine. Mit Bewunderung: nie seien sie bei einem Börsenkrach reingefallen. Und als das Jahr 1938 kam und Hitler in die Tschechoslowakei, hatten die Petscheks die meisten ihrer Bergwerke verkauft und sich aus ihren Banken herausgezogen und übersiedelten in die U.S.A. Glaubst du, daß diese Regierung Dubček nicht ein Auge auf ihr eigenes Fernsehen hält?

Und läßt ein Beispiel zu für die List der Kapitalisten.

Nein, Gesine. Ein Stück Wahrheit. Und als ob man von denen lernen könnte.

Ich hab das nicht gesehen.

Aber du weißt, daß sie sogar die Häuser gezeigt haben, die den Petscheks gehörten. Die heutigen Botschaften der Sowjets, der Chinesen, der U.S.A. Die Petschekbank, die zum Hauptquartier der Deutschen Gestapo wurde, und dann zum Außenhandelsministerium. Da wurde ein Stück verschütteter Nationalgeschichte freigelegt, etwas gezeigt, wie es war.

Das ist mir zu hoch. Und das Nächste wäre dann, daß Češi a Slováci jsou bratři. Freiheit, Brüderlichkeit, Gleichheit.

Fang doch mal bei einem an.

O. K. Sie bekämen ihre Wirtschaft mit ausländischen Krediten schneller heil, auch gründlicher.

Dafür würdest du arbeiten.

Wenn der Sozialismus belassen, oder eingeführt wird.

Das als Arbeit, du wärst nicht nur angestellt zu ihr, sondern auch selbst dabei.

Ja. Und nun reicht es.

Nein Gesine. Da ist noch etwas. Da kommt Marie vom Autodeck nach oben gestiegen. Není to pěkné dítě?

Ano, je vskutku velmi pěkné.

Wenn die brüderlich vereinten Tschechen und Slowaken es also wollen, und zwar von de Rosny, wo würde er sein Büro hinstellen, und wohin müßte seine Bevollmächtigte umziehen?

Daran habe ich nicht gedacht.

Wenn du uns nicht hättest, Gesine.

Die Bank hat eine Filiale in London.

Und eine in Frankfurt am Main. Was ist näher an Prag?

Nicht Frankfurt. Nicht noch einmal.

Du bist gar nicht gefragt, Gesine. Gibt es eine South Ferry in London? Wo ist der frankfurter Hafen, in dem Fähren spazieren fahren?

Marie.

Die Angestellte Cresspahl reist dienstlich nach Prag, und Marie führt ein Leben im Hotel Alcron.

Das kann sie nicht.

Und doch müßte sie mitkommen, und würde mitgehen.

Drei Jahre würde sie verlieren, ehe sie gelernt hat, wo anders zu leben als in New York.

Und du möchtest nicht die Wunden sehen, die sie sich zuziehen wird.

Nein.

Siehst du, Gesine. Und nun sag noch einmal, was das soll.

Die New York Times, die sittenstrenge Tante, will es der Eartha Kitt doch nicht hingehen lassen, daß sie Mrs. Johnson eine Antwort gegeben hat. Die Times spricht von einem »rüden Auftritt«. Und wie sehr es für die Gattin des Präsidenten spreche, daß sie aufrichtig geantwortet habe, sie ver-

stehe nicht die Dinge und das Leben, die Miss Kitt verstehe. Und daß man davon lernen könne. Es verstehen. Nach Jahrhunderten psychischer Verletzungen komme das angestaute Gift eben heraus, oft rüde und ohne Vernunft, oft selbstzerstörerisch. Aber es sei da und müsse mit Mitleid begriffen werden.
Wir werden uns doch nicht gleich wieder vertragen mit der Tante Times.

21. Januar, 1968 Sonntag

Die New York Times hat wieder einmal eine ganze Seite an sich selber verkauft, um ihren Lesern von eigenen Fortschritten zu berichten. Sie besitzt seit Mai die Microfilming Corporation of America, sie brüstet sich mit ihrer Nichte Hallelujah, sie ist dicker geworden; aber das wichtigste ist ihr doch der 117 Jahre alte Punkt hinter ihrem Titel, den sie fortgelassen hat. Es seien nicht die jährlichen $ 41,28 für die Druckerschwärze der Grund gewesen, sondern der Wunsch, die Tante lesbarer und genießbarer zu machen.
Sonst scheint wiederum nichts zu fehlen. Nicht einmal ist ihr entgangen, daß die Regierung kurz vor Weihnachten einen stellvertretenden Staatssekretär für Verteidigung zu Senator Fulbright geschickt hat. Er möge doch endlich aufhören, seinen Ausschuß für Auswärtige Beziehungen fragen zu lassen, ob 1964 tatsächlich U.S.-Zerstörer im Golf von Tonkin angegriffen wurden. Die Regierung habe ihre Beweise, und der Bombenkrieg seit dreieinhalb Jahren sei rechtens. Senator Fulbright ist immer noch nicht überzeugt.
Dr. Semig hatten sie überzeugt. In der ersten Dezemberwoche reiste er.
Es war immer noch keine Angst, die ihn dazu brachte. In den Kellern unter dem Landgericht war es ihm nicht schlechter gegangen als einem Dieb, dessen Schuld noch nicht verkündet ist. Dora hatte ihm zu lesen bringen dürfen, ihr waren auch Besuche außer der Reihe nicht verweigert worden. Er hatte an vielen Tagen eine halbe Stunde auf den Gefängnishof dürfen, wenn auch allein. Er war nur zweimal vernommen worden.

Er hatte sich in der ganzen Haftzeit sicher gefühlt, nicht nur, weil Alfred Fretwust von Doras Schmiergeldern ganz weich geworden war, sondern wegen der Gewißheit, daß nicht möglich war, was ihm zustieß. Da es nicht rechtens war, mußte es ein Versehen sein. Er ging seiner Frau zuliebe.
Wenn Dora kam, erzählte sie ihm von den Fortschritten der Stempel in ihren Pässen. Sie erzählte ihm nicht, was ihr auf den Behörden für eine Scheidung von ihm versprochen wurde. Sie sprachen über das Haus in Jerichow, über Verkäufe, über Dinge, die noch eben in Fretwusts Kopf hineingingen. Sie sagte ihm nicht, daß Friedrich Jansen das Haus einige Stunden lang mit seiner Schlägergarde besetzt gehalten hatte, um die Räume auszumessen. Einmal kam sie ohne Mantel, im späten Oktober, und er vergaß sie zu fragen. Sie war auf dem Bahnhof Gneez von Frieda Klütz angespuckt worden, und sie hatte den beschmutzten Mantel ausgezogen und der keifenden Altjungfer ordentlich in den Arm gelegt. Arthur sah aber, daß sie zu wenig schlief, daß sie von Mal zu Mal magerer geworden schien, ihre großen heißen Augen. Er mochte nicht noch viele Morgen ohne sie aufwachen, er gab ihr nach. Was er an Eigensinn noch für nötig hielt, war das Beharren darauf, daß sie von einer Reise sprechen wollten, nicht von einer Auswanderung. Selbst Fretwust sah da keinen Unterschied mehr und schrieb in seine Mithörkladde: Will Deutsches Reich verlassen. Fretwust vermied nach Möglichkeit Arthurs Namen beim Mitschreiben, nachdem Dora ihn einmal angefahren hatte: wer von ihrem Mann spreche, benutze das Wort Herr und gebrauche den akademischen Titel. Es hatte Fretwust verwirrt. Der Mann hieß Doktor, weil er etwas gelernt hatte, das konnte man ihm doch nicht wegnehmen. Der war Offizier gewesen, und wenn man ihn mit Vornamen ansprach, wußte der doch noch, daß er im Krieg von oben nach unten gesprochen hatte. Jude, ja, aber Jude obendrein. Die Frau des Tierarztes hielt sich immer noch als eine von denen, vor denen er die Mütze abgenommen hatte. Sie konnte so unverhofft vor einer Tür stehen bleiben, daß ein Justizwachtmeister des Neuen Großdeutschen Reiches ins Laufen kam, um nur rasch genug die Klinke für sie zu drücken. Wenn sie ihm wegen der Behandlung ihres Mannes Vorschriften machte,

versuchte er zu grinsen, und schaffte es nicht; er hätte von seiner Mutter nicht einen so strengen Ton, so unnachsichtige Blicke hingenommen. Wenn der Besuch zu Ende gehen sollte, stand Fretwust gegen die Vorschrift auf und wandte sich für ein paar Sekunden zur Wand. Blickte er dann über die Schulter zurück, saßen die beiden einander gegenüber wie vorher, und sie mochten versucht haben, einander etwas zuzustecken, aber bei einer Umarmung konnte er sie nicht ertappen. Wenn Fretwust dann beim Bier von dem geilen Ehepaar erzählte, hatte er ein gestörtes Gewissen, und war doch fast sicher, wenn er an den Nachmittag dachte, als Frau Semig dem Juden ihre Hand auf die seine gelegt hatte, als müsse sie ihn über etwas trösten. Das war, als sie aus Schwerin die Andeutung mitgebracht hatte, ein Leben für die Semigs in Deutschland wäre leichter, wenn sie Kinder in die Welt gesetzt hätten.

Nicht nur seiner Frau wollte Semig ersparen, was er für ein Versehen hielt, auch den Leuten, die in Jerichow noch mit ihnen gesprochen hatten. Es lag nicht an ihm, aber seinetwegen waren sie von der politischen und der Kriminalpolizei besucht worden. Er hatte sie bloßgestellt, das war keine Art sich zu bedanken; also mußte er sich von ihnen entfernen. Das machte zwei Besuche.

Der erste sollte bei Cresspahl sein; nur daß Cresspahl sofort vorschlug, in Semigs Haus zu kommen. Wieder einmal fand Lisbeth es unnötig, daß sie sich ganz Jerichow auf dem Weg in die Bäk zu erkennen gaben. Sie lag aber Dora Semig im Arm wie ein Kind, das sich ausgeweint hat.

Auch Kollmorgen kam ins Haus. Der kleine Herr hatte eine Ansprache vorbereitet, und er bestand darauf, dabei eine Hand von Semig in seinen beiden zu haben, so daß er etwas zu steil und Semig etwas zu tief blicken mußte. Die Rede begann wohl mit der Gelegenheit des Abschieds, ging dann aber auf das entschiedenste in die Büsche. Es sei nun fast genau vierhundert Jahre her, daß Jürgen Wullenweber, Bürgermeister von Lübeck, hingerichtet worden sei. Von diesem 29. September 1537 kam er dann auf den 20. Dezember 1712, an dem die Schweden bei Gadebusch eine Schlacht gegen die Dänen gewonnen hatten, und wenn die beiden Daten auch von fern und ungefähr etwas mit dem Überstehen schlechter Zeiten zu tun hatten, am Ende vertraute selbst Avenarius nicht mehr darauf, und seine Zuhörer mußten merken, daß er nicht das hatte sagen wollen. Er war sehr verlegen, stand danach mit dem Rücken zu den anderen, wenn es anging, und gab sich den Anschein, als mustere er das Köstersche Biedermeier. Daß er seine hinter sich verschränkten Hände zeigte, das ratlose Durcheinander seiner Finger, er mochte es vergessen haben.

Das war das letzte Plädoyer, das Dr. jur. Avenarius Kollmorgen hielt.

Von den Tannebaums, jüdische Kleiderhandlung zu Jerichow, verabschiedete Dr. Semig sich nicht. Er hatte kein Mal mit ihnen zu tun gehabt; nicht einmal als Kundschaft.

Beide, Dora wie Arthur, verbaten sich eine Begleitung zum Bahnhof. Sie wollten am anderen Morgen den frühesten Zug nach Gneez benutzen, den Milchholer.

Der Zug ging zwei Minuten nach sieben, und eine Viertelstunde vor sieben stand das Ehepaar Semig vor Cresspahls Küchenfenster, Dora im Licht, Arthur weiter hinten im Dunkeln, an der Milchbank. Als er in die Küche kam, war sein Gesicht immer noch bekannt, die einstmals behaglichen Sprechfalten, die leicht geschürzten Lippen, die früher besinnlichen Augen, die immer etwas heller geworden waren, wenn er auf etwas Spaßiges gestoßen war, auch wenn er sich versagt hatte, es auszusprechen. Aber Lisbeth hatte sich sehr erschrokken, weil sie sein Gesicht schon aufgegeben hatte. Nun mußte Cresspahl sie doch zum Milchholer fahren in dem Auto, das Semig gehört hatte.

– Was hatten sie vergessen? sagt Marie. Sie hat sich nach der Technik des Auszugs erkundigt, zwischendurch gefragt, was mit dem gebrauchten Bettzeug, dem Frühstücksgeschirr, den Hausschlüsseln getan wurde; für sie war mit dem gegenseitigen Abschied am gestrigen Abend auf Semigs Hof alles getan und abgetan.

– Sie hatten das Cresspahlsche Kind noch einmal sehen wollen.

Die New York Times läßt Eartha Kitt immer noch einmal vortreten. Will doch diese Negerin nicht einsehen, daß ihre Äußerung über den Krieg in Viet Nam ein Verstoß gegen die Etikette war, weil sie sie gegen die Gattin des Präsidenten tat. Sagte doch Miß Kitt dem Sender WEEI in Boston ungerührt: Ich wüßte nicht wie. Ich bin ziemlich erstaunt. Ich hob die Hand und sollte meine Ansichten erklären. Das hab ich getan.
18 Tote der U.S.A., mindestens 25 Tote Nord-Viet Nams bei den Kämpfen um Höhe 861 bei Khesanh. 21 Holzfäller Süd-Viet Nams getötet durch amerikanischen Artillerie- und Flugzeugbeschuß, weil sie in einem Gebiet arbeiteten, wo jeder Mensch als Freiwild gilt.
Da her hat Marie Post.
Die Post kommt von Dr. Brewster, ihrem ersten Arzt in New York, der im vorigen September zu einem nachträglichen Militärdienst abgerufen wurde und nun Lager von Flüchtlingskindern in Viet Nam ärztlich versorgt. Es ist eine ganz unerstaunliche Karte, mit einem japanischen Druckvermerk und Wünschen für Weihnachten und ein Neues Jahr mit Frieden auf Erden an »Dear Mary« von ihrem »Wm. Brewster«. Auf der Rückseite des Kartons ist ein rauher Fleck, als sei da etwas Aufgeklebtes abgelöst worden, vielleicht eine Fotografie. Denn Maries Briefwechsel mit dem verlorenen Freund geht über Mrs. Brewster in Greenwich, Conn., »die Gattin«, die womöglich die exotischen Briefmarken für sich behalten will oder nachlesen, was der Mann an diese seine Patientin schreibt.
– Armeepost wird bloß so abgestempelt, glaube ich: sagt Marie mürrisch, nimmt die Karte zurück und tut sie in ihre Schulmappe, statt sie hinter dem Glas des Bücherschranks auszustellen. Offenbar will sie über diese Glückwünsche nicht reden, oder nicht vor den Ohren der Familie Killainen, die mit dem Krieg ihre anderen Sorgen hat. Mit dieser Post wäre Marie wohl lieber allein gewesen.
William B. Brewster, M. D., war einer der ersten Amerikaner, auf die sie sich einließ, als sie im Frühsommer 1961 in dies fremde Land hatte mitkommen müssen. Da hatte er noch

nicht eine Praxis an der Park Avenue, sondern arbeitete als Unterarzt am Krankenhaus St. Lukas und gehörte zu den Leuten, die die Gräfin Seydlitz hilflosen Europäern empfiehlt, wenn sie ein humpelndes Kind haben.
Die Angestellte Cresspahl hatte in der letzten Zeit vor dem unwiderruflichen Antritt der Arbeit mit ihrem Kind einen Tag am Atlantik verbracht, an der Midland Beach von Staten Island, um das Kind über die Fremde zu trösten, und schon auf dem Rückweg von der Untergrundbahn lahmte das Kind ein wenig. Am nächsten Vormittag humpelte sie.
Sie tat es recht geduldig, war noch nicht vier Jahre alt und knickte ein so geschickt wie eine alte Frau, trat fest auf, knickte ein, sorgfältig darauf bedacht, mit ihrer Hand in meiner Hand nicht zu viel zu verraten.
Sie saß auf einer Bank im Riverside Park, friedlich und müde unter den sommerlich ausgeleuchteten Bäumen und wollte den Fuß nicht zeigen. Sie stritt Schmerzen ab.
Auf einer Fotografie von damals sieht sie heute verschmitzt aus, selbstsicher. Sie hatte damals Angst. Das kleine dickliche Gesicht von 1961, die verkniffenen Augen, die hilflosen Lippen, es fiel passierenden Spaziergängern auf als eine Spur von Gefahr. Sie trug das Haar kurz zu jener Zeit, eben ungefähr geschnitten, und genug Großmütter im Park hatten Lust, einmal hineinzufassen in das weißliche verwehte Gewusel. Marie hatte ihren Kopf hinter dem Rücken der Mutter, ehe sie noch den Ansatz solcher Zudringlichkeiten erkannt hatte.
An ihrem Fuß aber war nichts zu sehen. Von den acht Millionen Menschen in New York kannte die Angestellte Cresspahl vielleicht fünf. Mit ihrer Art von Englisch traute sie sich kaum zur Bank, geschweige denn zwischen einem fremdsprachigen Kind und einem Arzt zu dolmetschen. Die freundliche Geselligkeit von Parkbank zu Parkbank, die exotischen Büsche und Bäume, sogar das Bewußtsein von Sommerwind, Flußnähe, Ferien, alles stellte nun eine feindselige Gegend her. Damals fing es an: Marie sähe einen Augenblick Unsicherheit bei der Mutter, und sie würde ein Leben hier nicht einmal sich vornehmen.
Marie mit ihren Ausreden hatte sich schützen wollen vor einem Arzt wie dem in Düsseldorf, der Bärbeißigkeit für

vertrauenswürdige Herzlichkeit hielt, und nun einem in New York. Sie geriet im Sankt Lukas aber an einen Herrn, der seine unverhofften Kunden eher befangen einließ. Einmal sein Gesicht mit den Worten thüringisch und Wandervogel verglichen, sie waren nicht wieder aus dem Anblick wegzudenken. Er sah nicht aus nach summa cum laude, eher nach einem bäuerlichen Elternhaus, ein Junge, dem das Lernen schwer gefallen ist und der noch jetzt in abwesendem Blick das Pensum repetiert. Aber Dr. Brewster fiel gar nichts schwer, und auswendig wußte er seine Sache auch. Er nahm Maries rechte Hand. Sie verweigerte sie ihm nicht; die Sitte war ihr als unausweichlich bekannt. Er nahm ihre linke Hand, ernsthaft, ganz neu mit Förmlichkeit beginnend. Sie fand es anrechnenswert, daß ihm beide Hände recht waren. Er nahm den heilen Fuß. Beim Humpelfuß hatte sie eingesehen, daß er so unbekleidet sein mußte wie die Hand. Er hatte sie neugierig gemacht. Damals war ich fröhlich. Damals war Frieden noch zu sehen.

Marie besah sich den Fußballen, in dem dieser Mensch ohne Brille und weißen Kittel solche schwarzen Punkte gefunden hatte, und die Ausländerin Cresspahl fürchtete sich vor ihrem Vorurteil gegen die amerikanische Medizin, das sie nun an der Reihe glaubte. Aber Dr. Brewster brachte aus dem Nebengelaß nicht eine Injektionsspritze mit sondern einen Gazelappen, den er selber anfeuchten konnte, ohne die Schwestern zu rufen. Es waren Großmutterratschläge, so zuverlässig gegeben: der Fuß müsse feucht gehalten werden. Das hätte Berta Cresspahl auch gesagt.

Und Dr. Brewster wußte noch mehr, als er hatte lernen müssen. Er vergewisserte sich, daß das Kind ausreichend mit dem Systemspielzeug am Fenster beschäftigt war, und fragte dann die Mutter, die ihr Kind von Beruf wie Natur her nicht eben bereitwillig blöd oder häßlich nennen möchte, sie fragte er: Ein aufgewecktes Kind, Mrs. . . .?

Die Mutter wußte da nichts zu sagen.

Er sah dem Kind noch eine Weile beim Stecken oder Umstecken der hölzernen Hohlfiguren zu, ganz müßig mit den Händen im Schoß, und stellte fest wie einen endgültigen Befund, ernsthaft, sehr spöttisch: Denke doch. Aufgeweckt.

Das kostete zehn Dollar, und er hatte uns so fest am Haken, wir kamen wieder. Er wußte dann obendrein den Namen. Der Fuß war nach drei Tagen, wie er sein sollte. Er wollte das nicht am Telefon hören, er wollte das sehen. Diesmal gab Marie ihm ihre linke Hand zuerst, um ihn auszuprobieren. Er nahm sie mit seiner Linken, und sie reichte ihm den Humpelfuß zuerst. Sie konnte seinen Namen noch nicht aussprechen, und brachte es zu nicht mehr als Ärger, als er die Tetanusspritze in hohler Hand aus der Tasche in ihren Oberschenkel schlüpfen ließ. Sie wollte eben zum Schreien den Mund öffnen, als er schon auf sie einsprach und sie vorzog, ihm zuzuhören. Er hatte auf keiner der Impfungen bestanden, die unser Vorurteil ihm angelastet hatte; nur ein Leben in New York ohne Tetanusimmunisierung, das hielt er für nicht ratenswert. Marie sagte: Wenn er es will. Dann ja.

Und wieder brachte er seine Kunden durch die Wartesäle und Treppenhäuser bis zum Ausgang auf die 113. Straße, jetzt Einbahnverkehr in westlicher Richtung, und blieb heimlich stehen im verschatteten Foyer und sah zu wie ein Spion, wie das Kind jetzt ging mit seinem Fuß. Er gab seine Arbeit aus dem Haus, nun machte er die Schluß-Inspektion.

Dem liefen wir nach noch in die Praxis, die er sich später an der Park Avenue kaufte, und ließen uns weder durch das vornehme Wesen der Empfangsdame noch durch Miss Gibsons Zweifel an unserer Zahlungsfähigkeit abweisen. Wir hatten sogar gelernt, seine Art von Sprechen fast vollständig zu verstehen, den leisen Ton eben oberhalb des Flüsterns, die weggeatmeten Vokale; Marie kann so sprechen wie er, daß nur die Hauchlaute übrig bleiben, von adhesive nur das h, aber sie führt es nicht vor, sie ahmt ihn nur nach, zärtlich und spöttisch, wenn er in ihre Gedanken geraten ist. Den haben sie nach Viet Nam geholt, und ob er lebendig zurückkommt oder versehentlich von den eigenen Streitkräften bombardiert wird, es ist noch nicht entschieden. Wir haben ihn gebraucht, für den Fall, daß uns Einer den Vorwurf macht, es sei nicht zu leben in New York. Thank you very much, doctor.

Abends, als Marie die Killainenkinder in ihrem Zimmer zur Nacht versorgt hatte, fragte sie: Wie das denn wäre. Wenn ein Mensch, kein Soldat, eine Erlaubnis zum Betreten des

Kriegsschauplatzes, was nicht glaubhaft sei, dennoch besitze, wie denn das wäre. Ein Flug nach Saigon, was der wohl koste.

23. Januar, 1968 Dienstag

– Sind Sie die Dame, die hier vor zehn Minuten wegen des norddeutschen Osterwetters von 1938 angerufen hat? Crassfawn? Dann schreiben Sie mit:

Flensburg

17. 4.: 8 Grad Celsius, stürmischer Wind, Graupelschauer

18. 4.: morgens – 1.5 Grad Celsius, höchste Tagestemperatur 7 Grad, Schneeschauer

Putbus

17. 4.: 5 Grad Celsius, nachts frostfrei, keine Niederschläge

18. 4.: wie Vortag

Königsberg

17. 4.: 5 Grad Celsius, Schneedecke

18. 4.: wie Vortag

Über Wismar oder Stettin haben wir nichts; bekommen Sie gleichwohl ein überblicktes Bild? Es ist wunderbar von Ihnen, das zu sagen, Mrs. Cressawe. Die Rechnung geht an Apartment 204, 243 Riverside ... ist das New York 25? Nein, gar nicht. Wissen Sie, ich habe dabei herausgefunden, daß der März 1938 der wärmste des Jahrhunderts in jenem Gebiete war; es ist gewiß nicht eines von den Dingen, die ich vergessen sollte. Ja. Sie sprachen mit Herbert H. Hayes. Der Dank ist ganz auf meiner Seite, Mrs. Crissauer!

So daß die Osterglocken, Märzbecher, Forsythien in Hilde Paepckes Garten wohl im Frost verreckt waren, und Laub nicht in Sicht, als die jüngere Schwester mit Mann und Kind aus Jerichow nach Podejuch zu Besuch kam. Einladungen zu Ostern 35, 36, 37 hatte Lisbeth abgetan wie etwas Lästiges; jetzt, mitten in solchen zweiten Winter hinein kam sie und hatte so darauf bestanden, daß Alexander Verabredungen mit Freunden aus dem Amt auflösen mußte. Was mochte

daran sein, daß Lisbeth so unverstehbar geworden war, wie einer nach dem anderen aus Jerichow mitbrachte?
Am Sonnabendmorgen kamen die Cresspahls mit dem Postauto in Gneez an, er mit einem hellen Lederkoffer, der unter den Säcken und Körben der anderen Fahrgäste auffiel, das Kind an seiner Seite mit einer Hand am Koffergriff, nicht bei der Mutter, die mit leeren Händen und ganz ohne Eifer auf den Bahnsteig hinterherstieg. Die drei nahmen nicht ein Abteil Dritter, sondern Zweiter in den Schnellzug Hamburg-Stettin, der wenige Minuten nach zehn an Gneez-Ausbau vorbeifuhr. Kaum eine Viertelstunde später, und sie standen für drei Minuten oberhalb des Schweriner Sees und konnten nahe in dem kalten Wasser die nördliche Spitze der Insel Lieps sehen, nicht völlig kahl, sondern mit bräunlichem verfilzten Baumwerk bestanden. Hier hätten sie umsteigen können in die rostocker Strecke, und wären zu ihrer gewohnten Abendbrotszeit in Kopenhagen gewesen. Es war der Vater, der dem Kind solche Anschlüsse erklärte, und bei ihm blieb das Kind sitzen, geduldig und schweigsam unter seinem schwarzbraunen Hahnenkamm, der aussah wie von ihm selbst umgeschlagen und eingesteckt. Die beiden anderen Reisenden in dem Abteil, ein ältliches Ehepaar aus Hamburg, sahen gelegentlich heimlich auf die junge Frau, die den Kopf lehnen ließ, als sei sie von etwas erschöpft, oft die Augen schloß als sei sie damit auch vom Gehör befreit, und sonst ohne Neugier aus dem Fenster sah, um den Blicken nichts zu zeigen. Für Fremde sah das nach einem Ehestreit aus, und wieder nicht, wenn Lisbeth ihrem Kind und Cresspahl mit fürsorglichem und ermunterndem Lächeln einen Spaziergang durch den Zug anriet. Nach einer Weile verließ auch sie das Abteil, weil sie nach gemeinsamen Bekanntschaften zwischen Hamburg und Schwerin gefragt worden war; sie wandte sich aber zur anderen Seite.
Cresspahl war es recht, daß Lisbeth einmal etwas verlangt hatte, was zu machen war; obwohl er den Sonnabend hätte für Arbeit brauchen können. Er versprach sich von Hilde, daß sie die Jüngere mit Fragen auf einen anderen Weg brachte; er hatte fast Vorfreude auf den Schwager und auf die Gelegenheit, einmal etwas zum Vergnügen zu trinken. Cresspahl stand am Fenster und zeigte seinem Kind die Warnow, neben

der der Zug seit Warnow rechts herlief, einen kleinen, über Steine und Astbruch hintrödelnden Fluß, und dann auf der anderen Seite den Kanal zwischen Bützow und Güstrow, der eines Tages hatte nach Berlin führen wollen. In Güstrow war der Stationsname den Seitenflächen viereckiger Lampen aufgemalt. Das Kind wollte wissen, warum sie hier fünf Minuten warten mußten. Cresspahl meinte, es sei wegen des Anschlusses nach Neustrelitz, dann nach Wendisch Burg, wo andere Verwandtschaft lebte, die Niebuhrs. Horst, in Güstrow, vergaß er. Dann war es schon halb zwölf, und sie reisten durch den Wald östlich von Güstrow, den Priemer, wo hinter einer dünnen Kiefernwand das Heereszeugamt Nord ausgebaut wurde. Er wußte, daß Schmidt aus Güstrow dahin lieferte. Kröpelin aus Bützow, desgleichen. Für jemanden, den ein Engländer etwas fragen konnte, wußte Cresspahl eine Menge Staatsgeheimnisse. Auf der Höhe des Hohen Holzes vor Teterow unterhielten die Hamburger sich mit einem neuen Fahrgast über den Anschluß Österreichs an das Großdeutsche Reich, nölig aber mit Vorbehalten einverstanden, und Cresspahl erzählte dem Kind von dem Hecht, den die Teterower in ihren See zurücksetzten, da sie sicher waren, ihn nach der Kerbe im Bootsrand wieder finden zu können. Kurz nach halb eins machten die Cresspahls sich auf den Weg zum Speisewagen, und in Malchin erwischte das Kind einen Blick auf einen kleinen Hafen mit aufgebockten Booten und Holzwerkstätten. Aber an der Leuschentiner Forst waren sie schon wieder auf dem Rückweg, weil der Speisewagen überfüllt gewesen war, zumeist von Militär, das da offenbar schon lange bei Bier und Wein gesessen hatte. In Neubrandenburg hielt der Zug fünf Minuten, und Cresspahl konnte dem Kind zu Lisbeths Broten eine Limonade kaufen. Das war schon drei viertel eins, dann kamen sie durch Pasewalk an der Uecker, und kurz vor zwei überquerten sie zwischen Grambow und Stöwen die pommersche Grenze. Um halb drei stand der Zug in Stettin, und die acht Kilometer auf der greifenhagener Strecke nach Podejuch hatten sie nach einer Viertelstunde auch hinter sich, da stand am Bahnhof Alexander Paepcke mit seiner Alexandra und seinem Eberhardt, und Alexander sagte: Hinrich, nu wullt wi ein' to Brust næmn.

Hilde, die mit ihrer Christine, eben ein Jahr alt, zu Hause geblieben war, umarmte ihren Schwager Cresspahl ausführlich und hatte dabei ein Auge auf ihre Schwester; Lisbeth sah ihr freundlich zu, eher aufmunternd. Sie fand Lisbeth wenig verändert, wenn sie ihre Müdigkeit nicht rechnen wollte. Ihr ging die Arbeit so fix durch die Hände wie früher, nur daß es jetzt ohne Eifer ging und ohne Spaß. So mußte ihr nicht auffallen, daß Lisbeth Alexander nahezu furchtsam auf den Mund sah, als er abends aus der Heeresintendantur Stettin erzählte. Alexander war jetzt Major der Reserve, harstdunichdacht! Das Haus in Podejuch war zwar nur gemietet, und teuer, aber doch herrschaftlich genug, möstduseggn! Jejeje. Nach Österreich sei vielleicht Polen an der Reihe, oder aber die Tschechoslowakei komme demnächst an Deutschland. Gewiß wird das ein richtiger Krieg, Lisbeth! Wat hest du glöwt? Und vor Flugzeugen mußte man sich in acht nehmen, da wollte er Heinrich zustimmen. Es war nicht so schlimm, in der Nähe eines Flugplatzes zu leben, wie in Jerichow; da gaben sie sich ja noch Mühe, heil zu Boden zu kommen. Aber auf freiem Felde, was da runterfällt! Es gebe da manchmal Löcher, da könne man dies Haus hineinstellen! Samt Keller und Schornstein. Sachen mit so unerhörter Sprengwirkung wären doch besser mit der Bahn zu befördern als mit der Luftwaffe. Nè. Jå. Prost, Hinrich! Lisbeth war sehr früh nach oben gegangen, und weil auch Cresspahl das Paepckesche Schlafzimmer nicht hatte annehmen mögen, fand Hilde nichts daran, daß er drei Häuser weiter im Hinterzimmer von Witwe Heinricius schlief und Lisbeth in einer Kammer unter dem Dach bei den Kindern.

Morgens rief Paepcke schon laut durch die Hintergärten nach Cresspahl, so daß nun in allen acht Häusern um seines herum war, daß Paepcke sich rasierte und Besuch hatte. Nach dem Frühstück bestand Lisbeth auf einem Kirchgang, so daß Alexander schließlich unter ärgerlichem Lachen beschloß, daß dann alle gehen sollten. Beim Grog im Forsthaus Podejuch fing er an, Lisbeths Schwester zu loben in allem, was ihm einfiel; er brachte Cresspahl nicht dazu, über Lisbeth zu sprechen. (– Wir sind doch beide Fremde mang diesen Papenbrocks: sagte Alexander. – Jå: sagte mein Vater. Er wußte immer noch nicht, daß es eilig war.) Spazierfahrten in der Buchheide. In einer Lichtung, näßlich zwischen sehr schwarzen Kiefern, lagen mit einem Mal unterhaltsam versteckt bunt bemalte Ostereier; Alexander Paepcke, der Künstler im Leben wie im Zaubern. Der Rand der Heide lag sonderbar hoch über dem Flußtal und den neuen Kasernen. Noch ein Abend bei Bier, Mosel und Aussichten des kommenden Krieges. Hilde setzte die jeweils neuen Gläser etwas hart auf den Tisch; das kann einen Paepcke nicht stören. Cresspahl kam nicht dazu, mit Lisbeth allein zu reden; er hätte ihr Alexanders Reden gern abgeschwächt. Und wieder stand Alexander mit Seifenschaum im Bart frühmorgens am Fenster und rief nach der Witwe Heinricius, Regierungsratswitwe, die Cresspahl wecken sollte. Ein Spaziergang an der Ost-Oder. Frühschoppen und Mittagessen in Stettin im Terrassenhotel mit dem abgestuften Turm (am Fuß der Hakenterrasse); um drei Uhr ging der hamburger Zug ab, und um halb neun Uhr abends trug Cresspahl sein schlafendes Kind vom Bahnhof Jerichow nach Hause. Cresspahl war mit dem Ausflug vergnügt; und obendrein hatte Lisbeth ihren Willen bekommen.

Du hast nachgesehen, ob da ein Platz wäre für mich.

Und war es dann nicht wahr, Gesine? Die Alexandra war vier Monate jünger als du, so würdest du einen Vorteil gegen sie haben. Sie hatte die weichen hellen Haare, du die dunklen, sie hätte immer als die hübschere gegolten und wäre nicht neidisch geworden auf dich. Mit ihr warst du ausgelassen wie nicht zu Hause; was hast du geredet! Mit der konntest du leben. Gegen Eberhardt, den Stöpsel, hättest du dich mit ihr verbünden können. Die Christine hättest du dir ziehen sollen. Da war ein Platz für dich.

Warum hast du es dann nicht gleich getan? Warum hast du so lange noch gewartet?

Ich wollte es nicht tun. Das bedeutet Vorsorge nicht. Ich wollte aushalten, wenn ich aushalten konnte.

Und wenn deine Schwester mich nicht hätte nehmen wollen?

Von Cresspahl hätte sie dich genommen, Gesine. Du bist Vaters Tochter.

Nicht leicht die Ruhe findet der,
der einst der Tante Times mißfiel.

Wiederum hat Eartha Kitt sich zu verteidigen dafür, daß sie der Frau von Johnson den Krieg als Grundproblem der nationalen Kriminalität ausdeutete, und daß dies Tränen in Mrs. Johnsons Augen trieb. Miss Kitt versteht es immer noch nicht. Ob als Schauspielerin oder als Negerin oder als wer immer habe sie doch das Recht auf eigene Meinung, insbesondere wenn sie ihr abgefragt werde. Die New York Times indes bleibt hart und spricht zum Schluß nicht von den Telegrammen, die Miss Kitt zustimmen, sondern von jenen, die die Frau des Präsidenten trösten sollen.
Na, Miss Kitt?

24. Januar, 1968 Mittwoch

Die durchreisenden Kulturkritiker, die unermüdlich die Nachricht vom Sterben New Yorks mit nach Hause bringen, haben gern auch das Telefonnetz der Stadt zusammenbrechen hören oder, der Vollständigkeit halber, die Postzustellung im Todeskampf gesehen. Wenn es doch wenigstens gälte für die unerwünschten Anrufe! Daß dann doch nur die Briefe kämen, von denen wir sagen mögen: sie gefallen uns!
Ohne den heutigen aus Boston könnten wir auskommen. Da versucht ein schwer gewordener Fußballer ganz zierlich aufzutreten, will seine Reden nur behutsam mit Händen begleiten, und wenn er doch einmal zufassen muß, soll es gelinde abgehen, damit man ihn nicht haftbar machen kann für Verletzungen. F. F. Fleury, dem die Annie Killainen mit drei Kindern weggelaufen ist, im vollen Bewußtsein seiner französischen Formen, hat ein säuberliches Manuskript auf die Post gegeben, die dritte Fassung ohne Tippfehler, wahrscheinlich mit hinterlegten Durchschlägen. Da sehen Sie einmal, wie höflich F. F. Fleury sich geben kann, Mrs Cresspahl!
Er wolle nicht beginnen mit dem Vorwurf der Lüge und der arglistigen Täuschung. Das soll uns willkommen sein, Dr. Fleury. Denn es könne ja ein Zufall sein, daß gelegentlich das

Cresspahlsche Telefon in New York von Fleury junior bedient werde. Da haben Sie ein Tor geschossen, Fleury. Gut der Junge.
Er wolle daraus nur schließen, daß Mrs. Cresspahl den Aufenthaltsort Annies kenne, oder, sogar, ihn auf Annies Wunsch verschweige. Da haben wir eines Mannes Edelmut. Ja, nicht wahr? Nichts liege ihm ferner, als eine solche Freundschaft zu stören, oder zu unterbinden. Mal los, Mr. Fleury.
Zum Beweise dessen werde er davon abstehen, Mrs. Cresspahl vergangene Dinge vorzuführen. Was für Dinge, Mr. Fleury? Dinge wie die Untergrabung freundschaftlichen Vertrauens schon durch die Weigerung, zum Gebrauch des Vornamens überzugehen. Das stimmt, Mr. Fleury, es war ein Abend im vorigen April bei Kerzenlicht und Kaminfeuer, Annie war zum Eisholen weggegangen, und es hätte wohl etwas mehr werden sollen als ein Wechsel bloß in den Formen der Anrede. Dergleichen sei vielleicht nicht überlegte Zurückweisung gewesen, sondern Starrheit aus Natur, aus der deutschen Natur. Sie haben so ein gewisses Etwas, Mr. Fleury.
Weiterhin werde er nicht wiederholen, was an Mrs. Cresspahl abstoßend zu finden sei; nicht einmal Annie gegenüber. Dies betreffe das absichtliche Herauskehren hausfraulicher Tugenden in der Küche von Gastgebern; eine Art von Verhalten, das noch in der Etikette auf Leistung orientiert sei und dessen intellektueller Anspruch allemal den Vorzug vor zwischenmenschlichen Beziehungen habe; schließlich ein pädagogisches System, das zumindest Mrs. Cresspahls Kind zu einem eingeschüchterten Automaten gemacht habe. Marie, geh hin, du Automat, und knall ihm eine!
Diese Behauptungen nehme er hiermit förmlich zurück; wie auch sämtliche anderen, die Mrs. Cresspahl habe als unangenehm empfinden können. Nun hat Annie uns solche Sachen gar nicht mitgeteilt, sollen wir ihr den Rest etwa abfragen?
Was jedoch die Sache angehe. Das schon lieber, Mr. Fleury.
Es sei unbedacht von ihm gewesen, Mrs. Cresspahls Darstellung anzuzweifeln, nach der Henry Cabot Lodge schon 1965, damals U.S.-Botschafter in Saigon, amerikanische Ölinteressen in Südvietnam und Südostasien angedeutet habe. Habe ich das tatsächlich gesagt? das könnte ich nicht mehr

beweisen. Des weiteren habe er sich eher verlassen sollen darauf, daß die U.S.A. über die U.N.-Wirtschaftskommission für Asien und den Fernen Osten die seismischen Versuche für künftige Ölbohrungen in Viet Nam finanziere und die Ergebnisse gekauft habe. Er habe nachgesehen; die Äußerung H. C. Lodges sei wirklich getan worden, die E.C.A.F.E. existiere und habe die behaupteten Aufträge ausgeführt. Auch der Name David Rockefellers sei nicht zu Unrecht in diesem Zusammenhang genannt worden. Na ja, Mr. Fleury. Nein, doch, er werde es in solchen Sachen kein Mal mehr mit Mrs. Cresspahl aufnehmen und wolle ihr die gehörige Hochachtung nicht versagen. Dafür kaufen wir uns was, Mr. Fleury.
Bestreiten müsse er Mrs. Cresspahl jedoch das Recht, aus dem Nachweis geschäftlicher Ziele abzuleiten, daß die amerikanische Beteiligung am Krieg verbrecherisch sei. Das sei, wenn schon marxistisch, vulgär. Erstens, die Nation habe für ihre Investitionen im südvietnamesischen Erdöl die geforderten Zahlungen entrichtet und sei damit legitimiert, für den Schutz dieser Investitionen zu sorgen. Dadurch sei keineswegs das Selbstbestimmungsrecht Viet Nams beeinträchtigt, eher gefördert durch die Beteiligung der U.S.A. an der Entwicklung einer einheimischen Erdölindustrie. Auch habe die Nation auf die Integrität des eigenen Selbstbestimmungsrechtes zu achten, zu dem die Deckung des Erdölbedarfs in natürlicher Weise gehöre. Nicht nur für eine Ablehnung von Kriegen lasse sich eine moralische Wurzel finden; auch für den Selbsterhaltungstrieb einer Nation, die obendrein mit der Verantwortung einer Weltmacht beladen sei. Darauf wissen wir eine Antwort nicht zu geben.
Eben. Darum werde es Mrs. Cresspahl nicht verwundern, wenn er nochmals mit Schärfe ihren Verweis auf die Rolle der C.I.A. verurteile. Sicherlich sei diese Institution technisch in der Lage, die Regierung Süd-Viet Nams in einen Putsch zu verwickeln, der den U.S.A. eine Kündigung des Krieges wegen Vertragsbruchs ermögliche. Ja, warum soll in Viet Nam nicht für einen Abzug gut sein, was in Südamerika für einen Einmarsch nach dem anderen ausreichte? Keineswegs, Mrs. Cresspahl. Hier sei seit langem die Ehre der U.S.A. verpfändet, und es stehe einer Ausländerin nicht an, aus

falsch verstandenem Weltbürgertum einer Nation Zensuren zu erteilen, bei der sie zu Gast sei.
Damit sei die Diskussion hoffentlich beendet. Gewiß ist sie das, Mr. Fleury.
Wenn ihm eine abschließende Bemerkung erlaubt sei. Genieren Sie sich nicht, Fleury. So bemühe sich Mrs. Cresspahl um eine Lebensweise, die gewiß in Freundestreue, politischer Konsequenz, Bewußtheit allgemein Vollkommenheit anstrebe. Müßte ich mall zu sein, Fleury. Er werde nicht so undelikat sein, den Unterschied zwischen Mrs. Cresspahls Bemühen und einer Vollkommenheit zu untersuchen. Sehr freundlich, Mr. Fleury. Er fühle sich jedoch genötigt, grundsätzlich festzuhalten, daß dies lediglich ihre Art von Perfektion darstelle. Sie aber leite daraus Maßstäbe ab auch für andere, kurz, sie verlange von Freunden, daß sie so lebten wie sie. Nein. Nein. Mit einem solchen Menschen sei jedoch nicht zu leben, der unablässig durch strenges und eben nur vorgetäuscht vorbildliches Verhalten rund um sich Kränkungen und Verletzungen ausstreue. Das bin ich nicht. Das bin ich nicht.
Aber es gebe jemanden, der imstande sei, sie so zu sehen, Mrs. Cresspahl. Was nun Annie angehe –
Das ist nicht seine Type, Annie. Sie mag ähnlich sein, aber der Brief ist nicht von ihm. Nein.
Aber er hat im Büro angerufen, dein F. F. Fleury. Du sollst nach Hause kommen. Der Schlüssel liegt bei den Nachbarn. Das Bankkonto wird ein halbes Jahr reichen. Er wird nicht da sein. Er wird nicht kommen.
Erschrick nicht so, Annie. Er hat sich freiwillig für den Einsatz in Viet Nam gemeldet, gewiß, aber sie haben ihn nicht genommen. Zu alt, was weiß ich. Er hat eine bostoner Zeitung dazu bewegen können, ihn als Korrespondenten nach Saigon zu schicken, vorerst nur für die Zeit einer Artikelfolge. Er will sehen, wie es dort aussieht.
Warum soll ich etwas dazu sagen, Annie! Sag doch du! Inzwischen les ich die Zeitung!
Das elektronische Netz, das die U.S.A. über Land und See, in der Atmosphäre wie im Weltraum ausgehängt haben, hat ein Loch bekommen. Nordkoreanische Marine hat am Montag in der Japanischen See die »Pueblo« aufgebracht, nach ihrer

Meinung ein bewaffnetes Spionageboot, nach der Darstellung des Kriegsministeriums ein kaum bewaffnetes Nachrichtenschiff der Marine oder auch ein Schiff für Umweltforschung. Seufzend, zwar als habe sie sich von D. E. beraten lassen, fügt die New York Times hinzu, daß die Kriegskunst heutzutage unter einer Umwelt eher die elektronische verstehe und die Forschung richte auf das Entschlüsseln und Stören gegnerischen Radars. Aber sie versteht es nicht. Fünf Fragen, nicht weniger, bringt sie vor, wo denn der Düsenjägerschutz geblieben sei, ob die Pueblo wirklich für die Marine gearbeitet habe oder am Ende doch für das Nationale Sicherheitsamt, und was wir sonst nicht gänzlich erfahren werden. Die anderen Fragen hat sie in ihren kunstfertigen Berichten versteckt wie die Ostereier: Nach Radio Nordkorea war die »Pueblo« weniger als 19 Kilometer von der Küste entfernt, also innerhalb der Territorialgewässer. Das Außenministerium der U.S.A. sagt: Mindestens 19 Kilometer. Ein Konteradmiral in Panmunjon: 29 Kilometer. Das Kriegsministerium: 40 Kilometer. Militärische Kreise: Weniger als 40 Kilometer. Das wird ein langweiliges Spiel, und über achtzig Mann Besatzung haben das abzuwarten.
Womöglich sind die da sicherer als Mancher der 5000 Marineinfanteristen, die als Verstärkung nach Khesanh geschafft worden sind, zusammen mit fast 2000 Kilogramm »Körpertüten«, mit Gummifutter und Reißverschluß versehenen Futteralen für die Toten.
Die Dr. F. F. Fleury sich ansehen will.

25. Januar, 1968 Donnerstag

Zwar war es nicht das Leningrader Sinfonieorchester, das die Sowjetunion 1961 in den Weltraum schickte, sondern ein Tonband mit Gesängen des einhundertzehnköpfigen Pjatnitzki-Chors, um die westlichen Kollegen zu täuschen. Die Sowjets finden den Witz so gut, sie mögen ihn nicht für sich behalten.
Die Wohnung ist leer. Die Betten der Killainen-Kinder sind verschwunden, auch den Fernsehapparat hat Mr. Robinson

wieder in seinen Keller zurückgeholt. Alle Möbel stehen wie vor zweieinhalb Wochen, als die vaterlose Familie Fleury bei uns einfiel, einige um ein Weniges verrückt. Es ist, als wären sie nie bei uns gewesen; hinge in der warmen Luft nicht noch ein Rest von dem Parfüm, mit dem Annie sich die Stirn kühlte. Kannst du es erklären, Marie?

Der Gemeine Robert W. Meares aus Fayetteville, N. C., 19 Jahre alt, der seine Uniform nicht hatte anlegen wollen, wurde von einem Kriegsgericht zu vier Monaten Zwangsarbeit und viermal $ 68 Geldstrafe verurteilt. Darauf meldete er sich freiwillig nach Viet Nam. Da galt von dem Urteil nur noch das Bezahlen.

Marie hat es so verstanden: Annie mochte bei uns nicht bleiben, nachdem sie einen Brief gelesen hat, der an sie nicht geschrieben war. Sie kann sich nicht leiden, weil der Brief nicht einmal versteckt war, und der Bruch des Vertrauens um so größer. Sie kann nicht leiden, daß die Cresspahl nun glauben muß, sie sei nun auch in Annies Gesprächen mit F. F. Fleury vorgekommen als eine unleidliche Person, die nichts im Kopf hat als Viet Nam und das Quälen von Kindern. Sie ist sich selbst nicht gut, weil sie nicht bleiben mochte, bis sie wenigstens das hätte abstreiten können.

Gestern wurde die Frau des Präsidenten zwischen Limousine und Clubtür von Jugendlichen mit einem Schild belästigt, auf dem stand: WIR SIND AUF DER SEITE VON EARTHA KITT. »Die Erste Dame des Staates zog ihren Nerzmantel um sich zusammen, nahm den Kopf hoch und gab keine Antwort.« Mit solchen spricht sie nicht.

Noch einmal, Marie. So ist es nicht zu verstehen. Also: Annie mag an dir nicht leiden, daß du den Brief nicht als einen ihres Mannes eingestanden hast. Sie weiß wohl, daß sie dazu kein Recht hat, aber sie nimmt dir übel, daß du über ihren Kopf hinweg entschieden hast, was sie von dir wissen darf und was nicht. Sie nimmt sich übel, daß du sie jetzt für jemand halten wirst, der fremde Briefe liest, aber sie mochte nicht zulassen, daß sie weiß, daß du nicht weißt, daß sie es weiß. Da sollte ich ihr ein Taxi von der West End Avenue holen, und sie ist mit allen drei Kindern nach Süden gefahren, und weil die West End keine Einbahnstraße ist, vielleicht dann doch nach Norden. Ist das klar?

Das Moskauer Außenministerium hat sich unverzüglich das amerikanische Ansinnen verbeten, wegen eines Spionageschiffs bei den Behörden Nordkoreas zu vermitteln. Stellvertretender Minister Wassili V. Kusnetzow hat das Papier nicht einmal angenommen, etwa als Gedächtnishilfe.

Nein. Kannst du es noch einmal versuchen, Marie? Nicht gern: Sie nimmt dir übel, daß du durch das Verschweigen des Briefes verhindert hast, daß sie dich tröstet. Sie hätte dir gern sagen wollen, daß du nicht bist wie Fleury dich beschreibt. Insbesondere seist du nicht vollkommen, und hättest so etwas Gräßliches auch gar nicht vor. Nun nimmt sie sich übel, daß sie sich in eine Lage gebracht hat, in der sie das nicht mehr sagen kann. Sie nimmt dir übel, daß du den Brief nicht wenigstens versteckt hast. Sie nimmt sich übel, daß sie nicht so ist wie du denkst. Jetzt versteh ich es selber nicht mehr.

Eine junge Frau, die vor ihrem Postkasten in der 75. Straße zwischen der Fünften und Madison Avenue von einem Mann mit Messer überfallen wurde, während dreißig Meter weiter ein Polizist ihre Schreie nicht und nicht die Trillerpfeife des Portiers hörte, versteht den Zwischenfall in einer Frage: Wenn die Polizei einem Bürger hier nicht hilft, was tut sie dann in den Slums?

Da hat Annie wohl einiges in finnischer Sprache ausgedrückt, Marie. Nein: Sie war aufgeregt vom Warten, weil ich später aus der Schule kam, und deswegen habe ich eigentlich nur verstanden, daß sie dir übel nimmt, daß du ihr nicht raten wolltest. Sie nimmt sich übel, daß sie es tut, obwohl sie weiß, daß du nach einem solchen Brief nicht über eine Rückkehr in Fleurys Haus reden konntest. Sie nimmt dir übel, daß du ihr nicht einmal abgeraten hast, als wüßtest du es schon entschieden. Sie kann sich nicht leiden, weil sie dich denken läßt, sie geht zurück nicht bloß in Fleurys Haus, sondern auch zu seinen Meinungen über dich. Sie nimmt dir übel, daß du nun nicht mehr mitgekommen wärst nach Vermont, und sie nimmt sich übel, daß sie dich gebraucht hätte als Hilfe bei der Arbeit und gegen Angst. Und wenn du diese 85 Dollar nicht ohne Widerrede annimmst, mag sie dich nicht mehr sehen. Sie mag dich aber, und daß du kämst, das möchte sie. Sie hat eben gedacht, ich verstehe nicht, was sie sagt, und werde es nicht erklären können. Und was bedeutet es übrigens?

Und was sollen wir davon halten, daß eine so sittenstrenge Tante wie die New York Times heute Werbung macht für ein Studio, wo man nackte Mädchen fotografieren kann?

26. Januar, 1968 Freitag

Gestern abend, im überfüllten Busbahnhof an der 8. Avenue, warf ein Mann eine neunzehnjährige Studentin auf dem Absatz der Treppe ins untere Stockwerk zu Boden, bedrohte sie mit einer Pistole und schickte sich an, sie zu vergewaltigen unter den Blicken von reichlich Zuschauern, die nicht einschritten. Dann kam ein Mensch namens William Williams und befreite das Mädchen.

Im April 1938 hörte Wilhelm Brüshaver, evangelischer Pastor in Jerichow, seine Frau von einer Behauptung Lisbeth Cresspahls erzählen, wonach die Heilige Schrift an keiner Stelle den Selbstmord verbiete. Das sei doch nicht zu glauben; ob es denn wahr sei?

Aggie Brüshaver fiel es ein, als ihr Mann auf der Rückkehr von einem Krankenbesuch seine lehmverschmierten Stiefel in der Küche abstellte, und sie sagte es als einen Einfall beim Waschen von Kinderzeug, so daß er es hinter der Tür halb vergessen hatte. Er hatte an seine Predigt zu denken; er wollte nicht einmal mürrisch sein, als er ohne Antwort wegging.

Pastor Brüshaver machte es inzwischen so, daß er seine Predigten schriftlich ausarbeitete. Saß am Freitag und Sonnabend bis in die späte Nacht an der Lampe, und sah am Sonntagvormittag auf der Kanzel grau aus, gedunsen im Gesicht, und sprach nicht mehr wie einer, der etwas gesehen hat und seinen Bericht einfach aus der Wahrheit bezieht, sondern als zweifle er an der Erinnerung. Es war nicht nur das Ablesen, das ihn zum Holpern brachte; tatsächlich überlegte er vor manchen Sätzen, ob er sie ausreichend abgestützt hatte. In der Gemeinde vor ihm saß zumindest einer, der seine Sätze nicht für sich aufnahm, sondern sie für andere aufschrieb. Dann kam einer der freundlichen Herren von der Geheimen Staatspolizei in Gneez, bestellte sich Kaffee wie in einer requirierten Gastwirtschaft, nahm von den Zigarren als seien sie angeboten und erkundigte sich nach der Bedeutung der Predigt zu Judica. Es genügte ihnen nicht, daß im Evangelium des Johannes 8 wirklich Jesus den Leuten vorwarf, sie wollten ihn umbringen, weil er ihnen die Wahrheit sagte; sie wünschten erklärt zu haben, welche Todesfälle Brüshaver denn gemeint habe. Tatsächlich hatte er halb an Fleischer Methfessel gedacht, der für ein paar Worte in einem Lager dumm geschlagen worden war, oder an die Hinrichtungen, von denen aus Hamburg berichtet wurde; ihm war nicht wohl, wenn er sich hinterher doch herauszog mit der Erklärung, es sei die von Gott überlieferte Wahrheit gemeint gewesen, nicht eine weltliche; siehe Vers 40, 41. Er wäre gern mutig gewesen, tapfer geblieben. Aber er hatte noch nicht verwunden, daß er den Sarg seines Sohnes nicht hatte öffnen dürfen. Die Überführung der Leiche auf den Friedhof von Lalendorf, wo die erste Frau begraben lag, war ihm verboten worden. Die Beerdigung wurde dann nicht einmal in Jerichow erlaubt, nur auf dem gneezer Hauptfriedhof, damit das Gefolge kleiner wurde, und am Ende waren nicht nur die Fremden im Gefolge, sondern auch der aus Berlin befohlene Pfarrer im Dienst der Polizei gewesen. Und es half nichts, wenn Brüshaver sich darauf berief, daß er einen Sohn an das Vaterland geopfert hatte. Nicht einmal noch erhob ihn über Verdacht, daß er im Krieg 1914–1918 Offizier gewesen war. Deswegen kamen die Herren doch zu ihm und machten ihm Vorhaltungen wegen eines Besuchs bei Alfred Bienmüller, der seinen Sohn nicht zur Konfirmation hatte schicken wollen. Brüshaver hatte mit Bienmüller gesprochen wie jemand, der sich erkundigt, und Bienmüller hatte höflich die Zangen ans Feuer gelegt und war mitgekommen vor die Schmiede, um die Antwort zu geben. Er habe das Geld nicht, erstens. Zweitens, nicht dafür. Drittens, dem Jungen sei es von seiner Hitlerjugend verboten. War es möglich, daß Bienmüller danach eine Meldung schrieb von Belästigung? Oder hatte Bienmüller von Brüshavers Besuch erzählt, und ein Zuhörer, dessen Geschäft es nicht war, hatte sich daraus eins gemacht? Bienmüller war am Montag nach Palmarum an Creutzens Treibhäusern zu Gange gewesen, und hatte über den Zaun des Pfarrhauses nicht ausführlich gegrüßt, aber als gäbe es keine Beschwerde.

Die Herren hatten sich nicht gescheut, einen Pfarrer Niemöller zu verurteilen, einen Seeoffizier, Freikorpskämpfer, der seit 1924 bei jeder Wahl für die N.S.D.A.P. gestimmt hatte. Brüshaver hatte deutliche Erinnerungen an ihn aus der kieler Zeit nach dem Waffenstillstand. Niemöller hatte sein Boot am 30. November 1918 mit wehender Kriegsflagge eingebracht. Er hatte gar nicht daran gedacht, es zur Auslieferung nach England zu fahren. Damals war verboten, zur Uniform beim Ausgang den Offiziersdolch mitzuführen, und Niemöller wollte die Ehre von des Kaisers Tuch verteidigen, indem er jedem Anrempler den Dolch zwischen die Rippen stieß. Brüshaver war nicht bei den Ubooten gewesen, auf einem Zerstörer. Es gefiel ihm nicht, daß die neuen Herren einen Kameraden, einen Kaiserlichen Offizier zu Festung verurteilten. Er war mit Niemöller in seinen Äußerungen im Prozeß nicht einig gewesen. Daß Niemöller sich berief auf sein Glückwunschtelegramm an Hitler, wegen Deutschlands Austritt aus dem Völkerbund, es sah doch etwas händlerisch aus. Er hätte sich zur Arierfrage in der Kirche anders verhalten können. Daß die Juden ihm unsympathisch und fremd vorkämen, das war seine Sache, nicht die der Kirche. Arthur Semig war für Brüshaver ein Glied seiner Gemeinde gewesen, nicht ein Jude. Er hatte Semig noch 1934 das Abendmahl gegeben; danach war er ja nicht mehr gekommen. Unterschreiben wollte Brüshaver von Niemöllers Meinungen am ehesten, daß es von der Schrift her nicht angehe, die Taufe durch den Stammbaum auszuwechseln. Jesus sei nun einmal in dem Juden Jesus von Nazareth geworden. Richtig. Dann hatte er leider von »diesem peinlichen und schweren Ärgernis« gesprochen, das um des Evangeliums willen hingenommen werden müsste. Dumm Tüch. Peinlich war wohl eher seine Erzählung von einem Besuch beim Führer. Am Schluß habe der Führer ihm die Hand gegeben und etwas gesagt. Auch Niemöller habe etwas gesagt. Er glaube, der Führer und er hätten einander verstanden. Captatio benevolentiae; wenn man es milde ansah. Aber dann hatten sie ihn am 2. März weder in Freiheit gesetzt noch auf eine Festung, sondern verschleppt in das Konzentrationslager Sachsenhausen, und Brüshaver hatte doch die Kanzelabkündigung verlesen: Diese Maß-

nahme ist mit dem Urteil des Gerichts nicht vereinbar. Es steht geschrieben: Recht muß doch Recht bleiben; und: Gerechtigkeit erhöht ein Volk, aber die Sünde ist der Leute Verderben. Brüshaver hatte sich auf den Besuch von der Gestapo vorbereitet und hätte den Herren unverzüglich zeigen können, wo das geschrieben stand; dieses Mal waren sie nicht gekommen.
Nun war zu Quasimodogenitur das 20. Kapitel im Evangelium des Johannes an der Reihe. Er konnte sich zufrieden geben mit Maria, die ihren Sohn nicht mehr berühren darf. Aber da war auch Thomas, der erst die Nagelspuren in Jesu Händen sehen und anfassen wollte, ehe er zum Glauben bereit war. Das mit dem Aufschreiben der Predigt nützte auch nicht. Wenn zwei gegen ihn schworen, war dennoch als gesagt erwiesen, was er nicht gesagt hatte.
Kein Verbot des Selbstmords in der Bibel. Er wollte wohl glauben, daß diese Lisbeth Cresspahl beide Bücher der Heiligen Schrift ausgelesen hatte. Aber war es nicht lächerlich, eine Bürgerstochter, die Frau von Cresspahl bei theologischen Kniffeleien zu sehen. Gewiß hatte Samson den Tempel nicht nur über den vornehmen Philistern eingerissen, sondern auch über sich. Abimelech hatte seinen eigenen Tod besorgt, damit er der Schande entging, von einer Frau getötet worden zu sein. Ahithophel und Judas hatten sich erhängt. Siehe auch Apostelgeschichte 16,27; Offenbarung 9,6. Simri hatte sich verbrannt, und es war als eine Folge seiner Sünden gegen Gott erklärt.
Es waren schließlich neun Stellen, die Brüshaver auf seinem Zettel notierte, statt die Predigt für den 24. April weiterzuschreiben. Er schlief darüber ein, und als Aggie ihn nach Mitternacht ins Bett holte, hatte er vergessen, was er im Seminar gelernt hatte: der Selbstmord sei nicht vor Menschen oder aus moralischen Gründen verwerflich; Selbstmord sei Abfall von Gott.
Hätte Lisbeth erfahren, daß es diesen Zaun gab, sie hätte vielleicht nicht daran gedacht, ihn zu übersteigen.

Wenn Einer daun deit, wat hei deit,
Denn kann hei nich mihr daun, as hei deit.

Rüstige Dame, vor der Vollendung des 117. Jahrgangs stehend, wohlsituiert, würdige Erscheinung, sucht . . .
Verständnis sucht die New York Times.
Es ist ihr die ganze Seite 14 wert, obwohl noch so manches Kaufhaus dort hätte zeigen mögen, was es heute noch bis 17 Uhr zu verkaufen hat; die New York Times weiß, was vorgeht, und zeigt uns in einer ihrer Fabrikhallen ein paar von den Leuten, die für sie arbeiten, 29 von ihren 75 Textredakteuren, darunter 2 Frauen, 16 mit Brille, 18 in Hemdsärmeln, 2 oder 3 mit Bart, alle auf ergebene oder aufmunternde Weise höflich, und kein Neger, keine Negerin.
Sie sehen hier: sagt die New York Times, und nun hören wir ihre rätselhaft biegsame Greisinnenstimme und sehen die strengen Bewegungen des Zeigestocks, mit denen sie auf Gesicht nach Gesicht in den beiden krummen Reihen deutet, auf die arbeitsame Unordnung, auf den Tischen zwischen den Menschen, auf die verrückten Karteikästen in der hinteren linken Ecke, den halb zugestellten Feuerlöscher, das bejahrte Fernsehgerät, die altmodische Schreibmaschine, die Zeitung Statesman in einem großzügigen Abfallkorb:
Sie sehen hier eine komische Zusammenstellung von Leuten, komisch nicht im erheiternden Sinne des Wortes. Leute, die ihre Nase in alles stecken. Die Fragen stellen und manches Mal einen Reporter in den Wahnsinn treiben. Darum und damit machen sie die New York Times zu der nützlichsten Zeitung, die Sie lesen können.
Die sind das also. Und nicht nur tragen sie alle einen Schlips, der Knoten sitzt auch genau unter dem Kragenknopf. Die Schulung ist gewissenhaft gewesen, sie hat den Anstand nicht versäumt. Was sind das für Fragen?
Solche: Ist dieser Name richtig geschrieben? Stimmt diese Zahl? Trifft das Datum zu? Fehlt hier nicht ein Nebensatz zur Erklärung des Faktums? Ist die Bedeutung dieser Feststellung klar. War da nicht noch jemand verwickelt?
Die New York Times nimmt eben vom besten. Mit solcher Technik und Dramaturgie, welcher Berufszweig kann es da aufnehmen! Und um was für Fragen handelt es sich weiterhin?

Solche: Diese Leute, die da anmutig oder gequält, bereitwillig oder zusammengesperrt auf den Tischkanten hocken, sie sind des öfteren ein wenig plemplem. Wenn sie alle Tatsachen aussortieren, alle Fragen beantwortet haben wollen. Weil sie nämlich die erheiternde Vorstellung haben, sie seien gar nicht Textredakteure. Sie denken, sie sind wir, die Leser. Sie stellen die Fragen, von denen sie meinen, wir könnten sie haben. Und zwar tun sie das, bevor wir überhaupt daran denken können, so daß sie uns überhaupt nicht in den Sinn kommen können.
Ob diese gestandenen Herren, die beiden Frauen unter ihnen, wohl mit Freude aufnehmen, daß ihre Arbeitgeberin sie öffentlich als plemplem beschreibt? Daß sie überdies dargestellt werden in einer Verfassung des Geistes, für die das Wort plemplem gewiß nicht mehr ausreicht? Das werden wir hören.
Solche Fragen: Wenn diese Menschen also alle Antworten haben auf die Fragen, von denen sie sich einbilden, wir könnten sie stellen, und wenn sie sich obendrein noch selber ein paar heimtückische ausgedacht haben, dann ... schreiben sie die Überschrift. Dann ... Fragen und Antworten, das ist der Lebensinhalt dieser Menschen. Keine Namenszeile, an der sie sich weideten, kein öffentlicher Ruhm, in dem sie sich sonnten. Nur eine innere Genugtuung, die die Schmerzen aus der Eiterbeule besänftigt. Die Genugtuung: wenn wir eine Geschichte in der New York Times gelesen haben, wird all und jede unserer Fragen beantwortet sein.
Wie die Gräfin Seydlitz sagt: die Tante Times ist sicher, sie kennt uns.
Ob wir noch Fragen haben: fragt die Times.
Ja. Warum sie so versteckt, daß die Zwischenfälle im Golf von Tonkin nach den Befunden des Fulbrightschen Untersuchungsausschusses nicht dazu ausreichten, den Krieg in Viet Nam zum heutigen Umfang auszuweiten. Daß die Schiffe der U.S.A. in jenem August 1964 Spionage betrieben und zumindest einmal die Territorialgewässer Nord-Viet Nams verletzten. Anders als Regierung und Kriegsministerium behaupten. Warum das nur 31 Zeilen bekommt, tief im Innern des Blattes.
Die Frage ist falsch gestellt. Ob wir noch Fragen haben.

Noch eine. Warum die 22 amtlichen Kriegstoten von heute nur einen kleinen Fetzen von 13 Zeilen bekommen. Warum von ihnen 18 ohne Namen abgeschrieben werden, und warum nur Roland A. Galante aus Ridgwood in Queens, Ernest P. Palcic von Staten Island, Peter L. Lovett aus der Bronx und Frederick A. Pine aus Trenton zum letzten Mal in der Zeitung stehen, wie sie geheißen haben. Muß einer aus New York und Umgebung sein, damit sein Tod in Viet Nam persönlich verzeichnet wird in der nützlichsten Zeitung, die er hätte lesen können?
So kann man das nicht sehen. Ob wir noch Fragen haben.
Any questions?
Fit to print?

28. Januar, 1968 Sonntag

John Ramaglia in Newark, 211 Nord 6. Straße, läßt durch die Times bekannt machen, daß er in einer Sache auf Leben und Tod die Hilfe eines Anwalts benötigt. Sein Telefon werde abgehört. Dann gibt er die Nummer an (201) HU 5–6291.
Im Postamt von Jerichow war an den Verteilerschrank eine Fangliste geheftet, immer noch zum Mißvergnügen von Obersekretär Knewer, der so lange die Standesehre eines deutschen Postbeamten zitiert hatte, bis Edgar Lichtwark ihm mit der Entlassung aus dem Dienst und dem Verlust der Pension gewinkt hatte. Als Knewer sich fügte, wurde er mit der Rückstufung aus der Personalabteilung bestraft, und war nicht einmal mehr würdig für telefonische Vermittlungen und Briefe per Einschreiben, und mußte nun innen die eingelieferten Sendungen stempeln und die wie die ankommenden nach Absender und Empfänger prüfen. Seine dienstlichen Telefonate waren nur noch Meldungen an die Geheimpolizei in Gneez, wenn Post von einem oder für einen Observierten vorlag. Berthold Knewer wehrte sich nur noch ganz wenig, so wenn er dem Parteigenossen Lichtwark zuhörte mit einer Beflissenheit, die Hohn ausdrücken sollte darüber, daß er Weisungen entgegenzunehmen hatte von jemand, den er für einen verbummelten Oberbriefträger aus Berlin-Lichtenberg

hielt. Knewer sah dabei aus wie ein Papagei mit gesträubtem Gefieder, so krauste er die Nase, und gewann damit nicht die seit fünf Jahren ausstehende Beförderung, sondern einen Spitznamen. Im übrigen ging es ihm um das Grundsätzliche an seiner Würde, und er hätte einen zur Kontrolle angeforderten Brief nicht zu Gunsten des Empfängers unterschlagen, um so weniger, als er sich beobachtet glaubte von einem der beiden Lehrlinge, denen er nun beibringen mußte, daß der Stempelhammer in einer nur erahnbaren Lockerheit gehalten werden mußte, damit Jerichows Stempel dem Hitler klar auf dem Schädel saß. Die Briefüberwachung blieb für Knewer dennoch ein Dienstgeheimnis, und mit dem fertigte er Papenbrock ab, der ihn zu fragen versuchte, warum manche Briefe heutzutage zwei Tage nach Hamburg brauchten.
Papenbrock war nicht auf der Liste. Cresspahl war nicht auf der Liste. Verzeichnet war Semig, als Absender, und lediglich auf Betreiben von Friedrich Jansen, dem die politische Polizei seine Gefälligkeiten entgelten mußte. Über die ersten Briefe von Dora hatte Jansen sich gegiftet. Der Jude hatte ins Unglück sollen und saß doch mit seiner Frau an einem Ort in Niederösterreich, wohin Jansen nicht einmal zur Kur kommen würde. In einem Schloß wohnten sie, an einem gräflichen Abendtisch durften sie Platz nehmen. Und sie verrieten nichts. Dora dankte Lisbeth Cresspahl mit keinem Wort für erwiesene Hilfe; den Cresspahls war wiederum nichts nachzuweisen. Und Friedrich Jansen hätte so gern gewußt, wo die Semigs ihr Geld gelassen hatten. Er glaubte nicht, daß sie jeder mit zehn Mark in der Tasche über die Grenze gefahren waren. Die hatten doch mehr gehabt als Haus und Stall und Praxis! Als Jansen das Haus besetzen wollte, traf er auf einen Möbelwagen, und die Packer zeigten ihm Urkunden mit schweriner Stempel, wonach der Jude in seiner widerlichen Klugheit das Grundstück mit festem und beweglichem Inventar den Eltern seiner Frau überschrieben hatte. Friedrich Jansen hatte diesen hochmögenden Kösters ein Mietangebot gemacht, und war bedient worden mit zwei Zeilen. Das Haus war auf zehn Jahre an die Luftwaffe verpachtet. Er konnte dem Rechtsanwalt Kollmorgen nicht nachweisen, daß der keinen jungen Veterinär in Erlangen für

Semigs Geräte gefunden hatte. Wo Jansen ein neues Loch sich ausdachte, war es eben vermauert; er fühlte sich geradezu beobachtet. Dora Semig schrieb von Rehen im Schnee, von Schneegipfeln, von Bodenbeschaffenheit und Alpenbächen, die »Kies und Rollkiesel« ausschleuderten, von Einkaufsfahrten nach Wien! Rollkiesel. Und der Nichtarier überließ es seiner Frau, die Grüße von ihm zu schreiben, so daß Jansen den Cresspahls einen jüdischen Umgang nicht anzulasten hatte. Der Brief, auf den er vom 12. März 1938 an wartete, blieb aus.

Der Brief trug nicht die ausländische Briefmarke, auf die Knewer zu achten hatte, sondern eine großdeutsche unter einem Stempel aus Pirna mit dem verjährten Zusatz »deine Stimme dem Führer«; womöglich aber hatte Knewer dieses Mal absichtlich nicht aufgepaßt, denn die Absenderin hatte sich als Dora Geb. Köster ausgegeben, wohnhaft in der Ad. Hitlerstr. in Radebeul. Diesen Brief machte Lisbeth nicht auf, als er kam, sondern ließ ihn für Cresspahl liegen. Nicht sie, Cresspahl sollte ihn vorlesen, obwohl er an sie gerichtet war, nicht mehr an beide.

Es war also den Semigs nur in den ersten drei Wochen freundlich gegangen beim Grafen Naglinsky. Dann hatte Dora sich nicht mehr ins Dorf getraut, und zum Spazierengehen nur in die Forsten, die Beatus für Fremde gesperrt hatte. Im Dorf hatte Arthur nur zweimal Arbeit bekommen, dann war er erkannt als Jude, und seine Frau auch. »Wie es ja ist.« Sie war angespuckt worden. »In Österreich riechen sie es.« Naglinsky hatte sich unwissend verhalten, und die Abende mit Grammofonmusik und Gesprächen über Leute wie Galsworthy seien unerträglich geworden. In der ersten Märzwoche gab Arthur die Stellung auf, die keine gewesen war, und Naglinsky in seiner Erleichterung zahlte ihnen das Geld aus, obwohl er den Gegenwert noch gar nicht in Deutschland abgeholt hatte (bei »Raminsky«, vielleicht bei Baron von Rammin; das war nur zu raten). In Wien hatten sie fast zu viel Zeit verloren, weil »mein Mann« sich nicht für Frankreich entscheiden konnte und über die Zollbeamten an der schweizer Grenze etwas gefährliche Nachrichten umliefen. Am 10. März habe sie ihn endlich nach Preßburg mitbekommen. Arthur habe bis zuletzt auf die österreichische Volksabstim-

mung vertraut, und auf den Vertrag von Saint Germain. Die Tschechen hatten sie zwar ins Land gelassen, aber »auf eine österreichische Weise«. Alles, was aus Wien erzählt werde, sei wahr: die Begeisterung über den Überfall, die Plünderung jüdischer Geschäfte. Von den Juden, die mit Zahnbürsten die Gehsteige putzen mußten, gebe es ja Fotos. Prag sei als Stadt vernünftiger als Wien. Dora dürfe für Reiche unter den Auswanderern Flickschneiderei machen, und Arthur sei als Pfleger in einer Tierklinik untergekommen. »Hilfe brauchen wir nicht.« Nur mit einer Anschrift hapere es; immer wieder gingen ihnen Hotelzimmer verloren, vielleicht weil »wir Juden sind«, vielleicht, weil sie sparen mußten. Arthur wolle nicht Tschechisch lernen. Der Brief war Ende März datiert, und nach Jerichow hatte er mehr als vier Wochen gebraucht.
Lisbeth sprach von der Schuld, die Dora Semig ihr auflegen wolle.
Cresspahl besprach sich mit Kollmorgen, aber auch mit vier Augen konnten sie in dem Brief eine versteckte Adresse nicht finden.
Die Kösters in Schwerin, beide hoch in den achtziger Jahren, was immer in dem Brief an sie stand, hatten sich mit Schlafmitteln vergiftet.
Sie wurden heimlich von der Polizei verbrannt, und andere hatten nicht zusehen dürfen. In Jerichow wurde gesagt, es seien zwei sehr kleine Särge gewesen. Geheimrat Köster hatte in früheren Jahren Ferien verbracht an der See bei Jerichow.

29. Januar, 1968 Montag

In zehn Monaten sind im 20. Polizeirevier, zwischen der 66. und der 86. Straße auf der Westseite von Manhattan, von den Bewohnern angezeigt worden: 14 Morde, 37 Vergewaltigungen, 552 Raubüberfälle, 447 Körperverletzungen, 2200 Einbrüche, 1875 schwere Diebstähle und 371 Autodiebstähle. Das sind falsche Zahlen. Die Vergewaltigungen, Einbrüche, Körperverletzungen sind eher das Zwei- oder Dreifache davon, weil viele Betroffene die Meldung an die Polizei unterlassen, vielleicht aus Angst, aus Mangel an Vertrauen.
Hätte ein ausländischer Besucher bei Cresspahl im Mai 1938

bemerken können, daß das Land in der Hand von Verbrechern war?
Wäre Mr. Smith etwas aufgefallen?
Wenn Cresspahl sich zurückdachte auf den Werkstatthof mit der Rüster in Richmond, so ging er gewiß nach England und in eine Zeit, in der Lisbeth ihr eigenes Leben und eins mit anderen noch gefallen hatte; er dachte da auch an Mr. Smith, an das kleine verschwiegene Gesicht, in dessen schrundigen Falten der Sägestaub sich festsetzte, an den mageren flinken Mann, der die Tage hinter sich brachte für die Abende zum Trinken, wenn nicht wie an einen Freund, so doch wie an jemand, der ihm hinter dem Kanal geblieben war, ohne daß es der Glückwünsche zu den Festen oder Briefwechsels bedurft hatte. Wenn er Mr. Smith zu Besuch wünschte, so nicht zu einem Zweck, nur daß einmal so Einer ansah, wie in Jerichow, in Mecklenburg, in Deutschland neuerdings zu leben war. Es wäre ihm weniger um das Reden mit Mr. Smith gegangen.
Mr. Smith als Tourist in einem Ausland?
Mr. Smith in einem schwarzen Anzug, nicht eine Mütze sondern einen Hut auf dem Kopf, als ein Untertan seiner Britischen Majestät auf Reisen, er wäre nicht ärmlich oder linkisch anzusehen gewesen. Mr. Smith konnte den Blick so gleichmütig halten, da schien die Krankenkassenbrille eine Laune. Die Hautschäden in seinem Gesicht, sie konnten von Seewind sein. Von fremder Sprache umgeben, er hätte noch eindringlicher geschwiegen, und wäre den Zöllnern im hamburger Hafen eher würdig vorgekommen. An deren Englisch hätte er immer noch Beflissenheit und Hochachtung für seine Nation gehört. Und da Mr. Smith von seiner Person abzusehen vermochte, wäre ihm deutlich geworden, daß seine deutschen Reisegenossen, eben noch auf dem Schiff gleichberechtigt, von den Beamten barsch und mit Mißtrauen angefahren wurden, wie entlaufene Strafgefangene, die sich ihren Wächtern wieder ausliefern, nicht eben leichten Herzens.
Mr. Smith hätte nicht davon gesprochen in Jerichow; eher wäre er mit der Frage gekommen: was dies mit den Hunden sei. Ob Einer in Deutschland klüglich mit einem Hund reise, wenn ihm an Wohlwollen und rechter Bedienung gelegen sei. Ein Ausländer, um die Gebräuche der Eingeborenen bemüht.

Cresspahl hätte gesagt, behaglich und vergnügt über einen solchen Anfang des Besuchs: Quite, Mr. Smith. Oh, quite.
Mr. Smith jedoch hätte nun einen Gartenpfad vermutet, auf dem auch Cresspahl ihn nicht in die Irre führen sollte, und hätte auf der Strandpromenade in Rande wie in Jerichow ein Auge gehabt auf Passanten mit Hund, ob sie jene Art der Deutschen darstellten, die an Cresspahl in England nicht zu vermuten gewesen war.
Cresspahl fütterte inzwischen einen Hund durch, aber er hätte Mr. Smith den beiläufiger vorgestellt als die Katzenverwandtschaft, die in den Hobelspänen von der Nachtarbeit ausruhte. Er hätte gesagt: Der Hund ist nur in Pflege.
Was hätte Mr. Smith mitgebracht für Cresspahls Kind? Etwas zum Gebrauchen. Nicht geradezu ein Taschenmesser, aber eine Matrosenmütze.
Das Kind hätte sich unmerklich an ihn gewöhnt, weil er nicht mit Fragen oder Spielversuchen lästig geworden wäre, gegenwärtig nur an einem vorsichtig beobachtenden Blick, der dann rasch versteckt wurde, als sei dieser Fremde verlegen.
Lisbeth hätte alles wissen wollen von der Huldigungsfahrt Georgs V. durch die Straßen von London am 14. Juni 1935, die rotbefrackten Vorreiter und die gelbgewandeten Herolde mit ihren Fanfaren und endlich der König in seiner roten Feldmarschallsuniform, mit seinem angegrauten Spitzbart, der die Hand zum militärischen Gruß hob wie eine überanstrengte Maschine, im strahlenden Sommer und inmitten des fröhlichen Bürgerspaliers mit seinem Tod beschäftigt. Mr. Smith hätte aus ihren genauen Fragen vorerst verstanden, daß Mrs. Cresspahl dem Leben in London nachtrauerte. Er hätte sich bemüht, die Stockungen in ihrem Englisch zu übergehen, und so überhört, daß sie an unsicheren Stellen gelegentlich Wendungen benutzte, wie sie in der Bibel von King James zu lesen sind.
Cresspahl als Fremdenführer?
Auf das Gebiet von Jerichow Nord hätte er Mr. Smith nicht mitnehmen dürfen; davon ließ sich erzählen. Die Zahl der Einwohner von Jerichow war um mindestens vierhundert gefallen, seit die Baubataillone der Luftwaffe abgezogen waren und das Aufräumen und Putzen der Baustelle den Handwerkern des Winkels überlassen war. Mr. Smith hätte

aus der Beschreibung der Kasernenbauten, aus der Menge der Siedlungshäuser für zivile Angestellte leicht einen Flugplatz zusammengedacht, der zu mehr brauchbar war als der Beobachtung des Wetters. Er hätte seinem ehemaligen Brotherren nicht noch gezeigt, daß ihm dessen Arbeit in England besser gefallen hatte, als er das Holz noch Stück für Stück behandelte statt es wie jetzt mit großmächtigen Maschinen und geradezu einer Mannschaft zu Serien zusammenzubauen; Mr. Smith hätte sich vorgenommen, eher abzureisen.
Mr. Smith hätte die Hand gehoben vor einem Trupp S.A. mit Fahne wie er das Cresspahl tun sah; er hätte jeweils aus den Augenwinkeln hinter sich gesucht, ob nicht doch alle Welt ihn auslachte bei solcher Gebärde.
Dann wieder hätte er die Fahne, die Cresspahl manchmal ans Scheunentor steckte, verglichen mit der, die vor der Villa schräg gegenüber dem Grundstück aufgezogen wurde, ein Küchenhandtuch gegen ein Laken.
Die Abende bei diesen Cresspahls wären Mr. Smith sauer angekommen. Es gab erträgliche. Dann hatte Mrs. Cresspahl Flickzeug auf dem Tisch, Cresspahl seinen kalten Kaffee, und für den Gast wäre da mehr gewesen als Wasser. Im Mai ging die Sonne erst nach acht Uhr unter, und draußen war es noch lange hell. Im Lampenlicht war die Meisterin ihren zweiunddreißig Jahren ähnlicher als tagsüber, wenn sie sich durch den Haushalt arbeitete wie angetrieben, erfahren und kenntnisreich bei jedem gewohnten Vorgang, auf eine ängstliche Weise fahrig, wenn ein Besuch, eine Lieferung aus der Reihe fiel. Mr. Smiths anfänglicher Schreck über ihren Anblick hätte sich verzogen vor dem Umgang der beiden mit einander, dem geduldigen, oft scherzhaft herausfordernden Ton. In der Gegenwart von Mr. Smith wäre das noch einmal gegangen. Mr. Smith hätte sich an eine Ecke des Küchentisches gewöhnt und wäre schon fast zuversichtlich unterwegs gewesen auf den Schwingen von »Kümmel« und »Kniesenack« zu Schlaf und Traum, und wäre hart abgestürzt aus dem sanften Flug, wenn Lisbeth noch einmal zu sprechen kam auf den Tod Georgs V. im Januar 1936 in Sandringham und unverhofft aus der Tür war, in Tränen. Das hätte Mr. Smith nicht verstanden. Dann hätte er von sich verlangt, Müdigkeit vorzuschützen.

Wo hätte Mr. Smith denn geschlafen? Auf dem lederbezogenen Sofa in Cresspahls Büro, und Cresspahl noch einmal neben seiner Frau. Mr. Smith hätte da Zigaretten der Marke Seesport gefunden, auch eine sorgfältig angebrochene Flasche Schnaps, so daß der Gast versorgt war bis lange nach Mitternacht. Vielleicht hätte er nachgedacht über Seesport, der doch auch hier für die meisten Zigarettenraucher nicht erschwinglich war.
An Abenden mit Cresspahl allein, wenn Lisbeth aus ihrem Zimmer gleich nicht wiederkam, wäre es zu Gesprächen gekommen. Mr. Smith, in seiner neuen Verwunderung über deutsche Grußsitten, wäre eingefallen, daß Georg VI. sich gräßlich erschrocken hatte, als der deutsche Botschafter ihm mit der ausgestreckten Hand unter die Nase fuhr. Brickendrop hieß der, weil er in jedes Fettnäpfchen trat. Und George VI. hatte es doch schwer genug mit seinem Stottern. Es sei viel die Rede gewesen von Judenverfolgung, auch Verhaftung von Geistlichen, aber doch höflich, nicht beleidigend für die deutsche Regierung. Ausgenommen der Daily Worker, den aber kein Kiosk führte, nur freiwillige Verkäufer an Straßenecken. Und Hetzfilme wie »Professor Mamlock« seien gleicher Maßen verboten. Und wenn die Fürstin Annemarie von Bismarck in Sandwich ihre Kinder ins Wasser schickte mit Badeanzügen, auf deren linker Brustseite ein dezentes Hakenkreuz eingestickt sei, dann spreche solch Selbstbewußtsein für sich selbst.
Und nein: hätte Cresspahl gesagt. Hoffentlich hätte Cresspahl von den sieben Pfarrern Mecklenburgs gesprochen, die 1938 in Haft oder in Lagern waren. Hoffentlich hätte Cresspahl etwas gesagt über den Hund, der immer noch verwirrt und verloren sich auf dem Hof umherdrückte und immer noch keinen festen Schlafplatz hatte nehmen mögen. Das war der Hund King, der Rex geheißen hatte, als er noch Hof und Haus eines jüdischen Tierarztes in Jerichow bewachen sollte, ein Tier, das seine Brotgeber verloren hatte. Hätte Cresspahl es dem Gast nur von Anfang bis zum neueren Ende erzählt.
Und doch: hätte Mr. Smith womöglich geantwortet: die Wohlfahrt der Wirtschaft.
Und nein: hätte Cresspahl gesagt. Was in Deutschland an

Handwerkerbetrieben ruiniert sei, er schätze die auf über 50 000. Und daß jetzt jeder Handwerker an die Pflichtversicherung zahlen müsse, da wolle die Regierung noch an den Bankrotten verdienen. Und schon jetzt seien Stahlrahmen für Maschinen nicht mehr zu bekommen, so gierig habe die Rüstung um sich gefressen; wie Mr. Smith sich das denn vorstelle, eine Dicktenhobelmaschine auf einem Holzgerüst.
Das ja: hätte Mr. Smith antworten können und das Gehörte wegstecken hinter seine faltenbewehrte gedrungene Stirn und nicht verraten, ob es da nun verloren war oder versteckt. Hätte seinen schwarzgrauen Scheitel mit acht Fingerspitzen zurechtgesetzt, die billigen Gläser dichter an die Augen gedrückt und wäre zu seinem Bett gegangen, ohne daß Cresspahl ihn hätte halten können. Denn Mr. Smith ließ seine Abschiede geschickt ausfallen als erwiesene Rücksichten.
Lange wäre Mr. Smith nicht geblieben in Jerichow. Denn wenn es im Mai 1938 war, so waren die Deutschen an der tschechoslowakischen Grenze aufmarschiert, und die Regierung der Č.S.R. hatte eine Teilmobilmachung ausgerufen, und Mr. Smith wurde bei seiner Kompanie gebraucht, wenn seine Regierung ihr Versprechen an die Tschechen und Slowaken hätte halten wollen.
Mr. Smith wäre noch einmal an einem Fenster der zweiten Klasse im Milchholerzug zu sehen gewesen, ein niedrig gewachsener, nahezu dürrer Herr, der den Hut abnimmt und ein enges Gesicht zeigt so starr, daß darin Kummer über den Abschied verborgen sein mag oder Erleichterung über das Ende des Besuchs.
Und woher hätte Mr. Smith das Geld haben sollen für einen schwarzen Anzug, einen Hut, neue Schuhe mit noch gar nicht zerkratzten Kappen. Wer hätte ihm das zahlen sollen.
(Mrs. Trowbridge wäre es nicht gewesen.)
Und was für Zweck und Ende hätte Mr. Smith denn finden können in Jerichow. Was war da zu denken?
Jedoch sogar er hätte etwas gesehen.

Hier haben wir Mr. Weiszand. Dmitri, der uns so oft seinen Vornamen anbietet, damit er sagen kann: Gesine. – Gesine: sagt er, und bleibt so schwergewichtig stehen inmitten des Rudels Fußgänger, das auf die Südseite der 96. Straße sich in Gang setzt, es ist an ihm nicht gut vorbeikommen. – Gesine: sagt er, und gewiß wollen wir seine Überraschung, sein herzliches Lächeln für Wiedersehensfreude nehmen; er trifft Mrs. Cresspahl aber nicht selten auf dem Broadway, und es ist doch oft genug mit drei Worten über das Wetter und Maries Schule abgegangen. – Gjesinneé: sagt er, wird sein polnisch-russisches Erbe an Sprachen wohl nie mehr mit amerikanischem Mantel behängen lernen, wird Mrs. Cresspahl womöglich vor Schaufenstern und Passanten umarmen, ein Slawe den anderen, denn ihm ist Mecklenburg slawisch. Da zieht man ihn doch lieber in Charlies Gutes Eßgeschäft zu einer Viertelstunde bei Kaffee und was ihm sonst nicht aus dem Kopf will. Hei, Charlie.
Nicht wahr, Charlie. Solch näßliches Wetter. Schwarzen Kaffee, den von heute morgen. Ruf mal Marie an, ich werde hier aufgehalten. Dies ist Mr. Weiszand. Professor Weiszand? Also nicht Professor. Dieser Herr mit der kurzärmeligen Fleischerjacke, den flinken Unterarmen, dem Theologengesicht unter der. strengen Haarbürste also ist der Städtische Meister des Buchweizenpfannkuchens, Charles Charlie eben.
Das war nicht, woran Mr. Weiszand liegt. Ihm ist offenbar dringlicher, Mrs. Cresspahl im Vertrauen zu sagen, daß sie schlecht aussieht. Nicht schlecht geradezu, aber müde, abgearbeitet, blickfaul. Was ist denn das für ein Anfang, Mr. Weiszand!
Harte Arbeit, Mrs. Cresspahl?
Arbeit eben.
Was für eine Arbeit das eigentlich ist, möchte Mr. Weiszand wissen, hat seinen Kopf so beständig aufgehängt in stützender Hand, blickt so treu, so fürsorglich, als wollte er wirklich erzählt haben, daß die Angestellte C. von hier mit der Subway zehn Minuten fährt zum Times Square, von da noch einmal fünf braucht zum Grand Central und nach zwölf Minuten zu Fuß gegen neun Uhr die Hülle von der Schreib-

maschine nimmt, und zwar an fünf Tagen der Woche, bis fünf Uhr nachmittags, bis zu dieser Minute, in der sie immer noch nicht nach Hause gelassen wird, Mr. Weiszand. Es ist eine Maschine mit Kugelkopf, falls es das war.
Das war es nicht.
Und warum lassen Sie sich einen Bart stehen von Ohr zu Ohr, Mr. Weiszand?
Wenn Mr. Weiszand zu glauben ist, so wächst ihm der Bart nicht aus einer Wette; aus Kummer sprießt ihm das rotstoppelige Gewusel. Um das nicht zu hören, werden wir ihm den Beruf der Fremdsprachenkorrespondentin zum Denken geben. Na?
Deutsch, Französisch, Italienisch –?
Und Amerikanisch, und Englisch, Mr. Weiszand.
Er begreift nicht, wozu eine Bank solchen Posten besetzt. Er trinkt ein wenig von Charlies schwarzem Kaffee, setzt die Tasse verwundert ab, füllt sie mit Zucker nach, probiert noch einmal, setzt kopfschüttelnd ab. Es ist ihm unerfindlich.
Der Kaffee?
Die Bank.
Einem französischen Kreditgeschäft schreibt Mrs. Cresspahl auf französisch, was ihr Arbeitgeber wünscht. Einem italienischen auf –
Aus Höflichkeit?
Aus Pfleglichkeit, Mr. Weiszand.
Und durch die psychologischen Gewinne werden die Personalkosten in der Tat aufgewogen –?
Das ist nicht eben ein Geschäftsgeheimnis, nur daß nicht der es weiß, der daran arbeitet, sondern wer daran verdient. Fragen Sie meinen Vorgesetzten, Mr. Weiszand.
de Rosny, Vizepräsident. Mr. Weiszand stellt das so gelassen fest, um die Ausfragerei im Gang zu halten, es ist ihm nicht aufgegangen, daß er eine Kenntnis verraten hat.
Nicht de Rosny. Ein Vizepräsident und eine Sekretärin –! Nein: die Chefs der Büros für Italien und Frankreich, seltener der für Westdeutschland. Dort sind sie inzwischen des Amerikanischen mächtig.
Und gibt es nicht jemand, der Mrs. Cresspahls Formulierungen überprüft?

Es gab da Miss Gwendolyn Bates, eine Absolventin der Universität Vassar, Jahrgang 1918, aus der Depression und dem Heiratsmarkt gerettet durch die Bank, der Bank so ergeben, daß sie sich Arbeit machte, wenn keine da war. Bestellte die Übersetzer in ihr Büro und zog mit langem Bleistift aus hoch angehobenem Handgelenk Striche durch das Französisch, das zu ihrer Zeit nicht gesprochen wurde, nicht bösartig, nur aus Trauer herrschsüchtig. Dann bestand sie während einer Konferenz in Bern zu hartnäckig auf einer ihrer Formulierungen, alles zum Besten des Unternehmens, und bekam zum Abschied die Medaille des Präsidenten in Silber, und kein Bankett. Lebt jetzt bei Verwandtschaft in Colorado und schreibt stolze, reinweg sehnsüchtige Briefe. Immer noch nicht hat sie erfahren, daß es ohne sie abgeht, wie im skandinavischen und spanischen Sektor auch. Wenn Sie einmal nach Denver kommen, Mr. Weiszand, nehmen Sie die Bundesstraße 25 in Richtung Pueblo, wenden sich bei Greenland nach links –
Das ist nicht, was Mr. Weiszand wissen will. Ob Mrs. Cresspahl nicht auch Russisch kann.
Ach was, Weiszand. Sechs Jahre Russisch hat meine Klasse gelernt, und in der ganzen Stadt nicht ein Russe, mit dem wir hätten sprechen dürfen. Die hausten hinter hohen grüngestrichenen Zäunen, die Offiziere benutzten nicht die öffentlichen Verkehrsmittel, und wenn ein Gemeiner über die Bretter kletterte und war unterwegs nach nichts als einer Flasche Schnaps –
Das weiß Mr. Weiszand. Wo immer eine Tatsache als antikommunistisch verstanden oder mißverstanden werden kann, nimmt er sie mit kurzem, zuschnappendem Nicken vorweg, hat Zustimmung vorgetäuscht und einen Tadel erteilt. Und will er nun noch einmal hören, daß diese Bank in New York nicht gierig ist auf Geschäfte mit den sowjetischen Banken in Europa, sondern wartet, bis die kämen, und sei es Vokshod in Zürich, die Moskau Narodni in London oder die Banque Commerciale pour l'Europe du Nord in Paris? Die Politik des Unternehmens ist in dieser Richtung als nicht aggressiv zu bezeichnen; wiederhole: nicht aggressiv.
Aber doch in der tschechoslowakischen. Mr. Weiszand sitzt immer noch so bequem angelehnt wie vorhin, blickt gütig,

kindlich, hat das ganze Gesicht voll gutem Willen, Entgegenkommen, Herzlichkeit. Er hat von Mrs. Cresspahls tschechischem Unterricht bei Kreslil gehört, ganz harmlos durch unsere Mrs. Ferwalter, nichts als Anteilnahme treibt ihn, das Verlangen nach der Wahrheit, unter Freunden ein Recht.
Das wird eine private Reise nach Prag in diesem Sommer; sonst nichts, Mr. Weiszand.
Mr. Weiszand findet es sehr gründlich, für bloß Ferien eine ganze Sprache zu lernen. Noch immer nicht ist ihm Zudringlichkeit nachzuweisen; nur daß seine Augen etwas aufmerksamer geworden sind, nahezu siegesgewiß.
Wenn Sie in Ihr eigenes Land nicht mehr dürfen, und müssen Freunde in einem fremden treffen, und wollen drei Wochen lang begreifen, was um Sie vorgeht – was würden Sie tun, Mr. Weiszand?
Mr. Weiszand würde eine beliebige Sprache lernen, wenn er damit einen Freund aus Polen holen kann. Dennoch ist er erschrocken, einen Augenblick nicht auf der Hut. Der fürsorgliche Blick ist ihm abgerutscht, wie einem ertappten Lügner, so daß er eine Weile braucht, ehe er ansetzen kann zu tiefatmenden Nickbewegungen und dem Ausdruck seiner Bewunderung. Findet er wunderbar.
Das ist nicht ausgesprochen worden.
Mr. Weiszand will alles verstanden haben, wünschte sich nicht weniger als einen Händedruck, verirrt sich in seiner Verlegenheit in Komplimente, will sich getäuscht haben, findet Mrs. Cresspahl heute abend von blühendem Aussehen. – Gjesinneé: sagt er.
Hier haben wir Mrs. Cresspahl, müde, ohne Lust zu Arbeit, blickfaul, etwas taub inmitten des langwierig genauen Gesprächs zwischen Charlie und seiner Kundschaft, munteren breitschultrigen Männern, die so ausführlich Gerichte verzehren, als kämen sie eben aus dem Bett und fingen jetzt erst an mit dem Tag. Die genußvolle Geschicklichkeit, mit der Charlie seine Steaks und Hamburger auf dem Kohlengrill wendet, der würzige Bratrauch, die gesellige Wärme, alles ist sehr entfernt. Fast unerträglich sind die fünf Minuten, bis Mr. Weiszand allein auf dem Broadway in die nasse Dämmerung davonschreitet, in einen prächtigen Trenchcoat britischer

Machart gerüstet, die bis in die Mitte des Schädels nackte Stirn versonnen und verärgert erhoben, unterwegs zu soziologischen Studien, nicht solchen der internationalen Finanzwirtschaft, ein Mann der gefühlvollen Begrüßungen und Abschiede, ein Freund, der unkenntlich geworden ist.
– Was wollte denn Dmitri: fragt Marie, die im Schwimmbad unter dem Hotel Marseille gewartet hat, ganz verkleidet in der engen weißen Kappe.
– Kaffee nicht allein trinken.
– Hat er wieder Nazis in Westdeutschland gefunden?
– Nein. Es war, daß von einem Dollar des Nationalhaushalts 13 Cents auf Erziehung und Gesellschaft gehen, aber 14 auf den Krieg in Viet Nam und 43 auf Ausgaben für die Verteidigung.
– Der macht bald wieder eine Demonstration an der Columbia: sagt Marie, nimmt ihren Schlüssel vom Handgelenk, wirft ihn ins Wasser, springt in einem gleitenden vergeßlichen Ansatz hinterher.

Wir entschuldigen uns, Mrs. Cresspahl.
Auf Eleganz kommt es mir nicht an.
Aber uns, Gesine, und wir hätten es so nicht angefangen.
Und wenn ich mich nun irre?
Dann hast du dich geirrt, Gesine.

31. Januar, 1968 Mittwoch

Die New York Times bildet den Senator J. W. Fulbright ab als einen ernsthaften, bedächtigen Mann, der weiß was er fragt. Nunmehr will er vor den Ausschuß für Auswärtige Beziehungen auch noch den Kriegsminister McNamara laden, mit der Frage: ob jene Zerstörer im Golf von Tonkin vor dreieinhalb Jahren, wenn überhaupt, nicht auch deshalb von Booten Nord-Viet Nams angegriffen wurden, weil sie auf Spionagekurs in die fremden Gewässer hinüberwechselten. Er mag keine andere Antwort erhalten als daß damals der Krieg hätte vermieden werden können, in dem heute amerikanische Truppen ihre eigene Botschaft in Saigon angreifen mußten, weil sie von Viet Cong besetzt war.

Friedrich Jansen nannte seinen Führer, wegen des Sudetendiebstahls, einen Staatsmann von Format, und Cresspahl stimmte ihm zu.
Mein Vater machte nicht Spaß. Wen er auf die Schippe nahm, der sollte nicht nur merken, auch ertragen können, daß er verladen wurde, damit das Vergnügen gegenseitig war. Das war an diesen Ortsgruppenführer und Bürgermeister verschwendet, und überdies hätte er sich mit dem nicht so stellen oder hinstellen mögen. Friedrich Jansen war 1938 fünf Jahre Bürgermeister von Jerichow gewesen, und Cresspahl hatte ihn ausgiebig angesehen. Er hätte den als Schwein beschrieben. Nicht im deutschen Sinn des Wortes, schlicht wegen seiner Ähnlichkeit. Da war Jansens rosige Länge, obendrein weißlich behaart, die schweren Schenkel, nicht wuchtig sondern wabbelig, die massigen Arme, ansehnlich auf den ersten Blick, weichmusklig auf den zweiten, und am ganzen Leibe das zarte ängstliche Fett, angesammelt in sechsunddreißig Jahren ohne handfeste Arbeit. Das reichte Cresspahl nicht, ihn ein Schwein zu nennen; vielleicht war ihm das mecklenburgische Wort dafür zu schade. Er nannte ihn beim vollen Namen, mit einem gewissen Ernst. Damit tat er dem Vertreter der Hitlerpartei größeren Schaden, und billiger.
Der im Deutschen übliche Mißbrauch des Tiernamens hätte dem Pg. Jansen nicht übel angestanden, selbst wenn Cresspahl nur rechnen wollte, was er allein von ihm auszuhalten und zu gewärtigen hatte. Da war das ziegenlederne Notizbuch, auf das Jansen so gern pochte, das er im Suff seinen Kumpanen auch einmal aufblätterte, in dem die Anmerkungen zum Buchstaben C mittlerweile die Abteilung für D halb aufgefressen hatten, obwohl in Jerichow nur noch ein Name so anfing wie der Cresspahls. Da waren die eifrigen Meldungen an die Gestapoleitstelle in Gneez, von denen Cresspahl nicht nur durch Rückfragen erfuhr, auch durch Warnungen. Da war Jansens Rede zum 1. Mai 1938, daß Jerichow nicht nur von Juden rein werden müsse, auch von deren Freunden. Da waren die scheinheiligen Erkundigungen nach dem Aufnahmegesuch in die Partei, das Cresspahl vor drei Jahren für einen Gesellen angefordert hatte, und immer noch nicht für sich selbst. Da war nicht einmal Gegnerschaft, nur kleinliche

tückische Beinstellerei um ihrer selbst willen, und Cresspahl war gelegentlich zufrieden, daß er einen Kopf kleiner war als Jansen. So mußte er dem nicht in die lammfrommen und unsteten Augen sehen, konnte den Blick abwenden von dem großflächigen, ungeformten, angenehm durchbluteten Gesicht, brauchte das joviale großspurige Gehabe wenigstens nur im Ohr auszuhalten. Bei diesem dachte Cresspahl nicht einmal darüber nach, warum der ihm zuwider war.

Er hielt Friedrich Jansen nicht einmal zugute, daß er weder an Stimmkraft noch an Gefühl sparte, wenn er seinen Glauben öffentlich verkündete; Cresspahl hielt das für eine Lebensversicherung. Wenn Jansen in Zeiten kam, in denen er nur eine Woche knapp zu essen, nichts an Alkohol zu trinken, womöglich mit einem Spaten und in gebückter Stellung zu arbeiten hatte, Jansen wäre bald am Ende gewesen. Ob Jansen nun ahnte oder nicht, daß er 1933 mit knapper Not vor einem Leben von Hungerlohn oder im Arbeitshaus gerettet worden war, er hätte sich sein neues Leben mit Frühstück kurz vor Mittag, Bürostunden nach Belieben, Spazierfahrten und vertrunkenen Nächten inzwischen nicht mehr abgewöhnen können. Auch was das bürgerliche Amt ihn gelehrt hatte, würde ihm nicht nützen. Er verstand nicht wie die Stadt untereinander zusammenhing, was sie für ihr Steueraufkommen von Landratsamt und Kreisverwaltung hätte zurückbekommen können, was er für Jerichow aus dem Flugplatzbau mit einem Plan hätte an Land ziehen können; das Amt verwalteten die Beamten, die Dr. Erdamer erzogen hatte, und vorläufig kam Friedrich Jansen zurecht mit seiner Vorstellung, Kumpanei an den wichtigen Stellen genüge, und alles übrige laufe nach Befehl. Noch lief es. Und Cresspahl war sicher, daß der Dicke Angst hatte vor dem Krieg, den er im Mund führte. Wenn er von einer freiwilligen Wehrübung zurückkam, bei der er sich nicht vor der Front hatte ausruhen können sondern in eigener schwerfälliger Person über Kletterwände huschen, er war ein paar Tage so freundlich, als bitte er um Mitleid. So schlecht war es ihm gegangen. Vom Militärischen verstand er nur eines. Wenn er seine S.A. im gneezer Stadtwald Erkundung des Geländes lehrte, konnte er sich mit gespreizten Beinen hinstellen und das einen Meter nennen. So

habe ich ihn gesehen, breitbeinig aufgestellt, mit befangen herausgestrecktem Gesäß, von der Hüfte ab nach vorn gezogen, während ein Untergebener mit dem Zollstock den Abstand zwischen seinen braunen Stiefeln ausmaß. Das war unweigerlich ein Meter, und Jansen konnte den rot angelaufenen Kopf wieder hochnehmen.
Lisbeth sagte: Friedrich, wie von einem Kind, das nicht lernt und immer wieder sich einschmiert; und manchmal: Friederich, nach einer unheilbar bösartigen Figur in einem Kinderbuch. Die Verse um jenen argen Wüterich kannte das Cresspahlsche Kind auswendig, jedoch ohne sich vor ihm zu fürchten. Wenn Lisbeth ihr das vorsagte, war eigentlich die Rede von einem aufgeplusterten Kerl, der mit aller Zappelei und Drohung zu nichts kommt.
Als die Semigs außer Landes gingen, hatte Friedrich Jansen den Hund kaufen wollen, der bei dem Juden auf dem Hof gewesen war. Stand vor Cresspahls Tor, schwitzend im scharfen Seewind, und gab sich treuherzig. Als er nicht begreifen wollte, daß der Hund in Pflege war, pfiff Cresspahl nach dem Hund King. Der Hund kam eilig hinter dem Wohnhaus hervor und hetzte den Hof hinunter, nahm Platz neben Cresspahl und sah zu ihm empor, noch nicht in blindem Vertrauen, aber freundlich und zu Gehorsam bereit. Er war sechs Jahre alt, stramm am ganzen Leibe, schnell, kräftig, mit appetitlich weißen Zähnen versehen. – Na, Rex –? sagte Jansen auf der anderen Seite des Zauns, nahezu quietschend vor Gutmütigkeit. Der Hund schloß das Maul bis auf ein Weniges, so daß er noch eben ein warnendes Brummen herausbekam, und sah den Fremden aufmerksam an. – Rex –! sagte Jansen vorwurfsvoll, und wieder wurde seine Stimme zu hoch, der Vokal schmurgelte. Da Cresspahl still blieb, knurrte der Hund noch einmal in seinem strahlenden Baß, blieb jedoch noch sitzen. Nun wollte Jansen erst recht Besitz nehmen von dem abartigen Tier, das die arische Rasse an Juden verraten hatte, und Cresspahl mußte es früher als dem Kind recht war verkaufen an einen Ingenieur aus Berlin, der auch Gefallen daran gefunden hatte. Als der Hund längst in einem Garten im Grunewald wohnte, kam Jansen wieder und wollte wenigstens den Stammbaum sehen, und Cresspahl sagte ihm noch einmal, das Tier sei nur in Pflege gewesen.

Jansen wuchsen so viele Fragen gleichzeitig im Kopf, daß er nur herausbrachte: Ich dachte.
Schimpfen wollte er nicht geradezu. Er war inzwischen Cresspahls Nachbar. Das Haus des Juden hatte er so wenig bekommen wie dessen Hund, fünf Jahre hatte er zur Miete wohnen müssen in dem Haus Dr. Erdamers an der Rander Chaussee, endlich war er in der Villa der Ziegelei, einem der angesehensten Häuser der Stadt, weil es von einem schweriner Bankier als eine Gelegenheit zu nichts als Wohnen errichtet worden war, noch vor der Jahrhundertwende, ein ausführliches nicht klotziges Gebäude mit ausnehmenden Fenstern, überhohen Gartentüren, einem flickenlosen Ziegelhut, in einer dichten weißen Ölhaut. Davor zog nun Friedrich Jansen die Fahne mit dem indischen Glückssymbol auf. Zu der Villa gehörte die Ziegelei, und die von Zelcks hatten den Besitz nur geopfert, um eine zerstrittene Erbengemeinschaft unter einen Hut von barem Gelde zu bekommen. Das war, wie sie sagten. In den Jahren nach Paepckes Pacht waren die Aufträge zurückgegangen, weil inzwischen fast alles mit Ziegeln hochgemauert war, was die Großdeutschen für den Krieg brauchten, und für den Rest Ausführungen in Beton geplant waren. Das sagten sie Friedrich Jansen nicht. Jansen hatte von der Villa nicht viel mehr als die Kaufurkunde zu Eigentum, so platzgreifend wohnten da nun Hypotheken mit, und zum Erwerb der Ziegelei hatte er sich mit Genossen zusammentun müssen, denn er hätte aus seinem politischen Amt wohl gern ein Vermögen an sich gezogen, war aber dazu nicht geschickt genug. Jetzt saß er abends über den Zahlen, die ihm sein Treuhänder aus der Buchhaltung zog, und fand sie betrübend, und dachte mit Sorgen an die Freunde. Der alte Jansen, Rechtsanwalt in Gneez, hatte es hingenommen, daß Friedrich ihm 1933 wegen seines Mißtrauens gegen die neue Herrschaft Verachtung und ähnliche Sohnesstrenge ausgesprochen hatte, und ließ sich auf den Ortsgruppenführer in Jerichow nicht ansprechen, geschweige denn von ihm selbst um Hilfe angehen. Aber ein Kameradschaftsfest im hohen Erntesommer, mit festlicher Beleuchtung und dicht besetzten Brettertischen auf dem ehrwürdigen Rasen, mit Gesängen und Wettschießen und Trinksprüchen bis nach Mitternacht, es mußte doch sein.

Bei den von Bobziens (den selben, die ihren Gräfinnenwald nicht für Übungen der S.A. freigaben) stand ein Zuchtbulle, der hieß Friedrich der Große. Er war so in den Listen des Herdbuchamtes eingetragen, und da auch das Kreistierzuchtamt einen Anstand an der Namensgebung nicht genommen hatte, war für Friedrich Jansen kein Einschreiten. Die Bobziens zeigten das Tier bereitwillig vor, auch wenn der Besucher gar keine bullende Kuh am Strick mitführte. Es war ein mächtiges Tier, träge und tückisch, und hatte einen etwas zu dösigen Blick. »Wie Bullen eben sind.«
Dieser Jansen erinnerte sich an die zwei Filmbesprechungen, die er in seiner Studentenzeit probehalber hatte einreichen dürfen, und sprach von der »glänzenden Regie«, wenn er die Stationen der Tschechenkrise aufzählte, in seinem hohen, betulichen Ton. Der Henleinputsch vom 12. September galt ihm als »nordische List«. Er hatte die Redensarten seiner Herrschaft so oft nachgesagt, er dachte dabei nicht mehr und vergaß vor dem nächsten Satz gelegentlich den davor. Die Pausen, in die er so fiel, versuchte er mit hastigen fragenden Abfällen zuzuschütten. »Nich, nich?« Für Jansen war Hitlers Rede im Sportpalast am 26. September »genial« und was Studenten sonst noch so Worte gebrauchen: eben weil sie einen Wortbruch ankündigte. Denn wenn »der Führer« an territoriale Forderungen nicht dachte, warum sprach er sie aus, und mochte er sie nur abstreiten? – Die Welt ist gewarnt: sagte Friedrich Jansen schwer. Er hatte Cresspahl zu Fuß auf dem Ziegeleiweg erwischt und ging in einem fort rund um ihn her, um ihn vom Weitergehen abzuhalten. Manchmal hatte er einen ängstlichen Ton, als sei er selber in Gefahr, wenn der Zuhörer ihm nicht glaube. Ein großer rosiger Kerl, der mit den Armen schlenkert, ein ungefüger Tänzer. Es war also nicht ein Verlust, daß die Polen von der Sudetenbeute das Teschener Gebiet und Grenzstreifen in der Slowakei hatten besetzen dürfen, es mußte psychologisch auf die Habenseite geschrieben werden. Mit der Wurst nach der Speckseite. An dieser Stelle sah Cresspahl ihn an. Der andere kam ihm vor wie ein betrunkenes Kind, aber nach Schnaps roch Jansens Atem nicht. Als die Briten am 29. September das Münchener Abkommen unterschrieben, hätten sie sich auf

alle Zeiten blamiert (bis auf die Knochen). Cresspahl nickte wieder, mehrmals, aufrichtig, und Jansen begann zu glauben, er könne sich in diesem Menschen getäuscht haben. Daß die Luftwaffe den wieder und wieder in Schutz nahm, es mochte verborgene Gründe haben. Es war am Abend des 1. Oktober, an dem die Hitlertruppen in die Tschechoslowakei einmarschiert waren, und Jansen verbreitete sich genüßlich über die Beute von 40 000 Quadratkilometern, das waren 4 Millionen Hektar, 400 Millionen Ar! Cresspahl solle das mal ins Englische umrechnen! Die ganze Grenzbefestigung! Ein Drittel aller Betriebe! Hier nannte Jansen seinen Anführer einen Staatsmann von Format, und für Cresspahl war das jemand, mit dem er nicht Vertrag hatte, der ihm die Tasche leerstahl, der nie an seinen Nutzen denken würde und immer an den des Staates, nichts als ein Feind. Und also sagte er, zur freudigen Erholung Friedrich Jansens: Das müsse jeder zugeben, der es vielleicht nicht einmal wolle.
Dann ging er weiter, wandte sich nach ein paar Schritten um und hatte seinen Jansen nun so weit, daß der nicht nur wieder aus seinem Vorgarten herauskam, sondern ihm reinweg nachlief. Cresspahl hatte noch eine weltanschauliche Frage. Zum Gewinn gehörten ja auch Menschen, über fünf Millionen an der Zahl. Jansen sprach von befreitem Grenzvolk und dergleichen, ausdauernd, und war doch unterwegs gewesen zu seinem Katerbier. Cresspahl ließ sich nicht abhalten. Es gebe doch noch andere Länder mit deutschsprechenden Bürgern, Brasilien etwa, oder die Schweiz. Wie die nun großdeutsch werden sollten.
– Die Schweiz: sagte Friedrich Jansen: Die nehmen wir uns auch noch vor!

1. Februar, 1968 Donnerstag

Mrs. Anne Deirdre Curtis, eine junge schlanke Frau, einen Meter fünfundfünfzig groß, wurde gestern gegen vier noch von einer Nachbarin gesehen, als sie mit ihrem 13 Wochen alten Kind vom Einkaufen zurückkam. Als ihr Ehemann, ein 27 Jahre alter Medizinstudent, um halb sechs die Wohnung,

297 Lenox Road in Brooklyn, betrat, fand er seine Frau über das Bett gestreckt, mit Blut bedeckt und nur mit einer Bluse und Büstenhalter bekleidet. An ihrem Hals war das Handtuch, mit dem sie erwürgt worden war. Male an ihren Handgelenken deuten darauf hin, daß sie gefesselt worden war. Um die Leiche herum lag zerbrochenes Glas und eine zerschlagene Uhr. Nach Ansicht der Polizei hat Mrs. Curtis sich gewehrt, bevor sie vergewaltigt und getötet wurde. Das Baby lag unverletzt in seinem Wagen. In dem Kinderwagen war auch die Tüte mit den Einkäufen.

2. Februar, 1968 Freitag Groundhog Day

Der Tag, den der Mecklenburgische Voss un Haas-Kalender Lichtmeß nannte, und dort hieß es: Sonnt sich der Dachs in der Lichtmeßwoche, so geht er auf vier Wochen wieder zu Loche. Hier haben sie den groundhog, ein Waldmurmeltier oder Erdferkel, und wenn er in Punxsutawney oder Quarrysville herauskommt und seinen Schatten sieht und sich erschrickt und zurückkehrt in den Winterschlaf, dauert der Winter noch sechs Wochen an. Sieht er seinen Schatten nicht, ist der Frühling angekündigt; was wir aber haben ist Nebel und gleichmäßiger Regen, und der Türsteher kommt mit einem Baldachin von Schirm auf die West End Avenue.

Genug Neuankömmlinge des Hotels Marseille mögen erschrecken, wenn sie endlich den Lift gewonnen haben und dann mitsamt ihren Koffern nicht nach oben sondern in den Keller gefahren werden, nur weil unter den Passagieren eine Person ist, die der Mann an der Kurbel erst einmal unten absetzen will, von der er obendrein auf recht eingeübte Weise Abschied nimmt. Er nennt sie eine Mrs. Cresspahl, spricht von einem Kind im Wasser, und erst dann schließt er Tür und Scherengitter und beginnt die Reise in die Stockwerke über der Erde.

Vom Schalter des Mediterranian Swimming Club führt ein trockener, mit grünem Filz ausgelegter Gang an prächtig lackierten Bänken vorbei zum »Weiblichen Gebiet«. Die Tür schließt dicht, und hinter ihr überfällt feuchte Luft den Badegast wie eine zweite Haut. Hier ist viel Lärm eingesperrt, das Geräusch strömenden und schwappenden Wassers, das Kindergeschrei vom Becken her, die beiläufigen Gespräche zwischen den Schränken und das Murmeln hinter den heißen Wänden der Sauna. War es auch in Deutschland so, daß sie so unbefangen nackt ihre Wege in der Kabine machten, ob Schulmädchen, Matronen oder Greisinnen, einander musterten in der Muße unter den prasselnden Duschen, mit gelegentlichem Lob für einen Busen oder Beileid wegen einer noch rötlichen Operationswunde? es ist vergessen. Vergessen. Wie war es damals?

– Was du nicht weißt, wirst du auslassen, und ich bin kein Stück klüger: sagt Marie milde. Sie hockt auf der Steinbank unter der Uhr, die Knie unters Kinn gezogen, in angenehmner Mattigkeit versonnen. Sie ist schon eine halbe Stunde im Wasser gewesen. Dennoch gleitet sie immer wieder aus ihrer Kauerhaltung hinein in Anlauf und Eidechsensprung vom Rand des Bassins, sobald eine Bahn vor ihr auf acht Meter frei ist, dreht sich im Auftauchen um und hält den Sprungraum für die Mutter frei. Sie zieht gleich zur Bank zurück, und jedes Mal geht das Gespräch weiter wie nicht unterbrochen. Die Bank ist sicher aus der Hörweite der anderen Schwimmer, und Marie bequemt sich zu Deutsch. – Was dir fehlt beim Erzählen, füllst du auf mit anderem, und ich glaube es doch: sagt sie.
– Nie habe ich die Wahrheit versprochen.
– Gewiß nicht. Nur deine Wahrheit.
– Wie ich sie mir denke.
– Gesine, es gibt doch Dinge, die weißt du.
– Friedrich Jansens Spreizbeinmeter. Aber ich weiß nicht, warum meine Erinnerung es aufgehoben hat. Warum nicht einen anderen Anblick, einen mehr vernünftigen Wortwechsel?
– Die Katze Erinnerung, wie du sagst.
– Ja. Unabhängig, unbestechlich, ungehorsam. Und doch ein wohltuender Geselle, wenn sie sich zeigt, selbst wenn sie sich unerreichbar hält.
– Im September 1938 warst du ... fünfeinhalb.
– Und als ich achtzehn war, vergaß ich was ich nie aufgeben

wollte, und behielt was ich nicht brauche. Cresspahls Räuspern, und nicht was er erzählte.
– Was Cresspahl 1951 tat, muß es nicht passen zu Cresspahl im Jahr 1938?
– Ungefähr, Marie.
– Wer entscheidet das besser als du?
– Komm ins Wasser.
– Mich stört es nicht, daß du nur sicher bist, wie Friedrich Jansen im gneezer Stadtwald stand, und daß der Rest der Geschichte später anwuchs. Ich möchte nur wissen, wie du es anstellst.
– Obwohl Jansens Geschichte nur möglich ist?
– Es ist die Möglichkeit, auf die niemand kommen kann als du. Was du dir denkst an deiner Vergangenheit, wirklich ist es doch auch.
– Du bist der Auftraggeber, Marie.
– Right. Wie machst du das.
– Regentonne –
– Mordversuch.
– Der Hund Rex, und was Cresspahl nach dem Krieg von Dr. Semig erwähnte –
– Die Auswanderung der Semigs.
– Bücher, weißt du.
– Alte Filme. Die Ausstellung im Jewish Museum.
– Briefe von Kliefoth.
– Ja. Aber stiehlst du auch aus diesem Jahr?
– Nein.
– Der Regen im Januar 1968, du hast ihn nicht benutzt. Die vielen Brände in Harlem –
– Marie, wenn ich ein brennendes Haus für 1938 brauche, ich brauch dafür nicht in New York zu borgen.
– Aber das Flugzeug mit der Wasserstoffbombe, das die Air Force vor elf Tagen bei Grönland verlor? Am gleichen Tag hast du von den Flugzeugabstürzen bei Podejuch erzählt, von ungeheuren Kratern.
– Die Geschichte war in der Familie, Marie. Die hat sich festgesetzt wegen der Raketenerprobungen in Peenemünde, später.
– Aber wie Cresspahls Kind um den Küchentisch hangelte

mit hoch erhobenen Händen, bis es gehen konnte, das hast du von anderen Kindern als dir.

– Von einem Kind, mit dem ich persönlich bekannt bin.

– Und was noch an Heutigem?

– Was ich damals nicht habe sehen können. Was ich nicht gelernt habe und nachholen muß. Nimm die heutigen Bilder aus Saigon in der New York Times –

– Jetzt fängst du wieder damit an!

– Nein, ich will dir nicht lästig fallen mit dem Krieg. Es wäre eine Antwort.

– Welche Bilder? Von dem Offizier, der sein erschossenes Kind aus dem Haus trägt?

– Nein. Die Serie.

– Die Erschießung.

– (Die Ermordung. Ich will gar keinen Streit.) Ich meine jenen Vorgang in drei Phasen. Auf dem ersten Bild wird ein junger Mann von einem Marineinfanteristen abgeführt. Seine Hände sind auf dem Rücken, vielleicht gebunden. Er sieht nach Freizeit aus, wegen seines karierten Hemdes, und weil er es über der Hose trägt. Sein Mund ist offen, als unterhielte er sich angelegentlich, aber nicht ärgerlich mit dem Soldaten, der ihm das Gesicht in der Haltung freundlich zukehrt, wenn es auch vom Helm verschattet ist. Der Amerikaner scheint ihn eher zu leiten mit dem Arm, nicht zu zwingen. Das ist nach der Unterschrift ein Offizier der Viet Cong, und er hat eine Pistole bei sich gehabt. Eins.

– Zwei.

– Überschrift: »Die Hinrichtung«. Links steht ein Mann, im Profil von hinten gesehen, in einer offenbar nicht zivilen Weste, die Ärmel aufgekrempelt. Das ist der Brigadegeneral Nguyen Ngoc Loan, der Chef der Polizei in Süd-Viet Nam, und den rechten Arm hält er ausgestreckt mit einem Revolver, eine Handbreit von der Schläfe des Gefangenen. Der Gefangene steht auch noch, aber sein Kopf ist etwas schief zur linken Schulter hingekippt, die Augen halb geschlossen, der Mund aufklappend wie eine Wunde. Sonst sieht der Kopf heil aus. Die Hände auf dem Rücken, gewiß gefesselt.»Das Gesicht zeigt den Einschlag des Geschosses«. Zwei.

– Drei.

– Das Opfer liegt auf der Straße, die nackten Beine sinnlos angewinkelt. Der Brigadegeneral hält mit der linken Hand das Holster am Hosenbund auf, mit der anderen versorgt er die Waffe. Er blickt nicht auf den Toten, sondern vor sich nieder, als wiederhole er sich nun den Vorgang in Gedanken. Im Hintergrund Ladenfronten und unverhofft ein Mann in amerikanischer Uniform, mit Sonnenbrille verkleidet, im Schritt angehalten und leicht umgekehrt, jedoch nicht, als wolle er eingreifen. Der Mann war dem Brigadegeneral ja übergeben worden.
– Ich weiß schon, Gesine.
– Nein. Ich habe nie gesehen, wie ein Mensch erschossen wird. Das zweite Bild zeigt den Augenblick, in dem der Gefangene stirbt.
– Wenn in deiner Erzählung jemand erschossen wird, brauchst du es mir nun nicht mehr zu beschreiben, Gesine.
– Es kann auch anders zugehen, Marie.
– Aber wenn du in deiner Geschichte jemand erschießen läßt, werde ich wissen, woran du dabei denkst, und auch daran denken. Wolltest du das?
– Das auch.
– O. K. Zeigst du mir jetzt noch einmal den Delphinsprung?
– Jetzt zeige ich dir noch einmal den Delphinsprung.

3. Februar, 1968 Sonnabend Tag der South Ferry

– Wie sah Cresspahl aus im September 1938?
– Fünfzig Jahre alt. 1 Meter neunzig Zentimeter groß. (Sechs Fuß zwei Zoll.) Von fern aufrechte Haltung, bei nahem besehen, vorsinkende Schultern; Arbeitsschaden oder Mutlosigkeit. Ein länglicher, noch voller Kopf, steingraue harte Haare, gekräuselt. Der Blick beim stummen Gesicht: so gleichmäßig, daß der Eindruck von Aufmerksamkeit jeden Ausdruck verbergen kann. Beim Reden, beim Arbeiten: auf die Sache gerichtet, streng, prüfend, scharf. Augenfarbe: Helles Blau bis Grau bis Grün. Die Lippen nicht mehr locker vorgewölbt wie Anfang der Dreißiger Jahre, eng verschlos-

sen, so daß sie magerer scheinen. Harsche, geknickte Falten zu beiden Mundwinkeln. Der Mundausdruck zeigte nicht Erwartung, nur noch Wachsamkeit, leicht angewidert. Dennoch ahnungslos. Kleidung: In der Regel blaues Maschinistenzeug, in der Werkstatt Holzpantoffeln. Das Alter hieß früher einmal die besten Jahre.
– Gesine, ich meine: Wie er aussah!

4. Februar, 1968 Sonntag

Der Ausschuß des Senators Fulbright hat nun auch noch herausgefunden, daß der Unterwasserorter des Zerstörers Maddox gestört war, bevor das Schiff einen Torpedoangriff meldete und die Regierung den Anlaß für die Ausweitung des Krieges gegen Nord-Viet Nam bekam. In der neuen Offensive sind bisher 376 Amerikaner und 14 997 ihrer Feinde umgekommen; und 4156 Leute sind eingesperrt wegen Verdachts auf Zugehörigkeit zum Viet Cong. Der Soldat, der dem Brigadegeneral Nguyen Ngoc Loan ein Opfer zuführte, sei doch kein Amerikaner gewesen sondern ein Soldat der A.R.V.N. Der Tote ist berühmt, und sein Name nicht bekannt.
Am 15. Oktober 1938, Sonnabend, brachte Herbie Schäning, Jerichows Zusteller, den Cresspahls den Lübecker General-Anzeiger (Lübeckische Anzeigen, Lübecker Neueste Nachrichten & Handels-Zeitung, Heimatblatt für die Hansestadt Lübeck, Schleswig-Holstein und das westliche Mecklenburg), die Nummer 242 im 57. Jahrgang, wochentags zu 15, sonntags zu 20 Pfennigen, im Abonnement durch die Post monatlich 1,90 Mark zuzüglich 36 Pfennig Zustellgebühren; und eine Todesanzeige, abgestempelt in Bad Schwartau.
Lisbeth wäre gern mitgefahren zu jener Beerdigung, obwohl sie am Dienstag sein sollte, mitten in der Arbeitswoche, und die Wirtschaft kaum Cresspahl entbehren konnte. Sie sprach so angeregt von dem schwarzen Kleid, das Aggie Brüshaver ihr leihen sollte, und von einem alten Paar Strümpfe, das nur noch zum Umfärben gut war; Cresspahl kam es vorfreudig vor. Dann fand sie in der Drucksache, daß die Kirche an der Feier nicht beteiligt sein sollte, und legte sie neben

Cresspahls Tasse. – Ach: sagte sie, als hätte auch dies von vornherein nicht nach ihren Wünschen gehen sollen, Zeitverschwendung obendrein. Aber Cresspahl sah, daß sie enttäuscht war. Sie hatte sich ein Seufzen angewöhnt, das ging ganz hoch, als sei ihr der Atem abgedrückt. Heimlich war er erleichtert. Er hätte ihr nicht deutlich zu sagen gewußt, wer jene verstorbene Anna Niederdahl denn war, er konnte nur raten. Als Absender war Erwin Plath angegeben, der in Lübeck war, nicht in Bad Schwartau.
– Diese durch und durch verluderten Engländer! sagte er, denn von der londoner Times war berichtet, sie sei scharf aufgetreten gegen die Behauptung, die neu gezogene Nordgrenze der Č.S.R. gehe über das Münchener Abkommen weit hinaus, und zwar zu Gunsten Deutschlands; und Lisbeth sagte, nicht rechthaberisch aber befriedigt: Sühst, Heinrich?
In der Zeitung, die in den Holzkasten neben dem Herd flog, war auch von zwei Landesverrätern aus Trier und Ratibor die Rede, die in Berlin hingerichtet worden waren. Einer sollte ein »gefährlicher Spion« gewesen sein. Hatte sich einem ausländischen Nachrichtendienst verkauft.
Dann kam der Sonntag mit Morgendunst und Nebel, mit mäßigen Winden, und am hellen Nachmittag sammelten die Hitlerjungen Geld für das Winterhilfswerk und bekamen von dem alten Papenbrock nicht wie früher ein Fünfmarkstück, sondern einen Groschen, und die Francotruppen bombardierten den Bahnhof Tarragona, und die Rede ging hartnäckig um die unbekannte Tote, die aus dem Preetzer See geborgen worden war; wer mochte das sein, daß sie nicht in die Zeitung kam; und am Montag war sie doch in der Zeitung; sühst, Heinrich?
Am Dienstagvormittag trug Cresspahl den Kranz durch die Stadtstraße, den der alte Creutz ihm mittelgroß und nicht prächtig hatte binden müssen, damit und in schwarzem Mantel und Anzug wurde er nicht aufgehalten, um so weniger, als an der freien Hand neben ihm seine Gesine ging, ein betrübtes Kind in Holzpantoffeln, das noch auf dem Bahnsteig stand, als der Zug schon längst hinter der Ziegelei war. Jetzt wünschte sich das Kind, es stünde dort an den Schranken, um den Vater noch einmal zu sehen.

Kümmst du to mi, wenn du trüch büst?
Un wenn't nu midden in de Nacht is?
Brukst mi niks mitbringn. Oewe kümmst?
Ick kåm, Gesine. Ick kåm.

Anna Niederdahl war jene alte Frau, in deren Stube Cresspahl vor paar Jahren einen Nachmittag lang hatte warten dürfen. Im Tode sah sie strenger aus, als die gutmütige betuliche Person, die ihn damals beschimpft hatte, als er gehen wollte, auf eine ängstliche, fürsorgliche Art, und weil sie ihn an Berta Cresspahl erinnerte, hatte er sie um die Schultern gefaßt, nicht ganz zu ihrem Ärger. Jetzt lag sie verärgert da, mit hochgedrücktem Kinn, das eigensinnig aussah. Cresspahl ging nicht nach draußen, um auf die anderen zu warten, sondern nahm sich einen Stuhl neben den offenen Sarg.
Die Trauergesellschaft, die um das Grab versammelt stand, war anders befangen, als der Anlaß es wollte. Die einzige Verwandte schien eine Frau unter den fünf Männern, eine überanstrengte, von der nächtlichen Reise aus Breslau noch mehr erschöpfte Vierzigerin in offenbar geliehenem Schwarz. Cresspahl kannte sie nicht. Von den anderen kannte er nur Erwin Plath. Der Redner, ein pensionierter Schullehrer, der solche Gelegenheiten berufsmäßig versah, versuchte das Leben von Anna Niederdahl zu erzählen. Ein Fischerkind aus Niendorf. Eine Fischersfrau in Niendorf. Der Mann, als Krüppel von der Marine entlassen, der die Frau mit Gärtnerei in Lübeck unterhalten hatte. Ein Sohn auf See geblieben, eine Tochter in Hamburg verschollen, die andere »Verfolgungen des Schicksals« ausgesetzt. Hier nahm die fremde Frau mit einer empörten Bewegung den Kopf hoch, und als der Mietredner den ersten Satz von der Unsterblichkeit hinter sich hatte, trat Erwin Plath einen Schritt vor. Als Lisbeth hatte mitkommen wollen, vielleicht war ihr gelegen an den zwei Minuten, in denen die Gäste schweigend auf den Sarg hinuntersahen. Dann sagte Erwin leichthin, gesprächsweise: Tante Anna. Vegætn ward't nich. Du nich un wat du dån hest. Denn bedankn wi uns nu, Tante Anna.
Jetzt weinte die fremde Frau. Sie hielt sich an Cresspahls Arm fest, als sie an den Rand der Grube trat und ihre drei

Hände Sand auf Anna Niederdahls Fußende warf. Dann zog Cresspahl die Handschuhe aus und griff in die feuchte Erde und bedankte sich bei der Toten für einen Nachmittag und für eine Seescholle, in sehr wenig Butter gebraten.
Dem Totengräber war es nur recht, daß diese Gesellschaft das Grab selber zuschaufeln wollte; sein Geld hatte er schon bekommen. Erst als alle gegangen waren, fiel ihm auf, daß sie sich am Hügel des Mannes Niederdahl nicht sehr in acht genommen hatten. Die Buchsbaumeinfassung war in einer gründlichen Art weggetreten.
Die Trauerfeier sollte in Plaths Haus stattfinden, weil die beiden Zimmer der Toten schon leergeräumt waren. Das Haus war aber voll von dunkel gekleideten Herren, von denen mindestens acht nicht auf dem Friedhof gewesen waren, und die Frau aus Breslau saß nicht an der Tafel. Was Gerda Plath da auftrug an Braten, Bier und Schnaps, es wurde recht langsam weniger. Die Mahlzeit sah eher nach einer Pflicht aus. Von denen, die hier gewartet hatten, kannte Cresspahl zwei. Er hatte sie vor fünfeinhalb Jahren in einer Wohnung an der Kronsforder Allee getroffen. Der damals die Besprechung geleitet hatte, dem die unbedingten Forderungen angestanden hatten als verhebe er sich, dem hatten die Nazis im Konzentrationslager Fuhlsbüttel den nackten Schädel eingeschlagen. Der an diesem Tage den Vorsitz hatte war ein verwegener Junge von kaum mehr als zwanzig Jahren, der in einem unerbittlich und lustig sein konnte. Gelegentlich strich er sich über die kurzgeschnittenen Haare, als sei da früher ein üppigerer sandfarbener Schopf niederzuhalten gewesen. Er konnte Plattdeutsch, und sein Hochdeutsch hatte einen dänischen Akzent. Es ging um die Unterstützung des sozialdemokratischen Emigrationsvorstandes, der im Frühsommer von Prag nach Paris umgezogen war. Die stockholmer Gruppe hielt daran fest, daß es nun Zeit war für die Aktionseinheit mit den Kommunisten. Der pariser Vorstand hatte deren Vorschläge im August wieder, und im September noch einmal abgewiesen. Dann war noch deren Aufruf vom 14. September zu verlesen, »an das deutsche Volk«. Cresspahl hörte wohl zu, aber mehr beschäftigt mit dem einverstandenen, nahezu freundschaftlichen Verhalten der Versammlung. Er fühlte sich

nicht fremd hier. – Wir als Genossen: sagte einer in der Diskussion, und erwischte Cresspahls Blick. – Ja du nich: sagte der Sprecher: Du nich als Genosse, du als Cresspahl –! und Cresspahl war es recht, daß sein Streit mit der Partei zwar nicht vergessen war, aber nun doch als nicht bösartige, fast heitere Sache behandelt werden konnte. Er war ein wenig aufgezogen worden, wie das unter Freunden ging. Cresspahl nahm sich nun doch ein Bier, obwohl es erst später Nachmittag war.

Die Versammlung beschloß, den Leuten in Paris zuzustimmen, die Zusammenarbeit mit den Kommunisten auszuschließen und den Sturz des Hitlerregimes nur noch von einem Krieg und der Hilfe der Westmächte zu erwarten. Cresspahl ließ die Hand unten, weil er das Mitgliedsbuch zurückgegeben hatte, und sie sagten: Hinrich, nu hev di nich.

Als er an der Reihe war, ließen sie ihn zuerst von Jerichow-Nord erzählen. Was er über den Flugplatz sagte, bedeutete den Krieg, den er seit 1935 vorausgesehen hatte; dennoch wurde er ein leises Gefühl von Unbehagen nicht los, vielleicht weil sie ihn bei der Abstimmung mitgezählt hatten. Er bot ohne Zögern Geld an. Er wurde nach der Möglichkeit von Unterkunft gefragt, und er zeichnete ihnen mit dem Finger auf die Tischdecke, wie sein Grundstück neben der Ziegelei und gegenüber Friedrich Jansens Dienst- und Wohnsitz gelegen war. Das ging also nicht; aber ob er nach Dänemark fahren würde. Cresspahl war gerne bereit, nach Dänemark zu fahren. Dann wurde ihm noch aufgegeben, den Umgang mit Peter Wulff abzubrechen, am besten mit einem Streit unter Zeugen; was aber Bienmüller benötige, müsse ihm geschaffen werden. Bei allem war Cresspahl ganz locker, witzig geradezu, und die anderen nahmen nun an, daß die Heirat mit der Tochter des reichen Papenbrock ihm doch nicht geschadet hatte. Im Gegenteil, einen munteren, einen geselligen Zug hatte die Frau ihm beigebracht. Das war dem Mann doch am Gesicht anzusehen.

Bevor die Trauergäste am Abend auseinandergingen, in Abständen, nur wenige aus Erwin Plaths Tür, die anderen über die Höfe und die Ausgänge anderer Häuser, kam die Frau aus Breslau noch einmal herein, und die Versammlung dankte ihr dafür, daß sie den Tod der Mutter hergeliehen hatte.

Cresspahl hatte dem Kind versprochen, noch einmal an ihr Bett zu kommen. Er blieb aber über die Nacht in Lübeck, und war erst am nächsten Vormittag in Jerichow. Das Abziehpapier, das er ihr mitgebracht hatte, konnte sie nicht trösten.

5. Februar, 1968 Montag

Einmal, als die Stadt unter Schnee lag, führte de Rosny westeuropäische Besucher durch zwei Stockwerke der Bank und blieb vor der Zelle der Angestellten Cresspahl stehen und sagte: Nun noch ein paar Wölfe, und wir haben es wie in Ihrer Heimat!

Die Angestellte Cresspahl war sitzengeblieben, da sie den Fremden nur gezeigt, nicht vorgestellt werden sollte, und hatte ihm auf das höflichste etwas vorgelogen von Füchsen, die einander bei Beidendorf eine gute Nacht wünschen, und war noch bis Mittag erholt von den Vorstellungen, die ein Vizepräsident unterhält von einem kommunistischen Land im allgemeinen, und von Mecklenburg im allgemeinen.

Heute bedauerte er die Angestellte Cresspahl, weil er in der gestrigen Zeitung eine Aufnahme von der westlichen 97. Straße gesehen hat, eine Gruppe voller Mülleimer und darüber gehäufte Säcke mit Abfall, Folgen des Streiks in der Stadtreinigung. Er weiß nicht, daß in unserem Viertel neben den vernachlässigten Häusern auch solche übrig sind, deren Verwaltung selbst für die Verbrennung des Mülls sorgt; er wird auf abgesperrten Autobahnen in die Stadt gefahren und kennt von ihr ein Achtel. Die erheiternden Zweifel an der Allwissenheit des obersten Vorgesetzten, so erleichternd sie sind, laut und lebendig dürfen sie nicht werden. Die Angestellte Cresspahl war zum Bericht bestellt.

Wer in de Rosnys Büro ist, glaubt sich in einem Haus voller Wohnungen, nicht über Maschinensälen, dicht umgeben von Käfterchen neben Käfterchen, in denen Leute mit Arbeit eingesperrt sind. Für sich hat de Rosny in der Bank einen Salon eingerichtet, das skandinavische Sofa neben dem Kapitänsschreibtisch aus der Segelschiffzeit, privates Licht aus grüngoldenen Lampenglocken, schwere königsblaue Vorhänge

gegen die Ferienterrasse. Dazwischen bewegt sich de Rosny wie ein Gast in einem Hotel, schlenkrig in nahezu fremder Gegend, auf Abruf anwesend, mit unerschüttertem Vertrauen in seine Befehle. Seine Befehle versteckt er gern, und sei es in einer Verzögerung. Sein Wetterfaltengesicht behaglich locker, den Blauaugenblick müßig gehalten, so täuscht er Einladung und Willkommen vor und spricht nicht nur von den Auswirkungen des Müllarbeiterstreiks auf die Obere Westseite, sondern auch über den Krieg in Viet Nam, damit die Untergebene glaubt, es werde obendrein auf das eingegangen, was er für einen ihrer Tics hält.
De Rosny hat die Erschießung eines gefesselten Verdächtigen durch den Brigadegeneral Nguyen Ngoc Loan im Fernsehen betrachtet und will sich nun endlich bekehrt haben zu der Meinung von Mrs. Cresspahl. (Sie hat keine Meinung gesagt.) Die grundsätzliche Bestialität von Kriegen. Und wenn man so auf dem Bildschirm sehe, was der Viet Cong anrichte, und höre, daß Washington die Offensive für einen Fehlschlag erkläre, so werde die Vertrauenslücke nicht eben verringert.
Gewiß, Mr. de Rosny. So sagt es auch die New York Times, in einer Fernsehrezension. Und was das zugewiesene Arbeitsgebiet angehe –
Am Ende sei die Times tatsächlich gegen eine Fortführung des Krieges. De Rosny ist nicht gesonnen, die Führung eines Gesprächs aufzugeben, verweilt ausführlich bei ungläubigem Kopfwiegen, und wer raten wollte, mochte ihn endgültig befinden sehen, daß die Angestellte Cresspahl durch die Sache in Viet Nam wirklich präokkupiert sei. Hat dergleichen schon am frühen Morgen auf der vorletzten Seite von 70 gefunden. Was wollte Mrs. Cresspahl sagen?
Mit der Č.S.S.R. stehe es so, daß die Katze zumindest den Schwanz aus dem Sack habe, und daß vielleicht ein Mensch namens Dmitri Weiszand sie einfangen wolle, Mr. Vice President.
– Tja: sagte de Rosny, genüßlich, befriedigt wie über einen gelungenen Plan. Unverhofft war er nicht mehr der gelernte Gastgeber, sondern ein Jäger, der verhängten Blicks, mit listigem Stirnrunzeln die nächste Schlinge auswählt. – Ich danke Ihnen: sagte er ernsthaft, wiederholte es geradezu

ergriffen, blieb aber so verträumt sitzen, massierte sich mit den Knöcheln die Schläfe. Die Sekretärin, die den Kaffee brachte, beeilte sich mit Geschirr und Zutaten und war so rasch wieder aus der Tür, als müsse sie einer peinlichen oder unziemlichen Szene entfliehen.
Und dann sagte de Rosny:

– Das rätst du nicht, D. E.
– Daß er es gewußt habe, Gesine.
– Ja. Windet sich in den Schultern, heikel war es ihm doch, und bedankt sich –
– Weil du ihm freiwillig Bescheid gesagt hast.
– Das habe ich ihn glauben lassen, aber –
– erst einmal hat die Angestellte Cresspahl ihm eine Standpauke hingelegt, so gut sie das im Sitzen kann: sie verbitte sich, daß man sie überwache! Zumindest müsse ihr das mitgeteilt werden; sie habe ein Recht; sie habe nicht übel Lust; etcetera.
– Es ging ganz gut im Sitzen, D. E.
– Und er hatte seine Unterhaltung.
– Das hast du geraten!
– Nein, Gesine. Ich bin auch schon ein paar Jahre lang angestellt; mit Chefs leben muß ich wie du.
– Jetzt willst du auch das noch besser können.
– Wann wollte Weiszand die Katze sehen, Gesine?
– Am Dienstag. Vor sechs Tagen.
– Wenn du von de Rosny erzählst, halte ich ihn für schneller.
– Warum willst du nicht umgehen mit den Männern, von denen ich dir erzähle, D. E.? F. F. Fleury, D. W. Weiszand, de Rosny?
– Du fühltest dich beaufsichtigt, Gesine.
– Nein.
– Nein.
– Die lange, lange Leine, D. E.
– Glaubt de Rosny es denn?
– Glaubst du es?
– Du selber hast den Council for Mutual Economic Assistance, den R. G. W., wie du willst, du hast das einen Kindergarten genannt, Gesine. Wird es der Kindergärtnerin ge-

fallen, daß eins von den Kindern plötzlich sich eine Katze halten will? Wird die Internationale Bank für wirtschaftliche Zusammenarbeit von Moskau nicht zumindest wissen wollen, ob die Č.S.S.R. heimlich in den U.S.A. borgen will?
– Ja. Aber es kann doch nicht mir passieren.
– Was ist dir denn passiert, als du bei der N.A.T.O. in Mönchen-Gladbach warst?
– Das war privat, D. E.!
– Und wie bist du an jenen Arbeitsplatz gekommen?
– Durch ein Inserat in der Frankfurter Allgemeinen Zeitung, D. E.
– 1955?
– 1955, D. E. Und wir sind hier in New York. 1968.
– Eben.
– Dieser Weiszand ist ein Soziologe, D. E.!
– Das macht nichts, Gesine.
– Ein Pole, ein Jude, den die Sowjets in der Schule auf der letzten Bank sitzen ließen, bevor sie ihn den Deutschen für die Konzentrationslager zurückgaben, warum sollte der einen Finger rühren für die Sowjetunion?
– Er muß es ja nicht gern tun.
– Jetzt kommst du auf die Psychologie des Verräters, Herr Professor.
– Nein. Auf die Hypothese, daß private Unglücksfälle nicht zählen gegen den Sieg des Sozialismus.
– Dmitri Weiszand verrät mich nicht.
– Es muß Verrat ja nicht heißen. Vielleicht will er dir behilflich sein.
– »Wer Demonstrationen gegen den Krieg in Viet Nam organisiert, ist ein Agent der sowjetischen Wirtschaftsspionage.« Deine Gleichungen waren schon eleganter, D. E.
– Von seinen Bindungen an Viet Nam wußte ich nicht, Gesine.
– Du hältst es für möglich.
– Nach deinen Erzählungen, Gesine.
– Daß de Rosny mich überwachen läßt.
– Er wird da von beschützen sprechen, und nicht dich meinen, sondern seine Investition.
– Oh no. Not again.

– Kündige da. Nimm das Kind und leb bei mir.
– Das will ich sehen. Jedes Wort, du wirst es aufessen, D. E.
– Was würde de Rosny zu einer Kündigung sagen?
– Das geht jetzt nicht, D. E.
– Er hat dich zum Essen eingeladen.
– Ins Brussels.
– Brauner Damast an den Wänden, sanftes Licht, Waterzooi de Volaille à la Gantoise. Dahin gehen aber die Bankiers nicht.
– Selle d'Agneau Roti à la Sarladaise, D. E.
– Von fern müßt ihr ausgesehen haben wie ein Liebespaar. So kann D. W. Weiszand es sich nun auch noch erklären, daß du zur Probe um zwei Stockwerke befördert wirst, an einen neu eröffneten Tisch, der nicht »Č.S.S.R.« heißen wird sondern »Allgemeine Kontakte«, mit einer Telefonnummer, die nicht im Hausverzeichnis stehen wird. Mrs. Cresspahl als ein Fall von Protektion.
– Du würdest mich immerhin herleihen, Erichson.
– Du dich, Gesine.
– Wäre es schlecht? es wäre diesmal doch ein sozialistisches System, dem geholfen würde.
– Nein.
– Also.
– Und es wird nicht gehen, Gesine.
– Das will ich noch sehen.
– Einverstanden. Und wenn es mißlingt, und du kommst heil heraus, heiratest du mich.
– Eine Wette?
– Ein Einvernehmen.
– Wenn auch dies nicht gelingt, gäbe ich auf, D. E.
– So will ich es nicht.
– Moetst mi næmn as ik bün.
– Unkrut vegeit nich: so kolt is kein Winter nich.
– Gute Nacht, D. E.
– Ich mein es auch so.

In Westdeutschland gibt es einen Millionär, der zu gleicher Zeit ein Mitglied der Freien Demokraten und der ostdeutschen Kommunisten war und durch Nachrichtenlieferungen »ein Loch in der Trennmauer durch Deutschland offen halten« wollte. Die New York Times sagt weiter, daß die militärische Abwehr der D.D.R. ihn hochgehen ließ, weil er nur für den Staatssicherheitsdienst der D.D.R. arbeiten wollte.

In Warschau soll in geheimer Verhandlung gegen den Verfasser einer Operette verhandelt werden, weil er damit, nach einem Gesetz von 1946, »falsche Nachrichten« verbreitet habe.

Lisbeth Cresspahl hatte schon schwer ertragen, was sie von ihrem Mann über den kommenden Krieg anhören mußte; im Herbst 1938 mußte sie ansehen, daß er auch noch danach handelte. Sie konnte nun nicht mehr annehmen, daß er sie mit seinen Reden nur zur Rückkehr nach England hatte bewegen wollen; sie sah, daß er sich nach ihrem Willen auf ein Bleiben in Deutschland einrichtete, aber für einen Krieg. Cresspahl fuhr einkaufen.

Die eine Liste hatte er selber angefertigt. Obenan standen die Sachen aus Stahl, Eisen, Messing: Sägeblätter, alle Größen Nägel, Äxte, Feilen, Hobelblätter, Raspeln, Zwingen, Spaten, Beschläge für Möbel, für Türen, für Fenster. Dem folgten Treibriemen für die Maschinen, Benzin, Öl, Schmierfett. Er kaufte wahrhaftig einen Motor, der nicht auf Elektrizität lief, nahm ihn auseinander, verpackte die Teile in Ölpapier und trug alles in den Keller unter dem ehemaligen Wohnzimmer, hinter eine neugezogene Wand, die nach einem Verschlag für Gerümpel aussah. Seine Käufe fielen in Jerichow nicht auf, weil er die Vorräte in Lübeck, in Hamburg, in Schwerin besorgte, auch weil ein Tischlermeister elektrische Sicherungen gleich in der Hunderterpackung mitnehmen darf, wenn er mit einem ungünstigen Leitungsquerschnitt arbeiten muß.

Lisbeth versuchte ihn aufzuhalten, weil so an Wirklichkeit zunahm, was er von den nächsten Jahren erwartete, und Cresspahl verwies auf die Alteisensammlung, die am 19. Oktober die letzten Brocken für die Aufrüstung aus den Häusern kratzen sollte. Cresspahl hatte wohlweislich eine Menge bereitgestellt, erheblich an Gewicht, geringfügig an Brauchbarkeit, und bewahrte die Quittung sorgfältig auf. Lisbeth wollte wenigstens zwei Petroleumlampen für unnötige Reserve halten, und Cresspahl sprach von der einen Bombe auf das Kraftwerk Lübeck-Herrenwyk, das Jerichow mit Strom versorgte. Auch diese Arbeiten tat Cresspahl in einer geruhsamen, unbeirrbaren Art, so viel Zeit er auch darauf wenden mußte; und nicht einmal über Geschäftigkeit oder Aufgeregtheit konnte sie sich lustig machen.

Noch härter tat sie sich mit ihrer eigenen Liste, die er von ihr verlangte. Damit sollte sie selber zugeben, daß der Stadt Jerichow, ihrem Haus und Haushalt, ihrem eigenen Kind Zeiten bevorstanden, in denen es an Schuhwerk, Kleidung, ja Küchenmessern fehlen würde; sie hatte einen solchen Widerwillen gegen das Unternehmen, daß Cresspahl ihr einen Abend lang abfragen mußte, was sie unter seinen ärgerlichen Umständen brauchen würde, und sie fand sich erst bereit dazu, nachdem sie große Kartons mit Kerzen, Tabak, Sohlenleder in der Vorratskammer gefunden hatte. Sie klagte über Kopfschmerzen dabei, damit Cresspahl ein schlechtes Gewissen bekam, aber er gab sich nicht mit Leinen und Baumwolle zufrieden, sondern empfahl ihr obendrein Nähmaschinennadeln.

Als sie selber einkaufen fuhr, kam sie oft vergnügt zurück aus Lübeck, aus Schwerin. Sie mochte gern schenken, und oft fiel eine Schürze, ein Umschlagtuch ab für die Arbeitsdienstmädchen; sie selber hatte Spaß an einer zierlichen Stickschere oder an einer Patent-Zitronenpresse, die sie nicht brauchen würde. Oft geriet sie in die Stimmung in der Zeit vor der Hochzeit, als Louise Papenbrock ihr die Aussteuer vervollständigte; und wieder und wieder war sie beruhigt von den Auslagen in den Schaufenstern. Sie sah da keinen Mangel, keinen Krieg angekündigt; an den Sonntagen brachte der Lübecker General-Anzeiger sechzehn Seiten mit Anzeigen, da inserierten die Firmen Underberg, Mercedes-Schreibmaschinen, Attika-Zigaretten (echt türkische Tabake), Junker & Ruh-Gasherde, Karstadt, Sekuritglas allesamt, als könnten sie ihre Erzeugnisse nicht dringend genug loswerden, nicht dringend genug neue auf den Markt bringen. Vielleicht war es in der Tat nichts als ein ärgerlicher Irrtum von Cresspahl, und harmlos genug, da er ja nur auf eine etwas übertriebene Vorratshaltung hinauslief; Cresspahl selber gab sich ja belustigt, wenn sie einen Hut anbrachte, den sie erst im nächsten Sommer würde tragen können; Cresspahl schien ja zu verstehen, daß sie ihm eine Nase drehte.

Es gab andere Tage. Tage, an denen sie schon müde anfing. Dann mochte sie nicht in die Geschäfte, konnte eine halbe Stunde versitzen in der Bahnhofsgaststätte von Lübeck, und ließ sich dann von den Einkäufen doch abhalten durch ein Filmplakat. Der Weg von der Kinokasse in den Saal war ihr sehr unbehaglich, noch das Warten im dürftigen Licht, aber die Kopfschmerzen verschwanden, sobald die Bilder zu laufen anfingen. Noch wenn sie abends in Jerichow ankam, war sie benommen, unaufmerksam, aber doch erholt von den anderthalb Stunden Vergessens, von der Abwesenheit in einer Welt aus Spiel und Vortäuschung, ohne eine Spur von Cresspahls Krieg.

Dies waren die Filme, die in der dritten Oktoberwoche 1938 in Lübeck liefen:

Mazurka, mit Pola Negri, für Jugendliche ab 14 Jahren
Verwehte Spuren, mit Kristina Söderbaum, nicht jugendfrei
13 Stühle, mit Heinz Rühmann und Hans Moser, jugendfrei
Die kleine Sünderin, mit Rudolf Platte und Paul Dahlke, nicht jugendfrei
Ein Mädchen geht an Land, mit Elisabeth Flickenschildt
Die Dschungelprinzessin
Petermann ist dagegen, mit Fita Benkhoff
Ich tanze nur für dich, mit Clark Gable

Clark Gable?

Und Coca-Cola gab es auch, Tochter.

Das hiesige?

Wie deine Marie es trinkt, Tochter.

Hab ich es als Kind getrunken?

Gewiß, Tochter. Auf dem Schüsselbuden in Lübeck, und du mochtest es nicht.

Und die Filme hast du dir angesehen wie ich im ersten Jahr in New York?

Wie du in New York, Tochter.

Zur Betäubung.

Es war ein dummes Gefühl. Aber solange es anhielt, war ich sicher. So lange war ich nicht zu finden, nicht einmal von mir selbst.

Hast du mich mitgenommen?

Manches Mal hab ich es versucht und dir doch etwas Gutes getan. Vergiß es nicht, Tochter.

Nein.

Sie erzählte Cresspahl von den Kinobesuchen, der versäumten Zeit. Sie hätte sich einen Vorwurf von ihm gewünscht, nicht nur um ihm Ungerechtigkeit vorhalten zu können, auch als Hilfe gegen solche Pflichtvergessenheit, solche Fluchtversuche. Cresspahl gönnte ihr, was er für ihr Vergnügen hielt. Solange sie ihn glauben ließ, daß sie keine Geheimnisse vor ihm hatte, war er fast unbesorgt.

7. Februar, 1968 Mittwoch

Liebe Marie, dear Mary, dorogaja Marija –
Ich habe etwas, das will ich dir noch acht Jahre verschweigen.
Der eine Grund ist, wir haben nur drei Stunden am Tag zusammen, wenn ich von der Arbeit komme, und als wir heute deine Schule hätten durchnehmen sollen, warst du beschäftigt.
Du warst beschäftigt mit den Bildern, die du aus der New York Times ausgeschnitten hast. Das eine war eine Ansicht des Chinesenviertels von Saigon. Die Bomben, Brände, Straßenkämpfe haben ziemlich gleichmäßige Trümmer übrig gelassen, und da die Fotografie überdies nicht deutlich ist, hast du da nicht die Reste menschlicher Wohnstätten vermutet, sondern eine Müllkippe, in deren Hintergrund aus etwas Waldähnlichem Feuer und dicker Rauch aufsteigt. Und wieder sagtest du, es könne uns in New York nicht zustoßen; schon war es dir weniger wirklich.
Das andere Bild zeigt eine mechanische Werkstatt nach Bombardements, auch in Colon, und halbwüchsige Kinder, die mit

einer Eimerkette das Feuer zu löschen versuchen. Du bist ein Gegner von Kinderarbeit, wie du von mir gelernt hast. Dann hast du dir den Vorgang noch damit erklärt, daß die Kinder nicht irgend ein Geschäft, sondern das ihres Vaters retten wollen. Es galt dir als Unterschied.
Das dritte nennt die New York Times, obwohl der erste Blick keine Bewegung erkennt, eine Straßenszene. Auf einer zersplitterten Straße liegt vorn neben einem gummibereiften Handkarren ein Mensch still in einer Haltung, die er im Schlafen nicht einen Augenblick aushalten würde. Er ist als Mensch zu erkennen an einem deutlichen Gesicht, an immerhin vorhandenen Gliedern. Was hinter ihm in den Dreck geworfen ist, ein Sack Lumpen oder verknüllte Decken, mußte dir erst die Unterschrift des Bildes als einen Toten erklären, du hättest ihn sonst übersehen. So ging es dir auch mit dem dritten, der im Hintergrund rechts an der Rückseite eines Jeeps liegt, ein Stück Fleisch, von dem entweder Beine oder, sollte der Kopf fehlen, Arme weggestreckt sind. Der Rest der Straße wird eingenommen von einem amerikanischen Panzer, aus dessen Turm sehr klein ein Soldatenkopf mit Helm heraussteht, und nun ist auf der Straße eine Szene.
Das vierte ist die Ansicht eines Krankenhausflurs mit Fliesenmuster, das in dichter Reihe mit angeschossenen, angebrannten Leuten zugedeckt ist. In dem Bericht dazu war die Rede von zwei bis drei Leuten in einem Bett, Pritschen wo immer Platz ist und einem Krankenrevier, das fast gar nicht belegt ist, nämlich bestimmt für Patienten, die für eine Behandlung Geld geben können, wie Jim Morris aus South Pine, N.C., Verwaltungsunteroffizier der Marine, ausdrücklich versichert. Du suchtest da aber nach dem Namen deines Dr. Brewster.
Von allen diesen Bildern hast du nur eines in deinen Mappen, das dritte, und die anderen auf dem Tisch liegen lassen, als sollten sie von allein verschwinden. Morgen früh wirst du sie da nicht mehr finden.
Als ich allein war, hätte ich dir immer noch auf dein Tonband sagen können »für wenn ich tot bin«, was ich dir nun schreibe, damit du es nicht eher als 1976 erfährst. Du hättest es zu früh abgehört, und ich kann schwer das benommene und verständige Gesicht aushalten, das du aufsetzt, wenn du etwas

nicht verstehst. Du nickst dabei, und dir ist anzusehen, daß du das Gehörte in Gedanken unablässig wiederholst, als sei es wenigstens so besser zu erfassen. Du hältst es für Höflichkeit; es ist aber nichts als der Rest deiner Furcht aus dem Jahr 1960, als dir aufging, daß du mich nicht auswechseln konntest gegen einen anderen Teil Eltern, daß du noch im Bösen an mich gebunden warst, an die einzige Mutter, deren Verlust du dir vorderhand nicht leisten mochtest. Davon ist übrig, daß du Aufmerksamkeit vortäuschst noch für das, was du für meine Schrullen hältst, immer im geheimen, um ja nicht in Gefahr zu kommen. Das hat angefangen auf einem Kinderspielplatz in Remagen vor acht Jahren, und du kannst es dir ja in acht Jahren bestreiten.
So hättest du heute hingenommen was ich mir beweisen möchte mit den neuen Nachrichten über den Tod von Charles H. Jordan, der am 20. August in der Moldau gefunden wurde, im vorigen Jahr. Mr. Jordan, ein Mitarbeiter des jüdischen Hilfswerks A.J.J.D.C., hatte am 16. August sein Hotel in Prag verlassen, um eine Zeitung zu kaufen. Freunde wie Bekannte haben einen Selbstmord ausgeschlossen. Ein belgischer Wissenschaftler, der später ein Land des Ostblocks besuchte, beschwerte sich über andauernde Beschattung und bekam als Grund genannt, daß die sowjetischen Agenten ihm nicht sollten antun können, was Mr. Jordan zustieß. Wenn es nicht die Leute vom K.G.B. waren, könnten Abgesandte der Araber es getan haben. Der schweizer Pathologe Ernst Hardmeier, den A.J.J.D.C. für eine Autopsie des Toten verpflichtet hatte, wurde am 10. Dezember mehrere hundert Meter von seinem verschlossenen Wagen entfernt in einem verschneiten Wald bei Zürich erfroren aufgefunden, und hatte die Untersuchung nicht abgeschlossen. So war es bisher.
Jetzt ist es so, daß eine Regierung der Sozialistischen Č.S.R. der amerikanischen einen Bericht über die Umstände eines ihrer Staatsbürger übergeben hat. Der Bericht ist vorläufig, vielleicht wird die Untersuchung fortgesetzt. Bisher stellt die tschechoslowakische Regierung fest, daß Mr. Jordan am 16. August zwischen elf Uhr und Mitternacht gestorben ist und von einem bestimmten Punkt der Brücke des ersten Mai, mitten in Prag, ins Wasser fiel. Die Todesart ist als Ersticken

durch Ertrinken angegeben, der Körper habe keine größeren Verletzungen aufgewiesen, die Wortwahl schließt einen Schlag mit einem Sandsack oder Ähnlichem nicht aus. Dem Bericht beigefügt sind Fotografien des Todesortes und Zeichnungen der Flußströmungen, die mit einer Puppe von Mr. Jordans Größe und Gewicht ausgemessen wurden.

Wenn das wieder anfangen soll in einem sozialistischen Land:

daß ein Tod nicht von Staats wegen rechtens ist;

daß zu einem Mord ein Mörder gehört;

daß die Toten wenigstens ein Recht haben auf die Wahrheit ihres Todes;

daß die Todesfälle durch Gewalt, in der Nacht, im Geheimnis, hinter verschlossenen Türen verboten werden, und wenn nicht verhindert, verurteilt:

es könnte ja ein Sozialismus anfangen, mit einer in Kraft gesetzten Verfassung, mit der Freiheit zu reden, zu reisen, über die Verwendung der Produktionsmittel zu bestimmen, auch für den Einzelnen.

Es fehlt noch etwas. Nein, es ist nicht beantwortet: wurde der Tote getötet, und wenn ja, von wem, in wessen Auftrag, warum und wozu?

Dorogaja Marija, es könnte dennoch ein Anfang sein. Für den würde ich arbeiten, aus freien Stücken. Ich sitze hier allein am Tisch mit deinen Bildern aus der Times, allein mit der Lampe und deinem Schlafatem, der lauter ist als meine Feder, und allein mit einem albernen Vertrauen auf dieses Jahr. Dies habe ich dir aufgeschrieben, damit du spät genug verstehst, was ich vielleicht in diesem Jahr anfangen werde, 35 Jahre alt, du liebe Zeit, ein letztes Mal. Damit du nicht raten mußt, wie ich.

Sincerely yours.

8. Februar, 1968 Donnerstag

Das von den Amerikanern geführte Lager in Langvei bei Khesan wurde gestern durch sowjetische Amphibienpanzer vom Typ P.T.-76 überrannt. Straßenkämpfe in Hue. Die

Stadt Bentre wurde durch südalliierten Beschuß und Bombardements zerstört; dies war nötig, »um sie zu retten«, nach der Auskunft eines U.S.-Majors. Und Hauptmann Bacel Winstead in Hue sagte beim Anblick von Marineinfanteristen, die auf aus Privatbesitz »befreiten« Motorrädern an die Front reisten: Das amerikanische Militär ist doch das gottverfluchteste in der Welt.
Um den 20. Oktober 1938 herum wurde in Dassow bei Jerichow ein Mann verurteilt zu acht Monaten Gefängnis und den Verfahrenskosten, der war nicht in der Partei der Nazis. Er hatte allerdings das Abzeichen dieser Partei getragen, um seiner »inneren Überzeugung« einen Ausdruck zu geben. Dem Gericht erschien sein Verhalten, angesichts seiner vielen Vorstrafen, »um so verwerflicher«.
Wenn Lisbeth etwas in den Kopf geraten war, Cresspahl wurde es in der Regel bald gewahr. Wenn Lisbeth einmal heraus hatte, daß die Hitlerjungen mit ihren Sammelbüchsen vor der Kirche auf die Gottesdienstgänger warteten, tat sie an ihren Hut solche Plaketten mit den Bildnissen hervorragender Nazis, wie das Winterhilfswerk sie gegen Spenden abgab, und konnte den Sammlern dann sagen, mit zierlich gegen die Stirn deutendem Zeigefinger: Ick hev all een.
Cresspahl redete ihr das aus, und hatte doch ein Vergnügen daran, weil sie zu einem Spaß imstande gewesen war und auch Vernunft gezeigt hatte, wenn auch bei der falschen Gelegenheit. So machte sie es mit ihren alten Goldstücken, die bei der Reichsbank abgeliefert werden sollten; Lisbeth ließ bei Uhren-Ahlreep ein Fünfmarkstück einfassen und schickte ihre Gesine mit der neuen Brosche zu einem Kinderfest beim Parteigenossen Lichtwark. Cresspahl redete ihr das aus.
Zum Vergnügen war es nicht immer. Wenn der Lübecker General-Anzeiger am Sonntag über eine ganze Seite von den londoner Botenjungen berichtete, den messenger-boys, so konnte sie sich so festlesen und festsehen an den Kindern in der Uniform, mit Schulterriemen, der Kappe auf dem Hinterkopf mit einem Riemen ums Kinn, mit der Nummernplakette überm Herzen, es hörte mit unterdrückten Tränen auf, und am Abend hatte sie die ersten drei Zeilen eines Eingesandt an die Zeitung fertig, in dem sie die Unmenschlichkeit des

englischen Kapitalismus bloßstellen wollte, wenn es ihr doch nur um die Erinnerung an ihre londoner Zeit gegangen war und um das Verlangen, sich selbst zu strafen. Cresspahl entging es nicht, sie mochte es noch so heimlich anstellen, und er redete es ihr aus.

Daß Lisbeth ihr Kind hungern ließ, es ging ihm nur langsam auf.

Inzwischen schlief das Kind noch, wenn er aufstand; er frühstückte allein, und hätte nicht die Zeit gehabt, die die größere Gesine auf das erste Essen wenden wollte. Er mußte jetzt so früh heraus wie er selber als Kind, wenn er mit den Tagelöhnern der von Haases aufs Feld hatte ziehen müssen; er mußte mit dem Milchholerzug in Gneez einen Anschluß nach Lübeck erreichen, er hatte auf dem Flugplatz vorzuarbeiten oder in der Stunde vor dem Frühstück den Fahnenstangenschaft zu erneuern, den sachkundige Unbekannte nächtens in Friedrich Jansens Vorgarten angesägt hatten. Wenn er dann am Tisch saß, war auch Gesine auf, und es mochte ihm gefallen, daß sie ihm so aufmerksam beim Essen zusah. Auf eine Frage hätte Lisbeth geantwortet, das Kind habe schon etwas gehabt, und für Gesine wäre da kein Widersprechen gewesen, außer daß es zu wenig gewesen war.

So ging es mit dem zweiten Frühstück, so ging es abends. Cresspahl achtete darauf, daß Paap und die Arbeiter ihr Stück Fleisch auf dem Teller hatten, auch das für ihn war ihm recht; das Kind saß neben Lisbeth, zwei Schemel von ihm entfernt. Warum sollte eine Fünfjährige daran zweifeln, daß die Mutter ihr die Portionen nach bestem Wissen und Willen zumaß? Wie konnte sie Hilfe beim Vater einholen, wenn sie von der Mutter gründlich ermahnt war, ihn nicht zu belästigen? Bei dem Osterbesuch in Podejuch hatte das Cresspahlsche Kind mit den Paepckeschen gegessen, und Hilde hätte auffallen können, daß diese Gesine auf eine stille und versteckte Art auf ihren Teller und in die Schürzentasche zog, was sie nur greifen konnte; später erzählte sie davon. Die Pflichtjahrmädchen wußten wohl, daß das Kind der Herrschaft einen seltsamen Appetit am Leibe hatte und sich nur nicht traute, der Katze die eingeweichten Brotstücke aus dem Napf zu stehlen; Lisbeth hielt ihre Speisekammer pünktlich verschlossen, und wenn sie die Mädchen bei Zusteckereien erwischte, konnte sie mit recht kühlem Blick Einmischungen in die Erziehung des Kindes sich verbitten. Später sagten die Mädchen: Wenn sie einen so fremd ansah und die Augen ganz still hielt, es war zum Fürchten. Nicht nur Laien, auch Dr. Berling sah das Cresspahlsche Kind auf der Stadtstraße, ein nicht eben ausgemergeltes, aber mageres Wesen, das nach einem halben Jahr nicht gewachsen schien und etwas benommen in die Welt blickte. Louise Papenbrock bediente nicht mehr in der Bäckerei, bei den Verkäuferinnen mochte das Kind nicht betteln gehen, und der alte Papenbrock steckte ihr einen Bonbon nur noch heimlich zu, nachdem Lisbeth ihn dringend auf die Gefahr von Süßigkeiten für die Zähne hingewiesen hatte, wieder in der strengen, fremden Art, die sie sich angenommen hatte. Wenn das Kind sich den Magen mit unreifen Äpfeln vollgeschlagen hatte, war die Magenverstimmung ein Grund, es im Bett zu halten. Als das Kind zum ersten Mal eine Schüssel Kuchenteig auslecken durfte, war es sechs Jahre alt; aber Lisbeth holte solche Reste heraus mit einem weißen Gummispachtel, der nichts übrig ließ. Nicht nur das Essen, auch das Vergnügen wollte sie dem Kind verweigern. Wenn sie das Kind vorerst nicht opfern durfte, so wollte sie ihm doch mit Leiden Gutes tun. Es gab Ausnahmen, wie die Flasche Coca-Cola auf dem Schüsselbuden in Lübeck, wenn Lisbeth Mitleid hatte mit sich und dem vor Hunger blöden Kind; nicht oft. Das war im Oktober 1938 mehr als ein Jahr gegangen.

Im Oktober 1938 beschwerte sich Hermann Liedtke bei Cresspahl, es sei sein Mittagsbrot öfter angebissen, wie von einer Katze. Liedtke wollte lieber das Geld als bei den Cresspahls am Tisch essen und brachte sich Stullen von zu Hause mit. Cresspahl ließ die Katzenklappe in der Werkstattür vernageln, Liedtke konnte ihm doch Bißspuren im Brot unter die Nase halten, wirklich wie von einer Katze. Cresspahl war drauf und dran, Schlösser für die Umkleideschränke auszugeben, denn er glaubte an Streit unter den Arbeitern eher als an die Katze; da traf er das Kind in der leeren Werkstatt. Sie hatte sich vom Frühstückstisch weggedrückt, sie hatte Liedtke weggehen sehen, nun stand sie an seinem Schrank

und mümmelte vorsichtig an seinem Brot, so ängstlich vor Entdeckung, daß sie nach jedem Bröckchen das Pergamentpapier mit beiden Händen wieder zusammendrückte. Sie war damals nicht viel mehr als 100 Zentimeter groß, und erschrak sehr, als sie unverhofft an Cresspahl emporsah. Sie streckte ihm das Päckchen hin, das für ihre Finger zu ungefüge war, und sagte feige, bei niedergeschlagenen Lidern, hoch aufseufzend: Ick wull dat nich daun.
Lisbeth sah das Kind freundlich an, das sich sehr für seine Eingeständnisse schämte; sie wollte jedoch nicht darüber reden. Cresspahl schickte das Kind aus dem Zimmer; Lisbeth wollte nicht darüber reden. Sah ihn kläräugig an, den Kopf unverzagt angehoben, mit der Spur eines Lächelns im Mundwinkel, als werde Cresspahl sie ohnehin nicht verstehen, wo sie jetzt war. Mit Gewalt hätte er aus ihr herausbekommen: Ich hab auch gehungert, Cresspahl; er versuchte es nicht mit Gewalt.
Diesmal war es Cresspahl, der das Schweigen anfing und über eine Woche durchhielt; und Cresspahl nahm nun das Kind mit auf die Einkaufsreisen, auf den Flugplatz, und wenn er zum Essen auf dem Grundstück war, saß das Kind neben ihm, auf Lisbeths Platz. Er genierte sich sehr, wenn er dem Kind das Brot hinhielt und einen schamlos dankbaren Blick zum Lohn bekam. In Jerichow kam Gerede auf, daß er uns' Lisbeth das Kind wegnehmen wollte, und Lisbeth bat ihn schon nach drei Tagen, das Kind bei ihr zu lassen, versprach ihm »was du willst, Heinrich«; aber Cresspahl machte es Spaß, das Kind nun den ganzen Tag in seiner Nähe zu haben, und vor allem, mit dem Kind zu reden, ihm seine Arbeit zu erklären. Nachdem er die Schrankschlösser tatsächlich angebracht hatte, wußte Hermann Liedtke eine Katzengeschichte mehr, und hatte keinen Verdacht auf das Kind, das nun geduldig den halben Tag unter dem Vordach der Werkstatt wartete, bis die Maschinen abgestellt waren oder Cresspahl einmal nach draußen kam. Cresspahl behielt das Kind bei sich, obwohl er Lisbeths Versicherungen längst glaubte; später gab er sich Rachsucht zu und wünschte, er hätte auch dies Mal nachgegeben.

Dank di ook, Dochte.

Da hab ich nicht zu Dank verdient.

Doch. Weil du es deiner Marie nicht erzählt hast. Es ist fast, als könntest du es mir nun vergessen.

Ich vergeß es dir. Ick vegæt di dat. Ick vegæt di dat!

9. Februar, 1968 Freitag

– Aus! Ende! Schluß! sagt Mrs. O'Brady, die sich hinter ihre Theke gebückt hat und nur weiß, daß schon wieder ein Kunde da ist, aber nicht welcher.

– Die Streichhölzer sind alle?

– Nein! Ach du, Gesine. Die gottverfluchten Bilder! sagt Mrs. O'Brady, die jetzt zuviel Blut in ihrem derben energischen Kopf hat und auch darüber noch erbittert ist.

– Nein. Nie Filter.

– Hier! Hier hast du, was ein Unheil sein kann für deine Gesundheit! So stell ich mir ein Buschfeuer vor! Aus der Hand haben sie mir die Hefte gerissen!

– Mir kannst du es ja sagen, Mrs. O'Brady.

– Das Nachrichtenmagazin Time, Gesine! Wo die Bilder drin sind! Es gibt Leute, die geilen sich daran auf!

– Hast du die Zeit, Mrs. Williams, Amanda?

– Hier haben Sie Time, Dschi-sain! Unerhört ist es! stellt Amanda fest, so aufgeregt, daß sie die aufgeschlagene Zeitung mehr auf den Tisch schmettert als legt. Auch sie ist etwas rot im Gesicht, spricht in höherem Ton, auch schneller als sonst. Es sind aber nicht unsittliche Bilder sondern Farbfotografien über zwei Seiten, die nach dem Überfall des Viet Cong auf die amerikanische Botschaft in Saigon gemacht wurden. Dick Swanson, Angestellter von Life, hat den Augenblick erwischt, in dem der Botschafter Bunker vor seinem Bunker, mit Soldaten und Gefolgschaft, die toten Feinde besieht, ein würdiges Weißhaupt, die Hand in der Hosentasche. Auf seinem Rasen liegen zwei Einheimische, einer fast entspannt auf dem Rükken, der andere verdreht, mit durchblutetem Hemd, Blut auch im ganzen Gesicht, nicht so rot wie das Band am rechten Arm.

Auf der Einfassung der ungeheuren Blumenschüssel hinter ihm ist weiterhin Blut ausgelaufen, ein satter Fleck, an den Rändern spritzig. Es ist ein gewöhnliches Kriegsbild, aber Amanda kann sich nicht beruhigen. – Es ist gegen jede Art von gutem Geschmack! sagt sie.
– Das ist es, Amanda.
– Nicht wahr! Jedes an seinem Platz, da drüben der Krieg, und hier die Heimat! Wenn ich das beim Frühstück gesehen hätte, es wär mir aus dem Gesicht gefallen!
– Sollten wir nicht wissen, wie der Krieg ist, Amanda? Nicht nur schwarz-weiß?
– Das sagst du mir, du, Dschi-sain. Ich kenn Sie nun über Jahre, Mrs. Cresspahl, und nie hab ich Sie bei etwas Taktlosem erwischt! Sie sind so aus auf Zurückhaltung und Schicklichkeit, das ist ja geradezu britisch! Und Sie sagen mir das!
– Nicht so laut, Amanda. Die anderen denken am Ende, wir streiten uns.
– Das tun wir ja gerade! Stell dir nur mal vor, eine Frau mit einem Sohn in Viet Nam sieht das! Mrs. Agnolo sieht das! Die ist fast umgefallen! Und du bist auch noch dafür! Dschisain!

– Das ist genau kalkuliert! sagt David Guarani, Dokumentenprüfer, der Elegant seiner Abteilung, nicht viel über 25 Jahre, so sicher seines banktechnischen Wissens und der unausweichlichen Beförderung bewußt, daß er nicht einmal erschrak, als de Rosny durch seinen Saal ging und namenlos verblüfft erkannte, daß der Angestellte Guarani bequem auf anderthalb Stühlen gelagert war und in seiner Zeitung las, während vor ihm ein Mann auf den Knien lag, ihm die Halbstiefel salbend. Aber auch Guarani will nicht erörtern, daß die Banken Barclay und Lloyds in London sich zusammenschließen wollen, vielleicht des Plakatkriegs in der Untergrundbahn müde, was doch ein Thema für den Fachmann wäre. Martins Bank ist auch dabei. Nein, Mr. Guarani hat seine Denkhaltung eingenommen, die linke Hand hinter hochgerecktem Kopf, die Augen verschleiert von unerbittlichem Zergliedern und Sortieren, die rechte Hand wie bereit zum Aufschreiben des Ergebnisses.
– Sie sehen das zu harmlos, Mrs. Cresspahl: sagt er nachsichtig.

– Harmlos finde ich es nun nicht, David.
– Genau. Hören Sie zu? Genau. Wenn diese Bilder zu genau diesem Zeitpunkt, in dieser Aufmachung veröffentlicht werden, dann bedeutet es etwas!
– Eine Steigerung der Auflage.
– Nein. Ja. Aber wenn mitten in Saigon tote Government Issues auf die Ladeklappe eines Schützenpanzers gepackt werden, übereinander und ineinander verhakt, daß die Beine und Arme nur so überstehen, mit hintenüberhängendem Kopf, auf dem das Blut schon schwarz ist wie Tinte –
– Bedeutet das mehr, als es ist?
– Das will ich Ihnen sagen, Mrs. Cresspahl! Daß alles Geld, das hinter Time steht, an den Erfolgsparolen der Regierung zweifelt!
– Daß die Tet-Offensive ein Erfolg war?
– Und eben nicht nur ein psychologischer, wie der Generalstab sagt! Daß der Krieg nicht zu gewinnen ist, Mrs. Cresspahl!
– Das würde doch eine Unterstützung für Kennedy bedeuten. Damit könnte er kandidieren.
– Wieso Kennedy. Unserer? Robert Francis? Bugs Bunny of New York?
– Der Senator von New York. Er hat gestern in Chicago »jede Aussicht« auf einen militärischen Sieg abgestritten.
– Wußte ich nicht.
– New York Times, erste Seite. Text Seite 12.
– Ich sollte doch ab und zu den politischen Teil lesen: sagt Mr. Guarani, der Finanzexperte, und verabschiedet sich versonnen, mit der Bemerkung, wie sonderbar reichlicher und schneller doch das Denken laufe, wenn man dabei spreche.

– Wenn so etwas noch einmal passiert –! sagt Mr. Shuldiner in drohendem Ton. Heute kümmert er sich noch weniger darum, ob Gustafssons Fischsalat ihm schmeckt oder nicht. Er kann eine hoch aufgefüllte Gabel minutenlang vor sich halten im Nachdenken, ihre Ladung von verschiedenen Blickwinkeln betrachten, bis ihm endlich der nächste Satz vollständig eingefallen ist.
– Nützlich finde ich's ja: sagt er.

– Entschuldigung, Mr. Shuldiner.
– Na daß so ein armer Hund von Government Issue noch nicht einmal gemerkt hat, daß er tot ist, so fest behält er das Gewehr bei sich, und die zwei Kameraden ziehen ihn an den Beinen zum Schützenpanzerwagen, ohne ihn umzudrehen, so daß er mit dem Gesicht durch den Sand und Schutt schleift, und das mitten in Saigon, am Flughafen Tansonnhut, den doch auch zivile Linien anfliegen. Sie brauchen nur ein Visum, Mrs. Cresspahl, nun steigen Sie aus dem Flugzeug –
– Gewiß, Mr. Shuldiner.
– Dieser Mr. Guarani, Ihr Kollege, von dem Sie erzählt haben, wär der nicht dran für eine Tour in Viet Nam?
– Halbwaise. Einzelkind.
– Ha!
– Waren Sie nicht gern bei der Armee, Mr. Shuldiner?
– Das weiß ich erst jetzt, wie gern, Mrs. Cresspahl. Weil ich meine Zeit im Frieden abgerissen habe. Sagen wir, im halben Frieden.
– Und wenn das nun noch einmal passiert, Mr. Shuldiner!
– Ach so. Entschuldigen Sie. Es gibt Tage, da bin ich durcheinander, besonders seit der Verlobung.
– Vielleicht war es nicht wichtig.
– Doch. Wissen Sie was ich dann mache?
– Nein.
– Das ist es, was ich das Europäische an Ihnen nenne, Mrs. Cresspahl. Daß Sie so auf das Wort achten. Und lustig ist es auch.
– Sie finden es nützlich.
– Ja. Wer jetzt den Wehrdienst verweigern will, nimmt die heutige Ausgabe der Zeit mit ins Gericht und beantragt ihre Aufnahme als Beweisstück Nummer Eins der Verteidigung. Und wenn so etwas noch einmal passiert, darauf können Sie sich verlassen, dann verkaufe ich die Kriegsanleihe!
– Sie kaufen Kriegsanleihe, Mr. Shuldiner?
– Nein. Meine Braut kriegt die Hälfte der Mitgift in Kriegsanleihe. Meine Schwiegereltern sind sehr patriotische Juden.

– Ich mach mir nichts draus: sagt Sam. Sein Restaurant ist inzwischen fast leer, und er hat Zeit, sich zu unterhalten mit einem fetten sauertöpfischen Typ in Lederjacke, mit dem er befreundet scheint, so vertraulich behandeln die einander. Die neue Nummer von Time liegt unter dem Ellenbogen des Gastes, bei den Farbseiten aufgeschlagen, schon erheblich zerknautscht. Sam findet es nicht recht, daß John Stewart einen angeschossenen Government Issue, einen schwarzen Militärpolizisten von bulliger Statur, in affenähnlichem Knien abgelichtet hat, dumpf unter seinem rosa durchbluteten Stirnverband »auf den Feind« stierend. Der stiere ja in die Kamera. Und statt die Sekunden abzuwarten, bis der Mann tot umfalle, hätte John Stewart wohl mit etwas anderem schießen dürfen als mit der Kamera.

– Wenn schon, denn schon: sagt der andere. Der muß eine ungeheure Begabung besitzen, ein Gespräch so in Gang zu halten, ohne daß er etwas sagt. Es hört sich an, als habe er zugestimmt; das könnte er bequem abstreiten.

– Und überhaupt isses ja eine Fälschung: sagt Sam. Er zieht sich das Magazin unter dem Arm des anderen halb hervor, betrachtet die Bilder, legt sie weg. Er sieht trübe und gutherzig auf seinen glatzköpfigen Freund, die grauen Falten in seiner gedrückten Stirn sind noch enger bei einander, und Sam sagt: Die Farben stimmen nicht. Schon mal eine Farbfotografie gesehen mit Farben wie in der Natur?

– Nè: sagt der andere. – Nun hat ja jeder seine Ansicht von Natur: sagt er.

– Stimmt.

– Wahr mag es ja sein.

– Aber eben bloß ein auffälliger Moment von Wahrheit.

– Und eine auffällige Wahrheit ist nicht nur eine Ware –

– sondern eine heiße Ware: sagt Sam, offenbar befriedigt, daß ihnen wieder einmal ein Ping gegen Pong geglückt ist. Dann sieht er Mrs. Cresspahl, die sich ihren Nachmittagstee holen will, und beginnt auf eine zärtliche Weise zu schimpfen. Der einsame Gast knöpft sein abgeschabtes Leder um sich zusammen und wendet sich nicht um, als er vom Hocker rutscht und zur Straße davonzieht.

– Attjé, Sam: sagt der.

– Take care: ruft Sam ihm nach; und nun geht es los: Daß du mir das nicht noch mal machst, du Huhn! Stehst hier rum

und wartest, bis wir uns ausgemehrt haben! Wenn ich dich nicht sehe, knallst du mir eine! Das ist Vorschrift! As of now! Tee, mit Zitrone. Zwanzig! Danke dir, Gesine. Heut war wieder ein Tag.
– Diese Freitage.
– Ja, Gesine. Und du gehst jetzt in deine Zelle, setzt dich bequem hin und tust gar nichts mehr. Du hast auch genug für heute.
– Schlaf dich aus am Wochenende, Sam.
– Du dich auch.

– Halloh.
– Williams, Foreign Sales.
– Ich dachte Cresspahl.
– Einen Augenblick, ich verbinde.
– Halloh.
– Ja.
– Hier ist Eileen.
– Eileen?
– Siehste, jetzt kaufst du deine verdammten Zigaretten bei mir im zweiten Jahr, und weißt nicht meinen Vornamen. Mrs. O'Brady.
– Ich wollte nicht zudringlich sein, Eileen.
– Das ist ganz in Ordnung, Dschi-sain. Du, ich hab noch einen neuen Stapel Zeit rantelefonieren können. Soll ich dir eine Nummer beiseitelegen?
– Nein, Eileen; danke dir. Du! Eileen! Doch.

10. Februar, 1968 Sonnabend Tag der South Ferry

Eugene J. McCarthy, Senator der Demokraten von Minnesota, der gegen den amtierenden Präsidenten kandidieren will, wurde vom Weißen Haus und vom Pentagon gerügt, weil er behauptet habe, es seien taktische Atomwaffen für den Einsatz in Viet Nam angefordert worden.
Mr. McCarthy will das nicht gesagt haben, höchstens: es würde ihn nicht wundern, wenn einige Generale nach Kernwaffen für Viet Nam verlangten. Nach dem Tonband seiner

bostoner Fernsehinterviews hat er gesagt: Na ja, ich habe eine Forderung nach dem Einsatz taktischer Kernwaffen von irgend jemand erwartet. (Pause.) Es ist eine Tatsache, es hat bereits einige Forderungen nach ihrem Einsatz gegeben.
Der Pressesprecher des Weißen Hauses, George Christian, wurde gefragt, ob der Generalstab den Präsidenten um Genehmigung für den Einsatz von Kernwaffen gebeten habe für den Fall, daß er nötig würde.
Mr. Christian sagte, daß Mr. Johnson keine solche Entscheidung erwogen habe.
J. W. Fulbright, Senator der Demokraten von Arkansas, hat den Außenminister gefragt, ob ein Bericht zutreffe, wonach am letzten Wochenende ein Spezialist für Kernwaffen nach Süd-Viet Nam gereist sei.
Ein Sprecher antwortete, der Bericht entbehre jeglicher Grundlage.
Die St. Louis Post-Dispatch sprach von Berichten, wonach die Vereinigten Staaten in Süd-Viet Nam taktische Waffen auf Lager gelegt hätten für den Fall, daß die Kommunisten die Alliierten Streitkräfte bei Khesanh zu überrennen drohten.
Hohe Militärs nannten eine Lagerung nuklearer Waffen in einem so unsicheren Gebiet wie Viet Nam lächerlich und äußerst töricht. Wenn die U.S.A. solche Waffen einsetzen wollten, könnten sie mit geringer Verzögerung herbeigeschafft werden.
Am 26. Oktober 1938, einem Mittwoch, übernahm die Luftwaffe Jerichow Nord.
Diesmal hatte das Musikhaus Johs. Schmidt nicht um Ersatz der Kosten gebeten, sondern auf eigene Rechnung die Vorschriften für diesen Tag in der Stadt ausposaunt, sogar mit einem zum Lautsprecherwagen umgebauten Lieferauto. Johannes Schmidt wollte dies als seinen Beitrag zur nationalen Ehre verstanden wissen. Den ganzen Dienstagnachmittag fuhr er in eigener Person die Straßen auf und ab und noch auf die Dörfer und sagte in ganz steifem Hochdeutsch durch, daß die Häuser zu beflaggen seien und das Ding um zehn Uhr steigen werde.
Dann war der Marktplatz von Jerichow bestanden von mehr Leuten als die Stadt Einwohner hatte. In der Mitte war ein

längliches Viereck ausgespart durch knallweiße Fahnenstangen, die mit Tannengewinden verbunden und umwunden waren. Eine Abordnung Polizei aus Gneez hielt die drängende Menge von dem schwachen Zaun fern, aber der alte Creutz wand sich immer wieder durch die Absperrung, um sein Kunstwerk noch einmal zu bewundern. Noch kurz vor Beginn der Feierstunde verknotete er ein gelockertes Gebinde von neuem, ganz ungeniert schimpfend auf die Lausejungen, die ihn in seinem handwerklichen Rufe hatten schädigen wollen. Er meinte die Polizisten, die sich nicht immer vorgesehen hatten, und da sie weniger ergriffen waren als er, wurde er nicht verwarnt, sondern belächelt.
Die Truppe fuhr mit der Eisenbahn nicht bis Jerichow selbst. Jansen hatte die Bahnhofstraße als zu eng befunden für einen Auftritt mit Pracht und Donner. Die Soldaten waren schon in der Station Knesebeck, drei Kilometer vor der Stadt, ohne Umstände ausgestiegen, so daß sie ankamen wie von nirgend woher. An der Ziegelei intonierte die Kapelle den ersten Marsch, den Hohenfriedberger. Dort, in der Einmündung eines Weges, stand ein Mann um die Fünfzig, ein Kind an der Hand, und betrachtete die Neuankömmlinge in einer nicht aufgeregten, abschätzenden Art. Das Pflaster der Stadtstraße krachte und blitzte unter den beschlagenen Absätzen, und am Ende des Zuges fingen Jungen schon an, die abgesprungenen Beschläge in den Katzenkopfsteinen zu suchen. Von den Bürgersteigen her warfen Mädchen in der Uniform des B.D.M. Blumen auf die Soldaten. Papenbrocks Edith reckte den Hals ganz hoch, und manchmal versuchte sie hochzuspringen; sie war so verloren an Lachen und Juchzen, daß sie Stellmann auf das dringlichste am Arm packte. – Nein! Nein! sagte sie, und so verwackelte Stellmann zwei Aufnahmen. Hinter der Truppe klappten die Fenster zu, die Bürger kamen auf die Straße gelaufen, dem Marktplatz zu, und ließen die Häuser zurück wie ausgestorben.
Dreißig Sekunden vor zehn Uhr waren die Blauen auf dem Marktplatz in einem Karree mit der S.A., dem N.S.-Reichskriegerbund und der Marine-S.A. angetreten. Friedrich Jansen auf der mit Fahnen umhängten Tribüne allein wußte, warum er seinen Mund öffnete wie zum Reden, zuklappte,

abermals aufriß. Dann ging ihm auf, daß Pastor Brüshaver wirklich wagte, die Glocken der Petrikirche nicht läuten zu lassen. Friedrich Jansen in seiner Wut riß sich zusammen und schleuderte ein erstes Wort aus seinem Hals. Es blieb unbekannt, denn nun zogen die Katholiken an ihrem Glockenstrang. So bemüht es klang, mehr als ein Gebimmel war es nicht, und hörte gleich wieder auf, wie erschrocken. Nach wenigen Sätzen war Friedrich Jansen blind. Er sprach von dem Glück, das die Stadt über eine eigene Garnison empfinde (getragen; fest). Wie habe man in früheren Zeiten um Soldaten betteln müssen (voll Selbstmitleid; drohend)! Nun aber mache der Führer, Wünsche vorausahnend, nein wissend, sie zum Geschenk (predigend, demütig). Als Jansen aus der Rede des Nationalpreisträgers Heinkel in Rostock zitierte, vertat er sich in seinem heiligen Schreck und gab als gegenwärtig mögliche Höchstgeschwindigkeit für Flugzeuge 900 Kilometer in der Stunde an. Heinckel hatte von 700 gesprochen. – Unt wenn nu noch ein ehrlose Feint die Waffe gegn das doitsche Vock ehebn will (mitleidig). – Denn veziehn wie keine Miene (Grand Hotel). – Gaa nich um ignoriern (Akademiker, mitten im einfachen Leben). – Denn sagn wie einfach –: Kusch (basedowkranker Hundehalter). – Kusch –! rief er. Wenn er das Wort Luftwaffe im Munde hatte, quoll ihm unerschöpflicher Speichel auf, und er hätte nicht angeben können, was er da aussprach. Während Georg Swantenius aus Gneez im Namen der Ortsgruppe und der Kreisleitung dem Führer für den stolzen Tag dankte, etwas sauersüß von Neid, war Jansen immer noch rot im Gesicht und atmete schwer. Von den Fotografien, die Jansen in diesem Zustand zeigten, setzte Stellmann am nächsten Tag mehr ab als von jedem anderen Motiv.

Als der Befehlshaber der Stammtruppe vortrat, wurde es unter den Leuten still, ähnlich wie in einer Schulklasse, die es noch mit einem ungeschickten Lehrer, nicht aber mit dem Schulrat aufnehmen mag. Der Oberstleutnant sprach mit gewöhnlichem Stimmton, gelassen, nahezu zivil. Er stellte sich mit Namen vor. Er sah um sich, so daß viele die Einbildung bekamen, sein Blick habe sie betroffen. Er dankte für den Empfang; wie es sich gehörte. Die Truppe werde um den Er-

werb des vollgültigen Heimatrechtes bemüht sein; er kannte die Regeln der Gastfreundschaft. Er freue sich dieses Tages; gewichtigere Worte gebrauchte er nicht. Als die Katholiken läuteten, hatte er seine Miene zusammengenommen und den Kopf ein wenig vorgeneigt; er erwies der Kirche Respekt. Er sprach mit einem hannöverschen Anklang, wie ein Nachbar. So wie er den Mund gutmütig offen hielt in Pausen, er hätte aus der Gegend stammen können. Langknochig, mit durchgearbeiteten Muskeln, die linke Schulter vorgenommen, wo er verwundet war. Als er für das Abspielen der beiden Nationalhymnen das Präsentieren der Gewehre befahl, waren die Silben klar zu unterscheiden; es klang fremd, und auf unbehagliche Weise verpflichtend. Der Mann war nicht leicht auszudenken, dafür hatte er vorerst Kredit bei den Jerichowern.
Auf den Fotografien, die Horst Stellmann von den folgenden Gelegenheiten anfertigte, ist Cresspahl nicht mehr zu finden, nicht bei der Schlüsselübergabe vor der Hauptwache, nicht bei der Kranzniederlegung vor dem Ehrenmal für die Toten des Ersten Weltkrieges, nicht beim Platzkonzert von Luftwaffe und S.A. auf dem Markt. Cresspahl blieb auf dem Grundstück, räumte in der Werkstatt, rechnete seine Bücher durch, sonderbar ärgerlich über die Flugzeuge, die mit lärmenden Runden über der Stadt bei den Bewohnern sich anbiederten. Er ging doch vor das Haus und sah zu den Staffelkolonnen empor. Er stand vor seiner Scheune und betrachtete die Fahne, die am Nordgiebel über den Weg hing. Er wanderte hin und her über das Grundstück, das Kinn in der Hand, durch die leeren Stuben, auch durch Lisbeths.

Es ist alles meine Schuld, Cresspahl.
Jetzt ist das meine auch, Lisbeth.

Abends waren Festbälle angesetzt im Lübecker Hof, im Krug, im Schützenhaus, im Försterkrug. Die Cresspahls waren zu dem im Schützenhaus gegangen. Uns' Lisbeth ließ zweieinhalb Stunden keinen Tanz aus. Sie war so munter, lachlustig locker, ganz anders als die Leute von ihr erzählten. Wenn sie einmal saß, so doch immer neben Cresspahl, eine Hand wie vergeßlich aber fest auf seiner Schulter.

Ich wollte noch einmal mit dir schlafen, Heinrich. Bevor es zu Ende ist, mein ich.

11. Febraur, 1968 Sonntag

Bei den Cresspahls lebt seit gestern nachmittag ein schwarzes Kind, und nicht allen ist es recht.

Wir haben das Kind Francine aus einem Durcheinander von Funkwagen und Ambulanz und losem Müll auf der 103. Straße, weg von einer Messerstecherei und einem Zuständigkeitsstreit zwischen Polizisten, Fürsorgern und Hausverwaltern, heraus aus den gleichmütigen Zuschauern, die ihre blutende Mutter und den schreienden Kriechling umstanden. Den nahmen die Ambulanzfahrer mit, Francine wollte der Wachtmeister nicht gern loswerden an weiße Leute.

– Wissen Sie auch, was Sie da tun, lady? sagte er.

Mr. Robinson, der schon wieder ein Bett herleihen sollte aus seinen geheimen Gewölben, war nicht so zufrieden mit der Einquartierung, wie er es bei der Ankunft der Fleurys gewesen war. Er brachte das Gestell an, setzte es ordentlich nach Maries Wünschen in ihrem Zimmer zurecht, aber beim Abschiedsreden blieb er doch ratlos in der Tür stehen, nicht wie bei gewöhnlichen Zweifeln in seinen harten Haarwellen tastend, sondern mit nach unten gekehrtem Kopf, an dem er wahrhaftig kratzte vor Ratlosigkeit. Sein Blick war so versteckt. – Oh, well: sagte er schließlich, nun auch noch mit sich unzufrieden. – Sie wissen ja wohl, was Sie da tun, Mrs. Cresspahl.

Ist es Francine recht? Sie hat bei uns angerufen. Sie kennt Marie aus fast einem halben Jahr Schule, sie kennt die Wohnung von Besuchen. Dann, mit Marie allein, betrug sie sich zutraulich, munter, nahezu gleichberechtigt. Gestern nachmittag, kaum hatten wir sie hinter unserer Tür, war sie gegen Marie so schüchtern wie ehedem gegen Mrs. Cresspahl, an der sie vorbeigelaufen war, um nur ja Blick und Anrede zu entkommen. Setzte sich hin nur auf Aufforderung, dann weit weg, ihre langen staketigen Beine eng beieinander, die Hände auf den Knien verkrampft, den Blick gegen den Fußboden.

Wenn sie sich für einen Topf mit Kakao bedankt hatte, sagte sie auch zu einem Umrührlöffel: Thank you, leise, ohne Hoffnung, als könne sie eine Gefahr doch nicht beschwichtigen. Einmal, weil Marie über D. E. sprach, glaubte sie sich nicht beobachtet und versuchte einen sichernden, ungläubigen Blick, der gleich wegduckte. Sie war so gekommen, wie das Unglück sie angetroffen hatte, in einem abgerissenen Mantel mit Holzfällermuster, und sie mochte ihn lange nicht ausziehen, als ob aus der Ankunft keine Unterkunft werden sollte.
Wegen ihrer Mutter war es vielleicht nicht. Sie wollte nicht an unser Telefon, als wir endlich eine Krankenschwester an das ihre hatten holen können. Francine ließ sich sagen, daß ihre Mutter die Verwundung gut überleben werde; sie nickte ohne Erleichterung, eher aus Höflichkeit. Sie nickte zu der Nachricht, daß ihre älteren Geschwister immer noch nicht gefunden waren und der Jüngste in einem Kinderheim, als sei es ohne Vernunft, sich das zu merken. Dann war noch etwas, das Francines Mutter an Mrs. Cresspahl ausgerichtet wissen wollte: Gottes Segen. Das kann uns nicht recht sein.
Falsch war, daß Marie das schwarze Kind mit einem Spiel ablenken wollte; Francine kannte Mikado nicht, war gehorsam genug es zu lernen und so unglücklich über ihre Ungeschicklichkeit, sie brach ohne Absicht einen Stab durch und war dann nicht zu trösten. – Nun können wir immer an dich denken, wenn uns dieser Stab fehlt: sagte Marie, aber Francine hörte da nicht ein freundwilliges, sondern ein erzürntes Gedenken angekündigt. Falsch war ein Abendgericht, das nicht mit der Hand zu essen ist, und es half nichts, daß Marie wie zufällig ihr Messer weglegte und dann das Kotelett wie Francine mit der Gabelkante anging. Es war nicht richtig, Francine unter die Dusche zu schicken; sie erkannte da einen Verdacht auf Schmutz und Ungeziefer. – Wir tun das jeden Abend: sagte Marie; Francine hörte da nicht die Auskunft, sondern eine Anordnung. Vielleicht war es richtig, ihr einen von Maries Pyjamas zu schenken und für den nächsten Tag einen vollständigen Satz Kleidung; richtig war es nicht, alle ihre Sachen gleich in den Korb für die Waschmaschine zu tun, als seien sie keinen Tag länger zu tragen. Sie war sehr erleichtert, als es ins Bett ging, weil sie nun nicht weitere Be-

drohung durch den fremden Haushalt gewärtigen mußte, und zog sich die Decke bis über die stramm gedrehten Zöpfchen, die ihr von der Schädeldecke abstehen; sie blieb steif liegen, schlief lange nicht, auf der Hut vor unausdenklicher Gefahr.
Rebecca Ferwalter war es nicht zufrieden, daß ihre Freundin ein schwarzes Kind aufgenommen hatte; die Schwarze kam aus einer Straße, einem Haus, vor denen die kleine Jüdin nachdrücklich gewarnt war. Rebecca, die adrette Person in dem Jackenkleid nach einem verkleinerten Muster für Erwachsene, Rebecca mit dem damenhaften Gehabe und dem puppenhaften Maskengesicht, sie fühlte sich in einer Falle und erfand während eines recht förmlichen Gesprächs den Befehl Mrs. Ferwalters, nach dem sie sich nur zehn Minuten lang aufhalten durfte bei uns. Rebecca hört mehrere Male am Tage, was ihrer Mutter recht ist, und noch öfter, was nicht.
Francine war es nicht recht, daß wir nicht anders dachten, als daß eine Mutter mit Stichen in Brust und Schulter Besuch haben muß von zumindest einem ihrer Kinder; bei allen Erkundigungen an der Pforte und in den Fluren des Krankenhauses hielt sie sich so beiläufig abseits, daß zunächst die Cresspahls für die Besucher bei einer schwarzen Frau gehalten wurden. Francine ging nicht gern hinein zu ihrer Mutter, hielt auch nach wenigen Minuten die Tür des Krankensaales für uns auf. Dann war es, als habe sie noch weniger als wir zu tun mit der Frau, die unbehilflich hingepackt unter den grünen fiskalischen Decken lag, gefesselt in einen aufwendigen Verband, von Medikamenten halb betäubt, das flächige graue Gesicht von fiebrigem Schweiß eingedeckt. – Sie ist ein gutes Kind: sagte sie mühsam, und es mochte eine Überzeugung gewesen sein statt einer Bitte, Francine starrte mit einem Mal mürrisch, geradezu feindselig beiseite. Und daß wir die Enge zwischen den dicht gestellten Betten, den Geruch von Armut eher denn von Krankheit, die fremden Blicke von den schwarzen Nachbarn nicht lange aushielten, es war dann uns nicht recht. Francine blieb an der Pforte stehen, bis Marie sich umsah. Sie hatte jetzt eine feige, spöttische Miene, sehr von unten herauf, und Marie erkundigte sich harmlos. Francine antwortete nicht, hielt unverändert herausfordernd, als solle Marie etwas zugeben. Vielleicht war es dann richtig, sie an

den Schultern aus dem Weg anderer Besucher zu führen; Francine hatte aber nicht erwartet, daß sie wieder an den Riverside Drive mitgenommen wurde.

Jetzt hast du es gesehen, Marie.
Nichts habe ich gesehen. Eine kranke Frau.
Jetzt lügst du, Weiße.
Meine Lügen gehen dich nichts an.
Diese wohl.
Zum Reden darüber kriegst du mich nicht, Francine.
Ich komme mit, aber ich glaube euch nicht.

Francine war es recht, mit einem Stapel Comics in Ruhe gelassen zu werden, und wie versehentlich schubste sie einen von Maries Türflügeln an, so daß sie vor Blicken geschützt war. Sie trieb die Mimikry so weit, daß sie sich schlafend stellte, als Pamela Blumenroth Marie zum Mediterranian Swimming Pool abholte. Dabei schlief sie aber ein, und ihr kleines schwarzes Gesicht kam sehr erschrocken hinter der Tür hervor, schockschwarze Augen in sehr großem Weiß auf die Fremde Andere gerichtet, die in einer fremden Wohnung den Weg zum Ausgang versperrt. Dann, aufwachend, auf Demut und Ersatzleistung aus, sagte sie eifrig: Soll ich Ihnen die Zeitung auf die Straße bringen, Mrs. Cresspahl?
Dann verstand sie nicht, daß Leute in einem solchen Haus ihren Abfall abends in Tüten an den Lastenfahrstuhl stellen können, statt daß sie ihn heimlich an die städtischen Papierkörbe an der Straßenecke tragen müßten. Sie nahm es hin wie noch etwas Unglaubliches, daß Mr. Robinson jeden Abend um zehn Uhr die Stockwerke abfährt und den Müll für den Ofen abholt; das war ihr noch zu erklären.
Nicht zu erklären war ihr, warum Marie ein Bild auf der ersten Seite der New York Times rot umzeichnet hat, neben einem angeschossenen Marineinfanteristen in Danang einen Militärgeistlichen in Drillich, mit einem Kreuz auf dem Helmüberzug, der nach oben starrt, nach Gott und den Evakuationshelikoptern Ausschau haltend.
– Viet Nam: sagte Francine, ungerührt, ohne Neugier, wie von etwas Unbrauchbarem, wie vom Mond.

Marie wird es schon morgen weniger recht sein. Es kam ihr nicht unlieb, daß sie ohne Francine zum Schwimmen gehen konnte, die da womöglich die einzige Schwarze gewesen wäre, schwer zu verteidigen. Morgen, wenn sie mit Francine gemeinsam in der Schule ankommt, sie wird erleichtert zu ihren weißen Freundinnen überlaufen.
Einem der Klassiker wäre es nicht recht. Er hat dergleichen Nachtlager in einem Buche behandelt, und hat seine Leser aufgefordert, das Buch dennoch nicht wegzulegen.

Ich höre, daß in New York
An der Ecke der 26. Straße und des Broadway
Während der Wintermonate jeden Abend ein Mann steht
Und den Obdachlosen, die sich ansammeln
Durch Bitten an Vorübergehende ein Nachtlager verschafft
...
Leg das Buch nicht nieder, der du das liesest, Mensch.
Einige Menschen haben ein Nachtlager
Der Wind wird von ihnen eine Nacht lang abgehalten
Der ihnen zugedachte Schnee fällt auf die Straße
Aber die Welt wird dadurch nicht anders
Die Beziehungen zwischen den Menschen bessern sich dadurch nicht
Das Zeitalter der Ausbeutung wird dadurch nicht verkürzt.

Und einem ist nicht anzusehen, ob ihm Francines Unterkommen so recht ist, oder nicht: D. E., der gegen achtzehn Uhr vom Flugplatz Kennedy kommt, frisch zurück aus Europa, der aus Kopenhagen gleich zwei Kleider für Marie mitgebracht hat, davon nun eins für Francine, denn

– Ich weiß alles: sagt er, und Francine glaubt ihm;
– though I am a stranger here myself: sagt er, und Francine lacht ganz offen, bedenkenlos;
– was ich nur tat, um New York sauber zu halten: sagt er; und Francine sieht diesem Weißen mit glänzenden Augen zu, will eifrig ihn erzählen hören von so unverständlichen Gegen-

ständen wie einem »Magasin du Nord« an einem »Kongens Nytorv« in »København«, und ist schon jetzt eifersüchtig auf die Zeit, in der sie ihn mit Marie teilen muß.

D. E.; sogar ein schwarzes Kind würde er an Vaters Stelle annehmen. Wiederum hätte er eine Bedingung dafür zu stellen.

12. Februar, 1968 Montag

Ende Oktober 1938 wurden in Lübeck solche Filme gezeigt:
Eine Nacht im Mai, mit Marika Rökk
Der Tag nach der Scheidung, mit Luise Ullrich und Hans Söhnker
Geheimzeichen L–B–17, mit Willy Birgel
Fracht von Baltimore, mit Hilde Weißner
Premiere, mit Zarah Leander
Rote Orchideen, mit Olga Tschechova
Zwischen Haß und Liebe, mit Barbara Stanwyck (U.S.A., nicht jugendfrei).
Was waren das für Filme?
»Rote Orchideen sind die Lieblingsblumen einer großen Sängerin, die von Olga Tschechova dargestellt wird. Rote Orchideen spielen in der Filmhandlung, die sich um Werkspionage und die Entlarvung der wirklichen Verbrecher dreht, eine Rolle, denn sie sind das Versteck für einen Geheimcode, um dessen Besitz es dem Ingenieur Nica geht. Mit diesem Dokument kann er seine Unschuld und die eines Freundes und Kameraden nachweisen. Er ist bereits wegen Landesverrats zum Tode verurteilt. Es gelingt ihm nach vielen Schwierigkeiten. Die Sängerin steht ihm dabei zur Seite, aber gerade sie hätte, als sie für einen Augenblick in ihrem Glauben an Nica schwankend wurde, beinahe alles verdorben ... Camilla Horn wird für eine gefährliche Spionin eingesetzt und Ursula Herking ist wie immer apart.« (Lübecker General-Anzeiger.)
Nebel in London.
Der Verdienst an den Flughafenbauten war für Cresspahl nicht weitergegangen. Schlachter Klein lieferte Fleisch für die

Besatzung, Papenbrock buk das Brot, die Gastwirtschaften verdienten an den Wochenenden der Soldaten. Die Hotels in Rande, früher längst eingemottet um diese Zeit, waren dicht belegt, mit Lehrgängen, Ehefrauen, Filmabenden der N.S.D.A.P. Schneider Pahl ließ seine Geschäftsanzeige täglich an anderen Stellen des Gneezer Tageblattes laufen und wartete auf den Augenblick, in dem sie einem Offizier auffallen würde; das Tuch hatte er schon. Die Geschäftswelt Jerichows hatte die Ankunft der Truppe in einem gemeinschaftlichen Inserat begrüßt. Die Kirche verkaufte Grundstück nach Grundstück um Jerichow. Baumeister Köpcke hatte Aufträge für Ferienvillen an der Steilküste, er kam kaum hinterher; die Holzarbeiten waren an Böttcher in Gneez vergeben. Cresspahl arbeitete nur noch mit Alwin Paap und einem Junggesellen; Kliefoth hatte seinen neuen Bücherschrank nun doch nicht in Wismar bestellt. Die anderen Aufträge waren kleines Zeug, Pusselei.

Cresspahl hatte Zeit zum Spazierengehen. An den Abenden waren manchmal er und uns' Lisbeth auf der Strandpromenade in Rande zu sehen, schweigsame Gänger, die das Gesicht zur wühlenden See hin hielten. Es wurde ihnen nicht als großstädtisches Gehabe verdacht, sondern als Erinnerung an das Jahr 1931, als sie da heimlich gegangen waren, Liebesleute, über die Louise Papenbrock nicht viel zugetragen wurde.

Die Japaner hatten Hankau eingenommen und besetzt.

Der Seewind hatte die Bäume nicht nur an der Küste, auch in Jerichow längst kahl gepflückt. Manchmal stand der alte Creutz auf seinen Zaun gestützt, wenn die Cresspahls zu dem Licht in ihrem Haus zurückkamen. Ob sie denn ihre Dahlien schon in den Keller genommen hätten: fragte er. Die Cresspahls hatten ihren Garten schon fast vollständig für den Winter aufgeräumt: sagten sie. Der Oktober müsse zwölf schöne Tage haben, wie der März: sagte Creutz. Ob es in diesem Jahr nicht doch nur elf gewesen seien: sagte Lisbeth Cresspahl, und Creutz hörte sie leise lachen. Sehen konnte er die beiden kaum in der Dunkelheit, aber er blieb unbesorgt stehen. Sie würden warten, bis er fertig war. Die Cresspahls waren immer verträgliche Nachbarn gewesen.

Im August hatten die Juden aus den Berufen von Maklern und Reisenden ausscheiden müssen. Darüber hatte Arthur Semig sich nun nicht mehr kränken müssen. Nun sollten sie nicht mehr als Rechtsanwälte arbeiten dürfen, und die ärztlichen Bestallungen waren ihnen auch genommen. Das war Arthur Semig erspart geblieben.
Es geschah Warning ganz recht, daß ihm die Spaten wie natürlich abbrachen, ohne die Spur eines Sägestrichs. Was machte das, wenn sein Zaun fast nur noch aus Löchern statt aus Latten bestand; so ein Stück Holz ist immer zu gebrauchen und gut verbrannt. Das Neueste war ja wohl, daß ihm das Pumpenleder geklaut war. Nicht mal sein Hund tat noch was für ihn. Zuchthäusler. Was er über Arthur gesagt hatte, das taten nur Zuchthäusler.
Nicht nur glänzen, leben soll das Leder. Mit Erdal halten die Schuhe länger und bleiben länger schön. Je-je-je. Leben soll das Leder.
Arbeitsscheue Landstreicher kommen ins Arbeitshaus. So ist das.
Was der Flugplatz Gutes tat für Jerichow. Manches kam erst spät heraus. Von den 64 Kindern, die Brüshaver bis jetzt in diesem Jahr getauft hatte, waren 13 unehelich. Dafür war doch besser Steuer zahlen als für – dor kümmt ein. Ach, das is bloß Cresspahl. Klattenpüker Cresspahl. Nimmt seine Frau mit, wenn er ein Bier trinken geht. Nächstens kommt dann die eigene Frau und will auch solche englischen Sitten. Nun kann man mit ihm gar nicht reden über uneheliche Kinder und dergleichen. Geht bei uns' Lisbeth nicht an.
Am 27. Oktober starb Ernst Barlach, Bildhauer, Zeichner, Dramatiker. Weil er für einen Juden gehalten wurde, war er in Güstrow auf der Straße angespuckt worden. Den hatten sie mit Verboten von Arbeit und Ausstellungen gehetzt, bis er sich hinlegte und starb. Die Lübecker hatten einen Alfred Rosenberg zu ihrem Ehrenbürger gemacht; aber die Figuren Barlachs hatten sie nicht an ihre Katharinenkirche getan. Der Lübecker General-Anzeiger hatte zu seinem Tode nicht von sich aus etwas drucken mögen, sondern lieber aus dem Berliner Tageblatt abgeschrieben, er sei ein Problem geblieben für ein Geschlecht, das andere Wege gegangen sei. Lisbeth

konnte lange daran rätseln: Der Dichter habe mehr um als mit Gott gerungen.

Mit Gott, es ist doch gar nicht erlaubt.
Ja, Lisbeth.
Um Gott; so soll es doch sein.
Ja, Lisbeth.
Wenn du in Güstrow wierst, hest du em seihn?
Ne, Lisbeth. Büntzel kenn ick. Friedrich Büntzel, Lisbeth, der versteht was von Holz. Von dem hat dieser Barlach Rat angenommen. Aber erst mußte er von einem Block sagen: Der reißt; und Barlach: Der reißt nicht.
Dann riß er.
Und dann hörte Barlach auf Tischlermeister Büntzel.
Hättst du auch gewußt.
Nich mehr, Lisbeth.
Heinrich, es ist eine schlimme Zeit zum Sterben. Wenn es August wäre. Wenn die Erde leicht ist.
Ja, Lisbeth.

13. Februar, 1968 Dienstag

Der sowjetische Schriftstellerverband hat Alexander I. Solshenyzin verglichen mit der einzigen Tochter von Jossif W. Stalin.
Und mit wem verglich sich Präsident Johnson an Lincolns Geburtstag? Mit Abraham Lincoln.
Auch die New York Times weiß einen Vergleich, nachdem die Arbeiter der Stadtreinigung begonnen haben, den Abfall zweier Wochen von den Straßen zu räumen: Dieses Mal sei die Stadt Saigon gewesen und die Krise die Zertrümmerung der Stadt durch die Viet Cong zu Anfang des Monats. Sie meint die new yorker Müllkrise. Sie meint die Verluste an Menschenleben in Viet Nam. Sie vergleicht.
An diesem Tage wurde die Angestellte Cresspahl umgetopft wie ein Gewächs, umgepackt wie Stückgut, umgesetzt wie eine Werkbank.
Der neue Topf, der neue Lagerraum, die neue Maschinenhalle,

das neue Büro, geräumiger ist es. Amanda Williams sagt: herrschaftlich. Es ist herrschaftliches Gelände, das sechzehnte Stockwerk, nur noch wenig unterhalb der Direktion. Hier leuchtet nicht nur in der Decke eine Neonbatterie, auch eine Leselampe unter kostbarem Glas aus Schweden, und über der Schreibmaschine zwei abgeschirmte weiße Stäbe, die den tiefen Kugelkopfkanal vollständig unter Licht setzen. Der Schreibtisch hier ist nicht aus der Konfektion, die so ärmliche Tiefen wie die Abteilung Foreign Sales beliefert; dies ist ein mit Kunst ausgedachtes Brett, dem sanft gleitende Schmuckkästchen eingepaßt sind. Dies Zimmer erwartet nicht Besuch, der sich zufrieden gäbe mit einem gewöhnlichen Stuhl; hier sollen die Herrschaften auf dem Sofa sitzen. Nicht nur liegt hier wollener Flausch statt des Spannteppichs unten, das Office sitzt obendrein in einer Ecke des Gebäudes, hat in zwei Wänden ein Fenster, nahezu sechs Quadratyard Licht hinter den venezianischen Jalousien, heute zwar finstere Wolken. Es ist eine Beförderung wie in einem amerikanischen Märchen.
Aber die Angestellte Cresspahl sitzt auf dem noblen Polster dicht neben der Tür, nicht wie die Besitzerin sondern wie Besuch, bereit zum Weggehen, ohne Blick für die Papiere und Schreibsachen, die sie in den Tresor und die offenen Schubladen zu räumen hätte. Es ist nicht zugegangen wie in einem Märchen.
Die Ankündigung des Umzugs war ungefähr gewesen, ohne Termin, halb schon vergessen. Unverhofft, mitten in der Arbeit, am hellichten Morgen trat das gesandte Schicksal vor die Tür in Foreign Sales, verblüffender als ein Glasreiniger vors Fenster rutschen kann.
– Einen ausgezeichneten guten Morgen! ließ das Schicksal wünschen.
Abgesandt war ein schmächtiger kraushaariger Junge in einem weißgrauen Overall, das Symbol der Bank eingestickt über dem Herzen. Er nahm Mrs. Cresspahl mit beiläufigem Nicken Maß und schob einen gedrungenen Wagen auf Gelenkrollen in die Zelle, so daß der Ausgang gleich versperrt war. Die Hände hielt er an dem Gefährt wie an einer Bahre für Kranke oder Tote.
– Ich flehe Sie an –! wer immer Sie sind!

Er erschrak ein wenig, hatte den Job noch nicht lange, war zu wenig vertraut mit dem Umgangston innerhalb der Bank. Von seinem Auftrag ließ er sich nicht abhalten. Er bog sich halb zurück, hinter die linke Seite der Tür, zog das kunststoffene Schild aus der Schiene und hielt es mir entgegen zwar nicht wie ein Arzt, doch wie ein Krankenpfleger, der genug Fälle gesehen hat und sich auskennt. Mrs. Cresspahl fühlte sich nicken, und er warf meinen Namen leichthin in einen der Behälter, die er auf dem oberen Deck seiner Karre aufgebaut hatte. Weg war er.
– Es sagt hier so auf dem Papier: stellte der junge Mann gleichmütig fest, wie ein Scharfrichter, der sich die Anstellerei verbittet. Er hatte seinem Puertorikanisch die lakonischen Redeformen der Westernfilme aufgepreßt, und die gewalttätigen Verkürzungen nahmen sich fremd aus zu seiner dunklen Haut, der der Verlierer, zu seiner zutraulichen Miene, der das Einschmeicheln seit langem eingeübt war. Er schien auch schüchtern, überfordert von der Unerbittlichkeit, zu der seine Prüfliste ihn anhielt. Die Liste hatte an jedes Stück des Inventars gedacht, von der Rechenmaschine bis zum Aschenbecher, auch für die persönlichen Effekten war ein Behälter mitgeschickt. Das war die einzige Position, auf der die Liste eine Niederlage erlitt. Denn Mrs. Cresspahl mußte nur einen schmalen Papierstreifen vom Fuß des Wechselkalenders nehmen, der paßt in die kleinste Tasche eines Kostüms. Das hatte der junge Packer noch nicht erlebt, und es verwirrte ihn. Der Name neben der Tür war das einzig Persönliche gewesen. Er hätte am liebsten um eine Erklärung gebeten, besann sich aber auf seinen Vorgesetzten und nahm den Raum in kaum mehr als zwanzig Minuten auseinander. Dann glänzten die Fächer des Stahlschranks und die Bücherregale leer, die Korktafel war abgeräumt, die Stühle zwischen den nackten Arbeitsflächen wie in einem Schaufenster ausgestellt, die Schlüssel baumelten noch ein wenig, dann war die Zelle frei und fertig für den nächsten.
Der Junge hatte sich zum Abschied bedankt. – Es gibt Kandidaten, die machen es einem unnötig schwer: hatte er gesagt. Mit dem hoch beladenen Wagen zog er ab wie mit einem Sarg ohne Gefolge.

Das alte Büro war verloren. Das neue war in der Fremde. Ohne Raum, ohne Gerät zum Arbeiten, da war kein Bleibensrecht erhalten.
Die Angestellte Cresspahl saß vor dem Büro, das eben noch das ihre gewesen war; saß aber neben Amanda, die keifend und genußvoll im Hause umhertelefonierte, geradezu entzückt, daß wieder einmal eine Aktion durch Überorganisation zusammengebrochen war. – Die Gesellschaft müßte längst kaputt sein! sagte sie. – Du gehst dem Jungen nicht hinterher, du bist eine Lady! – Ich bin empört im Namen von Mrs. Cresspahl! schrie sie in ihr Telefon und hatte nach weniger als einer Viertelstunde heraus, daß die Hausmitteilung seit gestern morgen im Vorzimmer der Personalabteilung lag, wo sie die Entscheidungsfreudigkeit einer Sekretärin ganz erheblich beeinträchtigte, und schließlich meldete sich bei ihr der Personalchef in eigener Person, Mr. Kennicott II. Immer wenn er sprach, legte Amanda die Hand über ihre Sprechmuschel und signalisierte den neuesten Stand des Gefechts. – Er schwankt: sagte sie. – Er ist weich! – Er ist klein: schloß sie ab, denn sie hatte gesiegt. Die Aufregung hatte ihr wohlgetan. Sie sprach nun mit ganz tiefer Stimme, fühlte sich angenehm durchblutet, schob genußvoll mit beiden Händen ihr schwarzen Haarwolken zurecht. Nun hatte sie den Streit vom Freitag zu Gunsten ihres Kontos abgegolten, nun konnte sie sagen: Du wirst mir fehlen, Mrs. Cresspahl.
– Du mir auch: sagt Mrs. Cresspahl lahm.
– Nimm es nicht persönlich, beim blutigen Jesus! sagte Amanda, und das verlangte auch Mr. Kennicott II, der die Angestellte Cresspahl in der Abteilung Foreign Sales abholte und ihr auf dem Weg zum neuen Office geschickt und unlogisch darlegte, daß eine Initiative, einmal in drei gleichzeitige Schritte aufgespleißt, stehe und falle mit dem geplant ungleichmäßigen oder gleichmäßigen Fluß der Information, alles mit seinen höchsteigenen sehr betroffenen Entschuldigungen. Als ihm nichts mehr einfiel, erkundigte er sich nach der Herkunft des Namens Cresspahl und kam zu sprechen auf einen seiner Onkel, deutscher Herkunft, der den Namen Junkers bei Ausbruch des Ersten Weltkriegs abgelegt hatte, nicht als Lossagung vom Deutschtum, sondern der Nachbarn

wegen, in einem kleinen Dorf Michigans ... und als er sich mit heimlicher Erleichterung verabschieden konnte, war sein Gesicht vollständig vergessen, nur seine wohlig knarrende Stimme noch im Gedächtnis.
Das war auch nicht richtig. Der will doch von nun an gegrüßt werden. Der kann sich doch nicht vorstellen, daß man ihn vergißt. Senden Sie mir ein Foto, Mr. Kennicott II, Sie darstellend.
Dann kam de Rosny in das neue Büro, Mr. Vice President wie er leibt und lebt, ein fröhlicher Patenonkel, der an der Freude über seine Geschenke teilnehmen will. Ist alles in Ordnung, Mrs. Cresspahl? Das glaubte er nicht, hatte seine Bedenken wegen der Stellung des Schreibtischs und half ihn mit seinen eigenen Präsidentenhänden rücken, so daß er nun nicht mehr schräg zwischen den Fenstern stand, sondern gerade vor einem. Dabei kam er an eine um ein Winziges vorstehende Schublade und zog sie auf, schloß sie rasch, mit einer Miene, als wolle er auch über Unsittliches mit Diskretion hinweggehen. Dann ging ihm auf, daß die Angestellte Cresspahl in diesem Zimmer noch nichts eingeräumt haben konnte, und zog die Schublade abermals auf.
– Schuhe: sagte er entgeistert.
Gewiß, Mr. Vice President. Ein Paar Damenschuhe, weiße Pumps, fast gar nicht getragen.
– Ich frage Sie der Ordnung halber – ! sagte er, schon auf dem Weg in das strafende Gewitter, das er nun über alle Stockwerke unter ihm zu senden plante.
Die Angestellte Cresspahl braucht eine kleinere Größe. Weiße Schuhe in einem Februar, wer trägt das in diesem Land? Nein, Mr. de Rosny.
Die Angestellte Cresspahl bekam für den Rest des Tages frei, mit der Begründung, das Telefon in dem neuen Büro sei noch nicht auf die richtige Nummer geschaltet.

Was müssen Sie nun von uns denken, Mrs. Cresspahl!
Soll ich was denken?
Auf alle Zeit werden Sie mich in der Hand haben, Mrs. Cresspahl!
So kann ich nicht denken.

Weil Sie das lernen sollen, sind Sie hier!
Und Damenpumps im Schreibtisch, das glaubt mir keiner.
Dann brauchen Sie es doch auch nicht zu erzählen.
Soll das ein deal sein, Mr. de Rosny?
Das soll abgemacht sein, Mrs. Cresspahl.

– Du siehst aus, Gesine, als sei dir schlecht. Was ist es?
– Das glaubst du doch nicht.
– Mrs. Cresspahl, sagen Sie es mir. Sagen Sie es Francine.
– Ich war heute nachmittag in zwei Kinos, zwei Filmvorführungen nacheinander. Das muß es sein.

14. Februar, 1968

In Darmstadt, in einem kleinen, schäbigen Raum tagt ein Gericht nunmehr seit vier Monaten wegen der Morde in der Schlucht Babi Jar bei Kiev im Jahr 1941. Die New York Times gibt die Opfer jetzt als über 30 000 Juden und etwa 40 000 andere an. Die 11 Angeklagten, ehemalige Angehörige der S.S., tragen interessierte, gelangweilte, amüsierte, abwesende Mienen zur Schau. Keiner scheint beunruhigt oder bekümmert über die Aussagen. Einer kann sich nicht erinnern, der nächste war nicht zuständig, wieder einer hat nur davon gehört. Als die Wände der Schlucht gesprengt und das Geröll über die Opfer geschaufelt wurden, lebten manche noch. Einem Angeklagten wird durch Zeugenaussage vorgehalten, es sei seine Spezialität gewesen, kleine Kinder an den Beinen hochzuhalten, sie mit einer Pistole zu erschießen und in den vorbereiteten Graben zu werfen. Dieser eine regt sich auf. Da müsse einer den gleichen Namen gehabt haben wie er. Er sei es nicht gewesen. Ein Irrtum. Die New York Times hat die Zuschauer am 13. Februar gezählt. Es waren vier. Herr Bernd-Rüdiger Uhse, Westdeutschland, ein Vertreter der Anklage, erklärte gestern der New York Times die Gefühllosigkeit des Gerichtsverfahrens in der folgenden Weise: Wenn Sie heute einen Autounfall sehen und die blutigen Opfer betrachten, sind Sie entsetzt. Aber wenn Sie fünf Jahre später über den selben Unfall sprechen, werden Sie sich nicht sehr aufregen.

Anfang November 1938 erschoß Herschel Grynszpan, siebzehn Jahre alt, in Paris den deutschen Botschaftsattaché vom Rath, »aus Liebe zu meinem Vater und zu meinem Volk, die unerhörte Leiden ausstehen.« Er bedaure sehr, einen Menschen verletzt zu haben, aber er habe keine anderen Mittel gehabt, seinen Willen auszudrücken.
Die Weltraumpanik Anfang November 1938, das war in den U.S.A., als Orson Welles ein Hörspiel über C.B.S. ausstrahlen ließ. In dem Spiel war ein Weltraumschiff in New Jersey gelandet. Männer mit Todesstrahlen griffen an. Orson Welles' Zuhörer glaubten ihm aufs Wort eine Nachrichtensendung, flüchteten aus den Städten. Auf den Straßen von New York knieten betende Frauen. Leute liefen umher mit Hand- und Taschentüchern auf dem Kopf, um sich gegen Giftgase zu schützen. Die Ausfallstraßen waren verstopft. Die Universität Princeton entsandte eine wissenschaftliche Expedition mit freiwilligen Studenten und todesmutigen Professoren. Das war der November 1938 in diesem Land.
In dem anderen Land . . .
In Jerichow, Mecklenburg-Lübeck, hatte die Gaufilmstelle Anfang November im Schützenhaus zwei Filme vorgeführt, »Schwert des Friedens« und »Juden ohne Maske«. Der erste hatte sogar vom Land Zuschauer herangezogen, einmal weil da Aufnahmen aus der Vorkriegszeit versprochen waren, zum anderen, weil er bei aller Aufrüstung doch einen Krieg in Zukunft abstritt. Gegen Ende von »Juden ohne Maske« war der Saal recht leer geworden, zum Verdruß von Gastronom Prasemann, der dem Publikum hinterher hätte Bier und Korn verkaufen wollen, und zur Wut von Friedrich Jansen, der sich vornahm, bei einer nächsten Vorführung S.A.-Posten vor die Türen zu stellen. Wer immer der Gaufilmwart war, mit den Denkweisen einer Landstadt war er nicht vertraut. Der Film war zusammengesetzt aus Schnipseln von Lichtspielen, die einst deutsche Juden hergestellt hatten, und sie enthüllten nicht »die verheerende Wirkung des jüdischen Einflusses auf unsere Kultur«, sondern daß die gezeigten Sachen nur in Großstädten vorfallen konnten; man denke sich Oskar Tannebaum allein in einem Salon mit einer Dame. Die S.A.-Leute in der ersten Reihe waren aber sitzen geblieben, und was sie

noch bis Mitternacht zu sich nahmen, konnte Prasemann doch ein Weniges trösten.
Am 5. und 6. November liefen wieder die Hitlerjungen umher, wegen der 2. »Reichsstraßensammlung«, und hielten nicht nur auf den Straßen Leute auf, sondern klingelten an den Türen. Papenbrock, den sie aus dem Nachmittagsschlaf geweckt hatten, führte eine fast tonlose Brüllszene auf und ohrfeigte einen der Jungen, der das Vergehen für genug abgestraft hielt und dem Alten doch die Klapperbüchse hinhielt. Das war Otto Quade, der zu Hause noch eine ins Gesicht bekam, weil August Quade, Klempnerei und Installation, bei Papenbrock Geld aufgenommen hatte. In den Zeitungen war das Bild von der Taufe Edda Görings, der selben, die sich heute noch mit den Gerichten streitet über ihre Rechte an Cranachs Bild Madonna mit dem Kinde, das die Stadt Köln ihrem Vater zum freudigen Ereignis hatte schenken müssen, und bei der Gestapo in Gneez ging eine Anzeige ein gegen mehrere Personen, die eine Spende unter Berufung auf diese Taufe verweigert hatten. Die Ermittlungen ergaben später, daß der Junge seine Sammelbüchse in ein Gespräch unter Biertrinkern hineingestreckt hatte, daß die beleidigende Äußerung eine unabhängige Feststellung gewesen war, und daß Alfred Bienmüller, der schon seinen Sohn nicht hatte konfirmieren lassen, sehr wohl den Vorsatz äußern dürfe, nie für eine Taufe Geld auszugeben, ob er nun noch von seiner fünfzigjährigen Frau kleine Kinder bekommen werde oder nicht. Lisbeth Cresspahl war empört, daß die 2. Reichsstraßensammlung nicht einmal das Heilige Fest der Reformation verschonen sollte. Am 8. November brachte der Lübecker General-Anzeiger die Nachricht von dem Schuß auf vom Rath, mit dem Zusatz, es sei im nationalsozialistischen Deutschland keinem Juden ein Haar gekrümmt, geschweige denn nach dem Leben getrachtet worden. Lisbeth nahm das gekrümmte Haar beim Worte, weil Rechtsanwalt Spiegel in Kiel in den Kopf geschossen worden war, obwohl sie die Tötungsabsicht nicht billigen mochte. Cresspahl sah an ihr eine kurz aufflackernde Aufregung, »ein Feuer wie aus Streichhölzern« nannte er es zehn Jahre später, dann wieder Gelassenheit, fast Erheiterung über eine hansestädtische Zeitung, die nicht wußte, was wahr

war. Dann wurde das Kind gerufen, Gesine, die inzwischen gelernt hatte, das Papier als Ersatz für Toilettenpapier in Stücke zu reißen. Cresspahl hatte die Reise nach Malchow und Wendisch Burg nicht übers Wochenende gemacht, Lisbeth und dem Gottesdienstbesuch am Reformationstag zuliebe; er mochte sie nun nicht aufschieben. Er kam nicht darauf, daß es dies Mal anders zugehen sollte als vor zwei Jahren, als David Frankfurter den schweizerischen Nazi Wilhelm Gustloff erschossen hatte. Er wollte in Malchow nachsehen, ob die Gräber seiner Eltern ordentlich gehalten waren, er wollte in Güstrow Schmidt und Büntzel besuchen und in Wendisch Burg vorsprechen, damit die Schwester nicht gekränkt war. – Nimm doch das Kind mit: sagte Lisbeth. Das Kind stand am Kohlenkasten und trennte die Zeitung in Streifen, ernsthaft und selbstbewußt wie bei allen Hausarbeiten, in denen es schon angelernt war, beim Hühnerfüttern, beim Beerenpflücken im Garten. – Gertrud wird sich freuen: sagte Lisbeth, nicht drängend, nicht überredend, und weil Gertrud Niebuhr in diesem Jahr wiederum nicht den versprochenen Besuch von Gesine bekommen hatte, gingen er und das Kind zum Elfuhrzug aus dem Haus.

– Gesine: rief sie, als sie schon hinter dem Tor waren. Sie stand in der vorderen Tür, an einen Flügel gelehnt, die Arme locker unter der Brust verschränkt. Sie winkte, mehrmals, bis das Kind auch den Arm hochhielt und die Hand ein wenig bewegte. Aber das Kind zog an Cresspahls anderer Hand, und er vermochte später nur anzunehmen, daß sie gelächelt hatte beim Winken, und daß sie sich hätte umarmen lassen.

Am nächsten Abend wurde meine Mutter noch zweimal gesehen.

Was sie zu der Zeit in Gneez wollte, es ist nicht erfindlich. In der Schauburg wurde ein Film gezeigt, den sie schon in Lübeck gesehen hatte, »Verwehte Spuren«, mit jener Kristina Söderbaum. Im Capitol lief an diesem Abend »Helden in Spanien«, mit dem Vorprogramm »Festliches Nürnberg«, und es hätte sie nur an den Krieg erinnert, den Cresspahl da ausprobiert glaubte. Die Gneezer Synagoge stand seitlich der Horst-Wessel-Straße, die vom Capitol zum Bahnhof führte. Als Lisbeth da gesehen wurde, brannte das Gotteshaus schon im

Dach, aber unten schleppten Leute in abgerissener Kleidung, die nach methlingscher Nächstenliebe aussah, glänzende Sachen aus dem Eingang, auch Gegenstände in Säcken. Es war hell vom Feuer, auch von Licht in der Synagoge, aber die beiden Nachbarhäuser waren in allen Fenstern dunkel. Von der Brandmauer an stand Polizei quer über die Fahrbahn, auch von der anderen aus. Lisbeth Cresspahl fiel auf, als sie die Absperrung zum tiefen Ende der Straße passieren wollte. Der Beamte fragte sie nicht einmal nach ihrer Bewandtnis; er riet ihr, um den Block zu gehen und es vom anderen Ende her zu versuchen. Die Zuschauer, eine stille, dunkle Gruppe, machten ihr Platz, aber sie soll da stehen geblieben sein. Sie war noch da, als die Feuerwehr vom tiefen Ende kam und in Bereitschaft ging. Inzwischen schlug das Feuer schon unten aus der Synagoge, und der Lastwagen mit den Plünderern war abgefahren. Die Feuerwehrleute benahmen sich eilig und genau, wie bei einer Übung, nur daß sie in Wartehaltung übergingen, als sie nun hätten löschen können. Vielleicht hat Lisbeth noch gesehen, wie Joseph Hirschfeld von der Horst-Wessel-Straße angelaufen kam, durch das Gedränge ruderte mit kräftigen Armen, trotz seiner neunundsechzig Jahre, und wie der selbe Beamte, der der Papenbrocktochter so höflich geraten hatte, mit dem Rabbiner gewalttätig zwischen den Leuten zurückrannte. Er hatte den alten Mann fest am Oberarm, und weil er obendrein größer war, schien er nicht mit einem Verhafteten auf der Horst-Wessel-Straße zu verschwinden, sondern wie mit einem Opfer. Da begannen die Feuerwehrleute schon gelegentlich die Kanten der Häuser neben dem brennenden mit Wasser zu bestreichen. Als das Dach des Gotteshauses einfiel und wegflog, sprühte auch Glut auf die Straße, und die Zuschauer wichen zurück. Um diese Zeit stand Lisbeth nicht mehr an ihrem Platz. Vielleicht ist sie zum jerichower Zug gegangen, der halb vor zwölf fuhr.

In Jerichow, in Oskar Tannebaums Laden, sollen einige von denen dabei gewesen sein, die die gneezer Synagoge in Brand steckten. Wenn das wahr ist, könnte sie sie erkannt haben. Die jerichower Polizeitruppe hatte nicht genug Mann, die Straße abzusperren, darum stand da auch Friedrich Jansen Wache, Bürgermeister, Polizeichef, mit gezogenem Revolver.

Die verkleidete S. A. nahm sich mit Tannebaums Laden mehr Zeit. Es war eine so winzige Gelegenheit, das Vergnügen mußte gestreckt werden. Der Vorgang erinnerte an eine Laienspiel-Aufführung. Gastronom Prasemann legte einen Finger auf den Mund, und erst als es in der engen Straße fast still war, hob er die Axt und schlug damit ins Glas der Ladentür. Dann erholten sie sich in unterdrücktem Gelächter. Oskar Tannebaum machte immer noch nicht Licht. Nun schlugen sie sorgfältig die Tür in Stücke. In Jerichow waren die Zuschauer aufgeregter als in Gneez, machten Bemerkungen zu dem Schauspiel, lobten die Schläge oder bewerteten sie abschätzig. – Hier geit he hen, dor geit he hen: hieß es, oder: Das kost jo kein Geld, seggt de Buer, un verprügelt sin' Jungen. Das sagte Pahl, für den der Jude eine ärmliche Konkurrenz gemacht hatte. Es war weniger bösartig als pädagogisch gemeint; der Jude sollte ein für alle Male erzogen werden. Als die S. A. im Geschäft Tannebaums war, entdeckten sie, daß sie die Schaufensterscheibe vergessen hatten, und warfen von innen mit Stühlen und Regalbrettern dagegen. In einem Tuchgeschäft ist nicht viel Hartes, und sie schafften es erst mit der Registrierkasse, die sich beim Fall aufs Pflaster öffnete. Da lag das Geld auf der Straße, wenige Scheine, ein bißchen Hartgeld. – Das's nich recht: sagte eine weibliche Stimme, offenbar die einer alten Frau, bekümmert und entsetzt in einem. – Nu geit de Reis los, sä de Mus, dor löp de Katt mit ehr tau Boen: sagte Böhnhase, als Oskar Tannebaum auf die Straße gestoßen wurde. Er war auf die Knie gefallen, stand aber sogleich wieder auf. Das paßte Demmler nicht (Hansi Demmler, Jerichow-Ausbau), ihm hatte das Knien besser gefallen. Tannebaum mußte das Geld auf den Knien einsammeln und zu Friedrich Jansen tragen. Friedrich Jansen winkte Ete Helms zu sich, und Ete Helms stand Habacht vor ihm, wollte aber das Geld nicht nehmen. Jansen, hochrot im Gesicht, drohte ihm mit Strafe wegen Verweigerung eines Befehls, und Ete schlug die Hacken zusammen und nahm das Geld nicht. Daß Jansen dann das Geld in die eigene Jacke geknöpft hätte, wäre für sein Ansehen ebenso schlimm gewesen, wie daß er es jetzt auf die Steine warf und darauf herumtrampelte. Den ersten Schuß hörte nur Peter Wulff, der sich bis dahin still beiseite gehalten hatte. Jetzt rief er um Ruhe, ganz unbekümmert um die Vertreter der Staatsgewalt, in einer sachlichen militärischen Art. Dann fiel der zweite Schuß. Friedrich Jansen befahl, die Straße für die Feuerwehr freizumachen, und das altmodische Gefährt wurde vor das zackige Loch im Haus geschoben, obwohl da kein Feuer war. Dann kam Frieda Tannebaum aus dem Haus, langsam, ohne daß einer sie von hinten stieß. Auf den Armen hatte sie das älteste Kind. Sie stellte sich wie Oskar mit dem Rücken zur Wand. Sie sahen sich über das Kind hinweg an. Das war die Marie Tannebaum, acht Jahre alt, ein wildes, verschlossenes Mädchen, das sich im Gräfinnenwald umhergetrieben hatte, seit Lehrer Stoffregen sie nicht mehr in seine Schule gelassen hatte. Sie hatte lange schwarze Zöpfe, die nun fast bis aufs Pflaster hingen. Als sie der Mutter zu schwer wurde, glitt sie mit ihr in den Armen auf den Boden, immer gehorsam mit dem Rücken zur Wand, und fiel über ihr zusammen. Sie hielt ihr Kind immer noch wie eins, das bloß schläft und nicht aufwachen soll.

Lisbeth Cresspahl soll dazugekommen sein, als Friedrich Jansen auf das Geld trat. Sie hatte sich langsam zwischen den Zuschauern nach vorn gewunden und war eben vorn angekommen, als der zweite Schuß zu hören war. Danach hatte sie still gestanden, schweigend wie alle. Erst als Frau Tannebaum sich auf die Erde setzte, war sie vorgetreten, um Friedrich Jansen herumgegangen, so daß der den ersten Schlag ins Gesicht bekam, ohne ihn zu ahnen. Sie schlug aber mehrmals zu, obwohl sie den großen schweren Mann gar nicht im Ernst treffen konnte. Sie schlug wie ein Kind, ungeschickt, als hätte sie es nicht gelernt. Friedrich Jansen hielt ihr einfach die Hände fest.

Ete Helms holte sie zurück unter die Leute, und weil er ihr die Hand auf die Schulter legte, hielt Friedrich Jansen sie wohl für verhaftet. Friedrich Jansen kommandierte nun die Feuerwehr. Die Feuerwehr mußte ihr Wasser eine halbe Stunde in das Haus schießen, das nicht brannte, weil Jansen mit der Pistole hinter der Spritze stand.

Ete Helms hatte Cresspahls Frau sofort losgelassen, als sie außer Sichtweite der Zuschauer waren. Vor Papenbrocks

Haus ließ er sie gehen, nahm beim Gruß die Hand an die Mütze. Nach Helms' Erinnerung ist sie in das Haus hineingegangen, aber gesehen hat er es nicht.
– Ist das wieder etwas, was du nicht erzählen willst? sagt Marie. – Würde Francine es nicht verstehen?
– Sie würde es nicht verstehen.
– So eine Wassertonnengeschichte?
– So eine.
– Erzähl sie mir nicht, Gesine.

15. Februar, 1968 Donnerstag

Die Frage war weit. Ob an den Einsatz von Atombomben in Viet Nam gedacht sei. General Earle G. Wheeler, Chef des Generalstabes, machte sie eng: Nicht in Khesanh.
Auch gibt es eine Nachricht von jenen, die mich ihresgleichen nennen. Drei ostdeutsche Mädchen wurden von den Olympischen Winterspielen in Grenoble ausgeschlossen, weil sie die Kufen ihrer Schlitten angewärmt haben. Es sollen aber die Westdeutschen schuld sein.
Und wiederum haut die New York Times dem Bürgermeister, seiner Ehren John Vliet Lindsay, den Hintern voll. Denkt er doch ernstlich daran, die Lautsprecher der Subway für das Durchsagen von Reklame zu vermieten, nach dem Muster: Times Square. Umsteigen auf B.M.T. und I.N.D. Und kaufen Sie bei Nedick einen Orangensaft und Heißen Hund. Das einem eingesperrten Publikum! Das zu der Kakophonie von Klirren und Kreischen und Knirschen unter der Erde! – Es ist unglaublich! – Es ist das Letzte! ruft die New York Times, und schlägt abermals zu, den Bürgermeister übers Knie gelegt. Ein unerfreulicher Anblick, ein quälendes Geräusch.
Cresspahl fuhr mit seinem Kind über Blankenberg und Sternberg und Goldberg nach Süden, das letzte Stück von Karow nach Malchow auf einer Strecke, die es nach dem Kriege nicht mehr gab. Das Kind lernte: Blankenberg am See, Sternberg am See, Goldberg am See, Malchow am See, und noch heute ist der Name Karow im Gedächtnis eine trockene Stelle, weil da nichts war als Bahnhof und Straße und der Gasthof Hab-

ben. Sie aßen aber im Zug, Lisbeths Reisebrote, die der Mann für das Kind auf seinem Daumen in handliche Streifen schnitt. Wenn er dem Kind die Flasche mit Bier von Mahn & Ohlerich vors Gesicht hielt, den Gelenkverschluß aufschnappen ließ, tat sie angewidert und nahm dann doch einen vorsichtigen Schluck von dem brennend bitteren Zeug. Dann sahen beide aus wie sehr geübt darin, zusammen unterwegs zu sein. Einmal wurde Cresspahl gefragt, wohin er denn wolle mit »der Kleinen«, und er sah sie lange an. Dann sagte er bedauernd: Se will't nich seggn, und die dumme Gesine glaubte, es sei wieder einmal ihr Stolz respektiert worden. Oft wurde Cresspahl nicht gefragt.

Auf dem Friedhof von Malchow waren die Gräber von Heinrich und Berta Cresspahl so ordentlich abgedeckt wie der Auftraggeber nur verlangen konnte, und er machte den Besuch beim Gärtner gar nicht erst. Die beiden hatten einen gemeinsamen Stein, und Berta hatte ihren Namen und das Geburtsdatum gleich bei ihres Mannes Tod einmeißeln lassen, so daß ihr Todesjahr glänzend hervorgehoben war in dem trüben Licht.

Dat is min Varre und Murre.
Kœnen de dor nich rute?
De sünd dor inspunnt föe alle Tiden, Gesine.
Mudding secht de Dodn kåmen fri.
Nich hier, Gesine. Nich bi uns.
Ick glöw, ick war nicht dot.
Dat's recht, Gesine. Lat dat bliwn.

Gesine Redebrecht hieß jetzt Zabel. Ihr Vater war 1916 im Krieg gefallen, ihr Großvater hatte die Tischlerei nicht durch die Inflation bringen können. 1924 war von ihrem Erbe weder Grundstück noch Haus übrig, und geheiratet hatte sie einen Mann, der den Rest in nicht vielen Jahren vertrunken hatte. Gesine Zabel war jetzt Bedienerin in einem Hotel am Malchower See, und weil Cresspahl das nicht wußte, hatte er da ein Zimmer genommen (drei Mark, mit Kinderbett vier Mark). Cresspahl ging gleich aus dem Speisesaal, als das Kind müde wurde und setzte sich mit seiner Pfeife an das offene

Fenster, neben das schwarze Wasser, über das manchmal der Rest des Vollmondes wischte. Sonst schaukelte da wenig Licht. Gesine Zabel kam erst kurz vor Mitternacht. Sie war jetzt 49 Jahre alt. Das üppige blonde Haar war dünn geworden, mehr sandfarben, auch zu kurz für Zöpfe. Sie hatte jetzt achtzehn Jahre hart arbeiten müssen, und war dazu nicht erzogen. Ihre Augenwinkel waren ganz zerfältelt von vielen verschreckten Blicken. Beim Servieren hatte sie sich gehetzt benommen, wehrlos gereizt, jeweils vorweggenommene Entschuldigungen in der Miene. Sie war von dem Tag zu müde, als daß sie über eine halbe Stunde hinaus hätte bleiben können. Am Morgen stand auf dem Fensterbrett der Teller mit Apfel und Messer, die Ausrede für den Besuch bei einem Gast.

Du süppst, Hinrich.
Ick suup, Gesine.
Peter Zabel wier nich schlecht.
Ick hew nich hürt, dat he schlecht wier.
Di süll'ck je nich næmn.
Wi wiern je Kinner.
Worüm büst du bloß nich in Inglant blewn, Hinrich!
Min Fru wull dat so.
Is se ne gode Fru?
Se is ne gode Fru, Gesine.
Is dat Kind ehrs? Se lett nich na di.
Dat schleit na mi, glöw ick.
Un nu süppst du, Hinrich.
Kann ick di helpn?
Ne, Hinrich. Help di man sülbn.

Cresspahls Kind war am nächsten Morgen erstaunt, daß sie der Frau die Hand geben sollte, die ihr das Frühstück hingestellt, stand aber gehorsam auf. Sie hatte sich auch Mühe gegeben, mit dem Anziehen und Waschen ohne die Hilfe des Vaters fertig zu werden, um ja die Reise mit ihm nicht zu verderben. Sie gab der Frau die Hand, machte den papenbrockschen Knicks und bedankte sich auf Hochdeutsch. Sie wagte sich erst nach einer Weile heraus mit der Frage, ob die Frau geweint habe. Das war auf dem Weg zum Bahnhof, an einer Schule, aus der hinter einem angelehnten Fenster Kinderstimmen im Chor zu hören waren, und Cresspahl gab ihr ein Zweimarkstück als »Reisegeld«, so daß sie die feuchten Augen der Fremden vergaß, ebenso wie die Lehrverse.

Trau keinem Fuchs auf grüner Heid!
Und keinem Jud bei seinem Eid!

Nach Wendisch Burg kam man auf einer südwestlichen Nebenstrecke von Neustrelitz aus, und zu den Niebuhrs mit einem Postauto, dessen Fahrer Cresspahl zuliebe mitten in einem kahlen Mischwald anhielt. Dann war zwischen den Baumstämmen ein niedriges rotes Dach zu sehen, in müde schleichendem Nebel. Das war die Havelschleuse Wend. Burg.
Auf dem Schleusenhof war nicht nur Cresspahls Schwester mit Niebuhr, auch dessen Bruder Peter mit Frau und Kind. Mit jenem Klaus Niebuhr, nicht ganz fünf Jahre alt, einem berlinischen Kind, das kaum Plattdeutsch konnte und nicht viel mehr verstand, wurde Gesine auf den Platz hinter dem Haus geschickt. Da stand eine Schaukel, und auch einen Sandkasten hatten die kinderlosen Niebuhrs angelegt.– Ich wohn aber nicht hier, ich wohn in Berlin! sagte der Knabe . . .
Martin Niebuhr führte den Schwager mit bescheidenem Stolz umher auf dem Grundstück, zeigte die Schleusenanlage, das Büro, die beiden Telefone, die Bienenstöcke, aber für den Rest des Nachmittags war Cresspahl allein mit Peter Niebuhr, der in dem Schuppen auf der anderen Seite des Flusses ein Boot in Ordnung zu bringen versuchte. Es war eine havarierte H-Jolle, mit weggebrochenem Mast, die obendrein den vorigen Winter im Freien gelegen hatte. Peter Niebuhr hatte nicht viel dafür bezahlen müssen, aber von Bootsbau verstand er nicht genug, so daß die Unterhaltung mit Cresspahl gleich unbehaglich anfing.
Peter Niebuhr, damals eben dreißig Jahre alt, besah sich den Älteren mit Vorsicht. Er konnte einen solchen Lebenslauf nicht begreifen: Mecklenburg, Auswanderung, Rückkehr zu den Nazis. Er konnte die Geduld nicht fassen, mit der der andere die Fragen zurückhielt, die ihm wohl einfallen konnten: warum ein eingeschriebenes Mitglied der Kommunisten

1934 in die Unteroffiziersschule Eiche kam und von da in Darrés Reichsnährstand. Nachdem sie eine Weile stumm nebeneinander gearbeitet hatten, fing Peter von Dr. Semig an, nicht ohne Trotz, nur zu der mindesten Entschuldigung bereit. – Min Jung: sagte Cresspahl nach einer Weile, und der Dreißigjährige, studiert, diplomiert, angestellt bei einem Ministerium in der Reichshauptstadt, er konnte nicht nur die Anrede hinnehmen, auch den gelassenen, prüfenden Blick des fremden Verwandten, der nichts darstellte als einen Tischlermeister in einer winzigen Stadt an der Ostsee. Dann besann Cresspahl sich auf die Bildung des anderen und sagte hochdeutsch: Es war so gut, wie du es wohl gemeint hast. Ohne dich hätten wir ihn ja nicht mal aus dem Land gekriegt.
Cresspahl mochte den Jungen. Von den Brüdern Niebuhr hatte er an Verstand, Kraft, Stehvermögen, was dem älteren Martin mit Schußligkeit, Trödelei, Bequemlichkeit abging. Er mochte an Peter, daß ihm nicht wohl war, weil er nicht nur seine Partei aufgegeben hatte, sondern wegen des Brots für die Familie zu einer anderen übergelaufen war. Cresspahl konnte da an manchem erkennen, wie es ihm vor fünfzehn Jahren gegangen war. Der andere konnte mit seinem Beruf schlechter als er in ein Ausland gehen. Ihm gefiel auch die Frau, die der andere sich ausgesucht hatte, die Martha Klünder aus Waren, immer noch ein Mädchen, mit allen schüchtern außer mit dem Mann, gar nicht mehr die Beamtentochter, als die er sie kennen gelernt hatte. Cresspahl sah auf solche Ehe, kaum jünger als seine, nicht ohne Neid hin. Er dachte auch an Perceval, T. P., den er in England verloren hatte, an Manning Susemihl. Vielleicht wollte er noch einmal etwas versuchen. Er ließ Peter seine Seite von der Griemschen Sache erzählen. Dann erklärte er ihm, wie das von Jerichow her ausgesehen hatte. Er unterbrach den anderen nicht, als der nun ausführlich über seine Vorgesetzten herzog, die ihn nicht hatten halten wollen ohne den Knopf der Nazis im Revers. Nach einer Weile gaben sie die Arbeit auf und gingen am Fluß entlang bis zum nächsten Dorf, und kamen zum Essen fast einig zurück. Was das Boot anging, so sollte Peter es nach Jerichow schicken, und außer den Transportkosten für die Instandsetzung nichts zahlen. Dafür wollte Cresspahl segeln lernen.

Die Kinder wurden zum Schlafen in eine Kammer gesteckt, die von dem Wohnzimmer abging. Sie hatten sich den Tag über ihre Eltern, ihre Häuser, ihre Nachbarn erzählt, sie schliefen bald ein trotz des Stimmengemurmels nebenan, in dem auch Gelächter war, Vergnügen, Freundwilligkeit. So viele Leute auf einmal hatte Gesine noch an keinem Tag kennen gelernt.
Es war Gesine, die am nächsten Morgen das Telefon hörte. Es war nicht der Apparat, der an das Binnennetz des Wasserstraßenamtes angeschlossen war, sondern der von der Reichspost. Sie kam eben in die Tür des Büros, als Martin Niebuhr den Hörer an Cresspahl weitergab. Es war gegen sechs Uhr morgens am 10. November. Meine Mutter war schon eine Stunde lang tot.

16. Februar, 1968 Freitag

Die durchschnittliche Industriearbeiterin in der Č.S.S.R. ist 161 Zentimeter groß, wiegt 63 Kilogramm und hat einen Brustumfang von 89 Zentimetern. Die Statistik soll wichtig sein für neue Entwürfe von Maschinen, die den Arbeitern besser angepaßt sind. Ob da einer falsch übersetzt hat? Manchmal läuft die Arbeit hinterher an den Riverside Drive.

– Gesine, ich habe Sorgen mit Francine.
– In der Schule?
– Auch.
– Lassen deine weißen Freundinnen dich büßen für die schwarze Freundin?
– Sie halten sie nicht für meine Freundin.
– Weil du sie in den Pausen allein läßt?
– Weil Schwester Magdalena sie von mir weggesetzt hat.
– Ist das wieder togetherness?
– Nein. Francine fühlt sich nun so sicher, sie paßt nicht mehr auf.
– Habt ihr im Unterricht geredet?
– Fast gar nicht. Es ist so: wenn sie etwas nicht versteht, verläßt sie sich auf mich.
– Sind das Schwester Magdalenas Worte?

– Ungefähr.
– Glaubst du das?
– Ja, Gesine. Das glaube ich.

Der Außenminister Rusk hat dem Senator J. W. Fulbright einen bösen Brief geschrieben. Seine Fragen nach der Verwendung von Kernwaffen in Viet Nam seien ein schlechter Dienst an der Nation. Der Brief schließt nicht grundsätzlich aus, daß der Einsatz von Kernwaffen erwogen wird.

– Warum macht dir das Sorgen?
– Ist es nicht meine Sache, Gesine?
– Eher Francines.
– Ich habe ihr geholfen.
– Sie hat sich bedankt.
– Ich habe ihr geholfen zu etwas, das sie nicht kann.
– Laß ihr doch Zeit.
– Gesine, sie muß in einer fünften Klasse lernen, was sie in der sechsten braucht. Right?
– Right.
– Also wird sie immer hinter uns anderen her sein.
– Du redest wie Mrs. Linus L. Carpenter III. »Wir sind von ganzem Herzen dafür, daß auch Neger in solchen Wohnungen leben dürfen wie wir. Vielleicht sollten wir das aber nicht in unserer besonderen, verzwickt gelagerten und anders gewachsenen Hausgemeinschaft beginnen«.
– Gesine, ich habe nicht eine Wohnung zu vergeben, sondern eine Schuld, die ich nicht will!

Vierundzwanzig sowjetische Schriftsteller, darunter Konstantin Paustowsky und Wassili Aksionow, haben den Generalstaatsanwalt gebeten, dem wegen Meinungsverschiedenheiten verurteilten Alexander Ginzburg und seinen Freunden einen neuen Prozeß zu gewähren, der nicht »düstere Erinnerungen« an die stalinistischen Prozesse der dreißiger Jahre hervorrufe. Könnten Sie unter irgend möglichen Umständen zu der Meinung gelangen, daß ein sowjetisches Gericht, im fünfzigsten Jahr der Sowjetherrschaft, ein falsches Urteil verhängen würde? Könnten Sie sich das vorstellen?

– Warum ist Francine nicht hier?
– Das weiß ich nicht.
– Wo ist Francine?
– Das weiß ich nicht.
– Hat sie einen Schlüssel?
– Weil sie keinen hat, muß ich ja hier bleiben.
– Was hat sie beim Weggehen gesagt?
– Daß sie es satt hat.
– Dich? Uns?
– Vielleicht. Oder aber sie kann es nicht lange in einer Wohnung aushalten.
– Das hat sie von der, aus der sie kommt.
– Gewiß, Gesine. Ich entschuldige sie selber. Aber warum läuft sie weg von den Schularbeiten, wenn sie sie vielleicht zum ersten Mal in Ruhe machen kann?
– Es ist zu früh, Marie.
– Ich weiß jetzt auch, wie sie es mit dem Lesen hält. Wenn es ein Westernheft ist, oder Comics, sie ist davon nicht wegzukriegen. Wie jemand, der nicht aufwachen will. Nicht mit einem Lehrbuch.
– Bring ihr das bei.
– Du, sie steht jetzt am Broadway oder an der 118. Straße und sieht Leute an, oder Schaufenster. Oder Autos.
– Sie wartet auf den Bruder, der verschwunden ist. Oder sie kann nicht gegen die Gewohnheit.
– Soll ich ihr dahin nachlaufen mit Mathematik V? Soll ich sie mit Gewalt hier halten?

Viet Cong, die sich in der Zitadelle von Hue eingegraben haben, wurden zwei Tage lang von Flugzeugen, Artillerie und Schiffsgeschützen schwer bombardiert und beschossen. Dennoch sind die amerikanischen Marineinfanteristen an einem ganzen Tag nur zweihundert Yards vorangekommen. Die amerikanischen Verluste seit amtlichem Beginn des Krieges standen gestern bei 17 696 Toten, 109 922 Verwundeten und ungefähr 1000 Vermißten oder Gefangenen. Die Militärbehörden geben die Zahl der Untersuchungen an, die sie gegen die kämpfende Truppe wegen Genuß von Marijuana geführt haben, nicht die Zahl der zutreffenden Befunde.

– Du magst Francine nicht, Marie. Vielleicht ist dein Zimmer dir zu klein für euch beide.
– Das ist falsch, und nicht die Frage.
– Du findest sie häßlich.
– Nein!
– Du hast es gesagt.
– Ich mag es gesagt haben, als ich sie nicht kannte. Jetzt weiß ich, wer sie ist. Darum geht es nicht.
– Worum geht es?
– Sie kann nicht so leben wie wir.
– Sie holt ganz unerstaunlich Atem.
– Ja, Gesine. Und ihr fällt nichts auf dabei, daß sie nicht mehr fragt, bevor sie an alle Schubladen geht. Und wenn meine Fotografien sie eben interessieren mögen; sie legt sie nicht zurück, wie sie waren. Hast du gern, daß sie sich das Tonband vorspielt, das gerade aufliegt?
– Sie versteht es nicht, Marie. Es ist doch Deutsch.
– Und wenn sie es löscht?
– Dazu muß sie mit Absicht einen Schalter falsch stellen, und dann noch einen.
– Das geht auch versehentlich.
– Ach was.
– Du, ich zeig es dir.
– Dann nehm ich eben den Akkumulator heraus.
– Und was machst du, wenn sie das verschlossene Fach des Bücherschranks aufmacht, nur weil es verschlossen ist, und deine mecklenburgischen Sachen durcheinanderbringt? Oder verkauft?
– Sie stiehlt nicht, Marie.
– Das sage ich nicht. Sag doch: sie nimmt.
– Weil sie früher nichts hatte, und jetzt immer noch nicht viel.
– Sie hat manchmal mehr Geld, als du ihr gibst. Zähl unser Haushaltgeld.
– Sie weiß auch schon, wo das liegt?
– Ich hab es ihr gezeigt.
– Einspruch abgewiesen, Marie.
– Nein! Damit ich sie bitten konnte, die Schublade eben nicht aufzuschließen.

– Und wenn sie es nun doch tut, ist der Diebstahl passiert, und du hast ihr dazu verholfen. Ist es das? Soll sie aus dem Haus, so, oder anders?

Die Armee hat in geheimen Lagern Vorräte zur Bekämpfung der künftigen Sommeraufstände angelegt, auch einen Generalstabsplan angefertigt, komplett mit Plänen von Kanalisation, elektrischen und wasserführenden Leitungen. Weiterhin sind Luftbrücken mit kurzer Lieferzeit an jeden beliebigen Stützpunkt der Nationalgarde vorgesehen. Es werden taktische Teams ausgebildet, bestehend aus je einem Schützen mit Zielfernrohr, einem Aufklärer und zwei Offizieren, die mit Schrotflinten und Handfeuerwaffen Feuerdeckung geben können. Für diesen Sommer.

– Ich schlage vor, du entschuldigst dich erst einmal, Mrs. Cresspahl.
– Wenn du es verlangst.
– Und nun sag es mir. Wenn Francine bei uns lernt, daß einer des anderen Sachen in Ruhe läßt. Daß nichts Gefährliches verschwiegen wird. Daß Geld erst besprochen wird, und nicht heimlich genommen. Was fängt sie damit an, wenn sie zu ihren Leuten zurückgeht?
– Soll sie zurückgehen?
– Zu einer Mutter geht man zurück, Gesine. Was fängt sie da an mit unseren Gewohnheiten?
– Müssen wir bis dahin denken?
– So hast du es mir beigebracht. Zwei Schritte voraus.
– Warum willst du verantwortlich sein für mehr als ein Nachtlager?
– Du verstehst mich nicht, Gesine.
– Eifersucht versteh ich nicht. Und de Rosny würde sagen: Eifersucht, young lady, ist etwas Furchtbares für eine Bank. Bankers have human feelings too. Believe me.
– Deswegen hast du die Zeitung vor dir behalten? Weil ich eifersüchtig bin?
– Hei, Francine.
– Hei Francine!
– Es freut mich, Sie zu sehen, Mrs. Cresspahl.

»FLÜCHTLINGE FINDEN KEINE ZUFLUCHT IN HUE
Von unserem Sonderkorrespondenten Thomas A. Johnson
Hue, Süd-Viet Nam, den 16. Februar
Als der Viet Cong hier vor 17 Tagen die Offensive des Neuen Mondjahres begann, suchten Tausende von südvietnamesischen Flüchtlingen Sicherheit in der Universität von Hue auf dem südlichen Ufer des Huong-Flusses.
Heute sind mehr als 16 000 Menschen in den drei Hauptgebäuden der Universität eng zusammengepfercht, ungefähr die Hälfte der neuen Flüchtlingsbevölkerung in dieser Stadt, und nirgendwo ist Sicherheit in Sicht.
Eine Anzahl Flüchtlinge wurden getötet und viele verwundet in den Artillerie-, Raketen- und Minenwerfer-Kämpfen zwischen den feindlichen Streitkräften, entlang der Südseite der historischen Zitadelle in dieser Stadt, und amerikanischen Streitkräften auf dem anderen Ufer des Flusses genau gegenüber.
›Ein paar Südvietnamesen, die aus der Universität herausgingen, sind wenige Blocks weiter von Scharfschützen erschossen worden‹, sagte ein amerikanischer Arzt. Ein Scharfschütze des Viet Cong, der sich für einen Flüchtling ausgab und von einem Fenster der Universität auf amerikanische Soldaten feuerte, wurde gestern durch Polizisten Süd-Viet Nams erschossen, die sich gleichfalls als Flüchtlinge ausgaben.
Und an diesem Morgen trieben Tränengas-Schwaden, abgeworfen auf Stellungen Nord-Viet Nams und des Viet Cong, über den Fluß und würgten und reizten die Organe der Flüchtlinge, die in Familiengruppen in unzähligen Räumen der Universität zusammengekauert sitzen.
Die Schußwechsel über den Fluß hinweg wurden den ganzen Tag über vereinzelt fortgesetzt. Einige begannen, als Maschinengewehrschützen des Feindes Landungsboote unter Feuer nahmen, die auf dem Fluß Nachschub für die in der Zitadelle kämpfenden U.S.-Soldaten transportierten. Bei anderen Malen waren es amerikanische Artillerie, Düsenjagdbomber oder die fünfzölligen Kaliber von einem vor der Küste liegenden Schiff, die die feindlichen Streitkräfte veranlaßten, an dem einzigen Ziel innerhalb ihrer Reichweite Vergeltung zu üben.

Nach den meisten Schußwechseln kann man Flüchtlinge beobachten, die einen verwundeten Freund oder Verwandten zu einem Truppenverbandsplatz tragen.
Ein Mann stürzte gegen etwa 14 Uhr zu einer Betonmauer auf dem Universitätsgelände, um einen Schußwechsel zu beobachten. Sobald er sich dort niederduckte, explodierte eine feindliche Mine etwa zwanzig Meter entfernt, und der Mann fiel, eine Hälfte des Gesichts blutüberströmt, zu Boden. Er sprang auf und lief hastig in ein Universitätsgebäude, wobei er fast eine Frau umrannte, die ein schlaffes, blutendes Kind trug ...
Auf den Gebieten der Gesundheit, der sanitären Einrichtungen und der Nahrungsmittel ist die Lage in den letzten Tagen besser geworden. Ärztliche Teams der U.S.A. und Süd-Viet Nams haben 12 000 Menschen gegen Typhus und Cholera geimpft und eine permanente Hilfsstelle eingerichtet, um die Impfungen fortzuführen. Es sind hier mindestens zwei Fälle von Cholera gemeldet worden.
Arbeitsmannschaften haben das Krankenhaus in einen sauberen Zustand versetzt und auf dem Gelände der Universität Latrinen gegraben. In jedem der Gebäude werden Tonnen von Reis, Gemüse und gefrorenen Schweinsseiten ausgegeben.
Aber diese verbesserte Situation hat ihre eigenen Probleme. Ein verärgerter amerikanischer Zivilbeamter wies darauf hin. ›Sie verkaufen den Reis‹, beschwerte sich gestern Dr. Herbert A. Frowys, der stellvertretende Hauptmilitärarzt für das Befriedungsprogramm hier. ›Der Reis wurde hierher geschickt, um diese Leute zu ernähren, und nun verkaufen sie ihn.‹
Der Arzt, der eilig durch das Lager hastete, weigerte sich zu sagen, wer denn nun genau den Reis verkaufe. Aber er rief: ›Es wird aufhören! Glauben Sie mir, es wird aufhören!‹«
© by the New York Times Company

»BERICHTE VON DREI TOTEN SOLDATEN DES GEGNERS, AN MASCHINENGEWEHR GEKETTET

Alliierte Offiziere in Hue bestehen darauf, daß die Leichen bei der Einnahme der Schule entdeckt wurden

Hue, Süd-Viet Nam, den 16. Februar (Reuters)

Alliierte Offiziere teilten heute mit, daß hier drei Soldaten Nord-Viet Nams gefunden wurden, die an ein Maschinengewehr gekettet und zurückgelassen waren, um in der Verteidigung ihrer Stellung zu sterben.
Die drei Männer waren um die Knöchel an den Lafettenbalken eines Leichten Maschinengewehrs chinesischer Herkunft geschäkelt. Zusammen mit anderen Feindtruppen hielten sie ihre Stellung in einer Schule für zwei Tage, bis sie gestern vom Fünften Marinebataillon Süd-Viet Nams überrannt wurden.
Die alliierten Offiziere sagten, die angeketteten Männer seien alle Gemeine gewesen. Die Männer waren barfuß und ihre Leichen durchsiebt mit Einschußlöchern.
›Es waren kleine Männer, die selbe Größe wie ich‹, sagte ein südvietnamesischer Marineinfanterist, nur 1,52 Meter hoch.
Nach Major Paul Carlsen aus San Clemente, Kalifornien, einem Berater der Marineinfanterie Süd-Viet Nams, waren die Ketten, die die Männer an ihr Maschinengewehr fesselten, einer schweren Hundekette ähnlich und bestanden aus halbzollweiten Gliedern.
Das Maschinengewehr, das ein Zirkularmagazin hat und von den Truppen Nord-Viet Nams und des Viet Cong gemeinsam eingesetzt wird, kann von einem Mann bedient werden. Offenbar war beabsichtigt, daß nach dem Tod des ersten Mannes die beiden anderen die Waffe bedienen sollten, bis alle drei tot waren.«
© by the New York Times Company

»Deutscher Dichter preist ›Freude‹ im Leben Cubas
Middletown, Conn., 16. Feb. (AP)
Der deutsche Dichter Hans Magnus Enzensberger hat ein Stipendium an der Universität Wesleyan aufgegeben mit einem Trompetenstoß gegen die auswärtige Politik der Vereinigten Staaten und mit einem Heil für Cuba, wo er nach seinen Worten leben will.
Mr. Enzensberger machte sich heute von New York auf nach Kalifornien und auf eine Reise rund um die Welt, nach Auskunft eines Freundes in der Universität Wesleyan.
Der 38jährige Dichter teilte in dieser Woche einem Publikum

von Studenten und Professoren mit, daß ihn kürzlich ein dreiwöchiger Aufenthalt in Cuba überzeugt habe davon, daß das cubanische Volk ein Bewußtsein von ›Freude, bedeutungsvoll und tieferem Sinn‹ habe. Er betrachtete die auswärtige Politik der Vereinigten Staaten als einen Versuch, ihre Absichten kleineren Ländern in der ganzen Welt aufzuzwingen.«
© by the New York Times Company
(Band CXVII, Nummer 40,201, Seite 35, Spalte 4)

18. Februar, 1968 Sonntag

Beileid, Herr Cresspahl.
Tag.
Wann haben Sie von dem Tod Ihrer Frau erfahren?
Heute morgen gegen sechs.
Von wem?
Jansen.
Bürgermeister, Ortsgruppenführer?
Jansen.
In welcher Form?
Gar keine Form. Telefonisch.
Wie war der Wortlaut?
»Guten Morgen. Ihre Frau ist jetzt gestorben.«
In welchem Ton?
Jansen.
Sind Sie mit Jansen verfeindet, Herr Cresspahl?
Mit Jansen verfeind ich mich nicht.
Ihre Frau hat Jansen am 9. November 1938, 23 : 55 oder 24 : 00 Uhr, ins Gesicht geschlagen.
Bin ich verhaftet?
Wie werden wir einen wie Sie verhaften, Herr Cresspahl. Da läuft genug Pack draußen frei herum.
Dann will ich jetzt zu meiner Frau.
Gleich, Herr Cresspahl. Ein paar Fragen noch.
Dann muß ich Sie jetzt fragen, Herr Kommissar –
Sagen Sie doch einfach Vick.
Wie sie gestorben ist. Woran.
Das wollen wir doch von Ihnen wissen, Herr Cresspahl.

Ich bin seit Dienstagvormittag von Jerichow weg. Sie haben mich doch selber vom güstrower Zug wegholen lassen.

Und mit welchem Zug sind Sie bis Güstrow gekommen?

Berlin – Kopenhagen.

Und wo waren Sie vorher? Seit Dienstag?

In Wendisch Burg. Bei Verwandten.

Die ganze Zeit?

Vorher in Malchow am See.

Das können Sie beweisen?

Mit der Hotelrechnung.

Mit wem haben Sie da Kontakte aufgenommen?

Ich hab nach meinen Eltern gesehen. Den Gräbern.

Kriegen wir alles raus, Herr Cresspahl. Kriegen wir alles raus.

Wie ist sie gestorben.

Es hat gebrannt bei Ihnen, Herr Cresspahl.

Ja.

Das wissen Sie also schon.

Nein.

Sie haben Ihre Schwiegereltern in Jerichow, Sie haben ein Telefon, Jerichow 209, und Sie wollen mir weismachen –

Meine eigene Leitung war tot.

Ach richtig. Da hat die Feuerwehr einen Mast umgefahren.

Ja.

Woher wissen Sie das? Sagen Sie es unbesorgt.

Von Ihnen, Herr Vick. Bei den Papenbrocks ging keiner an den Apparat.

Konnten sie nämlich gar nicht. Die waren längst am Ziegeleiweg.

Der Schnellzug hatte kein Telefon, in Güstrow war nicht Zeit, und als ich es hier in Gneez versuchen wollte, haben Sie mich mitnehmen lassen.

Bei Ihnen brennt es, und Sie sagen: Ja.

Ja.

Überrascht Sie nicht im mindesten.

Das viele Holz auf dem Hof, das kann doch brennen.

Da hat es doch gar nicht angefangen. Das ging doch erst später weg.

Wo war meine Frau.

Um Mitternacht in Jerichow auf dem Marktplatz, und vorher bei dem Unfall mit den Juden.

Was hat sie bei den Tannebaums gewollt?

Cresspahl, mich nehmen Sie nicht auf den Arm. Ich hab meine hundert Kilo. Lesen Sie denn keine Zeitung?

Doch.

Und heute nicht.

Heute nicht.

Ach so. Und in Wendisch Burg ist Ihnen nichts aufgefallen. Ihre Verwandten leben im Wald.

Meine Schwester sitzt mit ihrem Mann auf einer Schleuse im Wald.

Ich will Ihnen mal was sagen, Cresspahl. Was gestern abend im ganzen Reich war, davon reden wir nicht. Da will ich nichts von wissen.

Was war das für ein Unfall, Herr Vick.

Da ist ein Judenbalg erschossen worden.

Walter? Die Marie?

Die Marie, Herr Cresspahl. Marie Sara Tannebaum. Ihre Frau –

Meine Frau hat gar keine Schußwaffe.

Es hat Ihnen gleichgültig zu sein, wer der Täter war. Wem das Versehen passiert ist. Ihre Frau war nur dabei.

Dann hat sie ihn ins Gesicht geschlagen.

Ja. Hier haben wir jetzt die Meldung aus Wendisch Burg. Sie waren da. Das hätten Sie gleich sagen können, daß Ihr anderer Schwager vom Reichsnährstand ist. Hier. Sehen Sie sich das an. Wir haben hier keine Geheimnisse.

Dann hat es gebrannt.

Wann es gebrannt hat, wissen wir nicht.

Wo es gebrannt hat.

Die Feuerwehr wurde heute morgen angerufen, 4:30 Uhr. Da war das Feuer gerade durchs Dach.

Durch das Hausdach?

Von der Scheune. Wo Sie die Werkstatt hatten. Haben Sie Feinde, Herr Cresspahl?

War es Brandstiftung?

Das wissen wir nicht. Es ist alles säuberlich ausgebrannt, alles was westlich von den ehemaligen Ställen ist. Von den vier Türen, die östlich von der Werkstatt abgehen, sind drei durchgebrannt. Die vierte, Südostecke, war verschlossen und verriegelt. Dahin kam das Feuer zuletzt. Zu der Zeit war die Decke erst am Schwelen, aber der Sauerstoff muß verbraucht gewesen sein.

Was ehedem die Futterkammer war.

Da lag Ihre Frau.

War sie tot?

Nein. Sie ist gestorben, als sie nach draußen getragen wurde.

Ist sie am Feuer gestorben?

Sie ist nicht verbrannt, *wenn Sie das meinen, Herr Cresspahl. Als vorläufige Todesursache haben die Medizinmänner Ersticken angegeben.*

Ja.

Erklären Sie mir mal, wieso die Arbeiter im Wohnhaus nichts gehört haben. Oder gesehen.

Vor allen Fenstern auf der Ostseite sind Luken. Wenn da Glasscheiben gesprungen sind, müssen sie nach innen gefallen sein, nicht auf die Steine draußen. Wenn das Feuer zuerst die Tenne und die Scheunenfächer, also die Werkstatt und die Arbeiten gefressen hat, ist alles Licht nach oben und nach Westen gegangen. Auf der Seite wohnt kein Mensch. Wenn die Futterkammer noch steht, ist die Verglasung im Südtor zuletzt geplatzt. Dann wird Alwin Paap es wohl gehört haben.

Als ob Sie dabei gewesen wären, Herr Cresspahl.

Ja.

Es war nicht Alwin Paap, der die Feuerwehr gerufen hat.

Dann war es Friedrich Jansen von schräg gegenüber. Wenn das Nordtor durchgebrannt ist, konnte ihm die Helligkeit auffallen.

Es war Jansen, Herr Cresspahl. Fällt Ihnen da nichts auf?

Herr Vick, kann ich jetzt zu meiner Frau? Der nächste Zug geht erst in drei Stunden.

Den Zug brauchen Sie nicht, Herr Cresspahl. Sagen Sie

mal. Sie haben vorhin ziemlich abschätzig von Jansen gesprochen.

Ich hab gesagt, ich streit mich nicht mit ihm.

Dafür sind Sie sich zu schade.

Ich bin Tischler, und Jansen ist Ortsgruppenleiter. Worüber sollt ich mich mit ihm streiten, Herr Vick.

Wenn wir mal Brandstiftung annehmen.

Von außen geht das nicht. Wenn einer die Werkstatt aufbrechen will, ohne Lärm kommt er nicht weit. Das ist nicht so wie ein Feuer, das noch von Wand und Dach zusammengehalten wird. Meine Frau hätte das gehört. Paap erst recht.

Ihr Frau hört das. Sie steht aus dem Bett auf, zieht sich einen Wintermantel über –

Einen blauen Morgenmantel. Dick gefüttert. Mit einem Etikett aus London.

Als ob Sie dabeigewesen wären, Herr Cresspahl. Sie überrascht den Kerl an einem Tor –

An welchem?

Ja, da haben wir keine Spuren! Was denken Sie sich! Die Feuer-Wehr von Jerichow! Die denken, ein Schloß geht auf, wenn man mit der Axt draufschlägt!

Ja.

Wenn sie doch schon nicht löschen konnten.

Die Feuerwehr konnte nicht löschen.

Versucht haben sie es wohl, Herr Cresspahl. Sie haben richtig den Hydranten auf dem Ziegeleihof gefunden und angeschlossen und die Schläuche verlängert, dauert alles seine Zeit, und dann ging das Pumpwerk nicht. Die haben mit der Spritze Unfug beim Juden gemacht.

Und wer war das?

Jansen, Herr Cresspahl.

Ja.

Fällt Ihnen nichts bei auf.

Und deswegen ist dann auch noch das Holz auf dem Hof verbrannt.

Es ist alles weg, alles, Herr Cresspahl. Die Maschinen sind bloß noch ausgeglühter Schrott. Darüber sind ja auch Wände zusammengestürzt, und das Dach. Sie können von Glück sagen, daß Sie das Wohnhaus behalten haben.

Ja.

Der Einbrecher, der Brandstifter, jetzt nimmt er Ihrer Frau die Schlüssel weg, schleppt sie in die Werkstatt, gibt ihr eins auf den Kopf –

Ist meine Frau geschlagen worden?

Das wissen wir nicht. Sie hat da eine Stelle am Hinterkopf, wie von einem Sandsack.

Ich weiß, wer mit Sandsäcken arbeitet.

Mein lieber Herr Cresspahl, ich will das nicht gehört haben. Sie sind hier nicht bei der Gestapo, sondern bei der Kripo, aber ausnutzen sollten Sie das nicht. Der Kerl sperrt Ihre Frau, bewußtlos wie sie ist, in die Futterkammer –

Die Futterkammer hat ein Doppelschott. Ein Kind kann sich da ausriegeln.

Es hat aber kein Schlüssel gesteckt.

Der Schlüssel steckt von außen, und wir schließen damit nicht.

Es war kein Schlüssel da, Herr Cresspahl. Jetzt kann er in aller Ruhe den Brand anlegen, das Tor wieder verschließen, sich davonmachen. Womöglich hatte er es nicht weit.

Das müßte jemand sein, der will nicht, daß für den Fliegerhorst Mariengabe Arbeiten gemacht werden. Oder gemacht wurden.

Herr Cresspahl, wenn Sie hier jemand entlasten, bloß damit Sie noch mit Ihren eigenen Fäusten an ihn herankommen – na, gut. Aber ich kann das nicht brauchen.

Dann kann ich jetzt gehen.

Sie werden nicht gehen, Herr Cresspahl. Sie werden sich diesen Strick ansehen.

Das ist kein Strick. Das ist ein Stück Wäscheleine.

Könnte das eine von Ihren Wäscheleinen sein?

Warum nicht?

Erkennen Sie sie wieder?

Meine Frau hat ihre Wäscheleinen im Haus, damit sie trocken sind.

Und was hatte sie für die kleine Wäsche, was so alle Tage anfällt?

Eine ist meist aufgespannt und wird nachts nicht immer abgenommen. Am Gartenzaun entlang.

Die haben wir abgeschnitten gefunden, Herr Cresspahl. Fassen Sie da nicht auf den Schnitt, das ist ein Beweisstück!

Mancher klaut sich eine Kuh da und den Strick dazu hier.

Das war kein Kuhdieb, Herr Cresspahl. Der wußte aber auch, was er wollte. Ob dies Stück zu dem Rest Ihrer Wäscheleine gehört, wissen wir erst, wenn das aus dem Labor zurückkommt. Aber es steht fest, daß Ihre Frau mit diesem Stück Leine gefesselt war.

Der Strick sieht gar nicht angebrannt aus.

Aber riechen tut er, als hätt er ein Jahr im Rauch gehangen. Damit war sie an den Knöcheln gefesselt, und der Strick war obendrein durch einen eingemauerten Ring gezogen und verknotet. Neben ihr lag ein zweites Stück, das hat sie offenbar eben noch von den Handgelenken losbekommen.

Dann werd ich jetzt gehen.

Eins noch, Herr Cresspahl. Hat Friedrich Jansen tatsächlich gesagt »Ihre Frau ist jetzt gestorben«?

»Guten Morgen«, und dann das andere.

Nicht etwa: »Ihre Frau hat sich das Leben genommen«?

Nein.

Und wie finden Sie das, daß Friedrich Jansen jedem in Jerichow, der das hören will, vorbetet: Ihre Frau hat sich das Leben genommen. Wie finden Sie das?

Das geht ihn gar nichts an.

Herr Cresspahl. Sie verstehen mich nicht. Sie wollen mich nicht verstehen. Sie sind hier bei der Kriminalpolizei. Wir sind nicht die Geheime Staatspolizei.

Das will ich nicht vergessen.

Und ich hab auch etwas, das will ich Ihnen nicht vergessen, Herr Cresspahl! Sie können jetzt gehen.

Ist meine Frau zu Hause, Herr Vick.

Ihre Frau ist nicht zu Hause. Die Leiche ist beschlagnahmt, weil Verdacht auf eine Straftat vorliegt. Heute nacht wird sie erst mal obduziert. Sie können sich morgen im Krankenhaus Gneez melden, Herr Cresspahl. Wenn Sie wissen wollen, woran sie gestorben ist. Beileid, Herr Cresspahl.

Tag.

Ein Opfer, das einen Namen hat, Ngo Van Tranh, wurde gestern morgen in Saigon von einem Marineinfanteristen Süd-Viet Nams der Zugehörigkeit zum Viet Cong verdächtigt. Ngo Van Tranh, schon schwer verwundet, sagte aus, der Viet Cong habe ihn in der vorangegangenen Nacht aus Thuduc mitgenommen und gezwungen, Munition zu tragen. Ihm wird Wasser angeboten, offenbar versucht er zu trinken. Er liegt halb unter Bohlen. Dann wird er von einem zweiten Marineinfanteristen verhört und mit dem Gewehr bedroht. Dann sticht ein dritter Marineinfanterist auf ihn ein und tötet ihn schließlich mit mehreren Schüssen. Dreimal hat Associated Press fotografieren lassen, und auf dem letzten Bild liegt der ehemalige Ngo Van Tranh im Schutt ganz unter den Brettern.

Cresspahl ging nicht suchen, er ging finden.

Am Donnerstagabend blieb er in Gneez. Er machte einen Besuch bei Wilhelm Böttcher, Meister der Tischlerinnung im Landkreis Gneez, und nach ihm kam Herbert Vick und wollte Böttcher vernehmen. Wenn Böttcher zu glauben war, hatte Cresspahl ihm von seinem besten Holz abgekauft, helle Eiche, fünf Jahre gelagert. – Sie wissen doch, ich bin von der Kriminalpolizei, nicht von der Gestapo: sagte Vick in seiner herausfordernden Art, die er für gewinnend hielt, aber Böttcher mochte nicht sagen, ob er Cresspahl für allzu geschäftstüchtig hielt, weil der Ankäufe tätigte, während seine Frau noch über der Erde war. Vick ging weg mit viel Appetit auf die nächste Unbegreiflichkeit.

Vick verbrachte den Abend im Speisesaal des Hotels Stadt Hamburg, in dem Cresspahl sich eingemietet hatte. Saß bei seinem dienstlichen Bier, ein behaglicher kleinwüchsiger Dikker, knetete sich das mollige Kinn und starrte entrückt in Richtung der Tür, wenn er die Nase nicht in seinem fetten Notizbuch hatte. Was Cresspahl aufs Zimmer bestellte, erfuhr Vick nicht, weil Alma Witte sich nicht einschüchtern ließ. Bei den Angestellten, die er heimlich abpaßte, gelang es ihm besser. Lange rührte Cresspahl sich gar nicht, als wolle er vor jedermann verheimlichen, wo er war. Nach einer Weile war Vick schon an den Tisch von Landgerichtsdirektor Wegerecht eingeladen, fühlte sich da ausgesetzt mit seinem Bier und Korn, konnte sich nicht entschließen zu dem Rotwein, den die Herren tranken. Endlich sah der Hausdiener wie suchend in den Saal, und Vick begab sich an den Empfang. Er stellte sich neben die Telefonistin und las die Zettel, auf die Cresspahl seine Telegramme geschrieben hatte, reichte ihr Stück nach Stück zu. Es waren gewöhnliche Todesanzeigen nach Timmendorf, Wismar, Wendisch Burg, Neustrelitz, Schwerin, Berlin, Lübeck. Das nach London ließ er sich übersetzen. – Herr Cresspahl lädt den Empfänger ein, am Begräbnis seiner Frau teilzunehmen: sagte Elise Bock schnippisch, zufrieden mit ihren fremdsprachlichen Kenntnissen, aufgebracht über die Schnüffelei, und Vick sagte auch ihr, daß er immerhin von einer gewissen Behörde sei, und nicht von einer gewissen anderen. Es gelang ihm besonders grob, weil ihn die Gewißheit störte, mit der Cresspahl den Tag der Beerdigung nannte, als ob man ihm die Leiche bis dahin übergeben werde. Smith in Richmond, es klang nach Verstecktem. Die Herren Wegerecht und Rehse gaben mittlerweile offen zu mit ihren Fragen, daß er für ihre Gesellschaft nur gut war, damit sie ihn über diese neue jerichower Sache ausholen konnten. Vick verschanzte sich hinter der Verspätung der Obduktion und ging früher, als ihm lieb war. An der Ecke des Marktplatzes drehte er sich um, aber Cresspahls Fenster waren immer noch halb offen, und dunkel.

Am nächsten Morgen paßte er den Mann auf dem Bahnhof von Gneez ab. Der war um sieben Uhr im Krankenhaus gewesen, und sie hatten ihm die Frau nicht gezeigt. Vick hätte ihm das voraussagen können. – Ich möcht es Ihnen nicht raten: sagte Vick. – Ja: sagte Cresspahl. – Ich mein, daß Sie Ihre Frau ansehen: sagte Vick. – Ja: sagte Cresspahl. Er schien kaum übernächtig, aber seine Augen mochten nicht recht zugreifen, dem waren darin mehr Adern geplatzt als gestern. Vick ließ den mit dem Jerichower Zug abfahren und setzte sich in sein Auto, aber auf der schmalen, lange aufsteigenden Chaussee geriet er hinter recht langsame Lastwagen, und mit Leuten, die die Zeichen W und L führten, mochte Vick nicht anbinden. Von nun an war Cresspahl ihm mehr als eine halbe Stunde voraus.

Die jerichower Feuerwehr hatte eine Brandwache aufgestellt bei der Ruine, die sie nicht hatte löschen können. Das Werkstatthaus war eingestürzt bis auf die östliche Außenwand, an der die Reste der ehemaligen Ställe klebten und am südlichen Ende der fast unversehrte Kasten der Pinnowschen Futterkammer. Wo eine Maschine gestanden hatte, drang manchmal noch ein wenig Rauch aus den Trümmern. Das Holzlager auf dem Hof hatten sie im Brennen auseinandergerissen, die schwarz verkohlten Balken lagen kreuz und quer bis an die übriggebliebene Wand. Den Stacheldrahtzaun im Busch hatten sie losgerissen und quer über den Ziegeleiweg gezerrt, wie eine Sperre. So war das Wohnhaus lange nicht zu sehen gewesen, nur noch durch die kahlen Walnußbäume verstellt, sehr weiße Fensterkreuze in dem sauberen roten Gemäuer. Der Himmel, ohne Sonne, war hell, weiß. Für Cresspahl war es so still, als seien da keine Leute.
In der Küche war das Feuer unter dem Wasserkessel wie jeden Morgen. Die Tür zu Lisbeths Zimmer war verschlossen.
Ihr Kleid lag über dem Fußende des Bettes. Sie hatte es in den Schrank hängen und dann schlafen wollen. Die Decke war zurückgeschlagen. Sie hatte auf dem Rand des Bettes gesessen, nicht lange. Hier war die Luft fast ohne Rauch.
In der Küche hatte sie die Windlaterne vom Haken genommen. Sie war an den Flurtüren sehr leise gewesen, um die Arbeiter in den westlichen Kammern nicht aufzustören. Kam auf bloßen Füßen.
In der Vorratskammer war Petroleum verschüttet. Hier hatte sie es schon eilig gehabt. Von der Hintertür an war sie wohl gelaufen.
Sie hatte sich so wenig Zeit gelassen, sie hatte die Wäscheleine nicht abgeknüpft sondern mit einem Gartenmesser durchgehauen. Die Pflichtjahrmädchen hatten bei ihr gelernt, jeden Knoten aufzulösen. Das Gartenmesser war von oben in einen Zaunpfahl gestoßen, damit es gesehen wurde und nicht verdarb.
Neben der Pumpe, wo der Weg abzufallen begann, war im feuchten Boden ein Eindruck, als sei sie da gefallen, auf ein Knie. Aber da lagen viele Schrittspuren übereinander, und solche von nackten Füßen waren nicht zu finden.

Der südliche Giebel des Werkstatthauses war schräg weggebrochen. Das Tor bestand nur noch aus den Rahmen. Die Streben waren mit Äxten weggeschlagen. Die Scherben auf dem Boden waren schwärzlich und fettig verqualmt. Die beiden Flügel waren in der Mitte immer noch fest durch das Schloß verbunden. Hier hatte sie sich einen Vorsprung verschafft.

Als sie in der Nacht zum Donnerstag in die Werkstatt trat, hatte es nach geschnittenem Holz gerochen, nach Beize, Lack, Maschinenöl, Arbeit. Sie hatte das Licht nicht eingeschaltet, weil Alwin Paap von dem großen hellen Fleck in der Nacht hätte aufwachen können. Sie hatte den Schein der Lampe mit dem eigenen Körper abgedeckt und sie in der Mitte der Tenne unter einer Maschine abgestellt, so daß die Scheune von außen her wieder dunkel aussah.

Dann hatte sie noch einmal eine Wahl. Sie konnte eine Leiter von der Wand haken, sie an einen der Querbalken stellen, nach oben klettern, die Leiter wegstoßen, und sich mit der Wäscheleine an den Balken binden und springen. So hätte sie nicht drei Stunden gebraucht zum Sterben. Aber vielleicht wollte sie nicht schiefköpfig, mit gebrochenem Genick gesehen werden, von Niemandem. Dann entschloß sie sich dazu, daß sie überhaupt nicht gefunden werden sollte.

Dann legte sie die Leine über eine Sägekante und schnitt sie in kurze Stücke, die zum Erhängen nicht taugten. Nun brauchte sie nur noch die Lampe umzustoßen. Hier brannte alles.

Aus der Pinnowschen Scheune war in fünf Jahren ein festes, winddichtes Haus geworden. Das war innen auch im Winter trocken, und noch an den kältesten Tagen ein wenig verschlagen. Sie brauchte dem kleinen Feuer nicht viel zu helfen. Es genügte, ihm einen Weg von einer Längswand zur anderen zu legen, dann waren sie schon heiß und farbig verkleidet.

Als vom dritten Querbalken herunter ein flackerndes Tuch von Feuer das Nordtor verhängte, schlug es schon in die Kammer, wo die Ölkannen standen. Dann war sie rundum umgeben, bis auf eine undichte Stelle vor dem Südtor, die immer noch einmal aufriß. Mit einem Sprung wäre sie hindurchgekommen.

Sie hatte nicht fliehen wollen. Sie hatte sich in der ehemaligen

Futterkammer eingeschlossen, damit man sie nicht gleich und nicht leicht herausholen konnte. Sie hatte da warten wollen.
Als sie durch die Tür ging, hatte sie kaum Feuer mitgenommen. Den Schlüssel hatte sie fest in eine Ritze zwischen den Bohlen geklopft, daß er nicht mehr zu erkennen war. Die Futterkammer, später Arbeiterzimmer, war ausgeräumt; da war kein Werkzeug, mit dem sie den Schlüssel aus dem Fußboden hätte holen können. Das Fenster hatte Streben aus Eisen, und war eingemauert. Sie hätte sich nicht einmal Luft verschaffen können; vor dem Fenster war noch die schwere Luke, von außen verriegelt. Dann war sie sicher eingesperrt gewesen.
Der Brand war nicht von der Diele her zu ihr gekommen, sondern durch die Wand der Werkzeugkammer, und von oben. Anfangs knisterten die Wände nur, dann schwelte die Hitze sie schwarz. Der Fußboden blieb bis zuletzt unversehrt. Dann hatte sie sich die Füße zusammengebunden, den Strick im Ring verknotet, damit sie nicht davonlaufen konnte. Wenn sie ganz benommen war, hat sie versucht, sich die Hände zu fesseln. Das glaubte Cresspahl nicht. Als sie umfiel, mochte sie mit dem Hinterkopf gegen einen vorstehenden Balken gekommen sein; vielleicht war sie danach betäubt und wußte es nicht mehr.
Die Feuerwehrleute hatten sie nicht sofort gefunden, weil das Feuer zu hoch war, zu laut, als sei da noch ein Mensch zu retten gewesen. Sie hatten die erste Tür auf der rechten Seite mit dem Rahmen aus der Wand geschlagen, weil sie verschlossen war. Davon lag näßlicher Schutt auf dem Fußboden. In dem Schutt lag ein Borstenbesen, mit abgebrochenem Stiel, sonst fast sauber. Cresspahl wischte im Knien die Stelle frei, an der er Lisbeth vermutete. Der kreidene Umriß zeigte eine auf der Seite liegende Gestalt, die Arme lang am Leib, wie bei einer Schlafenden.
Sie hatten sich nicht sehr beeilt, sie nach draußen zu tragen.
Um die Futterkammer herum hatten sie gelöscht, mit Eimer nach Eimer von der Pumpe her, um den Beweis zu sichern.
Die Innenwände waren schon dünn gebrannt, aber sie standen noch, und das Dach war noch nicht heruntergekommen. Sie konnten also noch mit ihr aus dem aufgeschlagenen Südtor

laufen und weiter auf dem Weg zwischen Werkstatthaus und Holzlager, das eben erst zu brennen anfing.
Dann hatte sie auf der Erde gelegen, bis sie tot war.
– Eine Anzeige von Ihnen, Herr Cresspahl, mehr brauch ich nicht! sagte Vick beschwörend. Er stand im Ziegeleiweg wie aus dem Boden gewachsen, traute sich aber mit seinen kurzen Beinen nicht durch das Gewölle aus Busch und Stacheldraht und konnte Cresspahl nur hinterhersehen. Er hob einen Fuß halb über die Sperre, zog ihn wieder zurück. Jetzt nützte es ihm nicht, daß er Cresspahl doch eingeholt hatte.

20. Februar, 1968 Dienstag

– Möchtest du einmal aufwachen, Gesine?
– Ich kann nicht.
– Nur ein wenig, Gesine.
– Du bist Marie.
– Es muß nicht sein, Gesine.
– Du bist es doch.
– Ja. Aber ich habe keine Angst.
– Bin ich in einem Krankenhaus?
– Du bist in deinem Zimmer, Gesine.
– Es ist aber dunkel wie in einem Grab.
– Weil wir alles verhängt haben. Du sollst nichts Helles sehen.
– Dann bin ich bloß krank?
– Dr. Rydz möchte nach dir sehen.
– Dr. Rydz?
– Er weiß doch nicht bloß mit Kindern Bescheid, Gesine.
– Sie haben eine fiebrige Grippe, Mrs. Cresspahl. Es ist fast eine Epidemie in der Stadt.
– So sind Sie also doch zurückgekommen, Dr. Semig.
– Es macht mir nichts aus, zu Ihnen zu kommen, Mrs. Cresspahl.
– Sie sollten sich doch im Amtsgericht Hamburg melden, Herr Semig.
– Gewiß, Mrs. Cresspahl.
– Sie können nämlich widrigenfalls für tot erklärt werden, Herr Semig.

– Es wird alles in Ordnung kommen, gnädige Frau.
– Nein.
– 39,2.
– Wieviel ist das in Fahrenheit?
– 102,6, Miss Mary. Es ist nicht gefährlich.
– Heute morgen hatte sie 103,6.
– 39,8. Das kommt nicht wieder so hoch.
– Sie ißt aber nichts.
– Bis morgen, Mrs. Cresspahl.
– Vergessen Sie es nicht! Amtsgericht, Hamburg.
– D'y'wanna drink some?
– Du bist nicht Marie.
– I do not get you, Mrs. Cresspahl.
– You are not Marie.
– Certainly not. I'm Francine.
– Marie.
– Mary!
– Du kannst jetzt wieder schlafen, Gesine.
– Ich muß ins Office.
– Ich hab dich entschuldigt.
– Das kannst du gar nicht. Niemand kann das.
– Mr. Kennicott II sagt, du sollst vor Montag nicht in die Bank kommen. Mit schönen Grüßen.
– Den kenn ich nicht.
– Er weiß aber von dir sogar die Schuhgröße. Nein, welche du nicht hast.
– Marie, ich muß ins Office.
– Du mußt schlafen, Gesine.
– Und wovon willst du leben?
– Ich kann kochen, ich kann backen –
– und übermorgen / stehl ich / der Königin Kind. And there will be / an end of me.
– Of him, Gesine. Rumpelstilzchen.
– Welcher Tag ist heute, Marie?
– Tuesday.
– Es müßte aber Freitag sein.
– Am Freitag bist du mit Kopfschmerzen von der Arbeit gekommen. Am Sonnabend haben wir einen Tag der South Ferry veranstaltet, und es tut mir leid. Seit Sonnabend nacht

liegst du im Bett, und am Sonntag kam Dr. Rydz zum ersten Mal. Seit dem hast du geschlafen und im Schlaf gesprochen.
– Ich sprech nicht im Schlaf, Marie!
– Das weiß ich. Dr. Rydz hat es mir erklärt. Es gehört zur Krankheit. Du weißt nicht immer, wo du bist.
– Ich weiß es wohl.
– Und was ist mit dem Jahr 1906? Dem 12. November?
– Da ist Lisbeth Papenbrock geboren.
– Davon hast du gesprochen. Lange.
– Ich will ins Krankenhaus.
– Du kannst nicht ins Krankenhaus. Heute abend kommt Mrs. Erichson.
– Das will ich nicht.
– Sie wird in deinem Zimmer schlafen, damit du nicht allein bist, wenn du aufwachst in der Nacht. Es macht ihr nichts, sie schläft nur wenig.
– Ich will aber nicht, daß Louise Papenbrock nachts an meinem Bett sitzt.
– Da kannst du gar nichts machen, Gesine. D. E. hat sie auf den Weg geschickt, und sie ist sicherlich schon auf der Höhe von Bayonne.
– Und einen jüdischen Tierarzt hast du auch geholt!
– Einen jüdischen Kinderarzt, Gesine.
– Siehst du!
– Das ist das Fieber, Gesine. Dr. Rydz hat es mir erklärt, und ich hab keine Angst mehr.
– Marie. Hab ich sonst noch was geredet?
– Ja von einem Feuer. In Brooklyn ist ein Mann mit seinem Kind verbrannt.
– In Brooklyn?
– Ja, im Viertel Bedford-Stuyvesant.
– Wann war das?
– Heute morgen.
– Heute morgen warst du in der Schule. Du sagst selbst, es ist Freitag.
– Es ist Dienstag. Und wir waren nicht in der Schule. Du bist doch ansteckend. Vielleicht hast du uns reden hören über das Feuer in Brooklyn.
– Wer war vorhin hier, Marie?

– Das war der Arzt, Doktor –
– Das weiß ich. Davon will ich nichts wissen. Entschuldige.
– Das ist die Krankheit, Gesine.
– Es ist aber noch jemand hiergewesen. Ein Mädchen. Von einer Reise zurückgekommen.
– Das ist Francine. Es tut mir auch leid, daß ich mit dir über sie gestritten habe.
– Es ist gar nicht so lange her.
– Freitagabend.
– Siehst du! Freitag!
– Francine ist seit vorigem Sonntag bei uns.
– Also gut, Sonntag. Und es ist doch kein Kind da.
– Francine ist zur Apotheke gegangen.
– Marie, es sind aber noch mehr Leute da, und ich kann sie nur nicht sehen in der Dunkelheit.
– Das hast du geträumt, Gesine. Du hast von Leuten in schwarzen Anzügen und Kleidern geträumt.
– Ja. Am Sonntag.
– Du müßtest jetzt schlafen.
– Ich möchte ein Schlafmittel, aber man darf davon nicht träumen.
– Ich hol es dir morgen.
– Ich brauchte es jetzt.
– Es ist spät in der Nacht, Gesine.
– Du sprichst mit mir wie mit einem Kind. Und Kinderärzte holst du! Dabei bin ich es doch.
– Du bist das, Gesine. Du schläfst.

21. Februar, 1968 Mittwoch

Am Freitagvormittag, nachdem Cresspahl zum gneezer Zug zurückgegangen war, begann Pastor Brüshaver mit der Ausarbeitung seiner Totenrede.
Eine Rede hatte Cresspahl nicht in Auftrag gegeben.
Er war von der Brandstätte gekommen, Ruß im Gesicht, den Mantel streifig von Schutt, und hatte Brüshaver Bericht erstatten lassen. Saß geduldig auf dem Besucherstuhl, betrach-

tete sein Gegenüber ohne es zu sehen, hielt die Hände locker im Schoß ineinander, nicht gefaltet. Die Hände hatte er sich gewaschen. Seine Augen waren eng vor angestrengtem Gedächtnis, und Brüshaver begriff, daß er der letzte Zeuge war, den Cresspahl anhören würde.
Sie hatte auf der nördlichen Seite des Ziegeleiweges gelegen, auf einen braunen Uniformmantel gebettet, am Creutzschen Zaun. Sie war von vielen Leuten umstanden, mehr als von Friedrich Jansen, Alwin Paap, dem Pflichtjahrmädchen, dem alten Creutz, Amalie Creutz, Aggie Brüshaver und Brüshaver. Die anderen wußte er nicht zu nennen. Es war noch nachtdunkel, das Licht des Feuers schlug nur flackerig herüber. Er entschloß sich, Lisbeths Bekleidung zu verschweigen. Cresspahl fragte ihn. Lisbeth hatte einen blauen Morgenmantel angehabt, der aber offen war, und in dem Nachthemd waren durchgeglühte Stellen aufgefallen. Als Brüshaver an sie herangetreten war, hatte Berling gerade die Hand hinter ihrem Kopf weggenommen. Er blieb aber knien und hatte ihr die Augen zugedrückt, ehe Brüshaver unten war. Das Gesicht schien ganz heil, bis auf frisches Nasenblut und einen Fleck offener Haut unter einem Auge. Dem rechten Auge. Berling hatte das Blut unter der Nase später »Lungenblut« genannt, vom Ersticken. Dann hatte Aggie sie mit dem eigenen Mantel zugedeckt. Friedrich Jansen fragte aus Alwin Paap die Telefonnummer in Wendisch Burg heraus und war dann gegangen. Um halb sieben war die Kriminalpolizei aus Gneez angekommen. Die hatten einen Ambulanzwagen mitgebracht und waren nach einer Besichtigung des Brandplatzes und des Wohnhauses gegen sieben abgefahren.
Cresspahl wollte noch wissen, wer die Tote auf die Bahre gelegt hatte, gab sich mit den beiden Krankenwärtern zufrieden, stand auf. Brüshaver hatte ihm den Sonntag für die Beerdigung vorgeschlagen. Cresspahl sagte: Montag, um drei. Brüshaver hatte an eine Leichenfeier in der Kirche gedacht, und Cresspahl sagte: In die Kirche muß sie nicht. Brüshaver fragte nach dem Text für die Zeremonie am Grab, und Cresspahl holte das Blatt aus der Manteltasche, das jetzt in der Bibel des Hotels Stadt Hamburg fehlte. Es war der 39. Psalm, mit ausgestrichenen Sätzen. Cresspahl legte das Blatt auf den

Schreibtisch, als sei er nicht sicher, daß der Pastor es in seiner eigenen Bibel finden werde. Was Cresspahl dann noch zu erbitten hatte, kam ihn gar nicht hart an, so oft war er dabei angekommen. Die Bitte ging ihn gar nicht an, es war etwas für Lisbeth, und Brüshaver fühlte sich eher ersucht um eine beiläufige Gefälligkeit. Er wisse, daß es nicht üblich sei: sagte Cresspahl. Aber es solle seiner Frau am Grab nichts abgehen.

Und es wird dir nichts mangeln.

Dieser Cresspahl hatte bestellt: Votum, Lektion, Gebet, Vaterunser, Einsegnung, Segen. Das waren drei Handlungen mehr als die Mecklenburgische Landeskirche Selbstmördern gewährte.

Brüshaver ging Cresspahl hinterher in die Küche, wo Aggie ihm eine Waschschüssel hingestellt hatte und den Mantel abbürstete. Als Cresspahl sich das Gesicht abgetrocknet hatte, fragte Brüshaver nach der Aussegnung im Haus. – Nè: sagte Cresspahl, und Brüshaver verstand, daß der andere die Kirche nicht mehr im Haus haben wollte, nun er darin allein war. Dazu hätte Cresspahl gar nicht mehr das Handtuch so säuberlich über einen Stuhl hängen müssen, wie etwas, das er zum letzten Mal benutzt hatte.

Dann mußte Brüshaver noch ansehen, wie die eigene Frau sich dem anderen an die Brust warf, als wolle sie etwas vergeben haben.

Die Frau setzte ihm alle zwei Stunden neuen Kaffee auf den Schreibtisch, brachte ihm sogar das Essen hinein, damit er ja nicht von seiner Arbeit loskam, nicht für eine Viertelstunde. Eine verheulte Frau im Haus und drei Kinder, die wie verprügelt an der Tür vorbeischlichen, wie sollte ein Mensch da arbeiten!

Aggie wollte, daß Lisbeth in die Sonntagspredigt kam. Das war gegen alle Gewohnheit und Vorschrift. Wenn sie unter der Erde war, am Sonntag danach konnte sie im Gemeindegottesdienst genannt werden. Das wußte die Frau. Er hatte bei der Frau etwas zu verlieren. Dieser Cresspahl wollte, daß die Kirche eine Mitschuld an dem Tod seiner Frau eingestand. Er würde den nie wieder in der Kirche sehen, was immer er tat; dennoch mochte Brüshaver nicht denken an ein Leben

neben einem Nachbarn, der keine Achtung vor ihm hatte. Das ist Eitelkeit, Brüshaver. Du magst nicht ertragen, daß Einer dir den Gruß verweigern wird, solange du in der Stadt bist. Es ist nicht Eitelkeit.
Brüshaver hatte noch keine drei Worte auf dem Papier, da kam schon einer stören. Vick, von der Kripo Gneez (nicht von der Gestapo). Der wollte von Streitigkeiten zwischen Friedrich Jansen und Cresspahl hören. Er begriff nicht, daß die beiden in Jerichow saßen wie an den entgegengesetzten Enden der Welt, und daß der Streit zwischen ihnen von den Einwohnern in Gang gesetzt und gehalten war. Ob Jansen ein Racheakt zuzutrauen sei. Ein Racheakt war ihm zuzutrauen, aber nur im Suff und wenn Cresspahl nicht in der Stadt war; Brüshaver glaubte an eine Falle und schwieg sich aus. Warum verdächtigte ein Mann wie Vick einen, sagen wir verdienstvollen, nationalsozialistischen Kämpfer? Wozu brauchte er diese eine Anzeige, damit er Jansen erst einmal in Haft hatte und ihm dann die Fehler im Finanzbericht der Stadt Jerichow anlasten konnte? – Weil das Pack aus unseren Reihen verschwinden muß! – Weil ich ein gläubiger Nationalsozialist bin!
Die Bibel verbietet an keiner Stelle ausdrücklich den Selbstmord. Die junge Frau Cresspahl hatte danach gefragt, als sie noch am Leben war. Wenn man es recht besah, hatte sie unüberhörbar um Hilfe gebeten. Es mochten andere in der Stadt sein, von denen sie Beruhigung, Stütze, Auskunft erhofft hatte; die mußten das nicht zugeben. Der Pastor hatte die Pflicht, das einzugestehen. So kann aber eine Predigt zum 22. Sonntag nach Trinitatis nicht anfangen.
Brüshaver war am Donnerstag gegen Mittag zu den Tannebaums gegangen, nachdem sie sich nicht gemeldet hatten wegen der Beerdigung von Marie. Brüshaver hatte ihnen ein Begräbnis (ein »stilles«) auf seinem Friedhof anbieten wollen, wenn Oskar das Sagen hatte und die Frau das Kind nicht zu den Katholiken bringen wollte. Er fand die Familie im Wagenschuppen auf dem Hof. Sie saßen auf Stühlen um den Sarg, den sie auf die Erde gestellt hatten. Es war ein Fabrikstück, mit schwarzem Spirituslack gefärbt. Der Sarg war von der Gestapo aus Gneez geschickt, und am Abend sollte

Swenson ihn zu einer nächtlichen Beisetzung nach Gneez fahren. Das Kind lag darin sehr lang, den Kopf steil nach hinten, die Arme an den Seiten. Das Blut, das aus dem Loch in der Schläfe gelaufen war, war so behutsam weggetupft, daß die Spur noch zu erkennen war, und an die Wunde selbst hatten sie sich gar nicht gewagt. Oskar stellte sich auf vor Brüshaver, als wollte er ihm den Weg zu der Toten verlegen. Er sagte mürrisch, nicht feindselig: Sie is nu gestorben wie ne Jüdin; so soll sie denn ne jüdische Beerdigung kriegen. Als Swenson abends mit seinem Leichenwagen vorfuhr, stand das Haus leer, im Innern so zerwühlt und voll Wasser, wie die S.A. es hinterlassen hatte. Das Haus gehörte den von Bobziens; deshalb hatte Jansen durch Löschen dem Feuer vorbeugen wollen, das nicht da war. Die Tannebaums waren durch die Feldstraße aus der Stadt gezogen, mit dem Sarg und dem kleineren Bruder der Toten auf einem Ackerwagen, die Eltern zu Fuß, die Frau neben dem Pferd, Oskar neben dem Jungen, der nach hinten sah. Wenn sie nach Lübeck wollten, mußten sie über viele Kilometer aufgeweichte Wege, ehe sie auf eine Chaussee kamen. Jetzt war es Freitagnachmittag, und sie waren bei keinem Gut, in keinem Dorf gesehen worden. Der Anstand mit der Superintendentur und der Gestapo wegen der christlichen Beerdigung für die kleine Jüdin war Brüshaver nun erspart; nun sollte er für Lisbeth Cresspahl noch mehr riskieren als eine Verwarnung.
Gewiß verbietet die Bibel den Selbstmord nicht ausdrücklich. Aber es ist an die Stelle des Verbots der Gnadenruf an den Verzweifelten gesetzt. Es war nun einmal so, daß der Selbstmord die Reue unmöglich machte, und damit die Vergebung; er konnte das Lisbeth Cresspahl doch nicht absprechen vor versammelter Gemeinde. Brüshaver kam ins Lesen. Er suchte nach dem Beweis dafür, daß Gott sich das Recht über das Ende des Lebens selbst vorbehalten habe, weil ihm allein bekannt sei, zu welchem Ende er dies Leben führen werde. Es war ein flüchtiges, unbehagliches Gefühl, so zu lesen; es war mit der Aufgabe entschuldigt, es war ein Vorwand, von der Aufgabe wegzugehen.
Am späten Nachmittag fiel Brüshaver ein, daß er nicht sicher wußte, ob Lisbeth sich mit Vorbedacht und Absicht aus dem

Leben gebracht hatte. Es war nur Cresspahl, der einen Selbstmord zugegeben hatte, indem er um die Ausnahme gebeten hatte; Cresspahl war in der Nacht von Mittwoch auf Donnerstag weit weg von Jerichow gewesen. In der Stadt wurde von einem Unfall gesprochen, auch das Gerücht von einem Mord hatte Jansen in Gang gesetzt, indem er Lisbeth so hartnäckig nachsagte, sie selber habe Hand an sich gelegt. Brüshaver fuhr mit dem Sechsuhrzug nach Gneez. Er fand Cresspahl in der Böttcherschen Werkstatt. Böttcher brachte den jerichower Pastor nur bis an die Tür. Böttcher leuchtete ein, daß Cresspahl den Sarg für seine Frau mit eigenen Händen bauen wollte; ihm war doch genierlich dabei, und ihm war zuwider, daß wer immer den Kollegen bei dieser Arbeit beobachtete.

Cresspahl sah Brüshaver freundlich entgegen, legte seine Arme zum Ausruhen lang über den unteren Teil des Kastens, den er nach acht Stunden vollständig fertig hatte. Brüshaver stellte seine Frage. Er merkte, daß er dabei in einen bittenden Ton geriet, und obendrein betrachtete Cresspahl ihn wie ein Lehrer den Schüler, der eine Sache nach einfacher Erklärung immer noch nicht begriffen hat. – Jå: sagte er geduldig, etwas wie Belustigung in den Augenwinkeln. Brüshaver wiederholte seine Frage. Lisbeth habe an Gott doch geglaubt. Jetzt stopfte Cresspahl sich eine Pfeife, zündete sie an, klappte den Deckel zu, spuckte auf das Streichholz. – Jetzt wird er ihr das wohl glauben: sagte er. Er stand auf, nicht weil Brüshaver nichts zum Sitzen gefunden hatte, sondern um sich zu recken, die Pfeife hoch in der Faust. Er wartete auf die nächste Frage. Brüshaver betrachtete mit einer Art Entsetzen den Mann, der seiner Frau solchen Tod nachsagte, der den Verlust der Versicherungssumme für Werkstatthaus und Maschinen in Kauf nehmen wollte, damit sie diesen ihren Tod für immer behielt. Er ließ sich von Cresspahl eine gute Nacht wünschen und ging, blieb aber auf dem Hof noch einmal stehen. Cresspahl hatte sich wieder neben den Sarg gesetzt, saß krumm da, ließ die Hände mit der Pfeife nach innen hängen. Offenbar wollte er die lästige Unterbrechung wenigstens als Arbeitspause benutzen. Er schien gar nicht fremd in der fremden Werkstatt.

Wenn Gott den Selbstmord nicht verbietet, führt er nicht dem Verzweifelten die Hand, wenn er ein solches Ende zuläßt? Wenn Gott das Recht des Lebens selbst wahrnimmt, ist nicht auch dessen Ende Auftrag Gottes? Jetzt hatte Brüshaver nur noch den Sonnabend, und nicht eine halbe Seite war geschrieben.
Am Sonnabend war Cresspahls Anzeige im Gneezer Tageblatt. Unterzeichnet war sie von den Familien Papenbrock, Paepcke, Niebuhr, aber geschrieben hatte sie Cresspahl. Da war keine Rede von tragischem Geschick, von Gottes (unerforschlichem) Ratschluß oder davon, daß Lisbeth aus dem Leben genommen (gerissen) worden sei. Da stand: Lisbeth Cresspahl ist aus dem Leben gegangen.
Die Kriminalpolizei hatte sie freigegeben. Am frühen Vormittag brachte Swenson sie nach Jerichow, aber ehe die Nachricht in der Stadt herum war, war vor Cresspahls Grundstück neuer Stacheldraht gespannt. Wer da vorbeikam wie auf einem zufälligen Gang, sah wohl Cresspahl, Paap und Heine Klaproth einen Weg zur Haustür freilegen in den Haufen verkohlter Stämme und Ziegelschutts; zum Haus hin traute sich Keiner. Offenbar hielt auch Vick den Hof nicht mehr für einen Tatort. Und Aggie Brüshaver ging zu ihrem Mann ins Dienstzimmer und erzählte ihm, daß sie alle Naselang gefragt worden war nach der genauen Zeit der Cresspahlschen Beerdigung, eher gierig als betrübt, und daß Frieda Klütz sich in den zwei Tagen bis zum Montag ein neues schwarzes Kleid machen ließ.
Danach ging Brüshaver das Schreiben von der Hand. Zu Mittag konnte Aggie sich an die Maschine setzen. Am Nachmittag machte er Besuche, und alle, die ihn gelassen wie gutmütig gesehen hatten, konnten es am nächsten Tag nicht mehr glauben.
Der 22. Sonntag nach Trinitatis war nach dem Willen der Regierung in Berlin ein Eintopfsonntag. Aber Friedrich Jansen war auswärts zu etwas, was sich ein Ehrenverfahren nannte, und ohne ihn traute die S.A. sich nicht, unter dem Vorwand von Besuchen nachzuprüfen, ob ein Haushalt nicht doch einen Braten auf dem Tisch hatte. Die Kirche war nicht dichter besetzt als gewöhnlich. Cresspahl war nicht da.

Brüshaver fing an mit Matthäus 18, mit der Bedingung für den Eintritt in das Königreich des Himmels: wenn ihr euch nicht wandelt und werdet wie die Kinder. Da ist die Rede von dem Menschen, der das Kind zum Stolpern bringt, für den es besser wäre, man hängte einen Mühlstein um seinen Hals und ertränkte ihn in den Tiefen der See. (Brüshaver ließ die Stelle aus, die von der Notwendigkeit solcher Übel in der Welt handelt und dem Elend androht, der es bewirkt.) Dann kam die Sache mit den hundert Schafen. Wenn eins sich verläuft, läßt man nicht die neunundneunzig zurück, um dies eine zu suchen? Und wenn man es findet, ist es das liebste. Und sieben mal siebzig Male sollst du vergeben.

Dann hielt er den Jerichowern die Rede, die Cresspahl am Grab nicht hatte hören wollen. Er hielt sie für Louise Papenbrock, die es auch jetzt nicht lassen konnte, mit steifer Haltung und angehobenem Kinn Stolz zu zeigen darauf, daß schließlich niemand Anderem die jüngste Tochter gestorben war. Er hielt sie für Albert Papenbrock, der erst streng auf die Kanzel sah, als übe er eine Pflicht aus und etwas Schimpfliches obendrein, dann nachdenklich wie über einen Vorschlag. Er hielt sie für Leute wie Richard Maass, die den Kirchgang an diesem Tage eher als einen Tadel für ungehöriges Betragen auffassen wollten. Er hielt sie für den einen, der die Nachschriften seiner Predigten zur Geheimen Staatspolizei trug. Er hielt sie für Hilde Paepcke, die weinte. Er hielt sie für Lisbeth, und er entschuldigte sich bei ihr. Er hielt sie für Cresspahl.

Es ging die Bürger von Jerichow gar nichts an, wie Lisbeth Cresspahl gestorben war. Der Selbstmord sei nicht vor Menschen oder aus moralischen Gründen verwerflich. Es sei eine Sache zwischen Lisbeth und ihrem Gott, daß sie von ihm mehr erwartet habe, als er habe geben wollen. Sie sei zum Sterben so frei gewesen wie zum Leben, und wenn sie auch besser das Sterben ihm überlassen hätte, so habe sie doch ein Opfer angeboten für ein anderes Leben, den Mord an sich selbst für den Mord an einem Kind. Ob das ein Irrtum gewesen sei, werde sich nicht in Jerichow herausstellen.

Hingegen ging es die Bürger von Jerichow sehr wohl an, daß Lisbeth Cresspahl gestorben war. Sie hatten mitgewirkt an dem Leben, das sie nicht ertragen konnte. Jetzt kam die Aufzählung, die die Grundlage des Urteils gegen Brüshaver wurde. Er fing an mit Voss, der in Rande zu Tode gepeitscht worden war, er vergaß weder die Verstümmelung Methfessels im Konzentrationslager noch den Tod des eigenen Sohns im Krieg gegen die spanische Regierung, bis er in der Mittwochnacht vor dem Tannebaumschen Laden angelangt war. Gleichgültigkeit. Duldung. Gewinnsucht. Verrat. Der Egoismus auch eines Pfarrers, der gesehen habe nur auf die Verfolgung der eigenen Kirche, der geschwiegen habe entgegen seinem Auftrag, unter dessen Auge ein Gemeindeglied sich einen eigenen, unentwendbaren, gnadenlosen Tod habe suchen können. Wo alle Gottes immerwährendes Angebot zu neuem Leben nicht angenommen hätten, habe ein Mensch allein darauf nicht mehr vertrauen können. Segen. Schlußchoral. Ende.

Und du hast es ihm noch getippt, Aggie.

Es war, als ob er aufgewacht wäre.

Du wußtest aber den Preis.

Brüshaver war nicht eitel, Gesine.

Und wenn er an die Familie gedacht hätte?

Das brauchte er nun nicht mehr. Was Aggie war, die war stolz auf Brüshaver.

Weil er nun aufgehört hatte, falsch zu leben?

Laß doch den theologischen Quatsch, Gesine. So war er mir recht.

Und ihr habt es nicht für euch getan.

Wir haben es für Lisbeth getan, Gesine.

Als ob ich Toten glauben sollte, weil sie tot sind.

Glöw du uns man.

Man mütt dei Lür spreken latn, dei Gäus kœnen't nich.

Glöw du uns man, Gesine.

22. Februar, 1968 Donnerstag

Die Petrikirche zu Jerichow nahm 1938 für die Dienste des Pastors bei einem Begräbnis zehn Mark, an Gebühren für großes Glockengeläut sechs Mark, für die Mitwirkung eines

Kantors fünf Mark, für Benützung und Reinigung der Kirche fünf Mark, an Läutelohn für zwei Stunden dreißig Mark, für das Graben der Gruft zwölf Mark. Die Gebühren waren im voraus zu entrichten. Für Lisbeth Cresspahl war aus diesem Katalog alles, bis auf den geschlossenen Raum und das genierliche Singen bestellt; und als die Glocken, eben von Ohlsson in Lübeck umgelagert und auf elektrischen Betrieb umgestellt, anfingen mit ihrem d f g h, wurde in vielen Häusern der Stadt die Arbeit hingelegt. Offenbar nahm die Luftwaffe die Erwerbung des Heimatrechts ernst und hatte im Tagesbefehl für den 14. November darauf hingewiesen, daß in diesem Ort Fußgänger und Fuhrwerke und Kraftwagen beim Anblick eines Trauerzuges anhielten; und heute genügte allen das akustische Signal, denn Lisbeth kam nicht noch durch die Stadt.

Als die Glocken um drei Uhr nachmittags den Beginn der Beisetzung ankündigten, wurde der Sarg auf dem säuberlich geharkten Weg zwischen Schutt und Brandresten vom Hof getragen. Der Sarg war hell, glatt, nicht lackiert. Er sah sehr haltbar aus. Die Träger waren Alexander Paepcke und Peter Niebuhr, beide in Heeresuniform, Horst Papenbrock und Peter Wulff, Alwin Paap und Mr. Smith. Hinter dem Sarg gingen Cresspahl mit dem Kind, dann die alten Papenbrocks, dann die Eingeladenen. Als Lisbeth durch die offene Leichenhalle auf den Friedhof getragen wurde, begannen die Wartenden durch die mannsbreite Pforte nachzudrängen; auch zwischen den Kreuzen und Steinen standen schon Leute, schwarz, still, wie versteckte Gespenster.

Uns' Lisbeth.

Kiek dat Kint.

Is nicks so ungesunt as dat Kranksien.

Ottje Stoffregen is all dun.

Daß sie Brüshaver nicht abgeholt haben!

Den Segen traut er sich nich. Den traut er sich nich.

Wer sich hier nichs traut, bist du, Julie.

Arm un Bein kann'n nich an't Für leggen; 't mütt Holt sien.

Im November sterben, das möcht ich nicht.

Nävelmånd.

Für ein Judenbalg.

Es mag Marie doch helfen.

Und es ist nicht recht, es soll nicht sein! Wenn sie sich umgebracht hat, muß sie in die Ecke zu den Selbstmördern, wo die Ungetauften liegen!

So ne schöne Beerdigung möcht ich wohl auch.

Uns' Lisbeth. Das wird wohl über uns kommen.

Als Lisbeth abgesetzt wurde an dem Los, das zum Cresspahlschen Haus gehörte, fing weitab in einem Dachfenster ein Junge zu winken an, und ein anderer rannte in das Nordportal der Kirche, und das Läuten hörte so unverhofft auf, daß die Stille wehtat. Jetzt rückten alle aus dem Abseits eilig um das offene Loch zusammen.

Brüshaver sprach das Votum. Das erlaubten die Vorschriften der Mecklenburgischen Landeskirche. Er sprach wie gestern in der Predigt, nüchtern, auf eine ärztliche Art verordnend, ein wenig lauter.

– Im 39. Psalm steht geschrieben: sagte Brüshaver. Das war die Lektion, und das war für diesen Tod nicht erlaubt. Brüshaver hatte sich Cresspahls Streichungen so eingeprägt, er hakte nicht ein einziges Mal an. Er begann mit dem 4. Vers, in dem es heißt, daß »mein Leben ein Ziel hat«. Cresspahl hatte davor die Todesqual abgeschafft, auch das im Innern verbrennende Herz, und das Fieber. Von Vers 4 ging es bis Vers 8; danach fehlte Lisbeths Versprechen zu schweigen, ihre Bitte um ein Ende der Quälerei und ihr Geständnis, sie sei erschöpft von Gottes Schlägen. Höre mein Gebet, Herr, und vernimm mein Schreien und schweige nicht über meinen Tränen; denn ich bin dein Pilgrim und dein Bürger wie alle meine Väter. O spare me, that I may recover strength, before I go hence, and be no more.

Hier sollte die Grabrede stehen, aber Brüshaver trat einen halben Schritt zurück, damit der Arbeitsraum für das Versenken des Sarges größer wurde. Das Kind sah an Cresspahl empor; erstaunt, daß er das Begraben der Mutter erlaubte.

Dann folgten Gebet und Vaterunser, beides zugelassen. Wäh-

rend Brüshaver mit seinem Gott verhandelte, betonte er, daß dieser allein wisse, was vorgegangen sei in der Seele dieses Menschen, den wir heute begraben. Mr. Smith, der die unverständlichen Worte mit englischen zu ersetzen versuchte, war verwirrt davon, daß in diesem Land die Männer ihr Gesicht beim Beten verstecken, und beim Amen erleichterte es ihn doch, daß sie wirklich alle ihre Hüte vor dem Kopf gehalten hatten.
Lisbeth bekam ihre Einsegnung. Brüshaver warf dreimal Erde auf den Sarg, erhob die Hand über das Grab und sagte das von der Erde zur Erde, Staub zum Staube, in der Hoffnung der Auferstehung zum ewigen Leben durch unseren Herrn Jesum Christum (zweifelhafte Deklination), welcher unseren nichtigen Leib verklären wird, daß er ähnlich werde seinem verklärten Leibe nach der Wirkung, damit er kann auch alle Dinge sich untertänig machen. Was soll das heißen, Wirkung; das haben die sich doch aus einer Emanationstheorie gepumpt. In der Einsegnung wird in der zweiten Person Einzahl angeredet, wer begraben werden soll, und Brüshaver sprach mit Lisbeth leichthin, freundlich, wie man einem Kinde verspricht, es werde nicht sterben. Amen.
Dann sprach Brüshaver den Schlußsegen, der Lisbeth auch nicht gewährt werden sollte. Nun hatte er es nicht nur mit der weltlichen Obrigkeit verdorben, sondern auch noch mit der Kirche.
Jetzt winkte wieder der Junge im Dachfenster nach unten, und der unten rannte in die Kirche. Nun drückte Oll Bastian den Knopf für das Läuten, das zwei Stunden lang über der Stadt hängen würde. Pauli Bastian war mit den neuen elektrischen Moden nicht glücklich; er hatte früher beim Läuten vier Gehilfen unter sich gehabt. Und dabeistehen mußte er doch. Und er war mit der unaufgeregten, amtlichen Art des Pastor Brüshaver inzwischen im fünften Jahr nicht zufrieden; mit dem Großen Läuten hatte Brüshaver es endgültig verschüttet, sich selber ein Bein gestellt, un wenn dat sien sall, föllt ein' up'n Rückn und braekt sick de Snut.
Brüshaver nahm sich ausgiebig Zeit, das Barett wieder aufzusetzen. Er blieb einfach vor Cresspahl stehen, bis der sein Gesicht wieder in Ordnung hatte.

Dat dau ick föe di, Lisbeth. Föe di dau ick dat. Oewe sühst du dat?

In der Reihe standen sie so: voran Gesine neben Cresspahl, dann die alten Papenbrocks, Paepckes, die jungen Papenbrocks, die Niebuhrs aus Wendisch Burg und Berlin. Cresspahl sah die Beileidwünscher so aufmerksam an, sie konnten es mit undeutlichem Murmeln nicht abgehen lassen, und manch einer gab sich mit Schweigen beim Händedruck zufrieden. Wulff sagte: Dat harr se nich verdeint; er meinte nicht den Tod allein, sondern auch was Cresspahl den Pastor hatte riskieren lassen. Nun mußte Wulff sieben Jahre lang glauben, es sei diese Bemerkung schuld daran, daß Cresspahl nicht mehr in seinen Krug kam, ihn auf der Straße nicht grüßte, ihn nicht einmal sah. Das wußte er noch nicht. Käthe Klupsch trat in den schmierigen Lehm wie ein Huhn in eine Pfütze; so besorgt war sie um ihre Schuhe. Mr. Smith sagte verlegen, hilflos: You know –; und ihm gab Cresspahl eine Antwort und sagte: I do. Es dauerte wohl zwanzig Minuten, ehe die Prozession der Händeschüttler an allen vorbei war.
Gesine hatte sich so dicht an ihren Vater gestellt, daß ihre rechte Hand versteckt war. Als ihr aufging, daß dann alle die andere nehmen würden, obwohl es nicht die »schöne« war, nahm sie beide auf den Rücken. Dann faßten sie ihr auf den Kopf. Sie war sehr ärgerlich. Sie verstand nicht, warum Martin und Matthias Brüshaver einen Diener vor ihr machten, und Marlene einen Knicks. Das war doch für Erwachsene. Das Kind war müde. Nach drei Tagen bei den Fremden auf der Schleuse war sie am frühen Morgen von Wendisch Burg abgefahren. Die Niebuhrs hatten ihr nichts sagen mögen, und sie hatte deren gedrücktes Wesen, die mitleidige Streichelei nur aus Gehorsam gegen den Vater ertragen. Der Vater hatte lange gezögert, bevor er sie zu der Mutter mitgenommen hatte. Dann hatte er vergessen, ihr zu sagen, daß das Feuer nicht irgend wo, sondern auf dem eigenen Hof gewesen war, und es war ihr schwer gefallen, das Grundstück, das nackte Wohnhaus zu erkennen. Als Cresspahl sie in das ausgeräumte Büro führte, war es ganz finster von Leuten in dunkler Kleidung. Das war die Verwandtschaft; so verwandt bin ich; sie

erkannte aber nicht alle. Auf dem großen Tisch, in der Mitte des Zimmers, stand ein Kasten aus hellem Holz, in dem etwas war, denn es sahen manche dahin, manche auf sie. Cresspahl hatte sie hochgehoben. In dem Kasten lag jemand. Das Kind tat einen Schritt in der Luft, und noch einen, bis Cresspahl sie auf den Tisch neben den Sarg stellte. Es war angenehm, daß er sie nicht losgelassen hatte. Ihr war gesagt worden, daß da die Mutter lag, und sie versuchte, sie sich vorzustellen. Die da lag, war größer als in der Erinnerung. Sie war sonderbar zugedeckt, bis zur Mitte. Sie kannte die schwarze Jacke und die weiße Bluse mit den geplätteten Bändern unter dem Hals. Das Gesicht war unkenntlich, so bunt. Auch als ob es in sich weggerutscht wäre. Diese Art Lächeln kannte sie nicht. Die Haare, füllig locker, sahen künstlich aus. Sie versuchte auf dem Tischrand weiterzugehen, zumindest bis zu den gefalteten Händen, um sie anzufassen. Dann führte Cresspahl sie am Arm bis zu den fremden Händen. Sie sah ihn an, und sein Nicken erlaubte es ihr. Die Hände waren aber nicht heiß wie von Feuer, sondern kalt, wie ein Schaufelstiel im Winter. Dann war sie in eine Ecke des Zimmers gestellt worden, und Cresspahl hatte einen Deckel auf den Kasten gesetzt. Dann hatten draußen die kleinen Glocken zu läuten angefangen, wie sonst zu Begräbnissen. Jetzt mußte sie im Kalten stehen, angeklebt an die nasse Erde, und die Mutter sollte in die Erde gesperrt werden für alle Zeiten, ganz anders als sie gesagt hatte. Als Cresspahl Gesine über die Schulter nahm und von dem offenen Grab wegging, schlief sie schon.

Um fünf Uhr nachmittags hatten sie Brüshaver immer noch nicht geholt.

Brüshaver verbrachte eine Anstandszeit im Papenbrockschen Haus, in dem Louise eine große Tafel gerichtet hatte. Er blieb nicht lange. Louise Papenbrock war an ihrer herablassenden Art gegenüber dem Pastor irre geworden und versuchte es nun einmal mit ausgesuchter Zuvorkommenheit, die ihr schief gelang. Sie wechselte auch zu rasch vom innigen Dasitzen in mütterlicher Trauer zu der Geschäftigkeit der Hausfrau, die zwanzig Leute mit Essen und Trinken versorgen will und der Köchin wie dem Dienstmädchen in der Küche auf der Treppe im Speisesaal auf den Mund auf die Finger auf die Augen

sehen muß. Brüshaver merkte auch, daß die Trauergäste sich allmählich auf den Alltag besannen, und nutzte das erste leise Drängen von Aggie, sich von der Gesellschaft zu verabschieden.
Das Schweigen an dem langen Tisch war nicht verbissen, es setzte sich auch kaum für lange Zeiten; dennoch lief da Zerstrittenheit kreuz und quer: Papenbrock hatte es mit seinem Sohn Horst wie dessen Frau, weil beide am Abend nach Güstrow zurückfahren wollten, so daß sich nichts bei einer Unterhaltung in Ordnung bringen ließ; wenn es um Rachsüchtigkeit ging, so hielt der Alte die für sein eigenes Vorrecht. Er hatte es mit jenem Robert, der nicht einmal ein Telegramm aus Übersee geschickt hatte, so daß Papenbrock vermittels einer gefälschten Kranzschleife dessen Beileid hatte vortäuschen müssen. Louise hatte es mit Cresspahl, weil sie den ersten Platz bei der Begräbnishandlung hatte abgeben müssen; mit den Niebuhrs aus Wendisch Burg, weil sie so niedergeschlagen und still dasaßen, als verstünden sie das Trauern doch besser als eine Gastgeberin, die immerhin die Ohren vollhat; mit Lisbeth, weil sie ihr das hatte antun können, was sie sich selber angetan hatte; mit Alexander Paepcke, weil vor ihm schon die zweite Flasche Rotspon stand. Horst hatte es mit seinem Vater; er hatte es vor allem mit Peter Niebuhr, weil dieser junge Kerl, den er bei Lisbeths Hochzeit noch zu den Proleten gerechnet hatte, nun bei einem Ministerium in Berlin war und sich mit Erfolg herausnahm, ihn über die Saatenanerkennung zu belehren. Hilde hatte es mit dem wuseligen Gehabe ihrer Mutter und mit Cresspahl, weil der sich so anstellte mit seinem Kind und es ihr nicht mitgeben wollte nach Podejuch. Alexander hatte es mit Cresspahl, weil der sich so lange am unteren Ende des Tisches aufhielt bei lauter fremden Lübeckern, von denen einer Erwin Plath hieß; Alexander hätte gern nicht mit den langsamen Schmoogs getrunken, sondern mit dem Schwager. Alexander hatte es mit sich selbst, weil er die Uniform aus Eitelkeit angezogen hatte und ihn doch jeder als einen Verwaltungsoffizier erkannte. Alwin Paap fühlte sich ungeheuer bedienstet, und wünschte sich weg. Die Schmoogs, die Niebuhrs, Heinz Mootsaak waren erstaunt, daß die Papenbrocksche wohl für

die Paepckes vornehme Zimmer eingerichtet hatte, in denen für sie jedoch Wäschekörbe stehengeblieben waren oder die Waschschüssel fehlte; die waren nicht ärgerlich. Peter Niebuhr hatte es mit niemandem, nur daß er gern die Unterhaltung mit Horst Papenbrock losgeworden und am liebsten mit Martha vor die Stadt gegangen wäre. Er blieb aber jenem Mr. Smith aus Richmond zuliebe, der so erfreut war über Marthas Oberschulenglisch; nun konnte er auf seine Frau auch noch stolz sein. Mit Cresspahl hatte es niemand.
Als das erste Abendläuten durch war, standen sie in Papenbrocks Haus auf. Dann drückte Oll Bastian den Knopf noch einmal, und nun kam das eigene Abendläuten für die, die heute begraben worden war.
Sie holten Brüshaver in der Nacht, vier Stunden vor Morgen.

– Gesine, wach auf.
– Warum.
– Du sprichst im Schlaf.
– Ich sprech nicht im Schlaf.
– Ich soll dich wecken, wenn du es tust.
– Was habe ich gesagt.
– Nicht schlagen! oder so ähnlich.
– Danke dir für das Aufwecken. Was für ein Tag ist heute?
– Donnerstag.
– Du, ich muß ins Office.
– Es ist der 22. Februar, Gesine.
– Ja. Ich muß ins Office.
– Es ist Washingtons Geburtstag, Gesine! Die Börse ist zu, die Banken sind zu. Es ist schulfrei!
– Schulfrei möcht ich auch haben.
– Was träumst du denn, Gesine.
– Daß ich schlafe, glaub ich.

Um Stalin Schmerz zu ersparen, haben die U.S.A. ihm bis heute verschwiegen, daß sein Sohn Jakov schon im April 1943 im Lager Sachsenhausen erschossen wurde, auf eigenes Verlangen. Janusz Szpotanski in Warschau muß für seine unveröffentlichte Operette auf drei Jahre ins Gefängnis, und 600 Złoty Strafe kostet sie ihn auch (25 Dollar). Der Kriegsminister McNamara versicherte dem Senatsausschuß für Auswärtige Beziehungen, daß er Angriffe auf U.S.-Zerstörer im Golf von Tonkin vor dreieinhalb Jahren mit hochgeheimen und unanfechtbaren Fakten nachweisen kann, und tat es nicht. In Cuba wird an Personen über 13 Jahre keine Milch mehr ausgegeben; hoffentlich ist dies nicht ein Leibgetränk des Dichters Enzensberger. Breshnew half in Prag den 20. Jahrestag des Umsturzes feiern. 150 000 marschierten in Westberlin für die Amerikaner in Viet Nam, und 10 000 gegen sie. In der sowjetischen Botschaft zu Washington ist eine Bombe hochgegangen, und gestern war es für die Statistik zu kalt, mit eisigen Winden und Temperaturen um minus 10 Celsius, und die Times nennt den Brigadegeneral Nguyen Ngoc Loan umstritten. Das war die versäumte Woche.

Heute haben wir Francine verloren.

Nur zwölf Tage war sie in der Wohnung, und wir hätten es länger ausgehalten mit ihr. Sie war nun fast zu Hause gewesen mit uns.

Für Francine war es gut, daß Mrs. Cresspahl seit dem Sonntag nicht mehr aufgestanden ist, die Tage und Nächte im Fieber verschlief, gelegentlich bei halbem Bewußtsein, redend im Schlaf, angeblich, allegedly. Das war etwas für Francine, darin kannte sie sich aus, damit dachte sie wohl hier Bett und Brot zu verdienen. Sie hat sich Gedanken gemacht über die Krankheit, sie kam mit Eiskrem zurück, wenn sie mit Einkaufen an der Reihe war, immer neues Wasser mit Eisstücken stellte sie neben das Bett, immer auf Zehenspitzen. Marie erzählt es. Heute morgen kam Francine mit einer grauen bitteren Brühe von Tee, den sie nicht aus der Apotheke hatte, sondern von einem alten Mann im hohen Norden Harlems, einem Zauberer mit Kräutern, und sie sagte ohne Zweifel: wenn die Medizinen das Fieber nicht besiegten,

helfe nur noch dies. Es ging nicht an, aus Gefälligkeit einen Schluck zu nehmen, Francines lange Reise und Mühe verlangten, daß die Kranke die Schale bis zur Neige leernippte. Es blieb kein Rückstand. Der Hals wurde ganz weit. – Wenn Sie aufwachen, iss es wech: sagte Francine ernsthaft und kam noch eine Weile mit in einen Traum, in dem sie ein zierlich gekräuseltes Spitzentaschentuch zwischen ihren Zöpfen spazieren trug, davon war ihre Haut etwas dunkler geworden. Sie war nicht zutraulich, lange nicht vertraulich mit der Weißen Frau, sie versuchte ihre Scheu zu überspielen mit den Redensarten von Krankenschwestern, daß »wir« jetzt gehorchen und »wir« gesund werden wollen; dann wurde Francines Stimme ganz hoch, fest, mit einem Rand Lustigkeit, denn ein Spiel sollte das auch sein. Sie hatte sich verändert.
Sie war nicht mehr das Kind, das noch den Platz verteidigen will, den es auf einem Stuhl hat, das versucht, den Besitz auszubauen mit Defensive nach allen Seiten, und sei das neu erworbene Privileg nur, daß man ihm eine Minute länger zugehört hat als der Konkurrenz. Auch Maries Kleider konnte sie schon ansehen nicht daraufhin, wie sie mit Komplimenten, Schmeicheleien, Bitten zu erkämpfen seien, sondern, ob sie denn ihr auch gefielen. Sobald sie heraus hatte, daß sie das Recht hatte, zu bitten, und obendrein mit Erfolg, fiel ihr das Verzichten leichter. Als sie sicher war, daß sie ihren Teil hatte an der gemeinsamen Benutzung der Wohnung, wurde der Neid kleiner, und die Bewunderung für Marie auch. Dann konnte sie Marie ansehen auf was sie ist, nicht was sie hat; Marie allerdings bezog noch viel von ihrer Nachgiebigkeit aus dem, was Francine zu Hause nicht hatte, oder haben wird. Konkurrenz war da sichtbar nicht übrig. Als sie unverhofft die Kranke im Haus hatten, mußten sie eine gründliche Arbeitsteilung einrichten, sie hingen einer von des anderen Arbeit ab, und in mancher war Francine zuverlässiger. Wenn das Geschirr abgegessen ist, geht eine Francine hin und wäscht es sauber, fleißig und ergeben, weil es einmal doch getan werden muß; Marie stellt das Geschirr erst einmal ins Becken und gönnt sich eine Schonfrist. Als Frau Erichson ankam, hatte sie ein Chaos erwartet in der Küche wie in den Zimmern, sie fand aber eine aufgeräumte, sorgfältig in Gang

gehaltene Wohnung, die ihren mecklenburgischen Ansprüchen auf Solidität fast Genüge tat; es war lediglich der übermäßige Vorrat an Fernseh-Dinners und tiefgefrorenem Geflügel, der ihr für einen Moment die Sprache verschlug. Für Frau Erichson wurden die Tage in New York nicht eine Arbeitsverpflichtung, sondern ein Urlaub in der Stadt; sie konnte sich damit begnügen, den Kindern Anweisungen zu geben

Wenn tein melkn, möt einer an de Bank ståhn un mit de Emmers klappern; süß wardt dat nicks

und hatte sich bald verkuckt in die kleine Schwarze, die so dienstmädchenhaft sagen konnte: Ja, Madam; Gewiß, Madam; die dennoch nicht furchtsam war und ihr oft genug in die Augen sah in einer fröhlichen Art, die die Alte hätte auch als Herausforderung nehmen können. Herausfordern läßt sich eine Mrs. Erichson nicht, dafür hat sie ihre Sprüche; von't Burrjacken kümmt't Piesacken; als sie wieder abfuhr nach New Jersey, war sie nahe daran, diese Francine mit Marie einzuladen; diesmal sprach sie es noch nicht aus. Denn Mrs. Erichson sah diesen Haushalt ohne ihre Mitwirkung laufen und wollte zu dem eigenen zurück; da sie auch nicht mehr bei der Krankheit gebraucht wurde, nahm sie ihr Auto und ist inzwischen weit über Bayonne hinaus. Das Fieber war um Mittag herunter, und ist weggeblieben.

Francine und Marie saßen vor dem Abendessen im großen Zimmer nebenan am Tisch und versuchten nachzuholen, was sie von den versäumten Klassenstunden hatten zusammentelefonieren können. Halb waren sie vom Bett aus zu sehen, der helle neben dem dunklen Kopf, Francines etwas krummerer Rücken, Maries weites Zurücklehnen, wenn sie über etwas nachdenkt, das Kinn hoch, einen Bleistift am Mund, den Blick gegen die Decke. Dann ging die Klingel, und die Tür zum Zimmer der Kranken wurde sanft zugedrückt, nicht ganz vollständig in der Eile. Die Kranke hatte weiterschlafen sollen, und wachte nun vollends auf.

Die Stimme des Besuchers war die eines jungen Mannes, ein träger, die Vokale anspitzender Tenor, um die fünfundzwanzig Jahre. Der Fremde mag auf einer Universität gewesen sein, er konnte doch leicht in Slang hinüberwechseln, wobei die Sprache zitiert klang, und die sichernde, mißtrauische, umwegfreudige Haltung wie in vielen Jahren antrainiert. Anfangs führten er und Marie das Gespräch; auch später war von Francine nur wenig zu hören.

– Wenn dies die Wohnung Cresspahl ist, möcht ich wohl mal reinkommen.
– Machen Sie das immer so?
– Das mach ich immer so.
– Dann können Sie nun wieder gehen. Denken Sie bloß nicht, wir sind hier allein.
– Ich bin von der Stadt, meine Kleine.
– Ihre Kleine suchen Sie sich wo anders. Und Sie werden ja wohl einen Ausweis haben.
– Du bist wirklich eine ungeheure Type, du zartes Kind.
– Von der Fürsorge?
– Du kannst ja lesen!
– Wir haben nichts zu tun mit Fürsorge. Meine Mutter verdient Geld.
– Und wie also sichert sie den Unterhalt der Familie?
– Sie arbeitet bei einer Bank in Stadtmitte.
– Dann ist es zweifelsohne die Chemical.
– Es ist nicht die Chemical.
– Kriegt man hier einen Stuhl angeboten?
– Weil Sie ein Gentleman sind.
– Kinder, das war doch nicht unfreundlich gemeint. Lauft ihr mal den lieben langen Tag durch Häuser, die keinen Fahrstuhl haben.
– Machen Sie es umsonst?
– Denn wollen wir also geschäftlich werden. Ich suche ein Kind, das heißt Francine, elf Jahre, gefärbt, und ein Bild hab ich auch von ihr.
– Na und?
– Das ist sie.
– Und wenn?
– Dann bin ich hier richtig.
– Es ist vollständig legal, daß sie bei uns lebt. Das Polizeirevier weiß es, und Francines Mutter hat die Adresse auch.

– Wo anders hab ich sie auch nicht bekommen.
– Verstehst du das, Francine?
– Ich soll dich von deiner Mutter grüßen, Francine.
– Wir wollten morgen wieder ins Krankenhaus.
– Francines Mutter ist nicht mehr im Krankenhaus.
– Das wüßten wir.
– Das wißt ihr nicht. Sonst könntet ihr euch vorstellen, daß in einer Kältewelle die Betten noch knapper werden als sonst. Sie ist entlassen.
– Ich muß nur meine Sachen packen.
– Sie können doch Francines Mutter nach einer solchen Verwundung nicht zurücktun in so ein Loch wie das an der 103. Straße!
– Ich wars nicht. Wie heißt du überhaupt.
– M'rie.
– Also, dear Mary. (Du bist nicht meine liebe Mary, das weiß ich nu.) Ich bearbeite diesen Fall. Bei einem Kontrollbesuch hat man mir die Geschichte erzählt. Und ich war entschlossen: wenn sie zurückkommt, nicht in das Loch. Wie du zutreffend sagst.
– Es ist ganz außerordentlich freundlich von Ihnen, Mr. Feldman.
– Also hab ich den Fall umgetopft in ein Hotel.
– So eins, für das die Stadt Miete zahlt?
– Gib zu, es ist besser.
– Ein wenig besser als die 103. ist so ein Hotel wohl.
– Nun sitzt die Mutter mit einem Kleinkind allein. Die ältere Tochter ist aus dem Kinderheim ausgerissen, nicht aufzutreiben.
– Dann fehlt noch der ältere Bruder.
– So eine Familie ist das.
– Ich glaub nicht, daß die selber schuld sind.
– My dear Mary (ja! ich weiß!), wenn ich nun auch noch darüber nachdenken wollte, käm ich zu nichts.
– Und nun nehmen Sie Francine mit.
– Wenn sie nicht will, kann ich sie auch holen lassen.
– So ist das.
– Mary, bist du nicht dafür, daß eine Familie zusammenlebt?

– Ja. Und Francine soll ihrer Mutter die Pflege abnehmen, damit sie – es war nichts. Ein Irrtum.
– Vielleicht sind die Wunden immer noch nicht richtig ausgeheilt. Die Mutter sagt, sie will Francine.
– Warum ruft sie uns nicht an.
– Das weiß ich nicht. Es ist aber klar, daß sie es nicht möchte. Nicht über sich bringen mag. So ähnlich.
– Und Sie haben einen Brief von ihr.
– Den kann ich dir hierlassen. Und überhaupt ist es eine Gefälligkeit.
– Gegen wen?
– Mary, wenn deine Francine seit zwei Tagen weiß, daß sie zu der Mutter zurückkommen soll, und auch die neue Adresse weiß –
– Das glaub ich nicht.
– Francine, kennst du eine Mrs. Lippincott? Sie wohnt in eurem alten Haus.
– Ja, Mister.
– Hat sie dich nicht neulich auf dem Broadway getroffen?
– Ja, Mister.
– Hat sie dir gesagt, wo deine Mutter ist, und daß du kommen sollst?
– Ja, Mister.
– Francine.
– Es ist so, Marie.
– Du, Francine!
– So. Wann kommt diese Mrs. Cresspahl also nach Hause von der Bank, die nicht die Chemical ist?
– Sie ist hier. Sie ist krank.
– Ihr seid eine unverstandene Generation, beim blutigen Jesus. Jetzt muß ich ihr alles noch einmal vortragen.
– Nein.
– Vielleicht sollte ich mich ihr vorstellen.
– Sie können da nicht rein. Wenn Francine sich verabschieden möchte.
– Nein, Marie. Ich möcht es ihr nicht sagen.
– Siehst du.
– Schon du hast es nicht verstanden. Es war keine Lüge.
– Dann gehst du jetzt.
– Wir können jetzt gehen, Mister.

Eine Anzeige an die Öffentlichkeit. Louis Levinson, 75 Jahre alt, Bruder von Sam, Isidore, Tillie und Pearl Levinson, möchte mit irgend einem Mitglied seiner Familie in Verbindung treten. Telefon IN 1-6565.
Als meine Mutter ein Kind war, sagte ein Arzt: Das Kind hat es mit dem Herzen. Und lassen Sie es öfter mit dem Stock gehen.
Dabei hatten die Kinder den Stock quer im Rücken und mußten ihn in den Armbeugen festhalten. Damit sie Haltung lernten.
Meine Mutter hatte enge Hüften. Noch als sie sechzehn war, wurde sie »schwach« genannt. Sie ging immer leicht vorgebeugt, mit eingesunkenen Schultern. Sie ermüdete schnell, schon von einer halben Stunde Spazierengehens. Dann lernte sie das Reiten.
Wenn sie an einem Spiegel vorbeikam, hieß es: Ick kann mi nich helpn, ich finn mi hüpsch. Damit ist sie ihr Leben lang aufgezogen worden. (Weil sie einmal, mit zehn Jahren, sich um eine Viertelstunde beim Kämmen verspätet hatte.) Finnsti tau hüpsch? Even if I say so.
Mit achtzehn Jahren war sie Schnittlauch auf allen Suppen.
Als Kind hatte sie gesagt: ich kenne ein Mädchen, das glaubt nicht an Gott.
Gott, der die Atombombe erfand, schießt auch auf Sperlinge, damit sie vom Dach fallen.
Sie ging so leicht, ihre Schuhe wurden nicht älter.
Ihre Kleider hörten alle am Knie auf, als sie nach Lübeck heiraten sollte.
Papenbrock 1931 zu Cresspahl: Ich bin sicher, daß Sie meine Tochter glücklich machen können. So von Mann zu Mann.
Ein Satz, heimlich aufgeschrieben in Richmond, August 1932: You know, I have secrets in my head, but I do not know them. Only my head can get at them.
Manisch verantwortlich noch für die Vögel im Garten.
Als die Ärzte wußten, woran sie gestorben war, wuschen sie ihr die Haare.
Bei Beerdigungen stand vor dem Nordportal der Petrikirche ein Pult mit Liste, in der die Trauergäste sich eintrugen.

Pauli Bastian stand daneben und fragte: Besichtigung? Besichtigung? Diesmal durfte er das nicht sagen. Diesmal wurde gefragt: Was! Keine Besichtigung? Keine Besichtigung?
Eine Protestantin. »Protestanten entscheiden selber, was vordringlich ist.«
Das Geräusch der Strandsteine, die die zurücklaufende Welle abreibt. Dahin konnte sie den Kopf lange halten, am liebsten im Nebel.
Wenn sie Herdringe herausnahm, konnte sie vergessen, daß sie sie am Haken in der Hand hielt, so benommen sah sie ins Feuer.
Immer hat sie sich über ihren langen Hals gewundert. Als Kind hatte sie fast gar nicht Hals.
Sie war so unverhofft weg; es wurde ja nicht von ihr gesprochen.
Nicht zu sehen.

25. Februar, 1968 Sonntag

Viele Senatoren im Ausschuß für Auswärtige Beziehungen mögen der Regierung in der Tonkin-Sache kein Wort mehr abnehmen, und der Vorsitzende Fulbright nennt den Kriegsminister McNamara pflichtvergessen wegen Unterschlagens von Information. Nennt ihn derelict.
Derelict; möchte das Wort nicht passen auf das Englisch der Angestellten Cresspahl, die in einem Land mit solcher Sprache ihre Arbeit verkaufen möchte, wie auf ein treibendes Schiff ohne Steuermann und Besatzung. Bei derelict hilft wenig genug, daß es sich zurückdenken läßt in die Lateinstunde vor siebzehn Jahren in Gneez, zu linquere und weggehen, zu relinquere und zurücklassen, zu relictus, dem Zurückgelassenen, dem die Vorsilbe nur noch die Gründlichkeit, Vollständigkeit und Endgültigkeit seines Zustandes betont: derelict, das Land, von dem die Bewohner fortzogen, der Boden, auf den der Bebauer verzichtet, die Anschwemmung, die das Meer zurückläßt, das verlandete Gewässer, das aufgegebene Wrack, das verrottete Haus, das herrenlose Gut, die nicht abgeholte Fundsache; und wenn eben noch die Bedeutung

hinter Zäunen von Wissen eingesperrt schien, ist sie schon entschlüpft und der nächste Schritt ins vermeintlich Sichere trifft ins Bodenlose. Denn die Cresspahl hat Englisch gelernt, nicht Amerikanisch; und das Amerikanische ist seit hundert Jahren gewöhnt, aus dem passiven Relikt und Derelict über die Dereliction und Vernachlässigung der Pflicht eine Person zu denken, die das aktiv tut: den Delinquenten, den Schuldigen, einen Lügner genauso wie die Leute, die für Polizei und Times nicht einfach nur Heruntergekommene sind, sondern auch solche, die sich von der Gesellschaft mit Vorbedacht abkehrten und nun in Fransen und bärtig, schwankend von Hunger und Alkohol auf der Bowery stehen, Bettler, Stadtstreicher, derelicts.
Mr. Fulbright hat dem Mr. McNamara zu verstehen gegeben, was er von ihm hält; die Cresspahl hat den Herren zugehört. Sollte sie unverzüglich erläutern, was sie begriff, sie würde zögern. Vielleicht verdankt sie die Vorstellung von McNamara auf der Bowery doch der Zwischenzeile, in der die New York Times das Wort derelict hervorhebt; sie wäre nicht so sehr geniert, einen Fehler zu zeigen, als besorgt wegen der Schlußfolgerung, daß sie nicht vollständig kann, wovon sie leben will.

Es reicht nicht, Cresspahl. Wenn das Englisch des Genossen Stalin nicht klassisch wäre, müßte man es kinderleicht nennen. Vier, Cresspahl. Setzen Sie sich. Baumgärtner, Sie sind daran.

Nach dem Krieg amtierte Dr. Kliefoth als Direktor der gneezer Oberschule und hatte für die Englischstunden wenig Zeit. An seiner Stelle unterrichtete Frau Dr. Weidling, bis die sowjetische Spionageabwehr herausgefunden hatte, daß ihr Mann nicht Hauptmann bei den Panzern, sondern bei der Abwehr gewesen war und sie ihre Beherrschung der Sprache den Auslandsreisen verdankte, auf die Weidling sie mitgenommen hatte. Herr Kliefoth war bald abgesetzt, auch als Lehrer. Englisch wurde dann bis zum Abitur gegeben von einem Junglehrer, der den Vornamen Hansgerhard trug. Er war nicht in England gewesen und erklärte der schweigenden

Klasse, daß seine Professoren auf der Universität Greifswald ihm gelegentliche Abweichungen in der Aussprache freigestellt hätten, wenn er die britischen Schallplatten nicht habe nachmachen können. Seine Begründung sei gewesen: er höre das anders. Es war seine erste Lehrerstelle, und es war sein erster Fehler. Danach wies er auf seine Jugend hin und bat die Schüler, sie trotz ihres Rechts auf den Nachnamen mit dem Vornamen anreden zu dürfen; er erwähnte den Neuen Geist der Neuen Schule. Lise Wollenberg meldete sich. – Aber gern, Hansgerhard: sagte sie. Heinz Wollenberg galt noch als Stütze der Gesellschaft, und Lise bekam von dem jungen Mann die Entschuldigung für seinen Wutausbruch. Nach diesem dritten Fehler nannte er nicht mehr alle beim Vornamen. Bei ihm wurde nicht »Der goldene Käfer« von Edgar Allan Poe gelesen. Er nahm durch »Ist der Krieg unvermeidlich?« von Jossif Stalin. Die Schülerin Cresspahl, vorderste Tischreihe Mitte, am Gang, bekam da nicht gute Noten. Mit Privatstunden bei Kliefoth war es nichts, da der weder Gefälligkeit noch Geld dafür angenommen hätte. Hg. Knick verstellte die Lippen, wenn er in die Fremdsprache hinüberwechselte, mit Bewegungen wie beim Kauen, verstellte auch die Stimme, und mußte sich mehrmals pro Monat von seinen Schülern sagen lassen, daß sie es anders hörten, obwohl seine Lautwerte wahrscheinlich so britisch wie ihm möglich ausfielen. Beim Abitur stand die Cresspahl in Englisch auf Eins, und sie bekam die Zulassung an der hallenser Universität für einen holprigen Aufsatz über die Aussichten einer kommunistischen Partei in einer parlamentarischen Monarchie. Die Sachsen hatten es auch mit dem Neuen Geist der Neuen Schule, aber sie stellten nicht anheim, wie man es hört, und Professor Ertzenberger hätte sie am liebsten als Demonstrationsperson in seinem Seminar vorgeführt. Er war begeistert über das Beispiel.

Fräulein Cresspahl, bitte sprechen Sie eine Verbindung von k und l.

Tackle. Shackle.

Und nun in einem deutschen Wort.

Mecklenburg.

Hören Sie es?
Nein, Herr Professor.
Sagen Sie: Wesel.
Wesl.
Ihre Artikulation ist meek-lenburgisch bis in die Knochen, Fräulein Cresspahl! Sie können das l nicht abtrennen! »M e ckl e nburg«. Das muß weg.

Da fing sie an, zu sprechen, und im zweiten Semester, im Schnellzug Leipzig-Rostock, verstand sie erst beim zweiten Mal den Fahrgast, der sie englisch ansprach auf das englische Taschenbuch, das sie in der Hand hatte. Allerdings waren Engländer auf den ostdeutschen Staatseisenbahnen nicht die Regel zu jener Zeit. Noch in Frankfurt am Main, als sie das Dolmetschen lernte, kam sie nicht hinein in das Englisch der Kinder, die sie abends im amerikanischen Viertel der Stadt zu besorgen hatte, und noch nicht beim Armeerundfunk der Amerikaner in Westberlin hatte sie sich so weit, »either« mit einem i auszusprechen, »fast« mit einem ae und das Wort für Künste wie das für Herz, arts als hearts. In New York gilt ihr Akzent als neuenglisch, und in Neuengland als new yorker Mischmasch. Nach fast sieben Jahren in New York kann sie vom Dollar auch als dem buck sprechen, dem Bock; sie denkt aber im Gehirn die britische Aussprache mit und hilft sich mit der Vorstellung, daß ein Bock ein Besitz ist, daß man ihn sichten, jagen, erlegen kann. Dagegen ist das Sprechen von Italienisch oder Französisch für sie eine ungefährliche Übung, allseitig beaufsichtigt und geplant; im Amerikanischen muß sie Grammatik nicht mehr planen, und dennoch fällt sie gelegentlich in ratlose Pausen wie abwärts aus großer Höhe.
Nannte McNamara derelict.
Wo in den anderen Büros die Familienfotos und die Blumentöpfe stehen, hat sie einen schmalen Papierstreifen angebracht (der dem puertorikanischen Packer nicht ausreichte als »Persönliches«). Darauf steht: THE CUSTARD APPLE IS THE FRUIT O THE SWEET-SOP. Er heißt nicht mehr als DIE FLASCHENBAUMFRUCHT IST DIE FRUCHT DES FLASCHENBAUMS, aber sie versteht ihn nicht. Denn CUSTARD auf dem Schild, das sie zweimal sieht an jedem Arbeitstag auf dem Ubahnhof Times

Square, es hat mit Flaschenbäumen nichts zu schaffen, custard ist Eierpudding. Allerdings sind die Früchte des amerikanischen Flaschenbaums geformt wie ein Ei. Der Eierschnee jedoch hat seinen Namen von einem französischen Wort für Pastete. Der Flaschenbaum, so genannt wegen seiner Stammbildung, heißt allerdings der Süße Eingeweichte, sweet-sop, und ein anderes Wort für seine Frucht ist sugar apple, der Zuckerapfel. Sie begreift nicht, was diese Worte von einander wissen, und der leichte abkippende Schwindel beim Anblick dieses Satzes warnt sie vor der Einbildung, sie könnte jemals auf der englischen Seite der Sprache leben.
Damit soll sie morgen arbeiten gehen.

26. Februar, 1968 Montag

– Sie nannten es Reichskristallnacht? sagt Marie.
– Ja.
– Wie Washingtons Geburtstag?
– Ja.
– Fang an, Gesine.
– Weil den Juden ja auch Kristall kaputtgeschlagen worden war, oder gestohlen.
– Du hast gesagt: es ist den Juden ans Leben, an ihre Betriebe, an ihre Wohnungen gegangen. Eine Milliarde Mark als Strafe. In die Schulen durften sie nicht mehr. Die Pensionen waren weg. Die Versicherungen galten nicht. Und die Regierung nannte das hart, aber legal.
– Ja, Marie.
– Und war Reichskristallnacht ein Regierungswort?
– Nein. Das war von den Regierten.
– Ich will dir ja glauben, aber erklär es mir noch einmal.

In der Woche nach der Reichskristallnacht war Cresspahl noch in Jerichow. Es war eine ganz gewöhnliche Woche.
Am 14. November, Montagabend, veranstaltete die N.S.D.A.P. einen Kameradschaftsabend im Strandhotel von Rande. Das Strandhotel stand schräg gegenüber der Schiffsanlegebrücke, an der Straße der S.A. Die Musikschule Gneez wirkte mit

Instrumentalstücken mit, und eine Gruppe Jungmädel sang »Die roten Fahnen brennen im Wind«. Jungmädel wurden die genannt, die noch zu jung waren für den B.D.M. Die Rede zur Begrüßung hielt Friedrich Jansen, in stillen, nahezu zahmen Tönen. Der Saal des Strandhotels war bis auf wenige Stühle besetzt, und Jansen konnte auch dem Kreisleiter für seine Gegenwart danken. Swantenius aus Gneez betrachtete ihn mit verstecktem Lächeln, das der andere für kameradschaftlich hätte nehmen können, sollte es ihn nicht daran erinnern, welche guten Dienste Swantenius ihm beim Obersten Parteigericht geleistet hatte. Jansen rief dreimal Siegheil, und dreimal antwortete ihm der Saal mit Siegheil. Es führten dann noch Jungmädel in mecklenburgischer Volkstracht Volkstänze vor. Die N.S.-Frauenschaft hatte Lieder eingeübt. Zum Schluß gab es noch ein Theaterstück in plattdeutscher Sprache, bei dem viel gelacht wurde, und die Schieß- und Würfelpreise wurden verteilt. Der Tanz ging bis nach Mitternacht. Als die Jerichower von dem Fest zurückkamen, war die Stadt dunkel, bis auf zwei Fenster in Papenbrocks Haus. Da saß der Alte, und mochte Cresspahl nicht nach Hause lassen. Er war müde vom Trinken und weckte sich nur selten durch hohes Aufseufzen. Cresspahl blieb, bis Papenbrock nicht mehr merkte, daß er auf sein Kontorsofa gelegt wurde.

Am Dienstag wurde im Cresspahlschen Haus die Tüte für die Pfundsammlung abgegeben. Auf die Tüte war ein stilisierter Reichsadler gedruckt, der auf einem Hakenkreuz hockt. Später kam Frau Jansen und entschuldigte sich im Namen des B.D.M.-Mädchens, das gedankenlos seiner Liste gefolgt sei, aber die Tüte stand schon mit Gries gefüllt bereit. Das Pflichtjahrmädchen konnte Frau Jansen nicht sagen, wo Cresspahl war. Cresspahl war bei Koepcke, Bauunternehmung, und am Nachmittag kamen die ersten Lastwagen mit Arbeitern, die die Scheune gänzlich eintrümmerten und die ersten Fuhren Schutt wegbrachten.

Am Mittwoch stellte Richard Maass einen Globus ins Fenster. Er vermerkte auf einem Zettel, daß auf der Weltkugel schon die neuen deutschen Grenzen eingedruckt waren. Es war ein Muster, zur Enttäuschung der Kunden, aber Maass kam auf einundzwanzig Bestellungen.

Hauptlehrer Stoffregen lieh sich das Muster für eine Schulstunde aus. Auf Cresspahls Grundstück wurde Schutt abgefahren. Das Kind war nicht im Papenbrockschen Haus, und offenbar war deren Dienstmädchen streng gegen Schwatzen verwarnt worden. Es war aus Edith nicht herauszukriegen, warum die Gesine bei ihrem Vater gehalten wurde, statt bei der Großmutter. Inzwischen blieben mehr Leute als gewöhnlich stehen vor der Anschlagtafel der Kirchgemeinde, aber es war immer noch nicht angekündigt, ob Brüshaver zur Sonntagspredigt zurück sein würde. Der älteste Sohn Brüshavers war nicht zur Schule gekommen.
Am Donnerstag waren viele Jerichower nach Gneez gefahren. Stoffregen hatte anderthalb Eisenbahnwaggons für die Schule bestellt. In Gneez wurden neue Rekruten vereidigt. Jerichow hatte beim Einzug der Luftwaffe alle Abordnungen gehabt, die auch in Gneez auftraten, bis auf die N.S.-Jägerkameradschaft. Es hieß allgemein, die Feier in Jerichow sei mehr erhebend gewesen. Es wurde auch gesagt, es sei Brüshavers Schuld, wenn der jerichower Feier etwas abgegangen war. In Gneez läuteten die Kirchen vor der Vereidigung. Da waren ein evangelischer und ein katholischer Heerespfarrer, die auf die Bedeutung des Fahneneides eigens hinwiesen. Dann wurde gesungen »Wir treten zum Beten«. Das Siegheil hatte auf dem jerichower Marktplatz pünktlicher eingesetzt, und zu Hause sei das Echo besser gewesen. Am Abend war Cresspahls Werkstatthaus bis in die Erde abgetragen.
Am Freitagmorgen zogen zwei von Zelcksche Gespanne an und begannen die Stelle umzupflügen, an der die Scheune gestanden hatte. Cresspahl und Paap setzten Zaunpfähle entlang einer Linie, an der die Ostwand gewesen war. Wenn man die Linie weiterdachte, schnitt sie ein Drittel des Gartens ab. Es sah aus, als ob Cresspahl den Streifen Land verkaufen oder verpachten wolle. Am späten Nachmittag war das verkohlte Holz vom Hof, und die Gespanne rissen den Hof tief auf. Dann kam Koepcke mit seiner Motorwalze und machte aus den frischen Furchen auf dem Hof eine saubere, plane Fläche.
Am Sonnabendmorgen lud die Luftwaffe zu einer Weihnachtsschau. Es war kaputtes Spielzeug, jetzt in Ordnung

gebracht und für die Kinder bedürftiger Volksgenossen bestimmt. Gneez mochte Wehrmacht haben; Jerichow konnte stolz sein auf Luftwaffe. Schon der Hoheitsadler hatte einen ganz anderen Schick als der gewöhnliche, mit den breiteren Flügeln und dem vorgereckten Kopf. Noch auf einer Kranzschleife nahm sich das elegant aus. Eine solche Kranzschleife war von dem Cresspahlschen Grab gestohlen. Hauptlehrer Stoffregen überraschte drei Jungen, die in der Schulpause über einen Weiterverkauf verhandelten, und zwang sie, das Stück Stoff mit einer Entschuldigung an Cresspahl zurückzugeben. Sie kamen zurück und berichteten, daß Alwin Paap sie nicht auf den Hof gelassen hatte und Cresspahl nicht da gewesen sei.

Wer am Nachmittag Jerichow 209 anrief, kam immer nur an Alwin Paap. Der ließ sich nicht ausfragen, der wurde unfreundlich vor Sachlichkeit, mit dem hatte Cresspahl etwas angestellt. Dann mußte noch der Montagmorgen abgewartet werden. Aber es kam keines von den Pflichtjahrmädchen zum Einkaufen. Die waren beide mit ihren Koffern abgefahren. Hatte Paap denn kochen gelernt? Er hatte sich bei den Creutzens in Kost gegeben. Er ging nicht zu ihnen, das Essen wurde ihm auf den Hof gebracht, so daß er ihn nicht verlassen mußte. Papenbrock wollte am Telefon auf eine tückische Art wissen, wozu Einer ihn nach Cresspahl frage. Koepcke hatte zwar mit Cresspahl eine Bezahlung erst zum 31. Dezember ausgemacht, aber es war doch ängstlich, den Mann aus der Stadt zu wissen. Koepcke mochte Papenbrock nicht sagen, daß er an der Zahlungsmoral seines Schwiegersohns zweifle, und sprach nicht weiter. Mit Papenbrock wollte es keiner verderben.

Es war also nur anzunehmen, daß Cresspahl am Morgen des Sonnabend aus Jerichow weggegangen war. Mit dem Kind.

27. Februar, 1968 Dienstag

Das Weiße Haus läßt sagen, Präsident Johnson sei überzeugt, es seien dem Kongreß alle Tatsachen in der Tonkin-Sache mitgeteilt worden, bevor die Abgeordneten der Ausweitung

des Krieges in Viet Nam zustimmten. Senator Fulbright glaubt es noch immer nicht.
Das Pentagon hat in Saigon über die neue Pressezensur sagen lassen, daß die Zahl der täglichen und wöchentlichen Toten davon nicht betroffen sein werde.
Louis Schein, Immobilienmakler in der Bronx, soll einem Schwurgericht sagen, ob er von John (»Radau«) Ardito mit dem Tode bedroht oder verprügelt wurde, wegen eines Darlehens von $ 5000. John Ardito soll in der Mafiafamilie von Vito Genovese ein großes Sagen haben, und Louis Schein mag nichts sagen. Lieber will er die Strafe wegen Mißachtung des Gerichts als die Strafe von der Mafia. Er mag nicht einmal sagen, ob er Ardito kennt.
Ende Dezember, zwei Tage nach Weihnachten, kam Cresspahl zurück nach Jerichow.

– So kannst du es mit mir nicht machen! sagt Marie. Über Francine hat sie seit vier Tagen nicht sprechen mögen. Sie sieht Francine in der Schule, sie wehrt Erkundigungen mißmutig ab, wie etwas Taktloses. Nun muß etwas anderes her für die Abende. Sie scheint eifrig, aufmerksam; sie versucht etwas wegzudrängen.
– Er hatte das Kind mitgebracht.
– Wo er war, Gesine! Wo er war!
– In Lübeck, auf dem Markt, gab es eine Zweigniederlassung der Hamburg-Amerikanischen Packetfahrt-Actien-Gesellschaft, und die Hapag unterhielt einen Schnelldienst von Hamburg nach New York über Southampton und Cherbourg.
– Du willst mich reinlegen. Cresspahl in New York?
– Der Fahrpreis für einen Erwachsenen fing an mit 605 Mark, und damit war schon für einen sechstägigen Aufenthalt in New York bezahlt. Traust du ihm das nicht zu?
– Gesine, ist es eine Wassertonnengeschichte?
– Nein. Nur, über meine Mutter sprechen wir nicht mehr. Die ist inzwischen tot.
– Ist sie in dem Feuer –? O. K. Ich will es nicht wissen. Ich versprechs.
– Also New York ist nichts für Cresspahl?
– Es wäre mir nicht angenehm. Es würde mir zu deutlich

passen. Erst ein zufälliger Robert Papenbrock, danach noch dein Vater. Und dreißig Jahre später sitzen wir in New York. Es sähe so ausgedacht aus.
– 905 Mark weniger für die Hapag.
– Du willst mich testen, Gesine. Du hast neulich etwas vom Umsteigen nach Kopenhagen gesagt, an einem See, gegenüber einer Insel, und noch früher, daß in Lübeck ein britisches Konsulat war. Auf *dem* Schüsselbuden, siehst du wohl. Da wird auch ein dänisches gewesen sein.
– An der Untertrave. Aber wenn er über Rostock fuhr, konnte er da in die Große Mönchenstraße gehen, da saßen die Dänen, und die Reichsbahn fuhr jeden Tag mit der »Schwerin« oder der »Mecklenburg« die 42 Kilometer nach Gedser, nach Dänemark.
– Das verstehe ich nicht. War Deutschland nicht unter Diktatur?
– Das war nicht was ich sagte. Von Verbrechern regiert und verwaltet.
– Und eine Diktatur läßt Leute nach draußen?
– Die Deutschen waren in der Mehrzahl zufrieden mit Hitler und Genossen. Sie waren nicht verdächtig, gleich zu Millionen aus dem Land zu laufen. Also gab es sogar einen Ausflugsverkehr Warnemünde-Gedser, ohne daß Einer einen Paß gebraucht hätte. Es genügte lediglich ein Ausflugsschein, der wurde an Bord für 25 Pfennig verkauft. Nur was das Geld anging, da waren die Ganoven auf dem Qui vive. Die Ausflügler durften nur bis zu zehn Mark bei sich haben, und nämlich in Münzen, nicht in Papier. Dann durften sie an Land in Dänemark, und die Dänen zwangen sie ganz gewiß nicht mit Gewalt, auf das Nazischiff zurückzugehen.
– Warnemünde?
– Wo die Warnow mündet. Ein Vorhafen von Rostock, damals. Da ging der Schnellzug aus Berlin aufs Schiff. Wenn es die »Schwerin« war, erst zwölf Jahre alt, nicht viel mehr als 3000 Tonnen, 106 Meter lang –
– Eine South Ferry! Eine North Ferry!
– Mit Salons für Raucher und Nichtraucher –
– Es gefällt mir, Gesine.
– Mit Schlaf- und Badekabinen, Veranden, Promenaden-

decks und einem großartigen Restaurant, denn die Fahrt dauerte zwei Stunden –
– Du machst unsere South Ferry schlecht. Sie kann kein Restaurant haben bei 20 Minuten Fahrt. Keine Schlafkabinen.
– Marie, das war das Schiff, das die Reichsbahndirektion Schwerin damals laufen ließ. Es ist nicht ausgedacht.
– Cresspahl trug das verbotene Geld unter dem Hut. Das trau ich ihm zu.
– Er ließ es das Kind tragen, in die Schlafpuppe eingenäht. Das trau ich ihm zu.
– Er besorgte Geschäfte für Erwin Plath in Dänemark.
– Das weiß ich nicht, nicht einmal ob er nach Dänemark gefahren ist.
– Du kannst es doch beweisen. Du hast seinen Paß.
– Den der Republik hab ich ihm 1951 gestohlen; nicht den mit dem Hakenkreuz. In Jerichow weiß das Keiner mehr, und ich mochte ihn nach dem Krieg nicht fragen, was Ende 1938 war. Was ich da weiß, ist mir in Stücken erzählt worden; dies nicht.
– Nimm Dänemark an. Ein Mann allein mit einem Kind.
– Später in meinem Leben bin ich viel mit der Eisenbahn gefahren, von Mecklenburg nach Sachsen, von Bayern nach Italien, von Wales nach Schottland, und ich mußte es nicht mehr lernen. Ich konnte das schon; vielleicht habe ich es im sechsten Jahr gelernt. Ich kann Strecken träumen, viele hundert Kilometer lang, dichten Mischwald neben dem zweiten Gleis bis genau zu der Stelle, an der wiesiges Gelände einfällt, und erkenne die wirkliche Strecke nicht wieder, nicht einmal im Wachen. Als ich mit dir nach New York fuhr, ich mußte nicht neu herausfinden, was ein Schiff ist; ich hatte es schon bei mir.
– So geht es mir nicht.
– Bei dir hat es nicht sechs Wochen gedauert.
– Also war es Dänemark.
– Vielleicht. Als wir von Kopenhagen nach Esbjerg fuhren–
– Déjà-vu.
– Das ist mir zu gebildet, Marie. Vielleicht war es getäuschte Erinnerung, daß ich die Landschaft zu beiden Seiten des

Zuges, die Inseln im Großen Belt, die Brücke an der Middelfart und schließlich noch die Fähre nach Harwich wieder erkannte. Aber dein déjà-vu meint doch nicht nur, was schon früher gesehen scheint, auch das früher Erlebte; das fehlt bei mir, und das Vorauswissen des Kommenden ebenso. Erst recht nicht hatte ich es vor zwei Jahren zu tun mit einem Nachlassen der Aufmerksamkeit auf das Leben, so daß das Gegenwärtige unverzüglich als Erinnerung abgetan wird –

– Ich wollte nur angeben mit déjà-vu.

– sondern wir hatten Ingrid Bøtersen in Klampenborg besucht und waren auf dem Weg nach England.

– Du hast es nur wiedererkannt.

– Und ich konnte es mir nicht merken. Im Augenblick des Ansehens klappte das Gesehene in eine vorbereitete Gehirnstelle und war wirklich; im Nichtmehrsehen war es vergessen. So geht es mir mit dem Nyhavn in Kopenhagen, mit der Amaliegade, mit dem Hauptbahnhof; nicht mit dem Dänischen Freiheitsmuseum im Churchillpark, dem Flughafen Kastrup oder mit Klampenborg. Das andere Gefühl, déjà-vu –

– Mehr unter die Nase reiben mußt du es mir nicht.

– Ich habe es aber auch in einem Schulflur in London gehabt, im Victoriabahnhof, in Glasgow auf der rechten Seite des Clyde, in der Altstadt. Warum –

– Du warst da, Gesine. Cresspahl war da. Er hat sich noch einmal umgesehen in England, in Dänemark, vielleicht sogar in den Niederlanden. Ob da ein Platz wäre für ihn. Er wollte auswandern, Gesine!

– Ich wünschte es mir.

– Ein Mann allein mit einem Kind, sechs Wochen lang auf Reise.

– Es ist undeutlich. Viele Abende allein mit ihm in kahlen Zimmern. Als ob ich einmal aufgewacht wäre, und er war nicht zu finden, und ich lief durch viele Zimmer, von denen ich aber keins kannte, und schaltete das elektrische Licht an, erbärmlich jammernd, und als ich die Leute zusammen hatte, verstanden sie mich nicht. Nicht, weil sie so vergnügt lachten. Ich konnte ihnen nicht sagen, was ich wünschte. Das kann ein Traum sein. Ich weiß auch etwas von einem Reetdachhaus

mit Fledermausfenstern und vier Kindern, denen ich übergeben wurde; ich habe solch Haus kein Mal mit Bewußtsein gesehen, und doch war da See in der Nähe. Kleine Brandung, heller sauberer Sand im Regen. Als ob ich aber doch nie unglücklich gewesen wäre, weil Cresspahl das Wiederkommen versprach, und wiederkam. Und daß wir fast keinen Tag am selben Ort gewesen wären. Wer sich das einbilden will, kann es glauben.
– Glaub es doch, Gesine.
– Es ist aber nicht zu beweisen.
– Lieber hätt ich einen Beweis dafür, warum Cresspahl zurückging nach Deutschland, nach Jerichow.
– Ich weiß es nicht.
– Gesine, die Stadt war nicht geworden, was Richmond war. Die Verwandtschaft kam ohne ihn aus, und die Freundschaften auch. Und vor dem Haus, fünfzig Meter weiter hatte er einen Erdhaufen, unter dem lag seine tote Frau.
– Vielleicht hat Cresspahl aufgegeben.
– Traust du ihm das zu?
– Noch nicht.

28. Februar, 1968 Mittwoch

Immer noch haben sie in Westdeutschland einen Greis zum Staatspräsidenten, der im Jahre 1944 Baupläne für Konzentrationslager unterzeichnet haben soll. Er glaubt nicht, daß er es tat; einen Eid könnte er nicht darauf ablegen. Ein amerikanischer Schriftensachverständiger hat die Signatur auf den Plänen als die des Staatspräsidenten erkannt. Ein bonner Student, der neben dem Namen des Staatspräsidenten in einer Ehrenrolle die Berufsbezeichnung »K.Z.-Baumeister« eintrug, wurde von der Universität gewiesen. Die Christlich-Demokratische Union, der die Sozialdemokraten beim Regieren helfen, antwortet auf Forderungen nach dem Rücktritt des Belasteten: Wer das verlange, wolle nur die Koalition unter Druck setzen und die Weichen für die Wahl einer anderen stellen; das ist der Stellenwert von Konzentrationslagern in der westdeutschen Politik; ein solches Land ist das,

und Mrs. Ferwalter sagt: Sicherlich mußte jener das damals tun, gewiß hatte er eine Ehefrau.
Mrs. Ferwalter hat einen Teil ihres Lebens verloren in den Konzentrationslagern der Deutschen; sie weiß es, spricht davon achtlos, wie andere vom Abitur. Sie ist eine gedrungene Person, breit in den Schultern wie früher ein Dienstmädchen vom Lande, das vor Arbeit nicht zum Leben kommt und ins Bett fällt wie ein Stück Fracht; Mrs. Ferwalter sollte gut schlafen können. Das kann sie nicht. Seit die Amerikaner sie in Südosteuropa fanden und freisetzten, ist sie unruhig, im Schlafen, bei den Verrichtungen des Haushalts, beim Reden, kann aus der freundlichsten Miene einen Ausdruck von Ekel nicht loswerden, hält ihre Augen verengert, die doch groß und sanft und zärtlich blicken können. Mitten auf dem Broadway, inmitten der eiligen Abendeinkäufer beträgt sie sich wie umgeben von verborgener Gefahr. Die Cresspahl, die Deutsche, ist ihr keine Gefahr, der stellt sie sich achtlos in den Weg, lächelt ungeschickt, geht mit ihr weiter, sieht sie manchmal von der Seite an wie etwas arg Widerliches, in einer anhänglichen und freundlichen Art. Guten Abend, Mrs. Ferwalter.
Mrs. Ferwalter war mit Rebecca in der Bronx, bei einem Verwandten, der als Friseur arbeitet. Einmal macht er es für sie billiger; zum anderen versteht er es, Rebecca das Haar in Stufen zu schneiden, so daß es europäischer aussieht.
Nicht das Deutsche an der Cresspahl, das Europäische gilt für Mrs. Ferwalter. Wenn man mit ihr von Österreich spricht, sie weiß doch, wo das Land liegt. Darin liegt Mauthausen. Mrs. Cresspahl bekommt nicht einmal ein blindes Gesicht, wenn von Tschechisch Budweis gesprochen wird, sie kennt die verlorene Heimat, auch den verlorenen Zipfel Slowakei, der jetzt von der Sowjetunion besetzt ist. Haben die die Juden an die Deutschen ausgeliefert, bevor sie ihren Aufstand machten, 1944? Wir dürfen danach nicht fragen. Mrs. Ferwalter ist nicht daran gelegen; ihr liegt an den Stiefeln der anderen, gelbes Leder, von unten bis oben mit Haken und Band verschnürt. Ist es europäisch? Es ist aus London, Mrs. Ferwalter. Sie ist sehr befriedigt. Sie schätzt an der Cresspahl, daß sie auch andere als die amerikanischen Schicklichkeiten kennt und

es versteht, daß Rebeccas Mutter beleidigt sein muß, wenn des Kindes Geburtstag nicht beachtet wurde, und sei es einer Krankheit wegen. Gestern ist die Marie ja doch gekommen und hat ein Geschenk nachgeliefert, ganz wie es sich gehört in Europa. Und daß es eine Federtasche war aus der Schweiz! Die bekommt Rebecca aber nicht in die Hand, die wird Besuchern gezeigt und später hinter Glas im Schrank ausgestellt zum Zeichen dessen, daß der Ferwaltersche Haushalt die europäischen Ansprüche noch hochhält. – Von Saks Fifth Avenue! ruft Mrs. Ferwalter aus. – Da kaufen Sie wohl immer? Das abstreiten lohnt nicht, Mrs. Ferwalter glaubt es doch. Sie hält die Cresspahl für jemand aus »feiner Familie«, sie hat es gegenüber Prof. Kreslil erwähnt; auch solche Herkunft mag ihr bei der Freundschaft helfen. Es geht nun darum, daß die Federtasche aus Zürich kommt; daß die Cresspahl viel schreiben muß in ihrem Beruf und wissen, was gut ist zum Schreiben. Noch besser wäre es freilich ein Geschenk aus Deutschland gewesen; dort ist das Handwerk am gründlichsten.

Mrs. Ferwalter will es dem westdeutschen Staatspräsidenten nicht anrechnen, daß er im Verdacht steht, Konzentrationslager gebaut zu haben. Für sie sind die guten Deutschen ohnehin entschuldigt. »Sie haben es nicht gewußt.« Es ist ihr unbehaglich, daß zumindest der höchste Vertreter Westdeutschlands es wußte. Ihr ist die Würde des Amtes im Weg. Sie läßt sich hierin nicht gern überzeugen. Jedoch beim Einkaufen läßt sie sich um keinen Cent behumpsen.

Sie bewundert Leute, die groß sind und gut aussehen. In ihrem Haus wohnt eine Norddeutsche, eine Hamburgerin, mit einem Polizeioffizier verheiratet, die sich sehr streng beträgt. Steht um sieben Uhr auf, und muß das nicht, und dessen gleichen. Jene Deutsche ist fast einen Meter achtzig groß, schlank, hat einen langen Hals, Sommersprossen, trägt die Frisur nach hinten, ist 24 Jahre alt. Sie erzählt gern von ihrer disziplinierten Weise zu leben, und Mrs. Ferwalter bewundert sie.

Sie möchte nun wissen, ob die Cresspahl, mit so europäischem Hintergrund doch, wirklich ein schwarzes Kind bei sich aufgenommen hat.

Sie nickt mit Genugtuung, als sie erfährt, daß es eine Aushilfe war; sie hat verstanden: es war eine Verirrung. Sie besorgt das Nicken für sich allein, zeigt es der Cresspahl nicht vor; einen Tadel will sie sich nicht erlauben. Von Negern denkt sie unduldsam und glaubt allen Ernstes, Gott habe diese gemacht, in Schmutz und Armut und Sünde zu leben.
Nicht einmal ihre Religion, um derentwillen sie in die Lager geliefert wurde, reicht ihr aus, an die Deutschen anders zu denken als an eben Gois. Mit ihrem Gott hat sie einen so scharfen Vertrag, daß sie nur solche als gleichrangig ansieht, die als orthodoxe Juden leben, seien sie arm oder nicht arm. Nicht Armen verweigert sie einen geringen Vorzug nicht, um Gottes Entscheidung in diesem Falle zu respektieren. Sie hält die Feste streng ein, oft genug werden Rebecca und Marie auseinandergebracht. Am Sonnabend ist für Rebecca schon das Spazierengehen, das Besuchemachen im Grunde verboten. Am Freitag ist der Hausputz, wird das Essen vorgekocht und warm gehalten, damit sie am nächsten Tag Gas nicht anzünden muß. Am Sabbath darf Rebecca nicht baden. Sie muß mit Vater und Bruder in die Synagoge, und wenn sie eher versehentlich in der Imbißhalle ein Eis gegessen hat, vor Gott fürchtet sie sich dann weniger als vor der Mutter. Rebecca ist lange erzogen worden nach finsteren Prinzipien des Alten Testaments: züchtige ich nicht mein Kind? beweise ich nicht, daß ich es liebe? Daß die Cresspahl ihr Kind frei aufwachsen ließ, Mrs. Ferwalter sah es mit entsetztem Mißtrauen, und erst spät nahm sie sich ein wenig Milde an. Mrs. Ferwalter ist so firm in ihren Grundsätzen, daß die jüdischen Gemeinden auf der Oberen Westseite in Manhattan nicht nach ihrem Geschmack sind. Es werden doch wahrhaftig hier auch Gottesdienste abgehalten in kleinen Läden am Broadway. Die Gläubigen stehen nach der Feier inmitten des Verkehrs und Fußgängergewühls wie andere Menschen vor dem Kino! Ein schlechtes Gewissen hat Mrs. Ferwalter auch, sie geht nicht oft mit in die Synagoge. Da ist die Sache mit dem Geld. Mit großer Not und Sparsamkeit würde es reichen zu einem jüdischen Feriencamp für Rebecca, der nichts abgehen soll an jüdischer Erziehung. Mrs. Ferwalter ist beleidigt, wenn die Cresspahl ihr Kind sommers in ein auswärtiges Camp schickt;

die Marie hätte doch spielen können mit der Rebecca, die im Camp der P.S. 75 bleiben muß, damit die Gebühren für das jüdische gespart werden, und das unbehagliche Gefühl davon soll mit dem der Kränkung verdeckt werden. Aber eine deutsche Spielgefährtin darf es sein. Was die Deutschen den Juden getan haben, es ist von Gott so beschlossen worden.
Nun also die Cresspahls nicht mehr ein schwarzes Kind bei sich haben, darf Rebecca wieder in die Wohnung kommen und mit Marie Freundschaft unterhalten. War es das, Mrs. Ferwalter.
Das war es wohl. Mrs. Ferwalter war in einem Film, in dem kam eine europäische Landschaft vor, ein Schloß in den Bergen, ein Edelmann mit vielen mutterlosen Kindern, immerfort ist gesungen worden, am Ende wurde geheiratet. Mrs. Ferwalter hat geweint. Sie will es nicht Kitsch genannt wissen, aber sie gibt zu, daß es die Wirklichkeit für eine Weile angenehm verstellt. »Man hat es doch verdient.« Und außerdem kommt es ja vor. In Jerusalem hat ein Oberrabiner geheiratet, er war siebzig Jahre, die Braut war vierzig. So ein frommer Mann, der Bart ging ihm bis zum Bauchnabel. Es gebe doch noch Romantik.
– Sie sind doch auch nicht blind auf diesem Auge? Or have you given up, reelly?
Mrs. Ferwalter hat unterwegs, auf der Flucht von den deutschen Lagern, ihre Sprache verloren. Zu Hause wurde Jiddisch gesprochen, »das Deutsch«. In der Schule lernte sie Tschechisch, das sie nicht ganz so gebrochen spricht wie das Deutsche, das sie im Konzentrationslager lernte. In Israel lernte sie Hebräisch, und bis zur Ankunft in Amerika sprach die Familie unter einander diese Sprache. Dann fing der Sohn an, auf Hebräisch mit Englisch zu antworten, und sie mußte Englisch lernen. Nunmehr sprach sie mit ihrem Mann Jiddisch, mit dem Sohn und Rebecca Englisch, das die Kinder aber nicht immer verstanden. Dann, in der new yorker Schule, lernte Rebecca Hebräisch, und Mrs. Ferwalter verlangte von sich, es von neuem zu lernen. Sie hat für ihren Mann und jedes ihrer Kinder eine andere Sprache.
– Sie nehmen nicht übel: sagt Mrs. Ferwalter. Denn wir sind jetzt angekommen vor dem Haus in der Seitenstraße zum

Riverside Drive, in dem die Familie seit neun Jahren wohnt zu viert in dreieinhalb Zimmern, mit allen Fenstern auf einen Hof, und offenbar hat Mrs. Ferwalter sich dazu durchgerungen, die Sache auf der Straße abzumachen und die Deutsche nicht in die Wohnung zu bitten. Das Heim ist für die Familie; mag das Fremde den Fremden gehören.
Es geht darum, Mrs. Ferwalter möchte ein gutes Wort einlegen. Sie ist die Ältere, unter Freunden darf man es. Vielleicht sei es nichts Ernstes, aber es möge nicht führen zu einer Trennung von Professor Erichson. Nicht wahr?
Es ist noch nicht viele Jahre her, da kam D. E. an einem Sonntagmorgen sommers in den Park und ließ sich weit entfernt von den Cresspahls nieder, wie ein Fremder, der sich in einem Pappbecher Kaffee und unter dem Arm die Zeitung für ein Frühstück mitgebracht hat. Mrs. Ferwalter saß neben der Cresspahl, sah ihn hinüberblicken und fühlte sich erinnert an Leute, die sie in den Lagern zu deutlich kennen gelernt hatte. Sie war fast gelaufen, und es dauerte seine Zeit, bis sie wenigstens die Gegenwart dieses großgewachsenen kräftigen Herrn aus Deutschland im selben Zimmer ertragen konnte, ohne mehr auf dem Stuhl zu rücken, die Beine zu versetzen, mit den Lippen zu arbeiten als sie gewöhnlich tut. Jetzt will sie sich mit ihm verbünden, und was hat sie dazu gebracht?
Wo doch Mrs. Cresspahl etwas angefangen habe mit einem hohen Präsidenten in ihrer Bank. Nachdem sie doch so sichtbarlich von ihm ausgezeichnet werde, mit Beförderung im Geld, im Arbeitsraum, im Glanze überhaupt. Und woher weiß Mrs. Ferwalter das?
Von Herrn Weiszand, Mrs. Cresspahl. Dmitri Weiszand. Immer wenn man ihn trifft an der Columbia-Universität, er hat Zeit für ein Gespräch, und sei es mit einer bescheidenen Jüdin aus der Č.S.R. Tatsächlich war er es, der solche Gespräche anfing, vor etwa drei Monaten. Ein so umgänglicher Mensch, so liebenswürdig, obwohl die Deutschen ihn doch geschlagen haben in ihren Lagern.
Jetzt ist Mrs. Ferwalter sehr aufgeregt vor Sorge. – Ich nicht schleiche mich ein! ruft sie. – Sie nicht nehmen übel! sagt sie, und es ist nun nicht nur nach der Sprache, auch im Ton eine dringende Verordnung.

– Wer weiß, wozu es gut ist, Mrs. Ferwalter.
– Nicht wahr? sagt sie, nicht eben strahlend, aber doch zufrieden mit sich, weil sie etwas versucht hat, was sie für gut hält. Jetzt ist ihr Mund locker, und sie blickt erfreut, arglos, mit einem Mal eine noch junge Frau.

Ich mag dich nämlich gern, du Deutsche. Kannst du es verstehen?

Nein, Mrs. Ferwalter. Aber es soll uns recht sein, und wir erwidern es.

29. Februar, 1968 Donnerstag

ist der Tag nach dem Abend, an dem ein westdeutscher Publizist im Hilton-Hotel von New York teilnahm an einer Diskussion über neuere Chancen des deutschen Nationalsozialismus. Herr Klaus Harpprecht führte sich ein mit der Mitteilung, er sei unter Hitler ein junger Soldat gewesen, nun aber verheiratet mit einer jüdischen Frau, die in Auschwitz gewesen sei.
Erklären Sie uns das. Sie sind doch auch eine Deutsche, Mrs. Cresspahl. Versuchen Sie, uns dies zu erklären.
Ist der Tag, an dem aus Bonn, Westdeutschland, gemeldet werden kann, daß die Regierung eine Illustrierte verbietet, die nach der Unterschrift des Staatspräsidenten unter Bauplänen für Konzentrationslager gefragt hat. Die amtliche Begründung will sich gestoßen haben an einer anthropologischen Serie und der Serie von Fotografien, die den Polizeichef und Brigadegeneral Nguyen Ngoc Loan bei der Hinrichtung eines jungen Mannes in den Straßen von Saigon zeigt. Die Regierung befürchtet, die Fotografien könnten die Jugend »brutalisieren«. Über die Auswirkung eines Aufenthalts in Konzentrationslagern auf Jugendliche hat die Regierung sich bei dieser Gelegenheit nicht geäußert.
Erklären Sie uns das. Es sind doch Ihre Landsleute, Mrs. Cresspahl. Versuchen Sie, uns dies zu erklären.
Es ist der Tag, an dem der deutsche Schriftsteller Hans Magnus Enzensberger in der New York Review of Books einen Offenen Brief veröffentlicht, »Über das Verlassen Amerikas«.

Erklären Sie uns das, Mrs. Cresspahl. Sie sind doch eine von den Deutschen. Versuchen Sie, uns dies zu erklären.
Herr Enzensberger hat an den Präsidenten der Wesleyan University öffentlich geschrieben, daß er als Stipendiat beim dortigen Institut für fortgeschrittene Studien zurücktritt, und er beginnt mit grundsätzlichen Erwägungen.
Er bekennt öffentlich, daß die herrschende Klasse in den Vereinigten Staaten von Amerika (die Regierung eingeschlossen) in seinen Augen die gefährlichste Gruppe von Menschen auf Erden ist. The most dangerous body of men on earth. So hat es auch Paul Goodman im vorigen Oktober in einer Rede vor Rüstungsindustriellen gesagt: Sie sind, gegenwärtig, die gefährlichste Gruppe von Menschen in der Welt. Body of men. Wer wird denn pingelig sein wegen eines Zitats. In der Welt; es klingt so alltäglich. Nein: auf Erden. Feierlich, nachhallend. Biblisch allemal. Auf Erden.
Weil Herrn Enzensberger dies vor drei Monaten noch nicht bekannt war, will er das Land nach drei Monaten öffentlich verlassen.
Von vielen Amerikanern weiß der Westdeutsche, daß die Lage ihrer Nation sie beunruhigt. Wenn Mr. Gallup sich unter die Nation mischt, mag er viele Leute befragen können; wie viele Amerikaner hat der Westdeutsche kennen lernen können in zwölf Wochen? Zu welcher Klasse gehören sie?
Sein Ergebnis entspricht im übrigen dem Gallup-Bericht von gestern. Viel Kenntnisse setzt er nicht voraus bei denen, an die er schreibt.
Nur daß eben viele Amerikaner ihm gesagt haben, die Krisen des Landes, der unerklärte Krieg in Viet Nam nicht zuletzt, seien Zufälle, Ungeschicklichkeiten, tragische Irrtümer. Dieser Ausdeutung kann Herr Enzensberger sich nicht anschließen. Offensichtlich nimmt das Offensichtliche zu an Offensichtlichkeit, wenn ein Enzensberger es sagt.
Die herrschende Klasse der U.S.A. habe so viele Länder verdorben; niemand könne sich noch sicher fühlen, weder in Europa noch in den Vereinigten Staaten selbst. Es ist das Gegenteil davon nicht behauptet worden. Aber so kann er uns wenigstens mitteilen, daß er das Bedürfnis hat, sich sicher zu fühlen.

Herr Enzensberger gibt zu, daß er unsere Zeit verschwendet hat mit seinen Wahrheiten; er möchte es nun aber noch in einer wissenschaftlichen Manier tun. Er habe keinen Raum.

Es ist ganz hübsch grausam von der New York Review of Books, ihm den ausreichenden Zeilenraum zu verweigern. Dem Herausgeber der Zeitschrift »Kursbuch«, Herrn Hans Magnus Enzensberger, kann nicht ausgiebig genug die Grausamkeit verdacht werden, mit der er den Wahrheiten Herrn Enzensbergers seine Seiten versperrt.

Obendrein haben bereits andere diese Wahrheiten ausgiebig besorgt; Herr Enzensberger bemerkt es selbst. Er nennt die Namen dieser amerikanischen Gelehrten; er macht dem Publikum der New York Review of Books Vorschläge zur Lektüre. Es scheint, als habe es nach seiner Meinung noch einiges nachzuholen. Baran und Sweezy, in der Tat.

Die Arbeiten der anderen für das, wozu Herrn Enzensberger der Raum fehlt, gelten in der hiesigen Gelehrtenwelt als nicht erheblich, altmodisch, langweilig, rhetorisch; so ist es ihm gesagt worden, und wenigstens das will er in Ordnung bringen.

Er spricht von unserer Gesellschaft. Sie habe die alten Tabuwörter freigegeben, die uralten und unentbehrlichen Wörter mit den vier Buchstaben, fuck und shit und piss. Die ganze Gesellschaft hat es beschlossen, und Herr Enzensberger war dabei.

Nun gebe es noch eine andere Gesellschaft, die gebildete. Dort hat Herr Enzensberger seine 98 Millionen Amerikaner kennen gelernt. Die haben unter allgemeiner Zustimmung andere Worte mit dem Bann belegt. Ausbeutung und Imperialismus, das hat in der gebildeten Gesellschaft Herrn Enzensbergers einen Ruch von Obszönität. Freilich, wenn man so unter sich ist. Wer aber das Wort für ein Problem abschaffe, hat das Problem noch lange nicht aus der Welt. Wie wahr.

Herr Enzensberger wendet sich nun gegen die Auffassung, daß Bankpräsidenten, Generäle und Rüstungsindustrielle (siehe Paul Goodman) aussähen wie die Unholde in den Comic-Strips. Er möchte das richtigstellen. Sie haben gute Manieren, sind freundlich, lieben womöglich Kammermusik und haben philanthropische Neigungen; Leute, wie es sie auch bei den Nazis gab. So sind sie also. Nun wissen wir es. Ihre morali-

schen Defekte rühren nicht aus ihrem Charakter, sondern aus ihrer gesellschaftlichen Funktion. Es wird nach diesen überraschenden und originellen Einsichten wohl Keiner mehr annehmen, daß der Präsident der U.S.A. als ein Privatmann handelt. Was gesagt werden muß, muß gesagt werden.
Und Kommunismus ist auch nicht, was aus Herrn Enzensbergers Analyse spricht. Er hat keinen Grund, diese bejahrte Verdächtigung zu fürchten. Furchtlos wie er ist. Denn der Singular Kommunismus ist ohne eine Bedeutung, hat viele, widersprüchliche, einander ausschließende. Da ist also nicht viel zu fürchten, und Herr Enzensberger tut es nicht. Wenn das aber noch nicht reicht als Rückendeckung, so hat er an seiner Seite noch griechische Liberale, lateinamerikanische Erzbischöfe, norwegische Bauern und französische Industrielle, die ganze gebildete Gesellschaft Herrn Enzensbergers. Amerikanische Rüstungsindustrielle sind the most dangerous body of men on earth, Paul Goodman sagt auch so; doch nicht französische. Und Kommunisten sind seine Nothelfer obendrein nicht, wenigstens gehören sie nicht zu der kommunistischen Vorhut. So kann Hans Magnus Enzensberger nichts passieren. Öffentlich hat er darauf Anspruch gemeldet; daß wir uns nun ja daran halten und ihm seine Sicherheit nicht wegnehmen. Sonst wäre es ja ein Scheißspiel (die Gesellschaft hat in allen Gliedern die Tabuwörter, weil unentbehrlich, freigegeben).
Daraus folgt, daran schließt logisch an, die Konsequenz davon ist: ein Faktum. Daß 125 Millionen nicht wissen, wie sie und ihr Land sich in der auswärtigen Welt ausnehmen.
Nein. Das darf nicht sein. Wie isses nu bloß möglich! Und wie sehen sie im Ausland aus, ohne es zu wissen? Ohne die leiseste Ahnung zu haben?
Herr Enzensberger hat es erkannt an dem Blick, der amerikanischen Touristen folgt in den Straßen von Mexico, Soldaten auf Urlaub in fernöstlichen Ländern, Geschäftsleuten in Italien oder Schweden. Schweden scheint eine Alternative zu sein. Der selbe Blick trifft übrigens auch Botschaftsgebäude, Zerstörer, Anschlagtafeln mit amerikanischer Produktwerbung, von General Motors bis I.B.M. Ein internationaler Blick, gleich in jedem Land. Wo der Blick nicht auftritt, be-

findet sich das Territorium der Vereinigten Staaten von Amerika.
Enzensberger hat ihn leicht erkannt, diesen Blick. Er will damit nicht hinter dem Berge halten. Ein fürchterlicher Blick, der keine Unterschiede macht und keine Nachsicht übt. Er hat Herrn Enzensberger getroffen, weil er ein Deutscher ist.
Die Deutschen hatten sich 1945 vor der Welt zu verantworten für 55 000 000 Tote, die sechs Millionen Opfer in den Vernichtungslagern noch dazu.
In Herrn Enzensbergers Augen haben die Bürger der U.S.A. eine vergleichbare Schuld auf sich geladen.
Mag es da um Tote gehen. Die Toten halten zuverlässig das Maul.
Es folgt die Analyse jenes internationalen Blicks. Der Versuch einer Analyse. Bescheiden die Favorisierung ablehnen, und dann doch als Erster über die Ziellinie gehen. Dann kommen zum Kranz die Vorschußlorbeeren doch hinzu. Versuch einer Analyse.
Der bescheidene, zaghafte Schüler, der dann doch alles herauskriegt: Jener Blick besteht aus einer Mischung aus Mißtrauen und Widerwillen, Furcht und Neid, Verachtung und offenem Haß.
Und wer es nicht glaubt, ist freundlich eingeladen, sich sommers mit ihm in Rom zu treffen und an dem Brunnen auf dem Platz unterhalb der Spanischen Treppe den Beweis abzuholen.
Denn die Passanten in mexikanischen, fernöstlichen, italienischen (oder schwedischen) Straßen haben die Außenpolitik der U.S.A. bereits analysiert. Nur in Amerika, und besonders bei der New York Review of Books und der Wesleyan University von Middletown weiß man noch nicht Bescheid. Aber nun ist endlich Herr Enzensberger gekommen.
Jener Blick trifft den Präsidenten Johnson. Der kann ja in kaum noch einer Hauptstadt sein Gesicht öffentlich zeigen. Hier werden manche Zuhörer Herrn Enzensbergers hörbar aufseufzen: Wär's doch wahr.
Denn von allen Staatsoberhäuptern der Welt ist der Präsident der U.S.A. das einzige, das bei Auftritten in der Öffentlichkeit durch Sicherheitsvorkehrungen geschützt wird.

Da es aber nicht wahr ist, spricht Herr Enzensberger lieber rasch von der netten alten Dame auf dem Flug von Delhi nach Benares, auf der anderen Seite des Gangs. Auch sie trifft der Blick. Das sind allerdings schlechte Nachrichten für die Fluggesellschaft. Riesige Summen für die Werbung ausgegeben, und nun hält der Passagier Enzensberger sich nicht daran, womöglich nicht einmal das Flugpersonal.
Es ist ein wahlloser, blinder, nicht unterscheidender, kritikloser Blick. In Bausch und Bogen.
Es ist ein manichäischer Blick. Er kommt von den Anhängern der Lehre vom Dualismus zwischen dem Herrscher des Lichtreichs und dem König der Finsternis, zwischen Geist und Materie, aus welcher ungehörigen und tief bedauerlichen Mischung die Welt und der Mensch entstanden. Nach dieser Lehre sind Welt und Mensch nur zu retten, wenn die Lichtteile wieder von der Materie getrennt werden und ins Lichtreich zurückgehen. Dieser Prozeß verläuft bis zur endgültigen Reinigung im Weltbrand. Der Wissende kann ihn fördern, indem er sich schlicht der Fortpflanzung enthält. Es ist auch viel geholfen, wenn die Auserwählten verzichten auf den Genuß von Fleisch und Wein. Es ist ihnen angeraten, auf Arbeit zu verzichten. Besitz soll möglichst abgestoßen werden. Wer aber solch erlesene Kenntnisse nicht hat, wer Kinder hat und Fleisch ißt und säuft und arbeitet und zur Arbeit seine eigenen Produktionsmittel benutzt, auf den richten die Manichäer ihren Blick: so. Manichäisch.
Mr. de Rosny, Vizepräsident seiner Bank, reist arglos durch die Welt, und in Mexico, in Bangkok, in Rom (oder Stockholm) blicken ihm die Einwohner nach, alles alte Leute ohne Kinder, Mönche und Landstreicher, sämtlich besitzlos, Vegetarier und Abstinenzler. Manichäer.
Herrn Enzensberger freut der Blick nicht.
Wenn er uns das alles sagen muß; er wird uns doch deswegen bedauern.
Herr Enzensberger sieht eine Verbindung zwischen dem blinden Blick der Manichäer und der Tatsache, daß er mit den Ansichten des Präsidenten Johnson nicht übereinstimmt. Es möchte ja Einer den Verdacht gehegt haben; dem sei ein Riegel vorgeschoben. Schlicht alles, was der Präsident äußert

über kollektive Gaunerei und kollektive Schuld, es ist nicht im Sinne von Herrn Enzensberger.
Allerdings, er will es zugeben, auch die anderen Nationen plündern die dritte Welt aus. Für den Fall, daß der Vorgang seinem Publikum nicht bekannt ist, beschreibt er ihn.
Was Herr Enzensberger in den U.S.A. bewundert: die Arbeit dreier politischer Studentengruppen. Kaum ein Vergleich mit Europa.
Und er kann nicht die moralische Überlegenheit leiden, die manche Europäer gegenüber den U.S.A. zur Schau tragen, bloß weil ihre eigenen Reiche kaputtgegangen sind. Er kennt solche Europäer, und er kann sie nicht ertragen. Als ob es deren persönliches Verdienst sei. Es gibt solche Europäer, und sie sind ihm arg zuwider. Alles Quatsch und Heuchelei.
Aber persönliche Verantwortlichkeit für die Handlungen der eigenen Regierung, darauf möchte er bestehen. Das kann er uns nicht ersparen, da er es nicht sich erspart. So einen haben wir schon lange gesucht, der verantwortlich sein will für einen westdeutschen Staatspräsidenten, der einiger Baupläne für Konzentrationslager verdächtigt werden kann.
Wenn Herr Enzensberger sich erinnert, kommt ihm hier alles bekannt vor. So wie in den U.S.A. heutzutage war es in den mittleren dreißiger Jahren in Deutschland. Da kamen Staatsmänner und schüttelten dem Führer die Hand. Dergleichen geschieht auch in den U.S.A.
Zum Beispiel, daß die meisten Leute nicht glauben wollten, daß Deutschland sich auf die Erringung der Herrschaft über die Welt vorbereite.
Wie in den U.S.A. Dort haben Herrn Enzensbergers viele Amerikaner ihm gesagt, daß sie ihren Regierungen nicht die Absicht zutrauen, die ganze Welt zu beherrschen.
In Deutschland gab es Benachteiligung und Verfolgung einer Rasse. Wie in den U.S.A.
Das ist jetzt so Stücker dreihundert Jahre her, da stießen die deutschen Koggen ab von der Küste Afrikas und waren bis an den Rand beladen mit schwarzen Menschen, die sie gedachten zu Markte zu bringen in Hamburg und wohlfeil zu verkaufen als eine Kebse oder ein billiges Tier zum Arbeiten. Wie in den U.S.A.

Wo man alle Naselang einen Neger mit geschorenem Kopf durch die Straßen führt, ein Schild um seinen Hals: er werde sich nie mehr bei der Polizei über die S.A. beschweren. Wie im Deutschland der mittleren dreißiger Jahre.
Und schließlich habe Deutschland sich in den Krieg gegen die spanische Revolution gemischt. Wie die U.S.A.
Viet Nam ist das Spanien unserer Generation! Das sagen solche Leute.
Aber sie bitten nicht ihre Freunde, die französischen Industriellen, um diskrete Geldspenden für die Partei im Krieg, der sie den Sieg wünschen.
Öffentliche Reden halten sie, daß doch Keiner dächte, sie seien insgeheim Anhänger der Amerikaner. Die Freunde der legalen spanischen Regierung schickten Schiffsladungen voll Sanitätszeug, sie brachten große Schecks mit, sie nahmen Gewehre in die Hand und kämpften in Brigaden gegen die Militärclique, und Einer sah es sich wenigstens an, ein Buch darüber zu schreiben.
Hier erst, nach dem spanischen Bürgerkrieg, der für den in Viet Nam steht, nunmehr sieht Herr Enzensberger seine Analogie zusammenbrechen. Da sei zum Beispiel die Vernichtungskraft von Herrn Enzensbergers gegenwärtiger Herrschaft. Davon hätten die Nazis nie träumen können.
Und wenn sie es doch taten und träumten von einer Rakete mit einer Reichweite bis New York, um so schlimmer für die Träume.
Es gehe auch nicht mehr so grob zu: sagt Herr Enzensberger. Der Widerstand mit Worten sei heute lizensiert, wohlgeregelt und werde sogar von den Mächtigen ermutigt. Die sind es also, die ihn ermutigen.
Es ist eine mißliche und trügerische Freiheit für Herrn Enzensberger. Er stellt sich eine Zensur vor und offene Unterdrükkung, hart und ehrlich; das will er aber auch nicht.
Lieber Herr Vorsitzender: sagt er.
Drei Monate habe er gebraucht um einzusehen, daß er mit einer Vorzugsbehandlung habe entwaffnet werden sollen; daß er unglaubwürdig geworden sei, sobald er Einladung und das ganze Geld angenommen hatte; und daß alles entwertet sei, was immer ihm aus dem Mund komme, einfach weil er zu solchen Bedingungen in Middletown, Conn., anwesend war.

Gegen das westdeutsche Geld will er sich wohl verteidigen; dem Dollar fühlt er sich nicht so gewachsen.
Ihm ist ein Rat gegeben worden: einen Intellektuellen soll man nicht nur nach seinen Gedanken beurteilen; was den Ausschlag gebe, sei die Beziehung zwischen seinen Gedanken und seinen Handlungen. Jetzt handelt Herr Enzensberger. Jetzt verläßt er eine kleine Stadt nördlich von New York und fährt nach San Francisco zu und von da auf eine Reise rund um die Welt. Nicht doch. Rund um die Erde.
Denn es sei eine Sache, den Imperialismus (da ist es wieder, das obszöne Wort) in Ruhe zu studieren. Wenn man ihm anderswo ins weniger gutwillige Angesicht schaue – ja, Bauer, das ist ganz was anderes.
Er sei in Cuba gewesen. Die Agenten der C.I.A. auf dem Flugplatz von Mexico City hätten jeden Passagier nach Cuba fotografiert!
Das lassen andere Länder ihre Geheimdienste nicht tun: fotografieren.
Sie dringen auch nicht in kleinere Länder ein und hinterlassen dort Spuren; ihr wirtschaftliches System hinterläßt keine Narben auf Leib und Geist eines kleinen Landes. So ist es.
Herr Enzensberger hat es selbst gesehen.
Herr Enzensberger hat sich entschlossen, nach Cuba zu gehen und dort eine beträchtliche Zeit zu verbringen. Das dürften drei Jahre sein.
Es sei dies kaum ein Opfer.
Er hat eben einfach so den Gedanken, daß er von den Bewohnern Cubas mehr lernen kann (»Freude«), als den Studenten der Wesleyan University an politischer Haltung beibringen.
Er will dem cubanischen Volke von Nutzen sein. Er selbst, in eigener Person, will einem ganzen Volk von Nutzen sein.
Die Verwandlung des Herrn Enzensberger in den Nutzen des cubanischen Volkes, dargestellt auf offener Bühne. Keine Tricks, keine doppelten Vorhänge, keine Schleier!
Dieser Brief sei der magere Dank für drei friedvolle Monate.
Drei friedvolle Monate waren es immerhin.
Es sei ihm wohl klar, daß sein Fall als solcher von keiner

Wichtigkeit, von keinem Interesse sei für die Welt jenseits der Universität.
Da geht er hin und veröffentlicht sich in der New York Review of Books.
Weil sein Fall doch immerhin Fragen aufwirft.
Das tut er.
Die ihn nicht allein angehen.
Gewiß.
Die er darum in der Öffentlichkeit beantworten will.
Nein, nicht so selbstsicher, so zuversichtlich. Die er versuchen will, zu beantworten.
So gut er kann.
So gut er kann. Und sind es auch die richtigen Fragen?
Nun wollen wir doch sehen, wie er sich dem Universitätspräsidenten unterschreibt, der ihn durch Privilegien entwaffnen wollte, ihn unglaubwürdig machen, ihm jedes Wort im Munde entwerten. Wie lehrt uns Hans Magnus Enzensberger einen Feind behandeln?
Als »Ihr aufrichtig ergebener Hans Magnus Enzensberger, 31. Januar, 1968«. »Yours faithfully.«

– War dieser Ihr Landsmann vorher nie in dem Land, das wir hier so haben?
– Er war mehrmals im Land, und länger.
– Mrs. Cresspahl, warum macht dieser Deutsche Klippschule mit uns?
– Er freut sich, daß er so schnell gelernt hat; er will uns lediglich von seinen Fortschritten unterrichten, Mr. Shuldiner.
– Sollten wir nun auch nach Cuba gehen? Hat er in Deutschland nichts zu tun?
– Man soll anderer Leute Post nicht lesen, und böten sie einem die an.
– Aber Ihnen, da Sie eine Deutsche sind, hat er gewiß ein Beispiel setzen wollen.
– Naomi, deswegen mag ich in Westdeutschland nicht leben.
– Weil solche Leute dort Wind machen?
– Ja. Solche guten Leute.

Von dem Nebel, der gestern abend den Fluß früher mit

Dämmerung verhängte, war am Morgen starker Dunst übrig geblieben. Noch das 14. Stockwerk war in blindes Zeug gepackt. Nachmittags wehte heftiger Sprühregen gegen die Fenster, noch abends.

1. März, 1968

Um sechs Uhr morgens war Schnee im Park. In der Stadt war er gleich zu Matsch gefahren. Mittags war Lexington Avenue fast trocken, hell von Sonne.

Mr. Greene hat aufgegeben. Vor zwanzig Jahren fing er an mit einem winzigen Uhrmacherladen an der Lexington, zwischen der 81. und 82. Straße, und er ist einer von den vielen, zu denen wir immer wieder gegangen sind, als gäbe es solche Geschäfte am oberen Broadway nicht auch. Sein Laden war am hellen Tage verschlossen, und er musterte seine Kunden aufmerksam durch die vergitterte Tür, bevor er mit einem Knopfdruck die Arretierung löste. Er hat genau blickende Augen, fast kornblumenblau; beim zweiten Mal versuchte er den Kunden kennen zu lernen durch Ansehen. Ihre erste Armkette mit der Identifikation bekam Marie von ihm graviert. Sein Arbeitstisch war säuberlich mit vielen Instrumenten belegt. – Werfen Sie die Uhr nicht weg: sagte er, als er auch hätte versuchen können, uns eine neue zu verkaufen. – Es ist eine gute Uhr; wo aber liegt jenes Ruhla? sagte er. In den letzten Jahren ist sein Laden siebenmal überfallen worden, und einmal ausgeräumt, und nun will keine Versicherung mehr. Seine Police ist gekündigt, und er macht zu. Sein Geschäft bekommt ein Ehrenbegräbnis in der Times, mit einem Stück persönlicher und statistischer Geschichte, und sozialkritisch erheblichen Kommentaren eines Versicherungsagenten wie: Vor Jahren war es das Schlimmste, einen Kunden zu finden; heute ist es das Schlimmste, eine Gesellschaft für den Kunden zu finden. Und da die Polizei sich zu der Sache nicht äußern will, vermerkt die Times, daß die Polizei sich nicht äußern will.

Der Stadtpolizei von Jerichow, der Luftwaffe zuliebe nun drei Mann stark, blieb es erspart, der Gestapo auch noch bei

der Ausweisung Aggie Brüshavers zu helfen. Aggie ging aus freien Stücken.
In der Regel konnten Pastorenfrauen ein Wohnrecht behalten, wenn der Mann im Zuchthaus saß. Aber Brüshaver hatte dem Staat zuviel zugemutet mit Daniels Bußgebet am Tag vor Lisbeths Beerdigung. Statt die Äußerung abzustreiten, es gehe der Teufel (dein Feind) umher wie ein brüllender Löwe, Petrus 1,5, hatte er seinen Vernehmern nicht nur dafür die Stellenangabe geliefert, auch für die anderen, die ein aufmerksames Mitglied seiner Gemeinde seit 1936 mitgeschrieben hatte. Nach der Verbüßung der Strafe war ihm Schutzhaft in einem Konzentrationslager verordnet, von der ein Ende nicht abzusehen war. Die gleichberechtigte Begräbnisfeier für die Leiche Cresspahl war dem Oberkirchenrat über die Hutschnur gegangen, von daher konnte sie nicht Hilfe erwarten oder daß Brüshaver einmal von neuem in Jerichow eingesetzt wurde. Er war im Amt nicht nur suspendiert; die Behörde war sich für eine Exmission nicht zu gut gewesen. Die illegale Kirchenleitung, der Landesbruderrat, hatte ihr einmal Geld zuwenden können. Leute wie die von Bobziens scheuten sich nicht, ihr Kartoffeln und Wild ohne Berechnung zu liefern, ließen ihre Wagen auch am hellichten Tag vor dem Pfarrhaus halten; und als sie aus der Stadt war, verließ Baron von Rammin aus »nationalsozialistischen und religiösen Gründen« die Deutsche Glaubensbewegung, öffentlich, per Anzeige. Aggie Brüshaver war nicht entgangen, daß auch Jerichow sie drängte. Ihre Kinder wurden in der Schule in Ruhe gelassen, hier machte Hauptlehrer Stoffregen einen von seinen unerfindlichen Unterschieden; ihr wurde ein Gespräch auf offener Straße nicht verweigert und nicht ein Gruß. Aber die Besuche blieben aus, und Aggie merkte an gleichsam überraschten, fragenden Blicken, daß die Jerichower es lästig fanden, auf die Dauer zu ihr und Brüshaver zu halten. Wenn sie ihn hatte im Untersuchungsgefängnis Rostock besuchen dürfen, war sie auch in ihre Klinik zu Besuch gegangen, und die Klinik hatte sie gern als Krankenschwester zurückgenommen. Sie wohnte jetzt mit ihren Kindern weit genug entfernt, in der rostocker Altstadt an der Jakobikirche; die Ausweisung hatte sie nicht mehr angetroffen und lief ihr dahin nicht nach.

Die Kirchgemeinde Jerichow war inzwischen von einem Vikar versorgt worden, der aber nebenher noch seine Hilfspredigerstelle in Rande nicht im Stich lassen wollte, so daß Gottesdienst in Jerichow nur alle vierzehn Tage abgehalten wurde. Vikar Pelzer ließ allgemein für Verfolgte und Bedrängte beten, nicht namentlich für Brüshaver, einmal aus Vorsicht, zum anderen aus Mißbilligung für Brüshavers Mangel an Vorsicht, und mit Pelzer war Jerichow nicht zufrieden. So ging das Stück nicht weiter. Dann kam Wallschläger.
Wallschläger, der Strahlende. Wallschläger, der Retter. Wallschläger, Verkünder der Freude, gerade mit Adolf Hitler zusammen und gleichzeitig ein Christ zu sein. Er tobte ein wenig, und die staatstreue Kirchenleitung hatte ihn schon von anderen Plätzen wegtun müssen. In Jerichow blieb er sechseinhalb Jahre. An dem Mann war nichts zu sehen. Er war schwer zu merken; Halbglatze, Hakennase, Breitmund halfen da nicht. Vielleicht lag es daran, daß er nicht möglich schien. So ausführlich, mit erhobener und auch schwankender Stimme wurde in Jerichow Freude nicht gezeigt, und hätte einer nach sieben Mädchen doch noch einen Jungen bekommen, oder einen kleinen heimlichen Haufen Geld. Wallschläger konnte sich schon wegen der Juden so anstellen.
Wallschläger glaubte ernstlich, er habe die Gemeinde Jerichow eben noch retten können vor der sittlichen Verrohung durch jenen Brüshaver, und er arbeitete frohen Tones auf, was er für dessen Fehler hielt. Er machte es theologisch. Was nun der christliche Glaube überhaupt sei. Na? Aus dem Judentum stamme er nicht. Jesus habe ein jüdisches Verstehen des Alten Testamentes unmöglich gemacht, und wer ihn als jüdischen Vergifter unseres Volkes bezeichne, solle sich nur umsehen! Luther und Bismarck und Hindenburg seien Deutsche gewesen, und was für welche, und Christen. Nun lasset uns beten. Er machte es geschichtlich. Er erzählte etwas von einem Überfall in der Heide bei Mölln im Jahre 1638, und sogar Heimatforscher Stoffregen schüttelte den Kopf. Schon vor dreihundert Jahren seien die Juden Hehler und Auftraggeber für marodierende Soldaten gewesen! Und nun schlagen wir auf das Buch Richter. Er hatte begriffen, daß seine Gemeinde zu großem Teil von Landwirtschaft lebte, und mach-

te es heimatverbunden. Die Juden seien schuld an der Hungersnot im Kriege in Schleswig Holstein. Und eine Gruppe jüdischer Professoren erreichte 1914 das Abschlachten von Millionen Schweinen! weil es angeblich an Getreide und Kartoffeln gefehlt habe. Nicht noch einmal werden sie einen Sieg der deutschen Waffen verhindern können! rief er aus und bat seine Gemeinde, mit ihm Gott zu danken für die Erlösung von diesem Fluchvolk (Gott habe schon gewußt, warum er Jesus nicht in Deutschland auf die Welt geschickt habe). In Jerichow wollten sie das aber nicht hören. Mit den Juden waren sie durch. Tannebaum war es überdies von Auswärtigen besorgt worden. Hatten sie nicht versucht, sich Arthur Semig privat zu halten, solange es ging? Davon wollten sie nichts wissen. Es war ihre Sache, und ging einen hergelaufenen Jubelpastor nicht an.
Wallschläger blieb nicht bei den Juden hängen, für ihn war danach die eigene Rasse an der Reihe; die Zahl der Kirchenaustritte nahm nicht ab. In einem Jahr waren es 4, im nächsten zehn. Es war schade um das Geld für die Kirchensteuer, immerhin zehn vom Hundert der Einkommensteuer plus zwei Mark. Es lohnte sich nicht für solche Art von Abendmahl, bei dem der Wein nicht das Blut alter Art war, sondern das der nationalsozialistischen Märtyrer bedeuten sollte. Wallschläger rief noch feurig Heil Hitler, wenn er in ein Zimmer trat, in dem Leute um ein Bett herumstanden, in dem einer gestorben war. Auf die Güter wurde er nur zu Nottaufen gerufen. Nicht einmal Pauli Bastian war der Neue recht. Er kehrte den Herren heraus, wo Methling in einer Art Kameradschaft gepoltert und Brüshaver höflich gebeten hatte; Pauli Bastian kündigte zum 1. Januar 1940, kam danach noch manchmal aus Rande zum jerichower Gottesdienst und setzte sich in die zweite Reihe, die Arme über der Brust verschränkt, ernsthaft den Pastor beobachtend, ein Sachverständiger mit Bedenken, ein unabhängiger Herr. Bastian hatte seinen Lohn mit Landarbeit aufgebessert, das Wetter hatte ihm das Gesicht recht würdig aufgefurcht, und in Jerichow hieß es nun zuweilen, in Betragen und Aussehen komme Pauli einem Pastor am Ende doch näher; er dürfe eben nur den Mund nicht aufmachen. Pauli war so erhoben von dem Gerede, er vergaß den Zusatz

darüber. Von Wallschläger hieß es, da schlage mancher auf die Wolle, und kriege sie nicht rein, und sei dazu nicht angestellt.

Cresspahl war nicht aus der Kirche ausgetreten. Er blieb Lisbeth zuliebe; und es mochte zwar Wallschläger die Kirche sein, Brüshaver war es auch.

Cresspahl hatte mit Alwin Paaps Hilfe eine Ecke des Wohnhauses zu einer kleinen Werkstatt gemacht, die für Reparaturen an Möbelstücken ausreichte. Alwin Paap waren die sechs Wochen gut bekommen, in denen er Herr über Haus und Grundstück gewesen war, er kam sich weniger bedienstet vor und begegnete den Kunden nun aus eigenem so fest und selbstbewußt, wie Cresspahl ihm das für die Zeit seiner Abwesenheit angeraten hatte. Alwin war es gelungen, ein Mädchen zu finden; wenn Einer nun auch noch etwas weiß von der Kraft, die er am Leibe hat, ist ein leicht schief stehender Unterkiefer nicht zu schlimm. Alwin war unters Dach gezogen, in die östliche Giebelstube. Deren Fenster war vom Friedhof nicht zu sehen, geschweige denn vom Pfarrhaus. Dennoch hatte Wallschläger sich das Eingreifen nicht versagen mögen. Er war in das Haus gegangen zu dem Mann, der ihn auf dem Ziegeleiweg ansah wie einen Fremden und regelmäßig grüßte wie aus Versehen, wenn er grüßte; er wollte mit dem nicht etwa über den Tod der Frau sprechen. Er war verblüfft, mochte gar nicht glauben, daß die beiden sich kaum abwandten von ihrer Arbeit, ihm ein Kantholz vor die Füße fallen ließen, einen Sitzplatz nicht anboten und an eine Unterredung in einem Wohnzimmer offenbar noch weniger gedacht war. Wallschläger rief mit strahlend erhobener Stimme, daß er auch einmal jung gewesen sei. Er war um die Fünfzig, grauhäutig, bekam oft Schaum auf die Lippen. Aber er könne nicht dulden, daß Cresspahl –! Cresspahl wandte sich halb um und betrachtete den Besucher. – Is dit Ehr Hus? fragte er. Er nahm sich nicht die Zeit, auf eine Antwort zu warten, und Wallschläger mußte sich gefallen lassen, daß ein Tischlergeselle ihn auf den Flur, an die Treppe brachte und die Tür hinter ihm zuschlug. Alwin Paap hielt jetzt den Kopf hoch und sah so groß aus, wie er war. Cresspahl hatte ihm erlaubt, daß er sein Mädchen mitnahm ins Giebelzimmer,

und nun wollte ein Pastür von ihm verlangen, daß er sich mit Inge Schlegel im kalten Frühjahr auf die nasse Erde legte! Alwin war neuerdings nicht gesonnen, andere Leute in seine Sachen hineinreden zu lassen, und schon gar nicht in den Termin einer Eheschließung. – Du måkst di: sagte Cresspahl, als er zurückkam, und es war eine von den wenigen Gelegenheiten, bei denen Herr Paap doch noch rot wurde.
Danach mußte Wallschläger wegen aller Naturallieferungen zu Michaelis eigens einen Zettel schicken, und zu den anderen auch, und wegen der Barabgaben an die Küsterpfründe desgleichen. So taten es viele in Jerichow, und gelegentlich kam Wallschläger die Frage bei, ob er am Ende etwas falsch anstellte.
– Bißchen viel Kirche: sagt Marie.

2. März, 1968 Sonnabend Tag der South Ferry

Gestern ist der westdeutsche Staatspräsident, Heinrich Lübke, im Fernsehen seines Landes aufgetreten. Er sagte aus, er könne sich nicht daran erinnern, im Reich der Nazis Baupläne für Konzentrationslager unterzeichnet zu haben. Auch nicht daran, daß er sie nicht unterzeichnet hat.
Der Generalsekretär der Christlichen Demokraten, deren Mitglied Herr Lübke ist, hat den Mann angegriffen, der die Sache noch einmal in seiner Illustrierten aufgebracht hat. Der sei ja ein begeisterter Anhänger Hitlers gewesen.
Wann Cresspahl damit anfing, habe ich zu fragen vergessen; im September 1939 arbeitete er schon einige Monate für die britische Abwehr.

– Das paßt mir nicht: sagt Marie mürrisch, aufgebracht. Heute ist es so kalt und windig, sie ist ihr Schiff nur innen abgegangen. Sitzt widerwillig da, sieht gelangweilt auf die undeutlichen Wolken über dem Hafen. Es paßt ihr nicht.
– Weil er sein Land verriet?
– Auch.
– Aber war nicht sein Land im Unrecht?
– Gesine, ist dies Land nicht im Unrecht? Kannst du nicht

lange davon reden, und das ist nur die Aufzählung? Gehst du deswegen hin und verrätst es?
– Wir sind hier zu Gast.
– Wir leben hier.
– O. K., Marie. Sollte ich damit anfangen, werde ich dich vorher fragen.
– Ich helf dabei bestimmt nicht.
– Und was ist dein anderer Grund dagegen?
– Alle in deiner Familie haben den Nazis in die Hand gearbeitet, und Cresspahl erst recht. Nun willst du wenigstens einem die Ehre retten, und deinem Vater am liebsten.
– Ich habe einen Beweis.
– Das ist ein ganz gewöhnlicher half penny mit Georg VI. hinten drauf.
– Sieh auf das Prägejahr.
– 1940. Den kannst du neulich aus England mitgebracht haben.
– Den hat man mir aus Jerichow geschickt, als mein Vater gestorben war. Das war 1962, und er ist seit Kriegsanfang nie mehr in England gewesen.
– Erzähl es mir! Erzähl es mir! Warum hast du mir das nicht früher erzählt!
– Hättest du es verstanden?
– Nein. Ich versteh es ja auch jetzt nicht. Erzähl es mir.
– Die Lebensversicherung bei der Allianz –
– Du, Gesine. Ich dachte, es ist ausgedacht. Ich bin ja einverstanden mit deinem Ausdenken, ich geb dir meine Unterschrift darauf; dies wär mir als Wahrheit lieber. Ist es wahr?
– Es hat mit Geld angefangen.
– Du weißt gut, worauf ich hineinfalle. Du bist so im Vorteil; du kennst mich, Gesine.
– Cresspahl hatte nur sein eigenes Leben versichert, dem Kind und Lisbeth zuliebe; nun brachte Lisbeths Tod kein Geld. Er hatte den Verlust des Werkstatthauses mit Maschinen gar nicht erst nach Hamburg gemeldet; der Brandkasse fiel dann auf, daß die Dezemberrate ausblieb. Im Januar kam eine Mahnung, konnte aber nicht eine Überweisung zurückholen. Jerichow, von Hamburg aus gesehen lag das auf dem platten Lande, war womöglich Land, jedenfalls nicht

eine Gegend, von der im Schriftverkehr viel zu erhoffen war. Mitte Februar konnte dann jemand geschickt werden, in einem Auto mit dem Zeichen HH, das mitten in der Stadt parkte, als sei der Fahrer nur zu einem Mittagessen im Lübecker Hof abgestiegen. Cresspahl sagte später: ein Tennismann, so daß ich mir ihn vorstelle wie Dr. Ramdohr, lang, schlaksig, mit einem kleinen Kopf, etwas verschlafener Miene, aber hellwach und nicht leicht zu überrumpeln; von Kleinkriegen keine Rede. Vielleicht, weil Ramdohr damals so oft in Hamburg zu tun hatte. Dieser andere fiel in der Stadt nicht einmal mit einer Aktentasche auf, ging nicht bis zur gneezer Straße, sondern über den Kirchhof wie ein Anblickssammler, trat aus der Kapellenpforte auf den Ziegeleiweg und war auf Cresspahls Grundstück, ohne daß viele ihn gesehen hätten. Nun weiß ich etwas nicht.

– Stell es dir vor, Gesine!

– Ich stelle mir vor, daß die einander vom November aus Dänemark kannten (oder vom Dezember aus England); dann hätte das Gespräch mit einer Erinnerung angefangen. Ich stelle mir auch vor, daß dies die erste Aufforderung war. Dann hätte der Fremde den Vorschlag leichthin gemacht, wie etwas, das versteht sich; als sollte es den Kopf nicht kosten. Und Cresspahl hätte nicht weniger gleichmütig gesagt, er wolle sich das überlegen. Oder: noch einmal überlegen. Dann hätte der andere ihm den Polizeibericht über den Brand hingehalten und gesagt: In einem Holzhaus, in dem Holz lagert, fällt leicht eine Laterne um.

– Das Geld stand Cresspahl doch zu!

– Nicht wenn es Selbstmord war.

– Wieso Selbstmord! O. K. Ich weiß. Entschuldige.

– Cresspahl wollte sie ausprobieren. Er fuhr nach Lübeck und hörte sich vorsichtig um bei Erwin Plaths Freunden, die waren aber beschäftigt mit dem Sieg Francos über die legale Regierung Spaniens, und wenn sie von England sprachen, schimpften sie auf die britische Regierung, die bei der Aushungerung der Volksfront mitgemacht hatte. Und damals fingen die Sozialdemokraten an, sich einzugraben. Dann kam der Besucher wieder, und diesmal fiel es Cresspahl leicht, ihm zu glauben. Denn was der andere mitgebracht hatte, war ein

Blatt mit dem Gesetz über die Devisenbewirtschaftung vom Februar 1935. Darin waren bis zu zehn Jahre Zuchthaus angedroht für jeden, der seine ausländischen Guthaben nicht angemeldet hatte. Das hatte Cresspahl nun seit dreieinhalb Jahren versäumt, und ein Gericht hätte ihm beweisen können: mit Absicht.

– Was geht es den Staat an, wo ich mein Geld habe.

– Ja, du Amerikanerin. Der Staat war aber in der Hand von Ganoven, und ihnen lag daran, die Devisen ihrer Untertanen in die eigene Tasche zu kriegen. Entschuldige: Ein solches Gesetz mit zehn Jahren Zuchthaus war schon 1931 erlassen.

– War dein Vater nicht vorsichtig?

– Wohl nahm er sich vor den Gesetzen in acht. Aber warum sollte er diesem gehorchen, wenn nur Dr. Salomon und die Surrey Bank of Richmond von einem Rest seines englischen Kontos wußten? Und Ende 1938 hätte es leer sein müssen von den monatlichen Zahlungen an Mrs. Elizabeth Trowbridge. Die wollte ihr Kind aber großziehen ohne die Hilfe von einem, der dann eine andere geheiratet hatte, und schickte die Überweisungen pünktlich zurück, bis Salomon es aufgab.

– Und nach Deutschland schrieb.

– Dr. Salomon gab nicht die Geheimnisse von Klienten auf die Post, erst recht nicht auf die deutsche. Es gab in London inzwischen genug Flüchtlinge, die ihn hätten warnen können. Und Salomon konnte es gleichgültig sein, was sie in Deutschland für Gesetze hatten. Auf die englischen achtete er.

– Mr. Smith hat Cresspahl verraten? das glaube ich nicht.

– Und Perceval war es auch nicht. T. P. hatte so weit weg wollen von Richmond und der Erinnerung an Mrs. Cresspahl, es mußte gleich die Royal Navy sein. Es war Gosling.

– Deswegen »Gosling der Patriot«.

– Gosling konnte es nicht verwinden, daß der Deutsche ohne Erlaubnis und aus freien Stücken aufgehört hatte, für ihn Reggie Pascals Werkstatt zu verwalten, nicht eben wie einen Goldesel, aber doch so, daß Reggies Neffe leben konnte wie ein Edelmann. Gosling hatte Mrs. Trowbridge doch gefunden bei Bristol, er hatte das Kind nicht übersehen. Er konnte nur vermuten, daß Cresspahl für das Kind zahlte, daß es seins

war; er zeigte ihn einfach ins Blaue hinein an, wer weiß weswegen. Er wünschte sich, daß zumindest das Geld des Deutschen an den englischen Staat fiel, und womöglich fiel eine noble Belohnung für ihn dabei ab.
– Und wurde als verrückt nach Hause geschickt.
– Ja. Und bekam wenige Wochen später Besuch von der Regierung, der er hatte helfen wollen. Die Regierung war dargestellt von zwei finsteren Herren, von denen einer leise schnüffelte, als rieche es in Goslings Gegenwart nicht gut. Als sie gingen, war Albert A. Gosling, Esq., auf das ängstlichste entschlossen, die Sache mit dem Deutschen zu vergessen, und insbesondere das Geld, und mit einem heiligen Schwur das Geld.
– Also konnten die Briten ihren Mann Cresspahl in Jerichow erpressen.
– Und es war ihm recht.
– Na, darüber möchte ich mal nicht einen Aufsatz schreiben müssen.
– Es ist ganz einfach, Marie. Solange sie glauben konnten, sie hätten ihn an einem Strick um den Hals mit den zehn Jahren Zuchthaus, wußten sie nicht, warum er in Wahrheit für sie etwas tun wollte.
– Er traute ihnen nicht. Es waren Erpresser.
– Und er hätte ihnen nicht eröffnet, daß er eine Rechnung mit den Nazis hatte. Darauf stand seine Frau, Voss in Rande (den er nicht einmal gekannt hatte), Brüshaver, der Krieg.
– Es war doch noch nicht Krieg, Gesine.
– Solange der Krieg nicht angefangen war von den Nazis, war Cresspahl unbehaglich, gelegentlich. Erst als sie wirklich über Polen hergefallen waren, glaubte er sich seiner Sache sicher, mit Wut auf das Stillhalten der Engländer obendrein.
– Hätten die Nazis ihn aufgehängt?
– Oh, gern.
– So ein Kind zählt da gar nicht.
– Er traute sich gar nicht zu, ein Mädchen großzuziehen. Für das Kind hatte er Geld im Land versteckt; und Hilde Paepcke traute er nicht nur, weil sie Lisbeths Schwester war.
– Das vergibst du ihm.
– Das vergeb ich ihm. Und nun konnte er die Engländer noch

mit einer anderen Bedeutung durch und durch verludert nennen. Nur daß Alwin Paap von Cresspahls englischer Zeit kaum etwas wußte und die Frau nicht da war, die ihm hätte zuhören können.
– So ist es mir recht.
– Und Cresspahl konnte es noch einmal recht sein. Sobald er angenommen hatte, kam das Geld von der Brandversicherung. Wenn eine Laterne umfällt in einer Tischlerwerkstatt, kann das ein Unfall sein, oder nichts als eine Ungeschicklichkeit. Es war viel Geld. Deutsches Geld hatte damals noch Wert.
– Nun hatten sie ihn obendrein gekauft.
– Erpreßt und gekauft und sicher. Nur daß er sich aus eigenem entschlossen hatte und seine Freiheit zuverlässig behalten hatte.
– Du; ich würde es für mich behalten.
– Das tu ich auch. Jakob wußte es; D. E. weiß es. Jetzt du.
– Es ist so etwas wie ein Skelett im Wandschrank.
– Für mich nicht. Es ist meines Vaters Sache; jedem mag ich sie nicht zeigen.
– Fünf Jahre fahren wir nun auf der South Ferry, und niemals haben wir einen Sturm erwischt! Der von gestern hätte gut auf den Sonnabend fallen können. Auf der South Ferry in einem Sturm, ich wünsche es mir.

3. März, 1968 Sonntag

Die Westdeutschen haben Robert Mulka, ehemals Adjutant im Konzentrationslager Auschwitz, der Beihilfe am Mord von 3000 Menschen überführt, aus dem Gefängnis von Kassel freigelassen, wegen Krankheit. Die Times kam ins Haus mit zwei Beilagen griechischer Anzeigen. In New Haven waren Church Street und der Campus der Universität leergefegt von hartem Wind, 8 Grad unter Null. Jetzt liegt über dem Riverside Drive eine schmale Schale Mond auf dem Rücken. Der Himmel ist fast schwarz.
»Lieben G. C.,
mit der Hand geschrieben, dir zuliebe. So willst du Briefe, die Tochter von Cresspahl. Dieser liefe in der Maschine nicht

schneller, womöglich gar nicht, weil die standardisierten Schrifttypen eine Objektivität angeben, die fehlt. Wie immer überlegt, Handschrift mildert die Umstände. Das ist nicht was du meinst.
Ich werde das Wort nicht gebrauchen. Nicht weil es mir zu ungenau wäre, sondern, bei dir hat es ausgedient. Inzwischen ist es dir so verächtlich, du benutzt es wieder, wenn du spielen willst in der fremden Sprache, und die Etymologie spielt noch mit. Denn im Englischen hat es einen lateinischen Vorfahren, lubēre, libēre, der nur darauf aus war, daß eine Freude, ein Vergnügen, eine Gefälligkeit erwiesen wird. Also sagst du auf einen nicht angenehmen Vorschlag: I'd love to. Doch das tust du; und tust das andere dann nicht. Es gefällt mir.
Nicht daß ich mich drücken will. Du ziehst mich auf mit meiner Vorliebe für akkurate Worte; in Gedanken benutze ich doch das Wort, das du nicht hören willst, das ich zu sagen andere Gelegenheiten nicht hätte. Wie dich stört es mich, wenn es eingepaßt ist in das Syndrom HabenHabenHaben, ob nun bezogen auf Konsumgegenstand, Person oder Leben. Ertragen kann ich es, wenn es Vergangenheit sichert. In einem literarischen Buch könnte ich es hinnehmen, wenn es angewandt wird auf einen Toten, der davon nichts mehr hat, der von der Rückzahlung befreit ist, ob nun in Geld, Gunst, oder in der Sprache selbst. Es sollte doch wohl ein altes Buch sein. Kurz, und nicht ausreichend, ich kann das Wort brauchen für die Summe der Beziehungen zwischen Person und Person; Beziehungen, die Geschichte enthalten, die unterhalten werden, deren Stillegung einen Teil der Person abschaltet. Gewiß ist da Bedürfnis, Eigensucht jedoch könnte da nicht überleben; ein gekoppeltes System von Person und Person braucht Ernährung allseits, wechselwirkend, rückkoppelnd.
Dieser Weg um das Wort herum hat mich 29 Minuten gekostet. Ich schreibe auch das hin, und du lachst.
Du sollst nicht mich heiraten; du sollst mit mir leben. Von Sollen sprichst du; ich meinte Wünschen.
Es ist Anhänglichkeit. Nicht solche wie Klothilde Schumann meint. Sie sagt mir die Eigenschaft nach als Zimmervermieterin in Ostberlin, weil sie einmal ohne zu klopfen hereinkam und Eva Mau mit mir von Kothildes Sofa fiel. Es ist auch

solche Anhänglichkeit. Mehr aber, daß ich G. C. in allen Zuständen vertrage. Das ist keine Verallgemeinerung, sondern eine Addition aus beinahe sechs Jahren. (Wende nicht ein, du wärst eben verträglich.) Es gibt nur ein Mal, da konnte ich dein Gesicht nicht aushalten. Das war in der vorigen Woche, in deinem Fieber, als du dich von einem Kinderarzt behandeln ließest und noch im Schlaf Befehle erließest gegen Krankenhäuser und auch das, in das ich dich hätte bringen mögen. Ich mochte daran noch den Eigensinn, oft genug hast du darin Vernunft verpackt; nur nicht, daß du in Gefahr warst und mir nicht erlaubtest, gegen die Gefahr etwas zu tun. Übrigens ist dies der Anlaß für den Brief. Da ich nichts unternehmen durfte gegen deinen besessenen heißen Schlaf, gegen dein bewußtloses Reden, bin ich noch einmal nicht gekommen und betrete erst jetzt deine Wohnung mit einem Bückling, wie er den Kindern auf der Promenade von Misdroy beigebracht wurde, damit sie wußten, was sich gehört.

Ich bitte dich nicht; ich erkläre dir einen Vorschlag.

Das hältst du für mein Leben; du zeigst mir höflichen Spott, wenn du es beobachtest, du richtest aber Abstand ein. Du hast vieles gesehen; ich bestreite nicht mehr, daß es so aussieht. Daß ich in der Arbeit abwesend bin, nur noch Fähigkeit, nicht Person. Daß ich längst aufgegeben habe, meine Arbeit zu rechtfertigen. Was die Sowjets nach dem Krieg in Mecklenburg angestellt haben, es reicht nicht; was die Amerikaner in der Welt anstellen, seit die Phase des Kaufens vorbei ist, es reicht nicht. In diesem verschränkten System wäre ich mit jedem Beruf Funktion; diesen Beruf habe ich. Auf der einen wie der anderen Seite nicht wäre ich von Nutzen über den Nutzen des Auftraggebers hinaus. Die andere Seite; es ging nicht mit ihr. Diese ist mir wenigstens gleichgültig. Eben das Fehlen biographischer Anstöße entsetzt dich; ich verfüge über keine Biographie, es sei denn eine tabellarische. In solchem Zustand der Langeweile kann Einer viel Lärm machen mit Flugzeugen und Autos und der Maschinerie des Berufs; andere mag es täuschen, ihn nicht. Dich auch nicht. Bliebe ich allein, ich wollte die nächsten zwanzig Jahre nur noch sehen, jedoch ohne auf der Seite meiner eigenen Prognosen zu sein, lediglich mit Neugier; viel anderes ist nicht übrig. Nenne es warten.

Du lebst so nicht; für dich gibt es immer noch wirkliche Sachen: den Tod, den Regen, die See. In der Erinnerung weiß ich es, ich komme dahin nicht zurück. Was mir wirklich vorkommt, bist du.
Wo ich eine alte Frau mit Eigenheiten habe, weil sie noch lebt, hast du eine rundum belebte Vergangenheit, Gegenwart mit Toten, und noch deine Marie weiß genauer wer sie ist, weil ihre Herkunft ihr bekannt gemacht wird. Da ist etwas, ich treffe es nicht mit Worten. Nie werde ich von meiner eigenen Mutter so bestimmt sagen können, sie sei mehr gewesen, als ich von ihr gesehen, gehört, angehört habe; du gehst hin und sagst: Meinem Vater ging es nicht um eine Rache, an den Nazis machte er sich nicht die Hände schmutzig; was doch eine unbegreifliche Feststellung ist, weil nicht beweisbar. Und ich glaube es dir aufs Wort, als eine Wahrheit, mit der du dich durchs Leben bringst; oft als Wahrheit. Gewiß ich kenne die Lebenden an den Stellen, wo sie zum Funktionieren kommen; es gibt solche, die würden mir fehlen. Das sieht freundlich aus, auch freundschaftlich; und hinterher sind es ein paar Stunden Geselligkeit gewesen, ohne Kränkung und mit Genuß am anderen. Dann war es doch nicht, und nur wieder etwas Zeit vorüber. Du kommst noch nicht an einem Pferd vorbei, ohne ihm in die Augen zu sehen, es zu berühren, bis das Pferd weiß wer da war. Darum geht es dir nicht; das haben die anderen davon. Ich wünschte, du würdest mit mir leben.
Du kannst sprechen; ich kann es nicht. Du sagst von deiner Amanda Williams: Sie liegt am Boden mit ihrer Seele. In anderer Gesellschaft wüßte ich, daß soeben ein unschickliches Wort gefallen ist, und würde es je nach Wahl wegreden oder nackt stehen lassen; bei dir verstehe ich unter dem Begriff unverhofft die Summe der Beziehungen, die eine Person ausmachen, einschließlich des nicht erklärten oder noch nicht erkannten Anteils. Du hast von ihr auch schon gesagt: sie sei nicht voll beheizt; es sollte gegen meine Systemtechnik gehen, es hat sie aber ergänzt. Ich habe nicht nur damals gelacht, ich war für Tage erholt. Hoffentlich hast du sie nun wieder voll beheizt. Was immer ich sage, und wäre etwas Neues neu bezeichnet, es ist schon im Aussprechen Zitat. Ein ganz tat-

sächlicher Vorfall vor nicht vielen Jahren in Wendisch Burg, bei mir wird er trocken, mag sein witzig, aber Anekdote. Du erzählst Marie von einem, der hieß Schietmul, »und der andere hieß Peter«, und sie sieht da eine Katze und noch eine Katze, weil sie bei dir im Leben geblieben sind, und bei mir Worte geworden. All dies sind Sachen, die kann ich nicht erklären. Sie sind von der Art, daß ich sie gar nicht auseinandernehmen möchte; könnte ich nur in der Nähe davon sein.
Du hast nicht aufgegeben. Es versteht sich, daß ich es bei mir selbst unglaublich fände. Dir gebe ich recht. Immer noch nicht hast du es satt, die Versprechungen des Sozialismus beim Wort zu nehmen, hartnäckig hältst du den imperialistischen Demokratien die edel geschriebenen Verfassungen vor, bis heute kannst du der Kirche nicht vergessen, daß die Segnung der Rekruten auf dem Kasernenhof in Gneez auch das Gerät zum Kriege einschloß. Wäre das Naivität, auch auf diese andauernde Lehraufgabe fiele ich herein mit Vergnügen; es ist aber Hoffnung. Du sprichst es nicht aus, noch aus anderen Gründen als den mecklenburgischen. Vergiß, daß ich anfangs versuchte, dir die Sache Č.S.S.R. auszureden; inzwischen wünschte ich, jene Leute würden sich auf sich besinnen, und sei es, daß du einmal nicht den Wind von vorn bekämst. Vergiß die Wette.
Es ist versprochen, daß dir das Kind nicht weggenommen wird. Es wird ohnehin nie meins; das bleibt deine Marie.
Wenn wir einander eines Tages träfen, vielleicht sollten wir dann zusammen sein.
Ich habe dir dies geschrieben, weil ich wieder einmal in die Scandinavian Airlines gepackt werde, und weil ich es schreiben wollte. Denn darüber sprechen möchte der Endesunterzeichnete nicht. Weder Schnee noch Regen noch Hitze noch die Finsternis der Nacht hält diese Boten ab von der raschen Vollendung ihrer vorgegebenen Gänge, und wenn Herodot noch zu den Stützen der Gesellschaft zählt, müßte der Bote mit diesem Brief am Sonntag gegen acht Uhr abends vor deiner Tür stehen. Im anderen Falle werden wir die Inschrift von der Stirn eures Zentralpostamtes meißeln lassen.
Sincerely yours. D. E. Ein Kind, das nicht in deiner Klasse war.«

Wenn wir vier Bürger verurteilen, weil sie andere Auffassungen an den Tag legten als die Sowjetregierung: läßt die Sowjetregierung durch die Prawda sagen: ist das so gerechtfertigt wie die Säuberungen in den dreißiger Jahren. Nun hatten die Tausende Toten von damals nur zwölf Jahre lang wieder einen ehrlichen Namen auch von Staats wegen.

Manchmal scheint es möglich. Gestern hat sogar die New York Times tschechische Hoffnungen auf langfristige westdeutsche Kredite erwähnt. Der Preis wäre eine »Anerkennung Westdeutschlands«. Da könnte de Rosny es billiger geben.

Manchmal scheint es nicht möglich.

Vielleicht hat de Rosny doch nicht die passende Angestellte herausgesucht und war falsch beraten. Nicht nur muß Mrs. Cresspahl neuerdings den Kopf noch mehr in den Nacken legen, um das Glas ihrer Zelle in dem Turm der Bank zu erkennen, und findet selten das richtige Viereck; sie muß auch angehen gegen eine Schüchternheit, die sie von sich nicht erwartet hatte. Oft kommt es vor, daß sie im Fahrstuhl den Knopf für das elfte Stockwerk drückt als fürchte sie sich vor dem höheren, und dann erst die Nummer 16. Dann hält die Kabine gelegentlich an der alten Stelle, die Türen rutschen ausführlich zur Seite weg, und niemand tritt nach draußen, es sei denn ein Unsichtbarer. In den oberen Regionen sind die Fahrstühle spärlicher besetzt, und wenn auch die Fahrgäste deswegen einander nicht genauer betrachten, es bleibt doch die Einbildung davon. Weil die Angestellte Cresspahl zunächst vorzieht, den Blick nach oben zu halten, auf die Anzeigetafeln oberhalb der Türen, fand sie sich überdies väterlich begrüßt von einem Herrn, dessen Gesicht sie nicht erinnerte, Mr. Kennicott II, und er sagte: Haben Sie sich gut eingelebt, Mrs. Cresspahl? Sie sagte, strahlend und hilflos: Besten Dank, Sir.

Das Lügen geht noch; nicht was der Personalchef Einleben nennt. Es fängt an mit der aufwendigeren Herrichtung der Korridore. Hier liegen Teppiche, die Neonstäbe sind nicht einfach mit Glas abgedeckt sondern mit teuer gemusterten Plastikkästen, und sie beleuchten nicht nackte Wände, sondern Druckgrafik in Galerierahmung. Unten, bei Foreign

Sales, waren das Türen aus grünlich gestrichenem Stahl gewesen; hier sind mächtige Mahagonikloben an kindskopfgroßen Messingklumpen zu bewegen. Unten war es manchmal abgegangen ohne das große Probelächeln am Empfang der Abteilung; hier sitzt Mrs. Lazar, und läßt sich vertreten, wenn sie die Stellung räumt. Hier kommt ein Besucher ohne Kontrolle nicht durch, anders als unten, wo weniger zu verstecken war. Mrs. Lazar, eine ältere Dame mit dem Betragen einer Rektorin, sieht die Neue unveränderlich streng und aufmunternd an, und mit dem Bieten der Tageszeit kommt das weit aufgefaltete Lächeln, als werde ihr mit der Erkundigung nach dem Ergehen ein tägliches Geburtstagsgeschenk überreicht. Von ihr geht die Angestellte Cresspahl rasch an den kostbaren Schreibtischen in der weiträumigen, salonähnlichen Halle vorbei, als wolle sie niemanden stören; sie will aber Begegnungen vermeiden.

Es ist nicht Angst vor der neuen Abteilung; sie entbehrt, daß sie ihre Beziehungen zu den Leuten nicht weiß. Als de Rosny sie bei seinen Untergebenen vorführte, gingen die Begrüßungen ab mit geradezu erfreuten Mienen der Herren, und die Namen, die sie damals nicht verstand, hat sie allmählich gelernt von den Dreiecksbalken, die ein jeder vor sich liegen hat: Wilbur N. Wendell, Anthony Milo, James C. Carmody, Henri Gelliston . . .; die Schilder im elften Stockwerk hatten die Vornamen nicht genannt. Neben der Tür des neuen Büros fehlt noch der Name Cresspahl; zweifelsohne wird man nicht ein Schild anbringen mit dem Zusatz Miss. Wer hier oben arbeiten darf, hat Anspruch auf die Anrede einer verheirateten Frau. Sie wüßte gern, für wen sie gilt in diesen prächtigen Verliesen. Ob Mrs. Lazar sie für eine von de Rosnys Flüchtigkeiten hält? Ob die untadeligen Grußzenen mit Kollegen im offenen Raum nicht doch Zweifel an den Kenntnissen der Neuen verbergen, oder Empörung darüber, daß ihnen eine Frau an die Seite gesetzt ist? Nicht einmal Gespräche über die Arbeit sind angängig; Mrs. Cresspahl hat ihr Gebiet für sich, wie die anderen, und wird danach nicht gefragt. Gelegentlich ist sie froh, daß sie nicht im offenen Raum sitzen muß, sondern hinter einer Tür. Hier dürfen die Türen geschlossen werden, und dennoch fühlt sie sich unbehaglicher als

vormals bei einer offenen, weil ein Klopfen nun überraschender käme.
Es klopft niemand. Es ist Mrs. Cresspahl überlassen, wie sie ihre Memoranden zuwegebringt; sie könnte sich lang auf das Besuchersofa legen, wenn sie etwas nachzulesen hat. Die fremde Umgebung, der Abstand zu den anderen sperrt sie unnachsichtiger mit der Arbeit zusammen; mit einem Mal kann sie sich nicht zu Pausen entschließen. Unten, wenn eine heikle Passage sich verschieben ließ, konnte sie mit einem Becher Kaffee, mit einer Zigarette zu Naomi, Jocelyn, Amanda Williams gehen und neben ihren Tischen eine Viertelstunde verreden; es hatte gehörig dienstlich ausgesehen und hatte für die Arbeit der nächsten Stunde gewirkt wie eine Kur. Die Vorschriften sind hier weniger straff; im Grunde darf sie nun entscheiden, wann zwischen neun und zehn Uhr sie ankommt, ob sie für das Mittagessen eine Stunde nimmt oder anderthalb, solange sie nur bis siebzehn Uhr an ihrem Platz zu treffen ist; sie hat solche Freiheiten noch nicht lernen können. Oft findet sie sich nun sitzen inmitten der neuen Arbeit, umgeben von Landkarten, Diagrammblättern, Zeitschriften, Büchern, und hat für Minuten nichts gedacht, weit zurückgelehnt im Drehstuhl, mit nach unten hängenden Armen, stumm, blind, taub und müde. Dennoch kann sie fast alle vier Tage einen Aktendeckel bei Mrs. Lazar abliefern, und Mrs. Lazar nimmt jedes Mal einen neuen Kurierumschlag, adressiert ihn an de Rosny und heftet ihn zu, da offenbar der übliche Verschluß mit Band und Knopf nicht ausreicht.
Komplimente aber müssen sein. Nach neun Tagen ist Mr. Milo eines eingefallen, einem Italiener, der die Sprache seiner Mutter nicht mehr spricht. Mr. Milo, braunäugig, grübelig, mit vergeßlichen Lippen, sprödem trockenem Büschelhaar, heute hält er Mrs. Cresspahl auf, als wolle er ihr etwas Dringendes mitteilen, das schon vorvorgestern zu kurz gekommen ist: Sie schreiben auf der Maschine, so habe ich es in zehn Jahren nicht gelernt! Es gab wenigstens eine Unterhaltung über die Anschlagspeicherung bei der I.B.M. 72.
Es kommt Niemand. Amanda war einmal hier, um Umzug und Einrichtung zu beaufsichtigen, sie nannte das neue Büro herrschaftlich, sie ist nicht wieder gekommen. Alle grüßen noch

im Fahrstuhl, fragen nach dem Ergehen, lächeln wie für eine willkommene Bekanntschaft, jedoch von ferne. Am Freitagabend war Mrs. Cresspahl in der Abteilung Foreign Sales und wünschte auf Amanda Williams' Maschine die Zahlen für ihre Steuererklärung 1967 auszurechnen, und alle waren verblüfft von dem Besuch, wie von etwas Ungehörigem. Als ob das Gemeinsame verschwunden sei, als die Arbeit nicht mehr auf gemeinsamer Ebene war. Mrs. Cresspahls Nachfolger ist zur Aushilfe ein Schriftsteller aus der Schweiz, der Geld für mehr Monate in der Stadt verdienen will, und weil er Schwierigkeiten mit dem Italienischen erwähnte, versprach Mrs. Cresspahl ihm ihre Hilfe. Er wird sich bei Amanda Rat holen, und er wird nichts schicken. Wenn das Telefon einmal läutet, ist es von einer fehlgeschalteten Verbindung, oder alle Zufallstage einmal de Rosny, der Lob verteilt und Gesundheit wünscht, wie man einem Pferd Zucker gibt.
So still ist es. Wenn die Arbeitszeit zu Ende geht, fehlt am meisten ein leises Klicken. Das war Amanda unten, die vor der offenen Tür ihre Kaffeetasse für die Nacht einwickelte und behutsam auf ihre Stahlkommode stellte. Mit diesem Klick fing der freie Rest des Tages an.
Es ist so still, einmal ist die Angestellte Cresspahl erst eine halbe Stunde nach der Zeit nach Hause gegangen. Sie hatte die Zeit vergessen. Es war ihr nicht recht, und das anerkennende Lächeln Mr. Kennicotts II im Fahrstuhl machte das Versäumnis nicht besser. Unten hatten die Leute auf einander ein wenig geachtet und ausgeholfen; hier oben soll Jeder allein fertig werden.
Manchmal scheint es nicht möglich. Und kommen Sie gut nach Hause, Mrs. Cresspahl, nehmen Sie sich in acht. Take care.

5. März, 1968 Dienstag

Wenn in der Bank davon gesprochen wird, daß die Bude demnächst zusammenkracht, klingt es hoffnungsfroh, befriedigt. Heute heißt es, noch eher als bei der Chase Manhattan Bank hätte hier passieren können, daß eine kleine Bande einen Komplizen in der Kabelabteilung dazu benutzt, ver-

mittels eines gefälschten Telegrammauftrags bei einer schweizer Bank genau $ 11 870 924,– anzufordern. Ein einziges Wort hat Chase Manhattan gerettet. Die Gangster hatten die Überweisung in Dollars statt in schweizer Franken verlangt, nur deswegen fragte Zürich noch einmal nach. Könnte bei uns mit gleicher Wahrscheinlichkeit durchgezogen werden.
Und als der Vizepräsident gestern so angestrengt nachdachte, daß er sein Diktiergerät auseinandernehmen mußte, fand er darin ein Nest von Kakerlaken. Warum muß er sich in seiner Suite auch einen Kühlschrank halten. Die Biester riechen Lebensmittel durch zwanzig Stockwerke. Das Haus macht es gewiß nicht mehr lange.
Wenn die Stadt zugrundeginge, die Schaben würden sie überleben.
Wir hatten unsere Wohnung bekommen von einer Dänin und einer Schweizerin, und anfangs war es nicht glaublich. Auf dem Parkett lagen morgens braune Flügelschalen, wie von winzigem Ungeziefer abgeworfen. Im dunklen Abwaschbecken waren bräunliche Kriecher versammelt und liefen weg unter dem eingeschalteten Licht, um nichts bekümmert als um das Entkommen. Sie sahen so unbeirrbar aus. In Jerichow war eine Schabe ein Werkzeug gewesen. Ich glaubte an ein Versehen und setzte den Schuh auf die erste Schabe, die sich auf dem Fußboden erwischen ließ. Vergeblich, sie war schon verschwunden in einer Ritze, die das bloße Auge nicht vermutet hatte. Das hätte gefährlich ausgehen können. Denn sie können Allergien auslösen, vom Asthma bis zum Hautausschlag, noch im Tode, und es wäre mit dem Wegwerfen von Schuhen und Strümpfen kaum getan gewesen. Sie sind zu schnell für diesen Tod. Der Luftzug, den die Fußbewegung macht, wird von ihren winzigen Härchen in die kraftvollen Beine weggemeldet, ohne Zeitverlust im Gehirn, und bevor der Schuh den Boden erreicht, ist das Biest weggehuscht. Sie waren überall, in Buchrücken, in Polstern, in Lampenfassungen, alle mit fünf Augen, sechs Beinen, zwei hochempfindlichen Antennen, und diesmal lobte ich die Supermärkte, weil da nach Sprühgiften nicht ausdrücklich gefragt werden muß.
Mrs. Cresspahl war so geniert, sie erklärte eine Schabe an der Wand für eine Fliege, wenn Marie danach fragte. Warum

soll eine Fliege nicht einen halben Zoll lang sein. Marie war noch nicht vier Jahre alt und nahm es hin, weil sie Manches in diesem Land größer gefunden hatte.
Dann, an einem hellichten Tag 1961, saß Marie auf dem Boden und betrachtete etwas neben ihr auf eine diskrete, geradezu kameradschaftliche Weise.
Es war ein Schabenweibchen, das da niederkam, ganz schwer von Schwangerschaft. Vielleicht war sie zu schwach, sich zu verstecken, oder der Sicherheitsinstinkt war nicht mehr vorrangig. Marie konnte später davon erzählen, von dem sackartigen Behälter, der von der Taille an über den Unterleib gestülpt war, stramm wie ein Federkissen, lang und schmal, der aus einer seitlichen Öffnung kleine weißliche Fäden in rascher Folge abgab, fast wie ein zügig laufendes und zerhacktes Band, und die madenähnlichen Fähnchen entfalteten sich, quollen auf, nahmen einen grauen Schimmer an, waren schon als Körper zu erkennen, alles in winzigen, deutlichen Zeitabschnitten, unzähligen in einer Sekunde, und während die Mutter noch auf der Seite lag und die Puppen abgab, waren die ersten schon beim Loslaufen, fertig bis auf die Flügel, und Marie fragte. Weil das Wort Kinder in der Erklärung vorkommen mußte, bot sie Geld an als Miete für die neuen Erdenbürger und sah mit Entsetzen, daß sie weggefegt wurden in die Tüte, die der Hausmeister in der Nacht verbrennt. Mrs. Cresspahl war so geniert, sie verbot dem Kind, die Szene auch nur zu erwähnen, und sei es in dem unverständlichen Deutsch.
Dann, auf den Parkbänken im Riverside Park jenes Sommers 1961, wurde die Deutsche in die Wissenschaft von den Kakerlaken eingeführt. Die Neue galt da nicht viel, schon weil sie eine »zeitweilige« Mutter war wegen ihrer Arbeit und nicht recht mithalten konnte in den exakten Diskussionen von Darmentleerung (Menge und Färbung), von Wackelknie und einwärts wachsenden Zehen; auch weil sie dahin nichts zum Stricken mitnahm. Sie durfte dabeisitzen und zuhören, und so erfuhr sie, daß in New York jedes Jahr der Schabe gehört.
Die meist vorkommende Art hieß Deutsche Schabe.
Es wurde behandelt als ein vollständig gewöhnliches und

anständiges Thema, und wenn eine Hausfrau abstritt, daß in ihrer Wohnung Schaben mitlebten, gab sie das bald auf unter mitleidigen oder spöttischen Blicken, die sie der Heuchelei bezichtigten. Von der Schabe wurde mit Respekt gesprochen, mit Haß, komischer Verzweiflung, systematischer Sachkenntnis, durchaus wie von jemand Unbesiegbarem. Denn sie fressen alles, vom trockenen Möbelleim bis zur Zündmasse am Zündholz; und mag ihnen ein Gift eine Zeit lang zu schaffen machen, nach wenig Jahren haben sie ihre Abwehrstoffe entwickelt und nehmen als Dessert zu sich, was ihr Verderben hat sein sollen. Wenn eine der älteren Matronen von dem glücklichen Jahr 1940 erzählte, als Chlordan noch gegen die Schaben verschlug, wurde das angehört nicht als Folklore, sondern als ein Stück amerikanischer Nationalgeschichte. Es wurden Thesen vorgetragen, so die von der zyklischen Welle, oder daß die Viecher überleben, weil ihnen die Fortpflanzung an erster Stelle steht, nicht an dritter wie etwa den Ratten. Die letztere Annahme wurde länger, und eifriger, behandelt als die vom Zyklus. Es wurden Schauergeschichten erzählt, wie die von der würdigen alten Dame, die neulich in ihrem abgedunkelten Hotelzimmer in Mexiko beim Fernsehen saß und Filme von zu Hause betrachtete, dabei eine Brosche auf ihrer Brust befingernd. »Plötzlich ging mir auf, daß ich keine Brosche trug.« Von der hat auch die New York Times gehört; ja, die Times war im Januar imstande, der Schabe einen nahezu wissenschaftlichen Artikel zu widmen, mit solchen Fakten wie daß ihr Fluchtmechanismus in 0,003 Sekunden funktioniert, ein Weltrekord. Solch respektables Thema war und ist in New York die Schabe.

Als die Deutsche, verlegen und zu raschem Rückzug bereit, anfing von ihren ersten Erlebnissen, hatte sie eine glückliche Aufregung besorgt für die Damen auf den Bänken um den Spielplatz. Nun konnte ihr die Geschichte der Schabe noch einmal erzählt werden. Diesmal wurde nebenbei abgetan, daß die Kakerlaken wahrscheinlich auf deutschen Schiffen ins Land gekommen wären. Es gibt ja auch noch die Amerikaner unter ihnen, und die Orientalen. Der Neuen wurde eine lange Liste von Luftgiften aufgeschrieben, und die Liste ging ziemlich hastig hin und her, weil jede Hausfrau ihre Spezialität

hochhielt. Dann kamen die Ratschläge: Immer beim Sprühen eine Maske vor Mund und Nase tragen, denn mag der Kakerlak die Chemikalien mit Behagen aufnehmen, dem Menschen sind sie gefährlich. Nicht zu oft feucht aufwischen, denn das ist den Orientalen gerade recht. Nach jedem Tragen die Kleider ausschütteln, auch vor dem Tragen. Alles Eingekaufte sorgsam um und um wenden, ehe es in den Kühlschrank kommt. Die Sicherungsmaßnahmen verdreifachen, wenn der Nachbar sein Appartement neu streicht; denn dann reisen sie zu dir. Dann kamen neue Schauergeschichten: wie eine Verzweifelte einmal eine ganze Pfanne voll Kakerlaken bei 300 Grad für drei Stunden sott, und wie sie dann sämtlich guten Mutes aufstanden und ihrer Wege gingen, bis auf eine, die aber auch nicht tot war, nur betäubt. Es ist in der Erinnerung eine angenehme Stunde, voll Heiterkeit und Hilfsbereitschaft; Mrs. Cresspahl aber würde einem Besucher aus Dänemark oder Deutschland nicht gern zugeben, daß die Schaben ein Kennzeichen dieser Stadt sind, geschweige denn ihm solchen Vortrag halten.
Die Sache hat ihr Erschreckendes. Die Schabe ist nun einmal das älteste Flügelinsekt, das in der Welt erhalten ist, 250 Millionen Jahre alt, es war wohl eher ihr Zeitalter, und nicht das der Steinkohleformation, und ist ihrs geblieben. Sie dienen der Wissenschaft, wegen ihrer Widerstandskraft und angsterregenden Fruchtbarkeit. Sie können mehrere Monate hungern, und wenn sie begreifen, daß Nahrung nicht nachkommt, ziehen sie weiter. Sie können etwas begreifen, sie sind intelligent, sie können lernen. Zwar ist nicht begreiflich, wozu sie ihre fünf Monate leben, da ihr einziger Zweck scheint, sich in die Zukunft weiterzugeben, aber sie sind da. Sie leben bei den Armen wie bei den Reichen, und auch Francine glaubt es nun; sie wohnen in Flugzeugen, auf der South Ferry, in den höchsten Häusern aus Glas; sie sind der kleinste gemeinsame Nenner von New York; es ist gut möglich, sie sind vor den Menschen auf dem Mond. Sie sind ein listiges Pack.
Ein ganzes Vierteljahr haben wir uns gewiegt in dem Glauben, unsere Wohnung sei fast frei von ihnen, und begnügten uns mit dem Pulverstrich, den der Kammerjäger der Hausverwaltung allmonatlich vor die Eingangstüren zieht, als Grenz-

sicherung. Dann brach über das Wochenende die Heizung zusammen, und seit am Montag mit einem Male die Wärme wiederkam, versuchen sie für solche Zwischenfälle eine neue Taktik auszuprobieren und wagen sich ganz offen ins Freie, stinkend vor Angst, wenn sie angegriffen werden. Was in diesen Tagen bei uns für Worte fallen über die Gesellschaft zur Verhütung von Grausamkeit gegen Tiere, es ist die reine Notwehr. Wenn Marie daran erinnert wird, daß sie einmal Miete bezahlen wollte für diese Geschöpfe, sie schlägt um so härter zu, um so unerbittlicher geht sie den Biestern mit der Sprühkanne hinterher, unwidersprochen fluchend.
de Rosny hat sein Büro still geräumt, ohne Aufstand und Bestrafung eines Schuldigen. Es gibt keinen Schuldigen, nicht im Hause, nirgend wo. de Rosny weiß, wann er geschlagen ist. Hier hat er aufgegeben.

6. März, 1968 Mittwoch

Auf die Frage, wer er sei, soll Che Guevara seinen Namen gesagt haben und: Töten Sie mich nicht. Lebendig bin ich Ihnen von größerem Nutzen als tot.
Manches läßt sich die New York Times noch in München erzählen, aber eigens aus Prag hat sie mitgebracht, daß das neue Parteipräsidium nicht mehr Jiří Hendrych als Sekretär für ideologische Fragen haben will, Hendrych, der so inbrünstig auf ungehorsame Schriftsteller und Studenten schimpfen konnte. Auch sollen in der Č.S.S.R. demnächst ausländische Bücher und Zeitungen verkauft werden dürfen wie normale.
Für die amtlich in Viet Nam Getöteten aus der new yorker Gegend nimmt die Times heute nicht mehr die normale, sondern die allerkleinste Type.
Sein Kind hatte Cresspahl zu den Paepckes gebracht. Weil sie Mecklenburg verlassen hatten, hießen sie in der Familie »Berliner-Stettiner«, und auch dem Kind schienen sie weit entfernt von Jerichow, von Cresspahl. Es war eine ungefährliche nächtliche Reise gewesen, und obwohl Cresspahl sie ihr als Umzug erklärt hatte und ihre Kleider und Spielsachen in

einem Koffer mitkamen, glaubte sie nicht daran, daß der Vater sie von sich trennen werde. Auf der anderen Seite des Mittelgangwagens, bequem auf die Polster gestreckt, saßen zwei Marinedienstgrade, die einander aus Langeweile anpflaumten. – Du, dat segg ick min Murre: sagte der eine von den beiden Erwachsenen, in ganz breitem Mecklenburgisch. Es hörte sich an, als könne er kein Hochdeutsch. Die beiden waren Stimmen und zwei rot aufglühende Zigaretten. Für das Kind waren es die allerersten »Matrosen«. Sie prägte sich ein, daß sie nicht mehr sagen konnte, womit die Matrosen Spaß machten. Sie schlief im Zug ein, und als sie am nächsten Morgen wieder aufwachte, drückte sie die Augen unverzüglich hart zu, so erschrocken war sie, ganz unter Fremden zu sein. Dann sprang sie auf und lief durch das Paepckesche Haus, verlief sich, fand endlich die Haustür. Cresspahl war schon abgefahren.

Von den beiden älteren Paepckekindern wurde das Cresspahlsche genau darauf angesehen, ob sie ihnen etwas wegnahm. Sie nahm ihnen nichts weg. Alexandra behielt ihren Platz neben der Mutter, Dick Eberhardt mußte seinen neben ihr nicht opfern, die Christine auf Hildes anderer Seite war ohnehin nicht in Gefahr. Diese Gesine saß am unteren Ende des Tisches, hielt die Augen auf dem Teller und aß ihr Brot auf eine besondere Weise: erst rundum die Kürste, dann in vorsichtigen langsamen Bissen das weiche Mittelstück, als sei das etwas Kostbares. Die Paepckekinder durften essen, wie sie wollten, und wenn eins von seiner Scheibe die Butter abgeleckt hatte, strich Hilde sie unerschütterlich neu. Auch nach dem Frühstück wurde das neue Kind nicht unbequem, ging gehorsam mit, nahm alle Spielvorschläge an, kehrte die Ältere nicht heraus. Nach einer Weile ging sie weg und suchte sich auf dem Dachboden eine Stelle zum Weinen. Am Nachmittag ließ sie sich alles sagen, was die anderen von Stettin zu berichten hatten, von Filmtheatern, Hafenrundfahrten; offenbar hatte die mit ihrem Jerichow nichts anzugeben.

Am Abend erwies sich, daß die Neue doch etwas gewonnen hatte. Denn nun war ihr Platz neben Alexander Paepcke, der da unten gern für sich allein gesessen hatte, damit er genug Platz hatte für Zeitung und das Glas Bier. Heute abend

vergaß er fast das Essen über den vielen Fragen, die er an das Kind aus Jerichow zu richten hatte. Fragte Methfessel immer noch die Leute, ob sie ein Löwe sein wollten? Hatte Cresspahl ihr schon ein Taschengeld ausgesetzt? Wollte sie sehen, wie man einen Spazierstock auf der Nase balanciert? Er machte es ihr vor, und er verabreichte ihr ein »Nadelgeld« um fünf Pfennige höher als Alexandras, streng nach dem Alter, und mit ihm redete das Cresspahlsche Kind, obwohl sie nicht gern aufsah. Sie erinnerte sich der Pflichten eines Gastes, die der Vater ihr eingeschärft hatte, und versuchte gehorsam zu sein. Endlich gab Paepcke es auf. Zum Schluß wollte er ihr über die Haare streichen, erwischte noch rechtzeitig Hildes warnenden Blick. Dann nahmen sich die eigenen Kinder mit ihm das Recht, das sie vorher nicht erkannt hatten. Paepcke war nun geradezu feist im Gesicht, hatte früher so abgearbeitet nicht ausgesehen, war langsamer; aber er mußte sich nur Mühe geben, dann war er für Kinder der Zauberer, Spaßmacher und Spaßopfer in einem. Er gab sich viel Mühe an diesem Abend, und es war reichlich Gelächter in der Küche, aber das Cresspahlsche Kind fragte doch bald, ob sie nach oben gehen dürfe.
Am Abend, für teures Geld, ließ Paepcke sein Telefon mit Jerichow 209 verbinden. Er wollte Cresspahl ins Gewissen reden. Es war recht und einsehbar, daß der sein Kind nicht unter die Fuchtel von Oma Papenbrocks Religion geben wollte, nur weil er meinte, daß die eigene Frau davon gelernt hatte, zu Grunde zu gehen; es war der Papenbrockschen zu gönnen, daß sie das hatte anhören müssen, ohne daß der Alte oder Hilde ihr geholfen hätten. Sie hatte dagesessen wie ein großer gekränkter Vogel, fett und gesträubt. Geweint hatte sie obendrein; das Weinen war in der Familie mittlerweile bekannt, wann immer es sich zu ergeben schien. Aber Paepcke mochte nun einmal nicht mit einem unglücklichen Kind unter einem Dach leben, und er traute sich eine Tröstung des Kindes nicht zu, weil es nach Cresspahl schlug und eigensinnig bleiben würde auch in der Trauer. – Hinrich, ein' Hunt wür't jammern: sagte Paepcke. Am anderen Ende der Leitung blieb es lange still, Paepcke meinte aber kein Seufzen zu hören. Dann sagte Cresspahl: Alex –, in einer bestimmten Art, ganz

ohne Hoffnung, und Paepcke setzte ihm nicht mehr zu. Er war sehr unzufrieden, und an diesem Abend sagte Hilde kein Mal: Suup nich so, du!

Gegen zehn Uhr kam seine Tochter nach unten, weil sie das Bett des Cresspahlkindes leer gefunden hatte. Alexandra sagte aber nicht, wo die Fremde war, um sich eine Predigt über Gastfreundschaft zu ersparen, und Paepcke mußte das ganze Haus absuchen, bis er Gesine auf dem Dachboden fand, wo sie im Dunklen zwischen Koffern und Körben hockte, um in Ruhe weinen zu können. Paepcke war so aufgebracht, er schrie außer dem Kind alle ohne Unterschied an, auch das Dienstmädchen holte er dazu aus dem Bett, und am Morgen erzählte die Regierungsratswitwe Heinricius im »Kolonialwaren«laden, daß Paepcke in der Nacht habe seine Frau umbringen wollen, es seien Schüsse gefallen, und die Feuerwehr sei gekommen.

Paepcke saß beim Frühstück und sagte mit einem Blick auf das Cresspahlsche Kind: Wenn einer nun bedenke, wie es Leuten gehe. Und er sei Heeresintendanturrat geworden. Das sei doch nicht mit rechten Dingen. Und am Abend kam er nicht nach Hause, blieb in der Bahnhofswirtschaft von Podejuch hängen bis Mitternacht. Paepcke mochte nicht zusehen, wenn es Kindern übel geht. Es war so; es hat ihm später den Tod eingebracht. Und wenn gesoffen werden mußte, tat er es noch lieber auswärts.

Du sollst es mir nicht vergessen, Gesine.
Ich vergeß dir das, Cresspahl.

7. März, 1968 Donnerstag

Cuba hat ein Angebot von den U.S.A. Zwei Bedingungen für die Aufnahme des Handels mit nicht strategischen Gütern sind genannt: Aufgabe der militärischen Bindungen an die Sowjetunion; Verzicht auf »Randalieren in der Hemisphäre«. Die dritte, eine Regelung wegen der cubanischen Beschlagnahme von amerikanischem Staats- und Privateigentum, soll sich von selbst verstehen.

Wie die Times es versteht, so ist nunmehr ein Generalmajor der Č.S.S.R. im Lande, weil ihm nicht mehr möglich war, den Staatspräsidenten Novotny zu unterstützen. Ganz zu verstehen ist es nicht, denn zu Hause sollte er gerade wegen Veruntreuung von staatseigener Luzerne- und Kleesaat im Wert von $ 20 000 verhaftet werden (er war aber Parteisekretär nicht im Ministerium für Landwirtschaft, sondern für nationale Verteidigung). Zu Hause wünscht man, es möge ihm kein tödlicher Unfall zustoßen, und hier wünscht man, von den militärischen Kenntnissen des Überläufers etwas abzubekommen.

– Du willst Cresspahl besser machen als er war: sagt Marie. Von Francine spricht sie nicht. In der Schule sieht sie an ihr vorbei, spricht nicht mit ihr. Sie kann sich nicht ausdenken, daß Francine zu der eigenen Mutter nicht zurückgehen wollte. Ihr ist das wie ein Riß im Verständnis von Francine, für den sie noch kein Pflaster hat. Es sieht aus, als habe Francine sie gekränkt. – Gesine! sagt sie.
– Du glaubst es nicht.
– Das trau ich ihm nicht zu. Ein Tischler, und wenn er neben einem Militärflugplatz lebt –
– Er war auf diesem Flugplatz als Tischler angestellt. Die Kommandantur hatte die Innung in Gneez um einen Vorschlag gebeten, und die meisten fanden es richtig, daß Böttcher Cresspahls Namen nannte. Der Mann hatte die Frau verloren, und die Werkstatt obendrein. Arbeit muß er haben, sonst wird er uns noch brägenklüterig.
– Auf dem Flugplatz kommt er nicht weiter als bis zu der Tür, die er in Ordnung bringen soll –
– Die erste war die im Kasino, wo ein Parteioffizier im Suff mit dem Revolver hatte ein Hakenkreuz in Böttchers solide Holzarbeit zeichnen wollen. Doch.
– Siehst du. Und an die Siedlungshäuser für das zivile Personal baut er ab und zu eine Veranda an, auf eigene Rechnung –
– und in Semigs Haus mußte er ein ganz neues Arbeitszimmer bauen, mit mannshoher Täfelung und einer darin ausgesparten Stelle für den Tresor, den der Oberstleutnant

von der Decken da einmauern ließ. Es war Cresspahl, der darüber eine Tür machte und unsichtbar machte.

– Siehst du. Dein Vater als Tresorknacker.

– Das muß nicht er tun.

– Meinetwegen. Aber dein Oberstleutnant, und von der Decken noch dazu, er redet doch mit einem Handwerker nicht anders als mit einem Hund. »Brav, brav«. Sagst du selbst. Vielleicht hat er ein paar Flugzeuge von fern gesehen.

– Von nahem, Marie. Selbst aus der Entfernung, er hätte sie zählen können. Es war schon viel, wenn er die zivilen Angestellten zählte, mitsamt ihren Berufsbezeichnungen.

– Und militärtechnische Kenntnisse willst du ihm auch noch andichten.

– Hier wird nicht gedichtet. Ich versuche, dir etwas zu erzählen.

– O. K. Jetzt wissen die Briten, wieviel Flugzeuge auf Mariengabe bei Jerichow stehen.

– Und welche da zu Hause sind, welche nur zu Besuch kommen, und welche da liefern oder Geliefertes abholen. Die Lastwagen mit Treibstoff oder Bomben, die konnte Cresspahl schon auf der Stadtstraße sehen. Gewiß, seine Auftraggeber, oder die sich dafür hielten, lieber hätten sie jemanden wie Professor Erichson geschickt, der den Flugplatz am Abend hätte auswendig aufzeichnen können. Sie mußten sich begnügen mit einem Handwerker, der solche Typennummern wie HE 111 P im Gedächtnis behielt und vom Aussehen so viel, daß es als Kampfflugzeug erkannt werden konnte. Das reichte für den Transporter Ju 52 oder für das Wasserflugzeug He 59, so einen kleinen Doppeldecker. Und was die Ju 87 anging, das Biest, so war sie nicht eben das Stadtgespräch von Jerichow –

– Eben habe ich dir geglaubt, Gesine. Schon übertreibst du wieder.

– Die Ju 87 war ein »Stuka«, Sturzkampfflugzeug. Wenn die sich dem Ziel entgegenfallen ließen, heulten eingebaute Sirenen in einer infernalischen Art. Das war damals das Psychologische an der Kriegführung. Die hießen die Jerichowsirenen.

– Nach den Trompeten, mit denen irgend welche Priester

immer um irgend welche Mauern marschieren mußten, bis sie einfielen?
– Das wirkte nur bei einer einzigen Stadt, bei Jericho in Jordanien. Josua 6. Und der Bericht über die Zerstörung der Stadt ist Legende, das kannst du unsere Rote Anita fragen, die hat da ausgraben helfen, damit sie ein Doktor wird.
– Jerichosirenen. Es ist mir ein Zufall zuviel.
– Und was sollten die Leute in dem anderen Jerichow sagen, dem großen, bei Magdeburg?
– Ich mag es nicht, wenn etwas so genau zusammenfällt. Also Jerichosirenen in Jerichow, nicht erfunden.
– Nicht von mir. Und Cresspahl wußte obendrein, daß die Ju 87 Maschinengewehre auf den Flächen hatte und daß der Fernaufklärer DO 17 P früher, zu den Zeiten des spanischen Bürgerkriegs, DO 17 F geheißen hatte. Das konnte aus einem Gespräch herausfallen, an dem ein harmloser Handwerker aus der Stadt vorbeiging. Und es war nützlich, wenn er anbringen konnte, wo das Flugbenzin in der Erde versteckt war, das war in London schon ein Ziel auf der Karte.
– Harmloser Handwerker! Einer, der in London gelebt hatte.
– Und der einfach nickte zu der Frage, ob er nach der glanzvollen Auferstehung des deutschen Vaterlandes nicht mehr habe beiseite stehen wollen. Damit war er zuverlässig genug. Der Mann sah etwas langsam aus. Der war in England wohl nicht hochgekommen. Übrigens blieb seine Arbeit, was zählte. Und es war doch putzig, was er von London erzählte: In London geev dat Slåpsåls, dor leech man up de blote Ierd. Blot an't Koppenn wier ein Tau spannt, dor læd man den Kopp up. Morgns würd dat Seil falln låtn. Dat wier dat Weckn: sagte er. Er hatte noch seinen Spaß dabei.
– Oft ahne ich, daß ich etwas verstehe.
– Sag mal: Kattdreier.
– Caterer –?
– Siehst du. Und Cresspahl mußte sich mit dem Flugplatz gar nicht begnügen. Da saßen im Försterkrug oder im Schützenhaus unverhofft Leute in Wehrmachtuniform, die gehörten nicht in die Gegend, und sie konnten es nicht lassen, mit dem Messer der Fallschirmjäger zu prahlen. Das war kurz

vor der geplanten Offensive gegen England. Und so erfuhr er noch, daß die Fallschirmjäger Schulen in Stendal und in Wittstock hatten, daß ihr Tagessold 50 Pfennige betrug, daß aber ein Übungssprung ihnen 27 Reichsmark einbrachte, weswegen sie eben im Försterkrug Bier tranken und allem, was einen Rock anhatte, die Sache antrugen mit dem letzten Mal vorm Sterben. Cresspahl mußte es gar nicht allein machen. Erwin Plath war etwas neben sich selbst darüber, daß die Fußball-Nationalelf von Reichstrainer Sepp Herberger gegen die Ungarn antreten sollte, Sonntag der siebente April 1940 sollte das historische Datum sein; er rätselte aber auch darüber, warum in Lübeck-Travemünde am Ostpreussenkai das Motorschiff »Hansestadt Danzig« festgemacht hatte, jetzt grau gestrichen, aber doch unverkennbar vertraut aus den Tagen, da es noch im Ostseebäderverkehr gelaufen war statt im Dienst der Kriegsmarine. Die Danzig hatte auch in Rande vor Jerichow angelegt. Am Sonntag brüllten sie im berliner Olympiastadion über das heroische 2 : 2, am Abend legte in Travemünde die »Hansestadt Danzig« ab, im Bauch das 1. Bataillon des Infanterieregiments 308 von der 198. Infanteriedivision, die in der kaputten Č.S.R., im »Protektorat Böhmen und Mähren« aufgestellt worden war, meist Schwaben und Sudetendeutsche, von denen viele die eigene Angliederung als den letzten kriegerischen Akt des Jahrhunderts erhofft hatten. Der Tag hatte angefangen mit Reif auf der Erde, dann war es immerhin bis zu neun Grad warmgeworden, und der Himmel blieb ohne Wolken. Es fing aber nicht der Frühling an, sondern die Besetzung Dänemarks. Das hatten die Landser nur vermuten können wie Cresspahl auch, denn die Orders wurden erst am 9. geöffnet, als die Danzig längst im Belt war; es war für London aber nicht zu späte Nachricht, welche Truppen auf Dänemark angesetzt worden waren, und reichte für die Gedächtnisnotiz, daß solche Sachen nicht nur in den Häfen von Kiel und Swinemünde angefangen wurden, sondern auch in dem von Lübeck.

– Du meinst, auch in, oder bei, Swinemünde und Kiel gab es solche Leute, die gingen hin und verrieten ihr Land –?

– Die verrieten die Nazis. Und wie an Cresspahl war nichts besonders an ihnen, nichts auffällig. Cresspahl war nicht in der Partei, gewiß; bei der Luftwaffe machte er sich eher einen weißen Fuß damit; denk an das Hakenkreuz aus Kugeleinschlägen im Kasino. Cresspahl hatte nicht wie Alexander Paepcke ein Blaupunktradio (mit magischem Auge), das die ausländischen Sender heranholen konnte, deren Abhören seit dem Anfang des Krieges verboten war; Cresspahl hatte ein Ding namens Volksempfänger, VE 301, mit Antenne 76 Reichsmark, »geschaffen zur Erinnerung an die Volkserhebung am 30. 1. 1933«. Cresspahl war auch kaum noch im Gerede von Jerichow. Es mochte heißen, er sei nach dem Tod seiner Frau etwas wunderlich geworden. Hielt den Kopf wie ein störrisches Pferd, hatte sich ein Nicken angewöhnt, das sah taub aus, um eine Spur zu gehorsam. Oft wurde es auch für Dummheit genommen, so daß gelegentlich ein Auftrag ihm zweimal erklärt wurde, als hätte er ihn nicht verstanden. Dann erwies sich, daß er wohl verstanden hatte, und er nickte doch wieder. Und einige in Jerichow hatten ihren ureigenen Grund, den Mund zu halten, denn bei dem Brand von Cresspahls Werkstatthaus war nicht wenig geklaut worden, was noch zu gebrauchen war; Alwin Paap hatte nicht überall sein können. Es gab Morgende, da waren über den Zaun Werkzeuge geworfen, mit C gezeichnet. Sie taten es vielleicht nicht nur, weil das Zeichen sie hätte verraten können. Und es war gesünder, Abstand zu halten von einem Menschen, der mit Unglück zu tun hatte –

Geh, du schwarze Amsel,
Wann ich schon schwarz bin,
Schuld ist nicht mein allein,
Schuld hat mein Mutter gehabt,
Weil sie mich nicht gewaschen hat,
Da ich noch klein,
Da ich –

und Amseln haben auf einem Baum hinter dem Haus, es fiel auch nicht auf. Da waren viele, und viele waren tapferer als er.

– So habe ich es nicht gemeint, Gesine.

– Viele waren beim Verraten tapferer als er.

Um sieben war die Dunkelheit ganz klar. Das Hochhaus auf dem anderen Ufer des Hudson ist beleuchtet wie zu einem Fest. Von New Jersey aus sieht unser Riverside Drive beleuchtet aus wie zu einem Fest.

8. März, 1968 Freitag

Die New York Times freut sich, daß Studenten in Harvard nun auch sie parodiert haben. Auf der witzigen Titelseite bricht unter anderem der Parthenon zusammen, und es gibt einen Zweispalter links oben über das Versagen einer Luftbrücke nach Khesanh: da die Fallschirme nicht funktionieren, fallen Panzer und schwere Geschütze gnadenlos auf die Menschen unten . . .

Hafenarbeiter in New York haben sich geweigert, die Ketsch von Dr. Benjamin Spock zu verladen, mit der er bei den Virginischen Inseln hatte segeln wollen. Dr. Spock ist vor einigen Monaten im unteren Manhattan mitmarschiert in einer Demonstration gegen den Krieg in Viet Nam, und die Hafenarbeiter mögen es ihm nicht vergessen.

Seit Mitternacht des Sonnabend sind 19 251 Amerikaner in Viet Nam gefallen. Tot.

Und wenn sie sich auf den Auslieferungsvertrag von 1925/1935 berufen sollen, die Tschechoslowaken wollen ihren entlaufenen Generalmajor wiederhaben, den Anhänger Antonín Novotnýs. Saat von Luzerne und Klee.

Die Zeit bei den Paepckes in Pommern dauerte lange für das Kind von Cresspahl, mehr als ein halbes Jahr; doch nicht zu lange.

Es gab solche Abende wie den Ende Mai 1939, wenn die Erdbeeren reif sind und Saft im Zucker lassen. Sie wurden mit silbernen Gabeln gegessen, am Tisch im Garten, und Hilde häufte der Gesine immer neue Haufen auf den Teller. Das Kind aß so andächtig, ihm ging erst zum Schluß auf, daß alle ihm zugesehen hatten, hilflos von stillem Lachen, ohne Neid. Da glaubte das Kind sich längst nicht mehr beobachtet, verdächtigt, bloßgestellt. Sie konnte mitlachen.

Bei Paepckes hatte ein Kind keine Pflichten, keine Beschwernis. Wenn Gesine und Alexandra sich anboten für einen Gang zum Kaufmann, gab Hilde sich ein grüblerisches Aussehen und war imstande, abzulehnen, wenn sie erst noch ein neues Spiel für die Kinder gefunden hatte. – Darf ich mal die Bratkartoffeln umwenden? fragte Gesine. Gesine hatte viel Hochdeutsch gelernt. – Ja. Du wendest jetzt die Bratkartoffeln um: sagte Hilde schnippisch, in beleidigtem Ton, der ungeheure Bestrafungen verhieß. Lange hielt sie es nicht aus, dann lachte sie doch. Aber lieber war ihr, daß ein Kind nicht erst in die Nähe des Herdes kam. Kann ein Kind sich doch verbrennen.

Mit ihrem Alexander hatte Hilde es, so habe ich es nicht wieder gesehen. Alexander kam nach Hause und hängte seinen Uniformrock weg; Hilde stellte sich neben ihm auf und faßte ihn in den Nacken. – Es geht dir nicht gut! sagte sie anklagend, und Alexander schüttelte sich wie nach einer bitteren Medizin. – Wenn wi di nich harrn un de lütten Tüften: sagte er. Hilde sah von weitem, an welchen Abenden er nicht einmal mit Worten angehalten werden wollte. Dann kümmerte Hilde sich um nichts, als daß das Abendbrot rasch lief, die großen Mädchen mußten das kleine versorgen, alle bekamen noch eine Hand übers Haar, an die Backe; dann aber ging Hilde zu ihrem Mann ins Wohnzimmer und war für den Rest der Nacht nicht zu haben.

Von weitem gehört, in großer Müdigkeit, ohne den Anblick war Hildes Stimme die der Mutter. Von ihr lernte das Cresspahlsche Kind, wie Lisbeth ihr Kind nicht mehr angeredet hatte. Mit langem Ton auf der zweiten Silbe des Vornamens, nicht befehlend oder anmahnend wie die Leute später taten, sondern zärtlich, von immer neuer Freude überrascht.

Hilde stand am Herd, und Alexander sah versonnen an ihr auf und ab. Als er sich die Sache genügend überlegt hatte, sagte er: Früher hab ich gemeint, du hast schöne Beine. Is aber gar nich wahr.

Hilde sah ihn fragend an, doch ein bißchen betrübt, und Alexander verordnete ein für alle Male: Lebendige Beine hast du!

Den beiden machte es nichts, daß die Kinder das anhörten. Übriggeblieben ist ein Gefühl von ansteckender Begeisterung,

von dem Vergnügen, bei solchem Leben dabeizusein. (Die andere Seite war Eifersucht; die wurde den Kindern vorenthalten.)
Auch wenn Alexander sich ausführlich über die »Nazischweine« ausließ, sah Hilde ihm sorgfältig und einverstanden auf den Mund. Lisbeth war ängstlich und vorwurfsvoll dazwischengefahren. (Denk an das Kind, Heinrich Cresspahl!)
Alexandra und Gesine waren vom Arzt zu einer Impfung bestellt, und Hilde schrieb einen Entschuldigungsbrief: Am 21. März können meine Kinder nicht kommen, da feiern wir den Frühlingsanfang.
Meine Kinder. Gesine zweifelte gar nicht daran. Sie wußte wohl, daß sie Cresspahls Kind war und bei ihm leben mußte; das galt von innen. Von außen genommen war sie eins von Hildes Kindern.
Ob es nun der Anfang des Frühlings war oder der Geburtstag einer der beiden Katzen, solche Ereignisse wurden heftig gefeiert. Und wenn der Himmel mit drohendem Regen bezogen war, Hilde half doch dem Dienstmädchen Auguste Lampions im Garten aufziehen. Jedes Mal lud sie sich den Garten voll mit Kindern, ausgenommen die von Obersturmbannführer Bindeband, obwohl er sechs zu bieten hatte mit Namen wie Gerlinde und Sieglinde und Brunhilde und Kriemhild. Gespielt wurde Zuplinkern, Hänschen Piep, Musical Chairs, und Hilde schummelte ohne Hemmungen, wenn ein Kind in Gefahr war, zu oft zu verlieren. Wenn sie dem Kind mit den verbundenen Augen den Topf dichter unter den hilflos tastenden Stock schob, sah sie die anderen verschwörerisch an, und alle waren mit der Schmälerung des eigenen Gewinns einverstanden. Der Schriftsteller mag es nicht schreiben, und doch war es Hilde: schön von (gestrichen).
Dann wurden Alexandra und Gesine von Frau Bindeband zum Spielen eingeladen. Die Bindebandkinder trugen die Zöpfe bis zum Hintern. Sie waren in sackleinene Gewänder getan, in Schürzen aus Jute. Das Spielen war aber das Begehen eines heidnischen Osterfestes in einer Villa, die einem stettiner Juden gehört hatten. Die Perserteppiche, die Ölbilder, alles schien unversehrt erhalten. Zum schlechten Gewissen kam noch die Empfindung: Mein Gott was sind wir arm. Als sie

nach Haus kamen, war Hilde nicht zornig, sondern enttäuscht. Von da an ließen die Kinder sich nicht mehr ins Haus der Bindebands locken.
Hilde hat ein Dienstmädchen verloren wegen eines Hitlerbildes. Frieda Lämmerhirt hieß sie, aus Berlin war sie, und sie hatte ein Foto Hitlers aus der Zeitung geschnitten. Sie bekam einen schweren Rüffel, und später noch einen von Alexander. Sie habe die Zeitung zerstört! Aber der Norddeutsche Beobachter war in diesem Haus noch nie aufbewahrt worden. Sie kündigte auf der Stelle, packte schweigend und zog ab mitsamt dem Hitlerbild, das sie so sorgsam an ihre Zimmerwand gepinnt hatte. Bindeband erfuhr dies noch über die Paepckes, und in der Folge weniger.
Im Heereszeugamt Stettin hatte Paepcke doch Leute gefunden, die er nicht zu den »Nazischweinen« rechnen mußte, oft brachte er drei vier mit ohne Ankündigung, das wurden lange Abende auch für die Kinder. Die Kinder mußten gar nicht beachtet werden, sie nahmen sich einfach die Lustigkeit der Erwachsenen an. Sie wußten, daß sie nicht unwillkommen waren. Alexandra setzte sich neben ihren ernsthaft dozierenden Vater (diesen Krieg verlieren wir auch; gelernt haben wir's ja) und drückte so lange gegen ihn, bis er in einer erschütternden Pantomime umfiel, wie ein Nichtschwimmer aus großer Höhe in grundloses Wasser.
Es gab Abende, da las Alexander vor. Wie König Heinrich Rosamunden findet. Manchmal vertat er sich im Buch und las doch daraus vor, mehrmals und mit Entzücken eine Stelle, die erst die Studentin Cresspahl wiederfand: »Es gibt nichts so Tolles, was nicht in bestimmter künstlicher Beleuchtung momentan reizend oder selbst richtig erscheinen könnte, aber es ist alles Täuschung. In Mecklenburg verhungert niemand, in London verhungern Hunderte, dennoch ist England Stolz und Vorbild der Nationen und Mecklenburg die komische Figur. Das eine drückt eben einfach ein Höheres, das andere ein Niedrigeres aus!« Ausrufszeichen von Alexander Paepcke. – Merk dir das, Gesine! Er besann sich gleich und bezog die anderen ein und drohte ihnen »Schacht« an, wenn sie nicht ihr ganzes Leben daran dächten. Dann las er es noch einmal vor.

Und so oft es auch angedroht wurde, nie mußte ein Kind »mit barftem Kopf ins Bett«.
Und wenn sie zum Baden an die Oder fuhren, ging es nicht, ohne daß Alexander sang:

Zu Roß, wir reiten nach Linlithgow,
Und du reitest an meiner Seit',
Da wollen wir fischen und jagen froh,
Als wie in alter Zeit.

Zum Baden in der Oder wurden große Picknickkörbe mitgenommen, voll Brot und Kuchen und harten Eiern und Milch und Obst. In einem fort bekamen die Kinder bei Paepckes zu essen. Wenn eins noch lange nicht hungrig war, sondern nur irritiert durch eine geringfügige kriechende Vorstellung von Essen, stand Essen vor ihm. Dickmilch mit Zucker.
Paepckes hatten zum Fotografieren einen Balgapparat, an den glaubten sie. Das Objekt mußte genau zwei Meter entfernt sein, und die Sonne sollte womöglich im Rücken sein. Hilde hatte das Ding im Küchenschrank liegen, und kaum hatte Christine eine Übergardine heruntergerissen, wurde sie schon fotografiert. (Sind das auch zwei Meter? fragte sie die winzige Christine.) Mit den Resten der Gardine machten die großen Kinder einen Maskenball, und sie wurden fotografiert.
Wenn die Kinder baden wollten, wurde morgens im Garten eine geschwungene Zinkwanne eingelassen. Aber hinein durften sie erst mittags, wenn das Wasser zuverlässig warm genug geworden war.
Bei Paepckes saß ein Kind beim Malen, beim Stoffzerschneiden, und Hilde ging kein Mal vorbei, ohne die Arbeit genau zu loben, nicht mit Schmeichelei, sondern mit Erkundigungen. Bei Paepckes lernten die Kinder fühlen, wer sie waren.
Hilde wußte, daß die Nachbarn erwarteten, sie werde Beschäftigung und Rang ihres Mannes in der Kleidung darstellen; sie trug ihr Haar gern im Kopftuch nach hinten gebunden, wie die Schnitterinnen. Nähte vieles selber, trug gern Hosen, erwiderte tadelnde Grüße mit harmloser Freundlichkeit, als hätte sie nicht verstanden.
Bei Paepckes konnte man auf dem Grundstück um das Siedlungshaus herum liegen wie in einem Wald unter Kiefern und Akazien, auf dem nadelglatten Boden. Dabei wurde ein Kind

nicht gestört. Kam es zurück aus der Einsamkeit, hatte Hilde ein Band in der Hand, band es ihm um die Stirn. Und sie hatte sich nicht geirrt; das Kind war in der Tat bei den Indianern gewesen.
Im Sommer fuhren die Paepckes mit ihren Kindern auf das Fischland. Es war noch kein Krieg. Der Abend an der Hohen Küste sah sich seltsam anders an als an der Nordküste bei Jerichow. Am letzten Tag in Althagen kam Cresspahl. Er sah alt aus, kleiner als in der Erinnerung, ausgemergelt. Er stand ohne Ankündigung auf dem Grenzweg, und Gesine wußte, daß er sie mitnehmen würde.
Weil sie die Paepckes hinter sich wußte, schämte sie sich, auf Cresspahl zuzulaufen. Dann hörte sie Alexander sehr laut über Vogelnester sprechen und begriff, daß sie alle ihr nicht zusahen. Dann lief sie.
Am nächsten Morgen war nichts richtiger, als mit ihm nach Jerichow zu fahren. Es war bereits falsch, die Paepckes zurückzulassen.

Wenn du es aufgeschrieben hättest, Gesine, es wär ja reinweg ein Bedankmichbrief.

Soll sein.

Um uns trauerst du auch?

Ja.

Das hätten wir von dir nicht gedacht zu Lebzeiten. Als wir lebten, nicht.

9. März, 1968 Sonnabend

Bewölkt, milde, um zwölf Grad; doch nicht ein Tag der South Ferry. Angezogen hat Marie sich wie für das Schiff, Hosen und darüber einen Anorak mit Kapuze, für schlechtes Wetter, wenn die Kleidung derb sein muß und nicht zu wertvoll. Marie hat sich den schulfreien Tag ausgesucht, um sich mit ihrer Freundin Francine ins Reine zu bringen, aber mit dem Telefon fand sie sie nicht in dem städtischen Obdachlosenhotel. Nun wollte Marie sie auf den Straßen suchen, in den Slums der Oberen Westseite. Dazu trägt man nicht einen

Mantel aus London, da könnte sie leicht beschimpft werden, auch beworfen.

Unsere Slums sind um die Ecke, ausländische Gegend. »Elendsquartiere« sagt man im Deutschen. Aber die Slums in unserem Viertel sind nicht eigens für das Elend vorbereitete Quartiere, anders als die von Bauspekulanten zusammengeklatschten Kasernen für Arbeiter in deutschen Großstädten, ein Bidonville in Paris oder ein Barackendorf für Flüchtlinge. Die Slums in New York sind nicht als Slums gebaut; hier ist der Slum eine Qualle in der Gesellschaft und wandert.

In den Seitenstraßen zwischen den Avenuen sitzt er inzwischen in vielen der brownstones. Es sind vierstöckige Häuser, die ihren Namen von der ursprünglichen Fassade aus rötlich braunem Sandstein haben, und nach dem Bürgerkrieg waren sie geradezu das Abzeichen für bürgerlichen Wohlstand. Die geräumigen Aufgänge waren für würdige Auftritte geschaffen. Die vier Stockwerke waren bestimmt für eine einzige Familie, mit ihren Dienstboten, innen reichlich ausgestattet mit Edelholztäfelung, eichenem Parkett, marmornen Kaminen, geschnitzten Türen, gedrechselten Treppenspindeln. Darin gab es Salons, prächtige Gesellschaften; davor haben einmal aufwendige Kutschen gehalten. Es waren Luxusbauten, und obwohl die Fronten mittlerweile abgeblättert sind oder schlampig zugestrichen, immer noch nicht passen zu ihnen der Schmutz am Beischlag, die verrottenden Möbelstücke und Matratzen, die unverdeckten Mülleimer, die verschmierten Fenster, die Reste des Müllarbeiterstreiks, verstreuter Abfall, der liegen bleiben wird, wenn er dem Regen widerstehen kann und dem Wind zu schwer ist.

Es sind aufgegebene Häuser. Gebaut wurden sie für Weiße, Protestanten, Angelsachsen. Die Iren, die in den siebziger Jahren des vorigen Jahrhunderts in hellen Scharen hierherkamen, versammelten sich in den Miethäusern entlang der Columbus und Amsterdam Avenue, aber viele sparten auf ein solches braunes Haus nach der letzten Mode und freuten sich des Besitzes durch Untervermietung. Die Iren waren die kräftigste politische Gruppe des Viertels, bevor die Juden aus Harlem zuwanderten, überfordert von der anwachsenden Nachbarschaft der Neger. Dann kamen die Neger hierher aus den Ghettos New Yorks, nach dem Zweiten Weltkrieg die Wellen der Puertorikaner, und die weißhäutigen Einwanderer, längst angepaßt an die vorgefundene Werteskala, gaben eine Straße nach der anderen auf. Allerdings nicht ganz. Aus einem solchen Einfamilienhaus kann der Besitzer zunächst einmal vier Wohnungen machen, je eine pro Stockwerk, und mit den erhöhten Mieteinnahmen die Einbuße an Grundstückswert wettmachen. Aus diesen kleinen Wohnungen kann der Hauswirt wiederum Einzelzimmer herstellen. Inzwischen hat er ein Vielfaches des alten Mietzinses. Da seine Mieter, wenn sie aus Harlem oder Brownsville kommen, auch solche Wohnbedingungen noch als eine Verbesserung ihres Lebens ansehen müssen und die spanisch sprechenden Einwohner zu einer Gegenwehr anfangs noch nicht fähig sind, ist es dem Hauswirt unbenommen, weiterhin Reparaturen zu verschleppen, an der Heizung zu sparen, auf einen Hauswart zu verzichten. Die Gesetze sind genau und drohen für alle solche Vernachlässigungen Strafgebühren an, aber Leute ohne Schulbildung und ausreichende Kenntnis der Sprache prallen am bürokratischen Apparat ab, und die Gerichte sind dem Slumwirt milde gesonnen, denn er vertritt die Begriffe von Erwerb und Eigentum.

Erwerb und Eigentum stellen den Slum erst einmal her: die Häßlichkeit und Durchlässigkeit der Trennwände, die nicht erneuerten Fensterscheiben, die defekten Türsicherungen, die kaputten Briefkästen, den glitschigen verkrusteten Dreck schon im Korridor, die verrostete Küche, die Verseuchung der Zellen durch Ungeziefer und durch die Ratten, über die die Vertreter des Volkes sich im vorigen Sommer krumm lachen wollten. Mrs. Daphne Davis in Brownsville in Brooklyn kam im vorigen Sommer dazu, wie ihre Tochter mit einer Ratte spielte. Das Tier war so groß, daß das Kind sagte: Komm her, Katz. Katz, komm. Wenn es so weit ist, geben die Inspektoren der Stadt auf, ob sie nun wegen der Wasserleitungen oder wegen der Feuerausgänge kommen, und auch die Müllarbeiter begreifen sehr schnell. Hier wird der Abfall seltener abgeholt als in bürgerlichen Straßen und auf lässige Art, die Nachfegen nicht kennt. Aber es sind nicht Erwerb und Eigentum, denen die Leviten gelesen werden.

Wenn eine Familie wie die Carpenters III an der West End Avenue den Negerfamilien alles Gute wünscht, jedoch eine Wohnung im eigenen, solide wenn nicht elegant gehaltenen, Appartementhaus zum Guten nicht gehört, dann spricht zumindest Liz Carpenter III von den Slums und beweist sich ohne Zweifel, daß diese Schwarzen schlicht nicht verstünden, in einer Zivilisation zu leben, als sei das eine Veranlagung von der Natur aus. Kaum eines jener Argumente, die einer annähernd gleichmäßigen Verteilung des gesellschaftlichen Eigentums steuern sollen, ist bemüht um Brillanz oder doch den Anschein von Schlüssigkeit. Dies übersieht obendrein, daß nicht sämtliche Neger in Slums wohnen und nicht nur Neger in Slums. Das Vorurteil der amerikanischen Nation gegen ein alteingesessenes Zehntel ihrer Angehörigen mag unbegreiflich sein, schon daß hier nicht die Psychoanalyse beschäftigt wird; die Gegenstände, die mit Hilfe dieses Vorurteils verteidigt werden, sind handfest. Es geht um Arbeitsplätze als Mittel des Einkommens, um Ausbildung als ein Mittel zu besserem Einkommen, um das Recht auf Rechte als eine Sicherung des Einkommens. Die Sache heißt Rennen der Ratten, und das Handikap einiger Gegner kann den eigenen Gewinnchancen doch dienlich sein.

Keine Gruppe hat um ihre Rechte so lange kämpfen müssen wie die Neger. Die davongelaufenen und freigelassenen Sklaven, die im vorigen Jahrhundert in den lässigeren, weniger eingebildeten Norden kamen, wurden da doch isoliert in reservierten Vierteln, ausgebeutet von »weißen« Hausbesitzern und Kaufleuten, ausgeschlossen von gleichberechtigter Erziehung und Ausbildung, immer zuerst gekündigt, immer zuletzt angestellt, und vor ihren Augen wanderte Gruppe nach Gruppe von auswärts ein, faßte Fuß, wurde anerkannt unter den Bürgern, die Deutschen, die Italiener, die Juden, in den fünfziger Jahren die Puertorikaner. Acht Jahre ist es her, und immer noch stimmen die klassischen Zahlen von John F. Kennedy: »Das Negerkind hat ... ungeachtet seiner Begabung, statistisch ... halb so viel Aussicht, die Oberschule abzuschließen, wie das weiße Kind, ein Drittel so viel Aussicht, die Universität zu absolvieren, ein Viertel so viel Aussicht, in einem Fachberuf zu arbeiten, und viermal so viel Aussicht, ohne Arbeit zu sein.« Das sagte John Kennedy, als er auf einer Wahlreise war. Was immer die Wurzel sein mag für die traumatische Aussperrung durch die Weißen, die Gruppe der Neger muß aus diesem Grund die höchsten Verluste im Arbeitskampf hinnehmen, konsequent stellen sie die meisten derjenigen Bürger, die die Hoffnung auf Arbeit aufgegeben haben, die zu dieser Hoffnung nie imstande waren, die sich fallen lassen in den Slum.

Der Slum ist ein Gefängnis, in das die Gesellschaft jene deportiert, die sie selbst verstümmelt hat. Das sind Wohnungen, in denen die Wanzen und Schaben nicht mit der geduldigsten Anstrengung im Zaum gehalten werden können, in denen es beim Kühlschrank nicht auf die Kühlung der Nahrungsmittel ankommt, sondern auf die Funktion des Tresors, den das Ungeziefer nicht knacken kann. Wenn ganze Familien, ohne das Geld für Erholung oder Fluchtversuche, in einem einzigen Zimmer wohnen müssen, werden die Kinder Zeugen unausbleiblicher Streitszenen, kommen müde und verstört in die Schulen, mit unvollständigen Hausaufgaben; ihre Leistungen müssen hinter den Anforderungen des Lehrplans zurückbleiben, sie verlassen die Schulen so früh als möglich, sie »fallen heraus« und beginnen in niederen Berufen zu arbeiten, die mit der technischen Entwicklung aussterben werden, und sind ausgebildet für die Armut. Wenn auf der Oberen Westseite zwei Drittel der Neger einzelne Männer sind, so weil eine vom Ernährer verlassene Familie damit den Anspruch auf Fürsorge-Unterstützung erwirbt; die Wissenschaft hat bereitwillig den »Faktor der Einraumbelegung« erfunden. Die Neger in den Slums fühlen sich vernachlässigt von der Polizei, ihre Straßen werden spärlicher patrouilliert, Einbrüche bei ihnen rufen eher Langeweile hervor, bei einer Schlägerei wird der Dunkelhäutige bevorzugter festgenommen als der Hellfarbige; dennoch wünschen die Neger schlicht mehr Polizei, zuverlässigeren Schutz (wo die Weißen sich leisten können, eine zivile Aufsichtsbehörde für die Ordnungskräfte zu fordern). (Die Kommunistische Partei Amerikas findet nicht statt.)

Gegenwehr geht ins Leere. Versuchen die Bewohner des Slums einen Streik mit der Miete gegen den Besitzer ihres

Hauses, hat er auf seiner Seite die Gerichte. Wenn er es nicht schafft, sie auf die Straße zu setzen, läßt er das Haus sterben. Vor allem auf die Kälte kann er sich verlassen. Dann schafft die Stadt die Bewohner in die Zeughäuser; seine Sorge sind sie nicht mehr. Es lohnt sich, dennoch ein wenig Steuer auf den Besitz zu entrichten, damit die Stadt den unter Hypotheken und brüderlichem Wind wankenden Bau nicht übernimmt; immer ist da Hoffnung, daß die Kommune gerade an seiner Stelle Öffentliches errichten wird. Sind hartnäckige Mieter geblieben, wird es ihnen von Halbstarken, Rauschgiftsüchtigen, Buntmetalldieben besorgt. Davon sind nicht alle freundlich genug, das Wasserhauptrohr abzustellen, bevor sie die Leitungen abmontieren. Wenn es aus der Decke tropft und die Türen sämtlich eingeschlagen sind, ziehen die Letzten aus, und der Besitz befindet sich in ordnungsgemäßem Zustand.

Wo es auf Ordnung nicht mehr ankommen kann, fliegen die Abfälle aus dem Fenster, und wenn sie auf einem Hinterhof landen, könnte es eine Mitteilung sein, Post durch die Luft. Die Weißen hören als Gruppe nicht, vielleicht hört der einzelne weiße Passant etwas, neben dem auf dem Bürgersteig eine Flasche zerplatzt. Bei den Weißen denke ich oft an Gestalten in Leintüchern, Gespenstern, Leichen, die zum Friedhof unterwegs sind. Da die Weißen als Gruppe Hilfe verweigern, warum nicht dem einzelnen Weißen ein Messer aufs Herz setzen und seiner Brieftasche, seiner Ladenkasse, seiner Wohnung Hilfsmittel entnehmen. Da dem Gefangenen des Slum ein Ausweg in das lebenswerte Leben versperrt ist, sollte er lange zögern, dem Leben in den Illusionen und Krankheiten des Rauschgiftes zu entgehen? Da die Gesellschaft um dieses Leben einen Zaun errichtet hat, warum die Normen der Gesellschaft einhalten, warum die Fürsorgerin anders behandeln denn als den Überbringer einer Abschlagszahlung, warum nicht die Kinder betteln schicken, warum noch unter Dächern wohnen. Da die Verbindungen mit der Gesellschaft abgebrochen sind, warum nicht die Kabel öffentlicher Telefone herausreißen; warum eine Adresse hinterlassen, wenn man weggeht, sei es unter die Brücken, auf die Bowery, ins Gefängnis oder in den Krieg in Viet Nam.

Das Wort Slum gibt es auch als Verbum, in der Bedeutung

von Spazierengehen in heruntergekommenen und gefährlichen Straßen, und die new yorker Polizei hat vorsorglich fünftausend Schutzhelme für die kommenden Aufstände bestellt.
Seine Ehren der Bürgermeister, John Vliet Lindsay, ist sich da ziemlich sicher. Er erwähnt die Slumghettos oft in seinen Ansprachen, und eines von ihnen, Brownsville in Brooklyn, nennt er Bombsville.
Mrs. Cresspahl and her daughter went slumming this afternoon, und in unseren Slumgegenden waren die Kinder auf der Straße. Darunter waren solche, die mußten die Straße benutzen zum Verrichten der Notdurft, und solche, die ein Badezimmer haben mögen, aber kein Wasser zum Baden darin. Solche, deren Kleidung immer wieder gewaschen und geflickt worden ist, die sich damit nicht in eine Schule unter die Augen von Lehrern wagen. Solche, die ein längst ausgeweidetes Auto auf ein übersehenes Stück Verkäuflichkeit absuchten. Manchmal rannten sie wie wild und spielten Baseball mit einem Besenstiel. Andere waren um Spiele verlegen, standen umher gleich Arbeitslosen, gelangweilt, feindselig. Alle hatten sie gelernt, einen Rauschgiftsüchtigen, einen Homosexuellen, einen Alkoholiker auf der Straße zu erkennen und als alltäglichen Bewohner der Nachbarschaft zu erwarten; der Hund aber bellte die torkelnde Figur mit der Flasche an und konnte sich kaum beruhigen. Wir haben es gesehen. Hier leben wir.
Francine war an keiner der Stellen, wo sie den Tag zu verwarten pflegte. Aber der Mann am Schalter des Mediterranian Swimming Pool, ein sonderbar weicher Herr in seinem weißen Sportzeug, einer von denen mit der sanften Stimme, dem auf Rundumverteidigung gestellten Ton, er hatte uns etwas auszurichten.

– Darf ich Ihre Karte noch einmal sehen? Spricht sich dieser Name so aus: Crisspaw?
– Die meisten Leute sagen so.
– Könnte es sein, daß ein Negermädchen nach Ihnen gefragt hat?
– Ja. Eine Francine?
– Aha.

– Hat sie eine Nachricht hinterlassen?
– Was kann die schon auszurichten haben, Mrs. Crisspaw. Sie wollte wissen, ob Sie im Wasser waren. Und es traf sich so, daß Sie drinnen waren. Dann ging sie wieder weg.
– Das verstehe ich nicht, Mr. Welch.
– So geht es mir auch. Solche Fragen stellt doch nur die Polizei, und verzieht sich, damit Einer auch wirklich nichts begreift. Heute nachmittag kam sie wieder. Man kann sich ja mal in der Nummer versehen.
– Oh gewiß, Mr. Welch.
– Und ich sagte ihr versehentlich, Sie und die junge Dame hier seien im Wasser. Diesmal wollte sie auch herein.
– Ist sie jetzt noch da?
– Wo denken Sie hin, Mrs. Crisspaw. Die wilde Landschaft der Straße hat sich hinter ihr geschlossen.
– Mr. Welch, wenn sie wiederkommt, wollen wir die Tagesgebühr für sie bezahlen. Ob wir nun im Club sind oder nicht.
– Es ist doch ein schwarzes Mädchen.
– Es ist eine Bekannte von uns. Eine Freundin.
– Soll das heißen, Sie sagen gut für dieses Kind?
– Das soll es heißen. Hier ist ein Dollar.
– Ein Dollar ist ein Dollar, Mrs. Crisspaw; aber Sie wissen hoffentlich, was Sie da tun.

Seit die neue Regierung der Č.S.S.R. vor zwei Wochen die Zensur abgeschafft hat, begegnet die New York Times in Prag unvertrauten Schwierigkeiten: Spricht die Regierung, oder spricht da schlicht ein Fernsehjournalist im Fernsehen, wenn er vor übereilten Säuberungen in den Reihen der stalinistischen Alten Garde warnt? Wenn Alexander Dubček seine ökonomischen Reformen durchsetzen will, wird er auskommen ohne Aufräumarbeiten in der Bürokratie? »Er soll gegen eine Blutrache sein.« Diese Ungewißheiten, wenn ein Kommunist damit aufhört, das Fernsehen des Landes als sein Privateigentum zu benutzen!

In Prag durfte einer im Radio sagen, es solle die Zukunft der Nation von der gesamten Bevölkerung bestimmt werden, nicht nur von den Kommunisten. Die Kommunisten treffen sich in 66 Bezirkskonferenzen und besprechen miteinander, wie sie den Präsidenten Novotný loswerden können ohne die Mittel Stalins, in denen Novotný so firm war. Unter den Funktionären Ostdeutschlands hörte die Times Unruhe, wegen der wirtschaftlichen Bindungen mit der Č.S.S.R., nicht etwa weil die Liberalisierung des Lebens dort im eigenen Machtgebiet eine Aussicht hätte. In Warschau sind Studenten schon den zweiten Tag ungehorsam; sie verlangen mehr Demokratie, eine aufrichtige Presse, und dessen gleichen.

Es war ein Besuch bei Freunden.

Im amerikanischen Sinne des Wortes sind Jim und Linda Freunde. Sie lassen einen teilhaben, wenn sie ein Haus an der See in New Jersey mieten, sie wollen gemeinsame Essen, sie kommen auf einen Schluck vorbei, sie erkundigen sich eindringlich nach dem Ergehen und erzählen vertraulich von ihren Kindern, Eltern, Tanten, so daß sie uns recht vollständig im Gedächtnis bleiben, selbst wenn wir sie seit fünf Monaten nicht gesehen haben. Vielleicht hing der Besuch zu sehr an dem höflichen Anlaß. Die O'Driscolls sind von der Oberen Westseite weggezogen, erst jetzt sitzen sie fest genug in einem Souterrain im Greenwich Village, nun sollten auch die Cresspahls die neue Wohnung ansehen. Jim ist noch schwerer geworden, kann sich im Sessel manchmal nur durch gewaltiges Wälzen bewegen, hat aber die Wände selber gestrichen, die Zimmer mit Putz und Holzarbeiten gerichtet, ein mächtiges Trumm Mann, neuerdings mit einem traurig hängenden Rotbart unter der Nase. Immer noch beobachtet er seine Linda mit Vergnügen und lobt sich insgeheim dafür, daß er sie vor fünf Jahren in Griechenland nicht nur fand, sondern auch mitnahm nach New York. Linda hat seine Art Englisch gelernt, New Yorkisch mit gewichtigen irischen Tönen, auch solche Einfälle, daß sie mit Freunden einen Kindergarten unterhält, wenn die städtischen nicht ausreichen, Linda mit den Bauernzöpfen, schwarzen Blicken Eifersucht, der staunenden Miene beim Anblick eines der eigenen

Kinder, als seien ihr mit Patrick und Patricia Wunder gelungen. Bei den O'Driscolls tun die Kinder, als müßten sie sich die Eltern täglich neu erkämpfen, so oft kommen sie von dem kleinen Hintergarten herein, hängen sich an Jims Hals, legen sich in Lindas Schoß, damit sie ja nicht vergessen werden. Überall lag Spielzeug herum, weil Jim zum Arbeiten ein Büro hat, in dem er ein Studium der Psychologie dazu verwenden soll, immer neue Verkaufsmöglichkeiten für die Spielzeugindustrie zu erfinden; der Besuch fühlte sich willkommen, behaglich, lange bekannt, bei Freunden.
Bei ihnen wird Mrs. Cresspahl begrüßt mit der vorfreudigen Frage, was das gute Wort, die gute Nachricht sei, worauf man sagen soll, Irland sei frei oder Präsident Johnson habe eine ältere Dame, offensichtlich eine Witwe, auf der Straße angehalten und sie dringend um die Herausgabe ihres Lammes ersucht; es geht auch nicht ohne eine halbe Umarmung ab, bei Linda nicht ohne sorgfältige Schläfenküsse, und Marie wurde angesprochen als das Kindermädchen, das seit Tagen mit Bangen erwartet wird und nun doch nicht eine alte Donnerdrohne ist sondern eine gebildete junge Dame, der man die Verantwortung für Pat und Pat aufatmend übergeben wolle.
In der Küche. Das Mittagessen bereiten alle gemeinsam an dem barhohen Tisch. Brötchen mit Lachs und Schinken und Käse. Zwischen den Salatschüsseln Sherry und Whiskey aus Irland.
Gespräche. Über die Entwicklung der U.S.A. zum Polizeistaat. Jim hielt für gewiß, daß die Regierung für die kommenden Aufstände der Neger detention camps eingerichtet hat, Haftlager, in die die Bürger summarisch, schlicht nach der Hautfarbe, eingewiesen werden. Ob die O'Driscolls nach Irland zurückgehen sollten; es ist ja erst der Vater, der daher einwanderte. Ein struppiger Streit über Lindas Griechenland, wohin sie nicht zurückgehen können. Über eine Wahl zwischen Nixon, der ein undeutliches Kriegsprogramm vertrete, und Rockefeller, der kein Friedensprogramm vorweisen könne. Über Hans Magnus Enzensberger. Über Jims Vater. Über Familienpost aus Nauplion. Aus dem Garten der vorsichtige Lärm der Kinder.
Vielleicht haben wir die O'Driscolls doch zu lange nicht ge-

sehen. In einer Pause Jims grüblerische Bemerkung: Was Himmler mit den Juden gemacht hat, haben wir im Effekt mit den Indianern angestellt.
Jetzt war es nicht mehr »Dschi-sain«, sondern die Deutsche, die versuchen sollte, Himmler zu erklären.
Die Verlegenheit hielt an, da mochte Jim noch so genußvoll aus seinem Büro erzählen, über seine körperlichen Zustände berichten. Vor zehn Tagen sei er auf der Dritten Avenue aus einer Bar gekommen und sei über ein Auto gefallen. Betrunkenheit scheidet aus, es waren doch nur fünf Gin Tonics gewesen. Eher war es wie eine Ohnmacht. Das Herz –? Wenn Jim über sich selbst spricht, hat es den Anschein, als sei ihm vieles an seiner Person ein Rätsel. Noch wenn er das Glas zum Munde führt, es ist, als ob ihm diese seine Handlung wunderlich erschiene.
Die Verlegenheit reichte aus dazu, daß aus dem Spaziergang nichts wurde. Es sollte nun ein Besuch in einem Filmclub werden. Über den kommunalen Charakter der Veranstaltung, das Spendensystem an Stelle von Eintrittsgeld wurde so ausführlich gesprochen, Mrs. Cresspahl hat nicht auf den Titel des Films geachtet. Ich habe nicht auf den Titel des Films geachtet.
Es war »Nacht und Nebel«, und noch einer.
Ich ging nach dem ersten aus dem Saal. Es war in Brooklyn.
Zwischen den brownstones war die Luft nebeldick. Hinter einem Fliegendrahtfenster redeten Kinder über die einzelne Passantin. Das Ende der 2. Straße schien ohne Hindernis in den Hafen zu laufen. Nebelhörner. Auf der Siebenten Avenue waren irische Bars besetzt, Delikatessenläden bedienten sonntägliche Kundschaft, Kinder neckten den Verkäufer mit Stemmzügen an der Vitrinentheke. Ergraute Alkoholiker standen hilflos an den Ecken.
Wir waren zu spät in den Film gekommen. Das Französische bestand in einer peinlichen Weise auf Eleganz. Die Bilder des Hungers, der Erniedrigung, Tote im elektrischen Zaun, das Kinderheim, die Gaskammer, die Verwertung der Reste durch die Industrie. Die nach dem Krieg gemachten Aufnahmen stark rötlich von den Ziegeln der Wände. Wieder das gefürchtete Bild mit der blanken breiten Pflugschar der Alliierten,

die die Leichen ins Grab in die Grube schiebt und schaufelt. Die Leichenfelder. Die Verbrennstapel.
Das Kind aus der Wohnung der O'Driscolls abholen. »Hat dir der Film nicht gefallen?« Der Vorführraum war von einer Kirche gemietet. Im Licht sah man an einem queren Balken die Schmuckschrift: The Place Where We Meet To Seek The Highest Is Holy Ground. In der Dunkelheit war der Schweiß so schwer zu fühlen, als könne die Haut gleich nicht mehr atmen.
Es sind gute Freunde von mehreren Jahren. Sie sehen mich, und sie denken an die Verbrechen der Deutschen.
Ohne die Absicht der Kränkung. Es ist ihnen selbstverständlich, natürlich. So verhält es sich.

11. März, 1968 Montag

Die Zahl für die jährlichen Hilfeleistungen der Sowjetunion an Cuba ist höher als 150 000 000 Dollar. Mehr als Vierhunderttausend an jedem Tag.
Nach der Meinung der Fernsehstation N.B.C. ist der Krieg in Viet Nam verloren. Nach der Meinung des Nachrichtenmagazins Newsweek wird Präsident Johnson es mit dem Krieg in Viet Nam nicht schaffen.
Es sieht aus, als wollten sie die Č.S.S.R. in der Tat aufräumen. In Versammlungen der Partei ist geheim gewählt worden. Antonín Novotný wird aufgefordert, doch einmal die Bevölkerung selbst zu fragen, ob sie ihm denn vertrauen. In der Zeitung der Gewerkschaften veröffentlicht der Rektor der Karlsuniversität, Neurologe und Psychologe Dr. Starý, den Befund, daß viele Menschen in der Tschechoslowakei an Persönlichkeitsspaltung leiden, hervorgerufen durch Angst und ein System, das Menschen behandelt, als wären sie Zahnräder in einer Maschine. Am Grab des Außenministers Jan Masaryk, der vor zwanzig Jahren aus einem Fenster seines Amtssitzes sprang oder gestoßen wurde, durften sich 3000 Studenten zum Gedenktag versammeln. Der Präsident des Obersten Gerichtshofs bereitet sich darauf vor, den Mißbrauch

der Justiz seit 1955 zu korrigieren. Es wird öffentlich ausgesprochen, daß Unschuldige im Gefängnis gehalten werden.
Hätte Cresspahl sein Kind bei den Paepckes gelassen, es wäre lange tot. Hätte er es zu Aggie Brüshaver geschickt, es wäre länger tot. Er hielt Jerichow, wegen der Nähe des Flugplatzes, für einen gefährlichen Platz. Daß er das Kind dahin holte, hatten Hilde Paepckes Briefe getan. Mit vielen Einzelheiten, langen Beschreibungen hatte sie ihm begreiflich machen wollen, daß Gesine in Podejuch nichts abging; er hatte daraus verstanden wie viel ihm abging von dem Kind. Vielleicht war ihm gleichgültig, daß sie umkommen könnte, solange er dabei war.
Eine Tochter zu erziehen, er traute es sich immer noch nicht zu, und Avenarius Kollmorgen sollte ihm raten zu einer Frau, die den Haushalt in Ordnung hielt und sich auf Mädchen verstand.
Avenarius riet ihm zu Oma Klug, Frieda Dade, Grete Selenbinder, Amalie Creutz. Louise Papenbrock in ihrem großen Haus am Markt hörte jeweils mit Genugtuung, daß Cresspahl immer wieder eine weggeschickt hatte, aber sie fühlte sich vor der ganzen Stadt beleidigt, weil Cresspahl das Kind ihr nicht gab, und Albert dazu nicht half.
Als erste aber meldete sich Käthe Klupsch. Cresspahl hatte mit dem Geld der Brandkasse nichts gebaut, er lebte ärmlich in seinem Haus und ging in abgerissenem Zeug durch die Stadt zum Bahnhof, wo Swensons Bus nach Jerichow Nord abfuhr; er galt Manchen in der Stadt als »Partie«, eben fünfzig Jahre alt und Besitzer nicht nur eines Grundstücks, auch einer Versicherungssumme, die das Gerücht um die Hunderttausend ansetzte. Cresspahl kannte die Klupsch kaum vom Sehen. Er blickte ohne Neugier auf die ältliche Jungfer, die sich eine betretene Geesche Helms als Anstandsdame mitgebracht hatte. Sie war eine mächtige, knochige Person, die ihre Haare zu einem pludrigen Nest aufgesteckt trug. Was immer für Kleider sie sich schneidern ließ, die machten sie am ganzen Leib kantig. In ihren Worten aber versuchte sie sich ganz klein zu machen. Es war ein Ton dicht am Jammern, die Worte hielten kaum Abstand. Das waren solche wie Schicksalsschlag und Prüfung und Barmherzigkeit, durchsetzt mit

Anspielungen und Gerüchtchen. Cresspahl saß an seinem Tisch und sah taub aus, so suchte er nach einem Vorwand, die Betschwester loszuwerden. Geesche Helms hielt sich steif auf dem Sofa und wollte zeigen, daß sie ihre Mitwirkung bedauerte. Wenn Käthe Klupsch nicht den großen frommen Aufblick benutzte, sah sie immer mal um sich, auf den lange nicht gefegten Fußboden, auf Lisbeths offenen Sekretär, auf die drei Türen, als vermesse sie ihr künftiges Reich. Sie sprach nicht ohne Stolz von dem Dienstmädchen, das Cresspahl ihr halten sollte. Vielleicht war es die Stimme, derentwegen Keiner sie hatte nehmen mögen. Oder die Vornehmtuerei, die Verweise auf ihre Bildung und Christlichkeit. Cresspahl fand es nicht heraus. Dann kam Gesine und befreite ihn. Sie trat vom Hof herein, in einer achtlosen, in einer Paepckeschen Art, und fand sich so heftig überfallen von der Heiratskandidatin, daß sie sich losriß. – Du armes Kind! hatte Käthe Klupsch gesagt, dann aber in ihrem blinden Ärger das unmanierliche Betragen getadelt. Sie erzählte noch lange in der Stadt, daß sie es bei aller Barmherzigkeit nicht hätte aushalten können in einem so wenig kultivierten Haushalt; sie dachte aber oft an Cresspahls gelassenen Ausspruch: Arm sei das Kind nicht. Sollte man das nun religiös oder finanziell verstehen? Und Jerichow hatte zu lachen.

Oma Klug hatte dem Leben in Cresspahls Haus als einem bequemen Altenteil entgegengesehen. Dann war auch Alwin Paap zur Wehrmacht gezogen worden, und mit den groben Arbeiten wurde sie nicht fertig. Hätte wohl gern noch lange gesessen auf dem Stuhl, den sie sich vor Cresspahls Haus in die Sonne gestellt hatte, angenehm betäubt von der Sonne. Es gefiel ihr, daß es zwei Katzen im Haus gab. Sie erzählte dem Kind Märchen in der Nacht, eigensinnig, mit geschlossenen Augen. Sie machte dem Kind auch Angst. Wenn man einen Kranz im Kopfkissen spürt, geht es zu Ende. Oma Klug starb im gneezer Krankenhaus im Oktober 39.

Frieda Dade kam, weil sie von einem Luftwaffensoldaten schwanger war und nicht glaubte, daß er sie heiraten werde. Zu ihrer Familie konnte sie nicht, nun wollte sie in Cresspahls Haus einen Platz haben. 21 Jahr alt, Abschluß einer Haushaltsschule. Dicke Fleischwülste unter schmalen Augen. Hoch-

fahrend aus Angst vor Tadel, gegen das Kind streng wie gegen einen Erwachsenen. Sie war es, die die Küche wieder in Schick brachte, aber sie wurde nach vier Wochen doch geheiratet, und ging zurück zu Friseur Dade in Gneez.
Grete Selenbinder blieb am längsten. Sie war Witwe, ihr Sohn bei der Marine; sie hatte Zeit, sie wollte das Geld. Um die vierzig Jahre alt, unermüdlich im Arbeiten, unbedingt aus auf Gehorsam, Lob und gute Formen. Die guten Formen verlangten, daß sie die Hakenkreuzfahne heraushängte, bevor Cresspahl es abermals vergaß. Sie war es, die das ganze Haus in Schick brachte, bis in den Keller, bis auf den Boden. Cresspahl hatte sie im Verdacht, daß sie seine Papiere durchsah, daß sie einen Schlüssel zu Lisbeths Sekretär hatte. Grete Selenbinder wollte herrschen. Wo immer sie konnte, verschloß sie eine Tür; trug einen Schlüsselkorb mit sich, wohin immer sie ging. Wenn das Lob ausblieb, kam das Weinen. Es war nicht wie Louise Papenbrocks taktisch eingesetzt; sie genoß es, und führte die Anlässe eigens herbei. Kirchgängerin. Am Gehorsam scheiterte sie. Am Ende ihres ersten Jahres hatte sie eine Haferflockensuppe für das Kind gekocht. Das Kind verweigerte das Essen. – Wenn du das nicht in drei Minuten weg hast –! sagte sie; und ging weg mit dem Schlüsselkorb. Cresspahl kam in die Küche, sah das Kind verzweifelt vor dem Teller, aß die Suppe in großer Eile sehr reinlich auf. Dann kam Grete Selenbinder und hielt Gesine vor, sie habe die Suppe weggeschüttet. Weil sie auch von einer Lüge sprach, mußte sie gehen.
Das Zimmer, in dem sie sich eingerichtet hatte mit Vertiko und prächtigem Messingbett, wurde dann ohnehin gebraucht für die französischen Gefangenen, die für die Ziegelei angefordert worden waren. Die wurden in der Ziegelei verpflegt, auch der Wachtposten, der Cresspahl ins Haus gelegt wurde.
Dann kam Amalie Creutz noch an zwei Tagen der Woche zum Saubermachen; aber gekocht wurde bei Cresspahl für lange Zeit nicht mehr.
Cresspahl sorgte für das Frühstück, für Brot zum Abend, und wenn Gesine mittags aus der Schule kam, fuhr sie mit Swensons Bus zum Flugplatz. Sie aß dort mit Cresspahl in der Kantine für die Zivilangestellten, und in der Kantine

machte sie die Arbeiten für die Schule. Sie war erst acht Jahre alt, und Cresspahl nahm sie noch mit, wenn er abends im rander Strandhotel ein Bier trank. Manchmal saß Kliefoth bei ihnen, und alle vierzehn Tage ein Fremder, den das Kind anfangs nicht gekannt hatte. Jetzt erzog Cresspahl sein Kind selber.
Er brachte ihr bei:
Was ich sehe, was ich höre, was ich weiß, es ist allein meines.
Auch wenn ich weiß, daß ein Name falsch ist, ein Wohnort nicht stimmt, muß ich bei dem Falschen bleiben.
Was mein Vater tut und weiß, es gehört ihm allein. Nur er darf davon sprechen, nicht ich.
Es ist nicht schlecht zu lügen; solange die Wahrheit geschützt wird. Es ist lustig, daß alle anderen Kinder es anders lernen; es ist nicht gefährlich.
Wir haben eine andere Wahrheit, jeder seine; nur mit Cresspahl darf ich meine teilen.

12. März, 1968 Dienstag

Vormittags gegen elf und nachmittags um halb zwei knisterte Schnee gegen die Fenster des Büros. Auf der Straße zerplatzte er, zerlief auf dem angewärmten Pflaster. Um fünf, als die Leute aus den gläsernen Käfigen auf die Straße gelassen wurden, kam dicklicher Regen herunter. Die höheren Stockwerke waren verschwunden; unversehrt werden sie warten morgen früh. Grand Central und die Züge ab Times Square waren sonderbar überfüllt, und von den Bahnpolizisten waren einige inzwischen zum Schreien zu heiser. Die Bäume im Riverside Park waren jetzt von weißem Zeug erwürgt.
Als die deutschen Truppen im März 1939 Prag besetzten, hingen Schneeflocken in der Luft.
Cresspahl hatte reichlich recht bekommen mit seinem Krieg. Im gleichen Jahr überfielen die Deutschen Polen. Im nächsten Jahr nahmen sie sich Dänemark, Norwegen, Belgien, die Niederlande, Frankreich. Im August 1940 versuchten sie England kaputtzuhauen.
Das war eine von den Sorgen Cresspahls. Nach England würde ein Deutscher nie mehr dürfen.

1941 kamen Bulgarien, Griechenland, Jugoslawien an die Reihe. Manchmal hatte er es einen Tag, gelegentlich Wochen vorher gewußt. Er war aber nicht sicher, ob es die in London denn erreichte.

Inzwischen verloren die Staaten Litauen, Lettland, Estland ihre Selbständigkeit. Die Sowjetunion war in der Slowakei durch eine Botschaft vertreten. Ostpolen war ein Bonus gewesen. Finnland verursachte etwas mehr Kosten. Am 20. August 1940 wurde Leo Trotzki ermordet. Und die Sowjetunion schwieg weiter.

Am 22. Juni 1941 überfielen die Deutschen die Sowjetunion, und sie schwieg weiter nicht.

Papenbrock: Das ist unser Ende.

Meta Wulff: In solchen Zeiten, Cresspahl. Wollen wir uns nicht wieder vertragen?

Bürgermeister Tamms, Juni 1941: Die strahlende Flagge des Nationalsozialismus ... Februar 1942: Das hätte er nu nich noch riskieren müssen.

Aus Papenbrocks Kalender, Februar und März 1942: Tagung des Pferdeversicherungsvereins Rehna. Versammlung der Bezirksbauernschaft im Hotel Großherzog zu Gneez. Heldengedenkfeier am Ehrenmal Schönberg. Mitgliederversammlung des Viehversicherungsvereins. Stutbuchaufnahme für 1942 auf dem Schützenplatz in Gneez.

Aus Friedrich Jansens Tagebuch: Todesstrafe für rostocker Volksschädling. Bei der Wintersachensammlung kennen wir nichts, und wenn es ein Paar Handschuhe sind! »Kampfgeschwader Lützow«, was ein Film. Aber mit dem Gaufilmwagen, das ist nichts. Jerichow braucht ein Kino! In Leningrad hungern sie. In Lemberg benutzen die Kommunisten Büstenhalter als Ohrenschützer. Java kapituliert! Malta im Bombenhagel. Litwinows Ruf nach Zweiter Front verhallt in London!

Käthe Klupschs, Frieda Klütz', Else Pienagels Beweise für den unausbleiblichen Sieg: Bananen sind eine Erfindung des Feindes; Bananen verursachen Kinderlähmung. Wie kann Deutschland am Ende sein, wenn für die Reichsstraßensammlung noch eigens Vögel hergestellt werden: Amseln, Gimpel, Buchfinken, Kohlmeisen, Pirole, Rotkehlchen; muß ich auch ein von habm. Die Volksgasmasken kann man kaufen bei der N.S.V., aber man muß nicht; wenn Gefahr wäre, müßte einer das. Am 9. ist die Schlußziehung der 6. Deutschen Reichslotterie; wenn ich doch diesmal gewänne.

Tamms' Amtliche Bekanntmachungen: Der Betrieb von Badeöfen, Durchlauferhitzern, Kühlschränken, Gasheizungen, Bratröhren ist wegen Überlastung oder Einfrierens der Transportwege verboten. Zu der Lebensmittelzuteilung in der 35. Kartenperiode gebe ich folgende Senkungen bekannt: damit erhalten Kinder zwischen 6 und 10 Jahren ab 6. 4. 1942 je Woche statt 400 Gramm Fleisch 350 Gramm, an Fett unverändert 266 Gramm. Die Verdunkelung gilt zwischen 20 und 7 Uhr. Ich weise nochmals darauf hin: Wer zum Vergnügen reist, wird bestraft, in schweren Fällen mit dem K.Z.!

Allgemeine Sorge in Jerichow waren die Polen. Auf Gut Schwenzin hatte einer dem Inspektor das Lohnbuch ins Gesicht geworfen, ihn angeschrien, mit der Forke geschlagen. In Granzlin hatte einer der Bäuerin eine Kanne heißen Kaffee an den Kopf geworfen. Es beruhigte nicht, daß sie zuverlässig zum Tode verurteilt wurden; hatte doch irgend etwas ihnen Mut gemacht, sich zu wehren. Was das für eine Sache war, wurde nicht ausgesprochen. Nun aber hatte der Pole Henrik Grudinski auf der Papierfabrik Wismar am 19. März den Kriminialsekretär Engelhardt eine Treppe hinuntergeworfen und wurde später in der Nähe von Proseken gesehen. Da muß er doch über das Eis der Wismarschen Bucht gegangen sein und ist durch Jerichow gekommen, stell dir vor durch meinen Hinterhof! Cresspahl hatte es wieder einmal für sich am besten eingerichtet, der hatte Franzosen im Haus, und eine Wache obendrein.

Cresspahls Tochter hatte wenig Sorgen. Cresspahl hatte am Tag der Luftwaffe in Jerichow-Nord einen Briefbeschwerer aus feindlichen Flugzeugteilen beiseitegebracht, bevor er zusammen mit anderer Beute versteigert wurde; nun hatte Gesine Cresspahl schon seit drei Wochen mehr Freunde als sonst in der Schule und mußte das Ding immer von neuem aus dem Tornister holen und zeigen.

Sie hatte eine geringfügige Sorge. Ihr ging nicht aus dem Kopf, was Hauptlehrer Stoffregen einüben ließ:

Adolf Hitler ist der Führer.
Adolf Hitler liebt die Kinder.
Die Kinder lieben Adolf Hitler.
Die Kinder beten für Adolf Hitler.

Es war nicht das Einlernen gewesen; nur daß es auch wiederkam, wenn sie es nicht aufsagen sollte. Es fühlte sich beim Denken so fest zusammengehalten an. Wie geht das, wenn man eine Sache nicht glaubt, und sie läßt sich doch nicht aufbrechen?
Cresspahl hatte eine Sorge anderer Art. Der halbe Penny mit George VI. hinten drauf hatte ihm nicht genügt, wenn er auch das Prägejahr 1940 trug.

– Das wollte ich dir schon vor zehn Tagen sagen! Den kann ein abgeschossener englischer Flieger in der Tasche gehabt haben, aus Vergeßlichkeit, als Talisman! Und es waren die Deutschen, die ihn damit köderten! Womöglich hat er die ganze Zeit für die gearbeitet, und nicht für die durch und durch verluderten Engländer: sagt Marie, nicht sehr bestimmt, jedoch hoffnungsvoll. Sie hat sich den Einwand seit dem vorigen Sonnabend aufbewahrt, für den Moment der besten Wirkung. Sie mag nicht, daß Einer sein Land verrät.
– Das hatte er zwar nicht nach zehn Tagen heraus.
– O. K. Er hatte es gleich heraus.
– Und er gab sich vorerst mit so einer Art Beweis zufrieden. Er bestand nicht auf einem zweiten; er brachte einmal die Rede darauf.
– Er hatte Angst.
– So vergeblich sollte es nicht sein. Allerdings wäre er gern heil herausgekommen, vielleicht sogar dem Kind zuliebe –
– Ein Kind zählt da gar nicht.
– und Ende März bekam er einen Bescheid. Das war bei einem Treffen, zu dem er den Brief hätte mitbringen sollen, den der Inspekteur der Jagdflieger Werner Mölders an den Propst von Stettin geschrieben haben sollte, bevor er im November 1941 bei Breslau abstürzte. Der Brief machte die Nazis so wild, sie drohten K.Z. an für die Verbreitung von Abschriften; und die Briten hätten ihn gern für ihre Flugblattpropaganda gehabt, ob er nun gefälscht war oder nicht.

Den Brief hatte Cresspahl nicht finden können; auf dem Flugplatz Jerichow-Nord wurde gelegentlich schweigend auf Mölders getrunken.
– Heißt es nicht, daß die Deutschen Nichts wußten von den K.Z.?
– Vielleicht die, die den Lübecker Generalanzeiger nicht lasen. Cresspahl hatte Gesine von Alexander Paepckes Radio mit dem magischen Auge erzählen lassen und unternahm am 25. März eine Reise, im Grund zum Vergnügen, obwohl K.Z. darauf stand.
– Ein Mann mit einem Kind.
– Das schien nicht ein schwerer Fall, sondern mochte notwendig aussehen. Übrigens war es nicht zum Vergnügen allein; er sollte auch in der Gegend von Rechlin nachsehen, was es mit der nächtlichen Knallerei auf sich hatte. Hörte sich nach Raketen an. Dahin war es von Wendisch Burg nicht weit, und so sollte auch noch Gertrud Niebuhr zu ihrem abonnierten Gesinebesuch kommen. Als Cresspahl in Podejuch vor Alexanders magischem Auge saß, war Dr. Kliefoth auf Urlaub von der Rußlandfront in Jerichow, hörte die B.B.C. und wunderte sich sehr über die Geschichte, die in der Sendung nach den vier Beethovenschen Tönen erzählt wurde. Er kannte sie anders.
– Dafür riskierte Alexander Kopf und Kragen.
– Alexander war bei der Heeresintendantur Stettin, siehst du wohl. Dem fahr an den Wagen. Wohl wurden die Kinder weggeschickt, wohl blieb er am Empfänger stehen, um die Nadel unverzüglich auf eine andere Station schieben zu können; aber wenn Heinrich mal wissen wollte, wie das war, London hören, den Gefallen sollte er haben.
– Fang an, Gesine. Ich glaub es schon wieder. Ich falle immer von neuem darauf herein. Fang an.
– »The memorable hero Robin Hood –«
– Als ob ich es gewußt hätte.
– »having been unjustly accused by two policemen in Richmond Park, was condemned to be an outdoor and lived with a maid who was called Lizzie Pope near a brook where there was no forest ...«
– Lisbeth Papen und Brock. Das hätten sie ihm ersparen können.

– Und wiederum nicht. Sie bewiesen, daß sie von ihm wußten.
– Und was hatten die Polizisten in Richmond Park von ihm gewollt?
– Das wußte er allein. Im Sommer 1931, vor der Hochzeit mit Lisbeth, war er nachts im Park von Richmond spazieren gegangen, zu einer Zeit, da die Polizei auf Lauer lag nach einem Handtaschenräuber. »Würde es Ihnen etwas ausmachen, uns behilflich zu sein, Sir?« Eine halbe Stunde auf der Wache am Kirchplatz. Erinnerst du dich an das blaue Schild?
– Ja. Und in Jerichow gab es keinen Wald.
– Bei Jerichow gab es den Gräfinnenwald, im Westen, genügend entfernt. Und nun war er dazu verurteilt, draußen zu leben, vor den Türen Englands. Outdoors.
– Das haben sie sich ausgedacht wie Freunde.
– Sentimentalen Wert hatte es zuverlässig.
– Verdammt! Ich glaub's dir, Gesine.
– Und reicht es dir auch? Brauchst du nun noch eine Geschichte von einem abgeschossenen Piloten aus England, der sich nachts in Cresspahls Haus findet und für eine Weile in der Bodenkammer lebt, hinter einer Wand aus undurchdringlichem Ofenholz, bis Gesine ihn an der Hand nehmen kann und zu einer Adresse in Gneez führen, wieder ein Mann mit einem Kind –?
– Es ist genug für mich. Es reicht, Gesine.
– Und als die Royal Air Force in der Nacht vom 28. zum 29. März mit 230 Bombern Lübeck angriff und eher versehentlich einen Hangar in Jerichow-Nord kaputtschmiß, saß Cresspahl weit weg im Südosten Mecklenburgs, auf einer Schleuse im Wald.
– Du treibst es wieder zu weit. Wieder stimmt alles zusammen. Du mit deinen Übertreibungen, Gesine!
– Das war ein Zufall, Marie. Es lohnte nicht, jemand wie Cresspahl wegzuschicken von einer Stelle, an der die R.A.F. demnächst Schiet aflådn wird. So wichtig war er nicht. Er war ein Stück Faden in einem Netz, nicht einmal ein Knoten. Er war ersetzbar. Das Netz war leicht zu flicken.
– Gesine: Wenn. Dann.
– Wenn es Verrat war, soll es ansehnlich gewesen sein?

– Nicht verkleinert.
– Verrat ist langweilig, Marie.
– Das brauch ich dir ja nicht zu glauben.

– Gestapo! – Gestapo! rufen die Studenten in Warschau der Miliz entgegen, die mit Knüppeln auf sie einhaut.

13. März, 1968 Mittwoch Purim

Seit die Sonne unten ist, lesen die Juden in ihren Synagogen und Tempeln die Geschichte von der Königin Esther, die sie vor dem persischen Tyrannen Haman gerettet hat. Mordechai erzählte ihr von den finsteren Machenschaften Hamans, des Ratgebers beim persischen König Ahasver, und so mußten die Juden nicht sterben an den Purim-, den Lostagen, die schon bestimmt waren. Wenn die Kinder die Geschichte hören, wirbeln sie mit Ratschen, damit der Lärm den Namen Haman verdeckt, und die Kinder bekommen Köstliches, das gibt es nur für diesen Tag.
Es ist ein Fest, an dem nicht nur Rebecca Ferwalter teilnimmt; auch Pamela Blumenroth kam an diesem Abend nicht in das Schwimmbad unter dem Hotel Marseille. So hatte Marie Zeit für eine ungenaue Aussöhnung mit ihrer Francine. Die Aussöhnung gilt nicht; sie mögen nicht allein sein, vermeiden einander zu berühren, sitzen weit auseinander. Francine hat sich ein allgemeines Betragen angenommen, nachlässig, unaufmerksam, als verlohnten wir die Anstrengung im Grunde doch nicht.
Dieses Land, das ich, –
Wie die Westdeutschen sagen, da lieg ich richtig, das haut hin, das hat meine Größe, Hand darauf das nehmen wir –
– in dem ich mir Gastrecht wünschte nach dem ersten Wiederkommen aus Europa, beim Anblick der breit ineinander gewischten Nachtfarben über Idlewild.
Es braucht nur Weißfisch zu sein, der für mich durch den Wolf gedreht wird.

Wollen Sie das für Gefilte Fish? (Geflüster.)

(Geflüster.) Das ist doch eine von den anderen. Sieht deutsch aus.

Sie wünschen es für Fischklöße. Sehr wohl, Madam. Raus hier.

– Gesine. Dschi-sain. Sprichst die ganze Nacht mit der Maschine.
– Es muß gleich ab neun geschrieben werden können, Marie. This is work.
– You needn't be offended.
– Night.

Riverside Park steht auf dem Plan der Stadt, sagen die Bürger, und ich glaube es. Alle haben sie ein Geheimnis, und unter sich sagen sie: Schabbes-Park.
Damit ich erschrecke, immer noch einmal.

14. März 1968, Donnerstag

An der Universität Columbia haben gestern mehr als 3500 Studenten und 100 Lehrer gestreikt in Protest gegen die Einziehung zum Militärdienst und den Krieg in Viet Nam. Die meisten Lehrer ließen Vorlesungen ausfallen, damit die Studenten nicht schwänzen mußten. Ein verblüffter Mann aus der Verwaltung: Meine Güte, so viele mit Schlips und Jacke hab ich noch nie gesehen. Sind ja Herren.
Was fordern die Studenten in Warschau von ihrer Regierung? Achtung vor der Verfassung, besonders den Garantien der Versammlungs- und Redefreiheit; Freilassung aller Studenten, die seit Beginn der Demonstrationen am Freitag festgenommen wurden; Bestrafung der Personen, die die Polizei auf das exterritoriale Gelände der Universität riefen; Garantien gegen weitere Strafverfolgung …
»D. E., mit dir leben.
Mich aushalten.
Du wolltest nur abermals die positive Form vermeiden; der negative Ausdruck gibt etwas zu.
Auf der Schule in Gneez gab es neben den unvergeßlichen

auch einen dummen Schnack, betreffend die Partnerwahl: Wenn du sein (ihr) Gesicht en face aushältst, nicht aber im Profil, laß es sein. Solche Ratschläge, unter Freundinnen (Freunden) weitergegeben, auch von oberen Klassen der Schule in die unteren; Verhaltensmaßregeln vor einer Liebschaft für einen Sommer. Ich habe es versucht, gelegentlich; tatsächlich merkte ich einen kleinen flirrenden Schwindel, wenn das Profil anderes meldete, als das Gesicht angekündigt hatte. Dummer Schnack; ist es viel klüger, daß du mich aushalten könntest?

Wenn du das Gesicht nimmst, rundum besehen; das Gesicht bin ich nicht.

Du siehst einen Raum, normal umgrenzt oder aufgeteilt durch Stirn Augen Mund Nase; darin schon Fortsetzungen Cresspahlscher oder Papenbrockscher Plastik und Knochenform, Nachrichten von Urgroßeltern, Reste von deren Möglichkeiten, die ich nicht kenne, die du nicht kennst. Der Anblick mag merkbar sein, doch nicht zum Verstehen. Wenn du deinen Blick vorsichtig wegnimmst, auf eine betroffene Art beiseite nimmst und willst lediglich versonnen erscheinen: ich begreife ungefähr was du denkst. Es kommt aus der Situation, mag sein auch aus der Geschichte deiner Urteile; was immer das Gesicht ausdrückt, dich nicht ganz. Nicht dich. Nicht mich.

Einmaligkeit wirst du nicht für lobenswert ansehen; die meist einmalige Zusammensicht selten einmaliger Formen eines Gesichts flüstert dem Betrachter Individualität ein. Er glaubt Beziehungen angedeutet zu sehen. Gesichter werden beschrieben als Ausdrucksfläche. Da täusche ich dich, D. E.

Voraussetzen müßtest du fehlerlos schaltende Kommunikationen zwischen Großhirnelektrik und Gesichtsmuskulatur; hier bist du der Professor für Chemie, schreib mir die richtigen Worte hin. Weiterhin: daß nervöse Impulse mimisch zuverlässiger erscheinen als in elektrischen Messungen, indem sie sich abbilden in mehr zugehörigem Material, dem so überlegen wie das ihnen gefügig ist, fast schöpferisch wo die eingefahrenen Bewegungen variiert werden (zumindest in der Intensität). In einem literarischen Buch kann es heißen: ein nachdrücklicheres Grinsen. Das meint doch ein mehr gezeigtes

Grinsen. Wenn aber ich die Absicht merke, bin ich herausgefallen aus dem Ausdruck von Natur wegen; ich biete gar nicht mehr mich an, sondern die Grimasse, für die ich dann gelte.
Das ist nicht übertrieben. Ich mach das jeden Morgen in der Bank, das Begrüßungslächeln, das amerikanische, das ich nicht kann.
Solltest du mal sehen; vielleicht könntest du es nicht aushalten.
Jeder scheint mündig sein Gesicht zu benutzen. Heißt das mehr als es in der Gewalt haben?
Die Reaktionen eines Gesichts auf Anlässe scheinen wenn nicht verständlich so doch kenntlich mit der Unterstellung: diese Erfahrungen seien den eigenen ähnlich, vergleichbar, wenn nicht die selben doch die gleichen. Der Betrachter identifiziert sich mit dem Allgemeinen, indem er das Allgemeine wahrnimmt.
Du brauchst nicht zu erschrecken; bis hierher habe ich eine halbe Stunde gebraucht.
D. E.: Der ein mit allen diesen Möglichkeiten fremdes Gesicht von nun an täglich sehen möchte am Morgen (mit ihm leben): meint er das darin angedeutete Bewußtsein, oder was er als das ihm erkennbare System des Bewußtseins zurechtgedacht hat? Sein Gegenüber wohl, aber das Gegenüber selbst?
Wie wäre das: wenn hinter einem zufälligen Treffpunkt allgemeiner natürlicher Formen recht eigentlich verborgen wäre was das Bewußtsein denkt und ist? Wenn es nun noch zeitgenössisch oder biographisch kultivierte Modelle, auch Bilderwartungen zusammen mit dem jeweiligen Ausfallen der Mimik für Zwecke der Tarnung benutzte?
(Mit bewußter Absicht bin ich bei dir, gegen dich auf Tarnung nicht aus.)
Der Betrachter findet ein Aushaltbares doch nicht an der Vorstellung eines Bewußtseins; ihm gefällt der Anblick, er hält ihn für zweckfrei, hält ihn für »schön«. Und honoriert den Träger des Gesichts: hält Besitz für Verdienst.
Es geht mir wie dir; nur zweifle ich, was da geht.
Du magst für mich nicht eine von deinen Listen mit positiven/negativen Punkten angelegt haben; vielleicht aber doch eine Landkarte. Die wirst du ändern müssen. Denn ich möchte

leben können wie du: nicht mehr empfindlich, zwar aufmerksam für die Empfindlichkeit anderer. Unangreifbar, nicht mehr erreichbar für Kinderhoffnungen von vor zwanzig Jahren, die ich doch hätte verlernen müssen, wäre ich intelligent, oder zumindest nicht naiv. Daß bei mir nur übrig wäre, was du warten nennst.
Und übertrieben hast du obendrein: Ich weiß nichts von einer Katze Schietmuul, »und der andere hieß Peter«. Marie schläft, und ich kann sie nicht fragen. Habe ich das in der Tat erzählt?
Lieben D. E., vielleicht haben sie dich gar nicht in Stockholm versteckt, sondern schicken dir dies nach sonstwohin. Wenn es aber in Finnland ist, iß doch einmal in Kaskinen zu Abend und erzähl mir später von den Killainens, die eine Tochter hierher verloren haben.
Die tschechoslowakische und sozialistische Sache, entgegen deinen Voraussagen, sie scheint zu laufen. Denn die Ostdeutschen haben angefangen, in der Č.S.S.R. »gegenrevolutionäre Kräfte« zu erblicken, und sie warnen nachdrücklich vor »spontaner Demokratisierung« und Forderungen nach »sozialpolitischen Veränderungen«. Laß mich das Ende davon sehen.
Mit dir leben; auch auf den Scandinavian Airlines? Daß du zurückkämst nicht zu meiner Wohnung, sondern in »unsere«?
Und wenn du zurückkommst, wünsche ich mir einen Vortrag über den defensiven Charakter deines Berufs, den siebenten. Neulich habe ich gelesen von simulierten Flugbewegungen, die dem immerhin noch nicht feindlichen Radar Grenzverletzungen vortäuschen, so daß Einer aus dem aufgeschreckten Funkverkehr etwas lernen könnte über Frequenzen. Ich weiß, daß du die Nähe der Person zu den Kriegsmaschinen für nur psychologisch bedeutsam hältst, ich kenne auch meinen Platz in diesem System; dennoch ist mir eine Distanz lieber, und sei sie eben optisch.
Wenn sich twei Deiw schellen, so krigt 'n ihrlich Minsch sin Kau werrer.
Dieser Brief ist wie einer von Hein Fink, der war so eigen, der wollte nicht an den Galgen.
D. E. Ich mein es wie Marie.
Sincerely yours.«

Der stellvertretende Verteidigungsminister der Č.S.S.R., ein Generaloberst Janko, hat sich durch Erschießen das Leben genommen, nach der einen Erzählung: in dem Dienstwagen, der ihn abliefern sollte zu einem Verhör über seine Beteiligung an der Militärverschwörung zugunsten Antonín Novotnýs; nach der anderen: in seiner Wohnung, als er wußte, daß das Kabinett über seinen Anteil gesprochen hatte.

In Bentre, jener Stadt im Mekong-Delta, die während der Viet Cong-Offensive von den Amerikanern zerstört wurde, »um sie zu retten«, hat die Südregierung noch keinen Ziegel, keinen Sack Zement für den Wiederaufbau abgeliefert. 2500 Familien sind obdachlos. 456 Zivilisten sind getötet worden, und 200 Anträge auf Todeserklärungen werden noch geprüft.

Cresspahl kam am Sonntagabend von Wendisch Burg zurück nach Jerichow, pünktlich genug für das Treffen im Strandhotel von Rande; er wartete da anderthalb Stunden, doppelt so lange als abgemacht und erlaubt. Danach glaubte er, sein Kurier habe eben doch nicht in Berlin gewohnt, sondern die ganze Zeit in Lübeck gesessen mit seinem Funkgerät, bis ihn der englische Angriff da erwischte. Der Mann war ihm so undeutlich geblieben, er bekam ihn nicht einmal als Toten zusammen. Bei seinem abweisenden Benehmen, dem kurz angebundenen Ton eines Gebildeten, seinem unentwegt abschweifenden Blick hatte Cresspahl manchmal nicht glauben mögen, daß der alle Zahlen und Namen aufnahm und behielt. Der Anblick des Parteiabzeichens an seinem Revers war manchmal schlüssig erschienen, zu anderen Gelegenheiten nicht geheuer. In Rande schienen ihn Leute zu kennen, die sagten Fritz zu ihm. Fritz klang zu jungenhaft, zu locker für den steifen Fünfziger, für Cresspahl obendrein zu vertraulich, aber mit Fritz und Heinrich hatte es ja abgehen müssen. Wenn andere an den Tisch gekommen waren, hatte der längst einen Vortrag über Vögel oder Wild im Gange; vielleicht war er ein Lehrer gewesen. Cresspahl hätte ihn einmal fragen mögen, aus welchem Grund denn er für die Engländer arbeitete; gegen solche Erörterungen hatte der sich mit Förmlichkeit, geradezu Hochmut geschützt.

Am nächsten Tag, 30. April 1942, wurden die polnischen Kriegsgefangenen aus der Umgebung von Jerichow auf dem Flugplatz zusammengezogen, um die Trümmer des Hangars aufzuräumen. Die Füllungen der Wände waren sämtlich herausgefallen, auch das Dach; aber der stählerne Rahmen stand noch, wenn auch an einem Ende auf verbogenen, uneben abgebrochenen Stelzen, wie ein Hund, der ein verletztes Bein hochhält. Die Luftmine hatte in weitem Umkreis Fensterscheiben eingedrückt, und Cresspahl half Freese beim Verglasen. Freeses Vorräte reichten nicht für alle Fenster, und er war knurrig, daß er Dachpappe einsetzen mußte. Über das, was in der Nacht zum Sonntag zwischen viertel zwölf und halb vier mit Lübeck passiert war, wurde unter den Handwerkern kaum gesprochen; Lübeck war wenige Kilometer weg, und der versehentliche Abwurf hätte ebenso leicht Jerichow treffen können. In der Kantine erzählte Gesine aus der Schule, auf Befragen Freeses. Hauptlehrer Stoffregen hatte es als abgefeimte Tücke der Engländer hingestellt, daß sie für den Angriff eine voll ausgeleuchtete Vollmondnacht genommen hatten. – Was die Kinder heutzutage nicht lernen –! sagte Freese, bewegte den Kopf geniert, sah Cresspahl auffordernd an. Aber der hatte den Kopf über dem Teller, wie das Kind längst.
Am Abend war Bürgermeister Tamms bei Cresspahl. Jansen hatte das Amt »wegen Arbeitsüberlastung« niedergelegt, die Ziegelei hatte er an einen lübecker Fabrikanten abgegeben, bloß um seine Schulden bezahlen zu können, und die Ortsgruppenleitung war nun untergebracht in Oskar Tannebaums Laden. Ed. Tamms hatte nach drei Wochen Jansens Hinterlassenschaft im Rathaus aufgeräumt, danach erwarb er sich Willkommen auch aus eigenem Verdienst. Es gab auf dem Rathaus nun keine Gefälligkeiten mehr, die Gutscheine wurden nach dem Bedürfnis ausgegeben, und unter Tamms gelang es keinem mehr, eine Reparatur am Haus umzubauen zu einem neuen Haus. Seit Ete Helms einen Bürgermeister Tamms in seinem Rücken wußte, war ihm mit einer Zugehörigkeit zur Partei weniger bequem Angst zu machen, und wenn einer eine Strafgebühr nicht bezahlte, faßte Tamms bereitwillig mit einer Anzeige nach. Das mochte wehtun; das

war nach der alten Ordnung. Die große Hakenkreuzfahne auf dem Rathaus war geblieben, Tamms nahm die Hand weit hoch, wenn er jemanden grüßte; Tamms galt als »gläubiger Nationalsozialist«, sprach aber selten davon. Ende Dreißig, Studium der Nationalökonomie ohne Abschluß, verheiratet, drei Kinder. Im Gespräch ruhig, nicht langsam, ohne Ausflüchte. Manche störte es, daß er sich nicht die Zeit ließ für die mecklenburgischen Umständlichkeiten; es galt ihnen doch, daß er nicht nur seine Zeit sparte, auch ihre. Er war aus Mecklenburg, aus Olden Mochum, so genannt wegen der ehemals zahlreichen Juden in Alt Strelitz. Solche Witze waren bei Tamms nicht angängig; er sah den Sprecher fremd an, so daß der sich beeilen mußte, wollte er noch mit der eigenen Sache vorkommen. Tamms war imstande, einem Besucher die Tür aufzuhalten.

An diesem Tag hatte Tamms in Jerichow den ungenutzten Wohnraum aufgenommen, höflich und unerbittlich, ohne Gerede von Volksgemeinschaft, unempfindlich gegen Klagen. Die Gegenwehr war halbherzig, nachdem er weder die Papenbrocks noch Avenarius Kollmorgen geschont hatte, obwohl er sich mit denen doch zuerst ins Benehmen gesetzt hatte und so verblieben war. Louise Papenbrock hatte nicht gleich zehn Zimmer fertig machen wollen für ganz unbekannte Leute; Tamms hatte gesagt: Der Führer erwartet von uns –; das wäre bei Jansen als Drohung ausgefallen. Tamms stellte da etwas fest, und da Louise ihn insgeheim für einen Herrn hielt, sagte sie ihm noch die Herrichtung ihrer Waschküche als Verpflegungsstation zu, wegen des öffentlichen Ruhms für die Papenbrocksche Liebestätigkeit, und Tamms bedankte sich genau wie sie gewünscht hatte: überrascht, ein wenig gerührt, doch für etwas Selbstverständliches.

Tamms kam hinten um Cresspahls Haus und betraf ihn in der Küche nicht allein mit dem Kind, sondern in der Gesellschaft von zwei der französischen Gefangenen, die ihre kalte Verpflegung lieber nicht auf ihren Bettgestellen hockend verzehren wollten. Es war bei Strafen verboten, mit Kriegsgefangenen an einem Tisch zu essen; Tamms erwähnte den Verstoß nicht, gab zwar den Franzosen nicht die Hand, bot ihnen jedoch die Tageszeit in ihrer Sprache. Das Haus war voll belegt, und Tamms gab sich mit der Auskunft zufrieden, obwohl Cresspahl eine Besichtigung anbot. Inzwischen waren Gefangene auch in Lisbeths Schlafzimmer untergebracht. Während des Krieges wurde in Cresspahls Haus oft umgezogen. Tamms war am Ende eines Arbeitstages, er nahm einen Stuhl bei Cresspahl an, nachdem die Franzosen sich empfohlen hatten. Monsieur le Maire schimpfte nicht auf die Engländer. Er sprach von Deutschen (nicht: »Volksgenossen«), die in Lübeck Ruinen plünderten oder Lebensmittel zu überhöhten Preisen verkauften. Er sprach von den Todesurteilen in einem mißmutig einverstandenen Ton. Tamms sagte: Es ist der Krieg.

Am 31. März, Dienstag, kam der Lübecker Generalanzeiger wieder bis nach Jerichow, mit drei Bildern von der Zerstörung der Stadt, der Hauptüberschrift »Überstürzte Sicherungsversuche der U.S.A.« und der anderen, der »Anklage gegen die britischen Kulturschänder«.

Am zweiten April gab es die Zeitung nicht mehr; der Verlag Charles Coleman war nun mit dem N.S.D.A.P.-Verlag Wullenwever zusammengelegt, den die Nazis den Sozialdemokraten gestohlen hatten. »Lübecker Zeitung« hieß es nun, und sollte aus Siegeszuversicht siebenmal in der Woche erscheinen.

Fahrkarten nach Lübeck gab es nur gegen Vorlage einer polizeilichen, behördlichen und parteiamtlichen Bescheinigung, und wer keine Rückfahrkarte kaufte, konnte leicht in der Stadt festgehalten werden. Cresspahl war angewiesen auf die Nachrichten der Zeitung. Das Kaufmannsviertel unterhalb der Marienkirche war fast vollständig zerstört. Die Türme der Marienkirche standen noch, ausgebrannt. Sankt Petri war eine Ruine. Zwei Drittel der Innenstadt waren durch Flächenbrände vernichtet. Am Dienstagmorgen waren die Ausgebombten in Jerichow angekommen. Louise Papenbrock konnte nicht begreifen, daß sie die Leute nicht zum Arbeiten bringen konnte, nicht einmal zum Reden. Es war an ihr, für die Sauberkeit der Kinder, für die Zubereitung des Essens zu sorgen, sie genoß die eigene Geschäftigkeit und das Umherlaufen im Haus; sie tat es auf eine fromme, barmende Art, und es war nicht leicht, ihr dankbar zu sein.

Am 5. April predigte Wallschläger in der fast in allen Bänken besetzten Kirche über die Schändung des Palmsonntags durch das gewissenlose, heidnische, dem Antichrist verschworene Volk der Engländer.
Am 5. April war die erste Anzeige von einem Massengrab in der Lübecker Zeitung. Cresspahl achtete bei den privaten darauf, wie die Überlebenden sich und den Lesern den Angriff erklärten:

Noch unfaßbar für uns verunglückte ...

Durch den völkerrechtswidrigen Britenüberfall ...

Ein unabänderliches Schicksal entriß uns ...

In der Unglücksnacht vom 28./29. März wollte es das Schicksal ...

Durch den ruchlosen Britenangriff ...

Bei dem heimtückischen feindlichen Angriff verlor auch ich ...

Durch Feindeinwirkung ...

Durch ein tragisches Geschick ...

Auf dem Flugplatz sammelte Cresspahl:
Daß die Fliegerabwehr keinen einzigen Abschuß erzielt hatte. Zu der Wut, die immer neu einschwärmenden Bomberwellen hilflos beobachten zu müssen, kam bei den Mannschaften von Jerichow Nord noch der Ärger darüber, daß die Lübecker Zeitung von zwölf verlorenen Maschinen der Briten schrieb, von einer gefangenen Besatzung wußte und die Stümper in Lübeck als Helden bezeichnete.
Daß Lübeck selber schuld sei. Lübeck habe die Eingemeindung in Preußen von 1937 nicht verwinden können und der Reichsregierung noch in den Luftschutzmaßnahmen eine Spitze bieten wollen. Das bei einer eng bebauten Altstadt, die unter hölzernen Dachstühlen gesessen hatte. Eine nicht ausgebildete Bevölkerung sei weggelaufen und habe die Ausbreitung der Brände erst ermöglicht. Unter den Offizieren weiterhin Empörung über den Propagandaminister Goebbels, dessen Brüllerei über Kulturschändung die Bevölkerung nicht auf die kommenden Angriffe vorbereite.
Aus Rostock schrieb Aggie Brüshaver von Oberschülern, die neidisch waren, daß Lübeck auch diesmal als erste in der Reihe stand, nicht Rostock.

Am 6. April meldete die Lübecker Zeitung 280 Tote als amtlich festgestellt. Am 11. April wurden 295 Todesopfer gemeldet.

Daran warst du schuld, Cresspahl.

Ich war auch an Coventry schuld.

Du hast es ausgehalten?

Über Coventry sind sie am 14. November 1940 hergefallen, die Deutschen. 450 Bomber. Da war auch eine Kathedrale. Vom 19. bis zum 22. November 1940 sind sie dreimal über Birmingham gewesen, über 800 Menschen haben sie da totgebombt.

Rechnest du das auf?

Nein, Gesine. Nur, die Deutschen haben angefangen. Sie haben ein Wort daraus gemacht, »coventrieren«. Was sie selbst tun, bei anderen ist es völkerrechtswidrig.

Du mochtest die Deutschen nicht mehr.

Die nicht.

Und nicht die Lübecker.

Gesine, denk an Rostock, denk an Wismar. Lübeck hat danach ruhig schlafen können jede Nacht. Das Rote Kreuz hat dahin seine Paketumschlagstelle gesetzt, und keine Bombe fiel da mehr.

Sie haben sich bedankt, Cresspahl.

Sie haben wieder einmal eine von ihren Ehrenbürgerschaften verliehen, diesmal an den Präsidenten des Roten Kreuzes. Was sie da gefeiert haben, es mag die anderen Städte nicht gefreut haben.

Und daß Churchill hinging zum Massengrab von Birmingham, und Hitler nicht zu dem in Lübeck.

Das war Churchills gute Pflicht, Gesine.

Und wenn Tamms dir nun doch Flüchtlinge aus Lübeck ins Haus gesetzt hätte?

Gesine, unser Haus war unter dem selben Himmel wie Lübeck.

Und wenn die Flüchtlinge nun Kinder in dem Feuer verloren hätten, oder eine Frau einen Mann?

Ich hatte schon eine Frau verloren, Gesine.

Nun rechnest du doch auf.

Nein, Gesine. Ich war jetzt weiter. Da, wo kein Vergleichen mehr war, kein Abzählen. Damals harr Kein ein mi vestann, un du hüt nich.

Doch Cresspahl.

Låt man, Gesine. Dat Lœgn is nu vöebi. Brauchst nicht mehr lügen, Gesine.

16. März, 1968 Sonnabend

ist der dritte Sonnabend im Monat, und die Gräfin Seydlitz hält ihr Haus offen für Gesellschaft.

Bekannt geworden sind wir mit Mrs. Albert Seydlitz als mit einer alten Frau, die die Tauben im Riverside Park an einer Stelle füttert, an der die Stadt vermittels einer zierlichen Tafel feststellt, dies sei verboten. Es war vor sechs Jahren gegenüber unserem Haus, und Marie sah ihr so verwundert zu, daß die Frau ein Gespräch mit ihr anfing. Wer aber die Gräfin Seydlitz ist, wissen wir nicht. Sie ist eine alte Dame, im Gesicht ausgemergelt wie von achtzig Jahren, mit einem weißen Studentenscheitel nach einer Mode von vor sechzig Jahren, seit vierzig Jahren in New York, und Leute um die dreißig nennt sie Kind. Sie hat nicht gräfliche Manieren, eher achtlose, wie jemand, der sie hat erfinden müssen. Sie war einmal eine Deutsche, sie kennt sich befremdlich aus in Schwerin-Vorwerk, und sie könnte wohl da zur Welt gekommen sein, nicht aber am schweriner Jungfernstieg. Eisgraue Augen hat sie, schmale Lippen, wie ein Mann. Von einem Grafen Seydlitz ist nichts bekannt. Manche nennen sie eine geborene Emma Borsfeld, andere sagen ihr als Mädchennamen Erna Bloemsdorf nach. Diese alte Dame erklärte Marie, daß die Gesetze der Stadt nicht für jeden gelten, und nachdem wir mehrmals streng Belehrendes ohne Gegenwehr von ihr angehört haben, gilt für uns die Einladung zu jedem dritten Sonnabend im Monat (außer im Sommer, den verbringt sie in Cannes).

Das Haus der Gräfin Seydlitz sitzt auf dem Dach eines Hauses am Riverside Park, in der Höhe der achtziger Straßen. Es hat zwei Stockwerke, die um einen Saal mit Oberlicht gebaut sind, mit einer Terrasse nach Westen, die einen ausführlichen Blick auf New Jerseys Hochbauten erlaubt. Wer immer sie mit dem Adelstitel über die Enttäuschungen in der Ehe tröstete, er hinterließ ihr Geld obendrein, und es ist lange her. Die Möbel sind hundert Jahre alt, in Mecklenburg für eine vermögende Familie gebaut, Empire und Biedermeier, hochpolierte Stücke, in kargen Streifenmustern bezogen, und für die Gräfin Seydlitz arbeiten Hausmädchen, die von keiner Party Aschespuren, Glasringe, Alkoholflecke übriglassen. Hier werden Studenten wie Professoren der schöngeistigen Fakultäten empfangen, Kunsthändler, Kommunisten, Angestellte des diplomatischen Dienstes, die reichsdeutsche Emigration, auch von den Kennedys sollen Abgesandte gekommen sein. Juden, zwar eingeladen, sind eine Minorität geblieben, halten sich nicht, vermeiden das Wiederkommen. Heute ist es der vierte Besuch Mrs. Cresspahls. Unnachsichtig wird sie begrüßt als Kind von der Gräfin Seydlitz, die für diesen Abend ein knöchellanges Kleid mit Zigeunerfransen angelegt hat und bunte Holzketten lang um den mageren Hals trägt, ein Blumenmädchen inmitten sorgfältiger Kostüme und förmlichen Schwarzweißes. Um einundzwanzig Uhr ist das Parkett dicht bestanden, und vom nachtdunklen Glas des Oberlichts fällt Sprechgeräusch zurück wie schwere Brandung. – Sie kennen ja jeden: sagt Mrs. Albert Seydlitz, und wie üblich kennt die Cresspahl kaum zwei der Gäste, den einen vom Sehen.

– Zu dumme Sache, die Entlassung von Georgie Brown. Was sollen wir jetzt noch in England?
– Ich weiß nicht. Ein Kuß auf Madame de Gaulle –
– Herr Kristlein, dies ist Norman Podhoretz. Norman, meet Anselm.
– Im Vertrauen gefragt: wer ist unsere Gastgeberin? Ich kenne die Seydlitzens.
– Da bin ich überfragt.
– Sind Sie mit dem Flugzeug gekommen oder mit dem Boot?
– How do you like America?
– Fahren Sie nie mit der Ubahn in New York. All diese Ritualmorde –

– Kennedy kandidiert. Spaltet glatt die Partei.
– Die Iren sind aber böse. Sie hätten heute vormittag auf der Fünften Avenue sein sollen!
– Halten Sie mal.

Die Getränke besorgt ein dunkelhäutiger Herr, den die meisten mit Joseph anreden, er heißt aber nicht so. Das Gerücht will von ihm, er sei Boxer gewesen, Liebhaber der Gräfin Seydlitz, Zugführer bei den Marineinfanteristen, Barmann. Er macht die Bar bei diesen Gesellschaften, hält sein verschwiegenes überlegsames Gesicht hoch über den ausladenden Schultern, trägt die weiße Jacke wie etwas Elegantes und arbeitet mit den Händen so griffsicher, als könnte man ihm ohne Schaden die Augen verbinden. Oft versucht ein Gast, ihn für eigene Einladungen abzuwerben; es ist keinem gelungen. Auf Leutseligkeiten antwortet er mit einem genau geplanten Lächeln, das im Gedächtnis zurückbleibt wie das der Cheshire-Katze. Seit Mrs. Cresspahl ihn einmal zu nachdenklich betrachtet hat, reicht er ihr das Glas mit Vorzug hin, und mag sie in der letzten Reihe des Gedränges vor seinem Tisch stehen. Seine Miene dabei kann höhnisch sein, kann ergeben sein. Selbst den Angetrunkenen mischt er die Getränke akkurat bis auf den Tropfen, denn nicht er wird es sein, dessen Formen zu Bruch gehen.

– Der C.I.A. hat eine computerisierte Kartei, danach wird jeder Bürger afrikanischer Abstammung –
– Das kann der Computer doch gar nicht.
– Da kennen Sie Hoover schlecht.
– Jedenfalls wird New York verlegt, einfach über den Hudson hinweg. Die Lager werden heißen wie hier: Harlem, Brownsville . . .
– Ich schreibe ein Buch über den C.I.A.
– Endlich mal was Neues. Immer diese Bücher über Kennedy.
– Über die Ermordung Kennedys durch den C.I.A.
– Schwedische Stahlaktien.
– Seit ich die Ermittlungen aufgenommen habe, werde ich auf Schritt und Tritt –

– Das wußten Sie nicht? Rufen Sie MUrray Hill 6–5517 an.
– Ich benutze kein Flugzeug mehr, kein Taxi. Wenn es eine Subway gäbe bis hin nach Dallas –
– Wer ist eigentlich unsere Gastgeberin? Seydlitz, Albert –?
– Was wir mit den Indianern angestellt haben, das haben im Grunde die Deutschen mit den Juden getan.

Die New York Times hat de Rosny einen Brief geschrieben. De Rosny gehört zu jenen Bankiers, die den Präsidenten Johnson um das Versprechen ersucht haben, er werde keine weiteren Truppen nach Viet Nam schicken, damit dem Dollar wieder ein Rückgrat eingezogen wird. Aber de Rosny ist nicht in der Stadt, er ist gestern zu der Konferenz mit den europäischen Zentralbankchefs nach Washington geflogen. Die wünschen das Verhältnis Dollar je Unze Gold geändert.

– Ich bin noch auf der Zeit von Zürich.
– Da müssen Sie aber müde sein, Mr. Kristlein.
– Was gibt man so einem Mann?
– Was ist das eigentlich, Bloody Mary?
– Tomatensaft, Wodka, Pfeffer –
– Pfeffer? Das ist sehr ungesund. Schadet den Nieren! Sie dürfen das keinesfalls weitertrinken!
– Eine geborene Blœrstadt, glaube ich. Verwandt mit den Karstadts.
– Nein, mit den Brenninkmeyers.
– Kommen Sie doch auch nach Vassar, Mr. Kristlein! We are dying to listen to you!
– Es ist die Nachtigall, und nicht die Lerche: das ist nicht von Shakespeare. Das ist von mir.
– Was gibt man so einem Mann?

Der andere, den die Cresspahl kannte, war Dr. Weiszand. Er hatte ihr noch sein Erstaunen ausgedrückt, ihr in diesem Abbild einer verrottenden Gesellschaft zu begegnen. Nachdem sie eine Weile am Rande des Kreises um ihn zugehört hatte, verzog sie sich aus der Wohnung, auf die Straße, nach Hause.

– Der Sozialismus ist unbesieglich.
– Meinen Sie das statistisch?
– Ich bin ja nicht dagegen. Ich finde es nur unschicklich.
– Das sind meine Studenten!
– Aber man kann doch nicht einfach mit einem Hut für den Viet Cong sammeln. Es ist so unordentlich.
– Man sollte es der Gastgeberin sagen, wer immer sie ist.
– Nehmen Sie das Beispiel der Č.S.S.R. Dort werden ein Innenminister und ein Generalstaatsanwalt ihres Amtes enthoben, weil sie nicht genug Druck hinter die Rehabilitierung gesetzt haben!
– Kann man Tote wiederherstellen?
– Diese stalinistischen Säuberungen nach Kriegsende, es hat sie doch gegeben.
– Wir sind hier eine gemütliche kleine Familie. Kommen Sie doch zu uns.
– Ihr Glas bedarf einer neuen Füllung.
– Wollen wir wetten, daß Ihre tschechoslowakische Sache, oder wo immer das ist, daß es kaputtgeht? Wollen wir das? Unter Zeugen?
– Den kenn ich. Der ist immer gleich so schwer angeschlagen.
– Der Sozialismus reinigt sich selbst.
– Früher konnte man nur nachts nicht in den Central Park. Ist Ihnen das aufgefallen mit den 47 Kindern, die heute beinahe ertrunken wären, mitten im Central Park?
– Die Sowjetunion hat andere Sorgen.
– Das glauben wir Ihnen ja.
– Das könnte Ihnen so passen, daß die Sowjetunion für Sie den Krieg in Viet Nam beendet!
– Sind Sie zum ersten Male in New York? Fahren Sie um Gottes Willen nicht mit der Ubahn!
– Ich möchte nun doch auch eine Bloody Mary.
– Bravo, Herr Kristlein!
– New York ist nicht mehr, was es mal war.
– Nehmen Sie den Pavillon.
– Nehmen Sie Manny Wolfs Steakhaus.
– Nehmen Sie das Restaurant im Waldorf.

Mußte sein, Gesine.

Mußte sein.

Wenn du schon hingehst, warum drückst du dich an den Wänden herum?

Damit ich es sehen kann.

Du sollst den Mund aufmachen, Gesine!

17. März, 1968 Sonntag

Der Präsident Johnson hat sich gegen die Bankiers entschieden. Zwar schickt er nach Viet Nam nicht die 206 000 Soldaten, die sein Westmoreland bestellt hatte, doch immerhin 35 000 oder 50 000.

In Prag haben sich zum ersten Mal nach dem Umsturz ehemalige Soldaten versammeln dürfen, die im Spanischen Bürgerkrieg oder auf der Seite der Alliierten gekämpft haben. Zwanzig Jahre war an ihnen nicht wichtig gewesen, was sie gegen die Faschisten taten, sondern daß sie daher Leute in anderen Ländern kannten.

In Polen erklärt die Kommunistische Partei sich Arbeitern so: sie habe oft »schwierige und nicht populäre« Entscheidungen getroffen, aber »wir sind keine Partei für die Schwachen«. Und ist es denkbar, daß Studenten aus freien Stücken demonstrieren in Polen? Es ist nicht denkbar für die Partei, ohne daß dahinter Juden stecken und Polen an Westdeutschland und Israel ausliefern wollen.

Wenn Alexander Paepcke reiste, bereitete er die Reise vor. Er suchte die kürzeste Fahrzeit heraus und den günstigsten Anschluß, und von der Haustür an mußte seine Familie sich nach keiner als seiner Uhr richten. Als er im nassen Juni 1942 aufs Fischland fuhr, richtete sich der Zug nach Stralsund nicht nach Alexanders Uhr und kam zu spät an, als daß der nach Ribnitz noch hätte warten können. Alexander war gekränkt über die zwei Stunden Wartens in Stralsund. Zwar bediente er den Krieg nun in der Zivilverwaltung der besetzten französischen Gebiete, aber in der Gestalt einer Zugverspätung erkannte er den Krieg nicht, da es ein Zug in Deutschland war, der ihm das angetan hatte.

Deswegen stand das Kind Cresspahl lange Zeit auf dem ribnitzer Bahnhof unter einer Werbetafel für Schachenmayr-Wolle und mochte von Alexander nicht glauben, daß er sie im Stich ließ. Sie machte sich fast zu spät auf, den Weg zum Hafen zu suchen. Auf dem Fischlanddampfer zogen sie eben den Steg ein. Er saß da wie eine fette schwarze Ente, die es eilig hat. Sie setzte sich mit dem Gesicht nach hinten. Der Vater hatte sie von sich weggeschickt, obwohl in Mecklenburg noch Schule gehalten wurde. Hinter dem Schiff blieb der Kirchturm von Ribnitz zurück, dann der von Körkwitz, dann die Düne von Neuhaus. Es war möglich, daß sie Jerichow nicht wieder fand.
Sie stand den halben Nachmittag an der Anlegebucht von Althagen, ein neunjähriges Kind in einem zu oft gewaschenen, zu langen Kleid, einen verrutschten Hahnenkamm auf dem Kopf. Sie hatte keine Karte für die Rückfahrt. Das Taschengeld für die Reise war fast ganz für die Fahrt mit dem Schiff draufgegangen. Sie konnte nicht beweisen, daß sie nach Jerichow gehörte. Sie fürchtete, das Paepckesche Ferienhaus nicht mehr zu finden nach den drei Jahren. Sie stand auf der rechten Seite der Bucht, die damals schon etwas verschilft war. Die Schiffsschraube hatte Pflanzen im Wasser losgerissen.
Dann kam Paepcke mit dem Dampfer, der die Arbeiter aus Ribnitz zurückbrachte. Er war nun auf eine entschlossene Weise zufrieden. Stralsund war doch gut gewesen für den Besuch in einem Spielzeugladen. Er hatte Geschenke gemacht. Er kam wieder einmal nach Mecklenburg. Hier war er nicht ein stettiner Eckenpisser. Paepcke war mit weißen Hosen angetan, und auf dem Kopf hatte er einen weißen Hut. Er hielt das Kind Gesine für getröstet, weil er sich mit einem Geschenk bei ihr entschuldigt hatte, aber das Taschenmesser von Alexander glich bis auf eine kleine Schramme dem, das sie schon hatte.
Paepcke fragte nach Jerichow, nach Methfessel, nach Gesines Französisch, nach Aggie Brüshaver. Da waren doch auch Kinder mit so wohligen Namensanfängen: Martin, Matthias und Marlene Dietrich. Gesine sagte: Die sind doch tot.
Das verstand Alexander nicht. Wie konnten denn so kleine Kinder auf einmal tot sein!

Sie hatten in Rostock gewohnt, in der Straße An der Jakobikirche. Am 25. April, als die Royal Air Force nach Rostock kam, hatte Aggie Nachtdienst in der Klinik, und ihre Kinder waren allein zu Hause, als sie verbrannten.
Paepcke ließ sich etwas geniert versprechen, daß Gesine es seinen Kindern nicht erzählen werde. Sie begriff ihn nicht. Die hatten Marlene doch gar nicht gekannt.
Der Dorfweg war schattig. Wenn Licht durch Hofeinfahrten schlug, war es weiß. Die Häuser waren durch hohe Knicks gegen den Wind geschützt. Als die beiden Dorfjungen mit ihren Schiebkarren vor einem Loch in dem dichten Gebüsch anhielten, erkannte Gesine das Haus wieder. Es war ein langer Ziegelkaten unter einem Rohrdach, die Westwand weiß und dann gelb überstrichen. Im Dach war ein Fledermausfenster (nicht zwei). Es ging so tief hinein von dem Knick, auf den Fußboden tiefer als die Schwelle; man fühlte sich in das Haus hineinrutschen.
Der Garten war ganz wild geworden. Sorgfältig angelegt, mit einer Terrasse für Blumen und einer niedrigeren für Gemüse, war er nun zugewachsen mit Gras, Unkraut, überlebenden Blumen, ausgeschlagenen Büschen, die ihn dicht umstanden. Zum Bodden hin war eine Pforte, die auf einen wieder umwachsenen Rasenplatz führte, und der Rundlauf war noch heil. Wenn drei Kinder sich an die Seile hingen und zu laufen anfingen, konnten sie bald hoch über den Büschen im Kreis fliegen. Nun fingen die Ferien auf die richtige Art an, denn alle kamen sicher ab, keins stieß gegen die eiserne Stange.
Die Zimmer hatten Namen. Oben, im Boddenzimmer, schliefen Hilde und Alexander. Das Fürstenzimmer war Domäne des Großonkels, blieb abgeschlossen. Die Kinder waren im »Atteljé« untergebracht. Im Aufwachen war ein regelmäßiges, dumpfes Geräusch zu hören. Das kam von den Küstenbatterien, die auf dem Hohen Ufer zur Übung die See beschossen. Durch das Haus drang Alexanders Stimme. Er fluchte auf das Militär, das schon wieder hier war wie der Swinegel.
Das Haus hatte ein Großonkel Alexanders schon um 1902 gekauft, von einem Maler, der an den Katen ein Atelier angebaut hatte. Eine Kachelküche im Keller hatte sein müssen,

auch ein Speiseaufzug, für die Küche eine Pumpe. Am liebsten aber holten die Paepckes ihr Wasser mit einem Strick und Eimer aus dem Brunnen auf dem Hof. So klares Wasser habe ich nie wieder gesehen.
Vom Ostzimmer oben war tief hinunterzusehen auf den morgenweißen Bodden, die Boddenwiesen, die lange Wochen unter Wasser standen. Das Wasser ging bis an die Knöchel. Darin zu gehen war angenehm, wegen des platschenden Gefühls unter den Sohlen, und nicht geheuer, weil es so tat wie das Moor in Büchern. Oft lagen vor dem dünnen Horizont Zeesenboote still, ohne die braunen Segel nach der Nachtarbeit.
Zum Westen hin, wo die See war, stieg das Land hoch auf. Noch heute, auf einem steilen Weg, erwarte ich die Ostsee, die das Kind damals unverhofft von oben gesehen hat.
Westwind, wie meist, schlug uns entgegen. Links des Weges lagen die Nagelschen Felder; auf der rechten Seite stand ein einziges Haus, dick verpackt gegen die See mit dornigem Gestrüpp. Dies Haus hatte eine Sonnenuhr. Weil der Schafbock an diesem ersten Morgen verschlafen hatte, oder anderswo zu tun, kamen wir unangefochten bis zum Rand der Küste und kletterten sie hinunter. Dabei brach Boden los. Hilde lief schon lange hinter uns her, wir hatten sie wegen des landein stehenden Windes nicht rufen hören. Wir wurden streng vermahnt, einmal wegen Hildes Angst, zum anderen, weil wir das Hohe Ufer beschädigt hatten. – Dumm wie ein Badegast! wurde ein Wort dieses Sommers, und ist lange geblieben. Die Schwalben höhlten das ohnehin bröcklige Ufer schon genug aus.
Paepcke war entschlossen zu Ferien. Keine Zeitungen. Nichts da, Radio! Weit schwamm er hinaus, und wenn er angenehm atmend zurückkam, sagte Hilde mehrmals und vorwurfsvoll seinen Vornamen, als beginne sie ihm erst jetzt nachzurufen. Alexander brachte den Kindern das Schwimmen bei, auch indem er ihnen einredete, sie könnten es bereits. Er sprach von einer »Sandbank«, die zwei Meter vom Strand entfernt war, und als er die Kinder bis dahin hatte, schwammen sie ihm weiter nach.
Der Strand war spärlich mit Strandkörben bestanden. Es war

still, denn von den althäger Büdnern vermieteten nicht viele, und ohnedies galt der Ort als Dorf, das benachbarte Ahrenshoop hingegen, im pommerschen Preußen, als »Badeort«. Althagen hatte ein einziges Hotel, benannt nach der Ostsee, der es an der Straße gegenüberstand. Es schrieb sich mit einem accent circonflex, und Paepcke wollte es Gesine erklären. Leider wußte sie es von »ihren« Franzosen in Jerichow, und er mußte sich gleich wieder etwas für die anderen Kinder ausdenken, damit sie nicht gekränkt waren.

Es war inzwischen noch ein Kind gekommen, Klaus Niebuhr aus Friedenau in Berlin. Der Knabe tat sich viel darauf zugute, daß er allein bis hierher (»auf das platte Land«) gereist war, aber Eberhardt, Junior, zu lange mit den drei Mädchen zusammen, hatte sich eine neue Sicht auf die Welt zugelegt. Er unterstützte nicht die männliche Seite, sondern verwies auf Gesine, die auch allein gekommen war. Der Mann Klaus war gekränkt, obendrein von einem Mädchen überrundet worden zu sein, und nun war endlich die Gelegenheit, ein Taschenmesser zu verschenken.

Im Ostseehotel hätte Alexander Paepcke sich hinsetzen können mit seinen Kumpanen, da schmeckte ihnen das Bier nicht. Das Kurhaus in Ahrenshoop, es hatte zu feine Gesellschaft. Paepcke betrachtete sich selbst als Gesellschaft, selber fein. Er ging manchmal mit Reineke Voss ins »Seezeichen«, sprach dem Unternehmen aber durch die Bezeichnung »Setzeichen« sein Mißtrauen aus. Am liebsten tranken sie in Malchen Saatmanns Konditorei. Im Winter ein Platz für die Einheimischen, war sie im Sommer auch Gartencafé. Malchen war eine propere Frau, fest, stramm; ich weiß nichts für ihr Gesicht und würde sie erkennen. Malchen sprach kein Wort zuviel, nicht einmal zu Kindern, aber sogar Kinder hatten das Gefühl, reell bedient zu werden.

Nirgends roch der Kuchen so gut wie bei Malchen Saatmann. Das Fischland war arm an Gerüchen; da ist der Geruch von Salzwasser, von Fischen, von verfaulendem Tang. Nach dem Krieg habe ich nicht wiedergefunden bei Malchen Saatmann, wie der Laden roch. Die Kinder kauften am liebsten »Schnekken«. Wenn sie nach der Verkaufszeit Brot holen sollten, durften sie von der Toreinfahrt im rückwärtigen Teil des

Hauses in die Backstube gehen. Es waren Ferien, mit Ereignissen an jedem Tag.
Wenn es regnete, spielte Alexander mit »seinen« Kindern Mensch Ärgere Dich Nicht. Er nannte es aber Pakesi, so wie Cresspahl es aus London mitgebracht hatte, nach dem Hindiwort für 25, Pacheesi; und weil es etwas Britisches war, wurde es auch mit seinen besonderen Regeln gespielt: daß zwei Figuren gleicher Farbe auf einem Feld stehen bleiben dürfen und obendrein eine Barriere bilden; daß eine Figur auf den Ausgangsfeldern aller Farben frei ist (»Home Rule«); daß drei Sechsen zuviel Glück sind und eine Rückkehr nach Hause bedeuten. Paepckes Alexandra konnte es am wenigsten aushalten, wenn ihre Figuren zurückgeworfen wurden; in ihrer Haut schlug das Erröten ganz tief durch, und dafür schämte sie sich noch. Wer gerade mit Verlieren beschäftigt war, mochte nicht gern herausfinden, auf welche Weise denn alles sich zum Guten für ihn wendete. Paepckes Gutmütigkeit kam ihn aber schwer an; am Ende starrte er wortlos, mit bösem Blick auf seine verlorene Partie, und war ein Mensch, Der Sich Ärgert.
Das Haus war nicht so herrschaftlich geblieben, wie Alexanders Großonkel es geplant hatte, mit antiquarischen Möbeln und kargen Wänden. Alexander hatte dorthin ausrangierte Stücke aus seinen früheren Haushalten verschleppt, halb kaputt, mit rissigen Bezügen, eben recht für Kinder. In allen Zimmern standen Blumen. In jedem Zimmer konnte ein Kind allein sein: Dort, auf einem wackligen Sofa mit sanft sich aufbäumenden Seitenlehnen, habe ich mich ins Morgenland gelesen, schritt auf Marmorstufen hinab zum Wasser, wo große Fische anlegten, und war Harun al-Raschid.
Alexander hatte seine Ferien in Althagen verbracht, seit er sechs Jahre alt war, er sprach das Fischländer Platt wie die Fischländer und duzte sich durchs ganze Dorf; nun bestanden sie darauf, daß seine Kinder nicht fremd taten. Die später ihren Kapitän geheiratet hat, stand vor ihrer Tür und nahm uns mit zu ihrem Abendessen. Wo der Flur sich verbreitert, hatte sie ihre Küche, eine von der alten Art, mit einem Steinherd, auf dem es in vielen Töpfen brutzelte, da gingen und kamen Leute, holten sich einen Schluck Wasser mit der

Schöpfkelle aus dem Wassereimer, setzten sich zum Essen hin, ließen sich einen eingießen, waren nur für ein Wort hier. Diese Geselligkeit war was lohnt. Sie war nicht beleidigt, als uns der Speck widerstand, sie machte uns Mettwurstbrote, und als dann immer noch ein Mißtrauen in unseren Mienen zu entdecken war, schickte sie uns mit den Stullen nach Hause, und dort erbarmte sich Alexander und aß sie sämtlich auf. Es hat aber seiner mecklenburgischen Reputation ein wenig geschadet.
Abends, wenn wir von der See kamen, trafen wir auf gleichaltrige Kinder, die Kühe nach Hause trieben. Die Nacht auf dem Fischland war zu rauh für Milchkühe. Alexandra starrte verzaubert auf Inge Niemann, vor deren Stock die Kuh so geruhig her ging, und Paepcke bat Inge, seinem Kind Kuh und Stock abzutreten. Paepcke war vergeßlich an jenem Abend, er ging weiter. Aber alle Kühe gingen weiter, und Alexandras blieb stehen. Sie nahm sich auch die Freiheit, noch ein wenig vom Wegrand zu fressen. Alexandra sah mich an, aber ich mochte ihr nicht raten, das Tier zu hauen. In ihrer Verzweiflung gab Alexandra dem Biest einen freundlichen Schubs, und die Kuh sah verwundert hinter sich, uns gerade in die Augen. Aus dieser mißlichen Lage rettete uns Alexander, der unterwegs doch über die Kinder nachgedacht hatte.
Und niemals mit einem barften Kopf ins Bett.

Be wise then, children, while you may,
For swiftly time is flying.
The thoughtless man, who laughs to-day,
To-morrow will be dying.

Cresspahl, der sein Kommen ausgeschlossen hatte, kam zu Ende des Juli. Alexander freute sich auf die Abende einer ganzen Woche und sagte: Bist'n goden Minschen, Hinrich!
Einmal hatte Paepcke doch auf der Post in Ahrenshoop zu tun, nahm sich ein paar von seinen Kindern und ging auf dem Boddendeich spazieren, am Dornenhaus vorbei und an der Mühle, die heute nicht mehr steht, bis zur alten Schanze. Auf der Ahrenshooper Straße sah er seinen Cresspahl unterwegs

mit einem Mann, der nicht anders zu taxieren war als auf Kurhaus, auf feine Gesellschaft. Einer, der nach Berlin aussah, nach Beamtem, nach Parteiabzeichen. Das Parteiabzeichen erblickte Paepcke, als er die beiden überholte, und er hörte, daß Cresspahl mit dem anderen auf eine eifrige Weise zu Gange war. Mit »Fritz« redete er ihn an. Cresspahl kam gleich hinter Paepcke vor der Post an. – He hett mi föe'n Bådegast nåmn: sagte er ohne Aufforderung, und Paepcke mußte sich entschließen, ihm zu glauben. Es sah aber Cresspahl nicht ähnlich, sich von einem Fremden für einen Badegast ansprechen zu lassen und dann noch mit ihm spazieren zu gehen, in Gespräch doch und die Hände behaglich auf dem Rücken.

Dat harr Alexander nich vedeint, Cresspahl.

Un wenn ick't em seggt harr, harr he dat vedeint, Gesine?

Du hest em nicht truut.

He süll mi nich truun mötn.

In der Nacht bombardierten die Alliierten Hamburg. Hamburg war vom Fischland aus nicht zu sehen.

In diesem Sommer traute Alexander sich nach langem Genieren, Cresspahl etwas zu fragen. Es waren nun doch ein paar tausend Mark Schulden mehr, als er verkraften konnte. Cresspahl galt nicht als geizig, doch als sparsam, und Alexander, zu seiner ungläubigen Verblüffung, wurde alle Verpflichtungen auf einmal los. Cresspahl fragte nicht einmal, was die im einzelnen waren. Sie sprachen obenhin von Rückzahlungen. Cresspahl verließ sich darauf, daß Gesine ein Anteil an Paepckes althäger Haus überschrieben würde, wenn Alexander es von seinem Großonkel erben sollte. Es galt nicht, aber Alexander hat sich daran gehalten und schrieb es in Kiew in sein Testament. Hilde hat es nie erfahren. So hat Cresspahl damals an vielen Stellen in Mecklenburg Geld für sein Kind versteckt; für den Fall, daß sie ihn erwischten. Daß sie ihm den Kopf abschlügen.

Es war ein ganz stiller Sommer. In der Luft waren nicht die Flugzeuge wie in Jerichow. Das morgendliche Wummern der

Küstenbatterie, am Tag war es vergessen wie das nächtliche Nebelhorn, das auch nicht zu sehen war.
Dann sollte Cresspahl noch den Paepckeschen Streit schlichten: ob das Leuchtfeuer, vom Hohen Ufer zu sehen, das von Warnemünde oder das von Poel war.
Dann erzählte Alexander Paepcke etwas ungenau von der Zivilverwaltung der besetzten Gebiete Frankreichs. Der Urlauberzug Berlin–Paris stand ihm ungemütlich bevor, und der ausgewachsene Mensch seufzte, als er einen kleinen Lederkoffer anbrachte, den die Kinder bisher nicht bemerkt hatten. In dem Koffer war ein Kepi für Paepcke junior. Christine bekam eine Trachtenpuppe aus der Bretagne, mit der sie dann schlief, solange sie noch lebte. Für Alexandra war ein Puppengeschirr, außen golden. Für Klaus Niebuhr fiel ein Lineal mit französischer Beschriftung ab, und den Koffer, ein großmannsmäßiges Spielzeug, sollte Gesine haben. Und was bekam des Soldaten Weib? Die Kinder waren fast verstört, daß es nun auch noch zu Alexanders Abreise Geschenke gab, und Alexander in seinem Vergnügen an ihrer Freude sagte leichthin, namentlich von dem Puppengeschirr: Hab ich aus einem Hotel mitgenommen. Das Gold war eine sehr überzeugende Farbe, und seine Tochter fragte entsetzt: Geht denn das? Paepcke sagte breit und genußvoll: Jåå; wurde sich Cresspahls Blick bewußt und setzte hinzu, geniert und ganz Major der Reserve: Du dat hev ick betålt du!
Einmal fragte Hilde versehentlich nach der Bombennacht von Lübeck. Cresspahl hielt sich heraus damit, daß er in Wendisch Burg gewesen war.
Er sagte aber, was sich in Jerichow als Erzählung hielt: Es habe ausgesehen wie ein friedliches Feuer in der hellen Nacht. Zum Glück sei es so laut gewesen, trotz der 25 Kilometer Entfernung.
Und wieder hatte Gesine die Wahl. Sie konnte in Althagen noch bleiben. Die mecklenburgischen Schulferien endeten am 1. September, und sie konnte bis dahin mit den Paepckes nach Pommern. Cresspahl sah sie gar nicht an, hielt die Hand über die Augen, suchte die abendliche See nach etwas ab. Sie blickte an ihm empor, konnte sein Gesicht kaum erkennen, sagte ohne Überlegung: Ick will mit na Jerichow. Næm mi mit.

Ein Glück, daß das Feuer in Lübeck so laut war?

Die Bomben, Gesine. So konnte einer sich weniger vorstellen. Das nahm der Lärm weg.

18. März, 1968 Montag

Liebe Marie. Dies erzähle ich deinem Tonband, damit du es doch glauben mußt.

»Der alte Gammler mit den ausgefransten braunen Tüten hat sich rasiert und sieht nun aus wie ein gewöhnlicher jüdischer Mann.«

So hast du gesagt. Ich soll doch Nachrichten haben von der Nachbarschaft, die ich tagsüber versäume.

Er ist nicht ein Gammler; er bettelt. Er gehört zu denen, denen ich gebe. Ich sollte nicht geben.

Erinnere dich an die Bettler in der subway. In den lockeren Verkehrsstunden, vor Mittag auf der Westseitenbahn, nachmittags auf der Linie unter der Avenue Lexington, fährt ein etwa dreißigjähriger Mann, ein Gefärbter, der Niemandem in die Augen blicken kann, vielleicht einer Krankheit wegen. Er bewegt sich benommen und taumelnd, bleibt gegen die Tür gelehnt, wie er gegen sie gefallen ist, hält sich an den Stangen oder Haltegriffen fest wie drangehängt, und singt. Es sind jaulende Tonfolgen, aus denen Wortähnliches nur gelegentlich zu hören ist, und nicht verständlich. Immer sehr plötzlich bricht er die Vorführung ab, hält sich ein Schild vor den Bauch, das er doch achtsam unterm Arm hatte, und tritt mit einem kleinen Blechnapf sehr dicht an die sitzenden Fahrgäste heran, will den Lohn für die Musik kassieren. Seine ordentlichen lila Druckbuchstaben beginnen mit den Worten: My mother has multiple sclerosis –, alles ohne Fehler, geschrieben wie ein ärztlicher Befund.

Ein anderer, auch ein Gefärbter, um die Fünfzig, und wirklich blind, eine blaue Mütze auf dem Kopf, tastet sich mit weißem Stock durch die Wagen und hält seinen Becher sehr dicht am Leib, gibt nicht zu erkennen, ob er das Aufklirren einer Münze gehört hat.

Die Vorschrift lautet: Da Caritas, im Kleinen, und Reform,

im Großen, nicht Funktionen sind in der Berichtigung oder Veränderung der Gesellschaft, haben sie als Sentimentalität und Verschwendung zu unterbleiben.
Gelegentlich wird ihnen gegeben. Schwarze greifen in die Tasche und wollen Solidarität darstellen, oder daß es Gefärbte gibt, die Geld haben wie gewöhnliche Menschen. Rosahäutige Hausfrauen sind imstande, die Gabe nicht nur zu verweigern, sondern sich selbst zu inszenieren als anständige Bürger, die dergleichen gottlob nicht nötig haben und überhaupt mit sauer (ehrlich) erarbeitetem Lohn über die Runden kommen müssen. Manche Herren, wenn sie Büroanzüge und Schlipse tragen, fühlen an den Blicken anderer Fahrgäste, daß sie eher dran wären, und fügen sich dem allgemeinen Urteil. Die Verachtung, die Gegenwehr sein soll, trifft den Nehmenden. Unbefangen ist keiner.
Es gibt Blicke hin und her. Sie bedeuten Spott für einen, der sich so leicht ausnehmen läßt; Verachtung für den, der mit einem Vierteldollar angibt, wo zehn Cent der Form Genüge getan hätten; ein Urteil über die schwarze Rasse, die also doch Geld hat.
Marie, ich wäre gern gleichmütig; gäbe und vergäße.
Hinzu kommt das Mißtrauen gegen die Bittenden. Sie sind zu oft zu sehen in den Ubahnen, als hätten sie da ein Amt. Wie sie sich unter der Stadt in den fahrenden Zügen voranarbeiten, es hat etwas Berufsmäßiges. Sie können leben von ihren Einnahmen; manchmal könnte ein Überschuß reichen zum Genuß. Dazu sind sie zu krank, zu kaputt. Sie mögen sich haben fallen lassen aus der Gesellschaft; warum nutzen sie die dürftigen Notvorrichtungen nicht aus? Sind sie auf diesen Erwerb aus eigener Überlegung gekommen; sind sie nicht vielleicht doch geschickt von einem Soldaten oder Unterführer der Mafia, der die Tageskasse mit nichts honoriert als einem Platz zum Schlafen? Sind sie genügend ausgewiesen durch den erbärmlichen Entschluß, sich dem Erbarmen Fremder auszuliefern?
Die, die ich war, hat einmal einem alten Mann sehr langsam und verlegen die Tür vor der Nase zugemacht, ehe er die Sache mit seinem Mittagessen noch hatte erklären können. Das war in Sachsen, als ich studierte und noch von der Schule

her glaubte, daß es in einem fast schon sozialistischen Staat Bettler nicht gibt.
In der Subway habe ich die Hand schon in der Tasche, wenn die Bettler noch vier Schritt von mir sind. Ich gebe keine Vierteldollars, nicht einmal Zehner; ich kenne die Vorschriften.
Aber ich lasse eine Ubahnmünze in den Becher fallen, damit sie immerhin fahren können.
Du wirst von mir sagen können: Meine Mutter war eine ziemlich unordentliche Person.
Was du jetzt hörst, ist noch einmal Regen.
Wäre aber gern ordentlich gewesen, unbeeinflußt von Biographie und Vergangenheit, mit richtigem Leben, in einer richtigen Zeit, mit den richtigen Leuten, zu einem richtigen Zweck. Ich kenne die Vorschriften.
»Der alte Gammler mit den ausgefransten braunen Tüten hat sich rasiert und sieht nun aus wie ein gewöhnlicher jüdischer Mann.« Danke dir auch für die Nachricht.

19. März, 1968 Dienstag

Die Kommunisten in der Č.S.S.R. mögen und mögen nicht ihren Antonín Novotný mit Gewalt loswerden. Sie erwähnen ihn in der Parteizeitung als schlichten Herrn statt Genossen, sie lassen ihn nicht beim Fernsehen auftreten, aber das Zurücktreten soll er selbst besorgen.
Robert F. Kennedy hat gestern begonnen, sich um die Kandidatur für das Präsidentenamt zu kümmern, indem er die Politik des Amtierenden Präsidenten in Viet Nam als bankrott bezeichnete. Dann sagte er doch zu Universitätsstudenten in Kansas: Ich werde für euch arbeiten, und wir werden ein neues Amerika haben.
Vergessen Sie nicht, daß morgen früh um 8.22 Uhr amtlich der Frühling beginnt!
Im Juni 1942 wurde Dr. Avenarius Kollmorgen, niedergelassenem Rechtsanwalt in Jerichow, das Leben zuwider, und er gab es auf.
Nicht früher wurde bekannt in Jerichow, womit er seine

letzten Jahre verbracht hatte. Seine Praxis war seit 1935 endgültig geschlossen. Danach war er noch gesehen worden auf Spaziergängen rund um die Stadt, aber er hatte Wege bevorzugt, auf denen er vor Begegnungen sicher war. Wer von ihm noch einmal die Frage hören wollte, ob Einer gut bei Sach sei, war auf einen peinlich gestörten Menschen getroffen, der ungeduldig hin trat und her, auf das Ende der Unterhaltung aus, und nicht einmal mehr hatte er sich auf die Zehenspitzen gehoben und mit ernsthaft glänzendem Blick Lehrmeinungen mitgeteilt. Anfangs hatte er die Gänge für seine Gesundheit vor dem Mittagessen besorgt, 1941 schon danach, bis er mit der Übung kurz vor die Dunkelheit geraten war und sie aufgab. Das Licht in seinen Fenstern war aber immer länger in der Nacht auf den Markt gesickert, das und langsame Schattenbewegungen darin hatten geschäftig ausgesehen. In den Nächten hatte Avenarius sich auf seinen Tod vorbereitet. Die meisten Bücher standen in den Regalen nicht mehr mit dem Rücken nach vorn, sondern lagen in kantengleichen Stapeln, zum Verpacken fertig. In denen allen stand das Datum, an dem er sie zum letzten Mal gelesen hatte; er hatte nur zwei Reihen nicht geschafft. In seinem Schreibtisch fanden sich Listen, in denen der gesamte Haushalt inventarisiert war, mit einer Spalte für die künftigen Besitzer, die vollständig ausgefüllt war. Die Schwester von Geesche Helms, die nun mehr als zwölf Jahre für ihn gearbeitet hatte, bekam das sämtliche Kollmorgensche Geschirr, auch Möbelstücke. Das nicht Verschenkte sollte als Geld an die Universität Erlangen gehen, ebenso die Bibliothek. Zu der Bibliothek gab es eine Kartei. Schriftstücke persönlicher Art hatte Dr. Kollmorgen beseitigt; von sich wollte er nichts hinterlassen als das Geheimnis Avenarius. In der offenen Schreibtischschublade fand Ilse wie angekündigt das Blatt mit den Anweisungen für den Fall seines Todes, von den Gängen zu Dr. Berling und zu Swenson bis zu den Vorschriften für die Beerdigung. Er verabschiedete sich bei einigen Leuten mit altmodischen Drucksachen, aber er brauchte sie nicht, denn es war alles im voraus eingerichtet und bezahlt. »Mitwirkung der Kirche verbeten« stand da in sorgfältig verwickelter Schrift. Darin, und in den umsichtigen Anstalten war noch einmal Dr. Kollmorgens Stimme zu hören, jetzt nicht mehr behaglich dozierend sondern mürrisch, enttäuscht, nicht ohne Verachtung. Am Ende war ihm doch nicht recht gewesen, daß die Stadt ihm das Bedürfnis nach Alleinsein erfüllt hatte. Es waren nicht viele Leute, die an einem Morgen in seinen Salon kamen, um ihn noch einmal zu sehen. Er war im Leben klein gewesen, den Kindern hatte das Lachen verboten werden müssen; im Sarg sah er gewichtig aus, und respektheischend. Er war gekleidet wie zu einer Gesellschaft in verschollener Zeit, hatte die Arme seitwärts als stünde er, ein Beobachter, ein Prüfender. Um die Augen herum sah er weicher aus, nicht viel anders als schlafend. Fast achtzig Jahre war er alt geworden. Swenson sah mehrmals herein, aber die Trauergäste standen weiterhin um Kollmorgen her, nicht ungeduldig, feierlich flüsternd, als hätten sie nun alle versäumten Besuche nachzuholen. Dann, am offenen Grab, sagte ein Rechtsanwalt aus Hamburg etwas Lateinisches auf, was die jerichower Trauergäste nicht verstanden, und von ihnen mochte Keiner etwas sagen. Es war Avenarius' Sache gewesen, allein zu leben und zu sterben.

Ilse hatte die Übermachung des Geschirrs verstanden als einen Hinweis von Kollmorgen, nun doch einen Mann zu nehmen, und heiratete im Herbst 1942 einen Fischer in Rande, der fünf Jahre auf sie gewartet hatte. Ilse Großjohann hieß sie nun, eine sehr angesehene Hausfrau, beneidet wegen ihrer Ausstattung. Wenn sie nun nach Jerichow zum Einkaufen kam, hatte sie nicht mehr das Gesicht eines Mädchens, das sich hilflos wundert.

Für Gesine Cresspahl war ein versiegeltes Päckchen abgegeben, »mit Komplimenten zum 3. März 1954«.

Weil Avenarius unter der Erde war, mußte Cresspahl im November 1942 mit einem Brief zu Dr. Kliefoth. Es war ein französischer Brief, abgestempelt in Leipzig, in der Handschrift Dora Semigs. »Chers amis«, das ahnte Cresspahl noch. Und es war eilig.

Er ging nicht gern zu Kliefoth. Er war ein Malchower, ein Klattenpüker; er war einer von den Gebildeten. Er hatte in England gelebt, aber an Universitäten. Den Ersten Weltkrieg hatten sie gemeinsam, aber 1918 war Kliefoth längst Leutnant

gewesen. Er hatte bis zuletzt französische und englische Zeitungen abonniert, alle acht Wochen aus anderem Departement und neuer Grafschaft, aber zum Krieg gegen Frankreich hatte er sich sofort gemeldet, nachdem sie ihn gegen die Polen nicht genommen hatten, wegen der Flecken in seiner berliner Karteikarte. Seitdem war er immer dabei gewesen, zuletzt als Ic unter Baudissin, bis sie ihn nun wegen Erreichens der Altersgrenze nach Hause entlassen hatten, und solange er über der Sowjetunion seine Aufklärungsflüge machte, hatte seine Frau für ihn die Hakenkreuzfahne herausgehängt. Cresspahl fand es nicht leicht, den Mann in Eile herauszukriegen.
Der Abend dauerte sehr lange, fast bis Mitternacht. Kliefoth kam an seine Tür in voller Uniform, bat den Tischler herein mit lässiger Höflichkeit, an der nicht zu zweifeln war, sah den anderen zögern, fing ohne Umstände an und gab sich zu erkennen.
Kliefoth sagte in einem unverändert: Heer. Das Heer, als gelte sonst nichts.
Sie hatten bald einen Abschnitt der Russenfront gefunden, an dem sie 1916 zur gleichen Zeit gewesen sein mochten.
Cresspahl mochte sich nicht entschließen.
Kliefoth erzählte von seinen Flügen als Angehöriger des II. Armeekorps nach Jersey, »auf Kosten des englischen Königs«. Er als einziger mochte das englische Frühstück, »nu man ran mit dem porridge«, und die italienischen Kellner freuten sich wie die französischen sich angetan gezeigt hatten von seinem Verständnis für die nationalen Spezialitäten. Nu mal ran mit dem porridge!
Das half Cresspahl nicht. Von Böttchers Sohn, dem weltbefahrenen Klaus, hatte er gehört, daß Kliefoth auf dem französischen Vormarsch recht herrenmäßig an der marschierenden Kolonne vorbeifuhr, lässig im Fond, eine lederbezogene Silberflasche mit Cognac am Mund.
Jetzt versuchte Kliefoth es noch einmal. Wie er 1940 eine Schülerin mit einem jüdischen Namen arisch schwor.

So wie Katzengold.
Sagen Sie mir bloß nich noch den Namen.
Nich?

Ja, Herr Kliefoth. So is dat.

Und wenn's ein Meineid war, will ich selig werden damit, und tät's noch mal.

Die lebt ja wohl.

In Hamburg lebt sie! Sie könnten mir auch mal trauen, Se Klattenpüker Se!

Dann übersetzte Kliefoth Doras Brief. Auch Arthur lebte noch. Nach der Besetzung der Č.S.R. hatten sie es mit der Schweiz versucht, hatten aber nur zwei Tage auf Stroh in einem Lager bleiben dürfen. Ihr Geld war nicht mehr genug gewesen. Das hatten sie bei Paris verlebt. Als die Deutschen nach Frankreich kamen, hatten sie wahrhaftig die Flucht ins unbesetzte Gebiet geschafft. In diesen sieben Tagen zu Fuß und auf überfüllten Zügen sei Arthur »aufgewacht«. Nicht daß er sich zu Marseille hatte überreden lassen und zu dem Versuch, nach Übersee zu kommen; aber er hatte nahe Cannes eine Wohnung beschafft, falsche Papiere besorgt und eine Anstellung gefunden, alles fast innerhalb einer Woche. Arthur spüre seine sechzig Jahre kaum, und arbeite doch als Schlachter. Hat nun doch einmal sein Gutes, daß er Veterinärmedizin studiert hat. Schlägt die Tiere kurz und klein, die er zu heilen gelernt hat. Wegen Illegalität von Arbeit und Wohnung keine Adresse anzugeben möglich. »Wir bitten dies auch den Eltern mitzuteilen, die uns nicht anworten. Wir denken in herzlicher Liebe an Lisbeth und das Kind. Ihr hättet euch man doch noch duzen müssen, ehe wir gingen; Arthur tut das Versäumnis leid, und er war doch der Ältere. Wir danken auch. Lisbeth, nimm dir nicht immer alles so ins Gewissen. D. S.«.

Kliefoth bedauerte das Fehlen einer Adresse. Er hatte Leute im Amt der deutschen Abwehr, die auch noch nach der italienischen Besetzung der Riviera den Semigs hätten helfen können und mögen, und Cresspahl glaubte ihm.

Kliefoth riet Cresspahl, den Brief nicht mit nach Hause zu nehmen. Kliefoth lobte noch einmal Doras Französisch; seins sei dagegen »primanerhaft«. Der Brief wurde in Chamber's Encyclopaedia gelegt, neben Seite 467, Vetch und Veterinary Medicine.

Kliefoth hatte recht. Am nächsten Morgen kamen die Greifer von der Gestapo zu Cresspahl, und er konnte ihnen guten Gewissens sagen, er habe den ihm unverständlichen Brief verbrannt. Sie hatten ihn darauf festnageln wollen, daß er Doras Brief nicht meldete.

Und warum haben Sie sich nicht an Ihre französischen Kriegsgefangenen gewandt?

Wieso wollten Sie die Handschrift nicht erkannt haben?

Wenn der Briefwechsel von Ihrer Frau besorgt wurde, wollen wir Ihre Frau mal sprechen. Aber fix!

20. März, 1968 Mittwoch

Der Angestellten Cresspahl wird aus Westberlin, Deutschland, geschrieben: zwar garniere sie gelegentlich Berichte aus Viet Nam mit unfreundlichen Adjektiven, »was man wohl mindestens erwarten darf«.

Da sind Leute in Deutschland, die kümmern sich um meinen Anstand. Für die soll ich den Krieg in Viet Nam zu Ende bringen.

Das wäre dann mehr als das Mindeste.

Ich könnte einen Leserbrief an die New York Times schreiben; ich könnte fürs Leben ins Zuchthaus gehen wegen eines erfolglosen Attentats auf den Präsidenten Johnson; ich könnte mich öffentlich verbrennen. Mit Nichts könnte ich die Maschine des Krieges aufhalten um einen Cent, um einen Soldaten; mit Nichts.

Es gibt in Deutschland Leute, die wollen es mir immerhin vorhalten.

21. März, 1968 Donnerstag

Ein westdeutscher Schauspieler, der einmal ein ostdeutscher Schauspieler war, ist zurückgegangen nach Ostdeutschland, weil er weiß, daß die dortige Herrschaft nicht beteiligt ist an der Unterdrückung der Neger in den U.S.A. und auch nicht

am amerikanischen Krieg in Viet Nam. Er wußte das vorher nicht. Wenn Einem eines Landes Verbrechen im Gewissen liegen, geht man schlicht in ein anderes.
Es gibt auch Kritiker des Krieges im Range eines ehemaligen Marinebefehlshabers. General David M. Shoup schätzt, daß allein zur Verteidigung der Bevölkerungszentren in Süd-Viet Nam bis zu 800 000 amerikanische Soldaten von Nöten sind. Einen Sieg könnten die U.S.A. nur mit einer Invasion des Nordens erreichen. Der Krieg sei die Kosten nicht wert.
Die Schule in Jerichow hatte Cresspahls Kind so weit, daß sie im November 1942 den Volksempfänger neben ihren Schularbeiten her flüstern ließ und die Lautstärke weit aufdrehte nach jeder Siegesfanfare, die eine »Sondermeldung« verhieß. Sie wartete darauf, daß die Sowjets ihr Stalingrad verloren. Einmal wollte sie die Sache entschieden wissen, zum anderen war sie auf der Seite der deutschen Truppen. Cresspahl hatte seine Gründe, ihr die Biographie des Reichsluftmarschalls Göring zu schenken oder Bücher wie »Stukas«, »Mölders und seine Männer«; das Kind sollte in der Schule harmlose Begeisterung für die deutschen Waffen zeigen, insbesondere für die Luftwaffe: Cresspahl bekam seine Mimikry. Das Kind bekam seine Verletzungen. (Cresspahl tröstete sich mit der Hoffnung auf ein Ende des Krieges im Frühjahr 1943.)
Die Schule in Jerichow hatte damals acht Klassen. Nach der vierten Klasse wurden die Kinder getrennt in solche, die bloß der gesetzlichen Schulpflicht gehorchen sollten, und jene, deren Eltern sie aufs Lyzeum und Gymnasium in Gneez schicken konnten. Gesine wußte nicht, daß sie von 1943 an nach Gneez sollte und hatte sich in die Hermann Göring-Schule ergeben wie in eine Heimat, in das Zuhause von Jerichow.
Direktor der Schule war Franz Gefeller, Sudetendeutscher, Henleinputschist, Parteiredner im Landkreis Gneez. Er hatte herausgefunden, daß er fast im ganzen Gesicht aussah wie der Reichspropagandaminister Goebbels, wenn er den Mund nach hinten zog; insbesondere beim Strafen von Kindern benutzte er diese Miene. In normaler Verfassung konnte man ihn für einen eingebildeten kleinwüchsigen Mann halten. Beim Schreien kam er leicht ins Fisteln. Wenn er die Hand

zum deutschen Gruß der Nazis hochreckte, schien sie unverhofft zu kurz.

Du bist ein doitsches Kind,
so denke stets daran,
was dir der Feind
in Wersaljes angetan!

Im ersten Jahr, als sie die alte deutsche Schrift lernte, war Gesines Lehrer Prrr Hallier, und sie konnte nicht zweifeln, daß sein Unterricht so war wie Schule. Das Lernen fing erst an, nachdem seine Klasse das Hinsetzen und Aufstehen auf einen Schlag gedrillt hatte. Wer nachklappte, kam als erster dran. Er war einer von denen, »die sie nicht genommen hatten«. Unter dem Bild Hitlers hatte er ein Brett mit Vase angebracht, und das Beschaffen von frischen Blumen für den Götzen galt als Auszeichnung. Er litt darunter, daß die Bekanntschaften in einer kleinen Stadt langsam anfangen, und sagte sich oft zu Besuchen an. Gesine hatte ihn für »ihren« Lehrer gehalten, und sie glaubte sich verraten, als sie bei seiner ersten Unterredung mit Cresspahl nicht dabei sein durfte. Prrr hieß er, weil er ein Kind unterbrach wie man ein Pferd anhält. Die Zeugnisse verteilte er auf dem sandigen Hof vor der Schule, nachdem die Kinder angetreten waren und gesungen hatten. Er verriet das Cresspahlsche Kind noch einmal, indem er ihr für Betragen nicht die beste Zensur gab, und nie hatte er sie auf Unarten hingewiesen. Hatte sie ein Schuljahr lang beobachtet, nie gewarnt, und in die Falle gestoßen. Dann nahmen »sie« ihn doch, und im Juni 1940 war er totgeschossen.

Auch Cresspahl war betroffen von der 2 für Betragen. Es wirkte sogar bei ihm, daß Kinder durch Emsigkeit in diesem Lehrfach fürs spätere Leben und Gehorchen stramm gehalten werden sollten.

Dann kam Olsching Lafrantz, stolz auf den Nachnamen, erbittert über den, den die Kinder ihr angehängt hatten, denn sie hielt sich für heiratsfähig, weil sie ihr Haar noch mit vierzig Jahren rot nennen konnte. Sommersprossig, hager, den Gouvernanten in Büchern ähnlich. Sie war für Gesine nun nicht mehr bloß die Schule, sondern sie selbst, und sie stieß mit ihr zusammen. Olsching Lafrantz war gekränkt, daß das Kind Cresspahl auffiel; das Kind war gekränkt, weil es nicht auffallen durfte. Indem es sich bewegte, aufstand ohne gefragt zu sein, Widerworte gab, wollte es doch der Lehrerin sich zeigen. Bei Frau Lafrantz wurden zur Anschaulichkeit im Rechenunterricht S.A.-Kolonnen in Dreierreihen und Sechsergruppen benutzt. Sie führte die lateinische Schrift statt der deutschen ein mit der Begründung, daß die Deutschen so schreiben sollten wie das Weltreich, das sie erobern würden. (»Damit die Völker die Befehle unseres Führers verstehen.«) Sie war eine gutmütige Person, die klagen konnte, als sei sie gehetzt von etwas. Gesine Cresspahl begriff nicht, daß sie die Kinder eine Last nennen konnte. Betragen: Zwei.

In der dritten Klasse geriet die Schülerin Cresspahl in die erste Verwirrung. Da fiel ihr ein Junge namens Gabriel Manfras auf, weil er nicht sprechen mochte. Auch sein Gesicht war verschwiegen, slawisch in den Backenknochen, schlitzig um die Augen. Wenn aber die Lehrerin es wollte, sprach er. Diesem Kind wollte das Cresspahlsche sich bemerkbar machen und schaukelte zwischen zwei Tischen auf festgestemmten Armen, bis ihr der Schuh vom Fuß rutschte. Sie holte ihn von der Tafel zurück, bat die anderen Kinder um ihre Aufmerksamkeit und wiederholte das Kunststück. Diesmal flog er durchs Fenster, in einem unbegreiflichen Schlenker nach links. Es war in der Pause, und unverzüglich war es völlig still. Damals waren die Kinder bis zum innigen Schreck eingeschüchtert von der Hierarchie, die mit dem Lehrer anfing und mit Adolf Hitler ihre Spitze zeigte, und manche kamen obendrein aus bäuerlichen Familien. Manfras war unter den meist Erschrockenen. Ein solches Verbrechen hatte Olsching Lafrantz noch nie erleben müssen. Sie traute sich nicht einmal, es zu ahnden. Die Schülerin Cresspahl wurde zum Direktor geschickt.

Sie fand es ungerecht, daß sie bestraft werden sollte für ein Versehen. Für eine absichtliche Auflehnung gegen die Regeln hätte sie einstehen wollen. Sie ging aus der Schule, mit einem Schuh am Bein, holte sich den anderen aus dem Schnee und rannte zur einzigen öffentlichen Telefonzelle auf dem Markt,

Cresspahl anzurufen. Daß Gefeller seine getönte Brille abnehmen sollte und sie mit seinen angespannten schwarzen Augen ansehen, es war als Strafe unverdient. Die Anklage lautete nach Olsching Lafrantz auf Beschädigung staatlichen Eigentums und auf Verschwendung kriegswichtiger Vorräte wie Glas und Heizmaterial. Cresspahl beorderte sie zum Flugplatz, behob abends den Schaden mit Glas aus seinem Kellervorrat und nahm sie zu der Unterredung mit Olsching Lafrantz nicht mit. Betragen (gequält): Zwei.
Der nächste Lehrer war Ottje Stoffregen. Er nahm inzwischen hin, was Jerichow aus seinem Vornamen gemacht hatte, hatte sich abgefunden mit der Einstellung der mecklenburgischen Heimatzeitschriften durch die Nazis, hielt sich für weise. Wenn er sich aufraffte zu Gegenwehr, so war es das Üben der alten deutschen Schrift, »damit ihr die Briefe eurer Großeltern lesen könnt«. In und um Jerichow gab es nicht viele Großeltern, die Briefe schrieben. Ottje Stoffregen schlug. Wer zu spät kam, mußte langsam an ihm vorbeigehen, und mindestens dreimal tippte Ottje mit seinem Stock schmerzhaft auf die weiche Stelle zwischen Hals und Schulter. Beim ersten Mal sagte das Kind Cresspahl sofort, es habe nicht weh getan, um die Schande vor den anderen Kindern zu verringern, und Ottje wiederholte die Feier. Ottje vergaß nicht, daß dies das Kind Lisbeths war, der er mit Gedichten und Briefen die Heirat angetragen hatte, bis er lächerlich war in ganz Jerichow; er betrug sich gegen das Kind in einem Wechsel von Strenge und Nachsicht. Der Alkohol hatte ihn anfällig gemacht für Wehmut, und er konnte das Kind ansehen, als habe er Tränen in den Augenwinkeln. Jähzornig war er auch geworden, und er konnte das Cresspahlsche Heft vom Pult aus bis an die Rückwand des Raums schleudern, über alle vier Tischreihen hinweg. Das Kind hatte geschrieben »Bessere Beizeiten«. Stoffregen vergaß nicht, daß von Rechts wegen er Rektor hätte werden sollen, nicht der »fremdstämmige Beutedeutsche« Gefeller, aber er hielt sich an dessen Erlasse, und wenn der zwei Stunden um elf Uhr ansetzte und nach einer Pause noch einmal Handarbeit für die Mädchen um zwei. Dann fehlte das Cresspahlsche Kind, und brachte solche Entschuldigungen von Cresspahl wie »Mein Kind mußte

essen«, und ob Stoffregen etwa die Tischzeiten im Kasino des Fliegerhorstes ändern wolle? Cresspahl wußte von Stoffregens Bewerbung um Lisbeth nur ungefähr, eben weil sie ihn angegangen wäre; Stoffregen empfand Cresspahls Zettel als abgründigen Hohn. Stoffregen zog über Cresspahls Kind her in einer Art, die er bei sich »ätzend« nannte, und sprach von Cresspahlschen »Extrawürsten« in so ehrlich gefühlter Wut, daß dem Kind augenblicklich eine fette, leicht angebratene Wurst im Gehirn erschien. Dabei kann man Stoffregen nicht zuhören. Vielleicht sieht man da aus, als schmecke man etwas Köstliches nach. Betragen (in rührseligem Zorn): Zwei.

Die Disziplin, die Gefeller einführte, war einheitlich und vorhersehbar. Im Frühjahr 1943 zeigte ein Bauer einen Jungen an, weil er Pferde scheu gemacht haben sollte. Gefeller nahm sich die Mühe, Stoffregens Unterricht zu unterbrechen. Er ließ den Jungen vortreten, einen vielfachen Sitzenbleiber, der größer war als die anderen und Angst hatte vor der Schule. Er versuchte sich gegen die Strafrede zu wehren. Dem Bauern waren die Pferde wohl eher durchgegangen, weil der Junge seinem Gespann entgegengelaufen war; die Anklage lautete aber, er habe die Pferde mit Brennesseln im Ohr gekitzelt. Wegen des Leugnens mußte der Junge seine Hosen herunterlassen, vor allen Kindern dastehen in einer länglichen, vom Bauern abgelegten Unterhose. Dann nahm Gefeller den Jungen an einer Hand und schlug mit dem Stock in der anderen auf ihn ein, in einem fort brüllend von Verbrechen gegen die Volkswirtschaft und Zuchthausstrafe, und weil der Junge kräftig geworden war von Feldarbeit, konnte er sich lebhaft bewegen und zog Gefeller mit dem Stock im Kreis um sich herum, jammernd, als täten die Schläge ihm weh. Gesine Cresspahl wußte genau, daß sie etwas Gefährliches vorhatte, aber sie konnte es sich nicht versagen, und in der folgenden Pause auf dem Schulhof spuckte sie dem Rektor vor die Füße. So sehr verließ sie sich auf den Schutz von Cresspahl. Betragen: Vier.

Nachdem sie dies alles gelernt hatte, schickte Cresspahl sie auf das Lyzeum nach Gneez. Sie war einverstanden, jeden Tag allein und zweimal mit der Eisenbahn zu fahren, wenn sie nur nicht in Jerichow lernen mußte.

Nach dem Willen von Gefeller und Stoffregen hätte sie mit dieser Note in Betragen in eine Sonderschule getan werden sollen; am besten gleich ins Rauhe Haus in Hamburg. Herr Dr. Kliefoth aber, Träger hoher und höchster Auszeichnungen, promoviert über das französische Wort aller und ein Fürst im Reiche des Schulrats von Gneez, hatte dies Kind artig geschworen.

22. März, 1968 Freitag

»DIE ARMEE GIBT DER POLIZEI NACHHILFEUNTERRICHT ÜBER AUFSTÄNDE
Von Homer Bigart, Spezialkorrespondent der New York Times
Fort Gordon, Georgia, den 20. März
Auf einer mit Kiefern bestandenen Kuppe versammelten sich gestern etwa 60 Angehörige der städtischen und staatlichen Polizei sowie Offiziere der Nationalgarde, um die Erprobung nicht tödlicher Kampfstoffe zu beobachten, die in diesem Sommer bei der Zerstreuung aufständischen Pöbels zur Anwendung kommen können.
Es war für die Jahreszeit zu warm, ein träger, dunstiger Georgia-Tag, der eher zu Frühjahrsmüdigkeit als zu aufrührerischen Plänen einlud.
Wanderdrosseln sangen, es wurden Kaffee und Keks serviert, und die Standortkapelle spielte ›Die Sterne und die Streifen immerdar‹, als die sechste Klasse des Orientierungslehrgangs für Zivilen Ungehorsam aus einem Armeebus kletterte, um einen zwanzigstündigen Kursus in der Anatomie eines Aufstands zu beginnen.
Dies war der Schauplatz einer wöchentlichen Übung an der Armeeschule für Aufstandsbekämpfung, einer Institution, die vor einigen Monaten eilig entworfen wurde und die aus den Aufständen von Detroit und Newark und anderen Rassenunruhen des vergangenen Sommers die unbarmherzigen Lehren ziehen soll.

Handbuch der Armee in neuer Auflage

Jede Woche seit dem frühen Februar schließt eine neue Klasse aus Polizeioffizieren, Nationalgardisten und gelegentlich Agenten des Geheimdienstes oder des Bundesnachrichtendienstes den Lehrgang ab, der unter der Leitung der Militärpolizeischule der Armee steht ...

Todernst saß die gestrige Klasse auf einer überdachten Tribüne und wartete auf die Vorführung. Vor den Zuschauern, einen sanften, sandigen Abhang hinunter, waren in Abständen von 50, 100 und 150 Yards Gruppen schwarzer Silhouetten aufgestellt, die Pöbel darstellten.

Dieser ›Pöbel‹ sollte angegriffen werden mit Tränengas, von Fußtruppen geworfen oder aus dem Hubschrauber versprüht.

Zuerst sahen die Angehörigen der Klasse eine Korporalschaft Militärpolizei den nächsten Pöbelhaufen unter einem schützenden Rauchvorhang angehen. Die Korporalschaft, eine grausige Erscheinung mit ihren Gasmasken, kam plötzlich aus dem Rauch hervor und bot ihren Angreifern die Stirn.

Dann schossen die Militärpolizisten Rauchgranaten ab, die nach Erklärung des Ausbilders zum Signalisieren bestimmt sind oder womöglich bloß zum Bestimmen der Windrichtung. Es gab rote, grüne, gelbe und violette. Auf einmal abgeschossen, vermischten ihre Farben sich in einer galligen psychedelischen Rauchwolke.

Windrichtung ist entscheidend

Die Richtung des Windes war wichtig, und viele unter den Zuschauern beobachteten mit nervösen Blicken die Wetterfahne, denn ihnen war bekannt, daß als Nächstes zwei Arten von Tränengas vorgeführt würden, die so genannten CS und CN. Man erinnerte sich, daß bei einer früheren Vorführung die Tribünen sich plötzlich geleert hatten, weil ein Irrwind eine schwellende Gaswolke den Abhang hochgetrieben hatte.

CS ist der neuerdings von der Armee bevorzugte Typ Tränengas. Es wirkt auf einen Haufen Pöbel verheerender als das sanftere CN, das die zivile Polizei verwendet.

Nach der Beschreibung der Armee verursacht CS ›eine extreme Brandempfindung, einen ausgiebigen Tränensturz,

Husten, erschwerte Atmung, unwillkürlichen Augenverschluß, Brennen auf der feuchten Haut sowie Stirnhöhlenreizung und Nasenlaufen.‹ Bei Verwendung einer schweren Konzentration können Übelkeit und leichtes Erbrechen auftreten.

Der Höhepunkt der Vorführungen war gekommen, als ein Hubschrauber über dem Schießstand niederstieß und eine weiße Gaswolke von sich gab, die der Niederwind der Rotorblätter auf die Pöbelhaufen niederdrückte.

Morgen wird die Klasse an einer anderen Schau im Freien teilnehmen, die eine gestellte Schlacht zwischen kämpferischen Bürgerrechtsdemonstranten und den Männern der Nationalgarde enthalten wird. Sowohl die Aufständischen als auch die Nationalgardisten werden dargestellt durch das 203. Militärpolizeibataillon der Armee, eine der Einheiten, die im vergangenen Herbst das Pentagon gegen die Friedensmarschierer verteidigt hatten.

Der Zusammenstoß wird in Szene gesetzt in dem hollywoodmäßigen Modell einer Gemeinde namens Aufstandsstadt (Riotsville), das reichlich versehen ist mit den normalen Zielen eines plündernden Pöbelhaufens: mit einem Schnapsladen, einem Geschäft mit Fernsehern und Ersatzteilen, einem Sportartikelgeschäft, das Gewehre verkauft, und einem Gemischtwarenladen.

›Baby‹, ein militanter Aufwiegler, wird verkörpert durch einen 22jährigen Negerfeldwebel namens Bob Franklin, der in einer leidenschaftlichen Rede an eine Menschenmenge die Polizei brutalen Vorgehens beschuldigt. Die Menge schwenkt Plakate, die den Krieg brandmarken. Auf einem steht: ›Wir werden doch siegen‹. Ziegelsteine und Steine aus Gummi, die jedoch schwer genug sind, um realistisch zu wirken, werden gegen den ›Bürgermeister‹ geschleudert, wenn er die Menge zu besänftigen versucht.

Aber nun tritt die Nationalgarde auf. Die Truppen setzen Tränengas ein, Bajonette, einen Schützenpanzerwagen und klassische Taktiken gegen Aufstände. Sie siegen. ›Baby‹ wird ergriffen und im Schützenpanzerwagen als Gefangener abgeführt.

Den Rest der Unterrichtsstunden verbringt die Klasse in einem Schulzimmer, das beherrscht wird von dem gewaltigen

Modell einer Stadt, in dem nicht nur ein Slumgebiet in Miniatur abgebildet ist, sondern auch ein Stadtzentrum mit ›Wolkenkratzern‹, ein Industriegebiet, ein Hafenbezirk, Krankenhäuser, ein Rathaus und wichtige Einrichtungen wie Kraftwerke.
Die Klasse studiert die Probleme, die sich aus der Verteidigung dieser Einrichtungen, der Eindämmung von Pöbelhaufen und der Inhaftierung von Gefangenen ergeben ...
Der Lehrgang macht sich vertraut mit fast jedem denkbaren Mittel, das Aufständische benutzen könnten, eingeschlossen Abflußkanäle und unterirdische Regenfluter.
Ein Ausbilder belehrt seine Klasse: ›Wenn Truppen sich auf einem abfallenden Gelände befinden oder an dessen tiefstem Punkt, können sie das Ziel von gefährlichen Gegenständen werden, zum Beispiel von Fahrzeugen, Schienenwagen, Karren, Fässern, Steinen, Flüssigkeiten und so fort.
Auf ebenem Gelände können Rollfahrzeuge mit eigenem Antrieb auf die Truppen zu gefahren werden, aber der Fahrer kann abspringen, bevor die Fahrzeuge ihr Ziel erreichen. Dies Ziel kann zum Aufbrechen von Straßensperren oder Barrikaden führen.
Wenn der Pöbel Feuer benutzt, kann er Gebäude und Motorfahrzeuge in Brand setzen, um das Vorrücken von Truppen zu verhindern, um Verwirrung oder Ablenkung zu stiften, oder um das Ziel der Eigentumszerstörung, der Plünderei und des Schießens aus dem Hinterhalt zu erreichen.
Pöbelhaufen sind imstande, ein Gebiet mit Benzin und Öl zu überfluten und es anzuzünden, wenn Truppen in das Gebiet vorrücken.
Sie können Benzin und Öl einen Abhang hinunter den Truppen entgegenschütten oder es von Gebäuden hinunterwerfen und anzünden.
Sie können Dynamitladungen in einem Gebäude anbringen, so eingestellt, daß sie explodieren, wenn Truppen oder Fahrzeuge sich gegenüber dem Gebäude befinden, oder daß sie vor Ankunft der Truppen explodieren und die Trümmer die Straßen versperren.
Sie sind imstande, Hunde oder andere Tiere, denen sie Sprengstoffe auf die Körper gebunden haben, den Truppen

entgegenzutreiben. Die Ladungen können durch Fernzündung zur Explosion gebracht werden, durch Zünder oder Uhrwerke.‹

Der Ausbilder stellt fest, daß Truppen dazu erzogen werden müssen, Spottrufe zu überhören. Nach seinen Worten müssen Truppen ›emotional vorbereitet sein auf eigenartige Aktionen des Pöbels, zum Beispiel daß Einzelne aus dem Haufen schreiend auf sie zulaufen, sich selbst die Kleider vom Leibe reißen oder mit voller Absicht sich selbst verletzen oder verstümmeln‹.

Jedoch die Notwendigkeit einer harten Schießdisziplin wird betont. Es darf nur jenes Truppenkontingent eingesetzt werden, das zur Bewältigung der Situation nötig ist, ›im Einklang mit unserer demokratischen Lebensweise und militärischen Lehre‹.

Das durchgesehene und ergänzte Handbuch der Armee, das zum 1. April erwartet wird, wird neue Kapitel über die Bekämpfung von Brandstiftung und Plünderei enthalten.«

© by the New York Times Company

23. März, 1968 Sonnabend

Jeder Soldat, den der Präsident Johnson zusätzlich nach Viet Nam schickt, kostet den Haushalt der Nation zwischen 20 000 und 40 000 Dollar. (Die Familie eines getöteten Soldaten bekommt $ 300 als Zuschuß für die Beerdigungskosten; das reicht zu einer Armenbeerdigung.)

Nun steht es auch in der Pravda, daß die Studenten Polens seit zwei Wochen ungehorsam sind. Nun ist es auch in der Sowjetunion wahr. Es ist so wahr, daß die Unruhen von »antisowjetischen Agitatoren« gesteuert würden.

Antonín Novotný, da seine Partei ihn nicht anfassen will, ist zurückgetreten. (Auch sein Sohn ist zurückgetreten, wenn auch nur von einer Pfründe.) Das Parteipräsidium der Kommunisten nimmt die Zahl der Justizopfer aus den Jahren 1952 bis 1964 mit 30 000 an.

Heute war Mrs. Cresspahl da, wo die Männer Amerikas leben.
Es war eine von den Bars, die D. E. »sein« nennt, diesmal eine in der Dritten Avenue, irisch schon im Namen, und eben war im Fenster das Schild aufgehängt worden, das Damen ausdrücklich einlädt zum Besuch des Etablissements. Es hing an einer zierlichen Kette, es war in Schwarz und Gold gehalten, altertümlich und vornehm geschrieben, und es bedeutet, daß das Geschäft mit den männlichen Kunden gegen neunzehn Uhr abschlafft und durch die Zulassung von Prostituierten aufgebessert werden muß, auch Frauen ohne jede Begleitung sind willkommen. Deswegen sagte D. E., sobald wir saßen: Du kennst meine Frau, Wes.

Vergißt du mir den Brief nach Stockholm, D. E.?
Bloß nicht darüber reden, Gesine.
Wenn es Gegenwehr war, so doch blinde.
Vergessen, Gesine. Laß uns das spielen: wir wären bei Wes verheiratet.

– Ziemliche Freude nun auch Ihre Frau kennen zu lernen Professor einen Glückwunsch: sagte Wes recht flüssig, achtlos, hatte auch nicht die Zeit hinzusehen. Er ist der Chef von zwei Mixern hinter einer Bar von fünfzehn Metern, der Hausherr mit dem Hausrecht; er tut aber seine Arbeit voll und allein, die Bedienung von zehn und mehr Kunden, die vor ihm sitzen und jeder auf sein ureigenes und persönliches Gespräch mit Wes warten. Zu seinen diplomatischen Künsten gehört aber auch, Schweigern unaufgefordert das Richtige ein- und nachzuschenken, einen Abschiedsgruß nicht zu überhören, Ankömmlinge ernst zu begrüßen und schließlich die Reservierung frei gewordener Plätze für Freunde, die vorerst in einem anderen Revier an Fremde leiden, bis Wes sie mit bedeutend erhobenem Zeigefinger zu sich holt und einweist. Er ist überdies eine Privatbank, löst die Schecks seiner Kunden ein, gewährt persönliche Darlehen, hält Wettgewinne in Verwahrung, alles ohne Zinsen. Wes ist ein Meldeamt, weiß vom Verbleib eines Vermißten in Galway oder Lissabon und gibt oder verweigert die Auskunft nach zielsicherem Gutdünken, unerschütterlich wie er ins immer wieder aufkreischende Telefon sagt: Ihr Mann ist nicht da; er hat aber vorher dem gejagten Ehegatten den Hörer hingehalten und dessen verzweifeltes Kopfschütteln abgewartet. Wenn Wes zweimal sein Revier zwischen den Kunden und siebzig Flaschen abgegangen ist, hat er ein dichtes Netz von Handgriffen, Blicken und Gesprächen geknüpft; heute sah er gelegentlich offen prüfend auf die Dame an der Seite D. E.s, bis er sich entschloß zu der Annahme, jener Professor habe ihm nichts auf die Nase gebunden.

Wes ist ein kräftiger großer Mann um die Fünfzig, zeigt kaum Ausdruck um den festen Mund, die grauen Augen. Alle seine Blicke sind stumme Prüfungen, und das Geheimnis seines ungeheuren Umsatzes mag sein, daß ein Mann vielleicht auf die Achtung von seiten der Ehefrau verzichten will, nicht aber auf die von Wes. Wes zeigt nicht viel von seinem Gesicht, hält den Blick auf seiner Arbeit mit Gläsern, Flaschen, Sieben, Waschbecken, und wenn er zwei Substanzen durch Schütteln zusammenbringen muß, stellt er sich seitlich auf, so daß er im Profil zu sehen ist, ein ernsthafter Herr beim Vollziehen eines strengen Rituals. Er hat die Haare in Kräuseln auf dem Schädel, wie Cresspahl, nur rotblond statt grau, und daran, an die abwesende Kopfhaltung, an das besessene Zuhören habe ich wieder eine Schärfe vom Erinnerungsbild meines Vaters verloren.

Wes füllte D. E.s Glas auf und teilte ihm förmlich mit, damit das Unerläßliche doch getan war: Deine Frau gefällt mir, Ericksen. Sah aus den Augenwinkeln auf die Dame, ob sie etwa beleidigt war, nahm ernst und befriedigt D. E.s Antwort entgegen: Mir auch, Wes.

Nun bekam D. E. sein ureigenes und persönliches Gespräch mit Wes für diesen Abend. Wes bereitete dabei Getränke für andere, nahm einem Kunden Geld weg, legte Münzen vor ihn hin, wischte die Theke sauber, stellte Gläser in kunstvollem Bau neben der Registrierkasse auf, aber es war D. E.s Gelegenheit, und die anderen Kunden gaben sich den Anschein, sie hörten nicht zu.

– I like your wife, Ericksen.

– So do I, Wes.
– Die Sache mit Aer Lingus läuft wieder.
– Im August könnte ich einen Flugschein brauchen. Für einen Riesen, wie üblich?
– Für einen Riesen, ohne Gebühren. Nicht daß du denkst, ich mag deine Frau nicht.
– Du mußt ja wissen, was du tust, denkst und empfindest.
– Es ist ein freies Land.
– Nach Entrichtung der Gebühren. See you later. Alligator.
– In a while. Crocodile.

D. E. sprach nicht viel. Er begrüßte Freunde mit gemessenem Erheben des Glases, sah um sich, nahm einem angetrunkenen Nachbarn geduldig die Ohrenbeichte ab, vergewisserte sich mit gelegentlichen Blicken, daß ich sein Vergnügen erkannte, und lud mich ein, vergnügt zu sein.
In dieser Lebensstätte werden die Damen und Herren nicht nach der Hautfarbe gemessen. Wenn Einer seine Nachbarn nicht belästigt, mit dem Alkohol auf Erholung aus ist und nicht auf Rausch, Geld zum Bezahlen hat und vielleicht noch einige Kenntnisse in Pferderennen sein eigen nennt; es genügt. Dann ist er ein gewöhnlicher und willkommener Mensch. Hier war ein Mann ein Mann; ein weißer Radaubruder wird auf die Straße gewiesen; ein ruhiger schwarzer Anhänger des Feuerwassers wird respektvoll mit dem bürgerlichen Titel angeredet: Sir.
Ein Nachbar nahm mich für eine, die hier war, um Geld zu verdienen. – Sind Sie eine Stewardess, oder so was? sagte er. – Ich meine wegen, dieses, des Flügelrades auf Ihrer Zigarettenpackung. Deswegen, dachte ich: sagte er, erwischte nun das angewiderte Kopfwiegen von Wes, fühlte sich bitter getadelt und verwarnt, nahm sein Geld und brachte sich lahm von dannen.
Die Männer gehen hier nachsichtig mit einander um, fürsorglich, zärtlich geradezu. Es hat Einer Ärger mit seiner Brille. Kann nicht gut sehen. Wes begibt sich zu ihm und überreicht eine Serviette. Macht ihm eine Putzbewegung vor. Er wird sich ja nicht in die privaten Angelegenheiten des anderen mischen. Der putzt dankbar. Gibt die Serviette aufatmend zurück. Dich wenn ich nicht hätte Wes.

Es hat einer sein kanadisches Zeug neu bekommen. Es steht noch Soda neben seinem Glas. Er könnte das selber nachschütten. – Mix it? sagt Wes. – Soll ich dir das machen? Dem Beladenen soll wenigstens diese Mühe erspart werden.
Ein fettes Püppchen mit zierlichem Doppelkinn antwortet auf die Frage nach dem Ergehen: Mir ist, als wär ich doof. Wes antwortet, sorgfältig das randvolle Maßglas überm Eis umkippend: Siehst auch so aus. Das befriedigt den traurigen Fetten. Wenigstens Einer, der ihn versteht. Er wiederholt: Ich bin fertig für den doowen Bauernhof, den in nutville, wo die Mühle ist, da mahlen sie die Klapse. Nun sieht er wirklich aus wie ein übermäßig gekränktes Kind kurz vor dem Weinen. Eben noch hat Wes sich vorgebeugt mit der Miene des Anteilnehmenden, schon fordert er ihn roh und rationell auf: Du wirst mir doch die Adresse dalassen, oder; wenn ich dich mal besuchen will. Denn Wes hat zu tun, muß gerade mit der Spitze eines gedrungenen Messers eine winzige Zwiebel aus einem schmalen Glashals picken (– Nimm doch die Finger: sagt der, dem alles egal ist), er hat jetzt unverhofft ein Stück Eis zu nehmen und es über sechs Meter Ziel genau in die Kasse des westlichen Reviers zu werfen, damit George sich wundert und die Gäste ihre Unterhaltung haben, er hat zu tun. Es hat jemand seine Sodaflasche umgestoßen, versehentlich. Wes nimmt die halbvolle Flasche, hält sie hoch über die Theke und läßt sie ordentlich darauf auslaufen. – Ist das so, wie Sie es wünschten? Jetzt ist dem Traurigen schon besser. – Weißt du, ich werde doch eine Rückfahrkarte nehmen: sagt er.
Leise, genüßliche Gespräche. Kein Wort über den Krieg. Vor den Fenstern die warme geschäftige Straßennacht. Als wäre Frieden.

Hier lebe ich manchmal zum Vergnügen, Gesine. Versuch's doch mal.

Tu ich ja. Tu ich ja.

Zweimal haben die ostdeutschen Kommunisten eine Einladung aus Prag zurückgewiesen, als hülfe das gegen ihre Sorge, die Demokratisierung in der Č.S.S.R. arbeite in die Hände des westdeutschen Kapitalismus. Alexander Dubček benahm sich nicht wie ein vertrotztes Kind, stieg in einen Zug nach Dresden und versuchte es den Genossen zu erklären. Die sind inzwischen so weit, daß sie Zeitungen aus dem sozialistischen Bruderland beschlagnahmen.

Im Herbst 1942

hatten es die von Bobziens bei Jerichow nicht mehr schwer, Spaziergänger aus dem Gräfinnenwald fernzuhalten. Da hatten zwei Männer sich an Bäume gehängt, und trugen Geld in den Taschen.

nannte Reichspropagandaminister Goebbels das Kriegswinterhilfswerk ein »einzigartiges Hauptbuch des deutschen Sozialismus«, aber die Lübecker Zeitung war voll von unmäßig vielen Kaufgesuchen und Tauschangeboten. Tabak-Böhnhase wurde aus Jerichow abgeholt, weil er Rauchwaren gegen Naturalien verkauft hatte. Sieben Jahre Gefängnis.

waren fast alle Villen hinter dem Deich von Rande enteignet, beschlagnahmt, ein Drittel neu gebaut. »Wohnbedürfnis der Luftwaffe kriegswichtig«. Die Herren versuchten nun in ihren Kaminen das Treibholz zu verbrennen, das sie im Sommer am Strand so eifrig gesammelt hatten. Das Holz stank, wollte nicht brennen, ging qualmend aus. Die Herren, denen an ländlicher Zünftigkeit gelegen war, hatten versäumt, das Salz aus dem Holz abregnen zu lassen.

Der Reichsstatthalter über Mecklenburg warnte in öffentlicher Bekanntmachung vor Gerüchtemacherei um Vorgänge bei dem Bombardement »einer« mecklenburgischen Stadt. Jetzt ging das Karussel der Erzählungen von Plünderei und Leichenfledderei schneller rund.

In einer der Villen am rander Deich lebte nun Leslie Danzmann, als »Hausdame«. Sie war fast unbehelligt, denn der Besitzer hatte in Berlin im Luftwaffenforschungsamt auf einige Telefone zu achten und kam nur zu wenigen Wochenenden an die mecklenburgische Ostsee gereist. Bei solchen Gelegenheiten war Cresspahl Gast in der Villa, nicht bei

Leslie Danzmann. Er brachte das Kind mit, und sie nähte dem Kind das Kleid heil, während Cresspahl mit ihrem Fritz im Herrenzimmer saß und soff. Sie sah nur die Flaschen, die am späten Abend von solchen Zusammenkünften übrig waren.

Der Fortsetzungsroman in der Lübecker Zeitung hieß G.P.U.,

Grauen
Panik
Untergang

und der Doppeladler im Titelkopf der Zeitung saß nunmehr noch stilisierter links von klobig veränderter Schrift und trug an Stelle des Wappenschildes ein von dessen Rand umrissenes Kreuz mit Haken.

Leslie Danzmanns Fritz mochte in Berlin nicht anzugreifen sein, in Mecklenburg konnte er ihr nicht helfen. Sie wurde ins Arbeitsamt Gneez dienstverpflichtet, nicht in die Munitionsfabrik, weil sie auf eine höhere Schule gegangen war. Sie war fast eine Stunde unterwegs von der Ostsee bis Gneez, zusammen mit den Rüstungsarbeiterinnen vom Lande. Die mußten abends noch die Kinder, das Haus und den Stall besorgen; sie konnte die Schuhe ausziehen und die Füße hochlegen. Dennoch war diese Zeit die schlafsüchtigste in ihrem Leben. Das Arbeiten war so ungewohnt.

Die Wochenschau hatte einen neuen Service anzubieten. Wenn Einer seinen gefallenen Sohn in den Frontberichten erkannt hatte, konnte er sich das Bild bestellen, das vielleicht das letzte war. Es genügte, wenn die Szene der Aufnahme genau beschrieben wurde, oder auch nur die davor und die danach angegeben. Der Service galt nur für Tote. Horst Papenbrock, in der Nähe von Stalingrad gefallen, war in der Wochenschau nicht zu sehen gewesen.

Sein Bruder Robert war als »Sonderführer« in der Sowjetunion eingesetzt. Er hatte den Papenbrocks von dort ein Mädchen geschickt, zweiundzwanzig Jahre alt, blond, groß. Die Eltern sollten sie für ihn in Jerichow aufbewahren. Louise behandelte sie als Dienstmädchen. (»Am 12. August, dem Geburtstag der Mutter unseres Führers, wird das Ehrenkreuz der Deutschen Mutter verliehen«. So war Edith zum Heiraten gezwungen worden. Edith war aus dem Haus.) Das

russische Mädchen hieß Slata. Sie konnte genug Deutsch, um einzukaufen in Jerichow. Sie betrug sich nicht wie eine Kriegsgefangene, und es war nicht heraus, was die Papenbrocks nun wieder sich ausgedacht hatten. Also wurde mit ihr höflich gesprochen, auch freundlich. Es blieb ärgerlich, daß sie sich das gefallen ließ wie ein Recht.
Cresspahl wurde auf die künftige Verwandtschaft angesprochen. Die Russin erinnerte ihn an Hilde Paepcke, auch weil sie wie sie das Haar im Kopftuch trug, wiewohl in einem weißen, und er versuchte, sie zu loben. Mehr aber sprach er davon, daß ein »Sonderführer« ja dies und jenes bedeuten möge, aber wenn Einer nach der holländischen Bedeutung gehe, »zonder«, so heiße es doch bloß: ohne, oder: Is nich.
Am Montag, dem 2. November 1942, mußten die Uhrzeiger um eine Stunde zurückgedreht werden.
Herrn Dr. Kliefoth wurde auf dem Weg zum jerichower Zug der Weg verlegt. Kreisleiter Swantenius fand es nicht gerecht, daß Einer nicht in der Partei war, und daß am Ende er allein verantwortlich sein werde. Die spärlichen und ungenauen Nachrichten aus Stalingrad bedrückten ihn, und er erwähnte mit Vorwurf die Ostfront.

Was, Sie waren an der Ostfront.

Es war man bloß, daß ich nicht mehr 32 Zähne auf den Tisch des Hauses legen konnte. Sonst wär ich jetzt mit in Italien.

Ja dann. Wenn einer wie Sie nicht in die Partei will.

Keine Zeit.

Wir haben ja man bloß den Schurrmurr in der Partei.

Kliefoth schrieb damals auf Fragebogen in die Rubrik für Kriegsauszeichnungen: Eisernes Kreuz 1. und 2. Klasse im Ersten Weltkrieg, Eisernes Kreuz 1. und 2. Klasse im Zweiten, »und weitere«, weil nicht genug Raum war. »Was so in zwei Kriegen eben zusammenkommt«.
Leslie Danzmann sollte im Arbeitsamt Gneez die ausländischen Zwangsarbeiterinnen beraten, und sie hatte Angst vor dem »swatten Düvel«. Jener »schwarze Teufel« war eine

Jugoslawin und verdankte diesen Namen ihren schwarzen wilden Augen und der drohenden Dringlichkeit, mit der sie den Mecklenburgern auf den Leib rückte. Männer hatten vor ihr mehr Angst als Frauen. Die Jugoslawin, Dunja, sah nicht ein, warum sie in der Fremde leben und obendrein arbeiten sollte. Sie blieb an einer Stelle vier, auch sechs Wochen, aber sie ließ sich nicht schief anreden, nicht im Essen beschneiden, und wenn eine Bitte ausgesprochen wurde als Befehl, warf sie hin, was sie in der Hand hatte. Dann mußte Leslie ihr eine neue Stelle vermitteln und ängstigte sich in ihrer Gutmütigkeit vor der anderen, die ihr unbekümmert mit Prügeln von ihren Freunden drohte. Ihre Verachtung für die Deutschen war so gründlich, sie machte sich nicht die Mühe, deren Sprache zu lernen.

Leslie Danzmann konnte den Leiter des Arbeitsamtes gelegentlich dazu bringen, Reisegenehmigungen blanko auszustellen. Sie wunderte sich, wieso Cresspahl an so vielen Wochenenden mit dem Zug unterwegs sein wollte; jedoch Leslie Danzmann war gern gefällig.

In den Todesanzeigen von den Fronten hieß es nicht immer, daß ein Junge »in treuer Pflichterfüllung für Führer und Reich sein Leben gab«, gelegentlich, daß er es lassen mußte, oder zumindest er habe »in höchster soldatischer Pflichterfüllung den Heldentod gefunden«, wie etwas, was man sucht.

Lisbeth Cresspahl war nun das vierte Jahr unter der Erde.

Die Luftwaffe hatte Cresspahl auf dem Flugplatz eine neue Werkstatt aufbauen lassen, kümmerlich im Vergleich zu der verlorenen. Aber sie reichte aus zum Bauen von »Nachrichtenkästen« aus astreiner Kiefer und Munitionskisten aus Buchenholz, mindestens 25 Millimeter Durchmesser der Wände. Weil Cresspahl den Stempel der Flugplatzkommandantur unter seinen Anträgen hatte, genehmigte der Landesinnungsverband in Hamburg-Altona ihm ab und an einen Eisenschein. Eisenscheine berechtigten zum Bezug von Gestellen für die Maschinen. Viele von den Tischlern in Gneez mußten sich bereits mit Holzgestellen behelfen. Wenn es nicht auffiel, gab Cresspahl einen Eisenschein an Böttcher weiter. Er hatte nun noch eine Zinkmaschine bekommen, zum Ausschlagen der Kästen, und eine Tellerschleifmaschine.

Der Leiter der Gestapostelle, er braucht einen Namen nicht, wollte bei einer nächtlichen Rückkehr seine Frau mit einem Beil totgeschlagen gefunden haben und betrieb panische Ermittlungen, gegen sich selbst: wie Herbert Vick meinte. Kriminalkommissar Vick (nicht von der Gestapo) fuhr im Landkreis Gneez umher und fragte die Leute auch in Jerichow aus in seiner gefährlichen Art (»Der Nationalsozialismus soll rein bleiben!«). Wer hat in der Tatnacht ein Mädchen gesehen, so gegen 2 Uhr, das in einer Tüsche stand und heulte? Wer hat durch den Schlitz im Vorhang (Verfahren wegen Verletzung der Verdunkelungspflicht bereits eingeleitet), wer hat im Café Heidebrecht zwei Männer und eine Dame am Fenstertisch im Gespräch gesehen? Wer weiß etwas über das Motorrad, das am nächsten Morgen vollständig zertrümmert vor der Gendarmeriestation gefunden wurde? Wer hat einen Angehörigen der Luftwaffe bei Annäherung einer Streife ins Auto geladen und hat ihn bei nicht eingeschalteten Scheinwerfern entführt? An dieser Stelle bekam Herbert Vick seinen Nationalsozialismus rein. Der Leiter der Gestapostelle Gneez schoß sich eine Kugel durch den Kopf, zweieinhalb Jahre früher als seine Kollegen es taten.
Der 1. mecklenburgische Verfassungsgrundsatz hatte geheißen: Dat bliwt allns so as dat is.

25. März, 1968 Montag

Wie oft noch.
Was die Mitgliedsländer des Warschauer Paktes einander in Dresden ausgesprochen haben, ist das wechselseitige Vertrauen darauf, es werde das Proletariat und die werktätige Bevölkerung der Č.S.S.R. »weitere Fortschritte beim Aufbau des Sozialismus im Lande garantieren«.
Wie oft noch mauert Hoffnung sich ein Fundament aus nichts als rationalen Bausteinen und spart mit irrationalen Wänden den Raum aus, in dem später die Enttäuschung bequeme Wohnung findet. Warum macht Wiederholung nicht feuerfest.
Kinder unterhalten sich mit der Wiederholung, eben da sie

nicht vollständig gelingt. Das Neue ist noch nicht das Gleiche.
Das Gleiche sollen sie, wollen sie so dringend erlernen: einen Löffel, eine Miene, ein Leben so halten wie die Erwachsenen, die über die Abweichungen lachen können: sie versprechen noch andere Möglichkeit als die der Wiederholung.
Die morgens den Wasserkessel aufs Gasfeuer setzt, es ist die geborene Papenbrock, nicht ich. Wer nachts eine Wohnung in New York aufräumt, es ist Cresspahl vor dreißig Jahren, und nicht er, sondern die Disziplin von Großvätern in Jahrhunderten, und nicht sie sind es, sondern die ihnen aufgenötigte Verabredung der Gesellschaft.
Abweichungen fallen erholsam auf, nahezu kostbar: der Anschein von Unabhängigkeit oder Schrulligkeit in einer Person; der sanfte Schreck, wenn ein Fahrstuhl in Kopenhagen andere Bedienung fordert als der in New York; das erste Jahr in einer fremden Sprache.
Der 25. März 1968 ist ein Tag im Frühling, im Frühling seit 1938.
Cresspahl verlangte von seinem Kind, das Gehabe englischer Brotherren zitierend: In weniger als gar keiner Zeit! Von Marie wird verlangt, mit Hilfe eines Zitats von britischen Brotherren: In weniger als gar keiner Zeit hast du jenes getan, dies vergessen, die Norm wiederholt.
Begründung: Die bewußtlos eingeschliffene Norm spart Zeit.
Die Wiederholung spart am Bewußtsein, daß es verhungert.
Einen ganzen Tag leben und vergessen; vergeßlich einsetzen in der längst abgetanen Zeit, im Montagsgefühl der Angestellten vor sieben und sieben mal sieben und mal sieben Tagen.
Wenn doch die Prinzipien begriffen blieben, die sich in Wiederholung fortsetzen: Sozialismus, Kapitalismus, Ordnung, nicht Ordnung; gehalten werden sie noch von der Autorität, die sie einübte. Dem Vater zuliebe, ihn zu vergnügen; aus Angst vor der Schule oder anderer Instanz der Gesellschaft, die mit Ausschluß drohte für den Fall des Ungehorsams.

Vom Tag war nicht dessen Abend sondern der vom Freitag übrig, an dem eine Platane im Riverside Park Ast für Ast zersägt war. Der Motor klang wie der eines leichten Motorrades und reichte für die Traumflucht mit heimlicher Reise am Nebel des Flusses entlang. Nun aber fehlt eine Stelle: Der Baum, und nicht der Baum, sondern seine Wiederholung.
Wie oft noch werde ich gefahren werden in dem Bergwerk, das unter der Stadt New York für die Ubahn aus dem Felsen geschlagen ist, und zwischen den Stempeln, den Waldstämmen ankommen an dem Ort und der Station 96. Straße und Broadway?
Wann wird Marie festgehalten sein in der Wiederholung?
Wie oft noch einmal?

26. März, 1968 Dienstag

de Rosny, das Ideal eines Mannes in den diesseitigen Zeiten.
Die Ostdeutschen und die Sowjets bieten der neuen Č.S.S.R. einen großen Kredit an, damit nicht die Westdeutschen ihn geben können, und zwar in der Form eines Ultimatums.
de Rosny am Telefon, mit behaglich lockeren Stimmbändern: Gute Nachrichten finde ich das! Was soll denn da für ein Ofen aus sein, Mrs. Cresspahl? Wir machen weiter!
Es ist nicht eigentlich das Machen, das er besorgt.
Er kann den Anblick eines Unternehmens schlicht vorschreiben: er sieht es von oben.
Sein erster Verteidigungsriegel ist: Die Westdeutschen würden für ihr hartes Geld von der Č.S.S.R. die Aufnahme diplomatischer Beziehungen verlangen. Jedoch de Rosny ist de Rosny, und alle Beziehungen zu ihm sind diplomatischer Natur.
Seine Hauptkampflinie ist: die Wirtschaft der Č.S.S.R. braucht nicht das weiche Geld des Rats für gegenseitige Wirtschaftshilfe, sondern solches aus dem Gebiet des Dollars. In dessen Reich jedoch ist er einer der Kurfürsten. Es wird gegen seinen Willen nicht gleich etwas geschehen.
Schläft gut. Ist im Aufwachen unverzüglich anwesend, ohne Sehnsucht nach den schützenden Meilen des Traums. Schlaf

ist ihm die Pause zwischen den Kämpfen; Träume sind Defekte, die er reparieren läßt. Er läßt sich in den Tag fallen wie in kaltes Wasser, einverstanden. Wohlig unter der Massage. Verbreitet Freundlichkeit um sich, damit das Personal sie ihm zurückgibt. Wohlig allein mit der ersten Mahlzeit, den im Schlaf wundersam gewachsenen, verzweigten, knospenöffnenden Plänen.
Ungeduld mit Vorfreude. Mit einem Hubschrauber käme er von Connecticut in die Stadt New York! mag nur nicht ein Leben wie das seine ins statistische Risiko setzen. Ein Spiel wie sein Leben.
Er weiß von anderen Arten. Allein im Auto mit seinem Mann Arthur, er unterhält sich mit dem Leben Arthurs, und der große schwarze Mann, würdig von den eingelernten Gesten der Ergebenheit und des langsamen Alterns, Arthur erzählt dem Chef die Krankheiten seiner Frau, die schulischen Fortschritte und Rückschläge seiner Kinder, von Festen und Streiten der Verwandtschaft. de Rosny sitzt Loge, sieht tief unten Kinder spielen.
Mehr als zehn Jahre hat Arthur gespart, auf andere Belohnung von de Rosny gehofft als Bezahlung und Sozialversicherung. Dann bat er ihn um einen einzigen Hinweis auf heißgewordene Aktien.
de Rosny erzählt den Vorfall mit Behagen. Es nähert sich ihm sein Chauffeur, de Rosny in herabgeneigter Stellung vermutend, und fragt ihn nach auf der Straße liegendem Gelde. Nach solchem Gelde bückt ein de Rosny sich nicht. (Er spricht nicht über Geld, er spricht mit dem Geld.)
Wenn die Geschichte nicht so witzig ankommt wie er gewöhnt ist, setzt er hinzu: Konsequent habe er Arthur statt des erbetenen Tips eine Erhöhung des Gehalts gegeben. Der Nachsatz kommt so deutlich zu spät und gerufen, womöglich wäre eine Tatsache rascher zur Stelle gewesen.
Warum sollte de Rosny nicht den Sowjets liefern für die Č.S.S.R.? Er hat seine Heimlichkeiten auch, bespricht sie mit wenigen Feinden, wie elegante Streiche aus der Schulzeit.
Arthurs Arbeit mag Mensch Ärgere Dich Nicht sein, die von de Rosnys Untergebenen Schach, seine mag mit dem Pokern einige Formen gemein haben, unvergleichlich sind seine Einsätze.

Und geht hin und verliert Tausende auf einen Sitz; ist nicht imstande, sich zu ärgern. Seine Wiederholungen sind ihm Erfahrungen; die Niederlagen geschehen ihm, damit Platz wird für Triumphe. Beide aber sind ihm das Gefühl, am Leben zu sein.
Um Manieren muß er gar nicht besorgt sein; sie sind ihm eingezogen von der Tradition der Familie, den Privatschulen, den Universitäten. Selbst die Maschine, die ihm das Leben besorgt, unmerklich versorgt sie ihn mit symbolischem und barem Gelde, Kleidung jeweils nach der Konvention, Wohnungen in den Hauptstädten, an den Küsten. Da er es tut, ist richtig was er tut; unangefochten sitzt er in den Restaurants der Welt, wach neben fröhlichem Gehabe, gelangweilt unter der genießenden Maske, wartend. Sobald ein Zeitvertreib ausartet ins Private, bricht er ihn ab.
Unter gleichen weniger gleich. de Rosny von den de Rosnys. Erster seiner zweiten Generaldirektoren, damit er die Hände frei hat. Der die Siege zählt, die Dollars an zweiter Stelle. Nicht verwundbar. Gefährlich. Großmütig.
Scheußlich, das mit seiner Frau.
Unangreifbar. Beileid verbeten. Nicht einmal so zu fassen.
Wenn er eine Nacht in der Stadt verbringt, so bei der Arbeit.
Sucht seine Vorzimmermädchen aus nach der Unauffälligkeit. Damit sie ihn nicht stören.
Sicher im Glauben, daß etwas geschieht, wo er arbeiten läßt.
Überläßt seine Außenseite den Zweifeln der anderen, ob nun sein Handikap beim Golf oder beim Bluffen gemeint ist; verwendet seine eigenen Zweifel nicht sich aufzuklären, sondern zum unterhaltsamen Einschlafen.
Schläft gut. Kann warten.

27. März, 1968 Mittwoch

Als Stalingrad an die Sowjets zurückgefallen war, hatte Wilhelm Böttcher seinen Sohn zu Urlaub und Besuch zu Hause, jenen Klaus, der seit 1934 versucht hatte, von der väterlichen Werkstatt wegzulaufen, anfangs in die Hitlerjugend, dann in den Reichsarbeitsdienst, bis die Wehrmacht im April 1939 ein Einsehen hatte und ihn »nahm«. Im Februar 1943 kam er zurück, nunmehr 22 Jahre alt, hatte drei Tage geschlafen, saß am Abend des vierten im gneezer Hotel Stadt Hamburg zusammen mit Dr. Weidling, einem der Lehrer, denen er seine Niederlage am gneezer Gymnasium verdankte, ihm gleichberechtigt. Denn zwar kam Dr. Weidling von irgend wo als Panzerhauptmann, er durfte sich über seine Aufträge von der Abwehr nicht auslassen; sein Schüler trug am Waffenrock das Eiserne Kreuz Erster Klasse, das Verwundetenabzeichen, das Sturmabzeichen und alles übrige Blech, dessen er für Mannesstolz bedurft hatte. Noch vor fünf Jahren war Klaus Böttcher zu schmächtig, puppig, weichlippig gewesen für sein soldatisches Gehabe, jetzt saß es ihm dicht auf dem Leib. Später am Abend setzte Dr. Kliefoth sich zu den beiden, auch einer von Kläuschens ehemaligen Feinden, aber er konnte Cresspahl nur erzählen, daß der wendige Erzähler Klaus Böttcher sich ausgeschwiegen hatte und die beiden Herren benutzte als Kumpane zum Trinken und als Vermittler zu einem Arzt, der ihm seinen Urlaub länger schreiben sollte.

Wann immer der Junge Cresspahl über den Weg gelaufen war, er hatte ihn angehalten und Geschichten vorgebracht, in einer verschmitzten, selbstzufriedenen Art. Es waren Erlebnisse weit weg von Gneez, vom väterlichen Erbe. Cresspahl hielt den Sohn des Kollegen für einen von denen, die nicht in der Mitte eines Kartoffelfeldes buddeln mögen, sondern zwei Reihen am Rand brauchen, damit sie neben der Arbeit etwas sehen können und wenigstens in der blickweisen Ablenkung der Arbeit entkommen. Inzwischen meinte er nicht mehr, daß der Junge auf unbedachte Worte aus war; nur daß er sich wohl fühlte in lockeren, abwechselnden Verhältnissen, die überdies spaßhafte Anschläge erlaubten, und daß er so davon erzählte. Cresspahl hörte ihm nun zu wie einem Tunichtgut, dessen Taten niemandem schaden, wenn sie nicht noch zu leichter Erheiterung ausreichen.

1938, im Arbeitsdienst, war Klaus der Gefahr nahe gewesen, den Drill wie alle mitmachen zu müssen. Er hatte noch keinen einzigen Spatengriff gelernt, denn als Keiner Handwerker sein wollte, meldete er sich als Tischler und lebte fortan als ein freier Mann. Der Feldmeister brauchte 30 Hokker, die sein Vorgänger verheizt oder verhökert hatte, und mußte den Arbeitsdienstmann Böttcher aus Gneez als einen Wundertäter ansehen. Der hielt sich nicht auf damit, daß das Holz fehlte; er stahl von der Eisenbahnlinie Schwerin-Ludwigslust einen Posten Eisenbahnschwellen, schnitt sie dreißig Kilometer entfernt in einer kleinen Tischlerwerkstatt auf und baute dem Feldmeister die 30 Hocker, und 20 als Vorrat, damit der sich in seinen Geschäften freier bewegen konnte. So wurde er Chef der Tischlerei, konnte die Arbeit besorgen lassen von Kameraden, die Kläuschens Strategie nun begriffen hatten, und hatte Ausgang nach Neustadt-Glewe, wann immer er wollte. – So war das wohl nicht zu Ihren Zeiten? hatte Klaus Böttcher gesagt, in seiner herausfordernden Art, die von Cresspahl doch nicht Ärger sondern eine Anerkennung holen sollte.

Wie ein Klaus Böttcher 1940 in Bromberg gelebt hatte: Volksdeutschen Mädchen ging er aus dem Wege, deren Väter hatten Funktionen in der Partei. Die deutschen Zivilisten waren ihm im Ganzen unappetitlich, »verkrachte Existenzen« in jüdischen Villen, Rüstungsschieber, Enteignungsgewinnler, Währungsspekulanten. Nein, Klaus –

Was. Das hört sich an nach Ferien.

Na klar Herr Cresspahl. Bloß daß es ein Ferienkurs is, nich?

Nee, Klaus.

Wir lernen da Russisch, in so einer Schule für Offiziersdienstgrade.

Wat wullst du mit Russisch, Klaus!

Weil es doch losgeht gegen die Russen! Nächstes Jahr.

Was habt ihr denn so für ein Divisionszeichen?

So ne gelbe Schnur auf der rechten Schulter. Nichts Dolles, Herr Cresspahl.

er ging nachts mit einer Polin aus, erschien allmorgendlich um 6 Uhr in der Kaserne, verantwortlich für Ausbildung und

Unterricht. Mit Pervitin ging es. (– »Pervitin«? fragte Cresspahl.) Die Urlaubsbestimmungen waren gelockert, denn das Regiment kam aus Schneidemühl, und die Mannschaften waren schon durch ihre Namen als Verwandte der einheimischen Zivilisten ausgewiesen. Allerdings war Ausgang nur zu Paaren erlaubt und für Polen die Straße nach 10 verboten. Also verschaffte Klaus seiner Liebe einen Militärmantel und eine Mütze, zog so nachts mit ihr durch die Stadt. Wehrmachtspersonen durften in Restaurants die Waffen nicht ablegen; Klaus aber schenkte seinem Mädchen eine kleine Damenpistole, damit sie sich wehren konnte gegen die Volksdeutschen, die ihr auf den Leib rückten. Mit den Freunden des Mädchens feierte er Weihnachten und brachte ihnen die deutsche Art bei: Gemütlichkeit muß sein, aber unterm Weihnachtsbaum wird nicht gesoffen. Dann wurde Klaus zum Kommandeur befohlen. Feldmarschmäßig. Auf dem Tisch lagen Klausens Briefe, Bilder, alles der Polin abgenommen. Der Oberleutnant kannte ihn von der gemeinsamen Ausbildung her, von Abenden im schweriner Residenzcafé, duzte ihn, schrie ihn zu therapeutischen Zwecken an, als er nach dem Mädchen zu fragen versuchte. – Zeigen Sie mich nun an wegen Rassenschande? hatte Klaus am Ende Cresspahl gefragt, in einer listigen, lustigen, nachgerade verzweifelten Art. – Wenn ich bloß wüßte, ob sie lebt! hatte Klaus gesagt, mit einem Mal nicht weltläufig, nicht stolz auf seine Taten, zweifelnd an den Plänen für sein Leben.

Am vorletzten Tag des Urlaubs erzählte Klaus doch wieder aus seinem Leben. In Böttchers Guter Stube saßen die Leute unbehaglich. Es mochte ein Jeder wissen, was er mit Böttcher gemeinsam am Stecken hatte, nicht aber, warum er in Gesellschaft mit den anderen Gästen war. Zu Anfang mußte verhandelt werden über solche Sachen wie die, daß den Friseuren die Herstellung von Dauerwellen nicht mehr von Gesetz wegen untersagt war. Das war so, aber würde es dauern?

Aus Jerichow waren nur Cresspahl und Kliefoth geladen. Die Verlegenheit kam nicht nur von der Anwesenheit eines Parteimitgliedes vom Finanzamt Gneez, auch von Klausens unsicherem, zögerndem Gehabe. Er hockte zwischen seinen Eltern auf dem Sofa, gar nicht der stramme Oberfeldwebel, sondern ein Junge, dem der Urlaub hätte doch verlängert werden sollen. Klaus strich sich die Haare aus der Stirn, schüttelte sie wieder hinein, wollte sich die Gesellschaft mit brummigen Nei-Neis und fremden Blicken vom Leibe halten, bis Mutter Böttcher zum Büfett schritt, das Schnapsfach aufschloß und dem behüteten Sohn, dem eigenen Kind die Kümmelflasche hinstellte und stehen ließ, zu beliebigem Einschenken. – Wen'ck nich schlåpn kann, will'ck weiten, worüm: sagte sie.

Ick dörf gar nicks vertelln. De scheitn mi dot.

Min leewn Klaas. Wi sind dine Öllern, dat is Kliefoth, dat is Cresspahl –

Naems mi dat nich œwel.

Man los, Böttcher. As in de Schaul!

Jå. Jå. Wir warn da so Kraftfahrer, ein halbes Hundert, und sollten 180 schwere Belgier im Fußmarsch von Białystok nach Smolensk bringen, zur Pferdesammelstelle. 20 Kilometer am Tag. Nachts haben wir die Pferde in Ställe getrieben, auch in Wohnhäuser. Die waren den Biestern zu eng, da wollten die Kraftfahrer nicht mit rein. Die Pferde hatten Angst, schlugen zu ohne hinzusehen. Und ich der Öberste. Schietspæl.

Klaas.

Die S.S.?

Dat is nu so, Herr Kliefoth. Verhaßt is die S.S. nich, schlagen tun die sich wohl auch bis zum letzten Mann, muß Ein' wohl sagen. Aber Nazi sind sie, und sollen die zuerst Blut lassen. Das macht uns gar nichs aus, bei Feindannäherung hab ich auch schon paar Lastwagen quer über die Straße gestellt, angesteckt, und denn mit ein' geklauten Schild vonne Feldgendarmerie überm Tarnmantel die S.S.-Division Totenkopf auf die Russen zu geleitet.

Hast dich abgesetzt, Klaas.

Sonst säß ich nich hier!

Hestu richtig måkt.

Na –.

Fang an, min Jung.

Ich bin doch nu verwundet gewesen.

Oh Gott ja. Klaas.

Ne-i doch. Das war im Lazarett in Schaulen, da hab ich aus ein' Fenster gesehen. Da war was eingezäunt, Baracken und so Reste von der Stadt. Zivilgefangene hielten die da drin. So Lumpen am Leib.

Was hat die S.S. mit denen gemacht?

Nicks, Mudding. Nich, als ich hingesehen hab.

Und denn?

Ja Vadding da mocht ein Mensch doch nich hinsehen!

Jå-so.

Nu sühst du't.

Segg uns dat man.

Nu in Smolensk wurden wir gleich kaserniert, Ausgangssperre. Ich als Charge, ich fühlt mich nich gemeint. Ging mit ein' Freund vor die Stadt –

Klaus!

Wir haben auch gar nich gefunden was wir suchten! Wir haben in einem Gehölz am Stadtrand einen Haufen Leichen gefunden. Mannshoch. So, bis zur Schulter. Zivilisten. Aufgestapelt, wie zum Verbrennen.

Partisanen. Saboteure.

Kinder, Herr Kliefoth?

Nee, Klaus.

Kinder, und Frauen, als ob sie von der Arbeit gekommen wären. Vom Einkaufen.

Hast du ein Bild, Klaus?

Beim Fotografieren waren wir gerade, da kamen die Greifer, Feldgendarmerie, brachten uns zur S.S. Sollten wir gleich erschossen werden.

Wie kannst du dich so in Gefahr begeben, Klaus!

Die Gefahr war ja schon da, als wir kamen. Na. Zackig melden, Marschpapiere. Mußten wir schwören.

Was, min Jung.

Daß wir es nich gesehen haben! Daß es das nich gibt, Mudding.

Kann nich sein.

Nich?

Wie können sie dich denn auf Urlaub lassen? kannst doch alles erzählen!

Der Urlaub is doch die Prämie. Für das Schwören.

Glœwen Se dat, Herr Kliefoth?
Die S.S. macht das.
Heer nich?
Heer!
Klaus muß so was nich machen?
Nein.
Das kann ich nich glauben.
Hett mi ook nicks hulpn.
Kinder?
Kinder.
Aber das sind doch Deutsche, die S.S.
Das sind sie.
Ganz zivile Kinder?
Nu kleit mi doch an' Nors! So düster wier dat nich. Ein hett utseihn, dor fæhlt nich væl, denn is de Diern likert Cresspahl sin wæst!
Cresspahl, glœwst du dat?
Ja.

28. März, 1968 Donnerstag

ist von der Mittagspause an der Tag Professor Kreslils, jenes Lehrers aus Böhmisch Budweis, der vor fast zwanzig Jahren wegging von seinen Schülern und nun ein Leben auf der Oberen Ostseite von Manhattan versucht mit tschechischen Übersetzungen, Schreibarbeiten, gelegentlich Privatstunden in seiner Sprache. Anfangs versuchte er die Manieren des Unterrichts durchzuhalten, saß so umsichtig vorbereitet und von Lehrmaterialien umgeben hinter seinem Tisch, als sei er nicht einer einzigen Schülerin seine Fürsorge schuldig, sondern weiterhin den dreißig von ehedem. Es schien, als wolle er mit dem Vorzeigen der lehrerhaften Formen sich versichern gegen den mindesten Zweifel, er verdiene sein Honorar nicht bis auf den letzten Cent. Denn der alte Mann braucht das Geld. Für ihn waren die U.S.A. nicht das Land der beschwichtigenden Märchen vom Erfolg, hatten wohl auch nur eine Gegend sein sollen weit genug weg von der Tschechoslowakei; wo er wohnt ist die Ostseite nicht mehr die geschlossene Versammlung der Wohlhabenden, sondern eine ungeschützte Herde verreckender Vierstockhäuser an der Grenze des deutschen und ungarischen Gebiets; schließlich, das Übertragen naturwissenschaftlicher oder maschineller Prozesse geht ihm nicht eben leicht von der Hand, da er Sprachen gelehrt hat, solange die Deutschen und späterhin die tschechischen Kommunisten ihn ließen. Die Überreichung des Schecks am Ende der Stunden war für ihn ein genierlicher Vorgang, da seine Bemühung nun unmittelbar umgewandelt erschien in nichts als Geld; er war doch erleichtert, daß er wiederum nicht um den Lohn betrogen werden sollte und bedankte sich bei Mrs. Cresspahl in einer altertümlichen, nahezu ergebenen Art. – Ich bin Ihnen sehr verbunden: sagte er noch Ende November.

Er selbst war es, der aus den Donnerstagnachmittagen Gelegenheiten machte von geselliger, nahezu freundschaftlicher Art. Er kann nicht anders als beim Eintreten von Mrs. Cresspahl aufstehen, ihr entgegengehen, sich vor ihr verbeugen, sie mit einem Handkuß begrüßen; sie obendrein bestand nicht darauf, für ihre guten Dollars den unverzüglichen Beginn der Instruktion zu erwarten, so daß die Veranstaltung allmählich ausartete zu probierten und dann wahrhaftigen Gesprächen, nach dem zweiten Monat in Tschechisch, das nun nicht mehr allein Anlaß der Besuche war. Überdies zieht Professor Kreslil es vor, einer Dame sorgfältige Komplimente auszusprechen, statt sie wie einen Schüler zu belobigen, mag sie auch mit den silbenbildenden Konsonanten auf eine erbärmliche Art gestümpert haben in ihrem Hals. Es war Kreslil in seiner Höflichkeit, der der Dame und Kundin den Weg bis hoch in die neunziger Straßen ersparen wollte, der Spaziergänge vorschlug, Einladungen an den Riverside Drive annahm und auch in der Bank auftrat, ein würdiger bejahrter Herr, mager und schlenkrig in abgeschabten Stoffen, der alle seine ausgedachten Gesichtsfalten streng hält vor Verwirrung angesichts eines sechzehnten Stockwerks in einer Bank, bis er in Mrs. Cresspahls Tür treten kann mit förmlicher Verbeugung, gemessener Miene, in der das Wiedererkennen neuerdings zusammen mit Spaß aufscheint.

Es ist nicht die Aufstockung seines Honorars, obwohl sie pro Sitzung so viel ausmacht wie die Kosten für ein Taxi her und ein Taxi zurück und er das in Bus und Ubahn fast vollständig sparen kann; das Angebot von Scherz und Kumpanei in seiner Miene ist gemeinschaftliches Einverständnis. Beim ersten Mal an der Lexington Avenue sagte er: So oft sei er vorbeigegangen an der Petschekbank in Prag und habe sich die Vorstellung nicht glauben mögen, daß die Herrschaft des Geldes ihre Augen auf Gemälden ausruhe, ihre Füße kühle und wärme an gobelinhaften Teppichen und zu ihrem Selbstverständnis antiquarischen Meublements bedürfe. Er sprach ohne Wut, ohne Auflehnung; eher belustigt und staunend, wie über Torheiten. Mrs. Cresspahl versuchte zu dementieren, daß sie schuld und beteiligt sei an der Pracht ihrer falschen Umgebung; Professor Kreslil vermochte nicht einmal dem seinen vollen Ernst zuzuwenden und blickte ihr so vergnügt in die Augen, als wolle er nur sie erkennen, nicht aber wo sie ist.

Sie sind eine Slawin, Mrs. Cresspahl. Eine von den Obotriten; nahe Verwandtschaft.

Daran mag es liegen, Herr Professor.

Von der deutschen Ostsee wollen Sie sein? da oben gibt es doch gar kein Land mehr.

Und wie ist es mit Böhmen am Meer?

Eine Deutsche aber sind Sie nicht.

Zuverlässig, Professor.

Ne. Ne. Smîm se Vás na něco ptáti?

Prosím.

Wenn Sie Anatol sagen würden, könnte ich sagen: Gesine.

Sie sind der Ältere, Professor.

Vielleicht wäre es ein Recht; mit Rechten bin ich vorsichtig geworden.

Wann immer Sie wollen, pane Kreslil.

Gelesen wird unter seiner Aufsicht nicht mehr ein feierlicher Text aus dem vorigen Jahrhundert sondern »Študáci a kantoři« von Jaroslav Žák, »Pennäler contra Pauker; Strategie, Tricks und Abwehr«, ein 1937 erschienenes Handbuch, das mit wissenschaftlichen Gesten Gymnasiasten über Formen des

Kampfes in feindlicher Umgebung zu belehren vorgibt, und immer von neuem ist der Lehrer Kreslil entzückt, daß wir es in Mecklenburg nicht viel anders gemacht haben als die hier dargestellten Schüler der Č.S.R., von der Umlenkung eines Paukers auf sein bevorzugtes Fach bis zur Behandlung der Petzer, und wenn es um die Äquivalente für die schulische Obrigkeit im Munde der Schüler geht, kann Herr Kreslil sich vergessen und doch einen deutschen Ausdruck versuchen. Aus der Antwort auf die Gefechtslage an der Oberschule in »Meeklenburg« ergab sich eine Auskunft über Cresspahls Bürgermeisteramt nach dem Kriege, bis allmählich unsere Lebensläufe in Teilen sich verschränkten. Als ich die alte deutsche Schrift schreiben lernte, verbarg der Gymnasialprofessor Anatol Kreslil seine Frau und sich bei Verwandten in einem Dorf bei Vyšší Brod, nahe der ehemaligen österreichischen Grenze. Die Schülerin Cresspahl war auf dem Fischland zu Ferien; in diesem Sommer wurden die Kreslils von Nachbarn seines Schwiegervaters an die deutsche Besatzungsmacht verraten und lebten danach in Prags Vorstädten in Verstecken bei vier Familien, die in Kreslils Erzählungen nicht als »Tschechen« vorkommen, sondern als Alžběta und Bohumír, Viktorie und Jakub, Jiřina und Mikuláš, Růžena und Emil. Cresspahls Kind lag in einem eigenen Zimmer in eigenem Bett und hörte im Halbschlaf dem Vater die Geschichte vom Erdenwallen Robin Hoods ab; die Kreslils hörten in ihrem Versteck eine jüdische Nachbarin Růžena besuchen, die ihrem fünfjährigen Kind mit dem letzten Geld ein Paar Schnürstiefel für die Deportation ins Gaslager kaufen wollte. Da Růžena die Stiefel hergab für die Reise, deren Ziel sie kannte, mochten die Kreslils bei ihr nicht bleiben, wollten lieber bei anderen hungern, bis am Hunger Frau Kreslil starb, nicht viele Tage vor der Ankunft der Alliierten; und das Kind Cresspahl aß von seiner Brotscheibe säuberlich erst die Kruste, damit das kostbare Mittelstück bis zuletzt blieb.

Es ist vergangen, Mrs. Cresspahl.
Nein.
Sie hören wie ich es erzähle. Als etwas, was war.

Ja, etwas das war.
Lassen Sie mich von etwas anderem anfangen, Kind.

– Bitte fassen Sie den heutigen Bericht der Times über die Č.S.S.R. zusammen, Mrs. Cresspahl.
– Der Außenminister des Landes protestierte beim Botschafter der Ostdeutschen gegen eine Einmischung in innere Angelegenheiten.
– Denn.
– Die Ostdeutschen übten Kritik an der Demokratisierung der Č.S.S.R., da sie die freundschaftlichen Verbindungen zwischen den Ländern des Ostblocks gefährde und dem westdeutschen Monopolkapital nützlich sei.
– Im Gegenteil:
– teilt die Zeitung der Kommunisten in der Č.S.S.R. mit, es sei unerfindlich, warum dies Land die selbe Politik gegen Westdeutschland befolgen solle wie das ostdeutsche Land.
– Ja.
– Denken Sie nicht manchmal, nun könnten Sie wieder dort leben, Professor Kreslil?
– Ne. Ne. Nie mehr. Nie bei den Tschechen.

Das sind neuerdings die Nachmittage des Donnerstag.

29. März, 1968 Freitag

Antonín Novotný mag für seine Person nicht anerkennen, daß die Partei immer recht hat, und zwar immer, und nämlich jedenfalls. Mögen andere verlieren, er will nicht und stößt das Mikrofon eines Rundfunkreporters aus dem Weg, dem er immerhin das hätte sagen dürfen.
Von dem neuen Präsidenten der Sozialistischen Tschechischen und Slowakischen Republik heißt es, er sei ein Freund der Sowjets. Träger des zaristischen St. Georgskreuzes, Held der Sowjetunion, Träger des Leninordens, ehemals Verteidigungsminister, dann stellvertretender Minister für Jugend und Sport, bis die stalinistischen Säuberungen ihn ganz nach unten drückten. Dann kam Nikita Sergejewitsch Chrustshov und

fragte nach seinem guten Freunde. Eiligst holte Novotný den General Ludvík Svoboda, von der Arbeit in einem kollektivierten Dorf, und Chrustshov umarmte ihn und ließ ihn sitzen an seiner Seite.
Die Ernennung Ludvík Svobodas gilt als ein Versuch, die Sowjets zu besänftigen, und die Sowjets wehren sich wütend gegen die Vermutung, sie wollten die Demokratisierung in der Č.S.S.R. abwürgen. Für sie geschieht da lediglich eine »Aktivierung der Organisationen der Kommunistischen Partei und des Apparats der staatlichen Administration«, und es soll ihnen offenbar recht sein.
In Memphis ist der Pastor King mit Dreitausenden marschiert, aber es gab Jugendliche, die liefen von der Demonstration weg, zerschlugen Schaufensterscheiben, plünderten. Die Polizei setzte Schlagstöcke und Tränengas ein. Ein Sechzehnjähriger ist tot.
Im Sommer 1943 wollten die friedenauer Niebuhrs ihre Ferien einmal nicht auf der Schleuse in Wendisch Burg verbringen, sondern an der Ostsee, in der Nähe von Cresspahl. Cresspahl sollte ihnen Quartier besorgen. Die Nähe des Flugplatzes von Jerichow erschien ihm zu gefährlich, und er brachte sie nicht in Rande unter sondern in Rerik. Überdies wollte Cresspahl lieber allein bleiben, nicht beobachtet. In Rerik stand nur die Flakartillerieschule I (Vortragender des Lehrgangs für Flakkommandeure: Oberstleutnant Max Wachtel), und überdies hatte er den Niebuhrs dort für zwei Wochen das Haus eines Luftwaffenoffiziers beschaffen können statt nur ein Hotelzimmer für zwei Erwachsene und zwei Kinder, von denen Günter Niebuhr eben erst ein paar Monate alt war.
Für die zweite Woche wurde Gesine nach Rerik geschickt. Das war eine Reise mit Zügen von Jerichow nach Gneez, nach Wismar, dann auf der rostocker Strecke bis Neubukow. Von da fuhr die Kraftpost die vierzehn Kilometer nach Rerik in einer halben Stunde. Sie fuhr nicht gern weg aus Jerichow, nur aus Gehorsam. Cresspahl hatte ihr mehr als einmal vorgetragen, daß sie das älteste Kind sein würde, und sie erwartete nichts als Arbeit. Sie war auch verwirrt, durch seine Anweisung, ältere Leute nicht nach »Rerik« zu fragen, sondern

nach »Alt Gaarz«, wie die Siedlung geheißen hatte, bevor die Nazis sie 1938 zur Stadt erhoben und mit dem neuen Namen erinnern wollten an eine verschollene Handelsstadt, von der nur ein paar Trümmer übrig waren. Am Bahnhof von Neubukow, noch als sie in den Bus stieg, fragte das Kind, ob er denn zuverlässig nach Alt Gaarz fahren werde, und der Fahrer nickte ihr mehrmals zu, beruhigend, billigend. Das war mal ein anständig gezogenes Kind. Das Kind bekam von ihm einen Platz in der vordersten Reihe.

Am Postamt von Rerik stand Klaus Niebuhr, abermals unzufrieden, daß diese Gesine ohne Eltern in der Welt umherreisen durfte; dennoch zu sehr Kenner Reriks von sieben Tagen, als daß er ihr nicht den Führer hätte machen sollen durch eine Stadt, in deren Mitte strohgedeckte Bauernhäuser standen, ganz anders als in Berlin-Friedenau. Die Kirche, mit einem wuchtigen Turm, hoch gelegen, war von fast überall zu sehen, und Klaus verglich sie doch abschätzig mit der Kirche »Zum Guten Hirten«, die er zu Hause hatte. Er ließ sich aber Zeit, führte sie zu den Hünengräbern, auf die Strandpromenade am Hohen Ufer. Das Land war ganz kahl unter dem weißen Himmel, baumlos. Von der Höhe konnte man hinuntersehen auf das Salzhaff, auf kräftig lärmende Brandung. Im Westen aber war die Insel Poel, die Steilküste von Rande, Jerichow.

Wie in Jerichow wurden in einem fort Luftalarme gegeben, und Gesine verstand diese Niebuhrs nicht, die sich sicher glaubten, bloß weil die Halbinsel Wustrow nicht Berlin war. Sie stand beim ersten Heulen der Sirenen auf vom Tisch, bereit in den Keller zu laufen, und wenn auch dem Klaus von seinen Eltern das Spotten versagt wurde, sie glaubte sich belächelt. Sie erkannte die Niebuhrs auch nicht recht wieder. Peter tat, als gehe ihm das Du nicht leicht vom Munde. Er betrug sich gegen sie mit einer allgemeinen Höflichkeit, fragte sie bei jedem Plan um ihre Zustimmung, wies zwar Klaus zurecht, nicht aber sie, als habe sie Erwachsenenrechte. Ein übers Gewohnte langer Mensch, der am ganzen Leibe mager geblieben war. Unter den Wangenknochen hatte er so wenig Fleisch, daß seine Lippen geschürzt aussahen, wie von etwas Saurem. Die Augen hinter dunklem Glas. Er machte mit den

Kindern Spiele, aber nicht als Spiel wie Alexander Paepcke, ließ sie bald allein, ging seiner Frau nach wo immer er sie fand. Damals wußte ich nicht, daß er seine Unabkömmlichkeit im Ministerium verloren hatte und nach dem Urlaub an die Ostfront sollte. Er hatte Cresspahls Kind eingeladen, weil er da an eine Pflicht glaubte; wäre lieber mit der Familie allein gewesen. Es war das letzte Mal; auch Cresspahl sagte nach dem Krieg, Peter hätte bei der ersten Gelegenheit zu den Sowjets überlaufen wollen.

So wie Martha Niebuhr in diesem Sommer war, soll sie sich vorher nie gezeigt haben. Wer sie in der Küche überraschte, sah sie weinen. Hinter dem Klaus war sie her auf eine ungeduldige Art. Klaus zeigte mit erstauntem Aufblicken, daß er sie manchmal nicht erkannte, war aber so weit, daß er ihr aus dem Wege ging. Fiel er einmal vor ihren Augen hin, kümmerte er sich nicht um die Schmerzen oder die Wunde, sondern machte sich bereit für den Tadel der Mutter. Sie sieht aber auf Bildern aus anderen Jahren fröhlich aus, zärtlich, mit vorfreudig halb offenen Lippen, ein großäugiges dunkles Mädchen, das seinen Kopf an Peters Arm hält, wo sie ihn nur erwischen kann. Gesine zählte die Tage bis Jerichow.

Es waren nicht viele. Da mag ein Ausflug mit dem Ruderboot übers Salzhaff gewesen sein, zu den Tessmannsdorfer Tannen. Spaziergänge, vielleicht zum Bastorfer Leuchtturm, zum Diedrichshäger Berg in der Kühlung. Dann kam der Sonntag.

Der Alarm am Sonntagnachmittag hatte schon drei Stunden gedauert. Alle Erwachsenen waren aus dem Luftschutzkeller ins Freie gestiegen, auch die größeren Kinder, voran Klaus. Gesine blieb neben dem Kind Günter sitzen, geniert, weil sie sich ausschloß, hartnäckig, weil sie Cresspahls Vorschriften folgte. Das Kind Günter schlief, halbnackt, schwer atmend in der Hitze. Gesine blies ihm ab und an übers Gesicht. Es war ein verkniffenes, mühsames Gesicht. Sie war mit dem Kind allein in dem weiträumigen, wohnlichen Keller. Das Haus gehörte der Luftwaffe, und der Schutzraum war nach den Deutschen Industrie-Normen angelegt. Unter die Mitte der Decke war eine Stützmauer gezogen. An den Wänden waren Bunkerbetten befestigt. Von irgend woher murmelte die

Stimme des Rundfunksprechers, der die Planquadrate aufsagte, in denen die alliierten Flugzeuge voranwanderten. Vor der Treppe nach draußen war eine in Gummi gefaßte Eisentür, halb offen, dahinter ein kleiner Vorraum, wiederum mit einer luftdichten Tür, die ganz an die Wand geschlagen war. Die Anlage war Gesine als Gasschleuse erklärt worden. Damit sie Cresspahl die Gasschleuse besser erzählen konnte, stand sie auf und ging an die Treppe. Im Garten standen die Erwachsenen, unter ihnen ein Offizier mit einem Fernglas. Die Flugzeuge hingen ordentlich im Himmel, wie ein Netz, und glänzten in der Sonne. Die Stimme des Offiziers war mit einem Mal erstaunt und aufgebracht zu hören. – Die lösen aus! hörte Gesine. Sie stand wieder mitten im Keller. Sie sah, wie Klaus Niebuhr in die offene Gasschleuse fiel und von da in einer langsamen Art auf den Fußboden des Kellers geschleudert wurde. Gleich nach dem ersten Einschlag hing Mörtelstaub wie Mehl in der Luft. In einer Seitenwand des Kellers war ein Loch. Die Beleuchtung war unterbrochen. Gesine hörte das kleine Kind schreien, tastete sich zu ihm, lief mit ihm zurück zu dem Loch in der Mauer, hielt das brüllende Geschöpf der Luft entgegen. Sie war sehr tief unter der Erde. Die Kinder wurden aber an der fast völlig verschütteten Gasschleuse gesucht. Die Detonationen waren so laut gewesen, sie begriff erst nach einer Minute, daß sie schon mehrmals gerufen worden war. Weil sie das kleine Kind auf dem Arm hatte, mußte sie den immer noch liegenden Klaus mit den Füßen in die Seite stoßen, damit der aufwachte. Sie war das älteste Kind. Dann kroch er über die schräge Schuttebene nach draußen, zog sie hinterher. Jetzt hatte sie nur noch einen Arm für das Kind. Das Kind ließ den Kopf auf eine jämmerliche Weise nach hinten hängen. Sie wußte, daß es so falsch war. Sie hatte Angst, weil das Kind nur noch wimmernd heulte.

Im Garten sah sie die Erwachsenen nicht alle, weil viele im Rasen lagen. Das Haus von Pirrmann, General der Flieger, sah unversehrt aus, aber ringsum waren Krater in die Erde gerissen. Auch auf der Straße lagen Erwachsene.

Die Kinder wurden nicht gefragt, als die Busse der Flakschule ankamen. Sie wurden eingepackt, nach Kühlungsborn gefahren, in Hotels untergebracht. In der Nacht war wiederum Alarm. Der Keller war nicht nach DIN gebaut. Sie sah die Wände voller Wasserrohre, weckte mit Flüstern Klaus Niebuhr auf, schlich mit ihm und dem Kind Günter durch das Gedränge an eine Treppe, in der die Nacht zu sehen war. Jetzt wußte sie, daß sie Angst hatte. Am Morgen war Cresspahl in Arendsee (das nun Kühlungsborn hieß. Arendsee war »Aaronssee« gewesen in den Zeiten, als hier noch die Juden baden durften).

In dem Telegramm für Cresspahl hatte gestanden »Kinder leben«, als ob einem doch immerhin die Beine fehlen konnten.

So kamen Gertrud und Martin Niebuhr zu zwei Kindern, die sie noch zehn Jahre lang ihr eigen nennen konnten.

So verlor das Kind Gesine einen kleinen blauen Strohhut.

So blieb Peter mit seiner Martha zusammen, in einem gemeinsamen Sarg in der Erde von Wustrow.

Das Kind Gesine kannte sich inzwischen aus mit Begräbnissen. Sie wußte das mit den drei Händen Erde auf den Sarg.

30. März, 1968 Sonnabend Tag der South Ferry

In der Č.S.S.R. ist es nun so, daß Studenten noch um Mitternacht nach dem Ersten Sekretär der Partei rufen können, und daß Mr. Alexander Dubček zu ihnen auf die Straße kommt. – Wer garantiert uns, daß die alten Tage nicht wieder kommen? war eine Frage, und die Antwort hieß: Ihr, die Jugend, es gibt nur einen Weg, und der führt vorwärts etc.

Dort ist es auch so, daß die Parteizeitung von den U.S.A. die Rückgabe von 18,4 Tonnen Gold an die Č.S.S.R. verlangt. Es ist ein Teil des Goldes, das die Deutschen dem Land geraubt haben. 1948 schickten die U.S.A. 6,1 Tonnen zurück, haben den Rest jedoch bis heute behalten wegen der Enteignung amerikanischen Eigentums nach der kommunistischen Machtübernahme.

Dazu fährt nun de Rosny nach Washington und macht Besuche in anderen Ministerien als er im Reisebericht angibt, versucht die Sache sowohl diskret als auch auf Taubenfüßen

ins Reine zu bringen. Nun kümmern die Kommunisten sich nicht um die Grüße, die er so sorgfältig hat ausrichten lassen, und tragen die Sache auf den Markt! Am Montag wird er fragen: Mrs. Cresspahl, ist es die Mentalität der Kommunisten oder der Tschechoslowaken ... Erklären Sie es mir! und wird eine Miene aufsetzen von ungeheuerlicher Neugier.
Aber heute findet er uns nicht, heute hat Marie einen Tag der South Ferry ausgerufen, unerreichbar fahren wir auf der »John F. Kennedy« durch den glatten Hafen von New York. Die Schiffe sehen an vielen Piers still aus, obwohl doch ein Stauerstreik von fast elf Tagen aufgearbeitet werden muß. Vom Atlantik kommen kühle Schwünge Luft herein, aber Marie will doch im Wind stehen, schaukelt überlegsam auf ihren Ellenbogen an der Reling. Wenn sie dem Rathaus von Staten Island entgegensieht, scheint sie auf das peinlichste zu prüfen, ob die Veränderungen der Küstensilhouette ihren gewohnten Erwartungen gleichkommen. Dennoch fragt sie nach einer abgetanen Zeit vor einem Vierteljahrhundert, nach einem Kind.
– Wie warst du als Kind, Gesine?
Beim Warten im Fährhafen auf der Manhattanseite schienen die kleinen Glaskreise in den Türen Löcher in einem Gefängnis, als dahinter die Gesichter der ankommenden Fahrgäste erschienen. Die Kinderängste überleben zuverlässig.

– Wieso warst du ein Kind, nicht für die Schule geeignet! sagt sie empört, auch ein wenig gestört. Nun wird sie weniger gut angeben können damit, ihre Mutter habe kein großes Geld ererbt und könne doch für unser Leben sorgen bloß mit dem Verkauf von Gelerntem.
– Weil ich im Gustaf Adolf-Lyzeum von Gneez eine von den Neuen war in der fünften Klasse, und aus dem krähwinkligen Jerichow obendrein, mußte ich auf dem Schulflur stehen und bei Annäherung des Feindes mit dem Ruf »Acht Pfund!« in die Klasse laufen, damit beim Eintreten des Lehrers die Schüler vollzählig standen mit hochgerecktem Arm und pünktlich schreien konnten Heil und Hitler. Der Brauch war mir neu, hätte ausreichen sollen zu Aufregung, wäre er mir nur begreiflich gewesen. So stand ich verträumt neben der offenen Tür und die Lehrerin führte mich mit schmerzhaftem

Schultergriff in die Klasse, in der sie noch mit den Schwämmen warfen oder den Lehrerstuhl auf der Sitzfläche mit einem Fragezeichen bemalten. Kriegte ich Dresche.
– Hat es geholfen?
– Dir ist also recht, daß sie deiner Mutter die Schürze über den Kopf spannten und sie erbärmlich verhauten? Du sollst mich achten, hörst du!
– Senge hab ich auch in der Schule bezogen; ohne daß du es mir angekündigt hättest. Und da soll ich dich obendrein lieben! Und achten.
– Es half zu Angst, aber die Zuverlässigkeit blieb aus. Dann bekam eine andere den Posten. Sie hatten mich als zu doof aufgegeben.
– Ja dazu! Aber lernen konntest du, wie eine Eins.
– Wohl, den Lebenslauf von Adolf Hitler. Den haben sie uns so ins Gedächtnis gerammt, er ließ sich herunterleiern mit taubem Hirn. Aber wenn ich etwas zu denken lernen sollte, Bruchrechnen –
– Gesine, wir leben von deinen Kenntnissen im Rechnen, von Bruchrechnen ganz zu schweigen!
– Marie, an der Stirnwand des Klassenraums in Jerichow hatte der Spruch gestanden von den deutschen Jungen, die so hart sein sollten wie ein Erzeugnis der Firma Krupp, zäh wie Leder und noch etwas. Schon das verstand ich nicht, weil ich Leder kannte, das war nicht zäh, »riß aus wie Schafsleder«, und ich mußte mich damit trösten, daß ich eben kein Junge war. In Gneez hatten sie in fetter brauner Fraktur an die Klassenwand malen lassen:

Ihr seid das Deutschland der Zukunft
und wir wollen daher
daß ihr so seid
wie dieses Deutschland der Zukunft
einst sein soll und muß. A.H.

Auf Mittelachse geordnet.
– Ja wie denn nun?
– Siehst du. Wenn du das stundenlang vor dir hast, denkst du darüber nach und hörst nicht auf das Bruchrechnen. Da halfen Ohrfeigen nicht. Eine bekam ich, weil ich wieder einmal das Rechenarbeitsheft vergessen hatte. Sie kränkt mich

heute noch, und, und ich will sie Julie Westphal nicht vergeben. Sie hat nicht verstanden, es mir zu erklären: warum keine Hefte vergessen werden dürfen. Ich hatte bloß Angst vor ihr, nicht Achtung. Das lag nicht daran, daß sie nicht durch Verdienst, sondern wegen des Lehrermangels von Jerichow nach Gneez gekommen war. Cresspahl ohrfeigte mich nie, nicht einmal für Vergessenes. Also verbrachte ich die Stunden damit, daß ich den kleinen Finger in die Füllfederkappe bohrte und ab und zu genoß von dem trockenen Tintengeruch. Wir mußten damals oft in die Aula, die Hände hochhalten und die beiden Nationalhymnen singen; mir war recht daran, daß wiederum Schulzeit verging. Wenn eine Zettelarbeit geschrieben wurde, gab ich von der Katze nicht an, was die Biologielehrerin über felix communis mitgeteilt hatte, sondern was ich von den Cresspahlschen Katzen wußte: wie sie aussahen, wieviel Schnurrbarthaare und was für Launen sie zeigten, wo sie die Mäuse hinlegten, und »die Hauskatze hat 32 Zähne«. Fünf.

– Das höre ich aber gar nicht gern, du!

– Mir gefällt es.

– Gesine, warst du wenigstens pünktlich?

– Wenn ich kam, lächelten manche Lehrer bald, auch über die umständlich ausgedachte Entschuldigung, die ich für höflich hielt. Das war nicht leicht, nicht einmal den Zug aus Jerichow durfte ich sich verspäten lassen, denn Lise Wollenberg war auch damit und pünktlich gekommen. Ein einziges Mal war ich zur Zeit in Gneez, und vor der Zeit. Cresspahl hatte versäumt, die Uhr auf die Winterzeit umzustellen, und ich fuhr nach Gneez zusammen mit vielen schlafenden Männern, die wie im Traum in Gneez-Brücke ausstiegen, zu den Arado-Werken. Sie kamen mir vor wie eine versteckte Armee, und ich habe für mein Leben gewußt, daß sie ungesehen zur Arbeit fahren, ungekannt, und doch behaupten die Regierungen, sie zu kennen. Eine Stunde zu früh stand ich auf den groben Pflastersteinen vor der Schule, und angeschnauzt wurde ich doch, diesmal vom Hausmeister. Pünktlich war ich im Hotel Stadt Hamburg, wo Elise Bock mir das Stammessen (ohne Marken) hinsetzte. Pünktlich war ich am Zug nach Jerichow. Zu spät kam ich oft in den Luftschutzkeller unter dem Hotel Stadt Hamburg. Denn seit dem Angriff auf Hamburg vom Juli 1943 waren sie in Gneez recht eifrig mit dem Alarmgeben, eben wegen der Raketenfabrik, und ich lief in Bestzeiten durch die Straßen, damit ich ja nicht in einen fremden Keller geschubst wurde, immer in Angst vor den Pimpfen, die hinter mir her schrien und Stehenbleiben befahlen. Die Pimpfe waren gefährlich.

– Gesine, warum war es dir nicht gleichgültig, ob du an einer Bombe starbst oder nicht?

– Aus Gehorsam gegen Cresspahl. Ich dachte, ich würde ihm zu seinem Leben fehlen. Vergiß es, ich weiß es nicht. Was soll so eine Fangfrage?

– Du hast doch gelebt wie ein Hund, als du ein Kind warst, Gesine. Bei fremden Leuten zu Mittag essen, ohne Hilfe bei den Schularbeiten, um 6 Uhr aufstehen, mit zehn Jahren!

– Das war das Leben, das Cresspahl mir eingerichtet hatte. Einrichten mußte. Deswegen war es mir recht. Und wieder hatte ich wählen sollen. Alexandra Paepcke wäre gern mit mir zusammen auf die Kaiserin Auguste Viktoria-Schule in Stettin gegangen, nicht allein, weil die nach den großen Angriffen auf Stettin als Landschulheim nach Rügen evakuiert wurde. Ich hätte Alexandra den Gefallen tun mögen; Alexandra war mein liebstes Kind unter allen. Cresspahl las mir Hildes Brief vor, sah mich an, hatte mich fest. Also wurde ich Fahrschülerin aus Jerichow. Das Essen bei Elise Bock war nicht so gut wie auf dem Fliegerhorst, aber ich war doch Gast in einem Hotel. Cresspahl fragte nach meinen Schularbeiten, nicht nebenbei, und ich sah ihm an, daß ihm das Nachprüfen von Lateinaufgaben nicht recht geheuer war; also erklärte ich sie für erledigt. Er fing damals an, Englisch mit mir zu sprechen. Es sollte mir helfen. Und jeden Morgen saß er vor dem fertigen Frühstück und wartete auf mich, jeden Schultag kam er mit bis an den Bahnhof zum Zug um 7.08, er hat mein Schulbrot gemacht und mir obendrein Geld mitgegeben, damit ich in Gneez ein Brötchen mit geschabtem Hering außer der Reihe kaufen konnte –

– Gesine, du hast gelebt wie ein Hund.

– Ich hab es gut gehabt.

– Gesine, warum gibt es nicht Fotografien von dir als Kind?

– Marie, dein Großvater war ein Handwerker! Wenn seine Frau am Leben geblieben wäre, vielleicht hätte sie sich das Fotografieren von Hilde Paepcke angenommen. Sogar bei Papenbrocks wurde doch ein »Berufslichtbildner« geholt, Horst Stellmann, und nur zu den großen Festen. Und Cresspahl brauchte keine Bilder für seine Erinnerung. Er war sicher in seinem Gedächtnis. Das Fotografieren ging erst mit mir an; ich war die erste von uns, die das Vergessen fürchtete.
– Die Paepckeschen Fotos. Wo sind sie?
– Sie sind verdorben, als die Paepckes starben.
– Erzähl es mir nicht.
– Nein.
– Gesine, wie warst du als Kind?
– Ich glaubte, ich sei dick. Ich schob die Lippen vor. Davon fühlt man sich dicker. Meine Sorgen waren aufgeschürfte Knie, abgerissene Kleidertaschen; ich hatte gelernt, damit selber fertig zu werden. Ich sah die Leute nicht unfreundlich an, aber finster, damit sie mir nicht über den Kopf strichen und mich arm nannten. Ich war kein armes Kind. Ich hatte ein Geheimnis ganz für mich allein, das war mein Vater.
– Und in Latein eine Vier.
– Eine Eins.
– Ach so, Gesine. Ja dann.

31. März, 1968 Sonntag

Auf dem anderen Ufer des Hudson war das Licht so klar, daß die Häuser scharf umrissen erschienen, näher, zu nahe. Sonst malt der Schmutz in der Luft dorthin eine neblige Gegend mit Bäumen, als hätte der Fluß verhindern können, daß es dort weitergeht wie New York.
Wenn der Nachrichtensprecher der Station WQXR seine Arbeit ankündigt, verspricht er: The News – prepared and edited by the New York Times.
Die Nachrichten, wie die Times sie vorbereitet und zurechtschneidet.
Was für ein Gesicht machte Antonín Novotný, als sein Nach-

folger gewählt wurde? Ein steinernes. Der Vladislavsaal im Hradschin, in dem die Neuwahl Ludwík Svobodas begangen wurde, wozu wurde er in früheren Zeiten benutzt? Für Zweikämpfe zu Pferde mit Lanzen. Wünschen Sie einen Eindruck vom Parteisekretär Dubček? Er zieht die Augenbrauen hoch in einer Art, die als immerwährendes Erstaunen erscheint, sieht beim Vorlesen über den oberen Rand seiner horngefaßten Brille und spricht monoton.

Es ist alles da: Die polnische Regierung hat acht Fakultäten der warschauer Universität geschlossen. Die polnische Regierung sagt den Juden im Nazighetto einen Ring »Die Dreizehn« nach, der mit der Gestapo zusammengearbeitet habe. Die kölner Polizei hat einen kölner Polizisten verhaftet, Herrn Theo Lipps, wegen Beteiligung am Abschlachten von Juden in Südrußland. Die amerikanische Nation mißbilligt inzwischen zu 63 vom Hundert die Maßnahmen Präsident Johnsons in Viet Nam, wenn Dr. Gallup zu glauben ist. Ab heute kostet die Sonntagsausgabe der New York Times nicht mehr 35 Cents sondern 50, einen halben Dollar.

Immer wieder kündigt sie an, daß sie am Abend eine Rede des Präsidenten Johnson übertragen wird, in der er sich über Frieden in Viet Nam und Südostasien äußern wird. Marie war nicht davon abzubringen, daß die Botschaft lauten muß: Der Krieg ist aus. Marie läßt sich nicht zu Bett schicken, bevor sie es gehört hat. Marie ist unzufrieden, daß die Cresspahls kein Fernsehgerät haben. Sie hätte es gern mit eigenen Augen gesehen, wie die Welt in Ordnung gebracht wird.

Der Anfang ist nicht gut für Marie. – Guten Abend, meine Landsleute: sagt der alte Mann. Es ist ein Abend, an dem Marie auch so angeredet werden möchte, wenigstens dieses Mal.

Die ersten Eindrücke setzen zusammen: Hier spricht ein bäuerlicher Mensch. Er benimmt sich ältlich. Ein wenig scheint er kränklich. Er tut unbeholfen, gelegentlich ist er dicht vor dem Stottern. Hier ist jemand hilflos, verlassen allein. Er versteht sein Geschäft nicht gut, kann auch beim Umblättern der Seiten Geräusch nicht vermeiden.

Nach wenigen Minuten hat der Mann gesagt, daß er heute

abend den Luft- und Seestreitkräften der Nation befohlen hat, die Bombardierung Nord-Viet Nams zum allergrößten Teil einzustellen. Warum nicht heute mittag?
Für Marie kann nach solchem Anfang nur noch Ungeheures an Erfreulichkeit folgen. Inzwischen ahnt sie jedoch nicht mehr, was das sein könnte.
Wenn die Regierung Nord-Viet Nams nun immer noch nicht verhandeln will, droht der alte Mann: Unsere gemeinsame Entschlossenheit ist unerschütterlich, unsere gemeinsame Stärke ist unbesieglich. Es hört sich weinerlich an.
Entschlossenheit und Stärke sind nicht poetischer Art, sondern Soldaten und Gerät. Die Stimme des Präsidenten wird nun kräftiger. Jedoch atmet er beschwerlich.
Er wird zu den 525 000 Soldaten in Viet Nam noch einmal 13 500 schicken, auch Artillerie, Panzer, Flugzeuge, Lazarette. Das kostet in diesem Haushaltsjahr 2 500 000 000 Dollar und im nächsten 2 600 000 000.
Um den Wohlstand des amerikanischen Volkes zu schützen, die Stärke und Stabilität des amerikanischen Dollars zu schützen.
Es wird de Rosny nicht freuen. Es freut Marie nicht.
Wenn der Präsident ein Nachlassen seiner Lautstärke bemerkt, übertreibt er es und bringt den Lautsprecher zum Klirren. Sein leidender Ton weist die müßigen Zuhörer darauf hin, daß er arbeitet.
Es sei seine inbrünstige Hoffnung, daß Nord-Viet Nam nun nicht mehr auf einem militärischen Sieg bestehe. Das klingt nach einer Bitte. Später weinerlich.
Er möchte Frieden bauen auf dem Genfer Abkommen von 1954, von dem sein Bündnispartner Süd-Viet Nam weder den Vertrag über den Waffenstillstand noch die Verpflichtung zur Neutralität unterschrieben hat, geschweige denn eingehalten.
Der Präsident spricht von seinen 37 Jahren im politischen Dienst an der Nation; vom Zustand der Nation: entzweite Machtgruppen, Parteien, Gebiete, Religionen, Rassen.
– Was immer es war: sagt Marie: aber du warst doch dabei, wenn in einem Moment Geschichte gemacht wurde. Ob ich es jemals erleben werde?

Marie bekommt an Historischem nur, daß der Mann sich nicht mehr zum Präsidentenamt melden will.
So will er die zerstrittene Nation heilen. Er bedankt sich fürs Zuhören. Er wünscht eine gute Nacht. Er wünscht Gottes Segen.
Fast alle haben es anders verstanden. Das Telefon begann zu winseln, als die Übertragung abgeschnitten war.
Was eine menschliche Größe.
Das wäre bei euren Kommunisten undenkbar.
Nun wird Robert Kennedy sich aber freuen.
Philosophisch geradezu.
Wie kannst du von Drückebergerei reden; hast du keinen Respekt vor einem alten Mann!
Nun wird McCarthy sich aber freuen!
Immer haben wir ihn gehaßt, Gesine; seit heute abend ist er Gegenstand unserer Verehrung.
Genialer Schachzug. Geniale Regie.
Was eine moralische Größe.
Diese Sittlichkeit, nein.
Jetzt ist er auf der Höhe von John Kennedy.
Es kann mit dem Krieg so schlecht nicht stehen.
Was man früher einen guten Hausvater nannte.
Verantwortungsgefühl.
Das größte persönliche Opfer.
Sechs Monate im Weißen Haus sitzen als eine lahme Ente; du tätest es nicht.
Wir haben ihn telegrafisch um Abbitte gebeten.
Für immer wird er zu den großen Präsidenten gehören.
Wir telegrafieren in einem fort.
Es gibt doch Schicksal.
Und nicht einmal das Telefonnetz der verdammten Stadt New York bricht zusammen.
An diesen Präsidenten werden wir denken.

– Gesine: sagt Marie: Manchmal verstehst du das Land nicht, in dem wir doch leben.
– Ja.
– Dann fürchte ich mich.
– Verstehst du es denn?

– Wenn ich es von dir lernen will, nicht immer. Dann fürchte ich mich.

1. April, 1968 Montag

Die New York Times gibt dem Präsidenten für seinen Verzicht drei große Schlagzeilen über alle acht Spalten, als sei er gestorben. Sie hat Tränen in seinen Augen beobachtet. Und wenn sie eine Meinung sagen soll, so hält sie viele für möglich: daß es ihm noch mehr darum ging, nicht zu verlieren, weder in der Partei noch in der Wahl; daß er es nicht so ernst meinte und mit einem Vertrag von Nord-Viet Nam doch gern wiederkäme als Der Präsident Des Friedens; daß ihm die Sache vielleicht zu spät eingefallen ist. Wie nennt die Times den Krieg? »Furchtbar, grausam und widerwärtig – den Krieg, den Keiner will«.
In der Č.S.S.R. ist es jetzt so, daß mitten in Prag 3000 Bürger sich versammeln dürfen, die eingesperrt, gefoltert und geächtet wurden, weil sie nicht Kommunisten waren, als die Kommunisten die Macht übernahmen. Nicht nur dürfen sie ihre Toten beklagen, sie dürfen auch für die Überlebenden eine Wiedergutmachung verlangen, und nämlich mit vollkommener Billigung von Regierung und Partei.
Radio Moskau hat den Bombenstop des Präsidenten berichtet, nicht aber seinen Verzicht auf das Amt. Dort wird die Wahrheit ausgegeben wie eine Medizin, und zwar nach Belieben.
Unter der Post ist ein Brief mit einem Poststempel, der nur Jerichow abgedruckt hat, mit sehr großen Briefmarken, darstellend zwei Eichen sowie auch jeweils Menschen mit Buch; mit einer Adresse in fremder Schrift.
Verweigere die Annahme, Gesine. Return to sender.
»Jerichow, den siebzehnten März currentis, liebe Gesine. März 1968, für alle widrigen Winde.
Gesine du weißt nicht wer hier kommt und schreibt. Kennst mich aber. Würdest mich nicht erkennen. Bin jetzt alt, dick und schier am ganzen Leib, weiße Haare hab ich, bin schon fransig um die Augen. All das Tennis, es war umsonst. Siehst mich jetzt?

Ich wohn nicht mehr wo du denkst. Ist auch kein Haus, bloß ein Zimmer am Markt von Jerichow. Dabei hätt ich nach Berlin gehen können und leben wie die Maden, oder sterben in einem Keller in Schöneberg. Weißt du es nun?
Und wenn du dir vorstellst ich sprech so schottisch wie Mary Hahn in Rostock: On the spur of a moment? So wie Lisbeths Englisch war?
Spornstreichs nämlich schreibe ich dir, denn du schreibst mir nicht, und laß es lieber. Die haben im Postamt so eine Fangliste; wenn du weißt, was das ist. Angst hab ich nicht. Wenn sie Gerda Wollenberg verknacken, weil sie mit einer Reisegenehmigung für Westdeutschland nach Italien fährt; hätt sie doch wissen sollen. Was soll ich Angst vor Schafen haben, wenn mir ein Hund in der Tasche sitzt. Bloß, ich will nicht gefragt werden, wieso ich dir schreibe; ich glaube ich soll aber nicht.
Gesine, Kind, was hast du angestellt? Hast du einen Brief an die Gemeinde Rande geschrieben? Was stand da drin? Bist du frech geworden? Du warst nicht ein freches Kind. Du wolltest das Kleid nicht ausziehen, wenn ich es dir heilnähen sollte, und wenn ich dich mal stach, hast du mich groß angesehen, schweigend. Den Blick weiß ich noch. Deine Kleider, Fetzen waren das. Du warst ein verträgliches Kind, groß für deine neun Jahre, mit einem immer verrutschten Hahnekamm auf dem Kopf. Bloß daß du mit Erwachsenen umgingst, als nützte ihnen das Ältersein nichts. Außer mit Cresspahl, und Cresspahls Tochter bist du ja geworden.
Cresspahl hab ich auch gekannt. Die Leute sagen, ich wär mit ihm in ein Bett gegangen. Er wollte nicht. So. Jetzt weißt du wer ich bin.
Wenn du einen Brief an die Bürgermeisterei in Rande geschrieben hast, dann mußten die Genossen schwer schlucken. Es heißt, du hättest nach Zahlen gefragt, und es wird wohl nicht das Gründungsjahr gewesen sein sondern etwas aus den Tausend Jahren von Jansen und Swantenius. Methfessel sagt es nicht. Methfessel hab ich als Kind gekannt, dies Kind mit seinen 35 Jahren, gibt einer alten Frau keine Antwort, läßt sie stehen! Methfessel und die Partei, das ist die Innung und die Partei, und er war doch der erste, der einen staatlichen

Anteil nehmen mußte. Schettlicht ist Schullehrer in Rande, aus Meißen, den frag ich nicht. Kraczinski ist die Kreisleitung in Gneez, dahin geh ich nicht. So ist es mit den anderen auch, und was immer du eine Auskunft fragtest, es hat ihnen nicht geschmeckt. Sie haben es in der Parteisitzung auf der Tagesordnung gehabt.
Jawohl. Das war aber falsch, denn nun können sie nicht einem allein die Schuld geben, sondern alle zusammen haben dir geschrieben und unterschrieben. Methfessel nicht gern. Ist doch mit dir zur Schule gegangen. Diktiert ist der Brief von Schettlicht, er wollte den ländlichen Genossen wohl mal vorführen wie man das so in seinen Kreisen anstellt, Auge in Auge mit dem Klassenfeind.
Was war das, Gesine? Methfessel macht ein Gesicht, als hätten sie dich mit Stempel und Siegel für ein imperialistisches Kind erklärt, für eine Kriegstreiberin und was ihr da für Sachen macht in New York. Methfessel sagt: Nach solchem Brief käm ich nicht zurück nach Jerichow.
Sie wollen dich aber da haben. Du solltest nach Jerichow kommen Gesine! All die sechstausend Kilometer, und dann noch über die Grenze. So für zwei Tage. Und warum, das weiß ich. Das glaub ich nicht.
Haben sie gedacht: vielleicht läßt es sich beilegen. Gütlich, verstehst du. Gehen sie zu Kliefoth. Die Fangliste in der Post, verstehst. Ob er sich schreibt mit dir.
Das wissen Sie doch: sagt Kliefoth.
Was denn so drinsteht in deinen Briefen: sagen sie.
Das wissen Sie doch: sagt Kliefoth. Er soll es ihnen doch noch mal erzählen.
Kliefoth: Haben Sie einen Hausdurchsuchungsbefehl?
Sie können ihm nicht viel, weißt du. Mit 82 Jahren. Und er steht sich gut mit Professoren in England. Birmingham, glaub ich.
Ob er wohl in einer heiklen Sache behilflich sein würde. Kliefoth: Ich bin ein alter Mann, ich schreib nur noch Persönliches; kannst dir denken.
Kliefoth spricht von dir, als wär er mit dir von gleich zu gleich befreundet, und als wär ihm das sehr recht. Wußtest du das?

Zu mir sind sie auch gekommen. Das Gerücht von Cresspahl in meinem Bett, verstehst. Entschuldige; und es ist in der Tat unwahr. Ob ich mich schreibe mit dir.
Vielleicht glauben sie da von einem in der Post, er vergißt die Fangliste bei Gelegenheit.
Daß wir uns nicht schreiben, sie konnten es nicht fassen, und wollen auch nicht. Denn nun haben sie Keinen, der dir schreiben kann du sollst den Brief vergessen und sie machen dir einen anderen ganz wie neu!
Nicht einmal deine Adresse hatt ich. Kliefoth will dich erst um Erlaubnis fragen, ob ich wissen darf, wo du wohnst in New York. Emmy Creutz, bei der waren sie auch gewesen, dachte sich wohl was ganz Gefährliches. Ist doch eine kleine Stadt.
Gesine, du glaubst es nicht. Der Ziegeleiweg soll umbenannt werden. In Cresspahlweg. Und an euer Haus soll eine Tafel, Bronze, und der Kindergarten, den sie darin untergebracht haben, der soll Heinrich-Cresspahl-Kindergarten heißen.
In deinen Zeitungen steht wohl nicht, wie es hier zugeht. Es geht so zu, daß die Sowjetunion ihren Richard Sorge ausgegraben hat. Solche heißen aber nicht Spione, sondern Kundschafter. Nun muß die D.D.R. auch ihre Kundschafter haben. Und Cresspahl soll einer gewesen sein. Nicht für die Sowjets, das ginge doch übers Bohnenlied; aber für die Engländer, gegen die Nazis eben. Gesine, ist das die Möglichkeit? Kind, ich kann das nicht mal in Gedanken aushalten! Gesine, schreib gleich es ist nicht wahr!
Nur daß ich es weiß. (Schreib nicht an mich, sondern an Kliefoth. Ich werd ihn dann fragen ob in einem Brief ein Nein mit Punkt gewesen ist, das er nicht verstand.) Sonst kannst du nicht viel tun.
Es hat in der Zeitung gestanden. In unserer Volkszeitung, was früher das gneezer Tageblatt war, sie machen das jetzt aber in Schwerin, und in Gneez ist bloß noch die Auslieferung.
In der Zeitung war das über einen Ludwig Krahnstöwer, zu seinem Siebzigsten. Ein Held des antifaschistischen Widerstandes, oder so. Er will Funker gewesen sein, von 1943 bis 1945 in Hamburg, mit dem Stationsnamen Jürss, oder J.Ü.R.S.S., aber für die Sowjets und die Briten gleichzeitig,

und ein großer Teil der mecklenburgischen Berichte sei von einem Mann gekommen, und er sagt: von Cresspahl. Er gibt zu, daß er ihn im Leben nicht gesehen hat. Er sagt: Cresspahl.
Dann will ich lieber glauben, daß Jerichow eine Straßenbahn nach Wismar bekommt! es ist so das neueste Gerede.
Dann hätte Cresspahl doch nach dem Krieg herrlich leben können und in Freuden! Weil doch die Sowjets von seinen Nachrichten mitlebten! Gesine, so etwas zu verschweigen, ich trau es keinem Mann unter der Sonne zu, und es ist gewißlich nicht wahr.
Stell dir vor, du enthüllst hier ein Straßenschild und eine Gedenktafel!
Womöglich Ehrenbürgerin von Jerichow, wie kämst du dir vor!
Das tust du nicht, und ich weiß es.
Ich wollt nun noch sagen, ich bin eine alte Frau, mit meinem Stolz ist das nun auch so eine Sache, laß man. Ich hab sehr an dir gehangen, noch als du gar kein Kind mehr warst. Du warst doch das Kind von Lisbeth. Ich hätt dich wohl großziehen mögen; Cresspahl gab dich nicht ab. Du hast das nicht gesehen, da ging eine Olsch vorbei, die hat dir früher mal Knöpfe angenäht und die Haare aufgesteckt, da grüßt du sittsam und gehst weiter. Es waren ja auch Zeiten, da hat die Stadt über mich gelacht. Und du hattest die Frau Abs, das ist wohl deine Mutter geworden. Ich wollt nur, daß du einmal weißt, ich wär es auch gern gewesen. Nicht Cresspahls wegen, deinetwegen.
Du weißt schon, wer dir das schreibt. Wiedersehen werd ich dich nicht. Es mag von meinem früheren Leben übrig sein, daß ich wenigstens nicht vergessen werden will. Nicht von dir. Hab ja keine Kinder gehabt.
Eine Freundin die es gut mit Ihnen meint!«

2. April, 1968 Dienstag

Justiz in Mecklenburg während des Nazikrieges:
Fedor Wagner, polnischer Vorschnitter in Groß Labenz, erklärte Deutschland für schuldig am Krieg gegen sein Land.

Am 3. September 1939 verhaftet. Vom Zuchthaus Dreibergen-Bützow wurde er nach Auschwitz verschleppt. Verschollen.

Wilhelm Zirpel, aus Michelsdorf bei Belzig, Binnenschiffer, hatte den Sender Moskau abgehört und in Malchin kriegsfeindliche Äußerungen getan. Verhaftet am 11. Dezember 1939, 5 Jahre Zuchthaus in Dreibergen-Bützow, nach dem 26. Januar 1945 im KZ Sachsenhausen.

Johann Lehmberg aus Rostock, Ingenieur, sprach sich gegen die Aufrüstung aus. Seit 1939 im Zuchthaus, wurde er am 22. Januar 1940 in das KZ Neuengamme verschleppt, später dort ermordet.

Louis Steinbrecker aus Rostock, Gemüsehändler, dienstverpflichtet zu der Walther Bachmann-Flugzeugbau in Ribnitz, wurde am 27. Dezember 1939 wegen »heimtückischer Äußerungen« verhaftet, im Februar 1940 zu zwei Jahren Zuchthaus verurteilt, aus den Strafanstalten Dreibergen-Bützow verschleppt in das KZ Buchenwald, wo er am 31. Juli 1942 starb, »an Lungenentzündung«.

Eduard Pichnitzek aus Neddemin, Arbeiter, unterhielt sich mit polnischen Kriegsgefangenen in ihrer Sprache und trank mit ihnen Bier. Er wurde am 22. April 1940 zu drei Jahren Gefängnis verurteilt. Die Haft in Dreibergen-Bützow brachte ihm eine Lungentuberkulose bei, an der er am 25. Januar 1943 starb.

Karl Saul, 43 Jahre alt, aus Schwerin, Klempner, hatte Nachrichten ausländischer Rundfunksender verbreitet. Am 4. Juni 1940 zu drei Jahren Zuchthaus verurteilt, seine Frau zu zwei Jahren Zuchthaus.

Martha Siewert, 27 Jahre, aus Teerofen bei Karow, wurde wegen Abhörens der B.B.C. und Ablehnung des Krieges am 17. Juni 1940 zu zwei Jahren Zuchthaus verurteilt.

Hermann Kröger aus Schwerin, Maurer, sprach am 12. August 1940 am Ziegelsee mit zwei Franzosen und schenkte ihnen Zigaretten. Er sagte: die Arbeiter aller Länder müßten zusammenstehen. Er kam für achtzehn Monate ins Gefängnis.

Harald Ringeloth, 20 Jahre, aus dem Reichsarbeitsdienstlager Grevesmühlen, bekam für staatsfeindliche Äußerungen am 14. August 1940 zwei Jahre Zuchthaus.

August Spacek, aus Elmenhorst bei Rostock, Melker, ließ vier polnische Arbeiter in seiner Wohnung ausländische Sender abhören und wurde dafür am 2. Oktober 1940 zu vier Jahren Zuchthaus verurteilt.
Friedrich-Karl Jennewein aus Güstrow, Arbeiter, wurde wegen staatsfeindlicher Agitation am 29. November 1940 zu 2 Jahren Zuchthaus verurteilt, am 3. Juli 1942 in das Konzentrationslager Mauthausen überführt, starb 1946 in Güstrow an den Haftfolgen.
Otto Trost, Lebensmittelhändler in Schwerin, hatte die B.B.C. abgehört und mit seinen Kunden über die Meldungen gesprochen. Er wurde dafür am 8. August 1941 zu zweieinhalb Jahren Zuchthaus verurteilt und kam am 20. Oktober 1943 in Dreibergen-Bützow um.
Ein Schneider, ein kleiner verwachsener Mann, schleppte in Neubrandenburg zusammen mit seiner Frau einen Eimer Wasser an, um halbverhungerten, halbverdursteten Kriegsgefangenen einen Trunk zu reichen. Am nächsten Tag wurde das Ehepaar von S.S. abgeholt, ist seitdem verschollen.
Am 9. Oktober 1941 wurde auf der Kröger-Werft in Warnemünde der 60jährige Erdmann Fünning verhaftet, Bootsbauer. Weil er Nachrichten der B.B.C. unter seinen Kollegen verbreitet hatte, wurden am 21. Januar 1942 10 Jahre Zuchthaus gegen ihn erkannt.
Paul Koob, Arbeiter in der Munitionsfabrik in Malchow (I. G. Farben), nannte Adolf Hitler einen Betrüger und das Winterhilfswerk eine Kriegsanleihe. Er wurde am 9. Juni 1942 zu zwei Jahren Gefängnis verurteilt.
Bäckermeister Köhn in Rostock verkaufte vom Herbst 1942 bis Anfang 1943 ungefähr tausend Brote an polnische Zwangsarbeiter, ohne Lebensmittelmarken dafür zu verlangen. Das kostete ihn zweieinhalb Jahre Zuchthaus und 1000 Mark Geldstrafe.
Johann Schulz aus Warin, 68 Jahre alt, beschäftigt in der Waggonfabrik Wismar, wurde im Dezember 1942 ein zweites Mal verhaftet. Wegen Verbreitens kriegschädigender Tatsachen wurde er am 8. März 1943 zu 5 Jahren Gefängnis verurteilt. Er erlebte die Befreiung aus den Strafanstalten

Dreibergen-Bützow im Mai 1945 und starb an den Haftschäden auf dem Weg nach Hause, am 12. Mai 1945 in Zernin.

Am 10. November 1943 wurden vier Geistliche aus Lübeck hingerichtet, die katholischen Kapläne Johannes Prassek, Hermann Lange, Eduard Müller wegen Abhörens und Verbreitung ausländischer Radionachrichten, der evangelische Pastor Friedrich Stellbrink angeblich wegen der Predigt, die er Palmsonntag 1942, nach dem Angriff auf Lübeck, gehalten hatte.

Walter Block, Schachtmeister und Funktionär der K.P.D. in Malchin, wurde im Mai 1939 von neuem wegen illegaler Parteiarbeit verhaftet, war sechs Jahre lang in den Konzentrationslagern Sachsenhausen und Neuengamme und ertrank am 3. Mai 1945 in der Lübecker Bucht, zusammen mit 8000 Gefangenen, die die Nazis im April auf Schiffen hatten wegbringen wollen.

Wilam Simic, ein Serbe, arbeitete in den Norddeutschen Dornierwerken G.m.b.H. Wismar als Koch. Weil er sowjetischen Kriegsgefangenen im Werk Lebensmittel gab, wurden am 25. Februar 1943 6 Jahre Zuchthaus gegen ihn ausgesprochen.

Walter Jahn aus Güstrow, Maurermeister, zu Bauarbeiten in Priemerburg dienstverpflichtet, sagte im Juli 1943 eine deutsche Niederlage voraus und bekam am 11. Oktober 1943 3 Jahre Gefängnis.

Theodor Korsell, Regierungsrat und Doktor der Rechte, 52 Jahre alt, hatte nach dem Sturz Mussolinis in der rostocker Straßenbahn gesagt: auch der Führer müsse zurücktreten, da die Deutschen doch nicht mehr siegen könnten. »Und alle wollen wir doch nicht bei lebendigem Leibe verbrennen.« Er wurde am 25. August 1943 hingerichtet.

Friedrich Schwarz aus Waren, 54 Jahre, Arbeiter, äußerte vor Kollegen im Betrieb seine Zufriedenheit über den Sturz Mussolinis. Am 16. November 1943 stand im Niederdeutschen Beobachter, daß er hingerichtet worden war.

Wilhelm Schröder, Schwerin, Tischlermeister, sagte nach dem Angriff auf Hamburg am 25. Juli 1943: Was, du glaubst heute noch an einen Sieg? Da glaube ich nicht dran und habe

nie daran geglaubt. Am 11. Mai 1944 wurden zwei Jahre Gefängnis über ihn verhängt.
Karl-August Grabs aus Grabow, 64 Jahre alt, Viehhändler, sagte Ende 1943 vor anderen, der Krieg sei für Deutschland verloren. Deswegen stand er am 26. Februar 1944 vor dem I. Senat des Volksgerichtshofes und wurde zum Tode verurteilt.
Am 21. März 1944 wurde um 11 Uhr der polnische Zwangsarbeiter Czeslaw Nowalkowski, 23 Jahre alt, auf der Feldmark des Dorfes Stove bei Wismar erhängt.
Otto Voth, 41 Jahre alt, Bauer in Zeppelin, Kreis Güstrow, wurde am 29. März 1944 von der Gestapo verhaftet, weil er die Niederlage der Deutschen für nicht mehr aufhaltbar erklärt hatte. Am 25. Januar 1945 wurde eine Zuchthausstrafe von 5 Jahren gegen ihn erkannt, zu verbüßen in Dreibergen-Bützow.
Karl Willführ aus Eldena, Binnenschiffer, dienstverpflichtet ins Sprengstoffwerk (Dynamit A.G.) Dömitz hatte gegen die Mißhandlungen sowjetischer Kriegsgefangener protestiert. Er wurde im September 1943 von der Gestapo verhaftet, 1944 zu 3 Jahren Zuchthaus verurteilt und am 25. Januar 1945 im Zuchthaus Gollnow in Pommern ermordet.
Ella Kähne aus Beckentin bei Grabow gab im Jahr 1944 einem sowjetischen Kriegsgefangenen Gummilösung, damit er seine Stiefel flicken konnte. Ein Jahr Gefängnis.
Am 30. November 1944 wurde der Arbeiter Josef Molka, aus Polen gebürtig, seit 1929 in Deutschland, zusammen mit seinen drei Söhnen verhaftet, weil er den Kriegsgefangenen auf Gut Mörslow bei Schwerin zu essen und Nachrichten über die Frontlage gegeben hatte. Belastend wurde fernerhin angerechnet, daß er seinen Kindern eingeschärft hatte, nicht in den Krieg zu gehen, um sich totschießen zu lassen. Er wurde am 15. Januar 1945 zum Tode verurteilt und am 6. Februar 1945 in Dreibergen-Bützow ums Leben gebracht.
In Ziebühl bei Bützow trat August Schlee, Landarbeiter, für die kampflose Übergabe seines Dorfes an die Sowjets ein. Am 2. Mai 1945 erschoß ihn ein Kommando S.S.
Marianne Grunthal aus Zehdenick, 49 Jahre alt, Lehrerin, hörte vom Tode Hitlers und rief aus: Gott sei Dank, dann ist

der furchtbare Krieg endlich zu Ende. Sie wurde am 2. Mai 1945 auf dem Platz vor dem Bahnhof von Schwerin an einer Laterne aufgehängt. Der Platz heißt heute nach ihr.
Der Hinrichtungskeller in den Haftanstalten Dreibergen-Bützow wird heute als Museum gehalten.
Das war ein geweißter Keller. Hinter einem Deckenbogen war eine Stahlschiene vor der Rückwand eingezogen. Daran hingen drei Haken. Unter den Haken stehen drei niedrige Hocker. An der Decke laufen zwei Leinen, daran können zwei Vorhänge so gezogen werden, daß drei getrennte Sterbekabinen entstehen. Vor dem Eingangsbogen sind links und rechts je ein dunkler Vorhangschal angebracht. Sie ließen sich so ziehen, daß die Opfer in einen schmalen und finsteren Kanal gingen und glauben konnten, neben ihnen hänge noch Keiner am Haken.
Ich kann Cresspahl träumen an diesen Ort.

3. April, 1968 Mittwoch

– Die Linie nach Flushing wird nicht bedient! sagt es unter dem Times Square aus den Lautsprechern, die nicht zu sehen sind, und die Fahrgäste stehen zu Fünfen tief auf den Bahnsteigen der Pendellinie zum Bahnhof Grand Central. Heute werden viele Schreibtische um die Dritte und Lexington Avenue zu spät besetzt sein. Die dreifach gefaltete New York Times läßt sich im Gedränge verwenden als schützender Knüppel.
In der Zeitung ist ein Foto von Dr. Jozef Brestanski, dem Stellvertretenden Präsidenten des Obersten Gerichtshofes in der Č.S.S.R. Er hat ein Gesetz über die Wiedergutmachung für Opfer der stalinistischen Säuberungen entwerfen sollen, und die slowakische Presse zweifelte an seiner Eignung, nachdem er 1955 in Bratislava an solchen gefälschten Prozessen mitgewirkt habe. Vor fünf Tagen war er verschwunden, dann hing er ungeschickt im Wald von Babice mit einem Strick um den Hals.
Präsident Johnson, der versprochen hat, nur noch einen kleinen Teil Nord-Viet Nams an der entmilitarisierten Zone zu

bombardieren, hat seine Bomber doch bis nach Thanhhoa geschickt. Jetzt kann die New York Times die »Vertrauenslücke« zwischen dem Präsidenten und der Nation ausmessen: es seien zweihundert Meilen (322 Kilometer).
Die Börse glaubte an Frieden. Der Umsatz stieg auf 19,29 Millionen Aktien hoch. Rund um die Welt begegnet man dem Dollar wieder mit Respekt; Goldminenaktien ächzen unter Verkaufsdruck. Was sollen wir glauben?
Abends schlugen zwischen den Leuten in der Subway ungeheure Schlagzeilen durch: DIE ANTWORT HANOIS. DIE ANTWORT HANOIS. Mrs. Cresspahl leiht sich die Titelseite von einem Studenten, der längst die Sportseiten abgrast. Hanoi macht Gespräche abhängig von der Einstellung kriegerischer Handlungen überhaupt.
Der Junge läßt sich das Blatt zurückgeben, faltet es sorgfältig um den Rest seiner Zeitung, versucht sie auf Kante zu stoßen wie fabrikneu, bietet sie ihr an als Geschenk, alles schweigend, mit einer Miene von Erheiterung, Spott, Mitleid, auch als die Fremde den Kopf schüttelt.

Sie sind auch eine von denen, Madam. Die fallen auf alles herein, und gleich. Mit denen schaffen wir es nie.

4. April, 1968 Donnerstag

So bedeckt wie heute morgen über dem Hudson war der Himmel im Sommer vor 24 Jahren über Ribnitz und dem Saaler Bodden, als die Paepckes ihre letzten Ferien anfingen. Diesmal aber standen sie alle vor dem Zug, in dem das Cresspahlsche Kind ankam, Alexander in einer ungewohnten Uniform, doch gleich kenntlich an seinem Vergnügen, dem anschlägigen Gehabe, der gespielten Befehlerei. Nun holte die Vorfreude die echte ein. Alexander sagte: Vel Kinner, vel Segen: sä de Köster. As he den Döpschilling inne Tasch steckt.
Es mochte zu spät sein für das althäger Boot, da mochte nicht Fahrgelegenheit sein für sechs Leute mit Koffern und Taschen; Alexander führte seinen Anhang schräg über den

Bahnhofsplatz zu einem Ambulanzauto, das auf eine gefährliche Weise amtlich aussah. Er sprach die Kinder an wie die Kranken, stopfte sie unduldsam auf das Bahrenbett, darunter daneben, freute sich an ihrem Entsetzen, ihrem Erstaunen, ihrem Entzücken über das neue Abenteuer. Auf der Fischlandstraße fuhr ein Wagen des Städtischen Krankenhauses in einer sehr eiligen Sache nach Norden. Alexander war stolz auf die Gefälligkeit eines alten Freundes aus der Leonia, noch mehr aber darauf, daß ihm ein solches Vehikel eingefallen war. Er sang laut und behaglich mit den Kindern den ganzen Weg, und keines kam auf einen Verdacht.

Der Abend war sehr lang für die Kinder, aber aus dem Haus ließ Alexander sie nicht. Sie fühlten sich nicht beobachtet; er ließ sie nicht aus den Augen. Gesine sollte von Jerichow erzählen, und er brachte ihr in einer Viertelstunde die Bruchrechnung bei, die die Schule ihr nicht hatte in den Kopf rammen können. Alexandra wurde an den Kleiderschrank geschickt und sollte bei ihrer Rückkehr auftreten als die Königin von Saba. Alexander war am Morgen aus der Sowjetunion angekommen und hatte seine Familie erst auf dem stettiner Bahnhof wiedergesehen. Er fragte Paepcke junior nach seiner Schule aus und unterwies ihn in neuen Tricks beim Abschreiben, »wenn dir das Wasser mal bis zum Hals steht, Jung«. Für Christine führte er vor, wie sie mit zwei Jahren aus einem Becher getrunken hatte. War er voll, hielt sie ihn fest in beiden Händen, den leeren hatte sie achtlos fallen lassen. Christine war nun sieben Jahre alt und sah begeistert an, daß sie als kleines Kind einen Finger vom Becher abgespreizt hatte, auf die vornehme Art, bevor sie ihn als unbrauchbar aufgab, so wie Alexander; sie lachte noch mehr als die anderen, ganz ungekränkt. Alexander war nicht imstande, ein Kind zu kränken. An diesem Abend wurde viel von Vergangenem geredet, auch von Lisbeth. Lisbeths Kind begriff, daß die tote Mutter hier bekannt war als eine in allem erfreuliche Person, schön schon mit acht Jahren, mit Leuten und Tieren freund ihr ganzes Leben, in einer spöttischen Art, die Zärtlichkeit hatte verstecken sollen. Lisbeths Schwester sprach nicht viel, gab Alexander mit halben Sätzen Stichworte, drückte manchmal mit beiden Zeigefingern gegen ihre

Nasenwurzel, als müsse sie gegen einen Schmerz angehen. Den Kindern kam sie nur müde vor, und keines ahnte ein Unglück. Vertrauensvoll schliefen Christine und Eberhardt ein, auf Hildes Schoß, mit dem Kopf gegen Alexanders Brust, wurden hinausgetragen, in ein Bett gelegt, vorsichtig geküßt, im Schlaf besehen.

Am nächsten Morgen beschossen die Küstenbatterien auf dem Hohen Ufer das Meer, und Gesine wartete nach dem ersten dumpfen Wummern darauf, daß Alexanders Stimme durch die Decke dringe und die Großdeutsche Wehrmacht wegen ungebührlichen Benehmens beschimpfe. Aber Alexander war nicht mehr da.

Der Morgen war fast weiß, mit fransigen Wolkenbooten im Himmel. Der Widerschein des Lichtes im Bodden war ein köstlicher Schmerz in den Augen. Die Wege zwischen den Büdnereien waren warm zugestellt mit den hoch aufgebuschten Knicks. In den Wiesen saßen die Malerinnen wie jedes Jahr und mühten sich, das Dornenhaus auf die Leinwand zu bekommen, obwohl der alte Katen kaum zu sehen war unter seinem Kröpelwalm, versteckt hinter ausgewachsenen Dornenbüschen, die noch übers Dach hingen, 45 Grad schräg vom Wind, dick und nicht durchdringlich. Neben dem Grenzweg liefen die vertrauten Schleetzäune her, unverändert fiel die Steilküste ab, wo Pommern anfing, und die Kinder erinnerten sich an Alexanders Erzählungen vom Durchbrechen des Meeres an dieser Stelle. Kahl auf der althäger Seite, war der Grenzweg auf der ahrenshooper dicht bebaut mit Häusern in großartigen Farben, in dem berühmten Blau, mit den Gärten, die gegen den Wind geschützt waren, südlich von der Sonne gepflegt, tief unter dem hohen Anstieg zum Weg, mit Malven in allen Farben bis zum Dach. Die Kinder dachten an Alexanders ernsthafte Erklärung, daß diese Häuser einen Hinterausgang nach Norden hatten aus den Zeiten, in denen Mecklenburg und Pommern Streit hatten und die Bewohner nicht auf den Grenzweg treten durften. Es war das Fischland, und nicht das richtige. Ohne Alexander schienen die Ferien nicht möglich.

Hilde sah bis zum Abend an, daß die Kinder mit ihr und der Welt zerfallen waren. Alexander hatte nicht Urlaub gehabt,

sondern einen Reisebefehl nach Südfrankreich, und war gegen den Befehl ausgestiegen, um ihr mit den Kindern nach Althagen zu helfen, die Kinder noch einmal zu sehen. Er hatte es nicht von sich verlangen mögen, ausgesprochen Abschied zu nehmen von den Kindern. Hilde stellte es ein wenig als ihre Schuld hin, daß er am frühen Morgen hatte zurückgehen müssen zu seinem Befehl. Dann verordnete sie im Ton einer Strafe, daß alle Briefe an Alexander schreiben sollten, und hatte die Aussicht auf den nächsten Tag gerettet.
Hilde schickte die Kinder mit den Bauern aufs Feld. Sie fuhren mit auf den holpernden Wagen, liefen mit beim Mähen, versuchten sich im Garbenbinden, saßen und aßen mit den Bauern auf dem schmalen Streifen Erde zwischen den beiden Wassern, kamen ausgetrocknet nach Hause, schweigsam von Müdigkeit, und dachten, sie hätten gearbeitet. Die Hocken auf dem Fischland wurden nicht wie in der jerichower Gegend wie Hausgiebel aufgesetzt, sondern rund, und waren indianische Zelte zum Spielen. Im nassen Mückenwald, dem vom Darss durch die Einbruchspuren der Ostsee getrennten Waldstück, suchten die Kinder Blaubeeren, bekamen sie abends mit Milch vorgesetzt und glaubten, sie lebten von ihrer Hände Arbeit. Hilde war imstande, einem Kind bis in den Mückenwald nachzulaufen, wenn es seinen Sonnenhut vergessen hatte. Das althäger Haus war mit einem dichten Damm aus Kieselsteinen umlegt, der das Regenwasser vom Dach gleichmäßig im Erdreich verteilen sollte. Die Reinigung des Damms von Unkraut wurde als ehrender Auftrag vergeben und hieß »Damm puken«. Der abendliche Gang zum Baden war wie Arbeitslohn. Durch ein sehr hohes Feld auf der niehäger Seite lief ein Weg zum Hohen Ufer, zwischen vom Wind geschonten Weiden und Pappeln, ein gewöhnlicher Karrenweg, der immer wieder unverhofft vor dem Abgrund zum Meer anhielt. An Alexander wurden Briefe geschrieben über den Kettenhund auf dem Nagelschen Hof, der einen öffentlichen Durchgang zum Deich und Boddenweg nicht dulden wollte, über Begegnungen auf der Dorfstraße, über Besuche bei Alexanders Freunden. Es erwies sich, daß Ferien zu erfinden waren, hatte man sie einmal von Alexander gelernt.

Heute weiß ich, daß die Ferien von anderer Art waren.
Nicht weit von Althagen, auf der anderen Seite des Saaler Boddens, war das Konzentrationslager Barth. Darin wurden Häftlinge aus der Sowjetunion, aus Holland, aus der Tschechoslowakei, aus Belgien, aus Ungarn gehalten und mußten für einen ausgelagerten Betrieb der Ernst Heinkel Flugzeugwerke A.G. arbeiten. Der tschechische Arzt Dr. Stejskal hat eine Liste geführt über die Frauen und Männer, die auf dem Friedhof von Barth und in Massengräbern beerdigt wurden. Es sind 292 Namen. Aus Barth wurden 271 Leichen von Häftlingen an das rostocker Krematorium geschickt. Die Todesursachen hießen »Tuberkulose«, »Lungenentzündung«, »Selbstmord«. Dort wurden Menschen »auf der Flucht erschossen«, und wenn eine Frau immer noch nicht an Flugzeugen zum Einsatz gegen ihr eigenes Land arbeiten wollte, wurde sie zurückgebracht ins Konzentrationslager Ravensbrück und mit Gas ermordet. Wir wußten es nicht. Hilde Paepcke ist mit uns nach Barth gefahren, über die Drehbrücke, damit wir die Stadt ansahen. Wir haben nichts gesehen. Die Bahnstrecke, auf der Cresspahls Kind zum Fischland kam, passierte Rövershagen. In Rövershagen war ein Konzentrationslager, dessen Häftlinge für die Ernst Heinkel Flugzeugwerke A.G. arbeiten mußten. Heute weiß ich es.
Alexanders Verwandtschaft hatte einander verständigt, daß Hilde in diesem Sommer nicht allein bleiben sollte, und reiste zu Wochen und Wochenenden an, Großonkel, Tanten, würdige alte Personen, eher wie zu Begräbnis als zu Ferien gekleidet. Die Kinder merkten nicht, daß im Hause besorgte Beratungen abgehalten wurden; die Kinder machten ein Spiel mit den Erwachsenen. Sie eröffneten einen Blumenladen in der Veranda, verkauften eine Butterblume für einen Pfennig, ein Gänseblümchen für zwei Pfennige, und die Herrschaften standen Schlange zu sechs, zu acht, bis in das Eßzimmer hinein. Es war ein lang eingeübter Ton unter den Besuchern, förmlich und vertraulich in einem, da jeder von jedem die Familie bis zum Urgroßvater und zum fünfzigsten Jubiläum eines Kinderstreichs auswendig wußte. Es war ein Mantel aus dicht verwobenen gegenseitigen Kenntnissen, unter dem eine Person weniger auffiel als ihre Zugehörigkeit, ihre Verträg-

lichkeit mit den anderen. Den Vorsitz der Beratungen hatte Alexanders Tante Françoise übernommen, obwohl sie ihm den Ausschluß aus der mecklenburgischen Anwaltskammer nie hatte verzeihen wollen. Sie war streng, unnachsichtig, schwarz und weiß noch in heißem Wetter gekleidet; sie war die erste, auf die Einfälle der Kinder einzugehen. Die Kinder sollten nichts merken.

Die Geschenke, die Alexander den Kindern hinterlassen hatte, waren weiße Regenmäntel aus der Sowjetunion, mit einem gummiähnlichem Stoff beschichtet. Sie fühlten sich ungetragen an, rochen fabrikneu, aber in den Taschen waren Sonnenblumenkerne. Wenn Alexander von den wieder besetzten baltischen Ländern erzählt hatte, war es wunderlich erschienen, daß auch dort die Ostsee war, in so dichten kräftigen Wäldern. Die Ostsee war da wie eine glänzende Schlange im Wald.

Aus der Zeit nach dem Krieg weiß ich: Alexander hatte in der Organisation Todt Zivilpersonen zur Arbeit einweisen müssen, die die S.S. ihm aus der sowjetischen Bevölkerung zuführte. In einem Fall hatte er sich ein wenig gegen die Annahme eines Trupps von fünfzig Juden gewehrt, weil darunter Kinder waren. Er war ohne Verfahren davongekommen; die Armee hatte ihn zurückgenommen und auf einen Unteroffizierslehrgang geschickt. Mehr war nicht zu tun gewesen. Inzwischen ließ der Krieg nicht mehr mit sich reden. Alle Beziehungen der Familie Paepcke richteten nichts aus, nicht über die mecklenburgische Burschenschaft Leonia, nicht über Offiziere aus der alten Reichswehr, nicht über die Heeresintendantur Stettin. Es war unbegreiflich, daß die Familie nicht imstande war, ihn an eine ungefährliche Stelle zu holen.

In Althagen gab es ein Spiel, da setzte sich Alexandra Paepcke auf die eine Seite des Drehkreuzes im Grenzzaun, Gesine auf die andere, beide drehten sich und sangen: Jetzt bin ich in Pommern! Jetzt bin ich in Mecklenburg!

Das Drehkreuz, die Ferien weiß die Erinnerung von diesem Sommer. Er war nicht so.

Es tut mir leid, daß sie ihn erschossen haben.

Es tut Ihnen nicht leid, Mrs. Cresspahl, madam.

Wir leben in diesem Haus zusammen seit sechs Jahren, Bill.

Martin Luther King war ein schwarzer Mann, wie ich. Sie gehören zu den Weißen.

Gestern abend wurde Martin Luther King in Memphis erschossen. Es war gegen achtzehn Uhr, neunzehn Uhr New Yorker Zeit. Er hatte den ganzen Tag in seinem Zimmer im Motel Lorraine verbracht. Er hatte es ausgesucht, weil es Negern gehört. Er war nach Memphis gekommen, um den Müllarbeitern zu helfen, die seit dem Geburtstag Lincolns streiken, seit dem 12. Februar. Vor einer Woche hat er einen Marsch der Streikenden angeführt, der mit Gewalttätigkeiten endete; am Mittwoch war die letzte Versammlung gewesen. Gegen achtzehn Uhr kam er aus seinem Zimmer auf den Balkon und unterhielt sich mit Freunden, die im Hof standen.

– Sie müssen das nicht glauben von unserem Land, Mrs. Cresspahl. Es ist nicht so.
– Genau so, und schlimmer.
– Einen Träger des Nobelpreises, den erschießen wir hierzulande, er muß nur ein Neger sein und das Bürgerrecht für Neger verlangen.
– Beide Börsen haben mit Trauer über die Nachricht eröffnet, die nationale und die new yorker. Und um 11 gibt es noch eine Schweigeminute.
– Kennen Sie einen Neger, der einen Sitz an der Börse hat?
– Heute abend kommt der Aufstand nach New York.

Dr. King lehnte auf dem Balkongeländer. Er war ausgeruht, herzlich, vorfreudig. Er war für ein Abendessen bei einem Pastor in Memphis angezogen. Sein Fahrer warnte ihn vor der Abendkälte und bat ihn, einen Mantel anzuziehen. Dr. King versprach es. Ein Freund stellte ihm den Musiker vor, der später auf der Versammlung spielen sollte. Dr. King hatte sich das Negerspiritual gewünscht: »Herr du meine Kostbarkeit, führe meine Hand«. Er begrüßte den Mann strahlend, und wiederholte seinen Wunsch. Dann fiel der Schuß.

– Er hat es vorausgesagt.
– Als er nach Memphis flog, mußte das ganze Gepäck abgesucht und das Flugzeug bewacht werden, seinetwegen.
– Gestern abend war er im T.V. noch einmal lebendig zu sehen. Sie zeigten seine Rede vom Mittwochabend. Daß sein Volk das Gelobte Land erreichen wird, womöglich aber nicht mit ihm gleichzeitig.
– Fernsehen müßte abgeschafft werden.

Dr. King stürzte auf den Balkonfußboden nieder. Er war von unten noch zu sehen, weil das Geländer nur aus grüngestrichenen Eisenstäben besteht. Aus der rechten Seite von Kinn und Nacken brach Blut. Die Explosion hatte die Kravatte zerfetzt. Er hatte sich eben vorgebeugt; im Stehen wäre er nicht im Gesicht getroffen worden. Jemand rannte zu dem Liegenden und versuchte das Blut mit einem Handtuch aufzuhalten. Ein anderer versuchte ihn mit einer Decke zu schützen. Dann kam jemand mit einem noch größeren Handtuch. Die Feuerwehr schickte eine Ambulanz erst nach zehn oder fünfzehn Minuten. Mit den blutigen Handtüchern über dem Kopf wurde er auf einer Bahre davongetragen. Er war nur drei Minuten im Freien gewesen.

– Er ist belächelt worden von den Negerführern, weil er die gleichen Rechte ohne Gewalt erreichen wollte.
– Viele haben gehofft, er sei doch im Recht.
– Jetzt müssen sie sich die Gewalt selber glauben.
– Heute abend gibt es weißes Blut auf unseren Straßen.
– Wir sitzen hier wie eingesperrt.
– Bis heute abend können die Neger alle Züge blockieren.
– Kein Weißer wird aus der Stadt kommen.

Das Geräusch des Schusses schien einigen aus einem vorbeifahrenden Wagen zu kommen. Für andere hörte es sich an wie ein Feuerwerkskörper. Ein Mann nebenan hatte vor dem Fernsehgerät gesessen, dem kam es wie eine Bombe vor. Als die etwa fünfzehn Leute auf dem Hof des Motels sich umdrehten in die Schußrichtung, alles Neger und Freunde Dr. Kings, kam Polizei von überall gelaufen, vornehmlich aus der Schußrichtung. Die Polizei trug Gewehre, Flinten, Schutzhelme. Augenblicke vor dem Schuß war ein Funkwagen mit vier Polizisten auf der Straße vorbeigefahren. Erst wurde ein Gebiet von fünf Blocks um das Motel Lorraine abgesperrt. Dann wurden viertausend Nationalgardisten angefordert und ein allgemeines Ausgangsverbot verhängt. Dr. King starb um 19.05 (20.05) Uhr während der Operation an einer Schußverletzung im Nacken, »einer klaffenden Wunde«.

– Man kann es auch übertreiben.
– Die Fahnen auf halbmast! er war doch nicht Kennedy.
– Die Schwarzen gehören ausgeräuchert, Block nach Block!
– Womöglich waren sie es selbst.
– Mein Friseur muß seit gestern abend eine schwarze Brille tragen, weil ein Neger ihn mit dem Schlagring unters Auge boxte. Dabei ist er Franzose.
– Und was sagt er?
– Er hat einfach die Brille abgenommen und mich angesehen.
– Glauben Sie, daß es wirklich keine Toten in Harlem gab gestern abend? Man will uns nur beruhigen.
– Eine einzige Schlagzeile in der Times, und darunter zur Hälfte andere Nachrichten.
– Man kann es eben auch übertreiben.

Die Polizei hält den Täter für einen weißen Mann in seinen Dreißigern, der zwischen 50 und 100 Meter entfernt in einer Absteige versteckt war. Der Chauffeur Dr. Kings hat einen Mann »mit etwas Weißem auf seinem Gesicht« aus einem Gebüsch auf der anderen Seite der Straße wegkriechen sehen. Die Polizei nimmt an, daß der Fluchtwagen des Täters ein modernes Mustang-Modell war. Einen Block entfernt wurde ein Gewehr vom Kaliber 30.06 gefunden.

– Das ist doch eine gelegte Spur.
– Ob der allein war?
– Glauben Sie, daß Oswald allein war?
– Glauben Sie, daß es wird wie bei Kennedy?
– Sie mögen den Täter finden, nicht die Auftraggeber.

Nachdem Dr. King für tot erklärt worden war, berieten sich seine Freunde in seinem Hotelzimmer. Sie mußten über die trocknende Pfütze seines Blutes vor der Tür hinwegtreten. Jemand hatte eine zusammengeknüllte Zigarettenpackung in das Blut geworfen.

– Wenn die Bank schon früher schließt, wäre es um Mittag richtiger gewesen.
– Inzwischen haben die Neger alle Tunnel und Brücken vermint.
– Die Negersoldaten in Viet Nam schicken sich Waffen nach Hause. Was glauben Sie, was die Post so täglich an Maschinengewehren in New York ausliefert!
– Und Handgranaten. Und Plastikbomben.
– Auf der Madison Avenue haben sie eine weiße Frau mit ihrem Kind erstochen, weil sie einen Nerzmantel trug.
– Und wir schicken sie auch noch nach Viet Nam, damit sie den Nahkampf lernen.
– Erst die Indianer. Dann die Schwarzen.

Es tut mir leid, daß sie ihn erschossen haben, Bill.

Daß Sie höflich sind, Mrs. Cresspahl, ich weiß es.

Es tut mir leid.

Und doch, wenn heute nacht die schwarzen Leute aus Harlem hierher kommen; keinen Finger werd ich für Sie rühren, Madam. Wissen Sie überhaupt, was das ist, Angst haben?

Ja.

Nichts wissen Sie. Sie sind nicht schwarz.

6. April, 1968 Sonnabend

»Mrs. Martin Luther King
St. Joseph's Hospital
Memphis, Tennessee
Liebe Mrs. King:
Zu dem persönlichen Verlust, den Sie erlitten haben
der Ihnen zugestoßen ist
den die Weißen Ihnen zugefügt haben, möchte ich Ihnen mei–«

»Mrs. Coretta King
Lorraine Motel
Memphis, Tennessee
Sehr geehrte Mrs. King:
Angesichts des Verlustes, der Ihre Kinder und Sie betroffen hat,
der Ihnen und Ihren Kindern von den Weißen bereitet wurde, und dessen nationale Bedeutung auch nicht durch das offizielle Beileid der Bundesregierung gemindert werden kann,
werden Sie mit Befremden sehen, daß in Ihrer wie in dieser Stadt die Bürger auf dem Broadway spazieren gehen, den arbeitsfreien Tag genießend, nicht ohne Wohlgefühl in der Sonne. Sie wissen von dem gestrigen Gedächtnismarsch durch New York, der Arbeitsniederlegung der Stauer im Hafen, den Auftritten des Bürgermeisters Lindsay in den Ghettos. Allerdings sind bei uns einige Geschäfte geschlossen, darunter jüdische, die dem Sabbath diesmal auch eine andere Bedeutung zulegen als die der eigenen Religion, auf mit der Hand geschriebenen Papptafeln, dem Andenken Ihres Mannes zuliebe und ihn zu ehren. Aber es sind nicht viele Autos, die mit Standlicht fahren am hellichten Tag. Jedoch sind reichlich Passanten unterwegs, die Einkäufe zum Osterfest zu besorgen, die für heute und morgen ausgesetzten Sportveranstaltungen werden nachgeholt, womöglich sogar am Dienstagabend, und ich möchte Ihnen versichern, daß nicht alle damit einverstan-«

»Mrs. Martin Luther King
Southern Christian Leadership Conference
Atlanta, Georgia
Sehr verehrte Mrs. King,
Nachdem ich anfangs mich entschuldigen wollte für das Telegramm, das meine Tochter gestern abend an Sie gerichtet hat, möchte ich nur sagen, daß das Kind noch nicht elf Jahre daß ich mich nun gerade dem impulsiven und unbeherrschten Ton jenes Telegramms anschließen möchte, in einer Verfas-«

Warum kann ich es nun nicht! Sagt es mir!

Es ist etwas Wirkliches, Gesine.

Es ist doch nicht ein gewöhnlicher Tod.

Ein Tod wie der unsere. Vorhersehbar, wahrscheinlich. Ebenso auch unwahrscheinlich.

Weil er nicht Kennedy war?

Weil er ein Neger war. Ob er Gewaltlosigkeit predigte oder Gewalt. Dieser war nun zu sichtbar geworden.

Deswegen müßte ich doch einen Brief –

Nein Gesine. In was für einem Land lebst du, aus freien Stücken? In einem Land, in dem Neger umgebracht werden. Was willst gerade du da schreiben.

Ja. Nichts. Nichts.

7. April, 1968 Sonntag

Die Bildberichte von den Unruhen in Washington zeigen schmutzigen Rauch, klumpig in den Straßen, weit ausgebreitet über die Stadt. Er verdeckt das Weiße Haus: sagt die Unterschrift. Auf einer anderen Fotografie steht eine niedrige Zeile Häuser eng bei einander, einige schon zu leeren Kästen ausgebrannt, mit halb eingestürzter Fassade. An einigen hat das Feuer noch zu fressen. Es sind amerikanische Häuser, kenntlich an den flachen Dächern, den waagerecht geteilten Fenstern. So sähe ein Krieg in amerikanischen Städten aus.
In Mecklenburg, im Lyzeum zu Gneez, hieß es noch im Januar 1945: Du kriegst Order, und Bescheid kommt nach! nicht ohne militärischen Einschlag, als wären die Lehrer nichtgezogene Unteroffiziere allesamt. Sie konnten es gebildet

fassen und sagen: Das Denken überlaß den Pferden, die haben den größeren Kopf! Wenn ein Kind gesagt hatte: Ich dachte –.
Das Cresspahlsche Kind sagte nicht, was es dachte, saß freundlich beobachtend da und merkte sich, wie das Lehrpersonal umging mit einem Kind, das etwas gedacht hatte. Das Cresspahlsche Kind hatte ein Geheimnis. Sie wußte, daß der Krieg gleich zu Ende war. Sie hatte Cresspahl aus der Schule erzählt, etwas vom Sterben Londons unter den V-2-Raketen, und ihr Vater ließ sich ertappen bei einem überraschten, dann deftigen Lachen, das aber so aussah, als verschlucke er sich. Das Geheimnis bedeutete aber, daß es in wenig Wochen vorbei sein würde mit dieser Schule.
Es war für ein Kind zu sehen. In Jerichow gab es noch Familien, deren Eltern glaubten an die Volksgemeinschaft und kauften keine Lebensmittel schwarz, da hungerten die Kinder. Die Bauern, die Handwerker waren zum Tauschhandel zurückgekehrt. Cresspahl litt keine Not mit seiner Pfeife, den versorgten seine französischen Kriegsgefangenen mit; Lise Wollenberg aber ging bei den Schulfahrten durch den ganzen Zug und suchte nach einer gewissenlos weggeworfenen Kippe für ihren Vater, denn auf die Raucherkarten hatte es wieder nur 10 Zigaretten auf sechs Abschnitte gegeben, und diese Zuteilung lief nur für vier Wochen. Die Kinder sahen es auf dem Bahnhof von Gneez. Der öffentliche Verkehr von Schnell- und Eilzügen war eingestellt; mit den gewöhnlichen Zügen durften nur noch auswärts Beschäftigte fahren, und Schulkinder. Die Alliierten hatten das deutsche Eisenbahnnetz nun kaputt. Der gneezer Bahnhof war still geworden. Ganz selten kam ein Gespensterzug für Dienstreisende durch, von wenigen Leuten auf dem Bahnsteig erwartet. Nach Wendisch Burg durften nur noch Postkarten geschrieben werden, und die Briefträgerin in Jerichow hatte in ihrer Tasche mehr Fernbriefe, die sie den Absendern zurückbringen mußte, als von auswärts angekommene. Das Cresspahlsche Kind war auf der rander Chaussee angehalten worden, weil es zum Vergnügen an die Ostsee gefahren war; gegen das Benutzen von Fahrrädern über mehr als drei Kilometer gab es eine Verordnung, die galt sogar für die Hitlerjugend. Das Cresspahlsche Kind

hatte dem Vater die Anfrage der Lehrerin ausgerichtet, wann es denn nun endlich dem Jungmädelbund beitreten werde, mit doch immerhin elf Jahren, und Cresspahl hatte einen Entschuldigungszettel wegen der Fahrschülerei geschrieben, insgeheim aber gesagt: Nè. Nu nich mihr, Gesine.

Unter den Erwachsenen in Jerichow aber ging das Gespräch oft um die Seidenschwänze, die unverhofft aus dem Norden eingefallen waren, zierliche Tiere mit rötlich grauen, weißlichen, rötlich gelben Farben, im Körperbau Haubenlerchen ähnlich. Bei den Großvätern waren diese Vögel noch angesehen gewesen wegen ihrer Begabung, das Wetter im Voraus zu wissen, eben weil sie so unstet blieben und reisten; in der Regel sollte ihre Ankunft einen strengen Winter angekündigt haben. Für einige war dieser strenge Winter auch gleich die deutsche Niederlage. Andere aber sagten, ein Deutschland, das noch die Eisenbahnlinie von Jerichow nach Wismar (oder Lübeck) führen werde, könne seinen Krieg nicht verlieren.

Dann wurde der Flugplatz still. Starts lohnten nicht mehr das Zählen, kaum die Landungen. Der Fliegerhorst Mariengabe, Stolz Jerichows, begann zu sterben.

Hamburg, Lübeck, Bre-men,
die brauchen sich nich zu schä-men;
Jerichow is væl to lütt:
dor schitt keen Düvel, wenn he nich mütt –.

Und Otto Quade bekam einen Schlag hinter die Ohren. So hatte das Lied eine Zeit lang nicht heißen müssen. Jerichow hatte Luftwaffe gehabt.

Der Fliegerhorst Mariengabe war einer von der jerichowschen Art gewesen, von Anfang an. Als er noch zum Luftgau III Berlin gehörte, hatte er nur ein Einsatzhafen werden sollen, ein kleiner Knoten in einem großflächigen Netz, ein Rollfeld von fünfhundert mal tausend Metern in Westrichtung, später ein weiteres senkrecht dazu. Es hatte nicht nur an der schwächlichen Bauwirtschaft der Gegend gelegen, daß er erst nach dreieinhalb Jahren fertig war, auch an der später aufgegebenen Planung der Langstreckenbomber, mit der die Kerle in Berlin dann auch die Wichtigkeit von Jerichow vergaßen,

und es hatte sein Kränkendes gehabt. Gewiß, es waren dann immer mehr Truppen auf den Platz gelegt worden als die 300, die schon im Oktober 1938 eingerückt waren, dem Augenschein zuliebe; dann aber wurde der Platz umgegliedert in den Luftgau XI Hannover, nichts als Hannover, unter das Luftwaffenkommando 2 (Nord) in Braunschweig, nichts als Braunschweig, und der General der Flieger Helmuth Felmy hatte sich die Mühe eines Besuches in Mariengabe nicht gemacht, und hätte doch sein Fest bekommen in Jerichow, mit Blasmusik auf dem Marktplatz und nächtlichem Fackelzug.
Der erste Kommandant von Jerichow Nord, Oberstleutnant von der Decken, ging aus der Stadt, ehe sie sich recht an ihn gewöhnen konnte. Das Haus, das er sich in der ehemaligen Villa Dr. Semigs gerichtet hatte, hielt er still. Zu sehen bekamen die Anwohner der Bäk ihn am Morgen und Abend, wenn der Wagen mit seinem Adjutanten vor der Tür stand, als sei ein Flugplatzkommandant ein Angestellter, der einer ganz gewöhnlichen Arbeit nachgeht. Er fuhr wenige Male zu Einladungen auf die Güter des Winkels, wo er Verwandtschaft hatte; daran hatte die Stadt keinen Teil. Die Frau von der Decken ließ sich ins Haus schicken oder holen was sie brauchte, und sie betrug sich gegen einen Handwerker als könne sie ihn nicht recht sehen. Als Cresspahl ihrem Mann den Tresor einbaute, hatte sie ihm einen Teller Zusammengekochtes in die Küche stellen lassen. Ihre hannöversche Einbildung, die Fahrten zum schweriner Landestheater, die langeweilekranke Miene, es war alles angemessen gewesen gegen Jerichow; nur hatte frühere Herrschaft sich mehr gezeigt, von ihrem Leben Geschichten abgegeben. Im Gedächtnis geblieben waren die beiden Mädchen von der Dekken, vierzehnjährige Zwillinge, blond, berlinisch, scharf im Gesicht wie die Mutter. Sie gingen nicht in Jerichow in die Schule, sondern wurden in einem Luftwaffenauto zum gneezer Lyzeum gebracht. »Die Puppen« hatten sie geheißen. Für die beiden wurden im ehemaligen Tierarztstall Pferde gehalten, die ritten während der Ernte spazieren im Gräfinnenwald, auch an der Küste entlang, oft in der Begleitung eines Fähnrichs, und Jerichow hatte wieder ein neues Beispiel, wie Kinder im Vergnügen aufgezogen werden sollten, gründlicher

noch als auf die papenbrocksche Art. Dann war der Kommandant mit seinem Kampfgeschwader an die Ostfront gegangen, die Familie packte ins Niedersächsische um; anderthalb Gruppen des Geschwaders kamen zurück, wurden aufgefüllt, flogen an die Sowjetfront, kamen nicht wieder. Inzwischen hatte Jerichow durch Verlegungen und Versetzungen den fünften Kommandanten, immer jünger waren sie geworden, nun durchgehends Majore, die ihre Familie nicht erst mitbrachten und auf dem Fliegerhorst wohnten statt in der Stadt. Der letzte Tag der Luftwaffe, die Öffnung des Platzes für die Bevölkerung, war 1940 veranstaltet worden, danach fehlte dafür der Treibstoff wie das Geld, und Mariengabe war das Geheimnis Jerichows geworden, streng eingezäunt, gesichert von Wachen, Streifen, Posten, ein oft beiläufiges Geräusch, das nur bei nordwestlichem Wind die Nacht in der Stadt wach machte.
Das war bis 1944 gegangen. Der Verband, der 1940 den Platz übernahm, hatte Piloten ausgebildet, bis er nach Frankreich abgezogen war, davon war ein Bataillon für Grundunterricht übrig, und eine Kompanie für Luftnachrichtenschulung war dazugelegt. Den Erwerb des Heimatrechtes, den noch von der Decken versprochen hatte, betrieben die Stabsoffiziere Fliegerhorst, ältere Herren aus der Reserve, inzwischen lässiger. Über die Nacht vom 28. zum 29. März 1942 war ein dramatischer Bericht im gneezer Tageblatt veröffentlicht worden, damit die Umwohner des Platzes ungefähr wußten, daß er arbeitete: wie die Mannschaften mit Maske, Stahlhelm und Gewehren in die Bunker und Gräben rennen, wie die Sanitäter, Warte und Tankwarte auf ihre Position gehen, damit landende Jäger auf das rascheste abgefertigt werden können, »und mit donnerndem Motor steigt der schlanke Vogel empor in die Nacht, den britischen Terroristen entgegen«. Zu der Einführung neuer Kinderspiele hatte dies in Jerichow nicht ausgereicht. Einmal waren die oberen Klassen der Hermann Göring-Schule nach Gneez verfrachtet worden, die Erlebnisberichte eines Eichenlaubträgers im Hotel Erbgroßherzog anzuhören; die Bewerbungen von Wehrpflichtigen zur Luftwaffe waren wie gewünscht angestiegen. Seit 1943 lagen Jäger auf dem Platz und mach-

ten die Nacht zum Tag mit der Marschmusik in ihren Bereitschaftsbaracken, sprangen mit ihren Messerschmitts über die Ostsee, nach Berlin, aber nicht nur die Briten hatten sie kaputtgeschossen, auch die deutsche Flak. Immer noch raste die Besatzung des Platzes in Deckung und Position, wann immer Alarm durchgegeben wurde, aber die eigenen Jäger kamen nicht mehr nach Jerichow Nord, und die Alliierten zogen am hellichten Tage hoch über der Ostseeküste nach Deutschland hinein, unangreifbar, hochmütig.
Wie es in Rostock Schuljungen gab, die Lübeck den ersten Platz in der Bombardierung nicht gönnten, so ärgerten sich Jungen in Jerichow, daß die Briten und Amerikaner ihren Platz nicht einmal eines leichten Angriffes für wert hielten. Alles was sie bekamen waren die Stanniolstreifen, die die Alliierten zur Täuschung der deutschen Funkmeßtechnik abwarfen. In Wismar, in Rostock gab es einen Handel mit Flaksplittern. In Jerichow waren eben erst Fliegerabwehr-Maschinengewehre besetzt worden; anderswo waren Kanonen aufgestellt.

Hamburg, Lübeck, Bre-men,
die brauchen sich nicht zu schä-men . . .

Cresspahl war immer weniger nach dem Fliegerhorst Mariengabe gefragt worden, seit er nicht mehr Jägerstützpunkt war. Die Umrüstung und Umschulung von Fremdpeiler auf U.K.W.-Landeanlagen für Blindflug und Nachtjagd war das Letzte gewesen, was seine Auftraggeber dringlich bestätigt wünschten; danach waren sie nicht einmal enttäuscht gewesen, daß er das Bombenzielgerät nicht finden konnte, dessen Erprobung in Jerichow angenommen wurde. Er trug gelegentlich nach, welcher Fliegeringenieur neuerdings der Werftgruppe der Handwerker vorstand, wer die Basisgeschäfte des Standorts nun besorgte; was er seit Anfang 1944 hatte unternehmen sollen, waren Reisen mit den dienstlichen Genehmigungen von Leslie Danzmann oder mit den Luftwaffenstempeln von Jerichow-Nord. Wer in die Nähe der Luftwaffenerprobungsstelle Rechlin fährt, hat dort Verwandte zu besuchen oder nach Ersatzteilen und Holz zu fahnden;

bei Ribnitz lag nicht nur die Walther Bachmann-Flugzeugwerke A.G., da war auch ein Kind aus den Ferien abzuholen. Wo immer es anging, fügte er seinen Berichten Angaben über die mecklenburgischen Konzentrationslager bei, damit wohl die heinckelschen Betriebsauslagerungen getroffen wurden, nicht aber die ausländischen Zwangsarbeiter bei Krakow, in Retzow bei Rechlin, in Neustadt-Glewe, Rövershagen, Reiherhorst bei Wöbbelin und besonders in der Comthurey bei Alt-Strelitz. Die Insassen dieses Lagers hatte er in der Nähe des Bahnhofs gesehen, als sie zur Arbeit auf das Gut des S.S.-Obergruppenführers Oswald Pohl getrieben wurden, krummgeschlagene, wie verhungerte Tiere trottende Menschen.

Alle Deutschen haben es gewußt, Gesine. Die S.S. nannte es K.L.

In der richtigen Abkürzung.

Die Deutschen aber haben es sich mundgerecht gemacht, gleich zu Anfang.

Konzertlager. K.Z.

Nicht einmal: K.Z.L.

Willst du immer noch nicht aufrechnen, Cresspahl?

Nè, Gesine. Ich mach mir das allein zurecht.

Cresspahl war nun heil herausgekommen. Immer wieder hatte die Flugplatzkommandantur Übungen durchgeführt, die Sicherheit zu überprüfen. Aber Cresspahls Türen auf dem Platz waren nach der Vorschrift verschlossen gewesen. Einmal war ein Ic vom Luftgau gekommen, ein ältlicher Major, und Cresspahl hatte sich zwei Tage lang beobachtet gefühlt. Dann war es doch nur gewesen, weil der Lisbeths Geschichte kannte, von den von der Deckens her. Die Spionageabwehr hatte Leute auf den Platz geschleust, die sich ausgaben als verlegt; sie fragten aber umher, luden mit abschätzigen Äußerungen über die S.S. zu Vertraulichkeit ein, und jedes Mal hatten sie ihn aufgeben müssen als harmlosen Alten, wunderlich geworden, dumm im Kopf von einem Unglück mit seiner Frau.

Vielleicht war ich es, Gesine.
Ja. Nicht mehr als ich.

Wieder hieß es in Jerichow, daß Cresspahl sich doch noch auf die Einrichtung seiner Sachen verstehe. Seit die Jugendlichen und die Alten zu Übungen im Volkssturm eingezogen wurden, trug Cresspahl die Uniform eines Luftwaffenfeldwebels und hatte ein ordentliches Soldbuch in der Tasche. Auf dem Flugplatz würde der Krieg still zu Ende gehen, und er war wieder einer von denen, die ohne Schießen und Erschossenwerden durchkommen sollten.
Jerichow Nord hatte keinen Treibstoff mehr und betrieb nichts als Grundausbildung, alle drei Monate einen neuen Durchgang. Der Flugplatz war still geworden.
In Jerichow wurde Ende Januar für Wehrmacht und Volkssturm gesammelt, Sachen wie Wäsche und Kleidung »aller Art«, Tornister, Spaten, Sonnenbrillen, und doch kamen die Hitlerjungen diesmal mit fast leeren Handwagen zurück zur Ortsgeschäftsstelle der Partei. Unter den Spenden war Schuhzeug, weniger wert als die Instandsetzung. Manche hatten eine löcherige Pferdedecke gegeben, damit Friedrich Jansen nicht nachsuchen kam. Von Käthe Klupsch war das Uniformkoppel ihres Vaters aus dem 1. Weltkrieg dabei, denn Käthe Klupsch war abergläubisch und meinte, daß *ein* guter Wille noch verschlüge, wo die anderen aufgegeben hatten. Cresspahl hatte nichts mehr gegeben.
Die Front stand Ende Januar bei Breslau. In Jerichow wurde der Luftlandealarm bekanntgemacht, ein langer Sirenenton von fünf Minuten, oder das Läuten der Kirchenglocken.

Warten konntest du ja, Cresspahl.
Da hab ich aufgehört zu warten, Gesine. Es war ja nichts mehr da, nur du. Es kam nun nichts mehr für einen wie mich.

8. April, 1968 Montag

Gestern wurde die Familie von Martin Luther King am offenen Sarg fotografiert: Yolanda, Bernice, Martin Luther III, Dexter und die Mutter. Der Kopf ihres Vaters liegt sonderbar tief. Die kleinste Tochter, Bernice, die mit dem Kinn kaum bis zum Rand des Kastens reicht, versucht über ihn hinwegzusehen. Die anderen Kinder wissen, daß sie die Leiche ansehen müssen. Sie sind aber die senkrechte Blickrichtung nicht gewohnt.

Der Generalstaatsanwalt hat den Mord zum Bundesverbrechen erklärt. Die Begründung für die Ausnahme bezieht sich auf ein Gesetz, nach dem das Bundeskriminalamt für die Verfolgung eines Verbrechens zuständig ist, wenn dadurch eine Person ihrer bürgerlichen Rechte beraubt wurde, in diesem Falle also Dr. King seines Lebens.

Bei uns, auf der westlichen Seite des Broadway, an der 96. Straße, ist der Kleiderladen neben Charlies Gutem Eßgeschäft heute zum zweiten Mal eingeschlagen und ausgeraubt. Auf das Sperrholz an Stelle des Schaufensters sind handgeschriebene, unbeholfene Klagezettel geheftet. Einige Passanten bleiben stehen, um sie zu lesen, unterschreiben auf vorgehaltene Petitionen. Sie werden beobachtet von Negern, die in einer wartenden Haltung dastehen.

Auf einem der Zettel hat der Besitzer des Ladens die Frage gestellt: Was soll daraus werden?

In roter Schrift, anderem Duktus ist daruntergesetzt: Daß wir dich umbringen, wirst sehen. Du bist weich.

9. April, 1968 Dienstag

Heute wurde Martin Luther King beerdigt.

Auf den Wiesen im Central Park saßen Familien und Liebespaare auf Decken und machten Picknicks in der Sonne.

Die Schulen, Banken, Börsen geschlossen.

Vor der Orchestermuschel im Central Park waren die viertausend Sitze dicht besetzt, viele Menschen standen noch hinter den Barrikaden der Polizei. Leopold Stokowski fielen beim Dirigieren immer wieder die Haare ins Gesicht. Da waren ein Mädchenchor in roten Gewändern und das Amerikanische Sinfonieorchester. Als wir kamen, spielten sie Auszüge aus dem Deutschen Requiem und der Matthäuspassion, dann die Ode an die Freude.

Der Zoo, das Karussel und die Reitstation im Central Park waren vollgepackt mit Kindern, die den schulfreien Tag ausnutzen wollten. Der Park war im vollen Frühlingsgrün, gelb und rötlich mit Blüten besetzt, bunt auch von Radfahrern, Mädchen mit Hunden, Spaziergängern. Aus den Transistorradios kamen die Nachrichten vom Fortgang der Beerdigung.

Am Kolumbuskreis war einem Würstchenverkäufer das Sauerkraut ausgegangen, und er entschuldigte sich viele Male. Ein solches Geschäft habe er noch nicht erlebt in diesem Jahr. In der Subway waren die Bänke kaum besetzt. Vielleicht waren die Neger unter den Angestellten nicht vollzählig zum Dienst gekommen, wegen der Fernsehübertragung aus Atlanta.

Vor dem Rathaus standen junge Leute, meist Studenten, und hielten eine Schweigewache, barhäuptig. Sie standen da schon seit zehn Uhr, und blieben, bis die Uhr Mittag schlug.

Die Schilder in den geschlossenen Geschäften sagten nun nicht mehr alle handgeschrieben: Wir trauern um Martin Luther King. Einige wiesen inzwischen mit gedruckten, geprägten, säuberlich gemalten Buchstaben darauf hin, daß der Laden dem Toten nicht nur Achtung erweise, sondern obendrein auf eine solide Art.

Leute, die hinter uns stehen blieben, sprachen gelegentlich von Drohungen der Neger gegen Geschäftsleute, die nicht freiwillig schließen wollten.

Oft war zu hören: Es ist wie bei Kennedy. All die Glocken in der Luft –

Weibliche Personen dürfen in Wes' Bar zu Mittag essen, wenn sie nicht an der Bar selbst bedient werden wollen. Von unserer Nische war bequem zu Wes hinüberzusehen. Einmal ging er mit ausgebreiteten Armen auf ein Mädchen zu, das hinter den männlichen Kunden auf seine Aufmerksamkeit wartete. Bewillkommnend und beglückt hielt er seine Arme offen, komm an mein Herz, bis das Mädchen sagte: Zwei Flaschen von dem und dem. – Ach: sagte Wes enttäuscht, tief in seiner

Hoffnung getroffen. Während er ihr das Bestellte über die Schultern der Männer reichte, forderte er die Herren zu heimlichem Grinsen auf.
Von den Gesprächen an der Bar klang zu uns herüber:

– Wieso sind hier heute keine Abschleppwagen! so normal war es doch lange nicht.
– Die sind alle in Harlem diesen Tag. Sonst machen die da wieder Rabatz.
– Wenigstens *was* Gutes.
– Na Wes, was gibt's Gutes Neues?
– Jawohl, mein Herr! Das Land steht in Flammen!

Er hat uns nicht bemerkt, und Marie fragte nicht, warum wir diesen Laden besucht haben.
Am Nachmittag machten die großen Kaufhäuser an der Fünften und Lexington wieder auf. Am Morgen hatten die Straßen nach einem Ferientag ausgesehen, still und fast leer, jetzt drängten die Autos einander wieder mit Hupen, die Passanten stießen mit Einkaufstüten gegeneinander.
Gegen fünf Uhr gerieten wir an der Dritten Avenue an die Ausstellungsfenster einer Fernsehgerätehandlung. Die Firma warb für ihre Waren, indem sie sie alle beim Funktionieren zeigte. Lange Zeit zeigte das farbige Bild nichts als den Sarg in Atlanta, glänzend in der Sonne, auf einem in Menschenmengen festgehaltenen Maultierkarren. Die Kamera versuchte Schwenks auf die bunten Fahnen der U.S.A. und der U.N. über den Köpfen der Trauernden, kehrte hoffnungsvoll zurück zu dem Karren, aber der Sarg war immer noch nicht weiter. Nur, die Sonne war weg, und er sah stumpf aus.
Heute abend, bevor die Theater ihre Vorstellungen beginnen, sollen sie eine Schweigeminute einlegen. Dann spielen sie.

– Sprich mit mir, Gesine. Sprich mit mir, ja!
– Ja.
– Wenn du jetzt keinen Fernsehapparat kaufst, laß ich uns einen schenken, von D. E., von Mr. Robinson, von sonstwem!
– Nein. Wir können uns einen leihen.

– Mindestens!
– Nur wozu? Das Begräbnis von King ist doch zu Ende.
– Für den nächsten, Gesine. Für den nächsten, den sie totschießen. Für den nächsten!

10. April, 1968 Mittwoch

Die Ermordung Martin Luther Kings hat Unruhen in 110 Städte gebracht. Die ganze Stadt Washington war zu; Banken, Restaurants, Geschäftshäuser, Läden öffneten nicht. In den Gefängnissen von Chicago waren um das Doppelte mehr Menschen, als die Anstalten fassen sollen. Auf der anderen Seite des Flusses, in Newark, brennt es noch. Dr. King ist begraben, und die New York Times macht sich Sorgen um die Zukunft der amerikanischen Seele: Nichts an unersetzlichem materiellen Wert ist verloren, aber . . .
Beginn der Baseballsaison.
Die kommunistische Partei in der Č.S.S.R. hat die Regierung nun vollständig mit Leuten besetzt, die nicht Komplizen der Stalinisten waren. Der Innenminister, General Pavel, kennt die Gefängnisse des Landes aus mehreren Jahren von innen. Die Partei verlangt überdies von sich selbst, der Staatssicherheitsdienst solle den Staat lediglich gegen Angriffe von außen schützen, und die Lösung von Fragen der Innenpolitik sei nicht seine Aufgabe. Es klingt wie aus einem Lehrbuch.
Im März 1945 kam in Lisbeths Garten ein vergessener Krokus hoch. In der Sonne flogen Bienenvölker und reinigten sich. Der Baum hinter Cresspahls Haus war schwarz von Staren. Im Bruch ließen die ersten Kiebitze sich hören.
Im März wurde ein Lastwagen der Heeresintendantur Stettin auf einer Landstraße in Vorpommern von sowjetischen Tieffliegern beschossen und brannte halb aus. Bis auf den Fahrer wurden alle Insassen getötet. Cresspahl bekam das Telegramm erst, als Hilde Paepcke mit Alexandra und Eberhardt und Christine schon begraben waren in einem Grab, das wir nach dem Krieg nicht finden konnten.

Es beginnt von neuem. Die Fragen sind verwandt mit denen nach der Ermordung John Kennedys.

Warum befahl die Polizei von Memphis kurze Zeit nach dem Schuß auf King die Fahndung nach einem weißen Mustang, mit dem Zusatz, der Wagen sei ausgerüstet mit einer Antenne wie für Empfang und Sendung auf dem öffentlichen Frequenzband?

Wer gab am 5. April um 18.35, 34 Minuten nach der Ermordung Kings, aus dem »Funkwagen 160« durch, er verfolge einen weißen Mustang im Norden der Stadt in östlicher Richtung?

Gibt es jemand in der Polizei von Memphis, der die Polizei von Memphis ablenken wollte, damit dem Mörder Kings ein westlicher Fluchtweg nach Arkansas oder ein südlicher nach Mississippi geöffnet wurde?

Warum meldete die Polizei um 18.36, daß inzwischen ein blauer Pontiac mitmache bei der Jagd auf das mutmaßliche Fluchtauto, und um 18.47, daß aus dem weißen Mustang auf den Pontiac geschossen werde?

Warum gab es danach keine Durchsagen mehr über die drei Wagen? Weil die Zentrale nunmehr genügend Funkwagen in die falsche Richtung abgelenkt hatte?

Warum sagte der Führer des Funkwagens 160, Leutnant R. W. Bradshaw gestern, er habe einen weißen Mustang weder gesehen noch verfolgt, und heute, daß weitere Erklärungen nur noch Sache seiner Vorgesetzten seien?

Wäre die Sache mit dem falschen Funkspruch je herausgekommen, hätte nicht ein Fernsehgerätehändler ihn mitgehört?

Wie konnte er ihn mithören, da sein Gerät die Meldung vom tatsächlichen Standort des Funkwagens 160 gar nicht empfangen konnte?

Wie konnte der Spruch aber von einem Privatauto mit öffentlicher Sendefrequenz kommen, wenn mit einem solchen Radio ein Sendeverkehr zwischen Funkwagen und Zentrale gar nicht vorgetäuscht werden kann, es sei denn, da seien ausgefuchste Experten am Werk gewesen?

Warum wußte die Polizei von einem zweiten Mann in der

Mordsache und behauptete tagelang gemeinschaftlich mit dem Bundeskriminalamt, der Täter sei ein Einzelner?
Warum befaßt sich das Bundeskriminalamt erst nach fünf Tagen mit den Spuren, die auf eine Verschwörung zum Mord deuten?
Wenn je eine Regierungskommission den amtlichen Bericht über das Attentat auf Dr. King vorlegt, sie wird dies wegerklären.
In der Neufassung der Geschichte der Stadt Wendisch Burg, zum 800. Jahrestag der Gründung 1965 herausgegeben von der Kommission für die Jubiläumsfeierlichkeiten bei der Bezirksleitung der Sozialistischen Einheitspartei, wird die Rettung der Stadt vor Beschuß und Bombardement zwei Personen namens Alfred Wannemaker und Hugo Buschmann zugeschrieben, beides Mitglieder der damals verbotenen Kommunistischen Partei und heute in hohen Funktionen in der Bezirksleitung Rostock und in einem ostberliner Ministerium. Das Buch berichtet, die beiden seien in der Nacht zum 29. April 1945 mit einem polnischen Zwangsarbeiter durch den Wald südlich der Stadt geschlichen, bis sie auf die Spitzen der sowjetischen Truppen stießen und zu einem Befehlshaber geführt wurden. Es ist da von zeitraubendem, berechtigtem Mißtrauen die Rede, aber A. Wannemaker habe einen Stadtplan von Wendisch Burg bei sich getragen und den sowjetischen Genossen darin die Stellungen der deutschen Truppen eingetragen, komplett mit Mannschaftsstärke, Fahrzeugbestand, Treibstoffvorräten. Die Verhandlung wurde von einem Gefecht mit versprengten deutschen Kräften unterbrochen, und H. Buschmann mußte auf dem Fußboden eines Dorfschulbüros Deckung nehmen, während er mit dem Bürgermeister von Wendisch Burg telefonierte und die Bedingungen der Übergabe ausmachte. Der Pole als Dolmetscher, die klassenkämpferische Solidarität der Nationen, und die Rote Armee zog ein zwischen den unversehrten Fachwerkgiebeln der Alten Straße von Wendisch Burg.
Cresspahl fing seine Geschichte an mit der Erinnerung: Kennst ihn ja; als seien die Zuhörer wie er imstande, augenblicklich ein Bild von Martin Niebuhr aus dem Gedächtnis zu holen, von einem geduckten, langarmigen Mann in blauem Maschinistenzeug, der seine Kraft ohne Eile einsetzt, langsam ist im

Reden wie in Entschlüssen, nahezu verschlafen, der überraschend »aufgewacht« ist, nicht nur umsichtig auch schnell handelt, notfalls verschlagen und verlogen, schließlich richtig. Aufgeweckt hatte ihn der Einfall eines S.S.-Obersturmführers, die Havelschleuse Wendisch Burg zu sprengen und mit allem Wasser oberhalb davon die sowjetischen Verbände nach Süden wegzuspülen. Erstlich eins (kaum entrüstet, aber mit Behagen an der eigenen Rechtsposition gesprochen:) Erstlich eins, dies war Martin Niebuhrs Schleuse. Über ihm waren nur noch das Wasserstraßenamt und vielleicht noch Berlin, aber in Berlin verlief die Front am Hallischen Tor und am Alexanderplatz. Das Ansinnen der S.S. verletzte den Weisungsweg, es war geradezu ungesetzlich, und der Beamte Niebuhr war nicht gesonnen, eine Handlung gegen die behördlichen Vorschriften durch Duldung und Mitwisserschaft zu unterstützen. Er hatte an der Eindämmung des Wassers gearbeitet, seit er ein Kind war, ob er nun Faschinen legte oder als Gehilfe die Schleusenwärterei erlernte, und es ging ihm gegen die erworbene Natur, das strelitzer Land, die eigene Arbeit mit der Havel zu überfluten. Nebenbei, die Sprengung würde auch das Dienstgebäude, sein Wohnhaus durch die Gegend streuen, und er war sich bewußt, daß das Wasserstraßenamt ihm nichts geben würde als diese Schleuse Wendisch Burg, und nicht einmal die, sollte sie eines Tages neu gebaut werden. Es war Cresspahl, der uns Martin Niebuhrs Überlegungen und Hintergedanken erläuterte; Niebuhr sagte kurz und endgültig: Dat geit nich.

Er dachte, mit dieser amtlichen Auskunft werde es sein Bewenden haben; und zu seinem Glück stand nicht S.S. vor ihm, sondern es waren zwei Pioniere, von der S.S. geschickt und nicht übermäßig zufrieden mit dem Auftrag, weil die S.S. bequem eingegraben vor dem Südertor von Wendisch Burg lag und sie allein waren in einer völlig geräumten Gegend, dem Feind immerhin um fast einen Kilometer näher. Von dem einen heißt es, er sei heute ein Architekt in Hamburg, so daß er womöglich bautechnische Kenntnisse hatte und die Zerstörung einer Schleusenanlage ihm zuwider war. Dem anderen war die S.S. nicht weit genug entfernt, er hatte Angst vor Standgericht und Erschießen, er begann eifrig, das Dynamit aus dem Beiwagen seines Motorrades zu packen, und schien entschlossen, hier pünktlich am nächsten Morgen um neun ein großes Loch in die Erde zu machen. (Es war am Abend vor dem 29. April.) Gertrud Niebuhr hatte den Zeitpunkt der Sprengung mitgehört, und nun wurde erst einmal zu Abend gegessen. Am Tisch saßen auch zwei Kinder, ein zehnjähriger Junge mit einem zweijährigen Bruder. Weil Gertrud Niebuhr nicht in einem fremden Haus war, sondern in ihrem eigenen, ließ sie sich ungeniert aus über das Vorhaben, das ihren eigenen Nachbarn in den südlichen Dörfern Wasser ins Haus und auf die Felder schicken sollte, und da sie die Namen ausführlich aufzählte, konnte Martin Niebuhr sich das Seine in Ruhe zurechtdenken. Er opferte zwei ganze, nicht einmal angebrochene Flaschen Schnaps, mit denen er eine Kuh hatte anzahlen wollen; er ließ nichts aus. Dann kam er heraus damit, daß die Sprengung der Schleuse, wenn sie überhaupt einen militärischen Akt darstelle, doch eher gegen die zivile Bevölkerung gerichtet sei. Er konnte seinen Gästen die mecklenburgischen Höhenlagen aufzeichnen

Sagn Sie ruhich Baege. Wenn das auch meeklenburgische Baege sünd. Es sünd Baege!

hinter denen die Rote Armee unbehelligt nach Norden ziehen konnte, notfalls auch noch nach der Sprengung der Bolterschleuse an der Müritz, ohne daß sie sich bei der Besetzung eines großen nassen Flecks südlich von Wendisch Burg sonderlich beeilen müßte! Und ein Fleck wird das, weiter nichs! Oft wenn ich nach dem Krieg auf der Schleuse war, habe ich ihn darauf angesehen, ob er wohl brüllen könnte, und fand ihn doch still gutmütig, geduldig, eher ein Großvater denn ein Onkel für die beiden Kinder seines Bruders. Jedoch die Niebuhrs hatten damals einen jungen Panzersoldaten auf ihrem Dachboden versteckt, der desertiert war, und Karsch sagt, er habe die Stimme des Alten laut durch die Stubendecke kommen hören. Der ältere Junge, Klaus Niebuhr, trug Karsch heimlich seinen Anteil am Abendessen nach oben, und Karsch fiel es ein, daß da doch auch Telefon sei, wo die Russen inzwischen standen. Das kannst du lange abstreiten, Karsch.
An dieser Stelle machte Cresspahl seinen Schwager Niebuhr

am Telefon nach, als habe er ihn dabei gesehen. Hielt sich die Hand wie mit einem Hörer ans Ohr, unmäßig verblüfft über das Ausbleiben des Amtstons, hielt den Hörer vor sich wie etwas Widerliches, legte ihn weg. Sein gewöhnliches Telefon war an das Postamt geschaltet, und dort hatte die S.S. die Fernsprechzentrale außer Betrieb gesetzt. Niebuhr hatte den Mut aufbringen wollen, über eine Leitung zu sprechen, die von der Geheimen Staatspolizei abgehört werden konnte; es fiel ihm schwerer, sein zweites Telefon, den Apparat im Binnennetz des Wasserstraßenamtes, zu benutzen für einen Zweck, der doch geradezu privat zu nennen war. Jedoch war er in Eile; er konnte sich nicht darauf verlassen, daß die beiden Pioniere noch lange ohne Verdacht allein blieben mit seiner Frau und dem Kognak. Die erste Schleuse südlich von Wendisch Burg meldete sich mit ernsthaftem: Was ne Wirtschaft! Nein, was ne Wirtschaft.

– Jå: sagte Martin Niebuhr. Er war auch behindert von der Tarngeschichte, die er auf der öffentlichen Leitung hatte benutzen wollen. – Se sünt all hier: sagte Ewert Ewert. Ich habe ihn 1952 besucht im Strelitzschen; er erzählte es auch so. Niebuhr mußte seinen Hoch- und Landesverrat gar nicht selber einleiten; es war ein sowjetischer Offizier, der Ewert den Hörer wegnahm und Angaben über die Lage in Wendisch Burg verlangte. Da er die deutsche Sprache fast ohne fremde Anklänge benutzte, mußte Niebuhr ihn bitten, doch einmal etwas Russisches zu sagen. – Ich verstehe Sie nicht; sprechen Sie bitte Hochdeutsch: sagte der Russe auf russisch. Niebuhr glaubte immer noch an eine Falle der S.S. und mußte noch einmal nach Ewert verlangen. – Das sind die Russen, am ganzen Leibe! bestätigte ihm Ewert, und nun, nach dem zeitraubenden und berechtigten Mißtrauen, bekamen die Sowjets ihr Feindbild. Die S.S. war am Geburtstag des Österreichers in Wendisch Burg eingerückt und hatte der Stadt unverzüglich ein Geschenk für die Gelegenheit auferlegt. In einem Halbkreis um das Südertor hatte die Bevölkerung Panzergräben ausheben müssen. Die Straße sah unversehrt aus, war aber für die Sprengung vorbereitet. Das Tor sah einladend aus, offen, wie ein Denkmal, ganz wie in den Reiseführern; es waren aber dahinter Schienen gelegt, auf

denen eine Wand aus soliden Steinen quergeschoben werden konnte. Hier, links und rechts an der Stadtmauer, hatte die S.S. Maschinengewehre aufgebaut. In der Stadt war noch ein Trupp, der die Oberschule bewachte. Dort wurden Häftlinge aus aufgelösten Konzentrationslagern gehalten, die weiter nicht hatten getrieben werden können. Die Wachmannschaft sollte die Häftlinge erschießen, sobald der Sieg in Wendisch Burg fraglich wurde. Martin Niebuhr bestätigte dem Mann am anderen Ende der Leitung sehr verlegen, daß unter den Todeskandidaten sowjetische Staatsbürger waren. An den Hafen hatte die S.S. nicht gedacht; die Stadt war gegen den ganzen Untersee offen. Im Norden lag Wehrmacht; diese Truppe hatte aber schon weiterziehen wollen, bevor die S.S. sie unter ihren Befehl nahm. – Ich danke Ihnen für Ihren Kampf für den Frieden: sagte die Stimme in dem sonderbaren, sorgfältigen Deutsch zu Niebuhr, so daß er mit Kopfschütteln zurückkam in das Wohnzimmer zu seinen Gästen. Er erzählte ihnen, daß er telefoniert hatte. Ihm sei von Ewert gesagt worden, die Sowjets kämen in einer halben Stunde.
Sie kamen von Norden nach Wendisch Burg herein, als es eben noch dunkel war, sie trafen an der Seeseite der Stadt die Abteilungen, die gegen Mitternacht über den See gekommen waren, und geschossen wurde nur an der Oberschule, nicht lange. Erst als sie die Häftlinge frei hatten, kümmerten sie sich ernstlich um die S.S. am Südertor, und die Reste der S.S. fuhren eilig an der Schleuse vorbei und nahmen die erste Abzweigung in Richtung Westen. Dann zogen die Pioniere bei Niebuhr ihre Uniformen aus, verkauften ihm das Dynamit und das Motorrad, zogen zu Fuß durch den Wald in Richtung Müritz, zu einem Dorf, in dem Martin Niebuhr Leute kannte.
Am nächsten Tag zog die Rote Armee förmlich in Wendisch Burg ein, die Fahne voran, zwischen den unversehrten Fachwerkgiebeln Wendisch Burgs. Gewiß ist viel telefoniert worden in dieser Nacht.
Cresspahl schloß seine Geschichte mit dem Spruch, der in den Balken eines Hauses in der Alten Straße von Wendisch Burg gehackt ist, drei Häuser von der Post, und vielleicht ist er immer noch zu sehen: ALLEN/ZU GEFALLEN/TUT EIN/MALLEN.

Du sollst mich nich unter die Leute bringen, Gesine. Harr Cresspahl man blot dat Muul hollen.

Ist es nicht wahr, Niebuhr, lütten Onkel?

Wahrheit. Wahrheit. Schietkråm.

12. April, 1968 Karfreitag

Jedoch die Bank arbeitet.

Und de Rosnys Freunde im Finanzministerium scheinen weniger zuverlässig als er wünschen mag. Die Regierung will nicht von sich aus verhandeln über die Rückgabe der tschechoslowakischen 20 Millionen Dollar in Gold, sondern besteht auf einem Angebot aus Prag. Eine Begründung sagt: Um Mr. Dubček bei seinen Reformen nicht zu kompromittieren.

– Ein gelehriges Volk seid ihr: sagte Mr. Shuldiner gestern abend am Telefon. Einer der Anführer des Sozialistischen Deutschen Studentenbundes, Rudi Dutschke, der aber der gewaltsamen Umwälzung der Gesellschaft (laut Zitat) die Änderung durch das Argument vorzog, wurde gestern nachmittag in Westberlin von einem Unbekannten mit drei Schüssen getroffen. Mr. Shuldiner wollte sich gegen Mrs. Cresspahl gefällig zeigen. Die Deutsche sollte die deutsche Nachricht nicht zu spät erfahren. Die Deutschen ein gelehriges Volk. So sieht es von draußen aus. Die New York Times fügt hinzu, fast erstaunt: Herr Dutschke stand nicht unter dem Schutz der Polizei. Das werden sie immerhin noch lernen müssen.

Präsident Johnson hat 24 500 Reservisten zum Krieg in Viet Nam einberufen. Vor wenigen Tagen hat er noch von 13 500 gesprochen.

Zu Ostern vor 29 Jahren hat Cresspahl einen jüdischen Flüchtling aus Berlin weggeschickt. Er war aus einem Konzentrationslager entkommen, war wieder bürgerlich gekleidet, schien verkleidet in weißem Sommermantel und Jägerhut, und auch sein Benehmen saß so locker auf ihm, als könne alles von Minute zu Minute abfallen von ihm und er stünde da mit nichts als der erinnerten und der gegenwärtigen Angst. Gronberg; der Vorname ist vergessen. Ein Tabakhändler aus

Schöneberg in Berlin. Er wollte mit einem Fischer nach Dänemark. Cresspahl behielt ihn so lange im Haus, wie er den Besuch noch als Erkundigung nach dem Weg ausgeben konnte, er mag ihn auch zum Essen eingeladen haben; er ging aber nicht mit nach Rande, einen Fischer überreden helfen. Eine Dreiviertelstunde Wegs hatte der Mann nach seiner langen Reise noch bis zur See, und Cresspahl schickte ihn allein weiter. Er erklärte mir nach dem Krieg, er habe um dieses Einen willen nicht seine Sache mit den Engländern (gegen die Deutschen) gefährden dürfen. Oft glaubte ich, dies zu verstehen. Ich wünschte sehr, Cresspahl auch hierin zu verstehen.

Für die Juden beginnt an diesem Abend die Feier zur Erinnerung an den Auszug aus Ägypten vor mehr als 2000 Jahren, und bei den Ferwalters wird das nur dies Mal im Jahr benutzte Geschirr stehen mit dem Gebäck und dem Wein, den Symbolen für Mörtel und Stein der ägyptischen Pyramiden, und Rebecca wird die vier Fragen zur Eröffnung des Festes stellen, viermal werden Ferwalters Wein trinken, auf die Erlösung der Juden aus der Leibeigenschaft, aus der Sklaverei, aus der Abhängigkeit von Ägypten und schließlich auf die Beförderung zum auserwählten Volk, dem selektierten, und wieder wird Marie an diesem Abend nicht in die Wohnung ihrer Freundin dürfen. Marie merkt da nur Neugier.

Die Ferwalters haben ihr Passahgeschirr aus Deutschland. Wir haben Karsch um Hilfe gebeten, und tatsächlich bekam er es billiger und schickte es in separaten Päckchen, jedes unter der new yorker Zollgrenze. Es ist eine kostbare Sache, mit kobaltblauem Rand, nach einem großbürgerlichen Geschmack, aber wir haben es nie zu Gesicht bekommen. Wenn nicht Passah ist, ruht es in Leinen und Plastik verpackt im Ferwalterschen Wäscheschrank. Es ist ein Service von Rosenthal, da Mrs. Ferwalter die Firma des Namens wegen für jüdisch geführt hält.

Louise Papenbrock hatte ein Service von Rosenthal, mit vielen grünen Fischen, die sich durch Schilf wanden, und die Papenbrocks nannten dies Geschirr »Rosenthaler«, auch bei den wenigen Gelegenheiten, da die Semigs zu Besuch waren.

Unsere Bäckerei am Broadway ist heute eine jüdische geworden. Es gibt kein Brot mehr außer das ungesäuerte, weil bei dem hastigen Auszug aus Ägypten der Teig so hatte mitgenommen werden müssen, und das Gebäck ist ausgewechselt gegen die Sachen aus Nüssen, Rosinen, Äpfeln und Zimt, was Mrs. Ferwalter Makronen nennt. Denn Mrs. Ferwalter kam hinter uns in den Laden, stellte sich mit Vergnügen auf neben uns und umfaßte uns wieder und wieder mit ihrem herzlichen, angewiderten Blick.

Was mag Dora Semig gemeint haben, als sie sich erklärte zu einer »Jüdin, die ich bin«? Ist sie bei den Tschechen oder den Franzosen zum Glauben der Juden übergetreten? Hat Semig am Ende in der Fremde versucht, wie die Juden zu leben?

Mrs. Ferwalter weiß es nicht, wieso Salz koscher sein kann, wieso im Supermarket jetzt nicht mehr bloß Waren mit dem Aufdruck »kosher« liegen, sondern durch Bescheinigung des Rabbiners als »kosher for Passover« gekennzeichnet sind. Ist es, weil beim Passahgebäck kein Mehl verwendet wird? Wie kann Salz koscher sein? Sie weiß es nicht. Sie hob ihre fetten Schultern, wiegte ihr gutmütiges, angeekeltes Gesicht hin und her, als ob der Unterschied doch nicht verschlüge.

Die Kundin vor uns legte ein großes Paket mit Matze vor den Kassierer und sagte dabei zu ihrer Begleiterin: Ich habe die Matze satt!

Mrs. Ferwalter machte mit großem, aufhorchendem Lächeln auf die unorthodoxe Person aufmerksam, als höbe sie vor Schülern den Finger und zeigte, wie man es nicht machen darf. Dann bezahlte sie für die eigene Matze, ein kleines, sparsames Paket.

Auf dem Weg die 95. Straße hinunter fiel ihr ein, daß sie die Sache doch wußte: Die Leute wollen doch nur Geld damit machen! sagte sie. – Everything is business! wiederholte sie, sehr zufrieden in der Rolle der Älteren, mehr in der Welt Befahrenen, die der jungen Cresspahl und ihrem Kind Belehrungen in den Wegen des Lebens erteilen darf. Beim Abschied an der West End Avenue drückte sie Marie zärtlich gegen ihre mächtigen Hüften, wie ihr eigenes Kind. Dann hatte sie uns abgegeben von ihrer Festtagsfreude und ging von dannen, etwas mühsam auf ihren umfänglichen Beinen, die die deutsche S.S. ihr kaputtgemacht hat.

In den Ubahnhöfen sind Plakate ausgehängt, die einen alten Indianer zeigen, mit wettergekerbter Miene, schwarzem Zopf unter schwarzem Hut, mit funkelnden Augen vor Vergnügen, daß er eben in ein Produkt einer jüdischen Firma beißen darf:

Wer sagt denn, daß Sie jüdisch sein müssen,
Um unser jüdisches Brot zu genießen!

Auf solchen Plakaten werden mit Vorliebe Hakenkreuze angebracht. Zwar sind sie nicht korrekt nach der Mustervorlage gezeichnet, aber heute abend habe ich eins mehr gesehen als heute morgen.

13. April, 1968 Sonnabend Tag der South Ferry

aber von der Anlegestelle St. George sind wir mit Bussen weiter gefahren über Staten Island und dann auf die Verrazano-Brücke, hoch über der Öffnung des Hafenbeutels, weit hinaufgehoben in den weißlich blauen, rundum warmen Himmel, und durch das südliche Brooklyn nach Coney Island, wo die Bürger in bunten Hemden und Kleidern auf der hölzernen Strandpromenade den Sommer vorwegnahmen, bis zu dem Bahnhof der Subway an der Stillwell Avenue, vor dem es nach Marie die besten Heißen Hunde New Yorks gibt, die einzigen nicht vergifteten Würste, und eine Stunde lang fuhren wir unter der Erde zurück, unter dem East River und Manhattan hindurch bis zu unserer 96. Straße am Broadway, und waren am Abend müde wie von Ferien. Unterwegs wollte Marie Gelegenheiten benutzen dazu, daß ihre Mutter den Krieg verlor.

– Wie waren denn die Sowjets zu dir? fragte sie. Sie sah da nicht wenig mißtrauisch aus, und sie war bereit, mir von normalen Erzählungen über die Russen wenigstens die Hälfte abzustreichen, weil ich nicht wie sie die Sowjets für etwas Undiskutables halte, oder schlicht für »die anderen«. Sie hat ihren Antikommunismus gelernt wie etwas, das mit der Luft eingeatmet wird.
– Nach Jerichow kamen doch die Briten, Marie.

– Die Briten, gewiß. Weil Cresspahl es mit den Engländern hatte, mußten sie es sein, die zu ihm kamen. In deinen Geschichten muß ja alles zusammenhängen, stimmen, ohne einen Haken, ohne das kleinste Mauseloch! sagte sie. Es war ihr letzter Versuch. Immer noch konnte ich gestehen, daß Cresspahls Sache mit den Engländern durch deren Einrücken in Jerichow zwar wahrscheinlicher wurde, nicht aber wahr. Zum letzten Mal versuchte sie, ihren Großvater reinzuwaschen von dem Verrat an seinem Land.
– Es waren die Briten, und Cresspahl war es gleichgültig, Marie. Er war doch fertig mit ihnen. Die Arbeit war zu Ende. Im Januar 1945 hatte er aus Hamburg die Anweisung bekommen, auf das sorgfältigste in Deckung zu gehen und sich nun ja nicht mehr zu gefährden.
– Ordentliche Leute waren sie ja.
– Ordentlich, und verschwiegen. Sie haben ihn kein Mal mehr belästigt, bis Ludwig Krahnstöwer der Mund überlief, bloß weil er siebzig wurde.
– Es kann Cresspahl nicht gleichgültig gewesen sein, ob er sein Kind bei den Sowjets aufwachsen ließ. Gesine!
– Er hat nicht versucht, mit mir ins Holsteinische zu gehen. Dort saß ein Vetter auf einem Hof, der hätte uns durchbringen können. Die Kommandantur von Mariengabe –
– Ich wünschte, du würdest sagen: Jerichow Nord. Es ist, als wolltest du mich mit meinem Namen hereinziehen.
– Die Kommandantur hätte ihm ohne zu fragen einen Marschbefehl nach Ostholstein ausgestellt und auf das sicherste gestempelt. Es genügte ihm aber, daß er wie die anderen in der Werfthandwerkergruppe förmlich aus der Deutschen Luftwaffe entlassen wurde, vordatiert auf Mitte April. Kutschenreuther bot sogar der Truppe Entlassungspapiere an, aber es wollten so wenige weg, daß auf dem Fliegerhorst noch am 2. Mai morgens der reguläre Dienstbetrieb lief, mit Hissen der Fahne, mit Exerzierübungen und Instruktion am Gerät.
– Wieso war denn Jerichow sicherer als ein anderer Platz?
– Es lag in der Mitte. Am 29. April drangen die Briten in Bremen ein, besetzten die Sowjets Wendisch Burg. Von Jerichow aus ließ sich zusehen und abwarten, wer zuerst auf

Wismar zurückte. Wer zu früh nach Westen ging, lief doch in den Krieg hinein. Allerdings hatte eine alte Frau in der Schulstraße nun ein Geschäft bekommen, weil sie sich auf das Wahrsagen verstand. Und in die Stadtapotheke wurde eines Nachts eingebrochen, weil Dr. Berling keine tödlichen Tabletten verschreiben wollte, nicht einmal für den Fall, daß doch die Russen kämen. Da waren aber keine Schlafmittelgifte mehr zu finden, die hatte die N.S.D.A.P.-Kreisleitung für eigene Bedürfnisse besorgt, weil die Parteifunktionäre alle Schußwaffen an die kämpfende Truppe hatten abgeben müssen.

– Und Cresspahl baute auf dem Flugplatz weiter »Nachrichtenkästen« für den deutschen Sieg.

– Er holte mit einem geliehenen Pferdegespann seine Maschinen ab und fuhr sie in einen Ziegelschuppen neben dem Haus. Mir ist, als hätte er sie einfach abgestellt, zugedeckt, die Tür verschlossen, nichts mehr getan. Saß in der Sonne, die Pfeife bequem schief zwischen den Zähnen, wärmte sich die Hände. Wartete.

– Er wollte nicht weg von seinem Eigentum.

– Das war vor dem Gesetz mein Eigentum, Marie.

– Du kennst mich, Gesine. Du weißt: auf Väter falle ich herein.

– Er hatte mir sogar verboten, zur Schule nach Gneez zu fahren. Das erste Mal kam ich zurück und erzählte, daß wir nur hatten Gedichte aufsagen müssen, »Archibald Douglas« und Verwandtes, damit doch die Schule das Gesicht nicht verlor, schon schickte er denen ein Attest von Berling und eins von den seinen, »meine Tochter wird im Haus gebraucht«. Es waren vergnügte Tage.

– Du faules Schulkind, Gesine.

– Ja. Und ich saß mit »unseren« Franzosen auf der Milchbank und übte ihnen das verbotene Lied ein. In der Wehrmacht stand unter Strafe es abzusingen, in Jerichow-Nord wurde es bei Annäherung eines Vorgesetzten abgebrochen, aber Cresspahl stand zufrieden dabei und hörte sich die ungeschickten Versuche von Maurice und Albert an. Deutsch eine swere Sprack.

– Sing es vor.

– Es geht alles vorüber,
Es geht alles vorbei:
Im März geht der Hitler,
Im Mai
Die Partei –.

– Du kannst tatsächlich nicht singen. Entschuldige.

– Hier kommt die 6. Luftlandedivision der Engländer.

– Ausgezeichnet. Lauter weiße Fallschirme in einem Himmel wie diesem, die auf den Flugplatz Jerichow Nord heruntersinken.

– Die 6. Luftlandedivision kam am 2. Mai durch Gneez und beeilte sich in Richtung Wismar. Nach Jerichow schickten die ein paar Mann auf Lastwagen.

– Nicht einmal Panzer?

– In Lübeck zog die 11. Panzerdivision ein. Was sollten die in Jerichow?

– Nie machst du den Krieg aufregend, Gesine!

– Damit du etwas davon hast?

– Na. Ja.

– Sie ließen sich von Kutschenreuther den Flugplatz übergeben und befahlen ihm, die Verwaltung fortzuführen. Sie setzten Tamms als Bürgermeister ab und befahlen ihm, in kommissarischer Funktion weiter zu amtieren. Dann suchten sie nach einem neuen.

– Und Cresspahl zeigte ihnen den halben Penny mit dem Prägejahr 1940.

– Es war nicht wie in Filmen. Sie verfielen auf Kliefoth, aber der hielt es für nötig, ihnen in voller Uniform entgegenzutreten, mit sämtlichen Orden und Ehrenzeichen behangen. Es war wohl eher Papenbrock. Bei dem hatten sich Offiziere Quartier gemacht, und Papenbrock rutschte zurück in die alten Zeiten, wollte etwas deichseln, etwas vergeben, etwas verdienen. Sie besahen sich den Schwiegersohn des putzigen Alten, und da er in der Tat mit ihnen sprechen konnte, machten sie ihn zum Bürgermeister, mit Tamms als Stellvertreter.

– Gesine.

– Wenn du darauf bestehst. In der ersten Juniwoche fuhren die Sicherheitsoffiziere von der 2. Armee den Kampftruppen hinterher und überprüften die Bürgermeister. Sie hatten

Cresspahl auf ihrer Liste. Für die holte er ein Stück Holz, das einmal eine Wasserwaage gewesen war, schraubte das Messing in der Mitte heraus und zeigte die Münze.

– Das kann ich mir nun nicht ohne Umarmung vorstellen. Oder ohne große Worte.

– Marie, das waren Offiziere. Berufsoffiziere. Cresspahl war mit Kutschenreuther bequem zurechtgekommen, durch pünktliche Arbeit und Dummtun, aber der war am Ende doch Reserve, ein Schuhfabrikant aus Osnabrück, tüchtig und umsichtig gewiß, ein kleiner Mann, mit einer Art zu befehlen, als glaube er doch nicht, daß man ihm gehorchen werde. Die, die Cresspahl besuchten waren von der anderen Art, die sich nur abseits vom Rest der Gesellschaft begreifen können, auf ihre Arbeit konzentriert sind wie auf etwas Heiliges, mit einem eher nach innen gerichteten Blick. Und sie trugen die Stöckchen zwischen dem Ellenbogen und den unteren Rippen, ganz wie ich auf Bildern gesehen hatte.

– Gesine, was haben sie gesagt.

– Thank you for the trouble of seeing us. Wir entschuldigen uns für die Mühe, die unser Besuch Ihnen bereitet hat.

– Und Cresspahl?

– Daß es geheim bleiben möchte. Das nahmen die hin wie eine Unschicklichkeit, als sei das schon Zweifel an ihrer beruflichen Ehre. Nickten ihm zu, fuhren vom Hof. An den Flüchtlingen im Haus waren die Herren vorbeigegangen, ohne sie zu sehen.

– War Jakob schon da?

– Ja.

– Nicht jetzt, Gesine.

– Wann immer du willst.

– Und es kommt wirklich nichts Spannendes mehr mit den Engländern? Schüsse in der Nacht? Sprengstoffanschläge aufs Rathaus von Jerichow? Etwas Aufregendes?

– Haben Sie Westberlin angemeldet, Mrs. Krissauer?

– Vor zwei Minuten. Acht-fünf, fünf-drei, fünf-

– Wir geben Ihnen Westberlin.

– Platzreservierung.

– Anita, ist das euer Code für heute?

– Ja. Gesine. Wo bist du? Auf dem Flughafen? Tempelhof oder Tegel?

– Ich bin zu Hause.

– Du ich kenn dich. Du bist im friedenauer Hospiz, und willst mich üzen über zwei Blocks. Komm unverzüglich her!

– Hier haben wir den Riverside Drive und 70 Grad Fahrenheit.

– Falsch.

– Du, Anita. Ich wollte bloß fragen. Ob du noch lebst.

– Frag mich was Einfaches. Gesine, warum sollen wir nicht leben?

– Im vorigen Sommer als der Aufstand in Newark war, hast du angerufen –

– Dies ist kein Aufstand, Gesine. Du weißt doch, was man so zu einer Revolution nimmt.

– In der New York Times steht, daß mehrere Tausend Studenten gestern abend den Kurfürstendamm blockierten, daß die Polizei Pferde und Wasserkanonen einsetzt –

– Ja. Heute auch. Etwa viertausend. Ich hab es gesehen. Die Polizei reitet wie wild in die Leute rein und schlägt auf alles in Reichweite. Die Studenten hauen mit Stöcken zurück, wehren sich mit Sprühdosen, Feuerwerksdingern, mit Äpfeln!

– Warst du dabei?

– So als ältere Dame, weißt du, mit fünfunddreißig –

– Ich auch, Anita.

– Ja du ich kann das nicht. Die laufen da gegen die Polizei an und rufen HO! HO! Ho-tshi-minh! Mir bleiben die Füße weg, ich krieg den Mund nicht auf.

– Verwandt sind wir ja. Und wieso Ho-tshi-minh? Geht es nicht um den Anschlag auf Herrn Dutschke?

– Um Rudi Dutschke, und um Herrn Professor Dr. Springer. Der soll es mit seinen Zeitungen gemacht haben.

– Die New York Times sagt: Der Mord an Martin Luther King war das Vorbild des Täters.
– Ist es doch auch!
– Anita, dann versteh ich es nicht.
– Der Präsident der Republik Nord-Viet Nam als Symbol des revolutionären Befreiungskrieges, und ein Zeitungsverleger als Symbol der Unterdrückungsmacht. So ungefähr, Gesine.
– Hier gibt es ein Zitat: Nicht mit Gewalt, sondern durch die Kraft des Arguments –
– Dutschke?
– Ja.
– Na vielleicht sollen wir es ja nicht verstehen, Gesine.
– Do not trust anybody over thirty. Es ist also kein Aufstand.
– Nur, über den Kurfürstendamm gehst du lieber nicht, Gesine. Wir hatten eine Schleuse vorgebaut –
– Paß auf, du.
– Das war bloß ein Stück Zucker für die Pferde, die hier reinhören.
– Mit den kleinen Ohren und dem großen Kopf.
– Widerliche Biester, wenn sie Angst haben. Das schlechte Gewissen, wenn sie auskeilen. Friedensmarsch hieß die Sache. An der Spitze ein älterer Mann, mit Holzkreuz –
– Osterriten macht ihr da auch?
– und die Polizei bohrt so mit sechs Wasserstrahlen an ihm rum, überarmsdick. Dem sitzt die Leber nun schief. Einmal kam da ein Neger in Sicht, ein Amerikaner offenbar, und die Polizei wurde zahm und höflich. Überall Fotografen, von den Zeitungen, dem Fernsehen und dem studentischen Erkennungsdienst. Die Polizei, und einen Angehörigen der amerikanischen Schutzmacht schlagen! Dann haben sie ihn doch verhaftet. Die Polizei hat jetzt 350 Leute im Bunker.
– Und du als Matrone auf dem Bürgersteig.
– Ich bin dir eine Dame der Gesellschaft du! Mein Kleid ist hin, und meinen Rücken muß ich klempnern lassen. Das ist eine Kanone du! wenn dir die mit Überdruck Wasser auf den Leib setzt! du wärst auch hingefallen.

– »Kind Anita!«
– Ja meine Großmutter nehm ich zu so was nicht mit. Und naß ab in die S-Bahn. Die kostete heute nichts. Wenn du aussiehst wie ein Student der marschieren geht, fahren die Ostdeutschen dich umsonst.
– Weil sie sich ja nicht in die inneren Verhältnisse Westberlins einmischen.
– Prinzipiell nicht. Was macht ihr.
– Gestern abend waren wir auf Coney Island, bloß um bei Nathan Würstchen zu essen, ach komm doch her. Würd es dir alles zeigen. Alles. Gegen halb acht fuhren wir ab, um zwanzig nach acht fielen die Neger über die Gegend her, Surf Ecke Stillwell Avenue, Jungen, Kinder! schlugen die Schaufenster ein, prügelten sich mit der Polizei. Ein Polizist bekam eins mit der Flasche über den Kopf, den haben sie sechsmal nähen müssen. Dann kreiselte das Handgemenge in die Subway, in die Züge, da rasten die Neger durch die Gänge, schmissen Weiße zu Boden, raubten sie aus, schlugen die Fenster ein –
– Wegen der Ermordung Kings.
– Wegen Martin Luther King. Und es war sehr heiß. Aber die Stadt ist wieder in Ordnung.
– Was hast du denn, Gesine!
– Glaubst du denn, die Bürger haben heute nicht ihre Osterparade auf der Fünften gemacht, mit Modenschau, Nehrujacken und Frühlingshüte, quietschvergnügt wie die jungen Hunde!
– Aber es ist doch erst eine Woche her, daß sie Martin Luther King umgebracht haben!
– So ein Land ist das.
– Wart ihr bei der Parade?
– Wir nicht.
– Trotzdem, Gesine, komm du nicht zurück. Es wird auch hier nichts.
– Sprich dich rein aus, Anita.
– Gesine. Unsere Kinderwünsche.
– Sozialismus etcetera.
– Ja. Du ich war gestern in einem Teach-in in der Technischen Universität, und die jungen Leute haben mich wahrhaftig nicht hinausgeworfen. Sie diskutierten, wieso denn sie

immer wieder verprügelt und auseinandergetrieben werden von der Polizei. Wie es kommt, daß nur zwanzig Wagen da sind, um die Auslieferung der Springerzeitungen zu blockieren, wenn aber sechshundert bis achthundert erwartet wurden. Da stand ein junger Mann auf, 23 Jahre, Student der Psychologie, und erklärte den Leuten die Sache. Er sei zur letzten Demonstration nicht gekommen, weil das Auto seinem Vater gehöre. Nun kann er doch nicht hingehen und es einer Gefahr aussetzen. Mit der Gesellschaft will er wohl brechen, aber doch mit dem Vater nicht. Das Eigentum anderer zerschlagen; aber doch nicht das eigene kaputtmachen lassen. Und dazu das Gerede von der Arbeiterklasse, die für die Umwälzung der Gesellschaft gewonnen werden soll. Mit einem Vokabular, für das schon ein studierter Mensch einen Sonderkurs braucht.

– Sei nicht so wütend.

– Und zusammengeschlagen oder erschossen werden kannst du da ja auch, Stillwell Avenue oder Riverside Drive.

– Du, mir tut dein Rücken leid.

– Gesine, stimmt das mit der Pest? Daß sie aus Viet Nam zu euch eingeschleppt wird?

– Das kannst du bei 5000 Fällen im Jahr nicht anders erwarten. Einer wird wohl einen Amerikaner anstecken.

– Das steht bei euch in der Zeitung?

– Ja. Was macht ihr? Außer dem Geschäft?

– Außer dem betreiben wir noch das Geschäft. Und der Alte ist auf Vortragsreise in Polen.

– Ihr brecht euch noch das Kreuz. Frechheit!

– Wir sind ein vornehmes akademisches Ehepaar, Gesine, davon sollst du dir eine Scheibe abschneiden. Wer käme wohl auf die Idee, daß Leute wie wir ein Reisebüro ohne Rückfahrkarten unterhalten?

– Ich nicht.

– Warum kommst du nicht mehr und willst, daß ein Mensch von Rostock nach Lübeck fährt? wir würden es dir zu den Selbstkosten machen.

– Meine Leute da sind meist tot, und die Kinder aus meiner Klasse sind gegangen. Die gehen wollten.

– Das schöne Geld, das wir hier unter den Atlantik stecken.

– Nicht wahr.

– Wie spät ist es bei euch?
– Sechs am Nachmittag. Der Park vor dem Haus ist ganz bunt von Leuten auf dem Rasen.
– Weiter.
– Der Himmel über dem Hudson ist leergepustet bis auf ein paar fette weiße Wolken. Die Pallisaden sind jetzt braun, und darüber die Hochbauten blitzen im Licht. Es flirrt so zwischen dem dünnen Laub, verstehst du.
– Und Marie.
– Ist schwimmen gegangen.
– Wie im Frieden.
– Und ihr habt tiefe Nacht. Liegst du im Bett?
– Mit krummem Rücken im Bett. Tiefe Nacht, und über dem Kopf das Postflugzeug. Gute Nacht, New York.
– Gute Nacht, Berlin. Komm her.
– Du ich tu's noch, und bloß deinetwegen. Stell dir das vor!
– Ja.

15. April, 1968 Montag

5.20 p.m.
Zwei Neger stehen auf der Westseiten-Ubahn zwischen zwei Wagen und singen Jaulendes, Klagendes, mit Anklängen an Gottesdienst. Die Neger im Wagen sind ernst, verstecken ihre Mienen in Müdigkeit, leiden unter der feuchten Luft, die in den Tunnel nachgekrochen ist. (Um Grand Central hatten schüttere Regennetze gehangen.) Ein Weißer versucht, mit Blicken auf die singenden Neger andere zum Grinsen einzuladen, vergeblich. Allen Fahrgästen in dem rasenden, schwankenden Wagen ist die Gefahr für die beiden verrutschten Schwarzen gleichgültig. Wenn die Bahnpolizei sie vor der eigenen Station vom Zug holt, wird die eigene Verspätung unvermeidlich. Wir wollen das nicht, wir wollen nach Hause, wir kommen vom Arbeiten, rabotatj, rabotatj! Die singen, die wollen jemand lebendig machen.

Die New York Times spricht über die unruhigen Studenten in Westdeutschland nachsichtig, auf Gerechtigkeit bedacht, eine alte Dame, die junge Leute zu verstehen meint. Ihre wahre Sorge ist jedoch, die ostdeutschen Kommunisten könnten die Unruhen für ihre Zwecke benutzen, und unversehens gerät ihr die Meinung zu einem Brief an die Sowjetunion: möchte sie doch Herrn Ulbricht nicht noch ermuntern.
Die Sowjetunion hatte ihre Gruppe Ulbricht längst in Friedrichsfelde bei Berlin abgesetzt, noch vor der Kapitulation der deutschen Streitkräfte; Jerichow aber glaubte sich sicher bei den Briten.
Die Briten in Jerichow wollten zeigen, daß sie Respekt für ihren Bürgermeister wünschten, und schickten ihm morgens einen Fahrer mit Jeep, der ihn zur Arbeit brachte und von einem Ende der geringfügigen Stadt zum anderen. Sie setzten ihm den Union Jack auf das Rathaus und stellten ihm einen Posten vor sein Zimmer. Sie halfen ihm und machten aus seinen amtlichen Anschlägen Wirklichkeiten:
Das Militärgericht verhängte für Kartoffeldiebstahl bei 30 Kilogramm 1 Jahr Gefängnis, bei 15 Kilogramm ein halbes Jahr Gefängnis; für die Benutzung eines Motorrades ohne Genehmigung der Militärregierung neun Monate Gefängnis; für Ausgehen während der Sperrstunde 3 Monate Gefängnis;
wer aber Cresspahl anspuckte, bekam wegen Beleidigung eines Vertreters der britischen Krone neun Monate Gefängnis und mußte sie absitzen in dem Keller unter seinen Amtsräumen. Und Cresspahl war der einzige Deutsche in Jerichow, der den elektrischen Strom nicht nur für den Betrieb des Radios benutzen durfte. Denn die Offiziere der Abwehr, die Cresspahl überprüfen kamen, hatten sich doch entschließen müssen, Eduard Tamms in ein Gefangenenlager mitzunehmen, trotz Cresspahls Bitten; nun saß der ungelernte Bürgermeister oft tief in der Nacht noch auf dem Rathaus und baute mit Leslie Danzmann an der Schreibmaschine aus Worten seine Bekanntmachungen zusammen, bei elektrischem Licht.
So bekam Jerichow ein recht ordentliches Ansehen. Als Karsch sich aus dem sowjetisch besetzten Gebiet nach Jerichow durchgeschlichen hatte, ist ihm die Stadt geradezu opulent

erschienen. Zwar waren die Schaufenster leer, und sogar die Handwerker hatten an ihren Türen vermerkt, noch längeres Klopfen sei zwecklos, und selbst seine kleine Flasche Petroleum aus Wendisch Burg machte ihn geradezu vermögend an Zigaretten; es gab aber keine Schlangen vor den Dienstzimmern des Rathauses, hier mußte kein Flüchtling auf freiem Felde übernachten, und ein streunender Soldat wurde schon am Ortseingang abgefangen und in das Lager Jerichow Nord abgefahren, überprüft, gefüttert (Offiziere vom Major aufwärts nach wie vor gemäß dem Luftwaffenverpflegungssatz I, wegen der Kutschenreutherschen Selbstverwaltung) und nach wenigen Tagen in Richtung Westen abgeführt, und wenn er in Jerichow bleiben wollte. Unter dem weißen Sommerhimmel saß die Stadt klein und beruhigt da, wie im Frieden. Am 15. Juni hob Montgomery einige seiner Befehle vom März auf; nun durften britische Soldaten mit kleinen deutschen Kindern sprechen und spielen. Jeden Abend um neun Uhr wurde die Stadt gehorsam still und dunkel; auch die Kinder hatten den Hunger mittlerweile gelernt. Das unordentlichste Haus war das Cresspahls.

Er hatte das halbe Haus verteilt unter Flüchtlinge aus Pommern, später auch Ostpreußen; er hatte nicht Zeit, auch da noch Ordnung zu halten. In seinem Haus lagen zwei Kinder krank an Typhus; er verließ sich darauf, daß Frau Abs sie mit ihren Schrotsuppen am Leben hielt und womöglich kurierte. Es war das Gesicht von Jakobs Mutter, das ich in diesem Sommer über mir sah, hager, trocken, schmaläugig; verzweifelt, wenn wir zum Essen zu schwach waren.

Cresspahl hatte seinem Kind das Bett ins Zimmer gestellt, das er 1931 in London für sich und Lisbeth gebaut hatte; jetzt lag ich darin nicht allein, sondern mit einem vierzehnjährigen Mädchen, das ich im Fieber immer wieder für Alexandra Paepcke hielt, ohne Angst, obwohl sie doch tot war. Sie lag in einem weiten Nest aus weißen Haaren, die sandig glänzten wie Alexas; wie bei Alexa sträubten sie sich winzig in die Stirn, wenn Jakobs Mutter sie kämmte; von der Seite gesehen hatte sie eine Nase wie Alexa, und sie mußte nur die Augen schließen, so schien sie Alexa beim Schlafen. Ich konnte sie nur von der Seite sehen. In der Nacht fuhr ich hoch

aus dem Traum und rief um Hilfe, nach Alexandra, die neben mir lag. Sie rief nach ihren Eltern im Traum.
Ihre Eltern, die Ohlerichs in Wendisch Burg, hatten Hanna nach Warnemünde geschickt, zu Fischerverwandtschaft, damit das Kind während der letzten Kriegshandlungen auf See sicher war. Davon sprach sie im Wachen. Am 1. Mai war sie mit dem Kutter ihres Onkels aus Warnemünde ausgelaufen, zusammen mit deutschen Ubooten. Vor der Küste lagen noch deutsche Kriegsschiffe. Am Rerikriff kamen deutsche Flugzeuge aus dem Himmel und schossen den Kutter leck. Nach drei Tagen auf der Insel Poel hatten sie das Schiff wieder fahrtüchtig. Im Hafen von Timmendorf landeten Barkassen immer noch Wehrpflichtige an. Dann versuchten polnische Zwangsarbeiter den Kutter auszuplündern, und sie liefen aus nach Wismar. Immer noch deutsche Kriegsschiffe auf der Reede. Von einem wismarer Handelsschiff übernahmen die Ohlerichs Lagerbestände mit der Weisung, den Kutter bei Annäherung sowjetischer Fahrzeuge zu versenken. Hanna versuchte, am Stand der Sonne die Zeit zu schätzen und wie viele Schwimmstunden nun noch übrig waren bis zur dänischen Küste. Als sie in Gedser ankamen, wurden sie von britischen Maschinen beschossen; die ließen erst ab, als die Familie ein weißes Bettlaken aufzog. In Gedser war immer noch Großdeutschland, eine Wehrmachtskommandantur verwaltete den Hafen und S.S. bewachte ihn. In Gedser lagen Verwandte aus Rerik, sie waren aber auch schon am 2. Mai ausgelaufen und wußten nichts von den Eltern in Wendisch Burg. In den Viehverladeställen wohnten Flüchtlinge aus Hinterpommern und Ostpreußen auf Stroh. Im Hafen lag eine deutsche Eisenbahnfähre, in deren Salon wohnte ein General der Wehrmacht mit einer Schwägerin. Seine Stabsoffiziere kampierten auf der Kommandobrücke. Nach der Kapitulation übernahmen Leute vom dänischen Widerstand den Hafen, und die Flüchtlinge bekamen Essen aus den Feldküchen der S.S., dann auch Butter und Brot und Käse, und weil die Lebensmittel von Deutschen ausgegeben wurden, war die Butter sternförmig aufgeteilt. Mitte Mai wurden die Flüchtlinge aus den verschlossenen Ställen gelassen und zur Internierung nach Nyköbing gebracht; die Fischer aber bekamen Fahrbefehle nach Flensburg.

Die Ohlerichs fuhren nach Niendorf, dort hatten sie Freundschaft seit den zwanziger Jahren, als sie gemeinsam mit der Ringwade gefischt hatten. Auf Hannas Drängen fuhren sie nach fünf Wochen südwärts, wurden von Travemünde aus nach Wismar eingesetzt. Wismar hatte Hunger, und der englische Stadtkommandant begrüßte die Fischer. Sie waren ihm sehr kostbar, und er schickte den Kuttern Schnellboote mit, denn auf Poel lagen jetzt schon die Sowjets und versuchten Fischerboote für sich aufzubringen. Das Schnellboot fuhr im Kreis um die zehn Kutter herum, da hol du mal einen Fisch aus dem Wasser. Dann sah der Kommandant von Wismar ein, daß das Fischen im Verband nicht genug Fang brachte, und die Kutter durften selbständig fahren, mit einem englischen Soldaten an Bord. Die Ohlerichs mußten den ihren in Wismar aus dem Bett holen, wieder schlief er unter Deck bis vier Uhr. Er kochte dann Tee, und gab Hanna davon und von dem Zucker ab. Als Ohlerich eben seinen ältesten Jungen nach Itzehoe schicken wollte, Netze kaufen, hieß es in Wismar, das Gebiet werde ausgetauscht. Die Sowjets waren schon an der östlichen Grenze Wismars stationiert, kamen nachts durch die Grenzzone in die Stadt. Die Ohlerichs entschlossen sich zur Rückkehr nach Warnemünde, sie hatten ein Haus in der Stadt, und Hanna schien es näher an Wendisch Burg. Auf der Höhe von Kühlungsborn wurden sie beschossen, trotz der roten Bettinletts am Mast und der weißen Armbinden. Es waren viele Kutter unterwegs, und auf allen waren Frauen an Bord zu sehen. Es war ein Sonntag, an dem sie in Warnemünde einliefen, und die Bürger gingen festtäglich auf der Strandpromenade spazieren. Die Fischer wurden von sowjetischem Militär von Bord geholt, als sie eben an der Mole festgemacht hatten, und in einen Küchenraum am Strandweg abgeführt. Die Russen stellten ihnen einen Eimer Kascha herein, und aus Furcht vor Gift ließen die Deutschen ihn stehen. Nachts wurden sie einzeln eine Etage höher geholt, über einen roten Kokosläufer, zum Verhör. Zwei Offiziere mit brettartigen Schulterstücken teilten sich in die Arbeit, einer schrieb, einer filzte. In den anderen Räumen waren Russen beim Feiern des Sieges zu hören. Wie sollte man erklären, daß eine hölzerne Wäscheklammer mit Spiralfeder nicht eine Mordwaffe war? Warum wollten die Sieger nicht glauben, daß Hanna gewöhnliche lose Baumwolle in der Hosentasche hatte, weil sie die Maschinen auf dem Kutter hatte putzen müssen, und nicht bunte Fäden zu einem Signal zusammengebunden? Am nächsten Tag wurden drei der Bootsführer abgeholt zur Kommandantur; die anderen mußten unter Bewachung zu Fuß nach Neubukow marschieren. Fischer, und marschieren! In Neubukow besann sich Hanna auf Cresspahl, der ihre Eltern in Wendisch Burg besucht hatte, und lief der Bewachung weg und kam mit Laufen und Ducken links und rechts der Straße 105 durch die sowjetischen Linien und nach Jerichow. Hanna war am Krieg vorbeigekommen, wie die Ohlerichs gewollt hatten; sie lag aber nun krank in Jerichow und konnte nicht zu ihnen.

– Ist dir solch Leben auf See nun abenteuerlich genug, Marie?
– Und Jakob? sagt Marie.
– Jakob war nicht im Haus. Er hatte die Absschen Pferde genommen und arbeitete in einem Dorf an der Küste für einen Anteil an der Ernte. Er kam nicht oft nach Jerichow.
– Sag mir den Anfang, Gesine.
– Als die Treckwagen abgepackt waren, nahm Jakob alle Pferde und wollte ins Bruch reiten. Cresspahl hatte ihm die Wasserstelle beschrieben, die sicher genug war für eine Schwemme. Er war fünf Jahre älter als ich. Er gehörte zu den Erwachsenen. Er hatte ein erwachsenes Gesicht, verschlossen, streng, eigensinnig. Um den Hals und Nacken hatte er einen Verband, darunter war eine Wunde von einem Tieffliegerangriff. Ich wollte ihm gefallen und tat, als verstünde ich mich auf Pferde. Nach der Schwemme benahmen die Pferde sich munter, und Jakob fragte, ob ich galoppieren könne. Ich sagte wieder ja. Er hatte mir einen Fuchs gegeben, ein junges lustiges Tier, und ich mußte ihn gar nicht zum Galoppieren bringen. Er begann zu springen, als er seine Genossen springen sah. Und ich flog zum großen Erstaunen des Tiers kopfüber über seinen Kopf, ihm vor die Füße. Das Tier hatte sich mit solcher Gewalt angehalten, von unten sah es aus, als werde es gleich nach vorn kippen. Sah mich vorwurfsvoll an. Danach ging ich Jakob ein wenig aus dem Weg. Zwar war er besorgt

gewesen, als er mich aufhob, und hatte mich erst nach vielen Beteuerungen zurück aufs Pferd gesetzt, aber er sah so still vor sich hin, daß ich mich verhöhnt glaubte.

– Und dann?

– Dann versteckte ich mich. Der Typhus hatte mir die Haare ausfallen lassen und mir einen Gelenkrheumatismus beigebracht in Schulter und Knie, davon hing ich ganz schief in den Gräten. So sollte er mich nicht sehen.

– Und als er dich sah?

– Er sagte: Dat wast wedde, wacht man. Und ich verstand wohl, daß er mir neues Haar versprach, aber nicht das andere. In Mecklenburg sagt man für Warten: Töv man. Töv man, du.

– Dann kanntet ihr euch ja gar nicht!

– Nein.

– Und es war nicht der erste Tag vom Rest deines Lebens?

– Würdest du es wissen?

– Ja, Gesine. Ich bin nicht mecklenburgisch. Ich werde es wissen.

17. April, 1968 Mittwoch

In der letzten Woche des Juni 1945 gab Cresspahl bekannt, daß die westlichen Alliierten sich nun mit Stalin geeinigt hatten auf den Termin, an dem sie die von ihnen besetzten Gebiete von Mecklenburg, Sachsen-Land, Sachsen-Anhalt und Thüringen räumen und dafür in die westlichen Sektoren von Berlin einziehen würden. Am Sonntag, dem 1. Juli 1945, sollten die Sowjets nach Jerichow kommen. Die Briten hatten die Reisesperre in ihrem Besatzungsgebiet längst aufgehoben, von Mecklenburg aus waren Straßen offen nach Holstein, nach Lübeck, nach Hamburg, ins Lauenburgische, ins Niedersächsische. Sollen wir mit den Engländern gehen, sollen wir bleiben?

Nach Brüshaver konnte man sich nicht richten. Brüshaver hatte seine Frau nicht in Rostock gefunden; er hatte sie schon einmal tot geglaubt, als die Royal Air Force zum ersten Mal Rostock coventrierte, denn in die Konzentrationslager kamen nicht die roten Vordruckkarten, auf denen die Überlebenden von Angriffen ankreuzen konnten, ob sie überlebt hatten.

Wenn irgend wo, glaubte Brüshaver sich mit der Frau in Jerichow verabredet; kam nach drei Tagen Fußmarsch in die Stadt, ausgemergelt und verstaubt, fand das Pfarrhaus von Wallschläger geräumt und seine Frau beim Fußbodenwischen. Danach dachte Brüshaver nicht an die Flucht vor den Russen, sondern an die Sonntagspredigt.
Von den alten Papenbrocks war es zu erwarten. Der Alte hatte in seinem Geschäft auch mit Lieferungen an die Luftwaffe verdient, sie würden ihm das wegnehmen. Und die Bäckerei. Und das Haus voller Flüchtlinge, er würde es nicht frei bekommen. Es war unbegreiflich, daß der Mann stillhielt. Zwar hatte er den Auszug des Adels aus dem Winkel verpaßt, er konnte nun nicht mehr einen einzigen Pferdewagen für seine Sachen bekommen; konnte es sein, daß Albert sich genierte, zu Fuß zu gehen? War es möglich, daß Albert in seiner umfassenden Weisheit versäumt hatte, Land und Geld in der britischen Zone zu verstecken? Papenbrock hielt sich nicht mehr gut, wenn er auf der Straße zu sehen war, ging mit krummen Schultern, ließ die Haare wirr wachsen unterhalb der Glatze, die nun nicht mehr elegant aussah sondern krank. Wenn Papenbrock blieb, war es seine erste Ungeschicklichkeit.
Viele dachten daran, daß Einer kommen würde: Dr. med. vet. Arthur Semig.
Es hieß, daß es eine Infamie und Treulosigkeit von den Engländern sei, Jerichow den Sowjets zu überlassen! Die mecklenburgische Seele hatte sich bei den Briten schon ein Recht auf Fürsorge eingerichtet.
Am Morgen des ersten Juli kam das Vorauskommando der Sowjets nach Jerichow, in zwei schweren amerikanischen Lastwagen. Die hielten sich nicht auf in der Stadt. Auf dem Flughafen fanden sie nur noch einen Rest der britischen Besatzung. Was an Flugzeugen noch heil gewesen war, hatten die Briten aufgetankt und in ihr Gebiet geflogen; da waren die leeren Gebäude und die Rollbahn, die Kutschenreuther hätte sprengen sollen. Die Briten hatten ihre Gefangenen bis auf den letzten Mann mitgenommen. Darunter war ein Generalleutnant gewesen, der gegenüber Papenbrock gesagt hatte, die großdeutsche Luftwaffe habe ohne die rüstungs-

technische Hilfe der Sowjetunion und das Fliegerzentrum Lipezk der zwanziger Jahre nicht die großdeutsche Luftwaffe werden können. Offenbar hatte der Mann sich eine Chance bei den Sowjets ausgerechnet. Dann hatte er sich doch nach Westen verladen lassen.
Nun war noch Zeit bis zum nächsten Morgen.
Schneider Pahl hatte seine Verwandtschaft im brennenden Hamburg verloren. Er mochte nicht in die Fremde und leben müssen von einer Hilfsbereitschaft der verschworenen Deutschen, wie er sie obdachlosen Flüchtlingen verweigert hatte. Er ging mit seiner Familie ins Bruch, und alle ertränkten sich im Moor. Andere versuchten es in der Ostsee.
Dr. Berling aß von den Tabletten, die er seinen Patienten nicht hatte verschreiben mögen. Bei Dr. Berling waren die Kriegsgefangenen und Zwangsarbeiter behandelt worden fast wie die Menschen, krankgeschrieben wenn nötig; in Gneez gab es Ärzte, die hatten solchen Kranken den Bleistift statt des Stethoskops aufs Herz gesetzt und gesagt: a. Ab! Dr. Berling hatte keine Rechnung von den Sowjets zu fürchten, und nahm sich das Leben, der großmächtige, schwermütige blage Düvel.
Von Robert Papenbrock war keine Nachricht, als daß die Sowjets ihn umbringen würden, hätten sie ihn erst. Von Horsts Frau hieß es, sie sei als Lastkraftwagenfahrerin der Wehrmacht bei Danzig in Gefangenschaft gekommen. Die Böttchers wußten von ihrem Sohn, daß er in einem Lager im südlichen Rußland war; acht anonyme Briefe hatten sie bekommen, als sein Name im moskauer Rundfunk verlesen worden war. Den Fleischer Methfessel, der von wenigen Wochen im Konzentrationslager trübsinnig geworden war, hatten die Nationalsozialisten in ein Pflegeheim verschleppt und als lebensunwertes Leben nach Führerbefehl zu Tode gespritzt. Friedrich Jansen hatte sich ins Lauenburgische verdrückt, wo sein mecklenburgisches Wirken unbekannt war; bei einer Ausweiskontrolle wurde die Pistole entdeckt, die er für den Notfall bei sich trug, und die Briten verurteilten ihn wegen des Waffenbesitzes zum Tode und erschossen ihn ahnungslos in Lübeck.
Von Alexander Paepcke hatte ein wandernder Soldat einen

Brief nach Jerichow gebracht. Er war in der ersten Hälfte vom Juni 1944 in Kiew datiert. Alexander versprach darin seiner Nichte Gesine Cresspahl einen Anteil am althäger Haus für den Fall, daß er es erben würde. Im September 1944 hatte er den Brief noch einmal geöffnet und Cresspahl dringlich gebeten, er möge Hilde dazu bringen, daß sie mit den Kindern vom rechten Ufer der Oder auf das linke ziehe, am besten zurück nach Mecklenburg. Alexander bat Cresspahl, seine Familie ins Haus zu nehmen, wenn er gefallen sei. Um die Blutflecken auf dem Brief herum war von einem Franzosen geschrieben, der Inhaber sei am 29. September 1944 gestorben, aber nicht, wo er begraben ist.
Maurice und Albert fuhren mit den Engländern nach Lübeck. (Es war noch ein dritter bei ihnen, dessen Name vergessen ist. Ein Bauernsohn aus der Gegend von Clermont-Ferrand, der sich abseits von den Städtern, und den Deutschen, gehalten hatte.) Sie verabschiedeten sich nicht von dem Cresspahlschen Kind, und sie war enttäuscht, als sie andere Leute in dem Zimmer fand. Die beiden hatten ihr beigebracht, die Tageszeiten in ihrer Sprache zu bieten. Sie hatten zusammen gesungen. Das Kind hatte geglaubt, da sei nicht Feindschaft, nicht mit ihr.
In der Nacht zum 2. Juli wurde viel gegraben in den Höfen und Gärten von Jerichow. Papenbrock brachte das Familiensilber zu Cresspahl, der den schon zugemauerten Kellerteil noch einmal aufmachen mußte.

– Blieb Cresspahl wegen Lisbeths Grab?
– Er mochte nicht mit zwei typhuskranken Kindern auf die Landstraße.
– Hatte er nicht Angst vor den Sowjets?
– Warum, Marie.
– Gesine, er ließ dich bei den Sowjets!
– Das war eine gute Schule, die möchte ich nicht entbehren. Und nach acht Jahren konnte ich gehen.
Die Walnußbäume vor Cresspahls Haus waren stehen geblieben. Aus solchem Holz werden Gewehrschäfte gemacht.
Hanna Ohlerich wußte immer noch nicht, warum sie auf See geschickt worden war. Ihre Eltern hatten sich in Wendisch

Burg erhängt, sobald sie aus dem Haus war. Karsch hatte es ihr nicht sagen mögen, als er sie im Fieber sah.
Am Vormittag des 2. Juli zogen die sowjetischen Besatzungstruppen auf der gneezer Straße in Jerichow ein, die Mannschaften in niedrigen klappernden Pferdewagen, die Offiziere in amerikanischen Jeeps. Die Stadtkommandantur wurde in die Ziegeleivilla gegenüber Cresspahls Haus gelegt. Da zogen sie die vierte Fahne des Jahrhunderts hoch. Die blieb.
Am Abend war der grüne Bretterzaun um die Kommandantur fast fertig.
Am Abend wurde Cresspahl vom Rathaus gebracht. Der Kommandant wollte sehen, wie sein Bürgermeister wohnte. Er sah, wie eng die Flüchtlinge in Cresspahls Haus lebten, und daß der Bürgermeister auch schlief in dem Zimmer, das sein Büro war. Er bot an, das Haus sofort von allen Fremden räumen zu lassen, und er ergab sich ungern in Cresspahls kopfschüttelnde Weigerung. Wenn es anging, vermied Cresspahl das Sprechen mit dem Russen; er hatte so viel an ihm zu beobachten.
Der sowjetische Major war ein alter Mann, stämmig und fest am Leibe, traurig. Er seufzte viel. Er merkte es nicht, ob er sich nun setzte oder zu sprechen anfing, immer kam aus ihm erst ein schweres Atmen mit einem sanften Rachenton. Er bat Cresspahl, den Tisch abzuräumen. Dann ließ er drei Flaschen Wodka auf den Tisch stellen, schickte die Ordonnanz vor die Tür, ließ sich seufzend nieder und begann das Bekanntwerden mit diesem Deutschen. – Es beliebt, Burgmister: sagte er, und wies auf den zweiten Stuhl.
Draußen war es immer noch hell. Weil die Nacht nicht anfangen wollte, kam Cresspahls Kind an die Tür geschlichen, um den Fremden einmal zu sehen, und er rief sie geduldig an, stellte sie vor sich auf.
– Du Faschist: sagte er anregend.
Das Kind hatte ihm eine gute Nacht gewünscht, mit dem papenbrockschen Knicks, und war verwirrt, daß es für diesen Mann damit nicht getan war. Sie hatte Schmerzen in der Schulter, als würde sie durchgewalkt. Sie schämte sich für das Tuch um den Kopf. Vom Fieber war sie wieder schwindlig, halb taub. Cresspahl sah ihr zu, als müsse sie eine Prüfung

bestehen, und als dürfe er ihr nicht helfen. Es machte ihr Mühe, die Augen offen zu halten. Der Mann blickte sie an, als versuche er einen Spaß mit ihr. Sie wollte zurück ins Liegen, und sie tat ihm den Gefallen. Es bereitete ihm ein behagliches Vergnügen, und er wiederholte das Spiel.
– Du Faschist: sagte er, drohend und erfreut.
– Ich Faschist: sagte das Kind.

18. April, 1968 Donnerstag

Die New York Times gibt sich großzügig gegen John Vliet Lindsay und spricht nur nebenbei aus, daß er die akustische Reklame in den Untergrundbahnen der Stadt abgelehnt hat als »Einbruch in die Privatsphäre« der Fahrgäste. Die Privatsphäre ist das wilde entschlossene Schweigen der eingesperrten Fahrenden, mit sich allein, in sich zurückgetrieben.
In der Č.S.S.R. ist es wiederum so, daß die Parteizeitung berichten kann, es seien in den örtlichen Organisationen 31 vom Hundert für einen außerordentlichen Parteikongreß, damit ein neues Zentralkomitee gewählt wird, eins ohne die letzten Stalinisten. Nach den Statuten genügen 30 vom Hundert. Dann kommt der Herausgeber des Rudé Právo von einer Sitzung des Präsidiums und läßt die Sache aus der zweiten Ausgabe nehmen, als sei sie nicht wahr. Im Rundfunk und Fernsehen hinwiederum darf sie als Wahrheit auftreten.
Im letzten Jahr gab es in New York 746 Morde, die meisten an Wochenenden, die wenigsten am Mittwoch. Die häufigsten Gründe sind Streit unter Liebesleuten und beleidigende Bemerkungen. Immer höflich, ja!
Wenn de Rosny nicht will, gibt es den Donnerstagnachmittag nicht, Professor Kreslil entgeht ein Scheck, und die Angestellte Cresspahl wird zu einem Baseballspiel ins Shea Stadion eingeladen. Auch ist das Kind der Angestellten angefordert. de Rosny wird beweisen, daß er in Damenbegleitung gesehen wurde.
Die Einladung ist dienstlich, denn auf Long Island, halb auf der Autobahn Grand Central Parkway erklärt de Rosny seinem Fahrer, daß er während des Spiels einen Gott namens Rutherford aus dem Hotel Regency holen und zu einer

Konferenz ins Stadion bringen soll. Arthur schluckt seine Vorfreude hart herunter und meldet leutselig: Was tu ich nicht alles für Sie Häuptling. Bittere Laune kann de Rosny in seiner Nähe nicht ertragen, es könnte seiner eigenen schaden, und er sagt: Ich geb dir dafür im Juni mal die Loge, ganz für dich allein, was Arthur? Arthur weiß, daß er jetzt befreit aufatmen muß und sagen, als wär aber nichts: Das ist ganz in Ordnung.

de Rosny vertreibt sich die Zeit, indem er mit Marie ein Gespräch zwischen Lehrautomat und Schüler erfindet. Offenbar will er Xerox doch nicht kaufen, sondern befreundet sich mit Computern. Während der Wagen auffährt vor der großen dreistufigen Schüssel des Stadions, aus der ein Achtel herausgesägt ist, beendet de Rosny das Spiel in der Rolle des Automaten, auch in der Sprechweise automatisiert, langsam: You did re-al good.

Und Marie sagt, wieder in der Rolle der umworbenen jungen Dame, nicht nur in der des Schulkindes: You mean *well*, don't you? und beide sind einig in dem Stolz, einen Fehler gemeinsam begangen und berichtigt zu haben. Er läßt Marie als erste hinter sich gehen.

Die Platzanweiser erweisen ihm die königlichen Ehren und ziehen seinetwegen noch einmal die Lappen aus der Gesäßtasche, um die gelben Logensitze gründlicher abzuwischen. Die Abteile sind mit plastenen Schildern, darauf den Namen der Abonnenten, gekennzeichnet. Hier ist zu lesen, wer als einziger noch über de Rosny herrscht, der Präsident der Bank selbst, und de Rosny macht es seinen Gästen mit respektlosen, vergnügten Gesten bequem. Zweimal müssen sie die Plätze wechseln, damit sie dann auch glauben, es sei genug Mühe auf ihre Laune gewandt, und ihm den Spaß halten helfen.

Die Fahne hängt immer noch halbmast.

In den mächtigen Rängen, oben hellgrün, darunter bläulich, darunter orange gestrichen, betreiben die Zuschauer festliche Aufregung, johlen, tuten. Fünfzigtausend wollen, daß Freude ist.

Endlich wird der Text der Nationalhymne auf die Anzeigetafel projiziert. Begeistertes Geschrei begrüßt ihr Ende. Diese Hymne endet mit einem Fragezeichen.

de Rosny gibt sich genußvollen Erklärungen hin: So ein

Ball hat eine Geschwindigkeit von 95 Meilen in der Stunde. Wenn du getroffen wirst, kannst du nicht klagen, Marie! Lies die Eintrittskarte.
Die meisten Spieler bewegen sich wie mit vollen Hosen. Manchmal fällt einer wie ein wildgewordener Panzer über einen Fänger her. Bei einer Verletzung wechselt die Musik unverzüglich zu besänftigenden Tönen.
– Ein Spiel der Gentlemen! ohne Gewalttätigkeiten! ruft de Rosny begeistert aus. Vielleicht hat das von seinem Platz anders ausgesehen.
Alle zwei Minuten steigen Flugzeuge von La Guardia auf, donnernd. Wenn es still wird, brüllen die Verkäufer los: Erdnüsse hier! Bier hier!
de Rosny hat über dem Spiel noch den Genuß, es Marie erklären zu können. Sie weiß, wie Baseball geregelt ist, sie hört ihm zu mit großen gehorsamen Augen, seinem deutenden Finger nachspähend. Er beschreibt den home run, den Schlag, nach dem der Schläger sämtliche Male in einem Zug umlaufen kann. de Rosny benutzt einen kreisenden Finger, hat auch verschiedentlich Vergleiche mit einem Ballett vorgetragen.
Wie, wir wissen nicht, wozu der grüne Schirm hinter der Fahne aufgehängt ist? Um dem Fänger Blendung beim Blick auf den Werfer zu ersparen.
Dann verwandelt de Rosny sich aus dem Mann der Welt in den kleinen Jungen, der angestrengt geradeaus sieht, während er von Willie Mays erzählt, dem er von Kindheit an zugesehen hat, jeweils mit klopfendem Herzen. Mit neunzehn Jahren ging jener Willie Mays noch nach Harlem nach dem Spiel. Der selbe, der wirkliche Willie, der unten auf dem Spielfeld entrückt in Heiligkeit den Schläger schaukelt! Spielte Baseball mit den Kindern, mit einem Besenstiel. Stickball.
Wo der Chef lebt, weiß man nicht, daß Willie Mays bei den radikalen Negern als Verräter gilt. Er hat sich geweigert, für den Boykott der Olympischen Spiele durch Negersportler anzutreten.
Nie hat de Rosny mit Willie gesprochen, ihn auch nur aus der Nähe gesehen, und doch spricht er von ihm wie von einem Freund, dessen Leiden die eigenen sind, und immer ist er der Überlegene, denn de Rosny vermag im Baseball nicht wofür

Willie Mays aber berühmt ist. Demnach ist Willie jetzt ruhiger geworden, aber auch trauriger. Ein Wort, das es nicht gibt, wo de Rosnys Orders hinfassen, für den bewunderten Neger mit dem Schläger gilt es.
Nachdem de Rosny die betrüblichen Ehegeschichten Willies angedeutet hat, entschließt er sich zu etwas. Es ist unrentabel, es bringt nichts ein, es verrät Gefühle, und soll doch sein. In festem Ton, trotzig verspricht de Rosny dem fernen, zuschlagenden, wild rennenden Freund: Wenn er mal nicht mehr kann –. Er kriegt einen Posten in unserer Zweigstelle in San Francisco!
Unermüdlich prägen die Fluggesellschaften den Lärmleidenden ihre Symbole ein, vor allem T.W.A. und Branniff mit den Ostereierfarben. Neben den 727 wirken die niedriger fliegenden Propellermaschinen altertümlich.
Willie fängt im Außenfeld den Ball mit den Händen vor dem Bauch, das ist sein Markenzeichen: erklärt de Rosny ernst für Marie, und sie prägt es sich ein mit gelehrigem Nicken. Sieht sie nicht, daß jener Gefährte der de Rosnyschen Seele soeben viel höher gefangen hat? Gilt an der Wirklichkeit nur, was de Rosny will?
– Balk! Will doch einer über die Sperrlinie werfen und schafft es nicht. – Das passiert einmal in fünfzig Jahren! heute wird Ihnen aber auch alles geboten.
Der Schläger kommt um ein Mal voran, der auf dem dritten kann für umsonst nach Hause gehen. Mrs. Cresspahl ist nicht die einzige, die sich fortwünscht. Vorn sitzen zwei Mädchen, die abwechselnd eins von zwei selbstgemachten Plakaten hochhalten, in einer lahmen Art.
Es ereignet sich etwas Historisches. Der Trainer wechselt den Werfer aus, denn er traut ihm nicht zu, mit drei besetzten Malen fertig zu werden. Feierlich wird der neue Werfer auf offenem Auto angefahren, wie einem Gladiator wird ihm der Umhang abgenommen.
Am Anfang der 7. Runde steht man auf für seine Mannschaft, de Rosny für die Giants von San Francisco, also Mrs. Cresspahl für San Francisco, und begreift sich nicht. Mit dem Chef beim Baseball. Ringsum bleiben sie sitzen.
– Willie bringt sie alle nach Hause!

Gegen Ende der 7. Runde stehen die Anhänger New Yorks auf. Das sind etwa 30 000, es ist nicht einsam um sie, und de Rosny muß das Kinn etwas anheben.
Dann kommt Arthur mit dem Gotte Rutherford, einem weißhaarigen, aufrechten Greise, der keinen Blick hat für das Spielfeld, ein Golfer. Die in diesem Stadion sitzen, lesen nicht den Finanzteil der New York Times, und versäumen, daß ein Herzog im Reich des Dollars, ein Kurfürst geradezu, unter ihnen weilt. Die beiden Herren verziehen sich in eine leere rückwärtige Loge, sehen nicht einmal noch auf den strahlenden Rasen. Beide setzen Brillen auf und lesen von kleinen Zetteln ab, etwa zwanzig Minuten lang. Dann hebt de Rosny den Arm, und Arthur wird mit dem hohen Gast zum Flugzeug nach Los Angeles beordert. Jedoch war das Gespräch zufriedenstellend, denn de Rosny will nunmehr das Spiel nicht zu Ende ansehen und es nur noch in einem Taxiradio hören. Das Geschäft war sehr ergiebig, denn Arthur bekommt noch einmal das Versprechen, daß er seine ganze Familie »mal im Sommer« in die Baseball-Loge der Bank ausführen darf.

– War es nicht ein wunderbarer Nachmittag, Mrs. Cresspahl: sagt de Rosny auffordernd.
– Oh gewiß: sagt die Angestellte Cresspahl.

Gefällt dir das Land nicht, Gesine? Solche Nachmittage in der Fremde?
Das möchtet ihr wohl.
Gefällt dir das Land nicht, such dir ein anderes.

19. April, 1968 Freitag

»Die Mets von New York haben gestern Willie Mays noch einmal eine Chance gegeben mit besetzten Malen«: sagt die New York Times: »und das war ein Fehler«. Jawohl. Fünf zu drei. Das war ein Fehler.
Verbindlichen Dank, Tante Times.
Kein Heimweh.
Es gibt Aufwachen mit Schreck in den Nerven, das will das

dicke graue Licht vor den Fensterquadraten nicht erkennen, sucht andere Fenster; noch die Aprilfarben scheinen nicht richtig, das Morgenblau der Pallisaden, der von Wolken verdüsterte Fluß, die harten Platanenstämme im schwächlichen Parkgrün. Dann gleitet das hundertmal Gesehene doch über die Erwartung.

Da sind Morgende, wenn das kochende Geglitzer der Sonne auf dem East River verschwindet im Schatten der Jalousie, so wird Long Island zu einer anderen Insel. Der Schmutzdunst macht aus dem Gedränge der Häuser in Queens eine weiche schwingende Landschaft, Waldwiesen und Durchblicke auf einen Bischofsmützenturm wie ich ihn einmal sah von der See her beim Halsen des Bootes, zugestellt von Bodenfalten und endlich zum Hingehen nahe über der Steilküste.

Dahin will ich nicht zurück. Ich habe gelebt in Jerichow, Mecklenburg, Sachsen, Frankfurt, Düsseldorf, Berlin. Da sind die Gegenden übrig, nicht die Toten, Cresspahl, Jakob, Marie Abs. Sie, die ich war.

Neun Stunden noch, noch ein Tag vor der brummenden hackenden Maschine, vor einem schräg einfallenden Lichtkeil, der die Stimmen der anderen und die mechanischen Geräusche und meine Stimme in eine graue Dämmerung wickelt, die viele Häute haben wird gegen Mittag.

Dann wird Marie auf dem Broadway stehen an der 108. Straße, neben dem Wagen, den sie ausgesucht hat für die Reise »nach Amerika«. Eine Bedingung hat sie gestellt: es soll kein Auto vom Typ Mustang sein.

Dann werden wir uns begrüßen wie die Fremden, und sie wird mich absuchen nach den Spuren der Arbeit, mir folgen mit den Augen, umsichtig, heimlich heiter, fürsorglich. Als dürfe sie einen Schützling nicht allein lassen.

Sie nennt es so: I am keeping a watch on you.

– Ick häud. Ich hüte: wie Cresspahl sagen konnte auf Befragen nach solcher Tätigkeit. Ich war noch lange Zeit ein Kind, und so sagte es noch Jakob.

Der nächste und letzte Teil dieses Buches beginnt mit dem Kapitel für den 20. April 1968.

Anhang

MIT DEN AUGEN CRESSPAHLS

Auskünfte, gegeben unter den Umständen des Jahres 1949, auf die Fragen einer Sechzehnjährigen. Er war 61 Jahre alt.
Warum er, als Deutscher –
Er begreife sich nicht als »Deutscher«. Er halte es mit denen in Mecklenburg, die von den »Preußen« sprächen; er habe auch schon vor den Aufenthalten in Holland und Großbritannien gedacht als an »de Dütschen«, die anderen. Er habe keine Lust, für die verantwortlich zu sein, weder für ihre Weltkriege noch für ihr Bild in der Welt. Kein Mal sei er von den Deutschen gefragt worden wegen der Gesetze, die sie über ihn verhängten. Was sie in seinem Namen aussprachen, es lasse sich auf Niederdeutsch gar nicht in Worte bringen. Auch nicht auf Niederländisch. Er habe seinen Anteil für das Leben in Deutschland jeweils pünktlich bezahlt, die Steuern wie die Abgabe für die Müllabfuhr; er komme sich nicht ordentlich bedient vor, nicht einmal dafür. Also habe er sich genötigt und frei gesehen, von Mal zu Mal selbst und für sich selbst zu entscheiden.
Also als Mecklenburger.
Eine Zeitlang. Als Sohn eines Stellmachers auf einem Gut an der Müritz, Mecklenburg. Als Kuhjunge, und dann doch Tischlerlehrling in Malchow, Mecklenburg. Schon nicht mehr beim Holsteinischen Artillerie-Regiment 24 zu Güstrow (2. Batterie), nicht als Unteroffizier an der Ostfront 1917, erst recht nicht 1920 im Soldatenrat zu Waren, an der Müritz, Mecklenburg, da es damals nicht um das Mecklenburgische an den Gutsbesitzern gegangen sei, sondern um ihre Hilfsstellung für den Putsch von Kapp und Lüttwitz. Danach, in den Niederlanden wie England, von außen gesehen: ein Deutscher, oder: ein Niederdeutscher, oder: Cresspahl.
Warum er ins Ausland zum Leben gegangen sei. Die Niederlande –
Der Grund sei lebendig gewesen, und habe einen Rock angehabt. Oder: er sei einmal ein Kunsttischler gewesen; auch wenn er bei den Deutschen die längere Zeit habe mit dem Beil arbeiten müssen.
Nach Amsterdam einem Mädchen zuliebe; nach England:
einem Mädchen zuliebe, 1925. Elizabeth. Weltkriegswitwe. Sehr jung. Vielleicht vermögend. MRS. ELIZABETH TROWBRIDGE. Beiden habe es nicht an einer Ehe gelegen, sondern an freiwilligem Zusammenkommen, gelegentlich und verabredet. Sie habe ihm geschäftlich geholfen, mit einem Darlehen; es sei pünktlich zum Termin zurückgezahlt worden. Leider sei der Termin übereingefallen mit seinem Entschluß, eine andere zu heiraten, doch eine aus der Müritzgegend; er wolle sich da mit Mißtrauen ab-

finden. Es sei Elizabeth gewesen, die für jeden das Recht auf ungehinderte Trennung einrichtete; nicht nur habe sie ihm ihren Wunsch nach etwas weniger Unabhängigkeit verschwiegen, auch ihre Schwangerschaft. Von dem Kind, geboren im Mai 1932, habe er erst ein Jahr später erfahren, gegen ihren Willen. HENRY TROWBRIDGE. Zusammen mit seiner Mutter am 14. November 1940 bei einem deutschen Bombenangriff auf die britischen Midlands umgekommen. Das sei womöglich eine falsche Nachricht; er habe sie mittlerweile zu lange für wahr halten müssen und wünsche sie nicht anders. Es werde Mrs. Trowbridge so recht sein.

Ob er nun nicht zurückgehen wolle nach England.

Auch später nicht.

Wegen der deutschen Bombardements?

Zweitens. Erstens, wegen der Erinnerung. Allein die Vorstellung eines Spaziergangs durch Richmond in London, sie stelle ihm seine Lage in den Jahren 1926 bis 1933 wieder her, zuviel Wiedererkennen neben dem erneuerten Bewußtsein von Verlusten. Übrigens sei ihm solche Empfindung bekannt aus dem Winter 1932, als er noch auf ein Bleiben in Richmond habe hoffen dürfen; für ihn sei da nichts neu zu lernen.

Seine Lage in Richmond-upon-Thames vor 1933.

Damals habe es anders geheißen; Richmond, Surrey. Am Bahnhof North Sheen standen Haus und Werkstatt von Pascal und Sohn, Kunsttischlerei, Aufarbeitung, Instandsetzung (auch Neuausführung). Die Firma war seit fünfzig Jahren eingeführt bei bürgerlichen und fürstlichen Dauerkunden, aber REGGIE PASCAL war der letzte, er hatte keinen Sohn und wollte das Geschäft der Innung von Richmond übermachen. Ein alter Mann, vielleicht mit wunderlichen Einfällen, jedoch entschieden, seinen Neffen Albert A. Gosling vom Erbe auszuschließen. Begraben auf dem Friedhof North Sheen. Diese Werkstatt wurde auf das Drängen von Dr. Arthur Salomon, in der Kanzlei Burse, Dunaway & Salomon, gegen das Urteil seiner Partner einem Meister deutscher Herkunft zur treuhänderischen Führung übergeben.

ARTHUR SALOMON.

Ein Jude. Er hatte auf der anderen Seite der Westfront gelegen, wie nur je einer von den langmütigen Leutnants der Reserve auf der deutschen Seite. Mit dem ließen sich nun Geländeskizzen aus dem Krieg zusammensetzen. Arthur Salomon war sich auf der Universität, in der Armee doch wie im Ausland vorgekommen, noch als Partner von Dunaway und Burse; er wollte diesem Deutschen aus »Michelinberg« vielleicht eine Chance zuschieben. Salomon half auch, indem er Reggies Neffen eine Art Hausverbot für die Werkstatt auferlegte und die Mühe eines geschäftlichen Umgangs mit Albert A. Gosling, Esq., auf sich nahm. Um 1931 war er längst eine Vertrauensperson, kam auch zu Besuch und

Abendessen, der Frau Cresspahl zuliebe. Er besorgte Cresspahls persönliche Geschäfte bis zu seinem Tod 1946, insbesondere die Sache Trowbridge, obwohl sein Mandant nun wieder zu den Feinden gehörte.
Freunde in Richmond.
MR. SMITH. Vorname nicht bekannt. Tischler, Handelsmatrose, Schiffskoch, Oberbootsmann bei der Royal Navy im Krieg, Hartsäufer. Hätte er die Geduld zu einer Meisterprüfung aufgebracht, die Pascalsche Werkstatt wäre für ihn nicht zu viel geworden. Ein begabter Tischler. Half Cresspahl die Firma führen bis zum November 1933. Kam noch nach Deutschland vor dem zweiten Krieg. Der einzige in England, den Cresspahl nach 1945 hätte treffen mögen, ohne Sorge vor Befangenheit. Zufällig unter deutschen Bomben umgekommen, am Mecklenburgh Square in London, den er wohl zum ersten Mal in seinem Leben betrat. Begraben am 18. September 1940 in North Sheen.
ALBERT A. GOSLING.
Teilbesitzer eines Textilgeschäftes in Uxbridge, habe er nunmehr lässiger leben können von den Erträgen aus Reggie Pascals Erbe. Anfangs hatte er die Werkstatt sogar verkaufen wollen; ergab sich den wirtschaftstheoretischen Belehrungen Dr. Salomons eher versuchsweise denn aus Einsicht. Daher das Mißtrauen gegen Cresspahls Abrechnungen; deshalb Gerüchtemacherei in den Kneipen von Richmond gegen den »Deutschen«. Die Einkünfte reichten aber zu der Kleidung eines Wirtschaftsführers, auch zu einem Versuch von entsprechendem Benehmen. Das junge Herrchen. Windhunde und jugendliche Freunde. Als Cresspahl den Treuhandvertrag termingemäß aufkündigte, fühlte er nicht nur seine buchhalterischen sondern seine wirtschaftlichen Verdachte insgesamt bestätigt, besonders, nachdem der Vertreter des Deutschen sich weigerte, unter seiner Oberhoheit die Werkstatt weiterzuführen. Es sei Gosling gewesen, der Mrs. Trowbridge mit ihrem Kind aufspürte, und auch noch, daß Dr. Salomons Kanzlei ihr regelmäßig Beträge von Cresspahls zurückgelassenem Konto überwies. Er brachte 1938 heraus, daß sie das Geld seit fünf Jahren zurückgeschickt hatte und Cresspahl nunmehr bei einer ausländischen Bank eine Summe besaß, die ausreichen würde für eine Verurteilung nach den deutschen Devisengesetzen. Darauf zeigte Gosling Cresspahl an, auch in der Hoffnung auf eine Belohnung, und die britische Abwehr, Abteilung Luftwaffe, zwang Salomon zur Herausgabe des belastenden Materials. Gosling sei nun wieder Teilbesitzer eines Textilgeschäftes in Uxbridge, London.
Warum C. nicht versucht habe, Mrs. Trowbridge zu heiraten.
Er sei zu Auskünften nicht einmal verpflichtet.
LISBETH PAPENBROCK.
Ein Mädchen, das im August 1931 mit der Fähre vom Priwall nach

Travemünde fuhr. Vor siebzehn Jahren hätten sie einander in Malchow sehen können, vor elf Jahren in Waren, vor acht Jahren in Amsterdam, zehn Tage vorher auf dem Bahnhof von Schwerin. Nun kam sie über die Trave näher.
Gründe gegen eine eheliche Verbindung.
Der Unterschied im Alter; ihr Jahrgang 1906. Ihre Bekanntschaft mit Kunst und Wissenschaft. Ihre Abhängigkeit von der evangelischen Religion. Die Familie Papenbrock.
Gründe dafür.
Die Zukunft. Während er ihr nachging von der Fährstelle zu den Weißwarengeschäften bis zu dem Restaurantgarten an der Flußmündung, habe er für sicher gewußt, daß sie mitkommen werde nach England, ihm zuliebe; daß er mit ihr leben werde, wo immer sie her war, ihr zuliebe. Sie seien darüber einig gewesen, bevor sie es aussprachen. Er erteile einer Sechzehnjährigen keinen Brautunterricht.
Das eheliche Leben.
Beide hätten sie noch sieben Jahre lang versucht festzuhalten an dem Plan, den der eine mit dem anderen sich gemacht hatte, und sei es im Bewußtsein der Versäumnisse. Lisbeth habe Achtung gehabt vor Worten, wenn nicht Angst, insgemein vor Versprochenem. Eine Untreue gegen andere sei für sie Untreue gewesen gegen sie selbst. Er habe nicht bestanden auf den vier Kindern, mit denen sie hatte alt werden wollen; er habe sie zur Geburt zurückfahren lassen zu den Eltern, den Deutschen, den Nazis; er sei schließlich mitgegangen nach Jerichow, wo sie ihre Kirche besser verstand; ihr zuliebe. In Richmond, mit ihren vier Kindern, mit anderen Gottesdiensten und ohne die Familie Papenbrock hätte sie weniger leicht einen Grund zum Tode gefunden. Sie wäre nun erst dreiundvierzig Jahre.
Was es auf sich habe mit dem Ausdruck: ALBERT PAPENBROCK, KÖNIG VON JERICHOW.
Lisbeths Vater sei Cresspahl von Anfang vorgekommen wie ein Mensch aus einem Buch. Jahrgang 1868, zu nichts erzogen als zum Berufe des Agrarkapitalisten. Verschuldet wie ein General, bis er das Geld aus der Hageböcker Straße in Güstrow durch Heirat an sich brachte, obendrein entfernte Verwandtschaft mit denen von Heintz, wahrhaftigem Adel; beides nicht ohne Schaden für rasche Beförderung im Kaiserlichen Krieg. Danach sei der Verlust einer Gutspacht bei Waren an der Müritz eine gefährliche Niederlage gewesen. Der Alte wisse bis auf den heutigen Tag nicht, daß Cresspahl 1920 zu der Arbeiterkontrolle in Waren gehörte und ihm das Kommando schickte, das dann die Waffen der Reichswehr in Papenbrocks Kinderzimmer aufstöberte; er müsse das so kurz vor seinem Tod nicht mehr erfahren. Aufgegeben habe er die Pacht zwar erst 1922, vielleicht weil er als ein Bürgerlicher sein Ehrenwort gegeben hatte wie der Adel, und weil die

Waffen dennoch bei ihm gefunden wurden. Als Schande habe nicht das falsche Ehrenwort gegolten, sondern daß er sich erwischen ließ. Er, Cresspahl, ziehe aber die Erklärung vor, daß ein Papenbrock die gesellschaftliche Ächtung vom südlichen Ende der Müritz bis zum nördlichen wohl habe ertragen wollen. Nur sei er bei etwas anderem erwischt worden, nämlich bei sparsamerer Drainage des Gutes als der Vertrag vorsah. Der Verpächter wäre vor Gericht nicht schwächer gewesen als sein Partner im Profit, und als Papenbrock in unbegreiflicher Zerstreutheit obendrein vergaß, seinem neuen Gebot auf eine Pacht jenen diskreten Tausendmarkschein beizufügen, habe er in die Inflation umsteigen müssen. Die Schiebungen mit Devisen und Sachwerten hätten 1923 bequem gereicht für das von Lassewitzsche Stadthaus in Jerichow, die Düngemittelhandlung von E. P. F. Prange, die Schwennsche Bäckerei und den festen Griff in der Vermarktung allen Weizens und aller Zuckerrüben, die um Jerichow aus der Erde wuchsen. Er sei die Bank in Person gewesen. Die Verwandlung in den Handelskapitalisten sei ihm bis in die eigene Person hinein gelungen; so habe er fast aus Instinkt gegen die Fürstenabfindung gestimmt, allerdings heimlich. König von Jerichow sei er gewesen bis 1936, als die Nazis seine Geschäfte in ihren Vierjahresplan einsperrten. Zwar saßen seine Genossen von der Deutschnationalen Volkspartei noch in den schweriner Ministerien, nur eben tiefer. Die Einbuße an Macht und die Angst vor dem Ausgang des Krieges habe ihn zahm gemacht; inzwischen könne Cresspahl Papenbrock sogar nachsehen, daß er der alten Cresspahl den Vornamen Grete statt den richtigen in die Todesanzeige gesetzt hatte, unachtsam, nur um die Geltung der Papenbrocks auch noch bei dieser Gelegenheit auszuhängen. Dennoch sei es schwer vorstellbar, daß ein solcher Mensch der Großvater von Gesine Cresspahl sei, ja daß sie mit solcher Familie zusammengehöre.
Woher Cresspahl solche Ausdrücke kenne, die doch eben erst in der Neuen Schule gelehrt würden: Agrarkapitalist.
Er sei einmal Mitglied der Sozialdemokratischen Partei gewesen.
LOUISE PAPENBROCK.
Eine geborene Utecht. Geboren 1871. Nicht oft eingeladen bei den Festen der Offiziere in Güstrow. Als dann der große Papenbrock ihr Erbe benötigte, habe sie nahezu froh sein müssen. Er bekam in allem seinen Willen, und sie habe erst nach der Hochzeit angefangen, sich in der Religion zu verstecken. Robert Papenbrock, geboren 1895. Horst Papenbrock, 1900. Hilde, 1904. Lisbeth, 1906. An der Jüngsten habe Louise die Gottesfurcht durchsetzen können, die die beiden Jungen abschüttelten und vor der Hilde durch das Leben mit Alexander Paepcke gerettet wurde. Sie habe Lisbeth damit geplagt, wie ein kranker Mensch ein Tier quäle. Für ihn, Cresspahl, komme das einem Mordversuch gleich. Louise

habe sich mit einem Ehebruch eben nicht trösten können. Papenbrock fuhr zu großmächtigen Geschäften nach Hamburg und vergnügte sich doch in der Herbertstraße; Louise hielt sich dafür einen Predigeramtskandidaten als geistlichen Beistand. Wohl brachte der Alte ihr Pelzmäntel mit aus Berlin, aber sie paßten nicht immer, und ein klein wenig getragen fühlten sie sich an; Louise durfte dennoch nicht mit ihrem Mann in die Reichshauptstadt. Also war sie nicht eben anstellig, als sie dorthin reisen mußte mit der Tochter eines Lehrers aus Waren, die schwanger war von Louises Röbbing, dem guten Jung'. Eine Abtreibung habe sich also vertragen mit ihrem christlichen Gewissen. Mit dem Pelzmantel nach Anprobe wurde es auch dies Mal nichts. Inzwischen war sie mit den geschäftlichen Erfolgen Papenbrocks zufrieden und genoß es allmählich, das Erworbene zusammenzuhalten, insbesondere als sie während des Krieges von 1914 bis 1918 fast gänzlich die Alleinherrschaft über Wirtschaft und Gesinde hatte. So habe sie einmal die Küchenmädchen dabei ertappt, als die das Mittagsbrot für die Knechte recht kräftig herrichteten, mit echtem Speck und der herrschaftlichen Räucherwurst. Fortan mußte die Mamsell die Stullen schmieren, unter der Aufsicht Louises, und »der Frau« fiel noch ein, daß sie den Kaffee verdünnen könne. In der Getreideernte. Sie gab Papenbrocks Schläge nach unten weiter. Als er König von Jerichow wurde, war sie überfordert. Zwar verlangte Papenbrock, daß sie in der kleinen Stadt die Macht und die Herrlichkeit darstellte; nie war sie sicher, ob er sie nicht doch zurückpfiff. Mit dem Schlagen hörte er um 1933 auf, als er die erste Angst vor den Nazis bekam, seines Besitzes wegen. Dafür bat im Sommer 1936 eine Frau aus der Gegend von Waren um eine Audienz bei den Papenbrocks, und Louise befand die Fremde nicht für würdig, eine Unterredung mit dem großen Papenbrock selbst zu haben. Die Frau, etwa 40 Jahre alt, von ihrer Mutter begleitet, war wegen des arischen Nachweises gekommen. Louise verstand lange nicht. Was das die Papenbrocks angehe, ob jemand nicht von Juden abstamme. Sie erinnerte sich kaum noch an die vielen Nächte, die Papenbrock in den neunziger Jahren außer Haus verbracht hatte, auf dem Hochsitz, wie er sagte. Dann mußte sie doch Papenbrock aus dem Comptoir holen, damit er Wiedersehen feierte mit der abgefundenen Liebsten von vor vierzig Jahren, und mit der Frucht der Liebe. Papenbrock bekam seine Frau herum mit den christlichen Tricks, die er ihr abgesehen hatte. Und als Lisbeth und Horst starben, trug sie die Trauer, nicht nur als Kleidung, auch als Stolz darauf, daß die Gelegenheit Niemand Anderem als der Papenbrock gehöre. Im übrigen habe es noch 1945 genügt, Louise Papenbrock in der ehemals Schwennschen Bäckerei beim Regieren zu beobachten. Stundenlang standen die Leute Schlange in der Stadtstraße, wenn die Papenbrocks einmal Backtag machten, da fielen Frauen vor Hunger in Ohnmacht, und Louise in ihrer prallen Leiblichkeit fuhr den Kunden über den Mund und verteilte das Brot wie eine Gnade, gern mit Verweisen auf das Schild an der Wand: Fasse dich kurz. Oder hilf mir arbeiten. Cresspahl fasse sich kurz mit ihr.

Ob er etwas über den Tod Lisbeths sagen möge.

Sie –

Es sei nicht nötig.

Am 9. November 1938 habe ein Rollkommando S. A. in Jerichow die Marie Tannebaum erschossen, ein Kind. Ein achtjähriges Kind. Ein jüdisches Kind. Am 10. November morgens sei Lisbeth in dem brennenden Werkstatthaus umgekommen.

ROBERT PAPENBROCK.

»Robert Papenbrock«. Es gebe womöglich deren zwei. Der eine war Louises Erstgeborener, als Herrschaftskind erzogen. Er habe sich nach Belieben genommen, worauf er Lust hatte, auch die Menschen wie Sachen. Oft genug habe der alte Papenbrock einem Dienstmädchen eine Aussteuer zahlen müssen und dann noch einen Kätnerjungen finden, der als erstes Kind nicht ein eigenes großziehen wollte. Papenbrock habe seinen Robert vor dem Bordell bewahren wollen; Louise begnügte sich mit Verwunderung über Papenbrocks Großzügigkeit gegen Zimmermädchen, die doch im Dienst schwanger geworden waren. Min Röbbing, min goden Jung. Röbbing ritt Pferde in Wettrennen mit Automobilen zuschanden, Röbbing richtete Schußwaffen auf Dorfjungen und noch auf die eigene Schwester, Röbbing besiegte die härtesten Internatsschulen, Röbbing stahl Pferde, wenn ihm nicht geborgt wurde. Dieses Kind verschwand im Mai 1914 aus Parchim, lebte eine Weile bon im hamburger Gängeviertel von den Goldfüchsen, die er von seiner Mutter mit fröhlichen Drohungen erpreßte, und als er hätte zu den Fahnen des Kaisers eilen sollen, schwamm er auf einem Dampfer im südlichen Atlantik. Die Familie sagte nach außen, er studiere Export und Import in Rio de Janeiro. Dies sei der eine Robert Papenbrock gewesen, danach kein Briefschreiber mehr.

»ROBERT PAPENBROCK«.

Einer von des alten Papenbrocks Einfällen. Im Juli 1934 schickte er den jüngeren Sohn aus Deutschland und befahl ihm als Beschäftigung die Suche nach dem verschollenen Sprößling. Im Sommer 1935 kam Horst zurück mit einem Mann im passenden Alter. Er konnte es sein. Louise glaubte einen Willen Papenbrocks zu erkennen, und nahm den Fremden an, obwohl dessen bequeme Leiblichkeit, die Glatze, das träge Wesen, Hautverfärbungen am Hals sie störten. Seine Geschichte paßte zu der, die im Mai 1914 aufhörte; es war dieser aber zu lange mit Horst zusammen gewesen. Sein Mecklenburgisch wollte er verlernt haben, und Louise entschloß sich, ihm die Stimme zu glauben. Horst

unterbrach die Erzählungen des Fremden nicht; erst kurz vor seinem Tod deutete er an, daß er von all dem nur eine Absteige in New York bestätigen möge, in der der Gefundene Hausdienste versehen habe. Horst aber hatte mit dem Bruder die Jahre bis 1914 gemein, und Horst schwor diesen auf dem deutschen Konsulat von New York ehrlich. Jener Robert Papenbrock mochte mit seiner Familie nicht leben. Er empfahl sich der Hitlerregierung als Freund von Nazis in den U. S. A. und wurde zunächst in der Auslandsorganisation der N. S. D. A. P. beschäftigt, als Tagungsredner, als Dolmetscher für Werberedner in Übersee; dann übernahm ihn der S. D. Am Anfang kam eine Ansichtenpostkarte aus Berlin mit schwer kenntlicher Handschrift; danach waren spärliche Briefe von Sekretärinnen nach Diktat geschrieben. Im sogenannten Rußlandfeldzug sei er als Sonderführer hinter der Front tätig geworden, und der alte Papenbrock habe schon mehrere gefährliche Verhöre durch Fahnder der Roten Armee überstanden. Während des Krieges hatten Gerüchte jenem Sonderführer Geiselerschießungen in der Ukraine angelastet. Aus der Ukraine habe er den Papenbrocks ein junges Mädchen geschickt, vielleicht weil er immer noch Damen zu wohnen hatte in seiner requirierten Villa in Schwerin; oder er wollte in der Tat der Familie eine Braut anvertrauen. Das sei Slata gewesen, die nach dem Krieg auf der sowjetischen Kommandantur von Gneez schrieb und dolmetschte.
»Der Engel von Gneez«.
Bis sie mitsamt ihrem Kind in Haft genommen und in die Sowjetunion abtransportiert worden sei. 1945 im Herbst.
HORST PAPENBROCK.
Bei diesem Sohn habe der Alte es mit Schurigelei versucht, um nicht noch einen Erben nach Übersee oder an ein Gefängnis zu verlieren. Die erste Flucht unternahm Horst 1917 in die Armee. 1919 wurde er als Offiziersanwärter entlassen, und der Alte schlug ihn doch, wenn er nur das Geringste in der Wirtschaft versäumt hatte. Andere Strafen waren das Verbot, Tanzvergnügungen zu besuchen, oder Hofdienst am Sonntag. Die zweite Flucht versuchte Horst zu den illegalen Freikorps. Dem Alten gefiel das Soldatische dabei, auch das Vorgehen gegen die Kommunisten; er vertrug nicht, daß der Sohn sich der Aufsicht entzog, und holte ihn zurück mit der Drohung von Enterbung. In Jerichow wurde Horst eines der ersten Mitglieder von N. S. D. A. P. und S. A., nach wie vor vom Vater verspottet und schikaniert, so daß der Junge bei aller Übung im Militärischen unsicher blieb, schwach, schlapp. Wenn er Energie zeigen wollte, fiel sie fahrig aus. Was Horst zur Einrichtung der Nazigewalt in Jerichow beitrug, war die Bewachung eines Fahnenmastes auf dem Schulhof. Er, Cresspahl, halte nicht für erwiesen, daß Horst beteiligt sei an der Ermordung von Voss in Rande, nicht einmal für wahrscheinlich, da der Junge ja

gelernt habe, die Gewalt zu fürchten, und aus bloßer Angst unfähig gewesen sein könne, einen Menschen mit Stahlruten totzuschlagen. Es sei denn, er sei da mit mehreren gewesen, und sehr betrunken. Papenbrock war besorgt, sein Erbfolger könne bei der Auseinandersetzung zwischen S. A. und S. S. zu Schaden kommen, und schickte ihn ins Ausland. Wenn Horst dabei einen Bruder finde und so sich um das eigene Erbe bringe, so glaube Cresspahl da nicht an Liebe zur Wahrheit. Papenbrock habe den Jungen bis zur Gleichgültigkeit geknutet. Die letzte Flucht war der Versuch, in die neue Armee zu kommen, und nachdem Papenbrock so oft mit der Enterbung gedroht hatte, führte ihm die Wut dabei die Hand. Horst lebte noch einige Jahre in Güstrow, Beamter bei der Landesbauernschaft, verheiratet mit jener Elisabeth Lieplow aus Kröpelin, die Albert Papenbrock wiederum nicht hatte in seine Familie nehmen wollen. Horst soll im Kessel von Stalingrad um sein Leben gekommen sein, ein ältlicher Leutnant, dem nicht einmal in der Todesnachricht vom Vorgesetzten Tapferkeit bescheinigt wurde.
Warum man denn zu Lisbeth Papenbrock, Louises Schwiegertochter, immer sage: Ilse.
Ihr voller Name laute Elisabeth Ilse Friederike Papenbrock, geborene Lieplow. Seit sie in Jerichow Louises Angestellte sei, nenne sie sich Ilse und wolle darauf hinweisen, daß sie Cresspahl nicht an den Vornamen Lisbeth erinnern wolle. Sie halte sich für taktvoll, indem sie die Möglichkeit einer Verwechslung anzeige.
DIE NIEBUHRS.
PETER NIEBUHR, Student der Forstwissenschaften in Berlin, Mitglied der Kommunistischen Partei bis November 1932, danach freiwillig in der Unteroffiziersschule Eiche bei Potsdam, von dort beurlaubt zum Reichsnährstand, einer Art Landwirtschaftsministerium. Peter Niebuhr habe über seine Vorgesetzten einen Prozeß in Gang gebracht, der einem Reichsarbeitsdienstführer Privatverdienste verleiden sollte, durch den aber Lisbeth Cresspahl gezwungen wurde, vor einem Gericht eine falsche Wahrheit auszusagen, zu einer Zeit, da sie eher Ruhe gebraucht habe. Ein ganz junger Mensch, glücklich versorgt mit seiner MARTHA KLÜNDER aus Waren, wäre nicht seine Sache mit der K. P. D. in Gedanken doch lebendig geblieben. Im Sommer 1943 zur Wehrmacht gezogen, plante er, zu den Sowjets überzulaufen; im Sommer 1943 starben er und seine Frau in Rerik bei dem Angriff auf die Flakartillerieschule I. Deren Kinder, Klaus und Günter, kamen so zurück nach Mecklenburg, zu MARTIN NIEBUHR. Ehemals Vorarbeiter beim Wasserstraßenamt, seit 1933 Wärter der Schleuse Wendisch Burg, nicht eben zur Belohnung befördert, sondern zur Versorgung. Seit 1931 verheiratet mit GERTRUD NIEBUHR, der

geborenen Cresspahl, der jüngeren Schwester, der schusseligen Person, die sich schon darauf eingerichtet hatte, in Malchow bei der Mutter zu bleiben, bis sie starb und auch ihr Leben vorbei war. Keine Kinder, und einen Kinderspielplatz hinter dem Haus, für Kinder aus Berlin-Friedenau und Jerichow zu Besuch. Imkerei, Gärtnerei, linkisch in Städten. Dann bekamen sie die Kinder des Bruders. Das Beamtentum Martin Niebuhrs, dem die S. S. im April 1945 eine Niederlage verdankte. Wo jetzt die Havel mitten durch einen großen trockenen Fleck fließe, habe Martin Niebuhr Schluß gemacht mit dem Krieg. Er geniere sich ungemein dafür, daß man Aufhebens machen könne von seiner Tapferkeit, und es wäre roh, ihn darauf anzusprechen. Er sei recht gut versteckt hinter seinem trödeligen Gehabe, und am Ende werde er doch der bessere Vater für die Kinder seines Bruders sein, und Gertrud eine nicht ungeschickte Mutter.
C.s Lage in Jerichow ab 1934.
Anfangs subjektiv behindert durch Papenbrocks Wunsch, dem Kind ein Grundstück zu überschreiben, damit der Schwiegersohn in Jerichow blieb. Objektiv belästigt durch Papenbrocks Sucht, auch diesem Zweig des Clans noch Vorteile zu verschaffen. Der Spitzname »Engländer«. Von der Innung angenommen, nachdem er bei Preisabsprachen nachgegeben habe (nicht bei Verabredungen über Löhne). Von 1935 an, mit dem Beginn der Bauarbeiten beim Fliegerhorst Mariengabe, sei die Werkstatt mit Last und Ertrag außer Verhältnis gelaufen. Als die Flugzeuge angekommen waren in Jerichow Nord, habe Lisbeth das Werkstatthaus beseitigt, vielleicht vorsorglich. Er habe danach überdauert als Angestellter der Flugplatzkommandantur, zuletzt sogar in Uniform, damit er nicht zum Volkssturm gezogen werden konnte. Die Bestellung zum Bürgermeister unter der britischen Besatzung möge verschüttet haben, was er an gutem Willen in zehn Jahren erworben habe, und seine Absetzung und Verhaftung durch die Sowjets werde gewiß von vielen als anständig empfunden. Er nehme an, er werde sich noch jetzt in Richmond besser befinden, selbst als feindlicher Ausländer.
Umgang und Verpflichtungen in Jerichow.
Mit WILLI BÖTTCHER in Gneez als dem Meister der Innung. Mit den Handwerkern, die in der Werftgruppe zusammen arbeiteten: HEINI FREESE, Glasbau; KOEPCKE, Bauunternehmen; CREUTZ, gärtnerische Betreuung, aber Creutz sei auch ein guter Nachbar gewesen und habe Lisbeths Grab gepflegt weit über die Vergütung hinaus. Später habe er sich ALMA WITTE, Hotel Stadt Hamburg in Gneez, erkenntlich zeigen müssen für die Beköstigung des Kindes über Mittag. Jedoch habe er vorgezogen, beim Trinken abends allein zu sein. Ab 1943, mit der Ablösung der Zwangswirtschaft durch den Schwarzmarkt, seien fast alle in der Stadt wieder miteinander bekannt geworden.

Die ersten Nazis in Jerichow.
Horst Papenbrock. WALTER GRIEM, dem die Ackerbürgerei zu klein war, die Familie zu lästig. In der S.A. unter dem Rang des jungen Papenbrock, habe er den dennoch behandelt wie einen zimperlichen Hund. Griem habe sich erst gar nicht schlagen müssen; nach der Übernahme der Macht sei er nicht in die Verwaltung gegangen, sondern in ein Fach, in dem er seine Kraft an Arbeit loswerden konnte. Jetzt wegen seiner Stellung im Reichsarbeitsdienst Bewohner eines Generalslagers in der Sowjetunion; oder aber Leiter eines Baustabes im sowjetischen Sektor von Berlin. Wenn Schneider PAHL mit der S. A. marschiert sei, so wohl eher aus geschäftlichen Berechnungen; ertränkte sich vor der Ankunft der Sowjets. In Gneez: MAX BREITSPRECHER, aber nur bis zum Sommer 1934; danach hielt er sich S. A. und S. S. mit Geldspenden vom Leibe, starb also in der Marine auf einem Minensuchboot.
SCHLACHTER KLEIN.
Der Schlachter von Jerichow sei AUGUST METHFESSEL gewesen; kam für nichts als dummes Reden in ein Straflager, wurde bis zur Arbeitsunfähigkeit geschlagen, wurde mit medizinischen Versuchen getötet. Dessen Kundschaft übernahm KLEIN. Sein antifaschistischer Widerstandskampf habe so begonnen: Kam ein Leutnant mit einem Gefreiten, die sagen mit leiser, häßlicher Stimme: Wir sind die und die, wir kommen von da und da, und Ihr Betrieb is beschlagnahmt. Bis morgen früh liefern Sie an Fleisch, Fett, Wurst –. Darauf Klein, mit Stolz auf seine Vernunft: Das könn' Sie nich machn! Da sprachen sie so und so. Da waren sie im Gange. Da gaben sie ihm einen Packen Schlachtscheine mit dem queren Aufdruck LUFTWAFFE. Dann vereidigten sie ihn auf das Datum des Kriegsbeginns. Und Klein sagte, gekränkt durch die Zweifel an seiner Berufsehre: Also wenn Sie mittags 12 aufn Knopp drückn, morgn früh um 7. Pünktlich. So endete Schlachter KLEINS antifaschistischer Widerstandskampf. »Sie ham mie mid Kassed gedrouht.«
BÖHNHASE.
Tabak-Böhnhase, D. N. V. P., beweise seine Unterdrückung durch die Nazis so: Wenn er nicht im Jahre 1932 die kommunistische Zigarette »Rote Sorte« so kräftig im Winkel um Jerichow verbreitet hätte, wären die Nazis 1942 kaum so fix gewesen mit den sieben Jahren Gefängnis, bloß weil er rationierte Rauchwaren gegen Räucherspeck abgegeben habe.
Freunde in Jerichow.
ALFRED BIENMÜLLER, Huf- und Nagelschmied.
Ohne Erklärung?
Ohne Erklärung.
Und Peter Wulff?
Und PETER WULFF. 1931 vorzufinden in Jerichow als Gastwirt

und Besitzer einer Gemischtwarenhandlung, Mitglied der S.P.D. Die Freundschaft sei bis zum Schreiben von Briefen gegangen. Peter Wulff sei imstande gewesen, Cresspahls englische Nachrichten über den Langemarckprozeß vom Januar 1933 umzubauen in ein jerichower Flüstergestrüpp, das für den Bürgermeister Dr. Erdamer, selbst S.P.D., die Feier zum Tag der Reichsgründung umschmiß. Wulff habe sich wieder und wieder nicht zum Verlassen der S.P.D. entschließen mögen, nicht nach dem kasseler Parteitag von 1920, nicht nach dem görlitzer von 1921, nicht einmal nach dem kieler von 1927, auf dem es schon um den »organisierten Kapitalismus« gegangen war. Das sei eines der durchlaufenden Gespräche mit Wulff gewesen, das andere die Freundschaft zwischen Lisbeth und META WULFF, Fischerstochter von der Dievenow, noch ein anderes die Schädigung des ersten Nazibürgermeisters Friedrich Jansen. Ein Wulffscher Erziehungsversuch von 1935 an einem Gast, der aus der Kirche austreten wollte mit der Ausrede, Jesus sei ja ein unehelich beigeschlafenes Kind. Wulff: Verheiratet war deine Mutter doch auch nich; was sollen wir nun mit d i r machen? Auf Verlangen der lübecker S.P.D. habe Cresspahl 1938 den Umgang mit Wulff aufgeben müssen, öffentlich, so daß die Stadt an einen dauerhaften Streit glauben sollte. Zwei Tage nach dem Krieg habe er Wulff abgepaßt, und wie er habe Wulff den Grund nicht gekannt. Offenbar war die Sache schlicht vergessen worden, und auch Wulff habe der S.P.D. solche Personalpolitik nicht vergeben mögen, auch nicht unter den Bedingungen der Illegalität. In den Jahren der angeblichen Verfeindung habe Cresspahl nur ahnen können, daß Wulff nächtens die Fahnenstange vor Friedrich Jansens Haus umgesägt hatte, schon damit Cresspahl Arbeit bekam. Wulff gab es mit Vergnügen zu, und obendrein, daß tatsächlich er in jedem März Blumen auf das Grab von Friedrich Laabs geschmuggelt hatte, den die Kapp-Putschisten im Keller des Hotels Erbgroßherzog in Gneez umgebracht hatten; zum ehrfürchtigen Staunen von Gestapo und Kriminalpolizei. Deren Ermittlungen waren bis 1942 regelmäßig gegen Cresspahl gelaufen, weil er als Nachbar des Friedhofs von Jerichow den nächsten Weg zum Grab gehabt hätte. Und über die Rolle der S.P.D. beim Panzerkreuzerbau 1928 lasse Wulff mittlerweile schon mit sich reden, auch über die sozialdemokratische Billigung für die Außenpolitik im Mai 1933; was aber den Parteitag von Kiel angehe, so gebe er nicht nach, nicht nach der zweiten Flasche Korn. Und da er sich bei den Sowjets nicht meldete als Mitglied der S.P.D., habe er auch nicht über die Vereinigung mit der K.P.D. in die S.E.D. müssen und sei so um den Austritt gekommen, der nach der Schließung seines Ladens doch wohl fällig geworden sei. Das Leben mit Wulff sei eins mit gegenseitigem Spaß, und beide seien es leid, fast sieben Jahre versäumt zu haben.

FRIEDRICH JANSEN.
Bürgermeister der Stadt Jerichow seit dem Rücktritt Dr. Erdamers im März 1933. Papenbrock habe für schlau gehalten, daß er seine Herrschaft jeweils in den Mitteln des Geldes versteckt habe, statt in der Verwaltung auch einmal andere Sachen durchzusetzen als bloß seine; wegen Papenbrocks Feigheit habe Jerichow nach Dr. Erdamer einen verkrachten Jurastudenten aufs Rathaus bekommen, als Gefälligkeit für den alten Dr. Jansen, und eine Schande für die Stadt. Der Junge sei so verkommen gewesen, er habe nicht einmal krumme Geschäfte mit der Ziegeleipacht zustande gebracht. Hätten die Briten Jansen nicht versehentlich wegen Waffenbesitzes erschossen, es fänden sich Leute in Jerichow genug, ihn umzubringen. Zum Beispiel Hünemörder, der nach der Hitlerrede 1934 lediglich gesagt habe: Nein, meine Herren, und wenn wir nicht 1939 im Krieg stecken bis zum Hals! Hünemörder kam erst 1936 aus dem Konzentrationslager frei, und zog von Jerichow nach Lübeck, eigens um sich den Anblick von Friedrich Jansen zu ersparen. Ein allgemeines Beispiel für das Verhalten von Friedrich Jansen: Nach dem Tod Lisbeths habe er einen Ausschnitt aus dem Lübecker General-Anzeiger vom Frühjahr 1931 in Jerichow umhergezeigt. Darin war die Rede von einem 23jährigen Stallschweizer, Erich Ahrnt, aus Berlin gebürtig, der in Hohenhorn bei Schwarzenbek eine Scheune voller Korn und Heu angezündet und den Tod in einem Motorschutzkasten erwartet habe. Beine stark verkohlt, Oberkörper wenig verbrannt. Es habe Leute wie Wulff und Kollmorgen nicht wenig Mühe gekostet, das Gerücht von einer Verbindung zwischen den beiden Todesfällen auszutreten. Auch das habe er Wulff zu danken.
EDUARD TAMMS.
Nachfolger von Jansen, und ein Bürgermeister. Die britische Abwehr habe ihn nicht einmal deswegen verhaftet, weil er bis 1945 die geltenden Gesetze angewandt hatte, sondern weil seine Frau mit Leuten in schwarzer Uniform verwandt war. Er hatte solchen Anhang nicht einmal benutzt, um an einen anderen Platz zu kommen als Jerichow.
Wie sich der Adel im Winkel um Jerichow verhalten habe.
AXEL VON RAMMIN, Reichsfreiherr und all das, habe Geld zu österreichischen Freunden geschmuggelt, damit ein Jude aus Mecklenburg emigrieren konnte mit dem, was ihm gehörte. Die BÜLOWS (die Oberbülows) hätten sich nicht zwingen lassen, einen Sohn vom Studium aus England zurückzuholen. Die BOBZIENS verweigerten der S.A. den Gräfinnenwald für Geländeübungen; sie lieferten auch am hellichten Tage an die Frau des verhafteten Pastors, ohne Berechnung. Die MALTZAHNS hätten beide Söhne in die S.S. gehen lassen. Die LÜSEWITZENS sollen ihre ungarischen und italienischen Hilfsarbeiter in Ställen gehal-

ten haben; ab 1942 allerdings nicht mehr. Schließlich, den Landesbauernführer für Mecklenburg habe der Graf FRIEDRICH FRANZ GROTE aus Varchentin gemacht. Als ein anderer Graf, HANS KASPAR VON BOTHMER, aus dem Krieg zurückkam, schwer verwundet, öffnete er sein Schloß als Typhuskrankenhaus, half bei der Pflege und starb nach nicht langer Zeit am Fleckfieber.
Warum PASTOR BRÜSHAVER kein Freund sei.
Einer von den Studierten, Offizier, bei der Kaiserlichen Marine, noch lange deutschnational. Im hitlerschen Kirchenkampf Mitglied des Pfarrernotbundes, ungehorsam gegen die Weisungen des Reichsbischofs; den Sohn aus erster Ehe aber ließ er gegen die legale Regierung Spaniens fliegen und hoffte insgeheim, der werde hoch genug für eine Flugplatzkommandantur befördert, bis er ihn zurückbekam in einer verlöteten Kiste, die er nicht öffnen durfte. Dieser Brüshaver habe Lisbeths Tod in einer Predigt besprochen, die für seine Verhaftung ausreichte, und obendrein gab er ihr eine vollständige Beerdigung, gegen die Wünsche von Gestapo und Landeskirche. Damit trennte er sich von seinen drei Kindern aus der zweiten Ehe, die in Rostock unter den Bomben der Royal Air Force verbrannten, und er trennte sich von seiner Frau. Nach dem Willen der Nazis habe er bis 1960 im Konzentrationslager leben sollen, und als er 1945 Aggie Brüshaver in Jerichow suchen kam, sei ihm vor Hungerkrankheit das Sprechen schwergefallen. Er, Cresspahl, begreife wohl, daß der Mann sich nicht nur Lisbeth zuliebe ans Gericht geliefert habe, auch aus eigenen Gründen; dennoch könne er dessen Unbefangenheit nicht erwidern. Er sei so weit nicht.
SEMIG.
DR. MED. VET. ARTHUR SEMIG. Ein Mecklenburger aus der griesen Gegend bei Ludwigslust, verheiratet mit DORA KÖSTER aus Schwerin. Trauzeuge für Lisbeth, Taufpate für Gesine. Wenn es so etwas wie Christentum gebe, habe er das seine in einer ordentlichen Art unterhalten. Er habe sich wohl abfinden wollen mit seinen jüdischen Großeltern, auch noch mit den Gesetzen der Nazis gegen ihn; er habe Jerichow verlassen aus reiner Gefälligkeit gegen seine Freunde, um sie nicht zu gefährden.
Ob er –
Gewiß sei nur der Tod der alten KÖSTERS. Nach einem nicht ungefährlichen Brief der Tochter aus Prag 1938 nahmen Geheimrat Köster und seine Frau sich die Mühe, Gift zu nehmen, beide in hohen Jahren. Zwei sehr kleine Särge, von der Gestapo heimlich verbrannt.
Noch einmal: ALEXANDER PAEPCKE.
Alex. Der C. unverzüglich die Freundschaft anbot, als er sich nur in die Verwandtschaft hätte fügen müssen. Einer von den großmächtigen PAEPCKES aus Schwerin. In der Familie habe es einen Bankier gegeben, auch Abgeordnete zum Deutschen Reichstag

vor dem Ersten Krieg. Die Paepckes gingen zu Hofe bei ihrem Großherzog. Unverhofft war die Familie mit ihrem Alexander, Jahrgang 1898, an einem Ende. Zwar hatte er eine Schwester, jünger als er, aber sie würde den Namen nur unverehelicht retten können, also nicht lange genug. Die Familie war von der Art, daß Inge Paepcke bei einem Besuch der Kaiserin in Schwerin hatte Gereimtes aufsagen dürfen. Die Kaiserin hatte ihr daraufhin eine Brosche überreichen lassen, nicht eben die kostbarste Arbeit des Königlichen Hof-Juweliers H. J. Wilm zu Berlin, aber richtig mit einem blauen A für Auguste und einem mit Glitzerdingen ausgelegten V für Viktoria. Der Familienrat beschloß, daß Inge das Arbeitsentgelt zwar aufbewahren dürfe. Sobald jedoch Alexander eine Tochter habe, sei die Brosche der zu übergeben, und so fort durch die Generationen. Alexander hatte noch nicht einmal eine Frau, von Kindern auch zu schweigen. Die Paepckes ließen ihrem Alexander Zeit, sich umzusehen nach einer Richtigen. Alexander hielt aber bereits das Studieren für das bürgerliche Leben selbst, ließ sich Zeit damit und bezahlte so manchem hübschen Ding am Theater von Schwerin einen Schmuck oder eine Robe. Es gelang der Familie von Mal zu Mal, ihm solche Heiraten auszureden; seine Bedingung war das Begleichen der Schulden. (Gegen Alexanders Mutter und Schwester, bei denen das Geld weniger reichlich liegengeblieben war, betrug der Familienrat sich eher gleichmütig.) Im Sommer 1928 besuchte Alexander seine Tante Françoise im Ostseebad Graal Müritz und konnte nicht ertragen, daß ein weißrussischer Emigrant mit gräflichen Würden sich bemühte um ein Mädchen namens HILDE PAPENBROCK. Alexanders Großonkel nahm sich die Mühe eines heimlichen Besuchs in Graal, und schon von Rostock aus telegrafierte er ins Hotel Strandperle: SOFORT HEIRATEN. Die Familie war so vergnügt mit Hilde, sie ließ sich ein auf eine Hochzeit in Jerichow statt in Schwerin, nicht mehr als acht Wochen danach. Auch die Paepckes wollten sich mit den Papenbrocks abfinden, wenn sie von denen nur ein Mädchen bekamen. Damit begannen Hildes große Ferien von den Eltern, ein Leben mit Reisen nach Berlin, Ausflügen von Gut zu Gut in der Gegend von Krakow, ausführlichen Festen in den Hotels am See. Einmal vergaß Alexander, eine Verlegenheit rechtzeitig nach Schwerin zu melden, und er konnte einem Mandanten nicht gleich den Prozeßvorschuß auszahlen, der wegen Vergleichs fällig geworden war. Der Mandant war ein Großgrundbesitzer und gab sich mit einer verspäteten Zahlung nicht zufrieden. Alex wurde durch eine Saumseligkeit seiner Kumpane in der Burschenschaft Leonia wahrhaftig aus der Anwaltskammer von Mecklenburg ausgeschlossen und begnügte sich hinfort mit dem Pachten von Ziegeleien. (Oder war es das Notariat gewesen?) Hilde konnte nicht sehen, daß Alexander in Verlegenheit war, und zündete solche Ziegelei ohne Bedenken an,

und das erste Mal wollte die Versicherung noch an eine Selbstentzündung glauben. 1931 hatte Papenbrock seine Hilde nach Jerichow geholt und ihren Alexander in die Ziegeleipacht gesetzt; unter der besorgten Aufsicht des alten Papenbrock geriet Alexander in die roten Zahlen, unmittelbar neben dem Neubau eines Militärflugplatzes, der Ziegel unersättlich verschlang. Alexander verzog sich in die Heeresintendantur Stettin, aber für die Paepckes hatte er gutgetan. Alexandra kam 1934 auf die Welt, und der Familienrat reiste in Jerichow an, eine Kaiserinnenbrosche zu übergeben, reiste an zur Geburt von Eberhardt 1935, reiste zur Geburt von Christine Paepcke nach Podejuch, und fast jedes Mal konnten die Taufgeschenke Alexanders »Verpflichtungen« ausgleichen. Ihm, Cresspahl, sei nicht angst geworden bei Alexanders und Hildes Achtlosigkeit gegen die Ordnungen; es sei vorgekommen, daß er seine Unfähigkeit dazu bedauerte. Und solche Kindheit wie die bei den Paepckes, er hätte es seinem eigenen Kind wohl gegönnt, habe das auch aufgeschrieben. Ganz selten habe er sich bei Besuchen in Podejuch oder in jenem Ferienhaus in Althagen auf dem Fischland fremd gefühlt, so wenn die Paepckesche Bildung oder Vornehmheit durchschien und das Kind Alexandra unbefangen sagte: Bitte Thé, s-prach das Rhé. Hilde und Alexander aber seien für ihn –. Alexander sei zugrunde gegangen, weil er im besetzten Rußland fremden Kindern habe helfen wollen. Seine eigenen starben mit Hilde im Frühjahr 1945 in Vorpommern, in einem Militärlastwagen, der unter dem Beschuß von Tieffliegern ausbrannte.
Dennoch habe nicht Alexander jene Sache gewußt; nur Alfred Bienmüller, Huf- und Nagelschmied zu Jerichow.
Cresspahl habe Alexander nicht gefährden mögen. Bienmüller sei eine Notstation gewesen. Im übrigen wisse Alfred nicht genug, um auch nur ein Zehntel der Geschichte zusammenzudenken.
Aber KLAUS BÖTTCHER denke da nicht wenig. Er erfinde nunmehr Gründe, aus denen Cresspahl bis 1944 noch die geringfügigsten Sachen von der Armee habe wissen wollen, und wenn es um Achselschnüre eines Regiments gegangen sei.
Klaus möge sich um seines Vaters Tischlerwerkstatt kümmern; ihm stehe eine ausgewachsene Tiefenprüfung durch das Finanzamt der neuen Regierung bevor. Und am Ende habe man ihn nicht aus seinem Waldlager im tiefen tiefen Rußland vor der Zeit geholt, damit er mit dummem Zeug hausieren gehe.
Cresspahl –?
In Gemeinschaft mit anderen.
DR. KLIEFOTH.
Weil er ein Lehrer des Englischen gewesen sei? Gewiß habe er gern und fast herausfordernd erzählt von seinen Zeiten als Ic an der Ostfront, von den Aufklärungsflügen über die sowjetischen Linien, vielleicht in einer Art, als setze er bei Cresspahl eine nicht

gewöhnliche Neugier voraus. Aber Kliefoth sei auch gleichgültig genug gewesen, die B. B. C. nicht bloß abzustellen, weil ein Besuch kam.
LESLIE DANZMANN.
Eine Freundin Lisbeths, aus der Pensionatszeit in Rostock, der um 1940 die Witwenpension der Marine zu knapp wurde, so daß sie in einer Villa bei Rande vor Jerichow als Hausdame leben mußte. Sie als einzige hätte bemerken können, daß Cresspahl ihren »Fritz« nicht besuchen kam, um die Nächte durchzutrinken, sondern ihm die Neuigkeiten vom Fliegerhorst Mariengabe oder vom Konzentrationslager Barth mitzuteilen. Jedoch habe sie sich geniert vor »Lisbeths Mann«, und es seien ja jeweils genügend leere Flaschen auf dem Tisch zurückgeblieben.
Aber es bleibe doch wahr.
Es sei nicht die Zeit, es auszusprechen. Erst einmal müsse so eine englische Sache in erfundenen Mitteln breitgetreten werden, in Filmen oder sogenannten Tatsachenbüchern, um dergleichen erträglicher zu machen für die Öffentlichkeit; dann seien die sogenannt wissenschaftlichen Bücher abzuwarten, die jede Dekade einen halben Meter an die Wahrheit vorrücken würden; in fünfzig Jahren, nach der Öffnung der Archive, werde sie dem Verständnis so nah sein wie heutzutage die Gründung der Deutschen Demokratischen Republik, oder so entfernt wie der Mond von Jerichow.
Aber –
Er begreife es wohl, daß das Schweigen einer Sechzehnjährigen schwerer falle als einem Kind von neun Jahren. Er habe sich genug Vorwürfe gemacht, als sein Kind auf einen Trick von Ottje Stoffregen hereinfiel.
OTTJE STOFFREGEN?
Hauptlehrer an der Hermann-Göring-Schule von Jerichow. Heimatforscher und vormals Bewerber um eine Verehelichung mit Lisbeth Papenbrock, wenn Peter Wulff zu glauben sei. Es sei also unbesehen zu glauben, und Ottje werde an Cresspahls Kind nicht nur seine Erinnerungen ausgelassen haben, auch seine Alkoholkrankheiten. Stoffregen habe in der Musikstunde auf dem Klavier die ersten vier Töne einer Sinfonie von Beethoven angeschlagen, das Erkennungszeichen der British Broadcasting Corporation, und die Klasse gefragt, wer diese Tonfolge kenne. Und es sei Cresspahls Kind gewesen, das sich gemeldet habe.
Entschuldigung. Entschuldigung!
Dazu sei er bereit. Und die Greifer von der Gestapo hätten bei ihrer Haussuchung eben nicht ein Gerät wie Alexanders Blaupunktradio gefunden, mit magischem Auge und automatischem Sendersucher, sondern was damals Empfänger des Volkes hieß. Volksempfänger. Und das Cresspahlsche Kind habe sich ja sofort darauf besonnen, daß es die vier Töne von einem Schallplattenkonzert bei den Paepckes erinnere, und mit der beschworenen

Aussage Alexanders habe auch die Gestapo sich zufrieden zeigen müssen. Alexander habe die Gefälligkeit gern geleistet; und C. sei erleichtert, daß die Sache dann gleich habe vergessen werden können, bis zu diesem Tag.
Aber Cresspahl sei doch ein Antifaschist gewesen!
Auf der Seite der Briten; es sei in Zeiten wie diesen nicht bekömmlich. Sie könne es ja eines Tages ihrem eigenen Kind erzählen.
Ob Jakob es jetzt schon wissen dürfe.
Jakob, ja.

Uwe Johnson
Sein Werk im Suhrkamp Verlag

Begleitumstände. Frankfurter Vorlesungen. es 1019
Berliner Sachen. Aufsätze. st 249
Das dritte Buch über Achim. Roman. Leinen und st 169
Der 5. Kanal. es 1336
Ingrid Babendererde. Reifeprüfung 1953. Mit einem Nachwort von Siegfried Unseld. Leinen und st 1387
Jahrestage 1. Aus dem Leben von Gesine Cresspahl. August 1967 - Dezember 1967. Roman. Leinen
Jahrestage 2. Aus dem Leben von Gesine Cresspahl. Dezember 1967 - April 1968. Roman. Leinen
Jahrestage 3. Aus dem Leben von Gesine Cresspahl. April 1968 - Juni 1968. Roman. Leinen
Jahrestage 4. Aus dem Leben von Gesine Cresspahl. Juni 1968 - August 1968. Roman. Leinen
Jahrestage 1-4 in Kassette. 4 Bde. Mit einem ›Kleinen Adreßbuch‹. Ein Register zu Uwe Johnsons Jahrestagen mit Namen, Orten und Verweisen von Rolf Michaelis. Leinen
Kleines Adreßbuch zu den ›Jahrestagen‹. Einzeln.
Karsch, und andere Prosa. es 59
Mutmassungen über Jakob. Roman. Leinen, st 147 und BS 723
Eine Reise nach Klagenfurt. st 235
Skizze eines Verunglückten. BS 785
Versuch, einen Vater zu finden. Marthas Ferien. Toncassette mit Textheft. Mit einem editorischen Bericht von Norbert Mecklenburg. es 1416
Zwei Ansichten. Leinen und st 326

Editionen, Nachwort

Max Frisch: Stich-Worte. Ausgesucht von Uwe Johnson. st 1208
Otto Philipp Runge/Uwe Johnson: Von dem Fischer un syner Fru. Ein Märchen nach Philipp Otto Runge mit sieben kolorierten Bildern von Marcus Behmer und einem Nachwort von Beate Jahn. Mit einer Nacherzählung und einem Nachwort von Uwe Johnson. IB 1075

Zu Johnson

Uwe Johnson. Herausgegeben von Rainer Gerlach und Matthias Richter. stm 2061
Johnsons ›Jahrestage‹. Herausgegeben von Michael Bengel. stm 2057
»Ich überlege mir die Geschichte ...«. Uwe Johnson im Gespräch. Herausgegeben von Eberhard Fahlke. es 1440

46/1/9.87

edition suhrkamp
Eine Auswahl

Abelshauser: Wirtschaftsgeschichte der Bundesrepublik Deutschland (1945-1980). NHB. es 1241
Abendroth: Ein Leben in der Arbeiterbewegung. es 820
Achebe: Okonkwo oder Das Alte stürzt. es 1138
Adam/Moodley: Südafrika. es 1369
Adorno: Eingriffe. Neun kritische Modelle. es 10
– Gesellschaftstheorie und Kulturkritik. es 772
– Jargon der Eigentlichkeit. Zur deutschen Ideologie. es 91
– Kritik. Kleine Schriften zur Gesellschaft. es 469
– Ohne Leitbild. Parva Aesthetica. es 201
– Stichworte.
Kritische Modelle 2. es 347
– Zur Metakritik der Erkenntnistheorie. es 590
Das Afrika der Afrikaner. Gesellschaft und Kultur Afrikas. Hg. von R. Jestel. es 1039
Anderson: Die Entstehung des absolutistischen Staates. es 950
– Von der Antike zum Feudalismus. es 922
Andréa: M.D. es 1364
Arbeitslosigkeit in der Arbeitsgesellschaft. es 1212
Aus der Zeit der Verzweiflung. Zur Genese und Aktualität des Hexenbildes. es 840
Bachtin: Die Ästhetik des Wortes. es 967
Barthes: Elemente der Semiologie. es 1171
– Kritik und Wahrheit. es 218
– Leçon/Lektion. es 1030
– Literatur oder Geschichte. es 303
– Michelet. es 1206
– Mythen des Alltags. es 92
– Das Reich der Zeichen. es 1077
– Die Sprache der Mode. es 1318
Beck: Risikogesellschaft. es 1365
Jürgen Becker: Ränder. es 351
– Umgebungen. es 722
Beckett: Fin de partie. Endspiel. es 96
– Flötentöne. es 1098
– Mal vu, mal dit. Schlecht gesehen, schlecht gesagt. es 1119
Samuel Beckett inszeniert Glückliche Tage. es 849
Benjamin: Aufklärung für Kinder. es 1317
– Briefe. 2 Bde. es 930
– Das Kunstwerk im Zeitalter seiner technischen Reproduzierbarkeit. es 28
– Moskauer Tagebuch. es 1020
– Das Passagen-Werk. 2 Bde. es 1200
– Über Kinder, Jugend und Erziehung. es 391
– Versuche über Brecht. es 172
– Zur Kritik der Gewalt und andere Aufsätze. es 103
Bernhard: Die Billigesser. es 1006
– Ein Fest für Boris. es 440
– Prosa. es 213
– Ungenach. Erzählung. es 279
– Watten. Ein Nachlaß. es 353
Bertaux: Hölderlin und die Französische Revolution. es 344
Biesheuvel: Schrei aus dem Souterrain. es 1179

3/1/6.87

Blick übers Meer. Chinesische Erzählungen aus Taiwan. es 1129
Bloch: Kampf, nicht Krieg. Politische Schriften 1917-1919. es 1167
Boal: Theater der Unterdrückten. es 987
Böhme: Prolegomena zu einer Sozial- und Wirtschaftsgeschichte Deutschlands. es 253
Böni: Alvier. Erzählungen. es 1146
Bohrer: Plötzlichkeit. es 1058
Bond: Gesammelte Stücke 1/2. es 1340
Bottroper Protokolle, aufgezeichnet von Erika Runge. es 271
Botzenhart: Reform, Restauration, Krise. Deutschland 1789-1847. NHB. es 1252
Bovenschen: Die imaginierte Weiblichkeit. es 921
Brandão: Kein Land wie dieses. es 1236
Brasch: Engel aus Eisen. es 1049
Braun: Berichte von Hinze und Kunze. es 1169
Brecht: Der aufhaltsame Aufstieg des Arturo Ui. es 144
– Aufstieg und Fall der Stadt Mahagonny. es 21
– Ausgewählte Gedichte. es 86
– Baal. Drei Fassungen. es 170
– Baal. Der böse Baal der asoziale. es 248
– Das Badener Lehrstück. Die Rundköpfe. Die Ausnahme. es 817
– Der Brotladen. Ein Stückfragment. es 339
– Buckower Elegien. es 1397
– Die Dreigroschenoper. es 229
– Einakter und Fragmente. es 449
– Furcht und Elend des Dritten Reiches. es 392
– Gesammelte Gedichte. 4 Bde. es 835 – es 838
– Gedichte und Lieder aus Stükken. es 9
– Die Geschäfte des Herrn Julius Caesar. es 332
– Die Gesichte der Simone Machard. es 369
– Die Gewehre der Frau Carrar. es 219
– Der gute Mensch von Sezuan. es 73
– Die heilige Johanna der Schlachthöfe. es 113
– Herr Puntila und sein Knecht Matti. Volksstück. es 105
– Im Dickicht der Städte. es 246
– Der Jasager und Der Neinsager. es 171
– Der kaukasische Kreidekreis. es 31
– Kuhle Wampe. es 362
– Leben des Galilei. es 1
– Leben Eduards des Zweiten von England. es 245
– Mann ist Mann. es 259
– Die Maßnahme. es 415
– Mutter Courage und ihre Kinder. es 49
– Die Mutter. es 200
– Gesammelte Prosa. 4 Bde. es 182 – es 185
– Schweyk im zweiten Weltkrieg. es 132
– Stücke. Bearbeitungen. 2 Bde. es 788/789
– Die Tage der Commune. es 169
– Tagebücher 1920-1922. Autobiographische Aufzeichnungen 1920-1954. es 979
– Trommeln in der Nacht. es 490
– Der Tui-Roman. es 603

3/2/6.87

- Über den Beruf des Schauspielers. es 384
- Über die bildenden Künste. es 691
- Über experimentelles Theater. es 377
- Über Lyrik. es 70
- Über Politik auf dem Theater. es 465
- Über Politik und Kunst. es 442
- Über Realismus. es 485
- Das Verhör des Lukullus. Hörspiel. es 740

Brecht-Journal. es 1191
Brecht-Journal 2. es 1396
Brunkhorst: Der Intellektuelle im Lande der Mandarine. es 1403
Buch: Der Herbst des großen Kommunikators. es 1344
- Waldspaziergang. es 1412

Bürger: Theorie der Avantgarde. es 727
Buro/Grobe: Vietnam! Vietnam? es 1197
Celan: Ausgewählte Gedichte. Zwei Reden. es 262
Cortázar: Letzte Runde. es 1140
- Reise um den Tag in 80 Welten. es 1045

Deleuze/Guattari: Kafka. Für eine kleine Literatur. es 807
Deleuze/Parnet: Dialoge. es 666
Derrida: Die Stimme und das Phänomen. es 945
Determinanten der westdeutschen Restauration 1945-1949. Von H.-U. Huster u. a. es 575
Ditlevsen: Gesichter. es 1165
- Sucht. Erinnerungen. es 1009
- Wilhelms Zimmer. es 1076

Takeo Doi: Amae. Freiheit in Geborgenheit. es 1128
Dorst: Toller. es 294
Dubiel: Was ist Neokonservatismus? es 1313
Duerr: Satyricon. Essays und Interviews. es 1346
- Traumzeit: es 1345

Duras: Sommer 1980. es 1205
Duras/Porte: Die Orte der Marguerite Duras. es 1080
Eco: Zeichen. es 895
Eich: Botschaften des Regens. Gedichte. es 48
Elias: Humana conditio. es 1384
Enzensberger: Blindenschrift. es 217
- Deutschland, Deutschland unter anderm. es 203
- Einzelheiten I. Bewußtseins-Industrie. es 63
- Einzelheiten II. Poesie und Politik. es 87
- Die Furie des Verschwindens. Gedichte. es 1066
- Landessprache. Gedichte. es 304
- Palaver. Politische Überlegungen (1967-1973). es 696
- Das Verhör von Habana. es 553
- Der Weg ins Freie. Fünf Lebensläufe. es 759

Esser: Gewerkschaften in der Krise. es 1131
Faszination der Gewalt. Friedensanalysen 17. es 1141
Feminismus. Hg. v. Luise F. Pusch. es 1192
Feyerabend: Erkenntnis für freie Menschen. es 1011
- Wissenschaft als Kunst. es 1231

Foucault: Psychologie und Geisteskrankheit. es 272
Fragment und Totalität. Hg. v. Dällenbach und Hart Nibbrig. es 1107
Frank: Der kommende Gott. es 1142

3/3/6.87

Bd. 5 Gesammelte Gedichte. Anna Livia Plurabelle. es 1438
Bd. 6 Finnegans Wake. Englischsprachige Ausgabe. es 1439
Hans Wollschläger liest »Ulysses«. es 1105
Mat. zu Joyces »Ein Porträt des Künstlers als junger Mann«. Hg. von K. Reichert und F. Senn. es 776
Kantowsky: Indien. es 1424
Kapitalistische Weltökonomie. Hg. von D. Senghaas. es 980
Marx: Die ethnologischen Exzerpthefte. es 800
Kenner: Ulysses. es 1104
Kindheit in Europa. Hg. von H. Hengst. es 1209
Kipphardt: In der Sache J. Robert Oppenheimer. es 64
Kirchhof: Body-Building. es 1005
Kluge: Gelegenheitsarbeit einer Sklavin. es 733
– Lernprozesse mit tödlichem Ausgang. es 665
– Neue Geschichten. Hefte 1-18. es 819
– Schlachtbeschreibung. es 1193
Kluge: Die deutsche Revolution 1918/1919. NHB. es 1262
Kolbe: Abschiede und andere Liebesgedichte. es 1178
– Hineingeboren. Gedichte 1975-1979. es 1110
Konrád: Antipolitik. es 1293
Kriegsursachen. Friedensanalysen 21. es 1238
Krippendorff: Staat und Krieg. es 1305
Kristeva: Die Revolution der poetischen Sprache. es 949
Kroetz: Bauern sterben. es 1388
– Frühe Prosa/Frühe Stücke. es 1172
– Furcht und Hoffnung der BRD. es 1291
– Mensch Meier. es 753
– Nicht Fisch nicht Fleisch. es 1094
– Oberösterreich. es 707
– Stallerhof. es 586
– Heimarbeit. es 473
Krolow: Ausgewählte Gedichte. es 24
Laederach: Fahles Ende kleiner Begierden. es 1075
Lefebvre: Einführung in die Modernität. es 831
Lehnert: Sozialdemokratie zwischen Protestbewegung und Regierungspartei 1848 bis 1983. NHB. es 1248
Lem: Dialoge. es 1013
Hermann Lenz: Leben und Schreiben. Frankfurter Vorlesungen. es 1425
Leroi-Gourhan: Die Religionen der Vorgeschichte. es 1073
Lessenich: »Nun bin ich die niemals müde junge Hirschfrau oder der Ajilie-Mann«. es 1308
Leutenegger: Lebewohl, Gute Reise. es 1001
– Das verlorene Monument. es 1315
Lévi-Strauss: Das Ende des Totemismus. es 128
– Mythos und Bedeutung. es 1027
Die Listen der Mode. Hg. von S. Bovenschen. es 338
Literatur und Politik in der Volksrepublik China. Hg. von R. G. Wagner. es 1151
Löwenthal: Mitmachen wollte ich nie. es 1014
Logik des Herzens. Hg. von G. Kahle. es 1042

3/5/6.87

3/6/6.87

3/7/6.87

Sloterdijk: Der Denker auf der Bühne. es 1353
– Kopernikanische Mobilmachung. es 1375
– Kritik der zynischen Vernunft. 2 Bde. es 1099
Sport-Eros-Tod. es 1335
Staritz: Geschichte der DDR. NHB. es 1260
Stichworte zur »Geistigen Situation der Zeit«. Hg. von J. Habermas. 2 Bde. es 1000
Struck: Kindheits Ende. es 1123
– Klassenliebe. es 629
Szondi: Theorie des modernen Dramas. es 27
Techel: Es kündigt sich an. Gedichte. es 1370
Tendrjakow: Sechzig Kerzen. es 1124
Theorie des Kinos. Hg. von K. Witte. es 557
Thiemann: Schulszenen. es 1331
Thompson: Entstehung der englischen Arbeiterklasse. 2 Bde. es 1170
Thränhardt: Geschichte der Bundesrepublik Deutschland. NHB. es 1267
Tiedemann: Studien zur Philosophie Walter Benjamins. es 644
Todorov: Die Eroberung Amerikas. es 1213
Treichel: Liebe Not. Gedichte. es 1373
Trotzki: Denkzettel. es 896
Vernant: Die Entstehung des griechischen Denkens. es 1150
– Mythos und Gesellschaft im alten Griechenland. es 1381
Versuchungen. Aufsätze zur Philosophie Paul Feyerabends. Hg. von H. P. Duerr. Band 1/2. es 1044/1068
Verteidigung der Schrift. Kafkas ›Prozeß‹. Hg. von F. Schirrmacher. es 1386
Vom Krieg der Erwachsenen gegen die Kinder. Friedensanalysen 19. es 1190
Martin Walser: Eiche und Angora. es 16
– Ein fliehendes Pferd. Theaterstück. es 1383
– Die Gallistl'sche Krankheit. es 689
– Geständnis auf Raten. es 1374
– Heimatkunde. es 269
– Lügengeschichten. es 81
– Selbstbewußtsein und Ironie. Frankfurter Vorlesungen. es 1090
– Wer ist ein Schriftsteller? es 959
– Wie und wovon handelt Literatur. es 642
Wehler: Grundzüge der amerikanischen Außenpolitik 1750–1900. NHB. es 1254
Peter Weiss: Abschied von den Eltern. es 85
– Die Besiegten. es 1324
– Fluchtpunkt. es 125
– Gesang vom Lusitanischen Popanz. es 700
– Das Gespräch der drei Gehenden. es 7
– Der neue Prozeß. es 1215
– Notizbücher 1960-1971. 2 Bde. es 1135
– Notizbücher 1971-1980. 2 Bde. es 1067
– Rapporte. es 276
– Rapporte 2. es 444
– Der Schatten des Körpers des Kutschers. es 53
– Stücke 1. es 833
– Stücke II. 2 Bde. es 910

3/8/6.87

– Die Verfolgung und Ermordung Jean Paul Marats. es 68

Peter Weiss im Gespräch. Hg. von R. Gerlach und M. Richter. es 1303

Wellershoff: Die Auflösung des Kunstbegriffs. es 848

Die Wiederkehr des Körpers. Hg. von D. Kamper und Ch. Wulf. es 1132

Winkler: Die Verschleppung. es 1177

Wippermann: Europäischer Faschismus im Vergleich (1922-1982). NHB. es 1245

Wirz: Sklaverei und kapitalistisches Weltsystem. NHB. es 1256

Wissenschaft im Dritten Reich. Hg. von P. Lundgreen. es 1306

Wittgenstein: Tractatus logico-philosophicus. es 12

Wünsche: Der Volksschullehrer Ludwig Wittgenstein. es 1299

Zimmermann: Vom Nutzen der Literatur. es 885

Ziviler Ungehorsam im Rechtsstaat. Hg. von P. Glotz. es 1214

3/9/6.87

es 1500
edition suhrkamp
Neue Folge Band 500

Einen Tag umfaßt der *Ulysses* von James Joyce – 365 Tage mißt die äußere Zeitstrecke von Uwe Johnsons *Jahrestagen*. Beginnend mit dem 21. August 1967 in New York, werden 365 Tage »aus dem Leben von Gesine Cresspahl« und deren über Generationen zurückgreifende Erinnerungen erzählt. Eine private Geschichte, die nicht zufällig am 20. August 1968 endet, an einem historischen »Jahrestag«. In die Familiensaga eingewoben sind Ereignisse und Verstrickungen einer schon zur Geschichte gewordenen Epoche. Nachkriegsdeutschland und Berliner Mauer; der Golf von Tonking und die Brandt/Kiesinger-Koalition; Heuss und Kennedy, Dubček, Adenauer, Ulbricht, Che Guevara und Martin Luther King, McCarthy, Lyndon B. Johnson und die *New York Times*, das »Bewußtsein des Tages«. Namen, Orte und Stationen wie diese charakterisieren diese »Lese-Weltreise« (Reinhard Baumgart). In einer Chronik erscheint deutsche und Welt-Geschichte in Form von Erzählungen. Uwe Johnsons große Fähigkeit ist, deutsche Geschichte darzustellen als Familiengeschichte.

Uwe Johnson, geb. am 20. April 1934 in Cammin (Pommern), starb am 23. Februar 1984 in Sheerness-on-Sea (Kent/England).

Uwe Johnson
Jahrestage
3
Aus dem Leben von Gesine Cresspahl

Suhrkamp

edition suhrkamp 1500
Neue Folge Band 500
Erste Auflage 1988
© Suhrkamp Verlag Frankfurt am Main 1973
Alle Rechte vorbehalten, insbesondere das der Übersetzung,
des öffentlichen Vortrags
sowie der Übertragung durch Rundfunk und Fernsehen,
auch einzelner Teile.
Druck: Ebner Ulm
Umschlagentwurf: Willy Fleckhaus
Printed in Germany

1 2 3 4 5 6 – 93 92 91 90 89 88

Jahrestage
April 1968 - Juni 1968

Das Wasser ist schwarz.
Über dem See ist der Himmel niedrig zugezogen, morgendliche Kiefernfinsternis schließt ihn ein, aus dem Schlammgrund steigt Verdunkelung auf. Die Hände der Schwimmenden rühren voran wie gegen eine schwere Farblösung, kommen erstaunlich rein an die Luft. Überall sind Ufer nahe, in der Dämmerung glaubte ein Betrachter zwei Enten in der Seemitte unterwegs, eine dunkel, eine hell befiedert. Aber es ist zu früh für Menschen. Die Stille macht den See düster. Die Fische, die Vögel zu Wasser und zu Lande mögen nicht wohnen in der ausgebaggerten Senke, in den kümmernden Bäumen, der chemisch behandelten Landschaft, hergerichtet für zahlende Menschen. Laß dich zwei Fuß sinken unter die stillstehende Fläche, und du hast das Licht verloren an grünliche Schwärze.
– Dein wievielter See ist dies, Gesine? sagt das Kind, sagt Marie, sagt der fremde Fisch, der aus langer Tauchfahrt hervorstößt. – How many lakes did you make in your life now?
Zwei Stimmen über dem Wasser, in der verhangenen Stille, eine ein elfjähriger Sopran, schartig an den Rändern, die andere ein Alt von fünfunddreißig Jahren, kugelig, nicht sehr geräumig. Die Ostsee läßt das Kind nicht gelten.
In der Ostsee zum erstenmal schwamm das Kind das ich war, vor dem Fischland und in der Lübecker Bucht, an den Seegrenzen Mecklenburgs, ehemals Provinz des Deutschen Reiches, jetzt Küstenbereich des sozialistischen Staates deutscher Nation. Schwamm mit Kindern, die tot sind, mit Soldaten der geschlagenen Marine, die das große mächtige Ostseemeer die überschwemmte Wiese unter den Ozeanen nannten. Aber in den Geographiebüchern dieses Landes heißt sie Baltic Sea, und Marie läßt sie nicht gelten. Es ist ein amerikanisches Kind.
Wieviel Seen die Mutter beschwommen hat, mitgenommen, gemacht; welchen Rekord.
Ein europäisches Kind nennen die Hiesigen sie, ausgehungert nach Zurückhaltung, Aufmerksamkeit, höflichem Betragen bei Kindern. Höflich hat Marie vor dem frühdunstigen Seerand

gestanden, geduldig ist sie ihrer Mutter gefolgt in das knochenkalte Wasser, der Partnerin auf Gedeih und Verdruß seit sie lebt, noch nicht verzichtbar. Und wie sie es gelernt hat von den Nonnen ihrer Schule, benimmt sie sich schicklich und unterhält ein Gespräch beim Schwimmen. So gern sie die Gelegenheit unter Wasser verbrächte, sie hält den Kopf oben, versucht Anteilnahme zu zeigen in ihrem bestimmten, glattgewischten Gesicht.

Wieviel Seen in fünfunddreißig Jahren?

Geschwommen im Gneezer Stadtsee, Sportunterricht der Oberschule Fritz Reuter nach dem Krieg, und das Kind Gesine Cresspahl sollte zu Wettkämpfen trainiert werden, Badeanstalt Stadtseite Gneez. Gneezer Stadtsee, wiederum in Gemeinschaft mit anderen, Südseite, wilde Badestelle der Schule, Klasse 10 A II, 11 A I, 12 A I. Geschwommen zu Hause im Militärbecken, vergessen von Deutscher Luftwaffe und Roter Armee, zusammen mit Lise Wollenberg, Inge Heitmann, dem Jungen aus der Apotheke der Stadt Jerichow. Nie: im Dassower See, nur zwölf Kilometer von meines Vaters Hintertür und unerreichbar, das Ufer Demarkationslinie, Staatsgrenze, das Wasser: Britische Zone, Bundesrepublik Deutschland, Westen. Mit Pius Pagenkopf: im Cramoner See, eine Fahrradstunde von der Schulstadt, zwischen Drieberg und Cramon, 1951. Allein, auf dem Wege von Jerichow, Nordwesten, nach Wendisch Burg, Südosten Mecklenburgs: im Schweriner See bis zur Insel Lieps, im Goldberger See, im Plauer See, in der Müritz. Mit Klaus Niebuhr, Günter Niebuhr, Ingrid Babendererde, Eva Mau in allen sieben Seen um Wendisch Burg, noch 1952. In Leipzig, in Halle: Rettschwimmertraining in überdachten Hallen, noch bis Mai 1953. Zum letzten Mal im Stadtsee von Gneez: Ende Mai 1953, und Jakob nahm mir den zerstochenen Fuß hoch wie einem jungen Pferd, und die Bewegung lief mir durch den Leib nach oben ohne einen Schmerz.

Mit Jakob nie. Jakob arbeitete noch in Cresspahls Haus, auf den Dörfern, wenn wir abends aus Jerichow liefen für drei Runden in der Mili, Militärbadeanstalt, hartnäckig Mili genannt (auch der Fliegerhorst Mariengabe hieß nun ein für alle Male Jerichow-Nord). Jakob ging weg aus der Stadt mit Arbeit bei der Eisenbahn, wurde einmal an der Pfaffenteich-Fähre,

in Schwerin, fotografiert (in Gesellschaft von Sabine Beedejahn, ev., 24 Jahre alt, verh.). Jakob ging mit Freunden fischen an Seen, brachte Eimer voll lebender Krebse mit aus mecklenburgischen Seen, und ich kannte die Seen nicht, und er ging ohne mich mit Fischern, mit Mädchen, mit Kollegen, und ich kannte fast Jakob nicht.
Nach dem Verlassen der ostdeutschen Behörden: mit Anita fast jeden von zehn Tagen im Wannsee von Westberlin, wo die Grenze am meisten entfernt war. In Westdeutschland: Städtische Badeanstalten Frankfurt, Düsseldorf, Krefeld, Düren. Genf. In den Vereinigten Staaten von Amerika: Winnipesaukee Lake, Lake Chippewa, Lake Travis, Lake Hopatcong. Noch einmal mit Anita in den französischen Vogesen.
– Achtzehn gültig, vier ungültig, einer zweifelhaft, und ausgezeichnete Komplimente für Lake Travis in Texas! sagt Marie.
Aber der Bootssteg ist jetzt nur noch eine Viertelmeile von uns entfernt, und gleich legt sie den Kopf seitlich ins Wasser, so unfehlbar glaubt sie die Aufforderung zum Wettkampf verstanden, und nach langem Tauchstoß zieht sie kraulend davon, scharf und genau zupackend, fast lautlos. Sie will zurück zu dem geliehenen Haus, dem kostbaren Stück aus nichts als Glas und edelhölzernen Dachschrägen, wo es ein Telefon gibt und Nachrichten aus Fernsehstationen und womöglich aus dem Dorfladen die New York Times und schon morgen nachmittag die Rückkehr nach Hause, nach Manhattan in New York, Riverside Drive und Broadway, corner of 96th.
Patton Lake heißt dieser See, benannt zum rühmenden Gedenken an einen General dieses Landes. Bis 1944 übten die schweren Panzer hier für den letzten Ansturm auf Deutschland, bis die schweren alten Stämme Stümpfe waren und der Grund so ausgekesselt von Raupenketten, daß die Landschaft ausgewechselt werden mußte gegen einen künstlichen See, heimatlose Bäume und hohe Rendite aus einer Ferienkolonie. Von hier kamen die Sherman Tanks, die vermaßen auch Marktplätze in Mecklenburg.
– And you came swimming all the way from Mecklenburg!
Marie steht längst auf der Spitze des Stegs, grüßt mit der Hand auf dem Herzen jene Fahne, die in Stadien zu Ehren des Siegers

aufzieht, und sie grüßt die Verliererin, die unter ihr angeschwommen kommt. Sie spricht es mit Vergnügen, weil sie Hohn vortäuschen darf, und von Herzen, weil dies endlich einmal eine Gelegenheit ist nicht für das unbequeme Deutsch, sondern für die Sprache ihres Landes.
Ferien auf dem Lande. Irgendwo im Norden New Yorks, aber nicht mehr als drei Autostunden von der Stadt entfernt, und an der langen Leine eines Telephons, mit dem die Bank die Angestellte Cresspahl beliebig zurückholen kann zum Arbeiten aus zwei Tagen Pause.

– Und so schwamm ich hierher den ganzen weiten Weg von Mecklenburg.
– And so you made the nineteenth lake in your life! sagt Marie.

Viel schweres schwarzes Pattonwasser für den Nachmittag.

21. April, 1968 Sonntag

Ferien auf dem Lande; dies Mal sind sie Marie beschwerlich gewesen.
– Du brauchst deine New York Times: sagte sie, als wir eben aus dem Wasser waren, und hatte sich das Recht verschafft auf eine Meile Wegs zum Landkaufhaus, auf eine Zeit Alleinseins im Wald. Mit dem Sommerhaus war uns nicht nur eine Wohnausstellung finnischen Stils überlassen, auch ein maschinisierter Haushalt, reichlich aufgefüllt; mittags wanderte Marie abermals davon, um zwei Zitronen, die für die Mahlzeit erläßlich gewesen wären. Es war noch lange bis zur Rückfahrt, und schon richtete sie den Wagen her dafür, und hatte doch noch außer Haus zu tun wegen einer Karte der umgebenden Landschaft, des Gastgeschenks für die Besitzer. Sie kündigte ihre Gänge an wie Vorschläge, sie nahm einen Teil des Wirtschaftens auf sich wie aus freiem Willen, die Abschiede gelangen ihr jeweils; sie wünschte für sich zu sein, von Mal zu Mal.
Wir sind angewiesen aufeinander seit fast elf Jahren, und sie hat ihre Gegenwehr unter Mühen erfunden. 1957, für die Ge-

sine Cresspahl von vierundzwanzig Jahren, war das Kind Marie ein Teil ihrer selbst; es mußte Marie noch lange recht sein. Sie hat Jakobs Mutter noch gesehen, aber Frau Abs wollte allein leben, und nicht in unserer Nähe sterben; wenn da Erinnerung ist an eine Großmutter, Marie erwähnt sie nicht. Marie hatte zu tun mit den Aufseherinnen der Kindertagesstätte in Düsseldorf; es war aber die Verantwortung jener Einen zur Erziehung Berechtigten, sie diesen forschen Menschen auszuliefern, oder das Kind zu retten vor ihnen. Cresspahl kam noch einmal an den Rhein, »in den Westen«, er fuhr das Kind im Hofgarten spazieren, aber er trug seinen schwarzen Mantel von 1932, er rutschte beharrlich ins Plattdeutsche mit Marie, und sie mag sich gefürchtet haben vor solchem Großvater. Und Cresspahl fuhr zurück nach Jerichow. Ihre ersten Jahre verbrachte Marie unter Fremden mit Warten darauf, daß endlich jene einzig bekannte Person zurückkam aus ihren unbegreiflichen Entfernungen in Arbeit. Sie versuchte morgens zu fragen, ob sie teilen mußte mit jener unbesieglichen Arbeit oder der Tag gemeinsam blieb bis zum letzten Einschlafen, und sie konnte sich nicht gut verständlich machen. Sie bekam ihr Frühstück mit einer zweiten Kerze, und blieb beim Schweigen. Gesine hatte sich Pläne gemacht mit ihrem Kind, Vorhaben so unberaten wie hartnäckig. Einmal, es sollte keine Umwege zum Hochdeutschen geben. Es fühlte sich heikel genug an in der Kehle, und zwar waren Annäherungen willkommen, Grund zur Freude jedoch nur die Verwirklichung von M und i und l und ch in einem einzigen Wort (das obendrein die Verkleidung sein mochte von einem anderen namens Dust, noch zu verändern mit einem entbehrlichen r an kaum begreiflicher Stelle). Marie hätte der Anderen die Freude nicht ungern bereitet; vorerst verlegte sie sich darauf, die zu beobachten, ihr etwas zu zeigen oder wegzunehmen. Auf Gespräch mochte sie sich nicht einmal einlassen mit Vorsicht. Denn sie sollte die Worte auch noch abliefern in Folgen, die selten beliebig waren. Und sah sie richtig, so machte die Andere aus ihr gleichzeitig einen Jemand, der Auskunft über trockene Gefühle im Hals verweigerte mit einer überlegten Absicht: aus Übermut, aus Taktgefühl oder Eigensinn: drei mimische Angebote, drei mögliche Zusagen mit nichts als den Mitteln des eigenen Gesichts. Zwar, damals begann auch das Geheimnis zwischen beiden: so wie mit dieser Anderen sprach Marie mit Niemandem, nicht mit den Erzieherinnen und gar nicht mit den Kollegen, die auf ihre Weise den Beruf eines Kindes erlernten; selbst das wortlose Verständigen zwischen ihr und der Anderen war für Fremde nicht kenntlich. Und in der Nähe hatte sie niemand, der es bequemer gab und zu dem eine Flucht lohnte; nur diese eine Partnerin, verfügbar und lästig in einem.

Da sie keinen Vater zum Leben hatte, gab es lange das Wort nicht für sie, und lange nicht mehr als den Begriff davon. Auch verstand sie mit zweieinhalb Jahren nicht Fragen nach einer Mutter. Sie hatte keine; sie führte ein Leben mit einer Person, die Ine, Sine, G-sine hieß, als Schutz erträglich, als Kollegin um einiges zu schlau.

Die bestand nicht auf Gehorsam, ihre Wünsche wurden nicht im Handumdrehen gültig; man konnte Schlafenszeiten bei ihr durchsetzen, auch Ausflugsziele, und hatte man einen Baum mit brennenden Kerzen weggewünscht, so versteckte die Andere zuverlässig, wie aus einem Streichholz eine Flamme herausplatzt. Und Widerspruch wünschte die Andere so dringlich, daß das Kind sich ausdenken mußte und sogar erinnern, was doch als Gefühl oder vergeßbarer Anblick wohler getan hätte. Nur, es war nicht anzukommen gegen jenen Teil der Anderen, der »Arbeit« hieß (etwas Verbündetes? etwas Gegnerisches?). »Arbeit« wollte Reise in einem Flugzeug nach Westberlin, »Arbeit« wollte Wohnen in fremden Häusern mit Leuten von noch rätselhafterer Sprache; da reichte Gehorsam nicht aus, und Neugier half, wenn es eine Wahl ohne und gegen die Andere schon nicht gab. Dann war das Kind mit Aufenthalten im Ausland versöhnt durch das Zurückkommen nach zählbaren Tagen, und ging harmlos mit nach Frankreich und auf ein Schiff nach Amerika. Nach einer Woche auf See erwies sich, daß die Andere zu schlau gewesen war. Die Reise war ein Umzug gewesen, der Komplize oder die Feindesmacht »Arbeit« verhinderte die Rückkehr nach Europa, und aus der Gewohnheit der morgendlichen Trennung war unverhofft ein Abkommen geworden, auszuführen in einer Vorschule am Hudson mit ganz neuer Sprache. Marie lebte schon zwei Jahre in New York und konnte noch das Zimmer beschreiben, das sie am Rhein zurück-

gelassen hatte. Längst bewegte sie sich im Deutschen wie in einer ersten Fremdsprache; dennoch verwies sie auf anderswo zurückgelassene Rechte, auf ein Bewußtsein von Unrecht, und hatte New York angenommen als ein Geschenk und verteidigte die neu erworbene Stadt als ein Recht.
Früher als ein Kind auf der anderen Seite, noch nicht einmal eingeschult, begann sie hier gleichzuziehen mit der Anderen. Es war mit deren Englisch so weit her doch wohl nicht gewesen; beherrschte das Kind nicht rascher die verwischten Lautfarben, die unmerklich ansetzenden Hauchtöne, die strengen Satzmelodien der Einheimischen? Hörte die Andere nicht zu, und ließ sich Worte wiederholen, als wolle sie lernen? Wer machte die Familie Cresspahl zu angesehenen Kunden in Maxies Obstmarkt wie bei Schustek, wenn nicht das Kind, das die Ware vorkostete und den Einkauf mit Kopfnicken guthieß? Wer wußte als Erste, daß Rebecca Ferwalter kein beliebiges Kind war, sondern den Sonnabend Sabbath nannte? Wer sorgte dafür, daß wir auf der 95. Straße den nördlichen Bürgersteig entlanggingen, nicht bei den Puertorikanern auf der anderen Seite und ihrem Grund zum Streit, den das Kind schon gemerkt hatte, als die Andere immer noch von den »fröhlichen Häusern« redete? In der Subway, wer wußte deren Namen gleich auf Amerikanisch auszusprechen, und war es nicht das Kind, das unter den Routen zum Atlantik die schnellste herausfand? Daß der Bürger in diesem Lande seinen Polizisten anredet mit »sir«, auch wenn Unfall oder Feuersbrunst dringender sind, wer mußte dies der Älteren erklären? Die Jüngere, die Überlegene.
Siege. Und doch, wie langsam geriet die Abtrennung, die Unabhängigkeit in diesem Gelände des Kräftemessens, des Wettbewerbs, des Kampfes, des Trainings – wie lange mußte Marie den eigenen Leumund noch beziehen von der Anderen, der unausweichlich Vorgesetzten! Sie war inzwischen »my mother« geworden, für Auskünfte in der Schule, sachlich erteilt oder zu Zwecken der Verteidigung. Meine Mutter stammt aus einem kleinen Ort an der Baltischen See; jedoch ihr Vater ist wohlhabend gewesen. Das Kind von Mrs. Cresspahl sollte seine Mutter mit dem Vornamen anreden, mit »Dschi-sain« im Scherz, durfte ihr im Scherz bemutternde Ratschläge geben. Das Kind von Mrs. Cresspahl kannte in der Schule nicht viele Müt-

ter, die das Geld mit eigener Arbeit verdienten, und Marie zog es vor, darauf stolz zu sein. Die Schülerin Cresspahl hatte eine Mutter, deren oberster Akzent klang ausländisch, wenngleich britisch. Cresspahl las sich die Augen wund wie die Finger krumm im Schuljahr 1964/65, nicht eine Streberin, nur ihrer Mutter wegen, die ein Kind mit ungenügenden Zensuren zurückbringen wollte nach Europa. Mary Cresspahl, vierte Klasse, sie mochte aus eigenem Schick bestehen auf der Anrede »M'rie«, vielleicht hatte sie sich auch das mit den Zöpfen allein ausgedacht, eine Petze war sie nicht, sie war firm im Jargon der Schule; ihr Verhalten in Religion hatte sie von ihrer Mutter bezogen, das zu den Juden auch, das zu Versprechen desgleichen, alles europäische Sachen womöglich, aber Fremdes. Marie war früh auf Kinder getroffen, die sprachen harmlos von Haß gegen ihre Eltern; vielleicht war es nur das Aussprechen, das Marie sich noch verbot.

»Das Leben mit meiner Mutter war nicht leicht«: solchen Satz mag Marie denken können, wenn auch im Englischen versteckt, und als Vorrat für eine Zukunft, in der ein Zuhörer noch nicht ausgesucht ist. Die Mutter hatte aus ihrem Europa Ideen mitgebracht, die sollte das Kind hier gebrauchen. Alle Menschen seien mit gleichen Rechten ausgestattet, oder zu versehen. Wie konnte Marie danach handeln? Sie konnte der Mutter zeigen, daß sie für eine schwarze Frau im Bus den Sitzplatz eben so beiläufig räumte wie für eine Rosane, sie kann zu Jason in unseren Keller steigen und ihn trösten über die lange lange Zeit bis zum Sonnenuntergang; aber die einzige schwarze Francine in der Schulklasse unter eine europäische Obhut nehmen, wie sollte das ausgehen mit den hellhäutigen Freundinnen? Davon mußte etwas fehlen in Erzählungen zu Hause, und am übelsten war das unablässige Vertrauen der Mutter auf eine Wahrheit, die durch die Lüge nun erst entstand, zusammen mit anderen Unternehmungen zugunsten Francines, die Marie erst recht hatte vermeiden wollen. Die Mutter lehrte einen Unterschied zwischen gerechten und ungerechten Kriegen; wie kann ein Kind von der Jahreszahl 1811 (Aufstand der Shawnees unter Tecumseh) noch einmal überleiten auf den amerikanischen Krieg in Viet Nam, wenn schon der erste Versuch Freundschaften und fast eine Zensur riskiert hatte? Privat, auf eine nicht

verbindliche Weise gegen den Krieg von heute reden, es ließ sich einrichten, vielleicht in der Hoffnung, die Mutter werde solch eigensinniges Auftreten auch in der Schule annehmen. Aber die Hoffnung war ungefähr, es saß die Lüge in Antwort wie Frage wie Verschweigen, und gerade die Lüge wollte die Mutter ausgeschlossen wissen. Begriff sie denn nicht, daß ihr Kodex akzeptiert war, aber nur in der anderen Sprache möglich, nicht ins Denken und nicht ins Tun zu übersetzen? Sie selber war nicht ehrlich, einer Sache Sozialismus wollte sie den Vorzug geben, in einem kapitalistischen Land arbeitete sie, in einer Bank! Da kann ein Kind nicht gut den Umzug in den Sozialismus vorschlagen, eben der Stimmigkeit zuliebe, denn es verlöre seine ganze Stadt New York mit allen Freunden und Subway und South Ferry und Bürgermeister Lindsay, und muß es belassen bei der Unredlichkeit, die aber nicht sein soll. Dann aber, wenn die Mutter sich wahr macht, unwidersprochen von seiten des Kindes, und geht für die Sache Sozialismus weg von New York, womöglich in diesem Sommer, sitzt die jüngere Cresspahl in der Tinte, und hat sie anrühren helfen. Das wird Marie einmal sagen über ihre Mutter, Gesine Cresspahl (Mrs.): Das Leben mit ihr war nicht ein leichtes Bündnis.
Zwei Tage Ferien auf dem Lande. Wechselnde Bewölkung, gelegentlich Sonnenspiegelung im starren Wasser.
Marie hat viele Geschäfte rund um die Schule am oberen Riverside Drive, um den Broadway auf der Oberen Westseite Manhattans; am Patton Lake war es still. In der Stadt muß sie nur wenige Stunden mit der Mutter zusammen sein; am Patton Lake hockte sie gelegentlich so zerrüttet und verrutscht auf dem Bootssteg, wartend wie in einer Wüste, und hätte noch die Landung eines Armeehubschraubers hingenommen als eine Erlösung von dem ununterbrochenen Zusammensein, und dem Bewußtsein davon.
– Nein: sagte sie: Nicht von der Armee. Aber von Radio Boston. (Dann blieb sie ihrer Höflichkeit treu und sprach von selbstverschuldeter Langeweile.)
Sie las in den Zeitungspacken, die sie angeschleppt hatte. Da haben sie doch in Brooklyn Charlie LoCicero, einen Ältesten der Mafia, in seinem Eckcafé tot geschossen, als er an seiner Malzmilch mit Erdbeer schlürfte. Elfte Avenue Ecke 66. Straße,

Marie hätte gern den Tatort einmal besichtigt, und morgen wird es versäumt sein. Im Hudson am Pier 86 sind fünf Kriegsschiffe der N.A.T.O. vor Anker gegangen, die New Yorker werden Schlange stehen bei den Zerstörern, und Marie hätte da auch einmal durchgehen mögen mit einem fetten schwarzen Farbstift und Zeichen hinterlassen, Fratzen oder das Symbol der Atombombengegner (– Das letztere: sagt sie). Aus den reichen Vororten sind Leute in die nördlichen Slums der Stadt gekommen und haben dort ein wenig gefegt, geputzt und gemalt, das Innere der Häuser mit Schaben und Ratten jedoch ungeschoren gelassen (– Damit sie beim Durchfahren ein besseres Gewissen haben: sagt Marie). Dennoch, auch sie hätte den Gästen aus der Wohlhabenheit gern zugesehen, und wäre nicht am Lake Patton gewesen, sondern in New York.
Gelegentlich brachte sie internationale Nachrichten nach draußen, nicht ohne daß sie der Mutter den Liegestuhl ein wenig nach der Sonne gedreht und die Decken fester gezogen hätte. Tatsächlich überreichte sie die Ausrisse, als hätte sie es mit einer Invaliden zu tun. Dabei kann man unauffällig eine Hand länger als nötig auf der Schulter der Anderen liegen lassen; so sieht es nicht zu anhänglich aus, oder geradezu zärtlich.
In Bonn hat die Luftwaffe gestern morgen den fünfzigsten Todestag des Barons von Richthofen gefeiert, des Abschießers von achtzig französischen und britischen Flugzeugen. Im Gefängnis Klingelpütz zu Köln werden offenbar die geisteskranken Häftlinge gewohnheitsmäßig totgeschlagen. Marie nimmt das Blatt schweigend zurück, erwidert das Nicken, verzieht sich schweigend ins Innere des Hauses.

In so ein Land willst du nun zurück, Gesine.
Ich bin noch nicht ehrlich, Marie.
Können wir auch hier haben.
Vielleicht bleiben wir.
Siehst du!

An das Fernsehgerät der Gastgeber geht sie nicht. Vor sechs Jahren hat Gesine Cresspahl die Fernsehprogramme der U.S.A. als schädlich befunden für ein Kind, und es gibt keinen Apparat in unserer Wohnung. Marie geht zu Freunden, oder zu Jason

in den Keller, wenn sie eine Sendung braucht, aber hier läßt sie sogar das Radio in Ruhe. So kann sie einmal hinweisen auf ein verjährtes Versprechen und zum anderen zeigen, daß sie die Ferien auf dem Lande nicht stört mit Lärm.
Es ist ihr nicht behaglich neuerdings, daß jemand vierzig Stunden in der Woche arbeitet nicht für sich allein, sondern auch für ihr Leben und Schulgeld. Als Belohnung hat sie mir für das Jahr 1982 ein Haus versprochen in jener Gegend von Richmond, wo die Insel am stillsten ist.
Jedes Mal zog Marie sich um für einen Gang weg vom Haus. Die umliegenden Ferienvillen sind noch kaum belegt. Sie würde der jungen Frau an der Tankstelle begegnen, ein oder zwei Hunden, und sie hätte mit dem Altenteilbauern im Kaufhaus zu verhandeln. Aber sie vertauschte Hose und Pullover gegen ein ausführliches Kleid, schicklich für einen Kirchgang, sie klammerte ihr Haar in einen säuberlichen Pferdeschwanz, sie putzte ihre Schuhe für den Weg um den See. Die Einheimischen sollen nicht sagen können, ein Kind aus New York wisse sich nicht zu betragen auf dem Lande.
Und als der erste Fremde ihr einen guten Morgen gewünscht hatte, entbot sie allen Folgenden die Tageszeit, New York zuliebe.
Sie kam zurück und rätselte über Leute in New York, die Mrs. Cresspahl auf einer Party zum ersten Mal sehen und nach einer halben Stunde Gesprächs ihr Schlüssel versprechen für ein Sommerhaus am Lake Patton. (Sie trug es beiläufig vor; es sollte jedoch ein Lob sein für Mrs. Cresspahl. Die Mutter muß pflegerisch behandelt werden; morgen früh beginnt die Arbeit.)
Sie brachte einen Text aus der New York Times, am Sonnabend übersehen, und übergab diesen sachlich, von Amts wegen, Material für die Arbeit: In der Stadt haben wir eine zuverlässige Tante, sie sorgt für uns.
In 36 Zeilen bringt sie unter, daß der Außenminister der Č.S.R. Jan Masaryk im März 1948 aus dem Fenster fiel und daß Major Augustin Schramm, Sicherheitsbeauftragter im Außenministerium und der Mitschuld verdächtigt, ermordet wurde. Nunmehr ist ein Major Bedřich Pokorný, der beide Todesfälle zu untersuchen hatte, vor drei Wochen

erhängt in einem Waldgebiet bei Brünn gefunden worden.

Hast du das geglaubt im Jahr 1948? als du fünfzehn Jahre alt warst?

Gestern abend haben wir erst über den Juli 1945 verhandelt. Wollen wir springen in der Erzählung?

Nein. Aber ich seh schon.

Du siehst was.

Du willst nicht darüber sprechen, Gesine.

Dann mußte sie noch eine halbe Stunde aushalten mit Sergeant Ted Sokorsky, dem Landpolizisten, der die Schlüssel der Gastgeber in Verwahrung hat. Mr. Sokorsky ließ sich freundlich nieder auf dem Bootssteg, nahm schüchtern ein Bier entgegen und begann in taktvollen Ausdrücken ein Gespräch über das Wetter. Er sprach sehr leise, und Marie nahm es für seinen Respekt vor Mrs. Cresspahl, einer Dame und Besucherin aus New York. Er war jung genug, und Marie hätte ihn gern bitten mögen um eine Tour rund um den See auf seinem ungefügen Motorrad, aber sie wollte ihm lieber vorführen, zu welcher vornehmen Zurückhaltung gewisse Mütter ihr Kind erziehen. Mr. Sokorsky sparte nicht mit der Anrede »madam« für Mrs. Cresspahl, er brachte nach dem Abschließen des Hauses eine Verbeugung aus dem Nacken heraus zuwege; nie wieder wird Marie ihn sehen, und auf Jahre hinaus wird sie in einem Gespräch über Polizei auf einen kommen, heißt Ted Sokorsky, nicht bullig sondern fast schmächtig, und mit welcher Ehrerbietung der meine Mutter behandelt hat, ich würd es Ihnen vorführen.
Aber nun sind die Ferien auf dem Lande zu Ende, längst sind wir gegenüber Manhattan auf der Autobahn über die Palisaden, und Marie ahnt schon die Stelle in den zierlich behauenen Wohntürmen, wo der feucht lilane Widerschein der abendlichen Sonne fünf Fenster trifft, hinter denen wird sie die Lampen einschalten, alle auf einmal.
– Wenn du es erlaubst: heißt das: Gesine. By your gracious permission.

Morgens hing schwerer Dunst über dem Hudson, verblüffend hell, und wie ein Gast beim Frühstück zog er sich von Zeit zu Zeit ein weißes Auge frei, das blickte blind, blinzelte.
Wer aber das Wetter New Yorks noch immer nicht versteht, gerät dann unter leichten Sprühregen auf dem Berg der 96. Straße zum Broadway, vom Zeitungsstand in die Ubahn hinunter lief sie schon, die Lexington Avenue entlang trottete sie wie viele andere zur Arbeit, die zum Dach gefaltete New York Times über dem Kopf.
Spähte unter dem Rand hinauf zur Ampel an der 45. Straße, sah im Innern des Daches den Krieg übers Wochenende nachgeliefert: 31 tote Viet Congs in Kämpfen nordwestlich Saigons am Sonnabend, gestern morgen noch einmal 15 weiter nördlich . . ., trat vorwärts im Gedränge, eingefaßt von fremden Ellenbogen. Erst mittags, in der getrockneten Zeitung, las sie nach, daß die New York Times die Kämpfe um die fremde Hauptstadt nicht als amerikanische Verteidigung sehen mag, lieber als Offensive.
Ihre Wettervorhersage für heute: Sonnig und milde. Nicht dieser scharfe Regen.
Helles, ebenmäßig von Hitze abgestütztes Wetter, es war Marie nicht recht als einzige Erinnerung an den ersten Sommer der Neuen Zeit in Jerichow, und es ist doch fast einundneunzig Jahreszeiten her, und mehr als sechstausend Kilometer entfernt. Faulheit beim Erzählen nannte sie es. Hockte vor dem Ferienkamin, zog dem Feuer neue Stützen ein, bis sie im umsichtigen Arbeiten den Kienspan fand, der zum anderen Feuermachen taugte. – Die Russen sollen nicht fair gewesen sein als Sieger: sagte sie.

Sag es ihr, Gesine.

Damals war ich ein Kind. Zwölf Jahre alt. Was kann ich wissen?

Was du von uns gehört hast. Was du gesehen hast.

Sie wird das Falsche benutzen.

Sie ist ein Kind, Gesine.

Die Toten haben leicht reden. Seid ihr aufrichtig gewesen zu mir?

Mach es besser als wir.

Und damit sie weiß, wohin sie mitkommen soll, und zu wem.

Und uns zuliebe, Gesine. Sag es ihr.

Jerichow, all das westliche Mecklenburg war noch besetzt von britischen Truppen, abgesperrt durch bewaffnete Linien, und längst waren die Sowjets angekommen, nicht zu sehen und doch anwesend in Gespräch wie in den verschwiegenen Ängsten: als Gerücht. Sie waren nicht mehr die undeutlichen Untermenschen, die Volksaufklärung und Propaganda der Reichsregierung seit 1941 in Deutschland eingepflanzt hatten; nicht einmal waren sie die fotografischen Aufnahmen aus ostpreußischen Dörfern, wo deutsche Einheiten noch einmal hatten zurückstoßen und auf den Auslöser drücken dürfen vor mißhandelten Frauenleichen, an Scheunentore genagelten Kreuzen von Männern; die Reichsregierung hatte zu viele Nachrichten erfunden und mit falschen Bildern beweisen wollen. Bei meinem Vater lag ein Kind krank, Hannah Ohlerich aus Wendisch Burg, deren Eltern hatten der Reichsregierung nicht viel geglaubt als eben dies Letzte und hängten sich auf am Hals: vor der Zeit, bevor sie die Fremden aus dem Osten mit eigenen Augen, eigenen Ohren wahrgenommen hatten: sagten die Überlebenden, auch Leute in Jerichow, sicher unter britischer Verwaltung. Dann, schon Anfang Mai, kamen die Gerüchte nicht mehr von der verkommenen Reichsregierung, sondern von Freundschaft und Verwandtschaft aus dem restlichen Mecklenburg, dem sowjetisch besetzten, und waren fast Nachrichten. In Waren hatte ein Gegner der Nazis, bis zuletzt der »rote Apotheker« genannt, eine ganze Nacht gefeiert mit seinen Befreiern aus der Sowjetunion, bis sie doch allen Frauen im Haus Gewalt antaten und die Familie sich ums Leben brachte mit der giftigen Medizin, die gar nicht für solchen Zweck gespart worden war; die Nachricht saß fest an einem Namen, einem Marktplatz, einem Geschäft unten in einem Giebelhaus. In Malchin, in Güstrow, in Rostock hatten die Gerüchtmenschen versucht, Kartoffeln in Klosettschüsseln zu waschen, indem sie an der Kette zogen, und die nichtsahnenden Deutschen wegen der wegspülenden Sabotage mit Schußwaffen bedroht. Aus Wismar wurde berichtet, es hätten nächtens drei sowjetische Soldaten zwischen den britischen Posten hindurch einen Regulator zu einem Uhrmacher geschleppt, damit er ihnen daraus dreizehn Uhren für die Handgelenke anfertige; denn solche waren im sowjetmecklenburgischen Gebiet knapp geworden durch die ausländische Gewohnheit, stehende Uhren nicht aufzuziehen und als kaputt ins Gebüsch oder Wasser zu werfen. Eine Menge Schloßsitze waren niedergebrannt, weil die plündernden Schemen an elektrische Beleuchtung nicht glaubten, selbst wenn sie noch geliefert wurde, und sich das Suchlicht aus Fidibussen von Papier herstellten. Für ein Mikroskop aus der pathologischen Abteilung einer Universitätsklinik ließen die sich zwei Flaschen Likör verkaufen, sie schossen mit scharfer Munition auf Tauben, und zum schwermütigen Singen waren sie angeblich gar nicht imstande. Dies alles, und ihre Vernarrtheit in Kinder, war unglaublich und bekannt in Jerichow, als die Briten abzogen, und noch einmal ertränkten, erhängten und vergifteten sich Bürger und Flüchtlinge in der Stadt, aber nicht alle aus Angst vor der neuen Besatzung: Pahl hatte nicht gewußt, wohin nun ziehen, und Dr. med. Berling hatte das ganze Studieren nicht geholfen gegen die Schwermut. Die anderen blieben, am 3. Juli dreieinhalbtausend geschätzte Personen, in Jerichow.

– Aus Neugier? sagte Marie vorgestern. Sie hatte sich nicht oft genug zum Lachen bringen lassen; sie hielt ihr Gesicht dicht am Kaminfeuer versteckt, den Blick so unverwandt auf den Flammen, als hörte sie nicht zu, oder doch nur einem von ihren Gedanken.
– Aus Neugier.
– Neugier mit eigenem Schaden hinterher?
– Es mußte nicht gleich der eigene sein.
– Herr und Frau Maass, Markt 14.
– Solche. Und wenn ihnen nicht selber etwas zustieß, konnten sie erzählen hören von anderen.
– Und nur um zu sehen, ob die Gerüchte gestimmt hatten?
– Ja, und aus einer anderen.

– Keine Neugier für Kinder: stellte Marie fest.
– Vielleicht. Weil ich die Worte dafür nicht weiß, eher.
– Und wegen eurer Juden. Sechs Millionen.
– Wie kannst du so reden, Marie!
– Mit dir doch. Sie warteten auf die Quittung.
– Ja. Obwohl sie jene Nachrichten nicht glaubten.
– Wollten nun wissen, wie die Quittung ausfiel.
– Ja.
– Wie immer.
– Ja!
– Also doch Neugier: sagte sie.

Die Leute in Jerichow, ob Wohnberechtigte oder Flüchtlinge, blieben wegen des Daches über dem Kopf, mochte es das eigene sein oder ein geliehenes. Ohnehin ließen die Briten vom 2. Juli an niemanden mit Hausrat mehr über den Travekanal, ihre neue Grenze, da mußte einer schon ohne Gepäck schwimmen. Wulff blieb nicht nur wegen seiner Gastwirtschaft mit angeschlossener Gemischtwarenhandlung; er war auch Mitglied einer verbotenen Partei gewesen (Sozialdemokraten), wehrunwürdig obendrein, und wenn er nicht gerade Belohnung erwartete, so mochte er auf geschäftliche Gerechtigkeit vertrauen. (– Neugierig war er: sagte Marie.) Von Papenbrock war inzwischen zu ahnen, was ihn hielt. Mein Vater blieb, weil die Briten ihn zum Bürgermeister gemacht hatten und er die Amtssachen nach der Ordnung übergeben wollte. Und zumindest die Einheimischen vertrauten auf den Anblick von Jerichow.
Denn was konnten die Fremden sehen an dieser kleinen Stadt weitab von den Straßen, mitten in einem Landwinkel an der Ostsee, und nicht einmal im Besitz eines Hafens? Von woher sie auch kamen, von weitem sahen sie bloß ein niedriges Gemenge geringfügiger Häuser. Der Bischofsmützenturm, so hoch er stehen mochte, so dicht er eingewickelt sein mochte vom Laub sechshundertjähriger Bäume, er war ein Zeichen vergangenen Reichtums, nicht für gegenwärtigen. Sie mochten die Schlösser Mecklenburgs gesehen haben, großstädtische Prunkstücke in Parks, sie waren wohl entlangmarschiert zwischen den Geschäftshäusern der Vorderstädte, Beweisen aus

der Kaiserzeit; in Jerichow fanden sie wenig Bauten, die ein Stockwerk überstiegen. Wenn sie verputzt waren, so hatte die Kriegswirtschaft große Löcher über den Ziegelsteinen reißen lassen, und in den Fachwerkbauten hatte das Holz zu lange schon warten müssen auf Farbe, und auf Karbolineum sogar. Worauf kamen die Siegesberechtigten denn angefahren? nicht auf Asphalt, sondern auf einem holprigen Pflaster aus Katzenkopfsteinen, und am Rande war nicht einmal ein blaubasaltener Doppelstreifen für Fahrräder eingesetzt (passend zu dem Gerücht von der Ungeschicklichkeit der Sieger mit Fahrrädern). Blieb die Ziegeleivilla, in die hatten sie ihre Kommandantur gesetzt. Das Stadthaus derer von Lassewitz, jetzt Papenbrocks, hatten sie rückwärts gehend wieder verlassen, als sie in allen Zimmern Flüchtlinge versammelt sahen (so daß an ihrer angeblichen Furcht vor Seuchen etwas Wahres sein mochte). In Lindemanns Lübecker Hof hatten die Engländer ihren Club unterhalten, sollten die Sowjets da ihren eigenen Namen anbringen. Der Marktplatz mochte für Uneingeweihte um ein Weniges zu geräumig erscheinen; womöglich würde da manch ein Besitzer von Dreistöckigem an Enteignung glauben müssen. Daneben mußte den Sowjets die kreisfreie Stadt Jerichow also erscheinen als ein gleichmäßiges Gelände voll Armut, in dem sie nichts zu plündern hatten, weil ihnen nichts gezeigt wurde.
Bis zum Sonntag nach dem Einmarsch der ersten Sowjets, bis zum Abend des 8. Juli, wurde nur ein einziges Gerücht wahr. Bei Otto Quade, Klempnerei und Installation, war ein Rotarmist in den Laden eingedrungen und hatte über die niedrige Trennwand auf eine Attrappe aus Vorkriegszeiten gedeutet. – Wassergahn: hatte die Rote Armee zu Bergie Quade gesagt. Bergie, nach allen Rezepten ältlich angezogen, schmutzig im Gesicht, einen mit Hühnermist beschmierten Unterleibsverband unterm Rock, hatte mit Quadescher Geistesgegenwart zur Antwort gegeben: sie denke nicht daran, ins Wasser zu gehen. Habe sie gar nicht nötig. Wenn er aber wissen wolle, wer hier alles ins Wasser gegangen sei, ob ins Bruch, oder in die Ostsee –? Diese Aufzählung hatte die Rote Armee nicht abgewartet, und war abmarschiert mit einem Kopfschütteln, das für Bergie tadelnd aussah, sie

konnte sich nicht helfen. Der blieb in der ersten Woche der einzige Soldat, der ohne Begleitung in Jerichow gesehen wurde. Der Kommandant hatte sich samt Besatzung einnageln lassen in der Ziegeleivilla und verständigte sich mit den Deutschen über Befehle, die er durch Cresspahl am Rathaus anschlagen ließ. Auf dem Fliegerhorst Jerichow Nord, dem unglückseligen Zeichen für die Teilnahme der Stadt am Krieg der Anderen, war immer noch kein sowjetisches Flugzeug gelandet, und so brauchbar das mit Stacheldraht eingezäunte Gelände gewesen wäre als ein Straflager, die Neuen benutzten es nicht einmal dazu.

Wie also war das Wetter in Jerichow in der ersten Juliwoche 1945?

All de Gerüchte, is woll doll œwerdreewn (B. Quade).

Und wenn sie nicht übertrieben sind, so trauen sich die Russen nicht dazu bei Leuten, die Erfahrung mit britischer Besatzung haben (Dr. Kliefoth).

Ilse Grossjohann ist aber doch vergewaltigt worden (Frieda Klütz).

Sie mischen sich nicht in die Stadtverwaltung, sie benutzen den Flugplatz nicht – das dauert nicht (Ehepaar Maass).

Die Briten kommen also wohl zurück, Papenbrock (Creutz sen.).

Was Cresspahl macht, daß er sich nicht geniert (Käthe Klupsch).

Mag sein, wir kommen zurück zu Schweden. Is doch bloß zweihundert Jahre her (Frau Pastor Brüshaver).

Papenbrock is eben Elite. Geschäftlich, mein ich (Else Pienagel).

Die haben ja Angst vor uns. Ausgehverbot in der Nacht! Angst haben die! (Frieda Klütz).

Am Ende fahren sie doch nachts über Land (Frieda Klütz).

Im Krieg heißen solche Sachen Latrinenparolen (Alfred Bienmüller; Peter Wulff).

Töw du man, du (Gesine Cresspahl).

Eben noch war sie für sich. Der abendliche Himmel von gestern, mit breitem Pinsel zugewischt, war nachgeschlichen in die letzten Bilder vor dem Aufwachen; der Traum blieb im aufklarenden Bewußtsein hängen wie ein Schutz. Als sei sie nach langer Zeit zum ersten Mal wieder aufgestanden. War niemand; ein Feld aus Erinnerung, die fremde Gräser wachsen ließ, Gewitterhimmel über der Baltischen See, den Geruch von Gras nach dem Regen. Wenige Blicke auf den Hudson noch, und im Gegenlicht würde das Gefühl der Zeit rascher laufen, darin sie, Gesine, Mrs. Cresspahl, Angestellte, eine vierstellige Ziffenrgruppe unterm Telefonamt 753, nicht hier, Stadtmitte. Noch nicht.

Es gab Aufschübe. War noch eine Weile ich Gesine, ich Marie, wir das Kind und ich und die Stimmen aus dem Traum. Allmählich zerfiel die filzige Empfindung des Schlafens zu trockenem Pulver. Zwar benommen, konnte sie Vergnügen zeigen. Marie hatte sich das Haar so hoch und hart in einen Strang geschnürt, er stand eine Weile steil. Die Rollen trennten uns. Wie eine Elfjährige der Älteren Tee einschenkt. Wie Gesine sich zusammensucht zu Mrs. Cresspahl, gespiegelt in dem prüfenden Blick des Kindes: meine Mutter, fünfunddreißig Jahre alt, das eine graue Haar inmitten der dunklen findet sie nicht. Verkleidet für ein Büro, ausgerüstet für einen Tag außerhalb, unkenntlicher geworden. Wie ein schulmürrisches Kind vorfreudig von Schreibpflichten redet, damit die Andere leichter unter die Leute gehen kann als Erwerbsperson. Noch einmal Maries besorgtes, schlafweiches, ausländisches Gesicht im Türspalt. Allein.

Durfte noch eine Weile dahintreiben, auf festen Routen zwar, von Feld zu Feld pünktlich in der Zeit voran; jedoch für sich. Das war sie, die versprach dem Zeitungenmann einen Guten Morgen, und daß sie ihn nie belästigen wird mit mehr als diesem; Verwandtschaft aus Bekanntschaft, der er ist. Fast war sie enttäuscht, als sie unter der Straße sich wiederfand unter Fremden auf der Expreßseite des Bahnsteigs, und erleichtert, als das Liebespaar von gestern doch noch die abgewetzten Stufen hinauflief, beide ungeübt, einander nicht sicher, von einander getrennt im davonschießenden Zug.

Zwängte doch die New York Times unterm Arm hervor: Gutes Wetter über Nord-Viet Nam; 151 Bomber-Einsätze. Sie war es, die ließ sich im Gedränge unter dem Times Square einem Bahnpolizisten so dicht an die Schuhspitzen schieben, daß er um ein Weniges zur Seite trat, fast grüßend. Sie ging voran durch die schwankenden Türlöcher im Pendlerzug zum Bahnhof Grand Central, nicht wegen der drei Sekunden Gewinn, sondern um auf etwas Fahrendem zu gehen. Sie suchte die Schaufenster ab in den Ladenstraßen, zufrieden mit der Entbehrlichkeit der Waren. An den Fahrkartenschaltern noch einmal an die Fluchtmöglichkeiten denken, das war sie. Doch auf der Lexington Avenue, sie ruhte sich aus in der Genossenschaft der vielfältigen Passanten, an den kleinstädtischen Ziegelbauten inmitten der Hochhäuser, dem immer wieder gesehenen Pizzabäcker, der ihr den umfänglichen Fladen entgegenhielt wie einen Gruß. Das niedrige Versteck für Männer, der Holztisch mit dem Frühstücksbier dicht am Fenster, sie hat es abermals gesehen, sie wollte es abermals nicht noch verstehen. Sie suchte zwischen den vielfenstrigen Fassaden nach dem Himmel über der Stadt, und richtig schwankten die Simse im Wolkenzug. Wenige Schritte noch, und der Spaziergang durch die täglich unverhoffte Stadt war vorüber. Die durch das marmorne Bankfoyer gespült wurde, aus dem Pulk herausgesogen in den dünneren und in die hintere Fahrstuhlgasse, das war nicht sie und war Mrs. Cresspahl, Angestellte des Hauses seit vier Jahren, Fremdsprachensekretärin ehemals, vierter und elfter Stock, jetzt versetzt in den sechzehnten Stock, gewiß entbehrlich, vorläufig und befristet eingebaut in den Betrieb des Unternehmens. – Wie geht es Ihnen! wird sie vielmals gefragt auf der Reise nach oben in der abgeschlossenen Kabine, und sie wird antworten: Wie geht es Ihnen! mit lächelnd verzogenen fast dünnen Lippen, die Augenwinkel unbewegt. Das ist eine andere.

Das ist unsere Deutsche, das ist unsere Dänin. Sie ist nicht verheiratet, sie ist zu haben; sie ist verheiratet, sie ist verwitwet. Verlobt; wurde bei Wes an der Dritten Avenue gesehen mit einem Typ aus Kansas. Nein, Nebraska. Sie hat ein Kind in Pflege, nein zwei, es ist im Gegenteil ihr eigenes.

Dshi-sain. Sie ist witzig; sie könnte sagen: Sie würden mein Dorf nicht finden auf der Landkarte, und ich muß es erst noch hinauftun, jedoch sagt sie: Geboren bin ich in Jerichow, das ist in Mecklenburg. Je-ri-chow. Sieht größer aus als einsvierundsechzig. Sie hat etwas mit dem Sohn des Vizepräsidenten; kam nach drei Jahren in den Turm der dickbepackten Kater. Darf im Restaurant der Chefs essen, fährt mittags doch zu Sam in den Keller; das macht sie falsch. Richtig, und geht zurück in ihre alten Abteilungen, und reißt nicht Brücken ab. Mit wem sie befreundet ist, dem hilft sie Kreditbriefe checken; es muß an ihrer kommunistischen Vergangenheit liegen. Ein Spaß des Vizepräsidenten; de Rosny ist so. Sonderauftrag. Memos kriegt man nicht von ihr; ihre Nummer steht nicht im Hausbuch. Gestern hat sie einen Erben aus Frankreich zum Essen geführt; sie ist nichts als de Rosnys linke Hand. Sie hat ein Außenbüro, mit Fenstern nach draußen; einen Safe hat die Bank ihr hingeschleppt. Miss Cresspahl. Nein, Mrs. Also doch zu haben. Personalbüro sagt nichts. Wer ist das? Eine vom sechzehnten Stock; wo Männer hingehören. Wird nicht mehr lange dauern, und sie sitzt in der Zweigstelle Milwaukee. Zehntausend Dollar im Jahr. Elftausend, eher. Cresspahl, der Name klingt jüdisch. Keltisch. Um ein Ende zu machen: Keiner kennt sie. Darauf könnte es den dickbepackten Katzen im Sechzehnten ankommen. Fazit: Unbekannt. Niemand, getarnt. Nicht kenntlich.

Die Sonne, die durch die ungeschützten Fenster schlägt, holt sie noch einmal zurück. In dem weiträumigen Büro aus Technik und Wohnmöbeln sitzt heiße, halbhohe, östliche Sonne, die den Dunst über den niedrigen Siedlungen von Long Island City anheizt bis zur Farbe eines Meeres vor siebzehn Jahren. Da war sie einmal, hielt einen Sextanten gegen die Sonne. Das war sie einmal.

Die Eingangsmappe für Cresspahl ist nicht dicker als an anderen Tagen, aber heute liegt zum ersten Mal ein Stück Zeitung darin. Es ist die Seite 12 aus der New York Times, ein Artikel ist in freigebigen Schwüngen umrundet, und in den Anzeigenraum daneben hat der Arbeitgeber sein DRINGEND stempeln lassen. Er hat sich die Mühe genommen, den Namen de Rosny als Paraphe anzudeuten, und wiederum scheint sie dem Krönchen eines Herzogs ähnlicher geworden.

»*Memo*

From: Cp

To: de Rosny, Vice President

Re: N.Y.T., 23. April 1968; Č.S.S.R.

Wegen der Behauptung, die Subventionspolitik in der Wirtschaft der Č.S.S.R. folge einem »beliebig angelegten Plan«, verweise ich auf meine Analyse des Fünfjahresplans 1966-1970, Registratur-Nummer deR 193-A-22.

Die für das Wirtschaftsjahr 1967/68 angegebene Subvention von 30 Milliarden Kronen ist bemerkenswert in der Nähe der tatsächlichen Summe, beträgt nach meinen Rechnungen jedoch nicht genau 15 % des Netto-Nationaleinkommens, sondern etwas mehr (deR 193-CD 48).

Das Rubelguthaben der Č.S.S.R. bei der Sowjetunion, von der N.Y.T. in Höhe von 10 Milliarden Kronen angenommen, dürfte tatsächlich den nominellen Gegenwert von $16,000,000,000.00 inzwischen überstiegen haben. Jedoch ist es nicht entstanden allein aus dem Mangel brauchbarer U.d.S.S.R.-Produkte, sondern auch in der Hoffnung, Teile dieses Betrages eines Tages der Verfügungsgewalt des Comecon entziehen zu können. (deR 23-CF-1238).

Die Reformpläne sind ausnehmend allgemein und verständlich dargestellt. Davon sind hier im Detail bekannt die Delegation der Verantwortung an die Produktionsbetriebe selbst und das Schema für die abgestufte Entziehung der Subventionen. Wünschenswert wären genauere Informationen über den Abbau der Steuerbegünstigungen für mit Verlust arbeitende Betriebe (dieselbe Quelle wie die vorige ist nicht geeignet).

Wenn Funktionäre der Regierung in der Č.S.S.R. einem Organ wie der New York Times nicht nur die personalpolitischen Kämpfe im Hintergrund der Reformdiskussion mitteilen, sondern obendrein die Rückkehr des Landes in den Internationalen Währungsfonds und die Internationale Bank für Wiederaufbau und Entwicklung als möglich andeuten, so könnten sie nicht nur das bisher hier angenommene Ziel verfolgen, nämlich die Herstellung von Kreditgläubigkeit,

sondern auch das andere, die Anhänger der Reformen im eigenen Lande zu exponieren. Wird darüber ausführlicher Bericht gewünscht?
Verhandlungen über Anleihen von kapitalistischen Ländern werden hier zum ersten Mal im Druck erwähnt. Der Form halber versichere ich nochmals, daß die Indiskretion nicht von diesem Büro ausgeht. Jedoch dürfte das inoffizielle Eingeständnis nicht nur den Markt beleben sollen (vgl. vorigen Absatz).
Beste Grüße,
GC.«

Mein gutes Englisch, du Schriftsteller.
Deins war es nicht.
Aber nicht solch Krüppeldeutsch.
Dein Amerikanisch war so sehr business wie es ging, Gesine.
Ich war bei Verstand.
Aber müde, und nicht bei dir.

Einen Absatz innerhalb des Berichts aus Prag hat der Arbeitgeber zusätzlich mit genüßlichen Ausrufszeichen versehen:
»Der ökonomische Gesundheitszustand der Č.S.S.R. gleicht dem eines verletzten Mannes, der so vollgepumpt ist mit Morphium, daß er wahrscheinlich nicht nur dauerhaft abgestumpft bleibt, sondern sogar unfähig ist, dem Arzt zu sagen, wo es weh tut.«
de Rosny ist hier zu erkennen, an seiner Anstreichung: lange hat er sich hüten müssen vor dem genauen Blick nach unten; hier ist ihm ein Augenblick Erholung geschenkt worden. Der Mann voll Morphium wird der Arbeitskraft Cp. womöglich ein neues Aktenzeichen einbringen.
Danach, an den senkrecht gegen die Sonne gestellten Jalousien, versinkt der Tag bis in den Abend, bis zur langsamen Rückkehr an den Riverside Drive, zu uns, wo wir wohnen.
– So soll dein Mecklenburg sein?! fragt Marie. Sie ist eigens aufgestanden von ihren Schularbeiten, stellt sich hinter den Stuhl der Mutter, bringt sogar ihre Wange in die Nähe, um wenigstens einen parallelen Blick zu haben.

Es war nichts. Über dem Fluß treibt löchriger Nebel. Eine Lücke in dem immer noch erstaunlichen Laubgrün scheint einen verhangenen Binnensee zu öffnen, und hinter ihm sieht die Erinnerung wieder und gern bläulichen Kiefernwald auf den Palisaden des anderen Ufers, die durch Baumkulissen wieder und wieder durchschaubare und verstellte Gegend von damals.
– Na: sagt Marie, beruhigt, und beruhigend, wie zu einem scheuenden Pferd. Wo käme sie hin, wenn ihr New York samt Fluß und Ufer etwas anderes wäre, oder nur vergleichbar! Ihr ist es unvergleichlich. Sie hat noch Zeit, hier zu leben.

24. April, 1968 Mittwoch

In der Sozialistischen Tschechoslowakischen Republik sind drei Beamte der Justiz entlassen worden, und nicht etwa Gerichtsdiener oder Hausmeister, sondern drei stellvertretende Generalstaatsanwälte, und einer von ihnen war das Oberhaupt der Anklage in militärischen Strafsachen überhaupt. Die Sprecher der neuen Regierung erklären die Verstoßungen nicht. Als ob jene Hüter des Gesetzes in älteren Zeiten schuldig geworden seien an Verbrechen.
Die sowjetische Besatzung lag eben eine Woche in Jerichow, und am zweiten Montag im Juli nach dem Krieg war für die eingesessenen Bürger einer schon erwiesen als verantwortlich dafür: Cresspahl, mein Vater. »Schuld an den Russen« hieß das Urteil über ihn, und betraf nicht nur die Klagen über die Fremden. So erholsam ließ es sich aussprechen, als seien sie ohne Cresspahl gar nicht erst gekommen.
Angefangen hatte es mit der Gefangensetzung von Käthe Klupsch. Das hatte nicht Cresspahl getan. Die Briten, solange sie blieben, hatten Strafen angedroht für das Verbreiten des Gerüchts, sie würden Jerichow räumen für die Waffenbrüder aus dem Osten. Käthe Klupsch, so wenig sie solche Zukunft für möglich hielt, konnte doch nicht lassen von dem wohltätigen Schauder, den sie von der verbotenen Voraussage bekam, an einem hellen Junitag, auf dem drangvollen Gehsteig vor Schlachter Kleins leerem Schaufenster. Käthe

Klupsch hatte zwischen zwei Tommies auf das Rathaus gehen müssen. Die Soldaten hüteten sich wohl, der beleibten Dame mit dem schwer bewegten Busen nahe zu kommen, und für sie war es »körperliche Gewalt« gewesen. Die vier Stunden Wartens vor Cresspahls Amtszimmer hatte sie empfunden als »zynische Zermürbung«; sie hatte nur den Mund nicht auftun dürfen. Danach war die Feststellung des Sachverhalts ihr zu einer »seelischen Marter« geraten, zu »Gehirnwäsche« obendrein, weil Cresspahl ihr die Fragen seines britischen Besuchers verdolmetschen mußte. Weil sie zugab, des Lesens mächtig zu sein, auch von öffentlichen Befehlen in Maschinenschrift, wurde sie verwarnt, und weil Cresspahl in jener Nacht nicht Zeit hatte für einen Sonderpassierschein, behielten die Briten sie in einer Zelle unter dem Rathaus, bis das Ausgangsverbot zu Ende war. Käthe Klupsch glaubte sich nun »bis sechs Uhr morgens mit Cresspahl allein in einem Haus gewesen« und verwechselte sich wohl auch ein wenig mit zwei Flüchtlingen, die wegen des gleichen Delikts in Rande hatten sitzen müssen, bis die Sowjets sie als Strafgefangene übernahmen. So redete die Klupsch, bis die Sowjets einrückten, und danach beschuldigte sie Cresspahl nur noch des heimlichen Bündnisses mit ihnen. Denn sie waren am Ende doch gekommen, nich? Dafür sei man nun als unbescholtene Frau ein politischer Häftling gewesen, nich?

Cresspahl war schuld an den Russen.

Nein. So hatte es nicht angefangen.

Die Briten hatten Cresspahl zum Bürgermeister von Jerichow bestellt. Mochten sie ihn für einen anderen Deutschen angesehen haben, einen Verräter demnach, sie hatten ihm doch vertraut, fast wie einem Freund. Die Abgesandten der britischen Abwehr hatten dabei nichts gefunden, gegrüßt hatten sie ihn zum Abschied! auf militärische Weise obendrein. Sogar Amerikaner waren aus ihrer schweriner Gegend angekommen und hatten Nächte verbracht in Cresspahls Büro, und wenn sie ihn etwa auf westliche Zuverlässigkeit verhört hatten, es war ohne Trinken und Sprüche dazu nicht abgegangen. Dann waren die Sowjets nachgerückt und ließen Cresspahl Bürgermeister bleiben. Das war ihre Kriegslist, sie wollten den Streit verstecken, den sie heimlich mit den angelsächsischen Alliierten unterhielten. Jedoch sie hatten Cresspahl nicht etwa übernommen, und von Bestätigung im Amt war auch keine Rede. Sie hatten ihn eingesetzt. Das Wort Einsatz hatte unter dem Hakenkreuz für etwas Unregelmäßiges gestanden, für Not am Mann, für Lückenbüßer, für Anstrengung über die Ordnung hinaus, ob es nun der Ernte-Einsatz gewesen war oder der Einsatz versprengter Truppen oder die Einsetzung von Beamten, die Einer nicht gewählt hatte, die gar nicht erst vorher hatten gefragt werden müssen. Nun hatte Cresspahl noch einmal die Briten verraten und am Rathaus anschlagen lassen, er sei auf Befehl des sowjetischen Kommandanten ein Handlanger der Russen, ein Gerät in ihren Händen, nämlich eingesetzt.

Es war das XVIII. Luftlandekorps der U.S.A. gewesen, und in seiner Vertretung die 6. Luftlandedivision unter B. L. Montgomery; nunmehr waren die verlorenen Befehlsgewalten vom Mai und Juni recht geläufig geworden in Jerichow. Kaum waren sie davon, diente Cresspahl dem Ortskommandanten K. A. Pontij, den Russen.

Cresspahl hatte den Russen zum achten Teil des Stadtgebiets von Jerichow verholfen. Es war ja nicht bei ihrem Zaun um die Ziegeleivilla geblieben. Am vierten Tag nach ihrem Einmarsch erwies sich, warum sie auf der westlichen Seite nur ein paar Stränge Stacheldraht durch die Goldregensträucher geflochten hatten. Morgens waren acht arbeitsfähige Männer zu Cresspahl aufs Rathaus bestellt, nicht etwa durch Befehl, sondern namentlich aufgefordert, und sogar Mine Köpcke hatte für ihres Mannes Baugeschäft antreten müssen. Und sollten sie etwa den von den Briten abgewrackten Lübecker Hof aufräumen, damit Jerichow sein Hotel zurückbekam? einen Zaun sollten sie bauen. Einen Zaun, der von der Ortskommandantur strikt nach Westen ging, über die Hintergärten der Bäk hinaus, dann geradeaus nach Norden bis zur Feldstraße, östlich bis an die Hofgrenzen der Häuser an der Stadtstraße, und zurück bis an das schon besetzte Stück! Mine Köpcke hatte für ihren Mann gerechnet und Reparaturen überwacht, seit er mit einer Fliegerabwehrkanone im Litauischen verschwunden war; nun wollte sie ihm gern etwas beweisen mit einem Bau, den sie selber aufgeführt hatte, und die Köpckesche bekam die Aufsicht. Cresspahl bewies noch einmal seine Liebedienerei gegen die Russen, indem er all seine Vorräte an Holz auslieferte, und danach stand es Mining frei, Bretterzäune in Jerichow abzureißen, wo es ihr gefiel und Köpckes Feinden nicht. Dazu hatte sie einen Befehl mit sowjetischem Stempel, und was sie hinzusetzen konnte war: Cresspahl sei schuld (an der Beschlagnahme; an dem Neubau der Russen). Anders als er meinte sie patriotisch zu handeln und setzte die Pfosten nicht so tief in Steinpackungen, wie sie es bei einem Zaun für sich selbst getan hätte, und wenn sie die Farbe dünner anrühren ließ als für einen deutschen Auftraggeber, so dachte sie sich mit dem angreiferischen Seewind zu entschuldigen. Was aber tat Cresspahl, ehemals doch ein Kollege als Geschäftsmann und der Wahrer der Interessen von Jerichow? Er ließ ihr eins von den ersten Zaunbrettern als Muster schicken, und als ihre Anstriche doch noch lindgrün ausfielen, bekam sie die Kunstharzkanister auf der Stadtwaage vorgewogen, und mußte quittieren. Dann kam sie mit der Rechnung aufs Rathaus, und heftete Cresspahl ihr Geschriebenes etwa ab auf Treu und Glauben, wie es sich gehörte zwischen den Opfern der fremden Macht? Cresspahl wurde am späten Abend beobachtet, als er mit seinem K. A. Pontij Minings Zaun abschritt, in einer Art freundschaftlichen Spaziergangs geradezu, bei dem der eine mit der Meßlatte hantierte und der andere seinen Spaß an den ausgreifenden Schwüngen des Drehzirkels zur Schau stellte. Die Firma Köpcke wurde abermals aufs Rathaus bestellt, und Cresspahl rechnete ihr vor auf Quadrat und Kubik, daß sie Schmu gemacht hatte. Er sprach nicht von Betrug, nicht einmal von Irrtümern, bat sie lediglich um eine andere Rechnung. Saß krumm an seinem Bürgermeistertisch, die Ellbogen zu dicht angelegt, und hätte ihr doch bei all seiner Müdigkeit öfter in die Augen blicken können als das eine Mal, so schräg und verwundert unter den Brauen hervor. Mine Köpcke bestand auf ihren Zahlen, unterschrieb ihre kämpferische Rechnung und nahm eine Anweisung auf die Stadtkasse für später. Geld bekam sie vorerst nicht, und sie rechnete es Cresspahl als russisches Geschäftsgebaren an, als seine Schuld übrigens.

Und nicht nur verriet er Jerichow an die Russen, er nahm noch seinen Vorteil daraus! Während Frau Köpcke mit ihren sieben Mann die Straße an der Bäk einzäunte, wurde da an ein Haus nach dem anderen ein Zettel mit dem Wort Sequestrierung genagelt, und da der Bau von den beiden Südenden fortschritt, wurde die Bäk zu einem Beutel, dessen Öffnung täglich geringer wurde. Die Bäk war eine Wohnstraße gewesen, solide Ziegelbauten nicht älter als vierzig Jahre, oft in der Dachmitte geräumig ausgebaut, dazwischen Dr. Semigs doch fast großmächtige Villa, alle mit reichlich Gartenland von den schmalen Parzellen der Stadtstraße abgegrenzt, und aus dem wohlhabenden Gelände mußten die Besitzer hinaus in die überfüllte Stadt mit Zwangseinweisungen, unterschrieben Cresspahl. Mitnehmen durften sie was sie tragen konnten; hinterlassen sollten sie einen jeden Raum so, daß die Fremden gleich darin wohnen konnten. Und Cresspahl ließ sie nicht vor zu Beschwerden über das einzelne Zimmer, das sie nun bei Quades oder über der Apotheke bekommen hatten, womöglich zu teilen mit Flüchtlingen! er ließ die Flüchtlinge aus der Bäk vor, soviel stiller sie auch auf ihn warteten nach dieser dritten oder vierten Umquartierung in einem halben Jahr, und den Flüchtlingen verschaffte er die Räume, die die Jerichower für sich oder Verwandtschaft hatten behalten wollen, nur weil er ein jedes Haus in der Stadt so genau kannte wie die Einheimischen das seine. Dann wurde das nördliche Ende des Zauns quer vor die Bäk gezogen, und die Straße wurde in Jerichow nicht wieder gesehen bis auf den heutigen Tag. Die Anlieger des Zaunes an der Stadtstraße klagten über den Schatten, den das Bauwerk nun warf auf Gartengewächse, die Schatten nicht vertrugen. Wessen Schuld war es?

Cresspahl jedoch mit all seinem Haus und Grundstück lag außerhalb des Zauns, auf der anderen Seite des Ziegeleiwegs. Für seine Freunde hatte er gesorgt: Die Gärtnerei Creutz gehörte zum besetzten Gebiet, und wenn sie ihre Erzeugnisse auch sämtlich an die Kommandantur abliefern mußte, Amalie durfte den Weg neben dem Pfarrhaus zur Stadtstraße nach wie vor benutzen, und das Pachtland von der Kirche war für sie miteingezäunt wie auf ewigen Besitz. Auch Pastor

Brüshaver, wiederum ein Cresspahlscher Nachbar, durfte frei leben in seinem Haus, an einer strategisch schwachen Stelle, deren Abschließung den grünen Armeezaun erst zur vollständigen Festung gemacht hätte. Und Cresspahl hatte sich versichert gegen Plünderer und unerwünschten Besuch, zu ihm kam man nur über den Ziegeleiweg, der aber neuerdings ein Straßenschild aufwies, das allererste in seiner Geschichte, nämlich ein zum Pfeil gespitztes Schild mit der Aufschrift КОММАНДАНТУРА. Wer mochte unnütz in solche Richtung gehen? Nicht einmal für eine deutsche Übersetzung hatte Cresspahl gesorgt. Es sah geradezu aus wie eine Aufforderung, die russische Sprache zu lernen, und es war Cresspahl zuzutrauen.
Und Bergie Quade hatte er gezwungen, die Kommandantur der Sowjets zu betreten. Jener Rotarmist, den sie so schlagfertig aufgeklärt hatte über »Wassergahn«, kam wieder in ihren Laden, und diesmal mit einem Jungen, einem Flüchtling aus Pommern, den Cresspahl in seinem Haus hielt. Um die siebzehn Jahre, aber kräftig in den Schultern, und er sah Bergie in die Augen, als sei er längst erwachsen, schweigsam obendrein; den konnte sie nicht abschieben, nicht wegreden. Der Rotarmist sah beim Sprechen Frau Quade an, und sie kam sich fast appetitlich vor unter seinen erinnernden Blikken. Der Junge lächelte nicht, sondern übersetzte. Es klang zuverlässig norddeutsch, sogar wenn er bei seiner Roten Armee etwas zurückfragte. Bergie Quade konnte nicht an gegen das Bedürfnis, sich noch einmal die Hände zu waschen. Guten Willen zeigen wollte sie inzwischen, so daß sie die Besucher zum Mitkommen in die Küche einlud. Sie versteckte ihr Vergnügen, als sie dann zwischen den beiden die Stadtstraße hinunterging, wie abgeführt, wie eine verhaftete ehrliche deutsche Bürgersfrau, und ihr gelang sogar das düster entschlossene Gesicht dazu. Sie folgte den beiden über das Creutzsche Gelände, hielt sich ein wenig auf bei Amalie, die die Zaunbauer beim Umsetzen von Stachelbeerbüschen beaufsichtigte, und betrat dann wahrhaftig das abgeschlossene Gebiet der Besatzungsmacht. Die Rote Armee lernte in den nächsten Stunden von ihr Flüche, die noch eine Zeit lang verquer im Sprachschatz der jerichower Sowjets umherwim-

meln sollten, und Jakob Abs bekam von ihr Lob für die sachte Genauigkeit, mit der er ihre Anweisungen in Handgriffe umsetzte, wie ein Fachmann im Klempnern. Die letzten deutschen Besitzer der Ziegeleivilla hatten den Sowjets lieber durchgesägte Abflußrohre hinterlassen wollen als heile, die Wasserhähne in Küche und Bad sahen für Bergie verdächtig nach Hammerschlägen aus, und im geheimen war sie verwundert über Leute von immerhin Adel, die ein Haus so behandelt hatten. Dann hatte Bergie Quade die Wahl zwischen einer Rechnung an die Stadtkasse und einer Halbliterflasche Wodka ohne Etikett, nahm ihres Mannes Labsal und trank auch einen unberechneten Schluck mit dem Rotarmisten Wassergahn, weil der bei der Arbeit geholfen hatte. Als Jakob sie durch die Vordertür der Ziegeleivilla auf den zivilen Ziegeleiweg hinausführte, war sie versucht, einmal in Cresspahls Haus nachzusehen, ob er nicht doch Hilfe brauchte mit all den Flüchtlingen und dem Kind. Aber Jakob schüttelte den Kopf, und Bergie ging an der Friedhofsmauer entlang zur Stadtstraße wie auf einem gewöhnlichen Weg, die Werkzeugtasche in der Faust und die Flasche unter der Schürze, wo früher ihr Hühnermistverband gewesen war, und stak tief im Überlegen, wem sie was von diesem Ausflug erzählen sollte. Besah sie es recht, so hatte sie mit ihrer Anstellerei Cresspahl Zeit genommen und Arbeit auch. Daran zumindest war er also nicht schuld. Es war nur so, daß Frau Quades Zurückhaltung beim Berichten ihren Nachbarn genügte für noch eine Cresspahlsche Schuld.

Aber mittlerweile hatte Cresspahl den Befehl Nr. 2 des Militärkommandanten der Stadt Jerichow aushängen müssen, und die Bürger sollten ihre Radios, Akkumulatoren, Schreibmaschinen, Telefongeräte, Mikrofone, Fotoapparate »usw«. binnen drei Tagen in Papenbrocks Speicher abliefern. »Usw.« wurde von Cresspahl über Nacht aufgeklärt als Waffen, Sprengstoffvorräte, Geschütze, Geschosse aller Art, und einen Tag später wollte K. A. Pontijs Befehl Nummer 4 auch noch alle Münzen und Barren aus Gold und Silber und Platin, alle ausländischen Werte in die Raiffeisenkasse gebracht haben, auch bloße Dokumente von ausländischem Vermögen, und Cresspahl galt wiederum als Komplize der

Sowjets. Denn sie sahen ihn morgens aufs Rathaus zugehen mit seinem Telefon unterm Arm, einmal auch mit zwei Wehrmachtkarabinern, die Einer ihm nachts aufs Grundstück geworfen hatte, aber die Sammlung von Volksempfängern oder »usw.« in Papenbrocks Speicher wurde nicht recht umfänglich. Dann bewies Cresspahl seinen Mitbürgern abermals, daß er nicht ohne Nutzen zwölf Jahre unter ihnen gelebt hatte, und schlug am Rathaus einen Hinweis auf die Liste an, die in der Post die ehemaligen Besitzer von Radio und Telefon verzeichne. Von denen kamen einige, aber sie wollten dem Russenfreund Cresspahl die Geräte vor die Füße schmeißen, und mußten lange warten am Speichertor, weil der Bürgermeister alle zwei Stunden sein Kommen ansagen ließ, und nicht kam. Schließlich drohte die Kommandantur den Hausbesitzern die Haftung an für alles Sequestriergut, das unter ihrem Dach gefunden würde, und nun trieben die Einheimischen die Flüchtlinge zum Abliefern, und was sie nicht vergraben hatten, verbrannten sie, darunter die echten russischen Rubel der Kriegsgefangenen, die sie gespart hatten für Geschäfte nach der Rückkehr der britischen Besatzung (oder nach dem Einzug der schwedischen). Immerhin, sie konnten dann Cresspahl immer noch haftbar machen für den Verlust; seine Schuld ließ sich an Hand von Quittungen beweisen.
Wie ehrvergessen Cresspahl im Solde der Sowjets stand, es zeigte sich für Jerichow in seinem Verhalten gegen die Papenbrocks. Seinen eigenen Schwiegereltern schickte er immer neue Obdachlose ins Haus, so daß sie auf ihre alten Tage im Comptoir kampieren mußten. Er hatte nichts dagegen getan, daß die Rote Armee den Papenbrocks die lassewitzschen Möbel aus dem Haus trugen, sie auf offenem Markt mit Lysol besprühen und dann abfahren ließen zur Kommandantur. Papenbrocks Hof und Speicher waren beschlagnahmt, mit allem Korn darin, waren Vorratslager der Roten Armee, und Cresspahl vermochte weiter zu leben, nachdem er seine Verwandtschaft um ihr Vermögen gebracht hatte. Und wenn er neunzig Jahre alt werden sollte, wie konnte er solche Schuld jemals abtragen?
Die Sowjets selber, sie hielten nichts von ihm. Die Briten

hatten ihn von Morgen bis Abend umherfahren lassen in einem Jeep; die Sowjets ließen ihn zu Fuß gehen, vom Ziegeleiweg zum Rathaus, vom Krankenhaus zum Gaswerk, von einem Ende Jerichows zum anderen, und nämlich ohne Begleitung, schutzlos, allein.

– Aber jetzt spuckten sie ihn nicht mehr an: sagt Marie.
– Nein. Nicht einmal, daß sie ihm etwas nachgerufen hätten.
– Sie zeigten es dem Kind Gesine.
– Es war ja für meinen Vater, und es machte dem Kind Gesine nichts aus.
– Wenn du zum Einkaufen geschickt wurdest –
– Ja.
– und sie drängten dich ab aus der Schlange. Sie traten dich versehentlich. Es gab Eltern, die verboten ihren Kindern, mit dir –
– Das war es nicht, Marie.
– Sie sahen dich nicht.
– Sie sahen mich nicht.
– Jetzt soll ich an Francine denken, an ein schwarzes Kind in einer weißhäutigen Schule, und wenn sie morgens ankommt und grüßt –
– Vergleich es nicht. Das Kind das ich war –
– Schon gut, Gesine. I dig you. Du wolltest mir was erzählen, nicht aber etwas beibringen. Und doch denk ich mir was.
– Nicht den Vergleich.
– Aber was ich will.
– Was du willst, Marie.

Wir sind spät in den Abend gekommen, und schwerer Regen hat Fluß und Land hinter dem Park mit flappigen grauen Decken aus Dunst verhängt. Dahinter geht die Welt nicht weiter.

25. April, 1968 Donnerstag

Der neue Ministerpräsident der Č.S.S.R. hat seine Tschechen und Slowaken gelobt für gute Arbeit seit 1948, wie es sich

gehört für den Anfang eines Programms, und dann beschrieb Herr Černik ihnen, was aus der guten Arbeit gemacht wurde: das Nationaleinkommen pro Kopf liegt bis zu vierzig vom Hundert unter dem »fortgeschrittener westlicher Länder«, die Auslieferung der Produkte an den Verbraucher dauert um das Dreifache länger, Verkehrsmittel wie Behausung wie Einzelhandel sind ähnlich kaputt, und wahrhaftig erwähnt er das Defizit von $400,000,000 im Außenhandel mit den kapitalistischen Ländern als zwar unerheblich aber »sehr unangenehm und unbequem«, wegen der kurzfristigen Darlehen nämlich. All das hat die Angestellte Cresspahl seit Dezember für die Akten der Bank berechnet und beschrieben, sie ist dem Unternehmen von Nutzen gewesen und muß nicht gleich Entlassung fürchten, wenn sie mitten aus der Arbeit in die Etage der Chefs beordert wird, und kann ohne viel Sorge hinabblicken auf zwei Ausschnitte von Dritter und Lexington Avenue, wo die Menschen nicht nur kleinschattig, schon verzerrt erscheinen in ihrer Tiefe.
Vor zwölf Jahren war die Bank nicht hier, und sie hätte sich eher bänglich befaßt mit einer so kleinen Sache wie 400 Millionen Dollar. Und eine weibliche Person als Assistenz eines Vizepräsidenten, es war undenkbar.
Es war eine Familienbank, nicht nur nach dem Eigentum, auch in ihren Geschäften, und in ihrem Namen zeigt sie noch die Anfänge, als sie in kleinen Städten des Mittelwestens Getreide auf dem Halm belieh, den Sheriff bestach und für ein Manneswort so gut war wie für eine verschriebene Schuld. Der Name, der ländliche, schmeckend nach Altvorderen und Kindestreue, er ist geblieben.
Es gibt eine Fotografie, in der bräunlichen Ausführlichkeit der Zeit um 1880, die eine dörfliche Zweigstelle im nördlichen Carolina abbilden soll: vor dem Schaufenster mit seiner Girlande aus goldenen Buchstaben stehen bratenberockt der Friedensrichter im Gespräch mit Schmied und Kaufmann, und in der Ladentür lehnt der Geschäftsführer, einem Kirchgang gemäß gekleidet, die Augen so treuherzig wie verrechnet unter dem Hut, und wahrhaftig sind alle Darsteller durchgestrichen von einem hölzernen Balken, an denen damals noch wahrhaftige Kuhjungen ihre Pferde anbanden. Das Bild

will nicht stehenbleiben in der Sekunde, für die der Fotograf vor neunzig Jahren das Atmen verbot, die Szene will weiter, zu der rasselnd herbeikarriolenden Postkutsche, vorn drauf der Beifahrer durchs Auge geschossen, die Pferde selbstbewußt und frech, aus den angrenzenden Häusern stürzen die Bürger an, aus den oberen Fenstern des Hotels blicken die Damen herab, und brutal aufgestemmt hängt die Geldkiste am letzten Riemen, und ein Schuß löst sich in die Luft, und es werden neue Pferde zusammengeführt für die Jagd nach den Räubern, und werden es Banditen sein, oder Indianer? bis mit überlautem Echo das Bild ausläuft ins Leere und in das Schild im Eingang der Bankstelle: Wegen Trauerfalls geschlossen.
Nicht wenige im Hause wollen gewiß sein, daß die Fotografie nachgetönt sei und nichts weiter zeige als die Kulissen eines Westernfilms. Einige wollen ihn gesehen haben und schwören auf die Ähnlichkeit der Szene. Wer ihnen aber das Gegenteil anbietet, nämlich die Abstammung des Drehorts von diesem Foto, er macht sich der Ausländerei verdächtig, des Höhnens geradezu, und Mrs. Cresspahl sagt es nicht mehr.
Um die Jahrhundertwende schaffte es die Bank nach Chicago, ein Palästchen noch im Innern der Schleife nannte sie ihr eigen, schmal aber edel in der Brust, und nach 1945 war sie fast wohlhabend. So aber dachte auch die führende Familie, wollte das Erworbene festhalten und dennoch vermehren, der Kuchen sollte in der Speisekammer bleiben und doch gefressen werden, wie so Bären das Leben betrachten. Deswegen glaubte der Familienrat dem Gerücht von 1947, das Sterben und baldigen Tod der Stadt New York verbreitete, und hielt sich sittsam fern von der verrufenen Gegend, in der die Menschen gefressen werden wie das Geld. 1951 kamen sie zu spät. Sie wollten in die standesgemäße Gegend, und sie fanden einen Kasten fünfhundert Schritt von der Ubahnstation Wall Street, den mochten sie behängen mit Marmor und beschriften mit Gold, er wurde geringfügiger davon. Und nicht nur das Aussehen wollte nicht wachsen. Sie hatten die Währungskonferenz von Bretton Woods verpaßt, sie fielen nicht eben mit Tapferkeit auf an der Börse, und bei dem Namen Tschad hätten sie womöglich auf ein Putzmittel ge-

raten. Die Zentrale war am Michigan-See geblieben, und sah auf das kranke Kind am Atlantik mit Wut, mit Trotz und schickte dem Mißwüchsling doch wieder Geld. Als Gesine Cresspahl 1961 in diese Stadt kam, kannte sie kaum den Namen der Bank, hätte sie bedenkenlos mit Maklerfirmen oder Finanzgesellschaften verwechselt, und kannte sich doch aus mit solchen Königreichen wie dem Morgan Guarantee Trust. Jetzt aber steht sie hoch oben im Neuen Haus an einem Fenster, kaum auszumachen vom Bürgersteig her, und wartet auf die freie Zeit von de Rosny, stellvertretender Aufsichtsratvorsitzender, stellvertretender Generaldirektor, stellvertretende Allmacht, de Rosny eben.

Auch de Rosny hat einmal gelacht bei der Vorstellung, er könne seinen guten Namen mit der Firmierung dieses Geldhauses in Gesellschaft zeigen.

Mitte der fünfziger Jahre kam aus der Bucht des Goldenen Tors öfter als zufällig die Nachricht: de Rosny suche etwas im Osten. Begründung: seiner Frau bekomme das kalifornische Klima nicht länger.

Es war eine Auskunft nach der Art de Rosnys, und wenn seine Kompagnons für einen Moment lächelten, eines vertrauten Spaßvogels gedenkend, was sollten Unterlegene vermuten? deren Namen ihm wahrscheinlich vorkam wie etwas Jugendfreies aus dem großen amerikanischen Märchenbuch? An de Rosny gingen nicht viele Angebote, und die wenigen waren nicht von jener Stelle bei Wall Street. de Rosny hatte es nicht nötig. Wenn er nach Osten wollte, er konnte telefonieren lassen, und zehn Tage später wäre sein Haushalt quer über den Kontinent gerollt und stünde am Sund von Long Island in einem Erbbesitz akkurat auf den halben Fuß, wie er ihn in San Francisco verlassen hätte. de Rosny hatte sich nicht nach oben gedient im Geld, er hatte das Geld nicht geheiratet; seine Eltern hatten es ihm gegeben, ihm allein, und durch des Geldes aromatische, nahrhafte, schützende Schale hatte er geatmet, seit er den eigenen Vornamen kannte, und nicht erst, als er in Singapur das Bankgeschäft zu lernen anfing: aus Langeweile. So hieß es. de Rosny war nicht zu haben. Wo er Telefonaufsicht führte auf den weißen Hügeln, sie gaben ihm dort beliebig mehr als anderen für seine Verwandtschaft mit dem Geld, für seine Abstammung davon, weil er das Geld geworden war. de Rosny würde sich nicht abgeben mit einer so unerheblichen Not, und mochte sie tatsächlich an der Ostküste zu beheben sein. de Rosny galt als nicht berechenbar. Er ließ es ankommen auf ein Zerwürfnis mit Howard Hughes und erklärte öffentlich sein Unverständnis für Howies geschäftliche (nicht die privaten) Investitionen in Hollywood; de Rosny machte Ferien nicht da, sondern bei Adel in Britannien. Und Geschäfte betrieb er ausreichend mit Flugzeugfirmen, er brauchte dazu nicht Howies Erfindungen, insgemein, seitdem sie nicht mehr lange genug in der Luft blieben. Andere nannten ihn einen nicht ernsthaften Menschen. Sie meinten nicht seinen Umgang mit Geld. Nein, er führte kein Leben. Die abendlichen Essen, die beseligende Belohnung für einen Tag kämpferischer Konferenz, er langweilte sich dabei, er zeigte es. de Rosny trank nicht harten Alkohol, und hätte religiöse Gründe vorschieben können, und gab Mangel an Interesse zu. Vertraulichkeiten, nichts da! Kennt Einer den Vornamen de Rosnys? Der gab seinen Anzug in die chemische Reinigung, wenn er einen kumpelhaften Schlag auf die Schulter bekommen hatte! In sein Haus ließ er nicht viele Leute, Freunde waren sie darum lange nicht, und sie gaben Erzählungen kaum ab. Zu Hause ließ de Rosny importiertes Zeug servieren, weiße Weine, aus einer unmerkbaren Gegend in Frankreich, wo ein Berg war. Kraftloses Zeug, hilft kaum sprechen. Wenn andere Leute froh sein mußten, daß die Zeitungen sie mit Eleanor Roosevelt in einem Restaurant abbildeten, hatte de Rosny längst mit Franklin Delano am Kamin gesessen, und fotografieren ließ er sich dabei nicht, und F. D. war so weit gegangen, die geschäftliche Natur solcher Plaudereien in den Austausch von Internatserinnerungen umzulügen. Mitten im Krieg gegen die Hunnen. Nein, de Rosny bekam ungerecht viel, und zu leicht. Mochte er wissen, wo Gott wohnt; nicht einmal danken tat er ihm. Und diesen behenden Schurken, diesen allzu handlichen Fünfziger, am ganzen Leibe trainiert von etwas anderem als Tennis, ihn sollte man ansprechen wegen einer Kleinigkeit in New York, bloß weil er nach Osten wollte? (Weil seine Frau das sonnige Pazifikklima nicht gut vertrug.)

de Rosny reiste durch in Chicago und wohnte nicht im Prachthotel der Stadt, sondern im Windermere, und der Konferenzsaal des Windermere sah ungewohnte Gäste, und aus fünf Firmen fern im Süden wurden zwei, und aus zwei wurde eine, und unverhofft kam New Orleans mit einem Produkt auf den Markt, das lief leicht wie ein Kind, und ein Kind hätte darauf kommen können, und ob das gemeint war in Matthäus 18? (Frage die Gideonsbrüder). (Und das Windermere konnte sich ein halbes Jahr lang kaum retten vor Buchungen.) Aber de Rosny ließ sich ansprechen auf eine kleine östliche Sache, und ärgerlicher Weise war er vertraut mit ihr, und vorläufig stellte er die erheblichen Kosten fest. In Chicago verstanden sie darunter sein Entgelt, sie hatten ihn nicht recht verstanden. de Rosny ließ sich sehen in New York, offenbar zurück von der Inspektion seines Palastes in Connecticut, und er empfing in den Waldorf Towers auch solchen Besuch aus Wall Street, der sich selbst hatte einladen müssen. de Rosny brauchte kein Notizbuch, keine Sekretärin für seine Bedingungen, offensichtlich wollte er von der Bagatelle an Spaß zurückhaben, was er ihr an Zeit opferte.
Seine Bedingungen sollen gewesen sein: Daß der Aufsichtsrat niemals den Versuch unternehmen werde, ihn zum Präsidenten zu wählen.
Was er für angemessen hielt als Bezahlung eines Vizepräsidenten de Rosny, und in welcher Rate sie jährlich zu steigen hatte, es ist eine von den Zahlen, die jemand wie die Angestellte Cresspahl nicht erfahren wird.
Dann passierte die scheußliche Geschichte mit seiner Frau. Jetzt mußte er froh sein über den Umzug an den Atlantik, und hätte dafür bezahlen müssen aus eigener Tasche. Jedoch waren diese Kosten vorsorglich in Chicago übernommen worden, und wieder hatte er besser abgeschnitten als verdient.
Bis auf seine Frau. Ihre Geschichte wurde erst vier Jahre danach bekannt, und so ungenau als Gerücht, daß es zum Erzählen schlicht nicht taugte.
de Rosny zog ein in die unglückliche Hütte an der Wall Street, und lange über den Anfang hinaus war gar nichts zu sehen. Offensichtlich machte de Rosny sich einen Jux. Er ließ

sogar den ländlichen Namen des Sorgenkindes unverändert, und dabei hatte ihn die Werbeabteilung empfangen mit einem auf Schick getrimmten Pseudonym. de Rosny bestand auf Wiederherstellung der altertümlichen Schrift, und wo ein Komma gestanden hatte, sollte ein & nach der Mode von vorgestern erscheinen. Womöglich sah er ein, daß er etwas zeigen mußte, und baute mit seinen Freunden eine Niederlassung in Kalifornien. (de Rosny verleiht an de Rosny zu den folgenden Bedingungen die folgende Summe ...) Die Fachwelt fand den ihr bekannten Teil des Verfahrens enttäuschend, einen alten Hut geradezu; de Rosny hielt seine Konferenzen nicht vor der Presse, sondern im Hause. Im Hause sprach sich herum, was jenes große Wort von den Kosten in Chicago hatte bedeuten sollen. Es war ein ungeheuerlicher Betrag. Eine Zumutung war es. Diesmal war kein de Rosny als Geldeshelfer zu haben. Auch seine Leute in San Francisco hatte er taub gemacht auf diesem Ohr. In Chicago hatten sie die Wahl. de Rosny wäre sehr teuer geworden als zurückgetretener Vizepräsident; seine einzige Bedingung war zuverlässig mit Widerhaken versehen. Es war eine Herausforderung. Erträglich war die Vorstellung, daß de Rosny seinen Hut nahm. Unerträglich war der Fortgang der Szene: wie er den Hut auf den Kopf setzt, sich umwendet in der offengehaltenen Tür und Abschied nimmt von Feiglingen. de Rosny blieb auf seinem stellvertretenden Stuhl, im nördlichen Kalifornien kaufte die Luftwaffe ein größeres Felsplateau. In New York hielt sich die Rede von einem Versagen de Rosnys.

In jenen Jahren raste zwar nicht mehr die Hochbahn auf ihren Stelzen über die Dritte Avenue, aber die Magistrale war zwischen der vierzigsten und sechzigsten Straße doch meist umstanden von niedrigen Bauten, vierstöckig und einer dem anderen zu ähnlich in seiner nackten Ziegelkantigkeit, zum edlen Vermieten und ärmlichen Wohnen erbaut. Als die Wissenschaft den Tod der Stadt New York vor Augen hatte, warf die Hochbahn mehr Geschäft ab auf die Dritte Avenue, vom Bahnhof Grand Central kamen die Pendler auf Umwegen zu den Avenuen Park und Madison, und die Kundschaft trieb wiederum Läden in den Fuß der Häuser,

Bars, Kunststopfanstalten, Friseure, auch kleine Verstecks, und manche wurden in den oberen Stockwerken blind von Schmutz oder Blenden, und wenige Wohlstandselefanten standen mit verlegenem Buckel dazwischen. Über einen solchen Block zwischen den Avenuen Dritte und Lexington fiel eine Rotte Makler her, und bot, und unterbot, und als Auftraggeber hätten sie Niemanden nennen können, es sei denn einen Obermakler. Wo ein Hausbesitzer noch zögerte, schlugen neben ihm die Abbruchkugeln zu, und das weite Feld wurde wüst und leer. Ein Verkäufer an einer Ecke prozessierte noch, während ihm über dem Kopf das stählerne Skelett des Neubaus errichtet wurde, einem absurd vergrößerten Kindereinfall gleich, und da das Gestänge nachts beleuchtet wurde bis in die oberste Verstrebung, machte die New York Times eine Bemerkung dazu und bewies ihre Meinung mit einem Foto. Die Baustelle war zu beobachten durch großzügige Ovale in den Zäunen, auch Gesine Cresspahl ging ohne Ahnung vorüber und blieb stehen und verwunderte sich, daß die Ziegelsteine wahrhaftig in die Stahlträger eingeklebt wurden, und zwar von oben nach unten, wo sie frei hingen und sich bloßstellten als ein Zugeständnis an Zierrat der Tradition. Der Mann an der Ecke ging unermüdlich von Gericht zu Gericht und klagte der Baugesellschaft wie der Welt, daß in seiner Bar einmal der General Lexington (oder war es Washington?) übernachtet habe, weswegen er als einziger im ganzen Block das Holz von damals instand gelassen und grün/weiß bestrichen habe, und de Rosny gab nach. Es war nicht ausdrücklich de Rosny, nur hatte er vielleicht der Konstruktionsfirma jenen Teil des Gebäudes abgemietet, und offenbar stand es in seinem Belieben, das historische Häuschen an der Ecke mit einer Abdeckung aus Beton zu erhalten, und wiederum ergatterte eine ehrwürdig aufstrebende Bank von Chicago und Wall Street dreiundvierzig Zeilen und ein Bild in der New York Times. Es wurden zwei ungeheure Türme, außen mit blauen Glaszeilen behängt, an jedem Ende des Blocks einer, und allein die Verbindung zwischen ihnen war fünfzehn Stockwerke hoch, und in die Erde waren die Bauer nicht eben zimperlich hineingegangen. Deren Name stand groß über den Eingängen, wenngleich abschraubbar, und die Schaufenster der Bank sahen einstweilen nach einer Filiale aus, vorläufig gemietet. de Rosny hatte einen Mietvertrag für das ganze Ungetüm, und er vermietete es weiter, an Anwälte wie an Delegationen der Vereinten Nationen, die ja die ganze Zeit nur drei Blocks weiter gewartet hatten auf Raum für Büros. Am Ende kam es so weit, daß die Bank die Miete an sich selber zahlte, und nun war es Zeit für eine Eintragung im Grundbuch und in der New York Times. Noch längst nicht will die Bank ihr Haus allein ausfüllen, jedoch kann sie beliebig nach Bedarf Raum freikündigen für sich, und ihr altmodischer Ackerbauname mit dem & benennt diesen Meilenstein kompromißloser Architektur als ihr Eigentum. Jedoch auch er ist nicht eingemeißelt in den Marmor, sondern zum Abschrauben. Denn de Rosnys wahrer Stolz labt sich daran, daß das Haus konstruiert ist auf die Möglichkeit, es binnen dreißig Tagen abzureißen und den leeren Boden mit hübschem Gewinn an den nächsten Dummen zu verkaufen.

Beiläufig hatte er die ganze Zeit gearbeitet. So sprach sich in der Bank umher, was Tschad war, es wurde einigen Leuten geradezu peinlich vertraut, und de Rosny verbreitete auch die Kenntnis anderer Erdteile. Die Zentrale war hergezogen aus Chicago, der Familienälteste lebt oben auf einem der Türme mit Dachgarten und Schwimmbad, des Kaisers neue Kleider trägt er, und de Rosny tut was. All den Tag steigen die Leute aus der Ubahn unter der Lexington empor, aus dem Bahnhof Grand Central werden sie nach Norden geschwemmt, und de Rosny hat weder ihre Gehalts- noch ihre Girokonten verachtet. Er hat das Haus nicht nur um ein paar Yards größer gemacht als die Union Dimes Savings an der Zweiundvierzigsten, und er muß sein Vergnügen gehabt haben, als lange nach ihm die Chemical ankam und auch an der Dritten Avenue baute. Und solche Werbung mit jugendlichen Damen, deren Lippen leicht und verlangend geöffnet sind:

wenn die an eine Bank denkt,
kriegt sie ne Chemische Reaktion

gibt es bei ihm nicht; er hat der Werbeabteilung gerade noch eben das Fünfstrichsymbol aus den Anfangsbuchstaben des Unternehmens abgenommen, und die Wachen im Foyer mögen es über dem Herzen tragen, bei seinem Chauffeur duldet de Rosny es nicht, der ist eher britisch gekleidet. In der Maschine des Hauses paßt alles zusammen, von der Schutzzone je Arbeitsplatz bis zur versenkten Fahrbereitschaft, aber das Muster ist nicht einsehbar, de Rosny hat es in seinem Kopf. Er gilt als streng, als unerbittlich geradezu in seiner Rolle des Vorgesetzten; im Hause heißt er d. R., di-Aar, mit respektvoll amüsiertem Unterton. Der Präsident, der Älteste der Familie mag im Werkfunk der Cafeteria zu vernehmen sein und findet nicht ganz die Andacht wie der Regen, der an den doppelt versiegelten Fenstern abprallt; über de Rosnys hartherzige Äußerungen wird gelacht, und ein Gerücht unter den Angestellten ist fast ehrlich der Wunsch, er werde die verdammte Hausleitung endlich umstellen lassen auf Fernsehen. Denn sie denken so an die Wahrheit heranzukommen, als ob ein de Rosny die Katze aus dem Sack ließe, bevor der Handel gelaufen ist. Noch wissen in der ganzen Bank nur drei Leute, was de Rosny mit der Č.S.S.R. im Sinn hat, und einer davon schätzt die Sache auf einen Umfang von so vierhundert Millionen Dollar, wegen dieser blutrünstigen Kreditaufnahmen auf kurze Frist, der hat davon in der Zeitung gelesen.
de Rosny gibt sich ratlos für die Angestellte Cresspahl. Er läuft ihr in sein Vorzimmer entgegen, zieht sie geradezu hastig hinter seine Tür, beginnt mit ausgreifenden Schritten auf seinem geräumigen Teppich zu marschieren. Ein Mann der nachdenkt. Ein Mann der sich wundert. Er könnte ein Lehrer sein, von jenen, die ihre Schüler zerstreut und dünnlippig überblicken, und nach zehn Jahren noch läßt er nichts ahnen von dem inzwischen angesammelten Ausmaß an Kenntnis und Freundschaft, und geht zum nächsten Punkt des Lehrplans über.
de Rosny versteht die Kommunisten nicht, insbesondere nicht die tschechischen und die slowakischen. Wie können sie hingehen und den zivilen Bürgern das Haushaltsgeld offen auf den Tisch zählen! Und obendrein sagen, was sie damit zu tun gedenken!

Die Angestellte Cresspahl findet es vorschriftsmäßig.
de Rosny erscheint es gegen die Regel. Nicht nur verfahren hier Kommunisten wie Kommunisten, sie verderben ihm auch den Markt für die Anleihe, die er ihnen unter der Hand unter die Jacke jubeln will.
Das wäre nun wieder nach de Rosnys Regeln. Dergleichen Aussprüche darf die Angestellte Cresspahl mittlerweile tun in diesem Zimmer, harmlos, Knie zusammen, den Blick aufmerksam auf de Rosnys Nasenwurzel gehalten, die Schülerin.
de Rosny vergnügt sich mit einer Falle. Ob seine tüchtige Gesine Cresspahl wohl einmal rasch nach Prag fahren wolle, als Touristin getarnt, und den neuen Führern etwas über de Rosnys inneres Leben mitteilen.
Die Angestellte Cresspahl mag nicht de Rosnys tüchtiges Werkzeug sein, sie müßte eine solche Reise erst noch mit ihrem Kind besprechen, sie hat für den morgigen Tag Verabredungen beim Zahnarzt, und obendrein beim Friseur. Sie möchte nicht, und muß sagen: Gewiß. Gern. Heute nacht?
Nein. Eine Frau würden die Kommunisten nicht für voll ansehen. Nicht für einen Menschen, der sprechen darf für eine Bank in New York.
Die Angestellte Cresspahl widerspricht. Gleichberechtigung der Frau in sozialistischen Ländern.
de Rosny erinnert mit unverhofft lockerem Lid an die Statistiken, die sie auch hierüber angefertigt hat. Dann hat er sie ratlos genug und beginnt mit der Auswertung ihres Berichts vom Dienstag. Er sagt: Aber bei mir, im Solde des mörderischen menschenfressenden Kapitalismus, da werden Sie eine Gleichberechtigung erleben! Die sich gewaschen hat! Warten Sie noch knapp vier Monate!
– Very good. Warten kann ich. Sir: sagt die Angestellte Cresspahl.
Das ist nun unser Leben. Davon leben wir.

26. April, 1968 Freitag

Gestern, mitten auf dem Times Square, beging New York den Jahrestag des Aufstands im warschauer Ghetto vor fünf-

undzwanzig Jahren, und wir haben es versäumt. Mehr als vierzigtausend Männer, Frauen und Kinder starben nach vierzig Tagen Kämpfens gegen deutsche Truppen, und dreitausend Lebende standen gestern auf Bürgersteig und Verkehrsinsel, wo Broadway und Siebente Avenue auseinanderlaufen, und wir waren nicht da. Fünfundfünzig jüdische Gruppen haben sich vereinigt zu dieser Erinnerung auch an die sechs Millionen Menschen, die die Deutschen anderswo umgebracht haben, und wir haben es nicht gewußt. Reden wurden gehalten, Telegramme verlesen, und ein Tenor der Städtischen Oper, die Jarmulke auf dem Kopf, sang Yiskor für die Toten, und wir wären nicht hingegangen. Es hilft nichts, seit gestern heißt die Gegend der Demonstration Warsaw Ghetto Square, und wir werden es behalten müssen.
Cresspahl machte aus den Befehlen seines Stadtkommandanten Vorschriften und Benehmen in Jerichow und hätte wissen mögen, was er da tat, und verstand K. A. Pontij kaum je.
Es war nicht die Sprache. Seit Anfang Juli gab es in Schwerin eine Sowjetische Militärische Administration für das Land Mecklenburg und Vorpommern, die verschickte ihre Befehle in deutscher Sprache, gezeichnet Generaloberst Fedjuninski, gegengezeichnet Generalmajor Skossyrew, und Nummer nach Nummer wurde Cresspahl in der Ziegeleivilla fertig zum Aufhängen ausgehändigt. Und K. A. Pontijs Deutsch, es mochte zum Lehren dieser Sprache nicht ausreichen, verständlich machte er sich damit, zumindest was er von den Jerichowern wollte. Und Cresspahl begriff ihn nicht. Sein Kind bekam kurze Antworten

Hei will dat so.
Dat kann hei doch nich daun.
De kann.
Worüm dest du't denn?
He hett wunnen.
Is so winnen, Cresspahl?
't sünd nige Tiden, Gesine. Nu –

und hörte bald auf zu fragen. (Das Kind war anders genug beschäftigt.)

Wenn Cresspahl es mit Militärischem versuchte, fand er etwas, gelegentlich. Hätte er in eine kleine Stadt ein befestigtes Quartier bauen sollen, ohne daß es leicht zu sehen war, ähnlich wie der sowjetische Kommandant hätte er es wohl angefangen. Vor dem Zaun standen harmlos die westlichen Häuser der Stadtstraße und konnten ihn nicht verraten. Die Mündung der Straße Bäk war mit bemaltem Holz verstellt, ohne Stacheldraht, von einer Pforte zu schweigen, das war geradezu ein blinder Fleck in der Stadt. Wer von Westen her ans sowjetische Fort wollte, er hätte ja reifes Korn niedertreten müssen. Im Südosten war der einzige Zugang, eine sandige Abzweigung, und sah aus wie ein Nebenweg, der zwischen Friedhofsmauer und Trockenschuppen ausläuft, nicht aber hinführt zu einer Militärkommandantur mit bewaffnetem Posten, Triumphbogen, und Stacheldraht. Cresspahl war 1917 nicht eben für den Besuch eines Lehrgangs zum Unteroffizier befördert worden, so hielt er Pontijs Anlage für ein Versteck strikt nach dem taktischen Buch.

Er hatte seinen Stadtkommandanten inzwischen zwei Wochen lang beobachten können, mitternachts wie frühmorgens, unter Anklage wie im Stand der vorläufigen Straffreiheit, und was immer er von da aus vor Augen bekam, zusammen brachte er es nicht. K. A. Pontij mit seinem muschelfarbenen Blick, ohne Brauen und mit stumpfer Naturglatze, schwerfällig von Alter oder Schulterschuß, er mochte in Cresspahls Jahren sein, wenig jünger. Das beständige, unachtsame Seufzen, es mochte aus Krankheit oder Trauer rühren, hinfällig machte es ihn nicht. Vielleicht stand er nicht mit dem Deutschen, weil der ihm noch dann auf die Schädelplatte blicken konnte, und nach einer Weile wurde Cresspahl das Hinsetzen befohlen, dienstlich. Er kam in die Tür, und K. A. Pontij hakte eigens für den Fremden die Uniform am Halse zu, womöglich der soldatischen Würde zuliebe. Solche Unterredungen wurden leicht Verhöre, Tribunale fast, denn K. A. Pontij streckte sich dann vor seinen zahlreichen Papieren, und neben ihm stand sein Leutnant stramm, manchmal die Hand auf der Pistolentasche, Adjutant und Staatsanwalt in einem. Ab und an dachte Cresspahl, Pontij wolle etwas nicht

noch einmal verlieren, sei es die Uniform, sei es die Würde. In Zorn geraten, erhob sich Pontij und setzte stramm die Mütze auf. Er war mißtrauisch gegen den Deutschen, und es war Cresspahl recht, aber er wurde nicht mit Absetzung bedroht, sondern mit einem Stück Lebenslauf. Er sei wohl vertraut mit Problemen der Landwirtschaft: teilte Pontij mit, leise, scharf, gefährlich, unverhofft mit Zwinkern. Einem Techniker wie ihm könne man nichts vormachen: warnte Pontij in verächtlichem Ton, wechselte dann aber in nahezu brüderliches Zureden. Als zeitweiliger Absolvent der Frunse-Akademie stehe er für die Ehre der Roten Armee! verriet K. A. Pontij seinem Bürgermeister in offensichtlich blinder Wut, kurz vor der Verhängung von Arrest und Todesurteil, konnte dann Cresspahl mit eher vergnügten Blicken abschätzen und ihn aus der Audienz schicken wie ein ungezogenes Kind, das der Schrecken bessern wird. Cresspahl fand ihn nicht heraus, nicht einmal von außen.
Von einer Militär-Akademie, und sechzig Jahre alt, warum trug K. A. Pontij den Rang eines Majors, eine schmale Reihe Orden, und nichts weiter? Warum gab ihm seine Armee eine so geringfügige Stadt wie Jerichow?
Von bäuerlichen Eltern wollte er sein, und verwunderte sich über das Ankohlen von Zaunpfahlspitzen vor dem Eingraben, und wußte nicht, daß er Teeröl und Karbolineum hätte verlangen können. (Er mochte in Jerichow einen Zaun brauchen, aber keinen in der Sowjetunion?)
Ein Techniker, und wollte die Quadratmeter seines Zaunes mit einem Feldzirkel ausmessen und hatte seinen Spaß an dem so geschickten (wie ungenauen) Instrument, als habe er eine Drehlatte im Leben nicht gekannt!
Die Ehre der Roten Armee wollte er verteidigen, auch als Chef

des Feldamts
der Staatsbank
der Sowjetischen Okkupationstruppen
der Stadt Jerichow,

Vertreter seiner Nation gegen die deutsche, und verlangte nicht von der, sondern von Einzelnen ihr Gold und Silber, ihre englischen oder holländischen Aktien, das sämtliche Pla-

tinaufkommen in Jerichow (ob die Besitzer solche Werte nun am Krieg verdient hatten oder nicht, ob sie den Nazis nachgelaufen waren oder ferngeblieben), und gab die Pretiosen nicht seiner Nation, sondern behielt sie für sich selbst, tauschte sie ein gegen Spirituosen, verteilte sie an Gäste oder Untergebene. Wenn Cresspahl auf den Befehl Nummer 4 angesprochen wurde, konnte er Sachen sagen wie: Die Ernte gehe vor, und er selbst hatte nicht viel mehr ausgeliefert als seine verjährten Auszüge von der Sussex Bank of Richmond. Mit denen fand er jenen Rotarmisten, der Wassergahn genannt wurde, beim Feuermachen im Kamin der Ziegeleivilla, und ein oder zwei Pfund Sterling gingen der Roten Armee und ihrer Staatsbank dabei denn doch verloren. Cresspahl brachte das nicht vor, er mochte den Kerl mit dem unerfindlichen Namen nicht in Bestrafung reißen, er begriff die Sache mit der Ehre nicht.
Als die Rote Armee die Münzsammlung Dr. Kliefoths als Zahlungsmittel in Jerichow in Umlauf gebracht hatte, streckte Cresspahl dem Kommandanten zwei lübische Taler, Schwerin 1672, auf der blanken Hand hin, und K. A. Pontij pickte die Stücke auf wie ein Huhn, besah sich die neueren Biß-Scharten, steckte die musealen Moneten in seine Brusttasche. Chef des Feldamts war er. Cresspahl wurde bedeutet, daß die Deutsche Wehrmacht es so getrieben habe in K. A. Pontijs Vaterland, und was blieb ihm als Nicken. Damit aber hatte er die Rote Armee durch einen Vergleich mit den Faschisten beleidigt und sollte erschossen werden, sofort, zweckmäßig an der Friedhofsmauer! Cresspahl kam frei mit einer beiläufigen Erkundigung wegen der Straßennamen; er ging sich beschweren, als das dumme Kind Gesine ein Schmuckstück so selbstvergessen am Hals trug, daß eine nächtliche Plünderstreife es ihr abriß. Es war das Fünfmarkstück aus Kaisers Zeiten, das Lisbeth Cresspahl im Oktober 1938 bei Uhren-Ahlreep hatte zu einer Brosche fassen lassen, aus Trotz gegen die Goldräuberei der Nazis, und Cresspahl setzte seinem Major Pontij gegen zwei Uhr nachts den Unterschied zwischen Münze und Schmuck auseinander. K. A. Pontij nickte ernsthaft, so müde oder zufrieden war er, versuchte es einmal mit Schreien und schien erleichtert, als

der Deutsche nicht nachgab. Er gab ihm recht. Zwei Tage später trat ein verlegener Rotarmist auf in Cresspahls Küche, winkte das Kind Gesine nach draußen und übergab ihr die Brosche, in ein seidenes Tuch verknotet. Iswini poshalujsta heißt: »Bitte entschuldige«, und nje plakatj bedeutet: »Nicht weinen«. Cresspahl ging sich bedanken bei Uhren-Ahlreeps, weil die den versteckten Besitz nicht angezeigt hatten, und K. A. Pontij erinnerte ihn noch nach Tagen mit so vergnügtem wie verschmitztem Lächeln daran, daß er die Ehre der Roten Armee ins Reine gebracht hatte.
Es gab Vertraulichkeiten. Cresspahl hatte wissen wollen, ob die Kommandantur einen Zaun auf Zeit oder dauerhaft wünschte, und K. A. Pontij enthielt ihm vor, ob er das Gelände zurückgeben würde, gleich an die Briten oder später an die Jerichower. (Daraufhin mußte Frau Köpcke die Pfosten unten schwerer mit Steinen einpacken.) Der Russe hatte geantwortet, mit einer fast mecklenburgischen Freude an der durchschauten und übersprungenen Falle: Auf E-ewicheit, Burgmister.
Könnten wir Cresspahl fragen! Der Umgang der beiden hatte, von einem Kind gesehen, oftmals die Manieren einer heftigen Freundschaft, taumelnd zwischen schlichter Treue ohne Bedingung, mörderischem Streit und innig-mürrischer Versöhnung. Ob Cresspahls Erinnerung heute so weit gekommen wäre?
Als Cresspahl mit den beiden fremden Karabinern 98k durch die Stadt gegangen war, kam er abends lange nicht nach Hause. K. A. Pontij hatte ihn mit Posten vom Rathaus holen lassen, und in der Ziegeleivilla wurde ein Fest daraus. Begrüßt wurde Cresspahl mit dem allerersten Handschlag, bewirtet wurde er bis Mitternacht, und auf der Freitreppe beim Abschied schlug K. A. Pontij mehrmals daneben, ehe er Cresspahls Schulter so recht von Herzen traf.
Cresspahl lieferte sein Telefon ab, auch den Empfänger für das Volk, nur weil eine Strafe ihn und sein Haus schärfer anfassen würde als Leute, die den Befehl bloß gelesen hatten. Es war aber falsch, denn zwar sprach sein Kommandant von den vielen Telefonen und Mikroskopen, die Deutschland den Sowjets zu ersetzen habe, er wollte dennoch Cresspahl für klüger gehalten haben. Der Sozialismus sei nun einmal

versprochen, und es werde kein Leben ohne Fernsprechen oder Funkhören sein. Für manche ja, aber Cresspahl müsse Pontij hören können, ob am Telefon oder am Radio. Diesmal gab es einen Handschlag zum Abschied, weil Cresspahl zu der Sache mit dem Sozialismus genickt hatte, und K. A. Pontij schickte ihm aus seinen persönlichen Vorräten den achtröhrigen Superhet, den die Flüchtlinge in Dr. Berlings Wohnung aus Dankbarkeit oder Aberglauben abgeliefert hatten. Nun stand das mächtige schwarzblaue Ding auf Cresspahls Schreibtisch, stumm, zusammen mit der Erinnerung an Lisbeths ersten Versuch und Dr. Berlings eigensinnigen Tod obendrein. Pontij kam nachsehen, ob sein Bürgermeister den Beweis des Vertrauens für Auserwählte etwa zum Gerümpel gestellt hatte.

Pontij kam zu Besuch. Nicht aufs Rathaus, an Cresspahls Bett. Ob es Mitternacht war oder zwei Stunden danach, er ließ ihn wecken, gab ihm zwei Minuten zum Anziehen, ließ sich seufzend mit ihm nieder zu einem Gespräch über solche Nächte dicht an der See, wenn alles so niedrig aussehe und doch der Himmel wie über Leningrad, wenn nicht höher. Aber wie Pontij in der Ziegeleivilla für Bewirtung sorgte, so sollte Cresspahl in seinem Haus den Gastgeber machen und neuerdings selbst den Wodka reichen. (Der Bürgermeister mußte nicht in eigener Person den Schwarzhandel betreiben, für den er auf seinen amtlichen Anschlägen Strafen anzudrohen hatte, das besorgte Jakob für ihn. Jakob hatte sage und schreibe Markenspirituosen vorrätig, versteckt an einer nie aufgefundenen Stelle im Haus, und Cresspahl mochte den Jungen nicht fragen. Nur daß Jakob einen Gegenwert hätte angeben sollen und nicht Mietverpflichtungen für seine Mutter und sich.) Und eines Morgens wachten Hanna und ich nicht auf von den Vögeln, sondern von dem Anblick zweier Herren, schwankend und finster in der Dämmerung, und der eine sagte in einer wunderlichen, überraschten Stimme: Djeti, djewuschki. Der andere bestätigte: Kinder. Mädchen: fremd und kantig sprechend, wie ein mechanisches Lexikon, und war mein Vater und hatte nächtlich getrunken wie mit einem Freund.

Er verstand ihn nicht. K. A. Pontij, Major der Roten Armee und Inhaber der Wissenschaft vom Atheismus, er erschien mit vier Mann Begleitung im sonntäglichen Gottesdienst, winkte gütig zur verstummten Orgel hinauf, ärgerlich bis sie wieder einsetzte, und ging wohlwollend umher zwischen den Bänken voller singender Leute und vollführte so lange Bewegungen eines Dirigenten, bis Pastor Brüshaver anfing zu predigen. Es fehlte nur, daß er sich vor die Gemeinde gesetzt hätte. Die Visitation durch die Uniformierten war nach acht Minuten beendet. Weiterhin besichtigte die Delegation den vorderen Teil des Friedhofs, und K. A. Pontij äußerte sich zu der schattigen Höhle, die die Bäume gegen die Julihitze hielten. Außerdem bemängelte er die ungepflegte Verfassung mancher Gräber. Am Montag verbot der Stadtkommandant per Befehl Nr. 11 jede weitere Beisetzung auf dem Friedhof, auch das Unterstellen von Leichen in der Kapelle am Ziegeleiweg. Als diese erste Kampfhandlung gegen die mecklenburgische Landeskirche noch gar nicht am unteren Ende der Stadtstraße besprochen wurde, hatte Aggie Brüshaver ihrem Mann einen gewandten, fast galanten Besucher an den Schreibtisch zu führen, K. A. Pontij, Militärkommandant. Brüshaver erwartete ein Verbot des Gottesdienstes, und Pontij ließ sich die Liturgie erklären. Er sprach seine Vorfreude aus auf eine nächste Veranstaltung dieser Art. Er nahm mit Bedauern zur Kenntnis, daß die Nazis das Zink und Kupfer der neuen Glocken doch noch zu Zwecken des Geschützbaus zerschmolzen hatten. Eine Frage nach den Beerdigungen machte ihn augenblicks unwirsch, so als würde ihm eine Freundlichkeit böse vergolten. Als er ging, war Pastor Brüshaver vermeinend, der Petrikirche seien für demnächst Glocken versprochen, wer weiß woher. In Jerichow hieß es, so benähmen sich die Sowjets nur gegen Pastoren, die aus einem Konzentrationslager gekommen seien. Aber der katholischen Pfarrei, ohne solchen Ausweis, machte K. A. Pontij seine Aufwartung auch (und bat Böhm, Brüshaver doch eine Glocke abzugeben, wenigstens die kleinere). Wenn das Atheismus war, so doch einer mit frommem Gesang und Glockengeläut dicht an der Villa der ungläubigen Kommandantur.

– Public relations: sagt Marie. – Kluger Bursche: sagt sie, wenn das die Übersetzung ist von smart cat. Sie denkt über K. A. Pontij so innig nach, fast belustigt, als sollte sie eine

Freundschaft mit ihm erwägen (wie die Gesine Cresspahl von damals. Wie ich!). Gründlicher hat sie zu tun mit dem Einschlafen, lang ausgestreckt unter dem Laken, atmend als zähle sie jeden Zug. Immerhin ist ihr hier eine Öffentlichkeitsarbeit aufgefallen.

– Nein. Du versiehst dich in der Gegend.

– O. K., Gesine. Also ich spreche über Leute und Zeiten, die versteh ich nicht. Also anmaßend, altklug, ausländisch. Du beweist es mir.

– Nein. So denke ich nicht von dir. Wer überhaupt –

– Never mind. Beweis es mir.

– K. A. Pontijs amtliches Benehmen gegen die Kirche, es paßt nicht zum Jahr 1953, und Ostdeutschland war da lange nicht souverän.

– Paßt der Pontij von 1945 in das Jahr 1953?

– Er war nicht mehr in Jerichow. Wir hörten schon lange nicht von ihm.

– Also kaum. Also 1945.

– Cresspahl ließ Leslie Danzmann eine Notiz machen von jeder Vergewaltigung, die ihm gemeldet wurde, mochte die nicht einmal in der Stadt und Feldmark Jerichow vorgekommen sein, sondern im Kommandanturbereich Rande oder auf den Gütern. Es waren nicht wenige, und Cresspahl beschrieb da nicht nur den Tatort. Abends gab er sie ab bei Herrn Wassergahn in der Kommandantur, und weil der Kommandant sie nicht immer gleich lesen konnte

– gab es große nächtliche Anrufe, Sitzungen, schwere Vorwürfe unter Freunden.

– Ja. Anfangs wird K. A. Pontij es im Guten versucht haben. Mit der Geschichte junger Männer, zu lange weg von zu Hause, zu lange allein, Cresspahl als Mann, K. A. Pontij als Mann –

– So unter Männern. Mit vertraulichem Rippenstoß.

– So. Ohne Stoß in die Rippe.

– Cresspahl wollte nicht.

– Und bekam zu hören von jungen deutschen Männern, zu lange weg von zu Hause, zu lange allein –

– Und ließ K. A. Pontij erschießen. Wegen des Vergleichs. Rote Armee und faschistische Mordbrenner.

– Ja siehst du. Daß es einmal galt, ein andermal todeswürdig war.
– Verstehst du nicht.
– Verstand Cresspahl nicht.
– Und wurde erschossen.
– Zum Erschießen verurteilt, wenn er noch ein Mal eine solche Meldung anbrachte ohne Name, Rang, Truppenteil und Einheitsnummer des Täters. Für nicht belegbare Verleumdungen der Roten Armee Todesurteil.
– Und für belegbare?
– Erschießen. Das versprach er Cresspahl, und
– der Wodka kam wieder auf den Tisch. Alles sollte gut sein.
– Und Cresspahl bekam ein großes Schild an die Haustür, und eins an die Hintertür, und alle Flüchtlinge unter seinem Dach bekamen einen Sonderausweis
– Off limits. Off limits!
– Und K. A. Pontij sagte noch lange, und mehrmals, fast wie Avenarius Kollmorgen, schiefköpfig, erinnernd: Zufrieden, Burgmister? Zu Frieden?
– Gesine, was für ein Gewaltverbrechen war denn das?
– Vergewaltigung. Ach vergiß es.
– Eine Wassertonnengeschichte?
– Nein. Aber ich hab vergessen, es auszulassen.
– Gesine, ich bin zehn Jahre alt. Werde elf.
– Very well. Ein Mann wendet gegen eine Frau Gewalt an, zwingt sie mit ihm –
– Ach das.
– Woher weißt du von Vergewaltigung?
– Du meinst rape, oder?
– I mean rape all right.
– Gesine, was ist das Thema Nummer Eins bei weiblichen Personen in New York? Hörst du nicht hin, wenn die Damen ihre Geschichten vergleichen im Schwimmbad unterm Hotel Marseille? Soll ich mal Mrs. Carpenter nachmachen?
– In eurer Klasse ist es Nummer Eins?
– Anderthalb. Und nun gib zu, daß Öffentlichkeitsarbeit Herrn K. A. Pontij am Herzen liegen mußte.
– In New York wirst du mir nicht alt, Marie.
– Du bist in Jerichow, Gesine. In Mecklenburg, Juli 1945.

– Ja. Pontij fragte seinen Bürgermeister in der ersten Woche: Warum sehen die Deutschen uns, ihre Befreier vom Joch des Faschismus, wieso behandeln sie uns wie den Satan?
– So ein negativer Theist.
– Cresspahl verschwieg ihm, daß die Engländer ihn in der Nacht vor ihrem Abzug dringlich hatten überreden wollen zum Mitkommen. (Das war Käthe Klupschs Nacht unterm Rathaus). Sie werden es nicht bei ihm allein versucht haben. Sie verabschiedeten sich mit Lautsprecherwagen und empfahlen ihre Waffenbrüder jedermann außer nachweisbaren Nazis, aber im geheimen machten sie ihre Verbündeten nicht weniger zum Satan als die Amerikaner das taten. Zu einer Bande von –
– Untermenschen.
– Das Wort war zuverlässig vorhanden, und sogar K. A. Pontij benutzte es.
– Für Deutsche. Für einige Deutsche.
– Und in seiner Unschuld versuchte er auch dieses mit einem Befehl in die Reihe zu bringen. Er befahl zwölftens, daß der Krieg aus sei, nun dürfe die menschliche Gesittung wieder ihr Haupt erheben, so die Sitte des Grüßens. Es war nun jeder Angehörige der Roten Armee in Jerichow zu grüßen, auch stehende Kraftfahrzeuge, auf Verdacht.
– Und die Jerichower merkten, daß sie den österreichischen Gruß verlernt hatten. War das nicht eine Sache mit dem rechten Arm gewesen? Altrömisch?
– Und Cresspahl verstand Pontij nicht.
– Weil er Pontij nicht half, die Deutschen zu verstehen. Wenigstens einen von ihnen, Cresspahl nämlich.
– Oder nur diesen einen.
– Väter nimmt man in Schutz. Täte ich auch.
– Aber war nicht K. A. Pontij auch ein Gauner?
– I like crooks. Wenn sie nur ihren Teil nehmen und die Menschen sonst nicht beschädigen. Don't you like crooks? Mochte Cresspahl sie nicht?
– Für Gauner hatte Cresspahl was übrig. Er war ratlos gegen sie, er machte mit ihnen nicht Geschäfte; kumpelhaft durfte es hergehen mit ihnen.
– Mußt einen ja nicht gleich ganz verstehen, Gesine. G'night.

die Freizeit hatte aber anders verschenkt werden sollen.
Es ist aber auch der Tag, an dem die Teilnehmer auswärtiger Kriege dem Lande ihre Treue zeigen wollen mit Paraden, in festlichen dunklen Uniformen, weißen Gamaschen, weiß banderoliert um Hüftlinie und Brust, plakettierte Käppis auf dem Kopf, Gewehr über der Schulter und die Fahnen von Verein und Staat in Köchern vorm Bauch. Mit ihnen werden marschieren die Kapellen katholischer Lehranstalten und militärisch gedrillte Oberschüler und Hafenarbeiter, die Vierte Avenue im Norwegerviertel von Brooklyn wie die Fünfte Avenue in Manhattan wird national ausgeschmückt sein, der Erzbischof wird vorangehen und mit dem Bürgermeister die Demonstration abnehmen. Der Marsch von heute, der zwanzigste seit 1948, soll aber gedenken des verstorbenen Kirchenfürsten Spellman, der den Krieg sehr liebte, und seit zwei Jahren gilt Loyalty Day Parade als Zeichen, das den amerikanischen Truppen in Viet Nam Mut machen soll, den Gegnern des Krieges jedoch eine drohende Faust zeigen. Wir hätten sie uns ansehen können.
Da war auch noch eine andere Wahl. Die New York Times zeigt uns auf ihrer Seite für Ernährung, Mode und Familie ein Bild des Ehepaars Scanlon, mit den Kindern Caitlin (2) und Rebecca (5), weil die Leute sich ein Haus in Brooklyn gekauft haben, Baujahr 1894, und es dennoch nicht abreißen, sondern konservieren und ein Entzücken finden an einem Badezimmer mit Wanne auf Klauenfüßen von damals, marmornem Waschbecken, Fenstern aus farbigem Glas und einer Klosettschüssel samt Kette zum Ziehen, alles echt, in New York City. Der irische Schnauzbart von John Scanlon könnte uns gefallen, die italienische Frau Scanlon noch mehr, und die Times gab uns die vollständige Adresse: 196 Berkeley Square. Mit der Subway bis Grand Army Plaza. Auch dahin wollte Marie nicht.
Sie hat sich gewünscht die Parade für den Frieden am Central Park, und für die Gelegenheit zog sie sich so bedachtsam an wie eine Erwachsene. Die Polizei wird da nicht fehlen, und man muß gut laufen können in seinen Sachen. Marie bestand darauf, daß die Mutter ihr Kleid wieder über den Kopf zog

und Hosen anlegte, dazu ein altes blaues Baumwollhemd (das einen Polizeigriff aushalten würde. Das die dunkelhäutigen Friedensmarschierer aus Harlem nicht kränken würde). So wehrsam gekleidet, in vorbedacht ungeputzten Sportschuhen, stand auch Marie am Ende da und besah sich und lernte vom Spiegel, daß sie ihre Zöpfe wieder auflösen sollte und das Haar nur festhalten mit einem schwarzen Band um den Kopf. (Aufstand der Shawnees unter Tecumseh, 1811.) So zogen wir die 95. Straße hinauf, weiße Squaw und halbwüchsiges, sehniges, blondhaariges Indianermädchen.
An der Ecke der Straße mit der Amsterdam Avenue muß man stillstehen und die Miethausfronten, den Fahrdamm, den Eckladen absuchen. Hier wohnten einmal vier Kinder, verbündet wenn nicht befreundet, die haben sich von ihren Eltern wegnehmen lassen aus New York, in einen der Vororte, wo die saphirgrünen Rasenflächen nicht wahr sind und nicht die nachgemachte Dorfstraße aus Plaste und Aluminium. Marie versteht einen solchen Umzug nicht, vielleicht sind zumindest die Kinder zurückgekommen auf die Obere Westseite von New York. Nicht heute.
Die Straßen waren trocken nach dem frühen Regen. Die bläßliche Sonne lieferte Wärme von vorwärts, ausreichend für einen Feiertag.
Oft auf dem Zickzackweg zwischen den Blocks kamen wir vorbei an Häusern, wie die Scanlons eins retten wollen, einstmals hochmütige Bürgerbuden für ein Leben auf drei Etagen. Einer ganzen Reihe waren schon die Treppen und Fenster ausgebrochen, auch schon welche von den sandsteinbewehrten Genossen ganz und gar. Um die Abrißstellen standen die Türen aus dem Inneren des gestorbenen Hauses, manche angeknackt, durchschlagen, verwittert in verschiedenen Farben, mangelhafte Zäune wie um ein Grab.
Marie ließ sich nicht verdrießen von den Wunden der Spekulation in ihrer Stadt, sah den Passanten sorgfältig und auf indianische Weise unergründlich ins Gesicht. Wenn sie aber angerufen wurde als Großer Häuptling oder mit dem wiehernden Kehlruf der Ureinwohner, sie verschloß ihre Miene doch nicht wie sonst gegen Fremde. Wenn sie nicht geradezu den Mund auftat, sie lächelte doch zurück. Es waren Bürger

New Yorks, mit denen ging sie in eine Richtung. Gleichgesinnte, Freunde des Friedens und der Indianer.
Pünktlich um elf waren wir am Central Park West, Ecke 101. Straße, wie die Times gesagt hatte, und die Parade war noch nicht da.
Der Himmel war zugezogen inzwischen, ließ die Sonne unbeständig zwinkern, drohte mit Trübe Regen an.
Entlang des Damms standen die Leute noch nicht viel dichter als gewöhnliche Passanten, wartend allerdings. Zwischen ihnen liefen die Helfer des Paradekomitees hin und her, wollten »originale« Plaketten verkaufen als Andenken an den Vormittag des 27. April 1968. Marie war enttäuscht über die Begleitung durch den Kommerz. Sie war nicht überrascht, sie wird es erwartet haben; nur fing das Fest ein wenig falsch an.
Das kostenlose Papier nahm sie, Flugblätter zu Gunsten des Senators Eugene McCarthy, mit Darstellungen von Kriegsgreueln. Auch die Kommunistische Partei verschenkte Extrablätter, aber der Daily Worker bot ihr eine Sprache an wie einst mir das Neue Deutschland, und wir beide verstanden sie nicht genau. Davon flatterte bald viel auf den Boden. Marie behielt ihr Exemplar unterm Arm, (which I undertook solely to keep New York City clean), Bürgermeister Lindsay zuliebe.
Dann sah sie Kinder, die hielten Luftballons über sich, grün und blau und gelb mit FRIEDEN bemalt, aber die Würde ihrer zehneinhalb Jahre ließ nichts zu als wohlwollende Blicke, ein wenig auf die Kleinen herab. Dann kamen Erwachsene mit schwarzen Ballons, die trugen das Zeichen der Atomwaffengegner. Marie stieg herunter vom Parkgeländer und streckte sich, damit sie in ihre Hosentasche greifen konnte. Es kam kein Verkäufer mehr vorbei, sie behielt das Zehncentstück doch in der Faust.
Sie beobachtete die Polizisten, die Augen indianisch eng unter dem schwarzen Stirnband. Die Beamten von Gesetz und Ordnung standen in kleinen Gruppen an den Kreuzungen, am Rinnstein entlang, vertraulich miteinander. Die Gespräche sahen privat aus. Ab und an machten sie sich die Hände schmutzig, wenn sie ihre Bockbretter vor die Seiten-

straßen schleppten, um die Parade vorsorglich einzusperren. Auf dem Fahrdamm lief immer noch spärlicher Autoverkehr, nur die Busse waren schon umgeleitet. Marie wollte wissen, wie viele Demonstrationen ihre Mutter bisher gemacht habe. Die Zahl über fünfzig wollte sie eher glauben als daß wir nicht haben zusehen dürfen.
– Ihr mußtet mitmarschieren? fragte sie. – Das wollen wir doch auch!
Im dritten Stock eines Hauses gegenüber kletterte ein junger Mann nackten Oberkörpers auf sein gemietetes Fensterbrett. Er brachte an beiden seinen schmierigen Erkerfenstern ein schabloniertes Plakat an, das sich gegen die militärische Besetzung der Negerviertel wandte. Die Wohngebiete der Schwarzen in der Stadt sind nicht militärisch besetzt. Dann zeigte der Agitator sich mit einem Telefonhörer am Ohr, sprach trotzig und kampfeslustig mit seinen fernen Freunden, stellte seine Figur dann dauerhaft aus auf dem Sims. Marie sah immer wieder hinauf zu dem nicht athletischen Menschen, als störe er sie. Sie verbot sich Anmerkungen, er betrug sich nicht ungewöhnlich für New York, sie hatte ihm nichts zu verbieten; sie suchte für uns nach einem Platz an einer anderen Stelle.
Aber die Ränder der Marschstraße waren nun so dicht bestanden, und wenn Zuschauer in die Lücken vortraten, es fühlte sich an wie Drängelei. In das leise Gewirr aus Stimmen fiel von oben das schwere Schnattern der Hubschrauber von Polizei und privaten Sendern, keiner fiel in den Central Park.
Zehn vor zwölf, und die Parade begann mit einer Gruppe auf Motorrädern. Die Fahrer waren in braune Anzüge mit gelben Streifen gekleidet. The Magnificent Riders of Newark. Ihre Maschinen donnerten nicht (wie die Times zu schreiben nicht umhin kommen wird), sie flüsterten. Wegen des langsamen Tempos mußten die Fahrer sich wieder und wieder mit den Fuß-Spitzen abstützen. Ihnen folgte der Lastwagen mit den Prominenten, bewacht von fünfzig stämmigen Leibwächtern. Marie erkannte auf der Plattform Pete Seeger, und sie winkte ihm zu (Where have all the Flowers Gone; If I had a Hammer; Turn, Turn, Turn). Weil Pete Seeger

die Demonstration mitmachte, wurde sie von neuem fast heil für Marie, aber sie war zu bescheiden, gleich hinter Pete Seegers Leibwächtern in die Kolonne zu gehen. Sie ließ noch viele Gruppen durch, und im Kopf überschlug sie ihre Kenntnis von New York mit den Namen der Stadtviertel, die sie vor sich hintrugen. Alle waren fröhlich, wie auf einem Ausflug. Anreißer schrien fröhlich WAS WOLLEN WIR, und die Chöre antworteten mit synkopischem Spaß: FRIEDEN, JETZT. Oder: WAS: FRIEDEN; WANN: JETZT! Als sie vom Bürgersteig herunter wollte, zwischen die Gleichgesinnten, kam die Show.

Die Show war eine Reihe junger Mädchen in vietnamesischer Kleidung, schwarzkittlig unter spitzen Strohhüten. Kleingewachsene amerikanische Mädchen, verkleidet als Frauen Viet Nams. Sie wollten uns zeigen, wen an ihrer Stelle das Land in Viet Nam umbringt. Es war nicht ihre Stelle. Als ob sie hier und jetzt, Central Park West, umgebracht würden, Ecke 101. Straße. Und als ob es ihnen doch nicht ernst wäre.

Marie hätte mitgehen können, wir hätten einander wiedergefunden; was hat es ihr verdorben?

Dann haben wir noch die höheren Polizeioffiziere gesehen, die am Rand der nicht breiten Marschsäule mitgingen, einer mit Funksprechgerät, ein anderer mit Akten. Neben Marie auf dem Bürgersteig ein zehnjähriges Negermädchen mit einem Stenoblock, die trug an der Bluse ein Schild PRESSE, und sehr ernsthaft blätterte sie im schon Notierten. Marie wandte sich so, daß das andere Kind ihr hätte eine Frage stellen können, aber das andere Kind wollte sie nicht sehen. Auffällig wenige Schilder im Zug, die einer selbst genagelt und beschriftet hätte. Leute unter Sturzhelmen; in stark abgenutzter Kampfuniform, ihre Schuhe jedoch nach Armeeregel poliert. Die einzelnen Frauen trugen gern Sonnenbrillen; eine davon, in Pepitakostüm, hätte ich (auf einem Foto) sein können. Inzwischen gingen wir auf dem Bürgersteig entlang, wir suchten nach einem Ubahneingang zum Wegkommen, keine gestand es der anderen ein.

Wir haben noch gesehen einen großen Jüngling aus einer mittelmäßigen Sportschule, das Gesicht wunderlich rot. Er hielt eine klitzekleine Chinesin unterm Arm, tat ermunternd;

sie war jenseits aller Massen und Worte betrübt. (Von fern sahen wir noch einmal den Selbstdarsteller auf seinem Sims aus der Fassade hampeln; er war wie gewünscht von vielen Gruppen begrüßt und beklatscht worden, hob die verschlungenen Hände über den Kopf.) An der 96. Straße waren wir Seite an Seite mit dem unglücklichen Paar, sie trug nun seine Jacke, aber sie konnte ihm immer noch nicht vergeben was er nicht ahnte, jedenfalls nicht vor dem Abend.

Aber es war nicht zu Ende an der 96., wir hätten noch mitgehen sollen bis zur 72. und in den Park bis zur Sheep Meadow, wo nachmittags die Kundgebung mit den Sprechern beginnen sollte. Mrs. Martin Luther King war erwartet, Pete Seeger war dabei, Bürgermeister John Vliet Lindsay würde kommen. Auf dem Gras sitzen, gemeinsam singen beim Warten, vertraulich mit dem Nachbarn sprechen, über das Wetter, über die Stadt.

– John Lindsay? sagte Marie ungläubig. – Der stand doch bei Loyalty auf der Tribüne!

Dann wollte sie nicht einsehen, daß der Bürgermeister bei den Feinden wie den Anhängern des fremden Krieges auftreten kann wie ein Freund gleicher Massen, der von allen ihre Stimmen haben will für die Zeit nach dem 31. Dezember nächsten Jahres. Es war das erste Mal, daß sie nicht in verkündendem Ton, geradezu bittend sagte: Es ist Sonnabend, immerhin. Laß uns einen Tag der South Ferry machen, daraus.

Also fuhren wir mit der IND, bis wir auf die I.R.T. kamen, und stiegen am Battery Park auf die Fähre John F. Kennedy und fuhren durch den ganzen Hafen bis Staten Island. Unterwegs flocht Marie ihre Haare, den Kopf mehr abgekehrt als sie sonst tut, und ihre Finger waren so langsam, als knote sie da Gedanken ein. Das Band mit den eingestickten indianischen Symbolen zerschnitt sie mit einer Scheibe Glas, die auf dem Bahnsteig bereitgelegen hatte, so konnte sie ihre Zöpfe befestigen. Von Staten Island sind wir mit den Bussen über die Verrazano-Brücke nach Brooklyn gefahren und von da unter der Erde zurück an den Riverside Drive. Jetzt ist es halb sieben, und über den Palisaden hängt ein gelber Streifen, scharf abgesetzt gegen den bläulich verwischten Ober-

himmel. Die Sonne hat ein gelbes Loch. Minuten später verschwimmt die gelbe Zelle in den dunkleren Farben.
Marie weiß von ihrem Bürgermeister John Vliet Lindsay nicht nur den Geburtstag, auch wie seine Kinder heißen und welche Schulen sie besuchen, sie bewahrt von ihm Bilder aus der New York Times, sie hat sich sein Wort angenommen von dem »fun of getting things done«; sie hat ihn unter ihre Freunde gerechnet. Sie sagte etwas, als sie seine Seiten aus ihrem Sammelbuch riß, aber das wird nicht aufgeschrieben, Genosse Schriftsteller. Kannst ja sagen, sie hat vielleicht geheult, solange sie in ihrem Zimmer allein blieb, und danach nicht mehr.

28. April, 1968 Sonntag Wechsel von Winter- auf Sommerzeit

Die Schafwiese im Central Park, 522,725 Quadratfuß, geteilt durch den Mindestraum für eine sitzende Person, 9 Quadratfuß, ergibt einen Platz für 58.080 Personen (einen Rest von fünf Quadratfuß nicht gerechnet); so penibel ist die New York Times. Als Mrs. Martin Luther King eintraf, sei die Wiese nur halb besetzt gewesen. Sie trug zehn Gebote für Viet Nam vor, und Dr. King habe sie bei seiner Ermordung bei sich gehabt, und das zehnte lautete: Du sollst nicht töten. Langer, anhaltender Beifall.
Auf dem Washington Square hat es gestern noch eine Demonstration gegeben, nicht angemeldet mit der Begründung, die Straßen gehören dem Volk. Wer da sich wehrte gegen die Polizei, wurde von vielen Polizisten in Zivil zu Boden geworfen, gestoßen, bekniet, mit ledernen Totschlägern verkloppt, und wer die Verladungen in die Grüne Minna fotografieren wollte, den nahmen sie gleich mit. Es hilft Marie nicht, sie will nicht einmal da etwas versäumt haben.
Vorgestern hat in der Č.S.S.R. ein Arzt Selbstmord begangen, der war unter Stalin Arzt im Gefängnis Ruzyně zu Prag, und der neue Innenminister Josef Pavel sagt aus, er sei von diesem Arzt gefoltert worden. Und amtlich untersuchen wollen sie es überdies. Was die kommunistischen Bruderparteien untereinander verhandeln, die tschechoslowaki-

schen wollen es nun öffentlich machen, und einen »Klub für unabhängiges politisches Denken« haben sie auch noch nicht verboten, nicht einmal die Partei der Sozialisten, die ein unbehindert demokratisches Leben einführen will. Was soll aus dem Land werden?
Cresspahl war nun im dritten Monat Bürgermeister von Jerichow, und er lernte noch immer an diesem Beruf.
Mit einem Spiegelbild konnte er nicht viel anfangen. Wollte er als Bürgermeister von den Bürgern der Stadt verlangen, was von ihm als Bürger verlangt worden war, es paßte nicht. Er wußte, wann er Steuern hatte zahlen müssen, er schlug vorsorglich die Termine lange Zeit vorher an: Gewerbesteuer zum 10. August, Grundsteuer zum 15. August, Einkommen- und Körperschaftssteuer zum 10. September, und so vierteljährlich fort. Leslie Danzmann half ihm aber finden, daß die meisten Mai- und Juni-Zahlungen nicht entrichtet waren, so Mancher in Jerichow hatte schon unter den Nazis nicht gezahlt, unter den Briten abgewartet und wollte unter den Sowjets weder das Fällige noch das Versäumte abliefern. K. A. Pontij wußte da als Auskunft nur den unnachsichtigen Vollzug, gestützt auf einen seiner Befehle und die Ausrede, daß die nicht städtischen Steuern nach wie vor »Reichssteuern« hießen, wenngleich das Reich zerschlagen war (wie es nach wie vor eine »Deutsche Reichsbahn« gab, die zwar für Deutsche nicht fuhr). Cresspahl hatte Niemanden zum Einziehen der Rückstände, Leslie Danzmann mußte doch auf jeder Karteikarte einen Mahnzuschlag von fünf Prozent der Schuld ausrechnen, rückwirkend bis in den reichsdeutschen März und Februar hinein. Die Bürgermeisterei konnte das anschlagen, in unverschämten Fällen auch Formulare schikken; damit kam die Stadtkasse bei Schuljungen in die Kreide mit Botenlohn, »Hitlers Steuern für Stalin« gingen nicht ein. Da die Stadt kein Geld hatte, konnte es nur in den Taschen der Bürger sein, überdies hatte es im Zeitalter des Tauschhandels nicht einmal Wert, aber die Bürgerschaft beharrte in einem trotzigen Selbstverständnis, das sie zu Untertanen der Sowjets machte und nicht zur Gemeinde Jerichow.
Leute wie Peter Wulff gaben der Stadt eine Vollmacht, die Steuern vorerst von ihren Bankkonten abzubuchen. Aber die

Bankkonten waren gesperrt, und niemand durfte über sie verfügen, Cresspahl nicht und nicht die Eigner, K. A. Pontij eingeschlossen.
K. A. Pontij befahl, den Jerichowern zusätzlich fünf Prozent der einbehaltenen Gelder als Strafzinsen abzufordern. Jetzt konnte Leslie Danzmann mit Zehnerzahlen rechnen, und es ging ihr leichter von der Hand. Es blieb auf dem Papier, und K. A. Pontij befahl, »exekutiv« in das Vermögen der Säumigen einzugreifen, wenn sie Bares nicht hergaben. Cresspahl ließ sich das Wort erklären.
Der Herr Stadtkommandant meinte damit die Beschlagnahme von handelsfähigen Gegenständen: Maschinen, Motoren, Werkzeug. Dergleichen.
Cresspahl hatte den Verdacht, mit dem Verlust der Produktionsmittel werde die Arbeit auch wegfallen, mithin das Steuerbare. K. A. Pontij beugte sich seufzend vor der Allmacht des dialektischen Materialismus, und er befahl, solche Gegenstände zur Arbeit in den Händen der Besitzer zu belassen, nicht aber in ihrem Eigentum.
Der Bürgermeister konnte ihm nicht verständlich machen, nur noch ankündigen, daß somit die Arbeit erst recht ausbleiben würde. Pontij war einverstanden, die Arbeit zu befehlen. Manchmal lachte Cresspahl doch, das sah aus wie ein hustender Ruck in den Schultern, und Pontij seufzte. Ein fremdes Land, dieses Mecklenburg.
Nu – karascho. Befehl, Hausbesitz zu enteignen. Ganz, oder teilweise.
Damit entfielen Verpflichtungen zur Zahlung von Grundsteuer.
K. A. Pontij reckte sich in seinem Sessel, als wolle er das Problem erschießen lassen. Es war ehemals Papenbrocks Kontorstuhl gewesen, und über Pontijs blankem Schädel waren zwei Intarsienlöwen ineinander verklammert. Er sah sich streng um nach seinem Unterleutnant, damit der die Hand von der Pistolentasche nahm. Dann gab er Cresspahl den Befehl, Steuerschulden durch Enteignung an Immobilien festzustellen. Zur Strafe und Anschauung. Nun zu Frieden, Burgmister?
Cresspahl trank den Schnaps, der das gegenseitige Einver-

ständnis bedeuten sollte (Pontij hatte auch schon die Mauser auf den Tisch gelegt, damit sein Bürgermeister trank), mit Zufriedenheit konnte er nicht zurückgehen zum Rathaus. Denn viele, fast die meisten der Häuser in Jerichow hatten dem Adel des Winkels gehört, es waren nur wenige davon nicht nach Westen gezogen, und die bezahlten nicht Grundsteuer nach Jerichow. Wer aber Jerichow nach dem 8. Mai 1945 verlassen hatte, dem war das Eigentum vorläufig zu Gunsten der Stadt beschlagnahmt, und endgültig, wenn er nicht binnen eines Jahres zurückkam. Gewiß besaß die Gemeinde nun eine Menge ihrer Häuser selbst, aber die Steuer darauf hätte sie an sich selbst zahlen müssen, und besaß das Geld nicht.
(Die Bürgermeisterei hätte die Miete an ihrem Eigentum erhöhen können. Mieterhöhungen waren streng verboten. Und die Gelder für Pacht und Miete bewahrten die Jerichower für die geflohenen Eigentümer auf, rechtlich wie sie auch hier dachten, und die Stadtkasse bekam nichts.)
Cresspahl führte eine monatliche Zahlung der Lohn- und Umsatzsteuer ein, statt der vierteljährlichen. (Hiermit befiehlt die Kommandantur, daß ein Notstand herrscht.)
Nun war aber Jerichow die Werkstatt gewesen für das Land um Jerichow, von der Stadt bekam das Handwerk nicht genug Arbeit. Die Güter und Dorfbezirke des Winkels, jetzt unterteilt in selbständige Kommandanturen, zahlten mit Naturalien, wenn sie denn Aufträge nach Jerichow vergeben konnten (oder durften). Die Ackerbürger der Stadt entgalten ihren Knechten das Arbeiten nicht mit Geld, sondern mit Essen und Trinken und Schlafenlassen und dem Versprechen von Weizen im Winter. Sollte Cresspahl eine Naturalsteuer einführen?
Frau Köpcke, Bauunternehmung, trat die Schuld der Stadtkasse gegen Frau Köpcke ab an die Stadtkasse, zu verrechnen gegen Steuerforderungen der Stadt und des Reiches, vorläufig bis zum 3. März des Jahres 1946. Sie habe diese Zahlungen als jeweils geleistet abgebucht. Cresspahl unterschrieb. Erhalt eines Zaunes sowie bargeldlos Steuern bestätigt.
Es gab noch einen nächtlichen Streit mit K. A. Pontij. Pontij

stellte sich auf die Seite des Deutschen Reiches und erklärte alle Verpflichtungen gegen dasselbe für gültig über den Tag hinaus, da das Deutsche Reich vor ihm und den westlichen Alliierten kapituliert hatte. Die Sperre der Banken und Sparkassen habe keinen Einfluß bürgerlich-rechtlicher Natur. Mit bürgerlichem Recht sei es vorbei!
Cresspahl wollte die Rote Armee also ansehen als eine höhere Gewalt, die die Geldinstitute zahlungsunfähig gemacht habe.
Pontij fiel nicht darauf herein und entließ seinen Bürgermeister mit dem Befehl, die Hundesteuer durchzusetzen. Possierliche, anhängliche Tiere, die Hunde. Nicht wahr? Strafe bei Unterlassung des Anmeldens. Pro Hund! Sagen wir: 150 Reichsmark.
Cresspahl strich die Körperschaftssteuer. Es gab solche Körperschaften in Jerichow nicht mehr.
Dann griff er in den Barbestand der Raiffeisenbank und zahlte den Beschäftigten bei Krankenhaus, Gaswerk, Müllabfuhr den Lohn, den er ihnen seit drei Wochen (»seit den Russen«) schuldig war. Er ließ aber den Betrag anteilmäßig abbuchen von den Restguthaben der Gutsbesitzer, deren Konten nicht einmal gesperrt waren, sondern wegen ihrer Abwesenheit noch einmal.

– So ein Bürgermeister steht immer mit einem Bein im Gefängnis.
– Ja, Gesine. Ja-a. Aber dein Vater war kein Halunke. So wie John-Vliet-Lindsay: sagte Marie. Das war gestern. Sie wollte keine Tröstung, und Cresspahls Annäherung an den Sozialismus verfing bei ihr nicht.

29. April, 1968 Montag

Nach wie vor muß um halb neun vom Riverside Drive weggehen, auf wen die Arbeit in Stadtmitte wartet, aber die Sonne geht anders auf. Die Umstellung auf die Sommerzeit hat sie wieder weit nach links gerückt, so daß sie wie vor sechs Wochen herunterblendet von ihrem Oberhalb. Die Sohle der 96. Straße jedoch war tief verschattet, und richtig

meldete die verlorene Stunde noch das Gefühl von Frühe im Schatten.
Wenn das Cresspahlsche Kind aufwachte, war die Julisonne schon um das Haus, und der Schatten hatte die Stube kühl gemacht. Es war aber so früh, daß die Leute im Haus noch nicht zu hören waren, und die Kommandantur schräg gegenüber schlief erst recht. In der Stille im Schatten kletterte Gesine aus dem Fenster und beschlich Hof und Haus nach Spuren von Jakob.
Leicht ließ er sich nicht finden; unverhofft stand er, wo eben noch nichts gewesen war.
Es war verzweifelt, nach ihm zu suchen, und eine Zwölfjährige hat nun noch ihren Stolz. Jakob war nicht in Jerichow. Er hatte sich mit seinen Pferden vermietet, in einem Dorf ganz weit im Westen, dahin waren Stunden zu gehen. Zwei offene Fenster neben der Haustür waren ein gutes Zeichen, Jakobs Mutter hielt sie nachts zu, trotz des Tabuschildes am Haus. Da geht Gesine Cresspahl vorbei, fast ohne einen Seitenblick; sie ist auf dem Weg zur Pumpe. Es ist auch nichts dabei, wenn sie auf den Hof hinausgeht, jeder Zoll eine Spaziergängerin, sie kann sich beiläufig umdrehen und prüfen, ob der Schornstein raucht, ein noch besseres Zeichen. Denn so früh kocht niemand als Jakob. Davon wacht aber Cresspahl auf und tapst auf Strümpfen (um kein schlafendes Kind zu wecken) zur Küche und hilft Jakob Kaffee trinken. Da könnte auch die Tochter des Hauses in die Tür treten und sich an den Tisch setzen, sie hat ein Recht auf ein Frühstück. Aber es fiele auf, es ist zu früh, das erste Essen bekommen die Kinder im Haus von Jakobs Mutter, und Cresspahl wie Jakob sprachen anders, als sie doch einmal dazukam, nur mit ihr. Als ob sie nicht erwachsen wäre. Jakobs Jahrgang 1928 und der eigene, es kommt immer die gleiche ärgerliche Zahl heraus. Ganze fünf Jahre. Da kann man im Schatten neben den verrotteten Bienenstöcken sitzen und rechnet nach Jahren, und unverhofft steht Jakob an der Pumpe und nimmt das Handtuch vom Hals. Wie konnte er so leise gehen auf bloßen Füßen! (Auf dem Weg von der Hintertür lag scharfer Kies, vor Jahren von Cresspahl geschüttet, damit sein Kind das Barfußgehen wieder ließ.) Die

Narbe an Jakobs Hals war zugeheilt, aber sie sah weiterhin roh und rot aus, und Gesine Cresspahl genierte sich sehr. Sie hoffte noch versteckt zu sein, da rief er sie schon. Da steht man als Kind an der Pumpe und muß einem achtzehnjährigen Erwachsenen Wasser über Hals und Kopf schwengeln und macht ein Gesicht voll Unterdrückung und Mißbrauch. Da Jakob aber nicht danke sagte, sondern nickte, konnte das Kind nicht sagen, es verbitte sich den Dank! Dann ist er gegangen, und man hat ihn nicht einmal nach dem Rotfuchs fragen können, und alles ist so falsch, man hätte ihn am besten gar nicht gesehen.

An einem Wochenende, spät und fast abends, saß Gesine Cresspahl hoch oben in einem der Walnußbäume vor dem Haus. Keine Sorge, sie hatte da oben Geschäfte. Man kann da mit einem Messer etwas in die Rinde schneiden. Oder, wenn sie in der Spitze fast oberhalb des Firsts hockte, konnte sie die Dachziegel zählen. Oder die zu stark bemoosten. Oder nach einem angebrochenen suchen. Ganz und gar nicht war sie da in dem Baum, weil sie da nach Westen sehen konnte, ohne daß sie Einer sah. Da traut man seinen Augen nicht, wenn da ein Strich ist am Horizont, zitternd vor der untergehenden Sonne, und einen Atemzug später ist der Feldweg ganz unbelebt. Er konnte auch aus dem Wald kommen, an der kahlen Stelle, wo er die Rehberge heißt. Dazu muß man aber in die Krone, wo sie gefährlich dünn ist, und der schwankende Baum verrät ein Kind, das zu listig ist dafür. Sie war nun doch entschlossen, in einer Gestalt an der Ecke des Russenzauns einen Fremden zu vermuten, nicht Jakob, da hörte sie seine Stimme. Sie erschrak so, ihr rutschte ein Fuß ab, mit einem schartigen Geräusch. Das konnte recht wohl ein Vogel gewesen sein. Nur sie fand Jakob nicht. Die Absschen Fenster standen offen, aber eingeengt hörte er sich nicht an. Leise, aber als sei er auf dem Hof. Der Platz war leer. – Dewjatnatzatj: sagte die Stimme, und sie sah unter sich am Stamm des Baumes den Rotarmisten Wassergahn hocken. Der schüttelte den Kopf und fing eine lange Geschichte an mit poslednij djen. – Njeujasno: sagte Jakob gemütlich, und nun sah sie ihn auch. Er hockte da wie Wassergahn, beide mit Blick auf das Obergeschoß der Villa über dem grünen Zaun, offenbar gar nicht mit Handeln beschäftigt, sondern mit Freundschaft zwischen dem deutschen und dem sowjetischen Volk. Sie sah da aber eine Faust voll blauweißer Scheine, das Alliiertengeld, keiner in Jerichow wollte das in Zahlung nehmen, Jakob steckte es in den Hemdsärmel. (In den Hemdsärmel.) Nach einer zu langen Zeit reckte Herr Wassergahn sich und stakte auf das grüne Zauntor zu, wo er hingehörte, und Jakob blieb unter dem Baum hocken. Er sah nicht nach oben, beileibe nicht, aber er ruhte sich da aus, bis Cresspahls Tochter ganz steif war vom Stillsitzen auf anderthalb Ästen.

Nachts wohnte sie wieder im Baum, und richtig kam Einer aus dem Haus, der klirrte leise. Offenbar war es ein ganz dicker Mann, denn er ging wie auf Eiern, und hatte unmäßig gefüllte Hosenbeine. Dieser Unbekannte blieb an Gesines Baum stehen und packte ihn in einer Art, daß die oberen Äste wahrhaftig ein wenig schütterten. Und sagte mit Jakobs Stimme, selbstvergessen, genußvoll, vorfreudig: Wann solche Nüsse wohl reif sind.

Rotwerden kann man fühlen, das lernen Manche schon als Kinder, und sei es in einer fast finsteren Nacht.

Und er zog Hanna Ohlerich vor, es war eindeutig. Wohl, weil sie ein paar Monate älter war. Wahr, er brachte auch Gesine ein Ei mit, aber ihr legte er es hin, und Hanna gab er es in die Hand. Sie konnte so beiläufig sagen, daß Jakob auf dem Hof sei, sie wußte es schon seit einer halben Stunde, sie hatte womöglich mit ihm gesprochen, und sie war es doch nicht, der wartete! Neben einer solchen Hanna mußte man nachts liegen, und so breit das Bett war, der Abstand war nie groß genug. Die schlief ja, die dachte nicht nach über... Leute in der Nacht, die klirren wie Glas. Hanna saß ja mit ihm auf der Milchbank und fragte ihn aus! als wär das nichts. Zwar sagte er zu ihr: Kind, und nannte das Cresspahlsche beim Vornamen. Weil Hannas Eltern tot waren. Sie erzählte ihm von ihrer Maschinistenzeit auf See, und dabei war es nichts als die Ostsee gewesen, die überschwemmte Wiese, und den Motor des Kutters hatte sie nicht anders anfassen dürfen als zum Putzen! Da muß ein anderes Kind sich dazuhocken, damit die Aufschneiderei nicht über-

hand nimmt. Kauerte da in einem Abstand, nicht etwa um sich einzumischen in das Gespräch. War Jakob also aus Pommern? Gesine wußte das längst, auch das Dorf, und daß es an der Dievenow gewesen war. Aber manche Kinder fragen dann noch nach der Insel Usedom. Dann nützte es Jakob also gar nicht, daß die Polen die nicht hätten nehmen mögen? Das nutzte ihm nicht. Am Ende werde Jakob wohl bleiben in Mecklenburg? Da halten manche Leute die Luft an, bis er sagt: Wi weitn dat nich; und wie anders soll man seine Enttäuschung, das tief durchfallende Gefühl verbergen als mit der Frage, ob Jakob wohl Podejuch kenne. Podejuch in Pommern. Jakob war der Name Podejuch unbekannt. Wer dann nichts weiter weiß, muß weggehen aus dem Gespräch, hat am ganzen Leibe eine Schlacht verloren, fühlt sich krumm.
Und die Erwachsenen nahmen Jakob für sich, so daß ein Kind von ihm gar nichts hatte! wenn es denn solche Kinder gab. Jakob war ja die Zeitung im Haus. Wenn Jakob sagte, daß die Deutschen in Lübeck ihren Strom benutzen durften, wenn auch nur für den Betrieb von Rundfunkapparaten, so war daran nicht gut zweifeln. Womöglich war er durch die Demarkationslinie gegangen. Jakob sagte: Stettin sei kaputt, und nicht mehr als vierzigtausend Deutsche würden die Polen bleiben lassen; dann war Stettin in Trümmern und nur noch von vierzigtausend Deutschen bewohnt; es half gar nichts, wenn ein Kind ihn dann etwas tückisch nach der Hakenterrasse fragte, denn sieh an, die kannte er doch. Saß ein wenig verschlafen da, gutmütig, etwas schleierige Augen, zu viel dunkles Haar, fiel fast nicht auf. Offenbar kam er auf die Art so viel umher. Oder wußte er seine Sachen aus den Zeitungen? es gab doch gar keine.
Nicht lange später, und Jakob saß einmal am Mittagstisch in Cresspahls Haus, wohin er ja gehörte, und fast nie kam der Mensch nach Jerichow. Jakob sagte etwas über Nüsse. Wann so Walnüsse wohl reif seien.
Bis so ein Kind dann aus der Küche gehen darf, ohne den Tisch umzureißen oder die Tür mitzunehmen!
Hoch oben in dem Schwarzhandelsbaum, nicht etwa im anderen, fand Gesine Cresspahl ein Stück Papier an einen Ast gebunden. Es war kein Papier. Es war eine Zeitung!

das Nachrichtenblatt der Britischen Militärregierung, herausgegeben zu Lübeck von der 21. Heeresgruppe. Es war wahrhaftig eine Zeitung, sie trug einen Preis aufgedruckt.
Gesine Cresspahl hätte am liebsten geglaubt, Jakob sei ihretwegen durch den Travekanal oder den Dassower See nach Lübeck geschwommen. Es war zu viel; gewiß hatte er da Geschäfte gemacht.
Aber ein Geheimnis hatte Cresspahls Tochter nun mit ihm, sie als einzige. Und als Cresspahl abends auch einmal Nachrichten aus Lübeck lesen wollte, stritt sie ihm ins Gesicht hinein ab, daß sie von einer Westzeitung je gehört hatte.
Und wieder hatte Jakob sie verraten an die Erwachsenen, denn Cresspahl sagte: Es sei eine Heimlichkeit, und ob sie noch einmal schweigen könne, und das Ding sei im rechten Walnußbaum, Ast fünf östlicher Richtung, Oberkante.

– Ist es so, wenn man verliebt ist, Gesine?
– Mir ging es so.
– Ist es erblich?
– Genierst du dich für mich, Marie!
– Nein. Tatsächlich, nein. Nur würde ich es vielleicht anders anstellen.
– Tu das.
– Soll ich dir dann Bescheid sagen?
– Das wirst du nicht tun.
– Weil du als Kind so warst, muß ich –
– Nein. Deswegen nicht. Du bist frei, unabhängig, nicht weisungsgebunden und all das.
– Fühlten die Britischen Nachrichten sich naß an?
– Im Wasser waren die nicht gewesen.
– Gut. Und was stand überhaupt drin?
– Nicht eben viel. Was ich vergessen habe. Und daß Ende Juli 1945 ein Flugzeug gegen das Empire State Building gestoßen ist.
– Ein Flugzeug? Gesine!
– Ein B 35-Bomber, und zwar rammte er das 79. Stockwerk eines Gebäudes, damals das höchste der Welt. Empire State Building, 350 Fünfte Avenue, zwischen der 33. und 34. Straße. Jedem verbrieften New Yorker wohl bekannt.

– Du willst Jakob anbinden an New York, und wenn es eine Zeitung sein muß.
– Wenn ich ihn haben will in New York, nehm ich dich.
– Danke dir für die Nachricht.
– Den Bomber vom Typ B 35?
– Daß mein Vater wußte, daß der Spitzname des Staates New York Empire State ist. Und daß wir hier ein Haus haben mit 102 Stockwerken.
– 101, nach seiner Zählung.
– Ja. Und entschuldigen will ich mich auch.
– Nein.
– Doch. Ich war seit Sonnabend nicht verträglich.
– Doch.
– Nein. Ich habe gemault, ich habe dir nicht richtig geantwortet, bloß wegen dieses Wahlbeamten Lindsay war ich unverträglich.
– Vergiß es.
– Und wenn ich wieder vergesse, wie mein Vater war, sag es mir.

30. April, 1968 Dienstag

Was hat die Angestellte Cresspahl zu suchen in einer der obersten Schubladen im Flughafen Kennedy, obendrein mit einem Kind? Das Restaurant heißt Zu den goldenen Lüften, wenn nicht noch höher hinaus, da berechnet die Geschäftsführung schon die dreimal gefilterte Kaltluft, die Tische sind mit wahrhaftigem Leinen gedeckt und mit Edelstahl teuerer als Silber, die kojenähnlichen Abteile halten Abstand von einander und sollen pfeifen auf die Kostenintensität je Quadratfuß, sie werden als Inseln gehalten von eigens in Italien gefertigten Lampen, und die eingebaute Musik ist so vornehm gedrosselt, fast ist es still hier. Fast ist es kein amerikanisches Restaurant. Mögen hier Touristen aus Europa sich an die Rückkehr gewöhnen oder Inländer sich einstimmen auf die fremden Sitten in Übersee, heftig bezahlen müssen sie alle, und vorerst halten die Kellner, bunt befrackt nach dem Muster verschollener Hoftrachten, die Mutter mit Kind am Fenstertisch drei für ein Risiko.

Die Dame, dreißig oder fünfunddreißig alt, sie ist gekleidet wie es paßt zum Etablissement, jedoch in solchen Kostümen tarnen sich auch Personen, die sind am Ende weiter nichts als Tippmädchen in der Schreibtischindustrie von Stadtmitte. Das Haar hat ihr ein Friseur geschnitten und gelegt, es ist doch nicht viel mehr daraus geworden als eine achtlose Kappe bis zum Nacken, Herrenschnitt nahezu, und es kann ein Salon im tiefsten Queens getan haben, statt einer an der Madison Avenue. Trägt keinen Schmuck, hält einen langen nackten Hals für genügend. Fünfunddreißig Jahre alt. Kein Akzent, aber europäische Handtasche. *Keine* weißen Schuhe. Wer weiß, am Ende ist die mit einem gewöhnlichen Bus hergekommen vom East Side Terminal, womöglich hätte sie das Geld für einen Flug nie und nimmer, geschweige denn für ein Abendessen in den Goldenen Lüften, und wird die Zechprellerei bezahlen mit einem Auftritt vor dem Nachtgericht in Manhattan Süd.
Die Geschäftsführung hat solche Verluste nicht wahr, für die kommt ein Zahlkellner auf aus eigener Tasche. Es wäre nicht das erste Mal. Da kann jeder aus Washington einen Tisch buchen über Scandinavian Airlines System, Fensterseite für zweieinhalb Stunden, und sich nennen Professor Erichson. Die Dame ist kein Professor.
Das Kind, allerdings. Die junge Dame. Ein Kind für Restaurants. Eine Schülerin der vierten oder fünften Klasse, die fürchtet sich nicht vor dem Geld, das sie hier einatmet, das sie hier in der Gestalt von Edelholz, Schafswolle und anmutigem Kellnerschritt belauert. Die hat schon öfter Speisekarten aus Leder und Pergament aufmerksam lächelnd entgegengenommen und zur Seite gelegt, als sei Zeit nicht Geld. Bestellt sich Wasser. Es steht aber ein Krug voll Wasser und mineralischem Eis vor ihr, nun tut sie bescheiden, will das Glas umgedreht haben, eingegossen bekommen, wie ein Geschenk. Sagt E-hem statt danke-vielmals, kostet vom Kostenlosen und nickt einem Kellner zu wie einem Weinzüchter. Vielleicht ein ausländisches Kind. Solche langen Zöpfe tragen sie hier nicht, die Klammer könnte auch von Tiffany sein statt von Woolworth, und so helles Haar mit sandfarbenem Schatten drin, das fährt allenfalls die Scandi-

navian an in Kennedy, so viel ist wahr. Das Kind hat nicht die Ellenbogen auf dem Tischtuch, wie Kinder tun, sie hält die Hände locker gefaltet, und nicht ums Glas, an den Ellen aufgestützt, wie sie das auf den Töchterschulen lernen. Spricht spaß-süchtig ein auf die eher wortlose Kundin, in tief gehaltenem Sopran, nur manchmal geht ihr ein Ton hoch, das hört sich kindlich an. Oder britisch. Man geht da vorbei, blicklos, und läßt sich den Blick zur Seite ziehen und schenkt der jungen Dame ihr verdammtes nichtberechenbares Wasser nach und bekommt eine anerkennende Miene zum Lohn, ein kumpelhaftes Nicken geradezu. Grau und grüne Augen, anders als die der Mutter. Doch ein recht bewegliches Gesicht. Die Lippen nicht von der Mutter. Unterbricht sich gar nicht in der Gegenwart des Bediensteten, erzählt fort von einem Koffer voller Puppen. Offenbar eine Geschichte von einem ganz anderen Kind, eine neuerdings lustige Geschichte. Die möchte die Kundin aufmuntern und sie doch nicht stören; kann die nebenher lachen in den Augenwinkeln über einen Kellner, der endlich eine Bestellung aufschreiben will? Das tut ein solches Kind nicht, und wenn der zweifelhafte Tisch nun eine Flasche Beaujolais kommen läßt, kann man dem Kind dezent zuzwinkern, unnachweislich. Denn die nehmen nur ein Glas in Benutzung, und unsicher ist die Partie doch.

So habe ich gesessen vor elf Jahren auf dem Flugplatz bei Düsseldorf, das abgehungerte Geld eines Monats in der Tasche, und doch belauert vom Personal als nicht zahlungsfähig. Wollte nur das Fluggerät sehen, das abzog weiter gen Westen, wohin ich nicht durfte. Wollte nach England.

So haben wir gesessen Anfang Mai vor sieben Jahren an einem Panoramafenster wie diesem, als der Platz noch Idlewild hieß, und wünschten uns in eine der Maschinen, die vor der eindickenden Tinte des Himmels in die Luft krabbelten, hinaus über den Atlantik, weg von hier. Wir wollten raus aus New York, zurück nach Europa; hatten uns verschluckt schon an Flushing, Queens, New York 56. Marie ließ sich bereden zu einer letzten Fahrt nach Manhattan, da saß ihr Spielzeug im Hotel; und sieben Jahre sind wir hier.

Wir sind zurückgekommen nach Idlewild/Kennedy Airport,

aber wenn es mit Koffern war, ließ Marie sich das Ticket zeigen, das gut war für die Heimkehr hierher; später holten wir Freunde ab oder Autos oder Vorgesetzte, einmal etwas Geld zur Wiedereinsetzung eines Signor Karsch in seine verfassungsmäßigen Rechte. Und von Jahr zu Jahr mehr war das Kind behilflich, brachte uns in Kredit. Und von Mal zu Mal gehen wir dahin wie zu einer ausgefallenen Mahlzeit, und sind aber verabredet mit D. E.
Genannt Professor Erichson. Unverhofft werden auch hier die Bediener ihre befristete Höflichkeit strecken bis zur Gastlichkeit, sie brauchen ihn nur zu sehen. Sie glauben vor ihren Augen einen älteren Herrn, er wird in diesem Jahr erst vierzig Jahre alt; sie sehen die grauen Haare. Älter macht ihn das feiste Fleisch im Gesicht, bläulich eher von aufgegangenen Adern als von Außenwind. Er kann recht grau und aus Entfernungen blicken, und so behende er sein stark bewachsenes Knochengerüst zu bewegen weiß, es mag Einem bejahrt erscheinen. Er wird in der Tür verhalten wie ein Ratloser, er wird sich den Hut wegnehmen lassen wie ein Opfer, dennoch werden sie ihn als einen ebenbürtigen Gast erkennen. Es ist nicht das Geld. Sie werden seinen Jacken nicht ansehen, daß die ihm gebaut werden für mehr als drei Hunderter, und nämlich in Dublin, und sie werden angesichts seiner Tabakspfeife nicht einen Preis erraten, den andere Leute für ein kleines Auto hinblättern; er hält sie auch in seiner Hand verborgen wie einen kranken Vogel. Er wird ganz und gar verkleidet sein als ein Amerikaner auf Reisen. Es ist nicht die Gewohnheit. Sein Betragen besteht nicht darauf, daß er allzu oft Gast ist ehrenhalber, sei es im Angleterre zu Kopenhagen oder in den Bankettsälen der westlichen verbündeten Luftwaffen. Er wird das Restaurant nicht einmal rezensieren vor dem Chef des Empfangs, weder durch sanftes Schnüffeln noch durch Überschau, vielleicht wird er ein wenig erschauern in der raffinierten Kälte. Wir können es nicht erklären, und doch wird er mit dem ersten Wort und Nicken und startendem Schrittansatz erkannt sein als einer, der kennt den Vertrag. Für ihn ist solch Restaurant unterhalten, und er verpflichtet sich, die Arbeit zu würdigen und zu bezahlen, wenn möglich zum Vergnügen beider Sei-

ten. Er gibt sich als den Partner des Kellners, dafür halten wir; beweisen können wir nur, daß der Mann mit seinem Servierwagen nun innehält und dem neuen Gast entgegenblickt, in einer sachlichen, ein wenig ärztlichen Art, mit Lächeln zu einem Gleichberechtigten. Nun ist D. E. gekommen, und gleich werden wir aussehen wie eine Familie aus Dreien, die haben einander sieben oder siebzehn Tage nicht gesehen und können einander doch betrachten ohne Überraschung, zufrieden, vorfreudig, erst einmal verständigt ohne Worte. Vielleicht wird er sagen: Dein Weizen blüht, Gesine.

Deine Č.S.S.R mausert sich, Gesine.

Sind dir die Toten gleich, D. E.?

Die von 1952 nicht. Aber wenn 1968 einer den Strick nimmt, weil er 1952 Gefängnisarzt war in Ruzyně bei Prag, so macht er doch eine Aussage.

Es haben aber in diesem Monat 26 Leute in der Č.S.S.R. den Strick genommen oder sich vergiftet, nur weil sie Stalin einmal gehorcht haben mit Folter und Exekution.

Sind sie gezwungen worden?

Nein. Vielleicht damals.

Sie hatten damals die Wahl wie heute.

Die Republik sollte es tun.

Sie töten?

Sie bestrafen.

Sie für ihre Morde vor dem Selbstmord verhaften?

Ja, D. E. Faire Prozesse und all das.

Dazu müßten die Kommunisten erst einmal an der Macht sein in der Č.S.S.R.

Siehst du. Aber ein Stalinist, der frühere Minister für Staatssicherheit, stellt sich hin und sagt einer slowakischen Zeitung: Stalins Befehl war es.

Dem geht es nicht schnell genug, Gesine.

Aber die tschechischen Zeitungen tun, als hätt er vom Wetter gesprochen!

Dein Herr Dubček, er darf die sowjetischen Freunde nicht kränken, und sei es mit der Wahrheit.

Aber die Sowjets haben seit zwanzig Jahren Weizen geliefert in die Č.S.S.R., und nun verweigern sie es.

Sie werden jenem Stalinisten noch einen Orden anhängen, weil er von Stalins Verbrechen sprach.

So eine hausgemachte Dialektik.

Du wirst sie wieder lernen müssen, Gesine.

O. K. Also wir vermitteln kanadischen Weizen für Prag.

Es ist nur ein Umweg, Gesine.

Über solche Umwege möcht ich was sagen. Wenn Marie fertig ist.

Marie hat das Wort.

– John Vliet Lindsay ist ein ...: sagt Marie. Sie hat gewartet, bis das Wiedersehen zuverlässig angefangen hat, sie hat ihren D. E. betrachtet und wird ihn abermals nicht stören in der Grübelei, in der er hängt seit Februar, die kann er verschweigen, nicht verstecken. Jedoch Veränderungen in der Familie müssen D. E. zur Kenntnis gebracht werden. Sie hat für ihre neuere Auskunft über Bürgermeister Lindsay wahrhaftig den Rücken steif machen müssen und eigens Atem holen, und die Stimme klirrte ihr noch.
– John Vliet Lindsay ist ein ...: sagt D. E., und übertrumpft sie noch im bösen Leumund. Es ist ein Wort, das kennt nicht jedermann in New York, es gehört sich gewiß nicht für die Ohren um unseren Tisch herum, und es sollte vor Kindern nie und nimmer in den Mund genommen werden. Aber Marie ist getröstet. Sie hat D. E. auf die Lippen und in die Augen gesehen, sie hat im Gedächtnis verglichen, was D. E. früher über ihren aufgegebenen Freund geäußert hat, sie glaubt ihm. Sie lacht in sich hinein, ein wenig geniert von dem nicht erwarteten Wort, sehr erfreut, weil sie Antwort bekam wie eine Erwachsene. Jetzt können wir anfangen.
– Dein Weizen blüht ja, Gesine: sagt D. E.: Dein kanadisch-sozialistischer Weizen: sagt er.
So sollten wir zusammen bleiben, er wünscht es sich. Es ist schade, daß er schon wieder die linde kreischenden Motorengeräusche vor dem schwarzen Fenster abhorchen muß nach der einen Maschine, die ihn abholt und wegbringt, gewiß nicht auf einem Linienflug nach Skandinavien. Vielleicht noch anderthalb Stunden, und der Kellner wird ihm einen Zettel bringen mit einer Telefonnummer, oder er trägt ihm

ein Telefon an den Tisch, und es ist schade. Es wäre anders, würden wir mit ihm leben wollen. Marie wäre einverstanden. Er wird nicht mahnen. Es fehlt nur ein Wort, ein ausgesprochenes. Warum ist es nicht möglich?

1. Mai, 1968 Mittwoch

In der Heimat, der westdeutschen, wie geht es da?
In Stuttgart hat ein Gericht nach 144 Sitzungen und anderthalben Jahren einige Soldaten der S.S. verurteilt, die die jüdische Bevölkerung von Lemberg als Sklaven hielten und sie im Lager Belzec endgültig umbrachten. (Wenn einer die Gefangenen nicht erschießen mochte, taten die Oberen ihm nichts.) In Lemberg starben an den Deutschen 160,000 Menschen, in Belzec eine Million und fünfhunderttausend, und nur einer der Schuldigen soll fürs Leben ins Gefängnis. Von einem anderen befindet das Gericht, er sei die meiste Zeit betrunken gewesen, und er bekommt nur zehn Jahre, weil Milde walten dürfe.
In Baden und Württemberg haben die Neuen Nazis 9,8 vom Hundert in den Landtagswahlen gewonnen, das sind 12 von 127 Sitzen. Jeder zehnte auf den Straßen Baden-Württembergs ...
Elf Länder hat der Bund von Westdeutschland, und in sieben von ihnen sind die Neuen Nazis bereits vertreten. Es soll dem Kanzler Kiesinger peinlich sein, Nazi der er war, und sein Kompagnon Brandt, der Anti-Faschist, er soll den Verlust an Vertrauen bedauern. So heißt es.
Einen gesalzenen Preis nennt die New York Times, was die Sozialdemokraten da bezahlen für ihren Teil an einer Regierung der Rechten. Aber sie bleibt sich treu, unsere biedere Tante, und gibt die Schuld auch den unzufriedenen Studenten. Hätten die sich still verhalten nach dem Attentat auf einen ihrer Führer, das Wahlvolk wäre nicht übergelaufen zu jenen, die Neue Gewalt und Strenge versprechen. Ein frohes Ostern hätte es sein müssen!

– Was geht's dich an! du hast bloß mal da gewohnt! sagt Marie.
– Da hab ich bloß mal gewohnt.
– Hier aber haben wir eine Revolution, bloß zwanzig Blocks von unserer Haustür!
– Hast du sie gesehen?
– Den fünften Nachmittag heute! Selbst du solltest es wissen aus deiner Zeitung. Müßte deine Tante dir doch gesagt haben.
– Sie hat verschwiegen, daß da ein fremdes Kind umherläuft zwischen den Polizisten und Studenten in der Columbia.
– Laufen nicht. Da steh ich, wie andere Leute, und seh zu. Damit die Polizei nicht zuschlägt, wenn sie verhaftet.
– Dann schlagen sie innerhalb der Grünen Minna.
– Du kannst es einem verderben, Gesine.
– Aber die Studenten haben gesehen: da paßt ein Kind auf, und ist mit ihnen einverstanden.
– Es ist wenig, ich geb's zu. Vielleicht lern ich aber, wie man es macht.
– Für wenn du neunzehn bist.
– Zeig mir was falsch ist! du bist verpflichtet zu meiner Erziehung.
– Laß dich nicht verhaften.
– Gesine, bist du nicht einverstanden mit den Studenten?
– Oh, einverstanden.
– Siehst du. Sie wollen ihre Universität verbessern, und so lange sie geredet haben, nun tun sie etwas, man kann es sehen. Es muß dir recht sein, daß die Universität die Sporthalle im Morningside Park nicht bauen soll, und daß sie raus soll aus dem I.D.A., dem Institut für Defensive Analysen, und es arbeitet für das Pentagon.
– Es sind anständige Wünsche.
– Sie haben aber nicht bloß Briefe geschrieben oder Plakate umhergetragen. Du weißt doch: sie sind in die Häuser der Uni gegangen.
– Und haben sich verbarrikadiert mit Brettern von Bücherregalen.
– Gesine, bist du gegen Gewalt? seit wann?
– Gewalt gegen Bücher.
– Ach das. Sie haben dem Rektor seinen Sherry ausgetrun-

ken, sie haben geschlafen auf seinem grünen Teppich, da liegen nun Zigarettenstummel und leere Konservendosen.
– Ein Schaden von einer halben Million Dollar, fast.
– Ist nicht Columbia ein kapitalistisches Unternehmen? wenn der Kapitalist nicht nachgibt, soll er bezahlen.
– Und kann die Leute scheu machen mit dem Vandalismus der gebildeten jungen Leute.
– Also gut. Ein taktischer Fehler.
– Und wieder nicht. Denn das sind die Spuren der Weißen. In Hamilton Hall aber, wo die schwarzhäutigen Studenten waren, lag weniger Abfall übrig. Hatten die nicht einen eigenen Reinigungsdienst für die Zeit der Besetzung?
– Hatten sie. Ein Plus für den Afro-Amerikanischen Bund, wenn auch ein Punktverlust für den S.D.S.
– Students for a Democratic Society.
– Etwa nicht?
– Gewiss, Marie. Und gestern morgen in der Nacht kam die Polizei und holte sie heraus. Siebenhundert Verhaftete.
– Ein Mißerfolg, ein vorläufiger. Aber es ist nicht mehr so in diesem Lande, daß nur der Erfolg zählt.
– Da wäre noch die publicity.
– Gesine, du selber würdest zehn Dollar stiften als Kaution für die Inhaftierten, wenn dich bloß Einer fragt.
– Fünfzehn Dollar. Aus Höflichkeit.
– Ist es nicht revolutionär, wenn man für etwas kämpft zu anderer Leute Vorteil?
– Es ist nicht eben egoistisch. Ist es revolutionär, wenn dann die erste Forderung lautet nach nichts als Amnestie?
– Wenn sie straffrei bleiben wollen, vielleicht halten sie die Strafe für nicht gerecht.
– Studieren können sie nur einmal im Leben?
– Wenn du darauf bestehst, Gesine: Es sind Studenten aus der weißen Mittelklasse. Vielleicht wissen sie nicht genau, wo sie sind. Weitere Beanstandungen!
– Punkt Zwei auf deinem Flugblatt da.
– Baustopp für das Gymnasium im Morningside Park. Völlig in Ordnung.
– Marie, die Universität hat der Stadt das Land schon vor sieben Jahren abgekauft, den Plan gab es seit 1959, und schon

damals gehörte der Morningside Park den Leuten von Harlem, den Schwarzen, und eigens für sie kam ein Schwimmbad in den Plan, und die Sprecher der Schwarzen freuten sich für ihre Kinder. Was ist 1968 anders?
– Daß man es schlechter sehen konnte.
– Daß die öffentliche Abteilung, die für Harlem, unten war, und daß die Schwarzen sie nur von Osten her betreten sollten?
– Nein, Gesine. Vielleicht wissen die Leute von Harlem jetzt besser, wer sie sind, und wollen von der Universität der Weißen keine Gnade und keinen Eingang durch die Hintertür.
– Deshalb soll die Universität auf ihrer weißen Seite bauen, am Riverside Drive.
– Ja.
– Aus Würde, Respekt vor der von Harlem.
– Ja.
– Und Harlem hat wieder kein Schwimmbad im Park. Ist der Preis richtig?
– Richtig, Gesine. Soll die Stadt ihnen eins bauen. Es steht ihnen zu.
– Einverstanden.
– Gibst du bloß nach, oder denkst du nun tatsächlich wie ich?
– Wie du.
– Noch was? Kann ich dir sonst noch behilflich sein?
– Punkt Vier in deinem Flugblatt. Das I.D.A.
– Dieses blutige Institut arbeitet für den Vereinigten Generalstab! Sie werten Waffensysteme aus, sie betreiben Forschung für das Pentagon, sie helfen der Regierung beim Nachdenken über die Bekämpfung von Aufständen!
– Es gibt das Institut schon seit 1955, und das Massachusetts Institute of Technology hat es gründen helfen. Warum war es damals nicht falsch? Und Columbia ging erst 1960 in den Verein. Wieso war damals nicht die rechte Zeit?
– Weil wir inzwischen einen Krieg haben, und sie arbeiten gegen Viet Nam.
– Waren die Studenten 1955 und 1960 nicht wegen der Atombombe auf der Straße?

– Zugestanden, Gesine. Die Studenten haben sich also verspätet.
– Und noch einmal. Schon seit März war die Universität nicht mehr als Körperschaft Mitglied im I.D.A. Wenn da Professoren von Columbia tätig waren als Mitarbeiter oder Berater, taten sie es für sich selbst.
– Wie kannst du das wissen?
– Rat mal. Von einem künftigen Kriegsverbrecher, in privaten Kreisen der Stadt bekannt als D. E.
– Diese Besserwisserei der Erwachsenen, es riecht so oft nach Verschwörung.
– Marie, warum verlangen die Studenten Ende April, was die Universität im März längst getan hat?
– Na, ja. Verspätung.
– Sollte die Universität jeden Professor aus ihren heiligen Mauern weisen, der von seinem Auftrag beim I.D.A. nicht lassen will?
– Genau.
– Davon steht nichts in deinem Flugblatt.
– Ach, Gesine. Und solche kleinen Ungenauigkeiten –
– Ungenau ist es.
– Das reicht dir, und du bist nicht einverstanden?
– Es reicht mir.
– Als ob du ne unpolitische Frau wärst!
– Vielleicht hab ich zu lange an der Politik gelernt, und kann es nun nicht mehr anwenden.
– Wenn ich dich jetzt einladen würde zu einem Spaziergang um die Columbia, kämst du mit?
– Ja.
– Um den Studenten zu zeigen, daß du auf ihrer Seite bist?
– Riverside Park, oder die Promenade am Fluß wär mir ebenso recht, Marie.
– Und ich hatte gehofft, du lügst. Du täuschst mich, du willst mich bloß herausfordern.
– Nein. Es ist so.
– Wenn ich nicht wüßte, daß du heute gearbeitet hast –
– Es ist nicht Müdigkeit von heute, Marie.
– Wenn du nicht jeden Tag etwas versuchen würdest für deinen Sozialismus in einem fremden Land –

– Was dann.
– Ich möcht dich nicht kränken.
– Sag es mir.
– Wie gehen deine Geschäfte, sozialistischer Weizen aus Kanada, und all das?
– Sag es mir.
– Es war doch einmal auch deine – sagt man »Alma Mater«?
– Es war einmal ein Geschäft, in dem hab ich vier Semester Volkswirtschaft gekauft. Da war ich Kundschaft, habe bezahlt und bin nicht zufrieden.
– Wie gehen also deine Geschäfte?

Das Parteisekretariat der Kommunisten in Prag streitet es ab, daß die sowjetischen Freunde die Lieferung von Weizen gekündigt haben. Ein wildes Gerücht sei das. Im Gegenteil sollen sie aus Moskau einen Kredit von vierhundert Millionen bekommen gegen Waren, die die Sowjetunion sonst aus Ländern mit harter Währung bezieht. So sei es in Wahrheit. Nur daß eben die fällige Lieferung Weizen nicht angekommen ist.

2. Mai, 1968 Donnerstag

Heute berichtet die New York Times auch einmal aus ihrer eigenen Familie. Sie hat also zwei ihrer treuesten Neffen sichtbarlich erhoben in ihren ungetrübten Augen, und der eine findet, die Zeitung sei schon unter seiner bisherigen Aufsicht »im Aussehen leichter geworden, und lade mehr zum Lesen ein«. Sollten wir es nicht bemerkt haben? Er bekräftigt jedoch die hohen Vorsätze unserer Tante als unveränderlich: »Die akkurate, die objektive Zeitung sein, zu Protokoll. Reifen Bedürfnissen dienen durch umfassende Berichterstattung. Erklären, erklären und nochmals erklären – nicht im Sinn einer ABC-Schützenfibel, sondern um die Lücken für den Leser auszufüllen«. Wir werden es behalten, und nicht vergessen.
Nicht vergessen werden wir jenes Mädchen, das sich im Filmstreifen rechts oberhalb der Fahrkartenschalter im Grand

Central unaufhörlich, immer wieder, in einem fort zum Ruhme einer Firma die Haare kämmt.
Das Kind, das ich war, es hatte seine Haare verloren am Typhus im Sommer nach dem Krieg. Sie hielt Abstand von den Leuten; es hatten freundliche sie ermutigen wollen und ihr die Baskenmütze abgerissen, als sei ihr Anblick nicht schlimm. Jakob tat, als sehe er nicht das Erbstück von Maurice auf Gesines Kopf, bei ihm konnte man es vergessen und merkte es erst wieder am Schweiß. Er versuchte Hilfe nicht mit Gewalt, nicht einmal mit Reden. Er schickte einen Fremden auf den Hof, der war geschoren wie ein Rotarmist, und da er die zivile Hose trug, bis zum Knie hochgekrempelt, und ein zu großes Hemd, mochte er ein desertierter Rotarmist sein, auf der Flucht, und ohne Ahnung angekommen vor einer Kommandantur. Der Unbekannte tat nicht ängstlich, er setzte sich auf die Stangen der Milchbank hinter dem Haus und wartete. Es war früh morgens, zwar in der Erntezeit, dennoch traf niemand ihn zuerst als Cresspahls Tochter. Sie ging hinaus, ins Haus, den Bettler anzumelden, er rief ihr aber hinterher. Seine Stimme war der Jakobs so ähnlich, sie begriff ihn erst, als sie mit dem Spiegel zurückgekommen war. Er besah sich im Spiegel, den Rahmen dauerhaft auf die Knie gestützt. Sie stand neben ihm. Sie sah im Glas fast gar nicht Haar, einen blanken langen Schädel, darin ein nacktes Gesicht, um die Augen ein wenig bekannt. Er sah ein wenig mürrisch drein, als mäkle er an der Arbeit des Haarkünstlers, der ihn so zugerichtet hatte. Er brauchte nichts zu sagen, sie begriff die Wette, das Kind das ich war, und nahm die Mütze ab. Im Spiegel war sie ihm voraus mit Haaren, soviel Schreck auch übrig blieb. Dann wuchsen sie mir noch einmal, die Haare.

3. Mai, 1968 Freitag

Nun haben die Kommunisten in Prag die vierhundert Millionen Dollar der Zentrale fast in der Tasche, und sie können eingestehen, daß es so schlimm nicht gewesen ist mit den verzögerten Weizenlieferungen aus der Sowjetunion. Im

Gegenteil seien sie neuerdings reichlicher gekommen als überhaupt verabredet; da faßt die New York Times sich an die Nase. Die Regierung der U.S.A. versucht es anders herum und spricht öffentlich von ihrem Interesse und Anteilnahme für neuere Entwicklungen in der Č.S.S.R., die den Wünschen und Nöten der Bevölkerung »zu entsprechen scheinen«, ja sie würde angesichts schwindender Goldreserven und in einem Wahljahr reden wollen über die Auslieferung von Gold an ein kommunistisches Land; ungerührt sendet Herr Dubček von der Maiparade ungemeine Grüße an die U.d.S.S.R., »woher unsere Freiheit kam und wir brüderliche Hilfe erwarten können«; er läßt sich einen Streit nicht stiften. Er wiegelt ihn ab auf der anderen Seite: vielleicht werde die Č.S.S.R. mit den Sowjetdollars Produktionslizenzen in den U.S.A. erwerben. Was allerdings das Angebot der Regierung angehe, so sei es verantwortungslos und nicht annehmbar. Komm jetzt runter von der Schaukel.
Die Stadt Jerichow saß inmitten von Weizen, dicht bei den Fischen der Ostsee; sie kam mit dem Essen nicht aus. Die Bürger der alten Zeit hätten einander helfen können, Handwerker im Handel mit Ackerbürgern; nun die Flüchtlinge in den Kammern, Bodenverschlägen und Ställen hausten, reichte das Brot nicht. Der Herr Militärkommandant wollte nicht nur ein guter Hausvater sein, auch ein stolzer, und er befahl das Einbringen der herrenlosen Ernte.
Der Bürgermeister fing es anders an und verfügte:

Jeder, der
(1.) eine Sense besitzt
(2.) mit einer Sense mähen kann

sollte sich melden im Rathauszimmer 4, das dieserhalb zum Arbeitsamt ernannt worden war. Bis zum 12. Juli bekam das Amt Kenntnis von acht Sensen in ganz Jerichow, und die meisten waren nicht angegeben von ihren Eigentümern, sondern von schadenfrohen Nachbarn. Zum Mähen kamen zehnmal soviel Leute wie Sensen, fast alle Frauen, Flüchtlinge eine wie die andere, und alle wollten sie mähen können, hatten noch die kleinen Kinder mitgebracht, zum Garbenbinden, zum Stehlen von Ähren. Es war eine scheckige Versammlung, mit Fetzen bekleidet, manche wollten es bar-

fuß aufnehmen mit den Stoppeln, und alle hingen sie schwach in den Gräten vor Hunger. Eine Flasche voll klaren Wassers und die Aussicht auf eine Handvoll Körner, das war das Vesperbrot. Cresspahl erinnerte sich an den schweren Schwung, den die Sense aus den Schultern reißt, er durfte vor solchen Leuten nicht seufzen. Er führte diesen Haufen Fußgänger vor die Stadt an ein ehemals ritterschaftliches Feld, er mähte ihnen eine Bahn an, eine Hektarkante lang, dann zog er die Jacke aus und sah sich um. Die Mäherinnen waren weit hinter ihm, und noch weiter zurück liefen die Kinder durcheinander mit Garben, die zerfielen. Nun verlor er einen Vormittag und mußte wieder und wieder vormachen, wie Einer die Beine gegen den Boden stemmt und versetzt, damit die Sense ihn nicht umreißt. Und die Kinder, städtische darunter, konnten nicht begreifen, wie ein Strang Halme unterm Ellenbogen umzuschlagen ist, so daß er ein Band wird mit untergestecktem Knoten. Eins war dabei, seine Gesine, der machte ihr Eifer zwei Hände links. Gegen Mittag hatte er von der Mannschaft kaum mehr als das Versprechen, daß sie es weiterhin versuchen wollten. »Cresspahls Krüppelbande« hießen die in Jerichow, aber am zweiten Tag standen doch so viele Hocken, sie waren auf einen Blick nicht zu zählen, mochten die Stoppeln sich ansehen wie ein bewegtes Meer. Und jene Dummköpfe, die sich auf eine Verfügung Cresspahls meldeten, sie bekamen ihren Lohn zur Hälfte in barem Geld, zur anderen jedoch in Korn aus der vorjährigen Ernte, täglich abgewogen in Papenbrocks Speicher. Eine Zeit lang gab es Bürgersfrauen in Jerichow, die wären gern nachgekommen mit vergessenen Sensen, oder bloß zum Binden.
Dann wurden Frauen angegriffen von Genossen K. A. Pontijs, und kamen nicht zurück. Eine wurde zu spät gefunden, mit zerschlagenem Kiefer in einer Weißdornhecke, und starb auf dem Transport in das Krankenhaus. Der Transport war eine Pferdedecke, die war für vier Frauen zu schwere Last. K. A. Pontij wollte nicht verantwortlich sein für die Untergebenen anderer Kommandanturen, er hatte schon Streit mit dem Befehlshaber von Knesebeck. Dem war ein Armist zurückgekommen ins Quartier, der hatte Sichelwunden einen

ganzen Arm entlang und im Rücken und sprach von einem faschistischen Überfall, es hatten aber nur Kinder ihre Mutter gegen ihn verteidigen wollen. Pontij fahndete in Jerichow nach den hitleristischen Werwölfen, und mehrmals sollte Cresspahl erschossen werden. Es folgte die Versöhnung, und Pontij erklärte sich feierlich bereit, den Freiwilligen eine Eskorte aus seinen Männern mitzugeben. Nun weigerten sich die Frauen, unter solchem Schutz zur Arbeit zu gehen. K. A. Pontij befahl das unverzügliche Einbringen der Ernte.

Es waren Männer übrig auf den Ackerbürgereien der Stadt, und sie hatten Maschinen zum Mähen, aber Cresspahl konnte sie nur mit Mühe auf die adligen Felder kriegen, diesmal aus rechtlichen Gründen. Die waren von den Plessens angesät, immer waren sie von den Gütern aus bewirtschaftet worden, war das Abernten da nicht Diebstahl? Wie anderswo in Mecklenburg galt es in Jerichow als Sünde, Korn auf dem Halm verderben zu lassen; mehr noch fürchteten sie den Zorn der weggelaufenen Eigentümer. Endlich konnte Cresspahl ihnen einreden, den Weizen eben nur vorerst zu retten, zu treuen Händen nämlich. Jetzt räumten sie ab über die Grenzen der Pachtverträge hinaus, bewachten auch das fremde Korn in der Nacht mit Knüppeln und mit Hunden (für die sie die neue Steuer nicht entrichteten). Wer sich hartnäckig widersetzte, dem beschlagnahmte Cresspahl die Maschinen, sobald sie mit der eigenen Mahd fertig waren. Er konnte sie auch leichter besetzen, nachdem er einer Familie in Jerichow keine Lebensmittelkarten mehr austeilte, wenn nicht wenigstens ein Mitglied arbeitete. (Als Unterschleif wurde angesehen, daß der Bürgermeister sich die Karte von der Gesine mit Arbeit erschwindeln ließ und Frau Abs sie für ihren Sohn bekam.) Das Wegführen der Maschinen galt als Zwang, und bei der Arbeit fehlte der Appetit, den das Eigentum macht, so gingen schon die Geräte leichter kaputt. Cresspahl hatte gut reden von einem Nutzen für die Stadt, geglaubt wurde ihm ein Nutzen für die Russen. Es war nicht günstig, daß auf den Wegen Rotarmisten bei Wettreiterei zu sehen waren. Schlimmer, es kam ein Trupp auf ein Feld in Jerichow-Ausbau und tauschte die Pferde vor einem Wagen aus gegen zwei abgehetzte Krücken, kriegsmäßig, mit vorgezeigten Revolvern. Der Wagen wäre immer noch zu schieben gewesen, wenn zwanzig Menschen sich in die Speichen stemmten; es wurde aber an diesem Tag weiter nicht gearbeitet. Abends kam Gesine an mit den kranken Pferden der Russen, die niemand hatte mitführen wollen, und wartete vor der Tür der Kommandantur auf Cresspahl. Cresspahl war schon innen zu Gange mit Verhandlungen über die Rückgabe eines von der Roten Armee »ausgeliehenen« Traktors, den der Herr Kommandant für eine Dienstreise nach Gneez benötigt und dort vergessen hatte. K. A. Pontij war nicht ganz wohl zumute, es ging nebenher noch um einige Kanister Dieselöl, und er sprach recht obenhin von der Ukraine. In der Ukraine also trugen die Leute das Korn zum Dreschen zusammen, sie brauchten dazu nicht ein Fahrzeug, und dort schleppten also die Frauen und Kinder den Pflug, und überdies nehme die Milchleistung von Kühen erst nach vier Monaten merklich ab, siehe auch Erfahrungen in der schweizerischen Landwirtschaft. Als Cresspahl die kulturkundlichen Belehrungen angehört hatte, wiederholte er seine Frage. – Was für ein Traktor? sagte K. A. Pontij, verwirrt für einen Augenblick und ratlos auf längere Dauer.

Die Pferde an Gesines Hand sah er an als ein Zeichen von Ehrlichkeit, Rückerstattung von Armee-Eigentum, und er winkte sie um die Hausecke in die Bäk ein. Das Kind wollte aber neue dafür haben, – noviye: sagte sie bei aller Angst vor einem Fehler in der Sprache, und Pontij erklärte ihr in einer leutseligen Art, das seien als Pferde nicht noviye, kein Vergleich mit ukrainischer Zucht! Cresspahl riß dem Kind die Zügel aus der Hand und verließ den zertrampelten Vorgarten der Ziegeleivilla ohne Abschied. In der Dunkelheit kam K. A. Pontij zu Besuch und drohte seinem Bürgermeister das Erschießen an, wenn er nicht die Versorgung der Stadt sicherstelle.

Was dem Herrn Stadtkommandanten unbehaglich in Aussicht stand, war ein Vergleich mit der Wirtschaft unter der britischen Besatzung, er fragte Cresspahl einmal geradezu. Mein Vater dachte Pontij darin schmoren zu lassen, und er

nannte die Herrschaft der Engländer über Jerichow erträglich, wenn nicht wohltätig. Ihre Verwaltung war gut gewesen, weil sie ihren Abreisetermin wußten. Sie hatten von den Vorräten gelebt, die hatten sicher acht Wochen ausgereicht. Als sie gingen, hatte die Bahn keine Kohlen mehr, sie konnte weder Milch nach Gneez fahren noch Kartoffeln mitbringen. Das Gaswerk von Jerichow hatte nach ihnen gelöscht werden müssen, nicht ohne Schaden für die Öfen; die Belegschaft trieb sich verdrossen und nicht geschickt auf den Feldern umher. Noch den Bäckereien fehlte es an Feuerung. Die Briten hatten aus den Lagern großzügig verteilt, Zucker und Salz und Öl, und vertrauensvoll hatten die Dörfer und Güter ihre Quoten an Schlachtvieh und Milch zu liefern versucht. Die Briten hatten Cresspahl aus der Stadtkasse zahlen lassen, was immer anfiel, ob Löhne, ob Rechnungen. Bei ihnen war sogar Schule gehalten worden, zwei Tage nach ihrer Ankunft. Ihnen war daran gelegen, westlichen Methoden ein gutes Andenken zu hinterlassen, damit die Sowjets es mit den ihren schwer hatten. Sie empfahlen sich noch aus der Ferne und schickten elektrischen Strom nach Jerichow von ihrem Kraftwerk Herrenwyk, und Pontij erfuhr es nicht mit Vergnügen. Cresspahl erwartete ungefähr einen Befehl, für Jerichow eine unabhängige Stromversorgung zu erbauen, aber er sollte nun erst einmal die Bevölkerung mit Nahrung versorgen, so gut wie bei den Briten, und in vier Wochen besser.
Die Bürgermeisterei von Jerichow schloß einen Vertrag mit der Fischereigenossenschaft Rande, vertreten durch Ilse Grossjohann, über tägliche Lieferung von mindestens zwei Kästen Fisch. (Es war die alte Genossenschaft, die die Nazis aufgelöst hatten, mit dem Wohlwollen der Briten als Neugründung zugelassen.) Frau Grossjohanns Gegenforderungen wechselten oft, mal brauchten die Fischer Segeltuch, mal Nägel, mal Schmieröl, und nicht alles fand Cresspahl noch in Jerichow zu beschlagnahmen. Er sagte seinem Stadtkommandanten nichts von diesem Handel, und auch der erwähnte ihn nicht, aber nach einer Woche Laufzeit stand Pontijs Jeep morgens in Rande, und die Armisten verlangten die »Fische für Jerrichoff«. Frau Grossjohann hatte aus ihrer

Dienstzeit bei Kollmorgen nicht nur etwas gelernt von Rechtsanwaltschaft, sie war inzwischen drei Jahre lang eine wohlhabende Fischersfrau, und sie bestand auf dem Vertrag als erfüllt, wenn auch mit Höherer Gewalt. Ehe Cresspahl noch losgehen konnte zur Beschwerde, waren in seinem Haus schon zwei Bund Butten und Knurrhahn abgeliefert, seine Nutzungsrate an Pontijs Sozialismus. Er schickte die Fische ins Krankenhaus, er verabredete mit der Fischereigenossenschaft neue Anlandestellen, Pontij kam ihm doch oft genug zuvor.
Cresspahl wurde vom Verwalter des Sowjetgutes Beckhorst, der ehemals Kleineschulteschen Wirtschaft, eine Lieferung von Schlachtkühen, auch Milch angeboten. Die brauchten Bindegarn, Rohöl, Leder für Treibriemen. Cresspahl konnte sich die Kühe denken als zähe alte Krücken, er wollte sie unbesehen nehmen. Es war ein Geschäft mit Umwegen. Dazu gehörte, daß die Stadt Alfred Bienmüller nach Beckhorst auslieh, damit er da den Motor und den Dreschsatz reparierte, für den Rohöl und Leder fehlten. Nur war Alfred Bienmüllers Geschäft die Vertragswerkstatt der jerichower Kommandantur geworden, und K. A. Pontijs Lastwagen gingen vor, besonders der eine, den er gegen ein Kabriolett eintauschen wollte, dem knesebecker Kommandanten zuliebe und zuleide, der Versöhnung wegen. Bienmüller beantragte einen Propusk nach Beckhorst wegen familiärer Umstände, und es ging nicht anders, als daß Pontij ihn unterschrieb und stempeln ließ. Milch war knapp in der Stadt, weil die einheimischen Kühe wie die aus Trecks requirierten auf sieben Gütern zusammengetrieben waren, die lieferten an die Rote Armee, nicht an die Landratsämter und nicht an die kreisfreien Städte, und die Kommandantur von Jerichow galt selbst unter ihren Freunden als Selbstversorger. Die Milch aus Beckhorst bekam Pontij nicht. Bienmüller ging in einer Nacht die Küste entlang, behob tagsüber die Schäden an den Maschinen des Gutes, wollte in der nächsten Nacht den Wagen voll Milchkannen nach Jerichow eskortieren. An der Waldgrenze wurde er vom Bürgermeister des Dorfes gestellt, der hatte Streit mit dem Verwalter der Sowjets und brauchte die Milch für seine Flüchtlingskinder, da die

Bauern inzwischen Butter in Fässer stampften. Cresspahl berief sich nicht auf Höhere Gewalt, er baute diesen Teil des Handels um auf Salz gegen Butter, er schickte das Bindegarn aus Papenbrocks Vorrat. Die Kühe kamen bis auf die rander Chaussee, von da trieb die Rote Armee sie in ihr kleines Versteck in der Bäk. Wenigstens mußte Schlachter Klein sie dort schlachten, nicht wo man ihn hätte sehen können auf seinem Hof; sein Schaufenster blieb leer. Ende Juli hatte es längst nicht hundert Gramm Fleisch pro Kopf gegeben. Cresspahl kam nicht auf den täglichen Viertelliter Milch pro Kind, den er für unentbehrlich hielt (wie Pontij auch. Aber er holte sich doch seinen beliebigen Anteil von der Molkerei, mit dem jeweiligen Bemerken, auch er habe in seiner Festung Kinder). Cresspahl wäre es lieber gewesen, der Befehlshaber der Fremden hätte den Deutschen die Lebensmittel entführt aus Haß, zur Strafe, seinetwegen; er kam nicht zurecht mit dem Spiel, das Pontij daraus machte, mit seelenvollem Nitshewo und herrenhaftem Shiskojedno.
Cresspahl ordnete für jeden Hühnerhalter die Ablieferung eines Eis pro Tag an. Diese Eier sollten nur auf Abschnitte der Kinderkarten aufgerufen werden. Was er bekam, waren Anzeigen wegen Hühnerdiebstahls, besonders aus jenen Häusern, deren Hinterhöfe an den Grünen Zaun der Sowjets grenzten. Er brauchte den Hühnern nicht hinterherzugehen. Sie waren zu hören in der Bäk, die früher zu vornehm gewesen war für die Haltung von Federvieh. Weil die Diebe manchmal den abgerissenen Kopf von Huhn und Hahn in den wunderbar unverletzten Ställen hinterließen, fing in Jerichow das Schwarzschlachten von Geflügel an. Cresspahl konnte das verbieten. Er konnte sich bei Pontijs Festmählern die Taschen vollstopfen mit harten Eiern.
Weniger fürchtete er »das bißchen Hungern«; es war noch keine Not, die würde im Winter kommen. Nur konnte er nicht das Gerede bewältigen, das unfaßbare, schleichende, nicht einmal tückische, sondern ergebene Geraune: es habe nichts einen Sinn, es werde alles zu Ende gehen, es sei alles für die Russen. Das konnte sich auswachsen zu einer wilden Angst, daran konnte die Versorgung der Stadt umkippen.

Der Bürgermeister verfügte:

Der Bedarf der Stadt Jerichow an Kartoffeln alter Ernte ist gedeckt

und durfte das Aufnehmen neuer Kartoffeln vor dem 15. August 1945 verbieten. Verstanden wurde daran, daß er offenbar einen Mangel an Kartoffeln voraussehen konnte und am Ende doch die Stadt warnen wollte, im Grunde seines Gemüts doch ein Mecklenburger auf der Seite der Mecklenburger; in den Nächten stahlen die Bürger ihre eigenen Kartoffeln, versteckten sie in den Kellern, führten sie als neue Währung gegen die Flüchtlinge ein. Die Kommandantur Jerichow hielt einen Trupp Arbeiter auf dem Weg zum Korn auf und ließ sich einen Morgen neuer Kartoffeln ausgraben, und es war noch nicht einmal Ende Juli. Gewiß, der Bürgermeister hatte seinen Sowjets nichts zu untersagen; er wollte ihnen den Appetit auf den frischen Geschmack nicht verdenken; er nahm nicht gern hin, daß sie ihn lächerlich machten bei der Versorgung der Stadt.

Und wieder fing er an mit dem Geschäft auf eigene Faust, wie es durch die Ankunft der Sieger verboten war,

die U.S.A. verwahren seit dem Ende des Weltkrieges 20 Millionen Dollar in Goldbarren der Č.S.S.R., als Pfand für beschlagnahmtes amerikanisches Vermögen. Die Leute in Prag bieten zwei Millionen für Rückerstattung und Erledigung. Die U.S.A. fordern 110 Millionen. Wer ist dran mit Bieten?

und machte aus einem Elektromotor bei Alfred Bienmüller und einem Satz Gummibereifung in Knesebeck eine geschäftliche Gleichung, unter beträchtlichem Zusatz von Fensterglas und Motorenöl, und fand nicht mehr den Erntewagen in Rande, den er hatte fahrbar machen wollen, vielleicht aber einen Haufen frischsandiger Kartoffeln und Doppelzentner Weizen in fabrikneuen Säcken. Den Zivilpersonen war das Annehmen von Gebrauchs- und Nahrungsgütern aus den Händen sowjetischer Soldaten verboten. Für das Fensterglas aber war er im Wort, und die Kartoffelausgraber der Sowjets hatten aus der Bäk zwei Kessel fleischdickes Essen mitnehmen dürfen, wie er es für das Krankenhaus nicht beschaffen konnte.

Eines aber gelang ihm inzwischen, und es bestürzte den

Herrn Militärkommandanten nicht wenig. Wenn K. A. Pontij abermals sich betrug wie die wildgewordene Herzkönigin und ihm mit Hinrichtung drohte, vermochte Cresspahl freundlich und einverstanden zu nicken, ohne doch von seiner Sache wegzutreten. Es war wie mit der Katze von Cheshire, der der Kopf abgehackt werden soll, weil sie den König nur ansehen will, nicht aber ihm die Hand küssen. Sie zeigt aber von sich nur den Kopf, und ein wenig Lächeln. Der Henker will nicht einen Kopf abhacken, wenn da kein Körper ist, von dem er abgemacht werden kann. Der König befiehlt, daß allem der Kopf abgehauen werden kann, was einen Kopf hat, und nun Schluß mit dem Unsinn. Die Königin aber will jedermann im Umkreis hingerichtet haben, wenn nicht etwas geschieht in weniger als gar keiner Zeit,

in less than no time, Gesine!
ward hei di dotscheiten, Cresspahl?

und der Kopf der Katze sitzt im Himmel und der Henker kommt zurück und die Katze ist verschwunden, Kopf und Lächeln und ganz und gar.

4. Mai, 1968 Sonnabend Tag der South Ferry

Das Lächeln der Katze von Cheshire ist noch mitgekommen in den letzten Traum, und mit ihm der Sonnenregen von gestern abend, der den Fahrdamm seitlich beleuchtete und schwarz machte, als das Geräusch der Autoreifen plötzlich zunahm. Minuten später verschwand die Sonne hinter einem dicken bläulichen Vorhang, wie vor dem Aufwachen heute das Lächeln der Katze von Cheshire.

Marie hat das »Sonnabendfrühstück« hinterlassen, heißen Tee, dazu Toast in Servietten vergraben, alles auf einem Tablett, zur leichteren Beseitigung, dazu die New York Times frisch vom Broadway. Vielleicht lernte sie es doch, zu wohnen in einem Hotel in Prag.

Zum Frühstück also hauen die pariser Studenten sich mit

ihrer Polizei, weil einige von ihnen den Lehrbetrieb kontrollieren möchten und die Einrichtung des Kapitalismus umstürzen, den Boulevard St. Michel entlang, zum Beispiel. In Prag versammeln sich Studenten an der Statue von Jan Hus und statten der Kommunistischen Partei ihren Dank ab »für die gegenwärtigen Mängel an Wohnraum und im Verkehrsdienst, für miese Arbeitsmoral, für rechtliche Unsicherheit, für eine Währung ohne Wert, für einen niedrigen Wirtschaftsstandard«, und werden die Kommunisten eine Ansteckung vermuten? Vorerst streiten sie einmal ab, daß sie mit der New York Times jemals gesprochen haben über eine Sowjetanleihe von 400 Millionen Dollar. Wahr ist vielmehr, daß Herr Dubček eben erst nach Moskau geflogen ist, um über Goldrubel zu sprechen, auch solche Sachen wie Erdgas und rohes Öl, womöglich als Entgelt für die sowjetischen Schulden von 425 Millionen. Wahr ist vielmehr ... und nennen die ehrenbedeckte Tante Times ins Gesicht hinein eine Dame, die sagt uns nicht die Wahrheit, und sie muß es uns weitersagen. Lahm, und übrigens setzt sie hinzu, der Genosse Dubček sei gestern abend in Moskau zu einem Wochenende angekommen. Wahr ist vielmehr...

Da geht eine ihrem Kind hinterher, eine Person, eine Dame, ne Lady, ihr kennt mich nicht. Geht den Riverside Drive hinauf nach Norden, dicht an den Häusern, deren Zufahrten vom großen Damm durch bergige Bauminseln abgetrennt sind, geht als wär sie da aufgewachsen und hat doch einmal die mächtigen Wohnkolosse unter ihrem verwitternden Zierat angestaunt von fern wie etwas, da wird sie nicht hinkommen. Hat hier aber Bekanntschaft und Freunde; guten Morgen, Mrs. Faure: uns geht es auch gut, wir besuchen ein Kind. Der Park ist nun ganz dicht verwachsen mit Blättern. Immergrüne stehen da nicht, im Winter ist er kahl. Die vor unseren Fenstern stehen, schimpfen die Fremden den Bergahorn, sie sind aber Maulbeerfeigenbäume, mit der weißlich braunen Borke, der Baum der Bibel. Jetzt, an der 100. Straße, wandert sie doch reinweg um das Denkmal der Feuerwehrleute, will nur die Tafel noch einmal lesen, die das Leben der Pferde rühmt, weil auch sie im Dienst starben, in the line of duty. Die Portale der Eckhäuser sind prächtiger,

zu Rahmen für pompöse Erscheinungen ausgebaut; manche aber sind leer, staubig, doppelt verschlossen, und die Leute benutzen den Eingang in der Seitenstraße, wo sie nicht so unverhofft allein sind. Als ob nachts Räuber aus dem Park kämen. An der 113., wo eine die Freiheit liebende Rasse der Ungarn einen Lajos Kossuth auf den Sockel gestellt hat, sollen Leute von New York getrauert haben im Herbst 1956. Dahin wären wir nicht gegangen. Und an der 116. steht doch eine Fichte, ein Immergrün, versteckt in einem Hain. Werden wir sie im Winter sehen? Jetzt aber sind wir genug berganwärts gestiegen, längst auf der Höhe der Columbia University, und hier steht der Klumpen aus Beton und Marmor, aufdringlich bescheiden eingepaßt in eine Reihe von Bürgerhäusern, blendend im Vormittagslicht, kahl und unzugänglich, ein fernöstliches Grabmal, das vielbestaunte Wunderwerk moderner Architektur in New York, mit einem ehrfürchtig gefaßten Stein aus einer schottischen Abtei von vor sechshundert Jahren in der Fassade, die Schule Maries.
Die Schule hält heute ihren Frühlingsbasar, eingeladen sind die Eltern samt den Freunden, die doppelten Glastüren in der finsteren Durchfahrt sind doch nicht offen. Auch wir müssen uns erst aus der Loge ansehen lassen von einer Arbeitsschwester, ob wir etwa ein Messer im Ärmel haben oder einen Revolver auf dem Herzen. Es ist ein strenges Haus. Einen Mann ohne Schlips würden sie womöglich von hinnen schicken. – Sind Sie eine von den Eltern, Mrs. –?
Eine von den Eltern. Cresspahl, Klasse fünf B. So ist es.
Der Basar ist aufgebaut im Foyer und einem um die Ecke angrenzenden Klassenraum, eine ausführliche Veranstaltung zum höheren Ruhme des Budgets, über die ungeheuerlichen Schulgebühren hinaus, und nicht ein einziges Stipendium für ein Kind armer Eltern wird dabei herausspringen. Wir sind nicht gekommen, hier zu kaufen, wir suchen ein Kind. Hinter den Tischen stehen die minderjährigen Verkäufer, meistens Mädchen, und tun sich schwer mit dem wenigen Wechselgeld und dem Führen des Kontos. Hier wäre etwas aus Batik, da gibt es Gürtel aus Sacksband, dort eine Kette aus beinernen Ringen, und was man sonst entbehrt. Dies Mädchen gefiele uns, die mit den grünen, mit den grauen Augen, die

mit den Zöpfen, die mit den kräftigen Schultern in der Uniformjacke, die uns so fremd betrachtet, als möchte sie uns hinaussetzen lassen aus dem heiligen Bau. Die geht hinter den Theken mit uns, hält uns die selbstgemachten Waren entgegen, nennt uns Preise, weist auf ein Stirnband zu einem Dollar zwanzig und sagt: Für zwölf Scheine, ist doch geschenkt, madam.
Die führt uns zu einem Tisch im zweiten Raum, auf dem ein Puppenhaus ausgestellt ist, mit Seilen an Ständern abgesperrt, zu berühren verboten. Es ist kein städtisches Hausmodell, eher bäuerlich, niedrig unter einem ziegelrot und moosgrün bemalten Dach, sparsam eingeschnittenen Fenstern mit Kreuzstock. Dies Kind schlüpft unter den Kordeln hindurch, sie berührt das Haus. Sie hebt das Dach ab, hält es mit dem First nach unten, blickt uns auffordernd an. Na? Allerbeste Verarbeitung des Gebälks, das müssen wir sagen. – Der Fachausdruck ist Verzargung der Balken: sagt sie, und schon treten die Leute näher, Publikum geradezu, stellen Fragen. Auf dem entblößten Dachboden sind nun Kammern sichtbar, eine gefüllt mit Feuerholz zum Spielen. Ofenholz im Haus? – Vielleicht wurde es draußen gestohlen: sagt sie. Eine Räucherkammer hat das Haus obendrein, nur daß sie leer ist. In einer anderen ist das kahle Holz mit einem Mal altmodisch tapeziert, der Boden lackiert und bestellt mit Tisch und Bett und Schrank. – Ein Knechtezimmer: sagt einer der Umstehenden stolz und erstaunt; er bekommt ein Nicken und mag sich vorkommen wie ein gestreicheltes Pferd. Auf dem Dachboden, in den Abseiten, stehen hölzerne Kisten, Koffern nicht ähnlich, das bei Cresspahl abgestellte Flüchtlingsgepäck, und Marie erklärt, als sei dies ein Stück unbekanntes Altertum: Offenbar unternahmen die Bewohner des öfteren Reisen, ich meine außerhalb der Statistik. Dazu nicken die Erwachsenen. Unter dem hochgenommenen Dachboden kommt das Gefach der Zimmer zum Vorschein, links vorn das von Cresspahls Tochter, das nennt dies Kind eins für Gäste, daneben Cresspahls Schlafbüro, und die Führerin gibt es aus für die Rezeption. Sie zeigt die Möbel auf der flachen Hand, es sind aber Fremdkäufe aus dem Museum of the City of New York, und sie vermutet da einen flämi-

schen Stil. Wenn sie kann, lügt sie, macht aus der Franzosenkammer eine Nähstube und aus der Speisekammer eine Werkstatt, alles in dem trockenen neuengländischen Ton, den sie sich einmal von der Insel Orr mitgebracht hat; das rutscht so dahin mit Yessir und I'm sorry madam? Die Zuschauer diskutieren nun unter einander über den Baustil, einer ist für norwegischen Ursprung und hat dergleichen gesehen in Massachusetts, einem anderen will es bekannt vorkommen aus Holländisch-Pennsylvanien, und das Kind zuckt die Achseln dazu, sachverständig zwar, aber allen Ernstes überfragt. Endlich hat sie einen der Besucher zu der Frage gebracht, die die erste war. Was dies denn kosten solle. Wieviel dafür anzulegen sei.

– Zu verkaufen ist es freilich nicht: sagt das Kind. – Vielleicht aber wird es am Nachmittag versteigert.

– Nicht holländisch versteigert, sondern amerikanisch: sagt sie.

Auf so ein Haus bieten wir nicht, das lassen wir stehen. Das Kind, allerdings, das nehmen wir mit, fliehen vor den anschleichenden Lehrkräften und fahren unverzüglich zum Hafen, wo die Fähre wartet.

Sie selber war das Kind, das dies Haus gebaut hat, und als sie danach gefragt wurde, schüttelte sie den Kopf, unwissend.

– Eine von uns: hat sie gesagt.

5. Mai, 1968 Sonntag

Gib nun auf, Gesine. Heute paßt so gut wie morgen.

Ach was. Wegen einer Nachricht, »die Paris erreicht hat«. Und in Le Monde *stand.*

Wer ist schon General Yepishew.

Alexej A. Yepishew ist der Chef der politischen Verwaltung der Sowjetischen Streitkräfte.

Ist er das Politbüro der K.P.d.S.U.?

Warum soll die Rote Armee nicht auch wieder mal ein Manöver wünschen? Militär sind die auch, Gesine.

Sie werden es nicht tun.

Yepishew will nur gebeten werden von gläubigen Kom-

munisten in der Č.S.S.R. Dann wird er kommen und ihnen ihren Sozialismus schützen.

Solche Altgläubigen sind längst in der Minderheit.

Brief genügt, komme sofort. »Die Rote Armee ist bereit, ihre Pflicht zu tun.«

Sie werden es nicht tun.

Sie sind in Ungarn einmarschiert, 1956.

Deswegen werden sie sich hüten.

Diesmal sollen ja auch noch »andere« sozialistische Truppen mitkommen. Zur Verteilung der ungünstigen Publicity.

Womöglich die Ostdeutschen. Die empfehlen ihren Sozialismus, noch einmal mit deutschen Uniformen in Prag.

Womöglich benutzen sie nicht nur Uniformen, Gesine.

Sie werden nicht mit Panzern nach Prag gehen. Nicht zwölf Jahre nach Budapest, 1968!

Bis heute hast du davon nur reden hören.

Es gehört dazu. Die Gerüchte machen eher ein andres Bild vollständig.

Gesine, am 23. April hat General Yepishew es gesagt in einer Sitzung seiner Partei. Gestern stand es in einer französischen Zeitung. Heute hast du es gelesen.

Ich hab schon Dementis gedruckt gesehen.

Und Pferde kotzen.

Nein! Nein! Hab ich nicht gesehen!

»So ein Kind zählt da gar nicht.«

Das wird die Rote Armee nicht tun.

Weil eine Gesine Cresspahl es glaubt.

Ja. Deswegen.

Der Herr Stadtkommandant von Jerichow, K. A. Pontij, er mochte mit einem Karabiner auf Vögel schießen, er mochte eine Katze mal streicheln mal wegtreten, er mochte Cresspahls Tochter hart anlassen, weil sie ihm den Weg vor seiner Villa nicht akkurat genug gefegt hatte, es verschlug ihr den Respekt nicht gänzlich. Sie war ihm reinweg dankbar. Er hatte die Leichen von ihr weggenommen.
Die Briten hatten tote Menschen öffentlich gemacht in Jerichow. Es waren die Häftlinge der Nazis aus dem Konzentrationslager Neuengamme, zwanzig Kilometer südöstlich von

Hamburg, mit den mecklenburgischen Außenstellen Boizenburg und der Reiherhorst in Wöbbelin. In Neuengamme hatte das Deutsche Reich es nicht geschafft. Als das Deutsche Reich die Lager Majdanek, Treblinka, Bełżec und Sobibór im vereinnahmten Polen räumen mußte, stellte es Häftlingskommandos zum Öffnen der Massengräber an, zum Ausgraben der Leichen, zum Vermahlen der Knochen. Das Mehl wurde auf den Äckern ausgestreut, die Gaskammern und Verbrennungsöfen gesprengt, und als die Häftlinge die Lager so eben gemacht hatten wie eine Unschuld, wurden sie umgebracht für ihre Arbeit. In Österreich mußten die Deutschen das Lager Mauthausen stehen lassen, auch in Neuengamme schafften sie es nicht. Die dänische Regierung verhandelte um ihre Landsleute, bis sie sie im April mit dem vielberedeten »Konvoi der 92 Weißen Busse« nach Frøslev und Møgelkaer holen konnte. In Neuengamme blieben mehr als sechstausend Menschen unter dem Kommando der Deutschen zurück, die sollten die Briten nicht finden, die wurden evakuiert. Auf dem Weg über Hamburg nach Lübeck starben erst einmal fünfhundert in den Güterwagen, die noch mehr Hunger nicht vertrugen und ärztlich nicht versorgt wurden. Vier Waggons mit Kranken wurden gar nicht erst auf die Schiffe verladen, die schrien im Fieber, die wurden erschossen, und wenn Einer das nicht gehört hat in Lübeck-Außenhafen, dann mag ihm doch der festliche Lärm der deutschen S.S. im Getreidesilo daneben zu Ohren gekommen sein, die den Endsieg mit feinsten Cognacmarken und Delikatessen aus gestohlenen Paketen des Roten Kreuzes begingen. Die Häftlinge, von denen die Lübecker nichts wußten, warteten fast zehn Tage an ihrem Kai, in den Waggons, Güterwagen der Deutschen Reichsbahn, unter offenem Himmel, in die Thielbek und in die Athen gestopft; neben dem Hafen wurden weiterhin Tote verscharrt. Die Thielbek hatte 1944 Bomben abbekommen, sie war lange nicht repariert und seetüchtig, sie mußte von zwei Motorkuttern die Trave hinaus in die Bucht geschleppt werden. Die Athen konnte aus eigener Kraft fahren, die brachte immer neue Häftlinge vom lübecker Industriehafen zur Cap Arcona in der neustädter Bucht. Die drei Schiffe mit den Häftlingen waren gut zu sehen vom Land aus, und nicht nur den Fischern bekannt. Die Thielbek hatte für Knöhr & Burchardt in Hamburg Fracht gefahren, 2815 Bruttoregistertonnen, 105 Meter Länge, 6,4 Meter Tiefgang. Auch die Athen, etwas kleiner, war nicht für den Transport von Menschen eingerichtet, sondern für Fracht. Die Cap Arcona war für Personen gebaut, ein Luxus-Schnelldampfer der Hamburg-Südamerikanischen Dampfschiffahrtsgesellschaft, 27,560 Bruttoregistertonnen, 206 Meter Länge, 8,7 Meter Tiefgang. Vor dem Krieg fuhr sie nach Rio de Janeiro, 35 Tage, nur erste Klasse, für 1,275 Reichsmark; meiden Sie einen Teil des Winters und erholen Sie sich in südlicher Sonne und milder Seeluft. Für 1325 Passagiere und 380 Mann war die Cap Arcona eingerichtet; jetzt hatte sie allein 4600 Häftlinge im Bauch, ganz unten die Kranken, ohne Medikamente und Verbandszeug, die russischen Häftlinge im Bananenbunker, ohne Licht, ohne Luft und die ersten drei Tage lang ohne Essen; die Toten wurden auf dem Deck gestapelt. Das Schiff stank nach den Toten, nach der Krankheit und dem Kot der Lebenden; ein Faultopf, unbeweglich obendrein. Denn auch die Cap Arcona war nicht seetüchtig, ihr fehlte der Brennstoff. Zu essen gab es kaum für die Häftlinge, sogar Trinkwasser wurde ihnen vorenthalten, aber Appell am Morgen mit Abzählen und Abhaken mußte sein. Das Sterben ging hier langsamer als im Gas, aber der Tag war vorauszusehen, an dem alle tot sein würden. Dann kam die Freiheit. Die Freiheit kam am 3. Mai über die sonnenklare Bucht und war eine Staffel britischer Bomber. Gegen halb drei kreuzten sie über dem Hafen von Neustadt ein und nahmen sich die Athen vor. Die Deutschen verteidigten ihre Häftlinge mit Flakfeuer, nach dem dritten Treffer hißten sie eine weiße Fahne. Die britischen Piloten mögen das gesehen haben, denn sie ließen von diesem Schiff ab und griffen die in der äußeren Bucht an. Die Thielbek legte sich nach zwanzig Minuten auf die Seite und verschwand ganz unter der Wasseroberfläche, denn da war es achtzehn Meter tief. Die Cap Arcona, mit dem Bettuch des Kapitäns am Mast, brauchte eine Stunde, dann neigte sie sich nach Backbord, langsam, immer schneller, bis sie mit ihren sechsundzwanzig Metern Breite auf der Seite lag, acht Meter davon über Wasser. Inzwischen war das Sterben rasch gegangen,

auch vielfältig. Sterben konnten die Häftlinge im Feuer, im Rauch, (die Feuerwehrschläuche waren abgeschnitten), an den Bordwaffen der deutschen Besatzung (die Besatzung hatte Schwimmwesten), eingeklemmt von gehorteten Lebensmitteln, eingequetscht im panischen Gedränge, an der Hitze der ausglühenden Cap Arcona, in den abstürzenden Rettungsbooten, am Sprung ins Wasser, im Wasser an der Kälte, an den Schlägen und Schüssen von den deutschen Minensuchbooten und an Land an der Erschöpfung. Gerettet wurden 3100 Menschen. Umgekommen war eine Zahl Menschen zwischen sieben und achttausend. Gegen siebzehn Uhr übernahmen die Engländer Neustadt, britische Zone wie Jerichow, zwischen den beiden Städten durfte noch gesprochen werden, daher wußten wir es.
Die Toten trieben an alle Ufer der Lübecker Bucht, von Bliestorf bis Pelzerhaken, von Neustadt bis Timmendorfer Strand, in die Mündung der Trave hinein, vom Priwall bis Schwansee und Redewisch und Rande, noch in die Wohlenberger Wiek hinein, bis an die Insel Poel, das andere Timmendorf. Sie ließen sich finden fast jeden Tag.
An der Küste vor Jerichow kamen zu viele an, die konnte der Finder nicht alle heimlich verscharren im Strandsand. Die britische Besatzungsbehörde hatte eine Meldepflicht eingeführt für die Leichen aus dem Wasser und bestand darauf. Die Briten holten Männer zusammen auf einen Lastwagen, weil sie Mitglieder der Nationalsozialistischen Deutschen Arbeiterpartei gewesen waren. Sie wurden am Strand entlang gefahren, und wo ein schwarzer Klumpen im weißen Sand lag, hielten die Briten an. Die Deutschen bekamen für das Aufladen keine Handschuhe, nicht einmal Gabeln oder Spaten. Die Briten tranken ihren Whisky den Deutschen vor; trotz der Medizin mußten auch sie sich übergeben. Die Briten legten nicht einen eigenen Friedhof an für die Toten aus dem Wasserlager. Wenn der Wagen voll war, fuhren sie die Ladung tief ins Land hinein, bis nach Kalkhorst, nach Gneez sogar. Wenn sie in Jerichow einfuhren, wurden die Seitenklappen heruntergetan. Die Militärpolizei holte die Deutschen aus den Häusern, damit sie die Fracht ansahen, die im Schritt durch die Stadtstraße zum Friedhof gefahren wurde. Langsamer als Schritte. Die Fracht war nicht leicht zu erkennen.

Sie war beschädigt von Schußwunden, Brandschrumpfung, Bombensplittern, Schlägen. Sie war zu erkennen an der verfärbten, aufgeplatzten, eingeschlungenen Kleidung aus Streifentuch. Oft waren die einzelnen Stücke Mensch nicht vollständig. Es fehlten Glieder, oder auf der Ladefläche lagen Glieder ohne Rumpf, eines Tages nichts als ein Stück Kopf. An dem hatten die Fische viel gefressen. Die Briten holten die Leute von Jerichow auf dem Marktplatz zusammen. In der Mitte lag die erste Fuhre Tote. Der Kommandant übergab den Deutschen ihre Toten. Er machte sie zu ihrem Eigentum. Er erlaubte ihnen, die sterblichen Überreste aus dem Meer in Särge zu legen. Sie durften dann die Särge schließen und auf den Friedhof tragen. Als das Massengrab zugeschippt war, schossen die Briten eine Ehrensalve in die Luft. Am Ausgang des Friedhofes stand ein Sergeant mit einem Kasten vor dem Bauch, darauf stempelte er die Lebensmittelkarten ab. Wer die Toten nicht angenommen hatte, sollte nicht essen.

– Es waren die eigenen Toten dieser durch und durch verluderten Engländer! sagt Marie. – Ihr habt euch alles gefallen lassen, und noch mehr!
– Sie gehörten den Deutschen. Die hatten sie gefangen gehalten, auf Schiffe geladen; nur langsamer wären sie bei denen gestorben.
– Die Bomben kamen von den Briten. Sie haben die Lageruniform der Häftlinge gesehen und sie doch beschossen mit Bordwaffen. Das ist die Wahrheit.
– Die Briten wollten diese Wahrheit nicht. Du konntest für weniger eingesperrt werden. Rund um die Schiffe hatten deutsche Uboote aufgetaucht gelegen, die bekamen nichts ab; das war zum Flüstern zu gefährlich.
– Es war euch geläufig.
– Neu war es nicht. Eben noch konnte man in Mecklenburg solche Gefangene in gestreiften Anzügen sehen (womöglich nicht in Lübeck); in der Sprache durften sie nicht leben. Nun brachten die Briten Tote mit und verordneten die Ursache für ihr Sterben nach Belieben.
– Wenn die Leute in Mecklenburg nicht mutig waren, die Engländer doch.

– Bis 1956 haben sie fünf Bände über die Luftoffensive gegen Deutschland bis Kriegsende in die Welt gesetzt, der 3. Mai war vor dem Ende des Krieges, nirgends ist die Rede von dem Bombardement in der Lübecker Bucht.
– Amtliche Wissenschaft. Steife Oberlippe.
– Amtliche Wissenschaft ist auch, daß die Briten ankamen, bevor die deutschen Uboote die Häftlinge noch selber hätten versenken können. Amtliche Wissenschaft ist das Denkmal auf dem Alten Friedhof von Jerichow.
– Auch eins in der Britischen Zone?
– In Pelzerhaken bei Neustadt. Und vier Jahre später erlaubten die Briten den Besitzern der Thielbek die Bergung des Wertgegenstandes. Die See hatte das Schiff nicht ganz leerspülen können, da waren Leichen übrig, Mengen blanker Knochen; reparieren ließ sich das. Nennen wir das Ding Reinbek, lassen es laufen bis 1961, bis der Verkauf sich lohnt. Wenn du heute eine Magdalena siehst unter der Flagge Panamas, das ist die Thielbek vom Mai 1945. Die Cap Arcona lohnte nur noch das Verschrotten. Aber die Athen wurde 1946 die sowjetische General Brussilow, 1947 die polnische Warýnski, die fuhr dann für die Reederei Polish Linie von Gdynia nach Buenos Aires und Rio de Janeiro. Von der Cap Arcona ist die Schiffsglocke übrig, du hast sie gesehen.
– Im Freiheitsmuseum von Kopenhagen!
– Am Churchillplatz, in Kopenhagen.
– Und in der Ostsee mochtest du noch schwimmen?
– Aus der Ostsee haben wir Fische gegessen. Bis heute essen die Deutschen Fische aus der Ostsee. Es liegen noch fast dreitausend Häftlinge auf dem Grund der See.
– Und K. A. Pontij verbot sie?
– Er verbot die Erziehung der Deutschen durch Leichentransporte über Land. Dies Strandgut mußte in den Friedhöfen der Stranddörfer versammelt werden, außerhalb seines Befehlsbereichs. Das kostete –
– und Jerichow ließ er bezahlen.
– Beschwer dich, Marie.
– Nein. Ich wär ihm auch dankbar gewesen.

Der Herr Stadtkommandant schaffte es nicht mit einem ersten

Befehl, tote Leute von sich fernzuhalten. Eine Weile noch überfielen sie ihn von einer anderen Seite. Sie waren die Flüchtlinge, die auf den Dörfern und Gütern um die Stadt starben, von weit außerhalb des Kirchspiels kamen sie her, schon Anfang Juli. Sie hatten keinen Sarg mitgenommen, als sie vor dem Krieg wegliefen; nun sie am Typhus verkamen, sollten sie ein Heimatrecht in Jerichow suchen. Der erste Wagen war noch angemeldet bei Pastor Brüshaver, so daß die kleine Glocke geläutet wurde, als er näher kam. Gesine ging deswegen nicht mehr hinters Haus; zwar blieb sie sitzen in ihrem Walnußbaum, obwohl es doch unhöflich war gegen die Toten. Es war ein Kastenwagen, mit Seitenbrettern und Kretts hinten und vorn. Die Sprache lief ihr weg, sie dachte: Kraut und Rüben. Vor der Leichenkapelle nahmen der Kutscher und der Helfer das hintere Krett hoch und zogen den obersten Toten nach unten, bis er auf die Trage stolperte. Gesine versuchte zu denken, daß Jakob so ein Krett ein Schott nannte in der sonderbaren pommerschen Art, sie fühlte sich doch weglaufen. Beim zweiten Male wurde den Dorfleuten das Ausschachten so großer Löcher zu beschwerlich, und sie luden die Fremden in Jerichows Leichenhaus ab, ohne daß Brüshaver es rechtzeitig erfuhr. Das war ein Erntewagen gewesen, darauf lagen sie sichtbarlich übereinander zwischen den Leitern, auf denen am nächsten Tag wieder Korn eingefahren werden sollte. So ein Menschenarm, der zwischen den Stäben über den Holm hinaushängt, neben dem Rad schaukelnd, nahm sich noch lebendig aus. Den Toten war nicht anzusehen, wohin sie gehörten; K. A. Pontij konnte sie nicht zurückschicken. Er richtete für den nächsten Tag ein Wachkommando ein.

In der Nacht wurde noch ein Wagen heimlich an seiner Villa vorbeigeschoben, leise von Hand, auf Gummirädern. Den hörten Hanna Ohlerich und Gesine nicht; beruhigt wachten sie einmal auf von einem Wagen der Kommandantur, der nach heftigem Rasseln mit einem Ruck zurückgerissen wurde, so daß die Pferde schrien. Gesine mußte auswärtigen Besuch nicht fürchten; ohne Bedenken ging sie morgens aus dem Haus. Bei dem Blick nach rechts sah sie beide Flügel der Kapelle offenstehen, am Boden davor etwas, das sah aus wie ein Schuh. Sie versuchte sich einzureden, daß dort jemand bloß gestürzt sei; sie wußte aber, daß sie die Toten jetzt ansehen wollte.

Vielleicht hatten die Lebenden in der Nacht Laternen mitgebracht. Die Toten waren nicht übereinander geworfen wie auf den Wagen. Sie saßen in der kleinen Halle wie lebendig, mit dem Rücken gegen die Wand gelehnt, die meisten mit offenen Augen. Die Kleider, die Hosen und Joppen hatte man ihnen gelassen, aus Furcht vor Ansteckung, oder wieder angezogen, es saß ihnen nur etwas schief am Leibe, zu hoch im Nacken, zu hoch über den Knien. Manche berührten einander, hielten den Nachbarn am Sitzen, sie mochten so hingerutscht sein. In der Nordwestecke waren zwei zusammen, als hätten sie selber so sich niedergelassen. Es war ein junger Mann, der Gesine zweiundzwanzigjährig vorkam, schwarzhaarig mit langen Koteletten, in einem sauberen schwarzen Anzug mit Hemd und Schlips, ein Städter, dem die Schuhe abhanden gekommen sind. Sein Kopf war zur Seite gewandt, als blicke er an die andere Wand. Da, jedoch sehr dicht bei ihm, lag ein Mädchen halb hingesunken, eine Blonde mit hochgesteckten Haaren, ganz sommersprossig, und sie war dem Jüngling halb in den Schoß geglitten, und so beruhigt ihre Lage war, seine Hand auf ihrer Schulter schien um ein Weniges verlegen, und nicht freiwillig. Sie sahen plaziert aus.

In der Halle war noch ein Huhn, das der Kommandantur entlaufen war. Es war ganz lebendig. Es hatte neben den Hosentaschen der Toten Korn gefunden, pickte aber auch an dem nackten Fleisch in seiner Verwunderung.

Die Leichenhalle hatte ihre Fenster in den Seiten. Von rechts oben kam frühe Sonne und beleuchtete die Kapelle wie ein Wartezimmer, keinen darin mehr als das Liebespaar.

Gesine war nur mit einem halben Schritt in der Kapelle gewesen, und nicht länger als Sekunden. Sie fühlte sich angesehen von überallher, und trat gleich zurück. Dabei stieß sie an den Toten, dessen Schuh ihr aufgefallen war. Den hatten die Spaßmacher vergessen, er lag als einziger mit dem Gesicht im Kies.

Es war nicht nötig, daß sie zum Haus zurücklief. Im Gehen ließ sich bequemer überlegen, was nun von ihr verlangt war.

Sie wußte, daß sie nun eine Handlung schuldig war; sie ahnte nicht welche. Als sie das Frühstück verweigerte, und so das Essen durch den ganzen Tag, bekam sie dennoch ihr Gewissen nicht zahm. Sie hätte ohne Beschwerden essen können, sie fühlte sogar Appetit, wenn auch abends nicht Hunger. Ihr war, als hätte sie die Versammlung der Toten betrogen.
Cresspahl sah die arrangierte Szene auch, und mittags ließ er sie abfahren und die Halle vernageln. Jerichow hatte längst den anderen Friedhof, den K. A. Pontij befohlen hatte, auf der linken Seite der rander Chaussee zwischen Stadt und Fliegerhorst, enteignetes Gelände der Ritterschaft. Es war nicht eingezäunt, aber Pastor Brüshaver hatte sich da aufgestellt und die Dinge und Worte geleistet, die ihm zu einer Weihung nötig schienen. Dahin kam man vom Land her auf einem Weg um die Stadt herum, zweieinhalb Kilometer, vielleicht eine halbe Stunde länger mit einem Pferdewagen.
Heißt heute Städtischer Zentralfriedhof. Ist niedrig mit Feldsteinen eingemauert, mit Dornbüschen dahinter umpflanzt. Die Kapelle, 1950 gebaut und viel solider als eine Garage, ist von der Chaussee nicht zu sehen.
Die alte, bei Cresspahls Haus, ist abgebrochen und ersetzt durch ein Ende weißer Ziegelmauer zwischen den roten Steinen von 1850. Und der Kirchfriedhof gilt als sehenswert, weil fast unberührt seit mehr als zwanzig Jahren.
Später mußte es eine Ehre sein, wenn ein Mensch doch bei der Petrikirche in die Erde durfte. So kam Cresspahl da zu einem Grab bei seiner Frau, als ehemaliger Bürgermeister der Stadt, und zu seinen Lebzeiten konnte er es zuwege bringen, daß Jakob da ein Platz gegeben wurde, in seiner Nähe.

Un dat heit doch Schott, Gesine!
Krett heit dat.
Schott.
Krett.
Du hest toierst lacht.
Hest du.

Gestern, zum hundertfünfzigsten Geburtstag von Karl Marx, nahm die New York Times teil an den Festlichkeiten um sein Geburtshaus in Trier. Die Studenten riefen »Ho-ho-Ho-tshi-minh«, als der Vorsitzende der Sozialdemokratischen Partei, Hausbesitzer, es betreten wollte. Die Ostdeutschen machten ihre eigene Veranstaltung. Bei der anderen trug Ernst Bloch vor, es seien viel Fehler begangen worden im Namen von Marx. »Manche Leute wissen nicht nur nichts über Marx, sie erzählen auch noch Lügen über ihn.«

Personen einer Handlung:

Monsieur Henri Roche-Faubourg, Teilerbe einer französischen Bankhandlung. Einundzwanzig Jahre alt, Gewicht 62 Kilo, Hautfarbe weißlich gelb, Rasse kaukasisch, schwarzes, an den Spitzen geborstenes Haar, das in Locken wie ineinandergelegt über den Hemdkragen kriecht. Franzose, Absolvent einer Eliteschule in Paris. Angefangenes Studium der Rechte und der Volkswirtschaft. Zu einem Pflichtjahr in New York. Eine Persönlichkeit, die beleidigt ist, wenn er von einem new yorker Kollegen seines Vaters nicht sofort empfangen wird, sondern einer Beauftragten des Chefs zur vorläufigen Behandlung übergeben. Er war, bei dem Essen im Brussels vor zwei Wochen, bis zum Kaffee imstande, den Glauben an das Französisch seiner Partnerin zu verweigern. Hielt fest an seiner Rolle als der einzigen Person in New York, die Französisch spricht und versteht, sah noch im Kellner den Rollenträger des Gegenteils. Er hielt seine Sprache für exklusiven Besitz, Ansprüche darauf konnte er nicht mit der Peitsche bestrafen, das Mittel des Mißverständnisses jedoch benutzte er, freigiebig. Dann küßt er der Dame die Hand, die seine Rechnung bezahlt, und sagt lächelnd mit seinen roten ungeduldigen Lippen: Da haben Sie eine reizende Bemerkung gemacht! Es war eine Bemerkung über die Emaille-Qualität der amerikanischen Schminkgewohnheiten, und war wie alle vorigen in Französisch getan. In dieser Sprache gab er seine Antwort zum ersten Mal. Verfügt über einen Fundus von einunddreißig Worten Amerikanisch, davon dreißig Englisch. Lange Jacken, die Schöße bis zur Spitze der ausgestreckten Finger, stark tailliert.

DE ROSNY. Vorname nicht bekannt.

Die Szene ist ein absteigender Fahrstuhl im hinteren Versorgungsschacht. Es ist ein gewöhnlicher Fahrstuhl, nicht reserviert für gehobene Geschäftsführer, die Zeit ist eine Stunde nach Dienstschluß, und der Vizepräsident ist in der Kabine allein mit Mrs. Cresspahl. Er stellt ihr seine Unterredung mit ROCHE-FAUBOURG dar, abwechselnd sich und den jungen Erben.

DE ROSNY. Na, was hatten Sie sich denn so vorgestellt bei uns?

ROCHE-FAUBOURG. Ja, mein Vater hat mir die Entscheidung freigestellt.

DE ROSNY. Der scheint mir ein amerikanischer Vater geworden zu sein. Neulich war er doch noch ganz in Ordnung.

ROCHE-FAUBOURG. Die Gesundheit meines Vaters ist ausgezeichnet, und ich danke der Nachfrage.

DE ROSNY. Ich werde mich jetzt wohl benehmen wie ein deutscher Vater –

ROCHE-FAUBOURG. Pardon –?

DE ROSNY. Denn ich will Ihnen mal was sagen. Sie müssen sich ausbilden.

ROCHE-FAUBOURG. Ja, ich hatte mir Betriebswissenschaft vorgenommen.

DE ROSNY. Ach was, Betriebswissenschaft, Betriebswissenschaft–! das werden Sie lernen, wenn Sie das Geschäft Ihres Vaters übernehmen; und sollten Sie sich als ein Versager erweisen, können Sie jemand einteilen für diese Arbeit. Und für jede andere.

ROCHE-FAUBOURG. Ich dachte –.

DE ROSNY. Ihr Leben ist festgelegt. Ist es das nicht? In einigen Jahren werden Sie das Geschäft Ihres Vaters übernehmen.

ROCHE-FAUBOURG. Ich schmeichle mir –

DE ROSNY. Ihre Aufgabe ist also, die verbliebenen freien Jahre zu genießen. Vorher!

ROCHE-FAUBOURG. Die amerikanische Auffassung von Genuß –

DE ROSNY. Wenn Sie unbedingt wollen, Sie können ein Jahr im Haus arbeiten. Laufmarsch durch die Abteilungen.

ROCHE-FAUBOURG. Vielleicht ein halbes Jahr.

DE ROSNY. Dazu würden Sie zwar ein Interesse für die Lage der Angestellten in den U.S.A. benötigen.

ROCHE-FAUBOURG. Dies nun –
DE ROSNY. Sie können ja mal ein paar Bücher lesen. Sie müssen jetzt erst einmal leben. Wie alt sind Sie.
ROCHE-FAUBOURG. Einundzwanzig.
DE ROSNY. Sie müssen erst einmal zu leben lernen. Und im Juni nehmen Sie sich einen Sportwagen und fahren zwei Monate im Lande umher. Besuchen Sie eine Versammlung der Kommunistischen Partei; die Cresspahl wird Ihnen schon Bescheid sagen über New York.
ROCHE-FAUBOURG. Neulich hatte ich in reizender Weise den Eindruck –
DE ROSNY. Sehen Sie. Aber nehmen Sie ihr nicht zuviel Zeit weg, die arbeitet für mich.
ROCHE-FAUBOURG. Könnte ich vielleicht gelegentlich –
DE ROSNY. Betriebswissenschaft, was für ein Unsinn. So was kann jemand lernen, der nichts zu übernehmen hat. Sie übernehmen doch?
ROCHE-FAUBOURG . Wenn mein Bruder –
DE ROSNY. Und wenn das Jahr vorbei ist, sind Sie mir zur Prüfung vorzulegen. Morgen.
ROCHE-FAUBOURG. Guten Tag.
Während des Ganges hat der Vizepräsident Teile der Handlung wiederholt, zur Erheiterung anderer Untergebener, die schnell an ihm vorbeigehen, wobei sie ihre Eile als Diskretion ausfallen lassen wollen. Der Vizepräsident ist in anderer Eile, er hat keinen Zug zu versäumen, sein schwarzer kühler Schlitten wartet auf ihn. Aber er führt eine Zigarette zwischen den Fingern hin und her, ohne je bis zu den Lippen zu gelangen, denn mit den Lippen muß er sagen: Das müssen Sie sich mal vorstellen, wie ich dastand vor dem jungen Mann. So hat bisher Niemand mit ihm gesprochen, und um ein Haar hätte er es verpaßt. Und da denkt man immer, die deutschen Väter seien Diktatoren, Tyrannen doch wohl, und ich als ein amerikanischer muß einem französischen Kind sagen: Was Ihre Aufgabe ist, Folgendes. Sie bilden sich aus . . .
– Marx wird dem wohl nicht mehr helfen, Mr. de Rosny.
– Jetzt hab ich schon wieder vergessen, daß Sie einen deutschen Vater haben. Können Sie mir verzeihen, Mrs. Cresspahl?

– Nein. Niemals.
– Sie sind richtig, young lady. Wenn alle so wären, die für mich arbeiten. Wären sie doch alle so.

7. Mai, 1968 Dienstag

Was also hat Alexander Dubček mitgebracht vom Zentralen Besetzungsbüro in Moskau? »Verständnis« für die Einführung der Demokratie in seinem Lande, »volle Beachtung der wechselseitigen Rechte« und fast schon den harten Kredit aus der führenden Kasse. Er sei glücklich gewesen, den sowjetischen Genossen seinen Sozialismus erklären zu können.
Und die Stadt Köln bekommt das Bild von Cranach zurück, das sie der Tochter Hermann Görings zur Taufe schenken mußte im Jahre 1938. Edda G. wünschte es schon nicht mehr für den eigenen Besitz, sie hätte es dem Freistaat Bayern gestiftet, aber nun will auch Bayern seine Ansprüche aufgeben.
In den Augen von Jerichow geschah es Papenbrock fast billig, daß die Sowjets ihn abholten. Nicht recht zwar, jedoch billig nach allem, was Albert an Görings Luftwaffe verdient hatte. Nun sollte der ehemalige Wirtschaftskönig also Steuern nachzahlen.
So sah es aus. Mit einem Zweitonner waren die Sieger eines Sonntagabends Mitte Juli aufgefahren an der Marktecke, K. A. Pontij ließ sich nicht blicken, so ließ es sich an wie eine Amtshandlung seiner Vorgesetzten. Zu dritt schritten sie ins Haus, alle Offiziere, zwar nicht mit gezogenen Waffen, aber doch wie ein Verhaftungskommando. Wenn sie sich eine halbe Stunde innen aufhielten, so wollten sie gewiß Alberts Comptoir durchsuchen nach seinen irdischen Gewinnen, und ihr stilles Vorgehen dabei machte den Überfall nur gefährlicher, auch die Erinnerung, daß Albert ja nicht der Einzige war, dem die Sowjets seine Freundschaft mit Görings Luftwaffe übelnehmen konnten. Eine Einzige schickte nach Cresspahl, Bergie Quade, aber ihr Otto war viel eher zurück in der Stadtstraße als der Bürgermeister, der so langsam gegangen kam, als könne er bei solcher Verwandtschaft erst recht nicht

helfen. Da wurde Papenbrock schon aus seinem Haus geführt, in einem Arbeitshemd und abgewetzten Alltagshosen, krumm hielt er sich, den Blick gegen den Boden, die Arme hingen ihm leer. Das wurde oftmals erzählt: wie der Alte über die Klappe aufzusteigen versuchte, abrutschte, abermals einen lahmen Fuß ansetzte, wieder nach unten schrammte, diesmal hart gegen das Schienbein, und wie die Offiziere ihm dabei zugesehen hatten, als sei er ein krankes Tier, dem zu helfen nicht lohnt. Dann kam Louise aus dem Haus gelaufen, heulend, mit einer fetten Reisetasche in wildem Schwung, als wolle sie sich oder einen der Abholer verletzen. Endlich gab einer der Offiziere Papenbrock einen sanften Schubs, nicht eben als wolle er ihn beschädigen, Albert stolperte haltlos auf die Ladefläche, die Offiziere stiegen hinterher und riegelten die Klappe zu, der Wagen wendete und fuhr richtig zurück nach Süden, vielleicht in das schweriner Hauptquartier, womöglich noch zu einem größeren Gefängnis. Zwar hatten sie Louise die Tasche abgenommen, aber nicht ihrem Mann wurde die ausgehändigt, sondern dem Chauffeur, und mochte Albert noch ein wenig leben sollen unter Aufsicht, nach seinem Zurückkommen sah es nicht aus.

Viel Zuschauer hatten da nicht gestanden, deswegen gerieten die Erzählungen nicht unvollständig. Sie hatten einen gehörigen Abstand gehalten, damit sie nicht aus Versehen mit Albert verreisten, es wollte doch jeder einen Schauder gespürt haben, als die immer noch massige Louise zweimal an der klemmenden Tür riß, mit beiden Händen, offenbar geschwächt vom Weinen, bis sie sie im Rahmen hatte und von innen abschloß. So wurde den Zeugen das fällige Beileidsagen erspart, nur waren sie im Zurücktreten und Umwenden dicht an Cresspahl geraten, den sie den Russenknecht nannten und den Volksverräter. So nah ins Gesicht mochte ihm keiner sagen, daß er nun auch noch seinen Schwiegervater nicht gerettet hatte, und sie fühlten sich verhakt in seinem stillen, auffordernden Blick. Cresspahl hatte seinen Spaß gehabt an der Flucht der Sowjets vor Louises tränenreichem Auftritt, und so hielt er fast mit Behagen den Kopf schräg gegen den abendlichen Himmel und suchte nach der Zeit. – T'is negen: sagte er, auf die Nähe der Ausgangssperre verwies er sie, der Sowjet-

sklave, statt unter dem Unglück der Familie zu wanken, und sie ließen ihn allein die Stadtstraße hinuntergehen. Er hatte ja nicht einmal eine Auskunft gegeben. Neun Uhr war es allerdings. Unverhofft war die Zeit auch zu riechen, süß, nicht nahrhaft, leicht fettig, vom Duft der Lindenblüte.
Denkt man sich Jerichow als den Mittelpunkt einer Uhr, (wohin das Hydrographische Institut auf den Karten der Lübecker Bucht die Windrose setzt), so wäre das Dorf und Seebad Rande ungefähr an der Stelle von ein Uhr. Von Jerichow aus nach acht Uhr gedacht, aber weit über den Rand des Ziffernblattes hinaus, lag das Gut Alt Demwies, im Südwesten noch von Gneez, im Fürstentum Ratzeburg von ehemals, weit genug entfernt von Jerichow. Wer sein Telefon versteckt hatte, statt es abzugeben, kam damit doch nicht an eine andere Sprechstelle, die Post hatte noch nichts auszutragen, die Reisesperren taten das Übrige, und so galt Albert Papenbrock noch lange als verschollen. Erst Ende 1945 sprach sich in Jerichow umher, daß auf Alt Demwies in der Ferne einer den Verwalter für das Sowjetgut machte, der hieß Papenbrock. Wenn den Berichten zu glauben war, so betrug er sich nicht wie ein Greis von siebenundsiebzig Jahren, er fuhrwerkte mit den Landarbeitern wie ein Inspektor aus den alten Zeiten, er führte auch mit seinen sowjetischen Vorgesetzten eine Sprache, als hätte er keinen Dreck von den Nazis am Stecken, schüchtern war das nicht. Und wenn dir einer beschrieben wird bloß mit Worten, erkennst du ihn gleich? Angeblich war der aus der Gegend der Müritz zugewandert, vielleicht nicht der Papenbrock von Jerichow. Cresspahl konnte man nicht fragen, Papenbrocks Frau stellte sich unwissend, am Ende war er jener nicht. Wenn die Sowjetische Spionageabwehr auf Besuch kam in Jerichow, so bekamen die Dolmetscher fast immer die glaubwürdig entsetzte Antwort: Den habt ihr doch längst gekascht! Schreibt ihr denn nich mal auf, wen ihr so hochnehmt?
Jakob ging Anfang August eine unmäßige Schleife von Lübeck über Alt Demwies nach Jerichow, dann konnte er Gesine etwas von ihrem Großvater erzählen. Sie würde ihn nicht leicht erkennen. Er trug nun die ganze Woche lang ein zusammengestoppeltes Zeug, mit Rissen im Hemd oder scheckigen

Flicken auf den Hosen. Auf dem Kopf hatte er einen Hut aus schwarzem Stroh, den nahm er nicht ab, so daß seine Glatze nicht bekannt war. Die Kommandanten von Alt Demwies, genannt die Zwillinge, hatten seinen Namen nicht verstanden und nannten ihn den Popen; er wehrte sich nicht. Im Dorf hieß er der Pastor, weil er so milde sprechen konnte bei der Arbeitsausgabe am Morgen und so wild toben am Abend, wenn das Pensum nicht erreicht war. Das Gut war Jakob vorgekommen als fast nach dem Muster geführt, die hatten ihr Korn von den Feldern und fingen schon an zu schälen. Die Landarbeiter achteten den P. dafür, sie waren unter ihm versorgt mit Deputat und Wohnrechten wie unter der geflüchteten Herrschaft; sie wünschten ihn kräftiger auf ihrer Seite. Er ging jedem Streit mit den Zwillingen aus dem Wege, wie nur je ein Angestellter. Nachts gingen die sowjetischen Mannschaften spazieren in den Gesindekaten und leuchteten die Betten nach großjährigen Mädchen ab und fanden da nur die kleinen Kinder; man konnte es diesem Inspektor vorstellen, er schickte einen doch zu den Kommandanten, den beiden jungen Kerlen, die ohne einander nicht zu finden waren und gemeinsam lachten über die nächtliche Störung. Die Armisten waren einmal empfindsam geworden beim Anblick vieler schlafender Kinder dicht an dicht, lange hatten sie davor gestanden und sie angeleuchtet, immer wieder verwundert über die Kinderchen, wie die Erbsen liegen sie da, wie die kleinen Erbsen in der Schote schlafen sie; dieser Familie wurde ein Zimmer im Gutshaus angeboten, weil die Zwillinge Platzmangel verstehen wollten und nicht was jener Pastor ihnen besser hätte sagen können. Für die Tageszeit hatte der Pope sich von den Zwillingen eine Gutspolizei aus Rotarmisten aufstellen lassen, eben damit er die Arbeit zu Rande bekam; nachts schloß der sich ein und hörte das wildeste Klopfen nicht. Die Sowjets hatten ihn in den Katen des Vorschnitters getan, in den vollständigen Haushalt des ehemaligen Ortsgruppenführers, der sich mit Frau und Kindern erhängt hatte; der Pope hatte den Vorteil oder die Ehre nicht haben wollen und sich zwei Flüchtlingsfamilien in die engen Kammern geholt, als wolle er nachts nicht allein sein. Jakob hatte den Alten nur von fern gesehen, er war ihm fahrig vorgekommen,

und Jakob mochte ihn nicht mit Besuch aus Jerichow erschrecken. Überdies hatte Cresspahl ihm keine Nachricht für den Alten mitgegeben.
Papenbrock hatte sich kaum gesträubt gegen den Handel. Er war sicher, er könne jedem sowjetischen Gericht erklären, was er in den letzten zwölf Jahren getan hatte, selbst einem militärischen. Nur hatte er auf Cresspahl lieber gehört als auf die eigenen Söhne, schon seit 1935. Das hatte seit Lisbeths Tod zugenommen, und war fast Gehorsam geworden, als ihm im Juni 1945 auffiel, daß er sich nicht mehr aus eigenem entschließen konnte, nicht zum Eingraben in Jerichow, nicht zur Flucht über die Demarkationslinie zu den Briten. Louise hatte das Haus halten wollen, wenn schon nicht das Geschäft, womöglich noch die Bäckerei. Papenbrock war nicht aus solcher Einsicht geblieben, nicht einmal ihr zuliebe, nur weil ihm das Vertrauen fehlte, seine Louise mit Gewalt wegzubringen. Da kam Cresspahl und kündigte an, daß die Sowjets suchen würden nach dem Vater von Robert Papenbrock, der in der Ukraine für die Hinrichtung von Geiseln bekannt geworden war. Also ließ der Alte sich verschicken an einen Ort ganz dicht an der Grenze. Also konnte K. A. Pontij bei der Leitung des Gutes Alt Demwies gewisse Lieferungen fordern, er hatte dahin eine Aufsichtsperson mit ausgezeichneten landwirtschaftlichen Kenntnissen vermittelt.

Dat kümmt werre, sä de Buer, un gew sin Schwin Speck.

8. Mai, 1968 Mittwoch

Die Stadtverwaltung ist gewappnet für Aufstände im Sommer; sie kann die Zahlen auch besser abschätzen nach den Verhaftungen an der Columbia University. Es gibt 196 Isolierzentren in Gerichtsgebäuden und ein Sondergefängnis auf Rikers Island, das faßt allein 1,600 Aufrührer. Insgesamt könnte die Polizei 10,000 Ungehorsame am Tag festsetzen, und mit mehr will sie wohl fertig werden.
Senator Robert F. Kennedy hat in der Vorwahl von Indiana seine erste Station auf dem Weg zum Stuhl des Präsidenten

bestanden, zwar nicht mit soviel Stimmen wie er wünschte, bloß 42 %. Eugene McCarthy bekam 27, der kann seinen Helfern gerade noch ein Taschengeld zahlen. Dennoch, nach einer Umfrage auf den Universitäten, ist McCarthy den Studenten um gut ein Viertel lieber als Kennedy, der auf sein eigenes Geld verweist und das Recht, es auszugeben nach Belieben, nämlich einen Sieg zu kaufen.

In der Cresspahlschen Tür steht ein junger Mann, kurzhaarig und innig der Tradition zuliebe angetan mit gebügeltem Hemd, das in der Hose steckt, mit knallweißen dickriefigen Socken in militärisch gewienerten Schuhen; freundlich und ohne Drängelei blickt er auf den gedeckten Tisch, auf das beruhigte Familienleben vor den abendlichen Fenstern, dem grün nachdunkelnden Park, er besteht nicht auf einer Einladung, er kann uns seins auch im Stehen sagen –

Daß wir doch das Land verstünden, in dem wir leben wollen! nach sieben Jahren. Den Wahlkampf von 1960 bekamen wir noch als Anekdoten nach Deutschland, Nixons starken Bartwuchs, der ihn auf dem Bildschirm abfallen ließ gegen John Kennedy in einer einst vielberedeten Debatte, diesmal nicht über Küchentechnik; den Präsidenten Kennedy fanden wir vor und wollten erst einmal loben, daß er auf den Fragebogen die Erkundigung abgeschafft hatte, ob wir ihn denn meucheln wollten. Wir haben dann gelernt. Gelernt, was ein Parteirevier ist und was ein Bezirkskomitee kann, wie einer ein Vorgezogener Sohn werden kann und was die Werbeminute im Fernsehen kostet, bis sie umsonst verschickt wird als Nachricht, die ganze hiesige Folklore des kapitalistischen Parlamentarismus, ohne Hoffnung, nur daß wir wüßten, wo wir sind, wofür wir wären, glaubten wir daran, für wen wir wären, vertrauten wir ihm.

Dies Mal soll es Eugene McCarthy sein, hören wir auf die neue Generation, die Kinder nicht mehr der Blumen sondern des Stimmzettels, die ballot children. Seit dem Marsch für die Bürgerrechte in Mississippi 1964 hat es unter den Studenten einen solchen Anlauf nicht gegeben, der demokratische Prozeß galt nichts gegen die Verabredung der Exekutive mit den Vierhundert Familien, es gab da noch die Neue Linke, man konnte noch weglaufen in die psychedelischen Verschönerun-

gen und Verwüstungen des Bewußtseins, in die persönlichen Entschuldigungen, sei es Arbeit mit dem Entwicklungsdienst in Südamerika oder immer mal eine Demonstration gegen den Krieg vor Rathaus oder Pentagon, wir haben doch immer das Wort Frustration gehört, den Ekel an der leeren Aktion, die nicht Wirkung hatte als daß abgelassenes Gefühl nicht mehr störte. Unverhofft im März 1968 kamen sie wieder an, aus den noblen und aus den armen Schulen der Ostküste, aus Harvard, Radcliffe, Yale, Smith, Barnard, Columbia wie aus Dunbarton und Rivier, und fingen eine Kampagne an nach den Buchstaben der Regel für einen Senator Eugene McCarthy. Warum?
52 Jahre alt, gebürtig aus dem Weiler Watkins in Minnesota, einer von 744 Bürgern. Deshalb? Weil er irische Vorfahren hat wie Kennedy, katholisch ist wie Kennedy, dennoch in beidem zuverlässiger? er soll es selbst gesagt haben. Gut, sie geben nichts mehr auf die Furcht, der Papst könne über eines seiner Kinder die U.S.A. regieren, sie denken da ähnlich wie Stalin, wenn auch nicht gleich in Divisionen; jenes Vorurteil ist aber so kräftig im Land, sogar wir haben davon gehört. Was gefällt ihnen noch? daß er in sechs Jahren statt acht durch die Schulen witschte, mit Einsen in Allem außer Trigonometrie, ein Held auf den Spielfeldern von Baseball und Hockey? Es verhilft zu Ansehen hierorts. Ja. Er war einer der Wenigen, die sich im Radio anlegten mit dem anderen McCarthy, dem Kommunistenschnüffler, sie mögen es ihm anrechnen als Tapferkeit. Aber fünf Regierungsperioden für die Demokraten im Senat, und kein Gesetz, das seinen Namen trüge. Weil er den Spitznamen zu eigen nahm, der ihm angehängt werden sollte, den Maverick, das Tier, das abseits der Herde läuft, den Einzelgänger? Aber half er seiner Partei im Jahre 1960, als er einen Adlai Stevenson ohne Aussichten vorschlug, nur weil er Lyndon Johnson nicht mochte und bei den Kennedys nichts sah als Verschwenderei und rücksichtsloses Durchgreifen? 1964 ging er doch mit L. B. J. zum Brunnen in der Hoffnung auf die Vizepräsidentschaft, und wurde kräftig untergetunkt zum Lohn. Weil er als einer der ersten Senatoren auftrat für eine Milderung des Krieges gegen die Leute in Viet Nam? er hat stillgehalten bis zum Januar 1966. Nun gut, er ist in einer

ungefähren Art gegen den Krieg. Er hat sich mit L. B. Johnson angelegt in allem, ob es die Krise der Städte war oder die Landwirtschaft. Das beides tat Robert Kennedy auch. Ist es bei McCarthy mehr?

Warum wollen wir die Studenten für McCarthy verstehen? weil wir dann heimlich zu ihnen gehörten, nicht nur in der Meinung, auch im Alter?

Sie sind erst zu ihm gekommen, als er lange genug Reden gehalten hatte in einem trockenen Ton, dem eines Professors, ohne Tricks und Anrufungen des Gefühls. Vielleicht kamen sie erst einmal als Studenten, dann weil sie ihm glaubten. Es mag ihnen recht gewesen sein, daß hier einer harte Arbeit verlangte und keinen Zirkus bot. Warum aber stellen sie seine Strenge, Nüchternheit und enthaltsames Wesen nun noch selber dar, sperren die unentwegt Bärtigen in die Hinterzimmer zum Kuvertieren oder Markenlecken und zeigen auf der Straße den Wählern Midiröcke statt der Minis, opfern den Mannesschmuck und kommen naß rasiert, verzichten auf die Einbildung von Eigenart und klingeln an den Türen Bankbeamten gleich, mit Jacke und Schlips? Und die Presse kann melden, daß die Jungen in Turnhallen übernachten, die Mädchen in privaten Quartieren, züchtig getrennt. McCarthy gefällt es, den Bürgern gefällt es, nur sind es Zucht und Gesittung alter Zeiten, und wird das bloß vorgetäuschte Bild nicht eines Tages doch die Wirklichkeit von law and order werden?

Auch Eugene McCarthy zieht seine Familie mit in den Wahlkampf, Frau Abigail und Ellen Mary Michael Margaret, zu rührenden Auftritten und intimen Auskünften, die zwölfjährige Margaret, siebente Klasse, als seine »Geheimwaffe«; geniert es die Studenten nicht? Fällt ihnen nichts auf an des Landes Brauch? Darf es uns genieren?

Ziehen sie mit ihm, weil jetzt Erfolg seine Gesellschaft ist? John Kenneth Galbraith, Professor für Wirtschaft in Harvard, hat seine ganzen Americans for Democratic Action rumgebracht zu McCarthy. Der Dichter Robert Lowell sagte ihm zuliebe von den Republikanern, sie könnten nicht untergehen, und sie würden nicht schwimmen, was immer es heißt; McCarthy verfaßt selber Gedichte. Und es kam der Schauspieler Paul Newman, der nämliche, der breitknochige Riese mit dem Gemüt voll Anstands, der in den neueren Filmen den edlen Detektiv macht ohne Eigennutz und den Anwalt der Indianer, der die Tasche mit ihrem Geld beschützt, bis er dennoch fällt, den schweren Kopf mit dem blonden Haar zur Seite kippt, aus. Ist es solche Gesellschaft? Und sie haben gewonnen im März in New Hampshire, 42,2 Prozent der demokratischen Stimmen gegen L. B. J.s 49,4,

hey, hey, L.-B.-Jay!
How many kids did you kill today?

und bei 10 Prozent hatten die Studenten das Land verlassen wollen, bei 20 ihre Einberufungskarten verbrennen, bei 30 zurückgehen auf die Schule, bei über 40 aber mitkommen zur nächsten Vorwahl in Wisconsin, und welche sind noch bei ihm gewesen gestern in Indiana, jetzt aber im Einsatz gegen Robert Kennedy, dem sie früher einmal halfen. Wegen Kennedy, womöglich.
Robert Francis Kennedy, Demokratischer Senator von New York, noch am 30. Januar hat er sich hingestellt und Freunden wie Helfern versprochen, er wird nicht gegen Johnson kandidieren, »unter keinen vorhersehbaren Umständen«, wiederhole keinen. Der Einheit der Partei zuliebe. Sah zu und ließ McCarthy durch die Staaten voranziehen als den einzigen Gegner des Krieges in Viet Nam, und half ihm nicht, Mangel an Rücksicht, Mangel an Mumm. Dann sah er in New Hampshire die Menge der Leute, die den Präsidenten satt hatten, und Robert Francis war nicht dabei. Wie drehte er sich aus seinem Wort? er machte dem Präsidenten den Vorschlag, er möge sich in Sachen Viet Nam entmündigen; der Präsident lehnte ab; am nächsten Tag stellte sich Kennedy an gegen den Präsidenten, »ohne persönliche Feindschaft oder Mangel an Respekt gegen den Präsidenten«, so sagte er. Stellte sich hin im Sitzungssaal des alten Senatsgebäudes auf dem Kapitolshügel, wo vor acht Jahren sein Bruder John seine Kandidatur bekannt gab, in der Krawatte trug er die Nachbildung jenes Patrouillenbootes P.T. 109, dessen Kommandant sein Bruder John im Zweiten Weltkrieg in verfilmten Ehren gewe-

sen war, er benutzte die Worte seines Bruders John, mit Frau Ethel und neun Kindern und als Bruder Johns trat er an, Eugene McCarthy die Stimmen wegzunehmen, für die er nichts getan hatte, wie ein hungriger Hund, der den Knochen eines anderen sein legitimes Erbe nennt. Paul Newman grummelte über die Schande, daß Kennedy sich tragen lassen wollte auf dem Rücken eines anderen, andere nannten ihn eine Gefahr für das neue Vertrauen der Jugend in die Demokratie, einen Landräuber, und ein Student für McCarthy fand: Habichte sind schlimm genug, feige Küken brauchen wir nicht; schließlich wurde Kennedy verglichen mit dem Kuhvogel, der dem weidenden Vieh die Schmarotzer abliest und seine Eier gern in fremde Nester legt. Unbekümmert, drei Stunden und zwanzig Minuten nach seinem Griff zur Maschine der Wahl, marschierte Kennedy in New York, mit einer grünen Blume im Knopfloch als Ire unter den Iren in der Parade zum Tag des Hl. Patrick, am Nachmittag erklärte er sich in Boston, (»weil Amerika es besser kann«), am nächsten Tag in Kansas; eine Wahl zwischen McCarthy und ihm wäre eine für die Fairneß oder gegen faule Tricks. Wären wir also für McCarthy, und warum genau?
Er hat nicht gesagt, was er anfangen will mit den Truppen in Viet Nam. Womöglich wird er in Landwirtschaft und Finanzen und Wohnungsbau etwas anderes machen als sein Vorgänger, der nun nicht mehr will; wird er sich nicht einrichten müssen mit den Vierhundert Familien und allem, was sie brauchen an Geld und Herrschaft und noch mehr Geld? Wozu da diesen wählen, an Stelle eines anderen? Wozu wählen in diesem Land?
Wir hätten da eine Frage wegen persönlichen Ergehens. Vor vierzehn Tagen hat McCarthy der amtierenden Regierung vorgehalten, nicht die militärische Macht der U.S.A., sondern der Dollar sei wichtiger für die Stabilität der Welt. Wir haben da einen Chef, de Rosny hat seins verstehen können; für uns war es nicht deutlich genug. Werden wir unsere Arbeit behalten? Und wenn sie uns behält, wohin wird sie uns schikken?
Was also fangen wir an mit dem jungen Mann, der abends um acht bei uns klingelt, ein Klammerbrett vor der Brust und

die Frage, ob wir ein eingeschriebenes Mitglied der Demokratischen Partei sind, und ob er uns auch ohne dies etwas erzählen dürfe von McCarthy? Werden wir ihn verstehen?

9. Mai, 1968 Donnerstag

ist der Tag des Unterrichts in tschechischer Sprache, und pünktlich um zwei Uhr drückt Professor Kreslil sich in das Cresspahlsche Büro, zieht die Tür hinter sich zu mit Sorgfalt und beginnt erst dann ein mehr unbefangenes Benehmen. Vielleicht ist ihm der lange Weg durch das hochfahrende Gebäude nicht geheuer, an den Portiers vorbei, neben unzählig Fremden, es mag ihn doch die opulente Ausstattung dieses sechzehnten Stockwerks verschüchtern, und erst heute fällt der Cresspahl ein, daß sie den alten Herrn jeweils auf dem Bürgersteig erwarten und hierher eskortieren sollte. Aber sich entschuldigen und es ankündigen darf sie nicht, er wird die Hilfe unweigerlich sich verbitten, und wünschte sie doch. Čeština je těžká.
Begrüßung, Abschied, Erkundigung nach dem Ergehen, das läuft alles längst in der fremden Sprache, der Unterricht ist aufgelöst in Gespräche, nur daß der kleine Vorrat an Gemeinsamem rasch aufgebraucht ist, und über dies ist von der gemeinsamen Bekannten Mrs. Ferwalter nur der Gruß zu besprechen, nicht etwa woher sie ihre Beschwerden hat. Dann muß die Unterhaltung umgebaut werden auf Anlässe, die von der Person wegführen, meist Geschichten aus der Times vom Tage, und nicht nur das Lehrverhältnis stellt sich ein, auch die Trennung des Paars in einen tschechischen Juden und eine Deutsche, von deutschen Eltern; dies würde Herr Kreslil abstreiten in seiner unerbittlichen Höflichkeit, würde es je auszusprechen sein. Die Aufgabe ist also das freie Nacherzählen. Nur, neuerdings hört Herr Kreslil nicht mehr gern Neuigkeiten aus Prag, seit darin das polizeiliche Durchfegen des Landes in den fünfziger Jahren vorkommen kann, oder andere Kooperationen mit der U.d.S.S.R., wir dürfen nach diesem Teil seines Lebenslaufs nicht noch fragen.
Trumans 84. Geburtstag gibt nicht viel her. Die Straßen-

kämpfe der pariser Studenten mit der Polizei sehen von hier nicht deutlich aus. Die Berichte aus dem Chinesenviertel von Saigon haben wir fast vergessen, als seien die Nachrichten vom Krieg nicht jeden Tag neu. Die Rate der schwarzhäutigen Arbeitslosen um mehr als das Doppelte höher als die der rosanen, auch das eine Wiederholung. Eine Anzeige auf Seite 1 sucht einen berufsmäßigen Bankräuber für Beratung bei einem Film, rufen Sie CIrcle 5-6000 an, Apparat 514. Im Prinzip ja. Nein.

Nehmen wir also die Umfrage, die die Times hat veranstalten lassen über die Unruhen an der Columbia University. Es geben demnach 55 von 100 Erwachsenen in Greater New York den Studenten die Schuld. Noch mehr sind es in den Vorstädten, unter denen über 40 Jahre alt und jenen, die nie eine Universität besucht haben. Von hundert immer dreiundachtzig finden den Einsatz der Polizei gerechtfertigt, achtundfünfzig haben da genau das richtige Maß an Gewalt befunden. Es ist eine schwierige Erzählung, es sind Zahlen darin noch und noch, groß ist die Versuchung von Wendungen im Duplikat, schon kommen die ersten Stockungen. Sie sind es auch, die den Spaß verderben an dem fast fehlerlosen Satz: Die Befragten sind nicht nach Schwarzen und Weißen aufgeschlüsselt, denn das beauftragte Institut hält sie mittlerweile alle für weiß. »Schlicht wegen des ökonomischen Faktors, sich ein Telefon zu halten.«

Der Satz hätte ohnehin keine Belohnung verdient. Zu spät wird der Schülerin bewußt, daß Herr Professor Kreslil ein Telefon sich nicht leisten kann, aus ökonomischen Gründen, und weil er leben muß in einem Teil der Stadt, wo das Telefon in der eigenen Wohnung öfter ein Werkzeug der Einbrecher ist. Ještě dělám chyby, pane Kreslil.

– To nevadí. Ano, mluvíte poněkud pomalu: sagt der alte Herr, dem vor den Tadel erst einmal die sanfte Behandlung des Weiblichen geht, und wieder sieht er die Cresspahl an in einer fürsorglichen wie ratlosen Art, als wolle er ihr das Tschechische schon in Mund und Gehirn bringen und verstehe doch nicht, wie er mit ihr in dies Zimmer kam, und was sie daraus machen will. Dann sind wir auch nicht sicher. Er hält seinen gelblichen Schädel aufmerksam still, er läßt seinem

blanken Gesicht nichts anmerken; ihm kann nicht wohl sein dabei, wie wir umhertreten in seiner Sprache. Das kann man nicht wettmachen mit wiederholtem Dank für seine Mühe, nicht einmal mit Begleitung aus dem Haus auf die Straße, es ist einer von den mißlungenen Tagen.
Es war eine Warnung, aber die Cresspahl will noch eine Probe darauf. Sie gibt sich sofort frei, in diesem Moment auf der Lexington Avenue, sie meldet sich nicht einmal ab bei Mrs. Lazar, sie kann das Versäumnis ausgeben für dienstlich. Im Baronet soll ein tschechischer Film laufen, nicht synchronisiert, mit Untertiteln. Sie lernt jetzt an der Sprache seit einem halben Jahr, sie will eine Prüfung.
Im Baronet an der 59. Straße, gegenüber dem Kaufhaus Alexander, an einer hartnäckig totgesagten Ecke New Yorks, in einem von drei neugebauten Kinos zeigen sie den Film »The Fifth Horseman Is Fear«, made in Č.S.S.R., die Vorstellung beginnt um 4 Uhr, die Leute schämen sich nicht und nehmen zwei Dollar, in der Raucherabteilung ist ein Eckplatz mit Fluchtmöglichkeit, nun prüft mich.
Carlo Ponti presents:
In Prag, während der deutschen Besetzung, wird einem jüdischen Rechtsanwalt ein Bursche aufgeladen, der hat eine Verletzung, die dürfen die Deutschen nicht sehen. Dr. Braun ist angekommen in einer Dachkammer, in einem abgestoßenen staubigen Mietshaus, die Aussicht ist nicht lieblich, und weiter wird er kaum kommen. Er hat nicht nur den Verwundeten am Hals, er muß auch im kahlgeräumten Büro der Jüdischen Selbstverwaltung von Prag sitzen und in das Telefon sagen: Ano. Ja, zuverlässig, tapfer, ohne Hoffnung. Sein Gesicht leert sich unterm Zuhören. Was er sagt, versteht die Cresspahl gelegentlich klar, aber nicht immer im Zusammenhang, der Blick rutscht ihr auf die widerlich hilfreichen Untertitel. Jetzt hat sie noch zu tun mit den Unterschieden zwischen Original und Übersetzung. Herr Braun sucht in der Stadt nach einer Unterkunft für den Verwundeten. Immer wieder stehen im Bild Möbelwagen mit der deutschen Aufschrift KIRCHENBERGER; warum mag das Publikum schließlich lachen darüber? Da gibt es die Bar zur Verzweiflung, üppige Trinkerei in festlicher Kleidung, Tanzen zu mickrigem Jazz,

womöglich Rauschgift. Es sind auch Juden da, sie können nicht helfen. Eine Einstellung beginnt mit Duschdüsen, die nach gewöhnlichem Gebrauch aussehen und den Zuschauer plötzlich wegschicken zu denen in Auschwitz, aus denen das Gas kam. Es sollen doch Duschen sein zum Waschen, denn wenn die Nazi-Armee ein Bordell mit Jüdinnen betreibt, sollen sie vorher gereinigt sein. Sie sind nicht seit langem Huren, einst waren sie bürgerliche Töchter, gute Gesellschaft von Prag. Die Alternative ist der Transport ins Gas. Noch eine Alternative ist ein geschickter Schnitt in die Pulsadern, Dr. Braun sieht da jemand über eine Tote gebeugt. Ist es nicht nur der Versteckte, will er außer dem noch Morphium kaufen? Nicht verstanden. Die Gegenschnitte mit Szenen aus dem Prag von heute, woran sollen sie erinnern? an das Verhalten der Einheimischen unter den Nazis? an das Vergessen? Manches bleibt haften, wenn das Sprechen nicht stört: der Junge auf dem Fahrrad in der Vorstadtstraße, der das Auto der Deutschen vor der Haustür sieht. Der Beginn der Sequenz am ähnlichen Punkt, die vorbereitete Erwartung, die getäuschte. Aber, geht aus dem Originaldialog hervor, daß der Rechtsanwalt mit seinem abgebrochenen Anruf die Haussuchung am zweiten Tag der Handlung auslöst? Sagt Fanta in der Kellerszene tatsächlich: »Ich habe es getan, es ist meine Pflicht«? Fanta mit seiner Kriecherei, seinen gestapelten Schulungsbriefen. Die Hauswartfrau, die ihre Kaninchen verteidigt; überdies muß sie schwerhörig sein. Die Musiklehrerin mit ihren Gesprächen gegen Bilder an der Wand; sie ist nicht leicht zu glauben. Eine Schlachtersfrau, die in einem fort summt; obendrein gibt es einen undeutlichen Helden, mit finster entschlossenem Blick am Treppenaufgang. Wenn die deutsche Polizei in Prag einen anonymen Anruf bis in ein bestimmtes Haus zurückverfolgen kann, warum dann nicht bis in den bestimmten Apparat? Am zweiten Morgen ist der Verwundete aus der Dachkammer entfernt; von wem? Am Schluß des Films ist zwischen Dr. Braun und dem Chefpolizisten die Rede von einer »Konfrontation«, die bevorstehe. Der Untertitel sagt »ein kleines Gespräch«. Das runde Treppenhaus, die Blicke der Kleinbürger auf die Leiche. Ist also der Verwundete noch im Dachboden versteckt, nur an einer

anderen Stelle, und will Dr. Braun ablenken von dieser Möglichkeit, indem er sich umbringt? Fragezeichen. Aus. Ende. Konec.
Die Prüfung nicht bestanden.
Die Cresspahl sitzt in der Bar des Hotels Marseille, eingeführt seit Jahren, Mitglied des Mediterranean Swimming Club, eine solche Dame wird Mr. McIntyre auch ohne Begleitung bedienen. Es würde ihm ein Gespräch über das wolkige Wetter, im Mai! nichts ausmachen. Aber diese Mrs. Cresspahl sitzt so benommen da, als sei ihr etwas Unbegreifliches zugestoßen, die läßt man in Ruhe. Schaltet die Sechsuhrnachrichten ein.
N.B.C. Sixth Hour News zeigt Flüchtlinge in einem Lagerraum. Das Geräusch von Schüssen. Tragbahren werden durch den Korridor eines Krankenhauses geschleppt. Die Bündel darauf sehen nicht mehr menschlich aus. »Die genaue Zahl der Toten ist nicht bekannt, da die meisten keine ärztliche Versorgung erreichen.« Jetzt läßt die Cresspahl ihr Glas stehen, schreckhaft wie sonst nicht, geht stracks nach Hause, wovor sie sich hatte drücken wollen.
Sie ahnt die zweite Niederlage schon auf der 97. Straße, auf den wenigen Schritten zum verhangenen Riverside Drive. »The fifth horseman is fear«, was soll es denn heißen. Der fünfte Reiter, der fünfte Reitersknecht ist die Furcht. Vier sind es nicht, sitzen die auf Kutschpferden, und der fünfte läuft nebenher? Die Aussage hört sich an nach jenen Leuten, die unter dem Namen Shakespeare geschrieben haben; sie kennt das Zitat nicht. Sie hat ihr Englisch von einer Dolmetscherschule kaufen müssen; für eine Universität war kein Geld da. Aber sie hat ihren Shakespeare doch gelesen, alle zwölf Bände! Kann man eine Behauptung wie die von fünftens Furcht vergessen? Sie wird eben ihren Bacon nicht gut gelesen haben, noch Longfellow nicht, sie hat sie nicht einmal im Schrank. Es geht nicht gut mit der Autodidaktik, eines Tages kommt es heraus. Sie drückt die Wohnungstür nicht zu, sie verläßt sich aufs Zufallen, sie läuft zu den Büchern. Hier steht das Oxford Dictionary of Quotations, siebente revidierte Auflage von 1959. Unter Horseman: ein einziger Verweis, Calverleys Ode an den Tabak. Unter Fear fast zwei Spalten,

da hakt der laufende Blick noch nicht beim dritten Mal ein, keine Verbindung mit Reitersknecht und Fünftem. Sie ist so ratlos, sie pfeift auf Selbstachtung, sie sieht auch da nach. Nichts.
In der Stadt New York, sie lebt da seit 1961, zeigen sie einen tschechischen Film unter dem Titel Der Fünfte Reiter ist die Furcht. Die Phrase scheint so geläufig im Englischen, im Amerikanischen, das Buch der Zitate von Oxford braucht sie gar nicht mehr zu führen. Alle wissen es, die Cresspahl nicht. Sie ist nicht nur durch das Prüfungsfach Tschechisch gefallen. Sie hat auch im Englischen Bruch gebaut.
Dann kommt ein Kind aus dem Fahrstuhl, Schulbücher unterm Arm, schließt die Tür hinter sich, leicht verwundert, und sagt in ihrem gedankenlosen, ihrem unbedenklich fließenden Englisch: Du da, Gesine! Wie war es im Kino. Wie war der Film?

10. Mai, 1968 Freitag

Die Regierung der Deutschen Demokratischen Republik, sie mischt sich nie ein in Angelegenheiten fremder Länder, morgen schickt sie ihre Deutsche Reichsbahn mit einem Sonderzug nach Bonn, mit achthundert Plätzen für Westberliner, die gegen die Notstandsgesetze protestieren wollen, die Rundreise ist für die Auswärtigen unter dem Tarif. Sie mischen sich nicht ein in die inneren Sachen unabhängiger Staaten, sie veröffentlichen per Zeitung, daß amerikanische und westdeutsche Truppen in die Č.S.S.R. einmarschieren werden zwecks Teilnahme an einem Kriegsfilm; die Botschaft in der Schönhauser Allee streitet es sofort ab, es hat doch in der Berliner Zeitung gestanden. Es sind zwar nur »informierte Quellen«, sie haben den Sachwalter der D.D.R. zu seinen sowjetischen Freunden sagen hören, die aggressiven Akte der Westdeutschen erforderten eine Verstärkung der Warschaupakttruppen an der Westgrenze der Tschechoslowakei. Unter den neuen Truppen wären ostdeutsche. Aber, rede ihnen zu wie einem kranken Pferd, sie mischen sich nicht ein.
Die Kommunisten in Prag allerdings bedanken sich zum 23.

Mal bei der Roten Armee für die Befreiung von den Deutschen, und abermals versprechen sie der Sowjetunion die Freundschaft. Und auch die bekamen einen Kranz, die den westlichen Teil der Tschechoslowakei befreiten: auf das zerstörte Denkmal der Amerikanischen Soldaten in Pilsen. Plzeň. Und die Bewegungen sowjetischer Truppen an den Grenzen der Č.S.S.R. in Polen und Ostdeutschland, sie sollen wirklich nur der Übung dienlich sein. Fragt man das Foreign Office in London, so sind sie kaum zu glauben.
Der Herr Stadtkommandant, K. A. Pontij, hatte seinen Jerichowern einen neuen Friedhof verschafft, nun wünschte er für seine Armee einen eigenen.
Cresspahl wünschte dem Herrn Kommandanten, es möge ihm kein Untergebener so unter den Händen dahinsterben.
– Eine kräftige Rasse, die Russen! bekräftigte Pontij ernsthaft. Vielleicht war es nicht genug für das Kompliment von dem Deutschen, und er nickte ihm zu, überdeutlich wie einem Kinde.
Cresspahl schwieg vorläufig, er hielt dies für einen beliebigen Einfall des anderen. Immerhin hatte Pontij schon eine lange Fahne mit Hammer und Sichel am Turm des Postamtes aushängen lassen, nur weil dort ein Offizier die Fernsprechvermittlung bewachte, jedoch die Entfernung des Schildes »Deutsche Reichspost« verboten.
Pontij räusperte sich ein wenig. Es tat seinem Hals gewiß nicht weh, es mochte versehentlich sein.
Es war ein früher Abend gegen Ende des Juli. Cresspahl hätte auf den Äckern die Tagesleistung seiner Krüppelkommandos nachsehen müssen, er hatte Schreibkram auf dem Rathaus; nun war ihm Urlaub im Sitzen befohlen. Pontijs Arbeitszimmer mit den Mittagsfenstern war trocken und kühl geworden. Cresspahl konnte über der Kante des grünen Zauns sein Dach sehen und einen der Walnußbäume. Der Baum schwankte ein wenig in der Krone, und kein Wind ging. Der Schornstein war scharf beleuchtet von der Westsonne, der Rauch nahm ein wenig Gelb an, wenn er zwischen den abgewetzten Ziegelsteinen herauskam. Die Luft war so dick befrachtet mit einem süßen Geschmack, das konnte nicht von den Linden allein kommen. Hatte der Garten der Villa je

nach Jasmin geduftet? Hatte Hilde Paepcke hier Jasmin gesetzt? es war nicht der Goldregen. Nun machte die Krone des Walnußbaums abermals einen Knicks. Als säße eine Katze darin.
K. A. Pontij wünschte nicht etwa einen gewöhnlichen, sondern einen Ehrenfriedhof! Aber es gelang ihm ja nicht mehr, den Deutschen zu erschrecken. Der ruckte ein wenig in den Schultern, wie aus anderen Gedanken heraus. – Wohin? fragte er, nicht sehr gegenwärtig, es sah doch nach Gehorsam aus.
Die Rote Armee, vertreten durch diesen Kommandanten, hatte an den Marktplatz gedacht.
In seinen ersten jerichower Jahren war Cresspahl immer wieder verwundert, wie groß der Markt war in dieser kleinen Stadt. Und die geräumige Fläche zwischen den buntgiebligen Häusern war belebt gewesen, noch bis zu einer Stunde wie dieser. In der Erntezeit fuhren die Ackerwagen von morgens an auf die Stadtwaage, die wartenden Kutscher holten ihren Pferden Wasser von der Marktpumpe, standen im Gespräch mit einander, mieteten sich einen Jungen zur Aufsicht und gingen in Peter Wulffs Krug, einen heben. Da standen auch Kutschen, Ein- und Zweispänner, wenn die Damen des Adels einen Besuch machten bei den Damen des Bürgermeisters oder des Pastors. Waren Korn und Rüben abgeladen, fuhren die Wagen eine Schleife von Papenbrocks Hof in die enge Bahnhofstraße, da wurde den Pferden zugeredet, die Räder klapperten lauter ohne Last, und auf der anderen Seite des Marktes kamen sie zurück. In der Südwestecke stand das kleine Ausfuhrauto der Fischereigenossenschaft, der Eierhandlung Emma Senkpiel zum Trotz; Papenbrock hatte da öfter genommen, was er Anstoß nannte. Vom Mittagszug kam der Hausdiener des Lübecker Hofs mit seinem Plattenwagen, die müden Badereisenden hinter sich wie Schafe. Es hatte eine Zeit gegeben, da stand vor fast jedem zweiten Haus am Markt ein Auto, wenn es auch nicht zum Haus oder zu Jerichow gehörte. Wenn Fuhrunternehmer Swenson faul war, ließ er seinen Omnibus nachts dort stehen. Die Ostkante des Platzes hatte gegolten als zu vornehm für Ladengeschäfte, die war auf den Ansichtskarten gewesen, wie die Petrikirche. Um diese Zeit noch nicht, aber in einer Stunde waren die

Wagen des Adels vor dem Lübecker Hof zu erwarten gewesen, wenn die Herren in Schwerin nicht auffallen wollten oder mit den Wirten in Schönberg zerstritten waren. Geräumig war der Platz, gewiß. Beim Einmarsch der Luftwaffe war es zu sehen gewesen, er hätte zum Exerzieren gereicht. Nun war er leer, und die nicht vernünftig benutzte Fläche hatte fast saugende Wirkung, da kamen Einem merkwürdige Gedanken bei.

– Karasho: sagte der Herr Kommandant, vergnügt und einverstanden. Es war nicht entschieden, ob er seine Freude hatte am entschwundenen und künftigen Wirtschaftsleben Jerichows, oder am vorhandenen Raum. Cresspahl hatte gemeint, nun sei der Fremde von seinem Einfall weggeführt, er hatte ihn aber darin gefangen fest. Pontij freute sich darauf, die Mitte des Platzes mit der Meßlatte feststellen zu lassen, und womöglich bedauerte er, daß die Würde seines Ranges ihn hinderte, dort selbst mit dem Zirkel zu marschieren. In die Mitte also den Obelisken, Marmor, mit rotem Stern auf der Spitze und Plaketten an allen vier Seiten.

Cresspahl kam ungern zurück aus seiner schläfrigen Empfindung. Ob nicht die Toten für sich sein sollten, der Störung durch fremde Blicke enthoben.

Im Gegenteil werde jeder Blick die Würde der Roten Armee vermehren! Pontij sagte es freundlich, erklärend. Er ahnte nicht, was Cresspahl ihm sagen mußte; für ihn war dies immer noch eine erfreuliche Unterhaltung, weil praktisch.

Cresspahl schlug den Vorplatz des Bahnhofes vor. Bei der Gelegenheit konnte man das Siegerdenkmal vom Kriege 1870/71 abtragen, und für ein Andenken an diesen Krieg wurde der Platz ja nicht gebraucht. Sicherlich nach dem Raum nicht mit dem Markt zu vergleichen, aber ausreichend für eine Belegung mit zwölf. Cresspahl war mittlerweile wieder seiner Gedanken mächtig, er setzte hinzu: Jeder in Jerichow müsse mal zum Bahnhof, folgerichtig an der Heldengedenkstätte vorbei.

Dies war eines der wenigen Male, da Pontij sein Seufzen nicht unterlief. Er mußte sich aus Bedrängnis Luft machen, und er strich sich noch über seinen schwitzenden Schädel. Es war zu sehen, daß er Jemandem sehr tief im Wort war. Es

mochte auch sein, daß ihm die offizielle Politik der Roten Armee gegenüber den Toten von 70/71 noch nicht ausgehändigt war.
Cresspahl schob ihm noch eine Zahl anderer Plätze hin, den Garten des Schützenhauses, eine Abteilung innerhalb des neuen Hauptfriedhofes, eine leichte Erhebung an der rander Chaussee, von wo die See schon zu sehen war. Pontij lehnte sie allesamt ab, immer geduldig. Dann war verstanden, daß Cresspahl die Toten verstecken wollte, Pontij aber sie ausstellen. Es blieb als Machtfrage.
Cresspahl hatte ausgerechnet, daß auch vom Lande die Toten der Roten Armee nach Jerichow gebracht werden mußten, damit ihre Zahl für die nötige Würde aufkam. Cresspahl wies auf die Friedhöfe des Adels und der Dörfer hin.
Jetzt hatte er Pontij aufgebracht, hoch. Er war etwas röter im Gesicht, und die Stimme saß ihm weiter vorn in der Kehle. Er brachte die Rede auf arglistige Täuschung. Wieder und wieder habe er seinem Burgmister vertrauen wollen, und nun wolle er gerojam Krasnoi Armii Einzelgräber zumuten, womöglich an Weges Rand! So lägen tote Faschiisten in Sowjetunion, an einem Stock mit Helm drauf, wie die Hunde lägen sie da!
Cresspahl wollte dem Russen anrechnen, daß er nicht einfach befahl, sondern es mit Überzeugen versuchte. Er wollte es nicht so weit kommen lassen, daß Pontij auf die Füße schnellte, die Mütze aufsetzte und schrie, bei solcher windloser Hitze. Er erkundigte sich nach dem Termin der ersten Beisetzung.
Pontij befahl ihm, tonlos vor Verachtung, für den übernächsten Morgen vier Arbeiter und einen Steinmetz auf dem Marktplatz abzustellen. Besser fünf, weil vor dem Graben ja die Pflastersteine herauszupicken waren. Es sollten keine von den Strafarbeitern sein, die ihre Nazibindungen mit niederen Verrichtungen abzubüßen hatten, sondern echte, wirkliche, wahre Arbeiter.
Cresspahl dachte an den Befehl zur Einbringung der Ernte, er sagte nichts weiter. Er würde aus Mangel an vorschriftsmäßigen Arbeitern auch Frauen zur Beisetzung bitten müssen, er mußte noch heute abend zu Kliefoth und mit dem zu Al-

win Mecklenburg Wwe., Grab- und Ziersteine, den Leuten die Bauart eines Obelisken zu erklären; aber er gab auf. Er hatte den Fremden vor einem Reinfall in die Landesbräuche zurückhalten wollen, oft genug hatte er versucht, ihn einzuführen in die Gegend, die er nun regierte; an diesem Abend mochte er nicht mehr. Es war nicht Müdigkeit allein.

Pontij ließ ihn einen Abzug von einer vielmals gebrauchten Matrize durchlesen. Für Soldaten waren Gedenktafeln aus Granit befohlen, für Offiziere Platten aus Marmor. Die Aufschrift hatte mit Emaillelack in Kokardenrot zu erfolgen. Offenbar hatte die Etappe ihren K. A. Pontij nunmehr erreicht.

Der Kommandant fühlte sich beobachtet, und er verstand, daß der Griff zum Wodka an diesem Abend nicht verschlagen würde. Die beiden konnten schon oft ohne Worte einer in den anderen sehen. Bei diesem Mal vertat Pontij sich und traute dem anderen Feindseligkeit gegen Tote der Roten Armee zu. Weder Bürgermeister noch Bevölkerung wurden zur Teilnahme an dem feierlichen Akt aufgefordert.

Es war ein junger Mensch, der in offenem Sarg durch die Stadtstraße gefahren wurde, neunzehn Jahre alt. Er war auf dem Ramminschen Gut gestorben, kein Gerücht wollte wissen woran. Sein Gesicht hatte etwas Verwischtes, Unbestimmtes über dem Uniformkragen. Er schien etwas Geheimes erfahren zu haben, zu viel für die Jungenstirn, die gar nicht geübten Lippen. Gesine hatte ihn versehentlich zu Gesicht bekommen vor der Kommandanturvilla.

Wenn an einem hellen Morgen fünf Leute auf dem Markt von Jerichow ein Loch machen, und zwei Offiziere mit acht Mann sehen dabei zu, kann solch Platz recht leer aussehen.

11. Mai, 1968 Sonnabend

Aus dem Leben von D. E., genannt Professor Erichson. Abgefragt von Marie.

Er gibt es her mit Widerstreben, fast ist er geniert, wär er dazu imstande. Es ist an dem, er hält sein Leben für eins nach der Regel, zurechtgestanzt von den überschneidenden Scheiben der Maschine Gesellschaft, ein Normstück, nichts zum Erzählen. Nun kann er nicht mit uns an Morgenfenstern beim Frühstück sitzen, Familienleben spielend, und dann einem Mitglied der Familie Auskünfte verweigern, er sieht es ein mit schmerzlichen Aufblicken unter seinen kahlen Brauen hervor, abgründigem Starren ins Pfeifenloch. Wenigstens will nur das Cresspahlsche Kind eine Probe, die andere hat sich die Zeitung vors Gesicht gestellt, die liest. Die versteckt ihr inniges Behagen an der Falle, in der unser listiger Fuchs nun sitzt. Nicht lachen.

Als Kind hatte D. E. einen Scheitel zu tragen.

Es ist nicht eben viel, aber Marie, mit den Knien auf ihrem Stuhl, greift ihm ins Haar und teilt den grauen Wulst in eine dicke Wolke und einen winzigen schmalen Abhang über dem einen Ohr. So ungefähr? Er nickt, nicht glücklich. Beide sehen rasch auf den Rand der Zeitung am anderen Ende des Tisches, sie hat sich nicht bewegt.

Das ist ein Kind aus Mecklenburg, ein wenig schon sichtbar, und fast alles hat er nicht angefangen wie wir.

Geboren im Jahr 1928, aufgewachsen in Wendisch Burg. Wendisch Burg, wer weiß nicht wo es liegt; bei Jerichow nicken die Leute zu rasch und suchen heimlich in der Gegend von Genthin, nicht bei Lübeck und an der Ostsee. Nie eine Vorderstadt, dies Wendisch Burg, hinwiederum beileibe nicht ritterschaftlich oder unter dem Dominium der Herzöge von Strelitz, sondern Kollegin der Hanse von Anfang an. Bis zum Ende des Kriegs hielten da Schnellzüge!

Aus deinem Leben, D. E. Die Reichsbahn genügt uns nicht.

Im Nordosten von Wendisch Burg hatte die Reichsbahn einen Verteilerhof für den Güterverkehr mit dem Ausland ins Land gerissen. Da kamen bis zum Ende die Wagen mit dem Erz, das die Schweden für den Krieg schickten, und wurden umgeleitet nach Westen, um Berlin herum. Dahin schickte die Strecke Königsberg-Stettin ihre internationalen Einkünfte, später das Raubgut aus Polen und der nördlichen Sowjetunion, auch Gefangene, für die Lager bei Berlin. Über das weite, überall mit Zugbewegungen bestreute Feld führte eine Hochbrücke, mit einer schmalen Kante für Fußgänger. Da stand ein Junge und ließ sich überfallen von den schweren

Wolken Kohlenrauchs, von dem unter der Plattform hervorgedrückten Schnauben des Doppler-Effekts. Ein schmalköpfiges, munteres, nicht recht faßliches Kind. Mit einem Scheitel, (blond). Heller Bleyle-Anzug und dunkelbraune Strümpfe. Begabt, anläßlich Familienfotos zu schielen.
Sohn eines Haarschneiders, Sproß der eingeführten Firma Erichson, ff. Frisuren für Damen und Herren, an der Alten Straße von Wendisch Burg, beim Krug zu den Drei Raben. (An der Straße Adolf Hitlers.) Das Kind wollte nicht nach den Schularbeiten die Haare auf dem grünen Linoleum des Salons zusammenkehren, nicht einmal als sie kriegswichtiges Material geworden waren, dafür war die jüngere Schwester da. Vater Erichson wollte herrschen über mehr als eine Familie und hatte sich gleich 1939 zur Wehrmacht gedrängt, 1940 nahmen sie ihn. Der Junge ließ sich nicht viel sagen. Ging zu seiner Eisenbahnbrücke, auf den Untersee.
Die Mutter vom Lande, lose verwandt mit den Fischer-Babendererdes in Wendisch Burg. Die wollten das Kind abhalten vom Aufstieg in die Einbildungen des Mittelstands, schnitten sich das Haar selber und auch dem Jungen, damit Oll Erichson pusten konnte über die Schändung seines geschäftlichen Ansehens. Die erste Flucht von zu Hause, von dem hochnäsigen Stadthaus zu den Schilfdachkaten am See. Noch der erwachsene D. E. dankt der Verwandtschaft, daß er sich nicht besser vorkam als sie, bloß weil er aufs Gymnasium gedrängt war; lernte sein Latein und ging nachts mit zum Fischen. Wie man Teer kocht. Wie man ein Ruderboot anstreicht mit dem heißen bittrigen Teer. Die Trauer über einen Hecht, der mit dem weißen Bauch nach oben im Rohr schwimmt. Befreiung eines Finkenvogels aus der zum Trocknen aufgestellten Doppelreuse. Ein Eimer voll Aale, der umfiel. Gegen Westwind im Regen rudern, arbeiten. Aber auch die Fischer stellten einander einmal auf vor sommerlichem Ufer zu einer zeitgenössischen Fotografie, und die männlichen Kinder bekamen die braunen Mützen der Erwachsenen, der S.A., mit dem Hakenkreuz, womöglich weil diese Räuberbande die Zinsknechtschaft hatte brechen sollen. Hier schielte D. E. am besten unter dem Schirm der Mütze, die ihm auf seinen dreizehnjährigen Ohren hing. Es war schon Krieg mit der Sowjetunion.

Und die berühmten Affairen, D. E.?
Erst einmal war da die Schwester, fünf Jahre jünger. Und Heike kam mit auf das Eis, wenn er da mit den Fischerskindern Schlittschuh lief. Hand in Hand mit einer Elfjährigen, gewiß, aber es wurde nichts gesprochen; sie ist nunmehr verheiratet mit dem Vorstand der Taxigenossenschaft von Wendisch Burg. Nichts weiter? Das war es.
Mit D. E.s Augen war jedoch nichts verquer, und nach des Alten Wunsch und Sehnsucht hätte er abgerichtet werden sollen auf den Ordensburgen der Nazis, künftiger General oder Henker für den Österreicher. Frau Erichson verlegte die ehrenvolle Einladung, und das Kind mußte nichts tun als Dienst in der Marine-H.J. Er lernte da in der Mannschaft rudern; wäre lieber allein unterwegs gewesen mit seinem besegelbaren Paddelboot. Im Sommer kreuzte eine H-Jolle auf den beiden Seen, die lag an der Schleuse. Keine Bekanntschaft mit den Niebuhrs, Marie; nicht ein Wort. Eine Meldung an die Bannführung: Rottenführer Erichson aufgefallen beim Abgeben von Lebensmitteln bei den Sedenbohms (Mischehe, nicht privilegiert, Sternträger).
Die Fotos zerschnitten, zerrissen, verbrannt. Eins könnte erhalten sein ziemlich unten in einem Vertiko in der Stadt Fürstenberg. Es zeigte viel Winter 1943, da standen vier Kinder um die sechzehn auf einem Feld nördlich Oranienburgs, vor einer schütteren Kiefernpflanzung, im Nebel, im schmutzigen Schnee. Drei waren Jungen, angetan mit der Uniform der Flieger-H.J., blaugrau. Zwar, die große Armbinde mit dem Hakenkreuz haben sie nicht um den Arm, nach Vorschrift, sondern in der Brusttasche, für verrückte Vorgesetzte. Allen drei ist es gelungen, sich ein Koppelschloß der Luftwaffe zu verschaffen, erhaben wie sie nun sind als Soldaten über die Hitler-Jugend, und die Uniformhemden tragen sie mit dem Koppel über der Hose wie die Soldaten ihre Feldblusen, nicht wie Kinder in der Hose. Das vierte Kind auf dem Bild war ein Mädchen, die mag das Bild aufbewahrt haben.
D. E., berühmt für glänzende Affairen. Es war erst eine Woche her, daß die Scheinwerfer-Batterie hatte antreten müssen hinter einem Dorfgasthaus zwecks Belehrung durch den Chef, einen Leutnant mit dem Eisernen Kreuz zweiter Klasse,

verdächtig des geschlechtlichen Umgangs mit einer polnischen Zwangsarbeiterin auf dem Gut. Von ihm hatten die Jungen den Befehl bekommen, nach jedem Geschlechtsverkehr unverzüglich sich »sanieren« zu lassen, so hatte D. E. zum ersten Mal von solchen Krankheiten gehört. Es war geblieben bei schüchternen oder zu forschen Briefen über das Luftgaupostamt Berlin.
Es waren nicht seine Stahlwerke, die er da bewachte, das war ihm aufgegangen.
Nur, auf der Schule war er eifrig gewesen in nur zwei Fächern, und im Flak-Unterricht fiel er auf mit seiner Wissenschaft von Schallgeschwindigkeiten bei wechselnden Temperaturen und dem Betrieb eines Maschinensatzes, er wurde herausgenommen aus dem Scheinwerfer-Lehrgang und war in der Luftschlacht um Berlin Flugmelder am Flakfernrohr. Solche Vergünstigungen fielen ihm zu, die Sache Sedenbohm hing ihm dennoch an; er war nicht beliebt und nicht beneidet. »Die von der Residenz halten sich steif, die haben einen Stock verschluckt« (wegen des Geburtsortes Neustrelitz). Manchmal vergaß er, für wen er da Posten hielt, die Liberators, Typ B 24, hingen zum Greifen nahe im Glas, schmale Flügel, dicke Leiber, die ovalen Schalen der Doppelleitwerke, vollkommene Geräte. Es hatte sich erwiesen, seine Augen waren brauchbarer als andere. Die anderen »Helfer« der Luftwaffe waren taumelig, wenn sie aus dem Schlaf geholt wurden, trotz der rot verdüsterten Beleuchtung; er war nachtsichtig, »Oberhelfer« inzwischen. Am RRH, dem »Ringtrichter-Richtungs-Hörer« hatte er noch gelernt, dann kam er an das neueste »Fu-MG«, das Telefunken gebaut hatte, 41 T. Das Wort Radar kannten sie gar nicht. Das Funkmeßgerät ortete die feindlichen Bomber schon in zwanzig Kilometer Entfernung, übertrug die wandernden Zielhöhen selbsttätig über das Flakrichtgerät auf Kanonen und Werfer, die sich heftig rukkend einrangierten, wie von Unsichtbaren gesteuert. Die Maschine tötete, man brauchte sie nicht zu berühren. Aber es hatten doch Offiziere versucht, Hitler zu töten, seitdem war die Großkampfbatterie eingezäunt, mit Schlagbäumen gesperrt, ein Gefangenenlager. Sie mochten noch so viele Menschen und Fluggeräte in kleine Stücke schießen, die kamen

über dem Feld herunter wie harter heißer Regen; Berlin brannte doch. Im Januar 1945 vertauschten sie ihm die roten Spiegel des Flakkanoniers mit den schwarzen und kommandierten ihn an die Oder; unterwegs desertierte er.
Dem Mädchen aus Fürstenberg zuliebe? Gewiß, Marie. Nur, Oll Erichson war seit dem Februar 1942 vermißt, die Mutter saß allein mit der Schwester in Wendisch Burg. Er mußte da pünktlich ankommen, wenn Sokolowski fertig war.
Der Sieger von Berlin? Der gestern gestorben ist? Der. General, Kommandeur der Sowjetischen Truppen in Deutschland, Marschall und Held der Sowjetunion, Direktor der berliner Blockade, 1897-1968. Der keinen amerikanischen Sieg in Viet Nam für möglich hielt, es sei denn mit Atombomben, dem Dritten Weltkrieg.
Der Fahnenflüchtige wartete in einer gräflichen Försterei am Obersee, sechs Kilometer von Wendisch Burg. Das Haus war voll mit Auswärtigen. Eine Panzergruppe der S.S. machte die Gegend unsicher, plünderte die letzten Vorräte, griff sich die Männer im wehrpflichtigen Alter. D. E. saß da viel in Bäumen. Dann, als die ersten Sowjets ankamen auf ihren tiefgehenden Pferdekarren und Nachschau hielten, mußte nicht D. E. sich verstecken, sondern Wache halten. Er saß da auf einer Schreibtischkante am Fenster und beobachtete den Weg, der am Wald entlang nach Wendisch Burg führte. Sobald er Rote Armee sah, mußte er durchs Haus laufen und die Frauen warnen, damit sie durch die Hintertüren in ein dicht verstrupptes Gehölz liefen. Er starrte nicht unaufhörlich auf den Weg, er verließ sich auch auf seine Ohren. Es stand umher reichlich herrenloses Gepäck von denen, die sich im Wald erhängt hatten, und in einem Koffer hatte D. E. einen Sonderdruck von Albert Einsteins Bemerkungen in den Abhandlungen der Preußischen Akademie der Wissenschaften von 1915 gefunden, die jüdische Physik. Er las sie so langsam wie früher nichts in seinem Leben; nebenher horchte er auf Hufschläge, Wagengerassel. Beim fünften Mal mußte er sich eingestehen, daß er die Theorie von der allgemeinen Relativität wohl auswendig lernen konnte, kaum aber sie vertraulich begreifen. Er stieß mit dem Denken an eine stumpfe Sperre, es tat geradezu weh. Manchmal wurde aus der Anstrengung un-

versehens die Einbildung von Fliegen, mühelose gleitende Bewegung. Dann kollabierte der Autopilot, und für den Absturz war die Erklärung nicht eindeutig. D. E. war noch nicht achtzehn Jahre alt und mußte sich eingestehen, daß es in der Wirklichkeit eine Grenze gab, über die hinaus konnte er nicht denken. Daß dies sein Leben sein würde. Als ein Talent, seinetwegen, jedoch ein kleines. Mitte Mai kam über den See das Gerücht, die Rote Armee würde das Gymnasium von Wendisch Burg wieder öffnen und unter die Direktion von Sedenbohm setzen; er machte sich auf den Weg. So verfehlte er seine Schwester, die zu ihm hatte fortlaufen wollen.

– Die Wache auf der Schreibtischecke im Wald, das war wegen der Vergewaltigungen? fragt Marie. Sie kniet nicht mehr dicht bei D. E., sie hat sich zu einem Abstand zurückgelehnt. Die beiden können einander beobachten wie in einem Wettkampf, nicht nachgiebig, nicht erbittlich. Der Ältere nickt verdrossen, er hätte nun wohl gern Hilfe von der anderen Cresspahl. Die faltet ihre Zeitung weg, auch sie betrachtet ihn, ein wenig neugierig. Wenn du mit uns Familie machen willst, versuch dich auch in Erziehung, D. E.
– Es war: sagt D. E. in einer ordentlichen Art: wegen der Vergewaltigungen.
– Das war so deine Arbeit da.
– Dafür stand ich in Kost und Logis.
– Und die Förstersleute hatten Verwandtschaft in Fürstenberg, von denen war ein Mädchen untergekrochen im Wald bei Wendisch Burg.
– Wer hat das nur aufgebracht von meinen Affairen! Ihre war es doch auch!
– Und mit wem ist hinwiederum jene verheiratet?
– Mit einer chirurgischen Klinik in Hamburg, damit du es weißt.
– Es war ein gefährlicher Weg für sie gewesen, wenn in Fürstenberg schon die Russen standen.
– Sie war gerissen für ihre siebzehn. Sie kam heil durch.
– Und: sagt Marie, so abweisend wie er: Warst du auf Hitler vereidigt?
– Dreimal.

– Ist es richtig, ihn so oft den Österreicher zu nennen, wie jene uns bekannte Dame es tut?
– Es ist richtig, er kam daher. Jene Dame meint auch noch, daß viele seiner Helfer aus jener Ost- und Steiermark kamen. Sie möchte wohl auch, die Historie liefe vom Norddeutschen Bund anders.
– Gib dir keine Mühe, D. E. Du kriegst sie nicht. Sie wird sich nicht fangen lassen.
– Which I undertook solely to keep New York City clean.
– Und es ist falsch?
– Es war keine österreichische Art von Wahnsinn, wenn ich meinen Ärzten glauben soll.
– Was hast du mit deinem Stahlhelm gemacht?
– Eingegraben.
– Als andere, die Bauern beim Pflügen ihn fanden –
– fehlte das Skelett dazu.
– Und deine Schwester?
– Starb im Mai 1945.
– Wie alt?
– So alt wie Gesine im Juli 45.
– Mehr sagst du mir nicht?
– Mehr, my dear Mary, behalte ich mir vor.
– Und gab es das, Friedhöfe der Roten Armee auf mecklenburgischen Marktplätzen?
– In Wendisch Burg nicht. Anderswo stand ein Obelisk mit rotem Stern, nachts beleuchtet.
– D. E.!
– Mit einer Erdleitung angeschlossen, von den Stadtwerken an die Laternenschaltung gekoppelt.
– Und was machen wir jetzt?

Endlich darf D. E. wieder in seine andere Rolle, die des Plänemachers, des Beschützers, des Bewegers. – Wir könnten zum Rummel im Palisades Park; aber Marie gibt nicht einen ganzen Sonnabend für so kindliche Sachen her, mag auch ihm der Sinn danach stehen. Steht ein Vorschlag in der Zeitung? In der Times ist ein Bild von der Ypsilon-Brücke in Saigon, aus der Luft aufgenommen, so daß die Straßenkämpfe nur zu raten sind; es erinnert an die Triboro Bridge bei uns, auf der anderen Seite Manhattans. Dahin will Keiner der beiden. Es wird noch ein Ausflug nach Boston verworfen, der Zug nach Philadelphia ist versäumt, beschlossen wird am Ende eine Reise zum Atlantik, an den Strand von Rockaway. Aber nicht wie D. E. denkt. – Mit der Ubahn! sagt Marie. – Mit der Ubahn! Denn so bleibt sein Auto stehen vor dem Haus, so kann er uns nicht absetzen unterwegs, so hat sie ihn noch für den Abend, vielleicht morgen.

12. Mai, 1968 Sonntag

»Das Zitat des Tages: ›Wir haben dreimal versucht, eine Straße hinunterzukommen, und bisher haben wir fünf Tote und siebzehn Verwundete in meiner Kompanie. Ich pfeif drauf, wer heute Geburtstag hat, wir gehen wieder vor und räuchern sie aus.‹ – Stabsfeldwebel Herman Strader in Saigon, wo gestern der 2,512. Geburtstag Buddhas gefeiert wurde.«
(c) by the New York Times Company

»Das Verbrechen blüht auf dem Flughafen Kennedy, Polizeibehörden und Luftlinien sind hilflos
Von Charles Grutzner
Die Flut neuer Diebstähle auf dem Internationalen Flughafen Kennedy, denen Diamanten, gefragte Wertpapiere, Palladium und andere hochwertige Frachtgüter zum Opfer fielen, lenkt den Blick auf die Rührigkeit organisierter Verbrecher in den Flughäfen der Stadt.
Einer der Fälle führte in der letzten Woche beim Bundesgerichtshof zur Verurteilung des Neffen von Joseph Colombo, der als Boß der Mafia gilt. Der Neffe bekam zweieinhalb Jahre Gefängnis als Komplize beim Kassieren von 407,000 Dollar in American Express-Reiseschecks, die auf dem Flughafen Kennedy gestohlen wurden.
Dreiundzwanzig Männer und zwei Frauen waren angeklagt, und alle außer vieren bekannten sich schuldig oder wurden überführt, die Schecks befördert und weitergegeben zu haben, die am 30. August 1966 gestohlen wurden. In der ge-

samten Zeit seitdem ist jedoch niemand wegen des eigentlichen Diebstahls festgenommen oder unter Anklage gestellt worden.
Der Anwalt der Vereinigten Staaten, Robert M. Morgenthau, nannte den Diebstahl und den Absatz der Schecks hier und in Las Vegas, Dallas, Baltimore, Puerto Rico, auf den Kleinen Antillen und anderswo das Werk einer Bande, die mit der Abfertigung von Frachtgut auf dem Flughafen vertraut ist.
Der Fall American Express und die anderen Diebstähle haben ernstlich in Frage gestellt, ob die vorhandenen Polizeibehörden auf den Flughäfen und die privaten Wächter der Fluglinien in der Lage sind, hochwertiges Frachtgut angemessen zu schützen.
Bei 90 gemeldeten Diebstählen auf dem Flughafen Kennedy im vergangenen Jahr belief sich die Beute auf 2,2 Millionen Dollar. Das ist das Zweieinhalbfache der Gesamtsumme von 1966 und nahezu das Fünfzigfache der Summe von vor fünf Jahren. Die Hafenbehörde von New York, die die Zahlen zusammenstellte, schloß dabei weder den Diebstahl von Gegenständen ein, die im Wert unter 1,000 Dollar liegen, noch die 2,5 Millionen Dollar in nicht verkehrsfähigen Wertpapieren, die am vergangenen 10. August bei den Trans World Airlines gestohlen wurden.
Unter denen, die im Fall American Express ins Gefängnis kamen, ist außer dem 34jährigen Neffen Colombos, Maurice Savino, auch der 40jährige Vincent (Jimmy Jones) Potenza, den das Bundeskriminalamt führt als ein Mitglied jener Mafia-›Familie‹, der Carmine (Mr. Gribs) Tramunti vorsteht, der mutmaßliche Nachfolger des verstorbenen Thomas Luchese, genannt Dreifingerbrown.
Potenza und Americo Spagnuolo, die die gestohlenen Schecks zu 25 Cent pro Dollar kauften und sie für den doppelten Betrag an Weiterverkäufer abgaben, bekannten sich der Mittäterschaft schuldig und wählten lieber die maximale Haftstrafe, als daß sie die wahren Diebe namhaft gemacht hätten.
Ein in Aussicht genommener Zeuge der Regierung, John Anthony Panarello, ein ehemaliger Sträfling, den die Anklageschrift als mittelbaren Täter, jedoch nicht als Angeklagten

erwähnt, ist durch Gangsterkugeln zum Schweigen gebracht worden. Seine Leiche wurde mit zwei Pistolendurchschüssen im Schädel in einem Straßengraben in den Catskills gefunden, während sein Mietwagen brennend in der Nähe stand.

...

Offiziell wurde die Sorge über die Macht der Unterwelt auf Kennedy ausgedrückt durch den Vorsitzenden der Staatlichen Untersuchungskommission, Mr. Myles J. Lane, und zwar während der Befragung von Alvin C. Schweizer, Bezirksleiter der Luftfracht A. G., eines Unternehmens zur Verpflichtung von Fuhrfirmen, das die Luftlinien gemeinschaftlich gebildet haben.

Mr. Schweizer erwähnte, es sei den Luftlinien National und Northwest mit Arbeitsstreitigkeiten gedroht worden, als sie einen Wechsel der Fuhrunternehmen erwogen. Angeblich kamen die Drohungen von Harry Davidoff, einem Funktionär bei der Ortsgruppe 295 der Lastwagenfahrergewerkschaft.

Ein Einbrecher und Erpresser

Mr. Lane fragte Mr. Schweizer in Bezug auf Davidoff, einen vorbestraften Einbrecher, Erpresser und Buchmacher: ›Es scheint mir, als könne ein einziger Mann das gesamte Luftfrachtgewerbe in New York lahmlegen, wenn er die Gewerkschaft entsprechend in der Hand hat – trifft das zu?‹

›Jawohl. Ganz eindeutig‹: erwiderte der Zeuge. ›Weil die Fahrer der Bordversorgung und der Tankwagen und die Lieferanten der Bordküchen auf dem Flughafen entweder gewerkschaftlich organisiert sind oder aus anderen Gründen jede Streikanweisung respektieren würden, ob sie nun von der Ortsgruppe 295 oder irgend einer anderen Gruppe ausgeht.‹

Weiterhin wurde bezeugt, daß ein Unterhändler der Vereinigung Hauptstädtischer Import-Fahrer den American Airlines mit der Stillegung des Flughafens drohte für den Fall, daß sie einen »nicht angeschlossenen« Spediteur unter Vertrag nähmen. Mr. Lane behauptete ebenfalls, daß Gangster Schlüsselpositionen sowohl in der Gewerkschaft als in der Vereinigung der Arbeitgeber einnähmen.

Unter den Namen der Unterwelt, die bei den Flughafengesprächen erwähnt wurden, waren die des vorbestraften Gewerkschaftsgangsters John Dioguardi, genannt Johnny Dio,

und der von Antony Corallo, alias Tony Duckdich, die von den Verfolgungsbehörden beide identifiziert wurden als Angehörige der Tramunti-›Familie‹ der Mafia; Anthony DiLorenzo, ehemaliger Sträfling, den die Behörden beschreiben als der ›Familie‹ von Vito Genovese verbunden, und John Massiello, mutmaßlich ein Mafioso Genoveses und wegen Schmuggelns vorbestraft.
DiLorenzo, verurteilt wegen Autodiebstahls, stand als Berater in gewerkschaftlichen Angelegenheiten für 25,000 Dollar im Jahr auf der Lohnliste des Hauptstädtischen Import-Speditionsverbandes. Massiello stand in gleicher Funktion auf der selben Lohnliste.
Joseph Curcio, ein überführter Gewerkschaftsgangster und gewalttätiger ›Nachfasser‹, einst in einer Zelle mit Joseph Valachi, (dem Mafia-Mitglied, das später gegen das Organisierte Verbrechen aussagte), stand auf der Lohnliste einer Fuhrfirma als Vertreter. Der Leiter des Unternehmens gab in den Befragungen der Staatlichen Untersuchungskommission zu, daß Curcio niemals Geschäfte angebracht habe.
Der Großteil der Macht, die die Unterwelt auf das Luftfrachtgewerbe ausübt, wurde auf den fast zweitausend Hektar des Flughafens Kennedy bloßgelegt, der so groß ist wie ganz Manhattan südlich der 42. Straße. Der Flughafen steht dicht voll mit Lagerhallen, und Berge unbewachten Frachtguts sind noch auf den Vorfeldern aufgetürmt. Mehr als 40,000 Menschen arbeiten auf dem Flughafen.
...

Benutzung gefälschter Papiere

Am 27. Februar fuhren zwei Männer einen Lieferwagen in die Frachthalle der K. L. M. Königlich Holländische Luftfahrtgesellschaft, wiesen gefälschte Papiere vor, auf denen so etwas wie ein Zollsiegel der Vereinigten Staaten zu erkennen war, luden die $508,000-Lieferung des seltenen Metalls aus der Sowjetunion auf, lächelten einem Wächter zu und fuhren davon. Der Luftlinie war nicht bewußt, daß sie bestohlen worden war, bis fünf Stunden danach Vertreter des wahren Adressaten in einem gepanzerten Lastwagen vorfuhren und die Lieferung verlangten.
Die Polizei der Hafenbehörde verficht die Meinung, der Dieb-

stahl wäre verhindert worden, wenn K. L. M., dreimal beraubt in den letzten beiden Jahren, sie benachrichtigt hätte, als die beiden Männer in dem Lieferwagen das Metall abholten. Leutnant John Lefsen, Leiter der Frachtgutabteilung in seiner Dienststelle, sagte:
›Wären wir angefordert worden zur Überwachung bei der Verladung der Lieferung, wir hätten gleich gemerkt, daß da was nicht stimmte. Engelhard [der Empfänger] kommt immer mit einem Panzerwagen, und das da war bloß ein alter, abgestoßener grüner Lastwagen, da fehlten ja Bodenbretter.‹
Nach Auskunft informierter Kreise hatten die Diebe im voraus die Flugnummer der kostbaren Fracht gewußt, die in zwei Portionen ankam, und die genaue Zahl der Teile in jeder Lieferung.«
(c) by the New York Times Company

»EINEN GLÜCKLICHEN MUTTERTAG wünschen Sylvia, der besten Mutter in der Welt, ihre Kinder Ellen, Peter Frank und Amy.«
(Bekanntgaben an das Publikum und kommerzielle Anzeigen.)

13. Mai, 1968 Montag

Morgens war der Park so dicht verpackt in graues Licht, daß das Jahr schon wieder auf den Winter zuzulaufen schien.
Ein Direktor des Instituts für Internationale Politik und Wirtschaft zu Prag schreibt in einer Zeitschrift der Columbia-Universität zu New York von einer Lizenz der sozialistisch verwalteten Nationen, Politik auch nach ihren eigenen Bedürfnissen zu betreiben, und warum nicht eine Zusammenarbeit mit kapitalistisch verwalteten Nationen. Aber der Artikel ist verfaßt vor den moskauer Konferenzen, und vor den Märschen der sowjetischen Panzer in Polen.
In Paris hingegen verstehen die Arbeiter, was die Studenten sprechen und wollen ihnen gegen die Regierung helfen mit einem Generalstreik für einen Tag und eine Nacht.
Die Angestellte Cresspahl soll an diesem Vormittag etwas lernen, etwas aus den kleineren Schubladen de Rosnys, und

gehorsam ist sie erschienen in einem Kleid, wie man es entfernten Freunden der Familie bei einem Begräbnis zugesteht. Es ist für die anderen Beteiligten aber ein freudiger Anlaß, eine jährliche Versammlung von Aktionären einer befreundeten Firma, und sie soll es einmal nicht in Filmen sehen oder aus der Financial Times raten, sondern von nahem teilnehmen. Damit sie weiß, wie es gemacht wird, als dürfte sie eines Tages da mittun.
– Ich soll doch bloß ein Konto führen für Prag: sagte sie de Rosny am Telefon, er hätte ihr Verlegenheit und Widerstreben anhören können, aber wieder einmal fühlte der Chef sich als Wohltäter und wollte ihr die Erfahrung schenken. Er habe auch einmal klein angefangen.
Die Aktionäre stehen in kumpelhaften Gruppen, einverstanden plaudernd, in einem fensterlosen Flur des 28. Stockwerks, als wären sie zu einer lästigen Gesellschaft zusammengekommen und freuten sich darauf, weniger diese Gelegenheit zu feiern als das Ende davon. Es steht auch ein Mann allein, mit dem Rücken zur Wand, drahtig, den Blick nach innen, als memoriere er etwas und sei dabei doch durch das Warten auf den Startschuß gestört. So kann es auch zugehen vor der Eröffnung einer Ausstellung von Gemälden. Nach einem Klassentreffen sieht es aus um den Generaldirektor des Unternehmens, einen großen Wikinger, der seinen Quadratschädel still und schräg hält, als höre er nur zu und denke an nichts als die jungenhafte Frisur, die er mit der einen Hand umbaut, aber gerade er zieht fröhliches Gedränge an, von fernher gerufene Begrüßungen, erwidert sie mit kurzen, salzigen Frotzeleien. Dem sollte die Angestellte Cresspahl so nahe kommen, daß er ihr die Hand gibt; aber sie gerät immer wieder an taube Schultern, blinde Blicke, sie verzieht sich in eine der mit edlem Holz ausgeschlagenen Telefonzellen und wählt die Ziffern, die auf der Scheibe den Buchstaben NERVOUS entsprechen. – Es ist zehn Uhr und sieben Minuten: sagt eine Stimme im Telefon. Die Aufgabe für die Cresspahl ist aber gewesen, sich selbst hier vorzustellen als Vertreterin der Bank. Nicht in Wahrheit, beileibe, dafür ist ein männlicher Direktor abgeordnet; nur daß sie insgeheim denken sollte: sie sei hier die Gastgeberin.

Für eine Firma, die Informationen kauft und bearbeitet und verpackt und weiterverkauft, ist der Konferenzsaal recht klein. Das Präsidium will auskommen mit fünf Plätzen, links brauchen sie nur zwei Mikrofone auf dem Pult, rechts der Tisch des Sekretariats würde schweren Umsatz schlecht vertragen, der Rest des Raums ist vollgestellt mit gewöhnlichen Klappstühlen aus Blech, nicht vielen. Offenbar ist dies eine sparsame Firma. Mit den Papieren der Firma zieht die Cresspahl sich zurück auf einen Platz an der Hinterwand, das gibt ihr eben das Professionelle, dem sie entkommen wollte, und achtungsvoll bückt sich vor ihr ein Kellner mit einem Tablett voll Kaffeetassen. Vom Flur her hört sie den Generaldirektor reden, behaglich, ausruhend auf den Nebentönen: Kannst du denn das aushalten, daß dir immerzu Blut abgenommen wird, die wissen ja nicht was sie tun. (Hier haben wir einen Manager, der versteckt seine Krankheit nicht, der benutzt sie.) – Fragen werde ich keines Fal-les zulassen: sagt er, und vielleicht ist dies ein wiederkehrender Witz, so wird die Ankündigung belacht. Dann aber zieht der Vorstand ein in den Saal, voran der amtierende Chef, und wahrhaftig blickt er auf die einzelne Person an der Wand, als habe sie ihn hereingezogen mit ihrem Pflichtbewußtsein. Er ist nahe am Nicken, und wieder ist die Cresspahl aufgefallen. Dann kann sie aber nicht mehr nach draußen, ist eingesperrt zwischen einer hartlippig entschlossenen Matrone und Vorhängen aus schwerem Blumenmusterstoff mit Stores, die den Ausblick auf noch nicht erledigte Hinterhöfe vergessen machen sollen.
Auf der Tagungsordnung stehen: Die Erhöhung des Aktienbestands von dreieinhalb Millionen auf fünf, zwecks Erwerbung neuer Firmen. Die Bestellung einer Buchprüferfirma. Die Wahl der Direktoren für das neue Geschäftsjahr. Die Cresspahl prägt sich das formelhafte Sprechen ein, vielleicht wird sie es lernen, und womöglich wird sie anfangs die feierlich legalistischen Wiederholungen mit mehr Genuß zelebrieren als die Herren am Vorstandstisch. Der Herr Generaldirektor hat seinen Geschäftsbericht nun abgeliefert, wie eine Erzählung bis zum Überdruß vertrauter Familiensachen, jetzt wünscht er Fragen. Er besteht auf den Erkundigungen, die er nicht zulassen wollte, bis ein Mann in der Uniform der Bank ein Hand-

mikrofon an langer Schnur zu einem Fragesteller trägt. Es ist der Aufgeregte von vorhin, der seinen Auftritt so innig geprobt hat, und nun verhaspelt er ihn. Stockend, mit weit aufgerissenen Augen, dann wieder mit einander überschlagenden Worten beginnt er eine Anklage wegen mangelhafter Ausnutzung eines Steuergesetzes, er hat sie entdeckt und möchte darauf pochen, mit einer Miene, die um Schonung bittet, und der Vorsitzende des Sekretariats fährt ihm über den Mund mit einer Geduld, als fertige er ein Kind ab, dem kann man es nicht übel nehmen. Der Fragesteller wird verwiesen auf den Absatz des Paragraphen, den er gerade angezweifelt hat, man gibt ihm auch Adresse und Telefonnummer von Allen, Burns, Elman & Carpenter, das Mikrofon ist ihm längst weggenommen. Jetzt reckt sich der Unglückliche, und die Cresspahl könnte ihm sagen, daß das Sekretariat das Tonband mit seinem kostbaren Protest zurücklaufen läßt und ihn löscht. Wir kommen zur Wahl.

Die kleinen schwarzen Männer des Sekretariats winden sich geschäftig zwischen den Stuhlreihen umher und verteilen Formulare, auch an den erschöpften Fragesteller, der die Versammlung hatte schrecken wollen, im Namen der Gerechtigkeit und Ehre, jetzt ist er schon dankbar für die Erlaubnis, seinen Namen zu schreiben. Die Cresspahl hat eine fremde Miene versucht, eben kurz vor dem Kopfschütteln, und doch wiederholt der Funktionär seine Frage: Sind Sie Aktionärin? Ihr Name?

– Nein: sagt die Angestellte. – Ich bin hier für die Bank! Damit hat sie sich aber eine mütterliche, bedenkliche Betrachtung von seiten der Matrone zugezogen.

Der Generaldirektor ist nicht zufrieden mit der Geduld seiner Auftraggeber, redet gemütlich vor sich hin, wieder wie in einer Familie, am Mittagstisch, im Gespräch mit seinen Kindern zwischen den Gängen. – Ich wünschte: sagt er: heut wär die Frau da, die '67 gegen mich gestimmt hat, mit ihren fünf Aktien. Ich wünschte, wenigstens die wär da! Dann kann er endlich den Bleistift weglegen, den er unterdessen mit einem Sackmesser der schweizerischen Armee anzuspitzen versucht hat, und die Wahlergebnisse durchlesen. Bekümmert schüttelt er den Kopf, setzt eigens eine Brille auf die Nase,

um darunter hervor die Anwesenden mit Vorwurf zu betrachten. Er sagt: Eine einzige Stimme gegen mich, was soll denn das heißen!
Es werden nochmals die Namen der anwesenden Direktoren und Angestellten verlesen. Die Direktoren sind gehalten, sich zu erheben, die Angestellten dürfen sich nur mit Nicken zeigen. Das Schlußwort hat ein enttäuschter Chef, mit viel Kraft und Kampfesmut ist der Mensch hergekommen, fast nichts davon hat er verbrauchen dürfen, nun steht ihm nichts bevor als ein Mittagessen von vielen. – Also dann bis zum nächsten Jahr.
Am Ausgang paßt er die Angestellte Cresspahl ab und fragt sie nach ihrem Namen. Er gibt sich als jemand, dem ist das Unschickliche seines Betragens schmerzlich bewußt, es muß aber doch sein.
– Sind Sie die eine Stimme, die gegen mich war? fragt er, vertraulich, vorfreudig. Mit seinem breiten Rücken blockt er diese Dame ab gegen die anderen Teilnehmer, nur wenige, abschätzende, Blicke dringen bis zu ihr durch.
– Nein: sagt die Cresspahl, und erklärt ihm ihren Status nach der Geschäftsordnung. – Ich durfte ja nicht: sagt sie.
Gegen vier gibt sie ihren Bericht über die kleine Versammlung von de Rosnys Freunden ab bei Mrs. Lazar, und ehe er noch abgegangen ist, zehn Minuten später wird sie mit de Rosny verbunden. – Grüßen soll ich Sie auch! sagt er, und an diesem Tag ist das Telefonnetz so ausgeruht, man kann die quietschvergnügte Stimmung des Chefs mithören. – Sie sollen eine Wucht gewesen sein! sagt er. – Sie konnten es ja längst, Sie Naturtalent!
Solche Ansichten gelten in diesem Hause über die menschliche Natur.

14. Mai, 1968 Dienstag

Der neue Wirtschaftsrat der Č.S.S.R. bespricht den Plan, die Krone demnächst konvertierbar zu machen, nicht erst in fünf Jahren. Es wäre die erste Währung des Ostblocks, die auf den kapitalistischen Markt dürfte; es sieht aus nach Streit. So

könnte das Land in eigenem Geld bezahlen, so brauchte es keine Dollar-Anleihe mehr, und die Angestellte Cresspahl müßte nicht versetzt werden weg aus New York.
Cresspahl dachte mitunter, wegzugehen aus Jerichow. Nicht K. A. Pontij, sondern er würde ins Gefängnis müssen für die Straftaten, mit denen er die Befehle des Herrn Stadtkommandanten ausführte, von der verrutschten Buchführung bis zum Schwarzhandel im Amt, mal zu Gunsten mal zu Lasten der Stadt. Nur, er sah nicht voraus, daß Pontij sich vergessen würde bis zu einer Absetzung des Bürgermeisters, wenn es doch zum Erschießen immer wieder nicht reichte. Er hatte nicht viel mitzunehmen in den Westen, eben das eigene Kind, und die Hanna von Ohlerichs, wenn sie wollte; zumindest wollte er wissen, wohin er sie brachte.
Das sagte ihm einer, der stand an einem Sonntagnachmittag, schon im August 1945, an der Pumpe wie aus der leeren Luft gewachsen. Das war ein Mann in meines Vaters Alter, aber schmächtig in der Statur wie ein Junge von achtzehn Jahren, seine Haare waren aber nicht weiß vom Wegstaub. Er fragte Cresspahls Tochter, ob er sich wohl ein wenig Trinkwasser abnehmen dürfe. Solche Höflichkeiten waren ihr lange nicht vorgekommen, und sie will ihn gleich für einen aus Cresspahls Gegend angesehen haben. Sie schüttelte den Kopf und ging in das steinkühle Haus, ihm einen Becher voll von da zu holen. Er stand da wie vorhin, und beim Trinken sah er sie an, als müsse ihm der Blick über die Nasenspitze springen, so fältelte er sie. Unbegreiflicher Weise fragte er dann nach der Uhrzeit, und als Gesine in den Himmel sah, ließ er sich auf den Pumpenstein nieder, seufzend über Beschwerden des Alters, die er aber nicht hatte. Der trug seine Armbanduhr kurz oberhalb des Fußknöchels, dem fiel was ein, und durchgekommen war er auch, auf dem ganzen Weg über die Grenze. Nun erkannte sie ihn als Erwin Plath, nicht so sehr als den Gast bei einer Beerdigung 1938, sondern als eines von Cresspahls Geheimnissen aus der Zeit des Krieges. Sie führte ihn ungesehen in Cresspahls Büro und fing gleich an, auf die Felder zu laufen; den konnte sie nicht mitnehmen durch Jerichow.
Das war eines der wenigen Male, da Cresspahl sich betrug wie der Herr im Haus und bei Frau Abs das Abendessen auf

seine Stube bestellte; er wollte von solchem Besuch keine Viertelstunde verlieren. Dann wurde Gesine noch nach einer Flasche von Jakobs Handelsware geschickt, und als sie zur Schlafenszeit in ihr Zimmer gehen wollte, zog Erwin Plath sie auf einen Stuhl mit der ernsthaften Begründung, er müsse sie noch ein wenig ansehen. Cresspahl betrachtete sein Kind zweifelnd, die Augen an eine Erinnerung verloren, er schickte sie nicht ins Bett, auch Hanna nicht. Die Kinder sahen den Erwachsenen zu, die das Wiedersehen begingen wie Kinder, eifrig, ohne Mißtrauen, einer am anderen vergnügt, immer von neuem vorfreudig, und immer noch einmal erzählten sie einander, wie es gewesen war. Dann kam Cresspahl mit seiner Frage.

Plath fing zu nicken an, er zog aber die Lippen von den Zähnen weg, als habe er auf etwas Faules gebissen. Er war nicht mehr in Lübeck, ihn hatte es nach Itzehoe verschlagen. Über den Umzug ließ er sich nicht genau aus, auch nicht über seine neuen Geschäfte an der Stör, um so lieber über die Briten. Offenbar nahmen die sich nicht so in acht in einem besetzten Gebiet, wo sie den sowjetischen Waffenbrüdern keinen schädlichen Leumund hinterlassen wollten. Cresspahl kannte die Kasernen von Itzehoe, die Gudewill, die Waldersee, die Gallwitz am Langen Peter, und die Hanseaten am Friedhof? Die kannte Cresspahl. In denen saßen die Briten, es war ihnen lange nicht genug Raum. Ende Mai hatten sie das beste Wohnviertel in Sude beschlagnahmt, 95 Häuser, meist modern eingerichtete Villen; drei Stunden gaben sie den Bewohnern, nur Wertsachen, Wäsche und Bettzeug hatten sie mitnehmen dürfen. Jetzt saßen in solchem Haus englische Familien mit ein bis zwei Kindern, die Deutschen waren in die letzten Bodenkammern, Verschläge, ja in die Keller gestopft. Und Cresspahl wußte wohl von Itzehoes Kanalisation. Daß es keine gab. Ja. Die Militärregierung hatte ein versiegeltes Zimmer je Haus zum Unterstellen von Sachen erlaubt; die Sachen fanden sich an auf dem Schwarzen Markt, das war also der Respekt der Briten vor Siegeln. Sie saßen im Hammonia-Hotel am Holzkamp, der Viehmarkthalle, in beiden Kinos, sie hatten die Sportplätze für sich allein genommen. Von dem requirierten Wohnraum stand viel leer, sie behielten ihn doch. Sude war Sperrgebiet für Deutsche, wenn sie da nicht arbeiteten. Eines Morgens kommt der Bürgermeister in sein Amtszimmer und findet seinen Schreibtisch nicht mehr und nichts von der Einrichtung, die hat das Besatzungsamt geholt. Die Briten gingen auch privat auf Razzien, die holten sich aus den deutschen Quartieren Möbelstücke, Bilder, Rundfunkgeräte, Fotoapparate, Briefmarkensammlungen und sonst Kriegswichtiges, die versteckten sich nicht einmal hinter einem Befehl. Die fuhren mit ihren Jeeps durch Itzehoe wie die Wilden, auf Tote kam es ihnen nicht an. Eine Division hieß die Wüstenratten, die saß in der Hanseaten-Kaserne, die nannten sie »Richmond-Barracks«. Wüstenratten.

Hanna fragte nach den Netzwerken, da war ihre Verwandtschaft bekannt. Plath kannte die, die warteten noch am Gaswerk, die hatten keine Rohstoffe, die lieferten nicht. Hanna bedankte sich eingeschüchtert; sie suchte noch nach einem anderen Platz für sich als Jerichow, nun war wieder einer verloren.

– Richmond-Barracks: sagte Cresspahl, ratlos, er meinte aber das britische Benehmen.

Plath winkte das weg, mit einem Mal auf das Geschäftliche bedacht. Er war nicht wegen der Briten gekommen. Cresspahl hatte doch so einen Befehl, Parteien zu gründen. Die Briten erlaubten so etwas nicht. Sieh an, die Sowjets.

– Ja-nein: sagte Cresspahl, nicht ganz ruhigen Gewissens. Das war ein Befehl K. A. Pontijs, der ihm aus den Augen geraten war. Der Herr Stadtkommandant verlangte eine Ortsgruppe der Sozialdemokraten, eine der Christlichen Union zur Demokratie, und eine kommunistische. Cresspahl konnte doch nicht vorgehen wie bei der Erschaffung der Welt, und Parteien machen in Jerichow.

Nun weckte Plath die schläfrigen Kinder, indem er von ihnen Abschied nahm. Er leitete sie in die Schlafkammer wie Schafe, so fürsorglich, sie merkten es kaum, und sagte beiden noch etwas Hübsches über ihr Haar. Als er zu Cresspahl zurückgegangen war, blieb es lange still, und die Kinder schliefen ein bei sanft klirrenden Geräuschen. Das war das Nachtgetier, das durch die offenen Fenster auf die Kuppel der Petroleumlampe stürzte.

Plath hielt seinem Parteifreunde vor, daß er nicht ohne Nachfolger gehen konnte, wenn er denn Jerichow verlassen wollte.
Cresspahl brummte etwas. Es mochte bedeuten, daß es ohne ihn besser laufen möge.
Also mußte Cresspahl eine Partei aufbauen, die dem Herrn Stadtkommandanten recht und lieb war. Die kommunistische. Von da her werde dieser Pontij einen neuen Bürgermeister annehmen.
Cresspahl brachte nicht einmal eine sozialdemokratische zustande.
– Ach was, die S.P.D.! sagte Plath, als schmecke ihm die eigene Partei nicht. Dann kam heraus, daß er sich in Jerichow schon umgetan hatte nach Mitgliedern von früher. Die hatten ihn hart abfahren lassen und einer, Peter Wulff, habe sich auf niemand berufen als auf Cresspahl selber. Der halte die Parlamenterei auch für Schiet.
– All den ganzen Schiet noch eins . . .: murrte Cresspahl, streitsüchtig mit einem Mal.
Plath hatte bloß einen Kägebein gefunden für die Christliche Union.
Cresspahl war es recht, daß ein Auswärtiger ihm Arbeit abnahm. Er könne das nicht mal mit Spaß gutmachen.
Nun wurde Plath geduldig, und eifrig, und sprach mit lauter Umwegen. Cresspahl erinnerte sich an seine Zeit in der Partei, an die heimlichen Absprachen vor der Sitzung, an die verabredeten Einwürfe oder Fragen zur Geschäftsordnung, bis das Ergebnis der Abstimmung »stand«, bevor noch einer die Hand gehoben hatte. Herausgekommen waren dabei kleine Mäuse. Und ein Panzerkreuzer. Cresspahl hielt einfach den Mund.
Plath ließ sich nicht daran erinnern, daß er in den Artilleriekasernen von Güstrow der Jüngere gewesen war. Er stellte Cresspahl vor, daß die Kommunisten die Sozialdemokratische Partei nur aufbauen wollten, um sie später in einem Bündnis zu schlucken. Die Sache mit der Aktionseinheit, 1931, 1935. Erwin Plath war nun gekommen, die richtigen Leute gleich bei den Kommunisten unterzubringen. Nicht bloß Flüchtlinge, die auf neues Land hofften, nein, Einheimische, denen nicht

gleich Gewinnsucht nachzusagen war. Kommunisten der ersten Stunde, und doch heimliche Posten der Sozialdemokratie. Alfred Bienmüller, Schmied in Jerichow, wollte das Opfer bringen. Warum wollte Cresspahl das nicht?
Zu solchem Zwecke war Erwin Plath über die grüne Grenze bei Ratzeburg geschlichen, und zwar konnte Cresspahl den Abend noch länger halten mit Plaths Erinnerungen an vergangene Gelegenheiten, auch mit noch einer halben Flasche Wodka, die Enttäuschung rutschte ihm nicht einmal heraus. Zwar, sie war da. Er hatte gedacht, Plath wäre einmal seinetwegen gekommen, nicht der Sache zuliebe. Einen Augenblick hatte er überlegt, ob er doch Ja sagen könne, nur dem anderen zuliebe. Am Morgen war er erleichtert, daß Plath nächtens weitergegangen war zu einer neuen Ortsgruppe. Den Kindern aber war der Besuch erfreulich gewesen, und Hanna Ohlerich bat darum, daß Cresspahl die Adresse dieses umgänglichen Menschen aus Itzehoe unter ihren Augen aufschrieb.
Von K. A. Pontij jedoch wurde Cresspahl kein Mal gebeten, ein Vorsitzender für die Kommunisten zu werden. Sein Bürgermeister sollte ihm die Parteien zwar machen, nicht aber einer beitreten. So sah es aus.
Die Zeitung Rudé Právo, Organ der tschechischen und slowakischen Kommunisten, wendet sich mit einem Fragebogen an ihre Leser, über zwei Drittel einer Seite:
Ist die innere Demokratisierung einer kommunistischen Partei eine ausreichende Garantie für Demokratie?
Sollte die Kommunistische Partei ihre Führerschaft ausüben, indem sie mit Hingabe eine freie, fortschrittliche, sozialistische Entwicklung vorantreibt, oder indem sie über die Gesellschaft herrscht?
Könnte man von einer sozialistischen Demokratie sprechen, wenn die führende Rolle nur von der Kommunistischen Partei wahrgenommen wird?
Könnten Sie sich das vorstellen?

Heute morgen war die Ubahn noch voller gepackt als sonst, und an der 96. Straße lehnte ein junger Mann sich immer von neuem gegen einen alten, der etwas zu verzweifelt hineindrängen wollte. – Grabsch nich so! sagte er, und bekam den Alten auch richtig auf den Bahnsteig. Hinter der geschlossenen Tür, im schon abfahrenden Zug sah man ihn noch schimpfen. Der Alte versuchte sich unter den Zurückgebliebenen zu verbergen, weiß im Gesicht, vermied alle Blicke, nach dem Akzent ein Jude aus Osteuropa.

Die Ostdeutschen haben der Č.S.S.R. einen Brief geschrieben. Es heißt da: »Die Opfer des deutschen Faschismus in Buchenwald, Maidanek und Mauthausen wie Lidiče sind Warnsignale, die einen abhalten sollten von Illusionen über die Möglichkeit einer Kooperation mit dem deutschen Imperialismus.« Radio Prag fühlte sich behindert durch die Millionen Toten, die hinter diesen Namen liegen, sonst sei es in einem gründlichen Sinne würzig, daß einem die Opfer der Konzentrationslager ausgerechnet von Berlin aus ins Gedächtnis gerufen werden. Das war vorgestern.

Heute hören wir aus Moskau noch einmal, Thomas Masaryk, Gründer der Č.S.R., habe 1918 einem antibolschewistischen Terroristen 200,000 Rubel gezahlt, damit der Lenin umbringe. In Prag wollen sie eine Straße neu nach Thomas Masaryk nennen.

Mrs. Ferwalter kümmern die tschechoslowakischen Nachrichten nicht mehr, sie hat schon im März solche Sachen abgetan mit einer wegwerfenden Bewegung, und da sie beide Hände dazu nahm, schien sie etwas Schweres und Gefährliches heftig von sich zu werfen. Das mochte so aussehen wegen des reizbaren und angeekelten Ausdrucks, den sie nicht wegkriegt von ihren Mundwinkeln, und lächelt doch dazu. Heute paßte sie uns ab, als wir aus »ihrer« Bäckerei kamen, und das Gesicht war ihr ganz aufgegangen in einer freudigen, nur noch wenig starren Grimasse. – Mrs. Cresspahl! rief sie. – Marie, meine gute Mariechen! rief sie, so dringend wollte sie ihre Glücksbotschaft mit uns teilen. Sie hat nicht einen ihrer verschollenen Verwandten wiedergefunden, auch ist ihrem Mann nicht das Gehalt erhöht worden für die Knochenarbeit im Schuhgeschäft; es ist bloß, sie hat ihre Papiere.

Sie muß es uns sagen, wir gehören zu den Freunden der Familie, und über dies haben wir geholfen. Wir konnten im Park sitzen und die Fortschritte der Kinder in der Schule besprechen, oder die Brotpreise, manchmal wandte sie uns ihre große freundliche Masse frontal zu und sagte unverhofft, mit listigem Zwinkern: 1776? und wir haben ihr bestätigt, daß die Staaten in diesem Jahr ihre Unabhängigkeit erklärten. Auch haben wir ihr die Zusätze zur Verfassung abgehört, wer General Grant war, und wie ein Präsident zustandekommt, und jeweils von neuem fiel sie in ein anderes Gespräch mit einer Kenntnis, die ihr wiederkam. Oft war sie mutlos, eine alte Frau, das Gehirn zerpflügt von Nervenzucken und Schlaflosigkeit, nicht mehr zum Lernen imstande, und ließ sich trösten wie ein Kind. Wenn es uns nicht gelang, verabschiedete sie sich mit langem Händedruck, das Gesicht beiseite, ging traurig und ungelenk davon auf den Beinen, die die Deutschen und Österreicher ihr kaputt gemacht haben; sie konnte aber auch anfangen mit versteckter Vorfreude, die ihr die Lippen zum Lächeln weitete, bis ihr ganzes feistes Gesicht durchgeknetet war von dem Vergnügen an einer Staatsbürgerschaft der U.S.A. Nun hat sie seit gestern ihre zweiten, dritten, vierten Papiere.

Sie mochte den Genuß daran nicht geradezu eingestehen, als brächte das Gefahr für ihn; sie sprach von steuerlichen Vorteilen. Sie konnte nicht verbergen, daß die Aussicht auf den amerikanischen Paß ihr bevorstand wie eine neue schützende Hülle, noch ein Bollwerk gegen die Vergangenheit.

Auch ihr Deutsch sollten wir verbessern. Es war nicht leicht; vielleicht fällt selbst ihr nicht auf, welches unter ihren Worten denn nun aus dem jiddischen, tschechischen, amerikanischen, hebräischen, deutschen Vorrat kommt, und ganze Sätze in nur einer Sprache gelingen ihr selten. Wir haben ihr den »Deutschen Bund« ausgeredet, damit sie an die Bundesrepublik Deutschland glauben lernte, und wir haben sie gewarnt, zu sprechen von einer Liebelei mit ihrer Tochter Rebecca, nicht einmal eine Liebschaft mit dem Kind haben wir ihr belassen, obwohl es doch genauere Worte sind für die Liebe, die sie für die Letztgeborene unterhält. Aber wir haben doch den Mund gehalten zu der Anrede Meine sehr geehrte Frau

Cressepfal, wenn sie damit eine Freundschaft ausdrücken wollte, und Marie läßt sich titulieren als liebe Mariechen, so gründlich sie schon den Diminutiv haßt; mit einigen Anredeformen im Deutschen wird sie sich weiterhin vertun. Hoffentlich verlangt die Botschaft der Westdeutschen nicht dergleichen.
Denn wenn unsere Mrs. Ferwalter eine Bürgerin der U.S.A. wird, darf sie von den Westdeutschen eine individuelle Entschädigung verlangen; an einer Staatsangehörigen Israels, die sie einst auch werden wollte, ginge das Geld vorbei an die Staatskasse. So viel haben wir verstanden, und mögen über die Aufrechnung von Morden gegen Zahlungsmittel mit ihr nicht reden. Dazu sollte die Überlebende beweisen, daß sie einmal unter deutscher Herrschaft war; offenbar reicht der amerikanische Entlassungsschein aus dem Lager Mauthausen nicht aus. Der ruthenische Winkel, in dem ihr Heimatdorf war, ist mal auf die eine mal auf die andere Seite der Grenzen gefallen, und gäbe sie einmal ungarische Hoheit zu, so würde sie auf noch ausstehende Diplomatie verwiesen. So sagt sie. Also verlangt die westdeutsche Botschaft von ihr Kenntnisse in der Sprache ihrer Verfolger. Sie sagt so. Sie muß nicht geradezu in die Park Avenue und auf einer Karte der Slowakei auf Deutsch nachweisen, wo sie abgeholt wurde; sie soll einen Brief schreiben. Sie kam an und beriet sich mit uns über sich selbst. – Bin ich eine Hausfrau, eine Haus-Frau, Mrs. Cresspahl? sagte sie. Wir wissen noch andere Worte für sie, wir haben nicht widersprochen. Ihr kam es so auf Redlichkeit an, sie hat den verbesserten Brief nicht nach Hause mitgenommen als Vorlage, sie hat ihn an unserem Tisch abgeschrieben, unbequem spreizbeinig auf der Kante des Stuhls, schwierig vorgebeugt auf das Papier, flüssig schreibend, mit schreckhaften Unterbrechungen. So hielt sie es für weniger Betrug, und wenn's einer war, täten wir es noch mal.
Sie ist nicht nur glücklich mit den Bürgerpapieren, sie hat sich schon Stolz angenommen auf diesen Staat. – Die Regierung schickt doch Schecks überallhin! sagt sie, vergißt da nicht die würdige Befriedigung, daß die Regierung immerhin ihr nicht mit Schecks nachhelfen muß, sondern jenen, für die in Wahrheit Gott die Armut bestimmt hat, den ungeschickten Juden wie den leider gänzlich von der Vorsehung angeschwärzten

Negern. Sollen wir ihr die Freude verderben und widersprechen? Sollen wir sie stehen lassen, weil sie in die Bürgerschaft eines Landes gegangen ist, das ein anderes in Südostasien ausrotten will?
Es geht nicht, sie muß uns doch die Prüfung erzählen. Mitten auf der 95. Straße, am drohenden Maschendraht des Schulhofs muß sie uns zeigen, wie sie Fuß vor Fuß setzte, als sie endlich aufgerufen wurde. Sie hat also versucht, den Kopf hochzuhalten, und daß ihr das Kinn gezittert hat, sie würde es abstreiten. Bebend und würdig ist sie in den Saal getreten, ohne Beistand, schutzlos einem Lamme gleich, und ein wenig hat sie sich festgehalten mit jeweils zwei Fingern an den Seiten ihres Kleides, bis die Nägel ihr durch den Stoff hindurch ins Fleisch drangen. Nein, sie wollte es nicht geschenkt haben, sie wollte Schmerz dafür geben. Dann haben die gelehrten Herren in den feierlichen Anzügen erkannt, sie ist bloß eine alte Jüdin, der werden sie nichts tun, und sie taten ihr nichts. Sie erinnert sich an eine einzige Frage. Wer denn Präsident wird, wenn Mr. Johnson totbleibt. – Gott ferbitt! hat sie ausgerufen, und bestanden.
Sie hat den Tag begangen, und ist nicht mit der Ubahn zurückgefahren sondern mit einem Taxi. Sie ist zu sehen beim Erzählen, sie hat den Arm ausgestreckt auf eine mehr gleichberechtigte Art als noch vorgestern, sie hat vor dem Auto gewartet, bis der Fahrer ihr die Tür entgegendrückte, einer Bürgerin doch nunmehr; sie hat sich fast ganz zurückgelehnt und das Handgelenk in die Schlaufe gehängt, ganz wie sie es bei anderen Menschen gesehen hat, und hoch über dem Hudson ist sie nach Hause gefahren worden, ein wenig wehmütig über das verschwendete Geld, ein wenig furchtsam vor dem Abklingen des Genusses, ganz entschlossen, ihn mit Erzählungen am Leben zu halten, und wären da die Cresspahls nicht unter den ersten an der Reihe?
Es soll uns recht sein, Mrs. Ferwalter, und wir gratulieren, wie es sich gehört.
Und dieser tschechische Film, »The Fifth Rider Is Fear«, er werde sich wohl nicht eignen zum Feiern? Etwas mit Furcht, es sei ja nichts mehr für sie. Wenn es hingegen etwas aus alten Zeiten sei, mit Musik –

Besser nicht, Mrs. Ferwalter. Es ist nicht aus alten Zeiten, die Musik muß da gelegentlich Gewissensqualen untermalen und wird auch sonst recht breit verwendet.
– Und wie geht es Ihnen Mrs. Cresspahl?
– Ještě dělám chyby. Es ist der Satz, den wir ungefähr am besten können. Ich mache immer noch Fehler.
– Ne! Nie nicht! sagt sie eifrig. An einem solchen Tag soll es einer Freundin von Mrs. Ferwalter nicht schlecht gehen, und zum ersten Mal wurden wir eingeladen in ihre Wohnung, zu einem »echt jewropeischen« Kaffee, auch zum Betrachten der Bürgerpapiere. Und wird Marie die Milch heiß trinken oder kalt?
Sie kam von ihrem neuen Stand doch wieder auf die Heimat. Die Juden in der westlichen Č.S.R. seien zwar assimiliert gewesen wie die in Deutschland, zum Beispiel. »Moritze«. In Mrs. Ferwalters Dorf jedoch lebten sie für sich, waren als Gruppe allein, immerhin geachtet. Unter Thomas Masaryk, wovor sollten sie Angst haben? Aber die Deutschen konnten sich einer fest gegliederten Gesellschaft bedienen, da gab es keine Verstecke. Und sie sei vor den Deutschen gar nicht erst geflohen, im Glauben, es sei doch ein jeder längst erfaßt. Auf die Ungarn war kein Verlaß. Sie werde zu den Tschechen nicht zurückgehen, nie zu den Slowaken, nicht einmal mit einem amerikanischen Paß.
Da fiel ihr wieder ein, daß ihr nun ein Paß der U.S.A. zusteht, und weil Marie ihr am nächsten saß, wurde sie ausführlich umarmt.
– Die Freude: sagte Mrs. Ferwalter, fast in Tränen. – Die Freude!

16. Mai, 1968 Donnerstag

Gestern abend stand in der Ubahnstation 96. Straße, auf einem Werbeplakat im tiefsten Gang, noch geschrieben: SCHEISSE AUF DIE JUDENSCHWEINE. Heute ist das Wort JUDEN weggekratzt.
Die New York Times befaßt sich mit den ökonomischen Nöten der Č.S.S.R., beginnt mit Moskaus Ehrabschneiderei

gegen Thomas Masaryk und nennt sie schändlich. Sie sagt das nicht als Nachricht, ausdrücklich als eigene Meinung, irgend jemand muß ja die Stimme von Zucht und Sitte erheben. Eine Beteiligung der Vereinigten Staaten an der Behebung der tschechoslowakischen Wirtschaftskrankheiten hält sie für vorläufig nicht wahrscheinlich, da mag sie sich irren. Die alte Dame stellt der Regierung Ersatzhandlungen vor, Tarifprivilegien und das einbehaltene Gold betreffend. Moralisch sei die Benutzung des Goldes als Druckmittel immer schwach gewesen. Nun gebe es noch einen politischen Grund dagegen, einen überwältigenden. Will sie der Regierung in Moskau noch mehr Grund zum Mißtrauen verschaffen?
Im August 1945, mitten in der Woche, nahm Herr Dr. Kliefoth sich zwei Tage frei. Er war eigens nach der Arbeit aufs Rathaus gekommen, Cresspahl saß vor seinen Schreibereien, Kliefoth bekam seinen Urlaub nebenbei, auch Leslie Danzmann hatte ihn nicht genau angesehen. Später erinnerten beide sich an ein winziges Zögern Kliefoths an der Tür, und dann wußten sie auch, was er hätte sagen wollen.
Dr. Kliefoth mußte nicht auf die Felder. K. A. Pontij hatte ihm ein für alle Male Lebensmittelkarten freigeschrieben, ohne Nachweis von Arbeit. Denn Kliefoth war den ersten Abgesandten der Roten Armee in der Ausgehjacke der deutschen Wehrmacht entgegengetreten, vorschriftsmäßig angetan mit sämtlichen Orden und Ehrenzeichen, wie den Briten auch, nur dieses Mal fertig zu einer Verhaftung. Der Herr Stadtkommandant ließ sich den eigensinnigen Menschen nicht etwa vorführen, er ging da mit großer Begleitung zu Besuch. Es wurde kein Verhör, eher ein Ehrengericht, anders wollte Kliefoth es nicht nennen. Die Herren unterhielten sich über den Ersten Weltkrieg, in dem Kliefoth Leutnant gewesen war, und über den Zweiten, in dem er nichts weniger als die Aufgaben eines Ic an der Ostfront wahrgenommen hatte. Es soll zu einem Händedruck gekommen sein. Danach ließ Pontij zwar nicht einen Schutzbefehl an Kliefoths Wohnung heften, Plünderer hatten da schon mehr herausgeholt als eine in Fachkreisen sprichwörtliche Münzsammlung; jedoch war die Fortzahlung der Offizierspension als eine städtische Ausgabe verordnet, und Cresspahl durfte die Wohnung der Kliefoths

nicht mit Flüchtlingen belegen, Pontij bestand darauf. Frau Kliefoth hatte die Hakenkreuzfahne an den verordneten Tagen herausgehängt, wie alle Bürger von Jerichow, nun war deren Erwartung gekränkt, und es kam Pontij zuverlässig zu Ohren. Pontij warf noch anonyme Briefe weg, und wollten sie ihm eine Mitgliedschaft Kliefoths in der Nazipartei einreden, er vertraute dem Wort des Waffengegners. Pontij sprach von dem großen, ehrenhaften Militaristen in seinem Befehlsbereich nicht ohne Stolz, er erkundigte sich nach ihm. Er schüttelte den Kopf, als der aufrechte Militarist aus freien Stücken Obdachlose in drei von seinen vier Zimmern nahm, und als er noch mitging auf die Felder, brütete K. A. Pontij etwas Finsteres in sich hinein und gab rachsüchtige Zungentöne von sich, weil der reinkarätige Militarist die Gnaden seines ritterlichen Feindes verschmähte.

Dr. phil. Julius Kliefoth, Gymnasiallehrer für die Fächer Englisch und Geographie, auch Oberstleutnant im Ruhestand, meldete sich bei Cresspahl am dritten Tag nach dem Sensenbefehl. Cresspahl mochte ihn nicht wegschicken. Der Akademiker, befahren in den Hauptstädten von England und Frankreich, ehemals Dozent an der Universität von Berlin, brachte in einer abschätzigen, zu forschen Art vor, eine Harke werde er am Ende regieren können. Das sollte die Entschuldigung sein. Cresspahl wollte glauben, der Akademiker komme wegen des Teillohns in Naturalien, er hatte undeutlich reden hören vom Krankliegen der Frau; ihm mußte jede Hand in der Ernte recht sein. Für Kliefoth blieben die leichten Arbeiten übrig, man sah das malchower Stadtkind noch beim Aufstellen der Hocken. Das Dengeln der Sensen war etwas zum Lernen, das bekam er heraus. Dann schaffte er noch mehr als seine Arbeit. Die Frauen verdachten dem alten Herrn nicht, daß der Gebrauch einer Sense ihm fremd blieb. Er war fast sechzig Jahre alt, sie nannten ihn nicht Opa. Nach einer Weile war er es, der die Arbeit in Stücke einteilte. Sie kamen zu ihm mit ihren Streitfällen, und fanden sich ab mit seinen kurzen Entscheiden, selbst wenn einer ausfiel als »dumm Tüch«. Sie sahen, wie erschöpft er im Schatten der Hocke lag und gegen die Hitze atmete, sie sahen ihn seine ungeübten Knochen hochquälen, er durfte das Ende der Mittagspause ansagen. Mit steifen Beinen stakte er von einem Ende der Kolonne zum anderen, gelegentlich redete er etwas militärisch vor sich hin, es klang aufmunternd, nicht zum Übelnehmen. Man tau! man tau. Wo Kliefoth war, wurde gearbeitet, und so mancher Rotarmist zog ab, wenn ein alter Herr ihn erstaunt und von oben herab abkanzelte. Er war ein Anführer, und sicherte abends das Ende der Kolonne, und stand hinten in der Reihe vor dem Kornspeicher. Wie ein Tagelöhner sah er aus, hager in seiner schlotternden Hose an faserigen Trägern, das zerschlissene Hemd ohne Kragen spannte sich über seinen herausgedrückten Schulterblättern, nur die abgehackten Schritte paßten nicht, und die schmalen Handgelenke verrieten ihn. Die Müdigkeit zog ihm sein faltiges Gesicht zu in Verschlafenheit, er konnte noch nach einem langen trockenen Tag ein Kind wach machen mit einem knappen Blick, der jeweils neue Überraschung vortäuschen sollte, so fühlte das Kind sich wieder gefunden und beachtet. Er konnte nicht schwitzen, unter der scharfen weißen Haarbürste war sein ganzer Kopf rot, auf den dürren Lippen trocknete Schaum; Cresspahls Tochter hielt ihn für tapfer. Sie hörte das gern, wenn er einer Frau zuredete, die aufgeben wollte, das war so ein zufassender, tief kollernder Ton. Am Abend brachte er die Stimme noch kaum heraus aus der Kehle, aber Cresspahls Tochter zeigte ihm ihre Wasserflasche nur, bot sie nicht an; für sie blieb er der Lehrer, wie seine Förmlichkeiten ihn für die anderen zum Herrn Doktor machten. Sie wußte immer, wo er war auf dem Feld; neben ihm die Harke schwenken, es fiel leichter. Nun hatte er sich zwei Tage Urlaub genommen.

Vom Rathaus muß er zum Alten Friedhof gegangen sein; Pastor Brüshaver hat ihn gesehen. (Cresspahl und Brüshaver lernten inzwischen, mit einander zu sprechen.) Kliefoth hatte Niemanden liegen da, zwar besaß er eine Grabstelle, die war mit dem Haus erworben. Er stand in der Mitte des Hauptweges, da konnte er das Sichtfeld von Tor und Kommandanturvilla her abschätzen. Nach einer strategischen Besichtigung sah es aus. Brüshaver stellte sich an ein Fenster zur Stadtstraße, ihn abzupassen; da kam er nicht vorbei, hatte ja von der Kirche nie etwas gewollt, seit er in Jerichow war.

Am anderen Morgen, die Vögel waren noch still, schob er einen gummibereiften Karren aus seinem Torweg, der war halb so lang wie der Kasten darauf. Er hatte einen Jungen bei sich, der half schieben, damit Kliefoth die Last vorm Abrutschen bewahren konnte.
Es war ein stattlicher Sarg, mit mächtigen Wölbungen und Riefen, mit Eisen in Girlandenformen beschlagen, mit drei bronzenen Handgriffen auf jeder Seite, mit sechs Füßen, einem Möbelstück gleich. Die Kruzifixfigur auf dem Deckel hatte er abgeschraubt, nun war der Kasten schlechter zu regieren. Unter dem Kreuz hatte Fräulein Emma Senkpiel in ein anderes Leben hinübergehen wollen, sie hatte das Vorratsstück nur widerstrebend weggegeben. Obendrein hatte Kliefoth nichts zu bieten. Keinen Kanister Öl, nicht einmal ein Pfund Tabak konnte sie dabei gewinnen, und die Kleider von der Frau Kliefoth mochte sie nicht. Also hatte sie ein paar Kochtöpfe und das Eigentum an einem von den siebentürigen Schränken genommen. Sie brauchte nicht Schrank nicht Töpfe, es sollte nur der Anschein eines Handels entstehen, so genierlich er war. Und das ältliche Fräulein sorgte sich, unverhofft nackt dazustehen vor dem Tode. Ihr Sarg war nicht einer, den Kliefoth freiwillig ausgesucht hätte.
Sie kamen auf den Markt, der Junge hörte auf zu schieben. Kliefoth sah über den Platz nach Süden. Da war der Alte Friedhof. Die Sonne war längst zu hoch, heimlich kam er nicht mehr zur Grabstelle Kliefoth. – Man tau! sagte Kliefoth, und drückte den Sarg ein wenig nach links, in die Richtung der Chaussee nach Rande. Der Junge setzte noch einmal ab und spuckte sich in die Hände.
Bis zum Neuen Friedhof brauchten sie eine halbe Stunde. Kliefoth mußte ja seinen letzten heilen Anzug tragen, etwas zu hell grau, wenigstens mit einer schwarzen Binde, das war keine Kleidung zum Arbeiten, und er keuchte bald. Es geht bergauf dahin. Der Junge sah ihn nicht an, wenn sie eine Pause machten. Zwölf Jahre mochte er sein. Es war Gabriel Manfras, der maulfaule Kerl, und wenn er später von diesem Morgen sprach als einem gewöhnlichen, so war er fast umgekommen vor Angst. Kliefoth betrug sich ja, als sei er nicht bei sich.

Der Neue Friedhof war damals bloß ein offenes Feld. Da und dort lag ein einzelner Grabhügel, die meisten Spuren waren breit, nicht säuberlich aufgeschüttet, gewiß nicht mit Blumen belegt. An einer solchen breiten Grube, noch halb offen, hielten sie an. Sie war auf Vorrat gegraben, jedoch für Tote ohne Särge. Die neuen Trauergäste hätten nun ein Ende des Loches mit dem Spaten ausweiten müssen. Den Spaten hatte Kliefoth vergessen, und der Junge war froh, zurücklaufen zu dürfen.

Kliefoth saß eine Weile neben seinem Sarg. Von der Straße hätte man ihn nicht sehen können, erst als er anfing, in der Erde zu stochern. Offenbar wollte er ein privates Loch ausheben. Als der Junge mit dem Spaten kam, sah er noch die Spuren der Gummiräder. Sie führten wieder auf die rander Chaussee hinaus. Da gab es nicht so bald einen Friedhof.

Das sowjetische Kommando in der Torwache des ehemaligen Flughafens hielt ihn auf, fragte nach Kennkarte, Propusk. Daran hatte Kliefoth gestern noch nicht denken müssen. Er war jetzt aber auf halbem Wege nach Rande, es war doch der richtige. Gabriel Manfras hatte ihn nun eingeholt. Dem Jungen kam der Lehrer fiebrig vor. Kliefoth legte vor den Augen des Wachhabenden die Hand flach auf den Sargdeckel, drehte sie lahm auf den Rücken um. Dem Offizier war solch Transport an dieser Straße noch nicht vorgekommen, er seufzte über diese verrückten Deutschen. Er zeigte zur Stadt hin, zum Neuen Friedhof. Kliefoth wies in Richtung Rande, zur See. Der Junge redete nun auch ein wenig, nur damit sie rasch fortkamen. Er fürchtete, die Sowjets würden den Sarg öffnen, er wollte das nicht sehen. Die Sowjets ließen Kliefoth ziehen mit dem Bescheid, er möge seine Mutter ficken, und der Offizier klopfte ihm mehrmals auf die Schulter.

In Rande saß der Junge den halben Tag neben dem Sarg, in einem Seitenweg nahe der Landungsbrücke. Sie hatten den Kasten heruntergenommen, da er sich auf dem kippligen Karren nicht gehalten hätte, und ihn in den Heckenschatten gestellt. Er stand da im Sand wie ein vergessenes Möbelstück.

Inzwischen verhandelte Kliefoth mit einem Fischer nach dem anderen. Er wollte nichts als eine Überfahrt zur Insel Poel, nach Kirchdorf, zur Not durfte es auch Timmendorf sein.

Von da wollte er wohl weiterkommen. Danach fragten die Fischer nicht. Sie wollten wissen, was Kliefoth zu bieten hatte.
Kliefoth hatte einstweilen nichts zu bieten.
Sie kannten ihn wohl, er war mal ein großes Tier bei der Wehrmacht gewesen und Oberlehrer in Gneez, gewiß. Sie kannten seine Frau auch, er war mit ihr auf der Promenade spazieren gegangen, hatte mit ihr auf der Terrasse des Hotels Erbgroßherzog gesessen. Das war es nicht. Aber die Ostsee, so blank und kleinrifflig sie dalag, war doch ein gefährliches Meer heutzutage. Am Strand lagen die sowjetischen Posten, die wollten einen Propusk sehen. Den hatte Kliefoth nicht. Auf See, mit einem Sarg an Bord, einem sowjetischen Schnellboot begegnen. Mit einem deutschen Oberstleutnant an Bord. Und es konnte vier Stunden dauern bis nach Kirchdorf. Da mußte ein Boot so dicht am Hafen Wismar vorbei. Da waren schon Kutter von auswärts beschlagnahmt worden. Ne, Herr Kliefoth, und nichts für ungut einstweilen.
Als Kliefoth beim Vorstand der Genossenschaft ankam, war ihm eingefallen, daß er ja den Karren mit den Gummirädern zu bieten hatte.
Ilse Grossjohann ließ ihn erst einmal zu Ende beweisen, daß eine aus Kirchdorf auf Poel Geborene auch beerdigt werden müsse auf dem Friedhof von Kirchdorf auf Poel. Sie gab ihm in allem recht. Dann bot sie ihm einen Grabplatz in Rande an, sie konnte das, sie war seit Mai die Vorsteherin der Gemeinde.
Sie war die Bürgermeisterin, sie fand doch keinen Mann, der Kliefoth beim Graben helfen konnte; seit sie das Beerdigen der Wasserleichen vom schwimmenden Konzentrationslager »Arcona« als Arbeitseinheit führte, war Unfrieden in der Genossenschaft. Es war zwei Uhr nachmittags, als sie das Loch ausgehoben hatten. Die Frau und der Junge waren bedenklich, ob sie den Sarg ebenmäßig würden absenken können, also ging Kliefoth voran in das Loch. Er fing das Fußende ab, stützte seinen Rücken langsam unter der Bodenfläche voran. Er mußte den Sarg doch schräg kippen, wollte er darunter hervorkommen. Dann zogen die Frau und der Junge ihn am Strick nach oben, weil er nicht auf das Gehäuse treten

wollte. Als das Loch zugewühlt war, ging Frau Grossjohann allein weg; Kliefoth ließ sich nicht bereden. Wenn er nicht essen wollte, ihre Kinder brauchten etwas zu Mittag. Nach einer Weile ging auch der Junge vom rander Friefhof. Vom Tor aus war Kliefoth wieder nicht zu sehen, in seinem Sommeranzug zwischen den hellen Hecken.
Abends war auch Kliefoth zurück in Jerichow. Er hatte keine Schlüssel bei sich, sonst hätten die Flüchtlinge ihm aufgemacht. Jetzt waren nicht sie da, sondern zwei Rotarmisten mit ihren Familien. Kliefoth ging so vergeßlich weiter in seine Wohnung, einer hielt ihm seine Maschinenpistole quer vor die Brust. Kliefoth war inzwischen eingefallen, daß die Frau ja nicht in der Wohnung war, und ging fügsam zurück auf den Treppenabsatz.
Auf der Straße fiel ihm ein Trümmerhaufen auf, den er vorhin übersehen hatte. Das waren die Sachen, die die Besatzer nicht hatten brauchen können in ihrer Wohnung, das fast vollständige Jahrbuch des Vereins für Mecklenburgische Geschichte und Alterthumskunde, die Schriften des Heimatbundes Mecklenburg, die Gesetzessammlungen aus dem siebzehnten Jahrhundert, die Dichtungen des Mittelalters, die Merianstiche, die Landkarten von Homann und Laurenberg, das Zinn. Die Kupferstiche und Landkarten waren beim Aufprall vom Glas zerstochen; die Zinnteller hatten die Nachbarn eingesammelt. Aber sie kamen nicht aus ihren Häusern, ihm das Gerettete zurückzugeben, sie halfen ihm nicht beim Einsammeln der Trümmer, sie ließen ihn da allein hocken in der zunehmenden Dunkelheit, kurz vor der Sperrstunde.
Er fand noch das Mecklenburgische Kirchengesangbuch aus der Familie seiner Frau, gedruckt zu Schwerin im Jahre 1791 mit Herzogl. gnädigstem Special-Privilegio. Das Exemplar feinen Drucks kostet ungebunden mit Evangelien und Episteln 14 Schillinge Courant. Das Kirchdorfer Exemplar war ein gebundenes, in schwarzem blanken Leder, und die Silberschilde im Verein mit den Eckbeschlägen hatten das Buch vor Verletzungen geschützt. Nur die Schließen waren aufgeplatzt. Das Schild auf dem vorderen Deckel zeigte die Initialen von J. L. mit der Jahreszahl 1791, auf dem hinteren war dessen

Handwerkszeug eingraviert, ein Zirkel, ein Winkel, ein Halbkreis mit Gradeinteilung. Auf den hinteren Seiten hatten die Vorfahren der Frau über einander Buch geführt. »Mein Sohn Friederich Gottsch. Johann ist gebohrn den 3. April und Getauft den 19. Aprill Anno 1794.« »Vater ist gestorben, den 29. August, Morgen 7 Uhr 1834, Begraben 3. September.« Jetzt mußte Kliefoth noch eine Zeile auf die letzte Seite setzen, und er konnte beweisen, daß die Frau nach Kirchdorf gehört hatte. Und wenigstens hatte er sie ein Stück näher dahin gebracht.

In so einem heißen Sommer, Fräulein Cresspahl. Kommt Ein auf wilde Gedanken.

Ich hätt es auch gemacht, Herr Dr. Kliefoth.

Es war ein Einfall.

Sie haben sie doch 1950 überführt nach Kirchdorf, Herr Kliefoth.

Sehen Sie! Anders hätt ich es doch vergessen!

Warum muß ich immer denken »Apfel«?

Das ist so, Fräulein Cresspahl. Sie sah nicht tot aus. Als ich vom Feld kam, lag sie da wie lebendig.

Warum haben Sie nicht Hilfe von Cresspahl genommen. Wir wären doch gekommen.

Ihr Herr Vater, gnädiges Fräulein, hatte doch den Kopf halb in der Schlinge. Den mocht ich nicht stören. Hab ich in der Tat schollerig gesprochen bei unseren landwirtschaftlichen Aktivitäten?

Kollerig, Herr Kliefoth.

Wie ein Puter, demnach.

Tief in der Kehle. »Naems sick doch tosåmn; worüm sall Sei Ehr Mann nich levn; glieks måkn wi föflein.« So helfsüchtig.

Denn hört mich noch Einer.

Ja, Herr Kliefoth. Ich hör Sie gut. Sind Sie nun auch tot?

Die verlangen ja nur den einen Mitgliedsbeitrag für ihren Club. Den hab ich.

Wann, Herr Kliefoth?

So gegen Abend, wenn in New York Mittag vorbei ist. Ich denke so kommenden November.

Der Herr Stadtkommandant ließ sich berichten, der unbeugsame Militarist habe nur einen von seinen zwei Tagen Urlaub ausgenutzt. K. A. Pontij stellte in seinem Befehl Nr. 23 jeden Einwohner Jerichows unter Strafe, der ohne seine Genehmigung Angehörige der Roten Armee beherberge. Kliefoth in die Wohnung zurücksetzen, das Gestohlene beschaffen, er versuchte es gar nicht erst. Der Herr Stadtkommandant war nicht allmächtig.

17. Mai, 1968 Freitag

Wir wollen es dir nun sagen, Gesine.

Ich will nichts von den Toten jeden Tag.

Hör uns an, es soll dir helfen.

Zu was.

Daß du nicht bleibst, wo du weggerutscht bist unters Englisch.

Nicht daß ich wüßte.

Letzten Donnerstag, Gesine. »The Fifth Horseman Is Fear«.

Sagt es mir.

»And I saw when the Lamb opened one of the seals, and I heard, as it were the noise of thunder, one of the four beasts saying, Come and see. And I saw, and behold a white horse: and he that sat on him had a bow; and a crown was given unto him: and he went forth conquering, and to conquer.«

Der Landräuber auf dem ersten Pferd.

Laß nun Lisbeth. Sie hat die klarere Stimme.

»And when he had opened the second seal, I heard the second beast say, Come and see. And there went out another horse that was red: and power was given to him that sat thereon to take peace from the earth, and that they should kill one another: and there was given unto him a great sword.« Der Krieg jeder gegen jeden. Aber mein Englisch ist bloß von Mary Hahn, und Aggie hat ihrs vom Pensionat Schnappauf und Sellschopp in der Alexandrinenstraße von Rostock. Jetzt du, Aggie.

»And when he had opened the third seal, I heard the third beast say, Come and see. And I beheld, and lo a black horse; and he that sat on him had a pair of balances in his hand. And I heard a voice in the midst of the four beasts say, A measure of wheat for a penny, and three measures of barley for a penny; and see thou hurt not the oil and the wine.« Der dritte Reiter, auf dem schwarzen Pferd, die Teuerung, die Hungersnot.

Die Ausbeutung.

Wie du es gelernt hast, Gesine. Kliefoth ist dran.

»And when he had opened the fourth seal, I heard the voice of the fourth beast say, Come and see. And I looked, and behold a pale horse: and his name that sat on him was Death, and Hell followed with him. And power was given unto them over the fourth part of the earth, to kill with sword, and with hunger, and with death, and with the beasts of the earth.« Der vierte Reiter bringt den Tod, Fräulein Cresspahl. Wie ich ja sage.

Es ist bloß die Apokalypse! Das Buch mit den sieben Siegeln!

Bloß die Apokalypse, Gesine.

Nichts als ein vergessenes Stück Bibel. Nur eine Prüfung für die Konfirmation würd ich nicht bestehen.

Und das Englische.

Dafür merk ich mir die vier Reiter.

Und »Der fünfte Reiter ist die Furcht«.

Einen fünften gibt es nicht.

Für die Tschechen wohl. Für die sind die Deutschen alle vier Plagen der Apokalypse, und noch mehr als Raub und Krieg, Hunger, Pestilenz und Tod. Für die haben die Deutschen eigens einen fünften Reiter mitgebracht, die Angst.

Das bieten sie dem Ausland an.

So bieten sie in New York die Deutschen an.

Die Nazis.

Und die Mauthausen und Bełżec im Munde führen. Erinnere dich, am Dienstag erst.

Darum soll ich nicht nach Prag?

Du kannst da nicht reden, nicht arbeiten, nicht leben. Gib es auf.

Gestern wurden die Bürgermeister von Moskau und New York auf einem schwarzen Ledersofa in Mr. Lindsays Amtszimmer beobachtet. Was denn der andere so mache bei Streiks städtischer Angestellter: wollte Lindsay wissen. – Streik? sagte Vladimir Fedorovič Promyslow. – Haben wir in fünfzig Jahren Sowjetmacht kein einziges Mal gehabt.

Cresspahl hatte Sorgen mit seiner Polizei.

Er brauchte jemand, ein paar Jahre jünger als er, schon vor den Nazis ansässig in Jerichow, geachtet wenn nicht angesehen bei den Bürgern, besonnen, nicht bestechlich, und Peter Wulff hatte den Posten von sich gewiesen. Cresspahl hatte diesen Freund abgepaßt zwei Tage nach dem Krieg, sechseinhalb Jahre nach dem von der Sozialdemokratie verordneten Streit, sie hatten einander erzählt, wer denn jeden März die Blumen auf das Grab von Friedrich Laabs geschmuggelt habe, zum unheiligen Andenken an den Putsch von Kapp, und wer denn im Versteck zusah, als nächtens der Fahnenmast vor dem Quartier der Nazipartei umgesägt wurde. Seine Sache mit den Briten erwähnte Cresspahl nicht, über Lisbeths Tod ließ sich nicht sprechen. Mit der S.P.D. waren sie immerhin so weit, daß sie der Partei solche Personalpolitik in stillschweigendem Einvernehmen nicht nachsehen wollten. Es war genug übrig, beide begingen gerne den Feierabend gemeinsam, bald nicht mehr nur den früheren Zeiten zuliebe, auch verbündet in der Absicht, das verrutschte Jerichow auf anderen Kurs zu kriegen. Wulff war es recht, daß die Briten den anderen zum Bürgermeister gemacht hatten, unter den Sowjets war er ihm weiterhin behilflich mit Spaß und Ratschlägen, ihm den Rücken decken als Polizei wollte er nicht. Lieber ging Wulff zur morgendlichen Arbeitseinteilung auf den Schulhof, schleppte Kornsäcke oder half die Löcher graben für K. A. Pontijs Zaun, als daß er den Jerichowern in die Keller oder aufs Dach stieg. Er sah, daß Cresspahl nicht loskam von der Arbeit für die Sowjets, er wollte mit denen nicht erst anfangen. Er schlug Fritz Schenk vor.

Pontij und Jerichow verlangten etwas Männliches.

Da hätte Cresspahl lieber Bergie Quade zur Seite gehabt.

Der Krieg hatte wenige Männer zurückgelassen unter den

Einheimischen von Jerichow, Fritz Schenk war einer von ihnen. Von 1939 an hatte er unermüdlich mit Attesten, Eingaben, Zeugnissen seine Person vor der Einziehung bewahrt, und damit die Frauen ihn nicht schräg ansahen, hatte er in der Stadt ausführlich die Beschwerden seines Unterleibes geschildert, auch ohne Befragen. Um den Posten eines Schriftführers und Urkundsbeamten war er seit 1928 in der Sozialdemokratischen Partei, zu seiner Befriedigung ausgeschlossen im Dezember 1932 wegen auffälliger Äußerungen über das Weichen einer Reichsregierung vor der Gewalt, nach dem Gesetz zur Wiederherstellung des deutschen Berufsbeamtentums bestätigt, mit dem Maul voran für seinen geliebten Führer *und* Reichskanzler, geziert bei Einladungen zur Mitgliedschaft in dessen Partei, seit dem 2. Februar 1943 taub dagegen und bis zur Gesamt-Kapitulation als nicht kriegsverwendungsfähig eingeschrieben, Cresspahl wollte es für geschickte Politik ansehen, er entsann sich eines zu markigen Glückwunsches bei der Anmeldung eines Kindes im März 1933. Er traute seiner Abneigung gegen den Kerl nicht, er sagte für ihn gut bei Pontij. Womöglich störte ihn an Fritz Schenk die Stubenhockerfarbe, die schmale lange Latte Mensch, das glatte Gehabe, die für einen Fünfziger zu vollen Lippen, verkniffen in Empfindungen des Sieges. Schenk hieß er; Suhrbier hätte auf ihn gepaßt. Und Peter Wulff empfahl diesen eher, damit er sich reinritt, von der eigenen Unschuld zu schweigen. Cresspahl suchte nach anderen. Einen Flüchtling konnte er nicht nehmen, die kannten sich nicht aus mit den Tüschen und Hintertüren der Stadt. Er war nicht zufrieden, er mußte auch noch den Schreibkram von Wohnungsamt und Urkundswesen an seinen Schreibtisch ziehen, als er Schenk zum Polizeichef von Jerichow ernannte. Schenk nahm es als Kränkung, und Cresspahl begriff Wulffs Einfall. Eben noch Sachbearbeiter und Sekretär, nun hatte Schenk als andere Wahl das Zuschütten von Schlaglöchern oder Handlangerdienste bei Bienmüller. Schenk zog die Anstellung bei der Behörde vor und sprach wie vor zwölf Jahren von den Opfern für die Neue Zeit. – Für die Akten stehe ich bis zum heutigen Tage ein! sagte er. Cresspahl erkannte die freudige Erwartung, der Tischler als Bürgermeister werde sich nun endlich in Unordnung reiten, weil er nicht bei seinen Leisten geblieben war. – Sie sind der Dienstherr! rief er aus, ergriffen von Gehorsam, stand gerade, damit er ja nicht geradestehen mußte für seine Aufträge.

Bei der Vereidigung fragte Pontij lockend, spielerisch: Du Faschiist? Schenk kannte die private Vergnügenssucht des Herrn Stadtkommandanten nicht und wies einen solchen Verdacht schwer atmend von sich. Er sprach von der Empfindung des deutschen Volkes, mit dem Kriege werde das Leben vorbei sein, und von der Erleichterung des deutschen Volkes, als es nicht vorbei war. Cresspahl sah Schenks Hampelei geniert zu; dergleichen Sprüche mochten angehen, wenn jemand wie Wulff sie tat. Wulff kam solch Zeug nicht über die Lippen. Pontij war bloß enttäuscht darüber, daß sein Polizeichef sich das Reden zurechtgelegt hatte; er nannte ihn Du Vorbild, Du Vorangehen und Du Kommunist werden, er setzte die Mütze auf und erhob sich, er schwor ihn ein. Cresspahl wußte immer noch nicht, was Schenk sich versprach von solchem Posten. Und Schenk hatte sich auf eine Erkundigung nach der Sozialdemokratie so geschüttelt vor Ekel, am Ende wollte Pontij den benutzen für die Gründung der K.P.D. Jerichow. Abermals mißtraute Cresspahl eher sich selber. Wenn Schenk so die Nazis gehaßt hatte, wie er da rief, mochte ihm eben so gewesen sein, und Jerichow hatte es nur nicht sehen können.

Als Untergebenen bestellte Schenk sich Knever, Berthold Knever, ehemals Obersekretär bei der Post, in unermüdlichem Zank mit dem Amtsleiter zurückgedrängt in den Schalterdienst, schließlich in den Rang des Zustellers. Cresspahl war er recht gewesen. Es war Knevers Sache, daß er unter den Sowjets nicht an eine Fortführung des Postbetriebs glauben mochte, und er dachte sich den alten Herrn als einen Aufpasser für Schenk. Knever war nicht nur mit der amtlichen Waage penibel gewesen bis aufs Gramm, auch in der Kleidung, mochte sie geflickt sein, und nach Frau Knever wollten die Kaufleute ehemals die Uhr stellen, so streng war von ihr Pünktlichkeit beim Kochen verlangt. Wenn Cresspahl recht hatte mit seinem Verdacht, mochte Knever ihn aus der Welt schaffen und Schenk auf die Finger sehen, finster, abwartend gesträubt, ganz nach seinem Spitznamen Stummer Papagei.

Cresspahl gab also auch diesem und einem Mann aus Ostpreußen, Friedrich Gantlik, eine nackte Wehrmachtsuniform und drückte allen auf die weiße Armbinde unter das aufgemalte POLIZEI den Stempel der Stadt Jerichow, dem die Mitte mit einem Taschenmesser herausgeschnitten war.
Sie hatten ihren Dienst begonnen am 4. Juli, und gleich auf den ersten Gang nahmen sie die Karabiner 98k nicht mit, deren Mitführen ihnen befohlen war. Pontij wollte seinem Cresspahl wohl beweisen, daß er es ernst meinte mit der Ritterlichkeit der Roten Armee gegen Frauen, und sollte je ein schwarzes Schaf zu finden sein, so war es von der deutschen Polizei mit der Waffe zu stellen. Das kam Cresspahls Polizisten zu grausig vor. Er wollte es Gantlik nicht verdenken, daß er sich drücken wollte vor einem Schußwechsel mit Rotarmisten, Gantlik hatte den Posten bei der Stadt eher angenommen, sich ein Bürgerrecht hier zu verdienen, er war kleinwüchsig, zwar zäh, ein Bauer ohne Land, und vielleicht hatte die weite Reise von der Memel bis Jerichow ihm ein unbedenkliches Auftreten ausgetrieben. Cresspahl schickte die drei zu Pontij, zur Nachprüfung ihrer Schießkenntnisse, mit guten Zeugnissen kamen sie zurück, auch heftig verwarnt durch den Herrn Stadtkommandanten, der die fahrlässige Verletzung eines Rotarmisten unverzeihlich genannt hatte. Schenk sah seinen Bürgermeister blank an, die schwellenden Lippen verkniffen. Cresspahl störte ihm die Schadenfreude, indem er die Männlichkeit seiner Männer anrief. Es kam danach vor, daß sie bewaffnet Dienst taten. Aber als die große Plünderei bei Karstadt im Gang war, die halbe Stadtstraße überlaufen mit Leuten, überstreut mit Stoffballen und Küchengeräten, hüpfte die Polizei an den Rändern des aufgeregten Menschenhaufens umher, fast ebenso verwirrt, Hühnern gleich, und konnte nicht einmal in die Luft schießen. In die Luft schoß Schenk, als Hanna Ohlerich vor ihm weglief aus einem Kirschbaum, in den Amalie Creutz sie ernstlich eingeladen hatte. Die Polizisten nahmen ihre Waffen mit, waren sie zu einer Streitigkeit unter Deutschen gerufen; war ein sowjetischer Überfall gemeldet, marschierten sie lahm vom Rathaus ab, schon um nicht rechtzeitig zu kommen, die Karabiner auf der Schulter statt in der Hand, und Fräulein Senk-

piel kam sich beschweren, daß man ausgerechnet ihr die Schießeisen in den Laden stelle, nur für eine Viertelstunde, und mitunter seien sie abends noch nicht abgeholt gewesen. Also fehlte es den Erntekommandos an Schutz, dem Herrn Stadtkommandanten waren wenige Verstöße gegen die sowjetische Ritterlichkeit nachzuweisen, und zwei Armisten mit ihrem Anhang konnten acht Personen aus Kliefoths Wohnung auf die Straße setzen.
Bei den geringeren Pflichten war Jerichows Polizei gewissenhaft. Wer gegen das Verbot neue Kartoffeln aufnahm, wurde gemeldet. Wer an seinem Hoftor einen Tausch von Kleinkindausstattung gegen Oberhemd anschlug, statt an der amtlichen Tafel am Rathaus, wurde Cresspahl zur Bestrafung vorgeführt, tatsächlich hatte er solche Aushänge verbieten müssen. Wenn Pontij es sich anders überlegt hatte mit seiner Teilnahme an einer Versammlung ehemaliger Mitglieder der S.P.D., trat die Polizei auf und befahl das Auseinandergehen. Ein unsauber gefegtes Stück Straße machte sie so recht scharf. Und die Hunde ohne Steuermarke hatten es nicht leicht.
Am liebsten aber ging Cresspahls Polizei in die Häuser. Sie hatten da genug Befehle der Kommandantur oder der Stadtverwaltung. Da war das Vieh und das Geflügel zu zählen, damit vom 10. August an die Ablieferung zu planen war. Und wenn ein Schaf noch rechtzeitig hatte ans Messer glauben müssen, so war doch nach dem Fell zu sehen. Die Kinder hatten ihre Schulbücher für die Fächer Deutsch (Lesebücher und Grammatik), Geschichte, Erdkunde und Biologie abgeben müssen, jedermann was er an kyrillischem Druck besaß, da kam noch einmal die Polizei und stellte sich vor die Bücherschränke. Die Handwerksbetriebe waren verpflichtet, die Bestände an Rohstoff, Materialien, Treibstoff anzumelden, die Polizei sah nach, hob Bodenbretter hoch, kroch unter dem Dach umher, faßte in die Wassertonne, damit die Liste vollständig wurde. Es wurde auch heftig Jagd gemacht auf Köpckes Motorrad, weil es nicht auf der Bürgermeisterei registriert war, bis Mine Köpcke einmal abstieg und ihren Propusk vorzeigen konnte, nicht gezeichnet S.M.A. Schwerin, eigenhändig gezeichnet K. A. Pontij, damit sein Zaun schneller fertig wurde, und das Kraftrad war über Nacht ein kleiner

Lastwagen geworden. Bei diesen Gängen durch Küchen und Stuben und Ställe sahen die Herren Schenk, Knever und Gantlik genug zu ihrer Unterhaltung. Ihr Blick erfaßte Bohnenstangen, hinter denen die Umrisse eines Fasses zu erkennen waren, sie ließen das vorerst stehen, sie meldeten solche Funde an Cresspahl. Es mußte ihm recht sein, er brauchte die Mangelwaren für seine Geschäfte mit dem Sowjetgut Beckhorst oder der Fischereigenossenschaft Rande, er schrieb sein Gesuch um Erlaubnis zur Beschlagnahme an die Staatsanwaltschaft Gneez und hoffte auf Slatas gute Dienste bei der Kreiskommandantur. Der Landkreis Gneez war umfänglich, Slata hatte überdies Notfälle in der Stadt vorzutragen und mochte wohl nicht zu oft an ihr jerichower Vorleben erinnern, gelegentlich kam das Formblatt vom Landgericht zu spät. Schenk griff auch vor der Frist zu, »wegen Verdunklungsgefahr« wie er sagte, schnippisch in seiner Unangreifbarkeit. Es war nicht Schenk, der verflucht wurde für das Wegschleppen eines Vorrats an Kunstdünger für anderthalb Jahre, die Schuld wurde Cresspahl an den Hals gehängt. Er war es zufrieden, solange Berthold Knever nicht Unterschleife meldete. Dann wurden in einer Ackerbürgerei, die ehemals als nicht unterkellert galt, Kohlen gefunden, das Haus saß auf einem Bergwerk aus Briketts, davon hätte Jerichow Gas haben können auf fünf Tage, und Nachbar der Ackerbürgerei war Duvenspeck, Vorsteher des Gaswerks, dahin mußte eine Frauenbrigade mit Handwagen das schwarze Gold zurückbringen, am Ende fehlten zehn Zentner an der Zahl, die Duvenspeck eingestehen wollte. Es war nicht aufzurechnen mit den jeweils zwei Briketts unter der Schürze der Flüchtlinge, da hatte Cresspahls Polizei mit dem Anzeiger des Lagers geteilt, und der pflichttreue Beamte Knever in all seiner Rechtlichkeit kam die Veruntreuung nicht melden, denn er hatte sich in seiner Speisekammer einen säuberlichen Brikett-Turm aufgebaut, Kante auf Kante, elegant nach oben verjüngt, als Wand getarnt, Gesine hatte es bei einer Bestellung gesehen, die kriegte neuerdings den Blick nicht weg von Speisekammern. Es war Cresspahl nicht allein um die Rechtlichkeit, mitunter ließ die Kreiskommandantur in Jerichow abholen, was Cresspahl beantragt hatte, er konnte nicht gut fahren mit Fehlbeständen.

Er mochte nicht auf das Zeugnis eines Kindes die Wohnungen seiner Polizei durchsuchen. Er ging zum Herrn Militärkommandanten, der sollte seiner Ordnungsmacht bloß eine Dienstbelehrung erteilen. Pontij ruhte nicht, bis er die Natur der Ware wußte. Er war beglückt, daß im Gaswerk Kohlen lagen für seinen Winter. Er erfand auf der Stelle das Sprichwort von dem Ochsen, dem du, wenn er drischt, niemals sollst das Maul zubinden. – Ja, Ochsen: sagte Cresspahl. Pontij gab ihm recht mit nachdrücklichem Nicken.
Auf dem Lande um Jerichow war inzwischen ein junger Mann unterwegs, Gerd Schumann nannte er sich, ehemals beim Nationalkomitee Freies Deutschland in der Sowjetunion, nach einem Lehrgang für Verwaltungstechnik in Stargard/Pommern abgesandt in diesen Winkel als Werber für die Kommunistische Partei. Cresspahl hatte mit ihm gesprochen, er fand ihn umgänglich, wenn auch ein wenig zu hochdeutsch für die Gegend. Ein Junge von 23 Jahren, stämmig und schon ein wenig speckig, angreiferisch dabei wieder zurückgenommen blickend, immer angetan mit einer sonderbar unbeschädigten Uniformjacke, auch die Schultern hielt er gerade auf eine militärische Art. »Rotkopf« genannt, sein Haar war aber zwischen weiß und grau, silbern glänzend. – Von jetzt ab

wird über Europa
die große Fahne
der Freiheit
der Völker
und des Friedens
der Völker

wehen! konnte der ausrufen, unachtsam gegen seiner Zuhörer Abneigung gegen noch einmal Fahnen, er hob solche Ankündigung hervor in einem abgestuften Ton, der in einer Art Singsang stieg und fiel, und wiederum wie Pastor Brüshaver in der Kirche gab der Junge die Stelle im Buch an: Generalissimus Stalin, 9. Mai 1945. Die Redeweise war ihm natürlich angewachsen, er kletterte so durch das gesamte Zehnpunkteprogramm der K.P.D. vor den müden Tagelöhnern und Bauern, die die Dorfkommandanten ihm nach der Arbeit zuführten, und weil er solche Sachen verlangte wie den Kampf gegen Hunger, Arbeitslosigkeit und Mangel an Obdach, fiel

am Ende mancher Groschen auf den Sammelteller, und er wurde seine Handzettel los, auch Anträge auf Beitritt. Er war Cresspahl an Macht bei weitem überlegen. Er trug eine Pistole recht zum Sehen am Gürtel, er konnte sich damit und mit der russischen Sprache wehren gegen verständnislose Rotarmisten, er hatte ein Wort in der Verteilung des Wohnraums, er hatte Geld, er konnte Bett-Tuch und rote Farbe verwenden zu Schriftbändern quer über die Dorfstraßen, er schlug schlicht auf den Tisch, wenn er von Flüchtlingen nach den ostpommerschen Gebieten gefragt wurde, und erläuterte friedlich die Schuld des gesamten deutschen Volkes am Krieg, mit singendem Absatz, ausschwingender Pause, angehobener Ebene der Melodie. Ende Juni hatte seine Partei in Mecklenburg-Vorpommern fast tausend Mitglieder, Ende Juli über dreitausend, Ende August fast achttausend. Cresspahl sah wohl, daß dem das freizügige Wandern von Ort zu Ort gefiel, der abendliche Auftritt wie die wechselnden Übernachtungen, er lud ihn doch ein nach Jerichow. Hatte der erst einmal Wohnung in der Stadt, einem so gewandten und unerschrockenen Menschen durfte man wohl die Leitung der Polizei anbieten. (Im geheimen wollte Cresspahl auf diesen Gegenkönig als einen Nachfolger in der Bürgermeisterei hoffen.) Der Junge wollte nicht einmal eine Versammlung abhalten in Jerichow.
– Ihr Bier, Cresspahl: sagte er, unverhofft in berlinischem Ton, so spöttisch und belustigt in den Augenwinkeln, daß Cresspahl sich durchschaut vorkam.
Der verlangte die Macht, und nahm sie nicht. Cresspahl blieb bei den Sorgen mit der Polizei: as dei Kuckuck bi sin Gesang.
Gestern gegen Mittag kam der sowjetische General Alexej A. Yepishew in Prag an. Zu seiner Verblüffung wurde er gefragt, ob die Rote Armee tatsächlich bereitstehe, auf einen Hilferuf aus Prag dahin zu marschieren, und vielleicht weil eine junge Dame ihm das Mikrofon hinhielt, brünett in ultramarinblauer Bluse, sagte der kleine schwere Mann mit den vielen Medaillen ihr endlich mit einem Lächeln: Was für ein Quatsch. Was für ein Quatsch.

In der Spalte für kommerzielle Anzeigen, unter einer Annonce für den Versand von Autos, meldet sich heute die Amerikanische Gesellschaft für das Studium der Deutschen Demokratischen Republik und bietet uns für Freitag einen Vortrag an über die Abrüstung in Europa und die beiden deutschen Staaten. Wegen der Autos sollen wir 227-6334 anrufen, wegen des Studiums der D.D.R. MOnument 6-4073. Die Nummer könnte gleich um die Ecke wohnen.
Wo wir wohnen ist der Park, genannt nach dem Fluß, Riverside.
Sieben Jahre leben wir an dem breiten wiesigen Gelände aus sanften Abhängen, Spazierwegen, Stützmauern, Fahrbahneinschnitten, Tunneln zum Fluß, alten Bäumen, Weißdorngebüsch, Denkmälern und Laubengängen, fast alle 106 Hektar sind wir abspaziert, und weil wir nicht an ihm aufgewachsen sind, nicht einmal durch Nachbarschaft ein Recht hätten auf ihn, versuchten wir ihn zu erwerben durch Benutzung und durch Erforschung obendrein, wie nur je Zugezogene, Ausländer.
Vor hundert Jahren gab es den Park nicht, da fuhr nur Cornelius Vanderbilt seine Eisenbahn am Ufer des Hudson entlang, sieben Fernzüge am Tag in beiden Richtungen, dazu sieben Bummelzüge, die hielten auf jeder Station von der 30. Straße bis Poughkeepsie. Dann machten die Landbesitzer, die Martins, die deLanceys, die Stryckers sich stark für einen Park auf ihren Grundstücken, und die Stadt mußte ihnen Streifen nach Streifen abkaufen, für mehr als 6 Millionen Dollar. 1879 war die Innenkante des Parks fertig, eine bürgerliche Spielwiese, mit Reit- und Fahrradwegen, mit Tempelchen und lauschigen Ecken zum Rasten. Immer noch war der Fluß den Häusern näher als heute, mit Steinen von den Wasserschneisen der Catskills wurde er 1910 zurückgedrängt, noch weiter in den zwanziger Jahren mit den Felsstücken, die der Ubahn IND im Wege gewesen waren. Noch 1930 lag viel Grund wüst zwischen dem Park und den Eisenbahngleisen, erst 1937 wurden sie überbaut, versteckt in Hügeln nach der Natur, und 1940 sah der Park aus wie vor hundert Jahren vorgefunden, ein wenig zivilisiert mit scharf-

kantigen Wegen und Zeichen der Kunst, gründlich verkleidet als ursprüngliche Landschaft. Henry Hudsons Autobahn, verstellt mit Aufschüttungen und Hecken, scheint immer neu ein Wunder, wie mitgewachsen.

Im Sommer scheint der Park die Stätte eines beständigen Volksfestes, da sind wir Gäste. Die Bänke an der Uferpromenade sind dicht besetzt mit Ausflüglern aus den ärmeren Gebieten, Tennisspiele sind im Gange, Schachspieler sitzen rittlings auf den Bänken und erteilen Kiebitzen Unterricht, Leute mit der vorgestrigen Zeitung überm Gesicht schlafen wie in der eigenen Wohnung (die der Park sein mag), auf der Wiese an der 74. Straße lassen die Spaziergänger ihre Hunde laufen und bleiben gern stehen zu einem Gespräch über ihre Tiere, Picknicks breiten sich im Grase aus, halbnackte Kinder springen und kreischen unter den blitzenden kühlen Fontänen auf den Spielplätzen, jagen die Schaukeln, drängen sich um den Mann mit dem Eiskarren. Dauerläufer sind unterwegs, gegen zwei kam eine Radfahrer-Parade mit Luftballons vorbei. Im städtischen Yachthafen an der 79. Straße kann ein Kind sehen wie ein Boot aufgetakelt wird, an der 88. Straße stehen immer ähnliche Kunden mit Angeln und hoffen auf Fische von robuster Konstitution, sie fangen da einen jämmerlichen Aal von Zeit zu Zeit, und es genügt ihnen das Sportliche daran. Auf der Höhe welcher Straßen wir aber sind im Park, das sehen wir an den Zahlenplatten an den Laternenpfählen, PL 38310 entspricht der 83. Straße, und daß die Laternen entworfen sind von Henry Bacon, dem Erbauer des Lincoln-Denkmals in Washington, wir haben es nachgelesen, so sind wir hier zu Hause.

Der Park ist benutzbar, er hat die Vorliebe der Polizei gefunden. Dort fahren sie ihre Funkwagen auf zu Verschnaufpausen und Mannesworten, und in der warmen Jahreszeit stellen die Ordnungsmächte ihre Pferde in den tiefen Schatten des Gebüschs. Sie sind zu sehen, und Leute auf den Bänken müssen einander nicht bekannt sein, damit sie ein Gespräch anbieten. Das Bild des Parks scheint aus keinen anderen als friedlichen Vorgängen zusammengesetzt, und tatsächlich fühlen viele Anwohner des Riverside Drive eine Zusammengehörigkeit. Sie sind nach einem Ausmaß von Erziehung einander

ähnlich, ihre Einkommen sind vergleichbar, sie sind nur in Ausnahmefällen nicht rosahäutig, sie schicken ihre Kinder in die gleichen Anstalten, sie haben gemeinsame Wohnbedingungen zu verteidigen, sie treten als Gruppe bei politischen und Elternversammlungen auf. Wer in dieser Gegend morgens mit einem Kind an der Hand auf den Bus wartet, kann fast sicher darauf vertrauen, von bloß Blickbekannten zur Schule oder zum Kindergarten mitgenommen zu werden, und der Busfahrer, dem gequetschten Stadtverkehr in den raschen Fluß des Riverside Drive entkommen, spricht mit den hier Zusteigenden wie mit einer Familie, die netter ist als andere.
Die dunkelhäutigen Besucher hingegen kommen aus Gegenden, in denen Parks nicht vorgesehen sind oder bei der Polizei weniger beliebt und nun zerstört, das Gras verdorrt und weggetreten, die spärlichen Bäume beschädigt und der Boden dicht bestreut mit Splittern von Glas, das da in säuberlicher, gleichmäßiger Wut zerschlagen wurde. Im Riverside Park sind die dunkelhäutigen Kinder an einem Wochentag in der Minderheit, sie spielen in Gruppen für sich, und die Negerin, die ein Rudel wild rennender Kinder im Auge behält, paßt nicht auf ihren eigenen Jungen auf, sondern auf den ihres rosahäutigen Arbeitgebers. Auf den Baseball-Plätzen sind die Puertorikaner für sich, auf den Basketfeldern üben die Neger für sich allein, und Fußball spielen die Westinder untereinander. Sie borgen die Landschaft, die ihnen zusteht.
Wir können gehen auf der Promenade am Hudson, von den engen Pfaden neben der Autobahn über die prächtigen Ausläufe aus Pflastern und gepflegten Zäunen unter Laternen bis zu den ungeschützten Graswegen und zur 124. Straße, wo im Schatten einer Großzahnespe eine Plakette in Fels gesetzt ist, zum Andenken an das Wirken der Frauenliga für die Beschützung des Parks Riverside. Da sollten wir nicht Mitglieder sein. Wir haben den Fluß. Der Fluß unter dem unverstellten Himmel zieht auf das nahe Meer zu, bietet langsam reisende Schiffe, nachts Nebelhörner, grüne, graue, blaue Farben gemischt mit denen des Parks, eine Ansicht von Ferien, und so vergiftet ist der Fluß von der Industrie, Menschen dürften da nicht einmal baden. Der Fluß sammelt das Licht des Himmels und seinen Schmutz, der hilft die Sonnenunter-

gänge gefährlich kolorieren. Der Geruch des Flusses kommt mit an den Riverside Drive. Schon halten die Blätter des Parks Lampenlicht unter sich in strahlenden Höhlen. Im Bauch des Parks rumpeln die Güterzüge, sie bringen aus Iowa und Nebraska Fleisch für die Märkte New Yorks, aus Maine und Canada Wälder verwandelt in Papier für die New York Times von morgen, für das Tagebuch der Welt. Über den blinkenden Lichterterrassen New Jerseys, über dem Farbenknäuel des Rummelplatzes auf den Palisaden, über dem grauen Fluß, einem weiten Tor zum Norden, sind an flachen Kabelbögen weiße Birnen aufgereiht, über das doppelstöckige Brett zwischen den beiden Pfeilern der Washington Bridge tappen Scheinwerfer und Katzenaugen, und die Reiseführer Europas empfehlen den Anblick. Mehr als den Anblick können wir nicht empfehlen.
Hier leben wir.

20. Mai, 1968 Montag

Charles de Gaulle hat sein Wort zum französischen Generalstreik nun gefunden: Reformen, Ja; ins Bett machen, Nein. Chienlit. Der große alte Mann.
An der Manhattan Avenue um die 119. Straße, in der Nähe des Parks Morningside, ist das folgende Verfahren festgestellt: Der Busfahrer sieht ein hübsches Mädchen an der Haltestelle, fährt rechts heran und öffnet die Tür. Es tritt jedoch nicht das Mädchen vor ihn, sondern drei oder vier Schuljungen, die sich gebückt an der Seite des Fahrzeugs vorangeschlichen haben. Sie halten dem Chauffeur ein Messer an die Kehle, schnappen sich den Geldwechsler und sind verschwunden. Das ganze Unternehmen dauert weniger als dreißig Sekunden. Die New York Times nennt den Tatort Obere Westseite, wo wir wohnen; es ist nur unsere Nachbarschaft.
Schwankende Bewölkung, weiß aufplatzender Sonnenschein will noch einmal einen Schneeball, den ein Kind aufs Dach wirft, der eine dickliche Spur abrollt, in der Hand zerplatzt.
Im Winter 1945 war für Cresspahls Tochter eine Sorge vergangen.

Sie wünschte, die beiden Abs würden nicht weiterziehen. Jakob sollte bleiben; Jakobs Mutter sollte bleiben. Sie hat mir das Essen gekocht und hat mir gezeigt wie man es machen muß mit dem Haar, sie hat mir geholfen in der Fremde. Ich weiß den Abend, an dem ich die Hände auf dem Rücken behielt, – Gesine: sagte sie, berührte leicht und höflich meine Schulter mit ihrer rauhen harten Hand; ich weiß ihr halblautes schleuniges Reden. Ich weiß ihr Gesicht; das ist lang und knochig und in den schmalen trockenen Augen schon sehr entlegen zum Alter hin, ich habe eine Mutter gehabt alle Zeit. Alle Zeit.

Frau Abs glaubte sich am falschen Ort in Jerichow, im falschen Haus obendrein.

In der kleinen Stadt, versteckt an der See, versteckt im Weizen, konnte der Mann sie nicht finden. Er hatte nicht versprochen, den Jungen und sie zu finden. Als er aus dem Wehrmachtsgefängnis Anklam entlassen und an die ostpreußische Front in Marsch gesetzt war, hatte er einen heimlichen Umweg über die Dievenow gemacht, für zwei Stunden in der Nacht auf dem Bonnschen Hof, für das mündliche Testament. Sie hatte es nicht geglaubt. Sie hatte ihm versprochen, über die Oder zu gehen, noch über die Elbe, aber damit er sie finden konnte. Das war erst fünf Monate her. Herr von Bonin fuhr mit neun schweren Planwagen ab, als der Kreisleiter von Wollin das Absetzen nach Westen mit der Todesstrafe bedrohte, für die Frau des verschollenen Inspektors blieb ein offener Kartoffelkarren, ein zu altes Pferd und die Anweisung, das Gut zu bewachen. Als der Kreisleiter die Evakuierung nach Westen befahl, war sie längst herunter von der Insel. Bei Augustwalde geriet sie auf die Autobahn nach Berlin und unter die Angriffe sowjetischer Tiefflieger. Jakob war mehr erschrocken als sie, sie hatte das Blut aus seiner Halswunde im Gesicht. Als sie die Toten beiseite gelegt hatten, war ein Pferd übrig, der Fuchs. Sie hatte den Jungen ins Krankenhaus von Podejuch bringen wollen, er willigte in den Aufenthalt nicht ein, nun sie zweispännig fahren konnten. Von da an hatte wohl er geführt. Über Neubrandenburg und Malchow hielt er die Richtung auf die griese Gegend, von der Eldemündung an wurden sie immer mehr nach Norden ge-

drängt, so kleine Straßen sie auch nehmen mochten, bis nach Wismar, und nach Jerichow waren sie gekommen, weil die Straße an der See entlang so leer gewesen war und sicher schien vor den Streifen von Wehrmacht und Partei. Sie war geblieben, weil sie zum ersten Mal eingeladen wurden, weil Jakob erst einmal den Krieg abwarten wollte, dann wegen der britischen Besetzung der Stadt, wegen der beiden kranken Kinder in Cresspahls Haus, dann um die Wiederkehr der Briten abzuwarten. Aber in Jerichow konnte der Mann sie nicht finden. Er hatte sie heruntergeholt von einem Hof in der griesen Gegend, das siebte Kind, die unbezahlte Magd; ein Prüfer des Milchkontrollverbandes, ein Studierter vom Neuklosterschen Seminar hatte sie zur Frau gewünscht. Sie war nicht im Frieden von ihrer Familie gegangen, sie konnte dahin nicht für lange Zeit; suchen würde er sie doch bei Eldena. Sie hatte gehorsam in Hamburg den Beruf des Kochens gelernt, dreißig Jahre schon, drei Jahre lang, während der Mann sich in Brasilien umtat nach einem Platz für sie beide, bis er doch zurückkommen mußte in das kaputte Deutschland. Sie war schon 38 Jahre alt, als Jakob geboren wurde in einer Inspektorwohnung bei Crivitz, da würde der Mann sie suchen, in Hamburg, bei Hagenow. Seit die Post wieder Karten annahm, hatte sie Cresspahls Adresse an elf Gutsverwaltungen, Schullehrer, Kirchenämter geschickt, wo der Mann sie vermuten konnte, selbst das Schreiben an die Familie hatte sie sich abverlangt. Es war keine Antwort gekommen, und sie glaubte Cresspahl nicht, daß er den Mann finden würde, sollte er je nach Mecklenburg kommen. Cresspahl wollte sie trösten; sie wollte ihm sogar abnehmen, daß die Einladung in sein Haus auf Dauer gelten sollte.
Es war so viel an dem Haus, das verstand sie nicht. Das Haus gehörte diesem Cresspahl nicht, es war Eigentum seiner Tochter, eines zwölfjährigen Kindes, und wer es nicht glaubte, sollte Papenbrock fragen. Papenbrock als Schwiegervater, wie konnte der und sein großmächtiges Schloß von einem Stadthaus am Markt passen zu den Resten einer Tischlerei hinter dem Friedhof. Der hatte einen toten Sohn, für den durfte er eine Gedenktafel aufstellen im Familienbegräbnis, der andere Sohn sollte verschwiegen werden, Kinder hatte der umge-

bracht in der Ukraine, Dörfer angezündet. Dennoch hatte bei den Papenbrocks ein Mädchen aus der Ukraine gelebt, anfangs als Dienstmädchen, von Dezember 1944 an ausdrücklich als Verlobte, und die Deutschen hatten sie gegrüßt, der Familie zuliebe. In Pommern, auf dem Bonnschen Hof, waren die Zwangsarbeiter gehalten worden als Vieh, das kann sprechen. Jene Slata war von der Roten Armee nicht »nach Sibirien« deportiert worden, sie arbeitete auf der Kreiskommandantur als Assistentin, »Engel von Gneez« sollte sie sich als Namen verdient haben, und in Jerichow wurden neuerdings die Gerüchte abgestritten, wonach sie vor dem K. A. Pontij niedergekniet sei und ihm die Hände geküßt habe. Nun war der reiche Mann Papenbrock abkommandiert als Verwalter auf ein Sowjetgut südlich von Gneez, und seiner Frau war das Haus aus der Hand genommen von Flüchtlingen und russischen Soldaten, die in den Nächten das große Gesellschaftszimmer als Tanzsaal einrichteten. Cresspahl war Bürgermeister, er hätte der Schwiegermutter beistehen können; sie kam ihn um nichts bitten, er ging an ihrem Haus vorbei. Cresspahls Kind hatte ein paar Jahre lang seine Großmutter nicht besuchen dürfen. So hieß es. Mitunter hörte Frau Abs von jemandem sprechen, der hieß »uns' Lisbeth«. Lisbeth könne dem Bürgermeister einen Weg weisen, Lisbeth liege nun bald sieben Jahre. »Uns' Lisbeth« kam vor in Gesprächen vor den leeren Schaufenstern, in den Arbeitspausen auf dem Feld, Frau Abs hielt sie lange für eine Frau, die in Jerichow lebte, vielleicht krank. Jakob fand heraus, daß sie Cresspahls Frau gewesen war, seit dem November 1938 nur noch auf dem Friedhof zu besuchen. Sie sei in einem Feuer gestorben, vielleicht freiwillig. Der Mann kümmerte sich nicht um das Grab, Amalie Creutz hatte seit Anfang 1945 wenig daran tun können, der Hügel war fast verfallen. Sie nahm Cresspahls Kind mit und zeigte ihm, wie man solche Pflanzung neu anlegt und instand hält; der Mann sah beiseite, wenn das Kind nun mit der Kanne auf den Friedhof ging. Als Frau Abs aber einen Küchengarten hinter dem Haus baute, konnte er sich kaum lassen vor Überraschung, er bedankte sich geradezu. Er wußte, was ihr nach drei Monaten in Jerichow erzählt war über das Haus, den Tod seiner Frau und

den Anhang Papenbrock; er lobte das Essen, sprach vom Wetter, fragte nach Jakob, wenn seine Geschäfte ihn denn nach Haus ließen. Und obendrein war er den Sowjets als Bürgermeister recht, nachdem er das Amt unter den Briten bekommen hatte, er hatte sich mit dem Militärkommandanten inzwischen gefährlich verhakt in brüllenden Streiten und gewitzter Schlichterei aus dem Handgelenk; er konnte auf Lohn nicht rechnen, nicht auf Dank, er würde es auf Jahre schwer haben mit der bösen Meinung, die Jerichow gegen ihn großzog. Dazu hatte er einmal etwas gesagt, das leuchtete Frau Abs ein. Einer müsse es doch machen. Das verstand sie. Einer muß es doch machen. Zu viel an ihm blieb nicht begreiflich.
Sie wollte ihm die Unterkunft vergelten, sie hielt ihm das Haus in Ordnung. Er hatte mehr Obdachlose aufgenommen als er mußte und K. A. Pontij gewollt hatte, nun drängten sich auf dem Herd die Töpfe, Schalen, Kasserolen. Frau Abs war die streitsüchtige, versteckerische Wirtschaft zuwider, sie hatte das Führen von großen Küchen gelernt, und nach einer Weile bereitete sie das Essen für alle. Die Gäste in Cresspahls Haus, sogar die Lehrerin aus Marienwerder, fügten sich der großen hageren Frau, die so still blicken, so gleichmütig bestimmt sprechen konnte, sie hatte am Ende den Hausherrn im Rücken, auch war sie vor den meisten dagewesen. Dann wurde nicht mehr heimlich in den Kammern, auf dem Boden gegessen, sondern an dem großen Kacheltisch in der Küche. Es gab noch verborgene Lager von Korn oder Kartoffeln, es war doch eingeführt, daß jeder etwas zu den Mahlzeiten beisteuerte, und nach einer Weile konnten die umstrittenen Besitztümer offen neben einander in der Speisekammer liegen, hinter nicht verschlossener Tür. Wenn Jakob ankam mit seinem Arbeitslohn, durfte er den Kindern ein Ei, einen Apfel zustecken, das Stück Speck oder der Hase kam in den gemeinsamen Topf. Den eigenen Anteil, manchmal große Klumpen Fleisch, beschaffte Frau Abs, indem sie für den Herrn Stadtkommandanten und seine beiden Offiziere wusch. Es reichte nicht immer zum Sattsein,

Fru Abs! Dor liggt ein Pierd an'n Bruchweg! Ein Pferd ist tot, Frau Abs.

Wo lang liggt dat dor.
Dat is hüt ierst falln.
Wecke ein weit dat, Gesine.
Ick allein. Öwe wi koen doch nich Pierd aetn!
Du krist wat annert. Swichst du still?
Ick swiech still as ein Boom.
Denn giv mi dat Metz.

die Kinder hätten lieber ein Schloß vor der Tür der Speisekammer gesehen. Aber der Streit im Haus wurde weniger, die Erwachsenen konnten mit Cresspahls Krüppelkommandos gehen und die Lebensmittelkarte verdienen, und die Lehrerin wußte obendrein ihren Säugling versorgt. Die Kinder lernten bei Frau Abs das eigene Zimmer sauberhalten, auch das von Cresspahl, und das Fensterputzen bekamen sie wenigstens gezeigt. Sie hätte für Gesine und Hanna gern Kleider genäht aus denen, die in Lisbeths Schlafzimmer hingen, sie fragte Cresspahl um Erlaubnis, am nächsten Morgen waren sie verschwunden. Jakob tauschte Fallschirmseide und Uniformstoff gegen die Muster, die Cresspahl nicht mehr sehen wollte, für fünf Tage kam auch eine Nähmaschine ins Haus, bis sie in Spirituosen verwandelt werden mußte. Es gab Arbeit in Cresspahls Haus, damit war Frau Abs zufrieden. Sie konnte den Kindern die Schrammen von den Weizen- und Rapsstoppeln einsalben, die dickbeuligen Furunkel mit Ichthyol behandeln, ihnen zur Arbeit um ein Winziges dickere Kreudebrote mitgeben; die Kinder schienen manchmal ein Grund zum Bleiben. Hanna Ohlerich war gleich zu ihr übergelaufen; Gesine blieb lange aus der Reichweite, vielleicht weil sie in so winzigen, zögernden Schüben aus dem Fieber aufgetaucht war und sie erst dann wieder erkannte. Beide sagten nicht Mutter zu ihr, jedoch auch nicht Tante, und wenn sie sich an den Familiennamen hielten, so rutschte ihnen doch oft genug ein Du durch. Hanna Ohlerich war selber ein Gast bei Cresspahl, sie verriet gelegentlich mit blicklosen, verengerten Augen, daß sie sich wegdachte, dem Kind war schon beliebig, mit wem es leben mußte. Bei der Gesine glaubte Frau Abs sich halb willkommen. Die blickte von ferne, fragte auf verschlungenen Umwegen, stand stumm und verschlossen, wenn

Frau Abs dem Briefträger entgegengelaufen war und enttäuscht zurückkam. Wenn Jakob mit den Kindern zu hören war, schob Frau Abs die Klappe im Küchenfenster ein wenig auf. Sie merkte sich Gesines unverhofftes, dringendes Fragen nach Podejuch, wie Jakob ihr einen Schabernack auf die Nase band, wie Gesine schweigend wegging und zerknirscht in der Küche ankam. Und wenn sie je gelächelt hat über dergleichen zwölfjährige Nöte, sie hat es nicht vor meinen Augen getan. Als ich gelernt hatte, sie nicht mehr zu zeigen, hat sie mir geholfen.

Ende August trug Frau Abs in der Schürzentasche ein Stück Zeitung, klein gefaltet. Wenn sie allein war, las sie manchmal, was Edwin Hoernle, Mitbegründer der alten K.P.D. und nun Präsident der Deutschen Verwaltung für Land- und Forstwirtschaft über die Bodenreform verkündet hatte: »daß es heute darauf ankommt, den alten Traum jedes deutschen Kleinbauern und Landarbeiters endlich zu erfüllen, den Traum vom eigenen kleinen Bauerngut. Diese Menschen sind mit dem demokratischen Deutschland verbunden, solange sie leben«, zwar verstand sie das Wort demokratisch nicht, sie nahm das andere für ein Versprechen. Sie war keine Landarbeiterin, sie hatte in der Bonnschen Küche einen weißen Kittel angehabt, aber sie hatte bis zu ihrem zweiunddreißigsten Lebensjahr auf dem Lande gearbeitet. Diesmal wurden ihr die Tage noch länger, bis Jakob wieder nach Jerichow kam. 55 Jahre war sie alt, sie wollte mit ihm eine Siedlung nehmen. Jakob war bald achtzehn, er konnte einen Hof führen.

Sie hatte ein schlechtes Gewissen, sie besprach sich mit Jakob erst abends; sie mochte es nicht im Haus tun, sie ging mit ihm auf den Bruchweg. Es war Jakob nicht recht, weil es für Cresspahl heimlich aussehen mußte.

Dann betrug er sich zu ihr wie zu einer Kranken. Er wollte nicht siedeln. Mit zwei Pferden, einem siebzehnjährigen dabei, fing er keine Wirtschaft an. Er gab zu, daß der Boden um Jerichow Weizen in Fülle trug. Er wußte auch, welche Güter aufgeteilt werden sollten, er hatte die Gutshäuser gesehen, die als Wahrzeichen des Feudalismus abgerissen wurden, sie würden bauen müssen. Mit den Trümmern? mit Holz? Sie hatten keinen Pflug, keine Egge, keine Mähmaschine, die waren auf dem Schwarzen Markt nicht zu haben. Und das Land war nicht geschenkt, der Hektar war zu bezahlen mit dem Gegenwert von einer Tonne Roggen, manchmal anderthalb Tonnen, und wenn der Preis auch aufgeteilt werden konnte in Raten bis zum Jahr 1966, wollte sie mit solchen Schulden anfangen? Von der Ablieferung wolle er gar nicht reden, 550 Liter Milch je Kuh, 20 Eier pro Huhn, denn sie hätten die Tiere noch nicht, davon werde überdies Lebendgewicht verlangt. Er stellte ihr das in fröhlichem Ton vor, die Mutter fühlte sich bevormundet, und obwohl sie vor den genauen Schwierigkeiten erschrocken war, sie glaubte hinter ihnen etwas versteckt.

Fast war sie zornig auf ihn. Der Junge sollte doch Eigentum haben. Es sei nicht die Zeit dafür: erklärte er, wieder auf jene wegwerfende, trauerlose Art, und in ihrer Verwirrung bat sie Cresspahl, ihrem uneinsichtigen Sprößling den Kopf zurechtzusetzen.

Cresspahl saß mit den beiden Kindern auf der Treppe vor dem Haus, obwohl es schon dunkel war, und sie sahen den Abs entgegen, als hätten sie gewartet. Er stand gleich auf, tat dann die Hände in die Hosentaschen; er war durchaus bereit, noch lange so zu stehen. Er habe selber gedacht, zu siedeln, ob im Einverständnis mit den von Zelcks oder nicht, und am besten zusammen mit Frau Abs. Mit den Kindern und Jakob, zu fünft, mit Jakobs Vater zu sechst, wären sie vielleicht ausgekommen in einer Wirtschaft, und nicht einmal die Kredite hätten ihn geschreckt. Nur habe er von Frau Abs ein Einverständnis nicht erwartet, und von K. A. Pontij habe er keins bekommen.

– Sühst? sagte Jakob vergnügt, obwohl doch nicht ihm recht gegeben war. Es war nicht das erste Mal, daß sie zwischen den beiden eine Absprache vermutete; sie griff sich die Kinder und führte sie ins Haus. Sie sah noch, daß Jakob sich hinsetzte mit diesem Cresspahl. Aus dem Tor vor der Ziegeleivilla kam der Herr Unterleutnant Wassergahn, zog seine Uniformbluse in gefällige Falten, strich sich mit der Hand ums Kinn, roch an der Hand. Herr Wassergahn war unterwegs zum Tanzen in Louise Papenbrocks Gesellschaftszimmer,

und nun besprach Jakob mit Cresspahl die Frage, ob »diesen Brüdern« zu trauen sei. Sie waren noch lange nicht geübt miteinander, und was wir durch unser Fenster hörten bis tief in die Nacht, klang so ähnlich wie Streit.
Frau Abs kam nicht zurück zu den beiden, und die Fenster ihres Zimmers hielt sie geschlossen. Sie war empört, daß ihr ein solcher Antrag gemacht worden war, vor den Kindern. Sie war nicht unzufrieden, daß Cresspahl eine Siedlung nur mit ihr hätte anfangen wollen. Sie dachte sich zurecht, was Jakob mit all seinen schlauen Gründen zudeckte. Er wollte nicht, daß sie sich noch bückte auf dem Feld. Sie sollte im Stehen arbeiten, im Sitzen womöglich; sie sollte geschont werden. Er hielt sie für zu alt. Cresspahl, obwohl aus seinem Antrag nichts werden konnte, hielt sie nicht für zu alt. Sie war mit beiden uneins, und mit beiden einverstanden. Sie zeigte den beiden eine Woche später, daß sie sich nicht anbinden ließ an Cresspahls Haus. Sie ging halbtags arbeiten, im Krankenhaus, als Köchin.
Gesine sah es nicht gern, wenn Frau Abs sich anzog für die Stadt und ihre schwarze Tasche packte. Es war ein Kasten aus Leder, damit konnte man verreisen. Wer ohne Not aus dem Haus zum Arbeiten ging, konnte auch weggehen aus der Stadt. Wie war Jakobs Mutter zu halten in Jerichow?

21. Mai, 1968 Dienstag

Erst haben die französischen Kommunisten den Generalstreik weder kommen sehen noch unterstützt, nun wollen sie gleich ein Bündnis der gesamten Linken, ein wahrhaft republikanisches Regime, und auf dem Weg zum Sozialismus sehen sie es auch.
Die polnischen hingegen haben endlich herausgefunden, warum sie nicht verstanden werden von den Polen: die Schuld liegt bei den tschechoslowakischen. Wie die sich öffentlich befragen lassen über ihre Vorhaben, solch Beispiel kann doch nur schaden.
Die ostdeutschen haben sich in Schweden ertappen lassen mit vergrabenen Radiosendern und toten Briefkästen.

Die tschechoslowakischen haben immer noch Alexej N. Kossygin zu Besuch. In Prag helfen sie ein Stadtbüro für Panamerican Airways eröffnen, achtzehn Jahre nach der Schließung durch den Staatsstreich, nach zwei Jahren Verhandelns, und bis nach London darf der Flugpreis in Kronen entrichtet werden. In Karlsbad, in Karlovy Vary geht der sowjetische Ministerpräsident öffentlich spazieren und gebraucht das heilende Wasser.

Heute wollten wir Don Mauro die Kundschaft kündigen.

Don Mauro führt einen Laden am Broadway (in den letzten Wagen des Westseiten-Expreß einsteigen, den Bahnhof 96. Straße entgegen der Fahrtrichtung und ostwärts verlassen), das ist eine geringfügige Falle, gespickt mit Tabakwaren, Süßigkeiten, billigem Schreibzeug. Eine Reihe Telefonzellen mag noch Kunden locken, Zeitungen führt er nicht, auch nicht mit einer Sitzbank hat Don Mauro dafür gesorgt, daß die Kunden länger bleiben als der Tausch von Geld gegen Ware erfordert. Es ist ein Schuhkarton von einer Falle, sparsam abgeteilt vom benachbarten Geschäft, die träge kreisenden Ventilatorblätter scheinen luxuriöse Ausschmückung. In Wahrheit ist Don Mauro ein Pfeiler der puertorikanischen Gemeinde auf der Oberen Westseite von Manhattan, eine Zierde des Kirchenrates, eine Respektsperson für die Polizei, Vorsitzender des Bürgervereins, und wer immer eine Wahl gewinnen möchte in diesem Revier, er sollte nicht anfangen ohne Don Mauros guten Willen. Als Don Mauro ankam vor achtzehn Jahren von seiner Insel, konnte er eine Wohnung kaum erschwingen, Arbeit schwer finden, nur er fing es anders an als die Neger. Sie sagen, noch heute: So machen sie es eben mit uns; er begann unverzüglich mit der Meinung: Mit uns machen sie das nicht. Von Anfang an war Don Mauro mehr gleichberechtigt, mehr ein Bürger der U.S.A. als andere; da half ihm die hellere Hautfarbe seiner Familie, das »richtige Haar«. In diesem Laden fing Don Mauro an, bald erzog er hier den ersten Sohn im Umgang mit der Polizei und einfacher Buchführung; inzwischen bildet er schon Neffen aus für die Läden, die er ihnen aussuchen, einrichten, pachten wird. Die mögen noch Schutzgebühr zahlen müssen an die Hüter von Gesetz und Ordnung; bei Don Mauro müssen jene ihre

Käufe bezahlen, eine einladend hingestreckte Zigarrenkiste ist bereits eine Ehrung. (Mehr als ein Stück pro Uniform ist nicht zu nehmen.) Don Mauro steht am fernen Ende der Theke, kaut von morgens bis abends auf dem gleichen kalten Stumpen, vielleicht die ganze Woche lang. Manchmal ruckt der Stumpen in Don Mauros Mundwinkel und verwandelt seine gedankenvolle Miene, als habe er etwas ausgespuckt, jedoch ist ihm etwas eingefallen. Er überwacht den Brudersohn an der Kasse, er zieht den auslaufenden Pachtvertrag der Wäscherei nebenan durch die Rechenmaschine in seinem Kopf, er kaut auf der Nuß einer Pachtklausel herum, zart und behende, bis sie sich öffnet unter seinen geschickten Bissen. Don Mauro sieht nicht nur zufrieden aus; das unentwegte Planen und Finden bildet sich so behaglich ab in seinem Gesicht, da sind Genüsse zu vermuten. Wenn er alle zwei Jahre nachsehen geht auf dem Estado Libre Asociado de Puerto Rico, die Mutter besuchen, die Messe im Heimatdorf besuchen, Nachwuchs prüfen auf Eignung für New York, er wird da zwar mürrisch aber bereitwillig erzählen von diesem Stück Manhattan. Es gibt da Stellen, die sehen der Heimat gleich, mit den Ladenschildern, Leuchtreklamen, Bodegas. Die Häuser mögen höher sein, aber unten in ihnen sind Löcher, aus denen schwimmt und wabert die Musik der Insel. Dort gibt es Kirchen mit spanischen Gottesdiensten, Lichtspieltheater, die nur noch Programme in der eigenen Sprache bieten; das Heimweh wird nicht groß sein, und nicht wachsen. Dort wie hier wird die Familie in sich zusammenhalten, und eine Familie mit der anderen; und an den Sonntagen sieht man die jungen Mädchen im Park, respektabel, ansehnlich gekleidet, spanisch gehalten. Wenn die Haut hell ist, wird der Mangel an Englisch nicht gleich schaden. So steht alle Jahre ein neuer Junge an Don Mauros Kasse, erwirbt ein Englisch von den Yanquis, zieht um in den Rang des Geschäftsführers, später womöglich des Eigentümers. Wer das begreift, darf auch einmal den Laden allein verwalten, während Don Mauro in der Seite des Gebäudes eine schmale Treppe erklimmt, den verschwiegenen Aufgang zu einem Büro im ersten Stock, da spricht er in sein Telefon, was Niemand weiß, dort verwahrt er das Geld im Tresor, da hat er seine heimliche Flasche mit dem Husten-

syrup. Die Treppe führt nur zu diesem Büro, wer wird sie kennen außer dem Hausmeister, kaum Jemand begegnet einem auf den Stufen. Die Tür in der Seitenstraße ist halb verstellt durch die Tonnen und Säcke mit dem Abfall des Hotels, ein Schlitz ist das, der öffnet und schließt sich schneller, als ein Auge sieht. Es gibt viel nachzudenken über dies Büro und das Dutzendschloß an der Tür; dabei erscheint die Kundschaft wie ein Traum und war eben noch nicht da.
Ist das Kundschaft? Es ist ein Yanqui, ein Mann von etwa Fünfzig, in weißem Hemd, zwar mit Bartstoppeln, er hat Flecke in der Haut am Hals, wie abgeschabt, er sagt etwas von Zehnern. Will er Kleingeld eingewechselt haben?
Der Bittsteller wähnt sich schon im Glück, sieht besorgt und väterlich auf den Jungen hinter der Theke, einen Sechzehnjährigen mit schmalem hartem Kopf, versonnen blickenden Augen, fast freundlich unter der scharf geriffelten Stirn, den noch kindlichen Wellen im graublonden Haar. Der Mann will die Hilfe entgelten mit Höflichkeit, auch für das eigene Gefühl muß er etwas tun, also sagt er ein wenig leichtsinnig: Ich bin nicht wirklich ein Stromer, wissen Sie –, und zur Sicherheit wendet er sich an seine Nachbarin, eine Dame, und wahrhaftig lächelt sie, nicht mitleidig, sie meint ihn geradezu aufzumuntern.
Auftritt Don Mauro, sieht den Anlernling an der Kasse fingern, keinen Kaufvorgang. Er ist sehr schnell von der Tür zu der erstarrten Gruppe gelangt, dennoch haben ihn alle schreiten sehen, einen alten Mann, steif in den Schultern, noch würdiger von der Wut, die ihm das Gesicht eng zusammenzieht. Der Junge kriegt einen Peitschenschlag übergezogen in tonlos gewispertem Spanisch, der wird nicht heilen vor dem Sonnabend. Der Bettler wird aus dem Laden getrieben wie ansteckendes Vieh, jede seiner Demutsbewegungen fängt Don Mauro mit vorschnellendem Oberkörper und zischenden Beschimpfungen auf, behende die Beine versetzend, bis dem Opfer die Flucht auf den Bürgersteig gelingt, der Bettler, der Versager, der Schmarotzer, – you bum! you dirty bum!
Kaum atemlos tritt Don Mauro vor die verbliebene Kundin hin, ohne Triumph, nur der sachliche Geschäftsmann, dem nichts geschenkt wird. Der Junge fährt zur Seite wie von zwei

Händen gestoßen. Mürrisch, warnend, eilig knurrt Don Mauro: Yes, madam.
Er kennt diese Kundin, er weiß was sie kauft. Jetzt entschuldigt sie sich. Sie hat sich geirrt. Sie braucht in diesem Laden nichts.

– Willst du dir das Rauchen abgewöhnen, Gesine?
– So nicht.
– Willst du so das Wirtschaftsgefüge ändern in der ganzen Stadt New York?
– So nicht, Marie.
– Willst du jedes Mal zehn Blocks weiter gehen, zum nächsten Don Mauro, Don Fanto, Don Alfonso?
– Nein.
– Du gibst den Bettlern, du nennst es privat.
– Ich weiß noch, Marie.
– Du hast mir beigebracht, es ist falsch.
– Nein.
– Doch. Du hast dich verraten, Gesine.

22. Mai, 1968 Mittwoch

Die New York Times, in ihrer Bildung, sie deutet uns ja nicht nur aus, was Charles de Gaulle gemeint haben könnte mit dem beschmutzten Bett seiner Nation. Umfassend will sie uns bilden, und heute bietet sie uns einen Schlüssel zur Sprache der amerikanischen Streitkräfte. Leichte Verluste sind solche, die behindern eine Einheit noch nicht in der Ausführung ihres Auftrags. Mäßige Verluste an Menschen und Material bedeuten eine fühlbare Beeinträchtigung der Kampfkraft, schwere endlich sollen heißen, daß die Einheit ihre Aufgabe nicht mehr ausführen kann. Auflösung: Wenn ein Stützpunkt in Viet Nam leichte Verluste meldet, können von 3,000 Mann gut und gern 100 umgekommen sein, die zählen in dieser Sprache noch nicht.
Am vorigen Dienstag wollten ostdeutsche Grenztruppen bei Wolfsburg 200 westdeutsche Hektar als eigene einzäunen, unter Berufung auf eine Karte von 1873 mit der Grenze zwi-

schen Braunschweig und Preußen, die die Demarkationslinie von 1945 bedeuten sollte. Die Westdeutschen gaben Abweichungen zu ihren Gunsten zu, bestanden aber auf dem Entschluß und Willen der Sowjets von damals. – Auch die Russen können sich irren: sagte der ostdeutsche Oberst. Nach der Erinnerung der Grenzanwohner irrten seine Freunde sich 1945 nicht, es seien denn Uhren aus Gold oder Flaschen voll Schnaps im Handel gewesen; dann entwarfen sie mit den britischen Partnern die Grenze in einer Kneipe, auf einem Bierfilz oder einer Zigarettenschachtel. Heute ist das zum Schießen.

Im Oktober 1945 glaubten die Jerichower längst nicht mehr an das Einrücken von Besatzungstruppen aus Schweden, halbherzig hatten sie sich abgefunden mit dem Bleiben der Sowjets, und mein Vater wurde inzwischen gegrüßt auf der Straße, er mußte nur wollen.

Es galt als ein Verdienst des Bürgermeisters, daß er die meisten Flüchtlinge aus der Stadt geekelt habe. Wer den Bürgern die lästige Pflicht der Gastfreundschaft vom Nacken nahm, konnte nicht ganz schlecht sein.

Dabei half ihm K. A. Pontij, Militärkommandant. In der Woche nach seinem Einzug hatte Pontij seine Polizei in jedem Hause die Anwesenden registrieren lassen, Einheimische wie Zugezogene durcheinander, die Ist-Stärke, die Zahl der erforderlichen Lebensmittelkarten, und Cresspahl war es eher hausväterlich vorgekommen. Er sollte von Pontij noch mehr lernen in der Registrierung. Es vergingen vierzehn Tage, und Pontij kamen Zweifel an der Sicherheit seiner Bescheinigungen. Er erklärte sie für ungültig, wenn sie nicht bis zum 1. August statt seiner Unterschrift auch noch den Stempel der Kommandantur trugen. Die Leute warteten abermals vor dem Rathaus, die Treppen hinauf und den oberen Gang hinunter bis zu dem Zimmer, in dem Herr Wassergahn den Stempel schwang. (Der Haupt-, Staats- und Oberbefehl lautete auf Einbringen der Ernte.) Die Heiligung der Dokumente ging arg ab für jene Einwohner, die aus der Bäk verwiesen waren, denn Herr Wassergahn hielt eine Änderung der Angaben für nicht denkbar, hatte er sie einmal gesiegelt, und die »Umgesetzten« mußten im Verein mit Leslie Danzmann noch einmal einkommen um die Anerkennung ihrer Notunterkünfte, der Adresse für die Lebensmittelkarte. Herr Wassergahn ließ sich solche Fälle ungern erklären, blickte finster vom Bittsteller zur Sekretärin des Bürgermeisters, mit zusammengezogenen Brauen; ihm war der Anlaß für solche Umzüge nicht entfallen, er hielt ihn bloß noch für vergangen, demnach undiskutabel, zumal er eine Unsauberkeit in der säuberlichen Schreiberei verursachte. Auch hielt Herr Wassergahn unsichere Dienststunden, so viel er auf adrettes Wesen gab, zwei Tage Arbeit in der Ernte gingen verloren. Pontij richtete sich auf 3224 hungrige Untertanen ein, zum 1. August kam Cresspahl mit einem Antrag auf 3701 Lebensmittelkarten. Geduldig, lehrhaft und drohend verbot Pontij seinem Bürgermeister die Unsitte, jeden hergelaufenen Flüchtling in die Meldekartei zu nehmen und mit einem Recht auf den Stempel der Kommandantur auszustatten. Die »illegalen Zugänge« mußten ihm in Listen zu zwanzig Häuptern vorgelegt werden, er war sparsam mit Genehmigungen, er schob ganze Familien ab aufs Land, mochten sie arbeitswillig sein oder nicht. Inzwischen faßte er seine Bevölkerung von einer anderen Seite und ließ sie registrieren nach der Arbeitspflicht, in einer abgeteilten Kartei, deren Ergebnisse gleichwohl in die Kartenlisten überführt werden mußten. Nach einer Weile wurden die Umrisse von Pontijs Wirtschaftsmacht verwischt durch die Unterschiede zwischen Bürgerrecht, Recht auf Aufenthalt, beantragter Neu- oder Wiedereinbürgerung, und Ende August verfügte er neuerlich eine Eintragung sämtlicher Einwohner. Mitzubringen waren nun schon zwei seiner Dokumente, dazu die Kennkarten und die Geburtsurkunden, und für ein Fernbleiben drohte er mittlerweile Verhaftung an oder Ausweisung aus der Stadt. In der gleichen Woche suchte er mit einem Befehl nach den Personen der früheren deutschen Armee vom Majorsrang an, ebenso nach ehemals in der Rüstung Beschäftigten, denen drohte er mit den Kriegsgesetzen. Das war die Gelegenheit, bei der Ic Kliefoth mit allen Dienst- und Militärpapieren nicht verhaftet wurde, wohl aber Pächter Lindemann, der sich der Registrierung als Hotelbesitzer entzogen hatte, weil die Rote Armee den Lübecker Hof in eigene Regie genommen hatte. Leslie Danzmann und Cresspahl arbeiteten in

den Nächten an der Generalkartei, die Pontij sich in die Ziegeleivilla wünschte, und wenn sie nicht bis zum 1. September fertig wurde, so lag es am Präsidenten des Landes Mecklenburg-Vorpommern, der zum selben Termin die Registrierung aller männlichen Personen ab 60 Lebensjahren, aller weiblichen ab 55 wünschte, aller Hochschulabsolventen im beliebigen Alter, und dies wiederum bei Sperre der Lebensmittelkarten und Ankündigung von Haft wie Geldstrafe. Unter den Flüchtlingen mochte es einige geben, die wußten ihr Vorleben nicht gern in Pontijs Tresor abrufbar, denen tat die Zeit leid, die sie mit den Registrierungen verbrachten statt mit Anstehen vor den Läden oder mit Arbeiten; die suchten sich früh einen Platz auf einem sowjetischen Gut, in einem Dorf fern von Jerichow.
Die unermüdliche Zählung von Haupt und Gliedern, von Greisen, Kranken, Kindern und Versicherungspflichtigen half, aber nicht sie allein machte Jerichow für viele Flüchtlinge unsicher. Die Vorräte der Stadt waren aufgegessen. Die Ernte war am Ende unvergleichlich rasch hereingekommen, in einzelnen Beuteln mit Weizenähren und Kartoffelsäcken, auf privaten Ausflügen in der Nacht. Was die Einheimischen nun noch übrig hatten, würden sie im Winter nicht teilen. Es war überhaupt nicht Arbeit vorrätig in der Stadt, also das Recht auf die Karten gefährdet. Die vertriebenen Bauern gingen zuerst. (Amtlich durfte nicht mehr von »Vertriebenen« die Rede sein, nur von »Umsiedlern«.) Wer ein Stück Land wollte aus dem Fond enteigneten Landes, mußte sich scharf beeilen mit der Winterbestellung. Die Papiere, die K. A. Pontij und Cresspahl jedem Flüchtling in nur drei Monaten zusammengestellt hatten, waren eine Pracht in den Augen ländlicher Kommandanten. (Auch die Bezeichnung »Flüchtling« war im sprachlichen Gebrauch nicht mehr zugelassen.) Dort waren die Städter inzwischen weggelaufen zu städtischen Berufen, und neue Arbeiter willkommen. In der Nähe von Kartoffelmieten, bei einem Lohn in Naturalien war der Winter vielleicht zu überstehen. Da waren viele Gründe, aus denen Leslie Danzmann für Umsiedler Abmeldungen schreiben mußte, aber die Bürger wollten es erst einmal Cresspahl anrechnen.
Es war unter Cresspahls Regiment, daß die Schulen wieder

Unterricht hielten. Seit dem ersten Oktober waren die verwilderten Kinder endlich beschäftigt, und ein Roggenbrötchen bekamen sie in der Schule.
Womöglich hatte Cresspahl es zuwege gebracht, daß Ende September eine wahrhaftige Lokomotive auf dem Bahnhof Jerichow erschienen war, mit drei Personenwagen hinten dran. Nun fuhr morgens ein Zug nach Gneez, abends kam er zurück. Heinz Wollenberg war es zufrieden, daß seine Lise wieder ihre Lyzeumsklasse besuchen konnte, und er hatte seiner Tochter Höflichkeit gegen Gesine Cresspahl angeraten. Was Cresspahl tue, sei bloß Schuldigkeit. – Tag du: sagte Lise auf dem Bahnsteig, zum ersten Mal seit dem Juni; so fröhliche Unbekümmertheit war Gesine nicht geheuer, aber sie sagte: Tag, du.
Cresspahl bezog im Monat 120 Mark plus 20 Mark Wohnungsgeld für eine Arbeit von morgens bis in die tiefe Nacht. Er konnte sich mit Tischlerei nichts dazu verdienen, er hatte weder Zeit noch Gelegenheit für Besorgungen auf dem Schwarzen Markt, er war vor einen Wagen gebunden, auf dem saß K. A. Pontij und die Rote Armee. Er hatte von dem Amt keinen Nutzen; sollte ihm der Schaden dabei gegönnt werden.
Mochte er nun eine Registrierung der Fahrräder ausschreiben, damit sein Pontij einen Überblick bekam; es half doch ein wenig gegen die Dieberei.
Nein, Cresspahl wurde noch gebraucht. Er hatte fertiggebracht, daß Jerichow Fisch aus der Ostsee bekam, wenn auch nur für das Krankenhaus; und auf Abschnitt 10 hatte es unverhofft eine Zuteilung Salz gegeben; er würde dem Landratsamt Gneez noch in den Ohren liegen, bis es Kohlen abgab für den Betrieb der Gasanstalt. Und jene durch und durch verluderten Engländer hatten Jerichow abgeschaltet von ihrem Kraftwerk Herrenwyk, die Stadt saß im Dunkeln; Cresspahl hatte für das Krankenhaus ein Stromaggregat besorgt im Tausch gegen Frau Köpckes Lastwagen und die letzten Reservereifen, die Swenson übrig hatte in seinem Versteck, die geschädigten Firmen waren zu Friedenspreisen getröstet worden und sollten leiser klagen. Denn würden sie den Anschluß Jerichows an ein östliches Stromnetz durchsetzen, oder Cresspahl?

Als Mitte Oktober allen männlichen und weiblichen Personen im Alter von 16 bis 50 Jahren befohlen wurde, sich untersuchen zu lassen auf Geschlechtskrankheiten, »mit Erlaubnis des Herrn Stadtkommandanten«, war in Jerichow von einem Sieg Cresspahls über Pontij die Rede. Es kamen ältere Frauen und brachten Mädchen unter sechzehn mit. Pontij war nicht eingefallen, was nun fällig war, aber dem Bürgermeister von Jerichow. Es schien, als beginne nun Cresspahl zu führen.
Die Stadtkasse Jerichow nahm neuerdings Steuern ein. Die neue Stadtbank, ehemals Raiffeisenkasse, hielt nicht mehr nur dem Befehl zuliebe offen von morgens zehn bis abends zehn, die Handwerker lieferten die Einnahmen täglich ab; es hatte sich herumgesprochen, daß das Geld nicht verschwand, sondern in Ausgaben verwandelt werden konnte, mit Formular und Unterschrift wie früher. Eine ärmliche Wirtschaft war es nun, ein hungriges Leben, eine kahle Stadt; aber Cresspahl hatte geholfen, sie in Gang zu bringen.
Am 22. Oktober hatte Cresspahl Besuch von zwei sowjetischen Offizieren, die waren in Jerichow nicht bekannt. Es war abends, schon dunkel, die Bewegungen der Leute um den Jeep vorm Rathaus waren ungewiß. Leslie Danzmann konnte noch erzählen, daß Cresspahl ohne Gegenwehr mitgegangen sei. Nicht einmal die Petroleumlampe sei umgefallen. Dann wurde auch die Sekretärin Cresspahls verhaftet. Pontij erließ durch Fritz Schenk seinen Befehl Nr. 24:

Im Interesse
der Festigung
der städtischen Selbstverwaltung
und der Erhöhung
der Arbeitsleistung
der städtischen Wirtschaft
und der Einführung
einer strafferen Ordnung
der Stadt Jerichow

befreie ich Herrn Heinrich Cresspahl mit dem 21. Oktober 1945 von seinem Amt als Bürgermeister.

Der Sprecher der westdeutschen Regierung nennt die Zahl. Die sozialistischen Nachbarn der Č.S.S.R. werden ihr zehn- bis zwölftausend Mann Spezialtruppen ins Land setzen. Die Geheimdienste, die gut unterrichteten Quellen in Prag wie in westlichen Hauptstädten nennen die Nachricht Quatsch. Richtig, es ist ja nicht einmal ein Datum angegeben.

– Cresspahl hatte seinem Pontij einmal zu oft vertraut.
– Zu lange, auch.
– Psychologie der Erwachsenen, und all das. Nichts für Kinder.
– Cresspahl hatte im September eine Nachricht bekommen. Für Dr. Salomon blieb der Deutsche ein Klient. Er hatte Mrs. Trowbridge und Henry Trowbridge gefunden. Sie seien am 14. November 1940 bei einem Angriff auf die britischen Midlands ums Leben gekommen. Cresspahl hatte den Zettel aus Lübeck noch nicht lange, da geriet er mit K. A. Pontij über den Befehl zur Einbringung der Ernte in einen Streit und in eine lange Nacht.
– In eine betrunkene Nacht.
– In einen Zustand, nicht schwimmend, verankert an einen Gedanken, der immer zunahm an Geräumigkeit. So daß sie gegen Morgen kaum noch tranken, einander nur nach langer Zeit antworteten, halbstundenweise. Dabei sagte Pontij vergeßlich, seufzend, sein Sohn sei im April 1945 in Deutschland gefallen.
– Und Cresspahl erzählte von dem Sohn in England, den er durch die Deutschen verloren hatte.
– Nein. Es waren zwei Worte, die bekam er nicht wieder aus dem Gedächtnis, es waren seine beiden besten Worte im Russischen: Nje daleko.
– Das reichte? Daß Pontijs Sohn nje daleko gefallen war?
– Das war für eine Weile genug. Nje daleko. Nicht weit von Jerichow.

Seit dem 1. Januar 1961 23,500 Amerikaner tot in Viet Nam. Was das Militär so leichte Verluste nennt. Die Opfer unter den Einheimischen sind nicht zusammengezählt.

Das Parteipräsidium der tschechoslowakischen Kommunisten hat den Zeitungsredakteuren, Verlagsleitern, Intendanten und Rundfunkkommentatoren etwas ausrichten lassen: Nicht immer von den Verbrechen der Sowjets in den frühen Jahren reden. Die Union der Sozialistischen Sowjetrepubliken nicht kränken. Über den neuen Klub K.A.N. hinweggehen. Das Parteipräsidium will den Nachrichtenmedien nicht etwa Befehle erteilen. Der Führung genügt der Glaube, ein guter Kommunist verstehe die Notwendigkeit einer Eigenzensur, wenn Gefahren drohen »sowohl von der Linken wie der Rechten«.

K.A.N. Klub Angažovaných Nestraníků. Auch im Englischen verstehen wir es ungefähr: Club of Committed Nonparty Members. Wie hieße das deutsch? Eine neue Partei, festgelegt darauf, daß ihre Mitglieder in keiner Partei sind. Bund der engagierten Parteilosen? Es könnte auch die Linke ohne Heimat sein, neu behaust.

8 P.M.: Dr. Laszlo Pinter, Ungarische Delegation bei den Vereinten Nationen, spricht im Church Center, 777 U.N. Plaza, Gast der Amerikanischen Gesellschaft für das Studium der Deutschen Demokratischen Republik. Thema: »Die Abrüstung in Europa und die beiden deutschen Staaten«.

Auf einen Tisch neben der Tür sind 99 Cent zu spenden, also nach Lust und Liebe mehr. Da lassen wir uns einen Cent herausgeben, bei verlegener Gegenwehr des Kassierers, wir wünschen diese Münze als Andenken. Die Drucksachen auf den Stühlen geben die Adresse der Gesellschaft an: 370 Riverside Drive. Das ist an der 109. Straße, und gewiß hat Marie in jenem Haus schon Kinder gehütet. Es ist eher ein Haus zum Wohnen.

Viele der Gäste sind alt, scheinen auf scheue Weise miteinander vertraut. Eine Versammlung von Angehörigen der Partei zu Gast bei einer Versammlung nicht der Partei. Fremde sind nicht sicher vor erstaunten, prüfenden Blicken, als seien sie nicht eingeladen.

Der erste Sprecher hebt hervor, daß Vertretern der D.D.R. das Visum zu einem Besuch bei den Vereinten Nationen abgeschlagen wurde. Markiges Amerikanisch. »My-self«, etc.
Der zweite Sprecher beweist in leisem, geschwindem Professorenton, daß das Studium der Deutschen Demokratischen Republik erforderlich ist aus Gründen der Kultur, des Friedens, der Verständigung.
Der ungarische Gast ist ein hochgewachsener, prallfleischiger, rotgesichtiger Mann von vielleicht 35 Jahren. Engrahmige Brille, dunkle kräftige Haare. Sein Sprachlehrer hat ihm das Nasalieren abgewöhnt, – promissink! sagt er. Viel versprechentt. Er sagt: Juròpi-en, die Schule stand doch eher in Moskau. Er beginnt mit den alten hellenischen Sagen, mit Kreta, Europa als Wiege der Ideen und des Kolonialismus. Zwei Weltkriege. Deutschland ist geteilt. N.A.T.O. Warschauer Vertrag. Dies ist nicht meine amtliche Meinung. Bitte zitieren Sie mich nicht.
Über Wirkungen der Atombombe. Nicht der Gruselfilm, als den der Bildschirm sie zeigt. Sehr, sehr wichtige Faktoren. Der versuchte Putsch von 1953, der nicht erfolgreich war: schnippischer, hochfahrender Ton.
Immer wieder die Feuerklingel auf dem Flur.
Donauföderation. Rapacki-Plan. Dies führt mich zu der deutschen Frage. What do we have in Germany? Fünf Divisionen der N.A.T.O., eine führende Funktion im atomaren Planungsstab, keine Verwirklichung der Potsdamer Verträge. Der junge Mann ist nicht festgelegt auf Zigaretten von zu Hause, er raucht eine hiesige Marke, knallig rotweiß verpackt, Marlboro oder Lux.
Die Nazis. 1930 hat es auch angefangen mit 2,2 %. Was die Notstandsgesetze alles so möglich machen. Ausgerechnet vor diesem Auditorium vergißt er die Beschlagnahme der Autos. Die Demonstrationen in Westberlin: die erste Anwendung. Die Demonstrationen in Warschau, Paris, New York mögen zur gleichen Zeit vorgekommen sein. Für alle diese Tatsachen kann ich eine Gegentatsache anführen. Wenn das der Beweis war, ist er noch nicht abgeschlossen.
Die Sache des Friedens. Weschtj mira. Darum brauchen wir den Dialog. Ein Staatsmann hat einen Vorschlag gemacht. Um

diesen Staatsmann redet er lange herum, in verehrenden Tönen. Als die Spannung müde ist, verrät er den Namen: der Staatsmann war Mr. Kossygin von der Sowjetunion.
Beifall. Diskussion.
– Die Haltung der Ostdeutschen zur Entwicklung in der Č.S.S.R.
– Na ja, wissen Sie ... ich muß Ihnen was sagen. Die Č.S.S.R. würde fast Wort für Wort unterschreiben was ich sagte. Ich sehe den Zusammenhang nicht. Weiß nichts von Haltungen. Meinen Glückwunsch der New York Times, daß sie sich zum Sprecher der D.D.R. macht.
– (Beispiele:) Störsender der D.D.R., Leitartikel in Blättern der Regierung, Reise eines Chefkommentators vom Fernsehen nach Böhmen.
– Ja wenn Sie das Thema wechseln wollen –: kontert der Genosse vom Kreis, dem man so nicht kommen darf. Er drückt sich nicht um sein Argument, hier ist es: Mit der New York Times kann ich nicht konkurrieren; ich muß mich auf meinen eigenen Ausschnittdienst verlassen.
Eine alte Frau, langes ungleich geschnittenes weißes Haar hängt ihr unter einer Art Kapotthut in den Nacken. Sie sagt etwas Sanftes, zu Gutmütiges über hiesige Regierungskredite für Hauskauf.
– Und wie ist es mit dem Dialog, über die Mauer hinweg?
– Na sicher. Gewiß. (Eine erwartete Frage.)
Die Kredite der Regierung, wenn man sich ein Haus kaufen will ...
– Mein Kommentar, in zwei Worten ist: Es war eine verdammt gute Sache, persönlich gesehen. ES WÄRE ZU JEDER ZEIT RICHTIG, EINE SACHE IN IHRER RICHTIGEN PERSPEKTIVE ANZUGEHEN. Als Westdeutschland den Marshall-Plan hatte, fing Ostdeutschland an mit dem blanken Nichts.
Der Fürsprech hat es nicht leicht bei den Neugierigen, darunter sind Leser der New York Times, und aus der hat er sich nichts herausgeschnitten. Einer nennt sich einen echten Kommunisten. Einer ist ein Geistlicher, einer ein westdeutscher Gastarbeiter, einer

war in der D.D.R. Es ist der Präsident der Vereinigung, er

hat selbst mit den jungen Offizieren im Brandenburger Tor gesprochen. Weißhaarig, zu rot im Gesicht. Spricht in leicht klagendem Ton, schräg rechts nach hinten gegen den Boden. Die Posten an der Mauer gehen unbewaffnet, aber auf sie schieße man.
Ja dann.
– Warum kam es nicht zu einem Treffen zwischen S.P.D. und S.E.D. in Hannover?
– Weil dieses kein Gespräch zwischen zwei souveränen Staaten sein sollte. Die richtige Antwort muß dem ungarischen Gast von dem Mann an der Kasse nachgeliefert werden. Der übersetzt das Wort »Handschellengesetz« über das amerikanische safe conduct ins Westdeutsche zurück: Freies Geleit. Die ostdeutschen Redner wollten nicht die Zusicherung von Straffreiheit, sondern diplomatische Immunität. Ein Bravo für den Mann an der Kasse!
Da war auch einer mit einer Frage wegen Westberlins. Warum die Presse der D.D.R. immer Westberlin »auf« das Territorium der D.D.R. verlegt, statt es darin zu belassen, nach den natürlichen wie politischen Gegebenheiten. Das hätten auch wir gern gewußt. Wieso die westlichen Sektoren von Berlin bereits auf das Territorium der D.D.R. kamen, als es eine D.D.R. noch nicht gab. Jener Fragesteller bekam eine Gebärde aus hilflos erhobenen Armen, die von einer Flut anderer Fragen gelähmt waren: so liebenswürdig kann ein Ungar sein. Ließe man ihn nur, gerade diese Frage würde er für sein Leben gern beantworten. Der Mann mit der Verwandtschaft in Westberlin meldet sich nicht noch einmal. Die Cresspahl fürchtet ihn zu kränken, indem sie die Frage wiederholt. So erfahren wir das nicht von diesem zuständigen jungen Mann, der schon so viele Jahre fertig ist, und es bleiben wird.
Der Präsident der Gesellschaft für das Studium der D.D.R. ist zum Schluß für den guten Willen. Anerkennen die D.D.R., nachdem das Studium vorangegangen ist. Und wir sind in den roten Zahlen, an die 250 Dollar. Wir werden also einen echten, alten, methodistischen Sammelteller an der Tür aufstellen. Das wär's dann.
Und wie bei den alten Zahlabenden legt ein Funktionär

schnell drei Fünfer auf den Teller, um die späteren Beiträger zu täuschen. Mrs. Cresspahl lädt da einen Cent ab, wünschend, er wäre rot.

25. Mai, 1968 Sonnabend Tag der South Ferry

In der Ubahnlinie I.R.T. hat die Betriebsleitung, die große Hitze soll über sie kommen, je einen Ventilatorzwilling abmontiert! Wenn die Wagen an die krummen Plattformen unter dem Fährbahnhof kriechen kreischend in der Enge, müssen die Passagiere in den vordersten Wagen durchgehen, anfangs zwischen finsteren Tunnelwänden, und innerhalb der Station müssen erst noch Stege gegen die Schwellen ausgefahren werden. Die Türen werden später geöffnet, und heute machte die stickige Luft die Sorge kräftig, sie würden gar nicht aufgehen.

– So daß ich also zwei vorbestrafte Großväter hätte: sagte Marie, sobald wir auf dem Schiff waren. Sie versuchte die Neuigkeiten von ihrer Abstammung schurkig und im Übermut zu nehmen, solche Vorfahren waren ihr abermals bedenklich geworden. Was immer sie zu Hause hört, es hat doch nicht verfangen gegen die Lehren ihrer Schule, nach denen eine Verhaftung die Schuld schon beweist. Das sollte sie nicht lernen: das Denken des weißen Mittelstands. So denkt sie.
– Jakobs Vater hat vor keinem Gericht gestanden, Marie.
– In einem Soldatengefängnis war er, in Anklam, du gibst es zu. Hat er wenigstens den Kriegsdienst verweigert?
– Es war vielleicht keine Handlung, wie sie dir gefiele. Und ich weiß sie nicht.
– Dein Schwiegervater hätt er sein können. Mein Großvater ist das, Gesine.
– Von ihm weiß ich den Jahrgang 1889, das Seminar in Neukloster, Brasilien in den zwanziger Jahren, die Inspektorstellen in Mecklenburg und Pommern, die Ziehung zur Wehrmacht 1943, das Gefängnis, was in den fünfzehn Jahren mit Jakob und seiner Mutter an Gespräch abfiel. Bis Jakob starb, hatte ich keine Eile mit Fragen. Bis Jakobs Mutter

starb, mochte ich sie nicht drängen. Beide sprachen nicht freiwillig über Wilhelm Abs, und den Vornamen weiß ich erst aus dem Testament. Wenn ich den Geburtstag sagen sollte, könnte ich nur Juli sagen, und müßte das genaue Datum nachlesen.

– Und wo er begraben ist?

– Seine Frau hat bis zu ihrem Tod an seinen nicht glauben wollen. Wenn du willst, wird er in fünf oder sechs Wochen neunundsiebzig.

– In der Sowjetunion. Wir würden ihn nicht erkennen.

– Ein Fremder müßte dir doch recht sein, Marie.

– Heute abend möchte ich mir den Geburtstag aufschreiben. Nicht zum Feiern, nur daß Eine von uns ihn weiß.

– Und keine Vorstrafe.

– Mach Cresspahl unschuldig, Gesine. Wenn du ein wenig lügen könntest.

– Das Verhaftungskommando behandelte ihn erst einmal wie einen Unschuldigen. Er wurde in den Jeep nicht gestoßen, sie hielten ihm geduldig die Tür auf, bis er im Dunkeln einen Sitz fand. Er wurde nicht gefesselt, sie legten ihm eine Decke über. Es gab ein Gespräch über die Kühle, über die Nähe des Winters, Frostgefahr für die Kartoffeln. Als Cresspahl sie bat, ihn für fünf Minuten in sein Haus zu führen, schlugen sie es nicht grob ab, eher belustigt, wie jemandem, der neu ist in einer fremden Welt. Sie gaben ihm Machorka für seine Pfeife, wie einem Gast. Am Bahnhof Wehrlich sperrten sie ihn in einen Hühnerstall.

– Nie konnte er das vergeben. Nicht einmal erzählen konnte er das!

– Sie entschuldigten sich bei ihm. Sie mochten nicht weiter durch die Nacht, einer hatte einen Freund auf der Kommandantur Wehrlich, in der Försterei waren keine Zellen eingerichtet. Überdies sollte er von deutschem Personal nicht gesehen werden. Was hättest du anders gemacht mit solchem Gefangenen?

– Lüg du nur weiter, Gesine. Und sie brachten ihm dahin ein Tablett mit Abendbrot.

– Das mochten sie vergessen haben über der Freude des Wiedersehens mit dem Freund, über dem Fest. Cresspahl hörte ihre Stimmen bis spät in die Nacht, Singen und Trinksprüche, warum sollten die an einen Hühnerstall denken.

– Nun die Flucht.

– Das Schloß sollte die dahingegangenen Hühner nicht nur gegen den Fuchs schützen, auch gegen Räuber auf zwei Beinen, das war ohne Licht schwer zu knacken. Vor die Tür hatten sie ihren Jeep geschoben, den konnte er nicht umkippen. Ein Fenster gab es nicht, die Wände waren fest gemauert, das Schlupfloch war für Geflügel. Er mochte auch nicht gleich mit einer Flucht eine Schuld eingestehen. Tatsächlich stöberten sowjetische Posten in der nächsten Woche öfters unsere Zimmer durch, die warteten auf ihn in Jerichow. Der Hühnerstall war nicht schlecht zum Schlafen; die Decke hatten sie ihm gelassen. Nur daß er sich anfangs stieß an den niedrigen Stangen, und der Gestank des alten Kotes wachte an der nächtlichen Feuchtigkeit wieder auf. Ein saurer, in die Kleider dringender Geruch, die Hinterlassenschaft von drei Generationen Huhn; dennoch fanden die Sowjets ihren Gefangenen am Morgen schlafend. Sie fuhren nun weiter in einem stinkenden Jeep, von Regen eingesperrt mit dem Geruch, und sie machten alle Späße, die ihnen einfielen zu Huhn und Hahn. Cresspahl bekam einen Klumpen Brot, einen Schluck Wodka, Machorka, wie ein Genosse unter anderen auf einer Ferienreise, nur daß er allein das Ziel nicht kannte. Das Ziel waren die Keller unter dem Landgericht Gneez; seine Begleiter nahmen Abschied mit aufmunternden, zwar vorsichtigen Schulterschlägen. Seitdem meinte Cresspahl, daß in der Roten Armee eine Haft nicht als Schande galt, allenfalls als ein Pech, es kann Jedem passieren. Viel Glück wünschten sie ihm. Damit begann die erste Phase.

– Über seinem Kopf gingst du zur Schule.

– Das Lyzeum in Gneez war eingerichtet als Lazarett der Roten Armee, die jüngeren Klassen wurden in die Heilig-Bluts-Schule getan –

– in eine Kirchenschule. Wie ich!

– eine städtische Schule, benannt nach einem Kloster und einer Kapelle zu Ehren der feierlichen Judenverfolgungen von 1330, längst weggebrannt. Von den Resten jenes frommen Innenhofs zum Bahnhof mußte ich nur zwei Straßen übereck gehen, dann war ich bei meinem Vater und wußte es nicht. Ich sah nur das Denkmal für 1870/71, schwarz glänzend wie eine frisch geputzte Lokomotive, und die beiden roten Fahnenzungen, die dem Amtsgericht aus dem Dach wuchsen. Dorthin brachte deutsche Polizei die Lebensmittelschieber, Besitzer von Waffen, die bei der Juli-Registrierung verhafteten Angehörigen der Wehrmacht, Jungen unter Werwolfverdacht; nie ging mir auf, daß Cresspahl unter dem Haus eingesperrt sein konnte. Das wollte die Sprache so, Niemand mußte es mir eigens sagen: wen die Sowjets hochnahmen, der mußte mit bis »nach Sibirien«.

– Jetzt geht das los mit den Folterungen, der Wasserzelle, der Hungerkur.

– Cresspahl kam es vor, als hätten sie ihn nur zur Aufbewahrung geholt und dann vergessen. Die Schließer reichten ihm zweimal am Tag Essen in die Zelle, manchmal auch zu Abend, Brot aus ihrer Feldbäckerei, Fischsuppe aus Wasser und Dorschköpfen, Reste vom Mannschaftsessen. Wir lernten in der Schule russisch schreiben und sprechen, aber Charlotte Pagels mochte ein Buch aus deutschen Heeresbeständen benutzen und erklärte uns die Kasche als Kohlsuppe,

shtshi i kasha
pishtscha nasha

und es war doch Grütze aus Buchweizen oder Grieß mit Marmelade oder ein paar Fäden Fleisch, nach der mein Vater im Gefängnis die Tage anstreichen wollte, hätten sie ihm einen Kalender erlaubt. Beim Aufschließen der Zelle hatte er militärisch an der Wand zu stehen, den Hinterkopf angelegt, damit er vom Gang nichts sah. Machte er das nach der Vorschrift, reichten sie ihm die Schüssel. Sprechen hörten sie nicht gern. Sie nannten ihn otjez und durak, Vater und Dummkopf, beides nicht im Bösen, und allmählich lernte er. Die Schriften und zeichnerischen Darstellungen an der salpetrigen Wand waren offenbar gezählt, der vorhandene Bestand durfte nicht vermehrt werden, also hatte Cresspahl für das Anlegen eines Kalenders einen Tag Essensentzug verdient. Er fand da Monatstafeln aus dem Frühjahr 1945 eingeritzt, letzte Bemerkungen vor dem Abtransport nach Bützow-Dreibergen, die Noten zur britischen Nationalhymne mit lästerlichem Text unterlegt, Hakenkreuzchen mit Beschwörungen des Schlachtenglücks, das durfte bleiben. Es mochte einmal die Zelle Dr. Semigs gewesen sein, von dem fand er nichts. Damit er etwas lernte über heimlichen Besitz, rissen sie ihm von Zeit zu Zeit den Strohsack auf, streuten die Füllung durch die Zelle und lobten ihn wie ein Kind, wenn er daraus bis zum Abend eine neue Matratze gebaut hatte. Im Dezember fiel auf, daß er zitterte, sie steckten ihm ein Thermometer in den Mund. Was es anzeigte durfte er nicht sehen, mit dem nächsten Essen bekam er eine Decke. Widerlicher als die Kälte war der Mangel an Licht, das kam nur wenige Stunden durch einen konisch verengerten Schacht, der unter Gitterstegen auf der Rückseite des Gebäudes auslief. In der Nachbarzelle waren zwei oder drei Stimmen; er blieb allein. Die Verabschiedung war feierlich. Die Jungen in der ausnehmend geschniegelten Uniform hatten ihn oft geleitet auf dem Weg zum Waschraum, mit sanften Stößen gegen den Oberarm, denn er kam ihnen blind vor; diesmal halfen sie ihm beim Abnehmen des Bartes und gaben warmes Wasser. Er bekam Uniformteile, unten Luftwaffe, oben Heer, zum ersten Mal seit siebzehn Wochen stank er nicht mehr nach Hühnerkot. Ganz allein auf der Pritsche eines verdeckten Lastwagens wurde er nach Süden gefahren, am verwischten Saatgrün vor dem Schweriner See lernte er wieder sehen. Es ging zum Sowjetischen Militär-Tribunal in der Hauptstadt, nun sollte er reden.

– Die eigenmächtigen Entnahmen aus den adligen Konten.

– Die hatte er erstattet, sobald genug Steuern eingegangen waren (so daß die jerichower Stadtkasse weiterhin nackt blieb bis auf den Boden). Vielleicht hatte er sich nicht entschließen können, auf solche Darlehen Zinsen zu berechnen, und dergleichen Verfehlungen gehörten zur Phase Eins.

– Das Wecken mitten in der Nacht. Dann Zahlen aufsagen.

– In Schwerin arbeiteten die Sowjets rund um die Uhr, da entschied der Terminspiegel, wann er in der Reihe war. Gewiß brauchten sie ihn Tage lang zu nichts, er lernte fast wieder eine Art Wohnen in der geheizten Zelle, dem reichlicher von oben einfallenden Licht; unverhofft in der Nacht holten

sie ihn. Der Gerichtshof lief wie eine Maschine, die verlangte von den Angeklagten wie den Anklägern Trab und Schritt und aus dem Stand Galopp; Cresspahl konnte seinen Fallführern das nicht einzeln übel verdenken. Einer kam ihm militärisch vor, der andere als ein Fachmann für Buchprüfung, die wechselten einander ab. Sie waren auf seine Sache vorbereitet, die Akten aus dem Rathaus von Jerichow hatten sie auf dem Tisch, und anfangs sollte Cresspahl jeden Vorgang nur nacherzählen. Fand eine Geschichte schließlich Gefallen, durfte er sie nochmals abzeichnen. Sie sahen ihm dabei nicht mit Behagen zu, sie hatten eher Gegenwehr erwartet als daß er sich ein Urteil nach dem anderen unterschrieb.
– Mit gutem Gewissen, Gesine. Er hatte sich nicht bereichert.
– Es ging um einen anderen Vorteil als den seinen. Zwar war durch K. A. Pontij das bürgerliche Recht in Jerichow verbindlich abgeschafft, nur die neuen Arten von Schuld, die hatte er nicht erklärt. Die Herren beim S.M.T. Schwerin lasen Cresspahl das Gesetz Nr. 4 des Alliierten Kontrollrats vor, die verstanden es so, als gelte vorläufig das Recht, das am 30. Januar 1933 in Kraft gewesen war. Danach hatte er sich nicht richten können.
– Was er getan hatte war genug Verteidigung.
– Du Amerikanerin, du mit deiner Wahrheit! Sie ist doch benutzbar.
– Was gewesen war.
– Über seine Wahrheit hinaus wollte Cresspahl auch nicht. Da waren ja Neuigkeiten. Er hatte bei Böhnhaase zwei Sack gerösteten Kaffee beschlagnahmen lassen, mit Erlaubnis der Staatsanwaltschaft Gneez, nur wurde das gehortete Gut ihm in Schwerin beschrieben als aus einer Straftat stammend, und war gar kein Kaffee mehr, und hatte sich wider die Natur verwandelt in Rohöl für das Lichtaggregat des Krankenhauses. Cresspahl sollte also gutsagen für die linken Hände, durch die der Kaffee vorher gegangen war, für eine ihm nicht bekannte Vergangenheit. So konnte er nicht denken, da unterschrieb er nicht. Die beiden Vernehmer hatten ihren Spaß an seiner Ungelenkigkeit. Sie gingen ein auf den Tick, daß er keine Namen nennen wollte als auf dem Papier standen,

ihnen fehlten die Namen nicht, sie halfen ihm aus. Allmählich konnte er glauben, daß außer Leslie Danzmann auch Gantlik saß, und Slata, und Amalie Creutz, und Peter Wulff, Böhnhaase und der Bürgermeister von Dorf Beckhorst. Die Unterhaltungen blieben lange freundlich, er mußte nicht stehen, sein Stuhl wurde von der Kante des Zimmers an den Schreibtisch geholt, und bei kniffligen Erinnerungen stand er neben dem Vernehmer wie ein Mitarbeiter, über die Akten gestützt, suchend, blätternd. Weil er die Pfeife gewöhnt war, durfte er sich in der Effektenkammer eine aussuchen und fand ein nur wenig verdorbenes Erzeugnis aus England, mit gebogenem Mundstück, wie Uncle Joe es gebrauchte; das wurde bei Anfang der Sitzung aus der Schublade geholt und am Ende weggeschlossen, wie ein medizinisches Instrument. Manchmal bekam er sogar Krüll statt Machorka.

– Uncle Joe muß ich wissen.

– Mußt du wissen, du Amerikanerin. Mit so einer Pfeife wurde Jossif Vissarionovič unter die Leute gebracht in diesem Lande, als er noch Verbündeter sein sollte, wie ein guter Onkel verschmitzt blickte er auf jenem Foto.

– Der Angeklagte und seine Ähnlichkeit mit dem Obersten Herrn des Gerichts.

– Dabei fanden die Vernehmer nichts. Sie waren aus einem anderen Land, womöglich hatten sie jenes Bild nie gesehen.

– Sagten sie zu Cresspahl auch »Väterchen«?

– Sie redeten ihn bürgerlich an. Er sollte sich zurechnungsfähig fühlen, als Erwachsener, dem sind bei vollem Verstand Fehler beigekommen. Die waren festgestellt, nun sollte er die Verbrechen noch einsehen. Um ihm zu helfen, zeigten sie ihm Stücke von ihrer Ansicht: Slata war zu einem anderen Gericht gebracht worden, in die Sowjetunion. Ihr Name hatte nur dazu gedient, Cresspahl eine Verbindung mit einem Verbrecher gegen die Menschlichkeit nachzuweisen. Amalie Creutz war gar nicht in Haft. Wozu auch, nach Cresspahls eigener Aussage habe er ihr eine Schwangerschaft bereitwillig geglaubt, sein Gesuch auf eine Unterbrechung war beim Gesundheitsamt Schwerin aufgefunden worden und von ihm selbst nochmals abgezeichnet zum Beweis

des Zieles

der Verleumdung
der Ehre
der Roten Armee,

Frau Creutz werde als Zeugin nicht mehr benötigt. Und gewiß waren die Herren erbötig, Fritz Schenk zu einer Gegenüberstellung zu bitten, sie erwärmten sich für den Einfall, nur war Schenk nicht mehr in Jerichow und von den deutschen Genossen als unabkömmlich gemeldet; so finde auch ein sowjetischer Untersuchungsrichter seine Grenzen. Stark übertrieben, das mit der Allmacht.

– Auf wessen Seite bist du, Gesine! Du gehörst zu Cresspahl, und für ihn sprichst du nicht.

– Warum soll ich auf einer Seite sein? was ich weiß hat mehr als bloß zwei.

– Wäre es Cresspahl so recht?

– Sie gingen noch mit ihm zurück bis ins Jahr 1935. Er hatte da Tischlerarbeiten für den Fliegerhorst Jerichow-Nord geliefert, bis 1938, und noch einmal bis 1945. Er gab es zu. Er hatte demnach seit 1935, ohne nachweisbare Nötigung, dem deutschen Militarismus auf die Beine und in die Luft geholfen. Cresspahl sah immerhin ein, daß das eine im anderen stak, auch daß sie ihn von außen als einen Wegbereiter der Nazis nehmen wollten, er mochte nicht mitgehen auf die Brücke zu der wirtschaftlichen Sabotage in Jerichow, die er als der Faschist von damals und von heute betrieben hatte; er unterschrieb das nicht. Sie versuchten es noch einmal mit Gegenleistungen. Als er nach seinem Kind in Jerichow fragte, wehrten sie ihn streng ab, mit Kopfschütteln über seine Begriffsstutzigkeit; nach zwei Wochen verrieten sie ihm doch, daß die Schülerin Cresspahl in die gneezer Brückenschule versetzt war mit einer Zwei in Russisch. Er dankte ihnen für die Abweichung von der Regel, er ging von seinen eigenen nicht ab. Sie schalten ihn aus nicht ohne Betrübnis; sie hatten das Ziel verfehlt, ihn zwischen die subjektive und die objektive Wahrheit zu setzen, mindestens. Tatsachen besaßen sie inzwischen genug; ihn konnten sie aufgeben. Er kam in ein Lager, in dem ehemals die Nazis Häftlinge gehalten hatten, das sollte er in Ordnung bringen helfen.

– War das das Urteil?

– Es war ein Lager zum Warten. Die Herren vom S. M. T. Schwerin hatten ihm nicht gedroht mit einem Strafmaß, nur einmal gefragt in ihrer Ratlosigkeit: ob er denn lieber dreißig Jahre in Haft sitzen wolle als fünfzehn, oder allerhöchstens zwanzig.
– Er war geschickt genug, du hattest Post von ihm.
– Das Lager war gut bewacht, mit Hundestreifen zwischen dem doppelten Stacheldraht, mit Scheinwerfern in der Nacht. Er war da mit anderen zusammen, aber die wurden in raschem Wechsel zu den Urteilsbegründungen überführt und außer Landes, sie konnten Bestellungen nicht mitnehmen. Nicht einmal in der Arbeit konnte er eine Nachricht nach draußen schmuggeln; die Bettstellen, die Fensterkreuze, die Barackenteile, alles blieb innerhalb des Zauns. Ohnehin konnte er den nächsten Ort nur schätzen. Irgend wo im Südwesten Mecklenburgs mochte er sein. Andere wußten es ganz genau und sprachen von Neustadt-Glewe; das paßte nicht zu der Route, soweit er sie beim nächtlichen Transport hatte erkennen können.
– Welche Zeit haben wir jetzt?
– August 1946.
– Dann will ich den Führer machen durch Staten Island, New York, as of May, nineteen-sixty-eight.

Die tschechoslowakischen Kommunisten haben bezahlen müssen. Damit ihnen die 11,000 Mann Spezialtruppen als Besatzung und eine KOMINFORM im Warschauer Vertrag erspart bleiben, sollen sie im Juni Manöver auf ihrem Boden erlauben. Die ostdeutschen verwerfen die Stationierung von befreundeten Truppen in der Č.S.S.R. als westdeutsche Hetzerei, und zur Überführung des Sozialismus in die Gegenwart wissen sie überdies Auskunft: »Das Rad der Geschichte läßt sich nicht zurückdrehen«; die Geschichte als Seiltrommel, die Vergangenheit aufwickelt, unwiderruflich, auf Ewigkeit. Vorwärts!

Was Marie mir gestern zeigte von Staten Island, Stadtbezirk und Kreis Richmond; *was du weißt, Gesine; noch einmal muß ich es nicht sagen.*

Nach der einstöckigen Ziegelwüstenei an der Nordküste der Insel, am Park Silbersee doch noch Bäume, Landschaft, schonend abgerichtet zu Spalier und Windschutz. Sanfte Straßenbuckel, duldsam gegen die Schwingungen des Landes. Noch Landhäuser von ehedem, treuherzig bewehrt mit Säulenvorbauten, Griechischem aus Holz. Veranden im Laubschatten, in der Hitze dunkle Fenster, dahinter stille, knackende Zimmer. Gehäuse in bunter Klinkerverschalung, mit säuberlich eingeschnittenen Rahmen in Weiß. Hohe Äste, abgefressen vom Atmen des Atlantik, füllige flüsternde Laubwolken. Versammlung der Möwen auf Schindeldächern in Lee. Freileitungen an grob behauenen, oft schiefen Stangen, aus der Zeit einer bescheidenen Technik. Gras zwischen den Gehsteigplatten, hoch wucherndes Kraut und Gebüsch um die Treppen. Abfallende Gärten, kühl, wild umwachsen. Nachbarschaften. Wie hier zu warten wäre am Fenster, in der dunstigen verdeckten Luft des frühen Sommers, später warm im kahlen näßlichen November. *Hier hast du Leben auf dem Lande, Mecklenburg, California; bleib hier, Gesine. Hier, sobald ich kann, kauf ich dir ein Haus.*

Die Züge der S.I.R.R. quer über die Insel erreichen das Geräusch nicht, das ihr Name macht. Die Schnellbahn von Staten Island wollen sie sein, Verwandte der Eisenbahn Baltimore & Ohio; eine ruckelnde, schatternde Vorortlinie sind sie. Wacklige Wagen aus der Zeit nach dem Ersten Weltkrieg, die jede Meile halten an schmalen Plattformen unter knappem Dach. Fahriges Geläute vor den Straßenübergängen, hohles Geheul vor den Stationen; tapfer fährt die Kleinbahn, als ginge es in einem fort zum Golf von Mexico. An einem der engbrüstigen Brückenhäuser erwischt der Blick eine Jahreszahl, zu feierlich eingelassen in eine Schwelle aus Beton: 1933. Struppiges Gebüsch dicht an den Stromschienen. *Fang hier an, Gesine; bleib hier.*

Die Verrazano-Brücke schickt breite Fahrbahndecken über den Einschnitt der Bahn nach New Jersey. Von Oude Dorp,

Arrochar an hängen kleine Flugzeuge in der Luft, Kostgänger des Landeplatzes an der Richmond Avenue, an den Bächen zum Arthur Kill hin. *Hier könntest du weg und wir dich besuchen, zu Lande, zu Wasser, zu Luft.*

Das Fährhaus an der Südspitze der Insel ist noch hohler geworden, die Bretter fallen ihm aus, die Pfahlwände im fauligen Wasser stehen schief. Das Wasser hat sich nahe an den Bahnhof Tottenville herangewühlt, kaut am Abfall, nährt den Rost und den Schlamm. Zur Fähre nach Perth Amboy hin ist der Bahnhof Tottenville gebaut, an jenem Ende war Stille, hart gefaßt in Maschendraht, als sei schon lange kein Boot mehr unterwegs nach New Jersey, und soll doch gekommen sein seit den Zeiten der Kolonisten. Reglos wartete das andere Ufer, Kräne, Lagerhäuser, eine Kirche, blitzende Dächer zwischen Laub, starr in der mittäglichen Hitze. Über den Arthur Kill stand im Norden eine Stelzenbrücke, angehalten im Schritt einer gichtigen Katze. Bauschutt, Öltonnen, Schrott am Strand, splittrige Pfähle im Wasser, weiter draußen Sportboote und Fischerkähne im Gegenlicht. Immer wieder Vegetation, die das kranke Land zurückholt, die Schrammen und Wunden des Bodens verdeckt; *die Außenseite von Ferien, Gesine.*

In Tottenville kam der Tod vorbei. Im weißen, von der Sonne gedehnten Licht gingen zwei dunkel gekleidete Paare auf ein Haus zu, das sah aus wie eine vornehme Molkerei oder Privatschule. Die Haut der beiden Frauen war ganz warm unter dem durchsichtigen Stoff. Ein Mann im Straßenanzug drückte sich befangen hinterdrein, als geniere ihn die Erwartung, die liegende Person zu sehen, oder die Voraussicht, daß sie auch ihn in wenigen Jahren durch die Hintertür des Bestattungsunternehmens hineintragen werden. (Als besuchte er seine künftige Wohnung, sich selbst darin, und hätte seinen Umzug noch nicht bedacht.) *Wenn du tot bist, Gesine, in die Balsamieranstalt laß ich dich nicht.*

In Tottenville lahme Häuser zusammengedrängt, verfallend, mit Zutaten aus Kunststoff behängt. Eine kleine Schuppensynagoge mit einer Haut aus asbestnen Schindeln. Italienische Keramik auf ausgetrockneten Rasenstücken. Eine lebende Katze, weiß mit tiefgeschwärztem Auge, will gesehen sein, weiß etwas. Kinder auf den Veranden, eine alte Frau sitzt mit einem Buch über ihnen. Schaukeln, Planschbecken in den Hintergärten. Heißer Holzgeruch, Akazienblüte. Eine Liebschaft D.E.s 1949 in Berlin Wannsee, Abende lang neben einem Mädchen auf der Gartentür lehnend im Akazienduft; tagsüber versteckten die kleinen weißen Blüten sich im Blattgrün; 1949 wünschte sie sich von einem Mann mit Schwarzmarktbeziehungen nicht Schokolade oder Schallplatte, sondern eine Badekappe. *Oder leb bei armen Leuten, Gesine.*

Unverhofft ein weites hochgrasiges Feld, wild durchwachsen mit Büschen. Ein Frachtdampfer so dicht am Ufer, als läge er fest auf Grund. Gegen den Horizont von Blattwerk umrissen ein weißer Hausgiebel, ein Walm vor einen fast würfligen Holzkasten gesetzt. Hinter den dunklen Fenstern, in der langen Veranda zum Atlantik hin ist keine Bewegung zu sehen. Ein überwachsener Steig für den Postboten. *Auch dies, wenn du willst.*

An der Raritan-Bucht. Der Name der Raritan-Indianer für die Insel war Aquehonga Man-ack-nang, die Stelle der Hohen Sandigen Bank, und dreimal noch konnten sie die Eindringlinge mit Feuer vom Boden der Delawaren vertreiben. Henry Hudson will das Land am 2. September 1609 gesichtet haben, gleich benannte er es zu Ehren seiner Dienstherren, der Niederländischen Generalstaaten. Staaten Eylandt, 1664 an die Briten verloren. Vier Jahre später hatte der Herzog von York Appetit auf die Inseln in seinem Hafen, und wollte alle davon, die in vierundzwanzig Stunden zu umschiffen waren, und ein Kapitän Christopher Billopp umsegelte Staaten Eylandt von einem Ende zum anderen in der vorgeschriebenen Zeit, belohnt mit 47 von den fast 15,000 Hektar, die er dem Bruder des Königs verschafft hatte. Didos Problem kannte er nicht. In Billopps Haus, hier um die Ecke, trafen sich General Howe nach der Schlacht von Long Island mit einer Abordnung der Aufständischen zur ersten Friedenskonferenz des Revolutionskrieges, ohne Erfolg. William Howe las da die Erklärung der Unabhängigkeit zum ersten Mal und versetzte: Diss is ja von ziemlich entschlossenen Männern unterschrieben. *Euer Mecklenburg war auch gestohlen, Gesine.*

Auf den Sandwegen, mit Wasserlachen bestanden, waren einsame Autos unterwegs, wie verängstigt von Feld und Dickicht, fern von den achtbahnigen Straßen und Hochhäusern. Sumpfgegenden, nicht mehr passierbar wegen Flaschenscherben und Büchsenrost. Eine verfallende Kolonie aus Sommerhäusern. Kinder, die die fremden Fußgänger anstarrten, über das Städtische an dem fremden Kind kicherten. Dicht am Wasser ein Ehepaar saß hilflos im Wagen, bereit wegzufahren. Sieh mal richtiges Schilf. Dies ist Breitwegerich, gut für Schnittwunden. Aus Melde konnte man Suppe kochen. Dies fraßen Kaninchen gern. Ein Rotahorn. Wegewarte, Spitzwegerich. Hirtentäschel konnte man essen. Brennessel war gut als Spinat. Gutes Wetter für Sonnenbrand. *Vergiß nicht, warum ich dir dies gezeigt habe, Gesine.*

27. Mai, 1968 Montag

Wer Ho Tshi Minh, dem Erleuchteten und Präsidenten, gratuliert hat zum 19. Mai, bekommt nun Post von ihm:
Mit Achtundsiebzig
will ich kein Greis sein.
Stetig auf meinen Schultern ruht
des Landes Bürde.
Im Widerstand ungeheure Siege
gewinnt unser Volk.
Mit der Jugend marschieren wir.
Vorwärts!
© Viet Nam Press Hanoi
Zeugnis für Alexej Nikolajewič Kossygin, Verwaltungschef der Sowjetunion. Ausgestellt von der New York Times.
Ein Mann, gutmütiges Äußeres von Vierundsechzig, der das Wasser braucht in Karlovy Vary und mit seiner Enkelin spazierend sich zeigt, kann den Tschechen und Slowaken so Böses nicht wollen. Die harte Valuta aus Moskau, das war der Zuckersack, die Mohrrübe für den Esel. Ein Eingreifen des Militärs, das war der Stock, die Peitsche. Beides hat er nur gezeigt.
Gewonnen hat er Manöver, die Stärkung der Zensur, das Verbot legaler Opposition.

Wenn immer noch die Generäle murmeln im Roten Stern von einem amerikanischen Finger in den »inneren Vorgängen«, so muß er vor der Zeit aus der Č.S.S.R. zu ihnen und ist entschuldigt.
Denn was den Erben Stalins zu erklären ist, macht die Zukunft, auch der Welt.
Gegeben zu New York, 43. Straße, westlich des Times Square, den heutigen.
Die Kommunisten in Prag machen erst einmal ein Gesetz, zu entscheiden im Juli/August. Einhunderttausend Bürger sind zu entschädigen für administrative Strafen à la Pontij, den Verlust von Wohnung und Berufsausübung, dergleichen. Vierzigtausend Häftlinge der Jahre 1948 bis 1956 sollen 20,000 Kronen bekommen je Jahr im Gefängnis, davon ein Viertel zahlbar sofort, der Rest über zehn Jahre.
Das wären eine Milliarde Kronen bis Ende 1970. Ein Dollar sei sieben Kronen wert, in besonderen Fällen sechzehn. Vergleiche den Rubelkurs. Verrechne nicht nur die 400 Millionen Dollar aus Moskau, auch jenes Guthaben von 20 Millionen in Übersee, dazu die 5 Millionen Rente, die tschechoslowakischen Bürgern vorenthalten werden von der Sozialversicherung der U.S.A. Wird es reichen?
Das wäre die Arbeit von heute. In vierzig Minuten sollten wir am Riverside Drive sein, zu Hause.

Da könnte ja Jeder kommen.

Kommt angefahren vom Grand Central, läßt sich vom Gedränge in die Westseitenbahn treiben und sucht ihren Platz, wo immer die dritte Tür des ersten Wagens hält.

Als ob New York jeden Tag funktionierte. Die Ubahn als Sonnenuntergang.

Sie haben nichts ausgerufen am Grand Central!

Und du bist in die Falle gelaufen, junge Frau.

Hier fahren keine Züge.

Wenn welche fahren, fährst du nicht gleich.

Das war sonst immer mein Platz, da hielt die dritte Tür.

Da stehen wir, du Kaukasierin, du rosa Kind.

Ach du großer schwarzer Mann.

Laß sie doch wenigstens auf ihren Füßen stehen. Schmeiß sie nicht um.

Ich ne Dame umwerfen? Is doch wie Wellen hier unter der Erde.

Was ist denn kaputt?

Daß wir hier stehen müssen dicht an dicht in der Hitze, als wollten sie nur noch Wasser über uns gießen. Dann den Deckel zu.

Einen Arm würd ich gern bewegen.

Kein Strom.

Nu rutsch doch nich so ran an die Dame. Sitzt ihr ja gleich inner Tasche.

Nimmt sie dich mit nach Hause, un was is dann!

Nach Hause kommen wir alle nicht.

An welcher Stelle kaputt?

Sieh an. Die will es auch noch genau wissen. Mit Zeichnung.

So. Wenn ich meine Tasche zwischen die Beine ziehe – verstehst du?

Kann ich meinen Arm in der Schulter drehen –

Wenn du diesen dicken schwarzen Mann abblockst –

So. Ihm ist auch wohler.

Das können wir immer noch, was?

Is ja bloß n Schaden an der Ubahn.

Kennen wir doch. New York bleibt New York.

Kuck bloß nich so! Meine Hand ist außen an deiner Tasche, nich innen!

Da juckt es dich.

Es geht dich zwar nichts an. Da hab ich so ne Stelle.

Na, wir zwei beide?

Wenn die Kleine lächelt, meint sie mich, du Ausländer.

Bin keine Kleine.

Da kommt ein Zug.

Wie ein humpelndes Pferd.

Ein Kraftwerk brennt in Brooklyn.

Du, die steigen nich aus!

Diesen Zug haben wir. Den geben wir nicht auf.

Das ist mein Zug! Damit muß ich nach Hause!

Und wenn wir hiermit bis in die Bronx müssen, das Ding bewegt sich doch.

Von der Bronx kommt man wieder runter. Von hier nicht.

Die sehen uns an wie eine fremde Armee.

Ist das kein Grund zum Krieg? Sie sind in ihren Waggons eingesperrt, und wir in diesem Loch von einem Bahnhof.

Wir sehen sie an wie eine fremde Armee. Da fahren sie ab ins Dunkle.

Wenn der Zug hält in der Finsternis, sie werden nicht wissen wo.

Gibt noch einer auf? Ich würd gern aufgeben, aber nicht allein.

Hier gibt keiner auf.

Du schaffst es nicht an die Treppe. Da spülen sie immer neue Leute rein.

Die wissen es noch nicht.

Da kann ja Jeder kommen.

Die Stelle, wo die Bahn kaputt ist! New York ist kaputt!

Die Maschine hat nun vierundsechzig Jahre Geld gebracht, warum sollen sie die erneuern?

Für uns?

So machen sie es eben mit uns.

Ach weißt du, jetzt in einem Taxi –.

Sonst stell ich mich seitlich zum Gleis, und fast immer werd ich unter einen Ventilator geschubst. Auf das Atmen konnte man sich freuen.

Wetten, daß ich das Geld hab für ein Taxi?

Wer nicht zu uns gehören will, den lassen wir nicht in die zweite Reihe.

Siehst du den Zug auf dem Gegengleis? glühende Batterien unter dem Wagen.

Der kommt auch nicht weit.

Wir alle kommen nicht weit.

Du hast schon einen Fuß am Bahnsteigrand. Das nächste Mal –

Drück sie rein!

Dreh dich! Die Schulter vor!

Halt! Sie hat ihren Schuh verloren.

Die kann auch barfuß.

Zwei ehrenwerte Bürger wie wir, wir werden doch so ne Ubahntür wieder aufstemmen können!

Einfach reinstecken den Schuh! Zwischen die Köpfe, werden sie schon merken.

Sie haben der doch wahrhaftig den Schuh in die Hand gedrückt.

Sonst kommt alle zwei Minuten ein Zug und beißt was ab von der Schlange. Jetzt fahren sie einen Abstand von vier Minuten, und dieser wartet schon eine halbe zu lang.

Wir hätten sie doch nicht reindrücken sollen. Sie ist drin, und wir sehen aufs nackte Gleis.

Die kann noch steckenbleiben, wenn sie raus will. Oder so stehen bleiben, ohne Licht, irgend wo unterm Broadway.

Gönn ich ihr.

Gönnen wir dir.

Und Glück auf die Reise!

Und Glück auf die Reise!

Hat sie sich bedankt?

So die Nase verzogen, weißt du. Wenn man nicht geradezu aufdringlich sein will und lächeln.

Kenn ich.

Da fährt sie hin. Nichts zu danken, du!

Bis morgen, ihr!

Schon gut, du. Bis morgen.

28. Mai, 1968 Dienstag

Am Morgen wartete der Zug hinter dem Bahnhof 50. Straße im Dunkeln. Die Entfernung zur beleuchteten Plattform war schwer zu schätzen. Das Gedächtnis meldete in einem fort eine helle Stelle neben der Strecke, fünfzig Meter weit, achtzig Meter weit, vorgestern noch gesehen, ein Loch zum Licht, eine Treppe zur Oberfläche. Die beständig wiederkehrende Suche nach einem Ausweg trat auf der Stelle, drängte das Denken ab. In dem reglosen stillen Gedränge wuchs die Angst vor jeder weiteren Minute, bis das Anrucken des Zuges unglaublich war. Auf den Treppen unter dem Times Square standen

die Polizisten gemütlich, die Hände genüßlich verschränkt am Knüppel hinterm Rücken, und blickten den verschreckten Fahrgästen entgegen, als wollten sie sagen: Sind sie alle hinter euch her? Haben sie euch diesmal noch rausgelassen? Ihr lauft ja, als solltet ihr Zucker kriegen.
Nachdem Cresspahl verschwunden war, übernahm Jakob seinen Haushalt nicht gerne.
Seine Mutter hatte es allein versucht. Die Flüchtlinge in der hinteren Hälfte des Hauses hielten sich an die Ordnung, die sie eingeführt hatte, in der Küche wie beim abwechselnden Reinhalten von Flur und Treppen; sie mochten da an eine letztwillige Verfügung Cresspahls glauben, und für Frau Abs war es unredlich, weil ihr ein solcher Titel nicht vermacht war. Wären nicht Gesine und Hanna Ohlerich gewesen, sie hätte wohl ihre Sachen gepackt und Zuflucht gesucht, wo Jakob arbeitete, zwei Stunden von Jerichow, wo sie nicht bekannt war als Wirtschafterin eines Bürgermeisters, den hatten die Russen abgeholt. Sie fürchtete nicht die eigene Verhaftung, schlicht von Behörden wollte sie nichts Gutes erwarten; sie hat es sich bis zu ihrem Tode nicht ausreden lassen. Sie kam so ungenau zurecht mit den Boten aus Warnemünde oder Lübeck, die in der Nacht vor dem Haus standen mit Geschäften, die allein Cresspahl verstehen mochte. Da waren die Kinder. Sie mußte der Gesine einen Morgen und Abend einrichten wie vor dem Verschwinden des Vaters. Sie mußte Ohlerichs Tochter ausreden, daß Cresspahls Haus nun auch zu den unsicheren gehörte. Mit Gesine ging sie morgens an den gneezer Zug, Hanna brachte sie an die Schule in Jerichow, abends mußte sie die beiden beschäftigen in der Küche, mit Flickarbeiten, mit den Aufgaben der Schule, und weil sie sich das Erzählen nicht zutraute, tat sie sich schwer mit den Taten des Wendischen Königs. An einem solchen Abend bei der Petroleumlampe an Cresspahls Bürotisch, fiel die erste Haussuchung in die Tür, zwei fremde Sowjets mit Bürgermeister Schenk und Gantlik als Zeugen, ein zielsicherer Wirbelwind, der bald draußen war und nicht einmal umgeworfene Stühle hinterließ. Dennoch war sie so erschrocken, daß sie die Nacht auf einem Stuhl am Bett der Kinder verbrachte. Sie ließ Cresspahls Zimmer zerwühlt liegen, bis Jakob herangeholt

war. Jakob tat ihr den Willen nicht. Solche Verhaftungen waren nicht nur in die Nähe seiner Mutter gefallen, er wußte da Tagelöhner wie den Lübecker Hof. Sie würden in ganz Mecklenburg nicht anderes Wetter finden, die Grenze zum neuen Westpolen war seit dem 19. November geschlossen. Seine Mutter ließ ihn die vernünftigen Gründe ausreden, und er sah ein, daß er ihr einen unvernünftigen schuldig war. Er gab die Pferde in Kost bei seinen Kompagnons an der Grenze, er blieb in Jerichow. Es war für ihn die falsche Einrichtung. Er hatte Korn gut als Arbeitslohn, davon fraßen nun der Fuchs und der klapprige Wallach. Für die Arbeit bei der Instandsetzung des Gaswerks bekam er nichts als Geld, auf dem Lande hätte er Kartoffeln verdienen können. Nicht einmal war er diesem Cresspahl etwas schuldig, eine Gefälligkeit wollte er ihm erweisen.

Weil wir mit den Pferden nicht mehr ins Niedersächsische konnten, Gesine.

Deswegen seid ihr geblieben?

Was sollten die Leute denken.

Geht ihr weg, und laßt mich im Stich. Nämlich, du wolltest, die Hunde nehmen das Brot in Stücken von dir.

Und dein Haus wollten wir uns unter den Nagel reißen, jung Fru Cresspahl.

Mich auf den Arm nehmen, das kannst du.

So eine jüngere Schwester war mir gerade recht. Alles Eigennutz.

Eigennützig war doch ich, Jakob.

Wie fängt ein Junge vom Lande, in eine fremde Stadt verschlagen, den Vorstand eines Hauses an, und es ist ihm nicht einmal zu treuen Händen übergeben? Der Junge fing es an mit dem Erheben von Miete, rückwirkend zahlbar ab 1. Juli, der Ankunft der Neuen Ordnung. Er hatte das Haus im Kopf vermessen, nicht einmal gewarnt waren die Leute in Cresspahls Haus, als er ein Quittungsbuch auf den Küchentisch legte. Es war nicht mehr, als Frau Quade oder Familie Maass verlangten, es blieb ärgerlich, weil ungewohnt. Die Lehrerin aus Marienwerder drohte ihm mit einer Beschwerde, weil er keinen Mietvertrag zu Grunde legen konnte. Bei diesem Wort fiel den anderen etwas auf, und sie begannen zu zahlen, es war ja nur Geld. So bekam das Kind Cresspahl allerdings ein Einkommen, das reichte noch für die Beherbergung einer Freundin. Vorsprechen auf dem Rathaus war beliebig, da war der Name Abs geläufig, denn er hatte bei seiner Eintragung auf der Lebensmittelkarte als Schwerarbeiter bestanden. Um diese 2450 Gramm pro Woche statt der gewöhnlichen 1700 hatte es Streit gegeben, bis sie dem Gaswerkarbeiter zugestanden werden mußten; in der Aufregung war ihm versehentlich das Recht zum Aufenthalt eingeschrieben worden, nicht widerruflich. Weiterhin war schlecht bestreiten, daß auch für das Brot der Kinder 0,43 Reichsmark je 1600 Gramm gefordert wurden. Damit nicht genug, der junge Abs hatte von da noch Formulare für die neueste Personenstandsaufnahme mitgebracht, es lag bei ihm, die Hausliste auszufüllen. »Einzutragen sind alle Personen, die am 1. Dezember 1945 zum Haushalt gehören, einerlei, ob sie am Stichtag anwesend oder vorübergehend abwesend sind.« Der Name Cresspahl, Heinrich, geb. 1888, stand da zuverlässig als Vorstand des Hauses. Die Familie Abs zeichnete als Stellvertreter, nicht als Hauswartleute. »Angehörige der Besatzung werden selbstverständlich nicht erfaßt«; vielleicht würde es dem jungen Abs an den Kragen gehen, weil er selbstverständlich einen Herrn Krijgerstam als Mitglied des Haushalts führte, denn dieser geschickte Überlebende aus den baltischen Provinzen trug gelegentlich die Uniform der Roten Flotte. Jedoch ließ er sich auch mit einem Schlafrock betreffen in Jakobs Zimmer, ein gelbhäutiger Vierziger, nach Früchten duftend; ernsthaft und mit den Manieren eines gut bezahlten Kellners bot er da Damenwäsche zum Verkauf, auch seidene, ein privater Sowjetmensch. Der junge Abs trocknete seine Hände an einem Tuch mit den Russen ab, und mit Vor- wie Vatersnamen redete er sie an. Er hatte seine Einsätze nicht zurückgezogen vom Schwarzen Markt, als die Pontijsche Mannschaft abkommandiert war, sogar kam Herr Wassergahn noch zu Besuch. Jakob hatte ein Zimmer für sich, nur weil er da ab und an deutsch-sowjetische Konferenzen abhielt, und ohne Scham hatte er seine Mutter in das Zimmer Cresspahls quartiert, womöglich als Wache vor den Schlafraum der beiden Mädchen; aber das Wohnungsamt hatte er vergessen machen, das Haus zu begehen, dem er vorstand. Mochte er später seiner Strafe nicht entgehen, vorläufig war recht, was er zum gemeinsamen Abendessen beitrug. Die verwirrte Studienrätin aus dem Westpreußischen hatte er mit kleinen Töpfen Milch für ihr Söhnchen so weit gebracht, daß sie ihm »Herzenstakt« nachsagte, (Jakob war die Milch ärztlich verordnet). Den beiden Mädchen hatte er rasch abgewöhnt, bei solchen Sprüchen loszuprusten; nicht nur lernten sie Mitleid mit der unglücklichen Person, sie wollten es ihm auch recht machen und hatten heimlich die Augen auf ihm, wenn er sich beim Essen ausruhte. Sein Gesicht war kahl geworden, er stellte gern den Blick auf Fernsicht, und doch verlor er wenig von dem vielstimmigen Gerede am Tisch. Manchmal bewegten sich seine Lippen von allein, dann schluckte er ein Lächeln trocken herunter. Gesine kam sich in seinem Blick unausweichlich festgehalten vor; sie mußte oft an seinen Fuchs denken, der beim Trinken die Augen auf den Menschen abwandte, der ihm den Eimer hielt. Die anderen sahen Jakob an, daß er zehn Stunden lang im Gaswerk Zement gerührt oder Kohlen geschaufelt hatte, und nahmen ihn vorerst für den Mann im Haus.

Jakob war mit sich nicht zufrieden als Vorstand des Haushalts.

Er hatte mit Gesine durchsehen müssen, was nach der Haussuchung an Papieren ihres Vaters übrig war, richtig nahm sie jede Entscheidung für ihre eigene, für ein Stück Verschwörung, bis Cresspahls Rechnungsbücher und Zeichnungen als Blickfang in Lisbeths Sekretär ausgelegt waren und der Lebenslauf von 1935 mit den beiden Reisepässen im Keller unter der Ostecke staken, wo es keinen Keller gab. Jakob sah sich vor, und doch ging ihr auf, daß sie die Sachen sortiert hatten wie den Nachlaß eines Verstorbenen. Er war hilflos vor ihrem Gesicht, in dem die Lippen sich ein weiches Beben annahmen, weil sie ihm nicht geradezu Tränen zeigen mochte. Mit seinen Worten schaffte er es nicht, er mußte doch seine Mutter suchen, damit sie das Kind an die Schürze nahm. Abends fiel ihm ein, daß kein Teller stehen mußte, wo Cresspahl gesessen hatte. Sie begriff ihn in einem raschen Blick, der gleich zu Frau Abs weiterwischte, er sah sie denken an den Stuhl, den sie bei Cresspahls Kommen an das freie Tischende stellen wollte; ihm war doch, als wisse sie ein anderes Mittel und dürfe es ihm nur nicht nennen. Achtzehn Jahre alt, und sieht nicht, was er vor Augen hat, denn seine Mutter will es ihn nicht wissen lassen; so einer will nun die Leute selber trösten können.

Es war nur seine Schuldigkeit, daß er Amalie Creutz abschnitt von ihrer Drahtschlinge; seine Mutter hatte ihn holen müssen, weil der alte Creutz sich nicht in das Zimmer zu der toten Schwiegertochter traute, nach fünfzig Jahren Lebens an einem Friedhof und Aufsicht bei Begräbnissen. Jakob legte die Tote aufs Bett, seine Mutter wusch sie und kleidete sie um, weil Creutz nicht wegkommen wollte von den Goldregenbüschen am Sowjetzaun und bis zum Morgen nicht ans Haus ging. Damit wollten die Abs es bewenden lassen, mehr waren sie der Fremden nicht schuldig. Abends kam Cresspahls Tochter vom Schulzug und tat unerschrocken. Sie fragte nach dem Sarg, der Verabredung mit Brüshaver, dem Gefährt für die Leiche. Sie wußte auch, daß da ein Brief für Cresspahl war, und Frau Abs gab zu, daß sie ihn in der Jacke der Toten gefunden hatte; der kam zu Cresspahls Sachen unter die Dielen. Das Kind wäre diese Familienfreundschaft allein angegangen, bedenkenlos, befremdlich geübt; da wollten die Abs lieber beistehen. Jakob reiste mit Spirituosen Marke Schlegel zu Tischler Kern nach Gneez und kam zurück mit einem Sarg, Frau Abs schrieb Gesine schulfrei, zusammen fuhren sie Amalie Creutz auf Swensons (Kliefoths) Gummikarren zum Neuen Friedhof. Jakob stand wie ein Leidtragender neben dem alten Creutz, nur weil der einen festen Griff am Arm brauchte, und Pastor Brüshaver gab auch ihm die Hand, dann seiner Mutter, dann Gesine. In den Augen Jerichows standen sie da für das Haus Cresspahl, für die Rote Armee jedoch gleichermaßen, und mochte es Cresspahl so recht sein, nützen würde es seiner Sache am Ende nicht.

Cresspahl ein Haus aufbewahren, es hieß ja nicht nur ein ausgebrochenes Türschloß heilzuklopfen und neu einzusetzen, es war mehr als Kinder vom Hungern ablenken oder Fensterläden anbringen. Jakob konnte nur raten, ob Cresspahl

seine Tochter so dauerhaft von der Großmutter ferngehalten wünschte. Er sah diese Frau Papenbrock hinter dem Ladentisch, sie konnte so wehmütig verbittert tun, wenn sie nach Gesine fragte. Er hatte sie bei der Trauerfeier für Amalie Creutz in der Kirche gesehen, ihm waren die schwimmenden Augen aufgefallen, und daß sie nicht so oft auf den Sarg gerichtet waren wie zur linken vorderen Bank, auf den Nakken der Enkelin. (Alles in Jerichow konnte Jakob nach fünf Monaten nicht wissen; die Begabung der alten Papenbrock zum Weinen ging ihm spät auf.) Sie schickte nicht nach dem Kind, sie kam es nicht holen; Jakob sah sie doch warten, einen dicken, traurig gesträubten Vogel. Meinte Cresspahl auch eine solche Gelegenheit wie Weihnachten? Sein Kind nickte. Meinte Gesine das? Sie sah ihn kläräugig an, bedachte sich gar nicht, fragte: Soll ich? Sie würde nun tun, was er sagte, er war an Cresspahls Stelle. Jakob schüttelte den Kopf, und noch einmal, als Gesine gegangen war; er gab der Papenbrock nun etwas kürzere Antworten. Er war nicht gewiß, ob es Cresspahl so recht war.
Wie feiert man Weihnachten in Jerichow? Mit der Kirche? Mit allen Leuten im Haus? Mit den beiden Kindern allein? Das machte Jakob Sorgen. Er wußte nur die Geschenke, einen Peekschlitten für Gesine, eine Fahrradlampe für Hanna Ohlerich. Dann brachte der alte Creutz den Adventskranz wie jedes Jahr, die Kinder wünschten sich als Weihnachtsessen einen Bratapfel und machten sich das Fest allein. Als sie ihn holten, stand der Tisch fertig hergerichtet, und er fühlte sich davongekommen.
Was soll so ein Haushaltsvorstand tun, wenn am Ende doch der 25. Dezember als sein Geburtstag herausgekommen ist, und alle Leute im Haus ihm die Hand geben und sich bedanken?
Cresspahl hatte zu oft erschossen werden sollen, dann war er abgehärtet, für unholbar hielt er sich, nicht einmal einen Plan für Hanna Ohlerich hatte er gemacht. Hanna wußte zwar, daß ihre Eltern in Wendisch Burg begraben waren. Sie nahm ungefähr an, daß sie die Erbin der Werkstatt war; das Testament lag aber bei der Fischerverwandtschaft in Warnemünde. Warum wollte Hanna nicht mitgehen in Gesines Schule? Hanna sollte nicht länger zur Schule als Pflicht war, danach

in die Tischlerlehre. Zu wem? Zu Cresspahl. Und wenn Cresspahl nicht zurück war bis Ostern 1946? Zu Plath. Wenn dessen Gewerbe aber nicht das Tischlern war, war es Hanna auch beliebig, daß sie zu den Fischern kam. Sie ging freundlich neben ihm auf dem Ziegeleiweg, er hielt sie für unaufmerksam. Er wechselte den Schritt. Sie trat einmal kürzer, um wieder mit ihm gleich zu kommen, mitten im Schnee. Sie hörte ihm zu. Sie blies gegen die Kälte an, sie schnüffelte in der schnellen Luft, sie war ganz selbstvergessen beschäftigt. Womöglich wunderte sie sich über ihn. Er war vier Jahre älter als sie, er war der Familienvorstand. Wer sonst sollte wissen, was aus ihr wurde!

An der Ecke des Friedhofs kam ihnen das andere Kind entgegen, den Tornister auf einer Schulter. Diese Gesine ging gleichmütig an ihnen vorbei, wie an unkenntlichen Leuten, so dunkel war es aber nicht an einem Nachmittag im Januar, im blitzenden Schnee. Das tat sie gern, wenn sie ihn mit Hanna zusammen sah, und Jakob verstand es nicht. Er meinte oft, sie wolle ihm etwas zeigen, dann deckte sie es zu. Im November war sie ihm gekommen mit Fragen wegen der Engländer. Ob nicht die Sowjets das Gleiche gewollt hätten wie die Engländer. Jakob gab das zu, für eine vergangene Zeit. Ob die Sowjets wohl darüber hinaus jemand helfen würden, der den Engländern geholfen habe? – Ja-nein: sagte Jakob vorsichtig, er hatte sich reichlich Mecklenburgisch angenommen. Englische Freundschaften sah er nicht länger an für eine Empfehlung in der sowjetischen Zone, er mochte es nicht zu früh aussprechen. Das Kind hatte ihn längst verstanden, lief weg, drückte später die Frage weg als beliebigen Einfall. Warum wollte sie die Sache so dringlich zurücknehmen? Was konnte Ängstliches daran sein. Wieso reichte das zu einem schlechten Gewissen? Auf so ein Kind sollte er nun aufpassen, und wurde nicht klug aus ihm.

An diesem Tag brauchte er ihr nicht nachzurufen, sie kam aus freien Stücken zurück, sie lief durch den lockeren Schnee, einmal mußte sie auf ein Knie hinunter. – Jakob! rief sie und er stand doch vor ihr. – Jakob! Die Engländer haben getauscht!

Wieder diese Engländer. Was hatten die Cresspahls mit denen

zu schaffen? Das Kind hatte ganz vergessen, würdig und unbeteiligt zu tun, sie war ganz verloren an ihre Aufregung. Jakob konnte ihr nicht abstreiten, daß die Engländer getauscht hatten. Es war seit einer Woche als Gespräch angekommen in Jerichow, und wieder hieß es: der Winkel komme zum Westen. Nicht zu Schweden, den Düwel eins, immerhin zu den Briten. Die Briten hatten im Dezember große Stücke Land bei Ratzeburg an die Sowjets abgegeben, über 4700 Hektar im Tausch gegen 1600 Hektar östlich der Stadt, damit ihr die Demarkationslinie nicht mehr so dicht anlag und sie Hinterland bekam zum Wirtschaften. Die Dörfer Bäk, Mechow, Ziethen waren zu Schleswig-Holstein geschlagen; Dechow, Groß Thurow und das ganze Ostufer des Schaalsees mitsamt dem Stintenburgschen Werder gehörte nun zu Sowjetmecklenburg. Etwa 2000 Menschen waren an die Briten ausgeliefert worden, die Leute einer kleinen Stadt, (wie Jerichow). Wenn die Grenze an einer Stelle nicht heilig war, so war sie es auch an anderen nicht; wenn für eine solche Stadt wie Ratzeburg Raum geschaffen wurde, was brauchte denn erst eine Freie und Hansestadt Lübeck an Platz zum Rühren! Auch der saß die Demarkationslinie bei Schlutup und Eichholz zu dicht auf der Haut, und wenn man nun noch die strategischen Bedürfnisse der Briten dazurechnete, konnte recht wohl ein Strich von der Nordspitze des Ratzeburger Sees, oder vom Dassower See, bis zum Anfang der Wismarer Bucht gezogen werden. Dann lag Jerichow im Westen.
– Du hest dat wußt! rief Cresspahls Kind, und wenn sie so wütend und unglücklich war, wollte Jakob ihr mit einem schuldbewußten Gesicht gefällig sein. Er glaubte nicht, daß Jerichow ein Bissen für den strategischen Appetit der Engländer war. Als er sich nach Hanna umsah, fiel ihm auf, wie betreten sie ihre Füße betrachtete, als sei sie bei einem Trauerfall zugegen, wenngleich nicht beteiligt. Wenn Jerichow zum Westen kam, war Gesine von Cresspahls Gefängnis um eine Grenze mehr getrennt.
Jakob hätte das Gerücht selber einführen sollen und so die Hand davor halten, daß Jerichow zum Westen kam. Nun saß Gesine fest im Glauben daran, noch den strengsten Widerspruch würde sie für nichts als Trost nehmen. Jetzt war es

vergebens, daß Cresspahl in der Hausliste als »vorübergehend abwesend« geführt wurde, und sie hatte sich das Formular so oft ausgebeten, nur um diese eine Spalte zu lesen.
Jakob war nicht mit sich zufrieden als Vorstand der Familie.

29. Mai, 1968 Mittwoch

Index der Lebenshaltungskosten, den Stand von 1957 bis 1959 mit hundert Punkten angenommen:

U.S.A.

	APRIL 1968	ZUNAHME SEIT MÄRZ 1968 IN PROZENT
Alle Waren	119,9	+0,3
Lebensmittel, mit Restaurantskosten	118,3	+0,3
Wohnung (mit Hotelkosten, etc.)	117,5	+0,3
Kleidung (mit Reparaturen)	118,4	+0,7
Verkehrsmittel	119,0	0,0
Gesundheit und Erholung	128,8	+0,4
Medizinische Versorgung	143,5	+0,4
Eigene Leistungen	119,0	+0,5
Lektüre und Erholung	124,9	+0,6
Andere Güter und Dienstleistungen	122,5	+0,1

NEW YORK

Alle Waren	122,5	+0,3
Lebensmittel, wie oben	118,8	+0,3
Wohnung, wie oben	121,1	+0,2
Kleidung, wie oben	122,8	+0,5
Verkehrsmittel	119,1	—0,1
Gesundheit und Erholung	133,3	+0,5
Medizinische Versorgung	145,2	+0,5
Eigene Leistungen	115,6	+0,8
Lektüre, Erholung	136,6	+0,7
Andere Güter und Dienstleistungen	127,7	+0,2

Was vor zehn Jahren 10,00 Dollar kostete, ist nun um $2,25 teurer. In der letzten Woche gingen manchen Arbeitern 13 Cent an Kaufkraft verloren. Der Dollar ist nur noch 83,4 Cent wert. Werden wir hier durchkommen?

Wenn Jerichow zum Westen gekommen wäre:
Die Stadtstraße wäre ein Kanal zu ebener Erde, asphaltiert, eingefaßt von Kristallglas und Chrom. Auch in den ärmsten Häusern wären die Kreuzstöcke ausgebrochen, ersetzt durch Schaufenster oder durch doppelglasig versiegelte Apparate, zweiseitig schwenkbar. Zwei Fahrschulen, ein Reisebüro, eine Filiale der Dresdner Bank. Elektrische Rasenmäher, Haushaltsgerät aus Plastik, Taschenradios, Fernseher. Methfessel jun. hätte den Verkaufsraum der Fleischerei voll verkachelt. In der Einfahrt der Sportwagen des Gesellen, mit Überrollbügel.
Zwar, bei Wollenberg könnte man immer noch Dochte und Zylinder für Petroleumlampen kaufen, Zentrifugenfilter, Kutschpeitschen, Achsenfett und jene Kette, auf die die Kuh tritt, so daß sie nicht davonlaufen kann, wenn die Bauern im Gran Turismo-Wagen zum Melken angefahren kommen.
Und beim Kauf würde gehandelt, das wäre geblieben.
Jerichow würde zum Zonengrenzbezirk Lübeck gehören. Abgeordnete im Kieler Landtag. Schimpfen auf Kiel. Der überlebende Adel kandidiert für die C.D.U.
Zu den »guten Familien« neu gerechnet: Garagenbesitzer, Getränkelieferanten, Bundeswehroffiziere, Kreisbauräte. Bienmüller nicht; der ließe seinen Sohn nicht in die Bundesmarine. Schiffstelefongespräche über Kiel Radio zwar würde er mithören. (Die über Rügen Radio auch.) Urlaub in Dänemark, Fernsehen aus Hamburg, Unterhaltungsmusik und Funkbilder aus Niedersachsen, Funkhaus Hannover. Die Offiziere des Bundesgrenzschutzes würden im Lübecker Hof verkehren (er hieße Lübecker Hof), Mannschaftsdienstgrade im Krug von Wulff. Und hier würden keine Jeeps angesteckt.
Jerichow hätte fünf Ansichtenkarten anzubieten statt früher zwei. Zusätzlich: Den rotziegeligen Anbau des Rathauses (hamburger Stil). Den Neubau des »Schwanennestes« (ehemals Försterkrug). Das Mahnmal der »deutschen Teilung« (oder für die Kriegsgefangenen) auf dem Bahnhofsvorplatz.
Eine kleine Stadt in Schleswig-Holstein. Vielleicht würden die Höfe inzwischen nach Tonnen gerechnet, nach halben Hektar. Von Jerichow über Rande nach Travemünde ginge eine Küstenstraße mit Platz für drei Autos nebeneinander.

Papenbrock wäre bis 1952 von neuem reich geworden an der Verwaltung der neuen Großmacht, des adligen Grundbesitzes. Vor seinem Tode hätte er noch das lassewitzsche Stadthaus losgeschlagen. Die Stadt würde es durchbauen, auch Stukkateure aus Hannover kommen lassen für die Girlanden unter den Fenstern. Das Haus wäre zur Hälfte Museum, zur anderen eine Höhle für Behörden. Die gutmütige S.P.D. von Gneez.
Unter fast jede Straße hätten die Stadträte inzwischen Kanalisation gelegt. Die Ziegelei wäre verwandelt in eine Fabrik für Haushaltswaren aus Kunststoff, um Arbeitskräfte in Jerichow zu halten. Peitschenlampen noch in der Bäk. Auf dem Markt nachts leuchtete ein Neonpilz an langer Stange. Das Krankenhaus wäre das Pförtnerhaus einer Klinik geworden, mit Operationssaal. Ins Bahnhofsrestaurant hätten sie eine niedrige Decke eingehängt, die verheizten Möbel wären ersetzt durch Gelsenkirchener Barock, klimatisierte Kuchenvitrine, da wären Teppichfliesen ausgelegt.
Das alte Wirtshaus auf dem Weg zum Gräfinnenwald wäre eine Weile in Reiseführern verzeichnet. Mitte der fünfziger Jahre in Brand gesteckt, neu erbaut als zweistöckige Ecke, Pension und Restaurant. Die Schwäne würden den Försterkrug nicht erkennen, den neuen Namen läsen die nicht. Die Pächter in raschem Wechsel, bis zum Entsetzen verwundert über das Ausbleiben der Gäste. Die Werbung hatte doch von einer »Perle« nordischen Städtebaus gesprochen, mit Schönheit der Landschaft gelockt.
Wiederum wäre Jerichow der Kreisstadt unterlegen. Die Straße nach Gneez wäre fünfmal täglich mit Omnibussen befahren, zur höheren Ehre des Unternehmergeschlechtes Swenson. Im Kopf stünde nicht: Jerichow, sondern: Gneez – Rande (über Jerichow). Gneez zöge an und nähme weg: Hausfrauen, Arbeiter, Beamte, Kinogänger, Schüler. In Gneez wären nicht nur die Filme so frisch wie in Ratzeburg oder Lübeck. In Gneez böte die Volkshochschule Fremdsprachen, Lichtbildervorträge, Vorlesungen aus Romanen. In Jerichow herrschte Mißstimmung über den Neubau des gneezer Finanzamtes. Jerichows bestbekannte Attraktionen: ein ältliches Schwimmlehrbad der Luftwaffe und ein etwas näherer Verlauf der Grenze.

Rande wäre gewachsen, und Jerichow hätte wenig abbekommen. Das Strandgebiet von Rande wäre auf einen Kilometer Tiefe bebaut mit Wochenendhäusern, Stockwerkeigentum, Villen. Kurkonzert im Pavillon vor dem Hotel Erbgroßherzog. Das hieße womöglich Baltic. Sogar in Rande gäbe es Waren und Unterhaltungen, die in Jerichow fehlen. Rande hätte ein Kurmittelhaus, ein temperiertes Meerwasser-Schwimmbad, ein moderneres Kino als das im jerichower Schützenhof, und viele Geschäfte wären auch im Winter geöffnet. Die Straßen von Rande wären zweimal, dreimal durchgebaut. Auf den Richtungsschildern vor und hinter Gneez stünde Rande öfter als Jerichow. Ilse Grossjohann wäre nicht lange Bürgermeisterin geblieben. Jedoch hätte sie zwei Kutter liegen an der neuen Landungsbrücke, und wo die Ausflugsschiffe von Dänemark anlegten, hätte sie eine behaglich bebuschte Falle gebaut, das Gartenrestaurant Najade.

Der Flugplatz Jerichow-Nord wäre der Flugplatz Mariengabe, für nichts zugelassen als privates Gerät, Konkurrenz für Lübeck-Blankensee. Die Bahnen waren ja länger als 1800 Meter, Wertarbeit von 1936 obendrein. Mariengabe das jährliche Ziel von internationalen Sternflügen. Sportlich, privat, dicht an der Grenze und nichts als friedlich.

In der Nähe von Rande wäre ein Radarhorchplatz eingerichtet, auf der Steilküste nicht weit von der Grenze, durch Knicks vor Einsicht geschützt. (Die Bundesrepublik, noch heute nicht souverän, durfte die Anlage 1960 als militärischer Partner von den Briten übernehmen.) Immer noch, 1968, die alten drei Baracken der Marine an der Ostseite des kleinen Sportfeldes. Sie sähen weiterhin vorläufig aus. Der rotierende Radarschirm läßt sich in kurzer Zeit von seinem Ständer abmontieren und auf die drei Lastwagen verladen, die auch geparkt sind, als warteten sie auf die Abfahrt. Fahnenmast auf dem Platz vor der Ausfahrt, ein irre gewordener Schäferhund neben dem Schilderhäuschen. Das Geräusch der Ostsee wäre hier durch das Brummen der Motoren verdorben. An drei Ecken Schilder unterm Stacheldraht: Militärischer Sicherheitsbereich, unbefugtes Betreten verboten, mit Schußwaffengebrauch ist zu rechnen, der Kasernenkommandant, der Bun-

desminister für Verteidigung, Verfolgung nach §§ 100 Absatz 2, 109 g. Hätte Jerichow nicht.
Manchmal, und öfter, benähmen sich die Jerichower als wären sie Klützer. Sperren die Stadtstraße für ausgewachsene drei Tage, nur um Stromkabel auszuwechseln. Sollen die Touristen, die bloß an die See wollen, doch einen Umweg fahren! Der Bagger, der die Gräben aushebt, ist das neueste Muster, und sein Führer kann damit so kantengenau arbeiten wie früher Heine Klaproth beim Arbeitsdienst. Am Rande kann der Junge noch flink herziehen über die Torheit der verdutzten Fremden. Heine Klaproth als Vater. Das geschickte, orange gespritzte Ungeheuer wäre allerdings bei einer lübecker Firma gemietet.
Denn Gräber in Jerichow würden nach wie vor mit der Hand ausgehoben. Für Amalie Creutz wäre es zu spät gewesen. Zu Weihnachten besuchen die Familien den Friedhof. Die Blautannen, die sie mitnehmen, dürfen gestohlen sein, nicht jedoch bei einer Person, die der verstorbenen fremd war (das könnte übelgenommen werden). Dann gehen sie nach Hause und schütten den Kühen ein zweites Futter vor, das Weihnachtsbrot. Es müssen aber alle dabei sein. Abends Gottesdienst. Brüshaver wäre doch unter der Erde, nicht auf der Kanzel. Vom alten Papenbrock wüßte man ein Grab. Cresspahl wollte nicht mehr. Ein anderer könnte leben.
Die Fremde, die in der Apotheke nach der chemischen Reinigung fragt, würde nicht nur an das Haus »gegenüber der Shell-Tankstelle« verwiesen; sie bekäme auch gleich ein mündliches Gutachten über Dauer und Güte der Behandlung. Das wäre geblieben.
Beratung in rechtlichen Fragen: Dr. Werner Jansen. Immobilien: N. Krijgerstam in Firma R. Papenbrock. Taxis, Omnibusse: Heinz Swenson. Auskünfte über Flurnamen und Ortsgeschichte: O. Stoffregen. Die wären, vielleicht, geblieben.
Freunde in Wismar müßten über 65 sein, um Leute in Jerichow zu besuchen. In Bad Kleinen umsteigen in den Interzonenzug nach Hamburg über Schönberg und Lübeck. Wären einander recht fremd geworden.
Wenn Jerichow zum Westen gekommen wäre.

Am 30. Mai vor hundert Jahren gab General John A. Logan einen Befehl. Er war damals Oberbefehlshaber der Großen Armee der Republik und hatte gut verfügen, daß dieser Tag bestimmt sei, die Gräber der Kameraden zu schmücken, »die in der Verteidigung des Landes gegen den letzten Aufstand starben«. Es ist dabei nicht geblieben, die Erinnerung soll nun den Toten der auswärtigen Kriege auch noch gelten, und insbesondere dem unbekannten.

Bei uns suchen sie ihn um die Ecke, am Riverside Park bei der 88. Straße, wo das Denkmal der Soldaten und Seeleute steht. Vor dem nutzlos edlen Tempelchen, dem Choregischen Monument des Lysikrates in Athen nachempfunden, marschierten sie heute morgen auf mit Trommeln, Trompeten und Glockenspielen, Männer und Kinder in Uniformen, so daß noch bei uns die Luft voll Donner und Pfeifen hing.

Wir waren auf dem Weg zum Bahnhof Grand Central, da schwenkten die Reste der Kolonne in die 95. Straße, wir sind ihr nicht entgangen. Es waren Teile eines weiblichen Regiments, wüst entschlossene Damen, die gar nicht erinnerten an Bürodienst oder Krankenpflege im Koreakrieg, so steil hielten sie die Fahne, schwenkten steif die Arme, schmissen das Bein. Die beiden armen Häuser auf der Südseite der Straße hingen voller Flaggen. Bis zu drei Köpfen waren in den Fenstern zu zählen. Auf unserer Seite standen die Alkoholiker, benommen, hilflos, patriotisch. Einer hielt ein Kinderfähnchen in der Hand, und wußte es nicht. Der Marschzug war an den Rändern begleitet von Jungen und Mädchen, die liefen hin und her mit Maschinenpistolen und Handfeuerwaffen aus Plastik, die waren den wirklichen zum Täuschen ähnlich, und zumindest das Geräusch war gelungen.

Die Schulen, die Postämter, die Börse, die Banken sind aus dem heiligen Anlaß geschlossen. Die Ferien dürfen bis zum Sonntag dauern.

Ferien auf dem Lande, am Sund von Long Island.

Ferien mit Amanda Williams, Naomi Prince, Clarissa Prince. Mr. Williams wartet in New York, Mr. Prince hat sich scheiden lassen, Clarissa Prince ist fünf Jahre alt. Marie Cresspahl wird sich die Ferien verdienen müssen.

Das Haus gehört dem Vater Naomis, einem Buchhalter, sein Leben lang hat er dafür gearbeitet. Seine Einsamkeit steht im Wohnzimmer, ist im Arbeitszimmer ausgehängt: Jahrbücher der Börse von New York und die Gesammelten Besten Stücke am Broadway 1931. 1931 hat er geheiratet, 1942 ging er in den japanischen Krieg, 1943 verzog Naomis Mutter an einen unbekannten Ort in Neu Mexico. Sammlungen: Pfeifen, Muscheln; jeweils kurz vor der Ansehnlichkeit aufgegeben. Von Laubgrün verhangene Zimmer.
Heute und zwei Tage: gemeinsame Mahlzeiten, Spaziergänge, bis zum Großreinemachen am Sonntagmorgen. Auf der verdrahteten Terrasse, einem Bootsdeck auf Stelzen, wird gut der Regen zu betrachten sein, wenn es regnet. Am Sonnabend in der Nacht werden wir die Präsidentschaftskandidaten im T.V. diskutieren sehen, das Arbeitspferd McCarthy gegen das nervöse Fohlen Kennedy. Vielleicht werden wir sie vergessen. Nachts vor dem Einschlafen wird geredet, mit halber Aufrichtigkeit. Am Nachmittag melden sich zwei junge Herren, Bekannte von Naomi, vielleicht von unserer Mrs. Williams, beide mit dem Namen Henry versehen. Sie trinken sehr mäßig, reden über Aussichten auf Arbeit in New York; jeder vierte Satz geht an die Fremde, Mrs. Cresspahl. Gewiß ist dies eine Landschaft nach meinem Mögen. Am Abend kehren sie zurück und holen Amanda zu einer Bratenparty in einem fernen Garten; Mr. Williams' Anruf aus New York verfehlt ihre Abfahrt um Minuten. Wer geht hin und belügt ihn? Wir alle reden anders als in der Bank, die tägliche Vertrautheit ist aufgebrochen in Vorsicht, Scheu, Heimlichkeiten. Amanda war mit einmal furchtsam geworden, wagte sich kaum vor im Gespräch, und ist doch am meisten gewiegt in Redensarten. Naomi und Amanda wissen etwas über Mr. Prince, das sie immer noch besprechen müssen, aber nur untereinander. Es ist, als ob Amanda sich vor den Kindern fürchtete; jedoch müssen in einem Haus mit so vielen hölzernen Zimmern mehr Kinder sein. Eine Zugehfrau wollte saubermachen, wurde weggeschickt, Naomi mag es nicht erklären. Sie mögen den Regen? Mein Vater ist nicht gerade streng, aber er erwartet kein anderes Verhalten. Mußten Sie auch einen Vater erziehen? Leider hab auch ich es versucht, Naomi.

You-see, don't you? Im Moment bevor die Nacht den Boden erreicht, im Augenblick vor der Angst kommen die Kinder. Sie sind bis eben am Strand gewesen.
Der Strand ist das Ufer einer Bucht, aufgebogen gegen den Sund. Harter Sand. Im bläulichen Licht aufwendige Villen am Wasser. Vor der Badestelle Motorboote verankert, ein winziges Segel nach Nordwesten unterwegs. Schilf, vermoorte Wiesen. Zwanzig Hektar Mischwald, kleine Zufahrtstraßen. Auf der anderen Seite der Landzunge ein Yachthafen. Wenige Boote zu Wasser gelassen. Elegant ausgeklügelte Schwenkkräne, mehrere schwimmende Plattformen. Das Wasser schwärzlich, still. Die Finger leuchten in der Finsternis. Im Auftauchen fühlt ein Gesicht sich nachgezogen an, wie in eine frühere Form zurückgeglitten. Auf dem Mittelsteg ist ein Teppich unter offenem Himmel ausgelegt, daneben eine Dusche; hier kann man leben am Wasser. Endlich kam uns ein Spaziergänger entgegen, er kennt die Nachbarn nicht, die um solche Zeit noch schwimmen. Er bleibt bei den Fremden stehen, grüßt sie herzlich, beginnt ein Gespräch über Temperatur und Luftfeuchtigkeit. Und eine erholsame Nacht, wohltätige Ferien wünscht er uns. Als ob wir nach Hause gekommen wären.

31. Mai, 1968 Freitag

Ferien auf dem Lande. Landregen.
Ein westdeutscher Ausflug vor vier Jahren. Wir waren vom hamburger Flughafen unterwegs nach Norden, in Grömitz stand ein Bus im Wege. Marie war neugierig auf die holsteinische Schweiz, sei es mit den Erklärungen holsteinischer Schweizer. Wir waren Touristen, wie Touristen nahmen wir eine Rundfahrt mit.
Der Bus war dicht besetzt mit vornehmlich Frauen und Kindern, wir wurden verpackt in jene Sitze, die vor den hinteren Eingang geklappt werden. Nun wäre Marie gern wieder ausgestiegen, da eine Flucht vereitelt war. Eine Dame, still und vornehm frisiert, trat ihr kräftig auf den Fuß, begnügte sich nicht mit den Zehen, ruhte ihr Gewicht auf dem Rist Maries aus. Das Kind konnte nicht umhin, sie lange und auf-

merksam zu betrachten. Die Dame war die Nachbarin, sie zog vier Reihen Fahrgäste um uns herein in jammernde Vorwürfe gegen ein Kind, das sich nicht für einen Fußtritt bedankte, immer diese Ausländer, wenn so ein Kind doch bloß ebenfalls ein Hüftleiden bekomme. Marie kroch so schnell über den Schoß der Mutter auf den Fenstersitz, es sah aus wie Springen. Aber die Tür ließ sich nicht öffnen, der Bus fuhr, wir waren gefangen in der Feindseligkeit, die von drei Seiten auf uns überdunstete. Es ging um die Ehrfurcht vor dem Alter, und es war zum Ärgern, daß dies Kind nicht Angst zeigte, sondern ein Bedürfnis nach Abstand.
Der Busfahrer verkaufte die Gegend über ein Mikrofon. Die Kommentare seiner Fahrgäste zu neuen Einfamilienhäusern, verkäuflichen Seegrundstücken waren von einem gutmütigen Neid: Ist das nichts? ja aber was das kostet. Der Chauffeur hatte sich den Dialekt heruntergeschaltet, aus Entgegenkommen; von seiner Natur waren grammatische Fehler übrig, die hatte er gelernt. – Vielleicht intressiert es Ihnen. Er wies hin auf ein aufgegebenes Wirtshaus, berichtete den traurigen Tod des Besitzers. Dorthin seien die Männer recht gern gegangen, es sei noch kein Telefon gelegt gewesen. Erklärungen zur Ökonomie der Gegend: sie sei landwirtschaftlich. Anbau von Korn, auch Raps, – das is ne Öölfrucht. Und eben die weiße Industrie, – also Sie, meine Herrschaften, Sie bringn ja was. Nach solchen Tiefenmessungen der Toleranz sah er lauernd in den Innenspiegel und sammelte das beifällige Gelächter der Ausgenommenen. Erzählungen von Flüchtlingen, Bürgern der D.D.R., die in Bett-Tücher vermummt über die zugefrorene Lübecker Bucht bis zur Fahrrinne gingen, – schlugen sie sich ne Eisscholle los da unt schipperten rüber. Es blieb zuverlässig hängen als künftiger Traum von antreibenden Leichen, die man im Schwimmen mit der Hand an der Hand berührt; und hatte doch nur die Segnungen der freiheitlichen Wirtschaftsordnung ins Licht rücken sollen. Weißes, freundliches Licht, Blumen in den Vorgärten, die Ziegel wie gebürstet, die Reetdächer säuberlich geflickt, als sei der Krieg hier nicht vorbeigekommen. Vor, in und hinter Lensahn erklärte das Mikrofon die Reichtümer des Erbgroßherzogs von Oldenburg, – aber in Oldenburch!, Güter und Wälder und ganze Dörfer,

– das gehört allns ihm! Das Schweigen der Fahrgäste war verstört vor Achtung. Der Anblick von Storchennestern schien im Fahrpreis enthalten, so vollzählig wurden sie vorgeführt. Ein Dorf gewann den Wettbewerb um den Titel des Schönsten Dorfes, der Preis ein Hahn aus Bronze, – aber unser Kreispräsident wohnt hier, und vielleicht hat er doch nachgeholfen. Gehorsames Gelächter über die menschlichen Schwächen hoher Beamter, Hinweis auf ein Anwesen weit entfernt nördlich der Straße, – sehn Sie da das Herrnhaus? da is ein Film gedreht wordn, Hochzeit auf Immnhof, erinnern Sie Ihnen wohl? Viele Ahs und Jahs, gerenkte Hälse. In den Kasseedorfer Tannen, tatsächlich ein Mischwald, soll man links der Straße einen Abgrund vermuten, verdeckt von Bäumen: hier kam Carl Maria von Weber der Einfall mit der Wolfsschlucht! Wenig später, am Ufer des Eutiner Sees, – erinnern Sie Ihnen an die vier Bäume? Da waren die Badeszenen des Films Hochzeit auf Immenhof. Die Rosenstadt Eutin, das Geburtshaus des Komponisten, das Wohnhaus von Voss, das wäre doch gelacht mit der Kultur. Und auch das Eutiner Schloß gehöre dem Erbgroßherzog von Oldenburg, – das is aber in Ollenburch! Kaffeepause zwischen Keller- und Ukleisee, angesagt im Ton einer Verordnung, das wäre doch gelacht mit den Prozenten von der Gastwirtschaft.
Marie ging ohne Blick für die Schönheiten der vorausbezahlten Landschaft auf einen Steg, ließ sich nieder, zog den Strumpf vom Fuß, tat das mißhandelte Bein ins Wasser. Sie klagte nicht, sie tat das Nötige. Sie war in jenem August eben sieben Jahre alt, erst drei Jahre in New York, sie zeigte die Disziplin des Ferienlagers Castle Hill. Beim Einsteigen in den Bus zeigte sich ihr Humpeln. Jene Dame, die sich die Haare zu einem Bilde von Entrücktheit und großmütterlicher Eleganz hatte legen lassen, wandte sich ehrlich empört an die Mutter des mißratenen Kindes und wünschte ihr ein Hüftleiden im Alter; fast weinte sie vor Wut. – Vi forstår desværre ikke tysk: sagte Mrs. Cresspahl.
Bei der Abfahrt zog der Busfahrer eine Erkundigung ein. Ob auch jeder wieder seinen Nebenmann und seine Nebenfrau habe. Er konnte sich nicht lassen vor Genuß an der fünfzigsten Wiederholung. Die zwischen Chauffieren und Confé-

rence geteilte Aufmerksamkeit schickte seine Sätze zuweilen in recht heimatliche Pleonasmen: hier in Malente sint würklich wunnerschöne S-pazierwege, unt da kann man würklich wunnerhübsch s-paziern gehn. Er kündigte die Bootsfahrt über fünf Seen an und sprach von dem einen Rettungsring für hundertfünfzig Personen, – der is nemtlich für den Kapitän gedacht! Der Eigentümer habe ihm das auseinanderklamüsert: Kapitäne seien knapp, aber Fahrgäste seien leicht wieder zu bekommen. Die Fahrgäste, statt ihm in die harmlose Fresse zu schlagen, lächelten sinnig.
Den drei Fahrgästen, die nicht auf das Boot möchten und im Bus weiterfahren nach Plön, erklärte er gleichwohl weiterhin die Landschaft. Ja, – da verbrenn sie tas Stroh. Wird ja heute nich mehr so gebraucht. Da fahrn sie das auf ein Haufn unt zünn tas an. Nun zum Ortsnamen Fegetasche: aber heute is es der Name von ein bekanntes Restaurant, das soll heut noch so sein. Tatsächlich wurden da die Börsen gefegt, viel Silber nahmen sie dafür Kaffee und Coke. Marie sah gleichmütig der Feindin entgegen, die schon vom anlegenden Dampfer aus den Garten absuchte nach ihren störrischen Opfern, sie blickte der vorbeirauschenden Fregatte genau in die Augen, aber ihre Forschungen waren nicht abgeschlossen, sie sagte immer noch nichts. Sie wußte, daß wir allein mit diesem Bus rasch zu unserem Leihwagen zurückkamen.
Auf der Rückfahrt durch Plön wurden gezeigt das Schloß und die ehemalige Kadettenanstalt: das ganz berühmte Internat! dort werde im nächsten Jahr ein Verwandter eines orientalischen Despoten erwartet! Der Diktator war den Fahrgästen wohlvertraut, und sie nickten mit Verständnis. Muß sein. Später Hinweise auf ein Trakehnergestüt, auf eine alte Scheune, deren Strohdach bis zur Erde reicht, auf wiederum Storchennester, – den Kindern zuliebe. Auch diese Anspielung wurde mit freudigem Lärm begrüßt; ermattet, befriedigt sackte er zusammen und schaltete die Bandkonserve ein, Lieder aus den Konzerten des Großdeutschen Rundfunks und der Naziwehrmacht:
Das kann doch einen Seemann nicht erschüttern (zu singen bei Verlusten im Seekrieg)
Schwarzbraun ist die Haselnuß (hellbraun die S. A.)

Das ist die Liebe der Matrosen (. . .)
In einem Polenstädtchen (da lebte einst ein Mädchen)
Ganz ohne Weiber geht die Chose nicht:
– ganz ohne Gummi hält die Hose nicht! sangen die Frauen im hinteren Teil des Busses mit, in ihren Wechseljahren schwankend, gewandet in diskret bürgerlicher Art. Ihr Chorleiter führte sie über Neustadt, entzückte sie mit den Geldern, die eine Umgehungsstraße verschlucken würde, machte sie fromm mit den Kosten für eine Herrichtung des Hafens. Er sagte ihnen nichts von den 7300 Häftlingen der Nazis, die bei vergleichbar angenehmem Wetter im Mai 1945 sterben mußten im Meer vor der Stadt, nicht einmal von den 600 Matrosen und Bewachern, die in solchem Dienst untergingen; so brauchte er ihnen das Ehrenmal am Strand bei Pelzerhaken nicht zu zeigen, doch auch eine Sehenswürdigkeit und womöglich die Frage wert, was dies nun wieder gekostet habe, und wer es bezahlte. Sie sangen nach Band, und so erschöpft von Seligkeit waren sie beim Aussteigen in Grömitz, daß sie das ausländische Kind Marie nicht mehr beschimpften, nur noch bedauerten als Opfer einer fehlerhaften Erziehung. Marie saß kaum im Auto, sie verriegelte ihre Tür.
Ein westdeutscher Ausflug. Um Mitternacht waren wir an der Fähre nach Bornholm. Marie stritt ab, sie habe auch nur für einen Augenblick Angst gehabt. Jetzt sind wir gegenüber der Küste von Long Island.

1. Juni, 1968 Sonnabend

Marie war auf Kundschaft, und in den Wäldern um das Haus herum fand sie keine New York Times übrig, sie hätte denn eine stehlen müssen im Yachthafen, die lag in einem Cockpit aufgeblättert wie für eine Werbefotografie. (Marie fand es angeberisch; sie wünscht sich seit vorgestern ein eigenes Boot.) Was sie gefunden hat ist eine Ente, ein feistes kleines Tier aus dem Landkaufhaus. Denn den Braten wollte keine machen, nicht Naomi, nicht Amanda Williams, nun soll Mrs. Cresspahl ihre Kochkünste in schräges Licht setzen. Naomis Vater hat zum letzten Mal im Jahre 1937 einen neuen Herd für seine

Küche angeschafft, ein tüchtiges verräuchertes Stück, da ist die Temperatur zum Raten. Die Aufgabe ist ein Braten für fünf Personen in einem fremden Ofen, und die beiden Damen lassen ihren Appetit am Strand von der Abendsonne bestrahlen. In Cresspahls Küche stand ein Mädchen neben Jakobs Mutter und bekam Unterricht: Leber, Herz, Magen und ein wenig Speck wiegst du mit einer Zwiebel recht fein, und mische dazu ein Ei, eine Prise Pfeffer, Salz und ein in Brühe geweichtes Weißbrötchen. Brühe fehlt. Zum Glück steht in Mr. Gehrigs Küche ein Mädchen, das sieht der Arbeit zu: Alsdann nähe man den gefüllten Leib an den Öffnungen oben und unten zu, zerlasse zwei Unzen Butter . . .

– 1946 hast du keine Ente gegessen, Gesine.
– 1946 haben wir gehungert, streng nach dem Rezept.
– Gesine, wie warst du als Kind in der Neuen Schule?
– Sie war lange nicht fertig. Noch im Frühjahr waren wir die Klasse aus dem alten Lyzeum. Zwar Eike Swantenius war tot, die hatte ein Brite erschossen, im Vorüberfahren. Sogar Wegerechts Tochter kam gelegentlich zum Unterricht. Fahrschüler aus Jerichow waren nach wie vor Wollenberg und Cresspahl, und wiederum saßen sie nicht zusammen auf einer Bank. Es waren Flüchtlingskinder zu uns eingeteilt, aber deren frühere Schulen mußten zu unserem Lehrplan passen. Wir waren nun einmal in Gang gesetzt mit Latein, damit sollten wir weiter. Nach dem Gesetz hätte ich nicht vor Abschluß der achten Klasse aus Jerichow wegdürfen. Neu waren die Roggenbrötchen in der Pause nach der zweiten Stunde.
– Konntest du dich nun rächen an Julie Westphal? Die Ohrfeigen für vergessene Hefte, sie waren doch faschistische geworden.
– Julie Westphal hatte sich verzogen vor der Rache der Schülerin Cresspahl. Sie trat gar nicht erst an unter der sowjetischen Besatzung, sie war von Juli an die zweite Vorsitzende des Kulturbunds in Gneez. Da gab sie musikalische Abende mit Sprüchen aus dem siebzehnten Jahrhundert, sie soll von innen heraus zerflossen sein am Flügel, den Hals hoch wie ein schluckendes Huhn, und Karten für Schwerarbeiter bezog sie als Künstlerin.

– Wie hieß solches Umsteigen in Gneez?
– Wie du sagst: Vorsicht an der Bahnsteigkante. Als Lehrerinnen hatten wir alte Damen, Charlotte Pagels mit Schwester und Frau Dr. phil. Beese. Die Beese war 1938 vor der Zeit in Pension geschickt worden, Lottie und Fifi Pagels zwar nach Beamtenrecht, alle hielten sich für Opfer nazistischer Willkür und zeigten uns ihre Kränkung vor, als sei sie unzureichend geflickt. Sie hielten es für eine Gnade, daß sie sich abgaben mit uns, und hatten nichts dazugelernt für den Umgang mit Zwölfjährigen. Was sie wollten war ein Salon voll artiger Kinder, ähnlich Louise Papenbrock, die das Zierporzellan nur zum Ansehen aus der Vitrine holte, und nicht zum Anfassen. Fifi konnte mitten im Rechnen die Hände hochwerfen und rufen: Ihr schlechten, schlechten Kinder! Sie war unter Lotties Knute mürbe geworden, nun hielt sie ihr Portrait im Regenschmutz der Fensterscheibe nicht aus. Beese hielt sich an die Mittel der Verachtung, kehrte still den Kopf weg, wenn dir die Schrift unter die Zeile gerutscht war, knautschte die Lippen zusammen und schritt gemessen zurück zu dem sichersten Platz, dem Pult, der Kommandobrücke.
– Und Stalin hinter ihr an der Wand.
– Nicht Stalin, nicht Marx. Wir bekamen sachlichen Unterricht in den Fächern, deren Bücher wir nicht hatten abgeben müssen. Die Sowjetunion konnte nicht vorkommen, Geographie war eingezogen. Dreisatz, Ablativ, Friedrich Schiller wurden durchgenommen. Biologie nicht. Die neuen Schulbücher waren noch nicht erfunden. Lottie, auch Charlie genannt, lernte jeweils Russischstunden im voraus von einem Herrn Krijgerstam, privat, nicht etwa in seinem Kulturbundkurs.
– Was konnte man mit einer Eins in Russisch verdienen?
– Nichts bei diesen Damen. Wer gut aufsagen konnte, auf die strahlende Art: wie herrlich leuchtet / mir die Natur; dem leuchtete Lotties Natur. Brigitte Wegerecht wurde am 3. Januar 1946 weggebracht mit Fleckfieber, am 6. März kam sie zurück mit einer Mütze auf dem Kopf. (Sie wurde mit ihrer Halbglatze geneckt, und die Schülerin Cresspahl verabredete sich mit ihr als Nachbarin für das neue Schuljahr.) Brigitte be-

kam ins Zeugnis eine Vier für das Russisch, das sie versäumt hatte; das war in den Augen der Pagels verzeihlich. Die Vier für wirre Handarbeit jedoch galt als nie und nimmer verzeihlich. Wir sollten weiterhin für den bürgerlichen Haushalt erzogen werden.

– Nicht antifaschistisch?

– Nicht prosowjetisch. Zu den Beschäftigungen gehörten Versuche in der Namensforschung. Es war die schlimmste Gelegenheit für den Spitznamen. Die Schülerin Cresspahl wollte nicht angenagelt werden als Kresse am Pfahl, sie mochte aber auch nicht einen Namen als Christ haben, vielleicht von Chrest im Wendischen. Als sie an der Reihe war, erklärte sie ihren Namen als zusammengesetzt aus kross und Pall.

– Pawl.

– Ja. Die Sperre im Zahnrad, die das Zurückschlagen der Winde verhindert, und zwar eine grobe, krude, krasse.

– Wie die Brötchen in Deutschland.

– So. Die Beese sagte: Nichts da. Griechisch grastis, »Grünfutter«, Althochdeutsch kresso, dazu falen, Ostfalen. Hatte ich meinen Spitznamen. Grünfutter.

– Hast du ihr einen Knallfrosch, eine Stecknadel, einen nassen Schwamm –

– Knallfrösche! es gab doch nichts. Eine Stecknadel, es war ein Wertstück. Sie selbst nahm mir den Namen wieder ab. Damit die einheimischen Kinder und die von den Flüchtlingen mit einander bekannt wurden, mußten wir ein Stück Lebenslauf aufsagen –

– Siehst du.

– Nein, sie hatte die Kinder aus Stargard, aus Insterburg, aus Breslau noch nicht recht im Griff. Es kam ihr auf die Berufe der Väter an. Hier kriegst du deinen Antifaschismus: der Wegerecht wurde ihr Vater vorgehalten, als eine persönliche Schuld. Die promovierte Beese war immerhin so frei gewesen, nichts zu tun; Wegerecht blieb Landgerichtsdirektor bis 1940, wurde 1942 von Partisanen in Griechenland erschossen. Brigitte fand das Strafe genug für ihren Vater, sie selbst wollte davon nichts, und obendrein war ihr, als hätte er sie gemacht, nicht sie ihn. Sie sah mich an, im Zweifel wegen

unserer Verabredung, und ich nickte, nun gerade. Die Beese rief: Du hast es gerade nötig, Cresspahl!
– Ihr Tinte ins Haar träufeln, auf einer Treppe von oben, das hättest du doch zuwegebringen können.
– Tinte war zu knapp. Allerdings wurde Frau Dr. Beese zugesetzt. Lottie Pagels fand es nicht recht, da doch der Vater von Cresspahl von den Sowjets verschleppt sei. Fifi neben ihrer Schwester, der konnte die Unterlippe tief fallen vor schmerzlicher Mißbilligung. Von Stund an war ich ein Vorzugskind, da zählten weder ein Schatten auf der Handarbeit noch eine übermalte Zahl. Zu einem solchen Kind sagt man nicht Grünfutter, das sieht man gütig und verzeihend an. Ich vergeb es ihr nicht.
– War das nicht so gut wie eine Entschuldigung?
– Jetzt wußte die ganze Klasse, was mit meinem Vater war und sein könnte. Wär dir das recht? Und ich dachte ohnehin an ihn, er mußte mir nicht einfallen, das Denken an ihn dachte mich. Nun wurde ich auch noch in der Schule an ihn erinnert, und von Fremden. Es fehlte noch, daß sie mich wöchentlich nach ihm gefragt hätten.
– In Gneez, in Schwerin, irgend wo muß ihn doch einer gesehen haben.
– Marie, bei den Sowjets war ein Verhafteter im Ernst verschwunden. Jakob kannte das Land nicht, und selbst Cresspahls Freundschaften von Neustrelitz bis Wendisch Burg bis Neustadt/Glewe hätten ihm nichts sagen können. Jakob ging recht heimlich um mit seinen russischen Partnern, ich sollte am besten gar nichts merken von den Besuchen Krijgerstams oder Vassarions; ich wußte, daß er suchte. Sie waren ihm gefällig; die Frage nach Cresspahl machte ihnen das Gesicht steif. Zu gefährlich. Ansteckend. In den Arrest der Roten Armee wollten sie nicht. Trösten ging an, Mitleid eben. Wo er war blieb Geheimnis. Als wäre er tot.
– Neulich hast du vom Osterwasser erzählt. Du hast seine Stimme gehört. Er war nicht da, Gesine.
– Er hatte mir verboten, in einem Kleid aus dem Haus zu gehen. Wenn ich aber schön werden wollte vom Osterwasser, mußte ich dahin gleich in meinem besten Kleid, dem grünsamtenen. Als ich zurück war, hörte ich sein Ver-

bot noch einmal. Er war nicht da, und er sprach wie durch die Tür.

– In deinem Kopf.

– Jetzt denkst du, deine Mutter ist verrückt.

– Stimmen hör ich auch, Gesine. Müßtest du diesen freundlichen Vogel nicht noch begießen?

– Du kannst ihm die Fäden ziehen.

– Und darf ich aufbleiben zu der Streiterei zwischen McCarthy und Robert Kennedy?

– Du fragst doch sonst nicht.

– Naomi! Clarissa! Mrs. Williams! Es wird angerichtet!

2. Juni, 1968 Sonntag

Wie ein brüchiger Klumpen Familie, an den Kanten aufgerauht, mögen wir ausgesehen haben auf dem Bahnsteig von Stamford, zwei regenkalte Kinder, drei Tanten oder Mütter, mit einem Gepäck wie auf der Flucht zusammengerafft. Den Erwachsenen, mochten sie in Verwandtschaft oder anderem Streit zusammenhängen, räumten die inhäusigen Reisenden benachbarte Plätze ein, im Ausgleich für ihre Trockenheit, vielleicht aus Neugier, dennoch bekamen sie weder eine Fortsetzung noch eine Versöhnung geboten. Sehen konnten sie Naomis schmale Miene, zu einer anmutigen Eulenmaske zusammengezogen, streng und lustlos auf das nasse Land draußen gerichtet. Der Zug schlenkerte, sie blieb steif am Fenster, noch als der Sund im Dunst, hinter rückwärtigen Hausseiten verschwand. Amanda, unsere Amanda Williams, die Blickfreude, das Entzücken und der Schrecken einzeln reisender Herren, sie versteckte sich noch mit einer schwarzen Spiegelbrille in der halben Dunkelheit, brütete über Nichtgesagtem, die Lippen aufgeworfen, als ahme sie ein schmollendes Kind nach. Die Kinder entzogen sich diesem Spiel ihrer Älteren, auf einen Doppelsitz am Ende des Wagens, mit dem Rücken zu ihnen; das bezopfte von den Mädchen hielt der Kleineren eine Zeitungenseite mit gezeichneten Bildserien hin, erklärte ihr manchen von den Aktschlüssen. Die fand nicht recht Genuß an den neuesten Nachrichten von Bugs Bunny oder Lil'Abner, offenbar gelangte sie schwer in die Pointen hinein, und Clarissa hielt ihren Irrwisch von Gesicht still und böse wie in einer Schule, keine Ähnlichkeit mit hüpfender Olive heute, das kam nicht nur von dem Regen, der noch in ihrem krausen Haar hing. Mrs. Cresspahl las in viel Blättern New York Times, was sie in den Ferien versäumt hatte, aber auch ihr klangen noch die Ohren von drei Stimmen, Amandas zupackendem Alt, dem vorsichtigen Mädchenton Naomis, auch dem flachen Sprechen, das so halbherzig in den eigenen Schädelknochen geklungen hatte. Es war eine müßige Veranstaltung gewesen, über den Resten des Frühstücks, behaglich im schweren Landregen, der auf das Dach und in das dicke Grünzeug vor den Fenstern prasselte. Es hatte ein Spiel sein sollen. Wie wir alle leben könnten in diesem Haus an der See,

deine Marie mit Clarissa, Amanda, yours truly Naomi: und du, Dschi-sain.

Den Kindern zuliebe?

Es hat uns auch noch nie ein Wochenende auf dem Lande so gut gefallen. Könnten wir nicht ein Stück Ferien haben an jedem Tag?

Hätten wir denn Platz?

Ein Zimmer für jeden von uns, auch für die Mädchen. Und eins für uns alle.

Und die Ehemänner verpacken wir in Stockwerkbetten in der Garage.

Mr. Prince hat Hausverbot. Ich nenn mich auch wieder Gehrig.

Mr. Williams kann hingehen und in einen See springen, und zwar nicht hier in der Nähe. Du, es ist nichts Plötzliches.

Und die Garage brauchen wir für unsere Wagen.

Gesine, hast du jemanden? würde der hierher nicht kommen?

Mit Vergnügen, Naomi. Ein Mann für dich, Amanda.

Der Typ aus Nebraska?

Nicht genau . . . deutscher Herkunft, früher mal.

Du müßtest uns nie erzählen, wie er im Bett zu dir ist. Du bist doch so eine?

Ja. Das hülfe.

Eben. Daß wir nicht eine Familie wären, sondern ein Verein.

Alle Wäsche auf einmal, alles Geschirr in einer Maschine, Arbeit nicht an drei Mahlzeiten sondern bloß an einer.

Und die Kinder unter Aufsicht tagsüber.

Und abends kommt ihr an den Bahnhof gefahren und holt uns ab vom Zug aus New York.

Wer wäre denn der Haushaltsvorstand?

Du, Naomi, und die frühere Mrs. Williams.

Wer die Hausfrau?

Wer will. Willst du, Mrs. Cresspahl?

Sie kann nicht. Sie hat eine Sache mit de Rosny, sie braucht es nicht zu sagen. Du, Naomi.

Versuchen würd ich's, auf erst mal zwei Monate; wenn deine Marie einverstanden ist.

Du wärst richtig, Fräulein Gehrig.

Ja bloß solche Enten wie du, die kann ich nicht machen.

Die Kinder gingen dann hier zur Schule.

Wo ich gegangen bin. Der halbe Weg durch den Wald, dann über Main Street bis zum Golfplatz.

Erzähl mal. Tradition. Lehrplan.

Gesine, ich bin auch eins von den Kindern, die sollten es besser haben. Es wird deiner Marie nichts abgehen. Pädagogisch ist es fast Neuengland. Mit einem Billet für Vassar College.

Was zahlst du für Marie in New York?

$890 für Unterricht, 200 für Mahlzeiten, 150 für die Schuluniform, für Veranstaltungen am Nachmittag 300. Es kommt auf $1,600.00 im Jahr.

Siehst du. Siehst du.

Es ist wahr, Marie wünscht sich ein eigenes Boot.

Segeln bring ich ihr bei.

Kann sie.

Siehst du. Siehst du.

Nur, auf die Wohnung in New York verzichtet sie nicht.

Behalt sie. Haben wir eine Stadtwohnung. Hast du eine Stadtwohnung.

Auf wie lange soll das gehen?

Versuchsweise. Bis es geht.

Und die Kosten?

Was denn für Kosten, Gesine?

Wir eröffnen einen Topf. Wir stellen einen Etat auf. Wir machen Vertrag.

Das Haus.

Das Haus krieg ich, das gibt mir der alte Gehrig doch lieber vor seinem Tod. Das Haus stift ich.

Wenn dein Vater zurück will, oder auf Besuch kommen, stecken wir ihn ins Hotel?

Ach Gesine!

Sagen müssen wir es ihm.

Gut, Amanda. Die Cresspahl hat recht. Wir sagen es ihm.

Wegen der Nachbarn.

Die kennen mich seit ich laufen kann.

Ich meinte kaufen.

Was meint sie mit Kaufen?

Dir gibt er es. Wir sind nicht seine Töchter.

Ich würd gewiß keinen Vorteil ausnutzen!

Du Naomi, mich kennt er auch nicht. Er kann doch nicht blind für uns einstehen.

O. K. Kaufen wir. Tut er das Geld in sein Testament, kriege ich noch mehr.

Naomi, wir reden nicht über dein Erbe. Du hast vom Haus angefangen.

Verkauft er uns sein Haus. Hat er eine Geschichte mehr. Ich habe sechs. Jetzt du, Gesine.

Wir kämen auf viertausend. Amanda.

Macht es was, wenn ... ich mag von Mr. Williams nicht nehmen ... zweitausend, vorerst. Meine Leute in Minnesota ...

Zwölftausend reicht als Bargeld. Den Rest besorgt uns Henry. Ja, der vom Donnerstag, der die Augen nicht lassen konnte von einer gewissen Mrs. Cresspahl! Der Vater hat die Filiale von der National im Dorf.

Im Dorf. Im Dorf ...

Siehst du. Siehst du.

Wieviel Teile werden es? Fünf?

Drei, Gesine.

Sieh mal auf Amanda. Sie müßte mehr Beitrag zahlen als sie Personen mitbringt.

Amanda, tu den Mund auf!

Es wird wohl nichts.

Wegen Geld, Amanda. Mrs. Williams! Entweder du bist hinweg über ihn, oder du bist nicht geschäftsfähig.

Es ist aus. Ich bin am Ende mit ihm. Entschuldigt bloß.

Ein Teil kommt auf Amanda, auf dich anderthalb, auf mich zwei.

Du zwei? Deine Marie ist noch nicht zwölf. Dann will ich auch zwei Teile.

Am Kaufpreis? An den Haushaltskosten? Am Segelboot? An den beiden Autos?

Hör auf. Sei nicht so deutsch, Gesine.

Sollten wir darüber nicht reden?

Du bist ein kleines dowes Schaukelpferd, Naomi.

Ein Pipimädchen bin ich. Eine Toppsau, eine ... Genügt es, wenn ich mich entschuldige?

O. K. Vergiß es.

Ihr müßt etwas besser aufräumen. Wie sollen wir hier sonst leben.

In Ordnung. Gesine, ich bin nicht jüdisch. Meine Großeltern waren es, und nicht einmal alle. Bei meinem Vater ist eher das Österreichische herausgekommen als der Stamm Israel. Ich bin mit den Juden nicht mehr verwandt als mit anderen, Gesine. Ich hab keine private Rechnung mit den Deutschen. Und wenn dein Vater in einem Nazilager auf der falschen Seite war –

Nein. Nein. Das nicht.

Dich mein ich. Wir wollen diese Sache gern mit dir machen.

Weil euch meine Ente gefallen hat.

Schluß!

O. K.

Sei ehrlich, du. Das weiß ich noch von der Oberschule, im Deutschen kann man sich anreden mit dem Vornamen, aber man muß dazu nicht das zweite Personalpronomen singularis denken, es geht auch mit dem zweiten ... dem dritten pluralis. Thou ... sei ehrlich, du!

Ich denk an dich mit dem zweiten singularis. Du, und Naomi.

Jetzt müßt ihr mir noch alles sagen.

Also doch.

Der Hausfrau. Amanda, fang an.

Stundenplan werden wir brauchen. So einen mit Steckkarten.

Wie im Office. Wir wollen doch weg vom Office!

Arbeitsplan finde ich angemessen.

Macht uns Amanda. Aber gestern wollte sie was anderes sehen als Kanal Sieben. Dir war die Diskussion zwischen McCarthy und Kennedy egal, du bist aus Höflichkeit geblieben.

Immerhin waren wir uns einig über Kennedy.

Immerhin brauchen wir ein zweites Fernsehgerät. Wenn ihr versteht was ich meine. Gesine.

Das Fernsehen wollt ich Marie abgewöhnen.

Wird bestens beachtet. Nein. Was dich ärgert.

Wir kennen uns seit 1963, 1964. Wär ich denn –

Gesine, sei nicht so ... ja. Ich hab dich gesehen. Und heute morgen hast wieder du den Tisch gedeckt, tut mir leid. Für mich wär die Milch in der Tüte gut genug. Du hast sie lieber aus einem Kännchen, und nicht plasten soll es sein, sondern Porzellan. Richtig?

Wenn Kännchen da sind.

Sie werden da sein. Und noch?

Wie es mit dem Urlaub ist.

Hier wird Urlaub sein jeden Abend, jedes Wochenende.

Sie meint Urlaub von uns.

Nein! Amanda! Nur, im August muß ich nach Europa.

Na, ja, Verwandtschaft.

Vielleicht bleibst du dann bei uns lieber als bei denen.

Nein. Touristik in der Č.S.S.R.

Muß man das –?

Sie kann nicht anders.

Brauchst nichts zu erklären.

Deine Haushaltsgebühr entfällt, und Marie bleibt bei uns.

Wenn ihr sie dazu kriegt.

Du willst nicht, Gesine.

Im Gegenteil, diese Reise –

Da ist was. Wenn du uns nicht traust, nimm dir einen Anwalt separat. Hast du Angst, wir stehlen dir den Typ aus Nebr ... deinen Kerl aus dem Bett? Oder bist du doch verrückt geworden, weil du jetzt paar Stockwerk höher sitzt als wir? Bist du was Besseres?

Amanda. Es sollte ja ein Spiel sein. Laß sie.

Wenn aber das Spiel hakt, kommt es von ihr!

Willst du etwa wieder weg aus New York, Gesine.

Nein. Nein.

Du weißt nicht genau Bescheid, was mit deinem Herbst sein wird, stimmt's?

Das stimmt.

Kennst du doch, Amanda.

Ja. Und ein Zimmer zum Weinen brauchen wir auch noch.

bis alle drei um den Tisch saßen als wär uns die Sprache verloren, von Freundlichkeit gerührt bis zu Feuchtigkeit in den Augenwinkeln, von Enttäuschung gereizt bis zur Wut. Gerettet wurden wir durch die Kinder, die genug hatten von der East Side Comedy im Fernsehen, dem fröhlichen Lebenswandel der Gangster schon in den dreißiger Jahren, was Marie aber nicht hatte sehen sollen. Sie verhielt den Schritt in der Tür, als sei sie gegen die verdruckste Stimmung gelaufen wie gegen eine Wand. Die Erwachsenen schämten sich gehörig, und damit nicht auch noch Clarissa gekränkt wurde, war stillschweigend das Großreinemachen beschlossen und fuhren wir mit dem Dorftaxi zum Zug um 13:50 ab Stamford, obwohl wir doch hätten bleiben können bis morgen früh. Seit dem haben wir nicht recht gesprochen.
Die New York Times beschreibt noch einmal, was wir gestern gesehen haben im Kanal Sieben, die rechtshändigen Gesten, mit denen Robert F. Kennedy seinen Bruder zitierte, seinen gestreiften Schlips, sein unermüdliches Lächeln. Die Times verrät, daß er sich viele Wochen lang gegen das öffentliche Gespräch mit McCarthy gewehrt hat, eben bis dessen Gewinne in der Vorwahl von Oregon ihn zu sehr störten.

Die Times hat Kennedys Frau sagen hören, daß sie ihn gar nicht anders denken kann denn als einen Sieger, und was wir in der Sendung nicht verstanden haben, setzt auch die Times in fragende Punkte, der Wahrheit die Ehre. Und aus der Heimat, der anspruchsvollen, was meldet sie da?
In dem einen Deutschland haben die Kommunisten die leipziger Universitätskirche gesprengt, am Donnerstag, da war es bei uns vier Uhr morgens. Der Studentin Cresspahl war das Gebäude aufgefallen, weil es keine Ziegelsteine zeigte und gemacht war, zwischen anderen Häusern zu stehen, dem Augusteum und dem Bürgerhaus mit dem Café Felsche, das ganz weggebombt war. 1518 eröffnet, 1545 geweiht von Martin Luther, seit 1945 gemeinsam benutzt von Katholiken und Protestanten: lernte das auswärtige Kind auch von dieser Stelle Sachsens, sie wollte ja nicht gleich wieder weg. Nur zu einem Konzert war stud. phil. Cresspahl (erstes Semester) im Innern der Kirche gewesen, in einer Halle, der weder Schiffe noch Galerien zugeteilt waren, in einem bürgerlichen, fast wohnlichen Raum von zurückgesetzter Frömmigkeit, sehr hell, obwohl die im Dach wuselnden Fledermausfenster das Licht gar nicht nach unten abgaben. Nun war es nicht genug gewesen, den Dachreiter abzunehmen, oder bloß von der Spitze die Erdkugel mit dem Kreuz darauf, das Wendische Kreuz, es ging ohne Verhaftung einiger Studenten nicht ab, und nicht ohne Androhung von Verhaftung gegen die Leute hinter den Polizeikordons, falls sie »Empfindungen gegen die Behörden hochpeitschten«. So scheint es schief übersetzt. Es hat da Architekten gegeben, die wollten die Kirche unterbringen im Neubau der Universität, aber der »ostdeutsche Führer« sprach von alten Zähnen, die der Sozialismus zieht. Mr. U. is a native of Leipzig. Auch eine so kleine Vernunft muß den Leuten da beigebracht werden gegen ihren Willen, ihre Wünsche an das Bild der eigenen Stadt sollen sie umlernen unter Gewalt und Drohungen. »Bürger, zerstreuen Sie sich, Sie werden sonst zugeführt«: ist vielleicht eher, was die Lautsprecherwagen tatsächlich auf die Leute geworfen haben.
Auf der gleichen Seite sieben, benachbart wie verwandt, heißt es vom westdeutschen Unterhaus, nein, es heißt Bundestag, daß 384 Abgeordnete ihre Stimme abgegeben haben für das

Siebzehnte Gesetz zur Ergänzung des Grundgesetzes. Wenn nun eine Regierung dort einen Notstand sieht, darf sie die Briefe, Pakete, Telefongespräche der Bevölkerung ausspionieren, die Bevölkerung selbst unter Waffen, an staatliche Arbeiten pressen, alles Errungenschaften, mit denen das Land dem ostdeutschen nicht eben unähnlicher wird. Da versprechen die Sozialdemokraten, keinen Mißbrauch des Gesetzes zu erlauben, als werde es eine sozialdemokratische Partei geben in Ewigkeit und so lange wie jenen Staat. Die Arbeiter haben verstanden, daß Streiks unter solchem Notstand von Bewaffneten gestört werden können; die Bürger werden übersehen haben, daß der Notstand ihre Autos beschlagnahmen wird. Die Regierung verlangt Dank für ihren Anspruch, sie habe nun aus dem Deutschlandvertrag mit den siegreichen Alliierten etwas mehr Souveränität für die Bundesrepublik erlöst; abgegeben haben die Alliierten ein paar schmutzige Geheimgeschäfte, ein paar undankbare Berührungen mit dem westdeutschen Staatsvolk, in ihren Kasernen bleiben sie Herrscher in eigenem Recht, und über Berlin und Deutschland als Ganzes entscheiden sie, da mag noch die Sowjetunion mitsprechen müssen. Dies nennt die Bundesrepublik souverän.

Erklären Sie uns das, Mrs. Cresspahl. Sie sind doch auch von da her. Erklären Sie uns dies mit den Deutschen.

Nun noch die Schularbeiten. Am 4. Mai kündigte der Verteidigungsminister der Č.S.S.R. den Besuch von Truppen des Warschauer Vertrages zu Manövern an. Dieser General Dzúr ließ glauben, sie kämen etwa im Herbst. In der letzten Woche berichtigte er sich und nannte die Zeit des Juni. Es war immer noch der 31. Mai, und schon zogen die sowjetischen Truppen über die bequemste Grenze ein.
Auch aus Ungarn und Polen werden Mitspieler erwartet. Die ostdeutschen Kommunisten aber schicken ihre Truppen noch nicht, die sind mit ihren Genossen in Prag erst einmal böse.
Während der Zug in den Tunnel unter dem East River zieht, ist Mrs. Cresspahl verschwunden aus ihrer schweigesüchtigen Nachbarschaft. Mit dem Licht über den kahlen Fabrikdächern von Queens kommt sie wieder, unverdächtig vom Buffet-

wagen, denn in den Händen hält sie drei Pappbecher mit einer rötlichen Flüssigkeit. Erstaunlich ist an solchem Tee nur, daß in ihm Eisstücke schwimmen. Bei dieser Gelegenheit wendet Marie sich doch um und nimmt der Mutter Maß mit kühlem, erzieherischem Blick. Denn wenn eine Dame doppelte Bourbons holt, wie immer gesittet versteckt, so ist Marie sicher, sie könne sich solches Verhalten nur aus dauerndem Umgang mit sowjetischen Militärpersonen angenommen haben.
Auf den flachen Dächern draußen steht der Rest des Regens. Noch einmal muß der Zug sich in die Erde und unter den Fluß ducken, dann sind wir zu Hause.
– Have some tea: sagt Mrs. Cresspahl, und die Freundinnen nehmen ihre Anteile an. Amanda W. kann dies nur tun mit etwas ungestümem Hochreißen des Kopfes, weiterhin bereit, beleidigt zu sein. Naomi lächelt ein wenig beiseite und schließt für kurze Zeit die Augen, als wolle sie hinweisen auf ein Geheimnis, aus dem nun wieder Amanda ausgeschlossen ist. Die anderen Reisenden versäumen, worauf sie doch gewartet haben, denn sie müssen lange vor der Zeit aufstehen und nach ihren Mänteln, ihren Taschen, Regenschirmen, Zeitungen umhergreifen. Die drei sitzen bequem und ohne Eile nebeneinander, nur daß einmal eine sagt, dies sei mal ein guter Tee, und die andere antwortet, als Tee genommen sei es nicht übel.
Dann, im Bahnhof Pennsylvania, wollen die beiden aber nicht mit den Cresspahls in die Subway, mit der getäuschten, brüllenden Clarissa ziehen sie hinaus auf die Siebente Avenue, ein Taxi zu erjagen. Wovon wird der Fahrer sprechen? von dem Mord an seinem Kollegen Leroy Wright wird er sprechen, von der Demonstration über Brooklyn Bridge zur Bürgermeisterei, der wiederum nichts eingefallen ist als eine Trennscheibe aus Panzerglas …
Draußen, am Ausgang zur 96. Straße, ist die Luft schwer wie Wasser. Wer schwitzen kann, dem treten die Perlen aus der Stirn so unwillkürlich wie Atmen geschieht. Marie aber wird unverzüglich sehr rot im Gesicht. Gleich, hinter unserer Tür am Riverside Drive, wird sie fragen. Sie wird den Hergang billigen; selbst ein Geheimnis mit de Rosny ist zu bewahren in einer indianischen Art. Sie wird den Hergang nicht billigen, denn wer eine Großfamilie anfängt am Sund von Long Is-

land, er lebt nur eine Stunde von New York, und nicht gleich neun, mit Umsteigen jenseits des Atlantik. Sie wird sagen: Diese deine Dialektik hättest du auch in Europa lassen können, Gesine!

3. Juni, 1968 Montag

Gestern ging der Bürgermeister von Saigon die Hauptkampflinie in seiner Stadt besichtigen, zusammen mit anderen Freunden des Vizepräsidenten Ky, meist Polizeioffizieren, auch Verwandten. Sie betraten eine Schule, nun verwandelt in eine Befehlsstelle. Gleich darauf wurde das Haus in Stücke gerissen, wie von der Rakete eines amerikanischen Kampfhubschraubers. Neuerdings will die Armee dort gar nicht Hubschrauber eingesetzt haben. Die Gesandtschaft der U.S.A., voreiliger, hat sich bei der südvietnamesischen Regierung entschuldigt »mit tiefstem Bedauern und Anteilnahme«, auch bei den Angehörigen der Opfer. Der Ehrenwerte Präsident Nguyen Van Thieu, mit wiederum anderen Amerikanern befreundet, hat unverhofft sieben Amtspfründen frei für eigene Handlanger, und läßt er einmal seine Memoiren schreiben im Abendlande, könnte er uns Neueres lehren zum Begriff der Heimatfront.

Die neuen Kommunisten in Prag mögen und mögen nicht die alten vor ordentliche Gerichte ziehen wegen der Morde für Stalin. Amtsenthebungen, ja; Untersuchungsausschüsse, gern; nicht »Begleichen von Rechnungen innerhalb der Partei vor den Augen des Volkes«. Dem Alexander Dubček liegt weniger am Geruch der Rachsüchtigkeit als seinen Vorgängern, und Dubčeks Genossen gehorchen seinem dringenden Begehren, den Anteil der Sowjets an den Verbrechen der fünfziger Jahre nicht bloßzustellen, die Freunde ja zu schonen. Was geht das die Leute an außerhalb der Partei, mögen sie doch verlangen nach einer öffentlichen Reinlichkeit; noch wird nicht gegen sie regiert, aber dieser Wunsch wird ihnen verweigert. Sie waren ja bloß dabei, auch innerhalb, nur nicht innerhalb der Partei.

Hanna Ohlerich hatte warten wollen bis Ostern 1946. Dann

sollte Cresspahl entlassen sein zu seiner Werkstatt und sie Lehrling in seinem Gewerbe. Das nahm sie als versprochen; danach mußte sie sich zwingen. Sie fing an Briefe zu schreiben, nicht einmal heimlich, Frau Abs sollte es sehen. Lesen ließ sie Jakobs Mutter davon nichts.

Sie war gleich zu ihr übergelaufen, doch nur zu einer Person ähnlich wie eine Mutter, von der sie Trost erwartete, Hilfe. (Ungefähr war zu erraten, was für einen Hausstand die alten Ohlerichs geführt hatten. Was auf sie zukam, hatte der Alte angenommen, was nach außen getan wurde, entschied er. Die Mutter hatte die Küche, den Keller, die Wohnung verwalten dürfen, doch unter seiner Aufsicht. Sein Wort war das letzte, und blieb hinlänglich erklärt durch seinen Willen, noch bis zu dem Strick, den er ihr gab, und dem, den er für sich nahm. Streng, auch zärtlich, leicht zu bewundern von einem Kind. So wie er nach innen Herrschaft geübt hatte, war er nach außen Schutz gewesen.) Das traute sie Cresspahl zu, nicht einer Frau.

Auf Jakob verließ sie sich noch, ging ihm an vielen Abenden hinterher auf den Hof, so daß er seine Einzelhandelsgeschäfte verschob und mit ihr zum Bruch zog, zwei müßige Spaziergänger in der feuchten Maidämmerung, schlendernd wie ein Paar seit langem und für immer (dann mochte das Cresspahlsche Kind nicht wahrgenommen werden als ein allein gelassenes, ganz ohne eine angemessene wie verdiente Gesellschaft, und verzog sich in den Walnußbaum, streng bedacht, nicht nach Westen zu sehen, wo die beiden undeutlich wurden im Wolkendunst vor der sinkenden Sonne). Jakob durfte die Zettel lesen, die mehr ihn angehen sollten als die warnemünder Verwandtschaft. Sie kamen ihm flehentlich vor, als müsse Hanna gerettet werden aus einer Räuberhöhle, die gefährlicher wurde mit jedem Tag, den Cresspahl nicht zurückkam in sein Haus. »Holt mich raus« stand da. Jakob verstellte sich als großen Bruder und erklärte Hanna nichts als den Unterschied zwischen ihrer Lage und ihrer Beschreibung davon, er redete ihr den Verdacht gegen die Warnemünder aus und gegen Erwin Plath ein, bis sie schließlich tat, als habe sie nur Zuspruch gewollt. Er war nicht zufrieden mit sich als Vorstand des Haushalts.

Er trug Gesine auf, die Freundin pfleglich zu behandeln, sie wußte gar nichts von unpfleglichen Taten gegen Hanna. Was gab es denn, das sie nicht teilten? Sie lagen in einem Bett, eine mochte nicht einschlafen ohne die andere, gemeinsam schrieben sie für die Schule an Cresspahls Tisch, wortlos vor Einigkeit standen sie in der langen Schlange an um das klitschige Papenbrockbrot, Stadtfremde hielten sie für Schwestern. Wenn Gesine bei Jakob Geld abhob über die wöchentliche Zuteilung hinaus, sie hielt die Hand noch einmal auf für Hannas Anteil, und zusammen gingen sie zum Markt, bei Wollenberg je eine Tüte Grassamen zu kaufen, um etwas zu kaufen, weil Wollenberg einmal etwas verkaufen wollte, und eine begoß der anderen das Versuchsfeld. Hielt sie die Freundin nicht wie einen Gast? nahm von Jakob zum Geburtstag Lisbeths Box, die er von Vassarion zurückgekauft hatte, und gab sie zur Hälfte in Hannas Eigentum? noch die vierzig Pfennig Gebühr für Hannas Lebensmittelkarte legte sie aus, wie es sich gehörte, ohne Bedauern. Sie teilten den Hunger, die Furunkel, einmal sogar ein Care-Paket. Jakob wußte das, was mochte der sich denken?

Das Paket war nicht mehr vollständig, nur noch ein Klumpen U.S.-Schmalz, zwei Dosen U.S.-Corned Beef, ein Paar Strümpfe und ein Füllfederhalter von Waterman, alles zusammen in einem alten Mehlbeutel, abgegeben von einem Mann mit Motorrad aus Berlin (aus »Westberlin«), der obendrein ein unglaublich weißes Hasenbrot zurückgelassen hatte wie etwas Alltägliches. Gesine konnte einen Absender nicht denken, auch die Fotografie dreier strammer Schäferhunde erkannte sie erst später als eine Nachricht aus dem Grunewald, von Dr. Semigs Rex. Immerhin, abgegeben war es für die Tochter von Cresspahl, aber nachdem die Eßwaren gestiftet waren für die Speisekammer, aßen sie das Hasenbrot zu säuberlichen Hälften, und Hanna durfte wählen zwischen dem Schreibzeug und den Nylonstrümpfen, die an ihren Beinen gemahnten an flatternden Nachtschatten. Es stand Hanna frei, die Strümpfe nach der Anprobe zu verschenken an Jakob, auch Gesine hatte für den Waterman keinen Würdigeren gewußt; waren sie nicht einig?

Sahen, hörten, dachten sie nicht das Gleiche? Leslie Danzmanns Befreiung von ihren Stiefeln haben wir so einmütig angesehen, sie konnte es nach zehn Jahren noch ausführlich erzählen, mir fehlte kein stilles und kein bewegtes Bild. Das war im frühen Juni 1946, da war einmal Hanna mitgekommen zum gneezer Zug, und in der Bahnhofsstraße überholte uns eine Prozession. Vornan schritt Leslie, das Kinn steif erhoben, die Augen geradeaus, unbehilflich auf dem Katzenkopfpflaster. Ihre gesellschaftsfähigen Schuhe hatte sie im Krieg durchgelaufen, ihr einziges Paar »Unverwüstliche« von 1937 konnte die Gänge fürs Bürgermeisteramt überstehen jedoch nicht die Haft bei den Russen, so daß sie nun Schnürstiefel ihres Fritz aus dem Versteck geholt, sie ausgestopft hatte und unter langen Hosen versteckt zur Arbeit trug. Sie hätte da etwas erwähnt von Selbstachtung. Zwar war sie wegen der Inhaftierung nicht wieder ins Arbeitsamt Gneez genommen, allerdings in das Dezernat für Wohnraum, wobei die Ortsfremde die neue Verwaltung gegen die Wut der Einheimischen abdecken sollte, sie wünschte weiterhin aufzutreten als Behördenangestellte, proper gekleidet; Hanna und Gesine sahen da Eitelkeit. Dieser ranken Dame mit dem behinderten Gang war ein junger Rotarmist nachgegangen, angeregt von den unfraulichen Absätzen unter den männlichen Aufschlägen, und recht verständlich bot er ihr einen Tausch an, wenn auch nur in persönlichen Fürwörtern und Substantiven, auch unermüdlich, so daß beiden ein Haufe johlender Kinder nebenherlief, Kroppzeug, Schulanfänger, die begierig waren auf den Ausgang des Schauspiels. Leslie Danzmann rannte wie aufgezogen durch die Bahnhofshalle, hangelte sich in den Zug empor wie in ein Rettungsboot, glaubte sich gerettet. Ihr uniformierter Geschäftspartner war so glücklich betrunken am jungen Morgen, die Tür schwenkte ihm entgegen, platt fiel er in den Wagen hinein, gar nicht entmutigt, denn so hatte er von neuem sein Ziel vor den Augen. Beide Hände innig an Leslies Beinen, krebste er über die Trittbretter bäuchlings zurück auf festen Grund. Unsere Leslie, verdutzt über die blinden Mienen der Fahrgäste neben ihr, rutschte auf den Wagenboden, undamenhaft, die Beine steif voran, die Stiefel bloßgelegt, an denen der Sowjetmensch längst die Schnüre abhakte, ordentlich und nicht ungeschickt

über Kreuz, unter beruhigendem Zureden weiterhin. Cresspahls Kind und das von Ohlerich hätten mittlerweile quieken können über das Stechen der Schottersteine gegen ihre nackten Sohlen, wortlos blieben sie stehen im Schatten des verrotteten Fahrradständers, sahen zu. Der Mann in der umgefärbten Wehrmachtsuniform hielt sich still am Fenster der Bahnhofswirtschaft (wo nunmehr eine Wache eingerichtet war), er war nicht so außer Sicht wie er wünschte und mitsamt seiner gefüllten Pistolentasche ein Bild der »Volkspolizei«, wie sie nach der jungen Zeitung »Neues Deutschland« in Gesines wie in Hannas Schule durchgenommen war. Wir sahen den Bahnhofsvorsteher an der Lokomotive, genügend entfernt, wir hörten ihn fluchen über die noch immer offene Abteiltür, in der sahen wir Leslie Danzmann angewachsen auf ihrem Gesäß, um den Mund ein gequältes Lächeln. Wir sahen den Russen sorgfältig seine Fußlappen neu wickeln, nicht ohne Not zog er die ehemals Danzmannschen Stiefel über; mit dem Abfahrtspfiff drückte er die Tür gegen Leslies Beine zu (wobei sie nach hinten kippte), vertragsgetreu warf er ihr seine Filzklamotten hinterher, beschwingt schritt er auf den Ausgang zu, ängstlich und begeistert umtanzte ihn das kleine Kindervolk. An diesem Tag gingen wir beide unsere Schulen schwänzen, dauerhaft verständigt mit dem geringfügigen gleitenden Zwinkern, das aus den Augen abwärts reicht und den Mundwinkel anhebt; wir waren uns einig. Es ging gegen die Erwachsenen, um ein mitleidloses Mißtrauen, (von dem wir Cresspahl heimlich und Jakobs Mutter auf eine noch weniger genaue Art ausnahmen.) Waren wir uns nicht einig?
Aber am 30. Juni schloß die Sowjetische Militäradministration die Grenze ihrer Zone zu den Alliierten. Es waren von ihrem Neuen Leben zu viele Leute weggelaufen, (Leslie Danzmann nicht), allein zu den Briten über anderthalb Millionen. Hanna hätte da ein Gesetz der Volkswirtschaft erkennen sollen. Sie sah lediglich, daß ihr wiederum eine Möglichkeit weggenommen war. Abermals fühlte sie sich eingesperrt bei uns. Wie kann Jakob ihr nun noch ein Bleiben in Jerichow eingeredet haben?
Für die Ernte gab er uns weg zu den Schlegels. Sie wehrte sich

nicht. Wir hatten es satt, jeden Morgen aufzuwachen mit einem ganz in die Länge gezogenen Magen, fast krumm zu gehen vor Hunger über den Tag, abends tapfer aufzustehen von dem Tisch, an dem die marienwerdersche Lehrerin ihr Söhnchen immer noch fütterte. Überdies hatte Jakob Besuche für die Wochenenden versprochen.
Auf dem Schlegelhof wurden wir begrüßt als »Jakobs Mädchen«, angestellt wurden wir gleich am Nachmittag, aber zum Essen von Dickmilch mit Zucker, und gewiß durften wir mit Inge zu allen ihren Arbeiten über den Hof ziehen, nur keine anfassen. Erdbeeren pflücken hätte sie uns erlaubt, jedoch nur so viel wir essen konnten. Von außen schien das Haus ein gewöhnlicher Fachwerkbau unter einem Reetdach, vom niedersächsischen Ständertyp, wie ihn die Wissenschaft klassisch nennt; darin sollte vor uns nichts versteckt werden. Wir durften in die Grube unter der Familienstube klettern und den Destillationsapparat besehen, wir sahen das mit Sonnenblumen durchpflanzte Tabaksfeld (mehr als zweihundert Stauden), es war nun einmal geschehen, daß wir die Sammlung Karabiner bemerkten in der Ofenbank, die Fremden so massiv erschien. So gut waren wir mit Jakob eingeführt. Aber wo er hier schlief, das fanden wir nicht. Es war kein Bauernhaus mehr. Wo sonst in den Abseiten die offenen Ställe sind für Pferde und Kühe und Schafe und Schweine, waren sie hier durch Einziehen von Wänden zwischen den Ständern von der Diele abgetrennt, innen hatte ein Tischler über das Lehmpflaster Fußböden gebaut, die Stalluken waren zu ordentlich zweiflügligen Fenstern vergrößert, so daß je drei fast quadratische Zimmer die Diele an beiden Längsseiten umstanden, sechs Türen hinausgingen auf den großen Eßtisch, der fast vom Tor bis zur Küche reichte. Von Nordosten zog Seeluft hinein, überall roch es trocken nach warmem, sauberem Holz, die Wände wie die Türen wie die Fenster waren heil, als sei hier der Krieg nicht vorbeigekommen. Auch war Inge Schlegel gar nicht ängstlich, ganz allein auf dem Hof zu sein mit einem höflichen Dobermann und noch zwei halbwüchsigen Mädchen. Die Wirtschaft des Hofes war auf der anderen Seite untergebracht, in einem Ziegelbau, dem das fabrikmäßige Äußere mit dem zweiten Blick auf das moosfreie

Reetdach wieder abging. Darin schien der zehnjährige Drescher von Schütte-Lanz zwei Jahre alt, so geschmiert und geputzt, eine Schmiede aufgeräumt wie für die Ausstellung, in den Vorratskammern die Regale reichlich bestellt mit Kanistern, Fässern, Kisten, die Ställe rochen besetzt und belebt, in der Suhle liefen die Schweine frei herum, so daß die Kinder wiederum die Einbildung von Frieden nicht loswurden, denn alles konnten sie nicht erklären mit dem Wald, der in halbem Kreis um das Gehöft zur See und nach Osten stand. Abends, mit dem Einzug der Mähmaschinen und Erntewagen, merkten sie, daß der Krieg hier vorbeigekommen war und wohnte. Die Zimmer längs der Diele, einst Wohnungen der Arbeiter und gelegentlich von Badegästen, waren nun besetzt mit Flüchtlingen. Aber sie waren nicht wie die Flüchtlinge, die in Jerichow waren. Diese waren mit offenen Augen auf Schlegels Hof gekommen, sie hatten gleich nicht sich hingelegt und auf Mitleid gewartet, sie wollten ihr Essen und die Unterkunft mit Arbeit verdienen. Obwohl es allerdings dem Grundbesitz eines anderen zugute kam, nicht dem im Osten verlorenen, waren die meisten doch länger als ein Jahr hier und wollten wenige weiter. Johnny Schlegel hatte dem Hof eine Verfassung gegeben, die Neuankömmlinge waren am Ertrag beteiligt, nach den mitgebrachten Pferden wie der geleisteten Arbeit, so wie er das nach Büchern über Gutsaufsiedlung angefangen hatte, bis die nationalsozialistischen Deutschen es verboten. Dennoch gab es noch 1946 neben den Wirtschaften der geflohenen Ritterschaft des Winkels nur einen großen Hof wie diesen, nicht einmal Kleineschulte hatte dergleichen hinterlassen, und die Kinder aus Jerichow blieben am Rätseln. Später, nebenher, lernten sie solche Bewandtnisse, den ersten Abend fing Johnny anders an mit ihnen. Sie hielten die Köpfe gern über den Tellern, nicht einmal mehr aus Hunger, fast in Angst vor dem Brotherrn für viele Wochen, ein wenig besorgt, wohin denn Jakob sie verschickt hatte. Sie merkten sich, daß an diesem Tisch nicht gebetet wurde. Bei flüchtigen Aufblicken erwischten sie den Eindruck eines alten Herrn (er war achtundfünfzig), der sein Lebtag draußen gearbeitet hatte, einarmig, lächerlich lang gewachsen (er war abends einen Meter zweiundneunzig groß), turmschädelig, kahl (ihm saß noch

lange ein kleines Beet krülliger blonder Haare auf der Schädelspitze), ein studierter Mensch, weil er manchmal eine märchenhaft kleine Brille aus ovalen Scheiben vor die Augen tat. Während die übrige Gesellschaft harmlos gleichberechtigt hin und her redete über den Tisch, insbesondere mit ihren Kindern, schwieg Herr Dr. Schlegel, finster rechnend sah er aus, und die Mädchen aus Jerichow fürchteten sich vor ihm. Sie sahen auch keinen Stuhl, auf dem Jakob hier sitzen könnte. Dann hörten sie Johnnys Baß, ohne jedes Räuspern im Einsatz, und sie erschraken toll. Denn er sprach von ihnen, nannte ihre Namen. Vor Gehorsam wären sie fast aufgestanden. Sie erfuhren, daß sie die Kinder von »min Fründ Cresspahl« und von Gustav Ohlerich, »een goden Minschn ut Wendisch Burch« darstellten, »good Meeklnburger Kinner un unsn Jåkob anbefåln«, »de hürn nau tau'n Hoff«. Das war alles, es verwandelte die freundlichen Blicke der Tischgenossen ein wenig zur Ermunterung hin, sie glaubten sich nun willkommen. Inge Schlegel trug nach wie vor den Ring von Alwin Paap am Finger, sie hätte recht wohl Besonderes über Cresspahl mitteilen können, obendrein wo er nicht mehr war; ganz gewiß wußte Johnny etwas weiterzusagen über die Todesart von Hannas Eltern. So erleichtert sie waren, sie glaubten doch ihren Lohn von Doppelzentnern Weizen in Gefahr, und fragten nach ihrer Arbeit. – Dat findt sick: sagte Johnny obenhin, und beide fragten schüchtern, was sich denn finden werde. Johnny hatte sie als eine Feuerwehr gedacht, wenn Hilfe am Kochtopf fehlt, Äpfel zu pflücken sind, Butter zu stampfen ist (Gänsehüten erwähnte er nicht). Haben wir nicht gemeinsam Widerrede gegeben, wohl im Stolz auf unser Alter von dreizehn und vierzehn Jahren, immerhin mit fast einer Stimme? Daß wir nicht zu Ferien gekommen seien! sondern ernstlich zur Arbeit in der Ernte! Waren wir nicht ohne Absprache einig?
Full Måt in de Aust. Wir wollten keine Barmherzigkeit? wir kamen in den Weizen. Johnny Schlegels Kommune hatte unabsehbar Schläge stehen, etwa fünfzehn bis zwanzig Meter über der See, sanfte Bodenwellen hielten wir anfangs für eine Abwechslung. Im vorigen Sommer bei Jerichow hatten wir die Hocken verteilen dürfen übers ganze Feld, hier

schickte uns die Wissenschaft zum Rand, aus den Tälern heraus obendrein, und vor der zauberhaft wiederkehrenden Maschine hasteten wir weg mit den Bündeln, die nicht viel kleiner waren als wir. Die Tage waren eilig unterwegs; wo wir gestern zugange waren, zogen schon die Pfluggespanne und stürzten die Stoppel, tief für die Drillmaschine mit Gemenge, flach für die Zuckerrüben, denn ein Tag im Juli ist so viel wert wie eine Woche im August: unterrichtete uns Johnny, der oft nachsehen kam, ob »Jakobs Mädchen« etwa aufgeben wollten. Wir hätten uns vor Jakob geschämt; er hatte uns von hier nicht Geschenke mitgebracht sondern Verdientes. Manchmal war Hanna älter als ich und sagte vom Durst: Auf See ist es schlimmer. Schlimm waren die Tage, wenn der Mähbinder ohne Garn laufen mußte, denn das Strohseil umfaßte nicht leicht den Schwaden, den die Maschine verschnüren konnte, und das Ende des Pensums war weniger abzusehen. Allmählich begriffen wir, daß Schlegel seine 150 Hektar doch wohl nicht mit Schnitten im Katasterblatt vor der Enteignung bewahrt hatte, eher hatten die sowjetischen Offiziere vom Gut Beckhorst geholfen, die öfters in der Dämmerung zu Besuch kamen, gelassen und angstlos begrüßt als Gäste. Das mochte sein; warum aber war Johnnys fehlender Arm ein Anlaß zu so unermüdbarem Gelächter, selbst für Johnny? Wir waren ausgerüstet mit Stücken aus Lastwagenreifen, die wir mit Gasmaskenbändern an unseren Füßen als Sandalen befestigten, die knöchelhohe Stoppel kroch doch hinein, abends salbte und verband Hanna mir die Füße wie ich ihr. Wir träumten grau und weiß und gelb, den wuchtig bewölkten Himmel, die Ähren, die Stoppeln, die festen Sandwege. Zum Frühstück gab es auch ein Programm der British Broadcasting, darin mußte der Österreicher immer noch einmal die Sache herausschreien mit dem letzten Bataillon auf der Erde. Wir lernten Weizenfuder packen. Viel zu langsam wurde die Haut hart, Grannen im Gesicht waren immer von neuem zum Erschrecken. Getreide ist was die Erde trägt und Korn heißt in jedem Land das wichtigste: der Mais in Amerika, der Roggen in Deutschland, in Frankreich und Mecklenburg der Weizen. Triticum vulgare: sagte Johnny. Beim Einfahren nahm Hanna den Platz oben auf dem Fuder, ich ging gern neben Jakobs Fuchs und wollte von ihm wiedererkannt sein. Es sollte Zärtlichkeit sein, wenn ich ihm ins Kopfgeschirr faßte wie zum Führen, es war eher zum Festhalten. Wenn der Dreschkasten anlief am flappenden Band, sah er klug aus und doch gröber als der simple Trick, den die Natur vielleicht noch versteckt hielt für die Ausnutzung des Korns. Des Weizens. Die anderen Kinder hatten die Erntezeit hingebracht im Obstgarten, beim Ausmisten der Ställe, mit Küchenhilfe; Hanna und ich waren ausgebildet für den Schütte-Lanz. Als erste durfte sie auf die Dreschbühne, die Garbenseile lösen und Frau von Alvensleben das Gut zureichen, in flachem Schleier auf dem Arm ausgebreitet. Die Namen auf dem Hof waren: Inge, Johnny, Johnny sin Olsch, Herr Sünderhauf, Frau Sünderhauf, Frau von Alvensleben, Herr Leutnant, Frau Lakenmacher, Frau Schurig, Frau Bliemeister, Frau Winse, Anne-Dörte, Jesus, Axel Ohr, Huhn und Häuneken, Inglischminsch, Epi und dann noch die Kinder unter dreizehn: zwar lag hier ein Rollfilm von früher in der Lade, passend für eine Box, die nicht zu holen war aus Jerichow. So sind von den Gesichtern nur vier nicht vergessen. Anne-Dörte hatte sich, auf dem Feld, in unserer Nähe gehalten; auf dem Hof gab sie sich als Johnnys Patentochter. Wir verdächtigten sie nur nebenbei wegen unserer neuen Holzpantoffeln. Frisch zugeschnitten, mit einer Art Sohlenprofil, Leinenfutter unter dem Leder, mit echten Teksen und Draht befestigt, so hingen sie einmal morgens an unserer Leiter, und paßten, nachdem unsere Füße vernarbt waren. Hinter dem Dreschautomaten regierte Cresspahls Tochter, auf den Stiel einer Schaufelforke gestützt, und alle paar Minuten stakte sie das Langstroh auf einen Kastenwagen, war aber Band für die Ballenpresse da, mußten die anderen Kinder zugreifen, die bei der Spreu, den Sackausläufen, dem Kurzstroh Dienst taten. Das in sich kreisende Brummen trennte das Gehirn langsam von der Innenseite des Schädels. Stunde um Stunde wechselten Hanna und Gesine einander ab, damit wir fortgesetzt arbeiteten als ein Team. Anne-Dörte war neunzehn, so hübsch hatten wir noch keine gesehen, so würden wir nicht werden; von ihr konnten die Pantoffeln nicht sein. Johnny duckte sich mit uns unter die Maschine und lehrte nun noch, im Unsichtbaren, den Lauf des vorgereinigten Korns durch den Becherelevator; so vergnügt war er. Wie in der Wirklichkeit war er mit seinem Plan am 20. August angelangt, schon vierzig Doppelzentner waren zum Sowjetgut Beckhorst abgefahren, alles gegen zweisprachige Quittungen, mit Stempel, nun standen die Herren ihm hübsch in der Kreide mit Bindegarn, Rohöl und Leumund. Wann waren Hanna und ich nicht zusammen? Unsere Plätze am Tisch waren fest, aufs Feld kam eine Flasche Gerstenkaffee für uns beide allein, gelegentlich wurden wir angeredet wie eine Person, und nebeneinander schliefen wir im Heu in der Apfelkammer über der Döns. Gewiß erzählten wir einander nicht alles. Mir war nun gewiß, daß Cresspahl so neben auf Schleeten gereihten Birnen und Äpfeln schlief auf Schmoogs Hof, als uns' lütt Oma gestorben war; mit Sterben durfte ich Hanna nicht gleich kommen. Allerdings, ihre Ähnlichkeit mit Alexandra wußte sie nun, und fragte nach ihr. Wo Alexandra Paepcke heute wäre, wenn. Ob Alexandra den Weizen überstanden hätte, wenn. In anderen Nächten richteten wir für noch andere Erwachsene Ausnahmen ein, schamhaft, vorsichtig. Für Frau von Alvensleben, ohne Bedenken. Für Johnny, mit Vorbehalt. Hanna konnte mit großem Aufatmen einschlafen, als sinke sie tief abwärts. Über Anne-Dörte kein Wort.

Ja, Jakob hielt sein Versprechen und kam zu Besuch. Wir merkten es bald, wenn er vor dem Gut war. Dann blieb Anne-Dörtes Stuhl beim Abendbrot leer, und zu unserer Schlafenszeit trat sie wieder aus dem Wald auf die Diele, gekämmt wie sonst nicht, in ihrem einzigen Kleid aus grauem Jersey. Wenige Minuten später, und Jakob stand im Tor, locker, munter, als wär er nicht zwei Stunden gegangen. Die Haare mochte ihm der Strandwind so kreuz und quer gewühlt haben. Dann, bevor er zu seinen Geschäften mit Johnny in der Döns verschwand, sprach er mit uns. Unterhielt sich mit uns. Nahm sich der Kinder an. Wie ein Vormund. Mehr hatte er nicht versprochen. Wir gingen Anne-Dörte kein Mal nach, wir sahen sie doch auf dem Fußweg zwischen den Kiefern zur See. Manchmal waren bei der Rückkehr ihre Haare naß, Jakobs auch. Wir wußten nun, warum wir kein Bett eigens für Jakob gefunden hatten. In

Jakobs Besuchsnächten lagen wir still unter dem Mondlicht von der See her, taten schlafend vor einander; keine ist von den Tränen der anderen aufgewacht, zum Sprechen im Schlaf waren wir zu müde.
So lagen wir auch unter dem Regen, der den Rest der Ernte im ganzen Winkel zerstörte. Das war am 27. August 1946, wie es keinen gegeben haben soll seit Menschengedenken. Die Wolken schütteten so wild, daß Johnny uns den Vorgang als tropisch erklären mochte
wie die Wasserstürze, die vorhin, 14:45 p.m., den Raum zwischen den Häusern der Dritten Avenue so tief verfinsterten. Wenn Helligkeit aufriß, schienen die sausenden Tropfen geschärft. Neue Dunkelheit mit Donnerschlägen machte den Fuß der Straße winterlich, in der glatt spiegelnden Fahrbahn lag volles Schaufensterlicht, wie zur Nacht. Die starken Scheiben knisterten unter dem Anprall des gewöhnlichen Regens von New York
und nur Arbeit unter Dächern ausgegeben werden konnte. Ein dicker Sack, zur Kapuze gefaltet, wurde auf den fünfzehn Metern zum Wirtschaftsgebäude zum Auswringen naß. Nicht einmal die Tiere ertrugen mit Geduld, was so unablässig die Stalltüren verhängte. Es gab Stellen auf dem Hofplatz, die sahen aus nach tiefen Seen. Johnny belehrte uns über den normalen mittleren Jahresdurchschnitt für den August in dieser Gegend, 66 Millimeter. Am Abend wollte er den Regen auf 190 Millimeter geschätzt haben, allein für diesen Tag. Das erzwungene Stillsitzen, die kriechende Feuchtigkeit hatte die Diele bald leergeräumt, auch wir hielten es nicht aus bei Johnny und legten uns auf unsere Zeltplanen in der Apfelkammer. Das Reetdach knisterte und roch immer mehr nach erdrückendem Gewicht. Es war schon dunkel von Nacht wegen, wir bekamen doch die Augen nicht zu. Schlimmer als bei den öde gleichmäßigen Bewegungen im Weizen drehte ein Gedanke sich um sich selbst, kam unverändert wieder: Eine Gräfin sein wie Anne-Dörte, es stand uns nicht bevor. Aber auch wir würden einmal neunzehn Jahre alt sein, so lebendig im Gesicht wie sie, mit einem Busen zum Sehen, fest im Fleisch, unserer Beine auch bewußt; nur nicht zur rechten Zeit, nämlich zu spät. In der Höhle unter dem prasselnden

Regen war es so still, vielleicht hat Hanna mich für schlafend gehalten. Die leere Schwärze wachte auf an ihrer erbosten Stimme. Sie rief, im Liegen nicht kräftig: Ich bin kein Kind mehr. Es klang entschlossen, reuelos, und ich haßte sie, weil sie nicht genug litt an einem Unglück, das ich für sie so ungeheuer glaubte wie für mich. Wieder war sie älter als ich.

Wenn dei jungen Gesellen mit juch schnacken, so antwurt' sei nich un seiht se nich an un rœgt jugen Kopp nich. Wenn sei glikwoll nich upphüren willen, so fardigt se hübsch kort af: Ja. Ne. Dat mag woll sin. Weit ick nich. So.

Wenn ein jung Gesell n Appel orre ne Beer schellt hett und juch gebn will, so låt' sei ja liggn un aet't se nich.

Wenn dei jungen Gesellen bi juch sitten und willen mit juch tau daun hebbn un willen juch bi de Hand nœhmn, so treckt dei Hand taurügg un steckt sei ünner die Schört, un wenn sei denn noch nich willen uphüren, so dreiht sei den Rüggen tau un antwurt' dörchut nich.

Wenn denn bi Nacht dei jungen Gesellen dei Spellüd bringen orre sünss dull lopen, as sei woll daun, un kamen ok vœr jug' Kammer, so segg: Meinen ji, dat ick jugen wegen hier bün? Ne, bewåhr mi, dor seiht ji nich na ut.

Nawers Kinner sünt immer de bös'ten.

Auf dem Weg nach Hause, in Ehren entlassen und bedankt von Mann zu Mann, wollten wir unseren Augen nicht trauen. Im Wald ging immer eine voran, die Hand hinterm Rücken bereit für das Zeichen: Da kommen welche (rechts oder links), da kamen keine, wir hielten es bloß für Glück. Die Leute im Dorf, die denen von Schlegels so muffig geantwortet hatten oder am liebsten nicht, sahen an uns feindselig vorbei in der gewöhnlichen Art; wir sahen aber ein offenes Hoftor, und auf dem Hof einen Kasten auf heilen Gummireifen, mit einer langen Stange, die bequem an einem Jeep zu befestigen war, ein neuwertiges Stück, in fünf Sprüngen hätten wir es haben können und damit über alle Berge sein. Unheimlich stand das Tor offen, war nicht bewacht. Auf dem langen Weg über das hohe Ufer verstellte der landein laufende Wind das Geräusch des Motorrades, das aus dem Gräfinnenwald herausschoß und vor uns war, ehe wir noch anfangen konnten zu laufen; die Rote Armee fuhr blicklos, bösen Blickes an uns vorbei, alles Offiziere, der im Beiwagen wie krank geduckt. Wir hatten die Uniform unzweifelhaft erkannt, und glaubten es nicht. In Jerichow aber, schon auf der rander Chaussee, trieben die Deutschen es zu arg. Wir sahen ein Mädchen in Rock und weißer Bluse mitten auf dem Damm, gut in Sichtweite der Sowjets in der Flughafenwache; von fern war sie Lise Wollenberg ähnlich, die hätte es besser wissen sollen. Dann wurden wir überholt von einer Frau, die reiste am hellichten Tage auf einem Fahrrad durch die Gegend, und an der Lenkstange hing wahrhaftig eine Milchkanne. Entlang der Stadtstraße ging uns auf, wie viele Frauen nun in Jerichow waren, denn mit einem Mal trugen sie Kleider, so daß recht zu erkennen war, wer nun bloß noch aus Armut Hosen anhaben mußte. Bergie Quade kam vorbei, als wir den Ziegeleiweg auskundschafteten, am Hals hatte sie Knöpfe offen, ihre schweren Arme waren blank und unbescheiden, und Bergie sagte uns Bescheid. Wir waren ja wohl auf dem Lande gewesen und kannten uns nicht aus in Jerichow. Nein. Die Russen waren weg.

Wir haben aber noch welche gesehen an den Rehbergen. Kommen nun die Schweden?

Kinnings, ne. Die Russen dürfen nicht mehr raus.

Son bißchen Ausgangssperre?

Nein, im Ernst. Das hat Sokolowskij allns so abgemacht mit der Partei. Mein Vater is inne Partei, meine Mutter is inne Partei –

Marschall Sokolowskij? Der Öberste?

Kaserniert hat er sie. Auf Stube leben sie. Keine Entfernung von der Truppe mehr. Könn' ein'm fast leid tun, so eingespunnt, die Kerls.

Ist die Kommandantur noch da?

Ja, so nich, Gesine. Aber sonst haben wir gelebt wie im Frieden die letzten Tage.

Ach, das.

Könnt ihr euch nu auch wieder n büschn hüpsch machn. Sollen ja Wahlen sein bald.

Sünt wi nich hübsch nauch?

Bist du. Seid ihr. Und so kommt alles wieder in die Reihe. Kümmt allns bi lütten–

As bi den Ossen de Melk.

Kinder was seid ihr bloß verdorben!

Hanna versprach noch einmal, bei uns zu bleiben. Wenn Wassilij Danilowič Sokolowskij solche Ordnung einführte, war doch das Nächste, daß er Cresspahl schickte. Konnte Hanna ihre Lehre haben.
Inzwischen hatte die Sowjetische Militär-Administration obendrein die Rationen angehoben. Hanna und ich würden auf unsere Karte 5 nicht mehr bloß ein Viertelpfund Brot bekommen sondern dreihundert Gramm. Dazu hatten wir dicke Säcke Weizen gut. Gewiß würden wir den Winter überstehen.
Cresspahls Vordertür, ehedem vernagelt mit der Tafel des Schutzbefehls, stand bis in den späten Abend offen. Die Russen in der Kommandantur kannten wir nicht. Die waren also seit A. K. Pontij die dritte Besatzung.
– Die Zwillinge sind das: sagte Jakob. Wir saßen bei seiner Mutter und erzählten. Wir kamen von einer langen Reise. Sie hatte uns neben sich gehalten, jede unter einem Arm, und ausgerufen, in dem bittenden Ton, den sie sonst für Enttäuschung über ungeratene Kinder benutzte: Mäten, wie seht ihr aus! Sie war so still und hohl um die Augen, ohne Bewegung hätte sie ausgesehen wie tot. Das Haus fühlte sich ganz und gar nach Sonntagabend an. Wir gaben an mit unserem Sattsein und schlugen Abendbrot aus. Hanna fragte höflich, wer denn nun die Hand über Gesines Großvater halte, nun die Demwiesschen Zwillinge Jerichow kommandierten. Jakob, dem Psychologen, dem zur Erziehung Berechtigten, dem Mädchenkenner kam über die Lippen: Papenbrock haben sie ... versetzt. Versetzt haben sie ihn.
– Verhaftet: ergänzte Hanna. Mehr erschrocken war Gesine, aber ihr flatterten die Lider. Das Haus zog Gefahr an. Hier war es nicht sicher.
Sie bekam dann nicht genug Zeit, sich zu besinnen. Am achten September legte das N.K.W.D. Sonntagsarbeit ein. In Jeri-

chow wurden vom Frühstück weggenommen: Frau Uhren-Ahlreep, Leslie Danzmann, Peter Wulff, Brüshaver, Kliefoth. Das unermüdliche Gerücht wußte für sicher, daß über Jerichow eine Brieftaube gesichtet worden war. Inzwischen wohnte Hanna lange genug in Jerichow und sah eher alle diese Namen mit Cresspahl zusammenhängen als daß die Rote Armee böse war wegen nicht abgelieferter Tauben oder eines verbotenen Vereins. Am Abend waren die Verhafteten entlassen, so daß nichts auffallen mußte am Arbeitsplatz. Das Gerücht hatte sie schon im Konzentrationslager Neubrandenburg gewußt, als Gesellschaft für Papenbrock; sie hatten in den Kellern unter dem Rathaus gesessen. Alle hatten strenges Schweigegebot. Da Jakob bei Leslie Danzmann anfing, verlor er eine Stunde, die log aus Angst. Wulff, Kliefoth, Brüshaver versicherten ihm: Im Verhör konnten zwei Fragen auf Cresspahl gegangen sein. Die erste stocherte in Cresspahls Dienstzeit an der Ostfront 1917. Die andere wollte ihn gern zusammensperren mit einem Geheimrat Hähn, Malchow. Kliefoth kannte nur den Namen, aus einer Affaire mit Waffenhandel, Anfang der zwanziger Jahre.

Hanna bedankte sich bei Jakob, als er zurückkam aus Warnemünde, aber wie für eine Schuldigkeit. (In unserer neuen Art sprachen wir überhaupt nur nebenher mit diesem Menschen.) Die Fischerverwandtschaft war bei den Gemeindewahlen mit der Volkspolizei ins Gedränge gekommen, angeblich hatten sie schon nach Hanna geschickt. Damit die Abreise zu den Briten nicht auffiel, sollte Hanna vor Rande zusteigen.

Jakob sollte sie nicht bringen. Während sie im Haus Abschied nahm, stand Gesine vor der Tür und wollte nicht ansehen, wie sie es mit Jakob anstellte. In Rande wollte sie nicht allein auf Ilse Großjohanns Kutter. Gegen Mitternacht waren wir an der Stelle, die de Huuk heißt, 11°7′ östlicher Länge, 54°2′4″ nördlicher Breite. Es ging Gesine später auf, daß sie umarmt worden war wie es einem Jungen zukam.

Noch Tage danach konnte sie in den Armen das Gefühl wiederkommen lassen, mit dem sie Hanna auf das andere Boot hinübergestoßen hatte. Auch fiel ihr die Einbildung leicht, daß Hanna doch hatte bei ihr bleiben sollen.

Als Gesine mit dem Sonnenaufgang zurückgekommen war zu

dem leeren Bett, hatte sie neben ihren Holzpantoffeln die von Hanna gefunden, alle vier ordentlich nebeneinander ausgerichtet.

4. Juni, 1968 Dienstag

Das Land hat mehr als dreieinhalb Millionen Mann unter Waffen, fast so viel wie in jenem koreanischen Krieg 1953; heute werden die Wähler von Kalifornien dem Robert F. Kennedy etwas Vorläufiges sagen über seine Eignung zum Präsidenten; der fällige Raubüberfall bekam die Adresse 71 West 35th Street; mit Erlaubnis der neuen Kommunisten in der Č.S.S.R. dürfen die Bürger nun auch noch von Amts wegen wissen, daß der große und gütige Antonín Novotný nicht nur im Jahr 1952 politische Verfahren gefälscht hat, sondern auch 1954, 1955, 1957 und 1963;
die ostdeutschen Kommunisten haben einen Kunstgeschichtler der Columbia freigelassen, obwohl ihm für seine Dissertation über berliner Architektur auch »verbotene« Gebäude vor die Kamera geraten sein mögen, und ohne daß die amerikanische Seite etwas schenken mußte. »You could say it was done with mirrors.«
Das muß die diplomierte Übersetzerin Cresspahl, seit sieben Jahren ansässig in New York, doch wieder nachschlagen, damit sie ja nicht nach Hause kommt in der hiesigen Sprache: mit einem Trick getan. Neun Monate Haft, und doch ohne Prozeß zurückgegeben an die Außenwelt. Taschenspiel. Zauberei.
Cresspahl war noch nicht zwanzig Monate gefangen; er wünschte sich einen Prozeß. Wohin auch immer, er wollte nun weiter als bloß bis zum nächsten Tag.
Bis zum nassen März 1946 war er beschäftigt gewesen, das ließ sich an wie Bewegung. Das Lager an der Westgrenze von Sowjetmecklenburg, es war eins zum Aufbewahren gewesen, dennoch hatte ein Häftling ohne Gefahr sich melden dürfen zur Arbeit. Der Kommandant vergab keine Belohnung, wenn Einer denn eine Baracke vom Fußboden bis zum Dach durchnahm, daß sie am Ende heil und dicht war wie ein

Haus; so konnten die deutschen Internierten Cresspahl um wenig beneiden. Er hatte aber Handwerk zwischen sich und einer Aussicht auf Zukunft, die die anderen sich verrückt machten mit Gerüchten, Streit, Angeberei. Mochte er noch solche Art Anwesen in Schick halten wollen, zu Dank tat er es nicht. Wenn er für sich einen Löffel aus Birkenholz schnitzte, warum nicht auch einen für den Pritschennachbarn; noch lieber hätte er die zwei linken Hände so eines geistigen Menschen angelernt. Er nahm wohl zwei Finger Tabak, wenn es mit Dankesagen allein nicht abgehen sollte; zu Industrie und Handel ließ er sich nicht überreden. Da er obendrein kaum mehr Auskünfte gab als den Namen und ungefähr Jerichow, glaubte er sich in seiner Stube übersehen, im besten Fall geduldet. Dann wurde er unverhofft vom Posten abgeholt zur Wache und kam erst gegen Mitternacht zurück in die Baracke, da hatten nicht wenige auf ihn gewartet. Das konnte er erzählen. Vor dem Kommandanten war aufgestellt ein Koffer aus Holz, wie Cresspahl mehrere verfertigt hatte, frisch aus der Tischlerei beschlagnahmt, noch ohne die Initialen des Bestellers. Auf Vorhalt bekannte er sich als Urheber des Beweisstücks. Wegen eines doppelten Bodens verhört, verstand er noch die zweite Übersetzung daneben, gestand schließlich die Möglichkeit davon ein. Das war die Order. Sie brachte Cresspahl von den Mithäftlingen nicht Mißtrauen ein, eher Bedauern, als Strafarbeit. Er leistete sich nahezu vier Wochen mit dem Geburtstagsgeschenk für die Enkelin des Kommandanten, einem Kasten von zwanzig Zentimetern Höhe, zusammengefügt aus drei unterteilten Schüben, einem Stabrolldeckel, hölzernem Schloß und, zu Befehl, Geheimfach. Der heikle Auftrag hatte ihn einmal anders denken lassen an die eigenen Kinder: wie er ihnen eine noch geschicktere Kommode für die Hand bauen würde, vermittels Werkzeugen überdies. Das Honorar, zwei Pakete Krüll, verteilte er auf beliebige Anfragen, Lehrling war er nicht mehr im Knast; das hätte er sparen dürfen. Die anderen gaben sich mittlerweile zu erkennen als Nachbarn; ernstlicher regten sie sich auf, als nun auch untere Chargen des Wachpersonals Koffer bestellten, denn was konnte es bedeuten als baldige Abfahrt der Russen, womöglich in der nächsten Woche? Cresspahl

hingegen hatte noch mehr Deutschen solche Behältnisse zu richten, für eine Rückreise nach Röbel oder Lauenburg, und war versorgt gegen der Massen verdrehte Anfechtungen. Ihm war gesagt worden: Du warten. So mochte er es zuwege bringen.
Den Winter verbrachte er nicht in jener Baracke, von der er sich trotz der nahen Elde Wärme zumindest in den Morgenstunden erhofft hatte; von Dezember 1946 an wurde er unter einem festen Haus gehalten, das dachte er sich aus als das Arsenal in Schwerin. Naß waren die Keller, aber nicht vom schweriner Pfaffenteich. Die Aufgabe war eine zweite Beschreibung seines Lebens. Viel brachte er nicht zustande, denn wenn in die Zelle laufendes Wasser über Nacht gefror, wie sollten da seine Finger wieder den Bleistift lernen? Auch machte ihn das von einem Bodengitter grau gehackte Hoflicht von neuem ein wenig blind. Die erste Fassung der zweiten geriet ihm recht tabellarisch, so daß er viel geschlagen wurde; er rechnete es als Glück, daß kaum je das Fleisch aufplatzte. Er hatte inzwischen zu lange von Suppe gelebt und gehungert, als daß er seinem Körper das Heilen offener Wunden zutrauen mochte. Er begriff, daß seine unsichtbaren Oberen nicht auf einer raschen Ablieferung bestanden, sondern auf einer vollständigen; das enthielt ihm schon die Kinderjahre vor. Geboren 1888 als Sohn des Gutsstellmachers Heinrich Cresspahl und seiner Frau, der Tagelöhnerstochter Berta geb. Niemann, wurde ich zu Ostern 1900 bei dem Tischlermeister Redebrecht zu Malchow/Meckl. in die Lehre gegeben. Die waren sämtlich tot; jedoch mochte es noch die von Haases geben, die nicht nur dem fünfjährigen Hütejungen Cresspahl erinnerlich waren, auch dem einunddreißigjährigen Mitglied des warener Streikrates, der bei denen Waffen für den Putsch des Landschaftsdirektors Kapp ausgegraben hatte. Was jene Familie mit kranken Gutsarbeitern anstellte, er wußte es nicht erst seit dem Tod seiner Mutter. Er war ganz zufrieden, daß solche Leute aus Mecklenburg verjagt waren auf die andere Seite der Elbe; sie in Person anzuzeigen ging ihm gegen den Strich. Das riß ihm solche Lücken in seinen Rechenschaftskalender, dafür bekam er Stöße mit dem Gewehrkolben in die Nieren, wenn ein Jahr im Vernehmer-

zimmer mangelhafte Zensuren bekommen hatte, ins Genick, wenn die Note ungenügend ausgefallen war. Die jungen Kerle im Dienst des M.G.B. kannten das ungefähre Ausmaß der verordneten Behandlung, nicht jedoch den täglichen Grund davon; so schienen sie ihre Schutzbefohlenen in den Kellergängen lediglich anzutreiben. Leidenschaft war kaum je zu spüren. Es brauchte nicht Haß, einen Häftling da wach zu halten, das besorgten die Lastwagenmotoren, die während der Verhöre Hofkonzerte abhielten, vier Nächte lang eine Kreissäge. Am Tage waren die schriftlichen Arbeiten fortzusetzen. Cresspahl erschwindelte sich eine einsame Woche, indem er auf seine Großeltern und die Jahre nach 1875 auswich; er übertrieb das Genealogische an der Fragestellung nur wenig. Die Karzerstrafe konnte er als Quittung denken. Ihm stand ja die Wahl frei. Seine neuen Vorgesetzten, der Fachmann von der Kontrassjedka und der Buchprüfer des S.M.T., hatten ihm die Analyse seiner Klassenlage und seiner persönlichen Rolle bei falschen Wendungen der Weltgeschichte fix und fertig hinterlassen; es war sein Belieben, darunter seinen Namen nicht zu setzen. Er sträubte sich nicht aus Hartnäckigkeit, denn er mußte eine Rückkehr zu den Kindern noch wünschen. Um Wahrheit allein kann es ihm nicht gegangen sein, denn bald beschrieb er sich als Jemand, der war achtundfünfzig Jahre auf der Welt unterwegs und hat mit keinem Menschen gehandelt, gesprochen, gemeinsam gearbeitet. Womöglich wollte zwar er ins Reine kommen mit der Neuen Gerechtigkeit, solange er die anderen draußen halten konnte. Manchmal bliesen die Inspektoren seines Lernprozesses ihm etwas ein, so einen Aufsatz für das Jahr 1922, den Namen Hähn, Geheimrat und Vermittler von Schußwaffen. Wann immer der Schüler in einem Fach versagte, vermochte er sich die Schläge fürs Morgengrauen fast fehlerlos auszudenken, und doch geriet er in unbekümmertes Denken aus seinem Leben hinaus in ein anderes, das ihm ebenso tatsächlich hätte vergangen sein dürfen, von 1904 nicht gleich ohne Gesine Redebrecht, eine Weile noch mit ihr, von 1930 an mit Mrs. Trowbridge in Bristol, beständig an Richmond vorbei, mit einem dreizehnjährigen Henry, oder totgebombt mit beiden, von 1920 an mit Mina Goudelier, aber nicht lange an der Kostverlorenvaart hinterm Großmarkt von Amsterdam, lieber doch an der Fella, in Chiusaforte, wo er Intarsien nicht nur hätte lernen auch arbeiten dürfen, nein nicht wohin die Deutschen als Besetzer kamen, eher in ... Australien, wenn Goudeliers Tochter so weit mit ihm gegangen wäre, über andere Meere als Papenbrocks Lisbeth, die dann den November 1938 hätte überleben dürfen, oder mit allen vieren zusammen in einer Erinnerung anderer High Streets, Seeufer, Broadways, Morgenlichte, Ausflüge im Gras. Er nahm nicht übel, daß die träge laufenden Bilder ihn nur am Rande mitführten oder vergaßen. Nur, wenn die Rote Armee ihm eine Tablette zuteilte, bestand sie aus nichts als Aspirin. Es brauchen nicht Träume gewesen zu sein. Auch wurde ihm das Gewissen nicht unruhig, weil er bei Kost und Logis eingesperrt war mit einem Geschäft, auf das er sich mangelhaft verstand, während rund um das Gefängnis die Leute einander mit Arbeit wieder in den Alltag halfen (so stellte er sich das vor). Die Entscheidung über ihn war abgegeben an das Ministerstwo Gossudarstwennoi Besopasnosti, mochte es einstehen für sein unnützes Dasitzen. So reichlich gefördert, hatte er sich im Januar 1947 durchgeschrieben bis zur güstrower Dienstzeit (und die dumme Tochter hat nicht gefragt), Ende Februar bis zu seinem ehrpusseligen Streit mit der S.P.D. (und die dumme Tochter dachte mit Fragen zu warten), so daß von seiner Hand inzwischen 260 Bögen Lebenslauf vorlagen, maschinenschriftlich und von ihm unterzeichnet jedoch nur zwei Seiten, die erste Fassung. Dauerhaft hielt er sich für einen Partner seiner Gerichtsherren, nach Nummer und namentlich bekannt, versehen mit einem Recht auf Prozeß und Urteil, auf einem gleichsam verabredeten Wege voran, nicht nur in der Zeit. Ende Februar kündigten sie ihm den Vertrag. Er wurde »mit allen Sachen« auf Transport gerufen.

»Sachen« hatte er seit dem letzten Umzug nicht besessen, er trat in die Versammlung auf dem Kasernenhof wie einer, der will nur bis zum Abend spazieren gehen. Die Überführung ging zu Fuß, in Kolonnen ruppiger Männer, die erst wenige Tage verhaftet waren und die Befehle der Begleitmannschaft in geradezu preußischem Zeremoniell ausführten. Aus Neugier nahmen sie sich des dösigen Alten an, hielten ihn am

Arm, weil er die Füße taumelig setzte. Bald gaben sie ihn auf, denn er konnte auf Fragen nach seinem »Fall« nur antworten: Ick w-weit't nich ..., der redete trödelig, dem rissen die Sätze entzwei, auch am Kehlkopf mochte er was haben. – Ick bün achtnföfftich! sagte der, vielleicht weil sie ihn Opa genannt hatten, aber doch eher vor sich hin, und sie legten für den wunderlichen zerlumpten Kerl zusammen zu einer Zigarette. Es war sein erster Tabak seit elf Wochen, ihm wurde zumute wie in den australischen Träumen, so daß er später nicht für sicher wußte, ob der Marsch denn wahrhaftig von Schwerin abgegangen war. Nebenbei waren seine Augen nicht gesund. Bei Rabensteinfeld ging ihm die Richtung der Reise auf, und wenn die anderen an den Straßenkreuzungen fluchten über unverändert Osten, konnte er an eine Veranstaltung für ihn allein glauben. Denn der Weg durch Crivitz, er sollte ihn erinnern an etwas, ein Versprechen womöglich, er fand es nicht. Bei Mestlin sollte ihm etwas einfallen, es plagte ihn noch zehn Kilometer weiter, dann erkannte er es als die Abzweigung nach Sternberg und Wismar und Jerichow, von nun an versäumt. Hinter Karow quälte ihn, daß er die Geleise nicht erkennen konnte, die doch links der Straße liegen mußten, als sei er auf dem falschen Weg. Dem Anblick von Alt Schwerin traute er widerwillig, da fehlte etwas am Bahnhof, der Krebssee machte ihn irre, endlich sah er die Windrose an der flügellosen Mühle vor der Stadt und mußte sich länger nicht wehren: sie zeigten ihm noch einmal Malchow. Nur daß alles hoch über ihm war. Wie im Traum wissentlich verkleinert trat er noch einmal ein in den Sommer 1904, mit den übers Wasser schaukelnden Liedern des Seecorsos am Freitagabend, kam ins Volksfest auf dem Kinderplatz den ganzen nächsten Tag, da blies das Musikkorps der Parchimer Dragoner in den bunten Märchenuniformen und ritten drei Reiter zum Tore hinaus, mitten im behaglichen Gewimmel der Toten stand ein Junge mit der Tochter des Meisters zwischen der Lindenallee und den großen leinenen Zelten, von allen gesehen, von Niemand entdeckt, dat du min Leewsten büst un hest man kein Geld, Höltentüffel un Schauh, 1920 übernahmen die Arbeiter die Stadt Waren und Baron Stephan le Fort auf Boek beschoß das Rathaus mit einer Kanone, da

richtete der Delegierte des Streikrats bei den Malchowern nichts mehr aus, denn die Kierls scheitn jo, und nur ein gräflicher Gutsförster, der den Gutsleuten Fuhrwerk zur Holzwerbung abschlug und sie bambüdeln wollte, verlor sein Haus und wurde vom Hof getrieben. Mit'n Stock, de afschällt is, dörw Ein nich Minschn orre Veih schlagn, denn wat damit schlagn ward, dat mütt vergahn. Und es war doch Olden Malchow auf der Insel, der Gierathschen umgeben von Gärten und Bootsstegen und Giebeln, de Möhlenbarg, das geringfügige Stück Festland, das die Kirchen nicht gelitten hatte, da half noch ein Sturm vor hundertfünfzig Jahren, de Ünnerierdschen brauchten ihren Platz für Johanni. In den Erddamm zum anderen Ufer war ein Loch gesprengt und schlampig zugeschüttet, als trüge er nun nicht, mit Ach und Krach war noch schwimmen bis zum Burgwall der Wenden, dem Wiwerbarg, an dem der Sechsjährige Gänse vorbeigetrieben hatte, die Unterirdischen ließen sich ja nicht sehen, wenn sie zum Mittag auf den Laschendörper Hoff gingen, aber ein Schäfersknecht hörte sie rufen Hoot her, Hoot her! und rief nach einem Hut für sich selbst und setzte ihn auf und sah sie vor sich stehen, lute lütt Mönchen mit dreetimpig Höd, dor sünd se tosprungen un hebbn em de Oogen utrakt und nahmen ihm die Tarnkappe ab. De Zwerchen in den Wiwerbarg sœlen so ne schöne Musik måkt hebben.
Hier liegt Fünfeichen, das Sanatorium! Bräunlich und geradlinig liegt es mit seinen Baracken und seiner Hauptwache inmitten der weiten Ödfläche, die mit matschigen Lattenrosten, Stacheldrahtgängen und gedrungenen Wachtürmen ergiebig ausgestattet ist, über seinen Pappdächern ragen tannengrün, massig und weich zerklüftet die Berge am Lindental und dem Tollense-See himmelan, und weithin sichtbare Tafeln am Zaun unterrichten den Freund der Landschaft in russischer und deutscher und englischer Schrift: Verbotene Zone. Eintritt verboten. Es wird geschossen!
Nach wie vor leitete die Rote Armee die Anstalt. Angetan mit ordensgeschmücktem Blouson, das weit über die bauschigen Breeches fällt, den Kopf unterm erdfarbenen Krätzchen erhoben, das Schnellfeuergewehr in Vorhalte, treibt der Armist den Häftling über die Lagerstraße voran, von Wissen-

schaft gehärtet und mit belustigter Verwunderung hält er auf kurz angebundene und verschlossene Art die Patienten in seinem Bann, – alle diese Individuen, die, zu schwach, sich selbst Gesetze zu geben und sie zu halten, ihm ausgeliefert sind mit Leib und Bewußtsein, um sich von seiner Strenge stützen lassen zu dürfen.

Es dauerte bis in den frühen Sommer, bis Cresspahl zu sich kam; er war wütend bedacht, es zu verbergen. Er hielt sich allen Ernstes für mulsch, angegangen, für abgerückt aus der Welt und danebengesetzt.

Zum einen, in seiner Erinnerung fand er nicht, wie er vom Kloster Malchow nach Fünfeichen hätte kommen können. Er kannte die Rote Armee aus dem ersten Herbst nach dem Krieg, die hätten ihn am Wiwerbarg erschossen, wenn er denn da aus den Pantinen gekippt war. Daß die Leute im Transport, Fremde, ihn mitgeschleppt hatten bis Waren und Penzlin und an den Tollense-See, es war nicht zu glauben. Ohne Ahnung war er auf einer unteren Pritsche im Lager Fünfeichen aufgewacht, wie von Nirgends her, zum Essen zu schlapp, zum Augenöffnen zu müde, lästig am Leben. Zum anderen, um sich in der stramm belegten Baracke hörte er wieder und wieder sprechen vom Lager Neubrandenburg. Dies aber war Fünfeichen, vier Kilometer vom Stargarder Tor; noch 1944 hatte er in dieser Gegend für die Briten nicht nur den Fliegerhorst Trollenhagen ansehen sollen, auch wie die Deutschen in Fünfeichen ihre Kriegsgefangenen hielten. Wenn er seinen Augen trauen wollte, war er im alten Südlager von Fünfeichen, in der Baracke 9 oder 10 S, neben dem Stacheldraht des Gemüsegartens, nach Burg Stargard hin, und im Norden war der eingezäunte Komplex der Werkstätten und Kammern wie auf seiner Zeichnung von damals. Konnte er sich dermaßen versehen? Warum dachten alle Neubrandenburg, nur er Fünfeichen? Zum dritten, warum kam er nun immer noch nicht los von dem Verlangen nach einem Prozeß, damit es zu Ende war? Hier war er doch am Ende.

Er suchte im Lager nach den Häftlingen, mit denen er von Rabensteinfeld gekommen war. Er wußte kaum noch ein Gesicht, unter zwölftausend ist arg suchen. Aus der Baracke wurde die Belegschaft nur getrieben, wenn die Operative

Gruppe der Lagerleitung mit den deutschen Kapos zum Filzen der Lagerstätten anrückte. Er fand keinen aus diesem letzten Stück Vergangenheit, denen allen hatte noch ein Weg wohin bevorgestanden, er war hier abgestellt, endgültig ausgeschieden. Die Kapos warfen beim Filzen nicht nur die Lumpen durcheinander, sie kippten auch Bettstellen um; die Häftlinge stritten für Stunden um beschlagnahmte oder verwechselte Besitztümer. Cresspahl konnte da zusehen. Bei der Verteilung der Suppe mußte er warten, bis ihm einer das eigene Geschirr zuschob, verächtlich wie einem kranken Hund, dann war der Kessel oft leer, dennoch mußte er für das Leihen mit Abwaschen bezahlen. Einen Napf für sich selbst hätte er bald gehabt, wäre nicht auch für die Erlaubnis zur Arbeit zu bezahlen gewesen. Was er am Leibe trug, galt nicht mehr als Handelsware. Er meldete sich gleich, als die deutschen Kapos Ersatzleute brauchten fürs Latrinenkommando; er mußte vor den wohlgenährten Vertretern der Sowjets zehn Meter Paradeschritt aufführen mit dem zackig gebrüllten Ruf: Ich bin ein altes Nazischwein und will Scheiße tragen! Die Arbeit bekam er doch nicht. Er wollte für gut ansehen, daß ihm so der Gestank erspart war; ihm ging bald auf, daß die anderen Häftlinge von ihm abrückten, so wenig da Platz zum Rücken war, denn er stank. Er hatte zu lange im eigenen Dreck gelegen, bewußtlos oder schlafend, was immer das gewesen war; nun konnte er sich gegen die Flöhe und Läuse nicht wehren. Heißes Wasser hatte einen Preis, er hätte ihn erlegen können mit Auskünften über seine Bettnachbarn; er wußte nicht einmal Bescheid, die Kapos überstellten ihn den Sowjets wegen nächtlichen Verlassens der Baracke, aus der sie ihn nächtens geholt hatten. Vom Karzer hatte er Alleinsein erwartet, er war da eher enger mit anderen zusammengepfercht als in der Baracke, nur eben im Dunkeln und ohne Essen. Eben weil eine Vogelscheuche heilere Fetzen trug als er, meldete ein Kapo ihn (wegen Vernachlässigung) bei den Sowjets, von denen mußte er augenblicks fünf Schritte zurücktreten; in der Kleiderkammer dann waren die Kapos ohne Zeugen und konnten ihn sehr lange mit Prügeln triezen, bis er das Gewünschte aufsagte: Als alter Nazischeißer / Geh ich am Krüppelstab / Die Hosen voller Scheiße / Geh ich ins Scheißegrab. Das deutsche Verwaltungspersonal machte sich eben auch noch Gedanken dazu, daß an Kleidung nur die der Verstorbenen auszugeben war. Er behielt aber sein altes Hemd und spülte die Eiterplacken aus dem fremden, nach der dritten Wäsche konnte er dafür das Unterteil einer Fischdose eintauschen, angerostet zwar, aber heil. Fielen die Kapos über einen Häftling her, machten die anderen sorgenvoll Platz, nur nahm sich das hilfreich aus und als wollten sie es den Schlägern bequem machen. Was immer da zu lernen war, Cresspahl mag sich das Falsche ausgesucht haben.

So viele Leute aus Mecklenburg (wenn auch kaum einer unter den Kapos), und so leicht waren sie zu verfeinden mit einander. Sollte das eine Lehre sein? Die Kapos zahlten mit Brot, mit halben Zigaretten, ganz selten mit einer Stelle im Kommando der Friseure, das brach den Zusammenhalt schon auf. Cresspahl sah einen, (er verweigerte den Namen), den quälten seine Nachbarn zum Zeitvertreib oder weil sein verschrecktes, nahezu weinerliches Gehabe sie einlud. Mit wilden Erzählungen von der Ostfront zogen sie ihn ins Geheimnis, sie riefen seine Kameradschaft an, dem wollten sie mit Geschenken von Suppe Freundschaft beweisen, dem versprachen sie einen Pfeifenkopf voll Tabak; endlich vertraute er ihnen, Verschwiegenheit versprochen, und erzählte seine Herkunft und die Freistellung als Violinist bei den Staatsakten und Festen des Reichsstatthalters Hildebrandt; nicht lange, da ließen die Kapos den seine dekorativen Stellungen und Gänge nachmachen, wie man ein Tier abrichtet. Der weinte dann, aus Erschöpfung oder weil der Stolz hin war; seine Kumpels ließen den aber nicht weglaufen in den elektrisch geladenen Außenzaun, mit trüben Mienen bewachten sie ihn, kaum beschämt oder schuldbewußt, sondern weil die Operative Abteilung mit solchen Todesfällen vertraut war und deren Unergiebigkeit ausließ an den Mitwirkenden. Die zeigten Erleichterung, als die Sowjets ihren Geiger abführten wie ein tolles Tier; wären sie im Recht gewesen, wenn es ihnen die Entlassung verschafft hätte? Entlassung kam in nicht einem Gerücht vor. Cresspahl hörte in einen der verbotenen Kulturzirkel hinein, die Diskussion ging um die Haager Landkriegsordnung und unrechtmäßige Einkerkerung von Zivilgefangenen in einem Kriegsgefangenenlager; er hielt sich in der Nähe des Redners bis zu seiner Festnahme, damit er nicht zu verdächtigen war als Anzeiger; er verkniff sich den völkerrechtlichen Kommentar, daß Fünfeichen seit 1945 ein Spezlager der Sowjets war. Ein siebzehnjähriger Deserteur, »auch versehentlich hier«, hatte den Erwachsenen die Geiselerschießungen in der Sowjetunion vorgehalten, etwas heftig im Ton; dafür hatten sie ihn nachts verprügelt und versehentlich erstickt. Ein Sanitäter, drei Jahre Medizinstudium, hielt Vorträge über den faktischen Kalorienwert und den, den die Lagerleitung für das klitschige Brot berechnete, mit dem gar nicht geplanten Ergebnis, daß die Sowjets die Tabellen der S.S. für deren Konzentrationslager müßten übernommen haben; dem Studenten war kaum eine Stunde zu früh oder zu spät gewesen, einem Häftling ein Geschwür auszuräumen oder ihn zu beraten, alle hörten ihn an, mit einem Wort hätten sie ihn retten können vor dem Isolator; auch Cresspahl hielt den Mund. Was waren das für Tugenden, auf die er verzichtet hatte? oder waren es neue? Noch im März wurden Leute eingeliefert, die den hiesigen Abstand vom Zivilleben nicht begriffen und ungeniert prahlten mit ihren Parolen auf den Wahlkampfplakaten einer Sozialistischen Deutschen Einheitspartei, womit sie die geringere Papierzuteilung an die bürgerlichen Parteien hatten ausgleichen können; schon waren sie im Bunker, zurückkommen würden sie nicht. Der Vorgang hieß abgehen, wie ein Ersatz für Sterben; Cresspahl schickte seine Gedanken unentwegt rund um die Neuigkeit, daß die Sowjets nicht ohne Wahlen auskamen und daß für so etwas Papier genommen wurde. Ein Zugang erzählte als ein Kriegsverbrechen, daß die Sowjets die Stadt Neubrandenburg in Brand geschossen hätten, so daß der Mauerring fast säuberlich leergeräumt war, bis auf die Große Wollenweberstraße, dann ging er ab; Cresspahl sagte da nichts von der verweigerten Kapitulation der Stadt und mühte sich in Gedanken an einer Zeichnung des abgeräumten Rathauses, eines niedlichen Kästchens mit einem Dachreiterchen von Turm in der Dachmitte, indem da sine Buort utsach, as wenn dat vor langen Johrn ut ne Wihnachtspoppenschachtel namen wir un wir up den Markt von de Vödderstadt Nigenbramborg henstellt, dat

Magistrat und Börgerschaft dor en beten mit spelen will. Zugegeben, er war blöde geworden von Entkräftung, von dem tagelangen Hocken im Gestank und Geschwätz der Baracke; er mochte verwirrt sein, weil er so oft an den anderen vorbeidachte; kann er übersehen haben, daß ihm bloß Mut abging? daß er aus Mut nichts mehr tat? Wie benahm er sich denn, wenn ein Neuer in die Baracke geführt wurde, gestern noch am Abendbrotstisch in Penzlin, nun mußte er sich von Pritsche zu Pritsche stoßen lassen und fand Platz auf Dielen, durch die der Wind zog; warum ließ Cresspahl den ganz allein herausfinden, daß er interniert war, daß er nie und nimmer der Familie würde Nachricht geben können, daß die faulige Plörre allerbeste Morgensuppe bedeutete und der Weg durch das Lazarett nicht zur Bequemlichkeit führte sondern ins schmutzige Verrecken? Er kannte die nötige Hilfe; ihm selber war sie nicht gegeben worden. War das Gleichgültigkeit? Wozu hatte er sich entschlossen?
Für Freunde tat er gelegentlich etwas. Im August 1947 stand Heinz Mootsaak in der Tür der Baracke, in Hosen und Hemdsärmeln wie vom Feld weg mitgenommen. Er sah ganz töricht aus, denn nach der Stille zwischen den Stacheldrahtzäunen und Bretterbuden mochte er nicht eine so laute und gedrängt eingesperrte Versammlung vorausgesehen haben; er war noch der Bauer, der befangen und höflich eine Stube mit anderer Gesellschaft betritt. Für den stand Cresspahl auf, dem wandte er den Rücken zu, damit er das gegenseitige Erkennen nicht verriet und sie einander später zufällig treffen konnten, ohne Verdacht der anderen. Da verrechnete er sich, das übertrieb er. Denn Heinz Mootsaak hatte nicht geahnt, wen jenes klapprige Gestell in den gemischten Uniformlumpen denn vorstellen sollte; am nächsten Morgen war er schon abgegangen in den Bunker.
Im Oktober, es war schon kalt, wurde Cresspahl in eine Fluchtgeschichte gezogen von zwei Insassen, die womöglich Anstoß nahmen an seinem neuen Begriff von Geselligkeit. Sie konnten ihn nicht gut anwerben als vollwertigen Partner, sie gaben sich menschenfreundlich. Der Cresspahl von früher hätte nicht gezögert, seine Miene deutlich gehalten und bloß der Ordnung halber hinzugefügt: Dumm Tüch. Dumm Jungs

ji. Der von 1947 zögerte, einem guten Auskommen zuliebe, antwortete gefällig: Dat litt de Ridderschaft nich. Er kam los, indem er Bedenkzeit verlangte, nun hing er drin. Mittlerweile war im Saal herum, daß der maulfaule Sauertopf endlich angebissen hatte, oder daß ein neues Dreiergespann ein Ding auskochte. An dem Plan war schlechterdings nichts zu bedenken. Es würde Monate brauchen, drei Bodenbohlen in einem so zu lockern und zu befestigen, daß kein harmloser Tritt sie hochknallen ließ und sie doch nächtlich in wenigen Minuten auszubauen waren. Die wollten unter den Baracken 10 und 11 S hindurch an die südliche Kante des Lagers, dann dicht am Draht und mittleren Wachturm entlang, wiederum unter der ganzen Länge von 18 S bis zum inneren Stacheldraht, darunter ans Notstromaggregat, die Ladung ausschalten und schließlich mit Gewalt über den letzten Zaun nach draußen, ziemlich genau in Richtung der sowjetischen Stabsbaracke, hinter der allerdings ein Fahrweg verlief. Der eine gab sich für einen Elektriker aus. Weder aus Mitleid noch aus Fürsorge versuchte er ihnen das auszureden; nur wollte er ihnen nichts schuldig sein. Er erwähnte die schwenkbaren Scheinwerfer der sowjetischen Posten, fünfhundert Meter Kriechen und Buddeln in einer einzigen Nacht, die leere Umgebung weithin. Der Umgänglichkeit wegen lobte er wenigstens an dem Fluchtweg, daß er gleich wegführte von der kilometerlangen Ostkante des Lagers. Er warnte sie vor bewaffneten Streifen in der Forst Rowa, den nassen Wiesen von Nonnenhof, den ausgedehnten Sperrgebieten der Roten Armee nördlich Neustrelitz. Der eine tat gekränkt, der mochte der Verfasser sein. Beide bedankten sich, daß es drei Pritschen weit zu hören war, das fiel nach dem Flüstern gehörig auf.

Nach den zweiten vierundzwanzig Stunden glaubte Cresspahl sich außer Gefahr, so spät wurde er der sowjetischen Leitung zugeführt. In der Stabsbaracke lag als unterschriebene und beeidete Aussage auf dem Tisch: Anstiftung zur Flucht durch den Internierten C., bedenkenloser Anschlag auf sowjetisches Volkseigentum, beleidigender Vergleich der Roten Armee mit der Kaste des Feudaladels. Beigeordnet waren Skizzen des Südlagers und des fortgesetzten Fluchtweges über Nonnenhof

und Liepskanal, rekonstruiert nach den Vorschlägen des Angeklagten. Wiederum nahm Cresspahl sich Gelegenheit, den deutschen Kapos die Sowjets vorzuziehen. Deren Operative Abteilung betrat Lagerstraße und Baracken ohne Waffen, sie verordneten nicht schlimmere Strafen als Strammstehen bis zu drei Stunden, und wenn doch einer zuschlug, so offenbar aus einer Verzweiflung, die eben noch Gutmütigkeit gewesen war und mehr nicht ertragen konnte vom Benehmen eines Gefangenen, in was immer der sich nun vertan haben mochte. Vor allem aber, die deutsche Lagerverwaltung verschärfte Befragungen mit Wurstbrot in Reichweite des Internierten, vor seinen Augen wurde Kaffee in Tassen gegossen, Gerstenbrand zwar, aber heiß und mit Milch; die Sowjets hielten ihre Verhörzimmer als Büro. Sie schlugen ihn wahrhaftig nicht. Wegen der Redensart von der Ritterschaft mußte er anderhalb Stunden am Ofen stehen, das Rückgrat durchgedrückt, die Hände starr an eingebildeter Hosennaht. Als er die ehrenrührige Wendung auch dann nicht anders zu deuten wußte als mit dem Übergewicht des Adels im Mecklenburgisch-Schwerinschen Landtag von 1896 und der abseitigen Lage des Bahnhofs Malchow, legten die Herren ihm ein Protokoll hin. Darin durfte er alle Vorwürfe abstreiten, bis eben auf das von zu vielen beobachtete erste und letzte Gespräch, er unterschrieb. Inzwischen, morgens gegen vier, betrugen die Offiziere sich jovial, wenn auch nicht ohne Verachtung für solch Wrack von einem Menschen. Die dankten ihm für seine wahrheitliebenden Angaben, bedauerten die Störung seiner Nachtruhe und sprachen die Hoffnung aus, er möge wieder in den Schlaf finden. Dann übergaben sie ihn den deutschen Kapos.
Die Kapos hielten ihn in einer Strafzelle des Nordlagers bis zum nächsten Mittag, immer vier wechselten einander ab, sie benutzten Peitschen. Kann Einer Sprechen verweigern aus keinem anderen Entschluß als daß er nicht sprechen will? Woher will er wissen, daß er auch kurz nach dem Verlust des Bewußtseins geschwiegen hat? Genügte der Fehler, ihn gleich so scharf zu verletzen, daß er auf nichts mehr achten mußte als den Schmerz? Kann Einer anderen jedes Wort vorenthalten, nur weil er sie nicht versteht?

Als die Sowjets ausgiebig genug geprüft hatten, wozu die Deutschen unter einander imstande sind, befahlen sie den Abbruch der Vernehmung. Die Kapos der letzten Schicht schluckten sauer daran, daß sie in Person das reichlich blutende Bündel über die Lagerstraße schleppen mußten. Die Sowjets ließen die gewöhnlichen Internierten nicht anfassen, allerdings zusehen. Sie brauchten die Kapos gewiß als kräftige Jagdhunde, die sollten nicht etwa an Beliebtheit weich werden. Da die russischen Posten die Überführung bis zum Ende verfolgten, wurde Cresspahl fast zart auf eine Pritsche bei den Friseuren im Nordlager gebettet.
Verwachsen waren die Wunden erst im nächsten Sommer, gehen konnte er Anfang Dezember. Da fing er von neuem an: Eßgeschirr, heißes Wasser, Fußlappen. Bei den Insassen des Lagers Nord wurde er gleich als ein Verrückter bekannt. Denn auf die Frage nach seinem Schweigen bei den Kapos hatte er tatsächlich etwas zu erklären, es klang zuverlässig wirr.
– Ick müchț de nich: sagte er. Er hatte die nicht gemocht.
Sie versuchten es zu Weihnachten noch einmal und boten ihm eine Stelle im Leichenkommando an,

eine Chance
der Bewährung
eines Sinneswandels und
einer Wiedergutmachung sowie
der Verzeihung
der Gemeinschaft

mit Essenszulage und einem Wechsel Bekleidung. Da es Arbeit war, mit Bewegung, machte die Aussicht ihm zu schaffen. Warum sollte er nicht zustandebringen, was andere konnten? Die Toten sahen aufgeschwemmt aus, viel Gewicht hatten sie nicht mehr. Meist waren es wenige Gänge in einer Woche, immer zu zweit an einer Trage. Es kam darauf an, daß er den Tag überstand, an dem die Leichen aus dem Sammelkeller zu räumen und auf den Lastwagen zu zerren waren; auf der Fahrt zum Friedhof am Fuchsberg hatte er Zeit zum Ausruhen. Ihn graute gar nicht vor der Aufgabe, die Leichen zu entkleiden vor dem Verscharren, eher traute er sich das Ausschachten der Gräber nicht zu, vorerst. Er wollte das nicht den Toten zuliebe tun, nicht um ein paar Kartoffeln mehr in der Suppe, nicht um zu überleben; es ging ihm um die Beschäftigung. Zu der Zeit hatten Berufsmilitärs sich ernannt zur illegalen deutschen Leitung des Lagers, die redeten ihm die Zusage unter gelinden Drohungen aus. Sie konnten nicht darauf vertrauen, daß er die Zahlen im Gedächtnis behielt, und hielten ihn für eine Weile beim Appell in den hinteren Reihen fest, bis die Kapos nachgaben. Den Posten bekam ein Häftling, dem die Extraration und die Fahrt aus dem Lager besser gegönnt waren und der sich eine Überführung ins Lager Sachsenhausen wünschte, bloß wegen der größeren Nähe zu Berlin. Denn die Leute in den Begräbniskommandos wurden des Zählens verdächtigt und oft ausgewechselt oder abgeschoben in andere Lager, so daß die Totenlisten nur aus ungefähren Stücken zusammenzusetzen waren, für Fünfeichen die Ziffer 8,500, nicht durchweg mit Namen verbürgt. So verlor Cresspahl eine Möglichkeit zur Flucht, bevor er es ahnte, die Kapos bekamen ihn nicht aus dem Lager und mußten die beiden Kumpane aus der alten Baracke doch abschieben; Cresspahl wurde abgefunden mit Vorrang beim Rasieren für einen Monat und war Niemand Dank schuldig. Hatte er das lernen sollen?

Es war lange her, daß er mit Gedanken an Flucht umgegangen war. Zwar hatte er eine gesehen. Der Marsch nach Fünfeichen war mitten durch die Stadt Goldberg gegangen, da trat einer beim Abschwenken der Kolonne hinaus auf den Bürgersteig, faßte eine heftig verdatterte Bürgersfrau am Ellenbogen und nötigte sie unter lauten Wiedersehensreden zum Weitergehen mit ihm, – Mensch Elli! rief er in seinem Überschwang. Die Szene mochte den sowjetischen Wachen glaubwürdig genug ausgefallen sein, sie nahmen am Stadtausgang als Ersatz für den Flüchtling einen Zivilisten mit, der stand da in seinem Garten und grub. Cresspahl hatte eine Weile lang das Ordnungsprinzip der Roten Armee aufbewahrt, als Mitbringsel für Gesine; dann war das Läuschen in Fünfeichen ein paar mal zu oft vorgetragen worden, da mußte der Kleingärtner drei Kilometer hinter Goldberg erschossen werden wegen seines unverständigen Entsetzens, oder er saß noch heute in N 22 und begriff es nicht, mal hieß die

Frau Herta, mal hatte der Abgänger gerufen: Du, Tante Frieda! Am Ende zweifelte Cresspahl, ob er die Geschichte wahrhaftig gesehen hatte.
Flucht, Aufstand, Befreiung, dagegen war er nicht mehr empfindlich. Das Stück Land, das die Briten bei Ratzeburg von den Sowjets eingetauscht hatten, war im Gerücht von Fünfeichen angewachsen zu dem ganzen Streifen westlich einer Linie von Dassow über Schönberg bis zum Schaalsee, und wenn nicht für den nächsten Tag amerikanische Fallschirmjäger vor den Toren Fünfeichens erwartet wurden, so doch mindestens das Rote Kreuz von Schweden. Cresspahl erkannte bei den anderen die fiebrigen, rauschähnlichen Wirkungen der Latrinenparolen, für sich fürchtete er sie, denn ihm ging es oft so, wenn seine Gedanken so unheimlich in Abstand liefen von den Reden rund um ihn. Er hatte das Warnschild am Lagerzaun nie von vorn gelesen; ihm war ganz gewiß, daß westliche Militärkommissionen schon bei Burg Stargard und Neubrandenburg von mehrsprachigen Verboten ferngehalten wurden. Er begriff nicht, was die anderen von den ehemaligen Feinden erhofften. Die Belegschaft des Lagers wurde so regelmäßig umgeschaufelt, daß Spitzel nicht gleich erkannt wurden, so dicht sie auch die Baracken spickten; bei mehr als einem Beteiligten konnte eine Verschwörung als aufgeflogen gelten. Für sich selbst konnte er eine Flucht nicht einmal planen. Einmal auf dem anderen Ufer des Tollense-Sees, er hätte es vielleicht in neun Tagen geschafft bis zu der sagenhaften neuen Grenze Mecklenburgs; allein wo er die Kinder hätte abholen sollen, würden die Sowjets auf ihn warten, und war seine Flucht einmal bekannt, würden sie die Kinder festhalten. So war er in Fünfeichen weniger von ihnen getrennt. Und übrigens war eine Flucht aus Fünfeichen nicht zu denken.
Fünfeichen war die Welt geworden. Das auswärtige Leben kam nicht herein.
Es gab Abwechslungen. Das waren die Verschickungen in die Konzentrationslager Mühlberg, Buchenwald, Sachsenhausen, Bautzen, gut bekannt durch Zugänge. Wie Fünfeichen waren sie Ewigkeiten, die standen still. Auch den Tod konnte Einer sich vornehmen, freiwillig im Hunger, freiwillig im Zaun.

Fünfeichen bot eine Menge Ontologien.
Cresspahl hätte jedoch lieber Prozeß und Urteil gehabt.

5. Juni, 1968 Mittwoch

– Wo warst du, Marie! Wo du warst!
– Es ist jetzt ein Viertel vor sechs p. m., und ich bin zu Hause. Das ist deine Vorschrift.
– Wo warst du den ganzen Tag?
– Und Sie, Mrs. Cresspahl, sind auch heute keine Minute früher in der Wohnung als sonst.
– Hätte ich kommen sollen? Ist das ein Vorwurf?
– Du bist eine Angestellte, du darfst die Arbeit nicht verlassen. Wenn es mal regnen sollte, oder die Ubahn streikt, vielleicht. Doch nicht wegen privater Sachen.
– Marie, wie hast du es erfahren?
– Im Park.
– Das ist nicht dein Schulweg.
– O. K.
– Wir hatten verabredet –
– Die West End Avenue. Als ob die Polizei da Spalier stünde! Da bin ich angequatscht worden noch und noch. Wehren kann ich mich auch im Riverside Park, am hellichten Morgen. Ich bin kein Kind mehr, Gesine!
– Du verstehst mich nicht.
– Dich versteh ich nicht!
– Als ich zum Broadway kam, war die New York Times ausverkauft.
– Durch den Park bin ich zur Schule gegangen, weil die erste Stunde mittwochs auf dem Sportplatz stattfindet. Der ist im Riverside Park, Ecke 107. Straße und –
– Einverstanden.
– Aus dem Haus bin ich gekommen wie unter einer Tarnkappe. Robinson Adlerauge war auf der Treppe zugange, mit dem Rücken zu mir. Der Fahrstuhl stand offen, Esmeraldas piekfeine Handtasche ganz unbewacht auf dem Schemel, sie war nicht zu sehen. Kein Nachbar, kein Busfahrer auf der Straße. Damit es mich plötzlich überfällt. Auf einer Bank

beim Gedächtnisbrunnen für die Feuerwehrleute, ganz allein saß da ein junger Mann. Neunzehn. Kein Student, eher ein Schichtarbeiter in der Freizeit. Baseballsweater, lange Hosen, dicke weiße Wollstrümpfe, kein Tourist. Crew cut. Lag bequem halb über die Bank zurückgelehnt, beide Arme ausgestreckt, hatte keine Sorge in der Welt. Neben ihm das Radio, ein Überseekoffer, ganz aufgeregte Stimmen. Da habe ich es gehört. Kennedy erschossen.

– Angeschossen, Marie. »Shot« ist nicht so endgültig wie im Deutschen.

– Das kommt eben davon, daß ich dein verdammtes Deutsch mit dir reden muß! He was shot. He was not dead.

– Mußt nicht deutsch reden.

– Der junge Mann saß da so müßig, so entspannt, so gemächlich, der ließ mit Genuß mich zuhören, und sah mich nicht. Als wär ihm das gekommen wie verabredet. Als wär ihm das recht.

– Was wußtest du da?

– Senator Kennedy von New York gewann Vorwahl in Kalifornien. Hielt Siegesrede im Ambassador von Los Angeles. Auf dem Wege zur Pressekonferenz, in einem Küchenkorridor wurde er von hinten in den Kopf geschossen. 1:17 kalifornischer Sommerzeit. Als es bei uns ein Viertel nach drei war. Viertel vier im Deutschen, ich weiß schon! Lag auf dem Boden, die Frau kniete neben ihm. Die Sache mit dem Rosenkranz. Die letzte Ölung. Bewußtlos im Krankenhaus. Dann von vorn: Robert Francis Kennedy, Senator von New York –

– In der Ubahn war etwas zu ahnen, und doch nicht. Weil es der heißeste Tag im Jahr ist bisher, mochten die alle so dumpf aneinander vorbeisehen, den Mund halten. Das mußte gar kein anderer Trauerfall sein als das Leben manchmal ist für manche in New York. Dann im Bahnhof Grand Central sah ich einen Fernsehapparat in einem Schaufenster, voll aufgezogenes Bild, kein Ton in den Lautsprechern. Auf dem Schirm war immer nur das eine krumme Wort, wie mit dem Finger in Staub geschrieben: Shame.

– »Schande«, im Deutschen?

– Auch daß man sich schämt.

– Ja.
– Gleich in der Bank habe ich die Schule angerufen.
– Gesine, würdest du an einem solchen Tag in die Schule gehen?
– Du kriegst deinen Zettel für Schwester Magdalena.
– Für morgen auch.
– Willst du frei haben den ganzen Rest der Woche?
– Du bist nicht schlecht als Mutter, Gesine.
– Doch, ich war wohl albern. Dachte, ich müßte mit dir sprechen.
– Das mußtest du wirklich. Das hatte ich nötig. Erst war ich wild auf die Bank, weil sie Privatgespräche verbietet, dann auf dich, weil du gehorchst. Jetzt ist mir wohler; du hast es versucht.
– Auch in der Wohnung.
– Da war ich längst auf dem Times Square. Was da für Menschen standen, alle den Kopf im Nacken lasen die umlaufende Leuchtschrift. Wenn einer wegging, mit so finsterer Wut drängte er sich durch die anderen. Einmal bin ich fast von den Beinen gestoßen worden.
– Du, unter dem Times Square habe ich so viel Höflichkeit gesehen, sie muß Löcher in den Fahrplan gerissen haben. Ein junger Schwarzer, schwarze Lederjacke und Afrohaar, wollte einem fetten weißen Buchhalter den Vortritt lassen. – Nach Ihnen, gehen Sie nur! sagte er zu dem verdatterten Weißen, der erwartete doch ein Schimpfwort. – After you, brother: sagte der Schwarze. Brother! In der Subway!
– Davon weiß ich nichts. Im Central Park spielten die Bürger Ferien. Was ich gehört habe: das klare Wetter, Tonjas Krampfadern in so jungem Alter, Sommerschlußverkauf am Herald Square, die Mannschaftspolitik im Baseball von New York. Am Broadway nicht anders. Die Musik lief im Supermarket wie jeden Tag, und meine Kassiererin fluchte über Käufer ohne Kleingeld.
– Wär ich auch wütend gewesen.
– Wütend war ich auf dich, Gesine! Weil du es mir erklärt hast als gewöhnlich für das Land, John F. Kennedy, Martin Luther King, und schon wieder hattest du recht, Robert Francis Kennedy.

– Auch Ferwalters wußten nicht, wo du abgeblieben bist.
– Ich war unterwegs, allein in der Stadt.
– Zeitungen kaufen, eine nach der anderen.
– Nicht so vornehm wie du, ich nehm auch die Bildzeitung, die Daily News.
– Darf ich es dir ersetzen?
– Bezahlt hab ich von meinem Taschengeld. Taschengeld ist für persönliche Bedürfnisse, oder?
– Zu Mittag bin ich nicht in der Bank geblieben, ich ging über die Straße. Noch zweimal am Nachmittag war ich unten, immer gewiß, du stündest vor dem Haus und wartest.
– Das hab ich auch getan!
– Mrs. Lazar sieht so streng bloß aus. Das kann sie mit Kindern nicht. Sie hätte dich zu mir gebracht.
– Es war nicht Verlegenheit! Es war Wut auf dich, weil du auch dies wieder von mir erwarten würdest! Zehn Minuten hab ich euer kostbares Foyer bewundert, und bin weggelaufen, daß du mich ja nicht erwischst in deiner Einbildung.
– Auf mich?
– Einbildung auf dich! Wer kann mich schon trösten, niemand als die Mutter! Und daß ich Trost denn brauchte! Wenn ich das nun allein abmachen wollte? Als ob du mich kenntest, inwendig und auswendig!
– Nicht einmal weiß ich, was du als Abendessen bestimmt hast.
– Nichts! Keins für mich. Für dich ist ein T-Steak da. Und grüne Bohnen.
– Kein Abendbrot für mich.
– Gesine, du hast gearbeitet, du mußt essen. Morgen mußt du in die Bank. Iß. Oder darfst du hierbleiben?
– Morgen muß ich arbeiten.

Am Ende war nicht viel übrig von Bekanntschaft inwendig und auswendig; wo die Mutter sich eine Versöhnung ausdachte, kam es Marie an auf Einvernehmen. Sie zeigte die Mühe, die sie aufwenden mußte für einen erträglichen Ton beim Besprechen der Einkäufe, beim Abwaschen; gern wäre sie abgegangen hinter die verhängten Scheiben ihres eigenen Zimmers. Nur, sie benötigte die Mutter noch ein Mal. Sie

horchte auf das Klicken der Fahrstuhlketten, und beim ersten Klingelzeichen stand sie an der Tür. Und was trugen zwei Möbelpacker am späten Abend in die Cresspahlsche Wohnung, die seit sieben Jahren gefeit war gegen die amerikanische Television, was verschlugen nun die pädagogischen, die wirtschaftlichen und die mütterlichen Erwägungen? Ein Fernsehgerät rollten die schwermuskligen Herren über die Schwelle, da wurde eine Mutter gebraucht zum Unterschreiben des Leihvertrags. Den Apparat beorderte Marie in ihr Zimmer, die $19.50 bezahlte sie selbst. Taschengeld ist für Bedürfnisse persönlicher Art.
Gewiß geniert sie sich für den Bruch noch einer Vereinbarung; geflissentlich schaltet sie das Volumen des Apparats hinunter, wenn in die Nachrichtensendung Werbung einbricht. Daß ihre Liebschaft mit einem Politiker von außen sich anläßt wie eine von den meinen, sie wird es mir lange nicht glauben.

6. Juni, 1968 Donnerstag

»Marie H. Cresspahl, Klasse 6b
Klassenlehrerin: Schwester Magdalena
Fach: Wissenschaft? Geschichte? Gesellschaft?

Vorläufige Notizen für fakultativen Aufsatz
ROBERT FRANCIS KENNEDY
Gliederung? später als Inhaltsverzeichnis

Biographie
1925 geboren. 20. November. Vater Bankier, Reeder, Spekulant. Für jedes Kind 1 Million. Isolationist
Schulbildung: Katholisch auf Rhode Island. Privates Gymnasium bei Boston. Ansehen bei Mitschülern: K schlecht im small talk, schlecht bei Festen. Trainingsprogramm der Marine an der Harvard University. Dienst auf Zerstörer. Ohne Feindberührung zurück ins College. Begeistert für Football, zu klein dafür
1946 $1,000.00 vom Vater als Belohnung: Nicht geraucht, nicht getrunken, kaum mit Mädchen gegangen

1948 B. A. von Harvard. Korrespondent der Boston Post im Arabisch-Jüdischen Krieg. Weiteres Jurastudium in Virginia

1950 heiratet Ethel Skakel. Gesellschaft Kohle von den Großen Seen. Manhattanville College vom Heiligen Herzen. Kinder: Kathleen Hartington, Joseph Patrick, Robert Francis, David Anthony, Mary Courtney, Michael L., Mary K., Christopher, Matthew, Douglas. Hund Freckles.

1951 Bakkalaureus der Rechte. Job im Justizministerium, Abteilung Innere Sicherheit. $4,200.00 im Jahr. Forstete Homosexuelle aus, lernte dann in der Kriminalabteilung Feinheiten der Korruption (in der Regierung Truman)

1952 Wahlkampfleiter für John F., gewinnt ihm den Job des Senators. Dann in McCarthys Ausschuß gegen unamerikanische Umtriebe. Und wenn Gesine doch recht hätte. Joe McCarthy Taufpate des ältesten Kindes

1955 Anwalt beim Obersten Gerichtshof. Reise durch die Sowjetunion. Wenn eine russische Ärztin ihm das Leben rettet, kann der Kommunismus so schlimm nicht sein

1957 Kampf mit Untersuchungen und Verhören gegen Verbrechen in den Gewerkschaften. Wollte vom Capitol springen, wenn er Hoffa (Union der Lastwagenfahrer) nicht schaffte. Hoffa freigesprochen. Kennedy springt nicht. Lehnt angebotenen Fallschirm ab.
Trauergast bei der Beerdigung Joe McCarthys

1960 Wahlkampfleiter für John F., gewinnt ihm Präsidentschaft. »Jack arbeitet so schwer wie ein gewöhnlicher Sterblicher kann, Bobby geht ein wenig weiter.« Stimmenkauf in West Virginia? Bobby Justizminister und ab

1961 Berater des Präsidenten. Bürgerrechte für Neger. Überfall auf die Republik Cuba

1962 Reise um die Welt. Bali, Tokio. Stand in Berlin am Kontrollpunkt Charlie, nur die Fußspitzen auf dem weißen Strich, Blumen in der einen Hand, winkt mit der anderen den ostdeutschen Wächtern zu

1963 John F. erschossen. Bobby Chef der Familie. Streit mit

Lyndon Johnson. Aber Hoffa geschafft mit acht Jahren Gefängnis

1964 Rücktritt als Justizminister. Wahl zum Senator für New York. Waren wir drei Jahre hier. War ich sieben Jahre alt

1967 Fordert Verhandlungen mit der südvietnamesischen Befreiungsfront. Vorbild für Kriegsdienstverweigerer

1968 30. Januar: »Ich werde unter keinen vorhersehbaren Umständen gegen Lyndon Johnson antreten«.

17. März: »Ich erkläre heute meine Kandidatur für das Amt des Präsidenten der Vereinigten Staaten.« Bereichert sich am Wahlkampf des Kollegen (Eugene) McCarthy

5. Juni: siegt in der Vorwahl von Kalifornien, Verletzung durch zwei Kugeln

6. Juni: stirbt in Los Angeles, 4:44 atlantischer Sommerzeit.

Zeit des Todes nicht erwähnen. Sieht privat aus.
Lebenslauf kürzen. Leider hat er die von S. Magdalena geforderte Länge. Mit anderen Sachen wieder auffüllen.

Doktorhüte von: Assumption College, 1957
Mount St. Mary's College, 1958
Tufts University, 1958
Fordham University, 1961
Nihon University, 1962
Manhattan College, 1962
Philippinen, 1964
Marquette University, 1964
Berlin Free University, 1964

Selbst geschriebene Bücher: 2. Gangster drängen zur Macht
4. So würde ich den Krieg beenden (DER SPIEGEL, 8. April 1968)
1. ?
3. ?

Beweis für die Wichtigkeit des Themas:

Die Nachrichtensprecher sagen gelegentlich »Präsident Kennedy«. Mögliche Zukunft und all das

Amerikanischer Tod (Gesine)

Anwesenheit bei zeitgeschichtlichem Ereignis auf Fernsehschirm. Historischem

Senator von New York

SIRHAN BISHARA SIRHAN

1944 19. März: geboren im armenischen Viertel der Altstadt von Jerusalem, unter britischem Mandat. Vater griechischer Religion, Wasserwerksaufseher

1948 Arabisch-Jüdischer Krieg. Sirhan sieht an, wie israelische Soldaten Verwandte und Freunde seiner Familie umbringen. Die Sirhans ziehen oft um im arabischen Viertel. Nach dem Abzug der Briten kommt die Oststadt unter jordanische Herrschaft, und der Vater arbeitet als Klempner für die neue Regierung

Schulbildung: Unterricht in der Lutheranischen Erlöserkirche. »Vorzüglicher Schüler«, der beste unter den fünf Söhnen Sirhan. Der Vater will sicher gewesen sein, daß aus diesem etwas werden wird; damals prügelte er ihn. Streit unter den Eltern

1956 Suezkrieg. Sirhan 12 Jahre

1957 Im Rahmen eines Flüchtlingsprogramms bezahlen U.N. und Weltkirchenrat für die Familie die Reise nach den U.S.A. In einer Sonderquote dürfen sie am 12. Januar einwandern. In New York City

1957 Die Mutter geht mit den Söhnen allein nach Kalifornien. Vater baut Oliven in Taiyiba, Jordanien

1957-1964 (?). Sirhan auf der Muir High School von Pasadena, Leistungen hätten ausgereicht für das City College, er gibt die Schule auf

Die Mutter hat einen beständigen Job; Sirhan oft arbeitslos. Einmal verdientes Geld hortet er gern

Raucht nicht, trinkt nicht. Kann keinen Befehl ertragen

Pflegt den Garten, ist beliebt bei den Nachbarn, spielt mit Älteren Halma, eine davon ist Jüdin

Möchte Jockey werden, darf die Pferde aber nur nach dem Rennen umherführen, zum Abkühlen

1965 Bewirbt sich um Arbeit bei einer staatlichen Rennbahn. Dabei muß er sich Fingerabdrücke nehmen lassen

Nach den Negeraufständen von Watts fürchtet ein Albert Herz in Alhambra um sein Leben und kauft für $31.95 einen Revolver vom Typ Iver Johnson 55 SA, achtschüssig

1966 Arbeit auf der Ranch Granja Vista del Rio. Pferde bewegen. Fällt von einem runter, Verletzungen am Kinn, Magenschmerzen. Glaubt sich nicht genug entschädigt. Gibt Sehbeschwerden an

1967 Krieg der Israelis gegen Araber. Verlust der Heimat

Seit dem 24. September angestellt in einem Reformgeschäft in Pasadena. $2.00 die Stunde. Führt dort Reden über die Israelis, die alles haben und doch mit Gewalt über Jordanien herfallen. Inzwischen hat Mr. Herz den Revolver weitergegeben an seine Tochter, Mrs. Westlake. Der ist eine Schußwaffe im Haus unheimlich, sie gibt sie einem achtzehnjährigen Nachbarn in Pasadena, der sie im Dezember an einen Bruder Sirhans verkauft

1968 Im Laden brüstet Sirhan sich damit, daß er kein amerikanischer Staatsangehöriger ist (was die Voraussetzung für legalen Waffenkauf wäre). Am 7. März macht der Brotgeber eine Bemerkung über Sirhans Arbeitsweise. Ende des Jobs

Geht am 4. Juni ins Ambassador Hotel in Los Angeles. Am 5. um 00:17 (3:17) schießt er das ganze Magazin auf Kennedy und Freunde leer

Beweis gegen Mrs. Cresspahl: Fernsehen ist tauglich. Sogar brauchbar für Schularbeiten. Werbesendungen ohne Wirkung

Jetzt Kennedy und Sirhan zusammenführen. Gründe für den Treffpunkt.

Amerikanischer Tod (Robinson Adlerauge, Gesine C., wahrscheinlich sogar D. E.). Beweis, oder Gegenbeweis?

Gewalttätigkeit nationales Kennzeichen?

Konflikte aus Vielfalt der Herkunftsländer?

Gewaltsame Ausrottung der Indianer

Darwinismus auf Gewinnstreben übertragen?

Bereicherung der Nation durch

Krieg gegen Indianer
Mexikaner 1846-1848
Spanier 1898
(Bürgerkrieg 1861-1865)
Nationalgeschichte als Westernfilm mit garantiertem Mord, meist durch Schußwaffen
Mord in Lohnstreiten: die Molly Maguires in den Grubenbezirken von Pennsylvania, 1854-1877
Noch 1937, beim Streik in den Rouge-Werken von Dearborn, Mich.
Das Recht des amerikanischen Mannes, eine Waffe zu tragen.
Spielzeug. Ernest Hemingway.
Schützenverein. Lobby der Waffenfabriken und Waffenhändler. Jährlich 21,000 Schußwaffenmorde. Pro Kopf der Bevölkerung eine Feuerwaffe im Schrank
Neue Morde (1966): Richard Speck, 25, ermordet acht Schwesternschülerinnen in Chicago
Charles Whitman, 25, schießt vom Turm der Texas University wahllos in die Gegend, tötet 16 Menschen, verletzt 31
Robert Benjamin Smith, achtzehn Jahre, zwingt in einem Kosmetiksalon von Mesa, Arizona, drei Frauen und zwei Kinder, sich auf den Fußboden zu legen wie Speichen in einem Rad, erschießt sie planmäßig, zwei überleben
1967:
1968:
Versuchte und geglückte Attentate seit dem Bürgerkrieg (nur Schußwaffen):
ABRAHAM LINCOLN, Präsident, † 15. April 1865
WILLIAM SEWARD, Außenminister, verw. 1865
JAMES GARFIELD, Präsident, † 19. Sept. 1881
WILLIAM MCKINLEY, Präsident, † 14. Sept. 1901
THEODORE ROOSEVELT. Präsident a. D., verw. im Wahlkampf, 14. Okt. 1912
FRANKLIN D. ROOSEVELT, gewählter Präsident, nicht getroffen 15. Feb. 1933
ANTON CERMAK, Bürgermeister von Chicago, † 6. März 1933 (an Stelle ROOSEVELTS)
HUEY P. LONG, Senator für Louisiana, † 10. Sept. 1935

HARRY S. TRUMAN, Präsident, nicht getroffen am 1. Nov. 1950

JOHN F. KENNEDY, Präsident, † 22. Nov. 1963

MALCOLM X, Negerführer, † 21. Feb. 1965 (Broadway und 166.)

JAMES MEREDITH, Negerführer, verw. 6. Juni 1966

GEORGE LINCOLN ROCKWELL, Nazichef, † 25. Aug. 1967

MARTIN LUTHER KING, Negerführer, † 4. April 1968

ROBERT F. KENNEDY, Senator für New York, † 6. Juni 1968, 4:44 ante meridiem, atlantische Sommerzeit

Hatte Sirhan Bishara Sirhan ausreichend Zeit, die amerikanische Manier der Diskussion zu erlernen? Elf Jahre und hundertundvierundvierzig Tage

Anlaß (nach Notizbüchern Sirhans, gefunden 696 East Howard Street, Pasadena): Für den 6. Juni 1968, den ersten Jahrestag des neuen Krieges zwischen Israelis und Arabern, war von Robert F. Kennedy eine Rede zu erwarten, eine Werbung um die jüdischen Stimmen im Lande, eine Freundlichkeit für die Israelis, die einem Sirhan Bishara Sirhan das Land weggenommen hatten, oder seinen Teil daran. Kennedy sollte sterben, bevor er das sagen konnte?

(Nur warum lassen sie das über die Sender gehen, so daß niemand wird leugnen können, es gehört zu haben? So kriegen sie nie eine unbefangene Jury zusammen in Los Angeles. Wird dies wieder kein Prozeß?)

Spielte Halma mit einer jüdischen alten Dame

Aus diesem Grunde

Nunmehr

Dann trat die erste Kugel durch Kennedys rechte Achselhöhle ein, bohrte sich aufwärts durch Fett und Muskeln und blieb dicht unter der Haut stecken, zwei Zentimeter vom Rückgrat entfernt, in einem Stück.

Die andere Kugel traf unter dem rechten Ohr auf den Fortsatz des Schläfenbeins. Einen Zentimeter weiter rechts, vom Hinterkopf aus gesehen, und das winzige Geschoß wäre abgeprallt. So flog die hohle Spitze der Patrone gegen den ›wabigen, schwammigen Warzenfortsatz‹ und schickte Splitter von Metall und Knochen in das Kleinhirn, in das Mittelhirn, in die rechte Hemisphäre. Das schon durch Sauerstoffmangel beschädigte Gehirn war beeinträchtigt in seinen Funktionen

Balance und Bewegungskontrolle (Kleinhirn)
Sehfähigkeit (Hinterhauptlappen)
Augenreflexe, Bewegung der Augen und des Körpers, Nervenverbindung zwischen Groß- und Kleinhirn (Mittelhirn)
Kontrolle über Herzschlag, Atem, Blutdruck, Verdauung, Muskelreflexe, Emotionen (Stammhirn, »altes Gehirn«).

So daß ein Überleben nicht zu wünschen war.
Zum Sterben brauchte er etwas mehr als fünfundzwanzig Stunden. Das Bewußtsein kam ihm nicht mehr. Nach der Operation von drei Stunden und vierzig Minuten liefen die Gehirnströme noch regelmäßig, zwölf Stunden später waren sie nicht mehr aufzeichenbar. Dann mußte er noch sieben Stunden Blut durch das Herz pumpen und atmen. Dann konnte er die Rede nicht mehr halten.
Jetzt müßte man die ganze Sache nur noch schreiben.
Die Boeing 707 der Luftwaffe mit dem Sarg an Bord verließ den Internationalen Flughafen von Los Angeles um 1:28 (4:28) und wird in viereinhalb Stunden auf dem Flughafen Kennedy von New York erwartet.
In Fremont, Kalifornien, verließen 2400 Arbeiter ein Fließband von General Motors, weil ein Vorarbeiter das Niederlegen der Arbeit verbot mit den Worten, Robert F. Kennedy »hat bekommen, was er verdient«. Auf Vorhalt erklärte er seine Meinung mit der Feststellung: »Alle diese Kennedys sind ————.«
Gliederung
Inhaltsverzeichnis ?
Quellen: New York Times, Jahrgang CXVII, Nummer 40,310 und 40,311
Webster's International Dictionary of the English Language, 1902
Columbia Brodcasting and National Broadcasting System, Nachrichtenprogramme, Podiumsdiskussionen, medizinische Vorführungen etc. am 6. Juni 1968,

jeweils von 8 bis 18 Uhr
Telefonische Auskünfte von Freunden
Nachtrag: Abendprogramme im Rundfunk
WQXR (Sender der New York Times)
Der Sprecher der Sieben-Uhr-Nachrichten hat Tränen in der Stimme. Die Kommentatoren verwenden Ausdrücke wie »Tragödie« oder »betrübende Wendung der Ereignisse«. Mr. Apple liest in einer klapprigen Weise vor, was er noch von R. F. Kennedy erinnert.
Werbung eingeblendet.
General Telephone & Electronics bringen Ihnen mit Rücksicht auf die Tragödie ein musikalisches Programm ohne jede Unterbrechung durch kaufmännische Durchsagen. Sie hören Musik von Michael Haydn
WCBS
21:35 Der Sarg ist abgefahren
er ist an der Triboro Bridge
die Beerdigung wird organisiert von einem Fachmann, Mr. McNamara
21:40 acht- bis neuntausend Personen stehen an der St. Patrick-Kathedrale
in der Radioluft Sirenen, allgegenwärtig
der Reporter beschreibt seinen Standort, die Leute entlang der Straße, was immer er sieht. Ruhiger Ton, schaukelnd in schweren akustischen Wellen
fast alle der folgenden Wagen sind Staatskarossen
Polizei pfeift
der engste Familienkreis versammelt sich zu einer privaten Besichtigung. Dich haben sie reichlich durchgeschüttelt
die machen das unter sich ab
der Sarg ist im Kasten, Sendung gestorben
bloß Notizen. Jetzt müßte man es bloß noch schreiben.«

7. Juni, 1968 Freitag

Auf der Südseite der 96. Straße, von der West End Avenue her, streichen Arbeiter die Bürgersteigkante an, etwa dreißig

Meter lang, bis zur Haltestelle des Neunzehners. Die Männer benutzen Handbürsten, die sie mit doppelten Bändern an Besenstielen befestigt haben. Sie hantieren gelassen vor sich hin, nicht ohne Genuß an ihrem Sachverstand, nun werden sie bald Fuffzehn machen. Dave Brubeck, Take Five. Die gelbe Farbe glänzt in der Sonne, appetitlich frisch. Muß alles sein. Nur wissen wir ein Kind, das begreift es nicht.
Ob Marie wohl weiß, daß solch Fernsehapparat gern implodiert, wenn sie heute wieder zehn Stunden lang davor sitzt mit ihrem Schulheft?
Am Kiosk sind die Zeitungen wieder höher gestapelt als zu gewöhnlichen Zeiten, an dem Sperrholzverschlag um das abgebrannte Haus liegt Nachschub, der ist schwerlich auszurechnen. Die Leute stehen von Süden her an vor dem Verkäufer, die von Norden kommenden folgen begriffsstutzig ihrer Gewohnheit, rasch die oberste Zeitung wegzugrapschen und mit der anderen Hand den Zehner abzuliefern. Heute morgen sind die krüppligen Finger schon mit anderem Geld beschäftigt, die Zeitungen aufgeteilt in freizügige und solche für Vorzugskunden, stell dich ja als fünfte an.
– Du, meine Liebe! sagt der alte Mann, streng, als tadle er einen Fehler. Der will heute mit dir sprechen, du. – Du wirst dich bei mir nicht noch ein Mal hinten anstellen! Sind wir Freunde oder was?
Die Kunden in der Reihe hören geduldig, ja billigend an, daß der Alte ein Verhältnis pflegt zu dieser Dame und es obendrein ausspricht. Heute scheint Vorführung von Gefühlen erlaubt, auch die von ganz neuen.
In der Subway stehen weniger Fahrgäste auf dem Bahnsteig, ist doch Arbeitstag, sie kommen fast ohne Gedränge in den Wagen, und wen haben wir denn hier? einen schweren alten Neger mit gichtkrummem Rücken, der bietet einer beliebigen Weißen seinen Sitzplatz an. – Du hast es auch nicht leicht: sagt er. Ist dies noch New York?
Unter dem Times Square ist die Stadt wieder ähnlich, so dick ist das Gedränge zusammengekocht. Auf der Lexington Avenue gehen die Leute Schulter an Schulter, wie in gemeinsamem Marsch. Hier ist das Sonnenlicht klein geschrumpft. An manchen Ladentüren hängen Schilder und erklären sie für

zu, andere Kaufhäuser kündigen mit Plakaten eine zeitweilige Schließung für morgen an und bringen sich der Kundschaft so dennoch in geschätzte Erinnerung. In einer Seitenstraße zwinkert eine junge Westinderin, in eleganter Hemdbluse, mindestens von Bloomingdale, die führt ihre bürstendicken Augenbrauen und Stangenbeine vor, die hat auch Geschäfte zu besorgen.

Vom Eingang des Restaurants bis zu Sams Theke sind es zwanzig Meter zu gehen, Sam annonciert der Küche schon beim Blick auf die Tür: Großen schwarzen TEE! so daß er zwei Minuten später die Tüte herüberreichen kann. Inzwischen will er wissen, wie es ist. – Mit mir erst! Ich will ja, ich kann nicht! sagt er und meint die schickliche Rührung, die er nicht aufzubringen vermag. – Mann, Gesine, wird das ein Tag!

Denn die Bank arbeitet. Allerdings mochte unser angeblich verehrter Vizepräsident es nicht bewenden lassen mit schlichter Anordnung, in einem Memo hat er das Offensichtliche erklärt: es ist dies Freitag, regulärer Zahltag für die meisten Lohnempfänger der Stadt, die Schecks müssen sämtlich raus vor dem Wochenende; für alle Abteilungen, de Rosny. Er hätte hinzufügen dürfen: im übrigen habe ich in dieser Sache die Unterstützung der Handelskammer. Gehorsam mögen die Angestellten in den unteren Stockwerken Scheine zählen, Münzsäcke wiegen, Konten prüfen oder bloß gedachtes Geld auf den Tabulatoren durch die vier Rechenarten klimpern; im sechzehnten Geschoß werden auf das unverschämteste Zeitungen gelesen. Sie sind fleißig, die ihrem Brotherrn das Gehalt zwei Wochen stunden, sie haben schon längst die Mitte aufgeschlagen, wo die Kennedy-Berichte von Seite 1 fortgesetzt werden. Mrs. Lazar soll die Abteilung mit Leib und Leben verteidigen, sie blickt kaum auf, sie muß die Blätter in einer verärgerten, lehrerhaften Art hin und her reißen. Hier haben wir Henri Gelliston, der das Bankgeschäft für die einzige irdische Wissenschaft ansieht, jetzt prägt er sich mit erstaunter Miene die Überschrift ein: Eine Maschine des Weißen Hauses flog die Leiche von Los Angeles her. Gleich wird er wissen, daß der Leichenwagen dort blau war und Mrs. John F. Kennedy auch beim Besteigen jenes Flugzeuges sich den Vortritt nicht nehmen ließ. Von Wilbur N. Wendell

aus können die Finanzgeschäfte Südamerikas samt und sonders ersticken unter seiner ausgebreiteten Times, er muß auf einem Foto das Friedhofspersonal beobachten, das in Arlington das Grab für morgen ausmißt. Tony, Anthony, der so dringend vergessen machen will, daß er in einem italienischen Armenviertel der Stadt geboren ist, unser Herr mit den streng vollendeten Formen, er fläzt sich geradezu über den Tisch im Bemühen, die Zeitung nicht zu knicken, und wie gestern liegt in seinem Terminkalender die erste Seite eines Blattes, mit dem er sich sonst nicht einmal die Schuhe putzen würde, die Daily News, die Bildzeitung. Still ist es in dem großen Salon der Herren wie in einem Lesesaal, bis auf ein geringfügiges Detail ist der Anblick zu verwenden als Reklamefoto für die New York Times. de Rosny mag wissen, warum er an diesem Morgen keinen Rundgang tut; er könnte sich über die Geschäftigkeit seiner Untergebenen erschrecken.
Auch die Angestellte Cresspahl begibt sich nicht geschwinden Schrittes in ihre Zelle, vielmehr vertrödelt sie Arbeitszeit neben dem Schreibtisch unseres eleganten Tony. Links auf dem Titelblatt des Picture Newspaper von gestern steht »Final« gedruckt, das heißt wohl endgültig oder auch Letzte Ausgabe. Rechts steht der Preis, acht Cents, daß du es nur weißt. Darunter Nachricht vom Wetter, sonnig und warm, so kann man es ausdrücken. Die Buchstaben RFK DEAD haben eine Länge von fast zwei Zoll. Warum nicht fünf Zoll? Darunter, in dünner schwarzer Umrandung, blickt der Tote den Käufer an, treuherzig um die Augen und etwas bekümmert über die Schlechtigkeit der Welt, die Lippen verdächtig locker, das Gesicht ein wenig gedunsen. Das Haar ist zu kunstvollem Ungestüm gepackt wie je, die linke Schulter rückt er vor, verläßliche Zuwendung. Den Schlips hätte seine Frau ihm dichter vor den obersten Hemdenknopf zerren dürfen. Die Cresspahl würde Tony dies gammlige Blatt gern abkaufen, sie ist nicht sicher, ob Marie es denn hat, sie traut sich nicht. Wäre es für Marie gewesen? Für wen sonst.
Alle Zeitungen müssen nun ihre Worte aufessen wie alte Hüte. Ruthless, grausam und unbarmherzig, das war er nun doch nicht. Mag er in jungen Jahren eher rücksichtslos als klug gekämpft haben, die Times will es ihm nun vergeben,

tat er es doch nicht für selbstischen oder niedrigen Zweck. Vollständige Kenntnis des Prozeßwesens traut sie ihm immer noch nicht zu, einen Krieger will sie in ihm erblicken, einen großen Mann, der bei seinem Tod noch wuchs. Was fängt de Rosny nun an mit seinen unzähligen Geschichten über jene Cartoon-Figur Bugs Bunny, den närrischen Erfinder, der etwa mit einer motorgetriebenen Hängematte seine Nachbarn um Besitz und Gesundheit bringt; de Rosny wird sich geradezu ein neues Opfer ausdenken müssen. Wetten wir auf Richard Milhous Nixon, der so schön weinen kann?
Als ob da nicht Schularbeiten wären. Es haben ja nicht alle Tschechoslowaken dem Einmarsch der sowjetischen Manövertruppen zugewinkt. Es sind wohl auch mehr als erwartet, auch mit schwererem Gerät; die Gewichtsbeschränkungen an den Brücken mußten eigens von 30 auf 70 t erleichtert werden, was man lieben Freunden wohl zugesteht. Da hätte der Innenminister zu sinnieren über so wandelbare Brücken, dabei stört ihn seine eigene Geheimpolizei, als unterstünde sie Stalin nach wie vor. Schreib das auf. Neuerdings sind es bis zu 30,000 Fälle, in denen die Staatssicherheit mit falschen Beweisen unschuldige Bürger eingesperrt hat.
Wer es schon um drei nicht mehr aushält mit solchen Vorbereitungen auf eine Europareise, ist die Angestellte Cresspahl. Marie meldet sich nicht am Telefon in der Wohnung. Es kann das Günstigste bedeuten. Kann sie das Telefon nicht hören, ist sie weit weg von dem Flimmerkasten, von den Nachrichtenstimmen, bei Pamela zu Schularbeiten, mit Rebekka im Park, wo der Eismann klingelt. Wer so nicht denken will, der glaubt das Kind an der St. Patrick-Kathedrale. Was hat sie davon, der Sarg ist doch geschlossen. Das macht ihr nichts aus, deswegen kann sie doch daran vorbeigehen wollen und die Fahne auf dem Kasten ein wenig anfassen. Da sollte sie nicht allein stehen. Da müßte sie empfangen werden. Die Cresspahl gibt sich frei, abmelden kann sie sich nicht mehr, auch Mrs. Lazar ist schon gegangen.
Um diese Zeit hat die Schlange ihr Ende auf der Lexington Avenue, an der 47. Straße. Sie ist so füllig, wer an ihr entlanggehen will, bekommt einen Gang wie beim Balancieren. Vor dem eckigen Glasschichtkeks der Chemical Bank ist

Marie noch nicht zu erwarten. Gewiß hat sie sich an das Ende gestellt, aber früher. Vor dem Barclay-Hotel ist sie nicht, auch nicht vor dem Waldorf-Astoria. Wie gelb das Haus der General Electric ist, wilde Gotik mit einer löcherigen Krone, darin sitzt ein Wassertopf. Die stillstehenden Menschen beschleunigen das Gehgefühl unvernünftig. Der Kommerz läuft fröhlich umher und schreit Ansteckknöpfe aus, mit der Aufschrift »Zum Gedenken an einen Großen Amerikaner. Robert F. Kennedy. 1925-1968«. Einen könnte man kaufen, für Marie. Das Stück zu fünfzig Cent. Das mag einen Profit von hundert Prozent bedeuten. Hier ist noch einmal ein Eingang zur I.R.T. 51. Straße, die nächste Station ist Grand Central, von da sind es zwanzig Minuten nach Hause. Die Leute sind kaum für einen Trauerfall gekleidet, der kann so wie er ist auf ein Segelboot, so würde diese Dame eher in einem Hintergarten zu vermuten sein. Hier haben wir einen Briefträger, der ist zu oft stecken geblieben in der Prozession, nun ist sogar die Telefonzelle besetzt. – Eine Dreiviertelstunde bin ich jetzt hinter Plan! sagt er zu den Umstehenden, die ihm lächelnd zunicken. So gehört es sich eben in New York, wenn was los ist; auch er wollte ja nur durch solche Anteilnahme besänftigt werden. Wo will die Schlange hin, jetzt wickelt sie sich um den Block des Seagram-Hauses und windet sich südlich die Park Avenue entlang. Die Seagrams verteilen Plastikbecher, zwar nicht mit Whisky, Wasser genügt für die Werbung. Tränen sind nicht zu sehen; die Gespräche mögen nicht fröhlich sein, Munterkeit hält sich. Hier gibt es wiederum die Gedenkensknöpfe, sie kosten schon einen ganzen Dollar, vielleicht wegen der vornehmen Umgebung des Embassy Club und der Chemical Bank von hinten. Wieviel Prozent Profit? Hier wird ein Papierkorb gestürmt, zwei Lehrerinnen wollen für eine ganze Schulklasse Jungen Helme aus Papier machen. So prächtige Türme des Geschäfts, und zu ihren Füßen verstreut das Volk Plastik, Papier, Blechdosen. Immer wenn einer umfällt, beult die Schlange zum Bürgersteig hin aus, hier lehnen zwei Mädchen in zu engen Hosen schlapp gegen die Pfeiler des Karbid-Verbandes. Die Ohnmachten kommen nicht so sehr von der Dampfhitze, als von den Abgasen der Autos. Denn andere

New Yorker fahren über die Park Avenue aufs Land, an die See, wenn auch dem Trauerfall zuliebe mit eingeschalteten Scheinwerfern. Hier braucht man für einen Block eine Stunde, wenn man nicht frei neben der Schlange her läuft. Die Polizei hat die Wartenden mit grauen Sperrblöcken gegen Eindringlinge geschützt. Kinder sind viele darunter, fast jeder Dritte scheint nicht volljährig; jedoch ist dies etwa das fünfte Tausend, darin ist Marie zu übersehen. Über den Anlaß spricht Keiner, nicht einmal über die Änderung am Schußwaffengesetz vom Donnerstag. Früher durfte das Versandgeschäft beliebig Pistolen, Revolver, Handgranaten, Mörser frei Haus liefern; neuerdings nur noch Gewehre und Schrotflinten. Auch solches Gewehr, wie es für den anderen Kennedy benutzt wurde. Bankers Trust, die Kommandozentrale von Colgate und Palmolive, das Hauptquartier von International Telephone & Telegraph. An der Ecke, bevor die Schlange nach Westen in die 51. Straße einbiegt, war noch ein Blick nach rückwärts möglich, auf das Haus der PanAmerican, in dem das Vermögen der Kennedys verwaltet wird. An der Madison Avenue leiten Polizisten den Zug wahrhaftig als Spalier über den Damm. An dieser Ecke, in einem kalten Winter, ging auch die Cresspahl einmal, ein Schild vor dem Bauch, immer hin und her vor der Erzdiözese von New York, dem Palais des Kardinals Spellman, der den Krieg so liebte. Hier beginnt die letzte Etappe, die Getränkehändler werden wild. Einer fühlt sich angesehen von einem reichlich zerlumpten Bettler in der Reihe, dem wird er den Erfolgsneid abgewöhnen, eine Zeit lang streckt er die bunten Büchsen immer so, daß sie passieren unter der Nase dieses Durstigen, bis der sich abwendet. Immer wieder steht unter den Weißen ein Puertorikaner, ein Neger, ungefähr jeder fünfte ist von dunkler Hautfarbe. Es sind die, die sich angeredet glaubten, wenn dieser Millionär von ihnen sprach. Was mögen sie ihm zugetraut haben? Unter ihnen tragen die meisten Frauen die Schuhe nicht in der Hand, haben die Männer die Schlipse ganz wenig gelockert. An der Kirche ist die Polizei in Ausflugslaune, läuft beschwingt hin und her zwischen den elefantischen Übertragungswagen der Fernsehanstalten, führt behagliche Gespräche über die Funksprechge-

räte, winkt zu den Helikoptern hinauf. Der wahre Herrscher ist ein Kameramann, hoch über allen hängt er vor seinem Gerät in einem Sessel, der sein Gesäß nachbildet. So kurz vor dem Ziel, hier beginnen die Leute sich zu wehren, wenn jemand in die Schlange drängen will, wenn auch nicht mit der Gehässigkeit unheiliger Tage, lieber mit Anspielungen auf die Würde der Gelegenheit, gern in predigendem Ton. Vor dem nordwestlichen Eingang der Kirche hacken Uniformierte mit wortlosen Weisungen der Schlange jeweils fünf, sechs Köpfe ab. Im Inneren ist etwas Goldenes, scharf Beleuchtetes zu sehen. Wenn Marie hier eingetreten ist, hätte sie gern jemand Katholischen dabei gehabt. Sie hätte es richtig machen wollen mit dem Niederknien, dem Bekreuzigen. Auch hier ist sie nicht, sie kommt nicht aus dem Südeingang nach der Viertelstunde, die eine Passage am Sarg entlang dauern kann, und doch hat sie die Mutter oft gesehen, auch jetzt noch, als sie an der grauen Wand der 50. Straße und weinenden Frauen vorbei davongeht in das heiße Licht aus dem Westen.
Marie hat das Haus nicht verlassen. Als das Telefon klingelte, war sie zu Jason in den Keller gegangen und bat ihn um Rat für eine bessere Einstellung ihrer Fernsehantenne. Sie hat den ganzen Weg gesehen von der Lexington Avenue an, die Park Avenue hinauf und hinunter, bis zu der Kathedrale und am Sarg entlang. Dazu brauchte sie nicht selber zu gehen. Sie war nicht da, und hat sogar das Bekreuzigen notdürftig gelernt. Sie war mit dem Fernsehen da. Es ging gar nicht anders, als sie auch heute zu verfehlen.

8. Juni, 1968 Sonnabend

Ein Tag vor dem Fernsehen. Jedoch werden wir ihn nicht ohne Aufsicht verbringen. Als Mrs. Cresspahl anrief bei D. E., mußte Frau Erichson ihn schon vom Auto holen, denn er war bereit zur Abfahrt, auf Maries telefonische Bitte nämlich. Auch das Kind will einen Schiedsrichter.

Hol sie mir zurück. D. E.
Zu dir?

Weg von den Kennedys.

Hat sie solche besessene Freude am Kummer nicht von dir?

Wenn das von mir ist, nimm es ihr weg. Hol sie da raus.

Freie Hand?

Hol sie dir, D. E.

Gegen halb neun hat er seine langen Knochen eingerichtet bei uns, auf einem der Stühle von der Heilsarmee, mit dem Rücken gegen den auch unten leuchtenden Park, gefeit gegen den Verdacht mangelhafter Aufmerksamkeit. Neben sich hat er einen Blechtopf mit acht Unzen Tabak, drei Pfeifen, allerhand Besteck, nun bestellt er einen Liter Tee; er rüstet sich für ein langwieriges Unternehmen. Angezogen ist er eher für das Wochenende im Garten, zu dem er uns nach New Jersey einlud, bis hin zu den Tennisschuhen; mit seiner Miene von verschlafenem Ernst erreicht er verläßlich die Nachahmung eines Professors, dem noch ein lästiger Prüfungstermin nicht zuviel wird. Die Sprache ist Amerikanisch.
Mit seinen Vorbereitungen kriegt er Marie befangen; seine Rolle nötigt ihr die des Veranstalters auf. Sie rückt das Gerät vor ihm hin und her, mit Entschuldigungen wegen des verzerrten Bildes; er nickt ernst. Er mag die Lehrbefugnis besitzen für Physik und Chemie; an der Technik eines solchen Apparats weiß er nichts zu verbessern. – Die Röhre ist übermüdet: stellt er fest, ganz strafender Sachverstand, so daß Marie nickt, kleinlaut. Sie ist nicht imstande, ihm Mutwillen nachzuweisen; dennoch verrutscht ihr das fromme Gefühl. Sie sitzt nun neben ihm, er könnte sie tröstend berühren im Nacken, am Arm, ihm ist es erlaubt; streng hält er an sich, mit Respekt vor ihrer Trauer, und macht ihr die Manier verdächtig, indem er sie darstellt. Sie hat es nicht anders erwartet, als daß er schweigen wird zu den Vorführungen, bald kann sie es nicht aushalten.
Gegen neun zieht sie Luft durch die Zähne, wie gegen plötzlichen Schmerz, denn auf der Scheibe erscheint ein kratziges, verschobenes Bild, in seine eigenen Schatten zerschnitten; es zeigt die Witwe vom Tage, im Moment des Bekreuzigens. Das Gesicht kommt hell und klar heraus in der verhexten

Umgebung. D. E. blickt erstaunt auf Marie und erklärt nachlässig: Der Raster, du verstehst. Sie nickt, harmlos und gelehrig. Der Raster. Aha.
Mrs. Cresspahl wäre längst ausgebrochen, zwar gegen ihren Vorsatz, doch auf einen Gewinnpunkt bedacht: Dieser dein Robert Kennedy, der hat das Telefon von Martin Luther King abhören lassen, so ein Justizminister war das, daß du es weißt –! Nunmehr ist sie verhindert, weiterhin pädagogische Fehler zu begehen, sie hat obendrein Unterhaltung mit Seitenblicken auf das steife Paar vor der Bilderkiste. Sie vergißt sich in plötzlicher Fröhlichkeit, sie lächelt, mag das nun Dankbarkeit sein oder Übermut. Sie bekommt einen unwilligen Seitenblick von D. E., als sei da nichts zum Lachen, und verzieht sich gehorsam mit dem Radio in jenes eine Zimmer, dessen Tür fest zu schließen ist.
WQXR, die Stimme der New York Times, sendet über 96.3 Megahertz, nun wird sie der gebildeten Gesellschaft einmal zeigen, wie eine Große Alte Dame von Welt sich benimmt beim Tode eines ermordeten Widersachers. Heiter und solide beschreibt sie ein Bankgeschäft, ein namentlich angesehenes, und empfiehlt dessen Dienste dem Publikum. Nicht nur verdient die würdige Tante Times sich ein wenig Nadelgeld mit Werbung für Fremde, auch die eigenen Verdienste rückt sie in den Äther, mit Hinweisen auf tiefschürfende Berichte, die sie morgen verkaufen will. Es ist zuverlässig ihr Kanal, sie nennt sich bei Namen, sie ist es selbst. Nicht das Schwarze unterm Nagel will die Times dem abgeschafften Feinde gönnen an Teilnahme und Beileid, unbeirrt ehrt sie den Dollar, ihr schenkt auch keiner was.
Im anderen Zimmer lädt D. E. das Kind immer noch nicht ein zum Besuch eines Leichenschauhauses von New York, wo auch Tote liegen mit spitzer Nase aufwärts, ebenso katholisch, dennoch ohne Aussicht auf ein Begängnis in der schicksten Kathedrale an der Fünften Avenue; er hat aber schon ein Spiel mit Marie. Jeder der beiden Teilnehmer darf sich einen Punkt anrechnen, wenn er eher als der andere die Bewandtnisse der Würdenträger erkennt, die vor ihren Augen durch die Kontrolle in die Kathedrale geleitet werden. Gleich lagen sie bei dem Generalsekretär der Vereinten Nationen und dem

Präsidenten der Automobilarbeitergewerkschaft, dem Präsidenten des Landes und dem ehemaligen Chef der C.I.A.; zu ihren Gunsten rechnet Marie fast alle anderen, von dem Dichter Robert Lowell bis zu Senator Eugene McCarthy; nur bei Lauren Bacall will D. E. schneller gewesen sein; ihr fällt nichts auf. Danach beginnen sie die Farben der Prozession zu raten, die der Apparat nicht hergibt, und ahnen das Weiß der Seminaristen, vertun sich beim Braun der Mönche, dem Olivenen an den Militärgeistlichen, dem Purpur der Monsignori, dem Violett der Bischöfe, einigen sich auf das Scharlachrot der Kardinäle; inzwischen, schlicht in der Vorstellung eines bunten Bildes, hat Marie auch einen Blick gewonnen für die Feinheiten der Inszenierung. D. E. darf die eine Bedeutung von Service mit der anderen vergleichen; auch sie läßt sich ein auf eine Berechnung der Kosten.
In den Scherz folgt sie ihm noch nicht, aber beide blicken einander gelegentlich an wie früher, anschlägig, heimlich verständigt, so wenn dem überlebenden Bruder Kennedy die Stimme bricht gegen Ende seiner Gedenkensrede. Zwar will sie den weinerlichen Ton noch respektieren, D. E. fängt ihren aufkommenden Verdacht ab mit einem Kommentar zu dem Motto des Toten:

»Manche sehen die Dinge wie sie sind, und sagen: Warum muß das so sein?
Ich träume von Dingen, die gab es noch nie, und ich sage: Warum kann das nicht sein?«

Hat er ihr einmal die Herkunft des tränenvollen Zitats von G. B. Shaw nachgewiesen, samt Historie des Fabianismus, darf er hinzufügen: Die nehmen eben auch beim Borgen vom Besten.
Danach sieht sie mißtrauischer auf die acht Halbwaisen, die Brot und Wein in goldenen Gefäßen zum Hochaltar tragen; sie mag auch nicht das auf den Sarg gesprenkelte Wasser verteidigen, das Gottes reinigende Gnade vom Himmel herabrufen soll, nicht das Schwenken von Weihrauch, der die Gebete der Gläubigen zu Gott erheben soll. Das hat sie zu oft gegen ihren Willen aufsagen müssen in der Schule. Allmählich erkennt sie die Vorgänge in der Kathedrale als private Veranstaltung, die ihr den Toten wegnimmt, und beim Abspie-

len des langsamen Satzes aus Mahlers Fünfter durch 30 New Yorker Philharmoniker kann sie noch nicht aussprechen, wie die Kennedys sich anstellen, wenn sie borgen; sie gibt den Gedanken mit mühsam amüsiertem Seitenblick zu. Der fröhlich dahintrampelnde Schlachtchoral der Republik stört ihre Gelassenheit noch einmal, sie kann sich nicht wehren gegen D. E.s Erinnerung, daß die Melodie entwendet wurde aus dem anderen Lied,

John Brown's Body Lies Mouldering in His Grave

von dem Überfall des Sklavenfreundes Brown auf Harpers Ferry in Virginia, die Entlehnung stört sie, die unterlagerte Verwesung der Leiche auch, überdies will sie es annehmen als Lehrstoff, wie sie ihn von Sister Magdalena kaum erfährt, das Nachdenken trocknet ihr die Augenwinkel aus. Bald streitet sie mit D. E. über die Lage toter Katholiken zum Altar, die Füße zum Altar und den Kopf unter den Sternen der Flagge weist sie ihm nach, so daß am Ende sie ausrufen muß: Die tragen ihn ja mit dem Kopf nach unten aus der Kathedrale!

Sie gesteht vorerst nur D. E. den Spaß zu, den er hat mit dem Benehmen der anderen Mrs. Kennedy, der Witwe des Präsidenten, steif und still steht sie fast vier Minuten auf der obersten Treppenstufe, as sühst mi woll, mag doch die Wagenkolonne unheilbar in die Verspätung geraten, sie will ihren Anteil am öffentlichen Aufsehen, und Marie sagt schließlich doch, halb geniert, halb ärgerlich: Das möcht ihr so passen. Sie lädt doch geradezu ein zum Schießen!

Ihr Vorrat an Andacht hat die eingeblendete Meldung aus London schlecht überstanden. Daß auf dem Flughafen Heathrow ein Mann festgenommen wurde, der des Mordes an Martin Luther King verdächtig ist, daß sie ihn gefaßt haben nach so langer Zeit, zwar endlich, aber an keinem anderen Morgen als diesem, gerade heute, eben recht zur Koppelung an das Spektakel von ihres Senators Beerdigung – es paßt zu gut, zu ausgerechnet, es kommt ihr vor wie ein Trick von Erwachsenen, die Kinder für noch dümmer halten. Die Maßarbeit stört sie, und wenn sie nicht gerade an der Wahrheit der Nachricht zweifelt, so scheint sie ihr doch beschädigt durch die Placierung. – Wir sollen abgelenkt werden! sagt sie wütend; abgelenkt ist sie.

Auch ist sie unbedenklich ungerecht und beschimpft die Präsidentenwitwe Kennedy für ihr Verlangen nach noch einem Schuß und vermehrtem Ruhm; längst hat der amtierende Präsident Johnson den Weg von der Kathedrale in New York bis nach Washington zurückgelegt, der Zug mit dem Sarg ihres Senators steht immer noch im Pennsylvania-Bahnhof. Die Sprecher im Bild sind so verlegen, daß sie anspielen auf den Zug, der den ermordeten Abe Lincoln beförderte, sie erzählen aus der Geschichte des Bahnhofs, einer kommt auf die Umbenennung Idlewilds zu sprechen.
– Which I undertook solely to keep New York clean: sagt D. E. unvorsichtig, gleich besorgt; sie nickt ihm nachdenklich zu, die Lippen vorgeschoben. Ihr toter Kennedy ist nicht zu trennen von der Inszenierung seiner letzten Reise, die Familie vertritt ihn, so wäre es ihm recht gewesen. – Nein: sagt Marie. Sie würde gegen den Namen Kennedy-Bahnhof votieren.
Ihre Hartnäckigkeit hält sich noch eine Weile, ausgeschaltet wird der Apparat nicht; die Aufregung hat sie verloren. Der Vorgang ist ihr absehbar geworden. Noch oft wird sie die Aussichtsplattform des letzten Wagens sehen und den Sarg, der da auf sechs Stühlen liegt, noch oft wird die Kamera aus dem Hubschrauber ihr die beiden Züge zeigen, nur das Amerikanische an dem Schauspiel steht ihr noch bevor. Es sind drei Züge, der erste zum Abfangen von Sprengstoff (ein Reporter berichtigt seinen Versprecher »dummy train« eilfertig in den offiziellen Ausdruck »pilot train«), der dritte eine Einheit mit zwei Dieselmaschinen, für Reparaturen und die Folgen eines neuen Attentats. Aber es trifft nicht die tausend berühmten Freunde der Kennedys im Totenzug, von den Zuschauern werden zwei in Elizabeth, New Jersey, von einem Schnellzug auf den Gleisen der Gegenrichtung erfaßt und getötet. Die Beimischung von Alltag enttäuscht Marie, aber D. E. benutzt nicht das erste Anzeichen von Langeweile, erst gegen zwei Uhr beweist er ihr mit Annies vorgewärmtem Badethermometer sowie auch wahnwitziger Wissenschaft, daß nun einer Implosion des Geräts vorgebeugt werden muß. Es ist Marie, die den Knopf drückt, und D. E. zu Gefallen führt sie ihn in den Olympic Swimming Club des Hotels Marseille.

Sie beobachtet ihn beim Verlassen der Wohnung, er verabschiedet sich von Mrs. Cresspahl mit beiläufiger Miene, nicht mit einer von Triumph.
Auf dem Broadway ist es heiß, als würd er auch noch von unten gebacken. Eine erwartete Menge Leute trödelt geschäftig vor sich hin, die östlichen Bürgersteige sind nur von der Hitze so blitzend leer geräumt. Ohne Angst vor Fernsehkameras geht die Obere Westseite ihren Geschäften nach, Frauen mit Lockenwicklern im Haar sind zu Einkäufen unterwegs, junge Männer in Unterhemden besprechen den Tag im Schatten des Baldachins vor Strand's Bar, ziehen mit Wäschebeuteln in die Münzwaschsalons. Was immer die Fernsehstationen von der Fünften Avenue gezeigt haben an Fahnen auf Halbmast und feierlichem Gedränge entlang der Sargroute, hier ist gewöhnlicher Sonnabend. Wenige Läden verdecken ihr Angebot mit schwarzgerahmten Bildern des Senators oder Trauerschleifen, kaum einer ist geschlossen; Mrs. Cresspahl bekommt ihre vier Flaschen Quellwasser (das aus der Leitung ist widerlich braun von den Ablagerungen in den Hauptrohren, hochgespült vom wechselnden Druck, seit Kinder überall in der Stadt aus den Feuerwehrhydranten Straßenduschen gemacht haben und Erwachsene den dritten Tag zu Hause sitzen vor den Fernsehapparaten); sie findet ohne Mühe die Delikatessen für ein wahrhaftiges Mittagessen, das D. E. uns verschafft hat. Und Marie ißt viel von ihrem Kummer auf mit schwarzem Brot aus Westdeutschland und eingelegtem Fisch aus Dänemark. Sie hätte Hunger für schamlos gehalten, nun bemerkt sie es nicht, denn D. E. ist keinen Moment eher fertig als sie. Wir werden dir das Kind noch überschreiben, D. E., du Erziehungsberechtigter.
Gegen drei Uhr werden im Fernsehen die Übertragungen des Vormittags stückweise wiederholt, da der Zug zu selten an Kameras vorbeikommt und die Menschenmengen auf den Bahnsteigen der Washington-Strecke eben nur immer wieder ähnliches Gewinke, Gebrüll, Schilderschwenken hergeben. Den Nachruf des jüngsten Bruders kennt Marie nahezu auswendig, weiß auch vorher die Stelle, an der ihm die Stimme zu brechen beginnt. Mittlerweile ist der Zug so oft langsam gefahren für die Zuschauer draußen, so von Defekten geplagt,

er ist seinem Plan um Stunden hinterher, und noch eine Rechnung D. E.s geht auf: vom Schwimmen müde, nickt Marie ein, mitten in der Diskussion, ob der kaputte Bremsschuh am letzten Wagen tormosnoi bašmak oder tormosnaja kolodka heißen würde. Sie ist so tief entfernt im Schlaf, ahnungslos gleitet sie an der Sofalehne ins Liegen, sie hört nicht das hohle Läuten der Lokomotivglocke im Fernsehen aussetzen, nicht das Klappen der Tür.
Der Riverside Park scheint nicht leerer als sonst, das mag die New York Times uns morgen aufzählen und beweisen. Mrs. Cresspahl sieht die hitzetrockenen Steige nicht an auf Begegnungen, sie sucht verdeckte Windungen; richtig findet sie vor dem Durchgang zur Promenade am Hudson eine gut zugewachsene Treppe, auf der sie sich Herrn Prof. Dr. Erichson an die Brust legen kann und ohne Unterbrechung weinen, Schicklichkeit hin, Anstand her. Manche streicheln einen dabei, regelmäßig über ein Schulterblatt abwärts, wie ein untröstliches Pferd; dieser hält einfach fest, sucht nicht mehr Berührung als gewünscht, spricht nicht.

Es ist die Ansteckung durch die öffentliche Hysterie.

Du bist nicht angesteckt, Gesine. Du bist nicht hysterisch.

Weil ich den dritten Tag uneins bin mit dem eigenen Kind.

Du kriegst sie zurück, Gesine.

Weil sie die Rührseligkeit von mir haben könnte.

Weißt du's denn nicht? Du bist nicht rührselig. Sie ist ein wenig ins Amerikanische gefallen.

Ich erzieh das Kind nicht richtig.

Jakob wär es so recht. Wie mir.

Du dürftest es jetzt sagen, D. E., wenn nicht aus Mitleid.

Glöw mi man so.

Glöw'ck di so.

Abends, treu der vierstündigen Verspätung, ist auch das Fernsehen in Washington angekommen. Die Position des Sarges wird angezeigt von den Blitzlichtern, die die Zuschauer auf ihn abschießen; die Dunkelheit ist übermächtig. Die Regie der Familie verlangt, daß der Tote jene Senatsgebäude passiert,

in denen er Büroräume benutzt hat. Begrüßungsjubel, der verschüchtert abstirbt. Scharfschützen auf den Dächern, verkleidete Polizei überall. Die Leiche muß sich vier Minuten lang verabschieden von der sanft angestrahlten Figur Abraham Lincolns, der doppelt in seinem Sessel sitzt, so verzogen ist das Bild. Und noch einmal: der Schlachtchoral. Präsident Johnson im ersten Wagen hinter seinem abgeschlagenen Widersacher, umhastet von Geheimdienstleuten. Der Mond zieht Schleier über das Gewimmel, das schwarze Wasser des Potomac kann er nicht heller machen. Beim Ausladen will ein Sohn des Toten dringend tragen helfen und muß also am Kopfende anfassen. Die Träger irren sich anfangs in der Richtung, gehen ungefähr auf das ewige Licht zu, müssen schräg über die Anhöhe abschwenken. Nach dem letzten Service faltet John Glenn die Fahne mit zackigem Geschick, übergibt sie dem neuen Chef der Kennedys. Eine Staatskarosse hat aus dem Wohnsitz des Toten seinen Schnepfenhund herangefahren, Freckles in eigener Person. Die Witwe von neulich will sich noch einmal behaupten gegen die des Senators, mit viel Umstand beschäftigt sie ihre Kinder und sich mit dem Niederlegen von Blümchen auf die eigenen Grabplatten. Die anderen Verwandten küssen den Sarg des neueren Toten, lassen ihn auf dem Rasen stehen. Immer wieder knien noch Fremde nieder an dem afrikanischen Mahagoni, berühren es mit den Lippen, beten. Marie hockt mit hochgezogenen Beinen auf dem Regal, hält die Hand am Munde, lediglich erstaunt über eine Zeremonie, die die Mutter aus Europa anders erzählt hat.
Das Radio sagt nichts darüber, daß hier die Verwandten nicht bleiben bis zur Beerdigung des Toten. Die New York Times ist offenbar tagsüber beiseite genommen worden von einem ihrer jungen Neffen, der ihr das Unschickliche ihres Betragens vor Augen führte, auch die Folgen fürs künftige Geschäft; nun versichert sie die Kunden ihres guten Geschmacks mit wehmütigen Konzertstücken und gedämpftem Nachrichtenton. Ein Sender neben ihrem Kanal beendet die Übertragung mit einem Werbespot über die Gefahren des Rauchens.
Die Abteilung Fernsehen geht über auf Anblicke des Meeres, unterlegt mit einem süßlichen Sang, auf eine fotografische Aufnahme, die nun als Einziges übrig geblieben sei. Die Nach-

richten zu elf Uhr werden bezahlt von der Firma SAVARIN-Kaffee. Der Werbefilm zeigt den Experten bei den Kaffee-Arbeitern, die ängstlich seine Reaktion auf das Getränk erwarten. Es mundet ihm, und folkloristische Freude breitet sich aus über die indianischen Gesichter. Der Experte fährt von dannen in seiner echt südamerikanischen Eisenbahn. Beteiligt an der Finanzierung der Nachrichten ist weiterhin der Schabentöter Schwarze Flagge, Kill & Clean, Bring um und Mach rein. Wenn es nach Marie geht, werden wir diese Sachen nicht kaufen, für eine Weile. Nun werden noch ohne Pause Musikstücke im Augenblick ihrer Aufführung gezeigt, unterbrochen von einem Foto des Toten, das ein wenig schief zu hängen scheint. Er hat die Hand am Kinn, gesprächsweise; er sieht jünger aus als vorvorgestern.
Um ein Uhr nachts: THE GREAT GREAT SHOW, ein Märchenstück aus dem Ungarn des Vorkriegs: Die Baronesse und der Butler. Bloß die Abonnenten nicht verärgern.
D. E. hat beständig ausgehalten auf dem Stuhl neben Marie, etwa zweieinhalb Unzen Tabak hat er gut durchgebraten in seinen Pfeifen, die dritte Flasche Rotwein ist angebrochen, er will nicht der sein, der aufgibt. Kaum hat Marie den Übergang ins Normalprogramm erkannt, schon bittet sie um die Erlaubnis, das Gerät auszuschalten. Sie rollt es neben die Wohnungstür, das Kabel aufgewickelt, der Leihfirma zum Abholen bereitgestellt.
– D. E.: sagt sie: Was müssen wir tun, damit du morgen mit uns zusammen bleibst?
– Mit mir jetzt über den Hudson fahren und den ganzen weiten Weg in die Wälder von New Jersey, wo meine Blockhütte steht.
– O. K.: sagt Marie, betrachtet ihn fürsorglich, belustigt, vorfreudig. Sie lehnt an seinem Stuhl, legt ihm die grauen Haare hin und her. Er hat sich Dank verdient.
In D. E.s Wagen, vor der Einfahrt in den Tunnel nach New Jersey, wendet sie sich nach hinten. Die Stelle ist dunkel genug, die Mutter wird ihre Miene nicht erkennen können.
– Thank you for letting me have this: sagt sie.
– Wer, ich? Mrs. Cresspahl fährt aus ihrer Schläfrigkeit auf, fast glaubt sie neben sich noch jemand sitzen.

– Ja. Du. Daß du mir das Fernsehen erlaubt hast. Dafür bedanke ich mich.

9. Juni, 1968 Sonntag

ist der amtliche Trauertag der Nation, so wie der Stadt New York einer für gestern verordnet war; Marie hat nichts gelegen an einer Reise zum Ehrenfriedhof Arlington, die Angaben des Fernsehens nachzuprüfen an dem frischen Grab. Was sie sich wünschte, war eine Spazierfahrt zu den Seen Culvers und Owassa, zum Delaware an die pennsylvanische Grenze und über den See von Little Swartswood zu dem bäuerlichen Herrensitz, den D. E. seine Blockhütte nennt. In Arlington mögen sie mit Blumen Prozession gegangen sein zu R. F. K.; wir sahen unterwegs Autofahrer gleich uns auf Unterhaltung aus, Händler mit Eiern und Kirschen vor Farmen und Waldwegen, in den kleinen Städten Flanierbetrieb, reichlich besetzte Kaffeestuben, Kinder an klingelnden Eiskarossen, die Ufer bunt belegt mit Badenden. Marie beobachtet uns gar nicht mit Verachtung, weil wir all den frühen Abend hinbringen in D. E.s buschigem Garten, müßig im Gespräch, kummerlos in der grünen Dämmerung; sie zeigt sich eher beiläufig an dem ausladenden Küchenfenster, wo sie Frau Erichson bei der Herrichtung des Dinners berät, Blicke ab und an sollen lediglich versichern, daß sie nicht stören wird. Sie spricht Deutsch mit D. E.s Mutter, »Gro-Ma« ist nicht zu hören, »Granny« geht ihr unbefangen über die Lippen. – Warum machen wir ein so großes Essen, Granny?

– Wie weit bist du jetzt, Gesine?
– Ja berat du mich. Ich krieg Cresspahl nicht los von den Sowjets. 1947.
– Du solltest Marie mehr erzählen von denen.
– D. E., sie kriegt es in den falschen Hals.
– Sie begreift schon die Russen von heute daneben.
– Sie ist eine zuverlässige Antikommunistin. Da glaubt sie der Schule.
– Eine ratlose Antikommunistin, du. In ihrer Sammlung hat

sie ein Gedicht aus der Prawda vom 7. Juni, geschrieben von jenem, wie heißt er –
– Der. Den kenn ich.
– Den kennst du.
– Von dem hab ich mal in der New York Times gelesen. Der ging im November 66 zu Besuch bei R. F. K. –
– Von dem Namen Kennedy kann ich gar nicht genug kriegen.
– zu dem Lebenden. Zeitgeschichte. Zur Zeit der Wahl, bei der abgestimmt wurde über eine zivile Kontrollbehörde für New Yorks Polizei.
– The vote of fear. Die Angstwahl.
– Senator Kennedy hatte eben seine Stimme abgegeben, wer klingelt da im 14. Stock an der United Nations Plaza? Ein sowjetischer Dichter ist es, drei Stunden lang räkelt er sich auf einem Sofa hoch über New York, konversiert mit diesem Repräsentanten des amerikanischen Imperialismus, und was geben sie für ein Communiqué heraus? Der Eine: »Ich habe Vertrauen nur zu Politikern, die verstehen, wie wichtig die Dichtung ist.«
– Der Senator von New York: »Ich mag Dichter, die Politiker mögen.«
– Und getröstet zog der Dichter heim, zur Vogelscheuche abgefertigt, Stolz in der Brust.
– Endlich fällt mir der Name ein. Eugen.
– Jevgenij Jevtushenko. Du.
– Der hat wieder zugeschlagen. Womöglich soll es ein Freundesdienst für den Toten sein, nicht mal Marie kommt damit klar.
– Sag auf.
– »Der Preis für Revolverschmiermittel steigt an.«
– Du Antikommunist.
– Stand so da. Und:

Vielleicht kann nur Scham noch helfen.
Die Geschichte kann nicht in einer Wäscherei gereinigt
werden.
Solche Waschmaschinen gibt es nicht.
Blut kann niemals abgewaschen werden!

Und:

Lincoln, verwundet, sonnt sich in seinem Marmorstuhl.

Was tut Abe Lincoln nachts? War er da nicht in einem Theater? Hör auf Jevtushenkos Eugen:

Aber ohne dir die Spritzer des Bluts von deiner Stirn zu wischen,
erhebst du, Statue der Freiheit,
dein grünes, pudelnasses Frauengesicht,
und rufst die Himmel an, man möge dich nicht mit Füßen treten.

– Glaubst du das?

– Maries Bedenken ist eben: Ob er das selber glaubt.

– D. E., ich erzähl ihr, was ihr nicht paßt. Von den Zwillingen, die länger in Jerichow herrschten als irgend eine sowjetische Kommandantur vor oder nach ihnen, die traten ja auf wie Herren, nämlich vornehm. Fein. Fein mit Ei. Sie hätten recht gut welche von den Plessens sein können. Gutsbesitzer von Adel, und wie einmal die Plessens verwalteten sie Jerichow. Nicht vor neun gemeinsames Frühstück, beiden wurde vom eigenen Diener serviert, Leinen und Silber auf dem Tisch, Bestrafung für den geringsten Fleck. Um zehn Uhr Ausfahrt zum Rathaus, regieren. Den Bürgermeister hielten die in einer Aktenkammer, da durfte er unterschreiben, in seinem Zimmer saßen sie, auch hinter dem Schreibtisch gemeinsam, Deutsche hatten drei Schritt Abstand zu halten, wie ehedem die Tagelöhner von der gnädigen Familie. Gleichmäßige Laune, niemals Tobsucht, niemals Schnaps. Keinen Schritt gingen die in der Stadt zu Fuß. Brüder waren sie nicht, das wußte Jerichow als einzige private Bewandtnis von ihnen, sogar Ähnlichkeit fehlte ihnen, das Gerücht kaute an ihrem Spitznamen und bekam ihn nicht heraus. Wenn sie einen ihrer Untergebenen bei Deutschen erwischten, ließen sie ihn abführen wie einen Massenmörder, Prügel bekam er erst hinter dem Zaun. Fürchterliche Prügel. Kam einer von den Deutschen sich beschweren, Mining Ahlreep, und wußte nicht Vor- und Vatersnamen jenes freundlichen Sowjetmenschen, der ihr die Uhrattrappe vom Giebel geschossen hatte, so kam die Verleumderin ohne Verhandlung für eine Nacht in die Keller unter dem Rathaus, damit ihr der Name einfiel. Das bekam sie nicht ausklamüsert, sie wurde auch am Morgen ohne ein Wort auf die Straße gesetzt. So ekelten sich die

Zwillinge vor den Deutschen. Mit ihnen hörten die nächtelangen Bälle in Louises Staatszimmer auf, eine Entschädigung für die zerbrochenen Möbel und das zerhackte Parkett verlangte sie wohl, nur war ihr die Regimentsnummer des Herrn Wassergahn unbekannt. Pontij hatte manchmal Bonbons für die djewushki in der Tasche gehabt, diese sagten nicht einmal idi sjuda, scheuchten Kinder weg wie Federvieh. Den Zaun vor der Kommandantur hatten sie um zwei Fuß erhöhen lassen, und obwohl sie in der Villa niemand empfingen, errichteten sie davor einen Triumphbogen, den mußte Maler Loerbroks frisch beschriften zu den sowjetischen Festtagen, auch zu Jubiläen großer Schlachtensiege. Wenn Loerbroks nicht gestorben ist, kriegt er noch heute auswendig ein Porträt von Jossif Vissarionovič Stalin hin, allerdings nur mit drei Farben und im Format A 2 der Deutschen Industrienormen, denn so mußte er den alle Weihnachten erneuern. Stalin bekam seinen Platz in der Spitze des Bogens, in den wechselnden Sprüchen darunter und auf den Pfeilern war dauerhaft neu die Rede von der Armee und nur von der Armee, so daß ich die vier Fälle von Krasnaja Armija etwas gründlicher im Kopf hatte als die anderer Worte. Am Feierabend, immer noch in faltenloser Uniform, die gebügelten Mützen auf dem Kopf, ritten die Herren Wendennych aus, zu den Rehbergen hin, bei dieser Gelegenheit ohne Adjutanten. Von zehn bis elf hörten wir noch die Schallplattenmusik mit, Tschaikowski, Mussorgski, Glinka, Brahms. Das sind nicht die Sowjets, wie Marie sie in der Schule lernt, und es paßt ihr nicht.

– Cresspahl wurde nicht in Fünfeichen festgehalten.

– Das stellt sie sich vor wie eine Arrestzelle in Sing Sing.

– Mit einer genaueren Vorstellung ließe sie dich nicht nach Prag.

– Der Grund gilt erst seit einem halben Jahr.

– Es ist einer.

– Wohingegen du schon als kleiner Junge nicht gelogen hast.

– Immer seitdem, wenn ich durfte. Mit Genuß.

– Marie soll die Russen von heute sehen.

– Die Achtzehnjährigen von 1947.

– Ich helf der Schule nicht! Hab ich Marie nicht erzählt, wie Cresspahl zu den Sowjets kam? es ist mir sauer genug gewor-

den. Jetzt bloß noch den Speisezettel von Fünfeichen dazu, sie wird ihr Lebtag dem Sozialismus mißtrauen.
– Du würdest nicht jener Sister Magdalena Schützenhilfe geben. Marie wäre besser vorbereitet.
– Sie ist viel zu jung dafür!
– Über die Vergewaltigungen, die in New York passieren, weiß sie vorzüglich Bescheid.
– Dafür haben wir dich nun Physik und Chemie studieren lassen. Hältst Wahrheit für einen absoluten Wert.
– Von dir wüßte Marie mehr. Sie verstünde, warum du nun noch einmal auf die andere Seite gehen willst. Nein, das nicht. Sie könnte etwas ahnen.
– D. E., ich kenn noch andere als Damenmoden. Es gilt als nicht chic, das Ansehen der Sowjets zu verkleinern. Solche Gründe fehlen mir.
– Wann ungefähr soll Marie die Lektion denn so nachholen?
– Mit fünfzehn ...
– Das Jahr 53 bekommt sie dann zur Volljährigkeit. Dein Ableben dürfen wir ihr erst mitteilen, wenn sie selber auf dem Totenbett liegt.
– Cresspahl gibt auf. Erichson Sieger nach Punkten. Deine Fürsorglichkeit gegen diese Göre ist nachgerade lächerlich!
– Das bin ich ihr schuldig. Gleich bringt sie mir ein Bier. Was du überhaupt für Geschichten weißt.
– Du erzählst ihr von den Lagern. Du machst das so, daß sie nichts versteht als Gerechtigkeit, Treue zum Gesetz, humane Ausführung.
– Dann du.
– Die Schule 1947. In den Räumen der siebten Klasse war nun Jossif Vissarionovič aufgehängt, sehr viel höher als die Bilder des Österreichers. So mußte darunter ein verblichenes Viereck auffallen, jedoch konnte Niemand eine kleine Statur des neuen Führers erwarten. Nur daß der Titel erweitert war. Weiser Führer der Völker, Gütiger Vater der Völker, Generalissimus, Bewahrer des Weltfriedens, Schöpfer des Sozialismus, Hüter der Gerechtigkeit, Im Kreml Ist Noch Licht, Garant einer wahrhaft menschlichen Zukunft. Mit dem Garanten stimmt etwas nicht.
– Alles korrekt.

– Nie hab ich ein Porträt von ihm gesehen mit Blick auf den Betrachter, immer piel kurz seitweg hinunter, als wär da jemand aus der Reihe getreten oder hätte geniest. So, physiognomisch oder anders human, durften die Schüler von ihm nicht sprechen; Lise Wollenberg wurde verpetzt, die hatte lachen müssen über den Scheitel im fülligen Oberlippenbart des Woshd, ihr Schreck war Strafe genug, sie bekam eine Fünf in Russisch und eine Fünf in Betragen. Die hatte Grund, sich in acht zu nehmen. Die Schülerin Cresspahl wünschte von den Untertanen des Führers der Völker obendrein ihren Vater zurück, die fiel gleich zweimal herein. Kann das Schusseligkeit sein? Sie lernte brav die neue Geschichte der Erfindungen, etwa wie Marie das Fach Religion, Wissen bloß zum Abliefern. Nicht dem Feudalmenschen Drais von Sauerbronn also war beim Betrachten chinesischer Zeichnungen das Fahrrad eingefallen, sondern einem russischen Bauern, der wurde für die Fahrt vom Ural nach Moskau, 2,500 Kilometer, von der Leibeigenschaft befreit. Auch russische Feudalherrscher waren demnach gütiger. Nicht Marconi hatte als erster Signale ohne Draht übertragen, die Funktelegrafie war einem Russen zu danken. Die Vernichtung der Kuntze-Knorr-Bremse durch eine russische wurde in belletristischer Ausführung gelehrt: der würdige moskauer Gelehrte führt seinen deutschen Kollegen in einem Tunnel Bremsversuche vor, und während sein System den Zug sanft zum Stillstehen bringt, stöhnt einer der ausländischen Stümper: Kuntze-Knorr iäst ärleddiggt! Das erste Auto fuhr in Rußland, zwar hatte nicht die Partei das Flugzeug erfunden, sondern ein Schneider aus Minsk oder Tula, russischen Ursprungs war die Apotheke, der Kran, dein caran d'ache, das Telefon, alle Bestandteile der Eisenbahn, von der Stanzija bis zum Passaschirskij und Potschtowy Wagon. Wer aber das lernte, hatte einen Anspruch auf das Fach Englisch, bei Frau Dr. Weidling, die wurde erst im übernächsten Herbst verhaftet.

– Du hast das Penicillin vergessen.

– So eine gelehrige Schülerin, die schreibt in einem Hausaufsatz »Ich sehe aus dem Fenster«, was sie durchs Fenster sieht, also den grünen Russenzaun mit Stacheldrahtkrone, darüber das Dach der Kommandanturvilla, im geöffneten Tor einen

amerikanischen Lastwagen, mit Schußfanggitter vor den Scheinwerfern, und wenn die Schülerin sich ungeschickt weit aus dem Fenster beugte, konnte sie um die Ecke der Ziegelei herum nach Osten sehen, da ging die Sonne auf, die war so krasnyj wie die Rote Armee. Es war ein recht beliebter Schluß, der Schülerin Cresspahl war es ernsthaft angekommen auf Schmeichelei, diesen Aufsatz gab Frau Dr. Beese unzensiert zurück und verhängte Nachsitzen, da mußte der Aufsatz noch einmal geschrieben werden, mit Blick auf den Schulhof, wo rein gar nichts zu sehen war. Die Beese verschwieg, was die Lehre hieraus war, die Schülerin Cresspahl hätte sie finden dürfen, die kam nach acht Wochen an mit der Nacherzählung einer russischen Novelle, darin erwähnte sie so nebenher »die wilde Natur der Russen«, »die Russen in ihrer wilden Natur«, sie dachte da nur an die Geschichte, in der ein russischer Gutsbesitzer sich einen wilden Bären in einem Zimmer hält und ahnungslose Gäste mit ihm zusammen einsperrt, sie muß blind gewesen sein vor Fleiß, mit dieser Hausarbeit wurde sie zum Direktor geschickt. Ein Sozialdemokrat, Lehrer seit 1925 und ab 1945, der war so entsetzt über das unverständige Kind, er konnte das Unheil nicht einmal erklären. In Person ging er zur Schulsekretärin, lieh eine Nagelschere, schnitt die fünf oder sechs Worte aus, gab das Heft zurück. »Das geht doch nicht, Kind«. Ob das Loch nun übergeklebt werden sollte, mit berichtigtem Text oder unschuldig weiß, solche Entscheidung ging über seine Kräfte, das überwältigte ihn, dazu machte er Bewegungen wie Einer, der ist schon genug mit dem eigenen Ertrinken beschäftigt, nun fragst du ihn nach der Uhrzeit.
– Das ist nicht wahr.
– Siehst du. Hingegen Marie soll ich es erzählen.
– Ist es wahr?
– Dr. Vollbrecht hieß er. Der, der beinahe nicht Direktor geworden wäre. In der Eröffnungsrede sollte er die Rote Armee als Bringerin wahrer Menschheitskultur begrüßen, seiner Frau waren einundzwanzig Rotarmisten mit Waffengewalt über den Leib gegangen. Sie behielten ihn drei Tage im Landgericht Gneez, dann erzählte er in der Stadt von einer Reise aus familiärem Anlaß, gab schließlich die Verhaftung zu, aber nur als eine »irrtümliche«. Dann hielt er die Ansprache.

– Nein. Du führst mich an der Nase herum. Täte ich auch. Daß die Neue Schule Puschkin verleugnet hat, es ist nicht wahr.
– Siehst du. Marie würde dies gerne glauben. Sie wäre noch in einem anderen Vorteil.
– Daß es wahr ist?
– Daß es passierte, und ich war dabei.
– Dat's all so, as dat Ledder is.
– Ja, wat sall Einer dorbi daun?
– Erichson gibt auf. Sieger Cresspahl, nicht bloß nach Punkten.
– Schreib doch an den jungen Vollbrecht! Der ist Avkaat in Stade, den findet die Post.
– Du, Gesine. Das trau ich mich nicht.

Und wozu war nun das große Essen? D. E. erhob sich nach dem Braten, würgte sich eine Serviette zwischen Kragen und Hals, ganz wie bei feinen Leuten, und hielt eine Rede für Marie. Ursprünglich habe er auch an diesem Tage wieder die Familie Cresspahl heiraten wollen, er sei jedoch beruflich verhindert und verspreche, die leidige Angelegenheit erst im September wieder zu erwähnen. Als Ersatz könne er ein Laienspiel ankündigen, zwei Stunden lang geprobt, eine Sache mit verteilten Rollen, auftretende Personen ein Fürst namens Dubrowskij, ein garantiert ungezähmter Bär ...
– Paßt es uns im September? fragte Marie.

10. Juni, 1968 Montag

Marie reiste hoch über dem Hudson dahin auf George und Martha Washingtons Brücke; unter dem Fluß war ihre Mutter unterwegs von Hoboken nach Manhattan in der Tiefbahn P.A.T.H.; Marie entstieg in der Auffahrt zur Schule einem unzweifelhaften Bentley; Mrs. Cresspahl kam fast auf die gewöhnliche Minute an unter dem Times Square, das war nicht mehr sie, abgeschnitten war sie von einem Tag freier Zeit auf dem Lande, eingerastet in den Weg zur Arbeit, schon verwandelt, schon eingebaut in den fremden Tag, den

vermieteten. Ein Ertrinkender ist vernünftiger, und schlägt um sich.
In dem mittleren der drei Leuchtkästen, mit denen eine Kosmetikfirma die Anzeigetafeln im Bahnhof Grand Central rahmt, hing noch eine Fotografie des ermordeten Senators, garniert mit schwarzen und lila Schleifen. Offenbar war das Arrangement nur vergessen worden.
Wieder war es ein Tag, da schienen noch in der New York Times Konfidenzen versteckt für de Rosny, die zu lesen hat er jemand Angestelltes. Aus London wird ihm bedeutet, die sowjetischen Manöver-Übungen auf dem Territorium der Č.S.S.R. sollten nicht »eine gewisse Einschüchterung« ausüben. Wer wird denn dergleichen im Traum für dienlich halten. Verabredet war der militärische Besuch schon für sechs Monate vorher, so für den günstigen Januar; da ist etwas verschoben worden. Wenn doch die Agentur Novosti in Person sagt, die tschechoslowakischen Führer hätten ihre Treue zum Warschauer Vertrag immer wieder und noch einmal bekräftigt. Zu Besuch kommt morgen, heute, auch eine Kommission für Wirtschaft, und zuverlässig soll von de Rosny die Rede sein, von einer Anleihe in harter Währung. Herkömmliche Rechnung freilich wird es nicht tun. Man nehme einmal als gegeben hin, daß die Č.S.S.R. mangelhafte, minderwertige Industriegüter liefert, und frage streng nicht nach den Gründen. In der anderen Richtung schickt die Sowjetunion Rohmaterial, an dem ist gar nichts verdorben. Das, so ergibt die Gleichung, beträgt ebensoviel wie ein Kredit in hartem Gelde ausmachen würde. Es mag Mathematikern nicht einleuchten, für Gelehrte der Ökonomie nur Aufschluß bieten; jedoch ist solcher Personenkreis gar nicht angesprochen.
Nur daß die Angestellte Cresspahl den ganzen Vormittag keine Maschine benutzte; nichts rührte sie an, was Geräusche machen kann in diesem Büro, aus dem der äußere Schall bereits weggedämmt ist. Stumm, von der Stille fast fleißig rechnete sie an einem Diagramm aus dem tschechoslowakischen Fünfjahrplan; hinter ihr, eingelullt vom ebenmäßigen Ausatmen der Klimamaschine, lag Besuch auf dem Sofa, schlafend.
Amanda Williams, wär sie auf unserer Schule in Gneez gewesen, sie hätte einen Spitznamen getragen wie Das schöne

Pferd. Auf der Oberschule. Oder sie hätte gegolten als Uns' Rappstut', gerade nicht wegen fülligen Leibes, sondern weil solch Kind sich rasch bewegt, wie immer zierlich tretend, doch mit einer sausenden Wucht, ob es nun aus dem Salto rückwärts gestreckt ins Wasser sticht oder einem Lehrer auf den Fuß rückt; unweigerlich Freundinnen zugetan, harmlos bedacht auf den eigenen Nutzen, von manchem Erfolg überrascht, nämlich weit voraus in der weiblichen Ausbildung und ohne viel Ahnung davon. Ein Mädchen, auf das noch die Jungen in der Klasse stolz sind, mögen sie zweimal abgewiesen sein. Dennoch ließ solch Wirbelwind von einem Menschen sich auffinden in wunderlich zahmem Zustand, verweint und vorläufig nicht tröstlich über einen verlorenen Ring, eine verpatzte Klassenarbeit, einen verweigerten Blick, kräftig noch im Schluchzen, ohne Schutz gegen schlechte Wirklichkeit, gleich dem schüchternsten Huhn in der vordersten Bank. Diese andere Amanda schlich, ja sie drückte sich in Mrs. Cresspahls Zimmer, und ehe die noch raten konnte auf schlaflose Nacht oder Alkohol, wiesen Tränen ihr ein anderes Unglück. Es wird nun nichts mit dem Haus am Sund von Long Island, mit unserem gemeinsamen Wirtschaften ganz ohne Männer. Dafür brauchte Amanda eine Entschuldigung, als sei es das Schlimmste. Sie war eine von den 150 Millionen Fernsehern, die die massive Übertragung der Kennedy-Zeremonien verfolgten, ganz mit dem Ausdruck der New York Times erklärt sie ihre Gefühle für erschöpft, nur daß sie zu einem Fehler noch ausreichten. Der ist einer, den kann sie nun wieder mit Naomi nicht bereden. Versöhnt hat sie sich mit Mr. Williams, dem Seelenberater für New Yorks Polizei; schwanger glaubt sie sich ganz gewiß. Sie schlief bis mittags, zuverlässig im Haus, doch geschützt in einem Büro, das nicht einmal unser Vizepräsident ohne Anmeldung betritt. Sehr lang hing sie über das dreisitzige Besuchersofa, vertrauensvoll mit dem Rücken zur Wand, krumme Hände über die Augen geklappt, ein großgewachsenes Kind.

Auf dem Weg zum Essen war sie Fremden nicht mehr entdeckbar, obwohl sie ihre Gesichtsmalerei an keinem Spiegel nachprüfen konnte als an Mrs. Cresspahls Augen; auch redete sie in ihrer hörbaren, trabenden Art, und die anderen Gäste in

Gustafssons Imbiß-Stube durften die scharfe Wut in ihrer Stimme leicht für nachahmend halten, für geschickt übertrieben:
– Du siehst nicht fern, Gesine. Du kennst das Land nicht. Es gab hier mal ein Fernsehprogramm, sehr beliebt, Unglücksfälle, verstehst du. Vor der Kamera die Mutter des süßen kleinen Kindes, das seinen Arm im Abfallzerkleinerer verloren hat, der Vater eines blutkranken Sohnes, die Eltern von mißgebildetem Nachwuchs, alle durften sie alles erzählen, mit Fotos, und eingeladenes Publikum stimmte ab über die Krankheiten und Nöte, über den dritten, zweiten, ersten Preis. In das Studio führte eine offene Telefonleitung, darüber konnten die Zuschauer weiter draußen im Lande den Notleidenden eigenes Geld anbieten, oder einen Rollstuhl vom Dachboden, oder einen niegelnagelneuen Abfallzerkleinerer, do you have a pig at home at all!
sagte Amanda, Ein flotter Dampfer hätte sie in Berlin geheißen, sie nahm die erschreckten, sehnsüchtigen Blicke der Herren bei Gustafsson längst auf, durch die Haut oder durch die Schläfen, denn sie wandte das bitter freudige Gesicht nicht ab:
– Demnach müßte eine Serie viel Erfolg haben, die würde ich nennen Die Besten Begräbnisse, Copyright. Wöchentlich eine Stunde sollte genügen. Ihr Gastgeber: die hinreißende Amanda Williams. Da zeige ich die unterschiedlichen Riten, die katholischen, keine Ahnung, ach so doch, seit vorgestern. Die jüdischen Üblichkeiten, die episkopalischen, Voodooh nicht zu vergessen, die weißen Tränen, die schwarzen Tränen. Ist das kein Beitrag zur nationalen Erziehung? Wissen und Mitleid heißt das Motto, damit es zieht. Die Hinterbliebenen werd ich interviewen, die Leichen zeigen, eine Jury einsetzen für die Blumen-Arrangements. Die Leichenschauhäuser darf ich nicht vergessen. Es ist ein kalter Morgen im April, melancholisch tuckert unser Kutter durch scharfen Wind hinaus nach Potters Island, an Bord die schwere Fracht, die keiner will – was sagst du, in welchem Verhältnis steigen da die Einnahmen des Senders aus der Reklame? Was kann man nicht einbauen in solche Show! Grassamen, Unkrautvertilger, alle Kosmetika, Versicherungen, United States Stahl, Regenschirme sind kei-

neswegs ausgeschlossen ... was sagst du? Ein halbes Jahr! Dann wäre ich, die Erfinderin, reich. Kennen wir uns danach noch?
– Du denkst schon wieder ans Geld. Spiel doch lieber in der Lotterie.
– Tu ich ja, und meine Pressekonferenz mach ich im Hotel St. Moritz, auf der Terrasse. Zu dem Vertreter der Daily News werde ich sagen: Mit Ihnen spreche ich nicht, so daß die New York Post davon berichtet und die Times mir das Unternehmen seriös anstreicht. Woran soll ich jetzt denn denken, wenn nicht an Geld, Dshi-sain?
Noch den halben Weg nach Hause verbrachten wir zusammen, bis zu den Anzeigetafeln im Grand Central. Auf den Mattgläsern leuchtete wieder die Flasche, einem Penis nicht sehr unähnlich. – Die Frau gehört ins Bett, die Männer in die Werbung! sagte Amanda.
Geld für eine Abtreibung wollte sie nicht geliehen haben. Nicht von Mrs. Cresspahl. Mehr als Mrs. Cresspahl könne keine beste Freundin für die andere tun.
Wenn die nur begriffe, was denn sie getan hat. Sie war doch gar nicht anwesend diesen Tag seit Morgen.

11. Juni, 1968 Dienstag

– Den SPIEGEL laß ich dir nicht ab: sagt der Alte an unserem Kiosk, kaum so bereitwillig von Gefühl wie noch vorige Woche, und wer mit benommenen Sinnen aus der Arbeit anreist, fällt erst einmal herein auf seine griesgrämige Miene. Tatsächlich hat er seine Papierstapel gegen den tröpfelnden Regen abgedichtet mit durchsichtigen Plastikbahnen, mehr Stücke zum Ausstellen denn zum Veräußern. Ihm mag so sein, heute behält er die Sachen selber. Er rauht an seinen Bartstoppeln ein Lächeln auf und spricht, befriedigt: Deine Tochter ist bereits im Besitze desselben!
Nun Marie etwas mitbringen außer der Reihe, das wird schwer halten. Ihre Modellautos bezieht sie lieber vom Herald Square als vom oberen Broadway, auch hat ihr Vergnügen daran abgenommen wie die Sammlung vollständiger wurde;

der Bentley steht bei ihr doppelt. An der Lexington Avenue versprach ein Herren-Ausstatter, beliebige Sachen auf T-Hemden zu drucken, gewiß war da die Größe 12X vorrätig, gefehlt hätte nur der Text, denn Marie hält ihren Vornamen für eine erläßliche Ankündigung, MORGEN TEILWEISE SONNIG würde sie der Welt nicht oft versprechen wollen; es wäre ein aufdringliches Geschenk geworden. Eine Scheibe Kassler Braten extra, ein koscherer Guglhupf, europäische Schokolade: wenn ihr danach war, sie wird es zu Hause haben; über die täglichen Einkäufe entscheidet sie. Eine letzte Auskunft wird der quicke Puertoricaner, der manchmal bei der 97. Straße an der West End Avenue die saftigsten Heißen Hunde und das sauerste Kraut in einer Meile Umkreis feilhält; heute hat er sich verzogen, sei es vor kassierenden Polizisten oder der eindringlichen Nässe in der Luft. So bleibt auf den letzten Schritten, in der Tür der Wohnung, vom Mitbringen nur das Wünschen übrig and saying something stupid like: Du Marie. Auch die ostdeutsche Regierung hat Ethel Kennedy kondoliert.

Wenn Marie erschrickt, es ist am ehesten zu sehen in den Augen. Gegen den Ruck in der Pupille kann sie nichts tun, die niederklappenden Lider hätte sie gern aufgehalten, endlich gelingt ihr eine geduldige Maske. Die Vierjährige noch schob die Lippen vor bei unbilligen Ansinnen, gekränkt schob sie ab zum Eismann mit der fremden Sprache; der hier wird das Gesicht steif über die unverständige Erwachsene und mit dem wiederholten Gedanken, daß sie es hinnehmen muß, gerade von dieser, daß sie sich verhalten muß mit einer, die wird nicht lernen. Für die Mutter verlegen schiebt sie Schulsachen hin und her, sie steht sogar auf im Widerstreit zwischen heftiger Antwort und Nachsicht, höflich sagt sie: Wenn du mir den Namen ein wenig ersparen könntest, Gesine.

– Es war für deinen Aufsatz: lügt die andere, lahm, leidlich gefaßt auf die Belehrung, daß nicht jeder Aufsatz für die Augen der Erziehungsberechtigten gemeint ist. Aber Marie legt die Nachrichten aus Deutschland auf den Tisch, mit umgeschlagenem Titelblatt, es wird jenen Kennedy zeigen vor Trauerfarbe; nun bringt sie einen jener Abende in Gang, da sitzen wir zusammengesperrt wie in einer zugeschneiten Post-

station ohne Pferde, behandeln einander mit Manieren, wie Fremde, und sie sagt:
Wenn es dir nichts ausmacht.
Wenn du nicht zu müde bist.
Für mindestens eine Woche. O. K.?
Und:
Hier hast du deine wöchentliche Ration.
Wie kondolierten die Ostdeutschen der Witwe von Martin Luther King?
Wie war es im Büro?
Und:
In Westdeutschland war eine Versammlung gegen die Notstandsgesetze. Übersetzt du mir das?
Was meint der Dichter Enzensberger da mit einem Sperrsitz?
Mit was für Arbeitern will er auf die Straße gehen?
Was sind das für französische Zustände, die er sich wünscht?
Und:
Dmitri Weiszand wollte wissen, ob ich mitfahre nach Prag.
Darf ich auch Tschechisch lernen?
Gar nicht streite ich mit dir.

12. Juni, 1968 Mittwoch

Regen. Regen. Regen.
Die Sowjetunion hat Kummer mit ihren sozialistischen Brüdern und Schwestern in der Tschechoslowakei. Einst besaß sie unter ihnen einen Vertrauten, einen Generalmajor, der versuchte im vorigen Dezember einen Militärputsch gegen die Verächter des Heiligen Novotný, zwar vergebens. Seine Auftraggeber mögen ihm den Fehlschlag verziehen haben, auch daß er dann über die falsche Grenze trat. Kaum hassen sie den verlorenen Freund, weil er sich erwiesen hat als ein großer Räuber (Saat von Klee und Luzerne im Wert von $20,000.00). Aber daß es ein sowjetischer General gewesen sein soll, dem er seinen Auslandspaß verdankte! Hier hört der Spaß auf. Es ginge an, hätte bloß die Times von New York solch Lied gesungen. Mag doch die Welt es wissen. Aber

daß Leute in Prag davon erfahren, durch einen Nachdruck in der Zeitung Lidova Demokracie, es geht übers Bohnenlied, da kriegt der Botschafter in Moskau einen traurigen Brief. Wäre doch schade um die freundlichen Beziehungen. Wehe, wenn die zuständigen Organe der Č.S.S.R. nicht gleich Maßnahmen ergreifen gegen ihre eigenen Organe! Saat von Luzerne und Klee. Es mag ja stimmen, aber muß man gleich davon schreiben?

– So lustig waren deine Sowjets nicht: sagt Marie. Wie sie waren, soll ihr erzählt werden, es ist versprochen; eine Versöhnung hängt noch daran. Versprochen hat das unser Professor Erichson, der hält die Wahrheit für konkret; warum war Mrs. Cresspahl so erleichtert über jeden Aufschub? Warum wollte sie dies vertagen, mindestens in den Herbst, am liebsten um ein ganzes Jahr?
– »Meine« Sowjets.
– In deinem Sowjetmeeklenburg. Du warst da mit ihnen an einem Ort. Ihr seid einander begegnet. Du kennst sie.
– Mit zwölf Jahren. 1946 wurde ich dreizehn.
– Gesine, sag mir ein Kind in Mecklenburg, das weiß nichts von meinem Land.
– Eine ganze Schulklasse kannst du haben in Gneez.
– Könnte ich denen nicht vortragen, was gefällig ist in New York, von Harlem bis zum Hudson?
– Es wäre bloß, was du gesehen hast. Was du weißt. Bloß für dich wirklich.
– Für mich wirklich.
– Sie würden dir nicht glauben, von Anfang an.
– Gesine, glauben will ich dir ja.
– Ich hätte eine geheime Bewandtnis beim Erzählen, du aber willst mir nicht mißtrauen. Was soll daraus werden!
– Eine Bewandtnis hab ich auch, Gesine. Oh gewiß. Ich auch.
– Also will ich zugeben, es erging Cresspahl übel in der sowjetischen Haft. Gelegentlich. Schlimmer, als ich dir erzählen mochte.
– Hunger?
– Auch Hunger.

– Körperliche Mißhandlung?
– Verletzungen unterschiedlicher Art.
– Es stieß ihm irrtümlich zu, Gesine.
– Es stieß ihm zu.
– Die Sowjets waren die Sieger. Militär waren sie, ausländisches. Warum sollte ihnen kein Schreibfehler unterlaufen? Sie konnten sich verhört haben in der fremden Sprache, auch öfter einmal.
– Manche Dolmetscher hatten ihr Deutsch von Nazibesatzung gelernt und mußten damit erst noch durchs Polnische, ehe sie im Russischen ankamen.
– Gesine, ist es schlechte Verwandtschaft, wenn ich das mit Cresspahl nicht im einzelnen hören mag?
– Es ist kaum eine Wassertonnengeschichte.
– Gesine: Er war einmal nicht da.
– Er war nicht da. So konnte er mir nicht helfen bei einem Stück Zeit, wie ich doch frühere Zeiten aufgenommen habe bloß im Leben mit ihm. In Worten, noch mehr in den Auskünften, die über Laune, Blick, Bewegungen des Gesichts gehen. Ich hatte Jakobs Mutter, die war eine Fremde in Jerichow, viel mehr als das Krankenhaus und Umgebung konnte sie nicht nach Hause bringen. In Jakob mußte ich mich noch anders teilen. Und wie der Kinder nicht mitnahm bei seinen Geschäften, so gab er ihnen nicht Rechenschaft. Für die übriggebliebenen Familien Jerichows war ich die Tochter des verhafteten Bürgermeisters; die gaben eher Hanna ein Wort ab. In Gneez wünschte erst recht Niemand, ich sei auf ihn angewiesen. Du kriegst jetzt nichts als dreizehnjähriges Dabeigewesensein, mitsamt der Unordnung, die eine Wissenschaft von später darin eingerichtet hat. Ist es dir so recht?
– Was hast du mir noch verschwiegen?
– Das Verschwinden von Slata.
– Die hab ich fast vergessen. Du hast mich mit Absicht an ihr vorbeigeführt!
– Slata ist den ersten Sowjets in Papenbrocks Diele entgegengegangen, als wollte sie mitgenommen werden aus diesem Haus, weg von solcher Familie. Der Kommandant von Gneez hielt sie nicht nur als Dolmetscherin, seine Assistentin war sie; er hätte ihr einen Besuch bei den Papenbrocks erlaubt. Zu

dem kam sie nicht. Louise hatte sie zu lange angefaßt als ein Dienstmädchen, Albert hatte da bloß zugesehen, nicht ihr geholfen. So war in Gneez kaum bekannt, daß ein N.S.-Sonderführer sie als Braut nach Mecklenburg geschleppt hatte, mit einem Kind und zu Schwiegereltern, die der Luftwaffe wie der Partei durch geschäftliche Gewinne verbunden waren. Bekannt war sie als »Engel von Gneez«. Sie war seit dem Herbst 1942 im Lande, sie war weder mit feinem noch plattem Deutsch zu belügen; viele wollten es gerade ihr danken, wenn sie heil zurückkamen aus einem sowjetischen Verhör, gleichsam in erwiesener Unschuld. Dennoch war sie fremd, sie konnte gar niemanden bevorzugen als kranke Frauen, hungernde Kinder oder einen Flüchtling, der Kartoffeln gestohlen hatte aus Not nicht zum Handel. Sie half ihrem J. J. Jenudkidse, dem Dreifachen J, widerlich genau bei der Beaufsichtigung der gneezer Geschäftswelt, der gewaltige Johannes Knoop mußte seine Wagen hergeben für Holzfahrten, nichts da Export Import; in diesen gebildeten Kreisen galt ihre künftige Verwandtschaft von ehemals als moralischer Schaden aufbewahrt, weiterhin als Fallstrick, vorläufig nicht zu verwenden aus Rücksicht auf den guten Kompagnon Albert von Jerichow, da kam sie in Wutanfällen als Flittchen vor und, denk an, als Verräterin. Der Engel von Gneez lebte aber nicht im Kasernenviertel Barbarastraße (das mit einem übermannshohen Bretterzaun gegen die Deutschen abgepackt war), Slata ließ ihren Fedja bei Frau Witte, im beschlagnahmten Hotel Stadt Hamburg, da schlief sie im obersten Stock, der nach wie vor als Almas Privatwohnung hergerichtet war, hinter zwei Türen und der vom Entree obendrein. Manche Abende verbrachte sie unten, im früheren Speisesaal, zusammen mit Chargen der Kommandantur, auch Funktionären der deutschen Kommunisten, da verstand Slata wenig Deutsch, schon gar nicht die Sprechversuche eines jungen Kerls, der aus fünf Schritt Abstand mit spöttisch verwirrten Blicken an ihr hing, mit schwermütig betonter Miene, als sei er nicht der künftige Landrat von Gneez. Nein. Selbst Cresspahls Anträge, mit denen er K. A. Pontij überlisten wollte in einer höheren Instanz, liefen nicht rascher durch Slatas Schreibmaschine, obwohl der unter den Nazis ihr mehr Gespräch geboten hatte als die Tageszeit, so über eine Hilde Paepcke, die das Haar im Kopftuch trug wie sie, offenbar eine Person, die ihm auch gefiel. In den Augen einer Zwölfjährigen war der Landrat ein dummer Junge, aber so wie Slata hätte sie werden mögen.

– Ich mag dich auf Fotos von damals, Gesine. Even if I say so myself.

– Sie war doch blond, Marie. Es galt damals als hübsch. Sie war erwachsen; sie hatte meine Sorgen hinter sich: wie man den Busen hält, wie ein Mädchen Kinder kriegt. Sie war groß, fast in der schmächtigen Art, doch stattlich. Wenn sie den Arm ausstreckte, sich im Hocken bückte, ich mochte das gern sehen. Es waren so einig laufende Bewegungen. Sie hatte einen kleinen Mund, ganz üppig; ich war überkreuz mit der Sprache, weil sie mir »aufgeworfene« Lippen nachsagte. Slata nickte mit den Augen, wenn sie zuhörte. Auf der Straße ging sie an mir vorbei mit verschlossenem Gesicht, sie erkannte mich nicht gern; ich sah doch die Einladung zum Gegenblick, zu Übermut sogar. Mir war dann doch zumute, als hätten wir einander zugelächelt und gesagt: Du. Na, du? Du auch, du.

– So eine wichtige Person. Die unterschlägst du mir.

– Sie war dann verschwunden. Sie war weg aus meinem Leben. Als wieder einmal der Mittagszug nach Jerichow ausfiel, ging ich Frau Witte besuchen, in einer unberatenen Erinnerung an die Zeit meines Mittagstisches im Stadt Hamburg, dachte gar nicht an Slata, nur von Slata konnte Alma reden, wenn ihr auch die Kraft zur Verfertigung von Worten weggeblieben war. Sie zeigte nur umher in dem Zimmer, das sie Slata zum Schlafen abgetreten hatte, den Bewegungen ihres lahmen Fingers ging ich nach, dachte sie zu beruhigen, stellte einen Nachttisch wieder auf, kehrte Scherben auf dem Läufer zusammen, hängte Kleider auf, brachte Fedjas auseinandergerissenes Bett in Ordnung, war schon auf dem Sprung, wollte zu Fuß nach Jerichow laufen, Cresspahl warnen, mußte aber in Almas Küche, Wasser aufsetzen, Tee aus der Dose holen, auf der »Salz« stand, alles ihrem hilflosen Deuten und Pusten nach.

– Es ist Slata irrtümlich zugestoßen, Gesine.

– Es ist ihr plötzlich zugestoßen. J.J.J. war vor dem Hotel aufgefahren wie jeden Morgen, pfiff fröhlich an der Fassade hoch, nur daß er vier Bewaffnete mitgebracht hatte und sich die Wut mit Stampfen auf den Treppen erst noch beibringen mußte. So hatte er sich seit dem Abend davor verändert, sie aber nicht.
– Ist sie geschlagen worden?
– Weil sie sich gewehrt hat. Ihr Kind hatte Fieber und sollte noch liegen.
– Sie war, wenn auch nicht vor dem Gesetz, die Frau eines Nazis. Hat Dörfer angezündet in der Ukraine.
– Das wußte das Dreifache J, als er sie zu seiner Vertrauten machte. Er hatte ihr vergeben.
– Sie hatte einen Sohn von diesem Robert Papenbrock.
– Der sprach besser Russisch. Er hieß nicht mehr Fritz. Hörte auf Fedja.
– Ihr Name ist in Cresspahls Akten gefunden worden.
– Ja. Sie wurde nicht deswegen geholt.
– Gesine, du wolltest mir dies nicht erzählen wegen deiner Bewandtnis. Du denkst, ich mißverstehe die Sowjets gleich wieder. Ich verstehe sie aber.
– Bloß geschlagen werden darf nicht.
– Gesine. Ich mag solche Strafe nicht. Ich mag nicht, wenn Einer sein Land verrät. Du willst es mir empfehlen. Erst Cresspahl, dann Slata.
– Sag das Slata.
– Nicht wahr. Sie ist zurückgekommen. Man kann versuchen, es ihr zu erklären. Man hat es ihr längst erklärt.
– Sie ist nicht zurückgekommen. Fedja hat noch die Fahrt in die Sowjetunion überstanden, im Lager ist er gestorben.
– Gesine, schieb das Band zurück bis zu Alma Witte. Ich will das alles nicht gesagt haben. Ich will darüber nachdenken dürfen. Das nächste Mal sag mir Bescheid. Sag: Halt.
– Hierbei hatte Frau Witte etwas verloren. Das war Fedja, der zu ihr hatte Oma sagen lernen, nicht zu Louise Papenbrock. So ein dreijähriger Junge. Den konnte sie ja noch auf den Arm nehmen. Wo büssu denn, wo büssu denn, min Häuneken? Verloren hatte sie die Mutter zu dem Kind. Die hätte leicht das Verhältnis der Miete anlegen können als das

einer Herrschaft; sie war still gewesen, ein wenig zu selbständig, bei Gelegenheiten töchterlich. Das junge Ding hatte ihr die Ehre gegeben, die ihr zustand. Das gefiel einer Frau Witte. Wenn jemand wie die Besitzerin des Hamburger Hofs in der Stadt ohne Not die Höflichkeit Fräulein Podjeraizkas lobt, zieht sie eine breite Schleppe durch die Meinung der Bürger, insbesondere wenn sie andere Tugenden obendrein zu vermuten gibt. Engel von Gneez. Verloren hatte Alma Witte noch, was die Bürger Stolz nennen. Es braucht mehr als Tüchtigkeit, in einer mecklenburgischen Landstadt ein Hotel auf dem zweiten Platz nach dem Erbgroßherzog zu halten, in deutlichem Abstand von den anderen. Bei ihr hatte das Landgericht gegessen, die Herren vom Gymnasium, die Reichswehr aus gutem Hause. Wenn sie abends durch den Speisesaal ging, waren die Herren aufgestanden zur Begrüßung. Wollte ein Ortsfremder sich einführen bei ihr, besser brachte er einen Älteren mit zur Vorstellung. Sie hatte einmal das Gefolge des mecklenburgischen Reichsstatthalters zur Ruhe ermahnt, ohne den Gehorsam abzuwarten; es war in deren Ecke zu solcher Gemessenheit gekommen wie üblich. Kommissar Vick, nicht von der Gestapo, sondern von der Kripo, weil ich ein aufrechter Nationalsozialist bin! er hatte auf sein Benehmen achten müssen, oder sie entzog ihm das Gastrecht. Die Sowjets hatten ihr das Haus umgewandelt in eine Herberge für Funktionäre der neuen Verwaltung und durchreisende Partei, doch nannte sie Herrn Jenudkidse »ritterlich«; sie hatte abends im Speisesaal dabeigesessen wie eine Vorsitzende ehrenhalber; Lustbarkeiten wie bei Louise Papenbrock waren nicht vorstellbar. Frau Witte, ob sie nun leutseliges oder ergebenes Betragen für angemessen hielt, angemessen fiel es aus. Nur, all ihre Schicklichkeit war darauf angewiesen, daß sie galt, anerkannt wurde, erwidert. Solche Partnerschaft war ihr durch den Überfall in ihrer Wohnung abgeschafft, sie vertraute nicht mehr auf den Austausch gleicher Manieren, die Verabredung auf hergebrachte Formen. Die Alma Witte früherer Zeiten hätte sich in bester Ausgehkleidung auf dem Rathaus melden lassen und den Kommandanten um Bereinigung des Vorfalls ersucht, diplomatisch abwägend, ob sie den faux pas vergessen sein lassen müsse oder am Ende doch eine

Entschuldigung erlange. Nun hatte man nicht abgewartet, ob sie die Tür öffnen werde, man hatte ihr den Rahmen und all das seltene Milchglas eingeschlagen. Man hatte ihren würdigen Protest nicht beachtet und gegen alle guten Sitten Gäste aus ihrer Wohnung geschleift. Man hatte sie vor die Brust gestoßen und ihr durchaus nicht die Hand zum Aufstehen geboten, einer Dame von fünfundsechzig Jahren. Alma Witte reichte nichts Schriftliches ein bei der Kommandantur, weder ein Gnadengesuch für ihre jugendliche Freundin noch einen Antrag auf Ersatz des Schadens. Sie durfte nicht einmal als Genugtuung rechnen, daß J. J. Jenudkidse neuerdings arbeitsfreie Abende im Hotel Erbgroßherzog verbrachte, dem Dom Offizerov nunmehr; der genierte sich nicht ihretwegen. In der Stadt wurde sie eingeladen zu Auskünften über Slatas Abschied, lehnte sie mit trauriger Würde ab, wie einen Gang bei Tische; wieder zog sie eine unmäßige Schneise an sowjetischem Leumund hinter sich her, sie hatte aber nur Klagen vermeiden wollen. Von einem Kind konnte sie verlangen, daß es einen beschämenden Anblick vergaß. Dazu brauchte ich nicht Gehorsam. Für mich war sie eine uralte Frau, warum sollte die nicht kranke Anfälle haben; Erholung wünschte ich ihr.

– Gesine, die hast du auch gern gehabt.

– Ich hab in meinem Leben viel Leute gern gehabt.

– Gesine, kann es nicht Mitleid gewesen sein?

– Mitleid wozu. Hätte sie geweint, wär ich zwar angesteckt worden. Ein mitleidiges Kind konnte ich nicht sein.

– Gesine, könnte es sein, daß ich eifersüchtig bin? Auf Slata? Auf eine Besitzerin von einem Hamburger Hof in Gneez?

– Halt.

– Nein. Nein. Wissen will ich es doch.

– Frau Witte wurde nicht wieder, bis aufs Äußere. Es waren nicht die Umgangsformen der Roten Armee, vor denen sie versagte. Es lag an ihr. Einmal im Frühling 1946 mußte ich sie um ein Nachtlager bitten, da war auch der Abendzug nach Jerichow aus dem Fahrplan genommen. Sie schenkte mir nebenbei Erlaubnis, denn in Alma Wittes Wohnung ging man nicht bloß mit einem Ansinnen oder einer Sache, die Umstände des Besuchs gehörten dazu. Sie nötigte mich in ihrem

reparierten Salon zu einem ordnungsgemäßen Gespräch über das Fehlen des Zugs, Sabotage oder Demontage, über das Landratsamt von Gneez, über Cresspahl. Denn sie war nicht etwa ängstlich geworden. Überdies erzog sie mich in den bürgerlichen Feinheiten einer Unterhaltung, Antworten in vollen Sätzen, deutlichem Sprechen, Andeutungen an der passenden Stelle, voller Wahrheit an der gehörigen; sie kam mir heil vor. So ohne Eile, Dame in der Haltung, stieg sie mit mir gegen neun die Treppe hinunter in den ehemaligen Empfang des Hotels, da war ihr Lärm aufgefallen, den würde sie mal abstellen. Es war nichts als ein verlaufener Rotarmist, dem hatten am Bahnhof zwei Mädchen in die Augen gestochen, ein Paar von Junglehrerinnen, Gäste dieser Unterkunft, ortsfremde Küken eben, die hätten dem betrunkenen jungen Mann nur den Weg zur Kommandantur vorangehen sollen, da hätte er sein Fett bekommen und ein sicheres Nachtlager obendrein. Nun war er im Windfang des Hamburger Hofs hingefallen und fuchtelte mit der Pistole in der halboffenen Tür zur Reception hin, zwar zum Schießen zu betrunken, nämlich blind, aber immer noch angezogen von der Gesellschaft der jungen Damen, die so unerklärlich an dieser Stelle in eine Hauswand verschwunden waren. Da sah ich Alma Wittes gelähmten Zeigefinger wieder. Sie wies auf die strampelnde Gestalt im Windfang wie früher auf Falten in einem Tischtuch, Flecken an einem Messer, Zigarrenstummel auf dem Teppich, das muß aufgeräumt werden, weggeputzt, diskret beseitigt. Nun fehlte das Personal, das zusprang; nun konnte sie wieder nicht sprechen. Umstanden war die mächtige Person von zwei Expertinnen in der Pädagogik, von einer fast fertigen Volksrichterin, aus dem Speisesaal trat langsam der Genosse Schenk näher, ein Mann seinem Aussehen nach; von diesen allen aber begriff keiner, was Frau Wittes zitternder Finger denn meinte. Auch war es eine weibliche Person, die an der Wand entlang auf den Windfang zukroch, die klappende Tür zudrückte und aus vorsichtigem Knien heraus den Schlüssel umdrehte.
– Der hätte schießen können.
– Der bekam sein Signal von der Tür. Die Tür war zu. Die Mädchen waren weg. Nun wollte er nur noch schlafen.

– Warum habt ihr den nicht gemeldet bei der Kommandantur?
– Es hätte einer hinten aus dem Haus müssen, über eine schwanke Leiter von Frau Boltes Apfelkammer in den Hof, über die Mauer auf die Straße, womöglich noch so einem Irrläufer in die Arme. Der Genosse Schenk verbot es, wegen des öffentlichen Wohls. Daraufhin verbot Frau Witte es gleich noch einmal, den Zeigefinger voll Empörung auf ihn gerichtet, denn er maßte sich Hausrecht an bei ihr. Sie war nicht schadenfroh. Der betrunkene Junge hätte fürchterliche Prügel bekommen auf dem Rathaus, und nach dem Aufwachen des Dreifachen J noch eine Ration, weil er den Beschützer Slatas an ihre Wohnung erinnert hätte. Nein, Alma Witte war nicht ängstlich geworden, nicht schadenfroh. Nur den Stolz, den hatte sie eingebüßt. Bevor es wieder hell wurde, verzog sich der verdatterte Schläfer, und bevor jemand im Haus aufstand, hatte Frau Witte die Stelle zwischen innerer und äußerer Tür zweimal gescheuert. So war sie nun.
– Und die die Tür zugeschlossen hat, das warst du, Gesine?
– Ich stand da und konnte den Blick nicht wegziehen von dem kranken erniedrigten Zeigefinger. Immer wieder und noch einmal zwang ich mich zu denken: Nicht lachen. Oh, nicht lachen. Warum lachst du nicht, Marie.
– Solche Geschichten weißt du noch viele.
– Viele.
– Du bist sicher, daß ich etwas Falsches mit ihnen anfangen werde.
– Das fürchte ich.
– Wart es ab, Gesine. Wart es ab.

Die ostdeutschen Kommunisten wollen von den Bürgern der Bundesrepublik noch mehr Geld verlangen auf dem Weg nach Westberlin. Nicht nur sollen sie zahlen für die Spur ihrer Reifen auf den Transitstraßen, nun auch für ein Visum, seien sie arm oder begütert, Rentner oder große Fuhrherren; weiterhin geht es nicht ab ohne einen Paß fürs Ausland. Dem Strategen sind drei Gründe offenbar: Sie wünschen die Leute in der fremden Stadt zu ängstigen, sie benötigen harte Devisen für den Einkauf westlicher Maschinen und Ausrüstungen, sie tun es überhaupt wegen der nationalen Würde. So schimpflich mögen sie nicht mißverstanden werden, sie lassen eigens ausrichten: es geht ihnen um eine Strafe für die Verabschiedung der westdeutschen Notstandsgesetze, die sie nicht angehen. Denn, gib ihnen einen ganzen Korb voll Ostereier, unbestechlich klammern sie sich an die Regeln der internationalen Diplomatie. Sie mischen sich nicht ein.

13. Juni, 1968 Donnerstag

Die tschechoslowakischen Kommunisten haben ein neues Reisegesetz in die Nationalversammlung gebracht, es fehlt nur noch der brauchbare Wortlaut für die Ausnahmen. Ausgenommen sind Bürger im Stande eines Gerichtsverfahrens, in gegenwärtigem oder künftigem Wehrdienst, Mitwisser staatlicher oder wissenschaftlicher Geheimnisse und solche, die dem Staat auf früheren Reisen Schaden getan haben. Alle anderen sollen den Auslandspaß bekommen dürfen und ohne Ausreisevisum fahren wohin sie wollen, so lange sie wollen, freundlich wird die Heimat sie begrüßen bei der Rückkehr. Hoffentlich wird die Sowjetunion nicht wieder traurig, wenn sie das in einer prager Zeitung liest, oder in der Freiheit von Halle in Ostdeutschland.
Das Wetter. Wolkenlos trocken und milde soll es heute sein; kühl in der Nacht.

– Gesine, darf ich dir eine Falle stellen? Gestern war ich ungeschickt. Heute werde ich dich hereinlegen.
– Darf ich dir auch eine Falle stellen, Marie?
– Deine weiß ich. Meine siehst du nicht.
– Mary Fenimore Cooper Cresspahl.
– Und Henriette. Los?
– Band läuft.
– Gesine, hausten die Sowjets bei euch wüster als die Briten in Indien?
– Sie zeigten das Benehmen der Besatzung. Ihrer war das Land, sie verwalteten die Macht; auch bei der Herrlichkeit sahen sie zu, daß sie nicht zu kurz kamen.

– Aber die Verlierer hatten nicht gleichmäßig Angst vor ihnen. Die, die etwas zu verlieren hatten. Die Mittelklasse. Was du »Bürger« nennst.
– Wenn die Angst hatten vor der Neuen Ordnung, so doch wenig um ihren Platz darin. Der war eingefriedet.
– Das war so ein dicklicher Zeigefinger, der von Alma Witte. Ganz weiß, und zitterte. Eine Bürgerin.
– Nein. Nimm nur die in Jerichow, die waren nicht von Witteschem Schlag. Sie wollten wahrlich alles hingeben, vornweg das Bewußtsein von der eigenen Person, wenn sie dafür nur das Geld behielten, nämlich als ein Mittel zur Vermehrung von Besitz und wiederum Geld. Das ließen die Sowjets ihnen. Nach wie vor wurden die Kartoffeln, das Korn, die Milch durch ihre Läden getrieben, noch der sowjetische Zaun ging durch ihre Kontobücher, immer noch verdienten sie an der Arbeit anderer. Nicht einmal Papenbrock war um seinen Kornspeicher erleichtert worden, den besorgte sein Verwalter für ihn, jener Waldemar Kägebein, der nun doch recht behalten hatte mit Areboes Handbuch der Landwirtschaft. Der nahm für Annahme, Lagerung, Verfrachtung des Getreides eine Gebühr, die stand nicht nur in Papenbrocks Büchern, die war eingetragen auf der Bank. Wenn Louise für das Brot nur 43 Reichspfennige kassieren durfte, ließ sie eben Kleie untermischen, bis sie auf einen Anteil kam von dem Preis. Mir schenkt auch keiner was, das sagte sie; sie durfte friedlich denken: Viel hat mir keiner genommen.
– Den Mann eben.
– Der war ersetzt durch Treuhänderschaft. Ganz wie in der alten Rechtlichkeit.
– War sie nicht auch in Gefahr?
– Wenn Albert zurückkam und sie hatte das Eigentum nicht bewahrt, geschweige denn abbröckeln lassen, glaubte sie sich erst recht in Gefahr. Gewiß, die Sowjets mochten auch sie einladen zu einer Spazierfahrt wer weiß wohin; das gedachte sie zu überstehen mit dem Bewußtsein ihrer Unschuld (wie sie ja auch Papenbrock täglich erwartete, schlohweiß ins Recht gesetzt). Zum anderen, hatte sie der Roten Armee nicht ihren guten Willen gezeigt, Gastfreundschaft geradezu, als Herrn Wassergahns Verein ihr das Parkett im Salon zertanzte? Nun

war noch ein Unfall denkbar; dafür hielt sie Horsts Witwe in der Hinterhand, zwar von geringer Abkunft aus der Schusterstadt, dennoch eine Schwiegertochter, vorbestimmt zum Nachrücken in der Verwaltung des Erbes. Warum sollte diese Kette durchgebrochen werden?

– Ihre adlige Freundschaft war vor den Sowjets weggelaufen.

– Das fand sie geradezu erleichternd, deine Mittelklasse. Die Strafe der Sieger hatte erst einmal die anderen getroffen. Wie konnte sie eine Freundschaft fortführen, die unpraktisch geworden war, nämlich schädlich für das Geschäft? Freundschaft bloß so, als sittliches Muster ohne Wert? Es verschlug nichts mehr, sich etwas einzubilden auf ein Bündnis mit den Plessens, den Oberbülows, da fielen ihr leicht Sachen ein, die eher Gegnerschaft bewiesen: ein übersehener, ein lässig erwiderter Gruß, das Ausbleiben einer Einladung zu der Zelckschen Doppelheirat 1942; damals hätte sie bei den Lüsewitzens nicht einmal mit bedenklichem Kopfneigen moniert, daß ein deutscher Gutsritter Zwangsarbeiter in Ställen hält, wie immer ausländische; jetzt drückte sie das Kinn fest in den Kragen und sprach mit frommer Strenge von der Gerechtigkeit. In einer Dachkammer bei Papenbrocks wohnte eine Familie von Haase, die war aus dem Südmecklenburgischen deportiert, mehr als die dreißig vorgeschriebenen Kilometer vom Gut entfernt, die triezte Louise in der Küche, beim Wasserholen, da brauchte deren Marga nur ein wenig aufzumucken, schon rief Louise ihr nach: Deine Mutter wird ja wohl auch Kriegsgefangene geschlagen haben! dafür hatte sie keinen Beweis als Erfindung. Sie wünschte diese Leute aus dem Haus, die lästige Erinnerung; einen Bothmer auf der Flucht hätte sie an der Tür abgewiesen.

– Und angezeigt.

– Du mißtraust mir. Du denkst, ich biege die Erzählung um gegen sie. Bloß um ihr Schlechtigkeiten anzuhängen.

– Du haßt sie.

– Marie, an der war nichts zu hassen für ein dreizehnjähriges Kind. Der ging ich aus dem Weg, weil Cresspahl das ungefähr gewollt hatte, nun auch noch Jakob; wußte ich warum? Kannst du hassen auf Befehl?

– Das war gar nicht meine Falle, Gesine.
– Sie hätte den nicht angezeigt, es wäre doch zu den Nachbarn gedrungen, daß sie den Sowjets gefälliger war als nötig. Und in noch etwas war sie den Jerichower Hausbesitzern verbunden: kleine Steine mußten sie zurücklegen ins adlige Brett. Konnte doch alles anders werden.
– Wie früher? Sie hatten doch verloren!
– Die Sowjets, höchst erstaunliche Sieger, sie führten nicht ihre eigene Wirtschaft ein in Mecklenburg, die Genossenschaftsgüter unter staatlicher Verwaltung, ihre berühmten Kolchosen. Treu hielten die sich an das Abkommen mit ihren Alliierten, das von Potsdam, und nahmen jedem den Boden weg, der mehr als hundert Hektar besaß, den Naziführern ohnehin alles, und reformierten das Land. Sie taten das früher als verabredet, aber etwa auf kommunistische Weise? Sozialistische Produktion ist Großproduktion, du wirst es schon noch lernen; die Sowjets gaben ihren Bodenfonds weg in kleinen Stücken, viele zu fünf Hektar, an Landarbeiter, Büdner, an die Umsiedler aus den östlichen Gebieten, sogar alten Bauern wurde etwas zugeschlagen, die Gemeinde Jerichow, denk an, bekam adlige Äcker zur Bewirtschaftung, obendrein ein Stück vom Gräfinnenwald. Wenn sie so viel Eigentum bestätigten, eine solche Menge Begriff und Wirklichkeit von Eigentum in die mecklenburgische Welt setzten, es sah nicht aus, als wollten sie bleiben.
– Sie müssen es doch mit zusammengebissenen Zähnen getan haben. Bloß aus Vertragstreue?
– Das traust du ihnen nicht zu, Marie.
– Ach. Das war deine Falle. Stimmt das, Gesine?
– Das war noch nicht die Feder von der Falltür. Sie hatten nun einmal unterschrieben, das deutsche Volk sollte nicht versklavt werden, sie gingen davon nicht ab. Sie behielten ihren Kommunismus für sich. Manchmal gaben sie sich ein Aussehen, das gefiel noch den sittlichsten Bürgern. Sie redeten durch eine eigene Zeitung mit den Deutschen, die hätten sie nennen dürfen S.M.A.-Nachrichten, Antifa-Umblick, Rotfront Frei, sie benutzten aber den Titel Tägliche Rundschau, Frontzeitung für die deutsche Bevölkerung, die Front ließen sie schon im Juni 45 beiseite. Das war immer noch kein beliebiger

Titel, so hatte einmal ein christliches Blatt firmiert, mit wilden nationalistischen Gewohnheiten, den nahmen die Sowjets aus der von den Nazis geschluckten Beute in Besitz, nach juristischen Umständen korrekt. Papenbrock hätte solch Verfahren gefallen. Der bürgerliche Begriff des Eigentums galt etwas bei den Sowjets.
– Vielleicht brauchten sie deine Bürger noch eine Weile für die Wirtschaft. Aber an die Staatsmacht haben sie die nicht gelassen. Das wär doch, als hätten sie sich einen Schnitt ins eigene Fleisch versprochen.
– Du mußt eben nicht Sister Magdalena nach dem Potsdamer Abkommen fragen.
– Du nimmst mich auf den Arm.
– Einfacher konnten die Sowjets ihre Absichten mit ihrem Teil der Besiegten nicht erklären als durch die Weissagung ihres Führers, die auf Bett-Tuch gepinselt an Rathäusern hing oder in roter Fraktur an die Stirnwand der Aula gemalt stand:

Die Hitler
kommen und gehen
aber
das deutsche Volk, der deutsche Staat
bleibt;

auf Mittelachse geordnet, nach einer Gewohnheit der Schriftkünstler. Wenn du das Stunden lang vor Augen hast, versuchst du unablässig eine Übersetzung ins Lateinische, mit et oder doch eleganter atque, so antikisch war es, weise wie der Führer der Völker nachts im Kreml, ganz in seinem Stil und doch mit verstellter Stimme, nämlich keins von seinen Kunststücken in der Dialektik, bloß Geschichte als Wellenbewegung, Hitler als Typus wiederkehrender Art, ungeachtet der anwachsenden Macht der internationalen Arbeiterklasse, als Ewigkeit ein Staat versprochen, dessen einziges Kennzeichen war das Deutsche, also auch eine Strähne Mecklenburgisches. Es war geradezu Erziehung in Ironie, so recht für bürgerliche Gemüter.
– Das glaubten sie nicht, Gesine.
– Wenn die Sowjets dafür schon Tuch benutzen, auf dem könnten sie schlafen? Deine Bürger legten die Ohren an, es

machte ja Spaß, Klugheit zu beweisen. Slusuhrigkeit. Wie angekündigt, gaben die Sowjets die Verwaltung ihres Gewinns nicht schlicht an Deutsche, einfach Gegner Hitlers; wie erwartet, schickten sie Verwandte, Emigranten der K.P.D., für jenen deutschen Staat trainiert an sowjetischen Schulen; wie vorhersehbar, kamen mit ihnen nach ihrer Wissenschaft Vertreter jener Klasse, der allein sie Produktivität und historische Kraft zuschrieben und der obendrein ein Ausgleich zustand im Einkommen wie in der Herrschaft; niemand verwunderlich kam die Kommunistische Partei. Die sollten auch mal ran.

– Arm in Arm mit bürgerlichen Parteien. Unter den Augen K. A. Pontijs.

– Die hinterließ dieser Kommandant als Andenken in Jerichow. Nach Cresspahls Verhaftung –

– Halt.

– Im Herbst 1945 war Pontij nicht mehr reußischer Potentat, seine Orders wurden täglich gründlicher, sie gingen das ehemals britische Mecklenburg nun nach den gleichen Plänen an wie das übrige, seufzend gab er die Statistik auf. Er hätte die Sache gern befohlen. Er befahl Bergie Quade, zusammen mit Köpckes Frau, am Totensonntag zur Kaffeestunde in die Villa, wahrhaftig zu Kaffee. Sitzen durften sie auch, zwar in den braunledernen Clubsesseln, der Ecke seines Kommandotisches gegenüber, das versuchten sie wettzumachen mit durchgedrücktem Kreuz und vornehmer Haltung der Beine, erwarteten sie doch ein Gespräch über ihre eigentümliche Buchführung. Vorgeschlagen wurde ihnen die

Gründung
einer Ortsgruppe
einer Partei
des Liberalismus
(oder: der Liberalität) und
der Demokratie
Deutschlands,

beschäftigt war Bergie noch mit einer träumerischen Beschwerde über die Entfernung des alten Bürgermeisters, Mining stak in einem fast neuen Kleid, im Rücken mit zwei Stegen geweitet, erworben dem verwitweten Duvenspeck zuliebe, sie fühlte sich neuerdings noch einmal als Frau, nun verpaßten sie ihre Einsätze, konnten sagen was sie wollten, wi sünt doch man bloß Frugnslüd, ich vertret mein Mann doch bloß, man doch bloß geschäftlich, Partei is man doch bloß für Intressen, man bloß unsre Männer sünt doch bei Ihnen, man bloß die Nachbarn, Herr Kommandant!

– Liberalismus. Hat das nicht was zu tun mit dem Goldstandard?

– Da noch nicht. Angeboten war Antrieb der Wirtschaft durch das ökonomische Eigeninteresse der Einzelnen, ungehinderter Wettbewerb, geschützt aber nicht gestört durch den Staat, internationaler Freihandel, laissez faire, laissez aller . . .

– Es muß am Dolmetscher gelegen haben.

– Sie wollten ja. Es war ein Geschenk, sollten sie da fragen nach dem eigenen Verdienst darum? Was immer sie dachten beim Namen dieser Partei, er klang doch nach früher, nach der Zeit vor dem Krieg, vor den Nazis. Sie machten es schicklich, sie erbaten Bedenkzeit, da schoben sie Schüchternheit vor, wegen des öffentlichen Redens. Bergie konnte aus ihrem Kopf nicht wegdrängen, daß Pontijs Assistent Wassergahn ja ihr Sohn hätte sein können, den wollte sie wohl über den Löffel balbieren. Frau Köpcke leckte sich die Lippen, sie war als Frau vorgezogen worden. Und wenn es unter den Sowjets Kuchen geben sollte für ehrlichen Handel und Wandel, davon würde sie eine Scheibe nicht schlechter abschneiden als irgend ein Mann. Den Platz an der Tête gedachte eine der anderen zuzuschieben, das tat ihrem vertraulichen Umgang noch nichts. Da klemmte nur eins, das mußte aus dem Weg, das naive Gerede der Nachbarn über Liebedienerei für die Sowjets; hier hatten sie etwas gelernt an dem Leumund, den Cresspahl ihnen verdankte. Dazu fiel beiden die kürzeste Entgegnung K. A. Pontijs ein, die ungefähre Verrechnung einer politischen Betätigung gegen beschleunigte Rückkehr des Ehemanns aus der sowjetischen Kriegsgefangenschaft; war das nun nicht ein ehrenhafter Grund? Es brauchte seine Zeit, den anzubringen in der hergebrachten Gesellschaft Jerichows, Duvenspeck, obwohl Gaswerksdirektor, begriff ihn noch am gefügigsten; unverhofft trat Böhnhase auf als Gründer der

lokalen L.D.P.D., Tabak-Böhnhase, ehemals D.N.V.P., sieben Jahre Gefängnis wegen Wirtschaftsvergehen im Jahr 1942, Rauchwaren gegen Räucherspeck, dennoch nicht anerkannt als O.d.F., Opfer des Faschismus, immerhin zur Stelle als Pfeiler des antifaschistischen Liberalismus, Sprechstunden während der Geschäftszeiten, die Rationierung des Tabaks kein Argument gegen die Partei, die Abschaffung der Raucherkarten eins für sie. Frau Köpcke wie Bergie gestanden sich ein, daß sie einen männlichen Appetit unterschätzt hatten, auch war Böhnhase zu lange weggewesen vom Trog; sie traten seiner Partei bei, nun nicht mehr Hauptschuldige, Mitläufer bloß, sie zogen Leute nach, Apotheken-Plückhahn, Uhren-Ahlreep, Kaufhaus-Hattje, Schuster Schneider Leineweber Kaufmann Doktor Totengräber, die Eingesessenen eben, den Nachtwächterstaat vor Augen. Für Papenbrocks Gesicht hätte Bergie was gegeben.
– Mußte Louise da auch mitmachen?
– Es war freiwillig, Marie. Erlaubt. Gewünscht. Louise ging in Vertretung ihres Mannes zu der konservativen Partei, die nannte sich Union, wie die Liberalen wollte sie demokratisch sein, bloß im Unterschied zu ihnen christlich. Hier gewann K. A. Pontij seinen öffentlichen

Ausdruck
meiner Achtung
der Sache
der Gleichberechtigung
der Frau,

denn obwohl Pastor Brüshaver nicht allgemein Buße predigte für die deutschen Verbrechen im Krieg, auch in dem, was er »das Soziale« nannte, Parteipolitik glaubte er unvereinbar mit geistlichem Amt, es genügte ja auch sein Aufruf zu »ehrlichem Neubesinnen«, da war Pontij zufrieden mit einer Vorsitzenden
– Louise Papenbrock.
– Käthe Klupsch.
– Über die lachte die ganze Stadt.
– Käthe Klupsch war außerstande, über sich selbst in Gelächter auszubrechen. Vor allem gelang ihr am besten der vergebende Ton, in dem sie über Leute sprach, die der K.P. zulie-

fen oder der Gegenseitigen Bauernhilfe, bloß um den Siedlungsschein ein zweites Mal zu erwerben oder ein Anrecht zu gewinnen auf einen Pflug, womöglich ein Haupt Vieh aus dem Fonds der Bodenreform. Swenson, Otto Maaß, Kägebein erwiderten einander auf die Frage nach dem Ergehen: In alter Frische saust der Frack; öffentlich hörte es sich besser an, wenn Käthe Klupsch verkündete: Wir haben uns zusammengefunden nicht um eines Vorteils, sondern um der Sache willen.

– Was immer deine Falle war, Gesine, meine hast du kaputt.

– Meine sollte dir bloß vorführen, daß du dich gelegentlich irrst mit deiner gnadenlosen Unterdrückung durch die Sowjets.

– Ich wollte dir beweisen, daß ich etwas einsehen kann. Daß wenigstens ein solcher Haufen zu Recht bestraft wird. Nun sind sie wieder dran.

– Wie heißt eine solche doppelte Falle, Marie.

– Das weißt du recht gut.

– Dein Amerikanisch ist besser.

– Double cross heißt es. Vorspiegelung vermittels Tatsachen, oder wie immer die Deutschen sagen.

Einmal haben wir Herbert H. Hayes geglaubt, als er uns das Wetter heraussuchte für Ostern 1938. Hoffentlich beschäftigt das Wetterbüro von New York ihn nirgend als im Archiv. In der Abteilung Voraussagen müßte man bange sein um ihn. Dieser Tag war nicht wolkenlos trocken. Das Kennzeichen milde mag er verdienen, wenn auch bloß für den hinhaltenden Regen, der lange nicht aufhören konnte.

14. Juni, 1968 Freitag

Die tschechoslowakische Wirtschaftsdelegation ist zurück aus Moskau. Sie hat Geschenke mitgebracht. Die Sowjetunion wird ihre Lieferungen an Erdgas auf drei Milliarden Kubikmeter im Jahr erhöhen. Das Stahlwerk Košice soll jährlich zwei Millionen Tonnen Eisenerz bekommen, allerdings erst von 1972 an. Ob er wohl gebibbert hat, unser siegesgewisser

Vizepräsident de Rosny? Nein, die Anleihe in harter Währung hat die Sowjetunion verweigert, so bescheiden gewünscht die Summe war, 350 Millionen Dollar, nur sieben Achtel der Schulden auf dem westlichen Markt. Um so lieber, um so eher wird de Rosny mehr beschaffen. Die Reise nach Prag, sie wird nicht vorbeigehen an uns. Marie weiß es, sie mag darüber nicht sprechen.
Die Times, die schickliche Tante, sie macht einen Knicks. Sie entschuldigt sich. Sie hat etwas falsch gemacht. In jenem sowjetischen Gedicht auf den toten Senator von New York sollte es nicht heißen, daß Abraham Lincoln sich sonnt in seinem Marmorstuhl. Wahr soll vielmehr sein, daß der marmorne Lincoln krächzt. Marie könnte es brauchen für ihre Kennedy-Mappe. Sie will den Namen eine Weile lang nicht hören.
– Und was willst du mir heute nicht erzählen?
Vor Weihnachten 1945 trabte noch einmal Erwin Plath durch das nordwestliche Mecklenburg, seinen Patenbezirk, den die hannoversche S.P.D. ihm zugeteilt hatte. Für einen Gast macht man Umstände; Plath bekam seine Versammlung in Jerichow, zwanzig Minuten im Stehen im Trockenschuppen der Ziegelei, in bequemer Sichtweite der sowjetischen Kommandantur, so daß er nicht nur vor Kälte fror. Es war bitter genug, daß er einen Fehler eingestehen mußte, bevor er die neue Linie anwies; sie fuhren ihm häßlicher übers Maul, nicht einmal seine Würde als Kurier achteten sie. Gekommen waren vierzehn Männer, zwei Frauen; davon kannte er zwei als ehemals eingeschriebene Mitglieder, von zwei weiteren wollte er es glauben, für acht konnte er sich weder eine Vergangenheit noch eine Zukunft in der Sozialdemokratie vorstellen, bei einem meinte er zu träumen. Der war doch 1938 in aller illegalen Form ausgeschlossen worden! Weiterhin, sie verweigerten ihm die Namen, so daß wir uns für alle begnügen dürfen mit Anfangsbuchstaben, nur W. ist zu denken als Wulff und B. als Bienmüller. P. war Plath und schrieb sich Plath und kam von der Zentrale, der wichtige Abgesandte Plath. Das gewöhnten sie ihm gleich ab. – So eine Ortsgruppensitzung: sagte P. noch neunzehn Jahre später: hab ich in meinem Leben noch nicht belebt!

W. Die Versammlung ist eröffnet. Es wird beschlossen: Dies ist keine Versammlung. Zur Tagesordnung wird einstimmig festgestellt: Eine Tagesordnung gibt es nicht. Die Funktion des Schriftführers wird in diesem Sinne besetzt. Ich bitte, der Wahl des Schriftführers zuzustimmen. Nu hau bloß ab.

P. Die Partei bedauert die falsche Direktive vom August des Jahres.

S. Haben wir hier einen Vorsitzenden? wir haben hier keinen Vorsitzenden. Das Wort erteilt nur der Vorsitzende.

H. Du hast uns schön reingerissen, Genosse. Wenn die Sowjets jetzt einen Namen von uns kennen, danken wir es dir.

P. Wer ist bekannt geworden?

L. Das geht dich einen Schietdreck an.

P. Die Partei gibt zu, daß die Eroberung von geheimen Einflußbereichen in der K.P. mißlungen ist. Es sind Genossen, die um Aufnahme in die K.P. ersuchten, zur Gründung eigener S.P.D.-Ortsgruppen aufgefordert worden. Das war falsch, da schäm ich mich gar nicht, das sag ich noch mal.

K. Sagen Sie das noch mal, Genosse. As in de Schaul!

P. Unter Genossen gibt es kein Sie. Wer sind Sie überhaupt?

L. Das geht dich einen Schietdreck an.

P. Wir müssen alle Kräfte daran setzen, mit einer starken Organisation der eigenen Partei ein Gegengewicht zu schaffen.

W. Wir sind hier nicht in Krakow. Die Genossen Kommunisten in Krakow haben im März 33 all ihren Papierkram ans Landeskriminalamt geschickt. Da haben die Sowjets sie dann wohl gefunden.

P. Das gehört nicht zur Sache.

L. Das geht dich einen Schietdreck an.

S. Von uns wissen die gar nichts. Wir haben keine Pakete an die Nazis geschickt und keine an die Sowjets.

H. Aber einen kennen sie. Das ist deine Dämlichkeit, du Heini. Das ist deine Schuld.

P. Bist du das?

H. Zu mir kannst auch Sie sagen.

P. Selbstverständlich wird die Partei alles tun, um den Genossen zu decken.

K. Gestatten Sie die Frage: Hätten Sie denn was zum Zudecken?

S. Weglaufen kann er nämlich alleine. Dazu braucht er keine Hosenscheißer von der Partei. Dann sind wir einer weniger.

P. Wieviel seid ihr denn überhaupt?

L. Ich beantrage, daß ihn das einen Schietdreck angeht.

W. Da wir keine Versammlung haben, keine Tagesordnung, keine Geschäftsordnung, entfällt die Möglichkeit einer Antragstellung. Der Antrag ist angenommen.

P. Vor allem kommt es darauf an, für den Fall einer Vereinigung mit der K.P. ein starkes Eigengewicht zu schaffen in der Einheitspartei. Wenn es überhaupt dazu kommt.

S. Wenn die Partei in der britischen Zone sich vereinigt mit den Kommunisten, kannst du ja mal wiederkommen.

P. Eine Schwächung der Partei muß vermieden werden. Bei euch liegt der Fall anders. Ihr müßt doch erst mal eine Ortsgruppe gründen!

H. Anmelden meinst du. Selbstanzeige erstatten, das meinst du.

P. Habt ihr denn schon eine Ortsgruppe? Seid ihr die?

L. Das geht dich einen Schietdreck an.

H. Das möchtest du wohl, was zu melden haben.

P. Kinnings, ich bin hochgekommen von Ludwigslust bis Gneez. Überall arbeiten Ortsgruppen der S.P.D. Wir erfahren alles, was in den Verwaltungen vorgeht, von der Landesebene bis zum Kreis!

S. Dann können die sich mit den kommunistischen Genossen ja mal darüber unterhalten, daß wir Sozialfaschisten sind. Was das war, das Bündnis mit den Nazis. Was Sozialdemokraten in der sowjetischen Emigration passiert ist.

K. Werden wir demnächst das Vergnügen haben, von der Zentrale ein klärendes Wort zu bekommen?

P. Vielleicht müßt ihr euch gar nicht vereinigen. Dann müßt ihr doch erst recht da sein!

A. Das sind ja bloß die Sowjets, die die Einheitspartei wollen. Das zählt ja gar nicht.

P. Kinnings, ihr seid eben abgeschlossen von der Welt.

B. Wenn du noch mal zu uns sagst Kinnings. Wenn du das noch mal sagst.

P. Ihr wißt das eben nicht! Oh was sind die Kommunisten abgefallen am 25. November in Österreich. Und wie stehen die Sozialdemokraten da! In der sowjetischen Zone von Österreich! 4 Mandate für sie, 76 für uns!

K. Jetzt wollten Sie noch die Erfolge der Sozialdemokraten in den ungarischen Gemeindewahlen vergleichen mit der Niederlage der Kommunisten.

P. Hätt ich fast vergessen. Ja! So werdet auch ihr dastehen!

A. Hilf du doch den Sowjets tragen.

P. Nur eine unabhängige S.P.D. in den Westzonen Deutschlands wird in der Lage sein, euch zu unterstützen.

B. Wie Cresspahl bloß darauf gekommen ist. Daß er so eine gute Meinung von dir hatte.

L. Das geht ihn einen Schietdreck an! Das geht ihn einen Schietdreck an!

W. Das Protokoll ist verlesen und gebilligt. Wir kommen zur Abstimmung. Dafür. Dagegen. Stimmenthaltungen.

H. Wir werden dir jeden anschreiben, der hochgeht. Ob in der nächsten halben Stunde, ob im nächsten Jahr.

S. Du wolltest doch was zu melden haben. Nimm das.

W. Hiermit ist beschlossen, daß es ein Protokoll nicht gibt. Die Versammlung ist geschlossen. Hier war nicht Versammlung.

– Was ist es heute, das du mir nicht erzählen willst, Gesine.
– Ein Todesfall. Halt?
– Du machst dir dein Jerichow ganz leer. Bald kenn ich da keinen Menschen mehr.
– Warning war nicht mehr in Jerichow. Weil er eine Zeit lang in Griems Ackerbürgerei geholfen hatte, durfte er sich einen Landarbeiter nennen und teilnehmen an der Verlosung der Zettel, die Gerd Schumann umherreichte in einem Hut, der eigens aus dem Gutshaus der von Zelcks besorgt war. Warning zog da vier Hektar mittleren Bodens, eine Wagenstunde von der Stadt, fast gar nicht bestellt. In diesem Herbst nicht, im nächsten Jahr zur Not hätte er davon leben können mit seiner Frau und den beiden minderjährigen Söhnen. Nur hatte er von der Arbeit auf dem Acker am besten das Gehorchen gelernt. Als er aus der Strafanstalt Dreibergen zurück-

kam, hatte er die Kühe der Stadt hüten müssen; die Stelle kriegte er der Frau zuliebe. Der erzählte keine Geschichten mehr, behaglich auf den Forkenstiel gestützt, wenn neben ihm eine Kuh brüllte, mit ihm wurden Geschichten nicht mehr besprochen. Er war fleißig geworden, anstellig, aus Angst vor noch einer Reise nach Dreibergen. Nach dem Krieg versteifte die Frau sich auf eine eigene Siedlung; ihm wäre Arbeit unter Aufsicht besser bekommen. Den holte zu Weihnachten 1945 das Narodnyj Kommissariat Wnutrennych Djel, der fiel nicht auf. Ihm hing immer noch Verachtung an aus der Sache mit uns' Lisbeth, so wurde in der Stadt weder die Verhaftung noch seine Entlassung groß beredet.

– Wenn der erschossen wird, seid ihr alle schuld.

– Peter Wulff nahm es als seine Schuld. Er hatte dem gestauchten Kerl auf die Beine helfen wollen, als er ihn mitnahm zu einem Treffen ehemaliger Sozialdemokraten mit Erwin Plath, er bereute es gleich, denn Warning bedankte sich überschwenglich für das Vertrauen, für die Wiederaufnahme in die Partei, er sprach geradezu von Glück. So redet man nicht. So war es nicht gemeint gewesen. Ein Versuch hatte es sein sollen.

– Ein Lückenbüßer sollte er sein.

– Ja. Jedoch Wulff hätte ihn wieder eingeschrieben, nein, ihn als Genossen rechnen wollen, weil er sich in der Versammlung ruhig betrug, nüchtern, vor allen Dingen den Mund hielt. Wulff war nicht mehr allein, als Warning über die Vernehmung durch die Sowjets kein Wort sagen wollte, weder Stein noch Bein; vielleicht war der Kerl doch an einer Stelle fest geworden. Wulff glaubte Warning, um so mehr als er versicherte, mit schiefem Lächeln und peinlich feierlichem Händedruck: Juch passiert niks. Zu Neujahr ging Warning hin und hängte sich am Hals auf.

– Ein Verbrechen war es, von so einem Stillschweigen zu verlangen.

– Warning hat den Sowjets die Stimmung der jerichower Sozialdemokraten nicht erläutert. Selbst gegen seine Familie hat er sich verteidigt; die Frau wußte von der Haft nur die vier Tage, die sie gedauert hatte. Er hat ihr nicht einmal gesagt oder aufgeschrieben, warum er das Leben nicht mehr

aushielt. Sie hatte als Auskunft nur den Zettel in der Brusttasche seines Kittels, eine abermalige Vorladung zur Kommandantur in Gneez, »einer Formsache wegen«.
– Er hat sich aufgehängt, wo die Versammlung gewesen war. Damit sie ihm glaubten.
– Ja. Im Ziegeleischuppen.
– Wenn er nichts verraten hat, so muß doch einer ihn verraten haben!
– Ja. So hatte er ein Erbe hinterlassen. Eins von seiner Art.

15. Juni, 1968 Sonnabend Tag der South Ferry
Tag der Public Library

Du mußt es einmal wissenschaftlich sehen.
Vor dem Beginn des Kampfes werden dem Publikum die Daten der Kontrahenten verlesen, Körpergewicht, frühere Siege, etc.
Mannschaft Prag:
ČESTMIR CISAŘ, Jahrgang 1920. Bekannt für sehr kurzen Haarschnitt und freimütige Redeweise. Achtung: Brillenträger. Promoviert in Philosophie an der Karlsuniversität von Prag. Keine Verletzungen in den sowjetischen Säuberungen! Tat 1956 Dienst als Sekretär beim Bezirkskomitee der K.S.Č. in Plzeň, kam 1957 zurück nach Prag als stellvertretender Herausgeber ihrer Zeitung Rudé Právo, wurde 1961 Chef ihrer Monatszeitschrift Nová Mysl, den Freunden des Sports bekannt als Neuer Gedanke. Im Mai 1963 aufgenommen in das Sekretariat der K.S.Č., wegen Neigung zum kulturellen Dialog und Anhörens anderer Ansichten schon im September degradiert. Auf dem neuen Posten, Minister für Erziehung und Kultur, begann er das Schulsystem der Č.S.S.R. umzubauen, hielt sich grundsätzlich treu an das sowjetisch entworfene Erziehungsgesetz von 1953, jedoch lockerte er den Lehrplan auf, verminderte den Unterricht in Fragen der Partei und setzte nicht jedem Lehrer einen Aufpasser in den Rücken. Zu beliebt bei Studenten wie Professoren, bekam er vom Hl. Novotný nicht die Höchststrafe sondern den Posten des Botschafters in Rumänien, also Training in rumänischer Kul-

turpolitik. Nach dem Rücktritt Novotnýs berufen in das Sekretariat des Zentralkomitees, zuständig für Erziehung, Wissenschaft und Kultur, im Gespräch als neuer Präsident der Republik, neuerdings betraut mit delikaten Missionen des Parteivorsitzenden, etwa: der Presse einen sanftmütigen Umgang mit den sowjetischen Brüdern einzureden. Berufsangaben: Journalist und Philosoph.

Mannschaft Moskau:

FJODOR VASSILJEVIČ KONSTANTINOV, in der anderen Ecke des Rings. Jahrgang 1901. Seit 1952 auf führenden Posten der K.P. der Sowjetunion. Autor des Lehrbuches »Historischer Materialismus«. Durfte den zweiten Jahrestag von Stalins Tod begehen mit einem Artikel über »J. W. Stalin und die Fragen des Kommunistischen Aufbaus«, im Innern der Zeitung Pravda, Kennern des Sports bekannt als Wahrheit. Autor des Satzes: »Die Produktivkräfte fahren fort, sich auch unter den Verhältnissen des Imperialismus zu entwickeln« (Voprossy Filosofii, 2/1955). Seit Dezember 1955 Leiter der Abteilung Agitation und Propaganda beim Zentralkomitee der Kommunistischen Partei der Sowjetunion ohne B. Seit 1962 Direktor des Instituts für Philosophie bei der Akademie der Wissenschaften der Union der Sozialistischen Sowjetrepubliken. Berufsangaben: Professor. Philosoph.

Cisař geht in die erste Runde mit einer Ansprache, in öffentlicher Versammlung zu Prag. Der Anlaß ist der 150. Jahrestag der Geburt von Karl Marx; am Rande bezeichnet Cisař den Leninismus als monopolistische Interpretation der marxschen Ansichten. Das war am 5. Mai.

Konstantinov, schwer in Form, geistesgegenwärtig und flink auf den Beinen, kontert bereits am 14. Juni mit wuchtigen Schlägen, aus der Wahrheit zu entnehmen wie folgt:

Damit stellt sich Cisař in die Ränge eines Menschewiken wie Julij Ossipovič Martov (Zederbaum), 1873–1923, russischer Sozialist, Mitbegründer der »Iskra«. Zederbaum.

Unter den zeitgenössischen Revisionisten ist es modisch geworden, den Marxismus, die marxistische Philosophie, die marxistische politische Ökonomie und den wissenschaftlichen Kommunismus anders, in nicht leninistischer Weise zu interpretieren.

Mit den industriellen und ökonomischen Erfolgen der Sowjetunion ist der Leninismus zum Banner der kommunistischen Weltbewegung geworden.
Revisionistische, reformistische Repräsentanten suchen den Leninismus in Verruf zu bringen und predigen in demagogischer Weise eine ›Wiedergeburt‹ des Marxismus ohne Leninismus.
Die Kommunisten haben den Leninismus immer betrachtet, und betrachten ihn noch, als nicht eine rein russische, sondern eher eine internationale marxistische Lehre. Und deswegen entstanden und entwickelten sich auf ihrer Basis die marxistischen Parteien aller Länder.
Lenken Sie Ihr Augenmerk auf das Finish, jedoch vernachlässigen Sie nicht das Timing!
Denn wo befinden sich während dieses Kampfes der Erste Sekretär der Kommunistischen Partei der Č.S.S.R. und sein Ministerpräsident? Sie weilen in Budapest und vereinbaren einen Pakt der Freundschaft auf zwanzig Jahre. Was sagen sie sonst? Sie erklären die ungeheure Wichtigkeit ihres Bündnisses mit der Sowjetunion.
Schiedsrichter zum Telefon!
Wo hingegen, da möchte ja ein Verdacht aufkommen, befinden sich die Delegierten der tschechoslowakischen Nationalversammlung? Sie weilen, mit ihrem Präsidenten Smrkovský, als Gäste beim Chef der sowjetischen Kommunisten, Leonid I. Breshnev, und sie mögen sämtlich die Wahrheit mit Herrn Konstantinov in der Jackentasche tragen, die Sowjetische Nachrichtenagentur darf dennoch nur von einem »warmen und freundlichen Gespräch« berichten und von aller Zuversicht, daß der Besuch »die brüderliche Freundschaft und Zusammenarbeit zwischen unsern Ländern weiterhin stärken wird«.
Gibt es für Fjodor Vassiljevič Konstantinov eine andere Möglichkeit als zu verlieren? Als daß sein Trainer das Handtuch wirft? Nach Punkten?
Sie müssen es auch einmal wissenschaftlich besehen.

The third Sunday in June, set aside in honor of fathers.
Der dritte Sonntag im Juni, vorgesehen zur Ehrung von Vätern.
Weil Einer Vater ist.

Von der Natur ausgestattet nach der Regel, solche Ausnahme halten sie für Verdienst.
Stolz aufs Zeugen.
Wenn da Schuld ist, ihre war's nicht.

Kinder müssen sein.
Damit ein Vater sich, sei es ein Stück davon, weiterschickt in eine Zukunft.
Die sie weder kennen noch fürchten müssen.
Dabei wollen sie sein.

So lieben Väter sich.
Auch soll ihr Besitz nicht umherliegen auf der Erde, sie schaffen sich Aufsicht.
Ein Name soll bleiben, ein Rang, Recht auf Macht.
Wie immer, Erbe.

Hoffnung auf Versorgung im Alter.
Angst vor dem Alleinsein.
Beobachtet sterben.

So ein Kind, Pfand der Ehe.
Siehe Bürgerliches Gesetzbuch.
So ein Ding, so ein Kind.
Zum Spielen, zum Mitspielen.
Väterliche Gewalt.

Pflichten eines Vaters.
Siehe Bürgerliches Gesetzbuch.

Das Umhersuchen an den Opfern, ob sie denn richtig enthalten sind. Sein wie sie.
Ein Maß wollen sie sein, ob erfüllt oder zerschlagen: die Art sei von ihnen.

Die Kinder sollen es besser haben als die Väter.
Was Väter zum Besseren tun.

Wenn Kinder nichts haben wollen?
Nicht die Stelle Bewußtsein, die als Ziel ihr Ende weiß, nicht einmal sich?

In Europa gehen Väter hinkend im Rinnstein, Papiermützen auf, tutend, johlend, Bier in der Kehle, sich selbst zur Ehre.
Vatertag.
Jungen darunter, die haben noch keinem Mädchen ein Kind gemacht, sie werden es schon noch tun.
Ehre des Vaters.
Weisheit der Natur.
Fortsetzung des Menschengeschlechts.

Väter wissen wozu.

17. Juni, 1968 Montag

Die U.S.A. wollen tschechoslowakisches Geld freigeben. Nein, nicht das Gold im Wert von $20,000,000, das der Nation gehört, das wünschen sie verrechnet gegen Entschädigung für 1948 enteignetes Eigentum. Dies sind nur 5 Millionen Dollar, die einigen zehntausenden Bürgern zustehen als Sozialversicherung, Eisenbahner- und Militärpension, verdient in hiesigen Aufenthalten. Es gehört ihnen, aber ihre neue Regierung soll erst einmal schriftlich geben, daß die Summen ihre Empfänger auch erreichen, in angemessenen Umtauschraten. – Wir sind keine Diebe: sollen die Kommunisten der Č.S.S.R. sagen.
Schon wieder ein sowjetischer Dichter hat Gefühle geäußert, Vosnessenskij ist sein Name. Er tut das nicht für den sechsundsechzigjährigen Arzt, der bei einem Hausbesuch Freitag nacht in Brooklyn erschossen und beraubt wurde, nein anläßlich eines weniger gewöhnlichen Todesfalls:

> Wilde Schwäne. Wilde Schwäne. Wilde Schwäne.
> Nach Norden. Nach Norden. Nach Norden!
> Kennedy . . . Kennedy . . .,

er beklagt die Einsamkeit der Apfelbaumwurzeln auf Kennedys Balkon im 30. Stockwerk, wobei er sich nach Meinung der New York Times einer poetischen Lizenz bedient sowie auch eines Defekts in der Erinnerung, Mrs. Kennedy wohnt im 15. Stock; weiterhin hat ihn eine Ähnlichkeit des toten Senators mit Sergej Yessenin überfallen.

– Du hast recht, die Woche ist rum: sagt Marie: Könntest du mich doch noch eine Weile in Ruhe lassen mit diesem Namen?
– Vesógelike. Entschuldige, mein ich.
– Du wolltest mal probieren. Richtig. Hätt ich auch getan.
– In der I.R.T., weißt du, da sind doch die Ventilatoren paarweise angebracht. Da haben sie je einen abmontiert. Da tritt dir der Schweiß aus, als ob du am ganzen Körper w–
– Gesine, ich bin albern, ich weiß. Es wird verheilen. Es wird einmal gar nicht da sein.
– Wenn du wenigstens heulen wolltest!
– Du nimmst mir auch übel, daß ich über den Tod von Martin Luther King in paar Tagen hinweg war. Von dem, verstehst du, wußte ich nicht so viel.
– Wie war es vorgestern auf der South Ferry? Die erste Fahrt auf eigene Faust.
– Glattes graues Wasser. Da wollte ich dich strafen. Das ist mir gelungen.
– Ja. Nein. Da mußtest du einmal ohne Hilfe anfangen.
– Gesine, ist es mecklenburgisch, daß ich eine Versöhnung mit dem Willen allein nicht hinkriege?
– Laß uns wieder warten.
– O. K. Nun erzähl mir was, das geht mich gar nichts an.
– Louise Papenbrock?
– Die geht mich gar nichts an.
– Machen wir es mit Falle oder ohne?
– Ohne.
– Deiner Urgroßmutter ging es kaum behaglich in ihrer neuen politischen Wichtigkeit. Gelegentlich mußte sie sich reinweg abstützen auf Trotz gegen den renitenten Schwiegersohn Cresspahl, der anderen Leuten als ihr abgeraten hatte von all disse Parlamenterei noch eins. Davon wurde das Gegenteil nicht ganz richtig, das half ihr wenig beim Einschla-

fen. Sie war zum ersten Mal bei einer Partei eingeschrieben, in deren Betrieb vermutete sie Tricks, zum Fragen dachte sie sich zu gut. Wie gern wär sie Pastor Brüshaver in allem gefolgt! gerade von dem hatte sie Ärger auszustehen, so recht zum heimlichen Schütteln. In diese Union war sie eingetreten ihrem Papenbrock zuliebe, seinem eingebildeten Befehl folgend, bloß ihm einen Platz halten wollte sie darin. Papenbrock jedoch, ungefähr war ihr so, hatte Geschäft und Politik streng auseinander gehalten, noch im Kontor, gewiß am Eßtisch; sie aber hatte die Politik ins Haus geholt! Die Pontijsche Truppe war schimpflich abgezogen, die Wassergahnschen Veranstaltungen war sie los (den Unterleutnant Vassarion hatte sie nicht für eine politische Erscheinung angesehen); heimlich versuchte sie den großen Saal im Erdgeschoß zurückzuziehen ins papenbrocksche Eigentum und mag sich wohl ein paar Quadratmeter Fußboden verdient haben, als sie da vier Tage lang auf den Knien lag und scheuerte. Der Saal schien ihr leicht zu verstecken, nämlich für das Behausen von Flüchtlingen ungeeignet; überdies versteifte die amtierende Kommandantur sich nicht auf Vergnügungen beim Tanzen. Oh, was konnte sie säuerlich blicken, wenn sie Gutherzigkeit, bereitwilliges Opfer vortäuschen mußte! Das Lächeln rutschte ihr des öfteren weg, als sie die Doppeltür gleich wieder aufschließen mußte für ihre Freunde von der Union; nicht nur die, selbst Kinder hatten gewußt von dieser herrschaftlichen Halle, der halbmannshohen Eichentäfelung, den lassewitzschen Faunen und Nymphen darüber, dem hohen Jagdszenenstuck, dem rückwärtigen Erker ganz aus Kristallglastüren und dem gartengrünen Licht überall. (Ein Kind hat sich gewundert, daß die Erwachsenen einen solchen Raum nur benutzten zu Anlässen.) Oft tagte die jerichower Union kaum, Louises Selbstgefühl hakte an bei fast jedem Mal. Da saß nun die Klupsch vorn, Vorsitzende, die Klucke; Louise gönnte ihr die Arbeit, nicht den Platz, hätte auch gern auf den Tisch geklatscht. In ihrem eigenen Haus. Der Klupsch hing mehr Fett an als ihr Knochengerüst haben wollte, es erinnerte Louise doch an die eigene Üppigkeit inmitten der ausgemergelten, abgerissenen Gestalten um sie. Was wußten die Leute davon, daß es Trauerspeck gibt! Die Klupsch durfte dann die Zeitung vorlesen, die Neue Zeit; manchmal schaffte ein Exemplar den ganzen weiten Weg von Schwerin nach Jerichow. Die Klupsch durfte das Wort erteilen. Kägebein, ihrem Angestellten, fiel dann etwas ein, zur einstweiligen Vergabe von Stadtäckern als Gartenland für Flüchtlinge, er hatte sie keineswegs um Erlaubnis gefragt. Dann sprach Frau Maaß, zum Behagen ihres Mannes, über die Unrechtlichkeiten bei der Enteignung des Großgrundbesitzes; auch Louise hatte da eine Entschädigung für angemessen gehalten, nun konnte sie bloß nicken. Damit wollte sie zeigen, daß sie auch noch da war, so kam ihre Unterschrift auf das Telegramm, mit dem die Ortsgruppe der C.D.U. Jerichow Ende Dezember 1945 dem Obersten Tulpanov mitteilte, daß er nicht schlicht nach Belieben den Vorsitz ihrer Partei austauschen dürfe. Nun wußte ein Herr Oberst Tulpanov in der Sowjetischen Militäradministration Berlin von einer Louise Papenbrock, und daß sie aufgemuckt hatte. An Brüshaver konnte sie sich überhaupt nicht halten; der saß dabei, noch in der ersten Reihe wie ein Gast. Gewiß, er sprach mit, aber von deutschen Fehlern, von ehrlicher Besserung. Louise wollte ihm vergeben, er hatte sich das im Nazilager so ausdenken müssen; wie aber kam es, daß sie immerfort sich gemeint fühlte? Wagte er das? Ebenso, wenn er auf der Kanzel stand und von Tugenden predigte, so die Freundschaft, daß sie nicht zählten, es sei denn sie wären verwandelt in Eigenschaften. Meinte er die ... Zurückhaltung Louises im Umgang mit den von Haases? Das konnte er nicht wissen. Das durfte er ihr nicht sagen. Es kam öfter vor, da hätte sie allen siebzehn Anwesenden der Parteiversammlung am liebsten zugerufen: Und ich? Ja was krieg ich dafür? Zahlt ihr mir denn Miete?

– Schrieb da wieder einer mit bei Brüshaver?

– Nicht in der Kirche. In Papenbrocks Saal ja.

– Dann hatten sie keine Macht als Reden.

– Damit war ihnen der Raum für Reden eingeräumt, den die Kommunistische Partei nicht füllen konnte. In der Gesellschaft, die im Schützenhaus bei Krasemann zusammenkam, galt es erst recht als ein Indianerspiel mit den Sowjets. Da ließ sich ja nicht nur Duvenspeck (L.D.P.D.) vernehmen mit der Einsicht, daß im Liberalismus die Freiheit jedes einzelnen mit der Freiheit jedes anderen vereinbar, also durch sie beschränkt sein müsse. Wenn die K.P. an einem Sonntag im Oktober Leute zusammenholen ließ zum Abbrennen von Gutshäusern, »die die Landschaft verschandeln«, obwohl das gewiß eher die Tagelöhnerkaten taten, so hielt Heimatforscher Stoffregen, eben befreit von Schienendemontage, einen feinsinnigen Vortrag über den Einfluß italienischer und englischer Baustile auf Profanbauten Mecklenburgs, »die wir am vorigen Sonntag zum letzten Mal erblicken durften«; im Protokoll stand etwas von der Dringlichkeit der Kartoffelernte.

– Dann wurde Stoffregen verhaftet. Ach, Gesine.

– Nein. Damit machte Stoffregen sich bekannt, so war es gewünscht. Leute wie Duvenspeck hingegen, und Bergie Quade, ob sie nun als Hausfrau oder Beamte ehemals unpolitisch gewesen sein wollten, sie wurden gebraucht, für Posten im Antifa-Frauenausschuß, als Gemeindebeiräte, und womöglich fühlten sie sich deutlicher, wenn sie die Zuteilung eines Bezugscheins nicht bloß als Person beantragen mußten sondern anfangen durften: Als Beauftragte und Mitglied der Christlich-Demokratischen Union . . .

– Was durften sie denn so beantragen?

– Was sie wollten. Die Entfernung von Friedrich Schenk aus dem Amt als Bürgermeister, die Errichtung einer Elektrizitätsleitung nach Jerichow . . .

– Was bekamen sie aber? Was war die Grenze?

– Eine kann ich dir sagen. Sie hatten sich zusammengetan als private Vereine, sie waren in öffentliche Ämter nicht gewählt sondern eingesetzt, ein Mandat hatten sie, das war ihnen von allen Leuten aufgetragen, das saß ihnen selber auf der Haut. Das war die Vergrößerung des Wohnraums. Ein imperatives Mandat war das. Du bist immerhin Mine Köpcke, du bist sechs Tage in der Woche deinen Arbeitern hinterher gescheest, der Sonntagvormittag ist draufgegangen für Rechnungen und Buchhaltung und Steuer, nun sitzt du abends auf dem Sofa, Duvenspeck ist auch da, in Hemdsärmeln, du würdest dir gern auch die Bluse ausziehen, na, am Hals aufmachen, Duvenspeck is n beeten duhn, dat lett em gans pläsierlich, nu geit mi doch dat Glas vull, vull, Eduard, Prost Edi – da kommt das älteste Kind von den Flüchtlingen ins Zimmer, zwar wie verabredet, stellt sich an den Ofen, will die Kissen für seine Geschwister wärmen, so eine Zehnjährige sieht mehr als man denkt, ganz den Respekt noch verlieren die Kinder vor dir, bloß weil die keine Wohnung kriegen, hiermit beantragt die Liberal-Demokratische Partei, das Los der Umsiedler zu erleichtern und bittet die Sowjetische Kommandantur um Zuweisung von Wohnraum aus den Beständen der Besatzungsmacht auf dem Flugplatz Jerichow-Nord.

– Das war die Grenze.

– Ja. Den Nachfolger von Pontij dachten sie zu überfahren, der mußte doch die leeren Häuser der ehemaligen Zivilangestellten auf dem Flugplatz sehen, die teilweise eingeschlagenen Fenster. Sie versprachen ihm die Herrichtung des Wohnraums durch das ehrliche Handwerk von Jerichow. Sie bewiesen ihm: für nur eine Kompanie Wachpersonal ist solch ein Flugplatz doch zu groß. Wenn da nicht ein einziges Mal geflogen wird, ist der strategische Wert gleich – na sagen wir: Null. Nu sehn Sie das doch mal ein, Herr Kommandant.

– Was war das für ein Kommandant?

– Den hab ich nicht gekannt, nicht gesehen. »Platzhalter« hieß er in Jerichow, weil er nach drei Wochen weiterging. Seine Antwort aber weiß ich, vorstellen kann ich mir Verzweiflung über diese durch und durch verdrehten Deutschen, wie die Hummeln dröhnen sie einem das Gehirn voll, keine Ahnung haben sie von Territorialtaktik, dicht an der Grenze zu den Briten, die sollen uns einmal fast besiegt haben? Es war eine kurze Antwort, gegeben mit dem allerletzten Rest von Geduld, auch beschwörenden Ton kann ich hören, der im letzten Wort in Wut ansteigt. Nun rate.

– Der Kommandant bedauert . . .

– Nein.

– Die Rote Armee verbittet sich eine Einmischung in Angelegenheiten, die . . .

– Nein.

– Raus.

– Nein.

– »Den Flugplatz gibt es nicht«.

– Den – Flugplatz – gibt – es – nicht!

Breshnev hatte Tränen in den Augen. In dem zweistündigen Gespräch mit der tschechoslowakischen Parlamentsdelegation am Freitag ging es anders zu, als Professor Konstantinov möchte und die sowjetische Nachrichtenagentur wußte. Zwar berichtet davon ein Vertreter der Volkspartei, eines Vereins mit katholischen Neigungen, jedoch gehört er zur Nationalen Front der Č.S.S.R.; zwar spricht er davon mit der leidigen Lidova Demokracie, jedoch konnte jeder in Prag diese Ausgabe kaufen. Breshnev streitet ab, daß sein Land sich einmischen will in die Demokratie der Tschechoslowakei. Ihn betrübt manches, was dort die losgelassene Presse unter die Bürger bringt, gekränkt ist die Sowjetunion; an Intervention denkt sie nicht. Vor einem beliebigen internationalen Gerichtshof will Leonid Iljitsch sich verantworten! Fehler will er überdies gemacht haben, wenn er auch nicht sagt, was für welche. Der erste Vorsitzende der Kommunistischen Partei der Sowjetunion, Leonid Iljič hat geweint.

– Sozialismus sollte es werden bei euch, Gesine. Das haben sie euch von Anfang an nicht verschwiegen.
– Sozialismus sollte es sein. Aber nicht einer aus der Tüte. Die Deutschen sollten sich selber einen machen.
– Was ist deutsch, Gesine?
– Das Sozialistische am Deutschen sollte besonders sein. Weitgehend spezifisch. Im Februar 1946 schrieb der Kommunist Anton Ackermann an die Deutschen: Im einzelnen werden sich die

starken Besonderheiten
der historischen Entwicklung
unseres Volkes,
seine politischen und nationalen Eigenheiten,
die besonderen Züge
seiner Wirtschaft
und seiner Kultur

außerordentlich stark ausprägen.
– Was sollten das für deutsche Eigenheiten sein? Wie die Richter da sich anziehen? Wieviel Türen ein Bus hat? Welche Farbe die militärischen Uniformen kriegen? Blau für die Marine?

– Deutsches Militär war verboten. Waffen, Bauten, Literatur. Nichts da.
– Daß ihr es auf deutsch machen solltet. Nicht in russischer Sprache.
– Ja. Aber stell dir vor, was Leute wie Heimatforscher Stoffregen nun für eine Liste aufschrieben mit deutschen Dingen! Deutsches am Staat, Deutsches am Volk –
– Gesine, nun zeig mir endlich einen, dem das Spaß macht. Der am Drücker sitzt. Der das freiwillig tut. So einen. Der Bescheid weiß. Der glücklich ist damit. Einen mußt du doch wissen.
– Einen weiß ich. Stell dir vor, du bist dreiundzwanzig Jahre alt –
– Gern, Gesine. Gern.
– im Sommer 1946, du bist der Landrat für den Kreis Gneez, du bist den Kommunisten nicht zugelaufen um ein Stück Brot sondern über die Ostfront, du hast fast jede dritte Ortsgruppe im Winkel um Gneez gegründet, du darfst eine Waffe tragen, du sprichst mit den Russen ihre Sprache in einer moskauer Fasson, du hast ein Zimmer im Hotel Stadt Hamburg, zwar nicht mit Frühstück, aber winters muß Alma Witte es dir heizen –
– Gerd Schumann heißt der.
– Du heißt nun einmal so, den Namen hast du bekommen, du hast dich an den sogar gewöhnt, dir fehlen zwar ein paar tiefe Stellen darin, wo du ganz hineinpaßt, wo du ihn besonders findest, wo er niemand anders gehören könnte. Du sollst ihn jetzt nicht mehr ändern, vorläufig behalten, du bist damit zu lange auf den Dörfern umhergelaufen, die Leute würden dich falsch erkennen; wer aber hat für einen anderen Namen das Papier, darf es stempeln und unterschreiben? Du. Du übst diese Macht nicht auch noch aus, du verfügst über genug andere.
– Dem fehlt nichts.
– Du bist einer von den allerersten, dich haben die Sowjets mitgenommen in der Initiativgruppe Nord, du warst nicht mit dem Genossen Sobottka am 6. Mai in Stettin, du lerntest noch Verwaltung in Stargard, du warst mit in Waren an der Müritz, als die Gruppe Sobottka sich selber zur Landespar-

teileitung wählte für Mecklenburg und Vorpommern, du sitzt nicht auf dem falschen Dampfer, du hast bewiesen, was du taugst. Dir hat keiner was geschenkt, du hast gearbeitet: es ist auch dein Verdienst, wenn nun keiner mehr in Mecklenburg auf der Straße liegt, es war aber die Bevölkerung auf das Doppelte angewachsen, 52 Prozent sind Umsiedler aus dem Osten, die haben jetzt Dächer über dem Kopf, du hast sie zum Arbeiten angestellt, sie können nun die Besatzungsmacht ernähren, die Freunde, sie haben zu essen für sich selbst, auch du kriegst Brot für deine Schufterei. Wo früher zweieinhalbtausend Gutsbesitzer den Boden ausbeuteten, hast du fast fünfundsechzigtausend Neubauern einsetzen helfen, deine Partei war es, die hat 26 große Brücken nicht in Trümmern liegen sondern reparieren lassen, die Schiffahrtswege sind wieder offen, bis eben auf die Bolter Schleuse, zu deinen Leistungen gehören 539 laufende Lastkraftwagen, 243 Zugmaschinen, 437 Personenkraftwagen, 281 Motorräder, etwas Eisenbahn, elf fahrplanmäßige Omnibuslinien ... das hat deine Partei in Gang gebracht. Das hast du geschafft. Das sind deine Sorgen.

– Der kann gar keine anderen haben, Gesine.

– Doch kannst du. Sorgen mit der Partei kannst du haben. Die Rote Armee setzt dich ein in Mecklenburg, da wäre ein wenig Kenntnis des Dialekts von Nutzen gewesen. Ahnst ja nicht, was die Leute so untereinander reden, womöglich dir ins Gesicht hinein. In einem ländlichen Gebiet, du hättest lieber gewußt, was eine Ackernahrung bedeutet, wieviel Milch eine Kuh denn überhaupt gibt, daß die hier den Boden auch noch in Ruten rechnen. So war es mit den anderen Genossen in der Initiativgruppe Nord, die kamen aus Schlesien, aus Bayern, von der Ruhr, die waren von Beruf Bergmann, Feinmechaniker, manche hatten noch gar nichts anderes gerochen als die Partei von innen. Einer hat in Schweden abgewartet. In Schweden! Dir hat die Partei geholfen, sie hat dich die Küste entlanggeschickt von einem Dorf zum anderen, dich haben die Leute bald nicht mehr ausgelacht, du hast ihnen sogar bewiesen, daß auch fünf Hektar eine Ackernahrung sein können, nicht die fünfzehn, die die Partei zwar 1932 in der Linie hatte; hoffentlich hat es bei den anderen Genossen auch angeschlagen. Du weißt die Gründe: die sowjetische Emigration hat nur Kader produzieren können, nicht einmal genug, keineswegs Fachleute für Technik oder Landwirtschaft; nimm vorlieb. Wen die Nazis nicht totgemacht haben in ihren Gefängnissen und Lagern, das sind kaputte, kranke, müde Leute; es muß mit ihnen auch gehen. Du mußt ihnen die Flausen ausreden, die sie sich ausgedacht haben, fern der Partei. Sie kommen dir mit Krawallsozialismus, mit totaler Enteignung, mit landwirtschaftlicher Großproduktion, du darfst nichts verderben, sie sollen allein herausfinden, daß wir die Verwaltung sozialistischer Güter nicht den selben Inspektoren anvertrauen dürfen, die den Agrarkapitalisten gedient haben. Es hält dir einer entgegen, Insasse eines Lagers von 1939 an, daß er nach der braunen Zwangsjacke nicht eine rote anziehen will, du erklärst ihm den besonderen deutschen Weg. Sie verlangen von der Partei die unumschränkte Machtergreifung durch die Arbeiterklasse, du bringst ihn sachte darauf, daß der Sozialismus nur mit dem vorhandenen Personal gemacht werden kann, mit den Bauern, den kleinen und mittleren Bürgern, gewiß der führenden Arbeiterklasse; dazu eben hat die Rote Armee die Großgrundbesitzer, die Großmilitärs, die Großbanken, die Großindustrie weggenommen. Weggeschickt. Anderen will es nicht in den Kopf, daß Mecklenburg mit den Demontagen seine proletarischen Zentren in Rostock und Wismar verliert; ausgerechnet du mußt ihnen aufzählen, daß die Arbeiter bei Heinkel und Arado Kriegsflugzeuge gebaut haben, bei Neptun Kriegsschiffe und Raketenteile, bei Dornier Flugboote, du stellst die Frage der Wiedergutmachung erst moralisch, dann politisch. Wenn sie dich um Vermittlung bitten bei Verhaftungen durch die Sowjets, kannst du nur stumm den Kopf schütteln und andeuten, daß die Freunde in der Sicherheit nur sich selbst vertrauen dürfen, außerdem mit Recht. Wieder einer hat die Demontagen begriffen, aber nicht die Läden von Rasno- oder Techno-Export, in denen die Sowjets Gold, Edelsteine, Porzellan, Ölgemälde, letzten Wertbesitz bis hin zum Trauring aufkaufen, gegen Zigaretten zum exakten Schwarzmarktpreis; den fragst du, wer denn solche Sachen hat, er etwa? Wenn sie dich nach den Jahren 1935–1938 in der Sowjetunion fragen, nach Emigranten, die nicht wiedergekommen sind, bist du für Augenblicke zu jung; dann fragst du nach der Ernte. Du hast auch dein Päckchen zu tragen. Du mußt, was bleibt dir übrig, einen Bürgermeister in Gneez dulden, gerade von dem weißt du aus der Aussage eines Gefangenen, er hat Genossen zur Nazizeit überredet zum Überlaufen, also zu vorzeitiger Meldung in die Wehrmacht; mit einem Tabakladen hat er überlebt, Senator nennen ihn die Leute, diesen Sozialdemokraten. Damit nicht genug, du mußt vorerst Bürgerliche in die Verwaltung lassen, da genügt schon, daß sie wenigstens nicht in der Nazipartei waren, daß sie einmal eingesperrt waren wegen eines verweigerten Hitlergrußes; zu oft ist noch wichtiger, daß sie etwas vom Wirtschaften verstehen. Der Präsident der Landesbank Mecklenburg-Vorpommern ist Dr. Wiebering, bürgerlicher Antifaschist, ja, Vizepräsident ist Forgbert, Kommunist, der soll das Bankgeschäft erst noch lernen. Wird er das? Du selbst, du schwebst ein wenig; zwar geht jeder Vorgang über deinen Tisch, du unterschreibst die Genehmigung, von jedem Erlaß wird ein Doppel abgelegt: was aber tat dein Stellvertreter, dieser Dr. Dr. Heinrich Grimm, nachdem die Nazis ihn aus dem Amt des Landrats verstießen? anständig will er gewesen sein. Was kann das schon bedeuten. Wer ist diese Elise Bock, durch deren Hände und Maschine fast alle deine Akten gehen, mit wem geht sie um, warum mag sie nicht in die Partei? Der wiederum würdest du noch lieber vertrauen als all den Leuten, die jetzt gelaufen kommen mit ihren Anträgen auf Mitgliedschaft, von ihrem guten Willen sprechen sie, einen besonderen deutschen Weg zum Sozialismus geben sie an als Begründung, von der Partei haben sie keinen blassen Schimmer, du mußt irgendwo in diesem Landkreis Gneez ein leeres Haus finden, in dem du sie schulen kannst, sie abklopfen, sie vorbereiten auf die Partei, deren Buch du ihnen nicht vorenthalten darfst. Diese Sprache. Kåmen sei, so kåmen sei nich; kåmen sei nich, so kåmen sei; bæter ist't, sei kåmen nich un kåmen doch, as dat sei kåmen, un nich kåmen. Wenn du davon allmählich die Worte verstanden hast, wenigstens, soll es ein Rätsel gewesen sein, nein: eine Schwierigkeit beim Voraussagen der Zukunft, und was ist die Lösung? Duven un Arwten. Du mußte es dir eigens übersetzen lassen: Tauben.

Erbsen. Erntewunsch. Ja. Du hast nicht Heimweh nach Mannheim, da haben die Alliierten ohnehin alles kaputtgeschmissen. Nur, im Badischen würden die Leute dich nicht schon wegen deiner Sprache so fremd ansehen. Zu tun hat die Kommunistische Partei auch im Neckargebiet. Dein Platz ist, wo die Partei dich hinstellt. Da wüßtest du aber auch einen.
– Mach mir den nicht weinerlich, Gesine.
– Du bist dreiundzwanzig! Du willst die Sache vollkommen haben. Die Partei soll rein sein. Nun hast du lauter Durcheinander. Kuddelmuddel. Kleinkram, unordentlichen.
– Das versteh ich doch. Es ist wie in dem sowjetischen Film, den wir neulich gesehen haben. Wo der Rotarmist sein Parteibuch verliert. Für den war das schlimmer als ... ob du morgen früh aufwachst in einem Hotelzimmer in der Mongolei und hast deinen Reisepaß verloren. Den kann ich begreifen, glaube ich. Und wenn es im Mecklenburgischen nicht gleich geht, laß ihn doch in der russischen Sprache wohnen. Bei den Freunden.
– So hießen sie. Du darfst sie so nennen.
– Tanzen im Dom Offizerov. Darf nicht jeder.
– Du hast nicht Zeit dazu! Du kommst ins Amt, du wirst einmal den liegengebliebenen Berichtkram von zehn Tagen aufarbeiten, da ruft das Dreifache J dich an. Sie: sagt er. Vorgestern nacht, das war doch nahe an Brüderschaft. Kann einer vergessen. Was sagt er noch? Ob du am Bahnhof gewesen wärst. Sind Sie am Bahnhof gewesen? Aus. Ende. Du läßt dich zum Bahnhof fahren, die Pistole in der Manteltasche, was kann da schon sein als Krawall. Was du findest, ist ein Güterzug mit Aussiedlern, Überführten, aus Pommern, aus Polen, die sind krank, verlaust, jetzt steht noch einmal der Typhus vor der Stadt. Diese paar hundert können vierzigtausend anstecken. Das kostet dich drei Tage, die Toten begraben lassen, aus den Baracken der Volkssolidarität ein Krankenhaus herrichten, die Ärzte zu Nachtdienst verpflichten; dein sozialdemokratischer Bürgermeister bleibt ein paar Tage länger auf seiner schweriner Dienstreise. Kommt das Dreifache J einmal nachsehen, die Krankenträger ein wenig einschüchtern? Im Gegenteil, der Bahnhof und die Straßen darum sind zum Sperrgebiet für die Rote Armee erklärt. Was

sagt Jenudkidse am vierten Tag? – Guter Junge: sagt er. Du zweifelst nicht an ihm, den holst du in Gedanken nicht ein; er dürfte dir Manches freundlicher mitteilen, nicht so von oben herab. Du siehst es ein, die Vereinigung mit den sozialdemokratischen Heinis ist nicht zu umgehen. Taktische Gründe sind Gründe. Die Sache mit der Volksfront muß sein. Du berichtest dem Dreifachen J von den Anständen mit den bürgerlichen Parteien; du tust es lustig, mit lachhaften Einzelheiten, du beklagst dich nicht. Du bringst den Neubauern Vertrauen bei zu ihrem Besitz, du erinnerst sie an den Grafen von Gröbern, der im preußischen Landtag die drei Ochsen beschrieb, die er auf seinem Acker brauchte, zwei vor dem Pflug und einen dahinter; endlich nehmen die Leute dir ab, daß du ihnen die Gerechtigkeit bringen willst. In Wehrlich haben sie dich eingeladen zur Feier nach der Verlosung, du hast da getanzt. Eine Frau hat dich umarmt, nicht aus Dankbarkeit, das kam ihr so bei in der Freude. Da bist du rot geworden, die Männer haben dir aus der Verlegenheit geholfen mit Schulterklopfen, da warst du einen Nachmittag lang nicht von auswärts. Dann schickt dir die S.M.A. jemand aus ihrer eigenen Zentralverwaltung für Landwirtschaft, wohlgenährte, wohlbetuchte Herren, einer mit Zwicker, die beweisen in einer öffentlichen, in einer genehmigten Versammlung, daß Mecklenburg nach Klima und Bodengüte die beste Gegend ist für die Züchtung und Vermehrung von Saatkartoffeln, ausreichend für den Bedarf von halb Deutschland, wenn eben nur 600,000 Hektar Gutsacker in großen Stücken zusammenbleiben. Damit sind drei Wochen Agitation zerstört. Die Leute glauben dir nicht mehr. Sie fragen einander, ob sie das Land wahrhaftig für sich bestellen. Das hat die Rote Armee dir eingebrockt mit ihrer Volksfront, Modell 1936. Unverhofft siehst du es ein, die Bürgerlichen haben bloß reden dürfen, das Land ist verteilt, bleibt verteilt. Mit ein bißchen Geduld tiftelst du noch heraus, was für eine erzschlaue Variante da vor deinen Augen gespielt wurde; alles büßt du dem Dreifachen J ab, fast alles.
– Er hatte seinen Spaß an den Bürgerlichen.
– Über die Bürgerlichen kannst du bloß lachen. Die spielen Versteck mit dir; du mit ihnen auch. Die denken wunder was, wenn sie die Stelle eines Hausvertrauensmanns wegen Um-

zugs oder Todesfalls besetzen können mit einem von ihren Leuten, den läßt du umdrehen, in zweiter Stufe ermahnen, in dritter belohnen, schon erfährt die Partei über die Vorgänge in einem Haus was sie braucht, oder nicht weniger als vorher. In die Wahlen der Straßenvertrauensleute bekommen die Bürgerlichen keinen Fuß. Für den Vergleich solcher Posten mit dem Hausobmann der Nazis fehlt dir das Verständnis, du warst damals nicht hier, solche Sachen sind vorbei; du kannst dagegen fragen, wer denn sonst die Gebühr für die Lebensmittelkarten kassieren soll. Die halten ihre Versammlungen für geheim; du lachst dich schief über den Heimatforscher Stoffregen, der von der neuen Verwaltung aufzählt, was daran mecklenburgisch ist, nämlich zu einer Souveränität des Landes führen könnte, später zu einem Anschluß an Dänemark. In Rostock tritt auf ein Herr Dr. Kaltenborn, der versucht die Demontage der Ernst Heinkel A.G. zu verhindern mit dem Beweis, daß die Briten den Heinkel nämlich nicht als Kriegsverbrecher betrachten; nach Bützow, wo eine in Peenemünde demontierte Sauerstoffabrik aufgebaut wird, kommen die Besitzer aus den Westzonen angereist und bieten ihre Dienste an, vorausgesetzt, du störst sie nicht mit einer zweiten Demontage: nach einer Weile kannst du nur noch den Kopf schütteln über die Findigkeit solcher Leute, die nicht einmal herausfinden wo sie sind. Laß sie denken, du seist russifiziert, ein hilfloses Kind im Wald der deutschen Kultur; eines Tages fällt auch dir auf, daß die Losungen der Partei so oft in Mittelachse auf die Hauswände geschrieben werden, du stellst solche Kindereien ab, nicht ergrimmt, mit deinem völlig unverhofften Lachen, das dir die Rippen weitet, das gefällt ihnen. Eines Tages werden sie dich noch gern haben.

– Die eine Sache, die er nicht einsieht. Slata?

– Na ja. Du bist dreiundzwanzig –

– Dann will ich es nicht sein. Sie geht mit einem Deutschen, er läuft über zu den Sowjets. Womöglich zur gleichen Zeit.

– Wenn das Dreifache J sich nicht stieß daran, warum du?

– Es ist nicht reinlich.

– Slata mag eine reinliche Geschichte erzählt haben. Sie war nicht mit den Briten weggelaufen. Sie hatte auf ihre Landsleute gewartet. Was weiß ich.

– Eben. Was weißt du.
– Du hast zum Schaden noch den Spott. Es gibt in der eigenen Partei das Gerede, du hättest Slata schon genommen, wenn sie das Dreifache J mitgebracht hätte. Du kennst den Namen, Karrierismus heißt das. Sie denken von dir nicht so wie du. Darauf kommt es dir aber an.
– Du kannst es nicht wissen.
– Er hatte ein Foto hängen in seinem Zimmer. Darauf waren das Dreifache J, Jenudkidses Adjutant, sein politischer Berater und, stehend hinter den dreien, eine beliebige junge Frau, blond, von sportlichem Typ, als einzige nicht lächelnd.
– Das hätte sie dir nicht zeigen dürfen, diese Alma Witte.
– Sie zeigte es mir zum Zeichen, daß er tapfer war. Damit ich keine dummen Bemerkungen machte, wenn er an uns vorbeiging. Auch sie wollte mich erziehen. Ich sollte einsehen, daß so einer einen Kummer haben kann wie ein gewöhnlicher Mensch.
– Deswegen blieb er wohnen im Hotel Stadt Hamburg.
– Schräg unter Slatas Zimmer.
– Aber die Macht hatte er?
– So viel Macht hatte ein Landrat von Gneez noch nie regiert. Sie wurde jede Woche größer mit der Einbildung der anderen, er hätte sie ganz. Spaß machte es ihm.

19. Juni, 1968 Mittwoch

Der blinde Bettler in der Lexington Avenue (meine Tage sind finstrer denn eure Nächte) hat an diesem Morgen seinem Hund einen gelben Eimer hingestellt mit klarem appetitlichem Wasser. Abends sind die Eimerränder verschmiert und das Wasser versandet. Ganz besonders gebildete Passanten haben ihre Münzspenden in das Wasser geworfen.
In der Haupthalle des Bahnhofs Grand Central ist unter dem ungeheuer gemischten Geräusch aus Schritten und Stimmengewirr noch ein kleineres, das ist viel bekannter, es nimmt ganz unvernünftig zu in den Gängen zur Pendelbahn. Es kommt von einem Mann, der die Ubahnjetons aus den Drehkreuzen räumt. Die Jetons rasseln gegen das graue Metall, der Eimer

schrapt gegen den Boden, wenn der Mann weitertritt. Ein gedrungener breiter Eimer, wie wir ihn zum Pferdetränken hatten.

Abends hängt ein Gewitter über dem Fluß fest. Die Blitze machen aus dem Park Schattenrisse, manchmal beleuchten sie nur das jenseitige Ufer mit buntstichigem Weiß. Einige, die ganz kurzen, kaum wahrnehmbaren, ätzen scharfe Risse ins Gehirn.

Als Kinder, noch bei Gewitter in einer Kornhocke, haben wir gedacht: uns sieht einer. Wir werden alle gesehen.

Der vierte und letzte Teil dieses Buches enthält die Kapitel bis zum 20. August 1968.

Uwe Johnson
Sein Werk im Suhrkamp Verlag

Begleitumstände. Frankfurter Vorlesungen. es 1019
Berliner Sachen. Aufsätze. st 249
Das dritte Buch über Achim. Roman. Leinen und st 169
Der 5. Kanal. es 1336
Ingrid Babendererde. Reifeprüfung 1953. Mit einem Nachwort von Siegfried Unseld. Leinen und st 1387
Jahrestage 1. Aus dem Leben von Gesine Cresspahl. August 1967 - Dezember 1967. Roman. Leinen
Jahrestage 2. Aus dem Leben von Gesine Cresspahl. Dezember 1967 - April 1968. Roman. Leinen
Jahrestage 3. Aus dem Leben von Gesine Cresspahl. April 1968 - Juni 1968. Roman. Leinen
Jahrestage 4. Aus dem Leben von Gesine Cresspahl. Juni 1968 - August 1968. Roman. Leinen
Jahrestage 1-4 in Kassette. 4 Bde. Mit einem ›Kleinen Adreßbuch‹. Ein Register zu Uwe Johnsons Jahrestagen mit Namen, Orten und Verweisen von Rolf Michaelis. Leinen
Kleines Adreßbuch zu den ›Jahrestagen‹. Einzeln.
Karsch, und andere Prosa. es 59
Mutmassungen über Jakob. Roman. Leinen, st 147 und BS 723
Eine Reise nach Klagenfurt. st 235
Skizze eines Verunglückten. BS 785
Versuch, einen Vater zu finden. Marthas Ferien. Toncassette mit Textheft. Mit einem editorischen Bericht von Norbert Mecklenburg. es 1416
Zwei Ansichten. Leinen und st 326

Editionen, Nachwort
Max Frisch: Stich-Worte. Ausgesucht von Uwe Johnson. st 1208
Otto Philipp Runge/Uwe Johnson: Von dem Fischer un syner Fru. Ein Märchen nach Philipp Otto Runge mit sieben kolorierten Bildern von Marcus Behmer und einem Nachwort von Beate Jahn. Mit einer Nacherzählung und einem Nachwort von Uwe Johnson. IB 1075

Zu Johnson
Uwe Johnson. Herausgegeben von Rainer Gerlach und Matthias Richter. stm 2061
Johnsons ›Jahrestage‹. Herausgegeben von Michael Bengel. stm 2057
»Ich überlege mir die Geschichte ...«. Uwe Johnson im Gespräch. Herausgegeben von Eberhard Fahlke. es 1440

46/1/9.87

edition suhrkamp
Eine Auswahl

Abelshauser: Wirtschaftsgeschichte der Bundesrepublik Deutschland (1945-1980). NHB. es 1241
Abendroth: Ein Leben in der Arbeiterbewegung. es 820
Achebe: Okonkwo oder Das Alte stürzt. es 1138
Adam/Moodley: Südafrika. es 1369
Adorno: Eingriffe. Neun kritische Modelle. es 10
– Gesellschaftstheorie und Kulturkritik. es 772
– Jargon der Eigentlichkeit. Zur deutschen Ideologie. es 91
– Kritik. Kleine Schriften zur Gesellschaft. es 469
– Ohne Leitbild. Parva Aesthetica. es 201
– Stichworte.
Kritische Modelle 2. es 347
– Zur Metakritik der Erkenntnistheorie. es 590
Das Afrika der Afrikaner. Gesellschaft und Kultur Afrikas. Hg. von R. Jestel. es 1039
Anderson: Die Entstehung des absolutistischen Staates. es 950
– Von der Antike zum Feudalismus. es 922
Andréa: M.D. es 1364
Arbeitslosigkeit in der Arbeitsgesellschaft. es 1212
Aus der Zeit der Verzweiflung. Zur Genese und Aktualität des Hexenbildes. es 840
Bachtin: Die Ästhetik des Wortes. es 967
Barthes: Elemente der Semiologie. es 1171
– Kritik und Wahrheit. es 218
– Leçon/Lektion. es 1030
– Literatur oder Geschichte. es 303
– Michelet. es 1206
– Mythen des Alltags. es 92
– Das Reich der Zeichen. es 1077
– Die Sprache der Mode. es 1318
Beck: Risikogesellschaft. es 1365
Jürgen Becker: Ränder. es 351
– Umgebungen. es 722
Beckett: Fin de partie. Endspiel. es 96
– Flötentöne. es 1098
– Mal vu, mal dit. Schlecht gesehen, schlecht gesagt. es 1119
Samuel Beckett inszeniert Glückliche Tage. es 849
Benjamin: Aufklärung für Kinder. es 1317
– Briefe. 2 Bde. es 930
– Das Kunstwerk im Zeitalter seiner technischen Reproduzierbarkeit. es 28
– Moskauer Tagebuch. es 1020
– Das Passagen-Werk. 2 Bde. es 1200
– Über Kinder, Jugend und Erziehung. es 391
– Versuche über Brecht. es 172
– Zur Kritik der Gewalt und andere Aufsätze. es 103
Bernhard: Die Billigesser. es 1006
– Ein Fest für Boris. es 440
– Prosa. es 213
– Ungenach. Erzählung. es 279
– Watten. Ein Nachlaß. es 353
Bertaux: Hölderlin und die Französische Revolution. es 344
Biesheuvel: Schrei aus dem Souterrain. es 1179

3/1/6.87

Blick übers Meer. Chinesische Erzählungen aus Taiwan. es 1129
Bloch: Kampf, nicht Krieg. Politische Schriften 1917-1919. es 1167
Boal: Theater der Unterdrückten. es 987
Böhme: Prolegomena zu einer Sozial- und Wirtschaftsgeschichte Deutschlands. es 253
Böni: Alvier. Erzählungen. es 1146
Bohrer: Plötzlichkeit. es 1058
Bond: Gesammelte Stücke 1/2. es 1340
Bottroper Protokolle, aufgezeichnet von Erika Runge. es 271
Botzenhart: Reform, Restauration, Krise. Deutschland 1789-1847. NHB. es 1252
Bovenschen: Die imaginierte Weiblichkeit. es 921
Brandão: Kein Land wie dieses. es 1236
Brasch: Engel aus Eisen. es 1049
Braun: Berichte von Hinze und Kunze. es 1169
Brecht: Der aufhaltsame Aufstieg des Arturo Ui. es 144
– Aufstieg und Fall der Stadt Mahagonny. es 21
– Ausgewählte Gedichte. es 86
– Baal. Drei Fassungen. es 170
– Baal. Der böse Baal der asoziale. es 248
– Das Badener Lehrstück. Die Rundköpfe. Die Ausnahme. es 817
– Der Brotladen. Ein Stückfragment. es 339
– Buckower Elegien. es 1397
– Die Dreigroschenoper. es 229
– Einakter und Fragmente. es 449
– Furcht und Elend des Dritten Reiches. es 392
– Gesammelte Gedichte. 4 Bde. es 835 – es 838
– Gedichte und Lieder aus Stükken. es 9
– Die Geschäfte des Herrn Julius Caesar. es 332
– Die Gesichte der Simone Machard. es 369
– Die Gewehre der Frau Carrar. es 219
– Der gute Mensch von Sezuan. es 73
– Die heilige Johanna der Schlachthöfe. es 113
– Herr Puntila und sein Knecht Matti. Volksstück. es 105
– Im Dickicht der Städte. es 246
– Der Jasager und Der Neinsager. es 171
– Der kaukasische Kreidekreis. es 31
– Kuhle Wampe. es 362
– Leben des Galilei. es 1
– Leben Eduards des Zweiten von England. es 245
– Mann ist Mann. es 259
– Die Maßnahme. es 415
– Mutter Courage und ihre Kinder. es 49
– Die Mutter. es 200
– Gesammelte Prosa. 4 Bde. es 182 – es 185
– Schweyk im zweiten Weltkrieg. es 132
– Stücke. Bearbeitungen. 2 Bde. es 788/789
– Die Tage der Commune. es 169
– Tagebücher 1920-1922. Autobiographische Aufzeichnungen 1920-1954. es 979
– Trommeln in der Nacht. es 490
– Der Tui-Roman. es 603

3/2/6.87

3/3/6.87

3/4/6.87

Bd.5 Gesammelte Gedichte. Anna Livia Plurabelle. es 1438
Bd.6 Finnegans Wake. Englischsprachige Ausgabe. es 1439
Hans Wollschläger liest »Ulysses«. es 1105
Mat. zu Joyces »Ein Porträt des Künstlers als junger Mann«. Hg. von K.Reichert und F.Senn. es 776
Kantowsky: Indien. es 1424
Kapitalistische Weltökonomie. Hg. von D.Senghaas. es 980
Marx: Die ethnologischen Exzerpthefte. es 800
Kenner: Ulysses. es 1104
Kindheit in Europa. Hg. von H. Hengst. es 1209
Kipphardt: In der Sache J. Robert Oppenheimer. es 64
Kirchhof: Body-Building. es 1005
Kluge: Gelegenheitsarbeit einer Sklavin. es 733
– Lernprozesse mit tödlichem Ausgang. es 665
– Neue Geschichten. Hefte 1-18. es 819
– Schlachtbeschreibung. es 1193
Kluge: Die deutsche Revolution 1918/1919. NHB. es 1262
Kolbe: Abschiede und andere Liebesgedichte. es 1178
– Hineingeboren. Gedichte 1975-1979. es 1110
Konrád: Antipolitik. es 1293
Kriegsursachen. Friedensanalysen 21. es 1238
Krippendorff: Staat und Krieg. es 1305
Kristeva: Die Revolution der poetischen Sprache. es 949
Kroetz: Bauern sterben. es 1388
– Frühe Prosa/Frühe Stücke. es 1172
– Furcht und Hoffnung der BRD. es 1291
– Mensch Meier. es 753
– Nicht Fisch nicht Fleisch. es 1094
– Oberösterreich. es 707
– Stallerhof. es 586
– Heimarbeit. es 473
Krolow: Ausgewählte Gedichte. es 24
Laederach: Fahles Ende kleiner Begierden. es 1075
Lefebvre: Einführung in die Modernität. es 831
Lehnert: Sozialdemokratie zwischen Protestbewegung und Regierungspartei 1848 bis 1983. NHB. es 1248
Lem: Dialoge. es 1013
Hermann Lenz: Leben und Schreiben. Frankfurter Vorlesungen. es 1425
Leroi-Gourhan: Die Religionen der Vorgeschichte. es 1073
Lessenich: »Nun bin ich die niemals müde junge Hirschfrau oder der Ajilie-Mann«. es 1308
Leutenegger: Lebewohl, Gute Reise. es 1001
– Das verlorene Monument. es 1315
Lévi-Strauss: Das Ende des Totemismus. es 128
– Mythos und Bedeutung. es 1027
Die Listen der Mode. Hg. von S.Bovenschen. es 338
Literatur und Politik in der Volksrepublik China. Hg. von R.G.Wagner. es 1151
Löwenthal: Mitmachen wollte ich nie. es 1014
Logik des Herzens. Hg. von G.Kahle. es 1042

3/5/6.87

3/6/6.87

Die neue Friedensbewegung. Friedensanalysen 16. es 1143
Ngũgĩ wa Thing'o: Verborgene Schicksale. es 1111
Nizon: Am Schreiben gehen. Frankfurter Vorlesungen. es 1328
Oehler: Pariser Bilder I. es 725
Oppenheim: Husch, husch, der schönste Vokal entleert sich. es 1232
Paetzke: Andersdenkende in Ungarn. es 1379
Paley: Ungeheure Veränderungen in letzter Minute. es 1208
Paz: Der menschenfreundliche Menschenfresser. es 1064
– Suche nach einer Mitte. es 1008
– Zwiesprache. es 1290
Peripherer Kapitalismus. Hg. von D. Senghaas. es 652
Petri: Zur Hoffnung verkommen. es 1360
Pinget: Apokryph. es 1139
Piven/Cloward: Aufstand der Armen. es 1184
Politik der Armut. Hg. von S. Leibfried und F. Tennstedt. es 1233
Populismus und Aufklärung. Hg. von H. Dubiel. es 1376
Powell: Edisto. es 1332
Psychoanalyse der weiblichen Sexualität. Hg. von J. Chasseguet–Smirgel. es 697
Pusch: Das Deutsche als Männersprache. es 1217
Raimbault: Kinder sprechen vom Tod. es 993
Darcy Ribeiro: Unterentwicklung, Kultur und Zivilisation. es 1018
João Ubaldo Ribeiro: Sargento Getúlio. es 1183
Rodinson: Die Araber. es 1051
Roth: Das Ganze ein Stück. es 1399
– Die einzige Geschichte. es 1368
– Krötenbrunnen. es 1319
Rötzer: Denken, das an der Zeit ist. es 1406
Rubinstein: Immer verliebt. es 1337
– Nichts zu verlieren und dennoch Angst. es 1022
– Sterben. es 1433
Rühmkorf: agar agar - zaurzaurim. es 1307
Russell: Probleme der Philosophie. es 207
– Wege zur Freiheit. es 447
Schindel: Ohneland. Gedichte. es 1372
Schlaffer: Der Bürger als Held. es 624
Schleef: Die Bande. es 1127
Schönhoven: Die deutschen Gewerkschaften. NHB. es 1287
Schrift und Materie der Geschichte. Hg. von C. Honegger. es 814
Schröder: Die Revolutionen Englands im 17. Jahrhundert. NHB. es 1279
Schubert: Die internationale Verschuldung. es 1347
Das Schwinden der Sinne. Hg. von D. Kamper und C. Wulf. es 1188
Sechehaye: Tagebuch einer Schizophrenen. es 613
Senghaas: Von Europa lernen. es 1134
– Weltwirtschaftsordnung und Entwicklungspolitik. es 856
– Die Zukunft Europas. es 1339
Simmel: Schriften zur Philosophie und Soziologie der Geschlechter. es 1333
Sinclair: Der Fremde. es 1007

3/7/6.87

Sloterdijk: Der Denker auf der Bühne. es 1353
– Kopernikanische Mobilmachung. es 1375
– Kritik der zynischen Vernunft. 2 Bde. es 1099
Sport-Eros-Tod. es 1335
Staritz: Geschichte der DDR. NHB. es 1260
Stichworte zur »Geistigen Situation der Zeit«. Hg. von J. Habermas. 2 Bde. es 1000
Struck: Kindheits Ende. es 1123
– Klassenliebe. es 629
Szondi: Theorie des modernen Dramas. es 27
Techel: Es kündigt sich an. Gedichte. es 1370
Tendrjakow: Sechzig Kerzen. es 1124
Theorie des Kinos. Hg. von K. Witte. es 557
Thiemann: Schulszenen. es 1331
Thompson: Entstehung der englischen Arbeiterklasse. 2 Bde. es 1170
Thränhardt: Geschichte der Bundesrepublik Deutschland. NHB. es 1267
Tiedemann: Studien zur Philosophie Walter Benjamins. es 644
Todorov: Die Eroberung Amerikas. es 1213
Treichel: Liebe Not. Gedichte. es 1373
Trotzki: Denkzettel. es 896
Vernant: Die Entstehung des griechischen Denkens. es 1150
– Mythos und Gesellschaft im alten Griechenland. es 1381
Versuchungen. Aufsätze zur Philosophie Paul Feyerabends. Hg. von H. P. Duerr. Band 1/2. es 1044/1068
Verteidigung der Schrift. Kafkas ›Prozeß‹. Hg. von F. Schirrmacher. es 1386
Vom Krieg der Erwachsenen gegen die Kinder. Friedensanalysen 19. es 1190
Martin Walser: Eiche und Angora. es 16
– Ein fliehendes Pferd. Theaterstück. es 1383
– Die Gallistl'sche Krankheit. es 689
– Geständnis auf Raten. es 1374
– Heimatkunde. es 269
– Lügengeschichten. es 81
– Selbstbewußtsein und Ironie. Frankfurter Vorlesungen. es 1090
– Wer ist ein Schriftsteller? es 959
– Wie und wovon handelt Literatur. es 642
Wehler: Grundzüge der amerikanischen Außenpolitik 1750–1900. NHB. es 1254
Peter Weiss: Abschied von den Eltern. es 85
– Die Besiegten. es 1324
– Fluchtpunkt. es 125
– Gesang vom Lusitanischen Popanz. es 700
– Das Gespräch der drei Gehenden. es 7
– Der neue Prozeß. es 1215
– Notizbücher 1960-1971. 2 Bde. es 1135
– Notizbücher 1971-1980. 2 Bde. es 1067
– Rapporte. es 276
– Rapporte 2. es 444
– Der Schatten des Körpers des Kutschers. es 53
– Stücke 1. es 833
– Stücke II. 2 Bde. es 910

3/8/6.87

– Die Verfolgung und Ermordung Jean Paul Marats. es 68
Peter Weiss im Gespräch. Hg. von R. Gerlach und M. Richter. es 1303
Wellershoff: Die Auflösung des Kunstbegriffs. es 848
Die Wiederkehr des Körpers. Hg. von D. Kamper und Ch. Wulf. es 1132
Winkler: Die Verschleppung. es 1177
Wippermann: Europäischer Faschismus im Vergleich (1922-1982). NHB. es 1245
Wirz: Sklaverei und kapitalistisches Weltsystem. NHB. es 1256
Wissenschaft im Dritten Reich. Hg. von P. Lundgreen. es 1306
Wittgenstein: Tractatus logico-philosophicus. es 12
Wünsche: Der Volksschullehrer Ludwig Wittgenstein. es 1299
Zimmermann: Vom Nutzen der Literatur. es 885
Ziviler Ungehorsam im Rechtsstaat. Hg. von P. Glotz. es 1214

3/9/6.87